抱 朴

抱朴

聊齋志異校注

上

—插图袖珍本—

〔清〕蒲松龄 著
盛伟 校注

上海古籍出版社

目　录

卷一

卷二

前　言

清代康熙年间《聊斋志异》的问世，标志着中国文言短篇小说发展达到顶峰。它开创了中国新文言小说的先河，在中国文言小说史上，掀起一场新文言小说与旧文言小说改革与保守的抗争。但就中国文言短篇小说的发展历史来看，《聊斋志异》的出现，适应了中国文言短篇小说发展历史的需要，代表了中国文言短篇小说发展的主流。《聊斋志异》是中国文学宝库中的一颗明珠，也是世界文学宝库中的瑰宝。蒲松龄是中国文学史上的巨人，他以其无可争议的慧业，摘取了世界短篇小说之王的桂冠。

一

中国文言小说“始于周季”（冯梦龙《古今小说·叙》），中经“六朝志怪”、“唐传奇”小说，使古典文言短篇小说这一文学形式发展到高峰。但后来，历经宋、元、明三朝，文言短篇小说，在创作上“为志怪，既平实而乏文采；其传奇，又多托往事而避近闻”（鲁迅《中国小说史略》）。时至清朝初年，蒲松龄的《聊斋志异》问世，使文言短篇小说的创作，为之耳目一新，它为沉寂了几百年的文言小说创作的“复兴”，树起了一面光辉的旗帜。蒲松龄在《聊斋志异》的创作中，集历史之大成，熔“六朝志怪”、“唐传奇”与“史传”文学的创作特点于一炉，将中国新文言短篇小说的创作，推向一个空前绝后的高峰。

蒲松龄称自己的《聊斋志异》为“孤愤之书”，是“狐鬼史”。《聊斋志异》所写的故事内容，就实质而言，是作者在苦闷之中，假鬼狐之外衣，抒发他对人妖鬼怪、黑暗社会的忿懑之情，倾吐自己内心难以遏制的“磊块之愁”。这是一部作者蘸着自己的血和泪而写成的“千古奇书”。自《聊斋志异》问世以来，它倾倒了多少文人墨客，它唤醒了多少沉迷、挣扎于科举之途的士子，它抚慰了多少颗弱小百姓受创的心灵。“官虎而吏狼，比比也”，“仕途黑暗，公道不彰”，在那个“强梁世界”，哪有弱小百姓的生路？蒲松龄的一生，诚如鲁迅先生所说：“（他）吃的是草，挤出的是奶。”“穷愁”与“孤愤”伴着蒲松龄度过一生。但是，他对那个腐朽社会的抨击却从来没有停止过。有人为蒲松龄题了一副对联说："一生无缘附骥尾，三生有幸落孙山。"这种哭笑难奈的境域，蒲老先生若是死后有灵，听了也会含笑地下。

我们在谈到蒲松龄新文言短篇小说的创作时，时常有人拿俄国的契诃夫与之类比。其实，我们从契诃夫一生的短篇小说创作中，可以发现契诃夫有很多不如蒲松龄之处。1888 年契诃夫进入他文学的早期创作时期。这个时期的契诃夫，对自己的处境极为不满，其情绪极为低落。他在给朋友的信中说："在这个世界上生活真难！"自己处于一种"不堪忍受的生活"中，而生活中"欢乐甚少，苦闷很多"。这个时期正是契诃夫文学创作旺盛时期，但这个时期维持的时间很短。后来，契诃夫过上了优裕的生活，随之他的文学创作也进入衰退时期。他在给朋友的信中说："写完了好几普特重的纸张，得到过科学院的奖金，过着波将金公爵的那种生活，但没有写出过一行在我看来是真正具有文学意义的东西。"（《安·巴·契诃夫全集》第 14 卷第 378 页）契诃夫正告自己说："我应该学习，从头学起，作为一个文学家，我是一个十足的外行。"他在《忏悔录》中说：优裕的寄生生活，剥夺了他认识生活的可能。这是作家的"忏悔"之言，论之未免有点过当，但这又是契诃夫这段生活的现实。蒲松龄的一生却没有那么幸运，他的一生像一支风烛残蜡，在为人类的文学事业流着辛酸的泪。

二百多年来，《聊斋志异》已经成为一部家喻户晓的文学名著，随着世界文化交流的发展，《聊斋志异》被译成英国、法国、德国、意大利、西班牙、挪威、瑞典、俄国、匈牙利、捷克、罗马尼亚、保加利亚、朝鲜、韩国、日本、越南等二十余国家的二十九种文字、三十余种版本。这在中国古典文学名著的外文翻译中，是属第一位的。世界三大著名的大百科全书英国《不列颠百科全书》、《美国百科全书》和《科里尔百科全书》，其他如法国《拉罗斯大百科全书》、德国《梅耶尔大百科全书》、苏联《大百科全书》、日本《大百科全书》等都收录并介绍了《聊斋志异》，且给予很高评价。

关于对蒲松龄及其《聊斋志异》的评价问题，历来有诸多说法，我认为毛泽东在1949年12月去莫斯科的列车上，接受苏联记者尼·费德林采访时的一段谈话，是较为全面概括的科学评价。他说："蒲松龄——17、18世纪最重要的通俗作家。他在一个个短小精干的故事中，反映了广泛的中国社会层面。他是一位杰出的语言艺术家，善于用独特的文学形式和高度的技巧来运用材料，他以丰富的想象力写出一批神鬼妖狐的故事，实际上是叙述现实中的恶势力和人世间的种种不幸，这些故事至今在中国读者中广泛流传，他以自己的艺术来保卫群众的利益。蒲松龄是一位人民的作家。"（见1995年新华出版社出版的《费德林回忆录》，此转引自《光明日报》

帝于至顺四年六月于上都即位，这样元朝原属燕铁木儿一派的老臣，受其株连者甚众。据明黄仲昭《八闽通志》，弘治四年（1491）增补本卷三十《秩官》附记载：“福等处都转运盐使司运使，蒲居仁任时泰定间。”泰定，为也孙铁木儿的年号，共在位五年，即公元1324至1327年。按这时间推算，蒲松龄之先祖蒲居仁任职八闽时，正为铁木儿皇族执政时的老臣。所以解梦的右丞相阔里吉思说：“此为不祥之兆，东南方向的蒲姓者，可能有犯上作乱之举。”于是淄川蒲氏“夷族之祸”就相继发生。其实，这是皇廷内部政权之争、清除异己的必然结果，淄川蒲氏“为元世勋”成为这场斗争的牺牲品，亦是必然的。由此看来，历史的记载与蒲氏后裔中的“传说”是一致的。所以，经过这场宫廷之变后的淄川蒲氏阖族被杀，只剩了一个孤儿“蒲璋”，“匿于外祖家”，此则为后之淄川蒲氏的“始祖”。“传说”其三，此则我是从蒲氏后裔蒲喜章先生处听来的。说明中叶，有一位张老爷，叫玉泰。自北方放官江浙，路经淄川蒲家洼（现在的黄家铺店子村，即元朝所建村之蒲家庄，因地势低洼而又称蒲家洼），其轿顶子被树枝刮断。这位张老爷认为这是不吉之兆，就让人查此为何处。结果见一坟地，内有谕葬二，一讳鲁浑，一讳居仁，并为般阳路总管。所立之石人、石马、石碑皆破旧不堪，他就在淄川县衙暂住，让人请来蒲氏的四五位老人，相商修整蒲氏墓园之事，并告诉他们说：“我也姓蒲，听先祖说，在元朝的宁顺年间，般阳蒲氏遭‘夷族之祸’，他逃到北方一姓张之家做了义子，就改为张姓。今我放官江浙，路过这里发现祖墓多年失修，把大家找来商议修整祖墓之事。我出钱，大家出点力，快去将工匠找来。”于是祖墓为之一新。自此，蒲姓后代于每年的寒食节与十月一日，都来祭扫祖墓。直到“文化大革命”时期才终止。

其次，关于“独吾族为般阳土著”。这句话，是“汉族说”惟一有文字记载说蒲松龄先祖为“汉族说”的史料依据，也是目前较有影响的一种观点。这句话的意思为：吾蒲氏先祖为淄川县土著人。据此再进而推之，就得出了蒲松龄的先祖为“汉族人”的观点。但事实上，这“般阳土著”句是否就应该作如上的理解，就再无别的说法？其实不然。此话是出自清康熙二十七年（1688）蒲松龄所编撰的《族谱引》中说的“按明季（初）移民之说，不载于史，而乡中则迁自枣、蓟（冀）者，盖十室而八九焉。独吾族为般阳土著”（见蒲松龄稿本《蒲氏族谱》）。这句话的核心就是土著等于汉族。我认为这种理解方法，背离了当时具体的历史条件，因为这“独吾族为般阳土著”是针对“明季（初）移民之说”而提的，所以，我们理解“般阳土著”，是离不开这个特定历史条件的。元末明初，由于连年的战争，山东一带十室九空。当明太祖朱元璋平定天下，建立起大明王朝后，为恢复连年战争所破坏的农业生产，于洪武初年，进行了移民之举。将河北的枣、强与山西的洪洞等县的大批百姓迁移到山东来，而迁移到山东般阳（淄川）地区的大部是河北的枣县与强县的百姓。淄川县现存的《张氏族谱》、《毕氏族谱》、《李氏族谱》、《王氏族谱》中都是明明白白地写着其先祖迁自枣、强二县；淄川高氏，一则于明洪武初迁自山东蒙阴狗跑泉，定居于淄川城北月家庄，一则于元代迁自河南归德府考城县，定居于现淄川城北的店子高家（原名蒲家庄）；淄川孙氏、冯氏、翟氏则大部于明洪武初迁自山西洪洞大槐树与河北枣、强二县。而惟有淄川蒲氏言其先祖为“般阳土著”，意在说明“吾族”有别于明洪武初年迁移来的流民。这就是蒲松龄在写《蒲氏族谱》时，般阳（淄川）诸姓杂居的历史背景。

据史料记载，般阳蒲氏其先祖迁来般阳路，当在元朝至元二十四年（1287）至泰定元年（1324）间，因其先祖蒲居仁筮仕般阳路，而举族迁至现在之淄川县，后定居于淄川城北丰里许之蒲家庄（亦称蒲家洼，后因阖家四散，改为店子高家），故淄川蒲氏阖族迁移来淄，与明洪武初年的明朝大移民是两码事。也就是说，淄川蒲氏到明洪武四年（1371）的大移民潮时，已在淄川居住了近一个世纪，因为蒲松龄考之历史及明初移民的史料中，没有关于蒲氏迁移的文字记载，故自称“般阳土著”，也是可以理解的。但是，以此作为肯定淄川蒲氏先祖为汉族的文字依据，其理由是不充分的。

关于《蒲氏族谱》所说之“宁顺间”淄川蒲氏所遭“夷族之祸”的历史事实，据新发现之山东淄川店子《高家族谱》中，其始祖高佑之的“传”中记载：“始祖讳佑之，原籍河南省归德府考城县。元顺帝间，以军厅筮仕济南，未几而元废矣。始祖遂占籍于淄之城北蒲家庄居焉，即今之店子庄也。相传其时与蒲姓契结同心，订金兰之好，彼遂以庄赠焉。此我高氏所由来也。”关于淄川蒲氏将其庄拱手赠送给当时在济军厅掌握山东兵权的高佑之，还有一段历史的传闻。据说右丞相阔里吉思给元顺帝解梦之后，顺帝就密令济军厅派人到般阳路抄斩蒲姓全族。但济军厅的高佑之到般阳路一看，般阳蒲氏毫无作乱的迹象，高佑之就将密令泄漏给蒲氏家族。为了避免这“夷族之祸”，蒲氏阖族四散，将自己的庄子奉献给高佑之，高氏就将蒲家庄改为店子高家。这一传说又与诸史料的记载相符。但只是与这“止遗貌孤”解释不通。

我这里所说的淄川蒲氏先祖为蒙古族，至于到了蒲松龄及其后世，是否要言其为蒙古族，就未必了。因为从蒲氏先祖蒲居仁筮仕般阳路，阖族迁居淄川，到现在已是近七百年的历史了，他们早与汉族混为一家了，其族属问题就很难界定，现在说为汉族也是对的。但这与以“独吾族为般阳土著”为据，来论证淄川蒲氏先祖为汉族，就不是一个概念了。

三

蒲松龄，字留仙，一字剑臣，号柳泉，别号柳泉居士，因以《聊斋志异》闻于世，世人又以聊斋先生称之。生于明崇祯十三年（1640），卒于清康熙五十四年（1715），山东淄川（今淄博市淄川区）东七里许蒲家庄人。蒲松龄天性聪慧颖异，自幼从父读“经史皆过目能了”，父甚钟爱之。清顺治十五年（1658），时年蒲松龄十九岁，应童子试，以县、府、道三个第一补博士弟子员，受到山东学使施愚山的奖誉。学使施愚山在其文章后批语曰：“首艺，空中闻异香，百年如有神，将一时富贵丑态，毕露于二字之上，直足以维风移俗。次，观书如月，运笔如风，有掉臂游行之乐。”自此，“文名藉藉诸生间”。第二年，也就是顺治十六年（1659），与同邑朋友李希梅、张笃庆、王鹿瞻结“郢中诗社”，“以风雅道义相劘切”。

蒲氏家族到蒲松龄这一代，已经家道中落。大约在康熙二、三年，因诸妯娌间的不合，诸兄弟析箸而居，蒲松龄只分得田地二十亩，农场老屋三间，其夏屋皆为兄弟们所得。为生计所迫，蒲松龄开始了“岁岁游学”的生涯。康熙九年（1670），蒲松龄三十一岁，应同乡孙蕙的邀请，到江苏省宝应县做幕宾。路经沂州（今临沂）遇雨，宿于旅社得读当地文人王子章所撰《桑生传》，后写成《聊斋志异》中的名篇《莲香》。蒲松龄在宝应替孙蕙办理一些官府文牍之类的文字，因幕僚之职终不理想，所以，在高、宝只住了近一年，蒲松龄就辞归返里。他在高、宝时期写的大量诗篇，都反映了蒲松龄生活中不安的情绪。《感愤》一诗中说：

漫向风尘试壮游，天涯浪迹一孤舟。
新闻总入狐鬼史，斗酒难消块磊愁。
尚有孙阳怜瘦骨，欲从玄石葬荒邱。
北邙芳草年年绿，碧血青磷恨不休。

蒲松龄南游归里的第二年，即康熙十一年（1672），参加三年一度的山东乡试。这次他参加山东乡试所不同以往的是，他带着知县孙蕙的一封“荐书”。但是，时运限人，这次他又名落孙山。自此，蒲松龄屡设帐于缙绅先生之家。康熙十八年（1679），蒲松龄设馆于王村西铺曾任通州知州的毕际有家。毕际有之父毕自严，在明朝官至户部尚书，其八叔毕自肃官至佥都御史、巡抚辽东。毕家有优美的园林和丰富的藏书，这给蒲松龄的文学创作，无疑提供了一个好的条件。蒲松龄在毕家设馆时间，约三十余年，当他由此撤帐回家时，已是七十一岁高龄了，也就是在这一年，蒲松龄才援例拔为贡生。

蒲松龄一生中大量的著作，都是在这段时间里完成的。譬如，他的名著《聊斋志异》，在他设馆西铺的那一年，就大体结集成册，并写了《聊斋志异 · 自叙》(又称《自志》)。除此之外，他的著作有《庄列选略》、《省身语录》、《历字文》、《日用俗字》、《家政内编》、《家政外编》、《农桑经》、《药祟书》、《婚嫁全书》、《怀刑录》及《聊斋俚曲》等十余种约六十万字，以及大量的诗词。

四

《聊斋志异》是作者蒲松龄一生心血所萃。这诚如他在《聊斋志异 · 自叙》中所说："独是子夜荧荧，灯昏欲蕊；萧斋瑟瑟，案冷疑冰。集腋为裘，妄绪幽冥之录；浮白载笔，仅成孤愤之书：寄托如此，亦足悲矣！嗟乎！惊霜寒雀，抱树无温；吊月秋虫，偎栏自热。知我者，其在青林黑塞间乎！"

蒲松龄《聊斋志异》的创作，据可靠史料记载，自他青年时代就开始了。康熙三年（1664）蒲松龄二十五岁，挚友张笃庆赠他的诗《答蒲柳泉来韵》："迩来将遁世，闭户绝交知。君自神仙客，吾岂帝者师。"（自注：来诗谬以子房相况。）无疑是指蒲松龄这段时间写了一些鬼狐神异之怪，此暗指蒲松龄对《聊斋志异》的创作。同年，张笃庆又赠蒲松龄的《和留仙韵》七律二首，其二云：“司空博物本风流，涪水神刀不可求。（自注：张华，官至司空，著《博物志》，多记神怪事。）君向黄初闻正始，我从邺下识应侯。”首联，作者“自注”其意很明确，就是说晋张华所写《博物志》，多写神怪之事，这些纯属子虚乌有，以此来借喻蒲松龄在《聊斋志异》中所写之狐鬼神怪的故事，都是荒诞不经、虚幻不实的东西，将精力专注于此，是没有实际价值的。这是对蒲松龄《聊斋志异》创作无补于举业的一种贬低。当然，从另一个角度，它说明蒲松龄此时对《聊斋志异》的创作，已到痴迷的地步。

康熙十年（1671）春，蒲松龄在宝应所写的《十九日得家书感赋，即呈孙树百、刘孔集》诗“漫向风尘试壮游，天涯浪迹一孤舟。新闻总入狐鬼史”句，很明确地表明他在为狐鬼写“史”。蒲松龄对《聊斋志异》的创作信心更为坚定。下句之“斗酒难消块磊愁”，则说明，这为鬼狐写“史”，与自己内心“难消”的“块磊愁”是相联系的。康熙十八年（1679）春，蒲松龄为《聊斋志异》写《自叙》，并正式定名该书为《聊斋志异》。但这次结集，并不是说《聊斋志异》的创作就此告终。据《聊斋志异》中《夏雪》、《化男》篇中作者自署的时间看，说明蒲松龄在康熙四十六年（1707）丁亥，六十七岁时，还在继续写作《聊斋志异》。《聊斋志异》的创作时间前后长约四十余年，这与其孙蒲立德所说之“暮年著《聊斋志异》”是相吻合的。可以说，蒲松龄用他大半生的精力，完成了《聊斋志异》的创作。

五

蒲松龄对于《聊斋志异》的成功创作，除他自己天赋的条件之外，另一个重要的因素，就是那个社会所给予他的磨难与不公平的待遇。清代著名的诗人、书画家高凤翰在雍正元年（1723）题的《聊斋志异》“跋”中说：“聊斋少负艳才，牢落名场无所遇，胸填气结，不得已为是书。余观其寓意之言，十固八九，何其悲以深也。”蒲松龄出生在明末清初连年战争与中原大地易主的异族统治时期。据历史记载，在蒲松龄出生的前二年，即明崇祯十一年（1638），清兵从临清渡过运河，进入山东，攻占济南府等五十多座城池，俘获人口四十六万，掠取金银百余万两。明崇祯十五年（1642），即蒲松龄诞生的第二年，清兵攻陷山东八十余座城池，俘获人口三十六万，牲畜五十五万头。当时，淄川与新城等县，都在洗劫之中。新城王渔洋之族谱《新城王氏世谱》记载：“明崇祯十五年壬午（1642），清兵自辅畿下山东，冬十二月，清兵陷兖州，鲁王以派自杀。至济南、新城陷，我家族有四十三人殉难。”顺治三年（1646）十一月山东高苑县谢迁聚众反清。顺治五年（1648），山东栖霞于七率众抗清。同年姜瓖于山西大同复叛清。这段时间里，战争频仍，广大人民生活于水深火热之中。在特定历史条件下所产生的《聊斋志异》，全面、深刻地反映了那个社会所存在的种种弊端，及其罪恶的历史。蒲松龄生活在社会的底层，他全身心地感受着，并遭遇着那个社会所造成的种种恶果，他凭着一颗作家的良心，用其生花之笔深刻地揭露了那种种的罪恶。蒲松龄的敢于直面人生，他的大胆的抨击，使我们现代人也很敬佩。这就是蒲松龄能够超越历代志怪大家精神之所在。

《聊斋志异》中，反映清兵屠戮中原百姓，镇压反清义军的篇章不少。反映明崇祯十一年（1638）清兵攻陷济南等五十多座城池进行血腥屠杀的《鬼隶》与《韩方》；反映清兵在所攻陷之地掠夺人口的《张诚》、《乱离》第一则"刘女"和《林氏》；反映顺治五年（1648）明大将姜瓖在大同复叛满清被镇压后惨状的有《乱离》第二则之"一日而母妻重聚"；反映顺治三年（1646）清兵镇压山东高苑谢迁起义的《鬼哭》；反映顺治五年（1648）清兵镇压山东栖霞于七起义的《野狗》与《公孙九娘》；反映清兵镇压"三藩之乱"的《张氏妇》，这些贯连起来，不就是一部满洲贵族入侵中原镇压汉族人民反抗的罪恶历史吗？历史上，有哪一位志怪大家所写的小说有如此丰厚的历史内容？没有。

通过铁血政策所建立起的清王朝，自它定鼎中原以来，首先考虑的是巩固政权。但是，由满洲贵族所建立的这个封建王朝，处于我国封建社会的衰落时期，所以，自它秉政之初，其吏治就显出许多弊端。蒲松龄在《与韩刺史樾依书》中写道：“仕途黑暗，公道不彰，非袖全输璧，不能自达于圣明。”毛泽东在1940年代谈他阅读《席方平》后说，这篇小说实际上是对封建社会人间酷吏官官相护、残害人民的控诉书。(何其芳《一个平常的故事》，百花文艺出版社1982年版。)《席方平》的故事，是写席方平为其屈死的父亲申冤，但在阴间，上至冥王，下至郡司、城隍及衙门的差役，他们相互勾结，贿赂公行，草菅人命。作者借此以喻阳世间官吏“惟受赃而枉法，真人面而兽心”。席方平不畏种种酷刑，百折不挠为父复仇的精神，也就是对封建社会酷吏的控诉。这类的文章如《潞令》、《王者》、《公孙夏》等篇，是从不同角度对这群封建社会的“屠伯”们的批判与鞭挞。《红玉》篇中退居于林下的宋御史，强夺民妻，杀死其翁，致使冯相如家破人亡。《梦狼》是写白知县，为官三年，“蠹役满堂，纳贿关说者，中夜不绝”。其官府堂上堂下“白骨如山”，白知县为官期满，又首荐为吏部员外郎的高位。这白知县之所以敢肆无忌惮地搜刮民脂民膏，而官运亨通，其诀窍为“黜陟之权，在上台而不在百姓。上台喜，便是好官；爱百姓，何术能令上台喜也”。蒲松龄慨叹道：“窃叹天下之官虎而吏狼者，比比也。即官不为虎，而吏且将为狼，况有猛于虎者耶！”在《成仙》中他借成生的嘴说：“强梁世界原无皂白。况今日官宰半为强寇不操矛弧者耶！”对于官府的差役、爪牙蒲松龄更是

恨之入骨，他愤怒地说："余欲上言定律：'凡杀公役者，罪减平人三等。'盖此辈无有不可杀者。"（《伍秋月》）

封建社会，诠选官吏的重要途径是科举考试，但是，这一制度到封建社会末期的清王朝，已经是弊端百出，致使一些有真才实学之士，名落孙山，抱恨终生。蒲松龄就是一位较为典型的落魄者。所以，他在《聊斋志异》中，对科举制度嘲笑百端，揭露得体无完肤。首先，具有自喻性的名篇《叶生》，其"文章词赋，冠绝一时"，却是屡试不第，他抑郁苦闷，带着千古的遗恨离开人世。他的鬼魂帮助邑令之子中举，"借福泽为文章吐气，使天下人知半生沦落，非战之罪也，愿亦足矣"！科举制，使蒲松龄冷透了心。《于去恶》篇中说，对于那些评判文章的盲人师旷和守财奴和峤之流，你再有才能，也是一纸空白；他们录取的人都是"目不睹坟、典，不过少年持敲门砖，猎取功名，门既开，则弃去"。更有一篇奇文《司文郎》，文中写一位盲和尚用鼻而嗅文之好坏，成为千古之奇，每试言之必中。但在关乎王平子前途的关键时，盲和尚却错了。那使他向壁作呕的余杭生居然高中，而让他首肯的王平子的文章却落选。究其原因，那余杭生之方师，其文章盲和尚"嗅之刺于鼻，棘于腹，膀胱所不能容，直自下部出矣"。《贾奉雉》篇中贾奉雉，才名冠一时，但屡试不售，后得郎生的妙传，于其落卷中"集其葛冗泛滥，不可告人之句，连缀成文"，"榜发，竟中经魁"。这就是那个颠倒了的混沌科举世界。至于《王子安》中的王子安，让科考弄得神魂颠倒，其心灵承受着极大的摧残。到稍后，吴敬梓在《儒林外史》中《范进中举》就更为深刻、完备地刻画出应举士子麻木的心灵。这时的科举制度，已经成了封建社会士子的最大的杀手。

婚姻与爱情问题，自文学诞生那一天起，就是人们涉足的一个所谓的“永恒主题”。其实，这没有什么奇怪的，生物的传宗接代，我们虽不能用婚姻与爱情命之，但其生物性的特点，是相通的。再说，在封建社会中，这婚姻与爱情绝不是一码事。最典型的例子是《红楼梦》中贾宝玉与薛宝钗、林黛玉之间的关系。贾宝玉与薛宝钗的结合，只能称之为婚姻；而贾宝玉与林黛玉间，虽终未结合，但可称之真挚的爱情。同样，在《聊斋志异》中，《娇娜》里的孔雪笠所爱的是娇娜，他们之间所发生的是真挚的爱情关系，“曾经沧海难为水，除却巫山不是云”，其实质说的就是孔生所真正爱的是娇娜，但他们并没有结合。至于孔生与松娘的结合，只能说是婚姻关系，这里边不存在真挚的爱情。但是，作者在这里却描写了一对男女间相互爱慕，但又绝不越雷池半步的人世间纯洁的友情。有人说，蒲松龄写此，可能有感于他与顾青霞之间的关系。但无论如何，他们的爱是纯真的，一尘不染的。

爱情是纯洁的，但其诸多的爱情故事的表达方式则各有别。《聊斋志异》中《阿宝》、《瑞云》、《连城》是相近的，描写男子痴心追慕自己的心爱之人。《阿宝》中孙子楚可谓之“情痴”。平日他与歌妓相遇则“遥望却走”，若被逼与妓相处，“则赧颜彻颈”，而当他找到自己心爱之人阿宝时，为了忠贞的爱情，阿宝的戏言也信以为真，“以斧自断其指，大痛彻心，血溢倾注，滨死”。其真情换来了阿宝纯真的爱情。《瑞云》中余杭贺生，不以瑞云变丑而改变他对瑞云真情的爱。最后将自家田产卖掉，将那“丑状类鬼”的瑞云买回家。《连城》中乔生为报知己者，“封膺”以医连城之病。肉作药引是历来的误道，此则是“心病终需心药治”也。作者以这类作品向人们展示，封建社会玩弄女性的恶习，与此相较，是格格不入的。《聊斋志异》中《晚霞》与《鸦头》(《狐妓》) 就是作者所写的另一类型的男女间爱情故事。《晚霞》中晚霞与阿端，都是因吴越民俗之斗龙舟之戏溺水而死的鬼魂，他们在龙宫条例森严之中相爱，是极其艰难与危险的。所以，他们付出的代价也是极不寻常的：一个痴想欲绝，以至投江自尽；一个“意欲相从俱死”。当然作者是大加呵护，使他投水不死而生还。他们以鬼魂而在人间如愿组成一个美满的家庭，且生子。但在人世间，他们的生活也极为艰难，淮王又欲霸占晚霞，又逼她毁容以自保。《鸦头》(《狐妓》) 是写一个沦为娼妓的狐女鸦头，她在残暴、贪婪的老鸨挟制下，过着非人的生活。但她敢于与命运抗争，敢于反抗，敢于大胆地追求，后她随王文私奔。晚霞与鸦头对于自己爱情的追求，是在重重矛盾与斗争中展开的，她们坚韧的性格与对爱情真挚的追求，也正是在这种条件下臻于完美。

六

《聊斋志异》的创作，将中国文言短篇小说的发展，推向顶峰，“空前绝后”（陈廷机语）。它除了在创作思想上超越历代文言短篇小说外，一个关键是它总结、继承和发展我国历代短篇文言小说在创作上的优点，并开创了新一代文言短篇小说创作的先河。

1.《聊斋志异》对六朝志怪与唐传奇创作方法的继承和发展。

六朝志怪小说，我们说它是小说的雏形，其创作特点为“张皇鬼神，称道神异”，具有浓厚的宗教色彩。作者“撰记古今怪异非常之事，会聚散逸，使同一贯，博访知之者，片纸残行，事事各异”（干宝《进搜神记表》）。鲁迅先生在《中国小说史略》第八篇《唐之传奇文》（上）谈及“唐传奇”不同于“六朝志怪”时说：“虽尚不离于搜奇记逸，然叙述宛转、文辞华艳，与六朝之粗陈梗概者较，演进之迹甚明，而尤显者乃在是时则始有意为小说。”“故所成就乃特异，其间虽亦或托讽喻以抒牢愁，谈祸福以寓惩劝，而大归则究在文采与意想，与昔之传鬼神明因果而外无他意者，甚异其趣矣。”在中国文言小说发展史上，时至宋、元、明三朝，由于话本通俗小说的兴起，文言小说相对呈现出衰落的局面。这一阶段的文言小说的特点是“为志怪，既平实而乏文采；其传奇，又多托往事而避近闻。拟古且远不逮，更无独创之可言矣”。也就是说，蒲松龄的《聊斋志异》创作要成功，必须从这怪圈中走出来，且有所发现，有所创造。正因为蒲松龄发现了历代文言小说创作上所存在的弊病，所以他在《聊斋志异》中所写虽也不外是神鬼怪异之事，但是他“描写委曲，叙次井然，用传奇法，而以志怪，变化之状如在目前；或易调改弦，别叙畸人异行，出于幻域，顿入人间；偶述琐闻，亦多简洁，故读者耳目，为之一新”（鲁迅《中国小说史略》第二十二篇《清之拟晋唐小说及其支流》）。这就是蒲松龄对历代文言志怪小说在创作方法上的改造。蒲松龄开创了新一代文言小说先河，使宋元明以来志怪小说只追求其荒怪、简略、诞而不情的弊端得以改造。为此，他的新一代文言小说的创作方法，受到清乾隆间《四库全书》总裁纪晓岚的批评，他说：“《聊斋志异》盛行一时，然才子之笔，非著书者之笔也。”“今一书而兼二体，所未解也。小说既述见闻，即属叙事，不比戏场关目，随意装点。”其“燕昵之词，媟狎之态，细微曲折，摹绘如生，使出自言，似无此理，使出作者代言，则何从而闻见之，又所未解也”。纪氏的发难与批评，正是蒲松龄所开创的新一代文言小说的创作方法不同于历代文言小说创作方法之所在。纪氏在这里批评蒲松龄在《聊斋志异》中熔六朝志怪小说与唐传奇小说二者创作方法的优点于一炉的特点。即如鲁迅先生所说，纪氏“盖即訾其有唐人传奇之详，又杂以六朝志怪之简，即非自叙之文，而尽描写之致而已”。其实，纪氏是站在旧文言小说的角度来反对新文言小说的创作的。纪氏《阅微草堂笔记》的创作，就是单纯模仿六朝志怪之“尚质黜华，叙述简古，力避唐人的作法”。自纪氏《阅微草堂笔记》出，就形成清代中后期的，在中国文言小说发展史上以蒲松龄《聊斋志异》为代表的新一代文言小说与以纪晓岚《阅微草堂笔记》为代表的旧文言小说在创作领域中的抗争。以纪晓岚为代表的旧文言小说的创作理论是“夫著书必取熔经义，而后宗旨正；必参酌史裁，而后条理明；必博涉诸子百家，而后变化尽”，“故不明著书之理者，虽诂经评史，不杂则陋；明著书之理者，虽稗官脞记，亦具有体例”。（以上所引纪氏文均见盛时彦《姑妄听之》“跋”）蒲松龄《聊斋志异》所代表的新一代文言小说，正是在与旧文言小说的抗争中，奠定了它的历史地位。《聊斋志异》的创作，代表了新一代文言小说创作的思维方式及创作方法，它是历史发展的必然产物，代表着中国文言小说创作的高峰。

2.《聊斋志异》对《史记》“纪传体”的运用。

司马迁《史记》对蒲松龄《聊斋志异》的创作影响

也是很明显的。首先是纪传体在《聊斋志异》中所占的篇章是不少的。纪传体笔法，多数以主人公一人为故事线索，但蒲松龄在《聊斋志异》中，却不拘泥于司马迁史笔的记述，它在情节结构上充分运用文学的虚构与夸张手法，这又远非一般史传文字可比拟。如《胭脂》、《折狱》、《张鸿渐》、《诗谳》等。其“异史氏曰”，可说是直接脱胎于《史记》中的“太史公曰”，它在作品中起到深化主题或正面评论的作用。《聊斋志异》中许多惊世名言都出自“异史氏曰”中，它是聊斋故事中不可分割的组成部分。

3.《聊斋志异》故事创作中“悬念”手法的运用。

“悬念”就是写作的空白，就是作家留给读者想象与再创造的空间。它与画家在画面上所留的空白一样，它是画面上重要的组成部分，是一种超笔墨的艺术表现手法。蒲松龄在艺术创作中很善于利用悬念这一艺术表现手法。《公孙九娘》中莱阳生在鬼府与公孙九娘成婚后，莱阳生欲离开济南东返时，公孙九娘有所重托“女悲曰：‘千里柔魂，蓬游无底，母子零孤，言之怆恻。幸念一夕之恩义，收儿骨归葬墓侧，使百世得所依栖，死且不朽。’生诺之。”莱阳生“忘问志表”，无法找到九娘的墓穴，悒悒东归。但莱阳生没有负心，半年后又到济南希望能够再见到九娘，而九娘却怒而不见。作者设此“悬念”：“行里许，遥见女郎独行丘墓间，神情意致，怪似九娘，挥鞭就视，果九娘。下骑与语，女竟走，若不相视，再逼近之，色作怒，举袖自障，顿呼‘九娘’，则烟然灭矣。”九娘为什么如此？这是一大“悬念”，留给读者去思考。这是有作者独特艺术构思的表现手法，它使公孙九娘的悲剧气氛更为深沉，悠悠千古，使人难以解脱。虽然作者在“异史氏曰”中欲替莱阳生说几句借以解脱的话，但其结果更加深了莱阳生难以言明的苦衷。这种艺术处理的效果，绝不是大团圆结尾能达到的。再者，《西湖主》最后一个段落，可谓整个故事的结尾。陈明教作洞庭鱼君家贵婿，后来他回到家中。他的一位同乡朋友舟过洞庭，曾受到他的款待。但回到故里却见他仍然在家中，朋友惊讶地问：“昨在洞庭，何归之速？”陈明教笑着回答：“君误矣！仆岂有分身术耶？”这一所设“悬念”，使读者百思不解。因为在这花妖狐魅、奇特诡谲的世界中，什么事情都可能发生，什么结局都可能出现，故此“悬念”，乃有天马行空之工。《新郎》篇不长，全文总共有586字，从艺术分析角度看，整个故事，是作者所设的一个“悬念”。故事开头，首先指出是多年未解的一桩“奇案”。其案所“奇”，是在新婚之夜，新郎不明不白地走失了。其故事情节很简单，作者在情节上没有做过多的铺陈，也没有做过多的交代，只是半年后，新郎自己又回到家中，与先前之新娘举行合卺之礼。全文故事情节结构还是完整的。文中，由于“悬念”这一艺术手法的运用，它给读者留有很大的想象空间，使故事显得更丰厚，更耐人寻味。

4.《聊斋志异》中文言化的俗语，在塑造典型人物形象时，起到画龙点睛的作用。

《嘉平公子》中鬼妓温姬，在读到嘉平公子谕仆帖中连篇错字时，戏而成趣地依其原字之音与形凑为“何事可‘浪’，‘花菽生江’”，实则“虚有其表”，使嘉平公子威风扫地。《仙人岛》中王勉，自诩为“中原才子”、“才名略可听闻”，常是“顾盼自雄”。在其自诵得意之句“一身剩有须眉在，小饮能令块磊消”时，芳云戏而批道：“上句是孙行者离火云洞，下句是猪八戒过子母河也。”王勉又述诗云：“潴头鸣格磔。”芳云续其下句曰：“狗腚响弸巴。”作者用俗化的文言，将这“有才思，屡冠文场，心气颇高”的“中原才子”，揭得体无完肤。我们不得不佩服蒲松龄驾驭语言文字的能力。这类例子，在《莲香》、《连城》、《邵女》与《江城》中皆有，不再多举。

总之，《聊斋志异》——我国文学史上这颗璀璨的明珠，现在还有许多领域与空白点有待我们进一步去探讨。上边，是我抛砖引玉式的几点意见，有的论点还未能展开，有机会我想进一步去完成它。当然，这种写法，可能不合乎“前言”的写作“规范”，但它却是我要说明白的话。

盛　伟

2000 年 3 月 12 日于蒲松龄研究所

高　序

志[1]而曰异，明其不同于常也。然而圣人曰："君子以同而异。"何耶？其义广矣、大矣。夫圣人之言，虽多主于人事；而吾谓三才之理，六经之文，诸圣之义，可一以贯之。则谓异之为义，即《易》之冒道，无不可也。夫人但知居仁由义，克己复礼，足为善人君子矣；而陟降而在帝左右，祷祝而感召风雷，乃近于巫祝之说者，何耶？神禹创铸九鼎，而山海一经，复垂万世，岂上古圣人而喜语怪乎？抑争"子虚""乌有"之赋心[2]，而[3]预为分道扬镳者地乎？后世拘墟之士，双瞳如豆，一叶迷山，目所不见，率以仲尼"不语"为辞，不知鹢飞石陨，是何人载笔尔尔也？倘概以左氏之诬蔽之，无异掩耳者高语无雷矣。引而伸之，即"阊阖九天，衣冠万国"之句，深山穷谷中人，亦以为欺我无疑也。余谓：欲读天下之奇书，须明天下之大道。盖以人伦大道淑世者，圣人之所以为木铎也。然而天下有解人，则虽言孔子之"不语"者，皆足辅功令教化之所不及。而《诺皋》、《夷坚》，亦可与六经同功。

苟非其人，则虽日述孔子之所常言，而皆足以佐慝。如读南子之见，则以为淫辟皆可周旋；泥佛肸之往，则以为叛逆不妨共事；不止《诗》、《书》发冢，《周官》资篡已也。

彼拘墟之士多疑者，其言则未尝不近于正也。一则疑曰：政教自堪治世，因果无乃渺茫乎？曰：是也。然而阴骘上帝，幽有鬼神，亦圣人之言否乎？彼彭生豕见面，申生语巫，武曌宫中，田蚡枕畔，九幽斧钺，严于王章多矣，而世人往往多疑者，以报应之或爽，诚有可疑。即如圣门之士，贤隽无多，德行四人，二者夭亡；一厄继母，几乎同于伯奇。天道愦愦，一至此乎！是非远洞三世，不足消释群憾。释迦马麦，袁盎人疮，世亦安能知之？故非天道愦愦，人自愦愦故也。或再疑曰：报应示戒可矣，妖邪不宜黜乎？曰：是也。然而天地大矣，无所不有；古今变矣，未可舟胶。人世不皆君子，阴曹反皆正人乎？岂夏姬谢世，便侪共姜；荣公撤瑟，可参孤竹乎？有以知其必不然矣。且江河日下，人鬼颇同，不则幽冥之中，反是圣贤道场，日日唐虞三代，有是理乎？或又疑而且规之曰：异事[4]，世固间有之矣，或亦不妨抵掌；而竟驰想天外，幻迹人区，无乃为《齐谐》滥觞乎？曰：是也。然子长列传，不厌滑稽；卮言寓言[5]，蒙庄嚆矢。且二十一史果皆实录乎？仙人之议李郭也，固有遗憾久矣，而况勃窣文心，笔补造化，不止生花，且同炼石。佳狐佳鬼之奇俊也，降福既以孔皆，敦伦更复无斁，人中大贤，犹有愧焉。是在解人不为法缚，不死句下可也。

夫中郎帐底，应饶子家之异味；邺侯架上，何须鬼册之常诠？愿为婆娑艺林者，职调人之役焉。古人著书，其正也，则以天常民彝为则，使天下之人，听一事如闻雷霆，奉一言如亲日月。外此而书或奇也，则新鬼故鬼，鲁庙依稀；内蛇外蛇，郑门踯躅，非尽矫诬也。倘尽以“不语”二字奉为金科，则萍实、商羊、羵羊、楛矢，但当摇首闭目而谢之足矣。然乎否耶？吾愿读书之士，览此奇文，须深慧业，眼光如电，墙壁皆通，能知作者之意，并能知圣人或雅言、或罕言、或不语之故，则六经之义，三才之统，诸圣之衡，一一贯之。异而同者，忘其异焉可矣。不然，痴人每苦情深，入耳便多濡首。一字魂飞，心月之精灵冉冉；三生梦渺，牡丹之亭下依依。檀板动而忽来，桃菂遗而不去，君将为魍魉曹丘生，仆何辞《齐谐》鲁仲连乎？

康熙己未春日谷旦[6]，紫霞道人高珩序。

校注

1　〔志〕据手稿本，原抄本作“史”。
2　〔心〕据手稿本，原抄本无“心”。

3　〔而〕据手稿本，原抄本作“以”。
4　〔异事〕据手稿本，原抄本无“异事”。
5　〔言〕据手稿本，原抄本作“意”。
6　〔谷旦〕据二十四卷本，原抄本无“谷旦”。

唐 序

谚有之云："见橐驼谓马肿背。"此言虽小，可以喻大矣。夫人以目所见者为有，所不见者为无。曰：此其常也；倏有而倏无则怪之。至于草木之荣落，昆虫之变化，倏有倏无，又不之怪，而独于神龙则怪之。彼万窍之刁刁，百川之活活，无所持之而动，无所激之而鸣，岂非怪乎？又习而安焉。独至于鬼狐则怪之，至于人则又不怪。夫人，则亦谁持之而动，谁激之而鸣者乎？莫不曰："我实为之。"夫我之所以为我者，目能视而不能视其所以视，耳能闻而不能闻其所以闻，而况于闻见[1]所不能及者乎？夫闻见所及以为有，所不及以为无，其为闻见也几何矣。人之言曰："有形形者，有物物者。"而不知有以无形为形、无物为物者。夫无形无物，则耳目穷矣，而不可谓之无也。有见蚊睫者，有不见泰山者；有闻蚁斗者，有不闻雷鸣者。见闻之不同者，聋瞽未可妄论也。自小儒为"人死如风火散"之说，而原始要终之道，不明于天下；于是所见者愈少，所怪者愈多，而"马肿背"之说昌行于天下。无可如何，辄以“孔子不语”之辞了之，而《齐谐》志怪，《虞初》记异之编，疑信之者参半矣。不知孔子所不语者，乃中人以下不可得而闻者耳，而谓《春秋》尽删神怪哉！

留仙蒲子，幼而颖异，长而特达。下笔风起云涌，能为记载之言。于制艺举业之暇，凡所见闻，辄为笔记，大要皆鬼狐怪异之事。向得其一卷，辄为同人取去；今再得其一卷[2]阅之。凡为余所习知者，十之三四，最足以破小儒拘墟之见，而与夏虫语冰也。余谓事无论常怪，但以有害于人者为妖。故日蚀星陨，鹢飞鹆巢，石言龙斗，不可谓异；惟土木甲兵之不时，与乱臣贼子，乃为妖异耳。今观留仙所著，其论断大义，皆本于赏善罚淫与安义命之旨，足以开物而成务，正如扬雄[3]《法言》，桓谭谓其必传矣。

康熙[4]壬戌仲秋既望，豹岩樵史唐梦赉序。

校注

1 〔闻见〕据手稿本，原抄本作“见闻”。该抄本以下两句中“夫见闻”、“为见闻”中的“见闻”，皆据手稿本改为“闻见”。

2 〔一卷〕据手稿本，原抄本作“全集”。

3 〔扬雄〕一作杨雄（前 53—18）。字子云，蜀郡成都（今四川省成都市）人。西汉著名辞赋家、哲学家、语言学家。手稿本、康熙抄本、铸雪斋抄本、二十四卷本皆作“扬云”。

4 〔康熙〕据铸雪斋抄本，原抄本无“康熙”。

自 叙

披萝带荔，三闾氏感而为骚[1]；牛鬼蛇神，长爪郎吟而成癖[2]。自鸣天籁，不择好音，有由然矣。[3]松落落秋萤之火，魑魅争光[4]；逐逐野马之尘，魍魉见笑[5]。才非干宝，雅爱搜神[6]；情类黄州，喜人谈鬼[7]。闻则命笔，遂以成编[8]。久之，四方同人[9]，又以邮筒[10]相寄，因而物以好聚[11]，所积益夥。甚者：人非化外，事或奇于断发之乡[12]；睫在眼前，怪有过于飞头之国[13]。遄飞逸兴，狂固难辞[14]；永托旷怀，痴且不讳[15]。展如之人，得勿向我胡卢耶[16]？然五父衢头，或涉滥听[17]；而三生石上，颇悟前因[18]。放纵之言，有未可概以人废者[19]。

松悬弧时[20]，先大人梦一病瘠瞿昙，偏袒入室[21]，药膏如钱，圆粘乳际，寤而松生，果符墨志[22]。且也：少羸多病，长命不犹[23]。门庭之栖寂，则冷淡如僧[24]；笔墨之耕耘，则萧条似钵[25]。每搔头[26]自念：勿亦面壁人[27]果吾前身耶？盖有漏根因，未结人天之果[28]；而随风荡堕，竟成藩溷之花[29]。茫茫六道[30]，何可谓无其理哉！独是子夜荧荧，灯昏欲蕊[31]；萧斋瑟瑟，案冷疑冰[32]。集腋为裘，妄续幽冥之录[33]；浮白载笔，仅成孤愤之书；寄托如此，亦足悲矣[34]！嗟乎！惊霜寒雀，抱树无温[35]；吊月秋虫，偎栏自热[36]。知我者，其在青林黑塞间[37]乎！

康熙己未春日，聊斋自叙[38]。

校注

1 〔披萝带荔，三闾氏感而为骚〕是说衣香草、带女萝的山鬼，引发诗人屈原的感慨，而写了《离骚》中的“山鬼”。披萝带荔，语出《楚辞·屈原〈九歌·山鬼〉》。原句为：“若有人兮山之阿，披薜荔兮带女萝。”作者将句中“披荔带萝”，颠倒使用，其意相同。薜荔，一名木莲，蔓生木本植物，古人称为香草。女萝，一名松萝，攀蔓而生，常由树梢倒悬如带。三闾氏，指战国时期楚国爱国诗人屈原。屈原（约前340–前278），名平，曾做过三闾氏大夫的官职。骚，即指《离骚》，是《楚辞》之一；这里指屈原的《九歌》。

2 〔牛鬼蛇神，长爪郎吟而成癖〕牛鬼蛇神是比喻神奇怪诞，而诗人李贺对此却吟之成癖。牛鬼蛇神，语出杜牧《李贺诗集序》：“鲸呿鳌掷，牛鬼蛇神，不足为其虚荒诞幻也。”长爪郎，指唐朝李贺。李贺（790–816），字长吉，中唐诗人。李商隐《李长吉小传》：“长吉细瘦，通眉，长指爪，能苦吟疾书。”

3 〔自鸣天籁，不择好音，有由然矣〕言其发自胸臆的自然的诗作，不去追求世俗所好，是由屈原、李贺为先例。天籁，指自然界的音响，这里引申为自由抒发情感的诗文。语出《庄子·齐物论》："汝闻人籁而未闻地籁，汝闻地籁而未闻天籁。"好音，指好听、美妙的声音。语出《诗经·鲁颂·泮水》："翩彼飞鸮，集于泮林。食我桑椹，怀我好音。"有由然，指有一定的原因。

4 〔松落落秋萤之火，魑（chī 吃）魅（mèi 妹）争光〕是说自己的身世凄凉，孤独失意，如同深秋闪着一点微光的秋萤，而世间的鬼魅，还与自己争这点微弱之光。松，指作者自己。落落，稀疏、孤独的样子。左思《咏史》："落落穷巷士，抱影守空庐。"秋萤，即秋天的萤火虫，在秋天的夜空中，来去飞舞，其尾部发出微弱之光。魑魅争光，"魑魅"与下句的"魍魉"，古时皆指山川木石精怪。晋裴启《裴子语林》载：嵇康于灯下弹琴，忽有一人，面甚小，一会儿变大，遂长丈余，单衣革带，嵇康视之既熟，吹灯说："吾耻与魑魅争光。"用此典，反衬出作者落落寡欢，耻于与世俗之人追逐。

5 〔逐逐野马之尘，魍魉见笑〕是说自己为生活所迫，而在世间奔波，却落得被鬼物讪笑。逐逐，指追逐、奔波，必欲得之貌。《易·颐》："虎视眈眈，其欲逐逐。"野马，指春天田野里蒸腾的水气，在日光下如同奔腾的野马；尘，指尘埃。《庄子·逍遥游》："野马也，尘埃也，生物之以息相吹也。"宋沈括《梦溪笔谈》三："野马乃田间浮气耳，远望如群马，又如水波，佛书谓'如热时野马阳焰'，即此物也。"魍魉见笑，魍魉，亦作罔两，指鬼物、精怪。此句指被鬼物所讥笑。《南史·刘损传》："损同郡宗人有刘伯龙者，少而贫薄。及长，历位尚书左丞、少府、武陵太守，贫窭尤甚。常在家慨然召左右，将营什一之方，忽见一鬼在旁抚掌大笑。伯龙叹曰：'贫穷固有命，乃复为鬼所笑也。'遂止。"

6 〔才非干宝，雅爱搜神〕是说我的才能虽说不如干宝，却像他一样喜爱搜集神怪故事。干宝，字令升，东晋学者，河南新蔡人。曾官山阴令、始安太守，撰有《搜神记》三十卷，原本已散佚。雅，很、甚。

7　〔情类黄州，喜人谈鬼〕是说我的情趣很似贬官黄州的苏东坡，喜欢人讲些鬼怪的故事。类，类似，很像。黄州，指苏轼。苏轼（1037–1101），字子瞻，号东坡居士，四川眉山人，北宋文学家。宋元丰间，因以诗讪谤朝政，贬为黄州（今湖北黄冈县）团练副使。在黄州时，每日早起，不招客来，必出外访客，各随其便，相与说鬼，有不能说者，便强之谓“姑妄言之”。

8　〔闻则命笔，遂以成编〕《异史》本“编”作“篇”，此据作者手稿本改。此二句是说，听到鬼狐的故事，就提笔记录下来，久而久之，就汇编成此书。遂，于是，因而。《春秋·桓公七年》：“祭公来，遂逆王后于纪。”编，编次，又结也。《史记·孔子世家》：“读《易》，韦编三绝。”

9　〔同人〕指有共同志趣的友人。唐韦应物《陪王郎中寻孔征君》：“俗吏闲居少，同人会面难。”

10　〔邮筒〕古人以竹筒封寄信件，故称邮筒。欧阳修《送梅龙图公仪知杭州》：“邮筒不绝如飞翼，莫惜新篇屡往还。”

11　〔物以好（hào 皓）聚〕指鬼狐的故事，因为自己爱好而被搜集起来。以，因为。好，爱好。

12　〔人非化外，事或奇于断发之乡〕是说人虽生活在中原，但发生在他们间奇奇怪怪的故事，却胜过吴楚荒蛮之地。化外，指中国封建政教所不能达到的荒蛮地区。断发之乡，古指吴越之地，即今之江浙、福建一带。此地人，当时短发纹身，习以为俗。《左传·哀公七年》：“大伯端委，以治周礼。仲雍嗣之，断发文身，裸以为饰。”其断发，与北国留头发相对应称之。

13　〔睫在眼前，怪有过于飞头之国〕是说在这大千世界中，在眼前所发生的怪事，就已比那飞头国更加奇异了。睫在眼前，言其极近。睫，指眼睫毛。飞头之国，段成式《酉阳杂俎》前集《境异》：“岭南溪洞中，往往有飞头者，故有飞头獠子之号。头将飞一日前，颈有痕，匝项如红缕，妻子遂看守之。其人及夜状如病，头忽生翼，脱身而去，乃于岸泥寻蟹蚓之类食之，将晓飞还，如梦觉，其腹实矣。”王子年的《拾遗记》载，海外有解形之民，能使头飞过海。张华《博物志》载，南方有落头民，其头能飞。

14 〔遄（chuán 船）飞逸兴，狂固难辞〕是说超逸的兴致勃发，狂放不羁之名，难所推辞。遄，快、疾。飞，飞动。逸，超越异于恒常。唐王勃《滕王阁序》：“遥吟俯畅，逸兴遄飞。”狂，狂放。

15 〔永托旷怀，痴且不讳〕是说永远假借鬼怪的故事，寄托我旷达的胸怀，对此痴迷之心，我也不讳言。旷怀，旷达的胸怀。痴，指痴迷。讳，讳言。

16 〔展如之人，得勿向我胡卢耶〕是说那些笃信礼教的人，能不向我掩口而笑吗？展如之人，诚实的人。语出《诗经·鄘风·君子偕老》：“展如之人兮，邦之媛也。”传：“展，诚也。”胡卢，形容笑的样子。《孔丛子·抗志》：“卫君乃胡卢大笑。”

17 〔五父衢头，或涉滥听〕是说道听途说的故事，或许有些故事失实。衢，两路交叉之处，即十字路口。五父衢，古衢名。《左传·襄公十一年》：“季武子将作三军……乃盟诸僖闳，诅诸五父之衢。”“五父衢，道名，在鲁国东南。”这两句的出典与含义，可能与《史记·孔子世家》所载之事有关：“丘生而叔梁纥死，葬于防山。防山在鲁东，由是孔子疑其父墓处，母讳之也。”因叔梁纥与颜氏之女野合而生孔子，故其母讳之。孔子母死，无法合葬，“乃殡五父之衢，盖其慎之”。蒲氏所引，乃泛指，活用。

18 〔三生石上，颇悟前因〕二句之意，承前两句，说类似三生石上的故事，可使人得悟前世因果。三生，佛家术语，即三世转生之意。《传灯录》载：“有一省郎，梦至碧岩下一老僧前，烟穗极微，云：‘此是檀越结愿，香烟存而檀越已三生矣。’”唐袁郊《甘泽谣·园观》载：唐代李源与僧圆观友善，同自荆江上峡，行次南浦，维舟山下。见妇女数人负瓮而汲。圆观曰：“其中孕妇王氏，是某托身之所，逾三载，尚未娩怀，以某未来之故也。今既见矣，即命有所归。浴儿三日，公当访临，若相顾一笑，即其认公也。更后十二年，中秋月夜，杭州天竺寺外，与公相见之期也。”是夕，圆观亡而孕妇产矣。李公三日往观新儿，襁褓就明，果致一笑。李公泣下，具告于王。王乃多出家财，厚葬圆观。后十二年八月，直诣杭州，赴其所约，时天竺寺山雨初晴，月色满川，忽闻葛洪川畔，有牧竖乘牛扣角歌竹枝词，双髻短衣，俄至寺前，乃圆观也。歌曰：“三生石上旧精魂，赏月吟风不要论。惭愧情人远相访，此身虽异性长存。”李公以无由叙话，望之潸然。圆观又唱竹枝而去。后来，人们就以“三生石”泛指所谓前世因缘。前因，即前世所种之因。因，指因缘。

19 〔放纵之言，有未可概以人废者〕是说那传说的故事，虽然狂放恣肆，但有许多地方是有它道理的，不能因为传说者没有社会地位，就忽视了它的价值。放纵，放任恣肆。概，一概、全部。废言，无用的话。《论语·卫灵公》：“君子不以言举人，不以言废人。”

20 〔松悬弧时〕《异史》本，“悬弧”为“始生”，据手稿本改。这是说作者始生时。古时，家中生男子时，在门之左挂一张弓，表示成人后习武学射。弧，木弓。《礼记·内则》：“子生，男子设弧于门左；女子设帨于门右。”后因称生男为“悬弧”。

21 〔先大人梦一病瘠瞿昙（tán 谈），偏袒入室〕先大人，是对已死去父亲的尊称。病瘠瞿昙，病而很瘦的和尚。瞿昙，梵语，亦称俱谭、具谭，新译“乔答摩”，本为佛祖释迦牟尼的姓氏（字悉达多），代指释迦牟尼，后来泛指佛门众僧。偏袒，僧人穿袈裟袒露右臂，称之“偏袒”，是佛教僧侣的装束。《释氏要览》中《礼数》载：“一切供养，皆偏袒，示有便于执作也。”

22 〔果符墨志〕指作者生下来后，在其乳旁有一块圆形的黑痣，果然与其父在梦中所见和尚的特点相符。其意是作者自己就是那病瘦和尚的转世。

23 〔少羸（léi 雷）多病，长（zhǎng 掌）命不犹〕二句是说，自己自幼瘦弱多病，长大后，命不如人。羸，瘦弱。《史记·扁鹊仓公列传》："形羸不能服药。"不犹，不如别人。《诗经·召南·小星》："肃肃宵征，抱衾与裯，实命不犹。"犹，如、同的意思。

24 〔门庭之栖寂，则冷淡如僧〕二句意为，自己门庭冷落，好像和尚居室一样少有人至。

25 〔笔墨之耕耘，则萧条似钵〕二句意为，自己靠教书、做幕僚维持的笔墨耕耘的生活，如同托钵化缘为生的和尚一样清苦。笔墨之耕耘，靠笔墨劳作而维持生活，此处指设馆授徒与为人做幕僚。萧条似钵，萧条、荒凉，冷落。《楚辞·屈原〈远游〉》："山萧条而无兽兮，野寂寞其无人。"钵，梵语"钵多罗"省略，为和尚化缘之食器。

26 〔搔头〕同"搔首"。意为有所思索之貌。《诗经·邶风·静女》："爱而不见，搔首踟蹰。"

27 〔面壁人〕此面壁人泛指和尚。《神僧传》："天竺菩提达摩，梁武帝普通元年，泛海至金陵。与帝语，师知机不契，遂去梁，渡江，止嵩山少林寺，终日面壁而坐，九年遂逝焉。"面壁，佛教指面对墙壁修行欲得道果。后来，就以"面壁人"指得道修行的和尚。

28 〔有漏根因，未结人天之果〕意为，自己前世为僧，由于没有摆脱尘世的烦恼，所以没有悟道而成正果。有漏，指在尘世间不能断绝三界之烦恼（三界：欲界、色界、无色界）。有者，生死之果报。漏，佛教中烦恼之异名。根与因，皆佛家语，指根由和原因。未结，佛家语说与"有结"对称。结，可招果报烦恼谓之结。人天，人间天上，这里指佛门弟子修炼成佛以成正果。果，指所得到的结果。俗语说好因有好果，恶因有恶果。《景德传灯录》二："（梁武）帝问（达摩）曰：'朕即位以来，造寺写经，度僧不可胜记，有何功德？'师曰：'并无功德。'帝曰：'何以无功德？'师曰：

‘此但人天小果。有漏之因，如影随形，虽有非实。’帝曰：‘如何是真功德？’答曰：‘净智妙圆，体自空寂，如是功德，不以世求。’”

29 〔而随风荡堕，竟成藩溷（hùn 混）之花〕是说人生有的好比满树的花，随风飘堕在篱笆边落到粪坑中。我好像这种花，转生人世，竟终身贫贱。藩，篱笆。溷，粪坑。《梁书·范缜传》：“初，缜在齐世尝侍竟陵王子良。子良精信释教而缜盛称无佛。子良问曰：‘君不信因果，世间何得有富贵？何得有贫贱？’缜答曰：‘人之生譬如一树花，同发一枝，俱开一蒂，随风而堕，自有拂帘幌坠于茵席之上，自有关篱墙落于粪溷之侧。坠茵席者，殿下是也；落粪溷者，下官是也。贵贱虽复殊途，因果竟在何处？’”

30 〔六道〕佛教指地狱道、饿鬼道、畜生道、阿修罗道、人道、天道。此六道乃众生轮回之道途。《法华经·序品》曰：“六道，众生生死所趣。”

31 〔独是子夜荧荧，灯昏欲蕊（ruǐ 桵）〕意为，但是半夜灯光，昏暗欲灭。独是，但是、只是。子夜，指夜半子时，一般指夜间十一点到一点钟。荧荧，指灯或烛不太明亮、微弱的光。蕊，指古时所点油灯，灯芯所结的灯花。

32 〔萧斋瑟瑟，案冷疑冰〕意为，书斋中冷清清的，桌案冷似寒冰。萧斋，书斋、书房。唐李肇《国史补》中：“梁武帝造寺，令萧子云飞白大书‘萧’字，至今一‘萧’字存焉。李约竭产自江南买归东洛，匾于小亭以玩之，号为‘萧斋’。”后称书斋为萧斋。这里的“萧斋”，作萧条寂寞的书斋讲。瑟瑟，指风声。《文选·刘桢〈赠从弟〉》：“亭亭山上松，瑟瑟谷中风。”疑，似。

33 〔集腋为裘，妄续幽冥之录〕意为，积少成多，妄想把搜集的鬼怪故事，作为《幽冥录》的续编。腋，狐腋的皮毛。《史记·刘敬叔孙通列传论》：“千金之裘，非一狐之腋也。”裘，皮袍。妄，狂妄，胡乱。《史记·项羽本纪》：“无妄言，族矣。”幽冥之录，即《幽冥录》，为南朝宋刘义庆所编著，是一部记载鬼怪故事的书。

34 〔浮白载笔，仅成孤愤之书；寄托如此，亦足悲矣〕意为，饮酒挥笔，写就这部记述鬼怪故事的书，以此来寄托我内心的孤愤，这样做也十足可悲了。浮白，本谓罚酒，后转称满饮一大杯酒。浮，罚；白，酒杯，刘向《说苑·善说》："魏文侯与大夫饮酒，使公乘不仁为觞政，曰：'饮不釂者，浮以大白。'"载笔，运用笔。《礼记·曲礼上》："史载笔，士载言。"孤愤之书，《韩非子》有《孤愤》篇。《史记·韩非列传》索隐："《孤愤》，愤孤直不容于时也。"司马迁《太史公自序》说韩非《孤愤》篇："意有所郁结，不得通其道也，故述往事，思来者。"寄托，指寓意。晋王羲之《兰亭集序》："或因寄所托，放浪形骸之外。"

35 〔惊霜寒雀，抱树无温〕意为，自己像寒霜后的鸟雀，栖在无温的树上，得不到人世间的温暖。惊霜，到了降霜的季节。寒雀，指寒风中的鸟雀。苏轼《西乡子·梅花词和杨元素》："寒雀满疏篱，争抱寒柯看玉蕤。"抱树，栖于树上。抱，异史本作"把"字，为传抄之误。

36 〔吊月秋虫，偎栏自热〕意为，自己如同秋虫，在寒风中对月伤怀低吟，在凄凉孤独中自我安慰。吊月，对着月亮伤感。李贺《宫娃歌》："啼蛄吊月钩阑下，屈膝铜铺锁阿甄。"栏，栏干。

37 〔青林黑塞间〕这句是说，能理解我的人，只有在那冥冥的梦魂中去寻找了。杜甫《梦李白》："魂来枫林青，魂返关塞黑。"

38 〔康熙己未春日，聊斋自叙〕聊斋，是蒲松龄的自称。自叙，其他版本为"自序"。据手稿本加"康熙己未春日"。康熙己未，为康熙十八年，即公元 1679 年。

卷一

考城隍

予姊丈之祖，宋公讳[1]焘，邑廪生[2]。一日，病卧，见吏人持牒，牵白颠马[3]来，云：“请赴试。”公言：“文宗[4]未临，何遽得考？”吏不言，但敦促之。公力疾[5]乘马从去。路甚生疏。至一城郭，如王者都。移时入府廨[6]，宫室壮丽。上坐十余官，都不知何人，惟关壮缪[7]可识。檐下设几、墩[8]各二，先有一秀才坐其末，公便与连肩[9]。几上各有笔札。俄题纸飞下。视之，八字云：“一人二人，有心无心。”二公文成，呈殿上。公文中有云：“有心为善，虽善不赏；无心为恶，虽恶不罚。”诸神传赞不已。召公上，谕曰：“河南缺一城隍[10]，君称其职。”公方悟，顿首泣曰：“辱膺宠命[11]，何敢多辞？但老母七旬，奉养无人，请得终其天年[12]，惟听录用。”上一帝王像者，即命稽母寿籍[13]。有长须吏捧册翻阅一过，白：“有阳算[14]九年。”共筹躇[15]间，关帝曰：“不妨，令张生摄篆[16]九年，瓜代[17]可也。”乃谓公：“应即赴任；今推仁孝之心，给假九年，及期当复相召。”又勉励秀才数语。二公稽首[18]并

考城隍
人生百行孝為先
明義開宗第一篇
泣涕陳情子假日
歡承萱草喜延年

下。秀才握手送诸郊野，自言长山[19]张某，以诗赠别，都忘其词，中有“有花有酒春常在，无烛无灯夜自明”之句。公既骑，乃别而去。及抵里，豁若梦寤。时卒已三日。母闻棺中呻吟，扶出，半日始能语，问之长山，果有张生于是日死矣。后九年，母果卒。营葬既毕，浣濯入室而殁。其岳家居城中西门里，忽见公镂膺朱幩[20]，舆马甚众，登其堂，一拜而行。相共惊疑，不知其为神。奔询乡中，则已殁矣。公有自记小传，惜乱后无存，此其略耳。

校注

1 〔讳〕名讳。古人对帝王尊长者，不直呼其名，叫讳避，后遂称名作“讳”。

2 〔邑廪生〕本县的廪生。邑，城邑，此作“县”解。廪生，明清两朝于府、州、县设一定名额廪生，由官府资助钱粮，借以读书。明初，凡考取生员（秀才）者，每月每人廪米六斗。后又增广名额，于是额内者为廪膳生员，增额者，为增广生员，以上皆有定额。其次，为附学生员，无定额。清改廪米折银四两。成绩优秀的增生，经岁试，可依次升为廪生，称为补廪。廪生依次升入国子监肄业，称为岁贡。

3 〔白颠马〕额头有白毛的马。《诗经·秦风·车邻》：“有车邻邻，有马白颠。”颠，额头。

4 〔文宗〕原指一代文章大师。《后汉书·崔骃传》：“崔为文宗，世禅雕龙。”明清两朝尊称各省的提督学政（简称“提学”、“学政”)。临，指案临。清制，提学在其三年的任期内，按时对本省的生员进行考试，称为案临。

5 〔力疾〕据青柯亭本，手稿本与异史本为“力病”。力疾，指勉强支撑病体。《三国志·魏志·曹爽传》：“臣辄力疾，将兵屯洛水浮桥，伺察非常。”

6 〔府廨(xiè 泄)〕官府衙门。

7 〔关壮缪(móu 谋)〕关羽(？-219)，字云长，河东解县(今山西临猗县西南)人。三国蜀汉大将。死后，于蜀汉后主建兴七年追谥为壮缪侯；宋高宗建炎二年，加封“壮缪义勇武安王”；宋孝宗淳熙十四年，加封“壮缪义勇武安英济王”；明万历年间，敕封为“三界伏魔大帝威远震天尊关圣帝君”；清顺治年间，敕封为“忠义神武关圣大帝”。自是以后，称关羽为“关帝”，其供奉之庙，为关帝庙。

8 〔几、墩〕几，为长方形的小桌。墩，为一种低矮坐具，亦称墩子。

9 〔连肩〕犹言肩靠肩，即并排而坐。梁钟嵘《诗品·总论》：“抱玉者连肩，握珠者踵武。”

10 〔城隍〕古代传说中城池的守护神。《北史·慕容俨传》：“城中先有神祠一所，俗号城隍神，俨于是顺士卒心祈请。”宋元以来，附会为冥间的地方官。因此，各府、州、县都有城隍庙。

11 〔辱膺宠命〕意为荣幸地接受任命。辱，敬词，犹言承蒙之意。《左传·隐公十一年》：“君与滕君，辱在寡人。”膺，受、当。《尚书·咸武》：“诞膺天命，以抚方夏。”宠命，称君王或上级的命令。李密《陈情表》：“过蒙拔擢，宠命优渥。”

12 〔天年〕自然的寿数。《庄子·大宗师》：“终其天年而不中道夭者，是知之盛也。”

13 〔稽母寿籍〕查看记载母亲阳寿的簿子。稽，查。寿籍，迷信传说中记载人阳寿的簿子，即“生死簿”。

14 〔阳算〕人的寿数。算，道家指人的运命。《抱朴子·微旨》：

"算减则人贫耗疾病，屡逢忧患；算尽则人死。"

15 〔筹躇〕犹豫不决。筹，通"踌"。

16 〔摄篆（zhuàn 撰）〕代理官职，掌管印信。摄，代理。篆，指印信。

17 〔瓜代〕"及瓜而代"的省略语。其意为接代职任。《左传·庄公八年》："齐侯使连称、管至父戍葵丘，瓜时而往，曰：'及瓜而代。'"后遂称期满由他人接任为"瓜代"。

18 〔稽（qǐ 乞）首〕古时俯首及地的跪拜礼，即叩头。

19 〔长山〕旧县名。清属济南府。1951 年撤销，分别并入邹平县与淄博市。

20 〔镂膺朱幩（fén 坟）〕都是形容马装饰的华美。镂膺，马胸前的雕花金属饰品带子。《诗经·秦风·小戎》："蒙伐有苑，虎韔镂膺。"朱幩，马口两旁用以扇汗的红色帛。《诗经·卫风·硕人》："四牡有骄，朱幩镳镳。"

耳中人

谭晋玄，邑诸生[1]也。笃信导引之术[2]，寒暑不辍，行之数月，若有所得。一日，方趺坐[3]，闻耳中小语如蝇，曰："可以见[4]矣。"开目即不复闻；合眸定息，又闻如故。谓是丹[5]将成，窃喜。自是每坐辄闻。因俟其再言，当应以觇[6]之。一日，又言。乃微应曰："可以见矣。"俄觉耳中习习然，似有物出。微睨[7]之，小人长三寸许，貌狞恶如夜叉[8]状，旋转地上。心窃异之，姑凝神以观其变。忽有邻人假[9]物，扣门而呼。小人闻之，意张皇，绕屋而转，如鼠失窟。谭觉神魂俱失，复不知小人何所之矣。遂得颠疾[10]，号叫不休，医药半年始渐愈。

校注

1 〔诸生〕本指儒生。《史记·刘敬叔孙通列传》："臣愿征鲁诸

耳中人
奼女嬰兒易結胎
成仙畢竟要仙才
小人三寸張皇甚
可是兜元國裡来

生，与臣弟子共起朝仪。”明清两朝指凡考取府、州、县学生员，皆称诸生。

2 〔导引之术〕古代一种强身养生之术。指呼吸俯仰，屈伸手足，使气血通畅，从而促进身体健康。《庄子·刻意》：“吹呴呼吸，吐故纳新，熊经鸟申，为寿而已矣。此道（导）引之士，养形之人也，彭祖寿考者之所好也。”后为道家所采用，成为修炼的迷信法术之一。此为方士附会道家之说，谓能炼气成仙。

3 〔趺（fū 夫）坐〕为“跏趺坐”的略称。为佛教徒坐禅的一种姿势。两足交叉于左右股上，为全跏趺坐；单以右足置于左股上，或单以左足置于右股上，为半跏趺坐。王维《登辨觉寺》：“软草承趺坐，长松响梵声。”

4 〔见（xiàn 现）〕此处通“现”。

5 〔丹〕炼丹是道家法术之一。道家所炼之丹，有内丹与外丹之说。在炉鼎中所炼药石之物，为“金丹”，即“外丹”；精神体内所炼之丹为“内丹”。“内丹”，指修养龙虎、胎息、吐纳之功凝成“圣胎”。此处指内丹。

6 〔觇（chān 搀）〕窥视。《左传·成公十七年》：“公使觇之。”

7 〔微睨（nì 匿）〕略微地斜视。

8 〔夜叉〕梵语音译，又译为“能啖鬼”、“捷疾鬼”。佛经中一种形象凶恶的鬼。《玄应大义》：“能啖鬼谓食啖人也。”此指耳中小人之凶恶之状。

9 〔假〕借。

10 〔颠疾〕即疯癫病。颠，通“癫”。

尸变

阳信[1]某翁者，邑之蔡店人。村去城五六里，父子设临路店，宿行商。有车夫数人，往来负贩，辄寓其家。一日昏暮，四人偕来，望门投止[2]，则翁家客宿邸满。四人计无复之，坚请容纳。翁沉吟思得一所，似恐不当客意。客言："但求一席厦宇[3]，更不敢有所择。"时翁有子妇新死，停尸室中，子出购材木[4]未归。翁以灵所室寂，遂穿衢导客往。

入其庐，灯昏案上；案后有搭帐衣[5]，纸衾[6]覆逝者。又观寝所，则复室[7]中有连榻。四客奔波颇困，甫就枕，鼻息渐粗。惟一客尚蒙眬。忽闻床上察察有声，急开目，则灵前灯火，照视甚了：女尸已揭衾起；俄而下，渐入卧室。面淡金色，生绢抹额[8]。俯近榻前，遍吹卧客者三。客大惧，恐将及己，潜引被覆首，闭息忍咽以听之。未几，女果来，吹之如诸客，觉出房去，即闻纸衾声。出首微窥，见僵卧犹初矣。客惧甚，不敢作声，阴以足踏诸客，而诸客绝无少动。顾念无计，不如着衣以窜。才起振衣[9]，而察察之声又作。客惧，复伏，缩首衾中。觉女复来，连续吹数数[10]始去。少间，闻灵床作响，知其复卧。乃从被底渐渐出手得袴，遽就着之，白足[11]奔出。尸亦起，似将逐客。比其离帏，而客已拔关[12]出矣。尸驰从之。客且奔且号，村中人无有警者。欲叩主人之门，又恐迟为所及，遂望邑城路极力窜去。至东郊，瞥见兰若[13]，闻木鱼[14]声，乃急挝山门[15]。道人[16]讶其非常，又不即纳。旋踵[17]，尸已至，去身盈尺。客窘益甚。门外有白杨，围四五尺许，因以树自障；彼右则左之，彼左则右之[18]。尸益怒。然各寖倦[19]矣。尸顿立。客汗促气逆，庇树间。尸暴起，伸两臂隔树探扑之。客惊仆。尸捉之不得，抱树而僵。

道人窃听良久，无声，始渐出，见客卧地上。烛之，死，然心下丝丝有动气。负入，终夜始苏。饮以汤水而问之，客具以状对。时晨钟已尽，晓色迷蒙，道人觇树上，果见僵女。大骇，报邑宰[20]。宰亲诣质验[21]。使人拔女手，牢不可开。审谛[22]之，则左右四指并卷如钩，入木没甲。又数人力拔乃得下。视指穴如凿孔然。遣役探翁家，则以尸亡客毙，纷纷正哗。役告之故。翁乃从往，舁尸归。客泣告宰曰：“身[23]四人出，今一人归，此情何以信乡里？”宰与之牒[24]，赍送[25]以归。

校注

1 〔阳信〕县名。在山东省北部。

2 〔望门投止〕指车夫夜行望见有人家，便去投宿。《汉书·张俭传》："俭得亡命，困迫遁走，望门投止。"王先谦集解："《通鉴》胡注：'望门而投之，以求止舍，困急之甚也。'"止，宿。

3 〔一席厦宇〕房檐下一席之地。厦，两廊的偏屋。宇，屋檐。

4 〔材木〕指棺木。

5 〔搭帐衣〕指在灵堂中所设间隔灵床的帷帐。旧时民间丧礼，初丧时停尸于灵床，前设供桌、燃油灯，列酒浆以祭之，桌后设帷。

6 〔纸衾（qīn 钦）〕人初丧，用黄裱纸或白纸，将尸体覆盖。衾，被。民国《泰安县志》："既死，覆以纸被。"

7 〔复室〕指房中的套间。

8 〔生绢抹额〕用生丝手帕束头。生绢，未经漂煮过的绢。抹额，束额的头巾。此指以巾束头。

9 〔振衣〕指抖动衣服。此处指振抖衣服欲穿。

10 〔数数（shuòshuò 朔朔）〕多次。

11 〔白足〕指赤着脚。

12 〔拔关〕拔开门闩。关，指门闩。

13 〔兰若〕梵语"阿兰若"的简称，指佛教的庙宇。原意为寂静无苦恼之处。《大乘义章》一五："阿兰若者，此翻名为空闲处也。"

14 〔木鱼〕佛教法器。以木刻鱼形，中空，扣之作声。木鱼有两种：一种为团圆之鱼鳞，读诵叩之；一为挺直之鱼形，吊于库堂，饭时击之，禅家呼作"梆"。《百丈清规·法器》："相传云：鱼昼夜常醒，刻木象形击之，所以惊昏惰也。"

15 〔山门〕寺院外门。另，山门亦有整个寺院之称。《高僧传》："支遁于石城山立栖光寺，宴坐山门，游心禅苑。"

16 〔道人〕原本指有道术之人。此处指和尚。叶梦得《石林燕语》:“晋宋间佛教初行，未有僧称，通曰道人。”南北朝，社会上习惯称佛教徒为道人，道教徒为道士。

17 〔旋踵〕转动脚跟，言时间很短。踵，脚后跟。

18 〔“彼左则右之”句〕手稿本无此句。

19 〔寖（jìn 尽）倦〕逐渐疲倦。寖，逐渐。

20 〔邑宰〕知县。

21 〔质验〕指取证查验。

22 〔审谛〕仔细审视。谛，仔细。

23 〔身〕指负贩者自己。《尔雅・释诂下》:“身，我也。”

24 〔牒（dié 蝶）〕证件。此指由官府出具的证明文件。

25 〔赍（jī 几）送〕资助盘缠相送。赍，把东西送人。

喷　水

莱阳宋玉叔[1]先生为部曹[2]时，所僦第[3]甚荒落。一夜，二婢奉太夫人宿厅上，闻院内扑扑有声，如缝工之喷水者。太夫人[4]促婢起，穴窗[5]窥视，见一老妪，身驼背，白发如帚，冠一髻，长二尺许，周院环走，疏急作鹤行[6]，且喷，水出不穷，婢愕返白。太夫人亦惊起。两婢扶窗下聚观之。妪忽逼窗，直喷棂内，窗纸破裂，三人俱仆，而家人不之知也。东曦[7]既上，家人毕集，叩门不应，方骇。撬扉入，见一主二婢，骈死[8]一室。一婢膈下[9]犹温，扶灌之，移时而苏，乃述所见。先生至，哀愤欲死。细穷没处，掘深三尺余，渐露白发，又掘之，得一尸，如所见状，面肥肿如生。令击之，骨肉皆烂，皮内尽清水。

王阮亭云："玉叔襁褓失恃，此事恐属传闻之讹。"[10]

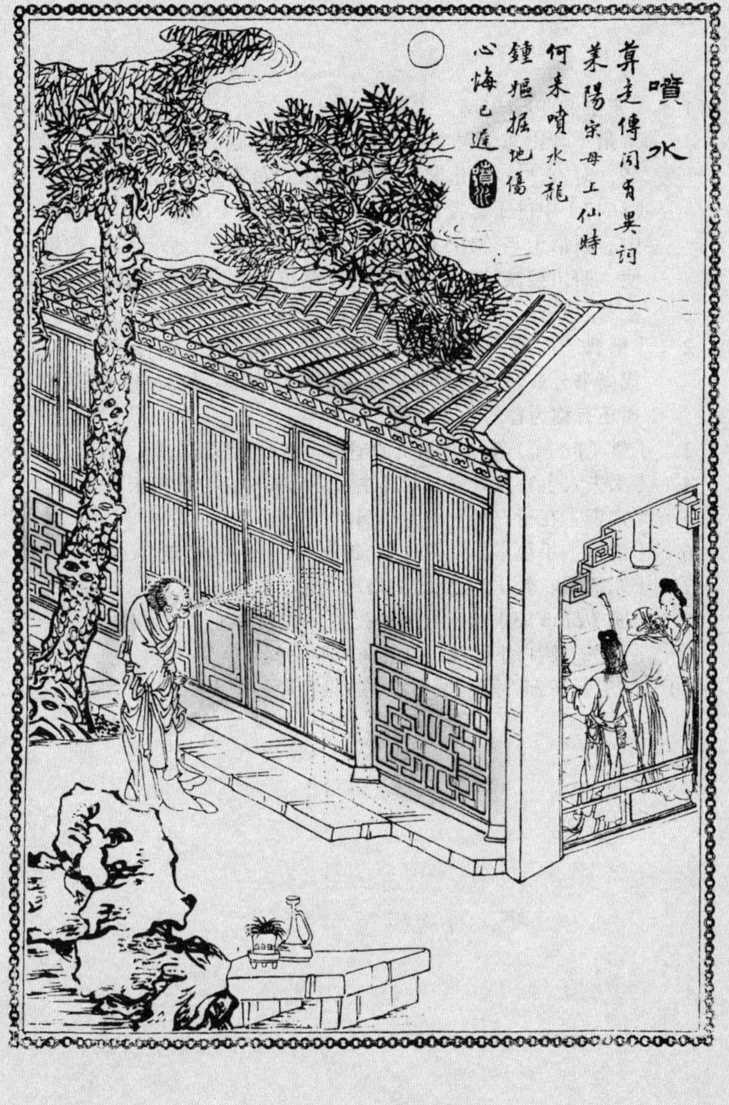
噴水
筭是傳聞有異詞
萊陽宋母上仙時
何来噴水龍鍾嫗
掘地傷心悔已遲

校注

1 〔宋玉叔〕即宋琬。宋琬（1614-1673），字玉叔，号荔裳，莱阳（今山东莱县）人。清初著名诗人，其诗与施愚山齐名，时有“南施北宋”之称。有《安雅堂集》。顺治四年（1647）中进士，授户部主事。顺治七年（1650），迁吏部郎中。顺治十年（1653），补陕西陇右道佥事。后迁浙江按察使、四川按察使。《清史稿·文苑传》载有宋琬之详传，可参考。

2 〔部曹〕明清内阁六部下属各司的主管官员，统称部曹。汉代尚书分曹治事；魏晋后，渐将曹改为部，故后来六部的各司还有称为曹的。

3 〔僦（jiù 就）第〕指租赁的宅第。僦，租赁。

4 〔太夫人〕官宦人家，对其主人之母的尊称。此指宋母。

5 〔穴窗〕在窗户纸上挖个小洞。

6 〔鹤行〕手稿本作“鹤步”。其意，如鹤一样行走。

7 〔东曦（xī 希）〕指东方的晨曦。曦，日光。

8 〔骈（pián 蹁）死〕并排着死去。骈，并列。

9 〔膈下〕胸口下。膈，胸腔与腹腔之间。

10 〔“王阮亭云”段〕据手稿本补录，原抄本无。

瞳人语

长安[1]士方栋，颇有才名，而佻脱[2]不持仪节[3]。每陌上见游女[4]，辄轻薄尾缀[5]之。清明前一日，偶步郊郭，见一小车，朱茀绣幰[6]，青衣[7]数辈，款段[8]以从。内一婢，乘小驷[9]，容光绝美。稍稍近觇之，见车幔洞开，内坐二八女郎，红妆艳丽，尤生平所未睹。目炫神夺，瞻恋弗舍，或先或后，驰数里。忽闻女郎呼婢近车侧，曰："为我垂帘下。何处风狂儿郎，频来窥瞻！"婢乃下帘，怒顾生曰："此芙蓉城[10]七郎子新妇归宁[11]，非同田舍娘子[12]，放教秀才胡觑[13]！"言已，掬辙土扬生。生眯目不可开。才一拭目，而车马已渺。惊疑而返，觉目终不快。倩人启睑[14]拨视，则睛上生小翳[15]；经宿益剧，泪簌簌不得止；翳渐大，数日厚如钱；右睛起旋螺，百药无效。懊闷欲绝，颇思自忏悔。闻《光明经》[16]能解厄。持一卷浼人[17]教诵。初犹烦躁，久渐自安。旦晚无事，惟趺坐捻珠[18]。持之一年，万缘俱净[19]。忽闻左目中小语如蝇，曰："黑漆似，叵耐杀人[20]！"右目中应云："可同小遨游，出此闷气。”渐觉两鼻中蠕蠕作痒，似有物出，离孔而去。久之乃返，复自鼻入眶中。又言曰：“许时不窥园亭，珍珠兰[21]遽枯瘠死！”生素喜香兰，园中多种植，日常自灌溉；自失明，久置不问。忽闻此言，遽问妻：“兰花何使憔悴死？”妻诘其所自知，因告之故。妻趋验之，花果槁矣。大异之。静匿房中以俟之，见有小人自生鼻内出，大不及豆，营营[22]然竟出门去。渐远，遂迷所在。俄，连臂[23]归，飞上面，如蜂蚁之投穴者。如此二三日，又闻左言曰：“隧道迂，还往甚非所便，不如自启门。”右应云：“我壁子厚，大不易。”左曰：“我试辟，得与而俱。”遂觉左眶内隐似抓裂。少顷，开视，豁见几物。喜告妻。妻审之，则脂膜破小窍，黑睛荧荧，才如劈椒[24]。越一宿，障尽消。细视，竟重瞳[25]也，但右[26]目旋螺如故，乃知两瞳人合居一眶矣。生虽一目眇[27]，而较之双目者，殊更了了。由是益自检束[28]，乡中称盛德焉。

异史氏曰[29]：“乡有士人，偕二友于途，遥见少妇控驴出其前，戏而吟曰：‘有美人兮[30]！’顾二友曰：‘驱之！’相与笑骋。俄追及，乃其子妇。心赧气丧，默不复语。友伪为不知也者，评骘殊亵[31]。士人忸怩，吃吃[32]而言曰：‘此长男妇也。’各隐笑而罢。轻薄者往往自侮，良可笑也。至于眯目失明，又鬼神之惨报矣。芙蓉城主，不知何神，岂菩萨[33]现身耶？然小郎君生辟门户，鬼神虽恶，亦何尝不许人自新哉。”

校注

1 〔长安〕今陕西省西安市。长安，为汉唐时期都城，后多以长安代指国都。

2 〔佻（tiāo 挑）脱〕轻薄不庄重。卷五《冤狱》中"佻达"，其义与此同。《周易·无妄之师》："火起上门，不为我残，跳脱东西，独得生完。"跳，通"佻"。《诗经·郑风·青衿》："挑兮达兮。"其义与上同。

3 〔不持仪节〕不守规矩，不讲礼节。

4 〔陌（mò 末）上见游女〕指在郊外、田野看见出游的女子。陌，田边从东到西的道路。游女，出游的女子。《诗经·周南·汉广》："汉有游女，不可求思。"

5 〔尾缀〕尾随其后。

6 〔朱茀（fú 弗）绣幰（xiǎn 险）〕指红色的车帘，绣着花的帷幔。古代妇女所乘之车，车篷上所挂帘子，叫"茀"；车上所围帷幔，叫"幰"。

7 〔青衣〕古时青衣（黑衣）为卑贱者所服，婢女多着青衣，故以青衣代指婢女。唐白居易《懒放》诗："青衣报平旦，呼我起盥栉。"

8 〔款段〕原为马名，即款段马。此指骑马缓慢行走。《后汉书·马援传》："士生一世，但取衣食裁足，乘下泽车，御款段马，为郡椽吏，守坟墓，乡里称善人，斯可矣。"注："款，犹缓也，言形段迟缓也。"

9 〔小驷〕马名。《左传·僖公十五年》："（晋侯）乘小驷，郑入也。"注："郑所献马，名小驷。"

10 〔芙蓉城〕神话传说中，神仙所居之地。宋欧阳修《六一诗话》："石曼卿卒后，故人有见之者，云恍惚如梦中。言我今为鬼仙也，所主芙蓉城。欲呼故人往游，不得，忿然骑一素骡去如飞。"

11 〔归宁〕古代指出嫁女子回娘家探视。《诗经·周南·葛覃》：

“害浣害否，归宁父母。”

12 〔田舍娘子〕指乡间妇女。元稹《估客乐》：“村中田舍娘，贵贱不敢争。”

13 〔放教秀才胡觑（qù 去）〕任凭秀才们胡乱偷看。放教，任由、听便。白居易《春来频与李二同游》：“可惜济时心力在，放教临水复登山。”秀才，本为汉代选举官吏的科目，郡举孝廉，州举秀才。至唐时与明经、进士同为科举的科目。明清科举制，凡为府、州、县考试入选者，称为生员，即秀才。胡觑，即胡乱窥视。觑，偷看。

14 〔倩（qiàn 茜）人启睑〕请人翻开眼皮。倩，请人代做。睑，眼皮。

15 〔翳（yì 益）〕障翳，即“白内障”。眼内生薄膜遮住瞳孔。

16 〔《光明经》〕佛教经典，全称为《金光明经》。

17 〔浼（měi 美）人〕恳托、请人。陶宗仪《辍耕录》七：“（刘）整复浼人言之。”

18 〔捻珠〕捻佛珠。即用手数佛珠。佛教徒在诵佛经时，用以记数。因佛教徒认为，读诵经卷的遍数，与自己修正果有关。佛珠，由木、玛瑙、玉石等制作。

19 〔万缘俱净〕一切尘世间的俗念都消除。缘，佛家术语，“其心识向境界而动之作用，谓之缘”。此则指心中之意念所产生的机缘。白居易《酒功赞》：“万缘皆空，时乃之功。”

20 〔叵（pǒ 颇）耐杀人〕使人难以忍耐。杀，同“煞”。唐刘悚《隋唐嘉话》下：“李昭德为内史，娄师德为纳言，相随入朝。娄体肥行缓，李屡顾待不即至，乃发怒曰：‘叵耐杀人田舍汉！’娄闻之，反徐笑曰：‘师德不是田舍汉，更阿谁是？’”

21 〔珍珠兰〕也称珠兰或鱼子兰。为金粟兰科灌木，枝叶似茉莉，初夏开小花呈黄绿色，穗状花序，香味浓郁。

22 〔营营〕此指翅飞动所发出的声音。《诗经·小雅·青蝇》：“营营青蝇，止于樊。”朱熹注：“营营，往来飞声。”

23 〔连臂〕据手稿本，原抄本作“背”。指手臂挎着手臂。裴铏

《传奇·孙恪》："及斋罢，有野猿数十，连臂下于高松。"

24 〔劈椒〕指花椒成熟后，绽裂所露出的花椒内仁，俗称"椒目"。这里指所露出的瞳仁，才如半个花椒大。劈，原作"擘"。曹植《鹞雀赋》："头如果蒜，目如擘椒。"

25 〔重（chóng 虫）瞳〕指一只眼眶内，有两个瞳仁。

26 〔右〕据二十四卷本，原抄本作"左"字。

27 〔眇（miǎo 秒）〕瞎一只眼睛。《周易·履》："眇能视，跛能履。"

28 〔检束〕检点约束自己的言行。白居易《短歌行》："未敢议欢游，尚为名检束。"

29 〔异史氏曰〕其意为异史氏说。异史氏，是《聊斋志异》作者蒲松龄的自称。曰，说或评说的意思。《聊斋志异》模仿司马迁所写《史记》的格式。《史记》在正文后载有一段论赞，以直接发表作者自己的见解，因为司马迁做过太史令，故自称"太史公"。蒲松龄的《聊斋志异》是仿书中的列传体例，是为狐鬼所撰写的一部历史。当然，作者自知此并非正史，故自称"异史氏"，以别于正史。

30 〔有美人兮〕语出《诗经·郑风·野有蔓草》："有美一人，清扬婉兮。邂逅相遇，适我愿兮。"

31 〔评骘（zhì 质）殊亵〕评论得十分下流。《尚书·洪范》："惟天阴骘下民。"传："骘，定也。"

32 〔吃吃〕形容说话结巴，含混不清。

33 〔菩萨〕梵文"菩提萨埵"的略称，意译为"觉有情"、"道众生"。《翻译名义集》卷一引法藏释："菩提，此谓之觉，萨埵此曰众生。以智上求菩提，用悲下救众生。"其义为以无上的觉悟，施益于众生，使之成就佛果的修行者，地位次于佛。南海观世音菩萨常以女身出现。

画壁

江西孟龙潭，与朱孝廉[1]客都中。偶涉一兰若，殿宇禅舍[2]，俱不甚弘敞[3]，惟一老僧挂搭[4]其中。见客入，肃衣出迓[5]，导与随喜[6]。殿中塑志公[7]像。两壁图绘精妙，人物如生。东壁画散花天女[8]，内一垂髫者[9]，拈花微笑，樱唇欲动，眼波将流。朱注目久，不觉神摇意夺[10]，恍然[11]凝思。身忽飘飘，如驾云雾，已到壁上。

见殿阁重重，非复人世。一老僧说法[12]座上，偏袒绕视者[13]甚众。朱亦杂立其中。少间，似有人暗牵其裾[14]。回顾，则垂髫儿，辗然[15]竟去。履迹从之，过曲栏，入一小舍，朱次且[16]不敢前。女回首举手中花，遥遥作招状，乃趋之。舍内寂无人，遽拥之，亦不甚拒，遂与狎好。既而闭户去，嘱勿咳，夜乃复至，如此二日。女伴共觉之，共搜得生，戏谓女曰："腹内小郎已许大，尚发蓬蓬学处子[17]耶？"共捧簪珥[18]，促令上鬟[19]，女含羞不语。一女曰："妹妹姊姊，吾等勿久住，恐人不欢。"群笑而去。生视女，髻云高簇，鬟凤低垂，比垂髫时尤艳绝也。四顾无人，渐入猥亵，兰麝[20]薰心，乐方未艾。忽闻吉莫靴[21]铿铿甚厉，缧锁[22]锵然；旋有纷嚣腾辨之声。女惊起，与生窃窥，则见一金甲使者[23]，黑面如漆，绾锁挈槌[24]，众女环绕之。使者曰："全未？"答言："已全。"使者曰："如有藏匿下界人，即共出首，勿贻伊戚[25]。"又同声言："无。"使者反身鹗顾[26]，似将搜匿。女大惧，面如死灰，张皇谓朱曰："可急匿榻下。"乃启壁上小扉，猝遁去。朱伏，不敢少息。俄闻靴声至房内，复出。未几，烦喧渐远，心稍安；然户外辄有往来语论者。朱局蹐[27]既久，觉耳际蝉鸣，目中火出，景状殆不可忍，惟静听以待女归，竟不复忆身之何自来也。时孟龙潭在殿中，转瞬不见朱，疑以问僧。僧笑曰："往听说法去矣。"问："何处？"曰："不远。"少时，以指弹壁而呼曰："朱檀越[28]何久游不归？"旋[29]见壁间画有朱像，倾耳伫立，若有听察。僧又呼曰："游侣久待矣。"遂飘忽自壁而下，灰心木立，目瞪足软。孟大骇，从容问之，盖方伏榻下，闻扣声如雷，故出房窥听也。共视拈花人，螺髻[30]翘然，不复垂髫矣。朱惊拜老僧，而问其故，僧笑曰："幻由人生，贫道何能解？"朱气结而不扬，孟心骇叹而无主。即起，历阶[31]而出。

异史氏曰："幻由人作，此言类有道者。人有淫心，是生亵境；人有亵心，是生怖境。菩萨点化愚蒙，千幻并作，皆人心所自动耳。老婆心切[32]，惜不闻其言下大悟，披发入山[33]也。"

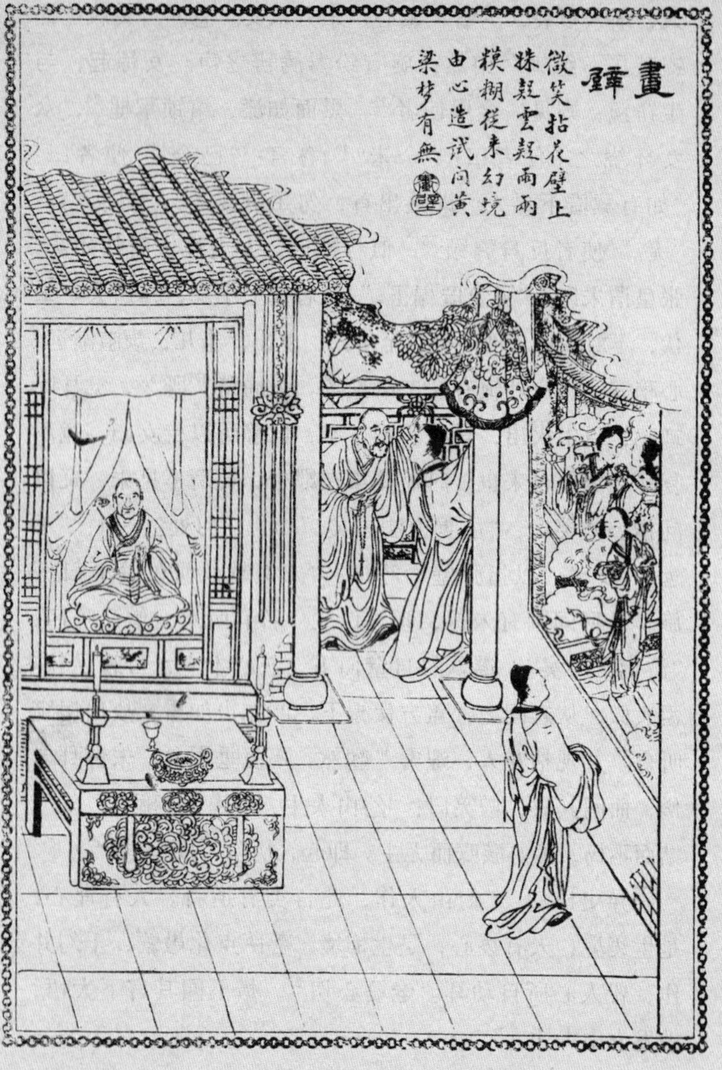
畫壁
微笑拈花壁上
姝鬟雲鬟雨雨
模糊從来幻境
由心造試向黄
梁梦有無
畫壁

校注

1 〔孝廉〕这里指举人。本为汉代选举官吏所设之孝廉科。孝，指孝行之子。廉，指廉洁之士。当时定为州举“秀才”，郡国举“孝廉”，报请朝廷任用。明清两朝，举人由乡试科考产生，与汉朝孝廉由郡国推举类似，故别称“孝廉”。

2 〔禅（chán 蝉）舍〕僧房。禅，佛家语，梵语音译“禅那”的略称。意译“静虑”、“思维修”等，认为能使人心绪宁静专注，便于深入思虑义理。后来，发展成凡是与佛家有关的事物都冠以“禅”字。如禅杖、禅坐、禅板等。

3 〔弘敞〕宽敞。敞，原作“厰”，据青柯亭本改。《文选·张衡〈西京赋〉》：“渐台立于中央，赫昈昈以弘敞。”

4 〔挂搭〕佛教名词。指行脚僧投寺院暂住之意。亦作“挂单”、“挂锡”。行脚僧投宿别家寺院中，将衣钵挂在僧堂东西两序名单的钩上，故称。“挂搭”亦称“挂褡”。褡，指僧衣。

5 〔肃衣出迓（yà 亚）〕把衣服穿整齐，出来迎接。迓，迎接。

6 〔随喜〕佛家语。此指游览寺院。原意为施主随己所喜，向寺院布施财物。后因之称游寺院为随喜。杜甫《望兜率寺》诗：“时应清盥罢，随喜给孤园。”

7 〔志公〕南北朝时的僧人“宝志”，也作“保志”（418–514）。他本姓朱，金城人，尊称志公。少年时在建康道林寺出家。齐武帝谓其惑众，付建康狱。梁武帝迎入宫中，所言凶吉多有验，王侯士庶视为“神僧”。梁末坐化，葬于建业钟山，遗像流传民间，所在多有。

8 〔散花天女〕佛教传说中的神女。《维摩诘经·观众生品》：“时维摩诘室有一天女，见诸大人闻听说法，便现其身，即以天花散诸菩萨大弟子上；花至诸菩萨即皆堕落，至大弟子便著不坠。”其意，以花之堕与不堕，以验其向道之心坚与否。

9 〔垂髫（tiáo 条）者〕披发下垂，指未婚少女。古时儿童披发下垂叫“垂髫”；到少年时就将头发梳扎起来，叫“束发”。陶潜《桃花源记》：“黄发垂髫，并怡然自乐。”

10 〔神摇意夺〕精神恍惚。裴铏《传奇·昆仑奴》：“神摇意夺，语减容沮。”

11 〔恍然〕一般指觉醒，此处指精神恍惚。

12 〔说法〕佛教以道为法，故称讲道为说法。

13 〔偏袒绕视者〕指和尚。偏袒，袒露右肩。

14 〔裾（jū 居）〕衣服的大襟。《世说新语·尤悔》：“温公初受刘司空（琨）使劝进，母崔氏固驻之，峤绝裾而去。”

15 〔辴（chǎn 产）然〕笑的样子。《庄子·达生》：“桓公辴然而笑。”

16 〔次且（zījū 资苴）〕即“趑趄”。进退不决的样子。《周易·夬》：“臀无肤，其行次且。”疏：“次且，行不前进也。”

17 〔发蓬蓬学处子〕指头发蓬乱下垂，仍装做未结婚的少女。处子，未婚女子，即“处女”。《孟子·告子下》：“逾东家墙而搂其处子，则得妻。”

18 〔簪珥〕指妇女头上的发饰，即发簪与耳环。《汉书·东方朔传》：“坐未定，上曰：‘愿谒主人翁。’主乃下殿去簪珥，徒跣顿首。”

19 〔上鬟（huán 桓）〕亦称“上头”。中国古时女子十五岁始加笄，把披散的头发梳拢成髻，俗称“上鬟”。蒋防《霍小玉传》：“此钗吾所作也。昔岁霍小玉小女将欲上鬟，令我作此，酬我万钱。”

20 〔兰麝〕兰草和麝香。指妇女身上发出的粉脂香气。

21 〔吉莫靴〕皮靴。吉莫，皮革名。张鷟《朝野佥载》：“宗楚客造一宅新成，磨文石为阶砌及地，著吉莫靴者，行则仰仆。”

22 〔缧（léi 累）锁〕捆犯人用的锁链。缧，黑绳。

23 〔金甲使者〕身着金色甲胄的使者。传说中，常作为神命令的执行者。

24 〔绾（wǎn 挽）锁挈（qiè 切）槌〕拘着绳锁，提着槌子。

绾，旋转打结，通“挽”。《汉书·周勃传》：“绛侯绾皇帝玺。”注：“绾，谓引结其纽。”挈，提起，提着。《荀子·为学》：“若挈裘领，诎五指而顿之，顺者不可胜数也。”

25 〔勿贻伊戚〕意为不要自己找麻烦。《诗经·小雅·小明》：“心之忧矣，自诒伊戚。”诒，通“贻”，遗留。伊，如此。戚，忧患。

26 〔鹗顾〕像鹰一样回头凝视。鹗，猛禽。《文选·左思〈吴都赋〉》：“鹰瞵鹗视。”

27 〔局蹐（jújí 局急）〕恐惧不安的样子。局，同“跼”，屈曲，弓腰。蹐，小步走路。《诗经·小雅·正月》：“谓天盖高，不敢不局；谓地盖厚，不敢不蹐。”

28 〔檀越〕梵语“陀那钵底”的音译，意即“施主”，是佛教徒对向寺院施舍财物的世人的称呼。

29 〔旋〕顷刻，不久。《史记·扁鹊仓公列传》：“案之无出血，病旋已。”

30 〔螺髻〕已婚女子头上所梳螺旋形发髻。白居易《绣阿弥陀佛赞》：“金身螺髻，玉毫绀目。”

31 〔历阶〕走过台阶。

32 〔老婆心切〕指禅师怀慈悲心肠，教人心切。佛家把亲切教人叫老婆。《景德传灯录·临济义玄禅师》：“黄蘗问云：‘汝回太速生。’师云：‘只为老婆心切。’”

33 〔披发入山〕披发逃入深山，与世隔绝。

山魈[1]

孙太白尝言，其曾祖肄业[2]于南山柳沟寺[3]。麦秋[4]旋里，经旬始返。启斋门[5]，则案上尘生，窗间丝满。命仆粪除[6]，至晚始觉清爽可坐。乃拂榻陈卧具，扃扉[7]就枕，月色已满窗矣。

辗转移时，万籁俱寂[8]。忽闻风声隆隆，山门[9]豁然作响。窃谓寺僧失扃[10]。注念间[11]，风声渐近居庐，俄而房门辟矣。大疑之。思未定，声已入室；又有靴声铿铿然，渐傍寝门。心始怖。俄而寝门辟矣。急视之，一大鬼鞠躬塞入，突立榻前，殆与梁齐。面似老鸦皮色；目光睒闪[12]，绕室四顾；张巨口如盆，齿疏疏长三寸许；舌动喉鸣，呵喇之声，响连四壁。公惧极；又念咫尺之地，势无所逃，不如因而刺之。乃阴抽枕下佩刀，遽拔而斫之，中腹，作石缶[13]声。鬼大怒，伸巨爪攫[14]公。公少缩。鬼攫得衾，捽之，忿忿而去。

公随衾堕，伏地号呼。家人持火奔集，则门闭如故，排窗入，见公状，大骇。扶曳登床，始言其故。共验之，

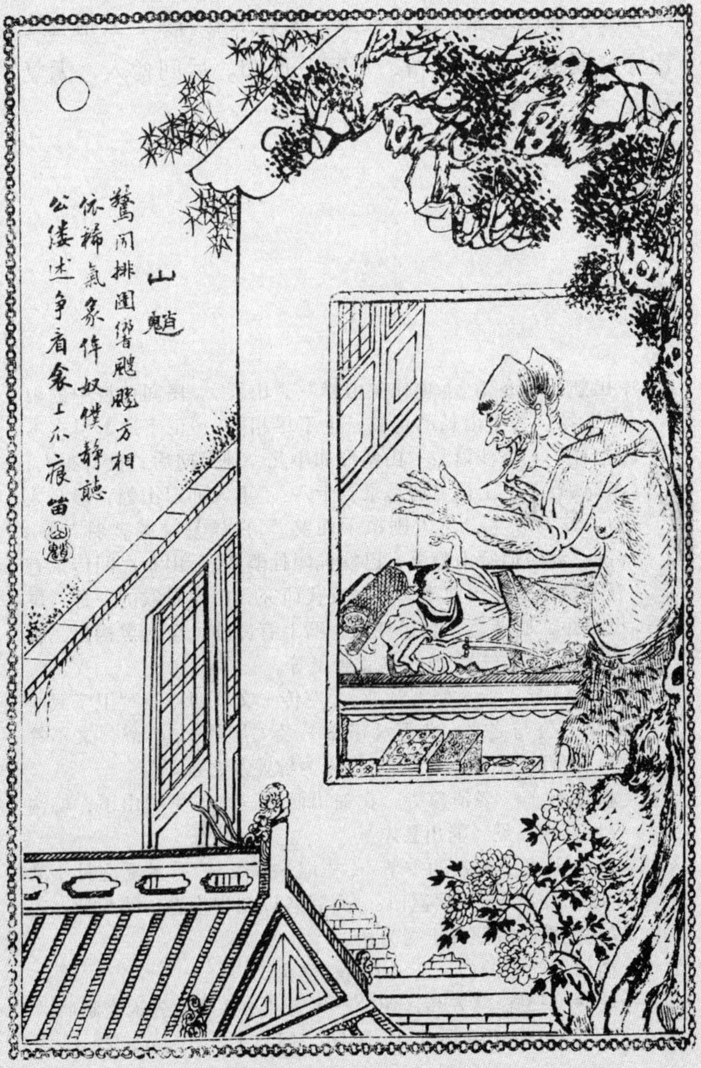
山魈
鷙閃排闥偕魑魅方相
依稀氣象作奴僕靜聽
公儀述猙看衆上尒痕苗
山魈

则衾夹于寝门之隙，启扉检照，见有爪痕如箕，五指着处皆穿。既明，不敢复留，负笈[15]而归。后问僧人，无复他异。

校注

1 〔山魈（xiāo 销）〕也作“山臊”、“山缫”。民间传说中的山中怪物。关于山魈的记载，也不尽相同。《正字通》引古本《抱朴子·登涉篇》：“山精形如小儿，独足向后，夜喜犯人，名曰魈。”王士禛《居易录》十六：“毛人亦曰山魈，形与人似，遍身长毛，见人则执手而笑。”白居易《霓裳羽衣舞》诗：“湓城但听山魈语，巴峡惟闻杜鹃哭。”山东民间传说有春节燃爆竹驱山魈事。但据现代研究，山魈是猴的一种，尾巴很短，脸蓝色，鼻子红色，嘴上有白须，全身黑褐色，腹部白色，多群居，吃小鸟、野鼠等。

2 〔肄（yì 异）业〕修习学业。《左传·文公四年》：“卫宁武子来聘，公与之宴，为赋《湛露》及《彤弓》，不辞，又不答赋，使行人私焉。对曰：‘臣以为肄业及之也。’”

3 〔柳沟寺〕一名清凉寺，在淄川西南三十五里明山下，柳沟泉出其中。见《淄川县志》。

4 〔麦秋〕麦子成熟的季节。《礼记·月令》：“〔孟夏之月〕靡草死，麦秋至。”蔡邕曰：“百谷各以初生为春，熟为秋。麦以初夏熟。故四月于麦为秋。”

5 〔斋门〕学舍的门。斋，旧时称学舍。

6 〔粪除〕扫除。《左传·昭公三年》：“小人粪除先人之敝庐。”

7 〔扃扉（jiōngfēi 垌非）〕关闭。扃，上闩（shuān 拴）。杜

甫《奉酬薛十二丈判官见赠》："卓氏近新寡，豪家朱门扃。"扉，门。

8 〔万籁俱寂〕指周围什么声音都没有。常建《破山寺后禅院》："万籁此都寂，惟余钟磬音。"

9 〔山门〕寺院的大门。钱起《题延州圣僧穴》诗："默默山门宵闭月，荧荧石室昼燃灯。"

10 〔失扃〕忘记关门。

11 〔注念间〕专注思念间。

12 〔睒（shǎn 闪）闪〕快速眨巴眼睛。睒，同"睞"。

13 〔石缶（fǒu 否）〕石春。缶，大腹小口的容器。

14 〔攫（jué 决）〕用爪抓取。

15 〔负笈（jí 及）〕背着书箱。笈，书箱。《抱朴子·祛惑》："书者，圣人之所作而非圣也，而儒者万里负笈以得其师。"

咬鬼

沈麟生云：其友某翁者，夏月昼寝，蒙眬间，见一女子搴帘[1]入，以白布裹首，缞服麻裙[2]，向内室去。疑邻妇访内人[3]者；又转念，何遽以凶服[4]入人家？正自皇惑，女子已出。细审之，年可三十余，颜色黄肿，眉目蹙蹙然[5]，神情可畏。又逡巡不去，渐逼近榻。遂伪睡以观其变。无何，女子摄衣[6]登床，压腹上，觉如百钧重。心虽了了，而举其手，手如缚；举其足，足如痿也。急欲号救，而苦不能声。女子以喙嗅翁面，颧鼻眉额殆遍。觉喙冷如冰，气寒透骨。翁窘急中，思得计；待嗅至颐颊[7]，当即因而啮[8]之。未几，果及颐。翁乘势力龁[9]其颧，齿没于肉。女负痛身离，且挣且啼。翁龁益力。但觉血液交颐，湿流枕畔。相持正苦，庭外忽闻夫人声，急呼有鬼，一缓颊[10]，而女子已飘忽遁去。夫人奔入，无所见，笑其魇梦之诬[11]。翁述其异，且言有血证焉。相与检视，如屋漏之水，流枕浃席[12]。伏而嗅之，腥臭异常。翁乃大吐。过数日，口中尚有余臭云。

葬之礼，按与死者关系的亲疏分为五等守丧，其丧服也分为五等，即古之“五服”之说。其五服之外的关系，称之为“清服”。

2 〔压狐〕即“魇狐”。被狐所魇。中国民间关于狐能迷惑人，使人神志失常的传说极盛。其实是做噩梦时所产生的幻觉。

3 〔逡（qūn 囷）巡〕迟疑不决。

荍中怪

长山[1]安翁者，性喜操农功[2]。秋间荍熟，刈堆陇畔。时近村有盗稼者，因命佃[3]人乘月辇运[4]登场；俟[5]其装载归，而自留逻守[6]。遂枕戈露卧。目稍瞑，忽闻有人践荍根，咋咋作响。心疑暴客[7]，急举首，则一大鬼，高丈余，赤发髯须[8]，去身已近。大怖，不遑他计，踊身暴起，狠刺之。鬼鸣如雷而逝。恐其复来，荷戈而归。迎佃人于途，告以所见，且戒勿往。众未深信。越日，曝麦于场，忽闻空际有声，翁骇曰："鬼物来矣！"乃奔，众亦奔。移时复聚，翁命多设弓弩以俟之。翼日[9]，果复来。数矢齐发，物惧而遁。二三日竟不复来。麦既登仓，禾藍 杂遝[10]，翁命收积为垛，而亲登践实之，高至数尺。忽遥望骇曰："鬼物至矣！"众急觅弓矢，物已奔翁[11]。翁仆，龁其额而去。共登视，则去额骨如掌，昏不知人。负至家中，遂卒。后不复见。不知其为何怪也。

菽中怪
秋菽穫向
隴頭堆秋半
驚看大鬼來動矣
長戈空設守竟
教額骨受飛灾

校注

1 〔长山〕旧山东县名。详见卷一《考城隍》注。

2 〔农功〕农事，即农活。《左传·襄公二十五年》："政如农功，日夜思之。"

3 〔佃（diàn 电）〕指农村雇佣的人。

4 〔乘月辇（niǎn 辗）运〕趁着月光拉车搬运。辇，古时拉着走的车子。

5 〔俟（sì 似）〕等待。

6 〔逻守〕巡查看守。

7 〔暴客〕施行暴力的人。此指盗贼。《周易·系辞下》："重门击柝，以待暴客。"

8 〔髩（níng 宁）须〕胡须蓬乱，样子凶恶。

9 〔翼日〕第二天。翼，通"翌"。据手稿本，原抄本作"异"。

10 〔禾藍（jiē 皆）杂遝（tà 沓）〕指莜麦秸杂乱地散在地里。藍，作物的秸。杂遝，杂乱。

11 〔翁〕据青柯亭本，手稿本、异史本、铸雪斋本、二十四卷本皆为"公"。下"翁"字同上。

宅 妖

长山李公，大司寇[1]之侄也。宅多妖异。尝见厦有春凳[2]，肉红色，甚修润[3]。李以故无此物，近抚按之，随手而曲，殆如肉软。骇而却走。旋回视，则四足移动，渐入壁中。又见壁间倚白梃[4]，洁泽修长。近扶之，腻然而倒，委蛇[5]入壁，移时始没。康熙十七年，王生俊升设帐[6]其家。日暮，灯火初张，生著履卧榻上。忽见小人，长三寸许，自外入，略一盘旋，即复去。少顷，荷二小凳来，设堂中，宛如小儿辈用粱藍心[7]所制者。又顷之，二小人舁[8]一棺入，长四寸许，停置凳上。安厝[9]未已，一女子率厮婢数人来，率细小如前状。女子衰衣[10]，麻绠束腰际，布裹首；以袖掩口，嘤嘤而哭，声类巨蝇。生睥睨[11]良久，毛森立，如霜被于体。因大呼，遽走，颠床下，摇战莫能起。馆中人闻声，毕集，堂中人物杳然矣。

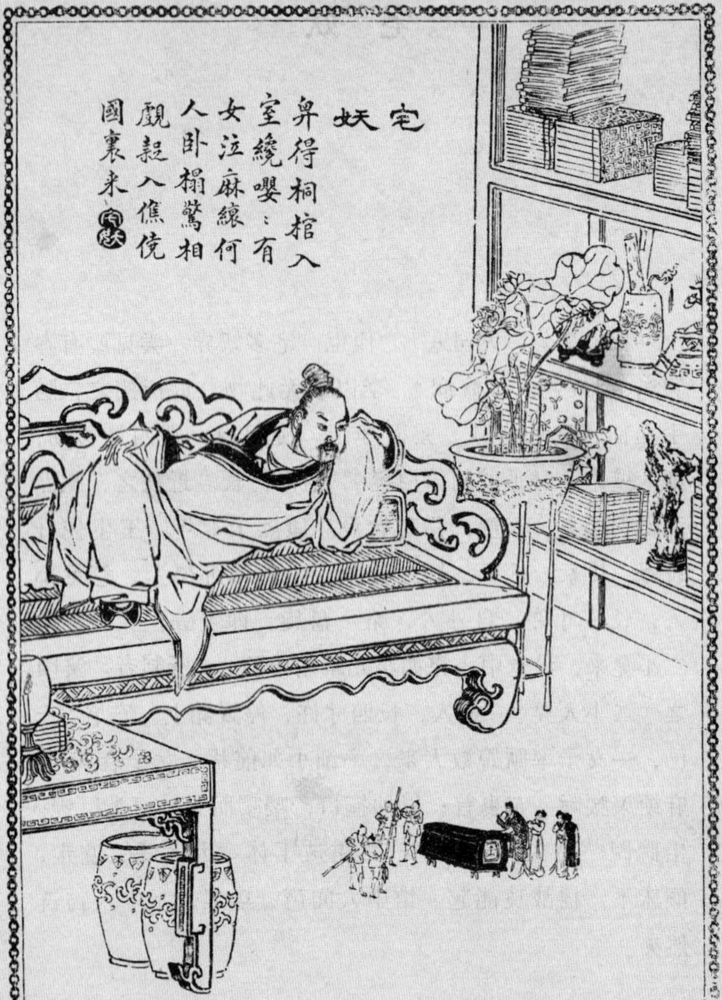
宅妖
舁得桐棺入
室纔嚶〻有
女泣麻縗何
人卧榻驚相
覻起入僬僥
國裏来

校注

1　〔大司寇〕指李化熙，字五弦，长山（今淄博市周村）人。明崇祯七年（1634）进士，曾官四川巡抚，总督三边，统领西征军务。降清后，起用为工部右侍郎，擢刑部尚书，致仕卒。《长山县志》、《清史稿》有传。司寇，周朝所设官职，掌管刑狱。明清时，刑部尚书相当于《周礼》秋官大司寇，故称大司寇。

2　〔春凳〕长方形的板凳。

3　〔修润〕修长光润。

4　〔白梃〕白色木棍。

5　〔委蛇（wēiyí 危宜）〕通“逶迤”，曲折前进。

6　〔设帐〕设馆授徒，此指做家庭教师。清尹会一《健余先生尺牍》中《与博陵馆师赵孝廉书》：“兹闻诸亲已迓文旌设帐，伫见雨时之化，嘉惠无穷。”

7　〔粱藍（jiē 皆）心〕指高粱秆的瓤子。

8　〔舁（yú 愚）〕共同抬东西。

9　〔安厝（cuò 错）〕安置灵柩，以待下葬。《孝经·丧亲》：“卜其宅兆而安措之。”厝，同“措”。

10　〔衰（cuī 催）衣〕丧服。详见卷一《咬鬼》注。

11　〔睥睨（pìnì 譬逆）〕窥视。颜之推《颜氏家训·诫兵》：“睥睨宫闱，幸灾乐祸。”

王六郎

许姓，家淄之北郭[1]，业渔。每夜携酒河上，饮且渔。饮则酹酒于地[2]，祝[3]云："河中溺鬼得饮。"以为常。他人渔，迄无所获，而许独满筐。

一夕，方独酌，有少年来，徘徊其侧。让之饮，慨与同酌。既而终夜不获一鱼，意颇失。少年起曰："请于下流为君驱之。"遂飘然去。少间，复返，曰："鱼大至矣。"果闻唼呷[4]有声。举网而得数头，皆盈尺。喜极，申谢。欲归，赠以鱼，不受，曰："屡叨[5]佳酝，区区何足云报。如不弃，要当[6]以为常耳。"许曰："方共一夕，何言屡也？如肯永顾，诚所甚愿，但愧无以为情。"询其姓字，曰："姓王，无字[7]，相见可呼王六郎。"遂别。明日，许货鱼益利[8]，沽酒。晚至河干[9]，少年已先在，遂与欢饮。饮数杯，辄为许驱鱼。如是半载。忽告许曰："拜识清扬[10]，情逾骨肉。然相别有日矣。"语甚凄楚。惊问之。欲言而止者再，乃曰："情好如吾两人，言之或勿讶耶？今将别，无妨明告：我实鬼也。素嗜酒，沉醉溺死，数年于此矣。前君之获鱼，独胜于他人者，皆仆之暗驱，以报酹奠耳。明日业满[11]，当有代者[12]，将往投生。相聚只今夕，故不能无感。”许初闻甚骇，然亲狎既久，不复恐怖。因亦欷歔，酌而言曰：“六郎饮此，勿戚也。相见遽违，良足悲恻；然业满劫脱[13]，正宜相贺，悲乃不伦[14]。”遂与畅饮。因问：“代者何人？”曰：“兄于河畔视之，亭午[15]，有女子渡河而溺者，是也。”听村鸡既唱，洒涕而别。

明日，敬[16]伺河边，以觇其异。果有妇人抱婴儿来，及河而堕。儿抛岸上，扬手掷足而啼。妇沉浮者屡矣，忽淋淋攀岸而出，藉地少息，抱儿径去。当妇溺时，意良不忍，思欲奔救；转念是所以代六郎者，故止不救。及妇自出，疑其言不验。抵暮，渔旧处。少年复至，曰：“今又聚首，且不言别矣。”问其故。曰：“女子已相代矣；仆怜其抱中儿，代弟一人，遂残二命，故舍之。更代不知何期。或吾两人之缘未尽耶！”许感叹曰：“此仁人之心，可以通上帝矣。”由此相聚如初。数日，又来告别。许疑其复有代者。曰：“非也。前一念恻隐[17]，果达帝天。今授为招远县邬镇土地[18]，来日赴任。倘不忘故交，当一往探，勿惮修阻[19]。”许贺曰：“君正直为神[20]，甚慰人心。但人神路隔，即不惮修阻，将复如何？”少年曰：“但往，勿虑。”再三叮咛而去。

许归，即欲制装东下。妻笑曰：“此去数百里，即有其地，恐土偶[21]不可以共语。”许不听，竟抵招远。问之

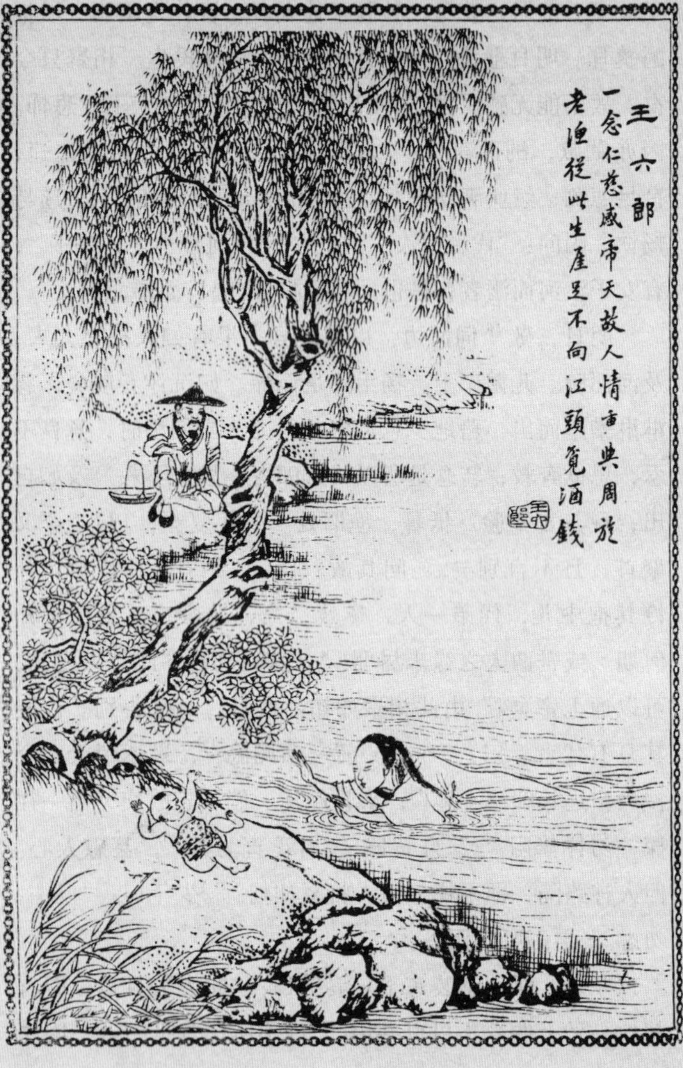
王六郎
一念仁慈感帝天故人情重共周旋
老渔從此生涯足不向江頭覓酒錢

居人，果有邬镇。寻至其处，息肩逆旅[22]，问祠所在。主人惊曰："得无客姓为许？"许曰："然。何见知？"又曰："得勿客邑为淄？"曰："然。何见知？"主人不答，遽出。俄而丈夫抱子，媳女窥门，杂沓而来，环如墙堵。许亦惊。众乃告曰："数夜前，梦神言：淄川许友当即来，可助一资斧[23]。祗候[24]已久。"许亦异之，乃往祭于祠而祝曰："别君后，寤寐不去心，远践曩约。又蒙梦示居人，感篆中怀[25]。愧无腆物[26]，仅有卮酒[27]；如不弃，当如河上之饮。"祝毕，焚钱纸。俄见风起座后，旋转移时，始散。至夜，梦少年来，衣冠楚楚，大异平时。谢曰："远劳顾问，喜泪交并。但任微职，不便会面，咫尺河山[28]，甚怆于怀。居人薄有所赠，聊酬夙好[29]。归如有期，尚当走送。"居数日，许欲归。众留殷恳，朝请暮邀，日更数主。许坚辞欲行。众乃折柬抱襆[30]，争来致赆[31]，不终朝[32]，馈遗盈橐[33]。苍头[34]稚子毕集，祖送[35]出村。欻有羊角风[36]起，随行十余里。许再拜曰："六郎珍重！勿劳远涉。君心仁爱，自能造福一方，无庸故人嘱也。"风盘旋久之，乃去，村人亦嗟讶而返。许归，家稍裕，遂不复渔。后见招远人问之，其灵应如响[37]云。或言：即章丘[38]石坑庄。未知孰是。

异史氏曰："置身青云[39]，无忘贫贱，此其所以神也。今日车中贵介[40]，宁复识戴笠人[41]哉？余乡有林下者[42]，家綦贫。有童稚交，任肥秩[43]。计投之必相周顾。竭力办装，奔涉千里，殊失所望；泻囊货骑[44]，始得归。其族弟甚谐，作《月令》[45]嘲之云：‘是月也，哥哥至，貂帽解，伞盖不张，马化为驴，靴始收声。’念此可为一笑。”

阮亭云：“月令，乃东郡耿隐之事。”[46]

校注

1 〔淄之北郭〕淄川县城北郊。淄，指淄川县，清属济南府，今淄博市淄川区。郭，指城郊。《孟子·公孙丑下》：“三里之城，七里之郭。”

2 〔酹（lèi 类）酒于地〕把酒洒在地上，祭奠鬼神。《后汉书·张奂传》：“召主簿于诸羌前，以酒酹地。”

3 〔祝〕祷告、祝愿。

4 〔唼呷（shàxiā 煞虾）〕鱼进食吞吐声。

5 〔屡叨（tāo 涛）〕屡次叨扰。叨，表承受的谦词。王勃《滕王阁序》：“他日趋庭，叨陪鲤对。”

6 〔要当〕意为将要，应当。

7 〔字〕表字，表取名之义。古时男子二十岁行冠礼之后，即据其本名，再起一与之相应之名，称“字”。

8 〔“许货鱼益利”句〕意即许某卖掉所打的鱼，得到更多的钱。利，手稿本与青柯亭本无此字。

9 〔河干〕河畔。《诗经·魏风·伐檀》：“坎坎伐檀兮，置之河之干兮。”

10 〔清扬〕是对人面容的称颂，犹言丰采。《诗经·郑风·野有蔓草》：“有美一人，清扬婉兮。”传：“清扬，眉目之间，婉然美也。”唐蒋防《霍小玉传》：“今日幸会，得睹清扬。”

11 〔业满〕佛家语，指罪孽之报期已满。业，指业报。佛家认为，人生是轮回的，人生世间的业果，决定他死后所得相应的报应。此业，指恶业。

12 〔代者〕即替身。民间传说中，横死者的鬼魂业满后，必找到替身，方能轮回投生。

13 〔劫脱〕指劫难得以解脱。劫，佛教语。梵语“劫簸”之略。此指生来命中注定所应遭的劫难。

14 〔不伦〕不类。《礼记·曲礼下》：“儗人必于其伦。”此处指，当喜之事反而悲伤，不合情理。

15 〔亭午〕即正午。孙绰《游天台山赋》：“尔乃羲和亭午，游气高褰。”

16 〔敬〕淄川方言。当特为、专为讲。

17 〔一念恻隐〕一点同情之心。恻隐，同情。《孟子·公孙丑上》：“恻隐之心，仁之端也。”朱熹集注：“恻，伤之至也；隐，痛之切也。”

18 〔招远县邬镇土地〕招远，山东县名，在山东半岛。邬镇，镇名。土地，土地神，古称“社公”。孟元老《东京梦华录》十《除夕》：“禁中呈大傩仪”，“又装钟馗小妹、土地、社神之类。”《孝经》说：“社者，土地之主，土地广博，不可遍数，故封土以为社而祀之，报功。”

19 〔勿惮（dàn 旦）修阻〕不怕道路遥远行走艰难。惮，怕。修阻，路长而难行。《玉台新咏》张华《情诗》之四：“君在北海阳，妾在南江阴。悬邈修途远，山川阻且深。”

20 〔正直为神〕即指正直者可以为神。民间传说，人死为鬼，而那些聪明正直者，可以为神。《左传·庄公三十二年》：“神聪明正直而一者也。”

21 〔土偶〕此指泥塑的偶像。《战国策·齐策》：“今者臣来过于淄上，有土偶人与桃梗相与语。”

22 〔息肩逆旅〕住进旅馆。息肩，卸去负担，指止息。《左传·襄公二年》：“郑成公疾，子驷请息肩于晋。”逆旅，旅店。《左传·僖公二年》：“今虢为不道，保于逆旅，以侵敝邑之南鄙。”

23〔资斧〕旅费。《周易·旅》：“旅于处，得其资斧。”

24〔祗（zhī 织）候〕恭候。《魏书·刘休宾传》：“（尹）文达诣（慕容）白曜，诈言闻王临境，故来祗候。”

25〔感篆中怀〕感恩之情，永铭于心。感篆，感激、铭刻。宋吕颐浩《贺建康张龙图启》：“愧尺牍之未修，辱缄滕之远逮，永言感篆，曷罄敷陈。”中怀，内心。《文选》苏武诗之二：“幸有弦歌曲，可以喻中怀。”

26〔腆（tiǎn 殄）物〕丰盛的礼物。此处指祭品。腆，丰厚。

27〔卮（zhī 芝）酒〕即一卮酒。卮，古代酒容器，可盛四升。《史记·项羽本纪》：“项伯即入见沛公，沛公奉卮酒为寿。”

28〔咫尺山河〕指人神之间，近在咫尺，但却如同远隔山河。

29〔夙（sù 素）好〕旧时相友好之情。

30〔折柬抱襆〕拿着礼单，抱着礼品。折柬，通“折简”，谓折半之简，意为礼轻随便。《三国志·魏志·王凌传》：“凌至项，饮药死。”裴松之注引三国魏鱼豢《魏略》：“卿直以折简召我，我敢当不至邪？”襆，包裹，这里指礼物。

31〔致赆（jìn 尽）〕送别时所赠的礼物。《孟子·公孙丑下》：“行者必以赆。”赆，送行者之礼品。

32〔不终朝（zhāo 钊）〕不到一早晨。终朝，早晨。《诗经·小雅·采绿》：“终朝采绿，不盈一掬。”

33〔馈遗盈橐（tuó 鸵）〕赠送的东西装满袋子。橐，盛物的袋子。《诗经·大雅·公刘》：“乃裹餱粮，于橐于囊。”

34〔苍头〕这里指年老者。

35〔祖送〕饯行送别。祖，祭名，古者出行时，祭道神。《左传·昭公七年》：“梦襄公祖。”注：“祖，祭道神。”

36〔羊角风〕旋风。《庄子·逍遥游》：“抟扶摇羊角而上者九万里。”《释文》：“司马（彪）云：风曲上行如羊角。”民间传说，羊角风为鬼神之显灵。此处借指王六郎御羊角风为朋友送行。下文“风盘旋久之”，其义同。

37〔灵应如响〕十分灵验，有求必应。其响应如回声。

38 〔章丘〕明清县名。时属济南府，今属济南市，与淄川临县。

39 〔置身青云〕指发迹后，有功名，有权势。此指王六郎荣升土地神。《史记·范雎蔡泽列传》："须贾顿首言死罪，曰：'贾不意君能自致于青云之上。'"青云，喻官高爵显。

40 〔贵介〕地位尊贵者。《左传·襄公二十六年》："夫子为王子围，寡君之贵介弟也。"介，大。

41 〔戴笠人〕指贫贱时所交之故人。戴笠，指贫贱地位人之衣着。元稹《长庆集》中《酬东川李相公十六韵》附启："昔楚人始交，必有乘车戴笠，不忘相揖之誓，诚以为富贵不相忘之难也。"

42 〔林下者〕林野之下。指乡间隐居之人。唐僧人灵彻答韦丹诗："相逢尽道休官去，林下何曾见一人。"见范摅《云溪友议》(四)。

43 〔肥秩〕肥缺的官秩。秩，官吏的俸禄与品级。

44 〔泻囊货骑（jì 寄）〕袋里的钱花光，所骑的马也卖掉了。囊，钱袋。

45 〔《月令》〕《礼记》篇名。相传为周公所作，实为秦汉间人抄录《吕氏春秋》十二月纪的首章，辑入《礼记》，题为《月令》。其文，是模拟《月令》格式，写这位贫者林下之士，外出访友所遭的狼狈相。

46 〔"阮亭云"句〕据手稿本，原抄本无此段。

偷桃

童时赴郡试[1]，值春节[2]。旧例[3]，先一日，各行商贾[4]，彩楼鼓吹赴藩司[5]，名曰“演春[6]”。余从友人戏瞩[7]。是日游人如堵。堂上四官皆赤衣[8]，东西相向坐。时方稚，亦不解其何官。但闻人语哜嘈[9]，鼓吹聒耳[10]。忽有一人，率披发童，荷担而上，似有所白；万声汹动，亦不闻为何语。但视堂上作笑声。即有青衣人[11]大声命作剧。其人应命方兴[12]，问：“作何剧？”堂上相顾数语。吏下宣问所长。答言：“能颠倒生物[13]。”吏以白官。少顷复下，命取桃子。

术人应诺，解衣覆笥上，故作怨状，曰：“官长殊不了了！坚冰未解，安所得桃？不取，又恐为南面者[14]怒。奈何！”其子曰：“父已诺之，又焉辞？”术人惆怅良久，乃曰：“我筹之烂熟。春初雪积，人间何处可觅？惟王母园[15]中，四时常不凋谢，或有之。必窃之天上，乃可。”子曰：“嘻！天可阶而升乎[16]？”曰：“有术在。”乃启笥，出绳一团，约数十丈，理其端，望空中掷去；绳即悬立空际，若有物以挂之。未几，愈掷愈高，渺入云中；手中绳亦尽。乃呼子曰："儿来！余老惫，体重拙，不能行，得汝一往。"遂以绳授子，曰："持此可登。"子受绳，有难色，怨曰："阿翁亦大愦愦[17]！如此一线之绳，欲我附之以登万仞[18]之高天，倘中道断绝，骸骨何存矣！"父又强呜拍之[19]，曰："我已失口，追悔无及。烦儿一行，儿勿苦。倘窃得来，必有百金赏，当为儿娶一美妇。"子乃持索，盘旋而上，手移足随，如蛛趁丝，渐入云霄，不可复见。久之，坠一桃，如碗大。术人喜，持献公堂。堂上传示良久，亦不知其真伪。忽而绳落地上，术人惊曰："殆矣！上有人断吾绳，儿将焉托！"移时，一物坠。视之，其子首也。捧而泣曰："是必偷桃，为监者所觉。吾儿休矣！"又移时，一足落；无何，肢体纷坠，无复存者。术人大悲，一一拾置笥中而阖之，曰："老夫止此儿，日从我南北游。今承严命[20]，不意罹[21]此奇惨！当负去瘗之。"乃升堂而跪，曰："为桃故，杀吾子矣！如怜小人而助之葬，当结草以图报[22]耳。"坐官骇诧，各有赐金。术人受而缠诸腰，乃扣笥而呼曰："八八儿，不出谢赏，将何待？"忽一蓬头童，首抵笥盖而出，望北稽首，则其子也。以其术奇，故至今犹记之。后闻白莲教[23]能为此术，意此其苗裔[24]耶？

校注

1 〔童时赴郡试〕童生时到济南府参加考试。童，童生，指没有考取秀才的读书人。试，指“童子试”。明清时代，考取秀才要经过三个阶段。第一，童生在县一级考试合格；第二，参加府试合格；第三，再参加郡试，即院试；院试合格录取为“生员”，即秀才。郡，指济南。当时的淄川县隶属济南府。

2 〔春节〕古时以“立春”之日为“春节”。《后汉书·杨震传》上疏：“又冬无宿雪，春节未雨，百僚焦心。”

3 〔旧例〕指当时山东旧时的民间习俗，于春节的前一日做迎春的活动。《商河县志》载：“立春前一日，官府率士民具芒种春牛，迎春于郊。里人行户扮渔樵耕读诸戏，结彩楼，以五辛为春盘，饮酒簪花，啖春饼。”（五辛，是五种辛辣的蔬菜；春盘、春饼，即指春卷。）

4 〔商贾〕指做买卖的人。商，行商曰商；贾，坐商曰贾。《战国策·赵策三》：“即有所取者，是商贾之人也。”

5 〔藩司〕清代为布政使司的别称，又称藩台。其全称为“承宣布政使司”。秩从二品，品级与巡抚同。职掌一省之行政，总管全省钱谷出纳，并承宣政令，考核所属州县。其长官为布政使，尊称藩台、方伯。这里指藩司的官署。

6 〔演春〕旧时北方民间习俗，于春节前一日，百姓用绸子搭起彩楼（其实为亭子），扮成各式人物到当地官府前庆贺，叫“演春”。据明田汝成《西湖游览志余》载，江浙一带亦有“演春”之俗，但其演春时间在春节前十日，其演春地点，是在寺庙前。此与北方之演春，时间、地点不同。

7 〔戏瞩〕游玩观赏。

8 〔四官皆赤衣〕据《明会要》言，公服，一至四品“绯袍”，清初其官服仍沿明制。据此可以推测堂上四官当为省级最高官之总督、巡抚、布政使、按察使。

9 〔嚌嘈（jiēcáo 嗟曹）〕人声喧闹嘈杂。

10 〔聒（guō 郭）耳〕声音嘈杂乱耳。《韩非子·显学》："千秋万岁之声聒耳，而一日之寿无征于人，此人所以简巫祝也。"

11 〔青衣人〕即指下文所言之"吏"。

12 〔方兴〕此指刚站起来。

13 〔颠倒生物〕其意为能使生物颠倒其生长的季节。

14 〔南面者〕此指堂上的长官。古时帝王与长官，都是坐北面南。后沿袭为坐北面南，为尊者之位。《论语·雍也》："雍也可使南面。"

15 〔王母园〕即西王母之蟠桃园。王母，即指西王母，古代神话传说中的女神。《穆天子传》三载："吉日甲子，天子宾于西王母，乃执白圭玄璧以见西王母。"又据《艺文类聚》转引《汉武故事》："西王母种桃，三千岁一为子"，"后西王母下，出桃七枚，母因啖二枚，以五枚与帝，帝留核着前。母曰：'用此何？'上曰：'此桃美，俗种之。'母笑曰：'此桃三千年一着子，非下土所植也。'"后世遂将西王母种桃之园称为蟠桃园。

16 〔天可阶而升乎〕意为，高高的天可以攀着阶梯爬上去吗？《论语·子张》："夫子之不可及也，犹天之不可阶而升也。"

17 〔愦愦（kuìkuì 愧愧）〕昏愦糊涂。《三国志·蜀志·蒋琬传》："督农杨敏曾毁琬曰：'作事愦愦，诚非及前人。'"

18 〔仞〕古时长度单位。八尺为仞。

19 〔呜拍之〕本指对幼儿的呵哄。呜，是口中发出的哄儿声；拍，用手轻拍儿的动作。此指用好言哄骗。

20 〔严命〕这里指长官的指令。严，旧为父之尊称，父亲之命，称为"严命"。旧时称地方长官为父母官，故严命为借称。

21 〔罹（lí 离）〕遭遇。《尚书·洪范》："不协于极，不罹于咎。"

22 〔结草以图报〕意为死后也要报答大恩。此典出自《左传·宣公十五年》：晋国的魏武子有宠妾，在他临死时，嘱其子魏颗，他死后要让其宠妾殉葬。魏颗认为这是在其父神志昏迷时所言，不足为据。所以，当魏武子死后，魏颗让其妾他嫁。多年后，秦派力士杜回率兵攻打晋国，魏颗与之交战。据说按实力，魏颗敌不过杜回。可是，在他俩交战时，见一老人用结起的草绳将杜回绊倒，使其得胜。夜间，魏颗梦见老人来告之，结草绊倒杜回的老人就是他。说自己就是魏武子宠妾的父亲，此来报答不使之殉葬的大恩。以后，遂以“结草”代指报恩。

23 〔白莲教〕源于佛教的“白莲社”，即白莲宗。元代称白莲会、白莲宗。至明始称白莲教，又名闻香教。这是一个杂佛道思想的民间宗教组织。信奉弥勒佛下生救世之说。元、明、清常为农民义军所利用。明末天启年间，山东巨野人徐鸿儒以白莲教号召农民义军，发动起义。《聊斋志异》所说白莲教，多指徐鸿儒一派。

24 〔苗裔〕后裔，远代子孙。屈原《离骚》：“帝高阳之苗裔兮，朕皇考曰伯庸。”此指白莲教后世之众徒。

种 梨

有乡人货梨于市[1]，颇甘芳，价腾贵。有道士破巾絮衣[2]，丐于车前。乡人咄之，亦不去；乡人怒，加以叱骂。道士曰："一车数百颗，老纳[3]止丐其一，于居士[4]亦无大损，何怒为？"观者劝置劣者一枚令去，乡人执不肯。肆中佣保[5]者，见喋聒[6]不堪，遂出钱市一枚，付道士。道士拜谢，谓众曰："出家人[7]不解吝惜。我有佳梨，请出供客。"或曰："既有之，何不自食？"曰："我特需此核作种。"于是掬梨啖[8]且尽，把核于手，解肩上镵，坎地深数寸，纳之，而覆以土。向市人索汤沃灌。好事者于临路店索得沸渖[9]，道士接浸坎上。万目攒视[10]，见有勾萌[11]出，渐大；俄成树，枝叶扶苏[12]；倏而花，倏而实，硕大芳馥，累累满树。道士乃即树头摘赐观者，顷刻向尽。已，乃以镵伐树，丁丁[13]良久，方断；带叶荷肩头，从容徐步而去。初，道士作法时，乡人亦杂立众中，引领注目[14]，竟忘其业。道士既去，始顾车中，则梨已空矣。方悟适所俵散[15]皆己物也。又细视车上一靶

種梨
任教慳吝徧人家天道原来
是好還頃刻花開頃刻實
神仙游戲警貪頑
種梨

亡[16]，是新凿断者。心大愤恨。急迹之[17]，转过墙隅，则断靶弃垣下，始知所伐梨本，即是物也。道士不知所在。一市粲然[18]。

异史氏曰："乡人愦愦，憨状可掬，其见笑于市人，有以[19]哉。每见乡中称素封[20]者；良朋乞米则怫然[21]，且计曰：'是数日之资也。'或劝济一危难，饭一茕独[22]，则又忿然，又计曰：'此十人、五人之食也。'甚而父子兄弟，较尽锱铢[23]。及至淫博迷心，则倾囊不吝[24]；刀锯临颈，则赎命不遑[25]。诸如此类，正不胜道，蠢尔乡人，又何足怪。"

校注

1　〔货梨于市〕在集市上卖梨。货，卖。市，集。下文中"遂出钱市一枚"之"市"，作"购买"讲。

2　〔道士破巾絮衣〕道士头戴破道帽，身着粗布衣裳。道士，一般指信奉道教者，此即指方士。巾，指道巾，道士帽，其制有九种，都是用玄色布缎所制。絮衣，指用粗丝绵做成的衣服。《汉书·晁错传》："可赐之坚甲絮衣，劲弓利矢。"

3　〔老纳（nà 那）〕和尚自称。僧衣称"纳衣"，其意谓拾取人弃之破布贱物，缝纳为法衣。《大乘义章》十五："言纳衣者，朽故破弊缝纳供身。"故著纳衣之老和尚自称"老纳"。但此处借指道士自称。戴叔伦《题横山寺》："老衲供茶碗，斜阳送客舟。”句中“衲”为“纳”之俗写。

4 〔居士〕梵语曰“迦罗越”。道教，以信奉道教之家居者，或道行高深之士，均称“居士”。慧远《维摩经疏》曰：“居士有二：一、广积资财，居财之士，名为居士；二、在家修道，居家道士，名为居士。”此为道士对卖梨者的敬称。

5 〔佣保〕雇用的伙计。《史记·司马相如列传》：“相如身自著犊鼻裈，与佣保杂作，涤器于市中。”

6 〔喋聒（diéguō 迭郭）〕啰唆，嘈杂不休。

7 〔出家人〕佛教语。指出家到寺院做僧尼。

8 〔掬梨啖（dàn 淡）〕双手捧着吃。啖，吃。

9 〔沸渖（shěn 审）〕滚开的汤水。渖，汁水。

10 〔万目攒（cuán 欑）视〕众人注目而视。攒，凑集。

11 〔勾萌〕草木生出地面时，弯者为勾，直者为萌。《礼记·月令》：季春之月“勾者毕出，萌者尽达”。此指梨树的芽，弯曲着生出地面。

12 〔扶苏〕同“扶疏”。本指枝叶四面分布的样子。此指树的枝叶茂盛的样子。扬雄《解嘲》：“顾默而作《太玄》五千字，枝叶扶疏，独说十余万言。”青柯亭本作“扶疏”。

13 〔丁丁（zhēngzhēng 争争）〕伐木声。《诗经·小雅·伐木》：“伐木丁丁。”此指道士砍车把之音。

14 〔引领注目〕伸长脖子集中注意力看。注目，集中视力看一处。《三国志·魏志·陈思王植传》：“夫能使天下倾耳注目者，当权者是矣。”

15 〔俵（biào 摽）散〕把东西分散给别人。俵，分散。

16 〔一靶亡〕一根车靶没了。靶，柄，通“把”。《北齐书·徐之才传》：“又有骨为刀子靶者，五色斑斓。”亡，丢失。

17 〔迹之〕谓按迹寻找。

18 〔一市粲然〕集市上围观的人都大笑了。粲然，指露齿而笑。郭璞《游山》诗：“粲然启玉齿。”

19 〔有以〕有道理，有根据。

20 〔素封〕指无官爵封邑，而家中富有。《史记·货殖列传》：

“今有无秩禄之奉，爵邑之入，而乐与之比者，命曰素封。”正义：“古不仕之人，自有园田收养之给，其利比于封君，故曰素封也。”

21 〔佛（fú 弗）然〕不高兴的样子。

22 〔饭一茕（qióng 穷）独〕给一个孤独无依靠的人饭吃。饭，管饭。茕独，孤苦的人。《诗经·小雅·正月》：“哿矣富人，哀此茕独。”

23 〔较尽锱铢〕指很少的几个钱也要计较。锱铢，古代重量单位。六铢为一锱，四锱为一两。此处比喻极轻微之利。《韩非子·功名》：“千钧得船则浮，锱铢失船则沉。”

24 〔倾囊不吝〕尽其所有，而不吝惜。宋释道潜《赠邹医》：“倾囊倒橐愿为赠，唯有圆蒲并杖藜。”

25 〔赎命不遑〕赎生命不迭。不遑，来不及。《诗经·小雅·小弁》：“心之忧矣，不遑假寐。”

丐　仙

高玉成，故家子，居金城[1]之广里，善针灸，不择贫富辄医之。里中来一丐者，胫有废疮[2]，卧于道，脓血狼藉，臭不可近。居人恐其死，日一饴[3]之。高见而怜焉，遣人扶归，置于耳舍[4]。家人恶其臭，掩鼻遥立。高出艾亲为之灸，日饷以蔬食。数日，丐者索汤饼，仆人怒呵之。高闻，即命仆赐以汤饼。未几，又乞酒肉，仆走告曰："乞人可笑之甚！方其卧于道也，日求一餐不可得，今三饭犹嫌粗粝，既与汤饼，又乞酒肉。此等贪饕[5]，只宜仍弃之道上耳！"高问其疮，曰："痂渐脱落，似能步履，顾假咿嗄作呻楚状。"高曰："所费几何！即以酒肉馈之，待其健，或不吾仇也。"仆伪诺之，而竟不与，且与诸曹偶语[6]，共笑主人痴。次日，高亲诣视丐，丐跛而起，谢曰："蒙君高义，生死人而肉白骨，惠深覆载[7]。但新瘥未健，妄思馋嚼耳。"高知前命不行，呼仆痛笞之，立命持酒炙饵丐者。仆衔之，夜分，纵火焚耳舍，乃故呼号，高起视，舍已烬，叹曰："丐者休矣！"督众救灭，见丐者酣卧火中，齁声[8]雷动。唤之起，故惊曰："屋何往？"群始惊其异。高弥重之，卧以客舍，衣以新衣，日与同坐处，问其姓名，自言："陈九。"居数日，容益光泽，言论多风格[9]，又善手谈[10]，高与对局辄败，乃日从之学，颇得其奥秘。如此半年，丐者不言去，高亦一时少之不乐也。即有贵客来，亦必偕之同饮，或掷骰为令，陈每代高呼采[11]，雉卢[12]无不如意，高大奇之。

每求作剧，辄辞不知。一日，语高曰："我欲告别。向受君惠且深，今薄设[13]相邀，勿以人从也。"高曰："相得甚欢，何遽诀绝？且君杖头空虚[14]，亦不敢烦作东道主[15]。"陈固邀之曰："杯酒耳，亦无所费。"高曰："何处？"答云："园中。"时方严冬，高虑园亭苦寒，陈固言："不妨。"乃从如园中。觉气候顿暖，似三月初。又至亭中，益暖，异鸟成群，乱弄清咮[16]，仿佛暮春时，亭中几案，皆镶以瑙玉。有一水晶屏，莹澈可鉴，中有花树摇曳，开落不一，又有白禽似雪，往来句辀[17]于其上，以手抚之，殊无一物。高愕然良久。坐，见鸲鹆[18]栖架上，呼曰："茶来！"俄见朝阳丹凤[19]，衔一赤玉盘，上有玻璃盏二，盛香茗，伸颈屹立。饮已，置盏其中，凤衔之，振翼而去。鸲鹆又呼曰："酒来！"即有青鸾黄鹤[20]，翩翩自日中来，衔壶衔杯，纷置案上。顷之，则诸鸟进馔，往来无停翅，珍错[21]杂陈，瞬息满案，肴香酒冽，都非常品。陈见高饮甚豪，乃曰："君宏量，是得大爵。”鸲鹆又呼曰：“取大爵来！”忽见日边闪闪有巨蝶，攫鹦鹉杯，受斗许，翔集案间。高视蝶大于雁，两翼绰约，文采灿丽，亟加赞叹。陈唤曰：“蝶子劝酒！”蝶展然一飞，化为丽人，绣衣翩跹，前而进酒。陈曰：“不可无以佐觞。”女乃仙仙[22]而舞，舞到酣际，足离于地者尺余，辄仰折其首，直与足齐，倒翻身而起立，身未尝着于尘埃，且歌曰：“连翩笑语踏芳丛，低亚花枝拂面红。曲折不知金钿[23]落，更随蝴蝶过篱东。”余音袅袅[24]，不啻绕梁[25]。高大喜，拉与同饮，陈命之坐，亦饮之酒。高酒后，心摇意动，遽起狎抱，视之，则变为夜叉，睛突出眦，牙出于喙，黑肉凹凸，怪恶不可状。高惊释手，伏几战栗。陈以箸击其喙，呵曰：“速去！”随击而化，又为蝴蝶，飘然扬去。高惊定，辞出，见月色如洗，漫语陈曰：“君旨酒佳肴，来自空中，君家当在天上。盍[26]携故人一游？”陈曰：“可。”即与携手跃起，遂觉身在空冥，渐与天近。见有高门，口圆如井，入则光明似昼，阶路皆苍石砌成，滑洁无纤翳。有大树一株，高数丈，上开赤花，大如莲，纷纭满树。下一女子，捣绛红之衣于砧上，艳丽无双。高木立睛停，竟忘行步，女子见之，怒曰：“何处狂郎，妄来此处？”辄以杵投之，中其背。陈急曳于虚所[27]，切责之。高被杵，酒亦顿醒，殊觉汗愧，乃从陈出，有白云接于足下。陈曰：“从此别矣。有所嘱，慎志勿忘：君寿不永，明日速避西山中，

丐僊
歌舞園林各盡歡
麗人忽作夜义看
若非推解當時意
靈屋何来奪命丹

当可免。”高欲挽之，反身竟去。

高觉云渐低，身落园中，则景物大非。归与妻子言，共相骇异，视衣上着杵处，异红如锦，有奇香。早起，从陈言，裹粮入山，大雾障天，茫茫然不辨径路，蹑荒急奔，忽失足，堕云窟中，觉深不可测，而身幸不损。定醒良久，仰见云气如笼，乃自叹曰：“仙人令我逃避，大数[28]终不能免，何时出此窟耶！”又坐移时，见深处隐隐有光，遂起而渐入，则别有天地。有三老方对弈，见高至，亦不顾问，棋不辍，高蹲而观焉。局终，敛子入盒，方问客何得至此，高言：“迷堕失路。”老者曰：“此非人间，不宜久淹，我送君归。”乃导至窟下，觉云气拥之以升，遂履平地。见山中树叶深黄，萧萧落木[29]，似是秋杪[30]，大惊曰：“我以冬来，何变暮秋？”奔赴家中，妻、子尽惊，相聚而泣，高讶问之，妻曰：“君去三年不返，皆以为异物[31]矣。”高曰：“异哉，才顷刻耳。”于腰中出其糗粮，已若灰烬，相与诧异。妻曰：“君行后，我梦二人皂衣闪带，似谇赋[32]者，汹汹然入室张顾，曰：‘彼何往？’我呵之曰：‘彼已外出。尔即官差，何得入闺闼中！’二人乃出，且行且语云‘怪事怪事’而去。”乃悟己所遇者，仙也；妻所梦者，鬼也。高每对客，衷[33]杵衣于内，满座皆闻其香，非麝非兰，着汗弥盛。

校注

1 〔金城〕古郡名，故城在今甘肃皋兰县西南。

2 〔废疮〕败疮，谓因疮而致残废。

3 〔饴（sì 四）〕饴，通“饲”。施饭食。《晋书·王荟传》：“荟以私米作饘粥，以饴饿者。”

4 〔耳舍〕又名“耳房”。正房或厢房两侧连着的小房间。言其在门内左右如耳然。

5 〔贪饕（tāo 掏）〕极度贪婪。《战国策·燕策三》：“今秦有贪饕之心，而欲不可足也。”

6 〔诸曹〕谓其他仆人。曹，等辈。〔偶语〕谓私语。

7 〔惠深覆载〕谓恩惠深厚，如天覆地载。覆载，谓天地庇护包容。详见卷五《邵九娘》注。

8 〔齁（hōu 响）声〕熟睡时所发出的鼻息声。

9 〔多风格〕谓很有风度格调。

10 〔手谈〕即下围棋。

11 〔呼采〕谓掷骰时，嘴中同时呼喊自己要掷出的好彩头。采，通“彩”，彩头。

12 〔雉卢〕“雉”与“卢”都是掷骰为戏的好彩头。

13 〔薄设〕谓设薄宴的意思。

14 〔杖头空虚〕谓手头空空，无钱购买酒食。杖头，即杖头钱的省称。详见卷一《酒友》注。

15 〔东道主〕谓待客的主人。

16 〔乱弄清咮（zhòu 咒）〕弄，通“哢”。陶潜《癸卯岁始春怀古田舍二首》：“鸟哢欢新节，泠风送余善。”谓群鸟杂乱的叫声。咮，通“噣”，鸟嘴。《诗经·曹风·候人》：“维鹈在梁，不濡其咮。”

17 〔句辀（gōuzhōu 勾舟）〕鸟鸣声。句，应作“钩”。韩愈《杏花》：“鹧鸪钩辀猿叫歇，杳杳深谷攒青枫。”

18 〔鸲鹆（qúyù 渠玉）〕鸟名，即八哥。

19 〔朝阳丹凤〕凤凰。语出《诗经·大雅·卷阿》:“凤凰鸣矣,于彼高冈。梧桐生矣,于彼朝阳。”丹凤,头和翅膀上的羽毛为红色的凤。《禽经》“鸾”,晋张华注:“首翼赤曰丹凤。”

20 〔青鸾〕同“青鸟”,指传说中的神鸟。〔黄鹤〕传说中神仙骑的鹤。

21 〔珍错〕谓山珍海错。海错,《尚书·禹贡》:“厥贡盐絺,海物惟错。”孔传:“错杂非一种。”后因称各种海味为海错。

22 〔仙仙〕舞步轻盈貌。《诗经·小雅·宾之初宴》:“舍其坐迁,屡舞仙仙。”

23 〔金钿〕指用金玉宝石制成的首饰。南朝陈徐陵《玉台新咏序》:“反插金钿,横抽宝树。”

24 〔袅袅〕形容歌声、乐声悠扬。苏轼《前赤壁赋》:“余音袅袅,不绝如缕。”

25 〔绕梁〕形容歌声高亢回旋,经久不息。《列子·汤问》:“昔韩娥东之齐,匮粮,过雍门,鬻歌假食。既去,而余音绕梁欐,三日不绝。”

26 〔盍(hé何)〕何不。

27 〔虚所〕指天上无人的地方。

28 〔大数〕谓天命,寿数。

29 〔萧萧落木〕亦称“落木萧萧”。杜甫《登高》诗:“无边落木萧萧下,不尽长江滚滚来。”

30 〔秋杪〕秋末,晚秋。

31 〔异物〕谓变成鬼物。

32 〔谇(suì岁)赋〕骂着追逼赋税。谇,责骂。

33 〔衷〕穿在里面。《左传·襄公二十七年》:“楚人衷甲。”注:“甲在衣中。”

劳山道士

邑有王生，行七[1]，故家子[2]。少慕道[3]，闻劳山[4]多仙人，负笈[5]往游。登一顶，有观宇甚幽[6]；一道士坐蒲团[7]上，素发垂领[8]，而神光爽迈[9]。叩而与语，理甚玄妙[10]。请师之。道士曰："恐娇惰不能作苦[11]。"答言："能之。"其门人甚众，薄暮毕集。王俱与稽首[12]，遂留观中。凌晨，道士呼王去，授一斧，使随众采樵。王谨受教。过月余，手足重茧[13]，不堪其苦，阴有归志。

一夕归，见二人与师共酌，日已暮，尚无灯烛；师乃剪纸如镜，黏壁间。俄顷，月明辉室，光鉴毫芒[14]。诸门人环听奔走。一客曰："良宵胜乐，不可不同。"乃于案上取酒壶，分赉诸徒[15]，且嘱尽醉。王自思：七八人，壶酒何能遍给？遂各觅盎盂[16]，竞饮先釂[17]，惟恐樽[18]尽；而往复挹注[19]，竟不少减。心奇之。俄一客曰："蒙赐月明之照，乃尔寂饮[20]。何不呼嫦娥[21]来？"乃以箸掷月中。见一美人，自光中出。初不盈尺，至地，遂与人等。纤腰秀项[22]，翩翩作"霓裳舞[23]"。已而歌曰："仙仙乎，而还乎，而幽我于广寒乎[24]！”其声清越[25]，烈如箫管[26]。歌毕，盘旋而起，跃登几上。惊顾之间，已复为箸。三人大笑。又一客曰：“今宵最乐，然不胜酒力矣。其饯我于月宫可乎？”三人移席，渐入月中。众视三人，坐月中饮，须眉毕见，如影之在镜中。移时，月渐暗；门人燃烛来，则道士独坐，而客杳矣。几上肴核如故；壁上月，纸圆如镜而已。道士问众：“饮足乎？”曰：“足矣！”“足，宜早寝，勿误樵苏[27]。”众诺而退，王窃忻慕，归念遂息。

又一月，苦不可忍，而道士并不传教一术。心不能待，辞曰：“弟子数百里受业仙师[28]，纵不能得长生术，或小有传习，亦可慰求教之心；今阅两三月，不过早樵而暮归。弟子在家，未谙此苦。”道士笑曰：“我固谓汝不能作苦，今果然。明早当遣汝行。”王曰：“弟子操作多日，师略授小技，此来为不负也。”道士问：“何术之求？”王曰：“每见师行处，墙壁所不能隔，但得此法足矣。”道士笑而允之。乃传一诀[29]，令自咒毕，呼曰：“入之！”王面墙，不敢入。又曰：“试入之。”王果从容入，及墙而阻。道士曰：“俯首骤入，勿逡巡[30]。”王果去墙数步，奔而入。及墙，虚若无物；回视，果在墙外矣。大喜，入谢。道士曰：“归宜洁持[31]，否则不验。”遂助资斧，遣之归。抵家，自诩“遇仙，坚壁所不能阻”。妻不信。王效其作为，去墙数尺，奔而入，头触硬壁，蓦然而踣[32]。妻扶视之，额上坟起[33]，如巨卵焉。妻揶揄[34]之。王惭忿，骂老道士之无良[35]而已。

异史氏曰："闻此事未有不大笑者，而不知世之为王生者正复不少。今有伧父[36]，喜疢毒而畏药石[37]，遂有舐痈吮痔[38]者，进宣威逞暴之术以迎其旨，绐[39]之曰：'执此术也以往，可以横行而无碍。'初试，未尝不小效，遂谓天下之大，举[40]可以如是行矣，势不至触硬壁而颠蹶不止也。"

校注

1 〔行（háng 航）七〕排行第七。行，排行。

2 〔故家子〕封建社会中世家大族的子弟。《孟子·公孙丑上》："纣之去武丁未久也，其故家遗俗，流风善政，犹有存者。"

3 〔少慕道〕少年时就仰慕道家法术。道，指道士的法术。

4 〔劳山〕即今之崂山。古称"劳山"、"牢山"或"辅唐山"。位于山东半岛西南，青岛市区东部。东临崂山湾，南濒黄海，海山相连，古称"神仙之宅，灵异之府"。崂山奇峰凌云，峭壁倚天，上有狮子峰、明霞洞、上清宫、下清宫诸名胜古迹。

5 〔负笈〕背着书箱。即出外求学的代词。笈，书箱。古时，出外求学都是自己背着书箱，所以称"负笈"。

6 〔观（guàn 贯）宇甚幽〕山中庙宇环境很幽静。观，是道观，为道家修道、祀神的庙宇。

7 〔蒲团〕是一种圆形垫具，大多用蒲草编织而成，佛教徒坐禅和跪拜时使用。道教也用此物。

8 〔素发垂领〕白的头发下垂到脖颈上。素，白色。《文选·潘岳〈秋兴赋〉》："斑鬓髟以承弁兮，素发飒以垂领。"

9 〔神光爽迈〕神采爽朗超俗。神光，神采。迈，超俗。神光，手稿本作"神观"。

10 〔理甚玄妙〕指道士所言之理幽深微妙。玄妙，幽深微妙。《淮南子·览冥训》："夫物类之相应，玄妙深微，知不能论，辩不能解。"

11 〔不能作苦〕不能劳作吃苦。作苦，劳作吃苦。《文选·杨恽〈报孙会宗书〉》："田家作苦，岁时伏腊，烹羊炰羔，斗酒自劳。"

12 〔稽（qǐ 启）首〕古时俯首至地的叩拜礼，在古礼节中极敬重的一种。《尚书·大禹谟》："禹拜稽首固辞。"

13 〔手足重（chóng 虫）茧〕手足都磨起老茧。重茧，因劳作手足上摩擦起一层层硬皮。《战国策·宋卫策》："墨子闻之，百舍重茧，往见公输般。"

14 〔光鉴毫芒〕比喻明月的光亮能照清细微之物。毫芒，喻极细微。《韩非子·喻老》："宋人有为其君以象为楮叶者，三年而成，丰杀茎柯，毫芒繁泽，乱之楮叶之中不可别也。"

15 〔分赉（lài 睐）诸徒〕分发给各位徒弟。赉，赏赐。《尚书·汤誓》："尔尚辅予一人，致天之罚，予其大赉汝。"

16 〔盎（àng 瓮）盂〕盛汤水的容器。盎，古代的一种盆，腹大口小。盂，盛饮食之器。

17 〔竞饮先釂（jiào 叫）〕争着干杯。釂，干杯。《礼记·曲礼上》："长者举未釂，少者不敢饮。"郑玄注："尽爵曰釂。"

18 〔樽〕盛酒器具。手稿本作"尊"。

19 〔往复挹（yì 役）注〕指众和尚来往传递倒酒。挹注，是从一个容器倒于另一个容器。《诗经·大雅·泂酌》："泂酌彼行潦，挹彼注兹。"这里指从酒壶中倒酒于杯中。

20 〔乃尔寂饮〕如此清寂地饮酒。乃，却。尔，如此，这般。寂，清寂，寂寞。

21 〔嫦娥〕本名"姮娥"。汉朝人因避文帝刘恒讳，改称"嫦娥”。神话传说中月宫之仙人。《淮南子·览冥训》：“羿请不死之药于西王母，姮娥窃以奔月，怅然有丧，无以续之。”高诱注：“姮娥，羿妻。羿请不死之药于西王母，未及服之，姮娥盗食之，得仙，奔入月中，为月精也。”

22 〔纤腰秀项〕纤细的腰身，秀丽的颈项。纤腰，女子柔美的细腰。《文选·陆云〈为顾彦先赠妇诗〉》：“雅步擢纤腰，巧笑发皓齿。”

23 〔霓裳舞〕古代的一种舞蹈“霓裳羽衣曲”的省称。本为“婆罗门曲”。传自西梁，为唐河西节度使杨敬述所献，经唐明皇润饰其词，易名“霓裳羽衣曲”，为盛唐天宝年间宫廷乐舞。薛用弱《集异记·叶法善》说：八月望夜，叶法善与唐明皇游月宫，聆月中天乐，问其曲名，曰：“《紫云曲》。”明皇素晓音律，默记其声，归传其音，名之曰“霓裳羽衣”。

24 〔仙仙乎，而还乎，而幽我于广寒乎〕其大意为：仙人啊，我是回到了人间呢！还是处在幽禁我的广寒宫里呢！仙仙，舞步轻盈的样子。《诗经·小雅·宾之初筵》：“舍其坐迁，屡舞仙仙。”还，归来。幽，禁闭。司马迁《报任少卿书》：“深幽囹圄之中，谁可告诉者。”广寒，月宫之名。柳宗元《龙城录》：“上皇（唐明皇）与中天道士鸿都客，八月望日，三人同在云上游月中，见一大宫府，榜曰：广寒清虚之府。”

25 〔清越〕指歌声清澈远扬。

26 〔烈如箫管〕像箫管一样响亮。烈，美也。

27 〔勿误樵苏〕指打柴割草。《史记·淮阴侯列传》：“樵苏后爨，师不宿饱。”集解：“樵，取薪也；苏，取草也。”

28 〔受业仙师〕跟从老师学习。受业，指从师学习。《孟子·告子下》：“（曹）交得见于邹君，可以假馆，愿留而受业于门。”仙师，对老道士的尊称。

29 〔传一诀〕传授给施行法术的秘诀。诀，秘诀、口诀。《列子·说符》：“卫人有善数者，临死以诀喻其子。”

30 〔逡巡〕迟疑不进。《庄子·秋水》：“东海之鳖，左足未入，而右膝已絷矣；于是逡巡而却。”

31 〔洁持〕洁行而信守道家法术的纯正。

32 〔蓦然而踣〕猛然跌倒。蓦然，忽然、猛然。宋欧阳修《踏莎行》之二：“蓦然旧事上心来，无言敛皱眉山翠。”踣，仆倒。《左传·襄公十四年》：“譬如捕鹿，晋人角之，诸戎掎之，与晋踣之。”

33 〔坟起〕隆起。此指头上碰起的肿块。

34 〔揶揄（yéyú 爷鱼）〕作手势嘲弄、耍笑。《后汉书·王霸传》：“光武令霸至市中募人将以击（王）郎，市人皆大笑，举手邪揄之。”邪，通“揶”。

35 〔无良〕不善良，不怀好心。

36 〔伧（cāng 仓）父〕鄙贱粗俗的人。《世说新语·雅量》：“亭吏驱公（褚裒）移牛屋下。潮水至，沈令起彷徨，问牛屋下是何物，吏云：昨有一伧父来寄亭中。”

37 〔喜疢（chèn 衬）毒而畏药石〕喜欢危害身体的疾病，而惧怕医病的药石。此指喜欢阿谀吹捧自己的言语，而害怕那些直言忠告的话。疢毒，疾病。药石，治病的药物。《左传·襄公二十三年》：“季孙之爱我，疾疢也；孟孙之恶我，药石也。美疢不如恶石。夫石犹生我，疢之美，其毒滋多。”

38 〔舐痈（shìyōng 式拥）吮痔〕应作“吮痈舐痔”。吮，用口吸。舐，用舌舔。吮痈及痔的脓血，比喻以卑鄙无耻的行为谄媚他人。《论语·阳货》：“苟患失之，无所不至矣。”朱熹注：“小则吮痈舐痔，大则弑父与君。”《庄子·列御寇》：“秦王有病，召医，破痈溃痤者得车一乘，舐痔者得车五乘，所治愈下，得车愈多。”

39 〔绐（dài 待）〕欺骗。徐干《中论·考伪》：“至于父盗子名，兄窃弟誉，骨肉相绐，朋友相诈，此大乱之道也。”

40 〔举〕皆、都。《左传·僖公六年》：“君举不信群臣乎？”

沂水秀才

沂水[1]某秀才，课业[2]山中。夜有二美人入，含笑不言，各以长袖拂榻，相将坐[3]，衣软无声。少间，一美人起，以白绫巾展几上，上有草书[4]三四行，亦未尝审其何词。一美人置白金一铤[5]，可三四两许；秀才掇内袖中[6]。美人取巾，握手笑出，曰："俗不可耐！"秀才扪[7]金，则乌有矣。丽人在坐，投以芳泽[8]，置不顾；而金是取，是乞儿相也，尚可耐哉！狐子可儿[9]，雅态可想。

友人言此，并思不可耐事，附志之：

对酸俗客。市井人作文语[10]。富贵态状。秀才装名士。信口谎言不掩。揖坐苦让上下。任憨儿登筵抓肴果。财奴哭穷。歪诗文强人观听。醉人歪缠。旁观谄态。语次[11]频称贵戚。歪科甲[12]谈时文。假人余威[13]装模样。体气苦逼人语[14]。汉人作满洲调[15]。市井恶谑[16]。

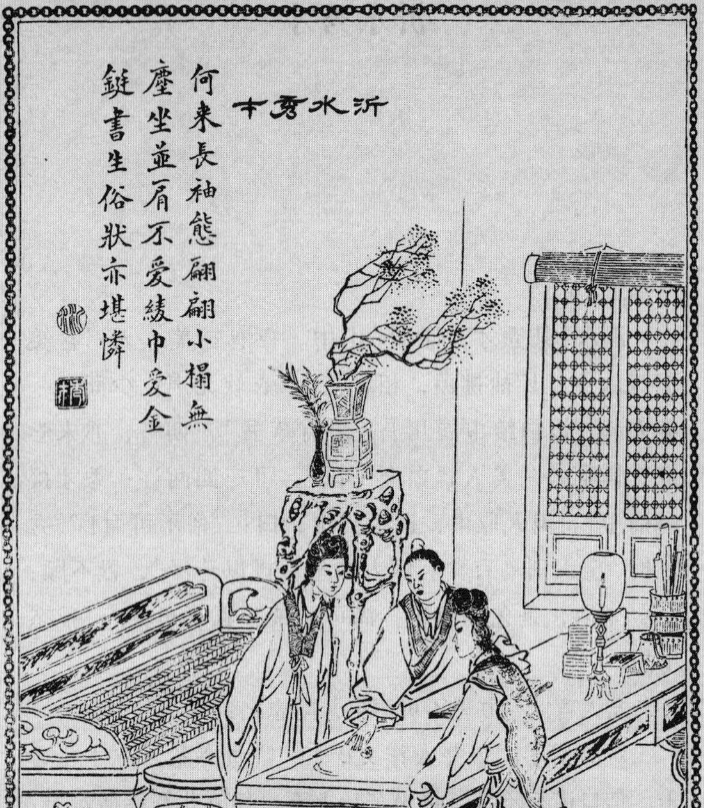
沂水秀才
何来長袖態翩翩小榻無
塵坐並肩不爱綾巾爱金
錠書生俗狀亦堪憐

校注

1 〔沂水〕县名。在山东省东南部，沂河上游。

2 〔课业〕即学业。此指攻读学习。

3 〔相将坐〕彼此相随而坐。相将，相共，相随。汉王符《潜夫论·救边》："相将诣阙，谐辞礼谢。"

4 〔草书〕书法字体的一种。

5 〔白金一铤〕白银一锭。白金，白银。《尔雅·释器》："白金谓之银。"铤，又作"锭"。

6 〔掇（duō多）内袖中〕拾取放入袖中。掇，拾取。内，同"纳"。

7 〔扪（mén门）〕摸索。

8 〔投以芳泽〕美人以芳体相近。投以，相近。芳泽，原指妇女用以润发的香油。《列子·周穆王》："施芳泽，正蛾眉。"

9 〔可儿〕如意的人儿。《世说新语·赏誉》："桓温行经王敦墓边过，望之云：'可儿！可儿！'"

10 〔市井人作文语〕混迹市井谋利之人，却口语巧弄斯文。市井人，指商人。市井，做买卖的街市、市场。《史记·刺客列传·聂政》："政乃市井之人。"正义："古者相聚汲水，有物便卖，因成市，故云市井。"

11 〔语次〕说话间。

12 〔歪科甲〕指才学低劣而得幸进的人。歪，不正。科甲，指科第出身的人。

13 〔假人余威〕指假借别人的名气。

14 〔体气苦逼人语〕谓别人反感，而又苦苦逼着靠近别人与之交谈。

15 〔汉人作满洲调〕谓汉人模仿满洲人的腔调说话。清朝为满洲贵族统治中国，故模仿满洲人说话的腔调，成了谄媚满族贵族的时尚。

16 〔市井恶谑〕谓品格低下的市井之人，以粗俗的语言开有损别人人格的玩笑。

小　翠

王太常[1]，越[2]人。总角[3]时，昼卧榻上。忽阴晦，巨霆暴作，一物大于猫，来伏身下，展转不离。移时晴霁，物即径出。视之，非猫，始怖，隔房呼兄。兄闻，喜曰：“弟必大贵，此狐来避雷霆劫也。”后果少年登进士，以县令入为侍御[4]。生一子。名元丰，绝痴，十六岁不能知牝牡[5]，因而乡党无与为婚。王忧之。

适有妇人率少女登门，自请为妇。视其女，嫣然展笑，真仙品也。喜问姓名。自言：“虞氏女，小翠，年二八矣。”与议聘金。曰：“是从我糠覈[6]不得饱，一旦置身广厦，役婢仆，厌膏粱[7]，彼意适，我愿慰矣，岂卖菜也而索直乎！”夫人悦，优厚之。妇即命女拜王及夫人，嘱曰：“此尔翁姑，奉侍宜谨。我大忙，且去，三数日当复来。”王命仆马送之。妇言：“里巷不远，无烦多事[8]。”遂出门去。小翠殊不悲恋，便即奁[9]中翻取花样。夫人亦爱乐之。数日，妇不至。以居里问女，女亦憨然不能言其道路。遂治别院，使夫妇成礼。诸戚闻拾得贫家儿作新妇，共笑姗[10]之；见女皆惊，群议始息。女又甚慧，能窥翁姑喜怒。王公夫妇，宠惜过于常情，然惕惕焉惟恐其憎子痴；而女殊欢笑，不为嫌。第善谑[11]，刺布作圆，蹋蹴为笑[12]，着小皮靴，蹴去数十步，绐[13]公子奔拾之；公子及婢恒流汗相属。一日，王偶过，圆硙然[14]来，直中面目。女与婢俱敛迹[15]去，公子犹踊跃奔逐之。王怒，投之以石，始伏而啼。王以告夫人；夫人往责女，女俯首微笑，以手刓床[16]。既退，憨跳如故，以脂粉涂公子，作花面如鬼。夫人见之，怒甚，呼女诟骂。女倚几弄带，不惧亦不言。夫人无奈之，因杖其子。元丰大号，女始色变，屈膝乞宥[17]。夫人怒顿解，释杖去。女笑拉公子入室，代扑衣上尘，拭眼泪，摩挲杖痕，饵以枣栗。公子乃收涕以忻[18]。女阖庭户，复装公子作霸王，作沙漠人[19]；己乃艳服束细腰，婆娑作帐下舞[20]；或髻插雉尾，拨琵琶，丁丁缕缕然[21]，喧笑一室，日以为常。王公以子痴，不忍过责妇；即微闻焉，亦若置之。

同巷有王给谏[22]者，相隔十余户，然素不相能[23]。时值三年大计吏[24]，忌公握河南道篆[25]，思中伤之。公知其谋，忧虑无所为计。一夕，早寝，女冠带饰冢宰[26]状，剪素丝作浓髭[27]，又以青衣饰两婢为虞候[28]，窃跨厩马而出，戏云："将谒王先生。"驰至给谏之门，即又鞭挝从人，大言曰："我谒侍御王[29]，宁谒给谏王[30]耶！"回辔[31]而归。比至家门，门者误以为真，奔白王公。公急起承迎，方知为子妇之戏。怒甚，谓夫人曰：“人方蹈我之瑕[32]，反以闺阁之丑，登门而告之。余祸不远矣！”夫人怒，奔女室诟让[33]之。女惟笑听，并不一置词。挞之，不忍；出之，则无家。夫妻懊怨，终夜不寝。

时冢宰某公赫甚，其仪采服从[34]，与女伪装无少殊别，王给谏亦误为真。屡侦公门，中夜而客未出，疑冢宰与公有阴谋。次日早朝，见而问曰：“夜，相公[35]至君家耶？”公疑其相讥，惭颜唯唯，不甚响答。给谏愈疑，谋遂寝[36]，由此益交欢公。公探知其情，窃喜，而阴嘱夫人，劝女改行[37]；女笑应之。逾岁，首相[38]免，适有以私函致公者，误投给谏。给谏大喜，先托善公者往假万金，公拒之。给谏自诣公所。公觅巾袍，并不可得；给谏伺候久，怒公慢，愤将行。忽见公子衮衣旒冕[39]，有女子自门内推之以出，大骇。已而笑抚之，脱其服冕襆之而去。公急出，则客去远。闻其故，惊颜如土，大哭曰：“此祸水[40]也！指日赤吾族[41]矣！”与夫人操杖往。女已知之，阖扉任其诟厉。公怒，斧其门。女在内含笑而告：“翁无怒！有新妇在，刀锯斧钺[42]，妇自受之，必不令贻害双亲。翁若此，是欲杀妇以灭口耶？”公乃止。给谏归，果抗疏[43]揭王不轨，衮冕作据。上惊，验之，其旒冕乃粱秸心所制，袍则败布黄袱也。上怒其诬。又召元丰至，见其憨状可掬，笑曰：“此可以作天子耶？”乃下之法司[44]。给谏又讼公家有妖人，法司严诘臧获[45]，并言无他，惟颠妇痴儿，日事戏笑；邻里亦无异词。案乃定，以给谏充云南军[46]。

王由是奇女。又以母久不至，意其非人。使夫人探诘之，女但笑不言。再复穷问，则掩口曰：“儿玉皇女，母不知耶？”无何，公擢京卿[47]。五十余，每患无孙。女居三年，夜夜与公子异寝，似未尝有所私。夫人舁榻去，嘱公子与妇同寝。过数日，公子告母曰：“借榻去，悍不还！小翠夜夜以足股加腹上，喘气不得；又惯掐人股里。”婢妪无不粲然。夫人呵拍令去。一日，女浴于室，公子见之，欲与偕；女笑止之，谕使姑待。既出，乃更泻热汤于瓮，解其袍袴，与婢扶入之。公子觉蒸闷，大呼欲出。女不听，以衾蒙之。少时无声，启视已绝。女坦笑不惊，曳置床上，拭体干洁，加复被[48]焉。夫人闻之，哭而入，骂曰：“狂婢何杀吾儿！”女辴然[49]曰：“如此痴儿，不如无有。”夫人益恚，以首触女，婢辈争曳劝之。方纷噪间，一婢告曰：“公子呻矣！”辍涕抚之，则气息休休，而大汗浸淫[50]，沾浃茵褥。食顷，汗已，忽开目四顾，遍视家人，似不相识，曰：“我今回忆往昔，都如梦寐，何也？”夫人以其言不痴，大异之。携参其父，屡试之，果不痴。大喜，如获异宝。至晚，还榻故处，更设衾枕以觇之。公子入室，尽遣婢去。早窥之，则榻虚设。自此痴颠皆不复作，而琴瑟静好[51]，如形影[52]焉。

年余，公为给谏之党奏劾免官，小有罣误[53]。旧有广西中丞[54]所赠玉瓶，价累千金，将出以贿当路。女爱而把玩之，失手堕碎，惭而自投。公夫妇方以免官不快，闻之怒，交口呵骂。女忿[55]而出，谓公子曰："我在汝家，所保全者不止一瓶，何遂不少存面目[56]？实与君言：我非人也。以母遭雷霆之劫，深受而公庇翼；又以我两人有五年夙分，故以我来报曩恩，了夙愿耳。身受唾骂，擢发[57]不足以数，所以不即行者，五年之爱未盈，今何可以暂止乎！"盛气而出，追之已杳。公爽然自失[58]，而悔无及矣。公子入室，睹其剩粉遗钩，恸哭欲死；寝食不甘，日就羸瘁。公大忧，急为胶续[59]以解之，而公子不乐。惟求良工画小翠像，日夜浇祷[60]其下，几二年。偶以故自他里归，明月已皎，村外有公家亭园，骑马经墙外过，闻笑语声，停辔，使厩卒捉鞚[61]，登鞍一望，则二女郎即戏其中。云月昏蒙，不甚可辨。但闻一翠衣者曰："婢子当逐出门！"一红衣者曰："汝在吾家园亭，反逐阿谁？"翠衣人曰："婢子不羞，不能作妇，被人驱遣，犹冒认物产耶？"红衣者曰："索胜老大婢无主顾者[62]！"听其音，酷类小翠，疾呼之。翠衣人去曰："姑不与若争，汝汉子来矣！"既而红衣人来，果翠。喜极。女令登垣，承接而下之，曰："二年不见，骨瘦一把矣！"公子握手泣下，具道相思。女言："妾亦知之，但无颜复见家门。今与大姊游戏，又相邂逅，足知前因不可逃也。"请与同归，不可；请止园中，许之。遣仆奔白夫人。夫人惊起，驾肩而往，启钥入亭。女趋下迎拜；夫人捉臂流涕，力白前过，几不自容，曰："若不少记榛梗[63]，请偕归，慰我迟暮[64]。"女峻辞不可。夫人虑野亭荒寂，谋以多人服役。女曰："我诸人悉不愿见，惟前两婢朝夕相从，不能无眷注耳。外惟一老仆应门，余都无所复须。"夫人悉如其言。托公子养疴园中，日供食用而已。女每劝公子别婚，公子不从。

后年余，女眉目音声，渐与曩异，出像质之，迥若两人。大怪之。女曰："视妾今日，何如畴昔美？"公子曰："今日美则美，然较畴昔，则似不如。"女曰："噫！妾老矣！"公子曰："二十余岁，何得速老？"女笑而焚图，救之已烬。一日，谓公子曰："昔在家时，阿翁谓妾抵死不作茧[65]。今亲老君孤，妾实不能产育，恐误君宗嗣。请娶妇于家，旦晚奉侍翁姑。君往来于两间，亦无所不便。"公子然之，纳币[66]于钟太史[67]之家。吉期将近，女为新人制衣履，赍送母所。及新人入门，则言貌举止，与小翠无毫发之异。大奇之。往至园亭，则女已不知所在。问婢，婢出红巾曰："娘子暂归宁，留此贻公子。"展巾，则结玉玦[68]一枚，心已知其不返，遂携婢俱归。虽顷刻不忘小翠，幸而对新人如觌旧好焉。始悟钟氏之姻，女预知之，故先化其貌，以慰他日之思云。

异史氏曰："一狐也，以无心之德，而犹思所报；而身受再造之福者，顾失声于破甑[69]，何其鄙哉！月缺重圆，从容而去，始知仙人之情，亦更深于流俗也！"

校注

1 〔太常〕官名。秦置奉常，汉改太常，为九卿之一，掌礼乐社稷、宗庙祭祀。后各代沿袭。北齐设太常寺，置太常寺卿和少卿各一人。明清太常寺长官卿，正三品，副长官少卿，正四品。

2 〔越〕春秋时越国，此系指今浙江一带。古越国封于会稽（今浙江绍兴），公元前473年越王勾践灭吴时，越之地已据有江苏、江西、浙江、山东的一部分。

3 〔总角〕古时男女未成年时，将头发结束，扎为两角，叫“总角”，后来成为未成年男女的指代词。

4 〔以县令入为侍御〕从外任县令调入朝中任御史。侍御，即侍御史，清代称“侍御”。此系指监察御史，为都察院官员，负责监察天下官吏。

5 〔牝牡（pìnmǔ 聘母）〕指男女之性别，此为戏谑之言。牝，指鸟兽之雌性者；牡，为雄性者。

6 〔糠覈（hé 河）〕粗粮的意思。覈，谷壳子。此指米麦的碎屑。

7 〔厌膏粱〕指饱食美味食品。厌，通“餍”。膏，肥肉。粱，细粮。

8 〔无烦多事〕不用客气，不用麻烦。

9 〔奁（lián 连）〕女子梳妆用的镜匣。

10 〔笑姗〕讥笑。同“姗笑”。

11 〔第善谑（xuè 血）〕但是善于戏谑开玩笑。第，但。善谑，善于戏谑开玩笑。

12 〔刺布作圆，蹋蹴（tàcù 踏促）为笑〕缝布作球，用脚踢之为戏。刺，缝。圆，球。蹋，同“踏”。蹴，踢。《史记·卫将军骠骑列传》：“骠骑尚穿域蹋鞠。”索隐曰：“今之鞠戏，以皮为之，中实以毛，蹴蹋为戏。”

13 〔绐（dài 待）〕哄骗。

14 〔砉（hōng 轰）然〕形容踢球所发出的声音。

15 〔敛迹〕指躲开，躲藏。

16 〔刓（wán 玩）床〕抚摸床。刓，抚摸。《史记·郦生陆贾列传》："（项王）为人刻印，刓而不能授。"

17 〔乞宥（yòu 右）〕求饶。宥，原谅。

18 〔忻（xīn 辛）〕高兴，喜欢。忻，同"欣"。

19 〔装公子作霸王，作沙漠人〕这里是写扮演两出戏《霸王别姬》与《昭君出塞》中的两个人物。霸王，是指战国时期的西楚霸王项羽；沙漠人，是指匈奴派来迎接昭君的人。

20 〔已乃艳服束细腰，婆娑作帐下舞〕这里是指小翠扮《霸王别姬》中的虞姬艳服细腰，翩翩起舞。

21 〔髻插雉尾，拨琵琶，丁丁（zhēngzhēng 争争）缕缕然〕指小翠扮王昭君，弹着琵琶，发出响亮不绝的声音。丁丁，形容响亮。缕缕，形容细而不断。

22 〔给谏〕清代给事中的尊称。明代给事中分吏、户、礼、兵、刑、工六科，掌侍从规谏，稽察六部违误。清代只设六科掌印给事中。给事中，汉族满族各一人，隶属都察院，与御史同为谏官，亦称给谏。

23 〔素不相能〕指平素就不相容。

24 〔三年大计吏〕明清两朝，每三年一次对官吏进行考绩。所以考察官曰"计"。计吏，计其功过优劣，以定升降。对外官考绩，称之"大计"；对内官考绩，称之"京察"。大计，以寅、巳、申、亥岁举行。《周礼·天官·大宰》："三岁，则大计群吏之治而诛赏之。"

25 〔握河南道篆〕为河南道的监察御史。河南道为唐所设，明清改为府，属河南省，首府洛阳。篆，官印。明清都察院，分道设监察御史，明及清初皆以河南道参治院事，故以河南道为尊。清初设十五道，只有河南、江南、山东、山西、陕西六道授印篆。

26 〔冢宰〕周代官名，为六卿之首。后世称宰相为"冢宰"。《周礼·天官·冢宰》："乃立天官冢宰，使帅其属，而掌邦治，以佐王均邦国。”明又称吏部尚书为“冢宰”。

27 〔素丝作浓髭（zī 资）〕用白色的生丝做成浓密的胡须。素丝，白色的生丝。浓髭，浓密的胡须。

28 〔虞候〕本为古代的官名，五代、宋时是禁卫官，元朝以后不设此官；贵官的侍卫也称“虞候”。此处指侍卫、随从人员。

29 〔侍御王〕即指王太常。

30 〔给谏王〕指王给谏。

31 〔回辔（pèi 配）〕回马。辔，驾驭牲口的嚼子和缰绳。

32 〔蹈我之瑕〕寻找我的毛病或过错。瑕，玉中的斑点。此比喻缺点或毛病。

33 〔诟让〕生气责骂。让，责备。

34 〔仪采服从〕仪容、神采、服饰和侍从。

35 〔相公〕宰相的尊称。此指上文所说之“冢宰”。

36 〔寝（qǐn 梫）〕中止，停止。《汉书·礼乐志》：“大臣绛灌之属害之，故其议遂寝。”

37 〔改行（xíng 形）〕改变以前不轨的行为。

38 〔首相〕即上文中所指“冢宰”。

39 〔衮（gǔn 滚）衣旒（liú 留）冕〕指穿戴天子的冠服。衮衣，天子的礼服，即龙衣、龙袍。旒冕，即天子冠，前后垂有玉饰的帽子。

40 〔祸水〕此指祸患。语出《飞燕外传》：淖方成认为，汉成帝宠赵飞燕的妹妹合德，将祸害汉室，故说：“此祸水也，灭火必矣。”按五行之说，汉以火德王，水能克火，赵合德之祸害汉室，如同水之灭火。后因称败坏国家的女性为“祸水”。

41 〔指日赤吾族〕不久就要诛灭我家全宗族。指日，不久，不几日。赤吾族，诛杀我全族人。赤，为杀人流血之转意。

42 〔刀锯斧钺〕此指承当受刑之事。刀锯，古代行刑用具。《国语·鲁语上》：“中刑用刀锯，其次用钻笮。”斧钺，同“鈇钺”，古代行刑用具。《国语·鲁语上》：“大刑用兵，其次用斧钺。”

43 〔抗疏〕上疏陈事。即上奏本。

44 〔法司〕指执掌刑法的部属。明清两朝以刑部、都察院、大理寺为三法司，凡重大事件，都交由三法司审理。

45 〔臧获〕指奴婢。

46 〔充云南军〕即充军发配到云南。充军，发配，为古代刑罚之一种。

47 〔擢京卿〕即指由侍御擢升为太常寺卿。擢，提升。京卿，是对三品或四品京官的尊称，或称“京堂”。

48 〔复被〕即夹被。

49 〔辴（chǎn 铲）然〕笑的样子。

50 〔浸淫〕浸渍、沾湿。《文选·司马相如〈难蜀父老〉》：“是以六合之内，八方之外，浸淫衍溢。”

51 〔琴瑟静好〕喻夫妻和美。《诗经·郑风·女曰鸡鸣》：“琴瑟在御，莫不静好。”

52 〔形影〕比喻亲密相伴，如同影之随形。《晋书·郭璞传》：“天人之悬符，有若形影之相应。”

53 〔罣（guà 挂）误〕同“诖误”。贻误、连累。《战国策·韩策一》：“夫不顾社稷之长利，而听须臾之说，诖误人主者，无过于此者矣。”此指己本无罪，而受别人牵连。

54 〔中丞〕对巡抚的称呼，亦称“抚台”、“抚军”。明清两朝，常以副都御史或佥都御史出任外省巡抚。清代各省巡抚例兼右都御史衔，因此明清的巡抚也称“中丞”。《晋书·刘孝绰传》：“三合寻为御史中丞。”

55 〔忿〕据康熙抄本，原抄本作“奋”。

56 〔少存面目〕稍留点面子。面目，面子。《史记·项羽本纪》：“纵江东父老怜而生我，我何面目见之。”

57 〔擢发〕即成语“擢发难数”。比喻罪恶多得像头发一样难于数清。

58 〔爽然自失〕默然若有所失。《史记·屈原贾生列传论》：“读《鹏鸟赋》，同死生，轻去就，又爽然自失矣。”爽然，茫然。自失，内心空虚。

59 〔胶续〕指续娶妻子。张华《博物志》二：“汉武帝时，西海国有献胶五两者，帝以付外库；余胶半两西使佩以自随。后从武帝射于甘泉宫，帝弓弦断，从者欲更张弦，西使乃进，乞以所送余香胶续之。”旧时以琴瑟之好，喻夫妻之好，故引申为男子妻死谓“断弦”，续娶妻子谓“续弦”。

60 〔浇祷〕浇酒祈祷。

61 〔厩卒捉鞚（kòng 控）〕马夫抓住马的络头。厩卒，马夫。捉，抓住。鞚，带嚼子的马笼头。

62 〔索胜老大婢无主顾者〕总比你这老大年纪的婢子还没个主儿要强。索胜，总强似，总胜过。老大，谓大年纪。白居易《琵琶行》：“门前冷落车马稀，老大嫁作商人妇。”无主顾，没要主。

63 〔榛梗〕有刺的草木。喻记仇在心，造成隔阂、前嫌。

64 〔迟暮〕比喻人的晚年。《楚辞·屈原〈离骚〉》：“惟草木零落兮，恐美人之迟暮。”

65 〔抵死不作茧〕指到老也不能生育。抵死，终老，到死的意思。不作茧，这里以蚕不作茧比喻女人不生孩子。张鹭《朝野佥载》六：“王显与文武皇帝有严子陵之旧，每掣裈为戏，将帽为欢。帝微时，常戏曰：‘王显抵老不作茧。’及帝登极，而显谒奏曰：‘臣今日得作茧矣。’”

66 〔纳币〕同“纳采”。古代婚礼仪式之一，即行聘。

67 〔太史〕古代之史官。明清两代修史之事则归于翰林院，所以对翰林也有“太史”之称。

68 〔玉玦〕玉饰。形如环而有缺口，本为射箭钩弦之具。以玦赠人，表示拒绝。《史记·项羽本纪》：“范增数目项王，举所佩玉玦以示之者三。”

69 〔失声于破甑（zèng 赠）〕指因为打破玉瓶而情不自禁地大骂。《后汉书·郭泰传》：“孟敏客于太原，荷甑堕地，不顾而去。林宗（郭泰字）见而问其意，对曰：‘甑已破矣，视之何益。’林宗以此异之。”失声，指情不自禁地出声。甑，古炊器。

长清僧

长清[1]僧，其道行高洁[2]，年七十余犹健。一日，颠仆[3]不起；寺僧奔救，已圆寂[4]矣。僧不自知死，魂飘去，至河南界。河南有故绅子[5]，率十余骑，按鹰[6]猎兔；马逸[7]，坠毙。魂适相值，翕然而合[8]，遂渐苏。厮仆[9]环问之。张目曰："胡[10]至此？"众扶归。入门，则粉白黛绿[11]者，纷集顾问。大骇曰："我僧也，胡至此？"家人以为妄，共提耳悟之[12]。僧亦不自申解，但闭目不复有言。饷以脱粟[13]则食，酒肉则拒；夜独宿，不受妻妾奉。数日后，忽思少步[14]。众皆喜。既出，少定，即有诸仆纷来，钱簿谷籍，杂请会计[15]。公子托以病倦，悉谢绝[16]之，惟问："山东长清县，知之否？"共答："知之。"曰："我郁无聊赖[17]，欲往游瞩[18]，宜即治任[19]。"众谓："新瘳[20]，未应远涉。"不听，翌日遂发。抵长清，视风物如昨。无烦问途，竟至兰若[21]。弟子数人见贵客至，伏谒甚恭。乃问："老僧焉往？"答云："吾师曩已物化[22]。"问墓所，群导引以往，则三尺孤坟，荒草犹未合也。众僧不知何意。既而戒马[23]欲归，嘱曰："汝师戒行[24]之僧，所遗手泽[25]，宜恪守，勿俾损坏。"众唯唯，乃行。既归，灰心木坐[26]，了不勾当[27]家务。居数月，出门自遁，直抵旧寺，谓弟子曰："我即汝师。"众疑其谬，相视而笑。乃述返魂之由，又言生平所为，悉符。众乃信，居以故榻，事之如平日。后，公子家屡以舆马来，哀请之。略不顾瞻。又年余，夫人遣纪纲[28]至，多所馈遗。金帛皆却之，惟受布袍一袭而已。友人或至其乡，敬造[29]之。见其人默然诚笃；年仅而立[30]，而辄道其八十余年事。

异史氏曰："人死则魂散，其千里而不散者，性定故耳[31]。余于僧，不异之乎其再生，而异之乎其入纷华靡丽[32]之乡，而能绝人以逃世也。眼睛一闪，而兰麝薰心，有求死不得者矣，况僧乎哉！"

校注

1 〔长清〕县名。今属山东省济南市。

2 〔道行高洁〕对佛门的教义与戒规修行很高。道行，是指对佛教教义与戒规的认识与实践。高洁，是指其行为超出一般信徒。

3 〔颠仆〕跌倒。《汉书·贡禹传》："诚恐一旦颠仆，气竭不复自还。"

4 〔圆寂〕为梵语的意译，音译为“般涅槃”。此为佛家用语，对死亡的称颂。圆寂，即诸德圆满，诸恶寂灭之意，故僧尼之死称为圆寂。《释氏要览》卷下：“释氏死，谓涅槃、圆寂、归真、归寂、灭度……”

5 〔故绅子〕已故乡中豪绅之子。绅，古代士大夫束于腰间的大带子，后来指有身份、有地位、有权势的人。

6 〔按鹰〕其意为纵鹰行猎。按鹰，驾鹰。

7 〔马逸〕马受惊脱缰奔跑。

8 〔翕（xī 息）然而合〕指僧的魂骤然与堕尸恰当合在一起。翕然，和顺貌。陈玄祐《离魂记》：“室中女闻，喜而起，饰妆更衣，笑而不语，出与相迎，翕然而合为一体。”

9 〔厮仆〕奴仆。

10 〔胡〕副词。为何，何故。《诗经·邶风·式微》：“式微式微，胡不归？”

11 〔粉白黛绿〕此指艳妆浓抹的妻妾婢女。粉白，指女子以白粉涂面。黛绿，指女子以黛画眉。黛，为青黑的染料。韩愈《送李愿归盘谷序》：“粉白黛绿者，列屋而闲居。”

12 〔提耳悟之〕恳切地劝解，促其醒悟。提耳，是指抓着耳朵讲话，意为谆谆地劝导。《后汉书·刘矩传》：“民有争讼，矩常引之于前，提耳训告。”悟，使其明白。

13 〔饷以脱粟〕用粗糙的米做饭供他吃。饷，供给食物。脱粟，粗糙的米。《史记·平津侯主父列传》：“食一肉脱粟之饭。”索隐：“脱粟，才脱壳而已，言不精凿也。”

14 〔少步〕稍微散散步。

15 〔杂请会（kuài 快）计〕纷杂请其审理钱谷出纳等事。《孟子·万章下》：“孔子尝为委吏矣，曰：‘会计当而已矣。’”

16 〔谢绝〕推卸，拒绝。

17 〔郁无聊赖〕心中郁闷，感到无聊。精神无聊赖，无所寄托。汉蔡琰《悲愤诗》：“为复强视息，虽生何聊赖。”

18 〔游瞩〕游览。《晋书·会稽王道传》：“帝尝幸其宅，谓道子曰：‘府内有山，因得游瞩，甚善也。’”

19 〔治任〕整理行装。《孟子·滕文公上》:“昔者孔子没，三年之外，门人治任将归。”

20 〔新瘳（chōu 抽）〕病刚痊愈。瘳，病愈。《诗经·郑风·风雨》:“既见君子，云胡不瘳。”

21 〔兰若〕佛寺。梵语“阿兰若”的译音。意为清静地方。杜甫《谒真谛寺禅师诗》:“兰若山高处，烟霞障几重。”

22 〔曩已物化〕前些日子已经死了。曩，从前，以前。物化，即死亡，化为异物，是对死的避讳词。《庄子·刻意》:“圣人之生也天行，其死也物化。”

23 〔戒马〕备马。戒，准备。

24 〔戒行〕佛家语。佛教指身、语、意三方面恪守戒律的操行。北魏杨衒之《洛阳伽蓝记·法云寺》:“京师沙门好胡法者，皆就摩罗受持之，戒行真苦，难可揄扬。”

25 〔手泽〕原意为手汗所沾润，后指先人遗物。《礼记·玉藻》:“父没而不能读父之书，手泽存焉尔。”

26 〔灰心木坐〕指心如死灰，呆坐如槁木。其意人虽生于世间，但不问世事。《庄子·齐物论》:“形固可使如槁木，而心固可使如死灰乎！”

27 〔勾当〕办理、处理。《北史·叙传》:“事无大小，士彦一委仲举推寻勾当，丝发无遗。”

28 〔纪纲〕管家的仆人。《左传·僖公二十四年》:“秦伯送卫于晋三千人，实纪纲之仆。”

29 〔敬造〕特为拜访。敬，淄川方言，为特为，专为。造，往、到、拜访。

30 〔而立〕指三十岁。《论语·为政》:“吾十有五而志于学，三十而立。”

31 〔性定故耳〕本性不移才使他这样。性定，指人的本性稳定，不因外因而改变。

32 〔纷华靡丽〕奢侈华丽。《后汉书·安帝纪》:“嫁娶送终，纷华靡丽。”靡丽，奢华。

蛇　人

东郡[1]某甲，以弄蛇为业。尝蓄驯蛇二，皆青色。其大者呼之大青，小曰二青。二青额有朱点，尤灵驯，盘旋无不如意。蛇人爱之，异于他蛇。期年[2]，大青死，思补其缺，未暇遑[3]也。一夜，寄宿山寺。既明，启笥，二青亦渺。蛇人怅恨欲死，冥搜[4]亟呼，迄无影兆[5]。然每至丰林茂草，辄纵之去，俾得自适，寻复还；以此故，冀其自至。坐伺之，日既高，亦已绝望，怏怏[6]遂行。出门数武[7]，闻丛薪错楚中[8]，窸窣[9]作响。停趾愕顾，则二青来也。大喜，如获拱璧[10]。息肩路隅，蛇亦顿止。视其后，小蛇从焉。抚之曰："我以汝为逝矣。小侣而所荐耶[11]？"出饵饲之，兼饲小蛇。小蛇虽不去，然瑟缩[12]不敢食。二青含哺之，宛似主人之让客者，蛇人又饲之，乃食。食已，随二青俱入笥中。荷去，教之，旋折辄中规矩[13]，与二青无少异，因名之小青，衒技[14]四方，获利无算。大抵蛇人之弄蛇也，止为二尺为率[15]；大则过重，辄便更易。缘二青驯，故未遽弃。又二三年，长三尺余；卧则笥为之满，遂决去之。

一日，至淄邑东山间，饲以美饵，祝而纵之。既去，顷之复来，蜿蜒笥外。蛇人挥曰：“去之！世无百年不散之筵。从此隐身大谷，必且为神龙，笥中何可以久居也！”蛇乃去，蛇人目送之。已而复返，挥之不去，以首触笥。小青在中，亦震震而动。蛇人悟曰：“得勿欲别小青也？”乃发笥，小青径出；因与交首吐舌，似相告语。已而委蛇[16]并去。方意小青不返，俄而踽踽[17]独来，竟入笥卧。由此随在物色[18]，迄无佳者。而小青亦渐大不可弄。后得一头，亦颇驯，然终不如小青良，而小青粗于儿臂矣。先是，二青在山中，樵人多见之；又数年，长数尺，围如碗，渐出逐人。因而行旅相戒，罔敢出其途。

一日，蛇人经其处，蛇暴出如风，蛇人大怖而奔，蛇逐益急。回顾，已将及矣，而视其首，朱点俨然，始悟为二青。下担呼曰：“二青，二青！”蛇顿止，昂首久之，纵身绕蛇人，如昔弄状，觉其意殊不恶，但躯巨重，不胜其绕，仆地呼祷，乃释之。又以首触笥，蛇人悟其意，开笥出小青。二蛇相见，交缠如饴糖状，久之始开。蛇人乃祝小青：“我久欲与汝别，今有伴矣。”谓二青曰：“原君引之来，可还引之去。更嘱一言：深山不乏食饮，勿扰行人，以犯天谴[19]。”二蛇垂头，似相领受。遽起，大者前，小者后，过处，林木为之中分。蛇人伫立望之，不见乃去。此后，行人如常，不知二蛇何往也。

异史氏曰："蛇，蠢然一物耳，乃恋恋有故人之意，且其从谏也如转圜[20]。独怪俨然而人也者，以十年把臂之交[21]，数世蒙恩之主，辄思下井复投石[22]焉；又不然，则药石相投[23]，悍然不顾，且怒而仇焉者，不且出斯蛇下哉！"

校注

1 〔东郡〕秦取魏地所置郡名，治所在濮阳（今河南省濮阳县西南）。隋废，又改兖州为东郡。清时东昌府、曹州府，即今山东聊城市、菏泽市所辖之地，为秦汉东郡故地。

2 〔期（jī 机）年〕过了一年。

3 〔未暇遑（huáng 皇）〕未得空闲。遑，闲暇。

4 〔冥搜〕苦苦地到处搜寻。冥，深。《文选·孙绰〈游天台山赋〉》："非复远寄冥搜，笃信通神者，何肯遥望而存之。"

5 〔影兆〕踪影迹象。兆，预兆。

6 〔怏怏〕失意，不愉快。《史记·绛侯周勃世家》："此怏怏者，非少主臣也。"

7 〔数武〕几步。武，武步，古以六尺为步，半步为武。《国语·周语下》："夫目之察度也，不过步武尺寸之间。"

8 〔丛薪错楚中〕指山野丛生的草木间。《诗经·周南·汉广》："翘翘错薪，言刈其楚。"笺："楚，杂薪之中尤翘翘者。"薪，柴草。楚，灌木名，即杜荆。

9 〔窸窣（xīsū 希苏）〕形容细碎的声音。杜甫《自京赴奉先县咏怀五百字》："河梁幸未拆，枝撑声窸窣。"

10 〔拱璧〕大的玉石。《左传·襄公二十八年》："与我其拱璧，吾献其柩。"疏："此璧两手拱抱之，故为大璧。"后来以拱璧喻珍贵之物。

11 〔小侣而所荐耶〕这个小朋友是你所引荐的？而，你。荐，引荐。

12 〔瑟缩〕收敛、蜷缩。《吕氏春秋·古乐》："民气郁阏而滞着，筋骨瑟缩不达。"

13 〔旋折辄中规矩〕盘旋蜿蜒合乎程式。旋折，指舞姿。中规矩，犹言合乎程式。《礼记·玉藻》："周还中规，折还中矩。"

14 〔衒技〕炫耀技术。意为以此卖艺。《楚辞·屈原〈天问〉》："妖夫曳炫，何号于市。"洪兴祖补注："炫，行且卖也。"

15 〔止以二尺为率（lǜ律）〕只以二尺长为标准。止，只。率，标准。

16 〔委蛇（yí遗）〕同"逶迤"。蛇行曲折自如貌。《楚辞·屈原〈离骚〉》："驾八龙之婉婉兮，载云旗之委蛇。"

17 〔踽踽（jǔjǔ举举）〕孤独行走的样子。《诗经·唐风·杕杜》："独行踽踽，岂无他人，不如我同父。"朱熹注："踽踽，无所亲之貌。"

18 〔物色〕访求。原指形貌。《后汉书·严光传》："及光武即位，乃变姓名，隐身不见，帝思其贤，乃令以物色访之。"注："以其形貌求之。"后用为访求之义。

19 〔天谴〕上天的惩罚。《北史·周宣帝纪》："允叶人心，用消天谴。"

20 〔从谏也如转圜（yuán圆）〕言其接受劝谏，像转动圆物一样容易。《汉书·梅福传》："昔高祖纳善若不及，从谏如转圜。"注："转圜，言顺也。"

21 〔把臂之交〕比喻关系密切。把臂，指握人手臂。《世说新语·赏誉》："谢公（安）道：'豫章（谢鲲）若遇七贤，必自把臂入林。'"

22 〔下井复投石〕即落井投石，言乘人之危，加以陷害的卑劣行径。韩愈《柳子厚墓志铭》："落陷井，不引手救，反挤之又下石焉。"

23 〔药石相投〕治病的药物与砭石。泛指药物。比喻苦口劝谏。《左传·襄公二十三年》："孟孙之恶我，药石也。"

斫蟒

胡田村[1]胡姓者，兄弟采樵；深入幽谷[2]，遇巨蟒。兄在前，为所吞。弟初骇欲奔，见兄被噬[3]，遂忿怒，出樵斧斫蟒首，首伤而吞不已。然头虽已没，幸肩际不能下。弟急极无计，乃两手持兄足，力与蟒争，竟曳兄出。蟒亦负痛去。视兄，则鼻耳俱化，奄将气尽[4]。肩负以行，途中凡十余息，始至家。医养半年方愈。至今面目皆瘢痕，鼻耳处，惟孔存焉。噫！农人中乃有弟弟[5]如此哉！或言："蟒不为害，乃德义所感。"信然。

校注

1 〔胡田村〕在今之淄博市张店区，胡田镇所在地，名为胡田。
2 〔幽谷〕深谷。《诗经·小雅·伐木》："出自幽谷，迁于乔木。"

斫蟒
禦侮曾聞咏
棣華驚心幽
谷遇巴蛇神人
默佑兄無恙
此是田間孝
友家

3 〔噬（shì 室）〕吞。《文选·潘岳〈西征赋〉》：“竟横噬于虎口。”

4 〔奄（yān 淹）将气尽〕奄奄一息，快要断气。奄，气息奄奄。

5 〔弟弟〕当为“悌弟”。悌，作敬事兄长讲。即为能以礼事兄的弟弟。二十四卷本即为“悌弟”。

犬奸

青州[1]贾某，客于外，恒经岁不归。家畜一白犬，妻引与交，习为常。一日，夫至，与妻共卧。犬突入，登榻啮贾人竟死。后里舍稍闻之，共为不平，鸣于官[2]。官械[3]妇，妇不肯伏，收之[4]。命缚犬来，始取妇出。犬忽见妇，直前碎衣作交状，妇始无词。使两役解部院[5]，一解人而一解犬。有欲观其合者，共敛钱赂役，役乃牵聚令交。所止处，观者常数百人，役以此网利[6]焉。后人犬俱寸磔[7]以死。呜呼！天地之大，真无所不有矣！然人面而兽交者，独一妇也乎哉？

异史氏为之判曰："会于濮上[8]，古所交讥；约于桑中[9]，人且不齿。乃某者，不堪雌守[10]之苦，浪思苟合之欢。夜叉伏床，竟是家中牝兽；捷卿[11]入窦，遂为被底情郎。云雨台[12]前，乱摇续貂之尾[13]；温柔乡[14]里，频款曳象之腰[15]。锐锥处于皮囊，一纵股而脱颖[16]；留情结于镞项[17]，甫饮羽[18]而生根。忽思异类之交，真属匪夷之想[19]。龙吠奸而为奸[20]，妒残凶杀，律难治以萧曹[21]；人非兽而实兽，奸秽淫腥，肉不食于豺虎。呜呼！人奸杀，则女拟以剐[22]；至于犬奸杀，阳世遂无其刑。人不良，则人作犬；至于犬不良，阴曹应穷于法。宜肢解[23]以追魂魄，请押赴以问阎罗[24]。”

校注

1 〔青州〕古九州之一。《尚书·禹贡》：“海岱惟青州。”青州治所及其地理位置，屡有变迁。明建青州府，清因之。治所在今山东省青州市。

2 〔鸣于官〕即到官府去告状。

3 〔械〕指戴上刑具。械，刑具。

4 〔收之〕将妇收入监狱。收，入狱。

5 〔部院〕清朝总都巡抚，多兼兵部侍郎与都察院副都御史衔，所以又称部院。此处，指巡抚官署。

6 〔网利〕渔利，获利。

7 〔寸磔（zhé 哲）〕凌迟之刑，即一寸寸地割裂。磔，分裂肢体，古代的一种酷刑。

8 〔濮上〕原指春秋时卫国濮水一带。此指濮水之滨。濮水，又名濮河，古黄河、济水分流。此地风俗奢靡淫乱。后多以此地之名，代指男女情人幽会之所。《汉书·地理志》：“卫地有桑间濮上之阻，男女亦亟聚会，声色生焉，故俗称郑卫之音。”

9 〔桑中〕意同“濮上”，皆为男女情人幽会之所代词。桑间，地名。《礼记·乐记》：“桑间濮上之音，亡国之音也。”注：“濮水之上，地有桑间者。”“桑间在濮阳南。”《诗经·鄘风·桑中》："期我乎桑中，要我乎上宫。"

10 〔雌守〕遵守妇道。

11 〔捷卿〕狗的别名"捷飞"之称。唐谷神子《博异志·张遵言》："中夜晦黑，因起厅堂督刍秣，见东墙下一物，凝白耀人，使仆者视之，乃一白犬……遵言怜爱之，目为'捷飞'，言骏奔之甚于飞也。"牛僧孺《玄怪录·张宠奴》黄犬亦名"捷飞"。卿，戏谑之词。

12 〔云雨台〕指男女幽会的场所。《文选·宋玉〈高唐赋序〉》："昔日楚襄王与宋玉游于云梦之台。"楚王梦见巫山神女"愿荐枕席。王因幸之。去而辞曰：'妾在巫山之阳，高皇之阻，旦为朝云，暮为行雨；朝朝暮暮，阳台之下。'"后遂将男女合欢称为"云雨"。

13 〔续貂之尾〕指狗尾。《晋书·赵王伦传》："奴卒厮役，亦加爵位，每朝会，貂蝉盈座。时人为之谚曰：'貂不足，狗尾续。'"

14 〔温柔乡〕指女色迷人。《飞燕外传》：汉成帝好色，宠赵飞燕，飞燕"是夜进合德，帝大悦，以辅属体，无所不靡，谓温柔乡"。

15 〔款曳象之腰〕摇动细腰。款，动。曳，牵引。

16 〔脱颖〕露出尖端。颖，物体的尖端。《史记·平原君虞卿列传》："毛遂曰：'臣乃今日请处囊中耳。使遂蚤（早）得处囊中，乃颖脱而出，非特其末而已矣。'"本义为使自己充分露其才能，此用为淫语。

17 〔镞（zú 族）项〕镞，箭头。项，头之后。

18 〔饮羽〕指箭头深入，尾部羽毛覆没不见。《吕氏春秋·精通》："养由基射兕中石，矢仍饮羽。"饮，隐没。羽，箭杆末端的羽毛。此处为借喻。

19 〔匪夷之想〕匪夷，同"匪彝"。指违背常理的行为、念头。匪，非。

20 〔尨（máng 忙）吠奸而为奸〕意为狗本为护院而咬奸夫的，而今自己却在行奸。尨，长毛狗。《诗经·召南·野有死麢》:“无感我帨兮，无使尨也吠。”

21 〔律难治以萧曹〕意为难用国家的刑法来治理犬奸之罪。萧曹，指萧何与曹参，此二人为西汉初年的两位丞相。刘邦建立汉王朝，以萧何为相国，定律令，萧何死，由曹参继任丞相，仍沿袭萧何所定律令，未有改变。后因称法律为“萧曹”。

22 〔女拟以剐〕判女刀剐之刑。剐，为古刑罚之一，割肉离骨，即凌迟。

23 〔肢解〕古代酷刑，分裂肢体。《公羊传·宣公六年》:“公怒，以斗摮而杀之，支解将使我弃之。”

24 〔阎罗〕梵语译音，亦称“阎王”，佛教中管理地狱的魔王。中国民间传说中的阎王爷即来源于此。

雹神

王公筠苍[1]，莅任楚中[2]，拟登龙虎山谒天师[3]。及湖[4]，甫登舟，即有一人驾小艇来，使舟中人为通[5]。公见之，貌修伟，怀中出天师刺[6]，曰："闻驺从[7]将临，先遣负弩[8]。"公讶其预知，益神之，诚意而往。天师治具[9]相款。其服役者，衣冠须鬣，多不类常人。前使者亦侍其侧；少间，向天师细语。天师谓公曰："此先生同乡，不之识耶？"公问之。曰："此即世所传雹神李左车[10]也。"公愕然改容。天师曰："适言奉旨雨雹，故告辞耳。"公问："何处？"曰："章丘[11]。"公以接壤关切，离席乞免。天师曰："此上帝玉敕[12]。雹有额数，何能相徇[13]？"公哀不已。天师垂思良久，乃顾而嘱曰："其多降山谷，勿伤禾稼可也。"又嘱："贵客在座，文去勿武[14]。"神出，至庭中，忽足下生烟，氤氲[15]匝地[16]。俄延逾刻，极力腾起，才高于庭树；又起，高于楼阁。霹雳一声，向北飞去，屋宇震动，筵器摆簸。公骇曰："去乃作雷霆耶？"天师曰："适戒之，所以迟迟；不然，平地一声，便逝去矣。”公别归，志其月日，遣人问章丘，是日果大雨雹，沟渠皆满，而田中仅数枚焉。

校注

1 〔王公筠苍〕名孟震，字筠苍，淄川（今山东省淄博市）人。明万历二十三年（1595）进士，授行人司行人，擢浙江道监察御史，巡按辽东，转冀宁道参议。天启间官通政使司左通政，以忤魏忠贤谪戍云南。崇祯初年，诏复原官起用，以老力辞，卒于家。

2 〔莅任楚中〕即指到楚中任职。莅任，古时指官员上任。楚中，《战国策·楚策》：“苏秦曰：‘楚，天下之强国也。西有黔中巫郡，东有夏州海阳，南有洞庭苍梧，北有汾陉之塞郇阳，地方五千里，此霸之资也。’”今湖南、湖北、安徽、江苏、浙江及四川巫山以东，在战国时皆为楚地。故此处所说“楚中”，当包括浙江。因王筠苍曾官浙江道监察御史，并未到湖南、湖北，所以泛称中的“楚中”，与该文中所言之“楚中”有点差异。

3 〔登龙虎山谒天师〕到龙虎山去拜谒天师。龙虎山，为道教名山之一，位于江西贵溪县西南。有龙、虎二山，道教创始人张道陵修炼于此。自其第四代孙始，历代居于龙虎山之上清宫。元代封其三十六代孙为天师，此处遂为天师驻所。

4 〔湖〕指江西的鄱阳湖。

5 〔为通〕指替他通报请求拜谒天师的要求。

6 〔天师刺〕天师的名帖。刺，古人在交往中，在竹简上刺上自己的名字，称为“刺”。此指名帖。

7 〔驺（zōu 邹）从〕古时显贵之人，出行时前后有护卫的骑从。宋杨万里《归自豫章复过西山》：“我行莫笑无驺从，自有西山管送迎。”

8 〔负弩〕意为背负弓矢为前导，表示尊敬。《史记·司马相如列传》：“蜀太守以下郊迎，县令负弩矢先驱。”

9 〔治具〕准备酒食。具，食具。《汉书·灌夫传》：“将军幸喜过魏其，魏其夫妻治具。”

10 〔李左车〕据《史记·淮阴侯列传》载，李左车为汉初之行唐（今河北行唐县）人，初仕赵，封广武君。韩信张耳东下井陉击赵，李左车说成安君陈余，谋以奇计绝汉军辎重，深沟高垒，以困汉军，成安君不用。韩信破赵军，斩成安君，擒赵王歇。传令勿杀广武君，能生得者予千金。韩信得广武君，以师事之，用其计攻下燕齐诸城。后传，李左车死后为雹神。山东日照县有“雹神李左车祠”；山东博兴县城北五十里有李左车墓，每年三月六日为祭日。见《博兴县志》卷十七。

11 〔章丘〕县名。清属济南府，现为山东省济南市所辖。

12 〔上帝玉敕（chì 赤）〕指玉皇大帝的敕命。敕，旧时皇帝的诏令。

13 〔相徇（xùn 迅）〕指徇私情。徇，曲从。《史记·项羽本纪》：“今不恤士卒，而徇其私，非社稷之臣也。”

14 〔文去勿武〕温和地离开，勿勇武。

15 〔氤氲（yīnyūn 音晕）〕又作“絪缊”。烟雾云气蒸腾。《周易·系辞下》：“天地絪缊，万物化醇。”

16 〔匝地〕在地上环绕。

狐嫁女

历城殷天官[1]，少贫，有胆略。邑有故家之第，广数十亩，楼宇连亘，常见怪异，以故废无居人；久之，蓬蒿渐满，白昼亦无敢入者。会公与诸生饮，或戏云："有能寄此一宿者，共醵[2]为筵。"公跃起曰："是亦何难！"携一席往。众送诸门，戏曰："吾等暂候之，如有所见，当急号。"公笑云："有鬼狐，当捉证耳。"遂入，见长莎[3]蔽径，蒿艾如麻。时值上弦[4]，幸月色昏黄，门户可辨。摩娑数进[5]，始抵后楼。登月台[6]，光洁可爱，遂止焉。西望月明，惟衔山一线[7]耳。坐良久，更无少异，窃笑传言之讹。席地枕石，卧看牛女[8]。一更向尽，恍惚欲寐，楼下有履声，籍籍[9]而上。假寐睨之，见一青衣人，挑莲灯[10]，猝见公，惊而却退，语后人曰："有生人在。"下问："谁也？"答云："不识。"俄一老翁上，就公谛视曰："此殷尚书，其睡已酣。但办吾事，相公倜傥[11]，或不叱怪。"乃相率入楼，楼门尽辟。移时，往来者益众，楼上灯辉如昼。公稍稍转侧，作嚏咳。翁闻公醒，乃出，跪而言曰："小人有箕帚女[12]，今值于归[13]。不意有触贵人，望勿深罪。"公起，曳之曰："不知今夕嘉礼[14]，惭无以贺。"翁曰："贵人光临，压除凶煞[15]，幸矣。即烦陪坐，倍益光宠[16]。"公喜应之。入视楼中，陈设芳丽。遂有妇人出拜，年可四十余。翁曰："此拙荆[17]。"公揖之。俄闻笙乐聒耳，有奔而上者曰："至矣。"翁趋迎，公亦立俟。少间[18]，笼纱一簇，导新郎入。年可十七八，丰采韶秀。翁命先与贵客为礼。少年目公。公若为傧[19]，执半主礼[20]。次，翁婿交拜，已，乃即席。少间，粉黛云从[21]，酒胾雾霈[22]，玉碗金瓯，光映几案。酒数行，翁唤女奴请小姐来。女奴诺而入，良久不出。翁自起，搴帏促之。俄，婢媪辈拥新人出。环珮璆然[23]，麝兰散馥。翁命向上拜。起，即坐母侧。微目之：翠凤明珰[24]，容华绝世。既而酌以金爵[25]，大容数斗。公思此物可以持验同人[26]，阴内袖中；伪醉隐几[27]，颓然而寝。皆曰："相公醉矣。"居无何，闻新郎告行，笙乐暴作，纷纷下楼而去。已而主人敛酒具，少一爵，冥搜不得。或窃议卧客，翁急戒"勿语"，惟恐公闻。移时，内外俱寂，公始起。暗无灯火。惟脂香酒气，充溢四堵[28]。视东方既白，乃从容出。探袖中金爵犹在。及门，则诸生先俟，疑其夜出而早入者。公出爵示之。众骇问，因以状告。共思此物非寒士[29]所有，乃信之。

后举进士[30]，任于肥丘[31]。有世家朱姓宴公，命取巨觥[32]；久之不至。有细奴掩口与主人语，主人有怒色。俄奉金爵劝客饮。谛视之，款式雕文[33]，与狐物更无殊别，大疑，问所从制。答云："爵凡八只，大人为京卿[34]时，觅良工监制。此世传物，什袭[35]已久。缘明府[36]辱临，适取诸箱簏，仅存其七，疑家人所窃取，而十年尘封如故，殊不可解。"公笑曰："金杯羽化[37]矣。然世守之珍不可失。仆有一具，颇近似之，当以奉赠。"终筵归署，拣爵驰送之。主人审视，骇绝，亲诣[38]谢公，诘所自来，公乃历陈颠末[39]。始知千里之物，狐能摄致，而不敢终留也。

校注

1 〔殷天官〕即殷士儋。殷士儋，字正甫，历城（今济南市）人。明嘉靖二十六年（1547）进士。隆庆元年（1567）官侍读学士，掌翰林院事，进吏部侍郎。未几，升吏部尚书。隆庆四年（1570）兼文渊阁大学士，进少保，旋改武英殿大学士。隆庆五年（1571）致仕。卒赠太保。著有《金舆山房稿》。其事迹载《明史》与《历城县志》。称"天官"，是本《周礼》称冢宰为天官，即丞相。后世以内阁吏部为天官，殷士儋曾任吏部尚书，故称"天官"。

2 〔共醵（jù 剧）〕大家凑钱饮酒。醵，聚钱饮酒。《礼记·礼器》："周礼其犹醵与？"注："合钱饮酒为醵。"

3 〔莎（suō 缩）〕即莎草。多年生草本植物，地下块茎叫香附子，可入药。此指丛生的野草。

4 〔上弦〕农历的每月初七初八左右，月缺上半，谓之“上弦”。

5 〔摩娑（suō 蓑）数进〕摩娑，即“摸索”。摸索着进了数重院落。进，古时大的宅子，由几套院落组成，每套院落就叫一进。

6 〔月台〕旧时楼阁前的平台，供赏月时用，故称“月台”。杜甫《徐少君见过》：“赏静怜云竹，忘归步月台。”

7 〔衔山一线〕月从西山落下，仅余一线之光。衔，含。

8 〔牛女〕即指牵牛星与织女星。《文选·潘岳〈西征赋〉》：“仪景星于天汉，列牛女以双峙。”

9 〔籍籍〕杂乱的样子。此指脚步杂踏的声音。

10 〔莲灯〕又称“莲炬”。古时一种罩似莲花的风灯，多供嫁娶时用。

11 〔相公倜傥（tìtǎng 替躺）〕此说殷天官年轻时性情洒脱而不受礼法约束。相公，是对年轻士人的尊称。倜傥，卓越豪迈。《三国志·魏志·王粲传》：“（阮）瑀子籍，才藻艳逸，而倜傥放荡。”

12 〔箕帚（jīzhǒu 基肘）女〕箕帚，本为洒扫的用具。此指洒扫之琐务，后为自己妻子的代称。箕帚女，是自谦词，对自己的女儿的谦称。《国语·吴语》：“一介嫡女，执箕帚以晐姓于王宫。”

13 〔于归〕旧时指女子出嫁。于，往。《诗经·周南·桃夭》：“之子于归，宜其家室。”

14 〔嘉礼〕为古代五礼（吉、凶、军、宾、嘉）之一。嘉礼，包括饮食、昏冠、宾射、飨燕、脤膰、贺庆等礼。后世专指婚礼。《周礼·春官·大宗伯》：“以嘉礼亲万民。”

15 〔压除凶煞〕压制祛除凶煞恶神。煞，恶神。古传婚礼吉期，若逢凶煞，贵人光临可免除灾祸。

16 〔光宠〕荣耀。《文选·司马迁〈报任少卿书〉》：“下之不能累日积劳，取尊官厚禄，以为宗族交游光宠。”

17 〔拙荆〕对人自称己妻的谦词。
18 〔少间〕不多时，一会儿。手稿本、康熙间抄本作“少选”。
19 〔傧（bīn 宾）〕亦称“傧相”。代表主人导引客人的人。
20 〔执半主礼〕指殷天官代表主人迎接新郎，相当于半个主人，所以他受此礼。
21 〔粉黛云从〕艳妆浓抹的女子，如云拥簇。粉黛，指妇女的化妆品。云从，随从如云。
22 〔酒胾（zì 字）雾霈〕好酒好菜，食物热气蒸腾。胾，大块肉。《礼记·曲礼》释文：“胾，侧吏反，大脔。”
23 〔环珮璆（qiú 求）然〕玉珮丁当作响。《史记·孔子世家》：“夫人自帷中再拜，环珮玉声璆然。”环珮，指女子身上所佩带的玉饰。璆然，指玉器碰击的声音。
24 〔翠凤明珰（dāng 当）〕翡翠雕琢的凤钗，珠玉串成的耳坠。珰，耳饰。《文选·曹植〈洛神赋〉》：“无微情以效爱兮，献江南之明珰。”注：“耳珠曰珰。”
25 〔金爵〕金酒杯。爵，古代礼器和酒具。《礼记·礼器》：“宗庙之祭，贵者献以爵。”
26 〔持验同人〕带回去向伙伴作证。
27 〔隐几〕谓将身子依伏在几案上。
28 〔四堵〕本指四面的墙。此指全屋。
29 〔寒士〕贫寒的读书人。杜甫《茅屋为秋风所破歌》：“安得广厦千万间，大庇天下寒士俱欢颜。”
30 〔举进士〕即考中进士。进士，意即贡举的人才。隋大业中始以进士为取士科目，唐、宋因之。唐制，应举者谓之“举进士”。以后进士作为进入仕途资格的首选。明清两朝举人会试中式，称贡士。贡士再经复试（由皇帝派员主持）和殿试（在宫廷由皇帝主持）。被录取者分为三甲：一甲三名，赐进士及第，二甲赐进士出身，三甲赐同进士出身，通称进士。据《历城县志》载，殷士儋为嘉靖二十六年（1547）进士。
31 〔肥丘〕地名。当指肥乡县，明清属广平府。故址在今河北省南部。

32 〔巨觥（gōng 工）〕大的酒杯。觥，古代酒器，用兽骨制成。《诗经·周南·卷耳》："我姑酌彼兕觥，维以不永伤。"

33 〔雕文〕雕刻的花纹。文，同"纹"。

34 〔京卿〕即京堂。明清时中央官署的堂官。清代都察院、通政司、詹事府、国子监和大理、太常、太仆、光禄、鸿胪等寺长官，均称京堂，文书中称"京卿"。

35 〔什袭〕亦作"十袭"。把物品重叠包好收藏。《艺文类聚》中《阚子》："革匮十重，缇巾十袭。"后引申为珍重收藏。

36 〔明府〕汉魏以来称太守、县令为明府。这里是指殷士儋。《汉书·龚遂传》："明府且止，愿有所白。"

37 〔金杯羽化〕金杯成仙飞升，此指丢失。道教称成仙升天为羽化。《新唐书·柳公权传》："公权书法结体劲媚，自成一家。凡公卿以书贶遗，盖巨万，而主藏奴或盗用。尝贮杯盂一笥，縢缄如故，而器皆亡。奴妄言叵测者，公权笑曰：'银杯羽化矣。'不复诘。"

38 〔诣（yì 易）〕前往、到。《史记·田儋列传》："田横乃与其客二人，乘传诣洛阳。"

39 〔颠末〕本末，事情的原委。

娇娜

孔生雪笠，圣裔[1]也。为人蕴藉[2]，工诗。有挚友[3]令天台[4]，寄函招之。生往，令适卒，落拓[5]不得归，寓菩陀寺，佣为寺僧抄录。寺西百余步，有单先生第。先生故，公子以大讼萧条[6]，眷口寡，移而乡居，宅遂旷焉。一日，大雪崩腾，寂无行旅。偶过其门，一少年出，丰采甚都，见生，趋与为礼，略致慰问，即屈降临。生爱悦之，慨然从入。屋宇都不甚广，处处悉悬绵幕，壁上多古人书画。案头书一册，签云《琅嬛琐记》[7]。翻阅一过，俱目所未睹。生以居单第，意为第主，即亦不审官阀[8]。少年细诘行踪，意怜之，劝设帐授徒。生叹曰："羁旅之人，谁作曹丘[9]者？"少年曰："倘不以驽骀见斥，愿拜门墙[10]。"生喜，不敢当师，请为友。便问："宅何久锢？"答曰："此为单府，曩以公子乡居，是以久旷。仆皇甫氏，祖居陕，以家宅焚于野火，暂借安顿。"生始知非单。当晚，谈笑甚欢，即留共榻。昧爽[11]，即有童子炽炭火于室。少年先起，入内，生尚拥被坐。僮入曰："太翁[12]来。"生惊起。一叟入，鬓发皤然[13]，向生殷谢曰：“先生不弃顽儿，遂肯赐教。小子初学涂鸦[14]，勿以友故，行辈[15]视之也。”已，乃进锦衣一袭[16]，貂帽、袜履各一事[17]。视生盥栉[18]已，乃呼酒荐馔[19]。几榻、裙衣，不知何名，光彩射目。酒数行，叟兴辞，曳杖而去。餐讫，公子呈课业，类皆古文词，并无时艺[20]。问之，笑云：“仆不求进取也。”抵暮，更酌曰：“今夕尽欢，明日便不许矣。”呼僮曰：“视太公寝未。已寝，可暗唤香奴来。”僮去，先以绣囊将琵琶至。少顷，一婢入，红妆艳绝。公子命弹《湘妃》[21]。婢以牙拨勾动[22]，激扬哀烈，节拍不类夙闻。又命以巨觞行酒，三更始罢。次日，早起共读。公子最慧，过目成咏；二三月后，命笔惊绝。相约五日一饮，每饮必招香奴。一日，酒酣气热，目注之。公子已会其意，曰：“此婢为老父所豢养，兄旷邈无家[23]，我夙夜代筹久矣。行当为君谋一佳耦。”生曰：“如果惠好[24]，必如香奴者。”公子笑曰：“君诚‘少所见而多所怪’者矣。以此为佳，君愿亦易足也。”

居半载，生欲翱翔[25]郊郭，至门，则双扉外扃[26]。问之，公子曰：“家君[27]恐交游纷意念，故谢客耳。”生亦安之。时盛暑溽热，移斋园亭。生胸间肿起如桃，一夜如碗，痛楚呻吟。公子朝夕省视，眠食俱废。又数日，创剧，益绝食饮。太翁亦至，相对太息。公子曰：“儿前夜思先生清恙，娇娜妹子能疗之。遣人于外祖母处呼令归，何久不至？”俄僮入曰：“娜姑至，姨与松姑同来。”父子即趋入内。少间，引妹来视生。年约十三四，娇波流慧，细柳生姿。生望见颜色。嚬呻顿忘，精神为之一爽。公子便言：“此兄良友，不啻同胞[28]也，妹子好医之。”女乃敛羞容，揄长袖[29]，就榻诊视。把握之间，觉芳气胜兰。女笑曰：“宜有是疾，心脉[30]动矣。然症虽危，可治。但肤块已凝，非伐皮削肉不可。”乃脱臂上金钏安患处，徐徐按下之，则突起寸许，高出钏外，而根际余肿尽束在内，不似前如碗阔矣。乃一手启罗衿，解佩刀，刃薄于纸，把钏握刃，轻轻附根而割。紫血流溢，沾染床席，而贪近娇姿，不惟不觉其苦，且恐速竣割事，偎傍不久。未几，割断腐肉，团团然如树上削下之瘿[31]。又呼水来，为洗割处。口吐红丸，如弹大，着肉上，按令旋转，才一周，觉热火蒸腾；再一周，习习作痒；三周，已遍体清凉，沁人骨髓。女收丸入咽曰：“愈矣。”趋步出。生跃起走谢，沉痼[32]若失。而悬想容辉，苦不自已。自是废卷痴坐，无复聊赖[33]。公子已窥之，曰：“弟为兄物色得一佳偶。”问：“何人？”曰：“亦弟眷属。”生凝思良久，但云：“勿须。”面壁吟曰：“曾经沧海难为水，除却巫山不是云[34]。”公子会其指[35]，曰：“家君仰慕鸿才，常欲附为婚姻[36]。但止一少妹，齿太稚[37]。有姨女阿松，年十八矣，颇不粗陋。如不见信，松姊日涉园亭，伺前厢可望见之。”生如其教，果见娇娜偕丽人来；画黛弯蛾[38]，莲钩蹴凤[39]，与娇娜相伯仲[40]也。生大悦，请公子作伐[41]。公子翌日自内出，贺曰："谐矣。"乃除别院，为生成礼。是夕，鼓吹阗咽[42]，尘落漫飞，以望中仙人，忽同衾幄，遂疑广寒宫殿，未必在云霄矣。合卺[43]之后，甚惬心怀。一夕，公子谓生曰："切磋之惠，无日可以忘之。近单公子解讼归，索宅甚急，意将弃此而西，势难复聚，因而离绪萦怀。"生愿从之，公子劝还乡闾，生难之。公子曰："勿虑，可即送君行。"无何，太翁引松娘至，以黄金百两赠生。公子以左右手与夫妇相把握，嘱闭目勿视。飘然履空，但觉耳际风鸣。久之，曰："至矣。"启目，果见故里，始知公子非人。喜扣家门。母出非望，又睹美妇，方共忻慰，及回顾，则公子逝矣。松娘事姑孝，艳色贤名，声闻遐迩。

后生举进士，授延安司李[44]。携家之任，母以道远不行。松娘举一男，名小宦。生以忤直指[45]，罢官，罣碍[46]不得归。偶猎郊野，逢一美少年，跨骊驹，频频瞻视，细看，则皇甫公子也。揽辔停骖[47]，悲喜交至。邀生去，至一村，树木浓昏，荫翳天日。入其家，则金沤浮钉[48]，宛然世家。问妹子已嫁，岳母已亡，深相感悼。经宿别去，偕妻同返。娇娜亦至，抱生子掇提而弄曰："姊姊乱吾种矣。"生拜谢曩德。笑曰："姊夫贵矣。创口已合，未忘痛耶？"妹夫吴郎亦来拜谒，信宿[49]乃去。一日，公子有忧色，谓生曰："天降凶殃，能相救否？"生不知何事，但锐自任。公子趋出，招一家入，罗拜堂上。

生大骇，亟问。公子曰：“余非人类，狐也。今有雷霆之劫[50]。君肯一身赴难，一门可望生全，不然，请抱子而行，无相累。”生矢共生死。乃使仗剑于门，嘱曰：“雷霆轰击，勿动也。”生如所教。果见阴云昼暝，昏黑如䃜[51]。回视旧居，无复闬闳[52]，惟见高冢岿然，巨穴无底。方错愕间，霹雳一声，摆簸山岳，急雨狂风，老树为拔。生目眩耳聋，屹不少动。忽于繁烟黑絮之中，见一鬼物，利喙长爪，自穴攫一人出，随烟直上。瞥睹衣履，念似娇娜。乃急跃离地，以剑击之，随手堕落。忽而崩雷暴裂，生仆遂毙。少间，晴霁，娇娜已能自苏；见生死于旁，大哭曰：“孔郎为我而死，我何生矣！”松娘亦出，共舁生归。娇娜使松娘捧其首，兄以金簪拨其齿；自乃撮其颐，以舌度红丸入，又接吻而呵之。红丸随气入喉，格格作响，移时，醒然而苏，见眷口满前，恍如梦悟。于是一门团圞，惊定而喜。生以幽圹[53]不可久居，议同旋里；满堂交赞，惟娇娜不乐。生请与吴郎俱，又虑翁媪不肯离幼子，终日议不果。忽吴家一小奴汗流气促而至。惊致研诘[54]，则吴郎家亦同日遭劫，一门俱没。娇娜顿足悲伤，涕不可止。共慰劝之，而同归之计遂决。生入城勾当数日，遂连夜趣装[55]。既归，以闲园寓公子，恒返关之；生及松娘至，始发扃。生与公子兄妹，棋酒谈宴，若一家然。小宦长成，貌韶秀，有狐意。出都市游，共知为狐儿也。

异史氏曰："余于孔生，不羡其得艳妻，而羡其得腻友[56]也。观其容，可以忘饥；听其声，可以解颐[57]。得此良友，时一谈宴，则'色授魂与[58]'，尤胜于'颠倒衣裳[59]'矣。"

校注

1 〔圣裔〕孔子的后代。圣，圣人。指儒家创始人孔子，旧社会被尊为圣人。孔生是孔子的后代，故称圣裔。

2 〔蕴藉〕含蓄宽容。《史记·酷吏列传·义纵》："补上党郡中令，治敢行，少蕴藉。"

3 〔挚友〕志同道合的友人。《礼记·曲礼上》："挚友称其仁也。"注："挚友，志同者。"

4 〔天台〕县名。在今浙江省东部。

5 〔落拓〕犹"落魄"。穷困潦倒。

6 〔以大讼萧条〕因为一场重大的官司使家道败落下来。讼，诉讼。萧条，本指万木凋零之象，这里借指家境败落。

7 〔《琅嬛琐记》〕元人伊世珍（一说明代桑怿）撰《琅嬛记》笔记小说三卷。《琅嬛记》首篇记载西晋人张华曾经游历神仙洞府"琅嬛福地"的传说。传中多记载一些真伪相杂的神怪故事。《琅嬛琐记》史无记载，当为作者杜撰之书名。其意为，孔生所经历的如同西晋张华所游"琅嬛福地"之境域类同。

8 〔官阀〕家世门第。《后汉书·郑玄传》："（应劭）自赞曰：'故太山太守应中远，北面称弟子，何如？'玄笑曰：'仲尼之门，考以四科，回、赐之徒不称官阀。'"

9 〔曹丘〕复姓，此指汉代的曹丘生。《史记·季布栾布列传》载：曹丘生对季布的任侠义勇到处赞扬，季布因之享有盛名。后因以“曹丘”或“曹丘生”作为引荐与称扬者的代称。

10 〔拜门墙〕指拜老师。门墙，《论语·子张》：“夫子之墙数仞，不得其门而入，不见宗庙之美，百官之富。得其门者或寡矣。”后因称师门为“门墙”。

11 〔昧爽〕黎明、拂晓。《尚书·大甲上》：“先王昧爽丕显，坐以待旦。”

12 〔太翁〕古时对祖父辈老人的尊称。此为僮仆对主人的尊称。

13 〔皤（pó 婆）然〕须发皆为白色。皤，白。唐权德舆《渭水》诗：“吕叟年八十，皤然持钓钩。”

14 〔涂鸦〕唐卢仝《示添丁》诗：“忽来案上翻墨汁，涂抹诗书如老鸦。”后以“涂鸦”喻为文书法拙劣的自谦词。此指刚入门学习。

15 〔行（háng 杭）辈〕同辈、平辈。唐韩翃《送崔秀才赴上元兼省叔父》诗：“诗家行辈如君少，极目苦心怀谢朓。”下文中“行（xíng 刑）当”之行，作副词且、将要讲。

16 〔一袭〕一套，一身。

17 〔一事〕一件。白居易《张常侍池凉夜间宴》：“对月五六人，管弦二三事。”

18 〔盥栉〕盥，洗。栉，梳。《南史·谢裕传》附谢述：“述尽心视汤药，饮食必尝而后进，衣不解带不盥栉者累旬。”

19 〔荐馔〕上菜。荐，呈献、陈列。馔，食物。此指菜肴。

20 〔时艺〕科举时代士子应试文字。明、清朝指八股文。时艺，又称时文、制艺。

21 〔《湘妃》〕此是指以“湘妃”命名的琵琶曲谱。湘妃，湘水女神。尧之二女娥皇女英为舜之二妃，传说二妃死后为湘水女神。《湘中记》载：“舜二妃死为湘水神，故曰‘湘妃’。琴操有《湘妃怨》。”

22 〔牙拨勾动〕用象牙拨子弹弄琴弦。拨，弹奏拨弦乐器的用具。白居易《琵琶行》:“曲终收拨当心画，四弦一声如裂帛。”牙拨，用象牙制成。勾动，弹弄。

23 〔旷邈无家〕离家辽远又无妻室。旷邈，辽远。《后汉书·侯霸传》:“县界旷邈，滨带江湖。”无家，无妻室。

24 〔惠好〕相爱、见爱。《诗经·邶风·北风》:“惠而好我，携手同行。”

25 〔翱翔〕游、逛。《诗经·郑风·清人》:“河上乎翱翔。”

26 〔外扃（jiōng）〕从外面将门锁上。扃，门外锁环。

27 〔家君〕对人称自己父亲的代词。王勃《滕王阁序》:“家君作宰，路出名区。”

28 〔不啻同胞〕比亲兄弟还要好。不啻，超过、不止。

29 〔揄（yú于）长袖〕挥动长袖。揄，挥动。《史记·货殖列传》:“揄长袂，蹑利屣。”

30 〔心脉〕中医认为，五脏皆有相应的脉象。主心之正常与否的脉称为心脉。《素问·脉要精微论》:“心脉搏坚而长，当病舌卷不能言。”此指心脉波动，病象在于心。

31 〔瘿（yǐng影）〕树瘤。此指恶疮隆起的组织。

32 〔沉痼（gù顾）〕久治难愈的疾病。《文选·刘桢〈赠五官中郎将〉》:“余婴沉痼疾，窜身清漳滨。”

33 〔无复聊赖〕无聊、乏味，不高兴。

34 〔“曾经”二句〕语出唐诗人元稹诗《离思五首》其四中悼其亡妻的诗句。诗中用沧海之水、巫山之云比喻其亡妻。后来，这两句诗多指见过世面，眼界开阔，视俗物为平常。此处，孔生吟之意为除却娇娜姑娘，别人都不是他的意中人。

35 〔会其指〕领会他的意思。指，同“旨”。《孟子·尽心下》:“言近而指远，善言也。”

36 〔附为婚姻〕结为亲眷。《史记·魏公子列传》:“胜（平原君自称其名）所以自附为婚姻，以公子高义，为能济人之困。”

37 〔齿太稚〕年龄太小。齿，年龄。

38 〔画黛弯蛾〕用青黛描画的双眉，弯如蚕娥的一对弯曲的触须。画黛，画眉。黛，古代妇女用以画眉的一种青色颜料。

陶潜《闲居赋》："愿在眉而为黛，随瞻视以闲扬。"

39〔莲钩蹴凤〕瘦小的脚穿着凤头鞋。莲钩，旧时称缠足女人的脚为金莲；因其形如钩，故又称为莲钩。蹴，踏、穿。凤，鞋头绣凤。

40〔相伯仲〕不相上下，难分优劣。古时以伯、仲、叔、季表示兄弟间的顺序。此则伯为长，仲为幼。《文选·曹丕〈典论·论文〉》："傅毅之于班固，伯仲间耳。"

41〔作伐〕做媒。《诗经·豳风·伐柯》："伐柯如何？匪斧不克。取妻如何？匪媒不得。"后遂称做媒为作伐。

42〔阗咽〕鼓乐并作之声。阗，鼓声。咽，管乐声。

43〔合卺（jǐn 锦）〕古代婚礼仪式。《礼记·昏义》："共牢而食，合卺而酳（yìn 印）。"

44〔延安司李〕延安府的推官。延安，明清府名。所辖在今陕西省北部，治所为延安。司李，又作"司理"，宋初于各州设司寇参军，主管狱讼，后改为司理参军，简称"司理"。明及清初各府设推官一人，主管刑狱，俗称刑厅，别称"司理"。

45〔直指〕即直指使。汉代朝廷特派官员，着绣衣，有掌握诛杀不法官员的权力，称"直指使者"或"直指绣衣使者"。明代及清初，朝廷派出官员以御史名义，巡按各省，因其代表朝廷，略同汉代直指使者，故称"直指"。

46〔罣（guà 挂）碍〕又称"罣误"。贻误，连累。官员因失误而受到罢官的处分后，还要留在印所等候处理，不能自由行动，称"罣碍"。《战国策·韩策一》："夫不顾社稷之长利，而听须臾之说，诖误人主者，无过于此者矣。"

47〔停骖〕勒马不前。骖，本指驾车时两旁的马匹，此处泛指马。谢朓《新亭渚别范零陵云》诗："停骖我怅望，辍棹子夷犹。"

48〔金沤（ōu 欧）浮钉〕应作"金浮沤钉"。浮沤，指浮于水面的泡沫。浮沤钉，门上的环钮，因类似水面浮沤，故名之。此为古代贵宦之门饰。

49 〔信宿〕连宿两夜。《左传·庄公三年》:“凡师一宿为舍，再宿为信。”

50 〔雷霆之劫〕指遭受雷霆轰击的劫难。劫，梵文的音译“劫波”。宗教观点认为，一切修道者，以及有了灵性的东西，都要经过雷击、火烧以及其他的劫难，倘能逃出这几种劫，方能成仙得道。下文中的“遭劫”，与此同。

51 〔翳（yī衣）〕黑色的石块。

52 〔闬闳（hànhóng汗洪）〕里巷的门。《左传·襄公三十一年》:“高其闬闳，厚其墙垣。”此处泛指屋宇。

53 〔幽圹（kuàng况）〕墓穴。幽，指地下。

54 〔惊致研诘〕吃惊地仔细询问。诘，问。

55 〔趣（cù促）装〕趣治行装。趣，催促。

56 〔腻友〕亲昵的朋友。

57 〔解颐〕开颜欢笑。《汉书·匡衡传》:“匡说诗，解人颐。”

58 〔色授魂与〕指睹其貌而动情，心驰神往。《文选·司马相如〈上林赋〉》:“长眉连娟，微睇绵藐。色授魂与，心愉于侧。”注引张楫曰:“彼色来授我，我魂往与接也。”

59 〔颠倒衣裳〕本意是把衣服穿颠倒了。《诗经·齐风·东方未明》:“东方未明，颠倒衣裳。”疏:“以裳为衣，令上者为下，是为颠倒也。”此为性行为的隐语。

僧 孽

张姓暴卒，随鬼使[1]去见冥王[2]。王稽簿[3]，怒鬼使误捉，责令送归。张下，私浼鬼使，求观冥狱[4]。鬼导历九幽[5]，刀山、剑树，一一指点。末至一处，有一僧，孔股[6]穿绳而倒悬之，号痛欲绝。近视，则其兄也。张见之惊哀，问："何罪至此？"鬼曰："是为僧，广募金钱，悉供饮博行淫[7]，故罚之。欲脱此厄，须其自忏[8]。"张既苏，疑兄已死。时其兄居兴福寺[9]，因往探之。入门便闻其号痛声。入室，见疮生股间，脓血崩溃，挂足壁上，宛冥司倒悬状。骇问其故。曰："挂之稍可，不则痛彻心腑。"张因告以所见。僧大骇，乃戒荤酒，虔诵经咒，半月寻愈。遂为戒僧[10]。

异史氏曰："鬼狱渺茫，恶人每以自解；而不知昭昭[11]之祸，即冥冥[12]之罚也。可勿惧哉！"

校注

1 〔鬼使〕佛教学说中的鬼卒，它受阎罗的役使，到人世间追摄罪人魂魄。

2 〔冥王〕即阎罗。详见卷一《犬奸》注。

3 〔稽簿〕查阅簿籍。簿，是指民间迷信传说中，在阴间管掌的生死簿。

4 〔冥狱〕即阴间地狱，意为“苦的世界”。处于地下，有八寒、八热、无间等名目。佛教认为，人生前做坏事，死后要堕入地狱。说地狱有十八层，随罪孽轻重而定。有刀山、剑树、油烹等。

5 〔九幽〕谓九泉，即民间传说中地的最深处，囚禁鬼魂的地方。

6 〔孔股〕指在大腿上穿个洞。

7 〔饮博行淫〕指吃喝嫖赌。“饮博行淫”句，手稿本为“淫赌”。

8 〔忏〕即忏悔、佛教名词。是梵文“忏摩”的音译之略。忏与悔，合称“忏悔”。原为佛教徒，对人发露自己的过错，求得容忍宽恕之意。佛教教规，凡出家人每半月集合举行诵戒，给犯戒者以脱罪祈福的机会，久之，此种活动便成了宗教仪式。

9 〔兴福寺〕据《淄川县志》载，该寺在淄川城西三十里冶头，今为淄川区冶头村。

10 〔戒僧〕即戒行僧。

11 〔昭昭〕指阳世、人间。《汉书·孝武李夫人传》：“去彼昭昭，就冥冥兮，既下新宫，不复故庭兮。”

12 〔冥冥〕指阴间。

妖 术

于公者，少任侠[1]，喜拳勇，力能持高壶[2]作旋风舞。崇祯[3]间，殿试[4]在都，仆疫不起，患之。会市上有善卜者[5]，能决人生死，将代问之。既至，未言，卜者曰："君莫欲问仆病乎？"公骇，应之。曰："病者无害，君可危。"公乃自卜。卜者起卦，愕然曰："君三日当死。"公惊诧良久。卜者从容曰："鄙人有小术，报我十金，当代禳[6]之。"公自念：生死已定，术岂能解。不应而起，欲出。卜者曰："惜此小费，勿悔勿悔！"爱公者皆为公惧，劝罄橐[7]以哀之。公不听。倏忽至三日，公端坐旅舍，静以觇之，终日无恙。至夜，阖户挑灯，倚剑危坐[8]。一漏向尽[9]，更无死法[10]。意欲就枕，忽闻窗隙窣窣有声。急视之，一小人荷戈入；及地，则高如人。公捉剑起，急击之，飘忽未中。遂遽小，复寻窗隙，意欲遁去。公疾斫之，应手而倒。烛之，则纸人已腰断矣。公不敢卧，又坐待之。逾时，一物穿窗入，怪狞如鬼，才及地，急击之，断而为两，皆蠕动。恐其复起，又连击之，剑剑皆中，其声不软。审视，则土偶，片片已碎。于是移坐窗下，目注隙中。久之，闻窗外如牛喘，有物推窗棂，房壁震摇，其势欲倾。公惧覆压，计不如出而斗之，遂剨然脱扃[11]，奔而出。见一巨鬼，高与檐齐；昏月中，见其面黑如煤，眼闪烁有黄光；上无衣，下无履，手弓而腰矢。公方骇，鬼则弯矣。公以剑拨矢，矢堕；欲击之，则又弯矣。公急跃避，矢贯于壁，战战有声。鬼怒甚，拔佩刀，挥如风，望公力劈。公猱进[12]，刀中庭石，石立断。公出其股间，削鬼中踝，铿然有声，鬼益怒，吼如雷，转身复剁。公又伏身入，刀落，断公裙。公已及胁下，猛斫之，亦铿然有声，鬼仆而僵。公乱击之，声硬如柝[13]。烛之，则一木偶：高大如人，弓矢尚缠腰际；刻画狰狞，剑击处，皆有血出。公因秉烛待旦。方悟鬼物皆卜人遣之，欲致人于死，以神其术也。次日，遍告交知，与共诣卜所。卜人遥见公，瞥不可见。或曰："此翳形术[14]也，犬血可破。"公如其言，戒备而往。卜人又匿如前。急以犬血沃立处，但见卜人头面，皆为犬血模糊，目灼灼如鬼立，乃执付有司[15]而杖毙之。

异史氏曰："尝谓买卜为一痴，世之讲此道而不爽[16]于生死者几人？卜之而爽，犹不卜也。且即明明告我以死期之至，将复如何？况有借人命以神其术[17]者，其可畏尤甚耶！"

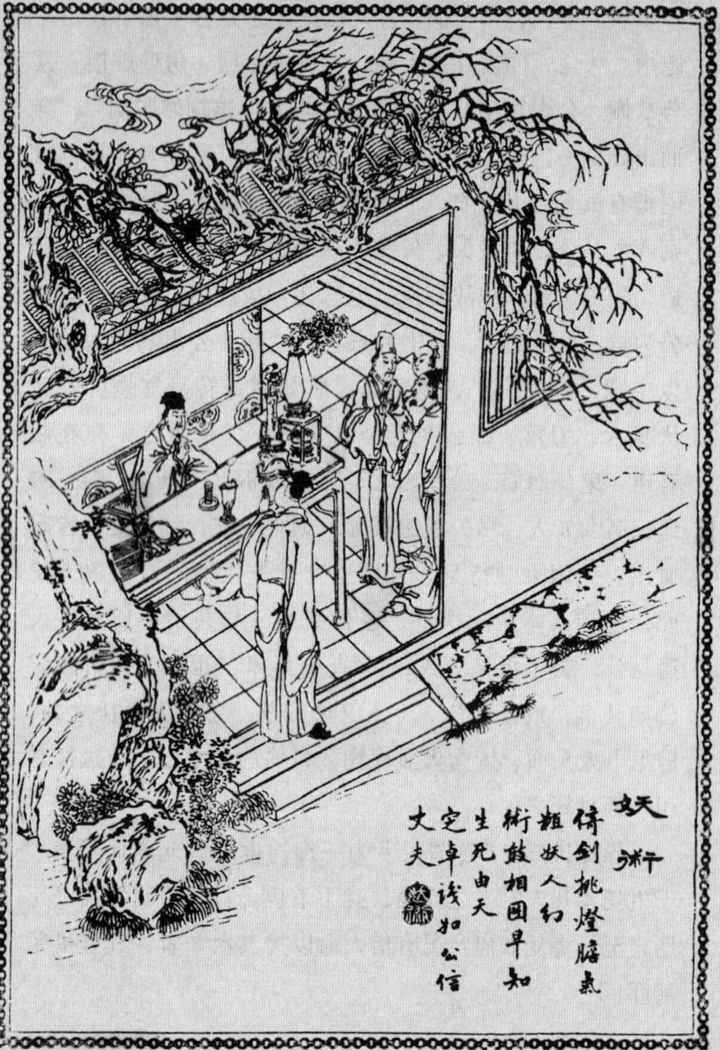
妖術
倚劍挑燈膽氣
麄妖人幻
術鼓相圖早知
生死由天
定卓識如公信
丈夫

校注

1 〔任侠〕负气自任，仗义行侠。《史记·季布栾布列传》："季布者，楚人也。为气任侠，有名于楚。"

2 〔高壶〕是古代一种盛水的容器，以金属制成，其状类壶，分量很重。

3 〔崇祯〕明思宗朱由检的年号（1628-1644）。

4 〔殿试〕又称廷试。科举时代，帝王宫殿内考试贡举之试，称殿试。明清两朝，省试之后集中京师会试，会试中式后再行殿试，以定甲第。一甲三名进士及第；二甲若干名，进士出身；三甲若干名，同进士出身。

5 〔善卜者〕会占卜的人。卜，古代民间以烧龟甲而生出纹路，来决定吉凶的一种方法。后来发展成一种骗人的方术。

6 〔禳（ráng 穰）〕古代以祭祷方式清除灾祸，是一种方术。《左传·昭公二十六年》："齐有彗星，齐侯使禳之。"

7 〔罄橐（qìngtuó 庆驼）〕将口袋里的钱全拿出来。罄，尽。橐，指无底的囊。此泛指口袋。

8 〔危坐〕端坐。

9 〔一漏向尽〕一更天快完了。漏，指古时计时器"漏壶"。一漏，指一更时间。

10 〔更无死法〕意即指没有死的征兆，看不出有死的可能性。

11 〔剨（huò 霍）然脱扃〕指骤然将门打开的声音。剨然，象声形容词。唐谷神子《博异志·李黄》："堂西间门，剨然而开。""剨"，据手稿本改，原抄本为"划"字。脱扃，打开门。扃，门闩（shuān 栓）。

12 〔猱进〕像猿猴一样跳跃前进。

13 〔柝（tuò 拓）〕木梆。古时用以打更报时的用具。

14 〔翳（yì 益）形术〕传说中的隐身法。翳，遮蔽。

15 〔有司〕有关的官府。古代设官分职，事有专司，故曰有司。《孟子·梁惠王下》："吾有司死者三十三人，而民莫之死也。”

16 〔不爽〕没有差失。《诗经·小雅·蓼萧》：“其德不爽，寿考不忘。”

17 〔神其术〕用来证明他卜术的灵验。

野　狗

于七之乱[1]，杀人如麻。乡民李化龙，自山中窜归；值大兵宵进[2]，恐罹炎昆之祸[3]，急无所匿，僵卧于死人之丛，诈作尸。兵过既尽，未敢遽出。忽见阙头断臂之尸，起立如林。内一尸，断首犹连肩上，口中作语曰："野狗子来，奈何？"群尸参差而应曰："奈何！"俄顷，蹶然尽倒，遂寂无声。李方惊颤欲起，有一物来：兽首人身，伏啮人首，遍吸其脑。李惧，匿首尸下。物来，拨李肩，欲得李首。李力伏，俾不可得。物乃推覆尸[4]而移之。首见，李大惧，手索腰下，得巨石如碗，握之。物俯身欲龁。李骤起，大呼，击其首，中嘴。物嗥如鸱[5]，掩口负痛而奔，吐血道上。就视之，于血中得二齿，中曲而端锐，长四寸余。怀归以示人，皆不知其何物也。

校注

1 〔于七之乱〕指于七起义。于七，名乐吾，字孟熹，行七，山东栖霞人。明崇祯年间武举。清顺治五年（1648），他率领胶东半岛的农民义军抗清，以锯齿山为根据地。顺治七年（1650），率部攻陷宁海，杀死清廷登州知州刘文琪。后曾受清廷招抚，授栖霞把总。顺治十八年（1661）春，于七之弟与莱阳人宋秉彝有隙，宋到兵部告于七图谋不轨，遂派兵往捕。顺治十八年（1661），于七不堪清廷的压迫，再次率部起义抗清。以锯齿山、昆嵛山、招虎山等为根据地，活动于栖霞、莱阳、文登、福山、宁海等县。清廷派都统济席哈为靖东将军，率兵征剿。康熙元年（1662）春，于七军溃，逃去。据《螳螂拳由来及其发展的探讨》一文说，于七生于明万历三十七年（1609），兵败后剃发为僧，法号善和，为螳螂拳创始人。后人讳其于七，改称于郎。崂山东部那罗延山，亦称华严山，有华严寺，于七于此出家。现崂山华严寺山门外有塔院一处，内有一小石塔，为于七之墓。于七起义失败以后，清廷对栖、莱等县之民，进行血腥屠杀，株连之人甚广。《清史稿》、《山东通志》，皆有详细记载。

2 〔大兵宵进〕指围剿于七义军的清兵夜间进发。大兵，指清兵。

3 〔炎昆之祸〕昆仑山之灾，玉石俱焚，比喻不区别善恶，一概加以惩罚或株连杀戮。《尚书·胤征》："火炎昆冈，玉石俱焚。"炎，焚烧。昆，昆仑山，该山产美玉。

4 〔覆尸〕指重叠在李化龙身上的死尸。

5 〔物嗥（háo 毫）如鸮〕怪物的叫声如同猫头鹰。鸮，猫头鹰。

三　生

刘孝廉[1]，能记前身事[2]，与先文贲兄[3]为同年，尝历历言之。一世为搢绅[4]，行多玷，六十二岁而没。初见冥王，待以乡先生[5]礼，赐坐，饮以茶。觑冥王盏中茶色清澈，己盏中浊如醪[6]；暗疑迷魂汤[7]得勿此耶？乘冥王他顾，以盏就案角泻之，伪为尽者。俄顷，稽前生恶录[8]；怒命群鬼捽下，罚作马。即有厉鬼絷去。行至一家，门限甚高，不可逾。方趑趄间，鬼力楚[9]下，痛甚而蹶。自顾，则身已在枥下矣。但闻人曰："骊马生驹矣！牡也。"心甚明了，但不能言。觉大馁，不得已，就牝马求乳。逾四五年，体修伟，甚畏挞楚，见鞭则惧而逸。主人骑，必覆障泥[10]，缓辔徐徐，犹不甚苦；惟奴仆圉人[11]，不加鞯装以行，两髁夹击，痛彻心腑。于是愤甚，三日不食，遂死。

至冥司，冥王查其罚限未满，责其规避，剥其皮革，罚为犬。意懊丧，不欲行。群鬼乱挞之，痛极而窜于野，自念不如死，愤投绝壁，颠莫能起。自顾，则身伏窦中，牝犬舐而腓字[12]之，乃知身已复生于人世矣。稍长，见便液，

三生
三載研鑽一
日爭何堪贖
眣掌文衡
仇尋累世
雖消釋
不扶雙睛
怒不平

亦知秽；然嗅之而香，但立念不食耳。为犬经年，常忿欲死，又恐罪其规避。而主人又豢养不肯戮。乃故啮主人，脱股肉。主人怒，杖杀之。冥王鞫状[13]，怒其狂猘[14]，笞数百，俾作蛇。囚于幽室，暗不见天。闷甚，缘壁而上，穴屋而出。自视，则身伏茂草，居然蛇矣。遂矢志不残生类，饥吞木实[15]。积年余，每思：自尽，不可；害人而死，又不可。欲求一善死之策而未得也。一日，卧草中，闻车过，遽出当路。车驰压之，断为两。冥王讶其速至。因匍匐自剖。

冥王以无罪见杀，原之，准其满限[16]，复为人，是为刘公。公生而能言，文章书史，过辄成诵。辛酉[17]，举孝廉。每劝人：乘马必厚其障泥；股夹之刑，胜于鞭楚也。

异史氏曰："毛角之俦[18]，乃有王公大人在其中。所以然者，王公大人之内，原未必无毛角者在其中也。故贱者为善，如求花而种其树；贵者为善，如已花而培其本。种者可大，培者可久。不然，且将负盐车[19]，受羁馽[20]与之为马；不然，且将啖便液，受烹割，与之为犬；又不然，且将披鳞介，葬鹤鹳[21]，与之为蛇。"

校注

1 〔孝廉〕此指举人。

2 〔前身事〕即前生的一生经历。白居易《昨日复今晨》："所经多故处，却想似前身。"

3 〔文赉兄〕即作者族兄蒲兆昌，字文赉。《淄川县志》"举人"载："蒲兆昌，字文璧，天启辛酉举人。""文璧"不知据何。康熙二十七年戊辰（1688），蒲松龄亲笔修订的《蒲氏族谱》载："兆昌，字文赉，明辛酉举人。配王氏，生三子。振鹭、振铎、振趾。形貌丰伟，多髭髯；腰合抱不可交。所坐座阔容二人；每每诣戚友，辄令健仆荷而从之。为人质直任性，不曲随，不苟合。明鼎革，伪令孔，伟其貌，将荐诸当路，公弗许。强之再三，不可，乃罢。自此优游林壑，无志进取。因诸父、昆季朝夕劝驾，勉就公车，至闱中，不任其苦，一场遂止；后经书业中式矣。衡文者求二三场不可得，深以为恨。居家闭门自守，不预世事，遂精岐黄之术，问医者踵接于门，虽贫贱不拒也。"蒲氏《聊斋志异》手稿《三生》篇："与先文赉兄同年"，亦为"赉"字。其他各抄本皆与手稿本同。蒲松龄纪念馆藏抄本《蒲氏世谱》在过录这段文字时，抄错以下几个字："赉"误为"贵"，"优"误为"日"，"季"误为"弟"，"踵接"误为"接踵"，"拒"误为"拘"。由此可证，蒲兆昌，字文赉，是正确的。

4 〔搢绅〕本意为插笏于绅。搢，插。绅，束腰的大带。古时称为官者或曾做过官者为"搢绅"。《庄子·天下》："其在于诗书礼乐者，邹鲁之士，搢绅先生，多能明之。"

5 〔乡先生〕古时对卸官家居有声望士大夫的尊称。《仪礼·士冠礼》："遂以挚见于乡大夫、乡先生。"

6 〔醪（láo 劳）〕汁渣混合的酒，又称浊酒，也称醪糟。南朝梁江淹《恨赋》："浊醪夕引，素琴晨张。"醪，据手稿本，原抄本作"胶"字。

7 〔迷魂汤〕迷信传说，人死后于冥间喝了迷魂汤，生前的苦乐尽忘之。

8 〔恶录〕传说中，阴司记载人在世时的恶行的簿籍。

9 〔力楚〕指鬼用力抽打。楚，荆条，此指刑杖。

10 〔障泥〕垂于马腹两侧，用以障遮泥土的马鞯。

11 〔圉（yǔ 语）人〕此指马伕。《周礼·夏官·司马》："圉人掌养马刍牧之事，以役圉师。"

12 〔腓（féi 肥）字〕庇护怜爱。腓，通"庇"。《诗经·大雅·生民》："诞寘之隘巷，牛羊腓字之。"朱熹集传："腓，芘；字，爱。"

13 〔鞫（jū 拘）状〕审讯犯人的罪状。

14 〔狂猘（zhì 制）〕狂犬。

15 〔木实〕树木的果实。《战国策·秦策三》："臣闻之，木实繁者枝必披，枝之披者伤其心。"

16 〔满限〕指服罪届满。

17 〔辛酉〕指明熹宗天启元年辛酉（1631）。

18 〔毛角之俦（chóu 仇）〕披毛带角之类。毛角，为披毛带角之省略。俦，同类、同辈。《三国志·魏志·高柔传》："萧、曹之俦并以元勋代作心膂。"

19 〔负盐车〕驾盐车。意为马驾盐车重载，承受苦累之役。负，当为"服"字。《周易·系辞》："服，驾、乘。"服车，驾车。《战国策·楚策四》："夫骥之齿至矣，服盐车而上太行。蹄申膝折，尾湛胕溃，漉汁满地……"

20 〔受羁馽（zhí 执）〕受到羁绊的困扰。《庄子·马蹄》："连之以羁馽，编之以皂栈。"羁，马笼头。馽，同"絷"，缚马足的绳索。

21 〔葬鹤鹳〕指葬身于鹤、鹳之腹。此指被鹤、鹳吃掉。

狐入瓶

万村石氏之妇，祟于狐[1]，患之，而不能遣。扉后有瓶，每闻妇翁来，狐辄遁匿其中。妇窥之熟，暗计而不言。一日，窜入，妇急以絮塞其口；置釜中，燂汤[2]而沸之。瓶热，狐呼曰："热甚！勿恶作剧[3]！"妇不语，号益急，久之无声。拔塞而验之，毛一堆，血数点而已。

校注

1 〔祟于狐〕被狐所困扰。祟，鬼神所为的灾祸。《左传·昭公元年》："寡君之疾病，实沈骀台为祟。"

2 〔燂（qián 前）汤〕把水烧热。《礼记·内则》："五日则燂汤请浴。"《说文》："燂，火热也。"

3 〔恶作剧〕过头地开玩笑。《酉阳杂俎》前集九《盗侠》："韦知其盗也，乃弹之，正中其脑。僧初不觉，凡五发中之，始扪中处，徐曰：'郎君莫恶作剧。'"

鬼 哭

谢迁之变[1]，宦第皆为贼窟。王学使七襄[2]之宅，盗聚尤众。城破兵入，扫荡群丑，尸填墀[3]，血至充门而流。公入城，扛尸涤血而居。往往白昼见鬼；夜则床下磷飞[4]，墙角鬼哭。一日，王生皞迪[5]寄宿公家，闻床底小声连呼："皞迪！皞迪！"已而声渐大，曰："我死得苦！"因哭，满庭皆哭。公闻，杖剑而入，大言曰："汝不识我王学使[6]耶？"但闻百声嗤嗤，笑之以鼻。公于是设水陆道场[7]，命释道忏度[8]之。夜抛鬼饭，则见磷火荧荧，随地皆出。先是，阍人王姓者疾笃，昏不知人者数日矣。是夕，忽欠伸若醒。妇以食进。王曰："适主人不知何事施饭于庭，我亦随众啖[9]，啖食已方归，故不饥耳。"由此鬼怪遂绝。岂钹铙钟鼓[10]，焰口瑜珈[11]，果有益耶？

异史氏曰："邪怪之物，惟德可以已之。当陷城之时，王公势正烜赫，闻声者皆股栗；而鬼且揶揄之。想鬼物逆知其不令终耶[12]？普告天下大人先生：出人面犹不可以吓鬼，愿勿出鬼面以吓人也！"

校注

1 〔谢迁之变〕指清顺治三年（1646）谢迁所领导的高苑、长山一带农民起义。谢迁，山东高苑（今淄博市高青县）人，清顺治三年聚众数千人，于是年冬起义，连破高苑、长山、新城诸县。顺治四年（1647）六月攻克淄川县城，建名号，设置官署，杀死首先剃发迎降的招抚江西兵部尚书孙之獬。顺治四年七月，淄川城被清廷派往山东的抚标游击王可就等攻破，起义失败。城破后，清兵在淄川城大肆杀戮，死人无算。事见《淄川县志》、《长山县志》、《山东通志》、《东华录》。

2 〔王学使七襄〕即王昌胤（后人为避雍正之讳，改书昌嗣、昌印、昌允），字七襄，一字雪园，山东淄川县人。据《淄川县志》记载：王七襄为明崇祯九年丙子（1636）科举人，崇祯十年丁丑（1637）科进士，授固始县知县，清顺治元年甲申（1644）起户部主事，擢福建道监察御史，巡按山西，提督北直学政。学使，为提督学政的简称。

3 〔填墀（chí 池）〕填满庭院。墀，指台阶上的空地。又指台阶。

4 〔磷飞〕磷火飞动。王充《论衡·论死》："人之兵死也，世言其血为磷。"

5 〔王生皡迪〕即王皡迪，淄川人，生于明神宗万历四十二年甲寅（1614），长其舅父毕载绩（为蒲松龄设馆西铺毕家之馆东）八岁，外祖父毕自岩公甚爱之。其母早逝，与其兄寄养于外祖父毕大司农西铺家中。后在长山县的长白山下，构筑五亩园，以耕农自适。工诗，有诗集一册，未刻。毕载绩有《赠四甥皡迪》。事见王培荀《乡园忆旧录》。

6 〔王学使〕即王七襄。"学使"，手稿本为"学院"。据记载，王昌胤曾两次任顺天学政。第一次，是以福建道御史差顺天学政，在顺治四年（1647）二月，次年罢。第二次，据《清秘述闻》卷九“学政类一”载：王昌荫（胤）以监察御史提督北直学政，是在顺治七年（1650），于次年离任。据此可知“公入城，扛尸涤血而居”，当为王七襄初罢北直学政家居时事。

7 〔水陆道场〕佛教法会的一种。僧尼设坛诵经，礼佛拜忏，遍施饮食，以超度水陆一切亡灵而设，故称之。相传始于梁武帝萧衍天监七年（508）。苏轼《释迦文佛颂》：“元祐八年十一月十一日，设水陆道场供养。”

8 〔释道忏度〕和尚与道士为死者祈祷忏悔、超度，使死者的灵魂脱离地狱苦难。释，即佛教创始人释迦牟尼，后来的僧侣、和尚皆以释氏称；道，指道教中道士。后世民间水陆道场常设僧道两部，故文中称“释道忏度”。

9 〔啖（dàn 旦）〕吃。

10 〔钹铙（bónáo 伯挠）钟鼓〕在所设水陆道场的法会上，僧道忏度亡灵时所用的四种法器。钹铙，打击乐器，铜制圆形，中乳突起，穿绳，两片拍击发声；小者为钹，大者为铙。

11 〔焰口瑜珈（jiā 加）〕指众僧设道场，做佛事，以超度亡灵。焰口，《佛说救拔焰口饿鬼罗尼经》说，焰口为一饿鬼名，要求施舍饮食，后来僧徒设斋向饿鬼施食，称为放焰口或焰口。瑜珈，指瑜珈僧。此指诵读经文之僧人。瑜珈，梵语本意为物物相应，密宗总称。《瑜珈焰口施食要集》：“身与口协，口与意符，意与身会，三业相应，故曰瑜珈。”

12 〔“想鬼物”句〕鬼物也预料到，天地会令王七襄不得善终。逆，预料。令终，尽天年，得善终。《宋书·雷次宗传》：“但愿守全所志，以保令终耳。”

真定女

真定[1]界有孤女，方六七岁，收养于夫家。相居二三年，夫诱与交而孕。腹膨膨，而以为病也，告之母。母曰："动否？"曰："动。"又益异之。然以其齿太稚，不敢决。未几，生男。母叹曰："不图拳母，竟生锥儿[2]！"

校注

1 〔真定〕旧时县名。即今河北省正定县。

2 〔"不图拳母"二句〕意为，想不到如拳头大的母亲，竟能生下个如锥子大小的儿子。不图，没有料到。拳、锥，皆形容其小。

焦螟

董侍读默庵[1]家，为狐所扰。瓦砾砖石，忽如雹落，家人相率奔匿，待其间歇，乃敢出操作。公患之，假祚庭孙司马第[2]移避之，而狐扰犹故。一日，朝中待漏[3]，适言其异。大臣或言："关东[4]道士焦螟，居内城，总持[5]敕勒之术[6]，颇有效。"公造庐而请之。道士朱书符[7]，使归黏壁上。狐竟不惧，抛掷有加焉。公复告道士。道士怒，亲诣公家，筑坛作法。俄见一巨狐，伏坛下。家人受虐已久，衔恨綦甚，一婢近击之。婢忽仆地气绝。道士曰："此物猖獗，我尚不能遽服之，女子何轻犯尔尔[8]！"既而曰："可借鞫狐词[9]，亦得。"戟指[10]咒移时，婢忽起，长跪[11]。道士诘其里居。婢作狐言："我西域[12]产，入都者十八辈。"道士曰："辇毂下[13]何容尔辈久居？可速去！"狐不答。道士击案怒曰："汝欲梗吾令耶？再若迁延，法不汝宥[14]！"狐乃蹙怖作色，愿谨奉教。道士又速之，婢又仆绝，良久始苏。俄见白块四五团，滚滚如球，附檐际而行；次第追逐，顷刻俱去。由是遂安。

焦螟
壇前狐已現真形壇側奄然婢未醒借口藉供良亦得岡東道士術偏靈

校注

1 〔董侍读默庵〕董讷，字默庵，一字兹重，平原（今山东平原县）人。康熙六年丁未（1667）科探花及第。历任翰林院侍读学士、兵部尚书、督学顺天，再迁左都御史，总督两江。《清史稿》、《山东通志》有传。侍读，官名。明朝翰林院设侍读学士和侍读，其职务给皇帝讲学与备顾问。清代因之。此指侍读学士。据史料记载，董讷任侍读学士当在康熙二十二年（1683）前。

2 〔假祚庭孙司马第〕手稿本"祚"作"怍"，误。借兵部尚书孙祚庭的宅子。孙光祀，字溯玉，号祚庭，平阴（今山东省平阴县）人。顺治十二年乙未（1655）选庶吉士，历任礼科给事中、兵部右侍郎等职。司马，官名。原为周朝主管军事的官员。后世沿用称兵部尚书为大司马，兵部侍郎为少司马。

3 〔待漏〕等待时间上朝。旧时，百官每日于清晨入朝，等待时间朝拜皇帝，称待漏。等待之处，唐宋设待漏院；清于东华门内设置朝屋，作为朝官的暂休之所。

4 〔关东〕清时山海关外，称为关东。

5 〔总持〕总管。

6 〔敕勒之术〕道士以符咒驱鬼、镇邪的法术。敕，即敕令、命令。勒，压抑、强制。清代设道箓司下有符法司主管其事。见《清史稿·职官志》。

7 〔朱书符〕用朱砂来画符箓。朱，即朱砂，民间传说朱砂可以辟邪。

8 〔轻犯尔尔〕轻率地触犯它。尔尔，如此。

9 〔借鞫狐词〕借仆地婢女的口，来审讯出狐的供词。鞫，审讯犯人。

10 〔戟指〕即用食指与中指指点，其形如戟，故称"戟指"。《左传·哀公二十五年》："褚师出，公戟其手曰：'必断而足。'"

11 〔长跪〕直身而跪。长，挺直身。

12 〔西域〕古时泛指甘肃玉门关以西广大地域。“域”字，手稿本与该抄本皆作“城”字，据二十四卷本改。

13 〔辇毂（niǎngǔ 碾骨）下〕意为皇帝车驾下。此处是指皇帝所居之京城中。辇，古时一种用手推挽的车，后来专指皇帝、皇后所乘之车。毂，车轮中央贯辐穿轴的圆木。

14 〔法不汝宥〕即“法不宥汝”。神的佛法不会宽恕你。宥，宽恕。

叶　生

淮阳[1]叶生者，失其名字。文章词赋，冠绝当时[2]；而所遇不偶[3]，困于名场。会关东丁乘鹤来令是邑，见其文，奇之；召与语，大悦。使即官署，受灯火[4]，时赐钱谷恤其家。值科试[5]，公游扬于学使[6]，遂领冠军。公期望綦切，闱后[7]，索文读之，击节称叹。不意时数限人[8]，文章憎命[9]，榜既放，依然铩羽[10]。生嗒丧而归，愧负知己，形销骨立，痴若木偶。公闻，召之来而慰之。生零涕不已。公怜之，相期考满[11]入都，携与俱北。生甚感佩，辞而归；杜门不出。无何，寝疾。公遗问[12]不绝，而服药百裹[13]，殊罔所效。公适以忤上官免，将解任去，函致生，其略云："仆东归有日，所以迟迟者，待足下耳。足下朝至，则仆夕发矣。"传之卧榻，生持书啜泣，寄语来使："疾革难遽瘥[14]，请先发。"使人返白。公不忍去，徐待之。逾数日，门者忽通叶生至。公喜，迎而问之。生曰："以犬马病[15]，劳夫子[16]久待，万虑不宁。今幸可从杖履[17]。"公乃束装戒旦[18]。抵里，命子师事生，夙夜与俱。公子名再昌，时年十六，尚不能文；然绝慧，凡文艺[19]三两过，辄无遗忘。居之期岁[20]，便能落笔成文。益之公力，遂入邑庠。生以生平所拟举子业[21]，悉录授读。闱中七题[22]，并无脱漏，中亚魁[23]。公一日谓生曰："君出余绪[24]，遂使孺子成名。然黄钟长弃[25]，若何！"生曰："是殆有命。借福泽为文章吐气，使天下人知半生沦落，非战之罪[26]也，愿亦足矣。且士得一人知己，可无憾。何必抛却白纻，乃谓之利市哉[27]！"公以其久客，恐误岁试[28]，劝令归省[29]。生惨然不乐。公不忍强，嘱公子至都，为之纳粟[30]。公子又捷南宫[31]，授部中主政[32]。携生赴监，与共晨夕。逾岁，生入北闱[33]，竟领乡荐[34]。会公子差南河典务[35]，因谓生曰："此去离贵乡不远，先生奋迹云霄，锦还为快[36]。"生亦喜。择吉就道，抵淮阳界，命仆马送生归。见门户萧条，意甚悲恻。逡巡至庭中。妻携簸具以出，见生，掷具骇走。生凄然曰："我今贵矣，三四年不觌，何遂顿不相识？"妻遥谓曰："君死已久，何复言贵？所以久淹君柩者，以家贫子幼耳。今阿大亦已成立，将卜窀穸[37]，勿作怪异吓生人。"生闻之，怃然惆怅。逡巡入室，见灵柩俨然，扑地而灭。妻惊视之，衣冠履舄如脱委[38]焉；大恸，抱衣悲哭。子自塾中归，见结驷于门，审所自来，骇奔告母。母挥涕告诉。又细询从者，始得颠末。从者返，公子闻之，涕堕垂膺。即命驾哭诸其室；出橐营丧，葬以孝廉礼。又厚遗其子，为延师教读。言于学使，逾年游泮[39]。

异史氏曰："魂从知己，竟忘死耶？闻者疑之，余深信焉。同心倩女，至离枕上之魂[40]；千里良朋，犹识梦中之路[41]。而况茧丝蝇迹，呕学士之心肝[42]；流水高山，通我曹之性命[43]者哉！嗟乎！遇合难期[44]，遭逢不偶。行踪落落，对影长愁；傲骨嶙嶙，搔头自爱[45]。叹面目之酸涩，来鬼物之揶揄[46]。频居康了之中，则须发之条条可丑[47]；一落孙山之外，则文章之处处皆疵[48]。古今痛哭之人，卞和惟尔[49]；颠倒逸群之物，伯乐伊谁[50]？抱刺于怀，三年灭字[51]；侧身以望，四海无家。人生世上，只须合眼放步，以听造物之低昂[52]而已。天下之昂藏[53]沦落，如叶生其人者，亦复不少，顾安得令威[54]复来，而生死从之也哉？噫！"

校注

1 〔淮阳〕县名。明清时陈州，古时称淮阳，在今之河南省淮阳县境。

2 〔冠绝当时〕为当时之最。《宋书·颜延之传》："文章之美，冠绝当时。"冠，第一名。绝，超越。

3 〔所遇不偶〕所至之处，都未碰到好运气。偶，即指偶数。古人认为偶数好，奇数不好，所以将命运遭遇不好，说成"不偶"。《汉书·霍去病传》："诸宿将常流落不耦。"耦与

“偶”同。

4 〔即官署，受灯火〕即指将其留于官署中，资助他照明的灯火费用。灯火，指供夜读用的灯火费用。

5 〔科试〕是乡试前的预考，又称“科考”。清代科举制度规定，每届乡试前，各省的学政到所管辖府、州，考试准备参加乡试的生员。考试成绩列在一、二等和三等的前十名者，注册参加乡试，称录科；被册录送考的生员，称科举生员。

6 〔游扬于学使〕即对学政称扬其学才。游扬，到处称扬、宣扬。《史记·季布栾布列传》：“曹丘至，即揖季布曰：‘仆游扬足下之名于天下，顾不重邪？’”学使，即提督学使，又称提学使、学台、学政等，为掌管一省学校与科考的学官。

7 〔闱后〕指乡试之后。乡试一般在八月举行，因称“秋闱”；会试一般在春天举行，因称“春闱”。闱，科举时的考场，又称贡院。

8 〔时数限人〕时运限制着人的前途。时，时运。数，命中所注定的遭遇。

9 〔文章憎命〕即说在文章方面才学高的人，往往是命运不好。语出杜甫《天末怀李白》诗：“文章憎命达，魑魅喜人过。”

10 〔铩（shā 沙）羽〕鸟类的羽毛被摧落。此比喻考试落榜失意。刘峻《与宋玉山元思书》：“是以贾生（谊）怀琬琰而挫翮，冯子（衍）握玙璠而铩羽。”

11 〔考满〕明清两代对官吏的考绩办法。《明史·选举志三》：“考满，论一身所历之俸，其目有三：曰称职，曰平常，曰不称职；为上中下三等。”“考满之法，三年给由曰初考，六年曰再考，九年曰通考。”对外官的考绩，曰“大计”；对京官的考绩，曰“京察”。据《清史稿·选举志》：“康熙元年罢京察，专用三年考满制。”对外官考绩之“大计”，于寅、巳、申、亥岁。其考评分五等：一等称职者记录，二等称职者赏赉，平常者留任，不及者降调，不称职者革职。此处，是指对四品以下外官的考绩，其事由吏部考功司主持之三年“大计”。

12 〔遗（wèi 卫）问〕赠礼物，慰问疾病。

13 〔百裹〕百剂，即百包药。

14 〔疾革（jí 亟）难遽瘥（chài 差）〕病重难于马上痊愈。革，同“亟”。瘥，病愈。

15 〔犬马病〕谦称自己的疾病。犬马，本为臣子对君主、后辈对长辈自卑之称。《史记·三王世家》：“臣窃不胜犬马心，昧死愿皇帝诏有司。”

16 〔夫子〕生徒称老师为夫子。科举时代士子称座师、房师，生员称县官为夫子。

17 〔从杖履〕同“杖屦”。言其侍从前后。唐李商隐《为山南薛从事谢辟启》：“方思捧杖履，厕列生徒。”

18 〔束装戒旦〕整顿行装，等待天明。戒旦，警戒，勿贪睡，第二天早发。《文选·赵景真〈与嵇茂齐书〉》：“鸡鸣戒旦，则飘尔晨征；日薄西山，则马首靡托。”

19 〔文艺〕制艺，科举时代称八股文为制艺，故亦称“文艺”。此指八股文的范文。

20 〔期岁〕一年。《左传·僖公十四年》：“期年将有大咎，几亡国。”

21 〔举子业〕指科举时代读书人专为应试科考的学业。明李桢《剪灯余话》三《凤尾草记》：“生既冠，去事举子业。”所拟举子业：指叶生平日所拟应试的八股。

22 〔闱中七题〕犹“七艺”。明清科举乡、会试，皆考三场，头场“四书义”三题，“五经义”四题，故称“七艺”，即“七题”。这里实指乡试中头场试题。因头场考试成绩，基本决定录取与否；二、三场成绩只供参考。所以此处，只题头场“七题”考绩，而中“亚魁”。

23 〔亚魁〕乡试所取中前五名称“五魁”，第二名称“亚魁”。

24 〔余绪〕本作“绪余”。指剩余的部分，或微弱的一点才学。

25 〔黄钟长弃〕比喻有才学的贤人，长期被埋没。《楚辞·卜居》：“黄钟长弃，瓦釜雷鸣。”黄钟，古乐十二律之一，其声洪大。

26 〔非战之罪〕语出《史记·项羽本纪》:“此天之亡我，非战之罪也。”此借喻叶生半生沦落，并非因他无有才华，是其命运不济。

27 〔何必抛却白纻，乃谓之利市哉〕何必科举考试取得功名，才叫做好运呢！白纻，是一种白色的麻织布，此指未取得功名前秀才所着白衣。当取得功名后就脱去白衣，换上襕衫官服。利市，发迹、好运。汉焦延寿《易林·观之离》:“入门笑喜，与吾利市。”

28 〔岁试〕明代提学官和清代学政，每年对所辖府、州、县生员、廪生举行的考试，叫“岁试”，又叫“岁考”。以考试的成绩优劣，酌定赏罚。岁试时，旅行在外的童生或生员，都应回籍参加考试。《明史·选举志》:“提学官在任三岁，两试诸生，先以六等试诸生优劣，谓之岁考。”

29 〔归省〕回家省亲。唐朱庆余《送马秀才》:“风尘归省日，江海寄家心。”此指回乡参加乡试。

30 〔纳粟〕明清两朝国子监的生员称监生，监生可不经过岁试直接参加乡试。后来，朝廷允许生员捐纳一定的钱财入国子监肄业，取得监生资格，享受监生的待遇，这种入监的方式称“纳粟”。

31 〔捷南宫〕指会试考中进士。宋明以来，称礼部为南宫。明清会试由礼部主持，因称会试考中进士为捷南宫。捷，取中，获胜。

32 〔主政〕主事的别称。明清时于中央六部各设主事若干，为正六品，其职低于员外郎。

33 〔入北闱〕参加顺天府乡试。明代于顺天府（北京）设乡试，叫北闱；于应天府（南京）设乡试，叫南闱；两处乡试生员多为国子监监生，所以分别有南闱、北闱之称。

34 〔领乡荐〕亦称“领荐”。即考中举人。唐制，士子由州县推举赴京应礼部试，称“乡荐”。至明清，举人由乡试中式而产生，取得到礼部参加会试的资格，所以乡试中举者也称“领乡荐”。

35 〔差南河典务〕派到南河河道任职。清代设江南河道总督，驻清江浦，所辖江南省河道，包括今江苏、安徽两省长江以北的黄河、运河水系诸河，当时称南河。

36 〔锦还为快〕衣锦还乡，大为快事。锦还，为“衣锦还乡”的缩语，古时富贵归故乡，称“衣锦还乡”。《汉书·项籍传》：“富贵不归乡，如衣锦夜行。”

37 〔窀穸（zhūnxī 谆夕）〕选择墓地。此指埋葬。《左传·襄公十三年》：“唯是春秋窀穸之事，所以从先君于祢庙者。”窀穸，墓穴。

38 〔脱委〕脱，通“蜕”。蜕落于地。委，掉落。

39 〔游泮〕明清士子经州县考试录取为生员即秀才，称为游泮。泮，指泮宫。古时学宫有泮水，故称学宫为泮宫。《诗经·鲁颂·泮水序》：“泮水，颂僖公能修泮宫也。”

40 〔同心倩女，至离枕上之魂〕意为知心的倩女，竟能离魂相随。唐玄祐《离魂记》：是写清河张镒之女倩娘与其表兄王宙相恋，后遭张镒反对。王宙恚恨托故赴京，而倩娘之魂相随出走。此二句，是说叶魂从知己。

41 〔千里良朋，犹识梦中之路〕《文选·沈约〈别范安成〉》诗：“梦中不识路，何以慰相思。”吕堪恩注：“《韩非子》：六国时，张敏与高惠为友，每相思不能见，敏便于梦中往寻。行至半道，即迷不知路，遂回，如此者三。”此处作者反用其意。

42 〔茧丝蝇迹，呕学士之心肝〕科举考试的八股文，是我辈呕心沥血精心地结撰与缮写。茧丝，比喻文思源源不断，如茧之抽丝，成为妥帖的章句。刘勰《文心雕龙·章句》：“章句在篇，如茧之抽绪。”绪，即丝。蝇迹，字体很小的楷书，称为蝇头细楷。旧时的制艺文抄本，字写得很小。学士、学子，即读书人。呕心肝，李商隐《李长吉小传》：李贺构思诗作极为用心，他母亲见到其诗袋时，说：“是儿要当呕出心肝乃已尔。”

43 〔流水高山，通我曹之性命〕应举之文是关乎我辈身家性命的大事，但不知能否遇到知音的赏识。高山流水，是写伯牙鼓琴，得到知音钟子期的赏识。事见《列子·汤问》。通，沟通。我曹，我辈、我们。

44 〔遇合难期〕得到别人的赏识，难于期望。遇合，《史记·佞幸列传序》:“谚云:‘力田不如逢年，善仕不如遇合。’”

45 〔傲骨嶙嶙，搔头自爱〕生就一身嶙峋的傲骨，与世俗所不相容，唯有搔头自怜。嶙嶙，本指山石重叠不平，此处喻傲骨不平的气质。搔头，失意踟蹰。杜甫《梦李白二首》:“出门搔白首，若负平生志。”

46 〔叹面目之酸涩，来鬼物之揶揄〕比喻科场失意，困顿潦倒，招至鄙琐小人的嘲弄。面目，指自己外观表情。酸涩，寒酸凄苦。来，招致。鬼物，比喻小人。揶揄，奚落。《世说新语·任诞》“襄阳罗友有大韵”刘孝标注引《晋阳秋》:罗友在桓温府中为掾吏。桓温为府中出去做郡守的人饯行，罗友故意晚到，桓温问他，他说:“民首旦出门，于中途逢一鬼，大见揶揄，云:‘吾只见汝送人作郡，何以不见人送汝作郡?’”

47 〔频居康了之中，则须发之条条可丑〕多次应举落榜的人，处处被人贬得一文不值。频，多次，居康了之中，长期处在落榜的境域中。康了，即“落榜”。典出宋范正敏《遯斋闲览》:“柳冕应举，多忌讳，谓安乐为安康。榜出，仆人还报:‘秀才康了。’”

48 〔一落孙山之外，则文章之处处皆疵〕一旦秀才落榜，他的文章就处处是毛病。孙山，宋朝，吴人。据宋范公偁《过庭录》载:孙山与一同乡同去应试，孙山被录取于榜末最后一名，同乡则落榜。同乡之父问孙山，其子考得如何?孙山说:“解名尽处是孙山，贤郎更在孙山外。”后人遂以“名落孙山”称考试不第。

49 〔卞和惟尔〕只有卞和类似你。卞和，春秋时楚国人。《韩非子·和氏》载:卞和于楚山中得璞，献于厉王，王刖其左足；厉王死，又献于武王，武王又刖其右足；文王立，卞和抱璞哭于楚山下，王使人理其璞，得美玉。后人以“抱璞”的卞和，比喻有真才实学的人，因被埋没而感悲哀。

50 〔颠倒逸群之物，伯乐伊谁〕那些超群的骏才，除却伯乐还有谁能赏识。逸群，超群。《三国志·蜀志·诸葛亮传》附陈寿上表：“亮少有逸群之才，英霸之器。”伯乐伊谁，谁是伯乐。伯乐，春秋秦人，秦穆公时人，姓孙名阳，以善相马著名。《庄子·马蹄》：“及至伯乐，曰：‘我善治马。’”后世，以伯乐善相马，而喻善于识人才，选拔人才。唐韩愈《杂说》：“世有伯乐，然后有千里马。”

51 〔抱刺于怀，三年灭字〕“抱刺”，即“怀刺”。《后汉书·文苑传·祢衡》：“建安初，来游许下。始达颍川，乃阴怀一刺，既而无所之适，至于刺字漫灭。”又《古诗十九首》：“置书怀袖中，三岁字不灭。”此处其意为，自己有志自荐于当道，但处处都是不爱惜人才的庸官，所以始终无所出。刺，即后来的名帖、名片。灭字，书于刺上的字迹磨灭了。

52 〔造物之低昂〕造物，古人谓上天创造万物，此指造物主、上天、上帝。《庄子·大宗师》：“伟哉夫造物者，将以予为此拘拘也。”低昂，高下沉浮。《楚辞·屈原〈远游〉》：“服偃蹇以低昂兮，骖连蜷以骄骜。”

53 〔昂藏〕形容人的气宇高朗。晋陆机《陆士衡集》：“汪洋廷阙之傍，昂藏寮寀之上。”

54 〔令威〕此借指淮阳令关东丁乘鹤。《搜神后记》：“丁令威，本辽东人，学道于灵虚山。后化鹤归辽，集城门华表柱时，有少年举弓欲射之，鹤乃飞，徘徊空中而言曰：‘有鸟有鸟丁令威，去家千年今始归。城廓如故人民非，何不学仙冢累累。’遂高飞冲天。”

四十千

新城王大司马[1]，有主计仆[2]，家称素封。忽梦一人奔入，曰："汝欠四十千[3]，今宜还矣。"问之，不答，径入内去。既醒，妻产男。知为夙孽[4]，遂以四十千捆置一室，凡儿衣食病药，皆取给焉。过三四岁，视室中钱，仅存七百，适乳媪[5]抱儿至，调笑于侧，呼之曰："四十千将尽，汝宜行矣。"言已，儿忽颜色蹙变，项折目张。再抚之，气已绝矣。乃以余资置葬具而瘗之。此可为负欠者戒也。

昔有老而无子者，问诸高僧，僧云："汝不欠人者，人又不欠汝者，乌得子？"盖生佳儿，所以报我之缘；生顽儿，所以取我之债。生者勿喜，死者勿悲之也。

校注

1 〔新城〕县名。旧属济南府，今为淄博市桓台县。王大司马：

然自吴去后，颜顿开，食亦略进。数日，吴复来。生问所谋。吴绐之曰：“已得之矣。我以为谁何人，乃我姑氏之女，即君姨妹行，今尚待聘。虽内戚有婚姻之嫌[12]，实告之，无不谐者。”生喜溢眉宇，问：“居何里？”吴诡曰：“西南山中，去此可三十余里。”生又嘱再四，吴锐身自任而去。生由是饮食渐加，日就平复。探视枕底，花虽枯，未便雕落。凝思把玩，如见其人。怪吴不至，折柬[13]招之。吴支托不肯赴招。生恚怒，悒悒不欢。母虑其复病，急为议姻；略与商榷[14]，辄摇首不愿，惟日盼吴。吴迄无耗，益怨恨之。

转思三十里非遥，何必仰息[15]他人？怀梅袖中，负气[16]自往，而家人不知也。伶仃独步，无可问程，但望南山行去。约三十余里，乱山合沓[17]，空翠爽肌，寂无人行，止有鸟道[18]。遥望谷底，丛花乱树中，隐隐有小里落。下山入村，见舍宇无多，皆茅屋，而意甚修雅。北向一家，门前皆丝柳，墙内桃杏尤繁，间以修竹，野鸟格磔[19]其中。意其园亭，不敢遽入。回顾对户，有巨石滑洁，因坐少憩。俄闻墙内有女子，长呼“小荣”，其声娇细。方伫听间，一女郎由东而西，执杏花一朵，俯首自簪。举头见生，遂不复簪，含笑捻花而入。审视之，即上元途中所遇也。心骤喜，但念无以阶进[20]，欲呼姨氏，顾从无还往，惧有讹误。门内无人可问。坐卧徘徊，自朝至于日昃[21]，盈盈望断[22]，并忘饥渴。时见女子露半面来窥，似讶其不去者。忽一老媪扶杖出，顾生曰："何处郎君，闻自辰刻来，以至于今。意将何为？得勿饥耶？"生急起揖之，答云："将以盼亲[23]。"媪聋聩不闻。又大言之。乃问："贵戚何姓？"生不能答。媪笑曰："奇哉！姓名尚自不知，何亲可探？我视郎君，亦书痴耳。不如从我来，啖以粗粝，家有短榻可卧。待明朝归，询知姓氏，再来探访。"生方腹馁思啖，又从此渐近丽人，大喜。从媪入，见门内白石砌路，夹道红花，片片坠阶上；曲折而西，又启一关，豆棚花架满庭中。肃客入[24]舍，粉壁光明如镜；窗外海棠枝朵，探入室中；裀藉[25]几榻，罔不洁泽。甫坐，即有人自窗外隐约相窥。媪唤："小荣！可速作黍[26]。"外有婢子噭声而应。坐次[27]，具展宗阀[28]。媪曰："郎君外祖，莫姓吴否？"曰："然。"媪惊曰："是吾甥也！尊堂[29]，我妹子。年来以家窭贫，又无三尺男[30]，遂至音问梗塞。甥长成如许，尚不相识。"生曰："此来即为姨也，匆遽遂忘姓氏。"媪曰："老身秦姓，并无诞育；弱息[31]亦为庶产[32]。渠母改醮[33]，遗我鞠养。颇亦不钝，但少教训，嬉不知愁。少顷使来拜识。"

未几，婢子具饭，雏尾盈握[34]。媪劝餐已，婢来敛具。媪曰："唤宁姑来！"婢应去。良久，闻户外隐有笑声。媪又唤曰："婴宁，汝姨兄在此。"户外嗤嗤笑不已。婢推之以入，犹掩其口，笑不可遏。媪瞋目曰："有客在，咤咤叱叱，景象何堪？"女忍笑而立，生揖之。媪曰：“此王郎，汝姨子。一家尚不相识，可笑人也。”问：“妹子年几何矣？”媪未能解。生又言之。女复笑，不可仰视。媪谓生曰：“我言少教诲，此可见矣，年已十六，呆痴裁如婴儿。”生曰：“小于甥一岁。”曰：“阿甥已十七矣，得非庚午属马[35]者耶？”生首应之。又问：“甥妇阿谁？”答云：“无之。”曰：“如甥才貌，何十七岁犹未聘？婴宁亦无姑家，极相匹敌[36]。惜有内亲之嫌。”生无语，目注婴宁，不遑他瞬。婢向女小语云：“目灼灼，贼腔未改！”女又大笑，顾婢曰：“视碧桃开未？”遽起，以袖掩口，细碎莲步而出。至门外，笑声始纵。媪亦起，唤婢襆被[37]，为生安置。曰：“阿甥来不易，宜留三五日，迟迟送汝归。如嫌幽闷，舍后有小园，可供消遣；有书可读。”次日，至舍后，果有园半亩，细草铺毡，杨花糁径[38]；有草舍三楹，花木四合其所。穿花小步，闻树头苏苏有声，仰视，则婴宁在上。见生来，狂笑欲堕。生曰：“勿尔，堕矣！”女且下且笑，不能自止。方将及地，失手而堕，笑乃止。生扶之，阴捘[39]其腕。女笑又作，倚树不能行，良久乃罢。生俟其笑歇，乃出袖中花示之。女接之，曰：“枯矣。何留之？”曰：“此上元妹子所遗，凝思成疾，自分化为异物[40]；不图得见颜色，幸垂怜悯。”女曰：“此大细事[41]。至戚何所靳惜？待郎行时，园中花，当唤老奴来，折一巨捆负送之。”生曰：“妹子痴耶？”女曰：“何便是痴？”生曰：“我非爱花，爱捻花之人耳。”女曰：“葭莩之情[42]，爱何待言。”生曰：“我所谓爱，非瓜葛[43]之爱，乃夫妻之爱。”女曰：“有以异乎？”曰：“夜共枕席耳。”女俯首思良久，曰：“我不惯与生人睡。”语未已，婢潜至，生惶恐遁去。少时，会母所。母问：“何往？”女答以园中共话。媪曰：“饭熟已久，有何长言，周遮[44]乃尔？”女曰：“大哥欲我共寝。”言未已，生大窘，急目瞪之。女微笑而止。幸媪不闻，犹絮絮究诘。生急以他词掩之，因小语责女。女曰：“适此语不应说耶？”生曰：“此背人语。”女曰：“背他人，岂得背老母。且寝处亦常事，何讳之？”生恨其痴，无术可以悟之。食方竟，家人捉双卫[45]来寻生。

先是，母待生久不归，始疑；村中搜觅几遍，竟无踪兆。因往寻吴。吴忆曩言，因教于西南山村行觅。凡历数村，始至于此。生出门，适相值，便入告媪，且请偕女同归。媪喜曰：“我有志，匪伊朝夕[46]。但残躯不能远涉，得甥携妹子去，识认阿姨，大好！”呼婴宁。宁笑至。媪曰：“有何喜，笑辄不辍？若不笑，当为全人。”因怒之以目，乃[47]曰：“大哥欲同汝去，可便装束。”又饷家人酒食，始送之出，曰：“姨家田产丰裕，能养冗人。到彼且勿归，少学诗礼，亦好事翁姑。即烦阿姨，择一良匹与汝。”二人遂发。至山坳，回顾，犹依稀见媪倚门北望也。

抵家，母睹姝丽，惊问为谁，生以姨女对。母曰：“前吴郎与儿言者，诈也。我未有姊，何以得甥？”问女，女曰："我非母出。父为秦氏，没时，儿在褓中，不能记忆。"母曰："我一姊适秦氏，良确；然殂谢[48]已久，那得复存？"因审诘面庞、志赘[49]，一一符合。又疑曰："是矣。然亡已多年。"疑虑间，吴生至，女避入室。吴询得故，惘然久之。忽曰："此女名婴宁耶？"生然之。吴极称怪事。问所自知，吴曰："秦家姑去后，姑丈鳏居，祟于狐，病瘠死。狐生女名婴宁，绷卧床上，家人皆见之。姑丈殁，狐犹时来；后求天师符[50]黏壁上，狐遂携女去。将勿此耶？"彼此疑参。但闻室中嗤嗤皆婴宁笑声。母曰："此女亦太憨生[51]。"吴生请面之。母入室，女犹浓笑不顾。母促令出，始极力忍笑，又面壁移时，方出。才一展拜，翻然遽入，放声大笑。满室妇女，为之粲然。吴请往觇其异，就便执柯[52]。寻至村所，庐舍全无，山花零落而已。吴忆姑葬处，仿佛不远，然坟垅湮没，莫可辨识，诧叹而返。母疑其为鬼，入告吴言，女略无骇意；又吊[53]其无家，亦殊无悲意，孜孜憨笑而已。众莫之测。母令与少女同寝止。昧爽即来省问，操女红[54]精巧绝伦，但善笑，禁之亦不可止；然笑处嫣然，狂而不损其媚，人皆乐之。邻女少妇，争承迎之。母择吉为之合卺[55]，而终恐为鬼物，窃于日中窥之[56]，形影殊无少异。至日，使华妆行新妇礼；女笑极，不能俯仰，遂罢。生以憨痴，恐漏泄房中隐事；而女殊密秘，不肯道一语。每值母忧怒，女至，一笑即解。奴婢小过，恐遭鞭楚，辄求诣母共话；罪婢投见，恒得免。而爱花成癖，物色遍戚党[57]；窃典金钗，购佳种，数月，阶砌藩溷，无非花者。庭后有木香一架，故邻西家，女每攀登其上，摘供簪玩[58]。母时遇见，辄诃之，女卒不改。一日，西人子见之，凝注倾倒，女不避而笑。西人子谓女意已属，心益荡。女指墙底笑而下，西人子谓示约处，大悦。及昏而往，女果在焉。就而淫之，则阴如锥刺，痛彻于心，大号而踣。细视非女，则一枯木卧墙边，所接乃水淋窍也。邻父闻声，急奔研问，呻而不言。妻来，始以实告。爇火烛窥[59]，见中有巨蝎，如小蟹然。翁碎木捉杀之。负子至家，半夜寻卒。邻人讼生，讦发婴宁妖异。邑宰素仰生才，稔知其笃行[60]士，谓邻翁讼诬，将杖责之。生为乞免，遂释而出。母谓女曰："憨狂尔尔，早知过喜而伏忧也。邑令神明，幸不牵累；设鹘突[61]官宰，必逮妇女质公堂，我儿何颜见戚里？"女正色，矢不复笑。母曰："人罔不笑，但须有时。"而女由是竟不复笑，虽故逗之，亦终不笑；然竟日未尝有戚容。

一夕，对生零涕。异之，女哽咽曰："曩以相从日浅，言之恐致骇怪。今日察姑及郎，皆过爱无有异心，直告或无妨乎？妾本狐产。临去以妾托鬼母，相依十余年，始有今日。妾又无兄弟，所恃者惟君。老母岑寂山阿[62]，无人怜而合厝[63]之，九泉辄为悼恨。君倘不惜烦费，使地下人消此怨恫[64]，庶养女者不忍溺弃。"生诺之，然虑坟冢迷于荒草。女言无虑。刻日，夫妻舆榇[65]而往。女于荒烟错楚[66]中，指示墓处，果得媪尸，肤革犹存。女抚哭哀痛。舁归，寻秦氏墓合葬焉。是夜，生梦媪来称谢，寤而述之，女曰："妾夜见之，嘱勿惊郎君耳。"生恨不邀留，女曰："彼鬼也，生人多，阳气胜，何能久居？"生问小荣，曰："是亦狐，最黠。狐母留以视妾，每摄饵相哺，故德之常不去心。昨问母，云已嫁之。"由是岁值寒食[67]，夫妻登秦墓，拜扫无缺。女逾年生一子，在怀抱中，不畏生人，见人辄笑，亦大有母风云。

异史氏曰："观其孜孜憨笑，似全无心肝者；而墙下恶作剧，其黠孰甚焉。至凄恋鬼母，反笑为哭，我婴宁殆隐于笑者矣[68]。窃闻山中有草，名'笑矣乎[69]'。嗅之，则笑不可止。房中植此一种，则合欢、忘忧[70]并无颜色矣。若解语花[71]，正嫌其作态[72]耳。"

校注

1 〔莒〕明清散州，今山东莒县。

2 〔入泮〕亦称"游泮"。入县学，取得生员的资格。春秋时鲁国学宫在泮水之旁，后来遂以童生经过考试取得生员的资格称为"入泮"或"游泮"。

3 〔聘（pìn 牝）〕即订婚。旧时订婚，男方要向女方送聘礼，称"纳徵"、"行聘"。后来就以"聘"作为订婚的代词。

4 〔求凰〕《玉台新咏·司马相如〈琴歌〉》："凤兮凤兮归故乡，

遨游四海兮求其凰。”相传这是司马相如向卓文君求爱之作，故后世将男子求偶称为求凰。

5 〔数武〕古时半步为“武”。此即几步的意思。

6 〔醮禳（jiàoráng 较攘）〕僧道为禳消灾祸而做的法事。醮，僧道设坛祈祷曰醮。禳，消除灾祸。

7 〔肌革锐减〕指身体很快消瘦。肌革，肌肤。锐，急速。

8 〔发表〕中医理论认为，属外感入里之类疾病，要用发散、解表之类药物，这种治病的方法叫“发表”。

9 〔未字〕指女子未许嫁于人。

10 〔拚（pàn 判）〕舍弃，豁出去。

11 〔解颐〕露出笑脸。解，放开。颐，面颊。

12 〔内戚有婚姻之嫌〕即姨表亲戚因有血缘的关系，是有通婚禁忌的。内戚，母系亲属。

13 〔折柬〕柬，通“简”。折柬，即折半之简，言其随便。《三国志·魏志·王凌传》注引《魏略》：“卿直以折简召我，我敢当不至邪？”此意为，折纸写信。

14 〔榷〕手稿本与原抄本都为“确”字，疑为笔误，当作“榷”。

15 〔仰息〕为“仰人鼻息”的省略。喻依赖他人。《后汉书·袁绍传》：“袁绍孤客穷军，仰我鼻息。”仰，仰仗。鼻息，气息。

16 〔负气〕依仗意气，赌气。《颜氏家训·文章》：“潘岳乾没取危，颜延年负气摧黜。”

17 〔乱山合沓（tà 榻）〕群山重迭。《文选·谢朓〈敬亭山〉》：“兹山亘百里，合沓共云齐。”

18 〔鸟道〕形容山路险峻狭窄，只有飞鸟才能通过。南朝梁沈约《愍涂赋》：“依云边以知国，极鸟道以瞻家。”

19 〔格磔（zhé 哲）〕鸟鸣的声音。宋曾巩《李节推亭子诗》之二六：“时花笑婀娜，山鸟吟格磔。”

20 〔无以阶进〕没有理由求进。阶，关系、因由。

21 〔日昃（zè 仄）〕太阳偏西。《周易·离》：“日昃之离，何以久也。”

22 〔盈盈望断〕形容盼望殷切，欲望断秋水。盈盈，形容眼中波光流动而明澈。

23 〔盼亲〕探望亲戚。

24 〔肃客入〕迎进客人。《礼记·曲礼上》：“主人肃客而入。”

25 〔裀（yīn 因）藉〕即裀褥。坐卧的垫具。裀，犹重也。

26 〔作黍〕做饭。黍，亦名“黍子”。指可供酿酒的黄米。

27 〔坐次〕在坐着的时候。次，指某事物正在进行的时候。

28 〔展宗阀〕陈述自己的家世。宗阀，宗族门第。

29 〔尊堂〕称人之母的敬词。

30 〔无三尺男〕谓家中无男人。三尺男，也作“三尺童”。

31 〔弱息〕称女儿。息，指所生，本不限男女。

32 〔庶产〕妾所生。古代宗法制度的旁支，即侧室称庶，所生子女称“庶出”。《左传·宣公二年》：“其庶子为公行。”注：“庶子，妾子也。”

33 〔改醮〕改嫁。醮，古代婚礼中的一种简单的仪式。《仪礼·士昏礼》：“庶妇，则使醮之，妇不馈。”注：“酒不酬酢曰醮。”

34 〔雏尾盈握〕肥大的雏鸡。《礼记·内则》：“雏尾不盈握，弗食。”

35 〔庚午属马〕指庚午年生，属马。古时以干支纪年。

36 〔匹敌〕彼此相当，相当匹配。敌，相当。

37 〔襆被〕包着被子。襆，包袱。

38 〔杨花糁（sǎn 伞）径〕杨花星星点点地散落在小径上。糁，本指碎饭粒。杜甫《漫兴》：“糁径杨花铺白毡，点溪荷叶叠青钱。”此指撒落。

39 〔捘（zùn 尊去声）〕用手捏。

40 〔自分化为异物〕自己估计早就死了。自分，自己估量。《汉书·苏武传》：“自分已死久矣。”异物，指死亡的人，化作鬼魂。

41 〔大细事〕谓不值提的小事。

42 〔葭莩（jiāfū 夹夫）之情〕指亲戚间的情谊。《汉书·中山靖王传》："今群臣非有葭莩之亲，鸿毛之重。"葭莩，芦苇里的薄膜。

43〔瓜葛〕瓜和葛都是蔓生植物，比喻较疏远的亲戚关系。汉蔡邕《独断》卷下："四姓小侯，诸侯家妇，凡与先帝先后有瓜葛者……皆会。"

44〔周遮〕言语啰唆。白居易《老戒》诗："矍铄夸身健，周遮说话长。"

45〔卫〕驴子。《尔雅翼》："驴，一名卫。"

46〔匪伊朝夕〕不止一朝一夕。也作"匪朝伊夕"。匪，与"非"通。伊，语助词。《灵应传》："匪夕伊朝，前茅即举。"

47〔"媪曰：'有何喜，笑辄不辍？若不笑，当为全人。'因怒之以目。乃"〕是句据手稿本，原抄本无。

48〔殂谢〕死亡。颜真卿《登山观李左相石尊联句》："怀贤久殂谢，赠远空攀援。"

49〔志赘〕志，同"痣"。面痣和赘疣。

50〔天师符〕张天师的神符。天师，指道教创始人张道陵及其后裔。详见卷一《雹神》注。

51〔太憨（hān 酣）生〕娇痴的姿态。憨，傻。生，语助词。虞世南《嘲司花女袁宝儿》诗："学书鸦黄半未成，垂肩亸袖太憨生。"

52〔执柯〕做媒。柯，斧柄。

53〔吊〕可怜。

54〔女红（gōng 工）〕指妇女所操之织纴、刺绣、缝纫等事。

55〔择吉为之合卺〕选择良辰吉日，使之成婚。合卺，为古婚礼中最后之仪式。详见卷一《娇娜》注。

56〔窃于日中窥之〕民间传说鬼在日下无影，王母以此检验婴宁是否是鬼物。

57〔戚党〕亲属、亲戚。亲族中有父党、母党、妻党之所谓"三党"。

58〔簪玩〕折花插于发髻上，或养于瓶中。

59〔爇（ruò 若）火烛窥〕点燃蜡烛照看。《左传·僖公二十八年》："爇僖负羁氏。"

60 〔笃行〕品行纯厚。《史记·樗里子甘茂列传》："虽非笃行之君子，然亦战国之策士也。"

61 〔鹘（hú 胡）突〕即糊涂，不晓事理。朱熹《答余国秀书》："乃为有以明之，不可只鹘突说过去。"

62 〔岑寂山阿〕寂寞地处在山的弯曲之处。屈原《九歌·山鬼》："若有人兮山之阿，披薜荔兮带女萝。"

63 〔合厝（cuò 错）〕合葬。厝，原指停柩待葬。

64 〔消此怨恫（tōng 通）〕消除这怨恨哀痛。《诗经·大雅·思齐》："神罔时怨，神罔时恫。"

65 〔舆榇（chèn 趁）〕用车载棺。榇，棺材。《左传·僖公六年》："许男面缚衔璧，大夫衰绖，士舆榇。"

66 〔荒烟错楚〕荒无人烟而错杂的草丛中。

67 〔寒食〕节令名。古人以清明前一日或二日为寒食节。民间禁火三日，据说是纪念晋人介之推，因清明节与寒食节相连，故有的也将清明节称为寒食节。清明节，民间有祭扫祖先坟墓的风俗。

68 〔殆隐于笑者矣〕即用笑来隐藏自己的真相。隐，藏。该句原抄本为："何尝憨耶？"据手稿本改。

69 〔笑矣乎〕一种食之可发笑疾的菌类。宋陶穀《清异录》上："菌蕈有一种食之令人得干笑疾，土人戏呼为笑矣乎。"

70 〔合欢、忘忧〕皆为花名。合欢，叶似槐，夏季开花，淡红色。叶至晚间闭合，故称合昏、夜合，又名马樱花。古人常以合欢赠人。忘忧，即萱草。《太平御览》引《述异记》："萱草，一名紫萱，又名忘忧草，吴中书生谓之疗愁。"

71 〔解语花〕五代王仁裕《开元天宝遗事·解语花》："明皇秋八月，太液池有千叶白莲数枝盛开，帝与贵戚宴赏焉。左右皆叹羡久之，帝指贵妃示于左右曰：'争如我解语花？'"后来就将"解语花"比作善解人意的美女。

72 〔作态〕做作，装模作样。《后汉书·曹世叔妻传》："入则乱发坏形，出则窈窕作态。"

成仙

文登[1]周生，与成生少共笔砚[2]，遂订为杵臼交[3]。而成贫，故终岁依周。以齿，则周为长，呼周妻以嫂。节序[4]登堂，如一家焉。周妻生子，产后暴卒。继聘王氏。成以少故，未尝请见之。一日，王氏弟来省姊，宴于内寝。成适至。家人通白，周坐命邀之，成不入，辞去。周移席外舍，追之而还。甫坐，即有人白：别业[5]之仆，为邑宰重笞者。先是，黄吏部家牧佣，牛蹊[6]周田，以是相诟。牧佣奔告主，捉仆送官，遂被笞责。周诘得其故，大怒曰："黄家牧猪奴，何敢尔！其先世为大父[7]服役；促得志，乃无人耶！"气填吭臆[8]，忿而起，欲往寻黄。成捺而止之曰："强梁[9]世界，原无皂白。况今日官宰半强寇，不操矛弧[10]者耶！"周不听。成谏止再三，至泣下，周乃止，怒终不释，转侧达旦，谓家人曰："黄家欺我，我仇也，姑[11]置之。邑令朝廷官，非势家官，纵有互争，亦须两造[12]，何至如狗之随嗾[13]者！我亦呈治其佣，视彼将何处分。"家人悉怂恿之，计遂决。以状赴宰，宰裂而掷之。周怒，语侵宰，宰惭恚，因逮系之。辰后[14]，成往访周，始知入城讼理。急奔劝止，则已在囹圄[15]矣。顿足无所为计。时获海寇三名，宰与黄赂嘱之，使捏周党。据词申黜顶衣[16]，搒掠酷惨。成入狱，相顾凄酸，谋叩阙[17]。周曰："身系重犴[18]，如鸟在笼；虽有弱弟，止足供囚饭耳。"成锐身自任，曰："是予责也。难而不急，乌用友也！"乃行。周弟赆之，则去已久矣。至都，无门入控。相传驾将出猎，成预隐木市中；俄驾过，伏舞[19]哀号，遂得准。驿送而下，着部院[20]审奏。时阅十月余，周已诬服论辟[21]。院接御批，大骇，复提躬谳[22]。黄亦骇，谋杀周。因赂监者，绝其食饮；弟来馈问，苦禁拒之。成又为赴院声屈，始蒙提问，业已饥饿不起。院台[23]怒，杖毙监者。黄大怖，纳数千金，嘱为营脱[24]，以是得朦胧题免[25]。宰以枉法拟流[26]。周放归，益肝胆成。成自经讼系，世情尽灰，招周偕隐。周溺少妇，辄迂笑之，成虽不言，而意甚决。别后，数日不至。周使探诸其家，家人方疑其在周所，两无所见，始疑。周心知其异，遣人踪迹之，寺观壑谷，物色殆遍。时以金帛恤其子。

又八九年，成忽自至，黄巾氅服[27]，岸然道貌。周喜，把臂曰："君何往？使我寻欲遍。"笑曰："孤云野鹤，栖无定所。别后幸复顽健。"周命置酒，略通间阔[28]，欲为变易道装，成笑，不语。周曰："愚哉！何弃妻孥犹敝屣也？"成笑曰："不然。人将弃予，其何人之能弃[29]！"

问所栖止，答在劳山之上清宫。既而抵足寝，梦成裸伏胸上，气不得息。讶问何为，殊不答。忽惊而寤，呼成，不应；坐而索之，杳然不知所往。定移时，始觉在成榻，骇曰："昨不醉，何颠倒至此耶？"乃呼家人。家人火之，俨然成也。周固多髭，以手自捋，则疏无几茎，取镜自照，讶曰："成生在此，我何往？"已而大悟，知成以幻术招隐。意欲归内，弟以其貌异，禁不听前。周亦无以自明，即命仆马往寻成。

数日，入劳山；马行疾，仆不能及，休止树下，见羽客[30]往来甚众。内一道人目周，周因以成问。道士笑曰："耳其名矣，似在上清。"言已，径去。周目送之，见一矢之外，又与一人语，亦不数言而去。与语者渐至，乃同社生[31]。见周，愕曰："数年不晤，人以君学道名山，今尚游戏人间耶？"周述其异。生惊曰："我适遇之，而以为君也。去无几时，或亦不远。"周大异曰："怪哉！何自己面目，觌面而不识？"仆寻至，急驰之，竟无踪兆。一望寥阔，进退难以自主。自念无家可归，遂决意穷追。而怪险不复可骑，遂以马付仆归，迤逦自往。遥见一童独坐，趋近问程，且告以故。童自言为成弟子，代荷衣粮，导与俱行。星饭露宿，逴行殊远[32]。三日始至，又非世之所谓上清。时十月中，山花满路，不类初冬。童入报，成即出，始认己形。执手而入，置酒宴语。见异彩之禽，驯人不惊[33]，声如笙簧，时来鸣于座上，心甚异之。然尘俗念切，无意留连。地下有蒲团二，曳与并坐。至二更后，万虑俱寂，忽似瞥然一盹，身觉与成易位。疑之，自捋颔下，则于思[34]者如故矣。既曙，浩然思返。成固留之。越三日，乃曰："乞少寐息，早送君行。"甫交睫，闻成呼曰："行装已具矣。"遂起从之。所行殊非旧途，觉无几时，里居已在望中。成坐候路侧，俾自归。周强之不得，因踽踽至家门，叩不能应，思欲越墙，觉身飘似叶，一跃已过。凡逾数重垣，始抵卧室：灯烛荧然，内人未寝，哝哝与人语。舐窗以窥，则妻与一厮仆同杯饮，状甚狎亵。于是怒火如焚；计将掩执[35]，又恐孤力难胜，遂潜身脱扃而出，奔告成，且乞为助。成慨然从之。直抵内寝。周举石挝门，内张皇甚，擂愈急，内闭益坚。成拨以剑，劃然顿辟。周奔入，仆冲户而走。成在门外，以剑击之，断其肩臂。周执妻拷讯，乃知被收时即与仆私。周借剑决其首，罥肠庭树间。乃从成出，寻途而返。蓦然忽醒，则身在卧榻，惊而言曰："怪梦参差，使人骇惧！"成笑曰："梦者，兄以为真；真者，乃以为梦。"周愕而问之。成出剑示之，溅血犹存。周惊怛欲绝，窃疑成诪张为幻[36]。成知其意，乃促装送之归。荏苒至里门，乃曰："畴昔之夜，倚剑而相待者，非此处耶？吾厌见恶浊，请还待君于此。如过晡[37]不来，予自去。"周至家，门户萧索，似无居人；还入弟家。弟见兄，双泪交坠，曰："兄去后，盗夜杀嫂，刳肠去，酷惨可悼。于今官捕未获。”周如梦醒，因以情告，戒勿究。弟错愕良久。周问其子。乃命老妪抱至。周曰：“此襁褓物[38]，宗绪[39]所关，弟好视之。兄欲辞人世矣。”遂起，径去。弟涕泗追挽，笑行不顾。至野外，见成，与俱行；遥回顾曰：“忍事最乐。”弟欲有言，成阔袖一举，即不可见。怅立移时，痛哭而返。周弟朴拙，不善治家人生产，居数年，家益贫。周子渐长，不能延师，因自教读。一日，早至斋，见案头有函书，缄封甚固，签题“仲氏启[40]”。审之，为兄迹，开视，则虚无所有，只见爪甲一枚，长二指许，心怪之。以甲置砚上，出问家人所自来，并无知者。回视，则砚石灿灿，化为黄金。大惊。以试铜铁，皆然。由此大富。以千金赐成氏子。因相传两家有点金术云。

校注

1　〔文登〕县名。即今山东省文登县。

2　〔共笔砚〕同窗，同学。

3　〔杵臼交〕即身份地位不同人间的交往。《后汉书·吴祐传》：“时公沙穆来游太学，无资粮，乃变服客佣为祐赁舂。祐与语，大惊，遂共定于杵臼之间。”以后，俗称“杵臼交”。杵臼，指捣米用的木杵与石臼。

4　〔节序〕节令，节令的顺序。唐骆宾王《畴昔篇》：“江南节序多，文酒屡经过。”此指四时八节。

5 〔别业〕在正宅外另建的园林田宅。《文选·石崇〈思归引序〉》："晚节更乐放逸，笃好林薮，遂肥遁于河阳别业。"

6 〔蹊（xī 溪）〕践踏。《左传·宣公十一年》："牵牛以蹊人之田，而夺之牛。"蹊，本指小路。

7 〔大父〕祖父。

8 〔吭（háng 杭）臆〕咽喉和胸膛。吭，咽喉、嗓子。臆，胸。

9 〔强梁〕强暴横行。《老子》："强梁者不得其死。"

10 〔矛弧〕矛和弓，泛指凶器。《史记·日者列传》："试官不让贤陈功……犯法害民，虚公家：此夫为盗不操矛弧者也。"

11 〔姑〕据手稿本，原抄本为"革"字。

12 〔两造〕争讼的两方，即原告和被告。《尚书·吕刑》："两造具备，师听五辞。"造，至。

13 〔嗾（sǒu 叟）〕指使狗的声音。《左传·宣公二年》："公嗾夫獒焉。"

14 〔辰后〕早晨过后。辰，约为早晨七时至九时。

15 〔囹圄（língyǔ 伶语）〕本为秦朝监狱名称。后泛指牢狱。《礼记·月令》仲春之月："命有司省囹圄。"

16 〔据词申黜顶衣〕根据海盗的口供，申请革去周生的功名。申，下级向上级呈文说明情况称"申"。黜，革免。顶衣，指生员的冠服。代指资格功名。

17 〔叩阙〕犹"叩阍"。指吏民因冤屈等直接向朝廷申诉，谓之"叩阍"。明陈汝元《金莲记·控代》："（苏辙）因兄弟坐诬成狱，众奸攒害，百口难分，特来叩阙陈情。"

18 〔重犴（chóngàn 崇按）〕牢狱的深处。此为拘禁重犯的地方。犴，即狴犴，古代牢狱的门上都绘其形状，故后来以犴代牢狱。

19 〔伏舞〕伏地叩头不停。

20 〔部院〕清代各省巡抚多兼兵部侍部和副都御史的京衔，因以部院代称巡抚。部院，原指明清朝廷六部和都察院的长官。

21 〔诬服论辟〕屈打成招，判处死罪。《史记·李斯列传》："赵高治斯，榜掠千余，不胜痛，自诬服。"辟，大辟，即死刑。

22 〔复提躬谳（yàn 雁）〕重新提调案犯，亲自审理。谳，审判定罪。
23 〔院台〕对巡抚的尊称。
24 〔营脱〕设法营救脱免。
25 〔朦胧题免〕含糊地报请朝廷免罪。朦胧，本指月不明，此喻措辞含糊。题，题本。
26 〔拟流〕判处充军流放。
27 〔黄巾氅（chǎng 厂）服〕道冠道服。黄巾，即道冠。道士亦称“黄冠”。氅服，魏晋间有用鸟羽做成的衣服，称为“鹤氅”。此指道装。
28 〔间阔〕久别分离之情。间，间隔。阔，久别。
29 〔其何人之能弃〕我又能抛弃什么人呢？
30 〔羽客〕道士的别称，道家认为修炼成功，能羽化登仙，因此俗称道士为羽人、羽士、羽客。庾信《邛竹杖赋》：“和轮人之不重，待羽客以相贻。”
31 〔同社生〕同一社学的同学。社学，古代地方学校。明归有光《跋唐石台道德》：“龙兴观已废，仅存半亩之宫，先有尼居之，前太守徐衎祚改为社学。”
32 〔逴（chuò 绰）行殊远〕谓颠踱走了很远。《史记·卫将军骠骑列传》：“取食于敌，逴行殊远而粮不绝。”
33 〔驯人不惊〕温驯之禽，见客来亦不惊。
34 〔于思（sāi 腮）〕胡须很多。《左传·宣公二年》：“于思于思，弃甲复来。”
35 〔掩执〕乘其不备而捉之。
36 〔诪（zhōu 周）张为幻〕以幻术迷惑人。《尚书·无逸》：“民无或胥诪张为幻。”诪张，欺诳。为幻，施弄幻觉术。
37 〔晡（bū 逋）〕申时。下午三点至五点。
38 〔襁褓物〕指婴儿。襁褓，背负小儿的背带和布兜。《汉书·宣帝纪》：“曾孙虽在襁褓，犹坐收系郡邸狱。”
39 〔宗绪〕宗族后代。绪，本指丝线末端，比喻后裔。
40 〔仲氏启〕即二弟启。仲氏，为排行老二。《诗经·小雅·何斯人》：“伯氏吹埙，仲氏吹篪。”

新郎

江南梅孝廉耦长[1]，言其乡孙公为德州宰[2]，鞫一奇案。初，村人有为子娶妇者。新人入门，戚里毕贺。饮至更余，新郎出。见新妇炫妆，趋转舍后，疑而尾之。宅后有长溪，小桥通之。见新妇渡桥径去，益疑，呼之不应。遥以手招婿，婿急趁之。相去盈尺，而卒不可及。行数里，入村落。妇止，谓婿曰："君家寂寞，我不惯住。请与郎暂居妾家数日，便同归省。"言已，抽簪叩扉，轧然有女僮出应门。妇先入。不得已，从之。既入，则岳父母俱在堂上。谓婿曰："我女少娇惯，未尝一刻离膝下；一旦去故里，心辄戚戚。今同郎来，甚慰系念。居数日，当送两人归。"乃为除室，床褥备具，遂居之。

家中客，见新郎久不至，共索之。室中惟新妇在，不知婿之何往。由此遐迩访问，并无耗息。翁媪零涕，谓其必死。将半载，妇家悼女无偶，遂请于村人父，欲别醮女。村人父益悲，曰："骸骨衣裳，无所验证。何知吾儿遂为异物[3]？纵其奄丧[4]，周岁而嫁，当亦未晚，胡为如

新郎
歌吹青廬花未
闌洞房豈料賸
孤鸞新郎意緒
模糊甚雁作難
窺倩ゝ看

是急耶？”妇父益衔之，讼于庭。孙公怪疑，无所措力，断令待以三年，存案遣去。

村人子居女家，家人亦大相忻待。每与妇议归，妇亦诺之，而因循不即行。积半年余，中心徘徊，万虑不安，欲独归，而妇固留之。一日，合家遑遽，似有急难。仓卒谓婿曰：“本拟三二日遣夫妇偕归，不意仪装未备，忽遘闵凶[5]。不得已，即先送郎还。”于是送出门，旋踵即返，周旋言动，颇甚草草。方欲觅途行，回视，院宇无存，但见高冢。大惊，寻路急归。至家，历述端末，因与投官陈诉。孙公拘妇父谕之。送女于归[6]，使合卺焉。

校注

1 〔江南〕清顺治二年（1645）置江南省，辖今江苏、安徽两省兼及江北各地。康熙六年（1667）分置江苏、安徽两省，但习惯上仍称这两省为江南。梅庚，字耦长，安徽宣城（今安徽宣城县）人，原隶江南省宁国府，故称其江南人。康熙二十年辛酉（1681）科举人，举进士屡不第。官浙江泰顺县知县，以老归。工书画，尤工于诗，有《天逸阁集》。

2 〔德州〕明清时为德州，即今之德州市。据手稿本，底本无“州”字。宰：州县之长官通称宰。

3 〔为异物〕指死去。

4 〔奄丧〕猝死。

5 〔忽遘闵凶〕忽然遭遇忧患。《左传·宣公十二年》："寡君少遭闵凶，不能文。"注："闵，忧也。"

6 〔于归〕本指女子出嫁。《诗经·周南·桃夭》："之子于归，宜其室家。"郑笺："于，往也。"朱熹注："妇人谓嫁曰归。"此指重新返回夫家。

灵 官

朝天观[1]道士某，喜吐纳之术[2]。有翁假寓观中，适同所好，遂为玄友[3]。居数年，每至郊祭[4]时，辄先旬日而去。郊后乃返。道士疑而问之。翁曰："我两人莫逆[5]，可以实告，我狐也。郊期至，则诸神清秽，我无所容，故行遁耳。"又一年，及期而去，久不复返。疑之。一日忽至。因问其故，答曰："我几不复见子矣。曩欲远避，心颇怠，视阴沟甚隐，遂潜伏卷瓮[6]下。不意灵官[7]粪除至此，瞥为所睹，愤欲加鞭。余惧而逃。灵官追逐甚急。至黄河上，濒将及矣。大窘无计，窜伏溷中。神恶其秽，始返身去。既出，臭恶沾染，不可复游人世。乃投水自濯讫，又蛰穴中几百日，垢浊始净。今来相别，兼以致嘱[8]：君亦宜引身[9]他去，大劫将来，此非福地也。"言已，辞去。道士依言别徙。未几而有甲申之变[10]。

校注

1 〔朝天观〕应为“朝天宫”。即明宣宗朱瞻基，在北京仿效其祖朱元璋在南京所建朝天宫的格局，于宣德八年（1432）在皇城西北建成的朝天宫。作为郊祭习仪之所。据刘侗《帝京景物略》载，该宫于明熹宗天启六年（1626）六月二十日夜遭火灾。宫“烬不移刻，无所存遗”。据此，《灵官》中所述时间“甲申之变”（明崇祯十七年）朝天观尚存，与实不符。

2 〔吐纳之术〕即“吐故纳新”的省略语。此为道家养生之导引术，用口吐浊气，鼻引清气。《庄子·刻意》：“吹呴呼吸，吐故纳新，熊经鸟申，为寿而已矣。”

3 〔玄友〕道友。亦即为玄谈之友。《老子》：“玄之又玄，众妙之门。”玄，道家。

4 〔郊祭〕犹“郊祀”。古代帝王到郊外祭祀天地的一种仪式。冬至日祭天于南郊称“郊”，夏至日祭地于北郊称“社”。

5 〔莫逆〕指彼此间同心相契，无所忤违。《庄子·大宗师》：“（子祀、子舆、子犁、子来）四人相视而笑，莫逆于心，遂相与为友。”后因称情趣相投，友谊深厚为“莫逆”。

6 〔卷（quán 拳）瓮〕小瓮。

7 〔灵官〕即王灵官，道教奉为护法监坛之神。相传灵官王姓，名善，宋徽宗时人，死后玉皇大帝封为“先天主将”，司天上人间纠察之职。明永乐中封为“隆恩真君”。道观多塑其像，赤面，三目，被甲执鞭，为镇守山门之神。

8 〔兼以致嘱〕此据二十四卷本，原抄本与手稿本“嘱”皆作“祝”。

9 〔引身〕抽身。《文选·宋玉〈神女赋〉》：“欢情未接，将辞而去，迁延引身，不可亲附。”

10 〔甲申之变〕明崇祯十七年甲申（1644），李自成义军攻克北京，崇祯皇帝朱由检自缢，明王朝覆灭。史称“甲申之变”。

王　兰

利津[1]王兰，暴病死。阎王复勘[2]，乃鬼卒之误勾也。责送还生，则尸已败。鬼惧罪，谓王曰："人而鬼也则苦，鬼而仙也则乐。苟乐矣，何必生？"王以为然。鬼曰："此处一狐，金丹成矣。窃其丹吞之，则魂不散，可以长存，但凭所之，罔不如意。子愿之否？"王从之。鬼导去，入一高第，见楼阁渠然[3]，而悄无一人。有狐在月下，仰首望空际，气一呼，有丸自口中出，直上入月中；一吸，复落，以口承之，则又呼之：如是不已。鬼潜伺其侧，俟其吐，急掇于手，付王吞之。狐惊，盛气相向；见二人在，恐不敌，愤恨而去。王与鬼别，至其家，妻子见之，咸惧却走。王告以故，乃渐集。由此在家，寝处如平时。

其友张姓者，闻而省之。相见话温凉[4]，因谓张曰："我与君家夙贫[5]，今有术可以致富，子能从我游乎？"张唯唯。曰："我能不药而医，不卜而断。我欲现身，恐识我者相惊怪。附子而行，可乎？"张又唯唯。于是即日趣装[6]。至山西界，富室有女得暴疾，眩然瞀瞑[7]，前后药禳既穷。张造其庐，以术自炫。富翁止此女，常珍惜之，能医者，愿以千金为报。张请视之，从翁入室，见女瞑卧，启其衾，抚其体，女昏不觉。王私告张曰："此魂亡[8]也，当为觅之。"张乃告翁："病虽危，可救。"问："需何药？"俱言不须："女公子魂离他所，业遣神觅之矣。"约一时许，王忽来，具言已得。张乃请公再入，又抚之。少顷，女欠伸，目遽张。翁大喜，抚问。女言："向戏园中，见一少年郎，挟弹弹雀，数人牵骏马，从诸其后。急欲奔避，横被阻止。少年以弓授儿，教儿弹。方羞呵之，便携儿马上，累骑[9]而行，笑曰：'我乐与子戏，勿羞也。'数里，入山中。我马上号且骂。少年怒，推堕路旁，欲归无路。适有一人至[10]，捉儿臂，疾若驰，瞬息至家，忽若梦醒。"翁神之，果贻千金。王宿与张谋，留二百金作路用，余尽摄去，款门[11]而付其子。又命以三百馈张氏，乃复还。次日，与翁别，不见金藏何所，益奇之，厚礼而送之。

逾数日，张于郊外遇同乡人贺才。才饮赌，不事生业，其贫如丐；闻张得异术，获金无算，因奔寻之。王劝薄赠令归。才不改故行，旬日荡尽，将复寻张。王已知之，曰："才狂悖，不可与处。只宜赂之使去，纵祸犹浅。"逾日，才果至，强从与俱。张曰："我固知汝复来，日事酗赌，千金何能满无底窦！诚改若所为，我百金相赠。”才诺之。张泻囊授之。才去，以百金在橐，赌益豪；益之狭邪游[12]，挥洒如土。邑中捕役疑而执之，质于官，拷掠酷惨。才实告金所自来。乃遣隶押才捉张。数日[13]创剧，毙于途。魂不忘张，复往依之，因与王会。一日，聚饮于烟墩[14]，才大醉，狂呼。王止之，不听。适巡方御史[15]过，闻呼搜之，获张。张惧，以实告，御史怒，笞而牒于神[16]。夜梦金甲人告曰："查王兰无辜而死，今为鬼仙，医亦仁术[17]，不可律以妖魅[18]。今奉帝命，授为清道使[19]。贺才邪荡，已罚窜铁围山[20]。张某无罪，当宥之。"御史醒而异之，乃释张。张制装旋里，囊中存数百金，敬以半送王家。王氏子孙，以此致富焉。

校注

1 〔利津〕县名。清属山东武定府，今之山东省利津县。

2 〔复勘〕重新核对，复审。勘，审讯犯人。

3 〔渠然〕同"渠渠"。高大而深广貌。《诗经·秦风·权舆》："于我乎，夏屋渠渠。"渠渠，高大、深广。

4 〔话温凉〕致问别后之离情。《文选·陆机〈门有车马客行〉》："抚膺携客泣，掩泪叙温凉。"唐吕向注："叙别离之岁月。"

5 〔夙贫〕一向贫穷。

6 〔趣（cù促）装〕匆匆整理行装。《汉书·曹参传》："参为齐相。及萧何卒，参乃趣治行装。”亦同“促装”。《文选·孔稚圭〈北山移文〉》：“促装下邑，浪曳上京。”

7 〔眩然瞀（mào 貌）瞑〕神志不清，闭目不醒。

8 〔魂亡〕迷信说法，谓灵魂离开躯体，所致之病。犹言“掉魂”。亡，失落。

9 〔累骑〕二人共骑一匹马。《世说新语·任诞》：“仲容借客驴著重服自追之，累骑而返。”

10 〔至〕据手稿本，原抄本无。

11 〔款门〕叩门。

12 〔狭邪游〕指游妓院。古乐府《长安有狭斜行》：“长安有狭斜，狭斜不容车。”因狭路曲巷为妓女所居，遂称妓院为“狭斜”。斜，又作“邪”。此指嫖妓宿娼。

13 〔数日〕据手稿本，原抄本无此二字。

14 〔烟墩〕边境报警的设施，类烽火台。《山东通志·兵防志八·兵制一》：洪武二十六年（1393），命于“腹里边境险要处所，安设烟墩，昼则举烟，夜则举火，接递通报”。

15 〔巡方御史〕即巡抚御史。明代派监察御史巡按各省。王士禛《池北偶谈·巡方》：“差竣，都察院殿最之。最者得内升京堂五品，余则仍回居本职，不真授御史也。”

16 〔牒于神〕即写文呈告神界。牒，官府间来往的公文。

17 〔仁术〕仁爱之心。术，指心术。《孟子·梁惠王上》：“是乃仁术也。”

18 〔不可律以妖魅〕指王兰行医为仁爱之术，今已为鬼仙，不应当把他当做妖魅来以法处治。律，依刑律。

19 〔清道使〕古代帝王出巡时的侍从官。《新五代史·前蜀世家·王建》：“（熹宗）移幸兴元，以建为清道使，负玉玺以从。”此指为神界的小官。

20 〔窜铁围山〕流放到铁围山。铁围山，佛教语。佛教认为南赡部洲等四大部洲之外，有铁围山，周匝如轮，故名。

鹰虎神

郡城东岳庙[1]，在南郭，大门左右，神高丈余，俗名“鹰虎神”，狰狞可畏。庙中道士任姓，每鸡鸣，辄起焚诵。有偷儿预匿廊间，伺道士起，潜入寝室，搜括财物。奈室无长物[2]，惟于荐底[3]得钱三百，纳腰中。拔关而出，将登千佛山[4]。南窜许时，方至山下，见一巨丈夫，自山上来，左臂苍鹰，适与相遇。近视之，面铜青色，依稀似庙门内所习见者。大恐，蹲伏而战。神诧曰：“盗钱安往？”偷儿益惧，叩不已。神揪令还，入庙，使倾所盗钱跪守之。道士课[5]毕，回顾骇愕。盗历历自述。道士收其钱而遣之。

校注

1 〔郡城东岳庙〕郡城，郡治所在地。明清时，府亦称郡。作者故乡淄川县明清时隶济南府，府治在历城（今济南市）。东岳庙，亦称“天齐庙”，道教所祀奉的东岳大帝的神庙。传说东岳大帝掌管人间生死。旧时各地多有东岳庙，每年三月二十八日为祭祀日。

2 〔长（zhàng 胀）物〕多余的东西。

3 〔荐底〕铺草席底下。荐，草席。

4 〔千佛山〕古称历山，在济南南郊。隋开皇间因岩石镌佛像群，遍布山崖，因名千佛山。

5 〔课〕即课业。指道家所规定的道徒于庙观中每天例行所进行的焚诵课业。

王 成

王成，平原[1]故家子，性最懒，生涯日落[2]，惟剩破屋数间，与妻卧牛衣[3]中，交谪[4]不堪。时盛夏燠热[5]，村外故有周氏园，墙宇尽倾，惟存一亭；村人多寄宿其中，王亦在焉。既晓，睡者尽去；红日三竿，王始起，逡巡欲归。见草际金钗一股，拾视之，镌有细字云："仪宾[6]府造。"王祖为衡府[7]仪宾，家中故物，多此款式。因把钗踌蹰[8]。欻一妪寻钗。王虽故贫，然性介[9]，遽出授之。妪喜，极赞盛德，曰："钗值几何！先夫之遗泽[10]也。"问："夫君伊谁？"答云："故仪宾王柬之也。"王惊曰："吾祖也。何以相遇？"妪亦惊曰："汝即王柬之之孙耶？我乃狐仙。百年前，与君祖缱绻[11]。君祖殁，老身遂隐。过此遗钗，适入子手，非天数耶？"王亦曾闻祖有狐妻，信其言，便邀临顾。妪从之。王呼妻出见，负败絮[12]，菜色黯焉[13]。妪叹曰："嘻！王柬之之孙，乃一贫至此哉！"又顾败灶无烟，曰："家计[14]若此，何以聊生？"妻因细述贫状，呜咽饮泣[15]。妪以钗授妇，使姑质钱市米[16]，三日外请复相见。王挽留之。妪曰："汝妻犹不能存活；我在，仰屋[17]而居，复何裨益？"遂径去。王为妻言其故，妻大怖。王诵其义，使姑事之[18]。妻诺。逾三日，果至。出数金，籴粟麦各一石。夜与妇宿短榻。妇初惧之，然察其意殊拳拳[19]，遂不之疑。

翌[20]日，谓王曰："孙勿惰，宜操小生业，坐食，乌可长也？"王告以无资。曰："汝祖在时，金帛凭所取；我以世外人，无需是物，故未尝多取。积花粉之金[21]四十两，至今犹存。久贮亦无所用，可将去，悉以市葛，刻日[22]赴都，可得微息。"王从之，购五十余端[23]以归。妪命趣装，计六七日可达燕都[24]。嘱曰："宜勤勿懒，宜急勿缓，迟之一日，悔之已晚。"王敬诺，囊货就路。中途遇雨，衣履浸濡。王生平未历风雪，委顿不堪，因暂休旅舍。不意淙淙彻暮，檐雨[25]如绳，过宿，泞益甚。见往来行人，践淖没胫，心畏苦之。待至停午[26]，始渐燥，而阴云复合，雨又大作。信宿乃行。将近京，传闻葛价翔贵[27]，心窃喜。入都，解装客店，主人深惜其晚。先是，南道初通，葛至绝少。贝勒[28]府购致甚急，价顿昂，较常可三倍。前一日方购足，后来者，并皆失望。主人以故告王，王郁郁不乐。越日，葛至愈多，价益下。王以无利，不肯售。迟十余日，计食耗烦多，倍益忧闷。主人劝令贱卖，改而他图。从之。亏资十余两，悉脱去[29]。早起，将作归计，启视囊中，则金亡矣。惊告主人。主人无所为计。或劝鸣官，责主人偿。王叹曰：“此我数也，于主人何干？”主人闻而德之，赠金五两，慰之使归。自念无以见祖母，蹀躞[30]内外，进退维谷。适见斗鹑者，一赌数千；每市一鹑，恒百钱不止。意忽动，计囊中资，仅足贩鹑。以商主人，主人亟怂恿之，且约假寓饮食，不取其直。王喜，遂行，购鹑盈儋，复入都。[31]主人喜，贺其速售。至夜，大雨彻曙。天明，衢水如河，淋零犹未休也。居以待晴。连绵数日，更无休止。起视笼中，鹑渐死。王大惧，不知计之所出。越日，死愈多，仅余数头，并一笼饲之；经宿往窥，则一鹑仅存。因告主人，不觉涕堕。主人亦为扼腕[32]。王自度金尽罔归，但欲觅死，主人劝慰之。共往视鹑，审谛之曰：“此似英物[33]，诸鹑之死，未必非此之斗杀之也。君暇亦无所事，请把之[34]；如其良也，赌亦可以谋生。”王如其教。既驯，主人令持向街头，赌酒食。鹑健甚，辄赢。主人喜，以金授王，使复与子弟决赌，三战三胜。半年，蓄积二十金。心益慰，视鹑如命。先是，大亲王[35]好鹑，每值上元，辄放民间把鹑者入邸相角。主人谓王曰：“今大富宜可立致；所不可知者，在子之命矣。”因告以故，导与俱往。嘱曰：“脱败，则丧气出耳；倘有万分一，鹑斗胜，王必欲市之，君勿应；如固强之，惟予首是瞻[36]，待首肯[37]而后应之。”王曰：“诺。”

至邸，则鹑人肩摩[38]于墀下。顷之，王出御殿。左右宣言："有愿斗者上！"即有一人把鹑，趋而进。王命放鹑，客亦放。略一腾踔[39]，客鹑已败。王大笑。俄顷，登而败者数人。主人曰："可矣。"相将俱登。王相之曰："睛有怒脉[40]，此健羽[41]也，不可轻敌。"命取铁喙者当之。一再腾跃，而王鹑铩羽。更选其良，再易再败。王急命取宫中玉鹑，片时把出，素羽如鹭，神骏不凡。王成意馁，跪而求罢。曰："大王之鹑，神物也，恐伤吾禽，丧吾业矣。[42]"王笑曰："纵之，脱斗而死，当厚尔偿。"成乃纵之。玉鹑直奔之。而玉鹑方来，则伏如怒鸡以待之；玉鹑健啄，则起如翔鹤以击之。进退颉颃[43]，相持约一伏时[44]，玉鹑渐懈；而其怒益烈，其斗益急。未几，雪毛摧落，垂翅而逃。观者千人，罔不叹羡。王乃索取而亲把之。自喙至爪，审周一过，问成曰："鹑可货否？"答曰："小人无恒产，与相依为命，不愿售也。"王曰："赐尔重直，中人之产可致，颇愿之乎？"成俯思良久曰："本不乐售，顾大王既爱好之，苟使小人得衣食业，又何求？"王请直，答以千金。王笑曰："痴男子，此何珍宝而千金直也？"成曰："大王不以为宝，臣以为连城之璧[45]不过也。"王曰："如何？"曰："小人把向市中，日得数金，易升斗粟，一家十余食指无冻馁忧，是何宝如之？"王言："予不相亏，便与二百金。"成摇首。又增百数。成目视主人，主人色不动，乃曰："承大王命，请减百价。"王曰："休矣！谁肯以九百易一鹑者？"成囊鹑欲行。王呼曰："鹑人来！实给六百，肯则售，否则已耳！”成又目主人，主人仍自若。成心愿盈溢，惟恐失时。曰：“以此数售，心实怏怏。但交而不成，则获戾滋大[46]。无已，即如王命。”王喜，即称付之。成囊金，拜赐而出。主人怼曰：“我言如何？子乃急自鬻也。再少靳之[47]，八百金在掌中矣。”

成归，掷金案上，请主人自取之，主人不受。又固让之，乃盘计饭直而受之。王治装归。至家，历述所为，出金相庆。妪命置良田三百亩，起屋作器，居然世家。妪早起，使成督耕，妇督织，稍惰，辄诃之。夫妇相安，不敢有怨词。过三年，家益富。妪辞欲去。夫妇共挽之，至泣下。妪亦遂止。旭旦[48]候之，已杳矣。

异史氏曰：“富皆得于勤，此独得于惰，亦创闻也。不知一贫彻骨，而至性[49]不移，此天所以始弃之而终怜之也。懒中岂果有富贵乎哉！”

校注

1 〔平原〕县名。清代隶德州，即今之山东省平原县。

2 〔生涯日落〕即生活水平一天天降下来。生涯，生计。落，下降。

3 〔牛衣〕用草、麻编织成的类蓑衣覆盖于牛身的御寒物，所以叫牛衣。《汉书·王章传》：“初，章为诸生，学长安，独与妻居。章疾病，无被，卧牛衣中。”此处是指穷苦的人无衣穿，常用牛衣取暖，所以后来就以“牛衣”形容贫苦。

4 〔交谪〕相互埋怨、责备。一般多指夫妻间的口角争执。《诗经·邶风·北门》：“我入自外，室人交遍谪我。”

5 〔燠（yù 郁）热〕炎热、酷热。

6 〔仪宾〕明制，亲王郡王之婿称仪宾。《明史·职官志五》：“其尚郡主、县主、郡君、县君、乡君者，并曰仪宾。”

7 〔衡府〕明衡王府。明宪宗朱见深第七子祐楎，于成化二十三年（1487）封为衡王，孝宗朱祐樘弘治十二年（1499）之藩青州（今山东省青州市）。

8 〔踌躕〕据铸雪斋抄本，原抄本与手稿本皆作“筹躕”。

9 〔介〕耿介。《孟子·尽心上》：“柳下惠不以三公易其介。”

10 〔先夫之遗泽〕已故丈夫的遗物。遗泽，人手持物所留下的印迹。此为对已故人的敬称。

11 〔缱绻（qiǎnquǎn 浅犬）〕情意缠绵；指男女间的情意深，难于离舍。白居易《寄元九》：“岂是贪衣食，感君心缱绻。”

12 〔负败絮〕穿着破棉衣。败絮，破棉衣。晋陶潜《与子俨等疏》：“余尝感孺仲贤妻之言，败絮自拥，何惭儿子。”

13 〔菜色黯焉〕面有饥色，容光暗淡。菜色，人长期以菜为食，造成营养不良的青黄色，叫菜色。黯，指人的心情颓丧。《礼记·王制》：“虽有凶旱水溢，民无菜色。”郑注：“菜色，食菜之色。”

14 〔家计〕指家庭赖以谋生之计。《韩非子·难言》：“家计小谈，以具数言，则见以为陋。”

15 〔饮泣〕指泪流满面。《汉书·贾捐之传》：“老母寡妇，饮泣巷哭。”注：“泪流满面，以入于口，故言饮泣也。”

16 〔质钱市米〕抵押成钱，买米。质，当。市，购买。

17 〔仰屋〕抬头看着屋梁，其意为无计可施。《后汉书·寒朗传》：“及其归舍，口虽不言，而仰屋窃叹。”

18 〔姑事之〕把她当做婆母一样侍奉。

19 〔拳拳〕恳切。《礼记·中庸》：“回之为人也，择乎中庸，得一善，则拳拳服膺而弗失之矣。”

20 〔翌〕据手稿本，原抄本为“一”。

21 〔花粉之金〕指妇女购买化妆品的零用钱。俗称私房钱或体己钱。

22 〔刻日〕约定或限定的时间。刻，同“克”。

23 〔端〕量词。古时布帛长度名。其长度说法不一：或言二丈为一端，或云六丈为一端。

24 〔燕都〕周朝燕国都蓟，在今北京市西南，故北京别称燕都。

25 〔“衣履”至“檐雨”六句〕此据手稿本，原抄本无。

26 〔停午〕当为“亭午”，即正午。

27 〔翔贵〕腾贵。指物价上涨。

28 〔贝勒〕满语“多罗贝勒”的省称，原为满洲贵族的称号。后为清代十三封爵之一。是授予满洲皇族、蒙古外藩的爵号，品位在郡王之下。

29 〔悉脱去〕全部卖掉。

30 〔蹀踱（diéduó 迭夺）〕同“蹀躞”。小步貌，即走进走出。

31 〔“以商主人”至“复入都”八句〕原抄本无此八句，只概为“乃归市贩鹑而返”一句。此据手稿本补。儋，通“担”。

32 〔扼腕〕以自己的手握腕，表示惋惜的神情。《战国策·燕策三》：“樊於期偏袒扼腕而进曰：‘此臣之日夜切齿拊心，乃今得闻教。’”

33 〔英物〕杰出超群的人和物。《晋书·桓温传》：“生未期，而太原温峤见之，曰‘此儿有奇骨，可试使啼。’及闻其声，曰：‘真英物也。’”

34 〔把之〕以手握持，调教、训练。

35 〔大亲王〕亲王，是清代皇室中的封爵。分和硕亲王与亲王两级，其位在郡王之上。此指亲王中之尊长者。

36 〔惟予首是瞻〕谓看我的脸色行事。是由“马首是瞻”一语脱胎而来。《左传·襄公十四年》：“鸡鸣而驾，塞井夷灶，唯余马首是瞻。”注：“言进退从己。”

37 〔首肯〕指点头，表示同意。

38 〔肩摩〕形容人多拥挤，肩膀相摩。《战国策·齐策一》：“临淄之途，车毂击，人肩摩，连衽成帷，举袂成幕，挥汗成雨。”

39 〔腾踔（chuō 戳）〕跳跃、搏击。踔，踢、跃。

40 〔怒脉〕指眼睛上有突起脉络。脉，血脉、筋脉。

41 〔健羽〕指矫健善斗的鸟。羽，此处代鸟。

42 〔“曰：‘大王之鹑’”至“丧吾业矣”五句〕据手稿本，原抄本无。

43 〔颉颃（xiéháng 斜航）〕本指鸟上下飞翔。《诗经·邶风·燕燕》：“燕燕于飞，颉之颃之。”此指两鹑腾跃搏击。

44 〔一伏时〕屏住一口气的时间。伏，伏气、屏气。

45 〔连城之璧〕指价值连城的玉。《史记·廉颇蔺相如列传》：“赵惠文王时，得楚和氏璧，秦昭王闻之，使人遗赵王书，愿以十五城易璧。”以后常以连城璧比喻物之珍贵。

46 〔获戾（lì 力）滋大〕获罪更大。戾，罪过。滋，更加。

47 〔少靳之〕即稍微再掯勒一下价格。靳，掯勒。《后汉书·崔烈传》：“帝顾谓亲幸者曰：‘悔不小靳，可至千万。’”

48 〔旭旦〕早晨日出时。《诗经·邶风·匏有苦叶》：“雍雍鸣雁，旭日始旦。”

49 〔至性〕纯厚的天性。

青 凤

太原[1]耿氏，故大家，第宅弘阔。后凌夷[2]，楼舍连亘，半旷废之。因生怪异，堂门辄自开掩，家人恒中夜骇哗。耿患之，移居别墅，留老翁门焉。由此荒落益甚。或闻笑语歌吹声。耿有从子去病，狂放不羁，嘱翁有所闻见，奔告之。至夜，见楼上灯光明灭，走报生。生欲入觇其异。止之，不听。门户素所习识，竟拨蒿蓬，曲折而入。登楼，初无少异；穿楼而过，闻人语切切。潜窥之，见巨烛双烧，其明如昼。一叟儒冠南面坐，一媪相对，俱年四十余。东向一少年，可二十许；右一女郎，才及笄[3]耳。酒胾满案，团坐笑语。生突入，笑呼曰："有不速之客一人来！"群惊奔匿。独叟诧问："谁何[4]？入人闺闼？"生曰："此我家也，君占之。旨酒自饮，不邀主人，毋乃太吝？"叟审睇之，曰："非主人也。"生曰："我狂生耿去病，主人之从子[5]耳。"叟致敬曰："久仰山斗[6]！"乃揖生入，便呼家人易馔。生止之。叟乃酌客。生曰："吾辈通家[7]，座客无庸见避，还祈招饮。"叟呼：

"孝儿！"俄少年自外入。叟曰："此豚儿[8]也。"揖而坐，略审门阀[9]。叟自言："义君姓胡。"生素豪，谈议风生，孝儿亦倜傥；倾吐[10]间，雅相爱悦。生二十一，长孝儿二岁，因弟之。叟曰："闻君祖纂《涂山外传》[11]，知之乎？"答："知之。"叟曰："我涂山氏之苗裔也。唐以后，谱系[12]犹能忆之；五代而上无传焉。幸公子一垂教也。"生略述涂山女佐禹之功[13]，粉饰多词，妙绪泉涌。叟大喜，谓子曰："今幸得闻所未闻。公子亦非他人，可请阿母及青凤来，共听之，亦令知我祖德也。"孝儿入帏中[14]。少时，媪偕女郎出。审顾之，弱态生娇，秋波流慧，人间无其丽也。叟指妇云："此为老荆[15]。"又指女郎："此名青凤，鄙人之犹女[16]也。颇慧，所闻见，辄记不忘，故唤令听之。"生谈竟而饮，瞻顾女郎，停睇不转。女觉之，辄俯其首。生隐蹑莲钩[17]，女急敛足，亦无愠怒。生神志飞扬，不能自主，拍案曰："得妇如此，南面王不易也！"媪见生渐醉，益狂，与女俱起，遽搴帏去[18]。生失望，乃辞叟出，而心萦萦，不能忘情于青凤也。至夜，复往，则兰麝犹芳，凝待终宵，寂无声欬[19]。

归与妻谋，欲携家而居之，冀得一遇。妻不从，生乃自往，读于楼下。夜凭几，一鬼披发入，面黑如漆，张目视生。生笑，捻指研墨自涂，灼灼然相与对视，鬼惭而去。次夜，更深，灭烛欲寝，闻楼后发扃，辟之闸然[20]。急起窥觇，则扉半启。俄闻履声细碎，有烛光自房中出。

视之，则青凤也。骤见生，骇而却退，遽阖双扉。生长跪而致词曰："小生不避险恶，实以卿故。幸无他人，得一握手为笑，死不憾耳。"女遥语曰："惓惓深情，妾岂不知？但吾叔闺训[21]严，不敢奉命。"生固哀之，云："亦不敢望肌肤之亲，但一见颜色足矣。"女似肯可，启关出，捉之臂而曳之。生狂喜，相将入楼下，拥而加诸膝。女曰："幸有夙分[22]；过此一夕，即相思无益矣。"问："何故？"曰："阿叔畏君狂，故化厉鬼以相吓，而君不动也。今已卜居[23]他所，一家皆移什物赴新居，而妾留守，明日即发矣。"言已，欲去，云："恐叔归。"生强止之，欲与为欢。方持论间，叟掩入。女羞惧无以自容，俯首依床，拈带不语。叟怒曰："贱辈辱我门户！不速去，鞭挞且从其后！"女低头急去，叟亦出。生尾而听之，诃诟万端，闻青凤嘤嘤啜泣。生心意如割，大声曰："罪在小生，于青凤何与？倘宥青凤，刀锯铁钺[24]，小生愿身受之！"良久寂然，生乃归寝。自此第内，绝不复声息矣。

生叔闻而奇之，愿售以居，不较值。生喜，携家口而迁焉。居逾年，甚适，而未尝须臾忘青凤也。会清明上墓归，见小狐二，为犬逼逐。其一投荒[25]窜去，一则皇急道上。望见生，依依哀啼，耷耳辑首[26]，似乞其援。生怜之，启裳衿，提抱以归。闭门。置床上，则青凤也。大喜，慰问。女曰："适与婢子戏，遘此大厄。脱非郎君，必葬犬腹。望无以非类见憎。"生曰："日切怀思，系于魂梦。见卿如获异宝，何憎之云！”女曰：“此天数也，不因颠覆[27]，何得相从？然幸矣，婢子必言妾已死，可与君坚永约[28]耳。”生喜，另舍舍之。积二年余，生方夜读，孝儿忽入。生辍读，讶诘所来。孝儿伏地，怆然曰：“家君有横难，非君莫救。将自诣恳，恐不见纳，故以某来。”问：“何事？”曰：“公子识莫三郎否？”曰：“此吾年家子[29]也。”孝儿曰：“明日将过，倘携有猎狐，望君留之也。”生曰：“楼下之羞，耿耿在念，他事不敢预闻。必欲仆效绵薄[30]，非青凤来不可。”孝儿零涕曰：“凤妹已野死三年矣。”生拂衣曰：“既尔，则恨滋深耳！”执卷高吟，殊不顾瞻。孝儿起，哭失声，掩面而去。生如青凤所，告以故。女失色曰：“果救之否？”曰：“救则救之；适不之诺者，亦聊以报前横[31]耳。”女乃喜曰：“妾少孤，依叔成立，昔虽获罪，乃家范[32]应尔。”生曰：“诚然，但使人不能无介介耳。卿果死，定不相援。”女笑曰：“忍哉！”次日，莫三郎果至，镂膺虎韔[33]，仆从甚赫。生门逆之。见获禽甚多，中一黑狐，血殷毛革[34]；抚之，皮肉犹温。便托裘敝，乞得缀补。莫慨然解赠。生即付青凤，乃与客饮。客既去，女抱狐于怀，三日而苏，展转复化为叟。举目见凤，疑非人间。女历言其情。叟乃下拜，惭谢前愆[35]，喜顾女曰：“我固谓汝不死，今果然矣。”女谓生曰：“君如念妾，还祈以楼宅相假，使妾得以申返哺之私[36]。”生诺之。叟赧然谢别而去。入夜，果举家来，由此如家人父子，无复猜忌矣。生斋居，孝儿时共谈宴。生嫡出子渐长，遂使傅之[37]；盖循循善教，有师范焉[38]。

校注

1 〔太原〕旧府名。唐置，元改路，明复府，清因之，治所在今之山西省太原市。

2 〔凌夷〕凌应作“陵”。指家势衰微、没落。《史记·高祖功臣侯者年表》：“始未尝不欲固其根本，而枝叶稍陵夷衰微也。”

3 〔及笄（jī 基）〕笄，簪子，盘头发所用。古代女子十五岁结发插簪（笄）表示成年，可议婚；故习称十五岁为及笄之年。

4 〔谁何〕是谁，谁人。《庄子·应帝王》：“吾与之虚而委蛇，不知其谁何。”

5 〔从子〕俗称伯父、叔父为从父，故侄为从子。《后汉书·谢弼传》：“中常侍曹节从子绍，为东郡太守。”

6 〔久仰山斗〕“泰山北斗”之略称。谓久仰大名，比喻声望很高。《新唐书·韩愈传赞》：“自愈没，其言大行。学者仰之泰山北斗云。”后以“山斗”为初次见面的客套语。

7 〔通家〕谓世代通交谊之家。《后汉书·孔融传》：“河南尹李膺敕外自非当世名人及与通家。”

8 〔豚儿〕《三国志·吴志·孙权传》“曹公攻濡须”注引《吴历》：“曹公见舟船器杖军伍整齐，喟然叹曰：‘生子当如孙仲谋，刘景升儿子若豚犬耳。’”后因对人谦称自己儿子为“豚儿”或“犬子”。

9 〔门阀〕犹言“门第”。《后汉书·宦者传论》：“声荣无晖于门阀，肌肤莫傅于来体。”

10 〔倾吐〕推心置腹畅怀而谈。

11 〔《涂山外传》〕实无此书，为狐叟杜撰。涂山，古国名，相传为夏禹娶涂山氏之女及会诸侯之处；另有说，禹所娶之妻为涂山九尾狐之女。《吴越春秋》载：“禹年三十未娶，行到涂山，恐时之暮，失其度制，乃辞曰：‘吾娶也，必有应矣。’乃有白狐九尾造于禹。禹曰：‘白者吾之服也，九尾者王之证也。’涂山之歌曰：‘绥绥白狐，九尾痝痝。我家嘉夷，来宾为王。成家成室，我造彼昌。天人之际，于兹则行。明矣哉！’遂取涂山，谓之女娇。”所以，涂山所在说法不一。外传，为史书所不载的人物立传，或于正史之外广引异闻，被其逸事，所立之传，谓之外传。此《涂山外传》，是暗指狐族的古老传说的古籍。据北魏郦道元《水经注·江水一》：“江之北岸有涂山，南有夏禹庙、涂君祠，庙铭存焉。”看来狐叟杜撰，是有历代民间传说及史籍的因素。

12 〔谱系〕氏族的世系。《旧唐书·经籍志》：“十二曰谱系，以纪世族继序。”

13 〔涂山女佐禹之功〕刘向《列女传》载：禹娶涂山氏后“三过其门而不入”，而教子、理家皆由涂山氏任。此即耿去病粉饰的故事。

14 〔帏中〕帷帘之中，指闺房。帷，设于内室中的帷帐。

15 〔老荆〕犹说老妻。此为对人称自己妻子的谦称。一般称“拙荆”，此因耿生的辈分，故狐叟称“老荆”。荆，谓“荆钗布裙”，后代指妻子。典出东汉梁鸿妻孟光之事。

16 〔犹女〕侄女。《礼记·檀弓上》：“丧服，兄弟之子，犹子也。”

17 〔隐蹑（niè 聂）莲钩〕暗暗地踩青凤的小脚。蹑，踩。莲钩，指旧时妇女所缠的小脚。

18 〔“遽搴帏去”句〕据手稿本，原抄本无。

19 〔声欬（kài 忾）〕声，应作“謦”（qǐng 顷）。謦欬，声息。

《庄子·徐无鬼》："夫逃虚空者……闻人足音跫然而喜矣。又况乎昆弟亲戚之謦欬其侧者乎？"

20 〔闸（pēng 烹）然〕即砰的一声，形容开门、关门的声音。

21 〔闺训〕是指旧社会中妇女应遵循的一套道德标准。此指长辈对晚辈的约束。

22 〔夙分（fèn 份）〕同"宿分"，旧缘。指前世的缘分。

23 〔卜居〕占卜以择定居之地。《史记·周本纪》："成王使召公卜居，居九鼎焉。"

24 〔铁钺（fūyuè 夫月）〕刑戮之具。铁，铡刀。钺，大斧。《礼记·王制》："诸侯赐弓矢，然后征；赐铁钺，然后戮。"

25 〔投荒〕犹言"落荒"。是指离开道路，向荒野逃窜。

26 〔蓦耳辑首〕为垂耳缩头之状。蓦辑，方言，为垂下，耷拉。辑，《礼记·檀弓下》："蒙袂辑屦。"郑玄注："辑，敛也。"辑首，犹言敛首。

27 〔颠覆〕倾跌；比喻挫折。《诗经·邶风·谷风》："昔育恐育鞠，及尔颠覆。"

28 〔永约〕指终身之约，即婚约。

29 〔年家子〕科举时代称"同年"的后辈。宋王质《送陶茂庵赴湖南》诗："飘泊年家子，依旧父执尊。"

30 〔绵薄〕即"绵力薄材"。指材力微薄。《汉书·严助传》淮南王上书："且越人绵力薄材，不能陆战。"

31 〔报前横〕报复他以前蛮横不讲理之举。

32 〔家范〕家中的规范，即家规。

33 〔镂膺虎韔（chàng 怅）〕马系着镂金的胸带，盛弓的袋子，用虎皮花纹装饰着。《诗经·秦风·小戎》："虎韔镂膺，交韔二弓。"膺，马胸带。韔，弓袋。

34 〔血殷（yīn 音）毛革〕血染满了皮毛。殷，用作动词，作"满"讲。

35 〔惭谢前愆（qiān 千）〕很惭愧地对以前的过失表示歉意。谢，道歉。愆，过失。

36 〔申返哺之私〕表达自己对长辈的报恩。返哺，传说乌雏长成，衔食以哺母乌。《初学记》三十《乌》引《谯子法训》："乌者犹有返哺，况人而无孝心者乎？"私，指孝心。

37 〔傅之〕教导孩子。《史记·屈原贾生列传》："梁怀王，文帝之子，爱而好书，故令贾生傅之。"

38 〔有师范焉〕是有为人师的风范。《北史·杨播传论》："恭德慎行，为世师范。"

金世成

金世成，长山[1]人，素不检[2]。忽出家作头陀[3]。类颠，啖不洁以为美。犬羊遗秽[4]于前，辄伏啖之，自号为佛[5]。愚民妇异其所为，执弟子礼者以千万计。金诃使食矢，无敢违者。创殿阁所费不资[6]，人咸乐输[7]之。邑令南公[8]，恶其怪，执而笞之，使修圣庙[9]。门人竞相告曰："佛遭难！"争募救之。宫殿旬月而成。其金钱之集，尤捷于酷吏追呼[10]也。

异史氏曰："予闻金道人，人皆就其名而呼之，谓为'金世成佛[11]'。品至啖秽[12]，极矣[13]。笞之不足辱，罚之适有济[14]，南令公处法何良也！然学宫圮[15]而烦妖道，亦士大夫[16]之羞矣。"

校注

1　〔长山〕旧县名。明清皆属济南府。今属山东省邹平县。

2 〔素不检〕平素的行为有失检点。检，检束。

3 〔出家作头陀〕离家入佛门做了和尚。出家，梵文的意译“林居者”，音译“波吠儞野”。为佛教名词。指离家到寺院做僧尼。头陀，梵文的音译“杜多”、“杜荼”，意为“抖擞”，即去掉尘垢烦恼之意。修行头陀者，共有十二种修行规定，按这些规定修行者，称“修头陀行者”，简称“头陀”。此指行脚乞食僧人。

4 〔遗秽〕指牛羊排泄的粪便。

5 〔佛〕“佛陀”的简称。梵语译音，亦译“佛驮”、“浮屠”、“浮图”等，意译“觉者”、“知者”、“觉”。小乘讲的“佛”，一般是用做对佛教创始人释迦牟尼的尊称。大乘除有尊称释迦牟尼外，还泛指一切觉行圆满者。

6 〔不赀〕意钱财的数额巨大，不可计量。

7 〔乐输〕自己愿意捐纳。

8 〔邑令南公〕指南之杰，字颐园，蕲水（今湖北浠水）人。康熙十年（1671）任长山县知县，有政绩。详见《长山县志》。

9 〔圣庙〕孔子庙，又称“文庙”。明清以来府县的孔庙，多为儒学衙署，又称“学宫”。

10 〔追呼〕同“追比”。《新唐书·陆贵传》：“禁防滋章，吏不堪命。农桑废于追呼，膏血竭于笞捶。”

11 〔金世成佛〕即“今世成佛”的谐音。

12 〔品至啖秽〕此人的人品低到吃牛羊尿粪的地步。品，人品，为人之德行高低等次。

13 〔极矣〕指人品低劣到极点。

14 〔适有济〕适能成其事。

15 〔学宫圮（pǐ 匹）〕孔庙倒塌。

16 〔士大夫〕古时指居官有职位的人。《礼记·考工记》：“坐而论道，谓之王公；作而行之，谓之士大夫。”此泛指官员、乡绅与一般读书人。

龁石[1]

新城王钦文[2]太翁家，有圉人[3]王姓，幼[4]入劳山学道。久之，不火食[5]，惟啖松子及白石。遍体生毛。既数年，念母老归里，渐复火食，犹啖石如故。向日视之，即知石之甘苦酸咸，如啖芋[6]然。母死，复入山，今又十七八年矣。

校注

1 〔龁（hé何）石〕吃石头。龁，咬。

2 〔王钦文〕名与敕，字钦文，号匡庐，行十二。顺治二年乙酉（1645）拔贡。以其子士禛贵，诰封朝议大夫国子监祭酒，赠资政大夫，经筵讲官，刑部尚书。详见《新城王氏世谱》。

3 〔圉（yǔ雨）人〕养马的仆人。王士禛《池北偶谈》云："予家佣人王嘉禄者，少居劳山中。独居数年，遂绝烟火，惟啖石为饭，渴即饮溪间中水。遍身毛生寸许。后以母老归家，渐火食，毛遂脱落。然时时以石为饭，每取一石，映日视之，即知其味咸辛苦。后母终，不知所在。”据此可知其王姓圉人，当即王士禛《池北偶谈》中所言之王嘉禄。

4 〔幼〕据手稿本，原抄本为“初”字。

5 〔火食〕熟食，即经火之食。

6 〔芋〕即俗称之芋头。

画皮

太原王生，早行，遇一女郎，抱袱[1]独奔，甚艰于步。急走趁之[2]，乃二八姝丽。心相爱乐，问："何夙夜踽踽[3]而独行？"女曰："行道之人，不能解愁忧，何劳相问？"王曰："卿何愁忧？或可效力，不辞也。"女黯然曰："父母贪赂，鬻妾朱门。嫡妒甚，朝詈而夕楚辱之，所弗堪也，将远遁耳。"问："何之？"曰："在亡[4]之人，乌有定所。"生言："敝庐不远，即烦枉顾。"女喜，从之。生代携袱物，导与同归。女顾室无人，问："君何无家口？"答云："斋[5]耳。"女曰："此所良佳。如怜妾而活之，须秘密勿泄。"生诺之。乃与寝合。使匿密室，过数日而人不知也。

生微告妻。妻陈，疑为大家媵妾[6]，劝遣之，生不听。偶适市，遇一道士，顾生而愕，问："何所遇？"答言："无之。"道士曰："君身邪气萦绕，何言无？"生又力白。道士乃去，曰："惑哉！世固有死将临而不悟者。"生以其言异，颇疑女；转思明明丽人，何至为妖，意道士借魇禳以猎食[7]者。无何，至斋门，门内杜，不得入。心疑所作，乃逾垝垣，则室门已闭，蹑足而窗窥之[8]，见一狞鬼，面翠色，齿巉巉[9]如锯，铺人皮于榻上，执彩笔而绘之；已而掷笔，举皮如振衣状，披于身，遂化为女子。睹此状，大惧，兽伏[10]而出，急追道士，不知所往，遍迹之，遇于野，长跪乞救，道士请遣除之："此物亦良苦，甫能觅代[11]者，予亦不忍伤其生。"乃以蝇拂[12]授生，令挂寝门，临别，约会于青帝[13]庙。生归，不敢入斋，乃寝内室，悬拂焉。一更许，闻门外戢戢[14]有声，自不敢窥，使妻窥之。但见女子来，望拂子不敢进；立而切齿，良久乃去。少时复来，骂曰："道士吓我。终不然[15]，宁入口而吐之耶！"取拂碎之，坏寝门而入。径登生床，裂生腹，掬生心而去。妻号，婢入烛之，生已死，腔血狼藉[16]，陈骇涕不敢声。

明日，使弟二郎奔告道士。道士怒曰："我固怜之，鬼子乃敢尔！"即从生弟来。女子已失所在。既而仰首四望，曰："幸遁未远。"问："南院谁家？"二郎曰："小生所舍也。"道士曰："现在君所。"二郎愕然，以为未有。道士问曰："曾否有不识者一人来？"答曰："仆早赴青帝庙，良不知，当归问之。"去少顷而返，曰："果有之。晨间一妪来，欲佣为仆家操作，室人止之[17]，尚在也。"道士曰："即是物矣。"遂与俱往。仗木剑，立庭心，呼曰："孽魅！偿我拂子来！"妪在室，惶遽无色，出门欲遁。道士逐击之。妪仆，人皮划然[18]而脱，化为厉鬼，卧嗥如猪。道士以木剑枭其首[19]；身变作浓烟，匝地作堆[20]。道

畫皮
驀看羅刹
變西施只
要蛾眉様
入時如此
妍皮如此骨
箇中色
相試參之

士出一葫芦，拔其塞，置烟中，飗飗然如口吸气，瞬息烟尽。道士塞口入囊。共视人皮，眉目手足，无不备具。道士卷之，如卷画轴声，亦囊之，乃别欲去。陈氏拜迎于门，哭求回生之法，道士谢不能。陈益悲，伏地不起。道士沉思曰："我术浅，诚不能起死。我指一人，或能之，往求必合有效[21]。"问："何人？"曰："市上有疯者，时卧粪土中，试叩而哀之。倘狂辱夫人，夫人勿怒也。"二郎亦习知之，乃别道士，与嫂俱往，见乞人颠歌道上，鼻涕三尺，秽不可近。陈膝行[22]而前，乞人笑曰："佳人爱我乎？"陈告以故。又大笑曰："人尽夫也[23]，活之何为？"陈固哀之。乃曰："异哉！人死而乞活于我。我阎摩耶？"怒以杖击陈。陈忍痛受之。市人渐集如堵。乞人咯痰唾盈把，举向陈吻曰："食之！"陈红涨于面，有难色；既思道士之嘱，遂强啖焉。觉入喉中，硬如团絮，格格而下，停结胸间。乞人大笑曰："佳人爱我哉！"遂起，行已不顾。尾之，入于庙中，迫而求之，不知所在；前后冥搜，殊无端兆，惭恨而归。既悼夫亡之惨，又悔食唾之羞，俯仰哀啼，但愿即死。方欲展血敛尸[24]，家人伫望，无敢近者。陈抱尸收肠，且理且哭。哭极声嘶，顿欲呕。觉膈中[25]结物，突奔而出，不及回首，已落腔中。惊而视之，乃人心也。在腔中突突犹跃，热气腾蒸如烟然。大异之。急以两手合腔，极力抱挤。少懈，则气氤氲自缝中出，乃裂缯帛急束之。以手抚尸，渐温，覆以衾裯[26]。中夜启视，有鼻息矣。天明，竟活。为言：“恍惚若梦，但觉腹隐痛耳。”视破处，痂结如钱，寻愈。

异史氏曰：“愚哉世人！明明妖也，而以为美。迷哉愚人！明明忠也，而以为妄。然爱人之色而渔[27]之，妻亦将食人之唾而甘之矣。天道好还[28]，但愚而迷者不悟耳。可哀也夫！”

校注

1 〔抱袱〕怀抱着包袱。袱，行李、包裹。

2 〔趁之〕指追赶。

3 〔夙夜踽踽〕夙夜，拂晓，天未明。踽踽，孤独的样子。《诗经·召南·行露》：“岂不夙夜，谓行多露。”

4 〔在亡〕正在逃亡之中。

5 〔斋〕此指书房、书斋。

6 〔媵（yìng 硬）妾〕即姬妾、婢妾；古时诸侯女儿出嫁时陪嫁的婢女。《公羊传·庄公十九年》：“媵何者？诸侯取一国，则二国往媵之，以侄娣从。”

7 〔魇禳（yǎnráng 眼瓤）以猎食〕谓方士以祈祷祭祀的方法为人消灾除病。魇，镇邪压祟。禳，驱除灾变。猎食：猎取食物、谋生，俗称混饭吃。焦延寿《易林·渐之大过》：“鹰鹞猎食，雉兔困急。”

8 〔蹑足而窗窥之〕放轻脚步，不为人所发现，而慢慢靠近窗前偷看。

9 〔巉巉（chánchán 孱孱）〕山势险峻貌。岑参《入剑门作》：“凛凛三伏寒，巉巉五丁迹。”此用来形容女鬼的牙齿长而尖锐。

10 〔兽伏〕像走兽一样匍伏。

11 〔觅代〕寻觅替身。迷信传说中，认为死鬼当修行到一定的年限，就能寻觅一替身。

12 〔蝇拂〕驱蝇的用具，亦称“拂尘”、“拂子”，多用马尾做成。道士一般习持是物。

13 〔青帝〕中国古代神话传说中，说东西南北中有五位天帝主管，而青帝是主宰东方的天帝。后来道教奉之为神，立庙供奉。《周礼·天官·大宰》：“祀五帝。”《史记·封禅书》：“秦宣公作密畤（zhì 治）于渭南，祭青帝。”

14 〔戢戢（jíjí 及及）〕本指鱼唼水的声音。此形容鬼怪来时发出的声音。

15 〔终不然〕即终不会。

16 〔狼藉〕此指血肉模糊。

17 〔室人止之〕其妻子将她留下。室人，妻子。止，留。

18 〔划然〕亦作“哗然”，象声词。指皮肉撕裂开的声音。

19 〔枭其首〕杀人而悬其首于木。《史记·秦始皇本纪》：“卫尉竭、内史肆、佐弋竭、中大夫令齐等二十人皆枭首。”此指将头砍下来。

20 〔匝地作堆〕盘绕在地上，成了一小堆。匝，盘绕。

21 〔“往求必合有效”句〕据手稿本，原抄本无。

22 〔膝行〕用两膝着地挪行，表示敬畏。《史记·项羽本纪》：“项羽召见诸侯，将入辕门，无不膝行而前，莫敢仰视。”

23 〔人尽夫也〕即是说人人都可成为你的丈夫。《左传·桓公十五年》：“人尽夫也，父一而已。”

24 〔展血敛尸〕擦去血迹，收敛尸首。展，拂拭。

25 〔膈中〕胸腹间的膈膜处。

26 〔衾裯（qīnchóu 侵绸）〕被子。

27 〔渔〕渔色；贪取占有女色。

28 〔天道好（hào 号）还〕上天之道理，喜欢报偿。即善有善报，恶有恶报。告诫人们勿作恶。天道，天理。还，还报。

庙鬼

新城诸生王启后[1]者，方伯中宇公象坤[2]曾孙。见一妇人入室，貌肥黑不扬[3]，笑近坐榻，意甚亵。王拒之，不去。由此坐卧辄见之。而王意坚定，终不摇。妇怒，批其颊[4]有声，而亦不甚痛。妇以带悬梁上，捽[5]与并缢。王不觉自投梁下，引颈作缢状。人见其足离地，挺然立空中，即亦不能死。自是病颠，忽曰："彼将与我投河矣。"望河狂奔，曳之乃止。如此百端，日常数作，术药罔效[6]。一日，忽见有武士绾锁[7]而入，怒叱曰："朴诚者，汝何敢扰！"即縶妇项，自棂中出。才至窗外，妇不复人形，目电闪，口血赤如盆。忆城隍庙门中，有泥鬼四，绝类其一焉。于是病若失。

校注

1 〔王启后〕名启后，字孝先，庠生。兄弟七人，启后行一。

2 〔方伯〕古代一方诸侯中的领袖称方伯，后来泛指地方长官。明、清时是对布政使的尊称。中宇公象坤：即王象坤，字子厚，小字大库，号中宇。嘉靖四十三年甲子（1564）解元，嘉靖四十四年乙丑（1565）进士。历官山西左布政使，多政绩。详见新城《新城王氏世谱》。

3 〔不扬〕相貌不好看。裴度《自题写真赞》："尔才不长，尔貌不扬。"

4 〔批其颊〕即打耳光。《新唐书·苏良嗣传》："良嗣怒，叱左右批其颊，曳去。"

5 〔捽（zuó 昨）〕揪住头发。

6 〔术药罔效〕请巫师驱邪、大夫诊治都无疗效。

7 〔绾（wǎn 挽）锁〕手持铁锁链。绾，盘握。锁，为拘捕犯人的刑具。

董　生

董生，字遐思，青州之西鄙[1]人。冬月薄暮，展被于榻而炽炭[2]焉。方将篝灯[3]，适友人招饮，遂扃户[4]去。至友人所，座有医人，善太素脉[5]，遍诊诸客，末顾王生九思及董："余阅人多矣，脉之奇无如两君者：贵脉而有贱兆，寿脉而有促征。此非鄙人所敢知也。然而董君实甚。"共惊问之。曰："某至此亦穷于术，未敢臆决[6]。愿两君自慎之。"二人初闻甚骇，既以为模棱语，置不为意。

半夜，董归，见斋门虚掩，大疑，醺中自忆，必去时忙促，故忘扃键。入室，未遑爇火[7]，先以手入衾中，探其温否。才一探入，则腻有卧人，大惊，敛手。急火之[8]，竟为姝丽，韶颜稚齿[9]，神仙不殊。狂喜，戏探下体，则毛尾修然[10]，大惧，欲遁。女已醒，出手捉生臂，问："君何往？"董益惧，战栗哀求："愿仙人怜恕。"女笑曰："何所见而仙我？"董曰："我不畏首而畏尾[11]。"女又笑曰："君误矣。尾于何有[12]？"引董手，强使复探，则髀[13]肉如脂，尻骨童童[14]。笑曰："何如？醉态矇眬，不知所见伊何[15]，遂

董生
始念無如轉念非
壽夭早已示先機
不教嘔盡心頭血
猶說銷魂錦繡幃

诬人若此。”董固喜其丽，至此益惑，反自咎适然[16]之错，然疑其所来无因。女曰：“君不忆东邻之黄发女乎？屈指移居者已十年矣。尔时我未笄，君垂髫也。”董恍然曰：“卿周氏之阿琐耶？”女曰：“是矣。”董曰：“卿言之，我仿佛忆之。十年不见，遂苗条如此！然何遽能来？”女曰：“妾适痴郎四五年，翁姑相继逝，又不幸为文君[17]，剩妾一身，茕无所依。忆孩时相识者惟君，故来相见就。入门已暮，邀饮者适至，遂潜隐以待君归。待之既久，足冰肌粟，故借被以自温耳，幸无见疑。”董喜，解衣共寝，意殊自得。

月余，渐羸瘦，家人怪问，辄言不自知。久之，面目益支离[18]，乃惧，复造善脉者诊之。医曰：“此妖脉也。前日之死征验矣，疾不可为也。”董大哭，不去。医不得已，为之针手灸脐而赠以药，嘱曰：“如有所遇，力绝之。”董亦自危，既归，女笑要之。怫然[19]曰：“勿复相纠缠，我行且死！”走不顾。女大惭，亦怒曰：“汝尚欲生耶！”至夜，董服药独寝，甫交睫[20]，梦与女交，醒已遗矣。益恐，移寝于内，妻子火守之[21]，梦如故。窥女子已失所在。积数日，董吐血斗余而死。

王九思在斋中，见一女子来，悦其美而私之，诘所自，曰：“妾遐思之邻也。渠[22]旧与妾善，不意为狐惑而死。此辈[23]妖气可畏，读书人宜慎相防。”王益佩之，遂相欢待。居数日，迷罔病瘠[24]，忽梦董曰：“与君好者，狐也。杀我矣，又欲杀我友。我已诉之冥府[25]，泄此幽愤。七日之夜，当炷香室外，勿忘却。”醒而异之，谓女曰：“我病甚，恐将委沟壑，或劝勿室[26]也。”女曰：“命当寿，室亦生；不寿，勿室亦死也。”坐与调笑。王心不能自持，又乱之，已而悔之，而不能绝。及暮，插香户上，女来，拔弃之。夜又梦董来，让[27]其违嘱。次夜，暗嘱家人，俟寝后潜炷之。女在榻上忽惊曰：“又置香耶？”王言：“不知。”女急起得香，又折灭之。入曰：“谁教君为此者？”王曰：“或室人忧病，听巫家厌禳[28]耳。”女彷徨不乐。家人潜窥香灭，又炷之。女忽叹曰：“君福泽良厚。我误害遐思而奔[29]子，诚我之过。我将与彼就质于冥曹[30]。君如不忘夙好，勿坏我皮囊[31]也。”逡巡下榻，仆地而死。烛之，狐也。犹恐其活，遽呼家人，剥其革而悬焉。

王病甚，见狐来曰：“我诉诸法曹[32]。法曹谓董君见色而动，死当其罪；但咎我不当惑人，追金丹[33]去，复令还生。皮囊何在？”曰：“家人不知，已脱之矣。”狐惨然曰：“余杀人多矣，今死已晚；然忍哉君乎！”恨恨而去。王病几危，半年乃瘥[34]。

校注

1 〔青州之西鄙〕青州府的最西边。青州，古九州之一，汉设州，元改路，明又改府，清因之，治所在今山东省青州市。

鄙，边鄙，边远之处。

2 〔炽炭〕将炭火烧旺。

3 〔篝灯〕原指灯笼。《宋史·陈彭年传》：“彭年幼好学，母惟一子，爱之，禁其夜读，彭年篝灯密室，不令母知。”此处为点灯。

4 〔扃（jiǒng 炯）户〕关门。扃，关闭。

5 〔太素脉〕据唐段成式《酉阳杂俎》前集七《医》载：“荆人道士王彦伯，天性善医，尤别脉，断人生死寿夭，百不差一。”据此可知唐朝末年已有此脉之说流传于世。清纪昀总裁之《四库全书》收《太素脉法》一书，《四库全书总目》中说：“此书不著撰人姓名，其书以诊脉辨人贵贱吉凶。原序称唐末有樵者于崆峒山石函中得此书。凡上下两卷，为仙人所遗。其说荒诞，盖术者所依托。”

6 〔臆决〕凭主观判断。韩愈《平淮西碑》：“大官臆决唱声，万口和附。”

7 〔未遑爇（ruò 若）火〕没来得及点灯。未遑，不暇。爇，点燃。

8 〔火之〕指点灯照看。

9 〔韶颜稚齿〕貌美而且年少。唐蒋防《霍小玉传》：“韶颜稚齿，饮恨而终。”

10 〔修然〕长长的。修，长。

11 〔不畏首而畏尾〕谓不害怕你的头面，但怕你的尾部。《左传·文公十七年》：“古人有言曰：‘畏首畏尾，身其余几。’”这里将此俗语化为谐语。

12 〔尾于何有〕什么地方有尾巴。

13 〔髀（bì 必）〕股，大腿。

14 〔尻（kāo 考平声）骨童童〕尾骨光秃秃，意为没有尾巴。尻，脊椎的末端。童童，光秃。

15 〔伊何〕是什么。伊，是。

16 〔适然〕偶然。《韩非子·显学》：“故有术之君，不随适然之善，而行必然之道。”

17 〔为文君〕即卓文君。《史记·司马相如列传》：临邛富翁卓王孙之女卓文君新寡，司马相如以琴心挑之，文君遂夜亡奔相如。后因称青年妇女新寡居为文君。

18 〔支离〕本指形态不全。《庄子·人间世》：“夫支离其形者，犹足以养其身，终其天年，又况支离其德者乎？”此指身体瘦削。苏轼《次韵王定国马上见寄》：“昨夜霜风入夹衣，晓来病骨更支离。”

19 〔怫然〕愤然的样子。

20 〔甫交睫〕刚闭眼。甫，刚。交睫，闭眼。

21 〔火守之〕点灯守候着他。

22 〔渠〕他。

23 〔辈〕据手稿本，原抄本为“日”。

24 〔迷罔病瘠（jí 急）〕神志恍惚，身体削瘦。迷罔，神志不清。

25 〔冥府〕迷信传说中，所谓的“阴间”地府。

26 〔勿室〕勿行房室事。

27 〔让〕责备。《左传·僖公二十四年》：“寺人披请见，公使让之，且辞焉。”据手稿本，原抄本为“嚷”。

28 〔厌禳（yāráng 压瓤）〕谓以巫术祈祷鬼神除灾降福，或者致灾祸于人，或降伏某物。唐薛能《黄蜀葵》诗：“记得玉人初病时，道家妆束厌禳时。”

29 〔奔〕指私奔。旧时多指女子私奔而就男子。

30 〔质于冥曹〕对质于阴曹地府。质，对质。冥曹，指阴间分科管理的官署。

31 〔皮囊〕即皮袋。佛教指人畜的肉体。

32 〔法曹〕指司法官署。韩愈《郑群赠簟》诗：“法曹贫贱君所易，腰腹空大何能为。”此指阴曹地府。

33 〔金丹〕即仙丹。此指内丹。详见卷一《耳中人》。

34 〔瘥（chài 虿）〕病愈。

贾儿

楚某翁，贾[1]于外。妇独居，梦与人交，醒而扪之，小丈夫[2]也。察其情，与人异，知为狐。未几，下床去，门未开而已逝矣。入暮，邀庖媪[3]伴焉。有子十岁，素别榻卧，亦招与俱。夜既深，媪儿皆寐，狐复来，妇喃喃如梦语。媪觉，呼之，狐遂去。自是，身忽忽若有亡[4]。至夜，不敢息烛，戒子睡勿熟。夜阑，儿及媪倚壁少寐。既醒，失妇，意其出遗[5]；久待不至，始疑。媪惧，不敢往觅；儿执火遍烛之，至他室，则母裸卧其中，近扶之，亦不羞缩。自是遂狂，歌哭叫詈，日万状，夜厌与人居，另榻寝儿，媪亦遣去。儿每闻母笑语，辄起火之，母反怒呵儿，儿亦不为意，因共壮儿胆[6]，然嬉戏无节，日效杇者[7]，以砖石叠窗上，止之不听。或去其一石，则滚地作娇啼，人无敢气触之。过数日，两窗尽塞，无少明。已乃和泥涂壁孔，终日营营，不惮其劳，涂已，无所作，遂把厨刀霍霍[8]磨之。见者皆憎其顽，不以人齿[9]。儿宵分[10]隐刀于怀，以瓢覆灯，伺母呓语，急启灯，杜门声喊，久之无异，乃离门扬言，诈作欲搜状。欻有一物，如狸，突奔门隙，急击之，仅断其尾，约二寸许，湿血犹滴。初，挑灯起，母便诟骂，儿若弗闻。击之不中，懊恨而寝。自念：虽不即戮，可以幸其不来。及明，视血迹，逾垣而去。迹之，入何氏园中。至夜果绝，儿窃喜，但母痴卧如死。

未几，贾人归，就榻问讯。妇嫚骂，视若仇。儿以状对。翁惊，延医药之。妇泻药[11]诟骂。潜以药入汤水杂饮之，数日渐安。父子俱喜。一夜睡醒，失妇所在，父子又觅得于别室。由是复颠，不欲与夫同室处。向夕，竟奔他室。挽之，骂益甚。翁无策，尽扃他扉。妇奔去，则门自辟。翁患之，驱禳备至，殊无少验。儿薄暮潜入何氏园，伏莽中，将以探狐所在。月初升，乍闻人语。暗拨蓬科[12]，见二人来饮，一长鬣奴[13]捧壶，衣老棕色。语[14]俱细隐，不甚可辨。移时，闻一人曰："明日可取白酒一瓶来。"顷之，俱去，惟长鬣独留，脱衣卧石上。审顾之，四肢皆如人，但尾垂后部。儿欲归，恐狐觉，遂终夜伏。未明，又闻二人以次复来，哝哝入竹丛中，儿乃归。翁问所往，答："宿阿伯家。"

适从父入市，见帽肆挂狐尾，乞翁市之。翁不顾，儿牵父衣，娇聒之。翁不忍过拂[15]，市焉。父贸易廛[16]中，儿戏弄其侧，乘父他顾，盗钱去，沽白酒，寄肆廊[17]。有舅氏城居，素业猎[18]。儿奔其家，舅他出。妗[19]诘母疾，答云："连日稍可[20]。又以耗子啮衣，怒涕不解，故遣我

賈兒
奏效何須
殺敵勞賈
兒聰慧善
驅狐撥心默
運奇謀出
只要安排
酒一壺

乞猎药耳。”妗捡柜中，出钱许，裹付儿，儿少之。妗欲作汤饼[21]啖儿，儿觑室无人，自发药裹，窃盈掬而怀之。乃趋告妗，俾勿举火[22]，“父待市中，不遑食也”。遂去，阴以药置酒中，遨游市上，抵暮方归。父问所在，托在舅家。

儿自是日，游廛肆间。一日，见长鬣人杂俦中[23]。儿审之确，阴缀系之[24]，渐与语，诘其里居，答言：“北村。”亦询儿，儿伪云：“山洞。”长鬣怪其洞居，儿笑曰：“我世居洞府，君固否耶？”其人益惊，便诘姓氏，儿曰：“我胡氏子。曾在何处，见君从两郎，顾忘之耶？”其人熟审之，若信若疑。儿微启下裳，少少露其假尾，曰：“我辈混迹人中，但此物犹存，为可恨耳。”其人问：“在市欲何为？”儿曰：“父遣我沽。”其人亦以沽告。儿问：“沽未？”曰：“吾侪[25]多贫，故常窃时多。”儿曰：“此役亦良苦，耽惊忧。”其人曰：“受主人遣，不得不尔。”因问：“主人伊谁？”曰：“即曩所见两郎兄弟也，一私北郭王氏妇，一宿东村某翁家。翁家儿大恶，被断尾，十日始瘥，今复往矣。”言已欲别，曰：“勿误我事。”儿曰：“窃之难，不若沽之易。我先沽寄廊下，敬[26]以相赠。我囊中尚有余钱，不愁沽也。”其人愧无以报，儿曰：“我本同类，何靳些须[27]？暇时，尚当与君痛饮耳。”遂与俱去，取酒授之，乃归。至夜，母竟安寝，不复奔。心知有异，告父同往验之，则两狐毙于亭上，一狐死于草中，喙津津尚有血出。酒瓶犹在，持而摇之，未尽也。父惊问："何不早告？"曰："此物最灵，一泄，则彼知之。"翁喜曰："我儿，讨狐之陈平[28]也。"于是父子荷狐归，见一狐秃尾，刀痕俨然。自是遂安。而妇瘠殊甚，心渐明了，但益之嗽，呕痰数升，寻卒。北郭王氏妇，向祟于狐，至是问之，则狐绝而病亦愈。翁由此奇儿，教之骑射，后贵至总戎[29]。

校注

1 〔贾（gǔ 古）〕经商。题中"贾"，意为商人。

2 〔小丈夫〕意为小男人。

3 〔庖媪（páoǎo 炮袄）〕做饭的妇人。庖，厨。

4 〔忽忽若有亡〕指精神恍惚，若有所失。司马迁《报任少卿书》："是以肠一日而九回，居则忽忽若有亡，出则不知其所往。"

5 〔出遗〕出外便溺。

6 〔共壮儿胆〕都夸贾儿胆壮。

7 〔杇（wū 污）者〕即泥瓦匠。杇，同"圬"，涂抹墙的工具，谓泥镘。《尔雅·释官》："镘，谓之杇。"

8 〔霍霍〕象声词，磨刀声。《木兰诗》："小弟闻姊来，磨刀霍霍向猪羊。"

9 〔不以人齿〕不齿于人。齿，等列。《左传·隐公十一年》："寡人若朝于薛，不敢与诸伍齿。"

10 〔宵分〕夜半。《魏书·崔楷传》："日昃忘餐，宵分废寝。"

11 〔泻药〕将药倒掉。

12 〔蓬科〕丛生的蓬草。蓬，蓬蒿。科，同“棵”。

13 〔长鬣奴〕长胡须的仆人。鬣，胡须。《左传·昭公七年》：“楚子享公于新台，使长鬣者相。”

14 〔语〕据手稿本，原抄本为“衣”。

15 〔拂〕逆、违背；指违其心愿。《诗经·大雅·皇矣》：“是伐是肆，是绝是忽，四方以无拂。”

16 〔廛〕原指公家所建供商人储存货物的房舍。《礼记·王制》：“市、廛而不税。”郑玄注：“廛，市物邸舍。”

17 〔肆廊〕指店铺的廊檐下。肆，市集贸易处。《论语·子张》：“百工居肆，以成其事。”

18 〔业猎〕以打猎为业。

19 〔妗（jìn 近）〕舅母。《集韵》：“俗谓舅母曰妗。”

20 〔连日稍可〕近日病情稍见好转。可，病稍愈。日，手稿本为“朝”。

21 〔汤饼〕汤煮的面食。晋束皙《饼赋》：“充虚解战，汤饼为最。”

22 〔举火〕指点火做饭。《庄子·让王》：“曾子居卫，三日不举火，十年不制衣。”

23 〔“见长鬣人杂俦中”句〕据手稿本，原抄本为“见长鬣人杂在人中”。

24 〔阴缀系之〕指暗暗地尾随着。

25 〔吾侪（chái 柴）〕我辈、我等。侪，辈。

26 〔敬〕淄博方言，意为特意、专门。

27 〔何靳些须〕怎么能吝啬这点东西。靳，吝、惜。些须，也作“些许”，少量、少许。

28 〔讨狐之陈平〕指善用智谋除去狐狸，如军事家陈平。陈平，汉初阳武人，少家贫，好黄老术，后佐刘邦以奇计平天下，封曲逆侯。

29 〔总戎〕总兵的别称。明清在边塞与其重镇设兵镇守，其重职武官，即叫总兵，也称总戎、总镇、镇台。

蛇　癖

予乡王蒲令之仆吕奉宁，性嗜蛇，每得小蛇，则全吞之，如啖葱状；大者以刀寸寸断之，始掬[1]以食，嚼之铮铮[2]，血水沾颐[3]。且善嗅，尝隔墙闻蛇香，急奔墙外，果得蛇盈尺，时无佩刀，先噬其头，尾尚蜿蜒于口际。

校注

1 〔掬〕以手捧。
2 〔铮铮〕象声词，多指金属相击声。此处指嚼食的清脆声。
3 〔颐〕两颊，腮。

陆判

陵阳[1]朱尔旦，字小明，性豪放，然素钝，学虽笃[2]，尚未知名。一日，文社[3]众饮，或戏之云："君有豪名，能深夜负十王殿[4]左廊下判官[5]来，众当醵[6]作筵。"盖陵阳有十王殿，神鬼皆木雕，妆饰如生。东庑[7]有立判，绿面赤须，貌尤狞恶。或夜闻两廊拷讯声，入者，毛皆森竖，故众以此难朱。朱笑起，径去。居无何，门外大呼曰："我请髯宗师[8]至矣！"众皆起。俄负判入，置几上，奉觞酬之三。众睹之，瑟缩不安于座，仍请负去。朱又把酒酹[9]地，祝曰："门生[10]狂率不文，大宗师谅不为怪。荒舍非遥，合乘兴来觅饮，幸勿为畛畦[11]。"乃负之去。

次日，众果招饮。抵暮，半醉而归，兴未阑，挑灯独酌，忽有人搴帘入，视之，则判官也。朱起曰："噫，吾殆将死矣！前夕冒渎[12]，今来加斧锁耶？"判启浓髯，微笑曰："非也。昨蒙高义[13]相订，夜偶暇，敬践达人[14]之约。"朱大悦，牵衣促坐，自起涤器爇火，判曰："天道温和，可以冷饮。"朱如命，置瓶案上，奔告家人治肴果。妻闻大骇，戒勿出。朱不听，立俟治具以出。易盏交酬，始询姓氏。曰：“我陆姓，无名字。”与谈古典，应答如响。问：“知制艺[15]否？”曰：“妍媸亦颇辨之。阴司诵读，与阳世略同。”陆豪饮，一举十觥。朱因竟日饮，遂不觉玉山倾颓[16]，伏几醺睡，比醒，则残烛昏黄，鬼客已去。自是三两日辄一来，情益洽，时抵足卧。朱献窗稿[17]，陆辄红勒[18]之，都言不佳。一夜，朱醉先寝，陆犹自酌。忽醉梦中觉脏腹微痛，醒而视之，则陆危坐床前，破腔出肠胃，条条整理。愕曰：“夙无仇怨，何以见杀？”陆笑云：“勿惧，我为君易慧心耳。”从容纳肠已，复合之，末以裹足布束朱腰。作用毕，视榻上亦无血迹，腹间觉少麻木。见陆置肉块几上，问之，曰：“此君心也。作文不快，知君之毛窍塞耳。适在冥间，于千万心中，拣得佳者一枚，为君易之，留此以补缺数。”乃起，掩扉去。天明解视，则创缝已合，有綖而赤者存焉。自是文思大进，过眼不忘。数日，又出文示陆，陆曰：“可矣。但君福薄，不能大显贵，乡科[19]而已。”问：“何时？”曰：“今岁必魁。”未几，科试冠军，秋闱果中经元[20]。

同社生素揶揄之，及见闱墨[21]，相视而惊，细询始知其异，共求朱先容[22]，愿纳交陆，陆诺之。众大设以待之。更初，陆至，赤髯生动，目炯炯如电，众茫乎无色，齿欲相击，渐引去。朱乃携陆归饮，既醺，朱曰：“湔肠伐胃[23]，受赐已多，尚有一事相烦，不知可否？”陆便请

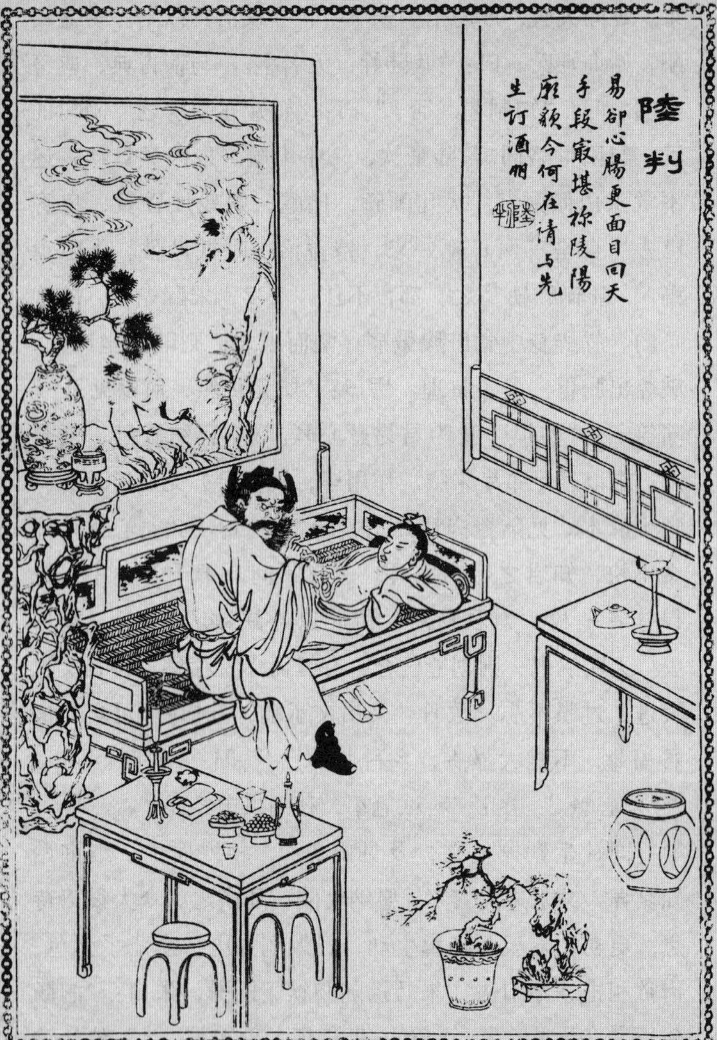
陸判
易卻心腸更面目同天
手段最堪稱陵陽
廊頴今何在請与先
生訂酒朋

命。朱曰："心肠可易，面目想亦可更[24]。山荆[25]，予结发人[26]，下体颇亦不恶，但头面不甚佳。欲烦君刀斧，如何？"陆笑曰："诺，容徐图之。"过数日，半夜来叩门。朱急起延入，烛之，见襟裹一物，诘之，曰："君曩所嘱，向艰物色。适得一美人首，敬报君命。"朱拨视，颈血犹湿。陆立促急入，勿惊禽犬。朱虑门户夜扃，陆至，以手推扉，扉自开。引至卧室，见夫人侧身眠。陆以头授朱抱之，自于靴中出白刃如匕首，按夫人项，著刀如切腐状，迎刃而解，首落枕畔，急于生怀取美人首合项上，详审端正，而后按捺，已而移枕塞肩际，命朱瘗首静所，乃去。朱妻醒，觉颈间微麻，面颊甲错[27]，搓之，得血片，甚骇，呼婢汲盥。婢见面血狼藉，惊绝，濯之，盆水尽赤，举首则面目全非，又骇极。夫人引镜自照，错愕不能自解。朱入告之，因反覆细视，则长眉掩鬓，笑靥承颧[28]，画中人也。解领验之，有红线一周，上下肉色，判然而异。

先是，吴侍御[29]有女甚美，未嫁而丧二夫，故十九犹未醮[30]也。上元游十王殿，时游人甚杂，内有无赖贼窥而艳之，遂阴访居里，乘夜梯入，穴寝门，杀一婢于床下，逼女与淫。女力拒声喊，贼怒，亦杀之。吴夫人微闻闹声，呼婢往视，见尸骇绝。举家尽起，停尸堂上，置首项侧，一门啼号，纷腾终夜。诘旦[31]启衾，则身在而失其首。遍挞侍女，谓所守不恪[32]，致葬犬腹。侍御告郡[33]，郡严限捕贼，三月而罪人弗得。渐有以朱家换头之异闻吴公者。吴疑之，遣媪探诸其家，入见夫人，骇走以告吴公。公视女尸故存，惊疑无以自决。猜朱以左道[34]杀女，往诘朱。朱曰："室人梦易其首，实不解其何故。谓仆杀之，则冤也。"吴不信，讼之。收家人鞫之，一如朱言，郡守不能决。朱归，求计于陆，陆曰："不难，当使伊女自言之。"吴夜梦女曰："儿为苏溪杨大年所贼[35]，无与朱孝廉[36]。彼不艳于其妻，陆判官取儿头与之易之，是儿身死而头生也，愿勿相仇。"醒告夫人，所梦同，乃言于官。问之，果有杨大年，执而械之，遂伏其罪。吴乃诣朱，请见夫人，由此为翁婿。乃以朱妻首合女尸而葬焉。

朱三入礼闱[37]，皆以场规被放[38]。于是灰心仕进[39]，积三十年。一夕，陆告曰："君寿不永矣。"问其期，对以五日。"能相救否？"曰："惟天所命，人何能私？且自达人观之，生死一耳，何必生之为乐，死之为悲？"朱以为然。即制衣衾棺椁；既竟，盛服而殁。翌日，夫人方扶柩哭，朱忽冉冉自外至，夫人惧，朱曰："我诚鬼，不异生时。虑尔寡母孤儿，殊恋恋耳。"夫人大恸，涕垂膺，朱依依慰解之。夫人曰："古有还魂之说，君既有灵，何不再生？"朱曰："天数不可违也。"问："在阴司作何务？"曰："陆判荐我督案务[40]，授有官爵，亦无所苦。"夫人欲再语，朱曰："陆公与我同来，可设酒馔。"趋而出。夫人依言营备。但闻室中笑饮，亮气高声，宛若生前。半夜窥之，窅然[41]已逝。自是三数日辄一来，时而留宿缱绻，家中事就便经纪。子玮方五岁，来辄提抱；至七八岁，则灯下教读。子亦慧，九岁能文，十五入邑庠，竟不知无父也。从此来渐疏，日月至焉[42]而已。又一夕来，谓夫人曰："今与卿永诀矣。"问："何往？"曰："承帝命为太华卿[43]，行将远赴，事烦途隔，故不能来。"母子持之哭，曰："勿尔！儿已成立，家计尚可存活，岂有百岁不拆之鸾凤耶！"顾子曰："好为人，勿堕父业。十年后一相见耳。"径出门去，于是遂绝。

后玮二十五举进士，官行人[44]。奉命祭西岳，道经华阴[45]，忽有舆从羽葆[46]，驰冲卤簿[47]，讶之，审视车中人，其父也。下马哭伏道左，父停舆曰："官声好，我瞑目矣。"玮伏不起。朱促舆行，疾驰不顾。去数步，回望，解佩刀遣人持赠，遥语曰："佩之则贵。"玮欲追从，见舆马人从，飘忽若风，瞬息不见，痛恨良久。抽刀视之，制极精工，镌字一行，曰："胆欲大而心欲小，智欲圆而行欲方[48]。"玮后官至司马[49]，生五子，曰沉，曰潜，曰沕，曰浑，曰深。一夕，梦父曰："佩刀宜赠浑也。"从之。浑仕为总宪[50]，有政声。

异史氏曰："断鹤续凫[51]，矫作者妄；移花接木[52]，创始者奇；而况加凿削于肝肠，施刀锥于颈项者哉！陆公者，可谓媸皮裹妍骨[53]矣。明季[54]至今，为岁[55]不远，陵阳陆公犹存乎？尚有灵焉否耶？为之执鞭[56]，所忻慕焉。"

校注

1 〔陵阳〕旧县名。汉所置县，晋改为广阳县。其县界有陵阳镇，旧县治在青阳县东南六十里。

2 〔笃〕专致，勤奋。

3 〔文社〕科举时代，秀才讲学习作的结社组织。

4 〔十王殿〕庙宇名，供奉十个阎王。中国佛教自唐末始有十王之说。十王，即主管地狱阎王的总称，也叫“十殿阎君”，略称“十王”：有秦广王、初江王、宋帝王、伍官王、阎罗王、变成王、泰山王、平等王、都市王、五道转轮王。

5 〔判官〕官名。在唐代是地方长官节度、观察、防御诸使的僚属。此指传说中辅佐阎王的冥官。该句，手稿本为“能深夜赴十王殿，负得左廊判官来”。

6 〔醵（jù 据）〕凑份饮酒。

7 〔东庑（wǔ 武）〕东廊。庑，指正房对面或两侧的配房。

8 〔宗师〕旧称受人尊崇的堪称为师表的人。《后汉书·朱浮传》：“寻博士之官，为天下宗师。”明、清称学使为“宗师”。此指前者。

9 〔酹（lèi 类）〕将酒浇在地下，祭祀鬼神。

10 〔门生〕科举时代，贡举之人以主考官为座主，而自称门生。

11 〔勿为畛畦（zhěnqí 诊齐）〕通作“畦畛”。意谓不要以人鬼而分彼此。畛畦，本是田间小路，引申为“界限”。宋梅尧臣《依韵酬永叔再示》：“贵贱交情古未有，胸中不欲置畛畦。”

12 〔冒渎〕冒犯、亵渎。唐元稹《上令狐相公诗启》：“词旨琐劣，冒渎尊严，俯伏刑书，不敢逃让。”

13 〔高义〕崇高的情义。《史记·魏公子列传》：“胜所以附为昏姻者，以公子之高义。”

14 〔达人〕达观、旷达知命之人。《文选·贾谊〈鹏鸟赋〉》：“达人大观兮，物无不可。”

15 〔制艺〕应举考试的文章。此指八股文。

16 〔玉山倾颓〕比喻文人饮酒醉倒的样子。《世说新语·容止》："山涛曰：'嵇叔夜之为人也，岩岩若孤松之独立，傀然若玉山之将崩。'"

17 〔窗稿〕亦称："窗课"。指读书人平日习作的文稿。读书人多在窗下为文，故称"窗稿"。

18 〔红勒〕批改文章时用朱笔删改。宋沈括《梦溪笔谈》九："嘉祐中，士人刘几，累为国学第一人，骤为怪险之语，学者翕然效之，遂成风俗。欧阳公（修）深恶之。会公主文，决意痛惩。……有一举人论曰：'天地轧，万物茁，圣人发。'公曰：'此必刘几也。'戏续之曰：'秀才刺，试官刷。'乃以大朱笔横抹之，自首至尾，谓'红勒帛'，判'大纰缪'字榜之。"

19 〔乡科〕乡试与省试的省词。详见卷一《叶生》注。

20 〔秋闱〕科举时代，乡试每三年于秋天农历八月举行，故称秋闱，亦称"秋试"。经元：亦称"经魁"，即乡试的前五名。明代乡试分五经（《易》、《书》、《诗》、《礼》、《春秋》）取士，规定每经所取第一名，称"魁首"，因亦称为"经元"；或乡试的前五名亦称之"经元"。后来虽然取消分五经取士的方法，但习惯上仍然把前五名叫"经元"。

21 〔闱墨〕清代乡试和会试之后，主考官从录取的试卷中选取优秀者，刊刻成册，供人观摩学习，叫"闱墨"。闱，旧称试院。

22 〔先容〕预选介绍的意思。《旧唐书·张行成传》："若行成者，朕自举之，无先容也。"

23 〔湔（jiān 煎）肠伐胃〕翻洗肠胃。湔，洗涤。伐，通"垡"。《三国志·魏志·华佗传》："病若在肠中，便断肠湔洗，缝腹膏摩，四五日差。"伐胃，剖洗胃。《五代史·周书·王仁裕传》："一夕，梦剖肠胃，引西江水以浣之，及寤，心意豁然。自是资性绝高。"

24 〔"心肠可易，面目想亦可更"句〕据手稿本，原抄本无。

25 〔山荆〕旧时贫寒士人对人称自己妻子的谦词。此出自东汉时人梁鸿妻孟光荆钗布裙的故事。

26 〔结发人〕指元配之妻。古时男子二十，女子十五，都将头发结起来，意即为成年人。所以习惯把原配妻称为“结发人”。《文选·江淹〈李都尉从军〉》：“而我在万里，结发不相见。”

27 〔甲错〕指皮肤皴裂如龟甲。甲，龟甲。错，磨刀石。

28 〔笑靥（yè 夜）承颧（quán 权）〕指女子笑时在口两旁显出的酒窝。笑靥，笑时两颊的酒窝。颧，颧骨。《文选·曹植〈洛神赋〉》：“明眸善睐，靥辅承权。”

29 〔侍御〕官名。御史的别称。

30 〔未醮〕指未出嫁。醮，古代婚礼时的饮酒礼节，后引申为婚嫁。《仪礼·士昏礼》：“庶妇，则使醮之，妇不馈。”注：“酒不酬酢曰醮。”元明以后多指再婚者。

31 〔诘旦〕第二天早晨。

32 〔不恪（kè 客）〕不慎。恪，恭敬、谨慎。

33 〔郡〕指州府衙门。

34 〔左道〕旁门邪道。旧时多指巫蛊邪术。《礼记·王制》：“执左道以乱政，杀。”注：“左道，若巫蛊及俗禁。”

35 〔贼〕杀害。《左传·宣公二年》：“（赵）宣子骤谏，公患之，使钼麑贼之。”原抄本为“弑”，据手稿本改。

36 〔无与朱孝廉〕与朱孝廉无关。

37 〔礼闱〕指会试。会试例由礼部主持，故亦称“礼闱”。

38 〔以场规被放〕由于违犯考场的规则而被逐出考场或取消考试资格。科举时代，考场的规则很多，挟带文书入场或亲族任考官而不回避，题字错落、字迹真草不全，越幅、曳白、涂抹太甚，以及行文不避皇帝和孔子名讳等，皆为触犯场规。此处为指后者。放，驱逐。

39 〔仕进〕指进身为官。《后汉书·崔骃传》：“少游太学，与班固傅毅同时齐名，常以典籍为业，未遑仕进之事。”

40 〔督案务〕督察案牍事务。督，督察。案，案牍。

41 〔窅（yǎo 咬）然〕深远貌。《庄子·知北游》："夫道窅然难言哉，将为汝言其崖略。"

42 〔日月至焉〕比喻偶然来一次。《论语·雍也》："回也其心三月不违仁，其余则日月至焉而已矣。"朱熹注："日月至焉者，或日一至焉，或月一至焉。"

43 〔太华卿〕华山山神。太华，即西岳华山，在今陕西省华阴市东南，因其西有少华山，故称"太华"。许浑《秋日赴阙题潼关驿楼》："残云归太华，疏雨过中条。"

44 〔行人〕官名。掌管朝觐聘问的官。《周礼·秋官》有"行人"。春秋战国时各国都设此官。明代设行人司，复有行人之官，掌传旨、册封、抚谕等事。《周礼·秋官·讶士》："邦有宾客，则与行人送逆之。"

45 〔华阴〕县名。今属陕西省。

46 〔羽葆〕以鸟羽为饰的仪仗。《礼记·杂记》："匠人执羽葆御柩。"疏："羽葆者，以鸟羽注于柄头，如盖，谓之羽葆。葆，谓盖也。"

47 〔卤簿〕古代帝王、官员出行时的仪仗队。蔡邕《独断》："天子出，车驾次第，谓之卤簿。"秦汉以来，后妃、太子、王公、大臣出行，皆有卤簿，各有定制。后泛指仪仗。卤，大甲盾。兵卫以甲盾为前导，皆著之于簿，故曰"卤簿"。

48 〔"胆欲大"二句〕说人为事要果断，但思考要周密；智谋要圆通，而自己的行为要方正。语出《旧唐书·孙思邈传》。《淮南子·主术》："心欲小而志欲大，智欲圆而行欲方。"

49 〔司马〕官名。古代宫廷中掌管全国军队大权的官员。汉武帝时废除太尉设置大司马，掌握宫廷实权。明、清用为兵部尚书的别称，侍郎称少司马。后世，有时称府同知为司马。

50 〔总宪〕明、清都察院以都御史为其长，尊称总宪。

51 〔断鹤续凫〕意为鹤胫长而把它截短，凫（野鸭）胫短而把它接长。《庄子·骈拇》："凫胫虽短，续之则忧；鹤胫虽长，断之则悲。"

52 〔移花接木〕即说将一种花木嫁接到另一种花木上。比喻巧用手段互易以处理人事。《异人全录》："张茂卿园中有楼，接牡丹于椿树之杪，延客登楼赏之。"

53 〔媸（chī 吃）皮裹妍骨〕喻长相丑陋而心灵美好。"媸皮裹妍骨"之语，是由"妍皮不裹媸骨"转化而来。《晋书·慕容超载记》："超自以诸父在东，恐为姚氏所录，乃阳狂行乞。秦人贱之，惟姚绍见而异焉，劝（姚）兴拘以爵位。召见与语，超深自晦匿，兴大鄙之，谓绍曰：'谚云：妍皮不裹媸骨，妄语耳。'"媸，丑陋。妍，美好。

54 〔明季〕明朝末年。

55 〔为岁〕为时。岁，指时间。

56 〔为之执鞭〕把鞭赶车；意为表示敬慕。《史记·管晏列传》："假令晏子而在，吾虽为之执鞭，所忻慕焉。"

聂小倩

宁采臣，浙人，性慷爽，廉隅自重[1]，每对人言："生平无二色[2]。"适赴金华[3]，至北郭，解装兰若[4]。寺中殿塔壮丽，然蓬蒿没人，似绝行踪。东西僧舍，双扉虚掩，惟南一小舍，扃键如新。又顾殿东隅，修竹拱把[5]；阶下有巨池，野藕已花，意甚乐其幽杳。会学使案临[6]，城舍价昂，思便留止，遂散步以待僧归。日暮，有士人来启南扉，宁趋为礼，且告以意。士人曰："此间无房主，仆亦侨居。能甘荒落，旦暮惠教，幸甚。"宁喜，藉藁[7]代床，支板作几，为久客计。是夜，月明高洁，清光似水，二人促膝[8]殿廊，各展姓字[9]。士人自言："燕姓，字赤霞。"宁疑为赴试者，而听其音声，殊不类浙。诘之，自言："秦[10]人。"语甚朴诚。既而相对词竭，遂拱别归寝。

宁以新居，久不成寐。闻舍北喁喁[11]，如有家口，起伏北壁石窗下，微窥之，见短墙外一小院落，有妇可四十余；又一媪衣𬙊绯[12]，插蓬沓[13]，鲐背[14]龙钟，偶语[15]月下。妇曰："小倩何久不来？"媪云："殆好[16]至矣。"妇曰："将无向姥姥有怨言否？"曰："不闻，但意似蹙蹙。"妇曰："婢子不宜好相识[17]。"言未已，有一十七八女子来，仿佛艳绝。媪笑曰："背地[18]不言人，我两个正谈道，小妖婢悄来无迹响。幸不訾着短处。"又曰："小娘子端好是画中人，遮莫[19]老身是男子，也被摄魂去。"女曰："姥姥不相誉，更阿谁道好？"妇人女子又不知何言。宁意其邻人眷口，寝不复听。又许时，始寂无声。方将睡去，觉有人至寝所，急起审顾，则北院女子也。惊问之，女笑曰："月夜不寐，愿修燕好[20]。"宁正容曰："卿防物议[21]，我畏人言，略一失足，廉耻道丧。"女云："夜无知者。"宁又咄之，女逡巡若复有词。宁叱："速去！不然，当呼南舍生知。"女惧，乃退，至户外忽返，以黄金一锭置褥上，宁掇掷庭墀，曰："非义之物，污我囊橐！"女惭，出，拾金自言曰："此汉当是铁石。"

诘旦，有兰溪[22]生携一仆来候试，寓于东厢，至夜暴亡，足心有小孔，如锥刺者，细细有血出，俱莫知故。经宿，一仆死[23]，症也如之。向晚，燕生归，宁质之，燕以为魅，宁素抗直，颇不在意。宵分[24]，女子复至，谓宁曰："妾阅人多矣，未有刚肠如君者。君诚圣贤，妾不敢欺。倩，姓聂氏，十八夭殂，葬于寺侧，被妖物威胁，历役贱务，腆颜向人，实非所乐。今寺中无可杀者，恐当以夜叉[25]来。"宁骇求计，女曰："与燕生[26]同室可免。"问："何不惑？"曰："彼奇人也，不敢近。"又问："何以迷人?”曰:“狎昵我者,隐以锥刺其足,彼即茫若迷,因摄血以供妖饮;又或以金,非金也,乃罗刹[27]鬼骨,留之能截取人心肝;二者,凡以投时好耳。”宁感谢,问戒备之期,答以明宵。临别泣曰:“妾堕玄海[28],求岸不得。郎君义气干云[29],必能拔生救苦。倘肯囊妾朽骨,归葬安宅[30],不啻再造。”宁毅然诺之,因问葬处,曰:“但记取白杨之上,有乌巢者是也。”言已出门,纷然而灭。明日,恐燕他出,早诣邀致,辰后具酒馔,留意察燕。既约同宿,辞以性癖耽寂,宁不听,强携卧具来。燕不得已,移榻从之,嘱曰:“仆知足下丈夫,倾风[31]良切,要[32]有微衷,难以遽白,幸无翻窥箧襆,违之两俱不利。”宁谨受教。既而各寝,燕以箱箧置窗上,就枕移时,齁如雷吼。宁不能寐。近一更时,窗外隐隐有人影,俄而近窗来窥,目光睒闪。宁惧,方欲呼燕,忽有物裂箧而出,耀若匹练,触折窗上石棂,欻然一射,即遽敛入,宛如电灭。燕觉而起,宁伪睡以觇之。燕捧箧检征,取一物,对月嗅视,白光晶莹,长可二寸,径韭叶许。已而数重包固,仍置破箧中,自语曰:“何物老魅,直尔大胆,致坏箧子。”遂复卧。宁大奇之,因起问之,且告以所见,燕曰:“既相知爱,何敢深隐。我,剑客也。若非石棂,妖当立毙;虽然,亦伤。”问:“所缄何物?”曰:“剑也。适嗅之,有妖气。”宁欲观之。慨出相示,荧荧然一小剑也。于是益厚重燕。明日,视窗外,有血迹,遂出寺北,见荒坟累累，果有白杨，乌巢其颠。迨营谋既就，趋装欲归。燕生设祖帐[33]，情义殷渥，以破革囊赠宁，曰："此剑袋也。宝藏可远魑魅。"宁欲从授其术，曰："如君信义刚直，可以为此。然君犹富贵中人，非此道中人也。"宁乃托有妹葬此，发掘女骨，敛以衣衾，赁舟而归。宁斋临野，因营坟葬诸斋外，祭而祝曰："怜卿孤魂，葬近蜗居，歌哭相闻，庶不见凌于雄鬼。一瓯浆水饮，殊不清旨，幸不为嫌！"祝毕而返。后有人呼曰："缓待同行！"回顾，则小倩也。欢喜谢曰："君信义，十死不足以报。请从归，拜识姑嫜[34]，媵御无悔[35]。"审谛之，肌映流霞，足翘细笋，白昼端相，娇艳尤绝，遂与俱至斋中。嘱坐少待，先入白母，母愕然。时宁妻久病，母戒勿言，恐所骇惊。言次，女已翩然入，拜伏地下。宁曰："此小倩也。"母惊顾不遑。女谓母曰："儿飘然一身，远父母兄弟。蒙公子露覆[36]，泽被发肤[37]，愿执箕帚，以报高义。"母见其绰约可爱，始敢与言，曰："小娘子惠顾吾儿，老身喜不可已。但生平止此儿，用承祧绪[38]，不敢令有鬼偶。"女曰："儿实无二心。泉下人既不见信于老母，请以兄事，依高堂[39]，奉晨昏[40]，如何？"母怜其诚，允之。即欲拜嫂，母辞以疾，乃止。女即入厨下，代母尸饔[41]，入房穿榻，似熟居者。日暮，母畏惧之，辞使归寝，不为设床褥。女窥知母意，即竟去，过斋欲入，却退，徘徊户外，似有所惧。生呼之，女曰："室有剑气畏人。向道途之不奉见者，良以此故。”宁悟为革囊，取悬他室。女乃入，就烛下坐，移时，殊不一语。久之，问：“夜读否？妾少诵《楞严经》[42]，今强半遗忘。浼求一卷，夜暇，就兄正之。”宁诺。又坐，默然，二更向尽，不言去，宁促之，愀然曰：“异域孤魂，殊怯荒墓。”宁曰：“斋中别无床寝，且兄妹亦宜远嫌。”女起，眉颦蹙而欲啼，足恇儴[43]而懒步，从容出门，涉阶而没。宁窃怜之，欲留宿别榻，又惧母嗔。女朝旦朝母，捧匜沃盥[44]，下堂操作，无不曲承母志。黄昏告退，辄过斋头，就烛诵经，觉宁将寝，始惨然去。

先是，宁妻病废，母劬不堪；自得女，逸甚，心德之。日渐稔，亲爱如己出，竟忘其为鬼，不忍晚令去，留与同卧起。女初来未尝饮食，半年渐啜稀饱[45]。母子皆溺爱之，讳言其鬼，人亦不之辨也。无何，宁妻亡，母阴有纳女意，然恐于子不利。女微窥之，乘间告母，曰：“居年余，当知儿肝膈。为不欲祸行人，故从郎君来，区区无他意，止以公子光明磊落，为天人所钦瞩[46]，实欲依赞[47]三数年，借博封诰[48]，以光泉壤。”母亦知无恶，但惧不能延宗嗣。女曰：“子女惟天所授。郎君注福籍[49]，有亢宗子[50]三，不以鬼妻而遂夺也。”母信之，与子议，宁喜，因列筵告戚党。或请觌新妇，女慨然华妆出，一堂尽眙[51]，反不疑其鬼，疑为仙。由是五党[52]诸内眷，咸执贽[53]以贺，争拜识之。女善画兰梅，辄以尺幅酬答，得者藏什袭以为荣。一日，俯颈窗前，怊怅[54]若失。忽问：

“革囊何在？”曰：“以卿畏之，故缄置他所。”曰：“妾受生气已久，当不复畏，宜取挂床头。”宁诘其意，曰：“三日来，心怔忡无停息，意金华妖物，恨妾远遁，恐旦晚寻及也。”宁果携革囊来，女反覆审视，曰：“此剑仙将盛人头者也。敝败至此，不知杀人几何许！妾今日视之，肌犹粟慄。”乃悬之。次日，又命移悬户上。夜对烛坐，约宁勿寝。欻有一物如飞鸟至，女惊匿夹幕[55]间。宁视之，物如夜叉状，电目血舌，睒闪攫拿而前，至门却步，逡巡久之，渐近革囊，以爪摘取，似将抓裂。囊忽格然一响，大可合篑[56]；恍惚有鬼物，突出半身，揪夜叉入，声遂寂然，囊亦顿缩如故。宁骇绝，女亦出，大喜曰：“无恙矣！”共视囊中，清水数斗而已。后数年，宁果登进士，举一男，纳妾后，又各生一男，皆仕进有声[57]。

校注

1 〔廉隅自重〕指品行端正，对自己要求严格。廉隅，物体的棱角，比喻行为方正。《礼记·儒行》：“近文章，砥厉廉隅。”

2 〔无二色〕即“不二色”。指男子不娶妾，无外遇。色，女色。

3 〔金华〕明清府名，亦县名。其治在今浙江金华市。

4 〔兰若〕佛教寺庙。梵文“阿兰若”的略语。原为比丘习静修行之所，后来泛指一般佛寺。

5 〔拱把〕比喻树木枝干粗细不等，此指修竹丛生。《孟子·告子上》：“拱把之桐梓，人苟欲生之，皆知所以养之者。”赵岐注：“拱，合两手也；把，以一手把之也。”此指一把粗。

6 〔案临〕科举时代，各省学使在三年的任期内，要赴所辖各府举行岁试和科试各一次，叫作“案临”，亦称“按临”。按规定，当举行岁试、科试时，外县秀才都要云集府城与试。

7 〔藉藁〕即把秸草铺在地上，坐卧于草上。《汉书·元后传》：“车骑将军（王）音，藉稿待罪。”（稿，同“藁”。）

8 〔促膝〕相对坐时，膝与膝相靠。《抱朴子·疾谬》：“促膝之狭坐，交杯觞于咫尺。”

9 〔展姓字〕陈述自己的姓名。字，表字，正名以外的别名。展，陈述。《左传·哀公二十年》：“今君在难，无恤不敢展布之。”

10 〔秦〕陕西为春秋时秦国故地，故陕西称秦。

11 〔喁喁（yúyú 余余）〕低语声。扬雄《太玄经》：“蛁鸣喁喁，血出其口。”

12 〔衣黦绯（yèfēi 页非）〕穿着一件褪色的红衣服。衣，用作动词。黦，变色，褪色。绯，红帛。

13 〔蓬沓〕首饰名，即银栉。苏轼《於潜令刁同年野翁亭》诗：“溪女笑时银栉低。”自注：“於潜妇女皆插大银栉，长尺许，谓之蓬沓。”於潜，旧县名。其治在今浙江杭州西。

14 〔鲐（tái 台）背〕谓年老人背上生斑纹如鲐鱼之纹，言其高寿。《尔雅·释诂上》“鲐背”郭璞注：“鲐背，背皮如鲐鱼。”宋梅尧臣《元日》诗：“举杯更献酬，各尔祝鲐背。”

15 〔偶语〕相对而语。《史记·秦始皇本纪》：“有敢偶语诗书者，弃市。”

16 〔殆好〕淄博方言，快要、将要。亦作“待好”。

17 〔好相识〕客气对待。

18 〔背地〕据青柯亭本，原抄本与手稿本皆为“齐地”。

19 〔遮莫〕倘是。董解元《西厢记》：“休道你姐姐，遮莫是石头人也心动。”

20 〔燕好〕指闺房夫妻之好。《左传·昭公二十六年》：“二三君以君命贶起，赋不出郑志，皆昵燕好也。”

21 〔物议〕众人的议论。《南齐书·王俭传》：“少有宰相之志，物议咸相推许。”

22 〔兰溪〕旧县名，唐设，1958年改市。在浙江省金华市西北部。

23 〔一仆死〕手稿本为“仆一死”。据文义疑为“仆亦死”。

24 〔宵分〕夜半。《魏书·崔楷传》：“日昃忘餐，宵分废寝。”

25 〔夜叉〕佛经中所说的一种形象极凶的恶鬼，又译作“野叉”。

26 〔燕生〕据手稿本，原抄本无。

27 〔罗刹〕梵文的译音，亦译成“罗刹婆”、“罗叉娑”。佛经所载为印度神话中的恶魔。慧琳《一切经音义》卷二十五：“罗刹此云恶鬼也，食人血肉，或飞空或地行，捷疾可畏也。”

28 〔玄海〕佛教名词，指黑色的海，即苦海。

29 〔干云〕高触云霄。

30 〔安宅〕安适的住所。《诗经·小雅·鸿雁》：“虽则劬劳，其究安宅。”这里指安静的墓穴。

31 〔倾风〕仰慕、倾倒。《文选·颜延之〈皇太子释奠会诗〉》：“庄士倾风，万流仰镜。”

32 〔要〕总之。

33 〔祖帐〕为出行者饯别的筵席所设帐幕，即送行。祖，祭名，出行前祭路神。鲍照《数》诗：“六乐陈广坐，祖帐扬春风。”

34 〔姑嫜〕同“姑舅”，俗称公婆。

35 〔媵（yìng映）御无悔〕即情愿作小妾。媵御，侍妾。唐沈亚之《湘中怨词》：“生曰：‘能从我归之乎？’女应曰：‘婢御无悔。’”

36 〔露覆〕同“覆露”，庇护。《国语·晋语六》：“智子之道善矣，是先主覆露子也。”

37 〔泽被发肤〕谓恩惠施于我全身。被，覆盖。《孝经·开宗名义》：“身体发肤，受之父母。不敢毁伤，孝之始也。”发肤，指全身。

38 〔承祧（tiāo 佻）绪〕继承祖宗的余绪，即传宗接代。祧绪，祖宗的余绪。祧，远祖庙。

39 〔高堂〕指父母。

40 〔奉晨昏〕指对父母的侍奉。《礼记·曲礼上》：“冬温而夏凊，昏定而晨省。”

41 〔尸饔（yōng 拥）〕谓主持饮食。《诗经·小雅·祈父》：“胡转予于恤，有母之尸饔。”尸，主持。饔，熟食。

42 〔《楞（léng 棱）严经》〕佛经名，全称为《大佛顶如来密因修证了义诸菩萨万行首楞严经》，十卷。阐述心性本体，属大乘秘密部。

43 〔俇儴〕慌遽不安的样子。亦作“俇攘”、“恇攘”、“劻勷”。

44 〔捧匜（yí 夷）沃盥（guàn 灌）〕捧匜供人盥洗。《左传·僖公二十三年》：“秦伯纳女五人，怀嬴与焉。奉匜沃盥，既而挥之。”匜，洗手盛水器。沃盥，把匜中水向手上倒浇洗，而下有承盘。

45 〔饰（yǐ 椅）〕用油和稻米粉制成的粥状食品，亦指粥。《新唐书·礼乐志二》：“中祀之笾无糗饵，粉餈，豆无饰食、糁食。”

46 〔钦瞩〕敬仰、重视。

47 〔依赞〕同“翼赞”，襄助。《三国志·蜀志·董允传》：“允内侍历年，翼赞王室，宜赐爵士，以褒勋劳。”

48 〔封诰〕明、清两朝一至五品官员，经过考绩可以得到封诰的荣典。此主要指皇帝推恩于下属官员自己的父母、祖父母、曾祖父母和妻。封号一般按本人的品级授予。存者用“封”，死者用“赠”。五品以上授予“诰命”，六品以下都授予“敕命”。通常称“封赠”、“封诰”。此为因丈夫得官，妻子受封。

49 〔注福籍〕指命中注定的福，已载入天上的簿子中。注，载人。福籍，迷信的宿命论说法，记载人间福禄的簿子。

50 〔亢宗子〕指光宗耀祖之子。亢宗，庇护宗族。《左传·昭公元年》："吉不能亢身，焉能亢宗。"

51 〔眙（chì 赤）〕惊诧而视。《文选·王延寿〈鲁灵光殿赋〉》："观艺于鲁，睹斯而眙。"

52 〔五党〕一般谓"三党"，指有血缘关系的三族亲属，即父党、母党、妻党。其"五党"之说未见其他典籍。据王利器《颜氏家训集解·风操篇》"中外丈人之妇，猥俗呼为丈母"注引，吴承仕曰："母之父母为外祖父母，此母党也；妻之父为外舅，此妻党也；姑之子为外兄弟，此姑之党也；女子子之子为外孙，此女子子之党也。"此共为"四党"，若再加未言之"父党"则为"五党"。

53 〔贽〕古代拜会时所持的礼品。《左传·庄公二十四年》："男贽，大者玉帛，小者禽鸟，以章物也。"

54 〔怊（chāo 抄）怅〕惆怅失意的样子。《文选·宋玉〈高唐赋〉》："悠悠忽忽，怊怅自失。"

55 〔夹幕〕指帷幔的深处。唐曹邺《梅妃传》："上披衣抱妃夹幕间。"

56 〔大可合蒉（kuì 愧）〕大小约有两筐土那么大。蒉，盛土的竹筐。

57 〔仕进有声〕指进身为官，在政界有很好的声誉。

义 鼠

杨天一言，见二鼠出，其一为蛇吞，其一瞪目如椒[1]，意似甚恨怒，然遥望不敢前。蛇果腹[2]，蜿蜒入穴；方将过半，鼠奔来，力嚼其尾。蛇怒，退身出，鼠故便捷，欻然遁去，蛇追不及而返。及入穴，鼠又来嚼如前状。蛇入则来，蛇出则往，如是者久。蛇出，吐死鼠于地上。鼠来嗅之，啾啾如悼息[3]，衔之而去。友人张历友[4]作《义鼠行》。

校注

1 〔瞪目如椒〕指两眼瞪得如圆圆的花椒黑粒。

2 〔果腹〕吃饱、满腹。《庄子 · 逍遥游》："适莽苍者，三餐而反，腹犹果然。"

3 〔悼息〕悲伤的样子。

4 〔张历友〕名笃庆，字历友，号厚斋，又号昆仑山人。淄川人。张绂之子，康熙二十五年丙寅（1686）贡生。博极群书，十七岁与蒲松龄等诸友人结郢中诗社。曾应博学宏词科考，但终生未第，晚年退居淄川昆仑山下。著有《昆仑山房集》等。集中载《义鼠行》诗：“莫吟黄鹄歌，不唱猛虎行。请为歌义鼠，义鼠令人惊！今年禾未熟，野田多鼯鼪。荒村无余食，物微亦惜生。一鼠方觅食，避人草间行。饥蛇从东来，巨颡盗以盈。鼠肝一以尽，蛇腹胀膨亨。行者为叹息，徘徊激深情。何期来义鼠，见此大义明。意气一为动，勇力忽交并。狐兔悲同类，奋身起斗争。螳臂当车轮，怒蛙亦峥嵘。此鼠义且黠，捐躯在所轻。蝮蛇入石窟，蜿蜒正纵横。此鼠啮其尾，掉击互訇訇。观者塞路隅，移时力犹勍。蝮蛇不得志，窜伏水苴中。义鼠兹逝去，垂此壮烈声。”

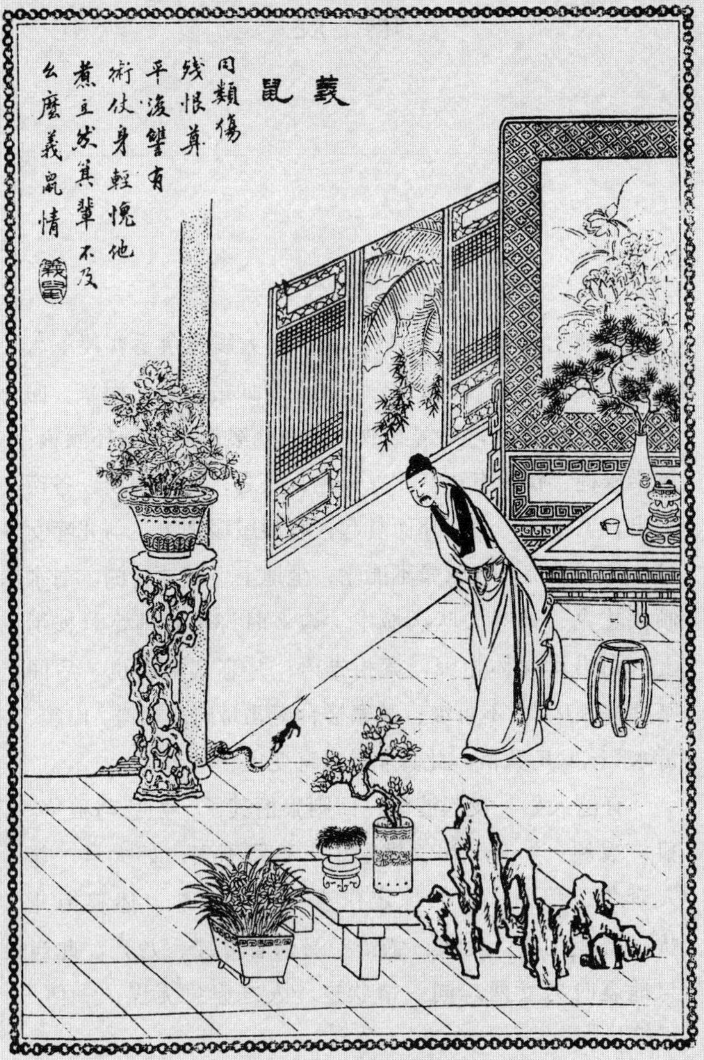
義鼠
同類傷
殘恨莫
平復讐有
術仗身輕愧他
煮豆然萁輩不及
幺麼義鼠情

地　震

康熙七年六月十七日戌刻[1]，地大震。余适客稷下[2]，方与表兄李笃之[3]对烛饮，忽闻有声如雷，自东南来，向西北去。众骇异，不解其故。俄而几案摆簸，酒杯倾覆；屋梁椽柱，错折有声。相顾失色，久之，方知地震，各疾趋出，见楼阁房舍，仆而复起；墙倾屋塌之声，与儿啼女号，喧如鼎沸。人眩晕不能立，坐地上，随地转侧。河水倾泼丈余，鸭鸣犬吠满城中。逾一时许，始稍定。视街上，则男女裸体相聚，竞相告语，并忘其未衣也。后闻某处井倾仄[4]，不可汲；某家楼台南北易向；栖霞[5]山裂，沂水[6]陷穴广数亩。此真非常之奇变也。

有邑人妇，夜起溲溺，回则狼衔其子，妇急与狼争。狼一缓颊，妇夺儿出，携抱中。狼蹲不去。妇大号。邻人奔集，狼乃去。妇惊定作喜，指天画地，述狼衔儿状，已夺儿状。良久，忽悟一身未着寸缕，乃奔。此当与地震时男女两忘同一情状也。人之惶急无谋，一何[7]可笑！

地震
井傾山裂瘦
非常稷下停
驂牝犇鶴絶
似々史官書地震
編年紀月李尤詳

校注

1 〔康熙七年〕即公元1668年。康熙，即清圣祖玄烨的年号。戌刻：晚七时到九时。

2 〔稷（jì记）下〕地名。山东省有两处历称“稷下”或“稷门”。《史记·田敬仲完世家》集解引刘向《别录》曰：“齐有稷门，城门也。谈说之士会于稷下也。”此指齐国都会临淄。后世因山东为齐之故地，故亦称省会济南为稷下或稷门。但该文所指之“稷下”实山东省旧长山县（该县，现已撤销，大部版图划归邹平县）。其史料依据：查民国续修《临淄县志·灾祥》，康熙七年（1668）并无地震发生的记载，而嘉庆辛酉重修《长山县志》，在《灾祥》中却明明白白地记载有：“（康熙）七年六月十七日戌时，地震。”与该文中作者所记录的时间完全相同；《淄川县志》载：“康熙七年六月十七日戌刻，地大震。”亦与《长山县志》、《地震》中所记完全相符。其二，《地震》中所提李笃之，《长山县志》卷六《举人》载：“李笃之，崇祯丙子科，重熙子，封文林郎。”《长山县志》卷六《貤封》载：“李笃之，以子斯恒贵，赠文林郎，盂县知县。”所以，文中所言之“稷下”，当指长山县。为什么作者这样称之呢？因为长山县与临淄县是邻县。长山县“东至青州府临淄县界四十里”（见《长山县志·疆域》），旧长山县的一部分亦属临淄县范围内的一部分。故作者在这里泛称为“稷下”。

3 〔李笃之〕旧长山县人，崇祯九年丙子（1636）举人。

4 〔倾仄〕倾斜。

5 〔栖霞〕县名。在今山东省东部。

6 〔沂水〕县名。在今山东省东南部。

7 〔一何〕何其，多么。《文选·〈古诗十九首〉之五》：“上有弦歌声，音响一何悲。”

海公子

东海古迹岛，有五色耐冬花，四时不凋，而岛中古无居人，人亦罕到之。登州[1]张生，好奇，喜游猎，闻其佳胜，备酒食，自掉[2]扁舟而往。至则花正繁，香闻数里，树有大至十余围[3]者。反复留连，甚慊[4]所好，开尊自酌，恨无同游。忽花中一丽人来，红裳炫目，略无伦比，见张，笑曰："妾自谓兴致不凡，不图先有同调[5]。"张惊问："何人？"曰："我胶娼[6]也，适从海公子来。彼寻胜翱翔，妾以艰于步履[7]，故留此耳。"张方苦寂，得美人，大悦，招坐共饮。女言词温婉，荡人心志。张爱好之，恐海公子来，不得尽欢，因挽与乱，女忻从之。相狎未已，忽闻风肃肃，草木偃折[8]有声，女急推张起，曰："海公子至矣。"张束衣愕顾，女已失去，旋见一大蛇，自丛树中出，粗于巨桶。张惧，障身大树后，冀蛇不睹，蛇近前，以身绕人并树，纠缠数匝[9]，两臂直束胯间，不可少屈。昂其首，以舌刺张鼻，鼻血下注，流地上成洼，乃俯就饮之。张自分必死，忽忆腰中佩荷囊[10]内有毒狐药，因以二指夹出，破裹堆掌中；又侧颈自顾其掌，令血滴药上，顷刻盈把。蛇果就掌吸饮，饮未及尽，遽伸其体，摆尾若霹雳声，触树，树半体崩落，蛇卧地如梁而毙矣。张亦眩莫能起，移时方苏，载蛇而归，大病月余。疑女子亦蛇精也。

校注

1 〔登州〕旧府名。治所在今之山东省蓬莱县。
2 〔掉〕通"棹"。划船的桨。
3 〔围〕一般以两手合抱，作一围。
4 〔慊（qiè 怯）〕惬意，满足。《孟子·公孙丑上》："行有不慊于心，则馁矣。"
5 〔不图〕没想到。同调，志趣相同。《文选·谢灵运〈七里濑〉诗》："谁谓古今殊，异代可同调。"
6 〔胶娼〕指为胶州娼妓。胶，胶州，州名，其治在今之山东省青岛市胶县（现已列为县级市）。
7 〔艰于步履〕指步行艰难。步履，步行。
8 〔偃折〕折断，伏倒。偃，倒下。
9 〔数匝〕数周、数圈。
10 〔囊〕据手稿本，原抄本无此字。

丁前溪

丁前溪，诸城[1]人，富有钱谷，游侠[2]好义，慕郭解[3]之为人。御史行台按[4]访之。丁亡去，至安丘[5]，遇雨，避身逆旅[6]。雨日中不止。有少年来，馆谷[7]丰隆，既而昏暮，止宿其家，莝豆[8]饲畜，给食周至。问其姓字，少年云："主人杨姓，我其内侄也。主人好交游，适他出，家惟娘子在。贫不能厚客给，幸能垂谅。"问："主人何业？"则家无资产，惟日设博场，以谋升斗。次日，雨仍不止，供给弗懈。至暮，剉刍[9]，刍束湿，颇极参差。丁怪之，少年曰："实告客：家贫无以饲畜，适娘子撤屋上茅耳。"丁益异之，谓其意在得直。天明，付之金，不受，强付，少年持入。俄出，仍以返客，云："娘子言：我非业此猎食者[10]。主人在外，尝数日不携一钱，客至吾家，何遂索偿乎？"丁赞叹而别，嘱曰："我诸城丁某，主人归，宜告之，暇幸见顾。"数年无耗。

值岁大饥，杨困甚，无所为计，妻漫劝[11]诣丁，从之。至诸，通姓名于门者[12]。丁茫不忆，申言[13]始忆之，蹁履而出[14]，揖客入。见其衣敝踵决[15]，居之温室，设筵相款，宠礼异常。明日，为制冠服，表里温暖。杨义之，而内顾[16]增忧，褊心不能无少望[17]。居数日，殊不言赠别，杨意甚急，告丁曰："顾不敢隐，仆来时，米不满升，今过蒙推解[18]，固乐，妻子如何矣！"丁曰："是无烦虑，已代经纪矣。幸舒意少留，当助资斧[19]。"走伻[20]招诸博徒，使杨坐而乞头[21]，终夜得百金，乃送之还。归见室人[22]，衣履鲜整，小婢侍焉，惊问之，妻言："自君去后，次日，即有车徒赍送布帛菽粟，堆积满屋，云是丁客所赠。又婢十指[23]，为妾驱使。"杨感不自已。由此小康，不屑旧业矣。

异史氏曰："贫而好客，饮博浮荡者优为之；异者，独其妻耳。受之施而不报，岂人也哉？然一饭之德不忘[24]，丁其有焉。"

校注

1 〔诸城〕县名。在山东省东南部。

2 〔游侠〕古称轻生重义，勇于拯人困厄，解人急难的人。《史记·游侠列传》："今游侠，其行虽不轨于正义，然其言必信，其行必果。已诺必诚，不爱其躯，赴士之厄困。既已存亡死生矣，而不矜其能。"

3 〔郭解〕字翁伯，汉轵（今河南省济源县）人。少时任侠亡命杀人，及年长，折节为俭，以德报怨，厚施薄望。振人之命，不矜其功。后终以“任侠行权”为汉武帝徙家关中，族诛。详见《史记·游侠列传》。

4 〔御史行台按〕御史，各朝代的职衔不尽相同。明清两代仅存监察御史，分道行使纠察，巡按府县。明代还有充任出巡者，如巡按御史、巡漕御史等。行台，为临时派出机构，称行台。按，察访。

5 〔安丘〕县名。今山东安丘县。

6 〔逆旅〕旅社。

7 〔馆谷〕招待客人食宿。《左传·僖公二十八年》：“楚师败绩。王子收其卒而止，故不败。晋军三日馆谷，及癸酉而还。”注：“馆，舍也。食楚军谷三日。”

8 〔莝（cuò 错）豆〕铡碎的牲畜饲料。《史记·范雎蔡泽列传》：“而须贾于堂下，置莝豆其前，令两黥徒夹而马食之。”

9 〔剉（cuò 错）刍〕铡碎喂牲畜的草。剉，铡碎。刍，刍藁。

10 〔业此猎食者〕意为以此为业而谋生。

11 〔漫劝〕漫不经心地劝说。

12 〔门者〕守门的人。

13 〔申言〕一再说明。

14 〔蹝履而出〕靸着鞋子出来。蹝履，犹言事急未及穿好鞋，靸拉着鞋子，出来热情相迎。《汉书·隽不疑传》：“不疑容貌尊严，衣冠甚伟，（暴）胜之蹝履起迎。”颜师古注：“履不着跟曰蹝。”

15 〔踵决〕鞋子破烂，露出脚后跟。《庄子·让王》：“捉衿而肘见，纳履而踵决。”

16 〔内顾〕指身在外对家事的顾念。《汉书·杨仆传》：“失期内顾。”注：“内顾，言思妻妾也。”

17 〔褊（biǎn 扁）心不能无少望〕指心地狭窄。望，怨望。《史记·汲郑列传》：“故黯时丞史皆与黯同列，或尊用过之。黯褊心不能无少望。”

18 〔推解〕即“推食解衣”之省语。谓赤诚相待，恩义深重。《史记·淮阴侯列传》：“汉王授我上将军印，予我数万众。解衣衣我，推食食我，言听计用，故我得以至如此。”

19 〔资斧〕盘缠。

20 〔走伻（pīng 平）〕派人去。走，往。伻，使者。《尚书·洛诰》：“伻来，以图及献卜。”

21 〔乞头〕指开赌场的人，向赢钱者抽钱，谓之“乞头”。李肇《国史补》下：“囊家什一而取，谓之乞头。”

22 〔室人〕指妻室。

23 〔十指〕指一个人十个指头。此指一个婢女。

24 〔一饭之德不忘〕指别人给自己的恩惠，即使很小，也不忘记。《史记·范雎蔡泽列传》：“一饭之德不忘，睚眦之怨必报。”

张老相公

张老相公，晋[1]人，适将嫁女，携眷至江南，躬市奁妆[2]。舟抵金山[3]，张先渡江，嘱家人在舟，勿爇[4]膻腥，盖江中有鼋[5]怪，闻香辄出，坏舟吞行人，为害已久。张去，家人忘之，炙肉舟中，忽巨浪覆舟，妻女皆没。张回棹，悼恨欲死，因登金山，谒寺僧，询鼋之异，将以仇鼋。僧闻之，骇言："吾侪[6]日与习近，惧为祸殃，惟神明奉之，祈勿怒，时斩牲牢[7]，投以半体，则跃吞而去。谁复能相仇哉！"张闻，顿思得计，便招铁工，起炉山半，冶赤铁重百余斤，审知[8]所常伏处，使二三健男子，以大箝举投之。鼋跃出，疾吞而下。少时，波涌如山，顷之浪息，则鼋死，已浮水上矣。行旅寺僧并快之，建张老相公祠，肖像其中，以为水神，祷之辄应。

校注

1　〔晋〕地名。春秋时诸侯的封地晋国，其中心在今之山西省。后山西省以晋为简称。

2　〔躬市奁（lián 联）妆〕亲自到江南为女儿购买嫁妆。躬，身体，引申为亲自。奁，古代盛梳妆用品的匣子。

3　〔金山〕山名。在镇江市西北。山上有寺，即金山江天寺，简称金山寺。

4　〔爆（bó 伯）〕煎炒。

5　〔鼋（yuán 元）〕即大鳖。

6　〔吾侪（chái 柴）〕吾辈，同辈。侪，辈。

7　〔牲牢〕指古代祭祀用的牛、羊、豕等。牲，供祭祀、盟誓和食用的家畜。《左传·桓公六年》："不以畜牲。"孔颖达疏："牲、畜一物，养之则为畜，共用则为牲。"牢，本指关养牲畜的圈，后引申为祭祀用的牛、羊、豕三牲。时斩牲牢，谓经常杀牲以供祭之。

8　〔审知〕审察而知道。

水莽草[1]

水莽，毒草也，蔓生似葛，花紫类扁豆，误食之，立死，即为水莽鬼。俗传，此鬼不得轮回[2]，必再有毒死者，始代之，以故楚中桃花江[3]一带，此鬼尤多云。楚人以同岁生者为同年，投刺相谒，呼庚兄庚弟[4]，子侄呼庚伯，习俗然也。有祝生造其同年某，中途燥渴思饮，俄见道旁一媪，张棚施饮，趋之。媪承迎入棚，给奉甚殷。嗅之有异味，不类茶茗，置不饮，起而出。媪止客，急唤："三娘，可将好茶一杯来。"俄有少女捧茶自棚后出，年约十四五，姿容艳绝，指环臂钏[5]，晶莹鉴影。生受盏神驰，嗅其茶，芳烈无伦，吸尽再索。觑媪出，戏捉纤腕，脱指环一枚。女赪颊[6]微笑，生益惑，略诘门户[7]，女云："郎暮来，妾犹在此也。"生求茶叶一撮，并藏指环而去。至同年家，觉心头作恶，疑茶为患，以情告某，某骇曰："殆矣，此水莽鬼也！先君[8]死于是。是不可救，奈何？"生大惧，出茶叶验之，真水莽草也，又出指环，兼述女子情状。某悬想[9]曰："此必寇三娘也！"生以其名确符，问："何故知？"曰："南村富室寇氏女，夙有艳名。数年前，误食水莽而死，必此为魅。"或言受魅者，若知鬼姓氏，求其故裆[10]，煮服可痊。某急诣寇所，实告以故，长跪哀恳。寇以其将代女死故，靳不与。某忿而返，以告生，生亦切齿恨之，曰："我死，必不令彼女脱生[11]！"某舁之归，将至家门而卒。母号啼，葬之。遗一子，甫[12]周岁，妻不能守柏舟节[13]，半年改醮去。母留孤自哺，劬瘁[14]不堪，朝夕悲啼。

一日，方抱儿哭室中，生悄然忽入，母大骇，挥涕问之，答云："儿地下闻母哭，甚怆于怀，故来奉晨昏耳。儿虽死，已有家室，即同来分母劳，母其勿悲。"母问："儿妇何人？"曰："寇氏坐听儿死，儿深恨之，死后欲寻三娘，而不知其处，近遇庚伯，始相指示。儿往，则三娘已投生任侍郎[15]家，儿驰去，强捉之来，今为儿妇，亦相得，颇无苦。"移时，门外一女子入，华妆艳丽，伏地拜母。生曰："此寇三娘也。"虽非生人，母视之，情怀差慰[16]。生便遣三娘操作，三娘雅不习惯，然承顺殊怜人，由此居故室，遂留不去。女请母告诸家，生意勿告，而母承女意，卒告之。寇家翁媪闻而大骇，命车疾至，视之，果三娘也，相向哭失声，女劝止之。媪视生家良贫，意甚忧[17]悼，女曰："人已鬼，又何厌贫？祝郎母子，情义拳拳，儿固已安之矣。"因问："茶媪谁也？"曰："彼倪姓，自惭不能惑行人，故求儿助之耳。今已生于郡城卖浆[18]者之家。”因顾生曰：“既婿矣，而不拜岳，妾复何心[19]？”生乃投拜。女便入厨下，代母执炊供翁媪[20]，翁媪视之凄心。既归，即遣两婢来，为之服役，金百斤，布帛数十匹，酒胾[21]不时馈送，小阜[22]祝母矣。寇亦时招归宁[23]。居数日，辄曰：“家中无人，宜早送儿还。”或故稽[24]之，则飘然自归。翁乃代生起夏屋[25]，营备臻至[26]，然生终未尝至翁家。

一日，村中有中水莽毒者，死而复苏，相传为异，生曰：“是我活之也。彼为李九所害，我为之驱其鬼而去之。”母曰：“汝何不取人以自代？”曰：“儿深恨此等辈，方将尽驱除之，何屑为此？且儿事母最乐，不愿生也。”由是中毒者，往往具丰筵，祷祝其庭，辄有效。积十余年，母死，生夫妇亦哀毁[27]，但不对客，惟命儿缞麻擗踊[28]，教以礼仪而已。葬母后，又二年余，为儿娶妇，妇，任侍郎之孙女也。先是，任公妾生女，数月而殇[29]，后闻祝生之异，遂命驾其家，订翁婿焉。至是，遂以孙女妻其子，往来不绝矣。一日，谓子曰：“上帝以我有功人世，策为‘四渎牧龙君[30]’，今行矣。”俄见庭下有四马，驾黄幨[31]车，马四股皆鳞甲[32]。夫妻盛装出，同登一舆。子及妇皆泣拜，瞬息而渺。是日，寇家见女来，拜别翁媪，亦如生言。媪泣挽留，女曰：“祝郎先去矣。”出门，遂不复见。其子名鹗，字离尘，请诸寇翁，以三娘骸骨与生合葬焉。

校注

1 〔水莽草〕学名雷公藤，尚有黄药、黄藤根、断肠草等别名。为攀缘藤本，高二三米。单叶互生，卵形或椭圆形。花小白色，圆锥花序，花瓣五。翅果膜质，长约1.5厘米，黄褐色，有种子一粒。生于背阴多湿的山坡或山谷。根和果实有剧毒，人误食后二十四小时足以致死。

2 〔轮回〕佛教名词。梵文的意译，也作“沦回”、“生死轮回”、“轮回转生”等，音译“僧娑洛”。意谓如车轮回旋不停，众生从善果与恶业在“三界”、“六道”的生死世界循环不已。

3 〔桃花江〕湖南资水下游别称桃花江。《读史方舆纪要》八〇：“资（资）水经（益阳）县南六里，谓之桃花江，以夹岸多桃花。”今之桃江县，即由原益阳县析置，其治在湖南北部，资水下游，桃花江即在该县境内，为桃江县名胜古迹之一。

4 〔庚兄庚弟〕即年兄年弟。庚，年庚。

5 〔臂钏（chuàn串）〕手镯。元稹《估客乐》：“鍮石打臂钏，糯米吹项璎。”

6 〔赪（chēng称）颊〕红脸。赪，同“赪”，赤色。

7 〔略诘门户〕简单地询问晚间的居处。

8 〔先君〕同“先父”。对别人称谓自己死去的父亲。

9 〔悬想〕猜想。庾信《拟咏怀》：“遥看塞北云，悬想关山雪。”

10 〔故裆〕旧裤子的裆，即两股之间。《伤寒论·辨阴阳易差后劳复病脉症》：“取妇人中裩近隐处，剪烧灰，以水和服。……妇人病，取男子裩裆烧灰。”裩，同“裈”，有裆的裤子。

11 〔脱生〕同“托生”。迷信传说，由鬼魂转生人世。

12 〔甫〕方，才。

13 〔柏舟节〕指妇人在其丈夫死后，矢志不改嫁寡居的节操。柏舟，《诗经·鄘风》："泛彼柏舟，在彼中河。髡彼两髦，实维我仪。之死矢靡它。"该诗，谓世子共伯早死，父母欲迫其妻共姜改嫁，姜作诗自誓。后因称妇人夫死而矢志守寡为"柏舟节"。

14 〔劬瘁〕辛苦、劳累。汉蔡邕《述行赋》："仆夫疲而劬瘁，我马虺颓以玄黄。"

15 〔侍郎〕官名。隋唐以后，中书、门下及尚书省所属各部，都以侍郎为长官的副职。明清两代，官位升正二品，与尚书同为各部的堂官。

16 〔差慰〕稍微得到点安慰。

17 〔忧〕据手稿本，原抄本无。

18 〔浆〕指茶水。

19 〔妾复何心〕我又将是什么心情。

20 〔翁媪〕据手稿本，原抄本作"客"。

21 〔胾（zì 自）〕本为切成的大块肉，此泛指肉。

22 〔小阜〕小有添补。《太平广记·云溪友议·于颇》："至帏幌奁匣，悉为增饰之，小阜崔生矣。"阜，富足。

23 〔归宁〕本谓回家省亲。《诗经·周南·葛覃》："害浣害否，归宁父母。"后专指出嫁女子回母家探视。

24 〔稽〕留止、阻滞。《管子·君臣上》："是以令出而不稽。"

25 〔夏屋〕大屋。

26 〔臻（zhēn 针）至〕极为周到。

27 〔哀毁〕亲丧由于过度哀伤，而损坏身体。《世说新语·德行》："王戎虽不备礼，而哀毁骨立。"

28 〔缞（cuī 催）麻擗（bì 辟）踊〕缞麻，同"缞绖"。古代丧服，披于胸前的麻布称为"缞"麻，结在头上或系于腰间的麻带称为"绖"。擗踊，哭泣时，捶胸顿足，表示哀痛之至。《孝经·丧亲》："擗踊哭泣，哀以送之。"

29 〔殇〕早夭。

30 〔策为"四渎牧龙君"〕策封为四渎之神。策，策命。四渎，即长江、黄河、淮水、济水。《尔雅·释水》:“江、河、淮、济为四渎。”牧，古时之州官。四渎牧龙君，谓掌管江、河、淮、济四条大河的龙王。

31 〔幨（chān 搀）〕车帷。

32 〔马四股皆鳞甲〕传说中的龙马。

造　畜

魇昧[1]之术，不以其道，或投美饵，绐[2]之食之，则人迷惘[3]，相从而去，俗名曰“打絮巴”，江南谓之“扯絮”。小儿无知，辄受其害。又有变人为畜者，名曰“造畜”，此术江北犹少，河[4]以南辄有之。扬州[5]旅店中，有一人牵驴五头，暂絷枥下[6]，云：“我少旋即返。”兼嘱：“勿令饮啖。”遂去。驴暴日中，蹄啮殊喧[7]，主人牵着[8]凉处。驴见水，奔之，遂纵饮之，一滚尘，化为妇人。怪之，诘其所由，舌强[9]而不能答，乃匿诸室中。既而驴主至，系五羊于院中，惊问驴之所在。主人曳客坐，便进餐饮，且云：“客姑饭，驴即至矣。”主人出，悉饮五羊[10]，辗转皆为童子。阴报郡，遣役捕获，遂械杀之[11]。

校注

1　〔魇昧〕传说古之持邪术之人用巫术或迷药拐卖妇女儿童的

法术，俗亦称“拍花”。

2 〔绐（dài 代）〕欺骗。

3 〔迷惘〕神志不清。

4 〔河〕此指黄河。

5 〔扬州〕地名。今江苏省扬州市。

6 〔枥下〕指马厩，是拴牲口饲养牲口的地方。

7 〔蹄啮（niè 聂）殊喧〕即又踢又咬，喧闹异常。《礼记·月令》季春之月：“游牝别群，则絷腾驹。”注：“为其牡气有余，相蹄啮也。”

8 〔着〕拴置、放。

9 〔舌强〕指舌根发硬，说不出话。

10 〔饮（yìn 印）五羊〕给五只羊饮水。

11 〔械杀之〕用刑杖打死他。

凤阳士人

凤阳[1]一士人，负笈远游[2]，谓其妻曰："半年当归。"十余月竟无耗问[3]，妻翘盼綦切[4]。一夜，才就枕，纱月摇影，离思萦怀，方反侧[5]间，有一丽人，珠鬟绛帔[6]，搴帷而入，笑问："姊姊，得无欲见郎君乎？"妻急起应之，丽人邀与共往。妻惮修阻[7]，丽人但请勿虑，即挽女手出，并踏月色，约行一矢[8]之远，觉丽人行迅速，女步履艰涩，呼丽人少待，将归着复履[9]。丽人牵坐路侧，自乃捉足，脱履相假，女喜着之，幸不凿枘[10]，复起从行，健步如飞。移时，见士人跨白骡来。见妻大惊，急下骑，问："何往？"女曰："将以探君。"又顾问丽人伊谁[11]，女未及答，丽人掩口笑曰："且勿问讯。娘子奔波非易，郎君星驰夜半，人畜想当俱殆。妾家不远，且请息驾[12]，早旦而行不晚也。"顾数武之外，即有村落，遂同行，入一庭院。丽人促睡婢起供客，曰："今夜月色皎然，不必命烛，小台石榻可坐。"士人絷蹇[13]檐梧，乃即坐，丽人曰："履大不适于体，途中颇累赘否？归有代步[14]，乞赐还也。"

鳳陽士人
弟兄夫婦各西
東月下懷人
感慨中顛倒遠
離成梦想不
同梦於梦倆同

女称谢付之。

俄顷，设酒果，丽人酌曰："鸾凤久乖[15]，圆在今夕，浊醪[16]一觞，敬以为贺。"士人亦执盏酬报。主客笑言，履舄交错[17]。士人注视丽者，屡以游词相挑。夫妻乍聚，并不寒暄一语。丽人亦眉目流情，妖言隐谜[18]，女惟默坐，伪为愚者。久之渐醺，二人语益狎，又以巨觥劝客，士人以醉辞，劝之益苦。士人笑曰："卿为我度一曲[19]，即当饮。"丽人不拒，即以牙拨[20]抚提琴而歌曰："黄昏卸得残妆罢，窗外西风冷透纱。听蕉声，一阵一阵细雨下。何处与人闲嗑牙[21]？望穿秋水，不见还家，潸潸泪似麻。又是想他，又是恨他，手拿着红绣鞋儿占鬼卦[22]。"歌竟，笑曰："此市井里巷之谣[23]，不足污君听，然因流俗所尚，故效颦[24]耳。"音声靡靡，风度狎亵。士人摇惑，若不自禁。少间，丽人伪醉离席；士人亦起，从之而去，久之不至。婢子乏疲，伏睡廊下。女独坐无侣，颇难自堪，思欲遁归，而夜色微茫，不忆道路，辗转无以自主，因起而觇之。甫[25]近窗，则断云零雨之声，隐约可闻，又听之，闻良人与己素常猥亵之状，尽情倾吐。女至此，手颤心摇，殆不可遏，念不如出门窜沟壑以死，愤然方行，忽见弟三郎乘马而至，遽便下问，女具以告，三郎大怒，立与姊回，直入其家，则室门扃闭，枕上之语犹喁喁也。三郎举巨石，抛击窗棂，三五碎断。内大呼曰："郎君脑破矣，奈何！"女闻之，愕然[26]大哭，谓弟曰：

“我不谋与汝杀郎君，今且若何？”三郎撑目[27]曰：“汝呜呜促我来，甫能消此胸中恶，又护男儿、怨弟兄，我不惯于婢子供指使！”返身欲去，女牵衣曰：“汝不携我去，将何之？”三郎挥姊仆地，脱体而去。女顿惊寤，始知其梦。越日，士人果归，乘白骡，女异之而未言。士人是夜亦梦，所见所遭，述之悉符，互相骇怪。既而，三郎闻姊夫远归，亦来省问，语次，谓士人曰：“昨宵梦君归[28]，今果然，亦大异。”士人笑曰：“幸不为巨石所毙。”三郎愕然问故，士人以梦告，三郎大异之。盖是夜，三郎亦梦遇姊泣诉，愤激投石也。三梦相符，但不知丽人何许耳。

校注

1 〔凤阳〕明清府名。治所在今安徽省凤阳县西。
2 〔远游〕即外出求学。
3 〔耗问〕指音信、消息。
4 〔翘盼綦切〕谓盼望很殷切。綦，极、甚。
5 〔反侧〕谓翻来覆去不能入睡。《诗经·周南·关雎》：“悠哉悠哉，辗转反侧。”
6 〔珠鬟绛帔（pèi 配）〕头上戴着珍珠和翡翠的鬟珮，身着红色的披肩。绛，红色。帔，披肩。《释名·释衣服》：“帔，披也；披之肩背，不及下也。”
7 〔惮修阻〕怕道路远难以行走。惮，怕。修，长、远。阻，难行。《诗经·秦风·蒹葭》：“溯洄从之，道阻且长。”

8 〔一矢〕犹言“一箭之地”，约一百五十米。王实甫《西厢记》中《崔莺莺夜听杂剧》：“可按甲束兵，退一射之地。”射，犹箭。

9 〔复履〕旧时女子缠足，穿在鞋之内与袜之外的软底套鞋，亦称“睡鞋”。卷二《莲香》篇的“睡舄”亦即“睡鞋”。

10 〔凿枘（ruì 锐）〕犹“枘圆凿方”。《楚辞·九辩》：“圆枘而方凿兮，吾固知其钼铻而难入。”枘，榫头。凿，卯眼。不凿枘，指很合脚。

11 〔顾问〕以目示问。伊谁，是谁。

12 〔息驾〕停止车马前进。《文选·曹植〈美女篇〉》：“行徒用息驾，休者以忘餐。”息，停止。驾，车。

13 〔絷（zhí 执）蹇〕拴驴。絷，拴。蹇，驴。

14 〔代步〕指以乘车马而代步行。唐裴度《酬张秘书因寄马赠诗》：“代步本惭非逸足，缘情何幸枉高文。”

15 〔鸾凤久乖〕谓夫妻久别离。鸾凤，鸾鸟与凤凰，旧时指夫妻。乖，离。

16 〔浊醪（láo 劳）〕浊酒。《文选·江淹〈恨赋〉》：“浊醪夕引，素琴晨张。”

17 〔履舄（xì 细）交错〕古时单底的鞋为履，复底的鞋为舄。古时席地而坐，宾客脱鞋就席，故出现履舄交错的情况。《史记·滑稽列传》：“履舄交错，杯盘狼藉。”此指士人与丽者足履交错，极为亲昵之情状。

18 〔妖言隐谜〕说着迷惑人心志的隐晦的话语。妖言，蛊惑人心的话语。隐谜，令人猜度不透的隐语。实指男女间调情的话。

19 〔度（duó 夺）一曲〕按曲调谱唱一支曲子。《文选·张衡〈两京赋〉》：“度曲未终，云起雪飞。”

20 〔牙拨〕手稿本、铸雪斋抄本与原抄本皆为“牙杖”，二十四卷抄本作“牙板”。据文中言，“牙杖抚提琴而歌”，其“牙杖”当为“牙拨”，是弦乐器拨弦的用具。卷一《娇娜》篇中“婢以牙拨勾动”，此类也。

21〔闲嗑牙〕俗谓闲聊天。

22〔占鬼卦〕闺中妇女盼夫归的一种占卜游戏。《春闺秘戏》："夫外出，以所著履卜之，仰则归，俯则否，名占鬼卦。"

23〔市井里巷之谣〕谓民间巷里的歌谣。据手稿本，原抄本无。

24〔效颦（pín 频）〕谓不善模仿，弄巧成拙。效，模仿。颦，皱眉。《庄子·天运》："故西施病心而矉其里，其里之丑人见之而美之，归亦捧心而矉其里。其里之富人见之，坚闭门而不出；贫人见之，挈妻子而走。彼知矉美，而不知矉之所以美。"唐李白《古风》诗之三五："丑女来效颦，还家惊四邻。"

25〔甫〕刚、才。手稿本作"裁"。

26〔愕然〕吃惊的样子。据手稿本，原抄本无。

27〔撑目〕瞪着眼睛。

28〔归〕据手稿本，原抄本无。

耿十八

新城耿十八，病危笃[1]，自知不起，谓妻曰："永诀在旦晚耳！我死后，嫁守[2]由汝，请言所志。"妻默不语。耿固问之，且云："守固佳，嫁亦恒情。明言之，庸何伤[3]？行与子诀[4]，子守，我心慰；子嫁，我意断也。"妻乃惨然曰："家无儋石[5]，君在犹不给，何以能守？"耿闻之，遽捉妻臂，作恨声曰："忍哉！"言已而殁，手握不可开。妻号，家人至，两人攀指，力擘[6]之始开。

耿不自知其死，出门，见小车十余辆，辆各十人，即以方幅书名字，黏车上。御人[7]见耿，促登车。耿视车中已有九人，并己而十。又视黏单上，己名最后。车行咋咋，响震耳际，亦不知何往，俄至一处，闻人言曰："此思乡地也。"闻其名，疑之。又闻御人偶语云："今日剿[8]三人。"耿又骇，及细听其言，悉阴间事，乃自悟曰："我岂不作鬼物耶！"顿念家中无复可悬念，惟老母腊高[9]，妻嫁后，缺于奉养，念之不觉涕涟。又移时，见有台，高可数仞，游人甚夥；囊头械足之辈，呜咽而下上，闻人言为"望乡台[10]”。诸人至此，俱踏辕下，纷然竞登。御人或挞之，或止之，独至耿，则促令登。登数十级，始至颠顶，翘首一望，则门间庭院，宛在目中，但内室隐隐，如笼烟雾，凄恻不自胜。回顾，一短衣人立肩下，即以姓氏问耿，耿具以告。其人亦自言为东海[11]匠人，见耿零涕，问：“何事不了于心？”耿又告之。匠人谋与越台而遁，耿惧冥追，匠人固言无妨。耿又虑台高倾跌，匠人但令从己，遂先跃，耿果从之。及地，竟无恙，喜无觉者，视所乘车，犹在台下。二人急奔数武，忽自念名字黏车上，恐不免执名之追，遂反身近车，以手指染唾，涂去己名，始复奔。

哆口坌息[12]，不敢少停。少间，入里门，匠人送诸其室，蓦睹己尸，醒然而苏，觉乏疲燥渴，骤呼水。家人大骇，与之水，饮至石余，乃骤起，作揖拜状；既而出门拱谢，方归，归则僵卧不转。家人以其行异，疑非真活，然渐觇之，殊无他异，稍稍近问，始历历言其本末。问：“出门何故？”曰：“别匠人也。”“饮水何多？”曰：“初为我饮，后乃匠人饮也。”投之汤羹，数日而瘥。由此厌薄其妻，不复共枕席云。

校注

1 〔病危笃〕谓病重垂危。笃，病重。

2　〔嫁守〕改嫁与守节。守，即守节，谓夫死不改嫁。

3　〔庸何伤〕犹言有什么妨害。王引之《经传释词》："庸与何同义，故亦称庸何。"《左传·文公十八年》："人夺女（汝）妻而不怒，一抶女（汝），庸何伤？"

4　〔行与子诀〕将要与你永诀。行，行将，将要。

5　〔儋（dàn 担）石〕儋，通"甔"，容器，可容一石，故称儋石。《史记·淮阴侯列传》："守儋石之禄者，阙卿相之位。"

6　〔力擘（bò 簸）〕用力分开。

7　〔御人〕驾车的人。御，驾驶马车。

8　〔剿（cuì 脆）〕断、裂。此处谓铡断。

9　〔腊高〕年老。腊，佛家语。佛教戒律规定，比丘受戒后，每年夏季三个月安居一处，修习教义，称一腊。后指僧侣受戒后的岁数，或泛指年龄。唐贾岛《赠僧》诗："初过石桥尚少年，久辞天柱腊应高。"卷二《翩翩》中"阿叔腊故大高"，即指岁数。

10　〔望乡台〕迷信说法，谓冥间有望乡台，人死后登上台，可以望见家中的情景。

11　〔东海〕汉郡名。治所在今之山东郯城县。

12　〔哆（chǐ 齿）口坌（bèn 奔）息〕张口喘粗气。哆口，张口。《诗经·小雅·苍伯》："哆兮哆兮，成是南箕。"坌，坌涌。

珠 儿

常州[1]民李化，富有田产，年五十余无子。一女名小惠，容质秀美，夫妻最怜爱之。十四岁，暴病夭殂[2]，冷落庭帏，益少生趣。始纳婢，经年余，生一子，视如拱璧[3]，名之珠儿。儿渐长，魁梧可爱，然性绝痴，五六岁尚不辨菽麦，言语蹇涩[4]，李亦好而不知其恶。会有眇僧[5]，募缘[6]于市，辄知人闺闼，于是相惊以神，且云能生死祸福人。几十百千，执名以索，无敢违者。诣李募百缗[7]，李难之，给十金，不受，渐至三十金，僧厉色曰："必百金，缺一文不可。"李亦怒，收金而去，僧忿然起曰："勿悔，勿悔！"无何，珠儿心暴痛，巴刮[8]床席，色如土灰，李惧，将八十金诣僧乞救。僧笑曰："多金大不易！然山僧何能为？"李回而儿已死，李恸甚，以状诉邑宰。宰拘僧讯鞫，亦辨给[9]无情词，笞之，似击鞔革[10]，令搜其身，得木人二，小棺一，小旗帜五。宰怒，以手叠诀举示之，僧乃惧，自投无数，宰不听，杖杀之，李叩谢而归。

时已曛暮[11]，与妻坐床上，忽见小儿，偃儴[12]入室曰："阿翁行何疾？极力不能得追。"视其体貌，当得七八岁。李惊，方将诘问，则见其若隐若现，恍惚如烟雾，宛转间，已登榻。李推下之，堕地无声，曰："阿翁何乃尔[13]？"瞥然复登。李惧，与妻俱奔，儿呼："阿父，阿母！"呕哑不休。李入妾室，急阖其扉，还顾，儿已在膝下，李骇问："何为？"答曰："我苏州[14]人，姓詹氏。六岁失怙恃[15]，不为兄嫂所容，逐居外祖家。偶戏门外，为妖僧迷杀桑树下，驱使如伥鬼[16]，冤闭穷泉[17]，不得脱化，幸赖阿翁昭雪，愿得为子。"李曰："人鬼殊途，何能相依？"儿曰："但除斗室，为儿设床褥，日浇一杯冷浆粥，余都无事。"李从之。儿喜，遂独卧室中，晨来出入户庭如家生[18]。闻妾哭子声，问："珠儿死几日矣？"答以七日，曰："天严寒，尸当不腐。试发冢启视，如未损坏，儿当得活。"李喜，与儿去，开穴验之，躯壳如故。方此忉怛[19]，回视，儿失所在，异之，舁尸归。方置榻上，目已瞥动，少顷呼汤，汤已而汗，汗已[20]遂起。群喜珠儿复生，又加之慧黠便利，迥异平昔，但夜间僵卧，毫无气息，共转侧之，冥然若死。众大愕，谓其复死，天将明，始若梦醒。群就问之，答云："昔从妖僧时，有儿等二人，其一名呼哥子。昨追阿父不及，盖在后，与哥子作别耳。今在冥司，与姜员外作义嗣，亦甚优游[21]，夜分，固来邀儿戏，适以白鼻騧[22]送儿归。”母因问：“在阴司见珠儿否？”曰：“珠儿已转生矣。渠与阿翁无父子缘，不过金陵[23]严子方来讨百十千债负耳。”初，李贩于金陵，欠严货价未偿，而严翁死，此事人无知者。李闻之大骇。母问：“儿见惠姊否？”儿曰：“不知，再去，当访之。”又二三日，谓母曰：“姊在冥中大好，嫁得楚江王[24]小郎子，珠翠满头髻。一出门，便十百作呵殿声[25]。”母曰：“何不一归宁？”曰：“人既死，与骨肉无关切，倘有人细述前生，方豁然动念耳。昨托姜员外，夤缘[26]见姊，姊妹呼我坐珊瑚床上[27]，与言父母悬念，渠都如眠睡，儿云：‘姊在时，喜绣并蒂花，剪刀刺手爪，血涴绫[28]子上，姊就刺作赤水云，今母犹挂床头壁，顾念不去心，姊忘之乎？’姊始凄感，云：‘会须[29]白郎君，归省阿母。’”母问其期，答言不知。一日谓母：“姊行且至，仆从太繁，当多备浆酒。”少间，奔入室曰：“姊来矣！”移榻中堂曰：“姊且憩坐，少悲啼。”诸人悉无所见，儿率人焚纸酹饮于门外，反曰：“驺从暂令去矣。姊言：‘昔日所覆绿锦被，曾为烛花烧一点如豆大，尚在否？’”母曰：“在！”即启笥出之。儿曰：“姊命我陈旧闺中，乏疲，且小卧，翌日再与阿母言。”东邻赵氏女，故与惠为绣阁交，是夜，忽梦惠幞头紫帔[30]来相望，言笑如平生，且言：“我今异物，父母觌面，不啻[31]河山，将借妹与家人共语，勿须惊恐。”质明，方与母言，忽仆地闷绝，逾刻方醒，向母曰：“小惠与阿婶别几年矣，顿鬖鬖白发[32]生！”母骇曰：“儿病狂耶？”女拜别即出，母知其异，从之，直达李所，抱母哀啼。母惊，不知所谓，女曰：“我昨归颇委顿，未遑一言。儿不孝，中途弃高堂，劳父母哀念，罪莫大焉。”母顿悟，乃哭，已而问曰：“闻儿今贵，甚慰母心。但汝栖身王家，何遂能来？”女曰：“郎君与儿极燕好，姑舅[33]亦相抚爱，颇不谓妒丑。”惠生时，好以手支颐，女言次，辄作故态，神情宛似。未几，珠儿奔入曰：“接姊者至矣！”女乃起，拜别泣下，曰：“儿去矣！”言讫复踣，移时乃醒。后数月，李病剧，医药罔效，儿曰：“旦夕恐不救也！二鬼坐床头：一执铁杖子，一挽苎麻绳，长四五尺许，儿昼夜哀之不去。”母哭，乃备衣衾，即暮，儿趋入曰：“杂人妇且退去，姊夫来视阿翁。”俄顷，鼓掌大笑，母问之，曰：“我笑二鬼，见姊夫来，俱匿床下如龟鳖。”又少时，望空道寒暄，问姊起居，既而拍手曰：“二鬼奴哀之不去，至此大快！”乃出，至门外，却回曰：“姊夫去矣！二鬼被锁马鞅[34]上。阿父当即无恙。姊夫言：归白大王，为父母乞百年寿也。”一家俱喜。至夜，病良已，数日寻瘥。延师教儿读，儿甚慧，十八岁入邑庠，犹能言冥间事。见里中病者，辄指鬼祟所在，以火爇之，往往得瘳。后暴病，体肤青紫，自言鬼神责我绽露，由是不复言。

校注

1 〔常州〕府名。治所在今之江苏省常州市。

2 〔夭殂（cú 徂）〕夭亡。夭，短命早死。《孟子·尽心上》："夭寿不贰，修身以俟之，所以立命也。"

3 〔拱璧〕大的玉石，意为两手可拱抱的大璧，言其珍贵。详见卷一《蛇人》注。

4 〔蹇涩〕艰涩，语言不流利。

5 〔眇僧〕一眼瞎的和尚。眇，一目失明。《周易·履》："眇能视，跛能履。"

6 〔募缘〕同"化缘"。佛教指能布施的人与佛有缘，故僧尼募化求人施舍财物，谓之募缘。

7 〔缗〕成串的钱。一千文为一缗，俗称一吊。缗，本指穿钱用的绳子。

8 〔巴刮〕方言。用手抓挠。

9 〔辨给（jǐ 己）〕谓能言善辩。辨，当为"辩"。

10 〔鞔（mán 瞒）革〕鼓皮。鞔，用皮蒙鼓。唐段成式《酉阳杂俎》前集九《盗侠》："（黎）干怒，杖背二十，如击鞔革。"

11 〔曛（xūn 熏）暮〕黄昏。

12 〔恇儴〕惶急的样子。《太平广记》卷四五五引唐皇甫枚《三水小牍》："知古恇儴，趋于庭中，四顾逊谢。"

13 〔乃尔〕如此。

14 〔苏州〕府名。治所在今之江苏省苏州市。

15 〔失怙恃〕丧失父母。《诗经·小雅·蓼莪》："无父何怙？无母何恃？"后因称丧父曰失怙，丧母曰失恃，父母双亡曰失怙恃。

16 〔伥鬼〕迷信传说中的一种鬼。据说被老虎咬死的人变成鬼，反过来又引老虎去吃人，这种鬼称伥鬼。

17 〔穷泉〕地的深处，即九泉之下。此指坟墓中。《文选·潘岳

〈哀永逝文〉》："委兰房兮繁华，袭穷泉兮朽壤。"

18 〔家生〕奴仆的子女，仍在主人家服役者。《汉书·陈胜传》："奴产子。"注："犹今人云家生奴也。"

19 〔忉怛（dāodá 刀达）〕忧痛。《文选·李陵〈答苏武书〉》："异方之乐，只令人悲，增忉怛耳。"

20 〔"而汗，汗已"〕据手稿本，原抄本无。

21 〔义嗣，亦甚优游〕义嗣，义子。"亦甚优游"：据手稿本，原抄本无。

22 〔白鼻騧（guā 瓜）〕白鼻黑嘴的黄马。《乐府诗集·高阳乐人歌》："可怜白鼻騧，相将入酒家。"

23 〔金陵〕地名。今之江苏省南京市。

24 〔楚江王〕传说中的"十殿阎王"第二殿阎王。

25 〔呵殿声〕即喝道声。旧时官员出行时，仪仗前引传呼，使行人避路。呵，指在前喝道；殿，后卫，指殿其后的侍卫人员。宋姜夔《鹧鸪天·正月十一日观灯》："白头居士无呵殿，只有乘肩小女随。"

26 〔夤缘〕凭藉关系，攀附钻营。夤，攀附。《宋史·神宗纪》："诏察富民与妃嫔家婚姻，夤缘得官者。"

27 〔"姊妹呼我坐珊瑚床上"〕据手稿本，原抄本无。

28 〔涴（wò 卧）〕污染、弄脏。

29 〔会须〕犹言会当，该当。

30 〔幞（fú）头紫帔（pèi 佩）〕原为五代宋帝王贵官的礼冠。此指受封赠的妇女冠饰。幞头，包头的软巾。

31 〔不啻（chì 赤）〕不止，不只。

32 〔鬖鬖（sānsān 三三）白发〕披散着白色毛发。苏辙《和毛君新葺困庵船斋》诗："拥褐放衙人寂寂，脱巾漉酒鬓鬖鬖。"

33 〔姑舅〕丈夫的父母，即公婆。

34 〔马鞅〕古代用马拉车时，套在马脖子上的皮带。

小官人

太史[1]某公，忘其姓氏，昼卧斋中，忽有小卤簿[2]出自堂陬[3]，马大如蛙，人细于指。小仪仗以数十队；一官冠皂纱，着绣襆[4]，乘肩舆[5]，纷纷出门而去。公心异之，窃疑睡眼之讹。顿见一小人，返入舍，携一毡包，大如拳，竟造床下。白[6]言：“家主人有不腆之仪[7]，敬献太史。”言已，对立，即又不陈其物，少间，又自笑曰：“戋戋[8]微物，想太史亦无所用，不如即赐小人。”太史颔之[9]，欣然携之而去，后不复见。惜太史中馁[10]，不曾诘所自来。

校注

1 〔太史〕官名。夏、商、周三代为史官及历官之长，秦汉为太史令。明清则由翰林院任之，故明清以太史为翰林院官员的别称。

2 〔卤簿〕旧时官员出行的仪仗。详见卷一《陆判》注。

3 〔堂陬（zōu 邹）〕厅堂的角落。堂，此指书斋。陬，角落。《史记·绛侯周勃世家》："后吴奔壁东南陬，太尉使备西北。"

4 〔绣襆（fú 俘）〕襆，同"黻"。古代帝王的礼服。黻，礼服上黑白相间作"亞"形图案。《旧唐书·文苑传上·杨炯》："黻者，两己相背，象君臣可否相济也。"

5 〔肩舆〕轿子。

6 〔白〕禀白、陈述。

7 〔不腆（tiǎn 忝）之仪〕不丰厚的薄礼。腆，丰厚。《左传·僖公三十三年》："不腆敝邑，为从者之淹。"

8 〔戋戋（jiānjiān 尖尖）〕微少。《周易·贲》："贲于丘园，束帛戋戋。"

9 〔颔（hàn 旱）之〕点头。颔，下巴。

10 〔中馁〕气馁。中，心中。馁，没有勇气。

胡四姐

尚生，泰山[1]人，独居清斋。会值秋夜，银河高耿[2]，明月在天，徘徊花阴，颇存遐想。忽一女子逾垣来，笑曰："秀才何思之深？"生就视，容华若仙，惊喜拥入，穷极狎昵，自言："胡氏，名三姐。"问其居第，但笑不言，生亦不复置问，惟相期永好而已。自此，临无虚夕。一夜，与生促膝灯幕[3]，生爱之，瞩盼[4]不转，女笑曰："眈眈视妾何为？"曰："我视卿如红药碧桃[5]，虽竟夜视，不为厌也。"三姐曰："妾陋质，遂蒙青盼[6]如此，若见吾家四妹，不知如何颠倒！"生益倾动，恨不一见颜色，长跪哀请，逾夕，果偕四姐来。年方及笄，荷粉露垂，杏花烟润，嫣然含笑，媚丽欲绝，生狂喜，引坐[7]。三姐与生同笑语，四姐惟手引绣带，俯首而已。未几，三姐起别，妹欲从行，生曳之不释，顾三姊曰："卿卿[8]烦一致声。"三姐乃笑曰："狂郎情急矣！妹子一为少留。"四姐无语，姊遂去。二人备尽欢好，既而引臂替枕[9]，倾吐生平，无复隐讳。四姐自言为狐，生依恋其美，亦不之怪。四姐因言："阿姊狠毒，业杀三人矣！惑之，罔不毙者。妾幸承溺爱，不忍见灭亡，当早绝之。”生惧，求所以处[10]，四姐曰：“妾虽狐，得仙人正法[11]，当书一符[12]黏寝门，可以却之。”遂书之。既晓，三姐来，见符却退，曰：“婢子负心，倾意新郎，不忆引线人[13]矣！汝两人合有夙分[14]，余亦不相仇，但何必尔！”乃径去。数日，四姐他适，约以隔夜。

是日，生偶出门眺望，山下故有槲[15]林，苍莽中出一少妇，亦颇风韵，近谓生曰：“秀才何必日沾沾[16]恋胡家姊妹？渠又不能以一钱相赠。”即以一贯授生，曰：“先持归，贳[17]良酝，我即携小肴馔来，与君为欢。”生怀钱归，果如所教。少间，妇果至，置几上燔鸡、咸彘肩[18]各一，即抽刀子缕切为脔，酾[19]酒调谑，欢洽异常。继而灭烛登床，狎情荡甚，既明始起。方坐床头，捉足易舄，忽闻人声，倾听，已入帏幕，则胡姊妹也。妇乍睹，仓惶而遁，遗舄于床，二女逐叱曰：“骚狐[20]，何敢与人同寝处？”追去，移时始返。四姐怨生曰：“君不长进，与骚狐相匹偶，不可复近。”遂悻悻欲去，生惶恐自投，情词哀恳。三姐从旁解免，四姐怒稍释，由此相好如初。

一日，有陕人骑驴造门曰：“吾寻妖物，匪伊朝夕[21]，乃今始得之。”生父以其言异，讯所由来，曰：“小人日泛烟波，游四方，终岁十余月，常八九离桑梓[22]，被妖物蛊杀吾弟，归甚悼恨，誓必寻而殄灭[23]之。奔波数千里，殊无迹兆，今在君家，不剪，当有继吾弟亡者。”时生与女密，父母微察之，闻客言，大惧，延入令作法。出二瓶列地上，符咒良久，有黑雾四围，分投瓶中，客喜曰："全家都到矣！"遂以猪脬[24]裹瓶口，缄封甚固。生父亦喜，坚留客饭。生心恻然，近瓶窃听，闻四姐在瓶中言，曰："坐视不救，君何负心！"生意感动，急启所封，而结不可解。四姐又曰："勿须尔，但放倒坛上旗，以针刺脬作孔，余即出矣。"生如其言，果见白气一丝，自孔中出，凌霄而去。客出，见旗横地，大惊曰："遁矣！此必公子所为。"摇瓶俯听曰："幸止亡其一，此物合不死，犹可赦。"乃携瓶别去。后，生在野督佣刈麦，遥见四姐坐树下，生就近之，执手慰问，且曰："别后十易春秋，今大丹[25]已成，但思君之念未忘，故复一拜问。"生欲与偕归，女曰："妾今非昔比，不可以尘情染，后当复见耳。"言已，不知所在。又二十年余，生适独居，见四姐自外至，生喜与语，女曰："我今名列仙籍，不应再履尘世，但感君情，特报撤瑟[26]之期，可早处分后事，亦勿悲忧，妾当度君为鬼仙，亦无苦也。"乃别而去。至日，生果卒。尚生，乃友人李文玉之戚好，尝亲见之。

校注

1　〔泰山〕郡名。汉置为博阳郡，后改泰山郡。治所在现山东省泰安市。

2 〔高耿〕高悬而明亮。耿，明。

3 〔促膝灯幕〕谓二人相对坐于灯下。促膝，指两人膝与膝相靠。

4 〔瞩盼〕注视。唐李公佐《南柯太守传》："情意恋恋，瞩盼不舍。"

5 〔红药碧桃〕"药"，据手稿本，原抄本作"叶"。此为两种观赏的花。红药，即芍药。碧桃，碧桃花。此皆以喻女子艳美。

6 〔青盼〕亦作"青眄"，犹青眼，谓重视。唐韩愈《崔十六少府摄伊阳以诗及书见投因酬三十韵》："音问难屡通，何由觌青盼。"此谓见爱、看重之意。

7 〔引坐〕拉她坐下。引，牵、拉。

8 〔卿卿〕男女间相互昵称。温庭筠《偶题》："自恨青楼无近信，不将心事许卿卿。"

9 〔引臂替枕〕用胳臂代替枕头。唐蒋防《霍小玉传》："生闻之，不胜感叹，乃引臂替枕。"

10 〔求所以处〕征求对付的办法。

11 〔正法〕谓正当的法术，相对于左道妖术而言。宋储泳《祛疑说·咒水自佛》："正法出于自然，故感应亦广大；邪法出于人为，故多可喜之术。"

12 〔符〕即符箓。道家的秘文，即所谓"丹书"、"符字"。屈曲作篆籀文及星雷文为"符"；记诸天曹官属之名为箓。此秘文，据说能召神、遣将，驱除邪魅。唐郑綮《开天传信记》："道士叶法善，精于符箓之术。"

13 〔引线人〕指媒人。

14 〔夙分〕指前生的缘分。

15 〔槲（hú 斛）〕据手稿本，原抄本作"胡"。槲，树名，即槲栎。落叶乔木，叶可饲柞蚕。淄川南山有槲树沟。

16 〔沾沾〕谓迷恋不舍。

17 〔贳（shì 士）〕买。

18 〔燔鸡、咸彘（zhì 智）肩〕烧鸡与咸猪肘子。燔，焚烧。彘，猪。

19 〔酾（shī 施）〕斟酒。《诗经·小雅·伐木》："伐木许许，酾酒有藇。"

20 〔骚狐〕狐的尾根部有一小孔，能分泌恶臭，故名骚狐。

21 〔匪伊朝夕〕并非是一朝一夕，言其时间已久。匪，同"非"。

22 〔桑梓〕桑与梓都是居宅旁所种植的树木，故后来以桑梓代指家乡。《诗经·小雅·小弁》："维桑维梓，必恭敬止。"

23 〔殄（tiǎn 舔）灭〕灭绝。《左传·成公十三年》："伐我保城，殄灭我费滑。"

24 〔猪脬（pāo 泡）〕猪溺脬。脬，膀胱。

25 〔大丹〕谓修炼精气已成功，已列仙界。详见卷一《耳中人》注。

26 〔撤瑟〕古代士人，遇父母有病，即撤去琴瑟，以示对父母的孝敬。以后将"撤瑟"，指死亡。《文选·梁任昉〈出郡传舍哭范仆射〉诗》："宁知安歌日，非君撤瑟晨。"

祝翁

济阳[1]祝村有祝翁者，年五十余，病卒。家人入室理缞绖[2]，忽闻翁呼甚急，群奔集灵寝，则见翁已复活，群喜慰问。翁但谓媪曰："我适去，拚不复返，行数里，转思抛汝一副老皮骨在儿辈手，寒热仰人[3]，亦无复生趣，不如从我去，故复归，欲偕尔同行也。"咸以其新苏妄语[4]，殊未深信，翁又言之。媪云："如此亦善，但方生，如何便死？"翁挥之曰："是不难。家中俗务，可速料理。"媪笑不去，翁又促之，乃出户外，延数刻而入，绐[5]之曰："处置安妥矣。"翁命速妆，媪不去，翁催益急。媪不忍拂其意，遂裙妆以出，媳女皆匿笑[6]。翁移首于枕，手拍令卧，媪曰："子女皆在，双双挺卧，是何景象？"翁捶床曰："并死有何可笑！"子女见翁躁急，共劝媪姑从其言，媪如言，并枕僵卧，家人又共笑之。俄视媪笑容忽敛，又渐而两眸俱合，久之无声，俨如睡去。众始近视，则肤已冰而鼻无息矣。试翁亦然，始共惊怛[7]。康熙二十一年[8]，翁弟妇佣于毕刺史[9]之家，言之甚悉。

异史氏曰："翁其夙有畸行与？泉路[10]茫茫，去来由尔，奇矣！且白头者欲其去，则呼令去，抑何其暇也！人当属纩之时[11]，所最不忍诀者，床头之昵人[12]耳。苟广其术，则卖履分香[13]，可以不事矣[14]。"

校注

1　〔济阳〕县名。在今山东省北部。
2　〔缞绖（cuīdié 催迭）〕古代丧服。详见卷一《水莽草》注。
3　〔寒热仰人〕谓生活中诸事，都要依赖别人。寒热，指衣食、温饱。仰人，即"仰人鼻息"。
4　〔新苏妄语〕谓刚刚苏醒过来，说胡话。苏，醒。
5　〔绐（dài 带）〕哄骗。
6　〔匿笑〕暗笑。
7　〔惊怛（dá 达）〕惊讶，惧怕。
8　〔康熙二十一年〕即公元1682年。康熙，清圣祖玄烨的年号。
9　〔毕刺史〕名际有，字载绩，号存吾。淄川（今山东淄博市）人。明户部尚书毕自严子。顺治二年（1645）拔贡生。初授山西稷山县知县，升江南通州知州。康熙三年（1664）罢官归里。康熙十八年（1679）聘蒲松龄设帐其家。刺史，清代又称知州为刺史。
10　〔泉路〕是黄泉之路的省略，指冥府、阴间。赵嘏《悼亡》诗："明月萧萧海上风，君归泉路我飘蓬。"
11　〔属纩（zhǔkuàng 煮况）之时〕谓病危将死之时。《礼记·丧大记》："属纩，以俟绝气。"注："纩，新绵。易动遥，置口鼻之上，以为候。”后因以属纩代指临终之时。

12 〔昵人〕亲近之人。此指妻子。

13 〔卖履分香〕亦作“分香卖履”。《文选·陆机〈吊魏武帝文序〉》引曹操《遗令》：“余香可分与诸夫人。诸舍中无所为，学作履卖也。”李善注：“舍中，谓众妾。”后指人到临终时，犹念念不忘妻妾。

14 〔可以不事矣〕意为就可以不必发生眷恋的事。

猪婆龙

猪婆龙[1]，产于西江[2]，形似龙而短，能横飞，常出沿江岸扑食鹅鸭。或猎得之，则货其肉于陈、柯[3]。此二姓皆友谅[4]之裔，世食婆龙肉，他族不敢食也。一客自江右[5]来，得一头，絷舟中。一日，泊舟钱塘[6]，缚稍懈，忽跃入江，俄倾，波涛大作，估舟[7]倾沉。

校注

1 〔猪婆龙〕即扬子鳄。产于我国长江中下游。

2 〔西江〕长江西来东流，江之下游故称西江。《新五代史·王仁裕传》："尝梦人剖其肠胃，以西江水涤之。"

3 〔陈、柯〕王士禛《居易录》二九：南部门人李侍御子来说："前知大冶县见柯陈氏谱，云：陈友谅子理败亡入蜀，改姓郁，居合江县，子孙繁衍，散在涪州长寿诸邑。明末兵部尚书陈新甲，其后也。后理年八十，携一子再入楚，居兴国州，其子姓尤繁衍，不下万人，即今柯陈是也。"按其文意与此记载，陈柯当有因缘关系。

4 〔友谅〕即陈友谅（1320–1363），元末沔阳人，渔民出身。农民起义军领袖。元顺帝时起义，初隶徐寿辉部，后杀徐寿辉并其军，下江西诸路，在江州（今江西九江市）称帝，国号汉。元至正二十三年（1363）与朱元璋战于鄱阳湖，被射死。其子理继位，为朱元璋所灭。

5 〔江右〕江西省的别称。原指长江下游以西的地域。

6 〔钱塘〕谓浙江下游，由萧山闻家堰至闸口一段，称为钱塘江。

7 〔估舟〕指贩运货物的商船。估，商人，通“贾”。

某 公

陕右[1]某公，辛丑[2]进士，能记前身，尝言前生为士人[3]，中年而死，死后见冥王判事，鼎铛油镬[4]，一如世传。殿东隅设数架，上搭羊犬马诸皮，簿吏呼名，或罚作马，或罚作猪，皆裸之，于架上取皮被之。俄至公，闻冥王曰："是宜作羊。"鬼取一白羊皮来，捺覆公体。吏白："是曾拯一人死。"王检籍[5]覆视，曰："免之。恶虽多，此善可赎。"鬼又褫[6]其毛革。革已黏体，不可复动，两鬼捉臂按胸，力脱之，痛苦不可名状；皮片片断裂，不得尽净。既脱，近肩处犹黏羊皮大如掌。公既生，背上有羊毛丛生，剪去复出。

校注

1 〔陕右〕当指陕西省西部。

2 〔辛丑〕指顺治十八年，即 1661 年。

3 〔士人〕旧时称读书人。

4 〔鼎铛（chēng 撑）油镬（huò 获）〕古代的烹饪器皿。鼎，三足，平底浅曰铛，无足曰镬。后泛指古代刑具。

5 〔检籍〕检查簿籍。检，查核。籍，即生死簿。

6 〔褫（chǐ 齿）〕剥去。此指剥除。

快刀

明末，济属[1]多盗，邑各置兵，捕得辄杀之。章丘盗尤多。有一兵佩刀甚利，杀辄导窾[2]。一日，捕盗十余名，押赴市曹[3]，内一盗识兵，逡巡[4]告曰："闻君刀最快，斩首无二割。求杀我！"兵曰："诺。其谨依我，勿离也。"盗从之刑所，出刀挥之，豁然头落，数步之外，犹圆转而大赞曰："好快刀！"

校注

1 〔济属〕即济南府所属各县。清代济南府辖历城、章丘等十五县。相当于今之济南市、德州市、惠民地区、淄博市地区的一部分。

2 〔导窾（kuǎn 款）〕指行刑杀人能顺着骨的空隙间入刀。《庄子·养生主》："依乎天理，批大郤，导大窾，因其自然。"

3 〔市曹〕市街的通衢，为古之行刑之处。

4 〔逡巡〕本指徘徊。此处指说话时吞吞吐吐。

侠 女

顾生，金陵[1]人，博于才艺，而家綦贫，又以母老，不忍离膝下，惟日为人书画，受贽[2]以自给，行年二十有五，伉俪犹虚[3]。对户旧有空第，一老妪及少女税居其中，以其家无男子，故未问其谁何。一日，偶自外入，见女郎自母房中出，年约十八九，秀曼都雅[4]，世罕其匹，见生不甚避，而意凛如[5]也。生入问母，母曰："是对户女郎，就吾乞刀尺[6]，适言其家亦止一母。此女不似贫家产，问其何为不字，则以母老为辞。明日当往拜其母，便风以意[7]，倘所望不奢，儿可代养其老。"明日造其室，其母一聋媪耳，视其室，并无隔宿粮，问所业，则仰女十指[8]。徐以同食之谋试之，媪意似纳，而转商其女，女默然，意殊不乐。母乃归，详其状而疑曰："女子得非嫌吾贫乎？为人不言亦不笑，艳如桃李[9]，而冷如霜雪，奇人也！"母子猜叹而罢。

一日，生坐斋头，有少年来求画，姿容甚美，意颇儇佻[10]，诘所自，以邻村对。嗣后，三两日辄一至，稍稍稔熟，渐以嘲谑[11]，生狎抱之，亦不甚拒，遂私焉，由此往来昵甚。会女郎过，少年目送之，问为谁，对以邻女。少年曰："艳丽若此，神情一何可畏？"少间，生入内，母曰："适女子来乞米，云不举火者经日矣。此女至孝，贫极可悯，宜少周恤[12]之。"生从母言，负斗粟，款门而达母意，女受之，亦不申谢。日尝至生家，见母作衣履，便代缝纫；出入堂中，操作如妇，生益德之。每获馈饵，必分给其母，女亦略不置齿颊。母适疽生隐处，宵旦号咷，女时就榻省视，为之洗创敷药，日三四作，母意甚不自安，而女不厌其秽。母曰："唉！安得新妇如儿，而奉老身以死也。"言讫悲哽，女慰之曰："郎子大孝，胜我寡母孤女什百矣！"母曰："床头蹀躞[13]之役，岂孝子所能为者？且身已向暮，旦夕犯雾露[14]，深以祧续为忧耳。"言间，生入，母泣曰："亏娘子良多，汝无忘报德。"生伏拜之，女曰："君敬我母，我勿谢也，君何谢焉？"于是益敬爱之，然其举止生硬，毫不可干。

一日，女出门，生目注之，女忽回首，嫣然而笑。生喜出意外，趋而从诸其家，挑之亦不拒，欣然交欢，已，戒生曰："事可一而不可再。"生不应而归。明日，又约之，女厉色不顾而去。日频来，时相遇，并不假以词色[15]，少游戏之，则冷语冰人。忽于空处问生："日来少年谁也？"生告之，女曰："彼举止态状，无礼于妾频矣！以君之狎昵，故置之。请便寄语：再复尔，是不欲生也已！”生至夕，以告少年，且曰：“子必慎之，是不可犯！”少年曰：“既不可犯，君何犯之？”生白其无，曰：“如其无，则猥亵之语，何以达君听哉？”生不能答。少年曰：“亦烦寄告：假惺惺勿作态，不然，我将遍播扬。”生甚怒之，情见于色，少年乃去。一夕，方独坐，女忽至，笑曰：“我与君情缘未断，宁非天数。”生狂喜而抱于怀，欻闻履声籍籍[16]，两人惊起，则少年推扉入矣。生惊问：“子胡为者？”笑曰：“我来观贞洁之人耳。”顾女曰：“今日不怪人耶？”女眉竖颊红，默不一语，急翻上衣，露一革囊，应手而出，则尺许晶莹匕首也。少年见之，骇而却走，追出户外，四顾渺然。女以匕首望空抛掷，戛然有声，灿若长虹。俄一物堕地作响，生急烛之，则一白狐，身首异处矣，大骇。女曰：“此君之娈童[17]也，我固恕之，奈渠定不欲生何！”收刃入囊，生曳令入，曰：“适妖物败意，请俟来宵。”出门径去。次夕，女果至，遂共绸缪。诘其术，女曰：“此非君所知。宜须慎秘，泄恐不为君福。”又订以嫁娶，曰：“枕席[18]焉，提汲[19]焉，非妇伊何也？业夫妇矣，何必复言嫁娶乎？”生曰：“将勿憎吾贫耶？”曰：“君固贫，妾富耶？今宵之聚，正以怜君贫耳。”临别嘱曰：“苟且之行[20]，不可以屡。当来，我自来，不当来，相强无益。”后相值，每欲引与私语，女辄走避，然衣绽炊薪，悉为纪理，不啻妇也。积数月，其母死，生竭力营葬之。

女由是独居。生意其孤寂可乱，逾垣入，隔窗频呼，迄不应，视其门，则空室扃焉。窃疑女有他约，夜复往，亦如之，遂留佩玉于窗间而去之。越日，相遇于母所，既出，而女尾其后，曰："君疑妾耶？人各有心，不可以告人，今欲使君无疑，而乌可得，然一事烦急为谋。"问之，曰："妾体孕已八月矣，恐旦晚临盆。妾身未分明[21]，能为君生之，不能为君育之。可密告老母觅乳媪，伪为讨螟蛉[22]者，勿言妾也。"生诺，以告母，母笑曰："异哉此女！聘之不可而顾私于我儿。"喜从其谋以待之。又月余，女数日不至，母疑之，往探其门，萧萧闭寂，叩良久，女始蓬头垢面自内出，启而入之，则复阖之。入其室，则呱呱者在床上矣，母惊问："诞几时矣？"答云："三日。"捉绷席[23]而视之，则男也，且丰颐而广额，喜曰："儿已为老身育孙子，伶仃一身，将焉所托？"女曰："区区隐衷，不敢掬示老母，俟夜无人，可即抱儿去。"母归与子言，窃共异之，夜往抱子归。更数夕，夜将半，女忽款门入，手提革囊，笑曰："大事已了，请从此别。"急询其故，曰："养母之德，刻刻不去于怀，向云'可一而不可再'者，以相报不在床第[24]也。为君贫不能婚，将为君延一线之续，本期一索而得[25]，不意信水[26]复来，遂至破戒而再。今君德既酬，妾志亦遂，无憾矣！"问："囊中何物？"曰："仇人头耳。"捡而窥之，须发交而血模糊也，骇绝，复致研诘，曰："向不与君言者，以机事不密，惧

俠女
恩仇了、飄然
去玉貌花容
何處尋無復
尋常兒女態
隱娘肝胆
小娥心

有宣泄，今事已成，不妨相告。妾浙人，父官司马，陷于仇，被籍吾家[27]。妾负老母出，隐姓名，埋头项，已三年矣。所以不即报者，徒以有老母在，母去，又一块肉累腹中，因而迟之又久。曩夜出，非他，道路门户未稔，恐有讹误耳。”言已出门，又嘱曰：“所生儿，善视之，君福薄无寿，此儿可光门闾。夜深不得惊老母，我去矣。”方凄然欲询所之，女一闪如电，瞥尔间[28]遂不复见。生叹惋木立，若丧魂魄，明以告母，相为叹异而已。后三年，生果卒。子十八举进士，犹奉祖母以终老云。

异史氏曰：“人必室有侠女，而后可以畜娈童也。不然，尔爱其艾豭，彼爱尔娄猪矣[29]！”

王阮亭云：“神龙见首不见尾，此侠女其犹龙乎！”

校注

1 〔金陵〕南京的别称。战国时楚威王置金陵邑，其故址在今之南京市清凉山。《文选·谢朓〈鼓吹曲〉》：“江南佳丽地，金陵帝王州。”

2 〔受贽（zhì 治）〕接受赠送的礼物。贽，古时初次拜见人时所送的礼物。此谓为人书画时，别人所赠送的答礼。

3 〔伉俪（kànglì 亢历）犹虚〕谓未有娶妻。伉俪，妻子、配偶。《左传·昭公二年》：“晋少姜卒。公如晋，及河，晋侯使士文伯来辞曰：‘非伉俪也，请君无辱。’”犹虚，言其妻位虚设，即无妻。

4 〔秀曼都雅〕谓秀丽文雅。曼，美，长。都，美。《新唐书·李光颜传》："姝至，秀曼都雅，一军惊视。"

5 〔凛如〕凛然，严肃使人畏惧的样子。

6 〔乞刀尺〕借剪刀与尺子。乞，借。

7 〔风以意〕风，同"讽"。谓从侧面表达自己的意思。

8 〔仰女十指〕意谓依靠女郎的两只手为生。十指，喻刺绣的针线活。唐秦韬玉《贫女》诗："敢将十指夸针巧，不把双眉斗画长。"

9 〔艳如桃李〕其美艳如春风中桃李之花。曹植《杂诗》："南国有佳人，容华若桃李。"

10 〔儇（xuān 宣）佻〕轻薄，轻佻浮浪。

11 〔嘲谑〕戏笑。《文选·任昉〈出郡传舍哭范仆射〉》："兼复相嘲谑，常与虚舟值。"

12 〔周恤（xù 旭）〕接济，救济。

13 〔床头蹀躞（diéxiè 迭泄）〕指于床头间侍奉母亲的杂活。蹀躞，小步走。

14 〔犯雾露〕本指因外感而致病。此指因得病而死。《史记·淮南衡山列传》："臣恐卒逢雾露病死，陛下为有杀弟之名。"

15 〔假以词色〕给予友好的表示。假，给予。

16 〔履声籍籍〕形容脚步声纷乱。

17 〔娈（luán 峦）童〕旧社会士大夫的恶习把男童当女性玩弄。娈，美好。

18 〔枕席〕指男女同居。

19 〔提汲〕本指从井中提水。此喻操劳家务。

20 〔苟且之行〕谓男女间的私会。苟且，马虎、草率。

21 〔妾身未分明〕妾，侠女自称。谓我的身份尚未明确。此指侠女与顾生未公开夫妻关系。杜甫《新婚别》："妾身未分明，何以见姑嫜。"

22 〔螟蛉（mínglíng 明伶）〕即稻螟的幼虫。此指养子。《诗经·小雅·小宛》："螟蛉有子，蜾蠃负之。"蜾蠃，即细腰蜂。以螟蛉虫为食。将其卵管刺入螟蛉虫体内，注射蜂毒，使之麻痹，幼虫以之为食，古人错认为细腰蜂以螟蛉为子。

23 〔捉绷席〕谓抱起婴儿。捉，抱持。绷席，类所言之“襁褓”。

24 〔床笫（zǐ 子）〕指床和床席。《左传·襄公二十七年》：“床笫之言不窬阈。”由此引申为夫妻之间。

25 〔一索而得〕《周易·说卦》：“震一索而得男。”索，求索。此指一次欢会，就可怀孕。

26 〔信水〕月经。

27 〔籍吾家〕抄没我的家产。籍，没收、登记。谓按籍而收其家中的财产。

28 〔瞥尔间〕转眼间的空当。

29 〔“尔爱”二句〕谓你爱这个公猪，他就爱你那个母猪。艾豭（jiā 加），老公猪。娄猪，指发情的母猪。其意为你爱娈童，娈童就与你妻室私通。《左传·定公十四年》：“野人歌之曰：‘既定尔娄猪，盍归吾艾豭。’”

酒　友

车生者，家不中资[1]而耽饮，夜非浮三白[2]不能寐也，以故床头樽常不空。一夜睡醒，转侧间，似有人共卧者，意是覆裳堕耳，摸之，则茸茸有物，似猫而巨，烛之，狐也，酣醉而犬卧，视其瓶，则空矣。笑曰："此我酒友也。"不忍惊，覆衣加臂，与之共寝，留烛以观其变。半夜，狐欠伸，生笑曰："美哉睡乎！"启覆视之，儒冠[3]之俊人也，起拜榻前，谢不杀之恩。生曰："我癖于曲蘖[4]，而人以为痴；卿，我鲍叔[5]也，如不见疑，当为糟丘[6]之良友。"曳登榻，复共寝，且言："卿可常临，无相猜。"狐诺之。生既醒，则狐已去，乃治旨酒一盛，专伺狐。抵夕，果至，促膝欢饮，狐量豪，善谐，于是恨相得晚。狐曰："屡叨[7]良酝，何以报德？"生曰："斗酒之欢，何置齿颊。"狐曰："虽然，君贫士，杖头钱[8]大不易。当为君少谋酒资。"明夕，来告曰："去此东南七里，道侧有遗金，可早取之。"诘旦而往，果得二金，乃市佳肴，以佐夜饮。狐又告曰："院后有窖藏，宜发之。"如其言，果得钱百余千。喜曰：“囊中已自有，莫漫愁沽矣[9]。”狐曰：“不然。辙中水胡可以久掬？合更谋之。”异日，谓生曰：“市上荞价廉，此奇货可居。”从之，收荞四十余石，人咸非笑之。未几，大旱，禾豆尽枯，惟荞可种；售种，息十倍[10]，由此益富，治沃田二百亩。但问狐，多种麦，则麦收；多种黍，则黍收，一切种植之早晚，皆取决于狐。日稔密[11]，呼生妻以嫂，视生子犹子焉。后生卒，狐遂不复来。

王阮亭云：“车君洒脱可喜。”

校注

1 〔不中资〕谓家中的财产不到中等人家水平。《史记·游侠列传》：“(郭)解，家贫不中资。”

2 〔浮三白〕谓饮三杯酒。浮，旧时行酒令罚酒之称。后引申为满饮酒。白，罚酒时所用酒杯。详见《自叙》注。

3 〔儒冠〕古代读书人戴的帽子。《史记·郦生陆贾列传》：“沛公不好儒，诸客冠儒冠来者，沛公辄解其冠，溲溺其中。”此指戴着儒生帽子。

4 〔曲蘖〕亦作“麹蘖。”本指酒曲。《尚书·说命下》：“若作酒醴，尔惟麹蘖。”此指酒。《宋书·颜延之传》：“交游阘茸，沈迷麹蘖。”

5 〔鲍叔〕鲍叔牙的别称。春秋时齐人，与管仲是好朋友，以知人并笃于友谊称于世。《史记·管晏列传》：“管仲夷吾者，颍上人也。少时常与鲍叔牙游，鲍叔知其贤。管仲贫困，常欺鲍叔，鲍叔终善遇之，不以为言。已而鲍叔事齐公子小白，管仲事公子纠。及白立为桓公，公子纠死，管仲囚焉。鲍叔遂进管仲。”管仲曰：“生我者父母，知我者鲍子也。”“天下不多管仲之贤，而多鲍叔能知人也。”后世常以“鲍叔”代称知己好友。

6 〔糟丘〕谓酒糟堆成小山丘。刘向《新序·节士》：“桀为酒池，足以运舟，糟丘足以望七里。”

7 〔叨（tāo 掏）〕叨扰，承受。为谢人款待的谦辞。

8 〔杖头钱〕谓沽酒钱。《世说新语·任诞》：“阮宣子（修）常步行，以百钱挂杖头，至酒店便独酣畅。”后因称买酒钱，为杖头钱。

9 〔“囊中已自有，莫漫愁沽矣”二句〕腰中已有钱，不要白白地为沽酒犯愁。贺知章《题袁氏别业》诗：“莫漫愁沽酒，囊中自有钱。”

10 〔息十倍〕谓利息十倍。

11 〔稔（rěn 荏）密〕熟悉亲密。稔，熟悉。

促 织

宣德间[1]，宫中尚促织之戏[2]，岁征民间。此物故非西[3]产，有华阴[4]令欲媚上官，以一头进。试使斗而才，因责常供。令以责之里正[5]。市中游侠儿[6]，得佳者笼养之，昂其直，居为奇货。里胥[7]猾黠，假此科敛[8]丁口，每责一头，辄倾数家之产。

邑有成名者，操童子业[9]，久不售[10]，为人迂讷，遂为猾胥报充里正役，百计营谋不能脱，不终岁，薄产累尽。会征促织，成不敢敛户口，而又无所赔偿，忧闷欲死。妻曰："死何裨益？不如自行搜觅，冀有万一之得。"成然之，早出暮归，提竹筒铜丝笼，于败堵丛草中，探石发穴，靡计不施，迄无济。即捕得三两头，又劣弱不中于款[11]。宰严限追比[12]，旬余杖[13]至百，两股间脓血流漓，并虫亦不能行捉矣。转侧床头，惟思自尽。时村中来一驼背巫，能以神卜，成妻具资诣问，见红女白婆填塞门户。入其舍，则密室垂帘，帘外设香几，问者爇香于鼎，再拜。巫从旁望空代祝，唇吻翕辟[14]，不知何词，各各竦立以听。少间，帘内掷一纸出，即道人意中事，无毫发爽[15]。成妻纳钱案上，焚拜如前人，食顷，帘动，片纸抛落，拾视之，非字而画，中绘殿阁类兰若[16]，后小山下，怪石乱卧，针针丛棘，青麻头[17]伏焉，旁一蟆，若将跳舞，展玩不可晓。然睹促织，隐中胸怀，摺藏之，归以示成。成反复自念：得无教我猎虫所耶？细展景状，与村东大佛阁真逼似，乃强起，扶杖执图诣寺后。有古陵蔚起[18]，循陵而走，见蹲石鳞鳞，俨然类画。遂于蒿莱中侧听徐行，似寻针芥，而心目耳力俱穷，绝无踪响。冥搜未已，一癞头蟆[19]猝然跃去，成益愕，急逐趁之，蟆入草间。蹑迹披求[20]，见有虫伏棘根，遽扑之，入石穴中。掭以尖草[21]，不出，以筒水灌之，始出，状极俊健，逐而得之。审视，巨身修尾，青项金翅，大喜，笼归，举家庆贺，虽连城拱璧[22]不啻也。土于盆而养之[23]，蟹白栗黄[24]，备极护爱，留待限期，以塞官责。成有子九岁，窥父不在，窃发盆，虫跃掷径出，迅不可捉，及扑入手，已股落腹裂，斯须就毙。儿惧，啼告母，母闻之，面色灰死，大骂曰：“业根[25]！死期至矣！而翁[26]归，自与汝覆算耳！”儿涕而出。未几，成归，闻妻言，如被冰雪，怒索儿，儿渺然不知所往，既得其尸于井，因而化怒为悲，抢呼[27]欲绝。夫妻向隅[28]，茅舍无烟，相对默然，不复聊赖。日将暮，取儿藁葬，近抚之，气息惙然[29]，喜置榻上，半夜复苏，夫妻心稍慰。但蟋蟀笼虚，顾之，则气断声吞，亦不敢复究儿。自昏达曙，目不交睫，东曦既驾[30]，僵卧长愁。忽闻门外虫鸣，惊起觇视，虫宛然尚在，喜而捕之，一鸣辄跃去，行且速，覆之以掌，虚若无物，手才举，则又超忽而跃，急趁之，折过墙隅，迷其所往，徘徊四顾，见虫伏壁上，审谛之，短小，黑赤色，顿非前物。成以其小，劣之，惟彷徨瞻顾，寻所逐者。壁上小虫，忽跃落襟袖间，视之，形若土狗、梅花翅[31]，方首长胫，意似良，喜而收之。

将献公堂，惴惴恐不当意，思试之斗以觇之。村中少年好事者，驯养一虫，自名“蟹壳青”，日与子弟角，无不胜，欲居之以为利，而高其直，亦无售者。径造庐访成，视成所蓄，掩口胡卢而笑[32]，因出己虫，纳比笼[33]中。成视之，庞然修伟，自增惭怍，不敢与较，少年固强之。顾念蓄劣物，终无所用，不如拚博一笑，因合纳斗盆。小虫伏不动，蠢若木鸡，少年又大笑，试以猪鬣毛撩拨虫须，仍不动。少年又笑，屡撩之，虫暴怒，直奔，遂相腾击，振奋作声。俄见小虫跃起，张尾伸须，直龁敌领，少年大骇，解令休止。虫翘然矜鸣，似报主知，成大喜。方共瞻玩，一鸡瞥来，径进以啄，成骇立愕呼。幸啄不中，虫跃去尺有咫[34]，鸡健进，逐逼之，虫已在爪下矣。成仓猝莫知所救，顿足失色，旋见鸡伸颈摆扑，临视，则虫集冠上，力叮不释，成益惊喜，掇置笼中。翌日进宰。

宰见其小，怒诃成，成述其异，宰不信。试与他虫斗，虫尽靡，又试之鸡，果如成言，乃赏成。献诸抚军[35]，抚军

促織
莎雞遠貢
九重天責
有常供例
不蠲何物
癡兒偏
致富生
生死死
亦堪憐

大悦，以金笼进上，细疏其能。既入宫中，举天下所贡蝴蝶、螳螂、油利挞、青丝额……一切异状，遍试之，无出其右[36]者。每闻琴瑟之声，则应节而舞，益奇之。上大嘉悦，诏赐抚臣名马衣缎。抚军不忘所自，无何，宰以“卓异[37]”闻。宰悦，免成役，又嘱学使，俾入邑庠。由此以善养虫名，屡得抚军殊宠，不数岁，田百顷，楼阁万椽[38]，牛羊蹄躈各千计[39]。一出门，裘马过世家焉。

异史氏曰：“天子偶用一物，未必不过此已忘，而奉行者即为定例。加之官贪吏虐，民日贴妇卖儿，更无休止。故天子一跬步[40]，皆关民命，不可忽也。独是成氏子以蠹贫，以促织富，裘马扬扬。当其为里正受扑责时，岂意其至此哉！天将以酬长厚者[41]，遂使抚臣、令尹并受促织恩荫[42]。闻之：一人飞升，仙及鸡犬[43]。信夫！”

王阮亭云：“宣德治世，宣宗令主，其台阁大臣，又三杨、蹇、夏诸老先生也，顾以草虫纤物殃民至此耶？惜哉！抑传闻异辞耶？”又云：“状小物，瑰异如此，是《考工记》之苗裔。”

校注

1　〔宣德间〕即宣德年间。宣德，明宣宗朱瞻基年号（1426-1435）。

2 〔尚促织之戏〕即流行斗促织的风气。促织，蟋蟀别名。刘侗《帝京景物略》卷三《胡家村》条，谓蟋蟀“斗则矜鸣，其声如织，故幽州谓之促织也”。沈德符《万历野获编》二四：“我朝宣宗最娴此戏，曾诏苏州知府况钟进千个。一时语云：‘促织瞿瞿叫，宣德皇帝要。’”

3 〔西〕谓西部地区。此指陕西。

4 〔华阴〕县名。在今陕西省东部，渭河下游。

5 〔里正〕古时的乡官名。唐以百户为里，设“里正”。明代改为“里长”，其职略同于后来的地保。里长，从富户中选任，负责一“里”中粮税及摊派徭役。后因徭役日繁，富户贿通官府，由中下户承当，故文中有“薄产累尽之说”。

6 〔游侠儿〕此谓游手好闲、不务正业的浮浪少年。曹植《白马篇》：“借问谁家子，幽并游侠儿。”

7 〔里胥〕古时乡官，里正、乡约之类。《汉书·食货志上》：“春，将出民，里胥平旦坐于右塾，邻长坐于左塾，毕出然后归，夕亦如之。”颜师古注引孟康曰：“里胥，如今里吏也。”

8 〔科敛〕犹“科派”。谓摊派力役、赋税或索取钱财。宋苏洵《重远》：“方今赋取日重，科敛日烦。”

9 〔操童子业〕谓准备参加秀才科考而攻读。操，从事。童子业，指童生。科举时代凡未考取秀才的读书人，不管岁数大小都称“童生”。

10 〔不售〕本意为货物卖不出去。《诗经·邶风·谷风》：“贾用不售。”此处引申为没有考取。

11 〔不中（zhòng 重）于款〕谓不合格。中，符合。款，规格。

12 〔严限追比〕谓严定期限，按期查验。旧社会地方官府对差役或百姓，限期完成某项事，并有周期性的查验。每过一个限期，就要受一次责杖，就叫做“追比”，或“敲比”。

13 〔杖〕据手稿本，原抄本无此字。

14 〔翕（xī 西）辟〕一合一张的样子。翕，闭合。辟，张开。《周易·系辞上》：“夫坤，其静也翕，其动也辟。”

15 〔无毫发爽〕无丝毫差错。爽，差错。

16 〔兰若〕指寺院。梵语“阿兰若”的省称。意为寂静无烦恼之处。唐杜甫《谒真谛寺禅院》诗：“兰若山高处，烟霞嶂几重。”

17 〔青麻头〕促织名，为上等品种。贾似道《促织经》：“青麻头，上品也。”下文中的“蝴蝶”、“螳螂”、“油利挞”、“青丝额”，亦是促织中上等品的名字。

18 〔古陵蔚起〕草木茂盛之中坟墓隆起。蔚，草木茂盛的样子。陵，大土堆。此指坟墓。

19 〔癞头蟆〕即癞虾蟆。

20 〔蹑迹披求〕拨开丛草，追踪寻找。

21 〔掭以尖草〕轻轻地用尖草拨动、驱赶。刘侗《促织志》：“乃掭以尖草，不出；灌以水，跃出矣。”

22 〔连城拱璧〕谓价值连城的大块玉璧。连城，典出《史记·廉颇蔺相如列传》：“赵惠王时，得楚和氏璧，秦昭王闻之，使人遗赵王书，愿以十五城易璧。”后来就以“连城璧”或“价值连城”喻极珍贵之物。拱璧，大的玉石。详见卷一《蛇人》注。

23 〔土于盆而养之〕谓按规定配搭的泥垫于促织的养盆中，将促织养起。刘侗《帝京景物略》卷三《胡家村》载：“其法土于盆而养之。”

24 〔蟹白栗黄〕谓用白色的蟹肉与黄色的栗肉喂养促织。刘侗《帝京景物略》卷三《胡家村》“蟹白栗黄、米饭，食养也。”指喂养促织的饲料。

25 〔业根〕詈词。犹孽种、祸种。此处谓之祸根。

26 〔而翁〕你爹。而，你。

27 〔抢呼〕即“抢地呼天”省语。头碰地，口喊天，悲痛至极。抢，碰、撞。

28 〔向隅〕面对着屋的一个角落。汉刘向《说苑·贵德》：“今有满堂饮酒者，有一人独索然向隅而泣，则一堂之人皆不乐矣。”此指失意悲伤。

29 〔气息惙（chuò 辍）然〕形容气息微弱。惙，虚弱。唐陆龟蒙《奉酬袭美先辈吴中苦雨》诗：“其时心力愤，益使气息惙。”

30 〔东曦（xī 析）既驾〕谓太阳从东方升起。曦，日色。驾，指古代神话中，以太阳为神，每天早晨乘着六龙驾驭的车子出来，所以把日出谓“驾”。

31 〔形若土狗、梅花翅〕蝼蛄的别名曰土狗，指促织如土狗形。此为促织的一种。刘侗《帝京景物略》卷三《胡家村》：“长翼、梅花翅、土狗形、螳螂形、飞铃为一形。”

32 〔掩口胡卢而笑〕谓笑不可忍，掩其口于喉间发出笑声。《阚子》：“宋人得燕石以为大宝，周客见之，掩口胡卢而笑。”

33 〔比笼〕评比促织大小的笼子。清陈淏子《花镜·养昆虫法·蟋蟀》：“初至斗所，凡有持促织而往者，各纳之比笼中，相其身等、色等。”

34 〔尺有咫（zhǐ 止）〕周尺八寸为咫。此言一尺有余。《国语·鲁语下》：“有隼集于陈侯之庭而死，楛矢贯之，石砮，其长尺有咫。”

35 〔抚军〕此指巡抚。

36 〔右〕上。古代以右为上。

37 〔卓异〕意谓才能优异。明清时，对官员每三年考绩一次，京察大计时，“卓异”是对官员考绩最好的评语。

38 〔万椽（chuán 船）〕谓万间。在檩条上架着屋顶的木条。

39 〔牛羊蹄躈（qiào 俏）各千计〕谓牛羊各二百头。蹄，指畜之足。躈，畜类的肛门。《史记·货殖列传》：“马蹄躈千。”索隐：“躈，马八髎也。埤仓云：尻骨谓八髎。”小颜曰：“躈，口也，蹄与口共千，则为二百匹。”

40 〔跬（kuǐ 傀）步〕一举脚叫“跬”；一跬步，即为半步。《大戴礼·劝学》：“不积跬步，无以致千里。”

41 〔长（zhǎng 掌）厚者〕谓忠诚厚道的人。

42 〔恩荫〕封建社会，子孙后代由于先人的功勋得以授官赐爵，称为“恩荫”。此处是讽刺之笔。

43 〔一人飞升，仙及鸡犬〕王充《论衡·道虚》：“淮南王学道，招会天下有道之人”，“王遂得道，举家升天，畜产皆仙，犬吠于天上，鸡鸣于云中。”此讽刺一人得道，仙及鸡犬。

狐谐

万福，字子祥，博兴[1]人也，幼业儒，家少有而运殊蹇[2]，行年二十有奇[3]，尚不能掇一芹[4]。乡中浇俗[5]，多报富户役[6]，长厚者至碎破其家。万适报充役，惧而逃，如济南，税居逆旅。夜有奔女，颜色颇丽，万悦而私之，请其姓氏，女自言："实狐，但不为君祟耳。"万喜而不疑。女嘱勿与客共，遂日至，与共卧处，凡日所需，无不仰给于狐。居无何，二三相识辄来造访，恒信宿[7]不去，万厌之而不忍拒，不得已，以实告客。客愿一睹仙容，万白于狐，狐谓客曰："见我何为哉？我亦犹人耳。"闻其声，历历在目前，四顾，即又不见。客有孙得言者，善诽谑，固请见，且谓："得听娇音，魂魄飞越。何吝容华，徒使人闻声相思？"狐笑曰："贤孙子欲为高曾母[8]作行乐图[9]耶？"诸客俱笑。狐曰："我为狐，请与客言狐典[10]，颇愿闻之否？"众唯唯。狐曰："昔某村旅舍，故多狐，辄出祟行客，客知之，相戒不宿其舍。半年，门户萧索，主人大忧，甚讳言狐。忽有一远方客，自言异国人，望门休止[11]。主人大悦，甫邀入门，即有途人阴告曰：'是家有狐。'客惧，白主人欲他徙，主人力白其妄，客乃止。入室方卧，见群鼠出于床下，客大骇，骤奔，急呼：'有狐！'主人惊问，客怨曰：'狐巢于此，何诳我言无？'主人又问：'所见何状？'客曰：'我今所见，细细幺麽[12]，不是狐儿，必当是狐孙子。'"言罢，座客为之粲然。孙曰："既不赐见，我辈留宿，宜勿去，阻其阳台[13]。"狐笑曰："寄宿无妨，倘有小迕犯，幸勿滞怀。"客恐其恶作剧，乃共散去，然数日必一来，索狐笑骂。狐谐甚，每一语即颠倒宾客，滑稽者不能屈也，群戏呼为"狐娘子"。

一日，置酒高会，万居主人位，孙与二客分左右座，上设一榻屈狐[14]。狐辞不善酒，咸请坐谈。许之。酒数行，众掷骰为瓜蔓之令[15]，客值瓜色，会当饮，戏以觥移上座曰："狐娘子大清醒，暂借一觞[16]。"狐笑曰："我固不饮，愿陈一典，以佐诸公饮。"孙掩耳，不乐闻，客皆言曰："骂人者，当罚。"狐笑曰："我骂狐，何如？"众曰："可。"于是倾耳共听。狐曰："昔一大臣，出使红毛国[17]，着狐腋冠[18]见国王，王见而异之，问：'何皮毛温厚乃尔[19]？'大臣以狐对。王曰：'此物生平未曾得闻，狐字字画何等？'使臣书空[20]而奏曰：'右边是一大瓜[21]，左边是一小犬。'"主客又复哄堂。二客，陈氏兄弟，一名所见，一名所闻，见孙大窘，乃曰："雄狐何在？而纵雌狐流毒若此！"狐曰："适一典，谈犹未终，遂为群吠所乱，请终之。国王见使臣乘一骡，甚异之，使臣告曰：‘此马之所生。’又大异之，使臣曰：‘中国马生骡，骡生驹驹[22]。’王细问其状，使臣曰：‘马生骡，是臣所见；骡生驹驹，是臣所闻。’”举坐又大笑。众知不敌，乃相约：后有开谑端者，罚作东道主[23]。顷之，酒酣，孙戏谓万曰：“一联，请君属之[24]。”万曰：“何如？”孙曰：“妓者出门访情人，来时‘万福[25]’，去时‘万福’。”合座属思，不能对。狐笑曰：“我有之矣！”众共听之。曰：“龙王下诏求直谏，鳖也‘得言[26]’，龟也‘得言’。”四座无不绝倒。孙大恚曰：“适与尔盟，何复犯戒？”狐笑曰：“罪诚在我，但非此不能确对[27]耳。明日设席，以赎吾过。”相笑而罢。狐之诙谐，不可殚述。

居数月，与万偕归，及博兴界，告万曰：“我此处有葭莩亲[28]，往来久梗[29]，不可不一讯。日且暮，与君同寄宿，待旦而行可也。”万询其处，指言：“不远。”万疑此故无村落，姑从之。二里许，果见一庄，生平所未历，狐往叩关，一苍头[30]出应门，入则重门叠阁，宛然世家。俄见主人，有翁与媪揖万而坐，列筵丰盛，待万以姻娅[31]，遂宿焉。狐早谓曰：“我遽偕君归，恐骇闻听，君宜先往，我将继至。”万从其言。先至，预白于家人，未几，狐至，与万言笑，人尽闻之，而不见其人。逾年，万复事于济[32]，狐又与俱。忽有数人来，狐从与语，备极寒暄。乃语万曰：“我本陕中人，与君有夙因，遂从尔许时，今我兄弟至矣，将从以归，不能周事[33]。”留之不可，竟去。

王阮亭云：“此狐辨而黠，当是东方曼倩一流，又即妙绝解人颐[34]。”

校注

1 〔博兴〕县名，清代属山东青州府。今山东省博兴县，位于山东北部。

2 〔运殊蹇〕谓命运不好。运，命运。蹇，蹇滞。

3 〔“行年”句〕即二十多岁。行，此谓经历。奇，零数、余数。有奇，有零数。

4 〔掇一芹〕中一名秀才的意思。《诗经·鲁颂·泮水》：“思乐泮水，薄采其芹。”因习称“采芹”为入泮，故考中秀才亦称为“掇芹”或“游泮”。

5 〔浇俗〕谓浇薄的风俗，不好的风俗。浇，犹薄。

6 〔富户役〕即里正。详见卷一《促织》注。

7 〔信宿〕再宿的意思。

8 〔高曾母〕即高、曾祖母。父之祖为曾祖，祖之祖为高祖。

9 〔行乐图〕谓燕息园林，衣着随便的画像。

10 〔狐典〕谓有关狐的典故。典，事典。

11 〔望门休止〕谓见有人家就投宿休止。

12 〔细细幺麽（yāomó 妖模）〕细小、微不足道的人或物。《通俗文》：“不长曰幺，细小曰麽。”

13 〔阳台〕即“阳台之会”。指男女欢会之所。宋玉《高唐赋》序：“妾在巫山之阳，高丘之阻，旦为朝云，暮为行雨，朝朝暮暮，阳台之下。”

14 〔屈狐〕言其侍待狐。屈，屈尊。

15 〔瓜蔓（wàn 万）之令〕酒令。

16 〔暂借一觞〕权且代饮一杯。

17 〔红毛国〕明清时称荷兰为红毛国。亦泛指西方之国。

18 〔狐腋冠〕用狐狸腋下皮毛所制作的名贵皮帽。

19 〔乃尔〕如此，这般。《三国志·蜀志·吕凯传》："臣不意永昌风俗直乃尔。"

20 〔书空〕用手指凭空而写字。

21 〔大瓜〕"狐"字，解开，为右一"瓜"字，左一"犬"字。其字为巧凑，戏骂右、左二客。山东方言骂傻瓜为"大瓜"。犬，为狗，亦詈词。

22 〔骡生驹驹〕驹驹，应作"駏驉（jùxū 距虚）"。《抱朴子·论仙》："愚人乃不信黄丹胡粉，是化铅所作；又不信骡及駏驉是马所生。"骡是不能生育，駏驉即是牝驴，乃牡马牝驴所生。

23 〔东道主〕即请客，做东。《左传·僖公三十年》："春，晋围郑，郑文公使烛之武说秦缪公解郑之围。曰：'若舍郑以为东道主，行李之往来，共其乏困，君亦无所害。'"因郑国在秦之东，可随时供应秦使节所需，故称之东道主。

24 〔属之〕即属对。指诗文上下两句连缀成对仗。属，联句成对。

25 〔万福〕唐宋时妇女相见行礼，口称万福。宋罗大经《鹤林玉露》丙《陆氏义门》："每晨兴，家长率众子弟致恭于祖祢祠堂，聚揖于厅，妇女道万福于堂。"后遂称妇女行礼为万福。此为戏谑万福。

26 〔得言〕即说可以进谏。此为孙生名之谐音。

27 〔确对〕指妥帖、工整的属对。

28 〔葭莩（jiāfú 夹孚）亲〕指远亲。详见卷一《婴宁》注。

29 〔久梗〕长期没有来往。

30 〔苍头〕指私家的奴仆。苍，深青色。汉朝，奴仆要用深青色的头巾包头。因此，后世即称奴仆为"苍头"。

31 〔姻娅〕古时婿父称姻，两婿互称娅。《诗经·小雅·节南山》：“琐琐姻亚，则无膴仕。”亚，亦作“娅”。此谓以待婿之礼待万福。

32 〔事于济〕即因事到济南。

33 〔周事〕谓终于其事。《左传·昭公二十年》：“子行事乎，吾将死之，以周事子。”注：“周犹终，竟也。”

34 〔“王阮亭云”段〕据《聊斋志异》二十四卷本补。

续黄粱

福建曾孝廉高捷南宫[1]时，与二三新贵[2]遨游郊郭，偶闻毗卢禅院[3]寓一星者[4]，因并骑往诣问卜，入，揖而坐。星者见其意气扬扬，稍佞谀之，曾摇箑微笑，便问："有蟒玉分[5]否？"星者正容，许"二十年太平宰相"，曾大悦，气益高。值小雨，乃与游侣避雨僧舍。舍中一老僧，深目高鼻，坐蒲团上，淹蹇[6]不为礼。众一举手[7]，登榻自话，群以宰相相贺。曾心气殊高，便指同游曰："某为宰相时，推年丈作南抚[8]；家中表为参、游[9]；我家老苍头，亦得小千把[10]，余愿足矣。"

一座大笑。俄闻门外雨益倾注，曾倦伏榻间，忽见有二中使[11]，赍[12]天子手诏，召曾太师[13]决国计，曾得意荣宠，亦乌知其非有也。疾趋入朝，天子前席[14]，温语良久，命三品以下听其黜陟[15]，不必奏闻，即赐蟒服一袭，玉带一围，名马二匹。曾被服稽拜以出，入家，则非旧所居第，绘栋雕榱，穷极壮丽，自亦不解，何以遽至于此，然捻须微呼，则应诺雷动。俄而公卿赠海物，伛偻足恭者[16]叠出其门，六卿[17]来，倒屣[18]而迎；侍郎辈，揖与语；下此者，颔之而已。晋抚[19]馈女乐十人，皆是好女子，其尤者，为袅袅，为仙仙，二人尤蒙宠顾，科头休沐[20]，日事声歌。一日，念微时尝得邑绅王子良周济，我今置身青云，渠尚蹉跎仕路[21]，何不一引手[22]？早旦一疏，荐为谏议[23]，即奉俞旨[24]，立行擢用。又念郭太仆[25]曾睚眦我，即传吕给谏[26]及侍御陈昌等，授以意旨，越日，弹章[27]交至，奉旨削职以去。恩怨了了，颇快心意。偶出郊衢，醉人适触卤簿，即遣人缚付京尹[28]，立毙杖下。接第连阡者，皆畏势，献沃产，自此富可埒国[29]。无何，而袅袅、仙仙以次殂谢。朝夕遐想，忽忆曩年见东家女绝美，每思购充媵御，辄以绵薄违夙愿，今日幸可适志，乃使干仆数辈，强纳资于其家。俄顷，藤舆舁至，则较昔之望见时，尤艳绝也。自顾生平，于愿斯足。

又逾年，朝士窃窃，似有腹非[30]之者，然揣其意，各为立仗马[31]；曾亦高情盛气，不以置怀。有龙图学士包拯[32]上疏，其略曰："窃以曾某，原一饮博无赖，市井小人，一言之合，荣膺圣眷，父紫儿朱[33]，恩宠为极。不思捐躯摩顶[34]，以报万一，反恣胸臆[35]，擅作威福，可死之罪，擢发难数。朝廷名器[36]，居为奇货，量缺肥瘠，为价重轻。因而公卿将士，尽奔走于门下，估计夤缘[37]，俨如负贩，仰息望尘[38]，不可算数。或有杰士贤臣，不肯阿附[39]，轻则置之闲散，重则褫以编氓[40]。甚且一臂不袒[41]，辄迕鹿马之奸[42]，片语方干，远窜豺狼之地，朝士为之寒心，朝廷因而孤立。又且平民膏腴[43]，任肆蚕食，良家女子，强委禽妆，沴气[44]冤氛，暗无天日。奴仆一到，则守、令承颜[45]；书函一投，则司、院枉法[46]。或有厮养之儿[47]，瓜葛之亲，出则乘传[48]，风行雷动，地方之供给稍迟，马上之鞭挞立至。荼毒人民，奴隶官府，扈从[49]所临，野无青草，而某方炎炎赫赫，怙宠[50]无悔。召对方承于阙下，萋菲辄进于君前[51]，委蛇才退于自公，声歌已起于后苑[52]。声色狗马，昼夜荒淫，国计民生，罔存念虑，世上宁有此宰相乎！内外骇讹，人情汹汹，若不急加斧锧之诛，势必酿成操、莽之祸[53]。臣拯夙夜祗惧，不敢宁处，冒死列款，仰达宸听[54]，伏祈断奸佞之头，籍贪冒之产，上回天怒，下快舆情。如果臣言虚谬，刀锯鼎镬[55]即加臣身。”云云。疏上，曾闻之，气魄悚骇，如饮冰水[56]，幸而皇上优容，留中不发[57]。又继而科道九卿[58]交章劾奏，即昔之拜门墙、称假父者[59]，亦反颜相向。奉旨籍家，充云南军。子任平阳[60]太守，已差员前往提问。曾方闻旨惊怛，旋有武士数十人，带剑操戈，直抵内寝，褫其衣冠，与妻并系。俄见数夫运资于庭，金银钱钞以数百万，珠翠瑙玉数百斛，幄幕帘榻之属又数千事，以至儿襁女舄，遗坠庭阶。曾一一视之，酸心刺目。又俄而一人掠美妾出，披发娇啼，玉容无主，悲火烧心，含愤不敢言。俄楼阁仓库并已封志，立叱曾出。监者牵罗曳而出，夫妻吞声就道，求一下驷劣车，少作代步，亦不得。十里外，妻足弱欲倾跌，曾时以一手相攀引。又十余里，己亦困惫，欻见高山直插霄汉，自忧不能登越，时挽妻相对泣，而监者狞目来窥，不容稍停驻。又顾斜日已坠，无何投止，不得已，参差蹩躠[61]而行，比至山腰，妻力已尽，泣坐路隅，曾亦憩止，任监者叱骂。

忽闻百声齐噪，有群盗各操利刃，跳梁而前，监者大骇，逸去。曾长跪，言："孤身远谪，橐中无长物。"哀求宥免。群盗裂眦宣言："我辈皆被害冤民，只乞得佞贼头，他无索取！"曾叱怒曰："我虽待罪，乃朝廷命官，贼子何敢尔！"贼亦怒，以巨斧挥曾项，觉头堕地作声。魂方骇疑，即有二鬼来，反接其手，驱之行，行逾数刻，入一都会，顷之，睹宫殿，殿上一丑形王者，凭几决罪福。曾前，匍匐请命。王者阅卷，才数行，即震怒曰："此欺君误国之罪，宜置油鼎！"万鬼群和，声如雷霆，即有巨鬼，至墀下，见鼎高七尺已来，四围炽炭，鼎足尽赤。曾觳觫哀啼，窜迹无路，鬼以左手抓发，右手握踝，抛置鼎中。觉块然一身，随油波而上下，皮肉焦灼，痛彻于心，沸油入口，煎烹肺腑，念欲速死，而万计不能得死。约食时，鬼方以巨叉取曾，复伏堂下。王又检册籍，怒曰："倚势凌人，合受刀山狱！"鬼复捽去。见一山，不甚广阔，而峻削壁立，利刃纵横，乱如密笋，先有数人罥肠刺腹于其上，呼号之声惨绝心目。鬼促曾上，曾大哭退缩，鬼以毒锥刺脑，曾负痛乞怜，鬼怒，捉曾起，望空力掷，觉身在云霄之上，晕然一落，刃交于胸，痛楚不可言状。又移时，身躯重赘，刀孔渐阔，忽焉脱落，四肢蠖屈。鬼又逐以见王，王命会计生平，卖爵鬻名，枉法霸产，所得金钱几何。即有髯须人持筹握算曰："三百二十一万。"王曰："彼既积来，还令饮去。"少间，取金钱堆阶上，如丘陵，渐入铁釜，熔以烈火。鬼使数辈，更相以杓灌其口，流颐则皮肤臭裂，入喉则脏腑腾沸。生时患此物之少，是时患此物之多也。半日方尽。

王者令押去甘州[62]为女。行数步，见架上铁梁，围可数尺，绾一火轮，其大不知几百由旬[63]，焰生五采，光耿云霄。鬼挞使登轮，方合眼跃登，则轮随足转，似觉倾坠，遍体生凉，开目自顾，身已婴儿，而又女也。视其父母，则悬鹑[64]败絮，土室之中，瓢杖犹存，心知为乞人子。日随乞儿托钵[65]，腹辘辘然常不得一饱，着败衣，风常刺骨。十四岁，鬻于顾秀才，备媵妾，衣食粗足自给，而冢室悍甚，日以鞭棰从事，辄以赤铁烙胸乳，幸而良人颇怜爱，稍自宽慰。东邻恶少年忽逾垣来，逼与私，乃自念：前身恶孽，已被鬼责，今那得复尔！于是大声疾呼，良人与嫡妇尽起，恶少年始窜去。居无何，秀才宿诸其室，枕上喋喋，方自诉冤苦，忽震厉一声，室门大辟，有两贼持刀入，竟决秀才首，囊括衣物。团伏被底，不敢复作声。既而贼去，乃呼奔嫡室，嫡大惊，相与泣验，遂疑妾以奸夫杀良人，因以状白刺史。刺史严鞫，竟以酷刑定罪案，依律凌迟[66]处死，絷赴刑所。胸中冤气扼塞，距踊[67]声屈，觉九幽十八狱[68]，无此黑黯也。正悲号间，闻同游者呼曰："兄梦魇[69]耶？"豁然而寤，见老僧犹跏趺[70]座上。同侣竞相谓曰："日暮腹枵，何久酣睡？"曾乃惨淡而起。僧微笑曰："宰相之占验否？"曾益惊异，拜而请教，僧曰："修德行仁，火坑中有青莲也[71]。山僧何知焉！"曾胜气而来，不觉丧气而返。台阁之想[72]，由此淡焉。入山，不知所终。

异史氏曰："福善祸淫[73]，天之常道。闻作宰相而忻然于中者，必非喜其鞠躬尽瘁可知矣。是时，方寸[74]中宫室妻妾无所不有，然而梦固为妄，想亦非真，彼以虚作，神以幻报[75]。黄粱将熟[76]，此梦在所必有，当以附之邯郸之后[77]。"

校注

1 〔捷南宫〕谓会试被录取，亦是考中进士。南宫，本为南方的星宿。清代为礼部的别称。因会试由礼部主持，故会试中式，亦称捷南宫。

2 〔新贵〕谓新登第的士人或新任高官者。元方回《又次张御史鹏飞》诗："马尘往往逢新贵，鸥梦依依忆旧盟。"此处指会试中式的新贵人。

3 〔毗（pí 皮）卢禅院〕佛寺名。毗卢，梵语毗卢舍那佛之省略（亦译为毗卢遮那），即密宗大日如来。宋苏辙《夜坐》诗："知有毗卢一径通，信脚直前无别巧。"禅院，佛寺。

4 〔星者〕据星相算命的人。迷信说法，根据人的出生年月日及时辰，按天上星宿来推算，即可知此人一生的寿禄。因此，称这种人为"星者"或"星士"。

5 〔蟒玉分〕指有无做高官的福分。蟒，为蟒袍；玉，为玉带。明朝阁臣赐蟒袍，上绣形与龙似而少一爪。清代自公侯至七品官的蟒袍，按品级绣蟒八至五。玉带，明惟亲王及一品文官用，清代特赐一品衔玉版带。分，福分，缘分。

6 〔淹蹇（jiǎn 俭）〕形容意态傲慢。

7 〔举手〕即举手示意作礼。

8 〔推年丈作南抚〕谓荐举同年的父辈做应天府的巡抚。推，荐举。年丈，科举时代，称与自己同科考中的父辈或父辈的同年为"年丈"。南抚，明朝是专指应天府的巡抚。

9 〔中表为参、游〕中表，即中表兄弟。参、游，谓参将、游击，明清武官名。参将正三品，游击从三品。

10 〔千把〕即千总、把总。明清朝武官名。千总正六品，把总正七品。

11 〔中使〕皇宫的使者，多由宦官充任。白居易《缭绫》诗："去年中使宣口敕，天上取样人间织。"

12 〔赍（jī 机）〕怀着、捧着。

13 〔太师〕封建时代的太师、太傅、太保称为"三公"，而太师为首席，官位最高。明朝则为虚衔，凡大臣功高者，多特旨加太师衔，无实职。

14 〔前席〕谓把座位向前移动，靠近对方。《史记·贾生传》："上因感鬼神事，而问鬼神之本，贾生因具道所以然之状，至夜半，文帝前席。"

15 〔黜陟（chùzhì 触治）〕指官吏的进退或升降。《尚书·舜典》："三载考绩，三考黜陟幽明。"

16 〔伛偻（yǔlǚ 雨吕）足（jù 巨）恭者〕谓巴结逢迎的人。伛偻，弯着腰。足恭，过分谦恭。《论语·公冶长》："巧言令色，足恭，左丘明耻之，丘亦耻之。"朱熹注："足，过也。"

17 〔六卿〕指六部尚书，即吏部、户部、礼部、兵部、刑部、工部。《尚书·周官》："六卿分职，各率其属，以倡九牧，阜成兆民。"这里所指六卿：冢宰、司徒、宗伯、司马、司寇、司空。明清中央政府中的六部尚书，相当于《尚书·周官》中的六卿，故称。

18 〔倒屣〕谓急于起迎，将鞋穿倒。《三国志·魏志·王粲传》："粲徙长安左中郎将，蔡邕见而奇之。……宾客盈座，闻粲在门，倒屣迎之。"屣，鞋子。古人家居，脱鞋席地而坐。

19 〔晋抚〕山西巡抚。

20 〔科头休沐〕指例假休息，衣着随便。科头，光着头未戴帽子。休沐，休息沐浴。《汉书·霍光传》："光时休沐出，（上官）桀辄入代光决事。"

21 〔蹉跎仕路〕谓仕途中很不顺利。蹉跎，虚度光阴。

22 〔引手〕喻提拔，援引。

23 〔谏议〕谏官名，西汉置谏大夫，掌谏议，属光禄勋。东汉改为谏议大夫，历代沿用。元朝废。明清谏官称"给事中"，又名"给谏"。

24 〔俞旨〕皇帝准许臣下的请求。俞，应允。

25 〔太仆〕官名，秦汉九卿之一，职掌舆马、牧畜之事。明清太仆寺长官为卿，从三品；副长官少卿，正四品。

26 〔给谏〕即谏官给事中的别称。明给事中分吏、户、礼、兵、刑、工六科，掌侍从进谏，纠察部弊误。清代隶都察院，与御史同为谏官。

27 〔弹章〕谓向皇帝递呈弹劾官吏的奏疏。

28 〔京尹〕古代京师的地方行政长官。

29 〔埒（liè 猎）国〕谓家中的财富，可与国家相比。埒，等同，比并。《史记·平准书》："故吴诸侯也，以即山铸钱，富埒天子。"

30 〔腹非〕谓口虽不言，而心内非之。《汉书·食货志下》：“(张)汤奏当(颜)异九卿见令不便，不入言而腹非，论死。”

31 〔各为立仗马〕谓朝臣各自以立仗马为诫，不敢直言。《新唐书·百官志二》：“飞龙厩日以八马列宫门之外，号南衙立仗马，仗下，乃退。”这种马静立无声，从不嘶鸣。唐李林甫任宰相时，谏议官没有一个敢对李非议的。外阙杜进上书谈论政事，被贬斥为一县令，于是以此告诫他人说：“君等独不见立仗马乎？终日无声而三品。刍立一鸣矣，则斥之。”原抄本在“各”字后有“恐”字，据手稿本删去。因有此字，此“立仗马”之典就不通。此“恐”字，是作者在手稿上自己圈去的。

32 〔龙图学士包拯〕本指宋朝龙图阁直学士包拯。包拯知开封府时，由于执法严峻，不徇私情，世称包龙图。此借指刚直不阿的朝臣。

33 〔父紫儿朱〕指父子皆做高官。唐朝制，官三品以上者官服用紫；五品以上者官服用朱。因以“紫朱”或“朱紫”喻高官。唐高适《送族侄式颜》诗：“部曲尽公侯，舆台亦朱紫。”

34 〔摩顶〕即“摩顶放踵”之省略，比喻牺牲个人所有一切。《孟子·尽心上》：“墨子兼爱，摩顶放踵利天下，为之。”此指曾不为国家操劳以报皇恩。

35 〔恣胸臆〕谓任意而为，滥用职权。恣，任意、放纵。胸臆，胸怀，指个人的欲望。

36 〔朝廷名器〕朝廷官员等级的称号和车服仪制，代指官秩。名，指官员的爵号。器，指官员的车服。

37 〔估计夤缘〕谓计算出买卖官位的价钱。夤缘，攀缘、依附，指巴结有权势者而取得爵禄。

38 〔仰息望尘〕是“仰人鼻息”与“望尘而拜”两个典故的并用。意谓依附巴结权贵。仰人鼻息，谓依赖他人。《后汉书·袁绍传》：“孤客穷军，仰我鼻息，譬如婴儿在股掌之上，绝其哺乳，立可饿杀。”望尘而拜，谓对显贵，刚望见车尘就拜。《晋书·潘岳传》："岳性轻躁，赵世利与石崇等谄事贾谧，每候其出，与崇辄望尘而拜。"此二典连用，言依附曾某者之多。

39 〔阿附〕逢迎附和。《汉书·王遵传》："石显贵幸，专权为奸邪。丞相匡衡、御史大夫张谭阿附畏事显，不敢言。"

40 〔褫（chǐ 耻）以编氓〕解除官职，让他做普通的老百姓。褫，解除、剥夺。氓，平民、百姓。编氓，编入户籍的平民。《宋史·汪大猷传》："货钱射利，隐寄田产，害及编氓。"

41 〔一臂不袒〕指一只胳膊也不袒露，意为缄默不表态。典出《史记·吕太后本纪》：汉时吕氏擅权，大将军周勃维护刘氏，铲除吕氏誓师时说，愿随吕氏者请袒露右臂，愿随刘氏的袒露左臂，后一军皆左袒。

42 〔鹿马之奸〕意谓曾生有如赵高一样颠倒黑白，而又暗害不肯阿附他的人。《史记·秦始皇本纪》载：赵高为篡夺帝位，设法推测群臣对他的态度，就献一只鹿给秦二世，而说是马。二世说这是鹿，不是马，以问群臣。有附赵高者说是马，有的直言为鹿。后来，说是鹿者，赵高认为是异己，全部杀掉。

43 〔膏腴〕指肥沃的田地。

44 〔沴（lì 历）气〕灾害，不祥之气。指曾弄权的凶恶气焰。北周庾信《哀江南赋》："沴气朝浮，妖星夜殒。"

45 〔守、令承颜〕谓郡守县令都得看着曾氏家奴脸色行事。承颜，观察着脸色。《汉书·隽不疑传》："闻暴公子威名旧矣，今乃承颜接辞。"

46 〔司、院枉法〕司与院都是明清省级官吏。司，指布政使司与按察使司。院，指总督与巡抚。由于明朝督、抚多兼兵部尚书或兵部侍郎，又例兼都察院监察御史衔，故称之"两院"。此指省级地方官吏枉法。

47 〔厮养之儿〕指家中的奴仆。《史记·淮阴侯列传》："夫随厮养之役者，失万乘之权。"

48 〔乘传（zhuàn 转）〕乘坐官府驿站的车马。传，指驿站或驿站的车马。

49 〔扈从〕指随从人员。

50 〔怙宠〕恃宠而骄。《后汉书·朱穆传》：“凶狡无行之徒，媚以求官；恃势怙宠之辈，渔食百姓。”

51 〔“召对方承于阙下”二句〕皇帝接见臣下，有所垂询，曾便乘机陷害别人。召对，召见垂询。《宋史·章谊传》：“召对，赐带笏。”阙下，皇帝住的地方，即宫阙之下。《汉书·淮南厉王长传》：“驰诣阙下，肉袒而谢。”萋菲，同“萋斐”。《诗经·小雅·巷伯》：“萋兮斐兮，成是贝锦。彼谮人兮，亦已太甚。”传：“萋菲，文章相错也。贝锦，锦文也。”笺：“喻谗人集作己过以成于罪，犹女工之集采色以成锦文。”后因以萋菲比喻谗言。

52 〔“委蛇才退于自公”二句〕谓刚从官府回家，就听后苑奏起歌舞之声。委蛇，形容自得的样子。《诗经·召南·羔羊》：“退食自公，委蛇委蛇。”苑，花园。

53 〔操、莽之祸〕指如同曹操与王莽篡夺皇位的祸患。操，指曹操，于建安元年，他挟持天子献帝刘协以领诸侯，篡夺汉之朝政大权。莽，指王莽，于西汉末年，毒杀平帝刘衎，立年仅二岁的刘婴为太子，后篡汉自立，改国号为“新”。

54 〔仰达宸听〕上达请皇帝听察。宸，北极星所在为宸，封建社会，借指为帝王所居之处为“宸”，又引申为皇帝的言行、举止。宸听，指皇帝听闻。

55 〔鼎镬（huò 获）〕古代的一种酷刑。即油沸于镬，以烹人的刑具。

56 〔如饮冰水〕喻惶恐忧惧，如同冷饮冰水，浑身颤抖。《庄子·人间世》：“今吾朝受命而夕饮冰，我其内热与？”

57 〔留中不发〕皇帝把下臣的奏章，留于禁中，不批示亦不交议。《史记·三王世家》：“四月癸未，奏未央宫，留中不下。”

58 〔科道九卿〕指宫中朝臣。科道，明清两朝都察院下设吏、户、礼、兵、刑、工六科给事中和十五道监察御史，统称科道。九卿，明朝指六部尚书、都察院都御史、通政司使、大理寺卿；清朝指都察院、大理寺、太常寺、光禄寺、鸿胪寺、太仆寺、通政司、宗人府、銮仪卫为九卿。

59 〔拜门墙，称假父者〕谓投拜于门下与称假父的人。门墙，即师门。假父，义父。汉刘向《说苑·正谏》："茅焦对曰：'陛下车裂假父，有嫉妒之心。'"后称义父为假父。

60 〔平阳〕旧府名，府治在今之山西临汾市。

61 〔参差（cēncī）蹩躠（biéxiè 别屑）〕形容走路跌跌撞撞很吃力。参差，不齐貌。蹩躠，匍匐而行。此指弯腰爬山。

62 〔甘州〕清府名，治所在今甘肃省张掖市。

63 〔由旬〕古印度计里单位的音译，亦译为"俞旬"、"揄旬"、"由延"、"逾阇"、"逾缮那"等。其确定，以帝王一日行军之路程为一"由旬"。《大唐西域记》卷二："逾缮那者，自古圣王一日运行也。旧传一逾缮那四十里矣，印度国俗乃三十里。"

64 〔悬鹑〕鹑，即鹌鹑。鹌鹑毛斑尾秃，将鹌鹑挂起来看去很像破烂的衣服，因之"悬鹑"就成了破烂衣服的代称。

65 〔托钵〕本为佛家语，谓僧人手捧钵盂四处募化。这里意为捧碗乞讨。

66 〔凌迟〕封建社会最残酷的死刑，俗称"剐刑"，即碎割肢体。

67 〔距踊〕跳跃、跺脚。《吕氏春秋·悔过》："超乘者五百乘。"高诱注："超乘，距踊车上也。"

68 〔九幽十八狱〕迷信传说。九幽，指地下最深处，犹说"九泉"，即冥间。十八狱，即十八层地狱的省称。

69 〔梦魇（yǎn 眼）〕梦中遇到可怕的事而惊叫。

70 〔跏趺（jiāfū 加夫）〕佛家用语，"结跏趺坐"的省称，俗称"打坐"。两足交叉于左右股上，为全跏趺坐；单以右足置于左股上，或单以左足置于右股上，为半跏趺坐。白居易《在家出家》诗："中宵入定跏趺坐，女唤妻呼多不应。"

71 〔火坑中有青莲也〕佛教谓六道中地狱、饿鬼、畜生三道为三恶火坑。青莲产于印度，梵语为“优婆罗”。佛经常用以比喻高贵纯洁。火炕中有青莲，喻身处苦境，而能洁身自持，勇猛精进，不致毁灭。《唐诗纪事·罗虬〈比红儿〉之三五》：“常笑他人语虚诞，今朝自见火中莲。”

72 〔台阁之想〕指做大官的念头。台阁，指朝廷重臣。明清指宰相、大学士、尚书一类大官。

73 〔福善祸淫〕古人认为天道之常，是奖善惩恶。《尚书·汤浩》：“天道福善祸淫。”

74 〔方寸〕指心。

75 〔“彼以虚作”二句〕指曾在幻梦中的恶行，鬼神亦在幻梦中给他恶报。

76 〔黄粱将熟〕唐沈既济《枕中记》，元朝李时中、马致远改编为《黄粱梦》杂剧。本文是仿《枕中记》，因前有《黄粱梦》，故名之《续黄粱》。黄粱将熟，即是一枕黄粱的脱胎。一生之荣华富贵及被贬、被杀至六道轮回，毕于一梦之中。言生之短暂。

77 〔附之邯郸之后〕因明汤显祖《邯郸记》传奇取材于《枕中记》；蒲氏再仿效《枕中记》，已在汤氏之后，故文言“附之邯郸之后”。

辛十四娘

广平[1]冯生，正德间人[2]，少轻脱，纵酒。昧爽偶行，遇一少女，着红帔，容色娟好，从小奚奴[3]，蹑露奔波，履袜沾濡，心窃好之。薄暮醉归，道侧故有兰若，久芜废，有女子自内出，则向丽人也，忽见生来，即转身入。阴念：丽者何得在禅院中？縶驴于门，往觇其异，入则断垣零落，阶上细草如毯。彷徨间，一颁白叟出，衣帽整洁，问客何来，生曰："偶过古刹[4]，欲一瞻仰。翁何至此？"叟曰："老夫流寓无所，暂借此安顿细小[5]，既承宠降，有山茶可以当酒。"乃肃宾入。见殿后一院，石路光明，无复蓁莽，入其室，则帘幌床幕，香雾喷人。坐展姓字，云："蒙叟姓辛。"生乘醉遽问曰："闻有女公子未遭良匹，窃不自揣，愿以镜台自献[6]。"辛笑曰："容谋之荆人。"生即索笔为诗曰："千金觅玉杵，殷勤手自将。云英如有意，亲为捣玄霜[7]。"主人笑付左右。少间，有婢与辛耳语，辛起，慰客耐坐，牵幕入，隐约三数语，即趋出。生意必有佳报，而辛乃坐与嗢噱[8]，不复有他言。生不能忍，问曰："未审意旨，幸释疑抱。"辛曰："君卓荦[9]士，倾风已久，但有私衷，所不敢言耳。"生固请之，辛曰："弱息[10]十九人，嫁者十有二，醮命任之荆人，老夫不与焉。"生曰："小生只要得今朝领小奚奴带露行者。"辛不应，相对默然。闻房内嘤嘤腻语，生乘醉搴帘曰："伉俪既不可得，当一见颜色，以消吾憾。"内闻钩动，群立愕顾。果有红衣人，振袖倾鬟，亭亭拈带，望见生入，遍室张皇。辛怒，命数人捽生出。酒愈涌上，倒蓁芜中，瓦石乱落如雨，幸不着体。

卧移时，听驴子犹龁草路侧，乃起跨驴，踉跄而行，夜色迷闷，误入涧谷，狼奔鸱叫，竖毛寒心，踟蹰四顾，并不知其何所。遥望苍林中，灯火明灭，疑村落，竟驰投之，仰见高闳[11]，以策挝门。内有问者曰："何处郎君，半夜来此？"生以失路告，问者曰："特达主人。"生累足鹄俟[12]，忽有人振管辟扉[13]，一健仆出，代客捉驴。生入，见室甚华好，堂上张灯火，少坐，有妇人出，问客姓氏，生具以告。逾刻，青衣数人，扶一老妪出，曰："郡君[14]至。"生起立，肃身[15]欲拜，妪止之，坐谓生曰："尔非冯云子之孙耶？"曰："然。"妪曰："子当是我弥甥[16]。老身钟漏并歇[17]，残年向尽，骨肉之间，殊所乖阔[18]。"生曰："儿少失怙[19]，与我祖父处者，十不识一焉。素未拜省，乞便指示。"妪曰："子自知之。"生不敢复问，坐对悬想。妪曰："甥深夜何得来此？"生以胆力自矜诩，遂一一历陈所遇，妪笑曰：“此大好事。况甥名士，殊不玷于姻娅，野狐精何得强自高！甥勿虑，我能为若致之。”生谢唯唯。妪顾左右曰：“我不知辛家女儿，遂如此端好！”青衣人曰：“渠有十九女，都翩翩有风格，不知官人所聘者行几？”生曰：“年约十五余矣。”青衣曰：“此是十四娘，三月间，曾从阿母寿郡君，何忘却？”妪笑曰：“是非刻莲瓣为高履，实以香屑，蒙纱而步者乎？”青衣曰：“是也。”妪曰：“此婢大会作意[20]弄媚巧，然果窈窕，阿甥赏鉴不谬。”即谓青衣曰：“可遣小狸奴[21]唤之来。”青衣应诺去，移时，入白：“呼得辛家十四娘至矣。”旋见红衣女子，望妪俯拜，妪曳之曰：“后为我家甥妇，勿得修婢子礼。”女子起，娉娉而立，红袖低垂，妪理其鬓发，捻其耳环，曰：“十四娘，近在闺中作么生[22]？”女低应曰：“闲来只挑绣。”回首见生，羞缩不安。妪曰：“此吾甥也。盛意与儿作姻好，何便教迷途，终夜窜溪谷？”女俯首无语。妪曰：“我唤汝非他，欲为吾甥作伐耳！”女默默而已。妪命扫榻、展茵褥，即为合卺。女靦然曰：“还以告之父母。”妪曰：“我为汝作冰，有何舛谬？”女曰：“郡君之命，父母当不敢违，然如此草草，婢子即死，不敢奉命。”妪笑曰：“小女子志不可夺，真吾甥妇也。”乃拔女头上金花一朵，付生收之，命归家检历[23]，以良辰为定，乃使青衣送女去。听远鸡已唱，遣人持驴送生出。数步外欻一回顾，则村舍已失，但见松楸浓黑，蓬颗[24]蔽冢而已。定想移时，乃悟其处为薛尚书墓。薛故生祖母弟，故相呼以甥。心知遇鬼，然亦不知十四娘何人，咨嗟而归。漫检历以待之，而心恐鬼约难恃，再往兰若，则殿宇荒凉，问之居人，则寺中往往见狐狸云。阴念：若得丽人，狐亦自佳。至日，除舍扫途，更仆眺望，夜半犹寂，生已无望。顷之，门外哗然，蹁屣[25]出窥，则绣幰[26]已驻于庭，双鬟扶女坐青庐[27]中。妆奁亦无长物，惟两长鬣奴扛一扑满[28]，大如瓮，息肩置堂隅。生喜得丽偶，并不疑其异类，问女曰："一死鬼，卿家何帖服之甚？"女曰："薛尚书，今作五都巡环使，数百里鬼狐，皆备扈从，故归墓时常少。"生不忘蹇修[29]，翌日，往祭其墓，归见二青衣，持贝锦[30]为贺，竟委几上而去。生以告女，女视之曰："此郡君物也。"

邑有楚银台[31]之公子，少与生共笔砚，颇相狎，闻生得狐妇，馈遗为馔[32]，即登堂称觞[33]。越数日，又折柬来招饮，女闻，谓生曰："曩公子来，我穴壁窥之，其人猿睛而鹰隼，不可与久居也，宜勿往。"生诺之。翌日，公子造门，问负约之罪，且献新什[34]，生评涉嘲笑，公子大惭，不欢而散。生归，笑述于房，女惨然曰："公子豺狼，不可狎也。子不听吾言，将及于难。"生笑谢之。后与公子辄相谀噱，前郤[35]渐释。会提学试[36]，公子第一，生第二。公子沾沾自喜，走伻[37]来邀生饮，生辞，频召乃往。至，则知为公子初度，客从满堂，列筵甚盛。公子出试卷示生，亲友叠肩赞赏。酒数行，乐奏作于堂，鼓吹伧伫[38]，宾主甚乐。公子忽谓生曰：“谚云：‘场中莫论文[39]。’此言今知其谬。小生所以忝[40]出君上者，以起处[41]数语略高一筹耳。”公子言已，一座尽赞。生醉不能忍，大笑曰：“君到于今，尚以为文章至是耶？”生言已，一座失色，公子惭忿气结。客渐去，生亦遁，醒而悔之，因以告女，女不乐，曰：“君诚乡曲之儇子[42]也。轻薄之态，施之君子，则丧吾德；施之小人，则杀吾身。君祸不远矣！我不忍见君流落，请从此辞。”生惧而涕，且告之悔，女曰：“如欲我留，与君约，从今闭户绝交游，勿浪饮。”生谨受教。

十四娘为人，勤俭洒脱，日以纴织[43]为事，时自归宁，未尝逾夜。又时出金帛作生计，日有赢余，辄投扑满。日杜门户，有造访者，辄嘱苍头谢去。一日，楚公子驰函来，女焚爇不以闻。翌日，出吊于城，遇公子于丧者之家，捉臂苦约，生辞以故，公子使圉人[44]挽辔，拥捽以行。至家，立命洗腆[45]，继辞夙退。公子要遮[46]无已，出家姬弹筝为乐。生素不羁，一向闭置庭中，颇觉闷损；忽逢剧饮，兴顿豪，无复萦念，因而酣醉，颓卧席间。公子妻阮氏最悍妒，婢妾不敢施脂泽，日前，婢入斋中，为阮掩执，以仗击首，脑裂立毙。公子以生嘲慢，故衔生，日思所报，遂谋醉以酒而诬之，乘生醉寐，扛尸床间，合扉径去。生五更酲[47]解，始觉身卧几上，起寻枕榻，则有物腻然，绁绊[48]步履，摸之，人也，意主人遣僮伴睡，又蹴之，不动，举之而僵，大骇，出门怪呼。厮役尽起，爇之，见尸，执生怒闹。公子出验之，诬生逼奸杀婢，执送广平。隔日，十四娘始知，潸然曰："早知今日矣。"因按日以金钱遗生。生见府尹[49]，无理可伸，朝夕搒掠，皮肉尽脱。女自诣，生见之，悲气塞心，不能言说。女知陷阱已深，劝令诬服，以免刑宪[50]，生泣听命。

女还往之间，人咫尺不相窥，归家咨惋，遽遣婢子去。独居数日，又托媒媪购良家女，名禄儿，年已及笄，容华颇丽，与同寝食，抚爱异于群小。生认误杀，拟绞，苍头得信归，恸述不成声，女闻，坦然若不介意。既而秋决[51]有日，女始皇皇躁动，昼去夕来无停履，每于寂所，於邑[52]悲哀，至损眠食。一日，日晡[53]，狐婢忽来，女顿起，相引屏语[54]，出则笑色满容，料理门户如平时。翌日，苍头至狱，生寄语娘子，一往永诀。苍头复命，女漫应之，亦不怆恻，殊落落置之，家人窃议其忍。忽道路沸传：楚银台革职，平阳观察[55]奉特旨治冯生案。苍头闻之，喜告主母，女亦喜，即遣入府探视，则生已出狱，相见悲喜。俄捕公子至，一鞫，尽得其情，生立释宁家[56]。归见帏中人[57]，泫然流涕，女亦相对怆楚，悲已而喜，然终不知何以得达上听。女笑指婢曰："此君之功臣也。"生愕问故。

先是，女遣婢赴燕都，欲达宫闱，为生陈冤抑。婢至，则宫中有神守护，徘徊御沟[58]间，数月不得入。婢惧误事，方欲归谋，忽闻今上将幸[59]大同，婢乃预往，伪作流妓，上至勾栏[60]，极蒙宠眷，疑婢不似风尘人，婢乃垂泣，上问："有何冤抑？"婢对："妾原籍直隶广平，生员冯某之女，父以冤狱将死，遂鬻妾勾栏中。"上惨然，赐金百两，临行细问颠末，以纸笔记姓名，且言欲与共富贵。婢言："但得父子团聚，不愿华膴[61]也。"上颔之，乃去。婢以此情告生，生急拜，泪眦双荧。居无几何，女忽谓生曰："妾不为情缘，何处得烦恼？君被逮时，妾奔走戚眷间，并无一人代一谋者。尔时酸衷，诚不可以告诉，今视尘俗益厌苦。我已为君蓄良偶，可从此别。"生闻，泣伏不起，女乃止。夜遣禄儿侍生寝，生拒不纳，朝视十四娘，容光顿减；又月余，渐已衰老；半载，黯黑如村妪。生敬之，终不替。女忽复言别，且曰："君自有佳侣，安用此鸠盘[62]为？"生哀泣如前日。又逾月，女暴疾，绝食饮，羸卧闺闼，生侍汤药，如奉父母，巫医无灵，竟以溘逝[63]。生悲怛欲绝，即以婢赐金，为营斋葬。数日，婢亦去，遂以禄儿为室。逾年，举一子。然比岁不登[64]，家益落。夫妻无计，对影长愁，忽忆堂陬扑满，常见十四娘投钱于中，不知尚在否。近临之，则豉具盐盎，罗列殆满。头头置去，箸探其中，坚不可入，扑而碎之，金钱溢出，由此顿大充裕。后苍头至太华[65]，遇十四娘乘青骡，婢子跨蹇[66]以从，问："冯郎安否？"且言："致意主人，我已名列仙籍矣。"言讫不见。

异史氏曰："轻薄之词，多出于士类，此君子所悼惜也。余常冒不韪[67]之名，言冤则已迂，然未尝不刻苦自励，以勉附于君子之林，而祸福之说不与焉[68]。若冯生者，一言之微，几至杀身，苟非室有仙人，亦何能解脱囹圄，以再生于当世耶？可惧哉！"

校注

1 〔广平〕明清府名，治所在今河北省永年县。

2 〔"正德间人"〕据手稿本，原抄本无。正德，明武宗朱厚照的年号（1506-1521）。

3 〔小奚奴〕年轻的婢女。李商隐《李贺小传》："恒从小奚奴，骑距驴，背一古破锦囊，遇有所得，书投囊中。"

4 〔古刹〕古寺。梵语"刹多罗"之省称。南朝陈徐陵《出自蓟北门行》："燕然对古刹，代郡隐城楼。"刹，为佛塔顶部的装饰，亦指寺前的幡杆。故称佛寺为"刹"或"寺刹"。

5 〔细小〕指家眷。

6 〔镜台自献〕指自为媒求婚。《世说新语·假谲》：晋人温峤妻丧。其从姑刘氏惟有一女，于离乱时，托温为之觅婿。一天，温峤告从姑，婿已觅到，其与温峤条件不減，并送来玉镜台一枚为聘礼。等当婚礼时，"女以手披纱扇，抚掌大笑曰：'我固疑是老奴，果如所卜。'"后遂以"镜台自献"，代指为自己作媒。镜台，镜匣。

7 〔"千金觅玉杵"四句〕这是一首表示求婚的诗。事见唐人裴铏《传奇·裴航》。唐人裴航路过蓝桥驿，向一位老妇人求浆水，老妇人命少女云英捧浆而出，裴航见云英很美，欲求她为妻，便向老妇人说明欲娶云英为妻之事。老妇人说："我有神仙给的药，要用玉杵臼去捣，吃了长生不老。你能用玉杵臼做聘礼，捣药一百天，我就把云英许你为妻。"后来，裴航果然觅得玉杵臼。和云英成婚后，两人吃灵药成仙。玉杵，即玉杵臼，捣药用具。玄霜，丹药名。《汉武帝内传》："仙家上药有玄霜、绛雪。"玄，原抄本缺末笔，避康熙帝讳；手稿本为"元"字。

8 〔嗢噱（wàxué 袜穴）〕高兴地说笑。《文选·嵇康〈琴赋〉》："留连澜漫，嗢噱终日。"注引服虔曰："乐不胜，谓之嗢噱。"

9 〔卓荦〕卓绝出众。《文选·班固〈引典〉》："卓荦乎方州，洋溢乎要荒。"

10 〔弱息〕对人称呼自己子女的谦词，后多指女儿。

11 〔高闳（hóng 宏）〕高大的里巷门。

12 〔累足鹄俟〕驻足侧立如鹄伸颈等候。累足，两足相叠，侧立。《史记·吴王濞列传》："胁肩累足，犹惧不见释。"鹄，即天鹅，颈长，能远望，因以鹄立比喻引颈待命之状。《后汉书·袁绍传》："今整勒士马，瞻望鹄立。"

13 〔振管辟扉〕开锁敞门。《三水小牍·张直方》："振管辟扉，引保母出。"振管，开锁。

14 〔郡君〕本指古代妇女的封号。唐代封四品官之妻为郡君；明朝皇室中女子称郡君；清朝贝勒之女及亲王侧福晋之女称郡君。

15 〔肃身〕古人行礼，先揖后拜。此谓做出揖拜的姿势。

16 〔弥甥〕即外甥的儿子。《左传·哀公二年》："以肥（为季康子自称其名）之得，备弥甥也。"

17 〔钟漏并歇〕钟，古代报时的信号。漏，计时器。古语有"钟鸣漏尽"，其意是说晨钟已动，夜漏将残，用以喻人之衰老。并歇，其意当暗示已经死亡。歇，停止。

18 〔乖阔〕指长久隔离，疏远。唐韦应物《酬李儋》诗："人生所各务，乖阔累朝昏。”

19 〔失怙〕丧父。怙，父之代称。

20 〔作意〕弄媚取巧，别有心计。

21 〔狸奴〕猫的别名。这里暗示是狐猫之类的婢仆。

22 〔作么生〕做什么。宋杨万里《秋雨叹》诗：“晓起穷忙作么生，雨中安否问秋英。”

23 〔检历〕检看历书，即选择良辰吉日。

24 〔蓬颗〕即上面生着草的土块。此指坟头封土已被蓬草所蔽。《汉书·贾山传》：“使其后世曾不得蓬颗蔽冢而托葬焉。”注：“颗，谓土块；蓬颗，言块上生蓬者耳。”

25 〔蹦屣〕靸着鞋子走路。《汉书·隽不疑传》：“不疑容貌尊严，衣冠甚伟，（暴）胜之蹦屣起迎。”

26 〔绣幰〕绣着花纹的车上的帷幕。此指彩车。

27 〔青庐〕指新房。

28 〔扑满〕一种陶制的储钱器。《西京杂记》五：“扑满者，以土为器以蓄钱，有入窍而无出窍，满则扑之。”其“扑满”之名也源于此。

29 〔蹇修〕古代传说为伏羲氏的臣子。屈原《离骚》：“解佩纕以结言兮，吾令蹇修以为理。”王逸注：“蹇修，伏羲氏之臣也。言既见宓妃，则解我佩带之玉，以结言语，使古蹇修而为媒理也。”以后遂以蹇修代指媒人。

30 〔贝锦〕有贝形花纹的丝织品。《诗经·小雅·巷伯》：“萋兮斐兮，成是贝锦。”

31 〔银台〕明清两朝置通政使司，掌内外章奏封驳和臣民密封申诉案件，其长官为通政使。因其职权与宋朝之通进银台司相近，故别称银台。

32 〔馔（nuǎn 暖）〕《集韵》：“女嫁后三日，饷食为馔女。”此处借指为新婚馈赠礼品。

33 〔称觞〕举杯祝酒。南齐谢朓《三日侍华光殿曲水宴代人应诏》：“降席连绥称觞接武。”

34 〔新什〕谓近作。什，篇什，指诗篇或文卷。

35 〔前郤〕指以前的嫌隙或隔阂。
36 〔提学试〕即"岁试"。清代指学政所主持一省院试及生员岁、科两试。
37 〔走伻（bēng崩）〕派遣使者。走，派遣。伻，使者。
38 〔伧佇〕形容所奏的音乐粗俗而杂乱。
39 〔场中莫论文〕谓考场中不是凭文章，而是靠命运。场，科考之场。
40 〔忝（tiǎn 舔）〕愧、辱，不敢当，为谦词。《诗经·小雅·小宛》："夙兴夜寐，无忝尔所生。"
41 〔起处〕此指科考中所撰八股文。因全篇在写作时总分八股：破题、承题、起讲、入手、起股、中股、后股、束股八部分，是称"八股文"。起处，是指正式议论之前阐明题旨，引起议论的部分。
42 〔乡曲儇（xuān 宣）子〕乡间轻薄浮浪之人。《荀子·非相》："今世俗之乱君，乡曲之儇子，莫不美丽姚冶。"
43 〔纴织〕同"织纴"。即纺线织布。《礼记·内则》："执麻枲，治丝茧，织纴组训。"
44 〔圉（yǔ语）人〕养马的人。
45 〔洗腆（tiǎn 舔）〕谓洗涤器皿，陈设丰盛洁净的酒食。《尚书·酒诰》："厥父母庆，自洗腆致用酒。"
46 〔要（yāo 邀）遮〕阻拦。
47 〔酲〕酒醉。
48 〔绁（xiè 泄）绊〕如绳索绊脚。
49 〔府尹〕官名。明清于京师置府尹。此为知府的别称。
50 〔刑宪〕刑法。汉王充《论衡·答佞》："圣王刑宪，佞在恶中。"这里指刑罚。
51 〔秋决〕明清两朝，各省死罪案例，每岁审拟，上报刑部，会同九卿核拟，奏请皇帝"勾决"后行刑。因行刑在秋季，故称秋决。决，处死。
52 〔於（wū 呜）邑〕哽咽悲伤的样子。《史记·刺客列传》："（政姊荣）乃大呼天者三，卒。於邑悲哀而死政之旁。"《索隐》：“於邑，烦冤愁苦。”

53 〔晡〕申刻，下午三点至五点，一般泛指下午。

54 〔屏（bǐng 柄）语〕谓避开别人说话。

55 〔观察〕明清道台的别称。唐朝无节度使的道，设观察，为州以上的地方长官。明清时有分守道与分巡道。但无论是按区分或按职分的道台，都管辖府、州的有关事宜，因此尊称道台为观察。

56 〔宁家〕在押释放回家。宁，省视、探望。旧称在押犯人开释为宁家。

57 〔帏中人〕即闺中人，指妻子。

58 〔御沟〕谓流经皇宫的绕城河道。

59 〔幸〕封建社会，皇帝所到之处曰“幸”或“临幸”。大同，旧府名，治所在今之山西省大同市。

60 〔勾栏〕妓院。宋、元说书、演剧、表演杂技之所，设有栏干。由于妓院也多设于此，后遂用为妓院的专称。

61 〔华膴（wǔ 伍）〕鲜衣美食。此指富贵。明王世贞《静姬赋》：“家世华膴，父母爱之。”膴，鲜美的肉食。

62 〔鸠盘〕“鸠盘茶”的省语。佛书中谓啖人精气的鬼。亦译为瓮形鬼、冬瓜鬼。常用来比喻丑妇或妇人的丑陋之状。唐孟启《本事诗·嘲戏》：“尝谓人：‘妻有可怕者三：少妙之时，视之如生菩萨。及男女满前，视之如九子魔母，安有人不畏九子之母耶？及五十六十，薄施妆粉，或黑视之，如鸠盘茶，安有人不畏（鸠盘茶）？’”

63 〔溘（kè 克）逝〕突然死去。

64 〔比岁不登〕连年收成不好。登，庄稼成熟。

65 〔太华〕即西岳华山。

66 〔蹇〕蹇卫，瘦弱的驴子。

67 〔不韪〕不是，过错。《左传·隐公十一年》：“不察有罪，犯五不韪。”

68 〔而祸福之说不与焉〕至于避祸求福之念，我倒是没有的。不与，不从。

姊妹易嫁

掖县相国毛公[1]，家素微[2]，其父常为人牧牛。时邑世族张姓者，有新阡[3]在东山之阳，或经其侧，闻墓中叱咤声曰："若等速避去！勿久溷贵人宅！"张闻，亦未深信，既又频得梦，警曰："汝家墓地，本是毛公佳城[4]，何得久假此？"由是家数不利。客劝徙葬吉，张听之，徙焉。一日，相国父牧，出张家故墓，猝遇雨，匿身废圹[5]中。已而雨益倾盆，潦水[6]奔穴，崩渹灌注，遂溺以死。相国时尚孩童，母自诣张，愿乞[7]咫尺地掩儿父。张征知其姓氏，大异之，行视溺死所，俨然当置棺处，又益骇，乃使就故圹窆[8]焉，且令携若儿来。葬已，母偕儿诣张谢，张一见辄喜，即留其家，教之读，以齿子弟行[9]，又请以长女妻儿，母不敢应，张妻云："既已有言，奈何中改？"卒许之。

然此女甚薄毛家，怨惭之意，形于言色，有人或道及，辄掩其耳，每向人曰："我死不从牧牛儿。"及亲迎[10]，新郎入宴，彩舆在门，而女掩袂向隅而哭，催之妆，不妆，劝之亦不解。俄而新郎告行，鼓乐大作，女犹眼零雨而首飞蓬[11]也。父止婿，自入劝女，女涕，若罔闻，怒而逼之，益哭失声，父无奈之。又有家人传白："新郎欲行。"父急出，言衣妆未竟，乞郎少停待。即又奔入视女，往来无停履，迁延少时，事愈急，女终无回意。父无计，周张[12]欲自死。

其次女在侧，颇非其姊，苦逼劝之，姊怒曰："小妮子，亦学人喋聒[13]，尔何不从他去？"妹曰："阿爹原不曾以妹子属[14]毛郎，若以妹子属毛郎，更何须姊姊劝驾也！"父以其言慷爽，因与伊母窃议，以次易长。母即向女曰："迕逆婢不遵父母命，欲以儿代若姊，儿肯之否？"女慨然曰："父母教儿往也，即乞丐不敢辞，且何以见毛家郎便终饿殍[15]死乎？"父母闻其言，大喜，即以姊妆妆女，仓猝登车而去。入门，夫妇雅敦逑好[16]，然女素病赤鬜[17]，稍稍介公意。久之，浸知易嫁之说，由是益以知己德女。

居无何，公补博士弟子[18]，应秋闱试[19]，道经王舍人店[20]。店主人先一夕梦神曰："旦夕当有毛解元[21]来，后且脱汝于厄。"以故晨起，专伺察东来客，及得公，甚喜，供具殊丰善，不索直，特以梦兆厚自托。公亦颇自负，私以细君发鬑鬑[22]，虑为显者笑，富贵后念当易之。已而晓榜既揭[23]，竟落孙山[24]，咨嗟蹇步，懊惋丧志，心赧[25]旧主人，不敢复由王舍，以他道归。后三年，再赴试，店主延候如初，公曰：“尔言初不验，殊惭祗奉[26]。”主人曰：“秀才以阴欲易妻故，被冥司黜落，岂妖梦不足以践[27]？”公愕而问故，盖别后复梦而云。公闻之，惕然悔惧，木立若偶。主人谓：“秀才宜自爱，终当作解首。”未几，果举贤书第一人[28]，夫人发亦寻长，云鬟委绿，转更增媚。姊适里中富室儿，意气颇自高。夫荡惰，家渐凌夷[29]，空舍无烟火。闻妹为孝廉妇，弥增惭怍，姊妹辄避路而行。又无何，良人[30]卒，家落。顷之，公又擢进士[31]，女闻，刻骨自恨，遂忿然废身为尼。及公以宰相归，强遣女行者[32]诣府谒问，冀有所贻，比至，夫人馈以绮縠罗绢[33]若干匹，以金纳其中，而行者不知也。携归见师，师失所望，恚曰：“与我金钱，尚可作薪米费，此等仪物，我何须尔！”遽令将回。公及夫人疑之，及启示，而金俱在，方悟见却之意。发金笑曰：“汝师百余金尚不能任，焉有福泽从我老尚书也！”遂以五十金付尼去，曰：“将去，作尔师用度。多，恐福薄人难承荷也。”行者归，具以告，师哑然自叹，念生平所为，辄自颠倒，美恶避就[34]，繄[35]岂由人耶？后，店主以人命事，逮系囹圄，公为力解，释罪。

异史氏曰：“张公故墓，毛氏佳城，斯已奇矣。余闻时人有‘大姨夫作小姨夫[36]，前解元为后解元[37]’之戏，此岂慧黠者所能较计耶？呜呼！彼苍者天，久不可问，何至毛公，其应如响？”

校注

1 〔掖县相国毛公〕掖县，位于山东省东部，明清隶莱州府。相国，官名，即宰相、丞相。春秋时齐景公始设左右相，相成为齐国强大的卿大夫的世袭官职。《史记·赵世家》，赵武灵王以肥义为相国，此为“相国”一名之始。又称之为相邦、丞相，为百官之长。汉高祖刘邦即位，置丞相，因避其讳，于高祖十一年（前196年），更名为相国。唐以后多用作实际任宰相者的尊称。事实上并未设此官职。明清两朝虽不设宰相，但习惯上称入参机务的殿阁大学士为相国。毛公：毛纪，字维之，明成化二十二年丙午（1486）乡试第一，联捷成进士。弘治初授翰林院检讨，进修撰。正德中累迁礼部尚书武英殿大学士，故称毛相国。卒，谥文简。

2 〔素微〕家中原本贫寒。

3 〔新阡〕新坟。杜甫《故武卫将军挽诗》：“哀挽青门去，新阡绛水遥。”阡，指墓道。

4 〔佳城〕墓地。晋张华《博物志·异闻》：“汉滕公（夏侯婴）薨，求葬东都门外，公卿送丧，驷马不行，跼地悲鸣，跑蹄下地得石，有铭曰：‘佳城郁郁，三千年见白日，吁嗟滕公居此室。’遂葬焉。”

5 〔废圹〕废弃的墓穴。《周礼·檀弓下》：“吊于丧者必执引，若从柩，及圹，皆执绋。”圹，墓穴。

6 〔潦水〕雨后的积水。王勃《滕王阁序》：“潦水尽而寒潭清，烟光凝而暮山紫。”

7 〔乞〕乞求。

8 〔窆（biǎn 扁）〕埋葬。

9 〔齿子弟行〕把他当做自己的子弟看待。齿，排列。

10 〔亲迎〕古之婚礼六礼中最后一项仪式。夫婿于成婚之日，亲至女家迎娶，并行合卺之礼。《诗经·大雅·大明》：“文定厥祥，亲迎于渭。”

11 〔首飞蓬〕头发散乱得像蓬草一样。《诗经·卫风·伯兮》：“自伯之东，首如飞蓬。”

12 〔周张〕惶迫不知所措。

13 〔喋聒（guō 锅）〕多嘴多舌。

14 〔属〕许配。

15 〔饿莩（piǎo 瞟）〕即饿殍，饿死的人。

16 〔雅敦逑好〕夫妻间和睦相互敬重。雅，很。敦睦，和睦。逑，融洽。《诗经·周南·关雎》：“窈窕淑女，君子好逑。”

17 〔赤鬝（qiān 铅）〕头发稀疏秃黄。

18 〔补博士弟子〕指考中秀才。汉武帝时设博士官，令郡国选送弟子五十人，入太学就博士受业，因名额有定数，缺额时方能补送，故云“补”，称“补博士弟子”。唐以后为生员的别称。

19 〔秋闱试〕即参加乡试。秋闱，明清时每隔三年（逢子、卯、午、酉年）秋八月间于各省的省城举行乡试，由政府派出正副主考官主持考试，考中者称为举人。北京顺天府、南京应天府试同时举行。因考期在秋天，故称“秋闱”。

20 〔王舍人店〕地名。在今山东省济南市东郊。

21 〔解元〕亦称“解首”。唐制，举进士者皆由地方发送入试，称为“解”。故科举时，乡试中式称为“发解”，其第一名称为“解首”，即解元。

22 〔细君发鬑鬑（liánlián 廉廉）〕诸侯之妻曰小君，亦称“细君”，后为妻子的代称。鬑鬑，鬓发稀疏。

23 〔晓榜既揭〕录取的榜文张贴出后。晓榜，此指正榜。科举时代乡会试的榜示，都是头一天的夜间填榜，天明揭晓，故称晓榜。

24 〔落孙山〕即“名落孙山”。意谓未被录取、落榜。详见卷一《叶生》注。

25 〔心赧（nǎn 蝻）〕谓心里感到羞愧。赧，羞愧。

26 〔祗（zhī 枝）奉〕指热情接待。祗，恭敬。奉，伺候。

27 〔岂妖梦不足以践〕指并非奇梦的征兆不能实现。妖梦，指店主前所梦。

28 〔举贤书第一人〕谓乡试考中第一名举人。举贤书，此指乡试榜文。第一人，乡试榜文第一名举人。

29 〔凌夷〕零落，衰落。《史记·高祖功臣侯者年表》："始未尝不欲固其根本，而枝叶稍陵夷衰微也。"凌，通"陵"。

30 〔良人〕旧时妻子对丈夫的称呼。

31 〔擢进士〕即擢进士第，谓考中进士。科举考试及第，称"擢第"。

32 〔行者〕住在佛寺服杂役而没有剃度的人。女行者，此指尼庵的女仆。

33 〔绮縠罗绢〕泛指各种丝织品。绮，素地织纹起花。縠，绉纱。罗，质地稀疏或有孔眼。绢，用生丝织成。

34 〔避就〕躲避和接近。《商君书·定分》："万民皆知所避就，避祸就福，而皆以自治也。"

35 〔繄〕语首助词。《左传·隐公元年》："尔有母遗，繄我独无。"此处，相当于"惟"之义。

36 〔大姨夫作小姨夫〕宋邵伯温《邵氏闻见录》八："懿恪（王拱辰）、文忠（欧阳修）同为薛简肃公（奎）子婿，文忠先娶懿恪夫人之姊，再娶其妹，故文忠有'旧女婿为新女婿，大姨父作小姨父'之戏。"丁传靖《宋人轶事汇编》引此条注：《薛简肃墓志》明载两女适王，一女适欧。若将原文文忠、懿恪四字上下互易，则事实既符，文义亦顺。当是刊本偶误，而明以后诸说部遂误以娶姊为欧公事。此处指毛公本当婚娶张家的大女儿，后来竟娶了张家的二女儿。

37 〔前解元为后解元〕谓本是前届的解元，而成了后届的解元。

席方平

席方平，东安[1]人。其父名廉，性戆拙[2]，因与里中富室羊姓有郤[3]，羊先死，数年，廉病垂危，谓人曰："羊某今贿嘱冥使搒我[4]矣。"俄而身赤肿，号呼遂死。席惨怛不食，曰："我父朴讷[5]，今见凌于强鬼，我将赴地下，代伸冤气耳。"自此不复言，时坐时立，状类痴，盖魂已离舍[6]矣。

席觉初出门，莫知所往，但见路有行人，便问城邑。少选，入城，其父已收狱中，至狱门，遥见父卧檐下，似甚狼狈。举目见子，潸然涕流，便谓："狱吏悉受赇嘱[7]，日夜搒掠，胫股摧残甚矣。"席怒，大骂狱吏："父如有罪，自有王章，岂汝等死魅所能操耶！"遂出，抽笔为词[8]，值城隍早衙[9]，喊冤以投。羊惧，内外贿通，始出质理，城隍以所告无据，颇不直席[10]。席忿气无所复伸，冥行百余里，至郡，以官役私状，告之郡司[11]，迟之半月，始得质理。郡司扑席，仍批城隍复案[12]。席至邑，备受械梏，惨冤不能自舒。城隍恐其再讼，遣役押送归家。役至门辞去，席不肯入，遁赴冥府，诉郡邑之酷贪，冥王立拘质对。二官密遣腹心，与席关说，许以千金，席不听。过数日，逆旅主人告曰：“君负气已甚，官府求和而执不从，今闻于王前各有函进，恐殆矣。”席以道路之口，犹未深信。

俄有皂衣人唤入，升堂，见冥王怒色，不容置词，命笞二十。席厉声问：“小人何罪？”冥王漠若不闻。席受笞，喊曰：“受笞允当，谁教我无钱也！”冥王益怒，命置火床，两鬼捽席下。见东墀有铁床，炽火其下，床面通赤，鬼脱席衣，掬置其上，反复揉捺之，痛极，骨肉焦黑，苦不得死。约一时许，鬼曰：“可矣。”遂扶起，促使下床着衣，犹幸跛而能行。复至堂上，冥王问：“敢再讼乎？”席曰：“大怨未伸，寸心不死！若言不讼，是欺王也。必讼！”又问：“讼何词？”席曰：“身所受者，皆言之耳！”冥王又怒，命以锯解其体，二鬼拉去，见立木，高八九尺许，有木板二，仰置其上，上下凝血模糊。方将就缚，忽堂上大呼“席某”，二鬼即复押回。冥王又问：“尚敢讼否？”答曰：“必讼！”冥王命：“捉去速解！”既下，鬼乃以二板夹席，缚木上，锯方下，觉顶脑渐辟，痛不可忍，顾亦禁而不号，闻鬼曰：“壮哉此汉！”锯隆隆然，寻至胸下，又闻一鬼云：“此人大孝，无辜，锯令稍偏，勿损其心。”遂觉锯锋曲折而下，其痛倍苦。俄顷，半身辟矣，板解，两身俱仆。鬼上堂大声以报，堂上传呼：“令合身来见！”二鬼即推令复合，曳使行。席觉锯缝一道，痛欲复裂，半步而踣。一鬼于腰间出丝带一条授之，曰：“赠此以报汝孝。”受而束之，一身顿健，殊无少苦，遂升堂而伏。冥王复问如前，席恐再罹酷毒，便答：“不讼矣。”冥王立命送还阳界，隶率出北门，指示归途，返身遂去。

席念阴曹之昧暗，尤甚于阳间，奈无路可达帝听，世传灌口二郎[13]为帝勋戚，其神聪明正直，诉之当有灵异，窃喜二隶已去，遂转身南向，奔驰间，有二人追至曰：“王疑汝不归，今果然矣。”捽回，复见冥王。窃疑冥王益怒，祸必更惨，而王殊无厉容，谓席曰：“汝志诚孝，但汝父冤，我已为若雪之矣。今已往生富贵家，何用汝鸣呼为！今送汝归，予以千金之产，期颐之寿[14]，于愿足乎？”乃注籍中，箝以巨印，使席亲视之，席谢而下。鬼与俱出，至途，驱而骂曰：“奸猾贼！频频翻复，使人奔波欲死！再犯，当捉入大磨中，细细研之。”席张目叱曰：“鬼子胡为者！我性耐刀锯，不耐挞楚，请反见王，王如令我自归，亦复何劳相送！”乃返奔。二鬼惧，温语劝回。席故蹇缓，行数步，辄憩路侧，鬼含怒，不敢复言。约半日，至一村，一门半辟，鬼引与共坐，席乃据门阈[15]，二鬼乘其不备，推入门中。

惊定自视，身已生为婴儿，愤啼不乳，三日遂殇。魂摇摇不忘灌口，约奔数十里，忽见羽葆[16]来，幡戟[17]横路，越道避之，因犯卤簿[18]，为前马[19]所执，絷送车前。仰见车中一少年，丰仪瑰玮，问席：“何人？”席冤愤正无所出，且意是必巨官，或当能作威福[20]，因缅诉[21]毒痛，车中人命释其缚，使随车行。俄至一处，官府十余员迎谒道左，车中人各有问讯，已而指席谓一官曰：“此下方人，正欲往诉，宜即为之剖决。”席询之从者，始知车中即上帝殿下[22]九王，所嘱即二郎也。席视二郎，修躯多髯，不类世间所传。九王既去，席从二郎至一官廨，则其父与羊姓并衙隶俱在。少顷，槛车中有囚人出，则冥王及郡司、城隍也。当堂对勘[23]，席所言皆不妄，三官战栗，状若伏鼠。二郎援笔立判，顷刻传下判语，令案中人共视之。判云：“勘得冥王者：职膺王爵，身受帝恩。自应贞洁以率臣僚，不当贪墨以速官谤[24]。而乃繁缨[25]棨戟，徒夸品秩[26]之尊；羊狠狼贪[27]，竟玷人臣之节。斧敲斫[28]，斫入木，妇子之皮骨皆空；鲸吞鱼[29]，鱼食虾，蝼蚁之微生可悯。当掬西江之水，为尔湔肠[30]；即烧东壁之床，请君入瓮[31]。城隍、郡司，为小民父母之官[32]，司上帝牛羊之牧[33]。虽则职居下列，而尽瘁者不辞折腰[34]；即或势逼大僚，而有志者亦应强项[35]。乃上下其鹰鸷之手[36]，既罔念夫民贫；且飞扬其狙狯之奸[37]，更不嫌乎鬼瘦。惟受赃而枉法，真人面而兽心。是宜剔髓伐毛[38]，暂罚冥死；所当脱皮换革，仍令胎生。隶役者既在鬼曹，便非人类，祗宜公门修行[39]，庶还落蓐之身[40]；何得苦海生波[41]，益造弥天之孽。飞扬跋扈，狗脸生六月之霜[42]；隳突[43]叫号，虎威断九衢之路。肆淫威于冥界，咸知狱吏为尊；助酷虐于昏官，共以屠伯[44]是惧。当于法场之内，剁其四肢；更向汤镬之中，捞其筋骨。羊某富而不仁，狡而多诈。金光盖地[45]，因使阎摩殿上尽是阴霾；铜臭熏天[46]，遂教枉死城[47]中全无日月。余腥犹能役鬼，大力直可通神[48]。宜籍[49]羊氏之家，以偿席生之孝。即押赴东岳[50]施行。”又谓席廉：“念汝子孝义，汝性良懦，可再赐阳寿三纪[51]。”因使两人送之归里。

席乃抄其判词，途中，父子共读之。既至家，席先苏。令家人启棺视父，僵尸犹冰，俟之终日，渐温而活，又索抄词，则已无矣。自此家日益丰，三年间良沃遍野，而羊氏之子孙微矣，楼阁田产，尽为席有。里人或有置其田者，夜梦神人叱之曰：“此席家物，汝乌得有之！”初未深信，既而种作，则终年升斗无所获，于是复鬻归席。席父九十余岁而卒。

异史氏曰：“人人言净土[52]，而不知生死隔世，意念都迷。且不知其所以来，又乌知其所以去，而况死而又死，生而复生者乎！忠孝志定，万劫不移，异哉席生，何其伟也！”

校注

1 〔东安〕县名，治所在今湖南省东安县境。

2 〔戆（zhuàng 壮）拙〕耿直而不识利害。

3 〔郤（xì 细）〕同“隙”，指嫌隙。

4 〔冥使搒我〕冥使，即阴司的官吏。搒，搒掠，拷打。

5 〔朴讷（nè）〕朴拙而不善语言。讷，语言迟钝，不善讲话。

6 〔离舍〕指离开躯体。佛家认为肉体是灵魂的宅舍。

7 〔赇（qiú 求）嘱〕贿赂。

8 〔抽笔为词〕指提笔写讼诉状。抽笔，指从笔套中拔出笔来。

9 〔城隍早衙〕城隍，传说中城池的守护神。此指县邑城隍。早衙，指上午坐衙处理政务。

10 〔不直席〕不认为席方平投诉有理。

11 〔郡司〕同“郡守”。此指冥间府级官，即府城隍。

12 〔复案〕重新审理。

13 〔灌口二郎〕也称二郎神。相传秦时李冰次子曾在灌口开离堆，锁孽龙，有德于蜀人，蜀人建庙祭祀，奉之为神。据此，灌口二郎神当为李冰之次子。但后来的《封神演义》称杨戬为二郎神。《西游记》中又称他是玉皇大帝妹子的儿子。故文中所说“为帝勋戚”，又似指杨戬。疑此为李冰次子的故事在民间流传时的演变。勋戚，指有功于帝王霸业的亲戚。

14 〔期（jī 机）颐之寿〕古时以百岁的寿数，为期颐。《礼记·曲礼上》：“百年曰期颐。”

15 〔门阈（yù 域）〕门槛，门限。

16 〔羽葆〕以鸟羽为饰的仪仗。详见卷一《陆判》注。

17 〔幡戟〕长幡、棨戟的仪仗。幡，长幅下垂的旌旗。戟，即“棨戟”，有缯衣或油漆的木戟，用作仪仗。

18 〔卤（lǔ 虏）簿〕古代帝王或贵官出行时的仪仗。详见卷一《陆判》注。

19 〔前马〕指仪仗队的前驱。《国语·越语》说勾践“亲为夫差前马”。注：“前马、前驱，在马前也。”

20 〔作威福〕妄自尊大，滥用威权。《尚书·洪范》：“惟辟作福，惟辟作威，惟辟玉食，臣无有作威作福玉食。”辟，谓帝王。

21 〔缅诉〕细细地追诉。

22 〔殿下〕古时对王子、诸侯或皇后的尊称。此处指王子。

23 〔对勘〕对质审问。勘，审问。

24 〔贪墨以速官谤〕贪图财贿，而招致对官府的指责。贪墨，同“贪冒”，指贪以败官。《左传·昭公十四年》：“贪以败官为墨。”注：“墨，不洁之称。”以速官谤，《左传·庄公二十二年》：“敢辱高位，以速官谤。”速，招致。官谤，做官不称职，招来攻击。

25 〔繁（pán 盘）缨〕意为身居王侯之位。繁缨，古时诸侯所用的马腹肚带与马的颈饰。《左传·成公二年》：“既，卫人赏之以邑，辞。请曲县繁缨以朝，许之。”

26 〔品秩〕指官位与等级。

27 〔羊狠狼贪〕据说羊性狠，狼性贪，以此比喻冥王的凶狠与贪婪。《史记·项羽本纪》：“因下令军中曰：‘猛如虎，很如羊，贪如狼，强不可使者，皆斩之。’”很，通“狠”。

28 〔斧敲斫（zhuó 浊）〕意谓官吏对百姓层层盘剥。斫，借作“凿”，砍削。

29 〔鲸吞鱼〕意谓大鲸吞食鱼，鱼食虾，喻官吏层层盘剥，最后灾难落到小民头上。鲸，喻凶恶之人。《左传·宣公十二年》：“古者明王伐不敬，取其鲸鲵而封之，以为大戮。”杜预注：“鲸鲵，大鱼名，以喻不义之人，吞食小国。”

30 〔“掬西江之水”二句〕意谓当用长江之水，为冥王洗涤那污浊的肠子。此指洗涤罪恶。西江，指长江。湔（jiān 煎），清洗。

31 〔请君入瓮〕喻以其人之道还治其人之身。事典载《资治通鉴·武则天皇后天授二年》与《新唐书·周兴传》：周兴犯罪，由来俊臣奉命审讯。来先与周闲谈，问曰：“囚多不承，当为何法？”周兴说：“此甚易耳！取大瓮，以炭四周炙之，令囚入中，何事不承？”来如法烧红大瓮，然后对周说：我奉命审问你，“请兄入此瓮”！周兴惶恐叩头伏罪。

32 〔父母之官〕旧时尊州县之官为“父母官”。此把阴间的城隍、郡司比作人间的州县之官，故亦称为“父母官”。

33 〔司上帝牛羊之牧〕意谓职掌着替上帝管理百姓之事。司，职掌、主管。牛羊，比喻百姓。牧，本指饲牧牛羊，此引申为治理。《孟子·公孙丑下》：“今有受人之牛羊而牧之者，则必为之求牧与刍矣。”

34 〔“尽瘁”句〕意谓当为国事尽心竭力，屈己奉公。《诗经·小雅·北山》：“或燕燕居息，或尽瘁事国。”不辞折腰，意谓屈身奉公。

35 〔强项〕喻刚直不阿，硬着脖子不低头。《后汉书·董宣传》载：东汉董宣为洛阳令，杀湖阳公主恶奴，汉光武帝得知，令小黄门挟持董宣向公主叩头谢罪。宣不从，强使顿之，宣两手掘地，终不肯俯首。光武帝敕“强项令”出，赐钱三十万。

36 〔上下其鹰鸷之手〕谓上下官吏使用各种手段，枉法作弊偏袒一方。《左传·襄公二十六年》载：春秋时，楚国攻郑，穿封戌俘虏了郑国守将皇颉，而王子围与之争功，请伯州犁裁决。伯州犁叫俘虏本人作证，但却有意偏袒王子围。所以，伯州犁审问皇颉时，“上其手”（即高举其手）暗示王子围尊贵，“下其手”（即低垂其手）暗示穿封戌地位卑微，皇颉会其意，乃说自己是被王子围所俘。伯州犁就这样“上下其手”，使贱者之功被贵者所占。鹰鸷，均为猛禽。此喻其凶残。

37 〔狙（jū 拘）狯之奸〕像狡猾的猴子一样奸诈。狙，性情狡猾的猴子。

38 〔剔髓伐毛〕原作“洗髓伐毛”。犹言脱胎换骨。《洞冥记》：“黄眉翁语东方朔曰：‘吾却食吞气，已九千余年，目中瞳子，皆有青光，能见幽隐之物。三千年一返骨洗髓，二千年一剥皮伐毛，吾生来已三洗髓五伐毛矣。’”此为修道家言。该文中，当指致死的酷刑。

39 〔公门修行〕俗谚：“公门里好修行。”意谓在衙门里洁身行善。公门，指官署。修行，修身行善。

40 〔庶还落蓐之身〕也许可以还复为人身。庶，庶几，也许可以。落蓐之身，指人身。蓐，产褥。落蓐，指产妇生产。

41 〔何得苦海生波〕意谓怎能在苦难之海中，再兴风作浪。苦海，佛家语，言人间烦恼，苦深如海。《楞严经》四："引诸沉冥，出于苦海。"

42 〔狗脸生六月之霜〕指隶役之凶狠的面孔。狗脸，指隶役的脸。生六月之霜，亦即"六月飞霜"，指脸色惨白，布满杀气。《文选·江淹〈诣建平王上书〉》："昔贱臣叩心，飞霜击于燕地。"李善注引《淮南子》："邹衍尽忠于燕惠王，惠王信谮而系之。邹子仰天而哭，正夏而天为之降霜。"此指隶役狠毒蛮横，使百姓蒙受冤屈。

43 〔隳（huī 恢）突〕横冲直撞。陈琳《为袁绍檄豫州》："所过隳突，无骸不露。"

44 〔屠伯〕谓滥杀无辜的酷吏。《汉书·严延年传》："迁河南太守，冬月传属县囚，会论府上，流血数里，河南号曰屠伯。"注引邓展曰："言延年杀人如屠儿之杀六畜。伯，长也。"

45 〔金光盖地〕意谓贿赂公行，金钱的魔力无限。

46 〔铜臭熏天〕意谓以金钱收卖官府，使阴间暗无天日。《后汉书·崔寔传》载：东汉崔烈有重名，灵帝时，开鸿都门榜卖官爵，烈入钱五百万得为司徒。问其子钧曰："吾居三公，于议者何如？"钧曰："论者嫌其铜臭。"

47 〔枉死城〕指地狱。

48 〔"余腥犹能役鬼"二句〕言少数金钱可以役使鬼吏，而巨额的金钱可以通神。《幽闲鼓吹》："唐张延赏将判度支，知一大狱颇有冤屈，每甚扼腕。及判使，召狱吏，严诫之。且曰：'此狱已久，旬日须了。'明旦视事，案上有一小帖子曰：'钱三万贯，乞不问此狱。'公大怒，更促之。明日，复见一帖子来曰：'钱五万贯。'公益怒，令两日须毕。明日，案上复见帖子曰：'钱十万贯。'公遂止不问。子弟乘间侦之。公曰：'钱十万贯，神通矣，无不可回之事，吾将及祸，不得不受也。'"（《太平广记》卷二四三）

49 〔籍〕籍没，没收。

50 〔东岳〕泰山，为五岳之首，称东岳。东岳大帝是道教所信奉的泰山神。传说此神掌人间生死祸福，并施行赏罚。元世祖时尊为“东岳天齐大生仁皇帝”，简称“东岳大帝”。

51 〔阳寿三纪〕赐给寿命，再活三十六年。纪，古代以十二年为一纪。

52 〔净土〕佛教称西方佛土清净圣洁，为“极乐世界”，因称为“净土”。《魏书·释老志》：“梵境幽玄，义归清旷，伽蓝净土，理绝嚣尘。”

安期岛

长山刘中堂鸿训[1]，同武弁[2]某使朝鲜，闻安期岛[3]神仙所居，欲命舟往游，国中臣僚佥[4]谓不可，令待小张。盖安期不与世通，惟有弟子小张，岁辄一两至，欲至岛者，须先自白，如以为可，则一帆可至，否则飓风覆舟。逾一二日，国王召见，入朝，见一人佩剑，冠棕笠，坐殿上，年三十许，仪容修洁，问之，即小张也。刘因自述向往之意，小张许之，但言："副使不可行。"又出，遍视从人，惟二人可以从游，遂命舟导刘俱往。水程不知远近，但觉习习，如驾云雾，移时已抵其境。时方严寒，既至，则气候温煦，山花遍岩谷。导入洞府，见三叟趺坐[5]，东西者睹客入，漠若罔知，惟中座者起逆客，相为礼。既坐，呼茶，有僮将盘去。洞外石壁上有铁锥，锐没石中，僮拔锥，水即溢射，以盏承之，满复塞之。既而托至，其色淡碧，试之，其凉震齿，刘畏寒不饮。叟顾童颐示[6]之，僮取盏去，呷其残者，仍于故处拔锥，溢取而返，则芳烈蒸腾，如初出于鼎，窃异之。问以休咎[7]，笑曰："世外人岁月不知，何解人事？”问以却老术[8]，曰：“此非富贵人所能为者。”刘兴辞[9]，小张仍送之归。既至朝鲜，备述其异，国王叹曰：“惜未饮其冷者，是先天之玉液[10]，一盏可延百龄。”

刘将归，王赠一物，纸帛重裹，嘱近海勿开视。既离海，急取拆视，去尽数百重，始见一镜，审之，则鲛宫龙族，历历在目。方凝注间，忽见潮头高于楼阁，汹汹已近，大骇，极驰，潮从之，疾若风雨，以镜投之，潮乃顿落。

校注

1 〔长山刘中堂鸿训〕刘鸿训，字默承，号青岳，明朝山东长山人。明万历四十年壬子（1612）举人，万历四十一年癸丑（1613）进士，由庶吉士授编修。于明光宗泰昌元年（1620）冬奉使颁诏朝鲜，刚到朝鲜，辽阳失陷，自海道达登州覆命。天启六年冬起少詹事，因忤魏忠贤斥为民。崇祯即位，拜礼部尚书兼东阁大学士，进文渊阁大学士，参预机务。崇祯元年四月还朝。旋为魏忠贤余党所排斥，谪戍代州。崇祯七年（1634）五月卒于戍所。著有《四素山房集》、《皇华集》、《玉海纂》、《困学纪闻抄》。（详见嘉庆辛酉《长山县志·仕绩·刘鸿训传》）关于刘鸿训出使朝鲜与《安期岛》有关的史料，在《长山县志》中有如下记载：“（刘鸿训）神光二宗（指明神宗朱翊钧、明光宗朱常洛——笔者）

相继崩。颁诏朝鲜，甫入境辽阳陷。朝鲜为造二洋船，从海道还。沿途收难民，船重而坏，跳浅沙，入小舟，飘泊三日夜，仅得达登州报命。”后因母丧服阕，又因父丧归。其间五六年离开朝政。后来，魏忠贤余党攻击刘鸿训，亦言及出使朝鲜事，曰：“又诋鸿训使朝鲜，满载貂、参而归。锦衣佥事张道濬，亦讦攻鸿训，鸿训奏辩。”《明史》有传。中堂，明清殿阁大学士实际上是宰相，在内阁办公，中书居东西两房，大学士居中，故亦称中堂。

2 〔武弁〕武官。即副使。弁，旧指低级武官。

3 〔安期岛〕传说中仙人安期生所居之岛。安期生，亦称安期，仙人名。秦汉间齐人，一说琅琊人。传说他从河上丈人习黄老之术，卖药东海边。秦始皇曾与之语三昼夜。后派使到东海求之未得。后之方士、道家因谓其为居海上之神仙。《史记·封禅书》：“安期生仙者，通蓬莱中，合则见人，不合则隐。”汉武时，方士李少言建言遣使入海，求蓬莱仙人安期生之属。

4 〔佥（qiān 千）〕皆，都。

5 〔趺坐〕“结跏趺坐”的略称。此为佛教徒修禅者的坐法。俗称盘腿打坐。

6 〔颐示〕颐，下巴。意谓用下巴示意。原抄本“示”作“视”，据二十四卷本改。

7 〔休咎〕吉凶。

8 〔却老术〕防止衰老之法，俗谓“返老还童”之术。

9 〔兴辞〕指起身告辞。

10 〔先天之玉液〕意谓先于天而存在的玉液。先天，道家语，指先于天而存在。玉液，传说为仙人的饮料，饮之可长生。

长亭

石太璞，泰山[1]人，好厌禳[2]之术。有道士遇之，赏其慧，纳为弟子。启牙签[3]，出二卷：上卷驱狐，下卷驱鬼。乃以下卷授之曰："虔奉此书，衣食佳丽皆有之。"问其姓名，曰："吾汴城[4]北村元帝观[5]王赤城也。"留数日，尽传其诀。石由此精于符箓[6]，委贽[7]者接踵于门。

一日，有叟来，自称翁姓，炫陈币帛，谓其女鬼病已殆，必求亲诣。石闻病危，辞不受贽，姑与俱往。十余里，入山村，至其家，廊舍华好。入室，见少女卧縠幛[8]中，婢以钩挂幛。望之，年十四五许，支缀[9]于床，形容已槁，近临之，忽开目云："良医至矣。"举家皆喜，谓其不语已数日矣。石乃出，因诘病状，叟言："白昼见少年来，与共寝处，捉之已杳，少间复至。意其为鬼。"石曰："其鬼也，驱之非难，恐其是狐，则非余所敢知矣。"叟云："必非，必非。"石授以符。是夕，宿于其家。夜分，有少年人，衣冠整肃。石疑是主人眷属，起而问之，曰："我鬼也。翁家尽狐。偶悦其女红亭，姑止焉。鬼为狐祟，

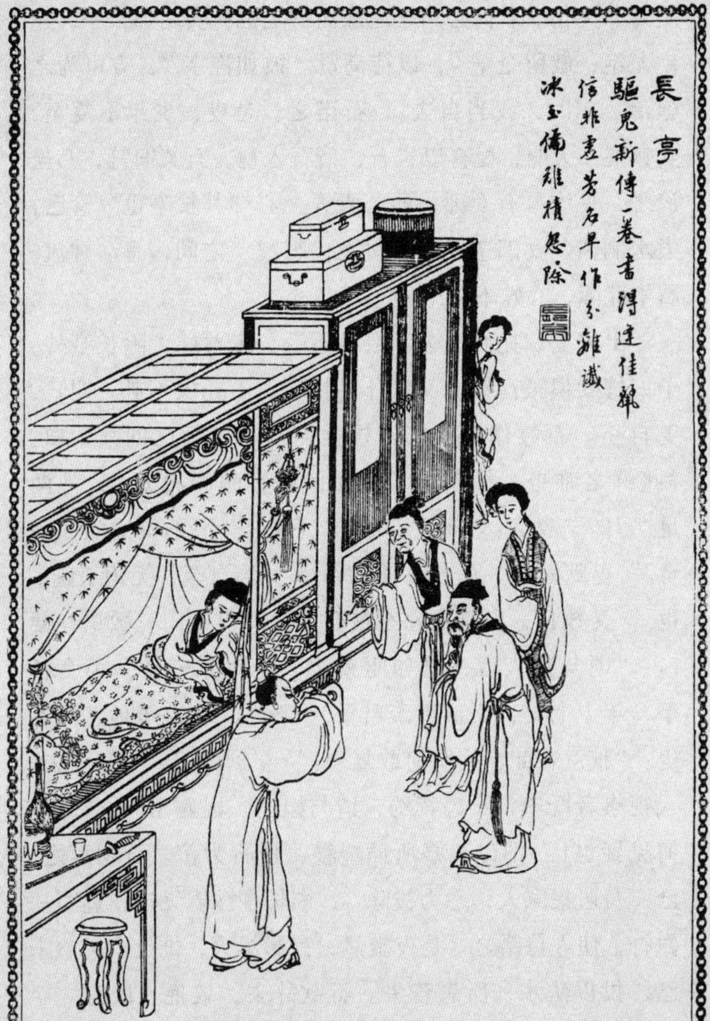
長亭
驅鬼新傳一卷書得逢佳耦
信非虛芳名早作分離讖
冰玉偏難積怨除

阴骘[10]无伤。君何必离人之缘而护之也！女之姊长亭，光艳尤绝，敬留全璧[11]，以待高贤。彼如许字[12]，方可为之施治。尔时，我当自去。”石诺之。是夜，少年不复至，女顿醒。天明，叟喜以告石，请石入视。石焚旧符，乃坐诊之，见绣幕有女郎，丽若天人，心知其长亭也。诊已，索水洒幛，女郎急以碗水付之，蹀躞[13]之间，意动神流。石生此际，心殊不在鬼矣。

出辞叟，托制药去，数日不返。鬼益肆，除长亭外，子妇婢女俱被淫惑。又以仆马招石，石托疾不赴。明日，叟自至。石故作病股状，扶杖而出。叟拜已问故，曰："此鳏之难也。曩夜婢子登榻倾跌，堕汤夫人[14]，泡两足[15]耳。”叟问："何久不续？”石曰："恨不得清门如翁者。”叟默而出。石走送曰："病瘥，当自至，无烦玉趾[16]也。”又数日，叟复来，石跛而见之。叟慰问三数语，便曰："顷与荆人言，君如驱鬼去，使举家安枕，小女长亭，年十七矣，愿遣事奉君子。”石喜，顿首于地，乃谓叟："雅意若此，病躯何敢复爱！”立刻出门，并骑而去。入视祟者既毕，石恐背约，请与媪盟。媪遽出曰："先生何见疑也！”即以长亭所插金簪，授石为信。石朝拜之，已，乃遍集家人，悉为祓除[17]，惟长亭深匿无迹，遂写一佩符，使人持赠之。是夜寂然，鬼影尽灭，惟红亭呻吟未已，投以法水，所患若失。石欲辞去，叟挽止殷恳。至晚，肴核罗列，劝酬殊切。漏二下，主人乃辞客去。

石方就枕，闻叩扉甚急，起视，则长亭掩入，辞气仓皇，言："吾家欲以白刃相仇[18]，可急遁。"言已，径返身去。石战惧无色，越垣急窜，遥见火光，疾奔而往，则里人夜猎者也。喜待猎已，乃与俱归。心怀怨忿，无之可伸，思欲之汴寻赤城，而家有老父，病废已久，日夜筹思，莫决进止。忽一日，双舆至门，则翁媪送长亭至，谓石曰："曩夜之归，胡再不谋？"石见长亭，怨恨都消，故亦隐而不发。媪促两人庭拜讫，石将设宴，辞曰："我非闲人，不能坐享甘旨。我家老子昏髦[19]，倘有不悉，郎肯为长亭一念老身，为幸多矣。"登车遂去。盖杀婿之谋，媪不之闻，及追之不得而返，媪始知之，颇不能平，与叟日相诟谇。长亭亦饮泣不食。媪强送女来，非翁意也。长亭入门，诘之，始知其故。过两三月，翁家取女归宁。石料其不返，禁止之。女自此时一涕零。年余，生一子，名慧儿，买乳媪哺之。然儿善啼，夜必归母。一日，翁家又以舆来，言媪思女甚，长亭益悲。石不忍复留之。欲抱子去，石不可，长亭乃自归。别时以一月为期，既而半载无耗。遣人往探之，则向所僦宅久空。

又二年余，望想都绝，而儿啼终夜，寸心如割。既而石父病卒，倍益哀伤，因而病惫，苫次弥留[20]，不能受宾朋之吊。方昏瞆间，忽闻妇人哭入，视之，则缞绖者长亭也。石大悲，一恸遂绝。婢惊呼，女始辍泣，抚之良久，始渐苏。自疑已死，谓相聚于冥中，女曰："非也。妾不孝，不得严父心，尼归三载[21]，诚所负心。适家人由东海经历此，得翁凶闻[22]。妾尊严命[23]而绝儿女之情，不敢循乱命而失翁媳之礼。妾来时，母知而父不知也。”言间，儿投怀中。言已，始抚之，泣曰：“我有父，儿无母矣。”儿亦嗷啕，一室掩泣。女起，经理家政，柩前牲盛[24]洁备。石乃大慰，而病久，急切不能起。女乃请石外兄款洽吊客。丧既闭，石始杖而能起，相与营谋斋葬[25]。葬已，女欲辞归，以受背父之谴。夫挽儿号，隐忍而止。未几，有人来告母病。乃谓石曰：“妾为君父来，君不为妾母放令去耶？”石许之。女使乳媪抱儿他适，涕洟[26]出门而去。去后，数年不返。石父子渐亦忘之。

一日，昧爽启扉，则长亭飘入。石方骇问。女戚然，坐榻上，叹曰：“生长闺阁，视一里为遥，今一日夜而奔千里，殆矣！”细诘之，女欲言复止。请之不已，哭曰：“今为君言，恐妾之所悲，而君之所快也。迩年徙居晋界，僦居赵缙绅之第。主客交最善，以红亭妻其公子。公子数逋荡[27]，家庭颇不相安。妹归告父，父留之，半年不令还。公子忿恨，不知何处聘一恶人来，遣神绾锁缚老父去。一门大骇，顷刻四散矣。”石闻之，笑不自禁。女怒曰：“彼虽不仁，妾之父也。妾与君琴瑟数年，止有相好，而无相尤。今日人亡家败，百口流离，即不为父伤，宁不为妾吊乎！闻之忭舞[28]，更无片语相慰藉。何不义也！”拂袖而出。石追谢之，亦已渺矣。怅然自悔，拚[29]

已决绝。过二三日，媪与女俱来。石喜慰问，母子俱伏，惊而问之，母子俱哭。女曰：“妾负气而去，今不能自坚，又欲求人，复何颜矣！”石曰：“岳固非人，母之惠，卿之情，所不忘也。然闻祸而乐，亦犹人情，卿何不能暂忍！”女曰：“顷于途中遇母，始知絷吾父者，盖君师也。”石曰：“果尔，亦大易。然翁不归，则卿之父子离散，恐翁归，则卿之夫泣儿悲也。”媪矢以自明，女亦誓以相报。石乃即刻治任[30]如汴。询至元帝观，则赤城归未久，入而参之，便问：“何来？”石视厨下一老狐，孔前股[31]而系之，笑曰：“弟子之来，为此老魅。”赤城诘之，曰：“是吾岳也。”因以实告。道士谓其狡诈，不肯轻释，固请，乃许之。石因备述其诈，狐闻之，塞身入灶，似有惭状，道士笑曰：“彼羞恶之心未尽亡也。”石起，牵之而出，以刀断索，抽之。狐痛极，齿龈龈然[32]。石不遽抽而顿挫之[33]，笑问之曰：“翁痛乎！勿抽可耶。”狐睛睒闪，似有愠色。既释，摇尾出观而去。石辞归。三日前，已有人报叟信，媪先去，留女待石。石至，女逆而伏，石挽之曰：“卿如不忘琴瑟之情，不在感激也。”女曰：“今复迁还故居矣！村舍邻迩，音问可以不梗。妾欲归省，三日可旋，君信之否？”曰：“儿生而无母，未便殇折。我日日鳏居，习已成惯。今不似赵公子，而反德报之，所以为卿者尽矣。如其不还，在卿为负义。道里虽近，当亦不复过问，何不信之与有？”女次日去，二日即返。问：“何速？”曰：“父以君在汴曾相戏弄，未能忘怀，言之絮絮，妾不欲复闻，故早来也。”自此，闺中之往来无间，而翁婿间，尚不通吊庆[34]云。

异史氏曰：“狐情反复，谲诈已甚。悔婚之事，两女而一辙，诡可知矣！然要而婚之，是启其悔者犹在初也[35]。且婿既爱女而救其父，止宜置昔怨而仁化之[36]，乃复狎弄于危急之中，何怪其没齿[37]不忘也！天下之有冰玉而不相能[38]者，类如此。”

校注

1 〔泰山〕郡名。汉置博阳郡，后改泰山郡。此指泰安府。清升泰安为直隶州，寻升府，置泰安县为府治。治所在今之泰安市。

2 〔厌禳〕亦作“魇禳”，古代迷信习俗，认为通过符咒祈祷可以消灾。详见卷一《画皮》注。

3 〔牙签〕古书封套之别签。因多用象牙所制，故称之。

4 〔汴城〕汴州城，即今河南开封市。

5 〔元帝观〕即玄帝庙，亦称天帝庙。按神的尊位，玄帝为主北方之神。元，本作“玄”字，为避康熙帝玄烨的名讳，改作“元”字。

6 〔符箓〕亦称“云篆”、“丹书”、“符字”、“墨篆”。道家的秘密文书。屈曲作篆籀及星雷之文为符，记诸天曹官属之名为箓。唐郑綮《开天传信记》：“道士叶法善，精于符箓之术。”

道教谓可用此文“驱鬼”、“镇邪”。

7 〔委贽〕委送礼品。贽，古时初次拜见所送的礼物。

8 〔縠（hú 斛）幛〕绉纱帐。縠，绉纱。幛，通“帐”。

9 〔支缀〕气息微弱，困顿之状。

10 〔阴骘（zhì 质）〕又谓“阴德”，指阴中施德于人。《尚书·洪范》：“惟天阴骘下民。”传：“骘，定也。天不言而默定下民。”

11 〔全璧〕指完好无损的璧。此谓未被玷污，长亭仍为处女。

12 〔许字〕许婚。字，古指女子出嫁。

13 〔蹀躞（diéxiè 蝶泄）〕小步行走。详见卷一《侠女》注。

14 〔汤夫人〕俗谓“汤婆子”，古时用来暖足的瓶。用锡或铜制成的扁形的瓶，冬季注热水，放于被中暖脚。

15 〔泡两足〕指被汤婆子将两脚烫起泡。

16 〔无烦玉趾〕谓不麻烦前来。玉趾，玉步。此为敬词。

17 〔祓（fú 弗）除〕古代习俗。此指道家除灾祛邪的一种行为。

18 〔相仇〕相害。

19 〔昏髦〕谓昏愦不明事理，俗谓老糊涂了。《宋书·范泰传》：“实欲尽心竭诚，少报万分，而昏髦已及，百疾互生。”

20 〔苫（shān 删）次弥留〕谓居丧病重。苫次，谓古时居父母之丧，睡在草垫上，所以称居丧之处为苫次。《新唐书·郑元璹传》：“会突厥提精骑数十万，身自将攻太原，诏即苫次起元璹持节往劳。”弥留，病危。

21 〔尼归三载〕受阻止不归三年。尼，受阻止。《孟子·梁惠王下》：“行，或使之；止，或尼之。”

22 〔凶闻〕指凶信。

23 〔严命〕即谓严父之命。古时称父亲为严君，故称父亲的话作严命。

24 〔柩前牲盛（chéng 成）〕摆在灵柩前的肉食祭品很丰盛。牲盛，祭品。《周礼·天官·庖人》：“掌共六畜、六兽、六禽。”注：“始养之曰畜，将用之曰牲。”牲，指三牲（牛、羊、猪）祭品。盛，器皿。

25 〔斋葬〕祭祀而殡葬。斋，斋祭。

26 〔涕洟（yí 夷）〕眼泪与鼻涕俱下。《周易·萃》："赍咨涕洟。"疏："自目出曰涕，自鼻出曰洟。"

27 〔数（shuò 朔）逋荡〕谓经常在外嫖赌游荡。《汉书·丙吉传》："吉驭吏嗜酒，数逋荡。"数，经常。逋荡，游荡。

28 〔忭（biàn 卞）舞〕《列子》作"抃舞"。高兴得手舞足蹈。《汤问》篇："（韩）娥还复为曼长歌，一里老幼喜跃抃舞，弗能自禁。"

29 〔拚（pàn 叛）〕舍弃。

30 〔治任〕准备行装。任，担子，行李。

31 〔孔前股〕将前小腿穿透。孔，用于动词，穿孔之意。

32 〔龃龃然〕牙咬出声，表示愤恨。

33 〔顿挫之〕即慢慢地一顿一抽。

34 〔不通吊庆〕谓即使红白之事也不相往来。吊，吊死问疾。庆，祝福贺喜。

35 〔"然要"二句〕指当初是以要胁而使其女婚配，使在其嫁之初就结下悔恨的心。要，要胁。

36 〔止宜置昔怨而仁化之〕谓其只能放弃往日的怨恨，而以仁爱之心感化他。

37 〔没齿〕终身。

38 〔冰玉而不相能〕指翁与婿之感情不相投。冰玉，《晋书·卫玠传》："玠妻父乐广有海内重名，议者以为妇翁冰清，女婿玉润。"后即以冰玉作翁婿的代词。

卷二

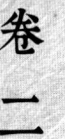

莲　香

桑生名晓，字子明，沂州[1]人，少孤[2]，馆于红花埠[3]。桑为人静穆自喜，日再出，就食东邻[4]，余时坚坐而已。东邻生偶至，戏曰："君独居不畏鬼狐耶？"笑答曰："丈夫何畏鬼狐！雄来吾有利剑，雌者尚当开门内之。"邻生归，与友谋，梯妓于垣而过之。弹指叩扉，生窥问其谁，妓自言为鬼，生大惧，齿震震有声，妓逡巡自去。邻生早至生斋，生述所见，且告将归。邻生鼓掌曰："何不开门内之？"生顿悟其假，遂安居如初。

积半年，一女子夜来叩斋，生意友人之复戏也，启门延入，则倾国之姝[5]。惊问所来，曰："妾莲香，西家妓女。"埠上青楼[6]故多，信之。息烛登床，绸缪甚至。自此三五夕辄一至。一夕，独坐凝思，一女子翩然入。生意其莲，承逆与语，觌面殊非，年仅十五六，亸袖垂髫[7]，风流秀曼，行步之间，若还若往[8]。大愕，疑为狐。女曰："妾良家女，姓李氏，慕君高雅，幸能垂盼[9]。"生喜，握其手，冷如冰，问："何凉也？"曰："幼质单寒，夜蒙霜露，那得不尔。”既而罗襦襟解[10]，俨然处子。女曰：“妾为情缘，葳蕤之质[11]，一朝失守。不嫌鄙陋，愿常侍枕席。房中得毋有人否？”生云：“无他，止一邻娼，顾亦不常。”

女曰：“当谨避之。妾不与院中人等，君秘勿泄。彼来我往，彼往我来可耳。”鸡鸣欲去，赠绣履一钩[12]，曰：“此妾下体所着，弄之足寄思慕，然有人慎勿弄也。”受而视之，翘翘如解结锥[13]，心甚爱悦。越夕无人，便出审玩，女飘然忽至，遂相款昵。自此每出履，则女必应念而至，异而诘之，笑曰：“适当其时耳。”一夜莲来，惊云：“郎何神气萧索[14]？”生言：“不自觉。”莲便告别，相约十日。去后，李来恒无虚夕，问：“君情人何久不至？”因以约相告。李笑曰：“君视妾何如莲香美？”曰：“可称两绝，但莲香肌肤温和。”李变色曰：“君谓双美，对妾云尔。渠必月殿仙人[15]，妾定不及。”因而不欢。乃屈指计，十日之期已满，嘱勿漏，将窃窥之。次夜，莲香果至，笑语甚洽，及寝，大骇曰：“殆矣！十日不见，何益惫损[16]，保无有他遇否？”生询其故，曰：“妾以神气验之，脉析析[17]如乱丝，鬼症也。”次夜李来，生问：“窥莲香何似？”曰：“美矣！妾固疑世间无此佳人，果狐也。去，吾尾之，南山而穴居。”生疑其妒，漫应之。逾夕，戏莲香曰：“余固不信，或谓卿狐者。”莲亟问：“是谁之云？”笑曰：“我自戏卿。”莲曰：“狐何异于人？”曰：“惑之者病，甚则死，是以可惧。”莲曰：“不然，如君之年，房[18]后三日，精气可复，纵狐何害？设旦旦而伐之[19]，人有甚于狐者矣！天下痨尸瘵鬼[20]，宁皆狐蛊死耶？虽然，必有议我者。”生力白其无，莲诘益力，生不得已，泄之。莲曰：“我固怪君惫也，然何遽至此？得勿非人乎？君勿言，明宵当如渠之窥妾者。”是夜李至，才三数语，闻窗外嗽声，急亡去。莲入曰：“君殆矣！是真鬼物，昵其美而不速绝，冥路近矣！”生意其妒，默不语。莲曰：“固知君不能忘情，然不忍视君死，明日当携药饵，为君一除阴毒[21]。幸病蒂犹浅，十日恙当已。请同榻以俟痊可。”次夜，果出刀圭药[22]啖生，顷刻洞下两三行[23]，觉脏腑清虚，精神顿爽。心德之，然终不信为鬼。莲香夜夜同衾偎生，生欲与合，辄拒之。数日后，肤革充盈[24]。欲别，殷殷嘱绝李。生谬应之。及闭户挑灯，辄捉履倾想。李忽至，数日隔绝，颇有怨色。生曰：“彼连宵为我作巫医[25]，请勿为怼[26]，情好在我。”李稍怿[27]。生枕上私语曰：“我爱卿甚，乃有谓卿鬼者。”李结舌良久，骂曰：“必淫狐之惑君听也。若不绝之，妾不来矣。”遂呜呜饮泣。生百词慰解，乃罢。隔宿，莲香至，知李复来，怒曰：“君必欲死耶？”生笑：“卿何相妒之深？”莲益怒曰：“君种死根，妾为若除之，不妒者将复何如？”生托词以戏曰：“彼云前日之病，为狐祟耳。”莲乃叹曰：“诚如君言，君迷不悟，万一不虞，妾百口何以自解？请从此辞。百日后，当视君于卧榻中。”留之不可，怫然[28]径去。由是与李夙夜必偕馒，约两月余，觉大困顿。初犹自宽解，日渐羸瘠，惟饮馒粥[29]一瓯。欲归就奉养，尚恋恋不忍遽去，因循数日，沉绵[30]不可复起。

邻生见其病惫，日遣馆僮馈给食饮。生至是始疑李，因谓李：“吾悔不听莲香之言，一至于此。”言讫而瞑。移时复苏，张目四顾，则李已去，自是遂绝。生羸卧空斋，思莲香如望岁[31]。一日，方凝想间，忽有搴帘入者，则莲香也。临榻哂曰：“田舍郎，我岂妄哉[32]！”生哽咽良久，自言知罪，但求拯救。莲曰：“病入膏肓[33]，实无救法，姑来永诀，以明非妒。”生大悲曰：“枕底之物。烦代碎之。”莲搜得履，持就灯前，反覆展玩。李女欻入，卒[34]见莲香，返身欲遁。莲以身蔽门，李窘急不知所出，生责数之，李不能答。莲笑曰：“妾今始得与阿姊[35]面相质。曩谓郎君旧疾，未必非妾致，今竟何如？”李俯首谢过。莲曰：“佳丽如此，乃以爱结仇耶！”李投地陨泣，乞垂怜救。莲扶起，细诘生平。曰：“妾，李通判[36]女，早夭，瘗于墙外。已死春蚕，遗丝未尽[37]，与郎偕好，妾之愿也，致郎于死，良非素心。”莲曰：“闻鬼利人死，以死后可常聚，然否？”曰：“不然。两鬼相逢，并无乐趣，如乐也，泉下少年郎岂少哉！”莲曰：“痴哉！夜夜为之，人且不堪，而况于鬼！”李问：“狐能死人，何术独否？”莲曰：“是采补[38]者流，妾非其类。故世有不害人之狐，断无不害人之鬼，以阴气盛也。”生闻其语，始知狐鬼皆真，幸习常见惯，颇不为骇，但念残息如丝，不觉失声大痛。莲顾问：“何以处郎君者？”李赧[39]然逊谢。莲笑曰：“恐郎强健，醋娘子要食杨梅也。”李敛衽[40]曰：“如有医国手[41]，使妾得无负郎君，便当埋首地下，敢复靦然人世耶！”莲解囊出药，曰：“妾早知有今，别后采药三山[42]，凡三阅月，物料始备，瘵蛊[43]至死，投之无不苏者。然症何由得，仍以何引[44]，不得不转求效力。”问：“何需？”曰：“樱口中一点香唾耳。我以丸进，烦接口而唾之。”李晕生颐颊，俯首转侧而视其履。莲戏曰：“妹所得意惟履耶？”李益惭，俯仰若无所容。莲曰：“此平时熟技，今何吝焉。”遂以丸纳生吻，转促逼之。李不得已，唾之。莲曰：“再！”又唾之。凡三四唾，丸已下咽。少间，腹殷然[45]如雷鸣。复纳一丸，自乃接唇而布以气。生觉丹田[46]火热，精神焕发。莲曰：“愈矣！”李听鸡鸣，彷徨别去。莲以新瘥，尚须调摄[47]，就食非计，因将外户反关，伪示生归，以绝交往，日夜守护之。李亦每夕必至，给奉殷勤，事莲犹姊，莲亦深怜爱之。居三月，生健如初。李遂数夕不至，偶至，一望即去，相对时亦悒悒不乐。莲常留与共寝，必不肯。生追出提抱以归，身轻若刍灵[48]。女不得遁，遂着衣偃卧[49]，踡其体不盈二尺。莲益怜之，阴使生狎抱之，而撼摇亦不得醒。生睡去，觉而索之已杳。后十余日，更不复至，生怀思殊切，恒出履共弄，莲叹曰：

“窈娜[50]如此，妾见犹怜，何况男子。”生曰：“昔日弄履则至，心固疑之，然终不料其鬼。今对履思容，实所怆恻。”因而泣下。

先是富室章姓，有女字燕儿，年十五，不汗而死[51]，终夜复苏，起顾欲奔。章扃户不得出。女自言：“我通判女魂，感桑郎眷注[52]，遗舄犹存彼处。我真鬼耳，锢我何益？”以其言有因，诘其至此之由。女低徊反顾，茫不自解。或有言桑生病归者，女执辨其诬，家人大疑。东邻生闻之，逾垣往窥，见生方与美人对语，掩入逼之，张皇间已失所在。邻生骇诘，生笑曰：“向固与君言，雌者则纳之耳。”邻生述燕儿之言，生乃启关，将往侦探，苦无由。章母闻生果未归，益奇之，故使佣媪索履，生遂出以授。燕儿得之喜，试着之，鞋小于足者盈寸，大骇，揽镜自照，忽恍然悟己之借躯以生也者。因陈所由，母始信之。女镜面大哭曰：“当日形貌颇堪自信，每见莲姊犹增惭怍。今反若此，人也不如其鬼也！”把履号咷，劝之不解，蒙衾僵卧，食之亦不食，体肤尽肿。凡七日不食，卒不死，而肿渐消，觉饥不可忍，乃复食。数日遍体瘙痒，皮尽脱。晨起，睡舄[53]遗堕，索着之，则硕大无朋[54]矣。因试前履，肥瘦吻合，乃喜。复自镜，则眉目颐颊，宛肖生平，益喜。盥栉见母，见者尽怡。莲香闻其异，劝生媒通之，而以贫富悬邈[55]，不敢遽进。会媪初度[56]，因从其子婿行往为寿。媪睹生名，故使燕儿窥帘认客[57]。生最后至，女骤出，捉袂，欲从与俱归。母诃谯[58]之，始惭而入。生审视宛然，不觉零涕，因拜伏不起。媪扶之，不以为侮。生出，浼女舅执柯[59]。媪议择吉赘[60]生。生归告莲香，且商所处，莲怅然良久，便欲别去，生大骇泣下。莲曰："君行花烛于人家，妾从而往，亦何形颜？"生谋先与旋里，而后迎燕，莲乃从之。生以情白章，章闻其有室，怒加诮让。燕儿力白之，乃如所请。至日，生往亲迎[61]，家中备具，颇甚草草，及归，出自门达堂，悉以罽毯[62]贴地，百千笼烛，灿列如锦。莲香扶新妇入青庐[63]，搭面[64]既揭，欢若生平。莲陪卺饮[65]，因细诘还魂之异，燕曰："尔日[66]抑郁无聊，徒以身为异物[67]，自觉形秽。别后愤不归墓，随风漾泊，每见生人则羡之。昼凭草木，夜则信足浮沉。偶至章家，见少女卧床上，近附之，未知遂能活也。"莲闻之，默默若有所思。逾两月，莲举一子，产后暴病，日就沉绵，捉燕臂曰："敢以孽种相累，我儿即若儿。"燕泣下，姑慰藉之，为召巫医，辄却之。沉痼弥留[68]气若悬丝。生及燕儿皆哭。忽张目曰："勿尔！子乐生，我自乐死。如有缘，十年后可复相见。"言讫而卒。启衾将敛，尸化为狐，生不忍异视，厚葬之。子名狐儿，燕抚如己出。每清明，必抱儿哭诸其墓。后生举于乡[69]，家渐裕，而燕苦不育，狐儿颇慧，然单弱多疾，燕每欲生置媵。

一日，婢忽曰："门外一妪，携女求售。"燕呼入，卒见，大惊曰："莲姊复出耶！"生视之，真似，亦骇，问："年几何？"答云："十四。""聘金几何？"曰："老身止此一块肉，但俾得所，妾亦得啖饭处，后日老骨不委沟壑足矣。"生优价而留之。燕握女手，入密室，撮其颔而笑曰："汝识我否？"答言："不识。"诘其姓氏，曰："妾韦姓，父徐城卖浆者，死三年矣。"燕屈指停思，莲死恰十有四载，又审视女仪容态度，无一不神肖者，乃拍其顶而呼曰："莲姊，莲姊！十年相见之约，当不欺吾。"女忽如梦醒，豁然曰："咦！"因熟视燕儿。生笑曰："此'似曾相识燕归来[70]'也。"女泫然曰："是矣。闻母言，妾生时便能言，以为不祥，犬血饮之，遂昧宿因[71]，今日始如梦寤。娘子其耻于为鬼之李妹耶？"共话前生，悲喜交至。一日寒食，燕曰："此每岁妾与郎君哭姊日也。"遂与亲登其墓，荒草离离[72]，木已拱矣[73]。女亦太息。燕谓生曰："妾与莲姊两世情好，不忍相离，宜令白骨同穴。"生从其言，启李冢得骸，舁归而合葬之。亲朋闻其异，吉服临穴[74]，不期而会者数百人。余庚戌南游[75]至沂，阻雨，休于旅舍。有刘生子敬，其中表[76]亲，出同社王子章所撰《桑生传》，约万余言，得卒读，此其崖略[77]耳。

异史氏曰："嗟乎！死者而求其生，生者又求其死，天下所难得者，非人身哉？奈何具此身者，往往而置之，遂至觍然而生不如狐，泯然而死不如鬼。"

王阮亭云："贤哉莲娘，巾帼中吾见亦罕，况狐耶！"

蓮香
七日沉痾遠
故我十年
舊約證前
生閒中細
讀桑生傳
狐鬼爭妍
最有情

校注

1 〔沂州〕州名。北周将秦置之瑯玡郡改名沂州。清升为直隶州，又升为府，治所在今之临沂县。

2 〔少孤〕幼年时就失去父亲。《孟子·梁惠王下》："幼而无父曰孤。"

3 〔红花埠〕市镇名。在今山东省郯城县南，为鲁南通苏北要道。

4 〔就食东邻〕到搭食的东邻去吃饭。

5 〔倾国之姝〕绝顶的美女子。倾国，即"倾国倾城"之省略语，此指美女。《汉书·外戚传》载李延年歌："北方有佳人，绝世而独立；一顾倾人城，再顾倾人国。"李白《清平调》之三："名花倾国两相欢，长得君王带笑看。"姝，美女。《玉台新咏·古乐府〈日出东南隅行〉》："使君遣吏往，问此谁家姝。"

6 〔青楼〕妓院。杜牧《遣怀》："十年一觉扬州梦，赢得青楼薄幸名。"下文中的"院中人"，指妓女。宋时称妓院为"行院"，故称妓女为"院中人"。

7 〔軃（duǒ 朵）袖垂髫〕形容少女双肩削瘦、头发下垂的样子。軃，亦作"嚲"，下垂貌。軃袖，垂袖。此指肩削瘦。虞世南《应诏嘲司花女袁宝儿》："学画鸦黄半未成，垂肩嚲袖太憨生。"髫，指头发下垂。此指谓少女。

8 〔若还若往〕意谓飘忽不定之貌。《文选·曹植〈洛神赋〉》："动无常则，若危若安；进止难期，若往若还。"此言其体态轻盈之质。若还，"若"原抄本作"往"，据二十四卷本改。

9 〔垂盼〕重视，看得起。

10 〔罗襦襟解〕罗襦，用罗做的短上衣。襟，古时上衣的交领。《史记·滑稽列传》："罗襦衿解，微闻香泽。"衿，同"襟"。

11 〔葳蕤（wēiruí 危绥）之质〕意谓鲜丽的处女之身。葳蕤，草名。《文选·左思〈蜀都赋〉》："敷蕊葳蕤，落英飘飖。"

12 〔一钩〕一只鞋。钩，旧时女子缠足，其足尖小而弯，鞋小翘，其形如钩，故称之。

13 〔解结锥〕古时人随身佩带解绳结的工具。骨制或角制，其形如锥。宋沈括《梦溪笔谈》三："觿，解结锥也。"此喻绣履。

14 〔萧索〕本指景物于秋冬萧条冷落貌。此指精神萎靡。宋柳永《少年游》词："狎兴生疏，酒徒萧索，不似去年时。"

15 〔月殿仙人〕传说中的月中嫦娥。旧时多以此比喻美丽的女子。

16 〔惫损〕指精神疲惫不堪，身躯消瘦。

17 〔脉析析〕指其脉散乱细如丝。此为病脉之症。析析，原抄本作"柝柝"，据二十四卷本改。

18 〔房〕房事的略语。

19 〔旦旦而伐之〕本意为天天砍伐树木。《孟子·告子上》："亦犹斧斤之于木也，旦旦而伐之，可以为美乎？"此指天天纵欲。旧指淫乐伐性伤身。

20 〔痨尸瘵（zhài 债）鬼〕指因肺痨而死的人。旧时，认为肺痨是不治之症，故称痨瘵。瘵，痨病。痨，据青柯亭本，原抄本为"病"。

21 〔阴毒〕谓潜伏于人体内的病毒。

22 〔刀圭药〕以刀圭称量的中药。指粉剂。唐殷尧藩《中元日观诸道士步虚》诗："偿赐刀圭药，还留不死名。"刀圭，中药的量器名。晋葛洪《抱朴子·金丹》："服之三刀圭，三尸九虫皆消坏，百病皆愈也。"王明校释："刀圭，量药具。"

23 〔洞下三两行〕泻泄两三次。洞，中医谓下泻，通"衕"。行，次。

24 〔充盈〕指肌肤丰满。《礼记·礼运》："四体既正，肤革充盈，人之肥也。"

25 〔巫医〕古时巫师兼作医生，因此巫与医并称之。《论语·子路》："南人有曰：'人而无恒，不可以巫医。'"

26 〔怼（duì 对）〕怨恨。《诗经·大雅·荡》："而秉义类，强御多怼。”

27 〔稍怿（yì译）〕稍微高兴。怿，喜悦。《史记·萧相国世家》：“高帝不怿。”

28 〔怫（fú孚）然〕忿怒的样子。《庄子·天地》：“谓己谀人，则怫然作色。”

29 〔饘（zhān沾）粥〕指稠粥。《礼记·檀弓上》：“饘粥之食。”疏：“厚曰饘，稀曰粥。”

30 〔沉绵〕久病不愈，日渐沉重。杜甫《送高司直寻封阆州》诗：“长卿消渴再，公干沉绵屡。”

31 〔望岁〕盼望好年成。《左传·昭公三十年》：“闵闵焉如农夫之望岁，惧以待时。”

32 〔田舍郎，我岂妄哉〕犹言庄稼汉，我哪里是胡说呢！唐薛用弱《集异记》：须臾，双鬟发声，则曰：“黄河远上白云间，一片孤城万仞山。羌笛何须怨杨柳，春风不度玉门关。”（王之涣《凉州词》）之涣即揶揄二子曰：“田舍奴，我岂妄哉！”

33 〔病入膏肓（huāng荒）〕指病发展到人体肌理最深处，已为药力所达不到之处。《左传·成公十年》：“（晋景公）疾病，求医于秦，秦伯使医缓为之，未至。公梦疾为二竖子曰：‘彼良医也，惧伤我焉，逃之。’其一曰：‘居肓之上，膏之下，若我何！’医至，曰：‘疾不可为也，在肓之上，膏之下，攻之不可，速之不及，药不至焉，不可为也。’”注：“肓，鬲也。心下为膏。”

34 〔卒〕同“猝”，突然。

35 〔姊〕据二十四卷本，原抄本作“姨”。

36 〔通判〕官名。明清时知府的辅佐官，正六品。各府置员不等，无定额，量地而置，分掌粮运、督捕、水利、理事诸务。另有直隶州通判，称州判，从七品。

37 〔已死春蚕，遗丝未尽〕谓人虽已死，但情思未了。丝，暗喻“思”之意。李商隐《无题》：“春蚕到死丝方尽，蜡炬成灰泪始干。”原诗是言其对爱情的忠贞。此借喻人虽成鬼，但仍不能忘情。

38〔采补〕意谓采阴补阳，或采阳补阴。是道家通过男女媾合以求长生的一种邪术。

39〔赧（nǎn 蝻）〕因羞惭而脸红。

40〔敛衽〕意谓提起衣襟行礼。初为一般的礼节，后来作为妇女一种敬礼的专称。衽，衣襟。《战国策·楚策一》："一国之众，见君莫不敛衽而拜。"

41〔医国手〕指国内医术最高明者。《国语·晋语八》："上医医国，其次医人。"此指能起死回生。

42〔三山〕古代传说中的三神山，即蓬莱、方丈、瀛洲。《史记·秦始皇本纪》："齐人徐市等上书，言海中有三神山，名曰蓬莱、方丈、瀛洲，仙人居之。"

43〔瘵蛊（zhàigǔ 债古）〕古人以纵淫过度而患之"色痨"，为不治之症。瘵，肺痨。蛊，犹痼疾，谓久治不愈之症。

44〔引〕即中医处方所开之药引。

45〔殷（yǐn 隐）然〕形容雷声。这里指服药后的腹鸣。

46〔丹田〕道家谓人体脐下三寸处为丹田。

47〔调摄（shè 涉）〕指调理、保养。焦延寿《易林·屯之泰》："坐位失处，不能自居，调摄违和，阴阳颠倒。"

48〔刍灵〕古代用草扎成人形，用来殉葬。《礼记·檀弓下》："涂车刍灵，自古有之。"注："刍灵，束草为人，谓之灵者，神之类也。"

49〔偃卧〕仰卧。《孙子·九地》："坐者涕沾襟，偃卧者涕交颐。"

50〔窈娜〕同"夭娜"。柔美的样子。元袁桷《集廉园》诗："中列万宝枝，夭娜瑶池神。"

51〔不汗而死〕中医理论认为，发汗有散热调节体温的作用，外感症多以汗解。倘体热若燔炭，汗出而热散，否则汗不出，体内津液枯竭，必导致死亡。

52〔眷注〕垂爱关注。王禹偁《送赵令公西京留守》诗："元老优游盛，明君眷注荣。"

53 〔睡舄（xì 细）〕睡鞋，又称“眠鞋”、“复履”。旧时代妇女因缠足，故在鞋之内袜之外又着以软底鞋，以保护脚。

54 〔硕大无朋〕巨大无比。《诗经·唐风·椒聊》：“彼其之子，硕大无朋。”硕，大。朋，伦比。诗原意谓壮貌德美，无与伦比。此处为引申义。

55 〔悬邈〕指贫富相差甚远。《玉台新咏·张华〈情诗〉之四》：“悬邈修途远，山川阻且深。”

56 〔初度〕本指初生之时，后指生日。《楚辞·屈原〈离骚〉》：“皇览揆余初度兮，肇锡余以嘉名。”

57 〔窥帘认客〕即偷偷隔着帘子辨识客人。

58 〔诃谯〕呵斥。

59 〔浼（měi 每）女舅执柯〕请求女方的舅舅做媒人。浼，请托。执柯，指做媒。《诗经·豳风·伐柯》：“伐柯如何？匪斧不克；取妻如何？匪媒不得。”

60 〔赘〕男子到女家就婚，谓赘婿。

61 〔亲迎〕古代婚礼六礼中最后一道程序，即新郎亲至女家迎娶。

62 〔罽（jì 计）毯〕地毯。罽，一种毛织物。《汉书·高帝纪》：“贾人毋得衣锦绣、绮縠、絺、纻、罽。”

63 〔青庐〕青布搭成的篷帐，为北方民族举行婚礼时所用。唐段成式《酉阳杂俎·礼异》：“北朝婚礼，青布幔为屋，在门内外，谓之青庐，于此交拜。”

64 〔搭面〕旧时婚礼，蒙在新娘子头上的彩巾，也称“盖头”、“方巾”。

65 〔卺饮（jǐnyǐn 尽隐）〕饮合卺酒。详见卷一《娇娜》“合卺”注。

66 〔尔日〕近日。尔，通“迩”，近。

67 〔异物〕鬼物的讳词。《文选·贾谊〈鹏鸟赋〉》：“化为异物兮，又何足患？”

68 〔沉痼弥留〕久病不愈。沉痼，久治不愈的痼疾。弥留，久病而不见病情好转。《尚书·顾命》：“病日臻，既弥留。”

69 〔举于乡〕即乡试得中举人。

70 〔似曾相识燕归来〕语出宋晏殊《浣溪沙》词："无可奈何花落去，似曾相识燕归来。"归，据二十四卷本，原抄本作"飞"，误。

71 〔宿因〕佛教所说之前世的因缘。唐张乔《雨中宿僧院》："千灯有宿因，长老许相亲。"

72 〔离离〕禾草茂密貌。唐白居易《赋得古原草送别》："离离原上草，一岁一枯荣。"

73 〔木已拱矣〕意为坟墓上的树木长得可以两手合抱了。拱，两手相握。此言其死时已很久。

74 〔吉服临穴〕谓穿着吉服到墓地参加葬礼。穴，墓穴。

75 〔余庚戌南游〕指作者蒲松龄于康熙九年庚戌（1670），应同乡孙蕙之邀，到宝应县孙蕙府中做幕宾，时经沂州，中途遇雨，休于旅舍。

76 〔中表〕父亲姊妹的子女称外表，母亲兄弟姊妹的子女称内表，互称中表。

77 〔崖略〕大略，梗概。《庄子·知北游》："夫道，窅然难言哉，将为汝言其崖略。"

阿 宝

粤西[1]孙子楚，名士[2]也。生有枝指[3]，性迂讷，人诳之，辄信为真。或值座有歌妓，则必遥望却走。或知其然，诱之来，使妓狎逼之，则赪颜[4]彻颈，汗珠珠下滴，因共为笑。遂貌[5]其呆状相邮传[6]，作丑语而名之“孙痴”。

邑大贾某翁与王侯埒富[7]，姻戚皆贵胄，有女阿宝，绝色也。日择良匹，大家儿争委禽妆[8]，皆不当翁意。生时失俪[9]，有戏之者，劝其通媒，生殊不自揣，果从其教。翁素耳其名而贫之。媒媪将出，适遇宝，问之，以告，女戏曰：“渠去其枝指，余当归之。”媪告生，生曰：“不难。”媒去，生以斧自断其指，大痛彻心，血溢倾注，滨死。过数日，始能起，往见媒而示之。媪惊，奔告女，女亦奇之，戏请再去其痴。生闻而哗辨，自谓不痴，然无由见而自剖。转念阿宝未必美如天人，何遂高自位置如此？由是曩念顿冷。

会值清明，俗于是日，妇女出游，轻薄少年，亦结队随行，恣其月旦[10]。有同社数人，强邀生去。或嘲之曰：“莫欲一观可人[11]否？”生亦知其戏己，然以受女揶揄故，亦思一见其人，忻然随众物色之。遥见有女子憩树下，恶少年环如墙堵。众曰：“此必阿宝也。”趋之，果宝也。审谛之，娟丽无双。少顷，人益稠，女起遽去。众情颠倒，品头题足，纷纷若狂，生独默然。及众他适，回视，生犹痴立故所，呼之不应。群曳之曰：“魂随阿宝去矣？”亦不答。众以其素讷，故不为怪。或推之，或挽之[12]以归。至家，直上床卧，终日不起，冥如醉，唤之不醒。家人疑其失魂，招于旷野，莫能效。强拍问之，则朦胧应云：“我在阿宝家。”及细诘之，又默不语，家人惶惑莫解。

初，生见女去，意不忍舍，觉身已从之行，渐傍其衿带间，人无诃者。遂从女归，坐卧依之，夜辄与狎，甚相得。然觉腹中奇馁，思欲一返家门，而迷不知路。女每梦与人交，问其名，曰：“我孙子楚也。”心异之，而不可以告人。生卧三日，气休休[13]若将澌灭。家人大恐，托人婉告翁，欲一招魂其家。翁笑曰：“平昔不相往还，何由遗魂吾家？”家人固哀之，翁始允。巫执故服、草荐[14]以往。女诘得其故，骇极，不听他往，直导入室，任招呼而去。巫归至门，生榻上已呻，既醒，女室之香奁什具，何色何名，历言不爽。女闻之益骇，阴感其情之深。生既离床寝，坐立凝思，忽忽若忘。每伺察阿宝，希幸一再遘之。

浴佛节[15]，闻将降香水月寺，遂早旦往候道左，目眩睛劳。日涉午，女始至，自车中窥见生，以掺手[16]搴帘，凝睇不转。生益动，尾从之。女忽命青衣来诘姓字，生殷勤自展，魂益摇，车去始归。归复病，冥然绝食，梦中辄呼宝名。每自恨魂不复灵。家旧养一鹦鹉，忽毙，小儿持弄于床，生自念：倘得身为鹦鹉，振翼可达女室。心方注想，身已翩然鹦鹉，遽飞而去，直达宝所。女喜而扑之，锁其肘，饲以麻子。大呼曰："姐姐勿锁，我孙子楚也。"女大骇，解其缚，亦不去。女祝曰："深情已篆中心[17]。今已人禽异类，姻好何可复圆。"鸟云："得近芳泽，于愿已足。"他人饲之不食，女自饲之则食。女坐，则集其膝；卧，则依其床。如是三日，女甚怜之。阴使人瞯[18]生，生则僵卧气绝已三日，但心头未冰耳。女又祝曰："君能复为人，当誓死相从。"鸟云："诳我！"女乃自矢。鸟侧目若有所思。少间，女束双弯，解履床上，鹦鹉骤下，衔履飞去。女急呼之，飞已远矣。女使妪往探，则生已寤。家人见鹦鹉衔绣履来，堕地死，方共异之。生既苏，即索履，众莫知故。适妪至，入视生，问履所在。生曰："是阿宝信誓物[19]。借口相覆，小生不忘金诺[20]也。"妪反命。女益奇之，故使婢泄其情于母。母审之确，乃曰："此子才名亦不恶，但有相如之贫[21]。择数年得婿若此，恐将为显者笑。"女以履故，矢不他。翁媪乃从之。驰报生，生喜，疾顿瘳。翁议赘诸家，女

阿寶
倩女曾離
枕上魂癡郎
情思更温存
阿儂休説人
禽異鸚鵡前
生卻姓孫

曰：“婿不可久处岳家，况郎又贫，久益为人贱。儿既诺之，处蓬茅而甘藜藿[22]，不怨也。”生乃亲迎成礼，相逢如隔世欢。

自是，生家得奁妆小阜，颇增物产。而生痴于书，不知理家人生业。女善居积，亦不以他事累生。居三年，家益富。生忽病消渴[23]，卒。女哭之痛，泪眼不晴[24]，至绝眠食。劝之不纳，乘夜自经。婢觉之，急救而醒，终亦不食。三日，集亲党，将以殓生，闻棺中呻以息，启之，已复活，自言：“见冥王，以生平朴诚，命作部曹[25]。忽有人白：‘孙部曹之妻将至。’王稽鬼录，言：‘此未应便死。’又白：‘不食三日矣。’王顾谓：‘感汝妻节义，姑赐再生。’因使驭卒控马送余还。”由此体渐平。值岁大比[26]，入闱之前，诸少年玩弄之，共拟隐僻之题七，引生僻处与语，言：“此某家关节[27]，敬秘相授。”生信之，昼夜揣摩，制成七艺[28]，众隐笑之。时典试者[29]虑熟题有蹈袭弊，力反常经[30]，题纸下，七艺皆符，生以是抡魁[31]。明年，举进士，授词林[32]。上闻其异，召问之，生具启奏，上大嘉悦，后召见阿宝，赏赉有加焉。

异史氏曰：“性痴则其志凝，故书痴者文必工，艺痴者技必良。世之落拓而无成者，皆自谓不痴者也。且如粉花荡产，卢雉倾家[33]，顾痴人事哉！以是知慧黠而过，乃是真痴，彼孙子何痴乎！”

集痴类十：“窖镪食贫。对客辄夸儿慧。爱儿不忍教读。讳病恐人知。出资赚人嫖。窃赴饮会赚人赌。倩人作文欺父兄。父子账目太清。家庭用机械。喜子弟善赌。”

校注

1　〔粤西〕即今之广西壮族自治区。两广，古称两粤，即粤东粤西。

2　〔名士〕知名之士。

3　〔枝指〕即歧生的指头，歧指、骈指，俗谓“六指”。《庄子·骈拇》：“骈母枝指，出乎性哉，而侈于德。”

4　〔赪（chēng 瞠）颜〕指涨红脸。赪，红色。

5　〔貌〕形容、刻画。

6　〔邮传〕本指古时传递公文的驿站，此指传播。《孟子·公孙丑上》：“德之流行，速于置邮而传命。”

7　〔与王侯埒（liè 列）富〕与王侯之富相当。埒，相等。

8　〔委禽妆〕古代婚礼仪式的一项。此指送去求婚的礼物。委禽，下聘礼。古代的婚礼，男方通过媒人送去聘礼，按习俗是用雁，因雁有固定的对象，以此表示爱情的专一。送来的礼物若被女方收下，叫“纳采”。因纳采收的是雁，故又称“委禽”。《左传·昭公元年》：“郑徐吾犯之妹美，公孙楚聘之矣；公孙黑又使强委禽焉。”杜预注：“禽，雁也，纳采用雁。”

9　〔失俪〕指丧妻。俪，配偶。《左传·成公十一年》：“鸟兽犹不失俪，子将若何？”

10　〔恣其月旦〕肆意品评。月旦，月旦评。《后汉书·许劭传》：“劭与（从兄）靖俱有高名，好共覈论乡党人物，每月辄更其品题，故汝南俗有‘月旦评’焉。”后因称品评人物为

“月旦评”，或简称“月旦”。

11 〔可人〕意谓使人满意的人。《礼记·杂记》：“管仲遇盗，取二人焉，上以为公臣。曰：‘其所与游辟也，可人也。’”

12 〔或推之，或挽之〕有的在后边推，有的在前边拉。《左传·襄公十四年》：“夫二子者，或挽之，或推之，欲无入得乎？”

13 〔休休〕同“咻咻”，气喘急促之声。澌灭，死亡，绝气。《礼记·曲礼上》：“庶人曰死。”注：“死之言澌也，精神澌尽也。”

14 〔故服、草荐〕指平日所穿的衣服和卧席。均为招魂所用。荐，垫子。

15 〔浴佛节〕中国佛教节日，即佛诞节。相传农历四月十八日为释迦牟尼佛的诞辰，佛寺于是日举行诵经法会，并用各种名贵的香水浸浴洗佛像，并供养香花灯烛茶果等，故俗称浴佛节。

16 〔掺（shān 山）手〕纤细的手。《诗经·魏风·葛屦》：“掺掺女手，可以缝裳。”掺，纤细。

17 〔已篆中心〕即已铭记在心中。篆，铭刻。

18 〔瞯（jiàn 见）〕窃视。《孟子·离娄下》：“王使人瞯夫子，果有以异于人乎？”

19 〔信誓物〕立誓时作为凭信之物。此指阿宝绣履。

20 〔金诺〕信守不渝的诺言。《史记·季布栾布列传》：“楚人谚曰：‘得黄金百斤，不如得季布一诺。’”

21 〔相如之贫〕喻有才华，但家中甚是贫寒。相如，司马相如（前 179-前 118），汉成都人。据《史记·司马相如列传》载：司马相如有才名，家贫，无以为业，客临邛，富人卓王孙女文君新寡，好音，相如以琴挑之，文君悦，夜奔相如。卓王孙嫌其贫。相如与文君驰归成都，家居徒四壁。

22 〔藜藿〕野菜，即指粗茶淡饭。藜，灰菜。藿，豆叶。

23 〔病消渴〕患糖尿病。消渴，中医学病名，其症口渴、尿多、易饥、消瘦。

24 〔泪眼不晴〕眼泪不干。

25 〔部曹〕明清六部皆分司治事，各司办事人员称为部曹。此指冥府中某部属官。详见卷一《喷水》注。

26 〔大比〕本为周制，乡大夫定期对乡吏考绩的制度。《周礼·地官·乡大夫》："三年则大比，考其德行道艺。"明清两朝每三年举行一次乡试，称"大比"。此指后者。

27 〔关节〕意谓考生行贿主考，谋求中式。此文中指贿买到试题。

28 〔七艺〕指应试中所做的七篇文章。明清乡会试，皆考三场，头场四书义三道，五经义四道，故曰七艺，亦称七题。

29 〔典试者〕主持考试的官员。《明史·选举志二》："故事，阁臣典试，翰詹一人副之。"

30 〔常经〕即常规、常例。《三国志·蜀志·郤正传》："忠无定分，义无常经。"

31 〔抡（lún 伦）魁〕考取第一名。抡，选拔。魁，魁首。

32 〔授词林〕授翰林。词林，翰林的别称。明洪武初于皇城内建翰林院，其额曰"词林"，故称之。

33 〔"且如"二句〕指因嫖赌而倾家荡产。粉花，指烟花女子。此指嫖妓。卢、雉，古时赌博，卢、雉二彩为胜彩。此指赌博。

九山王

曹州[1]李姓者，邑诸生，家素饶，而居宅故不甚广，舍后有园数亩，荒置之。一日，有叟来税屋[2]，出直[3]百金，李以无屋为辞。叟曰："请受之，但无烦虑。"李不喻其意，姑受之，以觇其异。

越日，村人见舆马眷口入李家，纷纷甚夥，共疑李第无安顿所，问之，李殊不自知，归而察之，并无迹响。过数日，叟忽来谒，且云："庇宇下[4]已数晨夕，事事都草创[5]，起炉作灶，未暇一修客子礼[6]。今遣儿女辈作黍，幸一垂顾。"李从之，则入园中，欻见舍宇华好，崭然一新，入室，陈设芳丽，酒鼎沸于廊下，茶烟袅于厨中，俄而行酒荐馔[7]，备极甘旨[8]。时见庭下少年人，往来甚众，又闻儿女喁喁，帘幕中作笑语声，家人婢仆，似有数十百口。李心知其狐，席终而归，阴怀杀心。每入市，市硝硫，积数百斤，暗布园中殆满。骤火之，焰亘霄汉[9]，如黑灵芝[10]，燔臭灰眯[11]不可近，但闻鸣啼嗥动之声，嘈杂聒耳。既熄入视，则死狐满地，焦头烂额者，不可胜计。方阅视间，叟自外来，颜色惨恸，责李曰：“夙无嫌怨。荒园岁报百金非少，何忍遂相族灭[12]？此奇惨之仇，无不报者！”忿然而去。疑其掷砾为殃，而年余无少怪异。

时顺治[13]初年，山中群盗窃发，啸聚[14]万余人，官莫能捕。生以家口多，日忧离乱。适村中来一星者[15]，自号“南山翁”，言人休咎[16]，了若目睹，名大噪。李召至家，求推甲子[17]，翁愕然起敬曰：“此真主[18]也！”李闻大骇，以为妄。翁正容固言之，李疑信半焉。乃曰：“岂有白手受命而帝[19]者乎？”翁谓：“不然。自古帝王，类多起于匹夫，谁是生而天子者？”生惑之，前席[20]而请，翁毅然以“卧龙[21]”自任，请先备甲胄[22]数千具、弓弩数千事。李虑人莫之归，翁曰：“臣请为大王连诸山，深相结，使哗言者谓大王真天子，山中士卒，宜必响应。”李喜，遣翁行，发藏镪[23]，造甲兵。翁数日始还，曰：“借大王威福，加臣三寸舌，诸山无不愿执鞭靮[24]从戏下[25]。”浃旬[26]之间，果归命者[27]数千人。于是拜翁为军师[28]，建大纛[29]，设彩帜若林，据山立栅[30]，声势震动。邑令率兵来讨，翁指挥群寇大破之。令惧，告急于兖[31]。兖兵远涉而至，翁又伏寇进击，兵大溃，将士杀伤者甚众，势益震，党以万计，因自立为“九山王[32]”。翁患马少，会都中解[33]马赴江南，遣一旅要路篡取之。由是“九山王”之名大噪，加翁为“护国大将军”。高卧山巢，公然自负，以为黄袍之加[34]，指日可俟矣。

东抚[35]以夺马故，方将进剿，又得兖报，乃发精兵数千，与六道[36]合围而进，军旅旌旗，弥满山谷。“九山王”大惧，召翁谋之，则不知所往。“九山王”窘急无术，登山而望曰：“今而知朝廷之势大也！”山破被擒，妻孥戮之。始悟翁即老狐，盖以族灭报李也。

异史氏曰：“夫人拥妻子，闭门科头[37]，何处得杀？即杀，亦何由族哉？狐之谋亦巧矣。而壤无其种者，虽溉不生，彼其杀狐之残，方寸已有盗根，故狐得长萌蘖[38]而施之报。今试执途人而告之曰：‘汝为天子！’未有不骇而走者。明明导以族灭之为，而犹乐听之，妻子为戮，又何足云？然人之听匪言[39]也，始闻之而怒，继而为疑，又既而信，迨至身名俱殒，而始知其误也，大率[40]类此矣。”

校注

1 〔曹州〕州名。在山东省西南部，清雍正间升府，治所在今之山东省菏泽县。
2 〔税屋〕租赁房屋。
3 〔直〕即“值”。租赁房价。
4 〔庇宇下〕受庇护于屋宇之下。此为赁屋寄居的谦词。
5 〔草创〕凡事初设称为草创。《汉书·外戚恩泽侯表》：“高帝拨乱诛暴，庶事草创，日不暇给。”

6 〔客子礼〕指旅居者对店主人的答谢之礼。

7 〔荐馔〕进饮食招待。荐，进。

8 〔甘旨〕指美食佳肴。甘，甜。旨，香。

9 〔焰亘霄汉〕火焰直冲云霄。亘，直达。

10 〔如黑灵芝〕火焰腾空，烟尘滚滚如蘑菇状，其形如黑色的灵芝状，故云。

11 〔燔臭灰眯〕烧得臭气刺鼻，烟尘眯目。燔，烧。

12 〔族灭〕全家族被诛杀。《史记·酷吏列传·郅都》：“至则族灭瞯氏首恶，余皆股栗。”

13 〔顺治〕清世祖爱新觉罗福临年号（1644–1661）。

14 〔啸聚〕号召聚众，有所举事。旧社会一般指聚众造反。《后汉书·西羌传论》：“招引山豪，转相啸聚，揭木为兵，负柴为械。”

15 〔星者〕即以星象占验吉凶的术士。此指算命。

16 〔休咎〕谓吉凶祸福。《文选·陆机〈君子行〉》：“休咎相乘蹑，翻覆若波澜。”休，吉庆，福禄。咎，凶灾、祸殃。

17 〔推甲子〕旧时星命术士以出生之年、月、日、时配合干支，加以附会推算本人命运好坏，称为“八字”，也称“推甲子”。甲子，“甲”居天干之首位，“子”居地支之首位，干支依次相配，称为“甲子”。

18 〔真主〕所谓“真命天子”。《后汉书·王常传》：“今刘氏复兴，即真主也。”

19 〔受命而帝〕古代帝王都假托“受命于天”而巩固其统治地位。此谓受天之命为帝。《史记·秦楚之际月表》：“非大圣，孰能当此受命而帝者乎？”

20 〔前席〕移坐而前，表示对所说话的重视。《史记·屈原贾生列传》：“上因感鬼神事，而问鬼神之本，贾生因具道所以然之状，至夜半，文帝前席。”

21 〔卧龙〕即诸葛亮。《三国志·蜀志·诸葛亮传》：“（徐庶）谓先主曰：‘诸葛孔明者，卧龙也，将军岂愿见之乎？’”

22 〔甲胄〕古代武士的铠甲、头盔。《尚书·说命中》:“惟口起羞，惟甲胄起戎。”

23 〔藏镪(qiǎng 抢)〕蓄藏的金钱。镪，本指钱串，引申为钱。《文选·左思〈蜀都赋〉》:“藏镪巨万。”此指银锭。

24 〔执鞭靮(dí 敌)〕本指为人执鞭驾车，此指服从，归顺。《礼记·少仪》:“牛则执纼，马则执靮，皆右之。”靮，马之缰。

25 〔戏(huī 挥)下〕同“麾下”，部下。戏，同“麾”，为旌旗之属，喻指挥。《史记·淮阴侯列传》:“及项梁渡淮，信仗剑从之，居戏下，无所知名。”从青柯亭本，原抄本作“戟”。

26 〔浃(jiā 夹)旬〕十日，一旬。浃，遍及、满。《衡方碑》:“受任浃旬。”

27 〔归命者〕即归顺的人。《汉书·蒯通传》:“百姓罢(疲)极，无所归命。”

28 〔军师〕古代官名。其职为掌监察军务。东汉、三国、晋皆置。六朝以后不复置，惟农民义军称谋士为军师。

29 〔大纛(dào 道)〕军中大旗。唐许浑《中秋夕寄大梁刘尚书》:“柳营出号风生纛，莲幕题诗月上楼。”

30 〔栅(zhà 炸)〕寨栅。以木栅为营。

31 〔兖〕兖州，府名。治所在滋阳(今山东省兖州市)。

32 〔九山王〕王俊，一名王巨，字小吾，山东费县人。清初鲁南抗清义军领袖。清兵入关，率众起义，据苍山抱犊崮，被推为“九山王”。多次进攻费、峄等县城，于顺治九年(1652)兵败被杀。文中所言“曹州李姓者”，当系传闻之讹。

33 〔解〕押解。

34 〔黄袍之加〕即谓做皇帝。古时帝王的袍服为黄色，故称做皇帝为“黄袍之加”。

35 〔东抚〕指山东巡抚。清沿明制，总督巡抚，负责一省或数省的军民两政。

36 〔六道〕清初，山东共分九个分守道。此称六道，是指此次围剿九山王调集九道中六道之兵力。

37 〔科头〕指结发不冠，家居衣着随便。王维《与卢员外象过崔处士兴宗林亭》：“科头箕踞长松下，白眼看他世上人。”

38 〔长萌蘖〕指萌芽滋长。萌蘖，树木砍去后，又长出新芽。此指狐之报仇在已滋长“盗根”之后。

39 〔悖言〕狂悖之言。

40 〔大率〕大约，大概。

遵化署狐

诸城丘公为遵化道[1]，署中故多狐。最后一楼，绥绥者[2]族而居之以为家，时出殃人，遣之益炽[3]。官此者，惟设牲祷之，无敢迕。丘公莅任，闻而怒之。狐亦畏公刚烈，化一妪告家人曰："幸白[4]大人，勿相仇，容我三日，将移细小[5]避去。"公闻亦默不言。次日阅兵已，戒勿散，使尽扛诸营巨炮骤入，环楼千座并发，数仞之楼，顷刻摧为平地，革肉毛血，自天雨而下。但见浓尘毒雾之中，有白气一缕，冒烟冲空而去。众望之曰："逃一狐矣！"而署中自此遂安。后二年，公遣干仆赍银如干[6]数赴都，将谋迁擢[7]，事未就，姑窖藏于班役[8]之家。忽有一叟诣阙声屈[9]，言妻子横被杀戮，又讦[10]公克削军粮，夤缘当路[11]，现顿[12]某家，可以验证。奉旨押验，至班役家，冥搜不得。翁惟以一足点地。悟其意，发之，果得金，金上镌有"某郡解"字。已而觅叟，则失所在，执乡里姓名以求其人，竟亦无之。公由此罹难。乃知叟，即逃狐也。

异史氏曰："狐之祟人，可诛甚矣。然服而舍之[13]，亦以全吾仁。公可云'疾之已甚[14]'者矣。抑使关西[15]为此，岂百狐所能仇哉！"

校注

1 〔诸城〕县名。治所在今之山东省诸城县。遵化道：州名。清初为散州，乾隆八年（1743）升为直隶州。治所在今河北省遵化县。遵化道是当时的分守道。道，道员，道台。

2 〔绥绥者〕绥绥，雌雄并行貌。此代指狐。《诗经·卫风·狐》："有狐绥绥，在彼洪梁。"传："绥绥，匹行貌。"

3 〔遣之益炽〕驱之越厉害。遣，逐。炽，厉害。

4 〔幸白〕希望禀报。幸，希望。

5 〔细小〕指家眷。

6 〔干仆、如干〕干仆，精干的衙役。如干，若干。

7 〔迁擢〕升迁，提拔。擢，抽，拔。

8 〔班役〕即衙役。旧时州县衙门的公役分皂、壮、快三班，故差役亦谓班役。

9 〔诣阙声屈〕到朝廷喊冤叫屈。诣，到。阙，宫阙。此指朝廷。

10 〔讦（jié 诘）〕指揭发别人的阴私。

11 〔夤缘当路〕凭藉关系，攀附权要。《宋史·神宗纪一》："诏察富民与妃嫔家婚姻，夤缘得官者。"

12 〔顿〕通"屯"，寄存。

13 〔服而舍之〕谓服罪之后而释放之。舍，释放。

14 〔疾之已甚〕言其恨之太过分。疾，憎恨。已甚，过甚。《论语·泰伯》："人而不仁，疾之已甚，乱也。"

15 〔关西〕即杨震（？—124），字伯起，东汉弘农华阴（今属陕西）人，官至太尉。被时人称为"关西孔子"。《后汉书·杨震传》载：杨震"性公廉，不受私谒"。后迁东莱太守，路经昌邑县，前所荐举之荆州茂才王密恰为昌邑令，夜晚怀金十斤赠震，以感谢他推举之恩。"震曰：'故人知君，君不知故人，何也？'密曰：'暮夜无知者。'震曰：'天知，神知，我知，子知。何谓无知！'密愧而出。"丘某恨狐而杀之，而己则行污，故狐可报之仇；若为杨震清正廉洁，即使杀狐，则狐亦无隙可蹈。

张　诚

豫[1]人张氏者，其先齐[2]人。明末齐大乱，妻为北兵[3]掠去。张常客豫，遂家焉。娶于豫，生子讷。无何，妻卒，又娶继室，生子诚。继室[4]牛氏悍，每嫉讷，奴畜之，啖以恶草具[5]，使樵，日责柴一肩，无则挞楚诟诅不可堪。隐蓄甘脆饵诚，使从塾师读。诚渐长，性孝友，不忍兄劬，阴劝母，母勿听。

一日，讷入山樵未终，值大风雨，避身岩下。雨止而日已暮，腹中大馁，遂负薪归。母验之少，怒不与食。饥火烧心，入室僵卧。诚自塾中来，见兄嗒然[6]，问："病乎？"曰："饿耳。"问其故，以情告，诚愀然便去。移时，怀饼来饵兄。兄问其所自来，曰："余窃面倩邻妇为之，但食勿言也。"讷食之，嘱弟曰："后勿复然，事泄累弟。且日一啖，饥当不死。"诚曰："兄故弱，乌能多樵！"次日食后，窃赴山，至兄樵处。兄见之，惊问："将何作？"答曰："将助樵采。"问："谁之遣？"曰："我自来耳。"兄曰："无论弟不能樵，纵或能之，且犹不可。"

于是速之归。诚不听，以手足断柴助兄，且云："明日当以斧来。"兄近止之，见其指已破，履已穿[7]，悲曰："汝不速归，我即以斧自刭[8]死。"诚乃归。兄送之半途，方复回樵。既归，诣塾嘱其师曰："吾弟年幼，宜闭之，山中虎狼恶。"师曰："午前不知何往，业夏楚[9]之。"归谓诚曰："不听吾言，遭笞责矣！"诚笑曰："无之。"明日，怀斧又去，兄骇曰："我固谓子勿来，何复尔？"诚不应，刈薪且急，汗交颐[10]不少休，约足一束，不辞而返。师又责之，乃实告之。师叹其贤，遂不之禁。兄屡止之，终不听。

一日与数人樵山中，欻有虎至，众惧而伏，虎竟衔诚去。虎负人行缓，为讷追及，讷力斧之，中胯。虎痛狂奔，莫可寻逐，痛哭而返。众慰解之，哭益悲，曰："吾弟，非犹夫人之弟[11]，况为我死，我何生焉！"遂以斧自刎其项。众急救之，入肉者已寸许，血溢如涌，眩瞀殒绝[12]。众骇，裂之衣而约之[13]，群扶以归。母哭骂曰："汝杀吾儿，欲劙[14]颈以塞责耶！"讷呻曰："母勿烦恼，弟死我定不生。"置榻上，创痛不能眠，惟昼夜依壁坐哭。父恐其亦死，时就榻少哺之，牛辄诟责。讷遂不食，三日而毙。

村中有巫走无常者[15]，讷途遇之，缅诉曩苦，因询弟所，巫言未闻，遂返身导讷去。至一都会，见一皂衫人[16]，自城中出，巫要遮[17]代问之。皂衫人于佩囊中检牒[18]审顾，男妇百余，并无犯而张者。巫疑在他牒，皂衫人曰："此路属我，何得差逮！"讷不信，强巫入内城。城中新鬼故鬼，往来憧憧，亦有故识，就问，迄无知者，忽共哗言："菩萨[19]至！"仰见云中有伟人，毫光[20]彻上下，顿觉世界通明。巫贺曰："大郎有福哉！菩萨几十[21]年一入冥司，拔诸苦恼，今适值之。"便捽讷跪。众鬼囚纷纷籍籍[22]，合掌[23]齐诵慈悲救苦之声，哄腾震地。菩萨以杨柳枝遍洒甘露[24]，其细如尘。俄而雾收光敛，遂失所在。讷觉颈上沾露，斧处不复作痛。巫乃导与俱归，望见里门，始别而去。讷死二日，豁然竟苏，悉述所遇，谓诚不死。母以为撰造之诬，反诟骂之。讷负屈无以自伸，而摸创痕良瘥，自力起拜父曰："行将穿云入海，往寻弟，如不得见，终此身勿望返也。愿父犹以儿为死。"翁引空处与泣，无敢留之。讷乃去。

每于冲衢访弟耗，途中资斧断绝，丐而行。逾年，达金陵，悬鹑百结[25]，伛偻道上，偶见十余骑过，走避路侧。内一人如官长，年约四十已来，健卒怒马，腾踔前后。一少年乘小驷，屡视讷，讷以其贵公子，未敢仰视。少年停鞭少驻，忽下马呼曰："非吾兄耶？"讷举首审视，诚也，握手大痛失声。诚亦哭曰："兄何漂落一至于此？"讷言其情，诚益悲。骑者并下问故，以白官长，官命脱骑[26]载讷，连辔归诸其家，始详诘之。初，虎衔诚去，不知何时置路侧，卧途中经宿。适张别驾[27]自都中来，过之，见其貌文，怜而抚之，渐苏。言其里居，则相去已远，因载与俱归。又药敷伤处，数日始痊。别驾无长君[28]，子之。盖适从游瞩也。诚具为兄告，言次，别驾入，讷拜谢不已。诚入内，捧帛衣出进兄，乃置酒燕叙。别驾问："贵族在豫，几何丁壮？"讷曰："无有。父少齐人，流寓于豫。"别驾曰："仆亦齐人，贵里何属？"答曰："曾闻父言，属东昌[29]辖。"惊曰："我同乡也。何故迁豫？"讷曰："明季清兵入境，掠前母去。父遭兵燹，荡无家室，先贾于西道，往来颇稔，故止焉。"又惊问："君家尊[30]何名？"讷告之。别驾瞠而视[31]，俯首若疑，疾趋入内。无何，太夫人出，共罗拜已，问讷曰："汝是张炳之之子耶？"曰："然。"太夫人大哭，谓别驾曰："此汝弟也。"讷兄弟莫能解。太夫人曰："我适汝父三年，流离北去，身属黑固山[32]。半年，生汝兄。又半年，固山死。汝兄补秩旗下[33]，迁此官，今解任矣。每刻刻念乡井，遂出籍[34]，复故谱[35]，屡遣人至齐，殊无所觅耗，何知汝父西徙哉！"乃谓别驾曰："汝以弟为子，折福死矣！"别驾曰："曩问诚，诚未尝言齐人，想幼稚不忆耳。"乃以齿序[36]：别驾四十有一，为长；诚十六，最少；讷二十二，则伯而仲矣。别驾得两弟甚欢，与同卧处，尽悉离散端由，将作归计。太夫人恐不见容，别驾曰："能容则共之，否则析之。天下岂有无父之国？"于是鬻宅办装，刻日西发。

即抵里，讷及诚先驰报父。父自讷去后，妻亦寻卒，块然一老鳏，形影自吊[37]。忽见讷入，暴喜，恍恍以惊，又睹诚，喜极不复作言，潸潸以涕。又告以别驾母子至，翁辍泣愕然，不能喜亦不能悲，蚩蚩以立。未几，别驾入，拜已，太夫人把翁相向哭。既见婢媪厮卒，内外盈塞，坐立不知所为。诚不见母，问之，方知已死，号嘶气绝，食顷始苏。别驾出资建楼阁，延师教两弟。马腾于槽，人喧于室，居然大家矣。

异史氏曰："余听此事至终，涕凡数堕：十余岁童子，斧薪助兄，慨然曰：'王览固再见乎[38]！'于是一堕。至虎衔诚去，不禁狂呼曰：'天道愦愦如此！'于是一堕。及兄弟猝遇，则喜而亦堕。转增一兄，又益一悲，则为别驾堕。一门团圞，惊出不意，喜出不意，无从之涕，则为翁堕也。不知后世亦有善涕如某[39]者否？"

王阮亭云："一本绝妙传奇，叙次文笔亦工。"

校注

1　〔豫〕河南省为古豫州地，故别称为豫。

2　〔齐〕《战国策·齐策一》："苏秦曰；'齐南有泰山，东有琅邪，西有清河，北有勃海。所谓四塞之国也，地方二千余里。'"此为战国时之齐地，以后历代沿袭称之。

3 〔北兵〕指满洲兵。明末清攻陷山东凡二次。崇祯十一年（1638），清兵攻陷河北，在通州会师；次年正月攻陷山东的济南等城池五十余处，俘明德王，虏获人口四十六万。崇祯十三年（1640）十一月，清兵入关攻陷蓟州、畿南，南下直克山东兖州，杀鲁明王，俘获人口三十六万九千。清兵之抢掠，以此二次最为惨重。

4 〔继室〕俗谓继母。古时诸侯夫人称元妃，元妃死后，由次妃代理内务，称继室。《左传·隐公元年》："惠公元妃孟子，孟子卒，继室以声子。"

5 〔恶草具〕指粗劣的饭食。《史记·陈丞相世家》："汉王为太牢具，举进。见楚使，即佯惊曰：'吾以为亚父使，乃项王使。'复持去，更以恶草具进楚使。"具，供设，指食物。原抄本与铸雪斋本皆为"啖以恶草，且使樵"，此二本皆为过录时将"具"改为"且"字之误；二十四卷本为"啖以恶食，且使之樵"。据此，亦可断定二十四卷抄本，过录者对作者原稿亦有随意改动者。卷五《柳生》中亦有"杂恶草具进"句。此据《聊斋志异图咏》本改。

6 〔嗒（tà 榻）然〕沮丧、灰心的样子。

7 〔履已穿〕指鞋已磨透。

8 〔自刭〕割颈自杀。《史记·吴太伯世家》："'吾悔不用子胥之言，自令陷此。'遂自刭死。"

9 〔夏（jiǎ 假）楚〕古代学校两种体罚越礼犯规者的用具。后泛指体罚学童的工具。《礼记·学记》："夏、楚二物，收其威也。"郑玄注："夏，槄也；楚，荆也。二者所以扑挞犯礼者。"

10 〔交颐〕眼泪、汗水在面颊上流淌。《汉书·东方朔传》："于是吴王穆然，俯而深惟，仰而泣下交颐。"

11 〔非犹夫人之弟〕言其弟甚贤惠，不同于别家的弟弟。犹，若。夫，助词。

12 〔眩瞀（mào 冒）殒绝〕昏死过去。眩瞀，眼睛昏花。殒绝，死去。

13 〔约之〕束捆起伤口。

14 〔劙（lí 离）〕用刀浅割。

15 〔走无常者〕迷信传说，无常是冥间的勾魂使者，冥间鬼使不够时，常勾摄阳间人代之。这种人称为走无常者。

16 〔皂衫人〕穿黑衣衫的差役。此指冥间衙役。皂，黑色。

17 〔要（yāo 腰）遮〕阻拦。《淮南子·兵略》："猎者逐禽，车驰人趋，各尽其力。无刑罚之威，而相为斥闉要遮者，同所利也。"

18 〔检牒〕查验勾魂名录。

19 〔菩萨〕梵语"菩提萨埵"的简称。意译为"上求菩提（觉悟），下化有情（众生）的人。"佛典上常提到的菩萨有弥勒、文殊、普贤、观世音、大势至等。此处指观世音菩萨。《法华经·观世音菩萨》："若有无量百千万亿众生受苦恼，闻是观世音菩萨，一心称名，观世音菩萨即时观其音声，皆得解脱。"

20 〔毫光〕谓光芒四射如毫毛。

21 〔十〕据二十四卷本，原抄本为"千"。

22 〔纷纷籍籍〕指鬼因众多，纷乱喧嚷。《汉书·燕剌王旦传》："发纷纷兮置渠，骨籍籍兮亡居。"

23 〔合掌〕即"合十"，佛教徒合两掌为礼。

24 〔杨柳枝，遍洒甘露〕指杨柳观音。《法华经》谓观音说法，曾现三十三种化身，后来画家因画三十三种观音画像，其中杨柳观音，右手持杨柳枝，左手当胸上，作大慈悲状。杨柳枝水，佛教谓能使万物苏生的甘露。元张翥《送谟侍者还江阴》："杨枝遍洒瓶中水，贝叶时翻笈内经。"

25 〔悬鹑百结〕鹌鹑毛斑尾秃，因以形容衣服破敝。悬鹑，《正字通》："鹑尾特秃，若衣之短结，故凡敝衣曰衣若悬鹑。"百结，《北堂书钞》一二九引王隐《晋书》："董威辇忽见洛阳，止宿白社中，得残碎缯，辄结以为衣，号曰百结衣。"庾信《拟连珠》："盖闻悬鹑百结，知命不忧；十日一次，无时可耻。"

26 〔脱骑〕谓腾出一匹马。

27 〔别驾〕官名。汉置别驾从事史，为州刺史之佐史。刺史以巡行视察为职，别驾即另乘传车，辅助刺史出巡，故称别驾。宋于诸州置通判，职守与别驾相同，故通判有别驾之称。

28 〔长君〕指成年的公子，亦泛称公子。《后汉书·独行传·李善》："续（李续）虽然在孩抱，奉之不异长君，有事辄长跪请白，然后行之。"

29 〔东昌〕府名。所治在今山东省聊城市。

30 〔君家尊〕称人之父。《世说新语·品藻》："谢公（安）问王子敬（献之）：'君书何如君家尊？'"

31 〔瞠（chēng 撑）而视〕张目直视；形容惊呆。

32 〔黑固山〕黑，为姓。固山，满语译音，为加于爵位上的美称，如固山贝子；有加于官号上者，如固山章京。固山，汉语译为旗。其长官称固山额真，汉语译为旗主。顺治十七年（1660）定汉名为都统，雍正元年（1723），又改满名为固山昂帮。

33 〔补秩旗下〕清代有"荫子"的规定，此指补官缺于旗下。秩，官职。旗下，清初满族以旗色编为八旗。此以旗统兵制。后又将蒙古和归附的汉军编为蒙古八旗与汉军八旗。凡隶属旗籍者称"旗下"。

34 〔出籍〕指脱离旗籍。

35 〔复故谱〕指认祖归宗。谱，谱牒。

36 〔以齿序〕即按年龄排定长幼的次序。齿，年岁。

37 〔形影自吊〕形容孤独无伴侣。吊，哀伤。晋李密《陈情表》："茕茕孑立，形影相吊。"

38 〔王览固再见乎〕谓像王览这样的人物真在世上又出现了吗？《晋书·王览传》："母朱遇（兄）祥无道，览年数岁，见祥被挞楚辄涕泣抱持。至于成童，每谏其母，其母少止凶虐。母以非理使祥，览辄与俱。母虐使祥妻，览妻亦趋而共之，朱患之乃止。母密使鸩祥，览知之，径起取酒，祥疑其有毒，争而不与，遽夺反之。自后朱赐祥馔，览辄先尝。朱惧览致毙，遂止。"王祥，王览异母兄。此以王览比喻张诚。见，同"现"。

39 〔某〕代指"我"。

汾州狐

汾州判[1]朱公者，居廨[2]多狐。公夜坐，有女子往来灯下，初谓是家人妇，未遑[3]顾瞻，及举目，竟不相识，而容光艳绝。心知其狐而爱好之，遽呼之来，女停履笑曰："厉声加人，谁是汝婢媪耶！"朱笑而起，曳坐谢过，遂与款密，久如夫妻之好。忽谓曰："君秩[4]将迁，别有日矣。"问："何时？"答曰："目前。但贺者在门，吊者即在闾[5]，不能官也。"三日，迁报果至。次日，即得太夫人讣音。公解任，欲与偕旋[6]，狐不可，送之河上。强之登舟，女曰："君自不知，狐不能过河也。"朱不忍别，恋恋河畔。女忽出，言将一谒故旧[7]。移时归，即有客来答拜。女别室与语，客去乃来，曰："请便登舟，妾送君渡。"朱曰："向言不能渡，今何以云？"曰："曩所谒非他，河神也。妾以君故，特请之。彼限我十日往复，故可暂依耳。"遂同济。至十日，果别而去。

汾州狐
絕豔容光
一笑過汾州通
判奈愁何故人
情比桃潭水敢
說從来不渡河

校注

1 〔汾州判〕汾州府通判。汾州府，治所在今山西省汾阳市。判，通判，明清知府佐官。详见卷一《陆判》注。

2 〔廨（xiè 泻）〕官署。

3 〔未遑〕未暇。

4 〔秩〕官吏的俸禄。此指官职的品级、官位。

5 〔闾〕里巷的大门。

6 〔偕旋〕一同归里。旋，指旋里。

7 〔故旧〕故交，老友。《论语·泰伯》：“故旧不遗，则民不偷。”

巧 娘

广东有缙绅[1]傅氏，年六十余，生一子，名廉，甚慧而天阉[2]，十七岁，阴才如蚕。遐迩闻知，无以女女者[3]。自分宗绪已绝，昼夜忧怛，而无如何。廉从师读，师偶他出，适门外有猴戏者，廉视之，废学焉，度师将至而惧，遂亡去。离家数里，见一白衣女郎，偕小婢出其前。女一回首，妖丽无比，莲步蹇缓[4]，廉趋过之。女回顾婢曰："试问郎君，得毋欲如琼[5]否？"婢过呼问。廉诘其所为，女曰："倘之琼也，有尺一书[6]，烦便道寄里门[7]。老母在家，亦可为东道主[8]。"廉出本无定向，念浮海亦得，因诺之。女出书付婢，婢转付生。问其姓名居里，云："华姓，居秦女村，去北郭三四里。"生附舟便去。

至琼州北郭，日已曛暮，问秦女村，迄无知者。望北行四五里，星月已灿，芳草迷目，旷无逆旅[9]，窘甚，见道侧一墓，思欲傍坟栖止，大惧虎狼，因攀树猱升[10]，蹲踞其上。听松声谡谡[11]，宵虫哀奏，中心忐忑，悔至如烧。忽闻人声在下，俯瞰之，庭院宛然，一丽人坐石上，双鬟挑画烛，分侍左右。丽人左顾曰：“今夜月白星疏，华姑所赠团茶[12]，可烹一盏，赏此良夜。”生意其鬼魅，毛发直竖，不敢少息。忽婢子仰视曰：“树上有人！”女惊起曰：“何处大胆儿，暗来窥人！”生大惧，无所逃隐，遂盘旋下，伏地乞宥。女近临一睇，反恚为喜，曳与并坐。睨之，年可十七八，姿态艳绝，听其言，亦非土音。问：“郎何之？”答云：“为人作寄书邮[13]。”女曰：“野多暴客，露宿可虞。不嫌蓬荜[14]，愿就税驾[15]。”邀生入。室惟一榻，命婢展两被其上，生自惭形秽，愿在下床。女笑云：“佳客相逢，女元龙何敢高卧[16]！”生不得已，遂与共榻，而惶恐不敢自舒。未几，女暗中以纤手探入，轻捻胫股，生伪寐，若不觉知。又未几，启衾入，摇生，迄不动，女便下探隐处，乃停手怅然，悄悄出衾去。俄闻哭声，生惶愧无以自容，恨天公之缺隐而已。女呼婢篝灯，婢见啼痕，惊问所苦，女摇首曰：“我自叹吾命耳！”婢立榻前，耽望颜色，女曰：“可唤郎醒，遣放去。”生闻之，倍益惭怍，且惧宵半，茫茫无所复之。

筹念间，一妇人排闼入[17]。婢白：“华姑来。”微窥之，年约五十余，犹风格[18]。见女未睡，便致诘问，女未答，又视榻上有卧者，遂问：“共榻何人？”婢代答：“夜一少年郎寄此宿。”妇笑曰：“不知巧娘谐花烛。”见女啼泪未干，惊曰：“合卺之夕，悲啼不伦，将毋郎君粗暴耶？”女不言，益悲。妇欲捋衣视生，一振衣，书落榻上。妇取视，骇曰："我女笔意[19]也！"拆读叹咤，女问之，妇云："是三儿家报，言吴郎已死，茕无所依，且为奈何？"女曰："彼固云为人寄书，幸未遣之去。"妇呼生起，究询书所自来，生备述之。妇曰："远烦寄书，当何以报？"又熟视生，笑问："何迕巧娘？"生言："不自知罪。"又诘女，女叹曰："自怜生适阉寺[20]，没奔椓人[21]，是以悲耳。"妇顾生曰："慧黠儿，固雄而雌者耶？是我之客，不可久溷他人。"遂导生入东厢，探手于裤而验之，笑曰："无怪巧娘零涕。然幸有根蒂，犹可为力。"挑灯遍翻箱簏，得黑丸授生，令即吞下，秘嘱无吪[22]，乃出。生独卧筹思，不知药医何症。比五更初醒，觉脐下热气一缕，直冲隐处，蠕蠕然似有物垂股际，自探之，身已伟男，心惊喜，如乍膺九锡[23]。棂色才分，妇即入，以炊饼[24]纳生室，叮嘱耐坐，反关其户，出语巧娘曰："郎有寄书劳，将留召三娘来，与订姊妹交，且复闭置，免人厌恼。"乃出门去。生回旋无聊，时近门隙，如鸟窥笼，望见巧娘，辄欲招呼自呈，惭讷而止。延及夜分，妇始携女归，发扉曰："闷煞郎君矣！三娘可来拜谢途中人。"逡巡入，向生敛衽。妇命相呼以兄妹，巧娘笑曰："姊妹亦可。"并坐堂中，团坐置饮，饮次，巧娘戏问："寺人亦动心佳丽否？"生曰："跛者不忘履，盲者不忘视[25]。"相与粲然。巧娘以三娘劳顿，迫令安置。妇顾三娘，俾与生俱，三娘羞晕，不行，妇曰："此丈夫而巾帼者，何畏之？”敦促偕去。私嘱生云：“阴为吾婿，阳为吾子可也。”生喜，捉臂登床，发硎[26]新试，其快可知。既于枕上问女：“巧娘何人？”曰：“鬼也。才色无匹，而时命蹇落[27]，适毛家小郎子，病阉，十八岁而不能人。因悒悒不畅，赍恨入冥[28]。”生惊疑三娘亦鬼。女曰：“实告君，妾非鬼，狐耳。巧娘独居无偶，我母子无家，借庐栖止。”生大愕。女云：“无惧，虽故鬼狐，非相祸者。”由此，日共谈宴。虽知巧娘非人，而心爱其娟好，独恨自献无隙[29]。生蕴藉，善谀噱[30]，颇得巧娘怜。一日，华氏母子将他往，复闭生室中。生闷气绕室，隔扉呼巧娘。巧娘命婢历试数钥，乃得启。生附耳请间[31]，巧娘遣婢去。生挽就寝榻，偎向之，女戏掬脐下曰：“惜可儿[32]此处阙然。”语未竟，触手盈握，惊曰：“何前之渺渺，而遽累然？”生笑曰：“前羞见客，故缩，今以诮谤[33]难堪，聊作蛙怒[34]耳！”遂相绸缪。已而恚曰：“今乃知闭户有因。昔母子流荡无所，假庐居之。三娘从学刺绣，妾曾不少秘惜，乃妒忌如此！”生劝慰之，且以情告，巧娘终衔之。生曰：“密之。华姑嘱我严。”语未及已，华姑掩入，二人皇遽方起。华姑嗔目，问：“谁启扉？”巧娘笑逆自承。华姑益怒，聒絮不已。巧娘故哂曰：“阿姥亦大笑人！是丈夫而巾帼者，何能为？”三娘见母与巧娘苦相抵[35]，意不自安，以一身调停两间，始各拗怒[36]为喜。巧娘言虽愤烈，然自是屈意事三娘，但华姑昼夜闲防[37]，两情不得自展，眉目含情而已。一日，华姑谓生曰：“吾儿姊妹皆以奉事君，念居此非计，君宜归告父母，早订永约。”即治装促生行。二女相向，容颜悲恻，而巧娘尤不可堪，泪滚滚如断贯珠，殊无已时。华姑排止之[38]，便曳生出，至门外，则院宇无存，但见荒冢。华姑送至舟上，曰：“君行后，老身携两女子僦屋[39]于贵邑。倘不忘夙好，李氏废园中可待亲迎。”生乃归。

时傅父觅子不得，正切焦虑，见子归，喜出非望。生略述崖末[40]，兼致华氏之订。父曰：“妖言何足听信？汝尚能生还者，徒以阉废故，不然，死矣。”生曰：“彼虽异物，情亦犹人，况又慧丽，娶之亦不为戚党笑。”父不言，但嗤之。生乃退，而技痒[41]，不安其分，辄私婢，渐至白昼宣淫[42]，意欲炫闻翁媪。一日，为小婢所窥，奔告母。母不信，薄观之[43]，始骇。呼婢研究，尽得其状。喜极，逢人宣暴，以示子不阉。将论婚于世族，生私白母：“非华氏不娶。”母曰：“世不乏美妇人，何必鬼物？”生曰：“儿非华姑，无以知人道[44]，背之不祥。”傅父从之，遣一仆一妪往觇之，出东郭四五里，寻李氏园，见败垣竹树中，缕缕有炊烟。妪下乘，直造其闼，则母子拭几濯溉，似有所伺。妪拜致主命，见三娘，惊曰：“此即吾家小主妇耶？我见犹怜，何怪公子魂思而梦绕之。”便问阿姊，华姑叹曰：“是我假女[45]。三日前忽殂谢去。”因以酒食饷妪及仆。妪归，备道三娘容止，父母皆喜，末陈巧娘耗，生恻恻欲涕。至亲迎之夜，见华姑，亲问之，答云："已投生北地矣。"生欷嘘久之。迎三娘归，而终不能忘情巧娘，凡有自琼来者，必召见问之。或言秦女墓夜闻鬼哭，生诧其异，入告三娘，三娘沉吟良久，泣下曰："妾负姊矣。"诘之，答云："妾母子来时，实未使闻，兹之怨啼，将无是？向欲相告，恐彰母过。"生闻之，悲已而喜，即命舆，宵昼兼程，驰诣其墓，叩墓木而呼曰："巧娘，巧娘！某在斯[46]。"俄见女郎捧婴儿自穴中出，举首酸嘶[47]，怨望无已。生亦涕下，探怀问："谁氏子？"巧娘曰："是君之遗孽[48]也，诞三月矣。"生叹曰："误听华姑言，使母子埋忧地下，罪将安辞！"乃与同舆航海而归。抱子告母，母视之，体貌丰伟，不类鬼物，益喜。二女谐和，事姑孝。后傅父病，延医来，巧娘曰："疾不可为，魂已离舍。"督治冥具，既竣而卒。儿长，绝肖父，尤慧，十四游泮。高邮[49]翁紫霞客于广而闻之，地名遗脱，亦未知所终焉。

阮亭云："巧娘出家，形耶？魂耶？"[50]

校注

1 〔缙（jìn 晋）绅〕插笏于束带。古代仕宦者垂绅搢笏，故称仕宦之家为缙绅。此指乡绅，为离职家居的官员。详见卷一《三生》注。

2 〔天阉〕谓先天即无生殖能力的男子。阉，阉割，割去男性生殖腺。

3 〔无以女女者〕谓没有把女儿许配给他的。前“女”字，指女儿；后“女”，是名词动用，以女嫁人。

4 〔莲步蹇（jiǎn 减）缓〕谓脚小走路迟缓。莲步，指女子脚步。

5 〔琼〕即琼州，明清府名，辖海南全岛，府治在今海南省琼山县。

6 〔尺一书〕即尺一牍。古时诏书板长一尺一寸，故天子的诏书称“尺一”或“尺一牍”。明陈子龙《上念故戚大将军功在社稷》诗：“手持尺一书，来治横海兵。”后泛指书信。

7 〔里门〕古时一族之人聚族列里而居，门户相挨，里有里门。《史记·万石张叔列传》：“庆及诸弟子入里门，趋至家。”

8 〔东道主〕此指接待客人的主人。

9 〔旷无逆旅〕空旷而无客店。

10 〔猱（náo 挠）升〕像猱一样攀缘而上。猱，猿属。《诗经·小雅·角弓》：“毋教猱升木，如涂涂附。”

11 〔松声谡谡（sùsù 速速）〕松树的风声。谡谡，风声。《世说新语·赏誉》：“世目李元礼，谡谡如劲松下风。”

12 〔团茶〕宋代用圆模制成茶饼。太平兴国初，月龙凤模特制，专供宫廷饮用。庆历间蔡襄又制小团茶，以为供品，宋欧阳修《归田录》卷二：“茶之品，莫贵于龙凤，谓之团茶，凡八饼重一斤。”

13 〔寄书邮〕同“致书邮”，代传信函的人。《世说新语·任诞》：“殷洪乔（羡）作豫章郡，临去，都下人因附百许函书。既至石头，悉掷水中，因祝曰：‘沉者自沉，浮者自浮，殷洪乔不能作致书邮。’”

14 〔蓬荜（bì 毕）〕即“蓬门荜户”，犹简陋的草舍，贫者所居之处。《文选·傅咸〈赠何劭王济〉》诗：“归身蓬荜庐，乐道以忘饥。”荜，通“筚”。用荆条、竹子等编成的篱笆。

15 〔税驾〕谓解驾、停车。《史记·李斯列传》：“吾未知所税驾也。”此指留宿。

16 〔女元龙何敢高卧〕东汉陈登，字元龙，以豪气著称。《三国志·魏志·陈登传》：许汜与刘备论陈元龙。汜曰：“陈元龙（登）湖海之气，豪气不除。昔遭乱过下邳，见元龙，元龙无客主之意，久不相与语，自上大床卧，使客卧下床。”后以“元龙高卧”为怠慢客人之典实。此处谓巧娘请傅生同床卧之意。

17 〔排闼（tà 榻）入〕推门而进。排，推。闼，小门。《汉书·樊哙传》：“高祖尝病甚，恶见人，卧禁中，诏户者无得入群臣。……十余日，哙乃排闼直入，大臣随之。”

18 〔犹风格〕仍然保持着一些美的风韵。风格，仪容、风韵。唐李群玉《同郑相并歌姬小饮戏赠》：“风格只应天上有，歌声岂合世间闻。”

19 〔笔意〕本指书画的意态风格。《新唐书·魏徵传》：“叔瑜，豫州刺史，善草隶，以笔意传其子华及甥薛稷。”此处指笔迹。

20 〔阉寺〕指宦官。即被阉割掉睾丸。《魏书·刘思远传》：“思远虽身在阉寺，而性颇毫率，轻薄无行，好结朋党。”文中傅生为天阉，故称之。

21 〔椓（zhuó 酌）人〕阉人。阉割睾丸的男子。《诗经·大雅·召旻》：“昏椓靡共。”郑玄笺：“昏椓，皆奄人也。昏，其官名也。椓，毁阴者也。”亦因傅生为天阉，故亦称之。

22 〔勿吪（é 俄）〕指不要出声。吪，动。

23 〔如乍膺九锡〕如同刚受到九锡之赐一样高兴。膺，受。九锡，古代天子赐给诸侯、大臣的九种器物，是一种最高的礼遇。《公羊传·庄公元年》：“锡者何？赐也；命者何？加我服也。”汉何休注：“礼有九锡；一曰车马，二曰衣服，三曰乐则，四曰朱户，五曰纳陛，六曰虎贲，七曰弓矢，八曰铁钺，九曰秬鬯。”比喻骤得殊荣。

24 〔炊饼〕即蒸饼。据宋程大昌《演繁露》续集六载：宋仁宗赵祯时，因蒸字与祯字音相近，时人讳之，改称蒸饼为炊饼。

25 〔跛者不忘履，盲者不忘视〕跛，足瘸也。《吴越春秋·勾践阴谋外传》："越王曰：'寡人念吴，犹躄者不忘走，盲者不忘视。'"躄，《文选·枚乘〈七发〉》："当是之时，虽有淹病滞疾，犹将伸伛起躄，发瞽披聋而观望之也。"李善注："躄，跛不能行也。"此谓跛脚者不忘走路，目盲者不忘视物。傅生此话，喻身虽阉而不忘其色。

26 〔发硎（xíng 刑）〕指刚磨过的刀刃。硎，磨刀石。《庄子·养生主》："今臣之刀十九年矣，所解数千牛矣，而刀刃若新发于硎。"

27 〔蹇（jiǎn 简）落〕困顿、衰落。蹇，困苦。落，飘零无依。韦应物《闲居赠友》："颜鬓日衰耗，冠带亦蹇落。"

28 〔赍（jī 基）恨入冥〕谓含着怨恨死去。《后汉书·冯衍传》："伤诚善之无辜兮，赍此恨而入冥。"

29 〔自献无隙〕自己亲自表白，没有机会。隙，空隙，机会。

30 〔谀噱（jué 诀）〕笑谈讨好别人。韩愈《郾城夜会联句》："左右供谄誉，亲友献谀噱。"

31 〔附耳请间〕贴近耳朵低声地告诉巧娘，请别人给予避人谈话的机会。附耳，贴近耳朵。《淮南子·说林》："附耳之言，闻之千里也。"请间，请别人回避给予谈话的机会。《史记·刘敬叔孙通列传》："叔孙通奏事，因请间曰……"

32 〔可儿〕如意之人。《世说新语·赏誉》："桓温行经王敦墓边过，望之云：'可儿！可儿！'"

33 〔诮谤〕讥笑，指责。

34 〔蛙怒〕青蛙若遇敌害，会把肚皮鼓起，故称蛙怒。《韩非子·内储说上》："越王虑伐吴，欲人之轻死也，出见怒蛙，乃为之式。"式，致敬。

35 〔苦相抵（zhǐ 纸）〕苦苦地各不相让，相互讦责。抵，击。

36 〔拗怒〕抑制怒气。《文选·班固〈西都赋〉》："蹂躏其十二三，乃拗怒而少息。”

37 〔闲防〕当作“防闲”，即防备、禁止。《诗经·齐风·敝笱序》：“齐人恶鲁桓公微弱，不能防闲文姜，使至淫乱，为二国患焉。”

38 〔排止之〕谓华姑分别劝解巧娘与三娘。排，劝解。

39 〔僦（jiù 旧）屋〕租屋。

40 〔崖末〕指事情的本末。

41 〔技痒〕谓擅长某种技艺，急欲表现。

42 〔宣淫〕公开行淫。

43 〔薄观之〕靠近而观察之。薄，迫近。

44 〔人道〕此指男女媾合之事。

45 〔假女〕养女，义女。

46 〔某在斯〕犹言我在这儿。

47 〔酸嘶〕谓因过度悲痛而声音嘶哑。《玉台新咏·释宝月〈行路难〉》：“孤雁关外发，酸嘶度扬越。”

48 〔遗孽〕谓遗留下的祸根。遗，遗留。《左传·昭公二十年》：“及子产卒，仲尼闻之，出涕曰：‘古之遗爱也’。”

49 〔高邮〕县名。在江苏省中部，明为州，辖兴化、宝应、高邮三县。作者于康熙九年（1670）应同乡孙惠邀请，到高邮、宝庆做幕宾。此故事当为此时，听紫霞道人所讲。

50 〔“阮亭云”段〕此评语，据山东省博物馆藏康熙抄本录。

吴令

吴令[1]某公，忘其姓字，刚介[2]有声。吴俗最重城隍之神[3]，木肖之[4]，衣以锦，藏机如生。值神寿节，则居民敛资为会，辇游通衢，建诸旗幢[5]，杂卤簿，森森部列[6]，鼓吹行且作，阗阗咽咽[7]然，一道相属也。习为俗，岁无敢懈。公出，适相值，止而问之，居民以告。又诘知所费颇奢，公怒，指神而责数之曰："城隍实主一邑，如冥顽不灵[8]，则淫昏之鬼，无足奉事，其有灵，则物力宜惜，何得以无益之费，耗民脂膏[9]！"言已，曳神于地，笞之二十，从此习俗顿革。公清正无私，惟少年好戏。居年余，偶于廨中梯檐探雀鷇[10]，失足而堕，折股，寻卒。人闻城隍祠中，公大声喧怒，似与神争，数日不止。吴人不忘公德，群集祝而解之，别建一祠祠公，声乃息。祠亦以城隍名，春秋祀之，较故神尤著。吴至今有二城隍云。

校注

1 〔吴令〕指吴县县令。吴县在江苏省南部，明清为苏州府附郭首县。

2 〔刚介〕刚直耿介。

3 〔城隍之神〕即民俗中所说守护城池之神。详见卷一《考城隍》注。

4 〔木肖之〕即用木雕其肖像。

5 〔幢（chuáng 床）〕原指支撑帐幕、伞盖、旌旗的木竿。此指古时直幅之旌旗，多用于仪仗。

6 〔森森部列〕紧密地布列。森森，繁密貌。

7 〔阗阗（tiántián 田田）咽咽（yuānyuān 冤冤）〕指鼓乐声。

8 〔冥顽不灵〕愚钝无知。韩愈《祭鳄鱼文》："不然则是鳄鱼冥顽不灵，刺史虽有言，不闻不知也。"

9 〔耗民脂膏〕喻耗费人民的钱财。

10 〔雀鷇（kòu 扣）〕幼雀。鷇，待哺之雏鸟。

口技

村中来一女子，年二十有四五，携一药囊，售其医[1]。有问病者，女不能自为方，俟暮夜请诸神。晚洁斗室[2]，闭置其中，众绕门窗，倾耳寂听，但窃窃语，莫敢咳，内外动息俱冥[3]。至半更许，忽闻帘声，女在内曰："九姑来耶？"一女子答云："来矣。"又曰："腊梅从九姑来耶？"似一婢答云："来矣。"三人絮语间杂，刺刺[4]不休。俄闻帘钩复动，女曰："六姑至矣。"乱言曰："春梅亦抱小郎子来耶？"一女曰："拗[5]哥子，呜之[6]不睡，定要从娘子来。身如百钧重，负累煞人！"旋闻女子殷勤声，九姑问讯声，六姑寒暄声，二婢慰劳声，小儿喜笑声，猫子声[7]，一齐嘈杂。即闻女子笑曰："小郎君亦大好耍，远迢迢抱猫儿来。"既而声渐疏，帘又响，满室俱哗曰："四姑来何迟也？"有一小女子细声答曰："路有千里且溢[8]，与阿姑走尔许时始至。阿姑行且缓。"遂各各道温凉[9]声，并移座声，唤添坐声，参差并作，喧繁满室，食顷始定。即闻女子问病，九姑以为宜得参[10]，六姑以为宜得芪[11]，四姑以为宜得术[12]。参酌移时，即闻九姑唤笔砚，无何，折纸戢戢[13]然，拔笔掷帽[14]丁丁然，磨墨隆隆然。既而投笔触几，震震作响，便闻撮药包裹苏苏然。顷之，女子推帘呼病者，授药并方，反身入室，即闻三姑作别，三婢作别，小儿哑哑，猫儿唔唔，又一时并起。九姑之声清以越[15]，六姑之声缓以苍，四姑之声娇以婉，以及三婢之声，各有态响，听之了了可辨。群讶以为真神。而试其方，亦不甚效。此即所谓口技，特借之以售其术尔。然亦奇矣！

昔王心逸[16]尝言："在都偶过市廛[17]，闻弦歌声，观者如堵。近窥之，则见一少年，曼声度曲，并无乐器，惟以一指捺颊际，且捺且讴[18]。听之铿铿，与弦索[19]无异。亦口技之苗裔[20]也。"

校注

1 〔售其医〕即行医，以医为业。售，行，施展。《文选·张衡〈西京赋〉》："挟邪作蛊，于是不售。"

2 〔斗室〕小室。

3 〔俱冥〕全都昏暗。

4 〔刺刺〕说话多的样子。韩愈《送殷员外序》："持被入直三省，丁宁顾婢，语刺刺不能休。"

5 〔拗〕指倔强。

6 〔呜之〕抚拍弄之。《世说新语·惑弱》："儿见（贾）充喜踊，充就乳母手中鸣之。”

7 〔猫子声〕据康熙抄本，原抄本无此三字。

8 〔溢〕超出，多余的意思。

9 〔道温凉〕寒暄，问冷暖。

10 〔宜得参〕犹言此方中当用参。参，人参、丹参、紫参、玄参、沙参、苦参之属的总称。

11 〔芪（qí 其）〕黄芪，多年生草本植物，根部入药，中药中被列为补气固表类。

12 〔术（zhú 竹）〕指白术，根茎入药。有健脾、益气的功效。

13 〔戢戢（jíjí 及及）〕指折叠纸的声音。

14 〔帽〕指笔帽。

15 〔清以越〕指声音清脆而爽朗。以，而。

16 〔王心逸〕名居正，字心逸，一字迺甫，号怀安；原名化正，字乃孚，号肖水，行六，邑庠生，援例岁贡生。著有《南游诗草》，行谊载赵瑄赞所撰墓志。为淄川县丰泉乡人氏。为内阁侍读大学士王敷正之弟，作者蒲松龄挚友王观正（字如水）之三兄。见《淄川县丰泉乡王氏世谱》。王居正，曾为《淄川县丰泉乡王氏世谱》于康熙三十五年（1696）撰《重续世谱小序》，其落款：“康熙三十五年岁次丙子八月既望，岁贡生十世孙居正沐手谨识”。蒲松龄的《聊斋诗集》中，亦有作者与王心逸相酬唱的诗：《念三日同心逸如水饮西园分韵得啼字》、《心逸、如水邀愚兄弟共饮西园归作呈寄》。此王心逸者，在盛伟与朱一玄、耿廉枫先生所编《聊斋志异辞典》（1991 年天津古籍出版社）中，“王心逸”条下，已有如上说明。但 1993 年河北人民出版社出版的《详注聊斋志异》与中国旅游出版社出版的《文白注析聊斋志异全书》，仍然说：“王心逸：名德昌，字历长。清长山（今山东邹平一带）人。顺治进士，生平详《长山县志》。”此条注释其错有二：（一）王心逸，非长山人王德昌，而是淄川县丰泉乡的王心逸（居正）；（二）对长山县王心逸（德昌）本传的引录有不确之处。清嘉庆辛酉重修《长山县志》（本衙藏版）

卷八“文学”：“王德昌，字心逸，号历长，又号北砚老人，邑庠生。性行高洁，耽情坟籍，旁及天文历法，勾股声律之学，无不洞贯；善八分书，参用汉唐法而自为一体，远迩称之；又妙于装潢，搜集法书奇画，辄手为装背，摩挲自适。著有《装潢志》四卷，与新城王启磊画、安邱张在辛篆刻并称三绝。晚年喜吟咏，所作《老柳》等歌，载山佐诗抄，著有《玉照堂遗诗》，又著有《说砚》一卷，藏于家。”这就是长山县王心逸（德昌）载于《长山县志》的本传。

17 〔市廛（chán 禅）〕集市。《礼记·王制》：“市廛而不税。”疏：“廛，谓公家邸舍，使商人停物于中。”

18 〔讴（ōu 欧）〕歌唱。《孟子·告子下》：“昔者王豹处于淇，而河西善讴。”

19 〔弦索〕本指弦乐器上的弦。此指乐器之属于弦乐器者。

20 〔苗裔〕指远代子孙或余绪、支派。《楚辞》屈原《离骚》：“帝高阳之苗裔兮，朕皇考曰伯庸。”

狐联

焦生，章丘石虹先生[1]之叔弟也。读书园中，宵分[2]，有二美人来，颜色双绝。一可[3]十七八，一约十四五，抚几展笑。焦知其狐，正色拒之[4]。长者曰："君髯如戟[5]，何无丈夫气？"焦曰："仆生平不敢二色[6]。"女笑曰："迂哉！子尚守腐局[7]耶？下元鬼神[8]，凡事皆以黑为白，况床笫间琐事乎！"焦又咄之。女知不可动，乃云："君名下士[9]，妾有一联，请为属对[10]，能对，我自去：'戊戌[11]同体，腹中止欠一点。'"焦凝思不就。女笑曰："名士固如此乎？我代对之可矣：'己巳连踪，足下何不双挑？'"一笑而去。长山李司寇[12]言之。

王阮亭云："才狐也，乃不谙平仄。"

校注

1 〔石虹先生〕姓焦，名毓瑞，字辑五，别号石虹。顺治四年

（1647）进士，历官巡按御史兼理学政、右副都御史、刑部、户部左侍郎。著有《南游草诗》。见《山东通志·人物志》、《章丘县志·人物》。

2 〔宵分〕夜半。

3 〔一可〕指一个大约。

4 〔正色拒之〕指态度很严肃地拒绝。

5 〔君髯如戟〕此典事出《南史·褚彦回传》："山阴公主淫恣，窥见彦回悦之，以白帝。帝召彦回西上阁宿十日，公主夜就之，备见逼迫。彦回整身而立，从夕至晓，不为移志。公主谓曰：'君须髯如戟，何无丈夫意？'"

6 〔二色〕指男子不娶妾，无外遇。

7 〔腐局〕犹言观念陈腐。腐，迂阔。局，气度。

8 〔下元鬼神〕道教中有天、地、水"三元"之说，而水称之为"下元"。此借指人世外幽僻之境界中。

9 〔名下士〕谓名副其实的读书人。

10 〔属（zhǔ 主）对〕谓诗文中上下两句联属成对仗。

11 〔戍〕据二十四卷本，原抄本作"戊"。

12 〔长山李司寇〕即李化熙，详见卷一《宅妖》注。

潍水狐

潍邑[1]李氏有别第，忽一翁来税居[2]，岁出直金五十，诺之。既去，无耗，李嘱家人别租。

翌日，翁至曰："租宅已有关说[3]，何欲更僦他人？"李白所疑。翁曰："我将久居是，所以迟迟者，以涓吉[4]在十日之后耳。"因先纳一岁之直，曰："终岁空之，勿问也。"李送出，问期，翁告之。过期数日，亦竟渺然。及往觇之，则双扉内闭，炊烟起而人声杂矣。讶之，投刺往谒，翁趋出，逆而入，笑语可亲。既归，遣人馈遗其家，翁犒赐丰隆。又数日，李设筵邀翁，款洽[5]甚欢，问其居里，以秦中对，李讶其远。翁曰："贵乡富地也，秦中[6]不可居，大难将作。"时方承平[7]，置未深问。越日，翁折柬报居停之礼[8]，供帐[9]饮食，备极侈丽。李益惊，疑为贵官。翁以交好，因自言为狐，李骇绝，逢人辄道。邑缙绅闻其异，日结驷于门[10]，愿纳交翁，翁无不伛偻[11]接见。渐而郡官亦时往还，独邑令求通，辄辞以故。令又托主人先容，翁辞，李诘其故。翁离席，近客而私语曰：

"君自不知，彼前身为驴。今虽俨然民上[12]，乃饮糙而亦醉者[13]也。仆固异类，羞与为伍。"李乃托词告令，谓："狐畏其神明，故不敢见。"令信之而止。此康熙十一年[14]事。未几，秦罹兵燹[15]。狐能前知，信矣。

异史氏曰："驴之为物，庞然也！一怒则踶趹[16]嗥嘶，眼大于盎，气粗于牛，不惟声难闻，状亦难见，倘执束刍[17]而诱之，则帖耳辑首[18]，喜受羁勒矣。以此居民上，宜其饮糙而亦醉也。愿临民者，以驴为戒，而求齿于狐，则德日进矣。"

校注

1 〔潍邑〕潍县。今属山东省潍坊市。别第，即别墅、别业。
2 〔税居〕租赁房屋居住。
3 〔关说〕谓彼此间已有约定。《史记·佞幸列传》："此两人非有材能，徒以婉佞贵幸，与上卧起，公卿皆因关说。"索隐："关，通也。谓公卿因之而通其说。"
4 〔涓吉〕择取吉日。《文选·左思〈魏都赋〉》："涓吉日，陟中坛，即帝位，改正朔。"涓，择也。
5 〔款洽〕指亲切、融洽。《隋书·长孙平传》："高祖龙潜时，与平情好款洽，及为丞相，恩礼弥厚。"
6 〔秦中〕为今陕西省中部。
7 〔承平〕太平。《汉书·食货志上》："今累世承平，豪富吏民訾数钜万，而贫弱愈困。"

8 〔居停之礼〕即谓尽居停主人之礼。居停，寄居之处。此指居停主人。《宋史·丁谓传》：“周怀政事败，议再贬（寇）准，帝意欲谪准江、淮间，谓退，除道州司马。同列不敢言，独王曾以帝语质之，谓顾曰：‘居停主人勿复言。’盖指曾以第舍假准也。”

9 〔供帐〕供具陈设。《文选·班固〈东都赋〉》：“内托诸夏，外接百蛮。乃盛礼供帐，置乎云龙之庭。”

10 〔结驷于门〕谓车马盈门，言其来人之多。结驷，系马。《史记·货殖列传》：“子贡结驷连骑，束帛之币以聘享诸侯。”驷，此处泛指马匹。

11 〔伛偻（lǚ 旅）〕谓躬身，表示恭敬。《后汉书·张酺传》：“公其伛偻，勿露所敕。”注：“伛偻，言恭敬从命也。”

12 〔民上〕指位居百姓之上的帝王、官吏等统治者。《孟子·梁惠王上》：“为民上而不与民同乐者，亦非也。”

13 〔饮䭔（duī 堆）而亦醉者〕䭔，同“䭔”，蒸饼。言其吃蒸饼也会醉的人，喻贪财而无耻者。崔令钦《教坊记》：“苏五奴妻张少娘善歌舞……有邀迓者，五奴辄随之前。人欲得其速醉，多劝酒。五奴曰：‘但多与我钱，吃䭔子亦醉，不烦酒也。’”

14 〔康熙十一年〕即公元 1672 年。

15 〔秦罹兵燹（xiǎn 显）〕秦，指陕西省。谓陕西遭受兵火。此当指康熙十二年（1673）十一月吴三桂举兵反清；后康熙十三年（1674）十二月提督王辅臣又在宁羌（今陕西宁强）叛变，杀经略莫洛。陕西大震。

16 〔踶趹（dìjué 弟蹶）〕指驴子用蹄踢。前曰踶，后曰趹。

17 〔束刍〕指一束草。

18 〔帖耳辑首〕谓俯首帖耳，言其驯顺。

红 玉

广平[1]冯翁者，一子，字相如。父子俱诸生。翁年近六旬，性方鲠，而家屡空[2]。数年间，媪与子妇又相继逝，井臼[3]自操之。一夜，相如坐月下，忽见东邻女自墙上来窥。视之，美；近之，微笑；招以手，不来亦不去；固请之，乃梯而过，遂共寝处。问其姓名，曰："妾邻女红玉也。"生大爱悦。与订永好，女诺之。夜夜往来，约半年许。翁夜起，闻女子舍[4]笑语，窥之，见女。怒，唤出骂曰："畜产所为何事？如此落寞[5]，尚不刻苦，乃学浮荡耶？人知之，丧汝德；人不知，亦促汝寿。"生跪自投，泣言知悔。翁叱女曰："女子不守闺戒，既自玷，而又以玷人。倘事一发，当不仅贻寒舍羞！"骂已，愤然归寝。女流涕曰："亲庭[6]罪责，良足愧辱！我二人缘分尽矣。"生曰："父在不得自专[7]，卿如有情，尚当含垢为好。"女言词决绝，生乃洒涕，女止之曰："妾与君无媒妁之言，父母之命，逾墙钻隙[8]，何能白首？此处有一佳耦，可聘也。"生告以贫，女曰："来宵相俟，妾为君谋之。"

次夕，女果至，出白金四十两赠生，曰：“去此六十里，有吴村卫氏，年十八矣，高其价，故未售[9]也。君重啖之[10]，必合谐允。”言已别去。生乘间[11]语父，欲往相[12]之，而隐馈金不敢告。翁自度无资，以是故止之。生又婉言：“试可乃已[13]。”翁颔之。生遂假仆马诣卫氏。

卫故田舍翁，生呼出，引与间语[14]。卫知生望族[15]，又见仪采轩豁[16]，心许之，而虑其靳[17]于资。生听其词意吞吐，会其旨，倾囊陈几上。卫乃喜，浼邻生居间[18]，书红笺而盟焉[19]。生入拜媪，居室逼侧，女依母自障。微睨之，虽荆布[20]之饰，而神情光艳，心窃喜。卫借舍款婿，便言：“公子无须亲迎。待少作衣妆，即合舁送去。”生与订期而归。诡告翁言：“卫爱清门[21]，不责资[22]。”翁亦喜。至日，卫果送女至。女勤俭，有顺德，琴瑟[23]甚笃。逾二年，举一男，名福儿。会清明，抱子登墓，遇邑绅宋氏。宋官御史，坐行赇免[24]，居林下[25]，大煽威虐。是日亦上墓归，见女艳之，问村人，知为生配，料冯贫士，诱以重赂，冀可摇，使家人风示之。生骤闻，怒形于色，既思势不敌，敛怒为笑，归告翁[26]。大怒奔出，对其家人，指天画地，诟骂万端，家人鼠窜而去。宋氏亦怒，竟遣数人入生家，殴翁及子，汹若沸鼎。女闻之，弃儿于床，披发号救。群篡舁之[27]，哄然便去。父子伤残，呻吟在地，儿呱呱啼室中。邻人共怜之，扶置榻上。经日，生杖而能起，翁忿不食，呕血寻毙。生大哭，抱子兴词[28]，上至督抚，讼几遍，卒不得直。后闻妇不屈死，益悲，冤塞胸吭[29]，无路可伸。每思要路刺杀宋，而虑其扈从[30]繁，儿又罔托，日夜哀思，双睫为之不交。

忽一丈夫吊诸其室，虬髯[31]阔颔，曾与无素。挽坐，欲问邦族，客遽曰："君有杀父之仇，夺妻之恨，而忘报乎？"生疑为宋人之侦，姑伪应之。客怒，眦欲裂，遽出曰："仆以君人也，今乃知不足齿之伧[32]！"生察其异，跪而挽之曰："诚恐宋人餂[33]我，今实布腹心：仆之卧薪尝胆[34]者，固有日矣。但怜此褓中物，恐坠宗祧[35]。君义士，能为我杵臼否[36]？"客曰："此妇人女子之事，非所能。君所欲托诸人者，请自任之，所欲自任者，愿得而代庖[37]焉。"生闻，崩角[38]在地，客不顾而去。生追问姓字，曰："不济，不任受怨；济，亦不任受德。"遂去。生惧祸及，抱子亡去。

至夜，宋家一门俱寝，有人越重垣入，杀御史父子三人，及一媳一婢。宋家具状告官，官大骇。宋执谓相如，于是遣役捕生。生遁不知所之，于是情益真。宋仆同官役诸处冥搜，夜至南山，闻儿啼，踪得之，系累而行。儿啼愈嗔，群夺儿抛弃之，生冤愤欲绝。见邑令，问："何杀人？"生曰："冤哉！某以夜死，我以昼出，且抱呱呱者，何能逾垣杀人？"令曰："不杀人，何逃乎？"生辞穷，不能置辩，乃收诸狱。生泣曰："我死无足惜，孤儿何罪？"令曰："汝杀人子多矣！杀汝子何怨？"生既褫革，屡受梏惨，卒无词。令是夜方卧，闻有物击床，震震有声，大惧而号。举家惊起，集而烛之，一短刀铦利[39]如霜，剁床入木者寸余，牢不可拔。令睹之，魂魄丧失，荷戈遍索，竟无踪迹，心窃馁，又以宋人死，无可畏惧，乃详诸宪[40]，代生解免，竟释生。生归，瓮无升斗，孤影对四壁。幸邻人怜，馈食饮，苟且自度。念大仇已报，则辗然喜；思惨酷之祸，几于灭门，则泪潸潸坠；及思半生贫彻骨，宗支不绪，则于无人处大哭失声，不复能自禁。如此半年，捕禁益懈，乃哀邑令，求判还卫氏之骨。及葬而归，悲怛欲死，辗转空床，竟无生路。

忽有款门者，凝神寂听，闻一人在门外，哝哝与小儿语。生急起窥觇，似一女子，扉初启，便问："大冤昭雪，可幸无恙？"其声稔熟，而仓卒不能追忆，烛之，则红玉也。挽一小儿，嬉笑跨下。生不暇问，抱女呜哭，女亦惨然。既而推儿曰："汝忘而父耶？"儿牵女衣，目灼灼视生，细审之，福儿也。大惊，泣问："儿那得来？"女曰："实告君，昔言邻女者，妾也。妾实狐，适宵行，见儿啼谷中，抱养于秦。闻大难既息，故携来与君团聚耳。"生挥涕拜谢。儿在女怀，如依其母，竟不复能识父矣。天未明，女即遽起，问之，答曰："奴欲去。"生裸跪床头，涕不能仰。女笑曰："妾诳君耳。今家道新创，非夙兴夜寐不可。"乃剪莽拥篲[41]，类男子操作。生忧贫乏不能自给，女曰："但请下帷读[42]，勿问盈歉，或当不殍饿死。"遂出金治织具，租田数十亩，雇工耕作。荷镵诛茅，牵萝补屋[43]，日以为常。里党[44]闻妇贤，益乐资助之。约半年，人烟腾茂，类素封家。生曰："灰烬之余，卿白手再造矣。然一事未就安妥，如何？"诘之，答曰："试期已迫，巾服尚未复[45]也。"女笑曰："妾前以四金寄广文[46]，已复名在案。若待君言，误之已久。"生益神之。是科遂领乡荐。时年三十六，腴田连阡，夏屋渠渠[47]矣。女袅娜，如随风欲飘去，而操作过农家妇，虽严冬自苦，而手腻如脂。自言二十八岁，人视之，常若二十许人。

异史氏曰："其子贤，其父德，故其报之也侠。非特人侠，狐亦侠也。遇亦奇矣！然官宰悠悠，竖人毛发[48]，刀震震入木，何惜不略移床上半尺许哉！使苏子美读之，必浮白曰：'惜乎击之不中！'[49]"

王阮亭云："程婴、杵臼，未尝闻诸巾帼，况狐耶？"

校注

1 〔广平〕明清府名。详见卷一《辛十四娘》注。

2 〔屡空〕经常穷困得生活不能自给。《论语·先进》："子曰：回也其庶乎，屡空。"空，匮乏。

3 〔井臼〕谓汲水舂米等家务活。《后汉书·冯衍传》："衍娶北地任氏女为妻，悍忌，不得畜媵妾，儿女常自操井臼。"

4 〔子舍〕别于正房的偏室。《史记·万石张叔列传》："(石)建为郎中令，每五日洗沐，归谒亲，入子舍。"索隐："小颜以为诸子之舍，若今诸房也。"文中"闻子舍笑语"句，据山东省博物馆藏康熙抄本，原抄本为"闻女子含笑语"。铸雪斋抄本、二十四卷本与原抄本同。

5 〔落寞〕同"落莫"。谓寂寞冷落，喻家境萧条。

6 〔亲庭〕指代父亲。《论语·季氏》载，孔子曾当庭教训儿子孔鲤，后来就以父训为"亲庭"。

7 〔自专〕谓自己做主。《礼记·中庸》："愚而好自用，贱而好自专。"

8 〔逾墙钻隙〕指男女间私下里越墙往来，从墙的缝隙间相窥视。《孟子·滕文公下》："不待父母之命，媒妁之言，钻穴隙相窥，逾墙相从，则父母国人皆贱之。"

9 〔未售〕谓没有许配人家。

10 〔重啖之〕给予高价钱。

11 〔乘间〕谓趁机会。《汉书·赵充国传》："内不损威武之重，外不令虏得乘间。"

12 〔相(xiàng 向)〕相亲。

13 〔试可乃已〕是指只是去试探一下对方罢了。《尚书·尧典》："岳曰：'异哉，试可乃已。'"

14 〔引与间语〕领到与他人隔离开的地方说话。间，阻隔，间隔。唐柳宗元《李赤传》："其友与俱游者有姻焉。间累日，乃从之馆。"

15 〔望族〕犹言世家、世族。《晋书·石季龙载记》："雍、蔡二州望族，自东徙以来，遂在戍役之列。"

16 〔仪采轩豁〕意谓风度开朗。

17 〔靳〕吝惜。

18 〔居间〕做中间人、介绍人的意思。

19 〔书红笺而盟焉〕旧时的订婚约，书写在红纸上。

20 〔荆布〕指荆钗、布裙。为贫家女子穿戴。

21 〔清门〕通常是指寒素之家。此指为清白之家，书香门第。

杜甫《丹青引赠曹将军霸》："将军魏武之子孙，于今为庶为清门。"

22 〔不责资〕不苛求钱财。责，索取、苛求。

23 〔琴瑟〕喻夫妻。《诗经·小雅·棠棣》："妻子好合，如鼓琴瑟。"

24 〔坐行赇（qiú求）免〕因行贿赂而被免职。坐，获罪。赇，贿赂。《史记·樊郦滕灌列传·灌婴》："天子封灌婴孙贤为临汝侯，续灌氏后，八岁，坐行赇有罪，国除。"

25 〔居林下〕本指辞官退隐之所。范摅《云溪友议》四载东林僧灵澈与韦丹的酬唱诗："相逢尽道休官去，林下何曾见一人。"此指罢官居于乡里。

26 〔翁〕据青柯亭本，原抄本无。

27 〔群篡舁之〕谓宋家群仆抢夺抬着而去。篡，抢夺。舁，共同抬东西。

28 〔兴词〕谓起诉，告状。词，争讼。

29 〔冤塞胸吭（háng杭）〕谓气塞满胸中，堵住咽喉。吭，咽喉。

30 〔扈从〕指侍从，随从。扈，从后。司马相如《上林赋》："孙叔奉辔，卫公参乘，扈从横行。"

31 〔虬（qíu求）髯〕蜷曲的络腮胡。

32 〔不足齿之伧〕意谓不足挂齿的粗俗庸碌之徒。伧，即"伧夫"，骂人语。《世说新语·简傲》："王子敬（献之）闻顾辟疆有名园，先不识主人，径往其家。值顾方集宾客酣燕，而王游愿既毕，指麾好恶，傍若无人。顾勃然不堪曰：'傲主人非礼也，以贵骄人，非道也。失此二者，不足齿人，伧耳。'"

33 〔餂（tiǎn腆）我〕探取，诱取。《孟子·尽心下》："士未可以言而言，是以言餂之也；可以言而不言，是以不言餂之也。"此指用话来试探别人。

34 〔卧薪尝胆〕意谓刻苦自励，不敢安逸。《宋史·胡宏传》："太上皇帝劫制于强敌，生往死归，此臣子痛心切齿，卧薪尝胆，宜思所以报也。”谓起居饮食不敢安逸。卧薪，不敢安逸。尝胆，不近甘味。《史记·越王勾践世家》：“吴既赦越，越王勾践反国，乃苦身焦虑，置胆于坐，坐卧即仰胆，饮食亦尝胆也。”

35 〔宗祧（tiāo 挑）〕意谓继承先辈，延续香火。《左传·襄公二十三年》：“臧纥不佞，失守宗祧。”注：“远祖庙为祧。”

36 〔能为我杵（chǔ 楚）臼否〕意谓你能为我保存孤儿吗？杵臼，即公孙杵臼。《史记·赵世家》：春秋时，晋国权臣屠岸贾杀赵朔，欲灭其族。赵朔之妻晋成公之姊，有遗腹子。赵朔门客公孙杵臼与程婴定计救出赵氏的遗孤。公孙杵臼取他人婴儿，藏匿山中，让程婴奸告自己藏匿赵氏孤儿。诸将随程婴于山中杀死公孙杵臼与婴儿，使赵氏延续有嗣。十五年后赵氏真孤赵武，被晋景公召入宫中，赵武攻屠岸贾，灭其族。程婴大事已了，自刎而死，以报赵宣孟与公孙杵臼于地下。

37 〔代庖〕代厨师做饭。比喻代人做事。《淮南子·主术》：“不正本而反自修，则人主逾劳，人臣逾逸，是犹代庖宰剥牲而为大匠斫也。”

38 〔崩角〕叩头。角，指额角。《尚书·泰誓中》：“百姓懔懔，若崩厥角。”

39 〔铦（xiān 仙）利〕锐利。

40 〔详诸宪〕将案件呈报给上级。详，旧时的公文，下级对上级官署的报告称详。宪，封建社会下级或属吏称上司为宪。

41 〔剪莽拥篲（huì 会）〕田间剪除杂草，庭房持帚勤扫。言其勤苦劳作。莽，草。篲，扫帚。

42 〔下帷读〕意谓闭门读书。《史记·儒林列传·董仲舒》：“下帷讲诵，弟子传以久次相受业，或莫见其面，盖三年董仲舒不观于舍园，其精如此。”下帷，放下帷幕。

43 〔荷镵诛茅，牵萝补屋〕扛着锄头到田间除草，用藤萝将漏屋补好。言其辛苦劳作。

44 〔里党〕为“邻里乡党”省词。即街坊、邻居。《论语·雍也》："原思为之宰，与之粟九百，辞。子曰：'毋！以与尔邻里乡党乎？'"《论语正义》疏："五家为邻，五邻为里，万二千五百家为乡，五百家为党。"

45 〔巾服尚未复〕巾服，指生员的冠服。此处指生员的资格还未恢复。

46 〔广文〕明清时，为儒学教员的别称。唐天宝九年（750），在国子监增开广文馆，设博士、助教等职，领国子学生修进士业者称广文。

47 〔夏屋渠渠〕谓大屋深广。《诗经·秦风·权舆》："于我乎夏屋渠渠。"毛传："夏，大也。"朱熹集传："渠渠，深广貌。"

48 〔官宰悠悠，竖人毛发〕昏聩庸劣的官吏，真是令人发指。悠悠，昏庸。《晋书·王导传》："悠悠之谈，宜绝智者之口。"

49 〔"使苏子美"三句〕苏子美（1008–1048），名舜钦，字子美，北宋梓州铜山人。宋代文学家。范仲淹荐为集贤校理。工诗文，风格豪健，甚得欧阳修所重。龚明之《中吴纪闻》二："子美豪放，饮酒无算，在妇翁杜正献（衍）家。每夕读书，以一斗为准。正献深以为疑，使子弟密察之。闻读《汉书·张子房传》，至良与客狙击秦皇帝，误中副车，遂抚案曰：'惜乎击之不中。'遂满饮一大白。"浮，本指罚酒。白，罚酒的杯。后来称满饮为浮白。此处言可惜没有击中这昏聩虐民的官宰。

龙

北直[1]界，有堕龙入村，其行重拙，入某绅家。其户仅可容躯，塞而入。家人尽奔，登楼哗噪，铳炮[2]轰然，龙乃出。门外停贮潦水[3]，浅不盈尺。龙入，转侧其中，身尽泥涂，极力腾跃，尺余辄堕。泥蟠[4]三日，蝇集鳞甲。忽大雨，乃霹雳拏空[5]而去。

房生与友人登牛山[6]，入寺游瞩。忽椽间一黄砖堕，砖[7]上盘小蛇，细裁如蚓；忽旋一周，如指；又一周，已如带。共惊，知为龙，群趋而下，方至山半，闻寺中霹雳一声，震动山谷。天上黑云如盖，一巨龙夭矫[8]其中，移时而没。

章邱小相公庄，有民妇适野，值大风，尘砂扑面。觉一目眯，如含麦芒，揉之吹之，迄不愈，启睑而审视之，睛固无恙，但有赤线蜿蜒于肉分。或曰："此蛰龙也。"妇忧惧待死。积三月余，天暴雨，忽巨霆一声，裂眦而去。妇无少损。

袁宣四[9]言："在苏州，值阴晦，霹雳大作。众见龙

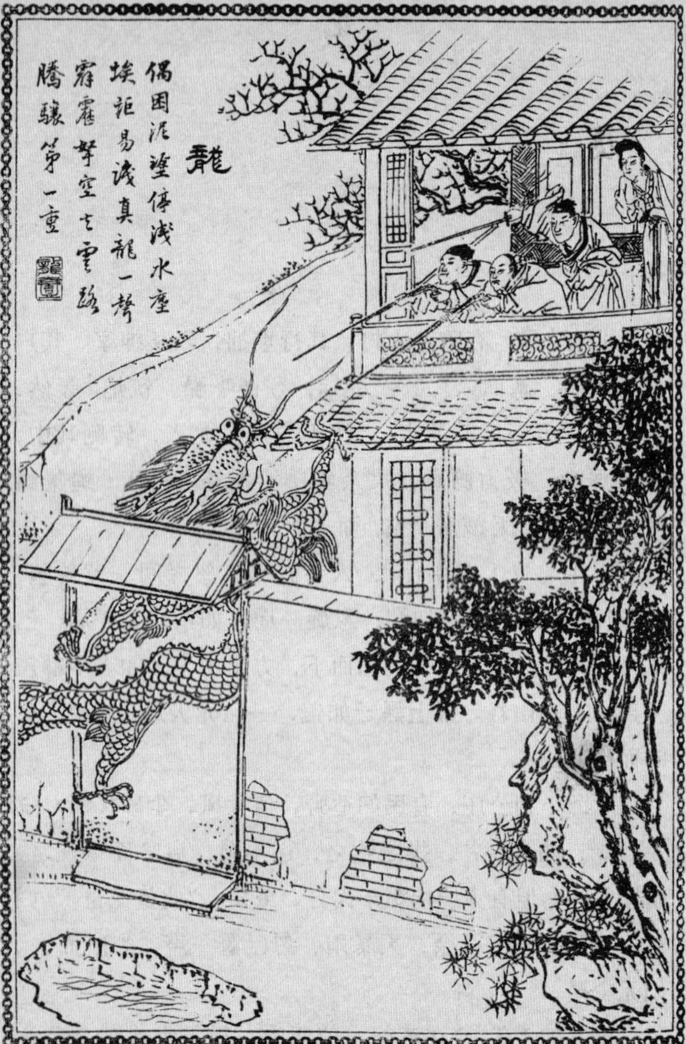
龍
偶困泥塗傍淺水塵
埃詎易識真龍一聲
霹靂聲空去雲路
騰驤第一重

龍二
牛山古寺
閒游日隱隱
椽間墮彩虹頃刻卷
舒渾不測巨龍夭矯黑雲中

垂云际，鳞甲张动，爪中抟一人头，须眉毕见。移时，入云而没。亦未闻有失其头者。”

校注

1 〔北直〕明代称直属京都的地区为直隶。明成祖迁都北京后，以南京为南直隶，北京为北直隶。清初置直隶省。此称北直，沿明代的区划，是别于南直而言。

2 〔铳（chòng 冲）炮〕土炮。

3 〔潦（lǎo 老）水〕雨后地面的积水。

4 〔泥蟠〕谓蟠屈于泥中。

5 〔拏空〕犹凌空。

6 〔牛山〕在今淄博市临淄区南。《孟子·告子上》：“牛山之木尝美矣。”山下为晏子墓所在。墓前有碑刻：“可怜牛山一抔土，千古常埋天下才。”

7 〔“堕，砖”〕据二十四卷本，原抄本无。

8 〔夭矫〕屈伸自如貌。《文选·司马相如〈上林赋〉》：“夭矫枝格，偃蹇杪颠。”

9 〔袁宣四〕名藩，字松篱，号宣四，山东淄川县人。康熙二年（1663）癸卯举人，屡上公车，但又屡不第。拣选知县，有文名。工翰墨，善篆刻。康熙二十六年（1687）参加重修《淄川县志》。为《聊斋志异》作者挚友。

林四娘

青州道陈公宝钥[1]，闽人。夜独坐，有女子搴帏入，视之，不识，而艳绝，长袖宫妆[2]，笑云："清夜兀坐[3]，得勿寂耶？"公惊问："何人？"曰："妾家不远，近在西邻。"公意其鬼，而心好之，捉袂挽坐，谈词风雅。大悦，拥之，不甚抗拒，顾曰："他无人耶？"公急阖户，曰："无。"促其缓裳，意殊羞怯。公代为之殷勤，女曰："妾年二十，犹处子也，狂将不堪。"狎亵既竟，流丹浃席。既而枕边私语，自言"林四娘[4]"，公详诘之，曰："一世坚贞，业为君轻薄殆尽矣。有心爱妾，但图永好可耳，絮絮何为？"无何，鸡鸣，遂起而去。

由此夜夜必至。每与阖户雅饮，谈及音律，辄能剖悉宫商[5]，公遂意其工于度曲[6]，曰："儿时之所习也。"公请一领雅奏，女曰："久矣不托于音[7]，节奏强半遗忘，恐为知音笑耳。"再强之，乃俯首击节，唱伊凉之调[8]，其声哀婉，歌已，泣下。公亦为酸恻，抱而慰之曰："卿勿为亡国之音[9]，使人悒悒。"女曰："声以宣意，哀者不能

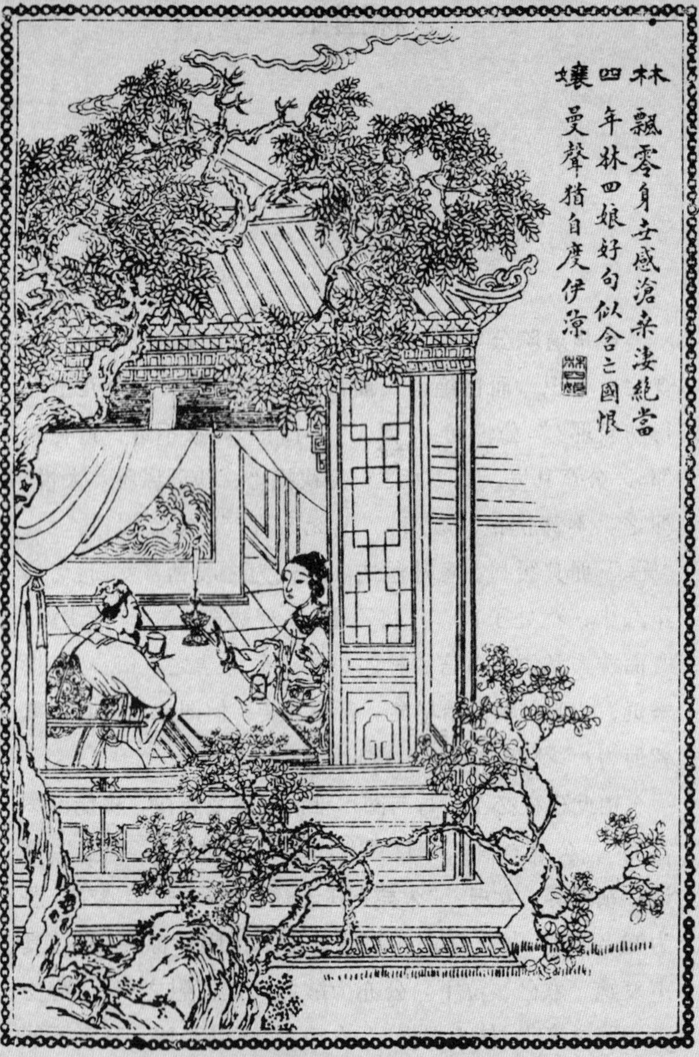
林四孃
飄零身世感滄桑淒絕當
年林四娘好句似含亡國恨
曼聲猶自度伊涼

使乐，亦犹乐者不能使哀。”两人燕昵，过于琴瑟。既久，家人窃听之，闻其歌者，无不流涕。夫人窥见其容，疑人世无此妖丽，非鬼必狐，惧为厌蛊，劝公绝之。公不能听，但固诘之，女愀然曰：“妾衡府[10]宫人也，遭难而死，十七年矣。以君高义，托为燕婉，然实不敢祸君，倘见疑畏，即从此辞。”公曰：“我不为嫌，但燕好若此，不可不知其实耳。”乃问宫中事。女缅述，津津可听，谈及式微之际[11]，则哽咽不能成语。女不甚睡，每夜辄起，诵准提、金刚诸经咒[12]。公问：“九原[13]能自忏耶？”曰：“一也。妾思终身沦落，欲度来生[14]耳。”

又每与公评骘[15]诗词，瑕辄疵之，至好句，则曼声娇吟，意绪风流，使人忘倦。公问：“工诗乎？”曰：“生时亦偶为之。”公索其赠，笑曰：“儿女之语，乌足为高人道！”

居三年，一夕，忽惨然告别，公惊问之，答云：“冥王以妾生前无罪，死犹不忘经咒，俾生王家。别在今宵，永无见期。”言已怆然，公亦泪下。乃置酒，相与痛饮，女慷慨而歌，为哀曼之音，一字百转，每至悲处辄便呜咽[16]，数停数起，而后终曲。饮不能畅，乃起，逡巡欲别，公固挽之。又坐少时，鸡声忽唱，乃曰：“必不可以久留矣。然君每怪妾不肯献丑，今将长别，当率成[17]一章。”索笔构成，曰：“心悲意乱，不能推敲[18]，乖音错节，慎勿出以示人。”掩袖而出，公送诸门外，湮然而没。

公怅悼良久，视其诗，字态端好，珍而藏之。诗曰："静镇深宫十七年，谁将故国问青天[19]？闲看殿宇封乔木，泣望君王化杜鹃[20]。海国波涛斜夕照，汉家箫鼓静烽烟[21]。红颜力弱难为厉，蕙质心悲只问禅[22]。日诵菩提千百句，闲看贝叶两三篇[23]。高唱梨园[24]歌代哭，请君独听亦潸然。"诗中重复脱节，疑传者错误。

校注

1 〔青州道陈公宝钥〕青州道，即青州巡道，亦称道台，又称观察。陈宝钥，字绿崖，福建晋江人，康熙二年（1663）任青州道佥事。著有《绿崖诗稿》。

2 〔宫妆〕即穿戴皆为宫女的装束。

3 〔兀坐〕独自端坐。苏轼《客位假寐》："谒入不得去，兀坐如枯株。"

4 〔林四娘〕为衡王府宫女，此人无确实史料记载。但俞樾在《壶东漫录》中谈到"《红楼梦》小说中有咏林四娘事，此亦实有其人"。关于林四娘的传说，在明末清初的青州一带流传甚广。除蒲氏之《林四娘》文外，王渔洋《池北偶谈》、林西仲（云铭）《林四娘记》等都有记述此事的。只是在文网森严的清初，这种被视为"异端"的反清情绪，在流传中被扭曲了；林四娘只以鬼魂的形态流传于世。

5 〔剖悉宫商〕明悉通晓五音。剖，明辨。悉，通晓。宫商，古代音乐的五个音阶，即宫、商、角、徵、羽，称"五音"。后即以"宫商"指代音乐。

6 〔度曲〕谓制作新曲，按曲谱歌唱。

7 〔不托于音〕不以乐曲而寄托自己的情怀。此指不演奏乐曲。《礼记·檀弓下》："孔子之故人原壤，其母死，夫子助之沐椁，原壤登木曰：'久矣予之不托于音也。'"

8 〔伊凉之调〕即悲凉的曲调。唐朝天宝后，乐曲常以地方名为曲名。伊凉，即伊州、凉州二郡名。此二曲源西北边塞荒凉之域，其音哀婉、悲凉。苏轼《子玉家宴用前韵见寄复答之》："自酌金樽劝孟光，更教长笛奏伊凉。"

9 〔亡国之音〕谓国之将亡，民之歌幽怨而悲凉。《礼记·乐记》："亡国之音哀以思，其民困。"此谓林四娘所唱之歌所透发出的悲哀的声调。

10 〔衡府〕即衡王府。明成化二十三年（1487），明宪宗朱见深第七子祐楎，封为衡王，孝宗朱祐樘于弘治十二年（1499）就藩青州。至林四娘事发的清顺治二年（1645）故明衡王为朱由棷。顺治二年（1645）秋，朱由棷被解入京，此人死活皆无音信。至此，明青州衡王府即消失了。可参看卷一《王成》注。

11 〔式微之际〕势之衰落之时。《诗经·邶风·式微》："式微式微，胡不归？"朱熹注："式，发语词；微，犹衰也。"其本意指天将暮之时。

12 〔准提、金刚诸经咒〕准提，又作准胝观音，尊提观音，佛教菩萨名，意译为"清净"，意思是"心性洁净"，六观音之一。其形三目十八臂。金刚，为佛经名，又称《金刚般若经》或北魏菩提流支和南朝陈真谛的同名译本，唐玄奘译《能断金刚般若波罗蜜多经》，为南宗主要经典。此是指准提、金刚二经的经文与咒语。咒，佛家语，谓菩萨的秘密真言。有华言准提咒与华言金刚咒，咒文为音译。

13 〔九原〕即九泉之下，指地下。

14 〔度来生〕佛家认为，以行善信佛诵读经文，解脱今生困苦，使自己得以超度，求得来生福。

15 〔评骘（zhì 至）〕品评。

16 〔“每至悲处”句〕据康熙抄本，原抄本无。
17 〔率成〕谓没有仔细推敲，匆促而成文。率，率然。
18 〔推敲〕谓对诗中字句的斟酌。《苕溪渔隐丛话》前集十九《刘公嘉话》：“贾岛赴举京师。一日，于驴上得句云：‘鸟宿池边树，僧敲月下门。’始欲着‘推’字，又欲着‘敲’字，炼之不定，遂于驴上吟哦，时时引手作推敲之势。时韩愈吏部权京兆，岛不觉冲至第三节，左右拥至尹前，岛具对所得句云云。韩立马良久，谓岛曰：‘作敲字佳矣。’”后遂称斟酌字句为“推敲”。
19 〔“静镇”二句〕说自己遭难而死已经十七年，谁还以亡国的情怀叩问青天？静镇深宫，谓静静地被幽禁在衡王府宫中。此指埋于地下。故国，此指故衡王的封地，即衡王府。
20 〔“闲看”二句〕谓看到衡王宫内殿宇被茂密的树木所掩没，触景生情不禁怀念被解往京师的衡王。乔木，枝干长大的树木。君王化杜鹃，出典是化用蜀王杜宇化杜鹃事。《太平御览》卷一六六引《十三洲记》：“当七国称王，独杜宇称帝于蜀。”“望帝（即杜宇）使鳖令凿巫山治水有功，望帝自以德薄。乃委国禅鳖令，号曰开明，遂自亡去，化为子规。”又云：“杜宇（望帝）死时，适二月，而子规鸣，故蜀人怜之。”子规，即杜鹃。据《明清史料》丙编第六本载：“首逆朱由棷拿获，但其党尚多，奸叵测。”于是清廷下令，于顺治二年（1645）秋，将衡王府最后一位衡王朱由棷押解京师。顺治“三年（1646）五月衡王世子与其宗鲁王、荆王谋反，皆伏诛”。故衡王朱由棷死活虽无史料记载，但被清廷定为“首逆”的朱由棷，其死在所难逃。由该诗用典与此极为吻合。
21 〔“海国”二句〕谓沿海地区的农民义军的抗清斗争被镇压下去，汉家的臣民也歌舞升平，北方边塞烽台的烽烟也静下来。海国，指沿海之国。此指清攻陷北京，崇祯自杀。其他诸王于南方所建南明小王朝，康熙初年被清所灭。箫鼓，为箫与鼓，古时乐器。烽烟，古代边境报警的信口。古代边疆用烽火报警，于烽火台上：白天放烟，叫烽火；晚间举火，叫燧。此指战争平息。

22 〔“红颜”二句〕谓作为女子身力单薄，做不了厉鬼，高洁的心灵悲痛至极只有修习佛法。红颜，指美女。白居易《后宫词》：“红颜未老恩先断，斜倚熏笼坐到明。”厉，厉鬼。蕙质，高洁的品质。《文选·江淹〈杂体诗·潘黄门〉》：“明月入绮窗，仿佛想蕙质。”问禅，修习佛法，探求佛理。禅，梵语“禅那”的省称。意译“思维修”，静思之意。

23 〔“日诵”二句〕每天诵读佛号千百句，闲来看贝叶经二三篇。菩提，佛教名词，梵语，意译为“觉”、“智”、“道”，意为彻悟境界。此处以菩提指佛，诵菩提，指诵读佛号。贝叶，本指贝多罗树的叶子，沤后可代纸。印度多用以抄写佛经，故称“贝叶经”。柳宗元《晨诣超师院读禅经》诗：“闲持贝叶书，步出东斋读。”

24 〔梨园〕此指梨园弟子。梨园，《新唐书·礼乐志十二》：“玄宗既知音律，又酷爱法曲，选坐部伎子弟三百教于梨园，声有误者，帝必觉而正之，号‘皇帝梨园子弟’。”此指衡王宫中歌伎。

江 中

王圣俞[1]南游，泊舟江心。既寝，视月明如练[2]，未能寐，使童仆为之按摩。忽闻舟顶如小儿行，踏芦席作响，远自舟尾来，渐迫舱户。虑为盗，急起问童，童亦闻之。问答间，见一人伏舟顶上，垂首窥舱内，大愕，按剑[3]呼诸仆，一舟俱醒。告以所见，或疑错误。俄响声又作，群趋四顾，渺然无人，惟疏星皎月，漫漫江波而已。众坐舟中，旋见青火如灯状，突出水面，随水浮游，渐近船，则火顿灭。即有黑人骤起，屹立水上，以手攀舟而行。众噪曰："必此物也！"欲射之，方开弓，则遽伏水中，不可见矣。问舟人，舟人曰："此古战场[4]，鬼时出没，其无足怪。"

校注

1 〔王圣俞〕《聊斋文集》卷七"婚启"有《六月为沈德甫与王

江中
長江天塹
渡無梁
南北中分
此戰場
無限青燐
明復滅
一杯我欲
弔蒼茫

圣俞启》，文中称“琅玡望族，海岳名宗”，可知其为山东诸城一带人。

2　〔如练〕月光如匹练从天泻下。练，白色的熟绢。《文选·谢朓〈晚登三山还望京邑〉》诗：“余霞散成绮，澄江静如练。”

3　〔按剑〕用手握剑。

4　〔古战场〕谓此处是古时经常发生战争的场所。

鲁公女

招远[1]张于旦，性疏狂不羁，读书萧寺[2]。时邑令鲁公，三韩[3]人，有女好猎，生适遇诸野，见其风姿娟秀，着锦貂裘，跨小骊驹，翩然若画。归忆容华，极意钦想。后闻女暴卒，悼叹欲绝。鲁以家远，寄灵[4]寺中，即生读所。生敬礼如神明，朝必香，食必祭，每酹而祝曰："睹卿半面，长系梦魂；不图玉人奄然物化[5]。今近在咫尺，而邈若河山，恨如何也！然生有拘束，死无禁忌，九泉有灵，当珊珊[6]而来，慰我倾慕。"日夜祝之，几半月。一夕，挑灯夜读，忽举首，则女子含笑立灯下，生惊起致问，女曰："感君之情，不能自已，遂不避私奔之嫌。"生大喜，挽坐，遂共欢好，自此无虚夜。谓生曰："妾生好弓马，以射獐杀鹿为快，罪孽深重，死无归所。如诚心爱妾，烦代诵《金刚经》一藏数[7]，生生世世不忘也。"生敬受教，每夜起，即柩前捻珠[8]讽诵。偶值节序，欲与偕归，女忧足弱不能跋履[9]，生请抱负以行，女笑从之。如抱婴儿，殊不重累，遂以为常。考试，亦载与俱，然行必

魯公女
石上三生事
渺茫癡
情竟欲待
張郎紅
顏白髮知
多少女
得神仙換
骨方

以夜。生将赴秋闱，女曰：“君福薄，徒劳驰驱。”遂听其言而止。积四五年，鲁罢官，贫不能舆其榇[10]，将就窆之[11]，苦无葬地。生乃自陈：“某有薄壤近寺，愿葬女公子。”鲁公喜。生又力为营葬，鲁德之，而莫解其故。鲁去，二人绸缪如平日。一夜，侧倚生怀，泪落如豆，曰：“五年之好，于今别矣！受君恩义，数世不足以酬。”生惊问之，曰：“蒙惠及泉下人，经咒藏满，今得生河北卢户部家。如不忘今日，过此十五年，八月十六日，烦一往会。”生泣下曰：“生三十余年矣，又十五年，将就木[12]焉，会将何为？”女亦泣曰：“愿为奴婢以报。”少间曰：“君送妾六七里，此去多荆棘，妾衣长难度。”乃抱生项。生送至通衢，见路旁车马一簇，马上或一人，或二人，车上或三人、四人、十数人不等，独一钿车[13]，绣缨朱幰[14]，仅一老媪在焉。见女至，呼曰：“来乎？”女应曰：“来矣！”乃回顾生云：“尽此，且去，勿忘所言。”生诺。女行近车，媪引手上之，展軨[15]即发，车马阗咽[16]而去。

生怅怅而归，志时日于壁，因思经咒之效，持诵益虔。梦神人告曰：“汝志良嘉，但须要到南海[17]去。”问：“南海多远？”曰：“近在方寸地[18]。”醒而会其旨，念切菩提，修行倍洁。三年后，次子明，长子政，相继擢高科[19]。生虽暴贵，而善行不替[20]。夜梦青衣人邀去，见宫殿中坐一人，如菩萨状，逆之曰：“子为善可喜，惜无修龄[21]，幸得请于上帝矣。”生伏地稽首。唤起，赐坐，饮以茶，味芳如兰。又令童子引去，使浴于池，池水清洁，游鱼可数，入之而温，掬之有荷叶香。移时，渐入深处，失足而陷，过涉灭顶[22]，惊寤，异之。由此身益健，目益明，自捋其须，白者尽簌簌落，又久之，黑者益落，面纹亦渐舒。至数月后，颔秃、面童，宛如十五六时，兼好游戏事，亦犹童。过饰边幅[23]，二子辄匡救[24]之。未几，夫人以老病卒，子欲为求继室于朱门。生曰："待吾至河北来而后娶。"屈指已及约期，遂命仆马至河北。访之，果有卢户部。先是，卢公生一女，生而能言，长益慧美，父母最钟爱之。贵家委禽，女辄不欲，怪问之，具述前生约。共计其年，大笑曰："痴婢！张郎计今年已半百，人事变迁，其骨已朽，纵其尚在，发童而齿豁[25]矣。"女不听。母见其志不摇，与卢公谋，戒阍人勿通客，过期以绝其望。未几，生至，阍人拒之。退返旅舍，怅恨无所为计，闲游郊郭，因循而暗访之。女谓生负约，涕不食。母言："渠不来，必已殂谢。即不然，背盟之罪，亦不在汝。"女不语，但终日卧。卢患之，亦思一见生之为人，乃托游遨，遇生于野，视之，少年也，讶之，班荆[26]略谈，甚倜傥。公喜，邀至其家。方将探问，卢即遽起，嘱客暂独坐，匆匆入内告女。女喜，自力起窥，审其状不符，零涕而返，怨父欺罔，公力白其是。女无言，但泣不止。公出，意绪懊丧，对客殊不款曲[27]。生问："贵族有为户部者乎？"公漫应之，首他顾，似不属客[28]。生觉其慢，辞出。女啼数日，竟卒。

生夜梦女来曰："下顾者果君耶？年貌舛异[29]，觌面遂致违隔。妾已忧愤死。烦向土地祠速招我魂，可得活，迟则无及矣。"既醒，急探卢氏之门，果有亡女二日矣。生大恸，进而吊诸其室。已而以梦告卢，卢从其言，招魂而归。启其衾，抚其尸，呼而祝之，俄闻喉中咯咯有声，忽见朱樱乍启，坠痰块如水。扶移榻上，渐复呻吟。卢公悦，肃客出，置酒宴会，细展官阀[30]，知其巨家，益喜，择吉成礼。居半月，携女而归，卢送至家，半年乃去。夫妇居室，俨然小耦[31]，不知者，多误以子妇为姑嫜[32]焉。卢公逾年卒，子最幼，为豪强所中伤，家产几尽，生迎养之，遂家焉。

校注

1 〔招远〕县名。明清属登州府。治所在今山东省招远市。

2 〔萧寺〕指佛寺。《释氏要览》："今多称僧居为萧寺者，是用梁武帝造寺，以姓为题也。"据唐李肇《国史补》："梁武帝造寺，令萧子云飞白大书'萧寺'，至今一'萧'字存焉。"即此后世以"萧寺"泛指佛寺。

3 〔三韩〕朝鲜的古称。汉时，将朝鲜南部分为马韩、辰韩、弁辰三国。至西晋，称弁辰为弁韩。合称三韩。

4 〔灵〕此指灵柩。

5 〔物化〕谓化为异物，指死亡。详见卷一《长清僧》注。

6 〔珊珊〕指环佩相击声。《文选·宋玉〈神女赋〉》："动雾縠以徐步兮，拂墀声之珊珊。"李善注："珊珊，声也。"二十四卷本，珊珊作"姗姗"。

7 〔《金刚经》一藏数〕《金刚经》，佛经名。其全称为《金刚般若波罗蜜经》。藏（zàng 葬），佛教经典的总称。《大唐三藏圣教序》："一藏百箧之文，波涛于海口。"一藏数，指持诵五千四十八遍。

8 〔捻珠〕手捻佛珠，即僧人之数珠。僧人诵读佛号或经咒时，用捻珠（数珠）来记数。佛珠（亦称念珠）用香木或玉石等制成。粒数，有四十颗至一千零八十颗不等。

9 〔跋履〕犹登山涉水。形容旅途之艰辛。《左传·成公十三年》："晋文公躬擐甲胄，跋履山川，逾越险阻，征东之诸侯。"

10 〔舆其榇〕用车运走女棺。榇，棺。"舆其"二字据青柯亭本补，原抄本无。

11 〔就窆（biǎn 贬）之〕即就地埋葬她。窆，葬时下棺。《周礼·地官·乡师》："及窆，执斧以莅匠师。"

12 〔就木〕进入棺材；指死。《左传·僖公二十三年》："（重耳）将适齐，谓季隗曰：'待我二十五年，不来而后嫁。'对曰：'我二十五年矣，又如是而嫁，则就木焉。'"

13 〔钿（tián 田）车〕用黄金珠宝装饰的车子，古时贵族妇女所乘坐。唐白居易《浔阳春·春来》："金谷蹋花香骑入，曲江碾草钿车行。"

14 〔绣缨朱幰〕有边幅装饰的大红车帘。绣缨，用彩丝做的穗头。幰，车前的帷幔。

15 〔展軨（líng 陵）〕指驾已毕，准备发车。《礼记·曲礼上》："已驾，仆展軨，效驾。"軨，车轮。

16 〔阗咽（tiányè 田叶）〕同"填溢"。形容车马拥塞，喧腾于途。卢照邻《行路难》："春景春风花似雪，香车玉舆恒阗咽。"

17 〔南海〕浙江舟山群岛之东普陀山，相传为观世音大士现身说法的场所，佛徒称之为南海。

18 〔方寸地〕指心田。《三国志·蜀志·诸葛亮传》：“今已失老母，方寸乱矣，无益于事，请从此别。”

19 〔擢高科〕科举中式，名在前列。《旧唐书·元载传》：“下诏求明庄、老、文、列四子之学者，载策入高科。”擢，得中。

20 〔不替〕不止。替，废弃、衰减。

21 〔修龄〕指长寿。阮籍《咏怀诗》三九：“修龄适余愿，光宠非己威。”

22 〔过涉灭顶〕谓涉水被淹没头顶。《周易·大过》：“过涉灭顶，凶，无咎。”

23 〔过饰边幅〕过于注重修饰打扮。边幅，本指布、衣的边缘，此指人的容貌外观。

24 〔匡救〕救助，扶正。《尚书·太甲中》：“既往背师保之训，弗克于厥初；尚赖匡救之德，图惟厥终。”

25 〔发童而齿豁〕指头发脱落，牙齿残缺。此指年老。韩愈《进学解》：“头童齿豁，竟死何裨。”童，秃。豁，通“豁”，齿缺。

26 〔班荆〕谓铺草于地而坐。《左传·襄公二十六年》：“伍举奔郑，将遂奔晋；声子将如晋，遇之于郑郊，班荆相与食，而言复故。”班，布。荆，泛指草。

27 〔款曲〕殷勤应酬。《后汉书·光武纪》：“文叔（刘秀字）少时谨信，与人不款曲。”

28 〔不属客〕不理客人。属，属意。

29 〔年貌舛异〕谓年岁与容貌不相符合。

30 〔细展官阀〕细问官阶门第。展，询问。

31 〔耦〕配偶。

32 〔姑嫜〕即婆婆与公公。

道　士

韩生，世家[1]也，好客，同村徐氏，常饮于其座。会宴集，有道士托钵[2]门外。家人投钱及粟，皆不受，亦不去。家人怒，归不顾。韩闻击剥之声[3]甚久，询之，家人以情告。言未已，道士竟入，韩招之坐。道士向主客皆一举手，即坐，略致研诘，始知其初居村东破庙中。韩曰："何日栖鹤东观[4]，竟不闻知，殊缺地主[5]之礼。"答曰："野人[6]新至，无交游，闻居士[7]挥霍，深愿求饮焉。"韩命举觞，道士能豪饮。徐见其衣服垢敝，颇偃蹇[8]，不甚为礼，韩亦海客遇之[9]。道士倾饮二十余杯，乃辞而去。

自是，每宴客，道士辄至，遇食则食，遇饮则饮，韩亦稍厌其频。饮次，徐嘲之曰："道长[10]日为客，宁不一作主？"道士笑曰："道人与居士等，惟双肩承一喙[11]耳！"徐惭不能对。道士曰："虽然，道人怀诚久矣，会当竭力作杯水之酬。"饮毕，嘱曰："翌午，幸赐光宠[12]。"

次日，相邀同往，疑其不设，行去，道士已候于途。且语且步，已至寺外，入门，则院落一新，连阁云蔓。大奇之，曰：“久不至此，创建何时？”道士答：“竣工未久。”比入其室，陈设华丽，世家所无，二人肃然起敬。甫坐，行酒下食[13]，皆二八狡童，锦衣朱履，酒馔芳美，备极丰渥。饭已，另有小进[14]，珍果多不可名，贮以水晶、玉石之器，光照几榻，酌以玻璃盏，围尺许。道士曰：“唤石家姊妹来。”童去少时，二美人入，一细长，如弱柳；一身短，齿最稚，媚曼[15]双绝。道士使歌以侑酒[16]，少者拍板而歌，长者和以洞箫，其声清细。既阕[17]，道士悬爵促釂[18]，又命遍酌，顾问美人：“久不舞，尚能之否？”遂有僮仆展氍毹于筵下。两女对舞，长衣乱拂，香尘四散，舞罢，斜倚画屏。二人心旷神飞，不觉醺醉。道士亦不顾客，举杯饮尽，起谓客曰：“姑烦自酌，我少憩即复来。”即去屋南壁下，设一螺钿之床[19]，女子为施锦裀，扶道士卧。道士乃曳长者共寝，命少者立床下为之爬搔。二人睹此状，颇不平，徐乃大呼：“道士不得无礼！”往将挠之，道士急起而遁。见少女犹立床下，乘醉拉向北榻，公然拥卧。视床上，美人尚眠绣榻。顾韩曰：“君何太迂？”韩乃径登南榻，欲与狎亵，而美人睡去，拨之不转，因抱与俱寝。

天明，酒梦都醒，觉怀中冷物冰人，视之，则抱长石，卧青阶[20]下。急视徐，徐尚未醒，见其枕遗屙之石[21]，酣寝败厕中。蹶起，互相骇异，四顾，则一庭荒草、两间破屋而已。

校注

1 〔世家〕世代显贵的家族。《孟子·滕文公下》:“(陈)仲子,齐之世家也。”

2 〔托钵〕指僧徒向施主乞求布施,即俗所称之募化、化缘。

3 〔击剥之声〕叩门声。击,敲。剥,剥啄之声。

4 〔栖鹤东观〕即住在东观。栖鹤,据说道人修行得道者驾鹤而行,故道人宿止处,亦称栖鹤。观,道士所居称观。

5 〔地主〕当地的主人,即东道主。《左传·哀公十二年》:“夫诸侯之会,事既毕矣,侯伯致礼,地主归饩。”

6 〔野人〕即道士自己的谦称,意谓在野之人、草野之人。

7 〔居士〕信教之徒对世俗中人的敬称。

8 〔偃蹇〕傲慢。《左传·哀公六年》:“彼皆偃蹇,将弃子之命。”

9 〔海客遇之〕把道士当做江湖客相待。海客,浪迹四方的人。唐张固《幽闲鼓吹》:“丞相牛公(僧儒)应举,知于頔相之奇俊也,特诣襄阳求知,住数月两见,以海客遇之。”

10 〔道长〕道人中道高位尊者。此为对道士的敬称。

11 〔双肩承一喙〕意谓两肩扛着一张嘴。即白吃。

12 〔幸赐光宠〕有幸能得到赐宠光临。

13 〔下食〕本指准备食物。《吕氏春秋·报更》:“昔赵宣孟将上之绛,见骫桑之下,有饿人卧不能起者,宣孟止车,为之下食。”此处指布菜。

14 〔小进〕指饭后的茶点类。

15 〔媚曼〕同“靡曼”,纤弱柔美。《列子·周穆王》:“简郑卫之处子娥媌靡曼者,施芳泽,正蛾眉,设笄珥。”张湛注:“靡曼,柔弱也。”

16 〔侑酒〕劝酒。《周礼·天官·膳夫》:“以乐侑食。”注:“侑,犹劝也。”

17 〔既阕〕谓乐曲终了。阕,古乐曲中一段谓一阕。

18 〔悬爵促釂（jiào 叫）〕举杯请人干杯。悬爵，举杯。促釂，请人干杯。

19 〔螺钿（diàn 店）之床〕用贝壳薄片镶嵌各种图案的床榻。螺钿，亦作“钿螺”。《说郛》卷八十引宋无名氏《谢氏诗源》：“花有银色若钿螺，及结实皆银也。”

20 〔青阶〕有青苔的石阶。

21 〔遗屙之石〕指便坑旁的垫脚石。遗屙，指大便。石，据青柯亭本改，原抄本为“右”。

胡 氏

直隶[1]有巨家，欲延师[2]，忽一秀才，踵门自荐，主人延入，词语开爽，遂相知悦。秀才自言胡氏，遂纳贽[3]馆之。胡课业[4]良勤，淹洽非下士等[5]。然时出游，辄昏夜始归，扃闭俨然，不闻款叩，而已在室中矣，遂相惊以狐。然察胡意固不恶，优重之，不以怪异废礼。胡知主人有女，求为姻好，屡示意，主人伪不解。一日，胡假而去。次日，有客来谒，絷黑卫[6]于门，主人逆而入。年五十余，衣履鲜洁，意甚恬雅，既坐，自达，始知为胡氏作冰[7]。主人默然，良久曰："仆与胡先生交已莫逆[8]，何必婚姻？且息女[9]已许字矣，烦代谢先生。"客曰："确知令嫒待聘，何拒之深？"再三言之，而主人不可。客有惭色，曰："胡亦世族，何遽不如先生！"主人直告曰："实无他意，但恶非其类耳。"客闻之怒，主人亦怒，相侵益亟。客起，抓主人，主人命家人杖逐之，客乃遁，遗其驴，视之，毛黑色，批耳修尾[10]，大物也。牵之不动，驱之则随手而蹶，嘤嘤然草虫耳[11]。主人以其言忿，知必相仇，戒备之。

次日，果有狐兵大至，或骑或步，或戈或弩，马嘶人沸，声势汹汹，主人不敢出。狐声言火屋，主人益惧。有健者率家人噪出，飞石、施箭，两相冲击，互有夷伤[12]。狐渐靡，纷纷引去，遗刀地上，亮如霜雪，近拾之，则高粱叶也。众笑曰："技止此耳！"然恐其复至，益备之。明日，众方聚语，忽一巨人自天而降，高丈余，身横数尺，挥大刀如门，逐人而杀。群操矢、石多击之，颠踣而毙，则刍灵[13]耳。众益易之。狐三日不复来，众亦稍懈。主人适登厕，俄见狐兵张弓挟矢而至，乱射之，矢集于臀，大惧，急喊，众奔斗，狐方去，拔矢视之，皆蒿梗。如此月余，去来不常，虽不甚害，而日日戒严，主人患苦之。

一日，胡生率众至，主人身出。胡望见，避于众中，主人呼之，不得已乃出。主人曰："仆自谓无失礼于先生，何故兴戎[14]？"群狐欲射，胡止之。主人近握其手，邀入故斋，置酒相款，从容曰："先生达人，当相见谅，以我情好，宁不乐附婚姻！但先生车马宫室[15]，多不与人同，弱女相从，即先生当知其不可。且谚云：'瓜果之生摘者，不适于口[16]。'先生何取焉！"胡大惭。主人曰："无伤，旧好固在，如不以尘浊见弃，在门墙[17]之幼子，年十五矣，愿得坦腹床下[18]，不知有相若者否？"胡喜，曰："仆有弱妹，少公子一岁，颇不陋劣，以奉箕帚如何？"主人起拜，胡答拜。于是酬酢甚欢，前郤俱忘，命罗酒浆，遍犒从者，上下欢慰。乃详问里居，将以奠雁[19]，胡辞之。日暮继烛，醺醉乃去，由是遂安。年余，胡不至，或疑其约妄，而主人坚待之。又半年，胡忽至，既道温凉已，乃曰："妹子长成矣。请卜良辰，遣侍翁姑[20]。"主人喜，即同订期而去。至夜，果有舆马送新妇至，奁妆丰盛，设室中几满。新妇见姑嫜，温丽异常，主人大喜。胡生与一弟来送女，谈吐俱风雅，又善饮，天明乃去。新妇且能预知年岁丰凶，故谋生之计，皆取则[21]焉。胡生兄弟以及胡媪时来望女，人人皆见之。

校注

1 〔直隶〕旧省名。明成祖迁都北京，以北平为直隶。清初置直隶省。
2 〔延师〕即聘请塾师。延，聘请。
3 〔纳贽〕赠送给胡秀才聘金。贽，初见师之礼品。
4 〔课业〕讲授的课程。
5 〔"淹洽"句〕谓学识渊博精深，并非一般秀才所能比。下士，谓学识见闻最次的读书人。
6 〔黑卫〕黑驴子。卫，驴子的代称。
7 〔作冰〕做媒。
8 〔交已莫逆〕已经是莫逆之交。莫逆，彼此同心相契，无所忤违。《庄子·大宗师》："(子祀、子舆、子犁、子来)四人相视而笑，莫逆于心，遂相与为友。”

9 〔息女〕犹言所生之女。《史记·高祖本纪》：“臣有息女，愿为季箕帚妾。”正义：“息，生也。”

10 〔批耳修尾〕尖耳长尾的好驴子。批，指尖如竹削。杜甫《房兵槽适马诗》：“竹批双耳峻。”

11 〔喓喓（yāoyāo 要要）然草虫耳〕喓喓，虫鸣之声。草虫，即蝈蝈。《诗经·召南·草虫》：“喓喓草虫，趯趯阜螽。”

12 〔夷伤〕创伤。夷，义同伤。《左传·成公十六年》：“子反命军吏察夷伤。”

13 〔刍灵〕古代殉葬用品，即扎成的草人。详见卷一《莲香》注。

14 〔兴戎〕兴兵动武。戎，兵器。《尚书·大禹谟》：“惟口出好兴戎。”

15 〔宫室〕此指房屋、住宅。

16 〔“瓜果”句〕即强摘的瓜不甜。

17 〔在门墙〕犹言在你的门下受业。门墙，师门。详见卷一《娇娜》注。

18 〔坦腹床下〕谓做胡生之婿。此典用《世说新语·雅量》中王羲之东床坦腹卧之事：郗鉴太傅致书丞相王导求婿。王导请他到东厢任意选之。其他诸子皆“矜持”，惟王羲之东床坦腹若无其事。郗选中羲之。以后即成此典故。

19 〔奠雁〕古婚礼，新郎到新娘家亲迎时，先献大雁以为贽。奠，进献。《仪礼·士昏礼》：“主人升，西面；宾升，北面。奠雁，再拜稽首。”

20 〔翁姑〕下文之“姑嫜”，皆指公婆。

21 〔取则〕以为准则。

戏 术

有桶戏者，桶可容升，无底，中空，亦如俗戏[1]。戏人以二席置街上，持一升入桶中旋出，即有白米满升，倾注席上，又取又倾，顷刻两席皆满，然后一一量入，毕而举之，犹空桶。奇在多也。

利津李见田[2]，在颜镇[3]闲游陶场，欲市巨瓮，与陶人争直，不成而去。至夜，窑中未出者六十余瓮，启视一空。陶人大惊，疑李，踵门求之，李谢不知，固哀之，乃曰："我代汝出窑，一瓮不损，在魁星楼[4]下非与？"如言往视，果一一俱在。楼在镇之南山[5]，去场三里余。佣工运之，三日乃尽。

校注

1　〔俗戏〕即指民间流传的戏法，今谓之魔术。

2 〔利津李见田〕利津，县名。清属山东省武定府，治所在今之山东省利津县。李见田，即利津县李登仙，字见田。幼年即习占卜之术，长而游于燕、赵、齐鲁间，往往言多奇中，为时人号曰李神仙。康熙十一年（1672）八十二岁卒。

3 〔颜镇〕镇名，即颜神镇，亦称颜山，以颜文姜祠而得名。清初隶益都县，雍正十三年（1735）设博山县，县治即设于此。今之山东省淄博市博山区。该地陶瓷业历史悠久，现被称为我国三大瓷都之一。

4 〔魁星楼〕中国古代神话中的主文运、文章的奎星。奎星，是中国古代天文学中二十八宿之一。东汉纬书《孝经援神契》中有"奎主文章"之说，后世遂附会为神，建奎星阁，并塑神像以崇祀之，视为主文章兴衰之神；科举考试则奉为主中式之神，并改"奎星"为"魁星"。颜神镇魁星楼，在现之淄博市博山区峨眉山（当地民间称南山），即今之淄博市第一医院与疗养院所在地，但魁星楼现已不复存在。

5 〔南山〕即今之博山区峨眉山。现已在山上建村，名之峨眉村。

丐 僧

济南一僧，不知何许人[1]。赤足，衣百衲[2]，日于芙蓉、明湖诸馆[3]诵经抄募[4]。与以酒食、钱、粟，皆弗受；叩所需，又不答，终日未尝见其餐饭。或劝之曰："师既不茹荤[5]酒，当募山村僻巷中，何日日往来于膻闹[6]之场？"僧合眸讽诵[7]，睫毛长指许，若不闻。少选，又语之。僧遽张目厉声曰："要如此化！"又诵不已。久之，自出而去。或从其后，固诘其必如此之故，走不应，叩之数四，又厉声曰："非汝所知！老僧要如此化！"积数日，忽出南城，卧道侧如僵，三日不动。居民恐其饿死，贻累近郭，因集劝他徙；欲饭，饭之；欲钱，钱之，僧瞑然不应。群摇而语之，僧怒，于衲中出短刀，自剖其腹；以手入内，理肠于道，而气遂绝。众骇，告郡[8]，藁葬[9]之。异日为犬所穴[10]，席见[11]，踏之似空；发视之，席封如故，犹空茧然。

校注

1 〔何许人〕谓何处人。陶潜《五柳先生传》:“先生不知何许人也。”

2 〔百衲〕即百衲衣，僧衣。百衲，言其拾取众多碎布补缀而成。唐皇甫冉《题昭上人房》诗:“沃州传教后，百衲老空床。”

3 〔芙蓉、明湖诸馆〕谓济南旧城之芙蓉街、大明湖，两处邻近，为当时繁华区，沿街设有诸多茶馆酒楼。

4 〔抄募〕指僧人化缘。

5 〔不茹荤〕谓不吃腥膻的东西。意即吃素食。

6 〔膻闹〕谓到处是膻腥之物充斥着。此为修道者认为不洁净者。

7 〔讽诵〕指诵读经文。

8 〔郡〕明清作为府的别称。此处指知府衙门。

9 〔藁葬〕指简单地埋葬了。

10 〔为犬所穴〕谓指葬所被狗扒穿了洞。穴，穿洞。

11 〔见〕通“现”，露出来。

伏狐

太史[1]某，为狐所魅[2]，病瘠。符禳[3]既穷，乃乞假归，冀可逃避。太史行，而狐从之，大惧，无所为谋。一日，止于涿[4]，门外有铃医[5]，自言能伏狐。太史延之入，投以药，则房中术[6]也。促令服讫，入与狐交，锐不可当。狐辟易[7]，哀而求罢；不听，进益勇。狐展转营脱，苦不得去，移时无声。视之，现狐形而毙矣。

昔余乡某生者，素有嫪毐之目[8]，自言生平未得一快意。夜宿孤馆，四无邻。忽有奔女，扉未启而已入；心知其狐，亦欣然乐就狎之。襟襦甫解，贯革直入。狐惊痛，啼声吱然，如鹰脱韝[9]，穿窗而去。某犹望窗外作狎昵声，哀唤之，冀其复回，而已寂然矣。此真讨狐之猛将也！宜榜门[10]驱狐，可以为业。

校注

1 〔太史〕明清史馆之事，多由翰林院兼职；故明清以太史为翰林院官员的别称。

2 〔魅〕意通“媚”，迷惑。唐元稹《古社》诗：“唯有空心树，妖狐藏魅人。”

3 〔符禳〕谓方士用符箓与禳解之法驱除邪祟。

4 〔涿〕指河北省涿县境内。

5 〔铃医〕亦称“串铃医生”。即为摇铃走街穿巷的江湖医生。

6 〔房中术〕《汉书·艺文志》有《容城阴道》等房中八家，一百八十六卷，其书已佚。本为道家房中节欲，养生保气之术；后世的方术之士专为言男女媾合之类的方药，称为房中术。

7 〔辟易〕惊避，退缩。《史记·项羽本纪》：“是时赤泉侯为骑将，追项王，项王瞋目叱之，赤泉人马俱惊，辟易数里。”

8 〔有嫪毐（làoǎi 涝蔼）之目〕谓有大阴男子之称。嫪毐，《史记·秦始皇本纪》载：嫪毐为战国末秦相吕不韦的舍人，由吕不韦以大阴进淫欲过盛之秦太后。始皇八年，封为长信侯，操纵朝政大权，“事无大小皆决于毐，又以河西太原郡更为毐国”。始皇九年，嫪毐作乱被诛，夷三族，用齐人茅焦之说，迁太后于雍。吕不韦坐嫪毐案免。

9 〔脱韝（gōu 沟）〕摆脱羁绊。韝，革制的袖套。驾鹰时，将其套于臂上。又作“鞲”，卷四《西湖主》有“一臂青鞲”。

10 〔榜（bǎng 绑）门〕谓张贴广告之意。《后汉书·崔骃传附崔烈》：“灵帝时，开鸿都门榜卖官爵。”门榜与榜门通。

蛰龙

於陵曲银台[1]公，读书楼上，值阴雨晦暝[2]，见一小物，有光如萤，蠕蠕登几，过处，辄黑如蚰[3]迹，渐盘卷上，卷亦焦。意为龙，乃捧卷送之，至门外，持立良久，蠖屈[4]不少动。公曰："将无谓我不恭？"执卷返，仍置案上，冠带长揖[5]而后送之。方至檐下，但见昂首乍伸[6]，离卷横飞，其声嗤然，光一道如缕，数步外，回首向公，则头大于瓮，身数十围矣，又一折反，霹雳震惊，腾霄而去。回视所行处，盖曲曲自书笥中出焉。

校注

1 〔於（wū 乌）陵曲银台〕嘉庆辛酉《长山县志》载：曲迁乔，号带溪，明万历五年丁丑（1577）进士。由沁水县知县，荐工科给事中，历户、礼、刑三科，晋按察使，迁广西右布政使，官至通政使司通政使。著有《光裕堂文集》行于

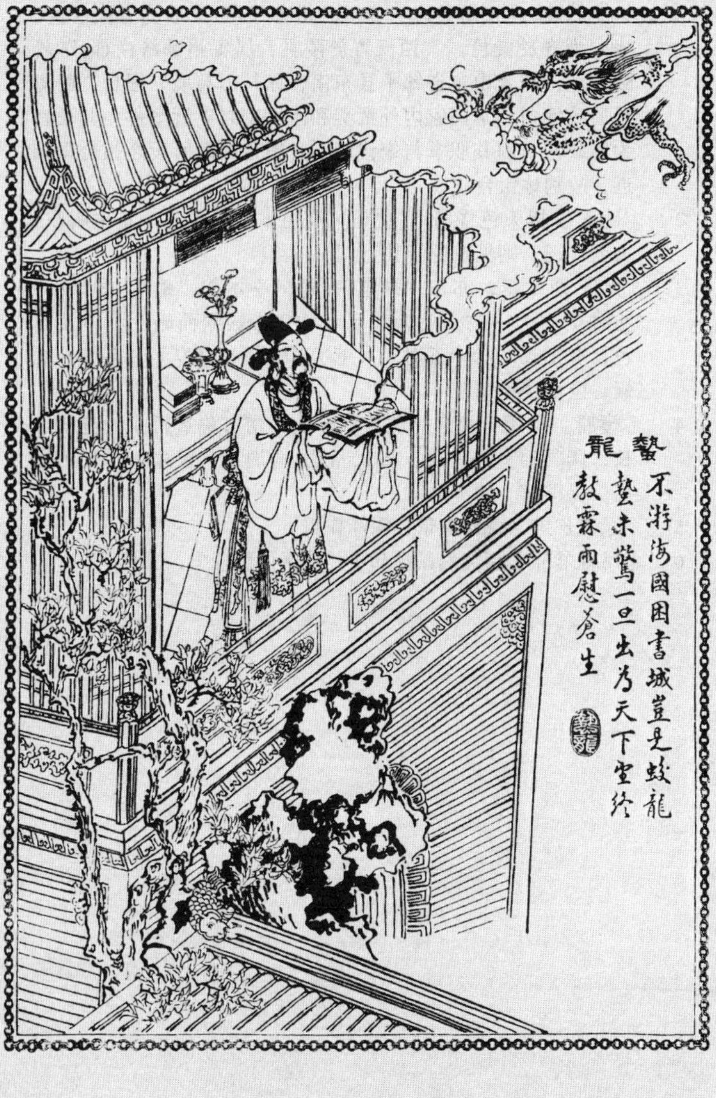
蟄龍
不游海國困書城豈是蛟龍
蟄未驚一旦出為天下宝終
教霖雨慰蒼生

世。於陵，《长山县志》卷一“沿革”载：“周为齐夫于邑，战国为齐於陵邑。”“西汉置於陵县，属青州部济南郡。”於陵古址，在今山东省邹平县东南，原长山县境。银台，明清置通政使司，掌国家内外章奏和臣民密封申诉案件，其长官为通政使。因其职掌与宋代门下省银台门内所设之银台司相近，故别称银台。

2 〔晦暝〕指天色昏暗。《史记·高祖本纪》：“是时雷电晦暝，太公往视，则见蛟龙于其上。”

3 〔蚰〕即蚰蜒，亦作“蚰蜑”。青柯亭本作“蚰”，即蚰蟮，与蚰蜒同为一物。此为节足动物，像蜈蚣而略小，体黄褐色，有细长的脚十五对。汉王逸《九思·哀岁》：“巷有兮蚰蜒，邑多兮螳螂。”

4 〔蠖屈〕尺蠖，虫名。北方称步曲，南方称造桥虫。身体细长，爬行时一屈一伸，如尺量物。《周易·系辞》：“尺蠖之屈，以求信（伸）也。”

5 〔冠带长揖〕戴帽束带，深深作揖。

6 〔昂首乍伸〕指突然昂扬起头，伸展体躯。乍，骤然。

苏仙

高公明图知郴州[1]时，有民女苏氏浣衣于河。河中有巨石，女踞其上。有苔一缕，绿滑可爱，浮水漾动，绕石三匝[2]。女视之心动，既归而娠，腹渐大。母私诘之，女以情告，母不能解。数月，竟举[3]一子。欲置隘巷[4]，女不忍也，藏诸椟[5]而养之。遂矢志不嫁，以明其不二也。然不夫而孕，终以为羞。

儿至七岁，未尝出以见人。儿忽谓母曰："儿渐长，幽禁何可长也？去之，不为母累。"问所之，曰："我非人种，行将腾霄昂壑[6]耳。"女泣询归期，答曰："待母属纩[7]，儿始来。去后倘有所需，可启藏儿椟索之，必能如愿。"言已，拜母径去，出而望之，已杳矣。女告母，母大奇之。女坚守旧志，与母相依，而家益落。偶缺晨炊，仰屋无计，忽忆儿言，往启椟，果得米，赖以举火[8]。由是，有求辄应。逾三年，母病卒，一切葬具，皆取给于椟。既葬，女独居三十年，未尝窥户，一日，邻妇乞火者，见其兀坐空闺，语移时始去。居无何，忽见彩云绕女舍，亭亭如盖，中有一人，盛服立，审视，则苏女也。回翔久之，渐高不见。邻人共疑之，窥诸其室，见女靓妆[9]凝坐，气则已绝。众以其无归[10]，议为殡葬。忽一少年入，丰姿俊伟，向众申谢。邻人向亦窃知女有子，故不之疑。少年出金葬母，植二桃于墓，乃别而去。数步之外，足下生云，不可复见。后桃结实甘芳，居人谓之"苏仙桃"。树年年华茂，更不衰朽。官是地者，每携实以馈亲友。

校注

1 〔郴（chēn 琛）州〕州名。清代直隶州，属湖南，治所今湖南省郴县。

2 〔匝（zā 扎）〕指环绕一周。

3 〔举〕指生育。

4 〔置隘巷〕指抛弃到小巷子中。《诗经·大雅·生民》："诞置之隘巷，牛羊腓字之。"

5 〔椟〕木柜，木匣。

6 〔腾霄昂壑〕原作"耸壑昂霄"，谓从山谷中耸身跃出，飞腾于云霄间。

7 〔属（zhǔ 主）纩〕谓将死时。《礼记·丧大记》："属纩以俟绝气。"详见卷一《祝翁》注。

8 〔举火〕生火做饭。此指维持生计。

9 〔靓（jìng 敬）妆〕盛妆。《文选·司马相如〈上林赋〉》："靓妆刻饰，便嬛绰约。"注引郭璞："靓妆，粉白黛黑也。"

10 〔无归〕未嫁，故无归葬。

李伯言

李生伯言，沂水[1]人，抗直有肝胆[2]。忽暴病，家人进药，却之曰："吾病非药饵可疗，阴司阎罗缺，欲吾暂摄其篆[3]耳。死，勿埋我，宜待之。"是日果死，驺从[4]导去，入一宫殿，进服冕[5]，隶胥祗候甚肃[6]，案上簿书丛沓[7]。一宗，江南[8]某，稽生平所私良家女八十二人。鞫之，佐证不诬[9]，按冥律，宜炮烙[10]。堂下有铜柱，高八九尺，围可一抱，空其中而炽炭焉，表里通赤。群鬼以铁蒺藜[11]挞驱使登，手移足盘而上，甫至顶，则烟气飞腾，崩然一响如爆竹，人乃堕，团伏移时，始复苏。又挞之，爆堕如前。三堕，则匝地如烟而散，不复能成形矣。又一起，为同邑王某，被婢父讼盗占生女。王即生姻家[12]。先是，一人卖婢，王知其所来非道，而利其直廉，遂购之。至是，王暴卒。越日，其友周生遇于途，知为鬼，奔避斋中，王亦从入。周惧而祝，问所欲为，王曰："烦作见证于冥司耳。"惊问："何事？"曰："余婢实价购之，今被诬控。此事君亲见之，惟借季路一

李伯言
抗直無阿
鬼使迎一存
私念火生楹
從知陰律難
寬假不似人
間可狗猜

言[13]，无他说也。”周固拒之。王出曰：“恐不由君耳。”未几，周果死，同赴阎罗质审[14]。李见王，隐存左袒[15]意，忽见殿上火生，焰烧梁栋。李大骇，侧足立[16]。吏急进曰：“阴曹不与人世等，一念之私不可容。急消他念，则火自熄。”李敛神寂虑，火顿灭。已而鞫状，王与婢父，反复相苦。问周，周以实对。王以故犯论笞，笞讫，遣人俱送回生。周与王皆三日而苏。李视事毕，舆马而返，中途见阙头断足者数百辈，伏地哀鸣。停车研诘，则异乡之鬼，思践故土，恐关隘阻隔，乞求路引[17]。李曰：“余摄任三日，已解任矣，何能为力？”众曰：“南村胡生，将建道场[18]，代嘱可致。”李诺之。至家，驺从都去，李乃醒。

胡生字水心，与李善，闻李再生，便诣探省。李遽问：“清醮[19]何时？”胡讶曰：“兵燹[20]之后，妻孥瓦全[21]，向与室人作此愿心，未向一人道也。何由知之？”李具以告。胡叹曰：“闺房一语，遂播幽冥，可惧哉！”乃敬诺而去。次日，如王所。王犹惫卧，见李，肃然起敬，申谢佑庇，李曰：“法律不能宽假[22]，今幸无恙乎？”王云：“已无他症，但笞创脓溃耳。”又二十余日始痊。臀肉腐落，瘢痕如杖者。

异史氏曰：“阴司之刑，惨于阳世，责亦苛于阳世。然关说不行，则受惨酷者不怨也。谁谓夜台[23]无天日哉！第恨无火烧临民之堂廨[24]耳。”

校注

1 〔沂水〕县名。详见卷一《地震》注。

2 〔抗直有肝胆〕抗直，刚直不阿。有肝胆，谓对人以肝胆相照，言其对人诚实守信。

3 〔摄（shè 涉）其篆〕又“摄任”。详见卷一《考城隍》注。

4 〔驺从（zōucóng 邹丛）〕指达官出行时的前后侍从。此指阴司的侍卫。

5 〔服冕〕同“冕服”。古代大夫以上的礼冠与服饰。此指阎罗冠服。冕，冠之别号。

6 〔隶胥祗（zhī 只）候甚肃〕指阴司吏役恭候，气氛非常严肃。隶，衙役。胥，指小吏。祗，恭候侍候。

7 〔簿书丛沓〕谓文书多而杂乱。簿书，官府文书。《汉书·礼乐志》：“盗者取庙器，而大臣特以簿书不报期会为乱。”丛沓，多而杂乱之貌。柳宗元《永州刺史崔公墓志》：“政令烦挐，贡奉丛沓。”

8 〔江南〕指清初所置江南省。详见卷一《新郎》注。

9 〔佐证不诬〕谓证据确实。

10 〔炮烙〕亦作“炮格”。相传为殷纣王所用的一种酷刑。《荀子·议兵》：“纣刳比干，囚箕子，为炮格刑。”裴骃在集解《史记·殷本纪》时引《列女传》：“膏铜柱，下加之炭，令有罪者行焉，辄堕炭中。妲己笑，名曰炮格之刑。”后人将格改为“烙”。此借指阴司中的刑律。

11 〔铁蒺藜〕据史书记载，此为铁制成的带刺的障碍物，为却兵守城池之用。《六韬·军用》：“狭路微径，张铁蒺藜。”《明史·陶鲁传》：“布铁蒺藜刺于外，城守大固。”据文中所言决非这种用于军事的铁蒺藜，似为民间所俗称之蒺藜棵子。作者将其改为铁蒺藜用为阴司的一种刑具。因史书不载，暂存待考。

12 〔姻家〕儿女亲家。

13 〔惟借季路一言〕只有借重你的一句诚实的话，证明我是被人诬告的。季路，孔子弟子仲由，字子路，一字季路。孔子曾说他：“片言可以折狱。”朱熹集注说：“片言，半言。折，断也。子路决信明决，故言出而人信服之，不待其辞之毕也。”王某是要周出面作证买婢之为主，而非强占，以减轻其罪。

14 〔质审〕质对审讯。

15 〔左袒〕意指偏袒一方。《史记·吕太后本纪》、《孝文本纪》载：汉高祖刘邦死后，吕后擅政，大封吕氏以培植势力。吕后死，太尉周勃谋诛诸吕，行令军中说：“为吕氏右袒，为刘氏左袒。”军中皆左袒。袒，指袒露一臂。后遂以左袒，称偏袒一方。

16 〔侧足立〕侧着身子站立表示恭敬之意。

17 〔路引〕通行证。

18 〔道场〕释道二教称诵经礼拜的场所。《南史·隐逸传下·庾诜》：“晚年尤遵释教，宅内立道场，环绕礼忏，六时不辍。”

19 〔清醮〕谓道士设坛祈祷。明汤显祖、吕硕园《还魂记·魂游》：“这等呵，清醮坛上今夜好，敢将香火助真仙。”

20 〔兵燹（xiǎn 险）〕谓战乱中所造成的烧杀破坏。

21 〔瓦全〕喻苟全生命。《北齐书·元景安传》：“大丈夫宁可玉碎，不能瓦全。”此处指历战争之难，生命保全。

22 〔宽假〕宽容。

23 〔夜台〕此谓阴间。本指墓穴。李白《哭宣城善酿纪叟》：“夜台无晓月，沽酒与何人？”

24 〔堂廨〕衙署。堂，官衙中正厅。廨，官舍。

黄九郎

何师参，字子萧，斋于苕溪[1]之东，门临旷野。薄暮偶出，见妇人跨驴来，少年从诸其后。妇约五十许，意致清越[2]。转视少年，年可十五六，丰采过于姝丽。何生素有断袖之癖[3]，睹之，神出于舍[4]。翘足目送，影灭方归。次日，早伺之。落日冥蒙[5]，少年始过。生曲意承迎，笑问所来，答以"外祖家"。生请过斋少憩，辞以"不暇"，固曳之，乃入，略坐兴辞，坚不可挽。生握手送之，殷嘱便道相过，少年唯唯而去。

生由是凝思如渴，往来眺注，足无停趾。一日，日衔半规[6]，少年欻至。大喜，要入，命馆童行酒。问其姓字，答云："黄姓，第九，童子无字[7]。"问："过往何频？"曰："家慈[8]在外祖家，常多病，故数省之。"酒数行，欲辞去，生捉臂遮留[9]，下管钥[10]。九郎无如何，赪颜复坐[11]。挑灯共语，温若处子，而词涉游戏，便含羞面向壁。未几，引与同衾。九郎不许，坚以睡恶[12]为辞。强之再三，乃解上下衣，着裤卧床上。何灭烛，少时，移与同枕，曲肘加髀而狎抱之，苦求私昵。九郎怒曰："以君风雅士，故与流连。乃此之为，是禽处而兽爱[13]之也！"未几，晨星荧荧，九郎径去。生恐其遂绝，复伺之，蹀踱凝盼，目穿北斗。过数日，九郎始至。喜逆谢过，强曳入斋，促坐笑语，窃幸其不念旧恶。无何，解履登床，又抚哀之。九郎曰："缠绵之意，已镂肺膈[14]。然亲爱何必在此？"生甘言纠缕，但求一亲玉肌，九郎从之。生俟其睡寐，潜就轻薄。九郎醒，揽衣遽起，乘夜遁去。生悒悒若有所失，忘啜废枕[15]，日渐瘁悴，惟日使斋童逻侦焉。一日，九郎过门，即欲径去，童牵衣入之。见生清癯，大骇，慰问。生实告以情，泪涔涔，随声零落。九郎细语曰："区区之意，实以相爱无益于弟，而有害于君，故不为也。君既乐之，仆何惜焉。"生大悦。九郎去后，病顿减，数日平复。九郎果至，遂相缱绻。曰："今勉承君意，幸勿以此为常。"既而曰："欲有所求，肯为力乎？"问之，答曰："母患心痛，惟太医[16]齐野王先天丹可疗。君与善，当能求之。"生诺之。临去又嘱。生入城求药，及暮付之。九郎喜，上手[17]称谢。又强与合，九郎曰："勿相纠缠，请为君图一佳人，胜弟万万矣。"生问："谁？"九郎曰："有表妹，美无伦[18]。倘能垂意，当执柯斧[19]。"生微笑不答。九郎怀药便去，三日乃来，复求药，生恨其迟，词多诮让[20]。九郎曰："本不忍祸君，故疏之，既不蒙见谅，请勿悔焉。"则是燕会[21]无虚夕，凡三日必一乞药。齐怪其频，曰："此药未有过三服者，胡久不瘥？"因裹三剂并授之。又顾生曰："君神色黯淡，病乎？"曰："无。"脉之，惊曰："君有鬼脉[22]，病在少阴[23]。不自慎者殆矣。"归语九郎。九郎叹曰："良医也。我实狐，久恐不为君福。"生疑其诳，藏其药，不以尽予，虑其弗至也。居无何，果病，延齐诊视，曰："曩不实言，今魂气已游墟莽[24]，秦缓[25]何能为力？"九郎日来省侍，曰："不听吾言，果至于此。"生寻死，九郎痛哭而去。

先是，邑有某太史，少与生共笔砚，十七岁擢翰林[26]。时秦藩[27]贪暴，而赂通朝士，无有言者。公抗疏[28]劾其恶，以越俎[29]免。藩升是省中丞[30]，日伺公隙。公少有英称，曾邀叛王青盼[31]。因购得旧所往来札，胁公，公惧，自经，夫人亦投缳死。公越宿忽醒，曰："我何子萧也。"诘之，所言皆何家事，方悟其借躯返魂。留之不可，出奔旧舍。抚疑其诈，必欲排陷之，使人索千金于公。公伪诺，而忧闷欲绝，忽通九郎至，喜共话言，悲欢交集。既欲复狎，九郎曰："君有三命焉。"公曰："余悔生劳，不如死逸。"因诉冤苦。九郎悠忧以思，少间曰："幸复生聚，君旷[32]无偶，前言表妹慧丽多谋，必能分忧。"公欲一见颜色。曰："不难。明日将取伴老母，此道所经。君伪为弟也兄[33]者，我假渴而求饮焉，君曰'驴子亡'，则诺也。"计已而别。明日停午[34]，九郎果从女郎经门外过。公拱手絮絮与语，略睨女郎，娥眉秀曼[35]，诚仙人也。九郎索茶，公请入饮，九郎曰："三妹勿讶，此兄盟好，不妨少休止。"扶之而下，系驴于门而入。公自起瀹茗[36]，因目九郎曰："君前言不足以尽，今得死所矣[37]。"女似悟其言之为己者，离榻起立，嘤喔而言曰："去休。"公外顾曰："驴子其亡。"九郎火急驰去。公拥女求合，女颜色紫变，窘若囚拘，大呼："九兄！"不应。曰："君自有妇，何丧人廉耻也！"公自陈无室。女曰："能矢山河[38]，勿令秋扇见捐[39]，则惟命是听。"公乃誓以皦日，女不复拒。事已，九郎至，女色然怒让之[40]。九郎曰："此何子萧，昔之名士，今之太史，与兄最善，其人可依。即闻诸妗氏，当不相见罪。"日向晚，公要遮不听去，女恐姑母骇怪，九郎锐身自任，跨驴径去。

居数日，有妇携婢过，年四十许[41]，神情意致，雅似三娘。公呼女出窥，果母也。瞥睹女，怪问："何得在此？"女惭不能对。公邀入，拜而告之，母笑曰："九郎稚气，胡再不谋？"女自入厨下，设食供母，食已乃去。公得丽偶，颇快心期[42]，而恶绪萦怀，恒蹙蹙有忧色。女问之，公缅述颠末[43]。女笑曰："此九兄一人可得解。君何忧？"公诘其故，女曰："闻抚公溺声歌而比顽童[44]，此皆九兄所长也。投所好而献之，怨可消，仇亦可复。"公虑九郎不肯，女曰："但请哀之。"越日，公见九郎来肘行而逆之，九郎惊曰："两世之交，但可自效，顶踵[45]所不敢惜，何忽作此态向人？"公具以谋告，九郎有难色。女曰：“妾失身[46]于郎，谁实为之？脱令中途凋丧[47]，焉置妾也？”九郎不得已，诺之。公卒与谋[48]，驰书于所善之王太史，而致九郎焉。王会其意，大设，招抚公饮，命九郎饰女妆，作天魔舞[49]，宛然美女。抚惑之，亟请[50]于王，欲以重金购九郎，惟恐不得当。王故沉思，似难之，迟之又久，始将公命以进。抚喜，前郤顿释。自得九郎，动息[51]不相离，侍妾十余，视同尘土。九郎饮食供具如王者，赐金万计。半年，抚公病，九郎知其去冥路近也，遂辇金帛，假归公家。既而抚公薨。九郎出资起屋、置器，畜婢仆，母子及妗并家焉。九郎出，舆马甚都[52]，人不知其狐也。余有“笑判[53]”并志之：

男女居室，为夫妇之大伦[54]；燥湿互通，为阴阳之正窍[55]。迎风待月[56]，尚有荡检[57]之讥；断袖分桃[58]，难免掩鼻之丑。人必力士，鸟道乃敢生开[59]；洞非桃源，渔篙宁许误入[60]？今某从下流而忘反，舍正路而不由[61]。云雨未兴[62]，辄尔上下其手；阴阳反背，居然表里为奸。华池置无用之乡，谬说老僧入定[63]；蛮洞乃不毛之地，遂使眇帅称戈[64]。系赤兔于辕门，如将射戟[65]；探大弓于国库[66]，直欲斩关。或是监内黄鳣，访知交于昨夜[67]；分明王家朱李，索钻报于来生[68]。彼黑松林戎马频来，固相安矣；设黄龙府潮水忽至，何以御之[69]？宜断其钻刺之根，兼塞其送迎之路[70]。

校注

1　〔苕（tiáo 条）溪〕又名苕水，在浙江吴兴县境。有两源，东西苕溪分别源于浙江天目山南北，至湖州附近，会合注入太湖。

2　〔意致清越〕谓神情姿态，清雅出众。意致，指神态风度。徐陵《与李那书》："至于披文相质，意致纵横，才壮风云，义深渊海。"清越，清秀出众。《南史・贞惠世子方诸传》："风采清越，特为元帝所爱。"

3　〔断袖之癖〕谓宠好男色。《汉书・董贤传》："（董贤）常与上卧起。尝昼寝，偏藉上袖，上欲起，贤未觉，不欲动贤，乃断袖而起。"

4　〔神出于舍〕本指人的魂（神）离开躯体。此谓心神不定。神，心神。舍，人的躯体。舍，据二十四卷本，原抄本为"是"。

5　〔冥蒙〕指旷野昏暗迷蒙。《文选・左思〈吴都赋〉》："旷瞻迢递，回眺冥蒙。"

6　〔日衔半规〕谓太阳一半落下西山。半规，指圆规的一半，喻一半的落日。《文选・谢灵运〈游南亭〉》诗："密林含余清，远峰隐半规。"

7　〔童子无字〕谓现在还年幼，没有表字。字，表字。《礼记・曲礼上》："男子二十，冠而字……女子许嫁，笄而字。"《礼记・檀弓上》："幼名，冠字。"故古时未成年男子只有名和乳名。

8　〔家慈〕即慈母。俗有严父慈母之称。

9　〔遮留〕阻挡，挽留。《北史・唐永传》："萧宝夤表永为南幽州刺史，夷人送故者莫不垂泪，当路遮留。"

10　〔下管钥〕即上锁，关门。

11　〔赪（chēng 撑）颜复坐〕谓红着脸面坐下。赪，红色。赪颜，指羞惭的表情。

12　〔睡恶〕睡相不好，有时做噩梦说呓语。

13 〔禽处而兽爱〕这是禽兽相处和畜类的相爱呢。

14 〔镂肺膈〕谓铭记心中。肺膈，犹肺腑。

15 〔忘啜废枕〕谓废寝忘食。啜，饮，吃。

16 〔太医〕元明清三朝设太医院，凡在其中供职的医生称太医。后来也用于对医生的敬称。

17 〔上手〕拱手。表示谢意。

18 〔无伦〕无与伦比。《庄子·则阳》："精至于无伦，大至于不可围。"

19 〔执柯斧〕同"执柯"，即做媒。柯，斧柄。详见卷一《婴宁》注。执，铸雪斋本作"报"。

20 〔诮（qiào 俏）让〕责备。

21 〔燕会〕此指幽会。

22 〔鬼脉〕言其将死之征兆。十二经脉中，实无鬼脉之说，此为小说家言。

23 〔少阴〕即指十二经脉中的少阴经，主肾。肾为命门，人先天之本。

24 〔魂气已游墟莽〕谓人的精气已经消散殆尽，元气尽则人将死。魂气，即元气。墟莽，荒坟、野草间。

25 〔秦缓〕春秋时秦国名医。《左传·成公十年》："（晋景公）疾病，求医于秦，秦伯使医缓为之。"秦缓诊断晋景公已病入膏肓，不可医治。晋景公称他为"良医"。

26 〔翰林〕翰林之称，始于唐初，为内廷供奉官员，历代沿置。明清翰林院职掌编修国史，写皇帝起居注，向皇帝进讲经书、起草册立、封诰碑志等文章。翰林院长官称掌院学士，由大学士、尚书中特派。掌院学士之下设侍读学士、侍讲学士、侍读、侍讲以及修撰、编修、检讨和学习性质的庶吉士，自学士以下，通称翰林。翰林院官员必须是进士出身，非科第出身者不得进入。其中修撰一职是一甲一名（即状元）的专职，编修是一甲二、三名（即榜眼、探花）的专职，检讨也必须是二甲进士。庶吉士是在庶常馆学习的新进士。翰林院官员虽然品级不高，但出路非常优越，因此受人重视。翰林可以考取御史、任主考、放学政，也可外放府道或转京堂卿贰。

27 〔秦藩〕秦地藩台，即陕西省的布政使。

28 〔抗疏〕谓上书陈述。疏，指呈送给皇帝的奏章。杜甫《秋兴》之三："匡衡抗疏功名薄，刘向传经心事违。"

29 〔越俎〕即越俎代庖。《庄子·逍遥游》："庖人虽不治庖，尸祝不越樽俎而代之矣。"谓超越自己的职权范围代办或包办。此指翰林无谏议弹劾的职权，抗疏劾其恶，此为越权。

30 〔中丞〕官名。汉代御史大夫的属官有两丞，其一称中丞。其职权为受公卿奏事，举劾案章。明设都察院，设左右都御史，职与御史中丞略同，因此又称大中丞或中丞。清代以右副都御史为巡抚兼衔，故巡抚又别称中丞。

31 〔邀叛王青盼〕意为曾经受到叛王的重视。邀，博得。青盼，意为以青眼相待；即看重。《世说新语·简傲》："(嵇)喜出户延之，不入。"注引《晋百官名》："(阮)籍能为青白眼，见凡俗之士，以白眼对之。及(嵇)喜往，籍不哭，见其白眼，喜不怿而退。(嵇)康闻之，乃赍酒挟琴而造之，遂相与善。"后来，即以受人重视为"青眼"，犹言另眼看待。

32 〔旷〕即"旷夫"，指无妻的成年男子。《后汉书·荀爽传》："通怨旷，和阴阳。"《孟子·梁惠王下》："当是时也，内无怨女，外无旷夫。"

33 〔伪为弟也兄者〕假说是我的哥哥。伪，假说。弟也兄者，意为弟弟(九郎自称)我的兄长。

34 〔停午〕通"亭午"，正午，中午。北魏郦道元《水经注·江水二》："(三峡)重岩叠嶂，隐天蔽日，自非停午夜分，不见曦月。"

35 〔娥眉秀曼〕清秀的美女。娥眉，指女子秀眉。秀曼，清秀而有光泽。

36 〔瀹茗〕烹茶。

37 〔今得死所矣〕我肯为美貌的女子而舍命。意为相中。

38 〔矢山河〕矢，同"誓"。意为指山河而发誓。犹为今生今世永不变心。陶潜《命子》诗："书誓山河，启土开封。"

39 〔勿令秋扇见捐〕谓不要像入秋的扇子一样把我抛弃。典出西汉女文学家班婕妤（jiéyú 洁于），其名不详，班固的祖姑。汉成帝即位，选入宫中，始为少使，后立为婕妤。后赵飞燕得宠，谗之，惧祸自求供养太后。成帝许其入长信宫侍奉。作《怨歌行》："新裂齐纨素，皎洁如霜雪。裁成合欢扇，团团似明月。出入君怀袖，动摇微风发。常恐秋节至，凉飚夺炎热。弃捐箧笥中，恩情中道绝。"后即以"秋扇"比喻妇女年老色衰见弃。

40 〔女色然怒让之〕指女子怒气见于颜色，而责备九郎。色然，脸变色。《公羊传·哀公六年》："于是使力士举巨囊而至于中溜，诸大夫见之，皆色然而骇。"

41 〔年四十许〕据二十四卷本，原抄本为"四十年许"。

42 〔心期〕心愿。

43 〔缅述颠末〕追述事情的始末。

44 〔比（bì 毕）顽童〕好男色，亲昵娈童。比，亲昵。顽童，娈童。《尚书·伊训》："敢有侮圣言，逆忠直，远耆德，比顽童，时谓乱风。"传："比，昵也。"

45 〔顶踵〕即摩顶放踵。指由头顶至脚跟，犹言全身。《孟子·尽心上》："墨子兼爱，摩顶放踵，利天下而为之。"

46 〔失身〕旧指女子丧失贞操。《史记·司马相如列传》："今文君已失身于司马长卿。"

47 〔中途凋丧〕指半道死去。

48 〔卒与谋〕即马上与之谋划。卒，同"猝"，接着，马上。铸雪斋本、二十四卷本，卒，作"族"。

49 〔天魔舞〕为元代宫廷乐舞。用于赞佛、宴享等。宫女十六人，头垂辫发，戴象牙佛冠，身披缨络，扮成菩萨形象而舞，谓之天魔舞。天魔，又叫天子魔，佛教认为它是"欲界主"，沉溺于世间玩乐。见《元史·顺帝纪六》。

50 〔亟（qì 泣）请〕屡次请求。亟，屡次。

51 〔动息〕指起居。王维《戏赠张五弟諲》诗之三："我家南山下，动息自遗身。”

52 〔甚都〕很华美。

53 〔笑判〕指判词为游戏之笔。

54 〔“男女居室”二句〕谓夫妻之事，是人伦中重要的关系。《孟子·万章上》：“男女居室，人之大伦也。”大伦，夫妇为封建礼教中五伦之一。

55 〔“燥湿互通”二句〕燥湿、阴阳、正窍，指男女之生殖器。

56 〔迎风待月〕指青年男女相约幽会。唐元稹《莺莺传》莺莺赠张生诗：“待月西厢下，迎风半户开。隔墙花影动，疑是玉人来。”

57 〔荡检〕谓不遵守礼法的约束。检，谓行检。

58 〔断袖分桃〕皆指癖好男色。断袖，见本文注3。分桃，指吃过的残余部分。语本《韩非子·说难》：“昔者弥子瑕有宠于卫君……异日，与君游于果园，食桃而甘，不尽，以其半啖君，君曰：‘爱我哉！忘其口味，以啖寡人。’”后为以男色事人的典实。

59 〔人必力士，鸟道乃敢生开〕此二句借李白《蜀道难》诗中：“西当太白有鸟道，可以横绝峨眉颠”，“地崩山摧壮士死，然后天梯石栈相沟连。”陶穀《谢韩熙载家妓夜侍》云：“巫山之丽质初临，霞侵鸟道；洛浦之妖姬自至，月满鸿沟。”此言宠男的不正当关系。

60 〔洞非桃源，渔篙宁许误入〕用晋陶潜《桃花源记》所载渔人由山洞进入桃花源中。喻宠男时所发生的不正当关系为“误入”。

61 〔“下流而忘反”二句〕《孟子·梁惠王下》：“从流下而忘反，谓之流。”朱熹集注：“从流下，谓放舟随水而下。”舍正路而不由：《孟子·离娄上》：“旷安宅而弗居，舍正路而不由。”此二句喻舍弃正当的性生活，而宠癖男色，迷而不知悔。

62 〔云雨未兴〕云雨，喻男女交合。宋玉《高唐赋》：记楚襄王游云梦，望高唐宫观，言先王（怀王）梦与巫山神女相会。神女辞别时说：“妾在巫山之阳，高丘之阴，旦为朝云，暮为行雨，朝朝暮暮，阳台之下。”后人附会巫山云雨，为男女交欢。上下其手：语出《左传·襄公二十六年》：“伯州犁曰：‘所争，君子也，其何不知？’上其手曰：‘夫子为王子围，寡君之贵介弟也。’下其手曰：‘此子为穿封戌，方城外之县尹也。谁获子？’”其意为私下相互串通。此为借喻。

63 〔“华池”二句〕谓好男色者置妻妾不顾，假称自己如老僧清心寡欲。华池，口的舌下部位，泛指口。《太平御览》卷三六七引《养生经》：“口为华池。”《黄庭外景经·下部经》：“沐浴华池生灵根。”务成子注：“华池，玉池。”入定，指佛教徒静坐敛心，摒除一切杂念，使心定于一处，谓之入定。

64 〔“蛮洞”二句〕蛮洞，吕湛恩注谓，鬼神所不治六洞之一，即为荒僻边远之地。不毛之地，不生长五谷之地。《公羊传·宣公十二年》：“锡之不毛之地。”注：“不毛者，硗确不生五谷。”眇帅，指唐末骁勇善于用兵的李克用，眇一目，人称“独眼龙”。以上为借喻男性间苟合。

65 〔“系赤兔”二句〕赤兔，骏马名。《三国志·魏志·吕布传》：“布有良马曰赤兔。”射戟，即辕门射戟，也是吕布的典事。见《后汉书·吕布传》。辕门，即军营的大门。此二句皆为隐喻。

66 〔探大弓于国库〕谓春秋时鲁国季孙家臣“阳虎说（脱）甲如公宫，取宝玉大弓以出”。事见《左传·定公八年》。斩关，即破门直入。此亦为借喻。

67 〔监内黄鳣，访知交于昨夜〕此直写男色。监，国子监。黄鳣，即黄鳝。明朝，南京国子监有王祭酒，尝私一监生。监生一夜梦有黄鳝出胯下，以语人。人为谑语曰：“某人一梦最跷蹊，黄鳣钻臀事可疑。想是监中王学士，夜深来访旧相知。”事见吕湛恩注。

68 〔分明王家朱李，索钻报于来生〕指同性相恋。朱李，红李。《世说新语·俭啬》：“王戎，有好李，卖之，恐人得其种，恒钻其核。”钻报，谓其钻核的缘故，即使来生也无用。此为双关隐语。

69 〔“彼黑松林”四句〕为隐喻。前两句指爱男色者，后两句指男宠。黄龙府，契丹天顺元年置，今吉林省农安县。

70 〔“宜断”二句〕是前“笑断”的断语。对宠男者与宠男两个方面：断其根源，塞其送迎之路。

金陵女子

沂水居民赵某，以故自城中归，见女子白衣哭路侧，甚哀。睨之，美；悦之，凝注不去。女垂涕曰："夫夫也[1]，路不行而顾我。"赵曰："我以旷野无人，而子哭之恸，实怆于心。"女曰："夫死无路，是以哀耳。"赵劝其复择良匹。曰："渺兹一身[2]，其何能择？如得所托[3]，媵之[4]可也。"赵忻然自荐，女从之。赵以去家远，将觅代步，女曰："无庸。"乃先行，飘若仙奔。至家，操井臼[5]甚勤。积二年余，谓赵曰："感君恋恋，猥相从[6]，忽已三年，今宜且去。"赵曰："曩言无家，今焉往？"曰："彼时漫为是言耳，何得无家？身父[7]货药金陵。倘欲再晤，可载药往，可助资斧[8]。"赵经营，为贯[9]舆马。女辞之，出门径去，追之不及，瞬息遂杳。

居久之，颇涉怀想，因市药诣金陵。寄货旅邸，访诸衢市。忽药肆一翁望见，曰："婿至矣。"延之入。女方浣裳庭中，见之不言，亦不笑，浣不辍。赵衔恨遽出，翁又曳之返，女不顾如初。翁命治具作饮，谋厚赠之，女止之曰："渠[10]福薄，多将不任，宜少慰其苦辛，再检十数医方与之，便吃著不尽矣。"翁问所载药，女云："已售之矣，直在此。"翁乃出方付金，送赵归。试其方，有奇验。沂水尚有能知其方者。以蒜臼[11]接茅檐雨水，洗瘊赘[12]，其方之一也，良效。

王阮亭云："女子大突兀。"

校注

1 〔夫（fú）夫（fū）也〕犹言此人。《礼记·檀弓上》："夫夫也，为习于礼者。"注："夫夫，犹言此丈夫也。"

2 〔渺兹一身〕流离孤独一人。渺，通"藐"。庾信《哀江南赋序》："藐是流离，至于暮齿。"兹，此、这。《周易·晋》："受兹介福，于其王母。"

3 〔得所托〕谓得以托身之人。即指丈夫。

4 〔媵（yìng 硬）之〕指作妾。媵，古时本指诸侯女儿出嫁随嫁的人。

5 〔操井臼〕指家务劳作。井臼，汲水舂米。汉刘向《列女传·周南之妻》："亲操井臼，不择妻而娶。"

6 〔猥相从〕姑且跟你吧。猥，姑且，苟且。

7 〔身父〕我父。身，我，自身。《尔雅·释诂下》："身，我也。"

8 〔资斧〕盘缠、旅费。

9 〔贳（shì 市）〕租赁。

10 〔渠〕他。

11 〔蒜臼〕指捣蒜用的石臼。

12 〔瘊赘〕瘊子。

汤 公

汤公名聘[1]，辛丑进士。抱病弥留，忽觉下部热气，渐升而上，至股，则足死；至腹，则股又死；至心，心之死最难。凡自童稚以及琐屑久忘之事，都随心血来，一一潮过[2]。如一善，则心中清静宁帖[3]；一恶，则懊憹[4]烦躁，似油沸鼎中，其难堪之状，口不能肖似之。犹忆七八岁时，曾探雀雏而毙之，只此一事，心头热血潮涌，食顷方过。直待平生所为，一一潮尽，乃觉热气缕缕然，穿喉入脑，自顶颠出，腾上如炊。逾数十刻许[5]，魂乃离窍[6]，忘躯壳矣，而渺渺无归[7]，飘泊郊路间。一巨人来，马几盈寻[8]，掇拾之，纳诸袖中。入袖，则叠肩压股，其人甚夥，薅恼[9]闷气，殆不可过。公顿思惟佛能解厄，因宣佛号[10]，才三四声，飘堕袖外。巨人复纳之。三纳三堕，巨人乃去之。

公独立彷徨，未知何往之善，忆佛在西土，乃遂西。无何，见路侧一僧趺坐，趋拜问途，僧曰："凡士子生死录[11]，文昌[12]及孔圣司之。必两处销名，乃可他适。"公

湯公
回頭瑣事記當年
善惡分明在眼
前只此性靈留一
點慈航那得
不垂憐

问其居，僧示以途，奔赴。无几，至圣庙，见宣圣[13]南面坐，拜祷如前。宣圣言：“名籍之落，仍得帝君。”因指以途，公又趋之。见一殿阁，如王者居，俯身入，果有神人，如世所传帝君状，伏祝之。帝君检名曰：“汝心诚正，宜复有生理。但皮囊[14]腐矣，非菩萨无能为力。”因指示，令急往，公从其教。俄见茂林修竹，殿宇华好，入见螺髻庄严，金容满月，瓶浸杨柳，翠碧垂烟。公肃然稽首，拜述帝君言，菩萨难之，公哀祷不已。傍有尊者[15]白言：“菩萨施大法力，撮土可以为肉，折柳可以为骨。”菩萨即如所请：手断柳枝，倾瓶中水，和净土为泥，拍附公体。使童子携送灵所，推而合之。棺中呻动，霍然病已[16]。家人骇集，扶而出之。计气绝已继七[17]矣。

校注

1　〔汤公名聘〕汤聘，祖籍江宁县，隶籍溧水县人。清顺治十四年（1657）丁酉科举人，顺治十八年（1661）辛丑科进士，曾官平山县知县。冯镇峦所评“汤公字稼堂，仁和人”，系指清乾隆元年（1736）恩科进士，仁和人，官至湖北巡抚之另一汤聘。此二者名重，而人异，当辨之。

2　〔潮过〕谓如海中浪潮翻腾一过。

3　〔宁帖〕安宁帖适。

4 〔懊憹（náo 挠）〕痛悔，郁闷。《素问》："目赤心热，甚则瞀闷懊憹。"

5 〔逾数十刻许〕谓过了几十刻的时间。刻，为古代用漏壶计时的刻度单位，一昼夜共一百刻。

6 〔离窍〕指离开人的躯体。

7 〔渺渺无归〕谓神魂飘驰，无所归依。渺渺，幽远貌，悠远貌。《管子·内业》："渺渺乎如穷无极。"尹知章注："渺渺，微远貌。"

8 〔寻〕古代长度单位。一般为八尺。《诗经·鲁颂·閟宫》："是断是度，是寻是尺。"郑玄笺："八尺曰寻。"

9 〔薅（hāo 蒿）恼〕无法拔除的烦恼。

10 〔宣佛号〕高声诵读佛的名号。

11 〔生死录〕即生死簿。迷信谓阴曹地府记载众生生卒年月时辰的本子。

12 〔文昌〕星座名。传为职掌文运功名利禄的神。《史记·天官书》："斗魁戴匡六星曰文昌宫：一曰上将，二曰次将，三曰贵相，四曰司命，五曰司中，六曰司禄。"明谢肇淛《五杂俎·天部一》："俗言，南斗注生，北斗注死，故以北斗为司命。而文昌者，斗魁戴匡六星之一也。俗以魁故祠文星以祈科第。"因此后世附会文昌为主持人间文运的星宿，称为文星或文曲星。道教所崇奉的主宰人间功名之神梓潼帝君，亦称文昌帝君、文昌帝、文昌君。据《明史·礼志四》记载："神姓张，名亚子，居蜀七曲山，仕晋战没，人为立庙。唐宋屡封至英显王。道家谓帝命梓潼掌文昌府事及人间禄籍，故元加号为帝君，而天下学校亦有祠祀者。"于是天上的文昌星与地上的梓潼帝君合二而一。这样主宰天下文教之文昌神，既有天上的星座，又有人间的祠祀之所。

13 〔宣圣〕孔子。汉平帝元始元年追谥孔子为褒城宣尼公，唐玄宗开元二十七年（739）追谥为文宣王，宋元又在文宣王之上加谥"至圣"和"大成至圣"，明嘉靖元年（1522）去王号改称"至圣先师孔子"。故后世尊称孔子为宣圣。

14 〔皮囊〕借喻人的躯体。元无名氏《蓝采和》第二折：“你敢化些虀汤，且把你那皮囊撑。”

15 〔尊者〕佛教名词，梵文“阿黎夷”的意译。谓具备德智而受人尊敬的僧人。

16 〔霍然病已〕形容病很快就好了。

17 〔继七〕谓已气绝连续七天。按：当前社会上所流行的张友鹤先生所辑校的《聊斋志异》(会校会注会评本，简称“三会本”)是以乾隆十六年(1751)铸雪斋抄本为底本。此本在国内外流传甚广。《汤公》篇中“继七”，原抄本、铸雪斋抄本、二十四卷本同；但“三会本”，将铸雪斋抄本中“继七”，误录为“断七”。这样，自此以后出版的以铸雪斋为底本的十二卷本《聊斋志异》，都以讹传讹，写成“断七”。所以，许多注释本都出词条“断七”，曰：“旧时人死后，满七七四十九天，招僧道诵经，称断七。一‘七’为七天。”此与《聊斋志异》原文相去就甚远了。

阎罗

沂州徐君星，自言夜作阎罗王。州有马生亦然。徐公闻之，访诸其家，问马："昨夕冥中处分[1]何事？"马言"无他事，但送左萝石[2]升天，天上堕莲花[3]，朵大如屋"云。

莱芜[4]秀才李中之，性直谅[5]不阿。每数日，辄死去，僵然如尸，三四日始醒。或问所见，则隐秘不泄。时邑有张生者，亦数日一死，语人曰："李中之，阎罗也。余至阴司，亦其属曹[6]。"其门殿[7]对联，俱能述之。或问："李昨赴阴司何事？"张曰："不能具述。惟提勘曹操[8]，笞二十。"

异史氏曰："阿瞒[9]一案，想更数十阎罗矣。畜道剑山[10]，种种具在，宜得何罪，不劳挹取[11]，乃数千年不决，何耶？岂以临刑之囚[12]，快于速割，故使之求死不得耶？异已[13]！"

王阮亭云："中州有生而为河神者，曰黄大王。鬼神以生人为之，理不可晓。"

校注

1 〔冥中处分〕谓阴间处理。冥中，据二十四卷本，原抄本无。

2 〔左萝石〕即左懋第（1610–1645），因其父葬于萝石山，自号萝石。山东莱阳人，明崇祯四年（1631）进士，官户科给事中。南明，福王朱由崧于南京继位，官太常卿。后以兵部右侍郎之衔，奉福王之命至北京祭悼崇祯皇帝。于北京被执，不屈死，时人以南宋民族英雄文天祥誉之。著有《萝石山房集》四卷。事迹详《明史》传。

3 〔天上堕莲花〕言左懋第死后得道成佛。莲花，指莲花佛座。

4 〔莱芜〕县名。清隶泰安府，现之山东省莱芜市。

5 〔直谅〕正直而诚信。《论语·季氏》："益者三友……友直、友谅、友多闻，益矣。"

6 〔属曹〕下属官吏。明郎瑛《七修类稿·辩证十·曹操不复姓》："曹操本姓夏侯……古者名官职不言曹，自汉以来始名官尽言曹也，至吏亦言属曹。"

7 〔门殿〕指大门与正殿。

8 〔提勘曹操〕提审曹操。曹操，东汉末年的政治家、军事家、文学家。字孟德，小字阿瞒，沛国谯（今安徽亳县）人。年二十，举孝廉为郎，授洛阳北部尉，迁顿丘令。曾参加镇压黄巾起义军。后起兵讨董卓，建安元年（196）逼献帝都许昌（今河南许昌东）。先后击败吕布、袁术、袁绍，逐渐统一中国北方地区。位至丞相、大将军，封魏王。曹丕称帝后，追尊为魏武帝。

9 〔阿瞒〕曹操小字。《三国志·魏志·武帝纪》注引《曹瞒传》："太祖一名吉利，小字阿瞒。"

10 〔畜道剑山〕是指佛教所言轮回之说中"六道"之一中的"畜生道"与善恶报应中恶人所受的酷刑刀山。畜道，谓人作恶，死后当变为禽兽、畜生等。《法苑珠林》卷三一引《大庄严论》："畜生道若干，历劫极长久。"

11 〔不劳掊取〕谓量刑而定并不难。掊取，谓斟酌量刑。
12 〔临刑之囚〕将要行刑的囚犯。
13 〔异已〕太怪了。已，同“矣”。

连 琐

杨于畏，移居泗水[1]之滨，斋临旷野，墙外多古墓。夜闻白杨萧萧，声如涛涌。夜阑秉烛，方复凄断[2]，忽墙外有人吟曰："玄夜凄风却倒吹[3]，流萤[4]惹草复沾帏[5]。"反复吟诵，其声哀楚，听之，细婉似女子，疑之。明日视墙外，并无人迹，惟有紫带一条，遗荆棘中。拾归，置诸窗上。向夜二更许，又吟如昨。杨移杌[6]登望，吟顿辍，悟其为鬼，然心向慕之。次夜，伏伺墙头。一更向尽，有女子珊珊[7]自草中出，手扶小树，低首哀吟。杨微嗽，女忽入荒草而没。杨由是伺诸墙下，听其吟毕，乃隔壁而续之曰："幽情[8]苦绪何人见？翠袖[9]单寒月上时。"久之，寂然。杨乃入室，方坐，忽见丽者自外来，敛衽[10]曰："君子固风雅士，妾乃多所畏避。"杨喜，拉坐，瘦怯凝寒[11]，若不胜衣[12]，问："何居里，久寄此间？"答曰："妾陇西[13]人，随父流寓[14]。十七暴疾殂谢，今二十余年矣。九泉荒野，孤寂如鹜[15]。所吟，乃妾自作以寄幽恨者，思久不属[16]，蒙君代续，欢生泉壤。"杨欲与欢，蹙然曰：“夜台[17]朽骨，不比生人，如有幽欢，促人寿数。妾不忍祸君子也。”杨乃止。戏以手探胸，则鸡头之肉[18]，依然处子。又欲视其裙下双钩。女俯首笑曰：“狂生太罗唣矣！”杨把玩之，则见月色锦袜，约彩线一缕。更视其一，则紫带系之，问：“何不俱带？”曰：“昨宵畏君而避，不知遗落何所。”杨曰：“为卿易之。”遂即窗上取以授女。女惊问何来，因以实告，女乃去线束带。

即翻案上书，忽见《连昌宫词》[19]，慨然曰：“妾生时最爱读此，今视之殆如梦寐。”与谈诗文，慧黠可爱，剪烛西窗[20]，如得良友。自此，每夜但闻微吟，少顷即至，辄嘱曰：“君秘勿宣。妾少胆怯，恐有恶客见侵。”杨诺之。两人欢同鱼水[21]，虽不至乱，而闺阁之中，诚有甚于画眉[22]者。女每于灯下为杨写书，字态端媚，又自选宫词百首，录诵之。使杨治棋枰[23]，购琵琶，每夜教杨手谈[24]，不则挑弄弦索，作“蕉窗零雨”之曲[25]，酸人胸臆，杨不忍卒听[26]，则为“晓苑莺声”之调[27]，顿觉心怀畅适。挑灯作剧[28]，乐辄忘晓，视窗上有曙色，则张皇遁去。

一日，薛生造访，值杨昼寝。视其室，琵琶棋局俱在，知非所善。又翻书得宫词，见字迹端好，益疑之。杨醒，薛问：“戏具何来？”答：“欲学之。”又问书卷，托以假诸友人。薛反复检玩，见最后一页细字一行云：“某月日连琐书。”笑曰：“此是女郎小字[29]，何相欺之甚？”

杨大窘，不能置词。薛诘之益苦，杨不以告，薛执卷挟[30]之，杨益窘，遂告之。薛求一见，杨因述所嘱，薛仰慕殷切，杨不得已诺之。夜分女至，为致意焉，女怒曰："所言伊何[31]？乃已喋喋[32]向人！"杨以实情自白，女曰："与君缘尽矣！"杨百词慰解，终不欢，起而别去，曰："妾暂避之。"明日薛来，杨代致其不可。薛疑支托[33]，暮与窗友二人来，淹留不去，故挠之，恒终夜哗，大为杨生白眼[34]，而无如何。众见数夜杳然，浸[35]有去志，喧嚣渐息。忽闻吟声，共听之，凄婉欲绝。薛方倾耳神注，内一武生[36]王某，掇巨石投去，大呼曰："作态不见客，甚得好句，呜呜恻恻，使人闷损。"吟顿止。众甚怨之。杨恚愤见于词色。次日，始共引去。杨独宿空斋，冀女复来，而殊无影迹。逾二日，女忽至，泣曰："君致恶宾，几吓煞妾！"杨谢过不遑。女遽出曰："妾固谓缘分尽也，从此别矣！"挽之已渺。由是月余，更不复至。杨思之，形销骨立，莫可追挽。

一夕，方独酌，忽女子搴帏入，杨喜极，曰："卿见宥耶？"女涕垂膺，默不一言。亟问之，欲言复忍，曰："负气去，又急而求人，难免愧恧[37]。"杨再三研诘，乃曰："不知何处来一龌龊隶，逼充媵妾。顾念清白裔，岂屈身舆台之鬼[38]？然一线弱质，乌能抗拒？君如齿妾在琴瑟之数[39]，必不听自为生活[40]。"杨大怒，愤将致死[41]，但虑人鬼殊途，不能为力，女曰："来夜早眠，妾邀君梦中耳。”于是复共倾谈，坐以达曙。女临去，嘱勿昼眠，留待夜约，杨诺之。因于午后薄饮，乘醺登榻，蒙衣偃卧。忽见女来，授以佩刀，引手去，至一院宇，方阖门语，闻有人搭石挝门[42]，女惊曰：“仇人至矣！”杨启户骤出，见一人赤帽青衣，蝟毛绕喙，怒咄之。隶横目相仇，言词凶谩。杨大怒，奔之。隶捉石以投，骤如急雨，中杨腕，不能握刃。方危急时，遥见一人腰矢野射[43]，审视之，王生也，大号乞救，王生张弓急至，射之中股，再射之，殪[44]。杨喜感谢。王问故，具告之。王自喜前罪可赎，遂与共入女室。女战惕羞缩，遥立不作一语。案上有小刀，长仅尺余，而装以金玉，出诸匣，光芒鉴影。王叹赞不释手。与杨略话，见女惭惧可怜，乃出，分手去。杨亦自归，越墙而仆，于是惊寤，听村鸡已乱唱矣。觉腕中痛甚，晓而视之，则皮肉赤肿。停午[45]，王生来，便言夜梦之奇。杨曰：“未梦射否？”王怪其先知。杨出手示之，且告以故。王忆梦中颜色，恨不真见，自幸有功于女，复请先容[46]。夜间，女来称谢，杨归功王生，遂达诚恳。女曰：“将伯之助[47]，义不敢忘。然彼赳赳[48]，妾实畏之。”既而曰：“彼爱妾佩刀，刀实妾父出使粤中[49]，百金购之。妾爱而有之，缠以金丝，瓣以明珠。大人怜妾夭亡，用以殉葬。今愿割爱相赠，见刀如见妾也。”次日杨致此意，王大悦。至夜，女果携刀来，曰：“嘱伊珍重，此非中华物[50]也。”由是往来如初。

积数月，忽于灯下笑而向杨，似有所语，面红而止者三，生抱问之，答曰："久蒙眷爱，妾受生人气，日食烟火[51]，白骨顿有生意，但须生人精血，可以复活。"杨笑曰："卿自不肯，岂我故惜之？"女曰："交接后，君必有二十余日大病，然药之可愈。"遂与为欢。既而着衣起，又曰："尚须生血一点，能拚痛以相爱乎？"杨取利刃刺臂出血，女卧榻上，使滴脐中。乃起曰："妾不来矣。君记取百日之期，视妾坟前，有青鸟[52]鸣于树头，即速发冢。"杨谨受教。出门又嘱曰："慎记勿忘，迟速皆不可。"乃去。越十余日，杨果病，腹胀欲死，医师投药，下恶物如泥，浃辰[53]而愈。计至百日，使家人荷锸以待。日既西，果见青鸟双鸣，杨喜曰："可矣！"乃斩荆发圹[54]，见棺木已朽，而女貌如生。摩之微温，蒙衣舁归，置暖处，气休休[55]然细于属丝[56]，渐进汤酏[57]，半夜而苏，每谓杨曰："十余年，如一梦耳。"

王阮亭云："结尽而不尽，甚妙[58]。"

校注

1 〔泗水〕又名泗河，出山东省泗水县陪尾山，因四源并发，故名之。

2 〔方复凄断〕方复，于是。《颜氏家训·教子》："骄慢已甚，方复制之。"凄断，悲伤欲绝。庾信《夜听捣衣》诗："风流响和韵，夜怨声凄断。"

3 〔玄夜凄风却倒吹〕玄夜，黑夜。《文选·刘桢〈公宴〉》诗："遗思在玄夜，复与相翱翔。"却倒吹，犹言反复地吹来吹去。

4 〔流萤〕飞动的萤火虫。杜牧《秋夕》："银烛秋光冷画屏，轻罗小扇扑流萤。"

5 〔沾帏〕附着在裙子上。

6 〔杌（wù 物）〕短凳。

7 〔珊珊〕缓慢移动貌，常形容女子的步态。明梅鼎祚《昆仑奴》第三折："步珊珊，环珮长；动霏霏，罗绮香。"

8 〔幽情〕郁结隐秘的情感。《文选·陆机〈叹逝赋〉》："幽情发而成绪，滞思叩而兴端。"

9 〔翠袖〕青绿色衣袖。泛指女子的装束。宋苏轼《王晋叔所藏画跋尾·芍药》诗："倚竹佳人翠袖长，天寒犹著薄罗裳。"

10 〔敛衽〕谓整饬衣襟，表示恭敬；元朝以后亦指妇女的拜礼。明高廉《玉簪记·假宿》："我把秋波偷转屏后边，何处客临轩，敛衽且相见。"此指女子行礼的动作。

11 〔瘦怯凝寒〕谓身体瘦弱，神情畏怯，肌肤畏寒。凝寒，本指严寒。《文选·刘桢〈赠从弟〉》："岂不罹凝寒，松柏有本性。"

12 〔不胜（shēng 升）衣〕形容身体瘦弱，仿佛承担不起衣服。《荀子·非相》："叶公子高，微小短瘠，行若将不胜其衣然。"

13 〔陇西〕泛指陇山以西，今甘肃为陇西。另有陇西县，隋置，唐废，清复置陇西县，为甘肃巩昌府治；陇西府，秦置，府治在陇西县西南，亦称为陇西。

14 〔流寓〕谓飘泊寄居。

15 〔孤寂如鹜（wù 务）〕孤寂得像失群的野鸭。鹜，野鸭。

16 〔不属（zhǔ 主）〕接不下去；此指下半作不出来。

17 〔夜台〕指坟墓，亦指阴间。在坟墓里是永远见不到光明的，所以叫夜台。唐刘禹锡《酬乐天见寄》诗：“华屋坐来能几日，夜台归去便千秋。”

18 〔鸡头肉〕喻女子的乳头。鸡头，芡实的别名。王仁裕《开元天宝遗事》：相传杨贵妃“一日，新浴后，对镜匀面，裙露一乳。明皇扪弄曰：‘软温新剥鸡头肉。’安禄山曰：‘润滑初来塞上酥。’妃笑曰：‘信是胡儿只识酥。’”

19 〔《连昌宫词》〕七言古诗，唐元稹作。诗中假托连昌宫旁一个老人，叙述昔日玄宗在宫中暂住时的盛况和安史之乱后连昌宫的萧条荒凉，借以反映当时社会的残破。委婉地批判了玄宗晚年荒淫腐败的生活及重用佞臣恶果。连昌官，在河南郡寿安县（今河南宜阳县境内），是唐代皇帝由长安到洛阳途中的行宫。宫词，是以宫廷生活为题材的诗。

20 〔剪烛西窗〕语出唐李商隐《夜雨寄北》诗：“何当共剪西窗烛，却话巴山夜雨时。”后以剪烛西窗为朋友促膝夜谈之典。

21 〔鱼水〕喻夫妻相得或男女情笃。《管子·小问》：“管仲曰：‘然。公使我求宁戚，宁戚应我曰：浩浩乎！吾不识。’婢子曰：‘《诗》有之：浩浩者水，育育者鱼。未有室家，而安召我居？宁子其欲室乎？’”

22 〔甚于画眉〕《汉书·张敞传》载：汉张敞做京兆尹，有人告他为自己妻子画眉，这是不端庄的行为。汉宣帝召问，张敞说：“臣闻闺房之内，夫妇之私，有过于画眉者。”

23 〔棋枰〕指棋具。枰，棋盘。

24 〔手谈〕指下围棋。《世说新语·巧艺》：“王中郎（坦之）以围棋是坐隐，支公（遁）以围棋为手谈。”

25 〔“蕉窗零雨”之曲〕指一种声调凄婉的曲子。

26 〔卒听〕听完。卒，完毕，终了。

27 〔“晓苑莺声”之调〕指一种声调舒畅欢快的曲子。

28 〔作剧〕此指做游戏。

29 〔小字〕乳名，小名。

30 〔卷挟〕卷起，挟在腋下。

31 〔所言伊何〕意谓是怎么同你说的？伊，是语助词，无义。

32 〔喋喋〕多言貌。《史记·匈奴列传》："嗟土室之人，顾无多辞，令喋喋而占占，冠固何当？"

33 〔支托〕支吾，推托。

34 〔白眼〕用白眼珠看人，表示鄙薄厌恶。《世说新语·简傲》"嵇康与吕安善"注引《晋百官名》："（阮）籍能为青白眼，见凡俗之士，以白眼对之。"

35 〔浸〕渐。

36 〔武生〕即武秀才。

37 〔恧（nǜ 女去声）〕惭愧。

38 〔舆台之鬼〕舆和台，古代奴隶社会的两个等级。《左传·昭公七年》："人有十等。……王臣公，公臣大夫，大夫臣士，士臣皂，皂臣舆，舆臣隶，隶臣僚，僚臣仆，仆臣台。"此指贱役。《文选·沈约〈奏弹王源文〉》："宋子河鲂，同穴舆台之鬼。"

39 〔齿妾在琴瑟之数〕谓把我作为妻子对待。齿，列在，编排。琴瑟，喻夫妻。

40 〔自为生活〕自己在恶劣环境中求生。生活，求生存。

41 〔致死〕拼命。

42 〔搦（nuò 诺）石挝门〕拿石头砸门。搦，拿着。挝，敲。

43 〔腰矢野射〕谓腰间佩着弓箭，到野外打猎。

44 〔殪（yì 意）〕杀死。

45 〔停午〕正午。详见卷一《王六郎》注。铸雪斋抄本作"停时"。

46 〔先容〕事先介绍。

47 〔将（qiāng 腔）伯之助〕谓别人对自己的帮助。伯，本指长者，此是对男子的敬称。《诗经·小雅·正月》："载输尔载，将伯助予。"传："将，请。伯，长。"

48 〔赳赳〕形容勇武的样子。

49 〔粤中〕古指广东、广西之地。

50 〔非中华物〕意谓不是中国所产，为海外所购宝刀。中华，中国。

51 〔烟火〕指人间烟火气，烟火食。

52 〔青鸟〕相传为西王母的使者。《汉武帝故事》："七月七日上于承华殿斋，正中，忽有青鸟从西方来，集殿前，上问东方朔，朔曰：'此西王母欲来也。'有顷，王母至，有二青鸟如乌，夹持王母旁。"后遂称传信的使者为青鸟。

53 〔浃辰〕十二日。我国古代以干支纪日，自"子"至"亥"周十二辰，称为"浃辰"。浃，周匝。辰，日。《左传·成公九年》："浃辰之间，而楚克其三都。"疏："浃为周匝也。谓周子亥十二辰，故为十二日也。"

54 〔发圹〕掘开坟墓。

55 〔休休〕指呼吸急促之声。休，通"咻"，嘘气声。

56 〔属（zhǔ 主）丝〕谓一丝相连；言气息之微弱。

57 〔酏（yí 饴）〕稀粥。

58 〔"王阮亭云"句〕此段评语，铸雪斋本缺。

单道士

韩公子，邑世家。有单道士，工作剧[1]，公子爱其术，以为座上客。单与人行坐，辄忽不见。公子欲传其法，单不肯。公子固恳之，单曰："我非吝吾术，恐坏吾道[2]也。所传而君子则可，不然，有借此以行窃者矣。公子固无虑此，然或出见美丽而悦，隐身入人闺闼，是济恶而宣淫[3]也。不敢从命。"公子不能强，而心怒之，阴与仆辈谋挞辱之，恐其遁匿，因以细灰布麦场上，思左道[4]能隐形，而履处必有印迹，可随印处急击之。于是诱单往，使人执牛鞭立挞之，单忽不见，灰上果有履迹，左右乱击，顷刻已迷[5]。公子归，单亦至，谓诸仆曰："吾不可复居矣！向劳服役，今且别，当有以报。"袖中出旨酒一盛[6]，又探得肴一簋[7]，并陈几上，陈已，复探，凡十余探，案上已满。遂邀众饮，俱醉，一一仍内袖中。韩闻其异，使复作剧。单于壁上画一城，以手推挝，城门顿辟，因将囊衣箧物悉掷门内，乃拱别曰："我去矣！"跃身入城，城门遂合，道士顿杳。后闻在青州市上，教儿童画墨圈于掌，逢人戏抛之，随所抛处，或面或衣，圈辄脱去，落印其上。又闻其善房中术[8]，能令下部吸烧酒，尽一器，公子尝面试之。

校注

1 〔工作剧〕精于幻术。
2 〔坏吾道〕指破坏我这一行所应遵循的原则、德行标准。
3 〔济恶而宣淫〕助其作恶而滋其邪淫行为。
4 〔左道〕旁门左道。详见卷一《陆判》注。
5 〔已迷〕已不知去向。
6 〔盛（chéng 成）〕容器。
7 〔簋（guǐ 轨）〕古代盛食物的器具，圆口，两耳。
8 〔房中术〕指道家房事中的采补之术。详见卷一《伏狐》注。

白于玉

吴青庵筠，少知名。葛太史见其文，每嘉叹之，托相善者邀至其家，领其言论丰采，曰："焉有才如吴生而长贫贱者乎？"因俾邻好致之[1]曰："使青庵奋志云霄[2]，当以息女奉巾栉[3]。"时太史有女绝美，生闻大喜，确自信。既而秋闱被黜[4]，使人谓太史："富贵所固有，不可知者迟早耳。请待我三年，不成而后嫁。"于是刻志益苦。

一夜，月明之下，有秀才造谒，白皙短须，细腰长爪。诘所来，自言："白氏，字于玉。"略与倾谈，豁人心胸，悦之，留同止宿。迟明[5]欲去，生嘱便道频过。白感其情殷，愿即假馆[6]，约期而别。至日，先一苍头送炊具来，少间白至，乘骏马如龙。生另舍舍之。白命奴牵马去。遂共晨夕[7]，忻然相得。生视所读书，并非常所见闻，亦绝无时艺[8]，讶而问之，白笑曰："士各有志，仆非功名中人也。"夜每招生饮，出一卷授生，皆吐纳之术[9]，多所不解，因以迂缓[10]置之。他日谓生曰："曩所授，乃《黄庭》之要道[11]，仙人之梯航[12]。"生笑曰：

“仆所急不在此，且求仙者必断绝情缘，使万念俱寂，仆病未能[13]也。”白问：“何故？”生以宗嗣为虑，白曰：“胡久不娶？”笑曰：“寡人有疾，寡人好色[14]。”白亦笑曰：“‘王请无好小色。’所好何如？”生具一情告，白疑未必真美，生曰：“此遐迩所共闻，非小生之目贱[15]也。”白微哂而罢。次日，忽促装言别，生凄然与语，刺刺[16]不能休，白乃命僮子先负装行。两相依恋，俄见一青蝉鸣落案间，白辞曰：“舆已驾矣，请自此别。如相忆，拂我榻而卧之。”方欲再问，转瞬间白小如指，翩然跨蝉背上，嘲哳[17]而飞，杳如云中。生乃知其非常人，错愕良久，怅怅自失。

逾数日，细雨忽集，思白綦切，视所卧榻，鼠迹碎琐，慨然扫除，设席即寝。无何，见白家僮来相招，忻然从之，俄有桐凤[18]翔集，僮捉谓生曰：“黑径难行，可乘此代步。”生虑细小不能胜任，僮曰：“试乘之。”生如所请，宽然殊有余地，僮亦附其尾上。戛然一声，凌升空际，未几，见一朱门，僮先下，扶生亦下。问：“此何所？”曰：“此天门也。”门边有巨虎蹲伏。生骇惧，僮以身障之。见处处风景，与世殊异。僮导入广寒宫[19]，内以水晶为阶，行人如在镜中。桂树两章[20]，参空合抱，花气随风，香无断际，亭宇[21]皆红，窗内时有美人出入，冶容秀骨，旷世并无其俦。僮言：“王母[22]宫佳丽尤胜。”然恐主人伺久，不暇留连，导与趋出。移时，见白生已候于门，握手入，见檐外清水白沙，涓涓流溢，玉砌雕栏，殆拟桂阙[23]。甫坐，即有二八妖鬟来荐香茗。少间，命酌，有四丽人敛衽鸣珰[24]，给事左右。才觉背上微痒，丽人即纤指长甲，探衣代搔，生觉心神摇曳，罔所安顿。既而微醺，渐不自持，笑顾丽人，兜搭[25]与语，美人辄笑避。白令度曲侑觞[26]。一衣绛绡者，引爵向客，便即筵前，宛转清歌[27]。诸丽者笙管敖曹[28]，呜呜杂和。既阕，一衣翠裳者，亦酌亦歌。尚有一紫衣人，与一淡白软绡者，吃吃笑，暗中互让不肯前。白令一酌一唱，紫衣人便来把盏，生托接杯，戏挠纤腕，女笑失手，酒杯倾堕。白谯诃之。女拾杯含笑，俯首细语云："冷如鬼手馨，强来捉人臂[29]。"白大笑，罚令自歌且舞。舞已，衣淡白者又飞一觥[30]，生辞不能釂，女捧酒有愧色，乃强饮之。细视四女，风致翩翩，无一非绝世者。遽谓主人曰："人间尤物[31]，仆求一而难之。君集群芳，能令我真个销魂[32]否？"白笑曰："足下意中，自有佳人，此何足当巨眼之顾。"生曰："吾今乃知所见之不广也。"白乃尽招诸女，俾自择，生颠倒不能自决。白以紫衣人有把臂之好，遂使襆被奉客。既而衾枕之爱，极尽绸缪。生索赠，女脱金腕钏付之。忽僮入曰："仙凡路殊，君宜即去。"女急起遁去。生问主人，僮曰："早诣待漏[33]，去时嘱送客耳。"生怅然从之，复寻旧途，将及门，回视僮子，不知何时已去。虎哮骤起，生惊窜而去。望之无底，而足已奔堕。一惊而寤，则朝暾已红。方将振衣，有物腻然[34]坠褥间，视之，钏也。心益异之。由是前念灰冷，每欲寻赤松[35]游，而尚以胤续[36]为忧。过十余月，昼寝方酣，梦紫衣姬自外至，怀中绷婴儿曰："此君骨肉。天上难留此物，敬持送君。"乃寝诸床，牵生衣覆之，匆匆欲去。生强与为欢，乃曰："前一度为合卺，今一度为永诀，百年夫妇，尽于此矣。君倘有志，或有见期。"生醒，见婴儿卧襆褥间，绷[37]以告母，母喜，佣媪哺之，取名"梦仙"。

生于是使人告太史，自已将隐，令别择良匹，太史不肯，生固以为辞。太史告女，女曰："远近无不知儿身许吴郎矣。今改之，是二夫[38]也。"因以此意告生，生曰："我不但无志于功名，兼绝情于燕好。所以不即入山者，徒以有老母在。"太史又以商女，女曰："吴郎贫，我甘其藜藿；吴郎去，我事其姑嫜，定不他适。"使人三四返，迄无成谋，遂诹日[39]备舆马妆奁嫔[40]于生家。生感其贤，敬爱臻至。女事姑孝，曲意承顺，过贫家女。逾二年，母亡，女质奁作具[41]，罔不尽礼。生曰："得卿如此，吾何忧！顾念一人得道，拔宅飞升[42]。今将远逝，一切付之于卿。"女坦然，殊不挽留，生遂去。

女外理生计，内训孤儿，井井有法。梦仙渐长，聪慧绝伦，十四岁以神童领乡荐[43]，十五入翰林。每褒封[44]，不知母姓氏，封葛母一人而已。值霜露之辰[45]，辄问父所，母具告之，遂欲弃官往寻。母曰："汝父出家，今已十有余年，想已仙去，何处可寻？”后奉旨祭南岳[46]，中途遇寇，窘急中，一道人仗剑入，寇尽披靡，围始解。德之，馈以金，不受，出书一函，付嘱曰：“余有故人与大人同里，烦一致寒暄。”问：“何姓名？”答曰：“王林。”因忆村中无此名，道士曰：“草野微贱，贵官自不识耳。”临行，出一金钏曰：“此闺阁物，道人拾此，无所可用，即以奉报。”视之，嵌镂精绝。怀归以授夫人，夫人爱之，命良工依式配造，终不及其精巧。遍问村中，并无王林其人者。私发其函，上云：“三年鸾凤，分拆各天[47]。葬母教子，专赖卿贤。无以报德，奉药一丸，剖而食之，可以成仙。”后书“琳娘夫人妆次[48]”。读毕不解何人，持以告母，母执书以泣曰：“此汝父家报[49]也。琳，我小字。”始恍然悟，王林为拆白谜[50]也。悔恨不已，又以钏示母，母曰：“此汝母遗物，而翁在家时，尝以相示。”又视丸如豆大，喜曰：“我父仙人，啖此必能长生。”母不遽吞，受而藏之。会葛太史来视甥，女诵吴生书，便进丹药为寿，太史剖而分食之，顷刻精神焕发。太史时年七旬，龙钟颇甚，忽觉筋力溢于肤革，遂弃舆而步，其行健速，家人坌息[51]始能及焉。逾年，都城有回禄之灾[52]，火终日不熄。夜不敢寐，毕集庭中，见火势拉杂[53]，侵及邻居，一家徊徨，不知所计。忽夫人臂上金钏戛然有声，脱臂飞去。望之，大可数亩，团覆宅上，形如月阑[54]，口降东南隅，历历可见。众大愕。俄顷，火自西来，近阑则斜越而东。迨火势既远，窃意钏亡不可复得。忽见红光乍敛，钏铮然堕足下。都中延烧民舍数万间，左右前后，并为灰烬，独吴第无恙。惟东南一小阁，化为乌有，即钏口漏覆处也。葛母年五十余，或见之，犹似二十许人。

校注

1 〔致之〕谓转告吴生。致，致意。
2 〔奋志云霄〕喻功成名就，同鸟在空中振翼奋飞。卷一《叶生》中谓“奋迹云霄”，其意同。
3 〔奉巾栉（zhì 治）〕谓侍奉盥洗与梳理。《左传·僖公二十二年》：“寡君之使婢子侍执巾栉，以固子也。”此指许配吴生为妻。
4 〔秋闱被黜〕谓乡试落榜。秋闱，乡试。
5 〔迟明〕黎明。《史记·卫将军骠骑列传》：“迟明，行二百余里，不得单于。”
6 〔假馆〕谓借屋而居之。《孟子·告子下》：“可以假馆，愿留而受业于门。”
7 〔共晨夕〕谓朝夕相处。陶潜《移居》诗：“闻多素心人，乐与数晨夕。”
8 〔时艺〕明清科考时的八股文。详见卷一《娇娜》注。
9 〔吐纳之术〕指方术家的健身之术。详见卷一《灵官》注。
10 〔迂缓〕谓迂阔不适用。
11 〔《黄庭》之要道〕《黄庭》，即《黄庭经》，是道教的经典著作。全名为《太上黄庭内景经》和《太上黄庭外景经》。其内容皆以七言歌诀，讲述道家养生修炼的道理。《黄庭内景经》务成子题解："黄者，中央之色也；庭者，四方之中也。外指事即天中、人中、地中；内指事即脑中、心中、脾中，故曰黄庭。"要道，指修炼的重要道理。

12 〔梯航〕指梯与船。登山渡水工具。明谢榛《四溟诗话》卷三："悟不可恃，勤不可间；悟以见心，勤以尽力，此学诗之梯航也。"文中所指为修道成仙的途径，此为最佳选择。

13 〔仆病未能〕我怕不能做到。仆，自己谦称。

14 〔寡人有疾，寡人好色〕语出《孟子·梁惠王下》，此为吴生借语搪塞。下句"王请无好小色"，亦出《孟子·梁惠王下》，为白于玉借语对答。其用意为使吴生就范于修道。

15 〔目贱〕因目光浅陋，待事以所闻为实，以所见为虚。《文选·张衡〈东京赋〉》："若客所谓未学肤受，贵耳而贱目者也。"

16 〔剌剌〕说话很多。韩愈《送殷员外序》："持被入直三省，丁宁顾婢，语剌剌不休。"

17 〔嘲哳（zhāozhā 招渣）〕象声词。此指蝉鸣之声。

18 〔桐凤〕即桐花鸟。唐张鷟《朝野佥载》："剑南彭蜀间有鸟大如指，五色毕具，有冠似凤，食桐花，每桐结花即来，桐花落即去，不知何之。俗谓之桐花鸟。极驯善，止于妇人钗上，客终席不飞。人爱之，无所害也。"（《太平广记》卷四六三）

19 〔广寒宫〕即月中宫殿。详见卷一《劳山道士》注。

20 〔章〕即株。大材曰章。《史记·货殖列传》："水居千石鱼陂，山居千章之材。"

21 〔亭宇〕亭子与房舍。

22 〔王母〕即西王母，亦称"王母娘娘"。详见卷一《偷桃》注。

23 〔桂阙〕即月宫。相传月中有桂树，因得名。

24 〔鸣珰〕指首饰。为金玉所制，行动时相击有声，故称。唐裴思谦《及第后宿平康里》："银缸斜背解鸣珰，小语偷声贺玉郎。"

25 〔兜搭〕勾搭。凌濛初《二刻拍案惊奇》九："即与他兜兜搭搭，他难道倒肯认做不爱不成。”

26 〔侑（yòu 右）觞〕劝酒。侑，劝人饮酒。觞，酒器。

27 〔清歌〕指不用乐器伴奏的歌唱，犹今之“清唱”。《文选·曹植〈洛神赋〉》：“冯夷击鼓，女娲清歌。”

28 〔敖曹〕同“嗷嘈”，声音喧闹。杜甫《荆南兵马使太常卿赵公大食刀歌》：“太常楼船声嗷嘈，问兵刮寇趋下牢。”

29 〔“冷如”二句〕手如鬼手凉，硬要抓人家胳膊。《世说新语·忿狷》：“王司州（胡之）尝乘雪往王螭（王恬小字）许，司州言气少有牾逆于螭，便作色不夷。司州觉恶，便与床就之，持其臂曰：‘汝讵复足与老兄计。’螭拨其手曰：‘冷如鬼手馨，强来捉人臂。’”

30 〔飞一觥（gōng 宫）〕觥，古代一种饮酒器皿。意谓很快地又斟满一杯劝人饮酒。

31 〔尤物〕指绝色的美女。有时含有贬意。《左传·昭公二十八年》：“夫有尤物，足以移人；苟非德义，则必有祸。”杨伯峻注：“尤物，指特美之女。”

32 〔真个销魂〕元俞倬《诗词余话》：“宋驸马杨震，有十姬，名粉儿者尤胜。一日，招詹天游宴，出诸姬佐觞。天游属意粉儿，口占《浣溪沙》词云：‘淡淡青山两点春，娇羞一点口儿樱，一梭儿玉一綰云。白藕香中见西子，玉梅花下遇文君。不曾真个也销魂。’杨遂以粉儿赠之曰：‘请天游真个销魂也。’”后凡诗文中出现，多为男女媾合之意。

33 〔待漏〕谓百官早入朝，待见皇帝。此指玉帝。详见卷一《焦螟》注。

34 〔腻然〕润滑细柔之感。

35 〔赤松〕赤松子，亦称“赤诵子”、“赤松子舆”。相传为上古时神仙，其事互有异同。《史记·留侯世家》：“愿弃人间事，欲从赤松子游耳。”司马贞索隐引《列仙传》：“神农时雨师也，能入火自烧，昆仑山上随风雨上下。”后称弃家学道谓从赤松游。

36 〔胤续〕指后代。胤，后嗣。

37 〔绷〕束负婴儿的布幅。《汉书·宣帝纪》："曾孙虽襁褓。"颜师古注："襁，即今之小儿绷。"卷六《农妇》中"则有小儿绷卧"，意同。

38 〔二夫〕即两个丈夫。此指再另找第二个丈夫。夫，铸雪斋本、青柯亭本、二十四卷本作"天"。

39 〔诹（zōu 邹）日〕选择吉日。《仪礼·特牲馈食礼》："特牲馈食之礼，不诹日。"诹，咨询。

40 〔嫔（pín 贫）〕嫁女。《尚书·尧典》："厘降二女于妫汭，嫔于虞。"

41 〔质奁作具〕谓用典押妆奁的钱，为婆母治葬具。

42 〔一人得道，拔宅飞升〕《太平广记》卷十四《许真君》：传说许真君得道成仙，举家四十二口，拔宅升天。许逊，字敬，东晋道士，家南昌。

43 〔神童领乡荐〕神童，指智力超群的童子。唐宋时，科举设童子科，应试者称为神童试。明清两朝有"童生试"，其实际并非限于儿童，凡未考取生员者，皆曰"童生试"或"童子试"。领乡荐，是类比语，谓以童子参加乡试中举，如古之膺神童举。

44 〔褒封〕褒奖封赏。清陈康祺《郎潜纪闻》卷十二："先生倩大母命，循例乞褒封，据地哀陈，始获焚黄祔庙。"

45 〔霜露之辰〕指父母先人的生日。犹"霜露之感"，《礼记·祭义》："霜露既降，君子履之，必有悽怆之心，非其寒之谓也。"郑玄注："非其寒之谓，谓悽怆及怵惕，皆为感时念亲也。"后因以"霜露之感"，指对父母或祖先的怀念。

46 〔祭南岳〕祭告南岳衡山。祭，即祭告，古时国有事，祭神而告之。清陈康祺《郎潜纪闻》卷十二："天子为元元祈福，遣大臣分行祭告。"南岳，山名，五岳之一。此指衡山。《尚书·尧典》；"五月，南巡守，至于南岳，如岱礼。"孔传："南岳，衡山。"

47 〔各天〕即天各一方之意。

48 〔妆次〕旧时写给青年妇女的信，称妆次，犹言奉达妆台之旁。王实甫《西厢记》五之一："张珙百拜奉启芳卿可人妆次。"

49 〔家报〕即家信。

50 〔拆白谜〕又叫"拆白道字"。即用拆字的方法来表达说话意思的一种修辞格。王实甫《西厢记》五之三："高低远近都休论，我拆白道字辩与你清浑。"拆，据二十四卷本，原抄本作"折"。

51 〔坌（bèn 笨）息〕喘粗气；此指行走快而喘息气急。坌，喷涌。

52 〔回禄之灾〕指火灾。回禄，传说中的火神。《左传·昭公十八年》："郑子产禳火于玄冥、回禄。"注："玄冥，水神；回禄，火神。"

53 〔拉杂〕本指折断，砸碎；后多形容火势。《乐府诗集》鼓吹曲辞《有所思》："闻有他心，拉杂摧烧之。"

54 〔月阑〕指月亮周围的光环。俗称月晕。

夜叉国

交州[1]徐姓，泛海为贾，忽被大风吹去。开眼至一处，深山苍莽。冀有居人，遂缆船而登，负糗腊[2]焉。方入，见两崖皆洞口，密如蜂房，内隐有人声。至洞外，伫足一窥，中有夜叉[3]二，牙森列戟[4]，目闪双灯，爪劈生鹿而食。惊散魂魄，急欲奔下，则夜叉已顾见之，辍食执入。二物相语，类鸟兽鸣，争裂徐衣，似欲啖啖。徐大惧，取橐中糗糒[5]，并牛脯进之。分啖甚美，复翻徐橐，徐摇手以示其无。夜叉怒，又执之。徐哀之曰："释我。我舟中有釜甑[6]，可烹饪。"夜叉不解其语，仍怒。徐再与手语[7]，夜叉似微解。从至舟，取具[8]入洞，束薪燃火，煮其残鹿，熟而献之。二物啖之喜。夜以巨石杜门，似恐徐遁。徐曲体遥卧，深惧不免。天明，二物出，又杜之。少顷，携一鹿来付徐。徐剥革，于洞深处，取流水汲煮数釜。俄有数夜叉至，群集吞啖讫，共指釜，似嫌其小，过三四日，一夜叉负一大釜来，似人所常用者。于是群夜叉各致狼麋。既熟，呼徐同啖。居数日，夜叉渐与徐熟，出亦不施禁锢，聚处如家人。徐渐能察声知意，辄效其音，为夜叉语。夜叉益悦，携一雌来妻徐。徐初畏惧，莫敢伸，雌自开其股就徐，徐乃与交。雌大欢喜，每留肉饵徐，若琴瑟之好。

一日，诸物早起，项下各挂明珠一串，更番[9]出门，若伺贵客，命徐多煮肉。徐以问雌，雌云："此天寿节[10]。"雌出，谓众夜叉曰："徐郎无骨突子[11]。"众各摘其五，并付雌。雌又自解十枚，共得五十之数，以野苎[12]为绳，穿挂徐项。徐视之，一珠可直百十金。俄顷俱出。徐煮肉毕，雌来邀去，云："接天王。"至一大洞，广阔数亩。中有石，滑平如几，四围俱有石座，上一座蒙以豹革，余皆以鹿。夜叉二三十辈，列坐满中。少顷，大风扬尘，张皇都出。见一巨物来，亦类夜叉状，竟奔入洞，踞坐鹗顾[13]。群随入，东西列立，悉仰其首，以双臂作十字交。大夜叉按头点视，问："卧眉山众[14]，尽于此乎？"群哄应之。顾徐曰："此何来？"雌以婿对，众赞其烹调。即有二三夜叉，奔取熟肉陈几上。大夜叉掬啖尽饱，极赞善美，且责常供。又顾徐云："骨突子何短？"众曰："初来未备。"物于项上摘取珠串，脱十数枚付之。俱大如指顶，圆如弹丸。雌急接代徐穿挂。徐亦交臂作夜叉语谢之。物乃去，蹑风而行，其疾如飞。众始享其余食而散。

居四年余，雌忽产，一胎而生二雄一雌，皆人形，不

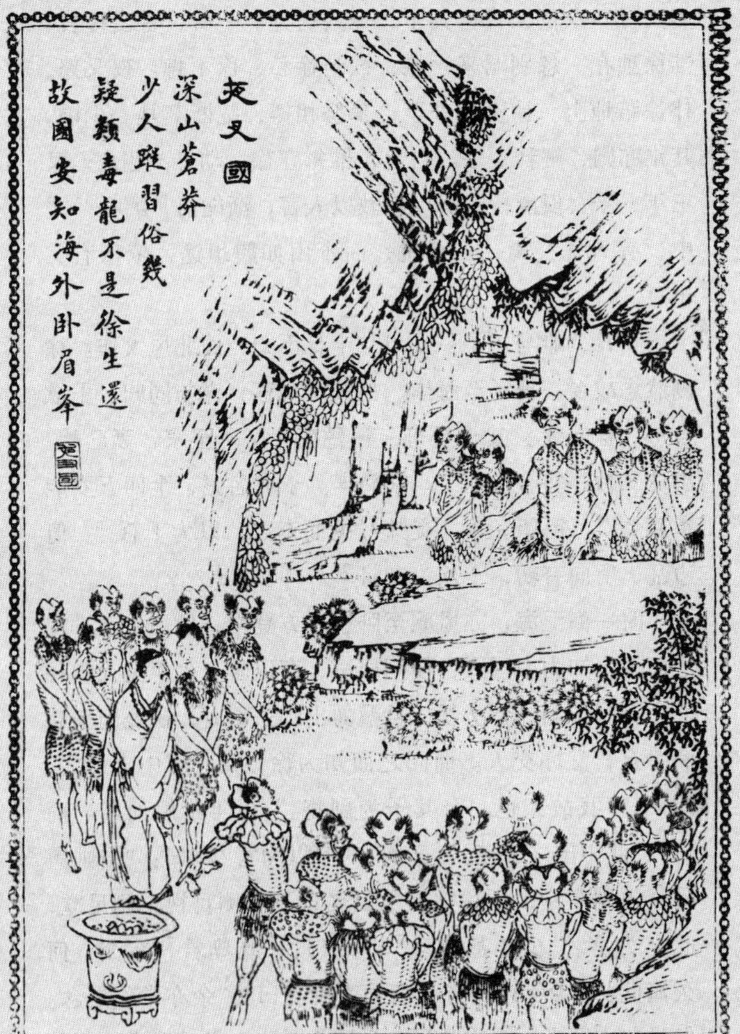
夜叉國
深山蒼莽
少人蹤習俗幾
疑類毒龍不是徐生還
故國安知海外卧眉峯
夜叉國

类其母。众夜叉皆喜其子，辄共拊弄。一日，皆出攫食，惟徐独在。忽别洞来一雌，欲与徐私，徐不肯。夜叉怒，扑徐踣地上。徐妻自外至，暴怒相搏，龁断其耳。少顷，其雄亦归，解释令去。自此，惟每守徐，动息不相离。又三年，子女俱能行步。徐辄教以人言，渐能语，啁啾[15]之中，有人气[16]焉。虽童也，而奔山如履坦途，依依有父子意。

一日，雌与一子一女出，半日不归，而北风大作。徐恻然念故乡，携子至海岸，见故舟犹存，谋与同归。子欲告母，徐止之。父子登舟，一昼夜达交。至家，妻已醮。出珠二枚，售金盈兆[17]，家颇丰。子取名彪，十四五岁能举百钧[18]，粗莽好斗。交帅[19]见而奇之，以为千总[20]。值边乱，所向有功，十八为副将[21]。

时一商泛海，亦风飘至卧眉。方登岸，见一少年，视之而惊，知为中国人，便问居里，商以告。少年曳入幽谷一小石洞，洞外皆丛棘，且嘱勿出。去移时，挟鹿肉来啖商。自言父亦交人。商问之而知为徐，商在客中尝识之，因曰："我故人也。今其子为副将。"少年不解何名。商曰："此中国之官名。"又问："何以为官？"曰："出则舆马，入则高堂；上一呼而下百诺；见者侧目视，侧足立，此名为官。"少年甚歆动[22]。商曰："既尊君[23]在交，何久淹此？"少年以情告。商劝南旋。曰："余亦常作是念。但母非中国人，言貌殊异，且同类觉之，必见残害，用是辗转。”乃出曰：“待北风起，我来送汝行。烦于父兄处寄一耗问[24]。”商伏洞中几半年，时自棘中外窥，见山中辄有夜叉往还，大惧，不敢少动。一日，北风策策[25]，少年忽至，引与急窜，嘱曰：“所言勿忘却。”商应之。又以肉置几上，商乃归。敬抵交，达副总府，备述所见。彪闻而悲，欲往寻之。父虑海涛妖薮[26]，险恶难犯，力阻之，彪抚膺痛哭，父不能止。

乃告交帅。携两兵至海内，逆风阻舟，摆簸海中者半月。四望无涯，咫尺迷闷，无从辨其南北。忽而涌波接汉[27]，乘舟倾覆。彪[28]落海中，逐浪浮沉。久之，被一物曳去，至一处，竟有舍宇。彪视之，一物如夜叉状。彪乃作夜叉语。夜叉惊讯之，彪乃告以所往，夜叉喜曰：“卧眉，我故里也。唐突可罪！君离故道已八千里。此去为毒龙国，向卧眉非路。”乃觅舟来送彪，夜叉在水中，推行如矢，瞬息千里。过一宵，已达北岸，见一少年临流瞻望。彪知山无人类，疑是弟，近之果弟，因执手哭。既而，问母及妹，并云健安。彪欲偕往，弟止之，仓忙便去。回谢夜叉，则已去。未几，母妹俱至，见彪俱哭。彪告其意。母曰：“恐去为人所凌。”彪曰：“儿在中国甚荣贵，人不敢欺。”归计已决，苦逆风难度。母子方徊徨间，忽见布帆南动，其声瑟瑟，彪喜曰：“天助吾也！”相继登舟，波如箭激。三日抵岸，见者皆奔。彪向三人，脱分袍裤。抵家，母夜叉见翁怒骂，恨其不谋。徐谢过不遑[29]。家人拜见主母，无不战栗。彪劝母学作华言，衣锦厌粱肉，乃大欣慰。母女皆男儿装，类满制[30]。数月稍辨语言，弟妹亦渐白皙。弟曰豹，妹曰夜儿，俱强有力。彪耻不知书，教弟读。豹最慧，经史一过辄了。又不欲操儒业[31]，仍使挽强弩，驰怒马，登武进士[32]第。聘阿游击[33]女。夜儿以异种，无与为婚。会标下袁守备[34]失偶，强妻之。夜儿能开百石弓[35]，百余步射小鸟，无虚落。袁每征辄与妻俱。历任同知将军[36]，奇勋半出于闺门。豹三十四岁挂印[37]。母尝从之南征，每临巨敌，辄擐甲执锐[38]，为子接应，见者莫不辟易[39]。诏封男爵[40]。豹代母疏辞[41]，封夫人。

异史氏曰："夜叉夫人，亦所罕闻。然细思之而不罕也。家家床头有个夜叉在。"

校注

1 〔交州〕古地名，汉武帝置十三州部之一。辖今广东、广西及越南承天以北诸省。汉建安间徙治广信，即今广西苍梧县治。该州治，历有变动。

2 〔糗腊（qiǔ 求上声 xī 析）〕糗，干粮。《尚书·费誓》："峙乃糗粮。"郑玄曰："谓熬米麦使熟，又捣以为粉也。"腊，干肉。《周易·噬嗑》："噬腊肉，遇毒。"

3 〔夜叉〕梵语音译，又作"药叉"、"阅叉"；意译"能啖鬼"、

“捷疾鬼”。是印度神话中一种半神的小神灵。佛教中作为北天王毗沙门眷属，列为天龙八部之一。据该文的全部文意看，作者是以佛教故事作为创作意念加以构思的。下文中的“天王”，亦当借“北天王毗沙门”护法神之名虚拟“接天王”之情节。

4 〔牙森列戟〕形容夜叉的牙齿森森如战戟排列。森，繁密貌。

5 〔糗糒〕干粮。

6 〔釜甑（zèng 赠）〕釜，古代的炊器，即现代煮饭的锅。甑，古代蒸饭的陶器。《孟子·滕文公上》：“许子以釜甑爨，以铁耕乎？”

7 〔手语〕即用打手势表达自己的意思。裴铏《传奇·昆仑奴》：“知郎君颖悟，必能默识，所以手语耳。”

8 〔具〕指釜甑等炊具。

9 〔更番〕轮番、轮流。

10 〔天寿节〕意谓夜叉的寿辰。《尚书·君奭》：“天寿平格，保乂有殷。”据此，古代帝王称自己的寿辰为“天寿”。

11 〔骨突子〕指夜叉用珠子串联成佩于胸的项链。

12 〔野苎（zhù 住）〕野生的苎麻。

13 〔踞坐鹗顾〕坐着叉开两腿，如鹰之锐利目光向四围顾视。鹗顾，坐时两腿叉开，脚底与两臀着地，两膝高耸，是待人一种傲慢的姿态。宋洪迈《夷坚甲志·蒋通判女》：“物踞坐踢床上，背面不语。”鹗，鸟名，雕属，性凶猛。

14 〔卧眉山众〕即卧眉国的民众。卧眉国当为小说中虚拟的夜叉国之一。

15 〔啁啾（zhōujiū 周揪）〕本指鸟鸣之声。此借指小儿学话的声音。

16 〔有人气〕谓有人类语言的味道。气，气息。

17 〔盈兆〕言其钱之多。兆，十亿为兆。盈，据青柯亭本，原抄本作“营”。

18 〔百钧〕言其分量之重。详见卷一《咬鬼》注。

19 〔交帅〕指交州最高军事首领。明清时代在提督以下设管辖统军镇守一方的高级武职为总兵官，省称总兵。帅，即指总兵。

20〔千总〕武官名。清朝为武官中职位较低者，其职次于守备。

21〔副将〕即副总兵。位在总兵之下，清代从二品武职，统理一协军务。

22〔歆动〕欣羡、羡慕。《诗经·大雅·皇矣》："帝谓文王，无然畔援，无然歆羡。"集传："歆，欲之动也。"

23〔尊君〕犹令尊。敬称别人的父亲。

24〔耗问〕音信。

25〔策策〕风声。韩愈《秋怀》诗："秋风一披拂，策策鸣不一。"何注："策策，落叶声。"

26〔妖薮〕各种妖怪聚集的场所。薮，人或物聚集之所。晋葛洪《抱朴子·汉过》："云观变为狐兔之薮，象魏化为虎豹之蹊。"

27〔汉〕据二十四卷本，原抄本作"漠"。

28〔彪〕据二十四卷本，原抄本作"徐"。

29〔谢过不遑〕谢过不迭；谓急忙道歉。遑，闲暇，余裕。《诗经·小雅·四牡》："王事靡盐，不遑启处。"毛传："遑，暇。"

30〔类满制〕很像满族人的服式。制，款式。

31〔操儒业〕指以读书作文而求得功名。

32〔武进士〕即科试中武科会试取中者。清制，武科试以学政主之，乡试以督抚主之，会试以兵部主之。均分内外场，内场试《武经》，外场试马步射及弓、刀、石。

33〔游击〕武官名。清代绿营兵设游击，从三品，位于参将之下，属下级武官。

34〔标下袁守备〕标下，犹言麾下。标，清代绿营兵的编制，一标辖三营，其士兵亦称"标卒"。守备，武官名。明朝于总兵之下设守备，其职责驻守城哨。清代为绿营兵统兵官，位在都司下，统一营兵，正五品武官。

35〔开百石弓〕指能拉开有百石弓力的弓。石，一钧三十斤，四钧为一石。

36 〔同知将军〕即以都督同知挂副将印者，亦称“督同将军”，即副总兵。

37 〔挂印〕指挂印将军。《明史·职官志五》：“凡总兵、副总兵，率以公、侯、伯、都督充之。其总兵挂印称将军。”并定各省各镇的总兵，遇战事，则挂诸号将军印，统兵出战，战毕纳还。清代多挂提督衔。

38 〔擐（xuān 轩）甲执锐〕谓穿上甲胄，拿起武器。《左传·成公二年》：“擐甲执兵，固即死也。”擐，通“揎”，捋起，此指穿上。锐，兵器。

39 〔辟易〕退避，避开。《史记·项羽本纪》：“是时，赤泉侯为骑将；追项王，项王瞋目而叱之，赤泉侯人马俱惊，辟易数里。”

40 〔男爵〕古代五等爵位中最后一等级。《礼记·王制》：“王者之制爵禄，公、侯、伯、子、男凡五等。”

41 〔疏辞〕即上疏辞封爵。

小　髻

长山居民某，暇居辄有短客[1]来，久与扳谈[2]，素不识其生平，颇注疑念，客曰："三数日，将便徙居，与君比邻矣。"过四五日，又曰："今已同里，旦晚可以承教[3]。"问："乔居[4]何所？"亦不详告，但以手北指。自是，日辄一来，时向人假器具，或吝不与，则自失之。群疑其狐。村北有古冢，陷不可测，意必居此。共操兵杖往，伏听之，久无少异。一更向尽，闻穴中戢戢[5]然，似数十百人作耳语。众寂不动。俄而尺许小人，连遱[6]而出，至不可数。众噪起，并击之，杖杖皆火，瞬息四散。惟遗一小髻，如胡桃壳然，纱饰而金线，嗅之，骚臭不可言。

校注

1　〔短客〕谓矮客人。

2　〔扳（pān 潘）谈〕同“攀谈”。指主动找人闲谈。

3　〔承教〕犹言请教、领教。《孟子·梁惠王上》：“寡人愿安承教。”

4　〔乔居〕迁居。《诗经·小雅·伐木》：“出自幽谷，迁于乔木。”故称人迁居为“乔迁”。

5　〔戢戢（jíjí 及及）〕低声说话，话听不清。

6　〔连遱（lóu 楼）〕连续不断。朱骏声《说文通训定声·需部》：“连遱，行步不绝之貌。”

西　僧

西僧自西域[1]来，一赴五台[2]，一卓锡[3]泰山，其服色言貌，俱与中国殊异，自言："历火焰山[4]，山重重，气熏腾若炉灶。凡行必于雨后，心凝目注，轻迹步履[5]之，误蹴山石，则飞焰腾灼焉。又经流沙河[6]，河中有水晶山，峭壁插天际，四面莹澈，似无所隔。又有隘，可容单车，二龙交角对口把守之，过者先拜龙，龙许过，则口角自开。龙色白，鳞鬣皆如晶然。"僧言："途中历十八寒暑矣。离西域者十有二人，至中国仅存其二。西土[7]传中国名山四：一泰山，一华山[8]，一五台，一落伽[9]也。相传山上遍地皆黄金，观音[10]、文殊[11]犹生。能至其处，则身便是佛，长生不死。"听其所言状，亦犹世人之慕西土[12]也。倘有西游人[13]，与东渡者[14]中途相值，各述所有，当必相视失笑，两免跋涉矣。

校注

1 〔西域〕西域之名始汉，指当时敦煌以西诸国，即今甘肃玉门关以西地区的总称。

2 〔五台〕山名，在山西省五台县东北隅。山有五峰高耸，峰顶平坦宽阔，如垒土之台，故称五台，又称清凉山。为我国佛教四大名山之一。

3 〔卓锡〕卓，直立；锡，锡杖，僧人外出所用。僧人出行称“飞锡”，居止称“卓锡”。元张伯淳《楞伽古木》：“道林卓锡旧称此，仿佛于今八百年。”泰山，又称“岱山”、“岱宗”，为五岳之东岳。主峰在现之山东省泰安市境内。

4 〔火焰山〕在新疆吐鲁番盆地北部的土孜塔格。最高峰在胜金口附近。胜金口峡谷，层峦叠嶂，山势险要。其山体，主要为红砂岩构成，夏季气候炎热干燥，山体呈红色，故而得名。《西游记》中，孙悟空过火焰山，即指此。

5 〔轻迹步履〕脚步轻轻地通过。

6 〔流沙河〕即今新疆维吾尔自治区焉耆县境内开都河，相传为《西游记》中流沙河。

7 〔西土〕即上文中所指“西域”。

8 〔华山〕五岳之一。在今陕西省东部，华阴市南，北临渭河平原，属秦岭东段。又称太华山。古称“西岳”。有莲花（西峰）、落雁（南峰）、朝阳（东峰）、玉女（中峰）、五云（北峰）等峰，为游览胜地。

9 〔落伽〕山名，即普陀洛伽山，又名普陀。为中国佛教四大名山之一。在今浙江省的普陀县，属舟山群岛。古称梅岑山，传说汉方士梅福在此炼丹。五代后梁时，日僧慧锷从五台山请观音圣像回国，为大风所阻，于此山建“不肯去观音院”，是为“观音道场”之始。后人又据《华严经·入法界品》，附会为善才参访观音菩萨的补陀落伽山之说，故又名落伽山。

10 〔观音〕佛教大乘教菩萨之一。本作“观世音”，唐人避太宗李世民讳，去“世”字。别称“观自在”或观音大士。佛教称此菩萨为广化众生，示现种种形象，名为“普门示现”。唐宋以来观世音的图像，多作女相。

11 〔文殊〕佛教菩萨名。文殊师利或曼殊室利（梵语译音）的省称。意译为“妙吉祥”、“妙德”等。其形顶结五髻，象征大日如来的五智；手持剑，骑青狮，象征智慧锐利威猛。为释迦牟尼的左胁侍，与司“理”的普贤菩萨相对。传说其说法的道场为山西省的五台山。

12 〔西土〕指西方的佛国。即谓“西方净土”、“西方极乐世界”。

13 〔西游人〕指到西方佛国中礼佛求经者。

14 〔东渡者〕指西方佛国东来的僧人。

老　饕

邢德，泽州[1]人，绿林之杰[2]也。能挽强弓，发连矢[3]，称一时绝技，而生平落拓，不利营谋[4]，出门辄亏其资。两京[5]大贾，往往喜与邢俱，途中恃以无恐。

会初冬，有二三估客，薄假以资，邀同贩鬻，邢复自罄其囊[6]，将并居货[7]。有友善卜，因诣之，友占曰："此爻为'悔'[8]，所操之业，即不母而子亦有损焉[9]。"邢不乐，欲中止，而诸客强速之行，至都，果符所占。腊将半，匹马出都门，自念新岁无资，倍益怏闷。时晨雾[10]蒙蒙，暂趋临路店，解装觅饮。见一颁白[11]叟，共两少年酌北牖下。一僮侍，黄发蓬蓬然。邢于南座对叟休止。僮行觞，误翻柈具[12]，污叟衣，少年怒，立摘其耳，持巾捧帨，代叟揩拭。既见僮手拇俱有铁箭镮[13]，厚半寸，每一镮约重二两余。食已，叟命少年于革囊中探出镪物[14]，堆累几上，称秤握算，可饮数杯时，始缄裹完好。少年于枥下牵一黑跛骡来，扶叟乘之，僮亦跨羸马[15]相从，出门去。两少年各腰弓矢，捉马俱出。

邢窥多金，穷睛旁睨，馋焰若炙，辍饮，急尾之。视叟与僮，犹款段[16]于前，乃下道斜驰出叟前，紧衔关弓[17]，怒相向。叟俯脱左足靴，微笑云："而不识得老饕[18]耶？"邢满引[19]一矢去，叟仰卧鞍上，伸其足，开两指如箝，夹矢住。笑曰："技但止此，何须而翁[20]手敌？"邢怒，出其绝技，一矢刚发，后矢继至。叟手掇其一，似未防其连珠[21]，后矢直贯其口，踣然[22]而堕，衔矢僵眠。僮亦下。邢喜，谓其已毙，近临之，叟吐矢跃起，鼓掌曰："初会面，何便作此恶剧？"邢大惊，马亦骇逸。以此知叟异，不敢复返。走三四十里，值方面纲纪[23]，囊物赴都，要取之，略可千金，意气方得扬。正疾骛间，闻后有蹄声，回首，则僮易跛骡来，驶若飞，叱曰："男子勿行！猎取[24]之货，宜少瓜分。"邢曰："汝识连珠箭邢某否？"僮云："适已承教矣。"邢以僮貌不扬，又无弓矢，易之。一发三矢，连遱[25]不断，如群隼飞翔。僮殊不忙迫，手接二，口衔一，笑曰："如此技艺，辱没煞人[26]！乃翁偬遽[27]，未暇寻得弓来，此物亦无用处，请即掷还。"遂于指上脱铁镮，穿矢其中，以手力掷，呜呜风鸣。邢急拨以弓，弦适触铁镮，铿然断绝，弓亦绽裂。邢惊绝，未及觑避，矢过贯耳，不觉翻坠。僮下骑，将便搜括，邢以弓卧挞之。僮夺弓去，拗折为两，又折为四，抛置之。已乃一手握邢两臂，一足踏邢两股，臂若缚，股若压，极力不能少动。腰中束带双叠，可骈三

老瞽
老瞽真是綠林雄卻敵
從容數掌中一
發三矢無用家更看絕
技出奚僮

指许[28]，僮以一手捏之，随手断如灰烬。取金已，乃超乘[29]作一举手，致声“孟浪[30]”，霍然径去。邢归，卒为善士[31]，每向人述往事，不讳。此与刘东山[32]事，盖仿佛焉。

校注

1 〔泽州〕州名，隋置。明及清初为直隶州，雍正间升为府，故治在今山西省晋城市。

2 〔绿（lù 碌）林之杰〕犹绿林豪杰、绿林好汉。绿林，地名，位于湖北当阳县东北。西汉末年，新市人王匡、王凤等，组织荆州饥民起义，以绿林山为根据地，反抗王莽政权，史称“绿林军”。后来绿林泛指啸聚山林反抗官府或抢劫财物的武装集团。

3 〔强弓、连矢〕强弓，指强劲的硬弓；是一种用机栝发射的连弩，可连发数矢。连矢，连发的矢，即下文中“连珠箭”。弓，据二十四卷本，原抄本无。

4 〔不利营谋〕谓其经商不顺利。营谋，经营、谋划。

5 〔两京〕南京和北京。

6 〔自罄其囊〕自己将所有的钱都拿出来。罄，尽。囊，钱袋。

7 〔居货〕购买货物储存，以准备贩运。居，储存，囤积。

8 〔此爻为“悔”〕指所占卦的爻辞有“悔”。爻，是组成《周易》卦的符号，三爻合成一卦。说明《周易》六十四卦各爻的文辞，称爻辞。悔，为《周易》爻辞，悔指灾祸，有凶、咎。

9 〔所操业，即不母而子亦有损焉〕此句是承上爻辞中有“悔”

而言。所操业，指负贩事。经商以本生息，本者曰“母”，息者曰“子”。言邢此次负贩不但本不生息，而本也有所损。

10 〔雾〕据青柯亭本，原抄本作“露”。

11 〔颁白〕须发半白。颁，通“斑”。《孟子·梁惠王上》：“颁白者，不负戴于道路矣。”朱熹集注：“颁与斑同，老人头半白黑者也。”

12 〔柈具〕谓菜盘。柈，盘。

13 〔箭镮〕即“扳指”，又名决、抉或玦；用骨或象牙制成，戴在右手拇指，为射箭时用具。

14 〔镪（qiǎng 抢）物〕镪，通“繦”，钱物。镪，原指钱或穿钱的绳，此借指银两。

15 〔羸马〕此指瘦马。

16 〔款段〕马缓行的样子。详见卷一《瞳人语》注。

17 〔紧衔关弓〕指紧勒住马，拉开弓。紧衔，谓拉紧马勒。关弓，谓拉弯弓。关，同“弯”。

18 〔老饕（tāo 涛）〕即饕餮，传说中的怪兽，其性贪残。后来将贪得无厌者、贪残者，称为饕餮。清唐孙华《发粟行》：“竟使官胥饫饕餮，诏书挂壁徒空文。”宋孙奕《履斋示儿编·正误·饕餮》：“杜曰：‘贪财为饕，贪食为餮。’……至东坡赋老饕，又直以饕之一字为贪食云。”

19 〔满引〕同“引满”，指开弓至满。

20 〔而翁〕你老子。而，尔，你。此为老饕自称。

21 〔连珠〕此指连珠箭，即前所言“连矢”。

22 〔踣（bó 勃）然〕跌倒。

23 〔方面纲纪〕指地方大官的奴仆。方面，谓地方之长官。《后汉书·窦融传》：“融以兄弟各受爵位，久专方面，惧不自安，数上书求代。”纲纪，指府及州郡主簿，也用于奴仆的美称。《文选·南朝宋傅亮〈为宋公修张良庙教〉》“纲纪”李善注：“纲纪，谓主簿也。教，主簿宣之，故曰纲纪。”

24 〔猎取〕本指狩猎所得猎物。此指断路抢劫的隐语。

25 〔连遱（lóu 楼）〕连续不断的样子。朱骏声《说文通训定声·需部》:“连遱，行步不绝貌。”

26 〔辱没煞人〕玷辱，不光彩。

27 〔傯（zǒng总）遽〕傯应作“悤”或“怱”。仓促，匆忙。

28 〔骈三指许〕约三指并拢那么宽。骈，本指两马并驾，后多用来形容并列。

29 〔超乘〕本指跃上战车。《左传·僖公三十三年》:“秦师过周北门，左右免胄而下，超乘者三百乘。”此指跳上骡背。

30 〔孟浪〕鲁莽、轻率。

31 〔善士〕指有德行的人。《孟子·万章下》:“一乡之善士，斯友一乡之善士。”

32 〔刘东山〕宋懋澄《九籥别集》卷二《刘东山》载：刘东山，嘉靖时交河县人，为捕快。善连珠箭，发矢未尝空落。年三十余，苦厌此业，至京师贩运驴马，得百金。途遇一二十左右顾影少年，黄衫毡笠，长弓短刀。向东山曰：“多闻手中无敌，今日请听箭风。”言未已，耳根但闻肃肃如小鸟飞过。又引箭曰：“东山晓事人，腰间骡马钱一借。”于是东山下鞍，解橐献金，膝行而前。少年受金转马向北。东山空手而回，夫妻卖酒于村郊，不敢向人言此事。三年后冬日，有壮士十一人，骑骏马，着短衣，各带弓矢刀剑入肆饮酒。中一未冠人，乃往时马上少年也。少年持其手曰：“昔年诸兄弟于顺成门闻卿自誉，令某途间轻薄，今当十倍酬卿。”言毕，出千金案上，劝令收进。明末清初大戏剧家李渔在其《笠翁文集》卷二亦有《秦淮健儿传》记刘东山之事。王渔洋《池北偶谈》卷二十二《谈异》中，亦载此事。明末凌濛初更以此事写成拟话本：“刘东山夸技顺城门，十八兄奇踪村酒肆。”收进《拍案惊奇》卷三。

连城

乔生，晋宁[1]人，少负才名，年二十余犹淹蹇[2]。为人有肝胆，与顾生善，顾卒，时恤其妻子。邑宰以文相契重[3]，宰终于任，家口淹滞不能归，生破产扶柩，往返二千余里，以故士林[4]益重之，而家由此益替[5]。史孝廉有女，字连城，工刺绣，知书，父娇宝之[6]。出所刺“倦绣图”，征少年题咏，意在择婿。生献诗云：“慵鬟高髻绿婆娑，早向兰窗绣碧荷。刺到鸳鸯魂欲断，暗停针线蹙双蛾[7]。”又赞挑绣之工云：“绣线挑来似写生，幅中花鸟自天成。当年织锦非长技，幸把回文感圣明[8]。”女得诗喜，对父称赏。父贫之。女逢人辄称道，又遣媪矫父命[9]，赠金以助灯火，生叹曰：“连城我知己也！”倾怀结想，如饥似啖。无何，女许字于鹾贾[10]之子王化成，生始绝望，然梦魂中犹佩戴之。

未几，女病瘵，沉痼不起。有西域[11]头陀，自谓能疗，但须男子膺肉一钱，捣合药屑。史使人诣王家告婿，婿笑曰：“痴老翁，欲我剜心头肉耶？”使返。史乃言于人曰："有能割肉者，妻之。"生闻而往，自出白刃，刲[12]膺授僧，血濡袍裤，僧敷药始止。合药三丸，三日服尽，病若失。史将践其言，先告王，王怒，欲讼官。史乃设筵招生，以千金列几上，曰："重负大德，请以相报。"因具白背盟之由。生怫然[13]曰："仆所以不爱膺肉者，聊以报知己耳，岂货肉哉！"拂袖而归。女闻之，意良不忍，托媪慰谕之，且云："以彼才华，当不久落，天下何患无佳人？我梦不祥，三年必死，不必与人争此泉下物[14]也。"生告媪曰："士为知己者死[15]，不以色也。诚恐连城未必真知我。不谐何害！"媪代女郎矢诚自剖[16]，生曰："果尔，相逢时，当为我一笑，死无憾！"媪既去，逾数日，生偶出，遇女自叔氏归，睨之，女秋波转顾，启齿嫣然[17]。生大喜曰："连城真知我者。"会王氏来议吉期，女前症又作，数月寻死。生往临吊[18]，一痛而绝，史舁送其家。

生自知已死，亦无所戚，出村去，犹冀一见连城。遥望南北一道，行人连续[19]如蚁，因亦混身杂迹其中。俄顷，入一廨署，值顾生，惊问："君何得来？"即把手将送令归。生太息，言："心事殊未了。"顾曰："仆在此典牍[20]，颇得委任。倘可效力，不惜也。"生问连城，顾即导生旋转多所，见连城与一白衣女郎泪睫惨黛，藉坐廊隅[21]。见生至，骤起似喜，问其所来，生曰："卿死，仆何敢生？"连城泣曰："如此负义人，尚不吐弃之，身殉何为？然亦不能许君今生，愿矢来世耳。”生告顾曰：“有事君自去，仆乐死不愿生矣。但烦稽连城托生何里，行与俱去耳。”顾诺而去。白衣女郎问生何人，连城为缅述之，女郎闻之，若不胜悲。连城告生曰：“此妾同姓，小字宾娘，长沙史太守[22]女，一路同来，遂相怜爱。”生视之，意态怜人，方欲研问，而顾已反，向生贺曰：“我为君平章已确[23]，即教小娘子从君返魂，好否？”两人各喜，方将拜别，宾娘大哭曰：“姊去，我安归？乞垂怜救，妾为姊捧帨[24]耳。”连城凄然，无所为计，转谋生。生又哀顾，顾难之，峻辞以为不可。生固强之，乃曰：“试妄为之。”去食顷而返，摇手曰：“何如！诚万分不能为力矣！”宾娘闻之，宛转娇啼，惟依连城肘下，恐其即去。惨怛[25]无术，相对默默，而睹其愁颜[26]戚容，使人肺腑酸柔。顾生愤然曰：“请携宾娘去，脱有愆尤[27]，小生拚身受之！”宾娘乃喜，从生出。生忧其道远无侣，宾娘曰：“妾从君去，不愿归也。”生曰：“卿大痴矣。不归，何得活也？他日至湖南，勿复走避，为幸多矣。”适有两媪摄牒[28]赴长沙，生嘱之[29]，宾娘泣别而去。途中，连城行蹇缓，里余辄一息，凡十余息，始见里门。连城曰：“重生后，惧有翻复，请索妾骸骨来，妾以君家生，当无悔也。”生然之，偕归生家。女惕惕[30]若不能步，生伫待之。女曰：“妾至此，四肢摇摇，似无所主。志恐不遂，尚宜审谋，不然，生后何能自由？”相将入侧厢中，嘿[31]定少时，连城笑曰：

“君憎妾耶？”生惊问其故，赧然曰：“恐事不谐，重负君矣。请先以魂报也。”生喜，极尽欢恋。因徘徊不敢遽生，寄厢中者三日。连城曰：“谚有之：‘丑妇终须见姑嫜。’戚戚于此，终非久计。”乃促生入。才至灵寝[32]，豁然顿苏，家人惊异，进以汤水。生乃使人要史来，请得连城之尸，自言能活之。史喜从其言。方舁入室，视之已醒，告父曰：“儿已委身[33]乔郎，更无归理，如有变动，但仍一死！”史归，遣婢往役给奉。

王闻，具词申理，官受贿，判归王。生愤懑欲死，亦无之奈何[34]。连城至王家，忿不饮食，惟乞速死。室无人，则带悬梁上。越日益惫，殆将奄逝。王惧，送归史，史复舁归生。王知之，亦无如何，遂安焉。连城起，每念宾娘，欲遣信参之[35]，以道远而艰于往。一日，家人白：“门前有车马。”夫妇出视，则宾娘已在中庭矣。相见悲喜。太守亲诣送女，生延入。太守曰：“小女子赖君复生，誓不他适，今从其志。”生叩谢如礼。孝廉亦至，叙宗好焉。生名年，字大年。

异史氏曰：“一笑之知，许之以身，世人或议其痴。彼田横五百人岂尽愚哉[36]！此知希之贵，贤豪所以感结而不能自已也[37]。顾茫茫海内，遂使锦绣才人[38]，仅倾心于蛾眉一笑也，悲夫！”

王渔洋曰：“雅是情种，不意《牡丹亭》后，复有此人[39]。”

校注

1 〔晋宁〕县州名。汉为滇池县，唐置晋宁县，元为晋宁州，后改为县。县治在云南省昆明市南部，滇池以南，晋宁县。

2 〔淹蹇〕困顿，谓在科考中不得志。

3 〔契重〕投合、器重。元王沂《寿胡琴所并酬春色见寄》诗："绝俗调高闻白云，结交契重见金兰。"

4 〔士林〕泛指读书人中间。

5 〔替〕凌替，衰败。《新唐书·魏徵传》："以古为镜，可以知兴替。"

6 〔娇宝之〕娇惯得像宝贝一样。

7 〔"慵鬟高髻绿婆娑"四句〕此诗为绣图题咏。通过题"倦绣图"，透露出少女怀春的情感。慵鬟，古代妇女的一种发型。绿，古时形容妇女头发乌亮而多称绿。《玉台新咏·吴均〈和萧洗马子显古意〉之三》："绿鬓愁中改，红颜啼里灭。"婆娑（suō 梭），披离飘拂貌。兰窗，女子居室曰"兰室"，其窗，曰"兰窗"。魂欲断，谓魂驰神往。戚双蛾，谓皱缩双眉。《玉台新咏·沈约〈昭君辞〉》："于兹怀九逝，自此敛双蛾。"

8 〔"绣线挑来似写生"四句〕该四句诗，为对连城挑花刺绣的赞誉。写生，指中国画临摹实物。天成，谓天生自然而成。织锦，《文苑英华》八三四武则天《苏氏织锦回文记》载：秦王苻坚时，秦州刺史扶风窦滔妻苏氏，名蕙，字若兰。后滔纳宠姬赵阳台，善歌舞之妙，滔钟爱之，置之别所。苏氏知之，苦加捶辱，滔深以为恨。镇襄阳，乃携阳台之任，绝苏音问。苏氏悔恨自伤，因织锦为回文。纵横反复，皆成章句，名曰"璇玑图"。令苍头赍至襄阳，滔省览锦字，感其妙绝，因送阳台之关中而具车徒盛礼邀迎苏氏，归于汉南，恩好愈重。《晋书·列女传》谓窦滔为秦川刺史，被徙流沙，苏氏思之，织锦为回文以赠滔，与武则天所记少异。圣明，封建社会皇帝的代称。晋刘琨《劝进表》："或多难以固邦国，或殷忧以启圣明。"

9 〔矫命〕假托他人之命行事。

10 〔鹾（cuó 矬）贾〕盐商。《礼记·曲礼下》："盐曰咸鹾"。

11 〔西域〕据二十四卷本，原抄本作"西城"。

12 〔刲（kuī 亏）〕割。

13 〔怫然〕生气的样子。详见卷二《莲香》注。

14 〔泉下物〕指死人。此谓自己不久将死。

15 〔士为知己者死〕《战国策·赵策一》："豫让遁逃山中，曰：'嗟乎！士为知己者死，女为悦己者容，吾其报知氏之雠矣。'"

16 〔矢诚自剖〕发誓表明自己的心迹。

17 〔嫣（yān 胭）然〕形容笑之美。

18 〔临吊〕谓临丧哭吊。《后汉书·侯霸传》："十三年，霸薨，帝深伤惜之，亲自临吊。"

19 〔连续〕据二十四卷本，原抄本作"连绪"。

20 〔典牍〕掌管文书案卷。

21 〔藉坐廊隅〕席地坐在廊下的一角。

22 〔太守〕秦置郡守，职掌一郡政务，汉景帝更名为太守，明清为知府、知州的别称。

23 〔平章已确〕商办已定。平章，商量处理。《颜氏家训·风操》："近在议曹，共平章百官秩禄。"

24 〔捧帨（shuì 税）〕谓捧巾盥洗。此言为婢妾之事。帨，面巾。

25 〔惨怛（dá 答）〕忧伤，悲痛。《庄子·盗跖》："惨怛之疾，恬愉之安，不监于体。"

26 〔愁颜〕据二十四卷本，原抄本作"愁艳"。

27 〔愆尤〕过失、罪责。《文选·张衡〈东京赋〉》："卒无补于风规，只以昭其愆尤。"

28 〔摄牒〕拿着公文。摄，持，拿。《左传·成公十六年》："请摄饮焉。"注："摄，持也。"

29 〔嘱之〕据二十四卷本，原抄本无“之”字。

30 〔惕惕〕忧惧貌。《国语·晋语四》：“君若恣志以用重耳，四方诸侯，其谁不惕惕以从命。”

31 〔嘿〕同“默”。

32 〔灵寝〕即灵床，停放尸体的床位。

33 〔委身〕谓以身事人。《文选·卢谌〈赠刘琨诗附书〉》：“委身之日，夷险已之。”

34 〔何〕据二十四卷本，原抄本无。

35 〔遣信参之〕谓派人去询问宾娘。《南史·齐巴陵王子伦传》：“西阳王子明欲送书参侍读鲍僎病。”信，信使。参，犹询问。

36 〔“彼田横五百人”句〕田横，《史记·田儋列传》载：齐人田横，秦末与刘邦共拒项羽，并与刘邦争天下，田横自立齐王。当刘邦立为皇帝后，田横惧祸，带五百武士逃往海岛。刘邦使使者告之：“田横来，大者王，小者乃侯耳；不来，且举兵加诛焉。”田横乃与其客二人乘传诣雒阳，未至三十里，横谓其客曰：“横始与汉王俱南面称孤，今汉王为天子，而横乃为亡虏而北面事之，其耻固已甚矣。”遂自刭。客奉其头从使者驰奏之。高帝为之流涕，以王者礼葬田横。既葬，二客穿其冢旁孔，皆自刭，下从之。其余五百人在海中闻田横死，亦皆自杀。

37 〔“此知希之贵”二句〕谓世之知己之难得，故贤豪之士对知己之恩德感结于心。知希之贵，语出《老子》：“知我者希，则我者贵。”

38 〔锦绣才人〕言其才学出众，文思优美，辞藻华丽的读书之人。此指乔生。柳宗元《乞巧文》：“骈四俪六，锦心绣口。”

39 〔“王渔洋曰”段〕据青柯亭刻本，原抄本无。

霍　生

文登[1]霍生，与严生少相狎，长相谑[2]也。口给交御[3]，惟恐不工。霍有邻媪，曾为严妻导产，偶与霍妇语，言其私处有两赘疣[4]，妇以告霍。霍与同党者谋，窥严将至，故窃语云："某妻与我最昵。"众不信，霍因捏造端末[5]，且云："如不信，其阴侧有双疣。"严止窗外，听之既悉，不入径去。至家，苦掠其妻，妻不伏，搒益残，妻不堪虐，自经死。霍始大悔，然亦不敢向严而白其诬[6]矣。严妻既死，其鬼夜哭，举家不得宁焉。无何，严暴卒，鬼乃不哭。霍妇梦女子披发大叫曰："我死得良苦，汝夫妇何得欢乐耶！"既醒而病，数日寻卒。霍亦梦女子指数诟骂，以掌批其吻，惊而寤，觉唇际隐痛，扪之高起，三日而成双疣，遂为痼疾，不敢大言笑，启吻太骤，则痛不可忍。

异史氏曰："死能为厉[7]，其死冤也。私病[8]加于唇吻，神而近于戏矣。"

邑王氏与同窗某狎。其妻归宁，生知其驴善惊，先伏丛莽中，伺妇至，暴出，驴惊妇堕，惟一僮从，不能扶妇乘，王乃殷勤抱控[9]甚至，妇亦不识谁何。王扬扬[10]以此得意，谓僮逐驴去，因得私[11]其妇于莽中，述衵裤履[12]甚悉。某闻，大惭而去。少间，自窗隙中见某一手握刃，一手捉妻来，意甚怒恶，大惧，逾垣而逃。某从之，追二三里，不及始返。王尽力极奔，肺叶开张，以是得吼疾[13]，数年不愈焉。

校注

1 〔文登〕县名。汉朝不夜县地，北齐置文登县。清属登州府，现属山东省烟台市。

2 〔谑〕谓戏言，无节制地开玩笑。《诗经·卫风·淇奥》："善戏谑兮，不为虐兮。"

3 〔口给交御〕谓以言语相谑，各不相让。《论语·公冶长》："御人以口给，屡憎于人。"朱熹注："御，当也，犹答也。给，辩也。"

4 〔赘疣〕谓赘肉刺瘊之类。

5 〔端末〕指事情的原委。

6 〔白其诬〕此指霍生不敢向严生承认自己的欺骗行为与对严妻的诬蔑。诬，指捏造的不实之词。

7 〔厉〕指厉鬼。

8 〔私病〕指阴私之处的毛病。

9 〔抱控〕指抱住其人，而手控其驴子。

10 〔扬扬〕谓得意貌。

11 〔私〕指奸污。

12 〔衵（nì昵）裤履〕谓近身的衣服、裤子与鞋子。

13 〔吼疾〕当指哮喘病。

汪士秀

汪士秀，庐州[1]人，刚勇有力，能举石舂[2]。父子善蹴踘[3]。父四十余，过钱塘没[4]焉。积八九年，汪以故诣湖南，夜泊洞庭[5]，时望月[6]东升，澄江如练[7]。方眺瞩间，忽有五人自湖中出，携大席平铺水面，略可半亩。纷陈酒馔，馔器磨触作响，然声温厚，不类陶瓦。已而，三人践席坐，二人侍饮。坐者一衣黄，二衣白，头上巾皆皂色，峨峨然下连肩背，制绝奇古[8]。而月色微茫，不甚可晰。侍者俱黑褐衣，其一似童，其一似叟也。但闻黄衣人曰："今夜月色大佳，足供快饮。"白衣者曰："此夕风景，大似广利王[9]宴梨花岛时。"三人互劝，引釂竞浮白[10]，但语略小，即不可闻。舟人隐伏，不敢动息[11]。汪细审侍者，叟酷类父，而听其言，非父声。二漏将残，忽一人曰："趁此明月，宜一击球为乐。"即见僮没水中，取一圆[12]出，大可盈抱，中如水银满贮，表里通明。坐者尽起，黄衣人呼叟共蹴之，蹴起丈余，光摇摇射人眼。俄而，砉[13]然远起，飞堕舟中。汪技痒，极力踏去，觉异常轻耎。踏猛似破，腾寻丈[14]，中有漏光，下射如虹，蚩然疾落；又如经天之彗[15]，直投水中，滚滚作沸泡声而灭。席中共怒曰："何物生人，败我清兴！"叟笑曰："不恶，不恶，此吾家流星拐[16]也。"白衣人嗔其语戏，怒曰："都方厌恼，老奴何得作欢？便同小乌皮[17]捉得狂子来，不然，胫股当有椎吃[18]也！"汪计无所逃，即亦不畏，捉刀立舟中。倏见僮叟操兵来，汪注视真其父也，疾呼："阿翁，儿在此！"叟大骇，相顾凄断。僮即反身去。叟曰："儿急作匿，不然都死矣！"言未已，三人忽已登舟，面皆漆黑，睛大于榴，攫叟出，汪力与夺，摇舟断缆。汪以刀截其臂落，黄衣者乃逃。一白衣人奔汪，汪剁其颅，堕水有声，哄然俱没。方谋夜渡，旋见巨喙出水面，深阔若井，四面湖水奔注，砰砰作响，俄一喷涌，则浪接星斗，万舟簸荡，湖人大恐。舟上有石鼓[19]二，皆重百斤，汪举一以投，激水雷鸣，浪渐消；又投其一，风波悉平。汪疑父为鬼，叟曰："我固未尝死也。溺江者十九人，皆为妖物所食，我以踢圆得全。物得罪于钱塘君[20]，故移避洞庭耳。三人鱼精，所蹴鱼胞也。"父子聚喜，中夜击棹而去。天明，见舟中有鱼翅[21]，径四五尺许，乃悟是夜间所断臂也。

王阮亭云："此条亦恢诡。"

校注

1 〔庐州〕明清府名。治所在今安徽省合肥市。

2 〔石舂（chōng 充）〕捣米用的石臼。

3 〔蹴踘〕亦作“蹴鞠”。我国古代一种足球运动。用以练武、娱乐、健身。传说始于黄帝，初以练武。战国时已经流行。《史记·扁鹊仓公列传》：“处（项处）后蹴踘，要蹷寒，汗出多，即呕血。”踘，通“鞠”。《汉书·枚乘传》：“驭狗马蹴鞠刻镂。”颜师古注：“蹴，足蹴之也。鞠，以韦为之，中实以物，蹴蹋为戏乐也。”到明清其“鞠”，很类于今天之足球。清褚人获《坚瓠首集·踢毬》：“毬名踏踘，始于轩后军中练武之剧……其制以革为圆囊，实以毛发，后则鼓之以气。”

4 〔过钱塘没〕钱塘，即钱塘江，浙江下游，为萧山闻家堰至闸口一段，注入东海。没，指溺水而死。

5 〔洞庭〕即洞庭湖，在湖南省北部，长江南岸。

6 〔望月〕农历每月十五日为望，即月圆之时。

7 〔澄江如练〕江水平静清澈如白绢。《文选·谢朓〈晚登三山还望京邑〉》诗：“余霞散成绮，澄江静如练。”

8 〔制绝奇古〕指款式非常古怪。

9 〔广利王〕南海海神祝融的封号。《旧唐书·仪礼志四》：“（天宝）十载正月，四海并封王。遣……太子中允李随祭东海广德王，义王府长史张九章祭南海广利王。”唐韩愈《南海神庙碑》：“由是册尊南海神为广利王。”

10 〔引醽竞浮白〕指为对方斟酒争相干杯。引醽，举杯畅饮。浮白，据青柯亭本，原抄本作“浮浅”。浮白，用大杯罚酒。详见《自叙》注。

11 〔不敢动息〕指不敢动弹与呼吸。动，动弹。息，呼吸。

12 〔圆〕即毬。古时以足踏或用杖击的球称为“圆”，宋时球戏组织称“圆社”。

13 〔訇（hōng 轰）〕同“訇”，大声。李白《梦游天姥吟留别》：“洞天石扉，訇然中开。”

14 〔寻丈〕一丈左右。寻，八尺。《管子·明法》：“有寻丈之数者，不可差以长短。”

15 〔彗〕彗星。俗称扫帚星。

16 〔流星拐〕蹴踘的一种技艺。何垠注：“流星拐，蹴踘采名也。如腾起左脚，即以右脚从后蹴踘始起也。”

17 〔小乌皮〕当指“其一似童”的侍者。乌，据青柯亭本，原抄本作“鸟”。

18 〔椎（chuí 垂）吃〕指挨棒槌。椎，槌。

19 〔石鼓〕本指周秦时之刻石，其形如鼓，上镌篆文，曰石鼓文。后因其形而制之石墩，可供坐、垫之用。蒲氏祖墓前，即有残留石鼓一对。

20 〔钱塘君〕即钱塘龙王。见李朝威《柳毅传》。

21 〔鱼翅〕鱼鳍。

商三官

故诸葛城[1]，有商士禹者，士人也，以醉谑[2]许邑豪，豪嗾家奴乱捶之，舁归而毙。禹二子：长曰臣，次曰礼。一女曰三官。三官年十六，出阁[3]有期，以父故不果。两兄出讼，经岁不得结。婿家遣人参母，请从权毕姻事[4]，母将许之，女进曰："焉有父尸未寒，而行吉礼者[5]？彼独无父母乎？"婿家闻之，惭而止。无何，两兄讼不得直，负屈归，举家悲愤。兄弟谋留父尸，张再讼之本[6]，三官曰："人被杀而不理，时事可知矣。天将为汝兄弟专生一阎罗包老[7]耶？骨骸暴露，于心何忍矣。"二兄服其言，乃葬父。葬已，三官夜遁，不知所往。母惭怍，惟恐婿家闻，不敢告族党，但嘱二子，冥冥[8]侦察之。几半岁，杳不可寻。

会豪诞辰，招优为戏[9]，优人孙淳，携二弟子往执役。其一王成，姿容平等，而音词清彻，群赞赏焉。其一李玉，貌韶秀如好女，呼令歌，辞以不稔，强之，所度曲[10]半杂儿女俚谣，合座为之鼓掌。孙大惭，白主人："此子从学未久，只解行觞[11]耳。幸勿罪责。”即命行酒。玉往来给奉，善觑主人意向，豪悦之，酒阑人散，留与同寝。玉代豪拂榻解履，殷勤周至，醉语狎之，但有展笑。豪益惑之，尽遣诸仆去，独留玉。玉伺诸仆出，阖扉下楗[12]焉。诸仆就别室饮，移时，闻厅事[13]中格格有声。一仆往觇之，见室内冥黑，寂不闻声。行将旋踵[14]，忽有响声甚厉，如悬重物而断其索，亟问之，并无应者。呼众排闼[15]入，则主人身首两断，玉自经死，绳绝堕地上，梁间颈际，残绠俨然。众大骇，传告内闼[16]，群集莫解。众移玉尸于庭，觉其袜履虚若无足；解之，则素舄[17]如钩，盖女子也。益骇，呼孙淳诘之。淳骇极，不知所对，但云：“玉月前投作弟子，愿从寿主人，实不知所从来。”以其服凶[18]，疑是商家刺客，暂以二人逻守之。女貌如生，抚之肢体温耎，二人窃谋淫之。一人抱尸转侧，方将缓其结束，忽脑如物击，口血暴注，顷刻已死。其一大惊告众，众敬若神明焉，且以告郡。郡官问臣及礼，并言：“不知。但妹亡去已半载矣。”俾往验视，果三官。官奇之，判二兄领葬，敕豪家勿仇。

异史氏曰：“家有女豫让[19]而不知，则兄之为丈夫者可知矣。然三官之为人，即萧萧易水，亦将羞而不流[20]，况碌碌与世沉浮者[21]耶！愿天下闺中人买丝绣之，其功德，当不减于奉壮缪[22]也。”

王阮亭云：“庞娥、谢小娥，得此鼎足矣。”

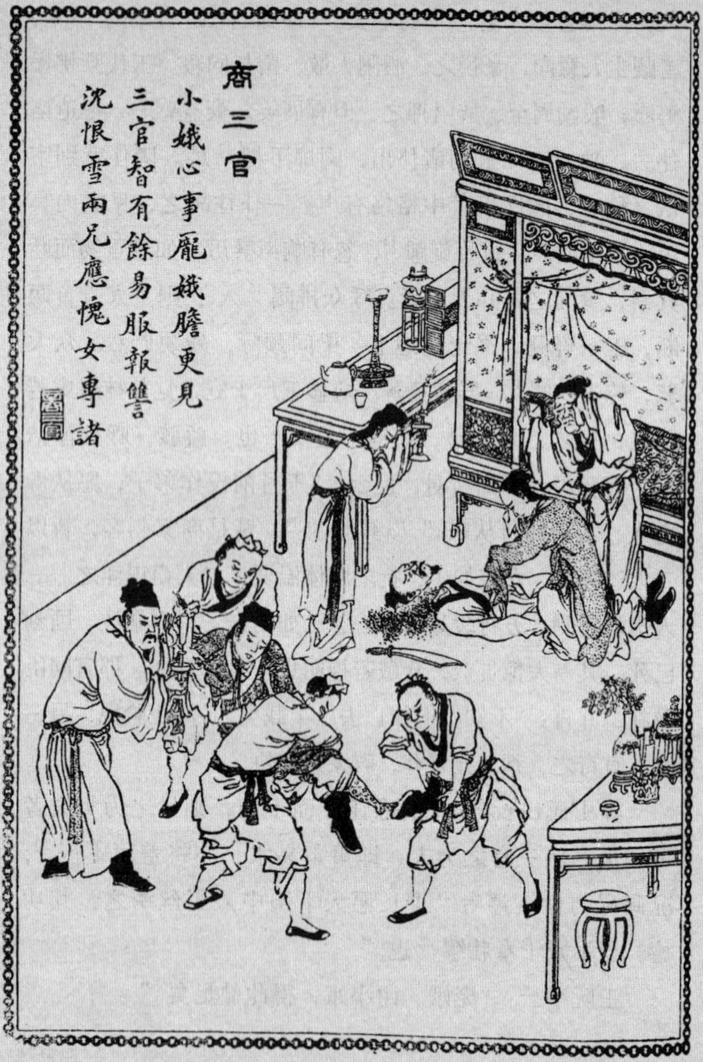

商三官
小娥心事罷娥膽更見
三官智有餘易服報讐
沉恨雪兩兄應愧女專諸

校注

1 〔诸葛城〕据《商三官》与卷一《席方平》两则故事情节，敷陈的《寒森曲》中说："话说元朝至正年间，有一件奇事，出在山东济南府新泰县。这县有个诸葛村，这村有个商员外。"据此，可以认定此诸葛城，即是指新泰县的诸葛村。

2 〔醉谑〕谓醉酒之后所出的戏言。

3 〔出阁〕原指公主下嫁，后泛指女子出嫁。

4 〔从权毕姻事〕谓根据实际情况，变通完其婚嫁之事。

5 〔者〕据二十四卷本，原抄本无此字。

6 〔张再讼之本〕即所说之"张本"。指为后来所要施行之事做准备。《左传·桓公二十六年》："秋，虢人侵晋。冬，虢人又侵晋。"杜预注："为传明年晋将伐虢张本。"

7 〔阎罗包老〕指宋朝包拯。包拯，字希仁，合肥人。官至枢密副使。宋司马光《涑水记闻》卷十："（包拯）为人刚严，不可干以私，京师为之语曰：'关节不到，有阎罗包老。'吏民畏服，远近称之。"后泛指铁面无私刚正之人。

8 〔冥冥〕指暗中。

9 〔招优为戏〕谓请优伶演戏。优，即优伶，与下文中"优人"同，皆指旧社会中从事乐舞、百戏之业的艺人。

10 〔所度曲〕指所唱的曲调。度曲，指创作曲词或按谱歌曲。

11 〔行觞（shāng 伤）〕即"行酒"，为客依次斟酒。

12 〔下楗〕插上门闩。楗，门闩。

13 〔厅事〕正厅。厅，古作"听"。听事，本指古代官府治事听讼的厅堂，后来私人的堂屋也叫厅事。

14 〔旋踵〕指转身。

15 〔排闼〕推开门。详见卷二《巧娘》注。

16 〔内闼〕指内宅。

17 〔素舄（xì 细）〕居丧者所穿白鞋。

18 〔服凶〕指丧服。

19 〔女豫让〕谓女刺客。此指商三官。豫让，春秋战国间晋人。为晋卿智瑶家臣。晋出公二十二年赵、韩、魏公灭智氏。豫让为其报仇："漆身为厉，吞炭为哑"，暗伏桥下，刺杀赵襄子未遂，伏剑自杀。见《史记·刺客列传》。

20 〔"萧萧易水"句〕战国末，燕太子丹使荆轲刺秦王。临行，太子丹及宾客皆衣冠送之。至易水上，高渐离击筑，荆轲因作歌曰："风萧萧兮易水寒，壮士一去兮不复还。"后于秦廷，击秦王不中，被杀。见《战国策·燕策》。易水，在河北省西部，为大清河上源支流，源出易山境，至定兴县南流入南拒马河。羞而不流，是以荆轲与商三官相比，也将自愧不如。

21 〔碌碌与世沉浮者〕谓平庸无能，随波逐流，无所作为者。碌碌，平庸无能。与世浮沉，指随波逐流，无所作为。

22 〔壮缪（móu 牟）〕即关羽，关壮缪。详见卷一《考城隍》注。

于 江

乡民于江，父宿田间，为狼所食。江时年十六，得父遗履，悲恨欲死。夜俟母寝，潜持铁槌去，眠父所，冀报父仇。少间，一狼来，逡巡嗅之，江不动，无何，摇尾扫其额，又渐俯首，舐[1]其股，江迄不动。既而欢跃直前，将龁其领[2]。江急以锤击狼脑，立毙。起置草中。少间，又一狼来，如前状，又毙之。卧至中夜，杳无至者。忽小睡，梦父曰："杀二物足泄我恨。然首杀[3]我者，其鼻白。此都非是。"江醒，坚卧以伺之。既明，无所复得。欲曳狼归，恐惊母，遂投诸眢井[4]而归。至夜复往，亦无至者。如此三四夜，忽一狼来，啮[5]其足，曳之以行，行数步，棘刺肉，石伤肤，江若死者。狼乃置之地上，意将龁腹。江骤起捶之，仆；又连捶之，毙。细视之，真白鼻也。大喜，负之以归，始告母，母泣从去，探眢井，得二狼焉。

异史氏曰："农家者流，乃有此英物[6]耶！义烈发于血诚[7]，非直[8]勇也，智亦异焉。"

校注

1 〔舐（shì 市）〕舔。

2 〔龁（hé 盒）其领〕咬他的脖颈。龁，咬。

3 〔首杀〕谓首先领头杀害的。

4 〔眢（yuān 渊）井〕干枯的水井。《左传·宣公十二年》：“目于眢井而拯之。”

5 〔啮（niè 聂）〕咬、啃。

6 〔英物〕谓不平凡杰出的人物。《晋书·桓温传》：“生未期，而太原温峤见之，曰：‘此儿在奇骨，可试使啼。’及闻其声，曰：‘真英物也。’”

7 〔义烈发于血诚〕谓刚正的气性，出自父子的天性。义烈，谓刚正有气性。《后汉书·陆康传》：“康少仕郡，以义烈称。”血诚，天性、内心。《晋书·谢玄传》：“臣之微身，复何足惜，区区血诚，忧国实深。”

8 〔直〕只，仅。

小　二

滕邑[1]赵旺，夫妻奉佛，不茹荤血，乡中有"善人"之目[2]，家称小有。一女小二，绝慧美，赵珍爱之。年六岁，使与兄长春并从师读，凡五年而熟五经焉。同窗丁生，字紫陌，长于女三岁，文采风流，颇相倾爱，私以意告母，求婚赵氏。赵期以女字大家，故弗许。未几，赵惑于白莲教[3]。徐鸿儒[4]既反，一家俱陷为贼。小二知书善解，凡纸兵豆马[5]之术，一见辄精。小女子师事徐者六人，惟二称最，因得尽传其术。赵以女故，大得委任。时丁年十八，游滕泮[6]矣，而不肯论婚，意不忘小二也。潜亡去，投徐麾下[7]，女见之喜，优礼逾于常格。女以徐高足，主军务，昼夜出入，父母不得闲[8]。丁每宵见，尝斥绝诸役，辄至三漏。丁私告曰："小生此来，卿知区区之意乎？"女云："不知。"丁曰："我非妄意攀龙[9]，所以故，实为卿耳。左道无济，止取灭亡。卿慧人，不念此乎？能从我亡，则寸心诚不负矣。"女怃然为间[10]，豁然梦觉，曰："背亲而行，不义，请告。"二人入陈利害，赵不悟，曰："我师神人，岂有舛错[11]？"女知不可谏，乃易髫而髻[12]，出二纸鸢[13]，与丁各跨其一。鸢肃肃[14]振翼，似鹣鹣[15]之鸟，比翼而飞。质明[16]，抵莱芜[17]界。女以指拈鸢项，忽即敛堕，遂收鸢，更以双卫，驰至山阴里，托为避乱者，僦屋而居。二人草草出，啬于装[18]，薪储[19]不给，丁甚忧之，假粟比舍，莫肯贷以升斗。女无愁容，但质簪珥。闭门静对，猜灯谜，忆亡书[20]，以是角低昂，负者，骈二指击腕臂焉。

西邻翁姓，绿林雄也，一日猎归[21]，女曰："富以其邻[22]，我何忧！暂假千金，其与我乎？"丁以为难。女曰："我将使彼乐输[23]也。"乃剪纸作判官[24]状，置地下，覆以鸡笼，然后握丁登榻，煮藏酒，检《周礼》[25]为觞政[26]：任言是某册第几页，第几人，即共翻阅。其人得"食"旁、"水"旁、"酉"旁者饮，得"酒"部者倍之[27]。既而女适得"酒人[28]"，丁以巨觥[29]引满促釂，女乃祝曰："若借得金来，君当得'饮'部。"丁翻卷，得"鳖人[30]"。女大笑曰："事已谐矣！"滴沥授爵。丁不服，女曰："君是水族，宜作鳖饮[31]。"方喧竞所，闻笼中戛戛。女起曰："至矣。"启笼验视，则布囊中有巨金，累累充溢。丁不胜愕喜。后翁家媪抱儿来戏，窃言："主人初归，篝灯夜坐。地忽暴裂，深不可底。一判官自内出，言：'我地府司隶[32]也。太山帝君[33]，会诸冥曹，造暴客恶箓[34]，倾银灯千架，架计重十两，施百架，则消灭罪愆。'主人骇惧，焚香叩祷，奉以千金。判官荏冉而入，地亦遂合。”夫妻听其言，故啧啧诧异之。而从此渐购牛马，蓄厮婢，自营宅第。

里无赖子窥其富，纠诸不逞[35]，逾垣劫丁，丁夫妇始自梦中醒，则编菅[36]爇照，寇集满屋。二人执丁，又一人探手女怀，女袒而起，戟指[37]而呵曰：“止，止！”盗十三人，皆吐舌呆立，痴若木偶。女始着裤下榻，呼集家人，一一反接其臂，逼令供吐明悉，乃责之曰：“远方人埋头涧谷，冀得相扶持，何不仁至此！缓急人所时有，窘急者不妨明告，我岂积殖自封[38]者哉？豺狼之行，本合尽诛，但吾所不忍，姑释去，再犯不宥！”诸盗叩谢而去。

居无何，鸿儒就擒，赵夫妇妻子俱被夷诛。生赍金，往赎长春之幼子以归。儿时三岁，养为己出，使从姓丁，名之承祧。于是里中人渐知为白莲教戚裔。适蝗害稼，女以纸鸢数百翼放田中，蝗远避不入其垄，以是得无恙。里人共嫉之，群首于官，以为鸿儒余党。官瞰其富，肉视之[39]，收丁，丁以重赂啖令，始得免。女曰：“货殖之来也苟，固宜有散亡。然蛇蝎[40]之乡，不可久居。”因贱售其业而去之，止于益都之西鄙。女为人灵巧，善居积，经纪过于男子；尝开琉璃厂[41]，每进工人而指点之，一切棋灯，其奇式幻采，诸肆莫能及，以故直昂得速售。居数年，财益称雄，而女督课婢仆严，食指数百无冗口[42]。暇辄与丁烹茗着棋，或观书史为乐。钱谷出入，以及婢仆业，凡五日一课，女自持筹，丁为之点籍唱名数焉。勤者，赏赍有差；惰者，鞭挞罚膝立。是日，给假不夜作，夫妻设肴酒，呼诸婢度俚曲为笑。女明察如神，人无敢欺，而赏辄浮于其劳，故事易办。村中二百余家，凡贫者，俱量给资本，乡以此无游惰。值大旱，女令村人设坛于野，乘舆夜出，禹步[43]作法，甘霖倾注，五里内悉获沾足，人益神之。女出未尝障面[44]，村人皆见之。或少年群居，私议其美，及觌面[45]逢之，俱肃肃[46]无敢仰视者。每秋日，村中童子不能耕作者，授以钱，使采荼蓟[47]，几二十年，积满楼屋，人窃非笑之。会山左[48]大饥，人相食，女乃出菜杂粟赡饥者，近村赖以全活，无逃亡焉。

异史氏曰："二所为，殆天授[49]，非人力也。然非一言之悟，骈死[50]已久。由是观之，世抱非常之才，而误入匪僻[51]以死者，当亦不少。焉知同学六人[52]中，遂无其人乎？使人恨不为丁生耳。"

校注

1　〔滕邑〕滕县。明清属山东兖州府。

2　〔有"善人"之目〕有"善人"的名声；指有德行心地善良之人。目，称。《穀梁传·隐公元年》："以其目君，知其为弟也。"注："目君，谓称郑伯。"

3 〔白莲教〕元明清三代流行的民间宗教。始自南宋初茅子元创立的白莲宗。最初为佛教的一支，其教义渊源于净土宗，崇奉阿弥陀佛（无量寿佛），提倡五戒。元代掺杂了其他教派的观念，但主要是弥勒下生说，转而崇奉弥勒佛。明代又受罗教的影响，奉无生老母为创世主，宣称无生老母派弥勒佛下凡。以后，教派林立，估计在百种以上。但其教义、组织、教规基本雷同，故可统称为白莲教。该教自元代以后成为农民起义的组织者。明代徐鸿儒起义，就是以白莲教作为发动起义的组织形式。

4 〔徐鸿儒〕明代山东白莲教领袖，巨野人。万历间与王森、王好贤父子利用闻香教（白莲教支派）组织农民，秘密活动二十余年。天启二年（1622）五月，联合景州于弘志、曹州张世佩、艾山刘永明等起义，以红巾为识，称中兴福烈帝，建元大成兴胜。聚众十余万人，先后攻破郓城、邹、滕、峄、巨野等县城，切断漕运。后为明军所镇压，起义失败被杀。

5 〔纸兵豆马〕即民间方士中所言剪纸为兵，撒豆成马。

6 〔游滕泮〕为滕县县学生员。详见卷一《叶生》注。

7 〔麾（huī 灰）下〕将帅旗帜之下，犹言军中。麾，古代用以指挥军队的旗帜，后又成为宫廷演奏音乐时的指挥工具。此指前者。《穀梁传·庄公二十五年》："置五麾，陈五兵五鼓。"范宁注："麾，旌幡也。"

8 〔闲〕同"间"，参与。

9 〔攀龙〕此即"攀龙附凤"之省。意谓投奔依附徐鸿儒军中，并非妄想升官发财，建立功业。

10 〔怃（wǔ 五）然为间〕惘然失意，停顿了片刻。为间，停顿。《孟子·滕文公上》："徐子以告夷子，夷子怃然为间曰：'命之矣。'"

11 〔舛（chuǎn 喘）错〕错乱。《楚辞·刘向〈九叹·惜贤〉》："心怦恨以冤结兮，情舛错以曼忧。"

12 〔易髫（tiáo 条）而髻〕将披散的头发挽成发髻。髻，即垂髫，童年男女的发式。髻，指发髻，成年或已婚妇女的发式。

13 〔纸鸢〕一般指用纸扎的风筝，此指用纸扎成的鹞鹰形状的纸鸟。鸢，鹞鹰。元稹《有鸟》诗之七："有鸟有鸟群纸鸢，因风假势童子牵。"

14 〔肃肃〕风声。蔡琰《悲愤》诗："翩翩吹我衣，肃肃入我耳。"

15 〔鹣鹣（jiānjiān 兼兼）〕即传说中的鹣鸟、比翼鸟。《尔雅·释地》："南方有比翼鸟焉，不比不飞，其名谓之鹣鹣。"

16 〔质明〕天明亮。《仪礼·士冠礼》："宰告曰：'质明行事。'"

17 〔莱芜〕县名。治所在山东省泰安市东部，大汶河上游。

18 〔啬于装〕谓带的东西不多。啬，本谓节省。

19 〔薪储〕谓柴米之类生活用品的储备。唐白行简《李娃传》："将行，乃盛其服玩车马之饰，计其京师薪储之费。"

20 〔忆亡书〕指回忆过去读过的书的章句。亡书，指读过而又不在身边的书。

21 〔猎归〕此指劫夺财物而归的隐语。

22 〔富以其邻〕谓以其邻居之富而致富。《周易·小畜》："有孚挛如，富以其邻。"

23 〔乐输〕谓自愿缴纳。《新唐书·食货志》："乃命庸调、资课皆以米。凶年乐输绢者亦从之。"输，捐纳。

24 〔判官〕传说阎王手下分管十八地狱者。详见卷一《陆判》注。

25 〔《周礼》〕又名《周官》或《周官经》，为儒家经典十三经之一。记载了周王室官制和战国时代各国制度。

26 〔觞（shāng 伤）政〕酒令。刘向《说苑·善说》："魏文侯与大夫饮酒，使公乘不仁为觞政。"

27 〔"其人"二句〕意谓在《周礼》中，翻得有"食"、"水"、"酉"字旁者，罚饮酒；若翻得"酒"字旁者，要加倍罚饮酒。

28 〔酒人〕《周礼》中《酒人》篇中的官名。《周礼·天官·酒人》："酒人掌为五齐三酒，祭祀则供奉之。"

29 〔巨觥（gōng 工）〕大的酒杯。

30 〔鳖人〕《周礼》中《鳖人》篇中的官名。《周礼·天官·鳖人》："鳖人掌取互物，以时簎鱼鳖龟蜃凡狸物。"

31 〔鳖饮〕一种饮酒游戏。宋沈括《梦溪笔谈·人事一》："（石曼卿）以稾束之，引首出饮，复就束，谓之'鳖饮'。"

32 〔司隶〕为管理奴隶、俘虏、督捕盗贼的官吏。司隶之称，始见于《周礼·秋官》。汉置司隶校尉，隋唐废置。

33 〔太山帝君〕泰山神，又称泰山府君，俗称东岳大帝。太，同"泰"。魏晋以来，道教传说人死魂皆归泰山，以泰山神为地下之主。

34 〔恶箓〕记录罪行的簿子。箓，据二十四卷本，原抄本作"录"。

35 〔不逞〕即不逞之徒，为非作歹。《左传·襄公十年》："故五族聚群不逞之人，因公子之徒以作乱。"

36 〔编菅（jiān 间）〕草苫。《左传·昭公二十七年》："或取一编菅也。"注："编菅，苫也。"此指"束草"，火把。

37 〔戟指〕用食指与中指点指，其形如戟，此为道术之人行法术时的手势。

38 〔积殖自封〕积累财资，自求富足。

39 〔肉视之〕谓群人视丁生夫妇为俎上之肉。

40 〔蛇蝎〕比喻其为人狠毒。

41 〔琉璃厂〕烧制琉璃器皿的工厂。

42 〔食指数百无冗口〕吃饭的有几十人，并无闲人。食指，借指人口。一人十指，为一口。冗，多余。

43 〔禹步〕巫师作法时的步法。扬雄《法言·重黎》："昔者姒氏治水土，而巫步多禹。"李轨注："禹治水土，涉山川，病足，故行跛也。"

44 〔障面〕指旧时青年妇女外出，用黑纱障面。

45 〔觌（dí 敌）面〕谓对面相见。觌，相见。

46 〔肃肃〕恭敬的样子。《诗经·大雅·思齐》："雍雍在官，肃肃在庙。"传："肃肃，敬也。"前文之"鸢肃肃展翼"之肃肃，谓风声。

47 〔荼蓟〕荼，指苦菜。蓟，多年生草本植物，茎叶多刺，春天出芽，开紫花，可入药。此两种为荒年多所食的野菜。

48 〔山左〕山东省在太行山之左，故别称山左。

49 〔殆天授〕谓小二所为，是天所赋予的，非后天人力所能做到。《史记·淮阴侯列传》："且陛下所谓天授，非人力也。"

50 〔骈死〕指小二若是不悟，早与白莲教中人，一同被杀了。

51 〔误入匪僻〕谓误入邪僻之路。匪僻，邪僻。

52 〔同学六人〕指前文中，"事徐者六人"。

庚　娘

金大用，中州[1]旧家子也，聘尤太守女，字庚娘，丽而贤，逑好[2]甚敦。以流寇之乱[3]，家人离逷[4]。金携家南窜，途遇少年，亦偕妻以逃者，自言广陵[5]王十八，愿为前驱。金喜，行止与俱。至河上，女隐告金曰："勿与少年同舟。彼屡顾我，目动而色变，中叵测[6]也。"金诺之。王殷勤觅巨舟，代金运装，劬劳臻至[7]，金不忍却，又念其携有少妇，应亦无他。妇与庚娘同居，意度亦颇温婉。王坐船头上，与橹人倾语，似甚熟识戚好。未几，日落，水程迢递[8]，漫漫不辨南北。金四顾幽险，颇涉疑怪。顷之，皎月初升，见弥望皆芦苇。既泊，王邀金父子出户一豁[9]，乃乘间[10]挤金入水。金有老父，见之欲号，舟人以篙筑[11]之，亦溺，生母闻声出窥，又筑溺之，王始喊救。母出时，庚娘在后已微窥之。既闻一家尽溺，即亦不惊，但哭曰："翁姑俱没，我安适归！"王入劝："娘子勿忧，请从我至金陵，家中田庐，颇足赡给，保勿虞[12]也。"女收涕曰："得如此，愿亦足矣。"王大悦，给奉良殷，既暮，曳女求欢，女托体姅[13]，王乃就妇宿。

初更既尽，夫妇喧竞，不知何由，但闻妇曰："若所为，雷霆恐碎汝颅矣！"王乃挞[14]妇，妇呼云："便死休，诚不愿为杀人贼妇！"王吼怒，捽妇出，便闻骨董[15]一声，遂哗言妇溺矣。

未几，抵金陵，导庚娘至家，登堂见媪，媪讶非故妇，王言："妇堕水死，新娶此耳。"归房，又欲犯之。庚娘笑曰："三十许男子，尚未经人道[16]耶！市儿初合卺，亦须一杯薄浆酒。汝家沃饶，当即不难。清醒相对，是何体段[17]？"王喜，具酒对酌。庚娘执爵，劝酬殷勤，王渐醉，辞不饮，庚娘引巨碗，强媚劝之，王不忍拒，又饮之。于是酣醉，裸脱促寝。庚娘撤器灭烛，托言溲溺，出房，以刀入，暗中以手索王项，王犹捉臂作昵声。庚娘力切之，不死，号而起，又挥之，始殪[18]。媪仿佛有闻，趋问之，女亦杀之。王弟十九觉焉。庚娘知不免，急自刎，刀钝缺不可入，启户而奔。十九逐之，已投池中矣。呼告居人，救之已死，色丽如生。共验王尸，见窗上一函，开视，则女备述其冤状，群以为烈，谋敛资作殡。天明，集视者数千人，见其容皆朝拜之。终日间，得金百，于是葬诸南郊。好事者，为之珠冠袍服，瘗藏[19]丰满焉。

初，金生之溺也，浮片板上得不死，将晓，至淮上，为小舟所救。舟盖富民尹翁，专设以拯溺者。金既苏，诣翁申谢，翁优厚之，留教其子。金以不知亲耗，将往探访，故不决，俄白："捞得死叟及媪。"金疑是父母[20]，奔验果然。翁代营棺木。生方哀痛，又白："拯一溺妇，自言金生其夫。"生挥涕惊出，女子已至，殊非庚娘，乃王十八妇也。向生大哭，请勿相弃，金曰："我方寸已乱，何暇谋人？"妇益悲。尹审其故，喜为天报，劝金纳妇。金以居丧[21]为辞，且将复仇，惧细弱作累，妇曰："如君言，脱庚娘犹在，将以报仇居丧去之耶？"翁以其言善，请暂代收养，金乃许之，卜葬翁媪，妇缞绖哭泣，如丧翁姑。既葬，金怀刃托钵，将赴广陵，妇止之曰："妾唐氏，祖居金陵，与豺子同乡。前言广陵者，诈也。且江湖水寇，半伊同党，仇不能复，只取祸耳。"金徘徊不知所谋。忽传女子诛仇事，洋溢河渠，姓名甚悉。金闻之一快，然益悲，辞妇曰："幸不污辱。家有烈妇如此，何忍负心再娶！"妇以业有成说[22]，不肯中离，愿自居于媵妾。

会有副将军[23]袁公，与尹有旧，适将西发，过尹见生，大相知爱，请为记室[24]。无何，流寇犯顺[25]，袁有大勋[26]，金以参机务[27]叙劳，授游击[28]以归。夫妻始成合卺之礼，居数日，携妇诣金陵，将以展庚娘之墓[29]。暂过镇江，欲登金山[30]，漾舟中流，欻一艇过，中有一妪及少妇，怪少妇颇类庚娘。舟疾过，妇自窗中窥金，神情益肖。惊疑不敢追问，急呼曰："看群鸭儿飞上天[31]耶！"少妇闻之，亦呼曰："馋猧儿欲吃猫子腥耶[32]！"盖当年闺中之隐谑[33]也。金大惊，返棹近之，真庚娘。青衣[34]

扶过舟，相抱哀哭，伤感行旅。唐氏以嫡礼见庚娘[35]，庚娘惊问，金始备述其由。庚娘执手曰："同舟一话，心常不忘，不图吴越一家[36]矣。蒙代葬翁姑，所当首谢，何以此礼相向？"乃以齿序，唐少庚娘一岁，妹之。

先是，庚娘既葬，自不知几历春秋，忽一人呼曰："庚娘，汝夫不死，尚当重圆。"遂如梦醒，扪之，四面皆壁，始悟身死已葬，只觉闷闷，亦无所苦。有恶少窥其葬具丰美，发冢破棺，方将搜括，见庚娘犹活，相共骇惧。庚娘恐其害己，哀之曰："幸汝辈来，使我得睹见天日。头上簪珥，悉将去。愿鬻我为尼，更可少得直。我亦不泄也。"盗稽首曰："娘子贞烈，神人共钦。小人辈不过贫乏无计，作此不仁。但无漏言幸矣，何敢鬻作尼！"庚娘曰："此我自乐之。"又一盗曰："镇江耿夫人，寡而无子，若见娘子必大喜。"庚娘谢之，自拔珠饰悉付盗。盗不敢受，固与之，乃共拜受。遂载去，至耿夫人家，托言船风所迷[37]。耿夫人，巨家，寡媪自度，见庚娘大喜，以为己出。适母子自金山进香[38]归也。庚娘缅述其故，金乃登舟拜母，母款之若婿，邀至家，留数日始归。后往来不绝焉。

异史氏曰："大变当前，淫者生之，贞者死焉。生者裂人眦[39]，死者雪人涕[40]耳。至如谈笑不惊，手刃仇雠，千古烈丈夫中，岂多匹俦[41]哉！谁谓女子，遂不可比踪彦云[42]也！"

校注

1 〔中州〕古豫州地处九州之中，称中州。今河南省为古豫州之地，故称中州。

2 〔逑好〕谓夫妻和好。逑，匹偶。《诗经·周南·关雎》："窈窕淑女，君子好逑。"

3 〔流寇之乱〕指明朝末年李自成所领导的农民义军，大约在崇祯年间进入河南。

4 〔离逷（tì 惕）〕亦作"离逖"。远远离开家乡。

5 〔广陵〕今江苏省扬州市。汉为广陵国，东晋为广陵郡，明清为扬州府，府治在今扬州市。

6 〔中叵（pǒ 颇上声）测〕谓心中阴险不可测。叵，不可。《新唐书·尹愔传》："吾门人多矣，尹子，叵测也。"

7 〔劬（qú 瞿）劳臻至〕劬劳，劳苦。《诗经·小雅·鸿雁》："之子于征。劬劳于野。"臻至，周到。

8 〔迢递〕遥远貌。《文选·左思〈吴都赋〉》："旷瞻迢递，回眺冥蒙。"

9 〔一豁〕谓纵目四望。郭璞《赠温峤》："携手一豁，安知尘冥。"

10 〔乘间〕乘着空隙，趁机。

11 〔筑〕击撞。

12 〔勿虞〕同"无虞"。谓没有差失。《诗经·鲁颂·閟宫》："无贰无虞，上帝临女。"

13 〔体姅（bàn 半）〕谓身上正行经。《说文》："姅，妇人污也。"

14 〔挝（zhuā 抓）〕击、打。

15 〔骨董〕同"咕咚"，指落水声。

16 〔人道〕指男女交媾事。见《诗经·大雅·生民》："以弗无子，履帝武敏歆。"郑玄笺："心体歆歆然，其左右所止住，如有人道感己者也。"孔颖达疏："谓如人夫妻交接之道。"

17 〔体段〕犹言体统。

18 〔殪（yì 义）〕杀死。《左传·隐公九年》："衷戎师，前后击之，尽殪。"注："殪，死也。"

19 〔瘗藏（zàng 葬）〕指陪葬物。

20 〔母〕据二十四卷本，原抄本无。

21 〔居丧〕即服丧。旧传统，父母死，子女服丧三年。

22 〔业有成说〕谓早就把夫妻关系定下来。

23 〔副将军〕明代副总兵，清代称副将。详见卷二《夜叉国》注。

24 〔记室〕官名。东汉太尉属官有记室令史，太守、都尉属官有记室史；后世诸王、三公及大将军幕府置记室参军，元以后废。此指武官的幕僚。

25 〔流寇犯顺〕指明崇祯十七年（1644），李自成农民义军攻克北京。顺，指北京。明永乐五年（1407），改北平府为顺天府。

26 〔大勋〕大功。

27 〔参机务〕谓参赞军务。机务，军事机密。

28 〔游击〕武官名。详见卷二《夜叉国》注。

29 〔展墓〕谓扫墓。展，省视。《礼记·檀弓上》："去国，则哭于墓而后行。反其国不哭，展墓而入。"

30 〔金山〕在江苏省镇江市西北。本在长江中，后江沙淤积，遂与南岸相连。

31 〔群鸭儿飞上天〕据下文所言，此为夫妻"当年闺中隐谑"之语。

32 〔馋猧儿欲吃猫子腥耶〕意谓馋叭儿狗想吃猫吃剩的鱼吧。猧（wō 窝）儿，叭儿狗。王涯《宫词》之十三："白雪猧儿拂地行，惯眠红毯不曾惊。"腥，生鱼。

33 〔闺中隐谑〕指闺房中夫妻间用隐晦的言词暗示而开玩笑，只有当事人才知道。

34 〔青衣〕此指侍婢。

35 〔以嫡礼见庚娘〕以见正妻的礼数，拜见庚娘。嫡，指正妻。

36 〔吴越一家〕此为引喻，指敌对两方成为一家。吴国与越国，春秋时是相敌对的国家，数世相仇不断交战，故后世称敌对双方为吴越。“吴越一家”语本《孙子·九地》：“夫吴人与越人，相恶也。当其同舟而济，遇风，其相救也，如左右手。”此指金生与王十八之妻唐氏，同成一家人。

37 〔船风所迷〕言其乘船遇大风迷失方向。

38 〔进香〕谓耿夫人与庚娘到金山寺烧香拜佛。宋赵升《朝野类要·故事》：“北宫圣节及生辰，必前十日，车驾诣殿进香。”进香，从二十四卷本，原抄本无“进香”。

39 〔裂人眦〕言其极度痛恨。眦，眼眶。

40 〔雪人涕〕使人挥泪悲愤。雪，拭泪。《列子·力命》：“晏子独于旁，公雪涕而顾晏子。”

41 〔匹俦〕谓配得上的，比得上的。晋陶潜《游斜川》诗：“虽微九重秀，顾瞻无匹俦。”逯钦立注：“无匹俦，没有配得上的。”

42 〔比踪彦云〕意谓女子也可同英烈男子并驾齐驱。《世说新语·贤媛》：“王公渊（广）娶诸葛诞女，入室言语始交，王谓妇曰：‘新妇神色卑下，殊不似公休。’妇曰：‘大丈夫不能仿佛彦云，而令妇人比踪英杰。’”公休，诸葛诞字。彦云，王广父王凌字。比踪，并行。

宫梦弼

柳芳华，保定[1]人，财雄一乡[2]，慷慨好客，座上常[3]百人。急人之急，千金不靳[4]，宾友假贷常不还。惟一客宫梦弼，陕人，生平无所乞请，每至，辄经岁，词旨清洒，柳与寝处时最多。柳子名和，时总角[5]，叔之[6]，宫亦喜与和戏。每和自塾归，辄与发贴地砖，埋石子，伪作藏金为笑。屋五架，掘藏几遍。众笑其行稚[7]，而和独悦爱之，尤较诸客昵。后十余年，家渐虚，不能供多客之求，于是客渐稀，然十数人彻宵谈宴[8]，犹是常也。年既暮，日益落，尚割亩得直[9]，以备鸡黍[10]。和亦挥霍，学父结小友，柳不之禁。无何，柳病卒，至无以治凶具[11]。宫乃自出囊金，为柳经纪[12]，和益德之，事无大小，悉委宫叔。宫时自外入，必袖瓦砾，至室则抛掷暗陬[13]，更不解其何意。和每对宫忧贫，宫曰："子不知作苦之难。无论无金，即授汝千金，可立尽也。男子患不自立，何患贫？"一日，辞欲归。和泣嘱速返，宫诺之，遂去。和贫不自给，典质[14]渐空，日望宫至，一为纪理，而宫灭迹匿影，去如黄鹤[15]矣。

先是，柳生时，为和论亲于无极[16]黄氏，素封[17]也。后闻柳贫，阴有悔心。柳卒，讣[18]告之，即亦不吊，犹以道远曲原之[19]。和服除[20]，母遣自诣[21]岳所，订婚期，冀黄怜顾。比至，黄闻其衣履敝穿[22]，斥门者不纳[23]，寄语云："归谋百金，可复来，不然，请自此绝。"和闻言痛哭。对门刘媪，怜而进之食，赠钱三百，慰令归。母亦哀愤无策，因念旧客负欠者十常八九，俾富贵者求助焉。和曰："昔之交我者，为我财耳。使儿驷马高车，假千金亦即非难。如此景象，谁犹忆曩恩，念故好耶？且父予人金资，曾无契保[24]，责负[25]亦难凭也。"母固强之。和从教，凡二十余日，不能致一文。惟优人李四，旧受恩恤，闻之[26]，义赠一金。母子痛哭，自此绝望矣。黄女年已及笄，闻父绝和，窃不直之[27]。黄欲女别适，女泣曰："柳郎非生而贫者也。使富倍他日，岂仇我者所能夺乎？今贫而弃之，不仁！"黄不悦，曲谕百端，女终不摇。翁妪并怒，旦夕唾骂之，女亦安焉。无何，夜遭寇劫，黄夫妇炮烙几死，家中席卷一空。荏冉三载，家益零替。有西贾[28]闻女美，愿以五十金致聘，黄利而许之，将强夺其志。女察知其谋，毁装涂面，乘夜遁去，丐食于途。阅两月，始达保定，访和居址，直造其家。母以为乞人妇，故咄之，女呜咽自陈，母把手泣曰："儿何形骸至此耶！"女又惨然，而告以故，母子俱哭。便为盥沐，颜色光泽，眉目焕映，母子俱喜。然家三口，日仅一啖。母泣曰：“吾母子固应尔，所怜者负吾贤妇！”女笑慰之曰：“新妇在乞人中，稔其况味，今日视之，觉有天堂地狱之别。”母为解颐。女一日入闲舍中，见断草丛丛无隙地，渐入内室，尘埃积中，暗陬有物堆积，蹴之迕足[29]，拾视，皆朱提[30]，惊走告和。和同往验视，则宫曩日所抛瓦砾，尽为白金，因念儿时尝与瘗石室中，得毋皆金？而故第已典于东家，急赎归。断砖残缺，所藏石子俨然露焉，颇觉失望，及发他砖，则灿灿皆白镪也，顷刻间数巨万[31]矣。由是赎田产，市奴仆，门庭华好过昔日，因自奋曰：“若不自立，负我宫叔！”刻志下帷，三年中乡选。乃躬赍[32]白金，往酬刘媪，鲜衣射目，俊仆十余辈，皆骑怒马如龙。媪仅一屋，和便坐榻上，人哗马腾，充溢里巷。

黄翁自女亡失，西贾逼退聘财，业已耗去殆半，售居宅，始得偿，以故困窘如和曩日，闻旧婿烜耀，闭户自伤而已。媪沽酒备馔款和，因述女贤，且惜女遁，问和：“娶否？”和曰：“娶矣。”食已，强媪往视新妇，载与俱归。至家，女华妆出，群婢簇拥若仙。相见大骇，遂叙往旧，殷问父母起居。居数日，款洽优厚，制好衣，上下一新，始送令返。媪诣黄许，报女耗，兼致存问，夫妇大惊。媪劝往投女，黄有难色。既而冻馁难堪，不得已如保定。及到门，见闬闳峻丽[33]，阍者怒目张，终日不得通。一妇人出，黄温色卑词，告以姓氏，求暗达女知。少间，妇人出，导入耳舍[34]，曰："娘子极欲一觐，然恐郎君知，尚候隙也。翁几时来此，得毋饥否？"黄因诉所苦。妇人以酒一盛，馔二簋[35]，出置黄前，又赠五金曰："郎君宴房中，娘子恐不得来。明旦宜早去，勿为郎闻。"黄诺之。早起趋装，则管钥未启，止于门中，坐襆囊[36]以待。忽哗主人出，黄将敛避，和已睹之，怪问谁何，家人悉无以应。和怒曰："是必奸宄[37]，可执赴有司。"众应声出短绠绷系树间，黄惭惧不知置词。未几，昨夕妇出，跪曰："是某舅氏，以前夕来晚，故未告主人。"和命释缚。妇送出门曰："忘嘱门者，遂致参差[38]。娘子言：'相思时，可使老夫人伪为卖花者，同刘媪来。'"黄诺，归述于妪。

妪念女若渴，以告刘媪，媪果与俱至和家。凡启十余关，始达女所。女着帔顶髻[39]，珠翠绮纨，散香气扑人，嘤咛[40]一声，大小婢媪，奔入满侧，移金椅床[41]，置双夹膝[42]。慧婢瀹茗[43]，各以隐语道寒暄，相视泪荧。至晚，除室安二媪，裀褥温耎，并昔年富时所未经。居三五日，女义殷渥，媪辄引空处，泣白前非，女曰："我子母有何过不忘？但郎忿不解，防他闻也。"每和至，便走匿。一日，方促膝，和遽入见之，怒诟曰："何物村妪[44]，敢引身与娘子接坐！宜撮鬓毛令尽！"刘媪急进曰："此老身瓜葛[45]，王嫂卖花者，幸勿罪责。"和乃上手[46]谢过，即坐曰："姥来数日，我大忙，未得展叙。黄家老畜产[47]尚在否？"笑云："都佳，但是贫不可过。官人大富贵，何不念翁婿情也？”和击桌曰：“曩年非姥怜赐一瓯粥，更何得旋乡土！今欲得而寝处之[48]，何念焉！”言至忿际，辄顿足起骂。女恚曰：“彼即不仁，是我父母。我迢迢远来，手皴瘃[49]，足趾皆穿，亦自谓无负郎君。何乃对子骂父，使人难堪？”和始敛怒起身去。黄妪愧丧无色，辞欲归，女以二十金私付之。

既归，旷绝音问，女深以为念。和乃遣人招之。夫妻至，惭怍无以自容，和谢曰：“旧岁辱临，又不明告，遂使开罪良多。”黄但唯唯。和为更易衣履。留月余，黄心终不自安，数告归。和遗白金百两，曰：“西贾五十金，我今倍之。”黄汗颜[50]受之。和以舆马送还，暮岁称小封[51]焉。

异史氏曰：“雍门泣[52]后，珠履[53]杳然，令人愤气，杜门不欲复交一客。然良朋葬骨，化石成金，不可谓非慷慨好客之报也。闺中人坐享高奉，俨然如嫔嫱[54]，非贞异如黄卿，孰克当此而无愧者乎？造物之不妄降福泽也如是。”

乡有富者，居积取盈，搜算[55]入骨。窖镪数百，惟恐人知，故衣败絮、啖糠秕以示贫。亲有偶来，亦曾无作鸡黍之事。或言其家不贫，便瞋目作怒，其仇如不共戴天。暮年，日餐榆屑一升，臂上皮摺垂一寸长，而所窖终不肯发。后渐尫羸[56]，濒死，两子环问之，犹未遽告。迨觉果危，急欲告子，子至，已舌蹇不能声，惟爬抓心头，呵呵而已。死后子孙不能具棺木，遂藁葬焉。呜呼！若窖金而以为富，则大帑[57]数千万，何不可指为我有哉？愚已！

校注

1 〔保定〕明清府名。治所在今河北省保定市。

2 〔财雄一乡〕家中资财在乡里数第一。雄，称雄。

3 〔常〕据二十四卷本，原抄本作“尝”。

4 〔靳〕谓吝惜。

5 〔总角〕古时男女未成年时，束发为两结，其形如角，故称总角。《诗经·齐风·甫田》：“婉兮娈兮，总角丱兮。”疏：“总聚其发，以为两角。”

6 〔叔之〕称宫梦弼做叔父。

7 〔行稚〕谓其行为类孩子气。

8 〔谈宴〕谓设宴邀客聚谈。曹操《短歌行》：“契阔谈宴，心念归恩。”

9 〔割亩得直〕割地出卖而得钱。直，通“值”。

10 〔备鸡黍〕谓筹备好宴席以招待客人。《论语·微子》：“止子路宿，杀鸡为黍而食之。”孟浩然《过故人庄》：“故人具鸡黍，邀我至田家。”

11 〔凶具〕指棺材。

12 〔经纪〕管理照料。《三国志·魏志·朱建平传》：“初颍川荀攸、钟繇相与亲善。攸先亡，子幼。繇经纪其门户，欲嫁其妾。”

13 〔暗陬〕室内黑暗的角落。陬，隅，角落。

14 〔典质〕典当。

15 〔去如黄鹤〕即一去不返。唐崔颢《黄鹤楼》诗："黄鹤一去不复返，白云千载空悠悠。"

16 〔无极〕县名。明清属直隶正定府，治所在今河北省无极县。

17 〔素封〕谓无官爵封邑而拥有资财的人。详见卷一《种梨》注。

18 〔讣（fù赴）〕讣文、报丧书。

19 〔曲原之〕谓曲意原谅黄氏。

20 〔服除〕同"服阕（què确）"，谓服丧期满，除去丧服。汉应劭《风俗通义·十反》："汝南范滂父叔矩，遭母忧，三年服阕，二兄仕进。"阕，终止。

21 〔诣〕据二十四卷本，原抄本无"诣"。

22 〔衣履敝穿〕亦作"衣弊履穿"。指衣服破败，鞋子穿孔；形容其贫苦。汉刘向《说苑·善说》："君将掘君之偶钱，发君之庾粟以补士，则衣弊履穿而不赡耳。"

23 〔斥门者不纳〕令其守门人不使进门。斥，谓严词告诫。

24 〔曾无契保〕从来没有立借贷的契约，与找人作保。曾，从来。

25 〔责负〕谓讨还债务。

26 〔闻之〕据二十四卷本，原抄本作"闻其"。

27 〔窃不直之〕此谓其女内心认为父亲这种做法不合理。

28 〔西贾〕谓西路商人。《周礼·天官·大宰》："六曰商贾，阜通货贿。"注："行曰商，处曰贾。"

29 〔连足〕碰脚。连，相触。

30 〔朱提（shí时）〕朱提本山名，在今云南昭通县境。《汉书·地理志》："县十二……朱提，山出银。"名朱提银。后遂以朱提为白银的代称。

31 〔巨万〕万万。言其钱数目之多。《史记·司马相如列传》："治道二岁，道不成，士卒多物故，费以巨万计。"索隐："巨万，犹万万也。"

32 〔躬赍（jī基）〕亲自携带送给。赍，带，送。《战国策·齐策四》："齐王闻之，君臣恐惧，遣太傅赍黄金千斤，文车二驷，服剑一，封书谢孟尝君。”

33 〔闬闳（hànhóng 汗宏）峻丽〕谓屋宇高大壮丽。详见卷一《娇娜》注。

34 〔耳舍〕堂屋两旁的小屋，俗称耳房。

35 〔酒一盛（chéng 成），馔二簋（guǐ 轨）〕谓酒一壶，饭菜两盘。盛与簋都是古代的容器。

36 〔襆（fú 服）囊〕被囊。襆，被，行李。宋刘义庆《世说新语·政事》：“刘尹行，日小欲晚，便使左右取襆，人问其故？答曰：‘刺史严，不敢夜行。’”

37 〔奸宄（guǐ 轨）〕谓犯法作乱者。《尚书·舜典》：“寇贼奸宄。”传：“在外曰奸，在内曰宄。”

38 〔参差〕差池，差错。

39 〔着帔（pèi 佩）顶髻〕谓身穿绣着团花的彩帔，头挽高髻。帔，此指裙子。《方言》四：“裙，陈魏之间谓之帔，自关而东或谓之襬。”

40 〔嘤咛〕形容女子娇细的声音。刘禹锡《插田歌》：“齐唱郢中歌，嘤咛如竹枝。”

41 〔金椅床〕饰金的坐具，即今之躺椅。《广异记·李参军》：“二黄门持金椅床延坐。”

42 〔夹膝〕暑时置床席间，以憩手足的消暑器。呈笼状，用竹或金属制成。唐温庭筠《晚坐寄友人》诗：“晓梦未离金夹膝，早寒先到石屏风。”

43 〔瀹（yuè 月）茗〕泡茶。

44 〔何物村妪〕什么东西村婆子。何物，什么东西，是对人鄙视的话。

45 〔瓜葛〕谓有些关系的亲戚。详见卷一《婴宁》注。

46 〔上手〕指拱手。本于“上其手”，此指抱拳作揖之礼。

47 〔畜产〕犹言畜类。

48 〔寝处之〕谓“食肉寝皮”之省语。即剥皮而坐卧之。《左传·襄公二十一年》：“然二子者譬于禽兽，臣食其肉，而寝处其皮矣。”

49 〔手皴瘃（cūnzhú 村逐）〕谓两手因受冻而皴裂、生疮。皴，皮肤皱裂。《梁书·武帝纪》："执笔触寒，手为皴裂。"瘃，冻疮。《汉书·赵充国传》："将军士寒，手足皴瘃。"

50 〔汗颜〕指因感到羞愧而脸上出汗。

51 〔小封〕犹"小康"。

52 〔雍门泣〕即"雍门鼓琴"。雍门，雍门子周，战国齐人，善鼓琴。刘向《说苑·善说》载：相传雍门子周以善琴见孟尝君。孟尝君曰："先生鼓琴亦能令文（孟尝君，名田文）悲乎？"雍门子周曰："臣何独能令足下悲哉！"于是，雍门子周就向孟尝君讲述了当时的形势：南雄则楚，西霸则秦，以薛之小国欲抗二者难矣。故薛处于危机之中，使孟尝君领悟到灭国之危。雍门子周于是引琴而鼓之，孟尝君增悲流涕曰："先生之鼓琴，令文立若破国亡邑之人也。"

53 〔珠履〕此指受恩宠的门客。珠，据二十四卷本，原抄本作"朱"。《史记·春申君列传》："春申君门客三千余人，其上客皆蹑珠履。"

54 〔嫔嫱（pínqiáng 贫墙）〕宫廷中女官。《左传·昭公三年》："以备嫔嫱，寡人之望也。"

55 〔搜算〕搜刮、计算。

56 〔尪羸（wānglèi 汪雷）〕瘦弱。

57 〔大帑（tǎng 淌）〕储藏钱币的国库。

鸲 鹆

王汾滨言：其乡有养八哥[1]者，教以语言，甚狎习，出游必与之俱，相将数年矣。一日，将过绛州[2]，而资斧已罄[3]，其人愁苦无策。鸟云："何不售我，送我王邸[4]，当得善价，不愁归路无资也。"其人云："我安忍。"鸟言："不妨，主人得价疾行，待我城西二十里大树下。"其人从之，携至城，相问答，观者渐众。有中贵[5]见之，闻诸王，王召入，欲买之。其人曰："小人相依为命，不愿卖。"王问鸟："汝愿住否？"答言："愿住。"王喜。鸟又言："给价十金，勿多予。"王益喜，立畀[6]十金，其人故作懊恨状而出。王与鸟语，应对便捷，呼肉啖之，食已，鸟曰："臣要浴。"王命金盆贮水，开笼令浴，浴已，飞檐间，尚与王喋喋不休。顷之羽燥，翩跹而起，操晋声曰："臣去呀！"顾盼已失所在。王及内侍[7]，仰面咨嗟，急觅其人，则已渺矣。后有往秦中[8]者，见其人携鸟，在西安市上。毕载积[9]先生记。

王阮亭云："可与鹦鹉、秦吉了同传[10]。"

校注

1 〔八哥〕为鸲鹆（qúyù 渠玉）的别名。形如乌鸦，亦身首俱黑，能学人说话。据宋顾文荐《负暄杂录·物以讳易》载：南唐李主讳煜，改鸲鹆为八哥，亦曰八八儿。

2 〔绛州〕明朝为散州，清升为直隶州。治所为今山西省新绛县。

3 〔资斧已罄（qìng 庆）〕谓路费已经用尽。

4 〔王邸〕据《明史·诸王世表二》：明太祖十三子朱桂，简，庶六子朱荣顺，逊烇于永乐二十二年（1424）封灵邱王，天顺五年（1461）别城于绛州，成化十一年（1475）卒，下传至五王，至隆庆间因罪除国。邸，此指王府。

5 〔中贵〕宦官的别称。李白《古风》之二十四："中贵多黄金，连云开甲宅。"

6 〔畀（bì 毕）〕给予。《诗经·小雅·巷伯》："取彼谮人，投畀豺虎。"

7 〔内侍〕此指在王府中供使唤的人。《后汉书·乐成靖王党传》："事发觉，党乃缢杀内侍三人，以绝口语。"

8 〔秦中〕指今陕西省一带。

9 〔毕载积〕详见卷一《祝翁》注。

10 〔"王阮亭云"句〕此段王阮亭评语，铸雪斋本无。

刘海石

刘海石，蒲台[1]人，避乱于滨州[2]，时十四岁，与滨州生刘沧客同函丈[3]，因相善，订为昆季[4]。无何，海石失怙恃[5]，奉丧[6]而归，音问遂阙。

沧客家颇裕，年四十，生二子：长子吉，十七岁，为邑名士；次子亦慧。沧客又纳邑中倪氏女，大嬖之[7]。后半年，长子患脑痛卒，夫妻大惨。无几何，妻病又卒；逾数月，长媳又死；而婢仆之丧亡，且相继也。沧客哀悼[8]，殆不能堪。一日，方坐愁闷，忽阍人通海石至，沧客喜，急出门迎以入。方欲展寒温，海石忽惊曰："兄有灭门之祸，不知耶？"沧客愕然，莫解所以。海石曰："久失闻问，窃疑近况未必佳也。"沧客泫然，因以状对，海石欷歔，既而笑曰："灾殃未艾[9]，余初为兄吊也。然幸而遇仆，请为兄贺。"沧客曰："久不晤，岂近精'越人术[10]'耶？"海石曰："是非所长。阳宅风鉴[11]，颇能习之。"沧客喜，便求相宅。海石入宅，内外遍观之，已而，请睹诸眷口，沧客从其教，使子媳婢妾俱见于堂。沧客一一指示。至倪，海石仰天而视，大笑不已。众方惊疑，但见倪女战栗无色，身暴缩，短仅二尺余。海石以界方[12]击其首，作石缶[13]声。海石揪其发，检脑后，见白发数茎，欲拔之。女缩项跪啼，言即去，但求勿拔。海石怒曰："汝凶心尚未死耶？"就项后拔去之，女随手而变，黑色如狸，众大骇。海石掇纳袖中，顾子妇曰："媳受毒已深，背上当有异，请验之。"妇羞，不肯袒示。刘子固强之，见背上白毛，长四指许。海石以针挑去，曰："此毛已老，七日即不可救。"又视刘子，亦有毛，才二指，曰："似此可月余死耳。"沧客以及婢仆，并刺之，曰："仆适不来，一门无噍类[14]矣。"问："此何物？"曰："亦狐属。吸人神气[15]以为灵，最利人死。"沧客曰："久不见君，何能神异如此！无乃仙乎？"笑曰："特从师习小技耳，何遽云仙。"问其师，答云："山石道人。适此物，我不能死之，将归献俘[16]于师。"言已，告别，觉袖中空空，骇曰："亡之矣！尾末有大毛未去，今已遁去。"众惧骇然。海石曰："领毛已尽，不能作人，止能化兽，遁当不远。"于是入室而相其猫，出门而嗾其犬，皆曰无之，启圈笑曰："在此矣。"沧客视之，多一豕。闻海石笑，遂伏，不敢少动，提耳捉出，视尾上白毛一茎，硬如针。方将检拔，而豕转侧哀鸣，不听拔，海石曰："汝造孽既多，拔一毛犹不肯耶？"执而拔之，随手复化为狸。纳袖欲出，沧客苦留，乃为一饭。问后会，曰："此难预定。我师立愿弘，常使我等遨世上，拔救众生[17]，未必无再见时。”及别后，细思其名，始悟曰：“海石殆仙矣！‘山石’合一‘岩’字，盖吕祖[18]讳也。”

校注

1 〔蒲台〕旧县名。清属山东武定府。1956年并入山东博兴县。

2 〔滨州〕明清为散州。清属山东武定府。故治在今山东滨州市。

3 〔同函丈〕指同塾读书的同学。函丈，《礼记·曲礼上》：“若非饮食之客，则布席，席间函丈。”注：“函，犹容也。讲问宜相对容。丈，足以指画也。”

4 〔昆季〕兄弟。兄弟间，长者为昆，幼者为季。

5 〔失怙恃〕即父母双亡。详见卷一《珠儿》注。

6 〔奉丧〕护送灵榇。丧，据手稿本，原抄本作“养”。

7 〔大嬖（bì 壁）之〕非常宠爱她。嬖，宠爱。《左传·襄公二十五年》：“叔孙还，纳其女于灵公，嬖，生景公。”

8 〔悼〕据二十四卷本，原抄本作“惮”。

9 〔未艾〕未尽，未止。

10 〔越人术〕即医术。战国时名医扁鹊，姓秦，名越人，又名卢医，是我国古代名医。后遂称医术为越人术。

11 〔阳宅风鉴〕为古代方术之一，此指为人家住宅看风水和给人相面。阳宅，旧时称住宅为阳宅，坟墓为阴宅。风鉴，指相面之术。宋吴处厚《青箱杂记》卷四：“余尝谓风鉴一事，乃昔贤甄识人物拔擢贤才之所急，非市井卜相之用以贾鬻取赀者。”

12 〔界方〕即界尺。用以画线或镇纸用的尺子，铁制或石制。

13 〔石缶〕一种用石制成的容器。

14 〔无噍（jiào 叫）类〕无活着的人。《汉书·高帝纪》："(项羽)尝攻襄城，襄城无噍类，所过无不残破。"注："无复有活而噍食者也。"噍，同"嚼"。《说文·口部》："噍，啮也。"

15 〔神气〕谓人的元阳之气。

16 〔献俘〕古代一种军礼。凯旋时以所获俘虏献于宗庙，显示战功。《左传·僖公二十八年》："(晋师)振旅，恺以入于晋。献俘，授馘，饮至，大赏。"杜预注："献楚俘于庙。"

17 〔众生〕佛家语。梵文"萨埵"的意译，意即众多有生命者。

18 〔吕祖〕即吕岩，字洞宾，号纯阳子，亦称回道人。相传为唐京兆人。会昌中，两举进士不第，浪迹江湖，后遇仙人钟离权授以丹诀，隐居终南山修道。道号为纯阳祖师，故后世称吕纯阳或吕祖。

谕鬼

青州石尚书茂华[1]，为诸生时，郡门[2]外有大渊，不雨亦不涸。邑中获大寇数十名，刑于渊上，鬼聚为祟，经过者辄被曳入。一日，有某甲正遭困厄，忽闻群鬼惶窜曰："石尚书至矣！"未几，公至，甲以状告，公以垩灰[3]题壁，示云："石某为禁约事：照得厥念[4]无良，致婴[5]雷霆之怒；所谋不轨，遂遭铁钺之诛[6]。只宜返魍魉之心[7]，争相忏悔；庶几洗髑髅之血[8]，脱此沉沦[9]。尔乃生已极刑，死犹聚恶。跳踉而至，披发成群；踯躅以前，搏膺作厉[10]。黄泥塞耳，辄逞鬼子之凶；白昼为妖，几断行人之路！彼丘陵[11]三尺外，管辖由人；岂乾坤两大中[12]，凶顽任尔？谕后各宜潜踪，勿犹怙恶[13]。无定河边之骨[14]，静待轮回；金闺梦里之魂，还践乡土。如蹈前愆，必贻后悔！"自此鬼患遂绝，渊亦寻干。

校注

1 〔石尚书茂华〕石茂华，字君采，青州（今山东青州市）人。明嘉靖二十三年（1544）甲辰进士，授浚县知县，累官兵部尚书，万历十一年（1583）总督三边，擢掌南京都察院。卒于官。赐太子少保，谥恭襄。传载《青州府志》。

2 〔郡门〕谓郡城门。此指青州城门。

3 〔垩灰〕石灰。

4 〔照得厥念〕旧时公文布告的开头用语。意为经察知。厥念，其念头，用心。厥，相当于“其”。《尔雅·释言》：“厥，其也。”

5 〔婴〕触犯。《新唐书·文艺传中·宋之问》：“都下有牛善触，人莫敢婴。”

6 〔铁钺之诛〕指砍头之类的死刑。

7 〔返魍魉之心〕谓去掉害人之心。魍魉，古代传说中的山川精怪，鬼怪。详见《自叙》注。

8 〔庶几洗髑髅之血〕差不多可以洗雪被杀的罪恶。庶几，差不多，将近。髑髅（dúlóu 独娄），死人的头骨。《庄子·至乐》：“庄子之楚，见空髑髅，髐然有形。”

9 〔沉沦〕原意为汩没、埋没。此指鬼魂滞留地下。

10 〔搏膺作厉〕意为拍打着胸膛四处作恶。搏膺，拍打胸膛。《左传·成公十年》：“晋侯梦大厉，被发及地，搏膺而踊。”厉，厉鬼。

11 〔丘陵〕坟墓。

12 〔乾坤两大中〕犹言天地之间，即人间。乾坤，指天地。两大，指天地并大。

13 〔怙（hù 户）恶〕谓作恶之心不改。

14 〔无定河边之骨〕无定河，出自内蒙古伊克昭盟乌审旗，入黄河。此为唐代与吐蕃频年进行战争之地，战死于此的壮士甚多。唐陈陶《陇西行》诗：“可怜无定河边骨，犹是春闺梦里人。”

泥鬼

余乡唐太史济武[1]，数岁时，有表亲某相携戏寺中。太史童年磊落，胆气最豪，见庑中[2]泥鬼，睁琉璃眼，甚光而巨；爱之，阴以指抉取[3]，怀之而归。既抵家，某暴病不语，移时忽起，厉声曰："何故掘吾睛！"噪叫不休。众莫之知，太史始言所作，家人乃祝曰："童子无知，戏伤尊目，行奉还也。"乃大言曰："如此，我便当去。"言讫，仆地遂绝，良久而苏，问其所言，茫不自觉。乃送睛，仍安鬼眶中。

异史氏曰："登堂索睛，土偶何其灵也！顾太史抉睛，而何以迁怒于同游？盖以玉堂之贵[4]，而且至性觥觥[5]，观其上书北阙，拂袖南山[6]，神且惮之，而况鬼乎？"

校注

1 〔唐太史济武〕唐梦赉，字济武，自号豹岩樵史。淄川人。

弱冠举顺治五年（1648）乡试，明年（1649）成进士，改庶常。顺治八年（1651）授检讨。会命翰林院译文昌化书，梦赉以曲不典，无裨大化，具疏以谏，留中。旋以忤要人，于顺治九年（1652）罢归。是年未三十岁。晚年卜居淄川城东南之豹山。著有《志壑堂集》三十二卷。《济南府志》、《淄川县志》有传。太史，三代时为史官及历官之长，秦汉称太史令。魏晋以后，专管天文历法，修史、撰文归著作郎。明清时史馆之事则以翰林院任之，故明清以太史为翰林院官员的别称。

2 〔庑（wǔ 午）中〕正房对面或两侧的配房。庙宇中，此处多塑众神及鬼卒。

3 〔抉（jué 决）取〕挖取，抠取。《庄子·盗跖》："比干剖心，子胥抉眼。"

4 〔玉堂之贵〕指唐梦赉曾官翰林院检讨。玉堂，指翰林院。《宋史·苏易简传》："帝尝以轻绡飞白大书'玉堂之署'四字，令易简榜于厅额。"以后，遂以"玉堂"代指翰林院。

5 〔觥觥（gōnggōng 公公）〕刚直貌。《后汉书·郭宪传》："常闻关东觥觥郭子横，竟不虚也。"子横，郭宪字。

6 〔上书北阙，拂袖南山〕唐孟浩然《岁暮归南山》诗："北阙休上书，南山归敝庐。"上书，谓臣民向皇帝进言。此指唐梦赉因上书论政事，而辞官归里。据蒋良骐《东华录》六："顺治八年五月，外转御史张煊讦告吏部尚书陈名夏结党营私，铨选不公。部议：诸款多属赦前，且不实，煊向官御史不言，今言于外转之后，心怀妒忌，污蔑大臣，拟死。"不料未及一年，局面突然大变。"顺治九年三月，予故御史张煊祭一坛，并全葬。革翰林院检讨唐梦赉职，以张煊优恤已经刊布中外，梦赉复藐旨冒渎具奏，阴附洪承畴、陈名夏故也。"拂袖，谓归隐。此指唐梦赉年未三十辞官后，再未出仕；后卜居淄川豹山。宋李曾伯《送周昞仲大卿归江西》诗："历阶而上公卿易，拂袖以归布韦然。"

梦别

王春，李先生之祖[1]，与先叔祖玉田公[2]交最善。一夜，梦公至其家，黯然相语。问："何来？"曰："仆将长往[3]，故与君别耳。"问："何之？"曰："远矣。"遂出。送至谷中，见石壁有裂罅，便拱手作别，以背向罅，逡巡倒行而入，呼之不应，因而惊寤。及明，以告太公敬一[4]，且使备吊具[5]，曰："玉田公捐舍[6]矣！"太公请先探之，信而后吊之。不听，竟以素服往，至门，则提幡[7]挂矣。呜呼！古人于友，其死生相信如此；丧舆待巨卿而行[8]，岂妄哉！

校注

1 〔王春，李先生之祖〕李宪，字王春（《淄川县志》作"玉春"），山东淄川人，为作者挚友李尧臣（字希梅）之父。明崇祯九年（1636）举人，清顺治三年（1646）进士。官浙江孝丰县（今隶安吉县）知县。因积劳卒于官。著有《养生录》百卷，《四香斋集》三十卷，《黄庭经集注》藏于家。其祖，未详。

2 〔先叔祖玉田公〕蒲生汶，字澄甫，作者叔祖。明万历十三年（1585）举人，万历二十年（1592）进士，授玉田县知县。闻母病，弃官归。《淄川县志》有传。

3 〔长往〕出远门；暗喻永逝。

4 〔太公敬一〕李思豫，字敬一，李宪之父，李希梅祖父。《济南府志》、《淄川县志》有传。

5 〔吊具〕指吊丧用具。

6 〔捐舍〕“捐馆舍”之省。即抛弃宅舍；为死亡的婉辞。《战国策·赵策二》：“今奉阳君捐馆舍，大王乃今然后得与士民相亲。”

7 〔提幡〕门幡。此指死者家门旁所挂白纸所剪之垂幅。幡，亦作“旛”。《说文解字》：“旛，幅胡也。”段玉裁注：“谓旗幅之下垂者。”

8 〔丧舆待巨卿而行〕言张劭的灵柩，必待范式到来才肯走。《后汉书·范式传》：东汉范式，字巨卿，与汝南张劭字元伯为友。范式夜忽梦元伯来曰：“巨卿！吾以某日死，当以尔日葬，永归黄泉，子未我忘，岂能相及。”式恍然觉悟，悲叹泣下。便服朋友之服，投其葬日，驰往赴之，式未及到而丧已发引；既至圹，将窆，而柩不肯进。其母抚之曰：“元伯岂有望邪？”遂停柩。移时，乃见有素车白马，号哭而来。其母望之曰：“是必范巨卿也。”既至，叩丧言曰：“行矣元伯！死生路异，永从此辞。”会葬者千人，咸为挥涕。式因执绋而引，柩于是乃前。

犬灯

韩光禄大千[1]之仆，夜宿厦间，见楼上有灯，如明星。未几，荧荧飘落，及地化为犬。睨之，转舍后去。急起，潜尾之，入园中化为女子，心知其狐，还卧故所。俄，女子自后来，仆阳寐[2]以观其变。女俯而撼之，仆伪作醒状，问其为谁，女不答。仆曰："楼上灯光，非子也耶？"女曰："既知之，何问焉？"遂共宿止。昼别宵会，以为常。

主人知之，使二人夹仆卧；二人既醒，则身卧床下，亦不知堕自何时。主人益怒，谓仆曰："来时，当捉之来；不然，则有鞭楚！"仆不敢言，诺而退。因念：捉之难；不捉，惧罪，展转无策。忽忆女子一小红衫，密着其体，未肯暂脱，必其要害，执此可以胁之。夜来[3]，女至，问："主人嘱汝捉我乎？"曰："良有之[4]。但我两人情好，何肯为此？"及寝，阴掬[5]其衫，女急啼，力脱而去，从此遂绝。

后仆自他方归，遥见女子坐道周[6]，至前，则举袖障面。仆下骑，呼曰："何作此态？"女乃起，握手曰："我谓子已忘旧好矣。既恋恋有故人意，情尚可原。前事出于主命，亦不汝怪也。但缘分已尽，今设小酌，请入为别。"时秋初，高粱正茂。女携与俱入，则中有巨第。系马而入，厅堂中酒肴已列。甫坐[7]，群婢行炙[8]。日将暮，仆有事，欲覆主命，遂别。既出，则依然田陇耳。

校注

1 〔韩光禄大千〕韩茂椿，字大千，淄川人。父，韩源，明崇祯戊寅进士，清官至吏科给事中、太仆寺卿，管通政使司右通政事。茂椿以岁贡荫授光禄寺署丞，补太仆寺主簿，授徵仕郎奉裁候补。著有《尚友堂史略》百卷。光禄，明清光禄寺主管外廷宴会和祭品等事务。寺的长官为卿及少卿。

2 〔阳寐〕假装睡着。阳，通"佯"。

3 〔夜来〕半夜，夜间。来，铸雪斋本作"分"。

4 〔良有之〕确有这事。

5 〔掬〕谓两手向下脱。

6 〔道周〕道旁。《诗经·唐风·有杕之社》："有杕之社，生于道周。"

7 〔甫坐〕刚坐下。

8 〔行炙〕本指传送烤肉。此指在宴会时上菜。《南史·王琨传》："传酒行炙，皆悉内妓。"炙，据手稿本，原抄本作"灸"。此当为抄录之误。

番僧

释体空[1]言："在青州，见二番僧，像貌奇古，耳缀双环，被黄布，须发鬈如[2]。自言从西域来，闻太守重佛，谒之。太守[3]遣二隶，送诣丛林[4]，和尚灵辔，不甚礼之。执事者[5]见其人异，私款之，止宿焉。或问：'西域多异人，罗汉[6]得无有奇术否？'其一辴然笑，出手于袖，掌中托小塔，高裁盈尺，玲珑可爱，壁上最高处，有小龛[7]，僧掷塔其中，矗然端立，无少偏倚。视塔上有舍利[8]放光，照耀一室。少间，以手招之，仍落掌中。其一僧及袒臂，伸左肱，长可六七尺，而右肱缩无有矣，转伸右肱，亦如左状。"

校注

1 〔释体空〕谓体空和尚。释，释子。佛教为释迦牟尼所创，故又称释教，和尚又通称释子或释。体空，为法名。

2 〔鬈（quán 拳）如〕卷曲的样子。如，助词。

3 〔太守〕此指青州知府。

4 〔丛林〕佛教寺院。意为多数僧众聚居的处所。《大智度论》卷三：“僧伽秦言众，多比丘一处和合，是名僧伽；譬如大树丛聚，题名为林。”

5 〔执事者〕即“执事人”。主管具体事务的人。此指协助寺院长老管理寺内事务者。

6 〔罗汉〕亦译为“阿罗汉”。为佛家弟子中的上足弟子，地位低于菩萨。此为对番僧的尊称。

7 〔小龛（kān 堪）〕谓佛徒供佛像的小阁。

8 〔舍利〕即“舍利子”，意译为“身骨”。释迦牟尼佛遗体火化后结成的坚硬珠状物。《魏书·释老志》：“佛既谢世，香木焚尸。灵骨分碎，大小如粒，击之不坏，焚也不燋，或有光明神验，胡言谓之‘舍利’。”后来，泛指佛教徒火化后的遗骸。

狐　妾

莱芜刘洞九[1]，官汾州[2]，独坐署中，闻亭外笑语渐近。入室，则四女子：一四十许，一可三十，一二十四五已来，末后一垂髫者，并立几前，相视而笑。刘固知官署多狐，置不顾。少间，垂髫者出一红巾，戏抛面上，刘拾掷窗间，仍不顾，四女一笑而去。一日，年长者来，谓刘曰："舍妹与君有缘，愿无弃葑菲[3]。"刘漫应之。女遂去，俄偕一婢，拥垂髫儿来，俾与刘并肩坐，曰："一对好凤侣[4]，今夜谐花烛。勉事刘郎，我去矣。"刘谛视，光艳无俦[5]，遂与燕好。诘其行踪，女曰："妾固非人，而实人也。妾，前官之女，蛊[6]于狐，奄忽以死，窆[7]园内。众狐以术生我，遂飘然若狐。"刘因以手探尻际，女觉之，笑曰："君将无谓狐有尾耶？"转身云："请试扪之。"自此，遂留不去。

每行坐，与小婢俱，家人俱尊以小君[8]礼，婢媪参谒，赏赉甚丰。值刘寿辰，宾客烦多，共三十余筵，须庖人甚众，先期牒拘[9]，仅一二到者，刘不胜恚，女知之，便言：

“勿忧。庖人既不足用，不如并其来者遣之。妾固短于才，然三十席亦不难办。”刘喜，命以鱼肉姜桂，悉移内署[10]，家中人但闻刀砧声，繁碎[11]不绝。门内设一几，行炙者置拌其上，转视，则肴俎已满。托去复来，十余人络绎于道，取之不竭[12]，末后，行炙人来索汤饼，内言曰：“主人未尝预嘱，咄嗟[13]何以办？”既而曰：“无已，其假之。”少顷，呼取汤饼，视之，三十余碗，蒸腾几上。客既去，乃谓刘曰：“可出金资，偿某家汤饼。”刘使人将直去，则其家失汤饼，方共惊疑，使至，疑始解。一夕，夜酌，偶思山东苦醁[14]，女请取之。遂出门去，移时返曰：“门外一罂，可供数日饮。”刘视之，果得酒，真家中瓮头春[15]也。越数日，夫人遣二仆如汾，途中，一仆曰：“闻狐夫人犒赏优厚，此去得赏金，可买一裘。”女在署已知之，向刘曰：“家中人将至。可恨伧奴[16]无礼，必报之。”明日，仆甫入城，头大痛，至署，抱首号呼。共拟进医药，刘笑曰：“勿须疗，时至当自瘥。”众疑其获罪小君，仆自思：初来未解装，罪何由得？无所告诉，漫膝行而哀之，帘中语曰：“尔谓夫人，则已耳，何谓‘狐’也？”仆乃悟，叩不已。又曰：“既欲得裘，何得复无礼？”已而曰：“汝愈矣。”言已，仆病若失。仆拜欲出，忽自帘中掷一裹出，曰：“此一羔羊裘也，可将去。”仆解视，得五金。刘问家中消息，仆言都无事，惟夜失藏酒一罂，稽其时日，即取酒夜也。群惮其神，呼之“圣仙”，刘为绘小像。

时张道一[17]为提学使[18]，闻其异，以桑梓谊[19]诣刘，欲乞一面，女拒之。刘示以像，张强携而去，归悬座右，朝夕祝之云："以卿丽质，何之不可？乃脱身于鬖鬖之老[20]！下官殊不恶于洞九，何不一惠顾？"女在署，忽谓刘曰："张公无礼，当小惩之。"一日，张方祝，似有人以界方击额，崩然甚痛，大惧，反卷[21]。刘诘之，使隐其故而诡对之，刘笑曰："主人额上得毋痛否？"使不能欺，以实告。无何，婿亓生来，请觐之，女固辞，亓请之坚，刘曰："婿非他人，何拒之深？"女曰："婿相见，必当有以赠之。渠望我奢，自度不能满其志，故适不欲见耳。既固请之，乃许以十日见。"及期，亓入，隔帘揖之，少致存问，仪容隐约，不敢审谛[22]，既退，数步之外，辄回眸注盼，但闻女言曰："阿婿回首矣！"言已，大笑，烈烈如鹗鸣，亓闻之，胫股皆软，摇摇然若丧魂魄。既出，坐移时，始稍定，乃曰："适闻笑声，如听霹雳，竟不觉身为己有。"少顷，婢以女命，赠亓二十金。亓受之，谓婢曰："圣仙日与丈人[23]居，宁不知我素性挥霍，不惯使小钱耶？"女闻之曰："我固知其然。囊底适罄，向结伴之汴梁[24]，其城为河伯[25]占据，库藏皆没水中，入水各得些须[26]，何能饱无餍之求？且我纵能厚馈，彼福薄，亦不能任。"

女凡事能先知，遇有疑难，与议，无不剖。一日，并坐，忽仰天大惊曰："大劫[27]将至，为之奈何！"刘惊问家口，曰："余悉无恙，独二公子可虑。此处不久将为战场，君当求差远去。庶免于难。”刘从之，乞于上官，得解饷云贵间。道里辽远，闻者吊之，而女独贺。无何，姜瓖[28]叛，汾州没为贼窟[29]，刘仲子[30]自山东来，适遭其变，遂被其害。城陷，官僚皆罹于难，惟刘以公出得免。盗平，刘始归。寻以大案挂误，贫至饔飧不给[31]，而当道者又多所需索，因而窘忧欲死。女曰：“勿忧，床下三千金，可资用度。”刘大喜，问：“窃之何处？”曰：“天下无主之物，取之不尽，何庸窃乎！”刘借谋得脱归，女从之。后数年忽去，纸裹数事[32]留赠，中有丧家挂门之小幡，长二寸许，群以为不祥。刘寻卒。

校注

1 〔莱芜刘洞九〕莱芜，县名。清属泰安府。现山东省莱芜市。刘洞九，即刘侗九，莱芜人，顺治间官汾州通判。见《莱芜县志》。

2 〔汾州〕明清府名。治所在今之山西省汾阳市。

3 〔无弃葑菲〕《诗经·邶风·谷风》：“采葑采菲，无以下体。”葑，蔓菁。菲，萝卜。无以，不用。下体，指葑、菲的块根。二者的叶和块根都可食，但块根有恶味。此处，以葑菲指其妹，意谓不要因妹子寒贱而弃之。

4 〔凤侣〕凤凰。旧时以鸾凤比喻夫妻。语本《左传·庄公二十二年》：“凤凰于飞，和鸣锵锵。”

5 〔无俦〕没有能与之匹敌的。《艺文类聚》卷七四引曹丕《弹棋赋》："惟弹棋之嘉巧，邈超绝其无俦。"俦，匹敌，伦比。《字汇·人部》："俦，等也。"

6 〔蛊（gǔ 古）〕蛊惑，诱惑。《玉篇·蛊部》："蛊，或（惑）也。"《文选·张衡〈西京赋〉》："挟邪作蛊，于是不售。"

7 〔窆（biǎn 贬）〕埋葬。

8 〔小君〕古称诸侯夫人。《春秋·庄公二十二年》："癸丑，葬我小君文姜。"此处，谓刘洞九家婢仆以夫人之礼对待狐妾。

9 〔先期牒拘〕谓事先发函征集。牒，原指信札。《说文·片部》："牒，札也。"此处当指官府中的传票。拘，征调。

10 〔内署〕指官府内院。

11 〔碎〕据手稿本补，原抄本无。

12 〔竭〕据手稿本，原抄本为"绝"。

13 〔咄嗟（duōjiē 多接）〕吆喝一声。此处犹言时间短促。《世说新语·汰侈》："石崇为客作豆粥，咄嗟便办。"

14 〔山东苦醁（lù 禄）〕山东一种用糯米或黍米酿的酒，略带苦味。醁，即醽醁，古代的一种美酒。

15 〔瓮头春〕酒名。岑参《喜韩樽相过》："瓮头春酒黄花脂，禄米只充沽酒资。"

16 〔伧（cāng 仓）奴〕指下贱的奴仆。伧，鄙贱。

17 〔张道一〕名四教，号芹沚，莱芜人。清顺治三年（1646）进士，除山西平阳府推官，顺治六年（1649）至顺治九年（1652）任山西提学使，秩满升陕西延榆绥兵备道，累官按察司副使，后以忤政要罢归。见《莱芜县志》。王士禛《居易录》载传闻佚事一则，类于此：谓张以部郎居京师，纳一婢甚丽，自称东御艾氏女。后张携之赴山西提学任。途中见雉起一草间，感而孕之。到官府产一子而殁。殁前自画一肖像留奁中。自是，每夜托梦于张，对其预告休咎。张将其画像悬于别室，食必亲荐。一日，误以羹污其上，夜间梦其妾甚怒，诘之，待天明画已失所。一天，张在巡抚之屏风上，见美人肖像绝类其妾，因屡目之，巡抚诘之，张告其故，巡抚返之。返后，张复梦于前。妾曾托梦告张不利于宦途，稍迁即当祈休；及秩满迁榆林道参议，遂罢归。

18〔提学使〕明代分别以御史为两京之提学御史，以按察使副使、佥事为各省之提学道，主管一省的教育和生徒的考试黜陟。清初尚沿明制，以后一律设专职称提督学政。此处之提学使，即指提督学政。

19〔桑梓谊〕同乡的身份。桑梓，为故乡的代称。详见卷一《胡四姐》注。

20〔鬖鬖（sānsān 三三）之老〕谓白色毛发下垂的老人。详见卷一《珠儿》注。

21〔反卷〕谓归还画有狐妾的画卷。

22〔谛〕据手稿本，原抄本作“睇”。

23〔丈人〕妻父。古时称“舅”或“外舅”。

24〔汴梁〕明清为开封府，汴梁为它的旧称。即今之河南开封市。

25〔河伯〕传说中的黄河的水神。《庄子·秋水》：“于是焉河伯欣然自喜，以天下之美为尽在己。”

26〔些须〕少许的意思。聊斋俚曲《蓬莱宴》：“薄酒不堪奉上人，些须吃一杯，解解心头闷。”

27〔大劫〕即大难。劫，梵语“劫波”的省称，意为“远大时节”。后来佛经指天地的形成到毁灭谓之一劫。此指灾难。

28〔姜瓖〕明朝大同总兵，明崇祯十七年（1644）投降李自成农民义军，李自成农民军退出北京，于同年六月，姜瓖杀义军首领柯天相等，以城降清。清顺治五年（1648），姜瓖又连结农民义军余部，在大同起兵抗清。清廷派重兵镇压，于顺治六年（1649）八月被镇压下去，姜瓖被其部下杀死。

29〔汾州没为贼窟〕此指姜瓖率部于清顺治五年（1648）四月叛清攻陷汾州，于同年九月收复其间。

30〔仲子〕次子。

31〔饔飧（yōngsūn 雍孙）不给〕谓每日三餐不继。饔飧，《孟子·滕文公上》：“贤者与民并耕而食，饔飧而治。”赵岐注：“饔飧，熟食也。朝曰饔，夕曰飧。”不给，供给不上。

32〔数事〕指几件东西。

雷曹

乐云鹤、夏平子二人，少同里，长同斋[1]，相交莫逆。夏少慧[2]，十岁知名，乐虚心事之，夏亦相规不倦，乐文思日进，由是名并著。而潦倒场屋[3]，战辄北[4]。无何，夏遘疫[5]卒，家贫不能葬，乐锐身自任之。遗襁褓子及未亡人[6]，乐以时恤诸其家，每得升斗，必析而二之，夏妻子赖以活，于是士大夫益贤乐。乐恒产无多，又代夏生忧，内顾[7]家计日蹙，乃叹曰："文如平子，尚碌碌以殁，而况于我！人生富贵须及时[8]，戚戚终岁，恐先狗马填沟壑[9]，负此生矣，不如早自图也。"于是去读而贾。

操业半年，家资小康。一日，客金陵，休于旅舍，见一人颀然[10]而长，筋骨隆起，彷徨坐侧，色黯淡，有戚容，乐问："欲得食耶？"其人亦不语。乐推食食之[11]，则以手掬啖，顷刻已尽。乐又益以兼人之馔，食复尽，遂命主人割豚肩[12]，堆以蒸饼，又尽数人之餐，始果腹而谢曰："三年以来，未尝如此饫饱。"乐曰："君固壮士，何飘泊若此？"曰："罪婴天谴[13]，不可说也。"问其里居，曰：“陆无屋，水无舟，朝村而暮郭也。”乐整装欲行，其人相从，恋恋不去，乐辞之，告曰：“君有大难，吾不忍忘一饭之德。”乐异之，遂与偕行，途中曳与同餐，辞曰：“我终岁仅数餐耳。”益奇之。次日，渡江，风涛暴作，估舟[14]尽覆，乐与其人悉没江中。俄风定，其人负乐踏波出，登客舟，又破浪去，少时，挽一船至，扶乐入，嘱乐卧守，复跃入江，以两臂夹货出，掷舟中，又入之，数入数出，列货满舟，乐谢曰：“君生我[15]亦良足矣，敢望珠还[16]哉！”检视货财，并无亡失，益喜，惊为神人，放舟欲行，其人告退，乐苦留之，遂与共济。乐笑云：“此一厄也，止失一金簪耳。”其人欲复寻之，乐方劝止，已投水中而没。惊愕良久，忽见含笑而出，以簪授乐曰：“幸不辱命[17]。”江上人罔不骇异。乐与归，寝处共之，每十数日始一食，食则啖嚼无算。一日，又言别，乐固挽之。

适昼晦欲雨，闻雷声，乐曰：“云间不知何状？雷又是何物？安得至天上视之，此疑乃可解。”其人笑曰：“君欲作云中游耶？”少时，乐[18]倦甚，伏榻假寐，既醒，觉身摇摇然，不似榻上，开目，则在云气中，周身如絮，惊而起，晕如舟上，踏之，耎无地，仰视星斗，在眉目间，遂疑是梦。细视星箝天上，如老莲实之在蓬也，大者如瓮，次如瓿，小如盎盂[19]，以手撼之，大者坚不可动，小星动摇，似可摘而下者，遂摘其一，藏袖中。拨云下视，则银海苍茫，见城郭如豆，愕然自念：设一脱足，此身何可复问。俄见二龙夭矫，驾缦车[20]来，尾一掉，如鸣牛鞭，车上有器，围皆数丈，贮水满之。有数十人，以器掬水，遍洒云间，忽见乐，共怪之。乐审所与壮士在焉，语众云："是吾友也。"因取一器，授乐令洒。时苦旱，乐接器排云，约望故乡，尽情倾注。未几，谓乐曰："我本雷曹[21]。前误行雨，罚谪三载，今天限[22]已满，请从此别。"

乃以驾车之绳万丈掷前，使握端缒下，乐危之，其人笑言："不妨。"乐如其言，飗飗然瞬息及地，视之，则堕立村外，绳渐收入云中，不可见矣。时久旱，十里外雨仅盈指，独乐里沟浍[23]皆满。归探袖中，摘星仍在，出置案上，黯黝如石，入夜，则光明焕发，映照四壁，益宝之，什袭而藏，每有佳客，出以照饮，正视之，则条条射目。一夜，妻坐对握发[24]，忽见星光渐小如萤，流动横飞，妻方怪咤，已入口中，咯之不出，竟已下咽，愕奔告乐，乐亦奇之。既寝，梦夏平子来，曰："我少微星[25]也。因先君失一德，促余寿龄[26]。君之惠好，在中不忘。又蒙自天上携归，可云有缘。今为君嗣，以报大德。"乐三十无子，得梦甚喜。自是，妻果娠，及临蓐，光辉满室，如星在几上时，因名"星儿"。机警非常，十六岁，及进士第[27]。

异史氏曰："乐子文章名一世[28]，忽觉苍苍之位置我者不在是，遂弃毛锥[29]如脱屣，此与燕颔投笔[30]何以少异？至雷曹感一饭之德，少微酬良朋之知，岂神人之私报恩施哉，乃造物之公报贤豪耳。"

校注

1 〔同斋〕同学。斋，此指旧时学塾。
2 〔夏少慧〕据手稿本，原抄本无此三字。
3 〔潦倒场屋〕意谓在科举考试中，屡试不第，颓丧失意。潦倒，落拓失意。《红楼梦》：“一技无成，半生潦倒。”场屋，科举时考场。
4 〔战辄北〕谓每次参加科举考试皆失利。战，指“文战”，科举时代喻科考为“战”，落第称“败北”。北，即败北，战败。唐柳宗元《上大理崔大卿应制举不敏启》：“秉翰执简，败北而归，不可以言乎文。”
5 〔遘（gòu 够）疫〕谓染上瘟疫。遘，遇。
6 〔未亡人〕旧称寡妇或寡妇自称。《左传·成公九年》：“穆姜出房，再拜曰：‘大夫勤辱，不忘先君以及嗣君，施及未亡人。’”杜预注：“妇人夫死，自称未亡人。”该句前之“子”，据手稿本，原抄本无。
7 〔内顾〕意为内审家计。
8 〔富贵须及时〕谓人生求富贵莫过时机，青壮已过，得之也无多大益处。及时，指当青壮年时。
9 〔恐先狗马填沟壑〕指谓先于狗马而死亡。《汉书·公孙弘传上》：“臣弘行能不足以称，加有负薪之疾，恐先狗马填沟壑，终无以报德塞责。”沟壑，溪谷。《汉书·范雎蔡泽列传》：“王稽谓范雎曰：‘使臣卒然填沟壑，是事之不可知者三也。’”
10 〔颀（qí 祈）然〕谓身子高。颀，《诗经·卫风·硕人》：“硕人其颀。”传：“颀，长貌。”
11 〔推食食（sì 四）之〕谓把食物让给他吃。食，通“饲”。
12 〔豚肩〕猪腿，俗称肘子。“肩”，据手稿本，原抄本作“胁”。
13 〔罪婴天谴〕因有罪而受到上天的惩罚。婴，遭到，获致。
14 〔估舟〕指商船。

15 〔生我〕使我生，即救活我。

16 〔珠还〕即“珠还合浦”或“合浦珠还”。喻财物失而复得。据《后汉书·孟尝君传》载：广东合浦产珠，前任太守行多贪秽，诡人求采，合珠皆迁徙于交阯，民无资，贫者饿死于道。“尝到官，革易前弊，求民利病。曾未岁，去珠复还。百姓皆返其业，商贾流通，称为神名。”

17 〔不辱命〕谓不曾辜负所负之使命。《论语·子路》：“行己有耻，使于四方，不辱君命，可谓士矣。”

18 〔乐〕据手稿本，原抄本无。

19 〔瓿（bù部）、盎、盂〕瓿，古代盛器，有铜制或陶制，圈足、深腹、圆口；后称小瓮为瓿，如酒瓿、酱瓿。盎，大腹小口的瓦器。《尔雅·释器》中《急就篇》第三章，颜师古注：“缶、盆、盎一类耳。缶即盎也，大腹而敛口。”盂，盛液体的器皿。五代徐锴《说文系传·皿部》：“盂，饮器也。”或用于盛饭之器，其形近于碗。

20 〔缦（màn慢）车〕古代一种无花纹图饰的车子。《左传·成公五年》：“君为之不举，降服，乘缦。”注：“缦，车无文。”

21 〔雷曹〕谓雷部所属官。曹，辈，类。《玉篇·曰部》：“曹，辈也。”

22 〔天限〕即上文所指“天谴”的期限。

23 〔沟浍（kuài快）〕即田间排水的渠道。《孟子·离娄下》：“苟为无本，七八月之间雨集，沟浍皆盈。”

24 〔握发〕谓正当洗沐，来不及梳理，手握发而出。此指洗沐或梳头。

25 〔少微星〕星名，共四星，属狮子座。《史记·天官书》：“廷蕃有隋星五，曰少微，士大夫。”正义：“少微四星，在太微西，南北列：第一星，处士也；第二星，议士也；第三星，博士也；第四星，大夫也。”后以少微星比喻处士。

26 〔“因先君失一德，促余寿龄”句〕手稿本，将该句圈去；但原抄本与铸雪斋本皆保留，故不改，从原抄本。

27 〔及进士第〕明清科举制度，殿试一甲三名（状元、榜眼、探花），赐进士及第。但一般称考中进士为及第。

28 〔名一世〕即名重一世。

29 〔毛锥〕毛笔的别称。《新五代史·史弘肇传》："安朝廷，定祸乱，直须长枪大剑，若毛锥子安足用哉！"

30 〔燕颔投笔〕是指东汉名将班超投笔从戎事。《后汉书·班超传》："（超）家贫常为官佣书以供养，久劳苦，尝辍业投笔叹曰：'大丈夫无他志略，犹当效傅介子、张骞立功异域，以取封侯，安能久事笔砚间乎？'"后官至西域都护，封定远侯。因相士说班超"燕颔虎颈"，此为"万里侯相"。

赌 符

韩道士，居邑中之天齐庙[1]。多幻术，共名之“仙”，先子[2]与最善，每适城，辄造之。一日，与先叔[3]赴邑，拟访韩，适遇诸途，韩付钥曰：“请先往启门坐，少旋我即至。”乃如其言，诣庙发扃[4]，则韩已坐室中，诸如此类。

先是，有敝族人嗜博赌，因先子亦识韩。值大佛寺[5]来一僧，专事樗蒲[6]，赌甚豪，族人见而悦之，罄资往赌，大亏，心益热，典质产田复往，终夜尽丧。悒悒[7]不得志，便道诣韩，精神惨淡，言语失次，韩问之，具以实告。韩笑云：“常赌无不输之理。倘能戒赌，我为汝复之。”族人曰：“倘得珠还合浦[8]，花骨头[9]当铁杵碎之！”韩乃以纸书符，授佩衣带间，嘱曰：“但得故物即已，勿得陇复望蜀[10]也。”又付千钱，约赢而偿之，族人大喜而往。僧验其资，易之，不屑与赌，族人强之，请以一掷为期[11]，僧笑而从之。乃以千钱为孤注[12]。僧掷之，无所胜负，族人接色，一掷成采，僧复以两千为注，又败，渐增至十余千，明明枭色[13]，呵之，皆成卢雉[14]，计前所输，

賭符
来了貪
心博局開
此中勝負本
難猜靈符倘許
相傳受一擲
何妨百萬来
賭符

顷刻尽复。阴念再赢数千亦更佳，乃复博，则色渐劣，心怪之，起视带上，则符已亡矣，大惊而罢。载钱归庙，除偿韩外，追而计之，并末后所失，适符原数也。已乃愧谢失符之罪，韩笑曰："已在此矣。固嘱勿贪，而君不听，故取之。"

异史氏曰："天下之倾家者，莫速于博；天下之败德者，亦莫甚于博，入其中者，如沉迷海，将不知所底[15]矣。夫商农之人，俱有本业；诗书之士，尤惜分阴[16]。负耒横经[17]，固成家之正路；清谈薄饮，犹寄兴之生涯。尔乃狎比淫朋[18]，缠绵永夜。倾囊倒箧，悬金于崄巇之天[19]；呵雉呼卢[20]，乞灵于淫昏之骨[21]。盘旋五木[22]，似走圆珠；手握多章[23]，如擎团扇。左觑人而右顾己，望穿鬼子之睛；阳示弱而阴用强，费尽魍魉之技。门前宾客待，犹恋恋于场头[24]；舍上火烟生，尚眈眈于盆里。忘餐废寝，则久入成迷；舌敝唇焦，则相看似鬼。迨夫全军尽没，热眼空窥。视局中则叫号浓焉，技痒英雄之臆；顾橐底而贯索[25]空矣，灰寒壮士之心。引颈徘徊，觉白手之无济；垂头萧索，始玄夜以方归。幸交谪之人[26]眠，恐惊犬吠；苦久虚之腹饿，敢怨羹残。既而鬻子质田，冀珠还于合浦；不意火灼毛尽，终捞月于沧江。及遭败后我方思，已作下流之物；试问赌中谁最善，群指无裤之公。甚而枵腹[27]难堪，遂栖身于暴客；搔头莫度，至仰给于香奁。呜呼！败德丧行，倾产亡身，孰非博之一途致之哉！"

校注

1 〔天齐庙〕供奉泰山神的庙宇。唐玄宗时封为“天齐王”，宋、元封东岳天齐仁圣大帝与东岳天齐大生仁皇帝，简称“东岳大帝”。明清以来民间供奉泰山神的庙宇甚多。淄川天齐庙，据史料记载，位于蒲家庄与寨里间，在黉山东南约一里半路有一天齐庙，庙现已不存。但蒲家庄人口头仍有“到天齐庙”耕种的口语。再者，在淄川城里东关有一天齐庙，庙现亦不存。该天齐庙内有僧人居室，为蒲家庄人进城必经之地。该文中，当指此天齐庙。而此庙的位置距大佛寺（石佛寺）相去不远。

2 〔先子〕此处指作者的父亲蒲槃。槃，字敏吾，虽困童子业，宿儒无其渊博，值明季之乱，去而学贾，家称素封；后已子与诸弟之子躬亲教之。

3 〔先叔〕为作者叔父蒲柷。作者手稿《蒲氏族谱》中附志言，其人豪爽好施，族中贫子弟或戚党之乏者，辄相其情而资助之，使学负贩，赖以成家者甚众。

4 〔发扃（jiōng 坰）〕开锁。扃，《说文解字》：“扃，外闭之关也。”

5 〔大佛寺〕即《淄川县志》所载之普照寺，俗名石佛寺。《淄川县志·寺观》：“普照寺：城内东北偶有石佛高丈余，俗名石佛寺。旧有峻塔为邑景之一，明万历庚子毁。”其大佛高丈余，为一块整石所雕之佛像，因其高大，名闻于鲁东，故士民又呼之为大佛寺。其寺，现于原址又重建，并有僧人三五于该寺中。

6 〔樗蒲（chūpú 出蒲）〕也作“摴蒱”。古代博戏之名，盛行于汉晋。其法，以掷骰决胜负，得采有卢、雉、犊、白等称。唐李肇《国史补》下：“洛阳令崔师本，又好为古之樗蒲，其法：三分其子三百六十，限以二关，人执六马。其骰五枚，分上为黑，下为白。黑者刻二为犊，白者刻二为雉。

掷之全黑为卢，其采十六；二雉三黑为雉，其采十四；二犊三白为犊，其采十；全白为白，其采八，四者贵采也。开为十二，塞为十一，塔为五，秃为四，撅为三，枭为二，六者杂采也。贵采得连掷，得打马，得过关，余采则否。”骰之制作已失传。后世泛称赌博为樗蒱。因每面点子皆着色，俗称樗蒱为色子。

7 〔悒悒〕据二十四卷本，原抄本只一个“悒”字。

8 〔珠还合浦〕此指赢回已输的钱。详见卷二《雷曹》注。

9 〔花骨头〕指赌具骰子。骰子为骨制，其点着色，俗称色子。

10 〔得陇复望蜀〕喻贪得无厌。此指赢回本钱后还想再赢。《后汉书·岑彭传》：“彭引兵从车驾破天水，与吴汉围隗嚣于西城。”“（光武）敕彭书曰：‘西城若下，便可将兵南击蜀虏，人苦不知足，既平陇又望蜀。’”

11 〔一掷为期〕即掷一次为限。

12 〔孤注〕谓赌徒倾其所有，以为赌注。《宋史·寇准传》：“（王）钦若曰：‘陛下闻博乎？博者输钱欲尽，乃罄所有出之，谓之孤注。陛下，寇准之孤注也。’”

13 〔枭色〕古博戏采名。《韩非子·外储说》左下：“博者贵枭。”言枭色为上采。

14 〔卢雉〕古博戏采名。一说，卢、雉为次采；但唐李肇《国史补》则称卢、雉为贵采，而枭采为杂采最次。

15 〔所底（zhǐ 止）〕即所终。底，《玉篇》：“底，止也。”

16 〔分阴〕谓极短的时间。阴，日影，光阴。《晋书·陶侃传》：“大禹圣者，乃惜寸阴，至于众人，当惜分阴。”

17 〔负耒横经〕谓在田野耕作时也不离经书，形容勤学苦读。负耒，背负耕作的农具。南朝陈徐陵《与北齐宗室书》：“持干而钓，征聘不来；负耒而耕，公侯靡屈。”横经，横陈经书。南朝梁任昉《厉吏人讲学》诗：“旰食愿横经，终朝思拥帚。”

18 〔狎比淫朋〕谓亲近狎邪的朋友。淫朋，邪恶的朋友。《尚书·洪范》：“凡厥庶民，无有淫朋。”

19 〔崄巇之天〕谓危险莫测的天路。崄巇，谓道路险峻崎岖。《文选·嵇康〈琴赋〉》："丹崖崄巇，青壁万寻。"比喻赌途危险莫测。

20 〔呵雉呼卢〕古博戏樗蒲，其骰五枚，全黑为卢，二雉三黑为雉，皆为贵采。此形容赌徒们呼叫贵采之声。宋陆游《风顺舟行甚疾戏书》："呼卢喝雉连暮夜，击兔伐狐穷岁年。"

21 〔淫昏之骨〕使之迷惑智昏的枯骨。此指色子。

22 〔五木〕古博具。唐李翱《五木经》："樗蒱五木玄白判。"注："樗蒱，古戏。其投有五，故呼为五木。"

23 〔手握多章〕指手中把握着赌博的纸牌，古称"叶子"。章，指牌上的彩绘。

24 〔场头〕谓赌场。

25 〔贯索〕指贯穿制钱的绳子。贯，古时穿钱贝的绳索，即钱串。《史记·平准书》："京师之钱累巨万，贯朽而不可校。"

26 〔交谪之人〕此指埋怨赌徒的妻子。

27 〔枵（xiāo 霄）腹〕空腹。宋陆游《幽居遣怀》："大患元因有此身，正须枵腹对空囷。"枵，大木而中空貌。

阿 霞

文登[1]景星者，少有重名，与陈生比邻而居，斋隔一短垣。一日，陈暮过荒落之墟[2]，闻女子啼松柏间，近临，则树横枝有悬带，若将自经。陈诘之，挥涕而对曰："母远去，托妾于外兄[3]。不图狼子野心，畜我不卒[4]。伶仃如此，不如死！"言已，复泣。陈解带，劝令适人，女虑无可托者，陈请暂寄其家，女从之。既归，挑灯审视，丰韵殊绝，大悦，欲乱之。女厉声抗拒，纷纭之声[5]，达于间壁。景生逾垣来窥，陈乃释女。女见景生，凝眸停睇[6]，久乃奔去。二人共逐之，不知去向。景归，阖门[7]欲寝，则女子盈盈[8]自房中出。惊问之，答曰："彼德薄福浅，不可终托。"景大喜，诘其姓氏，曰："妾祖居于齐[9]。为齐姓，小字阿霞。"入以游词，笑不甚拒，遂与寝处。斋中多友人来往，女恒隐闭深房。过数日，曰："妾姑去。此处烦杂，困人甚。继今，请以夜卜[10]。"问："家何所？"曰："正不远耳。"遂早去。夜果复来，欢爱綦笃。又数日，谓景曰："我两人情好虽佳，终属苟合。家君[11]宦游西疆，明日将从母去，容即乘间禀命，而相从以终焉。”问：“几日别？”约以旬终。

既去，景思斋居不可常，移诸内，又虑妻妒，计不如出妻[12]。志既决，妻至辄诟厉，妻不堪其辱，涕欲死，景曰：“死恐见累，请早归[13]。”遂促妻行，妻啼曰：“从子十年，未尝有失德，何决绝如此！”景不听，逐愈急，妻乃出门。自是垩壁清尘[14]，引领翘待，不意信杳青鸾[15]，如石沉海。妻大归[16]后，父数浼知交，请复于景，景不纳，遂适夏侯氏。夏侯里居与景接壤，以田畔[17]之故，世有郤。景闻之，益大恚恨，然犹冀阿霞复来，差足自慰。越年余，并无踪绪。会海神寿，祠内外士女云集，景亦在，遥见一女，甚似阿霞。景近之，入于人中，从之，出于门外，又从之，飘然竟去。景追之不及，恨悒而返。后半载，适行于途，见一女郎，着朱衣，从苍头，鞚黑卫来，望之，霞也。因问从人：“娘子为谁？”答言：“南村郑公子继室。”又问：“娶几时矣？”曰：“半月耳。”景思，得毋误耶？女郎闻语，回眸一睇，景视，真阿霞也。见其已适他姓，愤填胸臆，大呼：“霞娘！何忘旧约？”从人闻呼主妇，欲奋老拳[18]，女急止之，启幛纱谓景曰：“负心人何颜相见？”景曰：“卿自负仆，仆何尝负卿？”女曰：“负夫人甚于负我！结发者[19]如是，而况其他？向以祖德厚，名列桂籍[20]。故委身相从，今以弃妻故，冥中削尔禄秩[21]，今科亚魁[22]王昌，即替汝名者也。我已归郑姓，无劳复念。”景俯首帖耳，口不能道一词，视女子，策蹇去如飞，怅恨而已。是科，景落第，亚魁果王氏昌名，郑亦捷[23]。

景以是得[24]薄幸名，四十无偶，家益替，恒趁食[25]于亲友家。偶诣郑，郑款之，留宿焉。女窥客，见而怜之，问郑曰：“堂上客，非景庆云[26]耶？”问所自识，曰：“未适君时，曾避难其家，亦深得其豢养。彼行虽贱，而祖德未斩，且与君为故人，亦宜有绨袍之义[27]。”郑然之，易其败絮，留以数日。夜分欲寝，有婢持金二十余两赠景。女在窗外言曰：“此私贮，聊酬夙好，可将去，觅一良匹。幸祖德厚，尚足及子孙，无复丧检[28]，以促余龄。”景感谢之。既归，以十余金买缙绅家婢，甚丑悍，举一子，后登两榜[29]。郑官至吏部郎[30]。既没，女送葬归，启舆，则虚无人矣，始知其非人也。噫！人之无良，舍其旧而新是谋[31]，卒之卵覆而鸟亦飞，天之所报亦惨矣！

校注

1　〔文登〕县名。明清属山东登州府。今山东省文登县。

2　〔荒落之墟〕荒凉冷落的荒丘。墟，大丘。

3　〔外兄〕表兄。

4　〔畜我不卒〕谓半途而废，养我不终。畜，养。卒，终。《诗经·邶风·日月》:“父兮母兮，畜我不卒。”

5 〔纷纭之声〕指相互争吵的声音。纷纭，杂乱。

6 〔凝眸停睇〕谓注目而视。

7 〔阖门〕据从二十四卷本，原抄本作“阁户”。

8 〔盈盈〕谓身姿优美的样子。《文选·古诗十九首》:“盈盈楼上女，皎皎当户牖。”

9 〔齐〕当为齐地人。齐，春秋时齐国都临淄，其所辖之地当为今山东之东部与北半部。

10 〔以夜卜〕即“卜以夜”，选定在夜间。卜，选择。《左传·昭公三年》:“非宅是卜，唯邻是卜。”

11 〔家君〕家父。详见卷一《娇娜》注。

12 〔出妻〕休弃妻子。《孟子·离娄下》:“出妻屏子，终身不养焉。”

13 〔早归〕即早回娘家。归，大归。

14 〔垩（è饿）壁清尘〕用白土涂刷墙壁，清扫房屋里的灰尘。垩，古时指白色的土；后用白土涂饰也叫垩。《尔雅·释宫》:“墙谓之垩。”郭璞注:“白饰墙也。”

15 〔信杳青鸾〕即音信全无。信，指信使。即所言之青鸾，亦称“青鸟”。青鸾，指传递信息的使者。《汉武故事》:“七月七日，日正中，忽有青鸟从西方来，集于殿前，汉武帝问东方朔。朔告之西王母将来，不久西王母来。”以后就称青鸟为信使。

16 〔大归〕谓已出嫁的妇女，回归娘家后不再回夫家。《左传·文公十八年》:“夫人姜氏归于齐，大归也。”大，据手稿本，原抄本无。

17 〔田畔〕田地的边界。《说文·田部》:“畔，田界也。”

18 〔老拳〕结实的拳头。《晋书·石勒载记下》:“孤往日厌卿老拳，卿亦饱孤毒手。”

19 〔结发者〕指元配妻。详见卷一《陆判》注。

20 〔桂籍〕旧称科举及第为折桂，故习称科举登第人员的名籍为桂籍。宋徐铉《庐陵别朱观先辈》:“桂籍知名有几人，翻飞相续上青云。”

21 〔禄秩〕指俸禄与官阶。《荀子·荣辱》：“是官人百吏之所以取禄秩也。”

22 〔亚魁〕谓乡试第二名。

23 〔郑亦捷〕据手稿本，原抄本无。

24 〔得〕据手稿本，原抄本无。

25 〔趁食〕谓乘人家吃饭而赶去觅食。

26 〔庆云〕此当为景星的字。

27 〔绨袍之义〕谓周济故友之情谊。《史记·范雎蔡泽列传》：范雎，战国时魏人，事魏中大夫须贾。从须贾使齐，齐王使人赐范雎金及牛酒。须贾知之，以为雎以魏国阴事告齐，故得此馈。既归，以告魏相魏齐。魏齐大怒，笞击雎折胁摺齿。雎佯死得脱，更姓名，入秦为秦相，秦人号曰张禄。后须贾使秦，范雎敝衣微行至邸见须贾。须贾意怜之，留与饮食，曰：“范叔一寒至此哉！”乃取一绨袍以赐之。后须贾知张禄即范雎，乃肉袒膝行谢罪。范雎曰：“公之所以得无死者，以绨袍恋恋有故人之意，故释公。”绨，平滑而有光泽的丝织品。

28 〔丧检〕失去检束。指为人品行不端。

29 〔登两榜〕明清科举，称会试为甲榜，乡试为乙榜，只有先考取举人的资格，才能参加考进士的会试，故称进士为两榜。

30 〔吏部郎〕即吏部郎中或吏部员外郎。

31 〔舍其旧而新是谋〕即喜新厌旧。《左传·僖公二十八年》引民谚：“原田每每，舍其旧而新是谋。”

李司鉴

李司鉴[1]，永年举人也，于康熙四年[2]九月二十八日，打死其妻李氏。地方报广平[3]，行永年查审[4]。司鉴在府前，忽于肉架下夺一屠刀，奔入城隍庙，登戏台上，对神而跪，自言："神责我不当听信奸人，在乡党[5]颠倒是非，着我割耳。"遂将左耳割落，抛台下，又言："神责我不应骗人银钱，着我剁指。"遂将左指剁去，又言："神责我不当奸淫妇女，使我割肾[6]。"遂自阉，昏迷僵仆。时总督朱云门题参革褫究拟[7]，已奉俞旨[8]，而司鉴已伏冥诛[9]矣。邸抄[10]。

校注

1　〔李司鉴〕据光绪《永年县志》二十三载：李司鉴系清顺治八年（1651）辛卯科举人，其自残后月余而毙。永年，县名。明清皆为直隶广平府治。即今河北省永年县。

2 〔康熙四年〕公元1665年。

3 〔地方报广平〕地方，旧指乡中里长、保长。广平，广平府，治所在永年。

4 〔行永年查审〕即由广平府派员到永年县调查审理。行，行临。

5 〔乡党〕乡里。《礼记·曲礼上》："故州闾乡党称其孝也。"注："《周礼》：二十五家为闾，四闾为族，五族为党，五党为州，五州为乡。"

6 〔割肾〕指割去生殖器。

7 〔朱云门题参革褫究拟〕朱昌祚，字云门，祖籍山东省高唐州。明末为清兵裹略出关。为清汉军镶白旗，其家遂著籍历城。曾任浙江巡抚。康熙四年（1665）擢直隶、山东、河南三省总督。康熙五年（1666），奏言镶黄旗与镶白旗换地不便，族民交困，忤权臣鳌拜，与户部尚书苏纳海、保定巡抚王登联，同被立绞。康熙八年（1669），康熙玄烨亲政，其冤案得以昭雪，赐谥勤愍，谕祭葬。《清史稿》卷二四九、《山东通志》、《历城县志》有传。题参革褫究拟，即奏请朝廷革除李司鉴举人的头衔与巾服，审理治罪。

8 〔已奉俞旨〕已获准奏的圣旨。俞，允准。

9 〔伏冥诛〕谓已受到阴司的惩罚。

10 〔邸抄〕即邸报。古代王侯及地方长官，于京师设邸，为常驻办事机构。其职责，抄发皇帝的谕旨和臣僚的奏议，以及时报知于诸藩，称邸抄或邸报。明朝崇祯间开始用活字印刷。清报称为"京报"，由报商经营。此"邸抄"二字，是作者注明其资料来源，并非文章正文中的文字。

五羖大夫

河津畅体元[1]，字汝玉，为诸生时，梦人呼为“五羖大夫[2]”，喜为佳兆[3]，及遇流寇之乱，尽剥其衣，夜闭置空室。时冬月，寒甚，暗中摸索，得数羊皮护体，仅不至死。质明[4]，视之，恰符五数，哑然[5]自笑神之戏己也。后以明经授雒南[6]知县。毕载积先生志[7]。

校注

1 〔河津畅体元〕河津，县名。清属山西省绛州。今山西省河津县。畅体元，据《雒南县乡土志》载：畅体元，山西河津县人，贡生。康熙初任陕西雒南知县，能缓赋恤民，捐资修学，纂辑邑乘，县民感戴之。

2 〔五羖（gǔ 古）大夫〕春秋时秦大夫百里奚之号。《史记·秦本纪》：“晋献公灭虞、虢，虏虞君与其大夫百里奚，以为秦缪公夫人媵于秦。百里奚亡秦走宛，楚鄙人执之。缪公闻百里奚贤。欲重赎之，恐楚人不与，乃使人谓楚曰：‘吾媵臣百里奚在焉，请以五羖羊皮赎之。’楚人遂许与之。当是时，百里奚年已七十余。缪公释其囚，与语国事。语三日，缪公大说（悦），授以国政，号曰五羖大夫。”羖，黑色公羊。

3 〔佳兆〕谓好的兆头。兆，古人灼龟甲，视其所出现的裂纹的形态，以占吉凶，其裂纹谓之兆。《玉篇·兆部》：“兆，事先见也。”后引申为事物发生前的征候或迹象。

4 〔质明〕天刚亮。详见卷二《小二》注。

5 〔哑（è恶）然〕笑声。《吴越春秋·越王无余外传》：“禹乃哑然而笑。”

6 〔明经授雒南〕唐科举取士的科目有进士、明经二科。以经义取者为明经，以诗赋取者为进士。明清时期对贡生敬称为明经。雒南县，明清属陕西商州。1964年，改名洛南县。现治在陕西省东南部，华山以南，洛河上游。

7 〔毕载积先生志〕据手稿本，原抄本无此段文字。毕际有，字载积。详见卷二《鸲鹆》注。此文，又见王渔洋《池北偶谈》二六卷。

毛 狐

农子[1]马天荣，年二十余丧偶，贫不能娶。偶芸[2]田间，见少妇盛妆，践禾越陌[3]而过，貌赤色，致[4]亦风流。马疑其迷途，顾四野无人，戏挑之，妇亦微纳。欲与野合，笑曰："青天白日，宁宜[5]为此？子归，掩门相候，昏夜我当至。"马不信，妇矢之。马乃以门户向背[6]具告之，妇乃去。夜分，果至，遂相悦爱。觉其肤肌嫩甚，火之，肤赤薄如婴儿，细毛遍体，异之，又疑其踪迹无据[7]，自念得非狐耶？遂戏相诘，妇亦自认不讳。马曰："既为仙人，自当无求不得，既蒙缱绻，宁不以数金济我贫？"妇诺之。次夜来，马索金，妇故愕曰："适忘之。"将去，马又嘱。至夜，问："所乞或勿忘耶？"妇笑，请以异日。逾数日，马复索，妇笑向袖中出白金二铤，约五六金，翘边细纹，雅可爱玩。马喜，深藏于椟。积半岁，偶需金，因持示人，人曰："是锡也。"以齿龁之，应口而落，马大骇，收藏而归。至夜，妇至，愤致诮让，妇笑曰："子命薄，真金不能任也。"一笑而罢。马曰："闻狐仙皆国色[8]，殊亦不然。”妇曰：“吾等皆随人现化。子且无一金之福，落雁沉鱼[9]，何能消受？以我蠢陋，固不足以奉上流，然较之大足驼背者，即为国色。”过数月，忽以三金赠马，曰：“子屡相索，我以子命不应有藏金。今媒聘有期，请以一妇之资相馈，亦借以赠别。”马自白无聘妇之说，妇曰：“一二日自当有媒来。”马问：“所言姿貌如何？”曰：“子思国色，自当是国色。”马曰：“此即不敢望。但三金何能买妇？”妇曰：“此月老[10]注定，非人力也。”马问：“何遽言别？”曰：“戴月披星，终非了局。使君自有妇[11]，搪塞何为？”天明而去，授黄末一刀圭[12]，曰：“别后恐病，服此可疗。”

次日，果有媒来，先诘女貌，答：“在妍媸之间。”“聘金几何？”“约四五数。”马不难其价，而必欲一亲见其人，媒恐良家子不肯衒露[13]，既而约与俱去，相机因便[14]。既至其村，媒先往，使马候诸村外。久之，来曰：“谐矣，余表亲与同院居，适往，见女坐室中。请即伪为谒表亲者而过之，咫尺可相窥也。”马从之，果见女子坐室中，伏体于床，倩人爬背[15]。马趋过，掠之以目，貌诚如媒言。及议聘，并不争直，但求得一二金，装女出阁。马益廉之，乃纳金，并酬媒氏及书券者[16]，计三两已尽，亦未多费一文。择吉迎女归，入门，则胸背皆驼，项缩如龟，下视裙底，莲舡[17]盈尺。乃悟狐言之有因也。

异史氏曰：“随人现化，或狐女之自为解嘲，然其言福泽，良可深信。余每谓：非祖宗数世之修行，不可以博高官；非本身数世之修行，不可以得佳人。信因果[18]者，必不以我言为河汉[19]也。”

校注

1 〔农子〕谓农家子弟。

2 〔偶芸〕偶尔在田间除草。偶，据手稿本，原抄本无。

3 〔践禾越陌〕践踏着庄稼，越过田间小路。陌，田间东西方向的小道。

4 〔致〕意态风致。

5 〔宁宜〕岂便于。宁，岂。

6 〔门户向背〕谓门户正面向何方，背于什么方向。言其住宅的方位。

7 〔踪迹无据〕行踪无考。此指来路不明。

8 〔国色〕谓姿态与容貌极美丽的女子。《公羊传·僖公十年》：“骊姬者，国色也。”

9 〔落雁沉鱼〕亦作“沉鱼落雁”。《庄子·齐物论》：“毛嫱、丽姬，人之所美也，鱼见之沉入，鸟见之高飞。”其原意谓人之所美而鱼鸟避之。后世用“沉鱼落雁”形容女子容貌极美。宋无名氏《错立身》戏文第二出：“有沉鱼落雁之容，闭月羞花之貌。”

10 〔月老〕即月下老人。据《太平广记》卷一五九“定数十四”引唐李复言《续幽怪录·定婚店》：杜陵韦固出游，路经宋城南店。有老人倚巾囊，坐于阶上，向月检书。因问其所检何书，老人说，此天下之婚牍；因问囊中何物？答曰：赤绳子，以系夫妇之足。虽仇敌之家，贵贱悬隔，天涯从宦，吴楚异乡，此绳一系，终不可脱。后遂称媒人为月下老人。

11 〔使君自有妇〕《玉台新咏》古乐府六首之《日出东南隅行》："使君自有妇，罗敷自有夫。"藉此暗示马天荣即将有妇。使君，汉时称太守、刺史为使君。

12 〔刀圭〕古时指量药之具；有时亦代指药物。详见卷二《莲香》注。

13 〔衒露〕露面。衒，炫耀。

14 〔相机因便〕观察机会，乘其方便。

15 〔倩（qiàn 欠）人爬背〕请人替自己挠背。倩，请。

16 〔书券者〕谓替自己写婚书的人。

17 〔莲舡（chuán 传）〕戏称其鞋如大船。古时女缠足，足小称金莲；此故称莲舡。舡，船。据手稿本，原抄本作"船"。

18 〔因果〕佛教名词。即"因果报应"之说。因，谓因缘；果，谓果报。佛教认为因果报应论的特点，即任何思想行为都必然导致相应的后果，而因不得果，是不可能的。故据此提出"三世因果"之说。俗语中所说"善有善报，恶有恶报，不是不报，时候不到；时候一到，一切都报"之说，正是迎合了这种理论观点。

19 〔河汉〕本为天汉、银河的合称，即指银河。《古诗十九首·迢迢牵牛星》："河汉清且浅，相去复几许。"文中喻言词迂阔，不着边际。《庄子·逍遥游》："吾闻于接舆，大而无当，往而不返，吾惊怖其言，犹河汉而无极也。"

翩翩

罗子浮，邠[1]人，父母俱早世。八九岁，依叔大业。业为国子左厢[2]，富有金缯而无子，爱罗若己出。十四岁，为匪人诱去作狭邪游[3]。会有金陵娼，侨寓郡中，生悦而惑之。娼返金陵，生窃从遁去。居娼家半年，床头金尽[4]，大为姊妹行[5]齿冷，然犹未遽绝之。无何，广疮[6]溃臭，沾染床席，逐而去。丐于市，市人见辄遥避。自恐死异域，乞食西[7]行，日三四十里，渐至邠界。又念败絮脓秽，无颜入里门，尚趑趄近邑间，日既暮，欲趋山寺宿。

遇一女子，容貌若仙，近问："何适？"生以实告。女曰："我出家人，居有山洞，可以下榻，颇不畏虎狼。"生喜，从去，入深山中，见一洞府，入则门横溪水，石梁[8]驾之，又数武，有石室二，光明彻照，无须灯烛。命生解悬鹑[9]，浴于溪流，曰："濯之，疮当愈。"又开幛拂褥促寝，曰："请即眠，当为郎作裤。"乃取大叶类芭蕉，剪缀作衣。生卧视之。制无几时，折叠床头，曰："晓取着之。"乃与对榻寝。生浴后，觉疮疡无苦，既醒，摹之，则痂厚结矣。诘旦，将兴，心疑蕉叶不可着，取而审视，则绿锦滑绝。少间，具餐，女取山叶呼作饼，食之，果饼，又剪作鸡、鱼烹之，皆如真者。室隅一罂，贮佳酝，辄复取饮，少减，则以溪水灌益之。数日，疮痂尽脱，就女求宿，女曰："轻薄儿！甫能安身，便生妄想！"生云："聊以报德。"遂同卧处，大相欢爱。一日，有少妇笑入，曰："翩翩小鬼头快活死！薛姑子好梦[10]，几时做得？"女迎笑曰："花城娘子，贵趾久弗涉，今日西南风紧，吹送来也[11]！小哥子抱得未[12]？"曰："又一小婢子。"女笑曰："花娘子瓦窑[13]哉！那弗将来[14]？"曰："方呜之睡却矣。"于是坐以款饮，又顾生曰："小郎君焚好香也。"生视之，年二十有三四，绰有余妍，心好之。剥果误落案下，俯地假拾果，阴捻翘凤[15]，花城他顾而笑，若不知者。生方恍然神夺[16]，顿觉袍裤无温，自顾所服，悉成秋叶，几骇绝。危坐移时，渐变如故，窃幸二女之弗见也。少顷，酬酢间，又以指搔纤掌，花城坦然笑谑，殊不觉知。突突怔忡间，衣已化叶，移时始复变。由是惭颜息虑，不敢妄想。花城笑曰："而家小郎子，大不端好！若弗是醋葫芦[17]娘子，恐跳迹入云霄去。"女亦哂曰："薄幸儿，便直得[18]寒冻杀！"相与鼓掌。花城离席曰："小婢醒，恐啼肠断矣。"女亦起曰："贪引他家男儿，不忆得小江城啼绝矣。"花城既去，惧遗诮责，女卒晤对如平时。居无何，秋老风寒，霜零木脱[19]，女乃收落叶，蓄旨御冬[20]。顾生肃缩[21]，乃持襆掇拾洞口白云，为絮复衣，着之温暖如襦，且轻松常如新绵[22]。

逾年，生一子，极慧美。日在洞中弄儿为乐，然每念故里，乞与同归，女曰："妾不能从，不然，君自去。"因循二三年，儿渐长，遂与花城订为姻好。生每以叔老为念，女曰："阿叔腊故大高[23]，幸复强健，无劳悬耿[24]。待保儿婚后，去住由君。"女在洞中，辄取叶写书教儿读，儿过目即了。女曰："此儿福相，放教入尘寰[25]，无忧至台阁[26]。"未几，儿年十四，花城亲诣送女。女华妆至，容光照人。夫妻大悦，举家宴集。翩翩扣钗而歌曰："我有佳儿，不羡贵官。我有佳妇，不羡绮纨[27]。今夕聚首，皆当喜欢。为君行酒，劝君加餐[28]。"既而花城去。与儿夫妇对室居。新妇孝，依依膝下，宛如所生。生又言归，女曰："子有俗骨，终非仙品。儿亦富贵中人，可携去，我不误儿生平[29]。"新妇思别其母，花城已至，儿女恋恋，涕各满眶。两母慰之曰："暂去，可复来。"翩翩乃剪叶为驴，令三人跨之以归。

大业已老归林下[30]，意侄已死，忽携佳孙美妇归，喜如获宝。入门，各视所衣，悉蕉叶，破之，絮蒸蒸腾去，乃并易之。后生思翩翩，偕儿往探之，则黄叶满径，洞口路迷，零涕而返。

异史氏曰："翩翩、花城，殆仙者耶？餐叶衣云，何其怪也！然帏幄诽谑[31]，狎寝生雏，亦复何殊于人世？山中十五载，虽无'人民城郭之异[32]'，而云迷洞口，无迹可寻，睹其景况，真刘阮返棹时[33]矣。"

校注

1　〔邠（bīn 宾）〕州名。清初为散州。治所在今陕西省彬县。

2　〔国子左厢〕明清时国子祭酒的别称。据《明史·职官志四十九》载：明初设国子学，洪武十五年（1382）将中都国子学，改为国子监，洪武十六年（1383）以宋纳为祭酒，朱元璋“车驾时幸”，“以故监官不得中厅而坐，中门而行”。而以国子监的东厢房（即左厢）为祭酒治事、休息之所。以故相沿以“左厢”，为祭酒的代称。

3　〔匪人〕行为不端正的人。《周易·比》：“比之匪人，不亦伤乎。”陆德明释文引马融云：“匪，非也。”〔狭邪游〕此指嫖妓。

4　〔床头金尽〕谓钱用完了。唐张籍《行路难》诗：“君不见床头黄金尽，壮士无颜色。”

5　〔姊妹行（háng 杭）〕谓姊妹们。此为妓女间的互称。

6　〔广疮〕性病，此指梅毒。此病因从广粤通商口岸传入，故称之。疮，据二十四卷本，原抄本作“创”。下文之“疮当愈”、“疮疡”、“疮痂”之“疮”同上。

7　〔西〕据手稿本，原抄本作“而”。

8　〔石梁〕石桥。皇甫曾《送少微山人东南游》：“石梁人不到，独往更迢迢。”

9　〔悬鹑〕比喻衣服破碎。

10　〔薛姑子好梦〕唐蒋防《霍小玉传》：“苏姑子作好梦也未？”此称薛姑子，疑为苏姑子之误。苏姑子出典未详。姑子，即女道士。

11　〔今日西南风紧，吹送来也〕谓今日西南风作美，把你吹来了。曹植《七哀诗》：“愿为西南风，长逝入君怀。”后来，常以西南风喻作成男女欢会的机缘或助力。来，据二十四卷本，原抄本无。

12　〔小哥子抱得未〕谓小公子生下来了吧？小哥子，指男孩。

抱得，犹言生了吗？

13 〔瓦窑〕瓦，纺锤。《诗经·小雅·斯干》："乃生女子，载寝之地，载衣之裼，载弄之瓦。"后因称人生女为"弄瓦"。又讥笑生女不生男的妇女为"瓦窑"。清褚人获《坚瓠三集·弄瓦诗》："无锡邹光大连年生女，俱招翟永龄饮，翟作诗云：'去岁相招因弄瓦，今年弄瓦又相招。寄诗上覆邹光大，令正原来是瓦窑。'"

14 〔那弗将（jiāng 江）来〕为什么不带来。将，携领。

15 〔翘凤〕翘起穿着绣有凤凰的鞋的小脚。翘，举起。《庄子·马蹄》："龁草饮水，翘足而陆。"凤，凤鞋。宋刘过《沁园春·美人指甲》词："见凤鞋泥污，偎人强剔。"卷四《阿英》篇："付嘱东邻女伴少待莫相催，着得凤头鞋子即当来。"

16 〔恍（huǎng 晃）然神夺〕谓精神恍惚，心生邪念。恍，同"恍"，恍惚。

17 〔醋葫芦〕即俗称"醋罐子"。

18 〔直得〕口语应当。

19 〔霜零木脱〕霜降叶落。零，雨、霜、露降。木，谓树叶。苏轼《后赤壁赋》："霜露即降，木叶尽脱。"

20 〔蓄旨御冬〕《诗经·邶风·谷风》："我有旨蓄，亦以御冬。"郑笺："蓄聚美菜者，以御冬月之无时也。"

21 〔肃缩（sù 肃）〕因寒冷而身体瑟瑟战抖。缩，收缩，卷曲貌。

22 〔绵〕据手稿本，原抄本作"锦"。

23 〔腊故大高〕指岁数大。腊，佛教戒律规定比丘受戒后每年夏季三个月安居一处，修习教义，称一腊。亦特指僧侣受戒后的岁数或泛指年龄。唐贾岛《赠僧》诗："初过石桥年尚少，久辞天柱腊应高。"

24 〔悬耿〕指不去于怀的思念。

25 〔尘寰〕谓尘世间。唐李群玉《送隐者归罗浮》："自此尘寰音信断，山川风月永相思。"

26 〔台阁〕谓宰相、尚书之类阁员。《后汉书·仲长统传》："虽置三公，事归台阁。"李贤注："台阁，谓尚书也。"后泛指中央政府机构。宋王安石《送李宣叔倅漳州》诗："朝廷尚贤俊，磊砢充台阁。"

27 〔绮纨〕泛指丝织品。旧时，此为富贵之家衣着所用之品，故以"绮纨"喻富贵。《文选·刘峻〈广绝交论〉》："于是有弱冠王孙，绮纨公子。"

28 〔加餐〕劝人多进饮食，保重身体。《文选·古诗十九首》之一："弃捐勿复道，努力加餐饭。"

29 〔生平〕一生，即一生前途。

30 〔老归林下〕老而辞官退居林下。详见卷二《红玉》注。

31 〔帏幄诽谑〕谓闺房之中戏笑。帏幄，帏同"帷"，房内之帐幕。借指内室。《汉书·孝成赵皇后传》："前皇太后与昭仪俱侍帷幄，姊弟专宠锢寝。"诽，当作"俳（pái 排）"。《说文·人部》："俳，戏也。"段玉裁注："以其戏言之谓之俳。"诽谑，戏谑玩笑。

32 〔人民城郭之异〕指年久人事变迁。陶潜《搜神后记》：丁令威学道离家千年，后化鹤归辽，见故乡城郭犹在，人民皆非。言曰："有鸟有鸟丁令威，去家千年今始归。城郭如故人民非，何不学仙冢累累。"遂冲天高飞。民，据手稿本，原抄本作"氏"。

33 〔刘阮返棹时〕意谓罗子浮再入山寻翩翩，已无可寻之处，如同传说中之刘晨、阮肇回船重返天台寻仙女时的情形一样。南朝宋刘义庆《幽明录》载：刘晨、阮肇浙江剡县人，于汉明帝时，入天台山采药迷路，于溪边遇二女子，邀至其家，欢爱相处半年之久。后刘晨与阮肇苦思家乡。二女欢宴后，指示归路，送刘、阮归。既归，人事大变，只见到七世孙。后于晋太元八年（383）重入天台山访寻其女，然道路迷茫，不可复往。返棹，回船。

黑 兽

李太公敬一[1]言："某公在沈阳[2]，宴集山颠，俯瞰山下，有虎衔物来，以爪穴地，瘗之而去。使人探所瘗，得死鹿，乃取鹿而虚掩其穴。少间，虎导一黑兽至，毛长数寸，虎前驱，若邀尊客。既至穴，兽眈眈蹲伺[3]，虎探穴失鹿，战伏[4]不敢少动。兽怒其诳，以爪击虎额，虎立毙。兽亦径去。"

异史氏曰："兽不知何名。然问其形，殊不大于虎，而何延颈受死，惧之如此其甚哉？凡物各有所制[5]，理不可解。如猕最畏狨[6]，遥见之，则百十成群，罗而跪，无敢遁者，凝睛定息，听狨至，以爪遍揣其肥瘠，肥者则以片石志颠顶[7]。猕戴石而伏，悚若木鸡[8]，惟恐堕落。狨揣志已，乃次第按石取食，余始哄散。余尝谓贪吏似狨，亦且揣民之肥瘠而志之，而裂食之；而民之戢耳[9]听食，莫敢喘息，蚩蚩之情[10]，亦犹是也。可哀也夫！"

校注

1 〔李太公敬一〕即李敬一。详见卷二《梦别》注。

2 〔沈阳〕唐为沈州治。明置沈阳中卫，属辽东都指挥使司管辖。清称盛京，并设承德县为奉天府治。今为辽宁省沈阳市。

3 〔眈眈（dāndān 单单）蹲伺〕谓兽目光注视等待着。眈眈，注视貌。《周易·颐》："虎视眈眈，其欲逐逐。"

4 〔战伏〕谓战战兢兢地爬伏在地上。

5 〔所制〕所制服、降服。制，相克制。

6 〔狝（mí 弥）最畏狨（róng 戎）〕谓猕猴最害怕金丝猴。狝，即"猕"，猕猴，又名沐猴，俗称猢狲。狨，金丝猴，猿属，长尾作金色。但狨食猕猴是无根据的，或为猱（náo 挠）之讹？

7 〔志颠顶〕谓将石头放置于头顶作记号。志，作标志。

8 〔悚（sǒng 耸）若木鸡〕害怕得如木鸡呆立不敢稍动。悚，惊恐。木鸡，《庄子·达生》："鸡虽有鸣者，已无变矣。望之似木鸡矣，其德全矣。"

9 〔戢耳〕犹"贴耳"。谓耳朵抿贴于脑后，表现出畏惧、驯服的样子。戢，收敛。

10 〔蚩蚩之情〕谓老百姓畏惧贪官暴吏的情景。蚩蚩，指百姓。《诗经·卫风·氓》："氓之蚩蚩。"

余 德

武昌[1]尹图南，有别第[2]，尝为一[3]秀才税居，半年来，亦未尝过问。一日，遇诸其门，年最少，而容仪裘马，翩翩甚都[4]，趋与语，即又蕴藉可爱，异之。归语妻，妻遣婢托遗问[5]以窥其室，室有丽姝，美艳逾于仙人，一切花石服玩，俱非耳目所经。尹不测其何人，诣门投谒[6]，适值他出，翌日即来答拜。展其刺呼[7]，始知余姓德名。语次，细审官阀，言殊隐约[8]，固诘之，则曰："欲相还往，仆不敢自绝。应知非寇窃逋逃者[9]，何须逼知来历。"尹谢之，命酒款宴，言笑甚[10]欢。向暮，有两昆仑[11]捉马挑灯，迎导以去。

明日，折简报主人。尹至其家，见屋壁俱用明光纸裱，洁如镜，金狻猊爇异香[12]。一碧玉瓶，插凤尾、孔雀羽各二，各长二尺余。一水晶瓶，浸粉花一树，不知何名，亦高二尺许，垂枝覆几外，叶疏花密，含苞未吐，花状似湿蝶敛翼，蒂即如须。筵间不过八簋[13]，而丰美异常。既[14]，命童子击鼓催花为令[15]。鼓声既动，则瓶中花颤颤欲拆[16]，俄而蝶翅渐张，既而鼓歇，渊然[17]一声，蒂须顿落，即为一蝶，飞落尹衣。余笑起，飞一巨觥，酒方引满[18]，蝶亦扬去。顷之，鼓又作，两蝶飞集余冠，余笑云："作法自弊[19]矣。"亦引二觥。三鼓既终，花乱堕，翩翻[20]而下，惹袖沾衿。鼓僮笑来指数：尹得九筹[21]，余四筹。尹已薄醉，不能尽筹，强引三爵，离席亡去，由是益奇之。然其为人寡交与，每阖门居，不与国人[22]通吊庆。尹逢人辄宣播，闻其异者，争交欢余，门外冠盖常相望[23]，余颇不耐，忽辞主人去。

去后，尹入其家，空庭洒扫无纤尘，烛泪堆掷青阶下，窗间零帛断绵，指印宛然，惟舍后遗一小白石缸，可受石许。尹携归，贮水养朱鱼，经年，水清如初贮。后为佣保移石，误碎之，水蓄并不[24]倾泻。视之，缸宛在，扪之虚耎，手入其中，则水随手泄，出其手，则复合。冬月亦不冰[25]。一夜，忽结为晶，鱼游如故。尹畏人知，常置密室，非子婿不以示也。久之渐播，索玩者纷错[26]于门。腊夜[27]，忽解为水，荫湿满地，鱼亦渺然，其旧缸残石犹存。忽有道士踵门求之，尹出以示，道士曰："此龙宫蓄水器也。"尹述其破而不泄之异，道士曰："此缸之魂也。"殷殷然乞得少许，问其何用，曰："以屑合药，可得永寿。"予一片，欢谢而去。

余德
畫堂小酌報
居停蝶舞花
飛醉不醒留
淂龍宮蓄水
器好從殘石
乞延齡

校注

1 〔武昌〕明清设武昌府。明为湖广布政使司治，清为湖北省治。治所在现武汉市武昌。

2 〔别第〕谓在本宅外又建修的房舍。《晋书·会稽王孝王道子传》:“于是修之归于别第。”

3 〔一〕据手稿本，原抄本无。

4 〔翩翩甚都〕仪表风流文雅。翩翩，谓行动轻捷。三国魏曹植《侍太子坐》诗:“齐人进奇乐，歌者出西秦，翩翩我公子，机巧忽若神。”都，美。

5 〔遗（wèi 位）问〕赠送礼物和问候。唐刘悚《隋唐嘉话》卷下:“群臣上万岁寿，王公戚里进金镜绶带，士庶结丝承露囊，更相遗问。”遗，赠送。

6 〔诣门投谒〕登门求见。投，投刺，投进名帖。

7 〔刺呼〕名帖上的称谓和姓名。刺，古时在竹简或木片上刻刺名字，因称为“刺”，如同后来之名帖、名片。

8 〔言殊隐约〕说话很含糊。隐约，谓闪烁其词，支吾不清。

9 〔非寇窃逋逃者〕并非寇盗负罪潜逃的。逋，逃亡。《说文·足部》:“逋，亡也。”唐杜甫《遣遇》:“奈何黠吏徒，渔夺成逋逃。”

10 〔甚〕据青柯亭本，原抄本作“正”。

11 〔昆仑〕即“昆仑奴”的省称。唐王维《贺神兵助取石堡城表》:“龛中有尊像一，左右真人六，并师子、昆仑各二。”古代皮肤黑色的人，亦称“昆仑奴”。见《晋书·后妃传下·孝武文李太后传》。昆仑，古代泛指中印半岛南部及南洋岛各国或其国人。故中国历史上以此地人为奴仆称之“昆仑”或“昆仑奴”。以后就泛指奴仆。

12 〔金狻猊爇异香〕金狮子的香炉中点燃着珍贵的料香，散发出奇异香气。狻猊，狮子。金狻猊，香炉的一种。香炉为狻猊之状，表层涂以金粉，中空燃香，使香自口中出。陆游

《老学庵笔记》四：“故都紫霞殿有二金狻猊，盖香兽也。”

13 〔八簋（guǐ 轨）〕谓八种菜肴。簋，古代盛食物的器皿，圆形，瓦制或青铜制。详见卷二《宫梦弼》注。

14 〔既〕据手稿本，原抄本作“即”。

15 〔击鼓催花为令〕以敲鼓催促花开为酒令。唐南卓《羯鼓录》：唐玄宗于二月初诘旦，于小殿内，令高力士取羯鼓临轩纵击一曲，曲名《春光好》。曲罢，柳、杏皆已发拆。

16 〔拆〕谓花绽开。据手稿本，原抄本作“折”。

17 〔渊然〕形容鼓声深沉。

18 〔引满〕斟酒满杯。此指干杯。详见卷二《小二》注。

19 〔作法自弊〕谓自己立法，反使自己受害。《史记·商君列传》：“商君亡至关下，欲舍客舍。客人不知其是商君也，曰：‘商君之法，舍人无验者坐之。’商君喟然叹曰：‘为法之敝，一至此哉！’”弊，据手稿本，原抄本作“毙”。

20 〔翩翻〕本指鸟类上下飞翔。《文选·张衡〈西京赋〉》：“众鸟翩翻，群兽駓騃。”此谓花朵飘落之状。翻，据手稿本，原抄本作“翩”。

21 〔筹〕酒筹，古代饮酒计数的工具。《汉书·五行志下》上之：“筹，所以纪数。”

22 〔国人〕谓居住在同邑内的人。《周礼·地官·泉府》：“国人郊人，从其有司。”疏：“国人者，谓住在国城之内，即六乡之民也。”

23 〔冠盖常相望〕谓达官贵人造者，不绝于路。冠盖，官吏的服饰与车乘。《汉书·食货志》晁错《论贵粟疏》：“冠盖相望，乘坚策肥。”冠，冠服。盖，车盖。

24 〔不〕据手稿本，原抄本作“无”。

25 〔冰〕据手稿本，原抄本作“水”。

26 〔纷错〕纷纭交错；形容来往人之多。

27 〔腊夜〕谓腊日之夜。腊，腊祭，谓岁终祭诸神。自汉代始每年十二月八日为腊祭日，民间称腊八。夜，据手稿本，原抄本作“月”。

杨千总

毕民部公即家起备兵洮岷时[1]，有千总[2]杨化麟来迎。冠盖在途，偶见一人遗便路侧，杨关弓欲射之，公急呵止，杨曰："此奴无礼，合小怖之。"乃遥呼曰："遗屙者！奉赠一股会稽藤簪绾髻子[3]。"即飞矢去，正中其髻。其人急奔，便液污地。

校注

1 〔毕民部公〕毕自严，字景曾，号白阳，山东淄川人，为蒲松龄设馆西铺，馆东毕际有之父。明万历戊子十六年（1588）举人，明万历壬辰二十年（1592）进士。历仕万历、泰昌、天启、崇祯四朝。仕官至光禄大夫、太子太保、户部尚书，赠少保祀名宦。《明史》、《淄川县志》、《山东通志》有传。据《淄西毕氏世谱》载：自严于明万历三十八年庚戌（1610）补山西参议分守冀宁道，万历四十年壬子（1612）升副使分守河东道，万历四十一年癸丑（1613）加参政衔，万历四十二年甲寅（1614）告病回籍。万历四十四年丙辰（1616）起补陕西参政洮岷兵备道。民部，本为西汉尚书的民曹。唐因避李世民讳，改称户部，自此历代相沿。明清户部主管国家户籍、田赋、俸饷、货币等。

2　〔千总〕明清都是低级武官。详见卷一《续黄粱》注“千把”。

3　〔会稽藤簪绾髻子〕会稽藤可作簪。而用会稽竹作箭杆古已有之。此以射去箭之杆，戏称发簪。绾（wǎn 挽），挽结。

瓜异

康熙二十六年[1]六月，邑[2]西村民圃中，黄瓜上覆生蔓，结西瓜一枚，大如碗。

校注

1 〔康熙二十六年〕即公元1687年。
2 〔邑〕此指山东淄川县城。

青 梅

白下[1]程生，性磊落，不为畛畦[2]。一日，自外归，缓其束带，觉带端沉沉，若有物堕，视之，无所见。宛转间，有女子从衣后出，掠发微笑，丽绝，程疑其鬼，女曰："妾非鬼，狐也。"程曰："倘得佳人，鬼且不惧，而况于狐。"遂与狎。二年，生一女，小字青梅。每谓程："勿娶，我且为君生男。"程信之，遂不娶。戚友共诮姗之。程志夺，聘湖东王氏。狐闻之怒，就女乳之，委于程曰："此汝家赔钱货，生之杀之，俱由尔。我何故代人作乳媪乎！"出门径去。青梅长而慧，貌韶秀，酷肖其母。既而程病卒，王再醮去。青梅寄食于堂叔，叔荡无行[3]，欲鬻以自肥。适有王进士者，方候铨[4]于家，闻其慧，购以重金，使从女阿喜服役。

喜年十四，容华绝代，见梅忻悦，与同寝处。梅亦善候伺，能以目听，以眉语[5]，由是一家俱怜爱之。邑有张生，字介受，家窭贫，无恒产，税居王第，性纯孝，制行不苟[6]，又笃于学。青梅偶至其家，见生据石啖糠粥，入室与生母絮语，见案上具豚蹄焉。时翁卧病，生入，抱父而私[7]，便液污衣，翁觉之而自恨，生掩其迹，急出自濯，恐翁知。梅以此大异之，归述所见，谓女曰：“吾家客，非常人也。娘子不欲得良匹则已，欲得良匹，张生其人也。”女恐父厌其贫，梅曰：“不然，是在娘子。如以为可，妾潜告，使求伐[8]焉。夫人必召商之，但应之曰‘诺’也，则谐矣。”女恐终贫为天下笑，梅曰：“妾自谓能相天下士，必无谬误。”明日，往告张媪，媪大惊，谓其言不祥[9]，梅曰：“小姐闻公子而贤之也，妾欲窥其意以为言。冰[10]人往，我两人袒焉，计合允遂。纵其否也，于公子何辱乎！”媪曰：“诺。”乃托侯氏卖花者往。夫人闻之而笑，以告王，王亦大笑，唤女至，述侯氏意。女未及答，青梅亟赞其贤，决其必贵。夫人又问曰：“此汝百年事。如能啜糠覈[11]也，即为汝允之。”女俯首久之，顾壁而答曰：“贫富命也。倘命之厚，则贫无几时，而不贫者无穷期矣。或命之薄，彼锦绣王孙[12]，其无立锥[13]者岂少哉？是在父母。”

初，王之商女也，将以博笑，及闻女言，心不乐，曰：“汝欲适张氏耶？”女不答，再问，再不答。怒曰：“贱骨，了不长进[14]！欲携筐作乞人妇，宁不羞死！”女涨红气结，含涕引去。媒亦遂奔。青梅见不谐，欲自谋，过数日，夜诣生，生方读，惊问所来，词涉吞吐[15]。生正色却之，梅泣曰：“妾良家子，非淫奔[16]者，徒以君贤，

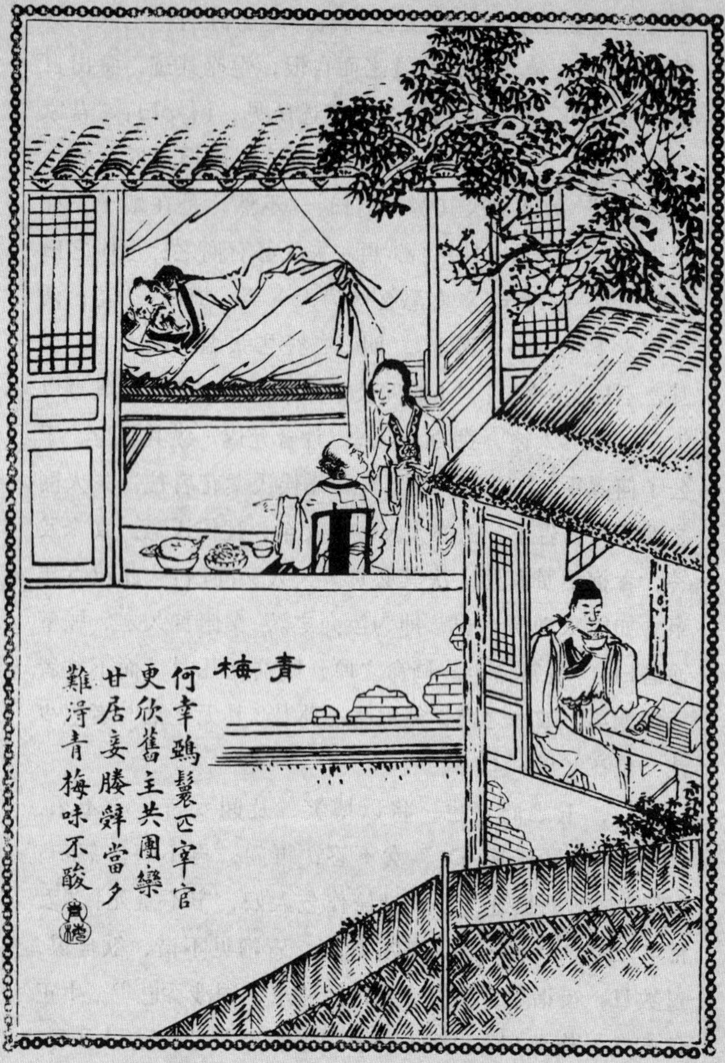
青梅
何幸鵶鬟匹宰官
更欣舊主共團欒
甘居妾媵辭當夕
難得青梅味不酸

故愿自托。”生曰：“卿爱我，谓我贤也。昏夜之行，自好者不为，而谓贤者为之乎？夫始乱之而终成之，君子犹曰不可，况不能成，彼此何以自处？”梅曰：“万一能成，肯赐援拾[17]否？”生曰：“得人如卿，又何求？但有不可如何[18]者三，故不敢轻诺耳。”曰：“若何？”曰：“卿不能自主，则不可如何；即能自主，我父母不乐，则不可如何；即乐之，而卿之身直必重，我贫不能措，则尤不可如何。卿速退，瓜李之嫌[19]可畏也！”梅临去，又嘱曰：“君倘有意，乞共图之。”生诺。梅归，女诘所往，遂跪而自投，女怒其淫奔，将施扑责，梅泣曰：“无他。”因而实告。女叹曰：“不苟合，礼也；必告父母，孝也；不轻然诺，信也。有此三德，天必祐之，其无患贫也已。”既而曰：“子将若何？”曰：“嫁之。”女笑曰：“痴婢能自主耶？”曰：“不济，则以死继之。”女曰：“我必如所愿。”梅稽首[20]而拜之。又数日，谓女曰：“曩而言之戏乎，抑果欲慈悲耶？果尔，则尚有微情，并祈垂怜焉。”女问之，答曰：“张生不能致聘，婢子又无力可以自赎，必取盈[21]焉，嫁我犹不嫁也。”女沉吟曰：“是非我之能为力矣。我曰嫁汝[22]，且恐不得当，而曰必无取直焉，是大人所必不允，亦余所不敢言也。”青梅闻之，泣数行下，但求怜拯。女思良久，曰：“无已，我私蓄数金，当倾囊相助。”梅拜谢，因潜告张，张母大喜，多方乞贷，共得如干数，藏待好音。

会王授曲沃宰[23]，喜乘间告母曰："青梅年已长，今将莅任，不如遣之。"夫人固以青梅太黠，恐导女不义，每欲嫁之，则恐女不乐也，闻女言甚喜。逾两日，有佣保妇白张氏意，王笑曰："是只合偶婢子，前此何妄也！然鬻媵高门[24]，价当倍于曩昔。"女急进曰："青梅侍我久，卖为妾，良不忍。"王乃传语[25]张氏，仍以原金署券[26]，以青梅嫔[27]于生。入门，孝翁姑，曲折承顺，尤过于生，而操作更勤，餍糠秕不为苦，由是家中无不爱重青梅。梅又以刺绣作业，售且速，贾人候门以购，惟恐弗得，得资稍可御穷[28]。且劝勿以内顾误读，经纪皆自任之。因主人之任，往别阿喜，喜见之，泣曰："子得所[29]矣，我固不如。"梅曰："是何人之赐，而敢忘之？然以为不如婢子，恐促婢子寿。"遂泣相别。王如晋，半载，夫人卒，停柩寺中。又二年，王坐行赇免[30]，罚赎万计，渐贫不能自给，从者逃散。是时，疫大作，王染疾亦卒，惟一媪从女。未几，媪又卒，女伶仃益苦。有邻妪劝之嫁，女曰："能为我葬双亲者，从之。"媪怜之，赠以斗米而去，半月复来，曰："我为娘子极力，事难合也。贫者不能为而葬，富者又嫌子为陵夷嗣[31]，奈何！尚有一策，但恐不能从也。"女曰："若何？"曰："此间有李郎，欲觅侧室[32]，倘见姿容，即遣厚葬，必当不惜。"女大哭曰："我缙绅裔而为人妾耶！"媪无言，遂去。日仅一餐，延息待贾。居半年，益不可支。一日，媪至，女泣告曰："困顿如此，每欲自尽，犹恋恋而苟活者，徒以有两柩在。已将转沟壑[33]，谁收亲骨者？故思不如依汝言也。”媪于是导李来，微窥女，大悦，即出金营葬，双榇[34]具举。已，乃载女去，入参冢室[35]，冢室故悍妒，李初未敢言妾，但托买婢，及见女，暴怒，杖逐而出，不听入门。女披发零涕，进退无所。

有老尼过，邀与同居，女喜从之，至庵中，拜求祝发[36]，尼不可，曰：“我视娘子，非久卧风尘者。庵中陶器脱粟，粗可自支，姑寄此以待之。时至，子自去。”居无何，市中无赖窥女美，辄打门游语为戏，尼不能制止，女号泣欲自尽。尼往求吏部某公揭示严禁，恶少始稍敛迹。后有夜穴寺壁者，尼惊呼始去。因复告吏部，捉得首恶者，送郡笞责，始渐安。又年余，有贵公子过庵，见女惊绝，强尼通殷勤，又以厚赂啖尼，尼婉语之曰：“渠簪缨胄[37]，不甘媵御[38]。公子且归，迟迟当有以报命。”既去，女欲乳药求死[39]，夜梦父来，疾首曰：“我不从女志，致汝至此，悔之已晚。但缓须臾勿死，夙愿尚可复酬。”女异之。天明，盥已，尼望之而惊曰：“睹子面，浊气尽消，横逆不足忧也。福且至，勿忘老身矣。”语未已，闻扣户声。女失色，意必贵家奴，尼启扉，果然，骤问所谋，尼笑语承迎，但请缓以三日。奴述主言，事若无成，俾尼自复命[40]，尼唯唯敬应，谢令去。女大悲，又欲自尽，尼止之。女虑三日复来，无词可应，尼曰：“有老身在，斩杀自当之。”次日，方晡，暴雨翻盆，忽闻数人挝户大哗，女意变作，惊怯不知所为。尼冒雨启关，见有肩舆停驻，女奴数辈，捧一丽人出，仆从煊赫，冠盖甚都，惊问之，云：“是司李内眷，暂避风雨。”导入殿中，移榻肃坐。家人妇群奔禅房，各寻休憩，入室见女，艳之，走告夫人。无何，雨息，夫人起，请窥禅室。尼引入，睹女骇绝，凝眸不瞬，女亦顾盼良久。夫人非他，盖青梅也。各失声哭，因道行踪。

盖张翁病故，生起复[41]后，连捷授司李[42]。生先奉母之任，后移诸眷口。女叹曰：“今日相看，何啻霄壤[43]！”梅笑曰：“幸娘子挫折无偶，天正欲我两人完聚耳。倘非阻雨，何以有此邂逅？此中具有鬼神，非人力也。”乃取珠冠锦衣，催女易妆，女俯首徘徊，尼从中赞劝。女虑同居其名不顺，梅曰：“昔日自有定分，婢子敢忘大德！试思张郎，岂负义者？”强妆之。别尼而去，抵任，母子皆喜。女拜曰：“今无颜见母。”母笑慰之，因谋涓吉[44]合卺，女曰：“庵中但有一丝生路，亦不肯从夫人至此。倘念旧好，得受一庐，可容蒲团[45]足矣。”梅笑而不言，及期，抱艳妆来，女左右不知所可。俄闻鼓乐大作，女亦无以自主。梅率婢媪强衣之，挽扶而出，见生朝服而拜，遂不觉盈盈而自拜也。梅曳入洞房，曰：“虚此位以待君久矣。”又顾生曰：“今夜得报恩，可好为之。”返身欲去，女捉其裾，梅笑曰：“勿留我，此不能相代也。”解指脱去。青梅事女谨，莫敢当夕[46]，而女终惭沮不自安。于是母命相呼以夫人，然梅终执婢妾礼，罔敢懈。

三年，张行取入都[47]，过尼庵，以五百金为尼寿，尼不受，固强之，乃受二百金，起大士[48]祠，建王夫人碑。后张仕至侍郎。程夫人举二子一女，王夫人四子一女。张上书陈情，俱封夫人。

异史氏曰："天生佳丽，固将以报名贤，而世俗之王公，乃留以赠纨袴[49]。此造物所必争也。而离离奇奇，致作合者[50]无限经营，化工[51]亦良苦矣。独是青夫人能识英雄于尘埃，誓嫁之志，期以必死，曾俨然而冠裳[52]也者，顾弃德行而求膏粱[53]，何智出婢子下哉！"

王渔洋云："天下得一知己，可以不恨。况在闺闼耶！青梅，张之知己也；乃王女者，又能知青梅，事妙、文妙，可以传矣[54]。"

校注

1 〔白下〕古地名，在南京市西北，也叫白石坡。唐武德九年（626），改金陵为白下。后沿习为南京的别名。

2 〔畛畦〕也作畦畛，界限、规范。详见卷一《陆判》注。

3 〔荡无行〕放荡，品行恶劣。行，德行。

4 〔候铨〕谓听候铨选。《清史稿·职官志》：清制，内自郎中，外自道员以下官吏，凡初由考试、捐纳者与原官开缺者，依例起复者，均应到吏部报到，听候选用，称为候铨，亦称候选。

5　〔以眉语〕谓用眉之舒敛表示心意。李白《上元夫人》诗："眉语两目笑，忽然随风飘。"

6　〔制行（xìng 幸）不苟〕严格遵守规定的道德与品行。制行，谓合乎礼制的品行。宋秦观《陈寔论》："古之君子初无意于制行，其制行也因时而已。"

7　〔私〕谓便溺。

8　〔求伐〕请人做媒。伐，伐柯。指做媒或媒人。

9　〔不祥〕谓不好的征兆。《左传·僖公十六年》："是何祥也？吉凶焉在？"杜预注："祥，吉凶之先见者。"

10　〔冰〕据手稿本，原抄本作"水"。

11　〔啜糠覈（hé 合）〕谓吃粗劣的饭食；意谓过穷困日子。啜，食。糠，谷皮。覈，碎米屑。《史记·陈丞相世家》："其嫂嫉平之不视家生产，曰：'亦食糠覈耳。'"集解引孟康曰："麦糠中不破者也。"

12　〔锦绣王孙〕谓着锦衣绣的贵家子弟。锦绣，为织锦刺绣，皆精美的服饰。王孙，即公子。《史记·淮阴侯列传》："吾哀王孙而进食，岂望报乎？"集解："如言公子也。"

13　〔无立锥〕指无立锥之地，言其贫困。《吕氏春秋·为欲》："无立锥之地，至贫也。"

14　〔贱骨，了不长进〕谓贱骨头，全没有一点长进，没出息。了不长进，意谓全没有一点出息。《世说新语·文学》："支（道林）徐徐谓曰：'身与君别多年，君义言，了不长进。'王（长史）大惭而退。"了，据手稿本，原抄本作"子"；作副词，其意为完全，皆。

15　〔词涉吞吐〕谓青梅所说的话吞吞吐吐，其意不明了。

16　〔淫奔〕旧时指男女违背礼教，私奔相就。一般指女性往就男子。

17　〔援拾〕收留的意思。援，引进，收留。宋苏轼《答曾舍人启》："今乃援而进之，论者惜其晚矣。"

18　〔不可如何〕谓无可奈何。

19　〔瓜李之嫌〕谓使人陷入招嫌的境地。瓜李，"瓜田李下"的省语。《乐府诗集·君子行》："君子防未然，不处嫌疑间，瓜田不纳履，李下不正冠。"

20〔稽首〕古时一种跪拜礼，叩头到地。《尚书·舜典》："禹拜稽首。"孔传："稽首，首至地也。"

21〔取盈〕谓取满其所定额。此谓以原价赎身。

22〔汝〕据手稿本，原抄本无。

23〔曲沃宰〕曲沃，县名，在现山西省南部。宰，县令。

24〔高门〕谓富贵之家。《三国志·魏志·贾诩传》："男女嫁娶，不结高门。"

25〔语〕据手稿本，原抄本作"与"。

26〔原金署券〕按原来的钱数签署在契约上。署，签署。券，契约。

27〔嫔〕谓下嫁。《南史·后妃传上》："(刘皇后)既而与裴氏不成婚，竟嫔于上。"

28〔御穷〕谓抵挡困穷。《诗经·邶风·谷风》："宴尔新昏，以我御穷。"

29〔得所〕得到适当的处所。《诗经·魏风·硕鼠》："乐土乐土，爰得我所。"

30〔坐行赇免〕因行贿赂被免官。坐，获罪的因由。《史记·樊郦滕灌列传》："(夏侯)婴坐高祖系岁余，掠笞数百。"赇，贿赂。

31〔陵夷嗣〕指破落家庭的后代。陵夷，衰落。《汉书·成帝纪》："帝王之道，日以陵夷。"嗣，后代。

32〔侧室〕妾。旧时嫡妻为正室，妾称为侧室。

33〔转沟壑〕谓将饥困而死，弃尸于山野。沟壑，野死之处。《孟子·滕文公下》："志士不忘在沟壑，勇士不忘丧其元。"赵岐注："君子固穷，故常念死无棺椁没沟壑而不恨也。"

34〔槥(huì 贿)〕指用料很薄的棺材。

35〔冢室〕嫡妻，正室。冢，嫡，正宗。《后汉书·袁绍刘表传赞》："回皇冢嬖，身颓业丧。"

36〔祝发〕断发。《穀梁传·哀公十三年》："吴，夷狄之国也，祝发文身。"此指削发为尼。祝，断。

37 〔渠簪缨胄〕她是官宦家的后代。渠，她。簪缨，古代官吏的冠饰。此喻显贵。胄，后裔。

38 〔媵御〕指姬妾。《后汉书·袁术传》："及窃伪号，淫侈滋甚，媵御数百。"

39 〔乳药求死〕服毒药自尽。《后汉书·王允传》："当服大辟以谢天下，岂有乳药求死乎？"

40 〔复命〕谓自己去回报。

41 〔起复〕封建社会，官员家若遭父母之丧，守制服期未满而被召任职，称"起复"。明清则指在家守制服期满，重新任职或一般开缺官员重新被用者为"起复"。此指服丧期满，参加应试。

42 〔连捷〕指由乡试中举，中间不隔科接连又考中进士，谓"连捷"。〔司李〕又称"司理"，明代俗称"推官"。详见卷一《娇娜》注。

43 〔霄壤〕霄，天空。壤，地下。言其相差悬殊。

44 〔涓吉〕择取吉日。详见卷二《潍水狐》注。

45 〔蒲团〕用草编成的圆形垫子。多为僧、尼坐禅和跪拜所用。

46 〔莫敢当夕〕妻妾轮流侍寝，不敢代替正妻侍寝。《礼记·内则》："妻不在，妾御莫敢当夕。"当夕，谓值侍夕。此喻青梅将后婚之阿喜视为正妻。

47 〔行取入都〕明清时，地方官经推荐保举后，调任京职。入都，进京都。

48 〔大士〕佛教对菩萨的通称。

49 〔纨裤〕本指用细绢做的裤子，后来泛指富贵之家的子弟。《汉书·叙传》："出与王许子弟为群，在于绮襦纨裤之间。"

50 〔作合者〕指中间人。

51 〔化工〕谓上天的造化之工；即大自然的力量。

52 〔冠裳〕本指穿着的公服。《宋史·范应铃传》："夙兴，冠裳听讼，发擿如神。"此指官场中人物。

53 〔膏粱〕精美的食品。此指富贵之家的不材子弟。

54 〔"王渔洋云"一段〕据青柯亭本加，原抄本缺。

罗刹海市

马骥，字龙媒，贾人子，美丰姿。少倜傥，喜歌舞，辄从梨园子弟[1]，以锦帕缠头[2]，美如好女，因复有“俊人”之号。十四岁，入郡庠，即知名。父衰老，罢贾而归，谓生曰：“数卷书，饥不可煮，寒不可衣。吾儿可仍继父贾。”马由是稍稍权子母[3]。从人浮海[4]，为飓风引去，数昼夜至一都会，其人皆奇丑，见马至以为妖，群哗而走。马初见其状，大惧，迨知国人之骇己也，遂反以此欺国人。遇饮食者，则奔而往，人惊遁，则啜其余。久之[5]入山村，其间形貌亦有似人者，然褴褛如丐。马息树下，村人不敢前，但遥望之，久之，觉马非噬人者，始稍稍近就之。马笑与语，其言虽异，亦半可解。马遂自陈所自[6]，村人喜，遍告邻里，客非能搏噬者。然奇丑者望望即去[7]，终不敢前，其来者，口鼻位置，尚皆与中国同。共罗浆酒奉马，马问其相骇之故，答曰：“尝闻祖父言，西去二万六千里，有中国，其人民形象率诡异[8]，但耳食[9]之，今始信。”问其何贫，曰：“我国所重，不在文章，而在形貌。其美之极者，为上卿[10]；次任民社[11]；下焉者，亦邀贵人宠，故得鼎烹[12]以养妻子。若我辈初生时，父母皆以为不祥，往往置弃之，其不忍遽弃者，皆为宗嗣耳。”问：“此名何国？”曰：“大罗刹国[13]。都城在北去三十里。”

马请导往一观。于是鸡鸣而兴，引与俱去，天明始达都。都以黑石为墙，色如墨，楼阁近百尺，然少瓦，覆以红石，拾其残块磨甲上，无异丹砂。时值朝退，朝中有冠盖出，村人指曰：“此相国[14]也。”视之，双耳皆背生，鼻三孔，睫毛覆目如帘。又数骑出，曰：“此大夫[15]也。”以次各指其官职，率鬇鬡[16]怪异，然位渐卑，丑亦渐杀[17]。无何，马归，街衢人望见之，噪奔跌蹶，如逢怪物，村人百口解说，市人始敢遥立。既归，国中无大小，咸知村有异人。于是，缙绅大夫争欲一广见闻，遂令村人要马。然每至一家，阍人辄阖户，丈夫女子窃窃自门隙中窥语，终一日无敢延见者。

村人曰：“此间一执戟郎[18]，曾为先王出使异国，所阅人多，或不以子为惧。”造郎门，郎果喜，揖为上宾[19]。视其貌，如八九十岁人，目睛突出，须卷如猬，曰：“仆少奉王命，出使最多，独未尝至中华。今一百二十余岁，又得睹上国人物，此不可不上闻于天子。然臣卧林下，十余年不践朝阶，早旦[20]，为君一行。”乃具饮馔，修主客礼，酒数行，出女乐[21]十余人，更番歌舞，貌类夜叉，皆以白锦缠头，拖朱衣及地，扮唱不知何词，腔拍恢诡[22]。主人顾而乐之，问：“中国亦有此乐乎？”曰：“有。”主人请拟其声，遂击桌为度一曲。主人喜曰：“异哉！声如凤鸣龙啸，得未曾闻。”翌日，趋朝，荐诸国王，王忻然下诏。有二三大臣，言其怪状，恐惊圣体，王乃止。郎出告马，深为扼腕。居久之，与主人饮而醉，把剑起舞，以煤涂面作张飞，主人以为美，曰：“请客以张飞见宰相，宰相必乐用之，厚禄不难致。”马曰：“嘻！游戏犹可，何能易面目图荣显[23]？”主人固强之，马乃诺。主人设筵，邀当路者[24]饮，令马绘面以待。未几，客至，呼马出见客，客讶曰：“异哉！何前媸而今妍也！”遂与共饮，甚欢。马婆娑歌“弋阳曲[25]”，一座无不倾倒。明日，交章[26]荐马，王喜，召以旌节[27]，既见，问中国治安之道，马委曲[28]上陈，大蒙嘉叹，赐宴离宫[29]。酒酣，王曰：“闻卿善雅乐，可使寡人得而闻之乎？”马即起舞，亦效白锦缠头，作靡靡之音。王大悦，即日拜下大夫，时与私宴，恩宠殊异。久而官僚百执事[30]颇觉其面目之假，所至辄见人耳语，不甚与款洽。马至是孤立，惘然[31]不自安。遂上疏乞休致[32]，不许，又告休沐[33]，乃给三月假。于是乘传[34]载金宝，复归山村，村人膝行以迎。马以金资分给旧所与交好者，欢声雷动。村人曰：“吾侪[35]小人受大夫赐，明日赴海市，当求珍玩，用报大夫。”

问：“海市何地？”曰：“海中市，四海鲛人[36]，集货珠宝，四方十二国，均来贸易，中多神人游戏，云霞障天，波涛间作。贵人自重，不敢犯险阻，皆以金帛付我辈，代购异珍。今其期不远矣。”问所自知，曰：“每见海上朱鸟来往，七日即市。”马问行期，欲同游瞩，村人劝使自贵，马曰：“我顾沧海客，何畏风涛？”未几，果有踵门寄资者，遂与装资入船。船容数十人，平底高栏，十人摇橹，激水如箭。凡三日，遥见水云幌漾之中，楼阁层叠，贸迁[37]之舟，纷集如蚁。少时，抵城下，视墙上砖，皆长与人等，敌楼[38]高接云汉。维舟而入，见市上所陈奇珍异宝，光明射目，多人世所无。一少年，乘骏马来，市人尽奔避，云是“东洋三世子”。世子过，目生曰：“此非异域人？”即有前马者来诘乡籍。生揖道左，具展邦族[39]，世子喜曰：“既蒙辱临，缘分不浅！”于是授生骑，请与连辔，乃出西城。方至岛岸，所骑嘶跃入水，生大骇失声，则见海水中分，屹如壁立，俄睹宫殿，玳瑁为梁，鲂鳞作瓦，四壁晶明，鉴影炫目。下马揖入，仰视龙君在上，世子启奏：“臣游市廛，得中华贤士，引见大王。”生前拜舞[40]，龙君乃言：“先生文学士，必能衙官屈、宋[41]，欲烦椽笔[42]赋‘海市’，幸无吝珠玉[43]。”生稽首受命。授以水精[44]之砚，龙鬣[45]之毫，纸光似雪，墨气如兰。生立成千余言，献殿上，龙君击节曰：“先生雄才，有光水国多矣！”遂集诸龙族，宴集采霞宫。酒炙数行，龙君执爵而向客曰：“寡人所怜女[46]，未有良匹，愿累先生。先生倘有意乎？”生离席愧荷，唯唯而已。龙君顾左右语，无何，宫人数辈扶女郎出，珮环声动，鼓吹暴作。拜竟，睨之，实仙人也。女拜已而去。少时酒罢，双鬟[47]挑画灯，导生入副宫[48]。女浓妆坐伺。珊瑚之床，饰以八宝[49]，帐外流苏[50]，缀明珠如斗大，衾褥皆香耎。天方曙，则雏女妖鬟，奔入满侧。生起，趋出朝谢。拜为驸马都尉[51]，以其赋驰传诸海。诸海龙君，皆专员来贺，争折简招驸马饮。生衣绣裳，驾青虬[52]，呵殿[53]而出。武士数十骑，背雕弧[54]，荷白棓[55]，晃耀填拥，马上弹筝，车中奏玉，三日间，遍历诸海。由是“龙媒”之名，噪于四海。宫中有玉树一株，围可合抱，本莹澈如琉璃，中有心，淡黄色，稍细于臂，叶类碧玉，厚一钱许，细碎有浓阴。常与女啸咏其下。花开满树，状类薝葡[56]，每一瓣落，锵然作响，拾视之，如赤瑙雕镂，光明可爱。时有异鸟来鸣，毛金碧色，尾长于身，声等哀玉[57]，恻人肺腑。生每闻，辄念乡土，因谓女曰：“亡出三年，恩慈间阻[58]，每一念及，涕膺汗背。卿能从我归乎？”女曰：“仙尘路隔，不能相依。妾亦不忍以鱼水之爱[59]，夺膝下之欢。容徐谋之。”生闻之，泣不自禁，女亦叹曰：“此势之不能两全者也！”明日，生自外归，龙君曰：“闻都尉有故土之思，诘旦趣装，可乎？”生谢曰：“逆旅孤臣，过蒙优宠，衔报[60]之诚，结于肺腑。容暂归省，当图复聚耳。”入暮，女置酒话别，生订后会，女曰：“情缘尽矣。”生大悲，女曰：“归养双亲，见君之孝。人生聚散，百年犹旦暮耳，何用作儿女哀泣？此后妾为君贞[61]，君为妾义[62]，两地同心，即伉俪也，何必旦夕相守，乃谓之偕老乎？若渝此盟，婚姻不吉。倘虑中馈[63]乏人，纳婢可耳。更有一事相嘱：自奉裳衣[64]，似有佳朕[65]，烦君命名。”生曰：“其女耶，可名龙宫；男耶，可名福海。”女乞一物为信[66]。生在罗刹国所得赤玉莲花一双，出以授女。女曰：“三年后四月八日，君当泛舟南岛，还君体胤[67]。”女以鱼革为囊，实以珠宝，授生曰：“珍藏之，数世吃著不尽也。”天微明，王设祖帐[68]，馈遗甚丰。生拜别出宫，女乘白羊车，送诸海涘。生上岸下马，女致声珍重，回车便去，少顷便远。海水复合，不可复见，生乃归。

自浮海去，咸谓其已死，及至家，家人无不诧异。幸翁媪无恙，独妻已他适，乃悟龙女“守义”之言，盖已先知也。父欲为生再婚，生不可，纳婢焉。谨志三年之期，泛舟岛中，见两儿坐浮水面，拍流嬉笑，不动亦不沉，近引之，儿哑然捉生臂，跃入怀中。其一大啼，似嗔生之不援己者，亦引上之。细审之，一男一女，貌皆婉秀，额上花冠缀玉，则赤莲在焉。背有锦囊，拆视，得书云：“翁姑计各无恙。忽忽三年，红尘永隔；盈盈一水，青鸟难通[69]。结想为梦，引领[70]成劳，茫茫蓝蔚，有恨如何也！顾念奔月姮娥[71]，且虚桂府[72]；投梭织女[73]，犹怅银河。我何人斯，而能永好？兴思及此，辄复破涕为笑。别后两月，竟得孪生。今已啁啾怀抱，颇解言笑；觅枣抓梨，不母可活。敬以还君。所贻赤玉莲花，饰冠作信。膝头抱儿时，犹妾在左右也。闻君克践旧盟[74]，意愿斯慰。妾此生不二，之死靡他。奁中珍物，不蓄兰膏；镜里新妆，久辞粉黛。君似征人[75]，妾作荡妇[76]，即置而不御[77]，亦何得谓非琴瑟哉？独计翁姑亦既抱孙，曾未一觌新妇，揆之情理，亦属缺然。岁后阿姑窀穸，当往临穴，一尽妇职。过此以往，则‘龙宫’无恙，不少把握[78]之期；‘福海’长生，或有往还之路。伏惟[79]珍重，不尽欲言。”生反复省书揽涕。两儿抱颈曰：“归休乎[80]！”生益恸，抚之曰：“儿知家在何许？”儿亟啼，呕哑言归。生视海水茫茫，极天无际，雾鬟人渺，烟波路穷。抱儿返棹，怅然遂归。

生知母寿不永，周身物悉为预具，墓中植松槚[81]百余。逾岁，媪果亡。灵舆至殡宫[82]，有女子缞绖临穴。众方惊顾，忽而风激雷轰，继以急雨，转瞬间已失所在。松柏新植多枯，至是皆活。福海稍长，辄思其母，忽自投入海，数日始还。龙宫以女子不得往，时掩户泣。一日，昼暝，龙女急入，止之曰：“儿自成家，哭泣何为？”乃赐八尺珊瑚一树，龙脑香一帖，明珠百颗，八宝嵌金合一双，为作嫁资。生闻之突入，执手啜泣。俄顷，疾雷破屋，女已无矣。

异史氏曰：“花面逢迎[83]，世情如鬼[84]。嗜痂之癖[85]，举世一辙[86]。‘小惭小好，大惭大好[87]’。若公然带须眉[88]

以游都市，其不骇而走者，盖几希[89]矣。彼陵阳痴子[90]，将抱连城玉向何处哭也？呜呼！显荣富贵，当于蜃楼海市[91]中求之耳！”

校注

1 〔梨园子弟〕《新唐书·礼乐志十二》：“玄宗既知音律，又酷爱法曲，选坐部伎子弟三百教于梨园，声有误者，帝必觉而正之，号‘皇帝梨园子弟’。”后因称戏曲艺人为“梨园子弟”。

2 〔缠头〕古时歌妓歌舞时，用锦帛缠头，是当时一种时髦打扮。后来渐演化成给妓女的财物叫“缠头”。

3 〔权子母〕谓经商。权，权衡。子母，原本指货币大小轻重使之中平，后来以资本经营或借贷生息为“权母子”。母，指本钱。子，指利润。典出《国语·周语下》。

4 〔浮海〕泛海。此指到海外经商。

5 〔久之〕据手稿本，原抄本无。

6 〔自陈所自〕谓自己陈述自己的来历。所自，从何处来。

7 〔望望即去〕看看转头不顾而去。望望，原为惭愧的意思。《孟子·公孙丑上》：“（伯夷）思与乡人立，其冠不正，望望然去之，将若浼焉。”朱熹集注：“望望，去而不顾之貌。”

8 〔率诡异〕全都奇特怪异。王充《论衡·谈天》：“此言诡异，闻者惊骇。”率，全、都。诡异，怪异、奇特。

9 〔耳食〕比喻听信传闻。《史记·六国年表序》：“学者牵于所闻，见秦在帝位日浅，不察其终始，因举而笑之，不敢道，此与以耳食无异。”司马贞索隐：“言俗学浅识，举而笑秦，此犹耳食不能知味也。”耳，据手稿本，原抄本作“且”。

10 〔上卿〕我国周朝官制，官阶有卿、大夫、士的分别；卿里又有上卿、中卿、下卿。上卿，是诸侯中最高级的官。

11 〔任民社〕是指职任地方官。民社，是人民和社稷的省称。《论语·先进》：“有民人焉，有社稷焉，何必读书，然后为学？”

12 〔鼎烹〕指美食。此用为贵人所享用后之残羹。鼎，古代炊器，三足两耳。

13 〔罗刹国〕传说中的国名。《国史异纂·火珠》：“贞观初，林邑献火珠，状如水精。云于罗刹国得，其人朱发黑身，兽牙鹰爪。”（见《太平广记》卷四〇二）罗刹，详见卷一《聂小倩》注。

14 〔相国〕古官名。春秋战国时，除楚国外，各国都设相，称为相国。后为宰相的尊称。《战国策·东周策》：“昭献在阳翟，周君将令相国往，相国将不欲。”

15 〔大夫〕古职官名。周代在国君下有卿、大夫、士三等；各等中又分上、中、下三级。后因以大夫为任职之称。为位次于相国的高级官员。下文中的“下大夫”，是大夫中官职最低的一级。

16 〔鬇鬡（zhēngníng 争宁）〕毛发散乱貌。韩愈《征蜀联句》：“怒须犹鬇鬡，断臂仍𤬪𤫩。”

17 〔渐杀〕谓渐减。杀，煞，减。

18 〔执戟郎〕秦汉郎官，掌执戟侍从，警卫宫门的官。《史记·淮阴侯列传》：“臣事项王，官不过郎中，位不过执戟。”

19 〔揖为上宾〕尊为上宾。揖，拱手为礼。

20 〔早旦〕早晨，天刚亮。

21 〔女乐〕歌舞伎。《论语·微子》：“齐人归（馈）女乐。”

22 〔腔拍恢诡〕腔调与节拍都很离奇。恢诡，离奇怪异。

23 〔易面目图荣显〕改换自己的本来面目而谋荣贵显达。易，改变。荣显，显达尊荣。

24 〔当路者〕谓当仕路，居要职，掌握政权的官员。《孟子·公孙丑上》："夫子当路于齐，管仲晏子之功。"卷六《贾奉雉》篇"当道者"义同。

25 〔弋阳曲〕戏剧曲调名。属于南曲范畴中腔调的一种。起源于元末明初江西省弋阳县，故名。流传至北京、南京、湖广等地。演时以金鼓铙钹伴奏，其音高亢激越，又叫"高腔"。

26 〔交章〕纷纷上奏本。

27 〔召以旌节〕派人持旌节召见他；谓以隆重的礼节召见他。旌与节，唐宋时皇帝赐予臣下仪仗之类的东西。古代礼制，君王对大夫有所命，召唤多以旌、旃。旌，用牦牛尾和彩羽为竿饰的旗子。《孟子·万章下》："（召）庶人以旃，士以旂，大夫以旌。"

28 〔委曲〕详尽地。《史记·天官书》："若至委曲小变，不可胜道。"

29 〔离宫〕帝王于正式宫殿之外别筑宫室，以便于随时游处。《文选·班固〈西都赋〉》："离宫别馆，三十六所。"

30 〔百执事〕此指百官。《尚书·盘庚下》："邦伯、师长、百执事之人，尚皆隐哉！"执事，各专职人员。

31 〔僩（xiàn 县）然〕心不安貌。僩，同"㦗"。《史记·孝文本纪》："朕既不能远德，故㦗然念外人之有非，是以设备未息。"

32 〔乞休致〕官因年老请求退休，叫"休致"。这里是辞职的意思。

33 〔休沐〕休息沐浴，谓短期休假。详见卷一《续黄粱》注。

34 〔乘传（zhuàn 撰）〕乘坐驿站的马车。传，驿站的马车。《汉书·高帝纪下》："（田）横惧，乘传诣雒阳。"颜师古注："传者，若今之驿。古者以车，谓之传车，其后又单置马，谓之驿骑。"

35 〔吾侪（chái 柴）〕我们。侪，同辈。

36 〔鲛人〕神话传说中的人鱼，居于南海，水居如鱼，善纺织，所织薄纱曰"鲛绡"，眼泣而成珠。见晋张华《博物志》卷九。

37 〔贸迁〕经商。

38 〔敌楼〕即城楼。因可凭以瞭望敌情，故称。

39 〔具展邦族〕一一陈述籍贯和姓氏。

40 〔拜舞〕跪拜舞蹈。古时臣下朝见皇帝的仪节。元明以后，仅行跪拜礼，而不舞蹈。

41 〔衙官屈、宋〕意谓超过屈原、宋玉。《新唐书·杜审言传》："尝语人曰：'吾文章当得屈宋作衙官，吾笔当得王羲之北面。'其矜诞如此。"衙官，州镇的官属。

42 〔椽笔〕谓笔大如椽。喻能写好文章的大手笔。《晋书·王珣传》："珣梦人以大笔如椽与之。既觉，语人曰：'此当有大手笔事。'俄而帝崩，哀册谥仪，皆珣所草。"后喻人写作才能为椽笔。

43 〔珠玉〕比喻美好的文章。玉，据手稿本，原抄本作"王"。

44 〔水精〕水晶。

45 〔龙鬣（liè 列）〕龙的鬣毛。

46 〔寡人〕谓寡德之人。古代君主的自谦词。《左传·隐公三年》："请子奉之以主社稷，寡人虽死亦无悔焉。"〔怜女〕爱女。

47 〔双鬟〕年幼的婢女。

48 〔副宫〕帝王女婿的居室。《孟子·万章下》："舜尚见帝，帝馆甥于贰室。"赵岐注："贰室，副宫也。"

49 〔八宝〕指各色珠宝，如金、银、珍珠、玛瑙等。

50 〔流苏〕用彩色羽毛或丝线制成穗状垂饰物。《文选·张衡〈东京赋〉》："驸承华之蒲梢，飞流苏之骚杀。"李善注："流苏，五采毛杂之以为马饰而垂之。"

51 〔驸马都尉〕官名。汉武帝时置，掌副车之马，以宗室及外戚诸公子孙担任。《汉书·百官公卿表上》："奉车都尉掌御乘舆车，驸马都尉掌驸马，皆武帝初置。"三国魏何晏始以公主丈夫拜驸马都尉，后代皇帝的女婿照例加此称号，简称驸马，因以指皇帝的女婿。

52 〔驾青虬（qiú 求）〕驾驭青虬拉的车子。青虬，传说中无角的小龙。《离骚》："驷玉虬以乘鹥兮，溘埃风余上征。"王逸

注："有角曰龙，无角曰虬。"

53 〔呵殿〕即喝道。旧时官员出行时，仪仗前引传呼，使行人避路。宋姜夔《鹧鸪天·正月十一日观灯》："白头居士无呵殿，只有乘肩小女随。"呵，为在前喝道。殿，殿于后的随从。

54 〔背〕据二十四卷本，原抄本作"皆"。〔雕弧〕指雕有彩纹的弓。

55 〔白棓（bàng 棒）〕白色的棒。棓，同"棒"。

56 〔薝（zhān 沾）蔔〕花名。亦作"薝卜"。梵语 campaka 音译。又译作瞻蔔伽、旃波迦、瞻波等。意译为郁金花。明李时珍《本草纲目·木三·卮子》集解引苏颂曰："今南方及西蜀州郡皆有之。木高七八尺，叶似李而厚硬。又似樗蒲子，二三月生白花，花皆六出，甚芬香，俗说即西域薝蔔也。"据《清异录》载：按《本草》，栀子，一名木丹，一名越桃，然正名是西域薝蔔。

57 〔哀玉〕凄清的玉声。此指哀婉曲调。

58 〔恩慈间阻〕谓与父母隔离。恩慈，代父母。

59 〔鱼水之爱〕谓夫妻之爱。

60 〔衔报〕指衔环报恩。南朝梁吴均《续齐谐记》载：东汉杨宝年九岁时，在华阴山北救一只黄鸟。后夜梦有黄衣童子，自言为西王母使者，以白环四枚赠宝，感谢他拯救之恩。并言，其子孙"位登三事，当如此环"。后宝之子孙四世，果都显贵。后即以"衔环"、"衔报"喻报恩。

61 〔贞〕喻龙女永不改嫁。

62 〔义〕喻马骥不再另娶。

63 〔中馈〕本指家中供膳诸事。《周易·家人》："无攸遂，在中馈。"孔颖达疏："妇人之道……其所职，主在于家中馈食供祭而已。"后即以中馈指妻室。宋张齐贤《洛阳搢绅旧闻记·张相夫人始否终泰》："及为中馈也，善治家，尤严整。"此指妻室。

64 〔自奉裳衣〕意为婚配以来。古时上曰衣，下曰裳。奉裳衣，谓妻子侍奉丈夫衣着。裳衣，据手稿本，原抄本作“衣裳”。

65〔佳朕〕佳兆，指怀胎。朕，征兆。

66〔信〕指信物。

67〔体胤〕亲生子女。胤，后嗣。《左传·隐公十一年》：“夫许，大岳之胤也。”

68〔设祖帐〕古代送人远行，在郊外路旁为饯别而设的帷帐。送行酒筵，即为行者祭奠路神，叫“祖祭”。祖祭时设置的帷帐叫“祖帐”。

69〔“盈盈一水”二句〕虽一水之隔，但音信难通。《古诗十九首·迢迢牵牛星》：“盈盈一水间，脉脉不得语。”盈盈，清澈貌。青鸟，此指传信使者。详见卷二《阿霞》注。

70〔引领〕为伸颈期望。领，颈。

71〔姮娥〕即嫦娥。神话传说中的月中女神。《淮南子·览冥》：“羿请不死之药于西王母，姮娥窃以奔月。”高诱注：“姮娥，羿妻。羿请不死之药于西王母，未及服之，姮娥盗食之，得仙，奔入月中，为月精也。”

72〔桂府〕即月宫。神话传说中，月中有桂树，后因称月宫为“桂府”。

73〔织女〕神话传说中的人物。《续齐谐记》：“天河之东有织女，天帝之女也。劳于机杼，天帝怜其独处，许嫁牵牛，遂废织。天帝怒，责归河东，使一年一渡。”即民间所谓七夕牛女之会。

74〔克践旧盟〕谓能信守旧时誓盟。克，能。

75〔征人〕远行或出征的人。曹植《饮马长城窟行》：“猃狁亮未夷，征人岂独旋。”

76〔荡妇〕谓游荡不归之子的妻子。《古诗十九首》：“昔为倡家女，今为荡子妇。荡子行不归，空床独难守。”

77〔置而不御〕谓放置在一边而不用。即谓虽名义为夫妻，但天各一方独自空守。御，用。

78〔把握〕指见面。

79〔伏惟〕意为俯伏思维，此为下对上级的敬词，多用于书信、章奏中。此意为恭敬地希望。

80 〔归休乎〕谓回去吧。休，语词。《庄子·逍遥游》："归休乎君，余无所用天下为。"

81 〔槚（jiǎ 甲）〕楸树的别名。此树与松多植于墓田中。

82 〔灵舆〕装灵柩的车子。〔殡宫〕墓穴。

83 〔花面逢迎〕谓装出一副假的面孔，来迎合世俗所好。花面，即假面孔。

84 〔世情如鬼〕这种世态与鬼蜮世界无异。

85 〔嗜痂之癖〕谓嗜好吃疮痂的怪癖。刘敬叔《异苑》十："东莞刘邕性嗜食疮痂，以为味似鳆鱼。尝诣孟灵休，灵休先患炙疮，痂落在床，邕取食之。灵休大惊，痂未落者，悉褫取饴邕。"此言社会风气之坏。

86 〔举世一辙〕全世界都是一样。一辙，一样。

87 〔小惭小好，大惭大好〕唐韩愈《与冯宿论文书》："时时应事作俗下文字，下笔令人惭。及示人，则人以为好矣。小惭者，亦蒙为之小好，大惭者即必以为大好矣。"意谓世人所喜欢虚假迎合的反常心态：自己认为"小惭"的迎合，世人以为小好；自己认为"大惭"的迎合，世人以为"大好"。惭，指违背自己本心的虚假迎合的话。

88 〔公然带须眉〕此谓公然以自己男子汉本色到人群之中。须眉，代指男子。

89 〔几希〕很少的意思。

90 〔陵阳痴子〕指春秋时期楚人卞和。荆王曾封卞和为陵阳侯。卞和事载于《韩非子·和氏》。卞和抱璞历三代楚王，方识为宝玉，言其真才为人所识之难。详见卷一《叶生》注。

91 〔蜃楼海市〕谓虚幻的境界。蜃，传说中的蛟属，能吐气成蜃楼海市。《本草纲目·鳞部·蛟龙》："蛟之属有蜃，其状亦似蛇而大，有角如龙状，红鬣，腰以下鳞尽逆。食燕子。能吐气成楼台城郭之状，将雨即见，名蜃楼，一曰海市。"此句，言人所理想的"显荣富贵"，现实中是不可求得的。

田七郎

武承休，辽阳[1]人，喜交游，所与皆知名士。夜梦一人告之曰："子交游遍海内，皆滥交耳。惟一人可共患难，何反不识？"问："何人？"曰："田七郎非与？"醒而异之，诘朝，见所与游，辄问七郎。客或识为东村业猎者，武敬谒[2]诸家，以马箠挝门。未几，一人出，年二十余，䝙目蜂腰[3]，着腻帢[4]，衣皂犊鼻[5]，多白补缀，拱手于额而问所自。武展姓字，且托途中不快，借庐憩息，问七郎，答曰："即我是也。"遂延客入。见破屋数椽，木岐支壁，入一小室，虎皮狼蜕[6]，悬布楹间，更无杌榻可坐，七郎就地设皋比[7]焉。武与语，言词朴质，大悦之，遽贻金作生计，七郎不受，固予之，七郎受以白母。俄顷将还，固辞不受，武强之再四。母龙钟[8]而至，厉色曰："老身止此儿，不欲令事贵客！"武惭而退，归途辗转，不解其意。

适从人于舍后闻母言，因以告武。先是，七郎持金白母，母曰："我适睹公子有晦纹[9]，必罹奇祸，闻之：受人知者分人忧，受人恩者急人难。富人报人以财，贫人报人以义。无故而得重赂，不祥，恐将取死报[10]于子矣。”武闻之，深叹母贤，然益倾慕七郎。翌日，设筵招之，辞不至。武登其堂，坐而索饮，七郎自行酒，陈鹿脯，殊尽情礼。越日，武邀酬之，乃至，款洽甚欢。赠以金，即不受，武托购虎皮，乃受之。归视所蓄，计不足偿，思再猎而后献之。入山三日，无所猎获。会妻病，守视汤药，不遑操业。浃旬[11]，妻淹忽以死，为营斋葬，所受金稍稍耗去。武亲临唁送，礼仪优渥。既葬，负弩山林，益思所以报武，而迄无所得。武探得其故，辄劝勿亟，切望七郎姑一临存[12]，而七郎终以负债为憾，不肯至。武因先索旧藏，以速其来，七郎检视故革，则蠹蚀殃败[13]，毛尽脱，懊丧益甚。武知之，驰行其庭，极意慰解之，又视败革，曰：“此亦复佳。仆所欲得，原不以毛。”遂轴鞟[14]出，兼邀同往，七郎不可，乃自归。七郎念终不足以报武，裹粮入山，凡数夜，得一虎，全而馈之。武喜，治具，请三日留，七郎辞之坚，武键庭户，使不得出。宾客见七郎朴陋，窃谓公子妄交，而武周旋七郎，殊异诸客，为易新服，却不受，承其寐而潜易之，不得已而受之。既去，其子奉媪命，返新衣，索其敝裰[15]，武笑曰：“归语老姥，故衣已拆作履衬[16]矣。”自是，七郎以兔鹿相贻，召之即不复至。

武一日诣七郎，值出猎未返，媪出，踦门语[17]曰：

"再勿引致吾儿，大不怀好意！"武敬礼之，惭而退。半年许，家人忽白："七郎为争猎豹，殴死人命，捉将官里去[18]。"武大惊，驰视之，已械收在狱。见武无言，但云："此后烦恤老母。"武惨然出，急以重金赂邑宰，又以百金赂仇主。月余无事，释七郎归。母慨然曰："子发肤受之武公子[19]，非老身所得而爱惜者矣。但祝公子终百年无灾患，即儿福。"七郎欲诣谢武，母曰："往则往耳，见武公子勿谢也。小恩可谢，大恩不可谢。"七郎见武，武温言慰藉，七郎唯唯。家人咸怪其疏，武喜其诚笃，厚遇之。由是恒数日留公子家，馈遗辄受，不复辞，亦不言报。

会武初度[20]，宾从烦多，夜舍履满[21]。武偕七郎卧斗室中，三仆即床下藉刍藁。二更向尽，诸仆皆睡去，两人犹刺刺语。七郎佩刀挂壁间，忽自腾出匣数寸许，铮铮作响，光闪烁如电。武惊起，七郎亦起，问："床下卧者何人？"武答："皆厮仆。"七郎曰："此中必有恶人。"武问故，七郎曰："此刀购诸异国，杀人未尝濡缕[22]，迄佩三世矣。决首至千计，尚如新发于硎[23]，见恶人则鸣跃，当去杀人不远矣。公子宜亲君子，远小人，或万一可免。"武颔之。七郎终不乐，辗转床席，武曰："灾祥数耳，何忧之深？"七郎曰："我诸无恐怖，徒以有老母在。"武曰："何遽至此？"七郎曰："无则便佳。"盖床下三人：一为林儿，是老弥子[24]，能得主人欢；一僮仆，年十二三，武所常役者；一李应，最拗拙，每因细事与公子裂眼争，武恒怒之。当夜默念，疑此人，诘旦唤至，善言绝令去。

武长子绅，娶王氏。一日，武出，留林儿居守。斋中菊花方灿，新妇意翁出，斋庭当寂，自诣摘菊。林儿突出勾戏，妇欲遁，林儿强挟入室，妇啼拒，色变声嘶，绅奔入，林儿始释手逃去。武归闻之，怒觅林儿，竟已不知所之。过二三日，始知其投身某御史家。某官都中，家务皆委决于弟。武以同袍义[25]，致书索林儿，某弟竟置不发。武益恚，质词邑宰，勾牒[26]虽出，而隶不捕，官亦不问。武方愤怒，适七郎至，武曰："君言验矣。"因与告诉。七郎颜色惨变，终无一语，即径去。武嘱干仆逻察林儿，林儿夜归，为逻者所获，执见武。武掠楚之，林儿语侵武。武叔恒，故长者，恐侄暴怒致祸，劝不如治以官法，武从之，絷赴公庭。而御史家刺书[27]邮至，宰释林儿，付纪纲以去。林儿意益肆，倡言丛众中，诬主人妇与私。武无奈之，忿塞欲死，驰登御史门，俯仰叫骂，里舍慰劝令归。逾夜，忽有家人白："林儿被人脔割，抛尸旷野间。"武惊喜，意稍得伸，俄闻御史家讼其叔侄，遂偕叔赴质。宰不听辨，欲笞恒，武抗声曰："杀人莫须有[28]！至辱詈缙绅，则生实为之，无与叔事。"宰置不闻。武裂眦欲上，群役禁捽之。操杖隶皆绅家走狗，恒又老耄，签数[29]未半，奄然已死。宰见武叔垂毙，亦不复究，武号且骂，宰亦若弗闻也者。遂舁叔归，哀愤无所为计，思欲得七郎谋，而七郎更不一吊问，窃自念：待七郎不薄，何遽如行路人？亦疑杀林儿必七郎。转念：果尔，胡得不谋？于是遣人探索其家，至则扃鐍[30]寂然，邻人并不知耗。

一日，某弟方在内廨[31]，与宰关说，值晨进薪水，忽一樵人至前，释担抽利刃，直奔之，某惶急，以手格刃，刃落断腕，又一刀，始决其首。宰大惊，窜去。樵人犹张皇四顾，诸役吏急阖署门，操杖疾呼，樵人乃自刭死。纷纷集认，识者知为田七郎也。宰惊定，始出复验，见七郎僵卧血泊中，手犹握刃，方停盖审视，尸忽崛然跃起，竟决宰首，已而复踣。衙官捕其母、子，则亡去已数日矣。武闻七郎死，驰哭尽哀。咸谓其主使七郎。武破产夤缘当路，始得免。七郎尸弃原野三十余日，禽犬环守之，武取而厚葬。其子流寓于登[32]，变姓为佟。起行伍[33]，以功至同知将军[34]，归辽，武已八十余，乃指示其父墓焉。

异史氏曰："一钱不轻受，正其一饭不忘[35]者也。贤哉母乎！七郎者，愤未尽雪，死犹伸之，抑何其神？使荆卿[36]能尔，则千载无遗恨矣。苟有其人[37]，可以补天网之漏[38]，世道茫茫[39]，恨七郎少也。悲夫！"

校注

1　〔辽阳〕清顺治十年（1653）置辽阳府，并设辽阳县附郭。

康熙间升县为州。治所在今之辽宁省辽阳市辽阳县。

2 〔敬谒〕特地拜见。

3 〔貙（chū 初）目蜂腰〕形容体格英武健壮。貙，兽名。《尔雅·释兽》：“貙似狸。”注：“今貙虎也，大如狗，文如狸。”

4 〔腻帢（qià 恰）〕沾满油污的帽子。帢，古代一种圆形的便帽。《世说新语·轻诋》：“王（坦之）谓林公诡辩。林公道王云：‘着腻颜帢，𦈡布单衣，挟《左传》逐郑康成（玄）车后，门是何物尘垢囊。’”

5 〔衣皂犊鼻〕穿着黑色的短裙。犊鼻，即“犊鼻裈”的略称，即围裙。其状如牛犊鼻。《史记·司马相如列传》：“相如自着犊鼻裈，与保庸杂作。”王先谦《汉书补注》：“谓如今围裙，但以蔽前，反系于后。”

6 〔狼蜕〕即狼皮。

7 〔皋比〕即虎皮。《左传·庄公十年》：“（公子偃）自雩门窃出，蒙皋比而先犯之。”注：“皋比，虎皮也。”

8 〔龙钟〕年老衰惫。详见卷一《聂小倩》注。

9 〔晦纹〕谓主命运不好带有晦气的纹理。晦，原义是昏暗。此为引申意。

10 〔死报〕谓以死报答别人的恩惠。

11 〔浃旬〕十天。《宋书·武帝纪》：“高祖（刘裕）地非恒文，众无一旅，曾不浃旬，夷凶翦暴，祀晋配天，不失旧物。”浃，周匝。

12 〔临存〕省视存问。邀请的客套话。《汉书·严助传》：“使重臣临存，施德垂上，以招致之。”

13 〔殃败〕败坏。《广雅·释诂三》：“殃，败也。”《礼记·月令》：“冬藏殃败。”

14 〔轴鞟（kuò 括）〕即卷起皮子。鞟，去毛的兽皮。

15 〔敝裰〕破衣服。

16 〔履衬〕做鞋的衬布。

17 〔踦门语〕“踦门”犹“踦间”。谓两人一在门里，一在门外相对语。《公羊传·成公二年》：“二大夫出，相与踦间而语。”何休注：

“间，当道门，闭一扇，开一扇，一人在外，一人在内，曰踦间。”

18 〔捉将官里去〕捉着送到官府里去。宋赵德麟《侯鲭录》六：“真宗东封，访天下隐者，得杞人杨朴……上问曰：‘临行有人作诗送卿否？’朴言：‘独臣妻有诗一首云：更休落魄贪杯酒，亦莫猖狂爱咏诗。今日捉将官里去，这回断送老头皮。’上大笑，放还山。”

19 〔子发肤受之武公子〕谓武公子是你的再生父母。发肤，指身体。语出《孝经·开宗明义章》：“身体发肤，受之父母。”

20 〔初度〕生日。详见卷二《莲香》注。

21 〔屦（jù 具）满〕屦，通“履”。谓满地是鞋，犹言客满。

22 〔未尝濡缕〕意为刀刃锋利，杀人头落，身上从未沾染血痕。《史记·刺客列传·荆轲》：“得赵人徐夫人匕首，取之百金，使工以药焠之，以试人，血濡缕，人无不立死者。”裴骃集解：“言以匕首试人，人血出，足以沾濡丝缕，便立死也。”

23 〔新发于硎〕谓新磨过的刀。硎，磨刀石。《庄子·养生主》：“今臣之刀十九年矣，所解数千牛矣，而刀刃若新发于硎。”

24 〔老弥子〕久受恩宠的娈童。此指得宠的林儿。弥子，即弥子瑕。《韩非子·说难》：“昔者弥子瑕有宠于卫君……异日，与君游于果园，食桃而甘，不尽，以其半啖君。”以后即用“余桃”或弥子瑕，为男宠的典实。

25 〔同袍义〕同事情谊。《诗经·秦风·无衣》：“岂曰无衣，与子同袍。”袍，长衣，如后来的斗篷。军人行军时，昼当衣，夜为被。后以同袍，喻冷暖与共的友爱。武与某御史弟为同里，故称同袍。

26 〔勾牒〕拘捕犯人的公文。牒，公文。《增修礼部韵略·帖韵》：“牒，官府移文谓之牒。”

27 〔刺书〕即书信。《释名·释书契》：“书曰刺，书以笔刺纸简之上也。”

28 〔莫须有〕犹言恐怕有，或许有，是不予肯定的两可间。语出《宋史·岳飞传》：“狱之将上也，韩世忠不平，诣（秦）桧诘其实，桧曰：‘飞子云与张宪书虽不明，其事体莫须有。’世忠曰：'莫须有三字，何以服天下？'"后用以表示凭空诬陷。

29 〔签数〕指旧时于大堂对犯人行杖的杖数。旧时官府审案行刑，由问官发签计数。

30 〔扃镝（jué 绝）〕上锁。《庄子·胠箧》："将为胠箧探囊发匮之盗而为守备，则必摄缄縢，固扃镝，此世俗之所谓知也。"镝，箱子上安锁的环状物。

31 〔内廨（xiè 谢）〕官署的内房。廨，古代官署的通称。

32 〔登〕指登州。明清府名，治所在今山东蓬莱县。

33 〔行伍〕古代军队编制，五人为伍，二十五人为行，故后称军队为行伍。《史记·秦始皇本纪》贾谊《过秦论》："（陈涉）蹑足行伍之间，俛起阡陌之中。"

34 〔同知将军〕亦称"督同将军"，犹言副将。明朝都督府置中军、左军、右军、前军、后军五都督府，各设左右都督（正一品）、都督同知（从一品）、都督佥事（正二品）。同知将军，即都督同知。

35 〔一饭不忘〕《史记·淮阴侯列传》：韩信少年贫，"钓于城下，诸母漂，有一母见信饥，饭信，竟漂数十日。信喜，谓漂母曰：吾必有以重报母"。后韩信为楚王，不忘漂母一饭之德，"召所从食漂母，赐千金"。

36 〔荆卿〕指荆轲。《史记·刺客列传》：荆轲，战国末期卫人，燕国人谓之荆卿。燕太子丹质秦亡归燕，求为报秦王者。适秦将樊於期得罪秦王逃至燕。荆轲在燕尊为上卿，舍上舍。轲献计曰："诚得樊将军首与燕督亢之地图奉献秦王，秦王必悦见臣，臣乃得有以报。"于是荆轲带樊於期之头与燕图，至秦。秦王见荆轲于咸阳宫。图穷而匕首现，可惜荆轲击之未中，于是荆轲被秦王左右所杀。所以，作者在文中说：若荆轲能如田七郎一样，"则千载无遗恨矣"。

37 〔苟有其人〕假若多有几个田七郎一类的人物。

38 〔可以补天网之漏〕谓可弥补天道惩恶的疏漏。天网，意为上天的制裁。《老子》第七十三章："天网恢恢，疏而不失。"

39 〔世道茫茫〕谓社会黑暗。茫茫，昏暗貌。

产　龙

壬戌[1]间，邑邢村[2]李氏妇，良人[3]死，有遗腹[4]，忽胀如瓮，忽束如握。临蓐，一昼夜不能产。视之，见龙首，一见辄缩去。家人大惧，不敢近。有王媪者，焚香禹步[5]，且捺且咒，未几，胞堕，不复见龙，惟数鳞，皆大如盏。继下一女，肉莹澈如晶，脏腑可数。

校注

1　〔壬戌〕指康熙二十一年（1682）。

2　〔邢村〕淄川县东北乡有邢家庄，现属罗村镇。

3　〔良人〕指丈夫。《孟子·离娄下》："良人者，能仰望而终身也。"

4　〔遗腹〕即指遗腹子。谓丈夫死时还未降生之胎儿。

5　〔禹步〕本谓跛行。后来巫师、道人作法多效法禹步。《法言·重黎》："巫步多禹。"

保 住

吴藩[1]未叛时，尝谕将士：有独力能擒一虎者，优以廪禄[2]，号“打虎将”。将中一人，名保住，健捷如猱。邸[3]中建高楼，梁木初架，住沿楼角而登，顷刻至颠，立脊檩上，疾趋而行，凡三四返，已，乃踊身跃下，直立挺然。

王有爱姬，善琵琶，所御琵琶，以暖玉为牙柱[4]，抱之一室生温，姬宝藏，非王手谕，不出示人。一夕宴集，客请一观其异，王适惰，期以翌日。时住在侧，曰：“不奉王命，臣能取之。”王使人驰告府中，内外戒备，然后遣之。住逾十数重垣，始达姬院，见灯辉室中，而门扃锢，不得入。廊下有鹦鹉宿架上，住乃作猫子叫，既而学鹦鹉鸣，疾呼“猫来”，摆扑之声且急。闻姬云：“绿奴可急视，鹦鹉被扑杀矣！”住隐身暗处。俄一女子挑灯出，身甫离门，住已塞入，见姬守琵琶在几上，径携趋出，姬愕呼“寇至”，防者尽起，见住抱琵琶走，逐之不及，攒矢如雨[5]，住跃登树上。墙下故有大槐三十余章，住穿树行杪，如鸟移枝，树尽登屋，屋尽登楼，飞奔殿阁，不啻翅翎[6]，瞥然间不知所在。客方饮，住抱琵琶飞落筵前，门扃如故，鸡犬无声。

校注

1 〔吴藩〕吴三桂（1612–1678），字长白，辽东人，武举出身。明崇祯朝为镇守山海关总兵。李自成农民军攻进北京，崇祯帝朱由检自缢。吴三桂勾结清兵入关，镇压农民义军与执杀明桂王朱由榔。清封平西王，镇守云南。康熙十二年（1673）下令撤藩，吴三桂与靖南王耿精忠、平南王尚之信相继起兵反清，此称为“三藩”之乱。藩，封建王朝的属国。《后汉书·明帝纪》永平五年：“骠骑将军东平王苍罢归藩。”后称封王爵者为藩。

2 〔廪禄〕指俸禄。宋苏轼《答杨君素》：“奉别忽四年，薄廪维绊，归计未成。”

3 〔邸〕王邸。指平西王吴三桂府邸。

4 〔暖玉为牙柱〕传说是一种冬温夏凉的玉。苏鹗《杜阳杂编》下：唐大中初，日本王子来朝，携有暖玉纹的楸枰，云出本国东三万里之集真岛池中。牙柱，指拨弦乐器上的弦枕，因多以象牙制成，故称牙柱。

5 〔攒矢如雨〕形容密集的箭像下雨一样。裴铏《昆仑奴》：“攒矢如雨，莫能中之。”攒，聚集。

6 〔不啻（chì斥）翅翎〕不亚于飞鸟。啻，但，只。翅翎，指鸟类。裴铏《昆仑奴》：“瞥若翅翎，疾同鹰隼。”

公孙九娘

于七一案[1]，连坐[2]被诛者，栖霞、莱阳两县最多。一日，俘数百人，尽戮于演武场[3]中，碧血[4]满地，白骨撑天。上官慈悲，捐给棺木，济城工肆[5]，材木一空，以故伏刑东鬼，多葬南郊。

甲寅[6]间，有莱阳生至稷下[7]，有亲友二三人，亦在诛数，因市楮帛，酹奠榛墟[8]，就税舍于下院[9]之僧。明日，入城营干[10]，日暮未归。忽一少年，造室来访，见生不在，脱帽登床，着履仰卧。仆人问其谁何，合眸不对。既而生归，则暮色朦胧，不甚可辨，自诣床下问之，瞠目曰："我候汝主人，絮絮逼问，我岂暴客耶！"生笑曰："主人在此。"少年急起着冠，揖而坐，极道寒暄。听其音，似曾相识，急呼灯至，则同邑朱生，亦死于于七之难者，大骇却走。朱曳之云："仆与君文字交，何寡于情？我虽鬼，故人之念，耿耿不去心。今有所渎[11]，愿无以异物遂猜薄[12]之。"生乃坐，请所命，曰："令女甥寡居无偶，仆欲得主中馈，屡通媒妁，辄以无尊长之命为辞。幸无惜齿牙余惠[13]。”先是，生有甥女早失恃，遗生鞠养，十五始归其家。俘至济南，闻父被刑，惊恸而绝，生曰：“渠自有父，何我之求？”朱曰：“其父为犹子启榇[14]去，今不在此。”问：“女甥向依阿谁？”曰：“与邻媪同居。”生虑生人不能作鬼媒，朱曰：“如蒙金诺[15]，还屈玉趾[16]。”遂起握生手，生固辞，问：“何之？”曰：“第行！”勉从与去。北行里许，有大村落，约数十百家，至一第宅，朱以指弹扉，即有媪出，豁开二扉，问朱：“何为？”曰：“烦达娘子，阿舅至。”媪旋反，须臾复出，邀生入，顾朱曰：“两椽茅舍子大隘，劳公子门外少坐候。”生从之入，见半亩荒庭，列小室二，甥女迎门啜泣，生亦泣，室中灯火荧然。女貌秀洁如生时，凝目含涕，遍问妗[17]姑，生曰：“俱各无恙，但荆人物故[18]矣。”女又呜咽曰：“儿少受舅妗抚育，尚无寸报[19]，不图先葬沟渎，殊为恨恨。旧年，伯伯家大哥迁父去，置儿不一念，数百里外，伶仃如秋燕。舅不以沉魂可弃，又蒙赐金帛[20]，儿已得之矣。”生乃以朱言告，女俯首无语。媪曰：“公子曩托杨姥三五返，老身谓是大好，小娘子不肯自草草，得舅为政[21]，方此意慊得。”

言次，一十七八女郎，从一青衣，遽掩入，瞥见生，转身欲遁，女牵其裾曰：“勿须尔！是阿舅，非他人。”生揖之，女郎亦敛衽。甥曰：“九娘，栖霞公孙氏，阿爹故家子，今亦‘穷波斯[22]’，落落不称意，旦晚与儿还往。”生睨之，笑弯秋月，羞晕朝霞，实天人也，曰："可知是大家，蜗庐[23]人那如此娟好。"甥笑曰："且是女学士，诗词俱大高。昨[24]儿稍得指教。"九娘微哂曰："小婢无端败坏人，教阿舅齿冷也。"甥又笑曰："舅断弦未续[25]，若个小娘子，颇能快意否？"九娘笑奔出曰："婢子颠疯作也！"遂去。言虽近戏，而生殊爱好之。甥似微察，乃曰："九娘才貌无双，舅倘不以粪壤[26]致猜，儿当请诸其母。"生大悦，然虑人鬼难匹，女曰："无伤，彼与舅有夙分。"生乃出，女送之，曰："五日后，月明人静，当遣人往相迓[27]。"生至户外，不见朱，翘首西望，月衔半规[28]，昏黄中犹认旧径，见南面一第，朱坐门石上，起逆曰："相待已久，寒舍即劳垂顾。"遂携手入，殷殷展谢，出金爵一、晋珠[29]百枚，曰："他无长物，聊代禽仪[30]。"既而曰："家有浊醪，但幽室之物，不足款嘉宾，奈何！"生㧑谢[31]而退，朱送至中途始别。生归，僧仆集问，生隐之曰："言鬼者妄也，适赴友人饮耳。"后五日，果见朱来，整履摇箑[32]，意甚忻适，才至户庭，望尘即拜。少间，笑曰："君嘉礼既成，庆在今夕，便烦枉步。"生曰："以无回音，尚未致聘，何遽成礼？"朱曰："仆已代致之矣。"生深感荷，从与俱去，直达卧所，则甥女华妆迎笑。生问："何时于归？"朱云："三日矣。"生乃出所赠珠，为甥助妆[33]，女三辞乃受，谓生曰："儿以舅意白公孙老夫人，夫人作大欢喜，但言老耄无他骨肉，不欲九娘远嫁，期今夜舅往赘诸其家。伊家无男子，便可同郎往也。”朱乃导去。村将尽，一第门开，二人登其堂。俄白：“老夫人至。”有二青衣，扶妪升阶。生欲展拜，夫人云：“老朽龙钟，不能为礼，当即脱边幅[34]。”指画青衣，置[35]酒高会。朱乃唤家人，另出肴俎，列置生前，亦别设一壶，为客行觞。筵中进馔，无异人世，然主人自举，殊不劝进。既而席罢，朱归，青衣导生去。入室，则九娘华烛凝待，邂逅[36]含情，极尽欢昵。

初，九娘母子，原解赴都，至郡，母不堪困苦死，九娘亦自刭。枕上追述往事，哽咽不成眠，乃口占两绝云：“昔日罗裳化作尘，空将业果恨前身[37]。十年露冷枫林月，此夜初逢画阁春[38]。”“白杨风雨绕孤坟，谁想阳台更作云[39]。忽启镂金箱里看，血腥犹染旧罗裙[40]。”天将明，即促曰：“君宜且去，勿惊厮仆。”自此昼来宵往，嬖惑[41]殊甚。一夕，问九娘：“此村何名？”曰：“莱霞里[42]。里中多两处新鬼，因以为名。”生闻之欷歔。女悲曰：“千里柔魂，蓬游无底[43]，母子零孤，言之怆恻。幸念一夕恩义，收儿骨归葬墓侧，使百世得所依栖，死且不朽。”生诺之。女曰：“人鬼路殊，君亦不宜久滞。”乃以罗袜赠生，挥泪促别。生凄然出，忉怛若丧，心怅怅不忍归，因过拍朱氏之门。朱白足[44]出逆，甥亦起，云鬟鬅松[45]，惊来省问，生怊怅移时，始述九娘语。女曰：“妗氏不言，儿亦夙夜图之，此非人世，久居诚非所宜。”于是相对汍澜，生亦含涕而别。叩寓归寝，辗转申旦[46]，欲觅九娘之墓，则忘问志表[47]，及夜复往，则千坟累累，竟迷村路，叹恨而返。展视罗袜，着风寸断，腐如灰烬，遂治装东旋。半载不能自释，复如稷门，冀有所遇，及抵南郊，日势已晚，息驾庭树，趋诣丛葬所，但见坟兆万接[48]，迷目榛荒，鬼火狐鸣，骇人心目，惊悼归舍，失意遨游，返辔遂东。行里许，遥见女郎独行丘墓间，神情意致，怪似九娘，挥鞭就视，果九娘。下骑欲[49]语，女竟走，若不相识，再逼近之，色作怒，举袖自障，顿呼“九娘”，则烟然灭矣。

异史氏曰：“香草沉罗[50]，血满胸臆；东山佩玦[51]，泪渍泥沙：古有孝子忠臣，至死不谅于君父者。公孙九娘岂以负骸骨之托[52]，而怨怼不释于中耶？脾鬲间物[53]，不能掬以相示，冤乎哉！”

校注

1　〔于七一案〕指于七率领农民义军抗清事件。于七，名乐吾，字孟熹，行七，明崇祯间武举，山东栖霞人。详见卷一《野狗》注。

2　〔连坐〕因受牵连而获罪。坐，获罪、定罪。

3　〔演武场〕旧时军队操练、校阅的广场。此指山东济南市南门外。

4　〔碧血〕指无辜死难者的血。《庄子·外物》：“苌弘死于蜀，藏其血，三年而化为碧。”

5 〔济城工肆〕济城，谓济南城。工肆，作坊，此指棺材铺。

6 〔甲寅〕康熙十三年（1676）。

7 〔稷下〕本指古齐国都城临淄。即今之山东省淄博市临淄区所在地。《史记·田敬仲完世家》：“是以齐稷下学士复盛，且数百千人。”集解引刘向《别录》曰：“齐有稷门，城门也。谈说之士期会于稷下也。”此指济南。济南自北魏称齐州，唐天宝元年（742）改齐州为临淄郡，五年（746）又改为济南郡。故后来遂以“稷门”、“稷下”指代济南。

8 〔酹奠榛墟〕谓到草木丛生的坟地间祭奠。酹奠，以洒酒祭鬼神。榛墟，野草丛生的荒丘野坟。

9 〔下院〕谓佛教大寺院的别院。

10 〔营干〕谋划，办理。苏轼《上神宗皇帝书》：“使者四十余辈，分行营干于外。”

11 〔所渎〕所贪求。渎，通“黩”，贪求。清朱骏声《说文通训定声·需部》：“渎假借为黩。”

12 〔猜薄〕猜疑、鄙视。唐李复言《续玄怪录·窦玉》：“小女子得奉巾栉，盖是宿缘，勿谓异类，遂猜薄之。”（《太平广记》卷三四三）

13 〔齿牙余惠〕请人说好话。《南史·谢朓传》：“士子声名未立，应共奖成，无惜齿牙余论。”

14 〔犹子启榇〕犹子，侄子。启榇，指迁葬。榇，棺材。

15 〔金诺〕谓守信不渝的诺言。详见卷二《阿宝》注。

16 〔屈玉趾〕意为烦您走一趟。玉趾，敬词，犹言贵步。《左传·僖公二十六年》：“寡君闻君亲举玉趾，将辱于敝邑，使下臣犒执事。”

17 〔妗〕舅母。

18 〔物故〕死亡。《汉书·夏侯胜传》：“百姓流离，物故者过半。”

19 〔寸报〕寸心之报。寸，指“寸草心”，言其微薄之力。报，指“衔环之报”谓其报恩。孟郊《游子吟》：“谁言寸草心，报得三春晖。”此言尽孝道报恩惠。

20 〔赐金帛〕指所烧之楮帛纸钱。

21 〔为政〕主持，做主。《左传·宣公二年》：“畴昔之羊，子为政；今日之事，我为政。”

22 〔穷波斯〕指穷困的商人。《聊斋诗集》卷二《古镜行，赠毕衡伯》：“君子少，小人常多，波斯贾，其奸不可量！”此泛指穷困潦倒的商人，犹言公孙九娘原出身于富有之家。此言为故家子。波斯，古国名，即今之伊朗。古波斯商人多经营珠宝，故多富商。由富而“穷”，则喻之“穷波斯”。

23 〔蜗庐〕同“蜗居”。唐骆宾王《寒夜独坐游子多怀简知己》诗：“鹓服长悲碎，蜗庐未卜安。”此以蜗庐喻小户人家。

24 〔昨〕据手稿本，原抄本作“作”。

25 〔断弦未续〕谓妻子死，尚未续娶。继弦，旧时以琴瑟比喻夫妻，故称丧妻为“断弦”。续，谓续弦，即续娶妻子；未续，即指未续娶。

26 〔粪壤〕指已死去的人。《文选·曹丕〈与吴质书〉》：“观其姓名，已为鬼录，追思昔游，犹在心目。而此诸子，化为粪壤，可复道哉！”

27 〔相迓（yà 亚）〕相迎。《说文·言部》：“迓，相迎也。”

28 〔月衔半规〕谓半圆的月亮。衔，含，隐没。规，圆规。宋蔡伸《朝中措》词：“万里关云散尽，半规凉月当空。”此当指为时在农历初八、九或二十二、二十三月亮之上下弦的日子。

29. 〔晋珠〕山西产的珠玉。《尔雅·释地》：“西方之美者，有霍山之多珠玉焉。”霍山，在山西省霍县东南三十里。

30 〔禽仪〕谓订婚的聘礼。详见卷一《续黄粱》注。

31 〔㧑（huī 灰）谢〕谦恭有礼，表示谢意。

32 〔箑（shà 霎，又读 jié 捷）〕扇子。《淮南子·精神》：“知冬日之箑，夏日之裘。”

33 〔助妆〕古时女子出嫁，亲友赠送礼品。

34 〔脱边幅〕不拘礼节。边幅，本指布帛的边缘，借指人的仪表。

35 〔置〕据青柯亭本，原抄本作“追”。

36 〔邂逅〕不期相遇。《诗经·郑风·野有蔓草》：“邂逅相遇，适我愿兮。”毛传：“邂逅，不期而会。”

37 〔“昔日罗裳”二句〕意谓生前所穿的丝罗衣裙都已化作尘土，所空留下的是对自己生前悲惨遭遇的怨恨。罗裳，丝裙。业果，佛家语，是指人生中善业与恶业所产生的果报。南朝梁释慧皎《高僧传序》：“考业果之幽微，则循复三世。”此业果之说并不相符，公孙九娘是无辜的。

38 〔“十年露冷”二句〕意谓十年间，置身于露冷枫月之中，今夜才享受到人间闺阁中人的春意。画阁，装饰华丽的屋子。此指新婚的洞房。

39 〔“白杨风雨”二句〕凄风冷雨，白杨萧萧围绕着荒郊的孤坟，谁能想到今天又兴起这夫妻恩爱的云雨。阳台，谓男女欢会之处。《文选·宋玉〈高唐赋序〉》：昔者楚王游高唐，夜梦一女子来荐枕席，临别时说：“妾在巫山之阳，高丘之岨，旦为朝云，暮为行雨，朝朝暮暮，阳台之下。”

40 〔“忽启镂金”二句〕意谓忽然打开金色彩绘的衣箱，里面血污的旧罗裙，那血腥气味，使人触目心惊。缕金箱，有雕饰花纹的箱子。

41 〔嬖惑〕宠幸迷恋。

42 〔莱霞里〕于七起义失败以后，山东栖霞、莱阳被清兵杀害的死难者丛葬之处。一作“栖莱里”。《莱阳县志·兵革》：“今锯齿山前，有村曰‘血濯亭’。省城南关有荒冢曰‘栖莱里’，杀戮之惨可知矣。”

43 〔蓬游无底〕比喻身世飘零，如同飞蓬旋转无定。李复言《续玄怪录·窦玉妻》：“君生涯如此，身世落然，蓬游无抵，徒劳往复。”

44 〔白足〕光脚，赤脚。

45 〔鬅松〕鬓发散乱貌。宋黄机《竹斋诗余·菩萨蛮》：“双鬓绿鬅松，一帘花信风。”据铸雪斋本，原抄本作“笼松”。

46 〔申旦〕谓自夜达旦。

47 〔志表〕墓表。此指墓前的标志。

48 〔坟兆万接〕丛葬处的坟墓多而相接连。坟兆，界域。

49 〔欲〕据手稿本，原抄本作“与”。

50 〔香草沉罗〕谓忠贞于楚王的屈原自沉于汨罗江。香草，喻忠贞。此指屈原。

51 〔东山佩玦〕指晋献公太子申生遭谗，其冤莫伸。《左传·闵公二年》：“晋侯（献公）使太子申生伐东山皋落氏。太子率师，公衣之偏衣，佩之金玦。”玦，形如环而缺的玉。用青铜制者称金玦。古人以玦表示决绝。

52 〔骸骨之托〕即嘱托莱阳生迁葬尸骨。

53 〔脾鬲间物〕指心。鬲，同“膈”。

酆都御史

酆都[1]县外有洞，深不可测，相传阎罗署。其中一切狱具，皆借人工，桎梏[2]朽败，辄掷洞口，邑宰即以新者易之，经宿失所在，供应度支，载之经制[3]。

明有御史行台[4]华公，按及酆都，闻其说，不以为信，欲入洞以决其惑。人辄言不可，公弗听，秉烛而入，以二役从。深抵里许，烛暴灭，视之，阶道阔朗，有广殿十余间，列坐尊官，袍笏俨然，惟东首虚一坐。尊官见公至，降阶而迎，笑问曰："至矣乎？别来无恙否？"公问："此何处所？"尊官曰："此冥府也。"公愕然告退，尊官指虚坐曰："此为君坐，那可复还。"公益惧，固请宽宥，尊官曰："定数何可逃也！"遂检一卷示公，上注云："某月日，某以肉身[5]归阴。"公览之，战栗如濯冰水，念母老子幼，泫然涕流。

俄有金甲神人，捧黄帛书至，群拜舞启读已，乃贺公曰："君有回阳之机矣。"公喜致问，曰："适接帝诏，大赦幽冥，可为君委折原例[6]耳。"乃示公途而出。数武之外，冥黑如漆，不辨行路，公甚窘苦。忽一神将，轩然而入，赤面长髯，光射数尺，公迎拜而哀之。神人曰："诵佛经可出。"言已而去。公自计经咒[7]多不记忆，惟《金刚经》[8]颇曾习之，遂乃合掌而诵，顿觉一线光明，映照前路。忽有遗忘之句，则目前顿黑，定想移时，复诵复明，乃始得出。其二从人，则不可问[9]矣。

王阮亭云："阎罗天子庙，在酆都南门外平都山上，旁即王平洞，亦无他异。但山半有九蟒御史庙，神甚狞恶。事亦荒唐。"[10]

校注

1 〔酆都〕县名。隋置豐都县，明初改豐曰酆，清属四川忠州，即今四川省丰都县，在四川省东都，位于重庆万山之间。县有平都山、仙都观，原为道教圣地，后来道士，附会佛教轮回之说，谓是阴间冥府所在。方象瑛《使蜀日记》："酆都县城倚平都山，道书七十二福地之一。不知何时创森罗殿，因傅会为阎君祠，以为地狱之酆都。远近祷礼求符箓，盖道流惑世，失其实耳。"

2 〔桎梏（gù 固）〕刑具。《周易·蒙》："利用刑人，用说桎梏。"疏："在足曰桎，在手曰梏。"即现今脚镣、手铐。

3 〔供应度支，载之经制〕谓供给之物的费用开支诸项，都列入官府的正式记载中。经制，本指治国的制度。此处实指"经制钱"，始于北宋宣和年间的一种别立名目的附加税。

4 〔御史行台〕又称行台御史。详见卷一《丁前溪》注。

5 〔肉身〕佛家语，谓凡人之体。

6 〔委折原例〕根据以前的先例，设法折免你的御史之罪。委折，委曲折免；犹设法减除。原例，原本的先例；义如“援例”，照章行事。

7 〔经咒〕指佛经经文与祝祷之语词。

8 〔《金刚经》〕佛教经典，全名《金刚般若波罗蜜经》。详见卷二《鲁公女》注。

9 〔不可问〕不必再问，意为已是死掉无疑。

10 〔“王阮亭云”段〕据手稿本补录。

陵县狐

陵县[1]李太史家，每见瓶鼎古玩之物，移到案边，势危将堕，疑厮仆[2]所为，辄怒遣之。仆辈称冤，而亦不知其由，乃严扃斋扉[3]，天明复然，心知其异，暗觇之。一夜，光明满屋，讶为盗。两仆近窥，则一狐卧椟上，光自两眸出，晶莹四射，恐其遁，急入捉之。狐啮腕肉欲脱，仆持益坚，因共缚之。举视，则四足皆无骨，随手摇摇若带垂焉。太史念其通灵，不忍杀，覆以柳器[4]，狐不能出，戴器而走。乃数其罪放之，怪遂绝。

校注

1 〔陵县〕汉置安德县，后魏改郡。隋废郡置德州，改为平原郡。明改陵县为德州，而以故德州为陵县，属山东济南府。清因之。治所为今之山东德州市。

2 〔厮仆〕古代对服杂役者的蔑称。厮，贱也。

3 〔严扃斋扉〕严严实实地将书斋门关牢。扉，门扇。

4 〔柳器〕指用柳条所编盛器。

蛤

东海有蛤[1]，饥时浮岸边，两壳开张，中有小蟹出，赤线系之，离壳数尺，猎食[2]既饱，乃归，壳始合。或潜断其线，两物皆死。亦物理之奇[3]也。

校注

1 〔蛤（gé 阁）〕蛤蜊。软体动物，生活在近海的泥沙中。
2 〔猎食〕谓捕食。
3 〔物理之奇〕超出物之常理。物理，事物之常理。

鸟 语

中州[1]境有道士，募食乡村，食已，闻鹂[2]鸣，因告主人使慎火。问故，答曰："鸟云：'大火难救，可怕！'"众笑之，竟不备。明日果火，延烧数家，始惊其神。好事者追及之，称为仙，道士曰："我不过知鸟语耳，何仙也！"适有皂花雀[3]鸣树上，众问何语，曰："雀言：'初六养之，初六养之；十四、十六殇之。'想其家双生[4]矣。今日为初十，不出五六日，当俱死也。"询之，果生二子；无何，并死，其日悉符。邑令闻其奇，招之，延为客。时群鸭过，因问之，对曰："明公[5]内室，必相争也。鸭云：'罢罢！偏向他！偏向他！'"令大服，盖妻妾反唇[6]，令适被喧聒而出也。因留居署中，优礼之。时辨鸟言，多奇中，而道士朴野，多肆言，辄无所忌。

令最贪，一切供用诸物，皆折为钱以入之。一日，方坐，群鸭复来，令又诘之，答曰："今日所言，不与前同，乃为明公会计耳。"问："何计？"曰："彼云：'蜡烛一百八，银朱[7]一千八。'"令惭，疑其相讥。道士求去，令不许。逾数日，宴客，忽闻杜宇[8]，客问之，答曰："鸟云：'丢官而去。'"众愕然失色。令大怒，立逐而出。未几，令果以墨败[9]。呜呼！此仙人儆戒[10]之，惜乎危厉熏心[11]者，不之悟也！

齐俗呼蝉曰"稍迁"，其绿色者曰"都了"。邑有父子，俱青、社生[12]，将赴岁试，忽有蝉落襟上。父喜曰："稍迁[13]，吉兆也。"一僮视之，曰："何物稍迁，都了[14]而已。"父子不悦。已而，果皆被黜。

校注

1 〔中州〕古九州之一。现河南省通称。详见卷一《庚娘》注。

2 〔鹂〕鸟名。黄鹂，亦称"黄莺"。

3 〔皂花雀〕麻雀之类，羽呈暗褐色，较通常的麻雀颜色略深。

4 〔双生〕双胞胎。

5 〔明公〕对长官的尊称。明，贤明。《后汉书·邓禹传》："但愿明公威德加于四海。"

6 〔反唇〕犹"反唇之击"，即争吵。

7 〔银朱〕一名"银珠"。矿物，为赤红色，可入药。旧时官府用此签批公文。

8 〔杜宇〕即杜鹃。

9 〔以墨败〕因贪赃而败官。墨，贪污，不廉洁。《左传·昭公十四年》："己恶而掠美为昏；贪以败官为墨。"杜预注："墨，不洁之称。贪欲而败其官守，谓之污墨。"《新唐书·杨虞卿传附杨汉公》："汉公虽败墨，陛下容可举剧部私贪人？"

10 〔儆（jǐng 警）戒〕警告、戒饬；使人警醒，不犯错误。《尚书·大禹谟》："儆戒无虞。"

11 〔危厉熏心〕谓凶险的祸端已萌，但醉心贪欲，而使之终不醒悟。《周易·艮九三》："艮其限，列其夤，厉熏心。……象曰：艮其限，危熏心也。"危、厉同义，谓凶险。熏心，迷住心窍。宋王安石《和王乐道烘虱》："熏心得祸尔莫悔，烂额收功吾可贺。"

12 〔青、社生〕即被黜陟为青衣的生员与被黜陟的"发社"生员；即清初所定制，岁考之第四等和第五等。《清史稿·选举志一》："科试秀才至三等而止；岁试则分六等，称为'六等黜陟法'。其中五等：廪停作缺，原停廪者降增，增降附，附降青衣，青衣发社，原发社者黜为民。"

13 〔稍迁〕谓稍升迁。淄川地区呼蝉为"稍迁"。此用其谐音，以喻在岁试中"稍见迁升"，为其吉兆。

14 〔都了〕蝉的一种。明郎瑛《七修类稿·天地气候集解》："按蝉乃总名……小而绿色，声疾急者，俗称都了是也。"此处，用其谐音，谓"都完了"，为其不吉之兆。

乔女

平原乔生，有女黑丑，壑一鼻[1]，跛一足，年二十五六，无问名[2]者。邑有穆生，四十余，妻死，贫不能续，因聘焉。三年，生一子。未几，穆生卒，家益索[3]，大困，则乞怜其母。母颇不耐之，女亦愤不复返，惟以纺织自给。

有孟生丧耦，遗一子乌头，裁周岁，以乳哺乏人，急于求配，然媒数言，辄不当意。忽见女，大悦之，阴使人风示女，女辞焉，曰："饥冻若此，从官人得温饱，夫宁不愿？然残丑不如人，所可自信者，德耳，又事二夫，官人何取焉！"孟益贤之，向慕尤殷，使媒者函金加币[4]而说[5]其母。母悦，自诣女所，固要[6]之，女志终不夺。母惭，愿以少女字[7]孟，家人皆喜，而孟殊不愿。居无何，孟暴疾卒，女往临哭尽哀。孟故无戚党[8]，死后，村中无赖悉凭陵之，家具携取一空，方谋瓜分其田产。家人亦各草窃[9]以去，惟一妪抱儿哭帷中。女问得故，大不平，闻林生与孟善，乃踵门而告曰："夫妇、朋友，人之大伦[10]也。妾以奇丑，为世不齿，独孟生能知我，前虽固拒之，然固已心许之矣。今身死子幼，自当有以报知己。然存孤易，御侮[11]难，若无兄弟父母，遂坐视其子死家灭而不一救，则五伦[12]中可以无朋友矣。妾无所多须于君，但以片纸告邑，抚孤，则妾不敢辞。”林曰：“诺。”女别而归。林将如其所教，无赖辈怒，咸欲以白刃相仇，林大惧，闭户不敢复行。女听之数日寂无音，及问之，则孟氏田产已尽矣。女忿甚，锐身自诣官，官诘女属孟何人，女曰：“公宰一邑，所凭者理耳。如其言妄，即至戚无所逃罪，如非妄，则道路之人可听也。”官怒其言戆[13]，呵逐而出。女冤愤无以自伸，哭诉于缙绅之门，某先生闻而义之，代剖于宰。宰按之，果真，穷治诸无赖，尽返所取。或议留女居孟第，抚其孤，女不肯，扃其户，使妪抱乌头，从与俱归，另舍之。凡乌头日用所需，辄同妪启户出粟，为之营办；己锱铢无所沾染，抱子食贫[14]，一如曩昔。积数年，乌头渐长，为延师教读，己子则使学操作。妪劝使并读，女曰：“乌头之费，其所自有，我耗人之财以教己子，此心何以自明？”

又数年，为乌头积粟数百石，乃聘于名族，治其第宅，析令归。乌头泣要同居，女乃从之，然纺绩如故。乌头夫妇夺其具，女曰：“我母子坐食，心何安矣。”遂早暮为之纪理，使其子巡行阡陌[15]，若为佣然。乌头夫妻有小过，辄斥谴不少贷，稍不悛[16]，则怫然欲去。夫妻跪道悔词，始止。未几，乌头入泮，又辞欲归，乌头不可，捐聘币，为穆子完婚，女乃析子令归。乌头留之不得，阴使人于近村为市恒产百亩而后遣之。后女疾求归，乌头不听。病益笃，嘱曰："必以我归葬[17]！"乌头诺。既卒，阴以金啖穆子，俾合葬于孟。及期，棺重，三十人不能举。穆子忽仆，七窍出血，自言曰："不肖儿[18]，何得遂卖汝母！"乌头惧，拜祝之，始愈，乃复停数日，修治穆墓已，始合厝[19]之。

异史氏曰："知己之感，许之以身，此烈男子之所为也。彼女子何知，而奇伟如是？若遇九方皋[20]，直牡视之矣。"

校注

1　〔齾一鼻〕谓鼻一侧有缺损。齾，通"豁"。

2　〔问名〕古时婚礼中六礼之一。第二曰"问名"：男方具书女方，问女之名；女家复书将女出生年月日及生母的姓氏告之男方。《仪礼・士昏礼》："宾执雁，请问名。"此指向女方提亲、议婚。

3　〔索〕萧索、困苦。

4　〔函金加币〕封送银两缯帛，作为彩礼。函金，谓拜匣盛装银两。币，古时以束帛、束锦、皮马以及禽鸟之属为赠送宾客的礼物，统名之币。《左传・僖公十年》："币重而言甘，诱我也。"此指缯帛之属。

5 〔说（shuì 税）〕劝说。据手稿本，原抄本作“悦”。
6 〔要（yāo 腰）之〕强迫改嫁。要，强迫。
7 〔字〕旧时指女子嫁人。
8 〔戚党〕戚属亲族。
9 〔草窃〕谓趁机会窃掠。《尚书·微子》：“殷罔不小大，好草窃奸宄。”
10 〔大伦〕谓伦常之大要。
11 〔御侮〕抵挡欺凌。御，抵御。
12 〔五伦〕封建礼教，将君臣、父子、兄弟、夫妇、朋友之间的五种关系，称为“五伦”。
13 〔戆（gàng 杠）〕谓性格刚直。《史记·汲郑列传附汲黯》：“甚矣，汲黯之戆也。”
14 〔食贫〕谓贫苦的生活。《诗经·卫风·氓》：“自我徂尔，三岁食贫。”马瑞辰通释：“食贫，犹居贫。”
15 〔巡行阡陌〕谓督理家中农事。阡陌，田界。
16 〔不悛（quān 圈）〕不悔改。悛，悔改。《方言》卷六：“悛，改也。”
17 〔归葬〕谓归于穆姓坟地埋葬。
18 〔不肖儿〕意谓不孝之子。不肖，谓子不类父。
19 〔合厝〕合葬。详见卷一《婴宁》注。
20 〔九方皋〕春秋时善相马者。《列子·说符》载：秦穆公对伯乐说，你已年长了，在年轻的人中，有可以相马的吗？伯乐荐说有九方皋。穆公使之求马。九方皋回说得到了“牝而黄”。结果取来是“牡而骊”。穆公很不高兴，说九方皋连公母都不分，哪能求得好马？伯乐说：“若皋之所观天机也，得其精而忘其粗，在其内而忘其外。”后常以九方皋喻善识才之士。牡，雄马，比喻男子。

沅俗

李季霖[1]摄篆沅江，初莅任，见猫犬盈堂，讶之。僚属曰："此乡中百姓瞻仰风采[2]也。"少间，人畜已半，移时，都复为人，纷纷并去。一日，出谒客，肩舆在途，忽一舆夫急呼曰："小人吃害[3]矣！"即倩役代荷，伏地乞假，怒诃之，役不听，疾奔而去。遣人尾之。役奔入市，觅得一叟，便求按视，叟相之曰："是汝吃害矣。"乃以手揣其肤肉，自上而下力推之，推至少股，见皮内坟起[4]，以利刃破之，取出石子一枚，曰："愈矣。"乃奔而返。后闻其俗，有身卧室中，手即飞出，入人房闼[5]，窃取财物。设被主觉[6]，絷不令去，则此人一臂不用[7]矣。

校注

1 〔李季霖〕李鸿霔，字季霖，号厚余。其先祖山东长山县人，曾祖时迁居新城。顺治十一年（1654）举人，康熙三年（1664）进士。历官内阁中书舍人、刑部浙江司员外郎，丁父忧去官。康熙二十五年（1686）起复，后调任湖南省沅江县知县。有政绩，民甚爱之。卒于官。见《新城县志》。

2 〔瞻仰风采〕瞻看风度。即指见面。

3 〔吃害〕受到伤害。

4 〔坟起〕鼓起。

5 〔房闼〕寝室。闼，房门。

6 〔觉〕据二十四卷本，原抄本作“觅”。

7 〔不用〕不听使用，残废。

布　商

布商某，至青州境，偶入废寺，见其院宇零落，叹悼不已。僧在侧曰：“今如有善信[1]，暂起山门，亦佛面之光。”客慨然自任。僧喜，邀入方丈[2]，款待殷勤。既而举内外殿阁，并请装修，客辞以不能，僧固强之，词色悍怒。客惧，请即倾囊，于是倒装而出，悉授僧。将行，僧止之曰：“君竭资实非所愿，得毋甘心于我乎[3]？不如先之[4]。”遂握刀相向，客哀之切，弗听，请自经，许之，逼置暗室而迫促之。

适有防海将军[5]经寺外，遥自缺墙外望见一红裳女子入僧舍，疑之，下马入寺，前后冥搜，竟不得。至暗室所，严扃双扉，僧不肯开，托以妖异，将军怒，斩关入[6]，则见客缢梁上，救之，片时复苏，诘得其情。又械问女子所在，实为乌有，盖神佛现化[7]也。杀僧，财物仍以归客。客益募修庙宇，由此，香火大盛。赵孝廉丰原[8]言之最悉。

校注

1 〔善信〕佛教称信仰佛教而做善事诚意之善男信女。

2 〔方丈〕佛寺中长老及住持说法之处。《法苑珠林·感通圣迹》:“以笏星基止，有十笏，故号方丈之室也。”

3 〔得毋甘心于我乎〕莫非不想报复我以快心吗？得毋，犹言不能，莫非。甘心，称心，快心。

4 〔先之〕意为先下手杀了你。

5 〔防海将军〕即“同知将军”。清制，沿海地方的防守事务，由管辖该省区的将军、督抚责成各关道、守道、巡道分别管理，各道之下设厅，以管理防务。厅的主官为同知或通判。海防同知共十四人，其中山东一人。据《碑传集》载，康熙间，曾设“山东青州海防道”。清制之“督同将军”，即“都督同知”，亦称“同知将军”。

6 〔斩关入〕谓劈开门扇而入。关，门扇。

7 〔现化〕佛家语。意谓现身变化。

8 〔赵孝廉丰原〕赵丰原，字于京，号香坡，又号客亭，历城（现山东济南市历城县）人。康熙二十年（1681）举人，后由举人选任城武教谕。官至河南府知府。详见《山东通志·人物志》。

真　生

长安[1]士人贾子龙，偶过邻巷，见一客风度洒如[2]，问之则真生，咸阳僦寓者[3]也，心慕之。明日，往投刺[4]，适值其亡[5]，凡三谒，皆不遇。乃阴使人窥其在舍而后过之，真走避不出，贾搜之始出，促膝倾谈，大相知悦。贾就逆旅，遣僮行沽，真又善饮，能雅谑，乐甚。酒欲尽，真搜箧出饮器，玉卮无当[6]，注杯酒其中，盎然已满，以小盏挹取入壶，并无少减。贾异之，坚求其术，真曰："我不愿相见者，君无他短，但贪心未净耳。此乃仙家隐术，何能相授。"贾曰："冤哉！我何贪？间萌奢想者，徒以贫耳。"一笑而散。由是往来无间，形骸尽忘[7]。每值乏窘，真辄出黑石一块，吹咒其上，以磨瓦砾，立刻化为白金，便以赠生，仅足所用，未尝赢余。贾每求益，真曰："我言君贪，如何，如何！"贾思明告必不可得，将乘其醉睡，窃石而要之。一日，饮既卧，贾潜起搜诸衣底，真觉之，曰："子真丧心，不可处矣！"遂辞别，移居而去。

后年余，贾游河干，见一石莹洁，绝类真生物，拾之，珍藏若宝。过数日，真忽至，瞭然[8]若有所失，贾慰问之，真曰：“君前所见，乃仙人点金石也。曩从抱真子[9]游，彼怜我介[10]，以此相贻，醉后失去，隐卜当在君所。如有还带之恩[11]，不敢忘报。”贾笑曰：“仆生平不敢欺友朋，诚如所卜。但知管仲之贫者，莫如鲍叔[12]君且奈何？”真请以百金为赠，贾曰：“百金非少，但授我口诀，一亲试之，无憾矣。”真恐其寡信，贾曰：“君自仙人，岂不知贾某宁失信于朋友者哉！”真授其诀。贾顾砌上[13]有巨石，将试之，真掣其肘，不听前。贾乃俯掬半砖置砧上曰：“若此者，非多耶？”真乃听之。贾不磨砖而磨砧，真变色欲与争，而砧已化为浑金。反石于真，真叹曰：“业如此，复何言！然妄以福禄加人，必遭天谴。如逭[14]我罪，施材百具，絮衣百领，肯之乎？”贾曰：“仆所以[15]欲得钱者，原非欲窖藏之也。君尚视我为守财虏[16]耳？”真喜而去。

贾得金，且施且贾，不三年，施数已满。真忽至，握手曰：“君信义人也！别后被福神奏帝，削去仙籍，蒙君博施，今幸以功德消罪。愿勉之，勿替[17]也。”贾问真系天上何曹，曰：“我乃有道之狐耳。出身綦微[18]，不堪孽累，故生平自爱，一毫不敢妄作。”贾为设酒，遂与欢饮如初。贾至九十余，狐犹时至其家。

长山某，卖解信药[19]，即垂危，灌之无不活，然秘其方，即戚好不传也。一日，以株累被逮，妻弟饷食狱中，隐置信焉。坐待食已，而后告焉。甲不信。少顷，腹中溃动，始大惊，骂曰："畜生速行！家中虽有药末，恐道远难俟，急于城中物色薜荔爪[20]为末，清水一盏，速将来[21]！"妻弟如其教。迨觅至，某已呕泻欲死，急授之，立刻而安，其方自此遂传。此亦犹狐之秘其石也。

校注

1 〔长安〕即今陕西省西安市。

2 〔洒如〕同"洒然"，潇洒。如，然。

3 〔咸阳僦寓者〕在咸阳城租赁房屋而居者。咸阳，今陕西省咸阳市。

4 〔投刺〕递上名帖求见。《梁书·诸葛璩传》："璩安贫守道，悦礼敦诗，未尝投刺邦宰，曳裾官寺。"刺，名帖。

5 〔值其亡〕适逢他外出。亡，外出。

6 〔玉卮无当〕无底的玉酒杯。卮，古代盛酒器。无当，无底。当，底，器物的底部。《晏子春秋·谏下一》："寸之管无当，天下不能足之以粟。"

7 〔形骸尽忘〕指两人关系亲密无间。形骸，谓人的躯壳。

8 〔睼（tī 体）然〕形容眼神茫然若失。《说文·目部》："睼，失意视也。"《文选·左思〈魏都赋〉》："先生之言未卒，吴蜀二客矆焉相顾，睼焉失所。"

9 〔抱真子〕即抱朴子。抱朴，持守本真。抱真，保持真性。《参同契》卷下："惟昔圣贤，怀玄抱真。"抱朴子，晋葛洪自号，其所撰书《抱朴子》以号名书，有内外两篇。内篇论神仙、吐纳、符箓及炼丹等，凡二十卷；外篇论时政得失，人事臧否，要旨则以黄老为宗，凡五十卷。

10 〔介〕有节操。《孟子·尽心上》：“柳下惠不以三公易其介。”

11 〔还带之恩〕谓把拾到的珍贵之物，还给失主之恩。唐丁用晦《芝田录》载：唐裴度一日游香山寺。有一妇人借得三条玉带、一条犀带，准备贿赂权要，营救获罪的父亲，结果遗失寺中，裴度得而还之。唐王定保《唐摭言》四，亦载其事。

12 〔知管仲之贫者，莫如鲍叔〕管仲，名夷吾，字仲；鲍叔，字叔牙，皆春秋时齐国人。《史记·管晏列传》载：管仲少时常与鲍叔牙游，深知其贤。管仲曰：“吾始困时，尝与鲍叔贾，分财利多自与，鲍叔不以我为贪，知我贫也。”

13 〔砌上〕阶上。

14 〔逭（huàn 换）〕逃避、免。《尚书·太甲》：“天作孽，犹可违；自作孽，不可逭。”

15 〔以〕据手稿本，原抄本无。

16 〔守财虏〕同“守钱虏”。谓富有钱财而吝啬的人。《后汉书·马援传》：“（马援）尝叹曰：‘凡殖货财产，贵其能施赈也，否则守钱虏耳。’”

17 〔勿替〕谓不要懈怠。替，懈怠。

18 〔綦微〕很低微。綦，甚。

19 〔解信药〕谓解除信石毒的药。信，信石，为砒霜的别称。为中药的一种，有剧毒。因产于江西信州者最佳，故称之。

20 〔薜荔爪〕薜荔，又名木莲。常绿藤本，蔓生，叶椭圆形，花极小，隐于花托内。果实富胶汁，可制凉粉，有解暑作用。爪，似指花托，可入药。参阅李时珍《本草纲目·草七·木莲》。

21 〔将来〕拿来。

王货郎

济南业酒人[1]某翁，遣子小二如齐河索贳价[2]。出西门，见兄阿大，时大死已久，二惊问："哥那得来？"答云："冥府一疑案，须弟一证之。"二作色怨讪[3]，大指后一人如皂状者[4]，曰："官役在此，我岂自由耶！"但引手招之，不觉从去，尽夜狂奔，至泰山下。忽见官衙，方将并入，见群众纷出，皂拱问："事何如矣？"一人曰："勿须复入，结[5]矣。"皂乃释令归。大忧弟无资斧，皂思良久，即引二去，走二三十里，入村，至一家檐下，嘱云："如有人出，便使相送，如其不肯，便道王货郎言之矣。"遂去。二冥然而僵。既晓，第主[6]出，见人死门外，大骇，守移时，微苏，扶入饵之，始言里居，即求资送[7]，主人难之，二如皂言。主人惊绝，急赁骑送之归。偿之不受，问其故，亦不言，别而去。

王貨郎
無端證
棄夜奔
馳是〻非〻
姑聽之一語
驚心賃騎
送此中情
事費猜疑

校注

1　〔业酒人〕谓以卖酒为业的人。

2　〔索贳（shì士）价〕讨还酒债。索，讨还。贳价，赊欠酒钱。贳，赊欠。《史记·高祖本纪》："常从王媪、武负贳酒。"

3　〔作色怨讪〕脸上变色怨骂。作色，脸上现出恼怒气。《战国策·韩策一》："韩王忿然作色。"讪，骂詈。

4　〔如皂状者〕指如同差役一样的人。皂，指皂隶，官衙的差役，因着皂服，故云。

5　〔结〕谓案件已结。

6　〔第主〕谓住宅的主人。

7　〔资送〕以财资相送。《晋书·纪瞻传》："及（陆）机被诛，赡恤其家周至，及嫁妆，资送同于所生。"

罢龙

胶州王侍御[1]，出使琉球[2]，舟行海中，忽自云际堕一巨龙，激水高数丈。龙半浮半沉，仰其首，以舟承颔，睛半含，嗒然若丧[3]。阖舟大恐，停桡[4]不敢少动，舟人曰："此天上行雨之疲[5]龙也。"王悬敕[6]于上，焚香共祝之，移时，悠然遂逝。舟方行，又一龙堕，如前状，日凡三四。又逾日，舟人命多备白米，戒曰："去清水潭不远矣。如有所见，但糁米[7]于水，寂无哗。"俄至一处，水清澈底，下有群龙，五色，如盆如瓮，条条尽伏，有蜿蜒者，鳞鬣爪牙，历历可数。众神魂俱丧，闭息含眸，不惟不敢窥，并不能动，惟舟人握米自撒。久则见海波深黑，始有呻者。因问掷米之故，答曰："龙畏蛆，恐入其甲。白米类蛆，故龙见辄伏，舟行其上，可无害也。"

校注

1 〔胶州王侍御〕胶州，州名。明清直隶州，治所在今山东省胶县。侍御，明清为御史的别称。详见卷一《陆判》注。

2 〔琉球〕即今之琉球群岛，在我国台湾岛与日本九州岛之间。1879 年日本设冲绳县。

3 〔嗒（tà 踏）然若丧〕茫然失意貌。《庄子·齐物论》：“仰天而嘘，嗒焉似丧其偶。”此指精神疲惫的样子。

4 〔桡（ráo 饶）〕桨。

5 〔疲〕据手稿本，原抄本作“罢”。

6 〔敕〕谓皇帝的诏书，即圣旨。

7 〔糁（sǎn 伞）米〕撒米。糁，撒。

天 宫

郭生，京都[1]人，年二十余，仪容修美。一日薄暮，有老妪贻尊酒，怪其无因，妪笑曰："无须问，但饮之，自有佳境。"遂径去。揭尊微嗅，洌香四射，遂饮之，忽大醉，冥然罔觉。及醒，则与一人并枕卧，抚之，肤腻如脂，麝兰喷溢，盖女子也。问之，不答，遂与交。交已，以手扪壁，壁皆石，阴阴[2]有土气，酷类坟冢，大惊，疑为鬼迷，因问女子："卿何神也？"女曰："我非神，乃仙耳。此是洞府[3]。与有夙缘，勿相讶，但耐居之。再入一重门，有漏光处，可以溲便。"既而女起，闭户而去。久之腹馁，遂有女僮来，饷以面饼、鸭臛[4]，使扪索而啖之，黑漆不知昏晓。无何，女子来寝，始知夜矣。郭曰："昼无天日，夜无灯火，食炙不知口处，常常如此，则姮娥何殊于罗刹[5]，天堂何别于地狱哉！"女笑曰："为尔俗中人多言喜泄，故不欲以形色相见。且暗中摸索，妍媸亦当有别，何必灯烛！"居数日，幽闷异常，屡请暂归，女曰："来夕当与君一游天宫，便即为别。"

次日，忽有小鬟笼灯入，曰："娘子伺郎久矣。"从之出。星斗光中，但见楼阁无数，经几曲画廊，始至一处，堂上垂珠帘，烧巨烛如昼。入，则美人华妆南向坐，年约二十许，锦袍炫目，头上明珠，翘颤四垂，地下皆设短烛，裙底皆照，诚天人也。郭迷乱失次，不觉屈膝，女令婢扶曳入坐。俄顷，八珍[6]罗列，女行酒曰："饮此以送君行。"郭鞠躬曰："向觌面不识仙人，实所惶悔，如容自赎，愿收为没齿不二[7]之臣。"女顾婢微笑，便命移席卧室。室中流苏绣帐[8]，衾褥香软。使郭就榻坐，饮次，女屡言："君离家久，暂归亦无所妨。"更尽一筹[9]，郭不言别，女唤婢笼烛送之。郭不言，伪醉眠榻上，扤[10]之不动，女使诸婢扶裸之。一婢排私处曰："个男子容貌温雅，此物何不文也！"举置床上，大笑而去。女亦寝，郭乃转侧，女问："醉乎？"曰："小生何醉！甫见仙人，神志颠倒耳。"女曰："此是天宫。未明，宜早去。如嫌洞中怏闷，不如早别。"郭曰："今有人夜得名花，闻香扪干，而苦无灯火，此情何以能堪？"女笑，允给灯火，漏下四点，呼婢笼烛，抱衣而送之。入洞，见丹垩精工[11]，寝处褥革棕毡尺许厚。郭解屦拥衾，婢徘徊不去，郭凝视之，风致娟好，戏曰："谓我不文者，卿耶？"婢笑，以足蹴枕曰："子宜僵[12]矣！勿复多言。"视履端嵌珠如巨菽，捉而曳之，婢仆于怀，遂相狎，而呻楚不胜，郭问："年几何矣？"答云："十七。"问："处子[13]亦知情乎？"曰：

“妾非处子，然荒疏已三年矣。”郭研诘仙人姓氏，及其清贯、尊行[14]，婢曰：“勿问！即非天上，亦异人间。若必知其确耗，恐觅死无地矣。”郭遂不敢复问。次夕，女果以烛来，相就寝食，以此为常。

夜，女入曰：“期以永好，不意人情乖沮，今将粪除天宫，不能复相容矣。请以卮酒为别。”郭泣下，请得脂泽[15]为爱，女不许，赠以黄金一斤、珠百颗。三盏既尽，忽已昏醉，既醒，觉四体如缚，纠缠甚密，股不得伸，首不得出，极力转侧，晕堕床下，出手摸之，则锦被囊裹，细绳束焉。起坐凝思，略见床棂，始知为己斋中。时离家已三月，家人谓其已死，郭初不敢明言，惧被仙谴，然心疑怪之，窃间一告知交[16]，莫有测其故者。被置床头，香盈一室，拆视，则湖绵[17]杂香屑为之，因珍藏焉。后某达官闻而诘之，笑曰：“此贾后之故智[18]也。仙人乌得如此？虽然，此事亦宜慎秘，泄之，族[19]矣！”有巫尝出入贵家，言其楼阁形状，绝似严东楼[20]家。郭闻之，大惧，携家亡去。未几，严伏诛，始归。

异史氏曰：“高阁迷离，香盈绣帐，雏奴蹀躞[21]，履缀明珠，非权奸之淫纵，豪势之骄奢，乌有此哉？顾淫筹一掷[22]，金屋变而长门[23]；唾壶未干，情田鞠为茂草[24]。空床伤意，暗烛销魂，含颦玉台[25]之前，凝眸宝幄之内。遂使糟丘[26]台上，路入天宫；温柔乡中[27]，人疑仙子。伧楚之帷薄[28]固不足羞，而广田自荒[29]者，亦足戒已！”

校注

1 〔京都〕明朝都城北京。

2 〔阴阴〕幽暗阴冷。王维《积雨辋川庄作》："漠漠水田飞白鹭，阴阴夏木啭黄鹂。"

3 〔洞府〕道教称神仙所居之处。南朝梁沈约《善馆碑》："或藏形洞府，或栖志灵岳。"此谓地下宫室。

4 〔鸭臛〕鸭汤。臛，同"膗"，《楚辞·招魂》："露鸡臛蠵。"王逸注："有菜曰羹，无菜曰臛。"洪兴祖补注："臛字书作膗，肉羹也。"

5 〔姮娥何殊于罗刹〕姮娥，即嫦娥，此为丽人代称。罗刹，佛教中所说恶魔，此为丑妇的代称。

6 〔八珍〕指古代八种珍贵食物。《周礼·天官·膳夫》："珍用八物。"注："珍谓淳熬、淳母、炮豚、炮牂、捣珍、渍、熬、肝膋也。"后来泛指珍奇的食品。

7 〔没齿不二〕终生不改变诚心。没齿，没了牙齿，指到老。

8 〔流苏绣帐〕用彩线结成绣帐的穗子。详见卷二《罗刹海市》注。

9 〔更尽一筹〕谓一更已尽。筹，更筹。古代报更所用的竹签。

10 〔抁（yǎn 眼）〕摇动。《玉篇·手部》："抁，动也，摇也。"

11 〔丹垩（è 厄）精工〕用红白涂料粉饰得很精美。崔豹《古今注·都邑阙》："其上皆丹垩，其下画云气仙灵奇禽怪兽。"

12 〔僵〕犹俗言"挺尸"。睡眠戏谑之词。

13 〔处子〕即处女。未婚之女子。

14 〔清贯、尊行〕乡籍与排行。清贯，对籍贯的敬称。《梁书·文学传上·钟嵘》："臣愚谓军官是素族士人，自有清贯，而因斯受爵，一宜削除，以惩侥竞。"尊行，排行。

15 〔脂泽〕指胭脂、香膏之类妇女的化妆用品。《韩非子·显学》："故善毛嫱、西施之美，无益吾面，用脂泽粉黛则倍其初。"

16 〔交〕据手稿本，原抄本作“友”。

17 〔湖绵〕湖州（今江苏吴兴）以产丝绵著名，故以所产之丝绵称湖绵。

18 〔贾后之故智〕谓贾后的旧伎俩。《晋书·后妃上·惠贾皇后》：贾后，晋惠帝皇后贾南风，为贾充之女，其性酷虐暴戾，且又荒淫放恣。时将美少年从宫外偷送入宫，供其淫乐，后又将少年杀死，以灭其口。尝私洛南盗尉部小吏，纳入簏箱中，用车载入宫中。“开簏箱忽见楼阙好屋。问：‘此是何处？’云是天上。即以香汤见浴，好衣美食将入”。在宫中“见留数夕，共寝欢宴。临出，赠此众物”。后因众疑小吏有盗之嫌，追而问之，始将贾后之事的真相暴露于天下。故智，谓曾经用过的招数。

19 〔族〕谓灭族之祸。作动词用。

20 〔严东楼〕严世蕃，别号东楼，江西分宜人。明嘉靖间权奸严嵩之子。嘉靖间，“由太常卿，进工部左侍郎，仍掌尚宝司事。剽悍阴贼，席父宠，招权利无厌”。其为人骄奢淫纵。“其治第京师，连三四坊，堰水为塘数十亩，罗珍禽奇树其中，日拥宾客纵倡乐”，即居母丧亦然。嘉靖四十一年（1562），御史邹应龙劾，谪戍雷州，未至而返。旋被南京御史林润劾以大逆，于嘉靖四十四年（1565）斩于市。参见《明史·奸臣传》。

21 〔雏奴蹀躞〕雏奴，年轻的女婢。蹀躞，趋走供役的样子。

22 〔淫筹一掷〕冯梦龙辑《情史·情豪类》载：据说严世蕃以白绫汗巾为秽，每与妇人合，辄弃其一，终岁数，谓之淫筹焉。

23 〔金屋变而长门〕谓最初受宠，而后弃之。金屋，喻其居室的华丽。据载，汉武帝为太子时，帝姑长公主嫖欲将其女阿娇配帝。帝说：“若得阿娇作妇，当作金屋贮之。”帝即位，陈阿娇立为皇后。长门，汉宫名，即长门宫。陈阿娇立为皇后，擅宠骄贵，十余年无子，为巫蛊祠祭咒诅，罢居长门宫。见《汉书·外戚传》。

24 〔“唾壶”二句〕冯梦龙辑《情史·情豪类》载：严世蕃吐唾，皆美婢以口承之，谓之香唾壶。情田鞠为茂草，谓可耕种的田地，都“荒疏”成为茂草，此隐语也。《诗经·小雅·小弁》：“踧踧周道，鞠为茂草。”

25 〔玉台〕即玉镜台的省称。

26 〔糟丘〕积糟成丘。极言酿酒之多，沉湎之甚。《韩诗外传》卷四：“桀为酒池，可以运舟，糟丘足以望十里。”

27 〔温柔乡中〕喻美色迷人之境。《飞燕外传》：“是夜进合德，帝大悦，以辅属体，无所不靡，谓为温柔乡。”

28 〔伧（cāng 苍）楚之帷薄〕魏晋南北朝时，吴人以上国自居，鄙视楚人粗伧，谓“伧楚”。帷薄，即“帷薄不修”省称，是对家庭生活淫乱的讳语。汉贾谊《新书·阶级》：“古者大臣……坐污秽男女无别者，不谓污秽，曰‘帷薄不修’。”帷薄，指家庭中间隔内外的帘帷。

29 〔广田自荒〕广辟田地而任其荒芜。喻广纳姬妾，任其孤守空房。

曹操冢

许城[1]外，有河水汹涌，近崖深黯。盛夏时，有人入浴，忽然若被刀斧，尸断浮出，后一人亦如之，转相惊怪。邑宰闻之，遣多人闸断上流，竭[2]其水，见崖下有深洞，中置转轮，轮上排利刃如霜。去轮攻入，中有小碑[3]，字皆汉篆[4]。细视之，则曹孟德[5]墓也。破棺散骨，所殉金宝尽取之。

异史氏曰："后贤诗[6]云：'尽掘七十二疑冢，必有一冢葬君尸。'宁知竟在七十二冢之外乎？奸哉瞒也！然千余年而朽骨不保，变诈亦复何益？呜呼，瞒之智，正瞒之愚耳！"

校注

1　〔许城〕今河南省许昌市。

2　〔竭〕据手稿本，原抄本作“渴”。

3　〔碑〕据手稿本，原抄本作“字”。

4　〔汉篆〕谓碑文用汉代篆书所书。

5　〔曹孟德〕即曹操，字孟德，小字阿瞒。据《三国志·魏志·武帝纪》，曹死葬漳河旁“西门豹祠西原上”。

6　〔后贤诗〕陶宗仪《辍耕录·疑冢》载诗云：“生前欺天绝汉统，死后欺人设疑冢。人生用智死即休，何有余机到丘垄。人言疑冢我不疑，我有一法君未知。直须尽发疑冢七十二，必有一冢葬君尸。”此诗为宋人俞应符所作。

3

抱朴

抱朴

聊齋志異校注

——插图袖珍本——

中

〔清〕蒲松龄 著
盛伟 校注

上海古籍出版社

目　录

卷三

卷四

卷三

嫦 娥

太原[1]宗子美，从父游学[2]，流寓广陵[3]。父与红桥[4]下林妪有素。一日，父子过红桥，遇之，固请过诸其家，瀹茗共话。有女在旁，殊色也，翁亟赞之，妪顾宗曰："大郎温婉如处子，福相也。若不相弃[5]，便奉箕帚，如何？"翁笑，促子离席，使拜妪曰："一言千金矣！"先是，妪独居，女忽自至，告诉孤苦，问其小字，则名嫦娥，妪爱而留之，实将奇货居之也。时宗年十四，睨女窃喜，意翁必媒定之，而翁归若忘。心灼热[6]，隐以白母，翁闻而笑曰："曩与贪婆子戏耳。彼不知将卖黄[7]金几何矣，此何可易言！"逾年，翁媪并卒。子美不能忘情嫦娥，服将阕[8]，托人示意林妪，妪初不承，宗忿曰："我生平不轻折腰，何媪视之不值一钱？若负前盟，须见还也！"妪乃云："曩或与翁戏约，容有之，但无成言，即都忘却。今既云云，我岂留嫁天王[9]耶？要日日装束，实望易千金，今请半焉，可乎？"宗自度难办，亦遂置之。

适有寡媪僦居西邻，有女及笄，小名颠当，偶窥之，雅丽不减嫦娥，向慕之，每以馈遗阶进[10]，久而渐熟，往往送情以目，而欲语无间。一夕，逾垣乞火，宗喜挽之，遂相燕好，约为嫁娶，辞以兄负贩未归。由此蹈隙往为，影迹周密[11]。一日，偶经红桥，见嫦娥适在门内，疾趋过之。嫦娥望见，招之以手，宗驻足，女又招之，遂入。女以背约让宗，宗述其故，女便入室，以黄金一铤付之。宗不受，辞曰："自分永与卿绝，遂他有所约，受金而为卿谋，是负人也，受金而不为卿谋，是负卿也，诚不敢有所负。"女默良久曰："君所约，妾颇知之。其事必无成，即令成之，妾不怨君之负心也。其速行，媪将至矣。"宗仓卒无以自主，受之而归，心绪勃乱，进退罔知所从。隔夜，以告颠当，颠当深然其言，但劝宗专意嫦娥。宗不语，颠当愿下之[12]，宗乃悦。即遣媒纳金林妪，妪无辞，以嫦娥归宗。入门后，悉述颠当言，嫦娥微笑，阳怂恿之，宗喜，急欲一白颠当，而颠当迹久绝。嫦娥知其为己，因暂归宁，故予之间[13]，嘱宗窃其佩囊。已而颠当果至，与商所谋，但言勿急。及解衿狎笑，胁下有紫荷囊，将便摘取，女觉之变色，起曰："君与人一心，而与妾二！负心郎！请从此绝。"宗曲意挽解，不听，竟去。一日，过门探察之，已另有吴客僦居其中，盖颠当子母徙去已久，影灭迹绝，莫可问讯，怨叹而已。

宗自娶嫦娥，家暴富，连阁长廊，弥亘街路[14]。嫦娥善谐谑，适见美人画卷，宗曰：“吾自谓，如卿天下无两，但不曾见飞燕、杨妃[15]耳。”女笑曰：“若欲见之，即亦不难。”乃执卷细审一过，便趋入室，对镜修妆，效飞燕舞风[16]，既又学杨妃带醉[17]，长短肥瘦，随时变更，风情意态，对卷逼真。方作态时，有婢自外至，不复能识，惊问其僚[18]，既而审注，恍然始笑。宗喜曰：“吾得一美人，而千古之美人，皆在床闼矣！”

一夜，方熟寝，数人撬扉而入，火光射壁，女急起，惊言：“盗入！”宗初醒，即欲鸣呼，一人以白刃加颈，惧不敢喘。又一人掠嫦娥负背上，哄然而去。宗始号，家役毕集，室中珍玩，无少亡者。宗大悲，怔然失图[19]，无复情地，告官追捕，殊无音息。荏苒三四年，郁郁常不聊赖，因假赴试入都。居半载，占验询察，靡计不施。偶过姚巷，值一女子，垢面羸衣，伛偻[20]如丐，停趾相之，颠当也。骇曰：“卿何憔悴至此？”答云：“别后南迁，老母即世[21]，为恶人掠卖旗下[22]，挞辱冻馁，所不忍言。”宗泣下，问：“可赎否？”曰：“难矣。恐耗费烦多，不能为力。”宗曰：“实告卿：年来颇称小有，惜客中资斧有限，倾装货马，所不敢辞。如所需过奢，当归家营办之。”女约明日出西城，相会丛柳下，嘱独往，勿以人从，宗诺之。次日，早往，则女先在，袿衣[23]鲜明，大非前状，惊问之，笑曰：“曩试君心耳，幸绨袍之意[24]犹存。请至敝庐，宜必得当以报。”北行步武，即至其家，遂出肴酒，相与谈宴。宗约与俱归，女曰：“妾多俗累，不能终从。嫦娥消息，固颇闻之。”宗急询其何所，女曰：“其行踪缥缈，妾亦不能深悉。西山[25]有老尼，一目眇，问之，当自知。”遂止宿其家。天明示以径。

宗至其处，有古寺，周墉尽颓，丛竹内有茅屋半间，老尼缀衲其中。睹客至，漫不为礼，宗揖之，尼始举头致问，因告姓氏，即白所求，尼曰：“八十老瞽，与世睽绝[26]，何处知佳人消息？”宗固求之，气益下，乃曰：“我实不知。有二三戚属，来夕相过，或小女子辈识之，未可知。汝明夕可来。”宗乃出。次日再至，则尼他出，败扉扃焉。伺之既久，更漏已催，明月高揭，夜鸟悲啼，惟惧无所复之。方徘徊际，遥见二三女郎自外入，则嫦娥在焉。宗喜极，突起，急揽其袪[27]，嫦娥曰：“莽郎君！吓死妾矣！可恨颠当饶舌，乃教情欲缠人。”宗曳坐，执手款曲[28]，历诉艰难，不觉恻楚。女曰：“实相告：妾实姮娥[29]被谪，浮沉俗间，其限已满，托为寇劫，所以绝君望耳。尼亦王母[30]守府者，妾初谴时，蒙其收恤，故暇时常一临存[31]。君如释妾，当为代致颠当。”宗不听，垂首陨涕。女遥顾曰：“姊妹辈来矣。”宗方四顾，而嫦娥已杳。

宗大哭失声，不欲复活，因解带自缢，恍惚觉魂已出舍，伥伥靡适[32]。俄见嫦娥来，捉而提之[33]，足离于地，入寺，取树上尸推挤之，唤曰：“痴郎，痴郎！嫦娥在此。”忽若梦醒。少定，女恚曰：“颠当贱婢！害妾而杀郎君，我不能恕之也！”下山赁舆而归。既命家人治装，乃返身出西城，诣谢颠当，至则舍宇全非，愕叹而返，窃幸嫦娥不知。入门，嫦娥迎笑曰：“君见颠当耶？”宗愕然不能答。女曰：“君背嫦娥，乌得颠当？请坐待之，当自至。”未几，颠当果至，仓皇伏榻下，嫦娥叠指弹之，曰：“小鬼头陷人不浅哉！”颠当叩头，但求赦死[34]。嫦娥曰：“推人坑中，而欲脱身天外耶？广寒十一姑不日下嫁，须绣枕百幅、履百双，可从我去，相共操作。”颠当恭白：“但求分工，按时赍送。”女不许，谓宗曰：“君若缓颊，即便放却。”颠当目宗，宗笑不语，颠当目怒之，乃乞还告家人，许之，遂去。宗问其生平，乃知其西山狐也，买舆待之。次日，果来，遂俱归，或有问者，宗诡对之。然嫦娥重来，恒持重不轻谐笑，宗强使狎戏，惟密教颠当为之。

颠当慧绝，工媚。嫦娥乐独宿，每辞不当夕。一夜，漏三下[35]，犹闻颠当房内，吃吃不绝，使婢窃听之。婢还，不以告，但请夫人自往。伏窗一窥，则见颠当凝妆[36]作己状，宗拥抱，呼以嫦娥，女哂而退。未几，颠当心暴痛，急褫衣，曳宗诣嫦娥所，入门便伏，嫦娥曰：“我岂医巫厌胜者[37]耶？汝自欲捧心效西子[38]耳。”颠当顿首，但言知罪，女曰：“愈矣。”遂起，失笑而去。颠当私谓宗：“吾能使娘子学观音[39]。”宗不信，因戏相赌。嫦娥每爱趺坐[40]，眸含若瞑。颠当悄以玉瓶插柳，置几上，自乃垂发合掌，侍立其侧，樱唇半启，瓠犀[41]微露，睛不少瞬，宗笑之。嫦娥开目始问，颠当曰："我学龙女侍观音耳。"嫦娥笑骂之，罚使学童子拜。颠当束发，遂四面朝参[42]之，伏地翻转，逞诸变态，左右侧折，袜能磨乎其耳。嫦娥解颐，坐而蹴之，颠当仰首，口衔凤钩[43]，微触以齿。嫦娥方嬉笑间，忽觉媚情一缕，自足趾而上，直达心舍，意荡思淫，若不自主，乃急敛神，呵曰："狐奴当死！不择人而惑之耶？"颠当惧，释口投地，嫦娥又厉责之，众都不解。嫦娥谓宗曰："颠当狐性不改，适间几为所凡愚。若非夙根[44]深者，堕落何难矣！"自是见颠当，每严御之，颠当惭惧，告宗曰："妾于娘子一肢一体，无不亲爱。爱[45]之极，不觉媚之甚。谓妾有异心，不惟不敢，抑不忍。"宗因以告嫦娥，嫦娥遇之如初。然以狎戏无节，数戒宗，宗不能听，因而大小婢妇，竞相戏狎[46]。一日，二人扶一婢，效作杨妃，二人以目会意，赚婢懈骨作酣态，两手遽释，婢暴颠墀下，声如倾堵。众方大哗，近抚之，而妃子已作马嵬薨[47]矣。众惧，急白主人，嫦娥惊曰："祸作矣！我言如何哉！"往验之，已不可救。使人告诸其父。父某甲，素无行，号奔而至，负尸入厅事[48]，叫骂万端。宗闻闭户惴恐，莫知所措。嫦娥自出责之，曰："主即虐婢至死，律无偿法，且邂逅暴殂，焉知其不再苏？”甲噪言：“四肢已冰，焉有生理！”嫦娥曰：“勿哗。纵不活，自有官在。”乃入厅事抚尸，而婢已苏，曳之随手而起。嫦娥返身怒曰：“幸婢不死，贼奴何得无状！可以草索絷送官府！”甲无辞，长跪哀免。嫦娥言：“汝既知罪，暂免究处。但小人无赖，反复何常，留汝女终为祸胎，宜即将去。原价如干数，当速为措置。”遣人押出，俾浼二三村老，券证署尾[49]。已，乃唤婢至前，使甲自问之：“无恙乎？”答曰：“无恙。”而后付之以去。已，乃召诸婢，数责遍扑，又呼颠当，为之厉禁。谓宗曰：“今而知为人上者，一笑嚬[50]亦不可轻。谑端开之自妾，而流弊遂不可止。凡哀者属阴，乐者属阳，阳极阴生，此循环之定数。[51]婢子之祸，是鬼神告之以渐也。荒迷不悟，则倾覆及之矣。”宗敬听之。颠当泣求拔脱[52]，嫦娥乃掐其耳，逾刻释手，颠当怃然为间[53]，忽若梦醒，据地自投，欢喜欲舞。由此闺阁清肃，无敢哗者。婢至其家，无疾暴死。甲以赎金莫偿，浼村老代求怜恕，许之。又以服役之情，施以材木而去。

宗常患无子，嫦娥腹中忽闻儿啼，遂以刃破左胁出之，果男，无何，复有身，又破右胁而出一女。男酷类父，女酷类母，皆论昏于世家。

异史氏曰：“阳极阴生，至言哉！然室有仙人，幸能极我之乐，消我之灾，长我之生，而不我之死。是乡乐，老焉可矣，而仙人顾忧之耶？夫循环之数[54]，理固宜然，而世之长困而不一亨[55]者，又何以为解哉？昔宋人有求仙不得者，每曰：‘作一日仙人，而死亦无憾。’我不复能笑之也。”

校注

1 〔太原〕明清为山西太原府，治所在今之山西太原市。

2 〔游学〕谓离开家乡出外求学。《史记·陈丞相世家》：“伯常耕田，纵平使游学。”

3 〔流寓广陵〕谓寄居于广陵。广陵，汉为广陵国，晋为广陵郡，明清为扬州府。故治在今江苏省扬州市东北。

4 〔红桥〕桥名。在江苏省扬州市。清吴绮《扬州鼓吹词序》：“（红桥）在城西北二里，崇祯间，形家设以锁水口者。朱栏数丈，远通两岸。虽彩虹卧波，丹蛟截水，不足以喻。而荷香柳色，雕楹曲栏，鳞次环绕，绵亘十余里，诚一郡丽观也。”

5 〔弃〕据二十四卷本，原抄本作“鄙”。

6 〔心灼热〕指内心急躁。

7 〔黄〕据二十四卷本，原抄本无。

8 〔服将阕〕服丧之期将满，除去丧服。古代丧礼规定，父母死要服丧三年，期满除服，称服阕。服，丧服。阕，终止。汉应劭《风俗通义·十反》：“汝南范滂父叔矩，遭母忧，三年服阕，二兄仕进。”

9 〔天王〕犹谓天子。

10 〔馈遗（wèi 位）阶进〕以赠送礼品为借口作为进其家门的理由。阶进，进门之阶。阶，凭藉，途径。

11 〔影迹周密〕谓交往频繁，关系亲密。影迹，踪影；痕迹。《宋书·谢灵运传》："诚钜平之先觉，实中兴之后祥。据左史之攸征，胡影迹之可量。"

12 〔愿下之〕此指情愿居其下位，即作妾。

13 〔故予之间〕故意地给予个机会。间，间隙。

14 〔弥亘街路〕谓连绵不断与街路相接。弥亘，犹绵延。《后汉书·马防传》："又大起第观，连阁临道，弥亘道路。"

15 〔飞燕、杨妃〕赵飞燕、杨贵妃。赵飞燕，汉成帝皇后，以体轻，善歌舞，故称飞燕。入宫后，为婕妤，平帝即位，废为庶人，自杀死。详见《汉书·孝成赵皇后传》。杨贵妃，小名玉环。蒲州永乐人，初为寿王瑁妃，后为女道士，号太真，入宫后，唐玄宗宠幸之，册封为贵妃。安史之乱起，玄宗出奔。至马嵬坡，六军哗变，杨贵妃被迫缢死。详见《新旧唐书·后妃传》。

16 〔飞燕舞风〕谓赵飞燕体态轻盈的舞风。伶玄《飞燕外传》载："（成帝）于太液池作千人舟，号合宫之舟。后歌舞《归风送远之曲》，侍郎冯元方吹笙以倚后歌。中流歌酣，风大起。后扬袖曰：'仙乎仙乎，去故而犹新，宁忘怀乎？'帝令元方持后袖，风止，裙为之绉。"此言赵飞燕几乎被风吹起，以见体态轻盈之舞风。

17 〔杨妃带醉〕谓体态倦慵之娇姿。《太真外传》："明皇登沉香亭，诏妃子。妃子时卯酒未醒，命力士从侍儿扶掖而至。妃子醉韵残妆，钗横鬓乱，不能再拜。明皇笑曰：'是岂妃子醉耶？海棠睡未足耳。'"

18 〔僚〕朋辈，同僚，此指其他婢女。《左传·昭公十一年》："泉丘人有女，梦以其帷幕孟氏之庙，遂奔（孟）僖子，其僚从之。"

19 〔恇（kuāng 匡）然失图〕惊慌失措。《宋书·武三王传》："远近恇然失图，士庶杜口，人为身计。"恇，据铸雪斋抄本，原抄本作"惘"。

20 〔侹儴〕遑遽不安貌。同"侹攘"。宋玉《九辩》："悼余生之不时兮，逢此时之倥攘。”

21 〔即世〕去世。

22 〔旗下〕凡隶属旗籍的人，称旗下。详见卷二《张诚》注。

23 〔袿（guī 圭）衣〕妇女的上衣。刘熙《释名·释衣服》：“妇人上衣曰袿。”此指妇女所着袿袍。

24 〔绨袍之意〕谓故人的情意。详见卷二《阿霞》注。

25 〔西山〕山名，在今北京西郊。

26 〔暌（kuí 奎）绝〕隔绝。宋陈瓘《论蔡京疏》：“自今观之，京之所以与（章）惇暌绝者，为国事乎？为私事乎？”

27 〔袪（qū 去）〕袖口。《诗经·郑风·遵大路》：“遵大路兮，掺执子之袪兮。”此指袖子。

28 〔款曲〕犹言细诉。唐张说《奉酬韦祭酒见贻之作》诗：“欢言游览意，款曲望归心。”

29 〔姮娥〕即嫦娥，民间神话传说中月宫女神。

30 〔王母〕即指西王母，民间神话传说中女神。

31 〔临存〕亲临省问。《汉书·严助传》：“陛下若欲来内，处之中国，使重臣临存，施德垂赏，以招致之。”

32 〔伥伥靡适〕无所适从，不知道该向哪里。伥伥，无所适从貌。《荀子·修身》：“人无法则伥伥然。”杨倞注：“伥伥，无所适貌，言不知所措履。”靡，无，没有。

33 〔提之〕据二十四卷本，原抄本作“投之”。

34 〔赦死〕求饶不致死罪。赦，二十四卷本、青柯亭抄本、铸雪斋抄本作“赊”。

35 〔漏三下〕即三更天。

36 〔凝妆〕盛妆。王昌龄《闺怨》：“闺中少妇不知愁，春日凝妆上翠楼。”

37 〔医巫厌胜者〕谓治病祛邪的人。医巫，治病的人。古代医生往往兼用巫术治病，故称之。《汉书·晁错传》：“为置医巫，以救疾病。”厌胜，古代一种巫术，谓能以诅咒制胜，厌服人或物。《汉书·匈奴传下》：“元寿二年，单于来朝，上以太岁厌胜所在，舍之上林苑蒲陶馆。”

38 〔捧心效西子〕比喻拙劣的摹仿。此指颠当仿效嫦娥的姿态。西子，即西施。春秋越之美女。或称先施，别名夷光，亦称西子。姓施，春秋末年越国苎萝（今浙江诸暨南）人。越王勾践败于会稽，范蠡取西施献吴王夫差，使其迷惑忘政。越遂亡吴。后西施归范蠡，同泛五湖。捧心，《庄子·天运》载："西施病心而矉其里，其里之丑人见而美之，归亦捧心而矉其里；其里之富人见之，坚闭门而不出；贫人见之，挈妻子而去之。彼知矉美，而不知矉之所以美。"

39 〔观音〕佛教菩萨名，即观世音，也称观自在。详见卷二《西僧》注。

40 〔趺坐〕跏趺坐的简称。详见卷一《耳中人》注。

41 〔瓠（hù 户）犀〕瓠，葫芦。瓠犀，葫芦子。喻美人的牙齿洁白整齐。《诗经·卫风·硕人》："齿如瓠犀，螓首蛾眉。"

42 〔朝参〕本指群臣上朝参见皇帝。此指颠当向四面参拜。朝，向，对。

43 〔凤钩〕谓嫦娥所着弓弯的凤头鞋。此指嫦娥之足。

44 〔夙根〕指前世根业。夙，指前生。根，根性。详见《聊斋自叙》注。

45 〔爱〕据二十四卷本，原抄本无。

46 〔狎〕据二十四卷本，原抄本无。

47 〔妃子已作马嵬薨〕指婢女摔死。此借用杨贵妃缢死马嵬坡事典。详见本篇注 15。

48 〔厅事〕指私宅大厅。详见卷二《商三官》注。

49 〔券证署尾〕谓在券证末尾签名。券证，此指女婢的赎身契约。署尾，谓在契约末尾签字画押作保。

50 〔一笑嚬〕即一笑一嚬。指一笑声与一皱眉。嚬，同"颦"。

51 〔"凡哀者属阴"四句〕此言阴阳的对立与转化，说明乐极生悲的自然道理。阴、阳，古代指宇宙间贯通物质和人事的两大对立面。《周易·系辞》："阴阳不测之谓神。"疏："天下万物，皆由阴阳，或生或成，本其所由之理，不可测之谓神也。"

52 〔拔脱〕迷信说超度，解脱。《敦煌歌辞总编·归去来，宝门开》："拔脱众生出爱河。"

53 〔怃然为间〕谓怅然失意了一会儿。怃然，怅然失意的样子。晋袁宏《后汉记·灵帝纪下》："将军于是怃然失望而有愧色。"

54 〔循环之数〕谓往复回旋。指事物周而复始地运动变化。唐玄奘《大唐西域记·摩腊婆》："苾刍清辩若流，循环往复，婆罗门久而谢屈。"

55 〔不一亨〕不顺利。亨，通。

鞠乐如

鞠乐如，青州人。妻死，弃家而去。后数年，道服荷蒲团[1]至。经宿欲去，戚族[2]强留其衣杖。鞠托闲步至村外，室中服具，皆冉冉飞出，随之而去。

校注

1 〔荷蒲团〕谓背着蒲团。荷，背。蒲团，用蒲草编成圆形垫子，多为僧人坐禅与跪拜时用。唐欧阳詹《永安寺照上人房》诗："草席蒲团不扫尘，松间石上似无人。"

2 〔戚族〕谓亲族，外戚。唐刘禹锡《马嵬行》："军家诛戚族，天子舍妖姬。"

褚生

顺天[1]陈孝廉，十六七岁时，尝从塾师读于僧寺，徒侣綦烦。内有褚生，自言东山人，攻苦[2]讲求，略不暇息，且寄宿斋中，未尝一见其归。陈与最善，因诘之，答曰："仆家贫，办束金[3]不易，即不能惜寸阴[4]，而加以夜半，则我之二日，可当人三日。"陈感其言，欲携榻来与共寝，褚止之曰："且勿，且勿！我视先生，学非吾师也。阜城门[5]有吕先生，年虽耄，可师，请与俱迁之。"盖都中设帐[6]者，多以月计，月终束金完，任其留止。于是两生同诣吕。

吕，越之宿儒[7]，落魄不能归，因授童蒙[8]，实非其志也。得两生甚喜，而褚又最慧，过目辄了，故尤器重之。两人情好款密，昼同几，夜亦同榻。月既终，褚忽假归，十余日不复至，共疑之。一日，陈以故至天宁寺[9]，遇褚廊下，劈檾淬硫[10]，作火具焉。见陈，忸怩不自安，陈问："何遽废读？"褚握手请间[11]，戚然曰："实相告，家贫无以遗先生[12]，必半月贩，始能一月读。"陈感慨良久，曰：“但往读，自合极力。”命从人收其业，同归塾，戒陈勿泄，但托故以告先生。陈父固肆贾[13]，居物致富，陈辄窃父金，代褚遗师。父以亡金责陈，陈实告之，父以为痴，遂使废学。褚大惭，别师欲去，吕知其故，让之曰：“子既贫，胡不早告？”乃悉以金返陈父，止褚读如故，与共饔飧[14]，若子焉。陈虽不入馆，然每邀褚过酒家饮，褚固以避嫌不往而陈要之弥坚，往往泣下，褚不忍绝，遂与往来无间。

逾二年，陈父死，复求受业。吕感其诚，内之，而废学既久，较褚悬绝矣。居半年，吕长子自越来，丐食寻父。门人辈敛金助装，褚惟洒涕依恋而已。吕临别，嘱陈师事褚，陈从之，馆褚于家。未几，入邑庠，即以“遗才”应试[15]。陈虑不能终幅[16]，褚请代之。至期，褚偕一人来，云是表兄刘天若，嘱陈暂从去，陈方出，褚忽自后曳之，身欲踣，刘急挽之而去。览眺一过，相携宿于其家，家无妇女，即馆客于内舍。居数日，忽已中秋，刘曰：“今日李皇亲园[17]中，游人甚夥，当往一豁积闷，相便送君归。”使人荷茶鼎、酒具而往。但见水肆梅亭[18]，喧啾不得入，过水关，则老柳之下，横一画桡，相将登舟。酒数行，苦寂，刘顾僮曰：“梅花馆近有新姬，不知在家否？”僮去少时，与姬俱至，盖构栏李遏云也。李，都中名妓，工诗善歌，陈曾与友人一饮其家，故识之。相见略道温凉，姬戚戚有忧容，刘命之歌，为歌《蒿里》[19]。

陈不悦，曰："主客即不当卿意，何至对生人歌死曲。"姬起谢，强颜为笑，乃歌艳曲，陈喜，捉腕曰："卿向日《浣溪纱》[20]读之数过，今并忘之。"姬吟曰："泪眼盈盈对镜台，搴帘忽见小姑[21]来，低头转侧看弓鞋[22]。强解绿蛾[23]开笑靥，频将红袖拭香腮，小心犹恐被人猜。"陈反复数四。已而泊舟，过长廊，见壁上题咏甚多，即命笔记词其上。日已薄暮，刘曰："闱中人将出矣。"遂送陈归，入门即别去。陈见室暗无人，俄延间，褚生已入，细审之，却非褚。方自惊疑，客遽近身而仆，家人曰："公子惫矣！"共扶曳之，转觉仆者非他，即己也。既起，见褚生在旁，惚惚若梦，屏人而研究之，褚曰："告之勿惊：我实鬼也。久当投生，所以因循于此者，高谊[24]所不能忘，故附君体，以代捉刀[25]，三场[26]毕，此愿了矣。"陈复求赴春闱[27]，曰："君先世福薄，悭吝之骨，诰赠[28]所不堪也。"问："将何适？"曰："吕先生与仆有父子之分，系念常不能置。表兄为冥司典簿[29]，求白地府主者，或当有说。"遂别而去。陈异之，天明，访李姬，将以问泛舟之事，则姬死数日矣。又至皇亲园，见题句犹存，而淡墨依稀，若将磨灭，始悟题者为魂，作者为鬼。至夕，褚喜而至，曰："所谋幸成，敬与君别。"遂伸两掌，命陈书褚字于上，以志之。陈将置酒为饯，摇手曰："勿须。君如不忘旧好，放榜后，勿惮修阻[30]。"陈挥涕送之，见一人伺候于门，褚方依依，其人以手按其顶，随手而匾，掬入囊，负之而去。

过数日，陈果捷，于是治装如越。吕妻断育几十年，五旬余，忽生一子，两手握固不可开。陈至，请相儿，便谓掌中当有文曰“褚”。吕不深信。儿见陈，十指自开，视之果然。惊问其故，具告之，共相叹异。陈厚贻之，乃返。后吕以岁贡廷试[31]入都，舍于陈，则儿十三岁，已入泮矣。

异史氏曰：“吕日教门人，而不知即自教其子。呜呼！作善于人，而降祥于己，一间[32]也哉！褚生者，未以身报师，先以魂报友，其志其行，可贯日月，岂以其鬼故奇之与！”

校注

1 〔顺天〕明清府名。明永乐元年改北平府置，十九年迁都于此，府治在大兴、宛平县。

2 〔攻苦〕谓攻读甚苦。

3 〔束金〕犹言“束脩”。脩，干肉条。束脩，十条干肉。《论语·述而》：“子曰：‘自行束脩以上，吾未尝无诲焉。’”邢昺疏：“束脩，礼之薄也。”后因称敬送老师的酬金为束脩。

4 〔惜寸阴〕谓珍惜人生短暂的时间。阴，光阴，时间。《淮南子·原道》：“故圣人不贵尺之璧，而重寸之阴；时难得而易失也。”

5 〔阜城门〕即“阜成门”，北京城的西门。

6 〔设帐〕《后汉书·马融传》：“（融）常坐高堂，施绛纱帐，前授生徒，后列女乐，弟子以次相传，鲜有入其室者。”后因以“设帐”指设馆授徒。

7 〔宿儒〕谓修养有素的饱学儒生。唐韩愈《施先生墓铭》：“故自贤士大夫，老师宿儒，新进小生，闻先生之死，哭泣相吊。”

8 〔童蒙〕初学幼稚无知的儿童。《周易·蒙》：“匪我求童蒙，童蒙求我。”

9 〔天宁寺〕在现北京市宣武区广安门外。北魏孝文帝创建，初名光林寺，隋仁寿二年（602）改名宏业寺，唐开元年间又改名天王寺，金代名大万安寺。元末毁于兵燹，明初重建寺院，宣德二年（1427）改称今名。

10 〔劈檾（qǐng 顷）淬硫〕将檾麻皮劈开，结成束，在其端淬上硫磺，以作火引。檾，檾麻，一年生草本植物，其茎皮纤维可作绳。淬，浸染。檾，今作“苘”。

11 〔请间〕谓请予避开人而谈话的机会。详见卷二《巧娘》注。

12 〔遗（wèi 未）先生〕赠给先生。遗，赠予。

13 〔肆贾〕在集市上开店铺的人。肆，集市贸易之处。《论语·子张》：“百工居肆，以成其事。”后指店铺。贾，坐商。

14 〔共饔飧〕谓早晚共食。饔，早饭。飧，晚饭。

15 〔以“遗才”应试〕通过“遗才试”（亦称“录遗试”），取得参加乡试考试的资格。遗才，清朝于每届乡试前举行科试，应试生员考在一二等及三等前十名者，得参加乡试的资格。三等十名以下及因故未参加科试的生员，得再参加录科考试。录科考试未取及因故未参加者，可参加录遗考试，经录科考试与录遗考试录取者，与科考录取者具有同等资格参加乡试。录遗考试亦称“遗才试”。

16 〔不能终幅〕终幅，犹“成幅”。此谓参加乡试，不能将试题全部做完。

17 〔李皇亲园〕据刘侗《帝京景物略》载，其故址在北京城南。

其园为“三里河之故道，已陆作乂，然时雨则停潦，泱泱然河也。武清侯李公疏之，入其园，园遂以水胜”，“以舟游”，“历二水关，长廊数百间”。武清侯谓李伟，明神宗母慈圣太后父，神宗即位，封武清伯，寻进侯。

18 〔梅亭〕刘侗《帝京景物略·李皇亲新园》：“其东梅亭，非梅之以岭，以林而中亭也。砌亭朵朵，其瓣为五，曰梅也。镂为门为窗，绘为壁，甃为地，范为器具，皆形以梅。亭三重，曰梅之重瓣也。”此即所谓梅亭。

19 〔《蒿里》〕古乐府曲名，为古代送葬时的挽歌。晋崔豹《古今注》中说：“薤露、蒿里，并丧歌也。”“至孝武时，李延年乃分为二曲：《薤露》送公贵人；《蒿里》送士大夫、庶人。”《汉书·广陵厉王胥传》颜师古注：“蒿里，死人里。”古时人们认为人死后魂魄所居之所。

20 〔《浣溪纱》〕也作“浣纱溪”。为唐代教坊曲名，后用为词牌、曲牌名。此指用《浣溪纱》词牌所填的词。

21 〔小姑〕指丈夫之妹。

22 〔弓鞋〕谓旧时缠脚妇女所穿之鞋。

23 〔绿娥〕妇女的眉毛，因以青黛染画，呈微绿色，故云。

24 〔高谊〕同“高义”。《公孙龙子·疏府》：“素闻先生高谊，愿为弟子久。”

25 〔捉刀〕谓代人作文章。语出《世说新语·容止》。

26 〔三场〕明清乡、会试，各考三场。董其昌《学科考略·三场》载：“国朝乡试八月，会试二月，俱以初九日第一场，四书义三道，五经义四道；十二日为第二场，试论一道，诏诰表内科一道，判语五条；十五日为第三场，试策五道。”

27 〔春闱〕明清时，会试是在二月举行，时节为春日，故曰“春闱”。闱，考场。

28 〔诰赠〕明清对五品以上官员的曾祖父母、祖父母、父母及妻室之殁者，以皇帝的诰命追赠封，叫诰赠。

29 〔典簿〕官名。掌管文书图书等重要文献。该冥司典簿，谓掌管世人之生死簿。

30 〔修阻〕谓路途远而艰难。详见卷一《王六郎》注。

31 〔岁贡廷试〕谓以岁贡生的资格，直接参加廷试考取录用。岁贡，即“岁贡生”，也称“挨贡”，由学政所在各府、州、县学廪膳生员中按年资选送，贡入国子监。《大清会典事例·礼部·学校》载，清顺治二年（1645），廪生及恩、拔、岁贡均免坐监，可直接参加廷试考职。历满考职贡生，上上卷以通判用，上卷以知县用，余用州县佐贰。此例，至康熙二十六年（1687）停止岁贡廷试。

32 〔一间（jiàn 见）〕很小之间隔，谓其极近。间，间隙。

鸿

天津弋人得一鸿[1]，其雄者随至其家，哀鸣翱翔，抵暮始去。次日，弋人早出，则鸿已至，飞号从之，既而集其足下。弋人将并捉之，见其伸颈俯仰，吐出黄金半铤[2]。弋人悟其意，乃曰："是将以赎妇也。"遂释雌。两鸿徘徊，若有悲喜，遂双飞而去。弋人称金，得二两六钱强。噫！禽鸟何知，而钟情若此！悲莫悲于生别离[3]，物亦然耶？

校注

1 〔弋（yì 亦）人得一鸿〕弋人，猎鸟者。弋，以绳系箭而射。扬雄《法言·问明》："鸿飞冥冥，弋人何篡焉。"鸿，大雁。

2 〔铤〕同"锭"。

3 〔悲莫悲于生别离〕语出《楚辞·九歌·少司命》："悲莫悲兮生别离，乐莫乐兮新相知。"意谓人生悲痛之中，没有比生相别离更悲痛的事。

鴻
疊石淤陰事可哀雙
飛無計羽同摧而今
幸有生全術銜淂
黃金贖婦來

象

广中[1]有猎兽者，挟矢入山，偶卧憩息，不觉沉眠[2]，被象鼻摄而去，自分必遭残害。未几，释置大树下，顿首一鸣，群象纷至，四面旋绕，若有所求。前象伏树下，仰视树而俯视人，似欲其登。猎者会意，即足踏象背，攀援而升，虽至树巅，亦不知其意向所存。少间，有狻猊[3]来，众象皆伏，狻猊择一肥者，意将搏噬。象战栗，无敢逃者，惟共仰树上，似求怜拯。猎者因望狻猊发一弩，狻猊立殪[4]，诸象瞻空，意若拜舞。猎者乃下，象复伏，以鼻牵衣，似欲其乘，猎者遂跨身其上，象乃行。至一处，以蹄穴地，得脱牙无算[5]。猎人下，束治已，象乃负送出山，始返。

校注

1 〔广中〕指广东省。

象
攝得虞人若有
求蠢茲巨象竟
能謀驚弦一縱

2　〔沉眠〕谓沉睡。

3　〔狻猊（suānní 酸倪）〕狮子。

4　〔立殪（yì 艺）〕立刻死去。殪，死。

5　〔无算〕无数。

霍女

朱大兴，彰德[1]人，家富有而吝啬已甚，非儿女婚嫁，座无宾，厨无肉。然佻达喜渔色[2]，色所在，冗费[3]不惜，每夜逾垣过村，从荡妇眠。一夜，遇少妇独行，知为亡者，强胁之，引与俱归。烛之，美绝，自言霍氏。细致研诘，女不悦，曰："既加收齿[4]，何必复盘察？如恐相累，不如早去。"朱不敢问，留与寝处。顾女不能安粗粝[5]，又厌见肉臛[6]，必燕窝或鸡心、鱼肚白[7]作羹汤，始能餍饱，朱无奈，竭力奉之。又善病，自言："日须参汤一碗。"朱初不肯，女呻吟垂绝，不得已，投之，病若失，遂以为常。女衣必锦绣，数日即厌其故，如是月余，计所费不资，朱渐不供。女啜泣不食，欲复去，朱惧，又委曲顺承之。每苦闷，辄令十数日一招优伶[8]为戏，戏时，朱设凳帘外，抱儿坐观之，女亦无喜容，数相诮骂[9]，朱亦不甚分解。居二年，家渐落，向女婉言，求少贬，女许之，用度皆损其半。久之，仍不给，女不得已，以肉糜[10]相安，又渐而不珍亦御矣，朱窃喜。忽一夜，启后阁亡去，朱怊怅若失，遍访之，乃知在邻村何氏家。何大姓，世胄[11]也，豪纵好客，灯火达旦。忽有丽人，半夜入闺闼，诘之，则朱家之逃妾也。朱为人，何素藐之，又悦女美，遂竟纳焉。绸缪数日，益惑之，穷极奢欲，供奉一如朱。朱得耗，坐索之，何殊不为意。朱质于官，官以其姓名来历都不分晓，置不理。朱货产行赇，乃准拘质，女谓何曰："妾在朱家，亦非采礼媒定者，胡畏之？"何喜，将与质成[12]，座客顾生独云不可，谓："收纳逋逃[13]，已干国纪[14]，况此女入门，日费无度，即千金之家，何能久也？"何大悟，罢讼，以女归朱。过一二日，女又逃。

有黄生者，故贫士，无偶，女扣扉入，自言所来。黄怀刑[15]自爱，艳丽忽投，惊惧不知所为，固却之。女不去，应对间，娇婉无那[16]。黄心动，留之，而虑其不能安贫。女早起，躬操家苦[17]，劬劳过旧室焉。黄为人蕴藉潇洒，工于内媚，因恨相得晚，止恐风声露泄，为欢不久。而朱自讼后，家益贫，又度女终不能安，遂置不究。女从黄数岁，亲爱綦笃。一日，忽欲归宁，要黄御送之，黄曰："向言无家，何前后之舛[18]？"曰："曩漫言之。妾镇江人，昔从荡子，流落江湖，遂至于此。妾家亦颇裕，君竭资而往，必无相亏。"黄从其言，赁舆同去，至扬州境，泊舟江际。女适凭窗，有巨商子过，惊其艳，反舟缀之，而黄不知也。女忽曰："君家綦贫，今有一疗贫[19]之方，不知能从否？"黄诘之，女曰："妾相从数年，未能为君育男女，亦一不了事。妾虽陋，幸未老耄，有能以千金相赠者，便鬻妾去，此中妻室、田庐皆备焉。此计如何？”黄失色，不知何因，女笑曰：“君勿急，天下固多佳人，谁肯以千金买妾者？其戏言于外，以觇其有无，卖不卖，固自在君耳。”黄不肯，女自与榜人[20]妇言之，妇目黄，黄漫应焉。妇去无几，返言：“邻舟有商人子，愿出八百。”黄故摇首以难之。未几，复来，便言如命，即请过船交兑，黄微哂，女曰：“教渠姑待，我嘱黄郎，即令去。”女谓黄曰：“妾日以千金之躯事君，今始知耶？”黄问：“以何词遣之？”女曰：“请即往署券[21]，去不去固自在我耳。”黄不可，女逼促之，黄不得已诣焉。立刻兑付，黄令封志之，曰：“结发之情，遂以贫故，遽相割舍。倘室人必不肯从，仍以原金璧赵[22]。”方运金至舟，则见女已从榜人妇，从船尾已登商舟，遥顾作别，并无凄恋，黄惊魂离舍[23]，嗌[24]不能言。俄商舟解缆，去如箭激。黄大号欲追之，榜人不从，开舟南渡矣。瞬息达镇江，运资上岸，榜人急解舟去。黄守装闷坐，无所适归，望江水之滔滔，如万镝之丛体，方掩泣间，忽闻娇声呼“黄郎”。愕然四顾，则女已在前途，喜极，负装从之，问：“卿何遽得来？”女笑曰：“再迟数刻，则君有疑心矣。”黄乃疑其非常人，固诘其情，女笑曰：“妾生平于吝者则破之，于邪者则诳之也。若实与君谋，君必不肯，何处可致千金者？错囊充牣[25]，而合浦珠还[26]，君幸足矣，穷问何为？”乃雇役荷装，相将俱去。

至水门内，一宅南向，径入，俄而翁媪男妇，纷出相迎，皆曰：“黄郎来也！”黄入参公姥[27]。有两少年揖坐与语，是女兄弟大郎、三郎也。筵间味无多品，玉柈四枚，方几已满，鸡蟹鹅鱼，皆脔切为个。少年以巨碗行酒，谈吐豪放。已而导入别院，俾夫妇同处，衾枕滑软，而床则以熟革代棕藤焉。日有婢媪馈致三餐，女或时竟日不至，黄独居颇觉闷苦，屡言归，女固止之。一日，谓黄曰：“今为君谋，请买一人，为子嗣计。然买婢媵则价奢。当伪为妾也兄者，使父与论婚，良家子不难致。”黄不可，女弗听。有张贡士[28]之女新寡，议聘金百缗，女强为娶之。新妇小名阿美，亦颇婉妙，女嫂呼之，黄瑟蹴[29]不自安，而女殊坦坦。他日，谓黄曰：“妾将与大姊至南海，一省阿姨，月余可返，请夫妇安居。”遂去。夫妻独居一院，按时给饮食，亦甚隆备，然自入门后，曾无一人复至其室。

每晨，阿美入觐[30]媪，一两言辄退，娣姒[31]在旁，惟相视一笑，既流连久坐，亦不款曲[32]。黄见翁，亦如之。偶值诸郎聚语，黄至，既都寂然。黄疑闷莫可告语，阿美觉之，诘曰：“君既与诸郎伯仲，何以月来都如生客？”黄仓猝不能致对，吃吃而言曰：“我十年于外，今始归耳。”美又细审翁姑阀阅[33]，及妯娌里居，黄大窘，不能复隐，底里尽露。女泣曰：“妾家虽贫，无作贱媵者，无怪诸宛若[34]鄙不齿数矣！”黄惶怖失守，莫知筹计，惟长跽而前，一听女命。美收涕挽之，转请所处，黄曰："仆何敢他谋，计惟孑身自去耳。"女曰："既嫁复归，于情何忍？渠虽先从，私也，妾虽后至，公也。不知姑俟其归，问彼既出此谋，将何以置妾也？"居数月，女竟不返。一夜，闻客舍喧饮，黄潜往窥之，见二客戎装上座：一人裹豹皮巾，凛若天神；东首一人，以虎头革作兜牟[35]，虎口衔额，鼻耳悉具焉。惊异而返，以告阿美，竟莫测霍父子何人。夫妻疑惧，谋欲僦寓他所，又恐生其猜度，黄曰："实告卿：即南海人还，折证[36]已定，仆亦不能家此也。今欲携卿去，又恐尊大人别有异言，不如姑别，二年中当复至。卿能待，待之，如欲他适者，亦自任也。"阿美欲告父母而从之，黄不可，阿美流涕，要以信誓，乃别而归。黄入辞翁姑，时诸郎皆他出，翁挽留以待其归，黄不听而行，登舟凄然，形神丧失。至瓜州[37]，忽回首见片帆来，驶如飞，渐近，则船头按剑而坐者，霍大郎也，遥谓曰："君欲遄返[38]，胡再不谋？遗夫人去，二三年谁复能相待也？"言次，舟已逼近。阿美自舟中出，大郎挽登黄舟，跳身径去。

先是，阿美既归，方向父母泣诉，忽大郎将舆[39]登门，按剑相胁，逼女风走[40]，一家慑息[41]，莫敢遮问。女述其状，黄不解何意，而得美良喜，开舟遂发。至家，出资营业，颇称富有。阿美悬念父母，欲黄一往探之，又恐以霍女来，嫡庶复有参差[42]。居无何，张翁访至，见屋宇修整，心颇慰，谓女曰："汝出门后，遂诣霍家探问，见门户已扃，第主亦不之知，半年竟无消息。汝母日夜零涕，谓被奸人赚去，不知流离何所，今幸无恙耶？"黄实告以情，因相猜为神。后阿美生子，取名仙赐。至十余岁，母遣诣镇江，至扬州界，休于旅舍，从者皆出，有女子来，挽儿入他室，下帘，抱诸膝上，笑问何名，儿告之。问："取名何义？"答云："不知。"女言："归问汝父当自知。"乃为挽髻，自摘髻上花代簪之，出金钏束腕上，又以黄金内袖，曰："将去买书读。"儿问其谁，曰："儿不知更有一母耶？归告汝父：朱大兴死无棺木，当助之，勿忘也。"老仆归舍，失少主，寻至他室，闻与人语，窥之，则故主母，帘外微嗽，将有咨白。女推儿榻上，恍惚已杳，问之舍主，并无知者。数日，自镇江归，语黄，又出所赠，黄感叹不已。及询朱，则死裁三日，露尸未葬，厚恤之。

异史氏曰："女其仙耶？三易其主不为贞。然为吝者破其悭，为淫者速其荡，女非无心者也。然破之则不必其怜之矣，贪淫鄙吝之骨，沟壑何惜焉？"

校注

1 〔彰德〕旧府名，治所在今河南省安阳市。

2 〔渔色〕贪而无厌地追求女色。《礼记·坊记》:“诸侯不下渔色。”疏:“渔色,谓渔人取鱼,中网者皆取之;譬如取美色,中意者皆取之,若渔人求鱼,故云渔色。”

3 〔冗费〕浪费、浮费。《新唐书·康承训传》:“承训罢冗费,市马益军,军乃奋张。”

4 〔收齿〕谓接纳。《北史·李谔传》:“学必典谟,交不苟合,则摈落私门,不加收齿。”

5 〔粗粝〕糙米。此指粗饭食。

6 〔肉臛(huò霍)〕臛,同“脽”,有菜曰羹,无菜曰臛。

7 〔鱼肚白〕大黄鱼或鮸鱼的鳔胶干燥而成,供食用,称“鱼肚”,是名贵海味。

8 〔优伶〕旧时对演员的称呼。优,优俳,指杂戏演员;伶,乐伶,谓乐人。

9 〔数(shuò朔)相诮骂〕屡次对朱加以责骂。数,频繁。

10 〔肉糜〕肉粥。《晋书·惠帝纪》:“及天下荒乱,百姓饿死,帝曰:‘何不食肉糜?’”

11 〔世胄〕贵族世家子弟。《文选·左思〈咏史〉》诗:“世胄蹑高位,英俊沈下僚。”胄,后裔。

12 〔质成〕请人评定是非;即在公堂对质。《诗经·大雅·绵》:“虞芮质厥成。”

13 〔逋逃〕逃亡的人。《尚书·牧誓》:“乃惟四方之多罪逋逃,是崇是长。”

14 〔干国纪〕谓犯国法。干,犯。

15 〔怀刑〕谓守法。《论语·里仁》:“君子怀刑。”朱熹注:“怀,思念也。怀刑,谓畏法。”

16 〔无那〕犹言无比。《诗经·小雅·桑扈》:“不戢不难,受福不那。”传:“那,多也。”

17 〔躬操家苦〕亲自操持家务,甚是劳苦。

18 〔舛(chuǎn喘)〕乖违,不一致。《汉书·叙传》班固《幽通赋》:“三仁殊而一致兮,夷惠舛而齐声。”

19 〔疗贫〕谓救穷困之法。元好问《阎商卿还山中》:“半世虚名不疗贫，栖迟零落百酸辛。”

20 〔榜（bàng 棒）人〕即船伕。

21 〔署券〕此指签署卖身契约。

22 〔璧赵〕即完璧归赵。典事见《史记·廉颇蔺相如列传》。此指将所封志的钱财，归还原主。

23 〔惊魂离舍〕惊吓得掉了魂。舍，体驱。

24 〔嗌（ài 碍）〕噎，食物塞住嗓子。

25 〔错囊充牣（rèn 任）〕谓钱袋充实。错囊，金错刀，为古代钱币名，故称钱袋为错囊。杜甫《对雪》诗：“金错囊徒罄，银壶酒易赊。”

26 〔合浦珠还〕亦作“珠还合浦”。此处谓霍女自卖而复还。详见卷二《雷曹》注。

27 〔公姥（mǔ 母）〕姥，通“母”。犹言翁媪，指霍之父母。

28 〔贡士〕清代，科举会试中式者称贡士。但也尊称贡生为贡士。聊斋中所称贡士，多属后一种。

29 〔瑟踧（cù 促）〕恭敬而惊异的样子。

30 〔觐（jìn 晋）〕朝见。此指拜见，请安。

31 〔娣姒（sì 四）〕兄弟之妻的互称，俗谓妯娌。《尔雅·释亲》：“长妇谓稚妇为娣妇，娣妇谓长妇为姒妇。”

32 〔款曲〕殷勤应酬。唐代唐彦谦《索虾》诗：“于时同相访，数日承款曲。”

33 〔阀阅〕指门第家世。宋秦观《王俭论》：“自晋以阀阅用人，王谢二氏，最为望族。”

34 〔宛（yuān 冤）若〕妯娌代称。本汉代女子名。《史记·孝武本纪》：“神君者，长陵女子，以子死悲哀，故见神于先后宛若。宛若祠之其室，民多往祠。”集解引孟康曰：“兄弟妻相谓‘先后’。宛若，字。”索隐：“〔先后〕即今妯娌也。”

35 〔兜牟〕古代武士戴的头盔。古称“胄”又称“兜鍪”。《后汉书·彭绍传》：“绍脱兜鍪于地。”

36 〔折证〕对证，质证。王实甫《西厢记》：“您两个今夜亲折证。”

37 〔瓜州〕应作“瓜洲”，镇名。在江苏省邗江县南，与镇江隔岸相对。

38 〔遄（chuán 传）返〕急归。遄，疾速。

39 〔将舆〕带着人抬着轿子。舆，肩舆。

40 〔风走〕谓其女随夫远走。风，急逸。

41 〔慑息〕谓由于恐惧而大气不敢喘。《南史·茹法珍传》：“奄人王宝孙骑马入殿，诋诃天子，公卿见之，莫不慑息。”

42 〔嫡庶复有参差〕谓妻妾间的地位还有些争议。参差，矛盾。

丑狐

穆生，长沙[1]人，家清贫，冬无絮衣[2]。一夕枯坐，有女子入，衣服炫丽而颜色黑丑，笑曰："得毋寒乎？"生惊问之，曰："我狐仙也。怜君枯寂[3]，聊与共温冷榻耳。"生惧其狐，而厌其丑，大号。女以元宝置几上，曰："若相谐好，以此相赠。"生悦而从之。床无茵褥，女代以袍，将晓，起而嘱曰："所赠，可急市软帛作卧具，余者絮衣作馔，皆足矣。倘得永好，勿忧贫也。"遂去。生告妻，妻亦喜，即市帛为之纫缝。女夜至，见卧具一新，喜曰："君家娘子劬劳哉！"遂留金以酬之。

从此至无虚夕，每去，必有所遗。年余，屋庐修洁，内外皆衣文绣，居然素封。女赂贻渐少，生由此心厌之，聘术士至，画符于门，女来啮折而弃之，入指生曰："背德负心，至君已极！然此奈我何！若相厌薄[4]，我自去耳。但情义既绝，受于我者，须要偿也！"忿然而去。生惧，以告术士，术士作坛，陈设未已，忽颠地下，血流满颊，视之，则割去一耳。众大惧，奔散，术士亦掩耳窜去。室中掷石如盆，门窗釜甑，无复全者。生伏床下，搐缩汗耸[5]，俄见女抱一物入，猫首猧尾[6]，置床前，嗾[7]之曰："嘻嘻！可嚼奸人足。"物即龁履，齿利于刃。生大惧，将屈藏之，四肢不能动。物嚼指，爽脆有声，生痛极，哀祝，女曰："所有金珠，尽出勿隐。"生应之。女曰："呵呵！"物乃止。生不能起，但告以处，女自往搜括，珠钿衣服之外，止得二百余金。女少之，又曰："嘻嘻！"物复嚼，生哀鸣求恕。女限十日，偿金六百，生诺之，女乃抱物去。久之，家人渐聚，从床下曳生出，足血淋漓，丧其二指，视室中，财物尽空，惟当年破被存焉。遂以覆生，令卧。又惧十日复来，乃货婢鬻产，以盈其数。至期，女果至，急付之，无言而去，自此遂绝。生足创，医药半年始愈，而家清贫如初矣。

狐适近村于氏。于业农，家不中资[8]，三年间，援例纳粟[9]，夏屋连蔓[10]，所衣华服，半生家物。生见之，亦不敢问。偶适野，遇女于途，长跪道左，女无言，但以素巾裹五六金，遥掷之，反身径去。后于氏早卒，女犹时至其家，家中金帛辄亡去。于子睹其来，拜参之，遥祝曰："父即去世，儿辈皆若子，纵不抚恤，何忍坐令贫也？"女去，遂不复至。

异史氏曰："邪物之来，杀之亦壮，而既受其德，即鬼物不可负也。既贵而杀赵孟[11]，则贤豪非之矣。夫人非其心之所好，即万钟[12]何动焉。观其见金色喜，其亦利之所在，丧身辱行而不惜者欤？伤哉贪人，卒取残败！”

校注

1 〔长沙〕府名。明置，清为湖南省治。治所在今之湖南省长沙市。
2 〔絮衣〕谓棉衣。絮，棉絮。
3 〔枯寂〕枯燥寂寞。元好问《鹿泉新居》诗：“岩居枯寂朝市喧，喧寂两间差有趣。”
4 〔厌薄〕厌弃，鄙薄。
5 〔搐（chù 畜）缩汗耸〕搐缩身体，汗水频流。搐，据二十四卷本，原抄本作“畜”。
6 〔猫首猧（wō 涡）尾〕猫头狗尾，疑为山狸子，亦叫“豹猫”、“狸猫”。其形体较一般猫大，圆头大尾，全身浅棕色，有许多褐色斑点，从头至肩有四条棕褐色纵纹。猧，叭儿狗。
7 〔嗾（sǒu 叟）〕驱狗声。
8 〔家不中资〕谓家中资产不如中等人家。
9 〔援例纳粟〕按清朝捐纳的成例，以入国子监肄业，取得监生资格。详见卷一《叶生》注。
10 〔蔓〕据二十四卷本，原抄本作“曼”。
11 〔既贵而杀赵孟〕赵孟，指春秋时晋国大夫赵盾，字孟。襄公卒，立太子，即灵公。灵公既立，所行无道，赵盾屡劝谏，灵公恨之，派刺客钮麑去刺杀赵盾。钮麑见赵忠于国事，不忍刺杀他，而自尽。
12 〔万钟〕此指优厚的俸禄。钟，古代量度单位。一钟，六斛四斗。

吕无病

洛阳[1]孙公子，名麒，娶蒋太守女，甚相得，二十夭殂，悲不自胜。离家，居山中别业，适阴雨，昼卧，室无人，忽见复室帘下，露妇人足，疑而问之。有女子褰帘出，年约十八九，衣服朴洁，而微黑多麻，类贫家女，意必村中僦屋者，呵曰："所须宜白家人，何得轻入！"女微笑曰："妾非村中人，祖籍山东，吕姓，父文学士[2]。妾小字无病，从父客迁，早离顾复[3]。慕公子世家名士，愿为康成文婢[4]。"孙笑曰："卿意良佳，但仆辈杂居，实所不便，容旋里后，当舆聘之。"女次且[5]曰："自揣陋劣，何敢遂望敌体[6]？聊备案前驱使，当不至倒捧册卷。"孙曰："纳婢亦须吉日。"乃指架上，使取通书[7]第四卷，盖试之也。女翻检得之，先自涉览，而后进之，笑曰："今日河魁不曾在房[8]。"孙意少动，留匿室中。女闲居无事，为之拂几整书，焚香拭鼎，满室光洁，孙悦之。至夕，遣仆他宿。女俯眉承睫，殷勤臻至，命之寝，始持烛去。中夜睡醒，则床头似有卧人，以手探之，知为女，捉而撼焉。女惊起，立榻下，孙曰："何不别寝，床头岂汝卧处？"女曰："妾善惧。"孙怜之，俾施枕床内，忽闻气息之来，清连莲蕊，异之，呼与共枕，不觉心荡，渐与同衾，大悦之。念避匿非策，又恐同归招议[9]。孙有母姨，近隔十余门，谋令遁诸其家，而后舆致之。女称善，便言："阿姨，妾熟识之，无容先达，请即去。"孙送之，逾垣而去。

孙母姨，寡媪也，凌晨起户[10]，女掩入，媪诘之，答云："若甥遣问阿姨。公子欲归，路赊[11]乏骑，留奴暂寄此耳。"媪信之，遂止焉。孙归，矫谓姨家有婢，欲相赠，遣人舁之而还，坐卧皆以从，久益嬖之，纳为小妻。世家论婚，皆勿许，殆有终焉之志。女知之，苦劝令娶，乃娶于许，而终嬖爱无病。许甚贤，略不争夕，而无病事许益恭，以此嫡庶偕好。许举一子阿坚，无病爱抱如己出。儿甫三岁，辄离乳媪，从无病宿，许唤之不去也。无何，许病，寻卒。临诀，嘱孙曰："无病最爱儿，即令子之可也，即正位[12]焉亦可也。"既葬，孙将践其言，告诸宗党，佥谓不可，女亦固辞，遂止。

邑有王天官[13]女新寡，来求姻，孙雅不欲娶，王再请之，媒道其美，宗族[14]仰其势，共怂恿之，孙惑焉，又娶之。色果艳，而骄已甚，衣服器用，多厌嫌，辄加毁弃，孙以爱敬故，不忍有所拂。入门数月，擅宠专房，而无病之前，笑啼皆罪。时怒迁夫婿，数相斗阋[15]，孙患苦之，以故多独宿，妇又怒。孙不能堪，托故之都，逃妇难也。妇又以远游咎无病，无病鞠躬屏气[16]，承望颜色，而妇终不快，夜使直宿床下，儿奔与俱，每唤起给使，儿辄啼，妇厌骂之。无病急呼乳媪来，抱之不去，强之，益号，妇怒起，毒挞无算，始从乳媪去。儿以是病悸[17]，不食，妇禁无病不令见之。儿终日啼，妇叱媪，使弃诸地。儿气竭声嘶，呼而求饮，妇戒勿与。日既暮，无病窥妇不在，潜饮儿[18]，儿见之，弃水捉衿，嗷啕不止。妇闻之，意气[19]汹汹而出，儿闻声辍涕，一跃遂绝。无病大哭，妇怒曰："贱婢丑态！岂以儿死胁我耶！无论孙家襁褓物，即杀王府世子[20]，王天官女亦能任之！"无病乃抽息忍涕，请为葬具，妇不许，立命弃之。妇既去，窃抚儿，四体犹温，隐语媪曰："可速将去，少待于野，我当继至。其死也，并弃之，活也，共抚之。"媪曰："诺。"无病入室，携簪珥出，追及之，共视儿，已苏。二人喜，谋趋别业，往依姨。媪虑其纤步为累，无病乃先趋以示之，疾若飘风，媪力奔始能及。约二更许，儿病危，不复可前，遂斜行入村，至田叟家，侍门待晓，扣扉借室，出簪珥易资，巫医并致，病卒不瘳。女掩泣曰："媪好视儿，我往寻其父也。"媪方惊其谬妄，而女已杳矣，骇诧不已。是日，孙在都，方憩息床上，女悄然入，孙惊起曰："才眠已入梦耶！"女握手哽咽，顿足不能出声，久之，方失声而言曰："妾历千辛，与儿逃于杨……"句未终，声纵大哭，倒地而灭。孙骇绝，犹疑为梦，唤从人共视之，衣履宛然，大异不解。

即刻趋装[21]，星驰而归。既闻儿死妾遁，抚膺大悲，语侵妇，妇反唇相稽[22]。孙忿，出白刃，婢妪遮救，不得近，摇掷之，刀脊中额，额破血流，披发嗥叫而出，将以奔告其家。孙捉还，杖挞无数，衣皆若缕，伤痛不可转侧。孙命舁诸房中护养之，将待其瘥而后出之[23]。妇兄弟闻之怒，率多骑登门，孙亦集健仆械御之，两相叫骂，竟日始散。王未快意，讼之，孙捍卫入城，自诣质审[24]，诉妇恶状。宰不能屈，送广文[25]惩戒以悦王。广文朱先生，世家子，刚正不阿，廉得情，怒曰："堂上公以我为天下之龌龊教官，勒索伤天害理之钱，以吮人痈痔[26]者耶！此等乞丐相，我所不能！"竟不受命。孙公然归。王无奈之，乃示意朋好，为之调停，欲生谢过其家，孙不肯，十反不能决。妇创渐平，欲出之，又恐王氏不受，因循而安之。妾亡子死，夙夜伤心，思得乳媪，以问其情，因忆无病言"逃于杨"，近村有杨家疃，疑其在是，往问之，并无知者。或言五十里外有杨谷，遣骑诣讯，果得之。儿渐平复，相见各喜，载与俱归。儿望见父，嗷然大啼，孙亦泪下。妇闻儿尚存，盛气奔出，将致诮骂，儿方啼，开目见妇，惊投父怀，若求藏匿，抱而视之，气已绝矣。急呼之，移时始苏，孙恚曰："不知如何酷虐，遂使吾儿至此！"乃立离婚书，送妇归。王果不受，又舁还孙。孙不得已，父子别居一院，不与妇通。乳媪乃备述无病情状，孙始悟其为鬼，感某义，葬其衣履，题碑曰“鬼妻吕无病之墓”。无何，妇产一男，交手于项而死之。孙益忿，复出妇，王又舁还之。孙无所为计，具状控诸上台，皆以天官故，置不理。后天官卒，孙控不已，乃判令大归[27]。孙由此不复娶，纳婢焉。

妇既归，悍名噪甚，三四年无问名者，妇顿悔，而已不可复挽。有孙家旧妪，适至其家，妇优待之，对之流涕，揣其情，似念故夫。妪归告孙，孙笑置之。又年余，妇母又卒，孤无所依，诸娣姒颇厌嫉之，妇益失所，日辄涕零。一贫士丧偶，兄议厚其奁妆而遣之，妇不肯，每阴托往来者致意孙，泣告以悔，孙不听，终置之。一日，妇率一婢，窃驴跨之，竟奔孙，孙方自内出，迎跪阶下，泣不可止。孙欲去之，妇牵衣复跪之，孙固辞曰：“如复相聚，常无间言[28]则已耳，一朝有他，汝兄弟如虎狼，再求离逷[29]，岂可复得！”妇曰：“妾窃奔而来，万无还理。留则留之，否则死之！且妾自二十一岁从君，二十三岁被出，诚有十分恶，宁无一分情？”乃脱一腕钏，并两足而束之，袖覆其上，曰：“此时香火之誓[30]，君宁不忆之耶？”孙乃荧眦欲泪[31]，使人挽扶入室，而犹疑王氏诈谖[32]，欲得其兄弟一言为证据。妇曰：“妾私出，何颜复求兄弟？如不相信，妾藏有死具在此，请断指以自明。”遂于腰间出利刃，就床边伸左手一指断之，血溢如涌。孙大骇，急为束裹。妇容色痛变，而更不呻吟，笑曰：“妾今日黄粱之梦已醒[33]，特借斗室为出家计，何用相猜？”孙乃使子及妾另居一所，而己朝夕往来于两间，又日求良药医指创，月余寻愈。

妇由此不茹荤酒，闭户诵佛而已。居久之，见家政废弛，谓孙曰：“妾此来，本欲置他事于不问，今见如此用度，恐子孙有饿莩[34]者矣。无已，再腆颜一经纪之。”乃集婢媪，按日责其绩织。家人以其自投也，慢之，无人时窃相诮讪，而妇若不闻知。既而课工，惰者鞭挞不贷，众始惧。又垂帘课主计仆[35]，综理微密。孙乃大喜，使儿及妾皆朝见之。阿坚已九岁，妇每加意温恤，朝入塾，常留甘饵以待其归，儿亦渐亲爱之。一日，儿以石投雀，妇适过，中颅而仆，逾刻不语，孙大怒，挞儿。妇苏，力止之，且喜曰：“妾昔虐儿，中心每不自释，今幸销一罪案矣。”孙益嬖爱之，妇每拒，使就妾宿。居数年，屡产屡殇，曰：“此昔日杀儿之报也。”阿坚既娶，遂以外事委儿，内事委媳。一日曰：“妾某日当死。”孙不信。妇自理葬具，至日，更衣入棺而卒。颜色如生，异香满室，既殓，香始渐灭。

异史氏曰：“心之所好，原不在妍媸也。毛嫱、西施[36]，焉知非自爱之者美之乎？然不遭悍妒，其贤不彰，几令人与嗜痂者[37]并笑矣。至锦屏之人[38]，其夙根[39]原厚，故豁然一悟，立证菩提[40]，若地狱道[41]中，皆富贵而不经艰难者矣。”

校注

1　〔洛阳〕明清为河南府治。治所在今河南省洛阳市。

2　〔文学士〕博学之士。文学，孔门四科之一，谓文章博学。《论语·先进》："文学：子游、子夏。"邢昺疏："若文章博学，则有子游、子夏二人也。"此指有学问的人。

3　〔早离顾复〕谓父母早亡。顾复，喻父母养育之恩。《诗经·小雅·蓼莪》："父兮生我，母兮鞠我。拊我畜我，长我育我。顾我复我，出入腹我。"顾，照看。复，借为"覆"，庇护也。

4　〔康成文婢〕谓郑康成家的奴婢。郑玄（127–200），字康成，北海高密人，东汉著名的经学大家。《世说新语·文学》："郑玄家奴婢皆读书。尝使一奴不称旨，将挞之。方自陈说，玄怒，使人曳著泥中。须臾，复有一婢来，问曰：'胡为乎泥中？'答曰：'薄言往愬，逢彼之怒。'""胡为乎泥中"出《诗经·邶风·式微》；答句出《诗经·邶风·柏舟》。此以"康成"喻孙生。

5　〔次且（zījū 资居）〕同"趑趄"。欲进而不前。此为言词闪烁，底里未言。详见卷一《画壁》注。

6　〔敌体〕敌，彼此地位相等。《左传·庄公四年》："纪伯姬卒。"杜预注："内女唯诸侯夫人卒皆书，恩成于敌体。"此谓地位与嫡妻相等。

7　〔通书〕旧时的历书，又称时宪书，俗称皇历。

8　〔河魁不曾在房〕隐喻此日可行事之意。河魁，星名，月内凶神。阳建之月，前三辰为天罡，后三辰为河魁；阴建之月反之。所值之日，百事宜避。《荆湖近事》："李戴仁性迂缓。妻阎氏，年甚少，与之异室。私约曰：'有兴则见。'一夕，闻扣门声，小竖报：'县君欲见太监。'戴仁遽取《百忌历》灯下观之，大惊曰：'今夜河魁在房，不宜行事。传语县君谢别。'阎氏惭怒而去。"清王允禄等奉敕所撰《协记辨方书》三十六卷“立成宜忌用事”卷载其事。

9 〔招议〕谓招致物议。

10 〔起户〕谓晨起开门。

11 〔路赊〕路途远。赊，远。

12 〔正位〕亦称“扶正”，即由原来妾的身份，上升到正室的身份。古时富贵人家妻妾成群，但其妻为正室，妾为偏房。封建礼教，妻妾有名分之定，不能逾越。妻死后，将妾的身份升为正室的身份，叫正位。

13 〔天官〕明清礼部尚书亦称天官。详见卷一《狐嫁女》注。

14 〔宗族〕同族之人。《论语·子路》：“宗族称孝焉，乡党称弟焉。”宗党，亦同。

15 〔斗阋（xì 细）〕争吵。喻家庭内部不和。

16 〔鞠躬屏（bǐng 秉）气〕敬谨而小心。屏气，犹屏息，抑制气息，犹畏惧之状。

17 〔病悸〕即恐惧症。悸，病名。《汉书·田延年传》：“（霍）光因举手自抚心曰：‘使我至今病悸。’”

18 〔潜饮儿〕即偷偷给孩子喝水。儿，据二十四卷本，原抄本无。

19 〔意气〕怒气，意态。

20 〔世子〕明清亲王的嫡长子，为王位的继承人。

21 〔趋装〕急速办理行装。

22 〔反唇相稽〕反嘴相顶撞。反唇，反嘴。稽，计较。《汉书·贾谊传》：“妇姑不相悦，则反唇而相稽。”

23 〔出之〕休弃王氏。出，休弃。

24 〔自诣质审〕亲到官府请求审理。质，谓诉讼双方公堂对质。

25 〔广文〕清多指县级儒学学官。

26 〔吮人痈痔〕即“舐痈吮痔”。详见卷一《劳山道士》。

27 〔大归〕封建社会已嫁妇女，被男方休弃而归娘家曰大归。

28 〔间言〕异议，非议之言。《文选·王俭〈褚渊碑文〉》：“尽欢朝夕，人无间言。”

29 〔离逷（tì 惕）〕远离。《左传·襄公十四年》：“以从执政，犹淆志也，岂敢离逷。”此言离婚，各不相干。

30 〔香火之誓〕古人盟誓多设香火告神，因称结盟的誓约为香火誓。此谓夫妻结婚时焚香誓约之情。

31 〔荧眦欲泪〕谓眼中热泪盈眶。眦，眼眶。

32 〔诈谖（xuān 宣）〕欺诈。

33 〔黄粱之梦已醒〕意谓尽悟人生之理。黄粱之梦，典出唐人小说《枕中记》。详见卷一《续黄粱》注。

34 〔饿莩（piǎo 漂）〕饿死。此从青柯亭本，原抄本作“莩饿”。

35 〔垂帘课主计仆〕谓女主人亲自主持家务，考察主管财务的仆人。垂帘，谓在帘之内。课，考核。主计，谓主管财务，计筹出入。

36 〔毛嫱（qiáng 墙）、西施〕皆为古代美人。毛嫱，《庄子·齐物论》：“毛嫱、丽姬，人之所美者。”西施，春秋时越国美女。详见卷三《嫦娥》注。

37 〔嗜痂者〕谓有怪癖嗜好的人。痂，疮壳。详见卷二《罗刹海市》注。

38 〔锦屏之人〕喻出身于富贵人家之人。唐李益《长干行》：“鸳鸯绿浦上，翡翠锦屏中。”

39 〔夙根〕佛教所说前生所种根业。根，即根姓。众生因前生根业不同，所得今生今世果报亦不同。明屠隆《彩毫记·蓬莱传信》：“蓬莱仙主，责妾荒淫嫉妒迷却夙根，酿乱召灾，自作罪业，罚作仙都下使。”

40 〔立证菩提〕即刻便证得佛果。菩提，梵语音译。意译为正觉，即明辨善恶之意。

41 〔地狱道〕谓佛教中生死轮回，“六道”之一。详见《自叙》注。

钱卜巫

夏商，河间[1]人。其父东陵，豪富侈汰[2]，每食包子，辄弃其角，狼藉满地。人以其肥重，呼之“丢角太尉”。暮年，家綦贫，日不给餐，两肱瘦，垂革如囊[3]，人又呼“募庄僧[4]”，谓其挂袋也。临终，谓商曰：“余生平暴殄天物[5]，上干天怒，遂至饥冻以死。汝当惜福力行，以盖父愆[6]。”商恪遵治命[7]，诚朴无二，躬耕自给，乡人咸爱敬之。富人某翁哀其贫，假以资，使学负贩，辄亏其母[8]。愧无以偿，请为佣，翁不肯。商瞿然[9]不自安，尽货其田宅，往酬翁。翁诘得情，益直之，强为赎还旧业，又益贷以重金，俾作贾，商辞曰：“十数金尚不能偿，奈何结来世驴马债耶？”翁乃招他贾与偕，数月而返，仅能不亏，翁不收其息，使复之。年余，货资盈辇[10]，归至江，遭飓舟几覆，物半丧失。归计所有，略可偿主，遂语贾曰：“天之所贫，谁能救之？此皆我累君也！”乃稽簿付贾，奉身而退[11]。翁再强之，必不可，躬耕如故，每自叹曰：“人生世上，皆有数年之亨，何遂落拓如此？”

会有外来巫，以钱卜，悉知人运数[12]。敬诣之。巫，老妪也，寓室精洁，中设神座，香气常熏。商入朝拜讫，巫便索资，商授百钱，巫尽内木筒中，执跪座下，摇响如祈签状。已而起，倾钱入手，而后于案上次第摆之。其法以“字”为否，“幕”为亨[13]，数至五十八皆字，以后则尽幕矣。遂问：“庚甲[14]几何？”答：“二十八岁。”巫摇首曰：“早矣！早矣！官人现行者先人运，非本身运。五十八岁，方交本身运，始无盘错也。”问：“何谓先人运？”曰：“先人有善，其福未尽，则后人享之；先人有不善，其祸未尽，则后人亦受之。”商屈指曰：“再三十年，齿已老耄，行就木矣。”巫曰：“五十八以前，便有五年回运[15]，略可营谋，然仅免寒饿耳。五十八之年，当有巨金自来，不用力求。官人生无过行，再世享之不尽也。”别巫而返，疑信半焉，然安贫自守，不敢妄求。

后至五十三岁留意验之。时方东作[16]，病痁[17]不能耕。既痊，天大旱，早禾尽枯，近秋方雨，家无别种，田数亩悉以种谷。既而又旱，荞菽半死，惟谷无恙，后得雨勃发，其丰倍焉。来春大饥，得以无馁。商以此信巫，从翁贷资，小权子母，辄小获，或劝作大贾，商不肯，迨五十七岁，偶葺墙垣，掘地得铁釜[18]，揭之，白气如絮，惧不敢发，移时，气尽，白镪满瓮。夫妻共运之，秤计一千三百二十五两，窃议巫术小舛[19]。邻人妻入商家，窥见之，归告夫。夫忌焉，潜告邑宰。宰最贪，拘商索金。

錢卜巫
不用蓍龜問
苑枯但從字
幕迎青蚨添
閨別有金錢
卜靈驗安能
及此巫

妻欲隐其半，商曰："非所宜得。留之贾祸[20]。"尽献之，宰得金，恐其漏匿，又追贮器，以金实之，满焉，乃释商。居无何，宰迁南昌同知[21]。逾岁，商以懋迁[22]至南昌，则宰已死。妻子将归，货其粗重，有桐油如干篓，商以直贱，买之以归。既抵家，器有渗漏，泻注他器，则内有白金二铤，遍探皆然。兑之，适得前掘镪之数。商由此暴富，益赡贫穷，慷慨不吝。妻劝积遗子孙，商曰："此即所以遗子孙也。"邻人赤贫至为丐，欲有所求，而心自愧，商闻而告之曰："昔日事，乃我时数未至，故鬼神假子手以败之，于汝何尤？"遂周给之，邻人感泣。后商寿八十，子孙承继，数世不衰。

异史氏曰："汰侈已甚，王侯不免，况庶人乎！生暴天物，死无饭含，可哀矣哉！幸而鸟死鸣哀[23]，子能干蛊[24]，穷败七十年，卒以中兴，不然，父孽累子，子复累孙，不至乞丐相传不止矣。何物老巫，遂发先天之秘？呜呼！怪哉！"

校注

1 〔河间〕即河间府。治所在今河北省河间县。

2 〔侈汰〕亦作"汰侈"，汰本作"汏"，奢侈挥霍之意。《左传·昭公五年》："汰侈已甚，身之灾也，焉能及人。"

3 〔垂革如囊〕谓两肱瘦得皮肤下垂如同布囊。革，皮肤。

4 〔募庄僧〕谓沿村庄募化求人施舍的僧人。募，募化。

5 〔暴殄（tiǎn 忝）天物〕本指残害灭绝各种天生万物。后泛指任意损害糟蹋物品。殄，灭绝。天物，指鸟兽草木等。《尚书·武成》："今商王受无道，暴殄天物，虐害烝民。"

6 〔愆〕过失。

7 〔治命〕指父亲临终前所留下的遗言。《左传·宣公十五年》："尔用先人之治命，余是以报。"详见卷一《偷桃》注。

8 〔亏其母〕指亏本。母，本钱。

9 〔瞿然〕吃惊的样子。瞿，惊愕貌。《礼记·杂记下》："见似目瞿，闻名心瞿。"

10 〔货资盈辇〕购买的货物，装满一车。货，买。《孟子·公孙丑下》："无处而馈之，是货之也。焉有君子而可以取乎？"

11 〔奉身而退〕谓恭敬地退出。奉身，犹束身。《左传·襄公二十六年》："义则进，否则奉身而退。"此指恭敬之意。

12 〔运数〕指命运。运，时运。数，劫数。

13 〔"字"为否（pǐ 匹），"幕"为亨〕此为一种以铜钱为占卜的民间习俗。其方法，是以铜钱的正反两面的出现说明运气的好坏。古时钱币正面铸有文字为"字"，背面铸有图形为"幕"。否，《周易》卦名，下坤上乾，象征"否闭"。表示天地不交，上下隔阂，闭塞不通之象，因指此为坏运，与事不利。幕，《汉书·西域传·罽宾国》："以金银为钱，文为骑马，幕为人面。"此指钱的背面。亨，通达，顺利。《周易·坤》："品物咸亨。"

14 〔庚甲〕年龄的代称。

15 〔回运〕谓运气好转。

16 〔时方东作〕谓开始春耕春种之时。《尚书·尧典》："寅宾日出，平秩东作。"孔传："岁起于东，而始就耕，谓之东作。"

17 〔病痁（shān 删）〕患疟疾。痁，疟疾。

18 〔釜〕据二十四卷本，原抄本作"金"。

19 〔小舛（chuǎn 喘）〕小差错。舛，舛错。

20 〔贾祸〕招致祸患。《左传·定公六年》：“以扬楯贾祸，弗可为也已。”

21 〔南昌同知〕即南昌府的同知。同知，为知府的佐官。

22 〔懋迁〕即贸易，做买卖。懋，通“贸”。

23 〔鸟死鸣哀〕语出《论语·泰伯》：“鸟之将死，其鸣也哀；人之将死，其言也善。”此对夏商之父临终的遗言“惜福力行”而言。

24 〔干蛊（gǔ 鼓）〕谓子贤德可以矫正父母之过。《周易·蛊》：“干父之蛊，有子孝无咎，厉终吉。”注：“以柔巽之质，干父之事，能承先轨，堪其任者也。”

姚安

姚安，临洮[1]人，美丰标[2]。同里宫姓，有女字绿娥，艳而知书，择偶不嫁。母语人曰：“门族风采[3]，必如姚某始字之。”姚闻，绐[4]妻窥井，挤堕之，遂娶绿娥。雅甚亲爱。然以其美也，故疑之：闭户相守，步辄缀焉；女欲归宁，则以两肘支袍，覆翼以出，入舆封志[5]，而后驰随其后，越宿，促与俱归。女心不能善，忿曰：“若有桑中约[6]，岂琐琐所能止也！”姚以故他往，则扃女室中。女益厌之，俟其去，故以他钥置门外以疑之。姚见大怒，问所自来。女愤言：“不知！”姚愈疑，伺察弥严。

一日，自外至，潜听久之，乃开锁启扉，惟恐其响，悄然掩入。见一男子貂冠卧床上，忿怒，取刀奔入，力斩之。近视，则女昼眠畏寒，以貂覆面也。大骇，顿足自悔。宫翁忿质于官。官收姚，褫衿苦械[7]。姚破产，以巨金赂上下，得不死。

由此精神迷惘，若有所失。适独坐，见女与髯丈夫，狎亵榻上，恶之，操刀而往，则没矣；反坐，又见之。怒甚，以刀击榻，席褥断裂。愤然执刀，近榻以伺之，见女立面前，视之而笑。遽斫之，立断其首；既坐，女不移处，而笑如故。夜间灭烛，则闻淫溺之声，亵不可言。日日如是，不复可忍，于是鬻其田宅，将卜居他所。至夜，偷儿穴壁入，劫金而去，自此贫无立锥，忿恚而死。里人藁葬[8]之。

异史氏曰："爱新而杀其旧，忍乎哉！人止知新鬼为厉，而不知故鬼之夺其魄也。呜呼！截指而适其履[9]，不亡何待！"

校注

1 〔临洮〕即临洮县。秦置，治所在今甘肃岷县，以地临洮水故名。
2 〔丰标〕同"风标"，指风度仪表。
3 〔门族风采〕门第族望都很风光。
4 〔绐（dài 殆）〕欺哄。
5 〔入舆封志〕谓其妻坐上轿子，就将轿门封志。舆，此指轿。
6 〔桑中约〕指男女私会。详见卷一《犬奸》注。
7 〔褫衿苦械〕剥去生员的衣衿，施以酷刑。衿，青衿，生员之服。苦械，指刑具。
8 〔藁葬〕指简单的以苇席包裹而葬之。
9 〔截指而适其履〕即"截趾适履"。指，脚指，即"趾"。履，亦作"屦"，鞋。《后汉书·荀爽传》："截趾适屦，孰云其愚。"

采薇翁

明鼎革[1]，干戈蜂起[2]。於陵刘芝生[3]，聚众数万，将南渡。忽一肥男子诣栅门，敞衣露腹，请见兵主。刘延入[4]与语，大悦之。问其姓名，自号采薇翁。刘留参帷幄[5]，赠以刃。翁言："我自有利兵，无须矛戟。"问："兵何在？"翁乃捋衣露腹，脐大可容鸡子；忍气鼓之，忽脐中塞肤嗤然，突出剑跗[6]；握而抽之，白刃如霜。刘大惊，问："止此乎？"笑指腹曰："此武库也，何所不有。"命出弓矢，又如前状，出雕弓一；略一闭息，则一矢飞堕，其出不穷。已而剑插脐中，即都不见。刘神之，与同寝处，敬礼甚备。

时营中号令虽严，而乌合之群，时出剽掠[7]。翁曰："兵贵纪律。今统数万之众，而不能镇慑人心，此败亡之道也。"刘善之，于是纠察卒伍[8]，有掠取妇女财物者，枭以示众。军中稍肃，而终不能绝。翁不时乘马出，遨游部伍[9]之间，而军中悍将骄卒，辄首自堕地，不知其何因。因共疑翁。前进严饬之策，兵士已畏恶之；至此，益相憾

采薇翁
纔抽利剑又雕弓
武库居然去不穷
腹裹藏刀君语
耳那知真有
采薇翁

怨。诸部领谮于刘曰："采薇翁，妖术也。自古名将，止闻以智，不闻以术。浮云、白雀之徒[10]，终致灭亡。今无故将士，往往自失其首，人情汹惧；将军与处，亦危道也，不如图之。"刘从其言，谋俟其寝而诛之。使觇翁，翁坦腹方卧，息如雷。众大喜，以兵绕舍，两人持刀入，断其头；及举刀，头已复合，息如故，大惊。又斫其腹；腹裂无血，其中戈矛森聚，尽露其颖。众益骇，不敢近；遥拨以矟[11]，而铁弩大发，射中数人。众惊散，白刘。刘急诣之，已杳矣。

校注

1 〔鼎革〕谓朝代更替。《周易·杂卦》："革，去故也；鼎，取新也。"

2 〔干戈蜂起〕谓到处发生战乱。干戈，为古时的武器，此指战争。蜂起，谓像群蜂之起，喻众多。《史记·项羽本纪》："陈涉首难，豪杰蜂起。"

3 〔於（wū 乌）陵刘芝生〕於陵，古地名。战国齐於陵邑，汉设县，隋改为长山县。治所在今山东省邹平县境。刘芝生，即刘孔和。据《长山县志·义烈》载："刘孔和，字节之，邑诸生，大学士鸿训仲子也。少倜傥，好谈兵。身长八尺，面目如刻画，类羽人剑客。文章豪迈洞达，诗尤奇恣。崇祯间，见天下已乱，散财结客，椎牛飨士，聚众数千，起兵长白山中。传檄旁县，执禽伪令数人。时流寇蜂起，孔和率众抵淮，驻军黄河，有同乡某，以东平伯开藩淮上，惮其强，阴欲图之。后屡狎积忌，且以才名不相上下，竟遇害。一军大哗散归，卒年三十一。”王士禛《池北偶谈·王刘二奇士》载：“刘孔和，字节之，长山人，相国鸿训之子。崇祯间见天下将乱，散财结客。甲申岁……率精骑万人南赴金陵，至淮阴，以兵属刘泽清。泽清与孔和素交，时为藩镇，贵重无比，然好为诗。一日，大会将吏，广坐朗吟，宾佐交口誉之，孔和仰视独无语。强问之，曰：‘公诚名将才，然此事定复不急。’泽清怒，罢酒，宾客皆惶惧失次，孔和傲然而出。泽清益怒，遣人追及舟中杀之。已而金陵以为副总兵官，则孔和死数日矣。”又载：“孔和长八尺，面目如刻画，双目炯炯，射人如电，望之类羽人剑客；平居好论天下大计，感激愤发，须髯怒张。尝赋诗云：‘并无杀者黄江夏，岂有食之严郑公。’后竟死泽清手。”《长山县志》与王士禛《池北偶谈》中记述的刘孔和与《采薇翁》中刘芝生，其时间、地点、人物、事迹完全相符，疑“芝生”为刘孔和的另一字或号，或作者有意改之。

4 〔延入〕引进，迎接进来。

5 〔帷幄〕军中的帐幕。《史记·太史公自序》：“运筹帷幄之中，制胜于无形。”

6 〔剑跗（fū 夫）〕剑把。跗，通“拊”，器物的柄把。《礼记·少仪》：“刀却刃授颖，削授拊。”郑玄注：“拊，谓把。”

7 〔剽掠〕抢劫掳掠。《旧唐书·李光弼传》：“诸将引军而退，所在剽掠。”

8 〔卒伍〕军队。《韩非子·显学》：“宰相必起于州郡，猛将必发于卒伍。”

9 〔部伍〕指军队的行伍。《史记·李将军列传》：“广行无部伍行阵。”

10 〔浮云、白雀之徒〕指剑侠和神仙之类。何垠注：“浮云、白雀，《剑侠传》：妙手空空儿能隐身浮云，浑然无迹。《酉阳杂俎》：张天翁名坚，字刺谒，尝养一白雀。天刘翁欲杀之，白雀以报坚。坚盛设迎天刘翁，乃窃驾刘翁白龙，振策登天。”此语，当由此演化而来。

11 〔矟（shuò 朔）〕同“槊”。长矛。《集韵·觉韵》：“矟，长矛。或作槊。”

崔猛

崔猛，字勿猛，建昌[1]世家子，性刚毅。幼在塾中，诸童蒙[2]稍有所犯，辄奋拳殴击，师屡戒不悛；名、字[3]，皆先生所赐也。至十六七，强武绝伦，又能持长竿跃登夏屋。喜雪不平，以是乡人共服之，求诉禀白者[4]盈阶满室。崔抑强扶弱，不避怨嫌，稍迕之，石杖交加，支体为残。每盛怒，无敢劝者，惟事母孝，母至则解。母谴责备至，崔唯唯听命，出门辄忘。比邻有悍妇，日虐其姑，姑饿濒死，子窃啖之，妇知，诟厉万端，声闻四院。崔怒，逾垣而过，鼻耳唇舌尽割之，立毙。母闻大骇，呼邻子极意温恤，配以少婢，事乃寝。母愤泣不食，崔惧，跪请受杖，且告以悔，母泣不顾。崔妻周，亦与并跪，母乃杖子，而又针刺其臂，作十字纹，朱涂之，俾勿灭，崔并受之，母乃食。

母喜饭僧道，往往餍饱之。适一道士在门，崔过之，道士目之曰："郎君多凶横之气，恐难保其令终[5]。积善之家，不宜有此。"崔新受母戒，闻之，起敬曰："某亦自念之，但一见不平，苦不自禁，力改之，或可免否？”道士笑曰：“姑无问可免不可免，请先自问能改不能改。但当痛自抑[6]，如有万分一[7]，我告君以解死之术。”崔生平不信厌禳，但笑不言，道士曰：“我固知君不信。但我所言，不类巫觋[8]，行之亦盛德，即其不效，亦不足有所妨。”崔请之，乃曰：“适门外一后生，宜厚结之，即犯死罪，此子能活之也。”呼崔出，指示其人，盖赵氏儿，名僧哥。赵，南昌人，以岁祲饥[9]，侨寓建昌。崔由是深相结，请赵馆于其家，供给优厚。僧哥年十二，登堂拜母，约为弟昆。逾岁东作，赵携家去，音问遂绝。

崔母自邻妇死，戒子益切，有赴诉者，辄摈斥[10]之。一日，崔母弟卒，从母往吊，途遇数人，絷一男子，呵骂促步[11]，加以捶扑，观者塞途，舆不得进。崔问之，识崔者竞相拥告。先是，有巨绅子某甲者，豪横一乡，窥李申妻有色，欲夺之，道无由[12]，因命家人诱与博赌，贷以资而重其息，要使署妻于券[13]，资尽复给。终夜，负债数千，积半年，计子母三十余千。申不能偿，强以多人篡取其妻。申哭诸其门，某怒，拉系树上，榜笞刺劙[14]，逼立“无悔状[15]”。崔闻之，气涌如山，鞭马前向，意将用武，母搴帘而呼曰：“唶[16]！又欲尔耶！”崔乃止。既吊而归，不语亦不食，兀坐直视，若有所嗔。妻诘之，不答。至夜，和衣卧榻上，辗转达旦。次夜复然，忽启户出，辄又还卧。如此三四，妻不敢诘，惟慑息以听之。既而迟久乃反，掩扉熟寝矣。

是夜，有人杀某甲于床上，刳腹流肠，申妻亦裸尸床下。官疑申，捕治之，横被残酷，踝骨皆见，卒无词[17]。积年余，不能堪，诬服，论辟。会崔母死，既殡，告妻曰："杀甲者，实我也。徒以有老母故，不敢泄。今大事已了，奈何以一身之罪殃他人？我将赴有司死耳！"妻惊挽之，绝裾[18]而去，自首于庭。官愕然，械送狱，释申，申不可，坚以自承。官不能决，两收之。戚属皆诮让申，申曰："公子所为，是我欲为而不能者也。彼代我为之，而忍坐视其死乎？今日即谓公子未出也可。"执不异词，固与崔争。久之，衙门皆知其故，强出之，以崔抵罪，濒就决矣。会恤刑官[19]赵部郎，案临阅囚[20]，至崔名，屏人而唤之，崔入，仰视堂上，僧哥也，悲喜实诉。赵徘徊良久，仍令下狱，嘱狱卒善视之。寻以自首减等，充云南军，申为服役而去。未期年，援赦[21]而归，皆赵力也。既归，申终从不去，代为纪理生业，予之资，不受。缘橦[22]技击之术，颇以关怀，崔厚遇之，买妇授田焉。崔由此力改前行，每抚臂上刺痕，泫然流涕，以故乡邻有事，申辄矫命排解，不相承禀。

有王监生者，家豪富，四方无赖不仁之辈，出入其门，邑中殷实者，多被劫掠，或迕之，辄遣盗杀诸途。子亦淫暴。王有寡婶，父子俱烝[23]之。妻仇氏，屡沮王，王缢杀之。仇兄弟质诸官，王赇属，以告者坐诬，兄弟冤愤莫伸，诣崔求诉，申绝之使去。过数日，客至，适无仆，使申瀹茗，申默而出，告人曰："我与崔猛朋友耳，从徙万里，不可谓不至矣，曾无廪给，而役同厮养[24]，所不甘也！"遂忿而去。或以告崔，崔讶其改节，而亦未之奇也。申忽讼于公堂，谓崔三年不给佣价。崔大异之，亲与口对状，申忿相争，官不直之，责逐而去。又数日，申忽夜入王家，将其父子婶妇并杀之，黏纸于壁，自书姓名，及追捕之，则亡命无迹。王家疑崔主使，官不信，崔始悟前此之讼，盖恐杀人之累己也。关行附近州邑[25]，追捕甚急，会闯贼犯顺[26]，其事遂寝。无何，明鼎革[27]，申携家归，复与崔善如初。

时土寇啸聚，王有从子得仁，集叔所招无赖，据山为盗，焚掠村疃。一夜，倾巢而至，以复仇为名。崔适他出，申破扉始觉，越墙伏暗中。贼搜崔、李不得，掳崔妻，括财物而去。申归，止有一仆，忿急不能为地，乃断绳数十段，以短者付仆，长者自怀之，嘱仆越贼巢，登半山，以火爇绳，散挂荆棘，即反勿顾，仆诺而去。申窥贼皆腰束红带，帽系红绢，遂效其装。有老牝马初生驹，贼弃诸门外，申乃缚驹跨马，衔枚[28]而出，直至贼穴。贼据一大村，申絷马村外，逾垣入，见贼众纷纭，操戈未释。申窃问诸贼，知崔妻在王某所。俄闻传令，俾各休息，轰然嗷应[29]。忽一人报东山有火，众贼共望之，初犹一二点，既而多类星宿。申坌息急呼东山有警，王大惊，束装率众而出。申乘间漏出其后，返身入内，见两贼守帐，绐之曰："王将军遗佩刀。"两贼竞觅。申自后斫之，一贼踣，其一回顾，申又斩之，竟负崔妻越垣而出。解马授辔，曰："娘子不知途，纵马可也。"马恋驹奔驶[30]，申从之，出一隘口，申灼火于绳，遍悬之，乃归。

次日，崔还，以为大辱，形神跳躁，欲单骑往平贼，申谏止之。集村人而谋之，众恇[31]怯莫敢应，解谕再四，得敢往二十余人，又苦无兵。适于得仁族姓家获奸细二，崔欲杀之，申不可，命二十人各持白梃，具列于前，乃割其耳而纵之，众怨曰："此等兵旅，方惧贼知，而反示之。脱其倾队而来，阖村不保矣！"申曰："吾正欲其来也。"执匿盗者诛之，遣人四出，各假弓矢火铳[32]，又诣邑借巨炮二。日暮，率壮士至隘口，置炮当其冲，使二人匿火而伏，嘱见贼乃发。又至谷东口，伐树置崖上，已而与崔各率十余人，分岸伏之。一更向尽，遥闻马嘶，暗视之，贼果大至，缧属不绝。俟尽入谷，乃推堕树木，以断其归路。俄而炮发，喧腾号叫之声，震动山谷。贼骤退，自相践踏；东口，不得出，集无隙地。两岸铳矢夹攻，势如风雨，断头折足者，枕藉沟中，遗二十余人，长跪乞命，乃遣人絷送以归。乘胜直抵其巢，守巢者闻风奔窜，搜其辎重而还。崔大喜，问其设火之谋，曰："设火于东，恐其西追也；短，欲其速尽，恐侦知其无人也；既而设于谷口，口甚隘，一夫可以断之，彼即追来，见火必惧：皆一时犯险之下策也。”取贼鞫之，果追入谷，见火惊退。二十余贼，尽劓刖[33]而放之。由此威声大震，远近避乱者从之如市，得土团[34]三百余人。各处强寇无敢犯，一方赖之以安。

异史氏曰：“快牛必能破车[35]，崔之谓哉！志意慷慨，盖鲜俪[36]矣。然欲天下无不平之事，宁非意过其通者与？李申，一介[37]细民，遂能济美[38]。缘橦飞入，剪禽兽于深闺；断路夹攻，合荡么麽[39]于隘谷。使得假五丈之旗[40]，为国效命，乌在不南面而王[41]哉！”

校注

1 〔建昌〕明清皆为府。治所在今江西省南城县。

2 〔童蒙〕幼稚无知的儿童。《周易·蒙》：“匪我求童蒙，童蒙求我。”此处指同塾就学之人。

3 〔名、字〕古人始生命名，二十岁行冠礼又加字，合称名字。

4 〔求诉禀白者〕请求向他陈诉冤抑的人。

5 〔令终〕谓善其终，平安地度过天年。

6 〔痛自抑〕痛苦地克制自己。

7 〔万分一〕即万一犯杀身之祸。

8 〔巫觋（xí 席）〕假托神灵为人祈祷消灾的人。此为男女巫合称。《国语·楚语》：“在男曰觋，在女曰巫。”

9 〔祲（jìn 尽）饥〕灾荒。祲，谓不祥之气。

10 〔摈斥〕斥退，拒绝。

11 〔促步〕催促行走。

12 〔道无由〕谓没有理由、借口。道，理。

13 〔署妻于券〕在抵押妻子的契约上署名。

14 〔榜笞刺剟（duó 夺）〕古代四种刑罚。谓严酷地拷打。《史记·张耳陈余列传》：“吏治榜笞数千，刺剟，身无可击者，终不复言。”榜笞，笞打。刺剟，穿刺。

15 〔无悔状〕保证不反悔的字据。状，此指字据。

16 〔唶（jiè 介）〕大声呵斥。

17 〔卒无词〕始终没有招认。词，谓供词。

18 〔绝裾（jū 居）〕扯断衣襟。《世说新语·尤悔》：“温公（峤）初受刘司空（琨）使劝进，母崔氏固驻之，峤绝裾而去。”裾，衣之襟袖。

19 〔恤刑官〕明清时分赴各道审理囚犯的官员。明初始设恤刑官，后遂为定制。见《明史·刑法志二》。恤刑，谓慎用刑罚。

20 〔案临阅囚〕谓上级官吏巡视所属，复审已定刑的囚犯。阅囚，即“录囚”。

21 〔援赦〕引据赦令。援，引据，类推。《墨子·小取》：“援也者，曰：子然，我奚独不可以然也。”

22 〔缘橦（chuáng 床）〕杂技名，即爬竿。宋程大昌《演繁露·都卢缘》：“唐人以缘橦为都卢缘。”

23 〔烝（zhēng 征）〕与母辈通奸，称“烝”。《左传·桓公十六年》：“卫宣公烝于夷姜。”夷姜，为宣公庶母。

24 〔役同厮养〕役使如同奴仆。厮养，奴仆。详见卷一《续黄粱》注。

25 〔关行附近州邑〕公函发到附近的各州县。关，公文名。刘勰《文心雕龙·书记》：“百官询事，则有关、刺、解、牒。”明清时，关多用于互不统属的官府间平行公文。

26 〔闯贼犯顺〕指李自成农民军进犯北京。顺，指顺天府，即北京。闯贼，是对李自成农民义军的诬蔑称号。

27 〔明鼎革〕谓清灭明取而代之，改朝换代。鼎革，都是《周易》中的卦名。鼎，《释文》：“鼎，法象也，即鼎器也。”此为古代统治者用以象征权力的“法象”器。革，象征“变革”。《正义》：“革者，改变之名也；此卦名改制革命，故名‘革’也。”

28 〔衔枚〕谓不出声响的行动。枚，形如箸，两端有带，可系于颈上。古时行军，常令军士衔于口中，以防喧哗。《周礼·夏官·大司马》：“徒衔枚而进。”

29 〔噭（jiào 叫）应〕噭，同“叫”。《说文》：“噭，吼也。”此谓大声地呼应。

30 〔奔驶〕据二十四卷本，原抄本无。

31 〔恇（kuāng 匡）〕胆怯。

32 〔火铳（chòng 冲）〕古时黑色火药发射器。

33 〔劓刖（yìyuè 义月）〕割鼻、断足。为古代之残酷刑罚。

34 〔土团〕即后来的“乡团”、“团勇”之类的地主武装。

35 〔快牛必能破车〕谓少小为患，将来必有大用。《魏书·石虎传》：“虎，字季龙，勒之从子也。性残忍，游猎无度，能左右射，好以弹弹人。军中甚患之，勒白母曰：‘此儿凶暴无赖，使军人杀之，声名可惜，宜自除也。’王曰：‘快牛为犊子时，多能破车，为复小忍，勿却之。’”

36 〔鲜俪〕少有与之并比的。鲜，少。俪，成双。扬雄《法言》：“颜渊以退为进，天下鲜俪焉。”

37 〔一介〕一个。介，通“个”。

38 〔济美〕谓承接前人的功业。

39 〔么麽〕谓微不足道。

40 〔五丈之旗〕大旗，主帅的大纛。此指朝廷所授予的军权。

41 〔南面而王〕古代坐北面南而尊，后来泛指帝王或重臣的统治为“南面”。王，指统治。

诗 谳

青州居民范小山，贩笔为业，行贾[1]未归。四月间，妻贺氏独宿，为盗所杀。是夜微雨，泥中遗诗扇一握，乃王晟之赠吴蜚卿者。晟，不知何人；吴，益都之素封，与范同里，平日颇有佻达之行，故里党共信之。郡县拘质，坚不伏，而惨被械梏，遂以成案，驳解[2]往复，历十余官，更无异议。吴亦自分必死，嘱其妻罄竭所有，以济茕独[3]。有向其门诵佛千者，给以絮裤，至万者絮袄[4]。于是乞丐如市，佛号声闻十余里。因而家骤贫，惟日货田产以给资斧。阴赂监者使市鸩[5]，夜梦神人告之曰："子勿死，曩日'外边凶'，目下'里边吉'矣。"再睡，又言，以是不果死。

无何，周元亮[6]先生分守是道，录囚[7]至吴，若有所思。因问："吴某杀人，有何确据？"范以扇对。先生熟视扇，便问："王晟何人？"并云不知。又将爰书[8]细阅一过，立命脱其死械，自监移之仓[9]。范力争之。怒曰："而欲妄杀一人便了却耶？抑将得仇人而甘心耶？"众疑先生私吴，俱莫敢言。先生标朱签[10]，立拘南郭某肆主人。主人惧，罔知所以，至则问曰："肆壁有东莞[11]李秀诗，何时题耶？"答："自旧岁提学临，有二三秀才饮醉留题，不知所居何里。"遂遣役至日照[12]，坐拘[13]李秀。数日秀至，怒叱之曰："既作秀才，奈何谋杀人？"秀顿首错愕，但言："无之！"先生掷扇下，令其自视，曰："明系而作，何诡托王晟？"秀审视，云："诗真某作，字实非某书。"曰："既知汝诗，当即汝友。谁书者？"秀曰："迹似沂州[14]王佐。"乃遣役关拘[15]王佐。佐至，呵之一如见秀状，佐言："此益都铁商张成索某书者，云晟其表兄也。"先生曰："盗在此矣。"执成至，一讯遂伏。

先是，成窥贺氏美，欲挑之，恐不谐，念托于吴，必人所共信，故伪为吴扇，执而往，谐则自认，不谐则嫁名于吴，而实不期至于杀也。逾垣入，逼妇，妇因独居，常以刃自卫，既觉，捉成衣，操刀而起。成惧，夺其刀，妇力挽，令不得脱，且号，成益窘，遂杀之，委扇而去。三年冤狱，一朝而雪，无不诵神明者。吴始悟"里边吉"乃"周"字也，然终莫解其故。后邑绅乘间请之，先生笑曰："此甚易知。细阅爰书，贺被杀在四月上旬，是夜阴雨，天气犹寒，扇乃不急之物，岂有忙迫之时，反携此以增累者，其嫁祸可知。向避雨南郭，见题壁诗与箑头[16]之作，口角[17]相类，故妄度李生，果因是而得真盗。幸中耳。"闻者叹服。

异史氏曰：“天下事，入之深者，当其无有有之用[18]。词赋文章，华国之具[19]也，而先生以相天下士[20]，称孙阳焉[21]。岂非入其中者深乎？而不谓相士之道，移于折狱[22]。《周易》云：‘知几其神[23]。’先生有之矣。”

校注

1 〔行贾〕谓在外经商。此谓别于坐商。

2 〔驳解〕驳回原判，又解送上级逐层审勘。驳，驳勘。解，解勘。

3 〔济茕（qióng 穷）独〕救济孤独无依之人。茕独，孤独无依靠的人。

4 〔絮袄〕棉衣。絮，棉絮。

5 〔市鸩（zhèn 振）〕买毒酒。市，买。鸩，鸟名，其羽有毒，浸酒饮之即死。

6 〔周元亮〕周元亮（1612–1672），名亮工，号栎园，河南祥符（今开封市）人。明崇祯十三年（1640）进士，官监察御史。明亡，南奔归福王。降清后，官至福建左布政使、户部右侍郎。曾因嫌两次系狱。康熙元年（1662）补山东青州海防道。有《赖古堂文集》、《因树屋书影》行世。

7 〔录囚〕省察记录囚犯的罪状。《汉书·隽不疑传》：“每行县录囚徒还，其母辄问不疑：‘有所平反，活几何人？’”注：“省禄之，知其情状有冤滞与不也。”录，据二十四卷本，原抄本作“虑”。

8 〔爰（yuán 原）书〕古时记录囚犯口供的文书，多见于秦汉，犹后代的招状。《汉书·张汤传》：“汤掘窟得盗鼠及余肉，劾鼠掠治，传爰书，讯鞫论报。”颜师古曰：“爰，换也。以文书代换其口辞也。”

9 〔自监移之仓〕由内监移至外监。内监，为监禁死囚者；外监，为监禁充军以下罪犯者。仓，罪犯监禁之所。此指外监。

10 〔标朱签〕用红色将要拘捕者姓名写在签上。标，书写。朱签，旧时官府中差役凭签行事。

11 〔东莞（guǎn 馆）〕古县名。汉置，隋改为沂水县。治所在今沂水县。

12 〔日照〕县名。金置。治所在今日照市。

13 〔坐拘〕马上拘捕。坐，坐等。

14 〔沂州〕州名，治所在今山东临沂县。清朝雍正时升为府。

15 〔关拘〕发出拘捕函。关，即“关文”。详见卷三《崔猛》注。

16 〔箑（shà 煞）头〕谓扇子上。箑，扇子。

17 〔口角〕谓用语的口吻。

18 〔天下事，人之深者，当其无有有之用〕此句化用《老子》十一章：“三十辐共一毂，当其无，有车之用。……故有之以为利，无之以为用。”意为，天下事，深入事理的人，能从无以为用之中，发现它的作用。

19 〔华国之具〕谓使国家增添文采。张云《张二侯颂》：“文敏足以华国，威略足以振众。”华，光彩。

20 〔先生以相（xiàng 象）天下士〕谓周亮工根据文章的品味推测、判断其为文者的品行、性情和命运。相，鉴别、推测。

21 〔称孙阳焉〕被人们称之为伯乐之类的人物。孙阳，春秋时秦穆公时人，一名伯乐，古代善相马者。详见卷一《叶生》注。

22 〔折狱〕谓断案。狱，讼事。《论语·颜渊》：“片言可以折狱者，其由也与？”

23 〔知几其神〕预知事物变化之隐微之处，达到神化的程度。《周易·系辞》：“知几其神乎？”神，谓神妙。

小棺

天津有舟人[1]某，夜梦一人教之曰："明日有载竹笥[2]赁舟者，索之千金，不然，勿渡也。"某醒，不以为信。既寐，复梦，且书"𠫼、𠫸、𠬀[3]"三字于壁，嘱云："倘渠吝价，当即书此示之。"某异之，但不识其字，亦不解何意。次日，留心行旅。日向西，果有一人驱驴载笥来，问舟，某如梦索价，其人笑之。反复良久，某牵其手，以指书前字，其人大愕，即刻而灭。搜其装载，则小棺数万余，每具仅长指许，各贮滴血而已。某以三字传示遐迩，并无知者。未几，吴逆[4]叛谋既露，党羽尽诛，陈尸几如棺数焉。徐白山云。

校注

1 〔舟人〕船夫。

2 〔竹笥〕用竹子编成的方形容器。

3 〔厕、厵、靥〕此三字查历代字典皆无。故作者在文中说："某以三字传示遐迩，并无知者。"用此三字，类近道家符箓之密数。

4 〔吴逆〕即吴三桂。逆，叛逆。详见卷二《保住》注。

邢子仪

滕[1]有杨某，从白莲教[2]党，得左道之术。徐鸿儒[3]诛后，杨幸漏脱，遂挟术以遨。家中田园楼阁，颇称富有。至泗上[4]某绅家，幻法为戏，妇女出窥，杨睨其女美，既归，谋摄取之。其继室朱氏，亦风韵，饰以华妆，伪作仙姬，又授木鸟，教之作用[5]，乃自楼头推堕之。朱觉身轻如叶，飘飘然凌云而行，无何，忽至一处，云止不前，知已至矣。是夜，月明清洁，俯视甚了，取木鸟投之，鸟振翼飞去，直达女室。女见彩禽翔入，唤婢扑之，鸟已冲帘出。女追之，鸟堕地作鼓翼声，近逼之，扑入裙底，展转间，负女飞腾，直冲霄汉。婢大号，朱在云中言曰："下界人勿须惊怖，我月府姮娥[6]也。渠是王母第九女，偶谪尘世，王母日切怀念，暂招去一相会聚，即送还耳。"遂与结襟而行。方及泗水[7]之界，适有放飞爆者，斜触鸟翼，鸟惊堕，牵朱亦堕，落一秀才家。

秀才邢子仪，家赤贫而性方鲠[8]，曾有邻妇夜奔，拒不纳，妇衔愤去，谮诸其夫，诬以挑引。夫固无赖，晨夕登门诟辱之。邢因货产，僦居别村，闻相者顾某，善决人福寿，踵门叩之[9]，顾望见笑曰：“君富足千钟，何着败絮见人？岂谓某无瞳耶？”邢嗤妄之，顾细审曰：“是矣。虽固萧索乎，然金穴不远矣。”邢又妄之，顾曰：“不惟暴富，且得丽人。”邢终不以为信。顾推之出，曰：“且去且去，验后方索谢耳。”是夜，独坐月下，忽二女自天降，视之，皆丽姝，诧为妖，因致诘问，初不肯言，邢将号召乡里，朱惧，始以实告，且嘱勿泄，愿终从焉。邢思世家女不与妖人妇等，遂遣人告诸其家。其父母自女飞升，零涕惶惑，忽得报书，惊喜过望，立刻命舆马星驰而去，报邢百金，携女归。邢得艳妻，方忧四壁，得金甚慰，往谢顾，顾又审曰：“尚未尚未。泰运已交[10]，百金何足言！”遂不受谢。

先是，绅归，请于上官捕杨。杨欲遁，不知所之，遂籍其家[11]，发牒追朱。朱惧，牵邢饮泣，邢亦计窘，始赂承牒者，赁车骑携朱诣绅，哀求解脱。绅感其义，为极力营谋，得赎免，留夫妻于别馆，欢如戚好。绅女幼受刘聘，刘一时显秩[12]也，闻女寄邢家信宿，以为辱，反姻书，与女绝婚。绅将议姻他族，女告父母，誓从邢，邢闻之喜，朱亦喜，自愿下之。绅忧邢无家，时杨居宅从官货，因代购之，夫妻遂归，出囊金，粗治器具，蓄婢仆，旬日间耗费已尽，但冀女来，当复得其资助。一夕，朱谓邢曰：“孽夫杨某，曾以千金埋楼下，惟妾知之。适视其处，砖石依然，或窖藏无恙，未可知。”往共发之，果得金，因信顾术之神，厚报之。后女于归，妆资丰盈，不数年，富甲一郡矣。

异史氏曰：“白莲歼灭而杨独不死，又附益之[13]，几疑恢恢者疏而近于漏矣[14]。而孰知天之留之，盖为邢也。不然，邢即否极而泰[15]，亦恶能仓卒起楼阁、累巨金哉？不爱一色，而天辄报之以两。呜呼！造物[16]无言，而意可知矣。”

校注

1 〔滕〕即滕县。隋设滕县，治所在今山东省枣庄市。

2 〔白莲教〕佛教宗派之一，源于佛教的白莲社，又名闻香会。详见卷一《偷桃》注。

3 〔徐鸿儒〕明天启年间，以白莲教主身份领导山东农民起义。详见卷二《小二》注。

4 〔泗上〕泛指泗水两岸地域。泗水，也叫泗河，源于山东泗水县陪尾山，古时流经山东曲阜，由江苏徐州入淮河。

5 〔作用〕谓掌握使用之法。

6 〔月府姮娥〕即月宫之嫦娥。详见卷一《劳山道士》注。

7 〔泗水〕县名。汉置卞县，隋改泗水县。县治在山东省济宁市东北部，泗河上游。

8 〔方鲠（gěng 梗）〕耿直。鲠，通“骾”，刚直。

9 〔踵门叩之〕登门叩问。踵门，登门。《孟子·滕文公上》：

"（许行）踵门而告文公。"叩，询问。

10 〔泰运已交〕已交了吉祥的运气。泰，《周易》卦名。《周易》："泰：小往大来，吉、亨。"《彖》："'泰，小往大来，吉、亨。'则是天地交而万物通也。"

11 〔籍其家〕谓抄没其家。籍，簿册，抄家时对家产登记的册子。

12 〔显秩〕显贵之官。秩，官吏的品级、职位。《汉书·赵广汉传》："贬秩一等。"

13 〔附益之〕增益之。《论语·先进》："季氏富于周公，而求也之为聚敛而附益之。"

14 〔"几疑"句〕几乎怀疑天网之疏漏，而将他放掉。《老子》："天网恢恢，疏而不失。"失，一作"漏"。恢恢，广而大貌。此言，天道广而大，无所不包。

15 〔否（pǐ 匹）极而泰〕谓运气坏到极点就来好运。否，《周易》卦名。《周易》中《彖》："'否之匪人，不利，君子贞；大往小来。'则是天地不交而万物不通也。"

16 〔造物〕谓上天创造万物。详见卷一《叶生》注。

李 生

商河[1]李生，好道[2]。村外里余，有兰若，筑精舍[3]三楹，趺坐其中。游食缁黄[4]，往来寄宿，辄与倾谈，供给不厌。一日，大雪严寒，有老僧担囊借榻，其词玄妙，信宿将行，固挽之，留数日。适生以他故归，僧嘱早至，意将别。生鸡鸣而往，扣关不应，逾垣入，见室中灯火荧焉，疑其所作，潜窥之，僧趣装矣，一瘦驴絷灯檠[5]上。细审，不类真驴，颇似殉葬物，然耳尾时动，气咻咻然。俄而装成，启户牵出，生潜尾之。门外故有大池，僧系驴池树，裸入水中，遍体掬濯已，着衣牵驴入，亦濯之，既而加装超乘[6]，行绝驶。生始呼之，僧但遥拱致谢，语不及闻，而去已远矣。此王梅屋言之，李其友人，曾至其家，见堂上一匾书“待死堂”，亦达士也。

校注

1 〔商河〕县名。汉置朸县，宋改商河县。在今山东省西北部之商河县。

2 〔好道〕信奉佛教。道，此指佛教。

3 〔精舍〕谓僧道诵经修行的斋舍。《晋书·孝武帝纪》："帝初奉佛法，立精舍于殿内，引诸沙门以居之。"

4 〔游食缁黄〕指四方云游的僧道。游食，谓不事生产，四方游食。缁黄，指僧道。僧人衣缁（黑色）服，道士着黄冠，故称。《宋史·李佐传》："每灾异，辄聚缁黄赞呗于其间，何以示中外。"

5 〔灯檠（qíng 晴）〕灯架。

6 〔超乘〕原指跃上战车。此指跨上驴背。详见卷二《老饕》注。

陆押官

赵公，湖广武陵[1]人，官宫詹[2]，致仕[3]归。有少年伺门下，求司笔札[4]。公召入，见其人秀雅如书生，诘其姓名，自言“陆押官”，不索佣价。公留之，慧过凡仆，往来笺奏任意裁答[5]，无不工妙。又主人与客弈，陆睨之，指点辄胜，赵由是益优宠之。诸僚仆见其得主人青顾，咸相戏索俾作筵，押官诺，因问：“僚属几何？”会别业主计者[6]皆至，约三十余人。众悉告之数以难之，押官云：“此大易。但客多仓卒不能遽办，肆中可也。”遂遍邀诸侣，赴临街店。

既坐，酒甫行，有按壶起者曰：“诸君姑勿酌，请问今日东道谁主？宜先出资为质，始可放情饮啖，不然一举数千，哄然都散，于何取偿也？”众悉目押官，押官笑曰：“得毋谓我无钱耶？我固有钱。”乃起，向盆中捻湿面如拳，碎掐置几上，随掷随化为鼠，窜动满案。押官任捉一头，裂之，啾然腹破，得小金，再捉，亦如之，顷刻鼠尽，碎金满前，乃告众曰：“是不足吾饮耶？”众异之，乃共恣饮。既毕，会直三两余，众秤金，适符其数。众思白其异于主人，遂索一枚怀之，既归告赵，赵命取金，搜之已亡，反质肆主，则偿资悉化蒺藜。仆还白赵，赵诘之，押官曰："朋辈逼索酒食，囊空实无所资。少年学作小剧[7]，故试之耳。"众复责偿，押官曰："我非赚酒食者。某村麦穰中，再一簸扬，可得麦二石，足偿酒价有余也。"因浼[8]一人同去。某村主计者将归，遂与偕往，至则净麦数斛已堆场中矣。众以此益奇押官。

一日，赵赴友筵，堂中有盆兰甚茂，爱之，既归，犹赞叹之。押官曰："诚爱此兰，无难致者。"赵犹未信。凌晨至斋，忽闻异香蓬勃，则有兰花一盆，箭叶多寡，宛如所见，因疑其窃，故审之，押官曰："臣家所蓄不下千百，何须窃焉？"赵妄之。适某友至，见兰惊曰："何酷肖寒家物也。"赵曰："余适购之，亦不识所自来。但君出门时见兰花尚在否？"某曰："我实不曾至斋，有无固不可知，然何以至此？"赵视押官，押官曰："此无难辨。公家盆破，有补缀处，此盆无也。"验之始信。夜告主人曰："向言某家花卉颇多，都疑妄谬，今屈玉趾[9]，乘月往观，但诸人皆不可从，惟阿鸭无害。"鸭，宫詹之僮仆也，遂如所请。既出，已有四人荷肩舆[10]伏候道左，赵乘之，疾于奔马。俄顷入山，但闻奇香沁骨。无何，至一洞府，见舍宇华耀，迥异人间，随处皆设花石，精盆佳卉，流光散馥，即兰花一种，约有数十余盆，无不茂美。观已，如前命驾归。押官从赵十余年，后赵无疾终，遂与阿鸭俱出，不知所往。

校注

1 〔湖广武陵〕指清湖南省常德府治之武陵县，今为湖南省常德市。湖广，元置湖广行省，自明分为湖广、广东、广西三布政使司，湖广始专指两湖之地。清设湖广总督，辖湖南、湖北两省。

2 〔宫詹〕秦置詹事，职掌皇后、太子家事，历代沿置。明清皆置詹事府，设詹事与少詹事，掌太子事，为正三四品官。因属皇宫官署，故称宫詹。

3 〔致仕〕辞官家居。《公羊传·宣公元年》："古之道不即人心，退而致仕。"注："致仕，还禄位于君。"

4 〔司笔札〕掌管文书事宜。

5 〔裁答〕作书答复。《新唐书·韦陟传》："（陟）常以五采笺为书记，使侍妾主之，其裁答受意而已。"

6 〔别业主计者〕别墅田庄主管财务者。

7 〔小剧〕小戏法，犹言小魔术。

8 〔浼（měi 美）〕恳托、央求。

9 〔屈玉趾〕犹言劳驾。玉趾，对脚步雅称。

10 〔肩舆〕指小轿。

蒋太史

蒋太史超[1]，记前世为峨嵋[2]僧，数梦到故居庵前潭边濯足。为人笃嗜内典[3]，一意台宗[4]，虽早登禁林[5]，尝有出世之想，假归江南，抵秦邮[6]不欲归，子哭挽之，弗听。遂入蜀，居成都金沙寺，久之，又之峨嵋，居伏虎寺[7]，示疾怛化[8]，自书偈[9]云："翛然猿鹤自来亲，老衲无端堕业尘[10]。妄向镬汤求避热，那从大海去翻身[11]。功名傀儡场中物，妻子骷髅队里人[12]。只有君亲无报答，生生常自祝能仁[13]。"

王阮亭云："蒋，金坛人，金坛故名金沙；又其字虎臣，卒殁于峨嵋伏虎寺，名皆巧合，亦奇。予壬子典试蜀中[15]，蒋在峨嵋，寄予书云：'身是峨嵋老僧，故万里归骨于此。'寻化去。余有挽诗云：'西风三十载，九病一迁官。忽忆峨嵋好，真忘蜀道难。法云晴浩荡，春雪气高寒。万里堪埋骨，天成白玉棺。'盖用书中语也。"[14]

校注

1 〔蒋太史超〕字虎臣，江苏金坛人，清顺治四年（1647）探花，曾官翰林院修撰。太史，官名，明清时称翰林为太史。王士禛《池北偶谈》云：“（蒋超）金坛人，自号华阳山人。”“祖母梦峨嵋山老僧而生。生数岁，尝梦身是老僧，所居茅屋一间；屋后流泉达之，时伸一足入泉洗濯；其上高山造天。”“顺治丁亥，先生年二十三，以一甲第三人及第。入翰林二十余载，率山居；仅自编修进修撰，终于史官。”“晚自史馆以病请告，不归江南，附楚舟上峡，入峨嵋。以癸丑正月，卒于峨嵋之伏虎寺。临化有诗云。”

2 〔峨嵋〕山名，亦称“峨眉”，在今四川省峨眉县西南，为我国四大佛山之一。

3 〔内典〕佛教称佛经为内典。《颜氏家训·归心》：“内典初门，设五种禁。”

4 〔台宗〕佛教天台宗的略称。天台宗，由陈隋之际的僧人智𫖮所创，因居天台山，故因地而称天台宗；又因其宗《法华经》，故又称法华宗。

5 〔禁林〕翰林院的别称。元稹《奉和窦容州》诗：“禁林闻道长顺风，池水那能久滞龙。”

6 〔秦邮〕即今之江苏省高邮县。秦在此筑台置邮亭，故称之。

7 〔伏虎寺〕在峨眉山麓，报国寺西约一公里。始建于唐，宋时名神龙堂，后更名伏虎寺。

8 〔示疾怛化〕佛家谓患病死去。示疾，佛教徒称患疾病为示疾。唐刘轲《玄奘塔铭》：“自示疾至于升神，奇应不可殚记。”怛化，意为勿惊动垂危之人。后因称佛徒死亡为怛化。《庄子·大宗师》：“子来有病，喘喘然将死，其妻子环而泣之。子犁往视之，曰：‘叱！避，无怛化。’”

9 〔偈（jì 计）〕梵语的意译，亦译作“伽他”、“偈陀”等。佛经的体裁之一，佛经中的唱词，由固定字数的四句组成。

《百论疏》卷上："偈有二种：一者通偈，二者别偈。"此指坐化时所作之偈，类悟道之语。

10 〔"翛（xiāo 消）然"二句〕自谓本是超然于尘世的僧人，却是无因由地堕于凡尘之中。翛然，谓自然超脱之貌。《庄子·大宗师》："翛然而往，翛然而来而已矣。"老衲，僧人自称。业尘，指世间，凡俗中。

11 〔"妄向"二句〕此寓意谓，荒诞地到滚烫的油锅中避热，哪能使自己从茫茫的苦海中解脱出来。镬汤，滚开的油锅。大海，即苦海。翻身，谓从困苦中解脱出来。

12 〔"功名"二句〕谓世间的功名富贵只不过是粉墨登场的傀儡，其娇妻爱子也只不过是骷髅堆里的一员。傀儡，木偶人。

13 〔"只有"二句〕逃脱尘世，只有君王与双亲的恩情无以报答，只有生生世世求佛祖庇佑他们了。君亲，君王与父母。生生，犹言世世代代。能仁，释迦牟尼佛，意译为能仁寂然。

14 〔"王阮亭云"一段〕异史抄本、铸雪斋抄本、二十四卷本、遗稿本皆载，青柯亭本无。王阮亭，名士禛（1634–1711），字贻上，阮亭其号也，别号渔洋山人，清代初年著名诗人，山东新城县人。顺治十二年（1655）中进士，顺治十六年（1659）授扬州府推官，康熙四年（1665）行取入都，累官至刑部尚书。其著述甚丰，有《带经堂集》、《渔洋诗文集》、《渔洋精华录》、《池北偶谈》、《分甘余语》、《香祖笔记》等三十六种。

15 〔壬子典试蜀中〕康熙十一年（1672），王士禛奉君命典试四川。

邵士梅

邵进士，名士梅[1]，济宁人。初授登州[2]教授，有二老秀才投刺[3]，睹其名，似甚熟识，凝思良久，忽悟前身，便问斋夫[4]："某生居某村否？"又言其丰范[5]，一一吻合。俄两生入，执手倾语，欢若平生，谈次，问高东海况，二生答："狱死二十余年矣，今一子尚存。此乡中细民，何以见知？"邵笑云："我旧戚也。"先是，高东海素无赖，然性豪爽，轻财好义，有负租而鬻女者，倾囊代赎之。私一娼，娼坐隐盗，官捕甚急，逃匿高家，官知之，收高，备极搒掠，终不服，寻死狱中。其死之日，即邵生辰。后邵至某村，恤其妻子，远近皆知其异。此高少宰[6]言之，即高公子冀良[7]同年也。

王阮亭云："邵前生为栖霞人，与其妻三世为夫妇，事更奇也。高东海以病死，非狱死，邵自述甚详。"

校注

1 〔邵进士，名士梅〕字峄晖，山东济宁（今济宁市）人，顺治八年（1651）举人，顺治十五年（1658）进士。王士禛《池北偶谈》、陆鸣珂《邵士梅传》都载其生平之事。

2 〔登州〕府名，治所在今山东省蓬莱县。教授，学官名，明清府学学官。

3 〔投刺〕谓递上名帖。刺，名帖。《梁书·诸葛璩传》:“璩安贫守道，悦礼敦诗，未尝投刺邦宰，曳裾官寺。”

4 〔斋夫〕旧时儒学、书院的杂役。

5 〔丰范〕同“风范”，容貌、仪表与风度。

6 〔高少宰〕即高珩（1612–1697），字葱佩，号念东，别名紫霞道人，山东省淄川（今淄博市淄川区）人。明崇祯二年（1643）成进士，选庶常。顺治朝授检讨，升国子监祭酒，后进吏部左右侍郎、刑部侍郎。著作有《栖云阁诗文集》、《荒政考略》等。少宰，明清对吏部侍郎的别称。

7 〔高公子冀良〕名之騊，字冀良，高珩长子。康熙五十三年（1714）举人，康熙六十年（1721）成进士，曾任贵州平越县知县。详见《淄川县志》本传。

顾　生

江南[1]顾生，客稷下[2]，眼暴肿，昼夜呻吟，罔所医药。十余日，痛少减，而合眼时，辄睹巨宅，凡四五进，门皆洞辟[3]，最深处有人往来，但遥睹不可细认。

一日，方凝神注之，忽觉身入宅中，三历门户，绝无人迹。有南北厅事[4]，内以红毡贴地，略窥之，见满屋婴儿，坐者、卧者、膝行者，不可数计。愕疑间，一人自舍后出，见之曰："小王子谓有远客在门，果然。"便邀之。顾不敢入，强之乃入，问："此何所？"曰："九王世子居。世子疟疾新瘥，今日亲宾作贺，先生有缘也。"言未已，有奔至者，督促速行。俄至一处，雕榭朱栏，一殿北向，凡九楹，历阶而升，则客已满座。见一少年北面坐，知是王子，便伏堂下。满堂尽起。王子曳顾东向坐。酒既行，鼓乐暴作，诸妓升堂，演《华封祝》[5]。才过三折[6]，逆旅主人及仆唤进午餐，就床头频呼之。耳闻甚真，心恐王子知，然并无闻者，遂托更衣而出。仰视，日之中夕，则见仆立床前，始悟未离旅邸。心怅怅犹欲急返，因遣仆阖扉去。甫交睫，见宫舍依然，急循故道而入，路经前婴儿处，并无婴儿，有数十媪蓬首驼背，坐卧其中，望见顾，出恶声曰："谁家无赖子，来此窥伺！"顾惊惧，不敢置辩，疾趋后庭，升殿即坐，见王子颔下添髭尺余矣。见顾，笑问："何往？剧本过七折矣。"因以巨觥示罚。移时曲终，又呈出目[7]，顾点《彭祖[8]娶妇》。妓即以椰瓢[9]行酒，可容五斗许。顾离席辞饮，言："臣目疾，不敢过醉矣。"王子曰："君患目，有太医在此，便合诊视。"

东座一客，即离坐来，两指启双眦，以玉簪点白膏如脂，嘱合目少睡。王子命侍儿导入复室，令卧，卧片时，觉床帐香软，因而熟眠。居无何，忽闻鸣钲锽聒[10]，即复惊醒，疑是优戏未毕，开目视之，则旅舍中狗舐油铛也。然目疾若失，再闭之，一无所睹矣。

校注

1 〔江南〕即江南省。清顺治二年（1645）置，辖江苏、安徽两省。康熙六年（1667）分设江苏、安徽两省，但习惯上仍称两省为江南。详见卷一《新郎》注。

2 〔稷下〕战国齐国故都临淄（今山东省淄博市临淄区）城有稷门，其处有稷下学宫，故古称临淄城为稷下。此指济南府治所在地济南城（即今之济南市）。详见卷二《公孙九娘》注。

3　〔洞辟〕敞开着。

4　〔厅事〕厅古作“听”。听事，指官府治事的厅堂。详见卷二《商三官》注。

5　〔《华封祝》〕剧目，即“华封三祝”。剧的内容取自《庄子·天地》：“尧观乎华，华封人曰：‘嘻！圣人！请祝圣人，使圣人寿。’尧曰：‘辞。’‘使圣人富。’尧曰：‘辞。’‘使圣人多男子。’尧曰：‘辞。’”

6　〔折〕元人杂剧的结构。一段为一折，每一折用同一宫调的曲牌，一韵到底。它既是音乐的单元，又是故事情节的自然段落。

7　〔出目〕即剧目。传奇剧本，一回为一出，与杂剧之折相类似。

8　〔彭祖〕葛洪《神仙传》载，相传彭祖，姓篯名铿，为颛顼之后，尧将其封于彭城。寿七百余岁，一生不营名举，惟以养生治身为事，后人因其道可祖法，故称之彭祖。

9　〔椰瓢〕用椰子壳做成的瓢。

10　〔鸣钲（zhēng 争）锽（huáng 皇）聒〕谓锣鼓之声齐响。钲，铜锣。锽聒，谓钟鼓之声聒耳。

陈锡九

陈锡九，邳[1]人。父子言，为邑名士。富室周某，仰其声望，订为婚姻。陈累举不第，而家萧索，游学于秦[2]。数年无耗，阴有悔心。以少女适王孝廉为继室。王聘仪丰盛，仆马甚都，以此益憎锡九贫，坚意绝昏。问女，女不从，怒，以恶服饰遣归锡九。日不举火，周亦不甚顾恤。一日，使佣媪以榼饷女[3]，入门向母曰："主人使某视小姑姑饿死否。"女恐母惭，强笑以乱其词，因出榼中肴饵列母前，媪止之曰："无须尔！自小姑入人家，何曾交换出一杯温凉水。吾家物，料姥姥亦无颜啖啖得。"母大恚，声色俱变。媪不服，恶语相侵。纷纭间，锡九自外入，讯知大怒，撮毛批颊，挞逐出门而去。次日周来逆女，女不肯归。明日复来，增其人数，众口呶呶，如将寻斗。母强劝女去，女潸然拜母，登车而去。过数日，又使人来逼索离婚书。母强锡九与之，惟望子言归，以图别处。周家有人自西安来，久知子言已死，陈母哀愤成疾，寻卒。锡九[4]哀迫之中，犹冀妻临，久之渺然，悲愤益切，薄田数亩，鬻治葬具。葬已，乞食赴秦，以求父骨。

至西安，遍访居人，或言数年前有书生死于逆旅，葬之东郊，今冢已没。锡九无策，惟朝丐市廛，暮宿野寺，冀有知者。会晚经丛葬处，有数人遮道，逼索饭价，锡九曰："我异乡人，乞食城郭，何处少人饭价？"共怒，捽之仆地，以埋儿败絮塞其口，力尽声嘶，渐就危殆，忽共惊曰："何处官府至矣！"释手寂然。俄有车马至，便问："卧者何人？"即有数人扶至车下。车中人曰："是吾儿也。孽鬼何敢尔！可悉缚来，勿致漏脱。"锡九觉有人去其塞，少定细认，真其父也，大哭曰："我为父骨良苦，今固尚在人间耶！"父曰："我非人，太行总管[5]也。此来亦为吾儿。"锡九哭益哀，父稍稍慰谕之。锡九泣述岳家离婚，父曰："无忧！今新妇亦在母所。母念儿甚，可暂一往。"遂与同车，驰如风雨，移时至一官署，下车入重门，则母在焉。锡九痛欲绝，父止之。锡九啜泣听命，见妻在母侧，问母曰："儿妇在此，得毋泉下物耶？"母曰："非也。是汝父接将来，待汝归后，当便送去。"锡九曰："儿侍父母，不愿归矣。"母曰："辛苦跋涉而来，为父骨耳。汝不归，初志云何也？且汝孝行已达天帝，赐汝金万斤。夫妻享受正远，何言不归？"锡九垂泣，父数数促行，锡九哭失声，父怒曰："汝不行耶？"锡九惧，收声始询葬所，父挽之曰："子行，我告之：去丛葬处百余步，有子母白榆是也。"挽之甚急，竟不遑别母。门外有健仆，捉马待之。既超乘，父嘱曰：“日所宿处有少资斧，可速办装归，向岳索妇，不得妇勿休也。”锡九诺而行。马绝驶[6]，鸡鸣至西安。仆扶下，方将拜致父母，而人马已杳。

寻至旧宿处，倚壁假寐，以待天明。坐处有卷石碍股，晓而视之，白金也。市棺赁舆，寻双榆下，得父骨而归。合厝既毕，家仍四壁，幸里中怜其孝，共饭之。将往索妇，自度不能用武，与族兄十九往，及门，门者绝之。十九素无赖，出词秽亵。周使人劝锡九归，愿即送女去，锡九乃还。初，女之归也，周对之骂婿及母，女不语，但向壁零涕。陈母死，亦不使闻，得离书，掷向女曰：“陈家出[7]汝矣！”女曰：“我不曾悍逆，出我何为也？”欲归质其故，又禁闭之。后锡九如西安，遂造凶讣以绝女志。此信一播，遂有杜中翰[8]来议姻，竟许之。亲迎有日，女始知，遂泣不食，以被韬面[9]，气如游丝。周正无所方计，忽闻锡九至，发语不逊，意料女必死，遂舁归锡九，意将待女死以泄其愤。锡九归，而送女者已至，犹恐锡九见其病而不内，甫入门，委之而去。邻里代忧，共谋舁还，锡九不听，扶置榻上而气已绝，始大恐。正遑迫间，周子率数人持械入，门窗尽毁，锡九逃匿，苦搜之。乡人尽为不平，十九纠十余人，锐身急难，周子兄弟皆被夷伤[10]，始鼠窜而去。周益怒，讼于官，捕锡九、十九等，锡九将行，以女尸嘱邻媪，忽闻榻上若息，近视之，秋波微动矣，少时，已能转侧，大喜，诣官自陈。宰怒周讼诬，周惧，啖以重赂，始得免。锡九归，夫妻相见，悲喜交并。

先是，女绝食奄卧，自矢必死，忽有人捉起曰："我，陈家人也，速从余去，夫妻可以相见，不然，无及矣。"不觉身已出门，两人扶登肩舆，顷刻至官廨，见公姑俱在，问："此何所？"母言："不必问，容当送汝归。"一日，见锡九至，窃喜，一见遽别，心颇疑怪。公不知何事，恒数日不归，昨夕忽归，曰："我在武夷[11]，迟归二日，难为保儿矣。可速送儿妇去。"遂以舆马送女，忽见家门，遂如梦醒。女与锡九共述曩事，相与惊喜，由此夫妻相聚，但朝夕无以自给。

锡九于村中设童蒙帐[12]，兼自攻苦，每私语曰："父言天赐黄金，今四堵空空，岂训读[13]所能发迹耶？"一日，自塾中归，遇二人问之曰："君陈某耶？"锡九然之，二人即出铁索絷之，锡九不解其故。少间，村人毕集，共诘之，始知郡盗所牵。众人怜其冤，醵钱赂役，以是途中得无苦。至郡见太守，历数家世，太守愕然曰："此名士之子，温文尔雅，乌能作贼？"命脱缧绁，取盗严梏之，始供为周某贿嘱。锡九又诉翁婿反面之由，太守益怒，立刻拘提。即延锡九至署，与论世好，盖太守旧邳宰韩公之子，故子言受业门人也。赠灯火之费以百金，又以二骡代步，使不时趋郡，以课文艺[14]。转于各上官游扬其孝，自总制[15]而下皆有馈遗。锡九乘马而归，夫妻慰甚。

一日，妻母哭至，见女伏地不起，女骇问之，始知周已被械在狱矣。女哀哭自咎，但欲觅死，锡九不得已，诣郡为之缓颊。太守释令自赎，罚谷一百石，批赐孝子陈锡九。既归，出仓粟杂糠秕而辇运之，锡九谓女曰："而翁以小人之心度君子矣。乌知我必受之，而琐琐杂糠核[16]耶？"因笑却之。锡九家虽小有，而墙垣陋蔽，一夜群盗入，仆觉大号，止窃两骡而去。后半年余，锡九夜读，闻挝门声，问之寂然，呼仆起共视之，门一启，两骡跃入，则向所亡也。直奔枥下，咻咻汗喘。烛之，各负革囊，解视则白镪满中，大异，不知其所自来。后闻是夜大寇劫周，盈装出，适防兵追急，委其捆载而去，骡志故主，遂奔至也。周自狱中归，刑创犹剧，又遭盗劫，大病寻卒。女夜梦父囚系而至曰："吾生平所为，悔之不及。今受冥谴[17]，非若翁莫能解脱，为我代求婿致一函焉。"醒而呜泣，诘之，具以告。锡九久欲一诣太行，即日遂发。既至，备牲物酹祝之，即露宿其处，冀有所见，终夜无异，遂归。周死，母子益贫，仰给于次婿。王孝廉考补县尹[18]，以墨败[19]，举家徙沈阳，益无所归。锡九时顾恤之。

异史氏曰："善莫大于孝。鬼神通之，理固宜然，使为尚德之达人也者。即终贫，犹将取之，乌论后此之必昌哉？或以膝下之娇女，付诸颁白之叟[20]，而扬扬曰：'某贵官，吾东床[21]也。'呜呼！宛宛婴婴[22]者如故，而金龟婿以谕葬[23]归，其惨已甚矣，而况以少妇从军乎？"

校注

1 〔邳（pī 丕）〕州名。秦置下邳县，北周置邳州，明省下邳县入邳州，清属江苏省徐州府。治所在今之江苏省邳县。

2 〔秦〕指今陕西省地域。

3 〔以榼（kē 柯）饷女〕向女赠送酒食。榼，古代盛酒水的器具，此指食盒。饷，赠送。

4 〔锡九〕据二十四卷本，原抄本无。

5 〔太行总管〕此谓冥间官。太行，即太行山，在今河北、山西交界处。

6 〔绝驶〕飞驰。

7 〔出〕此指“出妻”、“出妇”，意为休弃。《孟子·离娄下》：“出妻屏子终身不养焉。”

8 〔中翰〕清代称内阁中书为中翰，亦称“内翰”。明清于内阁设“中书”科舍人，从七品，负责缮写文告、命令等事务，虽有举人、进士出身者，但也有大臣子孙恩荫而得或因一技之长由皇帝特授。内阁中书，别称“内史”。

9 〔韬面〕蒙面。韬，藏。

10 〔夷伤〕创伤。夷，伤。《战国策·齐策五》：“死者破家而葬，夷伤者空财而共药。”

11 〔武夷〕山名，在今福建省崇安县西南。

12 〔设童蒙帐〕即做启蒙塾师。童蒙，谓幼稚无知的儿童。《周易·蒙》：“匪我求童蒙，童蒙求我。”此指刚就学的儿童。

13 〔训读〕谓幼童认字。训，解释字义。读，句读。旧时教授小学生，均从训读入手。此指作塾师。

14 〔文艺〕此指八股文。详见卷一《陆判》注。

15 〔总制〕总督别称，亦称制府、制台。总督，明代初期用兵时派部院官员至地方总督军队，事毕即罢，初无定制。成化五年始专设两广总督，开府梧州，后各地区逐渐增置，遂为定制，清代大体沿明制，以总督为地方最高军政长官，正二品，例兼兵部尚书和都察院右都御史衔，辖一省（如直隶总督）或二三省（如云贵总督）。总督别称总制、制军、制府，尊称制台。又管理河道和漕运的长官，亦称总督，简称河督或漕督。

16 〔糠核〕谷糠及米屑。

17 〔冥谴〕受到冥间的谴责。

18 〔县尹〕即县令。元代县官称县尹。

19 〔以墨败〕因贪赃而罢官。墨，贪墨，贪污。《左传·昭公十四年》："贪以败官为墨。"注："墨，不洁之称。"

20 〔颁白之叟〕须发花白的老头。详见卷二《老饕》注。

21 〔东床〕即女婿。《世说新语·雅量》："郗太傅（鉴）在京口，遣门生与王丞相（导）书，求女婿。丞相语郗信，君往东厢任意选之。门生归，白郗曰：'王家诸郎，亦皆可嘉，闻来觅婿，咸自矜持，唯有一郎在东床上坦腹卧，如不闻。'郗公云：'正此好。'访之，乃是逸少。因嫁女与焉。"逸少，王羲之字。后因称女婿为"东床快婿"。

22 〔宛宛婴婴〕本意为屈伸缠绕之貌。《史记·司马相如传》封禅文："宛宛黄龙，兴德而升。"索隐引胡广曰："屈伸也。"《文选》扬雄《甘泉赋》："骈交错而曼衍兮，崚嶂隗乎其相婴。"注："婴，绕也。"宛宛婴婴，此处是形容女子娇柔的姿态。

23 〔金龟婿以谕葬〕金龟婿，谓位居高官的女婿。金龟，黄金铸的官印，龟钮，汉为三公印饰。谕葬，大臣死，奉皇帝谕旨归葬，此为皇帝予大臣的恩典。谕，旨谕。

冯木匠

抚军周有德[1]，改创故藩邸为部院衙署[2]。时方鸠工，有木作匠冯明寰直宿[3]其中。夜方就寝，忽见纹窗半开，月明如昼，遥望短垣上立一红鸡，注目间，鸡已飞抢至地[4]。俄一少女，露半身来相窥。冯疑为同辈所私，静听之，众已熟眠，私心怔忡，窃望其误投也。少间，女果越窗过，径已入怀，冯喜，默不一言，欢毕，女亦遂去。自此夜夜至，初犹自隐，后遂明告，女曰："我非误就，敬相投耳。"两人情日密。既而工满，冯欲归，女已候于旷野。冯所居村，离郡[5]固不甚远，女遂从去。既入室，家人皆莫之睹，冯始知其非人。迨数月，精神渐减，心益惧，延师镇驱[6]，卒无少验。一夜，女艳妆来，向冯曰："世缘[7]俱有定数，当来推不去，当去亦挽不住。今与子别矣。"遂去。

馮木匠
月明九畫紙窓
閒草々搦緣自
去来垣上红雞
村外犬此中離
合费疑猜

校注

1 〔抚军周有德〕抚军，清代巡抚的别称，也称抚院、抚台。周有德，字彝初，汉军镶红旗，辽阳人。康熙二年（1663）任山东巡抚。山东大饥，有德兴大役以代赈。后升两广总督。

2 〔故藩邸为部院衙署〕故藩邸，指前明的王府。此指明英宗次子德庄王朱见潾，在济南王邸。部院衙署，即指巡抚衙门。

3 〔直宿〕值班宿于藩邸。直，通“值”。

4 〔飞抢至地〕飞疾而猛止于地。飞抢，谓鸟类俯飞至地。抢，撞。《庄子·逍遥游》：“决起而飞，抢榆枋，时则不至，而控于地而已矣。”

5 〔郡〕郡城。此指济南府。

6 〔延师镇驱〕请巫师镇压驱逐。

7 〔世缘〕谓人世间的姻缘。此指夫妻情分。

黄英

马子才，顺天[1]人。世好菊，至才尤甚。闻有佳种，必购之，千里不惮。一日，有金陵客寓其家，自言其中表亲[2]有一二种，为北方所无。马欣动，即刻治装，从客至金陵。客多方为之营求，得两芽[3]，裹藏如宝。归至中途，遇一少年，跨蹇从油碧车[4]，丰姿洒落，渐近与语。少年自言陶姓，谈言骚雅[5]，因问马所自来，实告之。少年曰："种无不佳，培溉在人。"因与论艺[6]菊之法，马大悦，问："将何往？"答云："姊厌金陵，欲卜居于河朔[7]耳。"马欣然曰："仆虽固贫[8]，茅庐可以寄榻。不嫌荒陋，无烦他适。"陶趋车前，向姊咨禀[9]。车中人推帘语，乃二十许绝世美人也，顾弟言："屋不厌卑，而院宜得广。"马代诺之，遂与俱归。第南有荒圃，仅小室三四椽，陶喜，居之，日过北院，为马治菊。菊已枯，拔根再植之，无不活。然家清贫，陶日与马共食饮，而察其家似不举火[10]。马妻吕，亦爱陶姊，不时以升斗馈恤之。陶姊小字[11]黄英，雅善谈，辄过吕所，与共纫绩。

陶一日谓马曰："君家固不丰，仆日以口腹[12]累知交，胡可为常？为今计，卖菊亦足谋生。"马素介[13]，闻陶言，甚鄙之，曰："仆以君风流雅士，当能安贫，今作是论，则以东篱为市井[14]，有辱黄花矣。"陶笑曰："自食其力不为贪，贩花为业不为俗，人固不可苟求富[15]，然亦不必务求贫[16]也。"马不语，陶起而出。自是，马所弃残枝劣种，陶悉掇拾而去。由此不复就马寝食，招之始一至。未几，菊将开，闻其门嚣喧如市，怪之，过而窥焉，见市人买花者，车载肩负，道相属也。其花皆异种，目所未睹。心厌其贪，欲与绝，而又恨其私秘佳本，遂款其扉，将就诮让，陶出，握手曳入。见荒庭半亩皆菊畦，数椽之外无旷土[17]，劚[18]去者，则折别枝插补之，其蓓蕾在畦者，罔不佳妙，而细认之，皆向所拔弃也。陶入屋，出酒馔，设席畦侧，曰："仆贫不能守清戒[19]，连朝幸得微资，颇足供醉。"少间，房中呼"三郎"，陶诺而去，俄献佳肴，烹饪良精。因问："贵姊胡以不字？"答云："时未至。"问："何时？"曰："四十三月。"又诘："何说？"但笑不言，尽欢始散。过宿，又诣之，新插者已盈尺矣。大奇之，苦求其术，陶曰："此固非可言传，且君不以谋生，焉用此？"

又数日，门庭略寂，陶乃以蒲席包菊，捆载数车而去。逾岁，春将半，始载南中异卉[20]而归，于都中设花肆，十日尽售，复归艺菊。问之去年买花者，留其根，次年尽变而劣，乃复购于陶。陶由此日富，一年增舍，二年起夏屋，兴作从心，更不谋诸主人。渐而旧日花畦，尽为廊舍，更于墙外买田一区，筑墉四周，悉种菊。至秋，载花去，春尽不归。而马妻病卒，意属黄英，微使人风示之。黄英微笑，意似允许，惟专候陶归而已。年余，陶竟不至。黄英课仆种菊，一如陶，得金益合商贾，村外治膏田二十顷，甲第益壮。

忽有客自东粤[21]来，寄陶生函信，发之，则嘱姊归马，考其寄书之日，即妻死之日[22]，回忆园中之饮，适四十三月也。大奇之，以书示英，请问“致聘何所”，英辞不受采。又以故居陋，欲使就南第居，若赘焉。马不可，择日行亲迎礼。黄英既适马，于间壁开扉通南第，日过课其仆。马耻以妻富，恒嘱黄英作南北籍[23]，以防淆乱，而家所需，黄英辄取诸南第。不半岁，家中触类[24]皆陶家物，马立遣人一一赍还之，戒勿复取。未浃旬[25]，又杂之，凡数更，马不胜烦。黄英笑曰：“陈仲子毋乃劳乎[26]？”马惭，不复稽，一切听诸黄英。鸠工庀料[27]，土木大作，马不能禁。经数月，楼舍连亘[28]，两第竟合为一，不分疆界矣。然遵马教，闭门不复业菊，而享用过于世家。

马不自安，曰：“仆三十年清德[29]，为卿所累。今视息人间[30]，徒依裙带[31]而食，真无一毫丈夫气矣。人皆祝福，我但祝贫耳！”黄英曰：“妾非贪鄙，但不少致丰盈，遂令千载下人，谓渊明[32]贫贱骨，百世不能发迹，故聊为我家彭泽[33]解嘲耳。然贫者愿富，为难；富者求贫，固亦甚易。床头金任君挥去之，妾不靳也。”马曰：“捐[34]他人之金，抑亦良丑。”英曰：“君不愿富，妾亦不能贫也。无已，析君居，清者自清，浊者自浊，何害？”乃于园中筑茅茨[35]，择美婢往侍马，马安之。然过数日，苦念黄英，招之，不肯至，不得已，反就之，隔宿辄至，以为常。黄英笑曰：“东食西宿[36]，廉者当不如是。”马亦自笑，无以对，遂复合居如初。

会马以事客金陵，适逢菊秋，早过花肆，见肆中盆列甚繁，款朵[37]佳胜，心动，疑类陶制。少间，主人出，果陶也，喜极，具道契阔，遂止宿焉。要之归，陶曰：“金陵，吾故土，将婚于是。积有薄资，烦寄吾姊。我岁杪当暂去。”马不听，请之益苦，且曰：“家幸充盈，但可坐享，无须复贾。”坐肆中，使仆代论价，廉其直，数日尽售，逼促囊装，赁舟遂北。入门，则姊已除舍，床榻茵褥皆设，若预知弟也归者。陶自归，解装课役，大修亭园，惟日与马共棋酒，更不复结一客。为之择婚，辞不愿。姊遣二婢侍其寝处，居三四年，生一女。

陶饮素豪，从不见其沉醉。有友人曾生，量亦无对，适过马，马使与陶相较饮，二人纵饮甚欢，相得恨晚，自辰以迄四漏[38]，计各尽百壶。曾烂醉如泥，沉睡座间，陶起归寝，出门践菊畦，玉山倾倒[39]，委衣于侧，即地化为菊，高如人，花十余朵，皆大如拳。马骇绝，告黄英，英急往，拔置地上，曰："胡醉至此！"覆以衣，要马俱去，戒勿视，既明而往，则陶卧畦边。马乃悟姊弟菊精也，益敬爱之。而陶自露迹，饮益放，恒自折柬招曾，因与莫逆。值花朝[40]，曾乃造访，以两仆舁药浸白酒一坛，约与共尽。坛将竭，二人犹未甚醉。马潜以一瓻[41]续入之，二人又尽之。曾醉已惫，诸仆负之以去。陶卧地，又化为菊，马见惯不惊，如法拔之，守其旁以观其变，久之，叶益憔悴，大惧，始告黄英，英闻骇曰："杀吾弟矣！"奔视之，根株已枯，痛绝，掐其根，埋盆中，携入闺中，日灌溉之。马悔恨欲绝，甚怨曾，越数日，闻曾已醉死矣。盆中花渐萌，九月既开，短干粉朵，嗅之有酒香，名之"醉陶"，浇以酒则茂。后女长成，嫁于世家。黄英终老，亦无他异。

异史氏曰："青山白云人[42]，遂以醉死，世尽惜之，而未必不自以为快也。植此种于庭中，如晤良友，如对丽人，不可不物色之也。"

校注

1　〔顺天〕即顺天府。详见卷五《颜氏》注。
2　〔中表亲〕父亲的姊妹姑母的子女称外表，母亲的兄弟姊妹的子女称内表，互称之为“中表亲”。

3 〔两芽〕谓两支幼芽。

4 〔油碧车〕亦称“油壁车”。古代妇女所乘坐的车子，因车幕涂油装饰，故称之。《玉台新咏》之十《钱塘苏小歌》：“妾乘油壁车，郎骑青骢马。”油碧，车幕。

5 〔谈言骚雅〕谈吐间，颇有诗人的气质。骚，指《楚辞》中《离骚》。雅，指《诗经》中“雅”诗。此处泛指很有文学修养。

6 〔艺〕种植。

7 〔卜居于河朔〕选择到黄河以北定居。河朔，指黄河以北地区。《尚书·泰誓》：“惟戊午，王次于河朔。”

8 〔固贫〕同“固穷”。意谓甘处贫穷。《论语·卫灵公》：“君子固穷，小人穷斯滥矣。”

9 〔咨禀〕商量、禀告。

10 〔不举火〕意谓不生火做饭。

11 〔小字〕即小名，乳名。

12 〔口腹〕指饮食。《孟子·告子上》：“饮食之人，无有失也，则口腹岂适为尺寸之肤哉！”

13 〔素介〕素来耿介。介，耿介。

14 〔以东篱为市井〕将种菊当作一种赚钱的手段。东篱，晋陶潜《饮酒》诗：“采菊东篱下，悠然见南山。”此指种植菊花之地。市井，谓贸易买卖场所。

15 〔苟求富〕苟且求得富贵。这种富贵多以不正当手段而谋得。

16 〔务求贫〕必定求得贫穷。

17 〔旷土〕空闲的土地。

18 〔劚（zhú 烛）〕挖、掘。

19 〔清戒〕清廉自戒。

20 〔南中异卉〕南方的珍奇花卉。南中，泛指南方。

21 〔东粤〕犹“东越”。本指闽东或浙东地区。此泛指东南沿海。

22 〔“即妻死之日”句〕据手稿本补，原抄本无。

23 〔作南北籍〕分南北两宅各立账目。

24 〔类〕据手稿本，原抄本作“来”。

25 〔浃（jiā夹）旬〕即“浃日”，十天。古代历法，以干支纪日，自甲至癸一周十日为“浃”日。浃，周匝。《宋书·武帝纪下》：“高祖（刘裕）地非桓文，众无一旅，曾不浃旬，夷凶翦暴，祀晋配天，不失旧物。”

26 〔陈仲子毋乃劳乎〕意为马子才如此追求自我廉洁的节操，有点太过分。陈仲子，战国时齐人，原为齐之世族。《孟子·滕文公下》说他：“以兄之禄为不义之禄而不食也，以兄之室为不义之室而不居也，辟兄离母，处于於（wū）陵。”

27 〔鸠工庀（pǐ匹）料〕招募工匠，准备建筑材料。庀，备具。

28 〔亘〕据手稿本，原抄本无。

29 〔清德〕清正廉洁的德行。《后汉书·杨彪传》：“杨公四世清德，海内所瞻。”

30 〔视息人间〕苟活于人世间。视，目看。息，鼻呼吸。东汉蔡琰《悲愤诗》：“为复强视息，虽生何聊赖。”

31 〔裙带〕此指妻子。

32 〔渊明〕陶潜（365-427），一名渊明，字元亮，晋浔阳人。曾为州祭酒、参军、彭泽令等小官，因不能“为五斗米折腰”，毅然弃官归隐，以诗酒自娱，过着穷困的生活，有《陶渊明集》。

33 〔我家彭泽〕我本姓的彭泽令陶渊明。彭泽，陶渊明曾为彭泽令。

34 〔捐〕舍弃。

35 〔茅茨〕茅草屋。

36 〔东食西宿〕比喻兼其两便之利。《艺文类聚》卷四十引汉应劭《风俗通》：“齐人有女，二人求之。东家子丑而富，西家子好而贫。父母疑不能决，问其女，定所欲适……女云：‘欲东家食，西家宿。’”

37 〔款朵〕菊花的式样。此指品种。

38 〔自辰以迄四漏〕自辰时（上午九点）一直到深夜四更。

迄，至。

39 〔玉山倾倒〕谓酒醉摔倒。《世说新语·容止》：嵇康待人傲岸若孤松独立，酒醉时“若玉山之将崩”。后遂称醉倒为“玉山倾倒”。

40 〔花朝〕旧俗以农历二月十五日为百花生日，故习称“花朝”或“花朝节”。

41 〔瓻（chī 吃）〕古代盛酒用具。

42 〔青山白云人〕此借指醉死的陶生。《新唐书·傅奕传》：“贞观十三年卒，年八十五。即自志曰：‘傅奕，青山白云人也。以醉死。呜呼！’”

某甲

某甲私[1]其仆妇，因杀仆内妇，生二子一女。阅[2]十九年，巨寇破城，劫掠一空。一少年贼，持刀入甲家，甲视之，酷类死仆，自叹曰："吾合休矣！"倾囊赎命，迄不顾，亦不一言，但搜人而杀，共杀一家男女[3]二十七口而去。甲头未断，寇去少苏，犹能言之，三日寻毙。呜呼！果报之不爽[4]，可畏也哉！

校注

1 〔私〕谓私通。
2 〔阅〕过了，历。
3 〔男女〕据二十四卷本，原抄本无。
4 〔不爽〕没有差错。

书　痴

彭城[1]郎玉柱，其先世官至太守，居官廉，得俸不治生产，积书盈屋。至玉柱，尤痴，家苦贫，无物不鬻，惟父藏书，一卷不忍置[2]。父在时，曾书《劝学篇》[3]，黏其座右，郎日讽诵，又障以素纱，惟恐磨灭，非为干禄[4]，实信书中真有金粟[5]。昼夜研读，无间寒暑。年二十余，不求婚配，冀卷中丽人自至。见宾亲不知温凉[6]，三数语后，则诵声大作，客逡巡自去。每文宗临试[7]，辄首拔之，而苦不得售[8]。

一日，方读，忽大风飘卷去，急逐之，踏地陷足，探之，穴有腐草，握之，乃古人窖粟，朽败已成粪土，虽不可食，而益信"千钟"之说[9]不妄，读益力。一日，梯登高架，于乱卷中得金辇[10]径尺，大喜，以为"金屋"之验[11]，出以示人，则镀金而非真金，心窃怨古人之诳己也。居无何，有父同年，观察是道[12]，性好佛。或劝郎献辇为佛龛[13]，观察大悦，赠金三百、马二匹。郎喜，以为金屋、车马[14]皆有验，因益刻苦，然行年已三十矣。或劝其娶，曰："'书中自有颜如玉'，我何忧无美妻乎？"又读二三年，迄无效，人咸揶揄之。时民间讹言：天上织女私逃。或戏郎："天孙[15]窃奔，盖为君也。"郎知其戏，置不辨。一夕，读《汉书》至八卷[16]，卷将半，见纱剪美人夹藏其中，骇曰："书中颜如玉，其以此验之耶？"心怅然自失，而细视美人，眉目如生，背隐隐有细字云："织女。"大异之，日置卷上，反复瞻玩，至忘食寝。一日，方注目间，美人忽折腰起，坐卷上微笑，郎惊绝，伏拜案下，既起，已盈尺矣。益骇，又叩之，下几亭亭，宛然绝代之姝。拜问："何神？"美人笑曰："妾颜氏，字如玉，君固相知已久。日垂青盼，脱不一至[17]，恐千载下无复有笃信古人者。"郎喜，遂与寝处，然枕席间亲爱倍至，而不知为人[18]。每读，必使女坐其侧，女戒勿读，不听，女曰："君所以不能腾达者，徒以读耳。试观春秋榜[19]上，读如君者几人？若不听，妾行去矣。"郎暂从之，少顷，忘其教，吟诵复起，逾刻索女，不知所在。

神志丧失，祝而祷之，殊无影迹。忽忆女所隐处，取《汉书》细检之，直至旧处，果得之。呼之不动，伏以哀祝，女乃下，曰："君再不听，当相永绝！"因使治棋枰、樗蒲之具[20]，日与遨戏。而郎意殊不属[21]，觑女不在，则窃卷流览。恐为女觉，阴取《汉书》第八卷，杂溷[22]他所以迷之。

一日，读酣，女至，竟不之觉，忽睹之，急掩卷，而

書癡
不信書中竟有魔玉顔
金屋兩無訛
祖龍一炬緣由數也怪
癡兒福未多
書癡

女已亡矣。大惧，冥搜诸卷，渺不可得，既仍于《汉书》八卷中得之，页数不爽，因再拜祝，矢不复读。女乃下，与之弈，曰："三日不工，当复去。"至三日，忽一局赢女二子，女乃喜，授以弦索[23]，限五日工一曲。郎手营目注，无暇他及，久之，随指[24]应节，不觉鼓舞。女乃日与饮博，郎遂乐而忘读。女又纵之出门，使结客，由此倜傥之名暴著。女曰："子可以出而试矣。"郎一夜谓女曰："凡人男女同居则生子，今与卿居久，何不然也？"女笑曰："君日读书，妾固谓无益。今即夫妇一章[25]，尚未了悟，枕席二字有工夫。"郎惊问："何工？"女笑不言，少间，潜迎就之。郎乐极曰："我不意夫妇之乐，有不可言传者。"于是逢人辄道，无有不掩口者。女知而责之，郎曰："钻穴逾隙者，始不可以告人，天伦之乐[26]，人所皆有，何讳焉。"过八九月，女果举一男，买媪抚字之。

一日，谓郎曰："妾从君二年，业生子，可以别矣。久恐为君祸，悔之已晚。"郎闻言泣下，伏不起，曰："卿不念呱呱者耶？"女亦凄然，良久曰："必欲妾留，当举架上书尽散之。"郎曰："此卿故乡，乃仆性命，何出此言！"女不之强，曰："妾亦知其有数，不得不预告耳。"于是，亲族或窥见女，无不骇绝，而又未闻其缔姻何家，共诘之，郎不能作伪语，但默不言，人益疑，邮传[27]几遍，闻于邑宰史公。史，闽人，少年进士，闻声倾动，窃欲一睹丽容，因而拘郎与女。女闻知，遁匿无迹，宰怒，收郎，褫革衣衿[28]，梏械备加，务得女所自往。郎垂死，无一言。械其婢，略得道其仿佛。宰以为妖，命驾亲临其家，见书卷盈屋，多不胜搜，乃焚之，庭中烟结不散，暝若阴霾。郎既释，远求父门人书，得从辨复[29]。是年秋捷，次年举进士，而衔恨切于骨髓。为颜如玉之位，朝夕而祝曰："卿如有灵，当佐我官于闽。"后果以直指巡闽[30]。居三月，访史恶款[31]，籍其家[32]。时有中表为司理[33]，逼纳爱妾，托言买婢寄署中。案既结，朗即日自劾[34]，取妾而归。

异史氏曰："天下之物，积则招妒，好则生魔。女之妖，书之魔也。事近怪诞，治之未为不可，而祖龙之虐[35]，不已惨乎！其存心之私，更宜得怨毒之报也。呜呼！何怪哉！"

校注

1 〔彭城〕古郡名，汉置，治彭城县。治所在今江苏省徐州市。
2 〔置〕弃置，卖掉。
3 〔《劝学篇》〕此指宋真宗赵恒所撰之《劝学文》："富家不用买良田，书中自有千钟粟；安居不用架高堂，书中自有黄金屋；娶妻莫恨无良媒，书中自有颜如玉；出门莫恨无人随，书中车马多如簇。男儿欲遂平生志，五经勤向窗前读。"
4 〔干禄〕求取禄位，即求取做官。禄，指官吏的俸禄。《论语·为政》："子张学干禄。"

5 〔金粟〕即《劝学文》中所指"黄金屋"与"千钟粟"。

6 〔见宾亲不知温凉〕意为见了宾客与亲戚不知问答应酬。温凉，即"寒暄"之意。

7 〔文宗临试〕学政案临考试。文宗，明清对各省学政的尊称。临试，即"案临"。指学政定期对所属府县生员进行考试，检查其学业。

8 〔首拔之，而苦不得售〕谓科试首拔第一，但乡试落榜。

9 〔"千钟"之说〕指《劝学文》中所说的"书中自有千钟粟"。钟，古代的量器，十釜为一钟。

10 〔金辇（niǎn 碾）〕用手抬的小车，类似后来的轿子。《后汉书·祭祀志上》："至食时，御辇升山。"

11 〔为"金屋"之验〕即《劝学文》中"书中自有黄金屋"说之验证。古轿式类屋，故谓"金屋"之验。此"金屋"，与"金屋藏娇"中之"金屋"含义不同。

12 〔观察是道〕做彭城道的观察使。观察，清代为道员的别称。道，为行政区划之一，清代将一省分为数道，于藩司、臬司之下，设守巡各道。

13 〔佛龛（kān 刊）〕供奉佛像的小阁。

14 〔车马〕指《劝学文》中"书中车马多如簇"之说。

15 〔天孙〕即织女星。《史记·天官书》："织女，天女孙也。"

16 〔读《汉书》至八卷〕《汉书》，书名，东汉班固著，共一百二十卷，我国第一部纪传体断代史。它记载了自汉高祖到汉平帝两百多年的汉代历史。《汉书》卷八《宣帝纪》载地节四年诏，中有"父子之亲，夫妇之道，天性也。虽有患祸，犹蒙（冒）死而存之"。

17 〔日垂青盼，脱不一至〕天天蒙承喜爱，假若不一致。青盼，同"青目"，一作"清盼"。韩愈《酬崔少府》诗："音问难屡通，何由觌清盼。"脱，假若。

18 〔为人〕指性行动。

19 〔春秋榜〕即春榜与秋榜。明清科举制，每三年秋天所举行的乡试，考中举人之榜，称为“秋榜”；第二年春天所举行的会试考中进士之榜，称为“春榜”。

20 〔樗（chū 出）蒲之具〕也作“摴蒲”，泛指赌博之具。樗蒲，古代博戏，盛行于汉晋。详见卷二《赌符》注。

21 〔殊不属（zhǔ 煮）〕用心不在这里。属，注目，专注。《周书·唐瑾传》：“时燕公于瑾勋高望重，朝野所属。”

22 〔杂溷〕混杂，掺和。溷，同“混”。

23 〔弦索〕指乐器。

24 〔指〕据手稿本，原抄本作“手”。

25 〔夫妇一章〕意为夫妇间关系这一课。《周易·序卦》：“有男女，然后有夫妇。有夫妇，然后有父子。”

26 〔天伦之乐〕此指人世间夫妻间乐趣。天伦，指父子、兄弟、夫妇间天生自然所属关系。

27 〔邮传〕本指古时驿站。此指传播。详见卷二《阿宝》注。

28 〔褫革衣衿〕指生员被褫夺衣衿革除功名，即取消生员资格。

29 〔得以辨复〕谓要求恢复生员资格，得到批准。辨复，向上级官府申诉理由，请求恢复功名。

30 〔以直指巡闽〕谓以御史衔巡察闽地。直指，朝廷特派官，又称“直指史者”。明清以巡按御史名义，巡按各省，因其代表朝廷，故称“直指”。

31 〔恶款〕指恶迹。

32 〔籍其家〕抄没其家。

33 〔司理〕又作“司李”。明及清初各府置推官一人，主管刑狱，俗称刑厅，别称司理。详见卷二《青梅》。

34 〔自劾〕上疏自陈自己的过错，求其免职。劾，弹劾。

35 〔祖龙之虐〕指秦始皇焚书坑儒之残酷暴政。此指邑宰尽焚郎玉柱家所藏之书。《史记·秦始皇本纪》：“祖龙者，人之先也。”《集解》引苏林曰：“祖，始也。龙，人君象，谓始皇也。”

衢州三怪

张握仲从戎衢州[1]，云："衢州夜静时，人莫敢独行。钟楼上有鬼，头上一角，象貌狞恶，闻人行声即下，人骇奔，鬼亦遂去。而见之辄病，多死者。又城中一塘，夜出白布一匹，如匹练[2]横地上，过者拾之，即卷入水。又有鸭鬼，夜既定，塘边寂无一物，若闻鸭声，即病。"

校注

1 〔衢州〕旧府名。治所在今浙江省衢县。
2 〔练〕白绢。

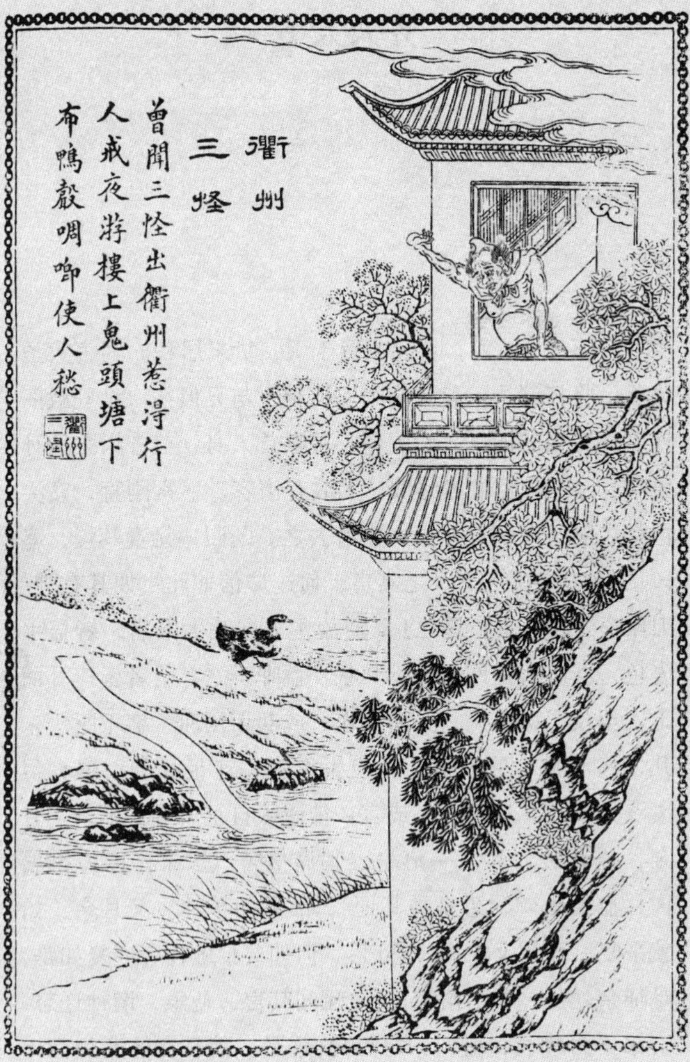
衢州三怪
曾聞三恠出衢州惹湯行
人戒夜游樓上鬼頭塘下
布鴨㲉啁唧使人愁
衢州三恠

齐天大圣

许盛，兖[1]人，从兄成贾于闽，货未居积。客言大圣灵著，将祷诸祠。盛未知大圣何神，与兄俱往。至则殿阁连蔓，穷极弘丽。入殿瞻仰，神猴首人身，盖齐天大圣孙悟空[2]云。诸客肃然起敬，无敢有惰容。盛素刚直，窃笑世俗之陋。众焚奠叩祝，盛潜去之。既归，兄责其慢，盛曰："孙悟空乃丘翁[3]之寓言，何遂诚信如此？如其有神，刀槊[4]雷霆，余自受之！"逆旅主人闻呼大圣名，皆摇手失色，若恐大圣闻。盛见其状，益哗辨之，听者皆掩耳而走。至夜，盛果病，头痛大作，或劝诣祠谢，盛不听。未几，头小愈，股又痛，竟夜生巨疽，连足尽肿，寝食俱废。兄代祷，迄无验。或言：神谴须自祝。盛卒不信。月余，疮渐敛，而又一疽生，其痛倍苦。医来，以刀割腐肉，血溢盈碗，恐人神其词[5]，故忍而不呻。又月余，始就平复，而兄又大病，盛曰："何如矣！敬神者亦复如是，足征余之疾，非由悟空也。"兄闻其言，益恚，谓神迁怒，责弟不为代祷，盛曰："兄弟犹手足。前日支体糜烂而不之祷，今岂以手足之病而易吾守[6]乎？”但为延医剉药，而不从其祷，药下，兄暴毙。

盛惨痛结于心腹，买棺殓兄已，投祠指神而数[7]之曰：“兄病，谓汝迁怒，使我不能自白。倘尔有神，当令死者复生，余即北面称弟子[8]，不敢有异词，不然，当以汝处三清之法，还处汝身[9]，亦以破吾兄地下之惑。”至夜，梦一人招之去，入大圣祠，仰见大圣有怒色，责之曰：“因汝无状，以菩萨刀穿汝胫股，犹不自悔，啧有烦言[10]。本宜送拔舌狱[11]，念汝一生刚鲠，姑置宥赦。汝兄病，乃汝以庸医夭其寿数，与人何尤？今不少施法力，益令狂妄者引为口实。”乃命青衣使请命于阎罗，青衣曰：“三日后，鬼籍已报天庭，恐难为力。”神取方版[12]，命笔，不知何词，使青衣执之而去，良久乃返。成与俱来，并跪堂上，神问：“何迟？”青衣白：“阎罗不敢擅专，又持大圣旨上咨斗宿[13]，是以来迟。”盛趋上拜谢神恩，神曰：“可速与兄俱去。若能向善，当为汝福。”兄弟悲喜，相将俱归。醒而异之，急起，启材视之，兄果已苏，扶出，极感大圣力。盛由此诚服，信奉更倍于流俗。而兄弟资本，病中已耗其半，兄又未健，相对长愁。

一日，偶游郊郭，忽一褐衣[14]人相之曰：“子何忧也？”盛方苦无所诉，因而备述其遭，褐衣人曰：“有一佳境，暂往瞻瞩，亦足破闷。”问：“何所？”但云：“不远。”从之。出郭半里许，褐衣人曰：“予有小术，顷刻可到。”因命以两手抱腰，略一点头，遂觉云生足下，腾踔而上，不知几百由旬[15]。盛大惧，闭目不敢少启。顷之，曰：“至矣。”忽见琉璃世界，光明异色，讶问：“何处？”曰：“天宫也。”信步而行，上上益高，遥见一叟，喜曰：“适遇此老，子之福也！”举手相揖。叟邀过诸[16]其所，烹茗献客，止两盏，殊不及盛。褐衣人曰：“此吾弟子，千里行贾，敬造仙署，求少赠馈。”叟命僮出白石一柈，状类雀卵，莹澈如冰，使盛自取之。盛念携归可作酒枚[17]，遂取其六，褐衣人以为过廉，代取六枚，付盛并裹之，嘱纳腰橐，拱手曰：“足矣。”辞叟出，仍令附体而下，俄顷及地。盛稽首请示仙号，笑曰：“适即所谓觔斗云[18]也。”盛恍然大悟，知为大圣，又求佑护，曰：“适所会财星，赐利十二分，何须他求。”盛又拜之，起视已渺。既归，喜而告兄，解取共视，则融入腰橐矣。后辇货[19]而归，其利倍蓰[20]。自此屡至闽，必祷大圣。他人之祷，时不甚验，盛所求无不应者。

异史氏曰：“昔士人过寺，画琵琶于壁而去，比返，则其灵大著，香火相属焉[21]。天下事固不必实有其人，人灵之，则既灵焉矣。何以故？人心所聚，而物或托焉耳。若盛之方鲠，固宜得神明之佑，岂真耳内绣针、毫毛能变，足下觔斗、碧落[22]可升哉！卒为邪惑，亦其见之不真也。”

校注

1 〔兖〕兖州府。治所在今山东兖州市。

2 〔齐天大圣孙悟空〕吴承恩所写神魔小说《西游记》中的人物。故事中，他帮助唐玄奘到西天完成取经大业。孙悟空在居花果山水帘洞时，与天庭对抗，曾自封为“齐天大圣”。

3 〔丘翁〕即金元时道士丘处机。丘处机（1148-1227），字通密，号长春子，元登州栖霞（今山东省栖霞县）人。曾拜王重阳为师，出家为全真人，潜修于龙门山，形成道教中的龙门派。1219 年成吉思汗西征，奉诏前往，尊为国师，赐号长春真人。1223 年自西域返，其弟子李志常，将丘往返西域的经历，写成《长春真人西游记》一书，凡二卷，今存于《道藏》中。旧时人们误将此书与吴承恩所编小说《西游记》混同，故将小说《西游记》误认为丘处机所撰。鲁迅在《中国小说史略》中，业已辨明。

4 〔刀槊（shuò 朔）〕犹刀砍。槊，长矛。

5 〔神其词〕神化其说。

6 〔易吾守〕改变我所坚守的节操。守，操守。

7 〔数（shǔ 署）〕指责其罪。

8 〔北面称弟子〕意为相信大圣为神，做它的弟子。古时面南为尊，以面北为卑位。后拜师称“北面”。《汉书·于定国传》：“定国乃迎师学《春秋》，身执经，北面备弟子礼。”

9 〔以汝处三清之法，还处汝身〕意为用你孙悟空处置三清殿中元始天尊、灵宝道君、太上老君之法，处罚你。《西游记》四十四回：孙悟空等在车迟国三清殿，把殿中供奉的元始天尊、灵宝道君、太上老君的塑像投入茅坑。

10 〔啧（zé 责）有烦言〕意谓有争执。啧，争论。烦言，忿争。

11 〔拔舌狱〕十八层地狱之一。佛教之说，人生前毁谤佛法，死后入拔舌狱。

12 〔方版〕古代写字于竹简或木简之上，故称版。版，通“板”。

古时朝廷的诏命、官府的文书，皆用方幅，故称方版。《论衡·须颂》："今方板之用，在竹帛，无主名。"

13 〔斗宿〕二十八宿之一。南斗六星，即斗宿。传说："南斗注生，北斗注死。"

14 〔褐衣〕地位贫贱者衣着。

15 〔由旬〕古代印度计里的单位。《维摩经注》："上由旬六十里，中由旬五十里，下由旬四十里。"

16 〔诸〕据手稿本，原抄本无。

17 〔酒枚〕酒筹，饮酒计数之具。

18 〔觔斗云〕即跟斗云。

19 〔货〕据手稿本，原抄本无。

20 〔倍蓰（xǐ 喜）〕数倍。蓰，五倍。

21 〔"昔士人过寺……香火相属焉"〕皇甫氏《原化记》："昔有一书生过江，泊船，上山闲步。见僧房院开，中有床榻，门外小廊数间，傍有笔砚。书生遂于房门素壁上画一琵琶，大小与真无异。画毕，风静船发。僧归，见画处，不知何人。乃告村人曰：'恐是五台山圣琵琶。'当亦戏言，而遂为村人传说，礼施求福，甚效。书生入吴经年，闻江西路僧室有圣琵琶，灵应非一，心异之。因还江西，泊船此处上访之。僧亦不在，所画琵琶依旧，前有幡花香炉，书生取水洗之。僧亦未归。书生夜宿船中，明日又上。僧夜归，觉失琵琶，以告村人，相与悲叹。书生故问，具言前验，今应有人背著琵琶，所以潜隐。书生大笑，为说画之因由，及拭却之由。僧及村人信之，灵异亦绝耳。"（见《太平广记》卷 315）

22 〔碧落〕指天空。

拆楼人

何冏卿[1]，平阴人，初令秦中[2]，一卖油者有薄罪，其言戆[3]，何怒，杖毙之。后仕至铨司[4]，家资富饶，建一楼，上梁日，亲宾称觞为贺。忽见卖油者入，阴自骇疑。俄报妾生子，愀然曰："楼工未成，拆楼人已至矣！"人谓其戏，而不知其实有所见也。后子既长，最顽，荡其家，佣为人役，每得钱数文，辄买香油食之。

异史氏曰："常见富贵家，楼第连亘。死之后，再过已墟。此必有拆楼人降生其家可知也。身居人上，乌可不早自惕哉！"

校注

1 〔何冏（jiǒng 炯）卿〕即何海晏，字治象，号敬庵，明嘉靖进士。授四川顺庆府推官，官至太仆寺少卿。冏卿，即太仆寺卿。

2 〔秦中〕即今陕西省一带。

3 〔戆（zhuàng 撞）〕刚直。

4 〔铨司〕明清两朝吏部设文选清吏司，掌管班秩迁升选用等事，别称铨司。

青蛙神

江汉之间[1]，俗事蛙神最虔[2]。祠[3]中蛙不知几百千万，有大如笼者。或犯神怒，家中辄有异兆：蛙游几榻，甚或攀缘滑壁不得堕，其状不一，此家当凶，人则大恐，斩牲禳祷[4]之，神喜则已。

楚[5]有薛昆生者，幼慧，美姿容。六七岁时，有青衣媪至其家，自称神使，坐致神意，愿以女下嫁[6]昆生。薛翁性朴拙，雅不欲，辞以儿幼，虽固却之，而亦未敢议婚他姓。迟数年，昆生渐长，委禽于姜氏。神告姜曰："薛昆生，吾婿也，何得近禁脔[7]！"姜惧，反其仪[8]。薛翁忧之，洁牲往祷，自言不敢与神相匹偶，祝已，见肴酒中皆有巨蛆浮出，蠢然扰动，倾弃，谢罪而归。心益惧，亦姑听之。

一日，昆生在途，有使者迎宣神命，苦邀移趾，不得已，从与俱往。入一朱门，楼阁华好，有叟坐堂上，类七八十岁[9]人。昆生伏谒，叟命曳起之，赐坐案傍。少间，婢媪集视，纷纭满侧，叟顾曰："入言薛郎至矣。"数婢奔去。移时，一媪率女郎出，年十六七，丽绝无俦，叟指曰："此小女十娘，自谓与君可称佳偶，君家尊乃以异类见拒。此自百年事[10]，父母止主其半，是在君耳。"崑生目注十娘，心爱好之，默然不言。媪曰："我固知郎意良佳。请先归，当即送十娘往也。"崑生曰："诺。"趋归告翁。翁仓遽无所为计，乃授之词[11]，使返谢之，崑生不肯行。方诮让间，舆已在门，青衣成群，而十娘入矣。上堂朝拜[12]翁姑，见之皆喜，即夕合卺，琴瑟甚谐。由此神翁神媪，时降其家，视其衣，赤为喜，白为财，必见[13]，以故家日兴。

自婚于神，门堂藩溷皆蛙，人无敢诟蹴之。惟崑生少年任性，喜则忌，怒则践毙，不甚爱惜。十娘虽谦驯，但善怒，颇不善崑生所为，而崑生不以十娘故敛抑之。十娘语侵崑生，崑生怒曰："岂以汝家翁媪能祸人耶？大丈夫何畏蛙也！"十娘甚讳言"蛙"，闻之恚甚曰："自妾入门，为汝家田增粟，贾益价，亦复不少。今老幼皆已温饱，遂如鸮鸟生翼，欲啄母睛[14]耶！"崑生益愤曰："吾正嫌所增污秽，不堪贻子孙。请不如早别。"遂逐十娘。翁媪既闻之，十娘已去，呵崑生，使急往追复之。崑生盛气不屈。至夜，母子俱病，郁冒[15]不食。翁惧，负荆于祠，词义殷切。过三日，病寻愈，十娘亦自至，夫妻欢好如初。

十娘日辄凝妆坐，不操女红[16]，崑生衣履，一委诸母。母一日忿曰："儿既娶，仍累媪！人家妇事姑，我家姑事妇！"十娘适闻之，负气登堂曰："儿妇朝侍食，暮问寝，事姑者，其道如何？所短者，不能吝佣钱，自作苦耳。”母无言，惭沮自哭。崑生入，见母涕痕，诘得故，怒责十娘，十娘执辨不屈。崑生曰：“娶妻不能承欢，不如勿有！便触老蛙怒，不过横灾死耳！”复出[17]十娘。十娘亦怒，出门径去。次日，居舍灾[18]，延烧数屋，几案床榻，悉为煨烬。崑生怒，诣祠责数曰：“养女不能奉翁姑，略无庭训[19]，而曲护其短！神者至公，有教人畏妇者耶！且盎盂相敲[20]，皆臣所为，无所涉于父母。刀锯斧钺，即加臣身，如其不然，我亦焚汝居室，聊以相报。”言已，负薪殿下，爇火欲举，居人集而哀之，始愤而归。父母闻之，大惧失色。至夜，神示梦于近村，使为婿家营宅。及明，赍材鸠工，共为崑生建造，辞之不止[21]，日数百人相属于道，不数日，第舍一新，床幕器具悉备焉。修除甫竟，十娘已至，登堂谢过，言词温婉，转身向崑生展笑，举家变怨为喜。自此十娘性益和，居二年，无间言。

十娘最恶蛇，崑生戏函小蛇，绐使启之，十娘色变，诟崑生，崑生亦转笑生嗔，恶相抵。十娘曰：“今番不待相迫逐，请自此绝。”遂出门去。薛翁大恐，杖崑生，请罪于神，幸不祸之，亦寂无音。积有年余，崑生怀念十娘，颇自悔，窃诣神所哀十娘，迄无声应。未几，闻神以十娘字袁氏，中心失望，因亦求婚他族，而历相数家，并无如十娘者，于是益思十娘。往探袁氏，则已垩壁涤庭，候鱼轩[22]矣。心愧愤不能自已，废食成疾。父母忧皇，不知所处。忽昏愦[23]中有人抚之曰：“大丈夫频欲断绝，又作此

青蛙神
不意青蛙
亦歸神郎
情偎薄妾
恃真性
誠善怒
猶能解
羞勝衵
終怙過
人
青蛙神

态！”开目，则十娘也，喜极，跃起曰：“卿何来？”十娘曰：“以轻薄人相待之礼，止宜从父命，另醮而去。固久受袁家采币[24]，妾千思万思而不忍也。卜吉已在今夕，父又无颜反璧[25]，妾亲携而置之矣。适出门，父走送曰：‘痴婢！不听吾言，后受薛家凌虐，纵死亦勿归也！’”崑生感其义，为之流涕。家人皆喜，奔告翁媪，媪闻之，不待往朝，奔入子舍，执手呜泣。由此崑生亦老成，不作恶谑，于是情好益笃。十娘曰：“妾向以君儇薄，未必遂能相白首[26]，故不欲留孽根于人世，今已靡他[27]，妾将生子。”居无何，神翁神媪着朱袍，降临其家。次日，十娘临蓐，一举两男。由此往来无间。居民或犯神怒，辄先求崑生，乃使妇女辈盛妆入闺，朝拜十娘，十娘笑则解。薛氏苗裔甚繁，人名之“薛蛙子家”。近人不敢呼，远人呼之。

青蛙神，往往托诸巫以为言。巫能察神嗔喜，告诸善信[28]曰“喜矣”，福则至；“怒矣”，妇子坐愁叹，有废餐者。流俗然哉？抑神实灵，非尽妄也？

有富贾周某，性吝啬。会居人敛金修关圣祠[29]，贫富皆与有力，独周一毛所不肯拔。久之，工不就，首事者[30]无所为谋。适众赛蛙神，巫忽言：“周将军仓[31]命小神司募政，其取簿籍来。”众从之。巫曰：“已捐者，不复强；未捐者，量力自注。”众唯唯敬听，各注已。巫视众曰：“周某在此否？”周方混迹其后，惟恐神知，闻之失色，次且而前。巫指籍曰：“注金百。”周益窘。巫怒曰：“淫债尚酬二百，况好事耶！”盖周私一妇，为夫掩执，以金二百自赎，故讦[32]之也。周益惭惧，不得已，如命注之。既归，告妻，妻曰：“此巫之诈耳。”巫屡索，卒不与。一日，方昼寝，忽闻门外如牛喘，视之，则一巨蛙，室门仅容其身，步履蹇缓，塞两扉而入。既入，转身卧，以阈[33]承颔，举家尽惊。周曰：“必讨募金也。”焚香而祝，愿先纳三十，其余以次赍送，蛙不动；请纳五十，身忽一缩小尺许；又加二十，益缩如斗；请全纳，缩如拳，从容出，入墙罅而去。周急以五十金送监造所，人皆异之，周亦不言其故。积数日，巫又言：“周某欠金五十，何不催并？”周闻之惧，又送十金，意将以次完结。一日，夫妇方食，蛙又至，如前状，目作努，少间，登其床，床摇撼欲倾，加喙于枕而眠，腹隆起如卧牛，四隅皆满。周惧，即完百数与之，验之，仍不少动。半日间，小蛙渐集，次日益多，穴仓登榻，无处不至，大于碗者，升灶啜蝇，糜烂釜中，以致秽不可食；至三日，庭中蠢蠢，更无隙地。一家皇骇，不知计之所出，不得已，请教于巫，巫曰：“此必少之也。”遂祝之，益以二十，首始举；又益之，起一足；直至百金，四足尽起，下床出门，狼犺[34]数步，复返身卧门内。周惧，问巫，巫揣其意，欲周即解囊。周无奈何，如数付巫，蛙乃行，数步外，身暴缩，杂众蛙中，不可辨认，纷纷然亦渐散矣。

祠既成，开光祭赛[35]，更有所需。巫忽指首事者曰：“某宜出如干数。”共十五人，止遗二人。众祝曰：“吾等与某某，已同捐过。”巫曰：“我不以贫富为有无，但以汝等所侵渔之数[36]为多寡。此等金钱，不可自肥，恐有横灾飞祸。念汝等首事勤劳，故代汝消之也。除某某廉正无苟且[37]外，即我家巫，我亦不少私之，便令先出，以为众倡。”即奔入家，搜括箱椟，妻问之，亦不答，尽卷囊蓄而出，告众曰：“某私克银八两，今使倾橐。”与众衡之，秤得六两余，使人志之。众愕然，不敢置辨，悉如数纳入。巫过此茫不自知；或告之[38]，大惭，质衣以盈之。惟二亏其数，事既毕，一人病月余，一人患疔瘇，医药之费，浮于所欠[39]，人以为私克之报云。

异史氏曰：“老蛙司募，无不可与为善之人，其胜刺钉拖索[40]者，不既多乎？又发监守之盗[41]，而消其灾，则其现威猛，正其行慈悲也。神矣！”

校注

1 〔江汉之间〕谓长江、汉水之间。汉水在湖北境内与长江平行，至武汉入长江，故当指此地。
2 〔俗事蛙神最虔〕俗事，谓习俗侍奉、信奉。虔，虔诚。
3 〔祠〕指青蛙神祠。
4 〔斩牲禳祷〕宰杀祭祀用的家畜。禳祷，祭祀祈祷，以求消灾。
5 〔楚〕楚地。即泛指今之湖北地区。
6 〔下嫁〕本指公主出嫁谓“下嫁”，此指蛙神的女儿嫁于世间平凡之人。

7 〔近禁脔（luán 峦）〕比喻别人不得染指之物，为独家所有。《晋书·谢混传》："孝武帝为晋陵公主求婚，谓王珣曰：'主婚但如刘真长（惔）、王子敬（献之）便足。'""珣对曰：'谢混虽不及真长，不减子敬。'帝曰：'如是便足。'未几，帝崩，袁崧欲以女妻之。珣曰：'卿莫近禁脔。'初，元帝始镇建业，公私窘罄，每得一㹠，以为珍膳，项上一脔尤美，辄以荐帝，群下不敢食，于是呼为禁脔，故珣因以为戏。"此谓姜氏勿将女许嫁崑生。

8 〔反其仪〕退回送来的聘礼。

9 〔岁〕据手稿本，原抄本无。

10 〔百年事〕意谓此是终身婚姻大事。

11 〔授之词〕嘱咐他回去应答的话语。

12 〔拜〕据手稿本，原抄本作"见"。

13 〔必见（xiàn 县）〕谓必显灵验。

14 〔"鸮（xiāo 消）鸟生翼"二句〕喻忘恩负义，恩将仇报。民间传说，鸮鸟（俗名猫头鹰），当幼鸟羽翼长成时，啄其母之睛食之而去，故多以比喻恶人。

15 〔郁冒〕郁滞不顺。《后汉书·朱穆传》："今年九月，天气郁冒，五位四侯，连失正气。"

16 〔女红〕即妇女所做的针线活。

17 〔出〕"出妇"之意，即休弃妻子。汉班固《白虎通义·嫁娶》："出妇之义必送之，接以宾客之礼。"

18 〔灾〕发生火灾。

19 〔庭训〕本指父教，此泛指家教。《抱朴子·自叙》："年十有三，而慈父见背，夙失庭训。"

20 〔盎盂相敲〕盎和盂都是日常所用之食器，其相碰撞是常有的事。以此喻家中不和时的口角。

21 〔止〕据手稿本，原抄本作"肯"。

22 〔鱼轩〕古代贵妇人所乘之车，用鱼皮为饰。《左传·闵公二年》："归夫人鱼轩。"杜预注："鱼轩，夫人车，以鱼皮为饰。”后以此代指夫人。

23 〔愦〕据手稿本，原抄本作“惧”。

24 〔采币〕古代婚礼有六礼，即纳采、问名、纳吉、纳征、请期、亲迎。采币，即纳采、纳吉、纳征时男家送给女家的礼品，后世称为“财礼”。

25 〔反璧〕指退还所赠送的礼物。《左传·僖公三十年》：“晋重耳至曹，乃馈盘飧，置璧焉。公子受飧反璧。”璧，据手稿本，原抄本作“币”。

26 〔相白首〕即白头到老。

27 〔靡他〕言其无他心。靡，无。

28 〔善信〕即善男信女之称。此指信奉蛙神者。

29 〔关圣祠〕即关公祠。关圣，即关羽，字云长，河东解县人。三国时蜀将。亦称“关公”、“关帝”。

30 〔首事者〕即首倡其事者。

31 〔周将军仓〕即周仓，传说三国蜀名将关羽之部将。但《三国志》中无此人的记载。

32 〔讦（jié 劫）〕揭发别人的隐私。

33 〔阈（yù 玉）〕门槛，门限。

34 〔狼犺（kàng 炕）〕笨拙、笨重。《西游记》第七十六回：“那呆子生得狼犺，又不会腾那，这一去吉少凶多。”

35 〔开光祭赛〕即关圣祠落成，首次祭祀。开光，佛家语，佛家祭祀仪式之一，谓佛像塑成，择吉致礼，称为“开光”。赛，祭祀。

36 〔侵渔之数〕意谓侵吞公众财物之数。

37 〔苟且〕谓用不正当手段所得财物。《史记·酷吏列传》：“县官所兴，未获其利，奸吏并侵渔，于是痛绳以罪。”

38 〔“众愕然，不敢置辨……或告之”段〕据手稿本补入，原抄本无。

39 〔浮于所欠〕超过所欠之数。

40 〔刺钉拖索〕旧时僧道募化者，有的袒胸露臂，在肌肉上刺上铁针，拖着长索，以引起人们的怜悯之情。

41 〔发监守之盗〕揭发监守者自己盗窃之行。

大　蝎

明彭将军宏[1]，征寇入蜀，至深山中，有大禅院[2]，云已百年无僧，询之土人，则谓寺中有妖，入者辄死。彭恐伏寇，率兵斩茅而入。前殿中有皂雕[3]，夺门飞去，中殿无异，又进之，则佛阁，周视亦无所见，而入者皆头痛不能禁。彭亲入，亦然。少顷，有蝎大如琵琶，自板上蠢蠢而下，一军惊走。彭遂火其寺。

校注

1　〔明彭将军宏〕彭宏，当为“彭泽”之误。其“宏”，是否为彭泽之另一字，也未可知。但据《明史·彭泽列传》载：“彭泽，字济物，兰州人，幼学于外祖段坚，有志节。会试二场毕，闻母病，径归，母病亦已。登弘治三年进士，授工部主事，历刑部郎中。”“（彭泽）寻代洪钟总督川、陕诸军，讨四川贼。时鄢本恕、蓝廷瑞、廖惠、曹甫已平，惟廖麻子、喻思俸猖獗如故。泽偕总兵官时源数败贼，部将阎勋追擒麻子于剑州。思俸窜通、巴间，势复振。泽督诸军围之，卒就擒。泽遂移汉中，请班师。未报，而内江、荣昌贼复炽。泽又移师讨平之，且平成都乱卒之执知州、指挥者。请班师益力，诏暂留保宁镇抚。”彭泽之经历，与《大蝎》中“明彭大将军宏，征寇入蜀”完全相符。

2 〔禅院〕指佛寺。

3 〔皂雕〕黑色之雕。

任　秀

任建之，鱼台[1]人，贩毡裘为业。竭资赴陕，途中逢一人，自言："申竹亭，宿迁[2]人。"话言投契[3]，盟为昆弟，行止与俱。至陕，任病不起，申善视之，积十余日，疾大渐[4]，谓申曰："吾家故无恒产，八口衣食，皆恃一人犯霜露[5]，今不幸殂谢异域[6]。君，我手足也，两千里外，更有谁何！囊金二百余金，一半君自取之，为我小备殓具，剩者可助资斧；其半寄吾妻子，俾辇吾榇而归。如肯携残骸旋故里，则装资勿计矣。"乃扶枕为书付申，至夕而卒。申以五六金为市薄材，殓已。主人催其移榇[7]，申托寻寺观，竟遁不返。任家年余方得确耗。

任子秀，年十七，方从师读，由此废学，欲往寻父柩。母怜其幼，秀哀涕欲死，遂典资治任，俾老仆佐之行，半年始还。殡后，家贫如洗。幸秀聪颖，释服[8]，入鱼台泮[9]。而佻达喜博，母教戒綦严，卒不改。一日，文宗案临，试居四等[10]。母愤泣不食，秀惭惧，对母自矢。于是闭户年余，遂以优等食饩[11]。母劝令设帐，而人终以其荡无检幅[12]，咸诮薄之。有表叔张某，贾京师，劝使赴都，愿携与俱，不耗其资，秀喜从之，至临清[13]，泊舟关外[14]。时盐航舣集，帆樯如林。卧后，闻水声人声，聒耳不寐。更既静，忽闻邻舟骰声[15]清越，入耳萦心，不觉旧技复痒，窃听诸客，皆已酣寝，囊中自备千文，思欲过舟一戏。潜起解囊，捉钱踟蹰，回思母训，既复束置。既睡，心怔忡，苦不得眠，又起，又解，如是者三。兴勃发，不可复忍，携钱径去。至邻舟，则见两人对赌，钱注[16]丰美。置钱几上，即求入局。二人喜，即与共掷，秀大胜。一客钱尽，即以巨金质舟主，渐以十余贯作孤注。赌方酣，又有一人登舟来，眈视良久，亦倾囊出百金质主人，入局共博。张中夜醒，觉秀不在舟，闻骰声，心知之，因诣邻舟，欲挠沮之。至，则秀胯侧积资如山，乃不复言，负钱数千而返，呼诸客并起，往来移运，尚存十余千。未几，三客俱败，一舟之钱尽空。客欲赌金，而秀欲已盈，故托非钱不博以难之。张在侧，又促逼令归。三客躁急，舟主利其盆头[17]，转贷他舟，得百余千。客得钱，赌更豪，无何，又尽归秀。天已曙，放晓关[18]矣，共运资而返。三客已去，主人视所质二百余金，尽箔灰[19]耳，大惊，寻至秀舟，告以故，欲取偿于秀，及问姓名，里居，知为建之之子，缩颈羞汗而退。过访榜人，乃知主人即申竹亭也。秀至陕时，亦颇闻其姓字，至此鬼已报之，故不复追其前隙矣。乃以资与张合业而北，终岁获息倍蓰，遂援例入监[20]。益权子母，十年间，财雄一方。

校注

1 〔鱼台〕秦置方与县，唐改鱼台县。治所在今山东省鱼台县。

2 〔宿迁〕县名。秦、汉为下相县，唐改宿迁县。治所在今江苏省宿迁县。

3 〔投契〕意气相投。

4 〔大渐〕指病危。渐，剧。

5 〔犯霜露〕即犯冒霜露。此指经商路途的艰辛。

6 〔殂谢异域〕谓客死于他乡。殂谢，死亡。

7 〔櫘（huì 慧）〕一小而薄的棺材。

8 〔释服〕即“除服”。谓服丧期满，解除丧服。

9 〔入鱼台泮〕即考入鱼台县学。泮，学宫。

10 〔试居四等〕岁考成绩被列为第四等。试，指岁试。清代科举制度，各省学政在三年的任期内，要巡回所属府、州、县学，考试生员，称岁试或岁考。清初，对生员的岁考，成绩分六等。一二三等赏，四等以下者罚。

11 〔优等食饩（xī 西）〕岁考成绩优异者，补为廪生。饩，廪饩，按时由官府对生员支付生活补助费。

12 〔荡无检幅〕指行为放荡，自无检束。幅，边幅。

13 〔临清〕北魏析置临清县，明升临清州，卫河、南运河流贯其境内。临清，为当时重要码头，县治在今山东省临清市。

14 〔关外〕即水关之外。明宣德四年（1429）设临清关，设关卡以收商税。

15 〔骰（tóu 头）声〕即掷骰子的声音。

16 〔钱注〕即赌注。注，赌博押赌的财物。

17 〔盆头〕开赌场的人，向赢钱者抽头，因骰子掷于盆中，故称盆头。盆，掷盆，赌具。

18 〔放晓关〕谓临清水关于“河内为铁索，直达两岸，开关时则撤之”。（乾隆《临清直隶志·关榷志》）此谓天放晓时，去铁索放行，曰开关。

19 〔箔灰〕烧箔之灰。箔，为迷信用品，为纸涂上金色或银色，称之金箔或银箔，为旧时祭祀死者时焚烧品，称为冥钱。

20 〔援例入监〕根据惯例，取得监生资格。监，国子监。

晚 霞

五月五日，吴越间[1]有斗龙舟之戏。刳木为龙[2]，绘鳞甲，饰以金碧，上为雕甍朱槛[3]，帆旌皆以锦绣，舟末为龙尾，高丈余。以布索引木板下垂，有童坐板上，颠倒滚跌，作诸巧剧，下临江水，险危欲堕。故其购是童也，先以金啖[4]其父母，预调驯之，堕水而死，勿悔也。吴门[5]则载美姬，较不同耳。

镇江有蒋氏童阿端，方七岁，便捷奇巧莫能过，声价益起，十六岁犹用之，至金山下，堕水死。蒋媪止此子，哀鸣而已。阿端不自知死，有两人导去，见水中别有天地，回视，则流波四绕，屹如壁立。俄入宫殿，见一人兜牟坐，两人曰："此龙窝君也。"便使拜伏。龙窝君颜色和霁，曰："阿端伎巧可入柳条部。"遂引至一所，广殿四合，趋上东廊，有诸少年出与为礼，率十三四岁。即有老妪来，众呼解姥，坐令献技，已，乃教以钱塘飞霆之舞，洞庭和风之乐[6]。但闻鼓钲喤聒，诸院皆响，既而诸院皆息。姥恐阿端不能即娴，独絮絮调拨[7]之，而阿端一过，殊已了了。媪喜曰："得此儿，不让晚霞矣！"明日，龙窝君按部[8]，诸部毕集。首按夜叉部：鬼面鱼服[9]，鸣大钲，围四尺许，鼓可四人合抱之，声如巨霆，叫噪不复可闻。舞起，则巨涛汹涌，横流空际，时堕一点大如盆，着地消灭。龙窝君急止之，命进乳莺部，皆二八姝丽，笙乐细作，一时清风习习，波声俱静，水渐凝如水晶世界，上下通明。按毕，俱退立西墀下。次按燕子部，皆垂髫人，内一女郎，年十四五已来，振袖倾鬟，作散花舞[10]，翩翩翔起，衿袖袜履间，皆出五色花朵，随风扬下，飘泊满庭。舞毕，随其部亦下西墀。阿端旁睨，雅爱好之，问之同部，即晚霞也。无何，唤柳条部。龙窝君特试阿端，端作前舞，喜怒随腔，俯仰中节[11]。龙窝君嘉其慧悟，赐五文裤褶[12]，鱼须金束发[13]，上箝夜光珠。阿端拜赐下，亦趋西墀，各守其伍[14]。端于众中遥注晚霞，晚霞亦遥注之。少间，端逡巡出部而北，晚霞亦渐出部而南，相去数武，而法严不敢乱部，相视神驰而已。既按蛱蝶部，童男女皆双舞，身长短、年大小、服色黄白，皆取诸同。诸部按已，鱼贯[15]而出。柳条在燕子部后，端疾出部前，而晚霞已缓滞在后。回首见端，故遗珊瑚钗，端急内袖中。既归，凝思成疾，眠餐顿废。解媪辄进甘旨，日三四省，抚摩殷切，病不少瘥。媪忧之，罔所为计，曰："吴江王寿期已促[16]，且为奈何！"薄暮，一童子来，坐榻上与语，自言隶蛱蝶部，从容问曰："君病为晚霞否？"端惊问：

"何知?"笑曰:"晚霞亦如君耳。"端凄然起坐,便求方计。童问:"尚能步否?"答云:"勉强尚能自力。"童挽出,南启一户,折而西,又辟双扉。见莲花数十亩,皆生平地上,叶大如席,花大如盖,落瓣堆梗下盈尺。童引入其中,曰:"姑坐此。"遂去。少时,一美人拨莲花而入,则晚霞也。相见惊喜,各道相思,略述生平。遂以石压荷盖令侧,雅可障蔽;又匀铺莲瓣而藉之,忻与狎寝。既订后约,日以夕阳为候,乃别。端归,病亦寻愈。由此两人日一会于莲亩。

过数日,随龙窝君往寿吴江王,称寿已,诸部悉归,独留晚霞及乳莺部一人在宫中教舞。数月,更无音耗,端怅望若失。惟解姥日往来吴江府,端托晚霞为外妹,求携去,冀一见之。留吴江门下数日,宫禁严森,晚霞苦不得出,怏怏而返。积月余,痴想欲绝。一日,解姥入,戚然相吊,曰:"惜乎!晚霞投江矣!"端大骇,涕下不能自止,因毁冠裂服,藏金珠而出,意欲相从俱死。但见江水若壁,以首力触不得入。念欲复还,惧问冠服,罪将增重。意计穷蹙[17],汗流浃踵。忽睹壁下有大树一章,乃猱攀[18]而上,渐至端杪,猛力跃堕,幸不沾濡,而竟已浮水上。不意之中,恍睹人世,遂飘然泅去。移时得岸,少坐江滨,顿思老母,遂趁舟而去。抵里,四顾居庐,忽如隔世。次且至家,忽闻窗中有女子曰:"汝子来矣。"音声甚似晚霞。俄,与母俱出,果霞。斯时两人喜胜于悲;而媪则悲疑惊喜，万状俱作矣。

初，晚霞在吴江，觉腹中震动，龙宫法禁严，恐旦夕身娩，横遭挞楚，又不得一见阿端，但欲求死，遂潜投江水。身泛起，沉浮波中，有客舟拯之，问其居里。晚霞故吴名妓，溺水不得其尸，自念衏院[19]不可复投，遂曰："镇江蒋氏，吾婿也。"客因带贳[20]扁舟，送诸其家。蒋媪疑其错误，女自言不误，因以其情详告媪。媪以其风格婉妙，颇爱悦之，第虑年太少，必非肯终寡也者。而女孝谨，顾家中贫，便脱珍饰售数万。媪察其志无他，良喜。然无子，恐一旦临蓐，不见信于戚里，以谋女，女曰："母但得真孙，何必求人知。"媪亦安之。会端至，女喜不自已。媪亦疑儿不死，阴发儿冢，骸骨具存。因以此诘端，端始爽然自悟，第恐晚霞恶其非人，嘱母勿复言。母然之，遂告同里，以为当日所得非儿尸，然终虑其不能生子。未几，竟举一男，捉之无异常儿，始悦。久之，女渐觉阿端非人，乃曰："胡不早言！凡鬼衣龙宫衣，七七[21]魂魄坚凝，生人不殊矣。若得宫中龙角胶，可以续骨节而生肌肤，惜不早购之也。"端货其珠，有贾胡[22]出资百万，家由此巨富。值母寿，夫妻歌舞称觞[23]，遂传闻王邸。王欲强夺晚霞，端惧，见王自陈："夫妇皆鬼。"验之无影而信，遂不之夺，但遣宫人就别院传其技。女以龟溺毁容[24]，而后见之。教三月，终不能尽其技而去。

校注

1　〔吴越间〕指古时吴国与越国所辖地域。即今之江苏、浙江一带。

2　〔刳（kū 枯）木为龙〕将整块木头挖空，做成一条龙舟。

3　〔雕甍（méng 盟）朱槛（jiàn 件）〕雕刻镂花的屋脊，朱红色的栏杆。甍，屋脊。

4　〔啖〕指用钱收买。

5　〔吴门〕古江苏吴县的别称，即今江苏省苏州市。其地为春秋时吴都所在，故称。

6　〔“钱塘飞霆之舞”二句〕此二者舞乐之名均为作者虚拟的名称及舞乐。唐人李朝威所撰《柳毅传书》中，载洞庭君之女嫁泾河小龙，受虐待，牧羊于泾水滨。柳毅遇之，为传书于洞庭君。洞庭君之弟为钱塘君，性暴躁，闻讯冲出龙宫解救龙女，当时“千雷万霆，激绕其身，霰雪雨雹，一时皆下”。“钱塘飞霆之舞”，即取材此事。归来，洞庭君设宴庆贺龙女还宫，则“宴毅于凝碧宫”，“金石丝竹，罗绮珠翠，舞女于左”。其“洞庭和风之乐”，即取意于此。

7　〔调拨〕调弄、拨正，即指导。

8　〔按部〕即检查各部。按，审查，检验。

9　〔鬼面鱼服〕谓戴着鬼面具，佩着鱼服。鱼服，用鱼皮做成的箭袋。

10　〔散花舞〕即天女散花之舞。《维摩诘经·观众生品》：“时维摩诘室有一天女，见诸大人闻所说法，便现女身，即以天华散诸菩萨大弟子。”

11　〔中节〕合乎规矩、程式。《周礼·中庸》：“喜怒哀乐之未发谓之中，发而皆中节谓之和。”此指动作皆合于音乐的节拍。

12　〔五文裤褶（xí 习）〕五彩的服装。五文，五彩。裤褶，服装名。名起于汉末，始为骑服。盛行于南北朝，亦用作常服、朝服。是一种上衣与裤子连在一起的服装。

13 〔鱼须金束发〕类鱼须形金丝所制的束发。束发，指束发为髻的饰品。

14 〔各守其伍〕犹言各自保持队列。

15 〔鱼贯〕意为首尾相连，即一个接一个。

16 〔寿期已促〕谓祝寿日期迫近。促，迫近。

17 〔穷蹙（cù 醋）〕生活陷于穷困。《文选·宋玉〈九辩〉》："悲忧穷蹙兮独处廓，有美一人兮心不绎。"

18 〔猱（náo 挠）攀〕即攀缘。猱，猿类。

19 〔衖（háng 杭）院〕妓院。同"行院"。《醒世恒言》二十回："同寓举人候榜，拉去行院中游串。"

20 〔贳（shì 士）〕雇用，租赁。

21 〔七七〕即谓四十九天之数。

22 〔贾（gǔ 古）胡〕经商的胡人。此指外国商人。

23 〔称觞〕敬酒祝贺。

24 〔龟溺毁容〕民间传说，龟尿沾到皮肤上不易洗净，可把面容弄丑。

司札吏

游击[1]官某，妻妾甚众。最讳其小字，呼年曰岁，生曰硬，马曰大驴，又讳败曰胜，安为放。虽简札往来，不甚避忌，而家人道之，则怒。一日，司札吏[2]白事误犯，大怒，以砚击之，立毙。三日后，醉卧，见吏持刺[3]入，问："何为？"吏曰："马子安来拜。"忽悟其鬼，急起拔刀挥之，吏微笑，掷刺几上，泯然而没。取刺视之，书云："岁家眷硬大驴子放胜[4]。"暴谬之夫，为鬼揶揄，可笑甚已！

牛首山[5]一僧，自名铁汉，又名铁屎。有诗四十首，见者无不绝倒。自镂印章二，一曰"混帐行子"，一曰"老实泼皮"。秀水[6]王司直梓其诗，名曰"牛山四十屁"。款云："混帐行子[7]，老实泼皮[8]放。"不必读其诗，标名已足解颐[9]。

校注

1 〔游击〕明清武官名。详见卷二《夜叉国》注。

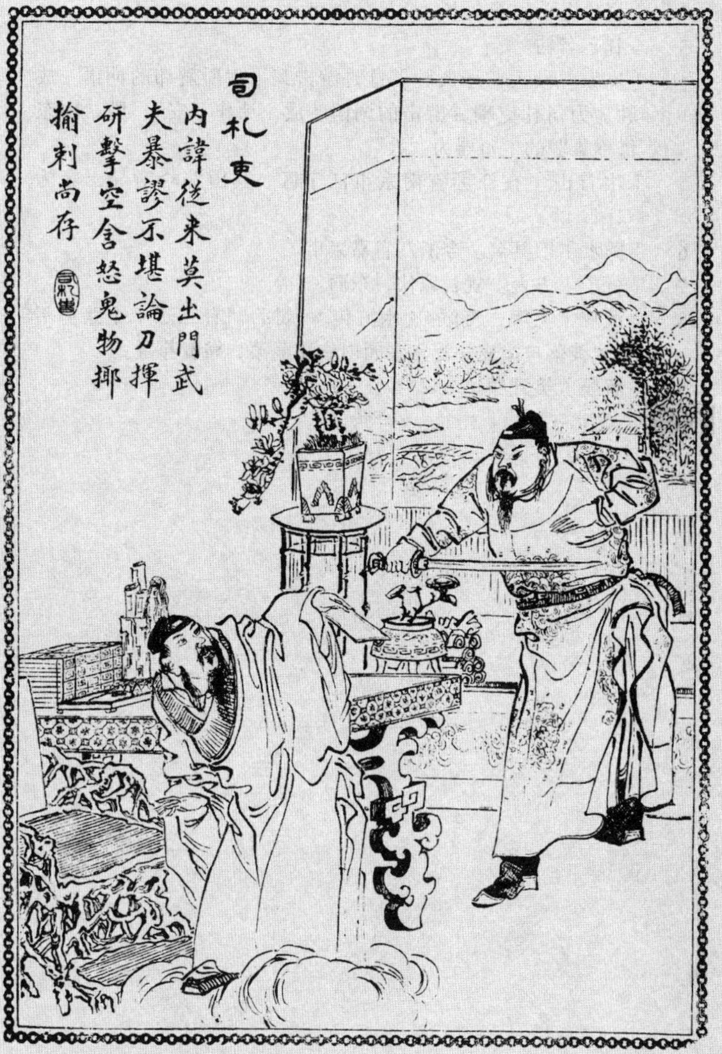
司札吏
内諱從来莫出門武
夫暴謬不堪論刀揮
研擊空含怒鬼物揶
揄刺尚存

2 〔司札吏〕主管文书、文件的胥吏。

3 〔刺〕名帖。

4 〔岁家眷硬大驴子放胜〕这是游击某平生所避讳的词语。放胜，为司札吏嘲弄游击的词语。放，讳作“安”；胜，山东俗称雄驴的生殖器为“胜”。

5 〔牛首山〕在江苏省南京市江宁区，其山双峰对峙，名为双阙。

6 〔秀水〕旧县名。今浙江省嘉兴市。

7 〔行子〕方言。犹言家伙、东西。

8 〔泼皮〕无赖、流氓。《水浒传》六回：“有二三十个赌博不成才破落户泼皮，泛常在园内偷盗蔬菜，靠着养身。”

9 〔解颐〕笑开颜。

白秋练

直隶有慕生，小字蟾宫，商人慕小寰之子，聪慧喜读。年十六，翁以文业迂[1]，使去而学贾，从父至楚，每舟中无事，辄便吟诵。抵武昌，父留居逆旅，守其居积[2]。生乘父出，执卷哦诗[3]，音节铿锵，辄见窗影憧憧[4]，似有人窃听之，而亦未之异也。

一夕，翁赴饮，久不归，生吟益苦。有人徘徊窗外，月映甚悉。怪之，遽出窥觇，则十五六倾城之姝[5]，望见生，急避去。又二三日，载货北旋，暮泊湖滨。父适他出，有媪入曰："郎君杀吾女矣！"生惊问之，答云："妾白姓。有息女[6]秋练，颇解文字。言在郡城，得听清吟，于今结念，至绝眠餐。意欲附为婚姻，不得复拒。"生心实爱好，第虑父嗔，因直以情告。媪不实信，务要盟约[7]，生不肯，媪怒曰："人世姻好，有求委禽而不得者。今老身自媒，反不见纳，耻孰甚焉！请勿想北渡矣！"遂去。少间，父归，善其词以告之，隐冀垂纳[8]，而父以涉远，又薄女子之怀春[9]也，笑置之。泊舟处，水深没棹，夜忽沙碛[10]拥起，舟滞不得动。湖中每岁客舟必有留住守洲者，至次年桃花水[11]溢，他货未至，舟中物当百倍于原直也，以故翁未甚忧怪。独冀明岁南来，尚须揭资，于是留子自归。生窃喜，悔不诘媪居里。日既暮，媪与一婢扶女郎至，展衣卧诸榻上，向生曰："人病至此，莫高枕作无事者！"遂去。生初闻而惊，移灯视女，则病态含娇，秋波自流，略致讯诘，嫣然微笑。生强其一语，曰："'为郎憔悴却羞郎[12]'，可为妾咏。"生狂喜，欲近就之，而怜其荏弱，探手于怀，接脑[13]为戏。女不觉欢然展谑[14]，乃曰："君为妾三吟王建'罗衣叶叶[15]'之作，病当愈。"生从其言。甫两过，女揽衣起坐曰："妾愈矣！"再读，则娇颤相和。生神志益飞，遂灭烛共寝。女未曙已起，曰："老母将至矣。"未几，媪果至，见女凝妆欢坐，不觉欣慰，邀女去，女俯首不语。媪即自去，曰："汝乐与郎君戏，亦自任也。"于是生始研问居止[16]，女曰："妾与君不过倾盖之交[17]，婚嫁尚未可必，何须令知家门。"然两人互相爱悦，要誓良坚。

女一夜早起挑灯，忽开卷，凄然泪莹，生急起问之，女曰："阿翁行且至。我两人事，妾适以卷卜[18]，展之，得李益《江南曲》[19]，词意非祥。"生慰解之，曰："首句'嫁得瞿塘贾'，即已大吉，何不祥之与有！"女乃少欢，起身作别曰："暂请分手，天明则千人指视矣。"生把臂哽咽，问："好事如谐，何处可以相报？"曰："妾常使人侦探之，谐否无不闻也。”生将下舟送之，女力辞而去。无何，慕果至，生渐吐其情，父疑其招妓，怒加诟厉，细审舟中财物，并无亏损，谯呵[20]乃已。一夕，翁不在舟，女忽至，相见依依，莫知决策，女曰：“低昂有数[21]，且图目前。姑留君两月，再商行止。”临别，以吟声作为相会之约。由此，值翁他出，遂高吟，则女自至。四月行尽，物价失时，诸贾无策，敛资祷湖神之庙。端阳[22]后，雨水大至，舟始通。生既归，凝思成疾，慕忧之，巫医并进。生私告母曰：“病非药禳[23]可痊，惟有秋练至耳。”翁初怒之，久之，支离[24]已惫，始惧。赁车载子，复入楚，泊舟故处，访居人，并无知白媪者。会有媪操柁湖滨，即出自任，翁登其舟，窥见秋练，心窃喜，而审诘邦族，则浮家泛宅[25]而已。因实告子病由，冀女登舟，姑以解其沉痼。媪以婚无成约，弗许。女露半面，殷殷窥听，闻两人言，眦泪欲堕。媪视女面，因翁哀请，即亦许之。至夜，翁出，女果至，就榻呜泣曰：“昔年妾状，今到君耶！此中况味，要不可不使君知。然羸顿[26]如此，急切何能便瘳？妾请为君一吟。”生亦喜。女亦吟王建前作，生曰：“此卿心事，医二人何得效？然闻卿声，神已爽矣。试为我吟‘杨柳千条尽向西[27]’。”女从之。生赞曰：“快哉！卿昔诵诗余[28]，有《采莲子》云：‘菡萏香连十顷陂[29]。’心尚未忘，烦一曼声度之[30]。”女又从之。甫阕[31]，生跃起曰：“小生何尝病哉！”遂相狎抱，沉痾若失。既而问："父见媪何词？事得谐否？"女已察知翁意，直对"不谐"。既而女去，父来，见生已起，喜甚，但慰勉之，因曰："女子良佳，然自总角[32]时把柁棹歌[33]，无论微贱，抑亦不贞。"生不语。

翁既出，女复来，生述父意，女曰："妾窥之审矣！天下事，愈急则愈远，愈迎则愈拒，当使意自转，反相求。"生问计，女曰："凡商贾之志在于利耳。妾有术知物价。适视舟中物，并无少息。为我告翁：居某物，利三之；某物，十之。归家，妾言验，则妾为佳妇矣。再来时，君十八，妾十七，相欢有日，何忧焉！"生以所言物价告父。父颇不信，姑以余资半从其教。既归，所自买货，资本大亏，幸少从女言，得厚息，略相准[34]，以是服秋练之神。生益夸张之，谓女自言，能使己富，翁于是益揭资而南。至湖，数日不见白媪，过数日，始见其泊舟柳下，因委禽焉。媪悉不受，但涓吉[35]送女过舟。翁另赁一舟，为子合卺。女乃使翁益南，所应居货，悉籍付之[36]。媪乃邀婿去，家于其舟，翁三月而返。物至楚，价已倍蓰。将归，女求载湖水。既归，每食必加少许，如用醯[37]酱焉。由是每南行，必为致数坛而归。后三四年，举一子。

一日，涕泣思归。翁乃偕子及妇俱入楚，至湖，不知媪之所在。女扣舷呼母，神形丧失，促生沿湖问讯。会有钓鲟鳇[38]者，得白骥[39]，生近视之，巨物也，形全类人，乳阴毕具，奇之，归以告女。女大骇，谓夙有放生[40]愿，嘱生赎放之。生往商钓者，钓者索直昂，女曰："妾在君家，谋金不下巨万，区区者何遂靳直也！如必不从，妾即投湖水死耳！"生惧，不敢告父，盗金赎放之。既返，不见女，搜之不得，更尽始至，问："何往？"曰："适至母所。"问："母所在？"觍然曰："今不得不实告矣，适所赎，即妾母也。向在洞庭，龙君命司行旅。近宫中欲选嫔妃，妾被浮言者所称道，遂敕妾母，坐相索。妾母实奏之，龙君不听，放母于南滨，饿欲死，故罹前难。今难虽免，而罚未释。君如爱妾，代祷真君[41]可免。如以异类见憎，请以儿掷还君，妾自去，龙宫之奉，未必不百倍君家也。"生大惊，虑真君不可得见，女曰："明日未刻[42]，真君当至。见有跛道士，急拜之，入水亦从之。真君喜文士，必合怜允。"乃出鱼腹绫一方，曰："如问所求，即出此，求书一'免'字。"生如言候之。果有道士蹩躠[43]而至，生伏拜之。道士急走，生从其后。道士以杖投水，跃登其上，生竟从之而登，则非杖也，舟也。又拜之，道士问："何求？"生出罗求书。道士展视曰："此白骥翼也，子何遇之？"蟾宫不敢隐，详陈巅末。道士笑曰："此物殊风雅，老龙何得荒淫！"遂出笔草书"免"字，如符形，返舟令下。则见道士踏杖浮行，顷刻已渺。归舟，女喜，但嘱勿泄于父母。

归后二三年，翁南游，数月不归。湖水既罄，久待不至。女遂病，日夜喘息，嘱曰："如妾死，勿瘗，当于卯、午、酉三时，一吟杜甫梦李白诗[44]，死当不朽。候水至，倾注盆内，闭门缓妾衣，抱入浸之，宜得活。”喘息数日，奄然遂毙。后半月，慕翁至，生急如其教，浸一时许，渐苏，自是每思南旋。后翁死，生从其意，迁于楚。

校注

1 〔以文业迂〕认为让慕生走读书科举之路其实用价值不大。文业，指科举之业。迂，迂腐，不切实际。

2 〔居积〕本指经营商业。此指购存的货物。

3 〔哦诗〕指吟诗。

4 〔憧憧（chōngchōng 充充）〕谓往来不定。

5 〔倾城之姝〕绝代美女。倾城，《汉书·外戚传》：“北方有佳人，绝世而独立，一顾倾人城，再顾倾人国。”后世遂以“倾城”、“倾国”形容女子之美。

6 〔息女〕指自己亲生之女。

7 〔务要（yāo 邀）盟约〕一定要逼使对方缔结婚约。要，挟也。

8 〔隐冀垂纳〕希望父亲能够同意这门婚事。垂纳，俯就采纳。

9 〔薄女子之怀春〕薄，鄙薄。怀春，谓少女春情发动，思于求偶之意。《诗经·召南·野有死麕》：“有女怀春，吉士诱之。”

10 〔沙碛（qì 弃）〕浅水中的沙堆。碛，水中沙堆也。

11 〔桃花水〕每年的农历三月，桃花盛开的季节，河流解冰，水位上涨，俗称“桃花汛”。《汉书·沟洫志》注：“盖桃花方华时，既有雨水，川谷冰泮，众流猥集，波澜盛长，故谓之桃花水也。”

12 〔为郎憔悴却羞郎〕此为唐元稹《莺莺传》中的诗句。《莺莺传》中，张生求见崔莺莺，莺莺不见，留一首诗给张生：“自从消瘦减容光，万转千回懒下床。不为旁人羞不起，为郎憔悴却羞郎。”

13 〔接胹（hàn 颔）〕接吻。胹，古“函”字。《说文》：“函，舌也。”《通俗文》：“口上曰臄，口下曰函。”此指下唇。

14 〔展谑〕露出喜悦的神色。展，张开、舒张开。

15 〔罗衣叶叶〕唐王建《宫词》：“罗衣叶叶绣重重，金凤银鹅各一丛。每遍舞时分两向，太平万岁字当中。”此取词中“太平万岁”的吉言，使病痊愈。

16 〔居止〕住所。《南史·张融传》：“绪曰：‘融近东出，未有居止，权牵小船于岸上住。’”

17 〔倾盖之交〕途中偶遇之交，此喻所交时间短暂。倾盖，谓车上的伞盖靠在一起。《史记·鲁仲连邹阳列传》中司马贞索隐引《志林》曰：“倾盖者，道行相遇，軿车对语，两盖相切，小欹之，故曰倾。”

18 〔卷卜〕信手翻阅书卷，用其卷中内容来占卜凶吉。卷，书。

19 〔李益《江南曲》〕唐代诗人李益《江南曲》：“嫁得瞿塘贾，朝朝误妾期。早知潮有信，嫁与弄潮儿。”该诗以商贾之妻思念丈夫，而抒发怨抑之情。文中，白秋练与慕生以卷卜而翻得此诗，其二人解释各不相同，也代表了两种精神境界。

20 〔谯呵〕责骂。

21 〔低昂有数〕人生成败有定数。意为只能听天由命。

22 〔端阳〕端阳节。即农历五月初五。

23 〔药禳〕医药与祈祷。禳，古时以祈禳而求得消灾的一种形式。

24 〔支离〕谓瘦弱的身体，像散了架子。

25 〔浮家泛宅〕谓终年飘泊于水上无定居处的人家。

26 〔羸顿〕消瘦、困顿。

27 〔杨柳千条尽向西〕唐代诗人刘方平《春怨》诗：“朝日残莺伴妾啼，开帘只见草萋萋。庭前时有东风入，杨柳千条尽向西。”

28 〔诗余〕词的别名。

29 〔《采莲子》云“菡萏（hàndàn 翰淡）香连十顷陂”〕《采莲子》，词调名。唐代诗人皇甫松《采莲子》词：“菡萏香连十顷陂，小姑贪戏采莲迟。晚来弄水船头湿，更脱红裙裹鸭儿。”连，据原词改，原抄本作“莲”。

30 〔曼声度之〕拖长腔调歌唱它。度，按谱歌唱。

31 〔甫阕（què 鹊）〕刚唱完。甫，刚，才。阕，乐终。

32 〔总角〕指童年。详见卷二《宫梦弼》注。

33 〔把柁棹（zhào 照）歌〕指摇船唱歌。把，握。棹，船桨。

34 〔略相准〕基本相抵。

35 〔涓吉〕犹择吉。选择吉利的日子。

36 〔籍付之〕登记在簿籍上交于他。籍，登记隶属关系的簿册。

37 〔醯（xī 西）〕醋。

38 〔鲟（xún 巡）鳇（huáng 皇）〕鱼名。产于江河及近海深水中，无鳞，灰白色，长二三丈，鼻长有须，口近下颌，尾歧，形似鲟鱼而背有甲骨。

39 〔白骥〕即白鳖豚。它是世界上淡水豚中存活数量最少的一种。它生活在我国长江中下游一带，是我国特产的珍贵动物。大腹，嘴狭长，有背鳍；背部呈蓝色，大者长丈余。

40 〔放生〕将被捕捉的动物释放，为佛教中所倡之善举。

41 〔真君〕道教对修仙得道道人的尊称。

42 〔未刻〕为下午一时至三时。古之记时的十二地支，每支为现在的两小时，它正与现在的一昼夜二十四小时相对应。

43 〔蹩躄（biébì 别币）〕跛脚，走路一瘸一拐的。

44 〔杜甫梦李白诗〕李白因入永王璘幕，于乾元元年流放夜郎，杜甫写成《梦李白二首》，表示对李白所遭不幸的同情与怀念。其第一首云：“死别已吞声，生别常恻恻。江南瘴疠地，逐客无消息。故人入我梦，明我长相忆。恐非平生魂，路远不可测。魂来枫林青，魂返关塞黑。君今在罗网，何以有羽翼？落月满屋梁，犹疑照颜色。水深波浪阔，无使蛟龙得！”此诗和白秋练与慕生生离死别之情绪相吻合，故吟此当不死。

蚰蜒

学使朱矞[1]三家门限下有蚰蜒[2]，长数尺，每遇风雨即出，盘旋地上如白练。然按蚰蜒形类蜈蚣，昼不能见，夜则出，闻腥辄集。或云：蜈蚣无目而多贪也。

校注

1 〔学使朱矞（yù 遇）〕即山东提学使朱雯。朱雯，浙江省石门县（今桐乡县）人，康熙进士，康熙三十年（1692）任山东省提学使。见光绪《山东通志·职官志》。

2 〔蚰蜒〕虫名。俗称蓑衣虫。汉王逸《九思·哀岁》："巷有兮蚰蜒，邑多兮螳螂。"

王　者

湖南巡抚某公，遣州佐[1]押解饷金六十万赴京。途中被雨，日暮愆程[2]，无所投宿，远见古刹，因诣栖止。天明，视所解金，荡然无存，众骇怪，莫可取咎[3]。回白抚公，公以为妄，将置之法。及诘众役，并无异词。公责令仍反故处，缉察端绪。

至庙前，见一瞽者，形貌奇异，自榜云："能知心事。"因求卜筮[4]。瞽曰："是为失金者。"州佐曰："然。"因诉前苦。瞽者便索肩舆[5]，云："但从我去，当自知。"遂如其言，官役皆从之。瞽曰："东。"东之。曰："北。"北之。凡五日，入深山，忽睹城郭，居人辐辏[6]。入城，走移时，瞽曰："止。"因下舆，以手南指："见有高门西向，可款关自问之。"拱手自去。州佐从其教，果见高门，渐入之。一人出，衣冠汉制[7]，不言姓名。州佐述所自来。其人云："请留数日，当与君谒当事者。"遂导去，令独居一所，给以食饮。暇时闲步至第后，见一园亭，入涉之。老松翳日，细草[8]如毡。数转廊榭，又一高亭，历阶而入，见壁上挂人皮数张，五官俱备，腥气流熏，不觉毛骨森竖，疾退归舍。自分留鞾异域[9]，已无生望，因念进退一死，亦姑听之。

明日，衣冠者召之去，曰："今日可见矣。"州佐唯唯。衣冠者乘怒马甚驶，州佐步驰从之。俄至一辕门[10]，俨如制府[11]衙署，皂衣人罗列左右，规模凛肃。衣冠者下马导入。又一重门，见有王者，珠冠绣绂[12]，南面坐。州佐趋上，伏谒，王者问："汝湖南解官耶？"州佐诺。王者曰："银俱在此，是区区者，汝抚军[13]即慨然见赠，未为不可。"州佐泣诉："限期已满，归必就刑，禀白何所申证？"王者曰："此即不难。"遂付以巨函云："以此复之，可保无恙。"又遣力士送之。州佐慑息[14]不敢辨，受函而返。山川道路，悉非来时所经。既出山，送者乃去。数日，抵长沙，敬白抚公。公益妄之，怒不容辨，命左右者飞索以缧[15]。州佐解襆出函，公拆视未竟，面如灰土，命释其缚，但云："银亦细事，汝姑出。"于是急檄[16]属官，设法补解讫。数日，公疾，寻卒。

先是，公与爱姬共寝，既醒，而姬发尽失，阖署惊怪，莫测其由。盖函中即其发也。外有书云："汝自起家守令，位极人臣。赇赂贪婪，不可悉数。前银六十万，业已验收在库。当自发贪囊，补充旧额。解官无罪，不得妄加谴责。前取姬发，略示微警。如复不遵教令[17]，旦晚取汝首领。姬发附还，以作明信。"公卒后，家人始传其书。

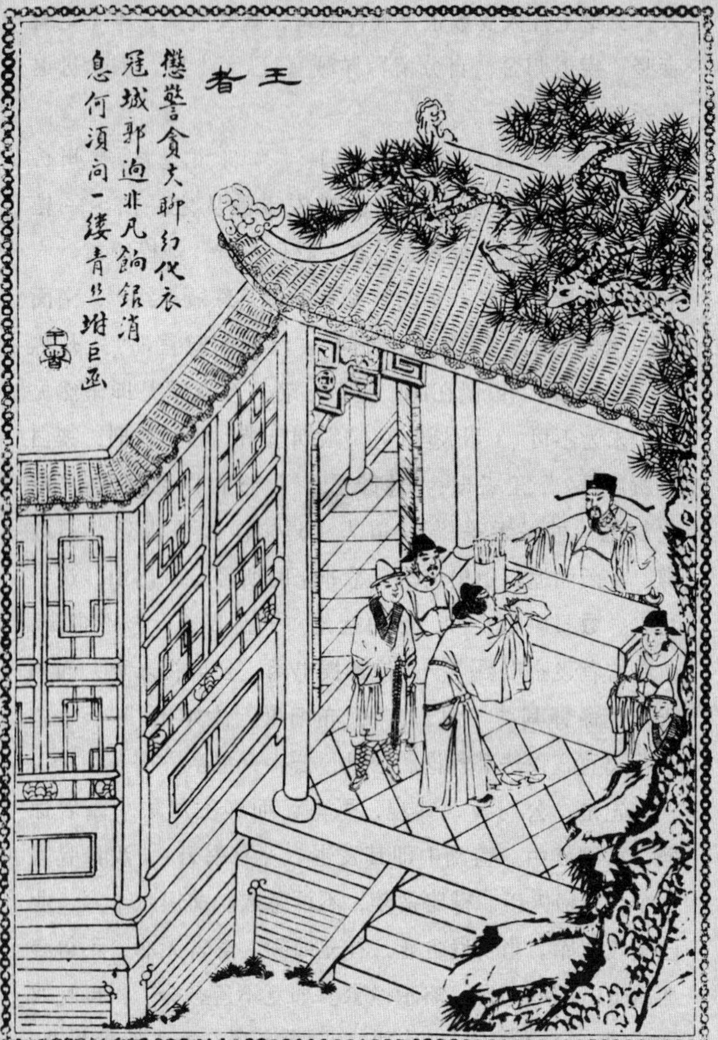
王者
懲警貪夫聊幻化衣
冠城郭迥非凡餉銀消
息何須問一縷青絲掛巨函

后属员遣人寻其处，则皆重岩绝壑，更无径路矣。

异史氏曰：“红线金合[18]，以儆贪婪，良亦快异。然桃源仙人[19]，不事劫掠；即剑客所集，乌得有城郭衙署哉？呜呼！是何神欤？苟得其地，恐天下之赴诉者无已时矣。”

校注

1 〔州佐〕清代的府、直隶州的州同、州判为知府、知州的辅佐官等，均称州佐。

2 〔愆程〕耽误了路程。愆，失误。

3 〔莫可取咎〕无人可以怪罪，即找不到过失的缘由。

4 〔卜筮〕占卜吉凶，为卜卦的通称。古卜课，用龟甲占卦叫“卜”，用蓍草占卦叫“筮”。

5 〔肩舆〕轿子。详见卷一《小翠》注。

6 〔辐辏（còu 凑）〕车轮的辐凑集于车毂之上，形容人烟密集。《战国策·魏策一》：“地四平，诸侯四通，条达辐辏，无有名山大川之阻。”

7 〔衣冠汉制〕谓衣服帽子的款式为汉族人的式样，指非满洲人的服饰。

8 〔细草〕据山东省博物馆藏康熙抄本，原抄本作“细柳”。

9 〔留鞟（kuò 廓）异域〕谓死于他乡。鞟，除去毛的皮革，此指人皮。

10 〔辕门〕古时军队行军扎营，用车环卫，出入之处，用两车辕支立起，相对如门，故曰辕门。《史记·项羽本纪》：“诸侯将入辕门，无不膝行而前。”后来也指营门或督抚衙署的外门。

11 〔制府〕指总督府。清代，总督别称制军、制台、制府。

12 〔绣绂（fú符）〕绂，同“黻”。古时帝王的礼服。

13 〔抚军〕据山东省博物馆藏康熙抄本，原抄本作“抚君”。

14 〔慑息〕形容怕得不敢出气。

15 〔飞索以缳（tà踏）〕指用绳索捆缚，《资治通鉴》卷二〇五唐万岁通天元年：“契丹设伏横击之，飞索以缳（张）玄遇（麻）仁节，生获之。”飞，抛掷。缳，捆绑。缳，据山东省博物馆藏康熙抄本，原抄本作“榻”。

16 〔檄〕即檄文。古代官方文书，多用于征召、晓谕、征讨等。

17 〔教令〕命令。《史记·孝文本纪》：“帝亲自劳军，勒兵申教令。”据山东省博物馆藏康熙抄本，原抄本作“敬令”。

18 〔“红线金合”二句〕唐袁郊《甘泽谣》：唐潞州节度使薛嵩家婢女红线，为嵩号内记室。是时魏博节度使田承嗣阴谋吞并潞州，薛嵩闻之，日夜忧闷，计无所出。红线乃自告奋勇，再拜而行。一更首途，二更复命。往返七百里，直达田承嗣寝所，盗得其枕前金合。嵩乃发使入魏，遗田承嗣书曰：“昨夜有客从魏中来，自元帅床头获一金合，不敢留驻，谨却封纳。”承嗣捧承之时，惊怛绝倒。明日，专遣使赍帛三万匹，名马二百匹，杂珍异等，献于嵩曰：“某之首领，系在恩私，便宜知过自新，不复更贻伊戚。”此借喻王者所寄巨函，内装湖南巡抚其妾所失之发，以警告巡抚受贿贪婪。合，同“盒”。

19 〔桃源仙人〕指晋陶潜《桃花源记》中所描写的避居尘世之外的隐逸之人。此借指王者之类人物。

司训

教官[1]某，甚聋，而与一狐善，狐耳语[2]之，亦能闻。每见上官，亦与狐俱，人不知其重听[3]也。积五六年，狐别而去，嘱曰："君如傀儡，非挑弄之，则五官俱废。与其以聋取罪，不如早自高[4]也。"某恋禄，不能从其言，应对屡乖[5]。学使欲逐之，某又求当道者为之缓颊。一日，执事文场[6]，唱名[7]毕，学使退与诸教官燕坐[8]，教官各扪籍靴中[9]，呈进关说[10]。已而，学使笑问："贵学何独无所呈进？"某茫然不解。近坐者肘之，以手入靴，示之势。某为亲戚寄卖房中伪器[11]，辄藏靴中[12]，随在求售。因学使笑语，疑索此物，鞠躬[13]起对曰："有八钱者最佳，下官不敢呈进。"一座匿笑。学使叱出之，遂免官。

异史氏曰："平原独无，亦中流之砥柱也[14]。学使而求呈进，固当奉之以此。由是得免，冤哉！"

朱公子子青[15]《耳录》云："东莱一明经迟[16]，司训[17]沂水。性颠痴，凡同人咸集时，皆默无语，迟坐片时，不觉五官俱动，笑啼并作，旁若无人焉者，若闻人笑声，则顿止。日俭鄙自奉，积金百余两，自埋斋房，妻子亦不使知。一日，独坐，忽手足自动，少刻云：‘作恶结怨，受冻忍饥，好容易积蓄者，今在斋房。倘有人知，竟如何？’如此再四。一门斗在傍，殊亦不觉。次日，迟出，门斗[18]入，掘取而去。过二三日，心不自宁，发穴验视，则已空空。顿足拊膺[19]，叹恨欲死。”教职[20]中，可云千态百状矣。

校注

1 〔教官〕明清掌管地方教育的学官。府学为教授，州学为学正，县学为教谕。训导，府、州、县皆置，协理主管教育生员之职，统称教官。

2 〔耳语〕据二十四卷本，原抄本作“而语”。

3 〔重（zhòng 众）听〕耳聋，听力弱。《文选·枚乘〈七发〉》：“虚中重听，恶闻人声。”

4 〔自高〕谓自求清高。此指辞官而去。

5 〔应对屡乖〕对答每每乖违。乖，违背。

6 〔执事文场〕主持考场。执事，执行任务。《论语·子路》：“居处恭，执事敬，与人忠。”

7 〔唱名〕点名。考生入场时按花名册点名。

8 〔燕坐〕闲坐。燕，安闲。《论语·述而》：“子之燕居，申申如也，夭夭如也。”

9 〔扪籍靴中〕从靴筒中摸出欲说情考生的名籍。籍，名籍。

10 〔关说〕通关节，说人情。《史记·佞幸列传》：“此两人非有材能，徒以婉佞贵幸与上卧起，公卿皆因关说。”索隐：“关，训通也，谓公卿因之而通其说。”后因“关说”为通关节。

11 〔房中伪器〕指夫妇行房时的淫器。

12 〔辄藏靴中〕据二十四卷本，原抄本无此四字。

13 〔鞠躬〕据二十四卷本，原抄本作“鞠恭”。

14 〔“平原独无”二句〕谓教官某不与其他教官同流合污，疏通关节，也是一个独一无二的人物。《后汉书·史弼传》：“弼迁尚书，出为平原相。时诏书下举钩党，郡国所奏相连及者多至数百，唯弼独无所上。诏书前后切却州郡，髡笞椽史。从事坐传责曰：‘诏书疾恶党人，旨意恳恻。青州六郡，其五有党；近国甘陵，亦考南北部。平原何理，而得独无？’弼曰：‘先王疆理天下，画界分境，水土异齐，风俗不同。它郡自有，平原自无，胡可相比。’”

15 〔朱公子子青〕即朱缃，字子青，号橡村，原籍高唐，后移居历城（今山东省济南市历城县）。康熙时为候补主事，为蒲松龄的朋友。著有《耳录》一书。此从二十四卷本，原抄本作“长山吴青立”。吴青立，名长荣，字木欣，别字青立，又号茧斋，山东长山人。他是朱缃之从姊丈。著有《班马阙疑论》、《戒谑迂谈》。

16 〔东莱一明经迟〕汉置东莱郡，明清为莱州府。治所在今山东省掖县。明经，清代对贡生的别称。

17 〔司训〕明清府、州、县皆设训导。司训，为这类教官的别称。

18 〔门斗〕清代学宫中侍役。徐珂《清稗类抄·胥役类》：“旧称为学官供役者曰门斗。”

19 〔顿足拊膺〕跺脚捶胸。

20 〔教职〕学官。

陈云栖

真毓生，楚夷陵[1]人，孝廉之子，能文，美风姿，弱冠[2]知名。儿时，相者曰："后当娶女道士为妻。"父母共以为笑，而为之论婚，低昂苦不能就。生母臧夫人，祖居黄冈[3]，生以故诣外祖母，闻时人语曰："黄州'四云'，少者无伦。"盖郡有吕祖[4]庵，庵中女道士皆美，故云。庵去臧氏村仅十余里，生因窃往，扣其关，果有女道士三四人，谦喜承迎，度皆雅洁，中一最少者，旷世真无其俦[5]，心好而目注之。女以手支颐，但他顾。诸道士觅盏烹茶，生乘间问姓字，答云："云栖，姓陈。"生戏曰："奇矣！小生适姓潘[6]。"陈赪颜发颊，低头不语，起而去。少间，瀹茗，进佳果，各道姓字：一，白云深，年三十许；一，盛云眠，二十已来；一，梁云栋，约二十有四五，却为弟[7]，而云栖不至。生殊怅惘，因问之，白曰："此婢惧生人。"生乃起别，白力挽之，不留而出。白曰："而欲见云栖，明日可复来。"生归，思恋綦切，次日又诣之。诸道士俱在，独少云栖，未便遽问。诸道士治具留餐，生力辞，不听。白拆饼授箸，劝进良殷。既问："云栖何在？"答云："自至。"久之，日势已晚，生欲归，白捉腕留之，曰："姑止此，我捉婢子来奉见。"生乃止。俄，挑灯具酒，云眠亦去。酒数行，生辞已醉，白曰："饮三觥，则云栖出矣。"生果饮如数。梁亦以此诀劝之，生又尽之，覆盏告辞。白顾梁曰："吾等面薄，不能劝饮。汝往曳陈婢来，便道潘郎待妙常已久。"梁去，少时而返，具[8]言："云栖不至。"生欲去，而夜已深，乃佯醉仰卧，两人代裸之，迭就淫焉，终夜不堪其扰。天既明，不睡而别。数日不敢复往，而心念云栖不忘也，但不时于近侧探侦之。

一日，既暮，白出门，与少年去，生喜，不甚畏梁，急往款关，云眠出应门，问之，则梁亦他适。因问云栖，盛导去，又入一院，呼曰："云栖！客至矣。"但见室门闸然而合，盛笑曰："闭扉矣。"生立窗外，似将有言，盛乃去。云栖隔窗曰："人皆以妾为饵，钓君也。频来，则身命殆矣。妾不能终守清规，亦不敢遂乖廉耻，欲得如潘郎者事之耳。"生乃以白头相约，云栖曰："妾师抚养，即亦非易，果相见爱，当以二十金赎妾身。妾候君三年。如望为桑中之约[9]，所不能也。"生诺之，方欲自陈，而盛复至，从与俱出，遂别而归。中心怊怅，思欲委曲夤缘[10]，再一亲其娇范[11]，适有家人报父病，遂星夜而还。无何，孝廉卒。夫人庭训最严，心事不敢使知，但刻减金

陳雲棲
莫道鴛盟誤
女冠會看娶矣
久承歡焚香誓
踐英皇約猶記郎
君說桂潘

资，日积之。有议婚者，辄以服阕[12]为辞，母不听，生婉告曰："曩在黄冈，外祖母欲以婚陈氏，诚心所愿。今遭大故[13]，音耗遂梗，久不如黄省问，旦夕一往，如不果谐，从母所命。"夫人许之，乃携所积而去。至黄，诣庵中，则院宇荒凉，大异畴昔。渐入之，惟一老尼炊灶下，因就问讯，尼曰："前年老道士死，'四云'星散矣。"问："何之？"曰："云深、云栋，从恶少遁去。向闻云栖寓居郡北，云眠消息不知也。"生闻之，悲叹，命驾即诣郡北，遇观辄询，并少踪绪，怅恨而返，伪告母曰："舅言：陈翁如岳州[14]，待其归，当遣伻[15]来。"逾半年，夫人归宁，以事问母，母殊茫然。夫人怒子诳，媪疑甥与舅谋，而未以闻也。幸舅远出，莫从稽其妄。夫人以香愿登莲峰[16]，斋宿山下。既卧，逆旅主人扣扉，送一女道士寄宿同舍，自言："陈云栖。"闻夫人家夷陵，移坐就榻，告诉坷坎，词旨悲恻，末言："有表兄潘生，与夫人同籍，烦嘱子侄辈一传口语，但道其暂寄栖鹤观师叔王道成所，朝夕厄苦，度日如岁。令早一临存，恐过此以往，未之或知也。"夫人审潘名字，即又不知，但云："既在学宫，秀才辈想无不闻也。"未明早别，殷殷再嘱。夫人既归，向生言及，生长跪曰："实告母：所谓潘生，即儿也。"夫人既知其故，怒曰："不肖儿！宣淫寺观，以道士为妇，何颜见亲宾乎！"生垂头，不敢出词。会生以赴试入郡，窃命舟访王道成，至，则云栖半月前出游不返。既归，悒悒而病。

适臧媪卒，夫人往奔丧[17]，殡后迷途，至京氏家，问之，则族妹也。相便邀入，见有少女在室，年可十八九，姿容曼妙，目所未睹。夫人每思得一佳妇，俾子不怼，心动，因诘生平，妹云："此王氏女，京氏甥也。怙恃俱失，暂寄此耳。"问："婿家谁？"曰："无之。"把手与语，意致娇婉，母大悦，为之过宿，私以己意告妹，妹曰："良佳。但其人高自位置，不然，胡蹉跎至今也。容商之。"夫人招与同榻，谈笑甚欢，自愿母夫人。夫人悦，请同归荆州[18]，女益喜。次日，同舟而还。既至，则生疾未起，母慰其沉疴，使俾阴告曰："夫人为公子载丽人至矣。"生未信，伏窗窥之，较云栖尤艳绝也。因念三年之约已过，出游不返，则玉容[19]必已有主。得此佳丽，心怀颇慰。于是辗然动色，病亦寻瘳。母乃招两人相拜见。生出，夫人谓女："亦知我同归之意乎？"女微笑曰："妾已知之。但妾所以同归之初志，母不知也。妾少字夷陵潘氏，音耗阔绝，必已另有良匹。果尔，则为母也妇；不尔，则终为母也女，报母有日也。"夫人曰："既有成约，即亦不强。但前在五祖山时，有女冠[20]问潘氏，今又潘氏，固知夷陵世族无此姓也。"女惊曰："卧莲峰下者即母耶？询潘者，即我是也。"母始恍然悟，笑曰："若然，则潘生固在此矣。"女问："何在？"夫人命婢导去问生，生惊曰："卿云栖耶？"女问："何知？"生言其情，始知以潘郎为戏。女知为生，羞与终谈，急返告母，母问其何复姓王，答云：“妾本姓王。道师见爱，遂以为女，从其姓耳。”夫人亦喜，涓吉为之成礼。

先是，女与云眠俱依王道成。道成居隘，云眠遂去之汉口。女娇痴不能作苦，又羞出操道士业，道成颇不善之。会京氏如黄冈，女遇之流涕，因与俱去，俾改女子装，将论婚士族，故讳其曾隶道士籍。而问名者，女辄不愿，舅及姑妗皆不知意向，心厌嫌之。是日，从夫人归，得所托，如释重负焉。合卺后，各述所遭，喜极而泣。

女孝谨，夫人雅怜爱之，而弹琴好弈，不知理家人生业，夫人颇以为忧。积月余，母遣两人如京氏，留数日而归。泛舟江流，欻一舟过，中一女冠，近之，则云眠也。云眠独与女善，女喜，招与同舟，相对酸辛，问：“将何之？”盛云：“久切悬念，远至栖鹤观，则闻依京舅矣。故将诣黄冈，一奉探耳。竟不知意中人已得相聚。今视之如仙，剩此漂泊人，竟不知何时已矣！”因而欷嘘。女设一谋：令易道装，伪作姊，携伴夫人，徐择佳偶，盛从之。既归，女先白夫人，盛乃入。举止大家，谈笑间，练达世故[21]。母既寡，苦寂，得盛良欢，惟恐其去。盛早起代母劬劳[22]，不自作客，母益喜，阴思纳女姊，以掩女冠之名，而未敢言也。一日，忘某事未作，急问之，则盛代备已久，因谓女曰：“画中人不能作家，亦复何为。新妇若大姊[23]者，吾不忧也。”不知女存心久，但恐母嗔，闻母言，笑对曰：“母既爱之，新妇欲效英、皇[24]，如何？”

母不言，亦輾然笑。女退，告生曰："老母首肯矣。"乃另洁一室，告曰："昔在观中共枕时，姊言：'但得一能知亲爱之人，我两人当共事之。'犹忆之否？"盛不觉双眦莹莹，曰："妾所谓亲爱者，非他，如日日经营，曾无一人知其甘苦，数日来，略有微劳，既烦老母恤念，则中心冷暖顿殊矣。若不下逐客令[25]，俾得长伴老母，于愿斯足，亦不望前言之践也。"女告母，母令姊妹焚香，各矢无悔词，乃使生与行夫妇礼。将寝，告生曰："妾乃二十三岁老处女也。"生犹未信，既而落红殷褥，始奇之。盛曰："妾所以乐得良人者，非不能甘岑寂也，诚以闺阁之身，觍然酬应如勾栏[26]，所不堪耳。借此一度，挂名君籍[27]，当为君奉事老母，作内纪纲[28]。若房闱之乐，请别与人探讨之。"三日后，襆被从母，遣之不去。女早之母所，占其床寝，不得已，乃从生去。由是三两日辄一更代，习以为常。

夫人故善弈，自寡居，不暇为之，自得盛，经理井井，昼日无事，辄与女弈，挑灯瀹茗，听两妇弹琴，夜分始散。每与人曰："儿父在时，亦未能有此乐也。"盛司出纳，每记籍[29]报母，母疑曰："儿辈常言幼孤，作字弹棋[30]，谁教之？"女笑以实告，母亦笑曰："我初不欲为儿娶一道士，今竟得两矣。"忽忆童时所卜，始信数定，不可逃也。生再试不第，夫人曰："吾家虽不丰，薄田三百亩，幸得云眠纪理，日益温饱。儿但在膝下，率两妇与老身共乐，不愿汝求富贵也。”生从之。后云眠生男女各一，云栖女一男三。母八十余岁而终。孙皆入泮，长孙，云眠所出，已中乡选矣。

校注

1 〔楚夷陵〕今湖北宜昌市，明为夷陵州，属荆州府。

2 〔弱冠〕古代男子二十岁左右为弱冠。《礼记·曲礼上》：“二十曰弱，冠。”

3 〔黄冈〕县名，今湖北省黄冈县。

4 〔吕祖〕亦称“吕仙”、“吕岩”。详见卷二《刘海石》注。

5 〔旷世真无其俦〕这整个世上真没有比得上的。旷世，旷绝一世。俦，同等。

6 〔“奇矣”二句〕此为真毓生戏谑陈云栖的话。《古今女史》：宋朝女贞观尼陈妙常，姿色出众，颇通琴棋书画。后与潘法成相恋，结为夫妻。此真毓生因云栖姓陈，故自戏言姓潘，以之挑逗云栖。下文中“便道潘郎待妙常已久”，也是借用此典实。

7 〔弟〕此指师弟。同辈尼姑间的称呼。

8 〔具〕据山东省博物馆藏康熙抄本，原抄本作“且”。

9 〔桑中之约〕即“桑中”。指男女幽会之所。详见卷一《犬奸》注。

10 〔委曲夤缘〕曲意寻找借口。

11 〔娇范〕指美女的容颜。范，仪范。

12 〔服阕〕服丧期满，除去丧服。汉应劭《风俗通义·十反》：“汝南范滂父叔矩，遭母忧，三年服阕，二兄仕进。”阕，终止。

13 〔大故〕父母死亡。《孟子·滕文公上》:“今也不幸，至于大故，吾欲使子问于孟子，然后行事。”

14 〔岳州〕明清府名，今湖南省岳阳市。

15 〔怦（bēng 崩）〕使者。此指媒人。

16 〔香愿登莲峰〕香愿，指供佛敬神者进香还愿。莲峰，指湖北黄梅县冯茂山（又名五祖山）。唐时佛教禅宗五祖弘忍结庵于此，故称五祖山，其山顶有池生白莲花，故名莲峰。

17 〔奔丧〕《礼记·奔丧》孙希旦《集解》:“奔丧者，在外闻其亲属之丧而归也。”

18 〔荆州〕府名，治所在今湖北省江陵县。

19 〔玉容〕本指女子的容貌。此代指美女。

20 〔女冠〕“女黄冠”之省，即女道士。唐朝出家的女道士着黄冠。古时女子本无冠戴，凡有冠者必为出家之女道士。故后世遂称女道士为“女冠”。

21 〔练达世故〕谓阅历多，而通晓人情世故。世故，谓处世的经验。

22 〔劬劳〕操劳。

23 〔大姊〕据青柯亭本，原抄本作“大娘”。

24 〔效英、皇〕即仿效女英、娥皇。相传唐尧将其长女娥皇妻舜，又将其次女女英嫁舜为媵。《后汉书·崔琦传》外戚箴:“昔在帝舜，德隆英皇。”

25 〔下逐客令〕谓驱逐不受欢迎的客人。《史记·秦始皇本纪》:秦始皇十年，下令驱逐诸侯列国入秦的游说之士，丞相李斯上书谏止，其令乃止。后世谓主人欲客人离去，因称“下逐客令”。

26 〔勾栏〕此指妓院。宋元时为百戏杂剧演出之场所。元以后亦指妓院。

27 〔挂名君籍〕即名义上是你的妻子。

28 〔内纪纲〕谓家中的管家。纪纲，指统领奴仆的人，有时也指仆人。

29 〔纪籍〕谓记在账册上。

30 〔弹棋〕古之博戏，盛行于汉魏，至宋失传，后起于何时，说法不一。《世说新语·巧艺》：“弹棋始自魏宫，内用妆奁戏。”晋代徐广《弹棋经》则称乃汉武帝时东方朔所造。弹棋的棋局，据宋沈括《梦溪笔谈》十八：“其局方二尺，中心高如覆盂，其巅为小壶，四角微隆起。”《后汉书·梁冀传》注引《艺经》：“弹棋两人对局，白黑棋各六枚，先列棋相当，更先弹也。”至唐代棋子增至二十四枚。此所言“弹棋”，实非古之“弹棋”，而是指今之弹琴、弈棋。

黑　鬼

胶州李总镇[1]，买二黑鬼，其黑如漆，足革粗厚，立刃为途，往来其上[2]，毫无所损。总镇配以娼，生子而白，僚仆[3]戏之，谓非其种，黑鬼亦自疑，因杀子，骨则尽黑，始悔焉。公每令两鬼对舞，神情亦可观也。

校注

1　〔胶州李总镇〕胶州，后魏置，隋改密州，元于胶县置胶州，为胶州州治，今山东省胶州市。清顺治元年（1644）设胶州镇总兵，习称胶州总镇。总镇，为总兵之别称。康熙二十一年（1682）废。据《增修胶州志·职官志》，任胶州总镇者先后有李永盛，奉天（今沈阳市）人，顺治十七年（1660）任；李克德，奉天人，康熙五年（1666）任。其总镇者，当其二人之一。

2　〔“立刃为途”二句〕意为可在数把直立刀锋的上边来回走。刃，刀锋。

3　〔僚仆〕同事一主的仆人。僚，朋辈。

黑鬼
異邦人物競相看對舞神
情亦可觀非種必鋤推刃
日分明黑白悔摧殘

织成

洞庭[1]湖中，往往有水神借舟，遇有空船，缆忽自解，飘然游行，但闻空中音乐并作，舟人蹲伏一隅，瞑目听之，莫敢仰视，任所往，游毕，仍泊旧处。

有柳生，落第归，醉卧舟上。笙乐忽作，舟人摇生不得醒，急匿艎下[2]。俄有人捽生，生醉甚，随手堕地，眠如故，即亦置之。少间，鼓吹鸣聒，生微醒，闻兰麝充盈，睨之，见满船皆佳丽，心知其异，目若瞑。少间，传呼织成，即有侍儿来，立近颊际，翠袜紫舄，细瘦如指。心好之，隐以齿啮其袜。少间，女子移动，牵曳倾踣。上问之，因白其故，在上者怒，命即行诛。遂有武士入，捉缚而起。见南面一人，冠类王者，因行且语，曰："闻洞庭君为柳氏[3]，臣亦柳氏；昔洞庭落第，今臣亦落第；洞庭得遇龙女而仙，今臣醉戏一姬而死：何幸不幸之悬殊也！"王者闻之，唤回，问："汝秀才下第者乎？"生诺。便授笔札，令赋"风鬟雾鬓"[4]。生固襄阳[5]名士，而构思颇迟，捉笔良久，上诮让曰："名士何得尔？"生释笔自白：“昔《三都赋》十稔而成[6]，以是知文贵工，不贵速[7]也。”王者笑，听之。自辰至午，稿始脱，王者览之，大悦曰：“真名士也！”遂赐以酒。顷刻，异馔纷纶。方问对间，一吏捧簿进白：“溺籍[8]告成矣。”问：“人数几何？”曰：“一百二十八人。”问：“签差[9]何人矣？”答云：“毛、南[10]二尉。”生起拜辞，王者赠黄金十斤，又水晶界方[11]一握，曰：“湖中小有劫数[12]，持此可免。”忽见羽葆[13]人马，纷立水面，王者下舟登舆，遂不复见，久之寂然。

舟人始自艎下出，荡舟北渡，风逆不得前，忽见水中有铁猫浮出，舟人骇曰：“毛将军[14]出现矣！”各舟商人俱伏。又无何，湖中一木直立，筑筑[15]动摇，益惧曰：“南将军[16]又出矣！”少时，波浪大作，上翳天日，四顾湖舟，一时尽覆。生举界方危坐[17]舟中，万丈洪涛，至舟顿灭，以是得全。既归，每向人语其异，言：“舟中侍儿，虽未悉其容貌，而裙下双钩[18]，亦人世所无。”

后以故至武昌，有崔媪卖女，千金不售，蓄一水晶界方，言有能配此者，嫁之。生异之，怀界方而往。媪忻然承接，呼女出见，年十五六以来，媚曼[19]风流，更无伦比，略一展拜，反身入帏。生一见魂魄动摇，曰：“小生亦蓄一物，不知与老姥家藏颇相称否？”因各出相较，长短不爽毫厘。媪喜，便问寓所，请生即归命舆，界方留作信[20]，生不肯留，媪笑曰：“官人亦大小心！老身岂为一界方抽身窜去耶?”生不得已，留之。出则赁舆急返，而媪室已空，大骇，遍问居人，迄无知者。日已向西，形神懊丧，悒悒而返。中途，值一舆过，忽搴帘曰:“柳郎何迟也?”视之，则崔媪，喜问:“何之?”媪笑曰:“必将疑老身掠骗者矣。别后适有便舆，顿念官人亦侨寓，措办良艰，故遂送女归舟耳。”生邀回车，媪必不可，生仓皇不能确信，急奔入舟，女果及一婢在焉，见生入，含笑承迎。生见翠袜紫履，与舟中侍儿妆饰更无少别，心异之，徘徊凝注。女笑曰:“眈眈注目，生平所未见耶?”生益俯窥之，则袜后齿痕宛然，惊曰:“卿织成耶?”女掩口微哂。生长揖曰:“卿果神人，早请直言，以祛烦惑。”女曰:“实告君:前舟中所遇，即洞庭君也。仰慕鸿才，便欲以妾相赠，因妾过为王妃所爱，故归谋之。妾之来，从妃命也。”生喜，沐手焚香，望湖朝拜，乃归。

后诣武昌，女求同去，将便归宁。既至洞庭，女拔钗掷水，忽见一小舟自湖中出，女跃登，如飞鸟集，转瞬已杳。生坐船头，于没处凝盼之。遥遥一楼船至，既近窗开，忽如一彩禽翔过，则织成至矣。一人自窗中递掷金珠珍物甚多，皆妃赐也。自是，岁一两觐[21]以为常。故生家富有珠宝，每出一物，世家所不识焉。

相传唐柳毅遇龙女，洞庭君以为婿，后巽位于毅。又以毅貌文，不能摄服水怪，付以鬼面，昼戴夜除，久之渐习忘除，遂与面合为一。毅览镜自惭，故行人泛湖，或以手指物，则疑为指己也；以手覆额，则疑其窥己也：风波辄起，舟多覆。故初登舟，舟人必以此告戒之，不则设牲牢[22]祭享，乃得渡。许真君[23]偶至湖，浪阻不得行，真君怒，执毅付郡狱，狱吏检囚，恒多一人，莫测其故。一夕，毅示梦郡伯[24]，哀求拔救，伯以幽明异路，谢辞之。毅云："真君于某日临境，但为求恳，必合有济。"既而，真君果至，因代求之，遂得释。嗣后湖禁稍平。

校注

1　〔洞庭〕据二十四卷本，原作"洞廷"。

2　〔艎（huáng 皇）下〕此指船舱。艎，古代一种大船。南齐谢朓《出藩曲》："飞艎溯极浦，旌节去关河。"

3　〔洞庭君为柳氏〕即说洞庭君就是柳毅。唐李朝威《柳毅传》，谓洞庭龙女嫁泾川次子，遭受夫家虐待，于旷野放牧，后得柳毅帮助传书，钱塘君杀泾川王子，使龙女得救。后龙女与柳毅结为夫妻，柳毅继洞庭君之位。

4　〔赋"风鬟雾鬓"〕即以"风鬟雾鬓"为题作赋。《柳毅传》中，柳毅见洞庭龙王，对其述说龙女之遭遇，曾说："见大王爱女牧羊于野，风鬟雨鬓，所不忍视。"句中"雾"字作"雨"字。

5　〔襄阳〕东汉末置襄阳郡，宋升为府，元为路，明复为府，清因之。治所为今湖北襄阳市。

6　〔《三都赋》十稔而成〕西晋左思作《三都赋》十年才成。《文选·左思〈三都赋〉》李善题解："三都者，刘备都益州号蜀，孙权都建业号吴，曹操都邺号魏。”《晋书·左思传》：“复欲赋三都，遂构思十年，门庭藩溷皆著纸笔，遇得一句，即便疏之。”稔，年。

7 〔文贵工，不贵速〕意为做文章贵在工巧，而不在速度的快慢。

8 〔溺籍〕谓被淹死的人的名册。

9 〔签差〕古时派遣官吏。

10 〔毛、南〕据山东省博物馆藏康熙抄本，原抄本作“猫、楠”。

11 〔界方〕界尺。详见卷二《刘海石》注。

12 〔劫数〕佛教用语，把注定而不可逃脱的灾难称为“劫数”。劫，佛教谓天地生成到毁灭为一劫。

13 〔羽葆〕仪仗名。详见卷一《陆判》注。

14 〔毛将军〕据山东省博物馆藏康熙抄本，原抄本作“猫将军”。

15 〔筑筑〕谓像夯柄一样上下捣动。筑，打地基的夯。

16 〔南将军〕据山东省博物馆藏康熙抄本，原抄本作“楠将军”。

17 〔危坐〕端坐。

18 〔裙下双钩〕指旧时妇女所裹之双脚。

19 〔媚曼〕美好。媚，谓美好。曼，柔美。

20 〔信〕指足以为凭的信物。

21 〔岁一两觐（jìn 近）〕谓一年拜见两次。觐，朝拜。

22 〔牲牢〕供祭祀的牲畜。《诗经·小雅·瓠叶序》郑玄笺：“牛、羊、豕为牲，系养者曰牢。”

23 〔许真君〕据《云笈七签》卷106《净明忠孝全书》卷一载：东晋道士许逊，字敬之，汝南（治所在今河南汝南）人。年二十学道吴猛，尽传其秘。后举孝廉，曾任旌阳（今湖北枝江县北）令。后因晋室纷乱，弃官东归，周行江湖。传说于晋宁康二年，在南昌西山全家成仙飞升。宋徽宗政和二年封其为“至道玄应神功妙济真君”。世称许真君或许旌阳，为道教净明道派所尊奉。

24 〔郡伯〕即郡守。

于子游

海滨人言："一日，海中忽有高山出，居人大骇。一秀才寄宿渔舟，沽酒独酌。夜既深，一少年入，儒服儒冠，自称于子游，言词风雅。秀才悦，便与欢饮，饮至中夜，离席言别。秀才曰：'君家何许？元夜[1]茫茫，亦太自苦。'答云：'仆非土著[2]，以序[3]近清明，将随大王上墓。眷口先行，大王姑留憩息，明日辰刻发矣。宜归，早治任也。'秀才亦不知大王何人。送至鹢首[4]，跃身入水，拨剌[5]而去，乃知为鱼之妖也。次日，见山峰浮动，顷刻已没，始知山为大鱼，即所云大王也。"俗传清明前，海中大鱼携儿女往拜其墓，信有之乎？

康熙初年，莱郡[6]潮出大鱼，鸣号数日，其声如牛。既死，荷担割肉者，一道相属。鱼大盈亩，翅尾皆备，独无目珠，眶深如井，水满之，割肉者误堕其中，辄溺死。或云，"海中贬大鱼，则去其目，以目即夜光珠[7]"云。

附录《海大鱼》："海滨故无山。一日，忽见峻岭重叠，绵亘数里，悉骇怪。又一日，山忽他徙，化而乌有。

相传海中大鱼，值清明节，则携卷口往拜其墓，故寒食时多见之。”[8]

校注

1 〔元夜〕玄夜，黑夜。元，同“玄”。康熙帝名玄烨，清人避其讳，书“玄”为“元”。
2 〔土著〕祖居当地的人。
3 〔序〕节序，季节。清明，为农历二十四节气之一。清明节，民俗为先人扫墓。
4 〔鹢（yì意）首〕船头。古时画鹢鸟于船头，故称船头为鹢首。有时，也以鹢首代指船。《文选·张衡〈西京赋〉》：“浮鹢首，翳云芝。”薛综注：“船头象鹢鸟，厌水神。”
5 〔拨剌〕鱼跳水声。杜甫《漫成》诗：“沙头宿鹭联拳静，船尾跳鱼泼剌鸣。”泼，通“拨”。
6 〔莱郡〕即莱州府，治所在今山东省掖县。
7 〔夜光珠〕即夜明珠。任昉《述异记》：“南海有珠，即鲸目，夜有光，可鉴，谓之夜光珠。”
8 〔《海大鱼》〕录自作者现存《聊斋志异》半部手稿卷之一。此则，现行各种版本皆未收录。就其文而观之，当为《于子游》的初稿或原始资料。附录于此，供参考。

竹青

鱼容[1]，湖南人，谈者忘其郡邑[2]。家綦贫，下第[3]归，资斧断绝，羞于行乞，饿甚，暂憩吴王庙[4]中，因以愤懑之词拜祷神座。出卧廊下，忽一人引去见吴王，跪白："黑衣队尚缺一卒，可使补缺。"吴王可，即授黑衣。既着，身化为乌，振翼而出，见乌友群集，相将俱去，分集帆樯。舟上客旅争以肉向上抛掷，群于空中接食之。因亦尤效[5]，须臾果腹，翔栖树梢，意亦甚得。逾二三日，吴王怜其无偶，配以雌，呼之"竹青"，雅相爱乐，鱼每取食，辄驯无机[6]，竹青恒劝谏之，卒不能听。一日，有满兵过，弹之中胸，幸竹青衔去之，得不被擒。群乌怒，鼓翼扇波，波涌起，舟尽覆。竹青仍投饵哺鱼，鱼伤甚，终日而毙。忽如梦醒，则身卧庙中。

先是，居人见鱼死，不知谁何，抚之未冰，故不时以人逻察之，至是，讯知其由，敛资送归。后三年，复过故所，参谒吴王。设食唤乌，下集群啖，祝曰："竹青如在，当止。"食已，并飞去。后领荐[7]归，复谒吴王庙，荐以少牢[8]，已，乃大设以飨乌友，又祝之。是夜宿于湖村，秉烛方坐，忽几前如飞鸟飘落，视之，则二十许丽人，辗然曰："别来无恙乎？"鱼惊问之，曰："君不识竹青耶？"鱼喜，诘所来，曰："妾今为汉江神女，返故乡时常少。前乌使两道君情，故来一相聚也。"鱼益欣感，宛如夫妻之久别，不胜欢恋。生将偕与俱南，女欲邀与俱西，两谋不决。寝初醒，则女已起，开目见高堂中巨烛荧煌，竟非舟中，惊起，问："此何所？"女笑曰："此汉阳[9]也。妾家即君家，何必南！"天渐晓，婢媪纷集，酒炙已进，就广床[10]上设矮几，夫妇对酌。鱼问仆之所在，答："在舟上。"生虑舟人不能久待，女言："不妨，妾当助君报之。"于是日夜谈宴，乐而忘归。舟人梦醒，忽见汉阳，骇绝。仆访主人，杳无信兆。舟人欲他适，而缆结不解，遂共守之。积两月余，生忽忆归，谓女曰："仆在此，亲戚断绝。且卿与仆名为琴瑟，而不一认家门，奈何？"女曰："无论妾不能往，纵能之，君家自有妇，将何以处妾乎？不如置妾于此，为君别院[11]可耳。"生恨道远不能时至，女出黑衣曰："君旧衣尚在，如念妾时，衣此可至，至时为君解之。"乃大设肴珍，为生祖饯[12]，既醉而寝，醒则身在舟中，视之，洞庭旧泊处也。舟人及仆俱在，相视大骇，诘其所往，生故怅然自惊。枕边一襆，检视，则女赠新衣袜履，黑衣亦折置其中，又有绣橐[13]维絷腰际，探之，则金资充牣[14]焉。于是南发，达岸，厚酬舟人而去。

归家数月，苦忆汉水，因潜出黑衣着之，两胁生翼，翕然[15]凌空，经两时[16]许，已达汉水，回翔下视，见孤屿中有楼舍一簇，遂飞堕。有婢子已望见之，呼曰：“官人至矣！”无何，竹青出，命众手为之缓结，觉羽毛划然尽脱。握手入舍，曰：“郎来恰好，妾旦夕临蓐矣。”生戏问曰：“胎生乎？卵生乎？”女曰：“妾今为神，则皮骨已更[17]，应与曩异。”至数日，果产，胎衣厚裹，如巨卵然，破之，男也。生喜，名之“汉产”。三日后，汉水神女，皆登堂以服食珍物相贺，并皆佳妙，无三十以上人，俱入室就榻，以拇指按儿鼻，名曰“增寿”。既去，生问：“皆谁何？”女曰：“此皆妾辈。其末后着藕白者，所谓‘汉皋解珮[18]’，即其人也。”居数月，女以舟送之，不用帆楫，飘然自行，抵陆，已有人絷马道左，遂归。由此往来不绝。积数年，汉产益秀美，生珍爱之。妻和氏苦不育，每思一见汉产，生以情告女，女乃治任，送儿从父归，约以三月。既归，和爱之过于己出，过十余月，不忍令返。一日，暴病而殇，和氏悼痛欲死。生乃诣汉告女，入门，则汉产赤足卧床上，喜以问女，女曰：“君久负约，妾思儿，故招之也。”生因述和氏爱儿之故，女曰：“待妾再育，令汉产归。”又年余，女双生男女各一：男名“汉生”，女名“玉珮”。生遂携汉产归。然岁恒三四往，不以为便，因移家汉阳。汉产十二岁入郡庠[19]。女以人间无美质，招去为之娶妇，始遣归。妇名“卮娘”，亦神女产也。

后和氏卒，汉生及妹皆来擗踊[20]，葬毕，汉生遂留，生携玉珮去，自此不返。

校注

1 〔鱼容〕据山东省博物馆藏康熙抄本，原抄本作“鱼客”。

2 〔郡邑〕指府、县；犹言“籍贯”。

3 〔下第〕指科举考试落榜。唐韦应物《送槐广落第归扬州》：“下第常称屈，少年心独轻。”

4 〔吴王庙〕本称吴将军庙，祀三国时吴国大将甘宁。甘宁，字兴霸，巴郡临江人。据清宋荦《筠廊随笔》载：“楚江富池镇有吴王庙，祀甘将军宁也。宋时以神风助漕运，封为王，灵显异常，舟过庙前必报祀。有鸦数百，飞集庙傍林木，往来迎舟数里，舞噪帆樯上下，舟人恒投肉空中喂之，百不一坠。其送舟亦然。云是吴王神鸦。”按：富池镇，今名富池口，属湖北广济县，位于长江西岸。

5 〔尤效〕仿效，模仿。《左传·僖公二十四年》：“尤而效之，罪又甚焉。”

6 〔驯无机〕指驯良无心机。唐耿沣《赠朗公》诗：“梁间有驯鸽，不去为无机。”

7 〔领荐〕即领乡荐。详见卷一《叶生》注。

8 〔荐以少牢〕祭祀燕享以少牢之礼。荐，祭。少牢，用羊、猪祭祀之礼，称少牢。

9 〔汉阳〕府名。治所在今武汉汉阳。

10 〔广床〕大床。

11 〔别院〕指在外另组成的家室，一般称“外室”。

12 〔祖饯〕即饯别。古时出行之前，祭祀路神，称为祖祭；所以设宴饯别出行的人，称为祖饯。《后汉书·高彪传》："时京兆第五永为督军御史，使督幽州，百官大会，祖饯于长乐观。"

13 〔绣橐〕绣花的布袋。

14 〔充牣（rèn 刃）〕充满。

15 〔翕（xī 西）然〕迅速。

16 〔两时〕即两个时辰。

17 〔更〕据山东省博物馆藏康熙抄本，原抄本作"硬"。

18 〔汉皋解珮〕意为在汉皋台下解下佩带的珠子。珮，同"佩"。《文选·张衡〈南都赋〉》李善注引《韩诗外传》：郑交甫将南适楚，过汉皋台下，遇二女佩两珠，大如荆鸡之卵。交甫见而挑之曰："愿得子之佩。"二女解佩赠交甫。交甫受而怀之，超然而去。十步循探之，即亡矣。回顾二女，亦即亡矣。汉皋，山名，在湖北襄阳西北。

19 〔郡庠〕郡学。

20 〔擗踊（pǐyǒng 匹勇）〕谓捶胸顿足；指汉生兄妹为和氏送葬之哀痛。《孝经·丧亲》："擗踊哭泣，哀以送之。"

男妾

一官绅在扬州买妾，连相数家，悉不当意。惟一媪寄居卖女，女十四五，丰姿姣好，又善诸艺[1]，大悦，以重金购得之。至夜入衾，肤腻如脂，喜扪私处，则男子也。骇极，方致穷诘，盖买好童，加意修饰，设局以欺人耳。黎旦，遣家人奔赴媪所，则已遁去无踪，中心懊丧，进退莫决。适浙中同年某来，因与告诉，某便索观，一见大悦，以原金赎之而去。

异史氏曰："苟遇知音[2]，即予以南威[3]不易。何事无知婆子，多作一伪境哉！"

校注

1 〔诸艺〕谓各种技艺。

2 〔知音〕《吕氏春秋·本味》载：春秋时伯牙善鼓琴，钟子期

男妻
逐臭嗜痂信不誣
雌雄撲朔竟模糊
易將弁冕為巾幗
始信人間有子都

善解琴音，后钟子期死，伯牙因世无知音者而破琴绝弦。后世遂以知己为知音。

3 〔南威〕古美女南之威之省称。南威，春秋时晋人。《战国策·魏策二》：“晋文公得南之威，三日不听朝。”

段 氏

段瑞环，大名[1]之富翁也，四十无子，妻连氏又最妒，欲买妾而不敢。私一婢，连觉之，挞婢数百，鬻诸河间[2]栾氏之家。

段日益老，诸侄朝夕乞贷，一言不相应，怒征声色[3]。段思不能给其求，而欲嗣一侄，则群侄阻挠之，连之悍亦无所施，始大悔，愤曰："翁年六十余，安见不能生男！"遂买两妾，听夫临幸，不之问。居年余，二妾皆有身[4]，举家皆喜。于是气息渐舒，凡诸侄有所强取，辄恶声梗拒之。无何，一妾生女，一妾生男而殇，夫妻失望，漫冀将来而已。又年余，段中风[5]不起，诸侄益肆，牛马什物，竟自取去。连诟斥之，辄反唇相稽[6]，无所为计，朝夕鸣哭，段由是病益剧，寻死。诸侄集柩前，议析遗产，连虽痛切，然不能禁止之，但留沃墅[7]一所，赡养老稚，侄辈不肯。连曰："汝等寸土不留，将令老妪及呱呱[8]者饿死耶！"日不决，惟忿哭自挝。

忽有客入吊，直趋灵所，俯仰尽哀，哀已，便就苫次[9]。

众不知其谁，诘之，客曰：“亡者吾父也。”众益骇，客始从容自陈。先是，婢嫁栾氏，逾五六月，生子怀，栾抚之等诸男，十八岁入泮。后栾卒，诸兄析产，置不与诸栾齿。怀问母，始知其故，曰：“既属两姓，各有宗祏[10]，何必在此承人百亩田哉！”乃命骑诣段，而段已死。言之凿凿，确可信据。连方忿痛，闻之大喜，直出曰：“我今亦复有儿！诸所假去牛马什物，可好自送还，不然，有讼兴也！”诸侄相顾无色，渐引去。怀乃移妻来共居父忧[11]，诸段不平，共谋逐怀。怀知之，曰：“栾不以为栾，段复不以为段，我安适归乎！”忿欲质官，诸戚党为之排解，群谋亦寝。而连以牛马故，不肯已，怀劝置之，连曰：“我非为牛马也，杂气积满胸，汝父以愤死，我所以吞声忍泣者，为无儿耳。今有儿，何畏哉！前事汝不知状，待予自质审[12]。”怀固止之，不听，具词赴邑宰。宰拘诸段口对状[13]，连气直词恻，吐陈泉涌，宰为动容，并惩诸段，追物给主。既归，其兄弟之子有不与党谋者，招之来，以所追物尽散给之。

连七十余岁，将终，呼女及孙媳曰：“汝等志之：如三十不育，便当典质钗珥，为婿纳妾，无子之情状难堪也。”

异史氏曰：“连氏虽妒，而能疾转[14]，宜天以有后[15]伸其气也。观其慷慨激发，吁！亦杰矣！”

济南蒋稼，其妻毛氏，不育而妒。嫂每劝谏之，毛不听，曰：“宁绝嗣，不令送眼流眉者忿气人也。”年近四旬，颇以嗣续为念，欲继兄子。弟与兄言，兄诺，妇与嫂言，嫂亦诺，然故悠忽之[16]。儿每至叔所，夫妻曲意抚儿，饵以甘脆而问之曰：“肯来吾家乎？”儿亦应之。兄私嘱儿曰：“倘再问，答以不肯。如问何故不肯，答云：‘待汝死后，何愁田产不为吾有。’”一日，稼远出行贾。儿至其家，毛又问，儿果对如父教。毛大怒，逐儿曰：“妻孥在家，固日日算吾田产耶！其计左[17]矣！”急不能待夫归，立招媒媪为夫买妾。时有卖婢者，其直昂，倾资不能取盈，势将不就，兄恐其迟焉而悔，窃以金付媒媪，伪为媪所转贷者，毛大喜，买婢而归。稼既还，毛以情告，稼亦忿，遂与兄绝。年余，妾生子，夫妻共喜，毛曰：“媪不知假资何人，年余竟不置问。此德不可忘。岂子已生，尚不偿母价[18]也！”稼乃囊金诣媪，媪笑曰：“当谢大官人，无谢老身矣。身贫如水，谁敢贷一金者。”因以实告。稼始悟，归与妻言，相为感泣，遂治具邀兄嫂至，夫妻皆膝行[19]，出金偿兄，兄不受，尽欢而散。后稼生三子。

校注

1 〔大名〕府名。治所在今河北省大名县。

2 〔河间〕即河间府。治所在今河北省河间县。详见卷三《钱卜巫》注。

3 〔怒征声色〕谓愤怒的情绪，溢于言表。

4 〔有身〕即有身孕，怀孕。《诗经·大雅·大明》：“大任有身，生此文王。”传：“身，重也。”笺：“重，谓怀孕也。”

5 〔中风〕中医病名，谓脑血管意外，致使病者昏厥；重者形成口眼歪斜，至半身不遂等症。

6 〔反唇相稽〕谓反嘴以恶言相对。《汉书·贾谊传》：“妇姑不相说，则反唇而相稽。”应劭曰：“稽，计也，相与计较也。”

7 〔沃墅〕谓肥沃的田庄。

8 〔呱呱（gūgū 孤孤）〕小儿啼声。此指一妾所生之女孩。

9 〔苫（shān 山）次〕此指父母亡所居丧之处。详见卷一《长亭》注。

10 〔宗祏（shí 时）〕祖庙。祏，宗庙中藏神主的石室。《左传·庄公十四年》：“先君桓公，命我先人，典司宗祏。”此处犹言祖先。

11 〔居父忧〕谓守父丧。忧，痛也。

12 〔质审〕向官府申诉。详见卷二《李伯言》注。

13 〔对状〕即公堂对状。

14 〔疾转〕即急转。谓急改自已悍妒之行。

15 〔有后〕谓有儿子。

16 〔悠忽之〕谓悠忽不决而拖延时间。

17 〔左〕不正之道。

18 〔母价〕谓买婢的钱。

19 〔膝行〕双膝跪地而前行。

汪可受

湖广黄梅县汪可受[1]，能记三生：一世为秀才，读书僧寺，僧有牝马产骡驹，爱而夺之。后死，冥王稽籍，怒其贪暴，罚使为骡偿寺僧。既生，僧爱护之，欲死无间。稍长，辄思投身涧谷，又恐负豢养之恩，冥罚益甚，遂安之。数年孽满[2]自毙，生一农人家。堕蓐[3]能言，父母以为不祥，杀之，乃生汪秀才家。秀才近五旬，得男甚喜。汪生而了了，但忆前生以早言死，遂不敢言，至三四岁，人皆以为哑。一日，父方为文，适有友人过访，投笔出应客。汪入见父作，不觉技痒，代成之。父返见之，因问："何人来？"家人答曰："无之。"父大疑。次日，敬书一题置几上，旋出。少间即返，翳行[4]窃步而入，则见儿伏案间，稿已数行，忽睹父至，不觉出声，跪求免死。父喜，握手曰："吾家止汝一人，既能文，家门之幸也，何自匿为？"由是益教之读。少年成进士，后至大同[5]巡抚。

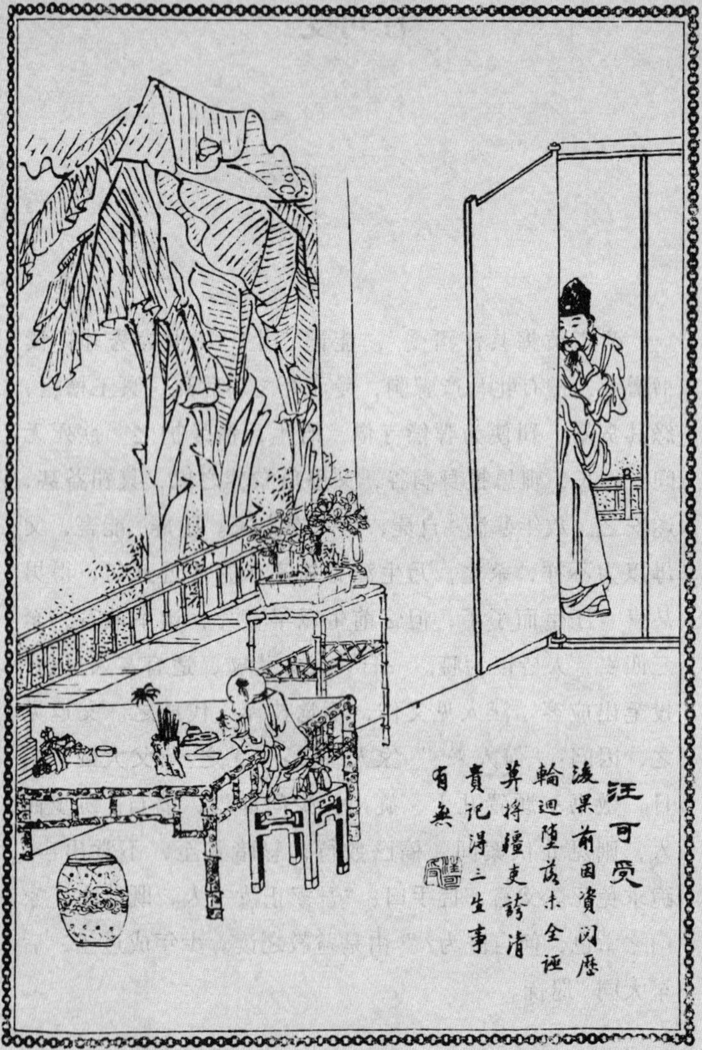
汪可受
後果前因資閲歷
輪迴墮落未全誣
算將疆吏誇清
貴記得三生事
有無

校注

1　〔湖广黄梅县汪可受〕黄梅县，即今之湖北省黄梅县。湖广，即古之湖广行省。元朝置湖广等处行中书省，治所在今武汉市武昌，所辖之域为今之湖北大部，湖南、广东、广西与贵州一小部。自明分为湖广、广东、广西三布政使司，其湖广始专治两湖之地。清设两湖总督，亦称湖广总督。因省治在湖北，故俗呼湖北人为湖广人。汪可受，字以虚，号静峰，明湖广黄梅人。万历八年进士。授金华知县，有政声，迁吉安知府、寻督学山西，升山西布政使，举廉吏第一，后擢兵部侍郎，总督蓟辽。神宗旌为天下清廉第一。见《湖北通志·人物志》。

2　〔孽满〕罪债已偿还。孽，罪。

3　〔堕蓐〕一生下来。

4　〔翳行〕隐蔽而行。翳，蔽也。

5　〔大同〕明清府名。明代“九边”之一，治所在今山西省大同市。

狐女

伊衮，九江[1]人。夜有女来，相与寝处，心知为狐，而恋其美，讳不告人，即父母不知也。久之，形体支离，父母始穷其故，伊实告之。父母大忧，使人更代伴寝，每施敕勒[2]，卒不能禁。翁自与同衾，则狐不至，易以他人，则又至。伊问之，狐曰："世俗符咒[3]，何能制我！然俱有伦理，岂有对翁行淫者！"翁闻之，益伴子不去，狐遂绝。

后值叛寇横恣，村人尽窜，一家相失。伊奔入昆仑山[4]，四顾荒凉，又无同侣，日既暮，心益惴恐。忽见一女子来，谓是避难者，急近就之，则狐女也。离乱之中，相见忻慰。女曰："日已西下，势无复之，君姑止此。我相佳地，暂创一室，以避虎狼。"乃北行数武，遂蹲莽中，不知何作。少顷返，握伊南去，约十余步，又曳之回，忽见大木千章[5]，绕一高亭，铜墙铁柱，顶类金箔，近视则墙可及肩，四周并无门户，而墙上密排坎窞。女以足踏之而过，伊亦从之。既入，疑金屋非人工可造，因问所自来，女笑云："君子居之[6]，明日即以相赠。金铁各千万，计半生吃着不尽矣。"既而告别，伊苦留之，乃止，曰："被人厌弃，已拚永绝，今又不能自坚矣。"

既醒，狐女不知何时已去。天明，逾垣而出，回视卧处，并无亭屋，惟四针插指环[7]内，覆脂合[8]其上，大树则丛荆老棘也。

校注

1 〔九江〕明清府名。今江西省九江市。

2 〔敕勒〕僧道驱使鬼神、祭祷、治病的符咒。《酉阳杂俎》前集《诺皋记》上："有龙兴寺僧智圆，善总持敕勒之术，制邪理痛多著效。"

3 〔符咒〕符和咒语。符，屈曲作篆籀及星雷之文。咒，旧时僧道、方士等自称可以驱鬼降妖的口诀。

4 〔昆仑山〕指安徽省潜山县东北的昆仑山，地近九江。

5 〔大木千章〕大树千株。章，大树称章。

6 〔君子居之〕你住着就可以了。《论语·子罕》："子欲居九夷。或曰：'陋，如之何？'子曰：'君子居之，何陋之有？'"

7 〔指环〕此指"顶针"。为妇女做针线活时所用之物。

8 〔脂合〕即胭脂盒。

张氏妇

凡大兵[1]所至，其害甚于盗贼，盗贼人犹得而仇之，兵则人所不敢仇也。其少异于盗者，惟不甚敢轻于杀人耳。

甲寅岁[2]，三逆[3]作乱，南征之士，养马兖郡，鸡犬庐舍一空，妇女皆被淫污。时遭霪霖，田中潴水[4]为湖，民无所匿，遂乘桴[5]入高粱丛中。兵知之，裸体乘马，入水冥搜，搒掠奸淫，鲜有遗脱。惟张氏妇独不伏，公然在家中，有厨舍一所，夜与夫掘坎深数尺，积茅焉；覆以薄[6]，加席其上，若可寝处。自炊灶下，有兵至，则出门应给之。二蒙古兵强与淫。妇曰："此等事，岂对人可行者！"其一微笑，啁嗻而出。妇与入室，指席使先登。薄折，兵陷。妇又另取席及薄覆其上，故立坎边，以诱来者。少间，其一复入，闻坎中号，不知何处，妇以手笑招之曰："在此矣。"兵踏席，又陷，妇乃益投以薪，掷火其中。火大炽，屋焚，妇乃呼救。火既熄，燔[7]尸焦臭。或问之，妇曰："两豕恐害于兵，故纳坎中耳。"

由此离村数里，相大道旁并无树木处，携女红往坐烈日中。村去郡远，兵来率乘马，顷刻数至，笑语啁啾，虽多不解，大约调弄之语，而去道不远，无一物可以蔽身，辄去，数日无患。一日，一兵至，殊无少耻，欲就妇烈日中，妇含笑不甚拒，而隐以针刺其马，马辄喷嘶，兵遂系马股际，然后拥妇。妇出巨锥猛刺马项，马负痛骇奔。缰系股不得脱，曳驰数十里，同伍始代捉之。首躯不知何处，缰上一股，俨然在焉。

异史氏曰："巧计六出[8]，不失身于悍兵。贤哉妇乎，慧而能贞！"

校注

1 〔大兵〕指清兵。
2 〔甲寅岁〕指康熙十三年（1674）。
3 〔三逆〕即后来所指之"三藩"。清初封明降将耿仲明为靖南王、尚可喜为平南王、吴三桂为平西王，称"三藩"。康熙十二年（1673）清廷下令削藩，三藩先后反清，史称"三藩之乱"。历时七年被清政府平定。藩，封建王朝的属国。
4 〔潴（zhū 朱）水〕积水。
5 〔桴（fú 扶）〕小木筏。
6 〔薄〕帘子，苇箔。
7 〔燔（fán 烦）〕焚烧。
8 〔巧计六出〕历史记载，陈平六出巧计，协助刘邦建立了帝王基业并巩固政权。此指张氏妇妙用许多计谋。

牛犊

楚中一农人赴市归，暂休于途。有术人[1]后至，止与倾谈，忽瞻农人曰："子气色不祥，三日内当退财[2]，受官刑。"农人曰："某官税已完，生平不解争斗，刑何自至？"术人曰："仆亦不知。但气象[3]如此，不可不慎之也！"农人颇不深信，拱别而归。次日，牧犊于野，有驿马[4]过，犊望见，误以为虎，直前触之，马竟毙。役执农人至官，官薄惩之，偿马焉。盖水牛见虎必斗，故贩牛者露宿，辄以牛自卫，遥见马过，急驱避之，恐其误也。

校注

1　〔术人〕俗称占卜的人，此指相面的人。

2　〔退财〕破财。

3 〔气象〕中医术语，言脏腑健康与否显现于人颜面上的气色。《素问·五脏生成论》王冰注：“象，谓气象也。”此术人混用《周易》中的“易者象也，象也者像也”来推理人事休咎。

4 〔驿马〕指官府所设驿站之马。

王 大

李信，邑之博徒也，昼卧假寐，忽见昔年博友王大、冯九来，邀与敖戏[1]。李亦忘其为鬼，忻然从之。既出，王大往约村中周子明，冯乃导李先行，入村东庙中。少顷，周果同王至。冯出叶子[2]，约与撩零[3]，李曰：“仓卒无博资，辜负盛约，奈何？”周亦云然。王云：“燕子谷黄八官人放利债，同往贷之，宜必诺允。”于是四人相将俱去。

飘忽间至一大村。村中甲第连亘，王指一门曰：“此黄公子家。”内一老仆出，王告以意，仆即入白，旋出，奉公子命，请王、李相会。入见公子，年十八九已来，笑语蔼然。便以大钱一提[4]付李，曰：“固知君悫直[5]，无妨假贷。周子明我不能信之也。”王委曲代为之请，公子要李署保，李不肯，王从旁怂恿之，李乃诺。亦授一千而出，便以付周，且述公子之意，以激其必偿。

出谷，见一妇人来，则村中赵氏妻，素喜争善骂。冯曰：“此处无人，悍妇宜小祟之。”遂与王捉返入谷，妇大号，冯掬土塞其口。周赞曰："此等妇，只宜椓杙[6]阴中！"冯乃捋裤，以长石强纳之，妇若死。众乃散去。

复入庙，相与博赌。自午至夜分，李大胜，冯、周资尽空。李因以原资增息悉付王，使代偿黄公子，王又分给周、冯，局复合[7]。居无何，闻人声纷拏，一人奔入曰："城隍老爷亲捉博者，今至矣！"众失色。李舍钱逾垣而逃，众顾资，皆被缚。既出，果见一神人坐马上，马后系博徒二十余人。天未明，已至邑城，门启而入。

至衙署，城隍南面坐，唤人犯上，执籍呼名，呼已，并令以利斧斫去将指[8]，乃以墨朱各涂两目，游市三周讫。押者索贿而后去其墨朱，众皆赂之，独周不肯，辞以囊空。押者约送至家而后酬之，亦不许。押者指之曰："汝真铁豆[9]，炒之不能爆也。"遂拱手去。周出城，以唾湿袖，且行且拭，及河自照，墨朱未去，掬水盥之，坚不可下，悔恨而归。先是，赵氏妇以故至母家，日暮不归，夫往逆之，至谷口，见妇卧道周，睹状，知其遇鬼，去其泥塞，负之而归。渐苏能言，始知阴中有物，宛转抽拔而出，乃述其遭。赵怒，遽赴邑宰，讼李及周。牒下，李初醒，周尚沉睡，状类死。宰以其诬控，笞赵械妇，夫妻皆无理以自申。

越日周醒，目眶忽变一赤一黑，大呼指痛，视之，筋骨已断，惟皮连之，数日寻堕，目上墨朱，深入肌里，见者无不掩笑。一日，见王大来索负，周厉声但言无钱，王忿而去，家人问之，始知其故，共以神鬼无情，劝偿之。周龈龈[10]不可，且曰："今日官宰皆左袒赖债者，阴阳应无二理，况赌债耶！"次日，有二鬼来，谓黄公子具呈在邑，拘赴质审，李信亦见隶来，取作间证[11]，二人一时并死。至村外相见，王、冯俱在，李谓周曰："君尚带赤墨眼，敢见官耶？"周仍以前言告。李知其吝，乃曰："汝既昧心，我请见黄八官人，为汝还之。"遂共诣公子所。李入而告以故，公子不可，曰："负欠者谁，而取偿于子？"出以告周，因谋出资假周进之。周益忿，语侵公子，鬼乃拘与俱行。

无何，至邑，入见城隍，城隍呵曰："无赖贼涂[12]眼犹在，又赖债耶！"周曰："黄公子出利债诱某博赌，遂被惩创。"城隍唤黄家仆上，怒曰："汝主人开场诱赌，尚讨债耶？"仆曰："取资时，公子不知其赌。公子家燕子谷，捉获博徒在观音庙，相去十余里。公子从无设局场之事。"城隍顾周曰："取资悍不还，反被捏造，人之无良，至汝而极！"欲笞之，周又诉其息重，城隍曰："偿几分矣？"答云："实尚未有所偿。"城隍怒曰："本资尚欠，而论息耶？"笞三十，立押偿主。二鬼押至家，索贿，不令即活，缚诸厕内，令示梦家人。家人焚楮锭[13]二十提，火既灭，化为金二两、钱二千。周乃以金酬债，以钱赂押者，遂释令归。既苏，臀创坟起，脓血崩溃，数月始痊。

后赵氏妇不敢复骂，而周以四指带赤墨眼，赌如故。

此以知博徒之非人矣。

异史氏曰："世事之不平，皆由为官者矫枉之过正也。昔日富豪以倍称之息，折夺良家子女，人无敢息者，不然，函刺一投，则官以三尺法[14]左袒之。故昔之民社官，皆为势家役[15]耳。迨后贤者鉴其弊，又悉举而大反之。有举人重资作巨商者，衣锦餍粱肉，家中起楼阁、买良沃，而竟忘所自来。一取偿，则怒目相向。质诸官，官则曰：'我不为人役也。'是何异懒残和尚，无工夫为俗人拭涕哉！[16]余尝谓昔之官谄，今之官谬。谄者固可诛，谬者亦可恨也。放资而薄其息，何尝专有益于富人乎？"

张石年[17]宰淄，最恶博，其涂面游城，亦如冥法。刑不至堕指，而赌以绝。盖其为官，甚得钩距[18]法。方簿书旁午时[19]，每一人上，公偏暇，里居、年齿、家口、生业，无不絮絮问之，问已，始劝勉令去。有一人完税缴单，自分无事，呈单欲下，公止之，细问一过，曰："汝何博也？"其人力辩生平不解博。公笑曰："腰中尚有博具。"搜之果然。人以为神，而并不知其何术。

校注

1　〔敖戏〕游戏。《汉书·霍光传》："（昌邑王）从官更持节引内（纳）昌邑从官驺宰官奴二百余人，常与居禁闼内敖戏。”此当指赌博。

2 〔叶子〕纸牌。明代称玩纸牌为叶子戏，常用以赌博。欧阳修《归田录》二：“唐世士人宴聚，盛行叶子格，五代国初犹然，后渐废不传。”明清亦称马吊牌为叶子戏，合四十叶纸牌而成，与古代叶子戏名同而实异。此称“叶子”，即纸牌。

3 〔撩零〕犹言赌博。元陶宗仪《南村辍耕录》：“正元中，宋清进《博经》一卷。强名争胜，谓之撩零；假借钱物，谓之囊家；什一而取，谓之乞头。”

4 〔大钱一提〕即大制钱一串。清朝康熙年间制造大制钱与小制钱两种。大制钱，又叫“大钱”，每千文作银一两；小制钱，又叫“小钱”，每千文作银七钱。一提，即一串，一千文为一串。据《圣祖实录》康熙四十五年载：山东长山周村有私铸：“而铸大钱，则大钱重，小钱轻。”故康谕令差侍部恩丕等到长山周村捕铸私钱之人。

5 〔悫（què 确）直〕忠厚耿直。

6 〔椓杙（zhuóyì 浊义）〕敲入木橛。椓，敲击。杙，小木桩。此指小木橛。《汉书·广川惠王越传》：“望卿走，自投井死。昭信出之，椓杙其阴中。”

7 〔局复合〕谓赌博之局又开始。

8 〔将指〕谓中指。《左传·宣公四年》注：“足之用力，大指为多；手之取物，中指最长，故足之大指为将，手之中指为将。”孔颖达疏：“五指之名曰巨指、食指、将指、无名指、小指也。”

9 〔铁豆〕用俗语“铁豆炒之不爆”，比喻其吝啬，一毛不拔。

10 〔龂龂（yínyín 银银）〕同“断断”，争辩貌。《史记·鲁周公世家》：“甚矣鲁道之衰也，洙泗之间龂龂如也。”

11 〔间证〕中证。

12 〔涂〕据二十四卷本，原抄本作“徒”。

13 〔楮锭〕祭奠时所焚烧的纸钱。

14 〔三尺法〕古时把法律条文写在三尺长的竹简上，故称“三尺法”。《史记·酷吏列传》：“客有让周曰：‘君为天下决平，不循三尺法，专以人主意指为狱，狱者固如是乎？’”

15 〔势家役〕谓有权势家的差役。

16 〔“何异懒残和尚”二句〕唐高僧明瓒禅师，居衡山衡岳寺，性疏懒，常食众僧食余之残食，故时人称之“懒残和尚”。

17 〔张石年〕名嵋，字石年，仁和（今浙江杭州市）人。康熙二十五年（1686）任淄川县知县。其人“精明有才干，邑中百废俱举。雅意文献，邑乘重修”。康熙二十八年（1689）升巩昌府同知。见《淄川县志》。

18 〔钩距〕即钩而致之。谓辗转推问，探究实际。《汉书·赵广汉传》：“尤善为钩距，以得事情。钩距者，设欲知马价，则先问狗，已，问羊，又问牛，然后及马，参伍其价，以类相准，则知马之贵贱，不失实矣。”王先谦补注：“钩，若钩取物也。距与致同。钩距，谓钩而致之。”

19 〔方簿书旁午时〕正在忙着处理公文之时。簿书，指官府的公文、文书。旁午，交错纷繁。《汉书·霍光传》：“受玺以来，二十七日，使者旁午。”

三 仙

士人某，赴试金陵，经由宿迁，会三秀才，谈言超旷[1]，悦之。沽酒相欢，款洽间，各表姓字：一介秋衡，一常丰林，一麻西池。纵饮甚乐，不觉日暮。介曰："未修地主之仪[2]，忽叨盛馔[3]，于理未当。茅茨[4]不远，可便下榻。"常、麻并起，捉襟唤仆，相将俱去。至邑北山，忽睹庭院，门绕清流。既入，舍宇精洁，呼僮张灯，又命安置从人。麻曰："昔日以文会友[5]，今闱场伊迩[6]，不可虚此良夜。请拟四题，命阄[7]各拈其一，文成方饮。"众从之，各拟一题，写置几上，拾得者，就案构思。二更未尽，皆已脱稿，迭相传视。秀才读三作，深为倾倒，草录而怀藏之。主人进良酝，巨杯促釂[8]，不觉醺醉。客兴辞。主人乃导客就别院寝，醉中不暇解履，着衣遂寝。既醒，红日已高，四顾并无院宇，惟主仆卧山谷中。大骇，呼仆亦起，见旁有一洞，水涓涓流溢。自讶迷惘，视怀中，则三作俱存。下山问土人，始知为"三仙洞"。中有蟹、蛇、虾蟆三物最灵，时出游，人往往见之。士人入闱，三题皆

三僊
定是胡盧有風雨不然遇合
抑何神文章出自仙人筆
得意秋闈第一人

仙作，以是擢解[9]。

校注

1 〔超旷〕超逸旷达。
2 〔地主之仪〕即东道主的礼仪。
3 〔叨（tāo 涛）盛馔〕承蒙您以丰盛之馔款待。叨，表示感谢人款待的谦词。
4 〔茅茨〕茅草屋，自谦指自己居室的简陋。
5 〔以文会友〕以文字交结朋友。《论语·颜渊》：“君子以文会友，以友辅仁。”
6 〔围场伊迩〕谓考期临近。迩，近。
7 〔命阄（jiū 究）〕犹言做阄。
8 〔釂（jiào 醮）〕干杯。
9 〔擢解〕科举时中乡榜为发解，故亦称擢解。

乐 仲

乐仲，西安人。父早丧，母遗腹生仲。母好佛，不茹荤酒。仲既长，嗜饮善啖，窃腹非[1]母，每以肥甘劝进，母辄咄之。后母病弥留[2]，苦思肉。仲急，无所得肉，刲[3]左股献之。病稍瘥，悔破戒，不食而死。仲哀悼益切，以利刃益刲右股见骨。家人共救之，裹帛敷药，寻愈。心念母苦节，又恸母愚，遂焚所供佛像，立主[4]祀母。醉后，辄对哀哭。年二十始娶，身犹童子。娶三日，谓人曰："男女居室，天下之至秽，我实不为乐！"遂去妻[5]。妻父顾文渊，浼戚求返，请之三四，仲必不可。迟之半年，顾遂醮女。仲鳏居二十年，行益不羁：奴隶优伶皆与饮；里党乞求，不靳与；有言嫁女无釜者，便即灶头举赠之，自乃从邻借釜炊。诸无行者知其性，咸朝夕骗赚之。或以博赌无资，故对之欷歔，言追呼[6]急，将以鬻子。仲自措税金如干数，倾囊遗之。未几，催租吏登门，始典质[7]营办，以是故，家益落。

先是，仲殷饶，同堂[8]子弟争奉事之，家中所有，任其取携，亦莫之较。及仲蹇落[9]，存问绝少，幸仲达，不为意。值母忌辰[10]，仲适病，不能上墓，将遣子弟代祀，仆告诸门，皆辞以故。仲乃酹诸室中，对主号痛，无嗣之戚，颇以萦怀，因而病益剧。瞀乱[11]中觉有人摩抚之，目微启，则母也。惊问："何来？"曰："缘家中无人上墓，故来就飨，即视汝病。"问："向居何所？"答以南海[12]。摩抚既已，四体生凉，开目四顾，渺无一人，而病良瘥。既起，思朝南海，苦无侣。会邻村有结香社[13]者，卖田十亩，挟资投之，而社中人以其不洁清，共摈绝之。求同行，乃许之。及诸途，牛酒[14]薤蒜，熏腾满屋，众益恶之，乘其醉睡，不告而去。仲于是独行，至闽界，遇友人邀饮，有名妓琼华在座。适言南海之游，琼华愿相附以行，仲喜，即待趋装，遂与俱发，寝食共之，而实一无所私。既至南海，社中人清醮方毕，见其载妓而至，益非笑之，鄙不与同朝。仲与琼华窥其意，俟其既拜而后拜之。众拜已，恨无所现示，中有泣者。二人方投地，忽见遍海皆莲花[15]，花上璎珞[16]垂珠；琼华见为菩萨，仲视之，朵上皆其母，急奔呼母，跃入从之。众见万朵莲花，悉变霞彩，障海如锦。少间，云静波澄，一切都杳，而仲犹身在海岸，亦不自解其何以得出，衣履并无沾濡，望海大哭，声震岛屿。琼华挽劝之，怆然下刹，命舟北渡。

途中有豪家招琼华去，仲独憩逆旅。有童子方八九岁，丐食肆中，貌不类乞儿，细诘之，则被逐于继母，心怜之。

儿依依左右，苦求拔拯，仲遂携与俱归。问其姓氏，自言："阿辛，姓雍，母顾氏。尝闻母言：适雍六月遂生余。余本乐姓。"仲大惊，自疑生平一度[17]，不应有子，因问乐居何乡。答云："不知。但母没时，付一函书，嘱勿遗脱。"仲急索书，辛启荷囊取付仲，仲视之，则当年与顾家离婚书也，惊曰："真吾儿也！"审其年月良确，颇慰心愿。然家计日疏，居二年[18]，割亩渐尽，竟不能畜僮仆。

一日，父子方自炊，忽有丽人入，视之，则琼华也。惊问所自，笑曰："业作假夫妻，何又问也？向不即从者，徒以有老媪在。今媪已死，顾念不从人，无以自庇；从人，则又无以自洁：计两全者无如从君，是以不惮千里。"遂解妆，代儿炊。仲良喜。至夜，父子同寝如故。另洁一舍舍琼华，儿母之，琼华亦善抚儿。戚党闻之，皆馔[19]仲，两人皆乐受之。客至治具，琼华悉为营备，仲亦不问所自来。琼华渐出金珠赎故产，因而婢仆马牛日益繁盛。仲每谓琼华曰："仆醉时，卿当避匿，勿使我见。"琼华笑诺之。一日，大醉，急唤琼华，琼华艳妆出。仲睨之良久，忽大喜，蹈舞若狂，曰："吾悟矣！"酒顿醒，觉世界光明，所居庐舍，尽为玉宇琼楼[20]，移时始已。由此不复饮市上，惟对琼华饮。琼华茹素，以茶茗侍。一日，微醺，命琼华为之按股，见股上刲痕，化为两朵赤菡萏[21]，隐起肉际，奇之，仲笑曰："卿视此花放后，二十年假夫妻分手矣。"琼华亦信之。既为阿辛完婚，琼华渐以家付新妇，与仲别院居。子及妇日三朝，非疑难事不以闻。役二婢，一温酒、一瀹茗而已。一日，琼华至儿所，新妇多所咨白，良久而返，辛亦从往朝父。入门，见仲白足[22]坐榻上。闻声，开眸微笑曰："母子来大好！"即复瞑。琼华大惊曰："君欲何为？"视其股上莲花大放，试之，气已绝。即以两手捻合其花，且祝曰："妾千里从君，大非容易。为君教子训妇，亦有微恩。即差二三年，何不一少待也？"一炊黍时，忽开眸笑曰："卿自有卿事，何必又牵一人作伴也？无已，姑为卿留。"琼华释手，则花已复合，于是居处言笑如初。

积三年余，琼华年近四旬，犹窈窕如二十许人，忽谓仲曰："凡人死后，被人捉头舁足，殊不雅洁。"遂命工治双椁。辛骇问之，答云："非汝所知。"工既竣，沐浴妆竟，谓子及妇曰："我将死矣。"辛泣曰："数年赖母经纪，始不冻馁。母尚未得一享安逸，何遂舍儿而去？"曰："父种福而子享，奴婢牛马，皆骗债者填偿汝父，我无功焉。我本散花天女[23]，偶涉凡念，遂谪人间三十余年，今限已满。"遂登木自入。再呼之，双目已合。辛哭告父，父不知何时已僵，衣冠俨然。号恸欲绝。入棺并停堂中，数日未殓，冀其复返。光明生于股际，照彻四壁。琼华棺内，则香雾喷溢，近舍皆闻。棺既合，香光遂渐减。

既殡，乐氏诸子弟觊觎其有，共谋逐辛，讼诸官。官莫能辨，拟以田产半给诸乐。辛不服，以词质郡，久不决。初，顾嫁女于雍，经年余，雍流寓于闽，音耗遂绝。顾老无子，苦忆女，遂诣婿所，则女死而甥亦逐，忿质公庭。雍惧，重赂之；顾不受，必欲得甥。雍穷觅郡邑，半年不得，夫妻皆被刑辱。顾偶于途中见彩舆过，斜避道左，舆中一美人呼曰："彼非顾翁耶？"顾诺，女子曰："汝甥即吾子，现在乐家，勿讼也。甥方有难，宜急往！"顾欲详诘，舆去已远。顾乃受赂，入西安，至则讼方沸腾。顾即自投至官，言女大归[24]日、再醮日及生子年月，历历甚悉。诸乐皆被杖逐，案遂结。既归，言其见美人之日，即琼华没日，此时讼犹未兴也。辛为顾移家，授庐赠婢，六十余生一子，辛亦时顾恤之。

异史氏曰："断荤远室，佛之似也。烂熳天真，佛之真也。乐仲对丽人，直视之为香洁道伴，不作温柔乡[25]观也。寝处三十年，若有情，若无情，此为菩萨真面目，世中人乌得而测之哉！"

校注

1 〔腹非〕亦作"腹诽"。口里不说，心中却不赞成。非，非议。详见卷一《续黄粱》注。
2 〔弥留〕谓病重濒于死之时。
3 〔刲（kuī 亏）〕割。

4 〔立主〕即树立神主。主，木制牌位。

5 〔去妻〕抛却妻子，即休弃妻子。

6 〔追呼〕同“追比”。指胥吏催租税追索号呼。详见卷一《金世成》注。

7 〔典质〕典当抵押。

8 〔同堂〕同祖之亲属曰“堂”，亦称“同堂”。

9 〔蹇（jiǎn 简）落〕谓家道中落。蹇，道途困难。

10 〔忌辰〕即忌日。旧时在父母死之日禁止饮酒作乐，称曰“忌日”。《礼记·祭义》：“君子有终身之丧，忌日之谓也。”

11 〔瞀（mào 帽）乱〕神志昏乱。《楚辞·宋玉〈九辩〉》：“慷慨绝兮不得，中瞀乱兮迷惑。”

12 〔南海〕世传观音大士示现于南海，故以之为佛教圣地。详见卷二《鲁公女》注。

13 〔结香社〕信奉神佛的人结伙进香朝拜，民间称之“结香社”。

14 〔牛酒〕本指牛和酒，古时馈问、宴犒多用之。《战国策·齐策六》：“乃赐（田）单牛酒，嘉其行。”此指牛肉和酒。

15 〔遍海皆莲花〕意为佛祖显圣。莲花，即指青莲花目。据说如来佛的眼目如同青莲花瓣。《楞严经》卷一：“纵观如来青莲花目。”原注：“佛的眼目如同青莲花瓣子一样。”

16 〔璎珞（luò 骆）〕古代一种用珠玉穿成串的装饰物。

17 〔生平一度〕谓与其妻一次交合。

18 〔居二年〕据山东省博物馆藏康熙抄本，原抄本作“居二十年”。

19 〔餪（nuǎn 暖）〕《集韵》：旧时女儿出嫁后三日，母亲馈送的一种熟食。宋赵德麟《侯鲭录》三：“世之嫁女，三日送食，俗谓之暖女。”此指贺婚的礼物。餪，一作“暖”。

20 〔玉宇琼楼〕本指月宫。此指仙境。

21 〔菡萏（hàndàn 汗旦）〕荷花的别名。

22 〔白足〕赤脚、光脚。

23 〔散花天女〕佛教故事中天女名。详见卷一《画壁》注。

24 〔大归〕旧时妇女被丈夫休弃归母家。详见卷五《江城》注。

25 〔温柔乡〕喻美色迷人。详见卷二《天宫》注。

鬼隶

历城二隶，奉邑宰韩丞宣[1]命，营干[2]他郡，岁暮方归。途中遇二人，服装亦类公役，同行半日，近与话言。二人自称郡役，隶曰："济城快皂[3]，相识者十有八九，二君殊昧生平。"其人云："实相告：我乃城隍之鬼隶也。今将以公文投东岳[4]。"隶问："函中何事？"答曰："济南大劫，所报者，杀人之名数也。"惊问其数，曰："亦不甚悉，恐近百万。"隶益骇，因问其期，答以"正朔[5]"。二隶相顾，计到郡则岁已除[6]，恐罹于难，迟之惧贻谴责。鬼曰："违误限期罪小，入逢劫数祸大。宜他避，姑勿往。"隶从之，各趋歧路遁归。无何，北兵[7]大至，屠济南，扛尸百万。二人亡匿得免。

校注

1 〔韩丞宣〕字康侯，山西蒲州府（今山西省永济县）人。明崇祯七年（1634）任山东淄川县知县，崇祯十年（1637）调历城，崇祯十二年己卯（1639）殉难。见《淄川县志》。

2 〔营干〕办事。

3 〔快皂〕即捕快。属缉捕的役卒。

4 〔东岳〕即指东岳大帝。详见卷一《席方平》注。

5 〔正朔〕正月初一。

6 〔岁已除〕谓除夕已过。

7 〔北兵〕指清兵。

香 玉

劳山下清宫[1]，耐冬[2]高二丈，大数十围[3]，牡丹高丈余，花时璀璨[4]如锦。胶州黄生，筑舍其中而读焉。一日，遥自窗中见女郎素衣，掩映花间，心疑观中乌得有此。趋出，已遁去。自此屡见之。遂隐身丛树中，以伺其至。无何，女郎又偕一红裳者来，遥望之，艳丽双绝。渐行近，红裳者却退曰："此处有生人！"乃暴起。二女惊奔，袖裙飘拂，香风流溢，追过短墙，寂然已杳。爱慕殷切，因题树下云："无限相思苦，含情对短缸[5]。恐归沙吒利，何处觅无双[6]？"归斋冥思，女郎忽入，惊喜承迎。女笑曰："君汹汹似强寇，使人恐怖；不知君竟骚士，无妨相亲。"生略叩生平，曰："妾小字香玉，隶籍平康巷[7]。被道士闭置山中，实非所愿。"生问："道士何名？当为卿一涤此垢[8]。"女曰："不必，彼亦未敢相逼，借此与风流士长作幽会亦佳。"问："红衣者谁？"曰："此名绛雪，亦妾义姊。"遂相狎寝。既醒，曙色已红。女急起曰："贪欢忘晓矣。"着衣易履，且曰："妾酬[9]君作，口占勿笑也：'良夜更易尽，朝暾已上窗。愿如梁上燕，栖处自成双。'"生握腕曰："卿秀外慧中[10]，使人爱而忘死。顾一日之去，如千里之别。卿乘间当来，勿待夜也。"女诺之。由此夙夜必偕。每使邀绛雪来，辄不至，生以为恨。女曰："绛姊性殊落落[11]，不似妾情痴也。当从容劝驾，不必过急。"一夕，女惨然入曰："君陇不能守，尚望蜀耶[12]？今长别矣。"问："何之？"以袖拭泪曰："此有定数，难为君言。昔日佳作，今成谶语矣[13]。'佳人已属沙吒利，义士今无古押衙[14]。'可为妾咏。"诘之，不言，但有呜咽。竟夜不眠，早旦而去。生怪之。次日，有即墨蓝氏[15]，入宫游瞩，见白牡丹，悦之，掘移径去。生始悟香玉乃花妖也，怅惋不已。

过数日，闻蓝氏移花至家，日就萎悴，恨极，作哭花诗五十首，日日临穴，涕洟其处。一日，凭吊而返，遥见红衣人挥涕穴侧，从容而近就之，女亦不避。生因把袂，相向汍澜。已而挽请入室，女亦从之，叹曰："童稚之姊妹，一朝断绝！闻君哀伤，弥触妾恸。泪堕九泉，或当感诚再作[16]，然死者神气已散，仓猝何能与吾两人共谈笑也？"生曰："小生薄命，妨害情人，当亦无福消双美。曩频烦香玉，道达微忱[17]，胡再不临？"女曰："妾以年少书生，什九薄幸，不知君固至情人也。然妾与君交，以情不以淫，若昼夜狎昵，则妾所不能矣。"言已，告别，生曰："香玉长离，使人寝食俱废。赖卿少留，慰此怀思，何决绝如是！”女乃止，过宿而去，数日不复至。冷雨幽窗，苦怀香玉，辗转床头，泪凝枕簟，揽衣更起，挑灯命笔，踵前韵曰：“山院黄昏雨，垂帘坐小窗。相思人不见，中夜泪双双。”诗成自吟。忽窗外有人曰：“作者不可无和。”听之，绛雪也。启门内之。女视诗，即续其后曰：“连袂人[18]何处？孤灯照晚窗。空山人一个，对影自成双。”生读之泪下，因怨相见之疏，女曰：“妾不能如香玉之热，但可少慰君寂寞耳。”生欲与狎，曰：“相见之欢，何必在此。”于是至无聊时，女辄一至，至则宴饮酬倡，有时不寝遂去。生亦听之，谓之曰：“香玉吾爱妻，绛雪吾良友也。”每欲相问：“卿是院中第几株？早以见示，仆将抱植家中，免似香玉被恶人夺去，贻恨百年。”女曰：“故土难移，告君亦无益也。妻尚不能终从，况友乎！”生不听，捉臂而出。每至牡丹下，辄问：“此是卿否？”女不言，掩口笑之。

适生以残腊归，过岁二月间，忽梦绛雪至，愀然曰：“妾有大难，君急往尚得相见，迟无及矣。”醒而异之，急命仆马星驰至山，则道士将建屋，有一耐冬，碍其营造，工师[19]方纵斤[20]矣。生知所梦即此，急止之。入夜，绛雪来谢，生笑曰：“向不实告，宜遭此厄！今而后已知卿矣。卿如不至，当以艾炷[21]相炙。”女曰：“妾固知君如此，曩故不敢相告。”坐移时，生曰：“今对良友，益思艳妻。久不哭香玉，卿能从我哭乎？”二人乃往，临穴洒涕，至一更向尽，绛雪收泪劝止，乃还。又数夕，生方独居凄恻，绛雪笑入曰："喜信报君知：花神感君至情，俾香玉复降宫中。"生喜，问："何时？"答云："不知，要不远耳。"天明下榻，生曰："仆为卿来，勿长使孤寂。"女笑诺。两夜不至，生往抱树，摇动抚摩，频唤："绛雪！"久之无声，乃返，对灯团艾，将以灼树，女遽入，夺艾弃之，曰："君恶作剧，使人创痏[22]，当与君绝矣！"生笑拥之，坐方定，香玉盈盈而入，生望见，泣下流离，急起把握香玉，以一手捉绛雪，相对悲哽。已而坐道离苦，生觉把之而虚，如手自握，惊其不类曩昔。香玉泫然曰："昔妾花之神，故凝；今妾花之鬼，故散也。今虽相聚，君勿以为真，但作梦寐观可耳。"绛雪曰："妹来大好，妾被汝家男子纠缠死矣。"遂辞而去。香玉款笑如生平，但偎傍之间，仿佛以身就影。生悒悒不欢，香玉亦俯仰自恨，乃曰："君以白蔹[23]屑，少杂硫黄，日酹妾一杯水，明年此日报君恩。"亦别而去。

明日，往观故处，则牡丹萌生矣。生从其言，日加培溉，又作雕栏以护之。香玉来，感激甚至。生谋移植其家，女不可，曰："妾弱质，不堪复戕，且物生各有定处，妾来原不拟生君家，违之反促年寿。但相怜爱，合好自有日耳。"生恨绛雪不至，香玉曰："必欲强之使来，妾能致之。"乃与生挑灯出，至树下，取草一茎，布掌作度，以度树本[24]，自下而上，至四尺六寸，按其处，使生以两爪齐搔之。俄，绛雪自背后出，笑骂曰：“婢子来，益助桀为虐[25]耶！”牵挽并入。香玉曰：“姊勿怪！暂烦陪侍郎君，一年后不相扰矣。”自此遂以为常。生视花芽，日益肥茂，春尽，盈二尺许。归后亦以金遗道士，使朝夕培养之。次年四月至宫，则花一朵，含苞未放，方流连所，花摇摇欲拆[26]，少时已开，花大如盘，俨然有小美人坐蕊中，裁三四指许，转瞬间飘然已下，则香玉也。笑曰：“妾忍风雨以待君，君来何迟也！”遂入室，绛雪亦至，笑曰：“日日代人作妇，今幸退而为友。”遂相谈宴赓和[27]。至中夜，绛雪乃去。两人同寝，款洽一如当年。后生妻卒，遂入山，不复归。

是时，牡丹已大如臂，生每指之曰：“我他日寄魂于此，当生卿之左。”两女笑曰：“君勿忘之。”后十余年，忽病，其子至，对之而哀。笑曰：“此我生期，非死期也，何哀为！”谓道士曰：“他日牡丹下有赤芽怒生[28]，一放五叶者，即我也。”遂不复言。子舆致而归，至家寻卒。次年，果有肥芽突出，叶如其数。道士以为异，益灌溉之，三年高数尺，大拱把[29]，但不花。老道士死，其弟子不知爱惜，因其不花，斫去之。白牡丹亦憔悴，寻死，无何，耐冬亦死。

异史氏曰：“情之结者，鬼神可通。花以鬼从，而人以魂寄[30]，非其结于情者深耶？一去而两殉之，即非坚贞，亦为情死矣。人不能贞，犹是情之不笃耳。仲尼读《唐棣》而曰‘未思’[31]，信矣哉！”

校注

1 〔下清宫〕又名太清宫、下宫。在崂山南蟠桃峰下。始建于西汉建元元年（前140）。宋太祖为华盖真人刘若拙建道场于此，明万历间倾圮，憨和尚于宫前建海印寺，寺旋毁，复建此宫并有所扩建。现存三官殿、三清殿、三皇殿三院。

2 〔耐冬〕植物名，即“络石”，俗名“耐冬”，木本常绿。王士禛《香祖笔记》十：“劳山多耐冬花，花色殷红，冬月始盛开，雪中照耀山谷，弥望皆是。说者谓即南中之山茶，然花不甚大，所云海红花也。”

3 〔大数十围〕围，双臂合抱为一围。据山东省博物馆藏康熙抄本，原抄本作“数十围”。

4 〔璀璨〕亦作“璀粲”。光彩绚丽。汉王延寿《鲁灵光殿赋》：“汩硙硙以璀璨，赫烨烨而燭坤。”

5 〔短缸〕犹言矮的油灯。缸，当作“釭”，灯。清徐灏《说文解字注笺·金部》：“釭中空，贯轴涂膏以利转，因之膏灯谓之釭。”

6 〔“恐归沙吒利”二句〕意谓唯恐自己心爱的女子被别人夺走，就无处去寻觅了。沙吒利，唐传奇故事中的人物。唐许尧佐《柳氏传》载：唐天宝中，韩翊素有诗名，其姬柳氏，艳绝一时。天宝末，翊登第，省亲于清池。会“安史之乱”起，柳氏被蕃将沙吒利劫去，后得虞候许俊之助，使韩与柳氏复合。（见《太平广记》卷四八五）无双，唐传奇《无双传》中的主人翁刘无双。唐薛调《无双传》载：王仙客原与其舅之女刘无双有婚约，会泾原兵变，仙客与无双失散，后因无双之父受伪命，夫妻皆受极刑，无双没入掖廷。王仙客求得古押衙的帮助，设计从宫廷中救出刘无双，仙客携家归襄邓别业，与无双偕老。（见《太平广记》卷四八六）

7 〔平康巷〕指妓院。五代王仁裕《开元天宝遗事》上："长安平康坊，妓女所居之地，京都侠少，萃集于此。"平康坊，也称平康里。后因以"平康"泛指妓女居地。

8 〔一涤此垢〕以雪这一耻辱。

9 〔酬〕以诗词相酬答。

10 〔秀外慧中〕外貌秀丽，内心聪慧。韩愈《送李愿归盘谷序》："曲眉丰颊，清声而便体，秀外而惠中。"惠，通"慧"。

11 〔落落〕孤傲清高。

12 〔"君陇不能守"二句〕谓黄生连香玉都保不住，还想接纳绛雪？此二句为"得陇望蜀"的化用。《后汉书·岑彭传》："(光武)敕彭书曰：'西城若下，便可将兵南击蜀虏，人苦不知足，既平陇又望蜀。'"

13 〔"昔日佳作"二句〕指黄生题于树下的诗："恐归沙吒利，何处觅无双。"谶（chèn 衬）语，谓事后应验预言凶吉的话。

14 〔"佳人已属沙吒利"二句〕意谓佳人已归蕃将沙吒利，现今的义士中再无古押衙了。该诗出自宋许颉《彦周诗话》。据胡仔《苕溪渔隐丛话》前集六〇载："王晋卿都尉既丧蜀国，贬均州，姬侍尽逐。有一歌者号啭春莺，色艺两绝，平居属念，不知流落何所。后二年，内徙汝阴，道过许昌，市傍小楼，闻泣声甚怨，晋卿异之，问乃啭春莺也。恨不可复得，因赋一联：'佳人已属沙吒利，义士今无古押衙。'晋卿每话此事。客有足成章者，晋卿览之，尤怆然。其词曰：'几年流落问天涯，万里归来两鬓华。翠袖香残空浥泪，青楼云渺定无家。佳人已属沙吒利，义士今无古押衙。回首音尘两沉绝，春莺休啭沁园花。'"古押衙，唐传奇故事《无双传》中人物。古，姓。押衙，官名，管领皇帝仪仗和担任侍卫。

15 〔即墨蓝氏〕即墨，县名，在今山东省青岛市北部。蓝氏，指明即墨蓝侍郎。蓝章，字文绣，明山东即墨人。明成化二十年进士。擢御史，屡迁右佥都御史，忤刘瑾，谪抚州通判。正德五年，瑾诛，起陕西巡抚九年，以功迁南京刑部右侍郎。详见《兰台法鉴录》卷13。

16 〔泪堕九泉，或当感诚再作〕意谓九泉之下的牡丹，被你真挚的情意所感，或可重生。作，兴起。

17 〔微忱〕内心隐隐的深情。

18 〔连袂人〕伴侣，此指香玉。袂，袖子。

19 〔工师〕木工。

20 〔斤〕斧。《孟子·梁惠王上》："斧斤以时入山林，材木不可胜也。"

21 〔艾炷〕即中医所用艾条，点燃用以熏灸穴位疏通经络，达到治病目的。

22 〔创痏（wěi委）〕创伤留下的瘢痕。《文选·左思〈吴都赋〉》："所以挂扢而为创痏，冲碎而断筋骨。"

23 〔白蔹（liǎn脸）〕中药名，藤本植物，根可入药。李时珍《本草纲目》："凡栽牡丹花者，根著白蔹末辟虫，穴中点硫磺杀蠹。"

24 〔布掌作度，以度树本〕以手掌为尺度，度量树干。本，干。

25 〔助桀为虐〕喻助恶人做坏事。也作"助纣为虐"。桀，夏朝末代之王。桀、纣，历史上两个残暴的君主。《史记·留侯世家》："今始入秦，即安其乐，此所谓助桀为虐。"

26 〔拆〕绽开。指花蕾开放。

27 〔赓和（hè贺）〕续用他人原韵或题意唱和。《新唐书·刘太真传》："（德宗）诏群臣宴曲江，自为诗，敕宰相择文人赓和。"

28 〔怒生〕形容草木萌发之势猛。《庄子·外物》："春雨日时，草本怒生。"

29 〔拱把〕谓牡丹树干粗可盈握。

30 〔"花以鬼从"二句〕谓香玉死后之"花之鬼"，仍相从于黄生；黄生死后之魂灵，依附于香玉之侧。寄，寄附。

31 〔“仲尼读《唐棣》”句〕仲尼，孔子名丘，字仲尼。《唐棣》，为逸诗。《诗经》未选录者。《论语·子罕》：“‘唐棣之华，偏其反而。岂不尔思？室是远而。’子曰：‘未之思也，夫何远之有？’”唐棣，即郁李。华，同“花”。偏其反而，花摇动貌。“唐棣”四句谓：“唐棣之花，翩翩地摇摆。我哪里是不想念你，只是家住得太远了。”孔子读后说：“还是没有想念，如果是真想念，哪能说其遥远？”此处是借用孔子的话说明“情之至者，鬼神可通”。

外国人

己巳[1]秋，岭南[2]从外洋飘一巨艘来，上有十一人，衣鸟羽，文采璀璨，自言："吕宋国[3]人，遇风覆舟，数十人皆死，惟十一人附巨木，飘至大岛得免。凡五年，日攫鸟虫而食，夜伏石洞中，织羽为帆。忽又飘一舟至，橹帆皆无，盖亦海中碎于风者。于是附之将返，又被大风引至澳门。"巡抚题疏[4]，送之还国。

校注

1 〔己巳〕康熙二十八年（1689）。
2 〔岭南〕五岭以南地区。唐置岭南道，辖境相当于今之两广之地。
3 〔吕宋国〕古国名，即今之菲律宾群岛。
4 〔题疏〕题奏。

王十

高苑[1]民王十，负盐[2]于博兴，夜为两人所获，意为土商[3]之逻卒也，舍盐欲遁，而足苦不前，遂就缚，固哀之。二人曰："我非盐肆中人，乃鬼卒也。"十惧，但乞至家，一别妻子，鬼不许，曰："此去亦未便即死，不过暂役耳。"十问："何事？"曰："冥中新阎罗莅任，见奈河[4]淤平，十八狱[5]厕坑俱满，故捉三种人使淘河：小偷、私铸、私盐[6]；又一等人使涤厕：乐户[7]也。"

十从去，入城郭，至一官署，见阎罗在上，方稽名籍。鬼上曰："捉一私贩王十至。"阎罗视之，怒曰："私盐者，上漏国税，下蠹民生者也。若世之暴官奸商所指为私盐者，皆天下之良民。贫人揭锱铢之本，求升斗之息，何为私哉！"责二鬼，罚使市盐四斗，并十所负，代运至家。留十，授以蒺藜骨朵[8]，令随诸鬼督河工。鬼引十去，至奈河边，见河内人夫，缧绩[9]如蚁。又视河水浑赤，近之臭不可闻。淘河者，皆赤体持畚锸[10]，出没其中。朽骨腐尸，盈筐负舁而出，深处则灭顶[11]求之。惰

十王
國課何曾按引償
誰分私販與官商
奈河何日重挑濬
應有人[illegible]骨朵傷
十王

者辄以骨朵击背股。同监者，以香绵丸如巨菽，使含口中，乃近岸。见高苑肆商[12]亦在其中，十独苛遇之：入河楚背，上岸敲股。商惧，常没身水中，十乃已。经三昼夜，河夫半死，河工亦竣。前二鬼仍送至家，醒然而苏。

先是，十负盐未归，天明，妻启户，则盐两囊置庭中，而十久不至，使人遍觅之，则死途中。舁之而归，奄有微息，大惑不解其故。既醒，始言之。肆商亦于前日死，至是始苏。骨朵击处皆成巨疽，浑身腐溃，臭不可近。十故诣之。望见十，犹缩首衾中，如在奈河状。一年始愈，不复为商矣。

异史氏曰："盐之一道，朝廷之所谓私，乃不从乎公者也；官与商之所谓私，乃不从其私者也。近日齐、鲁新规，土商随在[13]设肆，各限疆域。不惟此邑之民，不得去之彼邑；即此肆之民，不得去之彼肆。而肆中，则潜设饵以钓他邑之民：其售于他邑，则廉其直；而售诸土人，则倍其价以昂之。而又设逻于道，使境内之人，皆不得逃吾昂[14]。其有境内冒他邑以来者，法不宥。彼此互相钓，而越肆假冒之愚民益多。一被逻获，则先以刀杖残其胫股，而后送诸官；官则桎梏之，是名'私盐'。呜呼！冤哉！漏数万之税，非私，而负升斗之盐，则私之；本境售诸他境，非私，而本境买诸本境，则私之，冤矣！律中'盐法'最严，而独于贫难军民[15]背负易食者不之禁；今则一切不禁，而专杀此贫难军民！且夫贫难军民，妻子嗷嗷，上守法而不盗，下知耻而不娼；不得已，而揭十母而求一子[16]。使邑尽斯民，即夜不闭户可也，非天下之良民乎哉！彼肆商者，不但使之淘奈河，直当使涤狱厕耳！而官于春秋节[17]，受其斯须之润[18]，遂以三尺法[19]，助使杀吾良民。然则，为贫民计，莫若为盗及私铸耳：盗者，白昼劫人，而官若聋；铸者，炉火烜天[20]，而官若瞽；即异日淘河，尚不至如负贩者所得无几而官刑立至也。呜呼！上无慈惠之师，而听奸商之法，日变日诡，奈何不顾民日生，而良民日死哉！”

故事邑中肆商，以若干石盐资，岁奉邑宰，名曰“食盐”。又逢节序，具厚仪。商以事谒官，官则礼貌之，坐与语，或茶焉。送盐贩至，重惩不遑。张公石年[21]宰淄，肆商来见，寻旧规，但揖不拜[22]。公怒曰：“前令受汝贿，故不得不隆汝礼；我市盐而食，何物商人，敢公堂抗礼[23]乎！”捋裤将笞，商叩头谢过，乃释之。后肆中得二负贩者，其一逃去，其一被执至官。公问：“贩者二人，其一焉往？”贩者云：“奔去矣。”公曰：“汝股病不能奔耶？”曰：“能奔。”公曰：“既被捉，必不能奔；果能，可起试奔，验汝能否。”其人奔数步欲止。公曰：“大奔勿止！”其人疾奔，竟出公门而去。见者皆笑。公爱民之事不一，此其闲情，邑人犹乐诵之。

校注

1 〔高苑〕旧县名。治所在今山东省博兴县。

2 〔负盐〕即负贩食盐。

3 〔土商〕指当地的盐商。旧时食盐的运销，自唐代刘晏改盐法以来，即由政府委托商人办理。此称土商即持有政府发给盐票的包商。

4 〔奈河〕迷信传说冥间地狱的河名。唐张读《宣室志·董观》："(董观死)行十余里，至一水，广不数尺，流而西。……此俗所谓奈河，其源出于地府。观即视，其水皆血，而腥秽不可近。"(《太平广记》卷三四六)

5 〔十八狱〕迷信传说中阴曹地府的十八层地狱。

6 〔私铸、私盐〕私铸，谓私自铸钱者。明清辅币制钱，皆由官府制造，私铸者罪至死刑，但仍不能禁绝。私铸制钱，质量差，有"沙钱"、"灰板"等名称，通常皆贬值流通。私盐，清代食盐由商人向政府包销，由政府发给盐票，不准私自贩运；私自运销或跨区购买者，则为"私盐"。

7 〔乐户〕古时犯罪人的妻女没入官府，隶入乐籍，充当官妓，称为"乐户"。后来，泛指妓院。此指开妓院的人。

8 〔蒺藜骨朵〕骨朵，古时一种长柄的兵器，一端是圆形，有如金瓜、蒜头。在骨朵上加铁刺，其状如蒺藜，称"蒺藜骨朵"。

9 〔镪（qiǎng 抢）缋〕谓人群一个连一个，用绳索串连起来。镪，绳索。缋，也作"续"。《谷梁传·成公五年》："伯尊其无缋乎？"范宁注："缋，或作续，谓无继嗣。"

10 〔畚（běn 本）锸〕挖运泥土的工具。畚，撮土的器具。锸，铁锹。唐柳宗元《掩役夫张进骸》诗："畚锸载埋瘗，沟渎获其危。"

11 〔灭顶〕此谓没头顶于水中。

12 〔肆商〕有店肆而经商者，即合法之盐商。

13 〔随在〕到处。

14 〔逃吾昂〕谓逃脱我的高昂价格。

15 〔贫难军民〕谓贫困的军户和民户。军，指军户，始于南北朝时，士兵及家属的户籍属于军府，称为“军户”；明清时期，屯卫兵丁及充配为军的犯人及其随配的子女和后代，也称“军户”，这些人的生活地位低下。民，即民户，此指贫民。

16 〔揭十母而求一子〕谓用十份的本钱，求得一份的利钱。

17 〔春秋节〕谓四时的节序。春秋，谓一年四时。

18 〔斯须之润〕谓暂时捞得一点益处。斯须，片刻。润，指贿赂。

19 〔三尺法〕指法律。详见卷三《王大》注。

20 〔烜（xuān 宣）天〕照耀天空。烜，火盛。

21 〔张公石年〕张嵋，字石年。详见卷三《王大》注。

22 〔但揖不拜〕谓只作揖而不行跪拜之礼。古时“揖”为小礼，“拜”为大礼。

23 〔公堂抗礼〕意谓在公堂上不守礼节，与县令平起平坐。

人妖

马生万宝者，东昌[1]人，疏狂不羁，妻田氏，亦放诞[2]风流，伉俪[3]甚敦。有女子来，寄居邻人寡媪家，言为翁姑所虐，暂出亡，其缝纫绝巧，便为媪操作，媪喜而留之。逾数日，自言能于宵分[4]按摩，愈女子瘵蛊[5]。媪常至生家，游扬[6]其术，田亦未尝着意。生一日于墙隙窥见女，年十八九已来，颇风格，心窃好之。私与妻谋，托疾以招之。媪先来，就榻托问已，言："蒙娘子招，便将来。但渠畏男子，请勿以郎君入。"妻曰："家中无广舍，渠侬[7]时复出入，可复奈何？"已又沉思曰："晚间西村阿舅家招渠饮，即嘱令勿归，亦大易。"媪诺而去。妻与生用拔赵帜易汉帜[8]计，笑而行之。日曛黑，媪引女子至，曰："郎君晚回家否？"田曰："不回矣。"女子喜曰："如此方好。"数语，媪别去。田便燃烛展衾，让女子先上床，己亦脱衣隐烛，忽曰："几忘却，厨舍门未关，防狗子偷吃也。"便下床启门易生，生窸窣[9]入，上床与女共枕卧。女颤声曰："我为娘子医清恙[10]也。"间以昵词，生不语。

女即抚生腹，渐至脐下，停手不摩，遽探其私，触腕崩腾。女惊怖之状，不啻误捉蛇蝎，急起欲遁。生沮[11]之，以手入其股际，则擂垂盈掬，亦伟器也。大骇，呼火，生妻谓事决裂，急燃灯至，欲为调停，则见女赤身投地乞命。妻羞惧趋出。生诘之，云是谷城[12]人王二喜，以兄大喜为桑冲门人[13]，因得转传其术。又问："玷几人矣？"曰："身出行道不久，只得十六人耳。"生以其行可诛，思欲告郡，而怜其美，遂反接而宫之[14]，血溢殒绝，食顷复苏，卧之榻，覆之衾，而嘱曰："我以药医汝，创痏[15]平，从我终焉可也，不然事发不赦。"王诺之。明日，媪来，生绐之曰："伊是我表侄女王二姐也。以天阉[16]为夫家所逐，夜为我家言其由，始知之。忽小不康，将为市药饵，兼请诸其家，留与荆人作伴。"媪入室，视王，见其面色败如尘土，即榻问之，曰："隐所暴肿，恐是恶疽。"媪信之去。生饵以汤，糁以散，日就平复。夜辄引与狎处，早起则为田提汲补缀，洒扫执炊，如媵婢然。居无何，桑冲伏诛[17]，同恶者七人并弃市[18]，惟二喜漏网，檄各属严缉。村人窃共疑之，集村媪隔裳而探其隐，群疑乃释。王自是德生，遂从马以终焉。后卒，即葬府西马氏墓侧，今依稀在焉。

异史氏曰："马万宝可云善于用人者矣。儿童喜蟹可把玩，而又畏其钳，因断其钳而畜之。呜呼，苟得此意，以治天下可也。"

校注

1 〔东昌〕府名。治所在今山东省聊城市。

2 〔放诞〕放纵不羁。《西京杂记》二："文君姣好……十七而寡，为人放诞风流，故悦长卿之才而越礼焉。"

3 〔伉俪〕妻子，配偶。《国语·周语中》："今陈侯不念胤续之常，弃其伉俪妃嫔，而帅其卿佐以淫于夏氏。"韦昭注："伉，对也。俪，偶也。"

4 〔宵分〕半夜。《魏书·崔楷传》："亮由君之勤恤，臣用劬劳，日昃忘餐，宵分废寝。"

5 〔瘵蛊（zhàigǔ 寨古）〕久治不愈的疾病。瘵，多指痨病。

6 〔游扬〕宣扬。

7 〔渠侬〕他，他们。古吴地方言。《通俗编》谓："吴俗自称我侬，指他人亦曰渠侬。"

8 〔拔赵帜易汉帜〕此借指夫妻暗中调换，欺骗对方。《史记·淮阴侯列传》载：韩信与张耳以兵数万，东下井陉击赵。赵开壁击之，信等佯弃旗鼓，走水上军。赵空壁争汉鼓旗，逐韩信张耳。韩信出奇兵二千骑，驰入赵壁，拔赵帜立汉赤帜。赵军不胜，欲还归壁，而壁皆汉帜，大惊，兵遂乱。于是汉军夹击，大破赵军，斩成君，擒赵王歇。

9 〔窸窣（xīsū 悉苏）〕指细小的声音。

10 〔清恙〕对他人患病的敬辞。

11 〔沮（jǔ 咀）〕阻止。

12 〔谷城〕古县名。治所在今山东省平阴县西南之东阿镇。

13 〔桑冲门人〕谓桑冲的弟子。桑冲，明石州人。桑冲一案，是明代轰动一时的大案，明人笔记记载甚多。据明陆粲《庚巳编·人妖公案》载：山西榆次县人桑冲访得山阴县谷才以男装女，随处教人女子生活，暗行奸宿，十八年不曾事发。成化元年，冲与本县任茂、张虎，谷城县张瑞、王大喜，文水县任昉、孙成、孙原等先后拜谷才为师，学会女红、描剪花样、扣绣鞋、造饭等项。冲于成化三年装作妇人身离家，经历大同、平阳、太原、真定、保定、顺天、顺德、河间、济南、东昌等府，到处用心打听良家出色的女子，假称逃走乞食妇人，先到旁住贫小人家投宿做工一二日，使其传说引进，教做女红。遇晚同歇，诳言作戏，哄说喜悦，默与奸宿。但有刚直怒骂者，冲再三陪情，女子含忍。或住三朝五日，恐人识出，又行挪移别处。奸通良家女子一百八十二人，十年不曾事发。成化十三年七月，前往真定府晋州聂村生员高宣家，诈称赵州张林逃妾，前来投宿。高宣婿赵文举夜间潜入房内求奸，被赵按住用手揣无胸乳，摸有肾囊，将冲捉送晋州，审供前情，经都察院奉旨将桑冲凌迟处死，并捉拿任茂等七人。

14 〔反接而宫之〕谓反绑双手，而施腐刑。宫，古代五刑之一，此谓施宫刑。《太平御览》卷六四八引《尚书大传》："男女不以义交者，其刑宫。"此为一种阉割生殖机能的酷刑。

15 〔创痏（wěi 伟）〕创伤留下的瘢痕。《文选·左思〈吴都赋〉》："所以挂扢而为创痛，冲碎而断筋骨。"

16 〔天阉〕先天无生殖能力。

17 〔伏诛〕被处死刑。

18 〔弃市〕古时行刑位于闹市中，陈尸街头，古称杀头为弃市。

韦公子

韦公子，咸阳[1]世家，放纵好淫，婢妇有色，无不私者。尝载金数千，欲尽览天下名妓，凡繁丽之区，罔不至。其不甚好者，信宿[2]即去，当意则作百日留。

叔某公亦名宦，休致[3]归，闻其行，怒之。延明师，置别业，使与诸公子键户[4]读。公子夜伺师寝，逾垣归，迟明而返，以为常。一夜，失足折肱，师始知之。告公，公怒不之惜，益施夏楚[5]，俾不能起，而后药之。月余渐愈，公与之约：能读倍诸弟，文字佳，出勿禁；私逸[6]者，挞如前。而公子最慧，读常过程[7]。如此数年，中乡榜。欲自败约，而公箝制之。赴都，以老仆从，授日记籍，使志其言动，故数年无过行。后成进士，公乃稍驰其禁。而公子或将有作，惟恐公闻，入曲巷中[8]，辄托姓魏。

一日，过西安，见优童[9]罗惠卿，年十六七，秀丽如好女，悦之，夜留缱绻，赠贻丰隆。闻其新娶妇尤韵妙，益触所好，私示意惠卿。惠卿无难色，至夜携妇至，果少好，遂三人共一榻。留数日，眷爱臻至，谋与俱归，问其家口，答云："母早丧，惟父存耳。某原非罗姓。母少服役于咸阳韦氏，卖至罗家，四月生余。倘得从公子去，亦可察其耗问。"公子惊问："母何姓？"答："姓吕。"骇极，汗下浃体[10]，盖其母即生家婢也。生无言。时天亦明，厚赠之，劝令改业。伪托他适，约归时召致之，遂别而去。

后令苏州某邑[11]，有乐妓[12]沈韦娘，雅丽绝伦，心好之，潜留与狎，戏曰："卿小字取'春风一曲杜韦娘[13]'耶？"答曰："非也。妾母十七为名妓，有咸阳公子与君侯同姓，留三月，订盟婚娶。公子去，八月生妾，因名韦，实妾姓也。公子临别时，赠黄金鸳鸯，今尚在。一去竟无音耗，妾母以是愤悒死。妾三岁，受抚于沈媪，故从其姓。"公子闻其言，愧恨无以自容。默移时，顿生一策。忽起挑灯，唤韦娘饮，藏有鸩毒，暗置杯中，韦娘才下咽，溃乱呻嘶，众集视，则已毙矣。呼优人至，付以尸，重赂之。而韦娘所与交好者尽势家[14]，闻之，不解其故，悉不平，共贿激优人，使讼于上官。公子惧，泻橐弥缝[15]，卒以浮躁[16]免官。归家年三十八，颇悔前行，而妻妾五六人，皆无子，欲继公之孙[17]，公以门无内行[18]，恐习气染儿，虽诺嗣之，但待其老而后归之。公子愤，欲往招惠卿，家人皆以为不可，乃罢。又数年，忽病，辄挝心曰："淫婢宿妓者，非人也！"公闻之，叹曰："是殆将死矣！"乃以次子之子，送诣其家，使定省[19]之。月余，寻卒。

异史氏曰："盗婢[20]私娼，其流弊殆不可问。然以己之骨血，而谓他人父，亦已羞矣。而鬼神又侮弄之，诱使自食便液[21]。尚不自剖其心，自刭其首，而徒流汗投鸩，非人头而畜鸣[22]者耶！虽然，风流公子所生子女，即在风尘[23]中，亦皆擅场[24]。"

校注

1 〔咸阳〕古秦地，今陕西省咸阳市。

2 〔信宿〕谓连宿两夜。《诗经·豳风·九罭》："公归不复，于女信宿。"毛传："再宿曰信。宿，犹处也。"

3 〔休致〕官吏年老退职。详见卷二《罗刹海市》注。

4 〔键户〕锁住门户。键，门闩。

5 〔夏楚〕古时用以体罚学生的板子。详见卷二《张诚》注。

6 〔私逸〕谓偷偷逃跑。

7 〔过程〕超过规定的数量。

8 〔曲巷中〕偏僻的小巷中。此借指妓女们所居之处。中，据山东省博物馆藏康熙抄本，原抄本无。

9 〔优童〕年轻的艺人。优，古时扮演杂技的人，后称戏剧演员。

10 〔汗下浃（jiā 夹）体〕谓汗湿遍全身。

11 〔令苏州某邑〕为苏州府某县县令。

12 〔乐妓〕名隶乐籍的妓女。

13 〔春风一曲杜韦娘〕杜韦娘，为唐代歌女，后为教坊曲名。典出唐刘禹锡赠李绅《歌妓诗》："鬉鬌梳头宫样妆，春风一曲杜韦娘。司空见惯浑多事，断尽江南刺史肠。”见孟启《本事诗·情感》。

14 〔势家〕谓有权势之家。

15 〔泻橐弥缝〕谓倾其所有资财，贿赂当权者，以掩饰其罪行。《左传·僖公二十六年》：“（齐）桓公是以纠合诸侯而谋其不协，弥缝其阙，而匡救其灾。”弥缝，补救行事的阙失。

16 〔浮躁〕明清大计“六法”考语之一。按规定，浮躁、才力不及者降调。

17 〔公之孙〕谓韦公子叔父之孙。公，指韦公子之叔。

18 〔门无内行〕谓品行不端。内行，平时家居之操行。《吕氏春秋·下贤》：“世多举（齐）桓公之内行，内行则不修，霸亦可矣。”

19 〔定省（xǐng 醒）〕即“昏定晨省”。谓子女早晚向父母问安。《礼记·曲礼》：“凡为人子之礼，冬温而夏清，昏定而晨省。”

20 〔盗婢〕与婢子私通。盗，偷情。

21 〔自食便液〕喻与自己所生子女的乱伦行为。如同自己食自己的便溺一样污浊。

22 〔人头而畜鸣〕犹言人面而兽心。《史记·秦始皇本纪》：“（胡亥）诛斯、去疾，任用赵高。痛哉言乎！人头畜鸣。”正义：“言胡亥人身有头面，口能言语，不辨好恶，若六畜之鸣。”谓长着人的头面，而所行所言如畜生之叫。

23 〔风尘〕指娼妓的不洁生涯。

24 〔擅场〕谓技艺超群，独擅场面。杜甫《冬日洛城》诗：“画手看前辈，吴生远擅场。”

大　男

奚成列[1]，成都[2]士人也。先有一妻一妾。妾何氏，小字昭容。妻早没，娶继室申氏，不能相善，虐遇何，因并及奚，终日哓聒，恒不聊生。奚忿怒亡去。去后，何生一子大男。奚久不返，申摈[3]不与同炊，计日授粟。

大男渐长，何不敢求益，惟纺绩佐食。大男见塾中诸儿吟诵，羡之，告母欲读。母以其太稚，姑送诣塾，试使读以难之，而大男慧，所读倍诸儿。师异之，愿不索束贽[4]。何乃使从师，薄相酬。积二三年，经书[5]全通。一日，归谓母曰："塾中五六人，皆从父乞钱买饵，我何无也？"母曰："待汝长时，当告知。"大男曰："我方七八岁，何时长也？"母曰："汝往塾，路经关帝庙，当拜之，佑汝速长。"大男信之，每日两过必入拜，母知之，问："汝所祝何词？"答[6]云："但祝明年便使我十五六岁。"母笑之，而大男学与躯体长并速，至十岁，遂如十三四岁者。其所为文，塾师不能窜易之[7]。一日，谓母曰："昔谓我壮大当告父处，今可矣。"母曰："尚未，尚未！"又年余，居然成人，研诘益频，母乃缅述之。大男闻之，意不胜悲，欲往寻父，母曰："儿太幼，汝父存亡未知，何遽可寻？"大男无言而去，至午不归。往询诸师，则辰餐未复。母大惊，犹谓其逃塾，出资佣役，靡处不搜，竟杳无迹。

大男出门，不知何往之善，惟循途奔去。遇一人将如夔州[8]，自言钱姓，大男丐食相从。钱病其缓，为赁代步，资斧皆耗之。至夔，同食，钱阴投毒其中，大男瞑不觉。钱载至大刹，托为己子，偶病绝资，卖诸僧。僧见其丰姿秀出，争购之，钱得金而去。僧饮之，略醒。主僧[9]知之，诣视，奇其相，研诘始得颠末，又益怜之，责僧赠资使去。有泸州[10]蒋秀才下第归，途中问得故，嘉其孝，携与同行。至泸，主其家[11]。月余，无往不谐。或言闽商有奚姓者，于是辞蒋，将之闽。蒋赠遗衣履，其里党皆敛资助之。至途，有二布客欲诣福清[12]，邀与同侣。行数程，客窃窥囊金，引至空所，縶手足，解夺而去。适有永福[13]陈翁过其傍，脱缚载诸后车，遂至翁家。翁豪富，诸路商贾多出其门，翁嘱南北客，代访父耗。留大男伴诸儿读，大男遂止，不复游矣。由是家益远，音益梗。

何昭容孤居三四年，申氏减其费，抑勒[14]令嫁。何自食其力，志不摇，申强卖于重庆贾，贾劫取而去。至夜，以刀自劙[15]，贾不敢逼，俟创瘥，又转鬻于盐亭贾。至盐亭[16]，自刺心头，洞见脏腑，贾大惧，药敷之。既平，但求作尼。贾告之曰：“我有商侣，身无淫具，每欲得一人主缝纫，此与作尼无异，亦可少偿吾直。”何诺之，赁舆送去。入门，主人趋出，则奚生也。盖奚已弃儒为商，贾以其无妇，故赠之也。相见悲骇，各述苦况，始知有儿寻父未归。奚乃嘱诸客旅，侦察大男，而昭容遂以妾为妻矣。然自历艰苦，疴痛多疾，不能操作，劝奚纳媵。奚鉴前祸，不从所请。何曰：“妾如争床笫者，数年间固已从人生子矣，尚得与君有今日之聚乎？且人加我者，隐痛在心，岂及诸身而自蹈之？”奚乃嘱客侣为买三十余老妾。逾半年，客果为买妾归，入门，则妻申氏。各相骇怪。先是，申独居年余，兄苞劝令再适，申从之，惟田产为子姓所阻，不得售，鬻诸所有，积数百金，携归兄家。有保宁[17]贾，闻其富有奁资，以多金啖苞，赚娶之，而贾老废不能人[18]。申怼兄，不安于室，梁缢井投，不堪其扰。贾怒，搜括其资，将卖作妾，而闻者皆嫌三十余，齿加长。贾将适夔，遂载与俱去，遇奚同肆，适中其意，遂货之而去。既见奚，惭惧不出一语，奚问同肆商，略知梗概，因曰：“使遇健男，则在保宁，无再见之期，此亦数也。然今日我买妾，非娶妻，可先拜昭容，修嫡庶礼。”申耻之，奚曰：“昔日汝作嫡，何如哉？”何劝止之，奚不可，操杖临逼，申不得已，拜之。然终不屑承奉，但操作别室，而何悉优容之，亦不忍课其勤惰。奚每与昭容谈宴，辄呼役使其侧，何更代以婢，不听前[19]。

会陈公嗣宗宰盐亭[20]，奚与里人有小争，里人以逼妻作妾揭讼奚，公不准理，叱逐之，奚喜，与何窃共颂德。一漏既尽，僮忽叩扉入，白："邑令公至！"奚骇极，急觅衣履，则公已至寝门，益骇，不知所为。何审之，急出曰："是吾儿也！"遂哭。公乃伏地悲咽。盖大男从陈公姓，业为官矣。初，公至自都，迂道过故里，始知两母皆醮，伏膺哀痛。族中人始知大男已贵，反其田庐，公留仆营造，冀父复返。既而，授任盐亭，又欲弃官寻父，陈翁苦劝之。会有卜者，使筮焉。卜人曰："小者居大，少者为长；求雄得雌，求一得两：为官吉。"公乃之任，为不得亲，居官不茹荤酒。是日，得里人状，睹奚姓名，疑之，阴遣内纪纲，窃访之[21]，果父。乘夜微行[22]而出，见母，益信卜者之神。临去，嘱勿播，出金二百，令即办装归。至家，门户已新，益畜仆马，居然大家矣。申见大男贵盛，益自敛。兄苞知之，告于官，为妹争谪，官廉得其情，曰："贪资劝嫁，去奚已更二夫，何颜争昔年嫡庶耶！"重笞之。由此名分益彰，而申姊何，何亦姊之，衣服饮食悉不自私。申初惧其复仇，至是益愧悔。奚亦忘其旧恶，俾内外[23]皆呼以太母，但诰命不及[24]耳。

异史氏曰："颠倒众生[25]，不可思议。此造物之巧也！奚生不能自立于妻妾之间，一碌碌庸人耳。苟非孝子贤母，乌能有此奇合，坐享厚糈以终身哉！"

校注

1 〔列〕据山东省博物馆藏康熙抄本，原抄本作“烈”。

2 〔成都〕古县名。秦置。明清成都府亦治此。治所在今之四川省成都市。

3 〔摈（bìn 膑）〕排斥。

4 〔束贽〕谓束脩与贽礼。束脩，十条干肉。脩，干肉条。古时亲友间相互赠送的礼品。《论语·述而》：“自行束脩以上，吾未尝无诲焉。”后因称赠给老师的酬金为束脩。贽，贽礼。古人初次拜见尊者时所持的礼物。《尚书·舜典》：“修五礼、五玉、三帛、二生、一死贽。”宋欧阳修《襄州谷城县夫子庙记》：“古者士之见师，以菜为贽。”

5 〔经书〕指儒家的《四书》（《论语》、《大学》、《中庸》、《孟子》）、《五经》（《诗经》、《尚书》、《周易》、《礼记》、《春秋》）。

6 〔答〕从山东省博物馆藏康熙抄本，原抄本作“笑”。

7 〔塾师不能窜易之〕谓大男所做文章，老师不便改动。

8 〔夔（kuí 魁）州〕旧府名。治所在今四川省奉节县。

9 〔主僧〕佛寺住持。宋苏轼《东坡志林·记游庐山》：“旋入开元寺，主僧求诗，因作一绝。”

10 〔泸州〕明清直隶州。治所在今四川省泸州市。

11 〔主其家〕即寄居其家。

12 〔福清〕县名。今福建省福清县。

13 〔永福〕旧县名。今福建省永泰县。

14 〔抑勒〕强迫。抑，强制。

15 〔劙（lí 离）〕割。

16 〔盐亭〕县名。今四川省盐亭县。

17 〔保宁〕明清府名。治所在今四川省阆中县。

18 〔不能人〕不能为人事，即不能行房事。

19 〔不听前〕即不使申在眼前听从差使。

20 〔亭〕据二十四卷本，原抄本作“城”。

21 〔内纪纲，窃访之〕身边的仆人，暗暗查访。详见卷一《长清僧》注。窃，据山东省博物馆藏康熙抄本，原抄本无。

22 〔微行〕谓便服出行。《史记·秦始皇本纪》：“始皇为微行咸阳。”

23 〔内外〕谓内外的仆役之人。太母，其从仆对官员的嫡母之称。

24 〔诰命不及〕谓申氏得不到朝廷的诰封。清制，五品以上官员授诰命。

25 〔颠倒众生〕佛家语，指人间世事。

嘉平公子

嘉平[1]某公子，风仪秀美，年十七八，入郡赴童子试。偶过许娼之门，门内有二八丽人，因目注之，女微笑点其首，公子喜，近就与语。女便问："寓居何所？"具告之。问："寓中有人否？"曰："无。"女云："妾夕间奉访，勿使人知。"公子诺而归，既暮，排去僮仆，女果至，自言："小字温姬。"且云："妾慕公子风流，遂背媪而至。区区之意，深愿奉以终身。"公子亦喜，约以重金相赎。自此三两夜辄一至。一夕，冒雨而来，入门，解去湿衣，罥诸椸[2]上，已乃脱足上小靴[3]，求公子代去泥涂，遂上床以被自覆。公子视其靴，乃五文新锦[4]，沾濡殆尽，惜之。女曰："妾非敢以贱物[5]相役，欲使公子知妾之痴于情也。"听窗外雨声不止，遂吟曰："凄风冷雨满江城。"求公子续，公子辞以不解。女曰："公子如此一人，何乃不知风雅！使妾清兴[6]消矣！"因劝令肄习[7]，公子诺之。

往来既频，仆辈皆知。公子有姊夫宋氏，亦世家子，闻其事，窃求公子一见温姬。公子言之，女必不可。宋隐

嘉平公子
冷雨凄風绝妙
詞箇人端
的是情癡不期
天上降魔
法偏是人间没
字碑

身仆舍，伺女至，伏窗窥之，颠倒欲狂，急排闼，女起，逾垣而去。宋向往殊殷，乃修贽[8]诣许媪，指名求之，则果有温姬，而死已久。宋愕然而退，以告公子，公子始知为鬼，而心终爱好之。至夜，以宋言告女，女曰："诚然。顾君欲得美女子，妾亦欲得美丈夫，各遂所愿足矣，人鬼何论焉？"公子以为然。试毕而归，女亦从之，他人不见，惟公子见之。至家，寄诸斋中。公子独宿不归，父母疑之，女归宁，始隐以告母。父母大惊，戒公子绝之，公子不能听。父母深以为忧，百术驱遣不得去。

一日，公子有谕仆帖[9]置案上，中多错谬："椒"讹"菽"，"姜"讹"江"，"可恨"讹"可浪"。女见之，书其后云："何事'可浪'？'花菽生江'。有婿如此，不如为娼！"遂告公子曰："妾初以公子世家文人，故蒙羞自荐，不图虚有其表[10]！以貌取人，毋乃为天下笑乎！"言已而没。公子虽愧恨，犹不知所题，折帖示仆。闻者传以为笑。

异史氏曰："温姬可儿[11]！翩翩公子，何乃苛其中之所有[12]哉！遂至悔不如娼，则妻妾羞泣矣。顾百计遣之不去，而见帖浩然[13]，则'花菽生江'，何殊于杜甫之'子章髑髅'哉[14]！"

《耳录》[15]云：道傍设浆者，榜云："施茶结缘。"讹"茶"为"恭[16]"，亦可笑。

有故家子，既贫，榜于门："卖古磁器。"讹"磁"为

"淫"，云："有要宣淫、定淫[17]者，大小皆有，入内看物论价。"崔卢之子孙[18]如此甚众，何独"花蕔生江"哉！

校注

1 〔嘉平〕古县名。南齐置，梁废。故治在今安徽省全椒县西南。

2 〔罥（juàn 绢）诸椸（yí 仪）〕罥，挂。椸，衣架。

3 〔靴〕据山东省博物馆藏康熙抄本，原抄本作"鞋"。

4 〔五文新锦〕有五彩图案的新织锦。

5 〔贱物〕此指靴子。

6 〔清兴〕谓雅兴。此指诗兴。

7 〔肄习〕学习。唐韩愈《处州孔子庙碑》："又为置讲堂，教之行礼，肄习其中。"

8 〔修贽〕谓携带礼物求见。明沈德符《野获编·督抚·李见罗中丞》："竟以重名久困，沿途迎慰者、修贽者接踵，未免留滞。"贽，见面礼。

9 〔谕仆帖〕晓谕仆人的便条。

10 〔虚有其表〕谓其才能与其相貌不副。唐郑处诲《明皇杂录》：玄宗夜使中书舍人萧嵩草诏苏颋，中之"国之瑰宝"，其"瑰"字为颋父之讳，让嵩更易，嵩思考半天，改为"珍"字。玄宗掷草于地说："虚有其表耳。"嵩长大多髯，貌甚伟。

11 〔可儿〕如意之人。详见卷二《巧娘》注。

12 〔苛其中之所有〕谓苛求其胸中有才学。所有，此指才学，学问。

13 〔浩然〕谓浩然长叹，有归去之志。《孟子·公孙丑下》："予然后浩然有归志。”浩然，《孟子·公孙丑上》：“我善养吾浩然之气。”朱熹集注：“浩然，盛大流行之貌。”

14 〔“花菽生江”二句〕意谓嘉平公子的谕仆帖中“花菽生江”之错别字，简直与杜甫诗句“子章髑髅”一样，可以驱邪愈病。《旧唐书·肃宗纪》载：肃宗上元二年，梓州刺史段子璋反，攻占绵州，后花敬定攻拔绵州，斩子璋。杜甫作诗《戏作花卿歌》，诗中有“子璋髑髅血模糊，手提掷还崔大夫”。《古今诗话》载：有病疟者，杜甫曰：“诵吾诗当愈。”乃令诵“子璋髑髅血模糊”二句，果病愈。

15 〔《耳录》〕朱缃所作。

16 〔恭〕为大小便之讳，即出恭。

17 〔宣淫、定淫〕实为“宣磘”、“定磘”，因讹误而将“磘”字写成“淫”字。磘，通“窑”。宣窑，为明宣德年间江西景德镇著名的官窑；定窑，为宋代河北定州的著名官窑。此指两窑所烧制的瓷器。

18 〔崔卢之子孙〕南北朝时，崔氏、卢氏为山东士族，世居高显之位，故后因以称豪门大族为崔卢。

石清虚

邢云飞，顺天人，好石，见佳石不靳重直[1]。偶渔于河，有物挂网，沉而取之，则石径尺，四面玲珑，峰峦叠秀，喜极，如获异珍。既归，雕紫檀为座，供[2]诸案头。每值天欲雨，则孔孔生云，遥望如塞新絮。有势豪某，踵门[3]求观，既见，举付健仆，策马竟去。邢无奈，顿足悲愤而已。仆负石至河滨，息肩[4]桥上，忽失手，堕诸河。豪怒鞭仆，即出金雇善泅者，百计冥搜，竟不可见，乃悬金署约[5]而去。由是寻石者日盈于河，迄无获者。

后邢至落石处，临流於邑[6]，但见河水清澈，则石固在水中。邢大喜，解衣入水，抱之而出，檀座犹存。既归，不肯设诸厅所，洁内室供之。一日，有老叟款门而请，邢托言石失已久，叟笑曰："客舍非耶？"邢便请入舍，以实其无。既入，则石果陈几上，错愕不能言。叟抚石曰："此吾家故物，失去已久，今固在此耶。既见之，请即赐还！"邢窘甚，遂与争作石主，叟笑曰："既汝家物，有何验证？”邢不能答。叟曰：“仆则固识之，前后九十二窍，孔中五字云：‘清虚天石供[7]。’”邢审视孔中，果有小字，细如粟米，竭目力才可辨认，又数其窍，果如所言。邢无以对，但执不与。叟笑曰：“谁家物而凭君作主耶？”拱手而出。邢送之门外，既还，则石失所在，大惊疑，邢急追之，则叟缓步未远，奔牵其袂而哀之。叟曰：“奇矣！径尺之石，岂可以手握袂藏者耶？”邢知其神，强曳之归，长跽请之，叟乃曰：“石果君家者耶？仆家者耶？”答曰：“诚属君家，但求割爱耳。”叟曰：“既然，石固在是。”还入室，则石已在故处。叟曰：“天下之宝，当与爱惜之人，此石能自择主，仆亦喜之。然彼急于自见[8]，其出也早，则魔劫未除[9]。实将携去，待三年后，始以奉赠。既欲留之，当减三年寿数，始可与君相终始，君愿之乎？”曰：“愿。”叟乃以两指捏一窍，窍软如泥，随手而闭，闭三窍已，曰：“石上窍数，即君寿也。”作别欲去，邢苦留之，辞甚坚，问其姓字，亦不言，遂去。

积年余，邢以故他出，夜有小偷入室，诸无所失，惟窃石而去。邢归，悼丧欲死，访察购求，全无踪绪。积有数年，偶入报国寺[10]，见卖石者，近视则其故物，将便认取，卖者不服，因负石至官。官问：“何所质验[11]？”卖石者能言窍数，邢问其他，卖石者不能言。邢乃言窍中五字及三指痕，理遂得伸。官欲杖责卖石者，卖石者自言以二十金买诸市，遂释之。邢得石归，裹以锦，藏椟中，时出一赏，先焚异香，而后出之。有尚书某，购以百金，而邢意万金不易也。某怒，阴以他事中伤之。邢被收[12]，典质田产。某托他人风示其子，子告邢，邢愿以死殉石。妻窃与子谋，献石尚书家。邢出狱始知，骂妻殴子，屡欲自经，皆以家人觉救，得不死。夜梦一丈夫来，自言“石清虚”，谓邢：“勿戚！特与君年余别耳。明年八月二十日昧爽时，可诣海岱门[13]，以两贯相赎。”邢得梦喜，敬志[14]其日。而石在尚书家，更无出云之异，久亦不甚贵重之。明年，尚书以罪削职，寻死。邢如期诣海岱门，则其家人窃石出，将求售主，因以两贯市归。后邢至八十九岁，自治葬具，又嘱子：必以石殉。既而果卒，子遵遗教[15]，瘗石墓中。

半年许，贼发墓，劫石去，子知之，莫可追诘。逾二三日，携仆在道，忽见两人奔踬[16]汗流，望空自投曰：“邢先生勿相逼！我二人将石去，不过卖四两银耳。”遂絷送诸官，一讯遂伏。问石，则鬻诸宫氏。取石至，官爱玩，欲得之，命寄诸库。吏举石，石忽堕地，碎为数十余片，罔不失色。官乃重械两盗而放之。邢子拾石出，仍瘗墓中。

异史氏曰：“物之尤者祸之府[17]。至欲一身殉石，亦痴甚矣！而卒之石与人相终始，谁谓石无情哉？古人云：‘士为知己者死。’非过也！石犹如此，而况人乎！”

校注

1 〔不靳重直〕不惜重金。靳，吝惜。直，通“值”。

2 〔供〕陈设。

3 〔踵门〕登门。《孟子·滕文公上》：“（许行）踵门而告文公曰：‘远方之人闻君行仁政，愿受一廛而为氓。’”

4 〔息肩〕休息。本指卸去负担。《左传·襄公二年》：“郑成公疾，子驷请息肩于晋。”

5 〔悬金署约〕谓重金悬赏，并张贴签署的契约。

6 〔临流於（wū 巫）邑〕面对着河水悲泣。於邑，同“呜邑”，亦作“呜唈”。因悲伤、愤懑而抑郁气塞。《东观汉记·梁竦传》：“虽离谗以呜唈兮，卒暴诛于两观。”

7 〔清虚天石供〕谓清虚天用以陈设的石头。清虚天，道教传说中的仙境；亦指太空、月宫。

8 〔自见（xiàn 现）〕谓自现于世。

9 〔魔劫未除〕谓应遭灾难的劫数还没除去。魔，是梵语“魔罗”的省音，亦作“恶魔”。佛教把一切扰乱身心、障碍修行的事物，均称为“魔”。

10 〔报国寺〕在今北京宣武区广安门内大街北。创建于辽，明成化二年（1466）重修，改名慈仁寺。

11 〔质验〕凭据。

12 〔收〕入狱囚禁。

13 〔海岱门〕北京城的南东门。元为海岱门，明改崇文门，清因之。明蒋一葵《长安客话》一：“泰山渤海，俱都城东尽境，元时以海岱名门，取此。”

14 〔敬志〕特意地记下来。

15 〔遗教〕临终的遗言、遗嘱。刘向《说苑·敬慎》：“常摐有疾，老子往问焉，曰先生疾甚矣，无遗教可以语诸弟子者乎？”

16 〔奔踬（zhì 质）〕跌跌撞撞地奔跑。踬，被东西绊倒。

17 〔物之尤者祸之府〕意谓物之特异奇珍者，为祸患之府。府，谓聚集之处。《左传·昭公十二年》：“吾不为怨府。”

曾友于

曾翁，昆阳[1]故家也。翁初死未殓，两眶中泪出如沈。有子六，莫解所以。次子悌，字友于，为邑名士，以为不祥，戒诸兄弟各自惕，勿贻痛于先人，而兄弟半迂笑之。先是，翁嫡配[2]生长子成，至七八岁，母子为强寇掳去。娶继室，生三子：曰孝，曰忠，曰信。妾生三子：曰悌，曰仁，曰义。孝以悌等出身贱，鄙不齿，因连结忠、信若为党。即与客饮，悌等过堂下，亦傲不加礼。仁、义皆忿，与友于谋，欲相仇。友于百词宽譬[3]，不从所谋，而仁、义年最少，因兄言，亦遂止。孝有女，适邑周氏，病死，纠悌等往挞其姑，悌不从。孝忿然，令忠、信合族中无赖子往捉周妻，搒掠无算，抛粟毁器，盎盂无存。周告邑宰，宰怒，拘孝等囚系之，将行申黜[4]。友于惧，见宰自投。友于品行，素为宰所仰重，诸兄弟以是得无苦。友于乃诣周所，亲负荆[5]，周亦器重友于，讼遂止。孝归，终不德友于。无何，友于母张夫人卒，孝等皆不为之服[6]，宴饮如故。仁、义益忿。友于曰："此彼之无礼，于我何损焉。"及葬，把持墓门，不使合厝[7]。友于乃瘗母隧道[8]中。未几，孝妻亡，友于招仁、义往奔其丧，二人皆曰："期且不论，功于何有[9]？"再劝之，哄然散去。友于乃自往，临哭尽哀。隔墙闻仁、义鼓且吹，孝怒，纠诸弟往殴之，友于操杖先从。入其家，仁觉而逃，义方逾垣，友于自后击仆之，孝等拳杖交加，殴不止。友于横身障阻之，孝怒，让友于，友于曰："责之者，以其无礼也，然罪固不至死。我不怙弟恶[10]，亦不助兄暴，如怒不解，身代之。"孝遂反杖挞友于，忠、信亦相助殴兄，声势震动，里党群集排解，乃散去。友于即扶杖诣兄请罪，孝逐去之，不令居丧次[11]。而义创甚，不复食饮，仁代具告讼诸官，诉其不为庶母行服[12]。官签牒拘[13]孝、忠、信，而令友于陈状，友于以面目损伤，不能诣署，但作词禀白，哀求阁寝[14]，宰遂消案[15]不行。义亦寻愈。由是仇怨益深。仁、义皆幼弱，辄被敲楚，怼友于曰："人皆有兄弟，我独无！"友于曰："此两语，我宜言之，两弟何云？"因苦劝之，卒不听。

友于遂扃户，携妻子借寓他所，离家五十余里，冀不相闻。友于在家，虽不助弟，而孝等犹稍稍顾忌之；既去，诸兄一不当，辄叫骂其门，辱侵母讳[16]。仁、义度不能抗，惟杜门，思乘间刺杀之，行则怀刃。一日，寇所掠长兄成，忽携妇亡归。诸兄弟以家久析，聚谋三日，竟无处可以置之。仁、义窃喜，招去共养之，往告友于，友于亦喜，即归，共出田宅居成。诸兄怒其市惠，登其门窘辱之，而成久在寇中，习于威猛，闻之，大怒曰："我归，更无人肯置一屋，幸三弟念手足，又罪责之。是欲逐我耶！"以石投孝，孝仆。仁、义各以杖出，捉忠及信，并挞无数。成不待其讼，先讼之。宰又使人请教友于，友于不得已，诣宰，俯首不言，但有流涕。亟问之，惟求公讯。宰乃判孝等各出田产归成，使七分相准[17]。自此仁、义与成倍益爱敬，谈及葬母事，因并泣下，成恚曰："如此不仁，是禽兽也！"遂欲启圹，更为改葬。仁奔告友于，友于急归谏止之，成不听，刻期发墓，作斋于茔，以刀削树，谓诸弟曰："所不衰麻[18]相从者，有如此树！"众唯唯。于是一门皆哭临，安厝尽礼。由此兄弟相安。而成性刚烈，辄批挞诸弟，而于孝等尤甚，惟重友于，盛怒时，友于至，一言可解。孝有所行，成往往不平之。因之，孝无十日不至友于所，潜对友于诟诅。友于婉谏，卒不纳。友于不堪其扰，又迁于三泊[19]，僦屋而居，去家益远，音迹遂疏。

逾二年，诸弟皆畏惮成，久遂相习，纷竞绝少。而孝年四十六，生五子：长继业，三继德，皆嫡出；次继功，四继绩，皆庶出；又婢出继祖。皆成立，亦效父旧行，各为党，日相竞，孝亦不能呵止。惟祖无兄弟，年又最幼，诸兄皆得而诟厉之。岳家故近三泊，会诣岳，窃迂道诣叔。入门，见叔家两兄一弟，弦诵怡怡[20]，乐之，久居不言归。叔促之，哀求寄居，叔曰：“汝父母皆不之知，我岂惜瓯饭瓢饮[21]乎！”乃归。过数月，夫妻往寿岳母，告父曰：“我此行不归矣。”父诘之，因吐微隐。父虑与有夙隙，计难久居，祖曰：“父虑过矣。二叔，圣贤也。”遂去，携妻之三泊。友于除舍居之，以齿儿行[22]，使执卷从长子继善。祖最慧，寄籍三泊年余，入云南郡庠。与善闭户研读，而祖又讽诵最苦，友于益爱之。而自祖居三泊，家中兄弟益不相能。一日，微反唇，业诟辱庶母，功怒，刺杀业。官收功，重械之，数日死狱中。业妻冯氏，犹日以骂代哭。功妻刘，闻之，怒曰：“汝家男子死，谁家男子活耶？”操刀入，击杀冯，自投井中，亦死。冯父大立，悼女死惨，率诸子弟，藏兵衣底，往捉孝妾，裸挞道上以辱之。成怒曰：“我家死人如麻，冯氏何得复尔！”吼奔而出，诸曾从之，诸冯尽靡。成首捉大立，割其两耳，其子护救，继绩以铁杖横击，折其两股。诸冯各被夷伤，哄然尽散，惟冯子犹卧道周。众等莫可方略[23]，成夹之以肘，置诸冯村而还，遂呼绩诣官自首。冯状亦至。于是诸曾皆被收。惟忠亡去，至三泊，徘徊门外，犹恐兄念旧恶。适友于率一子一侄入闱归，望见，惊曰：“弟何来？”忠未语先泪，长跽道左。友于益骇，握手入，诘得其情，惊曰：“且为奈何！一门乖戾，逆知[24]奇祸久矣，不然，胡以窜迹至此。我离家既久，与大令无声气之通，今即匍匐而往，只取辱耳。但得冯父子伤重不死，吾三人幸有捷者，则此祸可以少解。”乃留之，昼与同餐，夜与共寝，忠颇感愧。居十余日，又见其叔侄遂如父子，兄弟皆如同胞，凄然下泪曰：“今始知曩日非人也。”友于亦喜其悔悟，相对酸恻。

俄报友于父子同科，祖亦副榜，大喜，不赴鹿鸣[25]，先归展墓。明季甲第[26]最重，诸冯皆为敛息。友于乃托亲友，赂以金粟，资其医药，讼乃息。举家共泣，乞友于复归。友于乃与兄弟焚香约誓，俾各涤虑自新，遂移家还。祖从叔，不欲归其家，孝乃谓友于曰：“我乏德，不应有亢宗之子[27]，弟又善教，即从其志，俾姑寄名为汝后。有寸进时，可赐还也。”友于从之。后三年，祖果举于乡。使移家去，夫妻皆痛哭，乃去。居数日，祖有儿方三岁，亡归友于家，藏伯善室，不复返，捉去辄逃。孝乃异其居，令与友于邻。祖启户于隔垣通叔家，两间定省如一焉。自此成亦渐老，一门事皆取决于友于。因而门庭雍穆[28]，称孝友[29]焉。

异史氏曰：“天下惟禽兽止知母而不知父，奈何诗书之家，往往而蹈之也！夫门内之行[30]，其渐渍于子孙者，直入骨髓。故古云：其父盗，其子必行劫，其流弊然也。孝虽不仁，其报已惨，而卒能自知乏德，托子于弟，宜其有操心虑患之子也。论果报，犹迂矣。”

校注

1 〔昆阳〕州名。明清属云南府，在今云南省中部。治所今并入云南省晋宁县。

2 〔嫡配〕即结发妻子。

3 〔宽譬〕宽慰，解释。譬，打比方、解释。

4 〔申黜〕申报上司，革除功名。

5 〔负荆〕谓请罪。《史记·廉颇蔺相如列传》："廉颇闻之，肉袒负荆，因宾客至蔺相如门谢罪。"荆，荆条。

6 〔不为之服〕不为张夫人穿孝。服，丧服，亦谓服丧服。《史记·孔子世家》："孔子葬鲁城北泗上，弟子皆服三年。"

7 〔合厝（cuò 措）〕合葬。谓使张夫人与其父合葬。

8 〔隧道〕墓道。

9 〔期且不论，功于何有〕意谓期服之亲他们都不服丧，功服之亲我还奔什么丧。古代的丧服制度，以亲疏有别：有斩衰（cuī 催）、齐衰、大功、小功、缌（sī 思）麻五种名称，统称"五服"。期，期服，即齐衰一年之服。此制用于庶母行。功，功服，分大功、小功。大功服丧九月，小功服丧五月，此为用于较庶母更疏远的亲属。

10 〔怙（hù）弟恶〕意为放纵弟弟为恶。怙，放任。《左传·宣公十五年》："怙其俊才而不以茂德，兹益罪也。"此谓倚仗。

11 〔丧次〕谓与送葬的人一起奔丧。

12 〔行服〕服丧、守孝。《后汉书·桓荣传》："肃宗即位，郁以母忧乞身，诏听以侍中行服。"

13 〔签牒拘〕签发通令拘传。

14 〔阁寝〕搁置。寝，《正字通·宀部》："寝，事不举行曰寝。"

15 〔消案〕撤销此案，不予处理。《说文·水部》："消，尽也。"

16 〔辱侵母讳〕谓孝等指名道姓地辱骂仁、义之母。讳，名讳。

17 〔七分相准〕以财产的七份平均为准。

18 〔衰（cuī 催）麻〕同"缞麻"，即披麻戴孝。衰，丧服名，分斩衰与齐衰。斩衰为“五服”中隆重的一种。服用粗麻皮做成，不缉边，使断处外露，以示无饰，故称“斩衰”。服期三年。齐衰，用粗布做成，以中缉边，故称“齐衰”。服期一年。

19 〔三泊〕县名。元置，清省。古城在今云南省安宁县南三十里。

20 〔弦诵怡怡〕谓弦歌诵读，兄弟和睦。弦诵，《礼记·文王世子》：“春诵，夏弦。”古时以器乐伴奏歌咏为弦歌，不配乐只朗读为诵。怡怡，和顺貌。《论语·子路》：“朋友切切偲偲，兄弟怡怡。”

21 〔瓯饭瓢饮〕此指一碗饭，一瓢水；喻伙食。瓯、瓢，皆为饮食用具。

22 〔齿儿行（háng 杭）〕当作儿子辈看待。齿，列。

23 〔莫可方略〕没有可行的办法。方略，方法、策略。《汉书·霍去病传》：“天子尝欲教之孙吴兵法，对曰：‘顾方略何如耳。不至学古兵法。’”

24 〔逆知〕谓预料。

25 〔鹿鸣〕唐代乡举试后，州县长官宴请中式的举子，用少牢，歌《诗经·小雅·鹿鸣》。明清仿此，于乡试放榜后，学政宴请内外帘官和中式举人，歌《鹿鸣》之章，跳魁星舞。

26 〔甲第〕本指旧时豪门贵族的宅第。《文选·张衡〈西京赋〉》：“北阙甲第，当道直启。”薛综注：“第，馆也；甲，言第一也。”此指门第而言。

27 〔亢宗之子〕谓光耀祖宗之子。《左传·昭公元年》：“吉不能亢身，焉能亢宗。”亢宗，原指庇护宗族。

28 〔雍穆〕和睦。《三国志·魏志·陈矫传》：“（陈）登曰：‘夫闺门雍穆，有德有行，吾敬陈元方兄弟。’”

29 〔孝友〕谓孝顺父母，友爱兄弟。《诗经·小雅·六月》：“侯谁在矣，张仲孝友。”

30 〔门内之行〕谓家门内的品行。门内，门户之内。《礼记·檀弓上》：“门内之治，恩掩义；门外之治，义断恩。”

紫花和尚

诸城丁生，野鹤公[1]之孙也。少年名士，沉病而死，隔夜复苏，曰："我悟道矣。"时有僧善参玄[2]，因遣人邀至，使即榻前讲《楞严》[3]。生每听一节，都言是非，乃曰："使吾病痊，证道[4]何难。惟某生可愈吾疾，宜虔请之。"盖邑有某生者，精岐黄[5]而不以术行，三聘始至，疏方[6]下药，病良已。既归，一女子自外入，曰："我董尚书[7]府中侍儿也。紫花和尚与妾有夙冤，今得追报，君又欲活之耶？再往，祸将及。"言已，遂没。某惧，辞丁。丁病复作，固要之，乃以实告。丁叹曰："孽自前生，死吾分耳。"寻卒。后询诸人，果曾有紫花和尚，高僧也，青州董尚书夫人尝供养家中，亦无有知其冤之所自结[8]者。

校注

1 〔野鹤公〕指丁耀亢（1599–1669），清初文学家。字西生，号野鹤、紫阳道人、木鸡道人、听山草等，诸城（今山东省诸城市）人。明末诸生，清顺治五年（1648）为拔贡。曾任八旗学馆教习、容城教谕、惠安知县。著有诗文、传奇十余种。现存《续金瓶梅》、《丁野鹤诗词稿》、《出劫记略》等。

2 〔参玄〕参究佛教中玄奥之理。玄，深奥。

3 〔《楞严》〕佛经名。全称《大佛顶如来密因修证了义诸菩萨万行首楞严经》十卷，简称《首楞严经》、《大佛顶经》。经中阐述心性本体，属大乘秘密部。为唐代天竺（古印度）沙门般利密帝等译。

4 〔证道〕佛教谓深通教义，而得到证悟。证，验证。

5 〔精岐黄〕谓精通于中医之理。中医典籍《黄帝内经》为秦汉时人假托黄帝与其臣子岐伯论医之书，故称中医学为“岐黄”。

6 〔疏方〕处方。因开中药之方，须逐一列出药名，故曰疏方。宋何薳《春渚纪闻·东坡事实》：“先生自海外还，至赣上，寓居水南，日过郡城，携一药囊，遇有疾者，必为发药，并疏方示之。”

7 〔董尚书〕即董可威，字严甫，号葆元，山东省益都（今山东省青州市）人。明万历丁未（1607）进士，官至工部尚书。其父董汝瀚，为明户部员外郎，因政绩俱著，晋正郎。后卷四之《董公子》一文中将“威”字，讹为“畏”字。其父子之传均载《益都县图志·选举志》。

8 〔自结〕谓自己结冤的原因。

周克昌

淮上[1]贡生周天仪，年五旬，止一子，名克昌，爱昵之。至十三四岁，丰姿益秀，而性不喜读，辄逃塾[2]，从群儿戏，恒终日不返。周亦听之。一日，既暮不归，始寻之，殊竟乌有。夫妻号咷，几不欲生。

年余，昌忽自至，言："为道士迷去，幸不见害。值其他出，得逃归。"周喜极，亦不追问。及教以读，慧悟倍于畴曩[3]。逾年，文思大进，既入郡庠试[4]，遂知名。世族争婚，昌颇不愿。赵进士女有姿，周强为娶之。既入门，夫妻调笑甚欢，而昌恒独宿，若无所私。逾年，秋战而捷[5]，周益慰。然年渐暮，日望抱孙，故常隐讽昌，昌漠若不解。母不能忍，朝夕多絮语，昌变色，出曰："我久欲亡去，所不遽舍者，顾复[6]之情耳。实不能探讨房帷，以慰所望，请仍去，彼顺志者且复来矣。"追曳之，已踣，衣冠如蜕[7]，大骇，疑昌已死，是必其鬼也，悲叹而已。

次日，昌忽仆马而至，举家惶骇。近诘之，亦言：为恶人掠卖于富商之家，商无子，子焉。得昌后，忽生一子。昌思家，遂送之归。问所学，则顽钝如昔，乃知此为真昌；其入泮、乡捷者[8]，鬼之假[9]也。然窃喜其事未泄，即使袭孝廉之名。入房，妇甚狎熟，而昌觍然有怍色，似新婚者。甫周年，生子矣。

异史氏曰："古言庸福人[10]，必鼻口眉目之间具有少庸[11]，而后福随之，其精光陆离[12]者，鬼所弃也。庸之所在，桂籍[13]可以不入闱而通，佳丽可以不亲迎而致，而况少有凭籍，益之钻窥[14]者乎！"

校注

1 〔淮上〕谓淮河之上，即淮河之滨。
2 〔逃塾〕谓逃学。塾，私塾。
3 〔畴曩〕往昔，先前。二十四卷本作曩畴。
4 〔入郡庠试〕参加府选拔生员的考试。郡，谓郡城所在地。庠，县学。
5 〔秋战而捷〕谓参加乡试，中举。科举又称"文战"；乡试，于秋季举行，故乡试称秋战。
6 〔顾复〕谓父母的养育之恩。《诗经·小雅·蓼莪》："父兮生我，母兮鞠我。拊我畜我，长我育我。顾我复我，出入腹我。"顾，照看。复，借为"覆"，庇护之意。
7 〔衣冠如蜕〕衣帽如蜕下的壳子一样。蜕，据二十四卷本，原抄本作"脱"。

8 〔入泮、乡捷者〕谓入县学为生员，而参加乡试中举的人。
9 〔假〕假借。
10 〔庸福人〕平庸使人得福。庸，平庸、平凡。
11 〔少庸〕少带一点平庸之气。
12 〔精光陆离〕谓相貌俊美，聪慧伶俐。《醒世姻缘传》七三回：“内中一个素姐……精光陆离，神采外露，已是叫人捉摸不定。”此指不平庸，才智超群的人。
13 〔桂籍〕指科举登第人员的名籍。详见卷二《阿霞》注。
14 〔钻窥〕即“钻穴隙相窥”省语。指男女私会。比喻仕进中钻营投机，通过不正当途径而取得官位。

盗户

顺治间，滕、峄之区[1]，十人而七盗，官不敢捕，后受抚[2]，邑宰别之为“盗户”。凡值与良民争，则曲意左袒之[3]，盖恐其复叛也。后讼者辄冒称盗户，而怨家则力攻其伪，每两造[4]具陈，曲直且置不辨，而先以盗之真伪反复相苦，烦有司稽籍焉。适官署多狐，宰有女为所惑，聘术士来，符捉入瓶，将炽以火，狐在瓶内大呼曰：“我盗户也！”闻者无不匿笑。

异史氏曰：“今有明火劫人[5]者，官不以为盗而以为奸；逾墙行淫者，每不自认奸而自认盗：世局又一变矣。设今日官署有狐，亦必大呼曰‘吾盗’无疑也。”

章丘漕粮[6]徭役，以及征收火耗[7]，小民常数倍于绅衿[8]，故有田者争求托焉。虽于国课[9]无伤，而实于官橐有损。邑令钟[10]，牒请厘弊[11]，得可。初使自首，既而奸民以此要士[12]，数十年鬻去之产，皆诬托诡挂[13]，以讼售主，令悉左袒之，故良懦者多丧其产。有李生亦为某家所讼，同赴质审，甲呼之“秀才”，李厉声争辨，不居秀才之名。喧不已。令诘左右，共指为真秀才，令问："何故不承?"李曰："秀才且置高阁[14]，待争地后，再作之不晚也。"噫！以盗之名，则争冒之；秀才之名，则争辞之，变异矣哉！

有人投匿名状[15]云："告状人原壤[16]，为抗法吞产事：身以年老不能当差。有负郭田五十亩[17]，于隐公元年[18]，暂挂恶衿颜渊[19]名下。今功令[20]森严，理合[21]自首。讵恶久假不归，霸为己有。身往理说，被伊师率恶党七十二人[22]，毒杖交加，伤残胫股；又将身锁置陋巷，日给箪食瓢饮[23]，囚饿几死。互乡[24]约地证，叩乞革顶[25]严究，俾血产[26]归主，上告。"此可以继柳跖之告夷、齐[27]矣。[28]

校注

1 〔顺治间，滕、峄之区〕谓清顺治年间，山东滕县与峄县等地。顺治，清世祖福临年号。滕，即滕县，治所在今之滕州市。峄，即峄县，今归山东枣庄市。

2 〔受抚〕即为盗之人接受招抚。抚，抚慰。《尚书·泰誓》："抚我则后，虐我则雠。"

3 〔曲意左袒之〕委曲本意而袒护盗户。曲意，谓委曲己意而依从别人。《后汉书·段颎传》："颎曲意宦官，故得保其富贵。"左袒，偏护一方。详见卷二《李伯言》注。

4 〔两造〕谓被告与原告双方。详见卷一《成仙》注。

5 〔明火劫人〕"明火执仗"的省词。谓手执火器公开地打劫。明火，谓举火。

6　〔漕粮〕明清由水路运至京城的粮食，称为漕粮。

7　〔火耗〕谓熔炼银块铸锭之损耗。明中叶以后，田赋征银，官府以弥补折耗为名，另征火耗。清初火耗极重，有高达百分之五十的，实为地方在正税之外的额外需索。

8　〔绅衿〕谓旧时乡里有地位有权势之人。绅，指乡绅，退居乡间的官员与考取功名的人。衿，青衿，生员的别称。

9　〔国课〕国家征收的税。朱伯庐《治家格言》："国课早完，虽囊橐无余，自得之乐。"课，赋税。《旧唐书·职官志二》："凡赋役之制有四：一曰租，二曰调，三曰役，四曰课。"

10　〔邑令钟〕谓县令钟繇。

11　〔牒请厘弊〕发公文请求革除弊政。厘，厘革，更改。《后汉书·梁统传》："施行日久，岂一朝所厘。"

12　〔要士〕要胁士人。

13　〔诡挂〕旧时官府为奖励读书仕进，生员以上的田赋税低于一般百姓，于是一些钻营者将自己的名字挂于生员名下，以逃避赋税。

14　〔置高阁〕"置之高阁"之省略。谓暂且放到一边。《晋书·庾翼传》："每语人曰：'此辈宜束之高阁，俟天下太平，然后议其任耳。'"

15　〔匿名状〕即不署真实姓名的讼词。

16　〔原壤〕春秋时鲁人，孔子旧友，行为不拘礼法。其母卒，不哭而歌，被孔子杖其胫。匿名状有关情节，采自《论语·宪问》："原壤夷俟，子曰：'幼而不孙（逊）弟，长而无述焉，老而不死，是为贼。'以杖叩其胫。"朱熹集注："夷，蹲踞也。俟，待也。言见孔子来而蹲踞以待之也。胫，足骨也。孔子既责之，而因以所曳之杖微击其胫。"

17　〔负郭田五十亩〕语出《庄子·让王》："孔子谓颜回曰：'回，来！家贫居卑，胡不仕乎？'颜回对曰：'不愿仕。回有郭外之田五十亩，足以给饘粥；郭内之田十亩，足以为丝麻；鼓琴，足以自娱；所学夫子之道者，足以自乐也。回不愿仕。'"

18　〔隐公元年〕鲁隐公元年（前722），《春秋》记事始于是年。

隐公，名息姑，鲁国第十四世国君，公元前 722 年至公元前 694 年在位。

19 〔恶衿颜渊〕恶衿，即恶秀才。颜渊，春秋时鲁国人，名回，孔子的弟子，为孔子门徒中德行最著者，后世尊为“复圣”。

20 〔功令〕古时指考核、选用学官的法令。《史记·儒林列传》：“余读功令，至于广历学官之路，未尝不废书而叹也。”后指政府的一切法令。

21 〔理合〕应当、应该。

22 〔恶党七十二人〕即《史记·孔子世家》中所说“孔子以诗书礼乐教，弟子盖三千焉，身通六艺者七十有二人”。

23 〔箪食瓢饮〕这是孔子谈及颜回时的话。《论语·雍也》：“贤哉回也！一箪食，一瓢饮，在陋巷，人不堪其忧，回也不改其乐。”箪，盛饭的圆形竹器。

24 〔互乡〕地名。《论语·述而》：“互乡难与言。童子见，门人惑。”朱熹集注：“互乡，乡名。其人习于不善，难与言善。”

25 〔革顶〕即谓革去功名。顶，顶戴。清代以帽顶的款式区别官员品级。

26 〔血产〕谓祖遗的财产。

27 〔柳跖之告夷、齐〕此指柳下跖告伯夷、叔齐的匿名状。柳跖，又名柳下跖，春秋末期大盗。《庄子·盗跖》载，他率“从卒九千人，横行天下，侵暴诸侯”。夷、齐，即伯夷、叔齐。据《史记·伯夷列传》载，他们是商孤竹君二子，父卒，兄弟二人互推让位逃走。后因未能劝阻周武王伐纣，隐于首阳山，不食周粟，而饿死首阳山。此匿名状，柳跖状告夷齐，比喻恶人状告好人。明沈德符《万历野获编》二二：“海（瑞）开府吴中，人人以告讦为事，书生之无赖者，惰农之辩黠者，皆弃经籍，释耒耜，从事刀笔间。后王弇州（世贞）为华亭（徐阶）画计，草匿名词状，称柳跖告讦夷齐，占夺首阳薇田。海悟，为之稍止。”

28 〔“有人投匿名状云……齐矣”〕此段录自二十四卷本，原抄本无此段。

某 乙

邑西某乙，故梁上君子[1]也。其妻深以为惧，屡劝止之，乙遂翻然自改。居二三年，贫窭[2]不能自堪，思欲一作冯妇[3]而后已之，乃托贸易，就善卜者，问何往之善。术者占曰："东南吉，利小人，不利君子。"兆隐与心合，窃喜。

遂南行，抵苏、松[4]间，日游村郭，凡[5]数月。偶入一寺，见墙隅堆石子二三枚，心知其异，亦以一石投之，径趋龛后卧。日既暮，寺中聚语，似有十余人，忽一人数石，讶其多，因共搜，龛后得乙，问："投石者汝耶？"乙诺。诘里居、姓名，乙诡对之。乃授以兵，率与俱去。至一巨第，出耎梯[6]，争逾垣入，以乙远至，径不熟，俾伏墙外，司传递、守囊橐焉。少顷，掷一裹下，又少顷，缒一箧下。乙举箧知有物，乃破箧，以手揣取，凡沉重物，悉纳一囊，负之疾走，竟取道归。由此建楼阁、买良田，为子纳粟[7]。邑令扁其门曰"善士"。后大案发，群寇悉获，惟乙无名籍，莫可查诘，得免。事寝既久，乙醉后

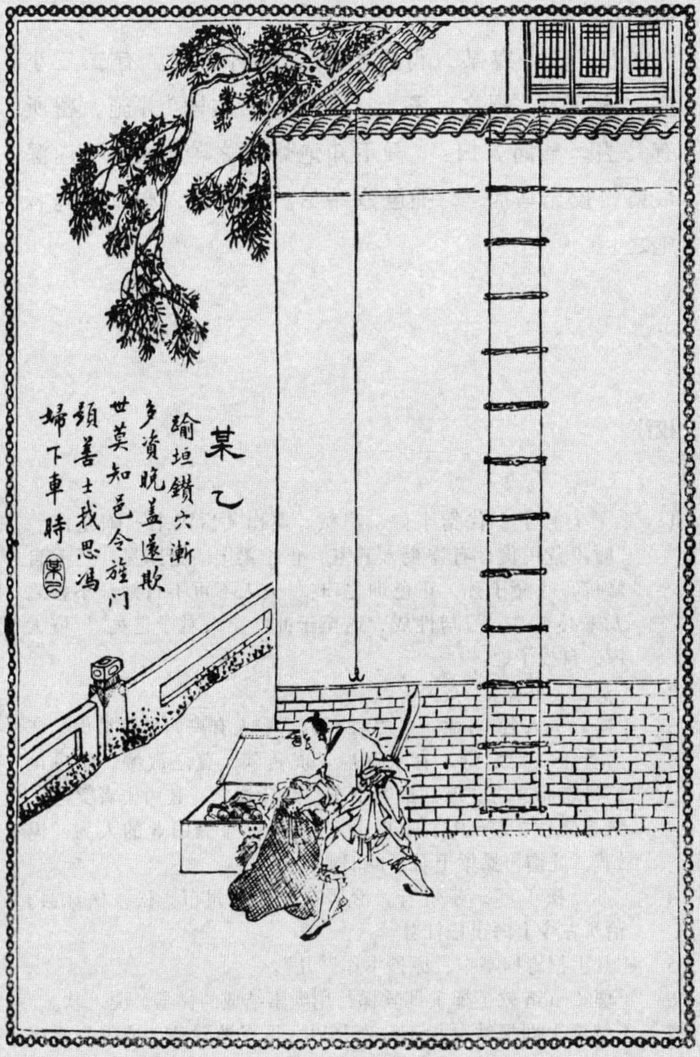
某乙
踰垣鑽穴漸
多資晚蓋邊欺
世莫知邑令旌门
頭善士我思馮
婦下車時
某乙

时自述之。

曹[8]有大寇某，得重资归，肆然安寝。有二三小盗，逾垣入，捉之，索金，某不与，灼棰[9]并施，罄所有乃去。某向人曰："吾不知炮烙[10]之苦如此！"遂深恨盗，投充马捕[11]，捕邑寇殆尽。获曩寇，亦以所施者施之。

校注

1 〔梁上君子〕代指小偷、窃贼。典出《后汉书·陈寔传》："时岁荒民俭，有盗夜入其室，止于梁上。寔阴见，乃起自修拂，呼命子孙，正色训之曰：'夫人不可不自勉。不善之人未必本恶，习与性成，遂至于此。梁上君子是矣。'盗大惊，自投于地。"

2 〔贫窭（jù 据）〕贫穷。

3 〔冯妇〕人名。《孟子·尽心下》："晋人有冯妇者善搏虎，卒为善士。则之野，有众逐虎。虎负隅，莫之敢撄。望见冯妇，趋而迎之。冯妇攘臂下车，众皆悦之，其为士者笑之。"朱熹集注："笑其不知止也。"后因称重操旧业的人为"冯妇"。此谓再操梁上君子的旧业。

4 〔苏、松〕苏，苏州府。治所在今之苏州市。松，松江县，治所在今上海市松江县。

5 〔凡〕据青柯亭本，原抄本作"几"。

6 〔耎（ruǎn 软）梯〕即软梯，用绳索结成的梯子。耎，软。

7 〔纳粟〕即捐纳财货于政府，以入国子监肄业，或得到贡生资格。详见卷一《叶生》注。

8 〔曹〕曹州府治所在今山东菏泽市。

9 〔灼棰〕烧灼、笞打。

10 〔炮烙〕相传商纣时一种酷刑。详见卷二《李伯言》注。

11 〔马捕〕旧时官署中专管缉捕犯人的差役，又称“马快”。

邵临淄

临淄[1]某翁之女，太学[2]李生妻也。未嫁时，有术士推其造[3]，决其必受官刑。翁怒之，既而笑曰："妄言一至于此！无论世家女，必不至公庭，岂一监生不能庇一妇乎？"既嫁，悍甚，捶骂夫婿以为常。李不堪其虐，忿鸣于官。邑宰邵公[4]准其词，签役立拘[5]。翁闻之，大骇，率子弟登堂，哀求寝息，弗许，李亦自悔求罢。公怒曰："公门内岂作辍[6]尽由尔耶？必拘质审！"既到，略诘一二言，便曰："真悍妇！"杖责三十，臀肉尽脱。

异史氏曰："公岂有伤心于闺闼耶？何怒之暴也！然邑有贤宰，里无悍妇矣。志之，以补'循吏传[7]'之所不及者。"

校注

1 〔临淄〕县名。明清属山东省青州府，即今山东省淄博市临淄区。

2 〔太学〕国家设置的最高学府。明清为国子监的代称。

3 〔推其造〕即“推造命”，推算她的生辰八字。造，即造命。星命术士以人的出生年、月、日、时辰为四柱，配合干支，合为八字，用以推算一生的命运。

4 〔邑宰邵公〕邵如仑，湖北天门人，康熙二十一年（1682）任临淄知县。

5 〔签役立拘〕发签牌给差役，立即拘捕犯人到案。签，签牌，此为官府拘捕犯人的凭证。

6 〔作辍〕即动与止，此指拘捕与不拘捕。

7 〔循吏传〕为尽职守法的官吏立传。《史记·太史公自序》：“奉法循理之吏，不伐功矜能，百姓无称，亦无过行，作《循吏列传》第五十九。”循，循良，尽职守法。

于去恶

北平[1]陶圣俞，名下士[2]，顺治间赴乡试，寓居郊郭。偶出户，见一人负笈侄儴[3]，似卜居[4]未就者，略诘之，遂释负于道，相与倾语，言论有名士风。陶大悦之，请与同居，客喜，携囊入，遂同栖止。客自言“顺天人，姓于，字去恶”，以陶差长[5]，兄之。

于性不喜游瞩[6]，常独坐一室，而案头无书卷。陶不与谈，则默卧而已。陶疑之，搜其囊箧，则笔砚之外更无长物，怪而问之，笑曰：“吾辈读书，岂临渴始掘井耶？”一日，就陶借书去，闭户抄甚疾，终日五十余纸，亦不见其折叠成卷，窃视之，则每一稿脱，辄烧灰吞之，愈益怪焉。诘其故，曰：“我以此代读耳。”便诵所抄书，顷刻数篇，一字无讹。陶悦，欲传其术，于以为不可。陶疑其吝，词涉诮让[7]，于曰：“兄诚不谅我之深矣！欲不言，则此心无以自剖，骤言之，又恐惊为异物，奈何？”陶固谓：“不妨！”于曰：“我非人，实鬼耳。今冥中以科目授官[8]。七月十四日奉诏考帘官[9]，十五日士子入闱，月尽，榜放矣。”

陶问："考帘官为何？"曰："此上帝慎重之意，无论乌吏鳖官[10]皆考之，能文者以内帘用，不通者不得与焉。盖阴之有诸神，犹阳之有守令[11]也。得志诸公，目不睹坟、典[12]，不过少年持敲门砖，猎取功名，门既开则弃去，再司簿书[13]十数年，即文学士，胸中尚有字耶！阳世所以陋劣幸进，而英雄失志者，惟少此一考耳。"陶深然之，由是益加敬畏。一日，自外来，有忧色，叹曰："仆生而贫贱，自谓死后可免，不谓迍邅先生[14]相从地下！"陶请其故，曰："文昌奉命都罗国[15]封王，帘官之考遂罢。数十年游神耗鬼[16]，杂入衡文[17]，吾辈宁有望耶？"陶问："此辈皆谁何人？"曰："即言之，君亦不识，略举一二人，大概可知：乐正师旷、司库和峤[18]是也。仆自念命不可凭，文不可恃，不如休耳。"言已怏怏，遂将治任[19]，陶挽而慰之，乃止。

至中元[20]之夕，谓陶曰："我将入闱，烦于昧爽时持香炷[21]于东野，三呼去恶，我便至。"乃出门去。陶沽酒烹鲜以待之。东方既白，敬如所嘱。无何，于偕一少年来，问其姓字，于曰："此方子晋，是我良友，适于场中相邂逅，闻兄盛名，深欲拜识。"同至寓，秉烛为礼。少年亭亭似玉，意度[22]谦婉，陶甚爱之，便问："子晋佳作，当大快意。"于曰："言之可笑，闱中七则[23]，作过半矣。细审主司[24]姓名，裹具径出，奇人也！"陶扇炉进酒，因问："闱中何题？去恶魁解[25]否？"于曰："书艺、经论[26]各一，夫人而能之。策问[27]：'自古邪僻固多，而世风至今日，奸情丑态，愈不可名[28]。不惟十八狱所不得尽[29]，抑非十八狱所能容。是果何术而可？或谓宜量加一二狱，然殊失上帝好生之心。其宜增与、否与，或别有道以清其源，尔多士[30]其悉言勿隐。'弟策虽不佳，颇谓痛快。表[31]：'拟天魔殄灭[32]，赐群臣龙马天衣[33]有差。'次则'瑶台应制诗[34]'、'西池桃花赋[35]'。此三种，自谓场中无两矣。"言已鼓掌。方笑曰："此时快心，放兄独步[36]矣，数辰后不痛哭始为男子也。"天明，方欲辞去，陶留与同寓，方不可，但期暮至。三日竟不复来，陶使于往寻之，于曰："无须。子晋拳拳，非无意者。"日既西，方果至，出一卷授陶曰："三日失约，敬录旧艺百余作，求一品题。"陶捧读大喜，一句一赞，略尽一二首，遂藏诸笥。谈至更深，方遂留，与于共榻寝。自此为常，方无夕不至，陶亦无方不欢也。一夕，仓皇而入，向陶曰："地榜已揭，于五兄落第矣。"于方卧，闻言惊起，泫然流涕。二人极意慰籍，涕始止，然相对默默，殊不可堪。方曰："适闻大巡环[37]张桓侯将至，恐失志者之造言也。不然，文场尚有翻覆。"于闻之，色喜，陶询其故，曰："桓侯翼德，三十年一巡阴曹，三十五年一巡阳世。两间之不平，待此老而一消也。"乃起，拉方俱去，两夜始返，方谓陶曰："君不贺五兄耶？桓侯前夕至，裂碎地榜，榜上名字，止存三之一，遍阅遗卷[38]，得五兄甚喜，荐作交南巡海使[39]，旦晚舆马可到。"陶大喜，置酒称贺，酒数行，于问陶曰："君家有闲舍否？”问：“将何为？”曰：“子晋孤无乡土，又不忍恝然[40]于兄。弟意欲假馆相依。”陶喜曰：“如此为幸多矣。既无多屋宇，同榻何碍？但有严君[41]，须先关白[42]。”于曰：“审知尊大人慈厚可依。兄场闱有日，子晋如不能待，先归如何？”陶留伴逆旅，以待同归。

次日方暮，有车马至门，接于莅任。于起握手曰：“从此别矣。一言欲告，又恐阻锐进之志。”问：“何言？”曰：“君命淹蹇，生非其时。此科之分十之一。后科桓侯临世，公道初彰，十之三。三科始可望也。”陶闻欲中止，于曰：“不然！此皆天数，即明知不可，而注定之艰苦，亦要历尽耳。”又顾方曰：“勿淹滞。今朝年月日时皆良，即以舆盖送君归。仆驰马自去。”方忻然拜别。陶中心迷乱，不知所嘱，但挥涕送之。见舆马分途，顷刻都散，始悔子晋北旋，未致一字，而已无及矣。三场毕[43]，不甚满志，奔波而归。入门问子晋，家中并无知者，因为父述之。父喜曰：“若然，则客至久矣。”

先是，陶翁昼卧，梦舆盖止于其门，一美少年自车中出，登堂展拜，讶问所来，答曰：“大哥许假一舍，以入闱不得偕来，我先至矣。”言已，请入拜母。翁方谦却，适家媪入白：“夫人产公子矣！”恍然而醒，大奇之。是日陶言适与梦符，乃知儿即子晋后身也。父子各喜，名之小晋。儿初生，善夜啼，母苦之，陶曰：“倘是子晋，我见之，啼当止。”俗忌客忤[44]，故不令陶见。母患啼不可耐，乃呼陶入，陶呼之曰："子晋勿尔，我来矣。"儿啼正急，闻声辄止，停睇不瞬，如审顾状，陶摩顶[45]而去，自是竟不复啼。数月后，陶不敢见之，一见则折腰索抱，走去则啼不可止。陶亦狎爱之。四岁离母，辄就兄眠，兄他出，则假寐以俟其归。兄于枕上教《毛诗》[46]，诵声呢喃，夜尽四十余行。以子晋遗文授之，欣然乐读，过口成诵，试之他文不能也。八九岁，眉目朗澈，宛然一子晋矣。陶两入闱皆不第。丁酉文场事发[47]，帘官多遭诛谴，贡举[48]之途一肃，乃张巡环力也。陶下科中副车[49]，寻贡[50]。遂灰志前途，隐居教弟，尝语人曰："吾有此乐，翰苑不易[51]也。"

异史氏曰："余每至张夫子[52]庙堂，瞻其须眉，凛凛有生气，又其生平喑哑[53]如霹雳声，矛马所至，无不大快，出人意表。世以将军好武，遂置与绛、灌伍[54]。宁知文昌事繁，须侯固多哉！呜呼！三十五年，来何暮[55]也。"

王阮亭云："数科来，关节公行，非啖名即垄断，脱有桓侯，亦无如何矣。悲哉！"

校注

1 〔北平〕北平府。明初改元大都为北平府，永乐初年建为北京，改为顺天府。

2 〔名下士〕谓享有盛名之士。

3 〔恇儴〕惶急的样子。唐皇甫枚《三水小牍》："知古恇儴，趋于庭中，四顾逊谢。"

4 〔卜居〕谓寻找所居之处。

5 〔差长（zhǎng 掌）〕谓年龄较大。差，比较地。《后汉书·吴汉传》："吴公差强人意。"

6 〔游瞩〕谓游览观瞩。

7 〔词涉诮让〕言词中流露出责怪的意思。诮让，谴责。

8 〔以科目授官〕指旧时分科目考试，授予相应的官职。唐代取士，有秀才、明经、进士、俊士、明法等五十余科，又有大经小经之目，故称科目。明清虽仅设进士一科，但仍沿称科目。

9 〔帘官〕明清乡试、会试的考官。科考的考场称为贡院，贡院内设有大门、二门、三门。三门上悬有"龙门"金字匾额。"龙门"后为"明远楼"，其后为"至公堂"，"至公堂"后为"内龙门"。考试期间，"至公堂"后的"内龙门"，由监临封锁，门外挂帘。场中官员，根据其各自的职责，分别住在帘内和帘外，于是有内外帘官之称，统称帘员。内帘官，有主考、房官、内提调等；外帘官，有监临、外监试、外提调等。

10 〔鸟吏鳖官〕鸟吏，传说中，古代帝王少皞氏即位时，有凤鸟飞临，于是以其鸟之名而名百官。《左传·昭公十七年》："郯子曰：'我高祖少皞挚之立也，凤鸟适至，故纪于鸟，为鸟师而鸟名。'"如五鸠掌纠民，五雉掌五工，以及乙鸟氏、苍鸟氏之类。鳖官，即古代"鳖人"之官。《周礼·天官·鳖人》载：周朝设置天官冢宰，其"鳖人掌取互物，以时簎鱼、鳖、龟、蜃凡狸物"。这里所言之"鸟吏"、"鳖官"类于《水浒传》中义民痛骂贪官污吏之"鸟（diǎo）吏"。鳖，犹王八也。

11 〔守令〕即太守和县令。太守，为一州之长官；县令，为一县之长官。

12 〔坟、典〕即“三坟五典”之略语。《左传·昭公十二年》：“是能读三坟五典、八索九丘。”注：“皆古书名。”后凡古籍多以“坟、典”称之。

13 〔司簿书〕管理官署中文书。

14 〔迍邅（zhūnzhān 谆沾）先生〕处境困顿蹇滞貌。唐张鷟《游仙窟》：“嗟运命之迍邅，叹乡关之眇邈。”

15 〔文昌奉命都罗国〕文昌，神名。此指道教所信奉的梓潼帝君，主宰人间功名禄位之神。传说姓张，名亚子。居四川梓潼县北之七曲山，仕晋战死，后人为之立庙。元仁宗延佑三年封为“辅文开化文昌司禄宏仁帝君”，简称“文昌帝君”。都罗国，疑为“都卢国”之误。《汉书·地理志下》：“自日南、障塞、徐闻、合浦船行……有谌黎国，步行可十余日，有夫都卢国。”

16 〔游神耗（mào 冒）鬼〕游食之神，糊涂之鬼。游神，喻四处奔走，以求干禄、幸进的试官。耗鬼，昏乱不明之鬼，喻糊涂不明之官。汉桓宽《盐铁论·申韩》：“今商鞅反圣人之道，变乱秦俗，其后政耗乱而不能理，流失而不可复。”

17 〔杂入衡文〕混入审阅考生文章之列。

18 〔乐正师旷、司库和峤〕乐正，周代乐官。《礼记·王制》：“乐正崇四术，立四教，顺先王诗书礼乐以造之。”注：“乐正，乐官之长。”师旷，春秋时晋国的乐师，目盲，善辨声乐。司库，是主管钱财之官。和峤，晋西平人，字长舆，官至中书令，家资豪富而其性贪婪吝啬，杜预称其有钱癖。此处借师旷、和峤，喻以这种人做试官衡文，一则盲目，一则贪财受贿，自然正直士子是无望的。

19 〔治任〕整理行装。详见卷一《长清僧》注。

20 〔中元〕即中元节。农历七月十五日。旧时在此日道观作斋醮，僧寺作盂兰盆斋。

21 〔炷〕点燃。

22 〔意度〕风度。元夏文彦《图绘宝鉴》：“能脱去笔墨畦町，自成一种意度。”

23 〔闱中七则〕清顺治三年（1646）规定科场条例，乡、会试考三场。乡试第一场："四书"义三道，"五经"义四道，故称"七则"，也称"七艺"、"七题"。

24 〔主司〕指主考官。李白《送杨少府赴选》："夫子有盛才，主司得球琳。"

25 〔魁解〕指科举乡试中式的第一名。魁，经魁。明清科举分五经取士，每经各取一名为首的叫"经魁"或称"经元"。唐制，进士由乡而贡曰解；明清乡试称解试，故中式的举人第一名称"魁解"或"解元"。

26 〔书艺、经论〕谓根据"四书"、"五经"所出的八股试题。以"四书"文句命题的八股试题，称"书艺"；以"五经"文句命题的八股试题，称"经论"或"经义"。

27 〔策问〕科举考试课目之一。以经义或政事等设问要求解答以试士，叫"策问"。康熙二年（1663）乡试试以策、论、表、判，第三场试策论。《二十年目睹之怪现状》第四三回："头场才了，二场的经卷又来，二场完了，接着又是三场的策问。"

28 〔不可名〕即不可名状。表示多得无法称谓。

29 〔十八狱所不得尽〕谓打入十八层地狱，也不能尽其罪。十八狱，即十八层地狱，亦作"十八重地狱"。佛教谓极恶众生死后趋赴受苦之所，包括刀山、火汤、寒冰等十八种。

30 〔多士〕众多士子。此指众考生。《诗经·大雅·文王》："济济多士，文王以宁。"

31 〔表〕古代章奏文体的一种。蔡邕《独断》："凡群臣上书天子有四名：一曰章、二曰奏、三曰表、四曰驳议。"表，多用于陈情，后应用渐广，如贺表、谢表等。明清乡、会试二场题有"拟表"。

32 〔拟天魔殄（tiǎn 忝）灭〕拟，拟稿。天魔，佛教中所说的从天上降到人世间、破坏佛法的恶魔，古时多用以代指旁门左道。殄灭，消灭。

33 〔龙马天衣〕指骏马。李白《白马篇》："龙马花雪毛，金鞍五陵豪。”天衣，即御衣，指帝王所赐予群臣的冠带朝服。

34 〔瑶台应制诗〕瑶台，相传神仙所居之洞府。晋王嘉《拾遗记》十：“（昆仑山）第九层山形渐小狭，下有芝田蕙圃，群仙种耨焉。傍有瑶台十二，各广千步，皆五色玉为台基。”应制诗，应帝王之命而做的诗。制，帝王发布的命令。

35 〔西池桃花赋〕西池，神话传说中西王母所居之瑶池。桃花赋，赋瑶池蟠桃之桃花。

36 〔放兄独步〕使兄超群出众。放，使、教。张籍《寒食内宴》：“千官尽醉犹教坐，百戏皆呈未放休。”独步，独一无二。《后汉书·戴良传》：“我若仲尼长东鲁，大禹出西羌，独步天下，谁与为偶？”

37 〔大巡环〕为虚拟的冥府官职名称。其意近于人间的巡察、巡视。张桓侯，即三国时蜀之名将张飞，字翼德，死后谥桓侯。传其为人“敬礼士大夫，而轻卒伍”。

38 〔遗卷〕谓没有被录取的考生的试卷。

39 〔交南巡海使〕交南，指今之广东、广西一带，此古称交州。巡海使，虚拟官职名称。

40 〔恝（jiá 颊）然〕谓淡然置之。

41 〔严君〕此指父亲。《周易·家人》：“家人有严君焉，父母之谓也。”

42 〔关白〕禀报。《汉书·霍光传》：“诸事皆先关白，然后奏御天子。”

43 〔三场毕〕谓参加乡试考试完毕。明清时，乡试于每年八月举行，共考三场，初九日第一场，十二日第二场，十五日第三场。每场都考三天。

44 〔俗忌客忤〕旧时习俗，妇女产期禁生人进入其室。客忤，中医小儿科病名。小儿因怕陌生人而受惊吓致病。

45 〔摩顶〕用手抚摸头顶，表示怜爱。《陈书·徐陵传》：“宝志手摩其顶。”

46 〔《毛诗》〕即今本《诗经》，相传为汉初学者毛亨和毛苌所传。《诗经》是我国古代第一部诗歌总集。

47 〔丁酉文场事发〕据蒋良骐《东华录》载：顺治十四年（1657）给事中任克溥劾顺天乡试同考官李振邺等贿买中式，经讯实，房官张成璞、李振邺，举人田耜、邬作霖，科臣陆贻吉俱立斩。次年二月，复试丁酉科顺天举人，内洪浚等八名文理不通，革去举人。三月，丁酉科江南乡试，物议沸腾，传谕复试京师太和门。复试结果，史继佚等十四人，罚停会试二科；方域十四人，文理不通，革去举人。主考方犹、钱开宇正法，同考官叶楚槐等处绞。

48 〔贡举〕科举时代称科举制度为贡举。

49 〔副车〕清代乡试有正副两榜。正榜取中的称举人，又称“公车”；副榜取中的称“副车”。

50 〔寻贡〕不久举为贡生。清代录取为“副车”资格的生员，可以进入国子监学习，称为“副贡”。

51 〔翰苑不易〕意为拿个翰林也不换。翰苑，翰林院。此指在翰林院担任官职。

52 〔张夫子〕指张飞。

53 〔喑哑〕当作“喑噁”，发怒声。《史记·淮阴侯列传》：“项王喑噁叱咤，千人皆废。”

54 〔与绛、灌伍〕与周勃、灌婴同列。绛，指汉绛侯周勃。灌，灌婴，汉初名将，曾封为颍阴侯。

55 〔何暮〕为何这么晚。暮，晚、迟。

辽阳军

沂水[1]某，明季充辽阳军。会辽城陷[2]，为乱兵所杀，头虽断，犹不甚死。至夜，一人执簿来，按点诸鬼。至某，谓其不宜死，使左右续其头而送之。遂共取头安项上，群扶之，风声簌簌，行移时，置之而去。视其地，则故里也。沂令闻之，疑其窃逃。拘讯而得其情，颇不信；又审其颈无少断痕，将刑之。某曰："言无可凭信，但请寄狱中。断头可假，陷城不可假，设辽城无恙，然后即刑未晚也。"令然之。数日，辽信至，时日一如所言，遂释之。

校注

1 〔沂水〕县名。明清属沂州，治所在今山东省沂水县。

2 〔辽城陷〕明熹宗天启元年（1621）三月，辽阳被清兵攻陷，辽阳经略使袁应泰死难。

澂俗

澂人多化物类[1]，出院求食。有客寓旅邸，时见群鼠入米盎，驱之即遁。客伺其入，骤覆之，瓢水[2]灌注其中。顷之，尽毙。主人全家暴卒，惟一子在，讼客，官原而宥之[3]。

校注

1 〔澂（chéng 澄）人多化物类〕澂人，谓澂江县人。澂，据二十四卷本，原抄本作“徵”。澂，即“澄”字，《字典》已改为澄字之通用。此当指云南省澂江县，明属澂江府，清因之。旧治属云南滇中道。化物类，变化为其他动物。此则当为讹传。

2 〔瓢水〕谓以瓢舀水。

3 〔原而宥之〕推究其情理而免其罪。宥，宽容。

狂 生

刘学师[1]言："济宁有狂生某，善饮，家无儋石[2]，而得钱辄沽，初不以穷厄为意。值新刺史[3]莅任，善饮无对，闻生名，招与饮而悦之，时共谈宴。生恃其狎，凡有小讼求直[4]者，辄受薄贿，为之缓颊，刺史每可其请[5]。生习为常，刺史心厌之。一日早衙，持刺登堂，刺史览之微笑，生厉声曰：'公如所请，可之，不如所请，否之，何笑也！闻之：士可杀，不可辱[6]。他固不能相报，岂一笑不能报耶！'言已，大笑，声震堂壁。刺史怒曰：'何敢无礼！宁不闻灭门令尹[7]耶！'生掉臂[8]竟下，大声曰：'生员无门之可灭！'刺史益怒，执之，访其家居，则并无田宅，惟携妻在城堞[9]上住。刺史闻而释之，但逐不令居城垣。朋友怜其狂，为买数尺地，购斗室焉。入而居之，叹曰：'今而后，畏令尹矣！'"

异史氏曰："士君子奉法守礼，不敢劫人于市，南面者[10]奈我何哉！然仇之，犹得而加者，徒以有门在耳，夫至无门可灭，则怒者更无以加之矣。噫嘻！此所谓‘贫贱骄人’者[11]耶！独是君子虽贫，不轻干人[12]，乃以口腹之累[13]，喋喋公堂，亦品斯下[14]矣。虽然，其狂不可及。”

校注

1 〔刘学师〕刘文裔，字赤生，济宁州人。举人。康熙二十二年（1683）任淄川县儒学教谕，康熙三十五年（1696）卒于官。

2 〔无儋石（dànshí 旦时）〕谓家中无储备的粮食。晋皇甫谧《高士传·严遵》：“吾有万金，子无儋石，乃云有余，不亦谬乎？”儋，用以计量谷物的器皿。儋受一石，故称“儋石”。

3 〔刺史〕知州的别称。

4 〔求直〕谓求得判决时自己胜诉。

5 〔可其请〕即应允其请求。

6 〔士可杀，不可辱〕语出《礼记·儒行》：“儒有可亲而不可劫也，可近而不可迫也，可杀而不可辱者。”

7 〔灭门令尹〕俗有“灭门知县”，言知县官职虽卑，权势却很大。灭门，诛灭全家。令尹，明清之际对知县的称呼。

8 〔掉臂〕谓摇动手臂，表示不顾。《史记·孟尝君列传》：“日暮之后，过市朝者掉臂而不顾。”

9 〔城堞〕指城墙上有垛口的矮墙，亦称“女墙”。《左传·襄公六年》：“堙之环城，傅于堞。”

10 〔南面者〕此指统治者。古称帝王南面而王。

11 〔“贫贱骄人”者〕谓身虽贫贱，而不屈于权贵。《史记·魏世家》:“富贵者骄人乎？且贫贱者骄人乎？”

12 〔干人〕向人求取之意。

13 〔口腹之累〕谓生活所迫。

14 〔品斯下〕谓他的人品也低下了。

金陵乙

金陵卖酒人某乙，每酿成，投水而置毒[1]焉，即善饮者，不过数盏便醉如泥，以此得“中山[2]”之名，富致巨金。早起，见一狐醉卧槽边，缚其四股，方将觅刃，狐已醒，哀曰：“勿见害，请如所求。”遂释之，辗转已化为人。时巷中孙氏，其长妇患狐为祟，因以问之，答云：“是即我也。”乙窥妇娣[3]尤美，求狐携往，狐难之，乙固求之。狐邀乙去，入一洞中，取褐衣授之，曰：“此先兄所遗，着之当可去。”既服而归，家人皆不之见，袭常衣[4]而出，始见之。大喜，与狐同诣孙氏家，见墙上贴巨符，画蜿蜒如龙，狐惧曰：“和尚大恶，我不往矣。”遂退而去。乙逡巡近上，则真龙盘壁上，昂首欲飞，大惧，亦出。盖孙觅一异域[5]僧，为之厌胜[6]，授符先归，僧犹未至也。次日僧来，设坛[7]作法，邻人共观之，乙亦杂处其中，忽变色急奔，状如被捉，至门外，踣地[8]化为狐，四体犹着人衣。将杀之，妻子叩请，僧命牵去，日给饮食，数月寻毙。

校注

1 〔投水而置毒〕谓向酒中掺水，并放进具有毒性的麻醉药物。

2 〔中山〕指中山酒，又名千日醉、千日酒，是一种酒劲很强，久负盛名的佳酿。晋张华《博物志·杂说下》、干宝《搜神记》十九载：中山人狄希，能酿造千日酒，饮之亦醉千日。州人刘玄石好饮酒，求饮一杯，至家醉死。三年后狄希往探，令家人发冢开棺，刘玄石酒醉方醒。而发墓人却为酒气所冲，醉卧三个月。

3 〔妇娣〕指长妇的弟妻。旧时称兄妻为姒，弟妻为娣，统称娣姒，俗称妯娌。

4 〔袭常衣〕谓穿上平常的衣服。袭，穿。常，据二十四卷本，原抄本作“裳”。

5 〔异域〕西域。

6 〔厌（yā 压）胜〕古代人相信以符咒去除邪魅。其法，推土为坛，陈设法器，画符烧之，以除邪魅。

7 〔坛〕即祭坛。

8 〔踣（bó 薄）地〕僵仆于地。

查牙山洞

章丘查牙山[1]，有石窟如井，深数尺许，北壁有洞门，伏而引领[2]望见之。会近村数辈，九日登临[3]，饮其处，共谋入探之。三人受灯，缒而下。洞高敞与夏屋等。入数武稍狭，即忽见底，底际一窦，蛇行[4]可入。烛之，漆漆然暗，深不测。两人馁而却退，一人夺其火而嗤之，锐身[5]塞而进。幸隘处仅厚于堵，即又顿高顿阔，乃立，乃行。顶上石参差危，将堕不堕。两壁嶙嶙峋峋然，类寺庙山塑[6]，都成鸟兽人鬼形：鸟若飞，兽若走，人若坐若立，鬼魍魉[7]，示现忿怒，奇奇怪怪，类多丑少妍，心凛然作怖畏。喜径夷，无少陂，逡巡几百步，西[8]壁开石室，门左一怪石，鬼面人而立，目怒[9]，口箕张，齿舌狞恶。左手作拳触腰际，右手叉五指欲扑人。心大恐，毛森森以立，遥望门中有爇灰，知有人曾至焉者，乃稍壮，强入之。见地上列碗盏，泥垢其中，然皆近今物，非古窑也。傍值锡壶四，心利之，解带缚项[10]系腰间。即又[11]旁瞩，一尸卧西隅，两肱及股四布以横，骇极，渐审之，足蹑锐屣[12]，梅花刻底[13]犹存，知是少妇。人不知何里，毙不知何年，衣色黯败，莫辨青红，发蓬蓬似筐许乱丝，黏着髑髅上，目、鼻孔各二，瓠犀[14]两行白巉巉，意是口也，存想首颠，当有金珠饰。以火近脑，似有口气嘘灯，灯摇摇无定，焰纁黄[15]，衣动掀掀。大惧，手摇颤，灯即顿灭，忆路急奔，不敢手索壁，恐触鬼者物也。头触石，仆，即复起，冷湿浸额颊，知是血，不觉痛，抑不敢呻，坌息奔至窦，方将伏，似有人捉发住，晕然遂绝。

众坐井上候久，疑之，又缒二人下，探身入窦，见发罥石上，血淫淫已僵。二人失色，不敢入，坐愁叹。俄井上又使二人下，中有勇者，始健进，曳之以出。置山上，半日方苏，言之缕缕[16]，所恨未穷其底，极穷之，必更有佳境也。后章令[17]闻之，以丸泥[18]封窦，不可复入矣。

康熙二十六七年间，养母峪[19]之南石崖崩，现洞口。望之，钟乳[20]林林如密笋然，深险无敢入者。忽有道士至，自称钟离[21]弟子，言："师遣先至，粪除洞府。"居人供以膏火，道士携之而下，坠石笋上，贯腹而死。报令，令封其洞。其中必有奇境，惜道士尸解[22]，无回音矣。

校注

1　〔查（chá茶）牙山〕一名杈桠山。《山东通志》："杈桠山，在章丘东南四十余里，怪石万状，雨后瀑布，光采数里，北岭有大窟透月。”

2 〔引领〕即伸颈远望。

3 〔九日登临〕即重阳节登高。

4 〔蛇行〕像蛇一样爬行。《战国策·秦策一》：“嫂蛇行匍伏，四拜，自跪而谢。”

5 〔锐身〕此谓缩身。

6 〔山塑〕指山墙下的塑像。

7 〔魍魉〕谓山精水怪之属。

8 〔西〕据二十四卷本，原抄本作“四”。

9 〔怒〕据二十四卷本，原抄本作“努”。

10 〔项〕据二十四卷本，原抄本作“顶”。

11 〔又〕据二十四卷本，原抄本作“有”。

12 〔锐屣〕即尖脚的女人鞋。

13 〔梅花刻底〕旧时缠足女子所著木底鞋，鞋底刻有梅花纹图案，故曰刻底。

14 〔瓠犀〕即洁白如瓠籽一样细密的牙齿。《诗经·卫风·硕人》：“齿如瓠犀，螓首蛾眉。”

15 〔焰纁（xūn 熏）黄〕谓灯光昏黄。纁，绛色。《楚辞·屈原〈九章·思美人〉》：“指嶓冢之西限兮，与纁黄以为期。”

16 〔言之缕缕〕叙述详尽。

17 〔章令〕即章丘县令。

18 〔丸泥〕泥团。

19 〔养母峪〕未详其地，待访。

20 〔钟乳〕又名石钟乳。为石灰岩洞顶经年所滴含碳酸钙之凝结物，其状下垂，故名钟乳。

21 〔钟离〕钟离权。传说复姓钟离，名权，号云房，为道教八仙之一。《宣和画谱》十：“神仙钟离先生名权，不知何时人，而间出接物，自谓生于汉。吕洞宾于先生执弟子礼。”

22 〔尸解〕道家称死为尸解。

胭　脂

东昌[1]卞氏，业牛医[2]者，有女小字胭脂，才姿慧丽。父宝爱之，欲占凤于清门[3]，而世族鄙其寒贱，不屑缔盟，以故及笄未字。对户龚姓之妻王氏，佻脱善谑，女闺中谈友也。一日，送至门，见一少年过，白服裙帽，丰采甚都。女意似动，秋波萦转之。少年俯其首，趋而去，去既远，女犹凝眺[4]。王窥其意，戏之曰："以娘子才貌，得配若人，庶可无恨。"女晕红上颊，脉脉不作一语。王问："识得此郎否？"答云："不识。"王曰："此南巷鄂秀才秋隼，故孝廉之子。妾向与同里，故识之，世间男子无其温婉。今衣素，以妻服未阕[5]也。娘子如有意，当寄语使委冰焉。"女无言，王笑而去。数日无耗，心疑王氏未暇即往，又疑宦裔不肯俯拾[6]。悒悒徘徊，萦念颇苦，渐废饮食，寝疾惙顿[7]。王氏适来省视，研诘病因，答言："自亦不知，但尔日别后，即觉忽忽不快，延命假息，朝暮人也[8]。"王小语曰："我家男子负贩未归，尚无人致声鄂郎。芳体违和[9]，非为此否？"女赪颜良久，王戏之曰：

"果为此，病已至是，尚何顾忌！先令夜来一聚，彼岂不肯可？"女叹息曰："事至此，已不能羞，但渠不嫌寒贱，即遣冰[10]来，病当愈。若私约，则断断不可！"王颔之，即去。

王幼时，与邻生宿介通，既嫁，宿侦夫他出，辄寻旧好。是夜，宿适来，因述女言为笑，戏嘱致意鄂生。宿久知女美，闻之窃喜，幸其机之可乘也。将与妇谋，又恐其妒，乃假无心之词，问女家闺闼甚悉。次夜，逾垣入，直达女所，以指叩窗。内问："谁何？"答以鄂生。女曰："妾所以念君者，为百年，不为一夕。郎果爱妾，但宜速遣冰人，若言私合，不敢从命。"宿姑诺之，苦求一握纤腕为信。女不忍过拒，力疾启扉，宿遽入，即抱求欢。女无力撑拒，仆地上，气息不续，宿急曳之，女曰："何来恶少，必非鄂郎。果是鄂郎，其人温驯，知妾病由，当相怜恤，何遂狂暴若此！若复尔尔[11]，便当鸣呼，品行亏损，两无所益！"宿恐假迹败露，不敢复强，但请后会。女以亲迎为期，宿以为远，又请之。女厌纠缠，约待病愈，宿求信物，女不许，宿捉足，解绣履而出。女呼之返，曰："身已许君，复何吝惜！但恐画虎成狗[12]，致贻污谤。今亵物[13]已入君手，料不可反，君如负心，但有一死！"宿既出，又投宿王所，既卧，心不忘履，阴揣衣袂，竟已乌有。急起篝灯，振衣冥索，诘之，不应，疑妇藏匿，妇故笑以疑之。宿不能隐，实以情告，言已，遍烛门外，竟不可得，懊恨归寝，窃幸深夜无人，遗落当犹在途也。早起寻之，亦复杳然。

先是，巷中有毛大者，游手无籍[14]，尝挑王氏，不得，知宿与洽，思掩执[15]以胁之。是夜，过其门，推之，未扃，潜入，方至窗外，踏一物，软若絮绵，拾视，则巾裹女舄。伏听之，闻宿自述甚悉，喜极，抽息[16]而出。逾数夕，越墙入女家，门户不悉，误诣翁舍。翁窥窗，见男子，察其音迹，知为女来者，心忿怒，操刀直出。毛大骇，反走，方欲攀垣，而卞追已近，急无所逃，反身夺刃。媪起，大呼，毛不得脱，因而杀之。女稍痊，闻喧始起，共烛之，翁脑裂不能复言，俄顷已绝。于墙下得绣履，媪视之，胭脂物也。逼女，女哭而实告之，但不忍贻累王氏，言鄂生之自至而已。

天明，讼于邑，邑宰拘鄂。鄂为人谨讷[17]，年十九岁，见客羞涩如童子，被执，骇绝，上堂不知置词，惟有战栗。宰益信其情实，横加梏械，书生不堪痛楚，以是诬服[18]。既解郡，敲扑如邑。生冤气填塞，每欲与女面相质。及相遭，女辄诟詈，遂结舌不能自伸，由是论死。往来复讯，经数官，无异词。

后委济南府复案[19]。时吴公南岱[20]守济南，一见鄂生，疑不类杀人者，阴使人从容私问之，俾尽得其词。公以是益知鄂生冤，筹思数日，始鞫之。先问胭脂："订约后，有知者否？"答："无之。""遇鄂生时，别有人否？"

亦答："无之。"乃唤生上，温语慰之，生自言："曾过其门，但见旧邻妇王氏与一少女出，某即趋避，过此并无一言。"吴公叱女曰："适言侧无他人，何以有邻妇也？"欲刑之，女惧曰："虽有王氏，与彼实无关涉。"公罢质，命拘王氏。数日已至，又禁不与女通，立刻出审，便问王："杀人者谁？"王对："不知。"公诈之曰："胭脂供言，杀卞某汝悉知之，胡得隐匿！"妇呼曰："冤哉！淫婢自思男子，我虽有媒合之言，特戏之耳！彼自引奸夫入院，我何知焉！"公细诘之，始述其前后相戏之词。公呼女上，怒曰："汝言彼不知情，今何以自供撮合哉！"女流涕曰："自己不肖，致父惨死。讼结不知何年，又累他人，诚不忍耳。"公问王氏："既戏后曾语何人？"王供："无之。"公怒曰："夫妻在床，应无不言者，何得云无？"王供："丈夫久客未归。"公曰："虽然，凡戏人者，皆笑人之愚，以炫己之慧，更不向一人言，将谁欺？"命梏十指[21]，妇不得已，实供与宿曾言。公于是释鄂拘宿。宿至，自供："不知。"公曰："宿妓者，必无良士！"严械之。宿自供："赚女是真。自失履后，未敢复往。杀人实不知情。"公怒曰："逾墙者，何所不至！"又械之。宿不任凌籍[22]，遂以自承。招成[23]报上，无不称吴公之神。铁案如山，宿遂延颈以待秋决[24]矣。

然宿虽放纵无行，故东国[25]名士，闻学使施公愚山[26]贤能称最，又有怜才恤士之德，因以一词控其冤枉，语言怆恻。公讨其招供，反复凝思之，拍案曰："此生冤也！"遂请于院司[27]，移案再鞫，问宿生："鞋遗何所？"供言："忘之，但叩妇门时犹在袖中。"转诘王氏："宿介之外，奸夫有几？"供言："无之。"公曰："淫乱之人，岂得专私一人？"供言："身与宿介稚齿交合，故未能谢绝。后非无见挑者，身实未敢相从。"因使指其人以实之，供云："同里毛大，屡挑而屡拒之矣。"公曰："何忽贞白[28]如此！"命搒之。妇顿首出血，力辨无有，乃释之。又诘："汝夫远出，宁无有托故而来者？"曰："有之。某甲、某乙，皆以借贷、馈赠，曾一二次入小人家。"盖甲、乙皆巷中游荡之子，有心于妇而未发者也。公悉籍其名，并拘之。

既集，公赴城隍庙，使尽伏案前，便问："曩梦神人相告，杀人者不出汝等四五人中，今对神明，不得有妄言，如肯自首，尚可原宥[29]，虚者，廉得[30]无赦！"同声言无杀人之事。公以三木[31]置地，将并夹之。括发裸身[32]，齐鸣冤苦。公命释之，谓曰："既不自招，当使鬼神指之。"使人以毡褥悉障殿窗，令无少隙，袒诸囚背，驱入暗中，始授盆水，一一命自盥讫，系诸壁下，戒令："面壁勿动！杀人者，当有神书其背。"少间，唤出验视，指毛曰："此真杀人贼也。"盖公先使人以灰涂壁，又以烟煤濯其手，杀人者恐神来书，故匿背于壁而有灰色，临出，以手护背而有烟色也。公固疑是毛，至此益信，施以毒刑，尽吐其实。

判曰：“宿介：蹈盆成括杀身之道[33]，成登徒子好色[34]之名。只缘两小无猜[35]，遂野鹜如家鸡[36]之恋；为因一言有漏，致得陇兴望蜀之心[37]。将仲子而逾园墙[38]，便如鸟堕；冒刘郎而至洞口[39]，竟赚门开。感帨惊尨[40]，鼠有皮胡若此[41]？攀花折树[42]，士无行其谓何！幸而听病燕之娇啼，犹为玉惜[43]；怜弱柳之憔悴，未似莺狂。而释幺凤于罗中[44]，尚有文人之意；乃劫香盟于袜底[45]，宁非无赖之尤！蝴蝶过墙，隔窗有耳[46]；莲花瓣卸[47]，堕地无踪。假中之假以生，冤外之冤谁信？天降祸起，酷械至于垂亡；自作孽盈[48]，断头几于不续。彼逾墙钻隙[49]，固有玷夫儒冠；而僵李代桃[50]，诚难消其冤气。是宜稍宽笞扑，折其已受之惨；姑降青衣[51]，开其自新之路。若毛大者，刁猾无籍，市井凶徒。被邻女之投梭[52]，淫心不死；伺狂童之入巷[53]，贼智忽生。开户迎风，喜得履张生之迹[54]；求浆值酒，妄思偷韩掾之香[55]。何意魄夺自天，魂摄于鬼[56]。浪乘槎木，直入广寒之宫；径泛渔舟，错认桃源之路[57]。遂使情火息焰，欲海生波[58]。刀横直前，投鼠无他顾之意；寇穷安往，急兔起反噬之心[59]。越壁入人家，止期张有冠而李借[60]；夺兵遗绣履，遂教鱼脱网而鸿离[61]。风流道乃生此恶魔，温柔乡何有此鬼蜮哉[62]！即断首领[63]，以快人心。胭脂：身犹未字，岁已及笄。以月殿之仙人，自应有郎似玉；原霓裳之旧队，何愁贮屋无金[64]！而乃感关雎而念好逑，竟绕春婆之梦[65]；怨摽梅而思吉士，遂离倩女之魂[66]。为因一线缠萦，致使群魔交至。争妇女之颜色，恐失胭脂；惹鸷鸟之纷飞，并托秋隼[67]。莲钩摘去，难保一瓣之香[68]；铁限敲来，几破连城之玉[69]。嵌红豆于骰子，相思骨竟作厉阶[70]；丧乔木于斧斤，可憎才真成祸水[71]。葳蕤自守，幸白璧之无瑕；缧绁苦争，喜锦衾之可覆[72]。嘉其入门之拒，犹洁白之情人；遂其掷果之心，亦风流之雅事[73]。仰[74]彼邑令，作尔冰人。"案既结，遐迩传颂焉。自吴公鞫后，女始知鄂生冤。堂下相遇，靦然含涕，似有痛惜之词，而未可言也。生感其眷恋之情，爱慕殊切，而又念其出身微贱，且[75]日登公堂，为千人所窥指，恐娶之为人姗笑。日夜萦回，无以自主，判牒[76]既下，意始安帖[77]。邑宰为之委禽，送鼓吹焉。

异史氏曰："甚哉！听讼[78]之不可以不慎也！纵能知李代为冤，谁复思桃僵亦屈！然事虽暗昧，必有其间，要非审思研察，不能得也。呜呼！人皆服哲人之折狱[79]明，而不知良工之用心苦矣。世之居民上者，棋局消日[80]，绸被放衙[81]，下情民艰，更不肯一劳方寸；至鼓动衙开，巍然坐堂上，彼哓哓者[82]直以桎梏靖之，何怪覆盆之下多沉冤[83]哉！"

愚山先生，吾师也。方见知时，余犹童子，窥见奖进士子，拳拳如恐不尽，小有冤抑，必委曲呵护[84]之，曾不肯作威学校，以媚权要，真宣圣之护法[85]，不止一代宗匠，衡文无屈士已也，而爱才如命，尤非后世学使虚应故事[86]者所及。尝有名士入场，作“宝藏兴焉”文，误犯下“水”字[87]，录毕而后悟之，料无不黜之理，作词曰：“宝藏在山间，误认却在水边。山头盖起水晶殿，湖长峰尖，珠结树颠。这一回，崖中跌死撑船汉[88]。告苍天，留点蒂儿[89]，好与朋友看。”先生阅文至此，和之曰：“宝藏将山夸，忽然见在水涯。樵夫漫说渔翁话。题目虽差，文字却佳。怎肯放在他人下？尝见他，登高怕险，那曾见会水淹杀！”此亦风雅之一斑[90]，怜才之一事也。

校注

1 〔东昌〕即东昌府。明初将东昌路改为东昌府，清因之。府治在今聊城市。

2 〔牛医〕专治牛疾病的兽医。

3 〔占凤于清门〕占凤，许嫁，即择婿。据《左传·庄公二十二年》载，春秋时，齐懿仲想把女儿嫁给陈敬仲，占卜时得到“凤皇于飞，和鸣锵锵”等吉语，后来将“占凤”喻择婿。清门，指没有官爵的书香门第。

4 〔凝眺〕注视远方。元张可久《山坡羊·感旧》：“凭高凝眺，临风舒啸，一番春事蝴蝶闹。”

5 〔妻服未阕〕为亡妻服丧，尚未满期。阕，终止。按旧时服制，丧服期满称“服阕”。汉应劭《风俗通义·十反》：“汝南范滂父叔矩，遭母忧，三年服阕。”

6 〔俯拾〕俯身拾物。此喻降低条件。

7 〔寝疾惙（chuò 绰）顿〕寝疾，卧病不起。惙顿，疾乏、劳累。《淳化阁帖·宋太常卿孔琳书》："近明散未觉益，惙顿何赖。"惙，据二十四卷本，原抄本作"掇"。

8 〔延命假息，朝暮人也〕犹言苟延残喘，生命在早晚间。延命，谓延长生命。《汉书·刘向传》："淮南有《枕中鸿宝》、《苑秘书》，书言神仙使鬼物为金之术，及邹衍重道延命方，世人莫见。"朝暮人，谓命在早晚间，不久于人世。《汉书·杨恽传》："太仆定有死罪数事，朝暮人也。"注："言不久活也。"

9 〔芳体违和〕谓身体不舒服。芳体，是对妇女身体的尊称。违和，谓患病的婉词。《易林·屯之泰》："坐位失处，不能自居，调摄违和，阴阳颠倒。"

10 〔遣冰〕让媒人来。冰，指媒人。

11 〔尔尔〕如此。

12 〔画虎成狗〕即"画虎不成反类狗"略语。比喻谋事不成，反贻笑柄。《后汉书·马援传》戒兄子严、敦书："效（杜）季良不得，陷为天下轻薄子，所谓画虎不成反类狗者也。"

13 〔亵物〕贴身的衣物。这里指绣鞋。亵，内衣。

14 〔游手无籍〕谓游手好闲，无正当职业。

15 〔掩执〕寻机会拿奸。掩，谓乘人不备而袭击。

16 〔抽息〕谓屏着呼吸，即不出一点声音。抽，除去。息，气息。

17 〔谨讷〕拘谨而拙于言辞。讷，不善言谈。

18 〔诬服〕屈打成招。详见卷一《成仙》注。

19 〔复案〕同"覆按"，谓反覆按验。《史记·梁孝王世家》："乃遣使，冠盖相望于道，覆按梁，捕公孙诡、羊胜。"

20 〔吴公南岱〕吴南岱，江南武进人，进士。清顺治间任济南知府。

21 〔梏十指〕即拶指之刑。是旧时对妇女施行的一种酷刑。用绳联小木棒五根，套入五指紧收。其刑具称为拶（zǎn 攒）子。

22 〔凌籍〕同“凌藉”，蹂躏、凌虐。谢灵运《谢封康乐侯表》：“凌藉纪郢，跨越淮泗。”

23 〔招成〕谓罪犯的供词。

24 〔秋决〕于秋天处决。详见卷一《辛十四娘》注。

25 〔东国〕山东的别称。春秋时，齐、鲁、徐夷等国皆在东方山东境内，故称。《文选·谢惠连〈雪赋〉》：“雪宫建于东国，雪山峙于西域。”

26 〔施公愚山〕施愚山（1618–1683），名闰章，字尚白，号愚山，江南宣城人。顺治六年（1649）进士，顺治十三年（1656）任山东提学佥事。康熙十八年（1679）诏举博学鸿词科，授侍读，参与纂修《明史》。工诗文，诗与宋琬齐名，有“南施北宋”之称。

27 〔院司〕清代省级官署。院，指部院，即巡抚，为一省的军政长官。司，臬司，即按察使司，为省级最高司法官员。

28 〔贞白〕指贞节、清白，坚守节操。

29 〔原宥〕宽恕。

30 〔廉得〕查出。廉，廉访、查访。

31 〔三木〕古代加在犯人颈、手、足上的木制刑具。

32 〔括发裸身〕谓将头发束捆起来，将衣服脱去。此为行刑前的准备。《汉书·王嘉传》：“大臣括发关械，裸躬就笞。”躬，身。

33 〔蹈盆成括杀身之道〕谓宿介重蹈盆成括恃小才，而不循大道致遭杀身之祸的覆辙。盆成，姓，括，名。战国时齐人。《孟子·尽心下》：“盆成括仕于齐。孟子曰：‘死矣盆成括。’盆成括见杀，门人问曰：‘夫子何以知其将见杀？’曰：‘其为人也小有才，未闻君子之大道也，则足以杀其躯而已。’”

34 〔登徒子好色〕登徒，复姓，子，古时男子的通称。《文选·宋玉〈登徒子好色赋〉》：“登徒子则不然，其妻蓬头挛耳，齞唇历齿，旁行踽偻，又疥且痔，登徒子悦之，使有五子。”后称贪色之人为登徒子。

35 〔只缘两小无猜〕谓男女都在童稚之年，一起嬉戏，不知嫌猜。李白《长干行》:“郎骑竹马来，绕床弄青梅。同居长干里，两小无嫌猜。”此隐指宿介与王氏幼时的苟合。

36 〔遂野鹜如家鸡〕野鹜，即野鸭。此暗喻把情妇当成家妻，长久不断关系。

37 〔得陇兴望蜀之心〕喻人之贪心不知满足。详见卷三《香玉》注。

38 〔将（qiāng 枪）仲子而逾园墙〕典出《诗经·郑风·将仲子》:“将仲子兮，无逾我墙。”本指女子因“畏父母”、“畏人言”而拒绝恋人的逾墙约会。此为反用其意，指宿介逾墙到卞家赚得胭脂“力疾启扉”。将，请求。仲子，男子名。

39 〔冒刘郎而至洞口〕刘郎，指刘晨。语出南朝刘义庆《幽明录》，记刘晨与阮肇在天台遇仙女的故事。详见卷六《贾奉雉》注。此喻宿介冒充鄂生追求胭脂。

40 〔感帨（shuì 税）惊尨（máng 茫）〕意为请不要触动我的佩巾，不要惊动我家的狗。《诗经·召南·野有死麕》:“舒而脱脱兮，无感我帨兮，无使尨也吠。”感，同“撼”，用手触动。帨，女子佩巾。尨，长毛狗。本指女子告诫前来幽会的男子要注意的事。此反指宿介粗暴地入其室，而造成胭脂的反感。

41 〔鼠有皮胡若此〕语出《诗经·鄘风·相鼠》:“相鼠有皮，人而无仪。”传:“相，视也。”笺:“相鼠有皮，虽处高显之处，偷食苟得，不知廉耻，亦与人之无威仪者同。”此借喻讽刺宿介，老鼠还有一张皮，你如有脸皮还能干出这等事来?

42 〔攀花折树〕喻强凌妇女。《诗经·郑风·将仲子》:“将仲子兮，无逾我里，无折我树杞。”

43 〔听病燕之娇啼，犹为玉惜〕意谓幸好宿介还能怜惜病中呻吟的胭脂。病燕之娇啼，喻胭脂病中脆弱的呻吟。玉惜，喻对女子的怜爱。元张可久《普天乐》词:“关心三月春，开口千金笑，惜玉怜香何时了。”

44 〔释幺（yāo 夭）凤于罗中〕谓宿介放过罗网中的胭脂。幺凤，亦作“么凤”，鸟名，又名桐花凤。羽毛五彩色，型比燕子小，以暮春时栖集于桐花而得名。宋苏轼《异鹊》诗：“家有五亩园，么凤集桐花。”此喻少女胭脂。罗，罗网。

45 〔劫香盟于袜底〕谓以强暴手段抢去胭脂的鞋子，作为盟誓的信物。《左传·哀公十六年》：“太子使五人舆豭从己，劫公而强盟之。”香盟，谓男女情爱之盟约。

46 〔蝴蝶过墙，隔窗有耳〕谓宿介逾垣翻墙劫盟的谈话，被毛大在窗下听去。蝴蝶过墙，唐王驾《晴景》：“蛱蝶飞来过墙去，却疑春色在邻家。”蛱蝶，即蝴蝶。

47 〔莲花瓣卸〕谓宿介强行夺去胭脂的绣鞋。莲花，喻女子的绣鞋。

48 〔自作孽盈〕自己罪孽满盈。《尚书·太甲》：“天作孽，犹可违；自作孽，不可逭。”

49 〔逾墙钻隙〕《孟子·滕文公下》：“不待父母之命，媒妁之言，钻穴隙相窥，逾墙相从，则父母国人皆贱之。”意谓宿介逾墙而入胭脂之家，这是非礼的行为，是大家所看不起的。

50 〔僵李代桃〕即“李代桃僵”。《乐府诗集·鸡鸣》：“桃生露井上，李树在桃旁。虫来啮桃根，李树代桃僵。树木身相代，兄弟还相忘。”此谓宿介代毛大而受刑。

51 〔降青衣〕这是对生员的一种惩罚。生员按规定是着蓝衫；降着“青衣”，只保留其秀才的资格，但这种着“青衣”的秀才，比附生还低一等。这是对宿介的处罚。

52 〔被邻女之投梭〕典出《晋书·谢鲲传》：“邻家高氏女有美色，鲲尝挑之，女投梭，折其两齿。”后以“投梭”，比喻女子拒绝男子的挑诱。此指毛大挑逗王氏而被拒绝。

53 〔伺狂童之入巷〕《诗经·郑风·褰裳》：“子不我思，岂无他人？狂童之狂也且。”狂童，谓轻浮少年。此指宿介。

54 〔“开户迎风”二句〕谓宿介与王氏幽会，其门半开，毛大随之潜入。唐元稹《莺莺传》：“是夕，红娘复至，持彩笺以授张曰：‘崔所命也。’题其篇曰：‘明月三五夜。’其词曰：

‘待月西厢下，迎风户半开。拂墙花影动，疑是玉人来。’张亦微喻其旨。是夕，岁二月旬有四矣。崔之东有杏花一株，攀缘可逾。既望之夕，张因梯其墙而逾焉，达于西厢，则户半开矣。”（《太平广记》卷四八八）此以“开户迎风”喻男女幽会。履张生之迹，指毛大随宿介从半开门中入王氏家。

55 〔“求浆值酒”二句〕谓毛大所得超过所求，妄想暗中得到行骗胭脂的成功。求浆值酒，曾慥《类说》三五引《意林》：“袁惟正书曰：‘岁在申酉，乞浆得酒。’”浆，汤水。偷韩椽（yuàn 怨）之香，即“韩椽偷香”。喻男女暗中偷情。《世说新语·惑溺》：“韩寿美姿容，贾充辟以为椽。充每聚会，贾女于青璅中看见寿，悦之。恒怀存想，发于吟咏。后婢往寿家，具述如此，并言女光丽。寿闻之心动，遂请婢潜修音问，及期往宿。……后会诸吏，闻寿有奇香之气，是外国所贡，一著人则历月不歇。充计武帝唯赐己及陈骞，余家无此香，疑寿与女通。……充乃取女左右婢考问，即以状对，充秘之，以女妻寿。”此指毛大妄想冒充情人，同胭脂暗中相会。

56 〔“何意魄夺自天”二句〕意谓那料到，上天夺去毛大的灵魂，鬼神使他神志昏乱。

57 〔“浪乘槎（chá 查）木”四句〕意谓毛大直入卞家，却误闯卞翁之舍。槎，木筏。晋张华《博物志》十：“旧说云：天河与海通。近世有人居海渚者，年年八月有浮槎去来，不失期。人有奇志，立飞阁于槎上，多赍粮，乘槎而去。十余日中犹观星月日辰，自后茫茫忽忽亦不觉昼夜。去十余日，奄至一处，有城郭状，屋舍甚严。遥望宫中多织妇，见一丈夫牵牛渚次饮之。”广寒之宫，即月宫。此喻指胭脂闺房。渔舟、桃源，指陶渊明《桃花源诗并记》中所说，晋太元中，渔人泛舟误入桃花源。此指毛大误入卞翁之舍。

58 〔“遂使情火”二句〕谓毛大因“误入桃源”，骗奸胭脂的念头顿消，而欲海另起波澜，杀人自保。情火，谓情欲的火焰。此指欲污辱胭脂的念头。欲海，佛家语。比喻情欲深广似海，使人沉溺。南朝梁武帝《舍道归佛文》：“度群迷于欲海，引含识于涅槃。”此谓毛大恣意作恶。

59 〔“刀横直前”四句〕谓卞翁操刀直前，毛大急无所措，夺刀杀死卞翁。投鼠，语出《汉书·贾谊传》：“里谚曰：‘欲投鼠而忌器。’”意谓投鼠之时，担心损坏靠近老鼠的器物。此言卞翁横刀直前，投鼠而无所顾忌，致招杀身之祸。寇穷，力竭途穷的敌人。此指无路可逃的毛大。急兔起反噬之心，谓急忙逃脱的兔子，在无路可走之时，会反咬一口。此指毛大夺刀杀卞翁。噬，咬。

60 〔止期张有冠而李借〕此化用“张冠李戴”之成语。止期，只希望。此指毛大只希望假冒鄂生幽会。

61 〔鱼脱网而鸿离〕语出《诗经·邶风·新台》：“鱼网之设，鸿则离之。”意谓鱼脱网而去，鸿却遭难。鸿，水鸟。离，同“罹”。

62 〔“风流道”二句〕指男女风情之道。风流，有关男女爱情的事。五代王仁裕《开元天宝遗事》上：“长安有平康坊，妓女所居之地。京都侠少萃集于此……时人谓此坊为风流薮泽。”温柔乡，喻迷入女色之境域。此谓毛大是男女情爱场中的恶魔鬼蜮。

63 〔首领〕头颈。《左传·襄公十三年》：“若以大夫之灵，获保首领以殁于地。”即谓杀头。

64 〔“原霓裳之旧队”二句〕意为原本是霓裳旧队的美女子，何愁找不到金屋贮娇的美男子。霓裳之旧队，谓“霓裳羽舞”中的仙女。霓裳，《霓裳羽衣曲》及“霓裳羽衣舞”的省称。详见卷一《劳山道士》注。贮屋无金，犹言无“金屋贮娇”。语出《汉武故事》：“（武帝）立为胶东王，数岁，长公主抱置膝上，问曰：‘儿欲得妇不？’胶东王曰：‘欲得妇。’长公主指左右长御百余人，皆云不用。末指其女问曰：‘阿娇好不？’于是笑对曰：‘好！若得阿娇，当作金屋贮之也。’”金屋，谓华丽的居室。

65 〔“而乃感关雎（jū 居）”二句〕谓胭脂因有感于关雎之情

怀，而兴起寻找配偶的念头，竟成为一场春梦。关雎，《诗经·周南·关雎》：“关关雎鸠，在河之洲。窈窕淑女，君子好逑。”此为描写青年男女对爱情追求的诗，借喻胭脂对鄂生的思春之情。春婆之梦，宋赵令畤《侯鲭录》七：“东坡老人在昌化，尝负大瓢，行歌于田间，有老妇年七十，谓坡曰：‘内翰昔日富贵，一场春梦。’坡然之。里人呼此媪为春梦婆。”此喻胭脂春梦落空。

66〔“怨摽（biào 鳔）梅而思吉士”二句〕意谓梅子熟透了，引起少女青春易过而不得嫁的哀怨，心如离魂倩女而成疾。此指胭脂因思念鄂生而成疾。摽梅，《诗经·召南·摽有梅》：“摽有梅，其实七兮。求我庶士，迨其吉兮。”摽，落也。吉士，古时对男子的美称。《诗经·召南·野有死麕》：“有女怀春，吉士诱之。”离倩女之魂，即倩女之离魂，见唐陈玄佑《离魂记》。详见卷一《叶生》注。此借喻胭脂因思念鄂生，梦魂相随，以致沈病不起。

67〔“争妇女之颜色”四句〕谓宿介与毛大争夺胭脂，都假托鄂秋隼之名。颜色，容貌。“恐失胭脂”，为双关语。据《稗史汇编》载：“北方有焉支山，山上多红蓝，北人采其花染绯，取其英鲜者作胭脂。妇女妆时用此颜色，殊鲜明可爱。”焉支山，一名燕支、胭脂。“并托秋隼”，此亦双关语，指宿介、毛大并托鄂秋隼之名。隼，猛禽。

68〔一瓣之香〕犹言一炷香。本为佛教长老开堂讲道时，焚香敬献给本师的仪节。这里“一瓣”，为双关语，实指一只绣鞋，暗指胭脂的贞操。

69〔“铁限敲来”二句〕谓宿介、毛大闯入闺门，几乎破坏了胭脂的贞操。铁限，铁门限。唐李绰《尚书故实》：唐智永禅师，住吴兴永福寺，积年学书。人来觅书并请题额者如市，所居户限为穿穴，乃用铁叶裹之，谓之铁门限。此喻胭脂清净的闺门，现在也失去宁静。连城之玉，此喻妇女贞操。

70〔“嵌红豆于骰（tóu 投）子”二句〕意谓胭脂相思成疾，竟成惹起祸端的根源。红豆，相思树所结之子。大如豌豆，微扁，色鲜红。古人常用于比喻爱情和相思，故别名“相思子”。唐人常以其嵌在博具骨制的骰子上，取其色明易见，故称相思骨。温庭筠《杨柳枝词》：“玲珑骰子安红豆，入骨相思知不知。”此喻胭脂对鄂秋隼的深沉相思。厉阶，祸端。《诗经·大雅·桑柔》：“谁生厉阶，至今为梗。”

71 〔“丧乔木于斧斤”二句〕谓父亲丧命于毛大的刀下，胭脂竟成这场灾难的祸水。乔木，喻卞翁。乔木象征父亲。斧斤，斧头。《孟子·梁惠王上》：“斧斤以时入山林，材木不可胜用也。”此指毛大用以杀害卞翁的刀。可憎才，犹言讨厌的。此是爱之极的反语，对情人恋人的昵称。王实甫《西厢记》一之二折：“与俺那可憎才居止处门儿相向。”祸水，旧时对祸人败事女子的蔑称。

72 〔“葳蕤（wēiruí）自守”四句〕谓胭脂能严正自守其清白，被囚禁尚能力争，勉强可以遮盖她过去的过错。葳蕤，《本草纲目》十二：“此草根多须，如冠缨下垂之緌，而有威仪，故以名之。”缧绁，捆犯人的绳子。此指囚禁。锦衾之可覆，意谓用一床锦被可以遮盖过去；指遮丑。周密《齐东野语·淮西之变》：“寻常伏侍太尉不周，今日乞做一床锦被遮盖。”

73 〔“遂其掷果之心”二句〕意谓成全胭脂爱慕鄂生之心，也是一件风流美事。掷果，《世说新语·容止》：“潘岳妙有姿容。”注引《语林》：“安仁至美，每行，老妪以果掷之满车。”后以“掷果”称美男子为女子所爱慕。

74 〔仰〕官府公文中上级对下级指令时的套用语，有切望、责成之意。

75 〔且〕据手稿本，原抄本无。

76 〔判牒〕狱讼案件的判决书，古代多用四六骈俪文。

77 〔安帖〕稳定、安稳。

78 〔听讼〕审理诉讼。《论语·颜渊》：“听讼，吾犹人也，必也使无讼乎？”

79 〔折狱〕判案。狱，讼事。《论语·颜渊》：“片言可折狱者，其由也与？”

80 〔棋局消日〕以下棋消磨时光，荒废政事。《幽闲鼓吹》："令狐绹进李远为杭州刺史，宣皇曰：'我闻李诗云：长日惟销一局棋。岂可以临郡哉！'对曰：'诗人之言，不足有实也。'"(《太平广记》卷二〇二)。

81 〔绸被放衙〕躺在绸子被中，宣布退衙。放衙，退衙下班。宋张师正《倦游录》载：宋文潞公（彦博）为榆次县令，题诗于鼓面上："置向谯楼一任挝，挝多挝少不知它。如今幸有黄绸被，努出头来听放衙。"此喻官吏不理政事。

82 〔哓哓（xiāoxiāo 消消）者〕本指争辩之声，此谓诉苦的老百姓。《诗经·豳风·鸱鸮》："予室翘翘，风雨所漂摇，予维音哓哓。"

83 〔覆盆之下多沉冤〕覆盆，谓盆子倒置，比喻沉冤之深不见天日。《抱朴子·辨问》："是责三光不照覆盆之内也。"沉冤，积久而不得昭雪的冤案。

84 〔呵护〕呵禁不善，扶持善良。李商隐《骊山有感》："骊岫飞泉泛暖香，九龙呵护玉莲花。"

85 〔宣圣之护法〕宣圣，指孔子，唐时曾追谥孔子为文宣王。护法，佛家语，意为卫护佛法。比喻维护和宣扬儒家教义。

86 〔虚应故事〕谓照老例应付，敷衍了事。

87 〔"作'宝藏（zàng 葬）兴焉'文"二句〕宝藏兴焉，为该场考试的书义试题，出于《礼记·中庸》："今夫山，一拳石之多，及其广大，草本生之，禽兽居之，宝藏兴焉。"误犯下"水"字，亦出自该文的下节："今夫水，一勺之多，及其不测，鼋鼍蛟龙鱼鳖生焉，货财殖焉。"此士子将两段文字弄反了，故闹出"错了题旨"的笑话。

88 〔"山头盖起水晶殿"五句〕这五句是指文题旨错，误将"山间"当"水下"写。所以，出现水下之"水晶殿"、珊瑚、珍珠也长到峰巅。到山顶行船，自然撑船汉要从山巅跌下（此为双关语）。

89 〔留点蒂儿〕留点面子。蒂，把也。

90 〔一斑〕谓一小部分。

郭安

孙五粒[1]，有僮仆独宿一室，恍惚被人摄[2]去。至一宫殿，见阎罗在上，视之曰："误矣，此非是。"因遣送还。既归，大惧，移宿他所。遂有僚仆郭安者，见榻上空闲，因就宿焉。又一仆李禄，与僮有夙怨，久将甘心[3]，是夜操刀入，扪之，以为僮也，竟杀之。郭父鸣于官。时陈其善[4]为邑宰，殊不苦之。郭哀号，言："半生止此子，今将何以聊生！"陈即以李禄为之子。郭含冤而退。此不奇于僮之见鬼，而奇于陈之折狱也。

王阮亭曰："新城令陈端庵凝[5]，性仁柔无断。王生与哲典居宅于人，久不给直[6]，讼之官，陈不能决，但曰：'《毛诗》有云：维鹊有巢，维鸠居之[7]。'生为鹊可也[8]。"

今日济之西邑[9]有杀人者，其妇讼之。邑令怒，立拘凶犯至，拍案骂曰："人家好好夫妇，直令[10]寡耶！即以汝配之，亦令汝妻寡守。"遂判合之。此等明决[11]，皆是甲榜所为[12]，他途[13]不能也。而陈亦尔尔，何途无才！

校注

1　〔孙五粒〕据《淄川县志·选举志》载：孙秠，后改名珀龄，字五粒。孙之獬之子，山东淄川人。明崇祯六年癸酉（1633）举人，清顺治三年丙戌（1646）进士。授工科给事中，历刑科左右给事中、礼科都给事中，顺治九年壬辰（1652）升太仆寺少卿，迁鸿胪寺卿，转通政使司左通政使。

2　〔摄〕捉拿。

3　〔久将甘心〕谓早想进行报复，以解心头之恨。

4　〔陈其善〕辽东人，贡士，顺治四年丁亥（1647）任淄川县知县。顺治九年（1652），入朝为拾遗。见《淄川县志·秩官》。

5　〔陈端庵凝〕陈凝，字端庵，浙江清德人，进士，顺治五年至八年任新城知县，谪大庾典史。

6　〔直〕通"值"。即付钱。

7　〔维鹊有巢，维鸠居之〕语出《诗经·召南·鹊巢》。谓喜鹊做巢，而斑鸠来居住。

8　〔生为鹊可也〕意谓王生就当个做巢的喜鹊，让别人来居住吧！

9　〔济之西邑〕即济南城西的某县。

10　〔直令〕竟然叫。

11　〔明决〕为反语。讽刺邑令糊涂断案。

12　〔皆是甲榜所为〕意谓都是那甲榜进士出身的所干出来的事。甲榜，明清称会试为甲榜，亦称甲科，中式者为进士。乡试为乙榜，亦称乙科，中式者为举人。

13　〔他途〕谓除却这进士出身的官选外，别的途径是无这种人的。此为讽刺进士及第者之昏愦县令。

杨大洪

大洪杨先生涟[1]，微时[2]为楚名儒，自命不凡。科试[3]后，闻报优等者，时方食，含哺[4]出问："有杨某否？"答以"无"。不觉嗒然[5]自丧，咽食入鬲，遂成病块[6]，噎阻甚苦。众劝驾令赴遗才录[7]。公患无资，众醵十金送之行，乃强就道。夜梦一人告之云："前途有人能愈君疾，宜苦求之。"临去，赠以诗，有"江边柳下三弄笛[8]，抛向江心莫叹息"之句。明日途次，果见道士坐柳下，因便叩请，道士笑曰："子误甚矣，我何能疗病乎？请为三弄可也。"因出笛吹之。公触所梦，拜求益切，且倾囊献之，道士接金，掷诸江流。公以所来不易，哑然惊惜。道士曰："君未能恝然[9]耶？金在江边，请自取之。"公诣视果然，又益奇之，呼为仙。道士漫指曰："我非仙，彼处仙人来矣。"赚公回顾，力拍其项曰："俗哉！"公受拍，张吻作声，喉中呕出一物。堕地塩然[10]，俯而破之，赤丝中裹饭犹存，病若失，回视道士已杳。

异史氏曰："公生为河岳，没为日星[11]，何必长生乃

楊大洪
何須吹篴與
周旋何必投
金向水邊我
笑遺人多客
氣世無忠孝
不神仙

为不死哉！或以未能免俗[12]，不作天仙，因而为公悼惜。余谓天上多一仙人，不如世上多一圣贤，解者必不议余说之傎也[13]。”

校注

1 〔大洪杨先生涟〕杨涟，字文儒，别字大洪，湖北应山人。明万历三十六年（1607）进士。天启元年（1621）擢兵科都给事中，天启二年（1622）起涟礼科都给事中，旋擢太常少卿。天启三年（1623）拜左佥都御史。天启四年（1624）春，进左副都御史。是年六月，涟抗疏劾魏忠贤二十四大罪。魏忠贤对杨涟恨之入骨，即兴汪文言狱。天启五年（1625）逮文言下狱。魏之党羽许显纯自为狱词，诬杨涟纳熊廷弼贿二万，涟遂下狱。许显纯酷法拷询，涟七月死于狱中。崇祯初，赠太子太保、兵部尚书，谥忠烈。本传载于《明史》卷二百四十四。

2 〔微时〕指未为官以前，未显达时。《史记·曹相国世家》：“参始微时，与萧何善。”

3 〔科试〕明清每届乡试前，各省学使巡回本省各州府考试准备参加乡试的生员。详见卷一《叶生》注。

4 〔含哺（bǔ 补）〕谓口中含饭。《庄子·马蹄》：“含哺而嬉，鼓腹而游。”

5 〔嗒然〕失望的样子。

6 〔病块〕即痞块。

7 〔遗才录〕即录遗试，亦称遗才试。此指参加录遗考试，被录取后，同样具有参加乡试的资格。详见卷四《胡四娘》注。

8 〔三弄笛〕乐奏一曲为一弄。三弄，古曲名，即《梅花三弄》。唐李郢《赠羽林将军》："惟有桓伊江上笛，卧吹三弄送残阳。"

9 〔恝（jiá 荚）然〕无动于衷。恝，无愁貌。

10 〔堛（bì 必）然〕堛本为土块。此借用为象声词。

11 〔"公生为河岳"二句〕谓杨大洪无论生前或死后，都是一身浩然正气。宋文天祥《正气歌》："天地有正气，杂然赋流形；下则为河岳，上则为日星。"

12 〔未能免俗〕行为未能超出世俗间的俗例。语出《世说新语·任诞》。此指杨大洪未能忘情功名与爱惜金钱，无异于常人。

13 〔"解者"句〕谓通达世情的人，必不认为我之见解颠倒是非。傎，通"颠"。

彭二挣

禹城[1]韩公甫，自言："与邑人彭二挣并行于途，忽回首不见之，惟空蹇[2]随行。但闻号救甚急，细听则在被囊[3]中，近视，囊内累然，虽则偏重，亦不得堕。欲出之，而囊口缝纫甚密，以刀断线，始见彭犬卧[4]其中。既出，问何以入，亦茫不自知。盖其家有狐为祟，事如此类甚多云。"

校注

1 〔禹城〕县名。在今山东省西北。
2 〔空蹇（jiǎn 简）〕无人骑的驴。蹇，跛。此指驴子。
3 〔被囊〕即大口袋。
4 〔犬卧〕像犬一样卧伏。

夏雪

丁亥年[1]七月初六日，苏州大雪，百姓皇骇[2]，共祷诸大王之庙[3]。大王忽附人而言曰：“如今称老爷者，皆增一大字，其以我神为小，消不得[4]一大字耶？”众悚然，齐呼“大老爷”，雪立止。由此观之，神亦喜谄，宜乎治下部者之得车多矣[5]。

异史氏曰：“世风之变也，下者益谄，上者益骄。即康熙四十余年中称谓之不古，甚可笑也。举人称爷，二十年始；进士称老爷，三十年始；司、院[6]称大老爷，二十五年始。昔者大令谒中丞[7]，亦不过老大人而止，今则此称久废矣。即有君子，亦素谄媚行乎谄媚，莫敢有异词也。若缙绅之妻呼太太，裁数年耳。昔惟缙绅之母，始有此称，以妻而得此称者，惟淫史中有林、乔耳[8]，他未之见也。唐时，上欲加张说[9]大学士，说辞曰：‘学士从无大名，臣不敢称。’今之大，谁大之？初由于小人之谄，而因得贵倨者之悦，居之不疑[10]，而纷纷者遂遍天下矣。窃意数年以后，称爷者必进而老，称老者必进而大，但不

夏雪
合向人間言大
名共天風雪一
時晴襟宂捍
悳識靈爽
驕伏何多
世俗情

知大之上造何尊称？匪夷所思[11]已！”

丁亥年六月初三日，河南归德府[12]大雪尺余，禾皆冻死，惜乎其未知媚大王之术也。悲夫!

校注

1 〔丁亥年〕清顺治四年（1647）。
2 〔皇骇〕惊惶不安。皇，通“惶”。
3 〔大王之庙〕指金龙四大王庙，在苏州阊门北。
4 〔消不得〕犹言承受不了。
5 〔治下部者之得车多矣〕《庄子·列御寇》：“秦王有病召医，破痈溃痤者，得车一乘；舐痔者，得车五乘；所治愈下，得车愈多。”谓谄媚者品格越低劣，所得之报酬愈厚。
6 〔司、院〕即各省的布政司、按察司和巡抚。
7 〔大令谒中丞〕大令，对县令的敬称。中丞，巡抚别称。
8 〔惟淫史中有林、乔耳〕淫史，指署名兰陵笑笑生所撰之《金瓶梅》。将《金瓶梅》称为“淫史”，是作者对《金瓶梅》的贬低。林，是指《金瓶梅》中的林太太。她是招宣府太原节度汭邠阳郡王王景崇之子、王逸轩之妻、王三官之母。在《金瓶梅》第六十八、六十九、七十二、七十七、七十八、七十九回中，都提到她。《金瓶梅》第七十二回西门庆初会林氏，便左一个“老太太”，右一个“老太太”地称呼。乔，即《金瓶梅》中乔五太太。她是宋徽宗在清河县的亲戚乔五之妻，她本姓郑，乔五是乔皇妃的亲族。《金瓶梅》第四十一、四十二、四十五回都提到她。《金瓶梅》第四十一回西门庆与乔大户结亲，到李瓶儿房里说：“她家有一门子做皇亲的乔五太太。”

9 〔张说〕字道济，一字说之，洛阳人。唐玄宗时，历任兵部侍郎、中书令、左丞相等职，封燕国公。著有《张燕公集》。《新唐书·张说传》：“始，帝欲授说大学士，辞曰：‘学士本无大称，中宗崇宠大臣，乃有之。臣不敢以称。’”

10 〔居之不疑〕自居其位觉得心安理得。《论语·颜渊》：“夫闻也者，色取仁而行违，居之不疑，在邦必闻，在家必闻。”朱熹集注：“自以为是而无忌惮。”

11 〔匪夷所思〕不是依据常理所能够想象的。匪，通“非”。《周易·涣》：“元吉，涣有丘，匪夷所思。”

12 〔河南归德府〕治所在河南商丘市。

卷四

狐梦

余友毕怡庵[1]，倜傥不群[2]，豪纵自喜，貌丰肥多髭，士林知名。尝以故至叔刺史公之别业[3]，休憩楼上。传言楼中故多狐，毕每读《青凤传》[4]，心辄向往，恨不一遇，因于楼上摄想凝思。既而归斋，日已浸暮。时暑月燠热，当户而寝，睡中有人摇之，醒而却视，则一妇人，年逾不惑[5]，而风雅犹存。毕惊起，问其谁，笑曰："我狐也。蒙君注念，心窃感纳。"毕闻而喜，投以嘲谑。妇笑曰："妾齿加长[6]矣，纵人不见恶，先自惭沮。有小女及笄，可侍巾栉[7]。明宵，无寓人于室，当即来。"言已而去。至夜，焚香坐伺，妇果携女至，态度娴婉，旷世无匹。妇谓女曰："毕郎与有夙缘[8]，即须留止。明旦早归，勿贪睡也。"毕乃握手入帏，款曲备至，事已，笑曰："肥郎痴重，使人不堪。"未明即去。既夕，自来，曰："姊妹辈将为我贺新郎，明日即屈同去。"问："何所？"曰："大姊作筵主，此去不远也。"毕果候之，良久不至，身渐倦惰，才伏案头，女忽入曰："劳君久伺矣。”乃握手而行。

奄至[9]一处，有大院落，直上中堂，则见灯烛荧荧，灿若星点。俄而主人至，年近二旬，淡妆绝美，敛衽称贺已，将践席，婢入白：“二娘子至。”见一女子入，年可十八九，笑向女曰：“妹子已破瓜[10]矣。新郎颇如意否？”女以扇击背，白眼视之。二娘曰：“记儿时与妹相扑为戏[11]，妹畏人数肋骨，遥呵手指，即笑不可耐，便怒谓我当嫁僬侥国[12]小王子。我谓婢子他日嫁多髭郎，刺破小吻，今果然矣。”大娘笑曰：“无怪三娘子怒诅也！新郎在侧，直尔憨跳！”顷之，合尊促坐[13]，宴笑甚欢。忽一少女抱一猫至，年可十二三，雏发未燥[14]，而艳媚入骨。大娘曰：“四妹妹亦要见姊丈也？此无坐处。”因提抱膝头，取肴果饵之。移时，转置二娘怀中，曰：“压我胫骨酸痛。”二姊曰：“婢子许大，身如百钧重，我脆弱不堪。既欲见姊丈，姊丈故壮伟，肥膝耐坐。”乃捉置毕怀。入怀香耎，轻若无人，毕抱与同杯饮。大娘曰：“小婢勿过饮，醉失仪容，恐姊丈所笑。”少女孜孜展笑，以手弄猫，猫戛然鸣。大娘曰：“尚不抛却，抱走蚤虱矣！”二娘曰：“请以狸奴为令，执箸交传，鸣处则饮。”众如其教。至毕辄鸣。毕故豪饮，连举数觥，乃知小女子故捉令鸣也，因大喧笑。二姊曰：“小妹子归休，压煞郎君，恐三姊怨人。”小女郎乃抱猫去。大姊见毕善饮，乃摘髻子[15]贮酒以劝。视髻仅容升许，然饮之，觉有数斗之多，

狐夢
记得擈林纖手挚
梦中宴笑尚
分明也思筆墨
傳千古莫道仙
人不爱名

比干，视之，则荷盖也。二娘亦欲相酬，毕辞不胜酒。二娘出一口脂合子，大于弹丸，酌曰：“既不胜酒，聊以示意。”毕视之，一吸可尽，接吸百口，更无干时。女在旁，以小莲杯易合子去，曰：“勿为奸人所算。”置合案上，则一巨钵。二娘曰：“何预汝事！三日郎君，便如许亲爱耶！”毕持杯向口立尽，把之腻软，审之非杯，乃罗袜一钩，衬饰工绝。二娘夺骂曰：“猾婢！何时盗人履子去，怪足冷冰也！”遂起，入室易舄，约毕离席告别。女送出村，使毕自归，瞥然醒寤，竟是梦景，而鼻口醺醺，酒气犹浓，异之。至暮，女来曰：“昨宵未醉死耶？”毕言：“方疑是梦。”女曰：“姊妹怖君狂噪，故托之梦，实非梦也。”

女每与毕弈，毕辄负，女笑曰：“君日嗜此，我谓必大高着，今视之，只平平耳。”毕求指诲，女曰：“弈之为术，在人自悟，我何能益君？朝夕渐染，或当有异。”居数月，毕觉稍进，女试之，笑曰：“尚未，尚未！”毕出与所尝共弈者游，则人觉其异，咸奇之。毕为人坦直，胸无宿物[16]，微泄之。女已知，责曰：“无惑乎同道者不交狂生也。屡嘱慎密，何尚尔尔！”佛然欲去。毕谢过不遑，女乃稍解，然由此来浸疏矣。积年余，一夕来，兀坐相向，与之弈，不弈；与之寝，不寝。怅然良久，曰：“君视我孰如青凤？”曰：“殆过之。”曰：“我自惭弗如。然聊斋[17]与君文字交，请烦作小传，未必千载下无爱忆如君者。”曰：“夙有此志，曩遵旧嘱，故秘之。”女曰：“向为是嘱，今已将别，复何讳？”问：“何往？”曰：“妾与四妹妹，为西王母征作花鸟使[18]，不复得来。曩有姊行，与君家叔兄有旧，临别已产二女，今尚未醮。妾与君幸无所累。”毕求赠言，曰：“盛气平，过自寡。”遂起握手曰：“君送我行。”至里许，洒涕分手，曰：“彼此有志，未必无会期也。”乃去。

康熙二十一年[19]腊月十九日，毕子与余抵足绰然堂[20]，细述其异，余曰：“有狐若此，则聊斋之笔墨有荣光矣！”遂志之。

校注

1 〔毕怡庵〕即毕盛育。据《淄西毕氏世谱》载：“盛育，字子万，郡庠生，配王氏，一子世持。”其传略曰：“公性倜傥，质直好义，敦孝友，识大体，果毅有为。居常勤稼穑，广树畜，辟栗泉引为坡池，栽莲种稻如江乡，环溪种树，不止万株云，卒年五十六岁。新城王司寇阮亭为之传。”怡庵，为其号，是毕际有堂兄毕际竑（字孟议）之长子，称毕际有为叔。卒于康熙二十六年（1687）。

2 〔倜傥不群〕豪迈洒脱，不类凡俗。

3 〔叔刺史公之别业〕指淄川县西铺，蒲松龄设馆之馆东。叔刺史公，指毕际有，他曾于顺治十七年（1661）升江南通州知州，康熙二年（1663）罢官，康熙三年（1664）归里家居。刺史，官名。汉武帝时将全国分为十三监察区，除司隶校尉所部区域外，其十二部刺史所辖区域均称为州。至东汉末，改刺史为州牧。宋太祖改以朝官文臣知州事，不再承袭刺史的旧名。元以后，即无刺史之名。清代俗以刺史代称知州。

4 〔《青凤传》〕即指《聊斋志异》中《青凤》篇。

5 〔年逾不惑〕谓年纪超过四十岁。不惑，指四十岁。《论语·为政》："三十而立，四十而不惑。"后称四十岁为不惑之年。

6 〔齿加长〕犹言年龄大了。齿，喻年岁。《左传·文公元年》："君之齿，未也。"

7 〔侍巾栉（zhì志）〕侍奉梳洗之事。此代指作侍妾。栉，梳子。

8 〔夙缘〕谓前世注定的缘分。明瞿佑《剪灯新话·绿衣人传》："盖冥数当然，夙缘未尽耳。"

9 〔奄至〕忽至。奄，遽。

10 〔破瓜〕本意为"瓜"字部分成二八字，故诗文中习称女子十六为破瓜之年。翟灏《通俗编》十八："孙绰《情人碧玉歌》：'碧玉破瓜时，郎为情颠倒。'宋谢幼槃词："破瓜年纪小腰身。"按俗以女子破身为破瓜。"此处，即指"破身"。

11 〔相扑为戏〕此指相互扑打戏闹。相扑，是一种体育活动，最早见诸宋吴自牧《梦粱录》卷十二《角抵》："角抵者，相扑之异名也，又谓之'争交'。"

12 〔僬侥国〕古代传说中的小人国。《史记·孔子世家》："僬侥氏三尺，短之至也。"《列子·汤问》："从中州以东四十万里，得僬侥国，人长一尺五寸。"

13 〔合尊促坐〕斟满酒杯，挨近而坐。《史记·滑稽列传·淳于髡》："日暮酒阑，合尊促坐。"合，相聚。尊，酒器。促坐，挨近坐，古时宴宾席地而坐。

14 〔雏发未燥〕意谓胎毛未干。此指年幼稚气未消。

15 〔髻子〕指旧时妇女头上所梳拢的假发髻。

16 〔胸无宿物〕指胸怀坦荡，没有成见。《世说新语·赏誉下》："谢仁祖（尚）曰：'庾赤玉（统）胸中无宿物。'"

17 〔聊斋〕蒲松龄的书斋名，此代指作者自己。

18 〔花鸟使〕唐代为皇帝采选妃嫔宫女的官员。《天中记》："唐天宝中，选六宫风流艳态者，名花鸟使，主宴。"

19 〔康熙二十一年〕即公元 1682 年。

20 〔抵足绰然堂〕同榻抵足睡在绰然堂。

阳武侯

阳武侯薛公禄[1]，胶薛家岛人。父薛公最贫，牧牛乡先生[2]家。先生有荒田，公牧其处，辄见蛇兔斗草莱中，以为异，因请于主人为宅兆[3]，构茅而居。

后数年，太夫人临蓐[4]，值雨骤至，适二指挥使[5]奉命稽海[6]，出其途，避雨户中，见舍上鸦鹊群集，竞以翼复漏处，异之。既而翁出，指挥问："适何作？"因以产告。又询所产，曰："男也。"指挥又益愕，曰："是必极贵！不然，何以得我两指挥护守门户也！"咨嗟而去。

侯既长，垢面垂鼻涕，殊不聪颖。岛中薛姓，故隶军籍[7]。是年，应翁家出一丁口戍辽阳，翁长子深以为忧。时侯十八岁，人以太憨生[8]，无与为婚，忽自谓兄曰："大哥啾唧[9]，得毋以遣戍无人耶？"曰："然。"笑曰："若肯以婢子妻我，我当任此役。"兄喜，即配婢，侯遂携室赴戍所。行方数十里，暴雨忽集，途侧有危崖，夫妻奔避其下。少间雨止，始复行，才及数武，崖石崩坠。居人遥望两虎跃出，逼附[10]两人而没。侯自此勇健非常，丰采顿异。后以军功，封阳武侯，世爵[11]。

至启、祯间[12]，袭侯某公薨[13]，无子，止有遗腹，因暂以旁支代。凡世封家[14]进御者有娠，即以上闻[15]，官遣媪伴守之，既产乃已。年余，夫人生女，产后腹犹震动。凡十五年，更数媪，又生男，应以嫡派[16]赐爵，旁支噪之，以为非薛产。官收诸媪，械梏百端，皆无异言，爵乃定[17]。

校注

1 〔阳武侯薛公禄〕薛禄，朱棣于永乐十八年（1420）十二月迁都北京，授奉天靖难推诚宣力武臣，封阳武侯。据《明史·薛禄传》载："薛禄，胶人。行六，军中呼曰薛六。既贵，乃更名禄。"禄曾以卒伍从燕王朱棣起兵，朱棣即位，薛禄佩镇朔大将军印，驻军大同。宣德元年卒，追封鄞国公，谥忠武。胶，明代胶州，即今之山东胶县。

2 〔乡先生〕指年老辞官家居的老者。《仪礼·士冠礼》："遂以挚见乎乡大夫、乡先生。"郑玄注："乡先生，乡中老人为卿大夫致仕者。"

3 〔宅兆〕墓地。《孝经·丧亲》："卜其宅兆而安厝之。"唐玄宗注："宅，墓穴也；兆，茔域也。"唐陈子昂《为人陈情表》："今卜居宅兆，将入旧茔。"此指住宅。

4 〔临蓐〕即临产。蓐，床上草垫。

5 〔指挥使〕武官名。明初于各地设立卫所，驻军防卫。卫指挥使司，其长官称指挥使。

6 〔稽海〕稽查海防。

7 〔故隶军籍〕原来隶属军户。东晋、南北朝，士兵及其家属的户籍属于军府，称为“军户”。入军户后，世代为兵，社会地位低下。元、明、清亦有军户，但制度稍异。《宋书·武帝纪》：“吏身可赐爵一级，军户免为平民。”

8 〔太憨生〕太愚蠢。生，语气词。

9 〔啾唧〕指低声私语，犹言嘀嘀咕咕。

10 〔逼附〕逼近而依附。附，附体之意，即二体附合为一。

11 〔世爵〕指官宦之家，世代所承袭的爵位。

12 〔启、祯间〕即天启与崇祯年间。天启，明熹宗朱由校年号（1621–1627）。崇祯，明思宗朱由检年号（1628–1644）。

13 〔袭侯某公薨〕袭侯，谓世袭阳武侯者，即指薛禄的继承人。薨，本指天子死，此指薛禄的袭侯死。

14 〔世封家〕谓得到世袭封爵之家。进御者，谓进奉给袭爵者的侍寝女子。《仪礼·既夕礼》：“御者四人皆坐持礼。”郑玄注：“御者，今时侍从之人。”

15 〔上闻〕奏禀皇帝。

16 〔嫡派〕谓嫡系所生之子。

17 〔“爵乃定”句〕据《明史·薛禄传》记载：“曾孙翰卒，无子，族人争袭，久之不得请，田宅并入官，世绝者三十余年。万历五年乃复封翰族子铢为侯。”

赵城虎

赵城[1]妪，年七十余，止一子。一日入山，为虎所噬。妪悲痛几不欲活，号啼而诉之宰，宰笑曰："虎何可以官法制之乎？"妪愈号咷，不能制之，宰叱之，亦不畏惧。又怜其老，不忍加威怒，遂给之，诺为捉虎。妪伏不去，必待勾牒[2]出，乃肯行。宰无奈之，即问诸役："谁能往之？"一隶名李能，醺醉诣坐下自言："能之。"持牒下，妪始去。隶醒而悔之，犹谓宰之伪局，姑以解妪扰耳，因亦不甚为意。持牒报缴[3]，宰怒曰："固言能之，何容复悔？"隶窘甚，请牒拘猎户，宰从之。隶集诸猎人，日夜伏山谷，冀得一虎，庶可[4]塞责。月余，受杖数百，冤苦罔控[5]，遂诣东郭岳庙，跪而祝之，哭失声。无何，一虎自外来，隶错愕，恐被咥噬[6]。虎入，殊不他顾，蹲立门中。隶祝曰："如杀某子者尔也，其俯听吾缚。"遂出缧索[7]絷虎颈，虎帖耳受缚。牵达县署，宰问虎曰："某子，尔噬之耶？"虎颔之[8]。宰曰："杀人者死，古之定律。且妪止一子，而汝杀之，彼残年垂尽，何以生活？倘尔能为若子也，我将赦之。”虎又颔之。乃释缚，令去。妪方怨宰之不杀虎以偿子也，迟旦启扉，则有死鹿，妪货其肉革，用以资度。自是以为常，时衔金帛掷庭中。妪从此致丰裕，奉养过于其子，心窃德虎。虎来，时卧檐下，竟日不去，人畜相安，各无猜忌。数年，妪死，虎来吼于堂中。妪素所积，绰可营葬[9]，族人共瘗之。坟垒方成，虎骤奔来，宾客尽逃，虎直赴冢前，嗥鸣雷动，移时始去。土人立“义虎祠”于东郭，至今犹存。

王阮亭云：“此问亦奇。”又曰：“人云：‘王于一所记孝义之虎，予所记赣州良富里郭氏义虎，及此而三。何於菟之多贤哉！’”

校注

1 〔赵城〕旧县名。隋末置，治所在今山西省西南，1954 年撤销，并入洪洞县，现为赵城镇。
2 〔勾牒〕拘捕犯人的牒文。勾，捉拿、拘捕。
3 〔持牒报缴〕谓到期，向县宰复命，交回拘捕的牒文。
4 〔庶可〕或可、或许。
5 〔罔控〕没有门路申诉。
6 〔咥（dié 迭）噬〕咬死吞噬。咥，咬。
7 〔缧（léi 累）索〕拘捕犯人的绳索。
8 〔颔之〕指点头。
9 〔绰可营葬〕谓老妇人的积蓄足以办理她丧葬之事。绰，宽裕。

螳螂捕蛇

张姓者，偶行溪谷，闻崖上有声甚厉，寻途登觇[1]，见巨蛇围如碗，摆扑丛树中，以尾击柳，柳枝崩折，反侧倾跌之状，似有物捉制之，然审视殊无所见。大疑，渐近临之，则一螳螂据顶上，以刺刀攫其首，攧[2]不可去，久之，蛇竟死。视额[3]上革肉，已破裂云。

校注

1 〔觇（chān 搀）〕窥视。
2 〔攧（diān 颠）〕当为跌打之意。
3 〔頞（è 遏）〕原意为鼻梁，此指蛇的两眉之间。

武 技

李超，字魁吾，淄之西鄙[1]人，豪爽好施。偶一僧来托钵[2]，李饱啖之，僧甚感荷，乃曰："吾少林[3]出也。有薄技，请以相授。"李喜，馆之[4]客舍，丰其给[5]，旦夕从学。三月，艺颇精，意甚得，僧问："汝益乎？"曰："益矣。师所能者，我已尽能之。"僧笑，命李试其技。李乃解衣唾手，如猿飞，如鸟落，腾跃移时，诩诩然[6]交叉而立。僧又笑曰："可矣。子既尽吾能，请一角低昂[7]。"李忻然，即各交臂作势。既而支撑格拒[8]，李时时蹈僧瑕[9]，僧忽一脚飞掷，李已仰跌丈余。僧抚掌曰："子尚未尽吾能也！"李以掌致地[10]，惭沮请教。又数日，僧辞去。

李由此以武名，遨游南北，罔有其对。偶适历下[11]，见一少年尼僧[12]，弄艺于场，观者填溢。尼告众客曰："颠倒一身，殊大冷落。有好事者，无不下场一扑为戏。"如是三言，众相顾，迄无应者。李在侧，不觉技痒[13]，意气而进。尼便笑与合掌，才一交手，尼便呵止，曰："此少林宗派也。"即问："尊师何人？"李初不言，尼固诘之，乃以僧告。尼拱手曰：“憨和尚汝师耶？若尔，不必较手足，愿拜下风。”李请之再四，尼不可。众怂恿之，尼乃曰：“既是憨师弟子，同是个中人[14]，无妨一戏，但两相会意可耳。”李诺之，然以其文弱，故易之，又年少喜胜，思欲败之，以要[15]一日之名。方颉颃[16]间，尼即遽止，李问其故，但笑不言。李以为怯，固请再角，尼乃起。少间，李腾一踝去，尼骈五指[17]下削其股，李觉膝下如中刀斧，蹶仆[18]不能起。尼笑谢曰：“孟浪[19]迕客，幸勿罪！”李舁归，月余始愈。后年余，僧复来，为述往事，僧惊曰：“汝大卤莽！惹他何为！幸先以我名告之，不然，股已断矣！”

王阮亭先生云：“此尼亦殊踪迹诡异，不可测。”

又云：“拳勇之技，少林为外家，武当张三峰为内家。三峰之后，有关中人王宗。宗传温州陈州同。州同，明嘉靖间人。故今两家之传，盛于浙东。顺治中，王来咸，字征南，其最著者，鄞人。征南之徒，又有僧耳，僧尼者皆僧也。雨窗无事，读李超事始末，因识于后。”

校注

1 〔淄之西鄙〕谓淄川县的西部边境。鄙，边境、边界地区。

2　〔托钵〕谓和尚乞食化缘。钵，钵盂，为和尚的饭具。
3　〔少林〕指少林寺。佛教禅宗和少林派拳术发祥地。在河南省登封县西少室山北麓，北魏太和二十年（495）建。隋文帝改名陟岵，唐朝复名少林。所言少林，多指拳术之一派，即少林派。相传嵩山少林寺僧佐唐太宗平王世充有功，从此僧徒习武，传播至广，世因有少林派或少林拳之称。
4　〔馆之〕指安排僧人食宿。
5　〔丰其给〕谓供给丰盛。
6　〔诩诩然〕高傲自得的样子。
7　〔一角低昂〕一比其高低。角，较量。低昂，高低。
8　〔支撑格拒〕谓交手格斗，抵拒。
9　〔蹈僧瑕（xiá 匣）〕踏僧之破绽。瑕，本为玉上的杂斑，此指破绽、疏漏。
10　〔致地〕谓用手掌撑地。
11　〔历下〕春秋时期齐邑，即历下城。据《三齐记》载：历下城，南对历山，城在山下，故名。西汉改历城县。在今山东省济南市。
12　〔尼僧〕即尼姑，俗称姑子。
13　〔技痒〕指擅长某种技艺的人，内心抑制不住，急欲表演。应劭《风俗通义》六："渐离，变名易姓，为人佣保……闻其家堂上客击筑，伎痒，不能出，言曰：'彼有善有不善。'"伎同"技"。
14　〔个中人〕犹言此中人。苏轼《答李颀秀才》："平生自是个中人，欲向渔舟便写真。"
15　〔要（yāo 腰）〕博取之意。
16　〔颉颃（jiéháng 洁杭）〕语出《诗经·邶风·燕燕》："燕燕于飞，颉之颃之。"其本意指鸟上下腾飞，此喻比武时上下腾跃之势。
17　〔骈五指〕谓并拢五指。骈，并。
18　〔蹶仆〕谓一头栽倒。
19　〔孟浪〕鲁莽。《庄子·齐物论》："夫子以为孟浪之言，而我以为妙道之行也。"

小 人

康熙间[1]，有术人[2]携一榼，榼中[3]藏小人，长尺许。投一钱，则启榼令出，唱曲而退。至掖[4]，掖宰索榼入署，细审小人出处。初不敢言，固诘之，始自述其乡族[5]。盖读书童子，自塾中归，为术人所迷，复投以药，四体暴缩，彼遂携之，以为戏具。宰怒，杖杀术人。留童子欲医之，尚未得其方也[6]。

校注

1 〔康熙间〕即是在康熙年间。康熙，清圣祖玄烨的年号。

2 〔术人〕谓弄法术的人。此指操邪术之人。

3 〔榼（kē 柯）中〕榼，古代盛酒或盛水的器皿。中，据手稿本，原抄本无。

4 〔掖〕指山东省掖县，属莱州府。

5 〔乡族〕自己的乡里和族姓。

6 〔“留童子欲医之，尚未得其方也”句〕据手稿本，原抄本无。

秦 生

莱州[1]秦生，制药酒，误投毒味，未忍倾弃，封而置之。积年余，夜适思饮，而无所得酒，忽忆所藏，启封嗅之，芳烈喷溢，肠痒涎流[2]，不可制止。取盏将尝，妻苦劝谏，生笑曰：“快饮而死，胜于馋渴而死多矣。”一盏既尽，倒瓶再斟，妻覆其瓶，满屋流溢，生伏地而牛饮[3]之。少时，腹痛口噤，中夜而卒。妻号泣，为备棺木，行将入殓[4]。次夜，忽有美人入，身不满三尺，径就灵寝[5]，以瓯水灌之，豁然顿苏。叩而诘之，曰：“我狐仙也。适丈夫入陈家，窃酒醉死，往救而归，偶过君家，彼怜君子与己同病，故使妾以余药活之也。”言讫不见。

余友人丘行素[6]，贡士，嗜饮。一夜思酒，而无可行沽，辗转不可复忍，因思代之以醋。谋诸妇，妇嗤之[7]，丘固强之，乃煨醯[8]以进，壶既尽，始解衣甘寝[9]。次日，竭壶酒之资，遣仆代沽，道遇伯弟襄宸，诘知其故，因疑嫂不肯为兄谋酒，仆言：“夫人云：‘家中蓄醋无多，昨夜已尽其半，恐再一壶，则醋根断矣。’”闻者皆笑之。不知酒兴初浓，即毒药犹甘之，况醋乎？此亦可以传矣。

校注

1　〔莱州〕即莱州府，治所在今山东省掖县。

2　〔肠痒涎流〕谓馋得垂涎欲滴。杜甫《饮中八仙歌》：“汝阳三斗始朝天，道逢曲车口流涎。”

3　〔牛饮〕俯地而饮。《韩诗外传》二：“昔者，桀为酒池糟堤，纵靡靡之乐，一鼓而牛饮者三千人。”

4　〔行将入殓〕谓将要把尸体放进棺内。行，将。

5　〔灵寝〕停放尸体的灵堂。

6　〔丘行素〕名希潜，字行素。山东淄川人。康熙己巳年贡生，授黄县训导。告归，构清梦楼于豹山之阳，读书其中，每与山僧野叟诙谐畅饮，八十余岁卒。详见《淄川县志》卷五。

7　〔嗤之〕嗤笑他。

8　〔醯（xī 希）〕醋。

9　〔甘寝〕安睡。《庄子·徐无鬼》：“孙叔敖甘寝秉羽，而郢人投兵。”

鸦头[1]

诸生[2]王文，东昌[3]人，少诚笃。薄游[4]于楚，过六河[5]，休于旅舍，仍步门外，遇里戚赵东楼，大贾也，常数年不归。见王，相执甚欢，便邀临存[6]，至其所，有美人坐室中，愕怪却步。赵曳之，又隔窗呼妮子去，王乃入。赵具酒馔，话温凉，王问："此何处所？"答云："此是小勾栏。余因久客，暂假床寝。"话间，妮子频来出入，王局促不安，离席告别，赵强捉令坐。俄见一少女，经门外过，望见王，秋波频顾，眉目含情，仪容娴婉，实神仙也。王素方直[7]，至此惘然若失，便问："丽者何人？"赵曰："此媪次女，小字鸦头，年十四矣。缠头者[8]屡以重金啖媪，女执不愿，致母鞭楚，女以齿稚[9]哀免，今尚待聘耳。"王闻言，俯首默然痴坐，酬应悉乖[10]。赵戏之曰："君倘垂意，当作冰斧[11]。"王怃然曰："此念所不敢存。"然日向夕，绝不言去。赵又戏请之，王曰："雅意极所感佩，囊涩[12]奈何！"赵知女性激烈，必当不允，故许以十金为助。王拜谢趋出，罄资而至，得五数，强赵致媪，媪果少之。鸦头言于母曰："母日责我不作钱树子[13]，今请得如母所愿。我初学作人，报母有日，勿以区区放却财神去。"媪以女性拗执，但得允从，即甚欢喜，遂诺之，使婢邀王郎。赵难中悔，加金付媪。王与女欢爱甚至。既，谓王曰："妾烟花下流[14]，不敢匹敌，既蒙缱绻，义即至重。君倾囊博此一宵欢，明日如何？"王泫然悲哽。女曰："勿悲。妾委风尘[15]，实非所愿，顾未有敦笃如君可托者。请以宵遁。"王喜，遽起，女亦起，听谯鼓[16]已三下矣，女急易男装，草草偕出，叩主人扉。王故从双卫，托以急务，命仆便发。女以符系仆股并驴耳上，纵辔极驰，目不容启，耳后但闻风鸣，平明至汉口，税屋而止。王惊其异，女曰："言之，得无惧乎？妾非人，狐耳。母贪淫，日遭虐遇，心所积懑，今幸脱苦海。百里外即非所知，可幸无恙。"王略无疑二，从容曰："室对芙蓉[17]，家徒四壁[18]，实难自慰，恐终见弃置。"女曰："何为此虑！今市货皆可居，三数口，淡薄亦可自给。可鬻驴子作资本。"王如言，即门前设小肆，王与[19]仆人躬同操作，卖酒贩浆其中。女作披肩[20]，刺荷囊，日获赢余，顾膳甚优。积年余，渐能蓄婢媪。王自是不着犊鼻[21]，但课督而已。

女一日悄然忽悲，曰："今夜合有难作，奈何？"王问之，女曰："母已知妾消息，必见凌逼。若遣姊来，吾无忧，恐母自至耳。"夜已央，自庆曰："不妨，阿姊来矣。"居无何，妮子排闼入，女笑逆之。妮子骂曰："婢子不羞，随人逃匿！老母令我缚去。”即出索子絷女颈，女怒曰：“从一者[22]得何罪？”妮子益忿，捽女断衿。家中婢媪皆集，妮子惧，奔出。女曰：“姊归，母必自至。大祸不远，可速作计。”乃急办装，将更播迁。媪忽掩入，怒容可掬，曰：“我固知婢子无礼，须自来也！”女迎跪哀啼，媪不言，揪发提去。王徘徊怆恻，眠食都废，急诣六河，冀得贿赎。至则门庭如故，人物已非，问之居人，俱不知其所徙，悼丧而返。于是俵散客旅[23]，囊资东归。后数年，偶入燕都，过育婴堂[24]，见一儿，七八岁，仆人怪似其主，反复凝注之。王问：“看儿何说？”仆笑以对，王亦笑，细视儿，风度磊落，自念乏嗣，因其肖己，爱而赎之，诘其名，自称王孜。王曰：“子弃之襁褓，何知姓氏？”曰：“本师尝言，得我时，胸前有字，书山东王文之子。”王大骇曰：“我即王文，乌得有子？”念必同己姓名者，心窃喜，甚爱惜之，及归，见者不问而知为王生子。

孜渐长，孔武有力[25]，喜田猎，不务生产，乐斗好杀，王亦不能箝制之。又自言能见鬼狐，悉不之信。会里中有患狐者，请孜往觇之。至则指狐隐处，令数人随指处击之，即闻狐鸣，毛血交落，自是遂安。由是人益异之。王一日游市廛，忽遇赵东楼，巾袍不整，形色枯黯，惊问所来，赵惨然请间[26]。王乃偕归，命酒，赵曰：“媪得鸦头，横施楚掠。既北徙，又欲夺其志，女矢死不二，因囚置之。生一男，弃之曲巷，闻在育婴堂，想已长成，此君遗体也。”

王出涕曰："天幸孽儿已归。"因述本末，问："君何落拓至此？"叹曰："今而知青楼[27]之好，不可过认真也。夫何言！"先是，媪北徙，赵以负贩从之，货重难迁者，悉以贱售。途中脚直供亿[28]，烦费不资，因大亏损，妮子索取尤奢，数年，万金荡然，媪见床头金尽，旦夕加白眼。妮子渐寄贵家宿，恒数夕不归，赵愤激不可耐，然无奈之。适媪他出，鸦头自窗中呼赵曰："勾栏中原无情好，所绸缪者，钱耳。君依恋不去，将掇奇祸。"赵惧，如梦初醒，临行，窃往视女。女授书使达王，赵乃归，因以此情为王述之。即出鸦头书，书云："知孜儿已在膝下矣。妾之厄难，东楼君自能缅悉。前世之孽，夫何可言！妾幽室之中，暗无天日，鞭创裂肤，饥火煎心，易一晨昏，如历年岁。君如不忘汉上[29]雪夜单衾，迭互暖抱时，当与儿谋，必能脱妾于厄。母姊虽忍，要是骨肉，但嘱勿致伤残，是所愿耳。"王读之，泣不自禁，以金帛赠赵而去。

时孜年十八矣，王为述前后，因示母书。孜怒，眦欲裂，即日赴都，询吴媪，则车马方盈。孜直入，妮子方与湖客饮，望见孜，愕立变色。孜骤进杀之，宾客大骇，以为寇。及视女尸，已化为狐。孜持刀径入，见媪督婢作羹，孜奔近室门，媪忽不见。孜四顾，急抽矢，望屋梁射之，一狐贯心而堕，遂决其首。寻得母所，投石破扃，母子各失声。母问媪，曰："已诛之。"母怨曰："儿何不听吾言！"命持葬郊野。孜伪诺之，剥其皮而藏之，检媪箱箧，尽卷金资，奉母而归。夫妇重谐，悲喜交至，既问吴媪，孜言："在吾囊中。"惊问之，出两革以献。母怒，骂曰："忤逆儿！何得此为！"号恸自挞，转侧欲死。王极力抚慰，叱儿瘗革，孜忿曰："今得安乐所，顿忘挞楚耶？"母益怒，啼不止，孜葬皮反报，始稍释。王自女归，家益盛，心德赵，报以巨金，赵始知媪母子皆狐也。孜承奉甚孝，然误触之，则恶声暴吼。女谓王曰："儿有拗筋，不刺去之，终当杀人倾产。"夜伺孜睡，潜絷其手足，孜醒曰："我无罪。"母曰："将医尔虐，其勿苦。"孜大叫，转侧不可开。女以巨针刺踝骨侧三四分许，用刀掘断，崩然有声，又于肘间脑际并如之。已，乃释缚，拍令安卧。天明，奔候父母，涕泣曰："儿早夜忆昔所行，都非人类！"父母大喜，从此温和如处女，乡里贤之。

异史氏曰："妓尽狐也，不谓有狐而妓者，至狐而鸨[30]，则兽而禽矣。灭理伤伦，其何足怪？至百折千磨，之死靡他[31]，此人类所难，而乃于狐也得之乎？唐君谓魏徵更饶妩媚[32]，吾于鸦头亦云。"

校注

1 〔《鸦头》〕康雍间《异史》抄本，题为《狐妓》，据手稿本改为《鸦头》。

2 〔诸生〕本义为儒生。明清时，一般的生员亦称“诸生”。

3 〔东昌〕明清府名。详见卷二《张诚》注。

4 〔薄游〕原指所任卑微的官职。谢灵运《初去郡》诗：“毕娶类尚子，薄游似邴生。”现活用，泛指短暂的旅游。

5 〔六河〕地名。在江苏省太仓县北七十里，亦作“陆河”，与常熟县接界。

6 〔临存〕此指到家看望的敬辞。

7 〔方直〕谓正直。

8 〔缠头者〕指嫖客，亦称“缠头客”。古代歌舞艺人表演时，以锦缠头，演毕，客以罗锦为赠，称“缠头”。唐杜甫《即事》诗：“笑时花近眼，舞罢锦缠头。”《太平御览》卷八一五引《唐书》：“旧俗，赏歌舞人，以锦彩置之头上，谓之‘缠头’。”后来，又作为赠送妓女财物的通称。

9 〔齿稚〕犹言年纪小。

10 〔酬应悉乖〕谓酬酢应答，都出差错。酬应，酬对应答。《宋书·刘穆之传》：“目览辞讼，手答笺书，耳行听受，口并酬应，不相参涉，皆悉赡举。”乖，违背。

11 〔冰斧〕谓媒人。冰，指冰人，亦为媒人之别称。《晋书·索紞传》：“孝廉令狐策，梦立冰上与冰下人语。紞曰：‘冰上为阳，冰下为阴，阴阳事也。士如归妻，迨冰未泮，婚姻事也。君在冰上与冰下人语，为阳语阴，媒介事也。君当为人作媒，冰泮而媒成。’”斧，《诗经·豳风·伐柯》：“伐柯如何？匪斧不克。取妻如何？匪媒不得。”

12 〔囊涩〕“阮囊羞涩”之缩语。《韵府群玉·阳韵》载：晋阮孚持一皂囊，游会稽。客问囊中何物，曰：“但有一钱守囊，恐其羞涩。”后谓手中匮乏曰“阮囊羞涩”或“囊涩”。

13 〔钱树子〕旧时妓院中鸨母把妓女看做摇钱树，故称。段安节《乐府杂录》：“许和子者，吉州永新县东家女也。既美且慧，善歌，能变新声。及卒，谓其母曰：‘阿母，钱树子倒矣。’”

14 〔烟花下流〕谓烟花女子，社会地位卑贱。烟花，指妓女。辛弃疾《眼儿媚》词：“烟花丛里不宜他，绝似好人家。”下流，指品行卑污。《文选·杨恽〈报孙会宗书〉》：“下流之人，众毁所归。”此处谓社会地位卑贱。

15 〔委风尘〕堕落于世之风尘之中，指沦为妓女。委，委身。《左传·成公二年》：“王使委于三吏。”风尘，风月之场。指以色相谋生的场所。宋吴曾《能改斋漫录·记诗》：“遇一妓，本良家子，失身于风尘，才色俱妙。”

16 〔谯鼓〕旧时城楼用以报时的鼓声。明叶宪祖《金翠寒衣记》第一折：“断送人谯鼓三更侧。”谯，谯楼，用以望远的城楼。

17 〔室对芙蓉〕意谓在家中面对美妻。芙蓉，荷花别名。《西京杂记》卷二：“文君姣好，眉色如望远山，脸际常若芙蓉。”后因以“芙蓉”喻美人。

18 〔家徒四壁〕形容家中一无所有，只有四边的墙壁。《史记·司马相如列传》：“相如乃与驰归成都，家居徒四壁立。”

19 〔与〕据手稿本改，原抄本作“分”。

20 〔披肩〕旧时服饰名。明刘若愚《酌中志·内臣佩服纪略》：“披肩，貂鼠制一圆圈，高六七寸不等，大如帽，两旁各制貂皮二长方，毛向里至耳，即用钩带斜挂于官帽之后山子上。”后来就泛指妇女披在肩上的服饰，也叫“云肩”。

21 〔不着犊鼻〕意为自己并不亲自操作。犊鼻，即“犊鼻裈”，详见卷二《田七郎》注。

22 〔从一者〕本指不嫁二夫之女。《周易·恒》：“妇人贞吉，从一而终也。”此指妓女从良，不再为妓女。

23 〔俵散客旅〕遣散众佣人。俵散，分散、解散。

24 〔育婴堂〕旧社会收养被遗弃婴儿的机构。

25 〔孔武有力〕非常勇猛有力。孔，甚、很。《尔雅·释言》：“孔，甚也。”《诗经·豳风·七月》：“我朱孔阳，为公子裳。”孔颖达疏：“云我朱之色甚明好矣。”

26 〔请间（jiàn 见）〕请找个无人的地方说话。间，通“閒”，私下，避人而语。《韩非子·说难》：“弥子瑕母病，人间往夜告弥子。”

27〔青楼〕指妓院。杜牧《遣怀》诗：“十年一觉扬州梦，赢得青楼薄幸名。”

28〔脚直供亿〕指运输费用与生活供给。脚直，即脚力钱。供亿，按需供给。《左传·隐公十一年》：“寡人唯是一二父兄，不能共亿，其敢以许自为功乎？”共，通“供”。

29〔汉上〕指汉江口。

30〔鸨（bǎo 保）〕鸨母。旧称妓女的养母为“鸨母”或“老鸨”，称妓女曰“鸨儿”。朱权《丹丘先生曲论》：“妓女之老者曰鸨。鸨似雁而大，无后趾，虎文；喜淫而无厌，诸鸟求之即就。”

31〔之死靡他〕至死不变心。语出《诗经·鄘风·柏舟》：“之死矢靡它。”

32〔唐君谓魏徵更饶娬（wǔ 武）媚〕唐君，指唐太宗李世民。《唐书·魏徵传》载：魏徵，唐初政治家，字玄成，馆陶（今属河北）人。少时孤贫落拓，出家为道人。隋末参加瓦岗起义军，李密败，降唐。太宗继位，擢谏议大夫。历任秘书监、侍中，参预朝政，封郑国公。有人褒贬魏徵行为疏慢，唐太宗却说：“我但觉妩媚。”妩媚，通“娬媚”。“更饶娬媚”，据手稿本改，原抄本为“饶更娬媚”。

酒虫

长山刘氏，体肥嗜饮，每独酌，辄尽一瓮。负郭田[1]三百亩，辄半种黍，而家豪富，不以饮为累也。一番僧[2]见之，谓其身有异疾[3]，刘答言："无。"僧曰："君饮尝不醉否？"曰："有之。"曰："此酒虫也。"刘愕然，便求医疗。曰："易耳。"问："需何药？"俱言不需，但令于日中俯卧，絷手足，去[4]首半尺许，置良酝一器。移时，燥渴，思饮为极，酒香入鼻，馋火上炽，而苦不得饮，忽觉咽中暴痒，哇有物出，直堕酒中。解缚视之，赤肉长三寸许，蠕动如游鱼，口眼悉备。刘惊谢，酬以金，不受，但乞其虫，问："将何用？"曰："此酒之精，瓮中贮水，入虫搅之，即成佳酿。"刘使试之，果然。刘自是恶酒如仇，体渐瘦，家亦日贫，后饮食至不能给。

异史氏曰："日尽一石，无损其富；不饮一斗，适以益贫：岂饮啄固有数[5]乎哉？或言：'虫是刘之福，非刘之病，僧愚之以成其术。'然乎否耶？"

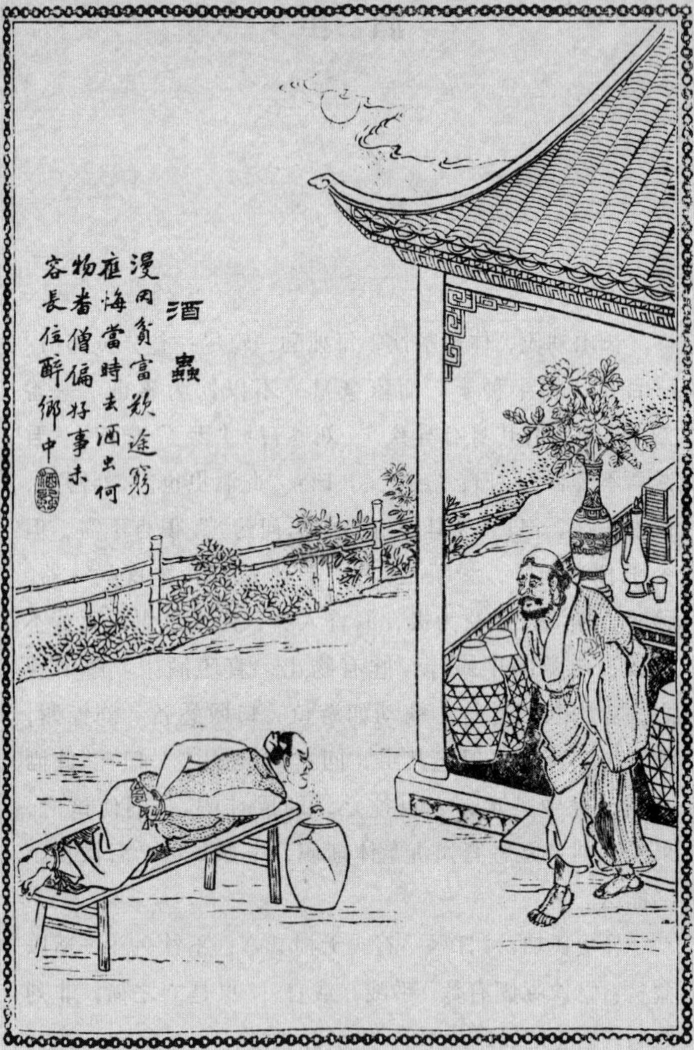

酒蟲
漫因貧富歎途窮
雅悔當時去酒出何
物者僧偏好事未
容長住醉鄉中

校注

1 〔负郭田〕谓靠近城郭的田地。《史记·苏秦列传》:“且使我有雒阳负郭田二顷，吾岂能佩六国相印乎?”负，依。郭，外城。

2 〔番僧〕谓西域来的和尚。旧时中国，对外国及边境少数民族，皆称为番。

3 〔异疾〕谓怪病。

4 〔去〕离。

5 〔饮啄固有数〕谓人一生的享用，皆有定数。饮啄，本指鸟类饮食，后泛指人的饮食。《庄子·养生主》:“泽雉十步一啄，百步一饮，不蕲畜乎樊中。”

木雕人

商人白有功言："在泺口[1]河上，见一人荷竹簏，牵巨犬二。于簏中出木雕美人，高尺余，手目转动，艳妆如生。又以小锦鞯[2]被犬身，便令跨坐，安置已，叱犬疾奔。美人自起，学解马[3]作诸剧，镫而腹藏，腰而尾赘[4]，跪拜起立，灵变不讹。又作昭君出塞[5]，别取一木雕儿，插雉尾[6]，披羊裘，跨犬从之。昭君频频回顾，羊裘儿扬鞭追逐，真如生者。"

校注

1 〔泺（luò 洛）口〕市镇名。在今济南市北郊。原泺水注入古济水处。

2 〔锦鞯〕绣有彩色花纹的鞍鞯。鞯，马鞍垫子。

3 〔解（xiè 械）马〕即马戏。俗称演马戏的为"跑马卖解"。解马，即所谓马术中的一种表演技能，亦称"马解"。清方以智《通雅》卷三五："解数者，马之解，方驰忽跃而立焉，倒卓焉，跃而左右焉，擿鞭忽下拾而登焉，镫而腹藏焉，鞦而尾赘焉。"

4 〔镫而腹藏，腰而尾赘〕刘侗《帝京景物略》五："马之解……掷鞭忽下，拾而登焉，镫而腹藏焉，鞦而尾赘焉。"又宋孟元老《东京梦华录》七："诸班直常入只候子弟所呈马骑……又存身卷曲在鞍一边，谓之'镫里藏身'……或用手握定镫袴，以身从后鞦来往，谓之'跳马'。"按："镫而腹藏"即"镫里藏身"，"鞦而尾赘"即"跳马"。镫与鞦对文，皆马具。

5 〔昭君出塞〕王嫱，字昭君，西汉南郡秭归（今湖北省秭归县）人。汉元帝宫人。竟宁元年（前33）匈奴呼韩邪单于入朝求和亲，昭君自愿请行，入匈奴，称宁胡阏氏，今内蒙古呼和浩特市南有昭君墓。昭君出塞的故事，在我国民间流传甚广。

6 〔雉尾〕野鸡尾部的翎羽，可作帽饰，戏剧中武将顶帽尤多用之。

封三娘

范十一娘，𪊲城祭酒[1]之女，少艳美，骚雅尤绝[2]。父母钟爱之，求聘者辄令自择，女恒少所可。会上元日[3]，水月寺中诸尼作“盂兰盆会”[4]。是日游女如云，女亦诣之。方随喜[5]间，一女子步趋相从，屡望颜色，似欲有言，审视之，二八绝代姝也。悦而好之，转目盼注[6]，女子微笑曰：“姊非范十一娘乎？”答曰：“然。”女子曰：“久闻芳名，人言果不虚谬。”十一娘亦审里居，女笑言：“妾封氏，第三，近在邻村。”把臂欢笑，词致[7]温婉，于是大相爱悦，依恋不舍。十一娘问：“何无伴侣？”曰：“父母早世，家中止一老妪，留守门户，故不得来。”十一娘将归，封凝眸欲涕，十一娘亦惘然，遂邀过从。封曰：“娘子朱门绣户[8]，妾素无葭莩亲，虑致讥嫌。”十一娘固邀之，答：“俟异日。”十一娘乃脱金钗一股赠之，封亦摘髻上绿簪为报。

十一娘既归，倾想殊切，出所赠簪，非金非玉，家人都不之识，甚异之。日望其来，怅然遂病。父母讯得故，使人于近村谘访，并无知者。时值重九[9]，十一娘羸顿[10]无聊，倩侍儿[11]强扶窥园，设褥东篱[12]下，忽一女子攀垣来窥，觇之，则封女也。呼曰："接我以力？"侍儿从之，蓦然遂下。十一娘惊喜，顿起，曳坐褥间，责其负约，且问所来，答云："妾家去此尚远，时来舅家作耍，前言近村者，缘舅家耳。别后悬思颇苦，然贫贱者与贵人交，足未登门，先怀惭怍，恐为婢仆下眼觑[13]，是以不果来。适经墙外过，闻女子语，便一攀望，异是小姐，今果如愿。"十一娘因述病源，封泣下如雨，因曰："妾来当须秘密。造言生事者，飞短流长[14]，所不堪受。"十一娘诺，偕归同榻，快与倾怀，病寻愈。订为姊妹，衣服履舄[15]，辄互易着。见人来，则隐匿夹幕间。积五六月，公及夫人颇闻之。一日，两人方对弈，夫人掩入。谛视，惊曰："真吾儿友也！"因谓十一娘："闺中有良友，我两人所欢，胡不早白？"十一娘因达封意。夫人顾谓三娘曰："伴吾儿，极所忻慰，何昧之？"封羞晕满颊，默然拈带而已。夫人去，封乃告别，十一娘苦留之，乃止。一夕，自门外匆皇奔入，泣曰："我固谓不可留，今果遭此大辱！"惊问之，曰："适出更衣[16]，一少年丈夫，横来相干，幸而得逃。如此，复何面目！"十一娘细诘形貌，谢曰："勿须怪，此妾痴兄。会告夫人，杖责之。"封坚辞欲去，十一娘请待天曙，封曰："舅家咫尺，但须以梯度我过墙耳。"十一娘知不可留，使两婢逾垣送之，行半里许，

封三孃
悔被情丝一縷
牽鳳釵鴂眙
太纏綿豈知色
戒無端破不淺
飛昇第一天
封三孃

辞谢自去。婢返，十一娘伏床悲惋，如失伉俪。

后数月，婢以故至东村，暮归，遇封女从老妪来，婢喜，拜问，封亦恻恻，讯十一娘兴居[17]，婢捉袂曰："三姑过我，我家姑姑盼欲死！"封曰："我亦思之，但不乐使家人知。归启园门，我自至。"婢归告十一娘，十一娘喜，从其言，则封已在园中矣。相见，各道间阔，绵绵不寐。视婢子眠熟，乃起，移与十一娘同枕，私语曰："妾固知娘子未字。以才色门第[18]，何患无贵介婿，然纨裤儿[19]敖不足数。如欲得佳偶，请无以贫富论。"十一娘然之。封曰："旧年邂逅处，今复作道场，明日再烦一往，当令见一如意郎君，妾少读相人书[20]，颇不参差。"昧爽，封即去，约俟兰若。十一娘果往，封已先在。眺览一周，十一娘便邀同车，携手出门，见一秀才，年可十七八，布袍不饰，而容仪俊伟，封潜指曰："此翰苑才[21]也。"十一娘略睨之，封别曰："娘子先归，我即继至。"入暮，果至，曰："我适物色甚详，其人即同里孟安仁也。"十一娘知其贫，不以为可，封曰："娘子何堕世情哉！此人苟长贫贱者，余当抉眸子，不复相天下士矣。"十一娘曰："且为奈何？"曰："愿得一物，持与订盟。"十一娘曰："姊何草草？父母在，不遂如何？"封曰："妾此为，正恐其不遂耳。志若坚，生死何可夺也？"十一娘必不可，封曰："娘子姻缘已动，而魔劫[22]未消，所以故，来报前好耳。请即别，即以所赠金凤钗，矫命[23]赠之。"十一娘方谋更商，封已出门去。

时孟生贫而多才，意将择耦，故十八犹未聘也。是日，忽睹两艳，归涉冥想。一更向尽，封三娘款门而入，烛之，识为日中所见，喜致诘问，曰："妾封氏，范十一娘之女伴也。"生大悦，不暇细审，遽前拥抱，封拒曰："妾非毛遂[24]，乃曹丘生[25]。十一娘愿缔永好，请倩冰[26]也。"生愕然不信，封乃以钗示生，生喜不自已，矢曰："劳眷注如此，仆不得十一娘，宁终鳏耳。"封遂去。生诘旦浼邻媪诣范夫人，夫人贫之，竟不商女，立便却去。十一娘知之，心失所望，深怨封之误己也，而金钗难返，只须以死矢之。又数日，有某绅为子求婚，恐不谐，浼邑宰作伐。时某方居权要，范公心畏之，以问十一娘，十一娘不乐。母诘之，默默不言，但有涕泪，使人潜告夫人，非孟生不嫁。公闻，益怒，竟许某绅家，且疑十一娘有私意于生，遂涓吉[27]速成礼。十一娘忿不食，日惟耽卧。至亲迎之前夕，忽起，揽镜自妆，夫人窃喜。俄侍女奔白："小姐自经死！"举家惊涕，痛悔无所复及，三日遂葬。孟生自邻媪反命，愤恨欲绝，然遥遥探访，妄冀复挽，察知佳人有主，忿火中烧，万虑俱断矣。未几，闻玉葬香埋[28]，惝然[29]悲丧，恨不从丽人俱死。向晚出门，意将乘昏夜一哭十一娘之墓。欻有一人来，近之，则封三娘，向生曰："喜姻好可就矣。"生泫然曰："卿不知十一娘亡耶？"封曰："我所谓就者，正以其亡耳。可急唤家人发冢，我有异药，能令苏。”生从之，发墓破棺，复掩其穴。生自负尸，与三娘俱归，置榻上，投以药，逾时而苏。顾见三娘，问：“此何所？”封指生曰：“此孟安仁也。”因告以故，始如梦醒。封惧漏泄，相将[30]去五十里，避匿山村。封欲辞去，十一娘泣留作伴，使别院居，因货殉葬之饰，用为资度，亦称小有。封每遇生来，辄去避，十一娘从容曰：“吾姊妹骨肉不啻也，然终无百年聚，计不如效英、皇[31]。”封曰：“妾少得异诀[32]，吐纳[33]可以长生，故不愿嫁耳。”十一娘笑曰：“世传养生术，汗牛充栋[34]，行而效者谁也？”封曰：“妾所得非人世所知。世传并非真诀，惟华佗五禽图[35]差为不妄。凡修炼家，无非欲血气流通耳，若得厄逆症[36]，作虎形立止，非其验耶？”

十一娘阴与生谋，使伪为出者，入夜，强劝以酒，既醉，生潜入污之。三娘醒曰：“妹子害我矣！倘色戒不破，道成当升第一天[37]。今堕奸谋，命耳！”乃起告辞。十一娘告以诚意而哀谢之。封曰：“实相告，我乃狐也。缘瞻丽容，忽生爱慕，如茧自缠，遂有今日。此乃情魔之劫，非关人力，再留，则魔更生，无底止矣。娘子福泽正远，珍重自爱。”言已而逝。夫妻惊叹久之。逾年，生乡、会果捷[38]，官翰林。投刺谒范公，公愧悔不见，固请之，乃见。生入，执子婿礼，伏拜甚恭，公愧怒，疑生儇薄。生请间，具道情事。公不深信，使人探诸其家，方大惊喜，阴戒勿宣，惧有祸变。又二年，某绅以关节[39]发觉，父子充辽海军[40]。十一娘始归宁焉。

校注

1 〔曨城祭酒〕曨城，疑为鹿城。鹿城，春秋时陈地，称鸣鹿，隋开皇十八年（598）置鹿邑县，取鹿城地为名。历代沿置。该县在河南东部。祭酒，官名，汉代有博士祭酒；明清指国子监祭酒，为国子监的主管官。

2 〔骚雅尤绝〕谓诗词尤工。骚，指《离骚》。雅，指《诗经》的《大雅》、《小雅》。此处泛指诗词。杜甫《陈拾遗故宅》："有才继骚雅，哲匠不比肩。"

3 〔上元日〕指农历正月十五日。据下文所言"水月寺中诸尼，作'盂兰盆会'"，此"上元日"，当为"中元节"。因《盂兰盆经》载，"盂兰盆会"是在七月十五日"中元节"。

4 〔盂兰盆会〕佛教指在盂兰节所举行的法会。唐孙思邈《千金月令》："七月十五日，营盆供寺为盂兰会。"清富察敦崇《燕京岁时记·盂兰会》："中元日各寺院设盂兰会，燃灯唪经，以度幽冥之沉沦者。"盂兰，梵语意译为救倒悬。盆，食器。

5 〔随喜〕佛教称游览佛寺为随喜。详见卷一《画壁》注。

6 〔转目盼注〕转眼细看。目，手稿本、铸雪斋本作"用"字，疑误。原抄本与二十四卷本为"目"字。

7 〔词致〕指说话时的情态。

8 〔绣户〕女子居室。鲍照《拟行路难》诗："璇闺玉墀上椒阁，文聪绣户垂罗幕。"

9　〔重（chóng 虫）九〕指农历九月九日“重阳节”。陶潜《九日闲居诗序》：“余闲居爱重九之名，秋菊盈园，而持醪靡由。”

10　〔羸顿〕疲惫，困顿。柳宗元《谢李中丞安抚崔简戚属启》：“得罪之日，百口熬然，叫号羸顿，不知所处。”

11　〔倩侍儿〕让婢女。《史记·袁盎晁错列传》：“有从史尝盗袁盎侍儿，盎知之，弗泄，遇之如故。”窥园：游园。

12　〔东篱〕此指代种植菊花之地。陶渊明《饮酒诗》之五：“采菊东篱下，悠然见南山。”

13　〔下眼觑（qù 去）〕轻视，瞧不起。

14　〔飞短流长〕指流言蜚语，说长道短。

15　〔履舄（xì 细）〕鞋。单底为履，衬以木底为舄。

16　〔更衣〕古时大小便的婉辞。汉王充《论衡·四讳》：“夫更衣之室，可谓臭矣；鲍鱼之肉，可谓腐矣。”

17　〔兴居〕犹言起居，日常生活。《抱朴子·极言》：“是以善摄生者，卧起有四时之早晚，兴居有至和之常例。”

18　〔门第〕旧指家庭在社会上的地位等级和家庭成员的文化素质。《魏书·世宗纪》：“而中正所铨，但存门第，吏部彝伦，仍不才举。”“第”，原抄本、铸雪斋本、二十四卷本同，手稿本作“地”。

19　〔纨裤儿〕指富贵家子弟。详见卷二《青梅》注。

20　〔相（xiàng 象）人书〕指观察人的五官相貌而推测人生祸福命运的书。

21　〔翰苑才〕谓具备担任翰林院官员的才干。白居易《酬卢秘书二十韵》：“谬历文场选，渐非翰苑才。”

22　〔魔劫〕佛教语，亦称“魔障”，指妨碍修行的障碍和波折。魔，佛教谓妨碍修行，破坏佛法的邪恶之神。此谓命中注定的灾难。

23　〔矫命〕假托他人之命令。详见卷二《连城》注。

24　〔毛遂〕战国赵平原君的食客。秦攻赵，赵使平原君求救于楚。门下有毛遂者，请偕往。平原君曰：先生处胜之门下三年，胜未有所闻，是先生无所有也。毛遂曰：“臣乃今日请处囊中耳。使遂早得处囊中，乃颖脱而出，非特其末见而已。”平原君竟与毛遂偕。既至楚，毛遂按剑迫楚王，说以利害，定从约归。见《史记·平原君虞卿列传》。后遂称自我荐举为“毛遂自荐”。

25〔曹丘生〕指代荐举人或介绍人。典出《史记·季布栾布列传》。详见卷一《娇娜》注。

26〔倩冰〕请托媒人。

27〔涓吉〕指选定良辰吉日。

28〔玉葬香埋〕犹言“香消玉殒”，喻美人死亡。宋周越《法书苑》引《玉溪编事》：“王蜀时，秦州节度使王承俭筑城，获瓦棺，中有石刻，曰：‘隋开皇二年渭州刺史张崇妻王氏铭。’有云‘深深葬玉，郁郁埋香’之语。”

29〔懎（sè 色）然〕愤恨的样子。

30〔相将〕相伴，相送。将，扶助。

31〔英、皇〕指女英、娥皇皆为尧之女儿，嫁于舜。此指同嫁孟生。详见卷三《陈云栖》注。

32〔异诀〕指不同寻常的秘诀。

33〔吐纳〕即道家之“吐故纳新”之省语。详见卷一《灵官》注。

34〔汗牛充栋〕形容书籍之多，搬运时累得牛马出汗，收藏时塞满屋子。柳宗元《唐故给事中皇太子侍读陆文通先生墓表》：“其为书，处则充栋宇，出则汗牛马。”

35〔华佗五禽图〕华佗，东汉末名医，字元化，沛国谯人。精内、外、妇、儿、针灸各科，外科尤为擅长，所著医书已佚，现存《中藏经》，为后人托名之作。五禽图，华佗所创的一种体育疗法。其法仿效动物姿态，展手伸足，俯身仰首，得以加速血液循环。《后汉书·华佗传》：“吾有一术，名五禽之戏：一曰虎，二曰鹿，三曰熊，四曰猿，五曰鸟。亦以除疾，并利蹄足，以当导引。体有不快，起作一禽之戏，怡而汗出，因以著粉，身体便而欲食。”

36 〔厄逆症〕厄，同“呃”。其病症状，气上逆，不断打呃。

37 〔升第一天〕谓可达到道家所修持的最高峰。道家称神仙所居之处为天，天共三十六。

38 〔乡、会果捷〕意谓考中乡试与会试，即考中举人与进士。

39 〔关节〕暗中行贿，托人说情，称“通关节”。关节者，谓可以发生转机的关键之处。

40 〔辽海军〕明代卫名。洪武二十三年（1390）在牛家庄（今辽宁海城县牛庄）置，属辽东都指挥使司。洪武二十六年（1393）移三卫城（今辽宁开原）。

布客

长清[1]某，贩布为业，客于泰安[2]，闻有术人工星命之学[3]，诣问休咎，术人推之曰："运数大恶，可速归。"某惧，囊资北下，途中遇一短衣人，似是隶胥，渐渍[4]与语，遂相知悦。屡市餐饮，呼与共啜，短衣人甚德之。某问所营干[5]，答言："将适长清，有所勾致[6]。"问为何人，短衣人出牒，示令自审，第一即己姓名，骇曰："何事见勾？"短衣人曰："我非生人，乃蒿里山东四司隶役[7]。想子寿数尽矣。"某出涕求救，鬼曰："不能，然牒上名多，拘集尚需时日。子速归，处置后事，我最后相招，此即所以报交好耳。"

无何，至河际，断绝桥梁，行人艰涉，鬼曰："子行死矣，一文亦将不去。请即建桥，利行人，虽颇烦费，然于子未必无小益。"某然之。某归，告妻子作周身具[8]，克日鸠工[9]建桥。久之，鬼竟不至，心窃疑之。一日，鬼忽来曰："我已以建桥事上报城隍，转达冥司矣，谓此一节，可延寿命。今牒名已除，敬以报命。"某喜感谢。后再至泰山，不忘鬼德，敬赍楮锭[10]，呼名酹奠。既出，见短衣人匆遽而来曰："子几祸我！适司君方莅事，幸不闻之。不然，奈何！"送之数武，曰："后勿复来。倘有事北往，自当迂道过访。"遂别而去。

校注

1 〔长清〕隋置长清县，明清属山东济南府。今属山东济南市。

2 〔泰安〕州名。明朝和清初属济南府，雍正二年（1724）升为直隶州。今属山东省泰安市。

3 〔星命之学〕旧时术数家推算天星运数与人寿命运关系之学，称之"星命之学"。清周亮工《医学正言·序》："星命之学，不能舍五行生克，周天垣度，以为推测堪舆之术。"星命，谓术数家认为人的祸福寿夭，与天星的位置、运行有关，故据人的生辰年月，配以天干地支，合成八字，来推算命运，附会人事，称为"星命"。

4 〔渐渍（zì 字）〕浸润，感染。王充《论衡·率性》："教导以学，渐渍以德。"此处有逐渐之意。

5 〔营干〕办事。详见卷二《公孙九娘》注。

6 〔勾致〕拘捕。

7 〔"我非生人，乃蒿里山东四司隶役"句〕据手稿本改，原抄本为"我乃蒿里人，东四司隶役"。蒿里山：本名高里山，在泰安城西南三里。古时认为人死后魂魄聚居之所。迷信传说以为山上有十殿阎君，掌管人世间的生死祸福。《汉书·广陵厉王胥传》："蒿里召兮郭门阅，死不得取代庸，身自逝。"颜师古注："蒿里，死人里。"东四司：谓十殿阎君下属七十五司之一，疑为掌生死之司。

8 〔周身具〕指人死时所用棺椁等葬具。

9 〔克日鸠工〕谓定期聚集工人。克，通“刻”。鸠工，谓聚集工人。

10 〔敬赍（jī 鸡）楮锭〕赍，携带。楮锭，纸钱。楮，纸币。宋、元时发行的纸币，多用楮皮纸制成，故名。也叫“楮币”。此指旧时迷信为鬼神所焚化用的纸钱。明李昌祺《剪灯余话·两川都辖院志》：“牲牢酒楮，祭日无虚。”

农 人

有农人芸[1]于山下，妇以陶器为饷[2]，食已，置器垄畔。向暮视之，器中余粥尽空。如是者屡，心疑之，因睨注[3]以觇之。有狐来，探首器中，农人荷锄潜往，力击之。狐惊窜走，器囊头[4]，苦不得脱，狐颠蹶，触器碎落，出首，见农人，窜益急，越山而去。后数年，山南有贵家女，苦狐缠祟，敕勒[5]无灵。狐谓女曰："纸上符咒，能奈我何！"女绐之曰："汝道术良深，可幸永好。顾不知生平亦有所畏者否？"狐曰："我罔所怖。但十年前在北山时，尝窃食田畔，被一人戴阔笠，持曲项兵[6]，几为所戮，至今犹悸。"女告父。父思投其所畏，但不知姓名、居里，无从问讯。

会仆以故至山村，向人偶道，旁一人惊曰："此与曩年事适相符，将无向所逐狐，今能为怪耶？"仆异之，归告主人。主人喜，即命仆马招农人来，敬白所求，农人笑曰："曩所遇诚有之，顾未必即为此物。且既能怪变，岂复畏一农人？"贵家固强之，使披戴如尔日[7]状，入室以锄卓地[8]，咤曰：“我日觅汝不可得，汝乃逃匿在此耶！今相值，决杀不宥！”言已，即闻狐鸣于室。农人益作威怒，狐即哀言乞命。农人叱曰：“速去，释汝。”女见狐捧头鼠窜而去。自是遂安。

校注

1 〔芸（yún 云）〕通“耘”，除草。《论语·微子》：“植其杖而芸。”芸，据手稿本，原抄本为“耕”字。康熙抄本、铸雪斋抄本、二十四卷本皆与原抄本同，这说明此“芸”字，当为作者晚年重新誊录整理定稿时改的。

2 〔饷〕给在田间耕作的人送饭。《孟子·滕文公下》：“有童子以黍肉饷。”

3 〔睨（nì 腻）注〕指从旁注视。睨，斜视。

4 〔囊头〕指像布袋一样套在头上。

5 〔敕（chì 斥）勒〕驱鬼术。道士画符咒制鬼必书“敕令”二字，以约勒鬼神。详见卷一《焦螟》注。

6 〔曲项兵〕曲脖子兵器，此即指锄头。兵，兵器。

7 〔尔日〕那天。尔，那、其。

8 〔卓地〕用锄捣地。卓，直立，此作动词用。

章阿端

卫辉[1]戚生，少年蕴藉，有气敢任[2]。时大姓有巨第，白昼见鬼，死亡相继，愿以贱售。生廉其直，购居之。而第阔人稀，东院楼亭，蒿艾成材，亦姑废置。家人夜惊，辄相哗以鬼。两月余，丧一婢。无何，生妻以暮至楼亭，既归得疾，数日寻毙[3]。家人益惧，劝生他徙，生不听，而块然[4]无偶，憭栗[5]自伤，婢仆辈又时以怪异相聒。生怒，盛气襆被，独卧荒亭中，留烛以觇其异。

久之无他，亦竟睡去。忽有人以手探被，反复扪揣[6]，生醒视之，则一老大婢，挛耳蓬头[7]，臃肿无度。生知其鬼，捉臂推之，笑曰："尊范[8]不堪承教！"婢惭，敛手蹀躞而去。少顷，一女郎自西北隅出，神情婉妙，闯然[9]至灯下，怒骂："何处狂生，居然高卧！"生起笑曰："小生此间之第主，候卿讨房税耳。"遂起，裸而捉之，女急遁，生先趋西北隅，阻其归路，女既穷，便坐床上。近临之，对烛如仙，渐拥诸怀。女笑曰："狂生不畏鬼耶？将祸尔死！"生强解裙襦[10]，则亦不甚抗拒。已而自白："妾章氏，小字阿端，误适荡子，刚愎不仁[11]，横加折辱，愤悒夭逝，瘗此二十余年矣。此宅下皆坟冢也。”问：“老婢何人？”曰：“亦一故鬼，从妾服役。上有生人居，则鬼不安于夜室，适令驱君耳。”问：“扪挲何为？”笑曰：“此婢三十年未经人道，其情可悯，然亦太不自量[12]矣。要之，馁怯者，鬼益侮弄之；刚肠者，不敢犯也。”听邻钟响断，着衣下床，曰：“如不见猜，夜当复至。”

入夕，果至，绸缪益欢。生曰：“室人不幸殂谢，感悼不释于怀。卿能为我致之否？”女闻之益戚，曰：“妾死二十年，谁一致念忆者！君诚多情，妾当极力。然闻投生有地矣，不知尚在冥司否。”逾夕，告生曰：“娘子将生贵人家。以前生失环，挞婢，婢自缢死，此案未结，以故迟留。今尚寄药王[13]廊下，有监守者。妾使婢往行贿，或将来也。”生问：“卿何闲散？”曰：“凡枉死鬼不自投见，阎摩天子[14]不及知也。”二鼓向尽，老婢果引生妻而至，生执手大悲。妻含涕不能言。女别去，曰：“两人可话契阔[15]，另夜请相见也。”生慰问婢死事，妻曰：“无妨，行结矣。”上床偎抱，款若平生之欢，由此遂以为常。后五日，妻忽泣曰：“明日将赴山东，乖离苦长[16]，奈何！”生闻言，挥涕流离，哀不自胜。女劝曰：“妾有一策，可得暂聚。”共收涕询之。女请以钱纸十提[17]，焚南堂香树下，持贿押生者，俾缓时日，生从之。至夕，妻至，曰：“幸赖端娘，今得十日聚。”生喜，禁女勿去，留与连床，暮以暨晓，惟恐欢尽。过七八日，生以限期将满，夫妻终夜哭，问计于女，女曰：“势难再谋，然试为之，非冥资百万不可。”生焚之如数。女来，喜曰：“妾使人与押生者关说[18]，初甚难，既见多金，心始摇。今已以他鬼代生矣。”自此，白日亦不复去，令生塞户牖，灯烛不绝。

如是年余，女忽病，瞀闷懊憹[19]，恍惚如见鬼状，妻抚之曰：“此为鬼病。”生曰：“端娘已鬼，又何鬼之能病？”妻曰：“不然。人死为鬼，鬼死为聻[20]。鬼之畏聻，犹人之畏鬼也。”生欲为聘巫医，曰：“鬼何可以人疗？邻媪王氏，今行术于冥间，可往召之。然去此十余里，妾足弱不能行，烦君焚刍马[21]。”生从之。马方爇，即见婢女牵赤骝[22]，授绥[23]庭下，转瞬已杳。少间，与一老妪叠骑而来，絷马廊柱。妪入，切[24]女十指，既而端坐，首僩倲[25]作态，仆地移时，蹶而起曰：“我黑山大王也。娘子病大笃，幸遇小神，福泽不浅哉！此孽鬼为殃，不妨，不妨！但是病有瘳，须厚我供养，金百铤，钱百贯，盛筵一设，不得少缺。”妻一一嗷应[26]。妪又仆而苏，向病者呵叱，乃已。既而欲去，妻送诸庭外，赠之以马，欣然而去。入视女郎，似稍清醒。夫妻大悦，抚问之。女忽言曰：“妾恐不得再履人世矣。合目辄见冤鬼，命也！”因泣下。越宿，病益沉殆，曲体战栗，妄有所睹。拉生同卧，以首入怀，似畏扑捉，生一起，则惊叫不宁。如此六七日，夫妻无所为计。会生他出，半日而归，闻妻哭声，惊问，则端娘已毙床上，委蜕[27]犹存，启之，白骨俨然。生大恸，以生人礼葬于祖墓之侧。

一夜，妻梦中呜咽，摇而问之，答云："适梦端娘来，言其夫为聻鬼，怒其改节[28]泉下，衔恨索命去，乞我作道场[29]。"生早起，即将如教，妻止之曰："度鬼非君所可与力[30]也。"乃起去。逾刻而来，曰："余已命人邀僧侣，当先焚钱纸作用度。"生从之。日方落，僧众毕集，金铙法鼓，一如人世。妻每谓其聒耳，生殊不闻。道场既毕，妻又梦端娘来谢，言："冤已解矣，将生作城隍之女，烦为转致。"居三年。家人初闻而惧，久之渐习。生不在，则隔窗启禀。一夜，向生啼曰："前押生者，今情弊[31]漏泄，按责甚急，恐不能久聚矣。"数日，果疾，曰："情之所钟，本愿长死，不乐生也。今将永诀，得非数乎！"生皇遽求策，曰："是不可为也。"问："受责乎？"曰："薄有所责。然偷生之罪大，偷死之罪小。"言讫，不动。细审之，面庞形质，渐就澌灭矣。生每独宿亭中，冀有他遇，终亦寂然，人心遂安。

校注

1 〔卫辉〕明清府名。治所在今河南省汲县。

2　〔有气敢任〕谓有气节，敢做敢当。《史记·卫将军骠骑列传》："骠骑将军为人少言不泄，有气敢任。"

3　〔寻毙〕即死了。

4　〔块然〕孤独一身。块，孤独貌。

5　〔憭（liáo 辽）栗〕凄凉貌。《楚辞·宋玉〈九辩〉》："憭栗兮若在远行，登山临水兮送将归。"栗，通"慄"。

6　〔扪搎（sūn 孙）〕摸索。

7　〔挛耳蓬头〕耳朵卷曲，头发蓬乱。《文选·宋玉〈登徒子好色赋〉》："其妻蓬头挛耳，齞唇历齿。"挛，病也，卷曲不伸。

8　〔尊范〕尊容。尊，对人的敬称。范，模样。

9　〔闯然〕突然而出。《公羊传·哀公六年》："开之则闯然公子阳生也。"

10　〔襦（rú 儒）〕短衣，短袄。《说文·衣部》："襦，短衣也。"《左传·昭公二十五年》："鸜鹆跦跦，公在乾侯，征褰与襦。"

11　〔刚愎（bì 闭）不仁〕谓傲慢专横，不行仁爱之心。《左传·宣公十二年》："其佐先縠，刚愎不仁，未肯用命。"

12　〔量〕据手稿本，原抄本作"谅"。

13　〔药王〕世传以神农尝百草，首创医药，奉为药王；佛教中有药王菩萨，言其施良药治除众生身心两种病苦。

14　〔阎摩天子〕即阎罗王，又称"阎罗"、"阎王"。

15　〔契阔〕离合，聚散。《诗经·邶风·击鼓》："死生契阔，与子成说。"后多指离散。

16　〔乖离苦长〕谓长期别离之苦。《宣室志·郑德懋》："欢会尚浅，乖离苦长。"

17　〔十提〕十串。提，量词，指提着的东西，其数量没有确数。民间迷信送鬼神之纸钱，一串叫一提。《管子·山权数》："君请起十乘之使，百金之提。"

18　〔关说〕指通关节，游说人情。

19　〔瞀（mào 冒）闷懊憹（náo 挠）〕谓病者神志昏迷，视物不清，心中烦乱。《素问·六元正纪大论》："目赤心热，甚则瞀闷懊憹。"瞀，眼睛昏花。《玉篇·目部》："瞀，目不明貌。"

20 〔聻（jiàn 渐，旧读 jí 吉）〕迷信传说称鬼死为聻。《五音集韵·旨韵》："聻：人死作鬼，人见惧之；鬼死作聻，鬼见怕之。"唐段成式《酉阳杂俎·贬误》："俗好于门上画虎头，书聻字。谓阴刀鬼名，可息疫疠也。"

21 〔刍马〕用草扎的纸马。刍，喂牲畜的草。《诗经·小雅·白驹》："生刍一束，其人如玉。"

22 〔赤骝〕黑尾的枣红马。骝，黑鬣黑尾的红马。

23 〔授绥〕授予挽以上马的缰绳。绥，本指上车时挽手的绳索。《礼记·檀弓上》："鲁庄公及宋人战于乘丘，县贲父御，卜国为右，马惊败绩，公队（坠），佐车授绥。"此处活用为缰绳。

24 〔切〕按、摸。中医称之诊脉。中医诊断病之四大法：望、闻、问、切。切为其一。

25 〔僪倈（shǔsù 蜀肃）〕动貌。《集韵》："僪倈，头动也。"

26 〔噭（jiào 叫）应〕高声急促答应。《礼记·曲礼上》："毋侧听，毋噭应。"孔颖达疏："噭，谓声响高急。"

27 〔委蜕（tuì 退）〕谓虫类蛹化后所解蜕之壳。《庄子·知北游》："孙子非汝有，是天地之委蜕也。"此指遗留之迹。委，弃。

28 〔改节〕谓不守妇道之节。节，节操。

29 〔道场〕此指佛教为超度亡灵所举行的法会。详见卷二《李伯言》注。

30 〔与力〕为力。与，帮助、援助。《战国策·秦策一》："楚攻魏。张仪谓秦王曰：'不如与魏以劲之。'"高诱注："与，犹助也。"

31 〔情弊〕谓受贿舞弊的情况。宋苏轼《应诏论四事状》："右所有四事，伏望圣慈特察臣孤忠，志在爱君，别无情弊。"

餺飥媪

韩生居别墅半载，腊尽[1]始返。一夜，妻方卧，闻人行声，视之，炉中煤火，炽耀甚明。见一媪，可八九十岁，鸡皮[2]橐背，衰发可数。向女曰："食餺飥[3]否？"女惧，不敢应。媪遂以铁箸拨火，加釜其上，又注以水。俄闻汤沸，媪撩襟启腰橐，出餺飥数十枚，投汤中，历历有声，自言曰："待寻箸来。"遂出门去。女乘媪去，急起捉釜倾簀[4]后，蒙被而卧。少刻，媪至，逼问釜汤所在，女大惧而号。家人尽醒，媪始去。启簀照视，则土鳖虫数十，堆累其中。

校注

1　〔腊尽〕谓年终。俗称农历十二月为腊月。

2　〔鸡皮〕形容老人皮肤发皱起折。《唐诗纪事·梁锽〈咏木老人〉》:“刻木丝作老翁，鸡皮鹤发与真同。”橐背，即驼背。橐，即骆驼。

3 〔餺飥（bótuō 博拖）〕一种汤煮的面食，即“汤饼”，亦叫“不托”。宋欧阳修《归田录》二:“汤饼，唐人谓之不托，今俗称之餺飥矣。”北魏贾思勰《齐民要术》卷九《饼法》八十二:“餺飥，挪如大指许，二寸一断，著水盆中浸，宜以手向盆旁挪使极薄，皆急火逐沸熟煮，非直光白可爱，亦自滑美殊常。”

4 〔簀（zé 责）〕竹席。《礼记·檀弓上》:“华而惋，大夫之簀与？”

金永年

利津[1]金永年，八十二岁无子，媪已七十八岁，自分[2]绝望。忽梦神告曰："本应绝嗣，念汝贸贩平准[3]，予一子。"醒以告媪。媪曰："此真妄想。两人皆将就木[4]，何由生子？"无何，媪腹震动，十月竟举一男。

校注

1 〔利津〕县名。今山东省利津县。
2 〔自分（fèn 奋）〕自己料到。详见卷一《婴宁》注。
3 〔平准〕价格公平，斤两准确。
4 〔就木〕本谓进入棺材，此指死亡。详见卷二《鲁公女》注。

花姑子

安幼舆，陕之拔贡[1]。生为人挥霍好义，喜放生，见猎者获禽，辄不惜重直买释之。会舅家丧葬，往助执绋[2]。暮归，路经华岳[3]，迷窜山谷中，心大恐。一矢之外，忽见灯火，趋投之。数武中，欻见一叟，伛偻曳杖，斜径疾行。安停足，方欲致问，叟先诘谁何，安以迷途告，且言灯火处必是山村，将以投止。叟曰："此非安乐乡。幸老夫来，可从去，茅庐可以下榻[4]。"安大悦，从行里许，睹小村，叟扣荆扉，一妪出，启关曰："郎子来耶？"叟曰："诺。"既入，则舍宇湫隘[5]。叟挑灯促坐，便命随事具食[6]。又谓妪曰："此非他，是吾恩主。婆子不能行走，可唤花姑子来酾酒。"俄女郎以馔具入，立叟侧，秋波斜盼。安视之，芳容韶齿[7]，殆类天仙。叟顾令煨酒[8]。房西隅有煤炉，女即入房拨火。安问："此公何人？"答云："老夫章姓。七十年止有此女。田家少婢仆，以君非他人，遂敢出妻见子[9]，幸勿哂也。"安问："婿家何里？"答言："尚未。"安赞其惠丽，称不容口[10]。叟方谦挹[11]，忽闻女郎惊号，叟奔入，则酒沸火腾。叟乃救止，诃曰：“老大婢，濡猛[12]不知耶！”回首，见炉旁有蒻心[13]插紫姑未竟，又诃曰：“发蓬蓬许，裁如婴儿！”持向安曰：“贪此生涯，致酒腾沸。蒙君子奖誉，岂不羞死！”安审谛之，眉目袍服，制甚精工，赞曰：“虽近儿戏，亦见慧心。”斟酌移时，女频来行酒，嫣然含笑，殊不羞涩。安注目情动，忽闻妪呼，叟便去。安觑无人，谓女曰：“睹仙容，使我魂失。欲通媒妁，恐其不遂，奈何？”女把壶向火，默若不闻，屡问不对。生渐入室，女起，厉色曰：“狂郎入闼[14]，将何为！”生长跽哀之。女夺门欲去，安暴起要遮，狎接臄曬[15]。女颤声疾呼，叟忽遽入问，安释手而出，殊切愧惧。女从容向父曰：“酒复涌沸，非郎君来，壶子融化矣。”安闻女言，心始安妥，益德之，魂魄颠倒，丧所怀来[16]。于是伪醉离席，女亦遂去。叟设茵褥，阖扉乃出。安不寐，未曙，呼别。至家，即浼交好者造庐求聘，终日而返，竟莫得其居里。安遂命仆马，寻途自往，至则绝壁巉岩，竟无村落，访诸近里，此姓绝少，失望而归，并忘食寝。由此得昏瞀[17]之疾：强啖汤粥，则唾嗒[18]欲吐；溃乱中，辄呼花姑子。家人不解，但终夜环伺之，气势阽危[19]。

一夜，守者困怠并寐，生朦胧中，觉有人揣而抗之[20]，略开眸，则花姑子立床下，不觉神气清醒，熟视女郎，潸潸涕堕。女倾头笑曰：“痴郎何至此耶？”乃登榻，坐安股，以两手为按太阳穴，安觉脑麝奇香，穿鼻沁骨。按数刻，忽觉汗满天庭[21]，渐达肢体。小语曰："室中多人，我不便住。三日当复相望。"又于绣袪[22]中出数蒸饼置床头，悄然遂去。安至中夜，汗已思食，扪饼啖之，不知所苞何料，甘美非常，遂尽三枚。又以衣覆余饼，懵腾[23]酣睡，辰分始醒，如释重负。三日，饼尽，精神倍爽。乃遣散家人。又虑女来不得其门而入，潜出斋庭，悉脱扃键。未几，女果至，笑曰："痴郎子！不谢巫[24]耶？"安喜极，抱与绸缪，恩爱甚至。已而曰："妾冒险蒙垢，所以故，来报重恩耳。实不能永谐琴瑟，幸早别图。"安默默良久，乃问曰："素昧生平，何处与卿家有旧？实所不忆。"女不言，但云："君自思之。"生固求永好。女曰："屡屡夜奔，固不可；常谐伉俪，亦不能。"安闻言，悒悒而悲，女曰："必欲相谐，明宵请临妾家。"安乃收悲以忻，问曰："道路辽远，卿纤纤之步，何遂能来？"曰："妾固未归。东头聋媪我姨行，为君故，淹留至今，家中恐所疑怪。"安与同衾，但觉气息肌肤，无处不香，问曰："熏何芗泽[25]，致侵肌骨？"女曰："妾生来便尔，非由熏饰。"安益奇之。女早起言别，安虑迷途，女约相候于路。安抵暮驰去。女果伺待，偕至旧所。叟媪欢逆，酒肴无佳品，杂具藜藿。既而请客安寝，女子殊不瞻顾，颇涉疑念。更既深，女始至，曰："父母絮絮不寝，致劳久待。"浃洽终夜，谓安曰："此宵之会，乃百年之别。"安惊问之，答曰："父以小村孤寂，故将远徙。与君好合，尽此夜耳。"安不忍释，俯仰悲怆，依恋之间，夜色渐曙。叟忽闯然入，骂曰："婢子玷我清门，使人愧怍欲死！"女失色，草草奔去，叟亦出，且行且詈。安惊孱遻怯[26]，无以自容，潜奔而归。

数日徘徊，心景殆不可过。因思夜往，逾墙以观其便，叟固言有恩，即令事泄，当无大谴。遂乘夜窜往，蹀躞山中，迷闷不知所往，大惧。方觅归途，见谷中隐有舍宇，喜诣之，则闬闳高壮，似是世家，重门[27]尚未扃也。安向门者讯章氏之居，有青衣人出，问："昏夜何人询章氏？"安曰："是吾亲好，偶迷居向。"青衣曰："男子无问章也，此是渠妗家，花姑即今在此，容传白之。"入未几，即出邀安，才登廊舍，花姑趋出迎，谓青衣曰："安郎奔波中夜，想已困殆，可伺床寝。"少间，携手入帏，安问："妗家何别无人？"女曰："妗他出，留妾代守，幸与郎遇，岂非夙因？"然偎傍之际，觉甚膻腥，心疑有异。女抱安颈，遽以舌舐鼻孔，彻脑如刺，安骇绝，急欲逃脱，而身若巨绠之缚，少时，闷然不觉矣。

安不归，家中逐者穷人迹。或言暮遇于山径者，家人入山，则见裸死危崖下，惊怪莫察其由，舁归。众方聚哭，一女郎来吊，自门外嗷啕[28]而入，抚尸捺鼻，涕洟[29]其中，呼曰："天乎，天乎！何愚冥至此！"痛哭声嘶，移时乃已，告家人曰："停以七日，勿殓也。"众不知何人，方将启问，女傲不为礼，含涕径出，留不顾。尾其后，转眸已渺。群疑为神，谨遵所教。夜又来，哭如昨。至七夜，安忽苏，反侧以呻，家人尽骇。女子入，相向呜咽。安举手，挥众令去。女出青草一束，燂汤升许，即床头进之，顷刻能言，叹曰："再杀之惟卿，再生之亦惟卿矣！"因述所遇。女曰："此蛇精冒妾也。前迷道时，所见灯光，即是物也。"安曰："卿何能起死人而肉白骨[30]也？勿乃仙乎？"曰："久欲言之，恐致惊怪。君五年前，曾于华山道上买猎獐而放[31]之否？"曰："然，其有之。"曰："是即妾父也。前言大德，盖以此故。君前日已生西村王主政[32]家，妾与父讼诸阎摩王，阎摩王弗善也。父愿坏道代郎死，哀之七日，始得当。今之邂逅，幸耳。然君虽生，必且痿痹不仁[33]，得蛇血合酒饮之，病乃除。"生衔恨切齿，而虑其无术可以擒之，女曰："不难。但多残生命，累我百年不得飞升。其穴在老崖中，可于晡时聚茅焚之，外以强弩戒备，妖物可得。"言已，别曰："妾不能终事，实所哀惨。然为君故，业行[34]已损其七，幸悯宥也。月来觉腹中微动，恐是孽根，男与女，岁后当相寄耳。"流涕而去。

安经宿，觉腰下尽死，爬抓无所痛痒，乃以女言告家人。家人往，如其言，炽火穴中，有巨白蛇冲焰而出，数弩齐发，射杀之。火熄入洞，蛇大小数百头，皆焦臭[35]。

家人归，以蛇血进，安服三日，两股渐能转侧，半年始起。后独行谷中，遇老媪以绷席抱婴儿授之，曰："吾女致意郎君。"方欲问讯，瞥不复见，启襁视之，男也。抱归，竟不复娶。

异史氏曰："人之所以异于禽兽者，几希[36]，此非定论也。蒙恩衔结[37]，至于没齿[38]，则人有惭于禽兽者矣。至于花姑，始而寄慧于憨，终而寄情于恝[39]，乃知憨者慧之极，恝者情之至也。仙乎，仙乎！"

校注

1 〔拔贡〕明代称为"选贡"。明朝弘治中，行选贡之法，不分廪膳、增广生员，通行考选，其学行兼优年富力强者，选送充贡。清代沿袭明制，由各省学政于府、州、县学廪生中，选拔文行俱优者，贡入国子监，称为拔贡生。拔贡生先赴会考，择优者再赴朝考。入选一等者任七品京官，二等任知县，三等任教职，更下者罢归。见《明史·选举志一》、《清史稿·选举志一》。

2 〔执绋（fú扶）〕谓送葬。绋，牵引灵车的绳索。《礼记·曲礼上》："助葬必执绋。"绋，据手稿本，原抄本作"拂"。

3 〔华岳〕即西岳华山。

4 〔下榻〕即"下陈蕃之榻"的省称，此指接待客人。详见卷二《翩翩》注。

5 〔湫隘〕低湿狭窄。《左传·昭公三年》："景公欲更晏子之宅，曰：‘子之宅近市，湫隘嚣尘，不可以居，请更诸爽垲者。’”

6 〔随事具食〕谓根据现有的条件准备食菜。具食，准备饭食。

7 〔韶齿〕即“韶颜稚齿”之缩语，谓年轻貌美。韶，美好。

8 〔煨（wēi 微）酒〕用文火慢慢热酒。

9 〔出妻见（xiàn 现）子〕让妻子儿女出来见面。见，同“现”。

10 〔不容口〕谓非口所能尽。《史记·袁盎晁错列传》：“刺者至关中，问袁盎，请君誉之皆不容口。”

11 〔谦挹〕谓谦恭退让。挹，通“抑”。

12 〔濡猛〕谓猝然酒沸出来。濡，渍。猛，猝然。

13 〔蓟心〕高粱秸心。蓟，同“秫”。紫姑，又称子姑、坑三姑。中国民间所信奉的厕神。南朝宋刘敬叔《异苑》卷五与南朝梁宗懔《荆楚岁时记》载：紫姑姓何，名楣，字丽卿，为唐寿阳刺史李景之妾，为大妇曹氏所嫉，正月十五日夜，被杀于厕中，上帝怜悯，命为厕神。旧俗每年元宵节，在厕中祀之，并迎以扶乩。清赵翼《扫晴娘》诗：“何用紫姑卜，明朝霁景多。”

14 〔闼〕门。此指内室。

15 〔接朦（jué 决）臄〕言其接吻。臄，古函字。《说文解字》：“函，舌也。”《通俗文》：“口上曰朦，口下曰函。”《诗经·大雅·行苇》：“嘉殽脾朦。”传：“朦，函也。”

16 〔丧所怀来〕谓放弃原来的来意。《文选·司马相如〈难蜀父老〉》：“于是诸大夫茫然丧其所怀来，而失厥所以进。”怀来，原本来意。

17 〔昏瞀（mào 冒）〕神智不清，迷惘困惑。《尚书·益稷》：“下民昏垫。”传：“言天下之民昏瞀垫溺皆因水灾。”

18 〔喠嗗（zhǒngyǒng 肿永）〕气逆欲吐。喠，气逆。嗗，同“哃”。

19 〔阽（diàn 电）危〕危急。《汉书·食货志》贾谊说汉文帝：“安有为天下阽危者若是而上不惊者。”注：“阽危，欲坠之意。”阽，据二十四卷本，原抄本为“帖”。

20 〔揣而抁（yǎn 兖）之〕晃动他。《老子》第九章：“揣而锐之，不可长保。”注：“锐，一作棁，又作抁。”揣、抁，动也。

21 〔天庭〕此指人面两眉之间，即前额。《三国志·魏志·管辂传》：“此二人天庭及口耳之间，同有凶气。”

22 〔绣袪〕绣有花纹的衣袖。袪，袖。《左传·僖公五年》：“（晋文公）逾垣而走，（寺人）披斩其袪。”

23 〔懵腾〕迷糊。韩偓《马上见》诗：“去带懵腾醉，归因困顿眠。”

24 〔巫〕古代医师之称。《论语·子路》：“人而无恒，不可以作巫医。”此为花姑子自指。

25 〔芗泽〕香气。芗，同“香”。《史记·滑稽列传·淳于髡》：“罗襦襟解，微闻芗泽。”

26 〔惊孱（chán 蝉）遌（è 厄）怯〕是谓惊惧羞怯之意。惊，当作“驽”。遌，《说文》：“相遇惊也。”“驽孱遌怯”，汉焦延寿《易林·兑之随》：“驽孱恐怯，任力堕劣，如蝟见鹊，偃视恐伏，不敢拒格。”此本意为怯懦无能。

27 〔重门〕院内的第二道门。《周易·系辞下》：“重门击柝，以待暴客。”

28 〔噭（jiào 叫）啕〕高声号哭。《楚辞·王逸〈九思·伤时〉》：“声噭咷兮清和。”洪兴祖补注：“噭，呼也。楚谓儿啼不止曰噭。”啕与“咷”通。

29 〔涕洟〕眼泪鼻涕。《周易·萃》：“赍咨涕洟。”疏：“自目出曰涕，自鼻出曰洟。”

30 〔起死人而肉白骨〕使死人复活，使白骨生肉。《国语·吴语》：“君王之于越也，繄起死人而肉白骨也。”此指起死回生。

31 〔放〕据手稿本，原抄本作“启”。

32 〔主政〕清代主事的别称。详见卷一《叶生》注。

33 〔痿痹不仁〕谓肢体麻木，失去知觉。痿痹，亦作“痿痺”，谓肢体不能动作。不仁，谓麻木，失去知觉。《素问·痹论》：“其不痛不仁者，病久入深，荣卫之行濇，经络时疏，故不通。皮肤不营，故为不仁。”

34 〔业行（xíng 邢）〕指道业修行。

35 〔臭〕据青柯亭本，原抄本作“且死”。

36 〔人之所以异于禽兽者几希〕意谓人与禽兽间所不同的地方，只有那么一点点。《孟子·离娄下》：“人之所以异于禽兽者，几希。庶民去之，君子存之。”几希，赵岐注：“无几也。”

37 〔衔结〕即衔环与结草之省词。衔环，亦作“衔报”，详见卷二《罗刹海市》注。结草，详见卷一《偷桃》注。

38 〔没齿〕犹言终身。《论语·宪问》：“问管仲，曰：‘人也，夺伯氏骈邑三百，饭疏食，没齿无怨言。’”

39 〔恝（jiá 颊）〕淡漠，毫不经意。

武孝廉

武孝廉[1]石某，囊资赴都，将求铨叙[2]，至德州[3]，暴病，唾血不起，长卧舟中，仆篡金亡去[4]。石大恚，病益加，资粮断绝，榜人[5]谋委弃之。会有女子乘船夜来临泊，闻之，自愿以舟载石，榜人悦，扶石登女舟。石视之，妇四十余，被服灿丽，神采犹都，呻以感谢。妇临审曰："君夙有瘵根[6]，今魂魄已游墟墓。"石闻之，嗷然哀哭。妇曰："我有丸药能起死，苟病瘳，勿相忘。"石洒泣矢盟，妇乃以药饵石，半日，觉少痊。妇即榻共甘旨，殷勤过于夫妇，石益德之。月余，病良已。石膝行而前，敬之如母，妇曰："妾茕独无依，如不以色衰见憎，愿侍巾栉[7]。"时石三十余，丧偶经年，闻之，喜惬过望，遂相燕好。妇乃出藏金，使入都营干，相约返与同归。

石赴都夤缘[8]，选得本省司阃[9]，余金市鞍马，冠盖[10]赫奕。因念妇腊已高[11]，终非良偶，因以百金聘王氏女为继室。心中悚怯，恐妇闻知，遂避德州道，迂途履任，年余不通音耗。有石中表，偶至德州，与妇为邻。妇知之，诣问石况，某以实对。妇大骂，因告以情。某亦代为不平，慰解曰：“或署中务冗[12]，尚未暇遑。乞修尺一书[13]，为嫂寄之。”妇如其言。某敬以达石，石殊不置意。又年余，妇自往归石，止于旅舍，托官署司宾者[14]通姓氏，石令绝之。一日，方燕饮，闻喧詈声，释杯凝听，则妇已搴帘入矣。石大骇，面色如土，妇指骂曰：“薄情郎！安乐耶？试思富若贵[15]，何所自来？我与汝情分不薄，即欲置婢妾，相谋何害？”石累足屏气[16]，不能复作声，久之，长跽自投，诡辞求宥，妇气稍平。石与王氏谋，使以妹礼见妇，王氏雅不欲，石固哀之，乃往。王拜，妇亦答拜，曰：“妹勿惧，我非悍妒者，曩事实人情所不堪，即妹亦当不愿有是郎。”遂为王缅述本末，王亦愤恨，因与交詈石，石不能自为地，惟求自赎，遂相安帖。初，妇之未入也，石戒阍人勿通，至此，怒阍人，阴诘让之，阍人固言管钥未发[17]，无入者，不服。石疑之而不敢问妇，两虽言笑，而终非所好也。幸妇娴婉，不争夕[18]，三餐后，掩闼早眠，并不问良人夜宿何所。王初犹自危，见其如此，益敬之，厌旦[19]往朝，如事姑嫜。妇御下[20]宽和有体，而明察若神。一日，石失印绶[21]，合署沸腾，屑屑[22]还往，无所为计。妇笑言：“勿忧，竭井可得。”石从之，果得之，叩其故，辄笑不言，隐约间似知盗者之名姓，然终不肯泄。居之终岁，察其行多异，石疑其非人，常于寝后使人瞷听之，但闻床上终夜作振衣声，亦不知其何为。妇与王极相怜爱。一夕，石以赴臬司[23]未归，妇与王饮，不觉过醉，就卧席间，化而为狐，王怜之，覆以锦褥。未几，石入，王告以异，石欲杀之，王曰："即狐，何负于君？"石不听，急觅佩刀，而妇已醒，骂曰："虺蝮[24]之行，而豺狼之心，必不可以久居！曩所[25]啖药，乞赐还也！"即唾石面。石觉森寒如浇冰水，喉中习习作痒，呕出，则丸药如故。妇拾之，忿然径出，追之已杳。石中夜旧症复作，血嗽不止，半载而卒。

异史氏曰："石孝廉，翩翩若书生。或言其折节[26]能下士，语人如恐伤[27]，壮年殂谢，士林悼之。至闻其负狐妇一事，则与李十郎[28]何以少异？"

校注

1 〔武孝廉〕即武科举人。

2 〔铨叙〕亦作"铨序"。清代科举制规定，举人除参加会试可取得官职外，也可通过拣选、大挑、截取三途径取得官职。文官由吏部，武官由兵部选用。

3 〔德州〕明清散州，属济南府，今山东德州市。

4 〔篡金亡去〕谓夺取钱财逃走。

5 〔榜人〕摇船的人。榜，《广雅·释水》："榜，船也。"《文选·司马相如〈子虚赋〉》："榜人歌，声流喝。"明张煌言《别陈齐莫》："偶乘越榜向南飞，客梦惊回起拂衣。"

6　〔瘵（zhài 债）根〕肺痨病根。瘵，旧指肺痨。

7　〔侍巾栉〕巾以拭手，栉以梳头。此指为妻。详见卷四《狐梦》注。

8　〔夤（yín 寅）缘〕攀附权贵，求取官位。《宋史·神宗纪一》："秋七月庚辰，诏察富民与妃嫔家昏因夤缘得官者。"

9　〔司阃（kǔn 捆）〕地方军事长官。阃，古称之郭门。语出《史记·张释之冯唐列传》："阃以内者，寡人制之；阃以外者，将军制之。"清戴名世《道墟图诗序》："悝村司阃江宁，多善政，而雅歌投壶，不改儒素。"

10　〔冠盖〕指官吏的服饰与车乘。冠，礼帽。盖，车篷，代指车。《汉书·食货志》晁错《论贵粟疏》："冠盖相望，乘坚策肥。"

11　〔腊已高〕谓岁数已大。腊，此指年龄、年岁。

12　〔务冗〕亦称"冗务"，繁忙的事。冗，繁忙。宋刘宰《走笔谢王去非》诗："知君束装冗，不敢折简致。"

13　〔尺一书〕指信函。详见卷二《巧娘》注。

14　〔司宾者〕官府内专负责接待宾客的吏役。

15　〔富若贵〕富和贵。若，连词，当与、和。《墨子·号令》："悉举民室材木，瓦若蔺石数，署长短小大。"

16　〔屏（bǐng 饼）气〕谓抑制呼吸，形容畏惧。《论语·乡党》："摄齐升堂，鞠躬如也，屏气似不息者。"

17　〔管钥未发〕谓门未打开。管钥，古代指锁匙。《晋书·陶侃传》："疾笃，将归长沙，军资器仗牛马舟船，皆有定簿，封印仓库，自加管钥。"

18　〔不争夕〕谓不争当夕。详见卷二《青梅》注。

19　〔厌（yā 押）旦〕指天未明之前。《荀子·儒效》："遂选马而进，朝食于戚，暮宿于百泉，厌旦于牧之野。"注："厌，掩也。夜掩于旦，谓未明已前也。"

20　〔御下〕谓管待下人。御，治理、管理。

21　〔印绶〕官府的印信。绶，古时印纽上的丝带，古称印信为印绶。

22 〔屑屑〕劳瘁匆迫不安的样子。《汉书·王莽传上》："晨夜屑屑，寒暑勤勤，无时休息。"

23 〔臬司〕谓臬司官署。清代按察使司，主管一省司法刑狱和驿传，别称"臬司"。其长官按察使，又称"臬台"。

24 〔虺蝮（huǐfù 悔复）〕即蝮蛇。体色灰褐，头略呈三角形，有毒牙。《史记·田儋列传》："蝮螫手则斩手，螫足则斩足。"集解引应劭曰："蝮，一名虺。"

25 〔所〕据手稿本，原抄本作"时"。

26 〔折节〕谓屈己志，而善待下人。《史记·张仪列传》："齐王大怒，折节而下秦。"折，屈。节，志节。

27 〔语人如恐伤〕形容待人谦恭有礼。《史记·汲郑列传·郑当时》："未尝名吏，与官属语，若恐伤之。"

28 〔李十郎〕唐蒋防《霍小玉传》的男主人公。李十郎名益。李益候试长安，眷恋名妓霍小玉，山盟海誓永不相舍。后生登科为官，相约奉迎。其后李负约就婚卢氏；玉羸卧空闺，遂成沉疾而卒。

西湖主

陈生弼教，字明允，燕人[1]也。家贫，从副将军贾绾作记室[2]。泊舟洞庭，适猪婆龙浮水面，贾射之中背，有鱼衔龙尾不去，并获之。锁置桅间，奄存气息，而龙吻张翕，似求援拯。生恻然心动，请于贾而释之。携有金创药[3]，戏敷患处，纵之水中，浮沉逾刻而没。

后年余，生北归，复经洞庭，大风覆舟，幸扳一竹簏，漂泊终夜，絓木而止。援岸方升，有浮尸继至，则其童仆，力引出之，已就毙矣。惨怛无聊，坐对憩息，但见小山耸翠，细柳摇青，行人绝少，无可问途。自迟明以及辰后，怅怅靡之[4]。忽童仆肢体微动，喜而扪之，无何，呕水数斗，醒然顿苏。相与曝衣石上，近午始燥可着，而枵肠辘辘[5]，饥不可堪。于是越山疾行，冀有村落，才至半山，闻鸣镝声。方疑听所，有二女郎乘骏马来，骋如撒菽[6]，各以红绡抹额[7]，髻插雉尾[8]，着小袖紫衣，腰束绿锦，一挟弹，一臂青鞲[9]。度过岭头，则数十骑猎于榛莽，并皆姝丽，装束若一。生不敢前。有男子步驰，似是驭卒，因就问之，答曰：“此西湖主猎首山[10]也。”生述所来，且告之馁，驭卒解裹粮授之，嘱云：“宜即远避，犯驾[11]当死！”生惧，疾趋下山。茂林中隐有殿阁，谓是兰若。近临之，粉垣围沓，溪水横流，朱门半启，石桥通焉。攀扉一望，则台榭[12]环云，拟于上苑[13]，又疑是贵家园亭。逡巡而入，横藤碍路，香花扑人，过数折曲栏，又是别一院宇，垂杨数十株，高拂朱檐，山鸟一鸣，则花片乱飞，深苑微风，则榆钱自落[14]，怡目快心，殆非人世。穿过小亭，有秋千一架，上与云齐，而罥索[15]沉沉，杳无人迹。因疑地近闺阁，恇怯[16]未敢深入。

俄闻马腾于[17]门，似有女子笑语。生与童潜伏丛花中。未几，笑声渐近，闻一女子曰：“今日猎兴不佳，获禽绝少。”又一女曰：“非是公主射得雁落，几空劳仆马也。”无何，红妆数辈，拥一女郎至亭上坐。秃袖[18]戎装，年可十四五。鬟多敛雾，腰细惊风，玉蕊琼英[19]，未足方喻。诸女子献茗熏香，灿如堆锦。移时，女起，历阶而下。一女曰：“公主鞍马劳顿，尚能秋千否？”公主笑诺。遂有驾肩者，捉臂者，褰裙者，持履者，挽扶而上。公主舒皓腕，蹑利屣[20]，轻如飞燕，蹴入云霄。已而扶下，群曰：“公主真仙人也！”嘻笑而去。生睨良久，神志飞扬，迨人声既寂，出诣秋千下，徘徊凝想。见篱下有红巾，知为群美所遗，喜纳袖中。登其亭，见案上设有文具，遂题巾曰：“雅戏何人拟半仙[21]？分明琼女散金莲[22]。

广寒队里恐相妒，莫信凌波上九天。”题已，吟诵而出，复寻故径，则重门扃锢矣。

踟蹰罔计，反而楼阁亭台，涉历几尽。一女掩入，惊问：“何得来此？”生揖之曰：“失路之人，幸能垂救。”女问：“拾得红巾否？”生曰：“有之。然已玷染，如何？”因出之。女大惊曰：“汝死无所矣！此公主所常御，涂鸦[23]若此，何能为地？”生失色，哀求脱免。女曰：“窃窥宫仪[24]，罪已不赦。念汝儒冠蕴藉[25]，欲以私意相全，今孽乃自作，将何为计！”遂皇皇持巾去。生心悸肌栗，恨无翅翎，惟延颈俟死。迂久，女复来，潜贺曰：“子有生望矣！公主看巾三四遍，冁然无怒容，或当放君去，宜姑耐守，勿得攀树钻垣，发觉不宥矣。”日已投暮，凶祥不能自必，而饿焰中烧，忧煎欲死。无何，女子挑灯至，一婢提壶榼[26]，出酒食饷生，生急问消息，女云：“适我乘间言：‘园中秀才，可恕则放之，不然，饿且死。’公主沉思云：‘深夜教渠何之？’遂命馈君食。此非恶耗也。”生徊徨终夜，危不自安。辰刻向尽，女子又饷之。生哀求缓颊，女曰：“公主不言杀，亦不言放。我辈下人，何敢屑屑渎告？”既而斜日西转，眺望方殷，女子坌息[27]急奔而入，曰：“殆矣！多言者泄其事于王妃，妃展巾抵地，大骂狂伧[28]，祸不远矣！”生大惊，面如灰土，长跽请教，忽闻人语纷挐[29]，女摇手避去。数人持索，汹汹入户，内一婢熟视曰：“将谓何人，陈郎耶？”遂止持索者，曰：

“且勿且勿，待白王妃来。”返身急去。少间来，曰：“王妃请陈郎入。”生战惕从之。

经数十门户，至一宫殿，碧箔银钩，即有美姬揭帘，唱：“陈生至。”上一丽者，袍服炫冶，生伏地稽首曰：“万里孤臣，幸恕生命。”妃急起曳之，曰：“我非君子，无以有今日。婢辈无知，致迕佳客，罪何可赎！”即设筵，酌以镂杯，生茫然不解其故，妃曰：“再造之恩，恨无所报。息女[30]蒙题巾之爱，当是天缘，今夕即遣奉侍。”生意出非望，神惝恍[31]而无着。日方暮，一婢前白：“公主已严妆讫。”遂引生就帐。忽而笙管敖曹，阶上悉践花罽[32]，门堂[33]藩溷，处处皆笼烛，数十妖姬，扶公主交拜，麝兰之气，充溢殿庭。既而相将入帏，两相倾爱，生曰：“羁旅之臣，生平不省拜侍，点污芳巾，得免斧锧，幸矣，反赐姻好，实非所望。”公主曰：“妾母，湖君妃子，乃扬江王女。旧岁归宁，偶游湖上，为流矢所中，蒙君脱免，又赐刀圭之药，一门戴佩，常不去心。郎勿以非类见疑。亲从龙君得长生诀，愿与郎共之。”生乃悟为神人，因问：“婢子何以相识？”曰：“尔日洞庭舟上，曾有小鱼衔尾，即此婢也。”又问：“既不见诛，何迟迟不赐纵脱？”笑曰：“实怜君才，但不自主，颠倒终夜，他人不及知也。”生叹曰：“卿，我鲍叔也。馈食者谁？”曰：“阿念，亦妾腹心。”生曰：“何以报德？”笑曰：“侍君有日，徐图塞责未晚耳。”问：“大王何在？”曰：“从关圣征蚩尤[34]未归。”居数日，生虑家中无耗，悬念綦切，乃先以平安书遣仆归。家中闻洞庭舟覆，妻子缞绖已年余矣。仆归，始知不死，而音问梗塞，终恐漂泊难返。又半载，生忽至，裘马甚都，囊中宝玉充盈，由此富有巨万，声色豪奢，世家所不能及。七八年间，生子五人。日日宴集宾客，宫室饮馔之奉，穷极丰盛，或问所遇，言之无少讳。

有童稚之交梁子俊者，宦游南服[35]十余年，归过洞庭，见一画舫[36]，雕槛朱窗，笙歌幽细，缓荡烟波。时有美人推窗凭眺，梁目注舫中，见一少年丈夫，科头叠股其上，傍有二八姝丽，挪莎交摩。念必楚襄[37]贵官，而驺从殊少，凝眸审谛，则陈明允也。不觉凭栏酣叫，生闻呼罢棹，出临鹢首[38]，邀梁过舟，见残肴满案，酒雾犹浓，生立命撤去。顷之，美婢三五，进酒烹茗，山海珍错，目所未睹，梁惊曰：“十年不见，何富贵一至于此！”笑曰：“君小觑穷措大[39]不能发迹耶？”问：“适共饮何人？”曰：“山荆耳。”梁又异之，问：“携家何往？”答：“将西渡。”梁欲再诘，生遽命歌以侑酒。一言甫毕，旱雷[40]聒耳，肉竹[41]嘈杂，不复可闻言笑。梁见佳丽满前，乘醉大言曰：“明允公，能令我真个销魂否？”生笑云：“足下醉矣！然有一美妾之资，可赠故人。”遂命侍儿进明珠一颗，曰：“绿珠[42]不难购，明我非吝惜。”乃趋别[43]曰：“小事忙迫，不及与故人久聚。”送梁归舟，开缆径去。梁归，探诸其家，则生方与客饮，益疑，因问："昨在洞庭，何归之速？"答曰："无之。"梁乃追述所见，一座尽骇，生笑曰："君误矣，仆岂有分身术耶？"众异之，而究莫解其故。后八十一岁而终。迨殡，讶其棺轻，开之，则空棺耳。

异史氏曰："竹簏不沉，红巾题句，此其中具有鬼神，而要之皆恻隐之一念所通也。迨宫室妻妾，一身而两享其奉[44]，则又不可解矣。昔有愿娇妻美妾、贵子贤孙而兼长生不死者，仅得其半耳。岂仙人中亦有汾阳[45]、季伦[46]耶？"

校注

1 〔燕人〕谓古时燕地人。燕，其地相当于今河北省及其以北的部分地区。

2 〔记室〕古代官名，掌管文书。详见卷二《庚娘》注。

3 〔金创（chuāng 疮）药〕指外敷药，专治刀箭伤等。

4 〔靡（mǐ 弭）之〕无处可去。靡，无、没有。《诗经·邶风·泉水》："有怀于卫，靡日不思。"郑玄笺："靡，无也。"

5 〔枵肠辘辘〕腹中空虚而发出的饥饿声。枵肠，犹"枵腹"，谓饥饿。

6 〔骋如撒菽〕指马跑时，马蹄之疾声如同撒豆一样急促。菽，豆类。

7〔红绡抹额〕谓将红色的丝巾扎在头上。绡，生丝所织薄绸。抹额，古代武士的束头巾。杜牧《上宣州高大夫书》："娄侍中师德亦进士也，以红抹额应猛士诏。"

8〔髻插雉尾〕谓发髻上插着野鸡翎。雉，野鸡。

9〔一臂青韝（gōu 勾）〕谓一只臂上套着黑色的皮套袖。韝，皮制的套袖，打猎时，套在臂上，用以架鹰。

10〔首山〕据《地名大辞典》载，河北、河南、辽东皆有首山。但据故事所言之方位，当在洞庭湖北岸。《读史方舆纪要》卷七十六载：湖北省蒲圻县西三十里有山，"志曰蒲圻之首山"。

11〔犯驾〕犹"犯跸"，谓冲犯皇帝的车驾。《史记·张释之冯唐列传》："上行出中渭桥，有一人从桥下走出，乘舆马惊……廷尉奏当，一人犯跸，当罚金。"驾，车驾。

12〔台榭（xiè 谢）〕古时台榭为瞭望之所。《左传·襄公三十一年》："宫室卑庳，无观台榭。"疏："四方而高曰台，台上有屋谓之榭。"后谓台榭泛指园林游观的建筑。

13〔上苑〕供帝王游猎的园林。唐沈佺期《三日禁园侍宴》诗："画鹢中川动，青龙上苑来。"

14〔榆钱自落〕谓环境幽静。榆钱，榆荚。唐施肩吾《戏咏榆荚》："风吹榆钱落如雨，绕林绕屋来不住。"

15〔罥（juàn 眷）索〕指秋千上挂着绳索。罥，挂。

16〔恇（kuāng 匡）怯〕恐惧，害怕。《三国志·魏志·董卓传》："其后（牛）辅营兵有叛出者。"注引王沈《魏书》："辅恇怯失守，不能自安。"

17〔于〕据手稿本，原抄本作"打"。

18〔秃袖〕袖短而窄。

19〔玉蕊琼英〕玉蕊花和琼花都是古时盛称的名花，常以比喻美女的容貌非凡。玉蕊花，今名西番莲，花单生，花瓣披针状，约与萼片等长，夏日正午开花，有浓紫色和淡紫色者。琼英，叶柔而莹泽，花微黄而有香。旧扬州后土祠有一株，传为唐人所植，谓天下仅此一株。韩琦诗曰："维扬一株花，四海无同类。”

20 〔蹑利屣〕穿着尖头鞋。古时的舞屣。《史记·货殖列传》：“揳鸣琴，揄长袖，蹑利屣。”

21 〔雅戏何人拟半仙〕谓什么人在打秋千。雅戏，谓高雅的游戏。《颜氏家训·杂艺》：“围棋有手谈坐隐之目，颇为雅戏。”半仙，即谓半似仙人。传说中仙人居住在高空，旧时因称耍秋千的人为半仙，耍秋千为半仙戏。王仁裕《开元天宝遗事》：“天宝宫中至寒食节，竞竖秋千，令嫔辈戏笑以为宴乐，帝呼为半仙之戏，都中士民因而呼之。”

22 〔琼女散金莲〕谓仙女在空中散花。金莲，金色的莲花，比喻女子的三寸金莲之足。散金莲，指女子在荡起的秋千上，飘飘欲仙，足影舞动。

23 〔涂鸦〕谓乱涂乱抹。卢仝《示添丁》诗：“忽来案上翻墨汁，涂抹诗书如老鸦。”

24 〔宫仪〕宫中的情形，此指公主本人。仪，仪表，容貌。

25 〔蕴藉〕据手稿本，原抄本无。

26 〔壶榼〕指盛酒与盒类容器。榼，指盒类容器。《北史·献文六王》：“马脑榼，容三升，玉缝之。”

27 〔坌（bèn 笨）息〕气喘甚急。息，据手稿本，原抄本作“身”。

28 〔狂伧〕犹言狂徒。伧，六朝时骂人之称，意为粗鄙之人，如“伧夫”。

29 〔纷挐（rú 儒）〕错杂，混乱。

30 〔息女〕谓亲生的女儿。详见卷二《胡氏》注。

31 〔惝恍〕神志迷惘。《史记·司马相如列传·大人赋》：“视眩眠而见兮，听惝恍而无闻。”

32 〔花罽（jì 计）〕有花纹毛毯。罽，毯子。《宣室志·郑德懋》：“堂上悉以花罽荐地。”

33 〔堂〕据手稿本，原抄本作“当”。

34 〔关圣征蚩尤〕关圣，即三国时蜀将关羽。蚩尤，传说上古时九黎族部酋长。传说与黄帝轩辕氏战于涿鹿，失败被杀。明沈德符《万历野获编》十四：“解池相传为蚩尤血所化，其说不经。……自大历奏词，遂建盐风亭，有碑在池北之峨嵋坡。至贞元十三年，又有盐池灵应公碑，则更得封爵矣。至宋大中祥符之甲寅，盐池大坏，关壮缪以阴兵与蚩尤大战而破之，始为之建祠。至崇宁元年加封关为忠惠公，大观二年又加武安王。盖关自以桑梓之乡，加意拥护，而盐池之功，遂超盐神而上矣。”按：解池，在山西运城县南，中条山北麓，以产池盐著名。

35 〔南服〕周制，以疆土距国都之近远，分为五服，故南方称南服。《晋书·刘弘传》：“弘专督江汉，威行南服。”

36 〔画舫〕指装饰华丽的游船。《乐府诗集·刘希夷〈江南曲〉之二》：“画舫烟中浅，青杨日际微。”

37 〔楚襄〕指湖北江陵、襄阳地区。此泛指楚地。

38 〔鹢（yì 义）首〕船头。详见卷二《于子游》注。

39 〔小觑穷措大〕小看穷读书人。觑，看。措大，亦作“醋大”，旧指贫寒失意的读书人。苏鹗《苏氏演义》上：“醋大者或有抬肩、拱臂、攒眉、蹙目以为姿态，如人食酸醋之貌，故谓之醋大。”

40 〔旱雷〕比喻突发声。鲁迅《古小说钩沉》中《裴子·语林》：“有人诣谢公别，谢公流涕，人了不悲。既去，左右曰：‘客殊自密云。’谢公曰：‘非徒密云，乃自旱雷。’”

41 〔肉竹〕指歌声与音乐声。肉，歌声。竹，管乐。《世说新语·识鉴》：“武昌孟嘉作庾太尉州从事。”注引嘉《别传》：“（桓温）又问：‘听伎，丝不如竹，竹不如肉，何也。’”

42 〔绿珠〕晋石崇歌妓，善吹笛。赵王伦专擅朝政，伦党孙秀向石崇索取绿珠，为崇所拒，至是收崇，绿珠坠楼自杀。见《晋书·石崇传》。乐史《绿珠传》：“绿珠者，姓梁，白州博白县（今广西壮族自治区博白县）人也。生双角山下，美而艳。晋石崇为交趾采访使，以真珠三斛致之。”此借指身价极高的女人。

43 〔趋（cù 促）别〕催促分手。趋，催促。

44 〔一身而两享其奉〕谓一个人在两地而享受其供奉。奉，供奉。

45 〔汾阳〕唐郭子仪（697–781），华州郑人，安禄山反，率军收复两京，进封汾阳郡王，年八十五岁而卒。岁入官俸二十四缗，宅居亲仁里四分之一，中通永巷。家人三千相出入，不知其居。前后赐良田、美器、名园、甲馆，不可胜记。八子七婿，皆贵显朝廷。诸孙数十，不能尽识，至问安，颔之而已。《新唐书·郭子仪传》称其“富贵寿考，哀荣终始，人臣之道无缺焉”。

46 〔季伦〕晋石崇，字季伦，家中资财可敌国。

孝子[1]

青州东香山[2]之前，有周顺亭者，事母至孝。母股生巨疽[3]，痛不可忍，昼夜嚬呻[4]。周抚肌进药，至忘寝食。数月不痊，周忧煎无以为计，梦父告曰："母疾赖汝孝。然此创非人膏涂之不能愈，徒劳焦恻也。"醒而异之。乃起，以利刃割胁肉，肉脱落，觉不甚苦。急以布缠腰际，血亦不注。于是烹肉持膏，敷母患处，痛截然顿止，母喜问："何药而灵效如此？"周诡对之。母创寻愈。周每掩护割处，即妻子亦不知也。既痊，有巨痕如掌，妻诘之，始得其情。

异史氏曰："刲股[5]为伤生之事，君子不贵。然愚夫愚妇何知伤生之为不孝[6]哉？亦行其心之所不自已者而已。有斯人而知孝子之真，犹在天壤[7]。司风教者[8]，重务良多，无暇彰表，则阐幽明微[9]，赖兹刍荛[10]。"

校注

1 〔《孝子》〕该篇名据手稿本，原抄本作《周顺亭》。

2 〔香山〕据嘉靖《青州府志》卷六载："城东四十五里为香山，《齐乘》所谓嵻山是也。"

3 〔疽〕恶疮名。

4 〔嚬呻〕谓蹙眉呻吟。嚬，同"颦"。宋苏轼《祭张文定公文》之一："老不惰媮，疾不嚬呻。"

5 〔刲（kuī 亏）股〕割股。此指封建礼教中"割股疗亲"。

6 〔伤生之为不孝〕《孝经》中说：人之发肤受之父母，不能随便伤害，否则即为不孝。

7 〔天壤〕犹言天地间。《文选·张协〈咏史〉》："清风激万代，名与天壤俱。"

8 〔司风教者〕谓主管风俗教化者。此指掌权之官吏。

9 〔阐幽明微〕谓阐明湮没无闻的事迹。

10 〔刍荛（ráo 饶）〕割草打柴的人，意为草野之人。此则作者自己的谦称。《诗经·大雅·板》："先民有言，询于刍荛。"

张贡士[1]

安丘张贡士卯君[2]，寝疾，仰卧床头。忽见心头有小人出，长仅半尺，儒冠儒服，作俳优[3]状，唱昆山曲[4]，音调清澈，说白[5]自道名贯，一与己同，所唱节末[6]，皆其生平所遭。四折[7]既毕，吟诗而没。张犹记其梗概，为人述之。

阮亭云："岂杞园耶？大奇。"[8]

校注

1 〔《张贡士》〕该文题目据二十四卷本，原抄本作《心头小人》。王渔洋《池北偶谈》卷二十六《谈异》中也收录关于安丘张贡士的这段佚事，其题亦为《心头小人》。

2 〔安丘张贡士卯君〕即张贞，字起元，又字杞园，号卯君，山东安丘人。康熙二十五年（1686）拔贡生。王渔洋《居易录》十九载："安丘张杞园（贞），以明经需次翰林孔目，博雅好古，工篆刻，青州名士。"师事周亮工，传其印法，故于篆刻尤精。

3 〔俳优〕古时指杂戏乐舞中作谐戏的艺人。俳，不庄重。后泛指演员。《荀子·王霸》："俳优、侏儒、妇女之请谒以悖之。"此谓装扮举止如剧中人物。

4 〔昆山曲〕为传统剧种，亦称昆曲或昆腔。原为元末明初江苏昆山一带流行的戏曲腔调，明嘉靖、隆庆间，经吸收弋阳、海盐故调及其他民间曲调，融会革新，成为新的昆曲。昆曲以演唱传奇剧本为主，用笛、箫、笙、琵琶等乐器伴奏。后逐渐传播到各地，明末清初达到极盛。

5 〔说白〕即戏曲中的道白。名贯，姓名籍贯。《魏书·卢同传》："其实官正职者，亦列名贯。"

6 〔节末〕即故事情节。

7 〔四折〕元杂剧的基本体制，为每剧四折。明末清初，南北合套演出的"南杂剧"，也有一至四、五折不等。此为"四折既毕"，张卯君当观至最后一折，即剧终，故有"吟诗而没"，此为末尾之下场诗四句。

8 〔"阮亭云"段〕此段评语据二十四卷本补，原抄本无。该文后，铸雪斋抄本有"高西园云"一段；青柯亭本有"高西园晤杞园先生，曾细询之，犹述其曲文，惜不能全记"。

义犬[1]

潞安[2]某甲，父陷狱将死，搜括囊蓄，得百金，将诣郡关说。跨骡出，则所养黑犬从之，呵逐使退，既走，则又从之，鞭逐不返，从行数十里。某下骑，趋路侧私[3]焉，既，乃以石投犬，犬始奔去，某既行，则犬欻然[4]复来，啮骡尾，某怒鞭之，犬鸣吠不已。忽跃在前，愤龁骡首，似欲阻其去路。某以为不祥，益怒，回骑驰逐之，视犬已远，乃返辔疾驰。抵郡已暮，及扪腰橐[5]，金亡其半，涔涔汗下，魂魄都失。辗转终夜，顿念犬吠有因，候关[6]出城，细审来途。又自计南北冲衢，行人如蚁，遗金宁有存理。逡巡至下骑所，见犬毙草间，毛汗湿如洗，提耳起视，则封金俨然。感其义，买棺葬之，人以为义犬冢云。

周村有贾某，贸易芜湖[7]，获重资。赁舟将归，见堤上有屠人缚犬，倍价赎之，豢养舟上。舟人固积寇[8]也，窥客装，荡舟入莽[9]，操刀欲杀，贾哀赐以全尸，盗乃以毡裹置江中。犬见之，哀鸣投水，口衔裹具，与共沉浮，流荡不知几里，达浅搁[10]乃止。犬泅出，至有人处，狺狺哀吠。或以为异，从之而往，见毡束水中，引出断其绳，客固未死，始言其情。复哀舟人载还芜湖，将以伺盗船之归。登舟失犬，心甚悼焉。抵关[11]三四日，估楫[12]如林，而盗船不见。适有同乡贾将携俱归，忽犬自来，望客鸣嗥，唤之却走。客下舟趁之，犬奔上一舟，啮人胫股，挞之不解，客近呵之，则所啮即前盗也。衣服与舟皆易，故不得而认之矣。缚而搜之，则裹金犹在。呜呼！一犬也，而报恩如是，世无心肝[13]者，其亦愧此犬也夫！

校注

1 〔《义犬》〕该文手稿本与康熙抄本，皆只存有一则；铸雪斋本《义犬》分两则收录，卷五第二十五篇，卷九第十八篇；青柯亭本《义犬》分两则收录，卷十四第三十九篇，卷十五第四十一篇；二十四卷本《义犬》分两则收录，卷十第十一篇，卷十八第八篇。原抄本将二则同收录一篇题下。

2 〔潞安〕明清府名，今山西长治市。

3 〔私〕指小便。

4 〔欻（xū 虚）然〕忽然。

5 〔腰橐〕腰包。

6 〔候关〕等候城门开放。

7 〔芜湖〕明清县名，今安徽芜湖市。

8 〔固积寇〕本来是惯匪。积寇，积年盗匪。

9 〔荡舟入莽〕把船划到芦苇丛中。荡舟，划船。

10 〔浅搁〕即搁浅。指船在水中行驶，因他物或水浅而被搁滞于浅滩。搁，据二十四卷本，原抄本作“澜”。

11 〔抵关〕指芜湖水运管理处。

12 〔估楫〕商船。

13 〔无心肝〕即“全无心肝”，即无羞耻之心的人。《南史·陈本纪》：“(后主)既见宥，隋文帝给赐甚厚，数得引见，班同三品。……后监守者奏言：‘叔宝云，既无秩位，每预朝集，愿得一官号。’隋文帝曰：‘叔宝全无心肝。’”

狮　子

暹罗[1]贡狮，每止处，观者如堵。其形状与世传绣画者迥异，毛黑黄色，长数寸。或投以鸡，先以爪抟而吹之，一吹，则毛尽落如扫，亦理之奇也。

校注

1　〔暹（xiān 仙）罗〕泰国的旧国名。原分暹和罗斛两国，14世纪中叶，合并为暹罗国，1939年改国名为泰国。

阎　王

李常久，临朐[1]人，壶榼于野，见旋风蓬蓬而来，敬酹奠[2]之。后以故他适，路旁有广第，殿阁弘丽，一青衣[3]人自内出，邀李，李固辞。青衣要遮甚殷，李曰："素不识荆[4]，得无误耶？"青衣云："不误。"便言李姓字。问："此谁家第？"云："入自知之。"入，进一门[5]，见一女子手足钉扉上，近视之，其嫂也，大骇。李有嫂，臂生恶疽，不起者年余矣。因自念何得至此，转疑招致意恶，畏沮却步。青衣促之，乃入。至殿下，上一人冠带[6]如王者，气象威猛。李跪伏，莫敢仰视。王者命曳起之，慰之曰："勿惧。我以曩昔扰[7]子杯酌，欲一见相谢，无他故也。"李心始安，然终不知其故。王者又曰："汝不忆[8]田野酹奠时乎？"李顿悟，知其为神，顿首曰："适见嫂氏，受此严刑，骨肉之情，实怆于怀。乞王怜宥！"王者曰："此妇悍妒，宜得是罚。三年前，汝兄妾盘肠而产[9]，彼阴以针刺肠上，俾至今脏腑常痛。此岂有人理者！"李固哀之，乃曰："便以子故宥之。归当劝悍妇改行。"

李谢而出，则扉上无人矣。归视嫂，嫂卧榻上，创血殷席。时以妾拂意故，方致诟骂，李遽劝曰：“嫂勿复尔！今日恶苦，皆平日忌嫉所致。”嫂怒曰：“小郎[10]若个好男儿，又房中娘子贤似孟姑姑[11]，任郎君东家眠，西家宿，不敢一作声。自当是小郎大乾纲[12]，到不得代哥子降伏老媪！”李微哂曰：“嫂勿怒，若言其情，恐欲哭不暇矣。”曰：“便曾不盗得王母箩中线，又未与玉皇香案吏[13]一眨眼，中怀坦坦，何处可用哭者！”李小语曰：“针刺入肠，宜何罪？”嫂勃然色变，问此言之因，李告之故。嫂战惕不已，涕泗流离而哀鸣曰：“吾不敢矣！”啼泪未干，觉痛顿止，旬日而瘥。由是立改前辙，遂称贤淑。后妾再产，肠复堕，针宛然在焉。拔去之，肠痛乃瘳。

异史氏曰：“或谓天下悍妒如某者，正复不少，恨阴网[14]之漏多也。余谓不然。冥司之罚，未必无甚于钉扉者，但无回信耳。”

校注

1 〔临朐（qú 渠）〕县名。即山东省临朐县。

2 〔酹（lèi 泪）奠〕以酒洒地，祭奠鬼神。宋曾敏行《独醒杂志》卷四：“士人遇重九日，即携酒撷菊，酹奠祠下。”

3 〔青衣〕此指奴婢。详见卷一《瞳人语》注。

4 〔识荆〕对相识人的敬词。李白《与韩荆州书》:"白闻天下谈士相聚而言曰:'生不用封万户侯,但愿一识韩荆州。'何令人之景慕一至于此耶?"韩荆州,荆州长史韩朝宗。后因称认识自己所敬慕的人为"识荆"。

5 〔门〕据手稿本,原抄本无。该"门"字,康熙抄本、铸雪斋本、二十四卷本皆无,观手稿本,此"门"字,为出格所加的,明显为作者后来誊录时,顺手改过的。

6 〔冠带〕此指穿戴束装。详见卷二《蛰龙》注。

7 〔扰〕叨扰。

8 〔忆〕据手稿本,原抄本作"意"。

9 〔盘肠而产〕所谓"盘肠产",是指妇女在分娩时,一部分肠子从产道中流出。

10 〔小郎〕旧时称丈夫之弟。《世说新语·规箴》:"郭大怒谓平子曰:'昔夫人临终以小郎嘱新妇,不以新妇嘱小郎。'急捉衣裾,将与杖,平子饶力争得脱。"

11 〔孟姑姑〕即孟光,东汉扶风平陵(今陕西咸阳西北)人,字德耀,梁鸿之妻。史有"举案齐眉"称。《后汉书·梁鸿传》:"至吴,依大家皋伯通,居庑下,为人赁舂。每归,孟(孟光)为具食,不敢于鸿前仰视,举案齐眉。"

12 〔乾纲〕犹言"夫纲",指夫权。《周易·系辞上》:"乾道成男,坤道成女。"又《白虎通义·三纲六纪》:"君为臣纲,父为子纲,夫为妻纲。"故称"夫纲"为乾纲。

13 〔玉皇香案吏〕谓给玉皇大帝管理香案的神。元稹《以州宅夸于乐天》:"我是玉皇香案吏,谪居犹得近蓬莱。"玉皇,即玉皇大帝。一眨眼,言其使眼色,谓其眉目传情。此句意为自己恪守妇道,无有过错。"玉皇香案吏",据手稿本,原抄本为"玉皇案前吏"。

14 〔阴网〕谓阴司的法网。

土偶

沂水马姓者，娶妻王氏，琴瑟[1]甚敦。马早逝，王父母欲夺其志[2]，王矢不他。姑怜其少，亦劝之，王不听。母曰："汝志良佳，然齿太幼，儿又无出[3]。每见勉强于初而贻羞于后者，固不如早嫁，犹恒情[4]也。"王正容，以死自誓，母乃任之。女命塑工肖夫像，每食酹献如生时。

一夕将寝，忽见土偶人欠伸而下，骇心愕顾，即已暴长如人，真其夫也。女惧，呼母，鬼止之曰："勿尔。感卿情好，幽壤[5]酸辛。一门有忠贞，数世祖宗，皆有光荣。吾父生有损德，应无嗣，遂至促我茂龄[6]。冥司念尔苦节，故令我归，与汝生一子承祧绪[7]。"女亦沾衿，遂燕好如平生。鸡鸣，即下榻去，如此月余，觉腹微动。鬼乃泣曰："限期已满，从此永诀矣！"遂绝。女初不言，既而腹渐大，不能隐，阴以告母。母疑涉妄，然窥女无他，大惑不解。

十月，果举一男。向人言之，闻者罔不匿笑，女亦无以自伸。有里正[8]故与马有隙，告诸邑令，令拘讯邻人，

土偶
土偶無知忽
有知依然
燕好似生時
閨房苦節
天能鑒特
許宗祧
衍一支
土偶

并无异言，令曰："闻鬼子无影，有影者伪也。"抱儿日中，影淡淡如轻烟然。又刺儿指血付土偶上[9]，立入无痕，取他偶涂之，一拭便去，以此信之。长数岁，口鼻言动，无一不肖马者。群疑始解。

校注

1 〔琴瑟〕古时比喻夫妻。
2 〔夺其志〕谓改变其志节，即令其改嫁。
3 〔无出〕即没有生育子女。出，产。
4 〔恒情〕谓人之常情。
5 〔幽壤〕谓九泉之下，其意为地下深处，指冥府。
6 〔促我茂龄〕使我壮年死亡。茂龄，壮年。明无名氏《赠书记·扫茔遘侠》："茕茕无奇，落魄一鳏生。虚掷年光误茂龄。"
7 〔承祧（tiāo 佻）绪〕承继宗嗣。详见卷一《聂小倩》注。
8 〔里正〕古时乡官，明代改称"里长"。详见卷一《促织》注。
9 〔付土偶上〕抹到土偶身上。付，同"敷"。宋曾慥《类说·纪异记》："瓶中有药如膏，曰：'以此付之即瘥。'如其言付，果愈。"

长治女子

陈欢乐，潞之长治[1]人，有女慧美。有道士行乞，睨之而去，由是日持钵近廛间[2]。适一瞽人自陈家出，道士追与同行，问何来，瞽云："适过陈家推造命[3]。"道士曰："闻其家有女郎，我中表亲，欲求姻好，但未知其甲子[4]。"瞽为之述之，道士乃别而去。

居数日，女绣于房，忽觉足麻痹，渐至股，又渐至腰腹，俄而晕然倾仆。定逾刻，始恍惚能立，将寻告母，及出门，则见茫茫黑波中一路如线，骇而却退，门舍居庐，已被黑水淹没。又视路上，行人绝少，惟道士缓步于前，遂遥尾之，冀见同乡以相告语。走数里以来，忽睹里舍，视之，则己家门，大骇曰："奔驰如许，固犹在村中。何向来迷惘若此！"欣然入门，父母尚未归，复仍至己房，所绣业履[5]，犹在榻上，自觉奔波殆极，就榻憩坐。道士忽入，女大惊欲遁，道士捉而捺之。女欲号，则喑[6]不能声。道士急以利刃剖女心，女觉魂飘飘离壳而立，四顾家舍全非，惟有崩崖若覆，视道士以己心血点木人上，又复叠指[7]诅咒，女觉木人遂与己合。道士嘱曰："自兹当听差遣，勿得违误！"遂佩戴之。

陈氏失女，举家惶惑，寻至牛头山，始闻村人传言，岭[8]下一女子剖心而死。陈奔验，果其女也，泣以诉宰。宰拘岭下居人，拷掠几遍，迄无端绪，姑收群犯，以待覆勘。道士去数里外，坐路旁柳树下，忽谓女曰："今遣汝第一差，往侦邑中审狱状。去当隐身暖阁[9]上，倘见官宰用印，即当趋避，切记勿忘！限汝辰去巳来[10]。迟一刻，则以一针刺汝心中，令作急痛；二刻，刺二针；至三针，则使汝魂魄销灭矣。"女闻之，四体惊悚[11]，飘然遂去。瞬息至官廨，如言伏阁上[12]。一时岭下人罗跪堂下，尚未讯诘，适将钤[13]印公牒，女未及避，而印已出匣。女觉身躯重耎，纸格[14]似不能胜，嚗然[15]作响，满堂愕顾。宰命再举[16]，响如前；三举，翻坠地下，众悉闻之。宰起祝曰："如是冤鬼，当便直陈，为汝昭雪。"女哽咽而前，历言道士杀己状、遣己状。宰差役驰去，至柳树下，道士果在，捉还，一鞫而服，人犯乃释。宰问女："冤雪何归？"女曰："将从大人。"宰曰："我署中无处可容，不如暂归汝家。"女良久曰："官署即吾家，我将入矣。"宰又问，音响已寂。退入宅中，则夫人生女矣。

校注

1 〔潞〕山西潞安府。长治：即潞安府长治县，现山西省长治市。

2 〔廛（chán 蝉）间〕此指女子家的居宅一带。廛，古代城市平民一家所居的房地。《周礼·地官·载师》："以廛里任国中之地。"郑玄注："廛，民居之区域也。"

3 〔推造命〕推算"八字"，占卜命运。造命，星命术士以人的出生年、月、日、时为柱，配合干支，合为八字，用以推算人一生的命运，称造命。《新唐书·李泌传》："夫命者，已然之言。主相造命，不当言命。言命，则不复赏善罚恶矣。"

4 〔甲子〕犹称"八字"。详见卷二《九山王》注。

5 〔业履（lǚ 吕）〕指还未做完的鞋子。《孟子·尽心下》："有业屦于牖上，馆人求之弗得。"焦循《孟子正义》："业履，造而未终之屦也。"

6 〔喑（yīn 阴）〕哑。《礼记·王制》："喑、聋、跛、躃、断者、侏儒、百工，各以其器食之。"释文："喑谓口不能言。"

7 〔叠指〕谓并叠食指与中指，为念咒语时的一种辅助动作。

8 〔岭〕据手稿本，原抄本作"山"。

9 〔暖阁〕旧时官署中设公案的阁子。为一左右斜向前包的屏障，下有底座，高于地面。

10 〔辰去巳来〕辰时，相当如今七点至九点；巳时，相当如今九点至十一点。

11 〔四体惊悚〕四体，四肢。惊悚，恐惧。《后汉书·刘陶传》："每闻羽书告急之声，心灼内热，四体惊悚。"

12 〔上〕据手稿本，原抄本作"下"。

13 〔钤（qián 钳）〕盖印。

14 〔纸格〕指暖阁纸糊的棚顶。

15 〔嚗然〕迸裂声。《酉阳杂俎》中《诺皋记》上："嚗然分为两扇，空中轮转，声如分蜂。"

16 〔再举〕即再次盖印。

鄱阳神

翟湛持[1]，司理饶州[2]，道经鄱阳湖。湖上有神祠，停盖[3]游瞻。内雕丁普郎[4]死节臣像，翟姓一神，最居末坐。翟曰："吾家宗人[5]，何得在下！"遂于上易一座。既而登舟，大风断帆，桅樯倾侧[6]，一家哀号。俄一小舟破浪而来，既近官舟，急挽翟[7]登小舟，于是家人尽登。审视其人，与翟姓神无少异。无何浪息，寻之已杳。

校注

1 〔翟湛持〕名世琪，山东益都人。顺治戊戌年（1658）举人。顺治己亥年（1659）进士。曾任陕西省韩城县知县。见《益都县志》卷六。

2 〔司理饶州〕在饶州府做司理。司理，亦称司李，官名，掌管狱讼。饶州，明清府名，治所在今江西鄱阳县。

3 〔盖〕车盖，指代车。

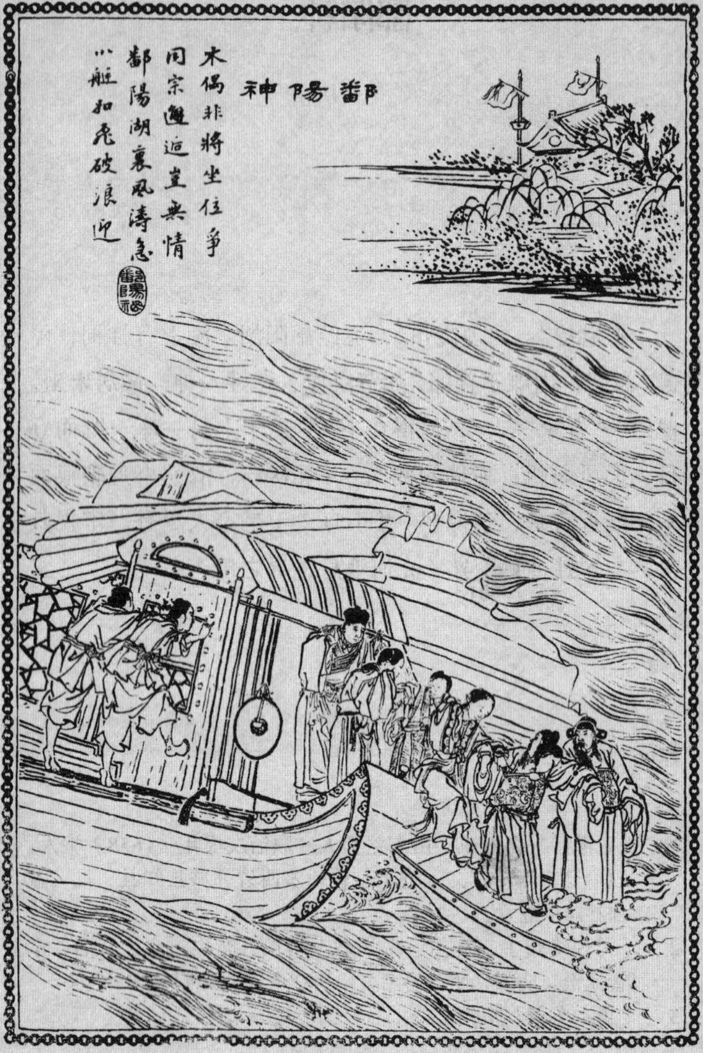
鄱陽神
木偶非將坐位爭
同宗邂逅豈無情
鄱陽湖裏風濤急
小艇如飛破浪迎

4 〔丁普郎〕黄陂（今湖北黄陂县）人。元至正年间，“援南昌，大战鄱阳湖，自辰至午，普郎身被十余创，首脱犹直立，执兵作斗状，敌惊为神。时七月己丑也”。阵亡后，赠济阳郡公，于湖上建庙祭祀。见《明史》卷一三三。丁，据手稿本，原抄本作“木”。手稿本“丁”原为“木”字，作者后改为“丁”，其改的痕迹很清楚。

5 〔宗人〕谓同族姓的人。

6 〔帆、侧〕据手稿本，原抄本无。

7 〔翟〕据手稿本，原抄本作“翼”。

伍秋月

秦邮[1]王鼎，字仙湖，为人慷慨有力，广交游。年十八，未娶，妻殒。每远游，恒经岁不返。兄鼐，江北名士，友于甚笃[2]，劝弟勿游，将为择偶。生不听，命舟抵镇江访友，友他出，因税居于逆旅阁上，江水澄波，金山在目，心甚快之。次日，友人来，请生移居，辞不去。

居半月余，夜梦女郎，年可十四五，容华端妙[3]，上床与合，既寤而遗，颇怪之，亦以为偶。入夜，又梦之。如是三四夜，心大异，不敢息烛，身虽偃卧，惕然自警。才交睫，梦女复来，方狎，忽自惊寤，急开目，则少女如仙，俨然犹在抱也。见生醒，颇自愧怯。生虽知非人，意亦甚得，无暇问讯，直与驰骤。女苦不堪，曰："狂暴如此，无怪人不敢明告也。"生始诘之，答云："妾伍氏秋月。先父名儒，邃于易数[4]，常珍爱妾，但言不永寿，故不许字人。后十五岁果夭殁，即攒瘗[5]阁东，令与地平，亦无冢志[6]，惟立片石于棺侧，曰：'女秋月，葬无冢，三十年，嫁王鼎。'今已三十年，君适至，心喜，亟欲自荐，寸心羞怯，故假之梦寐耳。”生亦喜，复求讫事。曰：“妾少须阳气，欲求复生，实不禁此风雨。后日好合无限，何必今宵。”遂起而去。次夕，复至，坐对笑谑，欢若生平。灭烛登床，无异生人，但女既起，则遗泄流离，沾染茵褥。

一夕，月明莹澈，小步庭中，问女：“冥中亦有城郭否？”答曰：“等耳。冥间城府，不在此处，去此可三四里，但以夜为昼。”问：“生人能见之否？”答云：“亦可。”生请往观，女诺之。乘月去，女飘忽若风，王极力追随，欻至一处，女言：“不远矣。”生瞻望殊罔所见。女以唾涂其两眦，启之，明倍于常，视夜色不殊白昼，顿见雉堞在杳霭[7]中，路上行人如趋墟市[8]。俄二皂[9]絷三四人过，末一人怪类其兄，趋近之，果兄，骇问：“兄那得来？”兄见生，潸然零涕，言：“自不知何事，强被拘囚。”王怒曰：“我兄秉礼[10]君子，何至缧绁[11]如此！”便请二皂幸且宽释，皂不肯，殊大傲睨。生恚，欲与争，兄止之曰：“此是官命，亦合奉法，但余乏用度，索贿良苦。弟归，宜措置。”生把兄臂，哭失声，皂怒，猛掣项索，兄顿颠蹶。生见之，忿火填胸，不能制止，即解佩刀，立决皂首，一皂喊嘶，生又决之。女大惊曰：“杀官使，罪不宥！迟则祸及！请即觅舟北发，归家勿摘提幡[12]，杜门绝出入，七日保无虑也。”王乃挽兄夜买小舟，火急北渡。归见吊客在门，知兄果死，闭门下钥，始入，视兄已渺；

入室，则亡者已苏，便呼："饿死矣！可急备汤饼。"时死已二日，家人尽骇，生乃备言其故。七日启关，去丧幡，人始知其复苏。亲友集问，但伪对之。转思秋月，想念颇烦，遂复南下，至旧阁，秉烛久待，女竟不至。蒙眬欲寝，见一妇人来，曰："秋月小娘子致意郎君：前以公役被杀，凶犯逃亡，捉得娘子去，见在监押，押役遇之虐，日日盼郎君，当谋作经纪。"王悲愤，便从妇去。至一城都，入西郭，指一门曰："小娘子暂寄此间。"王入，见房舍颇繁，寄顿囚犯甚多，并无秋月，又进一小扉，斗室中有灯火。王近窗以窥，则秋月坐榻上，掩袖呜泣。二役在侧，撮颐捉履，引以嘲戏，女[13]啼益急。一役挽颈曰："既罪犯，尚守贞耶？"王怒，不暇语，持刀直入，一役一刀，摧斩如麻，篡取[14]女郎而出，幸无觉者。裁至旅舍，蓦然即醒。

方怪幻梦之凶，见秋月含睇[15]而立。生惊起曳坐，告之以梦，女曰："真也，非梦也。"生惊曰："且为奈何！"女叹曰："此有定数。妾待月尽，始是生期，今已如此，急何能待！当速发瘗处，载妾同归，日频唤妾名，三日可活。但未满时日，骨耎足弱，不能为君任井臼[16]耳。"言已，草草欲出，又返身曰："妾几忘之，冥追若何？生时，父传我符书，言三十年后，可佩夫妇。"乃索笔疾书两符，曰："一君自佩，一黏妾背。"送之出，志其没处，掘尺许，即见棺木，亦已败腐，侧有小碑，果如女言。发棺视之，女颜色如生，抱入房中，衣裳随风尽化。黏符已，以被褥严裹，负至江滨，呼拢泊舟，伪言妹急病，将送归其家。幸南风大竞，甫晓已达里门。抱女安置，始告兄嫂，一家惊顾，亦莫敢直言其惑。生启衾，长呼秋月，夜辄拥尸而寝，日渐温暖，三日竟苏，七日能步，更衣拜嫂，盈盈然[17]神仙不殊。但十步之外，须人而行，不则随风摇曳，屡欲倾侧。见者以为身有此病，转更增媚。每劝生曰："君罪孽太深，宜积德诵经以忏[18]之。不然，寿恐不永也。"生素不佞佛[19]，至此皈依[20]甚虔，后亦无恙。

异史氏曰："余欲上言定律：'凡杀公役者，罪减平人[21]三等。'盖此辈无有不可杀者也。故能诛锄蠹役[22]者，即为循良[23]；即稍苛之，不可谓虐。况冥中原无定法，倘有恶人，刀锯鼎镬，不以为酷。若人心之所快，即冥王之所善也。岂罪致冥追，遂可幸而逃哉？"

校注

1　〔秦邮〕即今江苏省高邮县。秦时于此处置邮亭，叫"高邮亭"，故称之"秦邮"。明清时置州属扬州府。

2　〔友于甚笃〕指兄弟间的情谊很深。《尚书·君陈》："惟孝友于兄弟。""于"，介词，后"友于"连用，以称兄弟间的友爱。笃，厚。

3 〔端妙〕容貌端正美丽。《玉台新咏·王枢〈见采桑者，聊以赠之〉》：“遥见提筐下，翩妍实端妙。”

4 〔邃（suì碎）于易数〕谓精于占卜之术。邃，精深。易，《周易》的简称。《周易》卦起源于原始宗教的巫术占验，后被附会为占卜术数的书。数，方术、技艺。

5 〔攒瘗（yì义）〕暂时浅埋，以待迁葬。明汤显祖《牡丹亭·秘议》：“丽娘原是他香闺女，十八而亡，就此攒瘗。”攒，停棺待葬；待葬的棺柩。《清史稿·后妃传·文宗孝德显皇后》：“权攒田村，同治初，移静安庄，旋葬定陵。”瘗，埋。

6 〔冢志〕坟墓的标志。

7 〔雉堞（zhìdié滞迭）在杳霭〕雉堞，城上短墙。《文选·鲍照〈芜城赋〉》：“板筑雉堞之殷，井干烽橹之勤。”李善注：“郑玄《周礼》注曰：‘雉，长三丈，高一丈。’杜预《左氏传》注曰：‘堞，女墙也。’”杳霭，深远幽暗貌。唐韦应物《往云门郊居途经回流作》：“明灭泛孤景，杳霭含夕虚。”

8 〔墟市〕集市。陆游《溪行》诗：“逢人问墟市，计日买薪疏。”

9 〔皂〕即指“皂隶”，古代贱役。《左传·隐公五年》：“若夫山林川泽之实，器用之资，皂隶之事，官司之守，非君所及也。”后专以称旧衙门里的差役。

10 〔秉礼〕谓秉持礼义。秉，执，持。

11 〔缧绁（xiè泄）〕拘系犯人用的绳索。《论语·公冶长》：“子谓公冶长可妻。虽在缧绁之中，非其罪也。”朱熹注：“缧，黑索也。绁，挛也。古者狱中以黑索拘挛罪人。”

12 〔提幡〕旧时指丧家在门首所挂白色丧幡。俗称“灵魂幡”或“招魂幡”。

13 〔女〕据手稿本，原抄本作“又”。

14 〔篡取〕夺取。《史记·卫将军骠骑列传》：“大长公主执囚青，欲杀之。其友骑郎公孙敖与壮士篡取之。”

15 〔含睇〕含情斜视。《楚辞·屈原〈九歌·山鬼〉》：“既含睇兮又宜笑，子慕予兮善窈窕。”睇，据手稿本，原抄本作“涕”。

16 〔任井臼〕操持家务。详见卷二《红玉》注。

17 〔盈盈然〕仪态美貌。《文选·古诗〈青青河畔草〉》：“盈盈楼上女，皎皎当窗牖。”李善注：“《广雅》曰：‘嬴，容也。’‘盈’与‘嬴’同。”

18 〔忏〕即忏悔。

19 〔佞（nìng泞）佛〕迷信于佛法。《晋书·何充传》：“充与弟准，崇信释氏。谢万讥之云：‘二郗谄于道，二何佞于佛。’”

20 〔皈依〕佛教名词。原指佛教的入教仪式。后指信仰佛教。即指对佛、法、僧三宝表示反归依附，称为“三皈依”。皈，同“归”。唐李颀《宿莹公禅房闻梵》诗：“始觉浮生无住著，顿令心地欲皈依。”

21 〔平人〕即平民。《后汉书·和熹邓皇后纪》：“诏教除建武以来诸犯妖恶及马窦家属所被禁锢者，皆复之为平人。”

22 〔蠹役〕谓旧时官府中的差役，像蛀虫一样为害国家与人民，故称之。蠹，蛀虫。

23 〔循良〕指奉公守法的官吏。唐柳宗元《柳州谢表》：“万邦共理，必藉于循良；一物不遗，尚延于愚藐。”

莲花公主

胶州[1]窦旭，字晓晖，方昼寝，见一褐衣人立榻前，逡巡惶顾，似欲有言。生问之，答云："相公奉屈[2]。"生问："相公何人？"曰："近在邻境。"从之而出，转过墙屋，导至一处，叠阁重楼，万椽相接，曲折而行，觉万户千门，迥非人世。又见宫人[3]女官，往来甚夥，都向褐衣人问曰："窦郎来乎？"褐衣人诺。俄，一贵官出迎，见生甚恭。既登堂，生启问曰："素既不叙，遂疏参谒。过蒙爱接，颇注疑念。"贵官曰："寡君以先生清族世德[4]，倾风结慕，深愿思晤焉。"生益骇，问："王何人？"答云："少间自悉。"无何，二女官至，以双旌导生行，入重门，见殿上一王者，见生入，降阶而迎，执宾主礼，礼已践席[5]，列筵丰盛。仰视殿上一匾曰"桂府"。生局蹙不能致辞，王曰："忝[6]近芳邻，缘即至深。便当畅怀，勿致疑畏。"生唯唯。酒数行，笙歌作于下，钲鼓不鸣，音声幽细。稍间，王忽左右顾曰："朕[7]一言，烦卿等属对：'才人登桂府[8]。'"四座方思，生即应云："君子爱莲花[9]。”王大悦曰：“奇哉！莲花乃公主小字，何适合如此？宁非夙分？传语公主，不可不出一晤君子。”移时，珮环声近，兰麝香浓，则公主至矣。年十六七，妙好无双。王命向生展拜，曰：“此即莲花小女也。”拜已而去。生睹之，神情摇动，木坐凝思。王举觞劝饮，目竟罔睹[10]。王似微察其意，乃曰：“息女[11]宜相匹敌，但自惭不类，如何？”生怅然若痴，即又不闻，近坐者蹑[12]之曰：“王揖君未见，王言君未闻耶？”生茫乎若失，懡㦬[13]自惭，离席曰：“臣蒙优渥，不觉过醉，仪节失次，幸能垂宥[14]。然日旰君勤[15]，即告出也。”王起曰：“既见君子，实惬心好，何仓卒而便言离也？卿既不住，亦无敢于强。若烦萦念，更当再邀。”遂命内官[16]导之出。途中，内官语生曰：“适王谓可匹敌，似欲附为婚姻，何默不一言？”生顿足而悔，步步追恨，遂已至家，忽然醒寤，则返照[17]已残，冥坐观想，历历在目。晚斋灭烛，冀旧梦可以复寻，而邯郸路渺[18]，悔叹而已。

一夕，与友人共榻，忽见前内官来，传王命相召。生喜，从去，见王伏谒。王曳起，延止隅坐，曰：“别后知劳思眷。谬以小女子奉裳衣，想不过嫌也。”生即拜谢。王命学士[19]大臣陪侍宴饮，酒阑，宫人前白：“公主妆竟。”俄见数十宫人拥公主出，以红锦覆首，凌波微步[20]，挽上氍毹[21]，与生交拜成礼，已而送归馆舍，洞房温清[22]，穷极芳腻。生曰：“有卿在目，真使人乐而忘死。但恐今日之遭，乃是梦耳。”公主掩口曰：“明明妾与君，那得是梦？”诘旦方起，戏为公主匀铅黄[23]，已而以带围腰，布指度足。公主笑问：“君颠耶？”曰：“臣屡为梦误，故细志之。倘是梦时，亦足动悬想耳。”调笑未已，一宫女驰入曰：“妖入宫门，王避偏殿[24]，凶祸不远矣！”生大惊，趋见王，王执手泣曰：“君子不弃，方图永好，讵期孽降自天，国祚[25]将覆，且复奈何！”生惊问：“何说？”王以案上一章，授生启读。章曰：“含香殿大学士[26]臣黑翼，为非常怪异，祈早迁都，以存国脉事。据黄门[27]报称：自五月初六日，来一千丈巨蟒，盘踞宫外，吞食内外臣民一万三千八百余口，所过宫殿尽成丘墟，等因[28]。臣奋勇前窥，确见妖蟒：头如山岳，目等江海。昂首则殿阁齐吞，伸腰则楼垣尽覆。真千古未见之凶，万代不遭之祸！社稷宗庙[29]，危在旦夕！乞皇上早率宫眷，速迁乐土[30]”云云。生览毕，面如灰土。即有宫人奔奏：“妖物至矣！”合殿哀呼，惨无天日。王仓遽不知所为，但泣顾曰：“小女已累先生。”生坌息而返。公主方与左右抱首哀鸣，见生入，牵衿曰：“郎焉置妾？”生怆恻欲绝，乃捉腕思曰：“小生贫贱，惭无金屋。有茅庐三数间，姑同窜匿可乎？”公主含涕曰：“急何能择，乞携速往。”生乃挽扶而出，未几至家。公主曰：“此大安宅，胜故国多矣。然妾从君来，父母何依？请别筑一舍，当举国相从。”生难之。公主号咷[31]曰：“不能急人之急，安用郎也！”生略慰解，即已入室。公主伏床悲啼，不可劝止。

焦思无术，顿然而醒，始知梦也。而耳畔啼声，嘤嘤未绝，审听之，殊非人声，乃蜂子二三头，飞鸣枕上。大叫怪事，友人诘之，乃以梦告，友人亦诧为异。共起视蜂，依依裳袂间，拂之不去。友人劝为营巢，生如所请，督工构造。方竖两堵，而群蜂自墙外来，络绎如蝇。顶尖未合，飞集盈斗。迹所由来，则邻翁之旧圃也。圃中蜂一房，三十余年矣，生息[32]颇繁。或以生事告翁，翁觇之，蜂户寂然。发其壁，则蛇据其中，长丈许，捉而杀之，乃知巨蟒即此物也。蜂入生家，滋息[33]更盛，亦无他异。

校注

1 〔胶州〕明清直隶州，治所在今山东省胶县。

2 〔相公奉屈〕相公，泛指官吏。宋朝失撰者名《道山清话》："陈莹中云：'岭南之人见逐客，不问官高卑皆呼为相公，想是见相公常来也。'"清翟灏《通俗编·仕进》："今凡衣冠中人，皆僭称相公。"此为褐衣者称其主人。奉屈，请人莅临的敬词。

3 〔宫人〕宫女，即皇宫内供役使的女子。女官，宫廷中女史之类的官。

4 〔寡君以先生清族世德〕寡君，对别国称自己国君的谦词。意谓寡德之君。《左传·僖公四年》："贡之不入，寡君之罪也。"清族世德，清门大族，累世有德。世德，即累世德行。《诗经·大雅·下武》："王配于京，世德作求。"

5 〔践席〕步入坐席。《礼记·曲礼上》："客践席，乃坐。"孔颖达疏："客践席者，犹履也。"也指入席，就席。古代人席地而坐，故称座为席。

6 〔忝（tiǎn 舰）〕辱，自谦词。

7 〔朕〕古时自称为朕，自秦始皇起专用于皇帝自称。

8 〔才人登桂府〕桂府，犹月宫，相传月中有桂树，因称月宫为桂府。此语亦有"蟾宫折桂"之意。

9 〔君子爱莲花〕宋周敦颐《爱莲说》："予独爱莲之出淤泥而不染，濯清涟而不妖；中通外直，不蔓不枝；香远益清，亭亭净植，可远观而不可亵玩焉。……莲，花之君子者也。"此恰合莲花公主之名。

10 〔罔睹〕没有看见。

11 〔息女〕对别人称自己的女儿。详见卷二《胡氏》注。

12 〔蹑（niè 聂）〕踏；言近者踏其足以示其意。

13 〔懡㦬〕羞愧。宋赵叔向《肯綮录》："羞惭曰懡㦬。"

14 〔垂宥〕给予宽容。宥，宽容。

15 〔日旰（gàn 干）君勤〕天色已晚，君主劳累。《左传·昭公十二年》："日旰君勤，可以出矣。"旰，晚。勤，劳。

16 〔内官〕指宦官，太监。李德裕《长安秋夜》诗："内官传诏问戎机，载笔金銮夜始归。"

17 〔返照〕夕阳快将落山。杜甫《野老》诗："渔人网集澄潭下，估客船随返照来。"

18 〔邯郸路渺〕意为旧梦难寻。邯郸，此为"邯郸梦"之省，借指梦境。唐沈既济撰《枕中记》，言少年卢生于邯郸旅舍中，枕了神仙吕翁的枕头睡觉，梦见自己中式得官，出将入相，五十余年，享尽人间荣华富贵，醒来时店主人黄粱还没有做熟。详见卷一《续黄粱》注。

19 〔学士〕官名。魏晋南北朝，征文学之士主掌典礼、编纂、撰述等事，通称学士。唐代翰林学士亦本为文学侍从之臣，因接近皇帝，往往参预机要。宋代始设专职，其地位、职掌与唐代略同。明代设翰林院学士及翰林院侍读、侍讲学士，学士遂专为词臣之荣衔。清代改翰林院学士为掌院学士，余如故。

20 〔凌波微步〕比喻女儿步履轻盈，如乘碧波而行。《文选·曹植〈洛神赋〉》："凌波微步，罗袜生尘。"吕向注："步于水波之上，如尘生也。"

21 〔氍毹（qúshū 渠书）〕地毯。

22 〔温凊（qìng 庆）〕犹言温存体贴。凊，通"清"，寒冷。《集韵·劲韵》："凊，寒也。或作清。"凊，手稿本及其他早期抄本与刻本，皆作"凊"。1962 年上海古籍出版社出版的张友鹤《(会校会注会评)聊斋志异》，将"凊"改为"清"字。故自此以后，依张友鹤本出版的注本、译本，皆用"清"字。

23 〔铅黄〕古代妇女化妆用品。铅，铅粉，敷面用。黄，黄粉，古代妇女施于额上的黄色涂饰。唐卢纶《皇帝感词》："铅黄艳河汉，笑语合笙镛。"

24 〔偏殿〕在正殿旁侧或规模较正殿为小的宫殿。

25 〔国祚〕国家的命运。宋陈亮《箴铭赞》："国祚若旒，谁任其责。"

26 〔大学士〕官名。唐中宗景龙二年（708），修文馆置大学士四人。此为大学士之始，然不常设。宋沿唐制，昭文馆、集贤殿大学士，皆宰相领之。明代始专以殿阁大学士为宰辅之官，然官阶仅五品，其职务是替皇帝批答奏章，承理政务。自宣宗时，以师保尚书兼大学士，官尊于六卿，职近宰相，称为"阁老"。清因之，设内阁大学士四人，协办大学士二人，秩皆正一品。赞理机务，表率百僚，成为文臣最高的官位，称为"中堂"。

27 〔黄门〕宦者，太监。东汉黄门令、中黄门诸官，皆为宦者充任，后遂称宦官为黄门。《文选·嵇康〈与山巨源绝交书〉》："岂可见黄门而称贞哉！"李周翰注："黄门，阉人也。"

28 〔等因〕旧时公文用语。在叙述情况之后，用此二字作结，然后陈述己意。

29 〔社稷宗庙〕谓国家与祖宗的庙宇。社稷，土、谷之神。《白虎通义·社稷》："人非土不立，非谷不食……故封土立社，示有土也；谷，五谷之长，故立稷而祭之也。"历代封建王朝以社稷为国家政权的标志。宗庙，古代帝王、诸侯祭祀祖宗的庙宇。《国语·鲁语上》："夫宗庙之有昭穆也，以次世之长幼，而等胄之亲疏也。"

30 〔乐土〕谓安乐之地。《诗经·魏风·硕鼠》："逝将去女，适彼乐土。"

31 〔号咷〕据手稿本，原抄本无。

32 〔生息〕生殖蕃息。韩愈《潮州刺史谢上表》："大宇之下，生息理极。"

33 〔滋息〕繁殖生息。《三国志·魏志·王朗传》疏："一以勤耕农为务，习戎备为事，则国无怨旷，户口滋息，民充兵强。"

绿衣女

于生名璟，字小宋，益都人，读书醴泉寺[1]。夜方披诵[2]，忽一女子在窗外赞曰："于相公勤读哉！"因念：深山何处得女子？方疑思间，女已推扉笑入，曰："勤读哉！"于惊起，视之，绿衣长裙，婉妙无比。于知非人，因诘里居，女曰："君视妾当非能咋噬者[3]，何劳穷问？"于心好之，遂与寝处，罗襦既解，腰细殆不盈掬[4]。更筹方尽[5]，翩然遂去[6]，由此无夕不至。一夕共酌，谈吐间妙解音律，于曰："卿声娇细，倘度一曲，必能消魂[7]。"女笑曰："不敢度曲[8]，恐消君魂耳。"于固请之。曰："妾非吝惜，恐他人所闻。君必欲之，请便献丑，但只微声示意可耳。"遂以莲钩轻点床足[9]，歌云："树上乌臼鸟[10]，赚奴中夜散。不怨绣鞋湿，只恐郎无伴。"声细如蝇，裁可辨认，而静听之，宛转滑烈，动耳摇心。歌已，启门窥曰："防窗外有人。"绕屋周视，乃入。生曰："卿何疑惧之深？"笑曰："谚云：'偷生鬼子常畏人。'妾之谓矣。"

既而就寝，惕然[11]不喜，曰："生平之分[12]，殆止此

綠衣女
窺牕有女把
逡巡一曲清
歌妙入神居
處不勞君繫
問綠衣原是
衛宮人

乎？”于急问之，女曰：“妾心动，妾禄尽[13]矣。”于慰之曰：“心动眼瞤[14]，盖是常也，何遽此云？”女稍怿，复相绸缪。更漏既歇，披衣下榻，方将启关，徘徊复返，曰：“不知何故，惿悀[15]心怯，乞送我出门。”于果起，送诸门外，女曰：“君伫望我，我逾垣去，君方归。”于曰：“诺。”视女转过房廊，寂不复见。方欲归寝，闻女号救甚急，于奔往，四顾无迹，声在檐间，举首细视，则一蛛大如弹，抟捉一物，哀鸣声嘶。于破网挑下，去其缚缠，则一绿蜂，奄然将毙矣。捉归室中，置案头。停苏移时，始能行步，徐登砚池，自以身投墨汁，出伏几上，走作“谢”字，频展双翼，已乃穿窗而[16]去，自此遂绝。

校注

1　〔醴泉寺〕在邹平县西南三十里黉堂岭下，唐中宗时取寺僧仁万至京师大荐福寺校勘经律，获赐宝函一藏，旧寺宣演，适东岩醴泉出，诏赐今名。宋范仲淹尝读书寺中，偶见窖金覆之不取，后为西帅，僧求为修寺，公始发之，适周于用。邹平县《旧志》载：“宋齐间有高僧栖此山，传是庄严法师创建，寺宇久圮废。唐中宗时僧仁万重建，寺成之日东岩醴泉出，特赐名醴泉寺。”

2　〔披诵〕翻书吟诵。披，翻开。

3　〔咋噬者〕吃人者。咋，咬。噬，吞咬。

4 〔殆不盈掬〕差不多不满一掐。殆，几乎，差不多。掬，一捧，此作“掐”。

5 〔更筹方尽〕谓夜尽天明。更，古时夜间计时的单位，一夜分为五更，每更约两小时。更筹，古代夜间报更用的计时竹签。宋欧阳澈《小重山》词：“无眠久，通晓数更筹。”

6 〔去〕据手稿本，原抄本作“出”。

7 〔消魂〕同“销魂”。形容极度欢乐，灵魂离开肉体。宋秦观《满庭芳》词：“销魂，当此际，香囊暗解，罗带轻分。”

8 〔度曲〕按谱歌唱。

9 〔床足〕旧时床前或座前接脚的小杌。

10 〔乌臼鸟〕候鸟名，又名黎雀，俗名鸦舅。天明即啼。古乐府《乌夜啼》：“可怜乌臼鸟，强言知天曙。无故三更啼，欢子冒暗去。”

11 〔惕然〕提心吊胆的样子。

12 〔分〕情分、缘分。

13 〔禄尽〕谓福分尽了，濒于死亡。

14 〔眼瞤（shùn 顺）〕眼跳。瞤，眼皮跳动。汉蔡邕《广连珠》：“臣闻目瞤耳鸣，近夫小戒也。”

15 〔惿㽄（tísī 提斯）〕害怕，胆怯。《集韵·齐韵》：“惿，惿㽄，心怯。”惿㽄，据手稿本，原抄本作“提撕”。

16 〔而〕据手稿本，原抄本作“面”。

黎　氏

龙门[1]谢中条者，佻达[2]无行。三十余丧妻，遗二子一女，晨夕啼号，萦累甚苦。谋聘继室，低昂未就，暂雇佣媪抚子女。一日，翔步[3]山途，忽一妇人出其后，待以窥觇，是好女子，年二十许，心悦之，戏曰："娘子独行，不畏怖耶？"妇走不对。又曰："娘子纤步，山径殊难。"妇仍不顾。谢四望无人，近身侧，遽挲[4]其腕，曳入幽谷，将以强合，妇怒呼曰："何处强人，横来相侵！"谢牵挽而行，更不休止，妇步履跌蹶[5]，困窘无计，乃曰："燕婉[6]之求，乃若此耶？缓我，当相就耳。"谢从之。偕入静壑，野合既已，遂相欣爱，妇问其里居姓氏，谢以实告，既亦问妇，妇言："妾黎氏，不幸早寡，姑又殒殁，块然一身，无所依倚，故常至母家耳。"谢曰："我亦鳏也，能相从乎？"妇问："君有子女无也？"谢曰："实不相欺，若论枕席之事，交好者亦颇不乏，只是儿啼女哭，令人不耐。"妇踌躇曰："此大难事！观君衣服袜履款样，亦只平平，我自谓能办，但继母难作，恐不胜诮让[7]也。"

谢曰："请毋疑阻。我自不言，人何干与？"妇亦微纳，转而虑曰："肌肤已沾，有何不从？但有悍伯[8]，每以我为奇货，恐不允谐，将复如何？"谢亦忧皇，谋与逃窜。妇曰："我亦思之烂熟，所虑家人一泄，两非所便。"谢云："此即细事。家中惟一孤媪，立便遣去。"妇喜，遂与同归。先匿外舍，即入遣媪讫，扫榻迎妇，倍极欢好。妇便操作，兼为儿女补缀，辛勤甚至。谢得妇，嬖爱[9]异常，日惟闭门相对，更不通客。

月余，适以公事出，反关[10]乃去。及归，则中门严闭，扣之不应，排阖而入，渺无人迹。方至寝室，一巨狼冲门跃出，几惊绝，入视，子女皆无，鲜血殷地，惟三头存焉。返身追狼，已不知所之矣。

异史氏曰："士则无行，报以惨矣。再娶者，皆引狼入室耳，况将于野合逃窜中求贤妇哉！"

校注

1　〔龙门〕古县名。在今山西省西南部，北魏置，宋改河津。治所在今山西省河津县。

2　〔佻达〕轻薄。《诗经·郑风·青衿》："挑兮达兮，在城阙兮。"传："挑达，往来相见貌。"朱熹集传："挑，轻儇跳跃之貌。达，放恣也。"挑达，《说文》引作"佻达"。

3 〔翔步〕安步，缓步。三国蜀秦宓《奏记州牧刘焉荐儒士任定祖》：“此乃承平之翔步，非乱世之急务也。”

4 〔挲（suō 蓑）〕摸索，抚弄。

5 〔跌蹶〕步履困难，跌跌撞撞。

6 〔燕婉〕亦作“嬿婉”，指欢好，和美。《文选·苏武〈诗〉之三》：“欢娱在今夕，嬿婉及良时。”吕向注：“嬿婉，欢好貌。”

7 〔诮让〕谴责。

8 〔伯〕指夫兄。

9 〔嬖（bì 闭）爱〕宠爱。详见卷二《刘海石》注。

10 〔反关〕自外将门锁上。

荷花三娘子

湖州[1]宗湘若，士人也。秋日巡视田垄，见禾稼茂密处，振摇甚动，疑之，越陌往觇，则有男女野合，一笑将返。即见男子靦然[2]结带，草草径去。女子亦起，细审之，雅甚娟好。心悦之，欲就绸缪，实惭鄙恶，乃略近拂拭曰："桑中之游[3]乐乎？"女笑不语。宗近身启衣，肤腻如脂，于是挪莎[4]上下几遍，女笑曰："腐秀才！要如何，便如何耳，狂探何为？"诘其姓氏，曰："春风一度[5]，即别东西，何劳审究？岂将留名字作贞坊[6]耶？"宗曰："野田草露中，乃山村牧猪奴所为，我不习惯。以卿丽质[7]，即私约亦当自重，何至屑屑[8]如此？"女闻言，极意嘉纳，宗言："荒斋不远，请过留连。"女曰："我出已久，恐人所疑，夜分可耳。"问宗门户、物志甚悉，乃趋斜径，疾行而去。更初，果至宗斋，殢雨尤云[9]，备极亲爱，积有月日，密无知者。

会一番僧卓锡[10]村寺，见宗惊曰："君身有邪气，曾何所遇？"答言："无之。"过数日，悄然忽病，女每夕携佳果饵之，殷勤抚问，如夫妻之好，然卧后必强宗与合。宗抱病，颇不耐之，心疑其非人，而亦无术暂绝使去，因曰：“曩和尚谓我妖惑，今果病，其言验矣。明日屈之来，便求符咒。”女惨然色变，宗益疑之。次日，遣人以情告僧，僧曰：“此狐也。其技尚浅，易就束缚。”乃书符二道，付嘱曰：“归以净坛[11]一事置榻前，即以一符贴坛口，待狐窜入，急覆以盆。再以一符黏盆上，投釜汤烈火烹煮，少顷毙矣。”家人归，并如僧教。夜深，女始至，探袖中金橘，方将就榻问讯，忽坛口飕飗一声，女已吸入。家人暴起，覆口贴符，方欲就煮，宗见金橘散满地上，追念情好，怆然感动，遽命释之。揭符去覆，女子自坛中出，狼狈颇殆，稽首曰：“大道将成，一旦几为灰土！君仁人也，誓必相报。”遂去。

数日，宗益沉绵，若将陨坠，家人趋市，为购材木，途中遇一女子，问曰：“汝是宗湘若纪纲[12]否？”答云：“是。”女曰：“宗郎是我表兄，闻病沉笃，将便省视，适有故不得去。灵药一裹，劳寄致之。”家人受归。宗念中表迄无姊妹，知是狐报，服其药，果大瘳，旬日平复，心德之，祷诸虚空，愿一再觏。一夜，闭户独酌，忽闻弹指敲窗，拔关出视，则狐女也。大悦，把手称谢，延止共饮。女曰：“别来耿耿，思无以报高厚。今为君觅一良匹，聊足塞责否？”宗问：“何人？”曰：“非君所知。明日辰刻，早越南湖[13]，如见有采菱女，着冰縠帔[14]者，当急趋之。苟迷所往，即视堤边有短干莲花隐叶底，便采归，以蜡火爇其蒂，当得美妇，兼致修龄。”宗谨受教。既而告别，宗固挽之，女曰：“自遭厄劫，顿悟大道。即奈何以衾裯之爱[15]，取人仇怨？”厉色辞去。

宗如言，至南湖，见荷荡佳丽颇多，中一垂髫人，衣冰縠，绝代也。促舟劘逼[16]，忽迷所往。即拨荷丛，果有红莲一枝，干不盈尺，折之而归。入门置几上，削蜡于旁，将以爇火，一回头，化为姝丽。宗惊喜伏拜，女曰：“痴生！我是妖狐，将为君祟矣！”宗不听。女曰：“谁教子者？”答曰：“小生自能识卿，何待教？”捉臂牵之，随手而下，化为怪石，高尺许，面面玲珑，乃携供案上，焚香再拜而祝之。入夜，杜门塞窦，惟恐其亡。平旦[17]视之，即又非石，纱帔一袭，遥闻芗泽[18]，展视领衿，犹存余腻。宗覆衾拥之而卧，暮起挑灯，既返，则垂髫人在枕上，喜极，恐其复化，哀祝而后就之。女笑曰：“孽障哉！不知何人饶舌，遂教风狂儿屑碎[19]死！”乃不复拒。而款洽间，若不胜任，屡乞休止，宗不听。女曰：“如此，我便化去！”宗惧而罢。由是两情甚谐，而金帛常盈箱箧，亦不知所自来。女见人喏喏，似口不能道辞，生亦讳言其异。怀孕十余月，计日当产，入室，嘱宗杜门禁款者[20]，自乃以刀剖脐下，取子出，令宗裂帛束之，过宿而愈。

又六七年，谓宗曰：“夙业[21]偿满，请告别也。”宗

荷花三孃子
為謀良匹報
深恩荷蒂輕
鎔蠟火溫石太
玲瓏花太豔七
畱紗帳伴清魂

闻泣下，曰："卿归我时，贫苦不自立，赖卿小阜，何忍遽离逷[22]？且卿又无邦族，他日儿不知母，亦一恨事。"女亦怅悒曰："聚必有散，固是常也。儿福相，君亦期颐[23]，更何求？妾本何氏，倘蒙思眷，抱妾旧物而呼曰：'荷花三娘子！'当有见耳。"言已解脱，曰："我去矣。"惊顾间，飞去已高于顶，宗跃起，急曳之，捉得履。履脱及地，化为石燕[24]，色红于丹朱，内外莹彻，若水晶然，拾而藏之。检视箱中，初来时所着冰縠帔尚在。每一忆念，抱呼"三娘子"，则宛然女郎，欢容笑黛，并肖生平，但不语耳。

王阮亭云[25]："'花如解语还多事，石不能言最可人。'放翁句也，可为此传写照。"

校注

1 〔湖州〕汉始设郡，元设湖州路，明为湖州府，清因之。治所在今浙江省吴兴县。

2 〔靦（tiǎn 舔）然〕惭愧的样子。

3 〔桑中之游〕指男女幽会。详见卷一《犬奸》"桑中"注。

4 〔挪莎（nuósuō 挪蓑）〕又作"挪挲"，用手摸索。

5 〔春风一度〕此为男女交合的隐语。一度，一次、一回。唐戎昱《别公安贾明府》："把君诗卷西归去，一度相思一度吟。"

6 〔贞坊〕指为烈女贞妇所立贞节牌坊。

7 〔丽质〕指女子美丽的容貌。白居易《长恨歌》:“天生丽质难自弃，一朝选在君王侧。”

8 〔屑屑〕猥琐，随便。

9 〔殢（tì 替）雨尤云〕形容热恋男女浸沉在欢会中。柳永《浪淘沙慢》:“殢雨尤云，有万般千种，相怜相惜。”

10 〔番僧卓锡〕番僧，即喇嘛僧，指西番之僧。清叶名沣《桥西杂记·塞上六歌》:“今京师番僧寺，上元除夕亦为之。”卓锡，僧人居留之称。

11 〔净坛〕指干净的坛子。一事，一件。

12 〔纪纲〕指仆人。详见卷一《长清僧》注。

13 〔南湖〕在浙江嘉兴县东南，一名鸳鸯湖。

14 〔冰縠（hú 斛）帔〕白色的绉纱披肩。縠,《说文》:“縠，细缚也。”《文选·宋玉〈神女赋〉》:“动縠以徐步兮，拂墀声之珊珊。”李善注:“縠，今之轻纱，薄如雾也。”

15 〔衾裯之爱〕谓男女枕席之爱。衾裯，即被褥与床帐。详见卷一《画皮》注。

16 〔劘（mó 摩）逼〕逼近，迫近。《太平广记》卷三三九《崔书生》:“崔闲步劘逼渐近，乃以袂掩面。”劘，迫近。

17 〔平旦〕清晨，天明。《史记·李将军列传》:“平旦，李广乃归其大军。”

18 〔芗（xiāng 乡）泽〕芗同“香”，香气。《史记·滑稽列传·淳于髡》:“罗襦襟解，微闻芗泽。”

19 〔屑碎〕纠缠。

20 〔禁款者〕谓禁止叩门。款，叩。

21 〔夙业〕谓前世的罪业、冤孽。明沈德符《野获编·鬼怪·献县盗鬼》:“（江钟廉）比至献县未视事，即罹此变，哀痛不欲生，亟解官去，旋以瞽废，虽改教不能再出矣，岂前生夙业耶！”

22 〔离遏（tì 替）〕遏，据青柯亭本，手稿本与原抄本皆为“逷”。离遏，远离。《左传·襄公十四年》:“以从执政，犹淆志也，岂敢离逷。”

23〔期（jī 基）颐〕一百岁。《礼记·曲礼上》：“百年曰期颐。”宋陆游《初夏幽居》诗之五：“余生已过足，不必到期颐。”

24〔石燕〕似燕之石。北魏郦道元《水经注·湘水》：“湘水东南流径石燕山东，其山有石，绀而状燕，因以名山。其石或大或小，若母子焉。及其雷风相薄，则石燕群飞，颉颃如真燕矣。”《初学记·天部下·雨第一》：“《湘州记》曰：‘零陵山有石燕，遇风雨即飞，止还为石。’”

25〔“王阮亭云”〕手稿本、康熙抄本、铸雪斋本、青柯亭本、二十四卷本为“友人云”。

骂鸭

邑西白家庄[1]居民某，盗邻鸭烹之。至夜，觉肤痒，天明视之，茸生[2]鸭毛，触之则痛，大惧，无术可医。夜梦一人，告之曰："汝病乃天罚[3]，须得失者骂，毛乃可落。"而邻翁素雅量[4]，生平失物，未尝征[5]于声色。某诡告翁曰："鸭乃某甲所盗，彼甚畏骂，骂之亦可警将来。"翁笑曰："谁有闲气詈恶人。"卒不骂。某益窘，因实告邻翁，翁乃骂，其病良已[6]。

异史氏曰："甚矣[7]，攘[8]者之可惧也：一攘而鸭毛生！甚矣，骂者之宜戒也：一骂而盗罪减！然为善有术，彼邻翁者，是以骂行其慈者也。"

校注

1 〔邑西白家庄〕邑，县，此指淄川县城。西，据手稿本，原抄本作“右”。据《淄川县志·建置志·乡村》：“正西乡：……递铺、白家庄、马当口。”

2 〔茸（róng 绒）生〕细毛生出。

3 〔天罚〕上天的诛罚。汉班固《东都赋》：“龚行天罚，应天顺人，斯乃汤武之所以昭王业也。”

4 〔雅量〕度量大。《晋书·谢安传》：“尝与孙绰等泛海，风起浪涌，诸人并惧，安吟啸自若。……众咸服其雅量。”

5 〔征〕表露，显露。

6 〔良已〕痊愈。《史记·孝武本纪》：“（武帝）遂幸甘泉，病良已。”裴骃集解引孟康曰：“良已，善已，谓愈也。”

7 〔甚矣〕犹言“真的”，为领句时用。《论语·述而》：“甚矣，吾衰也；久矣，吾不复梦见周公。”

8 〔攘（rǎng 壤）〕窃取。

柳氏子

胶州柳西川，法内史之主计仆[1]也。年四十余，生一子，溺爱甚至，纵任之，惟恐拂。既长，荡侈逾检[2]，翁囊积为空。无何，子病。翁故蓄善骡，子曰："骡肥可啖。杀啖我，我病可愈。"柳谋杀蹇劣[3]者，子闻之，即大怒骂，疾益甚。柳惧，杀骡以进，子乃喜，然尝一脔，便弃去，疾卒不减，寻毙。柳悼叹欲死。

后三四年，村人以香社[4]登岱，至山半，见一人乘骡驶行而来，怪似柳子，比至，果是。下骡遍揖，各道寒暄。村人共骇，亦不敢诘其死，但问："在此何作？"答云："亦无甚事，东西奔驰而已。"便问逆旅主人姓名，众具告之，柳子拱手曰："适有小故，不暇叙间阔[5]，明日当相谒。"上骡遂去。众既归寓，亦谓其未必即来，厌旦[6]伺之，子果至，系骡厩柱，趋进笑言，众谓："尊大人日切思慕，何不一归省侍[7]？"子讶问："言者何人？"众以柳对，子神色俱变，久之曰："彼既见思，请归传语：我于四月七日，在此相候。"言讫，别去。众归，以情致翁。

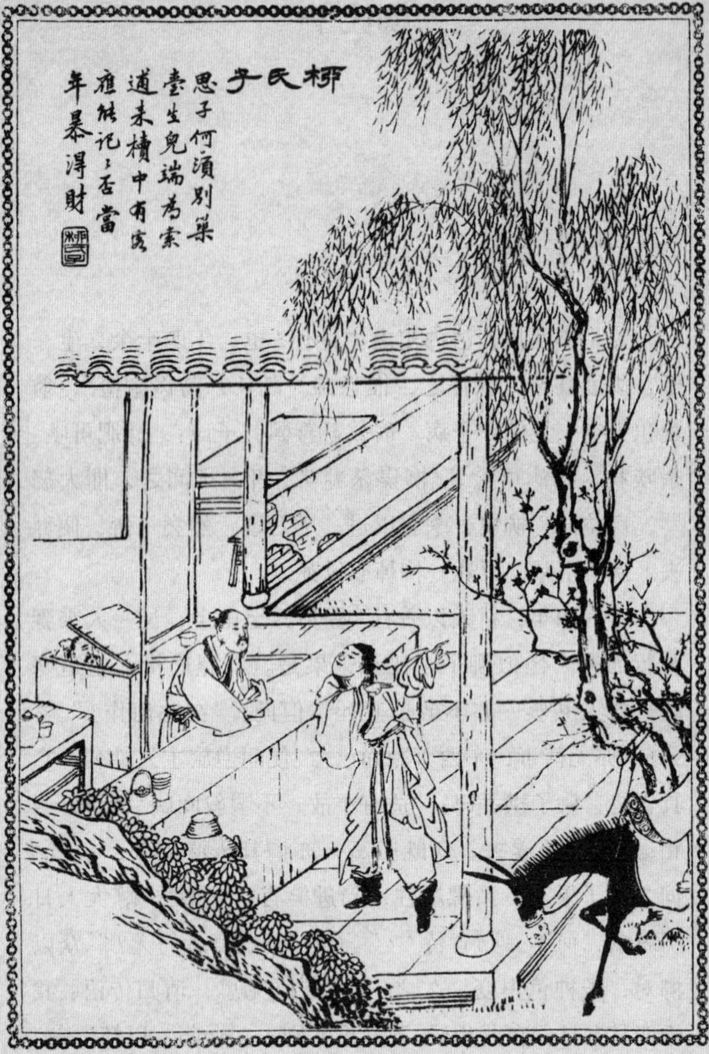
柳氏子
思子何須別築
臺生兒端爲索
逋來櫝中有家
應能記記否當
年暴得財

翁大哭，如期而往，自以其故告主人，主人止之，曰：“曩见公子，情神冷落，似未必有嘉意。以我卜也[8]，殆不可见。”柳涕泣不信，主人曰：“我非阻君，神鬼无常，恐遭不善。如必欲见，请伏椟中。待其来[9]，察其词色，可见则出。”柳如其言。既而子果至[10]，问：“柳某来否？”主人答云：“无。”子盛气骂曰：“老畜产那便不来！”主人惊曰：“何骂父？”答曰：“彼是我何父！初与义为客侣[11]，不意包藏祸心，隐我血赀[12]，悍不还。今愿得而甘心[13]，何父之有！”言已，出门，曰：“便宜他！”柳在椟中，历历闻之，汗流接踵，不敢出气，主人呼之出，狼狈而归。

异史氏曰：“暴得多金，何如其乐？所难堪者偿耳。荡费殆尽，尚不忘于夜台[14]，怨毒[15]之于人甚矣！”

校注

1 〔法内史〕法若真，字汉儒，号黄石，别号黄山，胶州人。顺治二年（1645），中山东乡试，以全作五经文，授内翰林国史院中书舍人。顺治三年（1646），中进士，历任翰林院编修、浙江按察使等职。内史，清顺治初年设“内三院”，即内翰林国史院、内翰林秘书院、内翰林弘文院。隋初改中书省为内史省，法若真曾为内翰林国史院中书舍人，故称之为“内史”。主计仆：即总管。详见卷一《四十千》注。

2 〔荡侈逾检〕放荡奢侈过度，毫不受法规的约束。逾，过。检，规范。

3 〔蹇（jiǎn 减）劣〕驽劣之马。蹇，行走不利。

4 〔香社〕香火社之略称。佛教徒因以香烟灯烛供佛，故佛教徒的结社，称香火社。白居易《与果上人殁时题此诀别》：“本结菩提香火社，为嫌烦恼电泡身。”

5 〔间阔〕谓阔别。

6 〔厌旦〕黎明。详见卷四《武孝廉》注。

7 〔省（xǐng 醒）侍〕探望，侍奉。宋苏轼《与子安兄书》之一：“拜违十八年，终未有省侍之期。”

8 〔以我卜也〕据我的估计。《左传·宣公十一年》：“以我卜也，郑不可从。”

9 〔待其来〕据手稿本，原抄本无。

10 〔果至〕据手稿本，原抄本无。

11 〔客侣〕谓合伙在外经商。

12 〔隐我血赀〕隐吞我的血本。血赀，血本。赀，通“资”。

13 〔得而甘心〕得到他而杀之，才快我心意。《左传·庄公九年》：“管（仲）、召（忽）仇也，请受而甘心焉。”杜预注：“甘心，言欲快意戮杀之。”

14 〔夜台〕坟墓，冥间。陆机《挽歌诗》之一：“按辔遵长薄，送子长夜台。”

15 〔怨毒〕刻骨的怨恨。《史记·伍子胥列传论》：“怨毒之于人甚矣哉！王者尚不能行之于臣下，况同列乎！”

上 仙

癸亥[1]三月，与高季文[2]赴稷下[3]，同居逆旅，季文忽病。会高振美亦从念东先生至郡[4]，因谋医药，闻袁鳞公言：南郭梁氏家有狐仙，善“长桑之术[5]”，遂共诣之。

梁，四十以来女子也，致绥绥有狐意[6]。入其舍，复室中挂红幕，探幕以窥，壁间悬观音[7]像，又两三轴，跨马操矛，驺从[8]纷沓。北壁下有案，案头小座，高不盈尺，贴小锦褥，云仙人至则居此。众焚香列揖，妇击磬[9]三，口中隐约有词，祝已，肃客就外榻坐。妇立帘下，理发支颐与客语，具道仙人灵迹。久之，日渐曛。众恐碍夜难归，烦再祝请，妇乃击磬重祷，转身复立，曰：“上仙最爱夜谈，他时往往不得遇。昨宵有候试秀才携肴酒来与上仙饮，上仙亦出良酝[10]酬诸客，赋诗欢笑，散时更漏向尽[11]矣。”言未已，闻室中细细繁响，如蝙蝠飞鸣，方凝听间，忽案上若堕巨石，声甚厉。妇转身曰：“几惊怖煞人！”便闻案上作叹咤声，似一健叟。妇以蕉扇隔小座，座上大言曰：“有缘哉！有缘哉！”抗声让坐，又似拱手为礼，已而问客："何所谕教？"高振美遵念东先生意，问："见菩萨否？"答云："南海是我熟径，如何不见。"又问："阎罗亦更代否？"曰："与阳世等耳。""阎罗何姓？"曰："姓曹。"已，乃为季文求药。曰："归当夜祀茶水，我于大士[12]处讨药奉赠，何恙不已。"众各有问，悉为剖决，乃辞而归。过宿，季文少愈。余与振美治装先归，遂不暇造访矣。

校注

1 〔癸亥〕指康熙二十二年，即公元1683年。

2 〔高季文〕名之骏，淄川县人。康熙丁丑年（1697）拔贡生，授山东东昌府茌平县教谕，未任卒。传载《淄川县志》卷五。

3 〔稷下〕本指临淄。此指济南府郡城济南。详见卷二《公孙九娘》注。

4 〔"会高振美"句〕高振美，其人生平未详。念东先生，高珩，字葱佩，号念东，晚年号紫霞道人，淄川人。崇祯十六年（1643）中进士，顺治初授检讨，迁国子监祭酒，寻迁吏部侍郎。康熙七年（1668）奉旨祭神农、虞舜陵，穷潇湘山水之奇，至紫霞洞而返。以刑部侍郎致仕，卒年八十六。有《栖云阁诗集》。传载《淄川县志》卷五。郡，指郡城济南。

5 〔长桑之术〕医术。长桑，长桑君的省称，即战国时的神医。传说扁鹊与之交往甚密，事之惟谨，授扁鹊禁方，又出药使扁鹊服之，忽然不见。于是扁鹊视病尽见五脏症结，遂以精通医术闻名当世。见《史记·扁鹊仓公列传》。金元好问《醉中送陈季渊》诗：“谁作东山谢安起，恨我不比长桑君。”

6 〔致绥绥有狐意〕致，情致、意态。绥绥有狐意，《诗经·卫风·有狐》：“有狐绥绥，在彼淇梁。”毛传：“绥绥，匹行貌。”绥绥，本为雌雄并行貌，此处形容女子有狐的神态。

7 〔观音〕即观世音。详见卷二《西僧》注。

8 〔驺（zōu 邹）从〕古时达官出行时前后骑马的侍卫，详见卷一《雹神》注。

9 〔磬（qìng 庆）〕寺院中召集众僧用的云板形鸣器或诵经用的钵形打击乐器。唐常建《题破山寺后禅院》诗：“万籁此都寂，但余钟磬音。”

10 〔良酝（yùn 运）〕好酒。

11 〔更漏向尽〕更漏，古时以刻漏计时以报更，故称更漏。向尽，即将尽，谓黑夜将尽。

12 〔大士〕佛教名词，菩萨的通称。世称观世音为观音大士。

侯静山[1]

高少宰[2]念东先生云："崇祯间，有猴，号静山，托神[3]于河间之叟，与人谈诗文，决休咎[4]，娓娓[5]不倦。以肴核[6]置案上，啖饮狼藉，但不能见之耳。"时先生祖寝疾，或致书云："猴静山，百年人[7]也，不可不晤。"遂以仆马往招叟。叟至经日，仙犹未来，焚香祠之，忽闻屋上大声叹赞曰："好人家！"众惊顾。俄檐间又言之，叟起曰："大仙至矣。"群从叟岸帻[8]出迎，又闻作拱致[9]声。既入室，遂大笑纵谈。时少宰兄弟[10]尚诸生，方入闱归[11]，仙言："二公[12]闱卷亦佳，但经[13]不熟，再须勤勉，云路[14]亦不远矣。"二公敬问祖病，曰："生死事大，其理难明。"因共知其不祥。无何，太先生谢世。

旧有猴人，弄猴于村。猴断锁而逸，不可追，入山中。数十年，人犹见之。其走飘忽，见人则窜。后渐入村中窃食果饵，人皆莫之见。一日，为村人所睹，逐诸野，射而杀之。而猴之鬼竟不自知其死也，但觉身轻如叶，一息[15]百里，遂往依河间叟，曰："汝能奉我，我为汝致富。"因自号静山云。

校注

1 〔《侯静山》〕据手稿本，原抄本作《猴静山》。

2 〔高少宰〕高珩，号念东。少宰，吏部尚书别称冢宰，其副职侍郎别称少宰。高珩曾官吏部侍郎，故称高少宰。详见卷四《上仙》注。

3 〔托神〕谓神灵托附人身，而显示灵验。

4 〔休咎〕吉凶。详见卷二《九山王》注。

5 〔娓娓〕勤勉不倦貌。《宋书·乐志·王珣〈歌太宗简文皇帝〉》："娓娓心化，日用不言。"

6 〔肴核〕指肴菜与果类食品。

7 〔百年人〕谓年长而修业有道之人。

8 〔岸帻（zé 啧）〕谓露出前额，形容衣着很随便。岸，露出前额。帻，头巾。《晋书·谢奕传》："岸帻笑咏，无异常日。"

9 〔拱致〕谓拱手致意。

10 〔少宰兄弟〕指高珩及其兄高玮，弟高玶。高玮，字握之，号绳东，崇祯十二年己卯（1639）科解元中山东乡试。高珩与其兄高玮同年中山东乡试。高玶，字在衡，清顺治三年丙戌（1646），中顺天举人。文中所言，事发于"时少宰兄弟尚诸生"，时间当在高玮与高珩中举之崇祯十二年（1639）以前。

11 〔入闱归〕指参加乡试归来。闱，乡试考场称闱场。

12 〔二公〕指高玮、高珩。

13 〔经〕指参加乡试科考的"五经"。

14 〔云路〕谓青云之路，此指仕途。刘禹锡《和苏郎中寻丰安里归居》："同学同年又同舍，许君云路并华辀。"

15 〔一息〕谓呼与吸之间，言其时间之短。

钱 流

沂水[1]刘宗玉云其仆杜和[2]，偶在园中，见钱流如水，深广二三尺许。杜惊喜，以两手满掬[3]，复偃卧[4]其上。既而起视，则钱已尽去，惟握于手者尚存。

校注

1 〔沂水〕山东县名。详见卷一《地震》注。
2 〔仆杜和〕即仆人杜和。
3 〔掬〕捧。
4 〔偃卧〕谓仰躺在上面。偃，仰。

郭生

郭生，邑之东山[1]人，少嗜读，但山村无所就正[2]，年二十余，字画多讹。先是，家中患狐，服食器用，辄多亡失，深患苦之。一夜读，卷置案头，狐涂鸦[3]，甚狼藉，不辨行墨[4]，因择其稍洁者辑读之，仅得六七十首，心恚愤而无如何。又积窗课[5]二十余篇，待质名流，晨起，见翻摊案上，墨汁浓泚[6]殆尽，恨甚。

会王生者，以故至山，素与郭善，登门造访，见污本，问之，郭具言所苦，且出残课示王。王谛玩之，其所涂留，似有春秋[7]，又复视涴卷[8]，类冗杂可删，讶曰："狐似有意，不惟勿患，当即以为师。"过数月，回视旧作，顿觉所涂良确，于是改作两题，置案上，以观其异。比晓，又涂之。积年余，不复涂，但以浓墨洒作巨点，淋漓满纸。郭异之，持以白王，王阅之曰："狐真尔师也。佳幅可售[9]矣。"是岁，果入邑庠[10]。郭以是德狐，恒置鸡黍[11]，备狐啖饮。每市房书名稿[12]，不自选择，但决于狐，由是两试[13]具列前名，入闱中副车[14]。

时叶、缪诸公[15]稿风雅艳丽，家传而户诵之。郭有抄本，爱惜臻至，忽被倾浓墨碗许于上，污荫几无余字；又拟题构作，自觉快意，悉浪涂之：于是渐不信狐。无何，叶公以正文体被收[16]，又稍稍服其生见。然每作一文，经营惨淡，辄被涂污，自以屡拔前茅[17]，心气颇高，以是益疑狐妄。乃录向之洒点烦多者试之，狐又尽泚之，乃笑曰："是真妄矣！何前是而今非也？"遂不为狐设馔，取读本锁箱簏中。但见封锢俨然，启视则卷面涂四画。粗于指，第一章画五,二章亦画五，后即无有矣。自是狐竟寂然。后郭一次四等[18]，两次五等，始知其兆已寓意于画也。

异史氏曰："满招损，谦受益[19]，天道也。名小立，遂自以为是，执叶、缪之故习，狃[20]而不变，势不至大败涂地不止也。满之为害如是夫！"

校注

1 〔邑之东山〕谓淄川东山。邑，即淄川。

2 〔就正〕向人求教，以匡正学识文章的讹误。常用作谦词。《论语·学而》："君子食无求饱，居无求安，敏于事而慎于言，就有道而正焉，可谓好学也已。"

3 〔涂鸦〕涂抹，胡乱画。卢仝《示添丁》诗："忽来案上翻墨汁，涂抹诗书如老鸦。”

4 〔行（háng 航）墨〕指书写纸上的行格字迹。

5 〔窗课〕又称“窗稿”。详见卷一《陆判》注。

6 〔泚（cǐ 此）〕渍。宋赵叔向《肯綮录·俚俗字义》：“点笔曰泚笔。”此指文稿被墨汁污渍。

7 〔春秋〕即“春秋笔”。谓对时政寓褒贬之笔。相传孔子据鲁史修《春秋》，起自鲁隐公元年（前722），止于鲁哀公十四年（前481），凡二百四十三年。孔子在修《春秋》时，笔则笔之，削则削之；字寓褒贬，不佞不谀，使乱臣贼子惧。后遂以“春秋笔”，指事直书的史笔。宋刘辰翁《读杜拾遗百忧集行有感》：“毁誉都忘月旦评，姓名不上春秋笔。”

8 〔涴（wò 沃）卷〕指涂抹的卷文。涴，污染。

9 〔佳幅可售〕谓好文章，可考中。

10 〔邑庠〕县学。详见卷一《叶生》注。

11 〔鸡黍〕指杀鸡备黍以招待客人。此指为狐所备食。

12 〔房书名稿〕即考中进士的优秀试卷。房书，又称“房稿”。明清进士平日所作的八股文选集。清赵翼《陔余丛考·刻时文》：“其后房刻渐众，大约有四种……曰房稿，则十八房进士之旧作。”名稿，指考中进士者的优秀闱墨。

13 〔两试〕明清科举制规定，诸生每三年参加两次考试，即岁试与科试。岁试成绩优异者可补廪，即廪生；科试成绩优异者选送乡试。

14 〔副车〕副贡。清代称乡试的副榜贡生。清梁章钜《称谓录·副榜》：“会典乡试中式举人，副于正榜曰副贡生。”

15 〔叶、缪诸公〕即指叶向高与缪昌期。叶向高，字进卿，号台山，福清人。万历十一年（1583）进士，授庶吉士，进编修，迁南京国子司业，改左中允，仍视司业事。二十六年（1598）召为左庶子，充皇长子侍班官，寻擢南京礼部右侍郎，久之，改吏部。三十五年（1607）擢礼部尚书兼内阁大学士。四十二年（1614）乞归。天启元年（1621），复出为首辅。因“东林”祸起，天启四年（1625）罢归，天启七年

(1627)卒于家。见《明史·叶向高传》。缪昌期，字当时，江阴人，为诸生时善属文。万历四十一年(1613)进士，选庶吉士，后授检讨，移疾归。天启元年(1621)补官，典试湖广，官至谕德。后因传言杨涟劾魏忠贤二十四罪，其稿为缪昌期所拟，得罪魏阉，被视为"东林党"人，"中旨勒令闲住"家居。天启六年(1626)，魏阉迫害缪昌期，逮至京师，"竟坐赃三千，五毒备至，四月晦，毙于狱"。见《明史·缪昌期传》。据清光绪四年(1878)刊《江阴县志》载：缪昌期死于狱中，"敛时，十指堕落，诸子捧掬纳袖中"。崇祯初年，赠詹事，谥文贞。

16 〔"叶公以正文体被收"句〕谓叶向高因为以"春秋笔"为文而被收审。叶，指叶向高。正文体，即正体，谓正统体式。刘勰《文心雕龙·论说》："至《石渠》论艺，《白虎》通讲；聚述圣言通经，论家之体正也。"清袁枚《随园随笔》："萧颖士论史，以《春秋》为正体，以《史记》为伪体。"传统所说的正文体，即指孔子修《春秋》之寓褒贬之直笔，亦称"春秋笔"。被收，即指被收审。这里有段历史史实需要说明。蒲松龄在文中所并题的"叶、缪诸公"在明万历末与天启初年同朝为官，叶向高为首辅，缪昌期为谕德，他二人都被魏忠贤列为"东林党"人，皆为被打击的对象。但叶向高是于天启四年(1624)被罢家居，于天启七年(1627)卒于家，享年六十九岁。而缪昌期是因天启四年(1624)杨涟上疏劾魏忠贤二十四大罪状，据说其草稿为缪昌期所拟，故魏忠贤记恨在心。天启四年(1624)"勒令闲住"，缪昌期落职家居。天启六年(1626)，魏忠贤欲致缪昌期于死地，就唆使手下诬缪昌期不法，在家仍冠带见客，将其逮至京师问罪。但缪昌期慷慨陈词，最后"竟坐赃三千，五毒备至，四月晦，毙于狱"。所以，其被收者当为缪昌期，非叶向高。

17 〔前茅〕古时行军以茅为旌，持以前行，遇敌情则举旌，向后军以示警。《左传·宣公十二年》："前茅虑无，中权后劲。”杨伯峻注：“茅，疑即《公羊传》‘郑伯肉袒，左执茅旌’之茅旌。”后称考试成绩名在前列，或榜示名次在前，为“名列前茅”。

18 〔四等〕岁考时，考生试卷按成绩分六等：文理平通者一等，文理亦通者二等，文理略通者三等，文理有疵者四等，文理荒谬者五等，文理不通者六等。

19 〔“满招损”二句〕语出《尚书·大禹谟》：“满招损，谦受益，时乃天道。”语意谓，自满则招致受损，谦虚则可收到补益。

20 〔狃（niǔ 纽）〕拘泥，因袭。《左传·桓公十三年》：“莫敖狃于蒲骚之役，将自用也。”

金生色

金生色，晋宁人也，娶同村木姓女，生一子方周岁。金忽病，自分必死，谓妻曰：“我死，子必嫁，勿守也！”妻闻之，甘词厚誓[1]，期以必死，金摇手呼母曰：“我死，劳看阿保，勿令守也。”母哭应之。既而金果死，木媪来吊[2]，哭已，谓金母曰：“天降凶忧，婿遽遭殒命[3]，女太幼弱，将何为计？”母悲悼中闻媪言，不胜愤激，盛气对曰：“必以守！”媪惭而罢，夜伴女寝，私谓女曰：“人尽夫也[4]，以儿好手足，何患无良匹？小儿女不早作人家，眈眈守此襁褓物，宁非痴子？倘必令守，不宜以面目好相向。”金母过，颇闻余[5]语，益恚。明日，谓媪曰：“亡人[6]有遗嘱，本不教妇守也。今既急不能待，乃必以守！”媪怒而去。母夜梦子来，涕泣相劝，心异之，使人言于木，约殡后听妇所适，而询诸术家[7]，本年墓向[8]不利。妇思自衒以售[9]，缞绖之中，不忘涂泽[10]，居家犹素妆，一归宁，则崭然新艳。母知之，心弗善也，以其将为他人妇，亦隐忍之，于是妇益肆。

村中有无赖子董贵者，见而好之，以金啖[11]金邻妪，求通殷勤于妇。夜分，由妪家逾垣以达妇所，因与会合，往来积有旬日，丑声四塞，所不知者惟母耳。妇室夜惟一小婢，妇腹心也。一夕，两情方洽，闻棺木震响，声如爆竹。婢在外榻，见亡者自幛后出，戴剑入寝室去，俄闻二人骇诧声。少顷，董裸奔出。无何，金捽妇发亦出，妇大嗥。母惊起，见妇赤体走去，方将启关，问之不答，出门追视，寂不闻声，竟迷所往。入妇室，灯火犹亮，见男子履，呼婢，婢始战惕而出，具言其异，相与骇怪而已。董窜过邻家，团伏墙隅，移时，闻人声渐息，始起，身无寸缕，苦寒甚战，将假衣于媪。视院中一室，双扉虚掩，因而暂入，暗摸榻上，触女子足，知为邻子妇，顿生淫心，乘其寝，潜就私之。妇醒，问："汝来乎？"应曰："诺。"妇竟不疑，狎亵备至。先是，邻子以故赴北村，嘱妻掩户以待其归，既返，闻室内有声，疑而审听，音态绝秽，大怒，操戈入室。董惧，窜于床下，子就戮之。又欲杀妻，妻泣而告以误，乃释之，但不解床下何人。呼母起，共火之，仅能辨认，视之，奄有气息，诘其所来，犹自供吐。而刃伤数处，血溢不止，少顷已绝。妪仓皇失措，谓子曰："捉奸而单戮之，子且奈何？"子不得已，遂又杀妻。

是夜，木翁方寝，闻户外拉杂之声。出窥，则火炽于檐，而纵火人犹彷徨未去，翁大呼，家人毕集。幸火初燃，尚易扑灭。命人操兵弩，逐搜纵火者，见一人趫捷[12]如猿，竟越垣去。垣外乃公家桃园，园中四缭周墉[13]皆峻固，数人梯登以望，踪迹殊杳，惟墙下块然微动，问之不应，射之而耎。启扉往验，则女子白身卧，矢贯胸脑，细烛之，则翁女而金妇也。骇告主人，翁媪惊怛欲绝，不解其故。女合眸，面色灰败，口气细于属丝[14]。使人拔脑矢，不可出，足踏顶而后出之。女嘤然一呻[15]，血暴注，气亦遂绝。翁大惧，计无所出。既曙，以实情白金母，长跽哀祈，而金母殊不怨怒，但告以故，令自营葬。金有叔兄生光。怒登翁门，诟数前非，翁惭沮，赂令罢归，而终不知妇所私者何人。俄邻子以执奸自首，既薄责释讫[16]，而妇兄马彪素健讼，具词控妹冤。官拘妪，妪惧，悉供颠末。又唤金母，母托疾，遣生光代质，具陈底里[17]。于是前状并发，牵木翁夫妇尽出，一切廉[18]得其情。木以诲女嫁，坐[19]纵淫，笞，使自赎，家产荡焉。邻妪导淫，杖之毙。案乃结。

异史氏曰："金氏子，其神乎！谆嘱醮妇[20]，抑何明也！一人不杀，而诸恨并雪，可不谓神乎！邻媪诱人妇，而反淫己妇；木媪爱女，而卒以杀女。呜呼！'欲知后日因，当前作者是[21]'，报更速于来生矣！"

金生色
剑光
躍躍怒
如生靜夜
驚聽柩有
聲鬼若有
靈能雪恨芳
因緣果寂分明

校注

1 〔甘词厚誓〕用甜美的词语，赌咒发誓以得别人之信任。李景亮《李章武传》："其于往来见调者，皆殚财穷产，甘词厚誓，未尝动心。"见《太平广记》卷三四〇。

2 〔吊〕据手稿本，原抄本无。

3 〔遽遭殒命〕意为突然死亡。殒命，丧命。《三国志·蜀志·杨戏传》："单夫只役，殒命于军。"

4 〔人尽夫也〕谓人人都可做丈夫。《左传·桓公十五年》："人尽夫也；父一而已，胡可比也。"

5 〔余〕据手稿本，原抄本作"絮"。

6 〔亡人〕指死去的人。

7 〔术家〕指方术之家，即以勘舆、星相、占卜谋生的人。

8 〔墓向〕谓坟墓向对的方向。迷信之说，营葬坟墓时，墓的方向要避开本年太岁行经的方向，否则不利。

9 〔自衒以售〕自己卖弄风情，以求重新嫁出去。自衒，炫耀自己。《战国策·燕策一》："且夫处女无媒，老且不嫁，舍媒而自炫，弊而不售。"炫，通"衒"。

10 〔涂泽〕谓涂脂抹粉，修饰容貌。《新唐书·则天武皇后传》："太后虽春秋高，善自涂泽，虽左右不悟其衰。"

11 〔啖〕此指行贿。

12 〔趫（qiáo 乔）捷〕矫健，灵便。《后汉书·朱俊传》："贼帅常山人张燕轻勇趫捷，故军中号曰飞燕。"

13 〔四缭周墉〕四面围绕的垣墙。缭，围绕。周墉，围墙。《文选·张载〈七哀〉诗》："园寝化为墟，周墉无遗绪。"

14 〔属（zhǔ 主）丝〕即属纩。纩，新丝绵，质轻。详见卷一《祝翁》注。

15 〔嘤然一呻〕声音细弱地呻吟一声。嘤然，为鸟鸣声。此指声音细弱。呻，据手稿本，原抄本作"声"。

16 〔释讫〕释放了。

17 〔底里〕谓真实情况。《后汉书·窦融传》:“自以底里上露，长无纤介。”

18 〔廉〕考查。

19 〔坐〕谓定罪。

20 〔醮(jiào 较)妇〕谓再嫁之妇。

21 〔欲知后日因，当前作者是〕此为佛教因果之说。谓日后的祸福之原因，就是你今天之所作为。《传灯录》卷二十三:“前生是因，今生是果。”即含此义。

彭海秋

莱州[1]诸生彭好古，读书别业，离家颇远，中秋未归，岑寂无偶，念村中无可共语，惟丘生是邑名士，而素有隐恶[2]，彭常鄙之。月既上，倍益无聊，不得已，折简邀丘。

饮次，有剥啄者[3]，斋僮出应门，则一书生，将谒主人。彭离席，肃客入，相揖环坐，便询族居。客曰："小生广陵人，与君同姓，字海秋。值此良夜，旅邸倍苦。闻君高雅，遂乃不介而见[4]。"视其人，布衣洁整，谈笑风流，彭大喜曰："是我宗人[5]。今夕何夕，遘此嘉客！"即命酌，款若夙好，察其意，似甚鄙丘，丘仰与攀谈，辄傲不为礼。彭代为之惭，因挠乱其词[6]，请先以俚歌侑饮[7]。乃仰天再咳，歌"扶风豪士之曲[8]"，相与欢笑。客曰："仆不能韵[9]，莫报阳春[10]，倩代者可乎？"彭言："如教。"客问："莱城有名妓无也？"彭答云："无。"客默良久，谓斋僮曰："适唤一人，在门外，可导入之。"僮出，果见一女子逡巡户外，引之入，年二八已来，宛然若仙。

彭惊绝，掖坐，衣柳黄帔，香溢四座。客便慰问："千里颇烦跋涉也。"女含笑唯唯。彭异之，便致研诘，客曰："贵乡苦无佳人，适于西湖舟中唤得来。"谓女曰："适舟中所唱'薄幸郎曲[11]'，大佳。请再反之[12]。"女歌云："薄幸郎[13]，牵马洗春沼[14]。人声远，马声杳；江天高，山月小。掉头[15]去不归，庭中空生[16]晓。不怨别离多，但愁欢会少。眠何处？勿作随风絮。便是不封侯[17]，莫向临邛去[18]！"客于袜中出玉笛，随声便串[19]。曲终笛止，彭惊叹不已，曰："西湖至此，何止千里，咄嗟招来，得非仙乎？"客曰："仙何敢言，但视万里犹庭户耳。今夕西湖风月，尤盛曩时，不可不一观也，能从游否？"彭留心觇其异，诺言："幸甚。"客问："舟乎，骑乎？"彭思舟坐为逸，答言："愿舟。"客曰："此处呼舟较远，天河中当有渡者。"乃以手向空中招曰："舡[20]来！我等要西湖去，不吝价也。"无何，彩船一只，自空飘落，烟云绕之，众俱登。见一人持短棹，棹末密排修翎，形类羽扇，一摇则清风习习。舟渐上入云霄，望南游行，其驶如箭，逾刻，舟落水中，但闻弦管嗷嘈，鸣声喤聒。出舟一望，月印烟波，游船成市，榜人罢棹，任其自流，细视真西湖也。客于舱后取异肴佳酿，欢然对酌。少间，一楼船渐近，相傍而行。隔窗以窥，中有三两人围棋喧笑。客飞一觥向女曰："引[21]此送君行。"女饮间，彭依恋徘徊，惟恐其去，蹴之以足，女斜波送盼。彭益动，请要后期[22]，女曰："如相见爱，但问娟娘名字，无不知者。"客即以彭绫巾授女，曰："我为若代订三年之约。"即起，托女子于掌中，曰："仙乎，仙乎[23]！"乃扳邻窗，捉女入，窗目如盘，女伏身蛇游而进，殊不觉隘。俄闻邻舟曰："娟娘醒矣。"舟即荡去。遥见舟已就泊，舟中人纷纷并去，游兴顿消。遂与客言，欲一登岸，略同眺瞩，才作商榷，舟已自拢。因而离舟翔步，觉有里余。客后至，牵一马来，令彭捉之，即复去，曰："待再假两骑来。"久之不至，行人已稀，仰视斜月西转，天色向曙，丘亦不知何往。捉马营营[24]，进退无主。振辔[25]至泊舟所，则人船俱失，念腰橐空匮，倍益忧皇。天大明，见马上有小错囊，探之，得白金三四两，买食凝待，不觉向午，计不如暂访娟娘，可以徐察丘耗。比讯娟娘名字，并无知者，兴转萧索，次日遂行。马调良[26]，幸不蹇劣，半月始归。

方三人之乘舟而上也，斋僮归白："主人已仙去。"举家哀涕，谓其不返。彭归，系马而入，家人惊喜集问，彭始具白其异。因念独还乡井，恐丘家闻而致诘，戒家人勿播。语次，道马所由来。众以仙人所遗，便悉诣厩验视，及至，则马顿渺，但有丘生，以草缰絷枥边。骇极，呼彭出视，见丘垂首栈[27]下，面色灰死，问之不言，两眸启闭而已。彭大不忍，解扶榻上，若丧魂魄，灌以汤酡[28]，稍稍能咽。中夜少苏，急欲登厕，扶掖而往，下马粪数枚。又少饮啜，始能言。彭就榻研问之，丘云："下船后，彼引我闲语，至空处，戏拍项领，遂迷闷颠踣。伏定少刻，自顾已马，心亦醒悟，但不能言耳。是大辱耻，诚不可以告妻子，乞勿泄也！”彭诺之，命仆马驰送归。

彭自是不能忘情于娟娘。又三年，以姊丈判扬州[29]，因往省视。州有梁公子，与彭通家，开筵邀饮，即席有歌妓数辈，俱来祗谒[30]。公子问娟娘，家人白以病，公子怒曰：“婢子声价自高，可将索子系之来！”彭闻娟娘名，惊问其谁，公子云：“此娼女，广陵第一人。缘有微名，遂倨而无礼。”彭疑名字偶同，然突突自急，极欲一见之。无何，娟娘至，公子盛气排数[31]，彭谛视，真中秋所见者也，谓公子曰：“是与仆有旧，幸垂原恕。”娟娘向彭审顾，似亦错愕。公子未遑深问，即命行觞，彭问：“‘薄幸郎曲’犹记之否？”娟娘更骇，目注移时，始度旧曲。听其声，宛似当年中秋时。酒阑，公子命侍客寝，彭捉手曰：“三年之约，今始践耶？”娟娘曰：“昔日从人泛西湖，饮不数卮，忽若醉，蒙眬间，被一人携去，置一村中。一僮引妾入，席中三客，君其一焉。后乘船至西湖，送妾自窗棂归，把手殷殷。每所凝念，谓是幻梦，而绫巾宛在，今犹什袭藏之。”彭告以故，相共叹咤。娟娘纵体入怀，哽咽而言曰：“仙人已作良媒，君勿以风尘可弃，遂舍念此苦海人。”彭曰：“舟中之约，一日未尝去心。卿倘有意，则泻囊货马，所不惜耳。”诘旦，告公子，又称贷[32]于别驾，千金削其籍[33]，携之以归。偶至别业，犹能识当年饮处云。

异史氏曰："马而人，必其为人，而马者也；使为马，正恨其不为人耳。狮象鹤鹏，悉受鞭策，何可谓非神人之仁爱之乎？即订三年约，亦度苦海也。"

校注

1 〔莱州〕府名。治所在今山东掖县。

2 〔隐恶〕谓人所不知道的恶迹。《左传·僖公十五年》："震夷伯之庙，罪之也，于是展氏有隐慝也。"疏："慝，训恶也。"

3 〔剥啄者〕指敲门的人。韩愈《剥啄行》："剥剥啄啄，有客至门。"剥啄，叩门声。

4 〔不介而见〕言其未经人介绍就直接拜见。介，介绍。

5 〔宗人〕谓同族的人。《后汉书·齐武王縯传》："伯升部将宗人刘稷，数陷阵溃围，勇冠三军。"

6 〔挠乱其词〕打乱他们的说话次序。

7 〔俚歌侑饮〕俚歌，民间小曲。侑饮，劝酒。

8 〔扶风豪士之曲〕唐代诗人李白作七言古诗《扶风豪士歌》。扶风，古郡名，郡治在今陕西凤翔县一带。萧颖士曰："此篇太白避乱东土时作，言道路险阻，京国乱离，而东土之太平自若也。扶风乃三辅郡，意豪士亦必同时避难于东吴而与太白衔杯酒接殷勤之欢者。"士，据手稿本，原抄本无。

9 〔韵〕本指有韵律的文体。此指歌唱。

10 〔阳春〕古歌曲名。是一种比较高雅难学的曲子。汉李固《致黄琼书》："峣峣者易缺，皦皦者易污。《阳春》之曲，和者必寡。"后用以泛指高雅的曲调。南朝宋鲍照《玩月城西门廨中》诗："蜀琴抽白雪，郢曲发阳春。"

11 〔薄幸郎曲〕曲调名。

12 〔反之〕谓反复。

13 〔薄幸郎〕谓旧时妇女对情郎的昵称。薄幸，犹言薄情、负心。

14 〔春沼〕春天的水池。沼，此指水池。《孟子·梁惠王上》："孟子见梁惠王，王立于沼上。"

15 〔掉头〕摆头，表示不顾。杜甫《送孔巢父谢病归江东》诗："巢父掉头不肯住，东将入海随烟雾。"

16 〔生〕据手稿本，原抄本作"空"。

17 〔封侯〕封拜侯爵。《战国策·赵策二》："贵戚父兄皆可以受封侯。"唐王昌龄《闺怨》："忽见陌头杨柳色，悔教夫婿觅封侯。"此处是指觅取官职。

18 〔莫向临邛去〕意谓不要去另求新欢。临邛，古县名，秦置，县治在今四川邛崃县。唐孟郊《古别离》："欲别牵郎衣，郎今向何处？不恨归来速，莫向临邛去。"典出《史记·司马相如列传》。

19 〔串〕旧本指演戏剧、杂要。此指演奏。

20 〔舡〕船。《汉书·项籍传》："已渡，皆湛舡。"舡来，据手稿本，原抄本无。

21 〔引〕谓引觞，举杯。此指饮酒。

22 〔请要（yāo 夭）后期〕请约定别后再会之期。要，约定。

23 〔"仙乎，仙乎"〕唐传奇《飞燕外传》载：赵飞燕曾歌舞归风送远之曲。"后扬袖曰：仙乎，仙乎！去故而就新，宁忘怀乎？"此处仙乎，仙乎含有送归惜别之意。

24 〔营营〕指往来盘旋貌。《诗经·小雅·青蝇》："营营青蝇，止于樊。"

25 〔振辔〕抖动马缰，使之前进。孙绰《兰亭后序》："振辔于朝市，则充屈之心生；闲步于林野，则寥落之意兴。"

26 〔调良〕谓马调理得驯良。

27 〔栈〕饲养牲畜的木栅。《庄子·马蹄》："连之以羁馽，编之以皂栈。”

28 〔汤酏（yì 义）〕稀粥。

29 〔判扬州〕任扬州府通判。判，通判，官名。详见卷二《莲香》注。

30 〔祗（zhī 只）谒〕恭敬的拜见。祗，敬。谒，进见。

31 〔排数（shǔ 黍）〕编排，数落。

32 〔称贷〕借债。《孟子·滕文公上》：“不得以养其父母，又称贷而益之。”赵岐注：“称，举也。”

33 〔削其籍〕从乐籍中去掉她的名字。旧时妓女名列乐籍，故从良赎身称为削籍或脱籍。

堪舆

沂州宋侍郎[1]君楚家，素尚堪舆[2]，即闺阏中亦能读其书，解其理。宋公卒，两公子各立门户，为公卜兆[3]，闻有善青乌之术[4]者，不惮千里，争罗致之。于是两门术士，召致盈百，日日连骑遍郊野，东西分道出入如两旅[5]。经月余，各得牛眠地[6]，此言封侯，彼言拜相，兄弟两不相下，因负气不为谋，并营寿域[7]，锦棚彩幢[8]，两处俱备。灵舆[9]至歧路，兄弟各率其属以争，自晨至于日昃，不能决，宾客尽引去。舁夫凡十易肩，困惫不举，相与委柩路侧，因止不葬，鸠工构庐，以蔽风雨。兄建舍于旁，留役居守，弟亦建舍如兄，兄再建之，三年而成村焉。

积多年，兄弟继逝，嫂与娣始合谋，力破前人水火[10]之议，并车入野，视所择两地，并言不佳，遂同修聘贽，请术人另相之。每得一地，必具图呈闺阏，判其可否。日进数图，悉疵摘[11]之，旬余，始卜一域。嫂览图，喜曰："可矣。"示娣，娣曰："是地当先发一武孝廉。"葬后三年，公长孙果以武庠[12]领乡荐。

异史氏曰："青鸟之术，或有其理，而癖而信之，则痴矣。况负气相争，委柩路侧，其于孝弟之道不讲，奈何冀以地理福儿孙哉！如闺中宛若[13]，真雅而可传者矣。"

校注

1　〔宋侍郎〕即宋之普，明崇祯元年（1628）进士，天启年间擢给事中，后官至户部左侍郎。入清，任常州知府。顺治十二年（1655）乞休归里。

2　〔堪舆〕《文选·扬雄〈甘泉赋〉》："属堪舆以壁垒兮，捎夔魖而抶獝狂。"注引张晏曰："堪舆，天地总名也。"注引许慎曰："堪，天道也；舆，地道也。"《史记·日者列传》：褚少孙补，有"堪舆家"。《汉书·艺文志》有《堪舆金匮》十四卷，列于五行家。后称相地看风水者为堪舆家。

3　〔卜兆〕占卜以选择墓地。《孝经·丧亲》："卜其宅兆，而安厝之。"注："宅，墓穴也。兆，茔城也。"

4　〔青乌之术〕即堪舆之术。相传汉朝有青乌子，亦称乌公或青乌先生，精堪舆之术，著有《相冢书》。为专言风水相地葬术。《世说新语·术解注》、《艺文类聚》七、《太平御览》五文皆有引述。该书久佚，后来托名撰述者甚多。《文选·谢灵运〈庐陵王墓下作〉》："含凄泛广川，洒落眺连岗。"李善注引青乌子《相冢书》曰："天子葬高山，诸侯葬连岗。"后因称看坟地葬域者为青乌术。

5　〔两旅〕形容参与堪舆人之多，如同两支军旅。

6　〔牛眠地〕谓风水好的墓地。《晋书·周访传附周光》："初，陶侃微时，丁艰，将葬，家中忽失牛，而不知所在，遇一老父，谓曰：‘前冈见一牛眠山污中，其地若葬，位极人臣矣。’”后民间习称好风水的墓地为“牛眠地”。

7 〔寿域〕坟地、墓穴。

8 〔锦棚彩幢（chuáng 床）〕指丧家为祭祀死者所制临时性的锦棚、彩幡。

9 〔灵舆〕灵车与灵柩。

10 〔水火〕喻两者水火不相容，势不两立。《周易·革》：“水火相息，二女同居，其志不相得。”

11 〔疵摘〕指找毛病。

12 〔武庠〕指武生员。科举之制，称生员为庠生。明清时府、州、县学分文庠、武庠。

13 〔宛（yuān 冤）若〕汉代女子名。《史记·孝武本纪》：“神君者，长陵女子，以子死悲哀，故见神于先后宛若。宛若祠之其室，民多往祠。”司马贞索隐：“即今妯娌也。宛音冤。”后世即用为妯娌的代称。

窦氏

南三复，晋阳[1]世家也，有别墅，去所居十余里，每驰骑日一诣之。适遇雨，途中有小村，见一农人家，门内宽敞，因投止焉。近村人固皆威重南。少顷，主人出邀，局蹐甚恭，入其舍，斗如[2]。客既坐，主人始操篲[3]，殷勤氾扫[4]，既而泼蜜为茶。命之坐，始敢坐。问其姓名，自言："廷章，姓窦。"未几，进酒烹雏，给奉周至。有笄女[5]行炙，时止户外，稍稍露其半体，年十五六，端妙无比，南心动。雨歇既归，系念綦切。越日，具粟帛往酬，借此阶进。是后常一过窦，时携肴酒，相与留连。女渐稔，不甚忌避，辄奔走其前，睨之，则低鬟微笑，南益惑焉，无三日不往者。

一日，值窦不在，坐良久，女出应客，南捉臂狎之。女惭急，峻拒曰："奴[6]虽贫，要嫁[7]，何贵倨凌人[8]也！"时南失偶，便揖之曰："倘获怜眷，定不他娶。"女要誓[9]，南指矢天日[10]，以坚永约，女乃允之。自此为始，瞰窦他出，即过缱绻，女促之曰："桑中之约，不可长也。

日在帡幪[11]之下，倘肯赐以姻好，父母必以为荣，当无不谐。宜速为计！”南诺之，转念农家岂堪匹偶，姑假其词以因循之。会媒来为议姻于大家，初尚踌躇，既闻貌美财丰，志遂决。女以体孕，催并益急，南遂绝迹不往。

无何，女临蓐，产一男，父怒搒[12]女，女以情告，且言：“南要我矣。”窦乃释女，使人问南，南立却不承。窦乃弃儿，益扑女，女暗哀邻妇，告南以苦，南亦置之。女夜亡，视弃儿犹活，遂抱以奔南，款关而告阍者[13]曰：“但得主人一言，我可不死。彼即不念我，宁不念儿耶？”阍人具以达南，南戒勿入，女倚户悲啼，五更始不复闻，质明视之，女抱儿坐僵矣。窦忿，讼之上官，悉以南不义，欲罪南，南惧，以千金行赂得免。大家梦女披发抱子而告曰：“必勿许负心郎，若许，我必杀之！”大家贪南富，卒许之。

既亲迎，而奁妆丰盛，新人亦娟好，然善悲，终日未尝睹欢容，枕席之间，时复有涕洟，问之，亦不言。过数日，妇翁至，入门便泪，南未遑问故，相将入室，见女而骇曰：“适于后园，见吾女缢死桃树上，今房中谁也？”女闻言，色暴变，仆然而死，视之，则窦女。急至后园，新妇果自经死，骇极，往报窦。窦发女冢，棺启尸亡，前忿未蠲[14]，倍益惨怒，复讼于官，官因其情幻，拟罪未决。南又厚饵窦，哀令休结，官亦受其赇嘱，乃罢。而南家自此稍替[15]，又以异迹传播，数年无敢字者。南不得已，远于百里外聘曹进士女，未及成礼，会民间讹传，朝廷将选良家女充掖庭[16]，以故有女者，悉送归夫家去。一日，有妪导一舆至，自称曹家送女者，扶女入室，谓南曰："选嫔之事已急，仓卒不能如礼，且送小娘子来。"问："何无客？"曰："薄有奁妆，相从在后耳。"妪草草径去。南视亦风致，遂与谐笑。女俯颈引带，神情酷类窦女，心中作恶，第未敢言。女登榻，引被障首而眠，亦谓新人常态，弗为意。日敛昏[17]，曹人不至，始疑，捋被问女，而女亦奄然冰绝，惊怪莫知其故，驰伻[18]告曹，曹竟无送女之事，相传为异。时有姚孝廉女新葬，隔宿为盗所发，破材失尸，闻其异，诣南所征[19]之，果其女，启衾一视，四体裸然。姚怒，质状于官。官因南屡行无理，恶之，坐发冢见尸，论死。

异史氏曰："始乱之而终成之，非德也，况誓于初而绝于后乎？挞于室，听之；哭于门，仍听之，抑何其忍！而所以报之者，亦比李十郎[20]惨矣！"

校注

1　〔晋阳〕古时为晋邑，汉置晋阳县，治所在今山西省太原市。
2　〔斗如〕如斗，形容其室狭小。
3　〔篲（huì 慧）〕扫帚。

4 〔氾（fàn 犯）扫〕洒扫。氾，据手稿本，原抄本作“氾”。

5 〔笄（jī 机）女〕古时女子十五岁，结发加笄。此指成年未婚之女。详见卷一《董生》注。

6 〔奴〕古代妇女自称为奴。《宋史·陆秀夫传》：“杨太妃垂帘与郡臣语，犹自称奴。”

7 〔要（yāo 腰）嫁〕谓要按照婚约聘订而嫁。

8 〔贵倨凌人〕依仗权势，欺凌别人。贵，权贵。倨，傲慢。

9 〔要誓〕要求发誓。

10 〔指矢天日〕即对天发誓。矢，誓。

11 〔帡幪（píngméng 平蒙）〕指帷幄。在旁曰帡，在上曰幪。扬雄《法言·吾子》：“震风陵雨，然后知夏屋之为帡幪也。”引申为托庇。

12 〔搒（péng 朋）〕笞打。

13 〔阍者〕即阍人，守门人。

14 〔蠲（juān 捐）〕同“捐”，消除。《文选·嵇康〈养生论〉》：“合欢蠲忿，萱草忘忧。”

15 〔稍替〕渐见衰落。

16 〔充掖庭〕谓充当宫中的嫔妃、宫女。掖庭，宫中旁舍。《文选·班固〈西都赋〉》：“后宫则有掖庭椒房，后妃之室。”注引《汉宫仪》：“婕妤以下，皆居掖庭。”

17 〔日敛昏〕天色已黑。

18 〔伻（bēng 崩）〕使者，传信人。详见卷一《丁前溪》注。

19 〔征〕验证，查看。

20 〔李十郎〕唐蒋防《霍小玉传》中男主人公。详见卷四《武孝廉》注。

梁彦

徐州梁彦，患鼽嚏[1]，久而不已。一日，方卧，觉鼻奇痒，遽起大嚏，有物突出落地，状类屋上瓦狗[2]，约指顶大，又嚏，又一枚落，四嚏凡落四枚，蠢然而动，相聚互嗅。俄而强者啮弱者以食，食一枚，则身顿长，瞬息吞并，止存其一，大于鼫鼠[3]矣，伸舌周匝[4]，自舐其吻。梁大愕，踏之，物缘袜而上，渐至股际，捉衣而撼摆之，黏据不可下，顷入衿底，爬抓腰胁。大惧，急解衣掷地，扪之，物已贴伏腰间，推之不动，掐之则痛，竟成赘疣[5]，口眼已合，如伏鼠然。

校注

1　〔鼽（qiú求）嚏〕病名，谓鼻流清涕。《素问·气交变大论》："咳而鼽。"张志聪注："鼽者，鼻流清涕也。"《礼记·月令》："季秋行夏令，则其国大水，冬藏殃败，民多鼽嚏。"元朝陈澔注："鼽者，气窒于鼻；嚏者，声发于口，皆肺疾。"

2　〔瓦狗〕陶制的小犬。汉王符《潜夫论·浮侈》："或作泥车、瓦狗、马骑、倡俳诸戏弄小儿之具以巧诈。"

3　〔鼫（shí 时）鼠〕鼠的一种。《尔雅·释兽》注："形大如鼠，头似兔，尾有毛，青黄色，好在田中食粟豆。"

4　〔周匝（zā 咂）〕转动。

5　〔赘疣（yóu 尤）〕即肉瘤。

龙肉

姜太史玉璇[1]言："龙堆[2]之下，掘地数尺，有龙肉充牣[3]其中。任人割取，但勿言'龙'字，或言'此龙肉也'，则霹雳震作，击人而死。"太史曾食其肉，实不谬也。

校注

1 〔姜太史玉璇〕姜元衡，字玉璇，即墨（今山东青岛市即墨县）人。清顺治六年（1649）进士，历任内翰林宏文院侍讲、江南主考官等职。太史，明清翰林院诸官员的别称。

2 〔龙堆〕即白龙堆。在新疆天山南麓，亦称龙堆。今名库穆塔格。极望流沙，寸草不生。沙丘形如卧龙，无头有尾，高大者二三丈，绵延起伏。

3 〔牣（rèn 刃）〕充满。

山 市

奂山山市[1]，邑景之一[2]也，数年恒不一见。孙公子禹年[3]，与同人饮楼上，忽见山头有孤塔耸起，高插青冥[4]，相顾惊疑，念近中无此禅院[5]。无何，见宫殿数十所，碧瓦飞甍[6]，始悟为山市。未几，高垣睥睨[7]，连亘六七里，居然城郭矣。中有楼若者[8]、堂若者、坊若者，历历在目，以亿万计。忽大风起，尘气莽莽然，城市依稀而已。既而风定天清，一切乌有，惟危楼[9]一座，直接霄汉。五架[10]窗扉皆洞开，一行有五点明处，楼外天也。层层指数，楼愈高，则明渐小，数至八层，裁如星点，又其上，则黯然缥缈，不可计其层次矣。而楼上人往来屑屑，或凭或立，不一状。逾时，楼渐低，可见其顶，又渐如常楼，又渐如高舍，倏忽[11]如拳、如豆，遂不可见。又闻有早行者，见山上人烟市肆，与世无别，故又名“鬼市”云。

山市
山市将無海市同
城垣宮闕望玲瓏
大風吹後危樓在
笑指煙雲縹緲中

校注

1 〔奂山山市〕奂山，在淄川县城西十五里，南北亘城之西，南接禹王山，北去为明山，旧有烟火台。山市，明嘉靖《淄川县志·山川》载："奂山在城西，世传此山常市，见有城台、宫室、树木、人物之状，众以为诞。嘉靖二十年，县令张公等因巡按调章丘考察经过此山，黎明视，忽见其城楼、松柏、人物壮丽分明可睹，移时见消。"关于奂山山市的记载，还可以见于蒲松龄的挚友张笃庆之父张绂所记。他是见于康熙二十六年丁卯（1687），载《淄川县志·艺文志·奂山山市记》："丁卯暮春，余从太史公为邑乘之役，昕夕共寝者百余日。偶于六月五辛亥雨歇晚晴同人缓步出村，突见西北一山，顶方而色翠，固前此所未有也。……越七日癸丑，于昨夕故处山复现市……"邑人赵金昆《奂山山市记》："康熙四十一年岁次壬午六月三十日薄暮浴孝河，举目西望，一片金光灿烂。其下特现青山高大方广，上有楼台殿阁，参差错落，雕甍粉壁，厘然可辨……"以上是所见有文字记载的奂山山市，蒲氏所记是否为其中之一，或另有所见。因山市常出，飘忽不定，很难考定。

2 〔邑景之一〕据《淄川县志》载，邑八景为：郑公书院、季子石桥、万山石桥、丰水牧唱、梵刹浮图、文庙古桧、般阳晓钟、昆仑山色，其中无奂山山市。但在《淄川县志·异闻》中列有"峡水印月、山鸣验雨、山市奇观、古冢异闻、山泉兆兵、获龟名城、黉山蚕谷、雷击逆居"。其中"山市奇观"，或即奂山山市，后亦列入邑景之一。青柯亭本《聊斋志异》其"邑景之一也"句，为"邑八景之一也"，其他抄本皆无"八"字，故"奂山山市"当为后列为淄川"八景"之外的又一"景"。

3 〔孙公子禹年〕据《淄川县志·贡生》载：孙琰龄，字禹年，选拔贡元，考定州同知，以养亲不仕。其父孙之獬，明嘉靖己丑（1529）进士，入清，顺治间任兵部尚书，后死于谢迁义军。禹年著作有《柿岩小律》、《燕游草》及《似懒园》、《石来轩》诗集。

4 〔青冥〕即高空。《楚辞·屈原〈九章·悲回风〉》："据青冥而摅虹兮，遂倏忽而扪天。"

5 〔禅院〕即佛寺。详见卷二《林四娘》注。

6 〔飞甍（méng 蒙）〕甍，《释名·释宫室》："屋脊曰甍。"飞甍，谓古代建筑屋脊高耸，两端上卷如飞之状。《文选·左思〈吴都赋〉》："长于延属，飞甍舛互。"

7 〔睥睨〕城上有孔的矮墙。《释名·释宫室》："城上垣曰睥睨，言于孔中睥睨非常也。"

8 〔若者〕如同，相似。

9 〔危楼〕高楼。《文选·徐悱〈古意酬到长史溉登琅邪城〉诗》："修篁壮下属，危楼峻上干。"

10 〔五架〕谓远望去，一楼有五架的空间。室内两柱间为一架。

11 〔倏忽〕忽然，时间极短。《战国策·楚策四》："倏忽之间，坠于公子之手。"

白莲教

白莲盗首徐鸿儒[1]，得左道[2]之书，能役鬼神，小试之，观者尽骇，走门下者如鹜[3]，于是阴怀不轨。因出一镜，言能鉴人终身，悬于庭，令人自照，或幞头[4]，或纱帽[5]，绣衣貂蝉[6]，现形不一，人益怪愕。由是道路遥播[7]，踵门[8]求鉴者，挥汗相属。徐乃宣言："凡镜中文武贵官，皆如来佛注定龙华会[9]中人，各宜努力，勿得退缩。"因亦对众自照，则冕旒龙衮[10]，俨然王者，众相视而惊，大众齐伏。徐乃建旗秉钺[11]，罔不欢跃相从，冀符所照。不数月，聚党以万计，滕、峄[12]一带，望风而靡[13]。后大兵[14]进剿，有彭都司[15]者，长山人，艺勇绝伦，寇出二垂髫女与战。女俱双刃，利如霜，骑大马，喷嘶甚怒，飘忽盘旋，自晨达暮，彼不能伤彭，彭亦不能捷也。如此三日，彭觉筋力俱竭，哮喘而卒。迨鸿儒既诛，捉贼党械问之，始知刃乃木刀，骑乃木凳也。假兵马死真将军，亦奇矣！

白莲教某者，山西人，忘其姓名，大约徐鸿儒之徒，左道惑众，慕其术者多师之[16]。某一日将他往，堂中置一盆，又一盆覆之，嘱门人坐守，戒勿启视。去后，门人启之，视盆贮清水，水上编草为舟，帆樯[17]具焉，异而拨以指，随手倾侧，急扶如故，仍覆之。俄而师来，怒责："何违吾命？"门人立白其无，师曰："适海中舟覆，何得欺我？"又一夕，烧巨烛于堂上，戒恪守[18]，勿以风灭。漏二滴，师不至，儽然而殆[19]，就床暂寐，及醒，烛已竟灭，急起爇之。既而师入，又责之，门人曰："我固不曾睡，烛何得息？"师怒曰："适使我暗行十余里，尚复云云耶？"门人大骇。如此奇行，种种不可胜书。

后有爱妾与门人通，觉之，隐而不言，遣门人饲豕，门人入圈，立地化为豕。某即呼屠人杀之，货其肉，人无知者。门人父以子不归，过问之，辞以久弗至。门人家诸处探访，绝无消息。有同师者，隐知其事，泄诸门人父，门人父告之邑宰。宰恐其遁，不敢捕治，达于上官，请甲士千人，围其第，妻子皆就执，闭置樊笼[20]，将以解都[21]。途经太行山，山中出一巨人，高与树等，目如盎，口如盆，牙长尺许，兵士愕立不敢行。某曰："此妖也，吾妻可以却之。"乃如其言，脱妻缚。妻荷戈往，巨人怒，吸吞之，众愈骇。某曰："既杀吾妻，是须吾子。"乃复出其子，又被吞如前状。众各对觑，莫知所为。某泣且怒曰："既杀吾妻，又杀吾子，情何以甘！然非某自往不可也。"众果出诸笼，授之刃而遣之。巨人盛气而逆，格斗[22]移时，巨人抓攫入口，伸颈咽下，从容竟去。

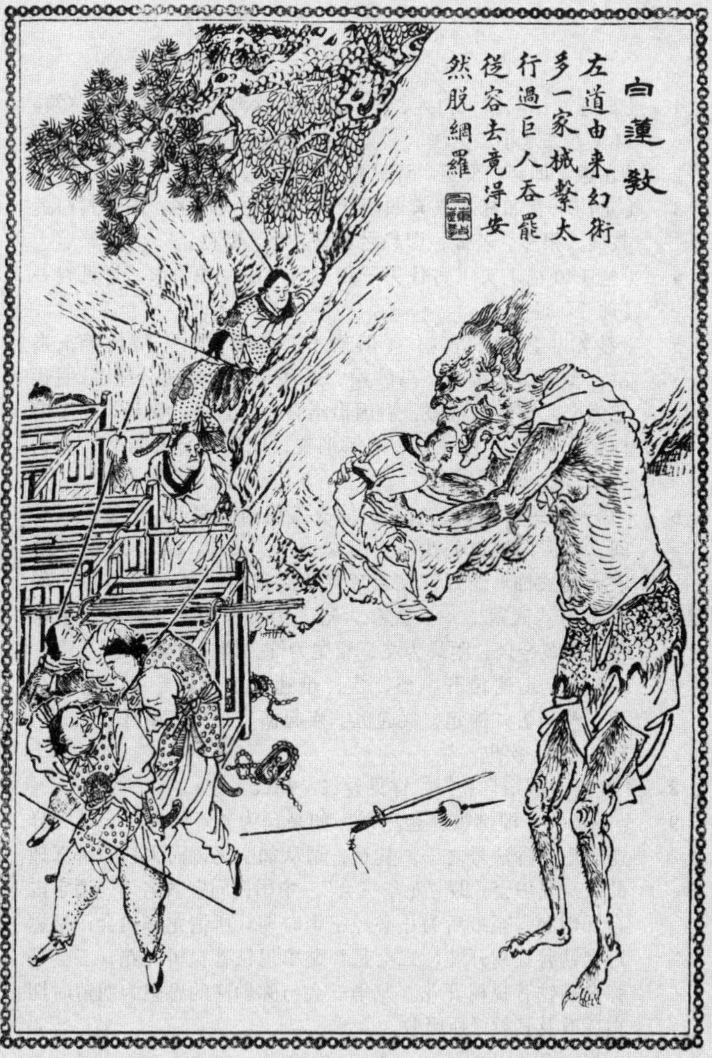
白蓮教
左道由来幻術多一家械繫太行過巨人吞罷從容去竟得安然脫網羅

校注

1 〔白莲、徐鸿儒〕白莲，即白莲教；徐鸿儒，白莲教之首领。详见卷二《小二》注。

2 〔左道〕即旁门邪道。详见卷一《陆判》注。

3 〔走门下者如鹜〕投奔归附于其门下的人很多。即谓其白莲教徒人很多。若鹜，即趋之若鹜。鹜，野鸭。

4 〔幞（fú福）头〕古代男子用以包头的一种头巾。详见卷一《珠儿》注。

5 〔纱帽〕纱制的官帽。《旧唐书·舆服志》："隋代帝王贵臣，多服黄文绫袍、乌纱帽、九环带、乌皮六合靴。"明代定为文武官员的常服，后因借指官位、官员。明汤显祖《南柯记·卧辙》："白头纱帽保平安，职掌批行和带管，有的钱钻。"

6 〔绣衣貂蝉〕绣衣，官名，绣衣直指的简称。汉武帝天汉年间，特派向地方的执法大吏衣绣衣，又称"绣衣御史"，绣衣为其衣饰。貂蝉，汉武帝侍从武官的冠饰。《后汉书·舆服志》："武冠，一曰武弁大冠，诸武官冠之。侍中、中常侍，加黄金珰，附蝉为文，貂尾为饰，谓之赵惠文冠。"

7 〔摇播〕迅速传开。摇，疾，迅速。王念孙《读书杂志余编·楚辞》："摇起，疾起也。疾起横奔，文正相对。《方言》曰：'摇，疾也。'"

8 〔踵门〕谓亲自登门。详见卷二《胡氏》注。

9 〔如来佛〕即佛祖释迦牟尼。如来，为梵音的意译，又为释迦牟尼十种法号之一。其意，谓从如实之道而来，开示真理的人。龙华会：即"龙华三会"，中国民间宗教名词，谓宇宙自开创起，至最后为止必经三个时期。所谓龙华初会，是燃灯佛铁菩提树开花，二会是释迦牟尼铁菩提树开花，三会是弥勒佛铁菩提树开花。龙华三会与弥勒降的思想为明清时期白莲教及其教派所吸收。

10 〔冕（miǎn 免）旒龙衮（gǔn 滚）〕古代帝王的冠服。详见卷一《小翠》注。

11 〔建旗秉钺〕意为率众举持兵器，树起大旗，自称王侯。建旗，树旗帜，古代专指上面有熊虎图像的一种军旗。《周礼·考工记·辀人》曰：“率都建旗。”段玉裁注：“五，郑本《考工记》作六，熊旗方游，以象伐也。”此指竖起旗帜，率领群众，以讨伐之。秉，持。钺，古兵器。

12 〔滕、峄〕即滕县、峄县，今属山东枣庄市。

13 〔望风而靡〕谓滕、峄之民望风而归顺。《汉书·杜周传》：“天下莫不望风而靡。”

14 〔大兵〕指清兵。

15 〔彭都司〕彭修翼，字凌汉，长山县（今山东邹平县）人。明万历朝，中三科武举。癸丑（1613）成进士，除济南卫镇抚，迁龙门守备，又迁大宁掌印都指挥佥事，升临清参将。“会有妖贼徐鸿儒攻陷邹、滕，翼曰：‘贼巢在梁家浅，不入虎穴，焉得虎子。’擐甲执锏，突入贼营，斩杀无算。前后十四战，皆以捷闻，巡抚都御史赵彦奏其功，诏赐金增秩。未几，以积劳病卒。”见《长山县志·人物志》。都司，武官名。清代置于绿营，秩正四品，其职掌与参将、游击同，有充任各协（副将）中军官的，称为协标都司。

16 〔师之〕以他为老师。

17 〔帆樯（qiáng 强）〕船的帆与桅杆。

18 〔戒恪守〕告诫要坚守着。恪，恭敬。

19 〔儽（lěi 耒）然而殆〕很疲困的样子。儽，《说文解字》：“垂貌。一曰懒懈。”殆，疲困。

20 〔樊笼〕此指带木笼的囚车。

21 〔解（jiè 借）都〕谓押送到京城。

22 〔格斗〕搏斗。《汉书·戾太子传》：“主人公遂格斗死。”

双 灯

魏运旺，益都之盆泉[1]人，故世族大家也，后式微[2]，不能供读，年二十余废学，就岳业酤[3]。一夕，魏独卧酒楼上，忽闻楼下踏蹴声[4]。魏惊起悚听，声渐近，寻梯而上，步步繁响。无何，双婢挑灯，已至榻下，后一年少书生，导一女郎，近榻微笑。魏大愕怪，转知为狐，发毛森竖，俯首不敢睨。书生笑曰："君勿见猜，舍妹与有前因，便合奉事。"魏视书生，锦貂炫目，自惭形秽，靦颜[5]不知所对。书生率婢子遗灯竟去。魏细视女郎，楚楚[6]若仙，心甚悦之，然惭怍不能作游语[7]。女郎顾笑曰："君非抱本头者[8]，何作措大[9]气？"遽近枕席，暖手于怀，魏始为之破颜，捋裤相嘲，遂与狎昵。晓钟未发，双鬟即来引去，复订夜约。

至晚，女果至，笑曰："痴郎何福，不费一钱，得如此佳妇，夜夜自投到也。"魏喜无人，置酒与饮，赌藏枚[10]，女子什有九赢，乃笑曰："不如妾握枚子，君自猜之，中则胜，否则负。若使妾猜，君当无赢时。"遂如其言，通夕为乐。既而将寝，曰："昨宵衾褥涩冷，令人不可耐。"遂唤婢襆被来，展布榻间，绮縠香耎，顷之，缓带交偎，口脂浓射，真不数汉家温柔乡[11]也。自此，遂以为常。

后半年，魏归家，适月夜与妻话窗间，忽见女郎华妆坐墙头，以手相招，魏近就之。女援之，逾垣而出，把手而告曰："今与君别矣。请送我数武，以表半载绸缪之义[12]。"魏惊叩其故，女曰："姻缘自有定数，何待说也。"语次[13]，至村外，前婢挑双灯以待，竟赴南山，登高处，乃辞魏言别，魏留之不得，遂去，魏伫立彷徨，遥见双灯明灭，渐远不可睹，怏郁而反。是夜山头灯火，村人悉望见之。

校注

1 〔盆泉〕即盆泉村，在山东省淄博市北博山镇。北博山至北沙井公路中经"盆泉"村。据说先前有泉，其形如盆，底凹四周高平，因此而得名。

2 〔式微〕衰微。详见卷二《林四娘》注。

3 〔就岳业酤〕随岳父卖酒。酤，卖酒。

4 〔踏蹴声〕犹言走路的脚步声。

5 〔靦（tiǎn 忝）颜〕面容羞愧。宋苏舜钦《舟中感怀寄馆中诸君》诗："靦颜于其间，汗下如流浆。"

6 〔楚楚〕衣裳鲜明貌。《诗经·曹风·蜉蝣》:“蜉蝣之羽，衣裳楚楚。”

7 〔游语〕戏谑的言辞。

8 〔抱本头者〕犹言读书人。本头，书本。

9 〔措大〕亦作“醋大”，旧指贫寒失意的读书人。苏鹗《苏氏演义》上：“醋大者或有抬肩、拱臂、攒眉、蹙目以为恣态，如人食酸醋之貌，故谓之醋大。”

10 〔藏枚〕俗谓“猜枚”，旧时的一种游戏。双方相赌，一方以手握小物，如铜钱、棋子之类，供对方猜单、双、数量、字、漫（铜钱，有字一面称为“字”；花纹一面称为“漫”）等，猜中者为胜，不中者受罚。枚，枚子，即所猜之物。

11 〔不数（shǔ 署）汉家温柔乡〕不数，谓数不上，意为胜过。汉家温柔乡，喻美色迷人之境。

12 〔绸缪之义〕谓夫妻间恩爱之谊。

13 〔语次〕指谈话间。

捉鬼射狐

李公著明[1]，睢宁令襟卓先生公子也，为人豪爽无馁怯，为新城王季良[2]先生内弟。先生家多楼阁，往往睹怪异，公常暑月寄宿，爱阁上晚凉。或告之异，公笑不听，固命设榻，主人如请，嘱仆辈伴公寝，公辞，言："喜独宿，生平不解怖。"主人乃使炷息香[3]于炉，请衽何趾[4]，始息烛覆扉而去。

公即枕移时，于月色中见几上茗瓯倾侧旋转，不坠亦不休。公咄之，铿然立止。即若有人拔香炷，炫摇空际，纵横作花缕，公起叱曰："何物鬼魅敢尔！"裸裼[5]下榻，欲就捉之。以足觅床下，仅得一履，不暇冥搜，赤足挞[6]摇处，炷顿插炉，竟寂无兆[7]。公俯身遍摸暗陬，忽一物腾击颊上，觉似履状，索之，亦殊不得。乃启覆下楼，呼从人爇火烛之，空无一物，乃复就寝。既明，使数人搜履，翻席倒榻，不知所在，主人为公易履。越日，偶一仰首，见一履夹塞椽间，挑拨而下，则公履也。

公益都人，侨居于淄之孙氏第，第綦阔，皆置闲旷，

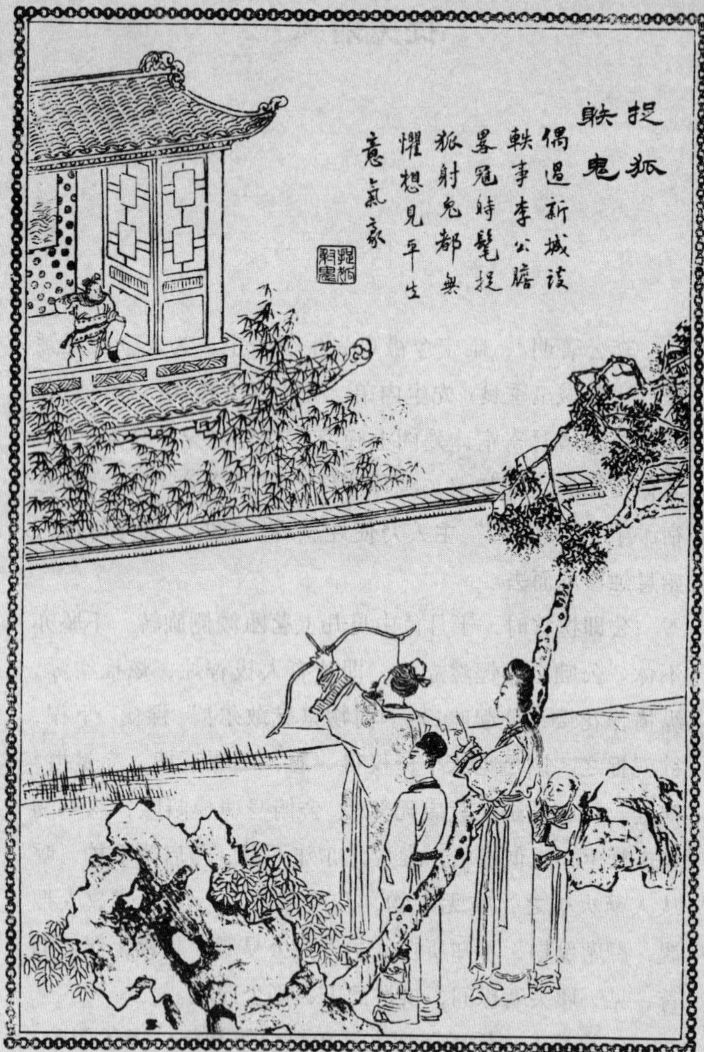
捉狐
䠶鬼
偶過新城談
軼事李公膽
畧冠時髦捉
狐射鬼都無
懼想見平生
意氣豪
捉狐射鬼

公仅居其半。南院临高阁，止隔一堵，时见阁扉自启闭，公亦不置念。偶与家人话于庭，阁门开，忽有一小人面北而坐，身不盈三尺，绿袍白袜。众指顾之，亦不动，公曰："此狐也。"急取弓矢，对关[8]欲射。小人见之，哑哑[9]作揶揄之声，遂不复见。公捉刀登阁，且骂且搜，竟无所睹，乃返，异遂绝。公居数年，安妥无恙。公长公友三，为余姻家，其所目睹。

异史氏曰："予生也晚，未得奉公杖履[10]，然闻之父老，大约慷慨刚毅丈夫也。观此二事，大概可睹。浩然中存[11]，鬼狐何为乎哉！"

校注

1 〔李公著明〕其生平未详。只据本文及卷四《蹇偿债》与《聊斋文集》中《祭李公著明老亲家文》中得知为睢宁县知县李襟卓之子，自公始李家由益都侨居淄川之孙氏宅。文中所提友三，为公之长子，与作者有姻娅之好。李襟卓，名毓奇，山东益都人。明万历十年（1582）中山东乡试第二名，万历四十年（1612）至万历四十四年（1616）任江苏睢宁县知县。

2 〔王季良〕名象随，字季良，明天启辛酉举人，崇祯四年（1576）兵变守城抗贼，抚按朱公题请应纪录以需大用，九年（1581）特旨保举贤良方正，卒殉壬午之难。见《新城王氏世谱》。

3　〔息香〕安息香的略称，燃之可去邪浊之气。安息香，为安息香树脂制成的香料。

4　〔请衽何趾〕旧时待客的礼节，为客人卧息铺设床席时，要先问客人卧息的习惯，足向何方。《礼记·曲礼上》："请席何乡，请衽何趾。"注："坐问乡，卧问趾。"衽，卧席。乡，同"向"。

5　〔裸裼（xī 锡）〕不及穿衣。裼，袒也，此谓未穿外衣。裼，据手稿本，原抄本作"体"。

6　〔挝〕击、打。

7　〔兆〕谓踪迹。

8　〔关〕指阁门。

9　〔哑哑〕嘲弄的笑声。

10　〔奉公杖履〕指侍奉，追随。《礼记·内则》："父母舅姑之衣、衾、簟、席、枕、几不传，杖、屦，祗敬之，勿敢近。"杖屦为尊者服御之物，故为敬老之词，不指其人，以示敬意。履，通"屦"。

11　〔浩然中存〕谓浩然之气存于胸中。言其性格刚直。

蹇偿债

李公著明，慷慨好施。乡人王卓[1]，佣居公室[2]。其人少游惰，不能操农业，家窭贫[3]，然小有技能，常为役务，每赉[4]之厚。时无晨炊，向公哀乞，公辄给以升斗。一日，告公曰："小人日受厚恤，三四口幸不殍饥[5]，然曷可以久？乞主人贷我菉豆[6]一石作资本。"公忻然授之。卓负去，年余，一无所偿，及问之，豆资已荡然矣。公怜其贫，亦置不索。

公读书于萧寺[7]，后三年余，忽梦卓来曰："小人负主人豆直，今来投偿。"公慰之曰："若索尔偿，则平日所负欠者，何可算数？"卓愀然曰："固然。凡人少有所为而受人千金，可不报也。若无端受人资助，升斗且不容昧，况其多哉！"言已，竟去。公愈疑。既而家人白公："夜牝驴产一驹，且修伟。"公忽悟曰："得勿驹为王卓耶？"越数日归，见驹，戏呼王卓，驹奔赴，若有知识，自此遂以为名。公乘赴青州，衡府[8]内监见而悦之，愿以重价购之，议直未定，适公以家中急务不及待，遂归。又逾岁，驹与雄马同枥，龁折胫骨，不可疗。有牛医至公家，见之，谓公曰："乞以驹付小人，朝夕疗养，需以岁月。万一得痊，得直与公子剖分之。"公如所请。后数月，牛医售驴，得钱千八百，以半献。公受钱，顿悟其数适符豆价也。噫！昭昭之债，而明明之偿[9]，此足以劝矣。

校注

1 〔王卓〕原抄本、铸雪斋抄本、二十四卷本，皆为"王卓"；手稿本后来将"王卓"圈去，在旁加一"某"字。可知手稿本中的"某"字为后改，并非其初稿本。

2 〔佣居公室〕意为佣雇到李著明家。佣，当雇工。

3 〔窭（jù 巨）贫〕贫穷。《诗经·邶风·北门》："终窭且贫，莫知我艰。"毛传："窭者，无礼也；贫者，困于财。"《管子·五辅》："衣冻寒，食饥渴，匡贫窭，振罢露。"窭，从青柯亭本，原抄本作"屡"。

4 〔赉（lài 赖）〕赏赐。

5 〔殍（piǎo 缥）饥〕亦作"饥殍"，指饥饿至死。《孟子·梁惠王上》："民有饥色，野有饿莩。"殍，通"莩"，饿死的人。

6 〔菉豆〕即绿豆。

7 〔萧寺〕即佛寺。

8 〔衡府〕即明青州衡王府。详见卷一《王成》注。

9 〔"昭昭之债"二句〕意为在阳间欠下的债，而到阴间罚赔。昭，喻阳世。冥，阴间。

头 滚

苏孝廉贞下封公[1]昼卧，见一人头从地中出，其大如斛[2]，在床下旋转不已，惊而中疾，遂以不起。后其次公[3]就荡妇宿，罹杀身之祸，其兆于此耶?

校注

1 〔苏孝廉贞下〕苏贞下，字元行，淄川人。康熙十七年戊午（1678）科举人，年老任濮州学正，卒于官。〔封公〕当指苏贞下之父，曾受封赠，但《淄川县志》未载。封公，据手稿本，原抄本有“太”。新发现的聊斋佚文有蒲氏的《为觉斯与苏贞下启》。

2 〔斛（hú 胡）〕量器名。古时以十斗为斛，后来又以五斗为斛。

3 〔次公〕谓二公子，此指苏贞下之二弟。

鬼作筵

杜秀才九畹，内人病，会重阳[1]，为友人招作茱萸会[2]。早兴，盥已，告妻所往。冠服欲出，忽见妻昏愦，絮絮若与人言。杜异之，就问卧榻，妻辄"儿"呼之。家人心知其异。时杜有母柩未殡，疑其灵爽[3]所凭。杜视曰："得勿吾母耶？"妻骂曰："畜产！何不识尔父？"杜曰："既为吾父，何乃归家祟儿妇[4]？"妻呼小字[5]曰："我专为儿妇来，何反怨恨？儿妇应即死，有四人来勾致[6]，首者张怀玉，我万端哀乞，甫能允遂。我许小馈送，便宜付之。"杜如言，于门外焚钱纸。妻又言曰："四人去矣。彼不忍违吾面目[7]，三日后，当治具酬之。尔母老，龙钟不能料理中馈，及期，尚烦儿妇一往。"杜曰："幽冥殊途，安能代庖？望父恕宥。"妻曰："儿勿惧，去去即复返。此为渠事，当毋惮劳。"言已，即冥然[8]，良久乃苏。杜问所言，茫不记忆，但曰："适见四人来，欲捉我去。幸阿翁哀请，且解囊赂之。始去。我见阿翁镪袱尚余二铤，欲窃取一铤来，作糊口计，翁窥见，叱曰：'尔欲何为！此物岂尔所可用耶！’我乃敛手未敢动。”杜以妻病革[9]，疑信参半[10]。

越三日，方笑语间，忽瞪目久之，语曰：“尔妇綦贪，曩见我白金，便生觊觎，然大要以贫故，亦不足怪。将以妇去，为我敦庖务[11]，勿虑也。”言甫毕，奄然竟毙，约半日许，始醒，告杜曰：“适阿翁呼我去，谓曰：‘不用尔操作，我烹调自有人，只须坚坐指挥足矣。我冥中喜丰满，诸物馔都覆器外[12]，切宜记之。’我诺。至厨下，见二妇操刀砧于中，俱绀帔而绿缘之[13]，呼我以嫂。每盛炙[14]于簋，必请觇视[15]。曩四人都在筵中。进馔既毕，酒具已列器中，翁乃命我还。”杜大愕异，每语同人。

校注

1 〔重阳〕即重阳节，每年的农历九月九日。曹丕《九日与钟繇书》：“岁往月来，忽复九月九日，九为阳数，而日月并应，俗嘉其名，以为宜于长久，故以亨宴高会。”杜甫《九日》诗：“重阳独酌杯中酒，抱病起登江上台。”

2 〔茱萸（yú 鱼）会〕古代风俗，重阳节佩茱萸，相约登高宴饮，称茱萸会。晋周处《风土记》：“以重阳相会，登山饮菊花酒，谓之登高会，又云茱萸会。”茱萸，落叶乔木，茎叶有浓烈香味，入药。

3 〔灵爽〕指神灵、神明。明张煌言《祭定西侯张侯服文》：

"兹恁仗灵爽，驻师林门，苦以军滞，未遑瞻扫高茔。" 此指迷信之鬼魂。

4 〔"既为吾父，何乃……"〕此从手稿本，原抄本与蒲氏初稿本，在此两句间有"不胜他人也"句，后蒲氏在整理定稿时将此句删去。

5 〔小字〕即指杜九畹的乳名。

6 〔勾致〕犹拘捕。

7 〔面目〕脸面，情面。

8 〔"言已，即冥然"句〕此从手稿本，原抄本与蒲氏初稿本，在此两句间有"'曰：尽此且去。'妻"句，后来蒲氏整理定稿时删去。冥然，指昏迷不醒。

9 〔病革（jí 亟）〕病势危急。语出《礼记·檀弓上》："夫子病革矣。" 郑玄注："革，急也。" 宋叶适《赵孺人墓铭》："以是病革，索浴洗，换新衣。"

10 〔疑信参半〕此从二十四卷本，原抄本作"疑信未半"。

11 〔敦庖务〕料理饮食之事。敦，监督，管理。《孟子·公孙丑下》："前日不知虞之不肖，使虞敦匠事。"

12 〔诸物馔都覆器外〕意谓饭菜要盛到漫到碗外。

13 〔绀（gàn 赣）帔而绿缘之〕天青色的帔肩，缘以绿色的边。绀，深青透红。

14 〔盛炙〕谓盛菜肴。炙，此指菜肴。

15 〔觇（chān 搀）视〕窥视，看验。

胡四相公[1]

莱芜张虚一者，学使张道一[2]之仲兄也。性豪放自纵。闻邑中某氏宅，为狐狸所居，敬怀刺往谒，冀一见之。投刺[3]隟中，移时，扉自辟。仆者大愕，却退。张肃衣敬入，见堂中几榻宛然，而阒寂[4]无人，遂揖而祝曰："小生斋宿[5]而来，仙人既不以门外见斥，何不竟赐光霁[6]？"忽闻虚室[7]中有人言曰："劳君枉驾，可谓跫然足音[8]矣。请坐赐教。"即见两座自移相向，甫坐，即有镂漆朱盘，贮双茗盏，悬目前，各取对饮，吸呖有声，而终不见其人。茶已，继之以酒。细审官阀，曰："弟姓胡氏，于行为四，曰相公[9]，从人所呼也。"于是酬酢议论，意气颇洽，鳖羞鹿脯，杂以芗蓼[10]。进酒行炙者，似小辈甚夥。酒后颇思茶，意才少动，香茗已置几上。凡有所思，无不应念而至。张大悦，尽醉始归。自是三数日必一访胡，胡亦时至张家，并如主客往来礼。

一日，张问胡曰："南城中巫媪，日托狐神，渔病家利[11]。不知其家狐，君识之否？"曰："彼妄耳，实无

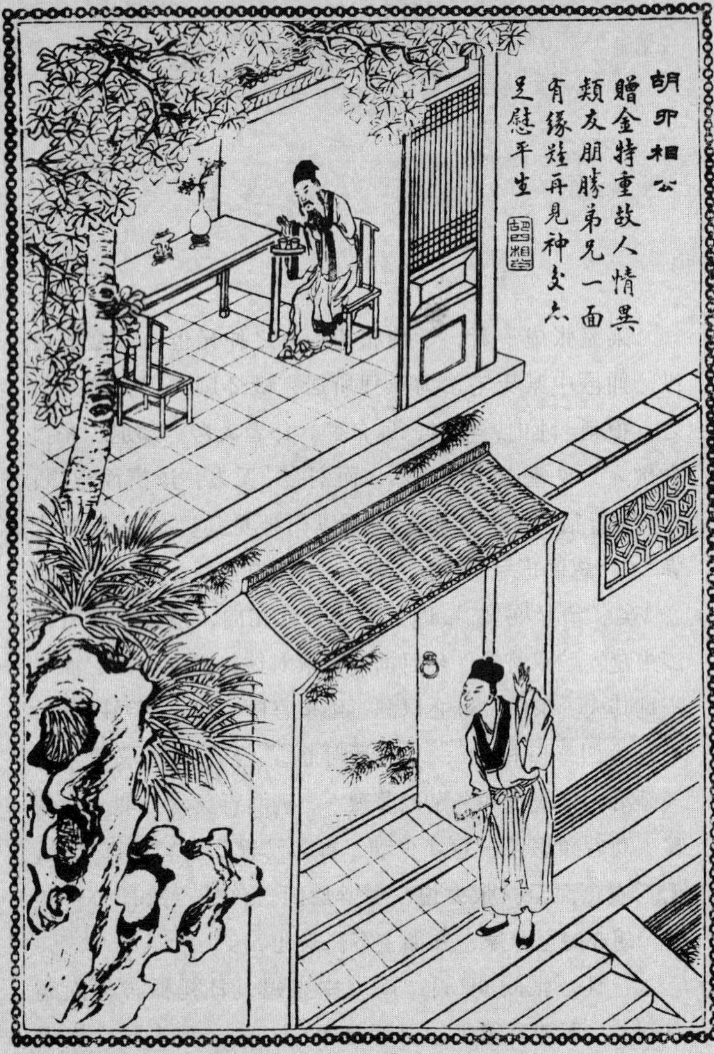
胡四相公
贈金特重故人情異
類友朋勝弟兄一面
有緣難再見神交亦
足慰平生

狐。”少间，张起溲溺，闻小语曰：“适所言南城狐巫，未知何如人。小人欲从先生往观之，烦一言请于主人。”张知为小狐，乃应曰：“诺。”即席而请于狐曰：“我欲得足下服役者一二辈，往探狐巫，敬请君命。”狐固言不必。张言之再三，乃许之。既而张出，马自至，如有控者，既骑而行，狐相语于途，谓张[12]曰：“后先生于道途间，觉有细沙散落衣襟上，便是吾辈从也。”语次进城，至巫家。见张至，笑逆曰：“贵人何忽得临？”张曰：“闻尔家狐子大灵应，果否？”巫正容曰：“若个蹀躞[13]语，不宜贵人出得！何便言狐子？恐吾家花姊不欢！”言未已，空中发半砖来，中巫臂，踉跄欲跌，惊谓张曰：“官人何得抛击老身也？”张笑曰：“婆子盲也！几曾见自己额颅破，冤诬袖手者？”巫错愕不知所出，正回惑[14]间，又一石子落，中巫，颠蹶，秽泥乱坠，涂巫面如鬼，惟哀号乞命。张请恕之，乃止。巫急起奔，遁房中，合户不敢出。张呼与语曰：“尔狐如我狐否？”巫惟谢过，张仰首望空中[15]，戒勿复伤巫，巫始惕惕[16]而出。张笑谕之，乃还。

由是每独行于途，觉尘沙淅淅然[17]，则呼狐语，辄应不讹，虎狼暴客，恃以无恐，如是年余，愈与莫逆。尝问其甲子[18]，殊不自记忆，但言：“见黄巢反[19]，犹如昨日。”一夕共话，忽墙头苏然作响，其声甚厉，张异之，胡曰：“此必家兄。”张言：“何不邀来共坐？”曰：“伊道业[20]颇浅，只好攫鸡啖[21]，便了足耳。”张谓狐曰：“交情之好，如吾两人，可云无憾，终未一见颜色，殊属恨事。”胡曰：“但得交好足矣，见面何为？”一日，置酒邀张，且告别。问：“将何往？”曰：“弟陕中产，将归去矣。君每以对面不觌为憾，今请一识数岁之交，他日可相认耳。”张四顾都无所见。胡曰：“君试开寝室门，则弟在焉。”张如其言，推扉一觑，则内有美少年，相视而笑，衣裳楚楚，眉目如画，转瞬之间，不复睹矣。张反身而行，即有履声藉藉随其后，曰：“今日释君憾矣。”张依恋不忍别。狐曰：“离合自有数，何容介介[22]。”乃以巨觥劝酒。饮至中夜，始以纱烛[23]导张归。及明往探，则空房冷落而已。

后道一先生为西州[24]学使。张清贫犹昔，因往视弟，愿望颇奢。月余而归，甚违初意，咨嗟马上，嗒丧若偶[25]。忽一少年骑青驴，蹑其后，张回顾，见裘马甚丽，意甚骚雅，遂与闲话，少年察张不豫[26]，诘之，张因欷歔而告以故。少年亦为慰藉。同行里许，至歧路中，少年乃拱手别，曰：“前途有一人，寄君故人一物，乞笑纳也。”复欲询之，驰马径去，张莫解所由。又二三里许，见一苍头，持小篦[27]子，献于马前，曰：“胡四相公敬致先生。”张豁然顿悟，受而开视，则白镪满中。及顾苍头，已不知所之矣。

校注

1 〔胡四相公〕此从手稿本，原抄本作《胡相公》。作者初稿本也作《胡相公》，后蒲氏在整理定稿时，在原题旁加一“四”字。

2 〔张道一〕据《莱芜县志》载：张道一，名四教，号芹沚，莱芜人。清顺治三年（1646）进士，除山西平阳府推官，超授山西提学道，秩满升陕西延榆绥兵备道，累官按察司副使。

3 〔刺〕名帖。详见卷一《雹神》注。

4 〔阒（qù 去）寂〕静寂无声。江淹《泣赋》：“阒寂以思，情绪留连。”此从二十四卷本，原抄本作“阒”。

5 〔斋宿〕谓隔宿斋戒，表示虔诚。《孟子·公孙丑下》：“弟子斋宿而后敢言。”

6 〔光霁〕“光风霁月”的省词。光风，谓天气晴朗时的和风；霁月，雨过天晴时的明月。这里指容貌。《宋史·周敦颐传》：“黄庭坚称其人品甚高，胸怀洒落，如光风霁月。”

7 〔室〕从手稿本，原抄本作“空”。

8 〔跫（qióng 穷）然足音〕形容脚步声。何垠注：“跫然，蹋声。”《庄子·徐无鬼》：“夫逃虚空者，藜藋柱乎鼪鼬之径，踉位其空，闻人足音跫然而喜矣。”成玄英疏：“跫然，行声。”宋黄庭坚《奉和文潜赠无咎篇末多以见及以既见君子云胡不喜为韵》：“北寺锁斋房，尘钥时一启。晁张跫然来，连壁照书几。”跫，从手稿本，原抄本作“蛩”。

9 〔相（xiàng 象）公〕旧时对富贵家子弟的尊称。清翟灏《通俗编·仕进》：“凡衣冠中人皆僭称相公，或缀以行次，曰大相公，二相公。”

10 〔芗（xiāng 乡）蓼〕古时调味的香料。芗，紫苏一类的香草。蓼，辛香植物。《礼记·内则》：“雉，芗无蓼。”

11 〔渔病家利〕谓向病家勒索钱财。

12 〔谓张〕从手稿本，原抄本无。

13 〔蹀躞〕谓轻薄不庄重。

14 〔回惑〕心中迷乱。《后汉书·荀悦传》:“故肃恭其心，慎修其行，内不回惑，外无异望，则民志平矣。”

15 〔“张仰首望空中”句〕从手稿本，原抄本与手稿初稿本原句为“张招之，且仰首望空中”。“招之，且”三字蒲氏定稿时删去。

16 〔惕惕〕戒惧。《国语·晋语四》:“君若恣志以用重耳，四方诸侯其谁不惕惕以从命。”

17 〔淅淅然〕风吹落沙尘的声音。

18 〔甲子〕年龄。古时以干支相配纪年，甲为十天干之首位，子为十二地支之首位，故习以“甲子”代指年岁。贯休《赠轩辕先生》诗:“略问先生真甲子，只言弟子是刘安。”

19 〔黄巢反〕指唐末黄巢起义。黄巢为起义军领袖，山东曹州人。唐僖宗乾符二年(876)，随王仙芝起义，仙芝败死，黄巢为首领，取洛阳，破长安，称齐帝。后兵败自刎。

20 〔道业〕指修行。

21 〔“只好攫鸡啖”句〕从手稿本，原抄本为“只好攫两头鸡啖”。

22 〔介介〕谓介意，放在心上。

23 〔纱烛〕指用纱罩罩着的灯。

24 〔西州〕指陕西地区。《战国策·韩策三》:“昔者秦穆公一胜于韩原而霸西州，晋文公一胜于城濮而定天下。”张友鹤《聊斋志异》(三会本)从青柯亭本，将“西州”改为“西川”，误。作者手稿本亦为“西州”。西川，通指四川，而张道一并未在四川为官。据《莱芜县志》载:张道一，顺治三年(1646)进士，除山西平阳府推官，超授山西提学道，秩满升陕西延榆绥兵备道。文中所言“后道一先生为西州提学使”，其兄往视时，当在由山西提学使，秩满升陕西延榆绥兵备道间时，所以文中所言“西州提学使”是相符的。其时间可能有错前或延后，但其地点绝不会是“西川”。况张道一从未到过四川。所以，当据手稿为“西州”，“西川”为误。

25 〔嗒丧若偶〕形容失意、丧气的样子，痴呆若木偶。《庄子·齐物论》：“南郭子綦隐几而卧，仰天而嘘，嗒焉似丧其偶。”

26 〔不豫〕不高兴，不愉快。《孟子·公孙丑下》：“夫子若有不豫色然。”

27 〔簏（lù 路）〕竹箱。《楚辞·刘向〈九叹·怨思〉》：“淹芳芷于腐井兮，弃鸡骇于筐簏。”

念 秧

异史氏曰：人情鬼蜮[1]，所在皆然；南北冲衢，其害尤烈，如强弓怒马，御人于国门之外者[2]，夫人而知之矣。或有劙囊刺橐[3]，攫货于市，行人回首，财货已空，此非鬼蜮之尤者耶？乃又有萍水相逢[4]，甘言如醴，其来也渐，其入也深，认倾盖之交[5]，遂罹丧资之祸。随机设阱，情状不一，俗以其言辞浸润，名曰“念秧”，今北途多有之，遭其害者尤众。

余乡王子巽[6]，邑诸生，有族先生在都为旗籍太史[7]，将往探讯，治装北上，出济南，行数里，有一人跨黑卫，驰与同行，时以闲语相引，王颇与问答。其人自言：“张姓，为栖霞隶[8]，被令公差赴都。”称谓抝卑[9]，祗奉殷勤，相从数十里，约以同宿。王在前，则策蹇[10]追及，在后，则祗候道左。仆疑之，因厉色拒去，不使相从，张颇自惭，挥鞭遂去。既暮，休于旅舍，偶步门庭，则见张就外舍饮。方惊疑间，张望见王，垂手拱立[11]，谦若厮仆，稍稍问讯，王亦以泛泛适相值，不为疑，然王仆终夜戒备之。鸡既唱，张来呼与同行，仆咄绝之，乃去。

朝暾已上，王始就道。行半日许，前一人跨白卫，年四十已来，衣帽整洁，垂首蹇分[12]，盹寐欲堕。或先之，或后之，因循十余里，王怪问："夜何作，致迷顿[13]及尔？"其人闻之，猛然欠伸，言："青苑[14]人，许姓，临淄令高檠[15]是我中表。家兄设帐于官署，我往探省，少获馈贻。今夜旅舍，误同念秧者宿，惊惕不敢交睫，遂致白昼迷闷。"王故问："念秧何说？"许曰："君客时少，未知险诈。今有匪类，以甘言诱行旅，夤缘与同休止，因而乘机骗赚。昨有葭莩亲，以此丧资斧。吾等皆宜警备。"王颔之。先是，临淄宰与王有旧，王曾入其幕，识其门客果有许姓，遂不复疑，因道温凉，兼询其兄况。许约暮共主人[16]，王诺之。仆终疑其伪，阴与主人谋，迟留不进，相失，遂杳。

翼日，日卓午[17]，又遇一少年，年可十六七，骑健骡，冠服秀整，貌甚都，同行久之，未尝交一言。日既夕，少年忽言曰："前去曲律店[18]不远矣。"王微应之。少年因咨嗟欷歔，如不自胜，王略致诘问，少年叹曰："仆江南金姓。三年膏火，冀博一第，不图竟落孙山[19]！家兄为部中主政[20]，遂载细小来，冀得排遣。生平不习跋涉，扑面尘沙，使人薅恼[21]。"因取红巾拭面，叹咤不已。听其语，操南音，娇婉若女子，王心好之，稍稍慰藉。少年曰："适先驰出，眷口久望不来，何仆辈亦无至者？日已将暮，奈何！”迟留瞻望，行甚缓，王遂先驱，相去渐远。

晚投旅邸，既入舍，则壁下一床，先有客解装其上，王问主人，即有一人入，携之而出，曰：“但请安置，当即移他所。”王视之，则许。王止与同舍，许遂止，因与坐谈。少间，又有携装入者，见王、许在舍，返身遽出，曰：“已有客在。”王审视，则途中少年也。王未言，许急起曳留之，少年遂坐。许乃展问邦族，少年又以途中言为许告。俄顷，解囊出资，堆累颇重，秤两余，付主人，嘱治肴酒，以供夜话，二人争劝止之，卒不听。俄而酒炙并陈，筵间，少年论文甚风雅。王问江南闱中题，少年悉告之，且自诵其承破[22]，及篇中得意之句，言已意甚不平，共扼腕之。少年又以家口相失，夜无仆役，患不解牧圉[23]，王因命仆代摄莝豆[24]，少年深感谢。居无何，忽蹴然曰：“生平蹇滞，出门亦无好况，昨夜逆旅与恶人居，掷骰[25]叫呼，聒耳沸心，使人不眠。”南音呼骰为兜，许不解，固问之，少年手摹其状，许乃笑，于橐中出色一枚，曰：“是此物否？”少年诺。许乃以色为令[26]，相欢饮，酒既阑，许请共掷，赢一东道主，王辞不解。许乃与少年相对呼卢[27]，又阴嘱王曰：“君勿漏言。蛮公子[28]颇充裕，年又雏，未必深解五木诀[29]，我赢些须，明当奉屈耳。”二人乃入隔舍。

旋闻轰赌甚闹，王潜窥之，见栖霞隶亦在其中，大疑，展衾自卧。又移时，众共拉王赌，王坚辞不解，许愿代辨枭雉[30]，王又不肯，遂强代王掷。少间，就榻报王曰："汝赢几筹[31]矣。"王睡梦应之。忽数人排闼而入，番语啁嗻[32]，首者言佟姓，为旗下逻捉赌者。时赌禁甚严，各大惶恐，佟大声吓王，王亦以太史旗号相抵。佟怒解，与王叙同籍[33]，笑请复博为戏，众果复赌，佟亦赌。王谓许曰："胜负我不预闻。但愿睡，无相溷。"许不听，仍往来报之。既散局，各计筹马，王负欠颇多，佟遂搜王装橐取偿。王愤起相争，金捉王臂，阴告曰："彼都匪人，其情叵测。我辈乃文字交，无不相顾。适局中我赢得如干数，可相抵，此当取偿许君者，今请易之，便令许偿佟，君偿我，弗过暂掩人耳目，过此仍以相还。终不然以道义之友遂实取君偿耶？"王故长厚，亦遂信之。少年出，以相易之谋告佟，乃对众发王装物，估入己橐。佟乃转索许、张而去。少年遂襆被来，与王连枕，衾褥皆精美。王亦招仆人卧榻上，各默然安枕。久之，少年故作转侧，以下体昵就仆，仆移身避之，少年又近就之，肤着股际，滑腻如脂。仆心动，试与狎，而少年殷勤甚至，衾息鸣动。王颇闻之，虽甚骇怪，而终不疑其有他也。

昧爽，少年即起，促与早行，且云："君蹇疲殆，夜所寄物，前途请相授耳。"王尚无言，少年已加装登骑，王不得已，从之。骡行驶，去渐远。王料其前途相待，初不为意，因以夜间所闻问仆，仆以实告之，王始惊曰：

“今被念秧者骗矣！焉有宦室名士，而毛遂[34]于圉仆者？”又转念其谈词风雅，非念秧所能，急追数十里，踪迹殊杳。始悟张、许、佟皆其一党，一局不行，又易一局，务求其必入也。偿债易装，已伏一图赖之机，设其携装之计不行，亦必执前说篡夺而去。为数十金，委缀数百里，恐仆发其事，而以身交欢之，其术亦苦矣。后数年，而有吴生之事。

邑有吴生，字安仁，三十丧偶，独宿空斋。有秀才来与谈，遂相知悦。从一小奴，名鬼头，亦与吴僮报儿善，久而知其为狐。吴远游，必与俱。同室之中，人不能睹。

吴客都中，将旋里，闻王生遭念秧之祸，因戒僮警备，狐笑言：“勿须，此行无不利。”至涿[35]，一人系马坐烟肆，裘服济楚，见吴过，亦起，超乘从之。渐与吴语，自言：“山东黄姓，提堂户部[36]，将东归，且喜同途不孤寂。”于是吴止亦止，每共食，必代吴偿值。吴阳感而阴疑之，私以问狐，狐但言：“不妨。”吴意乃释。

及晚，同寻寓所，先有美少年坐其中，黄入，与拱手为礼，喜问少年：“何时离都？”答云：“昨日。”黄遂拉与共寓，向吴曰：“此史郎，我中表弟，亦文士，可佐君子谈骚雅[37]，夜话当不寥落。”乃出金资，治具共饮。少年风流蕴藉，遂与吴大相爱悦。饮间，辄目示吴作觞弊[38]，罚黄，强使釂，鼓掌作笑，吴益悦之。既而史与黄谋博赌，共牵吴，遂各出橐金为质。狐嘱报儿暗锁板扉，嘱曰："倘闻人喧，但寐无吪。"吴诺。吴每掷，小注则输，大注辄赢，更余，计得二百金。史、黄错橐垂罄[39]，议质其马。忽闻挝门声甚厉，吴急起，投色于火，蒙被假卧。久之，闻主人觅钥不得，破扃启关，有数人汹汹入，搜捉博者，史、黄并言无有，一人竟捋吴被，指为赌者，吴叱咄之。数人强检吴装，方不能与之撑拒，忽闻门外舆马呵殿声[40]，吴急出鸣呼，众始惧，曳入之，但求勿声，吴乃从容苞苴[41]付主人。

卤簿既远，众乃出门去。黄与史共作惊喜状，取次[42]觅寝。黄命史与吴同榻，吴以腰橐置枕头，方命被而睡。无何，史启吴衾，裸体入怀，小语曰："爱兄磊落，愿从交好。"吴心知其诈，然计亦良得，遂相偎抱。史极力周奉，不料吴固伟男，大为凿枘[43]，嚬呻殆不可任，窃窃哀免。吴求讫事，手扪之，血流漂杵[44]矣，乃释令归。及明，史惫不能起，托言暴病，但请吴、黄先发。吴临别，赠金为药饵之费。途中语狐，乃知夜来卤簿，皆狐为也。

黄于途，益谄事吴，暮复同舍，斗室甚隘，仅容一榻，颇暖洁，而吴狭之，黄曰："此卧两人则隘，君自卧则宽，何妨？"食已，径去。吴亦喜独宿可接狐友，坐良久，狐不至，倏闻壁上小扉，有指弹之声。吴拔关探视，一小女艳妆遽入，自扃门户，向吴展笑，佳丽如仙。吴喜致研诘，则主人之子妇也，遂与狎，大相爱悦。女忽潸然泣下，吴惊问之，女曰："不敢隐匿，妾实主人遣以饵君者。曩时入室，即被掩执，不知今宵何久不至？”又呜咽曰：“妾良家女，情所不甘，今已倾心于君，乞垂拔救！”吴闻骇惧，计无所出，但遣速去，女惟俯首泣。忽闻黄与主人捶阖鼎沸，但闻黄曰：“我一路祗奉，谓汝为[45]人，何遂诱我弟室！”吴惧，逼女令去。闻壁扉外亦有腾击声，吴仓卒汗如流沈，女亦伏泣。又闻有人劝止主人，主人不听，推门愈急，劝者曰：“请问主人，意将胡为？如欲杀耶，有我等客数辈，必不坐视凶暴，如两人中有一逃者，抵罪安所辞？如欲质之公庭耶，帷薄不修[46]，适以取辱。且尔宿行旅，明明陷诈，安保女子无异言？”主人张目不能语。吴闻，窃感佩，而不知其谁。

初，肆门将闭，即有秀才共一仆来，就外舍宿，携有香酝，遍酌同舍，劝黄及主人尤殷。两人辞欲起，秀才牵裾，苦不令去。后乘间得遁，操杖奔吴所。秀才闻喧，始入劝解，吴伏窗窥之，则狐友也，心窃喜。又见主人意稍夺，乃大言以恐之。又谓女子：“何默不一言？”女啼曰：“恨不如人，为人驱役贱务！”主人闻之，面如死灰。秀才叱骂曰：“尔辈禽兽之情，亦已毕露。此客子所共愤者！”黄及主人皆释刀杖，长跽而请，吴亦启户出，顿大怒詈。秀才又劝止吴，两始和解。女子又啼，宁死不归，内奔出妪婢，捽女令入，女子卧地，哭益哀。秀才劝主人重价货吴生，主人俯首曰：“作老娘三十年，今日倒绷孩儿[47]，亦复何说。”遂依秀才言。吴固不肯破重资，秀才调停主客间，议定五十金。

人财交付后，晨钟已动，乃共促装，载女子以行。女未经鞍马，驰驱颇殆。午间，稍息憩，将行，唤报儿，不知所往。日已西斜，尚无迹响，颇怀疑讶，遂以问狐，狐曰："无忧，将自至矣。"星月已出，报儿始至。吴诘之，报儿笑曰："公子以五十金肥奸伧[48]，窃所不平，适与鬼头计，反身索得。"遂以金置几上，吴惊问其故，盖鬼头知女止一兄，远出十余年不返，遂幻化作其兄状，使报儿冒弟行，入门索姊妹，主人惶恐，诡托病殂。二僮欲质官，主人益惧，啖之以金，渐增至四十，二僮乃行。报儿具述其故，吴即赐之。吴归，琴瑟綦笃，家益富，细诘女子，曩美少年即其夫，盖史即金也，袭一槲绸帔[49]，云是得之山东王姓者。盖其党与甚众，逆旅主人，皆其一类。何意吴生所遇，即王子巽连天叫苦之人，不亦快哉！旨哉古言："骑者善堕。"[50]

校注

1　〔人情鬼蜮〕喻世间人情之奸诈险恶。《诗经·小雅·何人斯》："为鬼为蜮，则不可得。"释："（蜮），状如鳖，三足，一名射工，俗呼之水弩。在水中含沙射人，一曰射人影。"

2　〔御人于国门之外者〕谓抵拒敌人于城之郊野。《周礼·地官·司门》："司门掌授管键，以启闭国门。"《孟子·万章下》："今有御人于国门之外者，其交也以道，其锁也以礼，斯可受御与？"朱熹集注："御，止也。止人而杀之，且夺其货也。"国门，都城之门。

3 〔劙（lí 离）囊刺橐〕此指用利刃抢劫他们财物的行径。劙，割。

4 〔萍水相逢〕随水飘泊的浮萍，聚散不定。喻素不相识的人，偶然相遇。王勃《滕王阁序》："萍水相逢，尽是他乡之客。"

5 〔倾盖之交〕谓初次相逢而订交。倾盖，车上的伞盖靠在一起；谓行旅相遇，停车而语。《史记·鲁仲连邹阳列传》："谚曰：'白头如新，倾盖如故。'何则？知与不知也。"司马贞索隐引《志林》曰："倾盖者，道行相遇，軿车对语，两盖相切，小欹之，故曰倾。"清昭梿《啸亭杂录·谢芗泉》："君子之交，可疏而厚，不可倾盖之间，顿称莫逆。"误，从手稿本，原抄本无。

6 〔王子巽〕《淄东王氏世谱》载："王敏入，字子逊（通"巽"），号梓岩，行一，邑庠生。性至孝，行谊载邑志'孝友传'。妻陈氏行（略）详'烈女传'。"其传见《淄川县志》卷六"续孝友"。

7 〔"族先生"句〕族先生，谓本族中前辈。旗籍太史，谓隶籍于八旗的翰林院官员。清初内院，有国院、秘书院、弘文院三院，三院均系以"内翰林"，在其中办事者，相沿亦称"太史"。此指王樛，字子下，淄川人，户部侍郎鳌永子，顺治二年（1645）以父王鳌永荫授銮仪卫指挥佥事，顺治五年（1648）改入镶蓝旗。因疏陈钞法，召入内院办事，后进阶通议大夫，复加太常寺少卿中书舍人，康熙四年（1665）乙巳，补通政司右通政使，是年冬以病卒于官（见《淄东王氏世谱》）。

8 〔栖霞隶〕指栖霞县府的差役。

9 〔抝（huī 挥）卑〕谓言词谦恭。抝，谦逊。

10 〔策蹇〕谓用鞭打驴。蹇，驴的代称。

11 〔拱立〕拱手而立，表示致敬。《论语·微子》："子路拱而立。"

12 〔蹇分〕犹言在驴上。

13 〔迷顿〕方言，意为瞌睡，打盹。

14 〔青苑〕当作"清苑"。县名，后魏设县，隋改名清苑县，清为直隶省治，保定府亦治此，即今之河北省清苑县。

15 〔临淄令高檠〕临淄，春秋战国时为齐都，今属山东省淄博市。《临淄县志》作"高擎"。北直清苑县人，清顺治间任临淄县知县（但据《山东通志》卷六三载，为康熙十一年任临淄县知县）。《临淄县志》称其于临淄任职间"搜蠹剔奸，人不敢欺。值岁旱，请缓赋税，民赖以生"。

16 〔暮共主人〕指晚间同住一旅店。主人，指店主。

17 〔卓午〕正午。唐李白《戏赠杜甫》诗："饭颗山头逢杜甫，头戴笠子日卓午。"

18 〔曲律店〕地名。王渔洋《带经堂集·北征日记》载：平原德州间有曲律店。曲，手稿本作"屈"。

19 〔不图竟落孙山〕意为没料到竟然落榜。孙山，即名落孙山，谓落榜。详见卷一《叶生》注。

20 〔部中主政〕清代主事的别称，清为正六品。详见卷一《叶生》注。

21 〔嫪（hāo 蒿）恼〕烦恼。

22 〔承破〕是指八股文中的两股，即承题、破题。但按八股文之写作顺序，当破题在先。八股文中，破题、承题与起讲三股统称为"冒子"，只是为说明题意。破，是解开、分析的意思。破题共二句。承，是承破题所说的意思，它有承上启下的作用。承题用三句或四句。破题和承题是八股文的重要组成部分。评定八股文，首先看破题和承题是否切题和起到总括全篇的作用。详见卷四《仙人岛》注。

23 〔不解牧圉（yǔ 宇）〕意谓不会喂牲口。牧圉，指饲养牲畜。《左传·僖公二十八年》："不有行者，谁扞牧圉？"

24 〔代摄莝（cuò 错）豆〕即代备饲料、喂牲口。详见卷一《丁前溪》注。

25 〔掷骰（tóu 投）〕亦称掷色子。是一种赌博方式。骰，骰子，赌具。相传起于三国魏曹植，原称投子，唐人称为骰子。骨制，正方体，六面分刻一至六点，掷之以决胜负，今称色子。张祜《妓席与杜牧之同咏》："骰子逡巡手里拈，无因得见玉纤纤。"

26〔以色为令〕用掷色子的方法决定饮酒的次数。

27〔呼卢〕谓赌博时的呼采声。此代指赌博。卢，采名。详见卷二《赌符》注。

28〔蛮公子〕此指江南金姓少年。古时有南蛮北狄之说。

29〔五木诀〕犹言掷骰赌博的诀窍。五木，古樗蒲戏具名，最早以木为子，一具凡五子，后世多用玉、牙、骨为之。此指色子。

30〔枭雉〕为"枭卢雉犊"之省称。指输赢。《替确类书》："博局戏以五木为子，有枭卢雉犊，为胜负之采。"

31〔筹〕赌筹，计赌博胜负的筹码。

32〔啁嗻（zhāozhē 招遮）〕同"啁哳"。谓声音杂乱而细碎。《楚辞·宋玉〈九辩〉》："雁廱而南游兮，鹍鸡啁哳而悲鸣。"

33〔同籍〕指同归属于旗籍。

34〔毛遂〕即"毛遂自荐"。毛遂，战国时，赵国平原君食客。此处谓以自己的私身相就。详见卷四《封三娘》注。

35〔涿〕明清州名，属顺天府。治所在今河北省涿县。

36〔提堂户部〕是受本省督抚的委派长驻京师专司户部投递公文的官吏。提堂，亦作"提塘"，官名，隶兵部。

37〔谈骚雅〕犹言谈论诗文。

38〔作觞弊〕指在行酒令时作弊。

39〔错槖垂罄〕谓钱袋已经空空。错囊，钱袋。金错刀，为古代钱币名，故称钱袋为错囊。罄，空尽。杜甫《对雪》："金错囊徒罄，银壶酒易赊。"

40〔呵殿声〕即喝道。详见卷一《珠儿》注。

41〔苞苴（jū 居）〕苞，通"包"。即包裹。

42〔取次〕谓相继。

43〔凿枘〕"圆凿方枘"之省称。此指入而不能相容。详见卷一

《凤阳士人》注。

44 〔血流漂杵〕谓流血之多。《尚书·武成》:“前徒倒戈,攻于后以北,血流漂杵。”此处为借喻。

45 〔为〕从手稿本,原抄本作“何”。

46 〔帷薄不修〕此谓家庭中淫乱生活的隐语。帷,帷幕。薄,帘子。帷与薄指家庭中用以障隔内外的帘帷。《汉书·贾谊传》陈政事疏:“古者大臣坐污秽淫乱,男女亡别者,不曰污秽,曰帷薄不修。”

47 〔“作老娘”二句〕比喻对一向熟悉的事情,一时失手。语出宋魏泰《东轩笔录》七:“苗振以第四人及第,既而召试馆职。一日,谒晏丞相(殊),晏语之曰:‘君久从吏事,必疏笔砚,今将就试,宜稍温习也。’振率然答曰:‘岂有三十年为老娘,而倒绷孩儿者乎?’晏公俯而哂之。既而试《泽宫选士赋》,韵押有王字,振押之曰:‘率土之滨莫非王。’由是不中选。晏公闻而笑曰:‘苗君竟倒绷孩儿矣。’”老娘,收生婆,又称稳婆。倒绷孩儿,把初生婴儿倒裹到包被里。

48 〔奸伧〕指奸诈的小人。伧,伧父。

49 〔槲绸帔〕柞绸做成的披风。王渔洋《池北偶谈·谈异五》“水蚕”:“吾乡山蚕,食椒、椿、槲、柘诸木而成茧,各从其名。”槲,槲树,其叶可饲柞蚕。

50 〔“旨哉”二句〕前人说的话好呵,善骑马的人容易掉下马来。旨,美,称赞语词。《尚书·说命》:“旨哉!说乃言言惟服。”俗语:“善游者溺,善骑者堕。”此变通而用之。

蛙曲

王子巽[1]言："在都时，曾见一人作剧[2]于市，携木盒作格，凡十有二孔，每孔伏蛙，以细杖敲其首，辄哇然作鸣。或与金钱，则乱击蛙顶，如拊云锣[3]之乐，宫商词曲[4]，了了可辨。"

校注

1 〔王子巽〕详见卷四《念秧》注。

2 〔作剧〕杂耍。剧，戏也。即民间耍戏法。

3 〔拊云锣〕敲击云锣。云锣，打击乐器，亦称"九云锣"。通常多以十面或十面以上大小厚薄不等规格的小铜锣，悬于有方格的木架上。演奏时用小木槌敲击。又名云璈。

4 〔宫商词曲〕即习用的传统词曲。宫商，泛指音乐声调。

鼠 戏

又言[1]："一人在长安市上卖鼠戏[2]，背负一囊，中蓄小鼠十余头。每于稠人中[3]出小木架，置肩上，俨如戏楼状。乃拍鼓板。唱古杂剧[4]。歌声甫动，则有鼠自囊中出，蒙假面，被小装服，自背登楼，人立[5]而舞。男女悲欢，悉合剧中关目[6]。"

校注

1 〔又言〕此指王子巽又讲的一则。

2 〔卖鼠戏〕即以鼠耍戏法，赚钱谋生。

3 〔稠人中〕人多密集之处。《汉书·灌夫传》："稠人广众，荐宠下辈。"

4 〔唱古杂剧〕即以演唱古时传统戏目的词曲与鼠之表演相配合。

5 〔人立〕指鼠像人一样站立着表演。

6 〔关目〕指传统戏剧中情节。

泥书生

罗村[1]有陈代者，少蠢陋，娶妻某氏，颇丽，自以婿不如人，郁郁不得志，然贞洁自持[2]，婆媳亦相安。一夕独宿，忽闻风动扉开，一书生入，脱衣巾[3]，就妇共寝。妇骇惧，苦相拒，而肌骨顿耎，听其狎亵而去。自是恒无虚夕。月余，形容枯瘁，母怪问之，初惭怍不欲言，固问，始以情告。母骇曰："此妖也！"百术为之禁咒，终亦不能绝，乃使代伏匿室中，操杖以伺。夜分，书生果复来，置冠几上，又脱袍服，搭椸架[4]间，才欲登榻，忽惊曰："咄咄！有生人气！"急复披衣。代暗中暴起，击中腰胁，塔然作声，四壁张顾，书生已杳，束薪爇照，泥衣一片堕地上，案头泥巾犹存。

校注

1 〔罗村〕即淄川县东北之罗家庄，亦称罗村。现为山东省淄

泥書生
豈無駿馬駝癡恨風動扉開獨宿時冠服翩然乘夢入莫嗤土偶盡無知

博市淄川区罗村镇。

2 〔自持〕谓自我克制，保持节操。曹植《洛神赋》：“收和颜而静志兮，申礼防以自持。”

3 〔巾〕据手稿本，原抄本作“中”。

4 〔椸（yí 沂）架〕衣架。《礼记·曲礼上》：“男女不杂坐，不同椸架。”直者曰楎；横者曰椸。

土地夫人

鸾桥[1]王炳者，出村，见土地神祠中出一美人，顾盼甚殷[2]，挑以亵语，欢然乐受，狎昵无所，遂期夜奔，炳因告以居止。至夜，果至，极相悦爱，问其姓名，固不以告，由此往来不绝。时炳与妻共榻，美人亦必来与交，妻竟不觉其有人。炳讶问之，美人曰："我土地夫人也。"炳大骇，亟欲绝之，而百计不能阻，因循半载，炳[3]惫不起，美人来更频，家人都能见之，未几，炳果卒。美人犹日一至，炳妻叱之曰："淫鬼不自羞！人已死矣，复来何为？"美人遂去，不返。土地虽小，亦神也，岂有任妇自奔者？愦愦应不至此。不知何物淫昏，遂使千古下谓此村有污贱不谨之神，冤矣哉！

校注

1 〔窎（diào 吊）桥〕村名，在淄川县东北乡。即现之山东省淄博市淄川区罗村镇窎桥村。窎桥，又分大窎桥与小窎桥。

2 〔甚殷〕指情意很殷切。

3 〔炳〕据手稿本，原抄本作“病”。

寒月芙蕖[1]

济南道人者，不知何许人，亦不详其姓氏。冬夏惟着一单袷衣[2]，系黄绦，别无裤襦。每用半梳梳发，即以齿衔髻[3]，如冠状。日赤脚行市上，夜卧街头，离身数尺外，冰雪尽融。初来，辄对人作幻剧，市人争贻之。

有井曲[4]无赖子，遗以酒，求传其术，弗许，遇道人浴于河津，骤抱其衣以胁之，道人揖曰："请以赐还，当不吝术。"无赖者恐其绐，固不肯释，道人曰："果不相授耶？"曰："然。"道人默不与语，俄见黄绦化为蛇，围可数握，绕其身六七匝，怒目昂首，吐舌相向。某大愕，长跪，色青气促，惟言乞命，道人乃竟取绦。绦竟非蛇，另有一蛇，蜿蜒入城去。由是道人之名益著。缙绅家闻其异，招与游，从此往来乡先生[5]门。司、道[6]俱耳其名，每宴集，辄以道人从。

一日，道人请于水面亭[7]报诸宪[8]之饮。至期，各于案头得道人速客函[9]，亦不知所由至。诸客赴宴所，道人伛偻出迎。既入，则空亭寂然，几榻未设，或疑其妄，道人顾官宰曰："贫道无僮仆，烦借诸扈从[10]，少代奔走。"官宰共诺之。道人于壁上绘双扉，以手挝之，内有应门者，振管而起。共趋觇望，则见憧憧者往来于中，屏幔床几，亦复都有，即有人一一传送门外。道人命吏胥辈[11]接列亭中，且嘱勿与内人交语。两相授受，惟顾而笑。顷刻，陈设满亭，穷极奢丽。既而旨酒散馥，热炙腾熏，背[12]自壁中传递而出，座客无不骇异。亭故皆湖水，每六月时，荷花数十顷，一望无际。宴时方凌冬。窗外茫茫，惟有烟绿，一官偶叹曰："此日佳集，可惜无莲花点缀！"众俱唯唯。少顷，一青衣吏奔白："荷叶满塘矣！"一座尽惊，推窗眺瞩，果见弥望青葱，间以菡萏[13]。转瞬间，万枝千朵，一齐都开，朔风吹来，荷香沁脑。群以为异，遣吏人荡舟采莲。遥见吏人入花深处，少间返棹，白手来见。官诘之，吏曰："小人乘舟去，见花在远际，渐至北岸，又转遥遥在南荡[14]中。"道人笑曰："此幻梦之空花耳。"无何，酒阑，荷亦凋谢，北风骤起，摧折荷盖，无复存矣。

济东观察[15]公甚悦之，携归署，日与狎玩。一日，公与客饮，公故有家传良酝，每以一斗为率，不肯供浪饮，是日客饮而甘之，固索倾酿[16]，公坚以既尽为辞，道人笑谓客曰："君必欲满老饕[17]，索之贫道而可。"客请之，道人以壶入袖中，少刻出，遍斟座上，与公所藏，更无殊别，尽欢始罢。公疑焉，入视酒瓻[18]，则封固宛然，而空无物矣。心窃愧怒，执以为妖，笞之，杖才加，公觉股暴痛，再加，臀肉欲裂。道人虽声嘶阶下，观察已血殷座上，乃止不笞，逐令去。道人遂离济，不知所往。后有人遇于金陵，衣装如故，问之，笑不语。

校注

1 〔《寒月芙蕖》〕手稿本原题为《寒月芙蕖》，被后人圈去，在旁题《济南道人》。

2 〔单袷（jiā 夹）衣〕谓单薄的夹衣。袷，夹衣。潘岳《秋兴赋》："藉藉莞蒻，御袷衣。"

3 〔以齿衔髻〕将梳插在发髻上。

4 〔井曲〕指里巷、里弄。

5 〔乡先生〕古时尊称辞官乡居或在乡教学的老人。《仪礼·士冠礼》："遂以执见于乡大夫、乡先生。"

6 〔司、道〕明清时指行省的高级官员。司，指布政使司与按察使司；道，指分守道与分巡道。此指司、道之类的官员。

7 〔水面亭〕即"天心水面亭"，在济南大明湖上，为元朝李泂所建。

8 〔宪〕旧指朝廷委驻各行省的高级官吏。清朝代称巡抚、藩司、臬司。后引申为下属对其上司的尊称。

9 〔速客函〕类请帖。速，邀请。《仪礼·乡饮酒礼》："主人速宾，宾拜辱。"

10 〔扈从〕本指皇帝出巡时的护卫侍从人员。汉司马相如《上林赋》："孙叔奉辔，卫公骖乘；扈从横行，出乎四校之中。"此指一般随从人员。

11 〔吏胥辈〕指地方官署的低级官员。宋董嗣杲《芜湖县》诗："国库转亏商旅瘠，县官频易吏胥肥。"

12 〔背〕据手稿本，原抄本作"皆"。

13 〔菡萏（hàndàn 憾旦）〕即荷花。《诗经·陈风·泽陂》："彼泽之陂，有蒲菡萏。"郑玄笺："未开曰菡萏，已发曰芙蕖。"

14 〔荡〕浅水湖。宋范大成《四时田园杂兴》诗之十四："湖莲旧荡藕新翻，小小荷钱没涨痕。"此指湖水浅处。

15 〔济东观察〕康熙九年置山东济、东、泰、武、临分守道。辖济南、东昌、泰安、武定四府及临清直隶州。观察，道员的别称。

16 〔倾酿〕谓倾尽家中美酒。刘义庆《世说新语·赏誉》："刘尹（惔）云：'见何次道（充）饮酒，使人欲倾家酿。'"

17 〔老饕（tāo 涛）〕贪食的人。苏轼《老饕赋》："盖聚物之夭美，以养吾之老饕。"

18 〔瓻（chī 吃）〕古代酒器。

酒 狂

缪永定，江西拔贡生[1]，素酗于酒，戚党多畏避之。偶适族叔家，缪为人滑稽善谑[2]，客与语，悦之，遂共酣饮。缪醉，使酒骂坐[3]，忤客，客怒，一坐大哗。叔以身左右排解，缪谓左袒客，又益迁怒。叔无计，奔告其家，家人来，扶捽以归。才置床上，四肢尽厥[4]，抚之，奄然气尽。

缪死，有皂帽人絷去，移时，至一府署，缥碧为瓦[5]，世间无其壮丽。至墀下[6]，似欲伺见官宰，自思：我罪伊何，当是客讼斗殴，回顾皂帽人，怒目如牛，又不敢问，然自度：贡生与人角口[7]，或无大罪。忽堂上一吏宣言，使讼狱者翼日早候。于是堂下人纷纷藉藉，如鸟兽散。缪亦随皂帽人出，更无归着，缩首立肆檐下。皂帽人怒曰："颠酒无赖子！日将暮，各去寻眠食，而何往？"缪战栗曰："我且不知何事，并未告家人，故毫无资斧，庸[8]将焉归？"皂帽人曰："颠酒贼！若酤自啖[9]，便有用度！再支吾[10]，老拳碎颠骨子！"缪垂首不敢声。忽一人自户内出，见缪，诧异曰：“尔何来？”缪视之，则其母舅。舅贾氏，死已数载。缪见之，始恍然悟其已死，心益悲惧，向舅涕零曰：“阿舅救我！”贾顾皂帽人曰：“东灵[11]非他，屈临寒舍。”二人乃入。贾重揖皂帽人，且嘱青眼，俄顷，出酒食，团坐相饮。贾问：“舍甥何事，遂烦勾致？”皂帽人曰：“大王[12]驾诣浮罗君，遇令甥醉詈，使我捉得来。”贾问：“见王未？”曰：“浮罗君会花子案[13]，驾未归。”又问：“阿甥将得何罪？”答言：“未可知也。然大王颇怒此辈等。”缪在侧，闻二人言，觳觫[14]汗下，杯箸不能举。无何，皂帽人起，谢曰：“叨盛酌，已经醉矣。即以令甥相付托。驾归，再容登访。”乃去。贾谓缪曰：“甥别无兄弟，父母爱如掌上珠，常不忍一诃。十六七岁，每三杯后，喃喃寻人疵，小不舍，辄挝门裸骂，犹谓稚齿。不意别十余年，甥了不长进[15]。今且奈何？”缪伏地哭，惟言悔无及。贾曳之曰：“舅在此业酤，颇有小声望，必合极力。适饮者乃东灵使者，舅常饮之酒，与舅颇相善。大王日万几[16]，亦未必便能记忆，我委曲与言，浼以私意释甥去，或可允从。”即又转念曰：“此事担负颇重，非十万不能了也。”缪谢，锐然自任，诺之。缪即就舅氏宿。次日，皂帽人早来觇望，贾请间，语移时，来谓缪曰：“谐矣。少顷即复来。我先罄所有，用压契[17]，余徐待甥归，从容凑致之。”缪喜曰：“共得几何？”曰：“十万。”曰：“甥何处得如许？”贾曰：“只金币钱纸百提足矣。”缪喜曰：“此易办耳。”

待将亭午，皂帽人不至。缪欲出市上，少游瞩，贾嘱勿远荡，诺而出。见街里贸贩，一如人间。至一所，棘垣峻绝，似是囹圄。对门一酒肆，纷纷者往来颇夥。肆外一带长溪，黑潦涌动，深不可底。方伫足窥探，闻肆内一人呼曰：“缪君何来？”缪急视之，则邻村翁生，故十年前文字交，趋出握手，欢若平生，即就肆内小酌，各道契阔。缪庆幸中，又逢[18]故知，倾怀尽釂。酣醉，顿忘其死，旧态复作，渐絮絮瑕疵翁，翁曰：“数载不见，君复尔耶？”缪素厌人道其酒德[19]，闻翁言，益愤，击桌顿骂。翁睨之，拂袖竟出，缪追至溪头，捋翁帽，翁怒曰：“是真妄人[20]！”乃推缪颠堕溪中。溪水殊不甚深，而水中利刃如麻，刺穿胁胫，坚难摇动，痛彻骨脑。黑水杂溲秽，随吸入喉，更不可过。岸上人观笑如堵，并无一引援者。时方危急，贾忽至，望见大惊，提携以归，曰：“子不可为也！死犹弗悟，不足复为人！请仍从东灵受斧锧。”缪大惧，泣言：“知罪矣。”贾乃曰：“适东灵至，候汝为券，汝乃饮荡不归。渠忙迫不能待。我已立卷，付千缗令去，余者以旬尽为期。子归，宜急措置，夜于村外旷莽中，呼舅名焚之，此愿可结也。”缪悉应之。乃促之行，送之郊外，又嘱曰：“必无食言[21]，累我无益。”乃示途令归。

时缪已僵卧三日，家人谓其醉死，而鼻息隐隐如悬丝。是日苏，大呕，呕出黑沈[22]数斗，臭不可闻，吐已，汗湿并褥，气味熏腾，与吐物无异，身始凉爽。告家人以异，旋觉刺处痛肿，隔夜成疮，犹幸不大溃腐。十日渐能杖行。家人共乞偿冥负[23]。缪计所费，非数金不能办，颇生吝惜，曰："曩或醉梦之幻境耳。纵其不然，伊以私释我，何敢复使冥主知？"家人劝之，不听。然心惕惕然，不敢复纵饮。里党咸喜其进德[24]，稍稍与共酌。年余，冥报渐忘，志渐肆，故状亦渐萌。一日饮于子姓[25]之家，又骂主人座，主人摈斥出，阖户径去。缪噪逾时，其子方知，将扶而归。入室，面壁长跪，自投无数，曰："便偿尔负！便偿尔负！"言已，仆地。视之，气已绝矣。

校注

1 〔拔贡生〕明弘治中行选贡之法，清沿明制。由各省学政于府、州、县学廪生中，选拔文行兼优者，贡于国子监，称为拔贡生，简称拔贡。拔贡生，经会考与朝考，入选者一等任七品京官，二等任知县，三等任教职，更下者罢归。

2 〔滑稽善谑〕谓辩捷而善开玩笑。滑稽，原本指古之转注之器。后以器之功能，类喻语言捷给、应对不穷者。

3 〔使酒骂坐〕谓借酒使性，辱骂同席之人。《史记·魏其武安侯列传》："灌夫为人刚直使酒，不好面谀。""武安乃麾骑缚（灌）夫置传舍，召长史曰：'今日召宗室，有诏。'劾灌夫骂坐不敬，系居室。”

4 〔厥〕中医病名。指气闭、晕倒或四肢冰冷僵直。

5 〔缥碧为瓦〕缥碧瓦，即浅青色琉璃瓦。宋王子韶《鸡跖集》：“琉璃一名缥瓦。刘陶诗云：‘缥碧以为瓦。’”见曾慥《类说》卷二九。

6 〔墀（chí 持）下〕谓台阶下。墀，指台阶上面空地。

7 〔角口〕同“口角”。谓吵架。

8 〔庸〕副词，当“何”讲。

9 〔若酤自啖〕若自己买酒自饮。酤，买。

10 〔支吾〕犹支撑、抵挡。《旧五代史·僭伪传三·孟知祥》：“知祥虑唐军骤至，与遂、阆兵合，则势不可支吾。”

11 〔东灵〕旧时迷信称拘鬼魂的阴差。

12 〔大王〕疑指东王公，又称“东皇公”。神话中的仙人名，掌管男仙名籍。唐段成式《酉阳杂俎·诺皋记上》：“东王公，讳倪，字君明。”

13 〔浮罗君会花子案〕其意未详。据吕注：《云笈七签》载，太上老君托胎于洪氏之胞，积三千七百年，诞于浮罗之岳。浮罗君，似指太上老君；会花子案，即会勘乞丐之讼案。

14 〔觳觫（húsù 胡速）〕因恐惧而发抖。《孟子·梁惠王上》：“吾不忍其觳觫，若无罪而就死地。”

15 〔了不长进〕全不长进。

16 〔大王日万几〕谓大王日常处理纷繁的政务。《尚书·皋陶谟》：“兢兢业业，一日二日万几。”传：“几，微也。”后亦作“万机”。

17 〔压契〕指在买卖不动产时，买方先付与卖方一部分钱，将买方的产业契约作抵押。

18 〔逄〕据手稿本，原抄本作“途”。

19 〔酒德〕谓饮酒的旨趣品德。《文选·颜延之〈陶征士诔序〉》：“心好异书，性乐酒德。”

20 〔妄人〕无知狂妄之人。《孟子·离娄下》：“此亦妄人而已矣。”

21 〔食言〕谓言而无信，诺言不能实行。《左传·哀公二十五年》："是食言多矣，能无肥乎？"

22 〔黑沈〕黑汁。沈，汁。

23 〔冥负〕即阴间的债。

24 〔进德〕谓道德修养有进益。《周易·乾》："君子进德修业。"

25 〔子姓〕谓同族的晚辈。

柳秀才

明季[1]，蝗生青、兖间[2]，渐集于沂[3]，沂令忧之。退卧署幕，梦一秀才来谒，峨冠[4]绿衣，状貌修伟，自言御蝗有策，询之，答云："明日西南道上，有妇跨硕腹牝驴子[5]，蝗神也。哀之，可免。"令异之，治具[6]出邑南，伺良久，果有妇高髻褐帔，独控老苍卫，缓蹇北度。即爇香，捧卮酒，迎拜道左，捉驴不令去。妇问："大夫[7]将何为？"令便哀恳："区区小治，幸悯脱蝗口。"妇曰："可恨柳秀才饶舌，泄我密机！当即以其身受，不损禾稼可耳。"乃尽三卮，瞥不复见。后蝗来，飞蔽天日，然不落禾田，但集杨柳，过处柳叶都尽，方悟秀才柳神也。或云："是宰官忧民所感。"诚然哉！

王阮亭云："柳秀才有大功德于沂，沂虽百世祀可也。"

校注

1 〔明季〕谓明朝末年。季，指朝代的末期。

2 〔青、兖间〕谓山东青州府与兖州府之间。

3 〔沂〕此指山东沂水县。

4 〔峨冠〕高冠。唐韩愈《示儿》诗："问客之所为，峨冠讲唐虞。"

5 〔牝（pìn 聘）驴子〕母驴。牝，雌性禽兽。

6 〔治具〕谓备办酒食。

7 〔大夫〕此指县官。《孟子·公孙丑上》："孟子之平陆，谓其大夫曰：'子之持戟之士，一日而三失伍，则去之否乎？'"赵岐注："大夫，居邑大夫也。"

水　灾

康熙二十一年[1]，苦旱，自春徂夏[2]，赤地无青草。六月十三日小雨，始有种粟者。十八日，大雨沾足[3]，乃种豆。一日，石门庄有老叟，暮见二牛斗山上，谓村人曰："大水将至矣！"遂携家播迁[4]，村人共笑之。无何，雨暴注，彻底不止，平地水深数尺，居庐尽没。一农人弃其两儿，与妻扶老母奔避高阜[5]，下视村中，已为泽国，并不复念及儿矣。水落归家，见一村尽成墟墓[6]，入门视之，则一屋仅存，两儿并坐床头，嬉笑无恙，咸谓夫妻之孝报云。此六月二十二日事。

康熙三十四年[7]，平阳[8]地震，人民死者十之七八，城郭尽墟，仅存一屋，则王[9]孝子家也。茫茫大劫中，惟孝嗣无恙，谁谓天公无皂白耶？

校注

1 〔康熙二十一年〕即公元 1682 年。

2 〔徂夏〕到夏天。徂，以、至。《诗经 · 大雅 · 桑柔》：“自西徂东，靡所定处。”

3 〔沾足〕指雨水充足。沾，沾润。《诗经 · 小雅 · 信南山》：“既沾既足，生我百谷。”

4 〔播迁〕迁移。《列子 · 汤问》：“于是岱舆员峤二山，流于北极，沉于大海，仙圣之播迁者巨亿计。”此指逃难。

5 〔高阜〕高丘。

6 〔一村尽成墟墓〕谓村落废弃，成了埋葬人的坟墓。

7 〔康熙三十四年〕即公元 1695 年。

8 〔平阳〕即明清所设平阳府，府治临汾县。即今之山西省临汾市。

9 〔王〕据二十四卷本，原抄本无。

诸城某甲

学师孙景夏[1]先生言：某邑[2]中某甲者，值流寇乱，被杀，首坠胸前。寇退，家人得尸，将舁瘗之[3]，闻其气缕缕然，审视之，咽不断者盈指，遂扶其头，荷之以归。经一昼夜始呻，以匕箸稍稍哺饮食，半年竟愈。又十余年，与二三人聚谈，或作一解颐语[4]，众为哄堂[5]，甲亦鼓掌。一俯仰间，刀痕暴裂，头堕血流，共视之，气已绝矣。父讼笑者，众敛金赂之，又葬甲，乃解。

异史氏曰："一笑头落，此千古第一大笑也。颈连一线而不死，直待十年后，成一笑狱[6]，岂非二三邻人，负债前生者耶！"

校注

1 〔学师孙景夏〕孙景夏，名瑚，字景夏，山东诸城县人。与孙必振同为诸城诸生，有名，顺治十四年（1657）举北京，康熙四年（1665）任淄川县教谕，后升鳌山卫教授，授泾县知县。

2 〔某邑〕指山东诸城县。

3 〔舁瘗（yúyì 鱼义）之〕抬尸埋葬。舁，抬、扛。瘗，掩埋、埋葬。

4 〔解颐语〕逗笑的话语。

5 〔哄堂〕众人一齐大笑。

6 〔笑狱〕指由笑而引发出的民事诉讼案。

库官

邹平张华东公[1]，奉旨祭南岳[2]，道出江淮间，将宿驿亭[3]，前驱白："驿中有怪异，宿之必致纷纭。"张弗听。宵分，冠剑而坐[4]，俄闻靴声入，则一颁白叟，皂纱黑带。怪而问之，叟稽首曰："我库官也。为大人典藏[5]有日矣。幸节钺[6]遥临，下官释此重负。"问："库存几何？"答言："二万三千五百金。"公虑多金累缀，约归时盘验，叟唯唯而退。张至南中，馈遗颇丰，及还，宿驿亭，叟复出谒，及问库物，曰："已拨辽东兵饷[7]矣。"深讶其前后之乖。叟曰："人世禄命[8]，皆有额数，锱铢不能增损。大人此行，应得之数已得矣，又何求？"言已，竟去。张乃计其所获，与所言库数，适相吻合，方叹饮啄[9]有定，不可以妄求也。

校注

1 〔邹平张华东公〕张延登，字济美，号华东，山东邹平县人。明万历二十一年壬辰（1592）进士。历任内黄、上蔡知县。行取京职。后擢史科给谏，官至工部尚书，以左右都御史掌两京都察院。崇祯十四年（1641）卒于官。

2 〔南岳〕为五岳之一，即衡山。《汉书·郊祀志上》："（舜）五月，巡狩至南岳。南岳者，衡山也。"

3 〔驿亭〕驿站所设供行旅止息的住所。古时驿传有亭，故称之。唐杜甫《秦州杂诗》之九："今日明眼人，临池好驿亭。"

4 〔冠剑而坐〕谓戴帽穿衣佩剑而坐。《史记·货殖列传》："游闲公子，饰冠剑，连车骑，亦为富贵容也。"

5 〔典藏（zàng 葬）〕谓管理库藏财物。典，司理。藏，库存之物。

6 〔节钺〕符节与斧钺。古代授予将帅，作为加重权力的标志。此用钦差之仪仗，指代钦差。《三国志·魏志·曹真传》："以真为大将军，都督中外诸军事，假节钺。"

7 〔辽东兵饷〕明万历四十七年（1619）以杨镐为辽东经略，开始对满洲用兵，骤增辽饷三百万两，至崇祯时，岁达九百万两。辽饷由田赋摊派，为明末大弊政之一。见《明史·神宗纪二》及《明史·食货志二》。

8 〔禄命〕谓命中注定所应得到的财物。

9 〔饮啄〕本指鸟类饮水与啄食。此喻人一生之饮食用度。《庄子·养生主》："泽雉十步一啄，百步一饮，不蕲畜乎樊中。"

董公子

青州董尚书可畏[1]，家庭森肃，内外男女，不敢通一语。一日，有婢及仆调笑于中门[2]之外，为公子所窥，怒叱之，各奔而去。及夜，公子偕僮卧斋中，时方盛暑，室门洞敞。更既深，僮闻床上有声甚厉，方惊醒，月影中，见前仆提一物出门去。以其家人故，弗深怪，遂复寐。忽闻靴声訇然[3]，一伟丈夫赤面修髯。似寿亭侯[4]像，捉一人头入。僮惧，蛇行入床下，闻床上支支格格，如振衣，如摩腹，移时始罢。靴声又响，乃去。僮伸颈渐出，见棂上有晓色，以手扪床上，着手沾湿，嗅之血腥，大呼公子，公子方醒，告而火之，血盈枕席，大骇，不得其故。忽有官役叩门，公子出见之，役愕然，但言怪事，诘之，告曰："适衙前一人神色迷罔，大声自言曰：'我杀主人矣！'众见其衣有血污，执而白之官，审知为公子家人。彼言已杀公子，埋首于关庙之侧，往验之，穴土犹新，而首则无之。"公子骇异，趋赴公庭，见其人即前狎婢者也，因述其异，官甚惶惑，重责而释之。公子不欲结怨于小

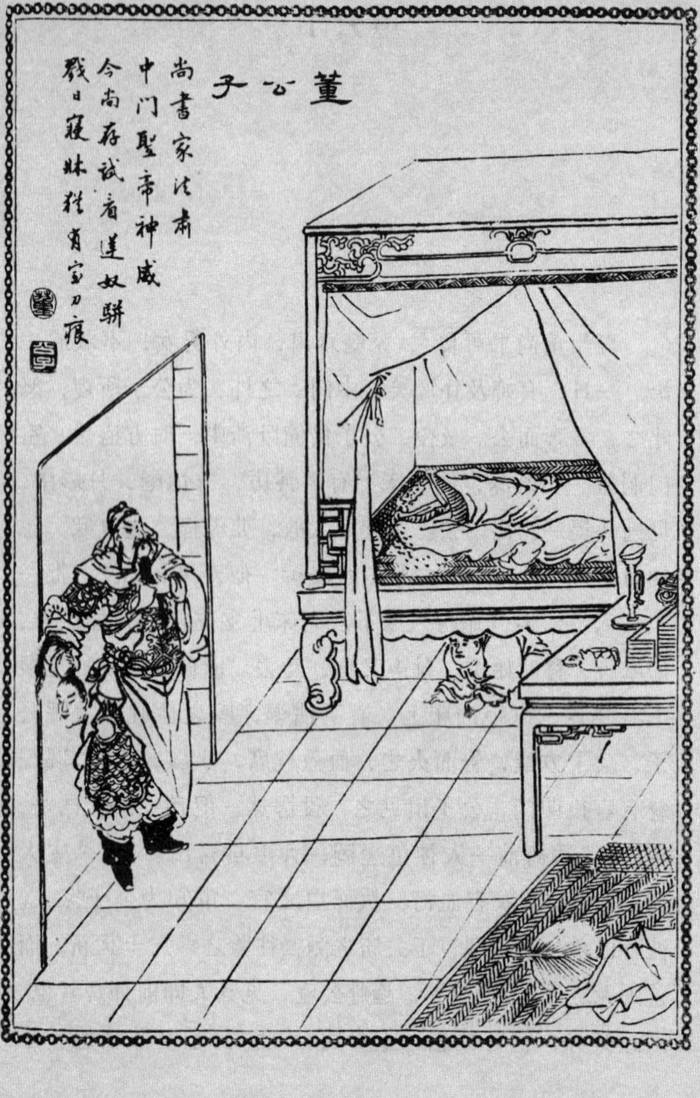
董公子
尚書家法肅
中门聖帝神威
今尚存試看蓮奴駢
戮日寢牀猶有宝刀痕

人，以前婢配之，令去。积数日，其邻堵[5]者夜闻仆房中一声震响若崩裂，急起呼之，不应，排闼入视，见夫妇及寝床，皆截然断而为两，木肉上俱有削痕，似一刀所断者。关公之灵迹最多，盖未有奇于此者也。

校注

1 〔董尚书可畏〕即工部尚书董可威。其“畏”字，为“威”之讹字。董可威，字严甫，号葆元，山东益都人。万历丁未（1607）进士，官至工部尚书。其父董汝瀚，为明户部员外郎，因政绩俱著，晋正郎。其父子之传皆载《益都县图志·选举志》。

2 〔中门〕亦称“重门”，指大宅中的第二道门。

3 〔訇（hōng 轰）然〕大的声音。

4 〔寿亭侯〕即关羽。关羽（160–219），字云长，河东解良（今山西永济县东）人。三国时蜀汉刘备为平原相与相结。初守下邳，汉献帝建安五年（200）被曹军打败，关羽为曹操所俘，拜为偏将军，礼之甚厚。后曹操征讨袁绍，关羽斩绍将军颜良，以报曹德。操表封关羽为汉寿亭侯。羽尽封所赐，拜书告辞，奔刘备。后，孙权破荆州，关羽被害，追谥壮缪。宋朝追封羽为“武安王”；明追封为“协天护国忠义大帝”，“三界伏魔大帝神威远震天尊关圣帝君”。

5 〔邻堵〕指隔墙。

龙无目

沂水[1]大雨，忽堕一龙，双睛俱无，奄有余息。邑令公[2]以八十席覆之，未能周身，又为设野祭[3]，犹反复以尾击地，其声堛[4]然。

校注

1 〔沂水〕今之山东省沂水县。
2 〔邑令公〕指沂水知县。
3 〔野祭〕谓郊野之祭祀。
4 〔堛（bì 碧）〕《康熙字典》转引《韵会》："音湢，义同。"

雨 钱

滨州[1]一秀才，读书斋中，有款门者，启视，则皤然[2]一翁，形貌甚古。延之入，请问姓氏，翁自言："养真，姓胡，实乃狐仙。慕君高雅，愿共晨夕。"秀才故旷达，亦不为怪，遂与评驳[3]今古。翁殊博洽[4]，镂花雕缋[5]，粲于牙齿[6]，时抽经义[7]，则名理[8]湛深，尤觉非意所及。秀才惊服，留之甚久。

一日，密祈翁曰："君爱我良厚，顾我贫若此，君但一举手，金钱宜可立致，何不小周给？"翁默然，似不以为可，少间，笑曰："此大易事，但须得十数钱作母[9]。"秀才如其请。翁乃与共入密室中，禹步[10]作咒，俄顷，钱有数十百万，从梁间锵锵而下，势如骤雨，转瞬没膝，拔足而立，又没踝，广丈之舍，约深三四尺已来，乃顾语秀才："颇厌君意否？"曰："足矣。"翁一挥，钱即画然而止，乃相与扃户出。秀才窃喜，自谓暴富，顷之，入室取用，则阿堵物[11]皆为乌有，惟母钱十余枚寥寥尚在。秀才失望，盛气向翁，颇怼其诳，翁怒曰："我本与君文字交，不谋与君作贼！便如秀才意，只

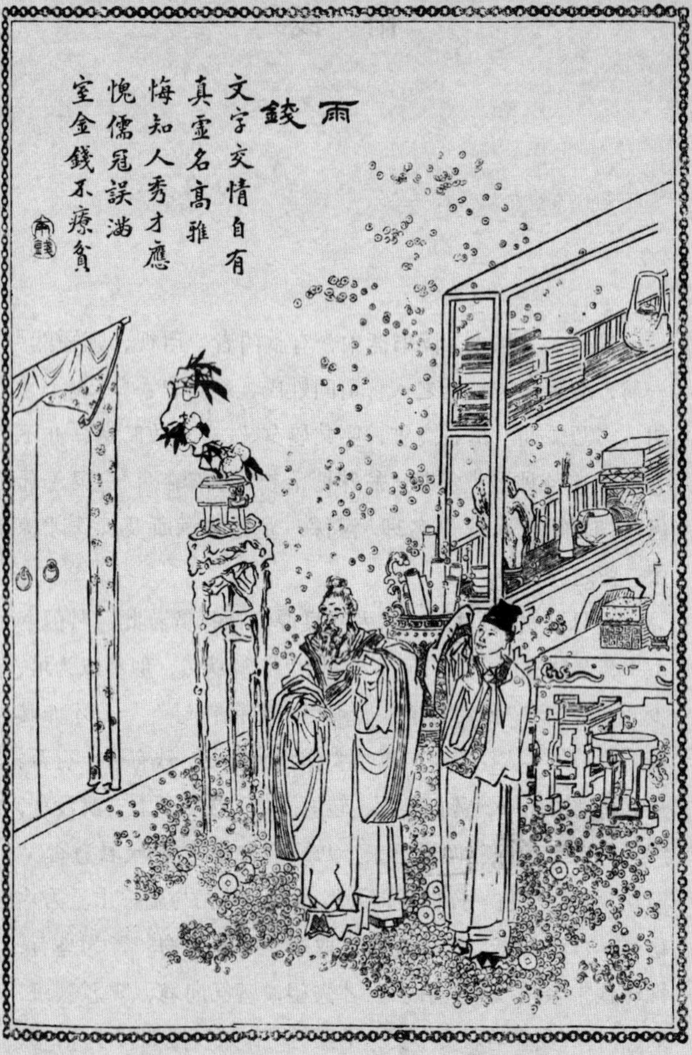
雨錢
文字交情自有
真靈名高雅
悔知人秀才應
愧儒冠誤滿
室金錢不療貧
雨錢

合寻梁上君交好得，老夫不能承命！”遂拂衣去。

校注

1 〔滨州〕旧州名。五代周置，明属山东济南府，清因之。民国改滨县。现为山东省滨州市。治所在今山东省滨县。

2 〔皤（pó 婆）然〕须发皆白。详见卷一《娇娜》注。

3 〔评驳〕评议与驳正，亦作评论讲。元吴莱《送郑彦可南为莆田寄周公甫》诗：“发挥圣贤本根植，评驳迁固枝叶繁。”

4 〔博洽〕知识渊博。《后汉书·杜林传》：“京师士大夫，咸推博洽。”

5 〔镂花雕缋（huì 绘）〕镂刻花纹，雕饰彩绣；比喻诗文语词精美。缋，彩绣。《南史·颜延之传》：“延之尝问鲍照己与谢灵运优劣。照曰：‘谢五言如初发芙蓉，自然可爱；君诗若铺锦列绣，亦雕缋满眼。’”

6 〔粲于牙齿〕形容谈吐语言风雅。王仁裕《开元天宝遗事》下：“（李白）每与人谈论，皆成句读，如春葩丽藻，粲于齿牙之下，时人号曰‘李白粲花之论’。”

7 〔时抽经义〕谓在阐发儒家经典义理时。抽，同“绌”，阐发、引申。

8 〔名理〕辨析事物的名，究其事理。《晋书·范王传》：“博学多通，善谈名理。”

9 〔作母〕指本钱。

10 〔禹步〕道士作法时的步法。详见卷二《小二》注。

11 〔阿堵物〕指钱。《世说新语·规箴》：“王夷甫（衍）雅尚玄远，常嫉其妇贪浊，口未尝言钱字。妇欲试之，令婢以钱绕床不得行。夷甫晨起，见钱阂行，呼婢曰：‘举却阿堵物。’”阿堵，当时人的口语，犹言这个。后遂称钱为阿堵物。

妾杖击贼

益都[1]西鄙之贵家某者，富有巨金，蓄一妾，颇婉丽，而冢室凌折[2]之，鞭挞横施，妾奉事之惟谨。某怜之，往往私语慰抚，妾殊未尝有怨言。

一夜，数人逾垣入，撞其屋扉几坏，某与妻惶遽丧魄，摇战不知所为。妾起，默无声息，暗摸屋中，得挑水木杖一，拔关遽出，群贼乱如蓬麻。妾舞杖动，风鸣钩响，击四五人仆地，贼尽靡，骇愕乱奔墙，急不得上，倾跌咿哑，亡魂失命。妾拄杖于地，顾笑曰："此等物事，不直下手打得，亦学作贼！我不汝杀，杀嫌辱我。"悉纵之逸去。

某大惊，问："何自能尔？"则妾父故枪棒师[3]，妾尽传其术，殆不啻百人敌也。妻尤骇甚，悔向之迷于物色[4]，由是善颜视妾，遇之反如嫡然，妾终无纤毫失礼。邻妇或谓妾："嫂击贼若豚犬，顾奈何俯首受挞楚？"妾曰："是吾分[5]耳，他何敢言。"闻者益贤之。

异史氏曰："身怀绝技，居数年而人莫之知，而卒之捍患御灾[6]，化鹰为鸠[7]。呜呼！射雉既获，内人展笑[8]；

握槊方胜，贵主同车[9]。技之不可以已也如是夫！”

校注

1 〔益都〕县名。北魏置益都县。明清为山东青州府治。

2 〔冢室凌折〕嫡妻欺侮。凌折，当为“陵折”，凌辱折磨。《史记·外戚世家》：“修成子仲骄恣，陵折吏民，皆患苦之。”

3 〔枪棒师〕即教习武术的老师。

4 〔迷于物色〕只见她外貌婉丽，性格温顺，而不知她有过人的武艺。

5 〔吾分〕我的名分。分，谓名分。

6 〔捍患御灾〕抵祸患，防灾害。《礼记·祭法》：“能御大灾则祀之，能捍大患则祀之。”

7 〔化鹰为鸠〕教化鹰变为鸠。即化悍妇为良妇。《礼记·月令》：“仲夏之月，鹰化为鸠。”郑注：“鸠，播谷也。”即布谷鸟，鹰为凶禽，鸠为善鸟。

8 〔“射雉既获，内人展笑”二句〕典出《左传·昭公二十八年》：“昔贾大夫恶（貌丑），娶妻而美，三年不言不笑。御以如皋，射雉，获之。其妻始笑而言。”意谓，其夫貌虽丑，有射雉之长，就能取得妻子的欢心。

9 〔握槊（shuò 朔）方胜，贵主同车〕唐刘悚《隋唐嘉话》：“薛万彻尚丹阳公主，太宗尝谓人曰：‘薛驸马村气。’主羞之，不与同席数月。帝闻而大笑，置酒召对，握槊，赌所佩刀子，佯不胜，解刀以佩之。罢酒，主悦甚，薛未及就马，遽召同载而还。重之逾于旧。”握槊，古博戏，类似双陆。贵主，即公主。

秀才驱怪

长山徐远公，故明诸生也。鼎革[1]后，弃儒访道，稍稍学敕勒之术[2]，远近多耳其名。某邑一巨公[3]，具币[4]，致诚款书[5]，招之以骑。徐问："召某何意？"仆辞以："不知。但嘱小人'务屈临降'耳。"徐乃行。至，则中庭[6]宴馔，礼遇甚恭，然终不道其所以致迎之旨。徐不耐，因问曰："实欲何为？幸祛疑抱[7]。"主人辄言："无何也。"但劝杯酒，言辞闪烁，殊所不解。

言话之间，不觉向暮，邀徐饮园中。园构造颇佳胜，而竹树蒙翳[8]，景物阴森，杂花丛丛，半没草莱。抵一阁，覆板[9]上悬蛛错缀，大小上下，不可以数。酒数行，天色曛暗，命烛复饮，徐辞不胜酒，主人即罢酒呼茶。诸仆仓皇撤肴器，尽纳阁之左室几上。茶啜未半，主人托故竟去，仆人便持烛引宿左室，烛置案上，遽返身去，颇甚草草。徐疑或携襆被来伴，久之，人声殊杳，即自起扃户寝。窗外皎月，入室侵床，夜鸟秋虫，一时啾唧，心中怛然[10]，不成梦寝。顷之，板上橐橐，似踏蹴声，甚厉。俄下护梯，俄近寝门。徐骇，毛发猬立，急引被覆首，而门已豁然顿开，徐展被角微伺之，则一物兽首人身，毛周其体，长如马鬐[11]深黑色，牙粲群峰，目炯双炬。及几，伏饹器中剩肴，舌一过，连数器辄净如扫，已而，趋近榻嗅徐被，徐骤起，翻被幂[12]怪头，按之狂喊，怪出不意，惊脱，启外户窜去，徐披衣起遁，则园门外扃，不可得出，缘墙而走，择短垣逾，则主人马厩也。厩人惊，徐告以故，即就乞宿。

将旦，主人使伺徐，失所在，大骇，已而得之厩中。徐出，大恨，怒曰："我不惯作驱怪术，君遣我，又秘不一言，我橐中蓄如意钩[13]一，又不送达寝所，是死我也！"主人谢曰："拟即相告，虑君难之。初亦不知橐有藏钩。幸宥十死！"徐终怏怏，索骑归。自是而怪遂绝。主人宴集园中，辄笑向客曰："我不忘徐生功也。"

异史氏曰："'黄狸黑狸，得鼠者雄[14]。'此非空言也。假令翻被狂喊之后，隐其所骇惧，而公然以怪之遁为己能，天下必将谓徐生真神人不可及。"

校注

1 〔鼎革〕此指清灭明，取而代之。详见卷三《采薇翁》注。

2 〔敕勒之术〕驱鬼术。道士画符咒制鬼必书“敕令”二字，以约勒鬼神。详见卷一《焦螟》。

3 〔巨公〕此指达官贵人。

4 〔币〕礼物。古时以束帛、束锦、皮马以及禽鸟之属为赠送宾客的礼物，统名之为“币”。《左传·僖公十年》：“币重而言甘，诱我也。”

5 〔致诚款书〕送去表达自己诚恳相邀的书信。款，诚恳。

6 〔庭〕据手稿本，原抄本作“亭”。

7 〔祛疑抱〕解除心中疑惑。祛，除去。

8 〔蒙翳〕遮蔽。

9 〔覆板〕指阁顶的盖板。

10 〔怛（dá 达）然〕恐惧貌。《列子·黄帝》：“怛然内热，惕然震悸矣。”

11 〔马鬐（qí 其）〕马鬃。

12 〔幂（mì 蜜）〕古时盖食物的巾。《仪礼·乡饮酒礼》：“尊绤幂，宾至撤之。”注：“幂，覆尊巾。”此指覆盖、罩住。

13 〔如意钩〕一种多齿类铁锚式铁钩。

14 〔黄狸黑狸，得鼠者雄〕典出《太公阴符经》。谓不管山猫是黄是黑，捉得老鼠就是强者。狸，山猫、野猫。雄，强有力的。后来演变为，不管黑猫白猫，捉住老鼠就是好猫。

龙取水

俗传龙取江河之水以为雨，此疑似之说耳。徐东痴[1]南游，泊舟江岸，见一苍龙自云中垂下，以尾搅江水，波浪涌起，随龙身而上，遥望水光睒烔[2]，阔于三匹练[3]。移时，龙尾收去，水亦顿息，俄而大雨倾注，渠道皆平。

校注

1 〔徐东痴〕初名元善，字长公。山东新城人。现山东淄博市桓台县人。清灭明后，东痴慕嵇叔夜之为人，于康熙十三年（1674）更名夜，字嵇庵，又字东痴。（同邑人郝毓椿，为《隐君诗集》所作的序中说："其改名'夜'也，乃思明之意；别号'东痴'，亦向明之意。"）东痴高尚其节，母以烈终，东痴乃弃诸生，掘门土室，绝迹城市。顺治十四年（1657）顾炎武来济南访徐东痴，与之定交。康熙十八年（1679）开博学宏词。有司将诏修《明史》，以病老辞不赴。徐东痴南游共三次：第一次为顺治十八年（1661）其叔舅王与阶同南游，历扬州访王士禛，结识孙枝蔚、查继佐，去南京，过瓜州，泊姑苏，后至杭州；又溯桐庐至富春登钓台，渡浔阳而归。第二次为康熙二十二年（1683）应同乡之友张平澜之约，赴江右德安（时张任德安县令），并嘱先生携诗稿同往，以谋付梓。舟过扬子江，波浪骤起，将所携之诗稿，尽掀江中，先生感愤成疾。《龙取水》似当为此次南游所见。第三次为康熙二十三年（1684），先生为生计所迫，春节后再度动身去江西。渡浔阳，登庐山，最后到德安。不久，客死德安。

2 〔睒焖（shǎnshǎn 闪闪）〕闪烁。

3 〔练〕白绢曰练。此喻水光。

小猎犬

山右卫中堂[1]为诸生时，厌冗扰，徙斋僧院，苦室中蜰虫[2]蚊蚤甚多，竟夜不成寝。食后，偃息[3]在床，忽一小武士，首插雉尾[4]，身高两寸许，骑马大如蜡[5]，臂上青鞲[6]，有鹰如蝇，自外而入，盘旋室中，行且驶。公方凝注，忽又一人入，装亦如前，腰束小弓矢，牵猎犬如巨蚁。又俄顷，步者、骑者，纷纷来以数百辈，鹰亦数百臂，犬亦数百头。有蚊蝇飞起，纵鹰腾击，尽扑杀之。猎犬登床缘壁，搜噬虱蚤，凡罅之所伏藏，嗅之无不出者。顷刻之间，决杀殆尽。公伪睡睨之，鹰集犬窜于其身。既而一黄衣人，着平天冠[7]，如王者，登别榻，系驷苇蔑间，从骑皆下，献飞献走[8]，纷集盈测，亦不知作何语。无何，王者登小辇，卫士仓皇，各命鞍马，万蹄攒奔，纷如撒菽，烟飞雾腾，斯须[9]散尽。

公历历在目，骇诧不知所由，蹑履外窥，渺无迹响，返身周视，都无所见，惟壁砖遗一细犬。公急捉之，且驯，置砚匣中，反覆瞻玩，毛极细茸，项上有一小环，饲

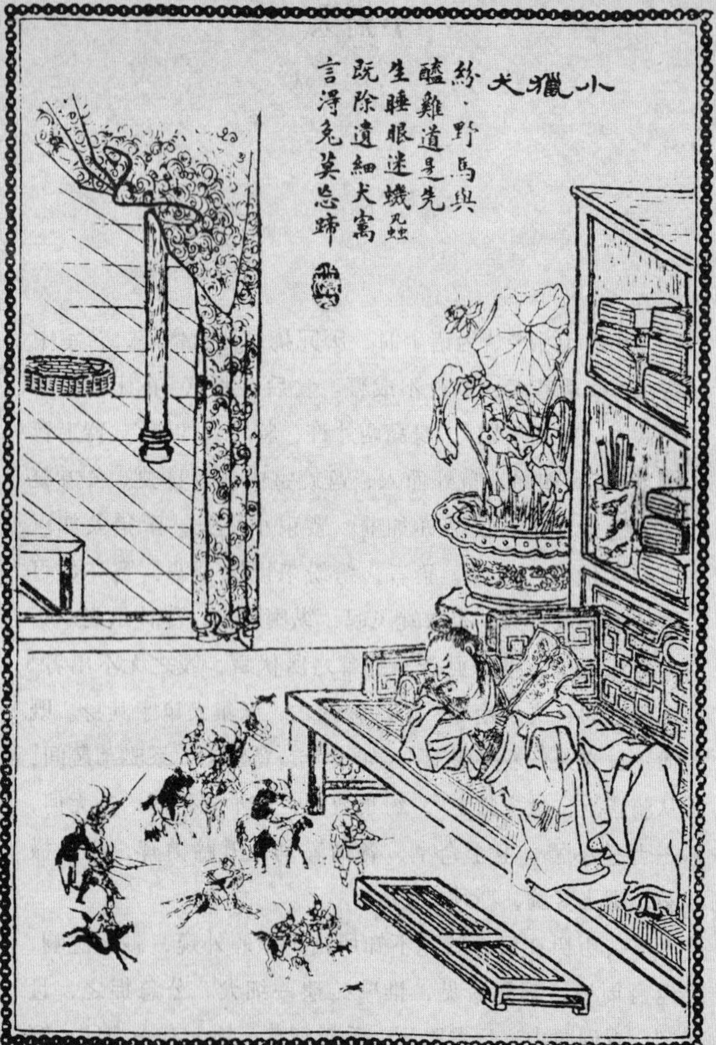
小獵犬
紛、野馬與
醯雞道是先
生睡眼迷蟣
既除遺細犬窩
言淂兔莫忘蹄

以饭颗，一嗅辄弃去，跃登床榻，寻衣缝，啮杀虮虱，旋复来伏卧。逾宿，公疑其已往，视之，则盘伏如故。公卧，则登床箦[10]，遇虫辄啖毙，蚊蝇无敢落者，公爱之甚于拱璧。一日，昼卧，犬潜伏身畔，公醒转侧，压于腰底，公觉有物，固疑是犬，急起视之，已匾[11]而死，如纸剪成者然。然自是壁虫无噍类[12]矣。

校注

1　〔山右卫中堂〕卫周祚，字文锡，号闻石，山西曲沃人。明崇祯进士，官户部郎中。顺治元年（1644），授吏部郎中，再迁刑部侍郎，又擢尚书，历工、吏二部。顺治十五年（1658），授文渊阁大学士，兼刑部尚书。康熙间，起复授保和殿大学士，兼户部尚书。以疾乞休。康熙十四年（1675）卒，谥文清。山右，山西省在太行山之右，故称之；地理上以西为右。中堂，明清内阁大学士实际是宰相之职，故称中堂。

2　〔蜚（féi 肥）虫〕俗称臭虫。

3　〔偃息〕安卧休息。班固《幽通赋》：“木偃息以蕃魏兮，申重茧以存荆。”木，即段干木；申，即申包胥。

4　〔雉尾〕野鸡尾。雉，野鸡。此指戏剧中的武生头插雉尾的头饰，以显示英武。

5　〔蜡（zhà 乍）〕蝗虫俗称蚂蚱。蜡，同“蚱”。

6　〔鞲（gōu 勾）〕亦作“韝”。革制套袖。详见卷二《伏狐》注。

7　〔平天冠〕亦称通天冠。古代帝王的礼帽。据《后汉书·舆服志下》载："郊天地，宗祀，明堂，则冠之。"

8〔献飞献走〕即奉献飞禽走兽。此指蚊虱。

9〔斯须〕片刻、一会儿。《孟子·告子上》："庸敬在兄，斯须之敬在乡人。"

10〔床箦〕床席。箦，卧席。

11〔匾〕通"扁"。

12〔无噍类〕没有活着的。《汉书·高帝纪》："项羽为人慓悍祸贼，尝攻襄城，襄城无噍类，所过无不残灭。"

棋　鬼

扬州督同将军[1]梁公，解组[2]乡居，日携棋酒，游翔林丘间。会九日登高[3]，与客弈，忽有一人来，逡巡局侧，耽玩不去。视之，面目寒俭，悬鹑结焉，然而意态温雅，有文士风。公礼之，乃坐，亦殊㧑谦[4]。公指棋谓曰："先生当必善此，何勿与客对垒？"其人逊谢移时，始即局。局终而负，神情懊热[5]，若不自已。又着[6]又负，益惭愤，酌之以酒，亦不饮，惟曳客弈，自晨至于日昃[7]，不遑溲溺。方以一子争路，两互喋聒，忽书生离席悚立，神色惨沮。少间，屈膝梁公座，败颡[8]乞救，公骇疑，起扶之曰："戏耳，何至是？"书生曰："乞付嘱圉人，勿缚小生颈。"公又异之，问："圉人谁？"曰："马成。"

先是，公圉役马成者，走无常[9]，常十数日一入幽冥，摄牒[10]作勾役。公以书生言异，遂使人往视成，则僵卧已二日矣。公乃叱成不得无礼，瞥然间，书生即地而灭，公叹咤[11]良久，乃悟其鬼。越日，马成寤，公召诘之，成曰："书生湖襄[12]人，癖嗜弈，产荡尽。父忧之，闭置斋中，辄逾垣出，窃引空处，与弈者狎。父闻诟詈，终不可制止。父愤悒赍恨而死。阎摩王[13]以书生不德，促其年寿，罚入饿鬼狱[14]，于今七年矣。会东岳凤楼[15]成，下牒诸府，征文人作碑记，王出之狱中，使应召自赎。不意中道迁延，大愆限期。岳帝使直曹[16]问罪于王，王怒，使小人辈罗搜之。前承主人命，故未敢以缧绁[17]系之。”公问：“今日作何状？”曰：“仍付狱吏，永无生期矣。”公叹曰：“癖之误人也如是夫！”

异史氏曰：“见弈遂忘其死，及其死也，见弈又忘其生。非其所欲有甚于生[18]者哉？然癖嗜如此，尚未获一高着，徒令九泉下有长死不生之弈鬼也。可哀也哉！”

校注

1 〔督同将军〕即都督同知，亦称“同知将军”。明代都督府置中军、左军、右军、前军、后军五都督府，各设左右都督、都督同知、都督佥事。同，据手稿本，原抄本作“统”。

2 〔解组〕犹解绶，解官。组，印绶。《梁书·谢朏传》：“虽解组昌运，实避昏时。”宋梅尧臣《和酬裴君见过》：“我昨谢铜章，解组犹脱屣。”

3 〔九日登高〕即九月九日重阳节，亦称“重九”。魏晋后，习俗于此日登高游宴，饮菊花酒。唐郑谷《漂泊》诗：“黄花催促重阳酒，何处登高望二京。”

4 〔㧑（huī 灰）谦〕即谦恭有礼。㧑，谦逊。《周易·谦》："无不利㧑谦。"正义："指㧑皆谦，不违则也。"

5 〔懊热〕懊丧而又热衷。

6 〔着〕下棋时下一子或走一步叫一着。此指下棋。

7 〔日昃〕太阳偏西。

8 〔败颡〕古时吊唁或请罪投降时的一种以额触地的跪拜礼。颡，额头。

9 〔走无常〕旧时迷信，谓生人所临时担任的鬼差。详见卷二《张诚》注。

10 〔摄牒〕谓冥府文书。详见卷二《连城》注。

11 〔咤〕据手稿本，原抄本作"叱"。

12 〔湖襄〕指洞庭湖与襄江一带地域。

13 〔阎摩王〕即阎罗。

14 〔饿鬼狱〕传说中冥间十八地狱之一。

15 〔东岳凤楼〕指东岳帝君宫禁中的楼阁。凤楼，指宫内楼阁。南朝宋鲍照《代陈思王京洛篇》："凤楼十二重，四户八绮窗。"

16 〔直曹〕谓当值的功曹。曹，古代分科办事的官署。

17 〔缧绁（xiè 泻）〕拘系犯人的绳索。详见卷四《伍秋月》注。

18 〔所欲有甚于生〕语出《孟子·告子上》："生亦我所欲，所欲有甚于生。"此谓所追求者，超过求生的愿望。

二商

莒[1]人商姓者，兄富而弟贫，邻垣而居[2]。康熙间，岁大凶，弟朝夕不自给。一日，日向午，尚未举火，枵腹蹀躞，无以为计。妻令往告兄，商曰："无益。脱兄怜我贫也，当早有以处此矣。"妻固强之，商使其子往，少顷，空手而返，商曰："何如哉！"妻详问阿伯云何，子曰："伯踌躇目视，伯母告我曰：'兄弟析居[3]，有饭各食，谁复能相顾也。'"夫妻无言，暂以残盎[4]败榻，少易糠秕而生。

里中三四恶少，窥大商饶足，夜逾垣入，夫妻惊寤，鸣盥器[5]而号，邻人共嫉之，无援者，不得已，疾呼二商。商闻嫂鸣，欲趋救，妻止之，大声对嫂曰："兄弟析居，有祸各受，谁复能相顾也！"俄，盗破扉，执大商及妇，炮烙之，呼声綦惨。二商曰："彼固无情，焉有坐视兄死而不救者！"率子越垣，大声疾呼。二商父子故武勇，人所畏惧，又恐惊致他援，盗乃去。视兄嫂，两股焦灼，扶榻上，招集婢仆，乃归。大商虽被创，而金帛无所亡失，谓妻曰：“今所遗留，悉出弟赐，宜分给之。”妻曰：“汝有好兄弟，不受此苦矣！”商乃不言。二商家绝食[6]，谓兄必有一报，久之，寂不闻。妇不能待，使子捉囊往从贷，得斗粟而返。妇怒其少，欲反之，二商止之。逾两月，贫馁愈不可支，二商曰：“今无术可以谋生，不如鬻宅于兄。兄恐我他去，或不受券而恤焉，未可知，纵或不然，得十余金，亦可存活。”妻以为然，遣子操券诣大商，大商告之妇，且曰：“弟即不仁，我手足也。彼去则我孤立，不如反其券而周之。”妻曰：“不然。彼言去，挟我也，果尔，则适堕其谋。世间无兄弟者，便都死却耶？我高葺墙垣，亦足自固，不如受其券从所适，亦可以广吾宅。”计定，令二商押署券尾[7]，付直而去。二商于是徙居邻村。

乡中不逞之徒[8]，闻二商去，又攻之，复执大商，搒楚[9]并兼，梏毒惨至，所有金资，悉以赎命。盗临去，开廪呼村中贫者，恣所取，顷刻都尽。次日，二商始闻，及奔视，则兄已昏愦不能语，开目见弟，但以手抓床席而已，少顷遂死。二商忿诉邑宰。盗首逃窜，莫可缉获。盗粟者十余人，皆里中贫民，州守[10]亦莫如何。大商遗幼子，才五岁，家既贫，往往自投叔所，数日不归，送之归，则啼不止。二商妇颇不加青眼[11]。二商曰：“渠[12]父母不义，其子何罪？”因市蒸饼数枚，自送之。过数日，又避妻子，阴负斗粟于嫂，使养儿，如此以为常。又数

二商
兄弟怡怡樂孔
懷婦言偏使兩
情乖二商友愛
鍾天性長舌安
能作厲階

年，大商卖其旧宅，母得直足自给，二商乃不复至。

后岁大饥，道殣[13]相望，二商食指益烦，不能他顾，侄年十五，荏弱不能操业，使携篮从兄货胡饼[14]。一夜，梦兄至，颜色惨戚曰："余惑于妇言，遂失手足之义。弟不念前嫌，增我汗羞。所卖故宅，今尚空闲，宜僦居之。屋后蓬颗下，藏有窖金，发之可以小阜，使丑儿相从，长舌妇余甚憾之，勿顾也。"既醒，异之，以重直啖第主，始得就，果发得五百金。从此弃贱业，使兄弟设肆廛间[15]。侄颇慧，记算无讹，又诚悫[16]，凡出入一锱铢，必告，二商益爱之。一日，泣为母请粟[17]，商妻欲勿与，二商念其孝，按月廪给[18]之。数年家益富。大商妇病死，二商亦老，乃析[19]侄家资，割半与之。

异史氏曰："闻大商一介[20]不轻取与，亦狷洁[21]自好者也。然妇言是听，愦愦不置一词，恝情[22]骨肉，卒以吝死。呜呼！亦何怪哉！二商以贫始，以素封终。为人何所长？但不甚遵阃[23]教。呜呼！一行不同，而人品遂异。"

校注

1　〔莒〕古邑名。今山东省莒县。明省县入州，清因之，属山东沂州府。

2 〔邻垣而居〕即两家隔着一道墙而居。

3 〔析居〕分家。析，分。

4 〔残盎〕即用不着的坛罐。盎，古代一种腹大口小的器皿。

5 〔鸣盥器〕敲响洗脸盆。盥器，即洗脸盆。

6 〔绝食〕谓断粮。

7 〔押署券尾〕谓在契约上签字画押。券尾，指契约的末尾。

8 〔不逞之徒〕因不得志而胡作非为的人。

9 〔搒楚〕拷打。

10 〔州守〕即知州。

11 〔不加青眼〕即以白眼相待。不加，不用青眼待人。

12 〔渠〕他。

13 〔道殣（jǐn 谨）〕谓路旁饿死的人。《左传·昭公三年》："庶民罢疲，而宫室滋侈；道殣相望，而女富溢尤。"注："饿死为殣。"

14 〔胡饼〕即芝麻烧饼。胡，胡麻，即芝麻。刘熙《释名·释饮食》："胡饼，作之大漫沍也。亦言以胡麻著上也。"

15 〔设肆廛间〕在街市上设个店铺。肆，旧时指商店、铺子。廛，集市。

16 〔诚悫（què 却）〕诚实谨慎。悫，谨慎。

17 〔请粟〕请求供给粮米。《论语·雍也》："子华使于齐，冉子为其母请粟。"

18 〔廪给〕谓按时供给口粮。《汉书·晁错传》："予冬夏衣、廪食，能自给而止。"注："县官且廪给其衣食，于后能自供赡乃止也。"

19 〔析〕据康熙抄本，原抄本作"拆"。

20 〔一介〕也作"一芥"。言其轻微。

21 〔狷洁〕谓洁身自守。狷，耿介。《国语·晋语二》："公子勉之，亡人无狷洁，狷洁不行。"

22 〔恝（jiá 颊）情〕忘情。恝，忽略、淡漠。

23 〔阃（kǔn 捆）〕指妇女居住的内室。此指妻子。

梅　女

封云亭，太行[1]人，偶至郡，昼卧寓屋。时年少丧偶，岑寂之下，颇有所思。凝视间，见墙上有女子影，依稀如画，念必意想所致，而久之不动，亦不灭，异之。起视转真，再近之，俨然少女，容蹙舌伸，索环秀领[2]。惊顾未已，冉冉欲下，知为缢鬼，然以白昼壮胆，不大畏怯，语曰："娘子如有奇冤，小生可以极力。"影居然下，曰："萍水之人[3]，何敢遽以重务浼[4]君子，但泉下槁骸，舌不得缩，索不得除，求断屋梁而焚之，恩同山岳矣。"诺之，遂灭。呼主人来，问所见状，主人言："此十年前梅氏故宅，夜有小偷入室，为梅所执，送诣典史[5]。典史受盗钱五百，诬其女与通，将拘审验，女闻自经。后梅夫妻相继卒，宅归于余。客往往见怪异，而无术可以靖之[6]。"封以鬼言告主人，计毁舍易楹，费不赀[7]，故难之，封乃协力助作。

既就而复居之。梅女夜至，展谢已，喜气充溢，姿态嫣然，封爱悦之，欲与为欢。瞒然[8]而惭曰："阴惨之气，非但不为君利，若此之为，则生前之垢，西江[9]不可濯矣。

会合有时，今日尚未。”问：“何时？”但笑不言。封问：“饮乎？”答曰：“不饮。”封曰：“坐对佳人，闷眼相看，亦复何味？”女曰：“妾生平戏技，惟谙打马[10]，但两人寥落，夜深又苦无局。今长夜莫遣，聊与君为交线之戏[11]。”封从之。促膝戟指，翻变良久，封迷乱不知所从，女辄口道而颐指之[12]，愈出愈幻，不穷于术，封笑曰：“此闺房之绝技。”女曰：“此妾自悟，但有双线，即可成文，人自不之察耳。”更阑颇怠，强使就寝，曰：“我阴人不寐，请君自休。妾少解按摩之术，愿尽技能，以侑清梦[13]。”封从其请。女叠掌为之轻按，自顶及踵皆遍，手所经，骨若醉。既而握指细擂，如以团絮相触状，体畅舒不可言，擂至腰，口目皆慵[14]，至股，则沉沉睡去矣。及醒，日已向巳，觉骨节轻和，殊于往日，心益爱慕，绕屋而呼之，并无响应。日夕，女始至，封曰：“卿居何所，使我呼欲遍？”曰：“鬼无所，要在地下。”问：“地下有隙可容身乎？”曰：“鬼不见地，犹鱼不见水也。”封握腕曰：“使卿而活，当破产购致之。”女笑曰：“无须破产。”戏至半夜，封苦逼之，女曰：“君勿缠我，有浙娼爱卿者，新寓北邻，颇极风致。明夕，招与俱来，聊以自代，若何？”封允之。

次夕，果与一少妇同至，年近三十已来，眉目流转，隐含荡意。三人狎作，打马为戏，局终，女起曰：“嘉会方殷，我且去。”封欲挽之，飘然已逝。两人登榻，于飞[15]甚乐，诘其家世，则含糊不以尽道，但曰：“郎如爱妾，当以指弹北壁，微呼曰‘壶卢子’，即至。三呼不应，可知不暇，勿更招也。”天晓，入北壁隙中而去。次日，女来，封问爱卿，女云：“被高公子招去侑酒，以故不得来。”因而剪烛共话，女每欲有所言，吻已启而辄止，固诘之，终不肯言，唏嘘而已。封强与作戏，四漏始去。自此二女频来，笑声常彻宵旦，因而城社[16]悉闻。

典史某，亦浙[17]之世族，嫡室以私仆[18]被黜，继取顾氏，深相爱好，期月夭殂，心甚悼之。闻封有灵鬼，欲以问冥世之缘，遂跨马造封，封初不肯承，某力求不已，封设筵与坐，诺为之招鬼妓。日及曛，叩壁而呼，三声未已，爱卿骤入，举头见客，色变欲走，封以身横阻之。某审视，大怒，投以巨碗，溘然而灭。封大惊，不解其故，方将致诘，俄暗室中一老妪出，大骂曰：“贪鄙贼！坏我家钱树子[19]！三十贯索要偿也！”以杖击某，中颅，某抱首而哀曰：“此顾氏，我妻也。少年而殒，方切哀痛，不图为鬼不贞，于姥乎何与？”妪怒曰：“汝本浙江一无赖贼，买得条乌角带[20]，鼻骨倒竖矣！汝居官有何黑白？袖有三百钱，便而翁也！神怒人怨，死期已迫，汝父母代哀冥司，愿以爱媳入青楼[21]，代汝偿贪债，不知耶？”言已，又击。某婉转哀鸣，方惊诧无从救解，旋见梅女自房中出，张目吐舌，颜色变异，近以长簪刺其耳。封惊极，以身障客，女愤不已，封劝曰：“某即有罪，倘死于寓所，则咎在小生。请少存投鼠之忌[22]。”女乃曳妪曰：“暂假余息[23]，为我顾封郎也。”某张皇鼠窜而去，至署，患脑痛，中夜遂毙。次夜，女出笑曰：“痛快！恶气出矣！”问：“何仇怨？”女曰：“曩已言之：受贿诬奸。衔恨已久，每欲浼君一为昭雪，自愧无纤毫之德，故将言而辄止。适闻纷拏，窃以伺听，不意其仇人也。”封讶曰：“此即诬卿者耶？”曰：“彼典史于此，十有八年，妾冤殁十六寒暑矣。”问：“妪为谁？”曰：“老娼也。”又问爱卿，曰：“卧病耳。”因輾然曰：“妾昔谓会合有期，今真不远矣。君尝愿破家相赎，犹记否？”封曰：“今日犹此心也。”女曰：“实告君：妾殁日，已投生延安展孝廉家。徒以大怨未伸，故迁延于是。请以新帛作鬼囊，俾妾得附君以往，就展氏求婚，计必允谐。”封虑势分[24]悬殊，恐将不遂。女曰：“但去无忧。”封从其言，女嘱云：“途中慎勿相唤，待合卺之夕，以囊挂新人首，急呼曰：‘勿忘勿忘！’”封诺之。才启囊，女跳身已入。

携至延安，访之，果有展孝廉，生一女，貌极端好，但病痴，又常以舌出唇外，类犬喘日[25]。年十六岁，无问名[26]者。父母忧念成癖。封到门前投刺，具通族阀[27]，既退，托媒。展喜，赘封于家。女痴绝，不知为礼，使两婢扶曳归所。群婢既去，女解衿露乳，对封憨笑，封覆囊而呼之。女停眸审顾，似有疑思，封笑曰：“卿不识小生耶？”举之囊而视之。女乃悟，急掩衿，喜共燕笑。诘旦，封入谒岳，展慰之曰：“痴女无知，既承青眷[28]，君倘有意，家中慧婢不乏，仆不靳相赠。”封力辨其不痴，展疑之。无何，女至，举止皆佳，因大惊异，女但掩口微笑。展细诘之，女进退而惭于言，封为略述梗概，展大喜，爱悦逾于平时，使子大成与婿同学，供给丰备。

年余，大成渐厌薄之，因而郎舅不相能[29]，厮仆亦刻疵其短，展惑于浸润，礼稍懈。女觉之，谓封曰：“岳家不可久居，凡久居者，尽阘茸[30]也。及今未大决裂，宜速归。”封然之，告展，展欲留女，女不可。父兄尽怒，不给舆马，女自出妆资贳马归。后展招令归宁，女固辞不往。后封举孝廉，始通庆好。

异史氏曰：“官卑者愈贪，其常情然乎？三百诬奸，夜气之牿亡尽矣[31]。夺佳偶，入青楼，卒用暴死，吁！可畏哉！”

康熙甲子，贝丘典史最贪诈[32]，民咸怨之。忽其妻被狡者诱与偕亡，或代悬招状云：“某官因自己不慎，走失夫人一名，身无余物，止有红绫七尺，包裹元宝一枚，翘边细纹，并无阙坏[33]。”亦风流之小报也。

校注

1 〔太行（háng 杭）〕山名。此指太行山地区。《朱子语录》：

“太行山一千里。河北诸州，皆旋其趾；潞州上党，在山脊最高处，过河便见太行在半天。”

2 〔秀领〕指美女的项颈。《文选·曹植〈洛神赋〉》：“延颈秀项，皓质呈露。”领，项、颈、脖子。

3 〔萍水之人〕即“萍水相逢”。谓偶然相逢之人。详见卷四《念秧》注。

4 〔浼（měi 美）〕请托。

5 〔典史〕官名。为知县属官。清朝典史掌缉捕刑狱。

6 〔靖之〕指平息宅中怪异。靖，止、息。

7 〔不赀（zī 资）〕不可估量。

8 〔瞒然〕惭愧的样子。《庄子·天地》：“子贡瞒然而惭，俯而不对。”

9 〔西江〕此指长江。详见卷一《席方平》注。

10 〔打马〕古代博戏名。宋李清照《打马图经序》：“打马世有二种：一种一将十马，谓之关西马；一种无将，二十四马，谓之依经马。流传既久，各有图经。”

11 〔交线之戏〕也称“翻交”。两人用一条线绕在手指上，轮流翻转出各种花样的一种游戏。聊斋俚曲《禳妒咒》：“咱且坐，翻个交，看我翻个老牛槽。”

12 〔颐指之〕谓摆动面颊指示之。颐，面颊，腮。

13 〔侑清梦〕助作好梦。清梦，此为睡眠的敬称。

14 〔慵〕困倦。

15 〔于飞〕谓青年男女欢会，两情相得。《诗经·大雅·卷阿》：“凤凰于飞，翙翙其羽，亦集爰止。”

16 〔城社〕谓城市与乡间。社，古时地区单位名称。《左传·昭公二十五年》：“请致千社。”杜预注：“二十五家为社。”

17 〔浙〕浙江省。

18 〔私仆〕与仆人私通。

19 〔钱树子〕摇钱树。此指妓女。详见卷四《狐妓》注。

20 〔乌角带〕镶有角质材料的黑色革制腰带，为明代低级官吏所服用。

21 〔青楼〕妓院。详见卷二《莲香》注。

22 〔投鼠之忌〕即“投鼠忌器”。投掷东西打鼠，也要注意鼠身边的器物。《汉书·贾谊传》陈政事疏：“里谚曰：‘欲投鼠而忌器。’此善喻也。鼠近于器，尚惮不投，恐伤其器，况于主之近臣乎？”

23 〔暂假余息〕即暂且留他一条命。余息，残存的气息。

24 〔势分〕身份与社会地位。

25 〔类犬喘日〕如同狗一样，在烈日下张口吐舌而喘。

26 〔问名〕古代婚礼中六礼之一。详见卷二《乔女》注。

27 〔族阀〕犹家世。阀，据青柯亭本，原抄本作“阅”。

28 〔青眷〕青眼顾眷。谓看得起。眷，顾视。

29 〔郎舅不相能〕谓与姊妹的丈夫和妻子的兄弟之间，关系不和睦。不相能，不睦。《左传·襄公二十一年》：“（范宣子）故与栾盈为公族大夫而不相能。”

30 〔藒（tà 榻）茸〕是非慢慢滋生。藒，草名。茸，草初生。

31 〔夜气之牿（gù 雇）亡尽矣〕谓良心丧尽。《孟子·告子上》：“其日月之所息，平旦之气，其好恶与人相近也者几希，则其旦昼之所为，有牿亡之矣。牿之反覆，则其夜气不足以存；夜气不足以存，则其违禽兽不远矣。”夜气，谓天将亮时的清明之气。牿亡，丧失，消灭。

32 〔康熙甲子，贝丘典史最贪诈〕康熙甲子，为清康熙二十三年（1684）。贝丘，贝丘县，即清代山东省济南府淄川县，今之山东省淄博市淄川区。典史，此指山东淄川县典史鲁炜。据《淄川县志》“典史”条载：“鲁炜，山阴人，吏员，康熙间任，计察去。”山阴，秦置，隋废入会稽县。唐复置。明清时与会稽并为浙江绍兴府治。所以，此处所指典史，为鲁炜无疑。

33 〔翘边细纹，并无阙坏〕此为指明被妻子所携走之元宝，为新近所铸发行者，并非经久用而分两缺耗者。阙坏，残缺。

郭秀才

东粤[1]士人郭某，暮自友人归，入山迷路，窜榛莽中。约更许，闻山头笑语，急趋之，见十余人，藉地饮，望见郭，哄然曰："坐中正欠一客，大佳！大佳！"郭既坐，见诸客半儒巾[2]，便请指迷，一人笑曰："君真酸腐[3]！舍此明月不赏，何求道路？"即飞一觥来。郭饮之，芳香射鼻，一引遂尽。又一人持壶倾注，郭故善饮，又复奔驰吻燥[4]，一举十觞，众大赞曰："豪哉！真吾友也！"郭放达喜谑，能学禽言，无不酷肖，离坐起溲，窃作燕子鸣，众疑曰："夜半何得此耶？"又效杜鹃，众益疑。郭坐，但笑不言。方纷议间，郭回首为鹦鹉鸣曰："郭秀才醉矣，送他归也！"众惊听，寂不复闻，少顷又作之，既而悟其为郭，始大笑，皆撮口从学，无一能者。一人曰："可惜青娘子未至。"又一人曰："中秋还集于此，郭先生不可不来。"郭敬诺。一人起曰："客有绝技，我等亦献踏肩之戏[5]，若何？"于是哗然并起。前一人挺身矗立，即有一人飞登肩上，亦矗立，累至四人，高不可登，继至者，攀肩踏臂，如缘梯状，十余人顷刻都尽，望之可接霄汉。方惊顾间，挺然倒地，化为修道一线[6]。郭骇立良久，遵道[7]得归，翼日，腹大痛，溺绿色，似铜青，着物能染，亦无溺气，三日乃已。往验故处，则肴骨狼藉，四围丛莽，并无道路。至中秋，郭欲赴约，朋友谏止之。设斗胆再往一会青娘子，必更有异，惜乎其见之摇也！

校注

1 〔东粤〕指今之广东省。

2 〔诸客半儒巾〕诸客中有一半是秀才。儒巾，古代读书人所戴的一种头巾。明代通称方巾，为生员的巾饰。清李渔《怜香伴·婚始》:“小生儒巾员领，丑扮丫鬟，杂扮掌礼，众鼓吹纱灯引上。”

3 〔酸腐〕谓穷酸与迂腐。

4 〔吻燥〕口渴。

5 〔踏肩之戏〕即“叠罗汉”。此为人上架人。后来，成为杂技的一种表演项目。

6 〔修道一线〕长长的一条道路。

7 〔遵道〕沿着这条路。遵，循，沿。

死　僧

某道士，云游[1]日暮，投止野寺[2]，见僧房扃闭，遂藉蒲团[3]趺坐[4]廊下。夜既静，闻启阖声，旋见一僧来，浑身血污，目中若不见道士，道士亦若不见之。僧直入殿，登佛座，抱佛头而笑，久之乃去。及明视室，门扃如故，怪之，入村道所见。众如寺，发扃验之，则僧杀死在地，室中席篋掀腾，知为盗劫。疑鬼笑有因，共验佛首，见脑后有微痕，刓[5]之，内藏三十余金。遂用以葬之。

异史氏曰："谚有之：'财连于命。'不虚哉！夫人俭啬封殖[6]，以予所不知谁何之人，亦已痴矣，况僧并不知谁何之人而无之哉！生不肯享，死犹顾而笑之，财奴之可叹如此。佛云：'一文将不去，惟有孽随身。'其僧之谓夫！"

校注

1 〔云游〕谓僧道出家人，行踪飘忽不定。杜荀鹤《赠质上人》："枿坐云游出世尘，兼无瓶钵可随身。"

2 〔野寺〕野外庙宇。宋苏轼《游杭州山》："山平村坞迷，野寺钟相答。"

3 〔蒲团〕用蒲草编成的圆形垫子。多为僧人坐禅和跪拜时所用。唐欧阳詹《永安寺照上人房》诗："草席蒲团不扫尘，松间石上似无人。"

4 〔趺坐〕"跏趺坐"的简称。详见卷一《耳中人》注。

5 〔刓（wán 完）〕剜。

6 〔封殖〕聚敛财货。《三国志·魏志·刘放传》："往者董卓作逆，英雄并起，阻兵擅命，人自封殖。"

阿英

甘玉，字璧人，庐陵[1]人。父母早丧。遗弟珏，字双璧，始五岁，从兄鞠养[2]。玉性友爱，抚弟如子。后珏渐长，丰姿秀出，又慧能文，玉益爱之，每曰："吾弟表表，不可以无良匹。"然简拔过刻[3]，姻卒不就。

适读书匡山[4]僧寺，夜初就枕，闻窗外有女子声，窥之，见三四女郎席地坐，数婢陈肴酒，皆殊色也。女曰："秦娘子！阿英何不来？"下坐者曰："昨自函谷[5]来，被恶人伤右臂，不能同游，方用恨恨。"一女曰："前宵一梦大恶，今犹汗悸。"下坐者摇手曰："莫道，莫道！今宵姊妹欢会，言之吓人不快。"女笑曰："婢子胆怯尔尔！便有虎狼衔去耶？若要勿言，须歌一曲，为娘行[6]侑酒。"女低吟曰："闲阶桃花取次[7]开，昨日踏青[8]小约未应乖。付嘱东邻女伴少待莫相催，着得凤头鞋[9]子即当来。"吟罢，一座无不叹赏。谈笑间，忽一伟丈夫岸然[10]自外入，鹘睛荧荧，其貌狞丑，众啼曰："妖至矣！"仓卒哄然，殆如鸟散。惟歌者婀娜不前，被执哀啼，强与支撑，丈夫吼怒，龁手断指，就便嚼食，女郎踣地若死。玉怜恻不可复忍，乃急抽剑拔关出，挥之，中股，股落，负痛逃去。扶女入室，面如尘土，血淋衿袖，验其手，则右拇断矣。裂帛代裹之，女始呻曰："拯命之德，将何以报？"

玉自初窥时，心已隐为弟谋，因告以意，女曰："狼疾之人[11]，不能操箕帚矣。当别为贤仲[12]图之。"诘其姓氏，答言："秦氏。"玉乃展衾，俾暂休养，自乃襆被他所。晓而视之，则床上已空，意其自归，而访察近村，殊少此姓，广托戚朋，并无确耗，归与弟言，悔恨若失。珏一日偶游涂野，遇一二八女郎，姿致娟娟[13]，顾之微笑，似将有言，因以秋波四顾而后问曰："君甘家二郎否？"曰："然。"曰："君家尊曾与妾有婚姻之约，何今日欲背前盟，另订秦家？"珏云："小生幼孤，夙好都不曾闻，请言族阀，归当问兄。"女曰："无须细道，但得一言，妾当自至。"珏以未禀兄命为辞，女笑曰："騃[14]郎君！遂如此怕哥子耶？既如此，妾陆氏，居东山望村，三日内当候玉音。"乃别而去。珏归，述诸兄嫂，兄曰："此大谬语！父殁时，我二十余岁，倘有是说，那得不闻？"又以其独行旷野，遂与男儿交语，愈益鄙之，因问其貌，珏红彻面颈，不出一言。嫂笑曰："想是佳人。"玉曰："童子何辨妍媸？纵美，必不及秦，待秦氏不谐，图之未晚。"珏默而退。

逾数日，玉在途，见一女子零涕前行，垂鞭按辔而微睨之，人世殆无其匹。使仆诘焉，答曰：“我旧许甘家二郎，因家贫远徙，遂绝耗问，近方归，复闻郎家二三其德[15]，背弃前盟。往问伯伯甘璧人，焉置妾也？”玉惊喜曰：“甘璧人，即我是也。先人曩约，实所不知。去家不远，请即归谋。”乃下骑授辔，步御以归。女自言：“小字阿英，家无昆季[16]，惟外姊秦氏同居。”始悟丽者即其人也。玉欲告诸其家，女固止之，窃喜弟得佳妇，然恐其佻达招议。久之，女殊矜庄[17]，又娇婉善言，母事嫂，嫂亦雅爱慕之。值中秋，夫妻方狎宴，嫂苦招之，珏意怅惘。女遣招者先行，约以继至，而端坐笑言良久，殊无去志。珏恐嫂待久，故促之，女但笑，卒不复去。质旦，晨甫妆竟，嫂自来抚问：“夜来相对，何尔怏怏？”女微哂之。珏觉有异，质对参差，嫂大骇：“苟非妖物，何得有分身术？”玉亦惧，隔帘而告之曰：“家世积德，曾无怨仇。如其妖也，请速行，幸勿杀吾弟！”女靦然曰：“妾本非人，只以阿翁夙盟，故秦家姊以此劝驾[18]。自分不能育男女，尝欲辞去，所以恋恋者，为兄嫂待我不薄耳。今既见疑，请从此诀。”转眼化为鹦鹉，翩然逝矣。

初，甘翁在时，蓄一鹦鹉甚慧，尝自投饵。时珏四五岁，问：“饲鸟何为？”父戏曰：“将以为汝妇。”间虑鹦鹉乏食，则呼珏云：“不将饵去，饿煞媳妇矣！”家人亦皆以此相戏。后断锁亡去，始悟旧约即此也。然珏明知非人，而思之不置，嫂悬情尤切，旦夕啜泣，玉悔之而无如

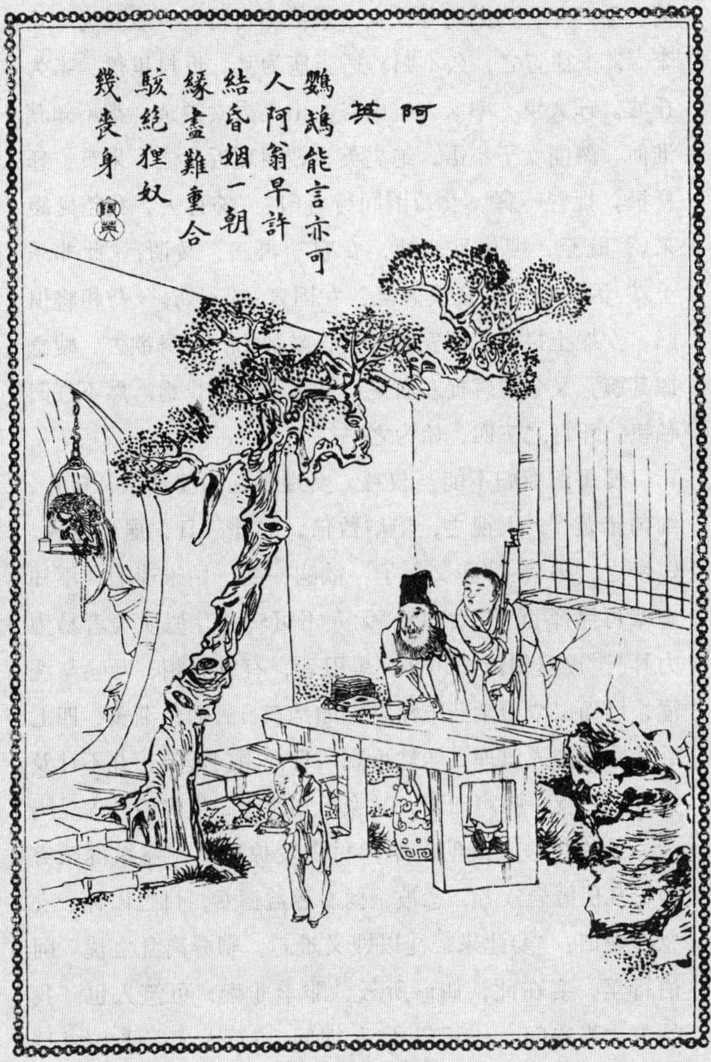
阿英
鸚鵡能言亦可
人阿翁早許
結昏姻一朝
緣盡難重合
駭絕狸奴
幾喪身

何。后二年，为弟聘姜氏女，意终不自得。有表兄为粤司李[19]，玉往省之，久不归。适土寇为乱，近村里落，半为丘墟。珏大惧，率家人避山谷。山上男女颇杂，都不知其谁何。忽闻女子小语，绝类英，嫂促珏近验之，果英，珏喜极，捉臂不释。女乃谓同行者曰："姊且去，我望嫂嫂来。"既至，嫂望见悲哽，女慰劝再三，又谓："此非乐土。"因劝令归，众惧寇至，女固言："不妨。"乃相将俱归，女撮土拦户，嘱安居勿出，坐数语，反身欲去，嫂急握其腕，又令两婢捉左右足，女不得已，止焉。然不甚归私室，珏订之三四，始为之一往。

嫂每谓新妇不能当叔意，女遂早起为姜理妆，梳竟，细匀铅黄[20]，人视之，艳增数倍，如此三日，居然丽人。嫂奇之，因言："我又无子，欲购一妾，姑未遑暇。不知婢辈可涂泽否？"女曰："无人不可转移，但质美者易为力耳。"遂遍相诸婢，惟一黑丑者，有宜男相，乃唤与洗濯，已而以浓粉杂药末涂之，如是三日，面色渐黄，四七后，脂泽沁入肌理，居然可观。日惟闭门作笑，并不计及兵火。一夜，噪声四起，举家不知所谋，俄闻门外人马鸣动，纷纷俱去。既明，始知村中焚掠殆尽，盗纵群队穷搜，凡伏匿岩穴者，悉被杀掳。遂益德女，目之以神。女忽谓嫂曰："妾此来，徒以嫂义难忘，聊分离乱之忧。阿伯行至，妾在此，如谚所云，非李非柰，可笑人也。我姑去，当乘间[21]一相望耳。"嫂问："行人无恙乎？"曰：

“近中有大难，此无与他人事，秦家姊受恩奢，意必报之，固当无妨。”嫂挽之过宿，未明已去。

玉自东粤归，闻乱，兼程进，途遇寇，主仆弃马，各以金束腰间，潜身丛棘中。一秦吉了飞集棘上，展翼覆之，视其足，缺一指，心异之。俄而群盗四合，绕莽殆遍，似寻之。二人气不敢息。盗既散，鸟始翔去。既归，各道所见，始知秦吉了[22]即所救丽者也。后值玉他出不归，英必暮至，计玉将归则早去。珏或会于嫂所，闻邀之，则诺而不赴。一夕，玉他往，珏意英必至，潜伏候之。未几，英果来，暴起，要遮而归于室，女曰：“妾与君情缘已尽，强合之，恐为造物所忌。少留有余，时作一面之会，如何？”珏不听，卒与狎。天明，诣嫂，嫂怪之，女笑云：“中途为强寇所劫，劳嫂悬望矣。”数语趋出。居无何，有巨狸衔鹦鹉经寝门过，嫂骇绝，固疑是英。时方沐[23]，辍洗急号，群起噪击，始得之。左翼沾血，奄存余息。把置膝头，抚摩良久始渐醒，自以喙理其翼。少选，飞绕室中，呼曰：“嫂嫂，别矣！吾怨珏也！”振翼遂去，不复来。

校注

1 〔庐陵〕古县名、郡名。明清为吉安府治。今江西省吉安市。

2 〔鞠养〕抚养。鞠，养育，抚养。

3 〔简拔过刻〕谓挑选过严。简拔，选拔。诸葛亮《出师表》：“此皆良实，志虑忠纯，是以先帝简拔，以遗陛下。”

4 〔匡山〕即江西省庐山。相传殷周之际有仙人匡裕先生，结庐此山，故称匡山，又称匡庐。

5 〔函谷〕即函谷关。在河南省灵宝县西南。

6 〔娘行（háng 杭）〕犹言“咱娘们”。娘，古时青年妇女称娘。《乐府诗集·子夜歌之六》：“见娘喜容媚，愿得结金兰。”

7 〔取次〕任意，随便。杜甫《送元二适江左》：“经过自爱惜，取次莫论兵。”按：“女低吟”之词又可见于《聊斋词集·思帝乡》，故该词之词牌，当为《思帝乡》。

8 〔踏青〕春日郊游。杜甫《绝句》：“江边踏青罢，回首见旌旗。”秦味芸《月令粹编六》引李淖《秦中岁时记》：“上巳赐宴曲江，都人于江头禊饮，践踏青草，谓之踏青履。”按：古人踏青节因时地而异，有在二月二日者，亦有在三月三日者，后世多以清明节为踏青节。

9 〔凤头鞋〕鸟类头顶的羽冠，称为凤头。旧时女鞋顶端缀以彩穗，形似鸟的凤头，故称。王实甫《西厢记》：“下香阶懒步苍苔，动人处，弓鞋凤头窄。”

10 〔岸然〕高大威然的样子。

11 〔狼疾之人〕谓肢体残缺之人。《孟子·告子上》：“养其一指，而失其肩脊而不知也，则为狼疾之人也。”狼疾，赵岐注，读为“狼藉”。

12 〔贤仲〕犹“令弟”，“贤弟”。仲，行二。

13 〔娟娟〕美好貌。杜甫《寄韩谏议》：“美人娟娟隔秋水，濯足洞庭望八荒。”

14 〔騃（ái 皑）〕傻、痴呆。

15 〔二三其德〕三心二意。《诗经·卫风·氓》：“士也罔极，二三其德。”

16 〔昆季〕兄弟。详见卷二《刘海石》注。

17 〔矜庄〕端庄持重。《荀子·非相》:“谈说之术，矜庄以莅之，端诚以处之。”

18 〔劝驾〕举送贤者任职或做某事。详见卷一《姊妹易嫁》注。

19 〔粤司李〕粤，指广东广西地区。司李，即“司理”。详见卷一《娇娜》注。

20 〔细匀铅黄〕细心地为她匀搽脂粉。铅黄，亦作“鈆黄”。铅粉和雄黄。古代妇女化妆用品。《文明小史》第五八回:“依了他的话，果然打开镜子，细匀铅黄。”

21 〔乘间(jiàn件)〕利用机会。间，空隙。《后汉书·苏竟传》:“王氏虽乘间偷篡，而终婴大戮。”

22 〔秦吉了〕鸟名，又名“鹩哥”。李时珍《本草纲目·禽部》:“秦吉了，出岭南容、管、廉、邕诸州峒中，大似鸲鹆，绀黑色，夹脑有黄肉冠，如人耳，丹味黄距，能人言。”

23 〔沐〕洗发。《诗经·小雅·采绿》:“予发曲局，薄言归沐。”

橘树

陕西刘公，为兴化[1]令。有道士来献盆树，视之，则小橘，细裁如指，摈弗受[2]。刘有幼女，时六七岁，适值初度，道士云："此不足供大人清玩[3]，聊祝女公子福寿耳。"乃受之。女一见，不胜爱悦，置诸闺闼，朝夕护之惟恐伤。刘任满，橘盈把矣。是年初结实。简装[4]将行，以橘重赘，谋弃之。女抱树娇啼，家人绐之曰："几日而不复来？"女信之，涕始止，又恐为大力者负之而去，立视家人移栽墀下，乃行。女归，受庄氏聘。庄丙戌登进士，释褐[5]为兴化令。夫人大喜，窃意十余年，橘不复存，及至，则树已十围，实累累以千计。问之故役，皆云："刘公去后，橘甚茂而不实，此其初结也。"更奇之。庄任三年，繁实不懈，第四年，憔悴无少华[6]。夫人曰："君任此不久矣。"至秋，果解任。

异史氏曰："橘其有夙缘于女与？何遇之巧也。其实也似感恩，其不华也似伤离。物犹如此，而况于人乎？"

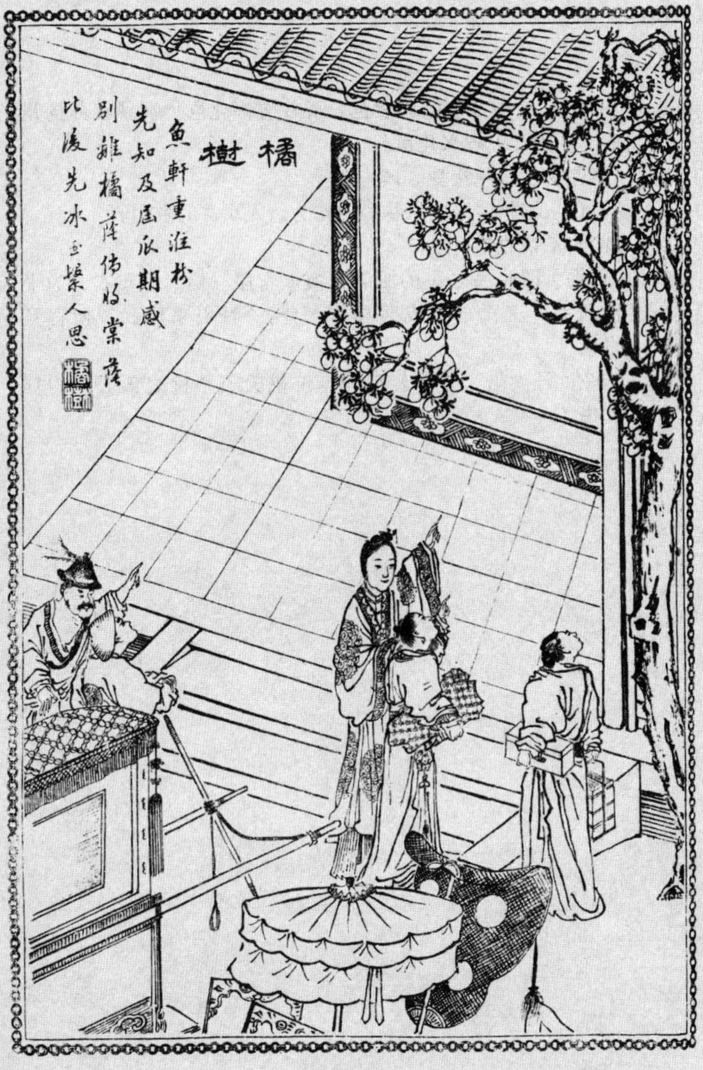
橘樹
魚軒重淮枳
先知及屆瓜期感
别離橘蔭傷時棠蔭
比後先冰櫱人思
橘樹

校注

1 〔兴化〕战国楚府昭阳食邑，五代置兴化邑。清属江苏扬州府，今为江苏省兴化市。

2 〔摈弗受〕拒绝接受。摈，弃。

3 〔清玩〕本指清雅的玩物。此作为请人玩赏的敬词。

4 〔简装〕谓收拾行装。

5 〔释褐〕谓脱去平民的服装，换上官服。褐，粗布衣，为平民所著。王禹偁《成武县作》诗："释褐来成武，初官且自强。"

6 〔华〕同"花"。《诗经·周南·桃夭》："桃之夭夭，灼灼其华。"

赤 字

顺治乙未[1]冬夜，天上赤字如火。其文云："白苕代靖否复议朝治驰。"

校注

1 〔顺治乙未〕顺治，为清世祖福临的年号；乙未，为顺治十二年（1655）。

牛成章

牛成章，江西[1]之布商也，娶郑氏，生子、女各一。牛三十三岁病死。子名忠，时方十二，女八九岁而已。母不能贞[2]，货产入囊，改醮[3]而去。遗两孤，难以存济[4]。有牛从嫂，年已六袠[5]，贫寡无归，遂与居处。数年，妪死，家益替[6]，而忠渐长，思继父业而苦无资。妹适毛姓，毛，富贾也，女哀婿假数十金付兄。兄从人适金陵，途中遇寇，资斧尽丧，飘荡不能归。

偶趋典肆[7]，见主肆者绝类其父，出而潜察之，姓字皆符，骇异不谕其故，惟日流连其傍，以窥意旨，而其人亦略不顾问。如此三日，觇其言笑举止，真父无讹，即又不敢拜识，乃自陈于群小，求以同乡之故，进身为佣。立券[8]已，主人视其里居、姓名，似有所动，问所从来，忠泣诉父名。主人怅然若失，久之，问："而母无恙乎？"忠又不敢谓父死，婉应曰："我父六年前经商不返，母醮而去。幸有伯母抚育，不然，葬沟渎久矣。"主人惨然曰："我即是汝父也。"于是握手悲哀，又导入参其后母。后母姬，年三十余，无出，得忠喜，设宴寝门。

牛终欷歔不乐，即欲一归故里，妻虑肆中乏人，故止之。牛乃率子纪理肆务[9]，居之三月，乃以诸籍委子，取装西归。既别，忠实以父死告母，姬乃大惊，言："彼负贩于此，曩所与交好者，留作当商，娶我已六年矣。何言死耶？"忠又细述之，相与疑念，不谕其由。逾一昼夜，而牛已返，携一妇入，头如蓬葆[10]，忠视之，则其所生母也。牛摘耳顿骂："何弃吾儿！"妇慑伏不敢少动。牛以口龁其项，妇呼忠曰："儿救吾！儿救吾！"忠大不忍，横身蔽隔其间。牛犹忿怒，妇已不见，众大惊，相哗以鬼。旋视牛，颜色惨变，委衣于地，化为黑气，亦寻灭矣。母子骇叹，举衣冠而瘗之。忠席父业，富有万金。后归家问之，则嫁母于是日死，一家皆见牛成章云。

校注

1　〔江西〕元朝立江西等处行中书省，明置江西布政使司。清为江西省，治南昌，所辖地区与今之江西省略同。

2　〔不能贞〕指不能守妇道之节操寡居。贞，贞节。

3　〔改醮〕改嫁。醮，为古代婚礼的一种仪式。《仪礼·士昏礼》："庶妇，则使醮之，妇不馈。"后因称女子出嫁曰醮。

4　〔存济〕过活，度日。《周书·宣帝纪》："闰月乙亥，诏山东流民新复业者，及突厥侵掠家口破亡不存济南，并给复一年。”

5 〔六袠（zhì 帙）〕六十岁。袠，通“帙”，十年为一帙。白居易《思旧》诗：“已开第七帙，饱食仍安眠。”

6 〔替〕衰微，衰落。《旧唐书·毕构传》：“咸亨、垂拱之后，淳风渐替。”

7 〔典肆〕又称质库、典库。旧时典当之所，即今之当铺。

8 〔立券〕订立契约。明陶宗仪《辍耕录·奴婢》：“有日红契买到者，则其元主转卖于人，立券投税者是也。”

9 〔纪理肆务〕料理当铺的业务。纪理，料理，办理。《后汉书·曹褒传》：“褒巡行病徒，为致医药，经理饘粥。”肆，此指当铺。

10 〔头如蓬葆〕谓头发散乱如蓬草。《汉书·燕刺王传》：“当此之时，头如蓬葆，勤苦至矣。”注引服虔曰：“头久不理，如蓬草羽葆也。”

青娥

霍桓，字匡九，晋人也。父官县尉[1]，早卒，遗生最幼，聪慧绝人，十一岁，以神童入泮[2]。而母过于爱惜，禁不令出庭庐，年十三尚不能辨伯叔甥舅焉。同里有武评事[3]者，好道，入山不返，有女青娥，年十四，美异常伦，幼时窃读父书，慕何仙姑[4]之为人。父既隐，立志不嫁，母无奈之。一日，生于门外瞥见之。童子虽无知，只觉爱之极而不能言，直告母，使委禽[5]焉。母知其不可。故难之，生郁郁不自得。母恐拂儿意，遂托往来者致意武，果不谐。生行思坐筹，无以为计。

会有一道士在门，手握小镵，长裁尺许，生借阅一过，问："将何用？"答云："此劚药之具，物虽微，坚石可入。"生未深信。道士即以斫墙上石，应手落如腐。生大异之，把玩不释于手。道士笑曰："公子爱之，即以奉赠。"生大喜，酬之以钱，不受而去。持归，历试砖石，略无隔阂[6]，顿念穴墙则美人可见，而不知其非法也。更定，逾垣而出，直至武第，凡穴两重垣，始达中庭，见

青娥
穴垣曾探繡房妻
鑿石重聯洞府
栖道士贈
鑱亦有
意度他
孝子作
仙人

小厢中尚有灯火，伏窥之，则青娥卸晚装矣。少顷，烛灭，寂无声。穿墉入，女已熟眠，轻解双履，悄然登榻，又恐女郎惊觉，必遭呵逐，遂潜伏绣衾之侧，略闻香息，心愿窃慰。而半夜经营，疲殆颇甚，少一合眸，不觉睡去。女醒，闻鼻气休休，开目，见穴隙亮入，大骇，急起，暗摇婢醒，拔关轻出，敲窗唤家人妇，共爇火操杖以往，则见一总角书生，酣眠绣榻，细审，识为霍生。抗[7]之始觉，遽起，目灼灼如流星，似亦不大畏惧，但靦然[8]不作一语。众指为贼，恐呵之，始出涕曰："我非贼，实以爱娘子故，愿以近芳泽耳。"众又疑穴数重垣，非童子所能者，生出镵以言异，共试之，骇绝，讶为神授。将共告诸夫人，女俯首沉思，意似不以为可。众窥知女意，因曰："此子声名门第，殊不辱玷，不如纵之使去，俾复求媒焉。诘旦[9]，假盗以告夫人，如何也？"女不答。众乃促生行，生索镵，共笑曰："呆儿童！犹不忘凶器耶？"生觑枕边，有凤钗一股，阴纳袖中，已为婢子所窥，急白之，女不言亦不怒。一媪拍颈曰："莫道他呆，若小[10]意念乖绝也。"乃曳之，仍自窦中出。既归，不敢实告母，但嘱母复媒致之。母不忍显拒，惟遍托媒氏，急为别觅良姻。青娥知之，中情[11]皇急，阴使腹心者风示媪，媪悦，托媒往。会小婢漏泄前事，武夫人辱之，不胜恚愤。媒至，益触其怒，以杖画地，骂生并及其母。媒惧，窜归，具述其状，生母亦怒曰："不肖儿所为，我都梦梦[12]。何遂以无礼相加！当交股[13]时，何不将荡儿淫女一并杀却？”由是见其亲属，辄便披诉[14]，女闻，愧欲死。武夫人大悔，而不能禁之使勿言也。女阴使人婉致生母，且矢之以不他，其词悲切，母感之，乃不复言，而论亲之谋，亦遂辍矣。

会秦中[15]欧公宰是邑，见生文，深器之，时召入内署，极意优宠。一日，问生："婚乎？"答言："未。"细诘之，对曰："夙与故武评事女小有盟约，后以微嫌，遂致中寝[16]。"问："犹愿之否？"生靦然不言。公笑曰："我当为子成之。"即委县尉教谕[17]，纳币[18]于武。夫人喜，婚乃定。逾岁，娶归。女入门，乃以镵掷地曰："此寇盗物，可将去！"生笑曰："勿忘媒妁。"珍佩之，恒不去身。女为人温良寡默，一日三朝其母，余惟闭门寂坐，不甚留心家务。母或以吊庆他往，则事事经纪，罔不井井。二年余，生一子孟仙，一切委之乳保[19]，似亦不甚顾惜。又四五年，忽谓生曰："欢爱之缘，于兹八载，今离长会短，可将奈何！"生惊问之，即已默默，盛妆拜母，返身入室，追而诘之，则仰眠榻上而气绝矣。母子痛悼，购良材而葬之。母已衰迈，每每抱子思母，如摧肺肝，由是遘疾，遂惫不起。逆害饮食[20]，但思鱼羹，而近地无鱼，百里外始可购致。时厮骑皆被差遣，生纯孝，急不可待，怀资独往，昼夜无停趾。返至山中，日已沉冥，两足跛踦[21]，步不能咫。

后一叟至，问曰："足得毋泡乎？"生唯唯。叟便曳坐路隅，敲石取火，以纸裹药末，熏生两足讫。试使行，不惟痛止，兼益矫健。感极申谢，叟问："何事汲汲[22]？"答以母病，因历道所由，叟问："何不另娶？"答云："未得佳者。"叟遥指山村曰："此处有一佳人，倘能从我去，仆当为君作伐。"生辞以母病待鱼，姑不遑暇。叟乃拱手，约以异日，入村但问老王，乃别而去。生归，烹鱼献母，母略进，数日寻瘳。乃命仆马往寻叟。至旧处，迷村所在，周张[23]逾时，夕暾[24]渐坠，山谷甚杂，又不可以极望。乃与仆分上山头，以瞻里落，而山径崎岖，不可复骑，跋履而上，昧色笼烟矣。蹀躞四望，更无村落。方将下山，而归路已迷，心中燥火如烧。荒窜间，冥堕[25]绝壁，幸数尺下有一线荒台，坠卧其上，阔仅容身，下视黑不见底，惧极，不敢少动。又幸崖边皆生小树，约体如栏。移时，见足傍有小洞口，心窃喜，以背着石，螬行[26]而入，意稍稳，冀天明可以呼救。少顷，深处有光如星点，渐近之，约三四里许，忽睹廊舍，并无缸烛[27]，而光明若昼。一丽人自房中出，视之，则青娥也，见生，惊曰："郎何能来？"生不暇陈，抱祛[28]呜恻。女劝止之，问母及儿，生悉述苦况，女亦惨然。生曰："卿死年余，此得无冥间耶？"女曰："非也，此乃仙府。曩时非死，所瘗一竹杖耳。郎今来，仙缘有分也。"因导令朝父，则一修髯丈夫，坐堂上，生趋拜，女白："霍郎来。"翁惊起，握手略道平素，曰："婿来大好，分当留此。"生辞以母望，不能久留，翁曰："我亦知之。但迟三数日，即亦何伤。"乃饵以肴酒，即令婢设榻于西堂，施锦裀焉。

生既退，约女同榻寝，女却之曰："此何处，可容狎亵？"生捉臂不舍，窗外婢子笑声嗤然，女益惭。方争拒间，翁入，叱曰："俗骨污吾洞府！宜即去！"生素负气，愧不可忍，作色曰："儿女之情，人所不免，长者何当窥伺？我无难即去，但令女须便将随。"翁无辞，招女随之，启后户送之，赚生离门，父子阖扉去。回首峭壁巉岩，无少隙缝，只影茕茕，罔所归适，视天上斜月高揭，星斗已稀。怅怅良久，悲已而恨，面壁叫号，迄无应者，愤极，腰中出镵，凿石攻进，且攻且骂，瞬息洞入三四尺许，隐隐闻人语曰："孽障哉！"生奋力凿益急，忽洞底豁开二扉，推娥出曰："可去，可去！"壁即复合。女怨曰："既爱我为妇，岂有待丈人如此者？是何处老道士，授汝凶器，将人缠混欲死？"生得女，意愿已慰，不复置辨，但忧路险难归。女折两枝，各跨其一，即化为马，行且驶，俄顷至家，时失生已七日矣。

初，生之与仆相失也，觅之不得，归而告母，母遣人穷搜山谷，并无踪绪。正忧惶无所，闻子自归，欢喜承迎。举首见妇，几骇绝，生略述之，母益忻慰。女以形迹诡异，虑骇物听，求母播迁，母从之。异郡有别业[29]，刻期徙往，人莫之知。偕居十八年，生一女，适同邑李氏。

后母寿终。女谓生曰：“吾家茅田中，有雉抱八卵，其地可葬，汝父子扶榇归窆[30]。儿已成立，宜即留守庐墓[31]，无庸复来。”生从其言，葬后自返。月余，孟仙往省之，而父母俱杳，问之老奴，则云：“赴葬未还。”心知其异，浩叹而已。孟仙文名甚噪，而困于场屋，四旬不售。后以拔贡入北闱[32]，遇同号生[33]，年可十七八，神采俊逸，爱之，视其卷，注顺天廪生[34]霍仲仙，瞪目大骇，因自道姓名。仲仙亦异之，便问乡贯，孟悉告之。仲仙喜曰：“弟赴都时，父嘱文场中，如逢山右霍姓者，吾族也，宜与款接，今果然矣。顾何以名字相同如此？”孟仙因诘高、曾并严、慈[35]姓讳，已而惊曰：“是我父母也！”仲仙疑年齿之不类。孟仙曰：“我父母皆仙人，何可以貌信其年岁乎？”因述往迹，仲仙始信。场后不暇休息，命驾同归，才到门，家人迎告，是夜失太翁及夫人所在，两人大惊。仲仙入而询诸妇，妇言：“昨夕尚共杯酌，母谓：‘汝夫妇少不更事[36]。明日大哥来，吾无虑矣。’早旦入室，则阒无人矣。”兄弟闻之，顿足悲哀。仲仙犹欲追觅，孟仙以为无益，乃止。是科仲领乡荐。以晋中祖墓所在，从兄而归，犹冀父母尚居人间，随在探访，而终无踪迹矣。

异史氏曰：“钻穴[37]眠榻，其意则痴；凿壁骂翁，其行则狂。仙人之撮合之者，惟欲以长生报其孝耳。然既混迹人间，狎生子女，则居而终焉，亦何不可？乃三十年而屡弃其子，抑独何哉？异已！”

校注

1 〔县尉〕县尉，官名。秦汉县令、县长下置尉，掌一县治安。历代因之。明废县尉，留典史掌尉事，后因称典史为“县尉”。《商君书·境内》：“故爵为大夫，爵中而为县尉。”

2 〔入泮〕谓考中秀才。详见卷一《婴宁》注。

3 〔评事〕官名。汉置廷尉平，与廷尉正、廷尉监同掌决断疑狱。隋改为评事，属大理寺。明清分左右评事各一人，正七品。

4 〔何仙姑〕传说中八仙之一。宋魏泰《东轩笔录》十四：“永州有何氏女，幼遇异人，与桃食之，遂不饥，无漏，自是能逆知人祸福。乡人神之，为构楼以居，世谓之何仙姑。士大夫之好奇者多谒之，以问休咎。”

5 〔委禽〕此指求婚。

6 〔略无隔阂〕谓没有受到一点阻力。隔阂，阻隔。

7 〔抗（yǎn 掩）〕摇动。

8 〔靦然〕惭愧貌。

9 〔诘旦〕明早。详见卷一《陆判》注。

10 〔若小〕这小孩。

11 〔中情〕内心。屈原《离骚》：“荃不察余之中情兮，反信谗而齌怒。”

12 〔梦梦〕不明，谓一无所知。《诗经·小雅·正月》：“民今方殆，视天梦梦。”

13 〔交股〕谓相抱而眠。

14 〔披诉〕陈诉。唐李德裕《赐党项敕书》：“诸部怀冤而有所披诉。”此指张扬宣传。

15 〔秦中〕今之陕西省。陕西为古之秦国，故称曰秦中。唐白居易有诗《秦中吟》。

16 〔中寝〕谓事情进行中停止。寝，息止。

17 〔教谕〕学官名。元、明、清县学置教谕，掌文庙祭祀，教育所属生员。

18 〔纳币〕即古代婚礼六礼中的纳征。纳吉之后，男家择日具书，遣人送聘礼于女家，女家收礼复书，婚姻乃定。俗称“过定”或“换柬”。《春秋·庄公二十二年》：“冬，公如齐纳币。”

19 〔乳保〕乳母，保姆。《文苑英华·李德林〈天命论〉》：“幼在乳保之怀，忽睹为龙，惧而失抱。”

20 〔逆害饮食〕气逆而妨饮食。《后汉书·皇后纪下·顺烈梁皇后》：“朕素有心下气结，从闲以来，加以浮肿，逆害饮食。”

21 〔跛踦（bǒqī簸欺）〕脚有毛病，行走不稳。汉焦赣《易林·泰之复》：“跛踦相随，日暮牛罢。”

22 〔汲汲〕心情急迫。《礼记·问丧》：“其往送也，望望然，汲汲然，如有追而弗及也。”

23 〔周张〕犹惆怅。明袁宏道《湖上别同方子公赋》之三：“醉中发狂思，醒后益周张。”

24 〔夕暾（tūn吞）〕夕阳。暾，本指日初出，此指渐落之夕阳。

25 〔冥堕〕在昏暗中掉落。

26 〔螬行〕像蛴螬一样行动。螬，蛴螬。

27 〔缸烛〕灯火。缸，同“釭”，灯，油灯。南朝梁元帝《草名诗》：“金钱买含笑，银缸影梳头。”

28 〔抱袪〕抱其手。袪，袖口。

29 〔别业〕本宅外另建的园林。详见卷一《成仙》注。

30 〔扶榇归窆（biǎn匾）〕扶棺归而埋葬之。窆，埋葬。《周礼·地官·乡师》：“及窆，执斧以莅匠师。”

31 〔守庐墓〕谓服丧期间，在先人墓旁结草庐，以守护其墓。

32 〔以拔贡入北闱〕以拔贡的资格，参加顺天府乡试。拔贡，科举制度中，选拔贡于国子监生员的一种。清朝初年，六年一次，由各省学政选拔文行兼优的生员，贡入京师，称为拔贡生，简称“贡生”。北闱，清朝顺天（今北京市）乡试，称“北闱”。

33 〔同号生〕考场中同一号舍的考生。号，号舍。北闱贡监按所在省编为南皿、北皿。山西属北皿。“贡院”考场内分若干巷（亦称“小巷”），巷口有号门；小巷内又建成排号舍，按《千字文》编号，如“设字号”、“席字号”，每个考生占用一间号舍。考生入门，即关门闸。号舍，为考生日间考试、夜间住宿之所。

34 〔廪生〕即“廪膳生员”。详见卷一《考城隍》注。

35 〔高、曾并严、慈〕即高祖、曾祖与父母。严为父，慈为母。

36 〔少不更事〕谓年少不太懂事。更事，懂事。《晋书·周顗传》：“顗曰：‘君少年未更事。’”

37 〔钻穴〕指挖洞。《孟子·滕文公下》：“钻穴隙相窥，逾墙相从，则父母国人皆贱之。”

镜 听

益都郑氏兄弟，皆文学士[1]。大郑早知名，父母尝过爱之，又因子并及其妇；二郑落拓，不甚为父母所欢，遂恶次妇，至不齿礼[2]：冷暖相形，颇存芥蒂[3]。次妇每谓二郑："等男子耳，何遂不能为妻子争气？"遂摈弗与同宿。于是二郑感愤，勤心锐思，亦遂知名。父母稍优顾之，然终杀于兄[4]。次妇望夫綦切，是岁大比[5]，窃于除夜[6]以镜听卜[7]，有二人初起，相推为戏，云："汝也凉凉去！"妇归，凶吉不可解，亦置之。闱后，兄弟皆归，时暑气犹盛，两妇在厨下炊饭饷耕[8]，其热正苦。忽有报骑[9]登门，报大郑捷，母入厨唤大妇曰："大男中式[10]矣！汝可凉凉去。"次妇忿恻，泣且炊。俄又有报二郑捷者，次妇力掷饼杖而起，曰："侬[11]也凉凉去！"此时中情所激，不觉出之于口，既而思之，始知镜听之验也。

异史氏曰："贫穷则父母不子[12]，有以也哉！庭帏[13]之中，固非愤激之地，然二郑妇激发男儿，亦与怨望无赖者殊不同科[14]，投杖而起，真千古之快事也！"

校注

1 〔文学士〕泛指有学问的人。

2 〔不齿礼〕不以常礼相待。齿，并列。

3 〔芥蒂〕本指细小的梗塞物。此比喻积于心中感情上的隔阂。宋苏轼《与王定国书》："今得来教，既不见弃绝，而能以道自遣，无丝发芥蒂。"

4 〔杀于兄〕不如兄。杀，衰微，凋零。《吕氏春秋·长利》："是故地日削，子孙弥杀。"高诱注："杀，衰也。"

5 〔大比〕明清时科举考试之乡试称"大比"。大比，本为周制，乡大夫定期对乡吏考绩的制度。《周礼·地官·乡大夫》："三年则大比，考其德行道艺，而兴贤者能者。"

6 〔除夜〕谓除夕之夜。

7 〔以镜听卜〕又称"镜卜"。古代人的一种占卜方法。唐王建《镜听词》："重重摩挲嫁时镜，夫婿远行凭镜听。"宋朱弁《曲洧旧闻》九："王建集有《镜听词》，谓怀镜于通衢间听往来之言，以占休咎。近世人怀杓以听，亦犹是也。又有无所怀而直以耳听之者，谓之神卜，盖以有心听无心也。"又吴景旭《历代诗话》五十："余观李廓亦有《镜听词》云：'匣中取镜词灶王。'盖听者必先灶前跪拜，按鬼谷子卜灶法，元旦之夕，泛指爨室，置香镫于灶门，注水满铛，置杓于水，虔礼拜视，拨杓使旋，随柄所指之方，抱镜出门，密听人言。"

8 〔饷耕〕给在地里干活人送饭。饷，送饭。

9 〔报骑（jì计）〕科举时代乡、会试榜发后，有专人用快马将报条（考中的喜讯）送到中式人家中，称"报骑"，又称"报马"。

10 〔中式〕科举时代考试被录取，称"中式"。《明史·选举志二》："三年大比，以诸生试之直省，曰乡试，中式者为举人。"

11 〔侬（nóng 农）〕我。

12 〔贫穷则父母不子〕贫穷了，父母对自己的儿子，也不当儿子对待。《战国策·秦策一》："苏秦曰；'嗟乎！贫穷则父母不子，富贵则亲戚畏惧，人生世上，势位富贵，盖可忽乎哉！'"

13 〔庭帏〕当为"庭闱"，指父母居室。

14 〔殊不同科〕很不相同。科，类别。

牛癀

陈华封，蒙山[1]人，以盛暑烦热，枕藉[2]野树下。忽一人奔波而来，首着围领，疾趋树阴，掬石[3]为坐[4]，挥扇不停，汗下如流沈。陈起座，笑曰："若除围领，不扇可凉。"客曰："脱之易，再着难也。"就与倾谈，颇极蕴藉，既而曰："此时无他想，但得冰浸良酝，一道冷芳，度下十二重楼[5]，暑气可清一半。"陈笑曰："此愿易遂，仆当为君偿之。"因握手曰："寒舍伊迩[6]，请即迁步。"客笑而从之。至家，出藏酒于石洞，其凉震齿，客大悦，一举十觥。

日已就暮，天忽雨，于是张灯于室，客乃解除领巾，相与磅礴[7]。语次，见客脑后时漏灯光，疑之。无何，客酩酊，眠榻上，陈移灯窃窥之，见耳后有巨穴，盏大，数道厚膜间鬲如棂，棂外耎革垂蔽，中似空空。骇极，潜抽髻簪，拨膜觇之，有一物状类小牛，随手飞出，破窗而去。益骇，不敢复拨。方欲转步，而客已醒，惊曰："子窥见吾隐矣！放牛癀[8]出，将为奈何？"陈拜诘其故，客曰："今已若此，尚复何讳！实相告：我六畜[9]瘟神耳。适所纵者牛瘟，恐百里内牛无种矣。"陈故以养牛为业，闻之大恐，拜求术解，客曰："余且不免于罪，其何术之能解？惟苦参散[10]最效，其广传此方，勿存私念可也。"言已，谢别出门，又掬土堆壁龛[11]中，曰："每用一合[12]亦效。"拱手即不见。

无何，牛果病，瘟疫大作。陈欲专利，秘其方，不肯传，惟传其弟，弟试之神验，而陈自剉啖牛，殊罔所效。有牛二百蹄躈[13]，倒毙殆尽，遗老牝牛四五头，亦逡巡[14]就死，中心懊恼，无所用力。忽忆龛中掬土，念未必效，姑妄投之，经夜，牛乃尽起，始悟药之不灵，乃神罚其私也。后数年，牝牛繁育，渐复其故。

校注

1　〔蒙山〕在山东费县、平邑和蒙阴三县交界处，逶迤一百二十里。

2　〔枕藉〕随意枕卧。苏轼《前赤壁赋》："相与枕藉乎舟中，不知东方之既白。"

3　〔掬石〕双手搬石。掬，双手捧。

4　〔坐〕据二十四卷本，原抄本作"座"。

5　〔十二重（chóng 虫）楼〕道家指人的喉咙管。《金丹诸真元奥》："问曰：'何十二重楼？'答曰：'人之喉咙管，有十二节是也。'"

6 〔伊迩〕近，不远。《诗经·邶风·谷风》："不远伊迩，薄送我畿。"

7 〔相与磅礴〕同"旁礴"。谓不拘形骸、天南地北地高谈阔论。《庄子·逍遥游》："之人也，之德也，将旁礴万物，以为一世蕲乎乱。"

8 〔牛瘟（huáng 皇）〕即牛瘟。瘟，瘟疫。

9 〔六畜〕习惯称马、牛、羊、鸡、犬、豕为六畜。《左传·昭公二十五年》："为六畜、五牲、三牺以奉五味。"注："六畜，马、牛、羊、鸡、犬、豕。"

10 〔苦参散〕其方为苦参、丹参、蛇床子三味配伍。其功效，祛风除湿，杀虫止痒，解毒。此方，似无治牛瘟之瘟的说法。

11 〔壁龛（kān 堪）〕壁上作龛形，用以盛物。

12 〔一合（gě 葛）〕我国容量单位，一升的十分之一。

13 〔二百蹄躈（qiào 峭）〕四十头牛。蹄躈，以牲畜的肛门与蹄的数量，代指牲畜的头数。详见卷一《促织》注。

14 〔逡巡〕顷刻。

金姑夫

会稽[1]有梅姑祠，神故马姓，族居东莞[2]，未嫁而夫早死，遂矢志不醮，三旬而卒。族人祠之，谓之梅姑。丙申[3]，上虞[4]金生，赴试经此，入庙徘徊，颇涉冥想。至夜，梦青衣来，传梅姑命招之，从去，入祠，梅姑立候檐下，笑曰："蒙君宠顾，实切依恋。不嫌陋拙，愿以身为姬侍[5]。"金唯唯。梅姑送之曰："君且去，设座成，当相迓[6]耳。"醒而恶之。是夜，居人梦梅姑曰："上虞金生，今为吾婿，宜塑其像。"诘旦，村人语梦悉同。族长恐玷其贞，以故不从。未几，一家俱病，大惧，为肖像于左。既成，金生告妻子曰："梅姑迎我矣。"衣冠而死。妻痛恨，诣祠指女像秽骂，又升座批颊数四，乃去。今马氏呼为金姑夫。

异史氏曰："未嫁而守，不可谓不贞矣。为鬼数百年，而始易其操[7]，抑何其无耻也？大抵贞魂烈魄，未必即依于土偶，其庙貌[8]有灵，惊世而骇俗者，皆鬼狐凭之耳。"

校注

1 〔会稽〕旧县名。隋置，明清时与山阴并为浙江绍兴府治，即今之浙江绍兴市。

2 〔东莞（guǎn 馆）〕治所在山东沂水县。详见卷三《诗谳》注。

3 〔丙申〕清世祖福临顺治十三年（1656）。

4 〔上虞〕县名。故城在今浙江上虞县西。明清皆属浙江绍兴府。

5 〔姬侍〕侍妾。《北齐书·上洛王思宗传》："便纵酒肆情，广纳姬侍。"

6 〔相迓（yà 亚）〕相迎接。迓，迎接。

7 〔操〕志节，品行。《孟子·滕文公下》："充仲子之操，则蚓而后可者也。"

8 〔庙貌〕指庙宇与神像。《诗经·周颂·清庙序》：郑玄笺："庙之言貌也，死者精神不可得而见，但以生时之居，立宫室象貌为之耳。"

梓潼令

常进士大忠，太原[1]人，候选在都[2]。前一夜，梦文昌[3]投刺，拔签，得梓潼令，奇之。后丁艰[4]归，服阕[5]候补，又梦如前，默思岂复任梓潼乎？已而果然。

校注

1 〔太原〕府名。唐置，治晋阳。宋移并州治阳曲，后遂为太原府。清为山西省治。即今之山西省太原市。

2 〔候选在都〕即在京都等候吏部委任。候选，清制，京官自郎中以下，地方官自道员以下，凡初由考试或捐纳入仕，以及原官因故开缺依例起复，皆须赴吏部报到，听候依法选用，称“候选”。清李渔《比目鱼·荣发》：“且喜乡、会两场，俱已报捷，只是未曾补官，还在京师候选。”

3 〔文昌〕星宿名。此指梓潼帝君。详见卷三《于去恶》注。

4 〔丁艰〕旧时遭父母之丧为“丁艰”。父死为“丁外艰”，母死为“丁内艰”。丁艰期间应在家守孝三年，不服官、不应试、不婚娶。

5 〔服阕（què 雀）〕服丧期满，除去丧服。详见卷三《胭脂》注。

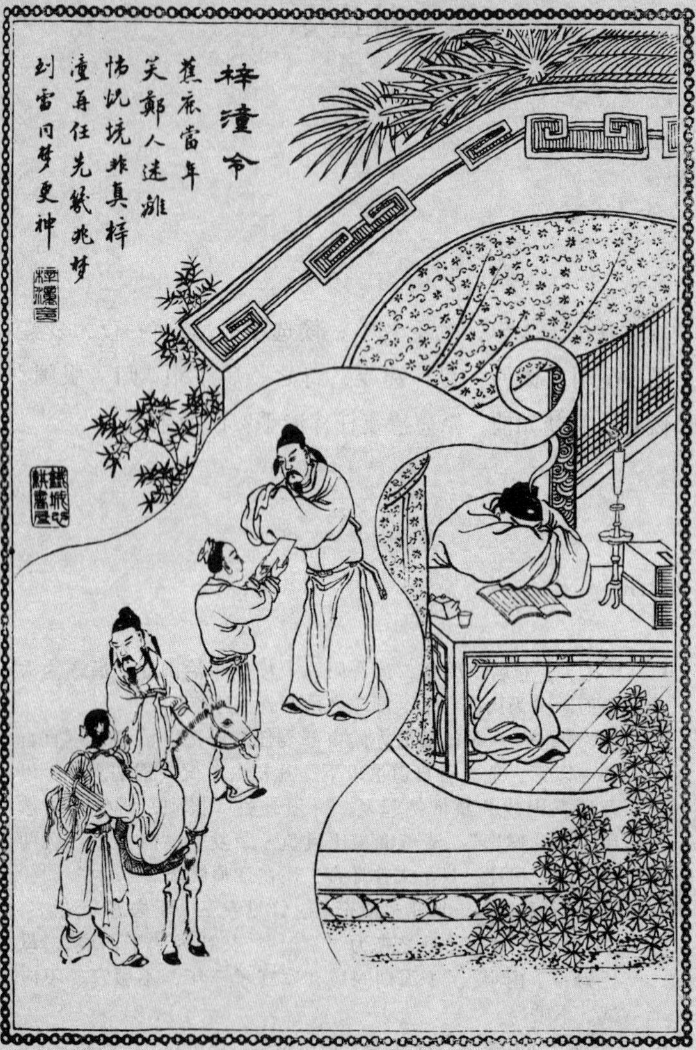
梓潼令
蕉底當年
笑鄭人迷離
惝恍境非真梓
潼再任先徵兆夢
到雷同夢更神

胡四娘

程孝思，剑南[1]人，少慧能文。父母俱早丧，家赤贫，无衣食业，求佣为胡银台司笔札。胡公试使文，大悦之，曰："此不长贫，可妻也。"银台有三子四女，皆褓中论亲于大家，止有少女四娘，孽出[2]，母早亡，笄年未字[3]，遂赘程。或非笑之，以为惛髦之乱命[4]，而公弗之顾也。除馆馆生，供备丰隆。群公子鄙不与同食，婢仆咸揶揄焉。生默默不较短长，研读甚苦，众从旁厌讥之，程读弗辍，群又以鸣钲锽聒[5]其侧，程携卷去，读于闺中。

初，四娘之未字也，有神巫知人贵贱，遍观之，都无谀词，惟四娘至，乃曰："此真贵人也！"及赘程，诸姊妹皆呼之"贵人"以嘲笑之，而四娘端重寡言，若罔闻知，渐至婢媪亦率相呼。四娘有婢名桂儿，意颇不平，大言曰："何知吾家郎君便不作贵官耶？"二姊闻而嗤之曰："程郎如作贵官，当抉我眸子[6]去！"桂儿怒而言曰："到尔时，恐不舍得眸子也！"二姊有婢春香曰："二娘食言，我以两睛代之。"桂儿益恚，击掌为誓曰："管教两丁[7]盲也！”二姊忿起语侵，立批之，桂儿号哗。夫人闻知，即亦无所可否，但微哂焉。桂儿噪诉四娘，四娘方绩，不怒亦不言，绩自若。会公初度[8]，诸婿皆至，寿仪充庭，大妇嘲四娘曰：“汝家祝仪何物？”二妇曰：“两肩荷一口[9]！”四娘坦然，殊无惭怍。人见其事事类痴，愈益狎之，独有公爱妾李氏，三姊所自出也，恒礼重四娘，往往相顾恤[10]，每谓三娘曰：“四娘内慧外朴，聪明浑而不露[11]，诸婢子皆在其包罗中而不自知。况程郎昼夜攻苦，夫岂久为人下者？汝勿效尤[12]，宜善之，他日好相见也。”故三娘每归宁，加意相欢。

是年，程以公力，得入邑庠。明年，学使科试[13]士，而公适薨，程缞哀如子，未得与试。既离苫块[14]，四娘赠以金，使趋入遗才籍[15]，嘱曰：“曩久居，所不被呵逐者，徒以有老父在，今万分不可矣！倘能吐气，庶回时尚有家耳。”临别，李氏及三娘赂遗优厚。程入闱，砥志研思[16]，以求必售，无何，放榜，竟被黜。愿乖气结，难于旋里，幸囊资小泰[17]，携卷入都，时妻党[18]多任京秩[19]，恐见诮讪，乃易旧名，诡托里居，求潜身于大人之门。东海李兰台[20]见而器之，收诸幕中，资以膏火[21]，为之纳贡[22]，使应顺天举，连战皆捷，授庶吉士[23]。自乃实言其故，李公假千金，先使纪纲赴剑南，为之治第，时胡大郎以父亡空匮，货其沃墅，因购焉。既成，然后贷舆马，往迎四娘。

先是，程擢第后，有邮报[24]者，举宅皆恶闻之，又审其名字不符，叱去之。适三郎完婚，戚眷登堂为馔[25]，姊妹诸姑咸在，惟四娘不见招于兄嫂，忽一人驰入，呈程寄四娘函信，兄弟发视，相顾失色。筵中诸眷客，始请见四娘。姊妹惴惴，惟恐四娘衔恨不至，无何，翩然竟来。申贺者，捉坐者，寒暄者，喧杂满屋。耳有听，听四娘；目有视，视四娘；口有道，道四娘也，而四娘凝重如故。众见其靡所短长[26]，稍就安帖，于是争把盏酌四娘。方宴笑间，门外啼号甚急，群致怪问。俄见春香奔入，面血沾染，共诘之。哭不对，二娘呵之，始泣曰："桂儿逼索眼睛，非解脱，几抉去矣！"二娘大惭，汗粉交下。四娘漠然，合坐寂无一语，客始告别。四娘盛妆，独拜李夫人及三姊，出门登车而去。众始知买墅者，即程也。四娘初至墅，什物多阙，夫人及诸郎各以婢仆、器具相赠遗，四娘一无所受，惟李夫人赠一婢，受之。居无何，程假归展墓[27]，车马扈从如云，诣岳家，礼公柩，次参李夫人。诸郎衣冠既竟，已升舆矣。胡公殁，群公子日竞资财，柩置弗顾，数年，灵寝[28]漏败，渐将以华屋作山丘[29]矣。程睹之悲，竟不谋于诸郎，刻期营葬，事事尽礼，殡日，冠盖相属，里中咸嘉叹焉。程十余年历秩清显[30]，凡遇乡党[31]厄急，罔不极力。

二郎适以人命被逮，直指巡方[32]者，为程同谱[33]，风规[34]甚烈，浼妇翁王观察函致之，殊无裁答，益惧。欲

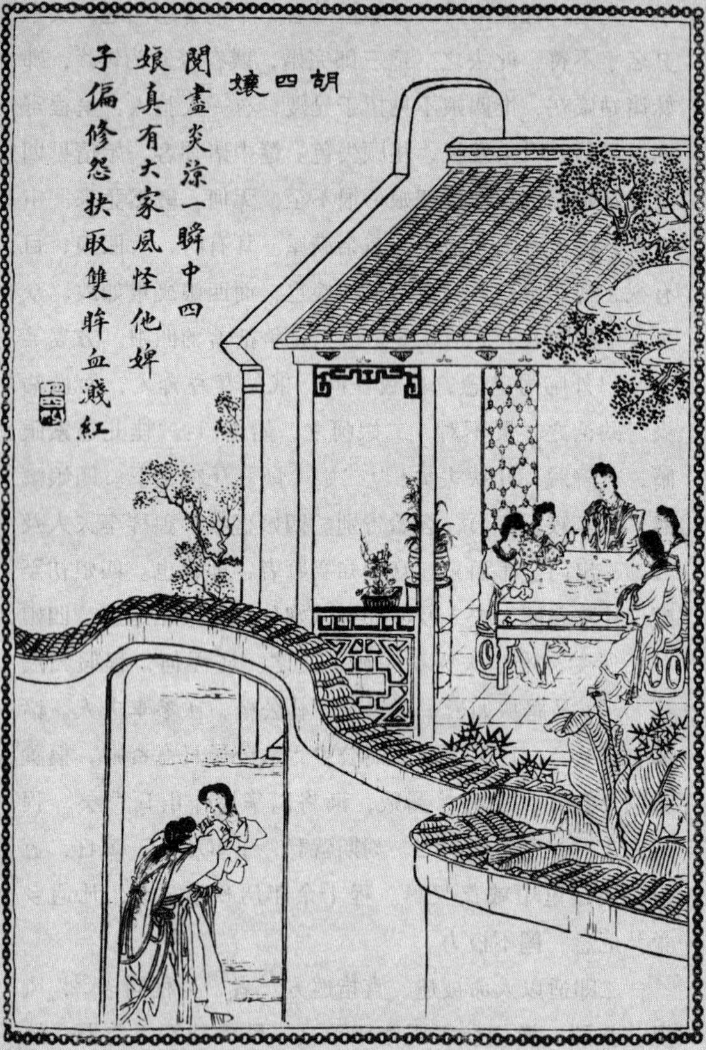
胡四孃
閱盡炎涼一瞬中四
娘真有大家風怪他婢
子偏修怨扶取雙眸血濺紅

往求妹，而自觉无颜，乃持李夫人手书往。至都，不敢遽进，觑程入朝，而后诣之，冀四娘念手足之义，而忘睚眦之嫌。阍人既通，即有旧媪出，导入厅事[35]，具酒馔，亦颇草草。食毕，四娘出，颜色温霁，问："大哥人事大忙，万里何暇枉顾？"大郎五体投地，泣述所来，四娘扶而笑曰："大哥好男子，此何大事，直复尔尔？妹子一女流，几曾见呜呜向人？"大郎乃出李夫人书。四娘曰："诸兄家娘子，都是天人，各求父兄，即亦可了，何至奔波到此？"大郎无词，但顾哀之，四娘作色曰："我以为跋涉来省妹子，乃以大讼来求贵人耶！"拂袖径入。大郎惭愤而出，归家详述，大小罔不诟詈，李夫人亦谓其忍。逾数日，二郎释放宁家[36]，众大喜，方笑四娘之徒取怨谤也。俄四娘遣价候李夫人，唤入，仆陈金币，言："夫人为二舅事，遣发甚急，未遑字覆[37]，聊寄微仪，以代函信。"众始知二郎之归，乃程力也。后三娘家渐贫，程施报逾于常格，又以李夫人无子，迎养若母焉。

校注

1 〔剑南〕唐贞观置十道之一，以在剑阁之南而得名，治所在益州（今四川成都）。所辖地域约在今四川中部地区。

2　〔孽出〕妾媵所生子女。《孟子·尽心上》："独孤臣孽子，其操心也危，其虑患也深。"

3　〔笄年未字〕年已及笄，还未许人。笄，女子成年之礼。详见卷一《董生》注。

4　〔惛耄之乱命〕年老神志不清时所说的话。惛耄，同"昏耄"，谓年老神志不清。乱命，人在病危昏迷时的遗言，后泛指荒诞乖理之命令。

5　〔鸣钲（zhēng 征）锽聒〕谓敲打锣鼓声音震耳。钲，铜锣。锽，钟鼓。聒，嘈杂。

6　〔抉我眸子〕挖我的眼睛。抉，挖。眸，眼珠。

7　〔两丁〕两个。

8　〔初度〕指生日。详见卷二《莲香》注。

9　〔两肩荷一口〕谓两肩扛一张嘴。荷，扛。

10　〔顾恤〕照顾体恤。

11　〔浑而不露〕质朴不露锋芒。

12　〔效尤〕明知其错，而仿效之。《左传·庄公二十一年》："郑伯效尤，其亦将有咎。"尤，过错。

13　〔科试〕即科考。详见卷一《叶生》注。

14　〔既离苫（shān 山）块〕谓居丧服满。苫块，"寝苫枕块"的缩语。古时居父母之丧，以草垫为席，以土块为枕。《礼记·丧服大记》："居倚庐，寝苫枕块。"

15　〔入遗才籍〕指参加录遗考试，以取得参加乡试资格。遗才，清代于每届乡试前举行科试，应试生员考在一二等及三等前十名者，得参加乡试。三等十名以下及因故未参加科试的生员，得再参加录科考试。录科考试未取及因故未参加者，可参加录遗考试，经录科考试和录遗考试录取者，与科试录取者具有同等资格参加乡试。录遗考试亦称"遗才试"。

16　〔砥志研思〕专心致志，深思钻研；即用心做文章。砥，磨炼。研思，精深的思考。南朝梁钟嵘《诗品·总论》："昔曹、刘殆文章之圣，陆、谢为体贰之才，锐精研思，千百年中，而不闻宫商之辨，四声之论。"

17 〔小泰〕比较宽裕。泰，宽裕。

18 〔妻党〕谓妻子的亲族。《晏子春秋·杂下》："且臣以君之赐，父之党无不乘车者，母之党无不足于衣食者，妻之党无冻馁者。"

19 〔京秩〕京官。秩，官职。《左传·文公六年》："委以常秩。"杜预注："常秩，官司之常职。"

20 〔兰台〕指御史。兰台为汉代宫内藏图书之处，以御史中丞掌之，故后世别称御史为"兰台"。

21 〔膏火〕灯油。此指求学之费用。

22 〔纳贡〕明清两代准许捐纳钱财得入国子监肄业。以生员身份捐纳的监生为"纳贡"，以普通人身份捐纳的监生为"例监"。

23 〔庶吉士〕官名。明初置庶吉士，永乐朝隶于翰林院，以进士之擅长文学及书法者充任，取《尚书·立政》"庶常吉士"之义，故庶吉士亦称"庶常"。清代置庶常馆于翰林院，进士殿试后朝考前列者，得选用为庶吉士。肄业三年期满经考试，按等第分别授职，谓之散馆。二甲进士授编修，三甲授检讨；不入选者内用六部主事、内阁中书或外用知县。

24 〔邮报〕传送喜报的。

25 〔为馔（nuǎn 暖）〕亦称"馔女"。谓旧时女儿嫁后三日，母家馈送食品或办酒宴祝贺。宋邵博《闻见后录》："检字书《博雅》中出"馔"字，注云：'女嫁三日，饷食为馔女。'始知俗间馔女云者，自有本字。"

26 〔靡所短长〕无所计较。靡，无。

27 〔展墓〕省视坟墓。《礼记·檀弓上》："去国，则哭于墓而后行。反其国不哭，展墓而入。"

28 〔灵寝〕寄放灵柩的内堂。详见卷二《连城》注。

29 〔华屋作山丘〕华屋，高大而华美的屋宇。山丘，坟墓。《文选·曹植〈箜篌引〉》："生于华屋处，零落归山丘。"

30 〔历秩清显〕历任官位尊显，职司重要。清显，指官位显贵。《文选·沈约〈奏弹王源文〉》："祖少卿，内侍帷幄。父璿，升采储闱，亦居清显。”

31 〔乡党〕犹乡里。《论语·乡党》：“孔子于乡党，恂恂如也，似不能言者。”

32 〔直指巡方〕直指，汉武帝时朝廷设置的专管巡视、处理各地政事的官员，也称“直指使者”；因出巡时穿着绣衣，故又称“绣衣直指”，或称“直指绣衣使者”。《明史·职官志二》又载明代派监察御史巡按各省，按藩服大臣府州县官。大事奏裁，小事立断。按临所至，审录罪囚，吊刷案卷，有故出入者办之，称“巡方御史”。此为临时之职，其职能与前类同。

33 〔同谱〕同一宗族。谱，为记述宗族世系的谱牒。

34 〔风规〕谓风操、法度。南朝陈徐陵《别毛永嘉》：“愿子厉风规，归来振羽仪。”

35 〔厅事〕官署视事问案的厅堂。古称“听事”。宋陆游《入蜀记》卷四：“州治陋甚，厅事仅可容数客。”

36 〔宁家〕回家。元李行道《灰阑记》第二折：“这事问成了也，干证人都着宁家去。”

37 〔未遑字覆〕未来得及回信。

鬼津

李某昼卧，见一妇人自墙中出，蓬首如筐[1]，发垂蔽面，至床前，始以手自分，露面出，肥黑绝丑。某大惧，欲奔，妇猝然登床，力抱其首，便与接唇，以舌度津，冷如冰块，浸浸入喉[2]，欲不咽而气不能息，咽之稠黏塞喉。才一呼吸，而口中又满，气急复咽之，如此良久，气闭不可复忍。闻门外有人行声，妇始释手去。由此腹胀喘满，数日不食。或教以参芦汤[3]探吐之，吐出物如卵清，病乃瘥。

校注

1 〔蓬首如筐〕头发蓬散如草筐。蓬首，发乱如草。详见卷一《姊妹易嫁》注。

2 〔浸浸入喉〕渐渍入咽喉。

3 〔参芦汤〕为中医之汤头，参芦散之煎剂。主要有二味人参与芦根。治痰涎壅盛，胸膈满闷。

仙人岛

王勉，字黾斋，灵山[1]人，有才思，屡冠文场，心气颇高，善诮骂，多所凌折[2]。偶遇一道士，视之曰："子相极贵，然被'轻薄孽[3]'折除几尽矣。以子智慧，若反身修道，尚可登仙藉。"王嗤曰："福泽诚不可知，然世上岂有仙人！"道士曰："子何见之卑？无他求，即我便是仙耳。"王益笑其诬。道士曰："我何足异。能从我去，真仙数十可立见之。"问："在何处？"曰："咫尺耳。"遂以杖夹股间，即以一头授生，令如己状，嘱合眼，呵曰："起！"觉杖粗如五斗囊，凌空翕飞[4]，潜扪之，鳞甲齿齿[5]焉。骇惧，不敢复动，移时，又呵曰："止！"即抽杖去，落巨宅中，重楼延阁[6]，类帝王居，有台高丈余，台上殿十一楹，弘丽无比。道士曳客上，即命童子设筵招宾。殿上列数十筵，铺张炫目。道士易盛服以伺。少顷，诸客自空中来，所骑或龙、或虎、或鸾凤，不一其类，又各携乐器。有女子，有丈夫，皆赤其两足，中独一丽者，跨彩凤，宫样妆束，有侍儿代抱乐具，长五尺以来，非琴非瑟，不知何名。酒既行，珍肴杂错，入口甘芳，并异常馐。王默然寂坐，惟目注丽者，心爱其人，而又欲闻其乐，窃恐其终不一弹。酒阑，一叟倡言曰："蒙崔真人雅召，今日可云盛会，自宜尽欢。请以器之同者，共队为曲[7]。"于是各合配旅[8]，丝竹之声，响彻云汉。独有跨凤者，乐伎无偶。群声既歇，侍儿始启绣囊，横陈几上，女乃舒玉腕，如挡筝状[9]，其亮数倍于琴，烈足开胸，柔可荡魄，弹半炊许，合殿寂然，无有咳者，既阕[10]，铿尔[11]一声，如击清磬。共赞曰："云和夫人[12]绝调哉！"大众皆起告别，鹤唳龙吟，一时并散。

道士设宝榻锦衾，备生寝处。王初睹丽人，心情已动，闻乐之后，涉想[13]尤劳，念已才调，自合芥拾青紫[14]，富贵后何求弗得，顷刻百绪，乱如蓬麻。道士似已知之，谓曰："子前身与我同学，后缘意念不坚，遂坠尘网，仆不自他于君，实欲拔出恶浊，不料迷晦已深，梦梦[15]不可提悟。今当送君行，未必无复见之期，然作天仙，须再劫[16]矣。"遂指阶下长石，令闭目坐，坚嘱无视。已，乃以鞭驱石，石飞起，风声灌耳，不知所行几许。忽念下方景界，未审何似，隐将两眸微开一线，则见大海茫茫，浑无边际。大惧，即复合，而身已随石俱堕，砰然一响，汩没[17]若鸥。幸夙近海，略谙泅浮，闻人鼓掌曰："美哉跌乎！"危殆方急，一女子援登舟上，且曰："吉利，吉利，秀才'中湿[18]'矣！"视之，年可十六七，颜色艳丽。王出水寒栗，求火燎衣，女子言：“从我至家，当为处置。苟适意，勿相忘。”王曰：“是何言哉！我中原才子，偶遭狼狈，过此图以身报，何但不忘！”女子以棹催艇，疾如风雨，俄已近岸，于舱中携所采莲花一握，导与俱去。

半里入村，见朱户南开，进历数重门，女子先驰入。少间，一丈夫出，是四十许人，揖王升阶，命侍者取冠袍袜履，为王更衣。既，询邦族[19]，王曰：“某非相欺，才名略可听闻。崔真人切切眷爱，招升天阙[20]。自分功名反掌，以故不愿栖隐。”丈夫起敬曰：“此名仙人岛，远绝人世。文若，姓桓。世居幽僻，何幸得近名流。”因而殷勤置酒，又从容而言曰：“仆有二女，长者芳云，年十六矣，只今未遭良匹，欲以奉侗高人，如何？”王意必采莲人，离席称谢。桓命于邻党[21]中，招二三齿德[22]来，顾左右，立唤女郎。无何，异香浓射，美姝十余辈，拥芳云出，光艳明媚，若芙蕖之映朝日。拜已，即坐，群姝列侍，则采莲人亦在焉。酒数行，一垂髫女自内出，仅十余龄，而姿态秀曼，笑依芳云肘下，秋波流动，桓曰：“女子不在闺中，出作何务？”乃顾客曰：“此绿云，即仆幼女，颇慧，能记典坟[23]矣。”因令对客吟诗，遂诵竹枝词[24]三章，娇婉可听。便令傍姊隅坐，桓因谓：“王郎天才，宿构[25]必富，可使鄙人得闻教否？”王慨然颂近体[26]一作，顾盼自雄，中二句云：“一身剩有须眉在，小饮能令块磊消[27]。”邻叟再三诵之。芳云低告曰：“上句是孙行者离火云洞，下句是猪八戒过子母河[28]也。”一座抚掌。桓请其他，王述《水鸟》诗云：“潴头鸣格磔[29]……”忽忘下句，甫一沉吟，芳云向妹呫呫[30]耳语，遂掩口而笑。绿云告父曰：“渠为姊夫续下句矣，云：‘狗腚响弸巴[31]。’”合席粲然，王有惭色。桓顾芳云，怒之以目。王色稍定，桓复请其文艺[32]，王意世外人必不知八股业[33]，乃炫其冠军之作，题为“孝哉闵子骞”二句[34]，破[35]云：“圣人赞大贤之孝……”绿云顾父曰：“圣人无字门人者[36]，‘孝哉……’一句，即是人言。”王闻之，意兴索然。桓笑曰：“童子何知！不在此，只论文耳。”王乃复诵，每数句，姊妹必相耳语，似是月旦之词[37]，但嚅嗫不可辨。王诵至佳处，兼述文宗[38]评语，有云：“字字痛切。”绿云告父曰：“姊云：‘宜删切字。’”众都不解。桓恐其语嫚，不敢研诘。王诵毕，又述总评，有云：“羯鼓一挝[39]，则万花齐落。”芳云又掩口语妹，两人皆笑不可仰，绿云又告曰：“姊云：‘羯鼓当是四挝。’”众又不解。绿云启口欲言，芳云忍笑呵之曰：“婢子敢言，打煞矣！”众大疑，互有猜论，绿云不能忍，乃曰：“去‘切’字，言‘痛’则‘不通’[40]。鼓四挝，其声云‘不通又不通’也。”众大笑。桓怒诃之，因而自起泛卮[41]，谢过不遑。王初以才名自诩，目中实无千古，至此神气沮丧，徒有汗淫。桓谀而慰之曰：“适有一言，请席中属对[42]焉：王子身边，无有一点不似玉。”众未措想，绿云应声曰：“黾翁头上，再着半夕即成龟。”芳云失笑，呵笑扭胁肉数四。绿云解脱而走，回顾曰：“何预汝事！汝骂之频频，不以为非，宁他人一句，便不许耶？”桓咄之，始笑而去。

邻叟辞别，诸婢导夫妻入内寝，灯烛屏榻，陈设精备。又视洞房中，牙签满架[43]，靡书不有，略致问难，响应无穷。王至此，始觉望洋堪羞[44]。女唤“明珰”，则采莲者趋应，由是始识其名。屡受诮辱，自恐不见重于闺闼，幸芳云语言虽虐，而房帏之内，犹相爱好。王安居无事，辄复吟哦，女曰：“妾有良言，不知肯嘉纳否？”问：“何言？”曰：“从此不作诗，亦藏拙之一法也。”王大惭，遂绝笔。久之，与明珰渐狎，告芳云曰：“明珰与小生有拯命之德，愿少假以辞色。”芳云许之。每作房中之戏，招与共事，两情益笃，时色授而手语之。芳云微觉，责词重叠，王惟喋喋，强自解免。一夕对酌，王以为寂，劝招明珰，芳云不许，王曰：“卿无书不读，何不记‘独乐乐[45]’数语？”芳云曰：“我言君不通，今益验矣。句读[46]尚不知耶？‘独要，乃乐于人要；问乐，孰要乎？曰：不。[47]’”一笑而罢。

适芳云姊妹赴邻女之约，王得间，急引明珰，绸缪备至，当晚，觉小腹微痛，痛已，而前阴尽缩，大惧，以告芳云，云笑曰：“必明珰之恩报矣！”王不敢隐，实供之。芳云曰：“自作之殃，实无可以方略[48]。既非痛痒，听之可矣。”数日不瘳，忧闷寡欢。芳云知其意，亦不问讯，但凝视之，秋水盈盈，朗若曙星，王曰：“卿所谓‘胸中正，则眸子瞭焉’[49]。”芳云笑曰：“卿所谓‘胸中不正，则瞭子眸焉’，盖‘没有’之‘没’，俗读似‘眸’，故以此戏之也。”王失笑，哀求方剂。曰：“君不听良言，前此未必不疑妾为妒，不知此婢，原不可近，曩实相爱，而君若东风之吹马耳[50]，故唾弃不相怜，无已，为若治之，然医师必审患处。”乃探衣而咒曰：“黄鸟黄鸟，无止于楚[51]！”王不觉大笑，笑已而瘳。

逾数月，王以亲老子幼，每切怀意，以意告女，女曰：“归即不难，但会合无日耳。”王涕下交颐，哀与同归，女筹思再三，始许之。桓翁张筵祖饯[52]，绿云提篮入，曰：“姊姊远别，莫可持赠。恐至海南，无以为家，夙夜代营宫室，勿嫌草创[53]。”芳云拜而受之，近而审谛，则用细草制为楼阁，大如橼[54]，小如橘，约二十余座，每座梁栋榱题[55]，历历可数，其中供帐床榻，类麻粒焉。王儿戏视之，而心窃叹其工。芳云曰：“实与君言：我等皆是地仙[56]，因有夙分，遂得陪从。本不欲践红尘，徒以君有老父，故不忍违，待父天年，须复还也。”王敬诺。桓问：“陆耶？舟耶？”王以风涛险，愿陆。出则车马已候于门。

谢别言迈，行踪骛驶，俄至海岸，王心虑其无途。芳云出素练一匹，望南抛去，化为长堤，其阔盈丈，瞬息驰过，堤亦渐收。至一处，潮水所经，四望辽邈，芳云止勿行，下车取篮中草具，偕明珰数辈，布置如法，转眼化为巨第。并入解装，则与岛中居无稍差殊，洞房内几榻宛然。时已昏暮，因止宿焉。早旦，命生迎养，生命骑趋诣故里，至则居宅已属他姓。问之里人，始知母及妻皆已物故[57]，惟老父尚存，子善博，田产并尽，祖孙莫可栖止，暂僦居于西村。王初归时，尚有功名之念，不恝于怀[58]，及闻此况，沉痛大悲，自念富贵纵可携取，与空花[59]何异。驱马至西村见父，衣服滓敝[60]，衰老堪怜，相见，各哭失声。问不肖子，则出赌未归。王乃载父而还。芳云朝拜已，燂汤请浴，进以锦裳，寝以香舍。又遥致故老与之谈宴，享奉过于世家。子一日寻至其处，王绝之，不听入，但予以廿金，使人传语曰："可持此买妇，以图生业。再来，则鞭打立毙矣！"子泣而去。

王自归，不甚与人通礼，然故人偶至，必延接盘桓，㧑抑[61]过于平时，独有黄子介，夙与同门学，亦名士之坎坷者，王留之甚久，时与秘语，赂遗甚厚。居三四年，王翁卒，王万钱卜兆[62]，营葬尽礼。时子已娶妇，妇束男子严，子赌亦少间矣，是日临丧，始得拜识姑嫜。芳云一见，许其能家，赐三百金为田产之费。翼日，黄及子同往省视，则舍宇全渺，不知所在。

异史氏曰："佳丽所在，人且于地狱中求之，况享受无穷乎？地仙许携姝丽，恐帝阙下虚无人矣，轻薄减其禄籍[63]，理固宜然，岂仙人遂不之忌哉？彼妇之口[64]，抑何其虐也！”

校注

1　〔灵山〕灵山卫，明洪武三十一年（1398）置，在今山东胶南县境。清裁。

2　〔凌折〕欺侮伤害。唐陆龟蒙《怪松图赞序》：“草木之生，安足怪耶？苟肥瘠得于中，寒暑均于外，不为物凌折，未有不挺而茂者也。”

3　〔轻薄孽〕谓行为轻薄的罪孽。

4　〔凌空翕（xī 吸）飞〕升空腾飞。

5　〔齿齿〕排列如齿状有序。唐韩愈《柳州罗池庙碑》：“桂树团团兮，白石齿齿。”

6　〔延阁〕谓附属于主体建筑群的楼阁。柳宗元《永州龙兴寺东丘记》：“因其旷，虽增以崇台延阁，回环日星，临瞰风雨，不可病其敞也。”

7　〔共队为曲〕同为一部列演奏。队，部列。

8　〔各合配旅〕指各种相同乐器，相聚配合有序。旅，次序。《仪礼·燕礼》：“宾以旅酬于西阶上。”郑玄注：“旅，序也。”

9　〔搊（chōu 抽）筝状〕用手拨弄筝的样子。搊，用手指弹拨弦索乐器。《宣和遗事》后集：“一旦奸邪，倾天拆地，忍听搊琶？”

10　〔既阕〕一曲乐奏终了。阕，终了。一曲称一阕。

11　〔铿尔〕演奏琴瑟终了的余音。《论语·先进》：“鼓瑟希，铿尔。”

12 〔云和夫人〕为善琴瑟之仙女名。云和，山名。古取此山所产之材制为琴瑟。《周礼·春官·大司乐》：“孤竹之管，云和之琴瑟。”郑玄注：“云和、空桑、龙门，皆名山。”南朝宋鲍照《拜侍郎上疏》：“不悟乾罗广收，园明兼览，雕瓠饰笙，备云和之品。”

13 〔涉想〕设想，想像。梁何逊《为衡山侯与妇书》：“帐前微笑，涉想犹存。”

14 〔芥拾青紫〕谓得到官位如同在地上拾取草芥一样容易。《汉书·夏侯胜传》：“士病不明经术，经术苟明，其取青紫如俯拾地芥耳。”芥，比喻轻微之物。俯拾地芥，喻不费力。青紫，指贵官显爵。汉制，丞相、太尉金印紫绶，御史大夫银印青绶。

15 〔梦梦（méngméng 蒙蒙）〕昏愦不明。《诗经·小雅·正月》：“民今方殆，视天梦梦。”

16 〔再劫〕再次遭劫数。劫，梵语音译“劫波”的略语。佛经称天地从形成到毁灭为一劫。后泛指遭灾难。

17 〔汩（gǔ 古）没〕沉没。李白《日出入行》：“羲和，羲和！汝奚汩没于荒淫之波。”

18 〔秀才“中湿”〕“中湿”为“中式”之谐音。中式，科举时代指考试被录取。秀才中式，谓考中秀才。

19 〔邦族〕籍贯姓氏。详见卷二《红玉》注。

20 〔天阙〕天宫。

21 〔邻党〕为“邻里乡党”的略词，犹乡党。周制，一万二千五百家为乡，五百家为党。《论语·乡党》：“孔子之于乡党，恂恂如也，似不能言者。”

22 〔齿德〕谓年高德重者。《孟子·公孙丑下》：“天下有达尊三：爵一，齿一，德一。”后以“齿德”指年龄与德行。明瞿佑《归田诗话·钟馗图》：“予视先生犹大父行，而先生不以齿德自居。”

23 〔典坟〕即五典、三坟的简称。《文选·陆机〈文赋〉》：“伫中区以玄览，颐情志于典坟。”

24 〔竹枝词〕乐府名。唐刘禹锡于贞元中在沅湘所创新词。唐人所作多写旅人愁思离绪，或男女恋情，后人所作多写风土人情。形式都是七言绝句。其特点是语言通俗，音调轻快。

25 〔宿构〕谓事先构思。《三国志·魏志·王粲传》：“善属文，举笔便成，无所改定，时人常以为宿构。”

26 〔近体〕指自唐代兴起的格律诗，所谓近体，乃别于古体诗而言。近体诗包括绝句、律诗，句数、字数、平仄和用韵都有严格的规定。

27 〔“一身”二句〕一身之中只剩下眉毛和胡须，稍微饮一点酒就能消却胸中块磊。此“顾盼自雄”的“天才”王郎的佳作，其文不通，到底要说什么？谁也不晓。须眉，多用以表现男子之气概；饮酒，多表现文士之风雅。

28 〔“上句是”二句〕是就上王郎佳作而发。“孙行者离火云洞”，是扣住只剩“须眉”而发。《西游记》第四十一回“心猿遭火败，木母被魔擒”，是说孙悟空在号山村松林涧火云洞被红孩儿妖火所烧。“猪八戒过子母河”，是扣住“小饮”、“块磊消”而发。《西游记》第五十三回“禅主吞餐怀鬼孕，黄婆运水解邪胎”，说猪八戒过西梁女国子母河喝了河水，成了胎气，后来喝了“落胎泉”的水，才将胎气消了。块磊，原作“垒块”，胸中郁结的不平之气。《世说新语·任诞》：“王孝伯问王大（忱）：‘阮籍何如司马相如？’王大曰：‘阮籍胸中垒块，故须酒浇之。’”磊，同“垒”。块磊，即垒块。

29 〔潴（zhū 猪）头鸣格磔（zhé 哲）〕潴，水停聚处。《周礼·地官·稻人》郑玄注：“偃潴者，畜流水之坡也。”即坡塘。格磔，鸟鸣声。唐钱起《江行无题》诗之二六：“只知秦塞远，格磔鹧鸪啼。”

30 〔呫呫（chèchè 撤撤）〕轻声小语。《子华子·神气》：“今世之人，其平居把握，附耳呫呫，相为然约。”

31 〔狗腚响弸（péng 彭）巴〕弸巴，谓放屁声。该句是对王郎前“潴头鸣格磔”而发，意为驴唇不对马嘴，纯属放狗屁。此则，“潴”与“猪”谐音；“猪”与“狗”为联属对仗。

32 〔文艺〕此指八股文。详见卷一《叶生》注。

33 〔八股业〕八股文为明清科举考试文体，也称制艺、制义、时艺、时文或八比。其体源于宋元的经义，明成化以后逐渐定型，历明清两朝，至清光绪末年始废。八股文以“四书”（《论语》、《孟子》、《大学》、《中庸》）命题的称为“书义”；以“五经”（《周易》、《尚书》、《诗经》、《礼记》、《春秋》）命题的称为“经义”。每篇由破题、承题、起讲、入手、起股、中股、后股和束股等部分组成。破题共二句，说破题目的要义。承题用三句或四句，承接破题而进一步说明之。起讲概说全体，为议论的开始。入手为起讲后入手之处。起股、中股、后股和束股这四个段落才是正式的议论，中股为全篇文字的重心。在这四个段落中，每一段落都有两股相比偶的文字，合计有八股，所以称为八股文。凡是学习八股文准备应试的人称为做举业，也称八股业或帖括业。

34 〔题为“孝哉闵子骞”二句〕题见《论语·先进》：“子曰：‘孝哉闵子骞，人不间于其父母昆弟之言。’”闵子骞，名损，鲁人，孔子弟子。

35 〔破〕旧时科考八股文“破题”的省称。唐宋时应举诗赋和经义的起首处，须用几句话说破题目要义，叫“破题”。明清时八股文的头两句，亦沿称“破题”，并成为一种固定的程式。清褚人获《坚瓠七集·何仲默善破》：“何仲默少能文，善于破冒。见者疑之，因出‘梁惠王章句上’一句，命破。即应声曰：‘以国僭窃之主，冠七篇仁义之书。’”

36 〔圣人无字门人者〕圣人，指孔子。字，表字。门人，学生。《论语·先进》：“子曰：‘孝哉闵子骞，人不间于其父母昆弟之言。’”王勉的破题是：“圣人赞大贤之孝……”绿云以“圣人无字门人者”为据，断定“孝哉一句，即是人言”。讥笑王勉题义不清。

37 〔月旦之词〕即“月旦评”。详见卷二《阿宝》注。

38 〔文宗〕即“学政”。详见卷一《考城隍》注。

39 〔羯鼓一挝〕谓羯鼓一敲。羯鼓，古代打击乐一种。起源于印度，南北朝时传入中国，盛行于唐代开元、天宝间。据《通典·乐四》记载：“羯鼓，正如漆桶，两头俱击。出于羯中，故号羯鼓，亦谓之两杖鼓。”唐温庭筠《华清宫》：“宫门深锁无人觉，半夜云中羯鼓声。”挝，敲击。

40 〔言“痛”则“不通”〕我国中医理论，谓“痛则不通”，是指气血不能疏通，则引起气血瘀滞，而产生疼痛。故反之说：“痛则不通。”此以医喻文。

41 〔泛卮〕原义指把酒杯翻转。泛，《集韵》：“方勇切，音捧，覆也。”《史记·吕太后本纪》：“太后怒，乃令酌两卮酖，置前，令齐王起为寿。齐王起，孝惠亦起，取卮欲俱为寿。太后乃恐，自起泛孝惠卮。”指斟满酒。卮，圆形酒器。

42 〔属（zhǔ 主）对〕谓诗之联对。《新唐书·文艺传中·宋之问》：“声势沿顺，属对稳切者为律诗。”

43 〔牙签满架〕谓书函满架。牙签，象牙制的书籍标签。韩愈《送诸葛觉往随州读书》诗：“邺侯家多书，插架三万轴。”

44 〔望洋堪羞〕谓以自己见识浅陋而感到羞愧。望洋，典出《庄子·秋水》：“（河伯）顺流而东行，至于北海，东面而视，不见水端。于是焉河伯始旋其面目，望洋向若而叹曰：‘野语有之曰，闻道百，以为莫己若者，我之谓也。’”后因以比喻眼界大开而感到自己渺小为“望洋兴叹”。

45 〔独乐（yuè 岳）乐（lè 勒）〕《孟子·梁惠王下》：“（孟子）曰：‘独乐乐，与人乐乐，孰乐？’曰：‘不若与人。’”按：“乐乐”，前一“乐”读 yuè，指音乐；后一“乐”读 lè，指快乐。

46 〔句读（dòu 逗）〕也称“句逗”。指读古文时的休止与顿处。文辞语意已尽处用句，未尽处而须停顿处用读。元黄公绍《韵会举要》二六：“凡经书成文语绝处，谓之句；语未绝而点分之，以便诵咏，谓之读。”韩愈《师说》：“彼童子之师，授之书而习其句读者也。”

47 〔“独要”五句〕这是芳云故意把“独乐乐”（见前条）读成破句（字稍有增减）取笑的。淄川土音“音乐”的“乐”读yào，是“要”的谐音。

48 〔方略〕方法，策略。《汉书·霍去病传》：“天子尝欲教之孙吴兵法，对曰：‘顾方略何如耳，不至学古兵法。’”

49 〔“胸中正”二句〕句中“眸子瞭焉”之戏，出于《孟子·离娄上》：“存乎人者，莫良于眸子。眸子不能掩其恶。胸中正，则眸子瞭焉；胸中不正，则眸子眊焉。”朱熹集注：“眸子，目瞳也。瞭，明也。眊，蒙目不明之貌。”瞭同“屪”谐音。《字汇》：“屪，力宵切，音聊，男阴。”故芳云以此为戏。

50 〔若东风之吹马耳〕谓如风吹过马耳边，比喻漠不关心。“吹”，也作“射”。李白《答王十二寒夜独酌有怀》：“世上闻此皆掉头，有如东风射马耳。”

51 〔黄鸟黄鸟，无止于楚〕《诗经·秦风·黄鸟》：“交交黄鸟，止于楚。”传：“交交，小貌。”或谓飞而往来貌。黄鸟，喻男子生殖器。楚，一种丛生落叶灌木，又名荆。此为芳云借用《诗经》上诗句，利用谐音与比喻和王生戏谑。

52 〔祖饯〕古时出行之前，祭祀路神，称为祖祭。故设宴饯别出行的人，称为祖饯。《后汉书·高彪传》：“时京兆第五永为督军御史，使督幽州，百官大会，祖饯于长乐观。”

53 〔草创〕凡事初设称为草创。详见卷二《九山王》注。

54 〔橼（yuán 元）〕即枸橼，又名香橼。明李时珍《本草纲目·果二·枸橼》：“枸橼产闽、广间，木似朱栾而叶尖长，枝间有刺，植之近水乃生。其实状如人手，有指，俗呼为‘佛手柑’。”

55 〔榱题〕屋椽探出的部分，俗称“出檐”。《孟子·尽心下》：“堂高数仞，榱题数尺，我得志弗为也。”

56 〔地仙〕方士谓生活在人世间的仙人。《抱朴子·论仙》：“上士举形升虚，谓之天仙；中士游于名山，谓之地仙；下士先死后蜕，谓之尸解。”

57 〔物故〕谓死亡。详见卷二《公孙九娘》注。

58 〔不恝（jiá 荚）于怀〕谓不释于怀。恝，淡然。《孟子·万章上》："夫公明高以孝子之心，为不若是恝。"赵岐注："恝，无愁之貌。"

59 〔空花〕亦作"空华"。佛教语。意为一种虚幻的影相。《楞严经》卷四："亦如翳人，见空中华；翳病若除，华于空灭。忽有愚人，于彼空华所灭空地，待华更生。"

60 〔滓敝〕肮脏破旧。唐无名氏《仙传拾遗·韩愈外甥》："元和中，忽归长安，知识阘茸，衣服滓敝，行止乖角。"

61 〔㧑（huī 灰）抑〕谦逊。王俭《褚渊碑文》："功成弗有，固秉㧑挹。"挹，亦作"抑"。

62 〔卜兆〕占卜以选择墓地。详见卷四《堪舆》注。

63 〔禄籍〕旧时谓天上或冥府记录人福、禄、寿的簿册。《尚书·大禹谟》："钦哉！慎乃有位，敬修其可愿，四海困穷，天禄永终。"孔传："言为天子勤此三者，则天之禄籍，长终汝身。"

64 〔彼妇之口〕语出《史记·孔子世家》："桓子卒受齐女乐，三日不听政。郊，又不致膰俎于大夫。孔子遂行，宿乎屯。而师已送，曰：'夫子则非罪。'孔子曰：'吾歌可夫？'歌曰：'彼妇之口，可以出走；彼妇之谒，可以死败。盖优哉游哉，维以卒岁。'"

阎罗薨

巡抚[1]某公父，先为南服总督[2]，殂谢[3]已久。公一夜梦父来，颜色惨栗，告曰："我生平无多孽愆[4]，只有镇师一旅[5]，不应调而误调之，途逢海寇，全军尽覆。今讼于阎君，刑狱酷毒，实可畏凛。阎罗非他，明日有经历[6]解粮至，魏姓者是也。当代哀之，勿忘！"醒而异之，意未深信。既寐，又梦父让之曰："父罹厄难[7]，尚弗镂心，犹妖梦置之耶？"公大异之。

明日，留心审阅，果有魏经历，转运初至，即刻传入，使两人捺坐[8]，而后起拜，如朝参礼[9]。拜已，长跽涟洏[10]而告以故。魏初不自任，公伏地不起，魏乃云："然，其有之。但阴曹之法，非若阳世懵懵[11]，可以上下其手[12]，即恐不能为力。"公哀之益切，魏不得已，诺之。公又求其速理，魏筹回[13]，虑无静所。公请为粪除宾廨[14]，许之，公乃起。又求一往窥听，魏不可，强之再四，嘱曰："去即勿声。且冥刑虽惨，与世不同，暂置若死，其实非死。如有所见，无庸骇怪。"

至夜，潜伏廨侧，见阶下囚人，断头折臂者，纷杂无数，墀中置火铛油镬[15]，数人炽薪其下。俄见魏冠带出，升座，气象威猛，迥于曩殊。群鬼一时都伏，齐鸣冤苦。魏曰："汝等命戕于寇，冤自有主，何得妄攀官长？"众鬼哗言曰："例不应调，乃被妄檄[16]前来，遂遭凶害，谁贻之冤？"魏又曲为解脱，众鬼嗥冤，其声讻动。魏乃唤鬼役："可将某官赴油鼎，略入一煠[17]，于理亦当。"察其意，似欲借此以泄众忿。即有牛首阿旁[18]，执公父至，即以利叉刺入油鼎。公见之，中心惨怛，痛不可忍，不觉失声一号，而庭中寂然，万形俱灭矣。公叹咤而归，及明，视魏，则已死于廨中。松江[19]张禹定言之。以非佳名，故讳其人。

校注

1　〔巡抚〕官名。明朝洪武年间始设巡抚之职。清朝为省级地方政府长官，总揽全省军事、吏治、刑狱、民政等，职权甚重。《明史·宣宗纪》："大理卿胡概、参政叶春巡抚南畿、浙江，设巡抚自此始。"

2　〔南服总督〕南方地方高级行政长官。南服，南方。详见卷四《西湖主》注。总督，官名。明初在用兵时派部院官总督军务，事毕即罢。成化年间始成定制。清代始正式以总督为地方最高长官，总理军民要政。

3　〔殂谢〕死亡。详见卷一《婴宁》注。

4 〔孽愆〕谓罪过。

5 〔镇师一旅〕所属镇的军队。镇，明代所设，专掌防守，其长官为“总兵”。清代因之。师，军队。旅，古代军队的编制单位，为五百人。《周礼·地官·小司徒》：“五人为伍，五伍为两，四两为卒，五卒为旅，五旅为师。”郑玄注：“师，二千五百人。”

6 〔经历〕官名。明清设于布政使司、按察使司及各府，职掌出纳文书。

7 〔罹厄难〕谓身遭危难。

8 〔捺（nà 衲）坐〕用手按使之坐。捺，用手按。

9 〔如朝参礼〕谓如同臣子上朝参见皇帝一样的礼节。朝参，官吏上朝参见皇帝。《旧唐书·舆服志》：“八品、九品著碧，朝参之处，听兼服黄。”

10 〔涟洏（ér 而）〕垂泪貌。《文选·王粲〈赠蔡子笃〉》诗：“中心孔悼，涕泪涟洏。”

11 〔懵懵（měngměng 猛猛）〕糊涂，不明事理。岑参《感旧赋》：“上帝懵懵，莫知我冤。”

12 〔上下其手〕谓上下串通作弊。《左传·襄公二十六年》：“（楚）侵郑。五月，至于城麇，郑皇颉戍之。出，与楚师战，败。穿封戌囚皇颉，公子围与之争之。正于伯州犁。伯州犁曰：‘请问于囚。’乃立囚。伯州犁曰：‘所争，君子也，其何不知？’上其手曰：‘夫子为王子围，寡君之贵介弟也。’下其手曰：‘此子为穿封戌，方城外之县尹也。谁获子？’囚曰：‘颉遇王子，弱焉。’”

13 〔筹回〕反复谋划。回，据康熙抄本，原抄本作“踳”。

14 〔粪除宾廨〕打扫接待宾客的公廨。粪除，扫除。详见卷一《灵官》注。

15 〔火铛油镬〕铛、镬皆为古代锅类。此指烹刑之具。

16 〔檄〕本指官方文书。此指以文书征调。

17 〔煠（zhá 炸）〕通“炸”。

18 〔牛首阿旁〕传说中阴司的恶鬼。

19 〔松江〕府名。治所在江苏华亭县，今上海市松江县。

颠道人

颠道人，不知姓名，寓蒙山[1]寺。歌哭不常，人莫之测，或见其煮石为饭者。会重阳，有邑贵[2]载酒登临，舆盖[3]而往，宴毕过寺，甫及门，则道人赤足着破衲[4]，自张黄盖[5]，作警跸[6]声而出，意近玩弄。邑贵惭怒，挥仆辈逐骂之，道人笑而却走。逐急，弃盖，共毁裂之，片片化为鹰隼，四散群飞，众始骇。盖柄转成巨蟒，赤鳞耀目，众哗欲奔，有同游者止之曰："此不过翳眼之幻术[7]耳，乌能噬人！"遂操刃直前，蟒张吻怒逆，吞客咽之。众益骇，拥贵人急奔，息于三里之外，使数人逡巡往探，渐入寺，则人蟒俱无。方将返报，闻老槐内喘急如驴，骇甚，初不敢前，潜踪移近之，见树朽中空，有窍如盘。试一攀窥，则斗蟒者倒植其中，而孔大仅容两手，无术可以出之。急以刀劈树，比树开而人已死，逾时少苏，舁归。道人不知所之矣。

异史氏曰："张盖游山，厌气浃于骨髓[8]。仙人游戏三昧[9]，一何可笑！余乡殷生文屏，毕司农[10]之妹丈也，为人玩世不恭。章丘有周生者，以寒贱起家，出必驾肩[11]而行，亦与司农有瓜葛之旧。值太夫人[12]寿，殷料其必来，先候于道，着猪皮靴，公服持手本[13]。俟周舆至，鞠躬道左，唱曰：'淄川生员，接章丘生员！'周惭，下舆，略致数语而别。少间，同聚于司农之堂，冠裳[14]满座，视其服色[15]，无不窃笑，殷傲睨自若。既而筵终出门，各命舆马，殷亦大声呼：'殷老爷独龙车何在？'有二健仆，横扁杖[16]于前，腾身跨之，致声拜谢，飞驰而去。殷亦仙人之亚[17]也。"

校注

1 〔蒙山〕在山东省蒙阴县。

2 〔邑贵〕谓本县有权势的人。

3 〔舆盖〕谓乘轿张伞。舆，轿子。南朝宋刘义庆《世说新语·简傲》："王（子猷）肩舆径造竹下，讽啸良久。"盖，此指官员出行时作为仪仗用的大伞。

4 〔破衲〕亦称"百衲"，僧衣。详见卷二《丐僧》注。

5 〔黄盖〕即黄伞。明清时知府以上官员出行之前导仪仗。伞质为布。

6 〔警跸（bì 毕）〕古时帝王出行称警跸。警，警戒。跸，清道。《史记·淮南衡山列传》："厉王以此归国益骄恣，不用汉法，出入称警跸，称制，自为法令，拟于天子。"

7 〔翳眼之幻术〕亦称"翳形术"、"障眼法"。详见卷一《瞳人语》注。

8 〔厌气浃于骨髓〕令人讨厌的俗气，浸透到骨髓里。浃，浸透。《淮南子·原道》：“不浸于肌肤，不浃于骨髓。”

9 〔游戏三昧〕佛家谓自在无碍而常不失定意为“游戏三昧”。《景德传灯录·池州南泉普愿禅师》：“（普愿）扣大寂之室，顿然忘筌，得游戏三昧。”三昧，佛教语，又作“三摩地”，谓摒除杂念，心不散乱，专注一境。《大智度论》卷七：“何等为三昧？善心一处住不动，是名三昧。”

10 〔毕司农〕即毕自严。详见卷二《杨千总》注。司农，汉代官名，掌国家财政，为九卿之一。明清为户部尚书的别称。

11 〔驾肩〕即乘轿子。肩，“肩舆”省称，轿子。

12 〔太夫人〕对毕母的尊称。

13 〔着猪皮靴，公服持手本〕谓穿着衙役的服饰，手持名帖迎候长官。公服，旧时官吏的制服。手本，明清下属见上司或门生见座师所用名帖，一般以棉纸六页摺成，外加青壳。又分红禀白禀，红禀为初次谒见与庆贺时用，白禀为报告事情时用。靴，据青柯亭本，原抄本作“袜”。

14 〔冠裳〕犹“衣冠”，为官吏宾客的代称。

15 〔服色〕官员品服和吏民衣着的颜色。宋高承《事物纪原·官爵封建·服色》：“《隋礼仪志》曰：‘大业元年，炀帝诏牛弘、宇文恺等创造章服差等：五品以上通著紫袍，六品以上兼用绯绿，胥吏以青，庶人以白，屠商以皂，士卒以黄。’”白居易《初除尚书郎脱刺史绯》诗：“亲宾相贺问何如，服色恩光尽反初。”

16 〔扁杖〕即扁担。

17 〔亚〕流亚、同类。汉班固《〈两都赋〉序》：“雍容揄扬，著于后嗣，抑亦《雅》、《颂》之亚也。”

禄　数

某显者[1]，多为不道[2]，夫人每以果报劝谏之，殊不听信。适有方士[3]，能知人禄数[4]，诣之。方士熟视曰："君再食米二十石、面四十石，天禄乃终。"归语夫人，计一人终年仅食面二石，尚有二十余年天禄[5]，岂不善所能绝耶？横如故。逾年，忽病"除中[6]"，食甚多而旋饥，一昼夜十余餐。未及周岁，死矣。

校注

1 〔显者〕地位高贵，名声显赫之人。此指高官权要。《孟子·离娄下》："问其与饮食者，尽富贵也，而未尝有显者来。"朱熹集注："显者，富贵人也。"

2 〔不道〕指行为不以其道。

3 〔方士〕古代指求仙、炼丹、自言能长生不老的术士。后泛指医、卜、星、相之流为方士。

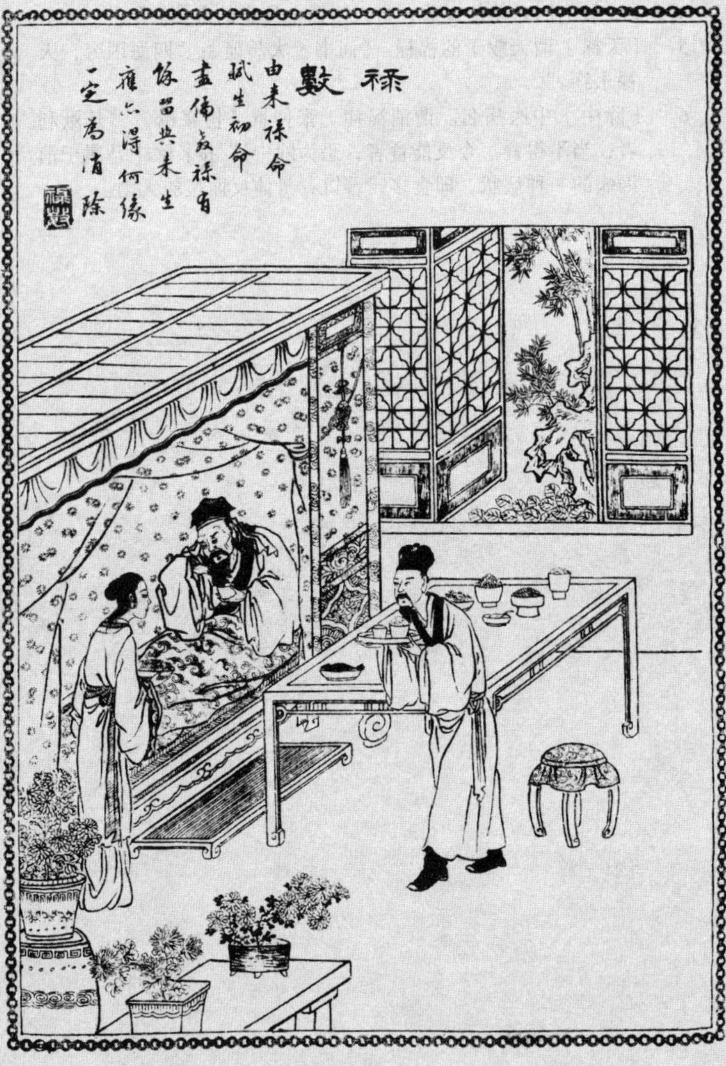
祿數
由來祿命
賦生初命
盡備兹祿有
餘留與來生
擁亦得何緣
一定為清除
祿數

4 〔禄数〕旧时迷信说法，指人生命中注定的寿数。

5 〔天禄〕谓天赐予的福禄。《尚书·大禹谟》：“四海困穷，天禄永终。”

6 〔除中〕中医病名。谓消渴症。张仲景《伤寒论》：“凡厥利者，当不得食。今反能食者，恐为除中。”按：除中乃属于消渴病的一种病状，即食多，善饥，身体反而瘦弱无力。

珊瑚

安生大成，重庆[1]人。父孝廉，早卒。弟二成幼。生娶陈氏，小字珊瑚，性娴淑。而生母沈，悍谬[2]不仁，遇之虐，珊瑚无怨色。每早旦，靓妆往朝[3]。值生疾，母谓其诲淫[4]，诟责之。珊瑚退，毁妆以进，母益怒，投颡自挝[5]。生素孝，鞭妇，母始少解，自此益憎妇。妇虽奉事惟谨[6]，终不与交一语。生知母怒，亦寄宿他所，示与妇绝。久之，母终不快，触物类而骂之，意皆在珊瑚，生曰："娶妻以奉姑嫜，今若此，何以妻为！"遂出[7]珊瑚，使老媪送诸其家。方出里门，珊瑚泣曰："为女子不能作妇，归何以见双亲？不如死！"袖中出剪刀刺喉。急救之，血溢沾衿。扶归生族婶家。

婶王氏，寡居无偶，遂止焉。媪归，生嘱隐其情，而心窃恐母知。过数日，探知珊瑚创渐平，登王氏门，使勿留珊瑚。王召生入，不入，但盛气逐珊瑚。无何，王率珊瑚出见生，便问："珊瑚何罪？"生责其不能事母。珊瑚默默不作一言，惟俯首呜泣，泪皆赤，素衫尽染。生惨恻不能进词而退。又数日，母已闻之，怒诣王，恶言诮让，王傲不相下，反数其恶，且言："妇已出，尚属安家何人？我自留陈氏女，非留安氏妇也，何烦强与他家事！"母怒甚而穷于词，又见其意气匈匈[8]，惭沮大哭而返。珊瑚意不自安，思他适。

先是，生有母姨于媪，即沈姊也，年六十余，子死，止一幼孙及寡媳，又尝善视珊瑚。遂辞王，往投媪。媪诘得故，极道妹子昏暴，即欲送之还，珊瑚力言其不可，兼嘱勿言。于是与于媪居，类姑妇焉。珊瑚有两兄，闻而怜之，欲移之归而嫁，珊瑚执不肯，惟从于媪纺绩以自度。

生自出妇，母多方为子谋婚，而悍声流播，远近无与为耦。积三四年，二成渐长，遂先为毕姻。二成妻臧姑，骄悍戾沓[9]，尤倍于母。母或怒以色，则臧姑怒以声。二成又懦，不敢为左右袒[10]。于是母威顿减，莫敢撄[11]，反望色笑[12]而承迎之，犹不能得臧姑欢。臧姑役母若婢，生不敢言，惟身代母操作，涤器汛扫之事皆与焉。母子恒于无人处，相对饮泣。无何，母以郁积成病，委顿在床，便溺转侧皆须生，生昼夜不得寐，两目尽赤，呼弟代役，甫入门，臧姑辄唤去之。生于是奔告于媪，冀媪临存[13]，入门，泣且诉，诉未毕，珊瑚自帏中出，生大惭，禁声欲出。珊瑚以两手叉扉，生窘极，自肘下冲出而归，亦不敢以告母。无可，于媪至，母喜止之。由此媪家无日不以人来，来辄以甘旨饷媪。媪寄语寡媳："此处不饿，后勿复尔。”而家中馈遗，卒无少间。媪不肯少尝食，缄留[14]以进病者，母病亦渐瘥。媪幼孙又以母命将佳饵来问病，沈叹曰：“贤哉妇乎！姊何修者！”媪曰：“妹以去妇何如人？”曰：“嘻！诚不至夫己氏[15]之甚也！然乌如甥妇贤。”媪曰：“妇在，汝不知劳，汝怒，妇不知怨，恶乎弗如？”沈乃泣下，且告之悔，曰：“珊瑚嫁也未者？”答云：“不知，然访之。”又数日，病良已，媪欲别，沈泣曰：“恐姊去，我仍死耳！”

媪乃与生谋，析二成居。二成告臧姑，臧姑不乐，语侵兄，兼及媪。生愿以良田悉归二成，臧姑乃喜，立析产书已，媪始去。明日，以车来迎沈，沈至其家，先求见甥妇，亟道甥妇德，媪曰：“小女子百善，何遂无一疵？余固能容之。子即有妇如吾妇，恐亦不能享也。”沈曰：“呜呼冤哉！谓我木石鹿豕[16]耶！具有口鼻，岂有触香臭而不知者？”媪曰：“被出如珊瑚，不知念子作何语？”曰：“骂之耳。”媪曰：“诚反躬[17]无可骂，亦乌乎而骂之？”曰：“瑕疵人所时有，惟其不能贤，是以知其骂也。”媪曰：“当怨者不怨，则德焉者可知；当去者不去，则抚焉者可知，向之所馈遗而奉事者，固非予妇也，尔妇也。”沈惊曰：“如何？”曰：“珊瑚寄此久矣。向之所供，皆渠夜绩之所贻也。”沈闻之，泣数行下，曰：“我何以见我妇矣！”媪乃呼珊瑚。珊瑚含涕而出，伏地下，母惭痛自挞，媪力劝始止，遂为姑媳如初。十余日偕归，家中薄田数亩，不足自给，惟恃生以笔耕[18]，妇以针耨[19]。二成称饶，然兄不之求，弟亦不之顾也。臧姑以嫂之出也鄙之，嫂亦恶其悍，置不齿。

兄弟隔院居，臧姑时有陵虐，一家尽掩其耳。臧姑无所用虐，虐夫及婢，婢一日自经死。婢父讼臧姑，二成代妇质理，大受扑责，仍坐拘臧姑。生上下为之营脱，卒不免。臧姑械十指，肉尽脱。官贪暴，索望良奢，二成质田贷资，如数纳入，始释归。而债家责负日亟[20]，不得已，悉以良田鬻于村中任翁。翁以田半属大成所让，要生署券[21]，生往，翁忽自言："我安孝廉也。任某何人，敢市吾业！"又顾生曰："冥中感汝夫妻孝，故使我暂归一面。"生出涕曰："父有灵，急救吾弟！"曰："逆子悍妇，不足惜也！归家速办金，赎吾血产[22]。"生曰："母子仅自存活，安得多金？"曰："紫薇树下有藏金，可以取用。"欲再问之，翁已不语，少时而醒，茫不自知。生归告母，亦未深信。臧姑已率人往发窖，坎[23]地四五尺，止见砖石，并无所谓金者，失意而去。生闻其掘藏，戒母及妻勿往视。后知其无所获，母窃往窥之，见砖石杂土中，遂返。珊瑚继至，则见土内悉白镪，呼生往验之，果然。生以先人所遗，不忍私，召二成均分之，数适得揭取之二，各囊之而归。二成与臧姑共验之，启囊则瓦砾满中，大骇，疑二成为兄所愚，使二成往窥兄，兄方陈金几上，与母相庆。因实告兄，兄亦骇，而心甚怜之，举金而并赐之。二成乃喜，往酬责讫[24]，甚德兄，臧姑曰："即此益知兄诈。若非自愧于心，谁肯以瓜分者复让人乎？"二成疑信半之。

次日，债主遣仆来，言所偿皆伪金，将执以首官，夫妻皆失色。臧姑曰："何如哉！我固谓兄贤不至于此，是将以杀汝也！"二成惧，往哀债主，主怒不释。二成乃券田于主[25]，听其自售，始得原金而归，细视之，见断金二锭，仅裹真金一韭叶许，中尽铜耳。臧姑因与二成谋：留其断者，余仍反诸兄以觇之，且教之言曰："屡承让德[26]，实所不忍，薄留二铤，以见推施之义[27]。所存物产，尚与兄等。余无庸多田也，业已弃之，赎否在兄。"生不知其意，固让之。二成辞甚决，生乃受，称之少五两，命珊瑚质奁妆以满其数，携付债主。主疑似旧金，以剪刀断验之，纹色俱足，无少差谬，遂收金，与生易券。二成还金后，意其必有参差，既闻旧业已赎，大奇之。臧姑疑发掘时，兄先隐其真金，忿诣兄所，责数诟厉，生乃悟反金之故。珊瑚逆而笑曰："产固在耳，何怒为？"使生出券付之。二成一夜梦父责之曰："汝不孝不弟[28]，冥限已迫，寸土皆非己有，占赖将以奚[29]为！"醒告臧姑，欲以田归兄，臧姑嗤其愚。是时二成有两男，长七岁，次三岁。无何，长男病痘死。臧姑始惧，使二成退券于兄。言之再三，生不受。未几，次男又死，臧姑益惧，自以券置嫂所。春将尽，田芜秽[30]不耕，生不得已，种治之。臧姑自此改行，定省[31]如孝子，敬嫂亦至。未半年而母病卒，臧姑哭之恸，至勺水不入口，向人曰："姑早死，使我不得事，是天不许我自赎也！"育十胎皆不存，遂以兄子为子。夫妻皆寿终。生三子举两进士，人以为孝友之报云。

异史氏曰："不遭跋扈[32]之恶，不知靖献[33]之忠，家与国有同情哉！逆妇化而母死，盖一堂孝顺，无德以戡[34]之也。臧姑自克，谓天不许其自赎，非悟道者何能有此言乎？然应迫死，而以寿终，天固已恕之矣。生于忧患，有以矣夫[35]！"

校注

1 〔重庆〕府名。治所在今之四川重庆市。
2 〔悍谬〕凶暴乖戾。谬，悖逆。据手稿本，原抄本无此字。
3 〔靓（jìng 镜）妆往朝〕盛妆去拜见婆母。靓妆，盛妆。详见卷二《苏仙》注。
4 〔诲淫〕引诱人邪淫。《周易·系辞上》："慢藏诲盗，冶容诲淫。"
5 〔投颡自挝〕在地上碰头，用手打自己的嘴巴。颡，额角。
6 〔惟谨〕原指说话很少。《论语·乡党》："其在宗庙朝廷，便便言唯谨尔。"唯与"惟"通。此指非常恭谨。
7 〔出〕指妇女被休弃。
8 〔匈匈〕即"洶洶"，同"汹汹"。
9 〔骄悍戾沓〕谓骄而凶横，性情贪暴。《新唐书·元载传》：

"载妻王氏，河西节度使忠嗣女，悍骄戾沓。"

10 〔左右袒〕原意为袒露左臂或袒露右臂，此意指袒护此方或彼方。《史记·吕太后本纪》：汉初吕后专政，吕后死，太尉周勃谋诛诸吕，行令军中曰："为吕氏右袒，为刘氏左袒。"军中皆左袒刘氏。

11 〔撄（yīng 婴）〕接触、触犯。《孟子·尽心下》："有众逐虎，虎负嵎，莫之敢撄。"

12 〔色笑〕和悦的面色。《诗经·鲁颂·泮水》："载色载笑，匪怒伊教。"笺："僖公之至泮宫，和颜色而笑语。"

13 〔临存〕省视存问。详见卷二《田七郎》注。

14 〔缄留〕谓封而保留着。缄，封、闭。

15 〔夫己氏〕犹言某人。

16 〔木石鹿豕〕语出《孟子·尽心上》："舜居深山之中，与木石居，与鹿豕游。"此处是沈氏以木石鹿豕比喻自己不是无理智无情感之物。

17 〔反躬〕反过来要求自己。《礼记·乐记》："不能反躬，天理灭矣。"此谓反躬自省之意。

18 〔笔耕〕以笔代耕。指依靠文字工作维持生计。元萨都剌《寄王佥宪》诗："有酒从人饮，无田藉笔耕。"

19 〔针耨（nòu 槈）〕以针代耨，谓以缝纫谋生。耨，除草。

20 〔责负日亟〕讨债的一天紧似一天。责，讨责。负，欠债。亟，急。

21 〔署券〕在契约上签字。

22 〔血产〕指辛辛苦苦用自己血汗创下的家业。

23 〔坎〕掘。

24 〔酬责讫〕酬还债务完毕。

25 〔券田于主〕将田地立契约押给债主。

26 〔屡承让德〕屡次受你善意谦让之恩义。

27 〔推施之义〕推施恩惠之情谊。

28 〔不孝不弟〕不孝顺父母，不敬爱兄长。弟，通"悌"。

29 〔奚〕何。

30 〔芜秽〕指田地荒芜。

31 〔定省（xǐng 醒）〕谓子女早晚向父母问安。《礼记·曲礼上》："凡为人子之礼，冬温而夏凊，昏定而晨省。"

32 〔跋扈〕骄横强暴。《后汉书·梁冀传》："(质）帝少而聪慧，知冀骄横，尝朝群臣，目冀曰：'此跋扈将军也。'"

33 〔靖献〕谓臣下尽忠于君王。语出《尚书·微子》："自靖，人自献于先王，以不失道。"此指安分尽责。

34 〔戡〕克，胜。

35 〔生于忧患，有以矣夫〕《孟子·告子上》："入则无法家拂士，出则无敌国外患者，国恒亡。然后知生于忧患而死于安乐也。"谓孟子所说，出于忧患之中足以使人生存，沈于安乐之中足以使人灭亡，这话是有一定道理的。

龙飞相公

安庆[1]戴生，少薄行[2]，无检幅[3]。一日，自他醉归，途中遇故表兄季生，醉后昏眊[4]，亦忘其死，问："向在何所？"季曰："仆已异物[5]，君忘之耶？"戴始恍然，而醉亦不惧，问："冥间何作？"答云："近在转轮王[6]殿下司录。"戴曰："人世祸福，当必知之？"季曰："此仆职也，乌得不知。但过烦，不甚关切，不能尽记耳。三日前偶稽册，尚睹君名。"戴急问其何词，季曰："不敢相欺，尊名在黑暗狱[7]中。"戴大惧，酒亦醒，苦求拯拔，季曰："此非所能效力，惟善可以已之。然君恶籍盈指[8]，非大善不可复挽。穷秀才有何大力？即日行一善，非年余不能相准，今已晚矣。但从此砥行[9]，则地狱中或有出时。"戴闻之泣下，伏地哀恳，及仰首，而季已杳矣。悒悒而归。由此洗心改行，不敢差跌[10]。

先是，戴私其邻妇，邻人闻之而不肯发，思掩执之，而戴自改行，永与妇绝，邻人伺之不得，以为恨。一日，遇于田间，阳与语，绐窥眢井[11]，因而堕之。井深数丈，计必死。而戴中夜苏，坐井中大号，殊无知者。邻人恐其复生，过宿往听之，闻其声，急投石，戴移闭洞中，不敢复作声。邻人知其不死，劚土[12]填井，几满之，洞中冥黑，真与地狱无少异者，况空洞无所得食，计无生理。匍匐渐入，则三步外皆水，无所复之，还坐故处。初觉腹馁，久竟忘之，因思重泉下[13]无善可行，惟长宣佛号[14]而已。既见磷火浮游，荧荧满洞，因而祝之曰："闻青燐悉为冤鬼，我虽暂生，固亦难反，如可共话，亦慰寂寞。"但见诸燐渐浮水来，燐中有一人，高约人身之半。诘所自来，答云："此古煤井。主人攻煤，震动古墓，被龙飞相公决地海之水，溺死四十三人。我等皆鬼也。"问："相公何人？"曰："不知也。但相公文学士，今为城隍幕客，彼亦怜我等无辜，三五日辄一施水粥。思我辈冷水浸骨，超拔[15]无日，君倘再履人世，祈捞残骨葬一义冢，则惠及泉下者多矣。"戴曰："如有万分之一，此即何难。但深在九泉，安望重睹天日乎！"因教诸鬼使念佛，捻块[16]代珠，记其藏数，不知时之昏晓，倦则眠，醒则坐而已。忽见深处有笼灯，众喜曰："龙飞相公施食矣！"邀戴同往，戴虑水沮，众强曳扶以行，飘若履虚。曲折半里许，至一处，众释令自行，步益上，如升数仞之阶。阶尽，睹房廊，堂上烧明烛一枝，大如臂。戴久不见火光，喜极趋上，上坐一叟，儒服儒巾，戴辍步不敢前。叟已睹之，讶问："生人何来？"戴上，伏地自陈，叟曰："我耳孙[17]

也。”因令起，赐之坐，自言：“戴潜，字龙飞。向因不肖孙堂，连结匪类，近墓作井，使老夫不安于夜室[18]，故以海水没之。今其后续如何矣？”盖戴近宗凡五支，堂居长。初，邑中大姓赂堂，攻煤于其祖茔之侧，诸弟畏其强，莫敢争。无何，地水暴至，采煤人尽死井中。诸死者家，群兴大讼，堂及大姓皆以此贫，堂子孙至无立锥。戴乃堂弟裔也。曾闻先人传其事，因告翁，翁曰：“此等不肖，其后乌得昌！汝既来此，当勿废读。”因饷以酒馔，遂置卷案头，皆成、洪制艺[19]，迫使研读。又命题课文[20]，如师教徒。堂上烛常明，不剪亦不灭。倦时辄眠，莫辨晨夕。翁时出，则以一僮给役。历时觉有数年之久，然幸无苦。但无别书可读，惟制艺百首，首四千余遍矣。翁一日谓曰：“子孽报已满，合还人世。余冢邻煤洞，阴风刺骨，得志后，当迁我于东原。”戴敬诺。翁乃唤集群鬼，仍送至旧坐处。群鬼罗拜再嘱，戴亦不知何计可出。

先是，家中失戴，搜访既穷，母告官，系缧多人[21]，并少踪绪。积三四年，官离任，缉察亦弛。戴妻不安于室[22]，遣嫁去。会里中人复至旧井，入洞见戴，抚之未死，大骇，报诸其家。舁归经日，始能言其底历。自戴入井，邻人殴杀其妇，为妇翁所讼，驳审年余，仅存皮骨而归，闻戴复生，大惧亡去。族人议究治之，戴不许，且谓曩时实所自取，此冥中之谴，于彼何与焉。邻人察其意无他，始逡巡而归。井水既涸，戴觅人入洞拾骨，俾各为具，市棺设地，葬丛冢焉。又稽宗谱名潜，字龙飞，先设品物祭诸其冢。学使闻其异，又赏其文，是科以优等入闱，遂捷于乡[23]。既归，营兆[24]东原，迁龙飞厚葬之，春秋上墓，岁岁不衰。

异史氏曰："余乡有攻煤者，洞没于水，十余人沉溺其中。竭水求尸，两月余始得涸，而十余人并无死者。盖水大至时，共泅高处，得不溺，缒而上之，见风始绝，一昼夜乃渐苏。始知人在地下，如蛇鸟之蛰，急切未能死也，然未有至数年者。苟非至善，三年地狱中，乌复有生人哉！"

校注

1 〔安庆〕明清府名。治所在今安徽省安庆市。

2 〔薄行〕品行轻薄。《世说新语·文学》："郭象者，为人薄行，有俊才。"

3 〔无检幅〕谓行为不检点，不修边幅。检幅，谓品行、操守。《新唐书·温庭筠传》："庭筠少敏悟，工为辞章，然薄于行，无检幅，数举进士不中第。"

4 〔昏眊〕视物模糊。柳宗元《与萧翰林俛书》："昏眊重膇，意以为常。"

5 〔异物〕称已死之人。

6 〔转轮王〕即"转轮圣王"，印度古代神话中的国王。此王即位时，自天感得轮宝，转其轮宝，威伏四方。后来，佛教也采用其说，中国佛教谓转轮王为十殿阎王之一，专司鬼的轮回转生。

7 〔黑暗狱〕传说中冥间十八狱之一。

8 〔盈指〕即盈尺。指，指尺。古时以中指中节的长度为一寸，十寸为一尺，以指为度而量，故称指尺。

9 〔砥行〕磨练自己的德行。《史记·伯夷列传》：“闾巷之人，欲砥行立名者，非附青云之士，恶能施于后世哉！”

10 〔差（cuō 蹉）跌〕倾跌，喻失误。《汉书·陈遵传》：“足下讽诵诗书，苦身自约，不敢差跌，而我故意自恣，浮湛俗间。”

11 〔绐窥眢（yuān 冤）井〕哄骗窥视枯水井。眢井，枯水井。详见卷二《于江》注。

12 〔斸（zhú 竹）土〕掘土。

13 〔重泉下〕犹“九泉”，地之深处。

14 〔长宣佛号〕终日念佛。详见卷二《汤公》注。

15 〔超拔〕亦谓“超度”。佛教谓使死者灵魂脱离地狱苦难，得以超生。

16 〔“捻块”二句〕谓以捻泥块代替数佛珠，以记诵念佛经之数。藏数，佛经数。藏，佛教经典之总称，此指佛经。

17 〔耳孙〕谓远代孙。《汉书·惠帝纪》：“上造以上及内外公孙耳孙有罪当刑及当为城旦舂者，皆耐为鬼薪白粲。”注引晋灼曰：“耳孙，玄孙之曾孙也。”耳，据手稿本，原抄本作“子”。

18 〔夜室〕墓穴，任昉《述异记》：“阖闾墓中石铭云：吴王之夜室也。”

19 〔成、洪制艺〕谓明成化与弘治年间的八股文。成，成化，明宪宗朱见深年号（1465-1487）。洪，应作“弘”。弘治，明孝宗朱祐樘年号（1488-1505）。制艺，八股文的别称。八股文至明成化以后，逐渐定型，故明人称成弘制艺为八股文的范例。

20 〔命题课文〕出题考核八股文做的如何。课，考试评定。

21 〔系缧（léi 雷）多人〕谓此案牵连多人入狱。缧，缧绁，拘系犯人的绳索，此引申为监狱。

22 〔不安于室〕此指其妻不能雌守。典出《诗经·邶风·凯风序》："卫之淫风流行，虽有七子之母，犹不能安其室。"

23 〔捷于乡〕谓考中举人。乡，指乡试。

24 〔营兆〕营造坟墓。兆，墓地。韩愈《祭十二郎文》："终葬汝于先人之兆。"

瑞云

瑞云，杭[1]之名妓，色艺无双。年十四岁，其母蔡媪，将使出应客，瑞云告曰：“此奴终身发轫[2]之始，不可草草。价由母定，客则听奴自择之。”媪曰：“诺。”乃定价十五金，遂[3]日见客。客求见者必以贽：贽厚者，接以弈，酬以画；薄者，留一茶而已。瑞云名噪已久，自此富商贵介[4]，日接踵于门。

余杭[5]贺生，才名夙著，而家仅中资，素仰瑞云，固未敢拟同鸳梦，亦竭微贽，冀得一睹芳泽，窃恐其阅人既多，不以寒畯[6]在意，乃至相见一谈，而款接殊殷，坐语良久，眉目含情，作诗赠生曰：“何事求浆者，蓝桥叩晓关？有心寻玉杵，端只在人间[7]。”生得之狂喜，更欲有言，忽小鬟来白客至[8]，生仓猝遂别。既归，吟玩诗词，梦魂萦扰。过一二日，情不自已，修贽复往，瑞云接见良欢，移坐近生，悄然谓：“能图一宵之聚否？”生曰：“穷踧[9]之士，惟有痴情可献知己。一丝之贽，已竭绵薄，得近芳容，意愿已足，若肌肤之亲，何敢作此梦想。”瑞云闻之，戚然不乐，相对遂无一语。生久坐不出，媪频唤瑞云以促之，生乃归。心甚悒悒，思欲罄家[10]以博一欢，而更尽而别，此情复何可耐？筹思及此，热念都消，由是音息遂绝。

瑞云择婿数月，更不得一当，媪颇恚，将强夺之而未发也。一日，有秀才投贽，坐语少时，便起，以一指按女额曰："可惜，可惜！"遂去。瑞云送客返，共视额上有指印黑如墨，濯之益真。过数日，墨痕渐阔，年余，连颧彻准[11]矣。见者辄笑，而车马之迹以绝，媪斥去妆饰，使与婢辈伍，瑞云又荏弱，不任驱使，日益憔悴。贺闻而过之[12]，见蓬首厨下，丑状类鬼。举目见生，面壁自隐。贺怜之，与媪言愿赎作妇，媪许之。贺货田倾装，买之以归。入门，牵衣揽涕，且不敢以伉俪自居，愿备妾媵，以俟来者。贺曰："人生所重者知己，卿盛时犹能知我，我岂以衰故忘卿哉！"遂不复娶。闻者又姗笑之，而生情益笃。

居年余，偶至苏，有和生与同主人[13]，忽问："杭有名妓瑞云，近如何矣？"贺以适人对。又问："何人？"曰："其人率与仆等[14]。"和曰："若能如君，可谓得人矣。不知价几何许？"贺曰："缘有奇疾，姑从贱售耳。不然，如仆者，何能于勾栏中买佳丽哉！"又问："其人果能如君否？"贺以其问之异，因反诘之，和笑曰："实不相欺：昔曾一觐其芳仪，甚惜其以绝世之姿而流落不偶，故以小术晦其光而保其璞[15]，留待怜才者之真鉴耳。”贺急问曰：“君能点之，亦能涤之否？”和笑曰：“乌得不能？但须其人一诚求耳[16]。”贺起拜曰：“瑞云之婿，即其是也。”和喜曰：“天下惟真才人为能多情，不以妍媸易念也。请从君归，便赠一佳人。”遂与同返。既至，贺将命酒，和止之曰：“先行吾法，当先令治具者[17]有欢心也。”即令以盥器贮水，戟指而书之[18]，曰：“濯之当愈。然须亲出一谢医人也。”贺笑捧而去，立俟瑞云自靧[19]之，随手光洁，艳丽一如当年。夫妇共德之，同出展谢，而客已渺，遍觅之不可得，意者其仙欤？

校注

1 〔杭〕浙江杭州。

2 〔终身发轫（rèn 刃）〕此指妓女，谓自己一生第一次接应客人。发轫，发端。轫，刹车木。行车必先去轫，然后启动，故称“发轫”。《楚辞·屈原〈离骚〉》：“朝发轫于苍梧兮，夕余至乎县圃。”

3 〔遂〕据手稿本，原抄本作“逐”。

4 〔贵介〕尊贵，高贵。此指贵家子弟。

5 〔余杭〕旧县名，明清属杭州府。

6 〔寒畯（jùn 郡）〕家贫，身世寒微的读书人。《正字通》：“鄙野人曰寒畯，唐光禄熏举引寒畯，士类多之。俗读寒酸，误。”据手稿本，原抄本作“酸”。

7 〔“何事求浆者”四句诗〕这里用的是唐人裴铏《传奇》的故事。是写裴航路过蓝桥驿，遇见少女云英。裴航按云英祖母的要求弄到捣灵丹的玉杵臼，终于和云英成婚。此为化用此典鼓励贺生，对与瑞云结合当充满信心。求浆，浆指一般茶水。《朝野佥载》：裴航在蓝桥遇到一位老婆婆，向她讨水喝，但老婆婆给他的却是酒。叩晓关，清晨叩门关。端，确实。

8 〔至〕据二十四卷本，原抄本无“至”。

9 〔穷踧（cù促）〕同“穷蹙”，谓穷困。

10 〔罄家〕全部家当。

11 〔连颧彻准〕谓墨迹扩展到左右颧骨与上下鼻梁。颧，颧骨。准，鼻梁。

12 〔过之〕过访。

13 〔同主人〕同住在一个旅店。

14 〔率（shuài帅）与仆等〕即与我差不多。率，大略。

15 〔晦其光而保其璞〕谓遮蔽其光采，保全其本真之美。璞，指未雕琢之玉石。此喻本色。

16 〔一诚求耳〕即诚致地恳求一次就可以了。

17 〔治具者〕谓备酒食之人。此指瑞云。

18 〔戟指而书之〕谓书写符箓，施使法术。戟指，屈指如戟，指空施法的手势。

19 〔靧（huì绘）〕洗脸。《礼记·内则》：“其间面垢，燂潘请靧。”

鹿衔草

关外[1]山中多鹿。土人戴鹿首，伏草中，卷叶作声，鹿即群至。然牡少而牝多，牡交群牝，千百必遍，既遍遂死。众牝嗅之，知其死，分走谷中，衔异草置吻旁以熏之，顷刻复苏。急鸣金施铳[2]，群鹿惊走，因取其草，可以回生。

校注

1 〔关外〕山海关以外。此泛指东北地区。

2 〔鸣金施铳（chòng 冲）〕鸣锣、放火铳。铳，火铳。

抱 朴

抱朴

聊齋志異校注

下

插图袖珍本

〔清〕蒲松龄 著
盛伟 校注

上海古籍出版社

目　录

卷五

卷六

附录一　据《得月簃丛书》拾遗三则

附录二　序·跋·题辞

卷五

潞　令

宋国英，东平[1]人，以教习授潞城令[2]。贪暴不仁，催科[3]尤酷，毙杖下者狼藉于庭。余乡徐白山适过之，见其横，讽曰：“为民父母[4]，威焰固至此乎？”宋洋洋作得意之词曰：“喏！不敢！官虽小，莅任百日，诛五十八人矣。”后半年，方据案视事[5]，忽瞪目而起，手足挠乱，似与人撑拒状，自言曰：“我罪当死！我罪当死！”扶入署中，逾时寻卒。呜呼！幸阴曹兼摄阳政，不然，颠越货多[6]，则“卓异[7]”声起矣，流毒安穷哉！

异史氏曰：“潞子[8]故区，其人魂魄毅[9]，故其为鬼雄。今有一官握篆[10]于上，必有一二鄙流，风承而痔舐之[11]。其方盛也，则竭攫未尽之膏脂[12]，为之具锦屏；其将败也，则驱诛未尽之肢体[13]，为之乞保留。官无贪廉，每莅一任，必有此两事。赫赫者[14]一日未去，则蚩蚩者[15]不敢不从。积习[16]相传，沿为成规，其亦取笑于潞城之鬼也已！”

校注

1 〔东平〕东平州。清属山东泰安府，治所在今山东东平县。

2 〔以教习授潞城令〕以教习的身份，被任命为潞城县令。教习，清八旗官学教师。《清史稿·选举志一》：“教习于国学肄业生考选，止用恩、拔、副、岁贡生。如无其人，准例监生亦可考取。举人愿就，一例考选。”又“顺治十八年，定汉教习三年期满，分等引见。一等用知县，二等用知县或教职铨选，三等再教习三年，果实心训课者，知县即用。”潞城，县名，今山西省东南部。

3 〔催科〕谓催征赋税。租税有法令科条，故称“科”。宋郑文宝《江南余载》上：“钱氏科敛酷惨，民欠升斗，必至徒刑。汤悦、徐铉尝使焉，云夜半闻声若獐麂号叫，及晓问之，乃县司催科耳。”

4 〔为民父母〕此指潞城县令。《诗经·大雅·泂酌》：“岂弟君子，民之父母。”旧时百姓称州县官为父母官。宋王禹偁《谪居感事》诗：“长洲巨海湄，万民称父母。”自注：“民间多呼县令为父母官。”

5 〔视事〕谓办公。

6 〔颠越货多〕谓杀人劫掠其财物。《尚书·康诰》：“杀越人于货，暋不畏死。”孔安国传：“杀人、颠越人，于是以取货利。”

7 〔卓异〕清制，京察大计时，对官吏考绩最好的评语，意为才能优异。详见卷一《促织》注、卷一《小翠》“大计”注。

8 〔潞子〕春秋国名，故址在山西潞城县。《春秋·宣公十五年》：“晋师灭赤狄潞氏，以潞子婴儿归。”杜预注：“潞，赤狄之别称。潞，氏国，子爵也。”

9 〔魂魄毅〕精魂刚毅。《楚辞·九歌·国殇》：“身既死兮神以灵，魂魄毅兮为鬼雄。”

10 〔握篆〕执掌官印。旧时印章皆用篆文，故称之。明沈德符《野获编·禁卫·锦衣官考军政》：“今忽从南司登大堂晋一品，需次握篆，盖近日新例。”

11 〔风承而痔舐（shì试）之〕巴结逢迎，卑鄙谄媚。风承，趋附奉承。痔舐，即舐痈吮痔。详见卷一《劳山道士》注。

12 〔竭攫未尽之膏脂〕尽力攫取那点仅剩的民脂民膏。

13 〔驱诛未尽之肢体〕谓驱赶那些未杀绝的百姓。

14 〔赫赫者〕谓居官在上之人。

15 〔蚩蚩者〕指善良淳朴的百姓。

16 〔积习〕积久而成的定例。董仲舒《春秋繁露·天道施》：“积习渐靡，物之微者也。”

马介甫

杨万石，大名[1]诸生也，生平有“季常之惧[2]”。妻尹氏，奇悍，少迕之，辄以鞭挞从事。杨父年六十余而鳏，尹以齿奴隶数[3]。杨与弟万钟常窃饵翁，不敢令妇知，然衣败絮，恐贻讪笑，不令见客。万石四十无子，纳妾王，旦夕不敢通一语。

兄弟候试郡中，见一少年，容服都雅[4]，与语，悦之，询其姓字，自云：“介甫，马姓。”由此交日密，焚香为昆季之盟[5]。既别，约半载，马忽携僮仆过杨，值杨翁在门外，曝阳扪虱[6]，疑为佣仆，通姓氏使达主人。翁披絮去。或告马：“此即其翁也。”马方惊讶，杨兄弟岸帻[7]出迎，登堂一揖，便请朝父。万石辞以偶恙。促坐笑语，不觉向夕。万石屡言具食[8]，而终不见至。兄弟迭互出入[9]，始有瘦奴持壶酒来，俄顷饮尽。坐伺良久，万石频起催呼，额颊间热汗蒸腾。俄瘦奴以馔具出，脱粟失饪[10]，殊不甘旨。食已，万石草草便去，万钟襆被来伴客寝，马责之曰：“曩以伯仲高义，遂同盟好。今老父实不温饱，行道者羞之！”万钟泫然曰：“在心之情，卒难申致[11]。家门不吉，蹇遭悍嫂，尊长细弱，横被摧残。非沥血之好[12]，此丑不敢扬也。”马骇叹移时，曰：“我初欲早旦而行，今得此异闻，不可不一目见之。请假闲舍，就便自炊。”万钟从其教，即除室为马安顿，夜深窃馈蔬稻，惟恐妇知。马会其意，力却之，且请杨翁与同食寝。自诣城肆，市布帛，为易袍袴。父子兄弟皆感泣。万钟有子喜儿，方七岁，夜从翁眠，马抚之曰：“此儿福寿，过于其父，但少年孤苦[13]耳。”妇闻老翁安饱，大怒，辄骂，谓马强预人家事。初恶声尚在闺闼，渐近马居，以示瑟歌之意[14]。杨兄弟汗体徘徊，不能制止，而马若弗闻也者。妾王，体妊五月，妇始知之，褫衣[15]惨掠，已，乃唤万石跪受巾帼，操鞭逐出。值马在外，惭懅不前，又追逼之，始出。妇亦随出，叉手顿足，观者填溢[16]。马指妇叱曰：“去，去！”妇即反奔，若被鬼逐，袴履俱脱，足缠[17]萦绕于道上，徒跣[18]而归，面色灰死。少定，婢进袜履，着已，噭啕[19]大哭，家无敢问者。马曳万石为解巾帼，万石耸身定息，如恐脱落，马强脱之，而坐立不宁，犹惧以私脱加罪。探妇哭已，乃敢入，次且[20]而前。妇殊不发一语，遽起，入房自寝。万石意始舒，与弟窃奇焉。家人皆以为异，相聚偶语，妇微有闻，益羞怒，遍挞奴婢。呼妾，妾创剧不能起，妇以为伪，就榻搒之，崩注堕胎。

万石于无人处对马哀啼，马慰解之，呼僮具牢馔，更筹再唱[21]，不放万石去。妇在闺房，恨夫不归，方大恚忿，闻撬扉声，急呼婢，则室门已辟，有巨人入，影蔽一室，狰狞如鬼。俄又有数人入，各执利刃，妇骇绝欲号，巨人以刀刺颈曰：“号便杀却！”妇急以金帛赎命，巨人曰：“我冥曹使者，不要钱，但取悍妇心耳！”妇益惧，自投败颡[22]，巨人乃以利刃画妇心而数之曰：“如某事，谓可杀否？”即一画。凡一切凶悍之事，责数殆尽，刀画肤革，不啻数十，末乃曰：“妾生子，亦尔宗绪，何忍打堕？此事必不可宥！”乃令数人反接其手，剖视悍妇心肠。妇叩头乞命，但言知悔。俄闻中门启闭，曰：“杨万石来矣。既已悔过，姑留余生。”纷然尽散。无何，万石入，见妇赤身绷系，心头刀痕，纵横不可数。解而问之，得其故，大骇，窃疑马。明日，向马述之，马亦骇。由是妇威渐敛，经数月不敢出一恶语。马大喜，告万石曰：“实告君，幸勿宣泄，前以小术惧之，既得好合，请暂别也。”遂去。妇每日暮，挽留万石作侣，欢笑而承迎之。

万石生平不解此乐，遽遭之，觉坐立皆无所可。妇一夜忆巨人状，瑟缩摇战，万石思媚妇意，微露其假。妇遽起，苦致穷诘，万石自觉失言，而不能讳[23]，遂实告之。妇勃然大骂，万石惧，长跽床下，妇不顾，哀愈切，妇曰：“欲得我恕，须以刀画汝心头如干数，此恨始消。”乃起捉厨刀。万石大惧而奔，妇逐之，犬吠鸡腾，家人尽起。万钟不知何故，但以身左右翼兄。妇方诟詈，忽见翁来，睹袍服，倍益烈怒，即就翁身条条割裂，批颊而摘翁髭。万钟见之怒，以石击妇，中颅，颠蹶而毙。万钟曰："我死而父兄得生，何憾！"遂投井中，救之已死。移时妇苏，闻万钟死，怒亦遂解。既殡，弟妇恋儿，矢不嫁，妇唾骂不与食，醮去之。遗孤儿，朝夕受鞭楚，俟家人食讫，始啖以冷块。积半岁，儿尫羸[24]，仅存气息。

一日，马忽至，万石嘱家人，勿以告妇。马见翁褴缕如故，大骇，又闻万钟殒谢[25]，顿足悲哀。儿闻马至，便来依恋，前呼马叔，马不能识，审顾始辨，惊曰："儿何憔悴至此！"翁乃嗫嚅[26]具道情事。马忿然谓万石曰："我曩道兄非人，果不谬。两人止此一线[27]，杀之，将奈何？"万石不言，惟伏首帖耳而泣。坐语数刻，妇已知之，不敢自出逐客，但呼万石入，批[28]使绝马，含涕而出，批痕俨然。马怒之曰："兄不能威，独不能断'出'[29]耶？殴父杀弟，安然忍受，何以为人！"万石欠伸，似有动容，马又激之曰："如渠不去，理须威劫[30]，便杀却，勿惧。仆有二三知交，都居要地[31]，必合极力，保无亏也。"万石诺，负气疾行，奔而入，适与妇遇，叱问："何为？"万石皇遽失色，以手据地曰："马生教余出妇。"妇益恚，顾寻刀杖，万石惧而却走，马唾之曰："兄真不可教也已！"遂开箧，出刀圭药[32]，合水授万石饮，曰："此丈夫再造散，所以不轻用者，以能病人故耳。今不得已，暂试之。”饮下，少顷，万石觉忿气填胸，如烈焰中烧，刻不容忍，直抵闺闼，叫喊雷动，妇未及诘，万石以足腾起，妇颠去数尺有咫。即复握石成拳，擂击无算。妇体几无完肤，嘲啮[33]犹詈。万石于腰中出佩刀，妇骂曰：“出刀子，敢杀我耶？”万石不语，割股上肉，大如掌，掷地上，方欲再割，妇哀鸣乞恕，万石不听，又割之。家人见万石凶狂，相集，死力掖出。马迎去，捉臂相用慰劳。万石余怒未息，屡欲奔寻，马止之。少间，药力消，嗒焉若丧[34]。马嘱曰：“兄勿馁。乾纲[35]之振，在此一举。夫人之所以惧者，非朝夕[36]之故，其所由来者渐矣[37]。譬昨死而今生，须从此涤故更新，再一馁，则不可为矣。”遣万石入探之，妇股栗心慴[38]，倩婢扶起，将以膝行，止之，乃已。出语马生，父子交贺。马欲去，父子共挽之，马曰：“我适有东海之行，故便道相过，还时可复会耳。”

月余，妇起，宾事良人[39]，久觉黔驴无技[40]，渐狎，渐嘲，渐骂，居无何，旧态全作矣。翁不能堪，宵遁，至河南，隶道士籍[41]，万石亦不敢寻。年余，马至，知其状，怫然[42]责数已，立呼儿至，置驴子上，驱策径去。由此乡人皆不齿[43]万石。学使[44]案临，以劣行黜名。又四五年，遭回禄[45]，居室财物，悉为煨烬，延烧邻舍，村人执以告郡，罚锾[46]烦苛。于是家产渐尽，至无居庐，近村相戒，无以舍舍万石。尹氏兄弟，怒妇所为，亦绝拒之。万石既穷，质妾于贵家，偕妻南渡，至河南界，资斧已绝，妇不肯从，聒夫再嫁。适有屠而鳏者，以钱三百货去。万石一身，丐食于远村近郭间。至一朱门，阍人呵拒不听前。少间，一官人出，万石伏地啜泣。官人熟视久之，略诘姓名，惊曰："是伯父也！何一贫至此？"万石细审，知为喜儿，不觉大哭，从之入，见堂中金碧焕映。俄顷，父扶童子出，相对悲哽，万石始述所遭。

初，马携喜儿至此，数日，即出寻杨翁来，使祖孙同居，又延师教读。十五岁入邑庠[47]，次年领乡荐[48]，始为完婚，乃别欲去。祖孙泣留之，马曰："我非人，实狐仙耳。道侣相候已久。"遂去。孝廉言之，不觉恻楚，因念昔与庶伯母同受酷虐，倍益感伤，遂以舆马赍金赎王氏归。年余，生一子，因以为嫡。

尹从屠半载，狂悖犹昔，夫怒，以屠刀孔其股，穿以毛绠[49]，悬梁上，荷肉竟出。号极声嘶，邻人始知，解缚抽绠，一抽则呼痛之声，震动四邻。以是见屠来，则骨毛皆竖。后胫创虽愈，而断芒遗肉内，终不利于行，犹夙夜服役，无敢少懈。屠既横暴，每醉归，则挞詈不情，至此始悟昔之施于人者，亦犹是也。一日，杨夫人及伯母烧香普陀寺[50]，近村农妇并来参谒，尹在中帐立不前，王氏故问："此伊谁？"家人进白："张屠之妻。"便呵使前，与太夫人稽首，王笑曰："此妇从屠，当不乏肉食，何羸瘠乃尔？"尹愧恨，归欲自经，绠弱不得死，屠益恶之。岁余，屠死。途遇万石，遥望之，以膝行，泪下如麻。万石碍仆，未通一言，归告侄，欲谋珠还[51]，侄固不肯。妇为里人所唾弃，久无所归，依群乞以食。万石犹时就尹废寺中，侄以为玷，阴教群乞窘辱之，乃绝。此事余不知其究竟，后数行，乃毕公权[52]撰成之。

异史氏曰："惧内[53]，天下之通病也。然不意天壤之间乃有杨郎！宁非变异？余尝作《妙音经》[54]之续言，谨附录以博一噱[55]：

'窃以天道化生万物，重赖坤成；男儿志在四方，尤须内助[56]。同甘独苦，劳尔十月呻吟；就湿移干，苦矣三年嚬笑[57]。此顾宗祧而动念，君子所以有伉俪之求；瞻井臼而怀思，古人所以有鱼水之爱也[58]。第阴教之旗帜日立，遂乾纲之体统无存[59]。始而不逊之声，或大施而小报；继则如宾之敬，竟有往而无来[60]。只缘儿女深情，遂使英雄短气[61]。床上夜叉坐，任金刚亦须低眉；釜底毒烟生，即铁汉无能强项[62]。秋砧之杵可掬，不捣月夜之衣；麻姑之爪能搔，轻拭莲花之面[63]。小受大走，直将代孟母投梭；妇唱夫随，翻欲起周婆制礼[64]。婆娑跳掷，停观满道行人；嘲啁鸣嘶，扑落一群娇鸟[65]。恶乎哉！呼天吁地，忽尔披发向银床[66]；丑矣夫！转目摇头，猥欲投缳延玉颈[67]。当是时也：地下已多碎胆[68]，天外更有惊魂。北宫黝未必不逃，孟施舍焉能不惧[69]？将军气同雷电，一入中庭，顿归无何有之乡；大人面若冰霜，比到寝门，遂有不可问之处[70]。岂果脂粉之气，不势而威？胡乃肮脏之身，不寒而栗[71]？犹可解者：魔女翘鬟来月下，何妨俯伏皈依[72]？最冤枉者：鸠盘蓬首到人间，也要香花供养[73]。闻怒狮之吼，则双孔撩天；听牝鸡之鸣，则五体投地[74]。登徒子淫而忘丑，回波词怜而成嘲[75]。设为汾阳之婿，立致尊荣，媚卿卿良有故；若赘外黄之家，不免奴役，拜仆仆将何求[76]？彼穷鬼自觉无颜，任其斫树摧花，止求包荒于悍妇；如钱神可云有势，乃亦婴鳞犯制，不能借助于方兄[77]。岂缚游子之心，惟兹鸟道？抑消霸王之气，恃此鸿沟[78]？然死同穴，生同衾，何尝教吟"白首"？而朝行云，暮行雨，辄欲独占巫山[79]。恨煞"池水清"，空按红牙玉板；怜尔妾命薄，独支永夜寒更[80]。蝉壳鹭滩，喜骊龙之方睡；犊车麈尾，恨驽马之不奔[81]。榻上共卧之人，挞去方知为舅；床前久系之客，牵来已化为羊[82]。需之殷者仅俄顷，毒之流者无尽藏[83]。买笑缠头，而成自作之孽，太甲必曰难违；俯首帖耳，而受无妄之刑，李阳亦谓不可[84]。酸风凛冽，吹残绮阁之春；醋海汪洋，淹断蓝桥之月[85]。又或盛会忽逢，良朋即坐，斗酒藏而不设，且由房出逐客之书；故人疏而不来，遂自我广绝交之论[86]。甚而雁影分飞，涕空沾于荆树；鸾胶再觅，变遂起于芦花[87]。故饮酒阳城，一堂中惟有兄弟；吹竽商子，七旬余并无室家。古人为此，有隐痛矣[88]。呜呼！百年鸳偶，竟成附骨之疽；五两鹿皮，或买剥床之痛[89]。髯如戟者如是，胆似斗者何人？固不敢于马栈下断绝祸胎，又谁能向蚕室中斩除孽本[90]？娘子军肆其横暴，苦疗妒之无方；胭脂虎啖尽生灵，幸渡迷之有楫[91]。天香夜爇，全澄汤镬之波；花雨晨飞，尽灭剑轮之火[92]。极乐之境，彩翼双栖；长舌之端，青莲并蒂[93]。拔苦恼于优婆之国，立道场于爱河之滨[94]。咦！愿此几章贝叶文，洒为一滴杨枝水！[95]’”

校注

1 〔大名〕明清府名。治所在今河北省大名县。

2 〔季常之惧〕即惧内的毛病。宋陈慥，字季常，号方山子，又号龙丘先生，蜀人，寓居黄冈。好佛，亦好客，相传其妻柳氏奇严，为慥所惮，后因称惧内为“季常之惧”。又因其友东坡赠诗中有“忽闻河东狮子吼”之句，后又以“河东狮吼”，喻妻子悍妒。

3 〔以齿奴隶数〕把杨父列于奴隶之数，意为当奴仆看待。齿，列。

4 〔都雅〕美好，高雅。都，美好，漂亮。《诗经·郑风·有女同车》：“彼美孟姜，洵美且都。”

5 〔昆季之盟〕即结盟为兄弟。昆季，兄弟。详见卷二《刘海石》注。

6 〔曝阳扪（mén 门）虱〕边晒太阳，边摸虱子。扪，摸。

7 〔岸帻（zé 则）〕推起头巾，露出前额。此处谓急忙中，随便戴上头巾，出迎客人。《晋书·谢奕传》：“岸帻笑咏，无异常日。”

8 〔具食〕准备饭食。

9 〔迭互出入〕交互不断地进出。

10 〔脱粟失饪（rèn 认）〕糙米做饭，烹饪失当。脱粟，糙米。失饪，烹饪、做饭做菜不适宜。《论语·乡党》："失饪不食。"孔安国曰："失饪，失生熟之节。"粟，原抄本作"米"，据手稿本改。

11 〔卒难申致〕谓仓促间难以说明。《太平广记》卷三三二《通幽记·唐晅》："在心之事，卒难申致，然须得一见颜色，死不恨矣。"卒，通"猝"，仓促。

12 〔沥血之好〕谓竭诚之交。沥血，滴血，以示竭诚。唐韩愈《归彭城》诗："刳肝以为纸，沥血以书辞。"又古人以滴血为誓，故称结拜兄弟为"沥血之好"。

13 〔苦〕据手稿本，原抄本作"害"。

14 〔以示瑟歌之意〕表示不欢迎。《论语·阳货》："孺悲欲见孔子，孔子辞以疾，将命者出户，取瑟而歌，使之闻之。"此谓尹氏示意马介甫，他是不受欢迎的人。

15 〔褫（chǐ 齿）衣〕剥去衣服。

16 〔观者填溢〕谓观看的人填满街巷。

17 〔足缠〕旧时妇女的缠脚布。

18 〔徒跣（xiǎn 显）〕光脚走路。跣，赤脚。《战国策·齐策六》："田单免冠，徒跣，肉袒而进。"

19 〔噭啕（jiàotáo 叫桃）〕啕，通"咷"。高声号哭。详见卷四《花姑子》注。

20 〔次且（zījū 资居）〕犹豫不进的样子。《周易·夬》："臀无肤，其行次且。"孔颖达疏："次且，行不前进也。"此指万石畏惧不敢向前。

21 〔更筹再唱〕谓二更天。更筹，古时夜间报更的牌。南朝梁庾肩吾《奉和夜应令》诗："烧香知夜漏，刻烛验更筹。"

22 〔自投败颡〕叩头至地，以至额头出血。败，毁坏。颡，额。

23 〔讳〕原抄本作"悔"，据二十四卷本改。

24 〔尪羸（wānglléi 汪雷）〕瘦弱。羸，原抄本作"嬴"，据康熙间抄本改。详见卷二《宫梦弼》注。

25 〔殒谢〕殒落凋谢，即死亡。

26 〔嗫嚅（nièrú 聂儒）〕欲言又止貌。韩愈《送李愿归盘谷序》："足将进而趑趄，口将言而嗫嚅。"

27 〔一线〕犹一脉，即指只此独根单传的后代。

28 〔批〕谓批颊。

29 〔断出〕此指果断地休弃。出，休弃妻子。

30 〔威劫〕以威迫使。劫，劫持。

31 〔要地〕重要的地位。《新唐书·房玄龄传》："玄龄身居要地，不吝权，善始以终，此其成令名者。"

32 〔刀圭药〕一小匙药。详见卷二《莲香》注。

33 〔嘲哳（zhāozhā 招渣）〕谓杂乱细碎声。

34 〔嗒焉若丧〕怅然若失，失意沮丧。《庄子·齐物论》："南郭子綦隐机而坐，仰天而嘘，荅焉似丧其耦。"陆德明释文："荅，解体貌。本又作'嗒'。"

35 〔乾纲〕夫纲，夫权。乾，卦名。《周易·说卦》："乾，天也。"据封建伦理纲常，夫为妻纲。

36 〔非朝夕〕即并非一朝一夕。《周易·坤》："臣弑其君，子弑其父，非一朝一夕之故，其所由来者渐矣。"

37 〔其所由来者渐矣〕谓万石之惧内，是由来已久，并非偶然。

38 〔心慴（shè 慑）〕同"心慑"。心里畏惧。

39 〔宾事良人〕谓如宾客一样侍奉丈夫。宾事，如宾客一样侍奉。良人，丈夫。

40 〔黔驴无技〕犹言"黔驴技穷"。柳宗元《三戒·黔之驴》："黔无驴，有好事者船载以入。至，则无可用，放之山下。虎见之，庞然大物也，以为神。蔽林间窥之；稍出，近之，慭慭然莫相知。他日，驴一鸣，虎大骇，远遁，以为且噬己也，甚恐。然往来视之，觉无异能者。益习其声，又近出前后，终不敢搏。稍近，益狎，荡倚冲冒，驴不胜怒，蹄之。虎因喜，计之曰：技止此耳。因跳踉大㘎，断其喉，尽其肉，乃去。"黔，唐代的黔中道，辖境今湖北省西南部、四川省东南部、贵州省北部和湖南省西北部。后比喻技能拙劣、虚有其表为“黔驴无技”。

41 〔隶道士籍〕即谓出家做了道士。隶，隶属。

42 〔佛（fú 服）然〕愤怒貌。《庄子·天地》：“谓己道人，则勃然作色；谓己谀人，则佛然作色。”

43 〔不齿〕不与同列。表示厌弃鄙视。《尚书·蔡仲之命》：“降霍叔于庶人，三年不齿。”

44 〔学使〕即提学使。详见卷一《叶生》注。

45 〔回禄〕火灾。详见卷二《白于玉》注。

46 〔罚锾（huán 桓）〕犹罚金。《尚书·吕刑》：“其罚百锾。”传：“罚六两曰锾。”

47 〔邑庠〕县学。详见卷一《叶生》注。

48 〔领乡荐〕明清举人由乡试产生而取得参加会试的资格，所以乡试中式也称“领乡荐”或“领荐”。详见卷一《叶生》注。

49 〔绠（gěng 梗）〕粗绳。

50 〔普陀寺〕佛寺，供奉观世音的寺院。梵语“普陀落迦”的省音译。

51 〔珠还〕犹“合浦珠还”、“珠还合浦”。意为物归原主。详见卷二《赌符》注。

52 〔毕公权〕名世持，字公权，淄川西铺人（今山东淄博市周村区西铺村）。康熙十七年（1678）乡试第一。喜交游，笃友情。卒年仅三十九岁。

53 〔惧内〕旧称妻子为内人，因称怕老婆为惧内。

54 〔《妙音经》〕何注：“《妙音经》，此借梵语为房帏之戏谑耳。”

55 〔噱（jué 决）〕大笑。《汉书·叙传》：“谈笑大噱。”

56 〔“窃以”四句〕谓大自然发育滋生万物，主要依赖大地来完成；男子要实现自己远大志向，特别需要妻子的帮助。天道，指自然界变化的规律。《庄子·庚桑楚》：“夫春气发而百草生，正得秋而万宝成。夫春与秋，岂无得而然哉？天道已行矣。”化生，发育滋生。《周易·咸》：“天地感而万物化生。”坤成，坤，八卦之一，代表地，女性。《周易·系辞上》："乾道成男，坤道成女。"内助，旧时称妻子为内助。《三国志·魏志·文德郭皇后传》："昔帝王之治天下，不唯外辅，亦有内助。"

57 〔"同甘"四句〕谓夫妻间享受人生天伦之乐，承担抚育子女的辛苦。尔，你，指妻子。十月呻吟，谓十月怀胎之辛苦。就湿移干，谓妻子睡卧在幼儿尿湿的被褥处，而将幼儿移到干处。苦矣三年嚬笑，谓辛苦抚育幼儿三年始离怀抱。三年，《礼记·三年问》："孔子曰：'子生三年，然后免于父母之怀。'"嚬笑，悲喜。《韩非子·内储说上》："吾闻明主之爱一嚬一笑，嚬有为嚬，而笑有为笑。"嚬，与"颦"通，忧愁貌。

58 〔"此顾"四句〕谓为传宗接代与家务之劳，所以男子产生求偶之念，而有夫妻之爱。宗祧（tiāo 佻），宗庙。伉俪（kànglì 抗丽），配偶。井臼，谓汲水舂米，喻家务劳动。鱼水之爱，喻夫妻之爱。详见卷二《连琐》注。

59 〔"第阴"二句〕只因妻子在家中发号施令，致使丈夫的权威无存。第，只。阴教，《晋书·后妃传序》："阴教洽于宫闱，淑誉腾于区域。"教，令。此谓妻子在家发号施令。

60 〔"始而"四句〕开始对妻子不逊的言辞，丈夫有时还顶撞几句，后来却敬畏之，不敢有所反对。不逊，不恭的言辞。大施，谓大不恭敬。小报，谓小的反感。如宾之敬，即"相待如宾"，谓夫妻相处敬如宾客。《左传·僖公三十二年》："臼季使过冀，见冀缺耨，其妻馌之，敬，相待如宾。"有往而无来，只有夫敬妻而无妻敬夫。

61 〔"只缘"二句〕只因恋于儿女私情，遂使失去男子汉的气节。儿女深情，指男女间情爱。儿女，犹男女。英雄短气，指有才志的人因遭受困厄或沉溺于儿女私情而丧失进取心。短气，志气沮丧。

62 〔"床上"四句〕谓家中若有如夜叉般的悍妇，就是金刚般的男儿也要低眉顺从；家中悍妇气焰嚣张，就是铁般硬汉也得俯首贴耳。夜叉，佛经中一种形象凶恶的鬼，此指悍妇。金刚亦须低眉，即“金刚低眉”。金刚，佛教的守护神，塑像作勇猛怒目的姿态。《太平广记》卷一七四《谈薮》：“隋吏部侍郎薛道衡，尝游钟山开善寺，谓小僧曰：‘金刚何为努目？菩萨何为低眉？’小僧答曰：‘金刚努目，所以降伏四魔；菩萨低眉，所以慈悲六道。’”作者活用此典，形容妒妇凶悍，就连金刚也惧怕。釜底，即谓锅底，此指悍妇。毒，猛烈、厉害。铁汉，硬汉。强项，谓刚正不为威武所屈。唐刘知几《史通·直书》：“夫世事如此，而责史臣不能申其强项之风，励其匪躬之节，盖亦难矣。”

63 〔“秋砧”四句〕谓悍妇对丈夫或棒打或抓面，凶狠异常。砧，捣衣垫石。杵，棒槌。庾信《衣听捣衣》诗：“秋砧调急节，乱杵变新声。”麻姑之爪，葛洪《神仙传》载：麻姑，古代传说中的仙女。东汉桓帝时，神仙王方平，降蔡经家，召麻姑至，是好女子，年十八九许，鸟爪。蔡经见之，心中念言：“背大痒时，得此爪以搔背，当佳。”方平已知经心中所念，即使人牵经鞭之，谓曰：“麻姑神人也，汝所思谓爪可以爬背耶？”莲花之面，《新唐书·杨再思传》：“（张）昌宗以姿貌幸，再思每曰：‘人言六郎似莲花，非也；正谓莲花似六郎耳。’”

64 〔“小受”四句〕谓男子逆来顺受，致使悍妇待夫如母教子，纲常之不行，全由悍妇执掌家政。小受大走，谓小打则忍，大打则走。《后汉书·崔钧传》：“（父烈）骂曰：‘死卒！父挝而走，孝乎？’钧曰：‘舜之事父，小杖则受，大杖则走，非不孝也。’烈惭而止。”直，简直。代，替。孟母投梭，投梭，当为“断机”。刘向《列女传》：“孟子之少也，既学而归。孟母方绩，问曰：‘学所至矣。’孟子曰：‘自若也。’孟母以刀断其织。孟子惧而问其故。孟母曰：‘子之废学，犹吾断斯织也……’孟子惧，旦夕勤学不息，师事子思，遂成天下之名儒。”妇唱夫随，为古之礼教中“夫唱妇随”之反义。唱，同“倡”。《关尹子·三极》：“天下之理，夫者倡，妇者随。”周婆制礼，是“周公制礼”之反义。相传周公（名姬旦）摄政，制礼乐之制。而周婆之制礼，即谓由妇人主持家政。《艺文类聚》卷三五引《妒记》："谢太傅（安）妻刘夫人，不令公有别房宠。公深好声乐，不能令节，后遂颇欲立妓妾。兄弟外甥等微达此旨，共问讯刘夫人，因方便称《关雎》、《螽斯》有不忌之德。夫人知以讽己，乃问：'谁撰此诗？'答曰：'周公。'夫人曰：'周公是男子，及相为尔；若使周姥撰诗，当无此语也。'"

65 〔"婆娑"四句〕写悍妇蹦跳着撒泼，惹得满街围观之人，又吵又闹，像受惊群鸟乱鸣。婆娑，起舞的样子。详见卷二《罗刹海市》注。在此处有讽刺悍妇之丑态意。跳掷，蹦跳。嘲哳，为鸟鸣声。一群娇鸟，唐卢照邻《长安古意》："百尺游丝争绕树，一群娇鸟共啼春。"此借喻悍妇。

66 〔"恶乎哉"三句〕谓悍妇呼天抢地的丑态，披头散发以投井要挟。忽尔，忽然。银床，井栏。《晋书·乐志下》引《淮南王》篇："后园凿井银作床，金瓶素绠汲寒浆。"此指井。

67 〔"丑矣夫"三句〕谓最丑恶的是悍妇，突然摇头作态，装出欲上吊的样子。猥，猝，突然。《汉书·王莽传》："今猥以大罪，恐其遂畔。"投缳，谓上吊自杀。

68 〔碎胆〕吓破了胆。《南史·王融传附魏准》："太学生魏准，以才学为融所赏。及融诛，召准入舍人省诘问，惧而死，举体皆青，时人谓准胆破。"

69 〔"北宫黝（yǒu 酉）"二句〕意谓遇此等悍妇，世上最勇武之人也会感到畏惧。北宫黝，战国时的勇士。《孟子·公孙丑上》："北宫黝之养勇也，不肤挠，不目逃。思以一毫挫于人，若挞之于市朝。不受于褐宽博，亦不受于万乘之君。视刺万乘之君，若刺褐夫。无严诸侯，恶声至，必反之。"孟施舍，战国时的勇士，赵岐曰："孟姓舍名。施，发音也。"《孟子·公孙丑上》："孟施舍之养勇也，曰：'视不胜，犹胜也。量敌而后进，虑胜而后会，是畏三军者也。舍岂能为必胜哉！能无惧而已矣。'"

70 〔"将军"六句〕谓世间文臣武将，在悍妇面前也有难言之苦。无何有之乡，犹言无有。《庄子·逍遥游》：“今子有大树，患其无用，何不树之于无何有之乡。”谓威严一扫而光。面若冰霜，指面容威严。不可问，谓不能问，不敢问。

71 〔“岂果”四句〕难道女人真有使男人可威之处吗？为什么堂堂的男子汉在其面前如此畏惧？脂粉之气，谓妇女的气味。肮脏，当为“昂藏”，形容人气宇高朗与阳刚之气。

72 〔“犹可”三句〕若女子色美迷人，向其倾倒在情理上还说得过去。魔女，魔界之女人，女鬼。《楞严经》卷六：“上品魔王，中品魔男，下品魔女。”此谓美女。翘鬟，高挽之发髻。皈（guī 归）依，谓归心向佛。此谓醉心美女。

73 〔“最冤”三句〕意谓那最冤枉的，是面貌丑陋的女人，也要供奉如佛。鸠盘，“鸠盘荼”之省称。佛经上一种恶鬼，详见卷一《辛十四娘》注。供养，佛教称供献给神佛的供品为供养。《西游记》第四四回：“三清殿上有许多供养。”此谓诚心奉侍。

74 〔“闻怒狮”四句〕写男子惧妻子的丑态，听得妻子的呼唤，则跪倒听命。怒狮之吼，喻悍妇之叫嚣，犹“河东狮吼”、“季常之惧”。狮吼，《苕溪渔隐丛话》前集三八《西清诗话》：“东坡谪黄冈，与陈慥季常游，季常自以为饱禅学，而妻柳氏颇悍忌，季常畏之，故东坡因诗云：‘龙丘居士亦可怜，谈空说有夜不眠。忽闻河东狮子吼，拄杖落手心茫然。’”按：陈慥自号龙丘居士，河东是柳氏的郡望。狮子吼，佛家语，比喻威严。陈慥喜谈禅，故东坡以此戏之。后遂称泼悍的妇人为“河东狮吼”。双孔撩天，“撩”据手稿本改，原抄本作“掩”。双孔，谓两眼。跪地仰视，则两眼向天，故曰“双孔撩天”。牝鸡之鸣，母鸡报晓。旧称女性掌权为牝鸡司晨。《尚书·牧誓》：“牝鸡无晨。牝鸡之晨，惟家之索。”五体投地，古印度表示尊敬的致敬礼节。两肘、两膝和头部都着地。后来比喻极其钦佩而倾倒。

75 〔“登徒子”二句〕此言须眉男子之所以臣服于悍妇之下，只因好色，回波词竟成对惧内者的嘲笑。登徒子，《文选·宋玉〈登徒子好色赋〉》："登徒子则不然，其妻蓬头挛耳，龃唇历齿，旁行踽偻，又疥且痔，登徒子悦之，使有五子。"登徒，复姓。子，男子的通称。后称贪色的人为登徒子。回波词，乐府舞曲，唐中宗时作，六言四句，开首例有"回波尔时"四字，故名。孟启《本事诗·嘲戏》："中宗时，御史大夫裴谈，崇奉释氏，妻悍妒，谈畏之如严君。……时韦庶人颇袭武氏之风范，中宗渐畏之。内宴唱《回波词》，有优人词曰：'回波尔时栲栳，怕妇也是大好，外边只有裴谈，内里无过李老。'韦后意色自得，以束帛赐之。"

76 〔"设为"六句〕谓假若能做郭子仪这样人的贵婿，立致富贵，称臣于妻子还有情可原；倘若做了富人家之赘婿，也难免被役使，辛苦劳顿是个什么？汾阳，即唐郭子仪，被封汾阳郡王。详见卷四《西湖主》注。卿卿，男女间的昵称。详见卷一《胡四姐》注。外黄之家，《史记·张耳陈余列传》："张耳尝亡命游外黄，外黄富人女甚美，嫁庸奴，亡其夫，去抵父客。父客素知张耳，乃谓女曰：'必欲求贤夫，从张耳。'女听。乃卒为请决，嫁之张耳。张耳是时脱身游，女家厚奉给张耳，张耳以故致千金客，乃宦魏为外黄令，名由此益贤。"外黄，秦县名，今河南杞县东。仆仆，烦扰劳顿貌。《孟子·万章下》："子思以为鼎肉使己仆仆而亟拜也。"赵岐注："仆仆，烦猥貌。"

77 〔"彼穷鬼"六句〕谓那贫穷的男子，自觉无颜管束自己的妻子，就任她泼悍；那些有钱有势之家，遇到这种悍妒无礼之妇，钱神也无灵验。穷鬼，指贫困，此指贫穷的丈夫。斫树摧花，谓悍妇乱施淫威。《艺文类聚》卷八六引《妒女记》："武历阳女嫁阮宣子，无道妒忌。家有一株桃树，华叶灼耀，宣叹羡之，即便大怒，使婢取刀斫树，摧折其华。"包荒，原义是包含芜秽。《周易·泰》："包荒，用冯河。"此作容忍，包容。悍，原抄本作"怨"，据手稿本改。钱神，谓钱通神，其力无穷，故曰"钱神"。《晋书·鲁褒传》："元康之后，纲纪大坏，褒伤时之贪鄙，乃隐姓名而著《钱神论》

以刺之，其略曰：‘钱之为体，有乾坤之象，内则其方，外则其圆。其积如山，其流如川；动静有时，行藏有节，市井便易，不患耗折；难折象寿，不匮象道，故能长久，为世神宝。亲之如兄，字曰孔方。失之则贫弱，得之则富昌。无翼而飞，无足而走。解严毅之颜，开难发之口。钱多者处前，钱少者居后。处前者为君长，在后者为臣仆。君长者丰衍而有余，臣仆者穷竭而不足。……由此论之，谓之神物，无德而尊，无势而热。排金门而入紫闼，危可使安，死可使活；贵可使贱，生可使杀。是故忿争非钱不服，幽滞非钱不拔，怨仇非钱不解，令闻非钱不发。洛中朱衣，当途之士，爱我家兄，皆无已已。执我之手，抱我终始。不计优劣，不论年纪，宾客辐辏，门常如市。谚云：钱无耳可使鬼，凡今之人，惟钱而已。……’”婴鳞，触及逆鳞。《韩非子·说难》：“夫龙之为虫也，柔可狎而骑也；然其喉下有逆鳞径尺，若人有婴之者，则必杀人。”后因以婴鳞喻触犯有权势的人的尊严。此喻触犯妒妇。方兄，即“孔方兄”之省称，钱的别名。《汉书·食货志下》：“钱圜函方。”注引孟康曰：“外圆而内孔方也。”后因称钱为“孔方兄”或“孔方”。宋杨万里《食鹧鸪》诗：“方兄百辈买一只，可惜羽衣锦狼籍。”

78 〔“岂缚”四句〕岂能说捆缚住游子之心的惟有这“鸟道”？使消除霸王之气者，专恃“鸿沟”？游子，谓离乡远游的人，此泛指男子。鸟道，借喻，谓只有鸟才能飞过的道路。鸿沟，古渠名，故道在今河南荥阳县南。秦末项羽刘邦约中分天下，以鸿沟为界，西为汉，东为楚。但此处用典有别指。丁传靖《宋人轶事汇编》卷四《湘素杂记》：“周世宗时，陶尚书穀奉使江南，韩熙载遣家妓以奉盥匜。及旦，有书谢，略云：‘巫山之丽质初临，霞侵鸟道；洛甫之妖姿自至，月满鸿沟。’举朝不能领会其辞。熙载因召家妓讯之，云：‘是夕忽当浣濯焉。’”“鸟道”、“鸿沟”皆为借喻。霸王，西楚霸王之略称，即项羽。

79 〔“然死”六句〕谓丈夫誓与之生死永不分离，哪曾有娶妾纳婢之想；而妒妇却朝云暮雨，半点不放松丈夫。同穴，谓夫妻死而同葬一个墓穴中。《诗经·王风·大车》：“穀则异室，死则同穴。”吟“白首”，即《白头吟》。《西京杂记》卷三：“相如（司马相如）将聘茂陵人女为妾，卓文君作《白头吟》以自绝，相如乃止。”朝行云，暮行雨，《文选·宋玉〈高唐赋序〉》：“昔者先王尝游高唐，怠而昼寝，梦见一妇人曰：‘妾巫山之女也，为高唐之客，闻君游高唐，愿荐枕席。’王因幸之。去而辞曰：‘妾在巫山之阳，高丘之阻，旦为朝云，暮为行雨，朝朝暮暮，阳台之下。’”后因谓男女欢合为云雨。巫山，在四川巫山县东，即巫峡，山有十二峰。此谓巫山云雨，即男女欢合。

80 〔“恨煞”四句〕谓恨丈夫恋妓忘家，使自己独守空房。“池水清”，本为词调名，此代指恋妓忘家的丈夫。《太平广记》卷二六四《王氏见闻》载：“韩伸者，渠州人也。善饮博，尝游谒于东川，数年不归。忽一日，聚其博徒，挈饮妓而致幽会。夜坐洽乐之际，其妻自家领女仆一两人潜至，匿于邻舍。俟其夜会筵合，遂持棒伺于暗处。伸不知觉，遂塌声唱《池水清》声不绝。脑后一棒，打落幞头，扑灭灯烛，伸即窜于饭床下。时辈呼韩为‘池水清’。”空按，徒然地拍击。红牙玉板，调节乐曲节拍的拍板，多用檀木制成，色红，故名“红牙板”。司马光《和王少卿》诗：“红牙板急弦声咽，白玉舟横酒量宽。”妾命薄，犹妾薄命。《汉书·外戚传》孝成许皇后上疏：“妾薄命，端遇竟宁前。”此为乐府《妾薄命》题名所本。以此题所写之词，多为反映妇女哀怨之内容。此写悍妇被丈夫疏远而独守空房的寂寞。永夜，长夜。

81 〔“蝉壳”四句〕谓男子只有趁悍妇睡熟时，才能使金蝉脱壳之计出去寻欢，一旦被发现则赶之不迭。蝉壳鹭滩，谓悄悄遁去。蝉壳，即为“金蝉脱壳”，比喻解脱。鹭滩，即“鹭鹚踏滩”，着地无声。骊龙方睡，谓悍妇刚睡熟。《庄子·列御寇》：“河上有家贫恃纬萧而食者，其子没于渊，得千金之珠。其父谓其子曰：‘取石来锻之！夫千金之珠，必在九重之渊而骊龙颔下。子能得珠者，必遭其睡也；使骊龙而寤，子尚奚微之有哉！'”犊车，小牛拉的车。麈（zhǔ主）尾，指拂尘，以麈尾制成。《世说新语·轻诋》“王丞相轻蔡公”注引《妒记》：“丞相（王导）曹夫人性甚忌，禁制丞相不得有侍御，乃至左右小人亦被检简，时有妍妙，皆加诮责。王公不能久堪，乃密营别馆，众妾罗列，儿女成行……曹氏闻，惊愕大恚，命车驾将黄门及婢二十人，持食刀，自出寻讨。王公亦遽命驾，飞辔出门，犹患牛迟，乃以左手攀车栏，右手捉麈尾，以柄助御者打牛，狼狈奔驰，方得先至。”此为“犊牛麈尾”出典所本。

82 〔“榻上”四句〕谓悍妇嫉妒过甚，有时难免自取羞辱。榻上共卧之人，鲁迅《古小说钩沉》转引《太平御览》卷六九六《俗说》：“车武子妇大妒，夜恒出掩袭车，车后呼其妇兄颜熙夜宿共眠，取一绛裙挂著屏风上，其妇果来，拔刀径上床发被，欲刃床上人，定看乃是其兄，于是惭羞而退。”床前久系之客，鲁迅《古小说钩沉》转引《艺文类聚》卷三五《妒记》：“京邑有士人妇，大妒忌。于夫小则骂詈，大必捶打。常以长绳系夫脚，且唤便牵绳。士人密与巫妪为计：因妇眠，士人入厕，以绳系羊，士人缘墙走避。妇觉，牵绳而羊至，大惊怪，召问巫。巫曰：‘娘子积恶，先人怪责，故郎君变成羊。若能改悔，乃可祈请。’妇因悲号，抱羊恸哭，自咎悔誓。妪乃令七日斋，举家大小悉避于室中，祭鬼神，师祝羊还复本形。婿徐徐还，妇见婿啼问曰：‘多日作羊，不乃辛苦耶？’婿曰：‘犹忆啖草不美，腹中痛尔。’妇愈悲哀。后复妒忌，婿因伏地作羊鸣。妇惊起，徒跣呼先人为誓，不敢复尔。于此不复妒忌。”

83 〔“需之”二句〕谓得到悍妇的温存之时甚短，而受其毒害却是无止尽的。俄顷，短暂一会。无尽藏，本佛教语，无穷无尽之意。苏轼《前赤壁赋》：“惟江上之清风与山间之明月，耳得之而为声，目遇之而成色，取之无禁，用之不竭，是造物者之无尽藏也。”

84 〔“买笑”六句〕谓男子若宿娼狎妓，这是咎由自取；而俯顺妻子以遭无妄之辱，则人皆以为不可。买笑，狎妓。唐刘禹锡《秦娘歌》：“自言买笑掷黄金，月堕云中从此始。”缠头，古代歌舞艺人表演时以锦缠头，演毕，客人以罗锦为赠，称为缠头。后来称赠送妓女的财物。自作孽，自己招致灾祸。《尚书·太甲中》：“天作孽，犹可违；自作孽，不可逭。”太甲，即帝太甲，商汤之孙。俯首帖耳，顺从听命。韩愈《应科目时与人书》：“若俯首帖耳，摇尾乞怜者，非我之志也。”《世说新语·规箴》：“王夷甫（衍）妇郭泰宁（豫）女，才拙而性刚，聚敛无厌，干豫人事。夷甫患之而不能禁。时其乡人幽州刺史李阳，京都大侠，犹汉之楼护，郭氏惮之。夷甫骤谏之，乃曰：‘非但我言卿不可，李阳亦谓卿不可。’郭氏为之小损。”

85 〔“酸风”四句〕言由于悍妒之妇吃醋心态的严重，致使破坏了夫妻之间的恩爱情感。“酸风”与下文“醋海”，皆喻女人的妒忌心态。凛冽，严寒。晋傅咸《神泉赋》：“六合萧条，严风凛冽。”此谓妒忌心情的严酷。绮阁，原指华丽的楼房。卢照邻《宴梓州南亭诗序》：“云窗绮阁，负绣堞之逶迤；洞户山楼，带金隍之缭绕。”此指闺阁。蓝桥，地名，在今陕西省蓝田县东南，古时为驿站所在地。唐裴铏《传奇·裴航》载：裴航下第，于湘汉舟中遇樊夫人，夫人赠诗，航读诗不解其意。后经蓝桥驿，得遇“云英”，始悟其诗之意。裴航与云英结为夫妻。详见《太平广记》卷五十《裴航》。

86 〔“又或”六句〕谓又或朋友盛会，而因悍妇的吝啬不予招待，使朋友间断绝往来。即坐，就坐。斗酒藏而不设，苏轼《后赤壁赋》：“妇曰：‘我有斗酒，藏之久矣，以待子不时之需。’”此处用其反意。逐客之书，即逐客令。《史记·李斯列传》载：秦王应宗室与大臣之请，下令“一切逐客”，李斯为此上《谏逐客书》。广绝交之论，即南朝梁刘峻《广绝交论》。

87 〔“甚而”四句〕此进一步言悍妒之妇之恶迹。使兄弟分居，虐待前妻所生子女。雁影分飞，谓兄弟分居。《礼记·王制》："父之齿随行，兄之齿雁行。"故后来以"雁行"、"雁序"喻兄弟。涕空沾于荆树，亦言兄弟分居。吴均《续齐谐记·紫荆树》："京兆田真，兄弟三人，共议分财。生赀皆平均，惟堂前一株紫荆树，共议欲破三片，明日就截之。其树即枯死，状如火燃。真往见之，大惊，谓诸弟曰：'树本同株，闻将分斫，所以顦顇，是人不如木也。'因悲不自胜，不复解树。树应声荣茂。兄弟相感，合财宝，遂为孝门。"鸾胶再觅，谓续娶后妻，即续弦。鸾胶，传说海上有凤麟洲，多仙人，以凤喙麟角合煎作膏，名续弦胶，能续弓弩断弦。东方朔《十洲记》。旧称妻死续娶为"鸾胶再续"、"鸾胶再觅"皆本此。变起芦花，谓芦苇之花絮代棉做棉衣。《太平御览》卷三四引《孝子传》："闵子骞事后母，絮骞衣以芦花。御车，寒，失靷，父怒笞之，后抚背，知衣单，父乃去其妻。骞启父曰：'母在一子寒，母去三子单。'父乃止。"

88 〔"故饮酒"六句〕谓阳城终生不娶妻，商子终生孤身，古人如此做，是有难言的痛楚。饮酒阳城，《新唐书·卓行传》载：唐阳城，字亢宗，定州北平人，隐居中条山。家贫，与弟阶、域同居，不娶。谓弟曰："吾与若孤茕相育，既娶则间外姓，虽共处而益疏，我不忍。"弟义之，亦不娶。李泌荐为谏议大夫，及受命，其他谏官论事苛细，德宗厌苦，而城寖闻得失且熟，犹未肯言，韩愈作《争臣论》讥之。城方与二弟延宾客，日夜剧饮。及裴延龄诬逐陆贽、张滂、李充等，朝臣无敢言者。城乃约拾遗王仲舒等上疏极论延龄罪，慷慨引谊，申直贽等，累日不止，闻者寒惧。帝大怒，召宰相抵城罪，皇太子为开救良久，始得免。吹竽商子，《列仙传》下："商丘子胥者，高邑人也。好牧豕吹竽。年七十，不娶妇而不老，邑人多奇之，从受道。"竽，古时管乐器。隐痛，难言的痛楚。

89 〔"百年"四句〕谓本应为百年相伴之妻，竟成了难以解脱的附骨恶疮；媒妁纳采所娶之妇，竟造成切肤之痛。百年鸳偶，像鸳鸯一样终生相伴的夫妻。附骨疽（jū 居），中医称一种恶疮名，长于肌肉深层，贴附于骨头之上。五两鹿皮，古代用成双的鹿皮作为订婚的礼物。《仪礼·士昏礼》："纳征，玄纁束帛俪皮，如纳吉礼。"注："凡嫁子取妻，入币纯帛，无过五两。皮，鹿皮。"疏："五两，十端也。"剥床之痛，喻灾及于身。《周易·剥》："剥床以肤，切近灾也。"

90 〔"髯如"四句〕那些怕老婆者虽也是须眉男儿，但却没有制服悍妇的胆量；既不敢断绝悍妇之祸根，也无勇气自阉根除自作之孽。髯如戟，指须眉男子。详见卷二《狐联》注。胆似斗，《三国志·蜀志·姜维传》注引《世语》："维死时见剖，胆如斗大。"此喻大胆。何人，谓无人。马栈下，指马棚。《战国策·齐策一》："匡章之母启得罪其父，其父杀而埋马栈之下。"喻指杀死悍妇。蚕室，古代执行腐刑（割掉男子生殖器）的处所。《文选·司马迁〈报任少卿书〉》："李陵既生降，隤其家声，而仆又茸以蚕室，重为天下观笑。"注："蚕室，腐刑所居温密之室也。"此谓男子自阉，以除招惹是非的祸根。

91 〔"娘子军"四句〕谓悍妇如强兵，无方略可以应付；悍妇肆虐无忌，但渡过迷妄境界要靠佛法挽救。娘子军，《新唐书·高祖诸女》："平阳昭公主，太穆皇后所生，下嫁柴绍……帝渡河，绍以数百骑并南山来迎，主引精兵万人与秦王会渭北。绍及主对置幕府，分定京师，号娘子军。"此处喻悍妇之气势阵容。疗妒，指治疗妒忌之病。胭脂虎，喻凶悍的女人。宋陶穀《清异类·女行》："朱氏女沉惨狡妒，嫁为陆慎言妻。慎言宰尉氏，政不在己，吏民语曰胭脂虎。"渡迷，佛教语，谓渡过迷妄的境界。李白《春日归山寄孟浩然》："金绳开觉路，宝筏渡迷川。"

92 〔"天香"四句〕谓悍妒之妇只有虔诚地烧香敬事神灵，死后才可免受阴司汤镬之刑；若能感动花雨纷落，即可逃脱地狱刀山剑树之苦。天香，祭神的香。庾信《奉和同泰寺浮屠》诗："天香下桂殿，仙梵入伊笙。"汤镬，古代的烹刑。花雨，即雨花。相传南朝梁武帝时，云光法师讲经于建康（今南京）石子岗聚宝山，天花坠落如雨，后遂称此地为雨花台。李白《登瓦官阁》:“漫漫雨花落，嘈嘈天乐鸣。”剑轮，谓地狱中的刀山剑树。轮，轮回。

93 〔“极乐”四句〕谓悍妒之妇，若能虔奉佛事，可至极乐世界；若能潜心诵读经卷，则夫妻恩爱，妻妾和好。极乐之境，佛教称阿弥陀佛所居之世界。《阿弥陀经》:“有世界名极乐……其国众生，无有众苦，但受诸乐，故名极乐。”彩翼双栖，比喻夫妇恩爱和美。李商隐《无题二首》之二:“身无彩凤双飞翼，心有灵犀一点通。”长舌之端，谓悍妒之妇多诵经卷。长舌，长舌妇。详见卷四《二商》注。青莲并蒂，谓被佛教化之妒妇，妻妾和美。青莲，青莲花。佛教以为莲花清净无染，故常以指称和佛教有关的事物。

94 〔“拔苦恼”二句〕如此可从佛境中拔除苦恼，超脱世间情爱的纠缠。优婆之国，谓佛国。优婆，梵语，僧尼。在家中奉佛的女子称“优婆夷”，在家中奉佛的男子称“优婆塞”。道场，佛道两教称礼拜诵经的场所。详见卷二《李伯言》注。爱河，佛教以情欲之为害，如河水之可以溺人，故称爱河。《楞严经》卷四:“爱河干枯，令汝解脱。”

95 〔“愿此”二句〕此二句为全文之结。贝叶文，本指佛经。详见卷二《林四娘》注。此处作者所言之《妙音经之续言》。杨枝水，佛教谓能化恶因为善果，使万物苏生的甘露。详见卷二《张诚》注。

魁星

郓城[1]张济宇，卧而未寐，忽见光明满室，惊视之，一鬼执笔立，若魁星[2]状，急起拜叩，光亦寻灭。由此自负，以为元魁[3]之先兆也。后竟落拓无成，家亦雕落，骨肉相继死，惟生一人存焉。彼魁星者，何以不为福而为祸也？

校注

1　〔郓（yùn 酝）城〕县名。治所在山东省西南，今郓城县。

2　〔魁星〕“奎星”俗称。奎星，是中国古代天文学二十八宿之一，称为“奎宿”。东汉纬书《孝经援神契》中有“奎主文章”之说，后世被人附会为主宰文运的神，建奎星阁并塑像以崇祀之，视为主文章兴衰之神，科举考试则奉为主中式之神，并改“奎星”为“魁星”。顾炎武在《日知录》中附会曰：“为鬼举足而起其斗。”一手捧斗，一手执笔，意为点定中式人的姓名，元刘壎《隐居通议·造化》：“淳熙中，殿试进士，有邓太史者告周益公，魁星临蜀。”

3　〔元魁〕犹首魁，科举考试中式第一名。

厍[1]将军

厍大有，字君实，汉中洋县[2]人，以武举[3]隶祖述舜麾下。祖厚遇之，屡蒙拔擢，迁伪周总戎[4]。后觉大势既去，潜以兵乘祖[5]，祖格拒伤手，因就缚之，纳款[6]于总督蔡[7]。至都，梦至冥司，冥王怒其不义，命鬼以沸油[8]浇其足。既醒，足痛不可忍。后肿溃，指尽堕，又益之疟，辄呼曰："我诚负义！"遂死。

异史氏曰："事伪朝固不足言忠，然国士庸人[9]，因知为报，贤豪自命宜尔也。是诚可以惕天下之人臣而怀二心者[10]矣。"

校注

1 〔厍（shè 设）〕姓。康熙间抄本与原抄本为"库"字，此据手稿本改。

2　〔汉中洋县〕汉中，明清府名，治所在今陕西省郑县。洋县，陕西省西南，明清隶汉中府，治所在今洋县。

3　〔武举〕即武科举人的简称。清制，乡试分文、武两科，武科所中式者，谓武举人。

4　〔伪周总戎〕伪周，明降将吴三桂被清封平西将军，镇云南。康熙下令撤藩，吴三桂叛，自称天下都招讨兵马大元帅，得云南、贵州、四川、湖南、广西等地，因自称帝，建国号曰“周”（1673–1681）。总戎，总兵的别称。清代总兵之职因袭明朝，为绿营兵之统将，总兵官省称总兵，副总兵官省称副将，位次于提督。总兵所辖军队为镇，故又称总镇，尊称总戎、镇台。

5　〔乘祖〕意谓乘机偷袭祖述舜。乘，偷袭。

6　〔纳款〕归顺，降服。《文选·王融〈永明十一年策秀才文〉》：“纳款通和，布德修礼。”

7　〔总督蔡〕总督，明清地方军事最高长官。蔡，据《碑传集》卷六十六《蔡毓荣传》载：蔡毓荣，字仁庵，清汉军正白旗人。康熙九年（1670）四月康熙帝特简总督四川、湖广，驻扎荆州。吴三桂叛，康熙帝于十七年（1678）“特授尔（指蔡毓荣——笔者）为绥远将军”，总督云贵事宜。

8　〔油〕据手稿本补，原抄本无。

9　〔国士庸人〕国士，国中才能出众之人。《战国策·赵策一》：“知伯以国士遇臣，臣故国士报之。”庸人，谓普通人。

10　〔怀二心者〕谓不忠之臣。

绛妃

癸亥岁[1]，余馆于毕刺史[2]公之绰然堂。公家花木最盛，暇辄从公杖履[3]，得恣游赏。一日，眺览既归，倦极思寝，解履登床，梦二女郎被服艳丽，近请曰："有所奉托，敢屈移玉[4]。"余愕然起，问："谁相见召？"曰："绛妃耳。"恍惚不解所谓，遽从之去。俄睹殿阁，高接云汉，下有石阶，层层而上，约尽百余级，始至颠头。见朱门洞敞，又有二三丽者，趋入通客[5]。无何，诣一殿外，金钩碧箔，光明射眼，内一妇人降阶出，环珮锵然，状若贵嫔[6]。方思展拜，妃便先言："敬屈先生，理须首谢。"呼左右以毡贴地，若将行礼。余惶悚[7]无以为地，因启曰："草莽微贱[8]，得辱宠召，已有余荣，况敢分庭抗礼[9]，益臣之罪，折臣之福！"妃命撤毯设宴，对宴相向，酒数行，余辞曰："臣饮少辄醉，惧有愆仪[10]。教命[11]云何，幸释疑虑。"妃不言，但以巨杯促饮，余屡请命，乃言："妾，花神也。合家细弱，依栖于此，屡被封家婢子[12]，横见摧残。今欲背城借一[13]，烦君属檄草[14]耳。"余惶然起奏："臣学陋不文，恐负重托，但承宠命，敢不竭肝鬲之愚[15]。"妃喜，即殿上赐笔札。诸丽者拭案拂坐，磨墨濡毫。又一垂髫人，折纸为范[16]，置腕下。略写一两句，便二三辈叠背[17]相窥。余素迟钝，此时觉文思若涌，少间，稿脱，争持去，启呈绛妃。妃展阅一过，颇谓不疵，遂复送余归。醒而忆之，情事宛然，但檄词强半遗忘，因足而成之：

"谨按[18]封氏：飞扬成性[19]，忌嫉为心。济恶以才，妒同醉骨[20]；射人于暗，奸类含沙[21]。昔虞帝受其狐媚，英、皇不足解忧，反借渠以解愠[22]；楚王蒙其蛊惑，贤才未能称意，惟得彼以称雄[23]沛上英雄[24]，云飞而思猛士[25]；茂陵天子，秋高而念佳人[26]。从此怙宠[27]日恣，因而肆狂无忌。怒号万窍，响碎玉于王宫[28]；淜湃中宵，弄寒声于秋树[29]。倏向山林丛里，假虎之威[30]；时于滟滪堆[31]中，生江之浪。且也帘钩频动，发高阁之清商[32]；檐铁忽敲，破离人之幽梦[33]。寻帷下榻，反同入幕之宾[34]；排闼[35]登堂，竟作翻书之客[36]。不曾于生平识面，直开门户而来；若非是掌上留裙，几掠妃子而去[37]。吐虹丝于碧落，乃敢因月成阑[38]；翻柳浪[39]于青郊，谬说为花寄信[40]。赋归田者，归途才就，飘飘吹薜荔之衣[41]；登高台者，高兴方浓，轻轻落茱萸之帽[42]。蓬梗卷兮上下，三秋之羊角抟空[43]；筝声入乎云霄，百尺之鸢丝断系[44]。不奉太后之召，欲速花开[45]；未绝坐客之缨，竟吹灯灭[46]。甚则扬尘播土，吹平李贺之山[47]；叫雨呼云，卷破杜陵之屋[48]。冯夷起而击鼓，少女进而吹笙[49]。荡漾[50]以来，草皆成偃[51]；吼奔而至，瓦欲为飞[52]。未施抟水之威，浮水江豚时出拜[53]；陡出障天之势，书天雁字不成行[54]。助马当之轻帆，彼有取尔；牵瑶台之翠帐，于意云何[55]？至于海鸟有灵，尚依鲁门以避[56]；但使行人无恙，愿唤尤郎以归[57]。古有贤豪，乘而破者万里[58]；世无高士，御以行者几人[59]？驾炮车之狂云，遂以夜郎自大[60]；恃贪狼之逆气，漫以河伯为尊[61]。姊妹俱受其摧残，汇族悉为其蹂躏[62]。纷红骇绿，掩苒何穷[63]？擘柳鸣条，萧骚无际[64]。雨零金谷，缀为藉客之裀[65]；露冷华林，去作沾泥之絮[66]。埋香瘗玉，残妆卸而翻飞[67]；朱榭雕阑，杂珮纷其零落[68]。减春光于旦夕，万点正飘愁；觅残红于西东，五更非错恨[69]。翩跹江汉女，弓鞋漫踏春园[70]；寂寞玉楼人，珠勒徒嘶芳草[71]。斯时也：伤春者有难乎为情之怨，寻胜者作无可奈何之歌[72]。尔乃趾高气扬，发无端之踔厉[73]；摧蒙振落，动不已之阑珊[74]。伤哉绿树犹存，簌簌[75]者绕墙自落；久矣朱旛不竖，娟娟者霣涕谁怜[76]？堕溷沾篱[77]，毕芳魂于一日；朝荣夕悴[78]，免荼毒以何年？怨罗裳之易开，骂空闻于子夜[79]；讼狂伯之肆虐，章未报于天庭[80]。诞告芳邻，学作蛾眉之阵；凡属同气，群兴草木之兵[81]。莫言蒲柳无能，但须藩篱有志[82]。且看莺俦燕侣，公覆夺爱之仇[83]；请与蝶友蜂媒，共发同心之誓[84]。兰桡桂楫，可教战于昆明；

桑盖柳旌，用观兵于上苑[85]。东篱处士，亦出茅庐；大树将军，应怀义愤[86]。杀其气焰，洗千年粉黛之冤；歼尔豪强，销万古风流之恨[87]！”

校注

1 〔癸亥岁〕康熙二十二年（1683）。

2 〔毕刺史〕名际有，字载绩。详见卷一《祝翁》注。绰然堂，在淄川西铺，为蒲松龄设馆馆东毕际有之父毕自严（字白阳）所构之厅堂。匾额为毕白阳于明崇祯甲戌年（1634）题。其堂为蒲松龄授徒之所。绰然，为取《孟子·公孙丑下》“绰绰然有余裕”之意。匾现藏于蒲松龄纪念馆。

3 〔从公杖履〕谓跟随馆东毕际有之后。杖履，亦作“杖屦”。详见卷四《捉鬼射狐》注。

4 〔敢屈移玉〕谓敢劳尊驾前往。移玉，谓移动玉步。

5 〔通客〕谓通报客来。

6 〔贵嫔（pín 贫）〕女官名。三国魏文帝置，位次于皇后，历代多沿用其名。《三国志·魏志·后妃传序》：“文帝增贵嫔、淑媛……”“贵嫔、夫人，位次皇后，爵无所视。”

7 〔惶悚（sǒng 耸）〕惶恐。南朝宋鲍照《谢假启》之二：“执启涕结，伏追惶悚。”

8 〔草莽微贱〕谓草野之人微不足道也。草莽，无职平民。《孟子·万章下》：“在国曰市井之臣，在野曰草莽之臣，皆谓庶人。”

9 〔分庭抗礼〕谓宾主相见时，分立庭院两旁，相对行礼。庭，庭院。抗礼，也作“伉礼”，平等行礼。抗，敌。《史记·货殖列传》："子贡所至，国君无不分庭与之抗礼。"此谓以平等的礼节相见。

10 〔愆（qiān 铅）仪〕失礼。愆，失误。

11 〔教命〕后妃的诏书旨意称教命。《新五代史·唐刘后传》："太后称诏令，皇后称教命。"

12 〔封家婢子〕此为对封家姨的蔑称。封姨，亦作"封夷"，古时神话传说中的风神，亦称"封家姨"、"封十八姨"、"十八姨"。唐谷神子《博异记·崔玄微》记崔玄微于春季月夜遇诸女会饮，其中封家十八姨为风神，其他诸女为花精。后诸花精遇难，求崔玄微救护之。后诗文中，以封姨代指风或风神。清纳兰性德《满江红》词："为问封姨，何事却排空卷地。又不是江南春好，妒花天气。"

13 〔背城借一〕意为决一死战。《左传·成公二年》："请收合余烬，背城借一。"注："欲于城下，复借一战。"

14 〔属（zhǔ 主）檄（xí 习）草〕谓撰写讨伐敌人的檄文。属，撰写。《史记·屈原贾生列传》："怀王使屈原造为宪令，屈平属草稿未定。"檄，檄文，古代军中用于声讨敌人的文书。

15 〔竭肝鬲之愚〕谓竭尽肝胆之诚意。鬲，通"膈"。愚，诚。

16 〔折纸为范〕在纸上折叠出横竖排列的格式。范，格式。

17 〔叠背〕谓肩背相叠，指拥挤围观。

18 〔谨按〕为引用论据、史实开端的常用语。《魏书·源贺传》："怀乃奏曰：'谨按条制：逃吏不在赦限。'"

19 〔飞扬成性〕放荡、任性的性子。飞扬，放纵、任性。《庄子·天地》："且夫失性有五……五曰趣舍滑心，使性飞扬。"

20 〔"济恶"二句〕谓风以其才而逞其恶，妒忌之性浸渍骨髓。济，逞。醉骨，以酒浸渍之骨。《旧唐书·高宗废后王氏传》："武后令人杖庶人（王皇后）及萧氏（萧良娣）各一百，截去手足，投于酒瓮中，曰：'令此二妪骨醉。'"此谓妒忌之深。

21 〔"射人"二句〕谓风于暗处伤人，其奸诈如同含沙射影的蜮。此二句实为用典"含沙射影"。详见卷四《念秧》篇

“鬼蜮”注。

22 〔“昔虞帝”三句〕谓往日虞帝舜曾受蛊惑，而蛾皇、女英不能解其忧烦，反想借它解除百姓的烦恼。虞帝，即帝舜。姚姓，有虞氏，名重华，受禅继尧为帝，都于蒲坂。狐媚，俗称狐善以媚态惑人。《晋书·石勒载记》：“大丈夫行事当磊磊落落，如日月皎然，终不能如曹孟德、司马仲达父子，欺他人孤儿寡妇，狐媚以取天下也。”英、皇不足解其忧，谓舜得英、皇不能消除其忧烦。《孟子·万章上》：“好色，人之所欲。（舜）妻帝之二女，而不足解忧。”渠，她，指风神。解愠，解除烦恼。《礼记·乐记》：“昔者舜作五弦之琴，以歌南风。”孔颖达疏引《尸子》：“昔者舜弹五弦之琴，其辞曰：‘南风之薰兮，可以解吾民之愠兮；南风之时兮，可以阜吾民之财兮。’”

23 〔“楚王”三句〕谓楚王也曾受到风的蛊惑，但他未能使贤德之才子如意，而自己却借此称雄。楚王，即楚顷襄王（前298–前263）。传说宋玉以《风赋》进谏顷襄王，而顷襄王不纳其谏。《文选·〈风赋〉》有曰：“楚襄王游于兰台之宫，宋玉、景差侍。有风飒然而至，王乃披襟而当之，曰：‘快哉此风，寡人所与庶人共者邪？’”“宋玉对曰：‘此独大王之风耳，庶人安得而共之。’”“宋玉指出风分“大王之风”为“雄风”；“庶人之风”为“雌风”。大王为其说所动。贤才，指宋玉。

24 〔沛上英雄〕指汉高祖刘邦，为今江苏沛县人。他于秦二世元年（前209）在家乡杀沛令起兵反秦，以应陈涉，众立为沛公。

25 〔云飞而思猛士〕《史记·高祖本纪》载：刘邦平定英布乱后于汉十二年十月归，路过沛县，置酒沛宫，悉招故人父老子弟纵酒，得沛中儿百二十人，教之歌。刘邦自作《大风歌》：“大风起兮云飞扬，威加海内兮归故乡，安得猛士兮守四方。”“高祖乃起舞，慷慨伤怀，泣数行下。”

26 〔茂陵天子，秋高而念佳人〕茂陵天子，指汉武帝刘彻，后元二年（前 87）死，葬于茂陵，故称之。秋高而念佳人，指“上（刘彻）幸河东，祠后土，顾视帝京欣然。中流与群臣饮燕。上欢甚，乃自作《秋风辞》曰：‘秋风起兮白云飞，草木黄落兮雁南归。兰有秀兮菊有芳，携佳人兮不能忘。’”汉武帝刘彻，以此抒发自己胸臆。见《文选》卷四十五。

27〔怙宠〕依仗宠幸。怙，恃。

28〔“怒号”二句〕谓狂风怒号，竟吹动王宫中占风铎叮咚响。万窍，谓自然界各种孔隙。《庄子·齐物论》：“大块噫气，其名为风。是惟无作，作则万窍怒号。”碎玉，指碎的玉片。五代王裕仁《开元天宝遗事·占风铎》：“岐王宫中于竹林内悬碎玉片子，每夜闻玉片子相触之声，即知有风，号为占风铎。”

29〔“淜湃”二句〕萧萧寒风吹于秋树之间，如汹涌的浪涛终夜不止。中宵，半夜。陶潜《辛丑岁七月赴假还江陵夜行涂中》：“怀役不遑寐，中宵尚孤征。”淜湃，同“澎湃”，亦作“砰湃”，水波相击之声，此谓风声似之。欧阳修《秋声赋》：“初淅沥以潇飒，忽奔腾而砰湃；如波涛夜惊，风雨骤至。”“童子曰：‘星月皎洁，明河在天。四无人声，声在树间。’”中宵，中夜。寒声，秋声。

30〔假虎之威〕谓风假虎之威。此化典“狐假虎威”之意。《周易·乾》：“云从龙，风从虎。”《淮南子·天文》：“虎啸而谷风至，龙举而景云属。”

31〔滟滪堆〕长江瞿塘峡中突出的巨石，为长江三峡著名险滩之一。唐李肇《国史补下》：“（三峡）大抵峡路峻急……四月五月尤险时。故曰：‘滟滪大如马，瞿塘不可下；滟滪大如牛，瞿塘不可留；滟滪大如襆，瞿塘不可触。’”

32〔清商〕谓凄清的商音，此指秋风。商，商音。中国古代记录乐谱用五音（宫、商、角、徵、羽），商为其一。古代以阴阳五行（金、木、水、火、土）之说，谓商属金，配以四季为秋。《文选·〈古诗十九首〉之五》：“清商随风发，中曲正徘徊。”

33 〔“檐铁”二句〕檐铁，即檐铃，亦称“铁马”。古时悬于檐间的铃，形如披甲之马，被风吹动而发声。清顾张思《土风录》卷一：“檐前悬铁马，始于隋炀帝。”幽梦，隐约的梦境。杜牧《郡斋独酌》诗：“寻僧解幽梦，乞酒缓愁肠。”

34 〔寻帷下榻，反同入幕之宾〕谓风自寻门径直入内室，竟如同与自家关系极为密切的宾客。寻帷，谓自寻门径而入。《文选·潘尼〈迎大驾〉》诗：“归云乘幰浮，凄风寻帷入。”帷，床帷。下榻，即“下陈蕃之榻”的省略，典出《后汉书·徐稚传》。详见卷二《翩翩》注。入幕之宾，即“入幕宾”，谓关系极亲切的宾客。《晋书·郗超传》：“谢安与王坦之尝诣温论事，温令超帐中卧听之，风动帐开，安笑曰：‘郗生可谓入幕之宾。’”

35 〔排闼（tà 榻）〕推门，撞开门。《史记·樊郦滕灌列传》：“高祖尝病甚，恶见人……十余日，哙乃排闼直入，大臣随之。”闼，门屏。

36 〔翻书之客〕谓风吹翻动书页。

37 〔“若非”二句〕谓风性之暴烈，几把妃子吹去。掌上留裙，相传汉成帝后赵飞燕体态轻盈，能作掌上舞。南朝梁吴均《大垂手》诗：“垂手忽迢迢，飞燕掌中娇。”《飞燕外传》：“帝于太液池作千人舟，号合宫之舟。池中起为瀛洲榭，高四十丈。帝御流波文縠无缝衫，后衣南越所贡云英紫裙，碧琼轻绡广榭上。后歌舞《归风送远之曲》，帝以文犀簪击玉瓯，令后所爱侍郎冯无方以倚后歌。中流歌酣，风大起，后顺风扬音，无方长噏细袅与相属。后裙髀曰：‘顾我！顾我！’后扬袖曰：‘仙乎，仙乎！去故而就新，宁忘怀乎！’帝曰：‘无方为我持后。’无方舍吹持后履。久之，风霁。后泣曰：‘帝恩我，使我仙去不得。’怅然曼啸，泣数行下。帝益愧爱后，赐无方千万，入后房闼。他日宫姝幸者或襞裙为绉，号曰‘留仙裙’。”妃子，指汉成帝之妃子赵飞燕。

38 〔“吐虹丝”二句〕谓风之气焰高丈，借月晕以显示其威。虹丝，夜空中彩色的月晕。碧落，道教称天空为“碧落”。唐杨炯《和辅先入昊天观星瞻》：“碧落三乾外，黄图四海中。”因，借。月阑，即月晕，环绕月亮周围的光环。元王实甫《西厢记》第二本第四折：“〔红云〕姐姐你看月阑，明日敢有风也。”

39 〔翻柳浪〕谓风吹动着初春郊野的杨柳。青郊，春郊。

40 〔谬说为花寄信〕意谓假寄送花开的消息。花寄信，即“花信风”，古时指应花期而来的风。花信风共有二十四番，故有“二十四番花信风”之说。《荆楚岁时记》载：小寒：梅、山茶、水仙为信；大寒：瑞香、兰、山矾为信；立春：迎春、樱桃、望春、麦、柳为信；谷雨：牡丹、荼蘼、楝为信，此所谓二十四番花信风也。宋范成大《闻石湖海棠盛开》诗之一：“东风花信十分开，细意留连待我来。”

41 〔“赋归田”三句〕谓不得志辞官归隐的高士，刚刚踏上归隐之路，风就轻飘飘地吹动着他的衣裳。赋归田，古人称辞官回乡为归田，《文选·张衡〈归田赋〉》题解：“归田赋者，张衡仕不得志，欲归于田，因作此赋。”薜荔衣，屈原《九歌·山鬼》：“若有人兮山之阿，被薜荔兮带女萝。”后因以薜荔衣为隐士之服。

42 〔“登高台”三句〕此指东晋孟嘉九月九日随征西将军桓温登高饮酒，酒兴方浓，以至被风吹掉帽子而不知的事。此处指责风之淫威无处不施。登高者，指东晋征西将军桓温设宴龙山，宴饮群从。高兴，高雅的兴致。杜甫《北征》：“青云动高兴，幽事亦可悦。”落茱萸之帽，即指九月九日在龙山宴饮间，被风吹掉孟嘉的帽子。茱萸，植物名，香气辛烈，可入药。古俗农历九月九日重阳节，佩茱萸能祛邪辟恶。《西京杂记》卷三：“九月九日，佩茱萸，食蓬饵，饮菊花酒，令人长寿。”此处“茱萸之帽”，是指九月九日重阳节又称“茱萸节”、“茱萸会”所戴之帽的特称。如古俗重阳节登高宴饮时佐酒的女侍，称“茱萸女”。唐张谔《九日宴》诗：“归来得问茱萸女，今日登高醉几人。”《晋书·孟嘉传》：

“孟嘉字万年，江夏鄳人，吴司空宗曾孙也。嘉少知名……后为征西桓温参军，温甚重之。九月九日，温燕龙山，僚佐毕集。时佐吏并著戎服，有风至，吹嘉帽堕落，嘉不觉。温使左右勿言，欲观其举止。嘉良久如厕，温令取还之，命孙盛作文嘲嘉，著嘉座处。”独孤及《同徐侍郎五云溪新庭重阳宴集作》：“临风孟嘉帽，乘兴李膺舟。”

43 〔蓬梗卷兮上下，三秋之羊角抟空〕谓飞蓬被风吹得上下翻卷，又被旋风吹卷到高空。蓬梗，指蓬草之梗。蓬，草名，又称飞蓬。三秋，指秋季的第三个月，即农历九月。北周庾信《至仁山铭》：“三秋云薄，九日寒新。”羊角，谓一种旋风之称。《庄子·逍遥游》：“抟扶摇羊角而上者九万里。”抟（tuán 团）空，盘旋于空中。

44 〔筝声入乎云霄，百尺之鸢丝断系〕风筝之声响乎云霄间，风吹断了这百尺风筝的系线。筝，风筝，通常以竹篾为骨架糊以纸、绢而成，用长线系之，能乘风高飞。明陈沂《询蒭录》：“风筝，即纸鸢，又名风鸢。初五代汉李业于宫中作纸鸢，引线乘风为戏。后于鸢首以竹为笛，使风入作声如筝，俗呼风筝。”鸢丝，即风筝的引线。

45 〔“不奉”二句〕谓风违时令而令花于隆冬开放。此源自武则天诏令上苑花开之事。太后，指武则天，唐高宗死后称太后。奉诏花开，《全唐诗话》一：“（武后）天授二年腊，卿相欲诈称花发，请幸上苑，有所谋也。许之。寻疑有异图，先遣使宣诏曰：‘明朝游上苑，火速报春知。花须连夜发，莫待晓风吹。’于是凌晨名花布苑，群臣咸服其异。”

46 〔“未绝”二句〕谓风将宴中之灯吹灭，而助其邪恶之势。据汉刘向《说苑·复恩》载：楚庄王宴会群臣，日暮酒酣，灯烛灭。有人扯美人之衣。美人援绝其冠缨，以告王命上火，欲得绝缨之人。王不从，令群臣尽绝缨而上火，尽欢而罢。

47 〔“甚则”二句〕谓风威更有甚者，扬尘播土把山吹为平地。李贺（791–817），字长吉，福昌谷（今河南省宜阳县三乡）人，是唐中期杰出诗人，著有《昌谷集》。诗《浩歌》有句云："南风吹山作平地，帝遣天吴移海水。"

48 〔叫雨呼云，卷破杜陵之屋〕此本杜甫《茅屋为秋风所破歌》之意。谓狂风骤雨，将屋顶茅草卷走。杜陵，地名，在长安（今陕西省西安市）城东南，秦置杜县。《汉书·地理志》杜陵注："古杜伯国，汉宣帝葬此，因曰杜陵。在长安南五十里。"陵西即杜甫祖籍所在地之故宅。杜甫故常自称"杜陵布衣"、"少陵野老"，后人因以"杜陵"指代杜甫。杜甫《茅屋为秋风所破歌》云："八月秋高风怒号，卷我屋上三重茅，茅飞渡江洒江郊。"

49 〔"冯夷"二句〕谓即使微风也能在河中鼓起波浪，西风如笙，过后大雨倾盆。冯夷击鼓，谓河神鼓起水波。冯夷，河神名。《庄子·大宗师》："冯夷得之，以游大川。"干宝《搜神记》卷四："宋时，弘农冯夷，华阴潼乡堤首人也。以八月上庚日渡河，溺死。天帝署为河伯。"《文选·曹植〈洛神赋〉》："冯夷鸣鼓，女娲清歌。"少女，少女风，即西风。《三国志·魏志·管辂传》"今名当雨"注引《辂别传》曰："辂言：'树上已有少女微风，树间又有阴鸟和鸣。……其应至矣。'须臾，果有艮风鸣鸟。日未入，东南有山云楼起。黄昏之后，雷声动天。到鼓一中，星月皆没，风云并兴，玄气四合，大雨河倾。"吹笙，谓微风吹于树林间，如吹奏笙竽般悦耳。

50 〔荡漾〕花木随风飘动貌。欧阳修《丰乐亭游春》："绿树交加山鸟啼，晴风荡漾落花飞。"

51 〔草皆成偃〕偃，倒伏。《论语·颜渊》："君子之德风，小人之德草。草上之风，必偃。"

52 〔瓦欲为飞〕谓大雷雨屋瓦崩飞。《后汉书·光武纪》："更始元年，（王）莽兵大溃，会大雷雨，屋瓦皆飞。"

53 〔"未施"二句〕谓风还未施展其腾浪排空之威，江豚却时而出水面祭拜。抟水之威，谓风绞起波涛。《庄子·逍遥游》："鹏之徙于南冥也，水击三千里，抟扶摇而上者九万里。"江豚，即产于长江之白鳍豚。唐许浑《金陵怀古》："石燕拂云晴亦雨，江豚吹浪夜还风。”

54 〔书天雁字不成行〕谓大雁在天空散乱而不规则。书天雁字，指大雁在天空飞行时，或排成“一”字，或排成“人”字。不成行，指不成规则。朱熹《进贤道中漫成》：“据鞍又向冈头望，落日天风雁字斜。”

55 〔“助马当”四句〕谓风于马当助王勃的风帆，是可取的，而去牵动瑶台西王母的翠帐，是何居心。助马当之轻帆，是指王勃南行，至马当恰遇顺风，一夜舟抵南昌，写了著名的《滕王阁诗序》。王勃（649–676），字子安，原籍太原祁县，移居龙门（今山西稷山县治），为唐初著名诗人，有《王子安集》十六卷。马当，山名，在今江西彭泽县东北，其山横枕大江，山像马形。回风急击，波浪涌拂，舟船上下，多怀忧恐。王勃舟马当山，遇顺风，一夜即抵南昌，次日作《滕王阁诗序》。《类说》三四《摭遗滕王阁记》：“王勃舟次马当，水次见一叟曰：‘来日滕王阁作记，子可构之，垂名后世。’勃曰：‘此去洪（洪州，今南昌），水六七百里，今晚安可至也？’叟曰：‘吾助汝清风一席，中源水府吾主此祠。’勃登舟张帆，未晓抵洪。谒府帅阎公，公俾作记，赠百缣。”瑶台，传说中神仙所居之处。晋王嘉《拾遗记·昆仑山》：“傍有瑶台十二，各广千步，皆五色玉为台基。”南朝梁沈约《拟风赋》中有“时卷瑶台翠帐，乍动佚名轻衣，此盖羽客之仙风也”之句。

56 〔“至于”二句〕谓海鸟有灵，尚且依附于鲁门以避大风。海鸟，名爰居。鲁门，指古鲁国曲阜之城门。《国语·鲁语上》：“海鸟曰爰居，止于鲁东门之外三日，臧文仲使国人祭之。展禽曰：‘今滋海其有灾乎？夫广川之鸟兽，恒知而避其灾也。’是岁也，海多大风，冬暖。”

57 〔“但使”二句〕谓只要能使行人平安无事，愿唤回尤郎以使风平息。《玉台新咏·宋孝武帝〈丁都护歌〉》：“督护上征去，侬亦思闻许。愿作石尤风，四面断行旅。”石尤风，逆风，又名打头风。后人据诗意编造了一个动人的故事。元伊世珍《嫏嬛记》引《江湖纪闻》:“传闻石氏女嫁为尤郎妇,情好甚笃。尤为商远行,妻阻之不从。尤出不归,妻忆之,病亡。临亡长叹曰:‘吾恨不能阻其行,以至于此。今凡有商旅远行,吾当作大风为天下妇人阻之。’自后商旅发船值打头逆风,则曰石尤风也,遂止不行。”后来传说,遇风欲行,可密写“我为石娘唤尤郎归也,须放我舟行”十四字沉于水中,风即停息。

58 〔“古有”二句〕谓古有贤人豪杰,乘风破浪志在四方。古有贤豪,此指宗悫。《宋书·宗悫传》:南朝宋,炳兄子,字元乾。少时炳问其志,曰:“愿乘长风,破万里浪。”

59 〔“世无”二句〕谓现今没有御风而行的高志之士,不去追逐利禄的有几人?高士,志行高尚之士。《史记·鲁仲连邹阳列传》:“吾闻鲁仲连先生齐之高士。”御以行者,指御风而行的人。此指列御寇。《庄子·逍遥游》:“夫列子御风而行,泠然善也,旬有五日而后反。彼于致福者,未数数然也。”

60 〔“驾炮车”二句〕谓暴风驾着狂云而起,妄自尊大。炮车云,指伴随暴风而起的狂云。唐李肇《国史补》:“暴风之后有炮车云。”《王直方诗话》:“舟人占风,若暴车云起,辄起避之,乃大风候也。东坡有云:‘今日江东天色恶,炮车云起风欲作。’文潜有云:‘喜逢山色开眉黛,愁对江云起炮车。’”夜郎自大,谓妄自尊大。夜郎,汉时古国名,在今贵州桐梓县。《史记·西南夷列传》:“滇王与汉使者言曰:‘汉孰与我大?’乃夜郎侯亦然。以道不通,故自以为一州主,不知汉广大。”

61 〔“恃贪狼”二句〕谓河伯依仗暴风之威,泛乱成灾。贪狼,即贪狼风。《新五代史·前蜀世家·王衍》:“行至梓潼,大风发屋拔木。太史曰:‘此贪狼风也,当有败军杀将者。’”河伯,黄河的水神。《庄子·秋水》:“秋水时至,百川灌河,泾流之大,两涘渚崖之间,不辨牛马。于是焉河伯欣然自喜,以天下之美为尽在己。”

62 〔“姊妹”二句〕言其百花皆受暴风的摧残和蹂躏。姊妹,花神之姊妹。汇，全。

63 〔“纷红”二句〕谓花木受风的摧残，无已时。纷红骇绿，形容在风中花木摇曳之状。柳宗元《袁家渴记》：“每风自四山而下，振动大木，掩苒众草，纷红骇绿，蓊勃香气。”苒，谓草盛貌。掩苒，此指草在风中掩蔽之状。

64 〔“擘柳”二句〕谓疾风呼啸着吹残花木。擘柳，即吹花擘柳风。何注：“数日一作，三日乃止，号吹花擘柳风。”此言风之名，亦状花木被吹残之景象。鸣条，风吹树枝发声。董仲舒《雨雹对》：“太平之世，则风不鸣条，开甲散萌而已。”萧骚，风吹树声。唐薛能《寄河南郑侍御》诗：“寒窗不可寐，风地叶萧骚。”

65 〔“雨零”二句〕谓风雨过后，花瓣坠落满地，为客人藉地而坐的坐垫。零雨，落雨。金谷，即金谷园，晋石崇于金谷涧中所筑园馆，地处今河南洛阳市西北。石崇《金谷诗序》记其事。唐韦应物《金谷园歌》：“石氏灭，金谷园中流水绝。”藉客之裀，谓用落花当坐垫。五代王仁裕《开元天宝遗事·花裀》：“学士许慎选……多与亲友结宴于花圃中，未尝具帷幄、设坐具，使仆僮辈聚落花，铺于坐下。慎选曰：‘吾自有花裀，何消坐具。’”裀（yīn 因），褥垫。

66 〔“露冷”二句〕谓寒秋露冷使飘落的柳絮于泥土中沾污。华林，即华林园的省称。据《三国志·魏志·三少帝纪》载：华林园旧名芳林，及齐王芳即位，避讳改名华林。其园为三国吴时旧宫苑，在建业（今南京市）台城内。沾泥之絮，本谓情志坚定，不为女色所动。典出苏东坡令妓女向参寥求诗，宋参寥写《赠妓诗》：“多谢尊前窈窕娘，好将魂梦恼襄王。禅心已作沾泥絮，不逐东风上下狂。”此指柳絮飘下为泥土所沾染。

67 〔“埋香”二句〕谓花已枯萎凋零，但免不了受到风的虐待。埋香瘗玉，谓埋葬已死的美女。宋吴文英《莺啼序·丰乐楼节斋新建》词之二：“别后访，六桥无信，事往花委，瘗玉埋香，几番风雨。”此喻花枯萎、凋谢。残妆卸，本为指妇女晚卸却衣妆。此喻花谢。

68 〔“朱榭”二句〕谓华丽的亭榭与雕镂的栏杆，在风中片片花瓣凋零。朱榭，红色台上之高屋。雕阑，雕镂的栏杆。杂珮，谓女子身上佩带的各种玉饰。《诗经·郑风·女曰鸡鸣》：“知子之来，杂佩以赠之。”此喻花片。

69 〔“减春光”四句〕谓一片落花，减却春光而飘散春愁。落花东西，是风吹所致，责怨它是不错的。“减春光”，杜甫《曲江二首》之一：“一片花飞减却春，风飘万点正愁人。”此谓一片花飞，减却春光，播撒闲愁。“觅残红”，王建《宫词》：“树头树底觅残红，一片西飞一片东。自是桃花贪结子，错教人怨五更风。”此为反用其意。

70 〔“翩跹”二句〕谓风吹花落去，春去也，使春游少女白白跑了一趟。翩跹，形容轻盈的样子。江汉女，谓江汉游女。《诗经·周南·汉广》：“汉有游女，不可求思。汉之广矣，不可泳思。江之永矣，不可方思。”朱熹注：“江汉之俗，其女好游，汉魏以后犹然。”弓鞋，旧时缠足女子所穿的鞋，其形如弓。黄庭坚《满庭芳》词：“直待朱幡去后，从伊便窄袜弓鞋。”漫踏春园，风吹花落，春游亦是枉然。漫，枉，白白。

71 〔“寂寞”二句〕谓风吹花落春去，使怀春少女寂寞于玉楼中，马徒嘶鸣于芳草地。玉楼人，指怀春少女。珠勒，玉饰马勒。嘶，马鸣。佚名《李师师外传》：“是年九月，以‘珠勒马嘶芳草地，玉楼人醉杏花天’名画一幅赐陇西氏。”

72 〔“斯时”三句〕在这百花凋零春去之时，伤感者产生了哀怨之情，追寻春者发出无可奈何的悲叹。宋晏殊《浣溪沙》词：“无可奈何花落去，似曾相识燕归来。小园香径独徘徊。”

73 〔“尔乃”二句〕言风送春归，仍然无端的狂烈。尔，你，指风。趾高气扬，高傲自大。《战国策·齐策三》：“今何举足之高，志之扬也。”踔厉，踔，践踏；厉，猛烈。韩愈《柳子厚墓志铭》：“议论证据今古，出入经史百子，踔厉风发，率常屈其座人。”

74 〔“摧蒙”二句〕谓风摧残初蒙的幼芽，振落已开放之花。摧，据二十四卷本，原抄本作“催”。蒙，通“萌”，花之幼芽。摧蒙振落，即“发蒙振落”，揭去蒙盖物，振落枯叶。《史记·汲郑列传附汲黯》：“好直谏，守节死义，难惑以非。至如说丞相弘，如发蒙振落耳。”此言风力猛烈。斓珊，同“阑珊”。衰落，凋残。白居易《咏怀》诗：“白发满头归得也，诗情酒兴尽阑珊。”又说为风名，谓初秋之凉风。杜甫《秋雨叹》之二：“阑风伏雨秋纷纷，四海八荒同一云。”赵子栋注：“阑珊之风，沉伏之雨，言其风雨之不已也。”

75 〔簌簌〕象声词。此指花落。苏轼《喜雪赠李公择》诗：“沉沉夜未眠，簌簌声初落。”

76 〔“久矣”二句〕谓诸花得不到庇护任风摧残，鲜美的花得不到同情。朱旛不坚，谓之其朱旛也不能庇护其花不受风的摧残。朱旛：唐天宝中，处士崔元微独居洛苑东一院，时春季夜阑，风月清朗，忽有十数女子来此暂歇。绿衣者自称姓杨，指一人曰李氏，又一人曰陶氏，又指一绯衣小女曰石醋醋。坐未定，门外报封家十八姨来也，皆惊喜出迎。封氏言词泠泠，有林下风气，色皆殊绝，芳香袭人。处士命酒，至十八姨持盏，翻酒污醋醋衣。醋醋怒，拂衣而起，皆起，至门外别，十八姨南去，诸女西入苑中。明夜又来，醋醋言曰：“诸女伴皆住苑中，每岁多被恶风所挠，居止不安，常求十八姨相庇。昨醋醋不能低回，应难取力。但求处士每岁岁旦，与作一朱旛，上图日月五星之文，于苑东立之。今岁已过，但请至此月二十一日平旦，微有东风则立之，庶免于患也。”处士许之。依其言，至此日立旛。是日东风刮地，自洛南折树飞沙，而苑中繁花不动，玄微乃悟诸女皆众花之精，醋醋，即石榴也。封十八姨乃风神也。见唐谷神子《博异志》。娟娟者，鲜美的花。娟娟，美好的样子。霣涕，落泪。霣，同“陨”。

77 〔堕溷沾篱〕喻花遭风之百般凌辱，命运可悲。《南史·范缜传》："竟陵王（萧）子良精信释教，而缜盛称无佛。子良问曰：'君不信因果，何得富贵贫贱？'缜答曰：'人生如树花同发，随风而堕，自有拂帘幌坠于茵席以上，自有关藩墙落于粪溷之中。坠茵席者，殿下是也；落粪溷者，下官是也。贵贱虽复殊途，因果竟在何处？'"芳魂，谓花的精魂。

78 〔朝荣夕悴〕谓朝开花而夕憔悴。荼毒，残害。《诗经·大雅·桑柔》："民之贪乱，宁为荼毒。"正义："荼，苦叶。毒者，螫虫。荼毒皆恶物。"

79 〔"怨罗裳"二句〕谓春风逗开少女情怀，遭到人们的嘲骂。罗裳，丝罗衣裙，为女子服装。子夜，指《子夜歌》，晋曲名，相传为晋女子子夜所作，故名。《乐府诗集·子夜歌》："揽裙未结带，约眉出前窗。罗裳易飘扬，小开骂春风。"

80 〔"讼狂伯"二句〕谓狂暴的风神引起人们的愤怒，却未得到天公的制裁。狂伯，即风神。天庭，亦作"天廷"，天帝的朝廷。汉扬雄《甘泉赋》："选巫咸兮叫大阍，开天廷兮延群神。"章，指奏章，此指韩愈《讼风伯文》："上天孔明兮，有纪有纲；我今上讼兮其罪谁当？天诛加兮不可悔，风伯虽死兮人谁汝伤。"

81 〔"诞告"四句〕谓广告诸花，结成娘子军，共对风伯。诞告，广泛告知。《尚书·汤诰》："王归自克夏，至于亳，诞告万方。"芳邻，指相邻诸花。蛾眉阵，指诸女子组成的军阵。《史记·孙子吴起列传》：孙武请宫女试其兵法，"（吴王）于是许之，出宫中美女，得百八十人。孙子分为二队，以王之宠姬二人各为队长，皆令持戟"。蛾眉，指代女子，此喻诸花。同气，有血缘关系的亲属。《后汉书·东平宪王苍传》："况臣居宰相之位，同气之亲哉！"此指同类之族诸花。草木之兵，此即用"草木皆兵"之典实。《晋书·苻坚载记》："坚与苻融登城而望王师，见部阵齐整，将士精锐；又北望八公山上草木皆类人形，顾谓融曰：'此亦勍敌也，何谓少乎？'"

82 〔"莫言"二句〕谓不要说蒲柳柔质，只要有竹篱之志，即可护花。蒲柳，即水杨，一种入秋调零的树木，认为其质衰弱，故有“无能”之称。刘义庆《世说新语·言语》：顾悦与晋简文帝同年而发早白。帝问之：“卿何以先白？”对曰：“蒲柳之姿，望秋而落；松柏之质，经霜弥茂。”藩篱，用竹木编成的篱笆。《国语·楚语下》：“为之关籥藩篱而远备闲之。”

83 〔“且看”二句〕谓诸花来报风残害同类之仇。莺俦燕侣，譬喻女伴，此指诸花。公，指大家。夺爱，谓用强力夺去同类之爱，此指风伤其同类之花。

84 〔“请与”二句〕意谓诸花联合蝶蜂之友，同心共誓欲报狂风残害之仇。媒，手稿本、康熙间抄本作“交”。同心之誓，谓同仇敌忾。《左传·成公十三年》：“昔逮我献公，及穆公相好，戮力同心，申之以盟誓，重之以昏姻。”

85 〔“兰桡”四句〕谓兰、桂可以其香洁，可率诸花作讨伐风伯的训练；并告之可用桑为车盖，柳作旌旗，以供上苑观战之用。兰桡桂楫，《楚辞·屈原〈九歌·湘君〉》：“桂棹兮兰枻，斫冰兮积雪。”棹、枻、桡、楫都是划船的工具。“兰桡桂楫”造语本此。教战，施以作战训练。《左传·僖公二十二年》：“明耻教战，求杀敌也。”昆明，据《西京杂记》载：昆明池即今云南滇池。此处是指汉武帝在长安附近开凿的人工湖。汉武帝欲通身毒，为越巂、昆明所阻，乃于元狩三年仿照昆明滇池，于长安近郊穿地作昆明池，以习水战。桑盖，桑树枝叶茂密如车盖。《三国志·蜀志·先主传》：“舍东南角篱上有桑树高五丈余，遥望见童童如小车盖。先主（刘备）少时，与宗中诸小儿于树下戏，言：‘吾必当乘此羽葆盖车。’”柳旌，柳条迎风招展，如旌旗，故称之。观兵，阅兵。《左传·襄公十一年》：“诸侯会于北林，师于向，右还次于琐，围郑，观兵于南门。”上苑，皇家苑林。南朝梁徐君倩《落日看还》诗：“妖姬竞早春，上苑逐名辰。”

86 〔“东篱”四句〕谓高逸于东篱的菊花也来参战，独立的大树也对狂风怀有义愤。东篱处士，本指采菊东篱下之诗人陶渊明，因其爱菊，故常以菊之高洁自喻其性。其诗《饮酒》之五有："采菊东篱下，悠然见南山。"宋周敦颐《爱莲说》："菊，花之隐逸者也。"故陶诗、周文称菊为"东篱处士"。处士，古称有才德之隐逸之士。出茅庐，指菊亦出战。大树将军，《后汉书·冯异传》："每所止舍，诸将并坐论功，异常独屏树下，军中号曰大树将军。"此借指大树。

87 〔"杀其"四句〕此四句为檄文词结语。谓大家齐心合力灭掉风伯的气焰；歼灭豪强，为百花消除千年沉冤。杀，灭。粉黛，为古时妇女之化妆品，借指妇女，此喻百花。豪强，喻风。风流，风韵，借指女子。此喻百花。

河间生

河间[1]某生，场中积麦穰如丘，家人日取为薪，洞之[2]。有狐居其中，常与主人相见，老翁也。一日，屈主人饮[3]，拱[4]生入洞。生难之，强而后入，入则廊舍华好，即坐，茶酒香烈。但日色苍黄，不辨中夕，筵罢既出，景物俱杳。翁每夜往夙归[5]，人莫能迹，问之，则言友朋招饮。生请与俱，翁不可，固请之，翁始诺。挽生臂，疾如乘风，可炊黍时[6]，至一城市。入酒肆，见坐客良多，聚饮颇哗，乃引生登楼上。下视饮者，几案柈[7]飧，可以指数。翁自下楼，任意取案上酒果，抔[8]来供生，筵中人曾莫之禁。移时，生视一朱衣人前列金橘，命翁取之，翁曰："此正人，不可近。"生默念：狐与我游，必我邪也[9]，自今以往，我必正！方一注想，觉身不自主，眩堕楼下。饮者大骇，相哗以妖。生仰视，竟非楼上[10]，乃梁间耳，以实告众。众审其情确，赠而遣之。问其处，乃鱼台[11]，去河间千里云。

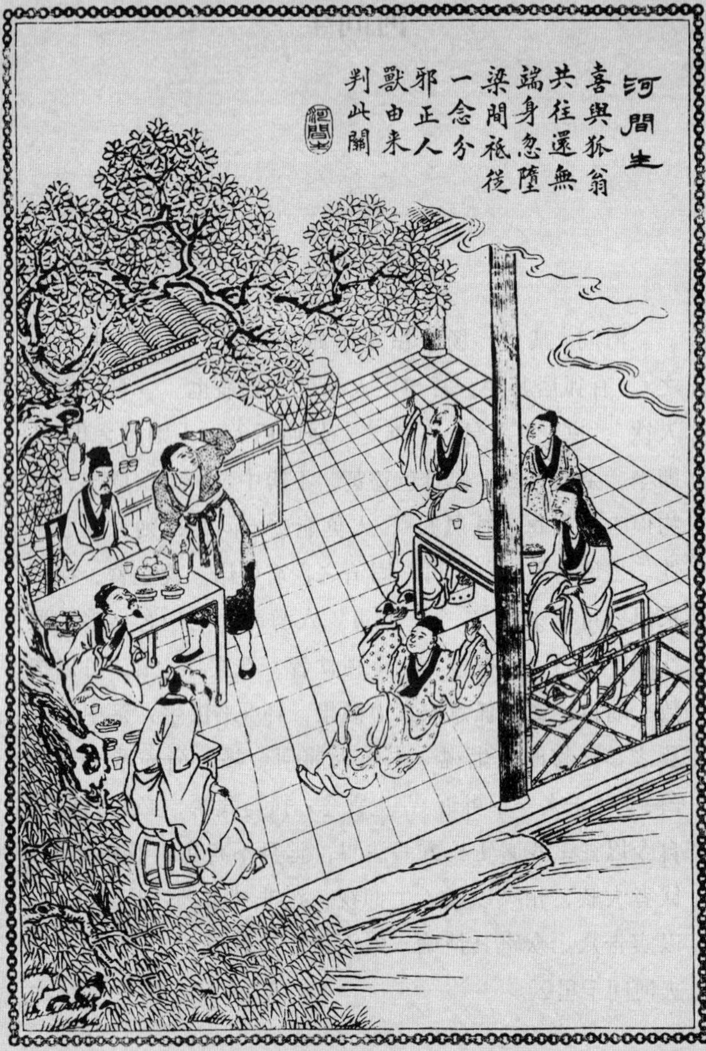
河間生
喜與狐翁
共往還無
端身忽墮
梁間祇從
一念分
邪正人
獸由来
判此關
河間生

校注

1 〔河间〕河间府，治所在今河北省河间县。
2 〔洞之〕将麦穰垛挖出一个洞。洞，挖洞。
3 〔屈主人饮〕请人主饮酒。屈，屈驾，延请之敬辞。
4 〔拱〕行拱手礼而请。
5 〔夙归〕早归。
6 〔炊黍时〕做一顿饭的时间。
7 〔柈（pán 蟠）〕通“盘”。
8 〔抔（póu 掊）〕以手捧物。《礼记·礼运》：“污尊而抔饮。”注：“抔饮，手掬之也。”
9 〔必我邪也〕必定使我不正。
10 〔上〕此据手稿本补，原抄本缺。
11 〔鱼台〕县名。今山东省鱼台县西。

云翠仙

梁有才，故晋[1]人，流寓于济[2]，作小负贩，无妻子田产。从村人登岱。岱，四月交[3]，香侣[4]杂沓，又有优婆夷、塞[5]，率众男子以百十，杂跪神座下，视香炷为度[6]，名曰“跪香”。才视众中有女郎，年十七八而美，悦之，诈为香客，近女郎跪，又伪为膝困无力状，故以手据女郎足。女回首似嗔，膝行而远之，才又膝行而近之，少间，又据之。女郎觉，遽起，不跪，出门去，才亦起，亦出，履其迹[7]，不知其往。心无望，怏怏而行，途中见女郎从媪，似为女也母者，才趋之。媪女行且语，媪云：“汝能参礼娘娘[8]，大好事！汝又无弟妹，但获娘娘冥加护，护汝得快婿。但能相孝顺，都不必贵公子、富王孙也。”才窃喜，渐渍[9]诘媪，媪自言为云氏，女名翠仙，其出也，家西山四十里。才曰：“山路涩，母如此蹜蹜[10]，妹如此纤纤，何能便至？”曰：“日已晚，将寄舅家宿耳。”才曰：“适言相婿，不以贫嫌，不以贱鄙，我又未婚，颇当母意否？”媪以问女，女不应，媪数问，女曰：

"渠寡福，又荡无行，轻薄之心，还易翻覆。儿不能为逿伎儿[11]作妇。"才闻，朴诚自表，切矢皦日[12]，媪喜，竟诺之。女不乐，勃然而已，母又强拍咻之[13]。才殷勤，手于橐[14]，觅山兜[15]二，舁媪及女，己步从，若为仆。过隘，辄诃兜夫不得颠摇，意良殷。

俄抵村舍，便邀才同入舅家。舅出翁，妗出媪[16]也，云兄之嫂之，谓："才吾婿。日适良[17]，不须别择，便取今夕。"舅亦喜，出酒肴饵才，既，严妆翠仙出，拂榻促眠。女曰："我固知郎不义，迫母命，漫相随[18]。郎若人也[19]，当不须忧偕活。"才唯唯听受。明日早起，母谓才："宜先去，我以女继至。"才归，扫户闼。媪果送女至，入视室中，虚无有，便云："似此何能自给？老身速归，当小助汝辛苦。"遂去。次日，有男女数辈，各携服食器具，布一室满之。不饭俱去，但留一婢。才由此坐温饱[20]，惟日引里无赖朋饮竞赌，渐盗女郎簪珥佐博。女劝之，不听，颇不耐之，惟严守箱奁，如防寇。一日，博党款门访才，窥见女，適適[21]然惊，戏谓才曰："子大富贵，何忧贫耶？"才问故，答曰："曩见夫人，真仙人也，适与子家道不相称，货为媵，金可得百；为妓，可得千。千金在室，而听饮博无资耶？"才不言而心然之。归，辄向女欷歔，时时言贫不可度。女不顾，才频频击桌，抛箸，骂婢，作诸态。一夕，女沽酒与饮，忽曰："郎以贫故，日焦心。我又不能御贫[22]，分郎忧，中[23]岂不愧怍？但无长物，止有此婢，鬻之，可稍稍佐经营。”才摇首曰：“其值几许！”又饮少时，女曰：“妾于郎，有何不相承？但力竭耳。念一贫如此，便死相从，不过均此百年苦，有何发迹？不如以妾鬻贵家，两所便益，得直或较婢多。”才故愕言：“何得至此！”女固言之，色作庄[24]，才喜曰：“容再计之。”遂缘中贵人[25]，货隶乐籍[26]，中贵人亲诣才，见女大悦，恐不能即得，立券八百缗，事滨就[27]矣。女曰：“母日以婿家贫，常常萦念，今意断矣，我将暂归省，且郎与妾绝，何得不告母？”才虑母阻，女曰：“我顾自乐之，保无差贷[28]。”才从之。

夜将半，始抵母家，挝阖入，见楼舍华好，婢仆辈往来憧憧[29]。才日与女居，每请诣母，女辄止之，故为甥馆[30]年余，曾未一临岳家。至此大骇，以其家巨，恐媵妓所不甘也。女引才登楼上，媪惊问：“夫妻何来？”女怨曰：“我固道渠不义，今果然。”乃于衣底出黄金二铤，置几上，曰：“幸不为小人赚脱，今仍以还母。”母骇问故，女曰：“渠将鬻我，故藏金无用处。”乃指才骂曰：“豺鼠子！曩日负肩担，面沾尘如鬼。初近我，熏熏作汗腥，肤垢欲倾塌，足手皴一寸厚，使人终夜恶。自我归汝家，安坐餐饭，鬼皮始脱。母在前，我岂诬耶？”才垂首，不敢少出气。女又曰：“自顾无倾城姿[31]，不堪奉贵人，似若辈男子，我自谓犹相匹。有何亏负，遂无一念香火情[32]？我岂不能起楼宇，买良沃？念汝儇薄骨、乞丐相[33]，终不是白头侣！”言次，婢媪连衿臂，旋旋围绕之，闻女责数，便都唾骂，共言：“不如杀却，何须复云云。”才大惧，据地自投，但言知悔。女又盛气曰：“鬻妻子已大恶，犹未便是剧[34]，何忍以同衾人赚作娼！”言未已，众眦裂，悉以锐簪、剪刀股攒刺胁腂。才号悲乞命，女止之，曰：“可暂释却。渠便无仁义，我不忍觳觫[35]。”乃率众下楼去。

才坐听移时，语声俱寂，思欲潜遁，忽仰视，见星汉[36]，东方已白，野色苍莽，灯亦寻灭，并无屋宇，身坐削壁上。俯瞰绝壑，深无底，骇绝，惧堕。身稍移，塌然一声，随石崩坠。壁半有枯横焉，罥不得堕，以枯受腹，手足无着。下视茫茫，不知几何寻[37]丈，不敢转侧，嗥怖声嘶，一身尽肿，眼耳鼻舌身力俱竭。日渐高，始有樵人望见之，寻绠来，缒而下，取置崖上，奄将澌毙[38]。舁归其家，至则门洞敞，家荒荒如败寺，床簏什器俱杳，惟有绳床[39]败案是己家旧物，零落犹存。嗒然自卧，饥时，日一乞食于邻。既而肿溃为癞。里党[40]薄其行，悉唾弃之。才无计，货屋而穴居，行乞于道，以刀自随。或劝以刀易饵，才不肯，曰：“野居防虎狼，用自卫耳。”后遇向劝鬻妻者于途，近而哀语，遽出刀揧而杀之[41]，遂被收。官廉得其情，亦未忍酷虐之，系狱中，寻瘐死[42]。

异史氏曰：“得远山芙蓉[43]，与共四壁，与以南面王岂易哉！已则非人，而怨逢恶之友[44]，故为友者，不可不知戒也。凡狭邪子[45]诱人淫博，为诸不义，其事不败，虽则不怨亦不德。迨于身无襦，妇无裤，千人所指[46]，无疾将死，穷败之念，无时不萦于心，穷败之恨，无时不切于齿。清夜牛衣[47]中，辗转不寐，夫然后历历想未落时，历历想将落时，又历历想致落之故，因而以及发端致落之人。至于此，弱者起，拥絮坐诅，强者忍冻裸行，篝火索刀，霍霍磨之，不待终夜矣。故以善规人，如赠橄榄[48]；以恶诱人，如馈漏脯[49]也。听者固当省，言者可勿惧哉！”

校注

1 〔晋〕山西省简称。
2 〔流寓〕寄居异乡。《后汉书·廉范传》：“范父遭丧礼，客死于蜀汉，范遂流寓西州。”济：山东省济南市。
3 〔岱，四月交〕谓泰山在四月初。岱，据手稿本，原抄本作“当”。四月交，即农历四月初。此为“佛诞节”，亦称“浴佛节”。为纪念释迦诞生的节日。佛寺届时举行诵佛经法会，并根据“佛生时龙喷香雨浴佛身”的传说，以各种名香浸水灌洗佛像，并供养各种花卉。还举行拜佛祭祖，施舍僧侣等庆祝活动。节日期间，中国汉族等地区一般为夏历四月初八。
4 〔香侣〕谓结伴到泰山礼佛的香客。
5 〔优婆夷、塞〕即优婆夷、优婆塞，皆为梵语译音。佛教谓在家奉佛的男女信徒。优婆夷，梵语意译为信女；优婆塞，意译为信士或善男。

6 〔视香炷为度〕以一支香燃尽为跪香的时间限度。炷，点燃。

7 〔履其迹〕追踪其行迹。履，践。

8 〔参礼娘娘〕谓参拜碧霞元君。碧霞元君，俗称泰山娘娘。据清张尔岐《蒿庵闲话》卷二："宋真宗东封泰山还，涤手池内，一石人浮出水面，出而涤之，玉女也。命有司建祠奉之，号为圣帝之女，封天仙玉女碧霞元君。"道教依为女神。

9 〔渐渍〕浸润。引申为渍染。《史记·礼书》："而况中庸以下，渐渍于失教，被服于成俗乎？"

10 〔蹜蹜（sùsù 宿宿）〕形容小步快走。《礼记·玉藻》："执龟玉，举前曳踵，蹜蹜如也。"陈澔集说："举足之前而曳其后跟，则行不离地，如有所循也。蹜蹜，促狭之貌。"

11 〔遢（tà 榻）伎儿〕遢伎，形貌猥琐。刘侗《帝京景物略》三《弘仁桥》："别有面粉墨、僧尼容、乞丐相、遢伎态、憨无赖状，闾中少年所为哄喧嬉游也。"遢伎儿，犹今言傫薄子。

12 〔矢皦（jiǎo 皎）日〕谓指着太阳发誓。皦日，明亮的太阳。多用于誓辞。《诗经·王风·大车》："谓予不信，有如皦日。"孔颖达疏："谓我之言为不信乎，我言之信有如皦然之日。"

13 〔拍咻（xiū 休）之〕折其身以乱其词。咻，同"咻"。喧嚷；扰乱。《孟子·滕文公下》："一齐人傅之，众楚人咻之，虽日挞而求其齐也，不可得矣。"赵岐注："咻之者，欢也。"

14 〔手于橐（tuó 驼）〕谓伸手于钱袋里，即自己掏钱。

15 〔山兜〕兜，同"篼"。一种走山路坐的二人抬的竹轿，亦称"过山轿"。

16 〔舅出翁，妗出媪〕谓舅舅出来是个老翁，舅母出来是个老太太。

17 〔日适良〕谓今天适逢好日子。

18 〔漫相随〕姑且跟你。漫，聊，姑且。宋徐铉《柳枝》词：

"醉里不知时节改，漫随儿女打秋千。"

19 〔若人也〕如果还像个人的话。

20 〔坐温饱〕谓坐享温饱。

21 〔逷逷（tìtì 惕惕）〕吃惊的样子。《庄子·秋水》："于是坎井之蛙闻之，逷逷然惊，规规然自失也。"

22 〔御贫〕对付困窘，对付贫穷。《诗经·邶风·谷风》："我有旨蓄，亦以御冬。宴尔新昏，以我御穷。"朱熹注："御，当也。"

23 〔中〕据手稿本，原抄本作"衷"。

24 〔色作庄〕表现出很郑重的脸色。

25 〔缘中贵人〕由中贵人的关系。缘，由，借。中贵人，本指帝王的宠臣。《史记·李将军列传》："匈奴大人上郡，天子使中贵人从广勒习兵击匈奴。"此指王府中宦官。

26 〔乐籍〕乐户的名籍。详见卷二《王十》注。

27 〔滨就〕接近成功。滨，临近。《国语·越语下》："故滨于东海之陂。"韦昭注："滨，近也。"

28 〔差贷（tè 特）〕失误。贷，通"忒"。《礼记·月令》："〔仲冬之月〕大酋监之，毋有差贷。"郑玄注："差贷，谓失误。"

29 〔憧憧（chōngchōng 冲冲）〕往来不绝貌。详见卷二《张诚》注。

30 〔甥馆〕指赘婿的住处或女婿家。《孟子·万章下》："舜尚见帝，帝馆甥于贰室。"赵岐注："礼谓妻父曰外舅，谓我舅者，吾谓之甥。尧以女妻舜，故谓舜甥。"

31 〔倾城姿〕即倾国倾城的美色。《汉书·孝武李夫人传》："（李）延年侍上起舞，歌曰：'北方有佳人，绝世而独立，一顾倾人城，再顾倾人国，宁不知倾城与倾国，佳人难再得。'"

32 〔香火情〕旧俗男女结为夫妻，须焚香，拜天地，以示盟誓。此指夫妻情分。《新唐书·突厥传上》："（秦王）又驰骑语突利曰：'尔往与我盟，急难相助，今无香火情耶？'"

33 〔儇薄骨、乞丐相〕谓轻薄贱骨头，讨饭的穷相。

34 〔犹未便是剧〕还不算是极恶。剧，最、极。

35 〔觳（hú 胡）觫（sù 速）〕因恐惧而颤抖。《孟子·梁惠王上》："吾不忍其觳觫，若无罪而就死地。"

36 〔星汉〕天河。曹操《步出夏门行》："日月之行，若出其中。星汉灿烂，若出其里。"

37 〔寻〕古代长度单位，一般为八尺。《诗经·鲁颂·閟宫》："是断是度，是寻是尺。"郑玄笺："八尺曰寻。"

38 〔奄将溘毙〕气息微弱，行将死去。奄，气息微弱。溘，忽然。

39 〔绳床〕亦名"胡床"。一种用藤绳编织于竹木上的坐具。

40 〔里党〕此指邻里。

41 〔摮（áo 敖）而杀之〕用刀从旁刺头项杀之。《公羊传·宣公六年》："公怒，以斗摮而杀之。"注："摮，谓旁击头项。"

42 〔瘐死〕谓囚犯死于狱中。《汉书·宣帝纪》地节四年诏："今系者或以掠辜若饥寒瘐死狱中，何用心逆人道也。"注："囚徒病，律名为瘐。"

43 〔远山芙蓉〕喻美女子。《西京杂记》："（卓）文君姣好，眉色如望远山，脸际常若芙蓉，肌肤柔滑如脂。"

44 〔逢恶之友〕迎合作恶的朋友。《孟子·告子下》："长君之恶其罪小，逢君之恶其罪大。"朱熹集注："君之过未萌，而先意导之者，逢君之恶也。"

45 〔狭邪子〕谓居住陋巷无远识之人。淫博，狎妓。明彭大翼《山堂肆考补遗·人物·狭邪子》："狭邪子，巷居之人也。古诗：'寄言狭邪子，讵知陇道难。'"古诗，指南朝梁沈约《白马篇》。狭邪，亦作"狭斜"，指小街曲巷，多指妓院。古乐府有《长安狭邪行》述少年冶游之事。后称娼妓居处为"狭斜"。

46 〔千人所指〕谓受到世人的指责。《汉书·王嘉传》："里谚曰：'千人所指，无疾而死。'臣尝为之寒心。"

47 〔牛衣〕牛的御寒物。详见卷一《王成》注。

48 〔橄榄〕一名青果，可食，亦入药。因其味苦涩，久之方回甘味，故人比为逆耳之忠言，称为“谏果”。宋王禹偁《橄榄》诗：“江南多果实，橄榄称珍奇。北人将就酒，食之先颦眉。皮肉苦且涩，历口复弃遗。良久有回味，始觉如甘饴。我今何所喻，喻彼忠臣词。直道逆君耳，斥逐投天涯。世乱思其言，噬脐焉能追。寄语采诗者，无轻橄榄诗。”

49 〔漏脯〕隔宿肉。古人认为此肉为漏水沾湿，有毒，食之可致人命。《文选·嵇康〈养生论〉》：“故嗜酒者自抑于鸩醴，贪食者忍饥于漏脯。”

僧术

黄生，故家子，才情颇赡，夙志高骞[1]。村外兰若，有居僧某，素与分深[2]。既而僧云游去，十余年复归，见黄，叹曰："谓君腾达已久，今尚白纻[3]耶？想福命固薄耳。请为君賄冥中主者[4]，能置十千否？"答言："不能。"僧曰："请勉办其半，余当代假之，三日为约。"黄诺之，竭力典质[5]如数。三日，僧果以五千来付黄。黄家旧有汲水井，深不竭，云通河海。僧命束置井边，戒曰："约我到寺，即推堕井中，候半炊时，有一钱泛起，当拜之。"乃去。黄不解何术，转念效否未定，而十千可惜，乃匿其九，而以一千投之。少间，巨泡突起，铿然而破，即有一钱浮出，大如车轮。黄大骇，既拜，又取四千投焉。落下，击触有声，为大钱所隔，不得沉。日暮，僧至，谯让[6]之曰："胡不尽投？"黄云："已尽投矣。"僧曰："冥中使者止将一千去，何乃妄言？"黄实告之，僧叹曰："鄙吝者，必非大器[7]。此子之命合以明经[8]终，不然，甲科[9]立致矣。"黄大悔，求再禳之，僧固辞而去。黄视

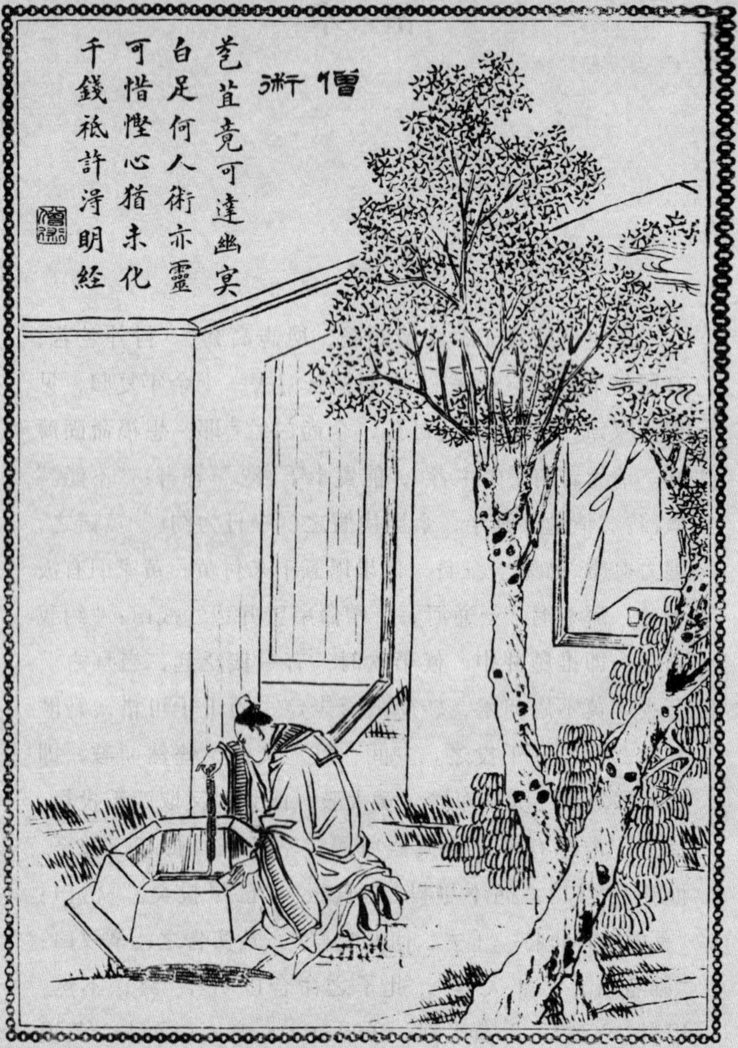
僧術
苞苴竟可達幽冥
白足何人術亦靈
可惜慳心猶未化
千錢祇許浮明經

井中钱犹浮，以绠钓上，大钱乃沉。是岁，黄以副榜准贡[10]，卒如僧言。

异史氏曰："岂冥中亦开捐纳之科[11]耶？十千而得一第，直亦廉矣。然一千准贡，犹昂贵耳。明经不第，何值一钱！"

校注

1 〔夙志高骞（qiān 牵）〕平素志向远大。夙志，平素的志向。《南史·陈武帝纪》："永言夙志，能无惭德。"高骞，高飞，此谓腾达之意。

2 〔分深〕谓情分很深。分，情分。

3 〔白纻〕谓白衣。古代士人未得功名时所穿衣服。宋王禹偁《寄砀山主簿朱九龄》诗："利市襕衫抛白纻，风流名纸写红笺。"

4 〔冥中主者〕迷信所谓阴世间主管福禄之神。冥中，指阴世间。

5 〔典质〕典当，抵押。详见卷三《乐仲》注。

6 〔谯让〕谴责，同"诮让"。《史记·樊郦滕灌列传》："是日微樊哙奔入营谯让项羽，沛公事几殆。"

7 〔大器〕谓大有成就之人。《老子》第四十一章："大器晚成，大音希声。"

8 〔明经〕汉代以明经射策取士。隋炀帝置明经、进士二科，以经义取者为明经，以诗赋取者为进士。宋改以经义论策试进士，明经始废。明清对贡生尊称为明经。

9 〔甲科〕唐宋进士分甲、乙科。明清通称进士为甲科。方苞《重订〈礼记纂言〉序》:“李公早岁登甲科，五十以后始开府于畿南。”

10 〔副榜准贡〕科举时代乡试除正式录取者名列正榜外，另取副榜若干名。副榜可以入国子监肄业，准做贡生，称为副贡。

11 〔捐纳之科〕谓捐资纳粟换取官职、官衔。此种制度始于秦汉纳粟。清中叶后大盛，称为“捐纳”。朝廷视为正项收入，明订价格行之，加剧吏治腐败，成为清一大弊政。此为对捐纳之制的批评。

柳　生

周生，顺天宦裔[1]也，与柳生善。柳得异人传，精袁、许之术[2]。尝谓周曰："子功名无分，万钟[3]之资，尚可以人谋。然尊阃薄相[4]，恐不能佐君成业。"未几，妇果亡。家室萧条，不可聊赖，因诣柳，将以卜姻[5]。入客舍，坐良久，柳归内不出，呼之再三，始出，曰："我日为君物色佳偶，今始得之。适在内作小术，求月老系赤绳耳[6]。"周喜，问之，答曰："甫有一人携囊出，遇之否？"曰："遇之。褴褛若丐。"曰："此君岳翁，宜敬礼之。"周曰："缘相交好，遂谋隐密，何相戏之甚也！仆即式微[7]，犹是世裔，何至下昏于市侩？"柳曰："不然。犁牛尚有子[8]，何害？"周问："曾见其女耶？"答曰："未也。我素与无旧，姓名亦问讯知之。"周笑曰："尚未知犁牛，何知其子？"柳曰："我以数信之。其人凶而贱，然当生厚福之女，但强合之必有大厄，容复禳之。"

周既归，未肯以其言为信，诸方觅之，迄无一成。一日，柳忽至，曰："有一客，我已代折简[9]矣。"问："为谁？”曰：“但勿问，宜速作黍[10]。”周不谕其故，如命治具，俄客至，盖傅姓营卒[11]也。心内不合，阳浮道与之[12]，而柳生承应甚恭。少间，酒肴既陈，杂恶草具[13]进，柳起告客：“公子向慕已久，每托其代访，曩夕始得晤。又闻不日远征，立刻相邀，可谓仓卒主人[14]矣。”饮间，傅忧马病，不可骑，柳亦俯首为之筹思。既而客去，柳让周曰：“千金不能买此友，何乃视之漠漠？”借马骑归，因假周命，登门持赠傅。周既知，稍稍不快，已无如何。

过岁，将如江西投臬司幕[15]，诣柳问卜，柳言：“大吉！”周笑曰：“我意无他，但薄有所猎，当购佳妇，几幸前言之不验也，能否？”柳云：“并如君愿。”及至江西，值大寇叛乱，三年不得归。后稍平，选日遵路[16]，中途为土寇所掠，同难七八人，皆劫其金资，释令去，惟周被掳至巢。盗首诘其家世，因曰：“我有息女[17]，欲奉箕帚[18]，当即无辞。”周不答。盗怒，立命枭斩。周惧，思不如暂从其请，因从容而弃之[19]，遂告曰：“小生所以踟蹰者，以文弱不能从戎，恐益为丈人累耳。如使夫妇得相将俱去，恩莫厚焉。”盗曰：“我方忧女子累人，此何不可从也。”引入内，妆女出见，年可十八九，盖天人也。当夕合卺，深过所望，细审姓氏，乃知其父即当年荷囊人也。因述柳言，为之感叹。

过三四日，将送之行，忽大军掩至[20]，全家皆就执

柳生
婚媾偏從
匪寇來充
囊且喜富
資財人間
怨耦知何
限惜少神
通與挽回
柳生

缚。有将官三员监视，已将妇翁斩讫，寻次及周，周自分已无生理。一员审视曰："此非周某耶?"盖傅卒已以军功授副将军矣，谓僚曰："此吾乡世家名士，安得为贼。"解其缚，问所从来，周诡曰："适江皋[21]娶妇而归，不意途陷盗窟，幸蒙拯救，德戴二天[22]！但室人离散，求借洪威，更赐瓦全。"傅命列诸俘，令其自认，得之。饷以酒食，助以资斧，曰："曩受解骖之惠[23]，旦夕不忘。但抢攘间[24]不遑修礼，请以马二匹，金五十两，助君北旋。"又遣二骑持信矢[25]护送之。途中，女告周曰："痴父不听忠告，母氏死之。知有今日久矣。所以偷生旦暮者，以少时曾为相者所许，冀他日能收亲骨耳。某所窖藏巨金，可以发赎父骨，余者携归，尚足谋生产。"嘱骑者候于路，两人至旧处，庐舍已烬，于灰火中取佩刀掘尺许，果得金，尽装入橐，乃返。以百金赂骑者，使瘗翁尸，又引拜母冢，始行。至直隶界，厚赐骑者而去。

周久不归，家人谓其已死，恣意侵冒[26]，粟帛器具，荡无存者。闻主人归，大惧，哄然尽逃，只有一妪、一婢、一老奴在焉。周以出死得生，不复追问。及访柳，则不知所适矣。女持家逾于男子，择醇笃者[27]授以资本，而均其息。每诸商会计于檐下，女垂帘听之，盘中误下一珠，辄指其讹，内外无敢欺。数年，伙商盈百，家数十巨万矣。乃遣人移亲骨，厚葬之。

异史氏曰："月老可以贿嘱，无怪媒妁之同于牙侩[28]

矣。乃盗也而有是女耶？培塿无松柏[29]，此鄙人之论耳。妇人女子犹失之，况以相天下士哉！”

校注

1　〔顺天宦裔〕谓顺天府官宦的后代。顺天，即顺天府，明清府名。战国时为燕地。宋为燕山府。元为大都路。明初置北平府，为北平布政使司治。永乐元年（1403）建为北京，改北平府为顺天府。清因之。

2　〔袁、许之术〕谓相术。袁，袁大纲，唐代人，精相人之术。生平详载新、旧《唐书·方伎传》。许，许负，汉代人，善相术。详见《史记·绛侯周勃世家》。

3　〔钟〕古代容量单位。四升为豆，四豆为区（瓯），四区为釜，十釜为钟。《左传·昭公三年》：“釜十为钟。”

4　〔尊阃（kǔn 捆）薄相〕谓您的夫人命相轻薄。尊阃，对他人夫人的敬词。阃，指妇女所居处。此指内室、妇人。

5　〔卜姻〕谓以占卜问婚姻之事。

6　〔月老系赤绳耳〕唐李复言《续玄怪录·定婚店》：杜陵韦固，旅次宋城南店，有老人倚巾囊，坐于阶上，向月检书。因问所检何书，曰：“天下之婚牍耳。”又问囊中何物，曰：“赤绳子耳。以系夫妇之足，虽仇敌之家，贵贱悬隔，天涯从宦，吴楚异乡，此绳一系，终不可逭。”后因称媒人为月下老人。

7　〔式微〕谓家世衰落。详见卷二《林四娘》注。

8　〔犁牛尚有子〕《论语·雍也》：“子谓仲弓曰：‘犁牛之子，骍且角，虽欲无用，山川岂舍诸。’”朱熹集注：“犁，杂文。骍，赤色。周人尚赤，牲用骍。角，角周正。仲弓父贱而行恶，故夫子以此譬之。”《论语正义》邢昺疏：“言仲弓父虽不善，不害于子之美也。”此借以说明其父行虽恶，其子却不一定不好。

9 〔代折简〕谓代替写信邀请。折简，书信，此指请帖。详见卷一《婴宁》注。

10 〔作黍〕谓准备酒饭。详见卷一《婴宁》注。

11 〔营卒〕谓驻防京师的营兵。

12 〔阳浮道与之〕谓表面上虚与应付。阳浮，表面上。苏轼《大臣论》：“内以自固其君子之交而厚其势，外以阳浮而不逆于小人之意，以待其间。”

13 〔恶（è饿）草具〕粗劣的饭食。详见卷二《张诚》注。

14 〔仓卒主人〕时间仓促而待客不周的主人。言客人卒至，主人匆遽未备。《西京杂记》四：“陈广汉友人曹元礼善算。羊豕鹅鸭，皆道其数；果蓏肴蔌，悉知其所。乃曰：‘此资业之广，何供馈之褊耶？’广汉惭曰：‘有仓卒客，无仓卒主人。’元礼曰：‘俎上蒸肫一头，厨中荔枝一盘，皆可为设。’广汉再拜谢罪，自人取之，尽日为欢。”

15 〔臬司幕〕臬台衙门之幕。臬司，明清按察使的别称。

16 〔选日遵路〕谓择吉日循路而行。遵路，循路行。遵，循，沿着。

17 〔息女〕谓所生之女。详见卷二《胡氏》注。

18 〔奉箕帚〕从事家内洒扫之事。谓充当妻室。《旧唐书·烈女传·杨庆妻王氏》：“妻谓庆曰：‘郑国以妾奉箕帚于公者，所以结公心耳。’”

19 〔因从容而弃之〕谓事后，再找机会抛弃她。

20 〔掩至〕乘其不备而至。《三国志·魏志·王凌传》：“大军掩至百尺逼凌。”

21 〔江臬〕即江西臬司。

22 〔德戴二天〕谓感谢再生之恩。二天，《后汉书·苏章传》载：东汉冀州刺史苏章，行部时案其故人清河太守奸臧，乃请太守宴饮，太守喜曰：“人皆有一天，我独有二天。”章曰：“今夕与故人饮者私恩也；明日案事者公法也。”遂举正其罪。后常用“二天”为感恩之词。

23 〔解骖（cān 参）之惠〕谓其在极困难中赠马之事。解骖，《史记·管晏列传》：“越石父贤，在缧绁中。晏子出，遭之涂，解左骖赎之。”骖，驾车时两旁的马。

24 〔抢攘间〕谓纷乱中。抢攘，《汉书·贾谊传》陈政事疏：“本末舛逆，首尾衡决，国制抢攘，非甚有纪，胡可谓治。”

25 〔信矢〕军中作为凭证的令箭。

26 〔恣意侵冒〕任意侵占。恣意，任意。《汉书·杜周传》：“曲阳侯（王）根前为三公辅政，知赵昭仪杀皇子，不辄白奏，反与赵氏比周，恣意妄行。”冒，冒充别人名分，自己占夺。

27 〔醇笃者〕谓忠厚老实人。

28 〔牙侩〕旧社会在集市交易之经纪人。《新唐书·张又新传》：“尝买婢迁约，为牙侩搜索陵突。”

29 〔培塿（pǒulǒu 掊篓）无松柏〕谓小土阜上长不出松柏之类的大树。《世说新语·方正》：“王丞相（导）初在江左欲接援吴人，请婚陆太尉（玩）。对曰：‘培塿无松柏，薰莸不同器，玩虽不才，义不为乱伦之始。’”培塿，小土阜。

冤狱

朱生，阳谷[1]人，少年佻达[2]，喜诙谑。因丧偶，往求媒媪，遇其邻人之妻，睨之美，戏谓媪曰："适睹尊邻，雅妙丽，若为我求凰[3]，渠可也。"媪亦戏曰："请杀其男子，我为若图之。"朱笑曰："诺。"

更月余，邻人出责负[4]，被杀于野。邑令拘邻保，血肤取实[5]，究无端绪，惟媒媪述相谑之词，以此疑朱。捕至，百口不承。令又疑邻妇与私，搒掠之，五毒参至[6]，妇不能堪，诬伏。又讯朱，朱曰："细嫩不任苦刑，所言皆妄。既是冤死，而又加以不节之名，纵鬼神无知，予心何忍乎？我实供之可矣：欲杀夫而娶其妇，皆我之为，妇不知之也。"问："何凭？"答言："血衣可证。"及使人搜诸其家，竟不可得。又掠之，死而复苏者再，朱乃云："此母不忍出证据死我[7]耳，待自取之。"因押归，告母曰："予我衣，死也；即不予，亦死也：均之死，故迟也不如其速也。"母泣，入室移时，取衣出付之。令审其迹确，拟斩。再驳[8]再审，无异词。

经年余，决有日矣。令方虑囚[9]，忽一人直上公堂，努目[10]视令而大骂曰："如此愦愦，何足临民[11]！"隶役数十辈，将共执之，其人振臂一挥，颓然并仆。令惧，欲逃，其人大言曰："我关帝前周将军[12]也！昏官若动，即便诛却！"令战惧悚听。其人曰："杀人者乃宫标也，于朱某何与？"言已，倒地，气若绝，少顷而醒，面无人色，及问其人，则宫标也。搒之，尽服其罪。盖宫素不逞[13]，知某讨负[14]而归，意腰橐必富，及杀之，竟无所得，闻朱诬服，窃自幸。是日身入公门，殊不自知。令问朱血衣所自来，朱亦不知之，唤其母鞫之，则割臂所染，验其左臂刀痕，犹未平也。令亦愕然。后以此被参揭[15]免官，罚赎羁留而死[16]。年余，邻母欲嫁其妇，妇感朱义，遂嫁之。

异史氏曰："讼狱乃居官之首务，培阴骘[17]，灭天理，皆在于此，不可不慎也。躁急污暴，固乖天和[18]；淹滞因循[19]，亦伤民命。一人兴讼，则数农违时[20]；一案既成，则十家荡产，岂故之细哉！余尝谓为官者，不滥受词讼，即是盛德。且非重大之情，不必羁候[21]；若无疑难之事，何用徘徊？即或乡里愚民，山村豪气，偶因鹅鸭之争，致起雀角之忿[22]，此不过借官宰之一言，以为平定而已，无用全人，只须两造[23]，笞杖[24]立加，葛藤悉断[25]。所谓神明之宰非耶？每见今之听讼者矣：一票既出[26]，若故忘之。摄牒者入手未盈，不令消见官之票[27]；

承刑者润笔不饱，不肯悬听审之牌[28]。蒙蔽因循，动经岁月，不及登长吏之庭，而皮骨已将尽矣！而俨然而民上也者，偃息在床[29]，漠若无事。宁知水火狱中，有无数冤魂，伸颈延息，以望拔救耶！然在奸民之凶顽，固无足惜；而在良民之株累，亦复何堪？况且无辜之干连，往往奸民少而良民多；而良民之受害，且更倍于奸民。何以故？奸民难虐，而良民易欺也。皂隶之所殴骂，胥役[30]之所需索，皆相良者而施之暴。身入公门，如蹈汤火。早结一日之案，则早安一日之生，有何大事，而顾奄奄堂上若死人！似恐溪壑之不遽饱[31]，而故假之以岁时[32]也者！虽非酷暴，而其实厥罪维均[33]矣。尝见一词之中，其急要不可少者，不过三数人，其余皆无辜之赤子，妄被罗织[34]者也。或平昔以睚眦开嫌，或当前以怀璧致罪[35]，故兴讼者以其全力谋正案，而以其余毒复小仇。带一名于纸尾，遂成附骨之疽[36]；受万罪于公门，竟属切肤之痛[37]。人跪亦跪，状若乌集[38]；人出亦出，还同猱系[39]。而究之官问不及，吏诘不至，其实一无所用，只足以破产倾家，饱蠹役之贪囊；鬻子典妻，泄小人之私愤而已。深愿为官者，每投到时[40]，略一审诘：当逐逐之，不当逐芟之。不过一濡毫、一动腕之间耳，便保全多少身家，培养多少元气。从政者曾不一念及于此，又何必桁杨刀锯能杀人哉[41]！”

校注

1 〔阳谷〕县名。在山东省西部。

2 〔佻达〕轻薄。详见卷四《黎氏》注。

3 〔求凰〕比喻男子求偶。详见卷一《婴宁》注。

4 〔责负〕讨债。《北史·陈元康传》:“(陈元康)溺于财利，受纳金帛，不可胜纪，责负交易，遍于州郡，为清论所讥。”负，欠债。

5 〔血肤取实〕谓通过刑讯、逼供，欲取供实情。

6 〔五毒参至〕五种毒刑俱施。五毒，《明史·刑法志三》:“全刑者，曰械，曰镣，曰棍，曰拶，曰夹棍，五毒备具。”参，杂。

7 〔死我〕使我死。

8 〔驳〕即“驳勘”。驳回原判，重新审勘。《宋史·刑法志三》:“比诏诸提刑司，取翻异驳勘之狱，从轻断决。”《元典章·刑部二·断狱》:“追勘不完，以致再行驳勘。”驳，明周祈《名义考》七:“行移家以行下为仰，不允其议为驳。”

9 〔虑囚〕同“录囚”。谓讯察记录囚犯的罪状。《汉书·隽不疑传》:“每行县，录囚徒还。”颜师古注:“省录之，知其情状有冤滞与不也。今云虑囚，本录声之去者耳。”《旧唐书·职官志》:“凡禁囚，五日一虑。”

10 〔努目〕犹“怒目”，把眼睛张大，眼球突出。谓生气至极的情态。《太平广记》卷一七四引宋庞元英《谈薮·薛道衡》:“金刚何为努目？菩萨何为低眉？”

11 〔临民〕治民。《国语·楚语下》:“夫神以精明临民者也。”

12 〔周将军〕名仓，传说为三国时关羽部将。但陈寿《三国志》及裴松之注均无此人。惟《三国演义》叙述甚详。清纪昀《阅微草堂笔记·滦阳消夏录》:“关帝祠中，皆塑周将军，其名不见于史传，考元鲁贞《汉寿亭侯庙碑》，已有‘乘赤兔兮从周仓’语，则其由来已久。”

13 〔素不逞〕平素为非作歹。不逞，谓不得志，不满意。《左传·襄公十年》:“(郑)子驷为田洫，司氏、堵氏、侯氏、子师氏皆丧田焉。故五族聚群不逞之人，因公子之徒以作乱。”

14 〔讨负〕犹讨债。

15 〔参揭〕弹劾，揭发。参，弹劾。揭，揭发。

16 〔罚赎羁留而死〕判其罚款自赎，并在扣留间死去。羁留，扣留，拘禁。宋胡铨《戊午上高宗封事》:“愿断三人头，竿之蒿街，然后羁留虏使，责以无礼。”

17 〔培阴骘（zhì 置）〕谓培积阴德。阴骘，《尚书·洪范》:“惟天阴骘下民。”传:“骘，定也。天不言而默定下民。”后指阴德。

18 〔“躁急”二句〕谓为官者急于结案滥施暴刑，固然有背于天之祥和之气。污暴，贪赃而滥施刑罚。污，贪赃。暴，指刑罚。乖，违。天和，谓自然和顺之理。《庄子·庚桑楚》:“故敬之而不喜，侮之而不怒者，唯同乎天和者为然。”

19 〔淹滞因循〕谓将案件放在那里，拖延不予办理。淹滞，拖延，滞留。此指拖延不办。详见卷二《连城》注。因循，疏懒，怠惰。

20 〔违时〕谓违背农时。因案件的拖累使农民耕种、收割失于农时。《孟子·梁惠王上》:“不违农时，谷不可胜食也。”朱熹集注:“农时，谓春耕、夏耘、秋收之时。”

21 〔羁候〕扣留候审。清孔尚任《桃花扇·归山》:“暂将蔡益所羁候园中，待我回衙，细细审问。”

22 〔雀角之忿〕谓到官府争讼打官司。雀角，《诗经·召南·行露》:“谁谓雀无角，何以穿我屋？谁渭女（汝）无家，何以速我狱？”后因以“雀角”指讼事。

23 〔无用全人，只须两造〕谓不必所有涉案人员全到场，只需原告与被告两方到庭即可。两造，即争讼双方都到。造，到。详见卷一《成仙》注。

24 〔笞杖〕施笞刑时的刑具。《新唐书·刑法志》:“笞杖，大头二分，小头一分有半。”

25 〔葛藤悉断〕谓争讼纠葛之事，全可剖明。葛藤，南朝宋少帝刘义符《前溪曲》：“黄葛生烂熳，谁能断葛藤？”后喻纠缠不已的事为葛藤。此指案情。

26 〔一票既出〕谓传讯、拘捕人的公文已经发出。票，亦称“票子”。旧时官府或法院因案传讯、拘捕人的公文。《儒林外史》第十三回：“看了关文和本县拿人的票子。”

27 〔“摄牒”二句〕谓经办案件的捕役所得的贿赂还不满足，就不撤消传讯、拘捕人的票子。摄牒者，指拿着传票拘捕犯人者。摄，持、拿。《左传·成公十六年》：“请摄饮焉。”注：“摄，持也。”不令消见官之票，即指拘捕之人不令案件中之人到案审理。票，据二十四卷本，原抄本作“到”。

28 〔“承刑”二句〕谓承办文案的书吏，勒索不到贿赂，得不到开庭审理的通知。润笔，《隋书·郑译传》：“上令内史令李德林立作诏书，高颎戏谓译曰：‘笔干。’译曰：‘出为方岳，杖策言归，不得一钱，何以润笔。’”后称酬谢人写作书画的财物为润笔。这里指刑房吏胥向诉讼人勒索贿赂。悬牌，旧时官府通知事项，挂牌揭示。此指开庭审理的通知。

29 〔偃息在床〕在床上睡卧养息。偃息，睡卧止息。宋司马光《和君倚滕床十二韵》：“朝讯狱中囚，暮省案前文。虽有八尺床，初无偃息痕。”

30 〔胥役〕指官府的胥吏和差役。章炳麟《訄书·定律》：“其在胥役，则借一人之力，骫更文法，以罗织人罪。”

31 〔恐溪壑之不遽饱〕谓官府之吏役那如溪如壑之贪心不能马上填满。溪壑，原指水溪之沟壑。此喻无厌之贪欲。

32 〔时〕据二十四卷本加，原抄本无。

33 〔厥罪维均〕谓无故拖延时间与施酷暴之刑同罪。厥，代词，其。均，等。

34 〔罗织〕虚构罪名，株连无辜。《旧唐书·来俊臣传》：“招集无赖数百人，令其告事，共为罗织，千里响应。”

35 〔“或平昔”二句〕谓或者因平日之小忿而结仇，或因富有而遭嫉以致获罪。睚眦，怒目而视，比喻小怨小忿。《史记·范雎蔡泽列传》："一饭之德必偿，睚眦之怨必报。"开嫌，结仇怨。怀璧致罪，《左传·桓公十年》："周谚有之：'匹夫无罪，怀璧其罪。'"注："人利其璧，以璧为罪。"

36〔"带一名"二句〕谓讼者在状词之后，妄加一人的名字，使别人牵连于此案之中就如附骨的恶疽，难以摆脱。带一名，谓顺便写上一个名字。纸，指状纸。附骨疽，中医恶疮名，生于筋骨部位。

37〔"受万罪"二句〕谓于官府中受尽苦痛，竟是因别人之谗害造成。公门，指官府。切肤之痛，谓其切身之苦痛。切肤，切身。虞集《道园学古录·淮阳献武王庙堂之碑》："邃深蔽云，群谗切肤。"

38〔乌集〕犹"乌合"。形容人群无组织杂乱凑合。《汉书·谷永传》："（成帝）与群小相随，乌集杂会，饮醉吏民之家。"

39〔猱（náo挠）系〕如同系猱。猱，猴属。

40〔投到时〕谓案件中所涉人员到公堂时。

41〔"从政者"二句〕谓为官执政者，不考虑到这一点，又何必说刑具与刀锯能杀人。从政，谓执政、为官。《论语·微子》："已而已而，今之从政者殆而。"桁杨，加在囚犯颈上或脚上的刑具。《庄子·在宥》："今世殊死者相枕也，桁杨者相推也，刑戮者相望也。"

鬼令

教谕展先生，洒脱[1]有名士风，然酒狂，不持仪节。每醉归，辄驰马殿阶[2]。阶上多古柏。一日，纵马入，触树头裂，自言："子路[3]怒我无礼，击脑破矣！"中夜遂卒。

邑中某乙者，负贩其乡，夜宿古刹。更静人稀，忽见四五人携酒入饮，展亦在焉。酒数行，或以字为令曰[4]："田字不透风，十字在当中；十字推上去，古字赢一钟。"一人曰："回字不透风，口字在当中；口字推上去，吕字赢一钟。"一人曰："囹字不透风，令字在当中；令字推上去，含字赢一钟。"又一人曰："困字不透风，木字在当中；木字推上去，杏字赢一钟。"末至展，凝思不得，众笑曰："既不能令，须当受命。"飞一觥来。展云："我得之矣：曰字不透风，一字在当中。"众又笑曰："推作何物？"展吸尽曰："一字推上去，一口一大钟！"相与大笑，未几出门去，某不知展死，窃疑其罢官归也。及归问之，则展死已久，始悟所遇者鬼耳。

校注

1　〔洒脱〕谓言行大方，不受旧礼俗拘束。

2　〔殿阶〕指供奉孔子的文庙的殿阶。

3　〔子路〕仲由（前 524–前 480），字子路，一字季路，春秋卞人，孔子弟子，以勇著称。

4　〔曰〕据康熙抄本，原抄本无。

甄后

洛城[1]刘仲堪，少钝而淫于典籍[2]，恒杜门攻苦，不与世通。一日方读，忽闻异香满室，少间，珮声甚繁，惊顾之，有美人入，簪珥光采，从者皆宫妆。刘惊伏地下，美人扶之曰："子何前倨而后恭[3]也？"刘益惶恐，曰："何处天仙，未曾拜识。前此几时有侮？"美人笑曰："相别几何，遂尔梦梦[4]！危坐磨砖者，非子也耶[5]？"乃展锦荐[6]，设瑶浆，捉坐对饮，与论古今事，博洽非常，刘茫茫不知所对。美人曰："我止赴瑶池[7]一回宴耳，子历几生，聪明顿尽矣！"遂命侍者，以汤沃水晶膏进之，刘受饮讫，忽觉心神澄彻。既而曛暮，从者尽去，息烛解襦，曲尽欢好。未曙，诸姬已复集。美人起，妆容如故，鬓发修整，不再理也。刘依依苦诘姓字，答曰："告即不妨，恐益君疑耳，妾，甄氏；君，公干后身[8]。当日以妾故罹罪，心实不忍，今日之会，亦聊以报情痴也。"问："魏文[9]安在？"曰："丕，不过贼父之庸子耳。妾偶从游嬉富贵者数载，过即不复置念。彼曩以阿瞒[10]故，久滞幽冥，今未闻知。反是陈思为帝典籍[11]，时一见之。”旋见龙舆[12]止于庭中，乃以玉脂合赠刘，作别登车，云拥而去。

刘自是文思大进。然追念美人[13]，凝思若痴。历数月，渐近羸殆[14]。母不知其故，忧之。家一老妪，忽谓刘曰：“郎君意颇有思否？”刘以言隐中情告之，妪曰：“郎试作尺一书[15]，我能邮致之。”刘惊喜曰：“子有异术，向日昧于物色[16]。果能之，不敢忘也。”乃折柬为函，付妪便去。半夜而返曰：“幸不误事。初至门，门者以我为妖，欲加缚絷。我出郎君书，彼[17]乃将去。少顷唤入，夫人亦欷歔，自言不能复会，便欲裁答[18]，我言：‘郎君羸惫，非一字所能瘳。’夫人沉思久，乃释笔云：‘烦先报刘郎，当即送一佳妇去。’濒行，又嘱：‘适所言，乃百年计，但无泄，便可永久矣。’”刘喜，伺之。明日，果有老姥率女郎诣母所，容色绝世，自言陈氏，女其所出，名司香，愿求作妇。母爱之，议聘，更不索资，坐待成礼而去。惟刘心知其异，阴问女：“系夫人何人？”答云：“妾铜雀故妓[19]也。”刘疑为鬼。女曰：“非也。妾与夫人俱隶仙籍，偶以罪过谪人间。夫人已复旧位，妾谪限未满，夫人请之天曹[20]，暂使给役，去留皆在夫人，故得长侍床箦[21]耳。”一日，有瞽媪牵黄犬丐食其家，拍扳俚歌[22]。女出窥，立未定，犬断索咋女，女骇走，衿断。刘急以杖击犬。犬犹怒，龁断幅，顷刻碎如麻，嚼吞之。瞽媪捉领毛，缚以去。刘入视女，惊颜未定，曰：“卿仙人，何乃畏犬？”

女曰："君自不知，犬乃老瞒所化，盖怒妾不守分香戒[23]也。"刘欲买犬杖毙，女不可，曰："上帝所罚，何得擅诛？"

居二年，见者皆惊其艳，而审所从来，殊恍惚，于是共疑为妖。母诘刘，刘亦微道其异，母大惧，戒使绝之，刘不听。母阴觅术士来，作法于庭。方规地为坛[24]，女惨然曰："本期白首，今老母见疑，分义[25]绝矣。要我去，亦复非难，但恐非禁咒可遣耳！"乃束薪爇火，抛阶下，瞬息烟蔽房屋，对面相失，忽有声震如雷，已而烟灭，见术士七窍流血死矣。入室，女已渺。呼妪问之，妪亦不知所去。刘始告母。妪盖狐也。

异史氏曰："始于袁，终于曹，而后注意于公干[26]，仙人不应若是。然平心而论，奸瞒之篡子[27]，何必有贞妇哉？犬睹故妓，应大悟分香卖履之痴，固犹然妒之耶？呜呼！奸雄不暇自哀，而后人哀之已[28]！"

校注

1 〔洛城〕即洛阳城。今之河南洛阳市。

2 〔淫于典籍〕谓沉湎于古代典籍。淫于，沉湎于，醉心于。典籍，此泛指书籍。《后汉书·崔寔传》："少沉静，好典籍。"

3 〔前倨而后恭〕谓前时傲慢而后来恭敬。《史记·苏秦列传》：“苏秦笑谓其嫂曰：‘何前倨而后恭也？’”此指刘桢见甄后之前后情态变化。

4 〔遂尔梦梦〕就如此糊涂起来。尔，如此，这样。梦梦，昏愦不明。详见卷四《仙人岛》注。

5 〔危坐磨砖者，非子也耶〕磨砖，《世说新语·言语》：“刘公干以失敬罹罪。”注引《文士传》：“桢性辩捷，所问应声而答。坐平视甄夫人，配输作部，使磨石。武帝至尚方观作者，见桢匡坐正色磨石。武帝问曰：‘石何如？’桢因得喻己自理，跪而对曰：‘石出荆山悬崖之巅，外有五色之章，内含卞氏之珍；磨之不加莹，雕之不增文；禀气坚贞，受之自然。顾其理枉屈纡绕而不得申。’帝顾左右大笑，即日赦之。”此云“磨砖”，系“磨石”之误。

6 〔锦荐〕谓用丝锦绣的坐垫。

7 〔瑶池〕古代神话传说中在昆仑山西王母所居之所。《穆天子传》：“乙丑，天子觞西王母于瑶池之上。”

8 〔妾，甄氏；君，公干后身〕甄氏，据《三国志·魏志·文昭甄皇后传》及注引《魏略》载，三国魏文帝曹丕后，中山无极（今河北无极县）人。建安中本为袁绍中子熙妻，熙出镇幽州，留侍姑。及曹操破邺城，丕随军入绍舍，见其颜色非凡，纳之为妇，生明帝（睿）及东乡公主。黄初元年（221）丕代汉称帝，山阳公（汉献帝）奉二女嫔于魏，郭后、李、阴贵人并爱幸，后在邺失意有怨言，丕怒，赐死。明帝即位，追谥文昭皇后。公干，《三国志·魏志·刘桢传》：“桢以不敬获罪，刑竟署吏。”注引《文士传》：刘桢字公干，东汉末东平人，为建安七子之一。曹操任为丞相椽属。桢才思隽锐，与曹植齐名。世称曹刘。曹丕为太子时，尝请诸文学宴饮，酒酣，命夫人甄氏出拜，坐中众人皆伏，桢独平视。曹操闻之，乃收桢，减死输作部。后身，迷信传说所谓转世。

9 〔魏文〕即魏文帝曹丕（187–226）。曹操次子，字子桓。操死，袭位为魏王，代汉称帝，是为魏文帝。

10 〔阿瞒〕曹操小字。《三国志·魏志·武帝纪》裴松之注引《曹瞒传》。

11 〔陈思为帝典籍〕谓陈思王曹植为上帝掌管文籍。陈思，曹植（192–232），字子建，曹操第三子，曹丕之弟。善属文，才思隽发。在建安作家中，影响最大也最受后人推崇。以封陈王，谥曰思，故世称“陈思”。有《曹子建集》。

12 〔龙舆〕天子所乘车舆。唐武三思《奉和春日游龙门应制》：“凤驾临香地，龙舆上翠微。”此指皇后所乘之车。

13 〔然追念美人〕据康熙抄本补，原抄本无此句。

14 〔羸殆〕形销骨立，濒于死亡。

15 〔尺一书〕信函。详见卷二《巧娘》注。

16 〔昧于物色〕未能访求。昧，不明。物色，访求。

17 〔彼〕据康熙抄本补，原抄本无。

18 〔裁答〕谓作书答复。唐皇甫冉《酬张继》诗序：“懿孙，余之旧好，祗役武昌，枉六言诗见怀，今以七言裁答，盖拙于事者繁而费也。”

19 〔铜雀故妓〕铜雀，台名，建安十五年（210）曹操所筑，台址在今河北临漳县西南古邺城的西北隅。《文选·陆机〈吊魏武帝文序〉》引曹操遗令：“吾婕好妓人，皆著铜爵（雀）台，于台堂上施八尺床，穗帐，朝晡上脯糒之属，月朝十五辄向帐作妓，汝等时时登铜爵（雀）台，望吾西陵墓田。”

20 〔天曹〕道家所称天上的官署。《南齐书·高逸传·顾欢》：“今道家称长生不死，名补天曹，大乖老庄立言本理。”

21 〔床箦（zé 择）〕床席。此喻尽妇人之责。

22 〔俚歌〕谓俚俗歌谣。

23 〔分香戒〕即守节之戒。此即后文之“分香卖履”之意。东汉末，曹操造铜雀台，临终时吩咐诸妾：“汝等时时登铜爵（雀）台，望吾西陵墓田。”又云：“余香可分与诸夫人。诸舍中无为，学作履组卖也。”此谓临死不忘妻妾。

24 〔规地为坛〕划地筑坛。坛，土台。此指法坛。

25 〔分义〕谓夫妻间情分。

26 〔"始于袁"三句〕谓甄后初为袁绍之子妇，后归于曹丕。《三国志·魏志·文昭甄皇后传》："建安中，袁绍为中子熙纳之，熙出在幽州，后留养姑。及冀州平，文帝纳后于邺。"注引《魏略》："及邺城破，绍妻及后共坐皇堂上，文帝入绍舍，见绍妻及后。后怖，以头伏姑膝上，绍妻两手自缚。文帝谓曰：'刘夫人云何如此？令新妇举头。'姑乃捧后令仰，文帝就视，见其颜色非凡，称叹之。太祖闻其意，遂为迎取。"注意于公干，谓甄后后来情意又归向刘桢。

27 〔奸瞒之篡子〕谓奸雄曹操之子曹丕。篡子，谓曹操死后，其子曹丕代汉自立为帝，篡夺汉朝之大权。

28 〔"奸雄"二句〕谓曹操生前自己未来及为此哀伤，而由后人为其哀伤。奸雄，善于使用权术的野心家。此指曹操。《三国志·魏志·武帝纪》："能安之者，其在君乎？"注引孙盛《异同杂语》："（曹操）尝问许子将（攸）：'我何如人？'子将不答。固问子，子将曰：'子，治世之能臣，乱世之奸雄。'"

宦娘

温如春，秦之世家也。少癖嗜[1]琴，虽逆旅未尝暂舍。客晋，经由古寺，系马门外，暂憩止。入则有布衲道人，趺坐廊间，筇杖[2]倚壁，花布囊琴。温触所好，因问："亦善此也？"道人云："顾不能工[3]，愿就善者学之耳。"遂脱囊授温，视之，纹理佳妙，略一勾拨[4]，清越异常，喜为抚一短曲，道人微笑，似无许可[5]。温乃竭尽所长，道人哂曰："亦佳，亦佳！但未足为贫道师也。"温以其言夸，转请之。道人接置膝上，裁拨动，觉和风自来，又顷之，百鸟群集，庭树为满。温惊极，拜请受业。道人三复之，温侧耳倾心，稍稍会其节奏。道人试使弹，点正疏节[6]，曰："此尘间已无对矣。"温由是精心刻画[7]，遂称绝技。

后归程，离家数十里，日已暮，暴雨莫可投止，路旁有小村，趋之，不遑审择，见一门，匆匆遽入，登其堂，阒[8]若无人。俄一女郎出，年十七八，貌类神仙，举首见客，惊而走入。温时未偶，系情殊深。俄一老妪出问客，温道姓名，兼求寄宿，妪言：“宿当不妨，但少床榻，不嫌屈体，便可藉藁。”少旋，以烛来，展草铺地，意良殷。问其姓氏，答云：“赵姓。”又问：“女郎何人？”曰：“此宦娘，老身之犹子[9]也。”温曰：“不揣寒陋，欲求援系[10]，如何？”妪颦蹙曰：“此即不敢应命。”温诘其故，但云难言，怅然遂罢。妪既去，温视藉草腐湿，不堪卧处，因危坐[11]鼓琴，以消永夜。雨既歇，冒夜遂归。邑有林下部郎[12]葛公，喜文士，温偶诣之，受命弹琴。帘内隐约有眷客窥听，忽风动帘开，见一及笄人，丽绝一世。盖公有女，小字良工，善词赋，有艳名。温心动，归与母言，媒通之，而葛以温势式微[13]，不许。然女自闻琴以后，心窃倾慕，每冀再聆雅奏，而温以姻事不谐，志乖意沮，绝迹于葛氏之门矣。

一日，女于园中拾得旧笺一折，上书《惜余春》词[14]云：“因恨成痴[15]，转思作想，日日为情颠倒。海棠带醉，杨柳伤春，同是一般怀抱。甚得新愁旧愁，划尽还生[16]，便如青草。自别离，只在奈何天[17]里，度将昏晓[18]。今日个，蹙损春山，望穿秋水，道业已拚弃了[19]！芳衾妒梦，玉漏惊魂，要睡何能睡好[20]？漫说长宵似年，侬视一年，比更犹少[21]，过三更已是三年，更有何人不老！”女吟咏数四，心好之。怀归，出锦笺，庄书一通[22]，置案间，逾时索之，不可得，窃意为风飘去。适葛经闺门过，拾之，谓良工作，恶其词荡[23]，火之而未忍言，欲急醮之[24]。

临邑刘方伯之公子，适来问名[25]，心善之，而犹欲一睹其人。公子盛服而至，仪容秀美，葛大悦，款延优渥[26]。既而告别，坐下遗女舄一钩，心顿恶其儇薄，因呼媒而告以故。公子亟辨其诬，葛弗听，卒绝之。先是，葛有绿菊种，吝不传，良工以植闺中。温庭菊忽有一二株化为绿，同人闻之，辄造庐观赏，温亦宝之，凌晨趋视，于畦畔得笺写《惜余春》词，反覆披读，不知其所自至，以"春"为己名，益惑之，即案头细加丹黄[27]，评语亵嫚。适葛闻温菊变绿，讶之，躬诣其斋，见词便取展读，温以其评亵，夺而挪莎[28]之。葛仅睹一两句，盖即闺门所拾者也，大疑，并绿菊之种，亦猜良工所赠。归告夫人，使逼诘良工，良工涕欲死，而事无验见，莫有取实。夫人恐其迹益彰，计不如以女归温，葛然之，遥致温，温喜极。是日，招客为绿菊之宴，焚香弹琴，良夜方罢。

既归寝，斋僮闻琴自作声，初以为僚仆之戏也，既知其非人，始白温，温自诣之，果不妄，其声梗涩，似将效己而未能者。爇火暴入，杳无所见。温携琴去，则终夜寂然。因意为狐，固知其愿拜门墙[29]也者，遂每夕为奏一曲，而设弦任操若师，夜夜潜伏听之，至六七夜，居然成曲，雅足听闻。温既亲迎，各述曩词，始知缔好之由，而终不知所由来。良工闻琴鸣之异，往听焉，曰："此非狐也，调凄楚，有鬼声。"温未深信，良工因言其家有古镜，可鉴魑魅。翌日，遣人取至，伺琴声既作，握镜遽入，火之，果有女子在，仓皇室隅，莫能复隐，细审之，赵氏之宦娘也。大骇，穷诘之，泫然曰："代作蹇修[30]，不为无德，何相逼之甚也？"温请去镜，约勿避，诺之，乃囊镜。女遥坐曰："妾太守之女，死百年矣。少喜琴筝，筝已颇能谙之，独此技未得嫡传[31]，重泉[32]犹以为憾。惠顾时，得聆雅奏，倾心向往，又恨以异物不能奉裳衣，阴为君腼合[33]佳偶，以报眷顾之情。刘公子之女舄，《惜余春》之俚词，皆妾为之也。酬师者不可谓不劳矣。"夫妻咸拜谢之。宦娘曰："君之业[34]，妾思过半矣，但未尽其神理，请为妾再鼓之。"温如其请，又曲陈[35]其法，宦娘大悦曰："妾已尽得之矣！"乃起辞欲去。良工故善筝，闻其所长，愿以披聆[36]，宦娘不辞，其调其谱，并非尘世所能。良工击节，转请受业，女命笔为绘谱十八章，又起告别。夫妻挽之良苦。宦娘凄然曰："君琴瑟之好，自相知音，薄命人乌有此福。如有缘，再世可相聚耳。"因以一卷授温曰："此妾小像。如不忘媒妁，当悬之卧室，快意时焚香一炷，对鼓一曲，则儿[37]身受之矣。"出门遂没。

校注

1 〔癖嗜〕嗜之成癖，特别爱好。清黄景仁《灵璧磬石歌》：

"文人癖嗜更多有，宝贵奚啻同天深。"

2 〔筇（qióng 穷）杖〕即筇竹杖，亦称"邛杖"。谓用筇竹所制的手杖。筇产于四川邛山，故名之。晋戴凯之《竹谱》："邛竹，高节实中，状如人刻，俗谓之扶老竹。"唐许浑《王居士》诗："筇杖倚柴关，都城卖卜还。"筇，据康熙抄本，原抄本作"节"。

3 〔顾不能工〕但是不能精通。顾，但是。

4 〔勾拨〕谓弹琴的一种指法。《琴谱》："中指入弦曰勾，出弦曰剔，食中二指轻抚双弦而入得一声曰拨，食指出弦曰挑。"

5 〔似无许可〕其意好像未赞许认可。

6 〔点正疏节〕谓点明纠正不合节奏之处。疏节，音乐的节奏。《玉台新咏·庾信〈奉和咏舞〉》诗："顿履随疏节，低鬟逐上声。"

7 〔精心刻画〕谓细心摹仿。此谓严格按节奏练习。

8 〔阒（qù 趣）〕形容寂静。《周易·丰》："窥其户，阒其无人。"

9 〔犹子〕侄女。详见卷二《公孙九娘》注。

10 〔援系〕应作"系援"。谓攀附以求援助。《国语·晋语九》："董叔将娶于范氏，叔向曰：'范氏富，盍已乎？'曰：'欲为系援焉。'"后为向人求婚之敬词。

11 〔危坐〕端坐。详见卷一《陆判》注。

12 〔林下部郎〕谓辞官退隐家居的部郎。林下，旧称辞官退隐之所。详见卷二《红玉》注。部郎，明清六部之下设司，司的长官称郎中，副长官称员外郎，统称部郎。

13 〔势式微〕谓家势衰落。势，家势。式微，衰微。详见卷二《林四娘》注。

14 〔《惜余春》词〕又名《过秦楼》，是一首写少女"春怨"的词。该词另见载于《聊斋词集》中，词牌《惜余春慢》题为《春怨》。

15 〔因恨成痴〕因恼人的春色，逗起自己内心的痴情。痴，指痴情。

16 〔"甚得"〕二句谓真正是。刬（chǎn 产）：同"铲"，除掉。

秦观《八六子》："临危亭，恨如芳草，凄凄刬尽还生。"

17〔奈何天〕谓其离别之愁无可排遣。晏几道《鹧鸪天》之七："欢尽夜，别经年，别多欢少奈何天。"

18〔度将昏晓〕即度昏晓。将，语助词，无义。谓度过黑夜与白天。昏晓，犹言日夜。杜甫《望岳》："造化钟神秀，阴阳割昏晓。"

19〔"蹙损春山"三句〕谓因愁思使双眉皱折、两眼望穿，自己的日常爱好亦拚弃了。春山，比喻美女的眉。元袁桷《题美人图》："望幸眸凝秋水，倚愁眉簇春山。"望穿秋水，形容自己对所爱人的期盼。秋水，此喻美人的眼睛，谓像秋水一样澄澈。道业，指营生。此谓自己所好。

20〔"芳衾妒梦"三句〕温香的被子使人做不成美梦，计时的漏壶使人惊魂动魄，怎能使人睡好。妒梦，谓睡梦受到干扰。陆游诗："莺声如妒梦，花气欲撩诗。"玉漏，古代计时漏壶的美称。唐苏味道《正月十五夜》诗："金吾不禁夜，玉漏莫相催。"

21〔"漫说长宵似年"三句〕不要说长夜如年，我看一年比一更还短。漫，副词，莫，不要。

22〔庄书一通〕端正地书写一遍。一通，一遍。《后汉书·崔寔传》："凡为人主，宜写一通，置之坐侧。"

23〔词荡〕谓词语淫秽。

24〔醮之〕谓嫁出去。醮，古代婚礼的一种仪式。详见卷一《陆判》注。

25〔问名〕古代婚礼六礼之一。详见卷二《乔女》注。

26〔款延优渥〕谓款待丰厚。优渥，优厚。

27〔丹黄〕即朱黄，此指批语。古人点校书籍，用朱笔书写，如遇误字则以雌黄涂抹。《新唐书·陆龟蒙传》："得书，熟诵乃录，雠比勤勤，朱黄不去手。"

28〔挪莎（suō 梭）〕揉搓。详见卷四《西湖主》注。

29〔拜门墙〕谓拜为师。门墙，师门称为门墙。详见卷一《娇娜》注。

30 〔蹇修〕媒人的代称。详见卷一《辛十四娘》注。

31 〔嫡传〕谓正宗传授。嫡，正宗、正统。得，从二十四卷本，原抄本作为“有”。

32 〔重泉〕犹言黄泉、九泉，指地下。《文选·江淹〈杂体诗·潘黄门〉》：“美人归重泉，凄怆无终毕。”

33 〔胹（ér 而）合〕即“聏合”，撮合之义。

34 〔业〕谓学业。此指琴艺。

35 〔曲陈〕谓详细地陈述。曲，婉转。

36 〔披聆〕诚心聆听。披，阅。

37 〔儿〕古时少女亦自称“儿”。

阿绣

海州[1]刘子固，十五岁时，至盖[2]省其舅。见杂货肆中一女子，姣丽无双，心爱好之，潜至其肆，托言买扇。女子便呼其父，父出，刘意沮，故折阅[3]之而退。遥睹其父他往，又诣之。女将觅父，刘止之曰："无须，但言其价，我不靳直[4]耳。"女如言，固昂之，刘不忍争，脱贯[5]竟去。明日复往，又如之。行数武，女追呼曰："返来！适伪言耳，价奢过当[6]。"因以半价返之。刘益感其诚，蹈隙[7]辄往，由是日熟。女问："郎居何所？"以实对。转诘之，自言："姚氏。"临行，所市物女以纸代裹完好，已而以舌舐黏之。刘怀归不敢复动，恐乱其舌痕也。积半月，为仆所窥，阴与舅力要之归。意惓惓[8]不自得，以所市香帕脂粉等类密置一箧，无人时，辄阖户自捡一过，触类凝想。次年，复至盖，装甫解，即趋女所，至则肆宇阖焉，失望而返。犹意偶出未返，蚤又诣之，阖如故，问诸邻，始知姚原广宁[9]人，以贸易无重息，故暂归去，又不审何时可复来，神志乖丧。居数日，怏怏而归。母为议婚，屡梗之，母怪且怒。仆私以曩情告母，母益防闲[10]之，盖之途由是绝。

刘忽忽[11]遂减眠食，母忧思无计，念不如从其志。于是刻日办装，使如盖，转寄语舅媒合之。舅承命诣姚，逾时而返，谓刘曰："事不谐矣！阿绣已字广宁人。"刘低头丧气，心灰绝望。既归，捧箧啜泣，而徘徊痴念，冀天下有似之者。适媒来，艳称复州[12]黄氏女，刘恐不确，命驾至复。入西门，见北向一家，两扉半开，内一女郎，怪似阿绣，再属目之，且行且盼而入，真是无讹。刘大动，因僦其东邻居，细诘知为李氏，反复疑念：天下宁有如此酷肖者耶？居数日，莫可夤缘，惟日眈眈[13]候其门，以冀女或复出。一日，日方夕，女果出，忽见刘，即返身走，以手指其后，又复掌及额而人。刘喜极，但不能解，凝思移时，信步诣舍后，见荒园寥廓，西有短垣，略可及肩，豁然顿悟，遂蹲伏露草中。久之，有人自墙上露其首，小语曰："来乎？"刘诺而起，细视，真阿绣也，因大恫[14]，涕堕如绠[15]。女隔堵探身，以巾拭其泪，深慰之。刘曰："百计不遂，自谓今生已矣，何期复有今夕？顾卿何以至此？"曰："李氏，妾表叔也。"刘请逾垣，女曰："君先归，遣从人他宿，妾当自至。"刘如言，坐伺之。少间，女悄然入，妆饰不甚炫丽，袍裤犹昔。刘挽坐，备道艰苦，因问："卿已字，何未醮也？"女曰："言妾受聘者，妄也。家君以道里赊远[16]，不愿附公子婚，此或托舅氏诡词，以绝君望耳。"既就枕席，宛转万态，款接之欢，不可言喻。四更遽起，过墙而去。刘自是不复措意[17]黄氏矣。旅居忘返，经月不归。

一夜，仆起饲马，见室中灯犹明，窥之，见阿绣，大骇，顾不敢诘主人。旦起，访市肆，始返而诘刘曰："夜与还往者，何人也？"刘初讳之，仆曰："此第岑寂，狐鬼之薮，公子宜自爱。彼姚家女郎，何为而至此？"刘始觍然曰："西邻是其表叔，有何疑沮[18]？"仆言："我已访之审：东邻止一孤媪，西家一子尚幼，别无密戚，所遇当是鬼魅，不然，焉有数年之衣，尚未易者？且其面色过白，两颊少瘦，笑处无微涡，不如阿绣美。"刘反复思，乃大惧曰："然，且奈何？"仆谋伺其来，操兵入共击之。至暮，女至，谓刘曰："知君见疑，然妾亦无他，不过了此夙分耳。"言未已，仆排闼人，女呵之曰："可弃兵！速具酒来，当与若主别。"仆便自投[19]，若或夺焉。刘益恐，强设酒馔，女谈笑如常，举手向刘曰："君心事，方将图效绵薄[20]，何竟伏戎[21]？妾虽非阿绣，颇自谓不亚，君视之犹昔否耶？"刘毛发俱竖，噤不语。女听漏三下，把盏一呷，起立曰："我且去，待花烛后，再与新妇较优劣也。"转身遂杳。

刘信狐言，竟如盖。怨舅之诳己也，不舍其家，寓近姚氏，托媒自通，啖以重赂。姚妻言："小郎[22]为觅婿广宁，若翁以是故去，就否未可知。须旋日方可计校。"刘闻之，彷徨无以自主，惟坚守以伺其归。逾十余日，忽闻兵警，犹疑讹传，久之，信益急，乃趣装行。中途遇乱，主仆相失，为侦者所掠。以刘文弱，疏其防，盗马亡去。

至海州界，见一女子，蓬鬓垢耳，步履蹉跌，不可堪，刘驰过之，女遽呼曰：“马上人非刘郎乎？”刘停鞭审顾，则阿绣也，心仍讶其为[23]狐，曰：“汝真阿绣耶？”[24]女问：“何为出此言？”刘述所遇。女曰：“妾真阿绣也。父携妾自广宁归，遇兵被俘，授马屡堕，忽一女子握腕趣遁，荒窜军中，亦无诘者。女子健步若飞隼，苦不能从，百步而屣屡褪焉。久之，闻号嘶渐远，乃释手曰：‘别矣！前皆坦途，可缓行，爱汝者将至，宜与同归。’”刘知其狐，感之，因述其留盖之故。女言其叔为择婿于方氏，未委禽而乱适作。刘始知舅言非妄，携女马上，叠骑归。入门则老母无恙，大喜，系马入，俱道所以。母亦喜，为女盥濯，妆竟，容光焕发。母抚掌曰：“无怪痴儿魂梦不置也！”遂设裀褥，使从己宿。又遣人赴盖，寓书[25]于姚。不数日，姚夫妇俱至，卜吉成礼，乃去。刘出藏箧，封识俨然[26]，有粉一函，启之，化为赤土。刘异之，女掩口曰：“数年之盗，今始发觉矣。尔日见郎任妾包裹，更不及审真伪，故以此相戏耳。”方嬉笑间，一人搴帘入曰：“快意如此，当谢蹇修[27]矣。”刘视之，又一阿绣也，急呼母，母及家人悉集，无有能辨识者。刘回眸亦迷，注目移时，始揖而谢之。女子索镜自照，赧然[28]趋出，寻之已杳。夫妇感其义，为位[29]于室而祀之。

一夕，刘醉归，室暗无人，方自挑灯，而阿绣至，刘挽问：“何之？”笑曰：“醉臭熏人，使人不耐！如此盘诘，谁作桑中逃[30]耶？”刘笑捧其颊，女曰：“郎视妾与狐姊孰胜？”刘曰：“卿过之，然皮相者[31]不辨也。”已而阖扉相狎，俄有叩关者，女起笑曰：“君亦皮相者也。”刘不解，趋启门，则阿绣入，大愕，始悟适与语者，狐也。暗中犹闻笑声。夫妻望空而祷，祈求现象，狐曰：“我不愿见阿绣。”问：“何不另化一貌？”曰：“我不能。”问：“何故不能？”曰：“阿绣，吾妹也，前世不幸夭殂。生时，与余从母至天宫，见西王母，心窃爱慕，归即刻意效之。妹较我慧，一月神似，我学三月而后成，然终不及妹。今已隔世，自谓过之，不意犹昔耳。我感汝两人诚，故时复一至，今去矣。”遂不复言。自此三五日辄一来，一切疑难悉决之。值阿绣归宁，来常数日住，家人皆惧避之。每有亡失，则华妆端坐，插玳瑁簪长数寸，朝家人[32]而庄语之：“所窃物，夜当送至某所，不然头痛大作，悔无及！”天明，果于某所获之。三年后，绝不复来。偶失金帛，阿绣效其妆，吓家人，亦屡效焉。

校注

1 〔海州〕辽置海州南海军，元废，明置海州卫于此。治所在今辽宁省海城县。

2 〔盖〕县名。明为盖州卫，清改为盖平县，今辽宁省营口市盖县。

3 〔折阅〕谓压低售价。《荀子·修身》："故良农不为水旱不耕，良贾不为折阅不市。"此处指还价。阅，卖。

4 〔不靳直〕谓不计较价格。靳，吝惜。直，同"值"。

5 〔脱贯〕付钱。古时用方空钱，皆以绳贯，故称。

6 〔价奢过当〕价格高于平常。奢，昂贵。过当，谓价高之过于常价。

7 〔蹈隙〕寻其机会。此指乘其父不在。《列子·说符》："蹈隙抵时，应事无方。"蹈，投。

8 〔惓惓（quánquán 拳拳）〕谓心情郁闷貌。《玉篇》："闷也，亦作憐。"

9 〔广宁〕金置广宁府，元改为路，明改卫，清朝康熙三年（1664）改县，治所在今辽宁省北镇县。

10 〔防闲〕防备禁阻。防，堤也，用于制水；闲，圈栏也，用于制兽。《诗经·齐风·敝笱序》："齐人恶鲁桓公微弱，不能防闲文姜，使致淫乱，为二国患焉。"母，据十二四卷本，原抄本无。

11 〔忽忽〕精神恍惚，失意的样子。

12 〔复州〕明为复州卫，清改复州，治所在今辽宁省大连市复县。

13 〔眈眈〕据康熙抄本，原抄本作"耽耽"。

14 〔恫（tōng 通）〕同"恸"。极悲哀。

15 〔涕堕如绠〕谓泪落如雨。绠，井绳。

16 〔赊远〕谓遥远。

17 〔措意〕谓注意，留意。《文选·王褒〈四子讲德论〉》："愿二子措意焉。"

18 〔疑沮〕谓怀疑，疑惑。

19 〔自投〕谓自己主动放下兵器。

20 〔图效绵薄〕本想尽自己微薄之力。效，献出。绵薄，微薄。

21 〔伏戎〕《周易·同人》："伏戎于莽，升其高陵，三岁不兴。"本指伏兵。此指让仆人暗中操戈。

22 〔小郎〕旧时妇女称丈夫的弟弟。《晋书·王凝之妻谢氏传》："凝之弟献之，尝与宾客谈议，词理将屈，道韫遣婢白献之曰：'欲与小郎解围。'"谢道韫，王凝之妻。

23 〔为〕据康熙抄本，原抄本无。

24 〔"曰：'汝真阿绣耶？'"句〕据青柯亭本，原抄本无。

25 〔寓书〕寄书。《左传·襄公二十四年》："子产寓书于子西以告宣子。"

26 〔封识（zhì志）俨然〕谓原封未动地放在那里。封识，封缄并加标记。唐柳宗元《段太尉逸事状》："泚（朱泚）取视，其故封识具存。"

27 〔蹇修〕媒人。详见卷一《辛十四娘》注。

28 〔赧然〕因羞愧而脸红。详见卷二《莲香》注。

29 〔位〕指牌位。

30 〔桑中逃〕指外出幽会。详见卷一《犬奸》注。

31 〔皮相者〕只看外表的人。皮相，只看外表。《史记·郦生陆贾列传》："夫足下欲兴天下之大事，而成天下之大功，而以目皮相，恐失天下之能士。"

32 〔朝（cháo潮）家人〕谓召集家中奴仆。朝，召集。

杨疤眼

一猎人夜伏山中，见一小人，长二尺已来，踽踽[1]行涧底。少间，又一人来，高亦如之[2]。适相值，交问[3]何之。前者曰："我将往望杨疤眼。前见其气色晦暗[4]，多罹不吉。"后人曰："我亦为此，汝言不谬。"猎者知其非人，厉声大叱，二人并无有矣。夜获一狐，左目上有瘢痕，大如钱。

校注

1 〔踽踽（jǔjǔ 举举）〕孤独地行走。详见卷一《蛇人》注。
2 〔如之〕一样，相等。
3 〔交问〕谓相互致问。
4 〔气色晦暗〕谓面部气色暗淡。此喻气色不好，倒霉的象征。

楊疤眼
晦紋現露蹈危
機偶語山阿人
远稀可笑世多
風鑑家不如異
類早知幾
楊疤眼

金和尚

金和尚，诸城人[1]，父无赖，以数百钱鬻于五莲山寺[2]。少顽钝，不能肄清业[3]，牧猪赴市，若佣保[4]。后本师死[5]，稍有遗金，卷怀[6]离寺，作负贩去，饮羊、登垄[7]，计最工。数年暴富，买田宅于水坡里。弟子繁有徒[8]，食指[9]日千计，绕里膏田千百亩。里中起第数十处，皆僧无人[10]，即有，亦贫无业，携妻子，僦屋佃田者也。每一门内，四缭[11]连屋，皆此辈列而居。僧舍其中，前有厅事，梁楹节棁[12]，绘金碧，射人眼，堂上几屏，晶光可鉴，又其后为内寝，朱帘绣幕，兰麝充溢喷人，螺钿雕檀为床，床上锦茵褥，褶叠大尺有咫，壁上美人、山水诸名迹，悬黏几无隙处。一声长呼，门外数十人轰应如雷，细缨革靴者[13]，皆乌集鹄立，受命皆掩口语，侧耳以听。客仓卒至，十余筵可咄嗟办[14]，肥醴蒸薰[15]，纷纷狼藉如雾霈。但不敢公然蓄歌妓，而狡童[16]十数辈，皆慧黠能媚人，皂纱缠头，唱艳曲，听睹亦颇不恶。金一出，前后数十骑，腰弓矢相摩戛，奴辈呼之皆以“爷”，即邑之人若民[17]，或“祖”

之，“伯、叔”之，不以“师”，不以“上人[18]”，不以“禅号[19]”也。其徒出，稍稍杀于金，而风鬟云髻[20]，亦略与贵公子等。金又广结纳，即千里外呼吸亦可通[21]，以此挟方面短长[22]，偶气触之，辄惕自惧。而其为人，鄙不文，顶趾无雅骨[23]，生平不奉一经，持一咒，迹不履寺院，室中亦未尝蓄铙鼓[24]，此等物，门人辈弗及见，并弗及闻。凡僦屋者，妇女浮丽如京都，脂泽金粉，皆取给于僧，僧亦不之靳[25]，以故里中不田而农者以百数[26]。时而恶佃决僧首瘗床下，亦不甚穷诘，但逐去之，其积习然也[27]。

金又买异姓儿，私子之，延儒师，教帖括业[28]。儿慧能文，因令入邑庠，旋援例作太学生[29]，未几赴北闱，领乡荐。由是金之名以“太公”噪。向之“爷”之者“太”之，膝席者[30]皆垂手执儿孙礼。无何，太公僧薨，孝廉缞绖卧苫块[31]，北面称孤[32]，诸门人释杖[33]满床榻，而灵帏后嘤嘤细泣，惟孝廉夫人一而已。士大夫妇咸华妆来，搴帏吊唁，冠盖舆马塞道路。殡日，棚阁[34]云连，幡幢[35]翳日。殉葬刍灵[36]，饰以金帛，舆盖仪仗数十事，马千匹，美人百袂[37]，皆如生。方弼、方相[38]，以纸壳制巨人，皂帕金铠，空中而横以木架，纳活人入，负之行。设机转动，须眉飞舞，目光铄闪，如将叱咤。观者惊怪，或小儿女遥望之，辄啼走。冥宅[39]壮丽如宫阙，楼阁房廊连亘数十亩，千门万户，入者迷不可出。祭品象物[40]，多难指名。会葬者盖相摩[41]，上自方面，皆伛偻入，起拜如朝仪[42]；下至贡监簿史[43]，则手据地以叩，不敢劳公子，劳诸师叔矣。当是时，倾国瞻仰，男女喘汗属于道，携妇襁儿、呼兄觅妹者声鼎沸。杂以鼓乐喧豗[44]，百戏鞺鞳[45]，人语都不可闻。观者自肩以下，皆隐不见，惟万顶攒动而已。有孕妇痛急欲产，诸女伴张裙为幄，罗守之，但闻儿啼，不暇问雌雄，断幅绷怀中，或扶之，或曳之，蹩躠[46]以去。奇观哉！葬后，以金所遗资产，瓜分而二之，子一，门人一。孝廉得半，而居第之南；之北、之西东，尽缁党[47]。然皆兄弟叙，痛痒又相关云。

异史氏曰："此一派也，两宗[48]未有，六祖[49]无传，可谓独辟法门[50]者矣。抑闻之：五蕴皆空[51]，六尘[52]不染，是谓'和尚'；口中说法，座上参禅[53]，是谓'和样'；鞋香楚地，笠重吴天[54]，是谓'和撞'；鼓钲锽聒，笙管敖曹，是谓'和唱'；狗苟钻缘[55]，蝇营淫赌[56]，是谓'和幛'。金也者，'尚'耶？'样'耶？'唱'耶？'撞'耶？抑地狱之'幛'耶？"

校注

1 〔金和尚，诸城人〕据《五莲山志·诸师本传》，和尚姓金，名彻，字泰雨，原籍为辽阳。明末在山东诸城五莲山寺出家。王士禛《分甘余话》卷四云："国初一僧，金姓，自京师来青之诸城，自云是旗人金中丞之族，公然与冠盖交往。诸城九仙山古刹，常住腴田数千亩，据而有之。益置膏腴，起甲第。徒众数百人，或居寺中，或以自随，居别墅。鲜衣怒马，歌儿舞女，虽豪家仕族不及也。有金举人者，自吴中来，父事之，愿为之子。此僧以势利横行闾里者几三十年，乃死。中分其资产，半予僧徒，半予假子。有往吊者，举人斩衰稽颡，如俗家礼。余为祭酒日，举人方肄业太学，亦能文之士，而甘为妖髡假子，忘其本生，大可怪也。"王渔洋在《分甘余话》中所记载关于金和尚之事，是以传闻为主（伟按：关于举人之事例外）。五莲山金和尚之师弟海霆（字惊龙），于康熙二十年（1681）所编的《五莲山志·诸师本传·海彻》中所载："先兄讳彻，字泰雨，金姓，辽左巨族，汉日磾之后。当辽阳失据，一门死难者十九，时师方八岁。有女兄德庵，夫丧，誓死奉金仙，久为尼氏，住东南之昙华庵。师潜奔其所，得不死。嗣毛帅建旗鼓于海外，招集辽徕，姊携师杂难民队中，晓住夜行，月余至旅顺。登舟阻风，又月余，抵皮岛。居无几，毛帅拨官舟送姊过海西，姊止高密单宦尼庵。久之，姊谓师曰：'吾一家父兄子弟七十余口，莫不饮刃茹戈，鸟惊兽散。惟我兄弟二人性命相依，形影相吊，流离至此，不知税驾于何所也。吾闻诸城五莲山心空大和尚者，人天之所归趋，欲送弟礼彼空王，荐我祖考；且弟年稚，吾罪女身，舍是则无所为弟著足矣。'师唯唯。开山素不喜童子出家，怜师积代簪缨，一时落魄，可矜可哀，许为剃度。遂执巾瓶于摩诘丈室。时天启丁卯岁也。"《五莲山志·诸师本传·海彻》又云："越明年，开山寂后，师始北省先师。蒲团未暖，值流氛之变，师遣霆侍先师归休五莲，独留当门户。世祖定鼎燕都，师之伯从兄弟俱从入关。一日，师立弥勒阁前，诸公朝退，忽于红尘中与师邂逅。顺治三年，大中丞廷献公直指东省，损俸串俾补五莲之阙焉者，自是山名闻益远。师于康熙十四年九月初八日示疾入灭，世寿六十五，法寿五十一。生葬林泉庄西北之会稽山麓。”至此，我们可以得知金和尚金泰雨生于1614年，卒于1675年，终年62岁（《五莲山志·诸师本传·海彻》所言世寿六十五，有误）。

2 〔五莲山寺〕五莲山旧名五朵（以主峰五尖并立，如花之初放故名），在诸城西南八十三里（今属五莲县叩官乡）。唐宋时曾有僧尼筑舍其中，后荒废，至明初，仅留云堂寺遗址。明万历三十年（1602），明开和尚进山后，先在东北方之大悲峰下卜居，不久去北京，适逢神宗之母李皇后有眼疾，命各寺院为之祈祷，明开也参加西山寺法事，并在此结识惜司薪太监王忠。此时万历皇帝正“弘崇释典，愿以大乘三藏普贮名山，暨僧之有道行者领之，命内侍各举所知”。于是王忠便以五朵山奏，悉白其状。万历皇帝大悦，赐山名为“五莲”。五莲山寺，在大悲峰南麓山坳，为明万历三十五年（1607），奉明神宗敕，用“内帑金”建造的万寿护国光明寺，即所称之五莲山寺。今已废圮。

3 〔不能肄清业〕谓不能修行趺坐、诵经之清业。清业，佛教指和尚诵经、打坐等课业。

4 〔佣保〕旧指雇佣之工。详见卷一《种梨》注。

5 〔后本师死〕据王咸炤《开山大师本传》载：海彻（即金和尚）所礼之心空大和尚，法号明开，字心空，为五莲山光明寺之开山祖师。明开祖师，本四川成都人，姓庞氏。少业儒，一日因“阅内典有悟”，遂出家。后渡江、历淮扬而流落到山东诸城。次弟行乞于市。明神宗万历三十年（1602），经南京工部尚书臧惟一与其弟臧惟几（均诸城人）挽留，遂在五朵山（五莲山原名）构茅舍定居，收纳僧徒。明天启七年（1627）剃度海彻，时心空和尚已六十高龄。第二年，即明崇祯二年（1629）明开圆寂。

6 〔卷怀〕收起而藏于怀。《论语·卫灵公》：“邦有道，则仕；邦无道，则可卷而怀之。”

7 〔饮（yìn印）羊、登垄〕谓经商者，采取一切手段使之获得丰厚的利润。饮羊，《孔子家语·相鲁》：“鲁之贩羊有沈犹氏者，常朝饮其羊以诈世人。”谓羊上市之前饮以水，以增重量。后以“饮羊”喻商人欺诈。登垄，《孟子·公孙丑下》：“有贱丈夫焉，必求龙（垄）断而登之，以左右望，而罔市利。”意谓有人在集市中登高而望，以求易于获取厚利的货物。

8 〔“弟子繁有徒”句〕据《五莲山志·世系》载：海之前（即文中所言之金和尚），五莲山僧虽已传四世（即明、真、如、性），合计仅有僧众一百七十九人。自“海”字辈后，僧徒开始急剧增加。除了“海”字辈本身的一百三十人外，海彻主山后又剃度“寂”字辈一百一十人，“照”字辈四十人。时到康熙二十年（1681），“寂”、“照”两辈都还“尚未止度”，再加仆役、狡童和佃农的人数，故这五莲山寺“弟子繁有徒”之说，是有史可据的。

9 〔食指〕指家庭或家族人口。此指寺中僧徒。明钱子正《溪上所见》诗：“家贫食指众，谋生拙于人。”

10 〔无人〕谓寺中皆僧徒，无世俗间人。

11 〔四缭〕谓四边围绕的屋宇相连。

12 〔节棁（zhuō 桌）〕指柱上的斗拱与梁上的短柱。节，柱上斗拱。棁，梁上短柱。《论语·公冶长》：“臧文仲居蔡，山节藻棁。”

13 〔细缨革靴者〕指仆人。细缨，指红缨帽，清代仆役所戴之帽。革靴，指皮制之长筒靴。

14 〔可咄嗟办〕谓马上可以办到。咄嗟，犹言呼吸之间，形容迅速。《世说新语·汰侈》：“石崇为客作豆粥，咄嗟便办。”

15 〔肥醴蒸薰〕谓肉食与酒类。肥，肉食。醴，本指甜酒，此泛指酒类。蒸薰，指烹调方法。

16 〔狡童〕美少年。《诗经·郑风·山有扶苏》：“不见子充，乃见狡童。”

17 〔人若民〕指社会上层人士或下层之平民。若，或。

18 〔上人〕佛教称具备德智善行的人，也是对僧人的敬称。《释氏要览·称谓》引古师云："内有德智，外有胜行，在人之上，名上人。"

19 〔禅号〕谓僧人的名号。

20 〔风鬃云辔〕谓车马扈从之众。风鬃，谓风驰的骏马。鬃，马鬃，此指代马。云辔，指前后扈从之骑卒、仆役。辔，马缰，此引申为骑卒。

21 〔呼吸亦可通〕即言在很短的时间里，信息、情报可相通。呼吸，谓一呼一吸间，言其极快。郭璞《江赋》："呼吸万里，吐纳灵潮。"

22 〔挟方面短长〕谓抓住地方长官之短处。方面，谓独当一方面的地方长官。短长，偏义，指短处。

23 〔顶趾无雅骨〕谓浑身无一点文雅气味，喻极俗气。顶趾，谓从头至脚。

24 〔铙鼓〕僧人用于做法事的两种乐器。铙，铙钹，亦称"铜钹"。

25 〔不之靳〕即不靳，不吝惜。

26 〔以故里中不田而农者以百数〕据孙祚昌《重修光明寺大碑记》，自海彻主持后，又在"山外置常住田以给众"，于是田庄猛增。据《五莲山志·庄田》载：至康熙二十年（1681），寺院庄田计有中榆林、下榆林、小榆林、胡林、上林泉、下林泉、大槐树、固子头、潮河集、任兰、丹土、寇官庄、封家庄、北榆林、叶家沟、水泊等十六处，占地一万多亩。这些土地上的农民便成为寺院的佃户。这些佃户要向寺院交租、服役、贡奉时鲜。甚至有僧人强占民女，享受佃户婚嫁的初夜权。有些妇女不得不出卖肉体换取一点"脂粉钱"，以养活老小。这样就形成了"不田而农者以百数"的情况。

27 〔时而恶佃决僧首瘗床下，亦不甚穷诘，但逐去之，其积习然也〕此谓金和尚的僧徒荒淫无度，恣意蹂躏乡里。所以，一些刚烈的男子，将和尚砍头埋到床下，寺院也不以为怪，最多将他驱逐出去了事。

28 〔帖括业〕唐代明经科试士，以所习经掩其两端，中间惟开一行，裁纸为帖，凡帖三字，随时增损，可否不一，或得四得五，得六者为通，称为“帖经”。后因应试人多，考官常选偏僻的章句为题，考生因将偏僻幽隐的经文编为歌诀，便于诵读记忆，以应付考试，故称此为“帖括”。此称“帖括业”，乃指明清时科举考试的八股文。

29 〔援例作太学生〕谓按照清代的捐纳例，做监生。援例，引用现行之成例。此指捐纳的成例。太学生，汉武帝元朔五年（前 124），置太学，为全国最高学府，在其中肄业的士子称太学生。明以后，不设太学，只设国子监，故监生别称太学生。

30 〔膝席者〕谓恭敬者。膝席，古人在席上屈膝而坐，对人表示尊敬时，上身挺直，两膝仍着席上。《史记·魏其武安侯列传》：“（灌夫）起行酒，至武安，武安膝席曰：‘不能满觞。’”

31 〔缞（cuī 崔）绖卧苫块〕缞绖，古代孝服。详见卷一《祝翁》注。卧苫块，即“卧苫枕块”，亦称“寝苫枕块”。古代礼教，子从父母之丧起至入葬，不住寝室，卧于草席，以土块为枕。《宋史·徐积传》：“母亡，水浆不入口者七日，悲恸呕血。庐墓三年，卧苫枕块。”

32 〔北面称孤〕指孝廉跪于灵前，自称孤子。北面，谓面向北。古礼，臣拜君，卑幼拜尊长，皆面向北行礼。此指面北而拜。《韩非子·功名》：“尧之所以南面而守名，舜之所以北面而效功也。”孤，年幼丧父。《孟子·梁惠王下》：“幼而无父曰孤。”唐宋以来，父丧称孤子，母丧称哀子，父母双亡称孤哀子。

33 〔释杖〕放下的哭丧棒。杖，旧时丧礼，期服以上用孝杖，俗称哭丧棒。

34 〔棚阁〕谓临时搭起的孝棚。

35 〔幡幢（fānchuáng 番床）〕幡，丧礼仪仗中的引幡，绘帛为长幅，上围圆罩，幅下结铃，曲柄建之。幢，丧礼仪仗中的经幢，在长筒形的绸伞上写佛经。

36 〔刍灵〕古代殉葬用品。详见卷二《莲香》注。

37 〔美人百袂（mèi 妹）〕指殉葬之品中有美人五十个。袂，衣袖。

38 〔方弼、方相〕古代驱疫避邪的神像。《周礼·夏官·方相氏》："方相氏掌蒙熊皮，黄金四目，玄衣朱裳，执戈扬盾，帅百隶而时难，以索室驱疫。大丧，先柩；及墓，入圹，以戈击四隅，驱方良。"《封神演义》由此附会，又增加一个方弼，同为丧家仪仗队的开路神。

39 〔冥宅〕指坟墓。

40 〔象物〕《左传·宣公三年》："昔夏之方有德也，远方图物，贡金九牧，铸鼎象物，百物而为之备，使民知神奸。"注："铸鼎象物，象所图物，著之于鼎。"此处指用纸竹扎成的人物。

41 〔盖相摩〕指会葬者的车盖相碰撞。

42 〔朝仪〕谓朝廷上的礼仪。《史记·刘敬叔孙通列传》："臣愿征鲁诸生，与臣弟子共起朝仪。"

43 〔贡监簿史〕明清时生员入国子监读书者叫贡生，又称"贡监"。《明史·选举志一》："（府、州、县诸生）入国学者，通谓之监生。举人曰举监，生员曰贡监。"簿史，官府中掌文书的低级僚属。簿，主簿。史，指府吏。

44 〔喧豗（huī 灰）〕指各种小戏杂耍的锣鼓声喧天。李白《蜀道难》："飞湍瀑流争喧豗，砯崖转石万壑雷。"

45 〔百戏鞺鞳（tāngtà 汤闼）〕散乐杂技的锣鼓声喧天。百戏，古称散乐杂技为百戏。《后汉书·安帝纪》："罢鱼龙曼延百戏。"鞺鞳，钟鼓声。

46 〔蹩躠（biéxiè 别泻）〕谓歪斜跛行以去。蹩，跛行貌。躠，行不正貌。

47 〔尽缁党〕都是和尚。缁，黑色。僧人多穿黑，因以指僧人。党，亲族。

48 〔两宗〕中国佛教禅宗，自达摩传至五祖弘忍，分为南北二宗。南宗为慧能所立，传教于岭南，主顿悟，故又称顿宗。北宗为神秀所立，盛行于北方，立渐进，故又称渐宗。

49 〔六祖〕指中国佛教禅宗六祖：初祖达摩，二祖慧可，三祖僧璨，四祖道信，五祖弘忍，弘忍弟子慧能和神秀各传教于南北，皆称六祖。

50 〔法门〕指佛门。《大唐三藏圣教序》："有玄奘法师者，法门之领袖也。"

51 〔五蕴皆空〕佛教语。五蕴，谓五种认识，即色（形相）、受（情欲）、想（意念）、行（行为）、识（心灵）。《般若波罗密多心经》："照见五蕴皆空，度一切苦厄。"

52 〔六尘〕佛教称色、声、香、味、触、法为六尘。六尘与六根眼、耳、鼻、舌、身、意相接，而产生种种嗜欲，导致种种烦恼，是为六贼。

53 〔参禅〕佛教名词。谓默坐静思，探究佛理。唐玄觉《永嘉证道歌》："游江海，涉山川，寻师访道为参禅。"

54 〔鞋香楚地，笠重吴天〕谓云游僧，履地戴天，云游四方。宋人《西清诗话》："天圣间，闽僧可士有《送僧》诗：'一钵即生涯，随缘度岁华。是山皆有寺，何处不为家。笠重吴天雪，鞋香楚地花。他年访禅室，宁惮路歧赊。'"

55 〔狗苟钻缘〕谓如狗一样不顾廉耻，到处钻营。狗苟，苟且无耻。

56 〔蝇营淫赌〕谓像苍蝇一样营营往来从事淫赌。韩愈《送穷文》："朝悔其行，暮已复然；蝇营狗苟，驱去复来。"

龙戏蛛

徐公为齐东[1]令，署中有楼，用藏肴饵，往往被物窃食，狼藉于地。家人屡受谯责，因伏伺之，见一蜘蛛，大如斗，骇走白[2]公。公以为异，日遣婢辈投饵焉。蛛益驯，饥辄出依人，饱而后去。积年余，公偶阅案牍，蛛忽来伏几下，疑其饥，方呼家人取饵，旋见两蛇夹蛛卧，细裁如箸，蛛爪蜷腹缩，若不胜惧。转瞬间，蛇暴长，粗于卵。大骇，欲走。巨霆大作，合家震毙。移时，公苏，夫人及婢仆击死者七人。公病月余，寻卒。公为人廉正爱民，柩发之日，民敛钱以送，哭声满野。

异史氏曰[3]："龙戏蛛，每意是里巷之讹言耳，乃真有之乎？闻雷霆之击，必于凶人，奈何以循良之吏[4]，罹此惨毒？天公之愦愦[5]，不已多乎！"

校注

1 〔齐东〕旧县名。在山东省中部偏北。1958 年撤销，划归邹平、博兴两县。1961 年并入博兴县部分地区又改划归高青县。

2 〔白〕告。

3 〔“异史氏曰”段〕据康熙抄本，原抄本缺。

4 〔循良之吏〕谓奉职守法之官吏。详见卷四《伍秋月》注。

5 〔愦愦〕昏愦，糊涂。详见卷一《偷桃》注。

商妇

天津[1]商人某，将贾[2]远方，往从富人贷资数百，为偷儿所窥，及夕，预匿室中以俟其归。而商以是日良[3]，负资竟发。偷儿伏久，但闻商人妇转侧床上，似不成眠。既而壁上一小门开，一室尽亮。门内有女子出，容齿少好，手引长带一条，近榻授妇，妇以手却之，女固授之，妇乃受带，起悬梁上，引颈自缢。女遂去，壁扉亦阖。偷儿大惊，拔关遁去。既明，家人见妇死，质诸官。官拘邻人而锻炼[4]之，诬服成狱[5]，不日就决。偷儿愤其冤，自首于堂，告以是夜所见。鞫之情真，邻人遂免。问其里人，言宅之故主，曾有少妇经死，年齿[6]容貌，与盗言悉符，因知是其鬼也。俗传暴死者必求代替，其然欤？

校注

1 〔天津〕明永乐间置天津卫，清初因之。治所在今之天津市。

2　〔贾（gǔ古）〕做买卖。《韩非子·五蠹》："长袖善舞，多钱善贾。"

3　〔是日良〕这天好日子。日良，吉利日。古人外出，常据历书查吉利日出行。

4　〔锻炼〕拷打折磨陷人于罪。清昭梿《啸亭续录·李赓芸之死》："公不服，以钠拍案厉声诟之，日夜锻炼不休。"

5　〔诬服成狱〕屈打成招，判决定案。诬服，谓屈打成招。详见卷一《成仙》注。成狱，指已判决待批准或已判决在执行的刑事案件。沈德符《野获编·刑部·权臣述史》："嘉靖六年，妖贼李福达一案，议礼贵人张贵等为政，尽反成狱。"

6　〔年齿〕年龄。《庄子·徐无鬼》："舜举乎童土之地，年龄长矣，聪明衰矣，而不得休归。"

阎罗宴

静海[1]邵生者，家贫。值母初度[2]，备牲酒[3]祀于庭，拜已而起，则案上肴馔皆空。甚骇，以情告母，母疑其困乏[4]不能为寿，故诡言之，邵默然无以自白。无何，学使案临，苦无资斧，薄贷而往。途遇一人，伏候道左，邀请甚殷。从去，见殿阁楼台，弥亘街路[5]。既入，一王者坐殿上，邵伏拜。王者霁颜命坐，即赐宴饮，因曰："前过华居，厮仆辈道路饥渴，有叨盛馔。"邵愕然不解。王者曰："我忤官王[6]也。不记尊堂设帨[7]之辰乎？"筵终，出白镪一裹，曰："豚蹄之扰[8]，聊以相报。"受之而出，则宫殿人物，一时都渺，惟有大树数章，萧然道侧。视所赠，则真金，秤之得五两。考终，止耗其半，犹怀归以奉母焉。

校注

1 〔静海〕县名。今属天津市。

2 〔初度〕谓生日。详见卷二《莲香》注。

3 〔牲酒〕谓祭祀的家畜与祭酒。牲，供祭祀、盟誓和食用的家畜。《周礼·地官·闾师》："凡庶民不畜者，祭无牲。"

4 〔困乏〕谓贫困。《汉书·宣帝纪》本始四年诏："今岁不登，已遣使者振贷困乏。"

5 〔弥亘街路〕谓远接街路。弥亘，谓远远相接。街路，街道，多指旁边有房屋的比较宽阔的道路。唐白居易《晚归府》诗："晚从履道来归府，街路虽长尹不嫌。"

6 〔忤官王〕传说中"十殿阎君"之一。

7 〔设帨〕《礼记·内则》："子生，男子设弧于门左，女子设帨于门右。"帨，佩巾。因称女子生日为设帨。

8 〔豚蹄之扰〕谓已享之祭品。《史记·滑稽列传·淳于髡》："今臣从东方来，见道旁有禳田者，操一豚蹄，酒一盂。祝曰：'瓯窭满篝，污邪满车，五谷蕃熟，穰穰满家。'臣见其所持者狭而所欲者奢，故笑之。"

役 鬼

山西杨医，善针灸之术，又能役鬼[1]，一出门，则捉骡操鞭者皆鬼物也。尝夜自他归，与友人同行，途中见二人来，修伟[2]异常，友人大骇，杨便问："何人？"答云："长脚王、大头李，敬迓主人。"杨曰："为我前驱。"二人旋踵而行，蹇缓[3]则立候之，若奴隶然。

校注

1 〔役鬼〕役使鬼。役，驱使，支配。《管子·轻重丁》："故智者役使鬼神，而愚者信之。"

2 〔修伟〕身躯魁梧高大。详见卷一《雹神》注。

3 〔蹇缓〕行走缓慢。详见卷二《连城》注。

细 柳

细柳娘，中都[1]之士人女也。或以其嫖娲[2]可爱，戏呼之“细柳”云。柳少慧，解文字，喜读相人书[3]，而生平简默[4]，未尝言人臧否[5]，但有问名者[6]，必求一亲窥其人，阅人甚多，俱言未可，而年十九矣。父母怒之曰：“天下迄无良匹，汝将以丫角老[7]耶？”女曰“我实欲以人胜天[8]，顾久而不就，亦吾命也，今而后，请惟父母之命是听。”

时有高生者，世家名士，闻细柳之名，委禽[9]焉。既醮，夫妻甚得。生前室有遗孤，小字长福，时五岁，女抚养周至，女或归宁，福辄号啼从之，呵遣所不能止。年余，女产一子，名之长怙，生问命名之义，答言：“无他，但望其长依膝下耳。”女于女红疏略，常不留意，而于亩之南东[10]，税之多寡，按籍而问，惟恐不详。久之，谓生曰：“家中事请置勿顾，待妾自为之，不知可当家否？”生如言，半载而家无废事，生亦贤之。一日，生赴邻村饮酒，适有追逋赋[11]者，打门而谇[12]，遣奴慰之，弗去，乃趣童召生归。隶既去，生笑曰："细柳，今始知慧女不若痴男耶?"女闻之，俯首而哭，生惊挽而劝之，女终不乐。生不忍以家政累之，仍欲自任，女又不肯，晨兴夜寐，经纪弥勤。每先一年，即储来岁之赋，以故，终岁未尝见催租者一至其门，又以此法计衣食，由此用度益纾。于是生乃大喜，尝戏之曰："细柳何细哉？眉细、腰细、凌波细[13]，且喜心思更细。"女对曰："高郎诚高矣，品高、志高、文字高，但愿寿数尤高。"村中有货美材者[14]，女不惜重直致之，价不能足，又多方乞贷于戚里。生以其不急之物，固止之，卒弗听。蓄之年余，富室有丧者，以倍资赎诸其门。生利而谋诸女，女不可，问其故，不语，再问之，荧荧欲涕，心异之，然不忍重拂焉，乃罢。

又逾岁，生年二十有五，女禁不令远游，归稍晚，僮仆招请者相属于道，于是同人咸戏谤之。一日，生如友人饮，觉体不快而归，至中途堕马，遂卒。时方溽暑，幸衣衾皆所夙备，里中始共服细娘智。福年十岁，始学为文，父即殁，娇惰不肯读，辄亡去从牧儿遨，谯诃不改，继以夏楚，而顽冥如故。母无奈之，因呼而谕之曰："既不愿读，亦复何能相强？但贫家无冗人[15]，可更若衣，使与僮仆共操作。不然，鞭挞勿悔！"于是衣以败絮，使牧豕，归则自掇陶器，与诸仆啖馇粥。数日苦之，泣跪庭下，愿仍读，母返身向壁，置不闻，不得已，执鞭啜泣而出。残秋向尽，桁[16]无衣，足无履，冷雨沾濡，缩头如丐，里人见而怜之，纳继室者，皆引细娘为戒，啧有烦言[17]。女亦稍稍闻之，而漠不为意。福不堪其苦，弃家逃去，女亦任之，殊不追问。积数月，乞食无所，憔悴自归，不敢遽入，哀求邻媪往白母。女曰："若能受百杖，可来见，不然，早复去。"福闻之，骤入，痛哭愿受杖，母问："今知悔乎？"曰："悔矣。"曰："既知悔，无须挞楚，可安分牧豕，再犯不宥！"福大哭曰："愿受百杖，请复读。"女不听，邻妪怂恿之，始纳焉。濯发授衣，令与弟怙同师，勤身锐虑，大异往昔，三年游泮。中丞杨公，见其文而器之，月给常廪[18]，以助灯火。怙最钝，读数年不能记姓名，母令弃卷而农，怙游闲惮于作苦，母怒曰："四民[19]各有本业，既不能读，又不欲耕，宁不沟瘠死[20]耶？"立杖之。由是率奴辈耕作，一朝晏起，则诟骂从之；而衣服饮食，母辄以美者归兄。怙虽不敢言，而心窃不能平。农工既毕，母出资使学负贩，怙淫赌，入手丧败，诡托盗贼运数[21]，以欺其母。母觉之，杖责濒死。福长跪哀乞，愿以身代，怒始解。自是一出门，母辄探察之，怙行稍敛，而非其心之所得已也。一日，请诸母，将从诸贾入洛，实借远游，以快所欲，而中心惕惕，惟恐不遂所请。母闻之，殊无疑虑，即出碎金三十两，为之具装，末又以铤金一枚付之，曰："此乃祖宦囊[22]之遗，不可用去，聊以压装，备急可耳。且汝初学跋涉，亦不敢望重息，只此三十金，得无亏负足矣。"临行又嘱之。怙诺而出，欣欣意自得，至洛，谢绝客侣，宿名娼李姬之家，凡十余夕，散金渐尽。自以巨金在橐，初不意空匮在虑，及取而斫之，则伪金耳，大骇，失色。李媪见其状，冷语侵客。怙心不自安，然囊空无所向往，犹冀姬念夙好，不即绝之。俄有二人握索入，骤絷项领，惊惧不知所为，哀问其故，则姬已窃伪金去首公庭矣。至官，不能置辞，梏掠几死。收狱中，又无资斧，大为狱吏所虐，乞食于囚，苟延余息。

初，怙之行也，母谓福曰："记取廿日后，当遣汝至洛。我事烦，恐忽忘之。"福请所谓，黯然欲悲，不敢复请而退。过二十日而问之，叹曰："汝弟今日之浮荡，犹汝昔日之废学也。我不冒恶名，汝何以有今日？人皆谓我忍，但泪浮枕簟[23]，而人不知耳！"因泣下。福侍立敬听，不敢研诘。泣已，乃曰："汝弟荡心不死，故授之伪金以挫折之，今度已在缧绁中矣。中丞待汝厚，汝往求焉，可以脱其死难，而生其愧悔也。"福立刻而发。比入洛，则弟被逮已三日矣。即狱中而望之，怙奄然面目如鬼，见兄涕不可仰。福亦哭。时福为中丞所宠异，故遐迩皆知其名。邑宰知为怙兄，急释之。怙至家，犹恐母怒，膝行而前，母顾曰："汝愿遂耶？"怙零涕不敢复作声，福亦同跪，母始叱之起。由是痛自悔，家中诸务，经理维勤，即偶惰，母亦不呵问之。凡数月，并不与言商贾，意欲自请而不敢，以意告兄。母闻而喜，并力质贷而付之，半载而息倍焉。是年，福秋捷[24]，又三年登第，弟货殖[25]累巨万矣。邑有客洛者，窥见太夫人，年四旬，犹若三十许人，而衣装朴素，类常家云。

异史氏曰："《黑心符》[26]出，芦花变生[27]，古与今如一丘之貉[28]，良可哀也！或有避其谤者，又每矫枉过正[29]，至坐视儿女之放纵，而不一置问，其视虐遇者几何哉？独是日挞所生，而人不以为暴，施之异腹儿，则指摘从之矣。夫细柳固非独忍于前子也，然使所出贤，亦何能出此心以自白于天下？而乃不引嫌[30]，不辞谤，卒使二子一富一贵，表表[31]于世。此无论闺闼，当亦丈夫之铮铮[32]者矣！"

校注

1 〔中都〕古邑名。春秋晋地，在今河南沁阳县东北（沁阳县邻接山西省）。

2 〔嫖（piāo 票）嫋〕轻捷宛转貌。嫖，轻捷貌。

3 〔相（xiàng 项）人书〕谓讲述相术的书。相人，观察人的体貌以推断其吉凶祸福。《汉书·蒯通传》："仆尝受相人之术，相君之面，不过封侯，又危而不安；相君之背，贵而不可言。"

4 〔简默〕同"缄默"，沉默寡言。《旧唐书·李期安传》："人思苟免，竟为缄默。"

5 〔臧否（pǐ 匹）〕指人之善恶得失。《诗经·大雅·抑》："于乎小子，未知臧否。"

6 〔问名者〕谓求婚的人。问名，古代婚礼六礼之一。详见卷二《乔女》注。

7 〔以丫角老〕谓终生不出嫁，永远做个老处女。丫角，指少女梳两髻如丫形。此为永做处女。

8 〔以人胜天〕谓用自己的努力，改变自己的命运。

9 〔委禽〕致送定婚的聘礼。详见卷三《胭脂》注。

10 〔亩之南东〕谓田耕之事。《诗经·小雅·信南山》："我疆我理，南东其亩。"朱熹集注："亩，垄也。"此处活用，言田地的方向位置。

11 〔逋赋〕谓拖欠的赋税。逋，拖欠。

12 〔谇（suì 岁）〕责骂。

13 〔凌波细〕谓脚细小。凌波，本指步履轻盈。

14 〔货美材者〕出卖优质棺材的人。美材，优质棺木。

15 〔冗人〕谓闲散之人。

16 〔桁（hàng 沆）〕衣服架。《宋书·乐志·〈古词东门行〉》："盎中无斗储，还视桁上无县（悬）衣。"

17 〔啧（zé 则）有烦言〕谓众人对细柳有非议。《左传·定公四年》："会同难，啧有烦言，莫之治也。"

18 〔月给常廪〕谓按月发给廪粮。此谓使其成为廪膳生员。

19 〔四民〕古时称士、农、工、商为四民。《汉书·食货志上》："士农工商，四民有业。学以居位曰士，辟土殖谷曰农，作巧成器曰工，通财鬻货曰商。"

20 〔沟瘠死〕谓穷困死于沟壑。《荀子·正论》："是规磨之说也，沟中之瘠也，则未足与及王者之制也。"

21 〔盗贼运数〕谓托言途遭盗贼抢劫与自己时运不好。

22 〔乃祖宦囊〕谓你的祖上为官时所积财物。宦囊，指为官时所积财物。

23 〔枕簟〕泛指卧具。簟，竹席。《礼记·内则》："凡内外，鸡初鸣，咸盥漱，衣服，敛枕簟。"

24 〔秋捷〕明清乡试在秋季举行，故称乡试中式为秋捷。

25 〔弟货殖〕弟经商。弟，据康熙抄本，原抄本缺。货殖，经商。《论语·先进》："赐不受命，而货殖焉；亿则屡中。"朱熹集注："货殖，货财生殖也。"

26 〔《黑心符》〕书名。唐莱州长史于义方撰，论述时人续娶继室之害，以劝戒子孙。见宋陶谷《清异类·女行》。后因称虐待前妻子女的继室为黑心符。

27 〔芦花变生〕亦称"变起芦花"。谓孔子弟子闵子骞受继母虐待的故事。详见卷五《马介甫》注。

28 〔一丘之貉（hé 核）〕比喻同类，无所差别。《汉书·杨恽传》："古与今如一丘之貉。"注："貉，兽名。似狐而善睡。"

29 〔矫枉过正〕言欲矫正枉曲，不能得中，反至超过限度。《后汉书·仲长统传》："当君子固穷之时，局高天，蹐厚地，犹恐有镇压之祸也。逮至清世，则复入于矫枉过正之检。"

30 〔不引嫌〕谓不避嫌疑。引嫌，为防招嫌而回避或拒绝。《宋史·贾易传》："苏辙为中丞，易引前嫌求避，改度支员外郎。"

31 〔表表〕卓立，特出。

32 〔铮铮〕为"铁中铮铮"之省。《后汉书·刘盆子传》："（光武谓徐宣等）曰：'卿所谓铁中铮铮，傭中佼佼者也。'"注："铁中铮铮，言微有刚利也。"

罗祖

罗祖[1]，即墨[2]人也，少贫纵。族中应出一丁戍北边，即以罗往。罗居边数年，生一子。驻防守备[3]雅厚遇之。会守备迁陕西参将[4]，欲携与俱去。罗乃托妻子于其友李某者，遂西，自此三年不得反。

适参将欲致书北塞，罗乃自陈，请以便道省妻子，参将从之。罗至家，妻子无恙，良慰，然床下有男子遗舄[5]，心疑之。既而诣李申谢，李致酒殷勤，妻又道李恩义，罗感激不胜，明日谓妻曰："我往致主命，暮不能归，勿伺也。"出门跨马去，匿身近处，更定却归，闻妻与李卧语，大怒，破扉，二人惧，膝行乞死。罗抽[6]刃出，已复韬之[7]曰："我始以汝为人也，今如此，杀之污吾刀耳！与汝约，妻子而受之，籍名[8]亦而充之，马匹械器具在，我逝矣。"遂去。乡人共闻于官，官笞李，李以实告。而事无验见，莫可质凭，远近搜罗，则绝匿名迹。官疑其因奸致杀，益械李及妻，逾年，并桎梏以死[9]，乃驿送[10]其子归即墨。

后石匣营有樵人入山，见一道人坐洞中，未尝求食。

众以为异，赍粮供之。或有识者，盖即罗也。馈遗满洞，罗终不食，意似厌嚣，以故来者渐寡。积数年，洞外蓬蒿成林，或潜窥之，则坐处不曾少移。又久之，见其出游山上，就之已杳，往瞰洞中，则衣上尘蒙如故，益奇之。更数日而往，则玉柱[11]下垂，坐化[12]已久。土人为之建庙，每三月间，香楮[13]相属于道。其子往，人皆呼以小罗祖，香税悉归之，今其后人，犹岁一往，收税金焉。

沂[14]水刘宗玉，向予言之甚详。予笑曰："今世诸檀越[15]，不求为圣贤[16]，但望成佛祖。请遍告之：若要立地成佛，须放下刀子去[17]。"

校注

1　〔罗祖〕据喻松青《明清时期的民间秘密宗教》载：罗祖，本名罗清，明正德间山东即墨人，隶北京密云卫古北口军籍，因创"罗教"被尊为罗祖。罗教是从佛教禅宗临济宗分化出来的教派，信仰无极真空，奉无生老母，其《苦功悟道卷》等五部六册经卷，流传至广。清代中叶，罗教在运河两岸、江西和福建等地盛行，称"老官斋教"。在漕运水手中拥有众多信徒，其后逐渐与青帮合流。

2　〔即墨〕县名。今属山东省青岛市所辖县级市。

3　〔驻防守备〕武职差遣名。《明史·职官志五》载："各守一城一堡者为守备。"明代守备为防守一城一堡的长官，无品级，无固定员额。

4　〔参将〕武官名。明置，为指挥一个地区或一路、一营军队的将官，地位在总兵、副总兵之次。清代沿置，为绿营兵的统兵官，秩正三品，位次于副将。

5　〔遗舄〕遗忘下的鞋。

6　〔抽〕据康熙抄本，原抄本为“袖”。

7　〔韬之〕谓将刀插于鞘中。《玉篇》：“韬，剑衣也。”

8　〔籍名〕谓军籍中姓名。

9　〔桎梏以死〕谓死于监狱中。桎梏，刑具。详见卷三《胭脂》注。

10　〔驿送〕谓经由驿站而转送。驿，驿站。

11　〔玉柱〕佛教称坐化下垂的鼻涕。柱，亦作“箸”。元陶宗仪《辍耕录》二三：“王（和卿）忽坐逝，而鼻垂双涕尺余，人皆惊骇。关汉卿来吊唁，询其由，或对曰：‘此释家所谓坐化也。’复问鼻悬何物？又对曰：‘此玉箸也。’”

12　〔坐化〕佛教称僧尼安坐而死为坐化。《资治通鉴·后晋开运三年》：“深意卒，方简嗣行其术，称深意坐化。”

13　〔香楮（chǔ 楚）〕祭鬼神用的香和纸钱。

14　〔沂〕据康熙抄本，原抄本作“浙”。

15　〔檀越〕佛教所称施主。详见卷一《画壁》注。

16　〔贤〕据康熙抄本，原抄本作“矣”。

17　〔“若要”二句〕禅宗以人人有佛性，积恶之人，转念向善，立成正果。《五灯会元·绍兴府东山禅师》：“广额正是个杀人不眨眼底汉，飏下屠刀，立地成佛。”飏，抛下。

刘姓

邑刘姓，虎而冠者[1]也，后去淄居沂[2]，习气不除，乡人咸畏恶之。有田数亩，与苗某连陇，苗勤，田畔多种桃。桃初实，子往攀摘，刘怒驱之，指为己有。子啼而告诸父，父方骇怪，刘已诟骂在门，且言将讼，苗某笑慰之，怒不解，忿而去。时有同邑李翠石[3]作典商[4]于沂，刘持状[5]入城，适与之遇，以同乡故相识，问："作何干？"刘以告，李笑曰："子声望众所共知，我素识苗某，甚平善，何敢占骗。将毋反言之也！"乃碎其词纸，曳入肆，将与调停。刘恨恨不已，窃肆中笔，复造状，藏怀中，期以必告。未几，苗至，细陈所以，因哀李为之解免，言："我农人，半世不见官长，但得罢讼，数株桃何敢执为己有。"李呼刘出，告以退让之意，刘犹指天画地，叱骂不休，苗惟和色卑词，无敢少辨。

既罢，逾四五日，见其村中人，传刘已死，李为惊叹。异日他适，见杖而来[6]者，俨然刘也，比至，殷殷问讯，且请顾临。李逡巡问曰："日前忽闻凶讣，一何妄也？”刘不答，但挽入村，至其家，罗浆酒焉，乃言：“前日之传，非妄也。曩出门见二人来，捉见官府，问何事，但言不知。自思出入衙门数十年，非怯见官长者，亦不畏怖。从去，至公廨，见南面者[7]有怒容，曰：‘汝即刘某耶？罪恶贯盈，不自悛悔[8]，又以他人之物，占为己有。此等横暴，合置铛鼎[9]！’一人稽簿，曰：‘此人有一善，合不死。’南面者阅簿，色稍霁[10]，便云：‘暂送他去。’数十人齐声呵逐。余曰：‘因何事勾我来？又因何事遣我去？还祈明示。’吏持簿下，指一条示之，上记：崇祯十三年[11]，用钱三百，救一人夫妻完聚。吏曰：‘非此，则今日命当绝，宜堕畜生道[12]。’骇极，乃从二人出。二人索贿，怒告曰：‘不知刘某出入公门二十年，专勒人财者，何得向老虎讨肉吃耶？’二人乃不复言，送至村，拱手曰：‘此役不曾啖得一掬水。’二人既去，入门遂苏，时气绝已隔日矣。”李闻而异之，因诘其善行颠末。

初，崇祯十三年，岁大凶，人相食[13]，刘时在淄，为主捕隶[14]，适见男女哭甚哀，问之，答云：“夫妇聚裁年余，今岁荒，不能两全，故悲耳。”少时，油肆前复见之，似有所争，近诘之。肆主马姓者便云：“伊夫妇饿将死，日向我讨麻酱以为活，今又欲卖妇于我，我家中已买十余口矣。此何紧要？贱则售之，否则已耳。如此可笑，生来[15]缠人！”男子因言：“今粟贵如珠，自度非三百不足供逃亡之费。本欲两生，若卖妻而不免于死，何取焉？非敢言直，但求作阴骘[16]行之耳。”刘怜之，便问马出几何，马言：“今日妇口，止直百许耳。”刘请勿短其数，且愿助以半价之资，马执不可。刘少负气，便谓男子：“彼鄙琐不足道，我请如数相赠，若能逃荒，又全夫妇，不更佳耶？”遂发囊与之。夫妻泣拜而去。

刘述此事，李大加奖叹。刘自此前行顿改，今七旬犹健。去年，李诣周村，遇刘与人争，众围劝不能解，李笑呼曰：“汝又欲讼桃树耶？”刘芒然[17]改容，呐呐[18]敛手而退。

异史氏曰：“李翠石兄弟，皆称素封。然翠石又醇谨，喜为善，未尝以富自豪，抑然诚笃君子也。观其解纷劝善，其生平可知矣。古云：‘为富不仁[19]。’吾不知翠石先仁而后富者耶？抑先富而后仁者耶？”

校注

1　〔虎而冠者〕比喻凶恶残暴的人。《史记·齐悼惠王世家》：“大臣议欲立齐王，而琅玕王及大臣曰：‘齐王母家驷钧，恶戾，虎而冠者也。’”集解：“如虎而著冠。”

2　〔去淄居沂〕离开淄川县侨居沂水县。沂，指山东省沂水县。

3　〔李翠石〕名永康，字翠石，山东淄川人。《淄川县志·义厚传》载：“乡有恶豪某姓者，与苗姓相连。苗种桃数株。苗子伺桃；某怒，以为攘己物也，将讼诸官。康见之，碎其词，力为排解，某犹怒不已。会以阴谴悔悟，乃德康焉。唐太史《龙泉桥记》、蒲明经《聊斋志异》可按也。”

4 〔典商〕当铺商人。清袁枚《新齐谐·烟龙》：“一日果有典商来，云其子患怯症。”典，抵押，典当。

5 〔状〕谓讼状。

6 〔杖而来〕谓拄杖而来。

7 〔南面者〕此指阴司官员。详见卷一《偷桃》注。

8 〔悛（quān 圈）悔〕改悔。悛，改。

9 〔铛（chēng 撑）鼎〕古代一种有足的大锅。此指阴司用来行刑的刑器。

10 〔色稍霁〕谓脸色稍转和平。

11 〔崇祯十三年〕即公元 1640 年。崇祯，明思宗朱由检年号。

12 〔堕畜生道〕谓堕于畜生道。堕，据二十四卷本，原抄本作“随”字。畜生道，佛教六道之一。佛家认为生前作恶，死后轮回转堕于畜生道。佛教认为众生据生前善恶行为分为五种（或六种）轮回转生的趋向，即：地狱、饿鬼、畜生（也译“傍生”）、人天（三界诸天）。

13 〔“崇祯十三年”三句〕据《淄川县志·灾祥》：“十三年，大饥，人相食。”

14 〔主捕隶〕旧时州县官署专管拘捕人犯的差役称做捕快。主捕隶，指捕快的班头。

15 〔生来〕淄川方言，谓硬来。

16 〔阴骘（zhì 至）〕此谓积阴德。详见卷四《冤狱》注。

17 〔芒然〕自失貌。《文选·司马相如〈上林赋〉》：“天子芒然而思，似有所亡。”

18 〔呐呐（nènè 讷）〕言语迟钝貌。《礼记·檀弓下》：“其言呐呐然如不出于其口。”

19 〔为富不仁〕即为富者，多不行仁义之道。《孟子·滕文公上》：“阳虎曰：‘为富不仁矣，为仁不富矣。’”

邵九娘

柴廷宾，太平[1]人。妻金氏，不育，又奇妒。柴百金买妾，金暴遇之，经岁而死。柴忿出独宿，数月不践闺闼。一日，柴初度，金卑词庄礼，为丈夫寿。柴不忍拒，始通言笑。金设筵内寝招柴，柴辞以醉，金华妆自诣柴所，曰："妾竭诚终日，君即醉，请一盏而别。"柴乃入，酌酒话言，妻从容曰："前日误杀婢子，今甚悔之。何便仇忌，遂无结发情[2]耶？后请纳金钗十二[3]，妾不汝瑕疵[4]也。"柴益喜，烛尽见跋[5]，遂止宿焉。由此敬爱如初。金便呼媒媪来，嘱为物色佳媵，而阴使迁延勿报，已则故督促之。如是年余，柴不能待，遍嘱戚好为之购致，得林氏之养女。金一见，喜形于色，饮食共之，脂泽花钏，任其所取。然林固燕产[6]，不习女红，绣履之外，须人而成。金曰："我家素勤俭，非似王侯家，买作画图看者。"于是授美锦，使学制，若严师诲弟子，初犹呵骂，继而鞭楚，柴痛切于心，不能为地[7]，而金之怜爱林，尤倍于昔，往往自为妆束，匀铅黄[8]焉。但履跟稍有折痕，则以铁杖击双弯，发少乱，则批两颊，林不堪其虐，自经死。柴悲惨心目，颇致怨怼，妻怒曰："我代汝教娘子，有何罪过？"柴始悟其奸，因复反目，永绝琴瑟之好。阴于别业修房闼，思购丽人而别居之，荏苒半载，未得其人。

偶会友人之葬，见二八女郎，光艳溢目，停睇神驰。女怪其狂顾[9]，秋波斜转之，询诸人，知为邵氏。邵贫士，止此女，少聪慧，教之读，过目能了，尤喜读《内经》及冰鉴书[10]。父爱溺之，有议婚者，辄令自择，而贫富皆少所可，故十七岁犹未字也。柴得其端末，知不可图，然心低徊之[11]，又冀其家贫，或可利动。谋之数媪，无敢媒者，遂亦灰心，无所复望。忽有贾媪者，以货珠过柴，柴告所愿，赂以重金，曰："止求一通诚意，其成与否，所勿责也。万一可图，千金不惜。"媪利其有，诺之。登门，故与邵妻絮语，睹女，惊赞曰："好个美姑姑！假到昭阳院[12]，赵家姊妹[13]何足数得！"又问："婿家阿谁？"邵妻答："尚未。"媪言："若个娘子，何悉无王侯作贵客也。"邵妻叹曰："王侯家所不敢望，只要个读书种子[14]，便是佳耳。我家小孽冤，翻复遴选[15]，十无一当，不解是何意向。"媪曰："夫人勿须烦怨。恁个丽人，不知前身修何福泽，才能消受得！昨一大笑事：柴家郎君云于某家茔边望见颜色，愿以千金为聘。此非饿鸱作天鹅想[16]耶？早被老身呵斥去矣！"邵妻微哂未答。媪曰："便是秀才家，难与校计，若在别个，失尺而得丈，宜若可为矣。"邵妻复笑不言。媪抚掌曰："果尔，则为老身计亦左矣。日蒙夫人爱，登堂便促膝赐浆酒，若得千金，出车马，入楼阁，老身再到门，则阍者呵叱及之矣。"邵妻沉吟良久，起而去，与夫语，移时，唤其女，又移时，三人并出。邵妻笑曰："婢子奇特，多少良匹悉不就，闻为贱媵则就之，但恐为儒林[17]笑也！"媪曰："倘入门，得一小哥子，大夫人便如何耶！"言已，告以别居之谋，邵益喜，唤女曰："试同贾姥言之。此汝自主张，勿后悔，致怼父母。"女觍然曰："父母安享厚奉，则养女有济矣。况自顾命薄，若得佳偶，必减寿数，少受折磨，未必非福。前见柴郎亦福相，子孙必有兴者。"媪大喜，奔告。柴喜出非望，即置千金，备舆马，娶女于别业，家人无敢言者。

女谓柴曰："君之计，所谓燕巢于幕[18]，不谋朝夕者也。塞口防舌，以冀不漏，何可得乎？请不如早归，犹速发而祸小。"柴虑摧残，女曰："天下无不可化之人[19]。我苟无过，怒何由起？"柴曰："不然。此非常之悍，不可情理动者。"女曰："身为贱婢，摧折其分[20]，不然，买日为活，何可长也？"柴以为是，终踌躇而不敢决。一日，柴他往，女青衣而出[21]，命苍头[22]控老牝马，一妪携襆从之，竟诣嫡所，伏地自陈。妻始而怒，既念其自首可原，又见容饰谦卑，气亦稍平，乃命婢子出锦衣衣之，曰："彼薄幸人播恶于众，使我横被口语[23]，其实皆男子不义，诸婢无行，有以激之。汝试念背妻而立家室，此岂复是人矣？”女曰：“细察渠亦稍悔之，但不肯下气耳。谚云：‘大者不伏小。’以礼论：妻之于夫，犹子之于父，庶之于嫡也。夫人若肯假以词色[24]，则积怨可以尽捐。”妻云：“彼自不来，我何与焉？”即命婢媪为之除舍，心虽不乐，亦暂安之。柴闻女归，惊怛[25]不已，窃意羊入虎穴，狼藉已不堪矣，疾奔而至，见家中寂然，心始稳贴。女迎门而劝，令诣嫡所，柴有难色。女泣下，柴意少纳。女往见妻曰：“郎适归，自惭无以见夫人，乞夫人往一姗笑[26]之也。”妻不肯行，女曰：“妾已言之：夫之于妻，犹嫡之于庶。孟光举案[27]，而人不以为谄，何哉？分在[28]则然耳。”妻乃从之，见柴曰：“汝狡兔三窟[29]，何归为？”柴俯不对，女肘之，柴始强颜为笑，妻色稍霁，将返，女推柴从之，又嘱庖人备酌，自是夫妻复和。女早起青衣往朝，盥已，授帨[30]，执婢礼甚恭。柴入其室，苦辞之，十余夕始肯一纳。妻亦心贤之，然自愧弗如，积惭成忌，但女奉侍谨，无可蹈瑕，或薄施呵谴，女惟顺受。

一夜，夫妻少有反唇，晓妆犹含盛怒，女捧镜，镜堕，破之，妻益恚，握发裂眦。女惧，长跪哀免。怒不解，鞭之至数十。柴不能忍，盛气奔入，曳女出，妻呶呶逐击之。柴怒，夺鞭反扑，面肤绽裂，始退，由是夫妻若仇。柴禁女无往，女弗听，早起，膝行伺幕外。妻槌床怒骂，叱去，不听前，日夜切齿，将伺柴出而后泄愤于女。柴知之，谢绝人事，杜门不通吊庆。妻无如何，惟日挞婢媪以寄其恨，下人皆不可堪。自夫妻绝好，女亦莫敢当夕[31]，柴于是孤眠，妻闻之，意亦稍安。有大婢素狡黠，偶与柴语，妻疑其私，暴之尤苦，婢辄于无人处，疾首[32]怨骂。一夕，轮婢值宿，女嘱柴，禁无往，曰："婢面有杀机，叵测也。"柴如其言，招之来，诈问："何作？"婢惊惧，无所措词。柴益疑，检其衣，得利刃焉。婢无言，惟伏地乞死。柴欲挞之，女止之曰："恐夫人所闻，此婢必无生理。彼罪固不赦，然不如鬻之，既全其生，我亦得直焉。"柴然之。会有买妾者，急货之。妻以其不谋故，罪柴，益迁怒女，诟骂益毒，柴忿，顾女曰："皆汝自取。前此杀却，乌有今日！"言已而走。妻怪其言，遍诘左右，并无知者，问女，女亦不言。心益闷怒，捉裾浪骂[33]，柴乃返，以实告。妻大惊，向女温语，而心转恨其言之不早。柴以为嫌郤尽释，不复作防。适远出，妻乃召女而数之曰："杀主者罪不赦，汝纵之何心？"女造次[34]不能以词自达，妻烧赤铁烙女面，欲毁其容，婢媪皆为之不平。每号痛一声，则家人尽哭，愿代受死，妻乃不烙，以针刺肋二十余下，始挥去之。柴归，见面创，大怒，欲往寻之，女捉襟曰："妾明知火坑而故蹈之。当嫁君时，岂以君家为天堂耶？亦自顾命薄，聊以泄造化[35]之怒耳。安心忍受，尚有满时，若再触焉，是坎已填而复掘之也。"遂以药糁患处，数日寻愈。忽揽镜喜曰："君今日宜为妾贺，彼烙断我晦纹[36]矣！"朝夕事嫡，一如往日。

金前见众哭，自知身同独夫[37]，略有愧悔之萌，时时呼女共事，词色平善。月余，忽病逆[38]，害饮食，柴恨其不死，略不顾问。数日，腹胀如鼓，日夜浸困，女侍伺不遑眠食，金益德之。女以医理自陈，金自觉畴昔过惨，疑其怨报，故谢之。金为人持家严整，婢仆悉就约束，自病后，皆散诞无操作者。柴躬自纪理，劬劳甚苦，而家中米盐，不食自尽，由是慨然兴中馈之思，聘医药之。金对人辄自言为"气蛊[39]"，以故医脉之，无不指为气郁者。凡易数医，卒罔效，亦滨危矣。又将烹药，女进曰："此等药，百裹无益，只增剧耳。"金不信。女暗撮别剂易之，药下，食顷三遗[40]，病若失。遂益笑女言妄，呻而呼之曰："女华陀[41]，今如何也？"女及群婢皆笑，金问故，始实告之。泣曰："妾日受子之覆载[42]而不知也！今而后，请虽家政，听子而行。"无何，病痊，柴整设为贺。女捧壶侍侧，金自起夺壶，曳与连肩，爱异常情。更阑，女托故离席，金遣二婢曳还之，强与连榻。自此，事必商，食必偕，即姊妹无其和也。无何，女产一男。产后多病，金亲为调视，若奉其母。后金患心痗[43]，痛起则面目皆青，但欲觅死，女急市银针数枚，比至，则气息濒尽，按穴刺之，画然[44]痛止。十余日复发，复刺，过六七日又发，虽应手奏效，不至大苦，然心常惴惴，恐其复萌。夜梦至一处，似庙宇，殿中鬼神皆动，神问："汝金氏耶？汝罪过多端，寿数合尽，念汝改悔，故仅降灾，以示微谴。前杀两姬，此其宿报[45]。至邵氏何罪，而惨毒至此？鞭打之刑，已有柴生代报，可以相准[46]，所欠一烙、二十三针，今三次只偿零数，便望病根除耶？明日又当作矣！”醒而大惧，犹冀为妖梦之诬。食后果病，其痛倍苦，女至，刺之，随手而瘥。疑曰[47]：“技止此矣，病本[48]何以不拔？请再灼之。此非烂烧不可，但恐夫人不能忍受。”金忆梦中语，以故无难色，然呻吟忍受之际，默思欠此十九针，不知作何变症，不如一朝受尽，庶免后苦。炷尽，求女再针，女笑曰：“针岂可以泛常施耶？”金曰：“不必论穴，但烦一十九刺。”女大笑不可，金请益坚，起跪榻上，女终不忍。实以梦告，女乃约略经络[49]，刺之如数，自此平复，果不复病。弥自忏悔，临下亦无戾色。

子名曰俊，秀惠绝伦，女每曰：“此子翰苑相[50]也。”八岁有神童之目，十五岁以进士授翰林。是时柴夫妇年四十，如夫人[51]三十有二三耳。舆马归宁，乡里荣之。邵翁自鬻女后，家暴富，而士林羞与为伍，至是始有通往来者。

异史氏曰：“女子狡妒，其天性然也，而为妾媵者，又复炫美弄机，以增其怒。呜呼！祸所由来矣。若以命自安，以分自守，百折而不移其志，此岂梃刃所能加乎？乃至于再拯其死，而始有悔悟之萌。呜呼！岂人也哉！如数以偿，而不增之息，亦造物之恕矣。顾以仁术作恶报，不亦傎[52]乎！每见愚夫妇抱疴终日，即招无知之巫，任其刺肌灼肤而不敢呻，心尝怪之，至此始悟。”

闽人有纳妾者，夕入妻房，不敢便去，伪解屦作登榻状，妻曰：“去休！勿作态！”夫尚徘徊，妻正色曰：“我非似他家妒忌者，何必尔尔。”夫乃去。妻独卧，辗转不得寐，遂起，往伏门外潜听之，但闻妾声隐约，不甚了了，惟“郎罢”二字，略可辨识。郎罢，闽人呼父也。妻听逾刻，痰厥而踣[53]，首触扉作声。夫惊起，启户，尸倒入，呼妾火之，则其妻也。急扶灌之，目略开，即呻曰：“谁家郎罢被汝呼！”妒情可哂。

校注

1 〔太平〕太平府。五代置新和州，元为太平路，明清为太平府，属安徽省，其辖相当今之当涂、繁昌、芜湖等县。

2 〔结发情〕谓夫妻之情。结发，成婚。古礼，成婚之夕，男左女右共髻束发，故称。汉苏武《诗》之三：“结发为夫妇，恩爱两不疑。”

3 〔金钗十二〕谓姬妾众多。白居易《酬思黯戏赠》：“钟乳三千两，金钗十二行。”自注：“思黯（牛僧孺字）自夸前后服钟乳三千两甚得力，而歌舞之妓颇多。”后因以“金钗十二”指众多的姬妾。

4 〔不汝瑕疵〕为不瑕疵汝，不责怪。即谓不把你纳姬妾当失错。瑕疵，原作“疵瑕”。《左传·僖公七年》：“予取予求，不女（汝）疵瑕也。”注：“我不以女（汝）为罪衅。”

5 〔烛尽见跋〕谓烛燃尽，见到残余部分。跋，指烛残余部分。《礼记·曲礼上》："烛不见跋。"注："跋，本也。"疏："本，把处也。"烛尽见跋，谓夜已深。

6 〔燕产〕谓燕地人。燕，古地名，今河北省为周朝燕国故地，故称。

7 〔不能为地〕谓不能改变受虐待的处境。

8 〔匀铅黄〕谓匀脸，化妆。铅黄，妇女化妆品。详见卷四《莲花公主》注。

9 〔狂顾〕仓猝注目。《楚辞·屈原〈九章·抽思〉》："狂顾南行，聊以娱心兮。"王逸注："狂，犹遽也。"

10 〔《内经》及冰鉴书〕《汉书·艺文志》载："医经"有三部，《黄帝内经》、《扁鹊内经》、《白氏内经》，今只存《黄帝内经》。此指医书之类。冰鉴书，即相术之类书。明王錂《春芜记·访友》："宋兄，小弟近日颇集冰鉴之术。"

11 〔心低徊之〕谓心中留恋不舍。低徊，同"低回"，徘徊，留恋。

12 〔昭阳院〕即昭阳殿。汉成帝时为赵飞燕及妹合德所居之处。《飞燕外传》："飞燕特幸后宫，居昭阳院。"《文选·班固〈西都赋〉》："昭阳特盛，隆乎孝成。"

13 〔赵家姊妹〕汉成帝赵皇后本长安宫人，属阳阿主家，初学歌舞，以体轻号曰飞燕。成帝尝微行，过阳阿公主家，见飞燕而悦之，召入宫为婕妤，后立为皇后。飞燕又进女弟合德，拜为昭仪，姊妹宠幸无比。

14 〔读书种子〕犹言有继承读书的人。《明史·方孝孺传》："先是，成祖发北平，姚广孝以孝孺为托，曰：'……杀孝孺，天下读书种子绝矣。'"

15 〔遴选〕犹言审慎选择。《世说新语·言语》"陶公病笃"注引王隐《晋书》陶侃遗表："愿遴选代人，使必得良才。"

16 〔饿鸱作天鹅想〕谓饥饿的鸱鸮想吃天鹅肉。鸱，指鸱鸮科类鸟。如鸺鹠、猫头鹰等。

17 〔儒林〕谓儒者之群。此指读书人。

18 〔燕巢于幕〕即“幕燕鼎鱼”之意。南朝梁丘迟《与陈伯之书》：“将军鱼游于沸鼎之中，燕巢于飞幕之上，不亦惑乎？”后遂以“幕燕鼎鱼”比喻处境极危，即将覆灭。幕，即飞幕，谓军旅之帐。

19 〔可化之人〕谓可以教化的人。化，教化。唐黄滔《丈六金身碑》：“夫帝王之道，理世也；释氏之教，化人也。理世之与化人，盖殊路而同归。”

20 〔摧折其分〕谓被摧残打击也是自己的本分。其，指代自己。该句康熙抄本与之同，铸雪斋本、二十四卷本为“摧折亦自分耳”。

21 〔女青衣而出〕谓邵氏女身着婢辈衣服出来。青衣，古时青衣为卑贱者之所服。详见卷一《瞳人语》注。

22 〔苍头〕奴仆。详见卷二《白于玉》注。

23 〔横被口语〕谓枉遭非议。《文选·杨恽〈报孙会宗书〉》：“怀禄贪势，不能自退，遂遭变故，横被口语。”

24 〔假以词色〕谓给予好的脸色。

25 〔惊怛〕惊恐。

26 〔姗笑〕婉责。

27 〔孟光举案〕谓妻子敬事丈夫。孟光，东汉梁鸿妻。案，古时有短脚盛食物的木托盘。《后汉书·梁鸿传》：“至吴，依大家皋伯通，居庑下，为人赁舂。每归，妻（孟光）为具食，不敢于鸿前仰视，举案齐眉。”

28 〔分在〕谓名分在那里。

29 〔狡兔三窟〕比喻为避祸当多营藏身之所。《战国策·齐策四》：“冯谖（谓孟尝君）曰：‘狡兔有三窟，仅得免其死耳。君今有一窟，未得高枕而卧也，请为君复凿二窟。’”

30 〔授帨（shuì 税）〕递上巾帕拭手。帨，佩巾，古代女子出嫁时，母亲所授，用以擦拭不洁。在家时挂在门右，外出时系在身左。《诗经·召南·野有死麕》：“无感我帨兮，无使尨也吠。”毛传：“帨，佩巾也。”《仪礼·士昏礼》：“母施衿结帨曰：‘勉之敬之，夙夜无违宫事。’”

31 〔莫敢当夕〕谓不敢侍寝。当夕，指侍寝。《礼记·内则》：“妻不在，妾御莫敢当夕。”

32 〔疾首〕本为头痛。此喻怨恨之甚。《诗经·小雅·小弁》：“心之忧矣，疢如疾首。”

33 〔捉裾浪骂〕谓捉着衣襟无休止地骂。裾，衣襟。浪，轻率，无节制。

34 〔造次〕谓仓猝间。《后汉书·吴汉传》：“汉为人质厚少文，造次不能以辞自达。”

35 〔造化〕谓自然界的创造化育。此指命运之神。《庄子·大宗师》：“今一以天地为大炉，以造化为大冶。”

36 〔晦纹〕相术中所言面部主晦气的纹理。

37 〔独夫〕谓众叛亲离。此指金氏很孤立。

38 〔病逆〕中医指气血不和、胃气不顺等因所致病症。《素问·通评虚实论》：“所谓逆者，手足寒也。”

39 〔气蛊〕亦作“气臌”。腹部肿胀的病症。俗称气臌胀。

40 〔食顷三遗〕吃一顿饭的时间，大便三次。《史记·廉颇蔺相如列传》：“赵使还报王曰：‘廉将军虽老，尚善饭。然与臣坐，顷之三遗矢矣。’”矢，同“屎”。

41 〔女华陀〕此对邵氏的戏称。华陀，应作“华佗”，东汉末名医。详见卷四《封三娘》注。

42 〔覆载〕本为天覆地载。此谓庇护包容。《礼记·中庸》：“天之所覆，地之所载。”

43 〔心痗（mèi 妹）〕心痛病。《诗经·卫风·伯兮》：“愿言思伯，使我心痗。”传：“痗，病也。”心，据康熙抄本，原抄本无。

44 〔画然〕同“划然”，忽然之意。

45 〔宿报〕谓前世恶因今世报应。

46 〔相准〕相折，相抵。

47 〔曰〕据康熙抄本，原抄本无。

48 〔病本〕病根。

49 〔经络〕中医学名词，指人体中运行营卫气血，沟通脏腑表面，统一机体内外的一个系统。经脉为纵行干线，络脉为横行分支。

50 〔翰苑相〕具有担负起翰林院官职的相貌。详见卷四《封三娘》“翰苑才”注。

51 〔如夫人〕妾的别称。《左传·僖公十七年》：“齐侯好内，多内宠，内嬖如夫人者六人。”

52 〔傎（diān 颠）〕同“颠”，颠倒。

53 〔痰厥而踣（bó 箔）〕因痰厥而仆倒。痰厥，中医学病名，由于肺、肾、脾功能失调，水湿不化凝滞成痰，以致呼吸道阻塞而突然晕厥。

铁布衫法

沙回子[1]得铁布衫大力法[2]，骈其指，力斫之，可断牛项，横搠[3]之，可洞牛腹。曾在仇公子彭三家，悬木于空，遣两健仆极力撑去，猛反之，沙裸腹受木，砰然一声，木去远矣。又出其势[4]即石上，以木椎力击之，无少损，但畏刀耳。

校注

1 〔沙回子〕谓姓沙的回族人。回子，旧时汉人对回民的不礼之称。

2 〔铁布衫大力法〕为气功术名。

3 〔搠（shuò 朔）〕刺，戳。

4 〔势〕指男子生殖器。《晋书·刑法志》："淫者割其势。"

巩仙

巩道人，无名字，亦不知何里人。尝求见鲁王[1]，阍人不为通，有中贵人[2]出，揖求之。中贵见其鄙陋，逐去之，已而复来。中贵怒，且逐且扑，至无人处，道人笑出黄金二百两，烦逐者覆中贵："为言我亦不要见王，但闻后苑花木楼台，极人间佳胜，若能导我一游，生平足矣。"又以白金赂逐者。其人喜，反命[3]，中贵亦喜，引道人自后宰门[4]入，诸景俱历。又从登楼上。中贵方凭窗，道人一推，但觉身堕楼下，有细葛绷腰，悬于空际，下视，则高深晕目，葛隐隐作断声，惧极，大号。无何，数监[5]至，骇极，见其去地绝远，登楼共视，则葛端系棂上，欲解援之，则葛细不堪用力。遍索道人，已杳矣。束手无计，奏之鲁王，王诣视[6]，大奇之，命楼下藉茅铺絮，将因而断之。甫毕，葛崩然自绝，去地乃不咫耳。相与失笑。

王命访道士所在，闻馆于尚秀才家，往问之，则出游未复。既遇于途，遂引见王，王赐宴坐，便请作剧[7]，道士曰："臣草野之夫，无他庸能，既承优宠，敢献女乐为大王寿。"遂探袖中出美人，置地上，向王稽拜已。道士命扮"瑶池宴"本[8]，祝王万年，女子吊场[9]数语。道士又出一人，自白"王母[10]"。少间，董双成、许飞琼[11]，一切仙姬，次第俱出。末有织女[12]来谒，献天衣一袭[13]，金彩绚烂，光映一室。王意其伪，索观之，道士急言："不可！"王不听，卒观之，果无缝之衣[14]，非人工所能制也。道士不乐曰："臣竭诚以奉大王，暂而假诸天孙，今为浊气所染，何以还故主乎？"王又意歌者必皆仙姬，思欲留其一二，细视之，则皆宫中乐伎耳。转疑此曲，非所夙谙[15]，问之，果茫然不自知。道士以衣置火烧之，然后纳诸袖中，再搜之，则已无矣。王于是深重道士，留居府内。道士曰："野人之性，视宫殿如藩笼[16]，不如秀才家得自由也。"每至中夜，必还其所，时而坚留，亦遂宿止，辄于筵间，颠倒四时花木为戏。王问曰："闻仙人亦不能忘情[17]，果否？"对曰："或仙人然耳，臣非仙人，故心如枯木[18]矣。"一夜，宿府中，王遣少妓往试之。入其室，数呼不应，烛之，则瞑坐榻上。摇之，目一闪即复合，再摇之，齁声作矣。推之，则遂手而倒，酣卧如雷，弹其额，迕指作铁釜声，返以白王。王使刺以针，针弗入，推之，重不可摇，加十余人举掷床下，若千斤石堕地者，旦而窥之，仍眠地上。醒而笑曰："一场恶睡，堕床下不觉耶！"后女子辈每于其坐卧时按之为戏，初按犹软，再按则铁石矣。道士舍秀才家，恒中夜不归，尚锁其户，及旦启扉，道士已卧室中。

初，尚与曲妓[19]惠哥善，矢志嫁娶，惠雅善歌，弦索倾一时[20]。鲁王闻其名，召入供奉，遂绝情好。每系念之，苦无由通。一夕，问道士："见惠哥否？"答言："诸姬皆见，但不知其谁何。"尚述其貌，道其年，道士乃忆之。尚求转寄一语，道士笑曰："我世外人，不能为君塞鸿[21]。"尚哀之不已。道士展其袖曰："必欲一见，请入此。"尚窥之，中大如屋，伏身入，则光明洞彻，宽若厅堂，几案床榻，无物不有，居其内，殊无闷苦。道士入府，与王对弈，望惠哥至，阳[22]以袍袖拂尘，惠哥已纳袖中，而他人不之睹也。尚方独坐凝想，忽有美人自檐间堕，视之，惠哥也，两相惊喜，绸缪臻至。尚曰："今日奇缘，不可不志。请与卿联之[23]。"书壁上曰："侯门似海久无踪[24]。"惠续云："谁识萧郎今又逢。"尚曰："袖里乾坤真个大[25]。"惠曰："离人思妇尽包容[26]。"书甫毕，忽有五人入，角冠，淡红衣，认之，都与无素[27]，默然不言，捉惠哥去。尚惊骇，不知所由。道士既归，呼之出，问其情事，隐讳不以尽言，道士微笑，解衣反袂示之，尚审视，隐隐有字迹，细裁如虮，盖即所题句也。后十数日，又求一入。前后凡三入。惠哥谓尚曰："腹中震动，妾甚忧之，常以紧帛束腰际。府中耳目较多，倘一朝临蓐，何处可容儿啼？烦与巩仙谋，见妾三叉腰[28]时，便一拯救。”尚诺之，归见道士，伏地不起，道士曳之曰：“所言，予已了了，但请忽忧。君宗祧赖此一线，何敢不竭绵薄[29]，但自此不必复入。我所以报君者，原不在情私也。”

后数月，道士自外入，笑曰：“携得公子至矣。可速把襁褓来！”尚妻最贤，年近三十，数胎而存一子，适生女，盈月而殇，闻尚言，惊喜自出。道士探袖出婴儿，酣然若寐，脐梗犹未断也。尚妻接抱，始呱呱而泣。道士解衣曰：“产血溅衣，道家最忌。今为君故，二十年故物，一旦弃之。”尚为易衣，道士嘱曰：“旧物勿弃却，烧钱许，可疗难产、堕死胎。”尚从其言。居之又久，忽告尚曰：“所藏旧衲[30]，当留少许自用，我死后亦勿忘也。”尚谓其言不祥。道士不言而去，入见王曰：“臣欲死！”王惊问之，曰：“此有定数，亦复何言。”王不信，强留之。手谈[31]一局，急起，王又止之。请就外舍，从之。道士趋卧，视之已死。王具棺木，以礼葬之。尚临哭尽哀，始悟曩言，盖先告之也。

遗衲用催产，应如响[32]，求者踵接[33]于门。始犹以污袖与之，既而剪领衿，罔不效。及闻所嘱，疑妻必有产厄，断血布如掌，珍藏之。会鲁王有爱妃临盆，三日不下，医穷于术。或有以尚生告者，立召入，一剂而产。王大喜，赠白金、彩缎良厚，尚悉辞不受。王问所欲，曰：“臣不敢言。”再请之，顿首曰：“如推天恩，但赐旧妓惠哥足矣。”王召之来，问其年，曰：“妾十八入府，今十四年矣。”王以其齿加长，命遍呼群妓，任尚自择，尚一无所好，王笑曰：“痴哉书生！十年前定婚嫁耶？”尚以实对。乃盛备舆马，仍以所辞彩缎为惠哥作妆，送之出。惠所生子，名之秀生，秀者，袖也，是时年十一矣。日念仙人之恩，清明则上其墓。有久客川中[34]者，逢道人于途，出书一卷曰：“此府中物，来时仓猝，未暇璧返[35]，烦寄去。”客归，闻道人已死，不敢达王，尚代奏之。王展视，果道士所借，疑之，发其冢，空棺耳。后尚子少殇，赖秀生承继，益服巩之先知云。

异史氏曰：“袖里乾坤，古人之寓言耳，岂真有之耶？抑何其奇也！中有天地，有日月，可以娶妻生子，而又无催科之苦，人事之烦，则袖中虮虱，何殊桃源鸡犬[36]哉！设容人常往，老于是乡可耳。”[37]

校注

1 〔鲁王〕明太祖朱元璋庶十子朱檀，封鲁王，于洪武十八年（1385）就藩兖州。洪武二十二年（1389）卒，谥曰“荒”。
2 〔中贵人〕宫中宦官的别称。《史记·李将军列传》：“匈奴大入上郡，天子使中贵人从广勒习兵击匈奴。”
3 〔反命〕回报。
4 〔后宰门〕此指鲁王府的后门。

5 〔监〕此指鲁王府的太监与奴仆。

6 〔诣视〕犹亲临看视。诣，到。

7 〔作剧〕谓表演幻术。

8 〔"瑶池宴"本〕瑶池，古代传说中昆仑山上的池名，为西王母所居之地。详见卷五《甄后》"瑶池"注。明代有《蟠桃会》、《八仙庆寿》等传奇，演西王母于瑶池大开寿宴，诸仙赴会为西王母庆寿。此指为鲁王庆寿。本，剧本。

9 〔吊场〕亦作"弔场"。戏剧术语。一出戏的结尾，其他演员都已下场，留下一二人念下场诗；或一出戏中一个场面结束，由某一演员说几句说白，转到另一个场面。宋无名氏《错立身》戏文第十二出："净末卜吊场下。"

10 〔王母〕指西王母。

11 〔董双成、许飞琼〕传说中的仙女。《汉武帝内传》："(王母)乃命侍女董双成吹云和之笙。""(王母)又命侍女许飞琼鼓震灵之簧。"

12 〔织女〕即织女星。传说中的神话人物。《史记·天官书》："婺女，其北织女。织女，天女孙也。"故又称"天孙"。《月令广义·七月令》引南朝梁殷芸《小说》："天河之东有织女，天帝之子也。年年机杼劳役，织成云锦天衣，容貌不暇整。"故又称"织女"。

13 〔袭〕件。

14 〔无缝之衣〕指神仙之衣。《太平广记》卷六八《灵怪集·郭翰》："太原郭翰，早孤独处，当盛暑，乘月卧庭中，仰视空中，见有人冉冉而下，直至翰前，乃一少女也。明艳绝代，光彩溢目。微笑曰：'吾天上织女也。上帝命游人间，仰慕清风，愿托神契。'翰徐视其衣，并无缝。翰问之，谓曰：'天衣本非针线为之也。'"

15 〔夙谙〕以前所熟悉的。

16 〔藩笼〕亦作"樊笼"。关鸟兽、囚犯的牢笼。此指禁锢自由之所。陶潜《归园田居》："久在樊笼里，复得返自然。"

17 〔忘情〕谓对人世间喜怒哀乐之情，淡然若忘，不动于情。

《世说新语·伤逝》:“王曰:‘圣人忘情,最下不及情,情之所钟,正在我辈!’”

18 〔心如枯木〕以枯木老树已无生机,喻道人已无世缘中情欲。枯木,谓枯槁之木。

19 〔曲妓〕即乐妓。曲,乐曲。

20 〔弦索倾一时〕谓演技超群。弦索,指弦乐器,如筝、琵琶之类。倾,倾慕,钦佩。

21 〔塞鸿〕薛调所撰唐传奇《无双传》:王仙客与刘无双自幼相爱,无双被投入掖庭,得仙客仆人塞鸿传递消息,后得义士古押衙之助救出无双,与仙客团圆。

22 〔阳〕同“佯”,假装作。

23 〔联之〕谓当时一种联句成诗的文风。

24 〔“侯门”句与下联“萧郎”句〕意谓惠哥被召入鲁王府再不见踪影,没有料想到又见到尚秀才。此二句脱胎于唐范摅《云溪友议》载《襄阳杰》:“有崔郊秀才者,寓居于汉上。蕴积文艺,而物产罄悬。无何与姑婢通,每有阮咸之从。其婢端丽,饶彼音律之能,汉南之最也。姑贫,鬻婢于连帅(于頔)。连帅爱之,以类无双,给钱四十万,宠盼弥深。郊思慕无已,即强亲府署,愿一见焉。其婢因寒食来从事家,值郊立于柳阴,马上连泣,誓若山河。崔生赠以诗曰:‘公子王孙逐后尘,绿珠垂泪滴罗巾。侯门一入深如海,从此萧郎是路人。’或有嫉郊者,写诗于座。于公睹诗,令召崔生,左右莫之测也。郊甚忧悔而已,无处潜遁也。及见郊,握手曰:‘侯门一入深如海,从此萧郎是路人,便是公制作也?四百千小哉,何惜一书,不早相示。’遂命婢同归。”

25 〔袖里乾坤真个大〕赞道人之袖里天地之大。袖里乾坤,典出明吴承恩《西游记》二十五回:“(镇元)大仙把玉尘左遮右挡,奈了他两三回合,使一个‘袖里乾坤’的手段,在云端里把袍袖迎风轻轻的一展,把四僧连马一袖子笼住。”

26 〔离人思妇尽包容〕离人,指离家远行的男子,此指尚秀才;思妇,指在家思念在外丈夫的妇人,此指惠哥。总之,意谓尚郎与我能在袖里乾坤中相会。

27 〔无素〕谓平素不相结识。

28 〔三叉腰〕即“三拃腰”。谓腰围三拃粗细。拃，张开大拇指和中指长度，为一拃。

29 〔绵薄〕即绵薄之力。绵薄，谓其力之微。

30 〔旧衲〕谓旧道袍。此指为血污之道服。

31 〔手谈〕围棋。详见卷二《连琐》注。

32 〔应如响〕比喻效果显著，如响之应声。《尚书·大禹谟》：“惠迪吉，从逆凶，惟影响。”传：“吉凶之报，若影之随形，响之应声。”

33 〔踵接〕后面的人和前面的人踵迹相接，形容接连不断。《宋史·李显忠传》：“(显忠)入城，宣布德意，不戮一人。中原归附者踵接。”

34 〔川中〕指四川。

35 〔璧返〕此指物归原主。典出《史记·廉颇蔺相如列传》。

36 〔桃源鸡犬〕指晋诗人陶潜在《桃花源记并序》中所描写的世外桃源。

37 〔“异史氏曰”段〕据康熙抄本补，原抄本无。

跳　神[1]

济俗[2]：民间有病者，闺中以神卜[3]，倩老巫击铁环单面鼓，婆娑作态，名曰“跳神[4]”。而此俗都中[5]尤盛，良家少妇，时自为之。堂中肉于案[6]，酒于盆，甚设[7]几上，烧巨烛，明于昼。妇束短幅裙，屈一足，作“商羊舞[8]”，两人捉臂，左右扶掖之。妇刺刺琐絮，似歌，又似祝，字多寡参差，无律带腔[9]。室数鼓乱挝如雷，蓬蓬聒人耳。妇吻辟翕[10]，杂鼓声，不甚辨了[11]，既而首垂，目斜睨，立全须人，失扶则仆，旋忽伸颈巨跃，离地尺有咫。室中诸女子凛然愕顾曰：“祖宗来吃食矣。”便一嘘，吹灯灭，内外冥黑。人慄息[12]立暗中，无敢交一语，语亦不得闻，鼓声乱也。

食顷，闻妇厉声呼翁姑及夫嫂小字，始共爇烛，伛偻问休咎。视樽中、盎中、案中，都复空空。望颜色，察嗔喜，肃肃罗问之，答若响[13]。中有腹诽[14]者，神已知，便指某：“姗笑我。大不敬，将褫汝裤。”诽者自顾，莹然已裸，辄于门外树头觅得之。满洲妇女[15]，奉事尤虔，小有疑，必以决。时严妆，骑假虎、假马，执长兵，舞榻上，名曰“跳虎神”。马、虎势作威怒，尸者声伧佇[16]。或言关、张、元坛[17]，不一号，赫气惨懔[18]，尤能畏怖人。有丈夫穴窗来窥，辄被长兵破窗刺帽，挑入去。一家媪媳姊若妹，森森蹜蹜[19]，雁行立，无歧念，无懈骨[20]。

校注

1 〔《跳神》〕本篇据手稿本补，原抄本有目，缺正文。

2 〔济俗〕谓济南地区一带的民俗。

3 〔闺中以神卜〕闺阁中妇女以求神来问休咎。闺，闺阁。

4 〔跳神〕一种祭神迎神之舞。清杨宾《柳边纪略》四：“满人病，轻服药而重跳神。亦有无病而跳神者。富贵家，或月一跳，或季一跳，至岁终则无有弗跳者。……跳神者或用女巫，或以冢妇，以铃系臀后，摇之作声，而手击鼓……而口致颂祷之词。”

5 〔都中〕京都。

6 〔肉于案〕把肉放在盘里。案，器具名。有足的盘盂类食器。《急就篇》卷三：“槫杅槃案杯问碗。”颜师古注：“无足曰槃，有足曰案。”

7 〔甚设〕谓设置极为完备。《史记·刺客列传》：“侠累又韩君之季父也，宗族盛多，居处兵卫甚设。”此指供馔甚齐全。

8 〔“商羊舞”〕谓单腿跳舞。商羊，传说的一足鸟。刘向《说苑·辨物》：“齐有飞鸟，一足，来下止于殿前，舒翅而跳。齐侯大怪之，又使聘问孔子。孔子曰：‘此名商羊，急告民趣治沟渠，天将大雨。’于是如之，天果大雨。”

9 〔无律带腔〕谓不合音律，却拖着腔调。

10 〔妇吻辟翕（xī 吸）〕谓妇人的嘴唇开合。辟翕，同“翕辟”。详见卷一《促织》注。

11 〔辨了〕谓辨别清楚。

12 〔慄（dié 蝶）息〕因畏惧而屏住气息。《后汉书·窦皇后纪》：“自是宫房慄息，后爱日隆。”

13 〔答若响〕谓有问必答。响，回音。

14 〔腹诽〕亦作“腹非”。谓口中虽不言，而内心非之。《汉书·食货志下》：“（张）汤奏当（颜）异九卿见令不便，不入言而腹非，论死。”

15 〔满洲妇女〕谓满洲族妇女。

16 〔尸者〕是指神灵附身的跳神的人，俗称“马子”。〔声伧佇〕谓声音很粗。

17 〔关、张、元坛〕关，指关羽。张，指张飞。元坛，当为玄坛（元为避康熙帝之讳），道教崇奉的财神，传说姓赵名公明，秦时得道于终南山，道教尊为“正一玄坛元帅”。其像黑面浓须，头戴铁冠，身跨黑虎，手执钢鞭。

18 〔惨懔〕阴森的气氛。《文选·扬雄〈甘泉赋〉》：“下阴潜以惨懔兮，上洪纷而相错。”

19 〔森森蹜蹜（sùsù 宿宿）〕谓害怕得一个紧靠一个。森森，寒噤貌。蹜蹜，此谓紧缩一起。

20 〔无懈骨〕谓都直立着身子，不敢松懈。刘侗《帝京景物略》二《徐中山将台》：“挺直立，彻顶踵，无懈骨。”

大力将军

查伊璜[1]，浙人，清明饮野寺中，见殿前有古钟，大于两石瓮，而上下土痕手迹，滑然[2]如新，疑之，俯窥其下，有竹筐受八升许，不知所贮何物，使数人抠耳[3]，力掀举之，无少动，益骇，乃坐饮以伺其人。居无何，有乞儿入，携所得糗糒[4]，堆累钟下。乃以一手起钟，一手掬饵置筐内，往返数回，始尽。已，复合之，乃去，移时复来，探取食之，食已复探，轻若启椟，一座尽骇。查问："若个男儿胡行乞？"答以："啖啖多，无佣者。"查以其健，劝投行伍[5]，乞人愀然虑无阶。查遂携归饵之，计其食，略倍五六人，为易衣履，又以五十金赠之行。

后十余年，查犹子[6]令于闽，有吴将军六一者[7]，忽来通谒，款谈间，问："伊璜是君何人？"答言："为诸父行[8]。与将军何处有素[9]？"曰："是我师也。十年之别，颇复忆念，烦致先生，一赐临也。"漫应之，自念：叔名贤，何得武弟子？会伊璜至，因告之，伊璜茫不记忆，因其问讯之殷，即命仆马，投刺于门。将军趋出，逆诸大门之外，视之，殊昧生平[10]，窃疑将军误，而将军伛偻益恭，肃客入[11]，深启三四关，忽见女子往来，知为私廨，屏足立。将军又揖之。少间登堂，则卷帘者、移座者，并皆少姬。既坐，方拟展问[12]，将军颐少动，一姬捧朝服至，将军遽起更衣，查不知其何为。众姬捉袖衿讫，先命数人捺查座上不使动，而后朝拜，如觐君父。查大愕，莫解所以。拜已，以便服侍坐，笑曰："先生不忆举钟之乞人耶？"查乃悟。既而华筵高列，家乐作于下，酒阑，群姬列侍。将军入室，请衽何趾[13]，乃去。查醉起迟，将军已于寝门外三问矣。查不自安，辞欲返，将军投辖[14]下钥，锢闭之。见将军日无别作，惟点数姬婢、养厮卒，及骡马服用器具，督造记籍，戒无亏漏。查以将军家政，故未深叩。一日，执籍谓查曰："不才得有今日，悉出高厚之赐。一婢一物，所不敢私，敢以半奉先生。"查愕然不受。将军不听，出藏镪数万，亦两置之。按籍点照，古玩床几，堂内外罗列几满。查固止之，将军不顾，稽婢仆姓名已，即令男为治装，女为敛器，且嘱敬事先生，百声悚应。又亲视姬婢登舆，厩卒捉马骡，阗咽并发，乃返别查。后查以修史一案[15]，株连被收，卒得免，皆将军力也。

异史氏曰："厚施而不问其名，真侠烈古丈夫哉！而将军之报，其慷慨豪爽，尤千古所仅见。如此胸襟，自不应老于沟渎[16]。以是知两贤之相遇，非偶然也。"

校注

1 〔查伊璜〕名继佐，浙江海宁人。明季举人，入清隐居不仕，所著《罪惟录》记明末农民起义史料甚多。康熙二年（1663），庄廷鑨私修明史案起，查以名列参校，株连入狱，得广东水陆提督吴六奇奏辩得免。

2 〔滑然〕谓光滑。

3 〔抠耳〕谓将手指探进钟耳内。抠，用手指挖。

4 〔糗（qiǔ）糒（bèi 备）〕干粮。详见卷二《夜叉国》注。

5 〔行伍〕指军队。详见卷二《田七郎》注。

6 〔犹子〕侄子。详见卷二《公孙九娘》注。

7 〔吴将军六一者〕应为吴六奇。吴六奇，广东潮阳人。幼年以博赌沦为乞丐，后从军，清军平定闽粤，所向有功，官至广东水陆提督。

8 〔诸父行〕伯父、叔父辈的通称。《诗经·小雅·伐木》："既有肥羜，以速诸父。"

9 〔有素〕有交往。苏轼《越中张中舍寿乐堂》诗："高人自与山有素，不待招邀满庭户。"

10 〔殊昧生平〕谓彼此从无交往，不曾相识。

11 〔肃客入〕谓恭敬地请客人进去。肃，恭敬。

12 〔展问〕犹询问。

13 〔请衽何趾〕谓亲自为其安排卧处。详见卷四《捉鬼射狐》注。

14 〔投辖〕《汉书·陈遵传》："遵嗜酒，每大饮，宾客满堂，辄关门，取宾客车辖投井中，虽有急，终不得去。"辖，车厢两端的键，去辖则车不能行。后因以投辖为主人留客的典实。

15 〔后查以修史一案〕谓后来查伊璜因修史案，受牵连下狱。修史案，清初文字狱之一。顺治十八年（1661）案发。湖州富人庄廷鑨购得故明相朱国祯《明史稿》，延聘名士修辑，补入天启、崇祯两朝，名《明史辑略》。书中文字多触时讳，如称清太祖努尔哈赤为建州都督，不书清帝年号而书隆武、永历等南明年号。康熙二年（1663）被人告发，酿成大狱。时庄廷鑨已死，仍被开棺戮尸，庄氏家属及作序、校刊、刻板、印刷的人及地方官吏数百人，分别被处死或流放。查伊璜亦被株连，经广东水陆提督吴六奇奏辩得免。

16 〔老于沟渎〕谓老死于乡村草野之间。沟渎，犹沟壑。

颜　氏

顺天某生，家贫，值岁饥，从父之洛[1]。性钝，年十七，裁不能成幅[2]，而丰仪秀美，能雅谑[3]，善尺牍[4]，见者不知其中之无有也。亡何，父母继殁，孑然[5]一身，授童蒙于洛汭[6]。时村中颜氏有孤女，名士裔也。少惠，父在时，尝教之读，一过辄记不忘，十数岁，学父吟咏，父曰："吾家有女学士，惜不弁[7]耳。"钟爱之，期择贵婿。父卒，母执此志，三年不遂，而母又卒。或劝适佳士，女然之而未就也。适邻妇逾垣来，就与攀谈，以字纸裹绣线，女启视，则某手翰[8]，寄邻生者，反复之而好焉。邻妇窥其意，私语曰："此翩翩一美少年，孤与卿等，年相若也。倘能垂意，妾嘱渠侬聏合[9]之。"女默默不语。妇归，以意授夫。邻生故与生善，告之，大悦。有母遗金鸦镮[10]，托委致焉。刻日成礼，鱼水甚欢。及睹生文，笑曰："文与卿似是两人，如此，何日可成？"朝夕劝生研读，严如师友。敛昏[11]，先挑烛据案自哦，为丈夫率，听漏三下，乃已。如是年余，生制艺颇通，而再试再

顏氏
翩翩玉貌
惜无才巾幗
倆能及第来
想見閨中姬
妾笑威
棱可
是
舊西
莹

黜，身名蹇落[12]，饔飧不给[13]，抚情寂漠，嗷嗷悲泣。女呵之曰："君非丈夫，负此弁耳！使我易髻而冠，青紫直芥视之[14]！"生方懊丧，闻妻言，睒睗[15]而怒曰："闺中人，身不到场屋，便以功名富贵，似汝[16]在厨下汲水炊白粥，若冠加于顶，恐亦犹人耳！"女笑曰："君勿怒。俟试期，妾请易装相代。倘落拓如君，当不敢复藐天下士矣。"生亦笑曰："卿自不知蘗苦[17]，真宜使请尝试之。但恐绽露，为乡邻笑耳。"女曰："妾非戏语。君尝言燕[18]有故庐，请男装从君归，伪为弟。君以襁褓出，谁得辨其非？"生从之。女入房，巾服而出，曰："视妾可作男儿否？"生视之，俨然一少年也。生喜，遍辞里社，交好者薄有馈遗，买一羸蹇，御妻而归。

生叔兄尚在，见两弟如冠玉[19]，甚喜，晨夕恤顾之，又见宵旰攻苦[20]，倍益爱敬。雇一剪发雏奴，为供给使。暮后，辄遣去之。乡中吊庆，兄自出周旋，弟惟下帷读，居半年，罕有睹其面者。客或请见，兄辄代辞，读其文，瞲然[21]骇异。或排闼入而迫之，一揖便亡去。客睹丰采，又共倾慕，由此名大噪，世家争愿赘焉。叔兄商之，惟辴然笑，再强之，则言："矢志青云[22]，不及第不婚也。"会学使案临，两人并出，兄又落。弟以冠军应试[23]，中顺天[24]第四，明年成进士，授桐城令[25]，有吏治[26]，寻迁河南道掌印御史[27]，富埒王侯。因托疾乞骸骨[28]，赐归田里，宾客填门，迄谢不纳。又自诸生以及显贵，并不言娶，人无不怪之者。归后，渐置婢，或疑其私，嫂察之，殊无苟且。

无何，明鼎革，天下大乱，乃告嫂曰："实相告：我小郎妇也。以男子阘茸[29]，不能自立，负气自为之，深恐播扬，致天子召问，贻笑海内耳。"嫂不信，脱靴而示之足，始愕，视靴中，则败絮满焉。于是使生承其衔，仍闭门而雌伏[30]矣。而生平不孕，遂出资购妾，谓生曰："凡人置身通显[31]，则买姬媵以自奉，我宦迹十年，犹一身耳。君何福泽，坐享佳丽？"生曰："面首三十人[32]，请卿自置耳。"相传为笑。是时生父母，屡受覃恩[33]矣。搢绅拜往，尊生以侍御礼，生羞袭闺衔，惟以诸生自安，终身未尝舆盖[34]云。

异史氏曰："翁姑受封于新妇，可谓奇矣。然侍御而夫人也者[35]，何时无之？但夫人而侍御者少耳。天下冠儒冠、称丈夫者，皆愧死矣！"

校注

1 〔洛〕洛阳城的省称。

2 〔不能成幅〕谓不能写出一篇完整的文章。成幅，初学写八股文，先学做一段，继而再学做半篇，能照八股文的程式做成全篇的，则叫"成幅"或"成章"。

3 〔雅谑〕高雅的戏谑。

4 〔尺牍〕古人书信写于一尺左右的书版或木简上，故称信函为尺牍。牍，供书写的木简。《史记·扁鹊仓公列传赞》："缇萦通尺牍，父得以后宁。"

5 〔孑然〕孤独的样子。《三国志·魏志·公孙瓒传》："绍遣将攻之，连年不能拔。"注引《魏晋春秋》袁绍与瓒书："众叛亲离，孑然无党。"

6 〔童蒙于洛汭〕童蒙，智力未开的儿童。《周易·蒙》："匪我求童蒙，童蒙求我。"洛汭，即洛阳。《穀梁传·僖公二十八年》："水北为阳，山南为阳。"南朝梁丘迟《与陈伯之书》："吊民洛汭，伐罪秦中。"

7 〔不弁（biàn 变）〕不着男冠。弁，古代男子加冠称"弁"。《诗经·齐风·甫田》："婉兮娈兮，总角丱兮。未几见兮，突而弁兮。"

8 〔手翰〕此指亲笔信。翰，毛笔。

9 〔渠侬聏（ér 而）合〕谓他能给你撮合。渠侬，古吴地方言，犹"他"。元高德基《平江记事》："嘉定州去平江一百六十里，乡音与吴城尤异，其并海去处号三侬之地，盖以乡人自称曰吾侬，称他人曰渠侬，问人曰谁侬。"聏合，撮合，成全。聏，调合。

10 〔金鵶镮〕雕有金乌的指环。金鵶，亦作"金鸦"，即金乌，指太阳。唐韩愈《送惠师》诗："金鵶即腾翥，六合俄清新。"韩醇注："金鵶，日也。"

11 〔敛昏〕傍晚。苏轼《雪中游西湖》诗："水光潋滟犹浮碧，山色空濛已敛昏。"

12 〔蹇落〕谓身蹇名落。详见卷二《巧娘》注。

13 〔饔飧（yōngsūn 雍孙）不给〕谓吃饭问题都难以解决。详见卷二《狐妾》注。

14 〔青紫直芥视之〕比喻取得高官显爵，如同俯拾草芥一样容易。详见卷四《仙人岛》"芥拾青紫"注。

15 〔睒睗（shǎnshì 闪式）〕亦作"睗睒"，疾视。晋左思《吴都赋》："忘其所以睒睗，失其所以去就。"

16 〔汝〕据手稿本，原抄本无。

17 〔糵苦〕像黄柏一样苦涩。糵，木名，即"黄柏"。树皮苦味性寒，入药。

18 〔燕〕即河北省别称，历史上为古燕国所在地。

19 〔冠玉〕《史记·陈丞相世家》："绛侯灌婴等咸谗陈平曰：'平虽美丈夫，如冠玉耳，其中未必有也。'"《集解》引《汉书音义》："饰冠以玉，光好外见，中非所有。"后称美男子的形貌。

20 〔宵旰攻苦〕谓起早贪晚地劳苦攻读。宵，天未明。旰，日色已晚。杜甫《秋日夔府咏怀一百韵》："宵旰忧虞轸，黎元疾苦骈。"攻苦，本指从事劳苦之事。《史记·刘敬叔孙通列传》："吕后与陛下攻苦食淡，岂可背哉！"此指苦读。

21 〔瞲（xuè 谑）然〕惊视的样子。《荀子·荣辱》："俄而粲然有秉刍豢稻粱而至者，则瞲然视之曰：'此何怪也？'"

22 〔青云〕比喻登科及第，官居高位。《史记·范雎蔡泽列传》："须贾顿首言死罪，曰：'不意君能自致于青云之上。'"

23 〔以冠军应试〕谓以科试第一名参加乡试。详见卷一《叶生》"冠军"注。

24 〔顺天〕明清府名。明永乐元年（1403）改北平府置，永乐十九年（1421）迁都于此。府治在大兴、宛平县。

25 〔桐城令〕谓受命于桐城县令。桐城，县名。在安徽省南部。

26 〔吏治〕指地方官员的政绩。《史记·秦始皇本纪》："繁刑严诛，吏治刻深。"

27 〔河南道掌印御史〕谓河南道掌有印信大权而巡按州、县的御史。详见卷一《小翠》"河南道监察御史"注。

28 〔乞骸骨〕古时大臣因年老请求皇帝准许解职，言使其骸骨得以归葬故乡。《汉书·疏广传》："即日父子俱移病，满三月，赐告，广遂称笃，上疏乞骸骨。"又略称"乞骸"。《旧唐书·郭子仪传》："恩荣已极，功业已成；寻合乞骸，保全余齿。"

29 〔阘茸（tàróng 榻荣）〕无能，庸才。贾谊《吊屈原赋》：“阘茸尊显兮，谗谀得志。”《汉书·贾谊传》颜师古注：“阘茸，下材不肖之人。”

30 〔雌伏〕本指屈居人下。《后汉书·赵典传》：“大丈夫当雄飞，安能雌伏。”此处双关，指仍于深闺之中作女子。

31 〔通显〕谓官位高，名声大。《后汉书·应劭传》：“自是诸子宦学，并有才名，至玚七世通显。”

32 〔面首三十人〕谓你可购置男宠三十个人。《宋书·前废帝纪》：“山阴公主淫恣过度，谓帝曰：‘妾与陛下，虽男女有殊，俱托体先帝。陛下六宫万数，而妾惟驸马一人。事不均平，一何至此。’帝乃为主置面首左右三十人。”面，取其貌美。首，取其发美。

33 〔覃恩〕广施恩泽。旧时多用以称帝王对臣民的封赏、赦免等。《旧唐书·赵宗儒传》：“今覃恩既毕，庶政惟新。”

34 〔舆盖〕指官员出行时所用之轿子与仪仗。舆，轿子。盖，官员出行时仪仗中的伞。明清官员的乘轿与仪仗中的旗伞，按照官阶等级，各有规定。

35 〔侍御而夫人也者〕谓身为侍御，不能刚正执法，为国为民除奸，却如同懦弱的妇人而为官者。

杜翁

杜翁，沂水人，偶自市中出，坐墙下，以候同游。觉少倦，忽若梦，见一人持牒摄去[1]，至一府署，从来所未经。一人戴瓦垄冠[2]，自内出，则青州张某，其故人也，见杜惊曰："杜大哥何至此？"杜言："不知何事，但有勾牒。"张疑其误，将为查验，乃嘱曰："谨立此，勿他适。恐一迷失，将难救挽。"遂去，久之不出，惟持牒人来，自认其误，释令归，别杜而行。途中遇六七女郎，容色媚好，悦而尾之，下道，趋小径，行十数步，闻张在后大呼曰："杜大哥，汝将何往？"杜迷恋不已，俄见诸女人入一圭窦[3]，心识为王氏卖酒者之家。不觉探身门内，略一窥瞻，即觉身在苙[4]中，与诸小猳[5]同伏，豁然自悟，已化豕矣，而耳中犹闻张呼。大惧，急以首触壁，闻人言曰："小豕癫痫矣。"还顾，已复为人，速出门，则张候于途，责曰："固嘱勿他往，何不听信？几至坏事！"遂把手送至市门，乃去。杜忽醒，则身犹倚壁间，诣王氏问之，果有一豕自触死云。

校注

1 〔持牒摄去〕手持官府的公文拘捕去。摄，拘捕。

2 〔瓦垄冠〕即瓦楞帽，帽顶折叠如瓦垄，因称之。为明代平民所戴之帽。

3 〔圭窦〕墙上凿门，上锐下方，其形如圭。南朝梁萧统《七契》："荜门乌宿，圭窦狐潜。"

4 〔苙（lì 历）〕饲养猪羊的栏圈。《孟子·告子下》："今之与杨墨辩者，如追放豚，既入其苙，又从而招之。"

5 〔豭（jiā 家）〕猪的别称。

小谢

渭南姜部郎[1]第多鬼魅，常惑人，因徙去。留苍头门之而死，数易皆死，遂废之。

里有陶生望三者，夙倜傥，好狎妓，酒阑辄去之，友人故使妓奔就之，亦笑内不拒，而实终夜无所沾染。常宿部郎家，有婢夜奔，生坚拒不乱，部郎以是契重[2]之。家綦贫，又有"鼓盆之戚[3]"，茅屋数椽，溽暑不堪其热，因请部郎假废第，部郎以其凶故，却之。生因作《续无鬼论》[4]献部郎，且曰："鬼何能为！"部郎以其请之坚，诺之。生往除厅事[5]，薄暮，置书其中，返取他物，则书已亡，怪之，仰卧榻上，静息以伺其变。食顷，闻步履声，睨之，见二女自房中出，所亡书送还案上。一约二十，一可十七八，并皆姝丽，逡巡立榻下，相视而笑。生寂不动。长者翘一足踹生腹，少者掩口匿笑。生觉心摇摇若不自持，即急肃然端念[6]，卒不顾。女近以左手捋髭，右手轻批颐颊，作小响，少者益笑。生骤起，叱曰："鬼物敢尔！"二女骇奔而散。生恐夜为所苦，欲移归，又耻其言不掩[7]，乃挑灯读，暗中鬼影憧憧，略不顾瞻。夜将半，烛而寝，始交睫，觉人以细物穿鼻，奇痒大嚏，但闻暗处隐隐作笑声。生不语，假寐以俟之。俄见少女以纸条捻细股，鹤行鹭伏[8]而至。生暴起呵之，飘窜而去，既寝，又穿其耳，终夜不堪其扰。鸡既鸣，乃寂无声，生始酣眠，终日无所睹闻，日既下，恍惚出现。生遂夜炊，将以达旦。长者渐曲肱几上，观生读，既而掩生卷。生怒捉之，即已飘散，少间，又抚之。生以手按卷读，少者潜于脑后，交两手掩生目，瞥然去，远立以哂。生指骂曰："小鬼头！捉得便都杀却！"女子即又不惧，因戏之曰："房中纵送[9]，我都不解，缠我无益。"二女微笑，转身向灶，析薪溲米[10]，为生执爨[11]。生顾而奖曰："两卿此为，不胜憨跳耶？"俄顷，粥熟，争以匕、箸、陶碗置几上。生曰："感卿服役，何以报德？"女笑云："饭中溲合砒、鸩[12]矣。"生曰："与卿夙无嫌怨，何至以此相加。"啜已，复盛，争为奔走，生乐之，习以为常。

日渐稔，接坐倾语，审其姓名，长者云："妾秋容，乔氏，彼阮家小谢也。"又研问所由来，小谢笑曰："痴郎！尚不敢一呈身[13]，谁要汝问门第，作嫁娶耶？"生正容曰："相对丽质，宁独无情，但阴冥之气，中人必死。不乐与居者，行可耳，乐与居者，安可耳。如不见爱，何必玷两佳人？如果见爱，何必死一狂生？"二女相顾动容，自此不甚虐弄之，然时而探手于怀，捋裤于地，亦置不为怪。一日，录书未卒业而出，返则小谢伏案头，操管[14]代录，见生，掷笔睨笑。近视之，虽劣不成书[15]，而行列疏整，生赞曰："卿雅人也！苟乐此，仆教卿为之。"乃拥诸怀，把腕而教之画。秋容自外入，色乍变，意似妒。小谢笑曰："童时尝从父学书，久不作，遂如梦寐。"秋容不语，生喻其意，伪为不觉者，遂抱而授以笔，曰："我视卿能此否？"作数字而起，曰："秋娘大好笔力！"秋容乃喜。生于是折两纸为范[16]，俾共临摹，生另一灯读。窃喜其各有所事，不相侵扰。仿毕，祗立[17]几前，听生月旦。秋容素不解读，涂鸦不可辨认，花判[18]已，自顾不如小谢，有惭色，生奖慰之，颜始霁[19]。二女由此师事生，坐为抓背，卧为按股，不惟不敢侮，争媚之。

逾月，小谢书居然端好，生偶赞之，秋容大惭，粉黛淫淫[20]，泪痕如线，生百端慰解之，乃已。因教之读，颖悟非常，指示一过，无再问者，与生竞读，常至终夜。小谢又引其弟三郎来，拜生门下，年十五六，姿容秀美，以金如意[21]一钩为贽。生令与秋容执一经[22]，满堂咿唔。生于此设鬼帐[23]焉。部郎闻之喜，以时给其薪水。积数月，秋容与三郎皆能诗，时相酬唱。小谢阴嘱勿教秋容，生诺之；秋容嘱勿教小谢，生亦诺之。

一日，生将赴试，二女涕泪相别。三郎曰："此行可以托疾免，不然，恐履不吉。”生以告疾为辱，遂行。先是，生好以诗词讥切时事[24]，获罪于邑贵介，日思中伤之，阴赂学使，诬以行简[25]，淹禁狱中。资斧绝，乞食于囚人，自分已无生理，忽一人飘忽而入，则秋容也，以馔具馈生。相向悲咽，曰：“三郎虑君不吉，今果不谬。三郎与妾同来，赴院申理矣。”数语而出，人不之睹。越日，部院[26]出，三郎遮道声屈，收之。秋容入狱报生，返身往侦之，三日不返。生愁饿无聊，度日如年。忽小谢至，痛欲绝，言：“秋容归，经由城隍祠，被西廊黑判[27]强摄去，逼充御媵，秋容不屈，今亦幽囚。妾驰百里，奔波颇殆，至北郭，被老棘刺吾足心，痛彻骨髓，恐不能再至矣。”因示之足，血殷凌波[28]焉，出金三两，跛踦而没。部院勘三郎，素非瓜葛，无端代控，将杖之，扑地遂灭，异之。览其状，情词悲恻，提生面鞫，问：“三郎何人？”生伪为不知。部院悟其冤，释之。既归，竟夕无一人，更阑，小谢始至，惨然曰：“三郎在部院，被廨神押赴冥司，冥王因三郎义，令托生富贵家。秋容久锢，妾以状投城隍，又被按阁[29]，不得入，且复奈何？”生忿然曰：“黑老魅何敢如此！明日仆其像，践踏为泥，数城隍而责之，案下吏暴横如此，渠在醉梦中耶！”悲愤相对，不觉四漏将残，秋容飘然忽至。两人惊喜，急问，秋容泣下曰：“今为郎万苦矣！判日以刀杖相逼，今夕忽放妾归，曰：‘我无他意，原以爱故，既不愿，固亦不曾污玷。烦告陶秋曹[30]，勿见谴责。'" 生闻少欢，欲与同寝，曰："今日愿为[31]卿死。" 二女戚然曰："向受开导，颇知义理，何忍以爱君者杀君乎？" 执不可，然挽颈倾头，情均伉俪。二女以遭难故，妒念全消。

会一道士途遇生，顾谓："身[32]有鬼气。" 生以其言异，具告之。道士曰："此鬼大好，不宜负他。" 因书二符付生，曰："归授两鬼，任其福命，如闻门外有哭女者，吞符急出，先到者可活。" 生拜受，归嘱二女。后月余，果闻有哭女者，二女争奔而去。小谢忙急，忘吞其符。见有丧舆过，秋容直出，入棺而没；小谢不得入，痛哭而返。生出视，则富室郝氏殡其女，共见一女子入棺而去，方共惊疑，俄闻棺中有声，息肩发验，女已顿苏，因暂寄生斋外，罗守之。忽开目问陶生，郝氏研诘之，答云："我非汝女也。" 遂以情告。郝未深信，欲舁归，女不从，径入生斋，偃卧不起，郝乃识婿而去。生就视之，面庞虽异，而光艳不减秋容，喜惬过望，殷叙平生。忽闻呜呜然鬼泣，则小谢哭于暗陬，心甚怜之，即移灯往，宽譬哀情，而衿袖淋浪，痛不可解，近晓始去。天明，郝以婢媪赍送香奁，居然翁婿矣。暮入帷房，则小谢又哭。如此六七夜，夫妇俱惨动，不能成合卺之礼。

生忧思无策，秋容曰："道士，仙人也。再往求，倘得怜救。" 生然之，迹道士所在，叩伏自陈。道士力言

"无术"，生哀不已。道士笑曰："痴生好缠人。合与有缘，请竭吾术。"乃从生来，索静室，掩扉坐，戒勿相问。凡十余日，不饮不食，潜窥之，瞑若睡。一日晨兴，有少女搴帘入，明眸皓齿，光艳照人，微笑曰："跋履终夜，惫极矣！被汝纠缠不了，奔驰百里外，始得一好庐舍[33]，道人载与俱来矣。得见其人，便相交付耳。"敛昏[34]，小谢至，女遽起迎抱之，翕然合为一体，仆地而僵。道士自室中出，拱手径去，拜而送之。乃返，则女已苏。扶置床上，气体渐舒，但把足呻言趾股酸痛，数日始能起。

后生应试得通籍[35]。有蔡子经者与同谱[36]，以事过生，留数日。小谢自邻舍归，蔡望见之，疾趋相蹑，小谢侧身敛避，心窃怒其轻薄。蔡告生曰："一事深骇物听[37]，可相告否？"诘之，答曰："三年前，少妹夭殒，经两夜而失其尸，至今疑念。适见夫人，何相似之深也？"生笑曰："山荆陋劣，何足以方[38]君妹？然既系同谱，义即至切，何妨一献妻孥[39]。"乃入内，使小谢衣殉装出。蔡大惊曰："真吾妹也！"因而泣下。生乃具述其本末，蔡喜曰："妹子未死，吾将速归，用慰严慈[40]。"遂去，过数日，举家皆至，后往来如郝焉。

异史氏曰："绝世佳人，求一而难之，何遽得两哉！事千古而一见，惟不私奔女者能遘之[41]也。道士其仙耶？何术之神也！苟有其术，丑鬼可交耳。"

校注

1 〔渭南姜部郎〕渭南，县名。在陕西省西安市东北。部郎，明清六部之下设司，司的长官称郎中，副长官称员外郎，统称部郎。

2 〔契重〕投合，重视。详见卷二《连城》注。

3 〔鼓盆之戚〕谓妻子死去。《庄子·至乐》："庄子妻死，惠子吊之，庄子则方箕踞鼓盆而歌。"后因称丧妻为"鼓盆之戚"。

4 〔《续无鬼论》〕晋阮瞻曾作《无鬼论》，故陶生以自己所作称《续无鬼论》。《晋书·阮瞻传》："瞻素执无鬼论，物莫能难。"

5 〔厅事〕即"听事"。本指官府治事的厅堂，后也指私宅大厅。详见卷二《商三官》注。

6 〔肃然端念〕谓严肃地端正自己的意念。端念，端正意念；此指不为邪念所扰。

7 〔其言不掩〕是"言不掩于行"的省略。语出《孟子·尽心下》："(万章问曰：)'何以谓之狂也？'曰：'其志嘐嘐然，曰，古之人，古之人。夷考其行，而不掩焉者也。'"赵岐注："考察其行，不能掩覆其言，是其狂也。"言不掩，即言行不一之意。

8 〔鹤行鹭伏〕谓行走时的姿态，像鹤一样伸脖轻步，像鹭鸶一样屈着身子。

9 〔纵送〕追逐。《诗经·郑风·大叔于田》："抑磬控忌，抑纵送忌。"传："发矢曰纵，从禽曰送。"

10 〔析薪溲（sǒu 叟）米〕谓劈柴淘米。析薪，劈柴。《诗经·齐风·南山》："析薪如之何，匪斧不克。"溲，淘。

11 〔执爨（cuàn 窜）〕谓烧火做饭。《诗经·小雅·楚茨》："执爨踖踖，为俎孔硕。"

12 〔溲合砒、鸩〕溲合，掺合。砒、鸩，指毒药。

13 〔呈身〕犹言“自荐”。呈，显现。《新唐书·韦澳传》：“御史中丞高元裕欲荐用之，讽澳谒己。澳曰：‘然恐无呈身御史。’”

14 〔操管〕谓执笔，握笔。

15 〔成书〕成字。

16 〔范〕规范、榜样。此指仿影。

17 〔祗立〕敬立。

18 〔花判〕旧时学塾评判学生习字作业，好的字旁画圈或双圈，不好的打扛子，称为花判。

19 〔颜始霁〕谓脸色才转喜悦。始，据手稿本，原抄本无。霁，天晴。此指怒气消失，面色转和。《新唐书·裴度传》：“帝色霁，乃释寰。”

20 〔淫淫〕水流貌。屈原《九章·哀郢》：“望长楸而太息兮，涕淫淫其若霰。”

21 〔金如意〕金制的如意。如意，柄端作手指形，用以搔痒，可如人意，故得名。俗称痒痒挠。

22 〔执一经〕手执经书，从师受业。《汉书·于定国传》：“定国乃延师学《春秋》，身执经，北面备弟子礼。”

23 〔设鬼帐〕犹言设鬼馆。设帐，即设帐授徒之意。详见卷一《娇娜》注。

24 〔讥切时事〕谓讽刺当时的事弊。讥切，讽刺。《汉书·梅福传》：“福孤远，又讥切王氏，故终不见纳。”

25 〔诬以行简〕诬陷其行为简慢。旧时学官对生员操行评判时的用语，其意为行为不端。《醒世姻缘传》三十五回：“若抗断不服，目下岁考的行简，一个也就是你。”

26 〔部院〕指巡抚。详见卷一《成仙》注。

27 〔黑判〕谓黑脸的判官。详见卷一《陆判》注。

28 〔血殷凌波〕谓流血染红了鞋袜。

29 〔按阁〕搁置。

30 〔秋曹〕刑部官员的别称。

31 〔为〕据手稿本，原抄本作“与”。

32 〔身〕据手稿本，原抄本无。

33 〔庐舍〕道教所言灵魂所依附之躯体。

34 〔敛昏〕傍晚。详见卷五《颜氏》注。

35 〔通籍〕亦作“通藉”。指初作官。意为朝中已有了名籍。杜甫《夜雨》诗：“通籍恨多病，为郎忝薄游。”

36 〔同谱〕犹“同榜”。科举时代，在同一科取中的举人、进士，为“同榜”，亦称“同谱”。彼此称为“同年”。详见卷一《青凤》“年家子”注。

37 〔物听〕众人的言论。宋孔平仲《续世说·方正》：“贻范忧未数月，遽令起复，实骇物听，求即播迁。”

38 〔方〕比拟。《论语·宪问》：“子贡方人。”朱熹集注：“方，比也。”

39 〔一献妻孥〕谓使妻、子出来相见。旧时朋友间友谊深者，方使之见妻、子。

40 〔严慈〕旧时谓父严母慈。《晋书·夏侯湛传》：“受学于先载，纳诲于严父慈母。”故后习称父母为严慈。

41 〔遘之〕遇之。

缢 鬼

范生者，宿于逆[1]旅，食后，烛[2]而假寐。忽一婢来，襆衣置椅上，又有镜奁揥箧[3]，一一列案头，乃去。俄一少妇自房中出，发箧开奁，对镜栉掠[4]，已而髻，已而簪，顾影徘徊甚久。前婢来，进匜[5]沃盥，盥已捧帨，既，持沐汤去。妇解襆出裙帔[6]，炫然新制，就着之，掩衿提领，结束周至。范不语，中心疑怪，谓必奔妇，将严装以就客也。妇装讫，出长带，垂诸梁而结焉。讶之。妇从容跂双弯[7]，引颈受缢。方一着带，目即合，眉即竖，舌出吻两寸许，颜色惨变如鬼，大骇奔出，呼告主人，验之已渺。主人曰："曩子妇经于是[8]，毋乃此乎？"吁，异哉！既死犹作其状，此何说也？

异史氏曰："冤之极而至于自尽，苦矣！然前为人而不知，后为鬼而不觉，所最难堪者，束装结带时耳。故死后顿忘其他，而独于此际此境，犹历历一作，是其所极不忘者也。"

校注

1 〔逆〕据手稿本，原抄本无。

2 〔烛〕谓点燃蜡烛。

3 〔镜奁（lián 连）揥（tì 替）篋〕谓镜匣及妇女妆梳的用具。镜奁，镜匣。揥篋，盛梳发用具的匣子。

4 〔栉（zhì 治）掠〕梳头。栉，梳子和篦子类。

5 〔匜（yí 仪）〕一种洗手用的器具。其底部浅平，有倒水口。

6 〔裙帔（pèi 配）〕裙子和披肩。帔，指披肩。详见卷一《凤阳士人》注。

7 〔跂（qǐ 企）双弯〕谓踮起双脚。跂，踮起脚跟。《诗经·卫风·河广》："谁谓宋远，跂予望之。"双，据手稿本，原抄本无。

8 〔经于是〕谓吊死在这里。经，自经。

吴门画工

吴门[1]画工某，忘其姓字，喜绘吕祖[2]，每想象而神会之，希幸一遇，虔结在念，靡刻[3]不存。一日，值群丐饮郊郭间，内一人敝衣露肘，而神采轩豁。心忽动，疑为吕祖，谛视，觉愈确，遽捉其臂曰："君吕祖也。"丐者大笑。某坚执为是，伏拜不起，丐者曰："我即吕祖，汝将奈何？"某叩头，但祈指教，丐者曰："汝能相识，可谓有缘。然此处非语所，夜间当相见也。"再欲遮问[4]，转盼已杳，骇叹而归。

至夜，果梦吕祖来，曰："念子志虑专凝，特来一见。但汝骨气贪吝，不能为仙。我使子见一人可也。"即向空一招，遂有一丽人蹑空[5]而下，服饰如贵嫔[6]，容光袍仪，焕映一室。吕祖曰："此乃董娘娘[7]，子审志之。"既而又问："记得否？"答："已记之。"又曰："勿忘却。"俄而丽者去，吕祖亦去，醒而异之，即梦中所见，肖而藏之，终亦不解所谓。

后数年，偶游于都，会董妃薨[8]，上念其贤，将为肖像，诸工群集，口授心拟，终不能似。某忽触念梦中人，得无是[9]耶？以图呈进。宫中传览，皆谓神肖。由是授官中书[10]，辞不受，赐万金。于是名大噪。贵戚家争遗[11]重币，乞为先人传影[12]，但悬空摹写，罔不曲似。浃辰[13]之间，累数巨万。莱芜朱拱奎曾见其人。

校注

1 〔吴门〕古时吴县的别称，即今江苏省苏州市。

2 〔吕祖〕即吕洞宾。详见卷二《刘海石》“吕仙”注。

3 〔靡刻〕没有一刻。靡，没。《诗经·邶风·泉水》：“有怀于卫，靡日不思。”

4 〔遮问〕谓拦住问询。

5 〔蹑空〕犹踏空。

6 〔贵嫔〕宫中女官名。详见卷五《降妃》注。

7 〔董娘娘〕即“董妃”。清世祖福临妃董鄂氏，内大臣鄂硕女。顺治十三年（1656）立为贤妃，十二月进封贵妃，顺治十七年（1660）八月薨，进封孝献皇后。见《清史稿·后妃传》。娘娘，皇帝后妃俗称。

8 〔董妃薨〕谓董娘娘死。薨，本指诸侯死。详见卷二《黄九郎》注。

9 〔得无是〕谓该不是。无，通“毋”，不。

10 〔中书〕即内阁中书，别称“内史”、“中翰”。明清于内阁设中书科舍人，从七品，负责缮写文告、命令等事务。

11 〔遗（wèi 魏）〕据手稿本，原抄本作“遣”。

12 〔传影〕指肖像画。

13 〔浃辰〕十二日。详见卷二《连琐》注。

林　氏

济南戚安期，素佻达[1]，喜狎妓。妻婉戒之，不听。妻林氏，美而贤。会北兵[2]入境，被俘去，暮宿途中，欲相犯，林伪诺之。适兵佩刀系床头，急抽刀自刭死，兵举而委诸野。次日，拔舍[3]去。有人传林死，戚痛悼而往，视之，有微息。负而归，目渐动，稍稍嚬呻，扶其项，以竹管滴沥灌饮，能咽。戚抚之曰："卿万一能活，相负者必遭凶折[4]！"

半年，林平复如故，但首为颈痕所牵，常若左顾。戚不以为丑，爱恋逾于平昔，曲巷[5]之游，从此绝迹。林自觉形秽，将为置媵[6]，戚执不可。居数年，林不育，因劝纳婢，戚曰："业誓不二，鬼神宁不闻之？即嗣续不承，亦吾命耳。若未应绝，卿岂老不能生者耶？"林乃托疾，使戚独宿，遣婢海棠，襆被卧其床下。既久，阴以情宵问婢，婢言无之。林不信，至夜，戒婢勿往，自诣婢所卧。少间，林闻床上息已动，潜起，登床扪之。戚醒，问谁，林耳语曰："我海棠也。"戚却拒曰："我有盟誓，不敢更也。若似曩年，尚须汝奔就耶？”林乃下床出，戚自是孤眠。林使婢托己往就之，戚念妻生平曾未肯作不速之客，疑焉，摸其项，无痕，知为婢，又咄之，婢惭而退。既明，以情告林，使速嫁婢，林笑云：“君亦不必过执[7]。倘得一丈夫子[8]，即亦幸甚。”戚曰：“苟背盟誓，鬼责将及，尚望延宗嗣乎？”林翼日[9]笑语戚曰：“凡农家者流[10]，苗与秀不可知，播种常例不可违。晚间耕耨之期至矣。”戚笑会之。既夕，林灭烛呼婢，使卧己衾中，戚入就榻，戏曰：“佃人来矣。深愧钱镈[11]不利，负此良田。”婢不语。既而举事，婢小语曰：“私处小肿，颠猛不任。”戚体意温恤之。事已，婢伪起溺，以林易之。自此时值落红，辄一为之，而戚不知也。未几，婢腹震，林每使静坐，不令给役于前，故谓戚曰：“妾劝内婢，而君弗听。设尔日冒妾时，君误信之，交而得孕，将复如何？”戚曰：“留犊鬻母。”林乃不言。

无何，婢举一子，林暗买乳媪，抱养母家。积四五年，又产一男一女。长子名长生，已七岁，就外祖家读书。林半月辄托归宁，一往看视。婢年益长，戚时时促遣之，林辄诺。婢日思儿女，林从其愿，窃为上鬟[12]，送至母所。林谓戚曰：“日谓我不嫁海棠，母家有一义男[13]，业配之。”又数年，子女俱长成。值戚初度，林先期治具，为候宾友，戚叹曰：“岁月骛过[14]，忽已半世。幸各强健，家亦不至冻馁。所阙者，膝下一点。”林曰：“君执拗，不从妾言，夫谁怨？然欲得男，两亦非难，何况一也？”戚解颜曰：“既言不难，明日便索两男。”林言：“易耳，易耳！”早起，命驾至母家，严妆子女，载与俱归，入门，令雁行立，呼父叩祝千秋[15]。拜已而起，相顾嬉笑，戚骇怪不解。林曰：“君索两男，妾添一女。”始为详述本末，戚喜曰：“何不早告？”曰：“早告，恐绝其母，今子已成立，尚可绝其母乎？”戚感极，涕泣，遂迎婢归，偕老焉。

异史氏曰：“女有存心如林氏者，可谓贤德矣。”

校注

1 〔佻达〕轻薄无行。详见卷四《黎氏》注。

2 〔北兵〕明朝末年，对南侵中原的清兵称为北兵。

3 〔拔舍〕本指除草平地，以为宿营之处。《左传·僖公十五年》：“秦获晋侯以归，晋大夫反首拔舍从之。”此谓军队开拔。

4 〔凶折（zhé 哲）〕短命，不得善终。南朝宋《宋故散骑常侍护军将军临沣侯刘使君墓志》：“年志始壮，奄焉凶折。”

5 〔曲巷〕本指偏僻狭窄的小巷。此指妓院。

6 〔媵（yìng 硬）〕古时诸侯女儿出嫁随嫁的人。后指妾。

7 〔过执〕谓过于固执。

8 〔丈夫子〕儿子，男孩。古时子女通称子，男称丈夫子，女称女子子。《战国策·燕策二》：“人主之爱子也，不如布衣之甚也。非徒不爱子也，又不爱丈夫子独甚。”

9 〔翼日〕明日。同“翌日”。详见卷一《娇娜》注。

10 〔农家者流〕此为戏语。战国时期反映农业生产和农民思想的学术派别。主张劝耕桑，以足衣食。《汉书·艺文志》列为“九流”之一。此借指农民。

11 〔钱镈（jiǎnbó 柬博）〕古农具。钱，似今之铁铲。镈，锄头。《诗·周颂·臣工》：“命我众人，庤乃钱镈。”

12 〔上鬟〕谓挽上发髻，即梳成已嫁女子的发式。

13 〔义男〕犹义子。宋王应麟《困学纪闻·改史》：“钟绍京为宰相，而称义男于杨勖之父。”

14 〔骛过〕谓时间匆匆过去。骛，急、速。

15 〔千秋〕祝寿之敬词。《战国策·齐策二》：“犀首跪行，为（张）仪千秋之祝。”

胡大姑

益都岳于九，家有狐祟，布帛器具，辄被抛掷邻堵。蓄细葛[1]，将取作服，见捆卷如故，解视，则边实而中虚，悉被剪去。诸如此类，不堪其苦。乱诟骂之，岳戒止云："恐狐闻。"狐在梁上曰："我已闻之矣。"由是祟益甚。

一日，夫妻卧未起，狐摄衾服去，各白身蹲床上，望空哀祝之。忽见好女子自窗入，掷衣床头，视之，不甚修长，衣绛红，外袭雪花比甲[2]。岳着衣，揖之曰："上仙有意垂顾，即勿相扰，请以为女，如何？"狐曰："我齿较汝长，何得妄自尊？"又请为姊妹，乃许之。于是命家人皆呼以胡大姑。

时颜镇[3]张八公子家，有狐居楼上，恒与人语，岳问："识之否？"答云："是吾家喜姨，何得不识？"岳曰："彼喜姨曾不扰人，汝何不效之？"狐不听，扰如故，犹不甚祟他人，而专祟其子妇，履袜簪珥，往往弃道上，每食，辄于粥碗中埋死鼠或粪秽。妇辄掷碗骂骚狐，并不祷免。岳祝曰：“儿女辈皆呼汝姑，何略无尊长体耶？”狐曰：“教汝子出若妇，我为汝媳，便相安矣。”子妇骂曰：“淫狐不自惭，欲与人争汉子耶？”时妇坐衣笥[4]上，忽见浓烟出尻下，熏热如笼，启视，藏裳俱烬，剩一二事，皆姑服也。又使岳子出其妇，子不应。过数日，又促之，仍不应。狐怒以石击之，额破裂，血流，几毙，岳益患之。

西山李成爻，善符水[5]，因币聘之。李以泥金写红绢作符，三日始成，又以镜缚梃上，捉作柄，遍照宅中。使童子随视，有所见，即急告。至一处，童言：“墙上若犬伏。”李即戟手[6]书符其处，既而禹步[7]庭中，咒移时，即见家中犬豕并来，帖耳戢尾，若听教诲，李挥曰：“去！”即纷然鱼贯而去。又咒，群鸭即来，又挥去之。已而鸡至，李指一鸡，大叱之。他鸡俱去，此鸡独伏，交翼长鸣，曰：“余不敢矣！”李曰：“此物是家中所作紫姑[8]也。”家人并言不曾作，李曰：“紫姑今尚在。”因共忆三年前，曾为此戏，怪异即自尔日始也。遍搜之，见刍偶[9]在厩梁上，李取投火中。乃出一酒瓻，三咒三叱，鸡起径去。闻瓻口言曰：“岳四狠哉！数年后，当复来。”岳乞付之汤火，李不可，携去。或见其壁间挂数十瓶，塞口者皆狐也。言其以次纵[10]之，出为祟，因此获聘金，居为奇货[11]云。

胡大姑
水米無
干竟
見侵
願為人婦亦何
心紫姑作怪難
能語輾轉株連
究被擒

校注

1 〔细葛〕谓细纹葛布。

2 〔比甲〕又称马甲、背心、坎肩。《元史·世祖后察必传》："后又制一衣，前有裳无衽，后背倍于前，亦无领袖，缀以两襻，名曰比甲。"

3 〔颜镇〕颜神镇，即今山东淄博市博山城。

4 〔笥〕盛衣裳的竹器。据手稿本，原抄本作"筒"。

5 〔符水〕巫师道士以符箓焚化于水中，或直接向水画符诵咒，迷信者谓可以辟邪治病。《后汉书·皇甫嵩传》："（张角）奉事黄老道，畜养弟子，跪拜首过，符水咒说以疗病。"

6 〔戟手〕即"戟指"。详见卷一《焦螟》注。

7 〔禹步〕巫师作法时步法。详见卷二《小二》注。

8 〔紫姑〕亦称"坑三姑娘"。传说中厕神名。刘敬叔《异苑》五："紫姑姓何名媚，字丽娘，寿阳李景之妾，不容于嫡，常役以秽事，于正月十五日感激而死。故世人以是日作其形，夜于厕间或猪栏边迎之。"

9 〔刍偶〕即用草扎成的小偶。刍，喂牲畜的草。

10 〔纵〕据手稿本，原抄本作"继"。

11 〔居为奇货〕即"奇货可居"。喻挟持某一种技艺专长作为资本，借以捞取名利。此指李某挟狐祟人，以获其利。

细 侯

昌化[1]满生，设帐于余杭[2]，偶步廛市[3]，经临街阁下，忽有荔壳坠肩头。仰视，一雏姬[4]凭阁上，妖姿要妙[5]，不觉注目发狂。姬俯哂而入。询之，知为娼楼贾氏女细侯也。其声价颇高，自顾不能适愿，归斋冥想，终宵不枕。明日，往投以刺，相见，言笑甚欢，心志益迷，托故假贷同人，敛金如干，携以赴女，款洽臻至，即枕上口占一绝赠之云："膏腻铜盘夜未央，床头小语麝兰香[6]。新鬟明日重妆凤，无复行云梦楚王[7]。"细侯蹙然曰："妾虽污贱，每愿得同心而事之。君既无妇，视妾可当家否？"生大悦，即叮咛，坚相约。细侯亦喜曰："吟咏之事，妾自谓无难，每于无人处，欲效作一首，恐未能便佳，为观听[8]所讥，倘得相从，幸教妾也。"因问生："家田产几何？"答曰："薄田半顷，破屋数椽而已。"细侯曰："妾归君后，当长相守，勿复设帐为也。四十亩聊足自给，十亩可以种黍，织五匹绢，纳太平之税有余矣。闭户相对，君读妾织，暇则诗酒可遣，千户侯[9]何足贵！"生曰：

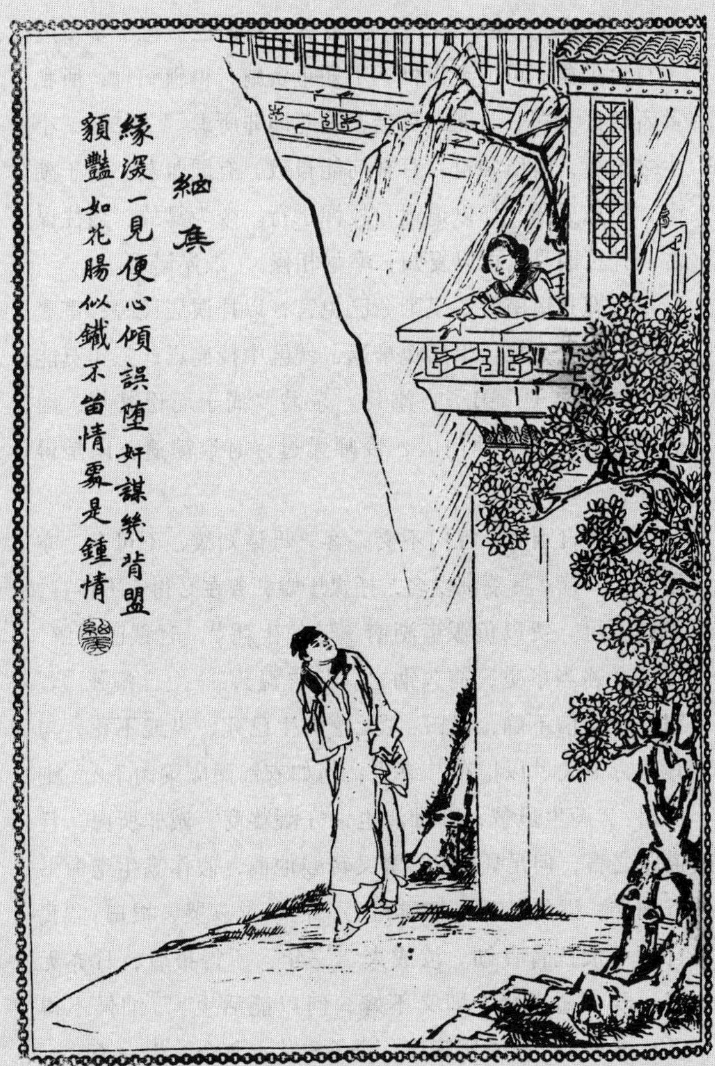
細矦
緣淺一見便心傾誤墮奸謀幾背盟
貌豔如花腸似鐵不留情處是鍾情

"卿身价略可几多？"曰："依媪贪志，何能盈也？多不过二百金足矣。可恨妾齿稚，不知重资财，得辄归母，所私蓄者区区无多。君能办百金，过此即非所虑。"生曰："小生之落寞，卿所知也，百金何能自致？有同盟友，令于湖南，屡相见招，仆以道远，故惮于行。今为卿故，当往谋之。计三四月，可以复归，幸耐相候。"细侯诺之。

生即弃馆南游，至则令已免官，以挂误居民舍，宦囊空虚，不能为礼。生落魄难返，就邑中授徒焉，三年莫能归。偶笞弟子，弟子自溺死。东翁[10]痛子而讼其师，因被逮囹圄。幸有他门人，怜师无过，时致馈遗，以是得无苦。

细侯自别生，杜门不交一客。母诘知故，不可夺，亦姑听之。有富贾慕细侯名，托媒于媪，务在必得，不靳直，细侯不可。贾以负贩诣湖南，敬侦生耗[11]，时狱已将解，贾以金赂当事吏，使久锢之。归告媪云："生已瘐死[12]。"细侯疑其信不确，媪曰："无论满生已死，纵或不死，与其从穷措大[13]以椎布[14]终也，何如衣锦而厌粱肉乎？"细侯曰："满生虽贫，其骨清也，守龌龊商，诚非所愿。且道路之言，何足凭信！"贾又转嘱他商，假作满生绝命书寄细侯，以绝其望。细侯得书，惟朝夕哀哭，媪曰："我自幼于汝抚育良劬。汝成人二三年，所得报者，日亦无多。既不愿隶籍，即又不嫁，何以能活生？"细侯不得已，遂嫁贾。贾衣服簪环，供给丰侈。年余，生一子。

无何，生得门人力，昭雪而出，始知贾之锢己也，然念素无郤，反复不得其由。门人义助资斧以归。既问细侯已嫁，心甚激楚，因以所苦，托市媪卖浆者达细侯。细侯大悲，方悟前此多端，悉贾之诡谋，乘贾他出，杀抱中儿，携所有以归满，凡贾家服饰，一无所取。贾归，怒质于官，官原其情，置不问。呜呼！寿亭侯之归汉[15]，亦复何殊？顾杀子而行，亦天下之忍人也！

校注

1 〔昌化〕旧县名。清属浙江杭州府。1960年撤销，并入临安县。

2 〔余杭〕县名。秦置县，在浙江省杭州市北部，清属杭州府。

3 〔廛市〕街市。廛，指店铺。详见卷一《贾儿》注。

4 〔雏姬〕指少女。雏，幼小。姬，古时对妇女的美称。此指娼楼妓女细侯。

5 〔要妙〕美好貌。《楚辞·屈原〈九歌·湘君〉》："美要眇兮宜修，沛吾乘兮桂舟。"洪兴祖补注："眇与妙同。"

6 〔"膏腻"二句〕谓明亮的灯光，夜已深；床头低语有一股袭人的香气。膏腻，指灯油。铜盘，指灯盘。李贺《秦宫》诗："飞窗复道传筹饮，午夜铜盘腻烛黄。"小语，轻声低语。

7 〔"新鬟"二句〕意谓你头上的新髻、凤钗，明天又要重新妆梳，去迎奉新客，把我也就忘了。楚王，指楚襄王。详见卷五《马介甫》"巫山"注。

8 〔观听〕犹言舆论。《后汉书·杨彪传》：“今横杀无辜，则海内观听，谁不解体？”

9 〔千户侯〕指古时，食邑千户的侯爵。此喻官高禄厚。

10 〔东翁〕旧时塾师、幕友对主人的敬称。

11 〔敬侦生耗〕特地侦探满生的消息。敬，特地。

12 〔瘐死〕谓囚犯死于狱中。详见卷五《云翠仙》注。

13 〔穷措大〕旧称贫穷的读书人。详见卷四《西湖主》注与卷四《双灯》“措大”注。

14 〔椎布〕即“椎髻布衣”之省。椎髻，一撮之髻，其形如椎。《后汉书·梁鸿传》：“乃更为椎髻，著布衣，操作而前。”后因以“椎布”形容贫女的装束。

15 〔寿亭侯归汉〕《三国志·蜀志·关羽传》：“建安五年，曹操东征，先主（刘备）奔袁绍，曹公禽羽以归，拜以偏将军，礼之甚厚。绍遣大将颜良攻东郡太守刘延于白马，曹公使张辽及羽为先锋击之。羽望见良麾盖，策马刺良于万众之中，斩其首还。绍诸将莫能当者，遂解白马围。曹公即表羽为汉寿亭侯。初，曹公壮羽为人，而察其心无久留之意，谓张辽曰：‘卿试以情问之。’既而辽问羽，羽叹曰：‘吾极知曹公待我厚，然吾受刘将军厚恩，誓以共死，不可背之。吾终不留，吾要当立效以报曹公乃去。’辽以羽言报曹公，曹公义之。及羽杀颜良，曹公知其必去，重加赏赐。羽尽封其所赐，拜书告辞，而奔先主于袁军。”按：亭侯为汉代食禄于乡、亭的列侯。《后汉书·百官志五》：“列侯……以赏有功，功大食县，小者食乡、亭。”汉寿，地名，今湖南汉寿县。汉寿亭侯，乃食邑于汉寿的亭侯，而非汉朝的寿亭侯。《聊斋志异》称关羽为寿亭侯，误。

狼三则[1]

有屠人货肉归，日已暮，欻[2]一狼来，瞰担中肉，似甚垂涎，步亦步[3]，尾行数里。屠惧，示之以刃，则稍却，既走，又从之。屠无计，默念狼所欲者肉，不如姑悬诸树而蚤[4]取之。遂钩肉，翘足挂树间，示以空空，狼乃止。屠即径归。昧爽往取肉，遥望树上悬巨物，似人缢死状，大骇，逡巡近之，则死狼也。仰首审视，见口中含肉，钩刺狼腭，如鱼吞饵。时狼革价昂，直十余金，屠小裕焉。缘木求鱼[5]，狼则罹之[6]，亦可笑也已！

一屠晚归，担中肉尽，止有剩骨。途中两狼，缀行[7]甚远。屠惧，投以骨。一狼得骨止，一狼仍从，复投之，后狼止而前狼又至。骨已尽，而两狼之并驱[8]如故。屠大窘，恐前后受其敌，顾野有麦场，场主积薪其中，苫蔽成丘[9]。屠乃奔倚其下，弛担[10]持刀，狼不敢前，眈眈相向。少时，一狼径去，其一犬坐于前。久之，目似瞑，意暇甚。屠暴起，以刀劈狼首，又数刀毙之。方欲行[11]，转视积薪后，一狼洞其中，意将隧入以攻其后也。身已半

狼
魚因香餌輒銜鈎不
謂貪狼竟致尤儐
草有金無意淂笑
人何事执鞭求

狼二
前後分兵
擬夾攻
兩狼心計
亦殊工
誰知不出
屠兒手
一霎刀光
血染紅

狼三
茅苫潛伏
尚驚猜狼乏居然
破壁来賴有舊傳吹
豕法蹙眉且喜奏功回

入，止露尻尾[12]。屠自后断其股，亦毙之。乃悟前狼假寐，盖以诱敌。狼亦黠矣！而顷刻两毙，禽兽之变诈几何哉，止增笑耳！

一屠暮行，为狼所逼，道旁有夜耕者所遗行室[13]，奔入伏焉。狼自苫中探爪入，屠急捉之，令不可去，顾无计可以死之，惟有小刀不盈寸，遂割破爪下皮，以吹豕之法吹之。极力吹移时，觉狼不甚动，方缚以带，出视，则狼胀如牛，股直不能屈，口张不得合，遂负之以归。非屠，乌[14]能作此谋也！三事皆出于屠，则屠人之残，杀狼亦可用也。

校注

1 〔《狼三则》〕据手稿本，原抄本无“三则”。

2 〔欻（xū 须）〕忽然。

3 〔步亦步〕屠者行狼亦行，谓狼紧随其后。

4 〔蚤〕同“早”。

5 〔缘木求鱼〕谓上树去捉鱼。言其劳而无功。此喻狼到树上贪食屠人所挂之肉而被勾住丧命。典出《孟子·梁惠王上》：“以若所为，求若所欲，犹缘木而求鱼也。”

6 〔“狼则罹之”句〕据手稿本，原抄本无此句。

7 〔缀行〕尾随而行。

8 〔并驱〕谓两狼并驱屠夫。原指两猎人并肩急追逐两狼。典出《诗经·齐风·还》：“并驱从两狼兮，揖我谓我臧兮。”

9 〔苫（shān 删）蔽成丘〕谓苫子盖的柴草如同小丘样。苫，为稻草或谷秸编织成的覆盖物，俗称苫子。

10 〔弛担〕谓放下肩上的肉担。弛，放松，解除。此指放下。

11 〔“方欲行”句〕据手稿本，原抄本无。

12 〔尻尾〕臀部与尾巴。

13 〔行室〕谓农人耕作在田间搭成的临时草屋子，俗称“窝棚”。

14 〔乌〕同“何”。

美人首

诸商寓居京舍，舍与邻屋相连，中隔板壁，板有松节脱处，穴如盏。忽女子探首入，挽凤髻，绝美，旋伸一臂，洁白如玉。众骇其妖，欲捉之[1]，已缩去，少顷又至，但隔壁不见其身，奔之[2]，则又去之。一商操刀伏壁下，俄首出，暴决之，应手而落，血溅尘土。众惊告主人，主人惧，以其首首焉。逮诸商鞫之，殊荒唐。淹系[3]半年，迄无情词[4]，亦未有一人讼官者，乃释商，瘗女首。

校注

1 〔欲捉之〕据手稿本，原抄本无“之”字。手稿本在“捉”字后有“兵”字，又在“兵”字旁加一“之”字，当是作者在修改时，改“兵”为“之”，但未将“兵”字圈去。

2 〔奔之〕直扑过去。奔，直往。

3 〔淹系〕拘禁，并押。《明史·师逵传》：“狱囚淹系千人，浃旬尽决遣。”

4 〔情词〕谓与犯罪事实相符的供词。情，实情。

刘亮采

闻济南怀利仁言：刘公亮采[1]，狐之后身也。初，太翁居南山，有叟造其庐，自言胡姓，问所居，曰："只在此山中。闲处人少，惟我两人，可与数晨夕[2]，故来相拜识。"因与接谈，词旨便利[3]，悦之，治酒相欢，醺而去。越日复来，愈益款厚。刘云："自蒙下交[4]，分即最深。但不识家何里，焉所问兴居[5]？"胡曰："不敢讳，实山中之老狐也。与若有夙因，故敢内交[6]门下。固不能为君福，亦不敢为君祸，幸相信勿骇。"刘亦不疑，更相契重，即叙年齿，胡作兄，往来如昆季，有小休咎，亦以告。时刘乏嗣，叟忽云："公勿忧，我当为君后。"刘讶其言怪，胡曰："仆算数已尽[7]，投生有期矣。与其他适，何如生故人家？"刘曰："仙寿万年，何遂及此？"叟摇首云："非汝所知。"遂去。夜果梦叟来，曰："我今至矣。"既醒，夫人生男，是为刘公。公既长，身短，言词敏谐，绝类胡。少有才名，壬辰[8]成进士。为人任侠，急人之急，以故秦、楚、燕、赵之客，趾错于门[9]，货酒卖饼者，门前成市焉。

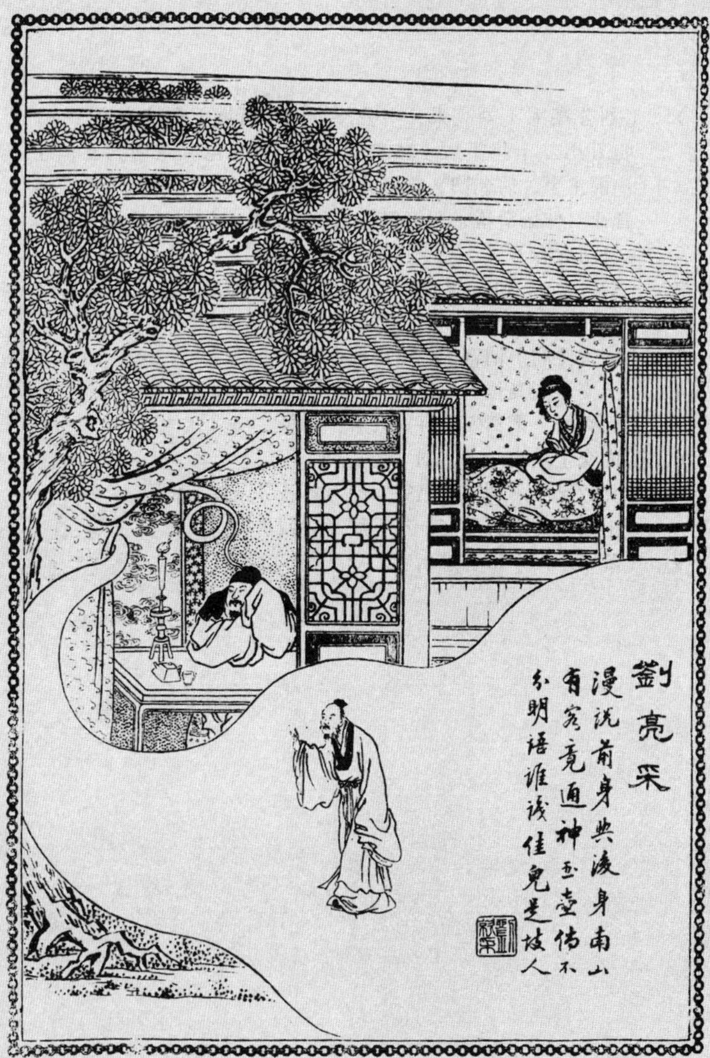
劉亮采
漫說前身與後身南山
有客竟通神玉臺倩不
分明語誰識佳兒是故人

校注

1 〔刘公亮采〕刘亮采，字公严，山东历城（今济南市）人。明万历二十年壬辰（1592）进士，官鹿邑、兰阳知县，迁户部主事，后乞归，筑室灵岩终老。亮采工诗，善书画，通音律，侏儒滑稽，调笑怒骂，皆成文章。详见《历城县志》、《济南府志》。

2 〔数（shuò 朔）晨夕〕谓朝夕相处。陶潜《移居》二首之一："闻多素心人，乐与数晨夕。"

3 〔词旨便利〕谓言谈词语敏捷适中。

4 〔下交〕指高位者与位低者交往。此指太翁与狐交。

5 〔问兴居〕谓请安问好。兴居，起居。

6 〔内交〕纳交。内，同"纳"。

7 〔算数已尽〕谓计数已完，即寿数已尽。数，命运。

8 〔壬辰〕即明万历二十年壬辰（1592）。

9 〔趾错于门〕形容进出者之众。

蕙 芳

马二混，居青州东门内，以货面为业。家贫无妇，与母共作苦[1]。一日，媪独居，忽有美人来，年可十六七，椎布甚朴，而光华照人。媪惊顾穷诘，女笑曰："我以贤郎诚笃，愿委身母家。"媪益惊曰："娘子天人，有此一言，则折我母子数年寿[2]！"女固请之，意必为侯门亡人[3]，拒益力，女乃去。越三日复来，留连不去。问其姓氏，曰："母肯纳我，我乃言，不然，固无庸问。"媪曰："贫贱佣保骨，得妇如此，不称亦不祥。"女笑坐床头，恋恋殊殷。媪辞之，言："娘子宜速去，勿相祸。"女乃出门，媪视之西去。又数日，西巷中吕媪来，谓母曰："邻女董蕙芳，孤而无依，自愿为贤郎妇，胡弗纳？"母以所疑虑具白之，吕曰："乌有此耶？如有乖谬，咎在老身。"母大喜，诺之。

吕既去，媪扫室布席，将待子归往娶之。日将暮，女飘然自至，入室参母，起拜尽礼，告媪曰："妾有两婢，未得母命，不敢进也。"媪曰："我母子守穷庐，不解役婢仆。日得蝇头利，仅足自给。今增新妇一人，娇嫩坐食，尚恐不充饱，益之二婢，岂吸风所能活耶？”女笑曰：“婢来，亦不费母度支[4]，皆能自食。”问：“婢何在？”女乃呼：“秋月、秋松！”声未及已，忽如飞鸟堕，二婢已立于前，即令伏地叩母。既而马归，母迎告之。马喜，入室，见翠栋雕梁，侔于宫殿[5]，中之几屏帘幕，光耀夺视，惊极，不敢入。女下床迎笑，睹之若仙，益骇，却退。女挽之，坐与温语。马喜出非分，形神若不相属[6]，即起，欲出行沽，女止曰：“勿须。”因命二婢治具。秋月出一革袋，执向扉后，格格[7]撼摆之。已而以手探入，壶盛酒，柈盛炙，触类熏腾。饮已而寝，则花罽锦茵[8]，温腻非常。天明出门，则茅庐依旧，母子共奇之。媪诣吕所，将迹所由[9]，入门，先谢其媒合之德。吕讶云：“久不拜访，何邻女之曾托乎？”媪益疑，具言端委。吕大骇，即同媪来视新妇，女笑逆之，极道作合之义。吕见其惠丽，愕眙[10]良久，即亦不辞，唯唯而已。女赠白木搔具一事，曰：“无以报德，姑奉此为姥姥爬背耳。”吕受以归，审视则化为白金。马自得妇，顿更旧业，门户一新，笥中貂锦无数，任马取着，而出室门，则为布素，但轻暖耳。女所自衣亦然。积四五年，忽曰：“我谪降人间十余载，因与子有缘，遂暂留止，今别矣。”马苦留之，女曰：“请别择良偶，以承庐墓[11]。我岁月当一至焉。”忽不见。

马乃娶秦氏。后三年，七夕，夫妻方共语，女忽入，笑曰："新偶良欢，不念故人耶？"马惊起，怆然曳坐，便道衷曲，女曰："我适送织女渡河[12]，乘间一相望耳。"两相依依，语无休止，忽空际有人呼"蕙芳"，女急起作别。马问其谁，曰："余适同双成[13]姊来，彼不耐久伺矣。"马送之，女曰："子寿八旬，至期，我来收尔骨。"言已，遂逝。今马六十余矣，其人但朴讷，并无他长。

异史氏曰："马生其名混，其业亵，蕙芳奚取哉？于此见人之贵朴讷诚笃也。余尝谓友人：若我与尔，鬼狐且弃之矣，所差不愧于仙人者，惟'混'耳。"

校注

1 〔作苦〕谓耕作辛苦。此喻自受辛苦。

2 〔折我母子数年寿〕即"折寿"。旧俗称人若过分享受自己所应受之福，是要减寿的。

3 〔侯门亡人〕谓公侯府中所逃亡之人。

4 〔度（duó 夺）支〕规划计算开支。《礼记·王制》："五谷皆入，然后制国用。"汉郑玄注："制国用，如今度支经用。"

5 〔侔（móu 眸）于宫殿〕相当于宫殿一般。侔，相当。

6 〔形神若不相属〕人的形体与精神好像不相连属。属，附着。

7 〔楛楛（kǔkǔ 苦苦）〕不牢固。

8 〔花罽（jì 计）锦茵〕罽，毛毯。茵，垫褥。

9 〔迹所由〕追查其原因。

10 〔愕眙（chì 赤）〕惊愕而视。《文选·班固〈西都赋〉》："虽轻迅与僄狡，犹愕眙而不能阶。”

11 〔承庐墓〕谓继承宗祧。庐墓，古人于父母或师长死后，服丧期间在墓旁搭盖小屋居住，守护坟墓，谓之庐墓。北魏郦道元《水经注·泗水》：“今泗水南有夫子冢……即子贡庐墓处也。”

12 〔织女渡河〕韩鄂《岁华纪丽》三引《风俗通义》：“织女七夕当渡河，使鹊为桥。”《初学记·岁时下》引《续齐谐记》：“桂阳城武下有仙道，忽谓其弟曰：‘七月七日织女当渡河，吾向已被召。’弟问织女何事渡河？答曰：‘暂诣牵牛。’世人至今云织女嫁牵牛是也。”

13 〔双成〕指董双成。详见卷五《巩仙》注。

山 神

益都李会斗[1]，偶山行，值数人藉地饮[2]，见李至，欢然并起，曳入坐，竞觞之[3]。视其柈馔[4]，杂陈珍错。移时，饮甚欢，但酒味薄涩。忽遥有一人来，面狭长，可二三尺许，冠之高细称是[5]，众惊曰："山神至矣！"即纷纷四去，李亦伏匿坎窞[6]中。既而起视，则肴酒一无所有，惟有破陶器贮溲浡[7]，瓦片上盛蜥蜴[8]数枚而已。

校注

1 〔斗〕据手稿本，原抄本作"中"。
2 〔藉地饮〕即坐在地上饮酒。
3 〔竞觞之〕争着向他敬酒。
4 〔柈馔〕盘里的菜肴。
5 〔称是〕谓相称。
6 〔坎窞（dàn 旦）〕深坑。

山神
良宵歡飲々銜杯
賺得老饕入座
来不是山神驚
々散箇中禍
福尚難猜

7 〔溲浡（sōubó 搜勃）〕亦作“溲勃”、“溲渤”。“牛溲马勃”之略语。语本韩愈《进学解》:“玉札丹砂，赤箭青芝，牛溲马勃，败鼓之皮，俱收并蓄，待用无遗者，医师之良也。”后多用以喻粗贱之物。牛溲，车前子的别名。马勃亦名“马屁勃”，一种菌类。二者皆可入药。

8 〔蜥蜴（yì 易）〕一种爬行动物，俗称“四脚蛇”。

萧七

徐继长，临淄人，居城东之磨房庄，业儒未成，去而为吏。偶适姻家[1]，道出于氏殡宫[2]。薄暮醉归，过其处，见楼阁繁丽，一叟当户坐。徐酒渴思饮，揖叟求浆，叟起，邀客入，升堂授饮。饮已，叟曰："曛暮难行，姑留宿，早旦而发如何也？"徐亦疲殆，乐遵所请。叟命家人具酒奉客，即谓徐曰："老夫一言，勿嫌孟浪。君清门令望[3]，可附婚姻。有幼女未字，欲充下陈[4]，幸垂援拾[5]。"徐踧踖[6]不知所对。叟即遣伻[7]告其亲族，又传语令女郎妆束。顷之，峨冠博带[8]者四五辈，先后并至，女郎亦炫妆出，姿容绝俗。于是交坐宴会。徐神魂眩乱，但欲速寝，酒数行，坚辞不任。乃使小鬟引夫妇入帏，馆同爰止[9]。徐问其族姓，女自言："萧姓，行七。"又复细审门阀，女曰："身虽贱陋，配吏胥当不辱寞，何苦研穷？"徐溺其色，款昵备至，不复他疑。女曰："此处不可为家。审知汝家姊甚平善，或不拗阻，归除一舍，行将自至耳。"徐应之。

既而加臂于身，奄忽就寐。既觉，则抱中已空。天色大明，松阴翳晓，身下藉黍穰尺许厚，骇叹而归，告妻。妻戏为除馆，设榻其中，阖门出，曰：“新娘子今夜至矣。”因与共笑。日既暮，妻戏曳徐启门，曰：“新人得毋已在室耶？”既入，则美人华妆坐榻上，见二人入，桥起[10]逆之。夫妻大愕。女掩口局局[11]而笑，参拜恭谨。妻乃治具，为之合欢。女早起操作，不待驱使。一日谓徐[12]：“姊姨辈俱欲来吾家一望。”徐虑仓卒无以应客，女曰：“都知吾家不饶，将先赍馔具来，但烦吾家姊姊烹饪而已。”徐告妻，妻诺之。晨饮后，果有人荷酒胾来，释担而去，妻为职庖人之役。晡后，六七女郎至，长者不过四十以来，围坐并饮，喧笑盈室。徐妻伏窗以窥，惟见夫及七姐相向坐，他客皆不可睹。北斗挂屋角，欢然始去。女送客未返。妻入视案上，杯柈俱空，笑曰：“诸婢想俱饿，遂如狗舐砧。”少间，女还，殷殷相劳，夺器自涤，促嫡安眠。妻曰：“客临吾家，使自备饮馔，亦大笑话。明日合另邀致。”

逾数日，徐从妻言，使女复召客。客至，恣意饮啖，惟留四簋，不加匕箸，群笑曰：“夫人谓吾辈恶，故留以待‘调人[13]’。”座间一女，年十八九，素舄缟裳，云是新寡，女呼为六姊，情态妖艳，善笑能口，与徐渐洽，辄以谐语相嘲。行觞政[14]，徐为录事[15]，禁笑谑，六姊频犯，连引十余爵，酡然[16]径醉，芳体娇懒，荏弱难持，无何，亡去。徐烛而觅之，则酣寝暗帏中，近接其吻，亦不觉，以手探裤，私处坟起。心旌方摇[17]，席中纷唤徐郎，乃急理其衣，见袖中有绫巾，窃之而出。迨于夜央，众客离席，六姊未醒，七姐入摇之，始呵欠而起，系裙理发从众去。徐拳拳怀念，不释于心，将于空处展玩遗巾，而觅之已渺。疑送客时遗落途间，执灯细照阶除[18]，都复乌有，意顼顼[19]不自得。女问之，徐漫应之。女笑曰："勿诳语，巾子人已将去，徒劳心目。"徐惊，以实告，且言怀思。女曰："彼与君无宿分[20]，缘止此耳。"问其故，曰："彼前身曲中女[21]，君为士人，见而悦之，为两亲所阻，志不得遂，感疾阽危[22]，使人语之曰：'我已不起。但将若来，获一扪其肌肤，死无憾！'彼感此意，诺如所请，适以冗羁[23]，未遽往，过夕而至，则病者已殒，是前世与君有一扪之缘也。过此即非所望。"后设筵再招诸女，惟六女不至。徐疑女妒，颇有怨怼。女一日谓徐曰："君以六姊之故，妄相见罪。彼实不肯至，于我何尤？今八年之好，行将别矣，请为君极力一谋，用解从前之惑。彼虽不来，宁禁我不往？登门就之，或人定胜天，不可知。"徐喜，从之。女握手，飘若履虚，顷刻至其家，黄甓[24]广堂，门户曲折，与初见时无少异。岳父母并出，曰："拙女久蒙温煦。老身以残年衰慵，有疏省问，或当不怪耶？"即张筵作会。女便问诸姊妹，母云："各归其家，惟六姊在耳。"即唤婢请六娘子来，久之不出。女入，曳之以至，俯首简默，不似前此之谐。少时，叟媪辞去。女谓六姊曰："姐姐高自重，使人怨我！"六姊微哂曰："轻薄郎何宜相近！"女执两人残卮，强使易饮，曰："吻已接矣，作态何为？"

少时，七姐亡去，室中止余二人。徐遽起相逼，六姊宛转撑拒，徐牵衣长跽而哀之，色渐和，相携入室。裁缓襦结，忽闻喊嘶动地，火光射闼。六姊大惊，推徐起曰："祸事忽临，奈何！"徐忙迫不知所为，而女郎已窜避无迹矣。徐怅然少坐，屋宇并失，猎者十余人，按鹰操刃而至，惊问："何人夜伏于此？"徐托言迷途，因告姓字。一人曰："适逐一狐，见之否？"答云："不见。"细认其处，乃于氏殡宫也，怏怏而归。尤冀七姐复至，晨占雀喜，夕卜灯花[25]，而竟无消息矣。董玉玹谈。

校注

1　〔姻家〕即俗称之"亲家"。

2　〔殡宫〕此指墓地。详见卷二《罗刹海市》注。

3　〔清门令望〕谓门第清白，有美好的声望。令望，美好的声望。《诗经·大雅·卷阿》："如圭如璋，令闻令望。"

4　〔充下陈〕谓备用于侍妾之列。充，备。《小尔雅·广言》："充，备也。"下陈，古代殿堂下陈放礼品、站列婢妾的地方。借指后宫中地位低下的姬侍。《战国策·齐策四》："狗马实外厩，美人充下陈。”此指侍妾。

5 〔援拾〕提携收纳。旧用为缔姻时女方对男家同意订婚的谦词。唐薛渔思《河东记·申屠澄》：“（翁曰）颇有过客，以金帛为问。某先不忍别，未许。不期贵客又欲援拾，岂敢惜，即以为托。”

6 〔踧踖（cùjí 促籍）〕恭敬而不安的样子。

7 〔遣伻（bēng 崩）〕派使者。伻，使者。详见卷一《丁前溪》注。

8 〔峨冠博带〕戴着高冠，束着宽带。峨冠，高冠。详见卷四《柳秀才》注。博带，宽带。《汉书·隽不疑传》：“不疑冠进贤冠，带櫑具剑、佩环玦，褒衣博带，盛服至门上谒。”

9 〔馆同爰止〕谓同舍而宿。《楚辞·屈原〈天问〉》：“女歧缝裳，馆同爰止。”王逸注：“馆，舍也。爰，于也。言女歧与浇淫佚，为之缝裳，于是共舍而宿止也。”

10 〔桥起〕疾起。《庄子·则阳》：“欲恶去就，于是桥起。”

11 〔局局〕谓俯首而狂笑。《庄子·天地》：“季彻局局然笑。”

12 〔徐〕据手稿本，原抄本无。

13 〔调人〕本是周官名，负责调解民众之间的争端。《周礼·地官·调人》：“调人掌司万民之难而谐和之。”此指调配菜馔的主妇。调，调配。《礼记·内则》：“凡和，春多酸，秋多辛，冬多咸，调以滑甘。”

14 〔觞政〕酒令。详见卷二《小二》注。

15 〔录事〕唐代曲江宴上进士所推举的督酒人。五代王定保《唐摭言·散序》：“其日状元与同年相见后，便请一人为录事，其余主宴、主酒、主乐、探花、主茶之类，咸以其日辟之。”原注：“旧例率以状元为录事。”后以称会饮时执掌酒令的人为录事。

16 〔酡（tuó 陀）然〕酒醉的样子。酡，醉容。《楚辞·宋玉〈招魂〉》：“美人既醉，朱颜酡些。”洪兴祖补注：“饮而赪色著面。”

17 〔心旌方摇〕心如同悬挂之旌旗刚要摇曳。《战国策·楚策一》：“寡人卧不安席，食不甘味，心摇摇如悬旌。”旌，旗帜。

18 〔阶除〕阶沿。《文选·王粲〈登楼赋〉》:“循阶除而下降兮,气交愤于胸臆。”

19 〔顼顼(xūxū 虚虚)〕自失之貌。《庄子·天地》:“子贡卑陬失色,顼顼然不自得,行三十里而后愈。”

20 〔宿分〕前定的缘分。宋康骈《剧谈录》下:“汝得至此,当有宿分。”

21 〔曲中女〕即妓女。曲中,妓坊的通称。清余怀《板桥杂记·雅游》:“旧院人称曲中。前门对武定桥,后门在钞库街,妓家鳞次,比屋而居。”女,据手稿本,原抄本作“友”。

22 〔阽(diàn 电)危〕临近危险。《汉书·食货志上》:“既闻耳矣,安有为天下阽危者若是而上不惊者。”阽,据手稿本,原抄本作“帖”。

23 〔冗羁〕为繁琐的事所纠缠。冗,繁琐。

24 〔黄甓(pì 僻)〕黄砖。甓,砖。

25 〔“晨占”二句〕谓早晨看喜鹊,晚间观灯花,希望得到好征兆。古人以早晨听到喜鹊叫,晚间见到火花为吉兆。《西京杂记》三:“目瞤得酒食,灯火花得钱财,乾鹊噪而行人至,蜘蛛集而百事嘉。”

乱离二则

学师刘芳辉[1]，京都人，有妹许聘戴生，出阁有日矣。值北兵[2]入境，父兄恐细弱[3]为累，谋妆送戴家，修饰未竟，乱兵纷入，父子分奔，女为牛录[4]俘去。从之数日，殊不少狎，夜则卧之别榻，饮食供奉甚殷。又掠一少年来，年与女相上下，仪采都雅。牛录谓之曰："我无子，将以汝继统绪[5]，肯否？"少年唯唯。又指女谓曰："如肯，即以此女为汝妇。"少年喜，愿从所命。牛录乃使同榻，浃洽甚乐。既而枕上各道姓氏，则少年即戴生也。

陕西某公，任盐秩[6]，家累[7]不从。值姜瓖之变[8]，故里陷为盗薮[9]，音信隔绝。后乱平，遣人探问，则百里绝烟，无处可询消息。会以复命[10]入都，有老班役[11]丧偶，贫不能娶，公赉[12]数金使买妇。时大兵凯旋，俘获妇口无算，插标市上[13]，如卖牛马。遂携金就择之。自分金少，不敢问少艾[14]，中一媪甚整洁，遂赎以归。媪坐床上，细认曰："汝非某班役耶？"问所自知，曰："汝从我儿服役，胡不识！"役大骇，急告公。公视之，果母也，因而痛哭，倍偿之。班役以金多，不屑谋媪，见一妇年三十余，风范超脱[15]，因赎之。既行，妇且走且顾，曰："汝非某班役耶？"又惊问之，曰："汝从我夫服役，如何不识！"班役益骇，导见公，公视之，真其夫人，又悲失声。一日而母妻重聚，喜不可已，乃以百金为班役娶美妇焉。意必公有大德，所以鬼神为之感应。惜言者忘其姓字，秦中或有能道之者。

异史氏曰："炎昆之祸，玉石不分[16]，诚然哉！若公一门，是以聚而传者也。董思白[17]之后，仅有一孙，今亦不得奉其祭祀，亦朝士之责也。悲夫！"

校注

1 〔学师刘芳辉〕学师，生员称儒学教官为学师。刘芳辉，据《淄川县志》载，刘芳辉，当为刘芳勋，昌平人，顺治间淄川儒学教谕。

2 〔北兵〕与下文"大兵"，皆指清兵。

3 〔细弱〕谓妻子儿女。泛指眷属。

4 〔牛录〕清八旗组织的最早基层单位。起源于满旗早期集体狩猎组织。最初，每一牛录辖十人。以后，所辖丁壮数逐渐扩大到三百人。设统领官一人，称"牛录额真"。傅克东《清代前期的佐领》："佐领在满语中包括牛录（八旗组织的基层单位）和牛录额真（八旗基层单位的首领）二者而……这种以血缘（族）和地缘（寨）而组成的牛录，最初只有十人，而牛录额真不过是十人之长（即‘什长’）。”天聪八年（1634）改名牛录章京。

5 〔统绪〕本指皇室世系。《清史稿·后妃传·孝钦显皇后》：“将来慎选元良，缵承统绪，其继大统者为穆宗嗣子。”亦泛指宗族系统。

6 〔盐秩〕即盐官。主管盐务的官。清沿明制，以都察院御史巡视盐政。长芦、两淮各一人，福建、两广、甘肃、四川以总督兼理，浙江、云南、贵州由巡抚兼理。巡盐御史，定例一年更换，名为盐差，后改称盐政。清俞正燮《癸巳存稿·御史差》：“其巡盐御史，则先改差京员，曰盐政。”秩，职位。

7 〔家累〕家眷。萧统《陶渊明传》：“执事者闻之，以为彭泽令，不以家累自随。”

8 〔姜瓖之变〕指姜瓖于清顺治五年（1648）十一月，据大同叛清，自立为大将军，易明朝冠服，抵抗清兵，后为清兵围困，第二年八月被部下杀害，城陷。此即所谓“姜瓖之变”。详见卷二《狐妾》“姜瓖叛”注。

9 〔盗薮（sǒu 叟）〕强盗聚集的地方。《明史·张翀传》：“所部万羊山跨湖广、福建、广东境，故盗薮。”薮，人或物聚集的地方。

10 〔复命〕此指回朝复命。详见卷二《青梅》注。

11 〔班役〕指官府、衙门差役的头目。亦泛称差役。

12 〔赉（lài 赖）〕赠给。

13 〔插标市上〕谓在市上插上草标出卖。插标，旧时于物品上或人身上插草以为出卖的标志。《三国演义》第二十五回：“关公举目一望，谓操曰：‘吾观颜良，如插标卖首耳。’”

14 〔少艾〕少女。《孟子·万章上》：“人少则慕父母，知好色则慕少艾。”艾，指美女。

15 〔风范超脱〕谓风度超脱凡俗。风范，风度，格局。《南齐书·庾杲之传》：“杲之风范和润，善音吐。”

16 〔“炎昆之祸，玉石不分”句〕此指清镇压姜瓖等抗清军民，也难免使拥清官僚之属遭祸，如某公之眷属。炎昆之祸，谓焚烧昆冈之大火。详见卷一《野狗》注。玉石不分，即“玉石俱焚”，谓好的与坏的同归于尽。

17 〔董思白〕即董其昌（1556–1636），名其昌，字玄宰，号思白，又号香光居士。明华亭（今上海市松江县）人。万历进士，天启朝官南京礼部尚书。工书画，时称二绝，谥文敏。生平详见《明史·文苑传》。

豢蛇

泗水[1]山中，旧有禅院[2]，四无村落，人迹罕到，有道士[3]栖止其中。或言内多大蛇，故游人益远之。一少年入山罗鹰，入既深，无所归宿，遥见兰若[4]，趋投之。道士惊曰："居士何来？幸不为儿辈所见！"即命坐，具饘粥。食未已，一巨蛇入，粗十余围，昂首向客，怒目电瞛[5]，客大惧。道士以掌击其额，呵曰："去！"蛇乃俯首入东室，蜿蜒移时，其躯始尽，盘伏其中，一室尽满。客大惧，摇战。道士曰："此平时所豢养。有我在，不妨，所患，客自遇之耳。"客甫坐，又一蛇入，较前略小，约可五六围，见客遽止，睒䀹[6]吐舌如前状。道士又叱之，亦入室去。室无卧处，半绕梁间，壁上土摇落有声。客益惧，终夜不眠，早起欲归，道士送之。出屋门，见墙上阶下，大如盎盏者，行卧不一，见生人，皆有吞噬状。客惧，依道士肘腋而行，使送出谷口，乃归。

余乡有客中州者，寄居蛇佛寺。寺中僧人具晚餐，肉汤甚美，而段段皆圆，类鸡项。疑问寺僧："杀鸡几何乃得多项？”僧曰：“此蛇段耳。”客大惊，有出门而哇[7]者。既寝，觉胸上蠕蠕，摸之，则蛇也，顿起骇呼。僧起曰：“此常事，乌[8]足骇怪！”因以火照壁间，大小满墙，榻上下皆是也。次日，僧引入佛殿，佛座下有巨井，井中有蛇，粗如巨瓮，探首井边而不出。爇火下视，则蛇子蛇孙以数百万计，族居其中。僧云“昔蛇出为害，佛坐其上以镇之，其患始平”云。

校注

1 〔泗水〕县名。在山东省中部偏南。

2 〔禅院〕佛教寺院。禅，梵语“禅那”省称。详见卷二《林四娘》注。

3 〔道士〕此指僧徒。宗密《盂兰盆经疏》下：“佛教初传地方，呼僧为道士。”

4 〔兰若〕佛寺。详见卷一《画壁》注。

5 〔怒目电瞛（cōng 聪）〕愤怒的目光明亮如闪电。《文选·张协〈七命〉》：“鼓鬣风生，怒目电瞛。”

6 〔睒瞯（shǎnshǎn 闪闪）〕同“睒闪”，谓闪烁。

7 〔哇〕呕吐。《孟子·滕文公下》：“出而哇之。”

8 〔乌〕何。

雷　公

亳州[1]民王从简，其母坐室中，值小雨冥晦，见雷公[2]持锤，振翼而入，大骇，急以器中便溺倾注之。雷公沾秽，若中刀斧，返身疾逃，极力展腾，不得去，颠倒庭际，嗥声如牛。天上云渐低，渐与檐齐，云中萧萧如马鸣[3]，与雷公相应。少时，雨暴澍[4]，身上恶浊尽洗，乃作霹雳而去。

校注

1　〔亳（bó 泊）州〕州名。治所在安徽省西北，今亳州市。

2　〔雷公〕古代传说中司雷之神，亦称“雷祖”、“雷师”。《山海经·海内东经》：“雷泽中有雷神，龙身而人头，鼓其腹，在吴西。”到汉朝王充《论衡·雷虚》记载更详：“图画之工，图雷之状，累累有连鼓之形，又图一人，若力士之容，谓之雷公。使之左手引连鼓，右手椎之，若击之状，其意以为雷声隆隆者，连鼓相扣击之音也。”

3　〔如马鸣〕此指布雨之龙。古人称龙为“天神上帝之马”。

4　〔澍（zhù 注）〕通“注”，浇灌。

菱角

胡大成，楚人，其母素奉佛。成从塾师读，道由观音祠[1]，母嘱过必入叩。一日至祠，有少女挽儿遨戏[2]其中，发裁掩颈，而风致娟然[3]。时成年十四，心好之，问其姓氏，女笑云："我是祠西焦画工女菱角也。问将何为？"成又问："有婿家否？"女酡然[4]曰："无也。"成言："我为若婿，好否？"女惭云："我不能自主。"而眉目澄澄[5]，上下睨成，意似欣属焉。成乃出。女追而遥告曰："崔尔诚，吾父所善[6]，用为媒，无不谐。"成曰："诺。"因念其慧而多情，益倾慕之，归向母实白心愿。母止此儿，常恐拂之，即浼崔作冰[7]。焦责聘财奢，事已不就，崔极言成清族[8]美才，焦始许之。

成有伯父，老而无子，授教职[9]于湖北，妻卒任所，母遣成往奔其丧。数月将归，伯又病，亦卒。淹留既久，适大寇据湖南，家耗遂隔。成窜民间，吊影孤惶[10]而已。一日，有媪年四十八九，萦回村中，日昃不去，自言："离乱[11]罔归，将以自鬻。"或问其价，言："不屑为人奴，亦不愿为人妇，但有母我者[12]，则从之，不较直。”闻者皆笑。成往视之，面目间有一二颇肖其母，触于怀而大悲，自念只身无缝纫者，遂邀归，执子礼焉。媪喜，便为炊饭织屦，劬劳若母，拂意辄谴之，而少有疾苦，则濡煦[13]过于所生。忽谓曰：“此处太平，幸可无虞。然儿长矣，虽在羁旅，大伦[14]不可废。三两日，当为儿娶之。”成泣曰：“儿自有妇，但间阻南北耳。”媪曰：“大乱时，人事翻覆，何可株待[15]？”成又泣曰：“无论结发之盟[16]不可背，且谁以娇女付萍梗人[17]？”媪不答，但为治帘幌衾枕，甚周备，亦不识所自来。一日，日既夕，戒成曰：“独坐勿寐，我往视新妇来也未。”遂出门去。三更既尽，媪不返，心大疑，俄闻门外喧哗，出视，则一女子坐庭中，蓬首啜泣。惊问：“何人？”亦不语。良久，乃言曰：“娶我来，即亦非福，但有死耳！”成大惊，不知其故。女曰：“我少受聘于胡大成，不意胡北去，音信断绝。父母强以我归汝家。身可致，志不可夺也！”成闻而哭曰：“我即是胡某。卿菱角耶？”女收涕而骇，不信，相将入室，就灯审顾，曰：“得无梦耶？”于是转悲为喜，相道离苦。先是乱后，湖南百里，涤地无类[18]。焦携家窜长沙之东，又受周生聘，乱中不能成礼。期是夕送诸其家。女泣不盥栉，家中强置车中。途次，女颠堕车下。遂有四人荷肩舆至，云是周家迎女者，即扶升舆，疾行若飞，至是始停。一老姥曳入，曰：“此汝夫家，但入勿哭。

汝家婆婆，且晚将至矣。”乃去。成诘知情事，始悟媪神人也。夫妻焚香共祷，愿得母子复聚。

母自戎马戒严[19]，同侪人妇奔伏涧谷。一夜，噪言寇至，即并张皇四匿。有童子以骑授母，母急不暇问，扶肩而上，轻迅剽遬[20]，瞬息至湖上。马踏水奔腾，蹄下不波。无何，扶下，指一户云：“此中可居。”母将启谢，回视其马，化为金毛犼[21]，高丈余，童子超乘而去。母以手挝门，豁然启扉，有人出问，怪其音熟，视之，成也。母子抱哭，妇亦惊起，一门欢慰，疑[22]媪是观音大士[23]现身。由此持观音经咒益虔。遂流寓湖北，治田庐焉。

校注

1 〔观音祠〕祭祀观世音的祠堂。观音，即观世音。详见卷二《西僧》注。

2 〔遨戏〕游逛戏耍。

3 〔风致娟然〕风度美好。

4 〔酡（tuó 陀）然〕谓含羞面容发红的样子。

5 〔澄澄〕形容目光如秋水一样清澈。王维《青溪》诗：“漾漾泛菱荇，澄澄映葭苇。”

6 〔善〕此指亲善，关系密切。

7 〔浼（měi 每）崔作冰〕谓请托崔尔诚作媒人。浼，请求，拜托。冰，冰人，即媒人。《晋书·索紞传》：“孝廉令狐策梦立冰上，与冰下人语。紞曰：‘冰上为阳，冰下为阴，阴阳事也。士如归妻，迨冰未泮，婚姻事也。君在冰上，与冰下人语，为阳语阴，媒介事也。君当为人作媒，冰泮而媒成。'"后因称媒人为冰人。

8 〔清族〕犹清门。清白人家。详见卷二《红玉》注。

9 〔授教职〕被任命为教官，即掌管学校的官员。详见卷三《司训》"教官"注。

10 〔吊影孤惶〕谓对影自怜，孤独惶惑。吊影，对影自怜。南朝齐谢朓《拜中军记室辞隋王笺》："轻舟反溯，吊影独留。"惶，惶惑。

11 〔离乱〕即"乱离"。谓遭逢战祸，骨肉分离。《诗经·小雅·四月》："乱离瘼矣，爰其适归。"

12 〔母我者〕即以我为母者。

13 〔濡煦（xù 续）〕关心体恤，嘘寒问暖。《庄子·大宗师》："泉涸，鱼相与处于陆，相呴以湿，相濡以沫，不若相忘于江湖。"濡，湿润。煦，通"呴"，吐出之沫。

14 〔大伦〕古礼以父子、兄弟、夫妇、君臣、长幼、朋友、宾客这七种人间的关系为礼教的"大伦"。夫妇为封建礼教伦常之一，故曰大伦。伦，指伦常。详见卷二《黄九郎》注。

15 〔株待〕"守株待兔"之省词。《韩非子·五蠹》："宋人有耕者，田中有株，兔走触株，折颈而死，因释其耒而守株，冀复得兔。兔不可复得，而身为宋国笑。"此称"株待"，谓保守不知变通。

16 〔无论结发之盟〕不必说孩童时所发结为终生夫妻的盟誓。无论，不必说。结发之盟，谓初成年时订下二人结为终生夫妻的盟誓。

17 〔"以娇女付萍梗人"句〕把爱女嫁给四处飘荡而定无居所之人。娇女，爱女。《玉台新咏·左思〈娇女〉》诗："吾家有娇女，皎皎颇白皙。"萍梗，谓浮萍和梗枝在水上飘浮不定，以喻自己生活无定所。许浑《晨自竹径至龙兴寺》："客路随萍梗，乡园失薜萝。"

18 〔涤地无类〕谓乱后，大地如同洗过一样。涤，这里指扫荡，洗劫。此谓人被杀光。无类，无噍类。《后汉书·隗嚣传》："缘边之郡，江海之濒，涤地无类。"

19 〔戎马戒严〕谓处于战时的戒备状态。戎马，军马。戒严，谓战争的戒备状态。

20 〔剽遬（piāosù 飘素）〕轻捷貌。《史记·礼书》："轻利剽遬，卒（猝）如熛风。"《正义》："剽遬，疾也。"

21 〔犼（hǒu 吼）〕兽名。传说中佛的坐骑。《集韵·上厚》："犼，北方兽名，似犬，食人。"清袁枚《续新齐谐·犼》："犼有神通，口吐烟火，能与龙斗，故佛骑以镇压之。"

22 〔疑〕据手稿本，原抄本无。

23 〔大士〕菩萨的称号，此指观音。详见卷四《上仙》注。

饿鬼

马永，齐人，为人贪，无赖，家素屡空，乡人戏而名之“饿鬼”。年三十余，日益窭[1]，衣百结鹑[2]，两手交其肩，在市上攫食，人尽弃之，不以齿[3]。邑有朱叟者，少携妻居于五都之市[4]，操业不雅，暮岁归其乡，大为士类所口[5]，而朱洁行为善，人始稍稍礼貌之。一日，值马攫食不偿，为肆人所苦，怜之，代给其直，引归，赠以数百，俾作本。马去，不肯谋业，坐而食，无何，资复匮，仍蹈旧辙，而常惧与朱遇，去之临邑。暮宿学宫，冬夜凛寒，辄摘圣贤头上旒而煨其板[6]。学官[7]知之，怒欲加刑，马哀免，愿为先生生财。学官喜，纵之去。马探某生殷富，登门强索资，故挑其怒，乃以刀自劙[8]，诬而控诸学。学官勒取重赂，始免申黜[9]，诸生因而共愤，公质县尹[10]。尹廉[11]得实，笞四十，梏其颈，三日毙焉。

是夜，朱叟梦马冠带而入，曰：“负公大德，今来相报。”既寤，妾举子，叟知为马，名以马儿。少不慧，喜其能读。二十余，竭力经纪，得入邑泮。后考试寓旅邸，昼卧床上，见壁间悉糊旧艺，视之，有“犬之性”四句题[12]，心畏其难，读而志之，入场，适是此题，录之，得优等，食饩[13]焉。六十余，补临邑训导[14]。官数年，曾无一道义交，惟袖中出青蚨[15]，则作鸬鹚[16]笑，不则[17]睫毛一寸长，棱棱[18]若不相识。偶大令[19]以诸生小故，判令薄惩，辄酷掠如治盗贼。有讼士子[20]者，即富来叩门矣。如此多端，诸生不复可耐。而年近七旬，臃肿聋聩，每向人物色黑须药。有某生素狂，剉茜根[21]给之。天明共视，如庙中所塑灵官状。大怒，拘生，生已早夜亡去。以此愤气中结，数月而死。

校注

1 〔窭（jù 据）〕贫困。

2 〔百结鹑〕即“悬鹑百结”。形容衣服破烂。详见卷二《张诚》注。

3 〔不以齿〕意谓以不与同列，表示鄙视。

4 〔五都之市〕谓五大城市。此泛指繁华都市。《文选·鲍照〈咏史〉》：“五都矜财雄，三川养声利。”

5 〔士类所口〕为读书人所非议。士类，读书人。《后汉书·郭泰传》：“性明知人，好奖训士类。”口，言语之词，议论。《孟子·尽心下》：“貉稽曰：‘稽不大理于口。’”

6　〔“辄摘”句〕就摘下圣人头上所戴冠上玉串，而用板笏生火取暖。圣贤，指孔庙中所供奉的孔子及其陪祀的弟子。旒，冕旒。此指玉串。板，手板，亦称“笏”板。古时为大臣朝见皇上记事所用。

7　〔学官〕明清府、州、县掌管教职的官员，亦称教官。详见卷五《菱角》“教职”注。

8　〔自劙（lí 离）〕自己用刀割自己。

9　〔申黜〕报请上司予以革除。

10　〔公质县尹〕谓大家到县令处质询。

11　〔廉〕考察，查访。

12　〔“‘犬之性’四句题”句〕语出《孟子·告子上》：“然则，犬之性，犹牛之性；牛之性，犹人之性与？”

13　〔食饩（xì 戏）〕科举时代，府、州、县学的增广生员和附学生员，由于品学兼优，经考试补入廪膳生员的名额，称食饩，可以从儒学每月领到一定数量的廪米或折银。食饩，取《国语·周语中》“膳宰致饔，廪人献饩”之义。

14　〔训导〕明清府、州、县学均置训导，协助教授、学正、教谕教育所属生员。

15　〔青蚨〕钱。晋干宝《搜神记》十三：“南方有虫，名𧌒蝺，一名蠋蠋，又名青蚨。形似蝉而稍大，味辛美可食。生子必依草叶，大如蚕子。取其子，母必飞来，不以远近。虽潜取其子，母必知处。以母血涂钱八十一文，以子血涂钱八十一文。每市物，或先用母钱，或先用子钱，皆复飞归，轮转不已。”后因称钱为青蚨。

16　〔鸬鹚（lúcí 泸慈）〕水鸟名，俗叫“鱼鹰”，羽毛黑色，闪绿光，能游泳，善于捕食鱼类，用树叶、海藻等筑巢。渔人常用来捕鱼。

17　〔不（fǒu 否）则〕否则。

18　〔棱棱〕本指威严的样子。《世说新语·容止》：“孙兴公（绰）见林公（支遁），棱棱露其爽。”此处是形容面色阴沉。

19　〔大令〕古时县官多称令，后以大令为对县官的敬称。清沈涛

《瑟榭丛谈》卷下："钱塘蔡莘腴大令任由庶常改官畿辅。"

20 〔士子〕旧指应考的读书人。详见卷三《于去恶》注。

21 〔茜根〕茜草的根，草木植物，根黄红色，含茜素，可作红色染料，亦可入药。

考弊司

闻人生，河南人，抱病经日，见一秀才入，伏谒床下，谦抑尽礼。已而请生少步，把臂长语，刺刺[1]且行，数里外犹不言别。生伫足，拱手致辞[2]，秀才云："更烦移趾，仆有一事相求。"生问之，答云："吾辈悉属考弊司辖。司主名虚肚鬼王。初见之，例应割髀肉，浼君一缓颊[3]耳。"生惊问："何罪而至于此？"曰："不必有罪，此是旧例，若丰于贿者，可赎也。然而我贫。"生曰："我素不稔鬼王，何能效力？"曰："君前世是伊大父行[4]，宜可听从。"

言次，已入城郭。至一府署，廨宇不甚弘敞，惟一堂高广，堂下两碣[5]东西立，绿书大于栲栳[6]，一云"孝弟忠信"，一云"礼义廉耻"。躇阶而进[7]，见堂上一匾，大书"考弊司"。楹间，板雕翠字一联云："曰校曰序曰庠两字德行阴教化[8]，上士中士下士[9]一堂礼乐鬼门生[10]。"游览未已，官已出，鬈发鲐背，若数百年人，而鼻孔撩天[11]，唇外倾，不承其齿。从一主簿吏[12]，虎首人身。又十余人列侍，半狞恶若山精[13]。秀才曰："此鬼王也。"生

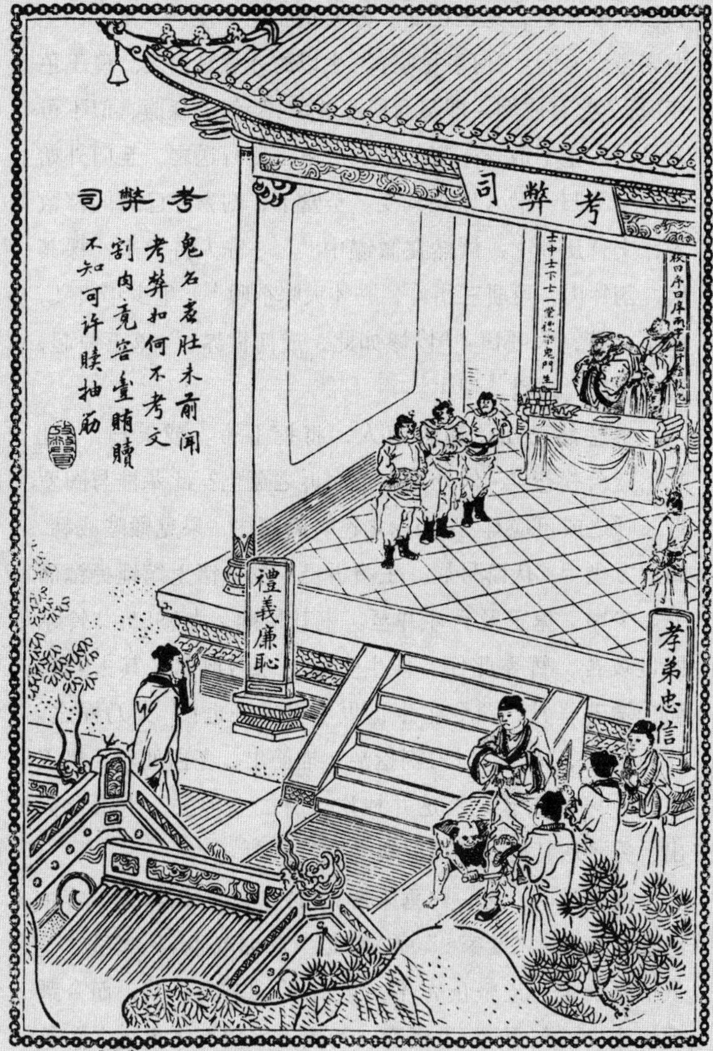
考弊司
鬼名虚肚未前闻
考弊如何不考文
割肉竟容壹賄贖
不知可許賕抽筋
考弊司
禮義廉恥
孝弟忠信

骇极，欲却退，鬼王已睹，降阶揖生上，便问兴居[14]，生但诺诺。又问：“何事见临？”生以秀才意具白之。鬼王色变曰：“此有成例，即父命所不敢承！”气象森凛，似不可入一词。生不敢言，骤起告别，鬼王侧行送之，至门外始返。生不归，潜入以观其变。至堂下，则秀才已与同辈数人，交臂历指[15]，俨然在徽纆中[16]。一狞人持刀来，裸其股，割片肉，可骈三指许，秀才大嗥欲嗄[17]。生少年负义，愤不自持，大呼曰：“惨惨如此，成何世界！”鬼王惊起，暂命止割，跻履[18]迎生。

生忿然已出，遍告市人，将控上帝。或笑曰：“迂哉！蓝蔚苍苍[19]，何处觅上帝而诉之冤也？此辈惟与阎罗近，呼之或可应耳。”乃示之途。趋而往，果见殿陛威赫，阎罗方坐[20]，伏阶号屈。王召诉已，立命诸鬼绾绁提锤而去。少顷，鬼王及秀才并至。审其情确，大怒曰：“怜尔夙世攻苦，暂委此任，候生贵家，今乃敢尔！其去若善筋，增若恶骨，罚令生生世世不得发迹也！”鬼乃棰之，仆地，颠落一齿，以刀割指端，抽筋出，亮白如丝。鬼王呼痛，声类斩豕。手足并抽讫，有二鬼押去。生稽首而出，秀才从其后，感荷殷殷[21]。

挽逆过市，见一户垂朱帘，帘内一女子露半面，容妆绝美。生问：“谁家？”秀才曰：“此曲巷也。”既过，生低徊不能舍，遂坚止秀才。秀才曰：“君为仆来，而令踽踽以去，心何忍。”生固辞，乃去。生望秀才去远，急趋入帘内，女接见，喜形于色。入室促坐，相道姓名。女自言："柳氏，小字秋华。"一妪出，为具肴酒，酒阑入帷，欢爱殊浓，切切订婚嫁。妪入曰："薪水告竭，要耗郎君金资，奈何！"生顿念腰橐空虚，惶愧无声，久之，曰："我实不曾携得一文，宜署券保[22]，归即奉酬。"妪变色曰："曾闻夜度娘[23]索逋尔耶？"秋华颦蹙，不作一语。生暂解衣为质，妪持笑曰："此尚不能偿酒直耳。"呶呶不满志，与女俱入。生惭，移时，犹冀女出展别，再订前约，候久无音，潜入窥之，见妪与女自肩以上化为牛鬼，目睒睒相对立。大惧，趋出，欲归，则百道歧出，莫知所从，问之市人，并无知其村名者。徘徊廛肆之间，历两昏晓，凄意含酸，响肠鸣饿，进退无以自决。忽秀才过，望见之，惊曰："何尚未归，而简亵[24]若此？"生靦颜莫对。秀才曰："有之矣！得勿为花夜叉所迷耶？"遂盛气而往，曰："秋华母子，何遽不少施面目[25]耶！"去少时，即以衣来付生曰："淫婢无礼，已叱骂之矣。"送生至家，乃别而去。生暴绝三日而苏，历历为家人言之。

校注

1　〔刺刺〕形容说话多。详见卷二《白于玉》注。

2 〔致辞〕告辞。辞，别去。

3 〔缓颊〕代人说情。详见卷四《西湖主》注。

4 〔大父行（háng 杭）〕谓祖父辈。大父，祖父。行，行辈。《史记·汲郑列传·郑当时》："年少官薄，然其游知交皆其大父行，天下有名之士也。"

5 〔碣（jié 截）〕圆顶石碑。

6 〔栲栳（kǎolǎo 考老）〕用柳条或竹篾编成的器物，俗称笆斗。这里"绿书大于栲栳"，意为字有笆斗大。

7 〔躇阶而进〕谓匆忙地跨上台阶。躇，超越，不按顺序而进。

8 〔"曰校"句〕校、序、庠都是古代的教育机关，含有学校意义的乡学。夏代称"校"，殷代称"序"，周代称"庠"。见《孟子·滕文公上》。德行，谓道德品行。阴教化，意谓阴间学校都重视德行的教化。教化，谓政教风化。《诗经·周南·关雎序》："先王以是经夫妇，成孝敬，厚人伦，美教化，移风俗。"

9 〔上士、中士、下士〕本是周代的官名，此指各类的读书人。《老子》第四十一章："上士闻道，勤而行之；中士闻道，若存若亡；下士闻道，大笑之。"

10 〔一堂礼乐鬼门生〕谓这一堂学习礼、乐的都是鬼王的门生。礼乐，礼和乐为古代主要教育课程。《礼记·王制》："春秋教以礼乐，冬夏教以诗书。"

11 〔撩天〕朝天。

12 〔主簿吏〕主管文书的官吏。

13 〔山精〕传说中的山间怪兽。《淮南子·汜论》："山出枭阳。"汉高诱注："枭阳，山精也。人形，长大，面黑色，身有毛，足反踵，见人而笑。"

14 〔问兴居〕问好。详见卷五《刘亮采》注。

15 〔交臂历指〕交臂，谓把两手放于背后捆绑起来。历指，历，同"枥"，即"枥櫪"，为古代拶指的一种刑具。《庄子·天地》："睆睆然在墨缴之中而自以为得；则是罪人交臂历指，而虎豹在于囊槛，亦可以为得矣。"

16 〔在徽纆（mò 墨）中〕谓都在捆绑中。徽，为三股绞在一起的绳索。纆，为二股绞在一起的绳索。《周易 · 坎》："系用徽纆，寘于丛棘，三岁不得。"

17 〔嗄（shà 唼）〕嗓音嘶哑。《老子》第五十五："终日号而不嗄，和之至也。"

18 〔跻（qiāo 敲）履〕同"跻足"，踮起脚跟行走。《汉书 · 高帝纪下》："大臣内畔，诸侯外反，亡可跻足待也。"跻，同"跷"。

19 〔蓝蔚苍苍〕指苍苍的蓝天。

20 〔方坐〕端坐。

21 〔感荷殷殷〕感激之情意殷切。感荷，感激、承受。鲍照《侍郎上疏》："忧愧增灼，不胜感荷屏营之情。"

22 〔署券保〕写下保证偿还的字据。

23 〔夜度娘〕指妓女。《乐府诗集 · 夜度娘》，题解引《古今乐录》："夜度娘，倚歌也。"辞曰："夜来冒霜雪，晨去履风波。虽得叙微情，奈侬身苦何。"后称娼妓为夜度娘。

24 〔简亵〕衣着不整。简，简慢。亵，不庄重。

25 〔少施面目〕谓稍微留点情面的意思。

大 人

长山李孝廉质君[1]诣青州，途中遇六七人，语音类燕，审视两颊，俱有瘢，大如钱，异之，因问何病之同。客自述：旧岁客云南，日暮失道，入大山中，绝壑巉岩，不可得出。谷中有大树一章，条数尺，绵绵下垂，荫广亩余，诸客计无所之，因共系马解装，傍树栖止。夜既深，虎豹鸮鸱，次第嗥动，诸客抱膝相向，不能寐。忽见一大人来，高以丈计。客团伏，莫敢息。大人至，以手攫马而食，六七匹顷刻都尽，既而折树上长条，捉人首穿腮，如贯鱼状，贯讫，提行数步，条毳[2]折有声。大人似恐坠落，乃屈条之两端，压以巨石而去。客觉其去远，出佩刀自断贯条，负痛疾走，见大人又导一人俱来，客惧，伏丛莽中。见后来者更巨，至树下，往来巡视，似有所求而不得，已乃声啁啾，似巨鸟鸣，意甚怒，盖怒大人之绐己也，因以掌批其颊，大人伛偻顺受，无敢少争，俄而俱去。诸客始仓皇出，荒窜良久，遥见岭头有灯火，群趋之，至则一男子居石室中。客人环拜，兼告所苦。男子曳令坐，曰：“此物殊可恨，然我亦不能箝制[3]。待舍妹归，可与谋也。”居无何，一女子荷两虎自外入，问客何得至此，诸客叩伏而告以故。女子曰：“久知两个为孽，不图凶顽若此！当即除之。”于石室中出铜锤，重三四百斤，出门遂逝。男子煮虎肉饷客，肉未熟，女子已返，曰：“彼见我欲遁，追之数十里，断其一指而还。”因以指掷地，大于胫骨焉。众骇极，问其姓氏，即亦不言。少间，肉熟，客创痛不食，女以药屑遍糁[4]之，痛顿止。既明，女子送客至树下，行李俱在。各负装行十余里，经昨夜斗处，女子指示之，石洼中残血尚存盆许。出山，女子始别而返。

校注

1 〔长山李孝廉质君〕名斯义，字质君，号静庵，长山（今山东省邹平县）人。据《长山县志》记载：李质君天质颖异，叔祖司寇公深器重之。康熙二十年辛酉（1681）山东乡试第二名，康熙二十七年戊辰（1688）进士第五名。历官太常寺少卿、大理寺卿、左都御史，官至福建巡抚。《清史稿》、《山东通志》皆有传。此称孝廉当为通籍之前事。

2 〔毳（cuì脆）〕通“脆”。

3 〔箝制〕亦作“钳制”。谓约束。

4 〔糁（sǎn）〕碎米粒屑，泛指粒状物。此指撒药屑于患处。

向杲

向杲，字初旦，太原人，与庶兄[1]晟，友于最敦[2]。晟狎一妓，名波斯，有割臂之盟[3]，以其母取直奢，所约不遂。适其母欲出籍为良[4]，愿先遣波斯。有庄公子者，素善波斯，请赎为妾。波斯谓母曰："既愿同离水火[5]，是欲出地狱而登天堂也。若妾媵之，相去几何矣！肯从奴志，向生其可。"母诺之，以意达晟。时晟丧偶未婚，喜，竭资聘波斯以归。庄闻，怒晟之夺所好也，途中偶逢，大加诟骂，晟不服，遂嗾从人折箠笞之[6]，垂毙乃去。杲闻奔视，则兄已死，不胜哀愤，具造赴郡[7]。庄广行贿赂，使其理不得伸。杲隐忿中结，莫可控诉，惟思要路刺杀庄，日怀利刃，伏于山径之莽，久之，机渐泄。庄知其谋，出则戒备甚严，闻汾州有焦桐者，勇而善射，以多金聘为卫。杲无计所施，然犹日伺之。

一日，方伏，雨暴作，上下沾濡，寒战颇苦，既而烈风四塞[8]，冰雹继至，身忽忽然痛痒不能复觉。岭上旧有山神祠，强起奔赴，既入庙，则所识道士在焉。先是，道士尝行乞村中，呆辄饭之，道士以故识呆，见呆衣服濡湿，乃以布袍授之，曰："姑易此。"呆易衣，忍冻蹲若犬，自视，则毛革顿生，身化为虎，道士已失所在。心中惊恨，转念得仇人而食其肉，计亦良得。下至旧伏处，见己尸卧丛莽中，始悟前身已死，犹恐葬于乌鸢[9]，时时逻守之。越日，庄始经此，虎暴出，于马上扑庄落，龁其首，咽之。焦桐返马而射，中虎腹，蹶然遂毙。呆在错楚[10]中，恍若梦醒，又经宵，始能行步，厌厌[11]以归。家人以其连夕不返，方共骇疑，见之，喜相慰问。呆但卧，蹇涩[12]不能语。少间，闻庄信，争即床头庆告之。呆乃自言："虎即我也。"遂述其异，由此传播。庄子痛父之死也惨，闻而恶之，因讼呆。官以其事诞而无据，置不理焉。

异史氏曰："壮士志酬，必不生返[13]，此千古所悼恨也。借人之杀以为生[14]，仙人之术何神哉！然天下事之指人发[15]者多矣。使怨者常为人，恨不令暂作虎！"

校注

1 〔庶兄〕指父妾所生之兄长。古代宗法制度将父之妾称为"庶母"。此与"嫡"相对。

2 〔友于最敦〕谓兄弟间情谊最为深厚。友于，称兄弟友爱。详见卷四《伍秋月》注。

3 〔割臂之盟〕《左传·庄公三十二年》：“初，公筑台临党氏，见孟任，从之，閟，而以夫人许之，割臂盟公。”后称男女秘密自订婚约为割臂盟。

4 〔其母欲出籍为良〕谓妓院的鸨母要脱离乐籍，出籍嫁人。母，指妓院鸨母。出籍为良，旧时妓女隶属乐籍，出籍嫁人，称为良。为良，亦称“从良”。宋王辟之《渑水燕谈录》十：“子瞻（苏轼）通判钱塘，尝权领州事。新太守至，营妓陈状词以年乞出籍从良。”

5 〔水火〕比喻所处环境，如在水火中。此指妓女妓院中的生活，下文中“地狱”意同。

6 〔折箠笞之〕谓用折断之短杖抽打。箠，策马杖。《后汉书·邓禹传》：“吾折棰笞之，非诸将忧也。”箠，同“棰”。王念孙《读书杂志·汉隶拾遗·武梁石室画像三石》：“棰与‘箠’同。”

7 〔具造赴郡〕谓写好状词到郡城告状。具造，备齐控告材料。造，指兴讼。此指讼词。

8 〔烈风四塞〕谓暴风满布。烈风，暴风。四塞，布满。《文选·司马相如〈封禅文〉》：“旁魄四塞，云尃雾散。”

9 〔葬于乌鸢〕谓被乌鸢将尸体食掉。鸢，老鹰。

10 〔错楚〕灌木丛。《诗经·周南·汉广》：“翘翘错薪，言刈其楚。”

11 〔厌厌〕谓精神疲惫的样子。《世说新语·品藻》：“曹蜍、李志虽见在，厌厌如九泉下人。”

12 〔蹇涩〕艰难，迟滞。详见卷一《珠儿》注。

13 〔壮士志酬，必不生返〕此壮士指刺客。《史记·刺客列传》：“风萧萧兮易水寒，壮士一去兮不复还。”

14 〔借人之杀以为生〕谓借焦桐之杀虎，而使向杲得以复活。

15 〔指人发〕谓头发上指，形容愤怒至极。《史记·刺客列传》：“士皆瞋目，发尽上指冠。”

周 三

泰安张太华，富吏也，家有狐扰，不可堪，遣制罔效[1]。陈其状于州尹[2]，尹亦不能为力。时州之东亦有狐，居村民家，人共见之，一白发叟云。叟与居人通吊问[3]，一如世人礼。自言行二，都呼之胡二爷。适有诸生谒尹，间道其异。尹为吏策[4]，使往问叟。时东村人有作隶者[5]，吏访之，果不诬，便与俱往，即隶家设筵招胡。胡至，揖让酬酢，无异常人。吏因告以所求，胡言："我固悉之，但不能为君效力。仆友人周三，侨居岳庙[6]，宜可降伏，当代求之。"吏喜，欠抑申谢。胡临别，与吏约，明日张筵于岳庙之东，吏如其教。胡果导周至。周虬髯铁面，服裤褶[7]，饮数行，向吏曰："适胡二弟致尊意，事已尽悉。但此辈实繁有徒[8]，不可善谕，难免用武。请即假馆君家，微劳所不敢辞。"吏闻之，自念：去一狐，得一狐，是以暴易暴[9]也。游移[10]不敢即应。周已知之，曰："得勿畏也？我非他比，且与君有喜缘，请勿疑。"吏诺之。周又嘱："明日偕家人阖户坐室中，幸勿哗。"吏即归，悉听教言，俄闻庭中，攻击刺斗之声，逾时始定，启关出视，血点点盈阶上，墀中有小狐首数枚，大如碗盏焉。又视所除舍，则周危坐其中，拱手笑曰：“蒙重托，妖类已荡灭矣！”自是馆于其家，相见如主客焉。

校注

1 〔遣制罔效〕指道士、巫师以符咒驱遣与钳制之法术无效果。

2 〔州尹〕指一州的长官，即知州。

3 〔通吊问〕指有礼仪的交往。吊问，谓吊祭死者，慰问其家属。《汉书·萧望之传》：“宜遣使吊问，辅其微弱，救其灾患，四夷闻之，咸贵中国之仁义。”

4 〔策〕策划，谋划。

5 〔作隶者〕指在官府中做衙役的人。

6 〔岳庙〕指泰山东岳庙，即岱庙，位于泰山脚下，奉祀东岳大帝之所。

7 〔裤褶（xí 习）〕服装名。上穿褶，下着裤，外不加裘裳，故称。名起于汉末，始为骑服。盛行于南北朝，亦用做常服、朝服。唐末渐废。《晋书·杨济传》：“济有才艺，尝从武帝校猎北芒下，与侍中王济俱著布袴褶，骑马执角弓在辇前。”裤，同“袴”。

8 〔实繁有徒〕谓确实有很多党羽。徒，指众党羽。

9 〔以暴易暴〕谓以凶暴代替凶暴。《史记·伯夷列传》：“武王已平殷乱，天下宗周，而伯夷叔齐耻之，义不食周粟，隐于首阳山，采薇而食之。及饿且死，作歌，其辞曰：登彼西山兮，采其薇矣。以暴易暴兮，不知其非矣。”

10 〔游移〕迟疑不决。明沈德符《敝帚轩剩语·胡元瑞论缠足》：“一人持论，尚游疑无定见乃尔，何以驳正前人耶！”

鸽异

鸽类甚繁，晋[1]有坤星，鲁[2]有鹤秀，黔[3]有腋蝶，梁[4]有翻跳，越[5]有诸尖：皆异种也。又有靴头、点子、大白、黑石、夫妇雀、花狗眼之类，名不可屈以指，惟好事者能辨之也。邹平张公子幼量，癖好之，按经[6]而求，务尽其种。其养之也，如保婴儿，冷则疗以粉草[7]，热则投以盐颗。鸽善睡，睡太甚，有病麻痹而死者。张在广陵[8]，以十金购一鸽，体最小，善走，置地上，盘旋无已时，不至于死不休也，故常须人把握之，夜置群中使惊诸鸽，可以免痹股之病，是名“夜游”。齐鲁[9]养鸽家，无如公子最，公子亦以鸽自诩。

一夜，坐斋中，忽一白衣少年叩扉入，殊不相识，问之，答曰：“漂泊之人，姓名何足道。遥闻畜鸽最盛，此生平之所好也，愿得寓目。”张乃尽出所有，五色俱备，灿若云锦。少年笑曰：“人言果不虚，公子可谓尽养鸽之能事矣。仆亦携有一两头，颇愿观之否?”张喜，从少年去，月色冥漠[10]，野圹[11]萧条，心窃疑惧。少年指曰：

"请勉行，寓屋不远矣。"又数武，见一道院，仅两楹，少年握手入，昧无灯火。少年立庭中，口中作鸽鸣，忽有两鸽出：状类常鸽，而毛纯白，飞与檐齐，且鸣且斗，每一扑，必作斤斗。少年挥之以肱，连翼而去。复撮口作异声，又有两鸽出：大者如鹜[12]，小者裁如拳，集阶上，学鹤舞。大者延颈立，张翼作屏，宛转鸣跳，若引之，小者上下飞鸣，时集其顶，翼翩翩如燕子落蒲叶上，声细碎，类鼗鼓[13]，大者伸颈不敢动，鸣愈急，声变如磬，两两相和，间杂中节[14]。既而小者飞起，大者又颠倒引呼之。张嘉叹不已，自觉望洋可愧[15]，遂揖少年，乞求分爱，少年不许。又固求之，少年乃叱鸽去，仍作前声，招二白鸽来，以手把之，曰："如不嫌憎，以此塞责。"接而玩之：睛映月作琥珀色，两目通透，若无隔阂，中黑珠圆于椒粒，启其翼，胁肉晶莹，脏腑可数。张甚奇之，而意犹未足，诡求[16]不已。少年曰："尚有两种未献，今不敢复请观矣。"方竞论间，家人燎麻炬[17]入寻主人，回视少年，化白鸽，大如鸡，冲霄而去。又目前院宇都渺，盖一小墓，树二柏焉。与家人抱鸽，骇叹而归。试使飞，驯异如初，虽非其尤，人世亦绝少矣，于是爱惜臻至。积二年，育雌雄各三，虽戚好求之，不得也。

有父执[18]某公，为贵官，一日，见公子，问："畜鸽几许？"公子唯唯以退，疑其意爱好之也，思所以报而割爱良难，又念长者之求，不可重拂，且不敢以常鸽应，选二白鸽，笼送之，自以千金之赠不啻也。他日见某公，颇有德色，而某殊无一申谢语，心不能忍，问：“前禽佳否？”答云：“亦肥美。”张惊曰：“烹之乎？”曰：“然。”张大惊曰：“此非常鸽，乃俗所言‘鞑靼[19]’者也！”某回思曰：“味亦殊无异处。”张叹恨而返。至夜，梦白衣少年至，责之曰：“我以君能爱之，故遂托以子孙。何以明珠暗投[20]，致残鼎镬[21]！今率儿辈去矣。”言已，化为鸽，所养白鸽皆从之，飞鸣径去。天明视之，果俱亡矣。心甚恨之，遂以所畜，分赠知交，数日而尽。

异史氏曰：“物莫不聚于所好，诚然也。叶公好龙，则真龙入室[22]，而况学士之于良友，贤君之于良臣乎？而独阿堵之物，好者更多，而聚者特少，亦以见鬼神之怒贪而不怒痴也。”

向有友人馈朱鲫[23]于孙公子禹年[24]，家无慧仆，以老佣往。及门，倾水出鱼，索柈而进之。迨达主所，鱼已枯毙。公子但笑不言，以酒犒佣，即烹鱼以飨。既归，主人问：“公子得鱼颇欢慰否？”答曰：“欢甚。”问：“何以知？”曰：“公子见鱼便欣然有笑容，立命赐酒，且烹数尾以犒小人。”主人骇甚，自念所赠，颇不粗劣，何至烹赐下人，因责之曰：“必汝蠢顽无礼，故公子迁怒耳。”佣扬手力辨曰：“我固陋拙，遂以为非人[25]也！登公子门，小心如许，犹恐筲斗[26]不文，敬索柈出，一一匀排而后进之，有何不周详也？”主人骂而遣之。

鴿異
撮口何人作
異觀
連翩雙鴿鬭
飛鳴
雁門食雁真
堪歎
不惜珍禽付
鼎烹

灵隐寺[27]僧某，以茶得名，铛臼[28]皆精，然所蓄茶有数等，恒视客之贵贱以为烹献，其最上者，非贵客及知味者，不一奉也。一日，有贵官至，僧伏谒甚恭，出佳茶，手自烹进，冀得称雀，而贵官殊无一语。僧惑甚，又出最上一等，细细烹煎而后进之，饮已将尽，犹无赞语。急不能待，鞠躬曰："茶何如？"贵官执盏一拱曰："甚热。"此两事，可与张公子之赠鸽同一笑也。

校注

1 〔晋〕春秋诸侯国名。周成王封弟叔虞于尧之故墟唐，南有晋水，至叔虞子燮父改国号晋。故址在今山西省、河北省南部、陕西省中部及河南省西北部。现以晋为山西省简称。下文中坤星、鹤秀、腋蝶、翻跳、诸尖、靴头、点子、大白、黑石、夫妇雀、花狗眼等皆为鸽子品种名。

2 〔鲁〕春秋时鲁国故地，秦汉以后仍沿称这些地区为鲁。今为山东省的简称。

3 〔黔〕贵州省古为黔中地，战国及秦代为黔中郡，唐为黔中道，故名。

4 〔梁〕春秋周邑，后属楚，在河南临汝县境。《左传·哀公四年》："（楚）为一昔之期，袭梁及霍。"杨伯峻注："梁在今河南临汝县西……霍在梁之西南。"

5 〔越〕古国名。建都会稽（今浙江绍兴），春秋兴起，战国灭于楚。亦代称浙江或浙东地区。

6 〔经〕指《鸽经》。据《檀几丛书》载邹平张万钟著有《鸽经》。关于《鸽经》及其作者，请参看上海《中文自学指》97.6，匡中《〈鸽经〉》的作者及与王士祯、蒲松龄的关系》一文。

7 〔粉草〕指中药甘草所剉之粉。

8 〔广陵〕今江苏省扬州市。详见卷二《庚娘》注。

9 〔齐鲁〕古代齐国与鲁国在今山东境内，故以齐鲁指代山东省。

10 〔冥漠〕模糊。此指昏暗不明。《文选·陆机〈吊魏武帝文〉》："悼繐帐之冥漠，怨西陵之茫茫。"

11 〔野圹〕谓郊野。孟浩然《宿建德江》："野旷天低树，江清月近人。"圹，同"旷"。

12 〔鹜（wù 勿）〕鸭。《尔雅·释鸟》："舒凫鹜。"疏："野曰凫，家曰鹜。"

13 〔鼗（táo 萄）鼓〕长柄的摇鼓，俗称"拨浪鼓"。《周礼·春官·小师》："掌教鼓、鼗……"注："鼗，如鼓而小，持其柄摇之，旁耳还自击。"

14 〔间杂中节〕谓抑扬有致，合于节拍。间，顿挫。杂，错杂。

15 〔望洋可愧〕谓开了眼界之后，感到自己渺小。望洋，即"望洋兴叹"，典出《庄子·秋水》。详见卷四《仙人岛》注。

16 〔诡求〕谓不择手段地要求。《后汉书·独行传·陈重》："有同署郎负息钱数十万，责（债）主日至，诡求无已。"诡，据二十四卷本，原抄本作"跪"。

17 〔燎麻炬〕点燃着火把。燎，点燃。麻炬，是束麻秸做成火把。

18 〔父执〕父亲的友辈。《礼记·曲礼上》："见父之执，不谓之进，不敢进；不谓之退，不敢退；不问，不敢对。"

19 〔靼鞑〕疑作"鞑靼"。蒙古族的别称。此指鸽子的一个品种，产于鞑靼者。

20 〔明珠暗投〕《史记·鲁仲连邹阳列传》："臣闻明月之珠，夜光之璧，以暗投人于道路，人无不按剑相眄者。何则？无因而至前也。"以后即以"明珠暗投"喻怀才不遇。

21 〔致残鼎镬（huò 祸）〕以致惨死于油锅之中。详见卷一《续黄粱》“鼎镬”注。

22 〔“叶公好龙”二句〕汉刘向《新序·杂事五》：“叶公子高好龙，钩以写龙，凿以写龙，屋室雕文以写龙。于是天龙闻而下之，窥头于牖，施尾于堂。叶公见之，弃而还走，失其魂魄，五色无主。是叶公非好龙也，好夫似龙非龙者也。”后因以“叶公好龙”比喻表面上爱好某事物，实际上并不爱好。

23 〔朱鲫〕即供玩赏的金鱼。

24 〔孙公子禹年〕名琰龄，山东淄川人。拔贡生，定州同知。清顺治间兵部尚书孙之獬子，通政司孙珀龄弟。见《淄川县志》。

25 〔非人〕谓不懂世事的人。

26 〔筲（shāo 稍）斗〕亦称“斗筲”。筲，古时盛饭的竹器。

27 〔灵隐寺〕佛寺名。在杭州西湖北灵隐山麓，东晋咸和元年（326）建。

28 〔铛（chēng 撑）臼〕制茶用具。

聂政

怀庆潞王[1]，有昏德[2]，时行民间，窥见好女子，辄夺之。有王生妻，为王所睹，遣舆马直入其第，女子号泣不伏，强舁而出。王亡去，隐身聂政[3]之墓，冀妻经此过，得一遥诀。无何，妻至，望见夫，大哭投地。王恻动心怀，不觉失声。从人知其王生，执之，将加搒掠。忽墓中一丈夫[4]出，手握白刃，气象威猛，厉声曰："我聂政也！良家子[5]岂容强占！念汝辈非所自由，姑且宥恕。寄语无道主：若不改行，不日将决其首[6]！"众大骇，弃车而走，丈夫亦入墓中而没。夫妻叩墓归，犹惧王命复临，过十余日，竟无消息，心始安。王自此淫威亦少杀[7]云。

异史氏曰："余读《刺客传》[8]，而独服膺[9]于轵深井里[10]也：其锐身而报知己，有豫之义[11]；白昼而屠卿相，有鱄之勇[12]；皮面自刑，不累骨肉[13]，有曹之智[14]。至于荆轲[15]，力不足以谋无道秦，遂使绝裾而去，自取灭亡，轻借樊将军之头，何日可能还也？此千古之所恨，而聂

聶政
矦門一入悵分離悲慟
曾無計可施白丹凛
然墓中出神威想
見刺韓特

政之所嗤者矣。闻之野史：其坟见掘于羊、左[16]之鬼。果尔，则生不成名，死犹丧义，其视聂之抱义愤而惩荒淫者，为人之贤不肖何如哉？噫！聂之贤，于此益信。”

校注

1 〔怀庆潞王〕怀庆，明清府名，治所在今河南省沁阳县。潞王，指明穆宗朱载垕第四子朱翊镠，封简王，明万历十七年（1589）之藩卫辉。怀庆府亦在其封疆之内。

2 〔昏德〕昏乱而无仁德。《尚书·仲虺之诰》：“有夏昏德，民坠涂炭。”

3 〔聂政〕战国时刺客。其传见载于《史记·刺客列传》。聂政，战国轵（今河南济源县南）深井里人。杀人避仇，与母、姊至如齐，以屠为事。濮阳严仲子（遂）事韩哀侯，与韩相侠累（韩隗）有隙。恐侠累害已，逃去，求可以报侠累者。仲子至齐，闻聂政名，乃奉黄金百镒，为聂政母寿，并言报仇事。聂政曰：“臣所以降志辱身，居市井屠者，徒幸而养老母。老母在，政身未敢以许人也。”久之，聂政母死，既葬除服，遂西至濮，见严仲子，辞独行。仗剑至韩，韩适有东孟之会，韩王及相皆在焉。持兵戟而卫者甚众。聂政直入上阶，刺杀侠累。左右大乱，聂政大呼，所杀数十人。因自皮面抉眼，自屠出肠以死。尸暴于市，无人知为谁者。又见《战国策·韩策二》。

4 〔丈夫〕指男子。

5 〔良家子〕谓清白家的女子。

6 〔决其首〕谓砍掉头。

7 〔少杀〕此指稍减其淫威。

8 〔《刺客传》〕指汉朝司马迁《史记·刺客列传》中载刺客曹沫、专诸、豫让、聂政和荆轲等五人的事迹。

9 〔服膺〕衷心信服。《礼记·中庸》:“得一善，则拳拳服膺而弗失之矣。”朱熹集注:“服，犹著也。膺，胸也。奉持而著之心胸之间，言能守也。”此处是衷心佩服的意思。

10 〔轵（zhǐ 枳）深井里〕轵，邑名。深井，里名。此以地名指代聂政。

11 〔有豫之义〕谓豫让终为知己者死之义气。详见卷二《商三官》注。

12 〔鱄（zhuān 专）之勇〕即鱄诸，亦作“专诸”，春秋吴国刺客。吴堂邑人也。楚人伍子胥避难于吴，事公子光（即后来的吴王阖闾），伍子胥知公子光之欲杀吴王僚，乃荐专诸于公子光。四月丙子，光伏甲士于窟室中，而具酒请王僚。王僚使兵陈自宫至光之家。门户阶陛左右，皆王僚之亲戚也，夹立侍，皆持长铍。酒既酣，公子光佯为足疾，入窟室中，使专诸置匕首于鱼腹炙之而进之。既至王前，专诸擘鱼，因以匕首刺王僚，王僚立死。左右亦杀专诸，王人扰乱。公子光出其伏甲以攻王僚之徒，尽灭其党，遂自立为王，是为阖闾。见《史记·刺客列传》。

13 〔皮面自刑，不累骨肉〕谓聂政自杀前自己毁坏面容，不致连累其姊。

14 〔曹之智〕谓曹沫之智。曹沫，鲁国人，以勇力事鲁庄公。与齐战，三败北。鲁庄公献地以和，犹复以为将。齐桓公与鲁会于柯，桓公与鲁庄公既盟于坛上。曹沫执匕首劫齐桓公，左右莫敢动。曹沫曰:“齐强鲁弱，而大国侵鲁亦甚矣。今鲁城坏即压齐境，君其图之。”桓公乃许尽归所侵之地。曹沫乃投其匕首，下坛，北面就群臣之位，颜色不变，辞令如故。见《史记·刺客列传》。

15 〔荆轲〕战国末期卫人，居燕，燕人谓之荆卿。会燕太子丹质秦亡归燕，求为报秦王者。秦将樊於（wū 乌）期得罪秦王，亡之燕，太子舍之。太子因田光得交荆轲，于是尊轲为上卿，舍上舍。轲曰："诚得樊将军首与燕督亢之地图奉献秦王，秦王必悦见臣，臣乃得有以报。"乃遂私见樊於期，樊於期遂自刭。于是太子豫求天下之利匕首，以药焠之，以试人，血濡缕无不立死者。乃遣荆轲。至秦，秦王见燕使者于咸阳宫。荆轲取图奏之，秦王发图，图穷而匕首见。因左手把秦王之袖，而右手持匕首揕之，未至身。秦王惊，自引而起，袖绝。秦王环柱而走，遂拔负剑以击荆轲，于是左右前杀轲。见《史记·刺客列传》。

16 〔羊、左〕指战国时羊角哀、左伯桃。羊、左故事见于《后汉书·申屠刚传》李贤注引《烈士传》："羊角哀、左伯桃二人为死友，欲仕于楚，道阻，遇雨雪，不得行。饥寒，自度不俱生。伯桃谓角哀曰：'俱死之后，骸骨莫收；内手扪心，知不如子，生恐无益，而弃子之能。我乐在树中。'角哀听之，伯桃入树中而死。楚平王爱角哀之贤，以上卿礼葬伯桃。角哀梦伯桃曰：'蒙子之恩而获厚葬，正苦于荆将军冢相近，今月十五日，当大战以决胜负。'角哀至期日，陈兵马诣其冢，作三桐人，自杀，下而从之。此殁身不负然诺之信也。"其后有人据《烈士传》的记载，铺陈敷演，多所增饰。《关中流寓志》谓："角哀至楚为中大夫，（楚元）王备礼葬伯桃。角哀归，夜梦见伯桃言：'坟地与荆轲墓相近，计欲相仇。必束草为人，手执器械，焚于墓前。'角哀从之。夜复见伯桃来言曰：'所焚之人不得其用，荆轲凶暴，又有高渐离为助，不久尸出墓矣。'角哀遂自刎而死。乡老葬于伯桃墓前。至夜，风雨大作，雷电交加，战斗之声闻数十里。天明视之，荆轲墓开，白骨散于墓前。"

冷 生

平城[1]冷生者，少最钝，年二十余，未能通一经。后忽有狐来，与之燕处[2]，每闻其终夜语，即兄弟诘之，亦不肯泄。如是多日，忽得狂易病[3]：每为文时，得题，则闭门枯坐[4]；少时，哗然大笑。往窥之，则手不停草，而一艺[5]成矣。既而脱稿，文思精妙。是年入泮，明年食饩。每逢场作笑[6]，响彻堂壁，由此"笑生"之名大噪。幸学使退休，不闻。后值某学使规矩严肃，终日危坐堂上，忽闻笑声，怒执之，将以加责。执事官代白其颠，学使怒稍息，释之，而黜其名[7]，从此佯狂诗酒。著有《颠草》四卷，超拔可诵。

异史氏曰："闭门一笑，与佛家顿悟[8]时何殊间哉！大笑成文，亦一快事，何至以此褫革[9]？如此主司，宁非悠悠[10]！"

昔学师孙景夏先生，往访友人，至其窗外，不闻人语，但闻笑声嗤然，顷刻数作，意其与人戏耳。入视，则居之独也，怪之，始大笑曰："适无事，默熟笑谈[11]耳。"

邑宫生者，家畜一驴，性蹇劣。每途中逢徒行之客，拱手谢曰："适忙遽，不遑下骑，勿罪！"言未已，驴已蹶然伏道上，屡试不爽。宫大惭恨，因与妻谋，使伪作客，自乃跨驴而周于庭，向妻拱手，作遇客语。驴果伏，便以利锥毒刺之。适有友人相访，方欲款关，闻宫言于内曰："不遑下骑，勿罪！"少顷，又言之，中[12]大怪异。叩扉而问其故，以实告，相与捧腹。

此二则，可附冷生之笑以传矣。

校注

1 〔平城〕古县名。汉置，北魏废，故址在今山西大同市东北。

2 〔燕处〕谓友好的相处。

3 〔狂易病〕谓精神失常。《汉书·冯昭仪传》："（张）由素有狂易病，病发怒去，西归长安。"注："狂易者，狂而变易常性也。"

4 〔枯坐〕默坐，呆坐。明杨慎《格物说》："释氏则如筑暗室而枯坐其中，尘虽隔而明亦窒矣。"

5 〔一艺〕谓一篇制艺文章（即八股文）。

6 〔逢场作笑〕谓每于考场中作大声笑。

7 〔黜其名〕谓除掉其生员的名籍。

8 〔顿悟〕佛教语。谓不假时间和阶次，直接悟入真理。晋宋间已有道生立顿悟义，后为"直指人心，顿悟成佛"之旨，禅宗南宗更主其说。与"渐悟"、"渐修"相对。

9 〔褫（chǐ 齿）革〕谓生员被褫夺衣衿、革除功名。详见卷二《红玉》注。

10 〔悠悠〕荒谬。《晋书·王导传》："悠悠之谈，宜绝智者之口。"

11 〔默熟笑谈〕谓独自默念记忆中的趣谈。

12 〔中〕心中。

狐惩淫

某生者，购新第，常患狐，凡一切服物，多为所毁，又时以尘土置汤饵中。一日，有友过访，值生他适，至暮不归。生妻备馔具供客，已而偕婢啜食余饵。生素不羁，好蓄媚药[1]，不知何时狐以药置粥中，妇食之，觉有脑麝气，问婢，婢答不知。食讫，觉欲焰上炽，不可暂忍，强自按抑，燥渴愈急，筹思家中无可奔者，独有客在，遂往叩斋。客问其谁，实告之，问何作，不答，客谢曰："我与若夫道义交[2]，不敢为此兽行。"妇尚留连，客叱骂曰："某兄文章品行，被汝丧尽矣！"隔窗唾之。妇大惭，乃退，因自念：我何为若此？忽忆碗中香，得毋媚药耶？检包中药裹，狼藉满案，盎盏中皆是也。稔知冷水可解，因就饮之，顷刻心下清醒，愧耻无以自容，辗转既久，更漏已残，愈恐天晓无以见人，乃解带自经。婢觉救之，气已渐绝，辰后[3]始有微息。客夜间已遁。生晡后[4]方归，见妻卧，问之，不言，但含清涕，婢以状告，大惊，苦诘之，妻遣婢去，始以实陈。生叹曰："此我之淫报也，于卿何尤？幸有良友，不然，何以为人！”遂从此痛饬往行，狐亦遂绝。

异史氏曰：“居家者相戒勿蓄砒鸩，从无有相戒不蓄媚药者，亦犹人之畏[5]兵刃而狎床笫也。宁知其毒有甚于砒鸩者哉！顾蓄之不过以媚内耳，乃至见嫉于鬼神，况人之纵淫有过于蓄药者乎？”

某生赴试，自郡中归，日已暮，携有莲实菱藕，入室，并置几上。又有藤津伪器一事，水浸盎中。诸邻人以其新归，携酒登堂，生仓促置床下而出，令内子经营供馔，与客薄饮，饮已入内，急烛床下，盎水已空。问妇。妇曰：“适与菱藕并出供客，何尚寻也？”生回忆肴中有黑条杂错，举座不知何物，乃失笑曰：“痴婆子！此何物事，可供客耶？”妇亦疑曰：“我乃怨子不言烹法，其状可丑，又不知何名，只得糊涂脔切耳。”生乃告之，相与大笑。今某生贵矣，相狎者犹以为戏。

校注

1 〔媚药〕亦名“春药”。一种促进性欲的药剂。

2 〔道义交〕谓以道德与正义交结的朋友。明李贽《与周贵卿书》：“仆与先公正所谓道义之交者。”

3 〔辰后〕即辰刻以后。辰，上午七时至九时。

4 〔晡后〕申时以后。约当黄昏之时。

5 〔畏〕据康熙抄本，原抄本作“异”。

江 城

临江[1]高生，名蕃，少慧，仪容秀美，十四岁入邑庠。富室争女之，生选择良苛，屡梗[2]父命。父仲鸿，年六十，止此子，宠惜之，不忍少拂。初，东村有樊公者，授童蒙[3]于市肆，携家僦生屋。翁有女，小字江城，与生同甲[4]，时皆八九岁，两小无猜[5]，日共嬉戏。后翁徙去，积四五年，不复闻问。

一日，生于隘巷中见一女郎，艳美绝俗，从一小鬟[6]，仅六七岁，不敢倾顾，但斜睨之。女停睇，若欲有言，细视之，江城也，顿大惊喜。各无所言，相视呆立，移时始别，两情恋恋。生故以红巾遗地而去，小鬟拾之，喜以授女。女入袖中，易以己巾，伪谓鬟曰："高秀才非他人，勿得讳其遗物，可追还之。"小鬟果追付生，生得巾大喜，归见母，请与论婚，母曰："家无半间屋，南北流寓，何足匹偶？"生言："我自欲之，固当无悔。"母中心摅拒不自决，以商仲鸿，鸿执不可。生闻之闷然，嗌不容粒[7]，母大忧之，谓高曰："樊氏虽贫，亦非狙侩[8]无赖者比。我请过诸其家，倘其女可偶也，即亦何害。”高诺之。母托烧香黑帝[9]祠，诣之，见女明眸秀齿，居然娟好，心大爱悦，遂以金帛厚赠之，实告以意，樊媪谦抑而后受盟。归述其情，生始解颜为笑。逾岁，择吉迎女归，夫妻相得甚欢。而女善怒，反眼若不相识，词舌嘲啁[10]，常常聒于耳。生以爱故，悉含忍之。翁妪稍有所闻，心弗善也，潜责其子，为女所闻，大恚，诟骂弥加。生稍稍反其恶声，女益怒，挞逐出户，阖其扉。生嚼嚼[11]门外，不敢叩关，抱膝宿檐下，女自是视若仇。其初，长跪犹可以解，渐至屈膝无灵，而丈夫益苦矣。翁姑薄让之，女牴牾不可言状。翁姑忿怒，逼令大归[12]。

樊惭惧，浼[13]交好者请于仲鸿，仲鸿不许。年余，生出遇岳，岳把袂邀归其家，谢罪不遑，妆女出见，夫妇相看，不觉恻楚。樊乃沽酒款婿，酬劝甚殷。无何日暮，坚止宿留，扫别榻，使夫妇并寝。既曙辞归，不敢以情告父母，惟掩饰而弥缝之。由此三五日，辄一寄岳家宿，而父母不知也。樊一日自诣仲鸿，初不见，迫而后见之。樊膝行而请，高不承，诿诸其子，樊言：“婿昨夜宿仆家，不闻有异言。”高惊问：“何时寄宿？”樊具以告。高赧谢曰：“我固不之知耳。彼爱之，我独何仇乎？”樊既去，高呼子而骂，生但俯首，不少出气。言间，樊已送女至。高曰：“我不能为儿女任过，不如各有门户，即烦主析爨[14]之盟。”樊劝之，不听，遂别院居之，遣一婢给役焉。月余，颇相安，翁媪窃慰。未几，女渐肆，生面上时有指爪痕，父母明知之，亦忍置不问。一日，生不堪挞楚，奔避父所，芒芒然[15]如鸟雀之被鹯殴者。翁媪方怪问，女已横梃[16]追入，竟即翁侧捉而棰之，翁姑沸噪，略不顾瞻，挞至数十，始悻悻以去。高逐子曰："我惟避嚣，故析尔。尔固乐此，又焉逃乎？"生被逐，徙倚[17]殊无所归。母恐其挫折行死，令独居而给之食。又招樊来，使教其女。樊入室，开谕万端，女终不听，反以恶言相苦。樊拂衣而行，誓相绝。无何，樊翁愤生病，与妪相继死。女恨之，亦不临吊，惟日隔壁噪骂，故使翁姑闻，高悉置不知。

生自独居，若离汤火，但觉凄寂，暗以金啖媒媪李氏，纳妓斋中，往来皆以夜。久之，女微闻之，诣斋谩骂。生力白其诬，矢以天日，女始归。自此日伺生隙。李媪自斋中出，适为所遭，急呼之，媪神色变异，女益疑，谓媪曰："明告所作，或可宥免，若有隐秘，撮毛[18]尽矣！"媪战而告曰："半月来，惟勾栏李云娘过此两度耳。适公子言，曾于玉笋山[19]见陶家妇，爱其双翘[20]，嘱奴招致之。渠虽不贞，亦未便作夜度娘[21]，成否固未必也。"女以其言诚，姑从宽恕，媪欲行，又强止之。日既昏，呵之曰："可先往灭其烛，便言陶家至矣。"媪如其言，女即遽入，生喜极，挽臂促坐，具道饥渴，女默不语。生暗中索其足，曰："山上一觐仙容，介介[22]独恋是耳。"女终不语。生曰："夙昔之愿，今始得遂，何可觌面而不识也？"躬自促火[23]一照，则江城也，大惧失色，堕烛于地，长跪觳觫，若兵在颈。女摘耳提归，以针刺两股殆遍，乃卧以下床，醒则骂之。生以此畏若虎狼，即偶假以颜色，枕席之上，亦震慑不能为人。女批颊而叱去之，益厌弃不以人齿。生日在兰麝之乡[24]，如犴狴[25]中人，仰狱吏之尊也。

女有两姊，俱适诸生：长姊平善，讷于口，常与女不相洽；二姊适葛氏，为人狡黠善辨，顾影弄姿，貌不及江城，而悍妒与埒[26]。姊妹相逢无他语，惟各以阃威[27]自鸣得意，以故二人最善。生适戚友，女辄嗔怒，惟适葛所，知之不禁也。一日，饮葛所，既醉，葛嘲曰："子何畏之甚？"生笑曰："天下事顾多不解：我之畏，畏其美也，乃有美不及内人，而畏等仆者，惑不滋甚哉？"葛大惭，不能对。婢闻，以告二姊。二姊怒，操杖遽出。生察其凶，跚屣[28]欲走，杖起，已中腰膂，三杖三蹶而不能起。误中颅，血流如沈。二姊去，生蹒跚[29]而归。妻惊问之。初以迕姨故，不敢遽告，再三研诘，始具陈之。女以帛束生首，忿然曰："人家男子，何烦他挞楚耶！"更短袖裳，怀木杵，携婢径去。抵葛家，二姊笑语承迎，女不语，以杵击之，仆，裂裤而痛楚焉。齿落唇缺，遗矢溲便。女既返，二姊羞忿，遣夫赴诉于高，生趋出，极意温恤。葛私语曰："仆此来，不得不尔。悍妇不仁，幸假手而惩创之，我两人何嫌焉。"女已闻之，遽出指骂曰："龌龊贼！妻子亏苦，反窃窃与外人交好！此等男子，不宜打煞耶！"疾呼觅杖。葛大窘，夺门窜去。

生由此往来全无一所。同窗王子雅过之，宛转留饮，饮间以闺阁相谑，颇涉狎亵。女适窥客，伏听尽悉，暗以巴豆[30]投汤中而进之，未几，吐利不可堪，奄存气息。女使婢问之曰："再敢无礼否?"始悟病之所自来，呻吟而哀之，则绿豆汤已储待矣，饮之乃止。从此同人相戒，莫敢饮于其家。王有酤肆，肆中多红梅，设宴招其曹侣[31]，生托文社，禀白而往。日暮，既酣，王生曰："适有南昌名妓，流寓此间，可以呼来共饮。"众大悦，惟生离所兴辞，群曳之曰："阃中耳目虽长，亦听睹不至于此。"因相矢缄口。生乃复坐。少间，妓果出，年十七八，玉珮丁咚，云鬟掠削[32]。问其姓，云："谢氏，小字芳兰。"出词吐气，备极风雅，举座若狂。而芳兰犹属意生，屡以色授[33]，为众所觉，故曳两人连肩坐。芳兰阴把生手，以指书掌作"宿"字。生于此时，欲去不忍，欲留不敢，心如乱丝，不可言喻。而倾头耳语，醉态益狂，榻上胭脂虎[34]，亦并忘之。少选，听更漏已动，肆中酒客愈稀，惟遥座一美少年，对烛独酌，有小僮捧巾侍焉，众窃议其高雅。无何，少年罢饮出门去。僮返身入，向生曰："主人相候一语。"众都不知何谁，惟生颜色惨变，不遑告别，匆匆便去。盖少年乃江城，僮即其家婢也。生从至家，伏受鞭扑，从此益禁锢之，吊庆皆绝。文宗下学[35]，生以误讲降为青。一日，与婢语，女疑与私，以酒坛囊婢首而挞之，已而缚生及婢，以绣剪剪腹间肉互补之，释缚令其自束，月余，补处竟合为一云。女每以白足踏饼抛尘土中，叱生摭食之。如是种种。

母以忆子故，偶至其家，见子柴瘠[36]，既归，痛哭欲死，夜梦一叟告之曰：“勿须忧烦，此是前世因[37]。江城原静业和尚所养长生鼠，公子前身为士人，偶游其寺，误毙之。今作恶报，不可以人力回也。每早起，虔心诵观音咒一百遍，必当有效。”醒而述于仲鸿，异之，夫妻咸遵其教。两月余，女横如故，益之狂纵，闻门外钲鼓，辄握发出，憨然引眺，千人共指不为怪。翁姑共耻之，然不能禁，腹诽而已。忽有老僧在门外宣佛果[38]，观者如堵，僧吹鼓上革作牛鸣，女奔出，见人众无隙，命婢移行床[39]，翘登其上，众目集视之，女如弗觉也者。逾时，僧敷衍[40]将毕，索清水一盂，持向女而宣言曰：“莫要嗔，莫要嗔！前世也非假，今世也非真。咄！鼠子缩头去，勿使猫儿寻。”宣已，吸水噀射[41]女面，粉黛淫淫，下沾襟袖。众大骇，意女暴怒，女殊不语，拭面自归，僧亦遂去。女入室痴坐，嗒然若丧[42]，终日不食，扫榻遽寝。中夜，急唤生醒，生疑其将遗，捧进溺盆，女却之，暗把生臂，曳入衾，生承命，四体惊悚，若奉丹诏[43]。女慨然曰：“使君若此，何以为人！”乃以手抚扪生体，每至刀杖痕，嘤嘤啜泣，辄以指甲自掐，恨不即死。生见其状，意良不忍，所以慰藉之良厚。女曰：“妾思和尚必是菩萨化身，清水一洒，若更肺腑。今回忆曩昔所为，都如隔世。妾向时得毋非人耶？有夫妇而不能欢，有姑嫜[44]而不能事，是

江城
好姻緣是惡姻緣
鼠子相逢宿孽纏
一旦忽歌樛木句
始知佛力竟無邊

诚何心！明日可移家去，仍与父母同居，庶便定省[45]。”絮语终夜，如话十年之别。昧爽即起，折衣敛器，婢携簏，躬襆被，促生前往叩扉。母出骇问，告以意，母迟回[46]有难色，女已偕婢入。母从入，女伏地哀泣，但求免死。母察其意诚，亦泣曰：“吾儿何遽如此？”生为细述前状，始悟曩昔之梦验也。喜唤厮仆，为除旧舍。女自是承颜顺志，过于孝子，见人，则觍如新妇，或戏述往事，则红涨于颊，且勤俭，又善居积，三年，翁姑不问家计，而富称巨万矣。生是岁乡捷[47]。女每谓生曰：“当日一见芳兰，今犹忆之。”生以不受荼毒，愿已至足，妄念所不敢萌，唯唯而已。会以应举入都，数月乃返，入室，见芳兰方与江城对弈，惊而问之，则女以数百金出其籍[48]云。余于浙邸得晤王子雅，言之竟夜甚详。

异史氏曰：“人生业果[49]，饮啄必报，而惟果报之在房中者，如附骨之疽[50]，其毒尤惨。每见天下贤妇十之一，悍妇十之九，亦以见人世之能修善业者少也。观自在[51]愿力宏大，何不将盂中水洒大千世界[52]也？”

校注

1 〔临江〕即临江府，治所在今江西省清江县。

2 〔屡梗〕谓多次违背。屡，多次，常常。

3 〔授童蒙〕谓设帐为初入学的儿童授业。童蒙，指智力未开之儿童。

4 〔同甲〕谓同龄。同龄者其出生之年的甲子必同，故称同甲。宋苏轼《次韵周开祖长官见寄》：“旧游到处皆苍藓，同甲惟君尚黑头。”

5 〔两小无猜〕男女都在童年，在一起嬉戏，不知嫌猜。李白《长干行》：“郎骑竹马来，绕床弄青梅。同居长干里，两小无嫌猜。”

6 〔小鬟〕指小丫鬟。

7 〔嗌（yì益）不容粒〕谓咽喉连一点东西都下不去。嗌，咽喉。《穀梁传·昭公十九年》：“嗌不容粒，未逾年而死。”

8 〔狙侩（jūkuài居快）〕同“驵会”，市场经纪人。狙，古书中指一种猴子。此谓市侩狡诈。

9 〔黑帝〕即玄帝。古代神话中五天帝之一，北方之神。道家称“玄天上帝”、“真武大帝”。《史记·天官书》：“黑帝行德，天关为之动。”《正义》：“黑帝，北方叶光纪之帝也。”

10 〔词舌嘲啁（cháozhāo潮招）〕谓话语絮烦。嘲啁，形容声音杂乱细碎。

11 〔嘻嘻（xīxī锡锡）〕形容因受冻而吸气之声。何垠注：“嘻嘻，忍寒声也。”

12 〔大归〕已嫁妇女，被夫家休弃逐回家，永不返夫家，谓大归。

13 〔浼（měi每）〕请托。

14 〔析爨（cuàn窜）〕各起炉灶，分居各炊，俗谓之“分家”。

15 〔芒芒然〕此指疲惫的样子。《孟子·公孙丑上》：“宋人有闵其苗之不长而揠之者，芒芒然归。”赵岐注：“芒芒然，罢（疲）倦之貌。”

16 〔梃〕棍杖。《孟子·梁惠王上》：“可使制梃以挞秦楚之坚甲利兵矣。”

17 〔徙倚〕留连徘徊貌。《楚辞·屈原〈远游〉》：“步徙倚而遥思兮，怊惝恍而乖怀。”

18 〔撮毛〕谓拔头发。

19 〔玉笋山〕在江西省永新县境，道家称为仙居之所。即所谓“洞天福地”之一。《云笈七签》卷二七：“三十六小洞天……第十七玉笋山洞，周回一百二十里，名曰太玄法乐天。”

20 〔双翘〕指双脚。

21 〔夜度娘〕此指娼妓。详见卷五《考弊司》注。

22 〔介介〕原指心中不安。《后汉书·马援传》：“但畏长者家儿或在左右，或与从事，殊难得调，介介独恶是耳。”此处活用，犹言耿耿于怀，心中常不忘记。

23 〔促火〕谓举灯就近。

24 〔兰麝之乡〕犹言兰闺、兰室，泛指旧时妇女所居之室。

25 〔犴狴（ànbì 岸币）〕应为“狴犴”。传说中的兽名，古时图于狱门，故称牢狱为狴犴。扬雄《法言·吾子》：“狴犴使人多礼乎？”

26 〔悍妒与埒（liè 劣）〕谓其悍妒之性相当。埒，相等。

27 〔阃（kǔn 捆）威〕谓妻子制服其丈夫之威风。阃，闺门，旧指女子的居室，因又借指女子。

28 〔跴屣〕同“蹝履”，趿着鞋走。详见卷一《辛十四娘》注。

29 〔蹒跚〕走路跛行的样子。

30 〔巴豆〕植物名，其果实可入药，有毒，为峻泻剂。

31 〔曹侣〕谓同辈友人。

32 〔掠削〕形容发髻梳理得整齐。元稹《连昌宫词》：“春娇满眼睡红绡，掠削云鬟旋装束。”

33 〔色授〕谓以眉眼传情。详见卷一《娇娜》“色授魂与”注。

34 〔胭脂虎〕比喻凶悍之妇。宋陶毅《清异录·女行》：“朱氏女沉惨狡妒，嫁为陆慎言妻。慎言宰尉氏，政不在己，吏民语曰胭脂虎。”

35 〔文宗下学〕谓学政按临府县考试诸生。文宗，明清提学道、学政的尊称。下学，即指按临府县亲试诸生。

36 〔柴瘠〕骨瘦如柴貌。《隋书·姚察传》：“后主尝召见，见察柴瘠过甚，为之动容。”

37 〔前世因〕意谓今世所得果，为前世之因所报。前世犹言“前生”，此为佛教轮回之说。因，为佛教名词。此指三世（过去世、现在世、未来世）善恶业（身、口、意三方面的善恶表现）的果报，世称因果报应。

38 〔佛果〕佛教谓学佛得到证悟为“证果”。故称佛教教义为“佛果”。

39 〔行床〕此指凳杌之类的坐具。

40 〔敷衍〕同“敷演”。佛教谓铺陈论说。《宋书·诃罗陀国传》：“学徒游集，三乘竞进，敷演正法，雷布雨润。”

41 〔噀（xùn 迅）射〕喷射。噀，喷。《神仙传·栾巴》：“又饮酒，西南噀之。”

42 〔嗒然若丧〕谓茫然若失。详见卷五《马介甫》注。

43 〔丹诏〕皇帝的敕命，即圣旨。

44 〔姑嫜〕即公婆。姑，为女子称丈夫之母。嫜，为女子称丈夫之父。

45 〔定省〕即早晚向父母问安。详见卷三《韦公子》注。

46 〔迟回〕迟疑，犹豫。《后汉书·东海恭王彊传》：“数因左右及诸王陈其恳诚，愿备藩国，光武不忍，迟回者数岁，乃许焉。”

47 〔乡捷〕谓乡试中举。

48 〔出其籍〕谓脱离所属的名籍。此指古时娼妓所属的乐籍，用金钱赎身从良，谓之出籍。

49 〔业果〕佛教指善业或恶业所产生的果报。详见卷二《公孙九娘》注。

50 〔附骨之疽〕中医学病名，即生于筋骨部位的恶疮。

51 〔观自在〕即“观世音”。详见卷一《瞳人语》注。

52 〔大千世界〕佛教语。即广大无边的世界。谓以须弥山为中心，以铁围山为外郭，是一小世界；一千个小世界合起来就是小千世界；一千个小千世界合起来就是中千世界；一千个中千世界合起来就是大千世界。后泛指佛教所教化的范围。

孙 生

余乡孙生者，娶故家[1]女辛氏。初入门，为穷裤[2]，多其带，浑身纠缠甚密，拒男子不与共榻，床头常设锥簪之器以自卫。孙屡被刺剟[3]，因就别榻眠，月余，不敢问鼎[4]，即白昼相逢，女未尝假以言笑。

同窗某知之，私谓孙曰："夫人能饮否？"答云："少饮。"某戏之曰："仆有调停之法，善而可行。"问："何法？"曰："以迷药入酒，给使饮焉，则惟君所欲矣。"孙笑之，而阴服其策良，询之医家，敬以酒煮乌头[5]，置案上。入夜，孙酾别酒，独酌数觥而寝。如此三夕，妻终不饮。一夜，孙卧移时，视妻犹寂坐，孙故作齁声[6]，妻乃下榻，取酒煨炉上，孙窃喜。既而满饮一杯，又复酌，约尽半杯许，以其余仍内壶中，拂榻遂寝，久之无声，而灯煌煌尚未灭也。疑其尚醒，故大呼："锡檠[7]熔化矣！"妻不应，再呼仍不应，白身往视，则醉睡如泥，启衾潜入，层层断其缚结。妻固觉之，不能动，亦不能言，任其轻薄而去。既醒，恶之，投缳自缢。孙梦中闻喘吼声，起而奔视，舌已出两寸许，大惊，断索，扶榻上，逾时始苏。孙自此殊厌恨之，夫妻避道而行，相逢则俯其首，积四五年，不交一语。妻或在室中与他人嬉笑，见夫至，色则立变，凛如霜雪。孙尝寄宿斋中，恒经岁无归时，即强之归，亦面壁移时，默然就枕而已，父母甚忧之。一日，有老尼至其家，见妇，亟加赞誉，母不言，但有浩汉。尼诘其故，具以情告，尼曰："此易事耳。"母喜曰："倘能回妇意，当不靳酬也。"尼窥室无人，耳语曰："购春宫[8]一帧，三日后，为若厌[9]之。"尼既去，母从其教购以待之。三日，尼果来，嘱曰："此须甚密，勿令夫妇知。"乃剪下图中人，又针三枚、艾一撮，并以素纸包固，外绘数画如蚓状，使母赚妇出，窃取其枕，开其缝而投之，已而仍合之，返归故处，尼乃去。至晚，母强子归宿，佣媪知其情，窃往伏听。二更将残，闻妇呼孙小字，孙不答。少间，妇复语，孙厌气作恶声。质明，母入其室，见夫妇面首相背，知尼之术诬也。呼子于无人处，委谕之。孙闻妻名，便怒切齿，母怒骂之，不顾而去。越日，尼来，告之罔效，尼大疑，媪因述所听，尼笑曰："前言妇憎夫，故偏厌之。今妇意已转，所未转者男耳。请作两制之法，必有验。"母从之，索子枕如前缄置讫，又呼令归寝。更余，犹闻两榻上皆有转侧声，时作咳，都若不能寐。久之，闻两人在一床上唧唧语，但隐约不可辨。将曙，犹闻嬉笑，吃吃不绝。媪以告母，母喜，尼来，厚馈之。孙由是琴瑟和好，今各三十余矣，生一男两女，十余年从无角口之事。同人私问其故，笑曰："前此顾影生怒，后此闻声而喜，自亦不解其何心也。"

异史氏曰："移憎而爱，术不亦神哉！然能令人喜者，亦能令人怒[10]，术人[11]之神，正术人之可畏也。先哲[12]云：'六婆[13]不入门。'有见矣夫[14]"

校注

1 〔故家〕历代仕宦之家，即世族大家。详见卷一《劳山道士》注。

2 〔穷裤〕一种有前后裆系着固密的裤子。后泛指有裆裤。《汉书·外戚传上·孝昭上官皇后》："霍光欲皇后擅宠有子，帝时体不安，左右及医皆阿意，言宜禁内，虽宫使令皆为穷裤，多其带。"颜师古注："服虔曰：'穷裤有前后当，不得交通也。'使令，所使之人也。"

3 〔剟（duō 多）〕刺、戳。

4 〔问鼎〕《左传·宣公三年》："楚子（庄王）伐陆浑之戎，遂至于雒，观兵于周疆。（周）定王使王孙满劳楚子，楚子问鼎之大小轻重焉。"三代以九鼎为传国宝，楚王问鼎，有取代周室之意。后因称有所图谋为问鼎。此隐喻接触妻子之意。

5 〔乌头〕中药名，亦名土附子、乌喙。多年生草本植物，根茎块状，略似乌鸦的头，故名。性有毒，用为镇静药。

6 〔齁（hōu）声〕鼻息声。

7 〔锡檠（qíng 情）〕锡的灯架。檠，灯架。

8 〔春宫〕又名“秘戏图”，即春宫秘戏图。绘有男女交合形态的淫秽图画。

9 〔厌〕即厌胜。古代一种巫术，谓能以诅咒制胜，压服人或物。《汉书·匈奴传下》：“元寿二年，单于来朝，上以太岁厌胜所在，舍之上林苑蒲陶宫。”

10 〔令人喜者，亦能令人怒〕《世说新语·宠礼》：“王珣、郗超并有奇才，为大司马（桓温）所眷，拔珣为主簿，超为记室参军。超为人多须，珣状短小，于时荆州为之语曰：‘髯参军，短主簿，能令公喜，能令公怒。’”

11 〔术人〕指巫祝、占卜之流。

12 〔先哲〕前代贤人。《文选·潘岳〈西征赋〉》：“岂时王之无僻，赖先哲以长懋。”

13 〔六婆〕旧时称尼姑、道姑和卦姑为三姑，牙婆、媒婆、师婆、虔婆、药婆、稳婆为六婆。

14 〔矣夫〕用于感叹句之末，加重语气。《论语·里仁》：“苗而不秀者有矣夫！秀而不实者有矣夫！”

八大王

临洮[1]冯生，传者忘其名字，盖贵介裔而凌夷[2]矣。有渔鳖者，负其债不能偿，得鳖辄献之。一日，献巨鳖，额有白点，生以其状异，放之。

后自婿家归，至恒河[3]之侧，日已就昏，见一醉者，从二三僮，颠跛而至，遥见生，便问："何人？"生漫应："行道者。"醉人怒曰："宁无姓名，胡言行道者？"生驰驱心急，置不答，径过之。醉人益怒，捉袂使不得行，酒臭熏人。生益不耐，然力解莫能脱，问："汝何名？"呓然而对曰："我南都旧令尹[4]也。将何为？"生曰："世间有此等令尹，辱寞世界[5]矣！幸是旧令尹，假新令尹，将无途人耶？"醉人怒甚，势将用武，生大言："我冯某非受人挞打者！"醉人闻之，变怒为欢，踉蹡下拜曰："是我恩主，唐突勿罪！"起唤从人，先归治具。生辞之不得，握手行数里，见一小村，既入，则廊舍华好，似贵人家。醉人酲稍解[6]，生始询其姓字，曰："言之勿惊，我洮水[7]八大王也。适西山青童招饮，不觉过醉，有犯尊颜，实切愧悚。”生知其妖，以其情辞殷渥，遂不畏怖。俄而设筵丰盛，促坐欢饮。八大王最豪，连举数觥，生恐其复醉，再作萦扰，伪醉求寝。八大王已喻其意，笑曰：“君得无畏我狂耶？但请勿惧。凡醉人无行，谓隔夜不复记者，欺人耳。酒徒之不德，故犯者十之九，仆虽不齿于侪偶[8]，顾未敢以无赖之行施之长者，何遂见拒如此？”生乃复坐，正容而谏曰：“既自知之，何勿改行？”八大王曰：“老夫为令尹时，沉湎尤过于今日。自触帝怒[9]，谪归岛屿，力返前辙者十余年矣。今老将就木[10]，潦倒不能横飞[11]，故态复作，我自不解耳。兹敬闻命矣。”倾谈间，远钟已动。八大王起，捉臂曰：“相聚不久，蓄有一物，聊报厚德。此不可以久佩，如愿后，当见还也。”口中吐一小人，仅寸许。因以爪掐生臂，痛若肤裂，急以小人按捺其上，释手已入革里[12]，甲痕尚在，而漫漫坟起，类痰核[13]状。惊问之，笑而不答，但曰：“君宜行矣。”送生出，八大王自返。回顾村舍全渺，惟一巨鳖，蠢蠢入水而没，错愕久之。

自念所获，必鳖宝也。由此目最明，凡有珠宝之处，黄泉下[14]皆可见，即素所不知之物，亦随口而知其名。于寝室中，掘得藏镪数百，用度颇充。后有货故宅者，生视其中有藏镪无算，遂以重金购居之，由此与王公埒富，火齐、木难[15]之类皆蓄焉。得一镜，背有凤纽，环水云湘妃之图，光射里余，须眉皆可数，佳人一照，则影留其中，

八大王
令尹如何唤大王醉
逢恩主更倾觞能
從規勸
能酬德
多少
衣冠愧
酒狂

磨之不能灭也，若改妆重照，或更一美人，则前影消矣。时肃府[16]第三公主绝美，雅慕其名，会主游崆峒[17]，乃往伏山中，伺其下舆，照之而归，设置案头，审视之，见美人在中，拈巾微笑，口欲言而波欲动，喜而藏之。年余，为妻所泄，闻之肃府，王怒，收之，追镜去，拟斩。生大贿中贵人[18]，使言于王曰："王如见赦，天下之至宝不难致也。不然，有死而已，于王诚无所益。"王欲籍[19]其家而徙之，三公主曰："彼已窥我，十死亦不足解此玷，不如嫁之。"王不许。公主闭户不食，妃子大忧，力言于王，王乃释生囚，命中贵以意示生。生辞曰："糟糠之妻不下堂[20]，宁死不敢承命。王如听臣自赎，倾家可也。"王怒，复逮之。妃召生妻入宫，将鸩之[21]，既见，妻以珊瑚镜台纳妃，词意温恻。妃悦之，使参公主，公主亦悦之，订为姊妹，转使谕生。生告妻曰："王侯之女，不可以先后论嫡庶也。"妻不听，归修聘币纳王邸，赍送者以千人，珍石宝玉之属，王家不能知其名。王大喜，释生归，以公主嫔[22]焉，公主仍怀镜归。生一夕独寝，梦八大王轩然入，曰："所赠之物，当见还也。佩之若久，耗人精血，损人寿命。"生诺之，即留宴饮。八大王辞，曰："自聆药石[23]，戒杯中物[24]，已三年矣。"乃以口啮生臂，痛极而醒，视之，则核块消矣。后此遂如常人。

异史氏曰："醒则犹人，而醉则犹鳖，此酒人之大都[25]也。顾鳖虽日习于酒狂乎，而不敢忘恩，不敢无礼于长者，鳖不过人远哉！若夫己氏[26]则醒不如人，而醉不如鳖矣。古人有龟鉴[27]，盍以为鳖鉴乎？乃作《酒人赋》[28]。赋曰：有一物焉，陶情适口，饮之则醺醺腾腾，厥名为'酒'。其名最多，为功已久，以宴嘉宾，以速父舅[29]，以促膝而为欢，以合卺而成偶，或以为'钓诗钩[30]'，又以为'扫愁帚[31]'。故曲生[32]频来，则骚客[33]之金兰友[34]；醉乡[35]深处，则愁人之逋逃薮[36]。糟丘[37]之台既成，鸱夷[38]之功不朽，齐臣[39]遂能一石，学士[40]亦称五斗。则酒固以人传，而人或以酒丑。若夫落帽之孟嘉[41]，荷锸之伯伦[42]，山公之倒其接罱[43]，彭泽之漉以葛巾[44]。酣眠乎美人之侧也，或察其无心[45]；濡首于墨汁之中也，自以为有神[46]。井底卧乘船之士[47]，槽边缚珥玉之臣[48]。甚至效鳖囚[49]而玩世，亦犹非害物而不仁。至如雨宵雪夜，月旦花晨[50]，风定尘短[51]，客旧妓新，履舄交错[52]，兰麝香沉[53]，细批薄抹[54]，低唱浅斟[55]，忽清商[56]兮一奏，则寂若兮无人。雅谑[57]则飞花粲齿[58]，高吟则戛玉敲金[59]。总陶然而大醉，亦魂清而梦真。果尔，即一朝一醉，当亦名教[60]之所不嗔。尔乃嘈杂不韵[61]，俚词[62]并进，坐起欢哗，呶呶[63]成阵。涓滴[64]忿争，势将投刃；伸颈攒眉，引杯若鸩；倾渖[65]碎觥，拂灯灭烬。绿醑葡萄[66]，狼藉不靳；病叶狂花[67]，觞政[68]所禁，如此情怀，不如勿饮。又有酒隔咽喉，间不盈寸，呐呐呢呢[69]，犹讥主吝。坐不言行，饮复不任，酒客无品，于斯为甚。甚有狂药[70]下，客气粗，努石棱[71]，磔髯须[72]，袒两臂，跃双趺。尘蒙蒙兮满面，哇浪浪兮沾裾，口狺狺[73]兮乱吠，发蓬蓬兮若奴。其吁地而呼天也，似李郎[74]之呕其肝脏；其扬手而掷足也，如苏相之裂于牛车[75]。舌底生莲者，不能穷其状；灯前取影[76]者，不能为之图。父母前而受忤[77]，妻子弱而难扶。或以父执[78]之良友，无端而受骂于灌夫[79]。婉言以警，倍益眩瞑。此名'酒魞'，不可救拯。惟有一术，可以解酲。厥术维何[80]？只须一梃。絷其手足，与斩豕等。止困其臀，勿伤其顶，捶至百余，豁然顿醒。"

校注

1 〔临洮（táo 桃）〕县名。在甘肃省中部偏南，位于洮水河畔。

2 〔贵介裔而凌夷〕谓富贵大家的后代而现在衰败了。贵介，谓尊贵。凌夷，亦作"陵夷"，衰落、颓败。

3 〔恒河〕古水名，即今河北曲阳县北横河。

4 〔南都旧令尹〕南都，唐至德二年（757）曾改蜀郡为成都府，建号南京。令尹，春秋时楚国最高官职。《论语·公冶长》："令尹子文三仕为令尹。"朱熹注："令尹，官名，楚上卿，执政者也。"

5 〔辱寞世界〕谓辱没世间之人。寞，通"没"。

6 〔酲（chéng 呈）稍解〕酒意渐消。酲，病酒。

7 〔洮水〕黄河上游支流。发源于甘肃西南西倾山，至永靖县境入黄河。

8　〔侪（chái 柴）偶〕同辈，同类的人们。

9　〔帝怒〕谓玉帝之怒。帝，玉帝。

10　〔就木〕入棺，指死亡。《左传·僖公二十三年》："我二十五矣，又如是而嫁，则就木焉。"杜预注："言将死入木，不复成嫁。"

11　〔横飞〕谓飞黄腾达。

12　〔革里〕此指皮下。

13　〔痰核〕中医学病名。常发现于老年人颈项、耳旁、肘腋等处，生于皮里膜外，形如杏核，大小不一，多由痰淤结聚而成。

14　〔黄泉下〕此指地的深处。

15　〔火齐、木难〕珍宝名。火齐，玫瑰宝石名。班固《西都赋》："翡翠火齐，流耀含英。"《南史·夷貊传》："中天竺国……火齐状如云母，色如紫金，有光曜，别之则薄如蝉翼，积之则如纱縠之重沓也。"木难，宝珠名。《文选·曹植〈美女篇〉》："明珠交玉体，珊瑚间木难。"李善注："《南越志》云：木难，金翅鸟沫所成碧色珠也。"崔豹《古今注·杂注》："莫难珠，一名木难，色黄，出东夷。"

16　〔肃府〕即肃庄王府。肃庄王，名楧，明太祖朱元璋第十四子，洪武十一年（1378）封汉王，二十五年（1392）改封肃王，二十八年（1395）就藩甘州（治所在今甘肃张掖市），建文元年（1399）内移兰州（治所在今兰州市），永乐十七年（1419）卒。子孙世袭，治兰州，至明亡。

17　〔崆峒（tóng 桐）〕山名。在甘肃省平凉县西、泾原县东，属六盘山麓。

18　〔中贵人〕宦官的别称。详见卷五《巩仙》注。

19　〔籍〕籍没。即抄家。

20　〔糟糠之妻不下堂〕谓曾与自己共患难的妻子，不能抛弃。《后汉书·宋弘传》："帝姊湖阳公主新寡，帝与共论朝臣，微观其意。主曰：'宋公威容德器，群臣莫及。'帝曰：'方且图之。'后弘被引见，帝令主坐屏风后，因谓弘曰：'谚言：贵易交，富易妻，人情乎？'弘曰：'臣闻贫贱之知不可忘，糟糠之妻不下堂。’帝顾谓主曰：‘事不谐矣。’”

21 〔鸩之〕谓用鸩酒将其毒杀。鸩，传说中一种羽毛有毒的鸟，渍之酒中，人饮之立死。详见卷一《小谢》注。

22 〔嫔（pín 贫）〕帝王之女下嫁曰嫔。《尚书·尧典》：“釐降二女于妫汭，嫔于虞。”

23 〔药石〕治病的药剂和砭石。比喻劝善改过的规戒。《左传·襄公二十三年》：“季孙之爱我，疾疢也；孟孙之恶我，药石也。”

24 〔杯中物〕指酒。陶潜《责子》诗：“天运苟如此，且进杯中物。”

25 〔大都〕大概。

26 〔夫己氏〕犹言“某人”或“那个人”，不欲明指其人之称。《左传·文公十四年》：“齐公子元不顺懿公之为政也，终不曰‘公’，曰‘夫己氏’。”

27 〔龟鉴〕犹言借鉴。古人以龟甲卜吉凶，而镜能照人之面目，故喻借鉴之意。《旧唐书·刘蕡传》：“且俱非大德之中庸，未为上圣之龟鉴，何足以为陛下道之哉！”

28 〔《酒人赋》〕该文亦见于拙编《蒲松龄全集》中《聊斋赋集》。

29 〔速父舅〕谓宴请诸父。速，请。《诗经·小雅·伐木》：“既有肥羜，以速诸父。”舅，外舅，指岳父。《礼记·坊记》：“昏（婚）礼，婿亲迎，见于舅姑。”郑玄注：“舅姑，妻之父母也。”

30 〔钓诗钩〕酒的别称。苏轼《洞庭春色》诗：“要当立名字，未用问升斗。应呼钓诗钩，亦号扫愁帚。”按：洞庭春色，酒名。

31 〔扫愁帚〕酒的别称。见前注。

32 〔曲生〕酒的别称。郑棨《开元传信记》载：唐代道士叶法善有异术。居玄真观，尝有朝士诣之，忽有一美措自称曲秀才傲倪直入，年二十余，肥白可观。笑揖诸公，伉声谈论。法善密以小剑击之，化为瓶榼，乃盈瓶浓酝也。饮之，其味甚嘉。座客醉而揖其瓶曰：“曲生风味，不可忘也。”又见薛用弱《集异记》。后因以曲生为酒的拟人之称。陆游《初春杯成都》："病来几与曲生绝，禅榻茶烟两鬓丝。"

33〔骚客〕屈原作《离骚》，后人多仿效之，故称诗人为"骚人"或"骚客"。宋梅尧臣《凌霄花赋》："或制裳于骚客，或登歌于乐章。"

34〔金兰友〕深交、亲密的同心知己。《周易·系辞上》："二人同心，其利断金；同心之言，其臭如兰。"后因称结拜为金兰之交。

35〔醉乡〕谓醉酒昏昏。唐吕才《东皋子后序》："君性简放，饮酒至数斗不醉。尝云：'恨不逢刘伶，与闭户轰饮。'因著《醉乡记》及《五斗先生传》以类《酒德颂》云。"

36〔逋（bū 晡）逃薮（sǒu 叟）〕谓逃避愁烦者所聚之地。逋逃，本指逃亡罪人。薮，渊薮。《尚书·武成》："今商王受无道，暴殄天物，害虐烝民，为天下逋逃主，萃渊薮。"

37〔糟丘〕谓酒糟堆积而成小山。详见卷一《酒友》注。

38〔鸱夷〕亦作"鸱鹈"，皮革做成的酒囊。《汉书·陈遵传》："鸱夷滑稽，腹大如壶，尽日盛酒，人复借酤。"

39〔齐臣〕指淳于髡。《史记·滑稽列传》："（齐）威王置酒后宫，召（淳于）髡赐之酒。问曰：'先生能饮几何而醉？'对曰：'臣饮一斗亦醉，一石亦醉。'威王曰：'先生饮一斗而醉，恶能饮一石哉！其说可得闻乎？'髡曰：'赐酒大王之前，执法在傍，御史在后，髡恐惧俯伏而饮，不过一斗径醉矣。……日暮酒阑，合尊促坐，男女同席，履舄交错，杯盘狼藉，堂上烛灭，主人留髡而送客，罗襦襟解，微闻芗泽，当此之时，髡心最欢，能饮一石。'"

40〔学士〕指唐王绩。《新唐书·王绩传》：王绩饮酒五斗不醉，因著《五斗先生传》。武德中待诏门下省，判日给王待诏酒一斗，号斗酒学士。

41〔落帽之孟嘉〕指晋代孟嘉。《晋书·孟嘉传》：孟嘉，字万年，原籍江夏（今河南罗山县）人，其先世移居阳新（今湖北阳新县）。嘉少有才名，太尉庾亮领江州，任为从事。后为征西将军桓温参军时，曾预九月九日桓温于龙山举行酒宴。宴会上，嘉帽被风吹落而不觉。

42 〔荷锸之伯伦〕此指刘伶。刘伶，字伯伦，晋沛国（今安徽濉溪市西）人。仕晋为建威将军，纵酒放达，蔑弃礼法，尝乘鹿车，携一壶酒，使人荷锸（即铁锹）相随，言："死便埋我。"与阮籍、嵇康等为友，称"竹林七贤"。著有《酒德颂》。详见《晋书·刘伶传》。

43 〔山公之倒其接䍦〕山公，山简，字季伦。晋河内怀县（今河南武陟县境）人。接䍦，亦作"接篱"。《世说新语·任诞》载："山季伦（简）为荆州，时出酣畅，人为之歌曰：'山公时一醉，径造高阳池。日莫倒载归，茗艼无所知。复能乘骏马，倒著白接篱。举手问葛彊，何如并州儿。'"白接篱，一种白色的帽子。

44 〔彭泽之漉以葛巾〕彭泽，指陶渊明。渊明，字元亮，一名潜，东晋著名的田园诗人。曾仕晋，为江州祭酒、镇军参军等职。后为彭泽令，因称"陶彭泽"或"彭泽先生"。后退隐南山之下，采菊作酒，诗中写酒处甚多，故以豪饮著称。漉以葛巾，即以葛巾漉酒。漉，过滤。因新酿的酒中有酒糟，故须过滤。葛巾，以葛布制成的头巾。南朝梁萧统《陶渊明传》："郡将尝侯之，值其酿熟，取头上葛巾漉酒，漉毕，还复著之。"

45 〔"酣眠"二句〕谓三国魏著名诗人阮籍之事。阮籍生处于魏晋易代的政治大变革时期，他为逃避司马氏的迫害，放诞纵酒。《世说新语·任诞》："阮公（籍）邻家妇有美色，当炉酤酒，阮与王安丰（戎）常从妇饮酒，阮醉便眠其妇侧，夫始殊疑之，伺察终无他意。"

46 〔"濡首"二句〕此谓唐代著名书法家张旭之事。张旭善草书，时人称"草圣"。《新唐书·张旭传》："旭，苏州吴人，嗜酒，每大醉，呼叫狂走，乃下笔；或以头濡墨而书，既醒自视，以为神，不可复得也。世呼张颠。"

47 〔"井底"句〕唐代诗人杜甫《饮中八仙歌》："知章骑马似

乘船，眼花落井水底眠。”知章，即贺知章（659–744），字季真，越州永兴人，唐代诗人，嗜饮狂放，善草书，晚尤放达，自号“四明狂客”。该句为杜甫这两句诗的概括。

48 〔“槽边”句〕此言晋代吏部郎毕卓之事。他常因饮酒而废职。槽，酿酒器。珥玉，为尚书冠上所插戴的玉饰。《世说新语·任诞》“毕茂世云”注引《晋中兴书》：“毕卓字茂世，新蔡人。少傲达，为胡毋辅之所知。太兴末为吏部郎，尝饮酒废职。比舍郎酿酒熟，卓因醉夜至其瓮间取饮之。主者谓是盗，执而缚之。知为吏部也，释之。卓遂引主人燕瓮侧，取醉而去。”

49 〔鳖囚〕即指“鳖饮”、“囚饮”。宋沈括《梦溪笔谈》卷九：“（石）延年每与客痛饮，露发跣足，著械而坐，谓之‘囚饮’。饮于木杪，谓之‘巢饮’。以藁束之，引首出饮，复就束，谓之‘鳖饮’。其狂纵大率如此。”

50 〔花晨〕指花开之时。唐曹松《长安春日》诗：“浩浩看花晨，六街扬远尘。”

51 〔风定尘短〕谓天气晴朗。尘短，犹言尘少、尘净。刘侗《帝京景物略·报国寺》：“每日霁树开，风定尘短，指芦沟，舆骑载负者井井。”

52 〔履舄（xì细）交错〕谓履和舄错杂。详见卷一《凤阳士人》注。

53 〔兰麝香沉〕谓兰、麝之气味沉郁。兰，麝，皆名贵香料。

54 〔细批薄抹〕谓妓者弹奏乐器为客人侑酒。批、抹都是弹奏琵琶一类乐器的指法。批、拢、推，左手指按弦向里推。抹、弹，谓向左拨弦。

55 〔低唱浅斟〕或作“浅斟低唱”。低唱，曼声歌唱。浅斟，慢慢地喝酒。宋柳永《鹤冲天》词：“青春都一饷，忍把浮名，换了浅斟低唱。”

56 〔清商〕即指清商乐。其调凄清悲凉，故称。古有“清商三调”，即指《清乐》中平调、清调、瑟调。《韩非子·十过》：“公曰：‘清商固最悲乎？’师旷曰：‘不如清徵。’”

57 〔雅谑〕文雅的玩笑。雅，文雅。谑，开玩笑。

58 〔粲齿〕形容言谈之美。详见卷四《雨钱》注。

59 〔戛玉敲金〕同“戛玉敲冰”。形容声调清脆，音节抑扬，铿锵悦耳。白居易《听田顺儿歌》诗：“戛玉敲冰声未停，嫌云不遏入青冥。”

60 〔名教〕以正名定分为中心的封建礼教。《世说新语·德行》：“王平子（澄）、胡毋彦国（辅之）诸人，皆以任放为达，或有裸体者。乐广笑曰：‘名教中自有乐地，何为乃尔也。’”

62 〔嘈杂不韵〕此指乐器喧闹，很不文雅。嘈杂，喧闹声。《抱朴子·刺骄》：“或曲宴密集，管弦嘈杂。”不韵，不文雅。《世说新语·言语》：“支道林（遁）常畜数匹马，或言道人畜马不韵。”

62 〔俚词〕谓民间歌词。《新唐书·刘禹锡传》：“禹锡在郎州，蛮俗好巫，每淫词鼓舞，必歌俚辞。”辞，同“词”。

63 〔呶呶〕多言喧闹。

64 〔涓滴〕谓点滴的水。杜甫《倦夜》：“重雾成涓滴，稀星乍有无。”此处指点滴的酒。

65 〔倾沛〕谓喝尽最后一滴酒。

66 〔绿醑（xǔ 许）葡萄〕绿碧的葡萄酒。

67 〔病叶狂花〕饮酒者称醉而闭目入睡者为病叶，醉而喧闹者为狂花。唐皇甫松《醉乡日月》：“饮流谓睚眦者为狂花，自睡者为病叶。”

68 〔觞（shāng 商）政〕酒令。觞，古代喝酒用的器物。

69 〔呐呐呢呢〕谓酒后嘟嘟囔囔说个不休。

70 〔狂药〕指酒。酒能乱性，故称狂药。《晋书·裴楷传》：“长水校尉孙季舒尝与石崇酣燕，慢傲无度，崇欲表免之。楷闻之，谓崇曰：‘足下饮人狂药，责人正礼，不亦乖乎？’”

71 〔努石棱〕谓睁大眼睛，有神采。努，翘起。《晋书·桓温传》：“（刘）惔尝称之曰：‘眼如紫石棱，须如猬毛磔。’”

72 〔磔（zhé 哲）髯须〕谓酒酣须发散张之状。

73 〔狺狺（yínyín 银银）〕狗吠声。《楚辞·宋玉〈九辩〉》：“猛犬狺狺而迎吠兮，关梁闭而不通。”此指醉酒后乱喊乱叫，像狗吠一般。

74 〔李郎〕指唐代诗人李贺。详见《自叙》注。

75 〔苏相之裂于牛车〕苏相，指苏秦，战国时期洛阳（今河南洛阳市）人。战国著名纵横家，主张合纵抗秦，曾佩六国相印。《史记·苏秦列传》：“齐大夫多与苏秦争宠者，而使人刺苏秦，不死，殊而走。齐王使人求贼不得。苏秦且死，乃谓齐王曰：‘臣即死，车裂臣以徇于市，曰苏秦为燕作乱于齐，如此则臣之贼必得矣。’于是如其言，而杀苏秦者果自出。”裂于牛车，即车裂，俗称“五牛分尸”，为古之一种酷刑。

76 〔灯前取影〕谓绘画艺术之高超。苏轼《题吴道子画跋》：“吴道子画人物，如以灯取影，逆来顺往，旁见侧出，横斜平直，各相乘除，得自然之数。”

77 〔受忤〕顶撞。忤，违逆。

78 〔父执〕父亲的知交朋友。执，志同道合。

79 〔受骂于灌夫〕受骂，指灌夫骂座。谓灌夫辱骂同座的人。《史记·魏其武安侯列传》：“武安（田蚡）乃麾骑缚灌夫置传舍，召长史曰：‘今日召宗室，有诏。’劾灌夫骂坐不敬，系居室。”灌夫，汉颍阴（今河南禹县）人，字仲孺。本姓张，因其父曾为颍阴侯灌婴舍人而改姓灌，因平定吴楚之乱有军功，任中郎将，人称“灌将军”。武帝时为淮阳太守，入为太仆，徙燕相，坐法免归。为人刚直使酒，好任侠，重然诺。魏其侯窦婴既失势，得与之游。酒后屡忤武安侯田蚡，为蚡所恶，劾夫使酒骂座大不敬，族诛。见《史记·魏其武安侯列传》。

80 〔厥术维何〕其解酒的办法是什么？厥，其。维，是。

戏缢

邑人某，佻侻无赖[1]。偶游村外，见少妇乘马来，谓同游者："我能令其一笑。"众未深信，约赌作筵。某遽奔去，出马前，连声哗，曰："我要死！"因于墙头抽粱秸一本[2]，横尺许，解带挂其上，引颈作缢状。妇果过而哂之，众亦粲然[3]。妇去既远，其犹不动，众益笑之。近视，则舌出目瞑，而气真绝矣。粱本自经，不亦奇哉？是可以为儇薄[4]者戒。

校注

1 〔佻侻无赖〕谓为人行为轻薄奸诈。
2 〔粱秸一本〕高粱秸一根。一本，一根。
3 〔粲然〕露齿而笑。
4 〔儇薄〕谓轻薄。

画马

临清[1]崔生，家窭贫[2]。围垣[3]不修。每晨起，辄见一马卧露草间，黑质白章[4]；惟尾毛不整，似火燎断者。逐去，夜又复来，不知其所自至。崔有善友，官于晋[5]，欲往就之，苦无健步[6]，遂捉马施靳乘之而去，嘱家人曰："倘有寻马者，当如晋以告。"既就途，马骛驶[7]，瞬息百里。夜不甚啖刍豆[8]，意其病。次日，紧衔[9]不令驰，而马蹄嘶喷沫，健怒如昨。复纵之，午已达晋。时骑入市廛，观者无不称叹。晋王[10]闻之，以重直购之。崔恐为失者所寻，以故不敢售。居半年，无耗，遂以八百金货于晋邸，乃自市健骡以归。后王以急故，遣校尉[11]骑赴临清。马逸，追至崔之东邻，入门，不可复见。索诸主人。主曾姓，实莫之睹。及入其堂，见壁间挂子昂[12]画马一帧，内一匹毛色浑[13]似，尾处为香炷所烧，始悟马，画妖也。校尉难复王命，因讼曾。时崔得马资，居积盈万，自愿以其直贷曾，付校尉而去。曾甚德之，而不知其即当年之售主也。

校注

1 〔临清〕县名。即今之山东省临清市。

2 〔窭（jù 巨）贫〕贫穷。详见卷一《婴宁》注。

3 〔围垣〕即围墙。

4 〔黑质白章〕谓黑地白花。质，马皮毛的底，即马的身体。章，指花纹。柳宗元《捕蛇者说》："永州之野产异蛇，黑质而白章。"

5 〔晋〕指山西省。

6 〔健步〕指供代步骑乘的大牲口。步，代步，坐骑。

7 〔骛驶〕疾驰。

8 〔啖刍豆〕谓吃草料。刍，草。《世说新语·轻诋》："刘景升有大牛，重千斤，啖刍豆十倍于常牛。"

9 〔紧衔〕即拉紧马嚼。衔，马嚼。

10 〔晋王〕明晋恭王朱㭎，太祖嫡三子，于洪武十一年（1378）就藩太原府。

11 〔校尉〕秦时设武官名。清制八品以下为校尉。明清称王府的卫士。

12 〔子昂〕赵孟頫（1254–1322），字子昂，号松雪道人、水精宫道人，元代书画家、诗人。宋宗室，湖州（今浙江吴兴）人。入元，累官至翰林学士承旨，封魏国公，谥文敏。工书法，尤精正、行书和小楷，世称赵体，擅画山水、人物、鞍马，画马尤为著名。

13 〔浑〕简直，几乎。杜甫《春望》："白头搔更短，浑欲不胜簪。"

局　诈

某御史[1]家人，偶立市间，有一人衣冠华好，近与攀谈。渐问主人姓字，又审官阀[2]，家人并告之。其人自言："王姓，贵主[3]家之内史也。"语渐款洽，因曰："官途险恶，显者皆附于贵戚之门，尊主人所托何人也？"答言："无之。"王曰："此所谓惜小费而忘大祸者也。"家人曰："何托而可？"王曰："公主待人以礼，又能覆翼[4]人。某侍郎亦仆阶进[5]。倘不惜千金贽，见公主当以非难。"家人喜，问其居止。便指其门户曰："日同巷不知耶？"家人归告侍御。侍御喜，即张盛筵，使家人往邀王。王欣然来。筵间道公主情性，及起居琐事甚悉。且言："非同巷之谊，即赐百金赏，不肯效牛马。"御史益佩戴之。临别订约。王曰："公但备物，仆乘间言之，旦晚当有以报尊命。"

越数日始至，骑骏马甚都。谓侍御曰："可速治装行。公主事大烦，投谒者踵日相接，自晨及夕，常不得一闲。今得少隙，宜急往，误则相见无期矣。"侍御乃出兼金[6]重币，从之去。曲折十余里，始至公主第。下骑祗候[7]。

王先持贽入，久之出，宣言："公主召某御史。"即有数人接递传呼。侍御伛偻入，见高堂上坐丽人，姿貌如仙，服饰炳耀；侍姬皆著锦绣，罗列成行。侍御伏谒尽礼。传命赐坐檐下，金碗进茗。主略致温旨，侍御肃而退。自内传赐缎靴貂帽。

既归，深德王，持刺谒谢，则门阖无人。疑其侍主未复。三日三诣，终不复见。使人询诸贵主之门，则高扉扃锢。访之居人，并言："此间曾从无贵主。前有数人僦屋而居，今去已三日矣。"使反命，主仆丧气而已。

副将军某，负资入都，将图握篆[8]，苦无阶。一日，有裘马者[9]谒之，自言："内兄为天子近侍。"茶已，请间[10]，云："目下有某处将军缺，倘不吝重金，仆嘱内兄游扬圣主[11]之前，此任可致，大力者不能夺也。"某疑其唐突涉妄。其人曰："此无须踟蹰。某不过欲抽小数于内兄，将军锱铢无所望。言定若干数，署券为信。待召见后方求实给；不效，则汝金尚在，谁将怀中而攫之耶？"某乃喜，诺之。

次日复来，引某去见其内兄，云："姓田。"煊赫如侯家。某参谒，殊傲睨不甚为礼。其人持券向某曰："适与内兄议，率非万金不可，请即署券尾[12]。"某从之。田曰："人心叵测，事后虑有翻复。"其人笑曰："兄虑之过矣。既能予之，宁不能夺之耶？且朝中将相，有愿纳交而不可得者，将军前程方远，应不丧心[13]至此。"某亦力矢而出。其人送之，曰："三日即复公命。"

逾两日，日方西，数人吼奔而入，曰："圣上坐待矣！"某惊甚，疾趋入朝。见天子坐殿上，爪牙森立。某拜舞[14]已，上命赐坐，慰问殷勤，顾左右曰："闻某武烈非常，今见之，真将军才也！"因曰："某处险要地，今已委卿，勿负朕意，候封有日耳。"某拜恩出。即有前日裘马者从至客邸，依券兑付而去。于是高枕待授，日夸荣于亲友。

过数日，探访之，则前缺已有人矣。大怒，忿争于兵部[15]之堂，曰："某承帝简，何得授之他人？"司马[16]怪之。及述宠遇，半如梦境。司马怒，执下廷尉[17]。始供其引见者之姓名，则朝中并无此人。又耗万金，始得革职而去。异哉！武弁虽騃[18]，岂朝门亦可假耶？疑其中有幻术存焉，所谓"大盗不操矛弧[19]"者也。

李生，嘉祥[20]人，善琴。偶适东郊，见工人掘土得古琴，遂以贱直得之。拭之有异光，按弦而操，清烈非常。喜极，若获拱璧[21]，贮以锦囊，藏之密室，虽至戚不以示也。

邑丞[22]程氏，新莅任，投刺谒李。李故寡交游，而以其先施故[23]，报之。过数日，又招饮，固请乃往。程为人风雅绝俗，议论潇洒，李悦焉。越日，折柬酬之，欢笑益洽。由是月夕花晨，未尝不相共也。

年余，偶于丞廨中，见绣囊裹琴置几上。李便展玩。程问："亦谙此否？"李言："非所长，而生平好之。"程讶曰："知交非一日，绝技胡不一闻？"拨炉爇沉香，请为小奏。李敬如教。程曰："大高手！愿献薄技，勿笑小巫[24]也。"遂鼓"御风曲"，其声泠泠[25]，有绝世出尘[26]之意。李更倾倒，愿师事之。自此二人以琴交，情分益笃。年余，尽传其技。然程每诣李，李示以常琴供之，未肯泄所藏也。

一夕，薄醉。丞曰："某新肄[27]一曲，兄愿闻之乎？"为奏"湘妃[28]曲"，幽怨若泣。李亟赞之。丞曰："所恨无良琴；若得良琴，音调益胜。"李欣然曰："仆蓄一琴，颇异凡品。今遇钟期[29]，何敢终密？"乃启椟负囊而出。程以袍袂拂尘，凭几再鼓，刚柔应节，工妙入神。李闻之，击节不置。丞曰："区区拙技，负此良琴。若得荆人[30]一奏，当有一两声可听者。"李惊曰："公闺中亦精之耶？"丞笑曰："适此操乃传自细君者[31]。"李曰："恨在闺阁，小生不及闻耳。"丞曰："我辈通家[32]，原不以形迹相限。明日，请携琴去，当使隔帘为君奏之。"李悦。

次日抱琴而往，丞即治具欢饮。少间，将琴入，旋出即坐。俄见帘内隐隐有丽妆，顷之，香流户外。又少时，弦声细作；听之不知何曲，但觉荡心媚骨，令人魂魄飞越。曲终便来窥帘，竟二十余绝代之姝也。丞以巨白劝釂，内复改弦为"闲情之赋[33]"，李形神益惑。倾饮过醉，离席兴辞，索琴。丞曰："醉后妨有蹉跌。请明日复临，当令闺人尽其所长。"李乃归。

次日诣之，则廨舍寂然，惟一老隶应门。问之，云：

“五更携眷去，不知何作，言往复可三日耳。”如期往伺之，日既暮，并无音耗。吏皂皆疑，以白令，破扃而窥其室，室尽空，惟几榻犹存耳。达之上台[34]，并不测其何说。李丧琴，寝食俱废，不远数千里访诸其家。丞故楚产，三年前以捐资授嘉祥丞[35]。执其姓名，询其里居，楚中并无其人。或言：“有道士程姓者，善鼓琴，又传其有点金之术。三年前，忽去不复见。”疑即其人。又细审年甲[36]容貌，吻合不谬。乃知道士之纳官，皆为琴也。知交年余，并不言及音律；渐而出琴，渐而献技，又渐而惑以佳丽；浸渍三年，得琴而去。道士之癖，更甚于李生也。天下之骗机多端，若道士，犹骗中之风雅者矣。

校注

1　〔御史〕官职名。明清都察院，为中央高级机构之一，总领各道监察御史，而都御史和副都御史为其长官。详见卷二《红玉》注。

2　〔官阀〕官阶、门第。《新唐书·张说传》：“吾闻儒以道相高，不以官阀为先后。”

3　〔贵主〕公主的尊称。《后汉书·窦宪传》：“今贵主尚见枉夺，何况小人哉！”

4　〔覆翼〕庇护。《诗经·大雅·生民》：“诞置之寒冰，鸟覆翼之。”

5　〔阶进〕进升。阶，凭藉。此谓进见的意思。

6 〔兼金〕指好金。《孟子·公孙丑下》："王馈兼金一百而不受。"赵岐注："兼金，好金也，其价兼倍于常者，故称之兼金。"

7 〔祗候〕谓恭候。

8 〔握篆〕掌握印信。此即指得实缺。

9 〔裘马者〕谓衣裘而乘马的人。裘马，《论语·雍也》："赤之适齐也，乘肥马，衣轻裘。"后因以"裘马"形容阔绰。

10 〔请间（jiàn 见）〕请人给予避人而谈话的机会。详见卷二《巧娘》注。

11 〔游扬圣主〕游扬，宣扬、传扬。此谓在皇帝面前称其能。详见卷一《叶生》注。圣主，此指下臣称皇帝。《文选·杨恽〈报孙会宗书〉》："伏惟圣主之恩，不可胜量。"

12 〔署券尾〕即署名于纸尾。此谓署名画押。

13 〔丧心〕谓丧失良心。《宋史·范如圭传》遗秦桧书："公不丧心病狂，奈何为此？"

14 〔拜舞〕古时臣下朝拜皇帝的仪节。元朝之后，略有改，仅行跪拜礼，而不舞蹈。

15 〔兵部〕隋唐以来，中央政府六部之一。明清兵部掌武官选用、兵籍、军械、军令等，其长官为兵部尚书。

16 〔司马〕古代官名。西周始置，掌握军政和军赋。《周礼·夏官·大司马》："掌建邦国之九法，以佐王平邦国。"明清时为兵部尚书的别称。

17 〔执下廷尉〕谓拘系起来，下廷尉狱。廷尉，秦汉官名，掌刑狱，为九卿之一。明清为大理寺卿的别称。

18 〔武弁虽騃（ái 皑）〕武弁，即武冠，借指武官、武士。騃，痴呆。

19 〔大盗不操矛弧〕谓真正的大盗贼，手不操持武器。矛弧，长矛和木弓。《史记·日者列传》："犯法害民，虚公家，此夫为盗不操矛弧者也。"

20 〔嘉祥〕县名。在今山东省西南。

21 〔拱璧〕大璧。详见卷一《蛇人》注。

22 〔邑丞〕指县丞，为县令之佐官。

23 〔以其先施故〕以其首先拜谒的原因。施，谓致以礼。《礼记·曲礼上》："其次务施报，礼尚往来。"

24 〔小巫〕为"小巫见大巫"之省词。巫，巫师。《太平御览》卷七三五《庄子》："小巫见大巫，拔茅而弃，此所以终身弗如也。"

25 〔"遂鼓"二句〕接着弹奏"御风曲"，琴发出清脆的声音。御风曲，无此曲牌名，此为蒲氏据《庄子·列御寇》所编造之琴曲。《庄子·列御寇》："夫列子御风而行，泠然善也。"泠泠（línglíng 零零），形容清脆悦耳的琴声。唐刘长卿《听弹琴》："泠泠七弦上，静听松风寒。"

26 〔绝世出尘〕绝世，谓脱离尘世。《后汉书·袁安传附袁闳》："闳遂散发绝世，欲投迹深林。"出尘，谓超出尘世之外。《文选·孔稚圭〈北山移文〉》："耿介拔俗之标，萧洒出尘之想。"

27 〔肄〕学习，练习。《礼记·曲礼上》："君命，大夫与士肄。"注："肄，习也。"

28 〔湘妃〕琴曲名，即"湘妃怨"曲。详见卷一《娇娜》注。

29 〔钟期〕即钟子期，春秋时楚人，精于音律，与善琴者伯牙友善。详见卷一《叶生》"流水高山"注。

30 〔荆人〕对自己妻子的谦称。详见卷一《狐嫁女》"拙荆"注。

31 〔适此操乃传自细君者〕刚才所奏曲是从妻子那里学来的。适此，刚才这。操，琴曲曰操。细君，谓妻子。详见卷一《姊妹易嫁》注。

32 〔通家〕世家。详见卷一《青凤》注。此指一家人。

33 〔闲情之赋〕即"闲情赋"。此谓以东晋陶潜所作《闲情赋》为思想内容而谱成的琴曲。实无此曲名。

34 〔达之上台〕谓将此事禀报上官。达，禀报。台，本为官署之名，后沿用于对官长的敬称。

35 〔捐资授嘉祥丞〕谓向政府捐金纳钱，而被授官山东嘉祥县丞。

36 〔年甲〕年岁、年纪。甲，甲子。

放蝶

长山王进士㞷生[1]为令时，每听讼，按罪之轻重，罚令纳蝶自赎。堂上千百齐放，如风飘碎锦，王乃拍案大笑。一夜，梦一女子，衣裳华好，从容而入，曰："遭君虐政[2]，姊妹多物故[3]。当使君先受风流之小谴耳。"言已，化为蝶，回翔而去。明日，方独酌署中，忽报直指使[4]至，皇遽而出，闺中戏以素花簪冠上，忘除之。直指见之，以为不恭，大受诟骂而返。由是罚蝶令遂止。

青城[5]于重寅，性放诞。为司理[6]时，元夕[7]以火花爆竹缚驴上，首尾并满，牵登太守之门，击柝[8]而请，自白："某献火驴，幸出一览。"时太守有爱子患痘，心绪方恶，辞之。于固请之。太守不得已，使阍人[9]启钥。门甫辟，于火发机，推驴入。爆震驴惊，踶趹[10]狂奔；又飞火射人，人莫敢近。驴穿堂入室，破瓯毁甑，火触承尘，窗纱都烬。家人大哗。痘儿惊陷，终夜而死。太守痛恨，将揭劾[11]之。于浼诸司道[12]，登堂负荆[13]，乃免。

放蝶
胡蝶群飛
春到百花
事折得
風流罷
過來

校注

1 〔“长山”句〕长山，旧县名。故治今山东省邹平一带，现不存。王峄生，字子凉，长山县人。据《长山县志》载：王峄生，崇祯庚辰（1640）进士，曾任江苏如皋县令。性简静，退食之暇，饲鹿调鹤。家积书数万卷，坐卧其下，聊以自娱。归里，杜门著书，有《怪石集》行世。

2 〔虐政〕苛暴的政令。《孟子·公孙丑上》：“民之憔悴于虐政，未有甚于此时者也。”

3 〔物故〕谓死亡。

4 〔直指使〕汉朝官名。明清朝廷派出官员以御使名义，巡按各省，其职略同于汉代直指使者，故称之。详见卷一《娇娜》“直指”注。

5 〔青城〕旧县名。在山东省中部偏北。1948 年与高苑县合并为高青县。今属淄博市。

6 〔司理〕亦称“司李”。明清指推官，掌狱讼。详见卷一《娇娜》注。

7 〔元夕〕农历正月十五为上元。元夕，谓上元之夜。

8 〔击柝（tuò 拓）〕敲击木梆。柝，旧时守夜者敲击木梆以报时更。

9 〔阍人〕即守门人。

10 〔踶趹（tíjué 蹄决）〕本为牲口踢蹬。此处指驴子受惊踢蹬疾走。《史记·张仪列传》：“秦马之良，戎兵之众，探前趹后，蹄间三寻。”《索隐》：“谓马前足探向前，后足趹于后。趹谓后足抉地，言马之走势疾也。”

11 〔揭劾〕揭发其过失而弹劾。

12 〔浼（měi 每）诸司道〕谓向司道官长求情。详见卷四《小猎犬》注。

13 〔负荆〕即“负荆请罪”。意谓身背荆条，请人责罚。《史记·廉颇蔺相如列传》：“廉颇闻之，肉袒负荆，因宾客至蔺相如门谢罪。”后因称向人请罪为“负荆”。

男生子

福建总兵[1]杨辅，有娈童[2]，腹震动，十月既满，梦神人剖其两胁出之。及醒，两男夹左右啼，起视胁下，剖痕俨然。儿名之天舍、地舍云。

异史氏曰[3]:“按：此吴藩[4]叛前事也。吴既叛，闽抚蔡[5]，蔡疑杨欲图之，而恐其为乱，以他故召之。杨妻夙智勇，疑之，沮[6]杨行。杨不听，妻涕而送之，归则传矢诸将[7]，披坚执锐[8]，以待消息。少间，闻夫被诛，遂反攻蔡。蔡仓皇不知所为，幸标卒[9]固守，不克乃去。去既远，蔡始戎装突出，率众大噪，人传为笑焉。后数年，盗乃就抚[10]。未几，蔡暴亡，临卒，见杨操兵入，左右亦皆见之。呜呼！其鬼虽雄，而头已不可复续矣！生子之妖，其兆于此耶？”

校注

1 〔福建总兵〕谓福建省的总兵官。明代命将出征，始有总兵官、副总兵官之称，初无定员定制，事毕缴印回任，后乃渐成统军镇守之高级武职。清代因袭其名定为绿营兵之统将。总兵官省称总兵，副总兵官省称副将，分别为正二品和从二品，位次于提督，掌理本镇军务。总兵所辖军队为镇，故又称总镇，尊称总戎、镇台。

2 〔娈（luán 峦）童〕旧称被玩弄的美男子。详见卷一《侠女》注。

3 〔异史氏曰〕“异史氏曰”以下整段文字佚文，只有康熙抄本、“遗稿”本与《异史》本有，其他诸本皆无。“异史氏曰”四字，据《聊斋志异遗稿》本补。

4 〔吴藩〕即指吴三桂。详见卷二《保住》注。

5 〔闽抚蔡〕谓福建巡抚蔡毓荣。据《清史稿·蔡毓荣传》：康熙九年（1670）任四川湖广总督，十三年（1674）专督湖广，二十一年（1682）调云贵总督，无任福建巡抚之事。

6 〔沮〕此为阻止。《孟子·梁惠王下》：“嬖人有臧仓者沮君。”

7 〔传矢诸将〕向诸将发号命令。矢，箭。此谓令箭。

8 〔披坚执锐〕谓身披坚甲，手执兵器。《战国策·楚策一》：“吾被坚执锐，赴强敌而死，此犹一卒也。”被，同“披”。

9 〔标卒〕清代绿营兵的编制，一标辖三营，故兵士称“标卒”。

10 〔就抚〕招抚、招安，即归降。

钟　生

钟庆余，辽东[1]名士也。应济南乡举[2]，闻藩邸[3]有道士知人休咎，心向往之。二场后，至趵突泉[4]，适相值，年六十余，须长过胸，一皤然道人也。集问灾祥者如堵[5]，道士悉以微词[6]授之。于众中见生，忻与握手，曰："君心术德行，可敬也！"挽登阁上，屏人语[7]，因问："莫欲知将来否？"曰："唯唯。"曰："子福命至薄，然今科乡举可望，但荣归后，恐不复见尊堂[8]矣。"钟生至孝，闻之涕下，遂欲不试而归。道士曰："若过此已往，一榜亦不可得矣。"生云："母死不见，且不可复为人，贵为卿相，何加焉？"道士曰："某夙世与君有缘，今日必合尽力。"乃以一丸授之曰："可遣人夙夜将去，服之可延七日，场毕而行，母子犹及见也。"生藏之，匆匆而出，神志丧失，因计终天有期[9]，早归一日，则多得一日之奉养，携仆贳[10]驴，即刻东迈[11]。驰里许，驴忽返奔，鞭之不驯，控之则蹶。生无计，燥汗如雨。仆劝止之，生不听，又贳他驴，又如之，日已衔山，莫知为计。仆又劝曰："明日即完场矣，何争此一朝夕乎？请即先主而行，计亦良得。”不得已，从之。次日，草草竣事，立时遂发，不遑啜息[12]，星驰而归。则母病绵惙[13]，下丹药，渐就痊可。入视之，就榻泫泣[14]，母摇首止之，执手喜曰：“适梦至阴司，见王者颜色霁和，谓稽尔生平，无大罪恶，今念汝子纯孝，赐寿一纪[15]。”生亦喜。历数日，果平健如故。

未几，闻捷，辞母如济，因赂内监[16]，致意道士，道士欣然出，生便伏谒。道士曰：“君既高捷，太夫人又增寿数，此皆盛德所致，道人何力焉！”生又讶其预知，因而拜问终身。道士云：“君无大贵，但得耄耋[17]足矣。君前身与我为僧侣，以石投犬，误毙一蛙，今已投生为驴。论前定数，君当横折[18]。今孝德感神，已有解星[19]入命，固当无恙。但夫人前世为妇不贞，数应少寡，今君以德延寿，非其所耦，恐岁后瑶台倾[20]也。”生恻然良久，问继室所在，曰：“在中州[21]，今十四岁矣。”临别嘱曰：“倘遇危急，宜奔东南。”后年余，妻病果死。钟舅令于西江[22]，母遣往省，以便途过中州，将应继室之谶[23]。偶适一村，值临河优戏[24]，士女甚杂，方欲整辔趋过，有一失勒牡驴，随之而行，致骡蹄趹[25]。生回首，以鞭击驴耳，驴惊，大奔。时有王世子[26]方六七岁，乳媪抱坐堤上，驴冲过，扈从皆不及防，挤堕河中。众大哗，欲执之，生纵骡绝驰，顿忆道士言，极力趋东南。约三十余里，入一山村，有叟在门，下骑揖之。叟邀入，自言“方姓”，便诘所来。生叩伏在地，具以情告。叟言：“不妨。请即寄居此间，当使徼者[27]去。”至晚得耗，始知为世子，叟大骇曰：“他家可以为力，此真爱莫助之矣！”生哀不已。叟筹思曰：“不可为也。请过宵，听其缓急，倘可再谋。”生愁怖，终夜不枕。次日侦听，则已行牒讥察[28]，收藏者弃市[29]。叟有难色，无言而入。生疑惧，无以自安。中夜叟来，叩扉入，少坐，便问：“夫人年几何矣？”生以鳏对，叟喜曰：“吾谋济矣。”问之，答云：“姊夫慕道，挂锡南山[30]，姊又谢世。遗有孤女，从仆鞠养，亦颇慧，以奉箕帚[31]如何？”生喜符道士之言，而又冀亲戚密迩，可以得其周谋[32]，曰：“小生诚幸矣。但远方罪人，深恐贻累丈人[33]。”叟曰：“此为君谋也。姊夫道术颇神，但久不与人事矣。合卺后，自与甥女筹之，必合有计。”生益喜，赘焉。

女十六岁，艳绝无双，生每对之欷歔。女云：“妾即陋，何遂遽见嫌恶？”生谢曰：“娘子仙人，相耦[34]为幸。但有祸患，恐致乖违。”因以实告。女怨曰：“舅乃非人！此弥天之祸，不可为谋，乃不明言，而陷我于坎窞[35]！”生长跪曰：“是小生以死命哀舅，舅慈悲而穷于术，知卿能生死人而肉白骨[36]也。某诚不足称好逑[37]，然家门幸不辱寞。倘得再生，香花供养[38]有日耳。”女叹曰：“事已至此，夫复何辞？然父自削发招提[39]，儿女之爱已绝。无已，同往哀之，恐担挫辱[40]不浅也。”乃一夜不寐，以毡绵厚作蔽膝[41]，各以隐着衣底；然后唤肩舆，入南山十余里。山径拗折绝陷，不复可乘。下舆，女跬步甚艰，生挽臂拽扶，竭蹶[42]始得上达。不远，即见山门，共坐少憩。女喘汗淫淫[43]，粉黛交下。生见之，情不可忍，曰："为某事，遂使卿罹此苦！"女愀然[44]曰："恐此尚未是苦！"困少苏，相将入兰若，礼佛而进。曲折入禅堂[45]，见老僧趺坐[46]，目若瞑，一僮执拂侍之。方丈[47]中，扫除光洁，而座前悉布沙砾，密如星宿[48]。女不敢择，入跪其上，生亦从诸其后。僧开目一瞻，即复合去。女参[49]白："久不定省[50]，今女已嫁，故偕婿来。"僧久之，启视曰："妮子大累人！"即不复言。夫妻跪良久，筋力俱殆，沙石将压入骨，痛不可支。又移时，乃言曰："将骡来未？"女答曰："未。"白："夫妻即去，可速将来。"二人拜而起，狼狈而行，既归，谨如其言，不解其意，但伏听之。过数日，相传罪人已得，伏诛讫，夫妻相庆。无何，山中遣僮来，以断杖付生云："代死者，此君也。"便嘱瘗祭，以解竹木之冤。生视之，断处有血痕焉，乃祝而葬之。夫妻不敢久居，星夜归辽阳。

校注

1 〔辽东〕郡名。秦置郡，治襄平（今辽阳市）。古之辽东指辽宁省东南部辽河以东地区。明朝置辽东都指挥使司。清顺治十年（1653）曾置辽阳府。

2 〔应济南乡举〕参加济南乡试。乡举，即乡试。有清一代，奉天（今辽宁）未曾分闱举行乡试，士子皆至济南应试。

3 〔藩邸〕指藩王府邸。藩，本指封建王朝的属国。后称封爵者为藩。此指明德王邸，在今济南市珍珠泉一带。

4 〔趵（bào 豹）突泉〕在山东济南西门外，为泺水源头，原名瀑流，宋代始称趵突泉。清泉三股，昼夜喷涌，水质清醇甘洌，名列济南七十二泉之首，号“天下第一泉”。

5 〔如堵〕如墙。堵，墙壁。《诗经·小雅·鸿雁》：“百堵皆作。”

6 〔微词〕谓隐约之词。此指言词中含有预测祸福之意。《公羊传·定公元年》：“定、哀多微辞。”

7 〔屏（bǐng 丙）人语〕谓避开众人而谈。

8 〔尊堂〕称他人之母的敬词。详见卷一《婴宁》注。

9 〔终天有期〕谓其母丧有日。终天，谓如天之久远无穷。《文选·潘岳〈哀永逝文〉》：“今奈何兮一举，邈终天兮不反。”后因谓父母死亡为抱终天之恨。

10 〔贳（shì 世）〕租赁。

11 〔东迈〕东进。迈，行，远行。《诗经·小雅·小宛》：“我日斯迈，而月斯征。”

12 〔啜（chuò 辍）息〕谓饮食休息。啜，吃，喝。

13 〔绵惙（chuò 绰）〕病情垂危。《世说新语·德行》：“刘尹（琰）在郡，临终绵惙，闻阁下祀神，鼓舞，正色曰：‘莫得淫祀。’”

14 〔泫泣〕流泪。《文选·繁钦〈与魏文帝笺〉》：“同坐仰叹，观者俯听，莫不泫泣殒涕，悲怀慷慨。”

15 〔赐寿一纪〕谓增十二年的寿数。一纪，岁星（木星）绕地球一周约需十二年，故称十二年为一纪。《尚书·毕命》：“既历三纪。”传：“十二年曰纪。”

16 〔内监〕此指藩邸府内的宦官。

17 〔耄耋（màodié冒迭）〕指高寿。《礼记·曲礼上》："八十、九十曰耄。"耋，老。《诗经·秦风·车邻》："逝者其耋。"传曰："耋，老也。八十曰耋。"

18 〔横（hèng）折〕谓不得好死。横，意外，突然。折，夭折，早死。

19 〔解星〕旧时术数家指能化凶为吉的星。

20 〔瑶台倾〕指妻子死亡。刘禹锡《伤往赋》："锦瑟僵兮弦柱绝，瑶台倾兮镜奁空。"瑶台，谓用美玉砌成的台。《楚辞·离骚》："望瑶台之偃蹇兮，见有娀之佚女。"谓美女所居之处。后因称人丧妻为"瑶台倾"。

21 〔中州〕即古之豫州。此指今之河南一带。详见卷二《庚娘》注。

22 〔西江〕江名。珠江干流，古称郁水，在广东省西部，由黔、郁、桂三江汇合而成。唐张籍《野老歌》："西江估客珠百斛，船中养犬常食肉。"

23 〔继室之谶（chèn趁）〕续娶之妻的预言。谶，谶语，预言。

24 〔优戏〕演戏。优，指扮演杂戏的人。

25 〔蹄趹（jué抉）〕骡马用后蹄踢人，俗谓尥蹶子。

26 〔世子〕指明清时的亲王的嫡长子，为王位的继承人。

27 〔徼（jiào较）者〕指巡捕一类的差役。徼，巡察。《后汉书·臧宫传》："少为县亭长游徼。"注："游徼，掌循禁奸盗也。"

28 〔行牒讥察〕下公文稽查。牒，公文。讥，稽查。《孟子·公孙丑上》："关讥而不征。"

29 〔弃市〕古时犯有死刑的人，在闹市中执行死刑，并陈尸街头，故称杀头为弃市。《史记·秦始皇本纪》："有敢偶语诗书者弃市。"

30 〔挂锡南山〕谓在南山出家做和尚。挂锡，即挂锡杖。锡，指僧人云游所持锡杖。戒规，入室，锡杖不得着地，挂于壁上。故称僧人云游为"飞锡"，止宿曰"挂锡"。唐裴休《赠黄蘖山僧希运》诗："挂锡十年栖蜀水，浮杯今日渡江滨。"

31 〔奉箕帚〕即做妻室的谦词。详见卷五《柳生》注。

32 〔周谋〕谓周密的谋划。

33 〔丈人〕此指年长之人，是对老人的尊称。

34 〔相耦〕谓相匹配。耦，通“偶”，匹配。

35 〔坎窞（dàn 旦）〕洞穴。《周易·坎》：“习坎，入于坎窞。”

36 〔生死人而肉白骨〕谓使死者复生。比喻施恩深厚。《左传·昭公二十五年》：“苟使意如（季平子）得改事君，所谓生死而肉骨也。”

37 〔好逑〕好的配偶。《诗经·周南·关雎》：“窈窕淑女，君子好逑。”

38 〔香花供养〕以香和花供神佛，表示虔诚恭敬。《金刚经·持经功德分》第十五：“在在处处若有此经，一切世间天人阿修罗所应供养……以诸华香而散其处。”华，同“花”。

39 〔削发招提〕谓剃发到招提为僧。削发，剃发。王维《留别山中温古上人兄并示舍弟缙》诗：“舍弟官崇高，宗兄此削发。”招提，僧寺的别称。梵语的译音“拓斗提奢”，省作“拓提”。后误“拓”为“招”。其义为“四方”。北魏太武帝造伽蓝，创招提之名，后遂为寺院的别称。《旧唐书·武宗纪》：“寺宇招提，莫知纪极，皆云构藻饰，僭拟宫居。”

40 〔挫辱〕凌折，侮辱。《韩非子·亡征》：“挫辱大臣而狎其身，刑戮小民而逆其使。”

41 〔蔽膝〕指跪拜时用来护膝的围裙。

42 〔竭蹶〕谓跌撞猛奔。《荀子·儒效》：“故近者歌讴而乐之，远者竭蹶而趋之。”

43 〔淫淫〕指汗流不断的样子。详见卷一《婴宁》注。

44 〔愀（qiǎo 巧）然〕忧惧的样子。《荀子·修身》：“见不善，愀然必以自省也。”

45 〔禅堂〕僧参禅之处。

46 〔趺坐〕佛徒坐禅的一种姿势。详见卷一《耳中人》注。

47 〔方丈〕佛寺中长老及住持说法之处。《法苑珠林·感通圣迹》：“以笏量基止，有十笏，故号方丈之室也。”唐元稹

《观心处》诗："满座喧喧笑语频，独怜方丈了无尘。"

48 〔星宿〕泛指列星，此处用以状物。杜甫《见萤火》："忽见屋里琴书冷，复乱檐边星宿稀。"

49 〔参〕谓参拜。

50 〔定省〕谓请安探望。详见卷三《韦公子》注。

鬼妻

泰安[1]聂鹏云，与妻某，鱼水甚谐[2]。妻遘疾[3]卒，聂坐卧悲思，忽忽若失。一夕独坐，妻忽推扉入，聂惊问："何来？"笑云："妾已鬼矣。感君悼念，哀白地下主者[4]，聊与作幽会。"聂喜，携就床寝，一切无异于常。从此星离月会[5]，积有年余，聂亦不复言娶。伯叔兄弟惧坠宗主[6]，私族于谋，劝聂鸾续[7]。聂从之，聘于梁家，然恐妻不乐，秘之。未几，吉期逼迩。鬼知其情，责之曰："我以君义，故冒幽冥之谴，今乃质盟不卒[8]，钟情者固如是乎？"聂述宗党之意，鬼终不悦，谢绝而去。聂虽怜之，而计亦得也。迨合卺之夕，夫妇俱寝，鬼忽至，就床上挝新妇，大骂："何得占我床寝！"新妇起，力与撑拒。聂惕然赤蹲，并无敢左右袒[9]。无何，鸡鸣，鬼乃去。新妇疑聂妻故未死，谓其赚己，投缳欲自缢。聂为之缅述[10]，新妇始知为鬼。日夕复来，新妇惧避之。鬼亦不与聂寝，但以指爪掐肤肉，已乃对烛怒相视，默默不作语。如是数夕，聂患之。近村有良于术[11]者，削桃为杙[12]，钉墓四隅，其怪始绝。

校注

1 〔泰安〕即泰安州。州治在今山东泰安市。
2 〔鱼水甚谐〕喻夫妻间关系很和谐融洽。鱼水，比喻夫妻和美。详见卷二《连琐》注。
3 〔遘疾〕染疾。
4 〔哀白地下主者〕谓哀告阴司的主管人。
5 〔星离月会〕谓妻子离去与相会，都在夜间。
6 〔惧坠宗主〕谓担心断绝宗嗣。宗主，指嫡长子，为一宗之主。
7 〔鸾续〕即“鸾胶再续”之省称。此指续弦，续娶妻子。详见卷五《马介甫》“鸾胶”注。
8 〔质盟不卒〕不能终守盟誓。质盟，盟约。质和盟同义。《左传·哀公十二年》：“黄池之役，先主与吴王有质。”注：“质，盟信也。”不卒，不终。《诗经·邶风·日月》：“父兮母兮，畜我不卒。”笺：“卒，终也。”
9 〔无敢左右袒〕谓不敢袒护任何一方。左右袒，即左袒或右袒。详见卷四《珊瑚》注。
10 〔缅述〕追述。
11 〔术〕谓巫术。
12 〔杙（yì 弋）〕小木桩。

黄将军

黄靖南得功微时[1]，与二孝廉[2]赴都，途遇响寇[3]。孝廉惧，长跪献资。黄怒甚，手无寸兵，即以两手握骡足，举而投之，贼不及防，马倒人堕，黄拳之臂断，搜橐而归。孝廉服其勇，资劝从军，后屡建奇勋，遂腰蟒玉[4]。

晋人某，有勇力，生平不屑格拒之术[5]，而搏击家当之尽靡。过中州，有少林[6]弟子受其辱，忿告其师，群谋设席相邀，将以困之。既至，先陈茗果[7]，胡桃连壳，坚不可食。某取就案边，伸食指敲之，应手而碎。寺众大骇，优礼而散。

校注

1 〔黄靖南得功微时〕黄得功（1594–1645），字虎山，合肥人。据徐秉义《明末忠烈纪实·黄得功》载："（得功）少执鞭役属人，饮博无赖，不为乡里所齿。出关走辽阳，投大帅为健卒，遂隶辽阳籍。为人忠勇，善骑射，每临阵，饮酒数斗，深入敌营，不顾生死利害。”得功官至总兵。崇祯十七年（1644）封靖南伯，五月福王立南京，进封靖南侯，镇守庐州，为江北“四镇”之一。得功，以勇猛闻著，军中称“黄闯子”，又称“小由基”。弘光元年（即顺治二年）五月，黄得功与左兵鏖战，身中二矢，诏封靖国公。南京陷，黄得功率兵与战，中流矢死，唐王赐谥忠烈。微时，谓微贱，未显达之时。详见卷三《杨大洪》注。

2 〔二孝廉〕即举人杨文聪、周祚新。杨文聪（1597–1645），字龙友，贵阳人。明万历四十七年（1619）举人。南明唐王时，以兵部右侍郎兼右佥都御史提督军务。清兵攻下衢州，兵败被俘，不屈遇害。周祚新，字又新，号墨奴，贵州卫人，为杨文聪之女婿。崇祯十年（1637）进士，官户部主事。弘光时任兵部司官，遂定居南京。

3 〔响寇〕又称响马。旧时在道路上劫夺客商财物的匪徒。因开始抢劫时，先放响箭，故称。

4 〔腰蟒玉〕谓身着蟒袍玉带，成为将军，封为伯爵。

5 〔格拒之术〕此指武术。

6 〔少林〕指少林寺。详见卷四《武技》注。

7 〔茗果〕谓茶水、果品。

三朝元老

某中堂[1]者，故明相也，曾降流寇[2]，世论非之[3]。老归林下[4]，享堂[5]落成，数人直宿其中。天明，见堂上一匾云："三朝元老[6]。"一联云："一二三四五六七，孝弟忠信礼义廉。"不知何时所悬。怪之，不解其义。或测之云："首句隐亡八，次句隐无耻也[7]。"似之。

洪经略[8]南征，凯旋，至金陵[9]，醮荐[10]阵亡将士。有旧门人[11]谒见，拜已，即呈文艺[12]。洪久厌文事，辞以昏眊[13]，生三云："但烦坐听，容某颂[14]达上闻。"遂探袖出文，抗声[15]朗读，乃故明思宗[16]御制祭洪辽阳死难文[17]也。读毕，大哭而去。

校注

1 〔中堂〕即宰相。此指内阁大学士。详见卷四《小猎犬》注。

2 〔流寇〕封建统治者对农民义军的蔑称，此指明末农民义军李自成、张献忠之起义军。

3 〔世论非之〕谓当时之人讥讽其作为。世论，当世的评论。《晋书·庾冰传》:“兄亮以名德流训，冰以雅素垂风……为世论所重。”

4 〔林下〕旧称辞官退隐之所。详见卷二《红玉》注。

5 〔享堂〕亦称祠堂。旧时供奉祖先、先贤的庙堂。享，祭享。

6 〔三朝元老〕指历事三位君主的重臣。《后汉书·章帝纪》:“行太尉事节乡侯熹三世在位，为国元老。”此指历事三朝的失节重臣。该文中所言之“三朝元老”所指为谁，目前有两种意见：一是，以侯岱麟先生为代表的孙之獬说（此见《蒲松龄研究集刊》第二辑《如此人物》一文）；二是，以陈敏杰先生为代表的“三朝元老”是糅合李建泰、金之俊二人之事所捏造的一个“杂种”。据《朱书集》卷十《游历记》载：李建泰，曲沃人，崇祯朝为首辅，后“建泰遂为贼相。贼败，再降（清朝），又为相。被赐绰楔曰‘三朝元老’，悬于门，始告归”。此为“三朝元老”之来历。

7 〔“一二三四五六七，孝弟忠信礼义廉”，“首句隐亡八，次句隐无耻也”〕据苏瀜《惕斋见闻录》云：“（金之俊还籍）营建太傅第，名其居之后街曰‘后乐街’，前巷曰‘承恩坊’。吴人夜榜其门曰：‘后乐街前长乐老，承恩坊里负恩人。’又赠对句云：‘一二三四五六七——亡八（抄本误作“北”字），孝弟忠信礼义廉——无耻。’”句中“亡八”，为咒骂“王八”之谐音。

8 〔洪经略〕即洪承畴（1593-1665），福建南安人，字彦演，号亨九。明万历进士，崇祯时任兵部尚书蓟辽总督，十五年（1642）在松山战役中被清军俘虏，降清。顺治元年（1644）随清军入关，次年至南京，总督军务，镇压江南抗清义军，杀害黄道周、夏完淳及明宗室多人。顺治十年（1653）奉命经略南方各省，追剿明桂王朱由榔，消灭各地抗清起义军。顺治十六年（1659）以目疾乞解任，命回京调理。卒谥文襄。生平详见《清史稿·洪承畴传》。

9 〔金陵〕即江苏省南京市。

10 〔醮荐〕祭悼。醮，祭祀。荐，供奉祭品。

11 〔旧门人〕指洪承畴在明朝所取之士抑或旧时幕府中僚属。门人，谓门下之客。

12 〔文艺〕此指文章。

13 〔昏眊（mào 茂）〕眼睛视物不清。柳宗元《与萧翰林俛书》："昏眊重膇，意以为常。"此谓年老眼睛昏花。

14 〔颂〕通"诵"。《孟子·万章下》："颂其诗，读其书，不知其人可乎？"

15 〔抗声〕谓高声。

16 〔明思宗〕即明代最末一个皇帝朱由检（1611–1644），年号崇祯。李自成农民军攻进北京时自缢死。南明先谥为思宗，后改谥毅宗。清谥为庄烈帝。

17 〔御制祭洪辽阳死难文〕明末洪承畴任兵部尚书蓟辽总督，率兵抵御清兵。崇祯十五年（1642）松山一役，兵败被俘。当战败的消息传到北京，讹言洪已死难。崇祯闻讯震悼，予祭十六坛，建祠都门，并将亲临致奠。后闻洪已投降，乃止。见《清史稿·洪承畴传》。御制祭文，以皇帝名义的悼词。

医 术

张氏者，沂[1]之贫民，途中遇一道士，善风鉴[2]，相之曰："子当以术业富[3]。"张曰："宜何从？"又顾之，曰："医可也。"张曰："我仅识'之无'[4]耳，乌能是[5]？"道士笑曰："迂哉！名医何必多识字乎？但行之耳。"

既归，贫无业，乃摭拾海上方[6]，即市廛中除地作肆[7]，设鱼牙蜂房[8]，谋升斗于口舌之间，而人亦未之奇[9]也。会青州太守[10]病嗽，牒檄[11]所属征医，沂固[12]山僻，少医工，而令惧无以塞责，又责里甲[13]使自报，于是共举张。令立召之，张方痰病，不能自疗，闻命大惧，固辞。令弗听，卒邮送[14]去。路经深山，渴极，咳愈甚，入村求水，而山中水价与玉液[15]等，遍乞之，无与者。见一妇漉[16]野菜，菜多水寡，盎中浓浊如涎。张燥急难堪，便乞余沺[17]饮之。少间，渴解，嗽亦顿止，阴念：此殆良方也。比至郡，诸邑医工，已先施治，并未痊减，张入，求得密所，伪出药目，传示内外，复遣人于民间索诸藜藿[18]，如法淘汰讫，以汁进太守，一服，病良已。太守大悦，赐赉

醫術
素問靈
樞鏡揣
摩窺垣誰
洞十三科通人
一語殊調侃若
箇名醫讖字多

甚厚，旌以金扁[19]。由此名大噪，门常如市，应手无不悉效。有病伤寒者，言症求方，张适醉，误以疟剂予之，醒而悟之，不敢告人。三日后，有盛仪造门[20]而谢者，问之，则伤寒人大吐大下而愈矣。此类甚多。张由此称素封，益以声价自重，聘者非重资安舆[21]不至焉。

益都韩翁，名医也。其未著时[22]，货药于四方，暮无所宿，投止一家，则其子伤寒将死，固请施治。韩思不治，则去此莫适，而治之诚无术，往复跬踱[23]，以手搓体，而汗泥成片，捻之如丸。顿思以此给之，当亦无所害，晓而不愈，已赚得寝食安饱矣。遂付之，中夜，主人挝门甚急，意其子死，恐被侵辱，惊起，逾垣疾遁。主人追之数里，韩无所逃，始止，乃知病者汗出而愈矣。挽回，款宴丰盛，临行，厚赠之。

校注

1 〔沂〕即清时沂州，治所在今山东临沂市。

2 〔风鉴〕相术。详见卷二《刘海石》注。

3 〔以术业富〕谓当以某技艺致富。

4 〔仅识“之无”〕只能认识“之无”二字。白居易《与元九书》：“仆始生六七月时，乳母抱弄于书屏下，有指‘无’字‘之’字示仆者，仆虽口未能言，而指之不差。”后遂称识字不多为仅识“之无”。

5 〔乌能是〕谓怎么能去做这种事？乌，何。是，这。

6 〔摭（zhí 直）拾海上方〕谓拾取流传于民间的验方。摭，拾取。海上方，俗称“偏方”。

7 〔即市廛中除地作肆〕谓就在集市上设地摊卖药。市廛，集市。肆，铺店。

8 〔鱼牙蜂房〕都是中药材。旧时药店常将此等药材陈列于门首。

9 〔人亦未之奇也〕谓并未引起人们的注意。

10 〔青州太守〕指青州知府。青州，清府名，治所在今山东青州市。太守，明清为知府的别称。

11 〔牒檄〕下达紧急公文。牒，公文。檄，谓紧急征召的公文。

12 〔固〕本来。

13 〔里甲〕明州县统治的基层单位，后转为明三大徭役（里甲、均徭、杂泛）名称之一。《明史·食货志一》：“洪武十四年，诏天下编赋役黄册，以一百十户为一里，推丁粮多者十户为长，余百户为十甲，甲凡十人。”

14 〔邮送〕谓经由驿站传送。邮，指传递文书的驿站。

15 〔玉液〕道家称饮玉液可以长生。《楚辞·王逸〈九思·疾世〉》：“吮玉液兮止渴，啮芝华兮疗饥。”注：“玉液，琼蕊之精华。”

16 〔漉（lù 录）〕淘洗。

17 〔余沛〕指剩余的液汁。沛，汁。

18 〔藜藿（líhuò 梨获）〕指野菜。详见卷二《阿宝》注。

19 〔扁〕同“匾”，匾额。

20 〔盛仪造门〕谓带着丰盛的礼品，以很隆重的礼节至其家。

21 〔安舆〕即安车。古时高官致仕或朝廷征召民间有重望的人，往往赐乘安车。《史记·儒林列传》：“于是天子使使束帛加璧安车驷马迎申公。”此处指舒适的车子或轿子。

22 〔未著时〕谓未名闻于世之时，即未出名时。

23 〔跮踱（diéduó 迭夺）〕忽进忽退。《史记·司马相如列传·大人赋》：“跮踱輵辖，容以委丽兮，蜩缪偃蹇，怵㚖以梁倚。”

藏虱

乡人[1]某者，偶坐树下，扪得一虱，片纸裹之，塞树孔中而去。后二三年，复经其处，忽忆之，视孔中纸裹宛然，发而验之[2]，虱薄如麸[3]，置掌中审顾之。少顷，觉掌中奇痒，而虱腹渐盈矣，置之而归。痒处核起[4]，肿痛数日，死焉。

校注

1 〔乡人〕指同乡里之人。
2 〔发而验之〕打开看验它。
3 〔麸〕麸皮，小麦磨面过箩后剩下的皮儿。
4 〔核起〕谓肿起如核。核，此指硬块。

梦狼

白翁，直隶[1]人。长子甲，筮仕南服[2]，二年，道远苦无耗。适有瓜葛[3]丁姓造谒，翁以其久不至，款之。丁素走无常[4]。谈次，翁辄问以冥事[5]，丁对语涉幻，翁不深信，但微哂之。

既别，后数日，翁方卧，见丁复来，邀与同游，从之去，入一城阙。移时，丁指一门曰："此间君家甥也。"时翁有姊子为晋令，讶曰："乌在此？"丁曰："倘不信，入便知之。"翁入，果见甥，蝉冠豸绣[6]坐堂上，戟幢行列[7]，无人可通[8]。丁曳之出，曰："公子衙署，去此不远，得无亦愿见之否？"翁诺。少间，至一第，丁曰："入之。"窥其门，见一巨狼当道，大惧，不敢进。丁又曰："入之。"又入一门，见堂上、堂下，坐者、卧者，皆狼也。又视墀中，白骨如山，益惧。丁乃以身翼翁而进。公子甲，方自内出，见父及丁良喜，少坐，唤侍者治肴蔌[9]。忽一巨狼，衔死人入，翁战惕而起，曰："此胡为者？"甲曰："聊充庖厨[10]。"翁急止之，心怔忡不宁，辞欲出，而群狼阻道。进退方无所主，忽见诸狼纷然嗥避，或窜床下，或伏几底，错愕不解其故。俄有两金甲猛士怒目入，出黑索[11]索甲，甲扑地化为虎，牙齿巉巉[12]。一人出利剑，欲枭其首[13]，一人曰："且勿，且勿，此明年四月间事，不如姑敲齿去。"乃出巨锤锤齿，齿零落堕地，虎大吼，声震山岳。翁大惧，忽醒，乃知其梦，心异之，遣人招丁，丁辞不至。

翁乃志其梦，使次子诣甲，函戒哀切。既至，见兄门齿尽豁，骇而问之，则醉中坠马所折，考其时，则父梦之日也。益骇，出父书，甲读之变色，为间曰："此幻梦之适符耳，何足怪。"时方赂当道者[14]，得首荐[15]，故不以妖梦为意。弟居数日，见其蠹役[16]满堂，纳贿关说者中夜不绝，流涕谏止之，甲曰："弟日居衡茅[17]，故不知仕途之关窍耳。黜陟之权，在上台[18]不在百姓。上台喜，便是好官，爱百姓，何术复令上台喜也？"弟知不可劝止，遂归，悉以告翁。翁闻之大哭，无可如何，惟捐家[19]济贫，日祷于神，但求逆子之报[20]，不累妻孥。

次年，报甲以荐举作吏部[21]，贺者盈门，翁惟欷歔，伏枕托疾，不见一客。未几，闻子归途遇寇，主仆殒命，翁乃起，谓人曰："鬼神之怒，止及其身，佑我家者不可谓不厚也。"因焚香而报谢之。慰藉翁者，咸以为道路之讹，而翁殊深信不疑，刻日为之营兆[22]。

而甲固未死。先是，四月间，甲解任[23]，甫离境，即遭寇，甲倾装以献之，诸寇曰："我等之来，为一邑之民泄冤愤耳，宁专为此哉！"遂决其首。又问家人："有司大成者，谁是？"司故甲之腹心，助纣为虐[24]者，家人共指之，贼亦决之。更有蠹役四人，甲聚敛臣[25]也，将携入都，并搜决讫，始分资入囊，骛驰而去。甲魂伏道旁，见一宰官过，问："杀者何人？"前驱者报曰："某县白知县也。"官曰："此白某之子，不宜使老后见此凶惨，宜续其头。"即有一人掇头置腔上，曰："邪人不宜使正，以肩承颔可也。"遂去。移时复苏。妻子往收其尸，见有余息，载之以行，从容灌之，亦[26]受饮。但寄客邸，贫不能归。半年许，翁始得确耗，遣次子致之而归。甲虽复生，而目能自顾其背，不复齿人数矣。翁姊子有政声，是年行取[27]为御史，悉符所梦。

异史氏曰："窃叹天下之官虎而吏狼者，比比[28]也。即官不为虎，而吏且将为狼，况有猛于虎[29]者耶！夫人患不能自顾其后耳，苏而使之自顾，鬼神之教微矣哉[30]！"

邹平[31]李进士匡九，居官颇以廉明自许。常有富民为人罗织[32]，役吓之曰："官索汝二百金，宜速办，不然，败矣！"富民惧，诺备半数，役摇手不可。富民苦哀之，役曰："我无不极力，但恐不允耳。待听鞫时，汝目睹我，为若白之，其允与否，亦可明我意之无他也。"少间，公按是事，役知李戒烟，近问："饮烟否？"李摇其首。役即趋下曰："适言其数，官摇首不许，汝见之耶？"

富民信之，益惧，诺如前数。役知李嗜茶，近问："饮茶否？"李颔之。役托烹茶，趋下曰："谐矣！适首肯，汝见之耶？"既而审结，富民果获免，役即收其苞苴[33]，且索谢金。呜呼！官自以为廉，而骂其贪者载道焉，此又纵狼[34]而不自知者矣。世之如此类者更多，可为居官者备一鉴也。

又邑宰杨公[35]，性刚鲠[36]，撄[37]其怒者必死。尤恶隶皂，小过不宥。每凛坐[38]，吏胥之属无敢咳者，此属间有所白，必反而用之。适有邑人犯重罪，惧死，一吏索重赂为之缓颊，邑人不信，且曰："果能之，我何靳报焉。"乃与要盟[39]。少顷，公鞫是事，邑人不肯服，吏在侧呵语曰："不速实供，大人械梏死矣！"公怒曰："何知我必械梏之耶？想其赂未到耳。"遂责吏，释邑人，邑人乃以百金报吏。要知狼诈多端，少失觉察，即为所用，正不止肆其爪牙以食人于乡而已也。此辈败我阴骘，甚至丧我身家。不知居官者，作何心肺，偏要以赤子饲麻胡[40]也。

校注

1 〔直隶〕旧省名。详见卷二《胡氏》注。
2 〔筮（shì士）仕南服〕谓南方做官。筮仕，古人将出仕，先卜吉凶，故曰筮仕。筮，古代用以占卜的蓍草。《左传·闵公元年》：“毕万筮仕于晋。”后称出任为官。白居易《答故人》：“自从筮仕来，六命三登科。”南服，即指南方。详见卷四《西湖主》注。

3 〔瓜葛〕谓远亲戚。详见卷一《婴宁》注。

4 〔走无常〕旧时所谓当阴差。详见卷二《张诚》注。

5 〔冥事〕谓阴间之事。

6 〔蝉冠豸（zhì 制）绣〕古代御史大夫的冠服。此指穿着官服。蝉冠，貂蝉冠，以貂尾蝉纹为饰之冠。豸绣，谓绣有獬豸的官服。吕湛恩注：“《汉官仪》：‘制，侍中惠文冠附蝉为文，貂尾为饰。’注：‘蝉取居高饮洁，貂取内劲外温。’御史衣豸绣。獬豸，兽名。一角，能触邪。”

7 〔戟幢（chuáng 床）行（háng 杭）列〕谓仪仗成行排列于堂前。戟幢，古时官员的仪仗。戟，有缯衣或油漆的木戟。幢，以羽毛为饰的旗帜。

8 〔无人可通〕谓无人可以转达私谊。

9 〔肴蔌（sù 速）〕鱼肉和菜蔬。《西京杂记》四：“果蓏肴蔌，悉知其所。”

10 〔充庖厨〕充当食物。《文选·扬雄〈羽猎赋〉》：“宫馆台榭，沼池园囿，林麓薮泽，足以奉郊庙、御宾客、充庖厨而已。”

11 〔黑索〕即纆（mò 茉）索，绳索。纆，《周易·坎》“系用徽纆”陆德明释文：“徽，许韦反。纆，音墨。三股曰徽，两股曰纆，皆索名。”此指捆囚犯的绳索。

12 〔巉巉〕谓山势险峻，此借以形容牙齿之尖锐锋利。

13 〔枭（xiāo 销）其首〕割其头。详见卷一《画皮》注。

14 〔当道者〕指掌大权的人物。

15 〔得首荐〕得到首先推荐的资格。荐，荐举，指保举调京师考选。唐韩愈《与祠部陆员外书》：“凡此四子皆可以当执事首荐而不极论者。”此指清代三年考察外官政绩之“大计”。大计成绩优异者，荐举擢升新职。

16 〔蠹役〕指害民之吏役。详见卷四《伍秋月》注。

17 〔衡茅〕横木为门，覆以茅草，形容简陋的房屋。《文选·陶潜〈辛丑岁七月赴假还江陵夜行涂口〉》：“养真衡茅下，庶以善自名。”此处指乡居。

18 〔上台〕泛指三公、宰辅。阮籍《诣蒋公奏记辞命》：“明公以含一之德，据上台之位，群英翘首。”此指上官。

19 〔捐家〕捐献家财。《晋书·李绩载记》：“绩于丧乱之中，捐家立义，情节之重，有侔古烈。”

20 〔逆子之报〕指为白甲应得到的报应。逆子，忤逆之子。报，谓果报。

21 〔作吏部〕指为吏部之属官。作，同“做”。

22 〔营兆〕营造坟墓。兆，墓地。韩愈《祭十二郎文》：“终葬汝于先人之兆。”

23 〔解任〕本指免职，停职。此指卸任，解除原官上调。

24 〔助纣为虐〕谓帮助坏人作恶。《孟子·滕文公下》：“周公相武王，诛纣伐奄。”朱熹注：“奄，东方之国，助纣为虐也。”纣，商末暴君，后来以之喻坏人。

25 〔聚敛臣〕为统治者搜括财物的帮凶。《礼记·大学》：“百乘之家，不畜聚敛之臣；与其有聚敛之臣，宁有盗臣。”

26 〔亦〕铸雪斋本作“但”，康熙抄本作“以”。

27 〔行取〕保举到京师考官。详见卷一《青凤》注。

28 〔比比〕处处。陆游《上殿札子》：“行之数年，而大臣近侍不得职者几人？帅臣监司之加职者又比比而有。”

29 〔猛于虎〕谓比虎还凶猛。《礼记·檀弓下》：“夫子曰：‘小子识之，苛政猛于虎也。’”

30 〔微矣哉〕谓多么奥妙深刻啊！微，微妙，深刻。矣哉，用于感叹句之末，加重语气。《论语·阳货》：“饱食终日，无所用心，难矣哉！”

31 〔邹平〕县名。县治在今山东省邹平县一带。

32 〔罗织〕虚构罪名，株连无辜。详见卷四《冤狱》注。

33 〔苞苴（jū居）〕以财物行贿。详见卷四《念秧》注。

34 〔纵狼〕比喻放纵差役作恶。

35 〔“又邑宰杨公”段〕此段为佚文，独见于《异史》本，其他各本皆未载。

36 〔刚鲠〕亦作“刚梗”、“刚骾”。谓性格刚强正直。《晋书·谢邈传》：“邈性刚骾，无所屈挠，颇有理识。”

37 〔撄〕触犯。

38 〔凛坐〕谓升堂办案时之气概。凛，严肃，严厉。

39 〔要盟〕强迫订立盟约。唐元稹《莺莺传》：“以先配为丑行，以要盟为可欺。”

40 〔麻胡〕传说中人名。说法不一，以残暴著称。民间习用以恐吓小儿。《太平广记》卷二六七引唐张鷟《朝野佥载》：“后赵石勒将麻秋者，太原胡人也，植性虓险鸩毒。有儿啼，母辄恐之‘麻胡来’，儿声绝。至今以为故事。”此者考之经典之解。但在胶东地区民间“麻胡”为狼之俗称，结合文中“以赤子饲麻胡”，当以是解为当。

夜　明

有贾客[1]泛于南海，三更时，舟中大亮似晓，起视，见一巨物，半身出水上，俨若山岳，目如两日初升，光四射，大地皆明。骇问舟人，并无知者，共伏瞻[2]之。移时，渐缩入水，乃复晦。后至闽中[3]，俱言某夜明而复昏，相传为异。计其时，则舟中见怪之夜也。

校注

1　〔贾（gǔ 古）客〕指行商者。
2　〔伏瞻〕蹲伏着观看。
3　〔闽中〕指今之福建一带。闽，福建省之简称。

化　男

苏州木渎镇[1]，有民女夜坐庭中，忽星陨中颅，仆地而死。其父母老而无子，止此女，哀呼急救，移时始苏，笑曰："我今为男子矣！"验之，果然。其家不以为妖，而窃喜其暴得丈夫子也。奇已，亦丁亥[2]间事。

校注

1　〔苏州木渎镇〕苏州，府名，治所在江苏省吴县，即今之江苏省苏州市。木渎镇，在吴县西南二十七里。

2　〔丁亥〕指清顺治丁亥，即顺治四年（1647）。文中所言"亦丁亥间事"者，可以《夏雪》事为佐证："丁亥年七月初六日，苏州大雪。"

禽侠

天津某寺，鹳鸟巢于鸱尾[1]。殿承尘[2]上，藏大蛇如盆，每至鹳雏团翼[3]时，辄出吞食尽，鹳悲鸣数日乃去。如是三年，群料其必不复至，而次岁巢如故。约雏长成，即径去，三日始还。入巢哑哑，哺子如初。蛇又蜿蜒而上，甫近巢，两鹳惊，飞鸣哀急，直上青冥[4]。俄闻风声蓬蓬，一瞬间，天地似晦。众骇异，共视，乃一大鸟翼蔽天日，从空疾下，骤如风雨，以爪击蛇，蛇首立堕，连摧殿角数尺许，振翼而去，鹳从其后，若将送之。巢既倾，两雏俱堕，一生一死。僧取生者置钟楼上，少顷，鹳返，仍就哺之，翼成而去。

异史氏曰："次年复至，盖不料其祸之复也。三年而巢不移，则复仇之意已决。三日不返，其去作秦庭之哭[5]可知矣。大鸟必羽族之剑仙[6]也。飙然而来，一击而去。妙手空空儿[7]何以加此。"

济南有营卒[8]，见鹳鸟过，射之，应弦而落。喙中衔鱼，将哺子也。或劝拔矢放之，卒不听。少顷带矢飞去。

后，往来近郭[9]间，两年余贯矢如故。一日，卒坐辕门下。鹳过，矢坠地。卒拾视曰："此矢固无恙哉？"耳适痒，因以矢代搔。忽大风摧门，门骤合，触矢贯脑，卒寻毙。

校注

1 〔鹳鸟巢于鸱尾〕鹳将巢筑于寺庙的屋脊端的鸱尾上。鹳，大鸟。鸱尾，又名鸱吻、蚩尾，为我国古代殿堂建筑屋脊两头的鱼形、鸟形或龙头形的饰物。鸱尾，原作"蚩尾"。唐苏鹗《苏氏演义》卷上："蚩者，海兽也。汉武作柏梁殿，有上疏者云：'蚩尾，水之精，能辟火灾，可置之堂殿。'今人多作鸱字。"唐以后，鸱尾又改称"鸱吻"。宋张师正《倦游录》："汉以宫殿多灾，术者言天上有鱼尾星，宜为其象，冠以屋上禳之。唐以来寺观殿宇，尚有飞鱼形尾指上者，不知何时易名为鸱尾。"

2 〔承尘〕即天花板。《后汉书·独行列传·雷义》："义尝济人死罪，罪者后以金二斤谢之，义不收。金主伺义不在，默投金于承尘上。后葺理屋宇，乃得之。"

3 〔团翼〕谓雏鸟羽毛初长成，尚不能习飞。团，下垂貌。

4 〔青冥〕青天。

5 〔秦庭之哭〕谓哀求出兵支援。《左传·定公四年》载："楚人伍员为报父仇，助吴攻下楚之郢都，楚王流落于外。其友申包胥如秦乞师。……秦伯使辞焉。曰：'寡人闻命矣。子姑就馆，将图而告。'对曰：'寡君越在草莽，未获所依，下臣何敢即安。'立依于庭墙而哭，日夜不绝声，勺饮不入口。

禽俠
託地應交計萬全
覆巢何復費還延
俠禽縱使能消恨
雛子傷殘又一年

七日，秦哀公为之赋《无衣》，九顿首而坐。秦师乃出。”后因谓乞师求援为“秦庭之哭”。

6 〔羽族之剑仙〕谓鸟类中能扶困救弱之禽侠。羽族，鸟类。《文选·班固〈典引〉》：“是以来仪集羽族于观魏，肉角驯毛宗于外囿。”

7 〔妙手空空儿〕为唐传奇小说中的剑客。称他的剑术神妙，“能从空虚入冥，善无形而灭影”。曾为魏博节度使谋杀陈许节度使刘昌裔，得女侠聂隐娘救护得免。见《太平广记》卷一九四《聂隐娘》转引《传奇》。

8 〔营卒〕军营中的士卒。

9 〔郭〕指城郭。

司文郎

平阳[1]王平子，赴试北闱[2]，赁居报国寺[3]。寺中有余杭[4]生先在，王以比屋居[5]，投刺[6]焉。生不之答[7]。朝夕遇之，多无状[8]。王怒其狂悖，交往遂绝。

一日，有少年游寺中，白服裙帽，望之傫然[9]。近与接谈，言语谐妙，心爱敬之。展问邦族，云："登州[10]宋姓。"因命苍头设座，相对噱谈[11]。余杭生适过，共起逊坐[12]。生居然上座，更不㧑挹[13]。卒然问宋："尔亦入闱者耶？"答曰："非也。驽骀[14]之才，无志腾骧[15]久矣。"又问："何省？"宋告之。生曰："竟不进取，足知高明。山左、右并无一字通者[16]。"宋曰："北人固少通者，而不通者未必是小生；南人固多通者，然通者亦未必是足下[17]。"言已，鼓掌。王和之，因而哄堂。生惭忿，轩眉攘腕[18]而大言曰："敢当前命题，一校文艺[19]乎？"宋他顾而哂曰："有何不敢！"便趋寓所，出经授王。王随手一翻，指曰："阙党童子将命[20]。"生起，求笔札。宋曳之曰："口占可也。我破[21]已成：'于宾客往来之地，而见一无所知之人焉。'"王捧腹大笑。生怒曰："全不能文，徒事嫚骂，何以为人！"王力为排难[22]，请另命佳题。又翻曰："殷有三仁焉[23]。"宋立应曰："三子者不同道，其趋一也[24]。夫一者何也？曰：仁也。君子亦仁而已矣，何必同？"生遂不作，起曰："其为人也小有才。"遂去。

王以此益重宋。邀入寓室，款言移晷[25]，尽出所作质宋。宋流览绝疾，逾刻[26]已尽百首，曰："君亦沉深于此道者？然命笔时，无求必得之念，而尚有冀幸得之心，即此已落下乘[27]。"遂取阅过者一一诠说。王大悦，师事之；使庖人以蔗糖作水角[28]。宋啖而甘之，曰："生平未解此味，烦异日更一作也。"由此相得甚欢。宋三五日辄一至，王必为之设水角焉。余杭生时一遇之，虽不甚倾谈，而傲睨之气顿减。一日，以窗艺[29]示宋。宋见诸友圈赞已浓，目一过，推置案头，不作一语。生疑其未阅，复请之。答已览竟。生又疑其不解。宋曰："有何难解？但不佳耳！"生曰："一览丹黄[30]，何知不佳？"宋便诵其文，如夙读者，且诵且訾[31]。生局蹐汗流，不言而去。移时，宋去；生坚请王作。王拒之。生强搜得，见文多圈点，笑曰："此大似水角子！"王故朴讷，靦然而已。次日，宋至，王具以告。宋怒曰："我谓'南人不复反矣'[32]，伧楚[33]何敢乃尔！必当有以报之！"王力陈轻薄之戒以劝之，宋深感佩。

既而场后，以文示宋，宋颇相许。偶与涉历殿阁，见一瞽僧坐廊下，设药卖医。宋讶曰："此奇人也！最能知文，不可不一请教。"因命归寓取文。遇余杭生，遂与俱来。王呼师而参之。僧疑其问医者，便诘症候。王具白请教之意。僧笑曰："是谁多口？无目何以论文？"王请以耳代目。僧曰："三作两千余言，谁耐久听！不如焚之，我视以鼻可也。"王从之。每焚一作，僧嗅而颔之曰："君初法[34]大家，虽未逼真，亦近似矣。我适受之以脾。"问："可中否？"曰："亦中得。"余杭生未深信，先以古大家文烧试之。僧再嗅曰："妙哉！此文我心受之矣，非归、胡[35]何能办此！"生大骇，始焚己作。僧曰："适领一艺，未窥全豹[36]，何忽另易一人来也？"生托言："朋友之作，止彼一首；此方小生作也。"僧嗅其余灰，咳逆数声，曰："勿再投矣！格格[37]而不能下，强受之以膈[38]；再焚，则作恶矣。"生惭而退。数日榜放，生竟领荐[39]，王下第。宋与王走告僧。僧叹曰："仆虽盲于目，而不盲于鼻；帘中人[40]并鼻盲矣。"俄余杭生至，意气发舒，曰："盲和尚，汝亦啖人水角耶？今竟何如？"僧笑曰："我所论者文耳，不谋[41]与君论命。君试寻诸试官之文，各取一首焚之，我便知孰为尔师。"生与王并搜之，止得八九人。生曰："如有舛错，以何为罚？"僧愤曰："剜我盲瞳去！"生焚之，每一首，都言非是。至第六篇，忽向壁大呕，下气如雷。众皆粲然。僧拭目向生曰："此真汝师也！初不知而骤嗅之，刺于鼻，棘于腹，膀胱所不能容，直自下部出矣！”生大怒去，曰：“明日自见，勿悔，勿悔！”越二三日，竟不至。视之，已移去矣，乃知即某门生也。

宋慰王曰：“凡吾辈读书人，不当尤人[42]，但当克己[43]。不尤人则德益弘[44]，能克己则学益进。当前蹶落[45]，固是数之不偶[46]。平心而论，文亦未便登峰，其由此砥砺，天下自有不盲之人。”王肃然起敬。又闻次年再行乡试，遂不归，止而受教。宋曰：“都中薪桂米珠[47]，勿忧资斧。舍后有窖镪[48]，可以发用。”即示之处。王谢曰：“昔窦、范贫而能廉[49]，今某幸能自给，敢自污[50]乎？”王一日醉眠，仆及庖人窃发之。王忽觉，闻舍后有声；窃出，则金堆地上。情见事露，并相慑伏。方诃责间，见有金爵，类多镌款[51]，审视，皆大父字讳。盖王祖曾为南部郎[52]，入都寓此，暴病而卒，金其所遗也。王乃喜，秤得金八百余两。明日告宋，且示之爵，欲与瓜分，固辞乃已。以百金往赠瞽僧，僧已去。积数月，敦习[53]益苦。及试，宋曰：“此战不捷，始真是命矣！”俄以犯规被黜。王尚无言，宋大哭，不能止。王反慰解之。宋曰：“仆为造物所忌，困顿至于终身，今又累及良友。其命也夫！其命也夫！”王曰：“万事固有数在。如先生乃无志进取，非命也。”宋拭目曰：“久欲有言，恐相惊怪。某非生人，乃飘泊之游魂也。少负才名，不得志于场屋。佯狂至都，冀得知我者，传诸著作。甲申之年[54]，竟罹于难，岁岁飘蓬[55]。幸相知爱，故极力为‘他山’之攻[56]，生平未酬之愿，实欲借良朋一快之耳。今文字之厄若此，谁复能漠然哉！”王亦感泣，问：“何淹滞？”曰：“去年上帝有命，委宣圣[57]及阎罗王核查劫鬼，上者备诸曹任用，余者即俾转轮[58]。贱名已录，所未投到者，欲一见飞黄[59]之快耳。今请别矣！”王问：“所考何职？”曰：“梓潼府[60]中缺一司文郎[61]，暂令聋僮[62]署篆，文运[63]所以颠倒。万一幸得此秩，当使圣教[64]昌明。”明日，忻忻而至，曰：“愿遂矣！宣圣命作‘性道论[65]’，视之色喜，谓可司文。阎罗稽簿，欲以‘口孽[66]’见弃。宣圣争之，乃得就。某伏谢已，又呼近案下，嘱云‘今以怜才，拔充清要[67]；宜洗心供职，勿蹈前愆’。此可知冥中重德行更甚于文学也。君必修行未至，但积善勿懈可耳。”王曰：“果尔，余杭其德行何在？”曰：“此即不知。要冥司赏罚，皆无少爽。即前日瞽僧，亦一鬼也，是前朝名家。以生前抛弃字纸过多，罚作瞽。彼自欲医人疾苦，以赎前愆，故托游廛肆耳。”王命置酒。宋曰：“无须。终岁之扰，尽此一刻，再为我设水角足矣。”王悲怆不食，坐令自啖。顷刻，已过三盛[68]，捧腹曰：“此餐可饱三日，吾以志君德耳。向所食，都在舍后，已生菌矣。藏作药饵，可益儿慧。”王问后会，曰：“既有官责，当引嫌[69]也。”又问：“梓潼祠中，一相酹祝，可能达否？”曰：“此都无益。九天甚远，但洁身力行，自有地司牒报，则某必与知之。”言已，作别而没。

王视舍后，果生紫菌，采而藏之。旁有新土坟起，则水角宛然在焉。

王归，弥自刻厉。一夜，梦宋舆盖而至，曰："君向以小忿，误杀一婢，削去禄籍；今笃行已折除矣[70]。然命薄不足仍仕进也。"是年，捷于乡；明年，春闱又胜。遂不复仕。生二子，其一绝钝，啖以菌，遂大慧。后以故诣金陵，遇余杭生于旅次，极道契阔[71]，深自降抑[72]，然鬓毛斑[73]矣。

异史氏曰："余杭生公然自诩，意其为文，未必尽无可观；而骄诈之意态颜色，遂使人顷刻不可复忍。天人之厌弃已久，故鬼神皆玩弄之。脱能增修厥德[74]，则帘内之'刺鼻棘心'者[75]，遇之正易，何所遭之仅也。"

校注

1 〔平阳〕府名。治所在今山西省临汾市。

2 〔北闱〕指顺天府乡试。详见卷一《叶生》注。

3 〔报国寺〕在北京广安门内，创建于辽，明成化二年（1466）重修。又见卷三《石清虚》注。

4 〔余杭〕县名。位在浙江省杭州市北部。

5 〔比屋居〕邻居。比，并列。

6 〔投刺〕谓递上名帖。详见卷三《邵士梅》注。

7 〔生不之答〕谓不答，不回访。

8 〔无状〕无礼。《史记·项羽本纪》："诸侯吏卒异时故繇使屯戍过秦中，秦中吏卒遇之多无状。"

9 〔傫（lěi 蕾）然〕傫，同"累"。颓丧貌。《史记·赵世家》："（主父）见其长子章傫然也，反北面为臣，诎于其弟，心怜之。"铸雪斋本"傫"作"傀"，误，与其文意不符。

10 〔登州〕明代府名。治所在今山东省蓬莱县。

11 〔噱（jué 厥）谈〕大声笑谈。噱，大笑。

12 〔逊坐〕即让坐。

13 〔㧑挹（huīyì 挥义）〕亦作"㧑抑"。谦抑，谦让。《晋书·桓彝传》："彝上疏深自㧑挹，内外之任并非所堪。"

14 〔驽骀（tái 台）〕驽与骀皆为劣马，喻平庸。详见卷一《娇娜》注。

15 〔腾骧〕昂首奔腾，谓向上奋进。骧，马首昂举。《文选·张衡〈西京赋〉》："负笋业而余怒，乃奋翅而腾骧。"

16 〔"山左、右"句〕山左、右指山东省与山西省。山东与山西以太行山为界，山东在太行山以东，山西在太行山以西。此指宋生与王平子而言。无一字通者，谓没有通达文墨之人。

17 〔足下〕指同辈间的相互敬称。

18 〔轩眉攘腕〕瞪眼睛，捋袖子，形容骄矜的神态。《魏书·路恃庆传》路思令上疏："贵戚子弟，未经戎役，至于衔杯跃马，志逸气浮，轩眉攘腕，便以攻战自许。"

19 〔校文艺〕校，通"较"。谓较量八股文。

20 〔阙党童子将命〕阙党，地名，即阙里，孔子故里。将命，为宾主传达信息。《论语·宪问》："阙党童子将命。或问之曰：'益者与？'子曰：'吾见其居于位也，见其与先生并行也，非求益者也，欲速成者也。'"此借孔子言这童子不是求上进，而是欲走捷径的人。

21 〔破〕即"破题"。唐宋时应举诗赋和经义的起首处，须用几句话说破题目的要义，叫"破题"。明清时之八股文的头两句，亦沿袭此程式。

22 〔排难〕即"排难解纷"。谓调解纠纷。战国时，秦围赵都邯郸，魏使辛垣衍劝赵尊秦为帝。鲁仲连以大义责之。秦将闻之，退兵五十里。邯郸围解，赵欲封仲连，连辞曰："所贵于天下之士者，为人排患释难，解纷乱而无所取也。"见《战国策·赵策三》。后因谓为人调处解围为"排难解纷"。

23 〔殷有三仁焉〕谓殷纣之朝有三位仁君子。《论语·微子》："微子去之，箕子为之奴，比干谏而死。孔子曰：'殷有三仁焉。'"

24 〔"三子者"二句〕谓微子、箕子、比干三人对纣王暴政的态度的表现不同，但其目的是一致的。《孟子·告子下》："居下位，不以贤事不肖者，伯夷也；五就汤，五就桀者，伊尹也；不恶污君，不辞小官，柳下惠也。三子者，不同道，其趋一也。一者何也？曰仁也。君子亦仁而已矣，何必同？"此原是孟子赞扬伯夷、伊尹、柳下惠三个贤人总结性的议论。宋生移植过来作为"殷有三仁焉"的破题和承题。

25 〔款言移晷（guǐ 轨）〕亲切交谈了很长时间。款言，谓亲切有味地交谈。孟浩然《西山寻辛谔》："款言忘景夕，清兴属凉初。"移晷，指日影移动，言其时间很长。晷，日影。《文选·张衡〈西京赋〉》："白日未及移其晷，已猕其什七八。"

26 〔刻〕指时间很短。

27 〔下乘（shèng 圣）〕佛教分大乘、小乘两派，自马鸣著《大乘起信论》之后，大乘教盛行，原部派佛教被贬称小乘，又称下乘。后因以上下乘称事物的高下，下乘即庸劣不高明之意。

28 〔水角〕即水饺。

29 〔窗艺〕又名"窗稿"、"窗课"，皆平时习作的时艺文。

30 〔一览丹黄〕谓只看一看圈赞。丹黄，对文章批点的圈点。详见卷五《宦娘》注。

31 〔訾（zǐ 子）〕毁谤，非议。详见卷一《聂小倩》注。

32 〔"南人不复反矣"〕典出《三国志·蜀志·诸葛亮传》："三年春，亮率众南征。"裴松之注引《汉晋春秋》："亮至南中，所在战捷。闻孟获者，为夷汉所服，募生致之。……七纵七擒，而亮犹遣获。获止不去，曰：‘公，天威也，南人不复反矣。’”作者引用此典，比喻原以为“南人”余杭生已经降服。

33〔伧楚〕南北朝时，吴人鄙视楚人，称为伧楚。后成为北方人鄙视南方人的用语。

34〔法〕谓师法、效法。《周易·系辞上》：“崇效天，卑法地。”

35〔归、胡〕指明代嘉靖年间的归有光与明隆庆年间的胡友信。此二人为当时精于八股文之“大家”。其传载《明史·文苑传》。

36〔未窥全豹〕即没有看到全部。窥豹，《世说新语·方正》：“王子敬（献之）数岁时，尝见门生樗蒲，见有胜负，因曰：‘南风不竞。’门生辈轻其小儿，乃曰：‘此郎亦管中窥豹，时见一斑。’”后因称只见局部未见全体为“管中窥豹”。

37〔格格〕即格格不入。格，阻遏也。

38〔膈（gé隔）〕指胸腔与腹腔间的膈膜。

39〔领荐〕即领乡荐，指中举。唐制，士子由州县推举赴京应礼部试，称为“乡荐”。明清举人由乡试产生而取得参加会试的资格，所以乡试中式也称“领乡荐”。

40〔帘中人〕指阅卷官员。详见卷三《于去恶》“帘官”注。

41〔不谋〕不打算。

42〔尤人〕即“怨天尤人”。怨恨别人。尤，怨恨。

43〔克己〕约束，克制自己。《论语·颜渊》：“克己复礼为仁。”

44〔弘〕扩大。《论语·卫灵公》：“人能弘道，非道弘人。”

45〔蹴（cù促）落〕挫折。蹴，据二十四卷本，原抄本作“寂”。

46〔数之不偶〕谓命运不好。不偶，谓遭逢不顺利。详见卷一《叶生》注。

47〔薪桂米珠〕比喻物价昂贵生活不易。《战国策·楚策三》：“楚国之食贵于玉，薪贵于桂，谒者难得见鬼，王难得见如天帝。”

48〔窖镪（qiǎng襁）〕谓埋在地下的财宝。镪，指白银。

49〔窦、范贫而能廉〕窦，指宋窦仪之父窦禹钧。宋李元纲

《厚德禄》一："窦仪父禹钧尝因元夕往延庆寺，于后殿阶侧得遗金二百两，持归。明日侵晨诣寺候失物者。须臾，果一人涕泣而至。禹钧问之，对曰：'父犯罪至大辟，遍恳亲知贷得金银，将赎父罪。昨暮以一亲置酒，酒昏忽失去，今父罪不复赎矣。'公验其实，遂同归，以旧物还之，加以怜悯，复有赠赂。"（原注：出范文正公《窦谏议事迹记》）范，指范仲淹（范谥文正）。王士禛《长白山录·范文正公言行遗事》："公在淄州长白山僧舍（原注：今醴泉寺）读书，一夕见白鼠入穴中，探之，乃银一瓮，遂密掩覆。后公贵显，寺僧修建，遣人欲求于公，公但以空书复之。初僧怏然失望，及开缄使于某处取此藏，僧如公言，果得白金一瓮。今人往往谈此事。"又见《长山县志》，文字稍异。

50 〔自污〕自甘贪鄙。《史记·萧相国世家》："上所为数问君者，畏君倾动关中，今君胡不多买田地，贱贳货以自污，上心乃安。"

51 〔镌款〕雕刻的文字。镌，在金石上雕刻。详见卷一《王成》注。款，款识。

52 〔南部郎〕明太祖建都南京，永乐十九年（1421）迁都北京，南京仍保留六部官制。南部郎即南京各部郎官。

53 〔敦习〕勤勉学习。敦，监督，管理。详见卷四《鬼作筵》注。

54 〔甲申之年〕当指明崇祯十七年（1644）。此年李自成领导的农民义军攻陷北京。

55 〔飘蓬〕谓随风飘荡的蓬草，此喻行踪无定。杜甫《铁堂峡》："飘蓬逾三年，回首肝肺热。"

56 〔"他山"之攻〕《诗经·小雅·鹤鸣》："它山之石，可以攻玉。"它，同"他"。攻玉，把玉石加工。后来比喻在学习方面互相研讨。攻，磨治。

57 〔宣圣〕指孔子。详见卷二《汤公》注。

58 〔转轮〕即佛教所说"轮回转生"，又称"轮回"。详见卷一《水莽草》"轮回"注。

59 〔飞黄〕“飞黄腾踏”之省。飞黄，神马名。腾踏，奔驰。韩愈《符读书城南》诗：“飞黄腾踏去，不能顾蟾蜍。”后作“飞黄腾达”。喻人之显贵得志。

60 〔梓潼府〕即梓潼帝君之府。详见卷三《于去恶》“文昌”注。

61 〔司文郎〕官名，唐置。此指主管文运之神。《新唐书·百官志二》：“著作局郎二人，从五品上；著作佐郎二人，从六品上。……著作郎掌撰碑志、祝文、祭文，与佐郎分判局事。”原注：“武德四年，改著作曹曰局，龙朔二年曰司文局；郎曰郎中，佐郎曰司文郎。”

62 〔聋僮〕据《蠡海录》载，文昌帝君手下有天聋、地哑两神。此指有昏聩不明的寓意。

63 〔文运〕旧时谓文章盛衰的运会。元袁桷《送马庸伯御史奉使河西》诗：“清宁开文运，览披古帝都。”

64 〔圣教〕指儒家学说。王充《论衡·率性》：“被服圣教，文才雕琢。”

65 〔性道论〕即儒家论述性命与天道的关系。《礼记·中庸》：“天命之谓性，率性之谓道，修道之谓教。”

66 〔口孽〕佛教用语。孽为“业”之讹，佛教以妄言、恶口、两舌和绮语为口业，与身业、意业并称为三业。白居易《寄题庐山草堂兼呈二林寺道侣》：“渐伏酒魔休放醉，犹残口业未抛诗。”

67 〔清要〕谓职位清贵，掌握枢要。《新唐书·李素立传》：“以亲丧解官，起授七品清要。有司拟雍州司户参军，帝曰：‘要而不清。’复拟秘书郎，帝曰：‘清而不要。’乃授侍御史。”

68 〔三盛（chéng 成）〕犹言三碗。盛，盛器。

69 〔引嫌〕为防招嫌而回避或拒绝。《宋史·贾易传》：“苏辙为中丞，易引前嫌求避，改度支员外郎。”

70 〔今笃行已折除矣〕谓如今你的诚笃的修行，已经抵消你的罪过。折除，抵消。

71 〔道契阔〕久别重逢，各述其离情。契阔，久别之离情。

72 〔降抑〕谦逊。《后汉书·朱浮传》："侠游（耿况字）谦让，屡有降挹之言；而伯通（彭宠字）自伐，以为功高天下。"挹，通"抑"。

73 〔鬓毛斑〕鬓毛，两颊的毛发。斑，黑白相间。唐岑参《初至犍为作》："到来能几日，不觉鬓毛斑。"

74 〔厥德〕谓其德行。厥，代词其。《尚书·禹贡》："厥土黑坟。"

75 〔帘内之"刺鼻棘心"者〕指只能做臭文章的帘内之考官。

负尸

有樵人[1]赴市，荷杖[2]而归，忽觉杖头如有重负，回顾，见一无头人悬系其上。大惊，脱杖[3]乱击之，即不复见。骇奔，至一村，时已昏暮，有数人爇火照地，似有所寻。近讯之，盖众适聚坐，忽空中堕一人头，须发蓬然，倏忽已渺。樵人亦言所见，合之适成一人，而究不解其何来。后有人荷篮而行，或见其中有人头焉，讶而诘之，反顾始惊，倾诸地上，宛转而没。

校注

1 〔樵人〕指砍柴的人。
2 〔荷杖〕谓肩上扛着扁担。
3 〔脱杖〕从肩头拿下扁担。

恒　娘

洪大业，都中[1]人，妻朱氏，姿致颇佳，两相爱悦。后洪纳婢宝带为妾，貌远逊朱，而洪嬖之[2]，朱不平，辄以此反目。洪虽不敢公然宿妾所，然益嬖宝带，疏朱。

后徙其居，与帛商狄姓者为邻。狄妻恒娘，先过院谒朱。恒娘三十许，姿仅中人[3]，而言词轻倩[4]，朱悦之。次日，答其拜，见其室亦有小妻，年二十以来，甚娟好。邻居几半年，并不闻其诟谇一语，而狄独钟爱恒娘，副室则虚员[5]而已。朱一日见恒娘而问之曰："予向谓良人之爱妾，为其为妾也，每欲易妻之名呼作妾，今乃知不然。夫人何术？如可授，愿北面为弟子[6]。"恒娘曰："嘻！子则自疏，而尤[7]男子乎？朝夕而絮聒之，是为丛驱雀[8]，其离滋甚耳！其归益纵之，即男子自来，勿纳也，一月后，当再为子谋之。"朱从其谋，益饰宝带，使从丈夫寝。洪一饮食，亦使宝带共之。洪时以周旋朱，朱拒之益力，于是共称朱氏贤。如是月余，朱往见恒娘。恒娘喜曰："得之矣！子归毁若妆，勿华服，勿脂泽，垢面敝履[9]，杂家人操作。一月后，可复来。”朱从之，衣敝补衣，故为不洁清，而纺绩外无他问。洪怜之，使宝带分其劳，朱不受，辄叱去之。如是者一月，又往见恒娘。恒娘曰：“孺子真可教也[10]！后日为上巳节，欲招子踏春园[11]。子当尽去敝衣，袍裤袜履，崭然一新，早过我。”朱曰：“诺。”至日，揽镜细匀铅黄[12]，一如恒娘教，妆竟，过恒娘，恒娘喜曰：“可矣！”又代挽凤髻，光可鉴影。袍袖不合时制，拆其线，更作之，谓其履样拙，更于笥中出业履[13]，共成之，讫，即令易着。临别，饮以酒，嘱曰：“归去一见男子，即早闭户寝，渠来叩关，勿听也。三度呼，可一度纳。口索舌，手索足，皆吝之。半月后，当复来。”朱归，炫妆见洪，洪上下凝睇之，欢笑异于平时。朱少话游览，便支颐作惰态，日未昏，即起入房，阖扉眠矣。未几，洪果来款关[14]，朱坚卧不起，洪始去。次夕复然。明日，洪让之，朱曰：“独眠习惯，不堪复扰。”日既西，洪入闺坐守之，灭烛登床，如调新妇，绸缪甚欢。更为次夜之约，朱不可长，与洪约，以三日为率。半月许，复诣恒娘，恒娘阖门与语曰：“从此可以擅专房[15]矣。然子虽美，不媚也。子之姿，一媚可夺西施之宠[16]，况下者乎！”于是试使睨，曰：“非也！病在外眦。”试使笑，又曰：“非也！病在左颐。”乃以秋波送娇，又䩄然[17]瓠犀微露[18]，使朱效之，凡数十作，始略得其仿佛。恒娘曰：“子归矣，揽镜而娴习之，术无余矣。至于床笫之间，随机而动之，因所好而投之，此非可以言传者也。”朱归，一如恒娘教。洪大悦，形神俱惑，惟恐见拒，日将暮，则相对调笑，跬步不离闺闼，日以为常，竟不能推之使去。朱益善[19]遇宝带，每房中之宴，辄呼与共榻坐，而洪视宝带益丑，不终席，遣去之。朱赚夫入宝带房，扃闭之，洪终夜无所沾染。于是宝带恨洪，对人辄怨谤，洪益厌怒之，渐施鞭楚，宝带忿，不自修，拖敝垢履，头类蓬葆[20]，更不复可言人矣。恒娘一日谓朱曰："我术何如矣？"朱曰："道则至妙，然弟子能由之，而终不能知之也。纵之，何也？"曰："子不闻乎：人情厌故而喜新，重难而轻易？丈夫之爱妾，非必其美也，甘其所乍获，而幸其所难遘也。纵而饱之，则珍错亦厌，况藜羹乎！""毁之而复炫之，何也？"曰："置不留目，则似久别，忽睹艳妆，则如新至，譬贫人骤得粱肉，则视脱粟[21]非味矣。而又不易与之，则彼故而我新，彼易而我难，此即子易妻为妾之法也。"朱大悦，遂为闺中之密友。

积数年，忽谓朱曰："我两人情若一体，自当不昧生平，向欲言而恐疑之也，行相别，敢以实告：妾乃狐也。幼遭继母之变，鬻妾都中。良人遇我厚，故不忍遽绝，恋恋以至于今。明日老父尸解[22]，妾往省觐，不复还矣。"朱把手唏嘘。早旦往视，则举家惶骇，恒娘已杳。

异史氏曰："买珠者不贵珠而贵椟[23]：新旧难易之情，千古不能破其惑，而变憎为爱之术，遂得以行乎其间矣。

古佞臣事君[24]，勿令见人[25]，勿使窥书。乃知容身固宠[26]，皆有心传[27]也。”

校注

1　〔都中〕京都，指北京。
2　〔嬖（bì 毕）之〕宠爱。
3　〔中人〕平常人，一般人。《史记·李将军列传》：“才能不及中人。”
4　〔言词轻倩〕谓话语轻柔乖巧动听。倩，美好。《诗经·卫风·硕人》：“巧笑倩兮，美目盼兮。”
5　〔虚员〕谓虚在其位，备员充数。
6　〔北面为弟子〕即拜人为师。《汉书·于定国传》：“定国乃迎师学《春秋》，身执经，北面备弟子礼。”北面，即向北朝拜的意思。旧时，臣子叩见君王，君王面南而坐，臣下面北而拜。
7　〔尤〕怨恨，归咎。
8　〔为丛驱雀〕意为把鸟雀赶进丛林，比喻把自己人驱赶到敌人方面。《孟子·离娄上》：“故为渊驱鱼者，獭也；为丛驱爵者，鹯也；为汤武驱民者，桀与纣也。”爵，古“雀”字。此指朱氏的暴行，反而使洪大业更宠爱其小妾。
9　〔垢面敝履〕脸面脏兮兮的，脚着破败的鞋子。
10　〔孺子真可教也〕此谓朱氏是可以教诲的。典出《史记·留侯世家》：“（张）良尝闲从容步游下邳圯上，有一老父，衣褐，至良所，直堕其履圯下，顾谓良曰：‘孺子，下取履！’良愕然，欲殴之。为其老，强忍，下取履。父曰：‘履我！’

良业为取履，因长跪履之。父以足受，笑而去。良殊大惊，随目之。父去里所，复还，曰：‘孺子可教矣……’”后称许后辈可造就为“孺子可教”。

11 〔“后日为上巳节”二句〕即民间妇女于三月三日踏春游园。古时，以三月上旬的巳日为上巳节。《后汉书·礼仪志上》：“是月（指三月）上巳，官民皆洁于东流水上，曰洗濯祓除，去宿垢疢。”魏晋以后，一般在三月初三日，不一定是巳日。吴自牧《梦粱录》二：“三月三日上巳之辰，曲水流觞故事，起于晋时，唐朝赐宴曲江，倾都禊饮踏青，亦是此意。”

12 〔匀铅黄〕擦均匀化妆品。详见卷四《莲花公主》“铅黄”注。

13 〔业履〕正在做的鞋子。业，从事。

14 〔款关〕叩门。详见卷三《王者》注。

15 〔擅专房〕谓独得到丈夫的宠爱。

16 〔西施之宠〕谓古越国美女西施得到吴王夫差的宠爱。详见卷三《吕无病》“西施”注。

17 〔辴（chǎn 阐）然〕笑的样子。详见卷一《画壁》注。

18 〔瓠（hù 户）犀微露〕形容笑得妩媚而自然。瓠，葫芦。瓠犀，即葫芦子。比喻美人的牙齿洁白整齐。《诗经·卫风·硕人》：“齿如瓠犀，螓首蛾眉。”

19 〔善〕犹言好好地。《左传·昭公十三年》：“子善视之。”

20 〔头类蓬葆〕谓头发乱得如同蓬草。蓬，蓬草。葆，羽葆。

21 〔脱粟〕即糙米。只去壳未细加工。

22 〔尸解〕道家称修道者死后留下形骸，魂魄散去成仙，谓之尸解。王充《论衡·道虚》：“世家道之人，无（李）少君之寿，年未至百，与众俱死，愚夫无知之人，尚谓之尸解而去，其实不死。”

23 〔买珠者不贵珠而贵椟（dú 读）〕此谓舍本逐末，取舍失当。椟，匣子。《韩非子·外储说左上》：“楚人有卖珠于郑者，为木兰之柜，薰以桂椒，缀以珠玉，饰以玫瑰，辑以羽翠，郑人买其椟而还其珠。”后因以谓“买椟还珠”。

24 〔古佞臣事君〕佞臣，以谄媚取得帝王宠幸的近臣。本文中“古佞臣事君，勿令见人，勿使窥书”，典出于《新唐书·宦官·仇士良传》：“士良之老，中人举送还第。谢曰：‘诸君善事天子，能听老夫语乎？’众唯唯。士良曰：‘天子不可令闲暇，暇必观书，见儒臣，则又纳谏，智深虑远，减玩好，省游幸，吾属恩且薄而权轻矣。为诸君计，莫若殖货财，盛鹰马，日以球猎声色蛊其心，极侈靡，使悦不知息；则必斥经术，暗外事，万机在我，恩泽权力欲焉往哉。’”

25 〔勿令见人〕据手稿本改，原抄本为“勿令人见”。

26 〔固宠〕保持宠幸。《韩非子·孤愤》：“故当世之重臣，主变势而得固宠者，十无二三。”此指妻妾能永远得到丈夫的宠幸。

27 〔心传〕宋儒谓《尚书·大禹谟》“人心惟危，道心惟微，惟精惟一，允执厥中”十六字为尧舜禹传授心法，称为“十六字心传”。后因称师徒相承传授的秘诀为心传。

三 生

湖南某，能记前生三世[1]。一世为令尹[2]，闱场入帘[3]，有名士兴于唐被黜落[4]，愤懑而卒，至阴司执卷讼之。此状一投，其同病死者[5]以千万计，推兴为首，聚散成群。某被摄去，相与对质，阎罗便问："某既衡文[6]，何得黜佳士而进凡庸？"某辨言："上有总裁[7]，某不过奉行之耳。"阎罗即发一签，往拘主司，久之，勾至，阎罗即述某言，主司曰："某不过总其大成，虽有佳章，而房官不荐[8]，吾何由而见之也？"阎罗曰："此不得相诿，其失职均[9]也，例合笞[10]。"方将施刑，兴不满志，戛然大号[11]，两墀诸鬼，万声鸣和。阎罗问故，兴抗言[12]曰："笞罪太轻，是必掘其双睛，以为不识文之报。"阎罗不肯，众呼益厉，阎罗曰："彼非不欲得佳文，特其所见鄙耳。"众又请剖其心，阎罗不得已，使人褫去袍服，以白刃劙胸[13]，两人沥血鸣嘶，众始大快，皆曰："吾辈抑郁泉下，未有能一伸此气者，今得兴先生，怨气都消矣。"哄然遂散。

三生
六道輪迴
悲墮落三
生因果說
分明非閻
麦馬成奇
癖記浮前
身伏櫪情

某受剖已，押投陕西为庶人子，年二十余，值土寇大作，陷入盗中。有兵巡道[14]往平贼，俘掳甚众，某亦在中。心犹自揣非贼，冀可辨释，及见堂上官，亦年二十余，细视，乃兴生也，惊曰："吾合尽矣！"既而俘者尽释，惟某后至，不容置辨，竟斩之。某至阴司投状讼兴，阎罗不即拘，待其禄尽。迟之三十年，兴始至，面质之。兴以草菅人命，罚作畜。稽某所为，曾挞其父母，其罪维均[15]。某恐后世再报，请为大畜，阎罗判为大犬，兴为小犬[16]。某生于北顺天府[17]市肆中。一日，卧街头，有客自南中[18]来，携金毛犬，大如狸。某视之，兴也，心易其小，啮之。小犬咬其喉下，系缀如铃，大犬摆扑嗥窜，市人解之不得，俄顷俱毙，并至冥司，互有争论。阎罗曰："冤冤相报，何时可已？今为若解之。"乃判兴来世为某婿。

某生庆云[19]，二十八举于乡。生一女，娴静娟好，世族争委禽焉，某皆弗许。过临郡[20]，值学使发落诸生[21]，其第一卷李生，实兴也，遂挽至旅舍，优厚之，问其家，适无偶，遂订姻好。人皆谓其怜才，而不知有夙因[22]也。既而娶女去，相得甚欢。然婿恃才辄侮翁，恒隔岁不一至其门，翁亦耐之。后婿中岁淹蹇[23]，苦不得售[24]，翁百计为之营谋，始得志于名场[25]。由是和好如父子焉。

异史氏曰："一被黜而三世不解，怨毒之甚至此哉！阎罗之调停固善，然墀下千万众[26]，如此纷纷，勿亦天下之爱婿，皆冥中之悲鸣号动者耶？"

校注

1 〔三世〕亦称三生。

2 〔令尹〕明清指知县。详见卷一《促织》注。

3 〔闱场入帘〕科举时代乡会试的同考官称为帘官。乡试分房阅卷的同考官由本省科甲出身的州、县官充任，称为“入帘”。后指负责阅卷的同考官。

4 〔黜（chù 触）落〕旧指科场除名落第，落榜。唐杨凝《下第后蒙侍郎示意指于新先辈宣恩感谢》诗：“遭逢好交日，黜落至公时。”

5 〔同病死者〕指都因黜落而死的冤魂。

6 〔衡文〕品评文章。特指主持科举考试。明沈德符《野获编·内阁·李温陵相》：“物情既不附，大权又不关，寒暑闭门，更无一人窥其庭。即其衡文所首举，已在词林登坊局者。”

7 〔总裁〕官名。明清主持会试的官员。清李渔《凰求凤·闻捷》：“有句奇话对你讲，大总裁阅卷，愿把你取在首名。”

8 〔房官不荐〕明清科举考试，乡会试各考三场。详见卷三《褚生》“三场”注。房官，明清乡会试分房阅卷的同考官。试卷由房官先阅，入选者加批推荐给主考官，称为“荐卷”。清制，顺天乡试及会试，皆以翰林及京官中进士出身者充任同考官；外省乡试则由监临就本省州县官中举人以上出身者充任。中式的举人进士对荐卷的房官称“房师”或“荐师”，自称“门生”。

9 〔职均〕据手稿本改，原抄本作“一”字。

10 〔例合笞〕按例律当受笞刑。

11 〔戛然大号〕此谓鸣冤叫屈之声。戛然，象声词，叫喊声。大号，大叫。

12 〔抗言〕大声讲话。《后汉书·董卓传》：“卓又抗言曰：‘有敢沮大议，皆以军法从之。’”

13 〔劙（lí 离）胸〕剖胸挖心。劙，浅割。

14 〔兵巡道〕官名。明朝各省下均分设数道，有分巡道、兵巡道、兵备道，由按察司副使与按察佥事等官员分别巡察，称做按察分司。清废副使、佥事等官，仍设分巡诸道，简称巡道。

15 〔维均〕谓正好相等。

16 〔“兴为小犬”句〕据手稿本加，原抄本无。

17 〔顺天府〕府名。治所在今北京市。

18 〔南中〕习惯所称之我国南部。

19 〔庆云〕县名。在山东省东北部。清代属直隶省。

20 〔临郡〕即邻郡。

21 〔学使发落诸生〕指学使初履任，对生员进行岁试。发落诸生，指岁试完毕，对生员按成绩的优劣定等拆发，以定赏罚。诸生，即生员。

22 〔夙因〕亦称“宿因”。佛教所说的前世因缘。详见卷三《香玉》注。

23 〔中岁淹蹇〕中岁困顿。淹，通“偃”。

24 〔不得售〕即考试不得中。售，卖，引申为考试不中。

25 〔名场〕谓名利之场，即科考之场。

26 〔墀下千万众〕此指因考官失职而被黜落者。墀下，即丹墀之下。

申氏

泾河[1]之侧，有士人子申氏者，家窭贫，竟日恒不举火，夫妻相对，无以为计。妻曰："无已，子其盗乎[2]！"申曰："士人子，不能亢宗[3]，而辱门户、羞先人，跖而生，不如夷而死[4]！"妻忿曰："子欲活而恶辱耶？世不田而丰者[5]，止两途，汝既不能盗，我无宁[6]娼耳！"申怒，与妻语相侵，妻含愤而眠。申念：为男子不能谋两餐，至使妻欲娼，固不如死！潜起，投缳庭树间。但见父来，惊曰："痴儿，何至于此！"断其绳，嘱曰："盗可一为，须择禾黍深处伏之。此行可富，无庸再矣。"妻闻堕地声，惊寤，呼夫不应；爇火觅之，见树上缳绝，申死其下，大骇，抚捺之，移时而苏，扶卧床上。妻忿气少平，既明，托夫病，乞邻得稀酏[7]饵申。申啜已，出而去，至午，负一囊米至。妻问所从来，曰："余父执[8]皆世家，向以摇尾[9]为羞，故不屑以相求也。古人云：'不遭者可无不为[10]。'今且将作盗，何顾焉！可速炊，我将从卿言，往行劫。"妻疑其未忘前言之忿，含忍之，因淅米作糜[11]。申饱食讫，急寻坚木，斧作梃，持之欲出。妻察其意似真，曳而止之，申曰："子教我为，事败相累，当无悔!"绝裾[12]而出。

日暮，抵邻村，违[13]村里许伏焉。忽暴雨，上下淋湿，遥望浓树，将以投止，而电光一照，已近村垣。远处似有行人，恐为所窥，见垣下禾黍蒙密，疾趋而入，蹲避其中。无何，一男子来，躯甚壮伟，亦投禾中。申惧，不敢少动。幸男子斜行去，微窥之，入于垣中。默忆垣内为富室亢氏第，此必梁上君子，伺其重获而出，当合有分。又念：其人雄健，倘善取不予，必至用武，自度力不敌，不如乘其无备而颠之[14]。计已定，伏伺良专。直将鸡鸣，始越垣出。足未及地，申暴起，梃中腰膂，踣然倾跌，则一巨龟，喙张如盆，大惊，又连击之，遂毙。

先是，亢翁有女，绝惠美，父母皆怜爱之。一夜，有丈夫入室，狎逼为欢，欲号，则舌已入口，昏不知人，听其所为而去。羞以告人，惟多集婢媪，严扃门户而已。夜既寝，更不知扉何自而开，入室，则群众皆迷，婢媪遍淫之。于是相告各骇，以告翁，翁戒家人操兵环绣闼，室中人烛而坐。约近夜半，内外人一时都瞑，忽若梦醒，见女白身卧，状类痴，良久始寤。翁甚恨之，而无如何。积数月，女柴瘠[15]颇殆。每语人："有能驱遣者，谢金三百。"申平时亦悉闻之，是夜得龟，因悟祟翁女者，必是物也，遂叩门求赏。翁喜，延之上座，使人舁龟于庭，脔割之。

申氏
憂心竟詠北门萧生對
牛衣澤歎漣
寗死不甘為盜跖宵行
應動鬼神情

留申过夜，其怪果绝，乃如数赠之。负金而归，妻以其隔夜不还，方且忧盼，见申入，急问之。申不言，以金置榻上。妻开视，几骇绝，曰："子真为盗耶！"申曰："汝逼我为此，又作是言！"妻泣曰："前特以相戏耳。今犯断头之罪，我不能受贼人累也。请先死！"乃奔。申逐出，笑曳而返之，具以实告，妻乃喜。自此谋生产，称素封焉。

异史氏曰："人不患贫，患无行耳。其行端者，虽饿不死，不为人怜，亦有鬼佑也。世之贫者，利所在忘义，食所在忘耻，人且不敢以一文相托，而何以见谅于鬼神乎！"

邑有贫民某乙，残腊向尽，身无完衣，自念：何以卒岁[16]？不敢与妻言，暗操白梃，出伏墓中，冀有孤身而过者，劫其所有。悬望甚苦，渺无人迹，而松风刺骨，不复可耐。意濒绝矣，忽见一人伛偻来，心窃喜，持梃遽出。则一叟负囊道左，哀曰："一身实无长物。家绝食，适于婿家乞得五升米耳。"乙夺米，复欲褫其絮袄，叟苦哀之。乙怜其老，释之，负米而归。妻诘其自，诡以"赌债"对。

阴念此策良佳。次夜复往。居无几时，见一人荷梃来，亦投墓中，蹲踞眺望，意似同道。乙乃逡巡自家后出，其人惊问："谁何？"答云："行道者。"问："何不行？"曰："待君耳。"其人失笑。各以意会，并道饥寒之苦。夜既深，无所猎获，乙欲归，其人曰："子虽作此道，然犹雏也[17]。前村有嫁女者，营办中夜，举家必殆，从我去，得当均之。”乙喜，从之，至一门，隔壁闻炊饼声，知未寝，伏伺之。无何，一人启关荷杖出行汲[18]，二人乘间掩入[19]，见灯辉北舍，他屋皆暗黑。闻一媪曰：“大姐，可向东舍一瞩，汝奁妆悉在椟中，忘扃鐍[20]未也。”闻少女作娇惰声。二人窃喜，潜趋东舍，暗中摸索得卧椟[21]，启覆探之，深不见底，其人谓乙曰：“入之！”乙果入，得一裹，传递而出。其人问：“尽矣乎？”曰：“尽矣。”又绐之曰：“再索之。”乃闭椟，加锁而去。

乙在其中，窘急无计，未几，灯火亮入，先照椟，闻媪云：“谁已扃矣。”于是母及女上榻息烛。乙急甚，乃作鼠啮物声。女曰：“椟中有鼠！”媪曰：“勿坏而[22]衣。我疲顿已极，汝宜自觇之。”女振衣起，发扃启椟。乙突出，女惊仆。乙拔关奔去，虽无所得，而窃幸得免。嫁女家被盗，四方流播。或议乙，乙惧，东遁百里，为逆旅主人[23]赁作佣。年余，浮言稍息，始取妻同居，不业白梃[24]矣。此其自述，因类申氏，故附志之。

校注

1 〔泾河〕源出于六盘山东麓平凉与华亭，流经陕西省中部泾州境汇合而入渭水。

2 〔无已，子其盗乎〕没有办法，你就去做贼好了。

3 〔亢宗〕谓庇护宗族。详见卷一《聂小倩》注。

4 〔跖而生，不如夷而死〕意谓像盗跖一样活着，倒不如像伯夷那样清白地死去。跖，即盗跖，传说春秋时大盗。见《庄子·盗跖》。夷，伯夷，商朝末年孤竹君之子，父死，与其弟叔齐互让位而逃走。详见卷三《盗户》："柳跖告夷齐"注。

5 〔不田而丰者〕即谓不靠种田而生活得很好的人。丰，手稿本作"农"。

6 〔无宁〕宁可，犹口语"还不如"。《论语·子罕》："且予与其死于臣之手也，无宁死于二三子之手乎？"

7 〔稀酏（yí夷）〕稀粥。

8 〔父执〕父亲的朋友。

9 〔摇尾〕"摇尾求食"或"摇尾乞怜"的省语。喻卑屈以求人怜。《文选·司马迁〈报任少卿书〉》："猛虎处深山，百兽震恐，及其在阱槛之中，摇尾而求食，积威约之渐也。"韩愈《应科目时与人书》："若俯首贴耳，摇尾而乞怜者，非我之志也。"

10 〔不遭者可无不为〕本指人不逢时什么官职都可接受。语出《汉书·孙宝传》："御史大夫张忠，辟宝为属，后属宝主簿。宝徙入舍，祭灶，请比邻。忠阴察怪之，使所亲问宝，宝曰：'高士不为主簿，而大夫君以宝为可，一府莫言非，士安得自高？且不遭者可无不为，况主簿乎？'忠闻之，甚惭，上书荐宝为议郎。"不遭，谓不逢时。此指人若不得其志，什么事都可去干。

11 〔淅米作糜〕谓淘米做粥。淅米，淘米。《仪礼·士丧礼》："祝淅米于堂。"注："淅米，汰也。"糜，粥。

12 〔绝裾〕扯断衣袖，以表决绝。绝，断。裾，衣袖。

13 〔违〕去。《左传·哀公二十七年》："齐师违縠七里，縠人不知。"注："违，去也。"

14 〔颠之〕把他打倒。

15 〔柴瘠〕即谓骨瘦如柴。瘠，瘦弱。

16 〔何以卒岁〕怎么过年。《诗经·豳风·七月》：“无衣无褐，何以卒岁？”何以，以何，靠什么。

17 〔然犹雏也〕谓还没有阅历，即阅历尚浅。

18 〔荷杖出行汲〕谓出去担水。荷，肩扛。杖，扁担。

19 〔乘间掩入〕谓乘其留有空间，偷偷闪身而入。

20 〔扃鐍（jué 决）〕闭锁。扃，关闭。鐍，锁钥。

21 〔卧椟〕即现谓之床头柜。椟，柜。

22 〔而〕尔、你。

23 〔逆旅主人〕即旅馆中店主人。

24 〔不业白梃〕即不再从事持梃抢劫之业。

阿　纤

奚山者，高密[1]人，贸贩为业，往往客蒙沂[2]之间。一日，途中阻雨，及至所常宿处，而夜已深，遍叩肆门，无有应者，徘徊庑下[3]。忽二扉豁开，一叟出，便纳客入，山喜从之。絷蹇[4]登堂，堂上迄无几榻。叟曰："我怜客无归，故相容纳。我实非卖食沽饮者，家中无多手指[5]，惟有老荆弱女，眠熟矣。虽有宿肴[6]，苦少烹鬻[7]，勿嫌冷啜也。"言已便入。少顷，以足床[8]来置地上，促客坐，又入携一短足几至。拔来报往[9]，蹀躞甚劳，山起坐不自安，曳令暂息。少间，一女郎出行酒，叟顾曰："我家阿纤兴[10]矣。"视之，年十六七，窈窕秀弱，风致嫣然。山有少弟未婚，窃属意焉，因问叟清贯尊阀[11]，答云："士虚，姓古。子孙皆夭折，剩有此女。适不忍搅其酣睡，想老荆唤起矣。"问："婿家阿谁？"答言："未字。"山窃喜。既而品味杂陈，似所宿具，食已，致恭[12]而言曰："萍水之人，遂蒙宠惠，没齿所不敢忘。缘翁盛德，乃敢遽陈朴鲁[13]：仆有幼弟三郎，十七岁矣。读书肄业，颇不顽冥，欲求援系[14]，不嫌寒贱否？”叟喜曰：“老夫在此，亦是侨寓，倘得相托，便假一庐，移家而往，庶免悬念。”山都应之，遂起展谢，叟殷勤安置而去。鸡既唱，叟已出，呼客盥沐。束装已，酬以饭金，固辞曰：“留客一饭，万无受金之理，矧[15]附为婚姻乎？”

既别，客月余乃返。去村里余，遇老媪率一女郎，冠服尽素，既近，疑似阿纤。女郎亦频转顾，因把媪袂，附耳不知何辞，媪便停步，向山曰：“君奚姓乎？”山唯唯。媪惨然曰：“不幸老翁压于败堵，今将上墓。家虚无人，请少待路侧，行即还也。”遂入林去，移时始来，途已昏冥，遂与偕行。道其孤弱，不觉哀啼，山亦酸恻。媪曰：“此处人情大不平善，孤孀难以过度。阿纤既为君家妇，过此恐迟时日，不如早夜同归。”山可之。既至家，媪挑灯供客已，谓山曰：“意君将至，储粟都已粜去，尚存二十余石，远莫致之。北去四五里，村中第一门，有谈二泉者，是吾售主。君勿惮劳，先以尊乘[16]运一囊去，叩门而告之，但道南村古姥有数石粟，粜作路用，烦驱蹄躈[17]一致之也。”即以囊粟付山。山策蹇去，叩户，一硕腹男子出，告以故，倾囊先归。俄有两夫以五骡至，媪引山至粟所，乃在窖中。山下为操量执概[18]，母放女收，顷刻盈装，付之以去。凡四返而粟始尽。既而以金授媪，媪留其一人二畜，治任遂东。行二十里，天始曙，至一市，市头赁骑，谈仆乃返。既归，山以情告父母。相见甚喜，即以别第馆媪，卜吉为三郎完婚。媪治奁装甚备。阿纤寡言少怒，或与语，但有微笑，昼夜绩织，无停晷[19]，以是上下悉怜悦之。嘱三郎曰：“寄语大伯，再过西道，勿言吾母子也。”

居三四年，奚家益富，三郎入泮矣。一日，山宿古之旧邻，偶及曩年无归、投宿翁媪之事，主人曰：“客误矣。东邻为阿伯别第，三年前，居者辄睹怪异，故空废甚久，有何翁媪相留？”山甚讶之，而未深信。主人又曰：“此宅向空十年，无敢入者。一日，第后墙倾，伯往视之，则石压巨鼠如猫，尾在外犹摇。急归，众呼共往，则已渺矣。群疑是物为妖。后十余日，复入视[20]，寂无形声；又年余，始有居人。”山益奇之，归家私语，窃疑新妇非人，阴为三郎虑，而三郎笃爱如常。久之，家人纷相猜议，女微察之，夜中语三郎曰：“妾从君数年，未尝少失妇德，今置之不以人齿[21]，请赐离婚书，听君自择良偶。”因泣下。三郎曰：“区区寸心，宜所夙知。自卿入门，家日益丰，咸以福泽归卿，乌得有异言？”女曰：“君无二心，妾岂不知，但众口纷纭，恐不免秋扇之捐[22]。”三郎再四慰解，乃已。山终不释，日求善扑之猫，以觇其意，女虽不惧，然蹙蹙不快。一夕，谓媪小恙，辞三郎省侍[23]之。天明，三郎往讯，则室内已空，骇极，使人于四途踪迹之，并无消息，中心营营[24]，寝食都废。而父兄皆以为幸，交慰藉之，将[25]为续婚，而三郎殊不怿[26]。俟之年余，音问已绝。父兄辄相诮责之，不得已，以重金买妾，然思阿纤不衰。又数年，奚家日渐贫，由是咸忆阿纤。

有叔弟岚，以故至胶[27]，迂道宿表戚陆生家，夜闻邻哭甚哀，未遑诘也。既返，复闻之，因问主人，答云："数年前，有寡母孤女，僦居于此。月前，姥死，女独处，无一线之亲，是以哀耳。"问："何姓？"曰："姓古。尝闭户不与里社通[28]，故未悉其家世。"岚惊曰："是吾嫂也！"因往款扉，有人挥涕出，隔扉应曰："客何人？我家故无男子。"岚隙窥而遥审之，果嫂，便曰："嫂启关，我是叔家阿遂。"女闻之拔关纳入，诉其孤苦，意凄怆悲怀，岚曰："三兄忆念颇苦，夫妻即有乖迕[29]，何遂远遁至此？"即欲赁舆同归，女怆然曰："我以人不齿数故，遂与母偕隐，今又返而依人，谁不加白眼？如欲复还，当与大兄分炊，不然，行乳药求死[30]耳！"岚归，以告三郎，三郎星夜驰去。夫妻相见，各有涕洟。

次日，告其屋主。屋主谢监生，窥女美，阴欲图致为妾，数年不取其直，频风示媪，媪绝之。媪死，窃幸可谋，而三郎忽至，通计房租以留难之。三郎家故不丰，闻金多，颇有忧色，女言："不妨。"引三郎视仓储，约粟三十余石，偿租有余。三郎喜，以告谢，谢不受粟，故索金。女叹曰："此皆妾身之恶障[31]也！"遂以其情告三郎。三郎怒，将讼于邑，陆氏止之，为散粟于里党，敛资偿谢，以车送两人归。三郎实告父母，与兄析居。阿纤出私金，日建仓廪，而家中尚无儋石[32]，共奇之。年余验视，则仓中盈矣。又不数年，家中大富，而山苦贫。女移翁姑自养之，辄以金粟周兄，狃以为常[33]。三郎喜曰："卿可云不念旧恶矣。"女曰："彼自爱弟耳。且非渠，妾何缘识三郎哉？"后亦无甚怪异。

校注

1 〔高密〕县名。在山东省胶县西。

2 〔客蒙沂〕谓客居于山东省蒙阴、沂水两县。

3 〔庑下〕指屋檐之下。庑，古代堂下周围的屋子。

4 〔絷蹇〕把驴拴好。蹇，驴子。

5 〔手指〕借指人口。

6 〔宿肴〕剩余的菜。

7 〔烹鬵（xín 镡）〕用锅煮。鬵，《说文》："大釜也。"《诗经·桧风·匪风》："谁能烹鱼，溉之釜鬵。"

8 〔足床〕旧时床前接脚的小凳。

9 〔拔来报（fù 赴）往〕往来频繁。《礼记·少仪》："毋拔来，毋报往。"注："报，读为赴疾之赴。拔、报，皆疾也。"

10 〔兴〕谓起，起床。

11 〔清贯尊阀〕指乡里和门第。清、尊皆敬辞。

12 〔致恭〕致敬。

13 〔朴鲁〕诚朴鲁钝。《宋史·地理志一》："大率东人皆朴鲁纯真。"此指自己内心诚挚的心意。

14 〔援系〕谓攀附求亲之意。

15 〔矧（shěn 审）〕副词，况且。《诗经·大雅·抑》："神之格思，不可度思，矧可射思。”

16 〔尊乘〕指奚山所骑之驴子。

17 〔蹄躈〕牲口。详见卷一《促织》注。

18 〔操量执概〕用斗斛器具量粟。量，指斗、斛之类量具。概，量米麦时刮平斗斛的器具，俗称斗趟子。《礼记·月令》仲春之月：“角斗、甬，正权、概。”

19 〔晷（guǐ 轨）〕日影。晋陆机《长歌行》：“寸阴无停晷，尺波岂徒旋。”此指时刻。

20 〔视〕据二十四卷本，原抄本为“试”。

21 〔不以人齿〕将我放在非人的地位。齿，并列。

22 〔秋扇之捐〕即“秋扇见捐”。谓扇之秋天无用，喻妇人被人遗弃，如同秋扇。详见卷二《黄九郎》“秋扇见捐”注。

23 〔省侍〕探望。

24 〔中心营营〕心中不安。元赵孟頫《题耕织图二十四首奉懿旨撰》之九：“小人好争利，昼夜心营营。”

25 〔将〕据手稿本，原抄本无。

26 〔不怿（yì 易）〕不高兴。怿，喜悦。

27 〔胶〕胶州。在山东省东部。

28 〔不与里社通〕谓不与邻里交往。里社，邻里。通，交往。

29 〔乖迕〕相抵触。《汉书·食货志·晁错〈论贵粟疏〉》：“上下相反，好恶乖迕，而欲国富法立，不可得也。”此指夫妻不和睦。

30 〔乳药求死〕谓服毒自杀。详见卷二《青梅》注。

31 〔恶障〕犹魔障。原为佛家语，指人世间的贪欲、杀害等罪孽。

32 〔儋（dàn 旦）石〕儋，通“甔”。容器，可容一石，故称儋石。详见卷一《耿十八》注。

33 〔狃（niǔ 纽）以为常〕习以为常。狃，拘泥，因袭。详见卷四《郭生》注。

卷六

二　班

殷元礼，云南人，善针灸之术。遇寇乱，窜入深山。日既暮，村舍尚远，惧遭虎狼。遥见前途有两人，疾趁之[1]。既至，两人问客何来，殷乃自陈族贯[2]。两人拱敬[3]曰："是良医殷先生也，仰山斗[4]久矣！"殷转诘之。二人自言班姓，一为班爪，一为班牙。便谓："先生，余亦避难，石室幸可栖宿，敢屈玉趾，具有所求。"殷喜从之。

俄至一处，室傍[5]岩谷。爇柴代烛，始见二班容躯威猛，似非良善。计无所之，亦即听之。又闻榻之呻吟，细审，则一老妪僵卧，似有所苦。问："何恙？"牙曰："以此故，敬求先生。"乃束火照榻，请客逼视。见鼻下口角有两赘瘤，皆大如碗。且云："痛不可触，妨碍饮食。"殷曰："易耳。"出艾团之，为灸数十壮[6]，曰："隔夜愈矣。"二班喜，烧鹿饷客；并无酒饭，惟肉一品。爪曰："仓猝不知客至，望勿以辐亵[7]为怪。"殷饱餐而眠，枕以石块。二班虽诚朴，而粗莽可惧，殷转侧不敢熟眠。天未明，便呼妪，问所患。妪初醒，自扪，则瘤破为创。殷促二班起，以火就照，敷以药屑，曰："愈矣。"拱手遂别。班又以烧鹿一肘赠之。

后三年无耗。殷适以故入山，遇二狼当道，阻不得行。日既西，狼又群至，前后受敌。狼扑之，仆；数狼争啮，衣尽碎。自分必死。忽两虎骤至，诸狼四散。虎怒，大吼，狼惧尽伏。虎悉扑杀之，竟去。殷狼狈而行，惧无投止。遇一媪来，睹其状，曰："殷先生吃苦矣！"殷戚然诉状，问何见识[8]。媪曰："余即石室中灸瘤之病妪也。"殷始恍然，便求寄宿。媪引去，入一院落，灯火已张，曰："老身伺先生久矣。"遂出袍裤，易其敝败。罗浆具酒，酬劝谆切。媪亦以陶碗自酌，谈饮俱豪，不类巾帼[9]。殷问："前日两男子，系老姥何人？胡以不见？"媪曰："两儿遣逆先生，尚未归复，必迷途矣。"殷感其义，纵饮，不觉沉醉，酣眠座间。既醒，已曙，四顾竟无庐，孤坐岩上。闻岩下喘息如牛，近视，则老虎方睡未醒。喙间有二瘢痕，皆大如拳。骇极，惟恐其觉，潜踪而遁。始悟两虎，即二班也。

校注

1　〔疾趁之〕谓快走赶上。

2 〔族贯〕姓氏籍贯。

3 〔拱敬〕谓拱手行礼，以致敬意。

4 〔山斗〕即泰山北斗的省称。比喻德高望重受人敬仰的人。详见卷一《青凤》注。

5 〔傍（bàng 磅）〕靠近。

6 〔壮〕医用艾灸。一灼称为一壮。《三国志·魏志·华佗传》：“若当灸，不过一两处，每处不过七八壮。”

7 〔輶（yóu 尤）亵〕轻慢。《诗经·大雅·烝民》：“德輶如毛，民鲜克举之。”传：“輶，轻也。”此谓招待不周全。

8 〔见识〕谓相识。

9 〔巾帼〕妇女的头巾。此指代妇女。

车　夫

有车夫载重登坡，方极力[1]时，一狼来啮其臀。欲释手，则货敝[2]身压，忍痛推之。既上，则狼已龁片肉而去。乘其不能为力之际，窃尝一脔[3]，亦黠[4]而可笑也。

校注

1　〔方极力〕谓才用力攀坡。
2　〔货敝〕谓货物被损坏。
3　〔一脔（luán 峦）〕谓一块肉。脔，成块的肉。
4　〔黠（xiá 狭）〕狡猾。

苗 生

龚生，岷州[1]人。赴试西安，憩于旅舍，沽酒自酌。一伟丈夫入，坐与扳谈[2]。生举卮劝客，客亦不辞。自言苗姓，言噱[3]粗豪。生以其不文，偃蹇[4]遇之。尊既尽，不复唤沽。苗生曰："措大[5]饮酒，使人闷损矣！"起向垆头[6]出钱行沽，提一巨瓻[7]而入。生辞不饮，苗捉臂劝釂[8]，臂痛欲折。生不得已，为尽数觞。苗以羹碗自吸，笑曰："仆不善劝客，行止惟君所便。"生即治装行。约数里许，马病卧于途，坐待路侧。行李重累，无所方计，苗寻至[9]。诘知其故，遂谢装付仆，己乃以肩承马腹而荷之，趋二十余里，始至逆旅，释马就枥。移时，生主仆方至。生乃惊为神，相待优渥[10]，沽酒市饭，与共餐饮。苗曰："仆善饭[11]，非君所能饱，饫饮[12]可也。"引尽一瓻，乃起而别曰："君医马尚须时日，余不能待，行矣。"遂去。

后闱毕，三四友人邀登华山，藉地作筵[13]。方共宴笑，苗忽至，左携巨尊，右提豚肘，掷地曰："闻诸君登临，敬附骥尾[14]。"众起为礼，相并杂坐，豪饮甚欢。众欲联句[15]，苗争曰："纵饮甚乐，何苦愁思。"众不听，设"金谷之罚[16]"。苗曰："不佳者，当以军法从事[17]！"众笑曰："罪不至于此。"苗曰："如不见诛，仆武夫亦能之也。"首座靳生曰："绝巘[18]凭临眼界空。"苗信口续曰："唾壶击缺[19]剑光红。"下座沉吟既久，苗遂引壶自倾。移时，以次属句[20]，渐涉鄙俚[21]。苗呼曰："只此已足，如赦我者，勿作矣！"客弗之听，苗不可复忍，遽效作龙吟，山谷响应；又起俯仰作狮子舞。诗思既乱，众乃罢吟，因而飞觞再酌。时已半醉，客又忽诵闱中作[22]，迭相赞赏。苗不欲听，牵生豁拳[23]，二人胜负屡分，而诸客诵赞未已。苗厉声曰："仆听之已悉。此等文只宜向床头对婆子读耳。广众中刺刺[24]者可厌也！"众有惭色，更恶其粗莽，遂益高吟。苗怒甚，伏地大吼，立化为虎，扑杀诸客，咆哮而去。所存者，惟生及靳。

靳是科领荐[25]。后三年，再经华阴，忽见嵇生，亦山上被噬者。大恐欲驰，嵇捉鞚[26]使不得行。靳乃下马，问其何为。答曰："我今为苗氏之伥[27]，从役良苦。必再杀一士人，始可相代。三日后，应有儒服儒冠者见噬于虎，然必在苍龙岭[28]下，始是代某者。君于是日，多邀文士于此，即为故人谋也。"靳不敢辩，敬诺而别。至寓所，筹思终夜，莫知为谋，自拼背约，以听鬼责。适有表戚蒋生来，靳述其异。蒋名下士[29]，邑尤生考居其上，窃怀忌嫉。是日，闻靳言，阴欲陷之。折简邀尤，与共登临，

苗生
龍吟獅彝氣豪雄
俗子何堪溷乃公滿
座衣冠驚一吼不
須更試剑光红

自乃着白衣[30]而往，尤亦不解其意。至岭半，肴酒并陈，敬礼臻至。会郡守[31]登岭上，守故与蒋为通家[32]，闻蒋在下，遣人召之。蒋不敢以白衣往，遂与尤易服冕。交着[33]未竟，虎骤至，衔蒋而去。

异史氏曰："得意津津者，捉衿袖，强人听闻；闻者欠伸屡作，欲睡欲遁，而诵者足蹈手舞，茫不自觉。知交者，亦当从旁肘之蹑之[34]，恐座中，有不耐事之苗生在也。然嫉忌者易服而毙，则知苗亦无心者耳。故厌怒者苗也？非苗也？"

校注

1 〔岷州〕古州名。治所今甘肃省岷县。

2 〔扳谈〕闲谈，交谈。《镜花缘》第二十三回："扳谈多时，许多货物总共凑起来，不过增价一文。"

3 〔言噱（jué 诀）〕谓言谈笑语。噱，大笑。

4 〔偃蹇〕谓傲慢。

5 〔措大〕旧时对贫寒读书人的蔑称。详见卷四《双灯》注。

6 〔垆头〕指酒店。垆，酒店安放酒缸的土台。唐崔颢《渭城少年行》："渭城垆头酒新熟，金鞍白马谁家宿。"

7 〔瓻（chī 吃）〕古代的一种酒器。

8 〔劝釂（jiào 叫）〕劝人饮尽杯中酒。釂，饮尽杯中酒。《礼记·曲礼上》："长者举未釂，少者不敢饮。"

9 〔寻至〕即刻到来。

10 〔优渥〕谓丰厚优裕。

11 〔善饭〕能吃饭，食量大。《史记·廉颇蔺相如列传》："廉将军虽老，尚善饭。"

12 〔饫（yù育）饮〕谓喝饱。饫，饱足。《后汉书·刘盆子传》："十余万人皆得饱饫。"

13 〔藉地作筵〕谓以地为席而设筵。筵，铺设坐席。《仪礼·士冠礼》："主人之赞者，筵于东序，少北西面。"郑玄注："筵，布席也。"

14 〔敬附骥尾〕谓特意来依附名士之后。《史记·伯夷列传》："伯夷、叔齐虽贤，得夫子而名益彰；颜渊虽笃学，附骥尾而行益显。"索隐："苍蝇附骥尾而致千里，以譬颜回因孔子而名彰也。"敬，淄博方言，含义为特意。

15 〔联句〕旧时宴集时，集体做诗的一种方式。一般一个出上句，另一人对下句，相联成篇。

16 〔金谷之罚〕意为联句不成，罚酒三杯。金谷，即金谷园，晋石崇所建。晋石崇《金谷集序》："余以元康六年，从太仆卿出为使，持节监青、徐诸军事，有别庐在河阳界金谷间，时征西大将军王诩当还长安，余与众贤共送往涧中，遂各赋诗以叙中怀；或不能者，罚酒三斗。"后遂称筵席上赋诗，不能者罚酒为"金谷之罚"。

17 〔以军法从事〕按军法处置。《汉书·高五王传》："高后立诸吕为三王，擅权用事，（刘）章……尝入侍燕饮，高后令章为酒吏。章自请曰：'臣，将种也，请得以军法行酒。'高后曰：'可。'酒酣，章……曰：'请为太后言耕田。'……太后曰：'试为我言田意。'章曰：'深根穊种，立苗欲疏；非其种者，锄而去之。'太后默然。顷之，诸吕有一人醉亡酒，章追拔剑斩之。"

18 〔绝巘（yǎn掩）〕谓陡岩峭壁处。巘，山峰。北魏郦道元《水经注·江水》："绝巘多生怪柏，悬泉瀑布，飞漱其间。"

19 〔唾壶击缺〕意谓敲碎痰盂。《世说新语·豪爽》："王处仲（敦）每酒后辄咏'老骥伏枥，志在千里。烈士暮年，壮心不已’。以如意打唾壶，壶口尽缺。”后则以“唾壶击缺”喻豪爽。

20 〔以次属（zhǔ 主）句〕按次序联句。属，连接。

21 〔鄙俚〕谓粗俗低劣的巷俚之语。

22 〔闱中作〕指科举考场中所做的文章。即八股文。

23 〔豁拳〕亦称“猜拳”，即饮酒时助兴的一种游戏。

24 〔剌剌〕多言貌。此指无休止的。

25 〔靳是科领荐〕据康熙抄本，原抄本无“靳”。

26 〔捉鞚（kòng 控）〕捉住马笼头。鞚，马笼头。详见卷一《小翠》注。

27 〔伥（chāng 昌）〕迷信传说，被老虎咬死的人变成鬼，又引老虎吃人，这种鬼称作“伥”。

28 〔苍龙岭〕在华山北峰，中突旁削，宽仅二尺余，两旁直立。由北峰登绝顶，惟此一线。

29 〔名下士〕谓小有文名的人。

30 〔白衣〕古时没有官职和功名的人着白衣。犹言布衣。《史记·儒林列传》：“公孙弘以《春秋》白衣为天子三公，封以平津侯。”此指便服，对公服而言。

31 〔郡守〕即知府。

32 〔通家〕世交。

33 〔交着〕即换着穿戴。

34 〔肘之蹑之〕谓胳膊肘触他，用脚踏他。表示示意。

乩 仙

章丘米步云，善以乩[1]卜。每同人雅集[2]。辄召仙相与赓和[3]。一日，友人见天上微云，得句，请以属对[4]，曰："羊脂白玉天[5]。"乩书云："问城南老董。"众疑其不能对，故妄言之。后以故偶适城南，至一处，土如丹砂，异之，有一叟牧豕其侧，因问之。叟曰："此俗呼'猪血红泥地[6]'也。"忽忆乩词，大骇。问其姓，答云："我老董也。"属对不奇，而预知过城南之必遇老董，斯亦神矣！

校注

1 〔乩（jī 机）〕旧时求神问卜的一种迷信方法。其法，术士用两人扶丁字木架，下有沙盘，伪言仙佛鬼神降临，移动木架，画沙作字，预言人事祸福，称为"扶乩"，亦称"扶箕"，俗称"扶鸾"。

2 〔同人雅集〕谓志同道合之人诗文聚会。

3 〔赓和〕以诗词相唱和。赓，连续。《新唐书·上官婉儿传》：“数赐宴赋诗，君臣赓和，婉儿常代帝及后、长宁、安乐二主，众篇并作，而采丽益新。”

4 〔属对〕联对。

5 〔羊脂白玉天〕此谓白云如羊脂白玉一样。

6 〔猪血红泥地〕此为联对之句，前句之“羊脂白玉天”，必对“地”，故其句当为“猪血红泥地”。

毛大福

太行毛大福，疡医[1]也。一日，行术归，道遇一狼，吐裹物，退蹲道左。毛拾视，则布裹金饰数事。方怪异间，狼前欢跃，略曳袍服，即复去。毛行，又曳之。察其意不恶，因从之去。未几，至穴，见一狼病卧，视顶上有巨疮，溃腐生蛆。毛悟其意，拨剔净尽，敷药如法，乃行。日既晚，狼遥送之。行三四里，又遇数狼，咆哮相侵，惧甚。前狼急入其群，若相告语，众狼悉散去。毛乃归。

先是，邑有银商[2]宁泰，被盗杀于途，莫可追诘。会毛货金饰，为宁氏所认，执赴公庭。毛诉所从来，官不信，将械之。毛冤极不能自伸，惟求宽释，请问诸狼。官遣两役押入山，直抵狼穴。值狼未归，既暮不至，三人遂反。至半途，遇二狼，其一疮痕犹在。毛识之，向揖而祝曰[3]："前蒙馈赠，今遂以此被屈。君不为我昭雪，回去搒掠死矣！"狼见毛被絷，怒奔隶。隶拔刀相向。狼以喙拄地大嗥；嗥两三声，山中百狼群集，围旋之。隶大窘。竞前啮縶索，隶悟其意，解毛缚，狼乃俱去。归述其状，官异之，而犹未遽释毛。后数日，官出行在道，一狼衔敝履[4]委路间。未以为异，过之，狼又衔履奔前途而置之。官命收履，狼乃去。官归，阴遣人访履主。或传某村有丛薪者[5]，被二狼迫逐，衔其履而去。拘来认之，果其履也。遂疑杀宁者即薪，鞫之果然。盖薪杀宁，取其巨金，衣底藏饰，未遑搜括，被狼衔去也。

昔一收生媪，自他归，遇一狼阻道，牵衣若欲召之。乃从去，见雌狼方娩不下。妪为之用力，既产，始放之归。明日，衔鹿置庭中，乃知此事自古有之也。

校注

1 〔疡（yáng 阳）医〕即外科大夫。《周礼·天官·疡医》："疡医掌肿疡、溃疡、金疡、折疡之祝药劀杀之齐。"

2 〔银商〕制造或贩卖银首饰的商人。

3 〔祝曰〕即"祝白"，犹祷告。宋周密《齐东野语·谢惠国生亡》："（谢）沐浴朝衣，焚香望阙遥拜，次诣家庙祝白。"

4 〔敝履〕破鞋。

5 〔丛薪者〕拾柴的人。丛，泛指聚集在一起的人或物。

蝎客

南商贩蝎者，岁至临朐[1]，收买甚多。土人持木钳入山，探穴发石搜捉之。一岁，复至，寓于客肆[2]。忽觉心动，毛发森悚，急告主人曰："伤生既多，今见怒于虿[3]鬼，将杀我矣！急垂拯救！"主人顾室中有巨瓮，乃使蹲伏，以瓮覆之。无何，一人奔入，黄发狞丑。便问主人："南客何在？"答以他出。其人入室四顾，鼻作嗅声者三，遂出门去。主人曰："可幸无恙矣。"往启瓮，则客已化血水。

校注

1 〔临朐〕即今山东省临朐县。
2 〔客肆〕即客店。
3 〔虿（chài 差）〕指蝎类毒虫。

雹 神

唐太史济武[1]，适日照会安氏葬[2]。道经雹神李左车[3]之祠，暂入游眺。祠前有池，池水清澈，有朱鱼数头，游泳其中。内一斜尾鱼唼呷[4]水面，见人不惊。太史拾小石将戏击之。道士在旁急止勿击。问其故，则池鳞皆龙族，触之必致风雹。太史笑附会之诬，不听其言，卒掷之。既而升车东迈[5]，则有黑云如盖[6]，随之以行。既而簌簌雹落，大如绵子[7]。又行里余，始霁。太史弟凉武[8]在后，相去一矢。少间追及，相与语，则竟不知有雹也。问之前行者亦然。太史笑曰："此岂广武君作怪耶！"而犹未之深异。安村外有关圣祠[9]，适有稗贩之客[10]，释肩门外，忽弃双簏，趋祠中，拔架上大刀，旋转而舞曰："我，李左车也。明日将陪从淄川唐太史一助执绋[11]，敬先告主人。"数语而醒，自不知其何言，亦不识唐太史何人也。安氏闻之大惧。村去神祠四十余里，敬修楮帛[12]祭具，诣祠哀祷，但求怜悯，不敢烦其枉驾。太史怪其敬信之深，问诸主人。盖雹神灵迹最著，往往托生人以为言，应验无

雹神
靈祠誰敢擊池
魚司雹相傳
李左車試看黑
雲頭上簸可知
稗販語非虛

虚语。若不虔祝以尼其行[13]，则明日风雹立至矣。

异史氏曰："广武君在当年，亦老谋壮事[14]者流也。即司雹于东，或亦其不磨之气，受职于天。然业神矣，何必翘然自异[15]哉！盖太史道义文章，天人之钦瞩[16]已久，此鬼神之所以必求信于君子也。"

校注

1 〔唐太史济武〕唐梦赉，字济武，别号豹岩，淄川县人。顺治六年（1649）进士，授翰林院庶吉士、翰林院检讨。详见卷二《泥鬼》注。太史，官名。明清两朝翰林院主持修撰国史，因称翰林为太史。

2 〔适日照会安氏葬〕日照，今山东省日照市。会安氏葬，即为安氏送葬。会，会吊。《新唐书·杨棺传》："未几薨，帝惊悼……诏百官如第吊，遣使会吊。"

3 〔雹神李左车〕雹神，司雹之神。李左车，据《史记·淮阴侯列传》载：李左车，秦汉之际赵人，仕赵封广武君，韩信张耳东下井陉击赵，李左车说成安君陈余，建议以奇兵绝汉军辎重，深沟高垒，以困汉军，成安君不用。及韩信破赵军，斩成安君，擒赵王歇。乃令军中毋杀广武君。有能生擒者予千金。于是有缚广武君而致戏下者，信乃亲解其缚，师事之，用其计下燕齐诸城。相传死后为司雹之神。

4 〔唼呷（shàxiā 厦虾）〕鱼类吃食声。

5 〔东迈〕东行。

6 〔盖〕车盖，即古之车篷。

7 〔绵子〕即棉子。

8 〔凉武〕唐梦赉之弟唐梦师，字凉武，监生。

9 〔关圣祠〕关帝庙。

10 〔稗（bài 拜）贩之客〕做小商贩的人。稗，小。

11 〔执绋〕送葬。详见卷四《花姑子》注。

12 〔楮（chǔ 楚）帛〕祭祀神灵时用的纸钱。

13 〔尼其行〕即“尼行”，停止或阻止。宋刘克左《居厚不果行次韵》之二：“祖帐方涓吉，公车已尼行。”

14 〔老谋壮事〕谋略深远，有所成就。《国语·晋语一》：“既无老谋而又无壮事，何以事君？”

15 〔翘然自异〕谓自傲而异于其他神灵。

16 〔天人之钦瞩〕天人，谓天上人间。钦瞩，钦服注目。

杜小雷

杜小雷，益都[1]之西山人。母双盲，杜事之孝，家虽贫，无日不甘旨奉之。一日，将他适，市肉付妻，令作餺飥[2]。妻最忤逆[3]，切肉时，杂蜣螂[4]其中。母觉臭恶不可食，藏以待子。杜归，问："餺飥美乎？"母摇首，出以示之。杜裂视，见蜣螂，怒甚，入室，欲挞妻，又恐母闻。上榻筹思[5]，妻问之，亦不语。妻自馁，彷徨榻下，久之，喘息有声。杜叱曰："不睡，待敲扑耶！"亦竟寂然。起而烛之，妻不知何在，但见一豕，细视，则两足犹人，始知为妻所化。邑宰闻之，絷去，使游四门，以戒来者。谭薇臣曾亲见之。

校注

1 〔益都〕清初益都县包括今山东淄博市博山区在内，雍正年间博山设县，由益都县分离出。县治在今山东青州市。

2 〔餺飥（bótuō 博拖）〕亦作“馎饨”。面食，据北魏贾思勰《齐民要术·饼法》，此餺飥，当为博山所兴馄饨之讹音。详见卷一《馎饪媪》注。

3 〔忤（wǔ 五）逆〕不孝顺父母。

4 〔蜣螂（qiāngláng 羌郎）〕俗称“屎壳郎”。

5 〔筹思〕谓想法，考虑。

李八缸

太学[1]李月生，升宇翁之次子也。翁最富，以缸贮金，里人称之“八缸”。翁寝疾，呼子分金，兄八之，弟二之，月生不能无觖望[2]。翁曰：“我非偏有爱憎，藏有窖镪，必待无多人时，方以畀[3]汝，勿急也。”过数日，翁益弥留[4]，月生虑一旦不虞[5]，觑无人，即床头秘讯之。翁曰：“人生苦乐，皆有定数。汝方享妻贤之福，故不宜再助多金，以增汝过。”盖月生妻车氏，最贤，有桓、孟之德[6]，翁是以云。月生固哀之。怒曰：“汝尚有二十余年坎壈[7]未历，即予千金，亦立尽耳。苟不至山穷水尽时，勿望给与也！”月生为人孝友敦笃，即亦不敢复言，犹冀父复瘥，旦夕可以婉告。

无何，翁大渐[8]，寻卒。幸兄贤，斋葬之谋，弗与较计。而月生天真烂漫，不较锱铢，又好客善饮，炊黍治具[9]，日促妻三四作，又不甚理家人生产，里中无赖窥其懦，辄鱼肉之。逾数年，家渐落。窘急时，赖兄小周给，不至大困。无何，兄以老病卒，益失所助，至绝粮食。春贷秋偿，田所出，登场辄尽。于是割亩为活，业益消减。又数年，长子及妻，相继殂谢，无聊益甚。寻买贩羊者之妻徐，冀得其小阜，而徐性刚烈，日凌藉之，至不敢与朋友通吊庆礼。忽一夜梦父曰："今汝所遭，可谓山穷水尽矣。尝许汝窖镪，今其可矣。"问："何在？"曰："明日畀汝。"醒而异之，犹谓是贫中之积想也。次日，发土葺墉[10]，掘得巨金。始悟向言"无多人"，乃死亡将半也。

异史氏曰："月生，余杵臼交[11]，其为人朴诚无少伪，余兄弟与交，哀乐辄相共。数年来，村隔十余里，老死竟不相闻[12]。余偶过其居里，因亦不敢过问之，则月生之苦况，盖有不可明言者矣。忽闻暴得千金，不觉为之鼓舞。呜呼！翁临终之治命[13]，昔习闻之，而不意其言言皆谶[14]也。抑何其神哉！"

校注

1 〔太学〕明以后不设太学，只设国子监，故称国子监为太学。详见卷五《金和尚》"太学生"注。

2 〔觖（jué 决）望〕谓因不满足而怨望。《史记·韩信卢绾列传》："高祖已定天下，诸侯非刘氏而王者七人。欲王卢绾，为群臣觖望。"

3 〔畀（bì 币）〕给予。

4 〔弥留〕病重将死之时。详见卷二《莲香》注。

5 〔不虞〕本指意料不到的事。此指死亡。

6 〔桓、孟之德〕此谓旧时为妇之美德。桓，指东汉鲍宣妻桓少君，在封建社会被视为自甘贫贱、相夫持家的贤妻典型。《后汉书·鲍宣妻传》："宣尝就少君父学，父奇其清苦，故以女妻之。装送资贿甚盛，宣不悦。……妻乃悉归侍御服饰，更着短布裳，与宣共挽鹿车归乡里，拜姑礼毕，提瓮出汲，修行妇道，乡邦称之。"孟，指东汉梁鸿妻孟光，扶风平陵人，字德曜。详见卷五《邵女》"孟光举案"注。

7 〔坎壈（lǎn 览）〕失意，不得志。《楚辞·刘向〈九叹·怨思〉》："惟郁郁之忧毒兮，志坎壈而不逮。"

8 〔大渐〕病情加剧。渐，剧。

9 〔炊黍治具〕备办酒饭。黍，谷物总称。

10 〔葺（qì 砌）墉〕谓修补垣墙。

11 〔杵（chǔ 处）臼交〕谓贫贱之交。杵臼，即公孙杵臼。详见卷二《红玉》"杵臼"注。

12 〔老死竟不相闻〕谓老死不相往来之意。《老子》第八十章："邻国相望，鸡犬之声相闻，民至老死不相往来。"

13 〔治命〕谓父亲临终的遗言。详见卷三《钱卜巫》注。

14 〔言言皆谶（chèn 衬）〕谓每句话都有应验。谶，预言。

青城妇

费邑高梦说[1]，为成都时，有一奇狱。先是，有西商客成都，娶青城山[2]寡妇，既而以他故西归，年余复返。夫妻一聚，而商暴卒。同商者疑之，具状告官。高亦疑妇有私，苦讯之，横加酷掠，迄无词，牒解郡臬[3]，并少情实，淹系成都狱[4]，积有时日。后高署[5]有病者，一老医入，适相言及，医闻之，遽曰："妇尖嘴否？"问："何说？"医初不言，问之坚而后言："盖绕青城山有数村落，其中妇女多为蛇交[6]，则生女尖喙，阴中有物类蛇舌，至淫纵时，则舌或出，一入阴管，男子阳脱[7]立死。"高闻之骇，尚未深信。医曰："此处有巫媪，能内药[8]使妇意荡，舌自出，是否可以验见。"高如其言，使媪治之，舌果出，其疑始解。牒报郡，郡官皆如法验之，乃释其罪。

校注

1 〔费邑高梦说〕费邑，即费县，县治在今之山东费县。高梦说，字兴岩，号易庵，费县人。清顺治五年（1648）副贡，顺治十一年（1654）任河南修武县丞，康熙二年（1663）升四川成都府同知。

2 〔青城山〕在四川省灌县西南，当时隶成都府，是道教名山。

3 〔牒解郡臬（niè 聂）〕谓备具公文押送按察使司。郡臬，郡城提刑按察使司。

4 〔淹系成都狱〕久关押于成都狱中。淹，久留。

5 〔高署〕即高梦说府中。

6 〔交〕即交配。

7 〔阳脱〕中医学病名。谓由于身体虚弱，肾阳不固而精液耗尽，虚脱而死亡。

8 〔内（nà 纳）药〕谓纳药于妇阴之中。内，通“纳”。

老龙船户

朱公徽荫[1]巡抚粤东时[2]，往来商旅，多告无头冤状，往往千里行人，死不见尸，甚至数客同游，全绝音信，积案累累，莫可究诘。初告，有司尚欲发牒行缉，迨投状既多，遂竟置而不问。公莅任，稽旧案，状中称死者不下百余，其千里无主者，更不知其几何。公骇异惨怛，筹思废寝，遍访僚属，迄少方略。于是洁诚熏沐，致檄于城隍之神，已而变食斋寝[3]，恍惚中见一官僚，搢笏[4]而入，问："何官？"答云："城隍刘某。""将何言？"曰："鬓边垂雪，天际生云，水中漂木，壁上安门。"言已而退。

既醒，隐谜不解，辗转终宵，忽悟曰："垂雪者，老也；生云者，龙也；水上木为船；壁上门为户。合之非'老龙船户'耶！"盖省之东北，曰小岭，曰蓝关，源自老龙津[5]以达南海，岭外巨商，每由此入粤。公早遣武弁[6]，密授机谋，捉老龙津驾舟者，次第擒获五十余名，皆不械而服。盖寇以舟渡为名，赚客登舟，或投蒙药[7]，或烧闷香[8]，使诸客沉迷不醒，而后剖腹纳石，以沉于水。

冤惨极矣！自昭雪后，遐迩欢腾，谣颂[9]成集焉。

异史氏曰："剖腹沉尸，惨冤已甚，而木雕之有司[10]，更少痌痒，则粤东之暗无天日久矣！公至而鬼神效灵，覆盆[11]俱照，何其异哉！然公亦非有四目两口，不过痌瘝[12]之念，积于中者至耳。苟徒巍巍然[13]，出则刀戟横路，入则兰麝熏心，尊优则极，而何能与神通哉[14]！"

校注

1 〔朱公徽荫〕朱宏祚，字徽荫，山东高唐（今山东高唐县）人，徙居济南。顺治五年（1648）举人。初任盱眙县知县，迁兵部郎中，康熙二十六年（1687）擢广东巡抚。康熙三十一年（1692），迁闽浙总督。

2 〔巡抚粤东时〕即指康熙二十六年（1687）擢广东巡抚时。粤东，即今之广东省。

3 〔变食斋寝〕此谓吃斋食宿于斋戒的寝居。变食，即改变平日的饮食内容。此为斋饭，素食。《论语·乡党》："齐必变食，居必迁坐。"何晏集解引孔安国曰："改常馔。"邢昺疏："谓将欲接事鬼神，宜自洁净，故改其常馔也。"斋寝，斋戒时所居住的地方。北齐颜之推《颜氏家训·风操》："二亲既没，所居斋寝，子与妇弗忍入焉。"王利器集解："斋寝，斋戒时所居之旁居。"

4 〔搢笏〕插笏于束带，即谓身着公服。搢，插。笏，上朝时所执笏板。《穀梁传·僖公三年》："阳谷之会，桓公委端搢笏而朝诸侯。"

5 〔老龙津〕当在今之广东省龙川县老龙埠附近，此地处龙川江上游。

6 〔武弁（biàn 辨）〕谓武官。《明史·熹宗纪》：“国家文武并用，顷承平日久，视武弁不啻奴隶。”

7 〔蒙药〕俗称蒙汗药。作案者将药投入酒中，人饮之则昏迷沉睡。

8 〔闷香〕俗薰香，又称迷魂药，点燃后，其烟吸入鼻，则使人昏迷过去。

9 〔谣颂〕即用民歌民谣称颂功德。

10 〔木雕之有司〕指麻木不仁的官员。

11 〔覆盆〕即覆盆之冤的省称。覆盆，即覆置其盆，底朝天扣下来。详见卷三《胭脂》注。

12 〔痌瘝（tōngguān 通关）〕痌，同“恫”。《尚书·康诰》：“恫瘝乃身。”传：“恫，痛。瘝，病。治民务除恶政，当如痛病在汝身，欲去之。”旧时常称官吏关心人民疾苦为“痌瘝在念”。

13 〔苟彼巍巍然〕假如官员高高在上。

14 〔何能与神通哉〕此谓诚心为民，可得到鬼神之助。

古瓶

邑北[1]村中井涸[2]，村人某甲、乙缒入淘之，掘尺余，得髑髅[3]，误破之，口含黄金，喜纳腰橐。复掘，又得髑髅六七枚，冀得含金，悉破之，而一无所有。惟旁有磁瓶二、铜器一：器大可合抱，重数十斤，侧有双环，不知何用，斑驳陆离[4]；瓶亦古，非近款[5]。既出井，甲、乙皆死；移时乙苏，曰："我乃汉人，遭新莽之乱[6]，全家投井中。适有少金，因内口中，实非含殓之物[7]，人人都有也。奈何遍碎头颅？情殊可恨！"众香楮共祝之，许为殡葬，乙乃愈，甲不能复生矣。颜镇[8]孙生闻其异，购铜器而去。瓶一入袁孝廉宣四[9]家，可验阴晴：见有一点润处，初如粟米，渐阔渐满，未几雨至，润退，则云亦开。其一入张秀才家，用志朔望[10]：朔则黑起如豆，与日俱长；望则一瓶遍满，既望，又以次而退，至晦[11]则复其初。以埋土中久，瓶口小石黏其上，恻剔不可下，欲敲去之，石落而口微缺，亦一憾事。浸花其中，花落结实，与在树者无异云。

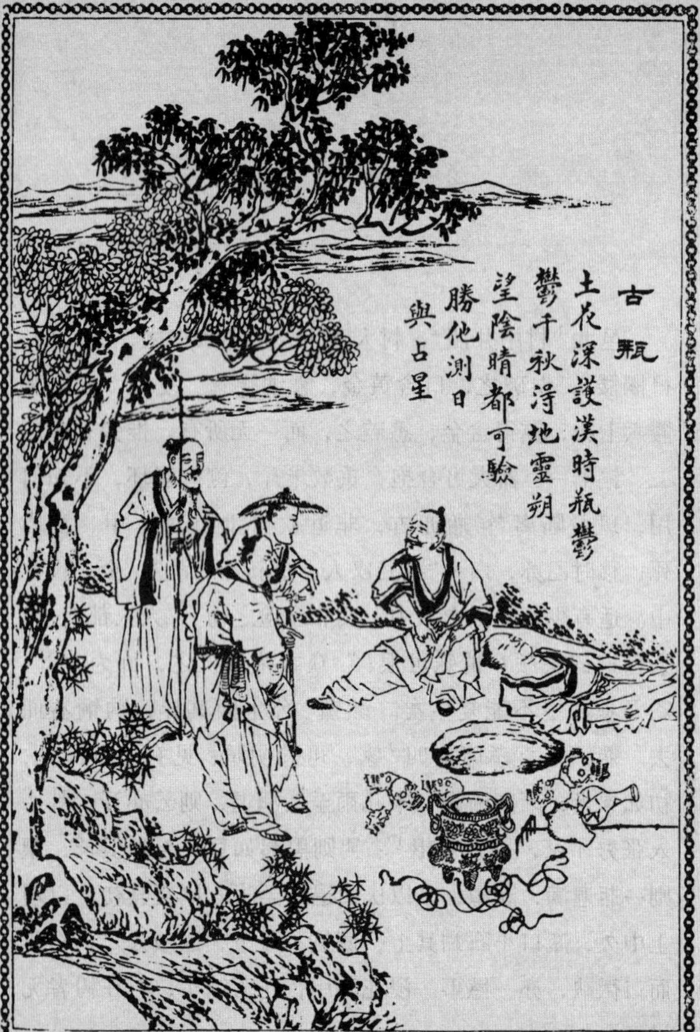

古瓶
土花深護漢時瓶鬱鬱千秋浮地靈朔望陰晴都可驗勝他測日與占星

校注

1 〔邑北〕此指淄川城北。邑，铸雪斋本为“淄邑”。
2 〔涸（hé 荷）〕水干。
3 〔髑髅（dúlóu 独娄）〕死人的头骨。
4 〔斑驳（bó 勃）陆离〕谓颜色不纯，错杂相间。斑驳，色彩错杂相间。《楚辞》斑作“班”。刘向《九叹·忆苦》：“杂班驳与阘茸。”王逸注：“班驳，杂色也。”陆离，色彩参差错综。《楚辞·屈原〈离骚〉》：“纷总总其离合兮，班陆离其上下。”
5 〔非近款〕并不是近代样式。
6 〔新莽之乱〕初始元年（8），王莽废汉自立，改国号新（8-23），史称“新莽之乱”。
7 〔含敛之物〕古时人死，入敛时死者口中含以物。含敛，亦称“饭含”。详见卷三《钱卜巫》注。
8 〔颜镇〕即颜神镇，即今之山东淄博市博山区。
9 〔袁孝廉宣四〕名藩，字松篱，号宣四，淄川人，康熙二年（1663）举人。详见卷二《龙》注。
10 〔朔望〕朔，农历每月初一日；望，每月十五日。
11 〔晦〕农历每月最后一天。

鸮鸟

长山杨令[1]，性奇贪。康熙乙亥间，值西塞用兵，市民间骡马辇运粮饷[2]，杨假此搜括，地方头畜一空。周村[3]为商贾所集，趁墟[4]者车马辐辏，杨率健丁悉篡夺之，计不下数百余头。四方估客，无所控告。时诸令皆以公务在郡，会益都[5]令董、莱芜令范、新城令孙会集旅舍。有山西二商迎门号诉，盖有健骡四头，俱被抢掠，道远失业，不能归，故哀求诸公为缓颊[6]也。三公怜其情，许之，遂命驾共诣杨，杨治具相款。酒既行，众言来意，杨不听。众言之益切，杨举酒促釂[7]以乱之，曰："某有一令[8]，不能者罚。须一天上，一地下，一古人，左右问所指何物，口道何词，随问答之。"便倡云："天上有月轮[9]，地下有昆仑，有一古人刘伯伦[10]。左问手执何物，答云：'手执酒杯。'右问口道何词，答云：'道是酒杯之外不须提。'"范公云："天上有广寒宫[11]，地下有乾清宫[12]，有一古人姜太公[13]。手执钓鱼竿，道是'愿者上钩'[14]。"孙云："天上有天河，地下有黄河，有一古人是萧何[15]。手执一本大清律[16]，他道是'赃官赃吏’。”杨有惭色，沉吟久之，曰：“某又有之。天上有灵山[17]，地下有泰山，有一古人是寒山[18]。手执一帚，道是‘各人自扫门前雪’。”众相视觍然，不作一语。

忽一少年入，袍服华整，举手作礼，共挽坐，酌一大斗，少年笑曰：“酒且勿饮。久闻诸公雅令，愿献刍荛[19]。”众请之，少年曰：“天上有玉帝，地下有皇帝，有一古人洪武朱皇帝[20]。手执三尺剑，道是‘贪官剥皮[21]’。”众大笑，杨恚骂曰：“何处狂生敢尔！”命隶执之。少年跃登几上，化为鸮[22]，冲帘飞出，集庭树间，四顾室中，作笑声，主人击之，且飞且笑而去。

异史氏曰：“市马之役[23]，诸大令健畜盈厩者十之七，而千百为群，作骡马贾者，长山外不数数[24]见也。圣明天子爱惜民力，取一物必偿其值，乌知奉行者流毒若此哉！鸮所至，人最厌其笑，儿女共唾之，以为不祥。此一笑，则何异于凤鸣哉！”

校注

1　〔长山杨令〕长山，山东省旧县名，1956 年并于邹平县。杨令，即长山县令杨杰，奉天监生。康熙二十八年（1689）任长山县令，康熙三十四年（1695）离去。

2　〔“康熙乙亥间”三句〕康熙乙亥，即康熙三十四年（1695）。

西塞用兵，据黄鸿寿《清史纪事本末》卷十四载：“三十四年冬十一月，复议亲征准噶尔，令将军隆布素，引满洲军会科尔沁所部出其东；大将军费扬古驰赴归化城；调陕甘出宁夏，自翁金河出其西；帝自将禁军，出独石口为中路，克期夹攻。”此即所言之西塞用兵。西塞，即指西部边塞地区。市民间骡马，据蒲松龄康熙三十四年诗《雪后时侯深夜过毕韦仲家蒙见招时已寝矣次日赋四律即寄（时报驿正急，处处惶骇，恐似北征州邑官滥冒而不还也）》其三云：“村村簿籍报骡马，凫舄奔波午漏余。支遁还愁将数马，浩然窃幸不征驴。”

3 〔周村〕旧隶长山县，现为山东淄博市周村区。

4 〔趁墟〕俗称赶集。墟，指乡村集市。

5 〔益都〕旧县名，今之山东省青州市。莱芜，旧县名，今之山东省莱芜市。新城，旧县名，今之山东省淄博市桓台县。

6 〔缓颊〕代人说情。详见卷四《西湖主》注。

7 〔促釂〕劝饮酒。釂，干杯。

8 〔令〕此指行酒之令。

9 〔月轮〕月亮。王昌龄《春宫曲》：“昨夜风开露井桃，未央前殿月轮高。”

10 〔刘伯伦〕刘伶，字伯伦，晋沛国人。仕晋为建威将军，纵酒放达，蔑弃礼法，与阮籍、嵇康等为友，世称“竹林七贤”。著有《酒德颂》，《晋书》有传。

11 〔广寒宫〕即传说中月宫。

12 〔乾清宫〕在北京故宫内庭的最前面，建于明永乐十八年。清康熙前为皇帝居住处理政务之所，其后为接见大臣的地方。

13 〔姜太公〕即太公望吕尚。姓姜氏名子牙，又称姜子牙。因佐武王伐纣，有功，封于齐。

14 〔“手执钓鱼竿”二句〕据《史记·齐太公世家》：“太公望吕尚者，东海上人。”索隐：“姓姜名牙。”故世称姜太公。太公钓于渭滨，周文王出猎相遇，与语大悦，同载而归。武王即位，太公辅佐武王灭殷，建立周王朝，封于齐。相传太公在渭滨垂钓，钓竿直钩不设饵。故歇后语有“姜太公钓鱼——愿者上钩”。指事出于自愿。语本元人《武王伐纣平话》，记太公钓鱼，“负命者上钩来”。

15 〔萧何〕汉沛人，秦二世元年（前209）辅佐刘邦起义，入咸阳，收取秦代律令图书，得以确掌全国山川险要、郡国户口等情况。楚汉战争时，留守关中，补兵馈饷，军不得匮。汉王朝建立，为丞相，封酂侯。

16 〔大清律〕为清代法典。顺治三年（1646）颁行。

17 〔灵山〕神话传说中山名。

18 〔寒山〕唐朝僧人名。《太平广记》卷五五《仙传拾遗》载："寒山子者，不知其名氏，大历中，隐居天台翠屏山，其山深邃，当暑有雪，亦名寒岩，因自号寒山子。好为诗，每得一篇一句，辄题于树间石上。有好事者，随而录之，凡三百余首，多述山林幽隐之兴，或讥讽世态，能警励流俗。"

19 〔献刍荛（ráo 饶）〕意谓草野人之言。详见卷四《孝子》注。

20 〔洪武朱皇帝〕即指明朝开国皇帝朱元璋，其年号为“洪武”。朱元璋（1328–1398），濠州人，幼贫苦。元末爆发农民大起义，元璋投红巾军，隶郭子兴部。子兴死，代领其众。后攻占集庆（今南京）称吴国公。先后击破张士诚、陈友谅等。公元1367年遣军北伐，翌年，建立明王朝，年号洪武（1368–1398）。同年攻克元大都（今北京），推翻元朝统治，逐渐统一全国，是为明太祖。

21 〔贪官剥皮〕谓贪官按刑律应处死剥皮。清赵翼《廿二史札记》三三《重惩贪吏》引《草木子》："明祖严于吏治，凡守令贪酷者，许民赴京陈诉。赃至六十两以上者，枭首示众，仍剥皮实草。府、州、县、卫之左特立一庙，以祀土地，为剥皮之场，名曰皮场庙。官府公座旁，各县一剥皮实草之袋，使之触目惊心。"近人王树民校证：《草木子》无此事，而见于《稗史汇编》七四《刑法类·皮场庙》。

22 〔鸮（xiāo 枵）〕俗呼“猫头鹰”。

23 〔市马之役〕即上指之康熙乙亥间征西，于民间购买马骡之事。

24 〔数数（shuòshuò 朔朔）〕屡屡。

元少先生

韩元少[1]先生为诸生时，有吏突至，白主人欲延[2]作师，而殊无名刺。问其家阀[3]，含糊对之，束帛缄贽[4]，仪礼优渥。先生诺之，约期而去。至日，果以舆来，迤逦[5]而往，道路皆所未经。忽睹殿阁，下车入，气象类藩邸[6]。既就馆，酒炙纷罗，劝客自进，并无主人。筵既撤，则公子出拜，年十五六，姿表秀异，展礼罢，趋就他舍，请业[7]始至师所。公子慧绝，闻义辄通，而先生以不知家世，颇所疑闷。馆中有二僮为之给役，私就诘之，皆不对。问："主人何在？"答以事忙。先生求导窥之，僮不可，又屡求之，僮乃诺，导至一处，闻拷楚声。自门隙目注之，见一王者坐殿上，阶下剑树刀山，皆冥中事[8]，大骇。方将却步，内已知之，因罢政[9]，叱退诸鬼，疾呼僮，僮变色曰："我为先生，祸及身矣！"战惕奔入。王者怒曰："何敢引人私窥！"即以巨鞭重笞讫，乃召先生入，曰："所以不见者，以幽明异路。今已知之，势难再聚。"因赠束金使行，曰："君天下第一人[10]，但坎壈[11]未尽耳。"使青

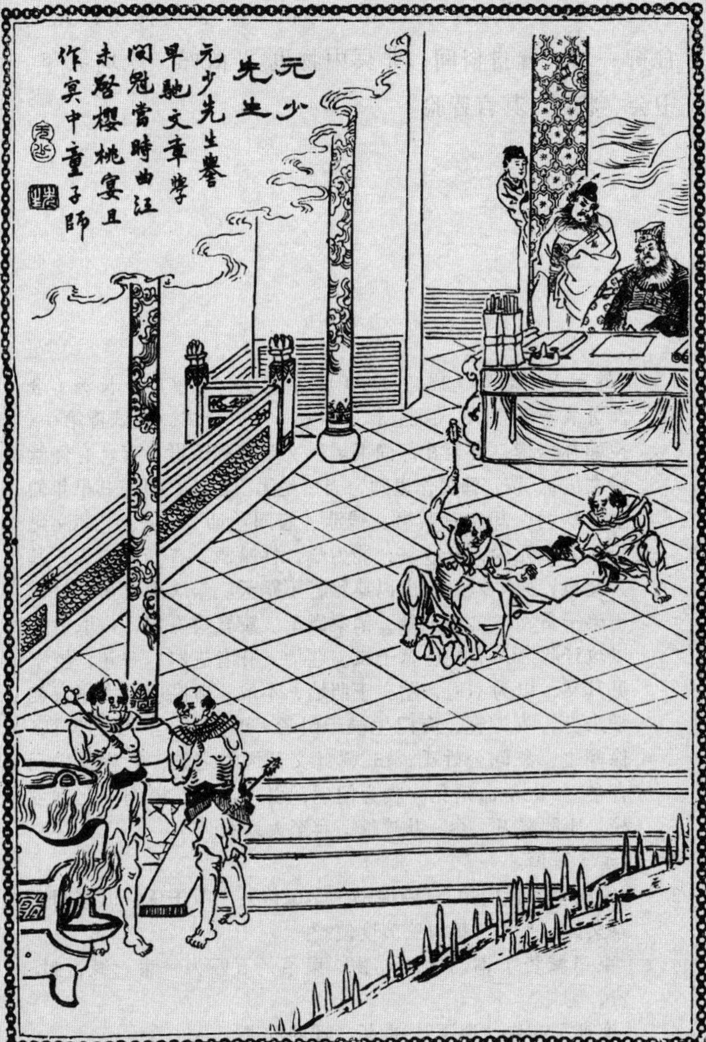
元少先生
元少先生譽
早馳文章學
閥冠當時曲江
未登櫻桃宴且
作冥中童子師

衣捉骑送之，先生疑身已死，青衣曰：“何得便尔！先生食御一切，置自俗间，非冥中物也。”既归，坎坷数年，中会、状[12]，其言皆验。

校注

1 〔韩元少〕名菼（1637-1704），字元少，号慕庐，长洲（今江苏省苏州）人。康熙十二年（1673）会试、殿试皆第一。授翰林修撰，官至礼部尚书。以文章著称于世，有《有怀堂诗文稿》。按：韩菼作鬼师，当然是无稽之谈，但言其早年的生活坎坷，却实有其事。钱泳《履园丛话》十二：“韩文懿公菼，字元少，家故贫，能力学，性嗜酒，有李太白风。其为文也，原本六经，出以典雅，不蹈天、崇决裂之习。补博士弟子员，以欠粮三升，销案黜革。旋冒籍嘉定，拔取后又以攻讦除名，应吴邑童子试，题为‘狂者进取’一句，邑宰见其文，以为不通，贴文于照墙，不取。适昆山徐大司寇乾学来苏，夜方寝，有门生候于门者，诵公之文，以为笑柄。徐闻之，急问公姓氏，曰：‘此文开风气之先，真盛世之元音矣。’次早命延见，收为门生，引入都中，援例中北闱乡榜。康熙癸丑，会、状连捷，官至大宗伯。”

2 〔延〕延请。

3 〔家阀〕家世门第。《新唐书·李琢传》：“听子琢，以家阀擢累义昌、平卢、镇海三节度使。”

4 〔束帛缄贽〕谓聘师之礼物。束帛，五匹为一束。缄，封。贽，聘礼。

5 〔迤逦〕亦作“迤逦”。曲折、迂回行进。

6　〔藩邸〕指藩王的府第。谢朓《治宅》诗："迢递南川阳，迤逦西山足。"

7　〔请业〕向师长请教学业。《礼记·曲礼上》："请业则起，请益则起。"

8　〔冥中事〕指所谓阴司之事务。

9　〔罢政〕停止办理公事。

10　〔天下第一人〕即考中状元。

11　〔坎壈（lǎn 览）〕失意，不得志。《楚辞·刘向〈九叹·怨思〉》："惟郁郁之忧毒兮，志坎壈而不违。"此处指坎坷的经历。

12　〔中会、状〕科举时代，会试第一名为会元，殿试一甲第一名为状元。此称中会、状，即会试殿试都是第一名。

薛慰娘

丰玉桂，聊城[1]儒生也，贫无生业。万历间[2]，岁大祲[3]，孑然南遁。年余将归，至沂[4]而病，力疾行[5]数里，至城南丛葬处[6]，益惫，因傍冢卧。少间如梦，至一村，有叟自门中出，邀生入。屋两楹，亦殊草草。室内一女子，年十六七，仪容慧雅。叟使瀹[7]柏枝汤，以陶器供客，便向生诘里居、年齿，既已，乃曰："洪都姓李，平阳族[8]，流寓此间，今三十二年矣。君志此门户，余家子孙如见探访，即烦一指示之，老夫不敢忘义。义女慰娘，颇不丑，可配君子。三豚儿[9]到日，即遣主盟[10]。"生喜，拜曰："犬马齿[11]二十有二，尚少良配。惠意眷好，固佳，但何处得翁之家人而告诉也？"叟曰："君但往北村中，相待月余，自有来者，止求无惮烦耳。"生恐其言不信，要之曰："实告翁：仆故家四壁耳，恐后日不如所望，中道之弃[12]，人所难堪。即无姻好，亦不敢不守季路之诺[13]，即何妨质言之也？"叟笑曰："君欲老夫旦旦[14]耶？我稔知君贫。此订非专为君，慰娘孤而无依，相托已久，不忍听其流落，故以奉君子耳。何见疑！”即捉臂送生出，拱手阖扉而去。

生忽似梦觉，则身卧冢边，日已将午。渐起，次且[15]入村，村人见之皆惊，谓其死道旁已经日矣。顿悟叟即坟中人也，隐而不言，但求寄寓，村人恐其复死，莫敢留。村有秀才与同姓，闻之，趋诘家世，盖生缌服叔[16]也。喜导至家，饵治之，数日寻愈。因述所遇，叔亦惊怪，遂坐待以觇其变。居无何，果有官人至村，访父墓址，自言平阳进士李叔向。先是，其父李洪都，与同乡某甲远行贾，死于沂，某因瘗诸丛葬处，既归，某亦寻死。是时翁三子皆幼。长伯仁，后举进士，令淮南[17]，数遣人寻父墓，迄无知者。次仲道，寻举孝廉。叔向最少，亦登第。于是亲求父骨至沂，无处不谘。是日，问村人，皆莫之识，生乃引至葬所，指示之。叔向以其年少未敢信，生具陈所遭，叔向奇之，审视有两坟近相接，或言三年前有仕宦者，葬少妾于此。叔向恐误发他冢，生遂以所卧处示之。叔向命舁材其侧，始发冢，冢开，则见女尸，服妆黯败，而粉黛如生。叔向知其误，骇极，莫知所为，而女已顿起，四顾曰：“三哥来耶？”叔向惊，就问之，则慰娘也，乃解衣蔽覆，舁归逆旅。急发旁冢，冀父复活，既发，则肤革犹存，而抚之僵燥，悲哀不已。装荷入村，清醮[18]七日，女亦缞绖若女，忽告叔向曰：“曩阿翁有黄金二铤，曾分一为妾作奁。妾以孤弱无藏所，故仅以彩线萦腰，而未将去，兄得之否？”叔向不知，乃使生反求诸圹，果得之，一如女言。叔向仍以线志者分赠慰娘，暇乃审其家世。先是，女父薛寅侯无子，止生慰娘，深钟爱之。女一日自金陵舅氏归，将媪问渡，操舟者乃金陵媒也。适有仕宦者，任满赴都，遣觅美妾，凡历数家，无当意者，故将为扁舟[19]诣广陵。忽遇女，隐生诡谋，急招附渡，媪素识之，遂与共济。中途，投毒食中，女、媪皆迷，推媪堕江，载女而返，以重金卖诸仕宦者。入门，嫡始知，怒甚，女又惘然，莫知为礼，遂挞楚而囚禁之。北渡三日，女方醒。婢言本末，女大泣，一夜宿于沂，自经死，乃瘗诸乱冢中。女至墓，为群鬼所凌，李翁时呵护[20]之，女乃父事翁。翁曰："汝命合不死，当为择一快婿。"一日，生既见而出，反谓女曰："此生品谊[21]可托。待汝三兄至，为汝主婚。"一日，曰："汝可归候，汝三兄将来矣。"盖即发墓之日也。女于丧次[22]，为叔向缅述之，叔向叹息良久，即以慰娘为妹，俾从李姓。略买衣妆，遣归生，曰："资斧无多，不能为妹子办妆，意将偕归，以慰母心，何如？"女亦欣然。于是夫妻从叔向，辇柩[23]并发。既归，母诘得其故，爱逾所生，馆诸别院。丧次，女哀悼过于儿孙，母益怜之，不令东归，嘱诸子为之买第。

适有冯氏卖宅，直六百金，仓卒未能取盈，暂收契券，约日交兑。及期，冯早至，适女亦自别院入省母，卒见之，绝似当年操舟人。冯亦似惊。女趋过之。两兄亦以母小恙，俱集母所。女问：“厅前踁蹀[24]者谁也？”仲道曰：“几忘却，此必前日卖宅者也。”即起欲出，女止之，告以所疑，使诘难之。仲道诺而出，则冯已去，而巷南塾师薛先生在焉，因问：“何来？”曰：“昨夕冯某浼[25]早登堂，一署券保[26]。适途遇之，云偶有所忘，暂归便返，使仆坐以待之也。”少间，生及叔向皆至，遂相攀谈。慰娘以冯故，潜自屏后来窥客，细审之，则其父也，突出，持抱大哭。翁惊涕曰：“吾儿何来？”众始知薛即寅侯也。仲道虽与街头屡遇之，初未悉其名字，至是共喜，为述前因，设酒相庆，因留信宿，自道行踪。盖失女后，妻以悲死，鳏无所依，故游学[27]至此也。生约买宅后，迎与同居。翁次日往探冯，则举家遁去，始知杀媪卖女者，即其人也。

冯初至平阳，贸易成家，比年博赌，渐就消乏，故货居宅，卖女之资，亦濒尽矣。慰娘得所，即亦不甚仇之，但择日徙居，更不追其所往。李母赂遗[28]不绝，一切日用之需皆给之。生遂家于平阳，但归赴岁试[29]，深以为苦，幸是科举孝廉。慰娘富贵，每念媪为己死，思有以报其子。媪夫姓殷氏，一子名富，善博，贫无立锥。一日，以博局争注[30]，殴杀人命，亡归平阳，虽不识生，然以慰娘故，远相投。生喜，留之门下，研诘之，道其所杀姓名，盖即冯某也。骇叹久之，因为道破，富始知冯即杀母之仇。益喜，遂佣为生家服役，亦家于西。薛寅侯就养于婿，婿为买妇，生子女各一焉。

校注

1 〔聊城〕旧山东省东昌府聊城县，今山东省聊城市。
2 〔万历间〕万历为明神宗年号。
3 〔岁大祲（jìn 浸）〕犹言是年灾荒。祲，常指妖气、不祥之气。《左传·昭公十五年》："吾见赤黑之祲，非祭祥也，丧氛也。"此处指天灾。
4 〔沂〕即沂州。今山东省临沂县。详见卷二《莲香》注。
5 〔力疾行〕谓强支病体而行。
6 〔丛葬处〕谓乱葬之墓田。
7 〔瀹（yuè 跃）〕煮、烹。
8 〔平阳族〕谓平阳氏族。平阳，明清府名，治所在今山西省临汾市。
9 〔豚儿〕谦称自己的儿子。详见卷一《青凤》注。
10 〔主盟〕即主婚。
11 〔犬马齿〕对君主或长者上司谦称自己的年龄。《汉书·赵充国传》："臣位至上卿，爵为列侯，犬马之齿七十六。"
12 〔中道之弃〕半途抛弃。中道，半途。《论语·雍也》："力不足者，中道而废。"
13 〔季路之诺〕又作"季路一言"，意谓言而有信。此指丰生允婚之事。详见卷二《李伯言》"季路一言"注。
14 〔旦旦〕设盟誓。《诗经·卫风·氓》："言笑晏晏，信誓旦旦。"笺："言其恳恻款诚。"以此，因称设誓为旦旦。
15 〔次且（zījū 兹居）〕同"趑趄"，欲进不前貌。详见卷一《画壁》注。
16 〔缌（sī 思）服叔〕谓远房叔。缌服，丧服名，五服（斩衰、齐衰、大功、小功、缌麻）中最轻者。用疏织细麻布制孝服，服期三月。族伯叔父母之丧服之。缌，布。
17 〔令淮南〕即为淮南县令。淮南，曾为古国名、郡名、道名、路名。此淮南县，即今安徽省寿县。

18 〔清醮（jiào 叫）〕旧时人死后，家人请道士设坛诵经超度亡魂的一种仪式。因举行这种仪式要家人清心素食，故称清醮。明汤显祖《还魂记》：“清醮坛上今夜好，敢将香火助真仙。”

19 〔扁（piān 偏）舟〕小舟。

20 〔呵（hē 喝）护〕庇护。详见卷三《胭脂》注。

21 〔品谊〕指品德。谊，同“义”，谓符合正义或道德规范。

22 〔丧次〕谓居丧期间。次，中间。

23 〔辇柩〕用车运送灵柩。

24 〔跮（dié 迭）踱〕小步徘徊。此谓在厅前来回走。何垠《聊斋志异·二商》注：“蹀踱，犹跮踱。乍前乍却也。”

25 〔浼（měi 每）〕拜托、请求。

26 〔署券保〕谓签署名字于券，以此作保。

27 〔游学〕指去外地设馆授徒。《汉书·史丹传》：“哀王者，帝之少弟，与太子游学相长。”颜师古注：“同处同养以至于壮大。”《资治通鉴·汉元帝建昭四年》引此文，胡三省注曰：“游谓宴游，学谓讲学。”

28 〔赂遗〕赠送给予财物。赂，赠送财物。《诗经·鲁颂·泮水》：“元龟象齿，大赂南金。”毛传：“赂，遗也。”孔颖达疏：“赂者，以财遗人之名，故赂为遗也。”

29 〔归赴岁试〕谓指回原籍参加科举考试。明清科举制度规定，岁试、科试与乡试，必须回原籍参加考试。

30 〔争注〕为赌注而争斗。注，赌注。

周 生

周生[1]者，时邑侯之幕客[2]。邑侯适公出，夫人徐[3]，有参礼碧霞元君愿[4]，以道赊远，将遣仆赍仪[5]代往，使周为祝文。周作骈词[6]，历叙平生，颇涉狎谑。中有云："栽般阳[7]满县之花，偏怜断袖[8]；置夹谷[9]弥山之草，惟爱余桃[10]。"此诉夫人所愤也，诸如此类甚多。脱稿，示同幕凌生。凌以为亵，戒勿用。弗听，付仆而去。居无何，周生卒于署；既而仆亦死；又未几，徐夫人以产后病亦卒，人犹未之异也。周生子自都来迎父榇，夜与凌生同宿。梦父戒之曰："文字不可不慎也！我不听凌君言，遂以亵词，致干神怒，遽夭天年[11]，又贻累徐夫人，且殃及焚文之仆。恐冥罚犹不免也！"醒以告凌，凌亦梦同，因述其文。周子方知之，为之惕然[12]。

异史氏曰："恣情[13]纵笔，辄洒洒自快，此文客之常也。然淫嫚[14]之词，何敢以告神明哉！狂生无知，冥谴其所应尔。乃使贤夫人及千里之仆，骈死[15]而不知其罪，不亦与俗中之刑律犹分首从[16]者，反多愦愦哉？冤已！"

校注

1　〔周生〕为淄川县令时惟豫的幕客。此人口齿伶俐，言巧语乖，颇得男色之宠。蒲松龄在《聊斋诗集》中有《周小史》四言古诗一首，是专写他的，将此诗引录如下，以加深对《周生》一文的理解："翩翩小史，风舞鸾翔。媚骨隐腻，红齿含香。昼寝断衿，似宠圣皇。口啖余桃，以分君王。小语不正，浓笑流芳。刺肌灼肤，亦效秦倡。千载温柔，从此无乡。"

2　〔时邑侯之幕客〕时县令府中的幕僚。时邑侯，即时惟豫。据《淄川县志》载："时惟豫，镶蓝旗人，岁贡，康熙三十三年任，三十七年劾去。"幕客，又称"幕僚"、"幕宾"、"幕友"，俗称"师爷"。为明清地方官所延请的佐理人员。校："时邑侯之幕客"，其他各版本为"淄邑之幕客"。

3　〔夫人徐〕即时惟豫之夫人。拙编《蒲松龄全集》中收有《祭时夫人徐》一文。

4　〔参礼碧霞元君愿〕即许下参拜泰山娘娘碧霞元君的愿。参礼，犹"参拜"，谓以礼参拜敬重人（神）的遗像。明叶宪祖《鸾锟记·入道》："连日到施主家修斋，不曾上殿参礼。"碧霞元君，道教所信奉的神，传说为东岳大帝的女儿。宋真宗时封为"天仙玉女碧霞元君"，俗称"泰山娘娘"。泰山有碧霞元君祠。

5　〔赍（jī 鸡）仪〕持捧祭祀的礼品。

6　〔骈词〕文体名，一称骈俪，起源于汉魏，形成于南北朝，初唐尤为盛行。文以双句为主，讲究对仗和声律。其以四字和六字相间定句者，称四六骈体。

7　〔般（pán 盘）阳〕旧路名，元代设般阳路。蒲松龄的先祖蒲鲁浑、蒲居仁曾任般阳路总管。治所在今之山东淄博市淄川区。这里是指当时的淄川县。

8　〔偏怜断袖〕谓偏偏怜宠男色。详见卷二《黄九郎》注。

9 〔夹谷〕春秋时齐地。《左传·定公十年》："公会齐侯于祝其，实夹谷，孔丘相。"故址在山东淄川。《淄川县志·古迹》："夹谷台，在县西南四十里甲山，旧名祝其山。"

10 〔余桃〕吃剩下的桃子。《韩非子·说难》："昔者弥子瑕有宠于卫君。异日，与君游于果园，食桃而甘，不尽，以其半啖君。君曰：'爱我哉！忘其口味，以啖寡人。'"后以"余桃"喻男宠。

11 〔天年〕人的自然寿命。

12 〔惕然〕惊畏的样子。

13 〔恣情〕任性。白居易《喜山石榴花开》诗："但知烂漫恣情开，莫怕南宾桃李妒。"

14 〔淫嫚〕秽亵不庄重。

15 〔骈死〕同时死去。骈，并列。

16 〔首从（zòng 纵）〕主犯与胁从。

田子成

江宁[1]田子成，过洞庭，覆舟而没。子良耜，明季[2]进士，时在抱中。妻杜氏，闻讣，仰药[3]而死。良耜受庶祖母抚育，得以成立，后筮仕[4]湖北。年余，奉宪命[5]营务湖南。良耜至洞庭，痛哭而返。自告才力不及，降县丞[6]，隶汉阳[7]，甚非所乐，辞不就。诸院司[8]强督促之，乃就。辄放浪[9]江湖间，不以官职自守。

一夕，舣舟[10]江岸，闻洞箫声，抑扬可听。乘月步去，约半里许，见旷野中茅屋数椽，荧荧灯火；近窗窥之，则三人对酌其中。上座一秀才，年三十许；下座一叟；侧坐吹箫者，年最少。吹竟，叟击节赞佳。秀才面壁吟思，若罔闻。叟曰："卢中君必有佳作，请长吟，俾得共赏之。"秀才乃吟曰："满江风雨冷凄凄，瘦草零花化作泥。千里云山飞不到，梦魂夜夜竹桥西。"吟声怆恻。叟笑曰："卢十兄故态作矣！"因酌以巨觥，曰："老夫不能属和[11]，请歌以侑酒。"乃歌"兰陵美酒"之什[12]。歌已，一座解颐。少年起曰："我视月斜何度矣。"突出见客，拍手曰："窗外有人，我等狂态尽露也！"遂挽客入，共一举手。叟使与少年相对坐。试其杯皆冷酒，辞不饮。少年知其意，即起，以苇炬燎壶而进之。良耜亦命从者出钱行沽，叟固止之。因讯邦族，良耜具道生平。叟致敬曰："吾乡父母[13]也。少君姓江，此间土著[14]。"指少年曰："此江西杜野侯。"又指秀才："此卢十兄，与公同乡。"卢自见良耜，殊偃蹇不甚为礼。良耜因问："家居何里？如此清才[15]，殊[16]早不闻。"答曰："流寓已久，亲族恒不相识，可叹人也！"言之哀楚。叟摇手乱之曰："好客相逢，不理觞政[17]，聒絮如此，厌人听闻！"遂把杯自饮，曰："一令请共行之，不能者罚。每掷三骰[18]，以相逢为率[19]，须一古典相合[20]。"乃掷得幺[21]二三，唱曰："三加幺二点相同[22]，鸡黍三年约范公[23]：朋友喜相逢。"次少年，掷得双二单四，曰："不读书人，但见俚典，勿以为笑。四加双二点相同，四人聚义古城中[24]：兄弟喜相逢。"卢得双幺单二，曰："二加双幺点相同，吕向两手抱老翁[25]：父子喜相逢。"良耜掷，复与卢同，曰："二加双幺点相同，茅容二簋款林宗[26]：主客喜相逢。"令毕，良耜兴辞。卢始起，曰："故乡之谊，未遑倾吐，何别之遽？将有所问，愿少留也。"良耜复坐，问："何言？"曰："仆有老友某，没于洞庭，亦与君同族否？"良耜曰："是先君[27]也，何以相识？"曰："少时相善。没日，惟仆见之，因收其骨，葬江边耳。"良耜出涕下拜，求指墓所。卢曰："明日来此，当指示之。要亦易辨，去此数武，但见坟上有丛芦十茎者是也。”良耜洒涕，与众拱别。

至舟，终夜不寝，顿念卢情词似皆有因。不能待旦，昧爽[28]而往，则舍宇全无，益骇。因遵所指处往寻墓，果得之。丛芦其上，数之，适符其数，恍然悟卢十兄之称，皆其寓言；所遇，乃其父之鬼也。细问土人，则二十年前有高翁，富而好善，水中溺者，皆拯其尸而埋之，故有数坟在焉。遂发冢负骨，弃官而返。归告祖母，质其状貌皆确。江西杜野侯，乃其表兄，年十九，溺于江；后其父流寓江西。又悟杜夫人殁后，葬竹桥之西，故诗中忆之也。但不知叟何人耳。

校注

1 〔江宁〕清改明应天府为江宁府。又县名，与上元县同为江宁府治，即今南京市。

2 〔明季〕明末。

3 〔仰药〕仰首饮药。此指服毒药。

4 〔筮（shì室）仕〕古人将出仕，先卜吉凶，故曰筮仕。详见卷五《梦狼》注。

5 〔奉宪命〕谓奉上司的命令。宪，上官。

6 〔县丞〕县令的副职。正八品，与主簿分掌粮马、赋税、户籍、巡捕之事。

7 〔隶汉阳〕谓隶属汉阳府。详见卷三《竹青》“汉阳”注。

8 〔院司〕清代省级官署。院，指巡抚，因巡抚例兼都察院都御史衔，故称院。司，指两司，即布政使司和按察使司。

9 〔放浪〕放纵不受拘束。《明史·文苑传·唐寅》：“寅耻不就，归家益放浪。”

10 〔舣（yǐ 以）舟〕停船靠岸。《文选·左思〈蜀都赋〉》：“试水客，舣轻舟。”

11 〔属和（hè 贺）〕做诗相和。属，连缀。

12 〔“兰陵美酒”之什〕指李白《客中作》：“兰陵美酒郁金香，玉碗盛来琥珀光。但使主人能醉客，不知何处是他乡。”兰陵，今山东苍山县西南兰陵镇。什，诗篇。

13 〔父母〕即父母官。此指县官。

14 〔土著〕世代居住于本地的人。韩愈《论变盐法事宜状》：“浮寄奸猾者转富，土著守业者日贫。”

15 〔清才〕犹言高才、美才。《文选·潘岳〈杨仲武诔〉》：“若乃清才俊茂，盛德日新，吾见其进，未见其已也。”

16 〔殊〕竟。

17 〔觞政〕酒令。详见卷二《小二》注。

18 〔每掷三骰（tóu 投）〕谓一把掷三颗色子。骰，即“色子”，赌具。详见卷四《念秧》注。

19 〔以相逢为率（lǜ 律）〕谓所掷三颗色子所出的点数，要其中一颗所出点数与另两颗点数之和相等，即所指之“相逢”。率，标准。

20 〔须一古典相合〕谓所掷点数相逢，应该与一故事相合。

21 〔幺（yāo 夭）〕色子为一点。

22 〔三加幺二点相同〕意为一、二相加为三，与三的点数相同。

23 〔鸡黍三年约范公〕谓知己朋友按期约相会。据《后汉书·范式传》：“范式，字巨卿，山阳金乡人也。少游太学为诸生，与汝南张劭为友。劭字元伯。二人并告归乡里，式谓元伯曰：‘后二年当还，将过拜尊亲，见孺子焉。’乃共克期日。后期方至，元伯具以白母，请设馔以候之。母曰：‘二年之别，千里结言，尔何相信之审邪？’对曰：‘巨卿信士，必不乖违。’母曰：‘若然，当为尔酝酒。’至其日，巨卿果到，升堂拜饮，尽欢而别。”鸡黍，指杀鸡做肴煮饭待客。《田成子》中所言“三年”，谅是误记。

24 〔四人聚义古城中〕《三国演义》第二十八回“斩蔡阳兄弟释疑，会古城主臣聚义”，写刘备、关羽、张飞、赵云四人在古城相会。古城，地名，在今河南省确山县。

25 〔吕向两手抱老翁〕此寓意父子相逢。吕向，唐泾州人，字子回。据《新唐书·吕向传》载：“始，向之生，父岌客远方不还。后有传父犹在者，访索累年不获。他日自朝还，道见一老人，物色问之，果父也。下马抱父足号恸，行人为流涕。”

26 〔茅容二簋（guǐ 鬼）款林宗〕谓主客相逢。据《后汉书·郭太传》：“茅容，字季伟，陈留人也。林宗（郭太字）行见之而奇其异，遂与共言，因请寓宿。旦日容杀鸡为馔，林宗谓为己设，既而以供其母，自以草蔬与客共饭。林宗起拜之曰：‘卿贤乎哉！’因劝令学，卒以成德。”簋，古代食器。

27 〔先君〕指已故之父。

28 〔昧爽〕拂晓。详见卷一《娇娜》注。

土化兔

张靖逆侯勇[1]，镇兰州时，出猎获兔甚多，中有半身或两股尚为土质。故一时秦中[2]争传土能化兔。此亦物理不可解者。

校注

1 〔张靖逆侯勇〕张勇（1616–1684），字非熊，陕西咸宁人。明末为副将，后降清。从洪承畴平定云贵，官甘肃提督。以平定三藩之乱有功，授靖逆将军，晋靖逆侯。

2 〔秦中〕即今之陕西中部地区。

王桂庵

王樨，字桂庵，大名[1]世家子。适南游，泊舟江岸。临舟有榜人女，绣履其中，风姿韵绝。王窥瞻既久，女若不觉。王朗吟[2]“洛阳女儿对门居[3]”，故使女闻。女似解其为己者，略举首一斜瞬[4]之，俯首绣如故。王神志益驰，以金锭一枚遥投之，堕女襟上。女拾弃之，若不知为金也。金落岸边，王拾归，益怪之，又以金钏掷之，堕足下；女操业不顾。无何，榜人自他归。王恐其见钏研诘，心急甚；女从容以双钩[5]覆蔽之。榜人解缆，顺流径去。王心情丧惘，痴坐凝思。时王方娶而丧其偶，悔不即媒定之。乃询诸舟人，并不识其何姓。乃返舟急追之，目力既穷，杳不知其所往。不得已，返舟而南。务毕[6]，北旋，又沿江细访，并无音耗。至家，寝食皆萦念之。逾年，复南，买舟江际，若家焉。日日细数行舟，往来者帆楫皆熟，而曩舟殊杳。居半年，资罄而归。行思坐想，不能少置。

一夜，梦至江村，过数门，见一家柴扉南向，门内疏竹为篱，意是亭园，径入之。有夜合[7]一株，红丝满树。隐念：诗中“门前一树马缨花[8]”，此其是矣。过数武，苇笆光洁。又入之，见北舍三楹，双扉合焉。南有小舍，红蕉[9]蔽窗。探身一窥，则椸架[10]当门，罥画裙其上，知为女子闺闼，愕然却退。而内亦觉之，有奔出瞰客者，粉黛微呈，则舟人也。喜出非望，曰：“亦有相逢之期乎！”方将狎就，女父适归，倏然惊觉，始知为梦。景物历历，如在目前。秘之，恐与人言，破此佳梦。

后年余，再适镇江。郡南有徐太仆[11]，与有世谊，招之饮，信马而去，误入小村，道途景色，仿佛平生所历。一门内马缨一树，景象宛然。骇极，投鞭而入。种种物色，与梦无别。再入，则房舍亦如其数。梦既验，不复疑虑，直趋南舍，舟中人果在其中。遥见王，惊起，以扉自幛，叱问：“何处男子？”王逡巡间，犹疑是梦。女见步履渐近，闸然扃户。王曰：“卿不忆掷钏者耶？”备述相思之苦，且言梦征。女隔窗审其家世，王具道之。女曰：“既属宦裔，中馈[12]必有佳人，焉用妾？”王曰：“非以卿故，婚娶固已久矣。”女曰：“果如所云，足知君心。妾此情难告父母，然亦方命[13]而绝数家。金钏犹在，料钟情者必有耗闻耳。父母偶适外戚，行且至。君姑退，倩冰委禽[14]，计无不遂；若望以非礼成偶，则用心左矣。”王仓猝欲出。女遥呼王郎：“妾芸娘，姓孟氏。父字江蓠。”王诺记而出。罢筵早返，谒江蓠。江逆入，设座篱下。王自道家阀，即致来意，兼纳百金为聘。翁曰："息女已字矣。"王曰："讯之甚确，固待聘耳，何见绝之深？"翁曰："适间所诺，不敢为诳。"王神情俱失，拱别而返。不知其言信否，终夜辗转，无人可以媒之。向欲以情告太仆，恐娶榜人女为先生笑；今情急，无可为媒，质明，诣太仆，实告之。太仆曰："此翁与有瓜葛，是祖母嫡孙，何不早言？"王始吐隐情。太仆疑曰："江蓠固贫，素不以操舟为业，得毋误乎？"乃遣子大郎诣孟。孟曰："仆虽空匮，非卖昏[15]者。曩公子以金自媒，谅仆必为利动，故不敢附为婚姻。既承先生命，必无错谬。但顽女颇恃娇爱，好门户辄便拗却[16]，不得不与商榷，免他日怨悔也。"遂起，少入而返，拱手一如尊命，约期乃别。大郎复命，王乃盛备禽妆，纳采[17]于孟，假馆太仆之家，亲迎成礼。

居三日，辞岳北归。夜宿舟中，问芸娘曰："向于此处遇卿，固疑不类舟人子。当日泛舟何之？"答曰："妾叔家江北，偶借扁舟一省视耳。妾家仅可自给，然傥来物[18]颇不贵视之。笑君双瞳如豆[19]，屡以金资动人。初闻吟声，知为风雅士，又疑为儇薄子[20]作荡妇挑之也。使父见金钏，君死无地矣。妾怜才心切否？"王笑曰："卿固黠甚，然亦堕吾术矣！"女问："何事？"王止而不言。又固诘之，乃曰："家门日近，此亦不能终秘。实告卿：我家中固有妻在，吴尚书女也。"芸娘不信，王故壮其词以实之。芸娘色变，默移时，遽起奔出。王踩履[21]追之，则已投江中矣。王大呼，诸船惊闹，夜色昏濛，惟有满江星点而已。王悼痛终夜，沿江而下，以重价觅其骸骨，亦无见者。邑邑[22]而归，忧痛交集。又恐翁来视女，无词可以相对。有姊婿官河南，遂命驾造之，年余始归。途中遇雨，休装[23]民舍，见房廊清洁，有老妪弄儿厦间。儿睹王入，即求援抱，王怪之。又视儿秀婉可爱，揽置膝头。妪唤之，不去。少顷，雨霁，王举儿付妪，下堂趣装[24]。儿啼曰："阿爹去矣！"妪耻之，呵之不止，强抢而去。王坐待治任，忽有丽者自屏后抱儿出，则芸娘也。方诧异间，芸娘骂曰："负心郎！遗此一块肉，焉置之？"王乃知为己子。酸来刺心，不暇问其往迹[25]，先以前言之戏，矢日自白。芸娘始反怒为悲，相向涕零。

先是，地主莫翁，六旬无子，携媪往朝南海[26]。归途泊舟江际，芸娘随波下，适触翁舟。翁命从人拯出之，疗控[27]终夜，始渐苏。翁媪视之，是好女子，甚喜，以为己女，携之而归。居数月，欲为择婿，女不可。逾十月，举一子，名之寄生。王避雨其家，寄生方周岁也。王于是解装，入拜翁媪，遂为岳婿。居数月，始举家归。至，则孟翁坐待，已两月矣。翁初至，见仆辈情词恍惚，心颇疑怪；既见，始共欢慰。历述所遭，乃知其枝梧[28]者有由也。

校注

1　〔大名〕明清府名，治所在今之河北省大名县。
2　〔朗吟〕高声吟咏。苏鹗《杜阳杂编》上：“上试制科于宣政殿……如辄称旨者，必翘足朗吟。”
3　〔洛阳女儿对门居〕诗出唐王维《洛阳女儿行》：“洛阳女儿对门居，才可容颜十五余。谁怜越女颜如玉，贫贱江头自浣纱。”其“洛阳女儿”一典，出梁武帝《河中之水歌》：“河中之水向东流，洛阳女儿名莫愁。”此处王桂庵以之风示舟中女郎。
4　〔斜瞬〕斜视一眼。
5　〔双钩〕指旧时妇女之双脚。钩，形容女足之纤纤。
6　〔务毕〕事情办完。
7　〔夜合〕即马缨花，又名合欢、合昏。详见卷一《婴宁》“合欢”注。
8　〔门前一树马缨花〕据王士禛《池北偶谈》说该诗为元人虞集《水仙神》诗的末句，全诗为：“钱塘江上是奴家，郎若闲时来吃茶。黄土筑墙茅盖屋，门前一树马缨花。”明陶宗仪《辍耕录》四中记载一则故事，亦引用了这首诗，但其中个别语句却有差异。“揭曼硕先生未达时，多游湖湘间。一日，泊舟江涘，夜二鼓，揽衣露坐，仰见明月如昼，忽中流一棹，渐近舟侧，中一素妆女子，敛衽而起，容仪清雅。先生问曰：‘汝何人？’答曰：‘妾商妇也，良人久不归。闻君远来，故相迎耳。’因与谈论，皆世外恍惚事。且云：‘妾与君有夙缘，非同人间之淫奔者，幸勿见却。’先生深异之。迨晓，恋恋不忍去。临别，谓先生曰：‘君大富贵人也，亦宜自重。’因留诗曰：‘盘塘江上是奴家，郎若闲时来吃茶。黄土筑墙茅盖屋，庭前一树紫荆花。’明日，舟阻风，上岸沽酒，问其地，即盘塘镇。行数步，见一水仙祠，墙垣皆黄土，中庭紫荆芬然。及登殿，所设像与夜中女子无异。”关于《水仙神》诗的作者问题，赵伯陶先生有新的考证（见《中国典籍古文化》1996.2）说："笔者曾遍查虞集的《道园学古录》以及有关总集，皆未发现该诗的踪影。"他据明人田艺蘅《留青日札》卷二《水仙诗考》："陶九成《辍耕录》载水仙诗：'盘塘江上是奴家，郎若闲时来吃茶。黄土筑墙茅盖屋，庭前一树紫荆花。'乃揭曼硕所遇云，闻之先生之从孙立礼所说。又丘大佑《吴兴绝唱》亦纪此诗，数字不同，以为张天雨所作。题云《湖州竹枝词》：'临湖门外是侬家，郎若闲时来吃茶。黄土筑墙茅盖屋，门前一树紫荆花。'"张天雨即张雨，字伯雨，一字天雨，别号贞居子，自称句曲外史，为元钱塘人。此二人，与揭傒斯为同时人，并相互交友，亦多唱和之作。故,《水仙神》诗的作者当为张雨。

9 〔红蕉〕谓开红花的美人蕉。

10 〔椸（yí 仪）架〕衣架。详见卷四《泥书生》注。

11 〔太仆〕官名，汉代九卿之一。详见卷一《续黄粱》注。

12 〔中馈〕指妻室。

13 〔方命〕抗命，违命。《孟子·梁惠王下》："方命虐民，饮食若流。"此处指违父母之命抗婚。

14 〔倩冰委禽〕请媒人替自己下聘礼。倩，请。冰，冰人，即媒人。详见卷五《菱角》"冰人"注。

15 〔卖昏〕嫁娶时女家向男家索取重赀。昏，同"婚"。《新唐书·高俭传》："太宗尝以山东士人尚阀阅，故虽衰，子孙犹负世望，嫁娶必多取赀，故人谓之卖婚。"

16 〔拗（ào 傲）却〕固拗拒绝。

17 〔纳采〕古婚礼六礼之一，俗称"行聘"。男家具送求婚的礼品于女家。《仪礼·士昏礼》："昏礼，下达纳采，用雁。"

18 〔傥来物〕意外得来之物。《庄子·缮性》："物之傥来，寄也。"成玄英疏："傥者，意外忽来者耳。"

19 〔双瞳如豆〕目光短浅，谓小看他人。

20 〔儇（xuān 轩）薄子〕即儇子。详见卷一《辛十四娘》"儇子”注。

21 〔踩履〕谓靸拉着鞋。言其行急。

22 〔邑邑〕忧闷不乐。详见卷二《巧娘》注。

23 〔休装〕谓卸下行装休息。

24 〔趣（cù促）装〕同“促装”。

25 〔往迹〕谓过去的经历。此指芸娘的遭遇。

26 〔南海〕此指浙江省定海县普陀山。佛教传为此处是观世音菩萨修道的地方，故佛徒多到此朝礼。

27 〔疗控〕急救。控，曲身使水吐出。

28 〔枝梧〕同“支吾”，敷衍搪塞。

寄　生附

寄生，字王孙，郡中名士。父母以其襁褓认父，谓有夙慧[1]，钟爱之。长益秀美，八九岁能文，十四入郡庠[2]。每自择偶。父桂庵有妹二娘，适郑秀才子侨。生女闺秀，慧艳绝伦。王孙见之，心窃爱好。思慕良切。积久，寝食俱废。父母大忧，苦研诘之，遂以实告。父遣冰[3]于郑，郑性方谨[4]，以中表[5]为嫌，却之。而王孙益病。母计无所出，阴婉致二娘，但求闺秀一临存[6]之。郑闻，益怒，出恶声焉。父母既绝望，听之而已。郡有大姓张氏，五女皆美，幼者小名五可，尤冠诸姊，择婿未字。一日，上墓，途遇王孙，自舆中窥之，归以白母。母沈知[7]其意，见媒媪于氏，微示之。媪遂诣王所。时王孙方病，讯知之，笑曰："此病老身能医之。"芸娘问故。媪述张氏意，并道五可之美。芸娘喜，即使往候王孙。媪入，抚王孙而告之。王孙摇首曰："医不对症，奈何！"媪笑曰："但问医良否：其良也，召和而缓至[8]，可矣；执其人以求之，守死而待之，不已痴乎？"王孙欷歔曰："但天下之医，无愈和者。”媪曰：“何见之不广也？”遂以五可之容颜发肤，神情态度，口写而手状之。王孙又摇首曰：“媪休矣！此余愿所不及也。”反身向壁，不复听矣。媪见其志不移，遂去。

一日，王孙沉痼[9]中，忽一婢入曰：“所思之人至矣！”喜极，跃然能起。急出舍，则丽人已在庭中。细认之，却非闺秀，着松黄袍细褶绣裙，双钩微露，神仙不啻也。拜问姓名，答曰：“妾，五可也，君深于情者，而独钟情闺秀，使人不平。”王孙谢曰：“生平未见颜色，故目中止一闺秀。今知罪矣！”遂与要誓[10]。方握手殷殷，适母来抚摩，蘧然[11]而觉，则一梦也。回思声容笑貌，宛在目中。阴念：五可果如所梦，何必求所难遘。因而以梦告母。母喜其念少夺，急欲媒之。王孙恐梦见不的[12]，托邻妪素识张氏者，伪以他故诣之，而嘱潜相五可。妪至其家，五可方病，靠枕支颐，婀娜之态，倾绝一世。近问：“何恙？”女默然弄带，不作一语。母代答曰：“非病也。连朝与爷娘负气耳！”妪问故。曰：“诸家问名[13]，皆不愿，必如王家寄生者方嫁。是为母者劝之急，遂作意不食数日矣。”妪笑曰：“娘子若配王郎，真是玉人成双也。渠若见五娘者，恐又憔悴死矣！我归，即令倩冰，如何？”五可止之曰：“姥勿尔！恐其不谐，益增笑耳！”妪锐然以必成自任，五可方微笑。妪归，复命，一如媒媪言。王孙详问衣履，无不与梦适合，大悦。意稍舒，终不敢以人言为信。过数日，渐瘳，秘招于媪来，谋以亲见五可。媪难之，姑应而去。久之，不至。方欲觅之，媪忽欣然而入曰："机幸可图。五娘向有小恙，因令婢辈将扶一过对院。公子往伏伺之，五娘行缓涩，委曲可以尽睹。"王孙喜如其教，明日，命驾早往，媪先在焉。即令系马村树，导入临路舍，设座掩扉乃去。少间，五可果扶婢出。王孙自门隟[14]目注之。女经门外过，媪故指挥云树以迟纤步。王孙窥觇尽悉，仿佛又入梦中，喜颤[15]不能自持。未几，媪至，曰："可代闺秀否？"王孙申谢而返，始告父母，遣妁[16]要盟。

及媒往，则五可已别字矣。王孙失意，悔闷欲死，即刻复病。父母忧甚，责其自误。王孙无词，惟日饮米汁一合[17]。积数日，鸡骨支床[18]，较前尤甚。媪忽至，惊曰："何惫之甚？"王孙涕下，以情告。媪笑曰："痴公子！前日人来趁汝[19]，而故却之；今日汝求人，而能必遂耶？虽然，尚可为力。早与老身谋，即许京都皇子，能夺之使还。"王孙大悦，求策。媪命函致之，约次日候于张所。桂庵恐以唐突见拒。媪曰："前与张公业有成言，延数日而遽悔之；且彼字他家，尚无函信。谚云：'先炊者先餐。'何疑也！"桂庵从之。次日，二仆往，并无异词，厚犒而归。王孙悦，病复起。由此闺秀之想始绝。

初，郑子侨却聘[20]，闺秀颇不怿；既闻张氏姻成，心益抑郁，恍惚若病，日就支离。父母诘之，不肯言。婢窥其意，隐以告母。郑闻之怒，不医以听其死。二娘怼曰："吾侄亦殊不恶，何守头巾戒[21]，杀吾娇女！"郑恚曰："若所生女，不如早亡，免贻笑柄！"以此夫妻反目。二娘故与女言，将使仍归王孙，若为媵[22]。女俯首不言，若甚愿之。二娘商郑，郑益怒，一付二娘[23]，置女若已死，不复预闻。二娘爱女切，欲实其言[24]。女乃喜，病始渐瘥。窃探王孙，亲迎有日矣。及期，以侄完婚，伪欲归宁，昧旦，使人求仆舆于兄。兄最友爱，又以居村邻迩，即以所备亲迎舆马，先逆二娘。既至，则妆女入车，使两仆两媪护送之。到门，以毡贴地而入[25]，时鼓乐已集，从仆叱令吹擂，一时人声沸聒。王孙奔视，则女子以红帕蒙首[26]，骇极，欲奔；郑仆夹扶，便令交拜。王孙不知何由，即亦拜讫。二媪扶女，径坐青庐[27]，始知其闺秀也。举家皇乱，莫知所为。时渐滨暮，王孙不复敢行亲迎之礼。

桂庵遣仆以情告张；张怒，遂欲断绝。五可不肯，曰："彼虽先至，未受雁采[28]；不如仍使亲迎。"父纳其言，以对来使。使归，桂庵终不敢从。相对筹思，喜怒俱无所施。张待之既久，知其不行，遂亦以舆马送五可至，因另设青帐于别室。而王孙周旋两间，蹀躞无以自处。母乃调停于中，使序行以齿，二女皆诺。及五可闻闺秀差长，称"姊"有难色。母甚虑之。比三朝[29]同会于母所，见闺秀风致宜人，不觉右之[30]，自是始定。然父母皆恐其积久不相能[31]，而二女更无间言[32]，衣履易着，相爱如姊妹焉。王孙始问五可却媒之故。笑曰："无他，聊报君之却于媪耳。向未见妾，意中止有闺秀；即见妾，亦略靳[33]之，以觇君之视妾，较闺秀何如也。使君为人病，而不为妾病，则亦不必强求容矣。"王孙笑曰："报亦惨矣！然非于媪，何得一觏芳容！"五可曰："是妾自欲见君，媪何能为？过舍门时，岂不知眈眈者在门内耶？梦中业相要，何尚未之信耶？"王孙惊问："何知？"曰："妾病中梦至君家，以为妄；后闻君亦梦妾，乃知魂魄真到此也。"王孙异之，遂述所梦，时日悉符。父子之良缘，皆以梦成，亦奇情也。故并存之。

异史氏曰："父痴于情，子遂几为情死。所谓情种[34]，其王孙之谓与？不有善梦之父，何生离魂之子哉！"

校注

1 〔夙慧〕谓天生聪明。

2 〔郡庠〕府学。详见卷二《罗刹海市》注。

3 〔冰〕即冰人。

4 〔方谨〕谓方正拘谨。

5 〔中表〕父亲的姊妹与母亲的兄弟姊妹的子女统称中表。详见卷二《莲香》注。

6 〔临存〕省视存问。详见卷二《田七郎》注。

7 〔沈（chén 尘）知〕即深知。沈，深。《汉书·司马相如传下》:“决江疏河，灑沈澹灾，东归之于海。”颜师古注:“沈，深也。”校:康熙抄本、异史本、二十四卷本皆为“沈”字，青柯亭本意改为“探”字，不当。因为在“母沈知”之前有“一日，上墓，途遇王孙，自舆中窥之，归以白母”。既已“归以白母”，则母不必“探之”。

8 〔召和而缓至〕谓和、缓都是名医，谁来都可以。和、缓，都是春秋时秦国的名医。《左传·成公十年》:“（晋侯）疾病，求医于秦，秦伯使医缓为之。”又《左传·昭公九年》:“晋侯求医于秦，秦伯使医和视之。”

9 〔沉痼〕久而难治的疾病。

10 〔要（yāo 腰）誓〕订盟。此指订婚。

11 〔蘧（qú 渠）然〕惊喜的样子。蘧，惊觉貌。《庄子·大宗师》:“成然寐，蘧然觉。”

12 〔不的〕不确实。

13 〔问名〕古时婚礼六礼之一。详见卷二《乔女》注。

14 〔门隙（xì 细）〕门缝。隟，同“隙”。

15 〔喜颤〕惊喜而心跳。校:铸雪斋本、二十四卷本作“意”字。

16 〔妁〕媒人。

17 〔一合（gě 葛）〕一合十升。

18 〔鸡骨支床〕身体瘠瘦，支离床席。《世说新语·德行》:“王戎、和峤同遭大丧，俱以孝称。王鸡骨支床，和哭泣备礼。”

19 〔趁汝〕谓追随你。

20 〔却聘〕拒婚。

21 〔守头巾戒〕谓迂腐地死守清规戒律。头巾，明代读书人戴的儒巾，又称方巾。

22 〔媵（yìng 应）〕媵妾。

23 〔一付二娘〕全部交给二娘。一，全。

24 〔实其言〕谓实践所说的。

25 〔以毡贴地而入〕以红毡铺地，扶新妇而入。毡贴地，即毡铺地。旧时婚俗，新妇出嫁至婆家脚着黄连鞋，为吉利，鞋不着土地。

26 〔红帕蒙首〕旧时婚俗，新妇出嫁要用红帕蒙头，而行交拜之礼。

27 〔青庐〕用青布搭成的棚，在此行交拜礼。

28 〔未受雁采〕谓没有履行正式订婚手续。雁采，古时以雁为贽，婚礼六礼中纳采、纳吉、请期均用雁，故称聘礼为雁采。

29 〔三朝（zhāo 招）〕婚后三日，俗称“送三日”。吴自牧《梦粱录》二十《嫁娶》：“三日，女家送冠花、彩缎、鹅蛋……并以茶饼鹅羊果物等合送去婿家，谓之‘送三朝礼’也。”

30 〔右之〕谓尊重她。古时以右为尊。

31 〔不相能〕谓不能相容。

32 〔间言〕异议、非议之言。详见卷三《吕无病》注。

33 〔靳〕吝啬。详见卷二《宫梦弼》注。此指谨慎、郑重。

34 〔情种〕谓痴情的种子。

鸟使

苑城[1]史乌程家居，忽有鸟集屋上，香色[2]类鸦。史见之，告家人曰："夫人遣鸟使告我矣。急备后事，某日当死。"至日果卒。殡日，鸦复至，随槥[3]缓飞，由苑之新[4]。至殡宫，始不复见。长山吴木欣[5]目睹之。

校注

1 〔苑城〕是指位于山东省旧长山县东二十五里的一个庄名。见嘉庆《长山县志》。1956年长山县划入邹平县。

2 〔香色〕犹言声音与颜色。《正字通》载："凡物有声色，皆曰香。"

3 〔槥（huì慧）〕小而薄的棺材。

4 〔新〕即新城（即今之山东淄博市桓台县），在宛城之北。

5 〔长山吴木欣〕长山，即山东省长山县，今山东省邹平县。吴木欣，名长荣，字木欣，别字青立，号茧斋，监生。生性聪慧，志卓迈，矜名节，为文尚识力。年未五十，郁愤以死，士论惜之。见《长山县志》。

褚遂良

长山邑民赵某，税屋[1]大姓之家。病症结[2]，又素孤，贫难自给，奄就危殆。一日，力疾就凉，移卧树下。既醒，见绝代丽人坐身傍。因便诘问，女答云："我特来为汝作妇。"某惊曰："无论贫人不敢有妄想；且奄然垂毙，有妇欲何为！"女自媒能治之。某曰："我病非仓猝可除；纵有良方，且苦无资可买药饵！"女曰："我医疾不用药也。"遂以手按赵腹，力摩之，觉其掌热如火。移时，腹中癖块[3]，隐隐作解拆声[4]。又少时，欲登厕。急起，走数武，解衣大下，胶液流离，结块尽出，觉通体快爽。返卧故处，谓女曰："娘子何人？祈告姓氏，以便尸祝[5]。"答云："我狐仙也。君乃唐朝褚遂良[6]，曾有恩于妾家，每铭心欲一报之。日相寻觅，今始能得，夙愿可酬矣。"某自惭形秽，又虑茅屋灶煤，沾染华裳。女但请行，赵乃导入家，土莝[7]无席，灶冷无烟。曰："无论光景如此，不堪相辱；即卿能甘之，请视瓮底空空，又何以养妻子？"女但言："无虑。"言次，一回头，见榻上毡席衾褥已设；方将致诘，又转瞬，见满室皆银光纸裱贴如镜，诸物已悉变易，几案精洁，肴酒并陈矣。遂相欢饮。日暮，与同狎寝，如夫妇。主人闻其异，请一见之。女即出见，无难色。由此四方传播，造门者甚夥。女并无所拒绝。或设筵招之，女必与夫俱。

一日，座中有一孝廉，阴萌淫念。女已知之，忽加诮让[8]。即以手推其首；首过棂外，而身犹在室，出入转侧，皆所不能。因共哀免，乃曳出之。积年余，造请者[9]日益繁，女颇厌之。被拒者辄骂赵。值端阳[10]，饮酒高会，忽一白兔跃入。女起曰："春药翁[11]来见召矣！"谓兔曰："请先行。"兔趋出，径去。女命赵取梯。赵于舍后负长梯来，高数丈。庭有大树一章，便倚其上；梯更高于树杪。女先登，赵亦随之。女回首曰："亲宾有愿从者，当即移步。"众相视不敢登。惟主人一僮，踊跃从诸其后。上上益高，梯尽云接，不可见矣。共视其梯，则多年破扉，去其白板耳。群入其室，灰壁败灶依然，他无一物。犹意僮返可问，竟终杳已。

校注

1 〔税屋〕租赁。

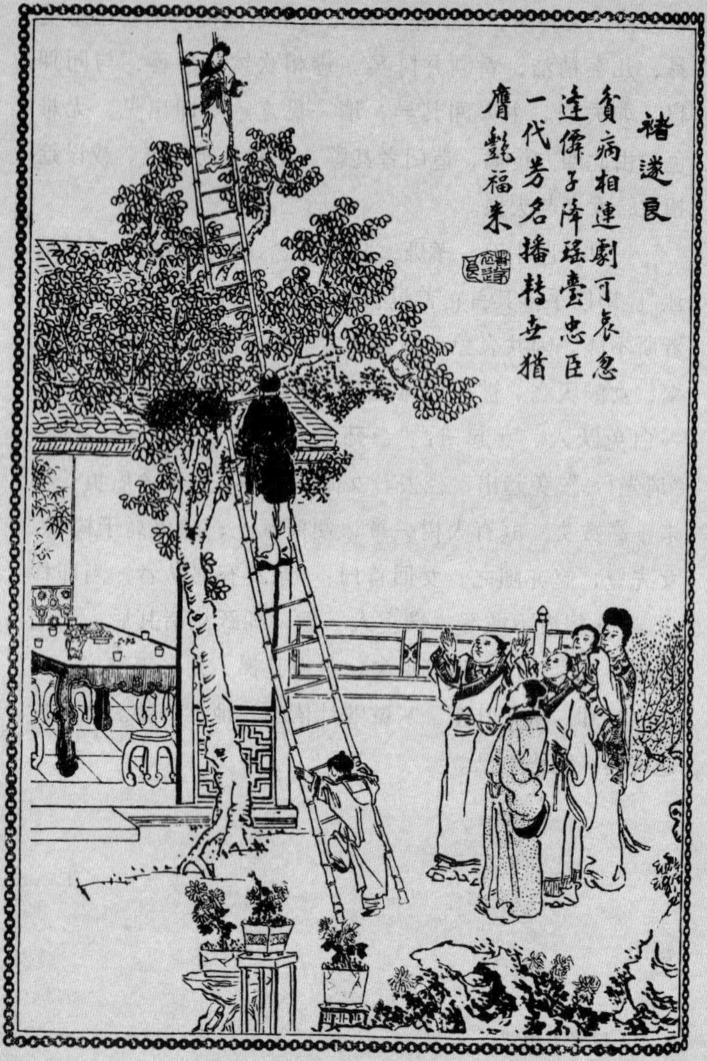
褚遂良
負病相連劇可哀急
逢傑子降瑤臺忠臣
一代芳名播精舍猶
膺艷福来

2 〔症结〕腹中结块的疾病，俗称“痞”。《史记·扁鹊仓公列传》：“以此视病，尽见五脏症结。”

3 〔癖（pǐ 匹）块〕癖，通“痞”。中医指两胁间的积块。

4 〔解拆声〕谓裂解的声音。

5 〔尸祝〕指设位祝祷。尸，古时祭祀代表鬼神受祭之人。尸祝，立尸而祝祷之。《庄子·庚桑楚》：“子胡不相与尸而祝之，社而稷之乎？”

6 〔褚遂良〕字登善，唐钱塘（浙江省杭州市）人。博涉书史，尤工书法。太宗朝历官起居郎、谏议大夫、中书令。受太宗遗诏辅政。高宗朝任尚书右仆射，因反对武氏为后，屡遭贬斥，以忧卒。

7 〔土莝（cuò 错）〕谓土炕上铺着碎草。莝，碎草。莝，据青柯亭本，原抄本作“茎”。

8 〔诮让〕谴责。

9 〔造请者〕登门求见的人。

10 〔端阳〕即五月端午。

11 〔舂药翁〕指月中玉兔。神话传说，月中有白兔，为嫦娥捣药。傅玄《拟天问》：“月中何有？白兔捣药。”

果报

安丘[1]某生，通卜筮之术[2]。而其为人邪荡不检[3]，每有钻穴逾隙之行，则卜之。一日忽病，药之不愈。曰："吾实有所见。冥中怒我狎亵天数[4]，将重谴矣，药何能为！"亡何，目暴瞽，而手无故自折。

某甲者，伯无嗣。甲利其有，愿为之后。伯既死，田产悉为所有，遂背前盟。又有一叔，家颇裕，亦无子，甲又父之。叔卒，又背之。于是并三家之产，称富一乡[5]。忽暴病若狂，自言曰："汝欲享富厚而生耶！"遂以利刃自割肉，片片掷地。又曰："汝绝人后尚欲有后耶！"剖腹流肠，遂毙。未几，其子亦死，产业归他人矣。果报[6]如此，可畏也夫！

校注

1　〔安丘〕县名。今山东省安丘县。

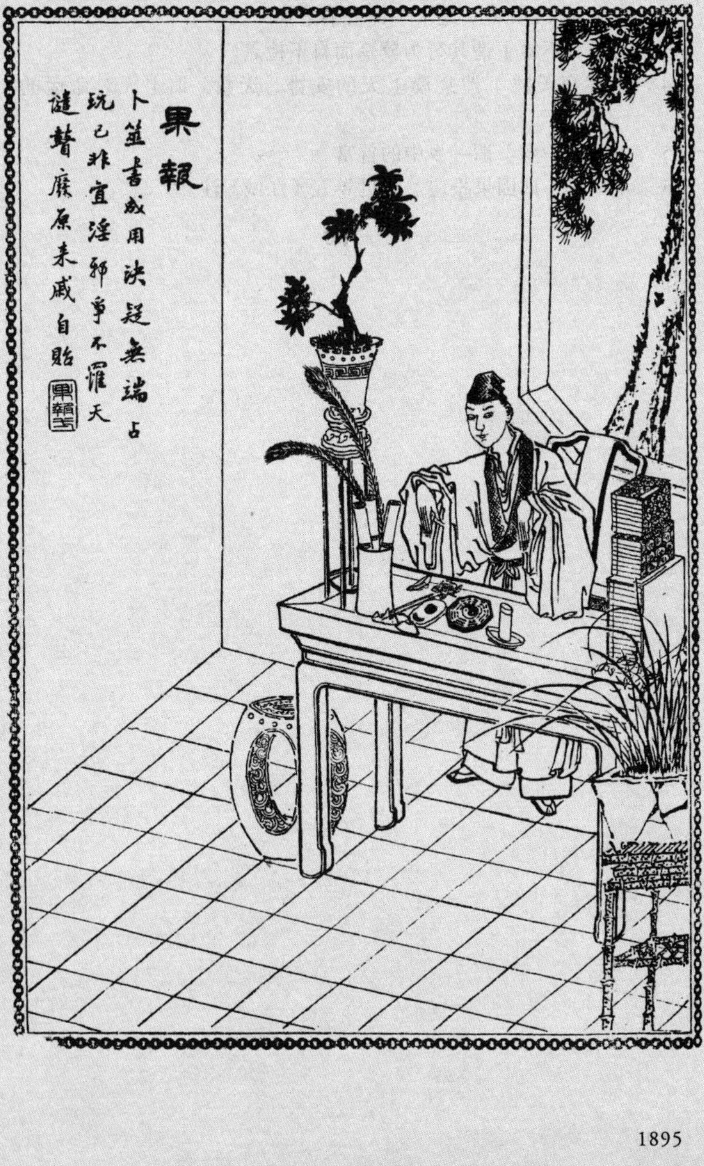
果報
卜筮書成用決疑無端占
玩已非宜淫邪爭不罹天
譴瞽廢原來咸自貽
果報

2 〔卜筮（shì誓）之术〕即占卜之术。
3 〔邪荡不检〕谓其行为放荡而自不检点。
4 〔狎亵天数〕谓亵渎上天的安排。天数，谓上天对命运的安排。
5 〔称富一乡〕谓一乡中的首富。
6 〔果报〕即因果报应。详见卷五《江城》注。

刘 全

邹平牛医侯某，荷饭饷耕者[1]。至野，有风旋其前。侯即以杓掬浆[2]祝奠之。尽数杓，风始去。又一日，适城隍[3]庙，闲步廊下，见内塑刘全献瓜[4]像，被鸟雀遗粪，糊蔽目睛。侯曰："刘大哥何遂受此玷污！"因以爪甲为除去之。

后数年，病卧，被二皂[5]摄去。至官衙前，逼索财贿甚苦。侯方无所为计，忽自内一绿衣人出，见之讶曰："侯兄何来？"侯便告诉。绿衣人即责二皂曰："此汝侯大爷，何得无礼！"二皂喏喏，逊谢不知。俄闻鼓声如雷。绿衣人曰："早衙[6]矣。"遂与俱入，令立墀下，曰："姑立此，我为汝问之。"遂上堂点手[7]，招一吏人下，略道数语。吏人见侯，拱手曰："侯大哥来耶？汝亦无甚大事，有一马相讼，一质[8]便可复返。"遂别而去。少间，堂上呼侯名。侯上跪，一马亦跪。官问侯："马言被汝药死，有诸？"侯曰："彼得瘟症，某以瘟方治之。既药不瘳[9]，隔日而死，与某何所干涉？"马作人言，两相苦[10]。官命稽籍，籍注寿若干，应死于某年月日，数确符。因呵曰："此汝天年[11]适尽，何得妄控！"叱之而去。因谓侯曰："汝存心方便，可以不死。"仍命二皂送之。前二人亦与俱出，又嘱途中善相视。侯曰："今日虽蒙覆蔽，生平实未识荆[12]。乞示姓字，以图衔报[13]。"绿衣人曰："三年前，仆从泰山来，焦渴欲死。经君村外，蒙以杓浆见饮，至今不忘。"吏人曰："某即刘全。曩被雀粪之污。闷不可耐，君手为涤除，是以耿耿，奈冥间酒馔，不可以奉宾客，请即别矣。"侯始悟，乃归。既至家，款留二皂。皂并不敢饮其杯水。

侯苏，盖死已逾两日矣。从此益修善行。每逢节序，必以浆酒酬刘全。后年至八旬，尚强健，能超乘驰走。一日，于途间见刘全骑马来，若将远行。拱手道温凉已，刘曰："君数已尽，勾牒[14]出矣。勾役欲相招，我禁使勿须[15]。君可归治后事，三日后，我来同君行。地下代买小缺[16]，亦无苦也。"遂去。侯归告妻子，招别戚友，棺衾俱备。第四日日暮，对众曰："刘大哥来矣。"入棺遂殁。

校注

1 〔荷饭饷耕者〕担着饭给耕田者食。荷，挑、担。饷，供食。

2 〔掬浆〕谓舀汤水。
3 〔城隍〕道教传说中守护城池的神。
4 〔刘全献瓜〕小说中人物。《西游记》十一回“游地府太宗还魂，进瓜果刘全续配”说刘全，均州人，曾代唐太宗李世民赴阴曹进献瓜果。
5 〔皂〕皂隶。此指鬼差役。
6 〔早衙〕谓衙门早上升堂审案。
7 〔点手〕指招手。
8 〔质〕质讯、质对。
9 〔瘳（chōu 抽）〕治愈。
10 〔苦〕诘难。
11 〔天年〕谓自然寿数。
12 〔识荆〕相识的敬词。详见卷二《阎罗》注。
13 〔衔报〕是衔环以报的简称。详见卷二《罗刹海市》注。
14 〔勾牒〕指勾魂的文书。
15 〔勿须〕不必。
16 〔小缺〕小的官职。缺，官位。

韩 方

明季[1]，济郡[2]以北数州县，邪疫大作，比户皆然。齐东[3]有农民韩方，性至孝。其父母皆病，因具楮帛[4]，哭祷于孤石大夫之庙[5]。归途零涕。遇一人衣冠清洁，问："何悲也？"韩具以告。其人曰："孤石之神，即亦不在于此，祷之何益？仆有小术，可以一试。"韩喜，便诘姓字。其人曰："我不求报，何必通乡贯[6]乎？"韩殷殷请临其家。其人又言："无须。但归，以黄纸置床上，厉声言：'我明日赴都[7]，告诸岳帝[8]！'病当已。"韩恐不验，坚求移趾。其人曰："实告子：我非人也。巡环使者[9]以我诚笃，俾为南县土地。感君孝，指授此术。目前岳帝举枉死之鬼[10]，其有功人民，或正直不作邪祟者，以城隍、土地用。今日殃人者，皆郡城中北兵所杀之鬼，急欲赴都自投，故沿途索赂，以谋口食耳，言告岳帝，则彼必惧，故当已。"韩悚然起敬，伏叩道侧。既起，则人已渺。惊叹而归。遵其教，父母皆愈。以传邻村，无不验者。

异史氏曰："沿途祟人而往，以求不作邪祟之用，此与策马应‘不求闻达之科’[11]者何殊哉！天下事大率类此。犹忆甲戌、乙亥之间[12]，当事者使民捐谷，疏告九重[13]，谓民乐输[14]。于是各州县如数取盈，甚费敲扑[15]。是时，郡北七邑皆被水，岁大祲[16]，催办尤难。吾乡唐太史[17]偶至利津，见系逮十余人，即道中问：‘其何事？’答云：‘官捉吾等赴城，比追[18]乐输耳。’农民亦不知‘乐输’二字作何解，遂以为摇役敲比之名，亦可叹，而亦可笑也！”

校注

1 〔明季〕明朝末年。

2 〔济郡〕济南府，今之山东省济南市。郡，为古代地方行政区划名。周制县大郡小，战国时逐渐变为郡大于县。秦灭六国，正式建立郡县制，以郡统县。汉因之。隋唐后，州郡互称，至明朝而郡废。

3 〔齐东〕山东省旧县名。1958 年撤销，划归邹平、博兴。

4 〔楮帛〕古代祭祀时用的纸。详见卷二《公孙九娘》注。

5 〔孤石大夫之庙〕据新编《淄博市文物志》（四）载：“淄博市淄川区岭子乡下店村南五里有山谷曰‘金鸡峪’，峪之西侧近悬崖处，有孤石大夫庙，庙南有一石碣，系崇祯三年（1630）立，称：‘孤石君来，卜居于此，化梦左边善信。’”吕湛恩注：《章丘县志》载：东陵山下大石，自号石大夫。《长山县志》卷一：长山县西南三十里山王庄有龙泉寺，寺中有孤石神室。但据《长山县志》“图志”载：长山县城庙宇中有“石大夫祠”，“法司”路之西与路之东“土地祠”相对，其南中为“城隍庙”。据此可以断定，在济东诸城乡中供奉“石大夫”是极为普遍的。

6 〔乡贯〕籍贯。详见卷四《青娥》注。

7 〔赴都〕指赴鬼都。民间传说，泰山之南的蒿里山为鬼都。

8 〔岳帝〕即东岳大帝。详见卷一《席方平》“东岳”注。

9 〔巡环使者〕民间传说，阴曹地府巡视人间生死祸福的神。

10 〔枉死之鬼〕谓屈死鬼。

11 〔策马应“不求闻达之科”〕此言其热衷功名，而嘴上却称不求闻达。典出赵璘《因话录》卷四：“唐有德音，搜访怀才抱器不求闻达者。有人于昭应逢一书生，奔驰入京。问求何事，答曰：‘将应不求闻达科。’”《太平广记》卷二六二亦收《昭应书生》之文。

12 〔甲戌、乙亥之间〕甲戌，指康熙三十三年（1694）；乙亥，指康熙三十四年（1695）。此时为清政府西塞用兵之时，科敛甚繁。详见卷六《鸮鸟》注。

13 〔疏告九重〕上书皇帝。九重，指帝王、皇帝。唐李邕《贺章仇兼琼克捷表》：“遵奉九重，决胜千里。”

14 〔乐输〕谓自己乐于捐纳。

15 〔敲扑〕意谓鞭打催逼。详见卷三《胭脂》注。

16 〔岁大祲〕谓荒年。祲，迷信称为不祥之气。此指灾荒。

17 〔唐太史〕即唐梦赉，淄川县人。详见卷二《泥鬼》注。

18 〔比追〕同“追比”，下之“敲比”义同。谓官府限期交纳，过期则敲扑以示惩罚。详见卷一《促织》“追比”注。

姬 生

南阳[1]鄂氏，患狐，金钱什物，辄被窃去。迕[2]之，祟益甚。鄂有甥姬生，名士，素不羁。焚香代为祷免，卒不应；又祝舍外祖使临己家，亦不应。众笑之。生曰："彼能幻变，必有人心。我固将引之，俾入正果[3]。"三数日辄一往祝之。虽固不验，然生所至，狐遂不扰。以故，鄂常止生宿。生夜望空请见，邀益坚。一日，生归，独坐斋中，忽房门缓缓自闭。生起，致敬曰："狐兄来耶？"殊寂无声。又一夜，门自开。生曰："倘是狐兄降临，固小生所祷祝而求者，何妨即赐光霁[4]？"即又寂然。而案头钱二百，及明失之。生至夜，增以数百。中宵，闻布幄铿然[5]。生曰："来耶？敬具时铜[6]数百，以备取用。仆虽不充裕，然非鄙吝者。若缓急有需用度[7]，无妨质言，何必盗窃？"少间，视线，脱去二百。生仍置故处，数夜不复失。有熟鸡，欲供客而失之。生至夕，又益以酒。而狐从此绝迹矣。鄂家祟如故。生又往祝曰："仆设钱而子不取，设酒而子不饮；我外祖衰迈，无为久祟之。仆备有不腆[8]之物，夜当凭汝自取。”乃以钱十千、酒一尊，两鸡皆聂切[9]，陈几上。生卧其傍，终夜无声，钱物亦如故。自此，狐怪以绝。

一日，生晚归，启斋门，见案上酒一壶，燂鸡[10]盈盘；钱四百，以赤绳贯之，即前日所失物也。知狐之报。嗅酒而香，酌之色碧绿，饮之甚醇。壶尽半酣，觉心中贪念顿生，蓦然欲作贼。便启户出。思村中一富室，遂往越其墙。墙虽高，一跃上下，如有翅翎。入其斋，窃取貂裘、金鼎[11]而出。归置床头，始就枕眠。天明，携入内室。妻惊问之，生嗫嚅[12]而告，有喜色。妻初以为戏，既知其真，骇曰："君素刚正，何忽作此！"生恬然不为怪[13]，因述狐之有情。妻恍然自悟："是必酒中之狐毒也。"因念丹砂可以却邪，遂觅研入酒，使饮之。少顷，忽失声曰："我奈何做贼！"妻代解其故，爽然自失。又闻富室被盗，噪传里党。生终日不食，莫知所处。妻为之谋，使乘夜抛其墙内。生从之。富室复得故物，其事遂寝。生岁试[14]冠军，又举行优[15]，应受倍赏。及发落[16]之期，道署[17]梁上粘一帖云："姬某作贼，偷某家裘、鼎，何为行优？"梁最高，非跂足可粘。文宗[18]疑之，执帖问生。生愕然，念此事除妻外无知者；况署中深密，何由而至？因悟曰："此必狐为之也。"遂缅述无讳，文宗赏礼有加焉。生每自念，无取罪于狐，所以屡陷之者，亦小人之耻独为小人耳[19]。

异史氏曰："生欲引邪入正，而反为邪惑。狐意未必大恶，或生以谐引之，狐亦以戏弄之耳。然非身有夙根[20]，室有贤助，几何不如原涉[21]所云，家人寡妇，一为盗污，遂行淫哉！吁！可惧也！"

吴木欣云[22]："康熙甲戌[23]，一乡科令浙中[24]，点稽囚犯。有窃盗，已刺字[25]讫，例应逐释。令嫌'窃'字减笔从俗，非官板正字[26]，使刮去之；候创平，依字汇[27]中点画形象另刺之。盗口占一绝云：'手把菱花[28]仔细看，淋漓鲜血旧痕瘢。早知面上重为苦，窃物先防识字官。'禁卒笑之曰：'诗人不求功名，而乃为盗？'盗又口占答之云：'少年学道志功名，只为家贫误一生。冀得资财权子母[29]，囊游燕市博恩荣[30]。'"即此观之，秀才为盗，亦仕进之志也。狐授姬生以进取之资，而反悔为所误，迂哉！一笑。

校注

1　〔南阳〕明清府名，治所在今河南省南阳市。

2　〔迕（wǔ 五）〕同"忤"。抵触、触犯。

3　〔正果〕佛教语。修道有所悟，谓之证果。言其修行成功，学佛证得之果，与外道之盲修瞎炼所得有正邪之分，故曰正果。元伊世珍《嫏嬛记·禅林实语上》："天女本来净，摩登嫕第一，今各成正果，净嫕无分别。”

4 〔光霁〕光风霁月的省词。谓雨过天晴时的明净景象。多用以喻人之心胸坦荡。宋陈亮《贺周丞相启》：“长江大河，足以流转墨客；光风霁月，足以荡漾英游。”

5 〔布幄（wò 握）铿然〕谓帷幕内铜钱铿然有声。布幄，指帷幕。

6 〔时铜〕指铜钱。

7 〔用度〕用费，开支。《汉书·食货志上》：“其后用度不足，独复盐铁官。”

8 〔不腆（tiǎn 忝）〕不丰厚。详见卷二《小二》注。

9 〔聂（zhé 折）切〕把肉切成薄片。《礼记·少仪》：“牛与羊鱼之腥，聂而切之为脍。”

10 〔燂（xún 旬）鸡〕烧鸡。燂，烧煮。

11 〔金鼎〕指金制香炉。

12 〔嗫（niè 聂）嚅〕吞吞吐吐，欲说又止。

13 〔恬然不为怪〕即“恬不为怪”，安然处之，不以为怪。详见卷五《江城》注。

14 〔岁试〕岁考。详见卷一《叶生》注。

15 〔行优〕清制，各省学政三年任期中，根据府、州、县学上报，会同督抚，从在学生员中选取文行俱优的人，贡入国子监，称为入贡。

16 〔发落〕清代科举制，岁试或科试后，分等级评定成绩，评定后据等级进行赏罚，叫“发落”。

17 〔道署〕指学道的衙署。清初举优贡，由学道考定保送。

18 〔文宗〕明清提学道、学政的尊称。

19 〔小人之耻独为小人耳〕意为小人耻于自己单独做小人，有时就拉着别人同做小人。

20 〔夙（sù 速）根〕佛家语，指世人天生的根性。

21 〔原涉〕据《汉书·游侠列传》：原涉，字巨先，西汉人。性略似郭解，外温仁谦逊而内隐。父哀帝时为南阳太守，及父死，大司徒史丹举能治剧，为谷口令，时年二十余。当时间里之侠，以涉为魁首。或讥涉曰："子本二千石之世，结发自修，以行丧礼让为名，何故自放纵为轻侠之徒乎？"涉曰："子独不见家人寡妇耶？始自约敕之时，意乃慕宋伯姬、陈孝妇；不幸一为盗贼所污，遂行淫失，知其非礼，然不能自还。吾犹此矣。"

22 〔吴木欣云〕据康熙抄本加，原抄本缺。吴木欣，名长荣，字居仁，号青立，又号茧斋，长山人。详见卷六《鸟使》注。

23 〔康熙甲戌〕即康熙三十三年（1694）。

24 〔一乡科令浙中〕即一位举人为浙江省某地县令。乡科，指举人。令，县令。

25 〔刺字〕古代的一种肉刑，亦称墨刑，汉代称黥刑。于罪人面上刺字，以墨涂字，故称。《清史稿·刑法志三》："（刺字）有刺事由者，有刺地方者，并有分刺满汉文字者。初刺右臂，次刺左臂，次刺右面、左面，大抵律多刺臂，例多刺面。"

26 〔官板正字〕旧时经官书局镂板印行的书籍，称为官板。所谓正字，即字的本体，别于俗字、别字、简化字而言。

27 〔字汇〕字典一类的工具书。

28 〔菱花〕古铜镜中，六角形或背面刻有菱花图案的称菱花镜。后遂有以菱花为镜的代称。李白《代美人愁镜》诗："狂风吹却妾心断，玉筋并堕菱花前。"

29 〔权子母〕意为经商。详见卷二《罗刹海市》注。

30 〔燕市〕此指京都北京。〔恩荣〕皇帝赐予的恩宠和光荣。杜甫《端午日赐衣》："宫衣亦有名，端午被恩荣。"此处指出仕为官。

李檀斯

长山李檀斯[1]，国学生[2]也。其村中有媪走无常[3]，谓人曰："今夜与一人舁檀老投生淄川柏家庄[4]一新门中，身躯重赘，几被压死。"时李方与客欢饮，悉以媪言为妄。至夜，无疾而卒。天明，如所言往问之，则其家夜生女矣。

校注

1 〔长山李檀斯〕长山，即山东省长山县。李檀斯，《长山县志》"贡监"中未载入。

2 〔国学生〕即国子监生。

3 〔走无常〕谓冥间勾魂使者。详见卷二《张诚》注。

4 〔柏家庄〕在淄川县（今山东省淄博市淄川区）西乡，位于姚家庄与东杨西之间。

纫 针

虞小思，东昌人。居积为业[1]。妻夏氏，归宁而返，见门外一妪，偕少女哭甚哀。夏诘之，妪挥涕相告。乃知其男子王心斋，亦宦裔也。家衰落，无衣食业，浼中保[2]贷富室黄氏金，学作贾。中途遭寇，巨梃中颅，丧资，幸不死。至家，黄责偿，计子母[3]不下三十金，实无可以准之[4]。黄窥其女纫针美，将谋作妾。使中保质告之：如其肯，可折债外，仍以二十金压券[5]。王谋诸妻。妻泣曰："我虽贫，固簪缨之胄[6]。彼以执鞭[7]发迹，何敢遂媵吾女！且纫针固有婿耳，汝乌得擅作主！"先是，同邑傅孝廉之子，与王投契[8]，生男阿卯，与襁中论婚。后孝廉官于闽，年余而卒。妻子不能归，消息遂绝。以是故，纫针十五，尚未字也。妻言及此，王无词，但谋所以为计。妻曰："不得已，其妄谋诸两弟。"盖妻范氏，其曾祖曾任京秩[9]，两孙田产尚多也。次日，妻携女归告两弟。两弟任其涕泪，并无一词为之设处。范乃号啼而归。适逢夏诘，且述且哭。

夏怜之，视其女，绰约可爱，益之哀楚。因邀入其家，款以酒食，慰之曰："母子勿戚，妾当竭力。"范未遑谢，女已哭伏在地，益惋惜之。筹思曰："虽有薄蓄，然三十金亦复大难。当典质相付。"母子拜别。夏以三日为约。别后，百计为之营谋，亦未敢告诸其夫。三日，未满其数，又使人假诸其母。范母子已至，因实告之。又订以次日。抵暮，假金至，合裹并置床头。至夜，有盗穴壁，以火入。夏觉，睨之，见一人臂上悬短刀，状貌凶恶。大惧，不敢复作声，伪为睡者。盗近箱，意将发扃。回顾，夏枕边有裹物，探身攫去，就灯解视已，乃入腰橐，不复胠箧[10]而去。夏乃起呼。家中惟一小婢，隔墙呼邻，邻人集而盗已远矣。夏乃对烛啜泣。亡何，婢睡去，夏引带自经于棂间。婢觉，天已大曙，始呼人解其悬，四肢已冰。虞知奔至，诘婢始得其由，惊涕营葬而已。

时方夏，尸不僵，亦不腐。过七日，乃殓之。既葬，纫针潜出，哭于其墓。暴雨忽集，霹雳大作，墓发，女亦震死。虞闻，奔验之，则棺木已启，妻呻嘶其中，抱出之。见女尸，不知其谁。夏审视，始辨之。方相骇怪。未几，范至，见女已死，号曰："固疑其在此，今果然矣！闻夫人自缢，日夜不绝声。今夜语我，欲哭于殡宫，我未之应也。"夏感其义，遂与夫言，即以所葬材穴葬之。范拜谢。虞负妻归，范亦归告其夫。

闻村北一人，被雷击死于途，身有字云："偷夏氏金贼。”俄闻邻妇哭声，乃知死者即其夫马大也。村人白于官，官拘其妇鞫之，则范以夏氏之措金赎女，对人感泣，马大博赌无赖，闻之而盗心遂生也。及押妇搜赃，则止存二十数；又检马尸得四数。官判卖妇偿补责还虞。夏益喜，全金悉仍付范，俾偿债主。

葬女三日，夜大雷电，以风，坟复破，女亦顿苏。不归其家，往叩夏氏之门，盖认其墓，疑其复生也。夏惊起，隔扉问之。女曰：“夫人果生耶！我纫针耳。”夏骇为鬼，呼邻媪共诘之，知其更生，喜内入室。女自言：“愿从夫人服役，不复归矣。”夏曰：“得毋谓我捐金为买婢耶？汝葬后，债已代偿，可勿见猜。”女益感泣，愿以母事夏。未诺。女曰：“儿能操作，亦不坐食。”天明告范，范喜，急至。亦从女意，即以属夏。范去，夏强送女归。女啼思夏。王心斋自负之来，委诸门内而去。夏见之惊问，始知其故，遂亦安之。虞至，急下拜呼以父。虞固无子女，见女依依怜人，颇以为欢。女纺绩缝纫，勤劳臻至。夏病几殆，女昼夜给役。见夏不食，亦不食。面上时有啼痕。向人曰：“母有万分一，我誓不复生！”夏少瘳，始解颜微笑。夏闻之流涕，曰：“我四十无子，但复生一女如纫针者足矣。”夏自少不育，逾岁忽举一男，佥谓行善之报。

居二年，女益长。虞与王谋，不能坚守旧盟。王曰：“女在君家，婚姻惟君所命。”女十七，慧美无双。此言一出，问名[11]者趾错于门，夫妻为之拣对。富室黄某亦遣媒来。虞恶其富而不仁，力却之。为择于冯氏。冯，邑名士，子亦慧而能文。将告于王；王出负贩未归，遂径诺之。黄以不得于虞，亦托作贾，迹王所在，设馔相邀，更复助以资本，渐渍习洽[12]。因自道其子慧以自媒。王感其情，又仰其富，遂与订盟。既归，诣虞，则虞昨日方受冯氏婚书。闻王言，颇不悦，呼女出，告以情。女怫然曰："债主吾仇也！以我事仇，但有一死！"王无颜，托人告黄以冯氏之盟。黄怒曰："女姓王，不姓虞。我约在先，彼约在后，何得背盟！"遂投状邑宰，宰意以先约判归黄。冯曰："王某以女付虞，固言婚嫁不复预闻[13]，且某有定婚书，彼不过杯酒之谈耳。"宰不能坚，将惟女愿之从。黄退，以金赂邑宰，求其左袒，从此，月余不决。

一日，有孝廉赴都，道过东昌，使人问王心斋。适问于虞，虞转诘之，盖孝廉傅姓，即阿卯也。入闽籍，年十八已乡捷矣。犹以前约未婚[14]，母嘱便道访王，问其女已嫁否也。虞大喜，邀傅至家，历述所遭。然婿来千里，患无质实[15]。傅于箧中出王当日允婚书。虞招王至，验之而真，乃共喜。是日当集覆审，傅投刺谒邑宰，其案始消。涓吉约期[16]乃去。礼闱后，市币帛而还居其旧第，行亲迎礼。进士报已，自闽中还，盖傅又捷南宫[17]矣。复入都观政[18]而返。女不乐南渡，傅亦以庐墓在，遂独往迁父柩，载母俱归。后数年，虞卒，子才七八岁，女抚之过于其弟。使读书，早已入庠，家称素封。皆傅力也。

异史氏曰："神龙中亦有游侠耶？獐恶彰善[19]，生死皆以雷霆，此'钱塘破阵舞[20]'也。轰轰屡击，皆为一人，焉知纫针非龙女谪降[21]者耶？"

校注

1 〔居积为业〕谓经营商业。详见卷二《阿宝》"居积"注。

2 〔浼（měi 美）中保〕请保人。浼，恳托。

3 〔计子母〕谓本息相加。

4 〔准之〕谓以财物相抵。准，定平真的标准。此谓借贷与财物相抵。

5 〔压券〕指卖女为妾的文书。此指少数的压金。

6 〔簪缨之胄（zhòu 宙）〕谓官宦的后代。胄，后代。详见卷二《青梅》"簪缨"注。

7 〔执鞭〕持鞭赶车。此喻贱役。《论语·述而》："富而可求也，虽执鞭之士，吾亦为之。"朱熹集注："执鞭，贱者之事。"

8 〔投契〕谓意气相投。

9 〔京秩〕谓京中任官。

10 〔胠箧（qūqiè 趋窃）〕撬开箱子。《庄子·胠箧》："将为胠箧探囊发匮之盗而为守备，则必摄缄縢，固扃鐍。"

11 〔问名〕古时婚礼六礼之一。详见卷二《乔女》注。

12 〔渐渍习洽〕渐渐熟悉融洽。

13 〔预闻〕干预、过问。

14 〔以前约未婚〕因为以前有婚约，而至今未结婚。

15 〔质实〕根据事实。清梁章钜《归田琐记·归田》:“因侨居浦城，养疴无事，就近所闻见，铺叙成书，质实言之，亦窃名为《归田琐记》云尔。”

16 〔涓吉约期〕择取吉日，商定婚娶之期。

17 〔捷南宫〕指礼部会试，考中进士。捷，胜利。旧时科考称为“文战”，所以考中称为“捷”。南宫，宋代称礼部为南宫，明清因之。会试由礼部主持。

18 〔观政〕指新考取的进士初入仕，在京城供职，称“观政”。《尚书·泰誓上》:“以尔邦冢君，观政于商。”

19 〔瘅（dàn 旦）恶彰善〕同“彰善瘅恶”。表彰善行，憎恨恶行。《尚书·毕命》:“彰善瘅恶，树之风声。”

20 〔钱塘破阵舞〕破阵舞，唐武舞。贞观七年（633）制《秦王破阵乐舞图》。舞者皆披甲执戟，擂大鼓，杂以龟兹之乐。舞式左圆右方，先偏后伍，交错屈伸，以象战阵之形。见《旧唐书·音乐志》。唐李朝威《柳毅传》:“初笳角鼙鼓，旌旗剑戟，舞万夫于其右，中有一夫前曰:‘此钱塘破阵乐。’”

21 〔谪降〕谓天上仙人因罪罚降人间。明高启《青丘子歌》:“本是五云阁下之仙卿，何年谪降在世间。”

太原狱

太原[1]有民家，姑妇[2]皆寡。姑中年，不能自洁，村无赖频来就之。妇不善其行，阴于门户墙垣阻拒之。姑惭，借端出妇[3]；妇不去，颇有勃溪[4]。姑益恚，反相诬，告诸官。官问奸夫姓名。媪曰："夜来宵去，实不知其阿谁，鞫妇自知。"因唤妇。妇果知之，而以奸情归媪，苦相抵。拘无赖至，又哗辩："两无所私，彼姑妇不相能，故妄言相诋毁耳。"官曰："一村百人，何独诬汝？"重笞之。无赖叩乞免责，自认与妇通。械妇，妇终不承。逐去之。妇忿告宪院[5]，仍如前，久不决。

时吾邑孙进士柳下[6]令临晋，推折狱才[7]，遂下其案于临晋。人犯到，公略讯一过，寄监讫，便命隶人备砖石刀锥，质理[8]听用。共疑曰："严刑自有桎梏，何将以非刑[9]折狱耶？"不解其意，姑备之。明日，升堂，问知诸具已备，命悉置堂上。乃唤犯者，又一一略鞫之。乃谓姑妇："此事亦不必甚求清析。淫妇虽未定，而奸夫则确。汝家本清门，不过一时为匪人[10]所诱，罪全在某。堂上刀石俱在，可自取击杀之。”姑妇次且，恐邂逅抵偿[11]，公曰：“无虑，有我在。”于是媪妇并起，掇石交投。妇衔恨已久，两手举巨石，恨不即立毙之；媪惟以小石击臀腿而已。又命用刀。妇把刀直贯胸膺，媪犹逡巡未下。公止之曰：“淫妇我知之矣。”命执媪严梏之，遂得其情。笞无赖三十，其案乃结。

附记：公一日遣役催租，租户他出，妇应之。役不得贿，拘妇至。公怒曰：“男子自有归时，何得扰人家室！”遂笞役，遣妇去。乃命匠多备手械，以备敲比[12]。明日，邑中传颂公仁。欠赋者闻之，皆使妻出应，公尽拘而械之。余尝谓：孙公才非所短，然如得其情，则喜而不暇哀矜矣[13]。

校注

1 〔太原〕府名。治所在今山西省太原市。
2 〔姑妇〕谓婆媳。
3 〔出妇〕休妇。出，休弃。详见卷五《马介甫》注。
4 〔勃溪〕婆媳间争吵。《庄子·外物》：“室无空虚，则妇姑勃谿。”
5 〔宪院〕指按察使司，掌管一省的刑狱司法的衙署。
6 〔吾邑孙进士柳下〕谓淄川县进士孙柳下。孙柳下，名宗元，字柳下，顺治二年乙酉（1645）亚元，顺治十二年乙未（1655）进士，授临晋县知县，升开封府南河同知，调滦州知州，升思恩府同知。临晋，旧县名，在山西省西南部，1954年与猗氏县合并为今之临猗县。

7 〔推折狱才〕谓官场所公认为审理案件有才能之人。折狱，断案。推，谓推许。

8 〔质理〕质对评理。此谓审理案件。

9 〔非刑〕非法之刑。

10 〔匪人〕指行为不端的人。

11 〔邂逅抵偿〕意为失手打死人而偿罪。邂逅，谓不意，或始所未料。

12 〔敲比〕敲扑追比。比，考校。

13 〔如得其情，则喜而不暇哀矜矣〕语出《论语·子张》："如得其情，则哀矜而勿喜。"此则反其意而用之。

桓侯

荆州[1]彭好士，自他饮归。下马溲便，马龁草路傍。有细草一丛，蒙茸[2]可爱，初放黄花，艳光夺目，马食已过半矣。彭拔其余茎，嗅之有异香，因内诸怀。超乘[3]复行，马骛驶绝驰[4]，颇觉快意，竟不计算归途，纵马所之[5]。忽见西阳近山，始将旋辔[6]。但见乱山丛沓[7]，并不知其何所。一青衣人来，见马方喷嘶[8]，代为捉衔[9]，曰："天已近暮，吾家主人便请宿止。"彭问："此属何地？"曰："阆中[10]也。"彭大骇，盖半日已千余里矣，因问："主人伊谁？"曰："到自知之。"又问所在，曰："咫尺耳。"遂代鞚[11]疾行，人马若飞。

过一山头，见半山中屋宇重叠，杂以屏幔[12]，遥睹衣冠一簇，若有所伺。彭至下马，相向拱敬[13]。俄，主人出，气象刚猛，巾服都异人世。拱手向客，曰："今日客，莫远于彭君。"因揖彭，请先行。彭谦谢，不肯遽先[14]。主人捉臂行之。彭觉捉处如被械梏，痛欲折，不敢复争，遂行，下此者，犹相推让，主人或推之，或挽之，客皆呻吟倾跌，似不能堪，一依主命而行。登堂，则陈设炫丽，两客一筵。彭暗问接座者：“主人何人？”答云：“此张桓侯[15]也。”彭愕然，不敢复咳。合座寂然。酒既行，桓侯曰：“岁岁叨扰亲宾！聊设薄酌[16]，尽此区区之意。值远客辱临，亦属幸遇。仆窃妄有干求[17]，如少存爱恋，即亦不强。”彭起问：“何物？”曰：“尊乘已有仙骨，非尘世所能驱策。欲市马相易，如何？”彭曰：“敬以奉献，不敢易也。”桓侯曰：“当报以良马，且将赐以万金。”彭离席伏谢。桓侯命人曳起之。俄顷，酒馔纷纶。日落，命烛。众起辞，彭亦告别。桓侯曰：“君远来焉归？”彭顾同席者曰：“已求此公作居停主人[18]矣。”桓侯乃遍以巨觞[19]酌客，谓彭曰：“所怀香草，鲜者可以成仙，枯者可以点金；草七茎，得金一万。”即命僮出方授彭。彭又拜谢。桓侯曰：“明日造市，请于马群中任意择其良者，不必与之论价，吾自给之。”又告众曰：“远客归家，可少助以资斧。”众唯唯。觞尽，谢别而出。途中始诘姓字，同座者为刘子翚。同行二三里，越岭即睹村舍。众客陪彭并至刘所，始述其异。

先是，村中岁岁赛社[20]于桓侯之庙，斩牲优戏[21]，以为成规，刘其首善者[22]也。三日前，赛社方毕。是午，各家皆有一人邀请过山。问之，言殊恍惚，但敦促甚急。过山见亭舍，相共骇疑。将至门，使者始实告之；众亦不敢却退。使者曰：“姑集此，邀一远客行至矣。”盖即彭也。

众述之惊怪。其中被把握者皆患臂痛，解衣烛之，肤肉青黑。彭自视亦然。众散，刘即襆被供寝。既明，村中争延客；又伴彭入市相马。十余日，相数十匹，苦无佳者；彭亦拼苟就之。又入市，见一马，骨相[23]似佳；骑试之，神骏无比。径骑入村，以待鬻者；再往寻之，其人已去。遂别村人欲归。村人各馈金资，遂归。马一日约行五百里。抵家，述所自来，人不之信。囊中出蜀物，始共怪之。香草久枯，恰得七茎，遵方点化，家以暴富。遂敬诣故处，独祀桓侯之祠，优戏三日而返。

异史氏曰："观桓侯燕宾，而后信武夷幔亭[24]非诞也。然主人肃客[25]，遂使蒙爱者几欲折肱，则当年之勇力可想。"

吴木欣言："有李生者，唇不掩其门齿，齿露于外者盈指。一日，于某所宴集，二客逊上下，其争甚苦。一力挽使前，一力却向后。力猛肘脱，李适立其后，肘过触喙[26]，双齿并堕，血下如涌。众愕然，其争乃息。"此与桓侯之握臂折肱，同一笑也。

校注

1 〔荆州〕府名。治所在今之湖北省江陵县。

2 〔蒙茸（róng 荣）〕谓草初生纤细柔软的样子。

3 〔超乘〕跃身上马。

4 〔骛（wù 务）驶绝驰〕谓狂奔疾驰。骛驶，奔跑。绝驰，极快。

5 〔纵马所之〕任马奔驰。

6 〔旋辔〕返辔、回转。辔，驾驭牲口的缰绳与嚼子。此处指代马。

7 〔丛沓（tà 榻）〕层层叠嶂。

8 〔喷嘶〕喷鼻嘶鸣。

9 〔衔〕马衔。即马的勒口，用以控马。

10 〔阆（làng 浪）中〕县名。今之四川阆中县境。

11 〔鞚（kòng 控）〕马勒，马笼头。

12 〔屏幔〕屏风帷幔。

13 〔相向拱敬〕相对拱手致敬之礼。相向，指面相对。拱敬，谓拱手行礼。

14 〔遽先〕仓促先行。遽，仓促，匆忙。

15 〔张桓侯〕即张飞，字翼德，东汉涿郡人。三国时蜀汉大将，与关羽同事刘备。打仗勇猛，世人称之“猛张飞”。章武元年（221），升车骑将军。后随刘备伐吴，为其部下所杀，谥“桓侯”。

16 〔薄酌〕谓薄席。

17 〔干求〕所求。

18 〔居停主人〕寄宿的主人。

19 〔巨觞（shāng 伤）〕大酒杯。

20 〔赛社〕周代十二月蜡祭的遗俗，农事完毕，陈酒食祭神，饮酒为乐。

21 〔优戏〕请优人演戏。优，古时扮演杂技的人，即今所称演员。详见卷六《刘夫人》注。

22 〔首善者〕谓公益事业的倡导者、组织者。

23 〔骨相〕马的骨骼形貌。《后汉书·马援传》：“臣谨依仪氏輢中，帛氏口齿，谢氏唇鬐，丁氏身中，备此数家骨相以为法。”

24 〔武夷幔亭〕关于“武夷幔亭”，陆羽《武夷山记》及《云笈七签》都有记载，大同小异。吕湛恩注引《诸仙记》较详：“武夷山神号武夷君。始皇二年，语村人曰：‘汝等以八月十五日会山顶。’是日，村人毕集，见幔亭彩幄，设宝座，施红云紫霞褥，器用俱设，令男女分坐。闻空中人声，须臾乐作，亦不见其人。酒行命食，味皆甘美，惟酒差薄。因名其地为幔亭。”

25 〔肃客〕恭敬客人。

26 〔喙〕指嘴。

新郑讼

长山石进士宗玉[1]，为新郑[2]宰。适有远客张某，经商于外，因病思归，不能骑步，赁禾车[3]一辆，携资五千，两夫挽载以行。至新郑，两夫往市饮酒，张守资独卧车中。有某甲过，睨之，见旁无人，夺资去。张不能御，力疾起，遥尾缀之，入一村中；又从之，入一门内。张不敢入，但自短垣窥觇之。甲释所负，回首见窥者，怒执为贼，缚见石公，因言情状。问张，张备述其冤。公以无质实，叱去之。二人下，皆谓官无皂白。

公置若不闻。颇忆甲久有逋赋[4]，遣役严追之。逾日，即以银三两投纳。石公问金所自来。甲云："质衣鬻物。"皆指名以实之。石公遣役令视纳税人，有与甲同村者否。适甲邻人在，便唤入。石公问："汝既为某甲近邻，金所从来，当自知之。"邻答："不知。"石公曰："邻家不知，其来暧昧。"甲惧，顾邻曰："我质某物，鬻某器，汝宁不闻之乎？"邻急曰："然，固闻之矣。"石公怒曰："是必与某甲同盗，非穷治之不可！"命取梏械。邻人大惧曰：

“吾以邻故，不敢招怨[5]耳；今刑及己身，何讳乎！彼实劫张某钱所市也。”遂释之。时张以丧资未归，乃责甲押偿[6]之。石公此类甚多，亦见其实心为政也。

异史氏曰：“石公为诸生时，每一艺出，得者秘以为宝，观其人，恂恂雅饬[7]，翰苑[8]则优，似非簿书才者[9]，乃一行作吏[10]，神君之名[11]，噪于河朔[12]。谁谓文章仅华国之具哉！故志之，以风有位者[13]。”

校注

1 〔长山石进士宗玉〕石日宗，字宗玉，号璞公，山东长山（今山东邹平县）人。康熙三十年辛未（1691）进士。初授新郑县知县，进迁宁羌州知州，又升平凉府知府三个月丁内艰，服阕补福州府知府，治福两年卒于官。著有“四书”、“诗经”稿行于世。详见嘉庆《长山县志》卷七。

2 〔新郑〕县名。今河南省新郑县。

3 〔禾车〕指农家运谷物的手推车。

4 〔逋赋〕指拖欠赋税。

5 〔招怨〕谓招惹怨仇。此指引起甲的仇视。

6 〔押偿〕将其扣押，强令偿还。

7 〔恂恂雅饬〕谦恭文雅。

8 〔翰苑〕翰林院。其意为可在翰林院任职。

9 〔簿书才者〕掌管处理文书的人。此指做官处理政务。

10 〔一行作吏〕谓一进入仕途，指初次做官。

11 〔神君之名〕谓神明的名字。为官贤明公正，使黎民百姓敬之若“神”，谓其“神君”。

12 〔河朔〕泛指黄河以北的区域。

13 〔“谁谓文章”三句〕谁说文章仅仅是光耀国家的一种手段，所以特记下来，以讽谏那些在位的官吏们。华国，光耀国家。《周礼·春官·典路》：“凡会同军旅，吊于四方，以路从。”郑玄注：“王出于事无常，王乘一路，典路以其余路从行，亦以华国。”风，通“讽”，讽谏。有位者，指在位的官员。

粉 蝶

阳曰旦，琼州[1]士人也。偶自他郡归，泛舟于海，遭飓风，舟将覆，忽飘一虚舟[2]来，急跃登之。回视，则同舟尽没。风愈狂，暝然任其所吹。亡何，风定。开眸，忽见岛屿，舍宇连亘[3]。把棹近岸，直抵村门。村中寂然，行坐良久，鸡犬无声。见一门北向，松竹掩蔼。时已初冬，墙内不知何花，蓓蕾满树。心爱悦之，逡巡遂入。遥闻琴声，步少停。有婢自内出，年十四五以来，飘洒艳丽。睹阳，返身遽入。俄闻琴声歇，一少年出，讶问客所自来。阳具告之。转诘邦族[4]，阳又告之。少年喜曰："我姻亲也。"遂揖请入院。院中精舍[5]华好，又闻琴声。既入舍，则一少妇危坐[6]，朱弦[7]方调，年可十八九，风采焕映。见客入，推琴欲逝。少年止之曰："勿遁，此正卿家瓜葛。"因代溯[8]所由。少妇曰："是吾侄也。"因问其祖母尚健否，父母年几何矣。阳曰："父母四十余，都各无恙；惟祖母六旬，得疾沉痼，一步履须人耳。侄实不省姑系何房，望祈明告，以便归述。"少妇曰："道途辽阔，音问梗塞久矣。归时但告而父[9]：‘十姑问讯矣。’渠[10]自知之。”阳问：“姑丈何族？”少年曰：“海屿姓晏。此名神仙岛，离琼三千里，仆流寓亦不久也。”十娘趋入，使婢以酒食饷客，鲜蔬香美，亦不知其何名。

饭已，引与瞻眺，见园中桃杏含苞，颇以为怪。晏曰：“此处夏无大暑，冬无大寒，花无断时。”阳喜曰：“此乃仙乡。归告父母，可以移家作邻。”晏但微笑。还斋秉烛，见琴横案上，请一聆其雅操[11]。晏乃抚弦捻柱。十娘自内出，晏曰：“来，来！卿为若侄鼓之。”十娘即坐，问侄：“愿何闻？”阳曰：“侄素不读《琴操》[12]，实无所愿。”十娘曰：“但随意命题，皆可成调。”阳笑曰：“海风引舟，亦可作一调否？”十娘曰：“可。”即接弦挑动，若有旧谱，意调崩腾[13]；静会之，如身仍在舟中，为飓风之所摆簸。阳惊叹欲绝，问：“可学否？”十娘授琴，试使勾拨[14]，曰：“可教也。欲何学？”曰：“适所奏‘飓风操’，不知可得几日学？请先录其曲，吟诵之。”十娘曰：“此无文字，我以意谱之耳。”乃别取一琴，作勾剔之势，使阳效之。阳习至更余，音节粗合，夫妻始别去。

阳目注心凝，对烛自鼓；久之，顿得妙悟，不觉起舞。举首，忽见婢立灯下，惊曰：“卿固犹未去耶？”婢笑曰：“十姑命待安寝，掩户移檠[15]耳。”审顾之，秋水澄澄[16]，意态媚绝。阳心动，微挑之；婢俯首含笑。阳益惑之，遽起挽颈。婢曰：“勿尔！夜已四漏，主人将起，彼此有心，来宵未晚。”方狎抱间，闻晏唤“粉蝶”。婢作色曰：“殆矣！”急奔而去。阳潜往听之。但闻晏曰：“我固谓婢子尘缘未灭，汝必欲收录之。今何如矣？宜鞭三百！”十娘曰：“此心一萌，不可给使，不如为吾侄遣之。”阳甚惭惧，返斋灭烛自寝。天明，有童子来侍盥沐，不复见粉蝶矣。心惴惴恐见遣逐。俄晏与十姑并出，似无所介于怀[17]，便考所业。阳为一鼓。十娘曰：“虽未入神，已得什九，肄熟可以臻妙。”阳复求别传[18]。晏教以“天女谪降”之曲，指法拗折[19]，习之三日，始能成曲。晏曰：“梗概已尽，此后但须熟耳。娴此两曲，琴中无硬调[20]矣。”

阳颇忆家，告十娘曰：“吾居此，蒙姑抚养甚乐；顾家中悬念。离家三千里，何日可能还也！”十娘曰：“此亦不难。故舟尚在，当助尔一帆风。子无家室，我已遣粉蝶矣。”乃赠以琴，又授以药，曰：“归医祖母，不惟却病[21]，亦可延年。”遂送至海岸，俾登舟。阳觅楫，十娘曰：“无须此物。”因解裙作帆，为之萦系。阳虑迷途，十娘曰：“勿忧，但听帆漾耳。”系已，下舟。阳凄然，方欲拜别，而南风竞起，离岸已远矣。视舟中糗粮已具，然止足供一日之餐，心怨其吝。腹馁不敢多食，惟恐遽尽，但啖胡饼[22]一枚，觉表里甘芳。余六七枚，珍而存之，即亦不复饥矣。俄见夕阳欲下，方悔来时未索膏烛。瞬息，遥见人烟；细审，则琼州也。喜极。旋已近岸，解裙裹饼而归。

入门，举家惊喜，盖离家已十六年矣。始知其遇仙。视祖母老病益惫；出药投之，沉痾立除。共怪问之，因述所见。祖母泫然曰："是汝姑也。"初，老夫人有少女，名十娘，生有仙姿。许字晏氏。婿十六岁，入山不返。十娘待至二十余，忽无疾自殂，葬已三十余年。闻旦言，共疑其未死。出其裙，则犹在家所素着也。饼分啖之，一枚终日不饥，而精神倍生。老夫人命发冢验视，则空棺存焉。旦初聘吴氏女未娶，旦数年不返，遂他适。共信十娘言，以俟粉蝶之至；既而年余无音，始议他图。临邑[23]钱秀才，有女名荷生，艳名远播。年十六，未嫁而三丧其婿。遂媒定之，涓吉成礼。既入门，光艳绝代。旦视之，则粉蝶也。惊问曩事，女茫乎不知。盖被逐时，即降生之辰也。每为之鼓"天女谪降"之操，辄支颐凝想，若有所会。

校注

1 〔琼州〕明清府名，辖南海全岛，治所在今海南省琼山县。

2 〔虚舟〕谓空着的船。

3 〔连亘〕谓屋宅连绵。亘，据康熙抄本，原抄本作"垣"。

4 〔邦族〕邦国宗族。详见卷二《红玉》注。

5 〔精舍〕旧指书斋、学舍，集生徒讲学之所。《后汉书·党锢传》："（刘）淑少学明五经，遂隐居，立精舍讲授，诸生常数百人。"

6 〔危坐〕端坐。详见卷一《陆判》注。

7 〔朱弦〕乐器上红色的丝弦。吴均《酬周参军》诗："且当对樽酒，朱弦永夜弹。"

8 〔溯〕追述。

9 〔而父〕你父亲。而，同"尔"。

10 〔渠〕他。

11 〔一聆其雅操〕聆听他的琴曲。操，琴曲。

12 〔《琴操》〕解说琴曲标题的书。它记述了四十七个琴曲的故事，二卷。传为东汉蔡邕所撰。操，曲也。刘向《别录》："君子因雅琴之适，故从容以致思焉。其道闭塞悲愁而作者名其曲曰操，言遇灾害不失其操也。"见《后汉书·曹褒传》注。

13 〔崩腾〕形容风涛奔腾澎湃之状。宋王安石《游金山》诗："山月入松金破碎，江风吹水雪崩腾。"此处形容琴声如涛。

14 〔勾拨〕勾与拨及下文之"剔"，皆为弹琴指法。

15 〔檠（qíng 情）〕灯架。

16 〔秋水澄澄〕形容晶明澄澈之眼睛。

17 〔介于怀〕谓放在心上。《南史·张循传》："（循）为无锡令，遇劫……于是生资皆尽，不以介怀。"

18 〔别传〕谓传授别的琴曲。

19 〔拗折〕谓指法不顺。

20 〔硬调〕谓难弹的曲调。

21 〔却病〕消除病痛。清曾国藩《与李眉生书》："《庭训格言》，不特可以进德，可以居业，并可以惜福，可以养身却病。"

22 〔胡饼〕即芝麻烧饼。胡，指"胡麻"，即芝麻。

23 〔临邑〕指临近之县。

李象先

李象先[1]，寿光之闻人[2]也。前世为某寺执爨[3]僧，无疾而化。魂出栖坊[4]上，下见市上行人，皆有火光出颠上[5]，盖体中阳气也。夜既昏，念坊上不可久居，但诸舍暗黑，不知所之。唯一家灯火犹明，飘赴之。到门，则身已婴儿。母乳之。见乳恐惧；腹不胜饥，闭目强吮。逾三月余，即不复乳；乳之，则惊惧而啼。母以米沈[6]间枣栗杂哺之，得以长成，是为象先。儿时至某寺，见寺僧，皆能呼其名。至老犹畏乳。

异史氏曰："象先学问渊博，海岱之清士[7]。其子早贵，而身以文学终[8]，此佛家所云福业未修[9]者耶？弟亦名士，生有隐疾[10]，数月始一动；动时急起，不顾宾客，自外呼而入，于是婢媪尽避；使及门复痿，则不入室而返。兄弟皆奇人也。"

校注

1 〔李象先〕字焕章，寿光（今山东省寿光县）人。

2 〔寿光之闻人〕寿光，县名。在山东省中部偏北。闻人，谓在当地有声望的人士。《荀子·宥坐》："少正卯，鲁之闻人也。"

3 〔执爨（cuàn 窜）僧〕谓烧火做饭的和尚。

4 〔坊〕牌坊。

5 〔颠上〕谓头顶。

6 〔米沈〕米汤。

7 〔海岱之清士〕谓从东海至泰山地区，此泛指山东省。古称青徐二州之地为海岱，言其在东海和泰山之间。《尚书·禹贡》："海岱惟青州。"孔传："东北据海，西南距岱。"清士，廉介之士。《史记·伯夷列传》："举世混浊，清士乃见。"《世说新语·赏誉下》："庾公（亮）为护军，属桓廷尉（彝）觅一佳吏，乃经年，桓后遇见徐宁而知之，遂致于庾公曰：'人所应有，其不必有；人所应无，己不必无。真海岱清士。'"按：徐宁，字安期，东海郯人，故桓彝以"海岱清士"称之。

8 〔以文学终〕谓以生员终老。文学，泛指有学问的人。此指秀才。

9 〔福业未修〕佛家语。谓前世未修下福业，所以今世未达显贵。业，佛家语，谓业由身、口、意三处发动，分别称为三业。业又分善、不善、非善非不善三种。此意谓未修善业，故未得到福报。

10 〔隐疾〕即暗病，指阳痿。

锦瑟

沂人王生，少孤，自为族[1]。家清贫，然风标[2]修洁，洒然裙屐少年[3]也。富翁兰氏，见而悦之，妻以女，许为起屋治产。娶未几而翁死。妻兄弟鄙不齿数[4]。妇尤娇倨[5]，常佣奴其夫；自享馐馔[6]，生至，则脱粟瓢饮，折稀为匕[7]，置其前。王悉隐忍之。年十九，往应童子科，被黜。自郡中归，妇适不在室，釜中烹羊胛[8]熟，就啖之。妇入，不语，移釜去。生大渐，抵箸[9]地上，曰："所遭如此，不如死！"妇恚，问死期，即授索为自经之具。生忿投羹碗，败妇颡[10]。生含愤出，自念良不如死，遂怀带入深壑。

至丛树下，方择枝系带，忽见土崖间，微露裙幅；瞬息，一婢出，睹生急返，如影就灭，土壁亦无绽痕。固知妖异；然欲觅死，故无畏怖，释带坐觇之。少间，复露半面，一窥即缩去。念此鬼物，从之必有死乐。因抓石叩壁曰："地如可入，幸示一途！我非求欢，乃求死者。"久之，无声。王又言之。内云："求死请姑退，可以夜来。"

声音清锐，细如游蜂。生曰：“诺。”遂坐以待夕。居无何，星宿已繁，崖间忽成高第，静敞双扉。生拾级[11]而入。才数武，有横流涌注，气类温泉。以手探之，热如沸汤，亦不知其深几许。疑即鬼神示以死所，遂踊身入。热透重衣，肤痛欲糜，幸浮不沉。泅没良久，热渐可忍，极力爬抓，始登南岸，一身幸不泡伤。行次[12]，遥见厦屋[13]中有灯火，趋之。有猛犬暴出，龁衣败袜。摸石以投，犬稍却。又有群犬要吠[14]，皆大如犊。危急间，婢出叱退，曰：“求死郎来耶？吾家娘子悯君厄穷，使妾送君入安乐窝，从此无灾矣。”挑灯导之。启后门，黯然行去。入一家，明烛射窗，曰：“君自入，妾去矣。”生入室四瞻，盖已入己家也。反奔而出。遇妇所役老媪曰：“终日相觅，又焉往！”反曳入。妇帕裹伤处，下床笑逆，曰：“夫妻年余，狎谑顾不识耶？我知罪矣。君受虚诮[15]，我被实伤，怒亦可以少解。”乃于床头取巨金二铤置生怀，曰：“以后衣食，一惟君命，可乎？”生不语，抛金夺门而奔，仍将入壑，以叩高第之门。

既至野，则婢行缓弱，挑灯尤遥望之。王急奔且呼，灯乃止。既至，婢曰：“君又来，负娘子苦心矣。”王曰：“我求死，不谋与卿复求活。娘子巨家，地下亦应需人。我愿服役，实不以有生为乐。”婢曰：“乐死不如苦生，君设想何左也！吾家无他务，惟淘河、粪除、饲犬、负尸；作不如程[16]，则刵耳劓鼻[17]、敲肌胫趾[18]。君能之乎？”答云："能之。"又入后门，生问："诸役可也。适言负尸，何处得如许死人？"婢曰："娘子慈悲，设'给孤园[19]'，收养九幽[20]横死无归之鬼。鬼以千计，日有死亡，须负瘗之耳。请一过观之。"移时，见一门，署"给孤园"。入见屋宇错杂，秽臭熏人。园中鬼见烛群集，皆断头缺足，不堪入目。回首欲行，见尸横墙下；近视之，血肉狼藉。曰："半日未负，已被狗咋[21]。"即使生移去之。生有难色。婢曰："君如不能，请仍归享安乐。"生不得已，负置秘处。乃求婢缓颊，幸免尸污。婢诺。行近一舍，曰："姑坐此，妾入言之。饲狗之役较轻，当代图之，庶几得当以报。"

去少顷，奔出，曰："来，来！娘子出矣。"生从入。见堂上笼烛四悬，有女郎近户坐，乃二十许天人也。生伏阶下。女郎命曳起之，曰："此一儒生，乌能饲犬；可使居西堂，主簿[22]。"生喜，伏谢。女曰："汝以朴诚，可敬乃事。如有舛错，罪责不轻也！"生唯唯。婢导至西堂，见栋壁清洁，喜甚，谢婢。始问娘子官阀。婢曰："小字锦瑟，东海薛侯[23]女也。妾名春燕。旦夕所需，幸相闻[24]。"婢去，旋以衣履衾褥来，置床上。生喜得所。黎明，早起视事，录鬼籍[25]。一门仆役，尽来参谒，馈酒送脯甚多。生引嫌，悉却之。日两餐，皆自内出。娘子察其廉谨，特赐儒巾鲜衣。凡有赍赉[26]，皆遣春燕。婢颇风格，既熟，颇以眉目送情。生斤斤自守，不敢少致差跌，但伪作騃钝[27]。积二年余，赏给倍于常廪[28]，而生谨抑如故。

一夜，方寝，闻内第喊噪。急起，捉刀出，见炬火光天。入窥之，则群盗充庭，厮仆骇窜。一仆促与偕遁，生不肯，涂面束腰，杂盗中呼曰："勿惊薛娘子！但当分括财物，勿使遗漏。"时诸舍群贼方搜锦瑟不得，生知未为所获，潜入第后独觅之，遇一伏妪，始知女与春燕皆越墙矣。生亦过墙，见主婢伏于暗陬[29]。曰："此处乌可自匿？"女曰："吾不能复行矣！"生弃刀负之，奔二三里许，汗流竟体，始入深谷，释肩令坐。飚一虎来。生大骇，欲迎当之，虎已衔女。生急捉虎耳，极力伸臂入虎口，以代锦瑟。虎怒，释女，嚼生臂，脆然有声。臂断落地，虎亦径去。女泣曰："苦汝矣！苦汝矣！"生忙遽[30]未知痛楚，但觉血溢如水，使婢裂衿裹断处。女止之，俯觅断臂，自为续之；乃裹之。东方渐白，始缓步归。登堂如墟[31]。天既明，仆媪始渐集。女亲诣西堂，问生所苦。解裹，则臂骨已续；又出药糁其创，始去。由此益重生，使一切享用，悉与已等。

臂愈，女置酒内室以劳之。赐之坐，三让而后隅坐[32]。女举爵如让宾客。久之，曰："妾身已附君体，意欲效楚王女之于臣建[33]。但无媒，羞自荐耳。"生惶恐，曰："某受恩重，杀身不中酬。所为非分，惧遭雷殛，不敢从命。苟怜无室[34]，赐婢已过。"一日，女长姊瑶台至，四十许佳人也。至夕，招生入，瑶台命坐，曰："我千里来，为妹主婚，今夕可配君子。"生又起辞。瑶台遽命酒，使两人易盏。生固辞，瑶台夺易之。生乃伏地谢罪，受饮之。瑶台出，女曰："实告君：妾乃仙姬，以罪被谪。自愿居地下，收养冤魂，以赎帝谴[35]。适遭天魔之劫，遂与君有附体之缘。远邀大姊来，固主婚嫁，亦使代摄家政，以便从君归耳。"生起敬曰："地下最乐！某家有悍妇，且屋宇隘陋，势不能员圆委曲，以每其生[36]。"女笑，但言："不妨。"既醉，归寝，欢恋臻至。过数日，谓生曰："冥会不可长，请即归。君干理家事毕，当自至。"以马授生，启扉令出，壁复合矣。

生骑马入村，村人尽骇。至家门，则高庐焕映矣。先是，生去，妻召两兄至，将棰楚报之；至暮，不归，始去。或于沟中得生履，疑其已死。既而年余无耗。有陕中贾某，媒通兰氏，遂就生第与妇合。半年中，修建连亘。贾出经商，又买妾归，自此不安其室。贾亦恒数月不归。生讯得其故，怒，系马而入。见旧媪，媪惊伏地。生叱骂久，使导诣妇所，寻之已遁；既于舍后得之，已自经死。遂使人舁归兰氏。呼妾出，年十八九，风致亦佳，遂与寝处。贾托村人，求反其妾，妾哀号不肯去。生乃具状，将讼其霸产占妻之罪。贾不敢复言，收肆西去。

方疑锦瑟负约；一夕，正与妾饮，则车马扣门而女至矣。女但留春燕，余即遣归。入室，妾朝拜之。女曰："此有宜男相[37]，可以代妾苦矣。"即赐以锦裳珠饰。妾拜受，立侍之；女挽坐，言笑甚欢。久之，曰："我醉欲眠。”生亦解履登床，妾始出；入房，则生卧榻上；异而反窥之，烛已灭矣。生无夜不宿妾室。一夜，妾起，潜窥女所，则生及女方共笑语。大怪之。急反告生，则床上无人矣。天明，阴告生。生亦不自知，但觉时留女所、时寄妾宿耳。生嘱隐其异。久之。婢亦私生，女若不知之。婢忽临蓐难产，但呼“娘子”。女入，胎即下；举之，男也。为断脐置婢怀，笑曰：“婢子勿复尔！业多[38]，则割爱难也。”自此，婢不复产。妾出五男二女。居三十年，女时返其家，往来皆以夜，一日，携婢去，不复来。生年八十，忽携老仆夜出，亦不返。

校注

1　〔自为族〕自己为一族。言其孤单，族中只此一人。

2　〔风标〕谓风度、仪表。《世说新语·赏誉下》：“王丞相云：‘刁玄亮之察察，戴若思之岩岩。’”注引虞预《晋书》：“戴俨字若思，广陵人，才义辩济，有风标锋颖。”

3　〔洒然裙屐少年〕洒然，萧洒。裙屐少年，谓穿着华美而无实学。裙，下裳。屐，木屐。此为六朝时指修饰华美的贵族子弟。《魏书·邢峦传》：“萧渊藻是裙屐少年，未洽治务。”校：屐，据康熙抄本，原抄本作“履”。

4　〔鄙不齿数〕鄙视他，不把他看成自己家中的成员。齿，等列。

5　〔娇倨〕娇贵而傲慢。娇，通“骄”。倨，傲慢不逊。《左传·襄公二十九年》："直而不倨。"杜预注："倨，傲。"

6 〔馐（xiū 羞）馔〕精美的食品。

7 〔折稊（tí 啼）为匕（bǐ 比）〕谓折断草茎做筷子。稊，一种形似稗的草。匕，饭匙。此指筷子。

8 〔羊胛〕谓羊腿。胛，指肩胛。

9 〔抵箸〕扔掉筷子。抵，扔掉。

10 〔败妇颡（sǎng 嗓）〕砸破妻子的额头。颡，前额。

11 〔拾（shè 设）级〕登台级。

12 〔行次〕行进中。

13 〔厦屋〕大的屋子。厦，古通"夏"，大的意思。

14 〔要（yāo 夭）吠〕阻拦狂叫。要，通"邀"，阻拦。

15 〔虚诮〕谓虽然责备而无实际损害。

16 〔作不如程〕谓操作不能达到规定的要求。程，程式，限量。

17 〔刵（èr 贰）耳劓（yì 易）鼻〕割耳割鼻。刵、劓，古代刑罚。《尚书·康诰》："无或劓刵人。"

18 〔敲刖（yuè 月）胫趾〕敲割小腿与脚趾。刖，古代的一种酷刑，把脚砍去。

19 〔给孤园〕佛教园林名。全称为"祇树给孤独园"。古印度侨萨罗国舍卫城长者给孤独性好慈善，好施孤独，他购置此园，以此而得名，为佛说法之地。故后来也以称佛寺。杜甫《望兜率寺》："时应清盥罢，随喜给孤园。"此处附会为收养横死无归鬼魂的处所。

20 〔九幽〕地下极深处。此谓地狱。

21 〔狗咋（zé 择）〕狗啃。咋，啃，咬。

22 〔主簿〕官名。汉代中央及郡县官署多置之。其职责为主管文书，办理事务。此泛指主簿籍，掌管档案之人。

23 〔东海薛侯〕东海，郡名，秦置，楚汉之际也称郯郡，治所在郯（今山东省郯城北）。后历代屡有设置，辖境及治所亦有变迁。薛侯，古薛国国君。薛，为任姓，奉侯爵，黄帝之后裔奚仲，封于薛地，在今山东省薛城。

24 〔相闻〕相告。

25 〔录鬼籍〕谓记录死鬼的簿籍，即名册。

26 〔赍赉（jīlài 积徕）〕谓持来赏赐。

27 〔騃（ái 皑）钝〕反应迟钝。騃，傻。

28 〔常廪〕常例薪俸。

29 〔暗陬（zōu 邹）〕昏暗的角落。陬，角落。

30 〔忙遽〕意为慌忙急遽。

31 〔墟〕本作“虚”。废址，故址。《左传·僖公二十八年》：“晋侯登有莘之虚以观师。”

32 〔隅坐〕指处于偏坐位置。《礼记·檀弓上》：“童子隅坐而执烛。”注：“隅坐，不与成人并。”

33 〔楚王女之于臣建〕楚王之女季芊与臣下钟建结婚的故事。春秋时，楚平王死后，其子昭王立。吴犯国，攻占郢都。据《左传·定公四年》载：“（楚）王奔郧，钟建负季芊以从。”《左传·定公五年》：“王将嫁季芊，季芊辞曰：‘所以为女子，远丈夫也。钟建负我矣。’以妻钟建。”季芊，楚王女。钟建，楚大夫。此意为以楚如季芊喻仙姬下嫁。

34 〔无室〕即没有妻室。

35 〔赎帝谴〕谓向上帝赎罪。谴，罪罚。

36 〔势不能员圆委曲，以每其生〕谓不能委曲以贪生。员圆，无棱角，圆滑。《后汉书·孔融传论》：“岂有员圆委屈，可以每其哉！”李贤注：“‘圆’即‘刓’字，音五丸反。《前书音义》曰：‘刓谓刓团无棱角也。’每，贪也。言宁正直以倾覆、摧折，不能委曲以贪生也。”

37 〔宜男相〕谓其骨相能生男孩子。

38 〔业多〕指多子。业，佛家语，此指恶业。谓婢女情欲未断，为人生子。

秦桧

青州冯中堂[1]家，杀一豕，焊[2]去毛鬣，肉内有字云："秦桧[3]七世身。"烹而啖之，其肉臭恶，因而弃之，投诸犬。呜呼！桧之肉，犬亦不当食之矣！

闻益都人言：中堂之祖，前身在宋朝为桧所害，故生平最敬武穆王[4]。特于青州城北通衢旁建岳王殿，秦桧、万俟卨[5]伏跪地下。往来行人瞻礼岳王，则投石桧、卨，香火不绝。后大兵征于七[6]之年，冯氏子孙毁岳王像。数里外，有俗祠"子孙娘娘"，因舁桧、卨其中，使朝跪焉。百世下，必有杜十姨、伍髭须[7]之误，甚可笑也。

又青州城内，旧有澹台子羽[8]祠。当魏珰[9]烜赫时，世家中有媚之者，就子羽毁冠去须，改作魏监。此亦骇人听闻者也。

校注

1 〔冯中堂〕冯溥，字孔博，山东临朐（今山东省临朐县）人。临朐，清隶青州府。清顺治四年丁亥（1647）进士，官至文华殿大学士。

2 〔焊（qián 潜）〕杀牲后用热水去毛。

3 〔秦桧〕字会之，宋江宁（今南京市）人。政和进士。北宋末年任御史中丞，南宋绍兴年间任参知政事，右相兼知枢密院事。为南宋王朝的投降派代表，力主与金议和，为宋高宗所宠信。杀死抗金英雄岳飞，排斥抗金派张浚、赵鼎等，将抗金派诛锄殆尽，故成为历史的罪人。

4 〔武穆王〕岳飞，字鹏举，相州汤阴（今河南省汤阴县）人。南宋抗金民族英雄。绍兴十一年（1141），被秦桧以"莫须有"的罪名杀害。宋孝宗时诏复原官，谥武穆，宋宁宗时追封鄂王，世称"岳武穆"。

5 〔万俟卨（mòqíxiè 莫奇谢）〕万俟，为复姓。万俟卨，字元忠，开封阳武（今河南省原阳县）人。南宋任监察御史、右正言，绍兴十一年（1141）秉承秦桧旨意治岳飞狱，捏造罪名，杀害岳飞父子和张宪。

6 〔大兵征于七〕大兵，此指清兵。于七，为清初抗清义军首领，山东栖霞人。详见卷二《公孙九娘》注。

7 〔杜十姨、伍髭须〕杜十姨，即杜拾遗（杜甫任拾遗之职）之讹。伍髭须，即伍子胥音之讹。俞琰《席上腐谈》："温州有土地杜十姨无夫，五撮须相公无妇。州人迎杜十姨以配五撮须，合为一庙。杜十姨为谁？乃杜拾遗也。五撮须为谁？乃伍子胥也。"

8 〔澹台子羽〕复姓澹台，名灭明，字子羽，春秋鲁国武城（今山东武城县）人，孔子弟子。因状貌甚恶，不为孔子所重。南游至江，从弟子三百人，设取予去就，名施于诸侯。孔子闻之曰："以貌取人，失之子羽。"见《论语·雍也》及

《史记 · 仲尼弟子列传》。按:《明史 · 阉党传》:“巡抚杨邦宪建祠南昌，毁周程三贤祠，益其地，鬻澹台灭明祠，曳其像碎之。”又周亮工《因树屋书影》四:“天启末，豫章两台改灭明祠祠珰。”查《青州府志》青州城内无澹台灭明祠，即有其祠并有其事，周亮工曾官青州道，何以言南昌而不言青州。可知“改澹台灭明祠祠珰”之事，发生在江西南昌而非山东青州。而且是“曳其像碎之”，亦非“毁冠去须，改作魏监”。《聊斋志异》所云，谅系传闻失实。

9 〔魏珰〕珰，汉代宦官充武职的冠饰。故称宦官为珰。魏珰指魏忠贤（1568-1627），明宦官，肃宁人。熹宗时为司礼秉笔太监，勾结熹宗乳母客氏，专断朝政，屡兴大狱，杀害熊迁弼、杨涟、左光斗等人，自称九千岁。崇祯帝即位，黜职，安置凤阳。旋命逮治，途中自缢死。魏监生祠之建，始于浙江巡抚潘汝桢，自是各省效尤，几遍全国。每一祠之费，多至数十万，少者数万，剥民财，侵公帑，伐树木无算。见《明史 · 宦官传》。

房文淑

开封[1]邓成德，游学至兖州[2]界，寓败寺中，佣为造齿籍者[3]缮写。岁暮，僚役各归其家，邓独爨其中。黎旦，有少妇叩门而入，艳绝，至佛前焚香叩拜而去。次日，又如之。至夜，邓起挑灯，适有所作，女至益早。邓曰："来何早也？"女曰："明则人杂，故不如夜。太早，又恐扰君清睡。适望见灯光，知君已起，故至耳。"生戏曰："寺中无人，寄宿可免奔波。"女哂曰："寺中无人，君是鬼耶？"邓见其可狎，俟其拜毕，曳坐求欢。女曰："佛前岂可作此。身无片椽[4]，尚作妄想！"邓固求不已。女曰："去此三十里某村，有六七童子，延师未就。君往访李前川，可以得之。托言携有家室，令别给一舍，妾便为君执炊，此长久之计也。"邓虑事发获罪。女曰："无妨。妾房氏，小名文淑，并无亲属，恒终岁寄居舅家，有谁知之。"邓喜。即别女，即至某村，谒见李前川，谋果遂。约岁前[5]即携家至。既反，早旦告女。女约候于途中。邓告别同党，借骑而去。女果待于半途，乃下骑以辔授女，御之而行。至斋所，相得甚欢。积六七年，居然琴瑟，并无追逋逃者[6]。女忽举一子。邓以妻不育，得之甚喜，名曰“究生”。女曰：“伪配终难作真，妾将辞君而去，又生此累人物何为！”邓曰：“命好，倘得余钱，拟与卿遁归乡里，何出此言？”女曰：“多谢，多谢！我不能胁肩谄笑[7]，仰大妇眉睫[8]，为人作乳媪，呱呱者难堪[9]也！”邓代妻明不妒，女亦不言。月余，邓解馆[10]，谋与前川子同出经商。告女曰：“我思先生设帐，必无富有之理。今学负贩，庶有归时。”女亦不答。至夜，女忽抱子起。邓问：“何作？”女曰：“妾欲去。”邓急起，追问之，家门未启，而女已杳。骇极，始悟其非人也。邓以形迹可疑，故亦不敢告人，托之归宁而已。

初，邓离家，与妻娄约，年终必返；既而数年无音，传其已死。兄以其无子，欲改醮之。娄更以三年为期，日惟块然一室，以纺绩自力。一日，既暮，往扃外户，一女子掩入，怀中绷儿[11]，曰：“自母家归，适晚。知姊独居，故求寄宿耳。”娄内之。至房中，视之，二十余丽者也。喜与共榻，同弄其儿，儿白如瓠。叹曰：“未亡人[12]遂无此物！”女曰：“我正嫌其累人，即嗣为姊后，何如？”娄曰：“无论娘子不忍割爱；即忍之，妾亦无乳能活之也。”女曰：“此即何难。当生儿时，患无乳，饮药半剂而效。今余药犹存，即以奉赠。”遂出一裹，置窗间。娄漫应之，未遽怪也。既寝，醒而呼之，则儿在而女已启关去矣。骇极，日向辰[13]，儿啼饥。娄不得已，饵其药，移时湩流[14]，遂哺儿。积年余，儿益丰肥，渐学语言，爱之不啻己出。由是再醮之心以绝。但早起抱子，不能躬操作，谋衣食益窘。

一日，女忽至。娄恐其索儿，先问其不谋而去之罪，后叙其鞠养之苦。女笑曰："姊告诉艰难，我遂置儿不索耶？"遂招儿。儿啼入娄怀。女曰："犊子不认其母矣！此百金不能易，可将金来，署立券保[15]。"娄以为真，颜作赧。女笑曰："姊勿惧，妾来正为儿也。别后虑姊无豢养之资，因多方措十余金来。"乃出金授娄。娄恐其过此以往，索儿有词，坚却不受。女置床上，出门径去。娄抱子出追，其去已远，呼之亦不顾。犹疑其意恶。然得金少权子母，家以饶足。

又三年，邓以贾有赢余，治装归。方共慰藉，睹儿，问谁氏子。妻告以故。问："何名？"曰："渠母呼之兖生，遂仍其旧。"惊曰："此真吾子也！"问其时日，即夜别之日。邓乃历述与房文淑离合之情，益共欣慰。冀女犹至，而终渺矣。

校注

1 〔开封〕府名。治所在今河南省开封市。

2 〔兖州〕府名。治所在今山东省兖州市。

3 〔造齿籍者〕编造户口名册的人。

4 〔身无片椽〕意同“身无片瓦”。指居无房屋。椽，房梁上撑瓦的木条。

5 〔岁前〕即除夕之前。

6 〔逋逃者〕谓逃亡之人。此指逃妇。

7 〔胁肩谄笑〕缩起肩膀，假装笑脸，形容谄媚逢迎。《孟子·滕文公下》：“胁肩谄笑，病于夏畦。”

8 〔仰大妇眉睫〕此谓仰脸看大妇的脸色。仰眉睫，看人脸色。《魏书·崔亮传》：“弟妹饥寒，岂可独饱？自可观书于市，安能看人眉睫乎？”

9 〔堪〕据二十四卷本，原抄本作“甚”。

10 〔解馆〕辞馆。

11 〔绷儿〕谓布包着婴儿。绷，束负婴儿的布幅。详见卷一《婴宁》注。

12 〔未亡人〕旧时称寡妇或寡妇自称。详见卷二《雷曹》注。

13 〔辰〕指辰刻，上午七时至九时。

14 〔湩（dòng 动）流〕奶下。湩，乳汁。唐李肇《国史补》上：“元鲁山（德秀）自乳兄子，数日，两乳湩流，兄子能食，其乳方止。”

15 〔券保〕字据。

博兴女

博兴[1]民王某，有女及笄[2]。势豪[3]某窥其姿，伺女出，掠去，无知者。至家逼淫，女号嘶撑拒，某缢杀之。门外故有深渊[4]，遂以石系尸，沉诸其中。王觅女不得，计无所施。天忽雨，雷电绕其家，霹雳大作，龙下攫某首而去。未几，天晴，渊中女尸浮出，一手捉人头，审视，则豪某也。官知，鞫其家人，始得其情。龙其女之所化与？何以能然也？奇哉！

校注

1 〔博兴〕县名。今山东省博兴县。

2 〔及笄（jī 基）〕指女子成人，到了出嫁的年龄。详见卷一《青凤》注。

3 〔势豪〕有权势的土豪。

4 〔深渊〕深水潭。

浙东生

浙东生[1]房某，客于陕[2]，贫不能归，教授生徒[3]。尝以胆力自诩。一夜，裸卧，忽有毛物从空堕下，击胸有声；觉大如犬，气咻咻然，四足挠动。大惧，欲起。物以两足扑倒之，恐极而毙。经一时许，觉有人以尖物穿鼻，大嚏[4]，乃苏。见室中灯火荧煌，床边坐一美人，笑曰："好男子！胆气固如此耶！"生知为狐，益惧。妇渐与狎戏，胆始放，遂共款昵。积半年，如琴瑟之好。

女一日卧床头，生潜以猎网蒙之。女醒，不敢动，但哀之。生但笑不前。女忽化白气自床下出，恚曰："终非好相识！可送我去。"以手曳之，身不觉自行。出门，凌空翕飞[5]。食顷，女释手，生晕然坠落。适世家园中有虎阱[6]，揉木为圈，绳作网，以覆其口。生堕网上，网为之侧；以腹受网[7]，身半倒悬。下视，虎蹲阱中，仰见卧人，跃上，近不盈咫，心胆俱碎。园丁来饲虎，见而怪之。扶下，已死；移时，始渐苏，备言其故。其地为浙界，离家止四百余里矣。告之主人，赠以资而遣之。尝告人曰：

浙東生
客窗有美
伴凄其欲
返家園未有
期為附一鸞
遇纖網得
歸轉覺是
便宜

“虽经两死，然非狐不能归也。”

校注

1　〔浙东生〕谓浙东一带一生员。
2　〔陕〕当为今陕西地区。
3　〔生徒〕学生。
4　〔嚏（tì替）〕指打喷嚏。
5　〔翕（xī昔）飞〕言两人一块飞行于空中。
6　〔虎阱〕捕老虎的陷阱。
7　〔以腹受网〕谓趴在网上。

单父宰

青州民某，五旬余，继娶少妇。二子恐其复育，乘父醉，潜割睾丸而药糁之[1]。父觉，托病不言。久之，创渐平。忽入室，刀缝绽裂，血溢不止，寻[2]毙。妻知其故，讼于官。官械其子，果伏。骇曰："余今为'单父宰[3]'矣！"并诛之。

邑有王生者，娶月余而出其妻。妻父讼之。时辛公宰淄[4]，问王："何故出妻？"答云："不可说。"固诘之，曰："以其不能产育耳。"公曰："妄哉！月余新妇，何知不产？"忸怩久之，告曰："其阴甚偏。"公笑曰："是则偏之为害，而家之所以不齐[5]也。"此可与"单父宰"并传。一笑。

校注

1 〔药糁（sǎn 伞）之〕撒上药末。糁，粉末。

2 〔寻〕不久。

3 〔单（shàn 善）父宰〕单父，春秋时鲁国邑名，明清为单县地，属山东兖州府，故址在今山东单县南。宰，春秋时采邑的长官。孔子弟子宓不齐曾为单父宰，见《史记·仲尼弟子列传》。阉割雄性牲畜称为“骟”，骟单同音，单父谐音为“骟父”。又杀牲为“宰”，故曰“单父宰”。

4 〔辛公宰淄〕辛民，字先民，直隶大兴举人。顺治元年（1644）任淄川知县。《山东通志》称其“务与民休息，奖拔寒士，分俸佐其膏火”。三年擢西安府同知。挂冠后，改名霜翊，字严公，放迹山水，著诗文自娱。

5 〔家之所以不齐〕言“家不齐”，谓家政不修，夫妻不和。《礼记·大学》：“欲治其国者，先齐其家；欲齐其家者，先修其身。”

一员官

济南同知[1]吴公，刚正不徇[2]。时有陋规，凡贪墨[3]者，亏空犯赃罪，上官辄庇之，以赃分摊属僚[4]，无敢梗者。以命公，不受；强之不得，怒加叱骂。公亦恶声还报之，曰："某官虽微，亦受君命。可以参处[5]，不可以骂詈也！要死便死，不能损朝廷之禄，代人上枉法赃[6]耳！"上官乃改颜温慰之。人皆言斯世不可以行直道；人自无直道耳，何反咎斯世之不可行哉！会高苑[7]有穆清怀者，狐附之，辄慷慨与人谈论，音响在座上，但不睹其人。适至郡[8]，宾客谈次，或诘之曰："仙固无不知，请问郡中官共几员？"应声答曰："一员。"共笑之。复诘其故，曰："通郡官僚虽七十有二，其实可称为官者，吴同知一人而已。"

是时泰安知州张公者[9]，人以其木强[10]，号之"橛子"。凡贵官大僚登岱者，夫马兜舆[11]之类，需索烦多，州民苦于供亿[12]。公一切罢之。或索羊豕，公曰："我即一羊也，一豕也，请杀之以犒驺从[13]。"大僚亦无奈之。

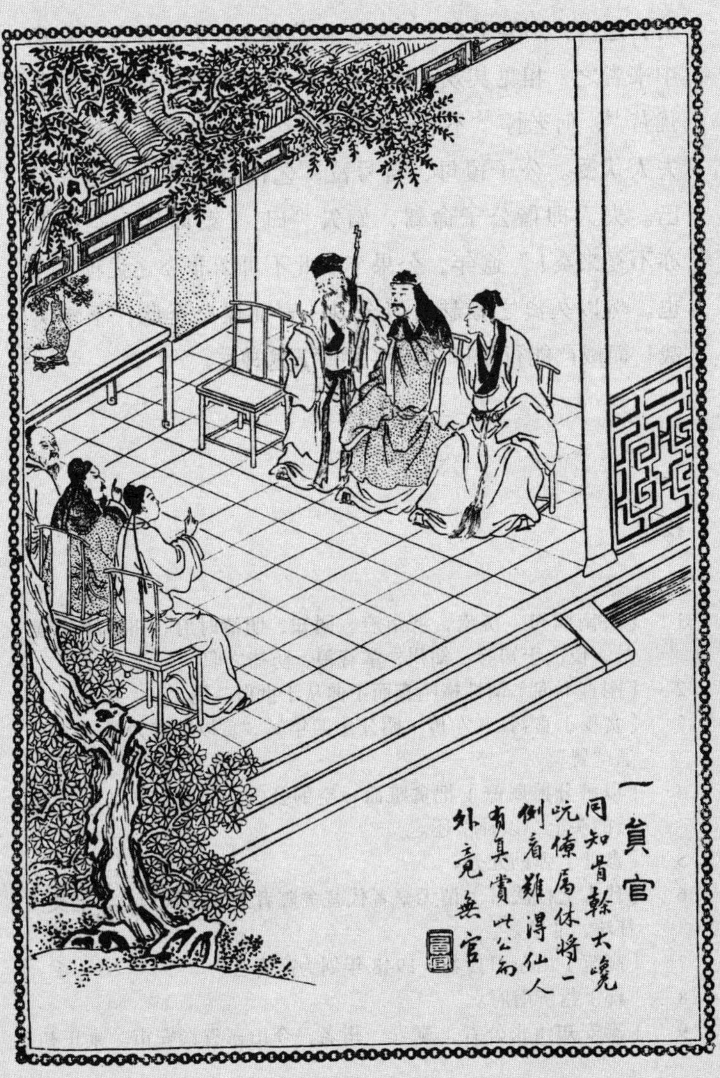
一貞官
同知骨幹太嶢
屹僚屬休將一
例看難得仙人
有真賞此公而
外竟無官

公自远宦，别妻子者十二年。初莅泰安，夫人及公子自都中来省之，相见甚欢。逾六七日，夫人从容曰：“君尘甑犹昔[14]，何老悖[15]不念子孙耶？”公怒，大骂，呼杖，逼夫人伏受。公子覆母，自号泣，乞代。公横施挞楚，乃已。夫人即偕公子命驾，妇矢[16]曰：“渠即死于是，吾亦不复来矣！”逾年，公果卒。此不可谓非今之强项令[17]也。然以久离之琴瑟，何至以一言而燥怒至此，不情矣哉！而威严能行于床笫，事更奇于鬼神矣。

校注

1　〔济南同知〕济南，济南府。同知，明清时府、州、厅的官员，位次于知府、知州，掌管粮、防捕之职。
2　〔刚直不徇〕谓性格刚直而不曲从于世俗。徇，从，曲从。
3　〔贪墨〕贪污。《左传·昭公十四年》：“贪以败官为墨。”墨，通“冒”。
4　〔以赃分摊属僚〕把贪赃而亏空的公款，分摊到下之府属官员的头上，以补偿还。
5　〔参处〕弹劾处分。
6　〔代人上枉法赃〕谓无辜者代替贪赃者上交赃款。上，上交。枉法，非法。
7　〔高苑〕山东旧县名。1948 年划为高青县。
8　〔郡〕指济南府。
9　〔泰安知州张公者〕泰安，州名，今山东省泰安市。雍正初年改泰安州为府。明清有直隶州和散州之别，直隶州知州地位稍低于知府，散州知州与知县无别。泰安州清初为直隶州。张公，据《重修泰安县志》卷六“官吏志”载：张迎方，湖北应城县人，进士，康熙二十一年（1682）至泰安州。事必公心，不力呼胥役，偶有误，即追悔，自批其颊。二十八年（1689），圣祖南巡，迎方恪体帝意，清宫除道外，丝毫不以扰民，数载卒于官。室无长物，惟图籍数笥。泰安城西门外城上有“三公祠”，即祭祀包公、张迎方、付镇邦者。

10 〔木强〕质朴而倔强。《史记·绛侯周勃世家》：“勃为人木强敦厚，高帝以为可属大事。”

11 〔兜舆〕山轿，俗称“滑竿”。

12 〔供亿〕按需要而供给。唐刘禹锡《谢贷钱物表》：“经费所资，数盈钜万；馈饷时久，供亿力殚。”

13 〔驺从〕指旧时达官贵人出行时，前后的骑卒侍从。

14 〔尘甑（zèng 赠）犹昔〕清贫如昔。尘甑，谓厨中的炊具布满灰尘，比喻清贫，无米下锅。甑，古代陶制炊器。《后汉书·范冉传》：“范冉，字史云。桓帝时为莱芜长，遭母忧不到官，所止单陋，有时绝粒，穷苦自乐，言语无改。闾里歌之曰：‘甑中生尘范史云，釜中生鱼范莱芜。’”

15 〔老悖（bèi 备）〕年老昏愦。《汉书·疏广传》：“吾岂老悖不念子孙哉？顾自有旧田庐，令子孙尽力其中，足以共衣食，与凡人齐。今复增益之，以为赢余，但教子孙怠惰耳。”悖，昏惑、糊涂。

16 〔矢〕通“誓”。

17 〔强项令〕谓性格倔强，不肯向人低头的县令。详见卷一《席方平》“强项”注。

邑人

邑有乡人，素行无赖。一日，晨起，有二人摄之去。至市头，见屠人以半猪悬架上，二人便极力推挤之，遂觉身与肉合，二人亦径去。少间，屠人卖肉，操刀断割，遂觉一刀一痛，彻于骨髓。后有邻翁来市肉，苦争低昂[1]，添脂搭肉，片片碎割，其苦更惨。肉尽，乃寻途归；归时，日已向辰[2]。家人谓其晏起[3]，乃细述所遭。呼邻问之，则市肉方归，言其片数、斤数，毫发不爽。崇朝[4]之间，已受凌迟[5]一度，不亦奇哉！

校注

1　〔苦争低昂〕谓力争秤的高低。

2　〔向辰〕接近辰时。辰时，当在早七点至九点。

3　〔晏起〕晚起。晏，晚。

4　〔崇朝（zhāo 招）〕终朝。从天亮到早饭的一段时间。《诗经·卫风·河广》："谁谓宋远，曾不崇朝。"崇，终尽。

5　〔凌迟〕旧时酷刑。俗谓零刀碎剐。详见卷一《续黄粱》注。

于中丞

于中丞成龙[1]，按部至高邮[2]，适巨绅家将嫁女，装奁甚富，夜被穿窬[3]席卷而去。刺史[4]无术。公令诸门尽闭，止留一门放行人出入，吏目[5]守之，严搜装载。又出示，谕阖城户口各归第宅，候次日查点搜掘，务得赃物所在。乃阳嘱吏目：设有城门中出入至再者，捉之。过午得二人，一身之外，并无行装。公曰："此真盗也。"二人诡辨不已。公令解衣搜之，见袍服内着女衣二袭[6]，皆奁中物也。盖恐次日大搜，急于移置，而物多难携，故密着而屡出之也。

又公为宰[7]时，至邻邑。早旦，经郭外，见二人以床舁病人，覆大被；枕上露发，发上簪凤钗一股，侧眠床上。有三四健男夹随之，时更番[8]以手拥被，令压身底，似恐风入。少顷，息肩路侧，又使二人更相为荷。于公过，遣隶回问之，云是妹子垂危，将送归夫家，公行二三里，又遣隶回，视其所入何村。隶尾之，至一村舍，两男子迎之而入。还以白公。公谓其邑宰："城中得无有劫寇[9]

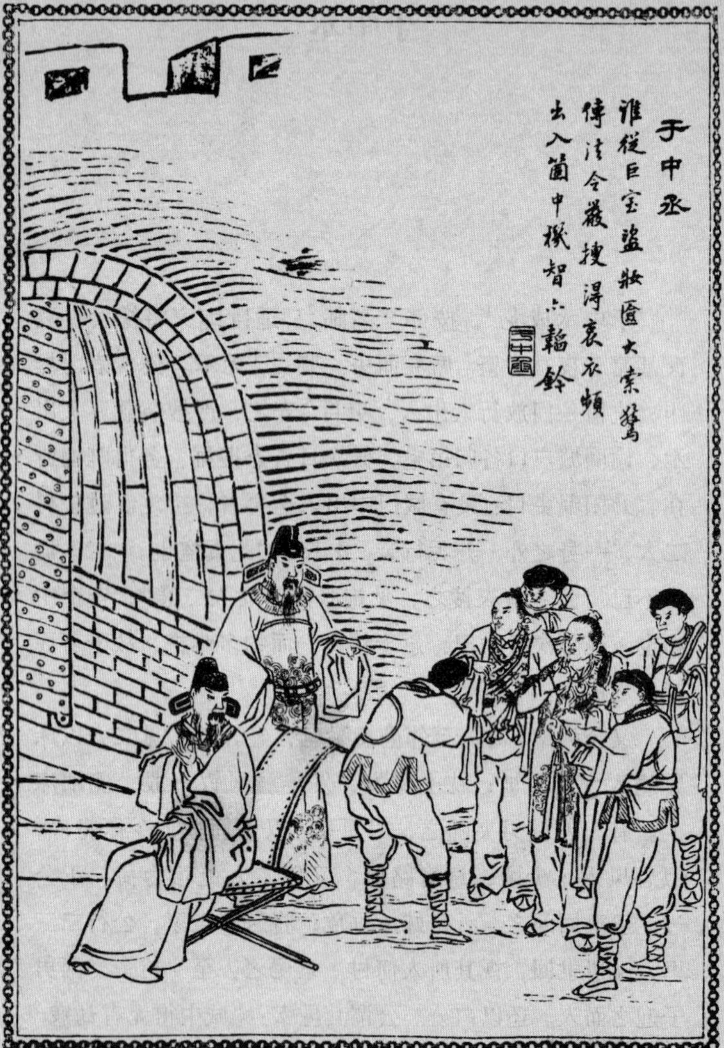
于中丞
誰從巨室盜粧匳大索驚
傳法令嚴搜得衰衣頻
出入箇中機智亦韜鈐

于中
丞二
斷獄無冤
閱歷深祇
須當局肯留
心送迎步婦
皆男子何況
頻揀手入衾

否？”宰曰：“无之。”时功令[10]严，上下讳盗，故即被贼劫杀，亦隐忍而不敢言。公就馆舍[11]，嘱家人细访之，果有富室被强寇入家，炮烙而死。公唤其子来，诘其状。子固不承。公曰：“我已代捕巨寇在此，非有他也。”子乃顿首哀泣，求为死者雪恨。公叩关[12]往见邑宰，差健役四鼓离城，直至村舍，捕得八人，一鞫尽伏其罪。诘其病妇何人，盗供：“是夜同在勾栏[13]，故与妓女合谋，置金床上，令抱卧至窝处[14]始瓜分耳。”共服于公之神。或问所以能知之故，公曰：“此甚易解，但人不关心耳，岂有少妇在床，而容入手衾底者？且易肩[15]而行，其势甚重；交手护之，则知其中之有物矣。若病妇昏愦而至，必有妇人倚门而迎；止见男子，并不惊问一言，是以确知为盗也。”

校注

1　〔于中丞成龙〕于成龙（1617–1684），字北溟，山西永宁（今离石市）人。明崇祯间副贡生。顺治十八年（1661），授广西罗成知县。康熙六年（1667），任四川合州知州，继任武昌、黄州知府。康熙十七年（1678）擢福建按察使，十九年（1680）迁直隶巡抚，康熙帝亲自召见，誉为“清官第一”。次年，授两江总督。康熙二十三年（1684）兼摄江苏、安徽两省巡抚事，未几，卒于官。谥清端，加赠太子太保。《清史稿》卷二七七有传。

2 〔按部至高邮〕按部，巡视部属。高邮，明清时州名，属扬州府，州治在今之江苏省高邮县。

3 〔穿窬（yú 愚）〕穿壁逾墙。指偷窃。《论语·阳货》：“色厉而内荏，譬诸小人，其犹穿窬之盗也与？”朱熹集注：“穿，穿壁。窬，逾墙。”

4 〔刺史〕知州的别称。详见卷一《祝翁》注。

5 〔吏目〕官名。明清直隶州及散州知州的属官，主管刑狱缉捕等。

6 〔二袭〕两身。袭，衣服成套曰“袭”。《史记·赵世家》：“赐相国衣二袭。”裴骃集解：“单复具为一袭。”

7 〔宰〕知县。此为顺治十七年（1661）于成龙任职广西罗城知县事。

8 〔更番〕谓轮换。

9 〔劫寇〕指被寇盗劫失之事。

10 〔功令〕指国家考核和选用学官的法令。详见卷三《盗户》注。功，从二十四卷本，原抄本作“公”。

11 〔馆舍〕此指驿馆。

12 〔叩关〕敲门。关，门。《楚辞·离骚》：“吾令弟阍开关兮，倚阊阖而望予。”

13 〔勾栏〕妓院。勾，从二十四卷本，原抄本作“构”。

14 〔窝处〕指窝赃之所。

15 〔易肩〕指换肩或替换人扛抬。

孙必振

孙必振[1]渡江，值大风雷，舟船荡摇，同舟大恐。忽见金甲神[2]立云中，手持金字牌下示；诸人共仰视之，上书“孙必振”三字，甚真。众谓孙：“必汝有犯天谴[3]，请自为一舟，勿相累。”孙尚无言，众不待其肯可，视旁有小舟，共推置其上。孙既登舟，回首，则前舟覆矣。

校注

1 〔孙必振〕字孟起，山东省诸城县人。顺治十六年（1659）进士，康熙三年（1664）授河南怀庆府（治所在今河南沁阳县）推官。监兑漕粮，却镇吏以例金二千陋俗，令民于济水发源地开田千亩。康熙八年（1669）改补陵川知县。康熙十六年（1677）授河南道试御史。后视浙江盐政。迁掌河南道。三藩平后，劾李师膺混厕囚浮，冒滥今职。后以病归，卒于家。见《诸城县志》“选举”上。

2 〔金甲神〕即“金刚力士”，省称“金刚”。佛之侍从力士。也称密迹金刚或执杖药叉。南朝梁宗懔《荆楚岁时记》“十二月八日为腊日”下“金刚力士”原注：“金刚力士，世谓佛家之神。”金甲，谓金饰的铠甲。

3 〔天谴〕上天的惩罚。详见卷一《蛇人》注。

凤 仙

刘赤水，平乐[1]人，少颖秀[2]。十五入郡庠。父母早亡，遂以游荡自废[3]。家不中资，而性好修饰，衾榻皆精美。一夕，被人招饮，忘灭烛而去。酒数行，始忆之，急返。闻室中小语，伏窥之，见少年拥丽者眠榻上。宅临贵家废地，恒多怪异，心知其狐，即亦不恐，入而叱曰："卧榻岂容鼾睡[4]！"二人遑遽，抱衣赤身遁去。遗紫纨裤一，带上系针囊。大悦，恐其窃去，藏衾中而抱之。俄一蓬头婢自门罅[5]入，向刘索取。刘笑要偿[6]。婢请遗以酒，不应；赠以金，又不应。婢笑而去。旋返曰："大姑言：'如赐还，当以佳偶为报。'"刘问："伊谁？"曰："吾家皮姓，大姑小字八仙，共卧者胡郎也；二姑水仙，适富川[7]丁官人；三姑凤仙，较两姑尤美，自无不当意者。"刘恐失信，请坐待好音。婢去久之，复返曰："大姑寄语官人：好事岂能猝合？适与之言，反遭诟厉；但缓时日以待之，吾家非轻诺寡信[8]者。"刘付之。过数日，渺无信息。

薄暮，自外归，闭门甫坐，忽双扉自启，两人以被承女郎，手捉四角而入，曰："送新人至矣！"笑置榻上而去。近视之，酣睡未醒，酒气犹芳，赪颜醉态，倾绝人寰。喜极，为之捉足解袜，抱体缓裳。而女已微醒，开目见刘，四肢不能自主，但恨曰："八仙淫婢卖我矣！"刘狎抱之。女嫌肤冰，微笑曰："今夕何夕，见此凉人[9]！"刘曰："子兮子兮，如此凉人何！"遂相欢爱。既而曰："婢子无耻，玷人床寝，而以妾换裤耶！必小报之！"从此靡夕不至，绸缪甚殷。袖中出金钏一枚，曰："此八仙物也。"又数日，怀绣履一双来，珠嵌金绣，工巧殊绝，且嘱刘暴扬[10]之。刘出夸示亲宾，求观者皆以资酒为贽[11]，由此奇货居之[12]。女夜来，作别语。怪问之，答云："姊以履故恨妾，欲携家远去，隔绝我好。"刘惧，愿还之。女云："不必。彼方以此挟妾，如还之，中其机矣。"刘问："何不独留？"曰："父母远去，一家十余口，俱托胡郎经纪，若不从去，恐长舌妇[13]造黑白也。"从此不复至。

逾二年，思念綦切。偶在途中，遇女郎骑款段马[14]，老仆鞚之，摩肩过；反启障纱相窥，丰姿艳绝。顷，一少年后至。曰："女子何人？似颇佳丽。"刘亟赞之。少年拱手笑曰："太过奖矣！此即山荆也。"刘惶愧谢过。少年曰："此何妨。但南阳三葛，君得其龙[15]，区区者又何足道！"刘疑其言。少年曰："君不认窃眠卧榻者耶？"刘始悟为胡。叙僚婿[16]之谊，嘲谑甚欢。少年曰：“岳新归，将以省觐，可同行否？”刘喜，从入萦山。山上故有邑人避乱之宅，女下马入。少间，数人出望，曰：“刘官人亦来矣。”入门谒见翁妪。又一少年先在，靴袍炫美。翁曰：“此富川丁婿。”并揖就坐。少时，酒炙纷纶，谈笑颇洽。翁曰：“今日三婿并临，可称佳集。又无他人，可唤儿辈来，作一团圞之会。”俄，姊妹俱出。翁命设坐，各傍其婿。八仙见刘，惟掩口而笑；凤仙辄与嘲弄；水仙貌少亚，而沉重温克[17]，满座倾谈，惟把酒含笑而已。于是，履舄交错[18]，兰麝熏人，饮酒乐甚。刘视床头乐具毕备，遂取玉笛，请为翁寿。翁喜，命善者各执一艺，因而合座争取；惟丁与凤仙不取。八仙曰：“丁郎不谙可也，汝宁指屈不伸者？”因以拍板掷凤仙怀中。便串繁响[19]。翁悦曰：“家人之乐极矣！儿辈俱能歌舞，何不各尽所长？”八仙起，捉水仙曰：“凤仙从来金玉其音[20]，不敢相劳；我两人可歌‘洛妃[21]’一曲。”二人歌舞方已，适婢以金盘进果，都不知其何名。翁曰：“此自真腊[22]携来，所谓‘田婆罗[23]’也。”因掬数枚送丁前。凤仙不悦曰：“婿岂以贫富为爱憎耶？”翁微哂未言。八仙曰：“阿爹以丁郎异县，故是客耳。若论长幼，岂独凤妹妹有拳大酸婿耶？”凤仙终不快，解华妆，以鼓拍授婢，唱“破窑”一折[24]，声泪俱下。既阕[25]，拂袖径出，一座为之不欢。八仙曰：“婢子乔性[26]犹昔。”乃追之，不知所往。

刘无颜，亦辞而归。至半途，见凤仙坐路旁，呼与并坐，曰："君一丈夫，不能为床头人吐气耶？黄金屋自在书中[27]，愿好为之。"举足云："出门匆遽，棘刺破复履[28]矣。所赠物，在身边否？"刘出之。女取而易之。刘乞其敝者。辗然曰："君亦大无赖矣！几见自己衾枕之物，亦要怀藏者？如相见爱，一物可以相赠。"出一镜付之曰："欲见妾，当于书卷中觅之；不然，相见无期矣。"言已，不见。怊怅而归。视镜，则凤仙背立其中，如望去人于百步之外者。因念所嘱，谢客下帷[29]。一日，见镜中人忽现正面，盈盈欲笑，益重爱之。无人时，辄以共对。月余，锐志渐衰，游恒忘返。归见镜影，惨然若涕；隔日再视，则背立如初矣。始悟为己之废学也。乃闭户研读，昼夜不辍。月余，则影复向外。自此验之：每有事荒废，则其容戚；数日攻苦，则其容笑。于是朝夕悬之，如对师保[30]。如此二年，一举而捷。喜曰："今可以对我凤仙矣！"揽镜视之，见画黛弯长[31]，瓠犀[32]微露，喜容可掬，宛在目前。爱极，停睇不已。忽镜中人笑曰："'影里情郎，画中爱宠[33]'，今之谓矣。"惊喜四顾，则凤仙已在座后。握手问翁媪起居，曰："妾别后，不曾归家，伏处岩穴，聊与君分苦耳。"刘赴宴郡中，女请与俱；共乘而往，人对面不相窥。既而将归，阴与刘谋，伪为娶于郡也者。女即归，始出见客，经理家政。人皆惊其美，而不知其狐也。

鳳僊
僚壻身家有富貧
先鞭宜著莫因循郎
君及第歸來日第一
先酬鏡裏人

刘属富川令门人，往谒之。遇丁，殷殷邀至其家，款礼优渥，言：“岳父母近又他徙。内人归宁，将复。当寄信往，并诣申贺。”刘初疑丁亦狐，及细审邦族，始知富川大贾子也。初，丁自别业暮归，遇水仙独步，见其美，微睨之。女请附骥[34]以行。丁喜，载至斋，与同寝处。棂隙可入，始知为狐。女言：“郎勿见疑。妾以君诚笃，故愿托之。”丁嬖之，竟不复娶。刘归，假贵家广宅，备客燕寝[35]，洒扫光洁，而苦无供帐[36]；隔夜视之，则陈设焕然矣。过数日，果有三十余人，赍旗采酒礼而至，舆马缤纷，填溢阶巷。刘揖翁及丁、胡入客舍，凤仙逆妪及两姨入内寝。八仙曰：“婢子今贵，不怨冰人矣。钏履犹存否？”女搜付之，曰：“履则犹是也，而被千人看破矣。”八仙以履击背，曰：“挞汝寄于刘郎。”乃投诸火，祝曰：“新时如花开，旧时如花谢；珍重不曾着，姮娥来相借[37]。”水仙亦代祝曰：“曾经笼玉笋[38]，着出万人称；若使姮娥见，应怜太瘦生[39]。”凤仙拨灰曰：“夜夜上青天，一朝去所欢；留得纤纤影，遍与世人看。”遂以灰捻柈中，堆作十余分，望见刘来，托以赠之。但见绣履满柈，悉如故款[40]。八仙急出，推柈堕地；地上犹有一二只存者，又伏吹之，其迹始灭。次日，丁以道远，夫妇先归，八仙贪与妹戏，翁及胡屡督促之，亭午[41]始出，与众俱去。

初来，仪从过盛，观者如市。有两寇窥见丽人，魂魄丧失，因谋劫诸途。侦其离村，尾之而去。相隔不盈一尺，马极奔，不能及。至一处，两崖夹道，舆行稍缓；迫及之，持刀吼咤，人众都奔。下马启帘，则老妪坐焉。方疑误掠其母；才他顾，而兵伤右臂，顷已被缚。凝视之，崖并非崖，乃平乐城门也；舆中则李进士母，自乡中归耳。一寇后至，亦被断马足而絷之。门丁执送太守，一讯而伏。时有大盗未获，诘之，即其人也。明春，刘及第。凤仙以招祸故，悉辞内戚之贺。刘亦更不他娶。及为郎官[42]，纳妾，生二子。

异史氏曰："嗟乎！冷暖之态，仙凡固无殊哉！'少不努力，老大徒伤[43]。'惜无好胜佳人，作镜影悲笑耳。吾愿恒河沙数[44]仙人，并遣娇女婚嫁人间，则贫穷海中，少苦众生矣。"

校注

1 〔平乐〕旧县名。三国时置。明清为平乐府治。治所在今广西壮族自治区东部平乐县。

2 〔颖秀〕聪明秀雅。晋陆云《吴故丞相陆公诔序》："颖秀崇华，景逸扶桑。"

3 〔自废〕谓自己废弃，不求上进。

4 〔卧榻岂容鼾睡〕宋岳珂《桯史》一《徐铉入聘》："王师征

包茅于（李）煜，骑省（徐铉）复将命请缓师，其言累千言，上（宋太祖）谕之曰：‘不须多言，江南亦何罪？但天下一家，卧榻之侧，岂容他人鼾睡耶？’”用是典。

5 〔门罅（xià 夏）〕门缝。罅，容器的裂缝。

6 〔要（yāo 腰）偿〕谓要挟报偿。

7 〔富川〕县名。汉置。清属平乐府。治所在今广西壮族自治区平乐县。

8 〔轻诺寡信〕轻以许诺，不守信用。《老子》第六十三章：“夫轻诺必寡信，多易必多难。”

9 〔今夕何夕，见此凉人〕《诗经·唐风·绸缪》：“绸缪束薪，三星在天。今夕何夕，见此良人。子兮子兮，如此良人何！”按：这是一首欢庆新婚的诗。“凉”与“良”谐音，故以此相戏。

10 〔暴（pù 铺）扬〕泄暴宣扬。《汉书·翟方进传》：“（陈庆）又暴扬尚书事，言迟疾无所任，亏损圣德之聪命，奉诏不谨，皆不敬。”

11 〔贽（zhì 质）〕古代初次拜见人时所送的礼物。

12 〔奇货居之〕即“奇货可居”。详见卷一《酒友》注。

13 〔长舌妇〕谓好多说闲话的妇女。详见卷四《二商》注。

14 〔款段马〕缓慢之行的马。款段，马行缓貌。详见卷一《瞳人语》注。

15 〔南阳三葛，君得其龙〕谓皮氏三姊妹，你得到最美的一位。南阳三葛，指三国时期，诸葛亮、诸葛瑾、诸葛诞兄弟三人。《世说新语·品藻》：“诸葛瑾弟亮及从弟诞，并有盛名，各在一国。于时以为蜀得其龙，吴得其虎，魏得其狗。”南阳，郡名，治所在今之河南省南阳市。相传诸葛亮曾躬耕南阳，世称“卧龙”先生。龙，此谓杰出者。

16 〔僚婿〕姊妹之夫互称。俗称“连襟”。《尔雅·释亲》：“两婿相谓之亚。”注：“今江东人呼同门为僚婿。”

17 〔温克〕饮酒后能自制，保持温和恭敬的态度。《诗经·小雅·小宛》：“人之齐圣，饮酒温克。”笺：“中正通知之人，饮酒虽醉，犹能温藉自持以胜。”

18 〔履舄（xì 戏）交错〕履、舄皆为鞋子。此形容男女杂坐，宾客众多。详见卷一《凤阳士人》注。

19 〔便串繁响〕就串演一合奏曲。串，串演。繁响，谓诸般乐器，一齐奏响，即合奏。

20 〔金玉其音〕此谓不轻易歌唱。《诗经·小雅·白驹》：“毋金玉尔音，而有遐心。”

21 〔洛妃〕戏曲名。曹植作《洛神赋》，明朝汪道昆改编为杂剧《洛神记》，又名《洛水悲》。洛妃，指传说中洛水女神洛嫔。

22 〔真腊〕古国名，即今之柬埔寨。汉称扶南，隋唐称真腊，明万历以后称柬埔寨。参见《明史·真腊国》。

23 〔田婆罗〕应为“婆田罗”。果名，产于真腊（今柬埔寨）。《北史·真腊传》：“婆田罗，花、叶、实并似枣而小异。”即今称波罗蜜者。

24 〔“破窑”〕戏曲名。宋叶梦得《避暑录话》：“吕文穆公（蒙正）父，龟图与其母不相能，并文穆逐之龙门山利涉院，僧识其为贵人，延致山间，为凿山岩为龛以居之。文穆居其间九年，既登第，携其母以见龟图，虽许纳之，终不与相见。”元人《吕蒙正风雪破窑记》杂剧，就此事铺陈敷演，写富家女刘月娥抛彩球择婿，击中穷书生吕蒙正，被父亲逐出，夫妻同在破窑中受苦。最后吕蒙正中状元，父女和好。一折：杂剧一出叫一折，每折同一宫调的曲牌，一韵到底。

25 〔阕〕曲终。

26 〔乔性〕乔，淄川方言，古怪、特别的意思。乔性，即脾气古怪。俚曲《翻魇殃》一：“仇大姐性子乔，事儿不值个破瓢，开口就合爹娘闹。”

27 〔黄金屋自在书中〕意谓读书考中就能做官，就能住上广堂大厦。语出宋真宗《劝学篇》：“安居不用架高堂，书中自有黄金屋。”

28 〔复履〕即旧时妇女所着软底套鞋，亦称“睡鞋”。详见卷一《凤阳士人》注。

29 〔下帷〕即闭门读书。

30 〔师保〕古代负责教导贵族子弟的官员。有师有保，统称“师保”。《礼记·文王世子》：“入则有保，出则有师，是以教喻而德成也。师也者，教之以事，而喻诸德也；保也者，慎其身以辅翼之，而归诸道者也。”《汉书·霍光传赞》：“拥招立宣，光为师保。”这里是老师的意思。

31 〔画黛弯长〕指妇女的眉毛，如柳叶细长。黛，是古代妇女画眉的一种青色颜料。

32 〔瓠犀〕瓠，葫芦。瓠犀，葫芦子。比喻美人的牙齿洁白整齐。《诗经·卫风·硕人》：“齿如瓠犀，螓首蛾眉。”

33 〔“影里情郎，画中爱宠”〕语出元王实甫《西厢记》第二本第四折《越调·鹌鹑》：折中写崔莺莺怀念张生，她说：“他做了个影里的情郎，我做了个画儿里的爱宠。”

34 〔附骥〕《史记·伯夷列传》：“伯夷、叔齐虽贤，得夫子而名益彰；颜渊虽笃学，附骥尾而行益显。”索隐：“苍蝇附骥尾而致千里，以譬颜回因孔子而名彰也。”为参加他人召集的集会的谦词。后谓依附别人以成名的谦词。此谓跟随之意。

35 〔燕寝〕古代帝王休息安寝的所在称燕寝，此指居息，居住。

36 〔供帐〕供具陈设。详见卷二《潍水狐》注。

37 〔珍重不曾着，姮娥来相借〕李商隐《袜》诗：“尝闻宓妃藏，渡水欲生尘。好借姮娥著，清秋踏月轮。”又晁补之《蝶恋花·咏鞋》：“试问更谁如样脚，除非借与姮娥著。”此二句诗，即借用此意。姮娥，即月中嫦娥。

38 〔玉笋〕旧称女子的足。杜牧《咏袜》：“钿尺裁量减四分，纤纤玉笋裹轻云。”

39 〔太瘦生〕意谓太过于窄小。生，语助词。孟启《本事诗·高逸》李白戏赠杜甫：“借问别来太瘦生，总为从前作诗苦。”

40 〔故款〕原先的样式。款，款式。

41 〔亭午〕中午。

42 〔郎官〕东汉以后，以尚书台为朝廷政务中枢，分曹任事者为尚书郎，后世遂以侍郎、郎中、员外郎等为各部郎官之称。

43 〔少不努力，老大徒伤〕古乐府《长歌行》“少壮不努力，老大徒伤悲”的省语。徒，空。

44 〔恒河沙数〕佛经语，言多至不可胜数。《金刚经·一体同观分》：“是诸恒河所有沙数，佛世界如是，宁为多不？”恒河，为印度著名大河。

研　石

王仲超言："洞庭君山[1]间有石洞，高可容舟，深暗不测，湖水出入其中。尝秉烛泛舟而入，见两壁皆黑石，其色如漆，按之而软；出刀割之，如切硬腐[2]。随意制为研[3]。既出，见风则坚凝过于他石。试之墨，大佳。估舟游楫，往来甚众，中有佳石，不知取用，亦赖好奇者之品题[4]也。"

校注

1　〔洞庭君山〕又名湘山，在洞庭湖中。《水经注·湘水》："是山，湘君之所游处，故曰君山矣。"
2　〔硬腐〕豆腐干。
3　〔研〕通"砚"。
4　〔品题〕玩赏，赞扬。

佟客

董生，徐州[1]人。好击剑[2]，每慷慨自负。偶在途中遇一客，跨蹇[3]同行。与之语，谈吐豪迈[4]。诘其姓字，云："辽阳[5]佟姓。"问："何往？"曰："余出门二十年，适自海外归耳。"董曰："君遨游四海，阅人綦多，曾见异人[6]否？"佟问："异人何等[7]？"董乃自述所好，恨不得异人之传。佟曰："异人何地无之，要必忠臣孝子，始得传其术也。"董又奋然自许；即出佩剑，弹之而歌[8]；又斩路侧小树，以矜[9]其利。佟掀髯微笑，因便借观。董授之。展玩一过，曰："此甲铁[10]所铸，为汗臭所蒸[11]，最为下品。仆虽未闻剑术，然有一剑，颇可用。"遂于衣底出短刃尺许，以削董剑，毳[12]如瓜瓠，应手斜断，如马蹄[13]。董骇极，亦请过手[14]，再三拂拭而后返之。邀佟过诸其家，坚留信宿。叩以剑法，谢不知。董按膝雄谈，惟敬听而已。

更既深，忽闻隔院纷拏[15]。隔院为生父居，心惊疑。近壁凝听，但闻人作怒声曰："教汝子速出即刑，便赦汝！”少顷，似加搒掠，呻吟不绝者，真其父也。生捉戈欲往。佟止之曰：“此去恐无生理[16]，宜审万全。”生皇然请教，佟曰：“盗坐名[17]相索，必将甘心[18]焉。君无他骨肉，宜嘱后事于妻子；我启户，为君警厮仆。”生诺，入告其妻。妻牵衣泣。生壮念顿消，遂共登楼上，寻弓觅矢，以备盗攻。仓皇未已，闻佟在楼檐上笑曰：“贼幸去矣。”烛之，已杳。逡巡出，则见翁赴邻饮，笼烛[19]始归，惟庭前多编菅[20]遗灰焉，乃知佟异人也。

异史氏曰：“忠孝，人之血性；古来臣子而不能死君父者，其初岂遂无提戈壮往时哉，要皆一转念误之耳。昔解大绅与方孝孺相约以死，而卒食其言[21]；安知矢约归家后，不听床头人呜泣哉？”

邑有快役[22]某，每数日不归，妻遂与里中无赖通。一日归，适值少年自房中出，大疑，苦诘其妻。妻坚不服。既于床头得少年遗物，妻窘无词，惟长跪哀乞。某怒甚，掷以绳，逼令自经。妻请妆服而死，许之。妻乃入室理妆。某自酌以待之，呵叱频催。俄妻炫服出，含涕拜曰：“君果忍令奴死耶？”某盛气咄之。妻返走入房，方将结带，某掷盏锵然，呼曰：“哈[23]，返矣！一顶绿头巾[24]，或不能压人死耳。”遂为夫妇如初。此亦大绅者类也，一笑。

校注

1 〔徐州〕州名。治所在今之江苏省徐州市。

2 〔击剑〕以剑相击刺。《史记·司马相如列传》:“少时好读书,学击剑。”

3 〔跨蹇〕谓骑驽劣之马。蹇,本义为跛足,此引申为劣马。

4 〔谈吐豪迈〕说话的口气很大。豪迈,气魄大。

5 〔辽阳〕府名。治所在今之辽宁省辽阳市。详见卷二《田七郎》注。

6 〔异人〕谓不寻常的人。《汉书·公孙弘传论》:“群士慕向,异人并出。”此指有奇技之人。

7 〔何等〕什么样。王充《论衡·道虚》:“所谓尸解者,何等也?”

8 〔弹之而歌〕即弹剑而歌。此本为战国时齐国孟尝君之门客冯谖之事。后世以此喻怀才不遇之士壮志莫伸之举。

9 〔矜(jīn今)〕自夸。《国语·越语下》:“天道盈而不溢,盛而不骄,劳而不矜其功。”

10 〔甲铁〕谓废旧铠甲之铁。

11 〔蒸〕熏,污染。

12 〔毳(cuì翠)〕通“脆”。

13 〔马蹄〕据二十四卷本,原抄本作“鸟蹄”。

14 〔过手〕接过观赏。

15 〔纷拏(ná拿)〕语声噪杂,争持搏打。

16 〔无生理〕没有生还的希望。

17 〔坐名〕指名。《二刻拍案惊奇》卷三六:“提点相公坐名要问这宝镜,必是知道些甚么来历的,今如何回得他。”

18 〔必将甘心〕谓必加残害,方快心意。甘心,称心。

19 〔笼烛〕灯笼。详见卷一《狐嫁女》“笼纱”注。

20 〔编菅(jiān肩)〕盖房时的茅草苫。

21 〔“昔解大绅与方孝孺相约以死,而卒食其言”二句〕解大绅(1369-1415),名缙,字大绅,号春雨,明江西吉水人。明洪武二十一年（1388）进士，授中书庶吉士，改御史。明惠帝朱允炆时，召为翰林待诏。燕王朱棣进攻南京，解大绅与王艮、吴溥、胡靖（广）相约以死。《明史·王艮传》："燕兵薄京城，解缙、吴溥与艮、靖（即胡广）比舍居。城陷前一夕，皆集溥舍。缙陈说大义，靖亦奋激慷慨，艮独流涕不言。三人去，溥子与弼尚幼，叹曰：'胡叔能死，是大佳事。'溥曰：'不然，独王叔死耳。'语未毕，隔墙闻靖呼：'外喧甚，谨视豚。'溥顾与弼曰：'豚尚不肯舍，肯舍生乎？'须臾，艮舍哭，饮鸩死矣。"方孝孺（1357-1402），字希直，一字希古，人称正学先生，浙江宁海人。曾师从明代著名文学家宋濂。明初曾两荐召至京师，但未予以重用。明惠帝朱允炆即位，召为翰林侍讲，迁侍讲学士。燕王朱棣起兵，朝廷讨伐诏檄皆出其手。燕王入京师，命方孝孺草即位诏书，诏告天下。方孝孺不从，被杀，夷十族。按：明代史料记载，并无解大绅与方孝孺相约以死之事。

22 〔快役〕旧时官署中差役分皂、快、壮三班。快班掌拘捕缉拿，也称捕快。

23 〔咍（hāi 嗨）〕叹词，用以强忍，自我宽解。

24 〔绿头巾〕汉人以绿帻为贱者之服，元明娼妓及乐人家男子并裹青碧头巾。后来引申为妻子有外遇为戴绿头巾。

大鼠

万历[1]间，宫中有鼠，大与猫等，为害甚剧。遍求民间佳猫捕制之，辄被啖食。适异国来贡狮猫[2]，毛白如雪。抱投鼠屋，阖其扉，潜窥之。猫蹲良久，鼠逡巡自穴中出，见猫，怒奔之。猫避登几上，鼠亦登，猫则跃下。如此往复，不啻百次。众咸谓猫怯，以为是无能为[3]者。既而鼠跳掷渐迟，硕腹似喘，蹲地上少休。猫即疾下，爪掬顶毛，口龁首领，辗转争持，猫声呜呜，鼠声啾啾。启扉急视，则鼠首已嚼碎矣。然后知猫之避，非怯也，待其惰也。彼出则归，彼归则复[4]，用此智耳。噫！匹夫按剑[5]，何异鼠子。

校注

1 〔万历〕为明神宗朱翊钧的年号，即 1573–1619 年。

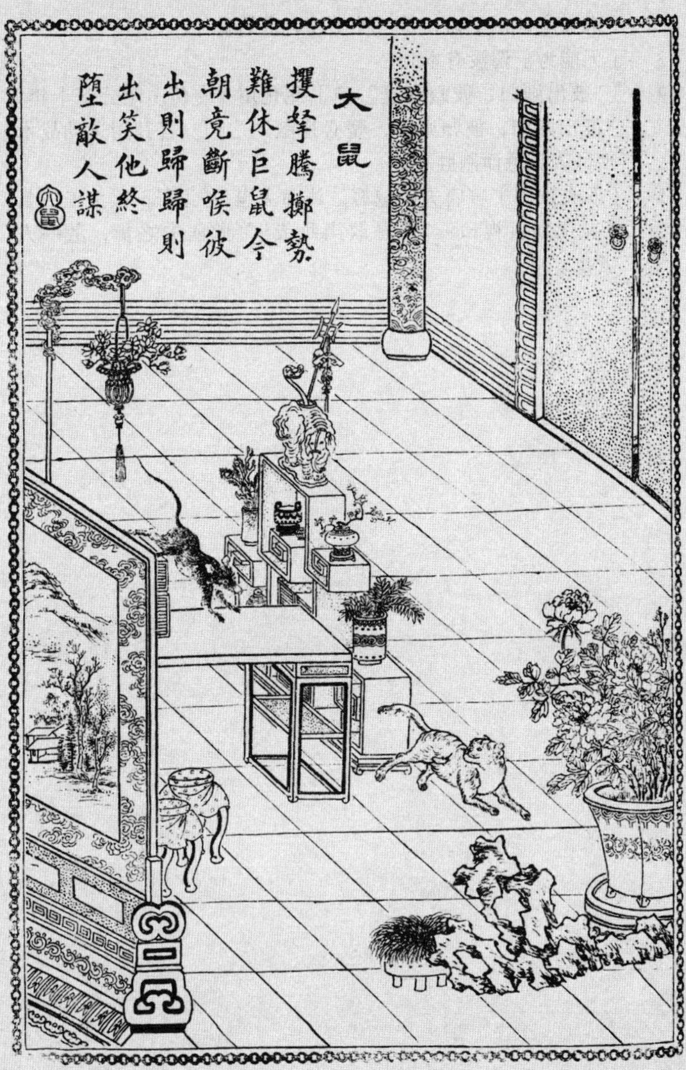
大鼠
攫拏騰擲勢
難休巨鼠今
朝竟斷喉彼
出則歸歸則
出笑他終
墮敵人謀

2　〔狮猫〕即狮子猫，是一种比较名贵的猫种。

3　〔无能为〕谓没有本领。

4　〔“彼出则归，彼归则复”句〕此化用《左传·昭公三十年》“彼出则归，彼归则出，楚必道敝”之句。言其用运动战术使敌人疲惫而制胜之法。

5　〔匹夫按剑〕言庸夫的威怒，浅而无谋。《孟子·梁惠王下》：“夫抚剑疾视曰：‘彼恶敢当我哉！’此匹夫之勇，敌一人者也。”

爱奴

河间徐生，设教于恩[1]。腊初[2]归，途遇一叟，审视曰："徐先生撤帐[3]矣。明岁授徒何所？"应曰："仍旧。"叟曰："敬业[4]姓施。有舍甥延求明师，适托某至东疃聘吕子廉，渠已受贽稷门[5]。君如苟就，束仪[6]请倍于恩。"徐以成约为辞。叟曰："信行[7]君子也。然去新岁尚远，敬以黄金一锭[8]为贽，暂留教之，明岁另议何如？"徐可之。叟下骑呈礼函[9]，且曰："敝里不遥矣。宅綦隘，饲畜为艰，请即遣仆马去，散步亦佳。"徐从之，以行李寄叟马上。行三四里许，日既暮，始抵其宅，沤钉兽镮[10]，宛然世家。呼甥出拜，十三四岁童子也。叟曰："妹夫蒋南川，旧为指挥使[11]。止遗此儿，颇不钝，但娇惯耳。得先生一月善诱，当胜十年。"

未几，设筵，备极丰美；而行酒下食，皆以婢媪。一婢执壶侍立。年十五六以来，风致韵绝[12]，心窥动之。席既终，叟命安置床寝，始辞而去。天未明，儿出就学。徐方起，即有婢来捧巾侍盥，即执壶人也。日给三餐，悉此婢；至夕，又来扫榻。徐问："何无僮仆？"婢笑不言，布衾径去。次夕复至。入以游语[13]，婢笑不拒，遂与狎。因告曰："吾家并无男子，外事则托施舅。妾名爱奴。夫人雅敬先生，恐诸婢不洁，故以妾来。今日但须缄密，恐发觉，两无颜也。"一夜，共寝忘晓，为公子所遭，徐惭怍[14]不自安。至夕，婢来曰："幸夫人重君，不然败矣！公子入告，夫人急掩其口，若恐君闻。但戒妾勿得久留斋馆而已。"言已，遂去。徐甚德之。然公子不善读，诃责之，则夫人辄为缓颊。初犹遣婢传言；渐亲出，隔户与先生语，往往零涕。顾每晚必问公子日课，徐颇不耐，作色曰："既从儿懒，又责儿工，此等师我不惯作！请辞。"夫人遣婢谢过，徐乃止。自入馆以来，每欲一出登眺，辄锢闭之。一日，醉中怏闷，呼婢问故。婢言："无他，恐废学耳。如必欲出，但请以夜。"徐怒曰："受人数金，便当淹禁[15]死耶！教我夜窜何之乎？久以素食[16]为耻，贽固犹在囊耳。"遂出金置几上，治装欲行。夫人出，脉脉不语，惟掩裾哽咽，使婢返金，启钥送之。徐觉门户偪侧[17]；走数步，日光射入，则身自陷冢中出，四望荒凉，一古墓也。大骇。而心感其义，乃卖所赐金，封堆植树[18]，而后去之。

过岁，复经其处，展拜而行。遥见施叟，笑致温凉，邀之殷切。心知其鬼，而欲一问夫人起居，遂相将入村，沽酒共酌。不觉日暮，叟起偿酒价，便言："寒舍不远，舍妹亦适归宁，望移玉趾，为老夫祓除不祥[19]。”出村数武，又一里落，叩扉入，秉烛向客。俄，蒋夫人自内出，始审视之，盖四十许丽人也。拜谢曰：“式微之族，门户零落，先生泽及枯骨，真无计可以偿之。”言已，泣下。既而呼爱奴，向徐曰：“此婢，妾所怜爱，今以相赠，聊慰客中寂寞。凡有所须，渠亦略能解意。”徐唯唯。少间，兄妹俱去，婢留侍寝。鸡初唱，叟即来促装送行；夫人亦出，嘱婢善事先生。又谓徐曰：“从此尤宜谨秘，彼此遭逢诡异，恐好事者造言也。”徐诺而别，与婢共骑。至馆，独处一室，与同栖止。或客至，婢不避，人亦不之见也。偶有所欲，意一萌，而婢已致之。又善巫，一挪莎[20]而疴立愈。清明归，至墓所，婢辞而下。徐嘱代谢夫人。诺之，遂没。数日返，方拟展墓[21]，见婢华妆坐树下，因与俱发。终岁往返，如此为常。欲携同归，执不可。

岁杪[22]，辞馆归，相订后期。婢送至前坐处，指石堆曰：“此妾墓也。夫人未出阁时，便从服役，夭殂瘗此。如再过，以炷香相吊，当得复会。”既别而归，怀思颇苦，敬往祝之，殊无影响。乃市榇[23]发冢，意将载骨归葬，以寄恋慕。穴开自入，则见颜色如生。然肤虽未朽，而衣败若灰；头上玉饰金钏，都如新制。又视腰间，裹黄金数铤，卷怀之。始解袍覆尸，抱入材木，赁舆载归；停诸别第，饰以绣裳，独宿其旁，冀有灵应。忽爱奴自外入，笑曰："劫坟贼在此耶！"徐惊喜慰问。婢曰："向从夫人往东昌，三日既归，则舍宇已空。频蒙相邀，所以不肯相从者，以少受夫人重恩，不忍离逷[24]耳。今既劫我来，即速瘗葬，便见厚德。"徐问："有百年复生者，今芳体如故，何不效之？"叹曰："此有定数。世传灵迹[25]，半涉幻妄。要欲复起动履，亦复何难？但不能遂类生人，故不必也。"乃启棺入，尸即自起，亭亭可爱。探其怀，则冷若冰雪。遂将入棺复卧，徐强止之。婢曰："妾过蒙夫人宠，主人自异域来，得黄金数万，妾窃取之，亦不甚追问。后濒危，又无戚属，遂藏以自殉。夫人痛妾夭谢，又以宝饰入殓。身所以不朽者，不过得金宝之余气耳。若在人世，岂能久乎？必欲如此，切勿强以饮食；若使灵气一散，则游魂亦消矣。"徐乃构精舍，与共寝处。笑语一如常人；但不食不息，不见生人。年余，徐饮薄醉，执残沥[26]强灌之；立刻倒地，口中血水流溢，终日而尸已变，哀悔无及，厚葬之。

异史氏曰："夫人教子，无异人世；而所以待师者何厚也！不亦贤乎！余谓艳尸不如雅鬼，乃以措大[27]之俗莽，致灵物[28]不享其长年，惜哉！"

章丘朱生，素刚鲠[29]，设帐于某贡士[30]家。每谴弟子，内辄遣婢媪出为乞免。颇不听之。一日，亲诣窗外，与朱关说[31]。朱怒，操界方[32]，大骂而出。妇惧而奔；朱追之，自后横击臀股，锵然作皮肉声。一何可笑！

长山某翁，每岁延师，必以一年束金，合终岁之虚盈[33]，计每日得如干数，又以师离斋、归斋之日，详记为籍；岁终，则公同按日而乘除之。马生馆其家，初见操珠盘来，得故甚骇；既而暗生一术，反嗔为喜，听其复算不少校。翁于是大悦，坚订来岁之约。马假辞以故。有某生，号乖谬，马因荐以自代。既就馆，动辄诟骂，翁无奈，悉含忍之。岁杪，携珠盘至。生勃然忿不可支，姑听其算。翁又以途中日，尽归于西[34]，生不受，拨珠归东[35]。两争不决，操戈相向，两人破头烂额而赴公庭焉。

校注

1 〔设教于恩〕设教，实施教化。《周易·观》："圣人以神道设教，而天下服矣。"恩，旧县名。明清属山东东昌府。1956年撤销，分别并入夏津、武城、平原三县。

2 〔腊初〕农历十二月初。农历十二月称腊月。

3 〔撤帐〕谓塾师年终停止授课。

4 〔敬业〕此是施叟之名。

5 〔受贽稷门〕谓接受稷门东主的聘请。稷门，为战国时齐国都城稷下学宫之门。此指代临淄。

6 〔束仪〕又称"束脩"。指向塾师奉送的酬金。详见卷三《大男》"束脩"注。

7 〔信行〕谓做事讲信义。

8 〔锭〕据二十四卷本，原抄本为“金”。

9 〔礼函〕奉送聘金的信函。礼，礼金。

10 〔沤钉兽镮（huán 环）〕达官贵人府第的门饰。沤钉，门上的镮钮。详见卷一《娇娜》“金沤浮钉”注。兽镮，门上的铜镮，雕铸成兽头的形状。

11 〔指挥使〕官名。明代内外各卫皆置指挥使等官。详见卷四《阳武侯》注。

12 〔风致韵绝〕谓极有风韵。

13 〔游语〕轻薄挑逗的话语。

14 〔惭怍（zuò 坐）〕惭愧。

15 〔淹禁〕约束。

16 〔素食〕不劳而食。《诗经·魏风·伐檀》：“彼君子兮，不素食兮。”

17 〔偪侧〕同“逼侧”，狭窄。详见卷二《红玉》注。

18 〔封堆植树〕谓堆土为坟，植树为记。

19 〔祓（fú 浮）除不祥〕此谓欢迎宾客光临的敬词。祓除，本为古代除凶去垢的仪式。岁首于宗庙社坛行之，三月于水滨行之。《周礼·春官·女巫》：“掌岁时祓除衅浴。”此指以符咒驱邪退祟。

20 〔挪莎〕揉搓，搓摩。《礼记·曲礼上》：“共饭不泽手。”郑玄注：“泽，谓挪莎也。”

21 〔展墓〕谒墓。

22 〔岁杪〕即年终。杪，树木的末梢。此引申为末尾，年末。

23 〔榇（chèn 衬）〕棺材。

24 〔离逷（tì 剃）〕远离。逷，远。

25 〔灵迹〕谓神之灵验。

26 〔残沥〕谓杯中剩酒。沥，滴酒。

27 〔措大〕旧时对贫寒读书人的蔑称。详见卷四《双灯》注。

28 〔灵物〕珍奇神异之物。《后汉书·光武纪下》：“今天下清宁，灵物仍降。”

29 〔刚鲠〕刚正耿直。

30 〔贡士〕会试考中者称贡士。详见卷三《周克昌》注。

31 〔关说〕谓讲情。

32 〔界方〕即戒尺。旧时教师对学童体罚的工具。

33 〔终岁之虚盈〕指全年所执教的实际天数。虚盈，指小月大月。

34 〔尽归于西〕即都归塾师。西，西席，旧时对塾师的称呼。

35 〔拨珠归东〕谓拨动算盘珠，归于馆东。东，指东家，即馆东。

元　宝

广东临江山崖巉岩[1]，常有元宝箝石上。崖下波涌，舟不可泊。或荡浆近摘之，则牢不可动；若其人数[2]应得此，则一摘即落，回首已复生矣。

校注

1　〔巉岩〕陡峭险峻的山岩。
2　〔数〕运数，命。

王司马

新城王大司马霁宇[1]镇北边时，常使匠人铸一大杆刀[2]，阔盈尺，重百钧。每按边[3]，辄使四人扛之。卤簿[4]所止，则置地上，故令北人捉之，力撼不可少动。司马阴以桐木依样为刀，宽狭大小无异，贴以银箔，时于马上舞动。诸部落望见，无不震悚。又于边外埋苇薄[5]为界，横斜十余里，状若藩篱，扬言曰："此吾长城也。"北兵至，悉拔而火之。司马又置之。既而三火，乃以炮石[6]伏机其下，北兵焚薄，药石尽发，死伤甚众。既遁去，司马设薄如前。北兵遥望皆却走，以故帖服若神。后司马既老乞骸归[7]，塞上复警。召再起；司马时年八十有三，力疾陛辞[8]。上慰之曰："但烦卿卧治[9]耳。"于是司马复至边。每止处，辄卧幛[10]中。北人闻司马至，皆不信，因假议和，将验真伪。启帘，见司马坦卧，皆望榻伏拜，挢[11]舌而退。

王阮亭云[12]："今抚顺东北，哈达城东，插柳以界蒙古，南至朝鲜，西至山海[13]，长亘千里，名'柳条边[14]'。私越者，置重典，著为令。"

校注

1 〔新城王大司马霁宇〕新城，旧县名，今划归山东省桓台县。王大司马霁宇，名象乾，字霁宇。详见卷一《四十千》注。

2 〔大杆刀〕即长柄大刀。

3 〔按边〕即巡行边防。按，巡行。

4 〔卤簿〕古代帝王、官员出行时的仪仗。详见卷一《陆判》注。

5 〔苇薄〕用芦苇所编织成的席帘。薄，帘、席。

6 〔炮石〕古代用火药与碎石所装成的火炮。此古之炮车，下再装机关，触之可发。

7 〔后司马既老乞骸归〕铸雪斋本为“后司马乞骸归”，无“既老”二字。其事当为：天启中，王象乾因继母艰去官。天启七年（1627），明思宗朱由检即位，象乾在家以兵部尚书兼右副都御史总督宣大行边。次年，即崇祯元年（1628）春陛辞赴边，时年八十三岁。“既老乞骸归”当指戍边事竟，时当在崇祯二年（1629）前后。崇祯三年（1630）卒于家。时年八十五岁。详见《新城王氏世谱》。

8 〔力疾陛辞〕此指崇祯元年（1628）事。力疾，谓勉支病体。陛辞，辞别天子。陛，宫殿的台阶。苏轼《张文定公墓志铭》：“时方置条例司，行法，公因陛辞，极论其害。”

9 〔卧治〕谓安卧治事，意为借君重望。《史记·汲郑列传附汲黯》：“乃召拜汲黯为淮阳太守，黯伏谢不受印……上曰：‘君薄淮阳耶？吾今召君矣。顾淮阳吏民不相得，吾徒得君之重，卧而治之。’”

10 〔幛〕通“帐”。军中营帐。

11 〔挢（jiǎo 矫）舌〕舌翘起不能出声。《史记·扁鹊仓公列传》：“目眩然而不瞚，舌挢然而不下。”

12 〔“王阮亭云”段〕此条评语，铸雪斋本无。王阮亭，即王士禛。详见卷三《蒋太史》注。

13 〔山海〕即山海关。

14 〔柳条边〕即插柳条以界定两国边界，故称“柳条边”。

武　夷

武夷山[1]有削壁千仞，人每于下拾沉香[2]玉块焉。太守闻之，督数百人作云梯，将造顶以觇其异，三年始成。太守登之，将及巅，见大足伸下，一拇粗于捣衣杵，大声曰："不下，将堕矣！"大惊，疾下。才至地，则架木朽折，崩坠无遗。

校注

1　〔武夷山〕在今福建省崇安县西南。古代传说为仙人武夷君所据之处，故称武夷山。《史记·封禅书》："武夷君用干鱼。"司马贞索隐引顾氏曰："《地理志》云建安有武夷山，溪有仙人葬处，即《汉书》所谓武夷君。"

2　〔沉香〕香木。其木材及树脂可做熏香料。其黑色芳香，脂膏凝结成块，入水能沉，故名沉香。

小梅

蒙阴[1]王慕贞，世家子也。偶游江浙，见媪哭于途，诘之。言："先夫止遗一子，今犯死刑，谁有能出之者？"王素慷慨，志其姓名，出橐中金为之斡旋，竟释其罪。其人出，闻王之救己也，而茫然不解其故；访诣旅邸，感泣谢问。王言："无他，即怜汝母老耳。"其人大骇，自言："母故已久。"王亦异之。抵暮，媪来申谢，王咎其谬诬。媪曰："实相告：我东山老狐也。二十年前，曾与儿父有一夕之好，故不忍其鬼之馁[2]也。"王悚然起敬，再欲诘之，已失所在。

先是，王妻贤而好佛，不茹荤酒；治洁室，悬观音像，以无子嗣，日日焚祷其中。而神又最灵，辄示梦，教人趋避[3]，以故家中事皆取决焉。后有疾，綦笃[4]，移榻其中；又别设锦裀于内室而扃其户，若有所伺。王以为惑，而以其疾势昏瞀[5]，不忍伤之。卧病二年，恶嚣，常屏人独寝。潜听之，似与人语；启门视之，则寂然矣。病中他无所虑，有女十四岁，惟日催治装遣嫁。既醮，呼王至榻前，执手曰："今诀矣！初病时，菩萨告我命当速死；念不了者，幼女未嫁，因赐少药，俾延息以待。去岁，菩萨将回南海，留案前侍女小梅，为妾服役。今将死，薄命人[6]又无所出。保儿，妾所怜爱，恐娶悍妒之妇，令其子母失所。小梅姿容秀美，又温淑，即以为继室可也。"盖王有妾，生一子，名保儿。王以其言荒唐，曰："卿素敬者神，今出此言，不已亵乎[7]？"答云："小梅[8]事我年余，相忘形骸[9]，我已婉求之矣。"问："小梅何处？"曰："室中非耶？"方欲再诘，阖眼已逝。

王夜守灵帏[10]，闻室中隐隐啜泣，大骇，疑为鬼。唤诸婢妾启钥视之，则二八丽者，缞服在室。众以为神，共罗拜之。女敛涕扶掖。王凝注之，俯首而已。王曰："如果亡室[11]之言非妄，请即上堂，受儿女朝谒；如其不可，仆亦不敢妄想，以取罪过。"女靦然[12]出，竟登北堂[13]。王使婢为设坐南向，王先拜，女亦答拜；下而长幼卑贱，以次伏叩，女庄容坐受；惟妾至，则挽之。自夫人卧病，婢惰奴偷，家久替。众参已，肃肃列侍。女曰："我感夫人诚意，羁留人间，又以大事相委，汝辈宜各洗心[14]，为主效力，从前愆尤[15]，悉不计校；不然，莫谓室无人也！"共视座上，真如悬观音图像，时被微风吹动。闻言悚惕，哄然并诺。女乃排拨[16]丧务，一切井井。由是大小无敢懈者。女终日经纪内外，王将有作，亦禀白而行；然虽一夕数见，并不交一私语。既殡，王欲申前约，不敢径告，嘱妾微示意。女曰："妾受夫人谆嘱，义不容辞；但匹配大礼，不得草草。年伯[17]黄先生，位尊德重，求使主秦晋之盟[18]，则惟命是听。"时沂水黄太仆，致仕[19]闲居，于王为父执[20]，往来最善。王即亲诣，以实告。黄奇之，即与同来。女闻，即出展拜。黄一见，惊为天人，逊谢不敢当礼；既而助妆优厚，成礼乃去。女馈遗枕履，若奉舅姑，由此交益亲。

合卺后，王终以神故，亵中带肃[21]，时研诘菩萨起居[22]。女笑曰："君亦太愚，焉有正直之神，而下婚尘世者？"王力审所自。女曰："不必研穷，既以为神，朝夕供养，自无殃咎[23]。"女御下[24]常宽，非笑不语；然婢贱戏狎时，遥见之，则默默无声。女笑谕曰："岂尔辈尚以我为神耶？我何神哉！实为夫人姨妹，少相交好；姊病见思，阴使南村王姥招我来。第以日近姊夫，有男女之嫌，故托为神道[25]，闭内室中，其实何神。"众犹不深信。而日侍边傍，见其举动，不少异于常人，浮言渐息。然即顽钝之婢，王素挞楚所不能化者，女一言无不乐于奉命。皆云："并不自知。实非畏之；但睹其貌，则心自柔，故不忍拂其意耳。"以此百废具举。数年中，田地连阡，仓廪万石矣。又数年，妾产一女，女生一子。子生，左臂有朱点，因字小红。弥月[26]，女使王盛筵招黄。黄贺仪丰渥，但辞以耄[27]，不能远涉。女遣两媪强邀之，黄始至。抱儿出，袒其左臂，以示命名之意。又再三问其吉凶。黄笑曰："此喜红也，可增一字，名喜红。"女大悦，更出展叩。是日，鼓乐充庭，贵戚如市。黄留三日始去。

忽门外有舆马来，逆女归宁。向十余年，并无瓜葛，共议之，而女若不闻。理妆竟，抱子于怀，要王相送，王从之。至二三十里许，寂无行人，女停舆，呼王下骑，屏人与语，曰："王郎王郎，会短离长，谓可悲否？"王惊问其故，女曰："君谓妾何人也？"答以："不知。"女曰："江南拯一死罪，有之乎？"曰："有。"曰："哭于路者吾母也。感义而思所报，乃因夫人好佛，附为神道，实将以妾报君也。今幸生此襁褓物，此愿已慰。妾视高君晦运[28]将来，此儿在家，恐不能育，故借归宁，解儿危难。君记取：家有死口时，当于晨鸡初唱，诣西河柳堤上，见有挑葵花灯来者，遮道[29]苦求，可免灾难。"王诺之。因讯归期。女云："不可预定，要当牢记吾言，后会亦不远也。"临别执手，怆然交涕。俄登舆，疾若风。王望之不见，始返。

经六七年，绝无音问。忽四乡瘟疫流行，死者甚众，一婢病三日死。王念囊嘱，颇以关心。是日与客饮，大醉而睡。既醒，闻鸡鸣，急起至堤头，见灯光闪烁，适已过去。急追之，止隔百步许，益追益远，渐不可见，懊恨而返。数日暴病，寻卒。王族多无赖，共凭陵[30]其孤寡，田禾树木，公然伐取，家日陵替[31]。逾岁，保儿又殇，一家

小梅
来〻飄茇
渺不同感
恩圖报计何
孫無恙
始信佳
名喚
喜红

更无所主。族人益横，割裂田产，厩中牛马俱空，又欲瓜分第宅。以妾居故，遂将数人来，强夺鬻之。妾恋幼女，母子环泣，惨动邻里，方危难间，俄闻门外有肩舆入，共觇，则女引小郎自车中出。四顾人纷如市，问："此何人？"妾哭诉其由。女颜色惨变，便唤从来仆役，关门下钥。众欲抗拒，而手足若痿。女令一一收缚，系诸廊柱，日与薄粥三瓯。即遣老仆奔告黄公，然后入室哀泣。泣已，谓妾曰："此天数也。已期前月来，适以母病耽延，遂至于今。不谓转盼间已成丘墟！"问旧时婢媪，则悉被族人掠去，又益欷歔。越日，婢仆闻女至，悉自遁归，相见无不流涕。所絷族人，共噪儿非慕贞体胤[32]，女亦不置辨。既而黄公至，女引儿出迎。黄握儿臂，便捋左袂，见朱记宛然，因袒示众人，以证其确。乃细审失物，登簿记名，亲诣邑令。令拘无赖辈，各笞四十，械禁严追。不数日，田地马牛，悉归故主。黄将归，女引儿泣拜曰："妾非世间人，叔父所知也。今以此子委叔父矣。"黄曰："老夫一息尚在[33]，无不为区处[34]。"黄去，女盘查就绪，托儿于妾，乃具馔为夫祭扫，半日不返。视之，则杯馔犹陈，而人杳矣。

异史氏曰："不绝人嗣者，人亦不绝其嗣，此人也而实天也。至座有良朋[35]，车裘可共[36]；迨宿莽既滋[37]，妻子凌夷，则车中人望望然[38]去之矣。死友而不忍忘，感恩而思所报，独何人哉！狐乎！倘尔多财，吾为尔宰[39]。"

校注

1　〔蒙阴〕县名。在山东省东南部，清属山东省青州府。

2　〔鬼之馁〕馁，饥饿。言鬼无嗣而求食。指无嗣人，断了香火。《左传·宣公四年》："鬼犹求食，若敖氏之鬼不其馁而。"鬼，据二十四卷本，原抄本作"儿"。

3　〔趋避〕指趋于吉而避于凶。

4　〔綦笃〕病势危殆。笃，病重。

5　〔昏瞀（mào 冒）〕神志不清，昏乱。详见卷四《花姑子》注。

6　〔薄命人〕此为王妻自称。谓自己无福命薄。

7　〔亵乎〕谓亵渎于神明。

8　〔小梅〕据二十四卷本，原抄本无。

9　〔相忘形骸〕形骸，谓人的形体躯壳。《庄子·德充符》："今子与我游于形骸之内，而子索我于形骸之外，不亦过乎？"又"德有所长而形有所忘"。因称朋友之间脱略形迹为"相忘形骸"。

10　〔灵帏〕遮挡灵床的帐幔。

11　〔亡室〕指亡妻。

12　〔靦（miǎn 免）然〕即腼腆。

13　〔北堂〕北屋，农舍中的正房，主妇所居。《玉台新咏·古乐府〈陇西行〉》："请客北堂上，坐客毡氍毹。"

14　〔洗心〕俗语之"洗心革面"。洗去自己心灵中邪恶之念，犹言重新做人。

15　〔愆（qiān 千）尤〕过失。详见卷二《连城》注。

16　〔排拨〕安排，处理。

17　〔年伯〕科举时代乡试、会试同榜中式者互称同年，其后辈称与父辈同年的人为年伯。

18　〔秦晋之盟〕春秋时秦晋两国世为婚姻，后遂称二姓联姻为"秦晋之盟"。

19　〔致仕〕辞官家居。《公羊传·宣公元年》："古之道不即人心，退而致仕。”注：“致仕，还禄位于君。”

20 〔父执〕父亲的友辈。详见卷五《鸽异》注。

21 〔亵中带肃〕谓亲近之中仍保持肃敬。亵，亲近。《论语·乡党》：“见冕者与瞽者，虽亵必以貌。”

22 〔起居〕指日常生活。

23 〔殃咎〕灾祸。《左传·庄公二十年》：“哀乐失时，殃咎必至。”

24 〔御下〕谓对待下人。御，驾驭，对待。

25 〔神道〕原谓神秘莫测之理。《周易·观》：“圣人以神道设教，而天下服矣。”疏：“神道者，微妙无方，理不可知，目不可见，不知所以然而然，谓之神道。”此处指鬼神之事。

26 〔弥月〕原指胎儿足月。《诗经·大雅·生民》：“诞弥厥月，先生如达。”今称婴儿出生满一月为弥月，俗称满月。

27 〔耄（mào 冒）〕年事高。《礼记·曲礼上》：“八十、九十曰耄。”

28 〔晦运〕谓不祥的运气。

29 〔遮道〕拦在道上。

30 〔凭陵〕欺侮，侵犯。《左传·襄公二十五年》：“今陈忘周之大德，蔑我大惠，充我姻亲，介恃楚众，以凭陵我敝邑，不可亿逞。”

31 〔陵替〕衰落。

32 〔体胤〕亲生子女。胤，后嗣。详见卷二《罗刹海市》注。

33 〔一息尚在〕只要还有一口气。《论语·泰伯》：“死而后已，不亦远乎！”朱熹集注：“一息尚存，此志不容少懈，可谓远矣！”

34 〔区处〕安排，处置。《汉书·黄霸传》：“鳏寡孤独有死无以葬者，乡部尽言，霸具为区处。”

35 〔座有良朋〕即良朋满座。

36 〔车裘可供〕即有车裘供客。《论语·公冶长》：“子路曰：‘愿车马，衣轻裘，与朋友共，敝之而无憾。’”

37 〔宿莽既滋〕谓墓上的草的宿根发出新芽。宿莽，《楚辞·屈原〈离骚〉》：“朝搴阰之木兰兮，夕揽洲之宿莽。”王逸注：

“草冬生不死者，楚人名曰宿莽。”宿莽即宿草。《礼记·檀弓上》：“朋友之墓，有宿草而不哭焉。”注：“宿草，谓陈根也。”

38 〔车中人望望然〕谓那些乘高车的人，不高兴地离去。车中人，典出“车笠”。详见卷一《王六郎》注。望望然，《孟子·公孙丑上》：“(伯夷)思与乡人立，其冠不正，望望然去之，若将浼焉。”朱熹集注：“望望，去而不顾之貌。”

39 〔倘尔多财，吾为尔宰〕倘，本作“使”。语出《史记·孔子世家》：“(孔子在陈绝粮)，颜回入见，孔子曰：‘回，《诗》云：匪兕匪虎，率彼旷野。吾道非邪？吾何为于此？’颜回曰：‘夫子之道至大，故天下莫能容。虽然，夫子推而行之，不容何病，不容然后见君子！夫道之不修也，是吾丑也。夫道既已大修而不用，是有国者之丑也。不容何病，不容然后见君子！’孔子欣然而笑曰：‘有是哉颜氏之子！使尔多财，吾为尔宰。’”宰，春秋时贵族家中掌管家务的家臣，犹总管。“使尔多财，吾为尔宰”，是孔子对颜回表示赞许、佩服，言愿为其家臣而为之服役。

张不量

贾人某，至直隶[1]界，忽大雨雹[2]，伏禾中。闻空中云："此张不量田，勿伤其稼。"贾私念[3]：张氏何人，既云"不良"，何反祐护[4]。既而雹止，贾行入村，访之果有其人，因告所见，且问取名之义。盖张素封，积粟甚富，每春间，贫民皆就贷焉。偿时，多寡不较[5]，悉内[6]之，未尝执概[7]取盈，故乡人名之"不量"。众趋田中，见禾穗催折如麻，独张氏诸田无恙。

校注

1　〔直隶〕旧省名，即今河北省治。
2　〔雨（yù 玉）雹〕即下冰雹。雨，降，下。
3　〔私念〕私下里认为。
4　〔祐护〕保佑庇护。
5　〔较〕通"校"。
6　〔内〕纳，接受。内，通"纳"。
7　〔概〕旧时量取谷物时，用以刮平斗斛的器具，俗称"斗趟子"。

绩女

绍兴有寡媪夜绩[1]，忽一少女推扉入，笑曰："老姥无乃劳乎？"视之，年十八九，仪容秀美，袍服炫丽。媪惊问："何来？"女曰："怜媪独居，故来相伴。"媪疑为侯门亡人[2]，苦相诘。女曰："媪勿惧。妾之孤，亦犹媪也。我爱媪洁，故相就。两免岑寂[3]，固不佳耶？"媪又疑为狐，默然犹豫。女竟升床代绩，曰："媪无忧，此等生活，妾优为之[4]，定不以口腹相累[5]。"媪见其温婉可爱，遂安之。

夜深，谓媪曰："携来衾枕，尚在门外，出溲时，烦捉[6]入。"媪出，果得衣一裹。女解陈榻上，不知是何锦绣，香滑无比。媪亦设布被，与之共榻。罗衿甫解，异香满室。既寝，媪私念：遇此佳人，可惜身非男子。女于枕上笑曰："姥七旬，犹妄想耶？"媪曰："无之。"女曰："既不妄想，奈何欲作男子？"媪益知为狐，大惧。女又笑曰："愿作男子，何心而又惧我耶？"媪益恐，股战[7]摇床。女曰："嗟哉！胆如此大，还欲作男子！实相告：我真仙人，然非祸汝者，但须谨言，衣食自足。”媪早起，拜于床下。女出臂挽之，臂腻如脂，热香喷溢，肌一着人，觉皮肤松快。媪心动，复涉遐想。女哂曰：“婆子战悚才止，心又何处去矣！使作丈夫，当为情死[8]！”媪曰：“使是丈夫，今夜那得不死！”由是两心浃洽[9]，日同操作。视所绩，匀细生光；织为布，晶莹如锦，价较常三倍。媪出，则扃其户；有访媪者，辄于他室应之。居半载，无知者。

后媪渐泄于所亲，里中[10]姊妹行皆托媪以求见。女让[11]曰：“汝言不慎，我将不能久居矣。”媪悔失言，深自责；而求见者日益众，至有以势迫媪者，媪涕泣自陈。女曰：“若诸女伴，见亦无妨；恐有轻薄儿，将见狎侮。”媪复哀恳，始许之。越日，老媪少女，香烟相属于道。女厌其烦，无贵贱，悉不交语，惟默然端坐，以听朝参[12]而已。乡中少年闻其美，神魂倾动，媪悉绝之。有费生者，邑之名士，倾其产，以重金啖媪[13]。媪诺，为之请。女已知之，责曰：“汝卖我耶？”媪伏地自投[14]。女曰：“汝贪其赂，我感其痴[15]，可以一见。然而缘分尽矣。”媪又伏叩。女约以明日。生闻之喜，具香烛而往，入门长揖。女帘内与语，问：“君破产相见，将何以教妾也？”生曰：“实不敢他有所干，只以王嫱[16]、西子[17]，徒得传闻；如不以冥顽[18]见弃，俾得一阔眼界，下愿已足。若休咎[19]自有定数，非所乐闻。”忽见布幕之中，容光射露，翠黛朱樱[20]，无不毕现，似无帘幌之隔者。生意炫神驰，不觉倾拜，拜已而起，则厚幕沉沉，闻声不见矣。悒怅[21]间，窃恨未睹下体。俄见帘下绣履双翘[22]，瘦不盈指。生又拜。帘中语曰："君归休！妾体惰矣！"媪延生别室，烹茶为供。生题《南乡子》[23]一调于壁云："隐约画帘前，三寸凌波[24]玉笋[25]尖；点地分明莲瓣落，纤纤[26]，再着重台更可怜。花衬凤头弯[27]，入握[28]应知软似绵；但愿化为蝴蝶去，裙边，一嗅余香死亦甘。"题毕而去。女览题不快，谓媪曰："我言缘分已尽，今不妄矣。"媪伏地请罪。女曰："罪不尽在汝。我偶堕情障[29]，以色身[30]示人，遂被淫词污亵，此皆自取，于汝何尤[31]。若不速迁，恐陷身情窟，转劫[32]难出矣。"遂襆被出。媪追挽之，转瞬已失。

校注

1 〔绍兴〕明清府名。治所在今浙江省绍兴市。1912 年废府，并山阴、会稽两县为绍兴县，1981 年撤县改市。绩，古时指缉麻。《国语 · 鲁语下》："公父文伯退朝，朝其母，其母方绩。"后指纺棉。

2 〔侯门亡人〕谓官宦家出逃的姬妾。侯门，王侯贵族之家。"诸侯之门"之省。《庄子 · 胠箧》："诸侯之门而仁义存焉。"

3 〔岑寂〕孤独寂寞。

4 〔优为之〕特别擅长的。优为，长于，擅长。

5 〔口腹相累〕谓以饮食而拖累别人。

6 〔捉〕提，携。

7 〔股战〕同“股栗”。《史记·齐悼惠王世家》：“（魏勃）因退立，股战而栗。”

8 〔情死〕原指伤心而死。《世说新语·任诞》：“王长史（廞）登茅山，大恸哭曰：‘琅琊王伯舆终当为情死。’”后指为情爱而死。

9 〔浃（jiā 夹）洽〕谓融洽和谐的意思。

10 〔里中〕指居于同里。

11 〔让〕谓指责。

12 〔朝参〕本指古代臣子朝见天子。此指相见。

13 〔啖媪〕指贿赂老婆子。啖，利诱。

14 〔自投〕谓自己投诚认罪。

15 〔痴〕此指痴情。

16 〔王嫱（qiáng 樯）〕汉南郡秭归人，字昭君，汉元帝宫人。竟宁元年（前 33），匈奴呼韩单于入朝，求美人为阏氏，昭君自愿请行，戎服乘马，提琵琶出塞，入匈奴，号宁胡阏氏。

17 〔西子〕西施的别称。详见卷三《吕无病》“西施”注。

18 〔冥顽〕愚钝不灵。

19 〔休咎〕吉凶，祸福。详见卷二《九山王》注。

20 〔翠黛朱樱〕即翠眉朱唇。翠黛，古时妇女用黛螺画眉。黛，青黑色，故称眉为翠黛。宋史达祖《双飞燕》词：“愁损翠黛双蛾，日日画阑独凭。”

21 〔悒怅〕忧闷，怅惘。

22 〔绣履双翘〕谓着绣鞋的双脚脚尖翘起。

23 〔《南乡子》〕唐教坊曲名，后用为词牌。以咏南中风物为题，故名。有单调双调两体。单调始自后蜀欧阳炯词，双调始自南唐冯延巳词。此为双调。

24 〔凌波〕指女子轻盈的小脚。详见卷四《莲花公主》注。

25 〔玉笋〕亦指女子细脚。详见卷六《凤仙》注。

26 〔莲瓣落纤纤〕莲瓣，指旧时女子着绣鞋的小脚。落纤纤，是指步履轻柔。古诗十九首《为焦仲卿妻作》：“纤纤作细步，精妙世无双。”

27 〔重台更可怜〕重台，即重台履。古代妇女穿的高底鞋，始于南朝宋。五代马缟《中华古今注·鞋子》：“(东晋)即有凤头之履……宋有重台履。”〔凤头弯〕即凤头鞋。鞋头绣有凤凰图饰的一种花鞋。宋苏轼《谢人惠云巾方舄》：“妙手不劳盘作凤。”弯，指此种鞋，中多成弓状。

28 〔入握〕谓入手把握。

29 〔情障〕谓爱情的障业。

30 〔色身〕佛家语。《楞严经》卷十：“是故当知汝现色身，名为坚固第一妄想。”后称女子的容貌为色身。

31 〔何尤〕谓有什么怨恨。尤，怨恨。

32 〔转劫〕谓转世。

牧 竖

两牧竖[1]入山至狼穴，穴有小狼二，谋分捉之。各登一树，相去数十步。少选，大狼至，入穴失子，意甚仓皇[2]。竖于树上扭小狼蹄耳故令嗥；大狼闻声仰视，怒奔树下，号且爬抓。其一竖又在彼树致小狼鸣急；狼辍声四顾，始望见之，乃舍此趋彼，跑号如前状。前树又鸣，又转奔之。口无停声，足无停趾，数十往复，奔渐迟，声渐弱；既而奄奄僵卧，久之不动。竖下视之，气已绝矣。今有豪强子[3]，怒目按剑，若将搏噬[4]；为所怒者，乃阖扉去。豪力尽声嘶，更无敌者，岂不畅然自雄[5]？不知此禽兽之威，人故弄之以为戏耳。

校注

1 〔牧竖〕牧童。竖，童仆。

牧豎
狼子呼嘷踞
樹巔老狼樹
底走盤旋
休言蠢類
無知識
犢私情
亦可憐

2 〔仓皇〕谓荒乱。

3 〔豪强子〕谓横行霸道之人。

4 〔搏噬〕谓搏斗而食之。详见卷二《罗刹海市》注。

5 〔畅然自雄〕得意而自命为英雄。畅然，畅快。《庄子·则阳》："旧国旧都，望之畅然。"

张鸿渐

张鸿渐，永平[1]人。年十八，为郡名士。时卢龙[2]令赵某贪暴，人民共苦之。有范生被杖毙，同学忿其冤，将鸣部院[3]，求张为刀笔之词[4]，约其共事。张许之。妻方氏，美而贤，闻其谋，谏曰："大凡秀才作事，可以共胜，而不可以共败：胜则人人贪天功[5]，一败则纷然瓦解，不能成聚。今势力世界，曲直难以理定；君又孤，脱有翻覆[6]，急难[7]者谁也！"张服其言，悔之，乃婉谢诸生，但为创词[8]而去。质审一过，无所可否。赵以巨金纳大僚，诸生坐[9]结党被收，又追捉刀人[10]。张惧，亡去。

至凤翔[11]界，资斧断绝。日既暮，踟蹰旷野，无所归缩。欻睹[12]小村，趋之。老妪方出阖扉，见之，问所欲为。张以实告，妪曰："饮食床榻，此都细事；但家无男子，不便留客。"张曰："仆亦不敢过望，但容寄宿门内，得避虎狼足矣。"妪乃令入，闭门，授以草荐，嘱曰："我怜客无归，私容止宿，未明宜早去，恐吾家小娘子闻知，将便怪罪。"妪去，张倚壁假寐。忽有笼灯晃耀，见妪导一女郎出。张急避暗处，微窥之，二十许丽人也。及门，睹草荐，诘妪。妪实告之，女怒曰："一门细弱，何得容纳匪人[13]！"即问："其人焉往？"张惧，出伏阶下。女审诘邦族，色稍霁，曰："幸是风雅士[14]，不妨相留。然老奴竟不关白[15]，此等草草，岂所以待君子。"命妪引客入舍。俄顷，罗酒浆，品物精洁；既而设锦茵于榻。张甚德之，因私询其姓氏。妪曰："吾家施氏，太翁夫人俱谢世，止遗三女。适所见，长姑舜华也。"妪既去。张视几上有《南华经》[16]注，因取就枕上，伏榻翻阅。忽舜华推扉入。张释卷，搜觅冠履。女即榻捺坐曰："无须，无须！"因近榻坐，觍然曰："妾以君风流才士，欲以门户相托[17]，遂犯瓜李之嫌[18]。得不相遐弃[19]否？"张皇然不知所对，但云："不相诳，小生家中，固有妻耳。"女笑曰："此亦见君诚笃，顾亦不妨。既不嫌憎，明日当烦媒妁。"言已，欲去，张探身挽之，女亦遂留。未曙即起，以金赠张曰："君持作临眺[20]之资；向暮，宜晚来，恐旁人所窥。"张如其言，早出晏归[21]，半年以为常。一日，归颇早，至其处，村舍全无，不胜惊怪。方徘徊间，闻妪云："来何早也！"一转盼，则院落如故，身故已在室中矣，益异之。舜华自内出，笑曰："君疑妾耶？实对君言：妾，狐仙也，与君固有夙缘。如必见怪，请即别。"张恋其美，亦安之。夜谓女曰："卿既仙人，当千里一息[22]耳。小生离家三年，念妻孥不去心，能携我一归乎？"女似不悦，谓：

“琴瑟之情，妾自分[23]于君为笃；君守此念彼，是相对绸缪者，皆妄也！”张谢曰：“卿何出此言。谚云：‘一日夫妻，百年恩义。’后日归念卿时，亦犹今日之念彼也。设得新忘故，卿何取焉？”女乃笑曰：“妾有褊心：于妾，愿君之不忘；于人，愿君之忘之也。然欲暂归，此复何难，君家咫尺耳。”遂把袂出门，见道路昏暗，张逡巡不前。女曳之走，无几时，曰：“至矣。君归，妾且去。”张停足细认，果见家门。逾垝垣[24]入，见室中灯火犹荧。近以两指弹扉。内问为谁[25]，张具道所来。内秉烛启关，真方氏也。两相惊喜，握手入帷。见儿卧床上，慨然曰：“我去时儿才及膝，今身长如许矣！”夫妇偎倚，恍如梦寐。张历述所遭。问及讼狱，始知诸生有瘐死[26]者，有远徙者，益服妻之远见。方纵体入怀，曰：“君有佳偶，想不复念孤衾中有零涕人矣！”张曰：“不念，胡以来也？我与彼虽云情好，终非同类；独其恩义难忘耳。”方曰：“君以我何人也？”张审视，竟非方氏，乃舜华也。以手探儿，一竹夫人[27]耳。大惭无语。女曰：“君心可知矣！分当[28]自此绝交，犹幸未忘恩义，差足[29]自赎。”过二三日，忽曰：“妾思痴情恋人，终无意味。君日怨我不相送，今适欲至都，便道可以同去。”乃向床头取竹夫人共跨之，令闭两眸，觉离地不远，风声飕飕。移时，寻落。女曰：“从此别矣。”方将叮嘱，女去已渺。怅立少时，闻村犬鸣吠，苍茫中见树木屋庐，皆故里景物，循途而归。逾垣叩户，宛若前状。方氏惊起，不信夫归；诘证确实，始挑灯呜咽而出。既相见，涕不可抑。张犹疑舜华之幻弄也；又见床卧儿，如昨夕，因笑曰："竹夫人又携入耶？"方氏不解，变色曰："妾望君如岁[30]，枕上啼痕固在也。甫能相见，全无悲恋之情，何以为心矣！"张察其情真，始执臂欷虚，具言其详。问讼案所结，并如舜华言。

方相感慨，闻门外有履声，问之不应。盖里中有恶少甲，久窥方艳，是夜自别村归，遥见一人逾垣去，谓必赴淫约者，尾之而入。甲故不甚识张，但伏听之。及方氏亟问，乃曰："室中何人也？"方讳言："无之。"甲言："窃听已久，敬将以执奸耳。"方不得已，以实告。甲曰："张鸿渐大案未消，即使归家，亦当缚送官府。"方苦哀之，甲词益狎逼。张忿火中烧，不可制止，把刀直出剁甲中颅。甲踣，犹号；又连剁之，遂毙。方曰："事已至此，罪益加重。君速逃，妾请任其辜[31]。"张曰："丈夫死则死耳，焉能辱妻累子以求活耶！卿无顾虑，但令此子勿断书香[32]，目即瞑矣。"天渐明，赴县自首。赵以钦件[33]中人，姑薄惩之。寻由郡解都，械禁颇苦。途中遇女子跨马过，一老妪捉鞚，盖舜华也。张呼妪欲语，泪随声堕。女返辔，手启障纱[34]，讶曰："表兄也。何至此？"张略述之。女曰："依兄平昔，便当掉头不顾；然予不忍也。寒舍不远，即邀公役同临，亦可少助资斧。"从去二三里，见一山村，楼阁高整。女下马入，令妪启舍延客。既而酒炙丰美，似所夙备。又使妪出曰："家中适无男子，张官人即向公役多劝数觞，前途倚赖多矣。遣人措办数十金[35]为官人作费，兼酬两客，尚未至也。"二役窃喜，纵饮，不复言行。日渐暮，二役径醉矣。女出，以手指械，械立脱；曳张共跨一马，驶如飞。少时，促下，曰："君止此。妾与妹有青海[36]之约，又为君逗留一晌，久劳盼注矣。"张问："后会何时？"女不答，再问之，推堕马下而去。

既晓，问其地，太原也。遂至郡，赁屋授徒焉。托名宫子迁。居十年，访知捕亡浸怠，乃复逡巡东向。既近里门，不敢遽入，俟夜深而后入。及门，则墙垣高固，不复可越，只得以鞭挝门。久之，妻始出问。张低语之。喜极，纳入，作呵叱声，曰："都中少用度，即当早归，何得遣汝半夜来？"入室，各道情事，始知二役逃亡未返。言次，帘外一少妇频来，张问伊谁，曰："儿妇耳。"问："儿安在？"曰："赴郡大比[37]未归。"张涕下曰："流离数年，儿已成立，不谓能继书香，卿心血殆尽矣！"话未已，子妇已温酒炊饭，罗列满几。张喜慰过望。居数日，隐匿房榻，惟恐人知。一夜，方卧，忽闻人语腾沸，捶门甚厉。大惧，并起。闻人言曰："有后门否？"益惧，急以门扇代梯，送张夜度垣而出；然后诣门问故，乃报新贵[38]者也。方大喜，深悔张遁，不可追挽。

张是夜越莽穿榛，急不择途；及时，困殆已极。初念本欲向西，问之途人，则去京都通衢不远矣。遂入乡村，意将质衣而食。见一高门，有报条[39]粘壁上；近视，知为许姓，新孝廉也。顷之，一翁自内出，张迎揖而告以情。翁见仪容都雅，知非赚食者，延入相款。因诘所往，张托言："设帐都门，归途遇寇。"翁留诲其少子。张略问官阀，乃京堂林下者[40]；孝廉，其犹子也。月余，孝廉偕一同榜[41]归，云是永平张姓，十八九少年也。张以乡谱[42]俱同，暗中疑是其子；然邑中此姓良多，姑默之。至晚解装，出"齿录[43]"，急借披读，真子也。不觉泪下。共惊问之，乃指名曰："张鸿渐，即我是也。"备言其由。张孝廉抱父大哭。许叔侄慰劝，始收悲以喜。许即以金帛函字[44]，致告宪台[45]，父子乃同归。方自闻报，日以张在亡为悲；忽白孝廉归，感伤益痛。少时，父子并入，骇如天降，询知其故，始共悲喜。甲父见其子贵，祸心不敢复萌。张益厚遇之，又历述当年情状，甲父感愧，遂相交好。

校注

1 〔永平〕明清府名，附郭首县。治所在今河北省卢龙县。

2 〔卢龙〕即卢龙县。春秋为肥子国，汉设县为肥如县，隋改名卢龙。明清沿其名，直隶永平府治，附郭首县。治所在今河北省卢龙县，位于秦皇岛西部，1913 年裁为留县。

3 〔部院〕即巡抚衙门。详见卷一《成仙》注。

4 〔为刀笔之词〕谓书写讼状。刀笔，古代记事，用刀刻在龟甲或竹木简上，有笔以后写在简或帛上，故刀笔合称。汉时谓主管文案的官吏为刀笔吏。《史记·汲郑列传附汲黯》："天下谓刀笔吏不可以为公卿。"后因称词讼为刀笔。

5 〔贪天功〕据上天之所成以为己功。《左传·僖公二十四年》："窃人之财，犹谓之盗，况贪天之功以为己功乎？"后称冒他人之功为己功者。

6 〔脱有翻覆〕倘若有反覆。脱，倘，或。

7 〔急难〕急人之难。此指倘遇急难无兄弟相救助。语出《诗经·小雅·常棣》："兄弟急难。"

8 〔创词〕谓起草讼词。

9 〔坐〕获罪的因由。《史记·樊郦滕灌列传》："婴坐高祖系岁余，掠笞数百。"

10 〔捉刀人〕即后世称之为别人撰写文词者。语出《世说新语·容止》："魏武将见匈奴使，自以形陋不足雄远国，使崔季珪代，帝自捉刀立床头。"

11 〔凤翔〕明清府名。治所在今陕西凤翔县。

12 〔欻（xū 虚）睹〕忽然看到。欻，忽然。

13 〔匪人〕此谓不是亲近的人。《周易·比》："比之匪人。"王弼注："所与比者皆已亲，故曰比之匪人。"此指不熟悉的生人。

14 〔风雅士〕即文雅书生。

15 〔关白〕禀报。详见卷三《于去恶》注。

16 〔《南华经》〕即《庄子》。唐天宝九年（750）封庄周为南华真人，诏号《庄子》为《南华经》。见《新唐书·艺文志》。

17 〔以门户相托〕即以家事相托。此指订其终身大事。

18 〔瓜李之嫌〕瓜李，即"瓜田李下"省语。此谓二人私下约会，惹人猜疑。详见卷二《青梅》"瓜李"注。

19 〔遐弃〕远弃。《诗经·周南·汝坟》："既见君子，不我遐弃。"遐，远也。

20 〔临眺（tiào 跳）〕登高远望。杜甫《登兖州城楼》："从来多古意，临眺独踌躇。"引申为游览。

21 〔晏归〕晚归。

22 〔千里一息〕息，呼吸。谓千里之路，呼吸间可达。

23 〔自分〕自己认为。

24 〔垝垣〕破败的垣墙。《诗经·卫风·氓》："乘彼垝垣，以望复关。"

25 〔为谁〕据二十四卷本，原抄本作"何谁"。

26 〔瘐（yǔ 羽）死〕谓囚犯死于狱中。详见卷五《云翠仙》注。

27 〔竹夫人〕古消暑之具。编竹青为长笼，或取整段竹中间通空，四周开洞以通气，暑时置于床席间。唐时名竹夹膝，宋时称竹夫人。苏轼《送竹几与谢秀才》诗："留我同行木上座，赠君无语竹夫人。"

28 〔分（fèn 份）当〕本应当。

29 〔差足〕勉强。

30 〔望君如岁〕岁，一年的农事收成。谓盼望之情如农夫盼年岁丰收。《左传·哀公十二年》："国人望君，如望岁焉。"

31 〔辜〕罪。《诗经·小雅·正月》："民之无辜，并其臣仆。"

32 〔勿断书香〕谓家中勿断读书之人。书香，旧称读书的家风。宋刘克庄《后村集序》："至若以文名世者，家有贤子孙，能绍祖父书香，昭箕裘于不坠，则其文久而弥彰，流传不朽矣。"

33 〔钦件〕犹"钦案"。即钦命所督办的案件。钦，旧时对帝王的决定、命令或其所做的事冠以"钦"字，以示崇高与尊敬。

34 〔障纱〕此指面纱。

35 〔"家中适无男子，张官人即向公役多劝数觞，前途依赖多矣。遣人措办数十金"段〕据二十四卷本加，原抄本为"适遣人措金"。

36 〔青海〕东方之海。也借指传说中的海上仙山，为求仙访道之地。《淮南子·坠形》："青泉之埃，上为青云，阴阳相薄为雷，激扬为电，上者就下，流水就通，而合于青海。”高诱注：“东方之海。”元人迺贤《京城杂言》：“丘公神仙流，学道青海东。”

37 〔郡大比〕郡，此指太原府治。大比，本为周制，乡大夫定期对乡吏考绩的制度。《周礼·地官·乡大夫》：“三年则大比，考其德行道艺，而兴贤者能者。”科举时代因称乡试为大比。

38 〔新贵〕指新任高官的人。此指科举考试新中之举人。

39 〔报条〕指向科考中式者报喜的帖子。

40 〔京堂林下者〕指退职家居的京官。京堂，即“京卿”。详见卷一《狐嫁女》注。林下，旧称辞官退隐之所。详见卷二《红玉》注。

41 〔同榜〕科举考试同榜录取的人。

42 〔乡谱〕谓乡贯与姓氏。乡，乡里、乡贯。谱，记录族系的谱籍。

43 〔齿录〕亦称“同年录”。旧时科举时代，同登一榜考中者，各具自己姓名、年龄、籍贯、三代，夤列成册，谓之“齿录”。

44 〔函字〕指书信。

45 〔宪台〕封建社会下级或属吏对上司的称呼。

皂 隶

万历[1]间，历城[2]令梦城隍索人服役，即以皂隶[3]八人书姓名于牒，焚庙中；至夜，八人皆死。庙东有酒肆，肆主故与一隶有素。会夜来沽酒，问："款何客？"答云："僚友[4]甚多，沽一尊少叙姓名耳。"质明，见他役，始知其人已死。入庙启扉，则瓶在焉，贮酒如故。归视所与钱，皆纸灰也。令肖八像于庙。诸役得差，皆先酹[5]之乃行；不然，必遭笞谴。

校注

1 〔万历〕明神宗朱翊钧年号。
2 〔历城〕县名。明清隶山东省济南府。
3 〔皂隶〕此指历城县府的衙役。明制，官府衙役着服皂色盘领衫。
4 〔僚友〕同署供职之友。僚，朋辈。
5 〔酹〕酹奠致敬。

王子安

王子安，东昌[1]名士，困于场屋。入闱后，期望甚切。近放榜时，痛饮大醉，归卧内室。忽有人白："报马[2]来。"王踉跄起曰："赏钱十千！"家人因其醉，诳而安之曰："但请自睡，已赏之矣。"王乃眠。俄，又有入者曰："汝中进士矣！"王自言："尚未赴都[3]，何得及第？"其人曰："汝忘之耶？三场[4]毕矣。"王大喜，起而呼曰："赏钱十千！"家人又诳之曰："请自睡，已赏之矣。"又移时，一人急入曰："汝殿试翰林[5]，长班[6]在此。"果见二人拜床下，衣冠修洁。王呼赐酒食，家人又绐之，暗笑其醉而已。久之，王自念不可不出耀乡里，大呼长班；凡数十呼，无应者。家人笑曰："暂卧候，寻他去矣。"又久之，长班果复来。王捶床顿足，大骂："钝奴焉往！"长班怒曰："措大无赖！向与尔戏耳，而真骂耶？"王怒，骤起扑之，落其帽。王亦倾跌。妻入，扶之曰："何醉至此！"王曰："长班可恶，我故惩之，何醉也？"妻笑曰："家中止有一媪，昼为汝炊，夜为汝温足耳。何处长班，伺汝穷骨？”子女粲然皆笑。王醉亦稍解，忽如梦醒，始知前此之妄。然犹记长班帽落；寻至门后，得一缨帽[7]如盏大，共疑之。自笑曰：“昔人为鬼揶揄[8]，吾今为狐奚落矣。”

异史氏曰：“秀才入闱，有七似焉。初入时，白足提篮[9]，似丐。唱名[10]时，官呵隶骂，似囚。其归号舍[11]也，孔孔伸头，房房露脚，似秋末之冷蜂。其出闱场也，神情惝恍[12]，天地异色，似出笼之病鸟。迨望报[13]也，草木皆惊，梦想亦幻。时作一得志想，则顷刻而楼阁俱成；作一失志想，则瞬息而骸骨已朽。此际行坐难安，则似被絷之猱。忽然而飞骑[14]传人，报条无我，此时神色猝变，嗒然若死，则似饵毒之蝇，弄之亦不觉也。初失志，心灰意败，大骂司衡无目[15]，笔墨无灵，势必举案头物[16]而尽炬之；不已，而碎踏之；踏之不已，而投之浊流[17]。从此披发入山，面向石壁[18]，再有以‘且夫’、‘尝谓’之文[19]进我者，定当操戈逐之。无何，日渐远，气渐平，技又渐痒[20]；遂似破卵之鸠，只得衔木营巢，从新另抱[21]矣。如此情况，当局者[22]痛哭欲死；而自旁观者[23]视之，其可笑孰甚焉。王子安方寸[24]之中，顷刻万绪，想鬼狐窃笑已久，故乘其醉而玩弄之。床头人[25]醒，宁不哑然自笑哉？顾得志之况味，不过须臾；词林诸公[26]，不过经两三须臾耳。子安一朝而尽尝之，则狐之恩与荐师[27]等。”

校注

1 〔东昌〕即东昌府。治所在今山东聊城市。

2 〔报马〕指为科考中式者报喜信的人。因骑马快捷，故称“报马”。

3 〔赴都〕指到京都。明清举人中式，进士考试，要到京城参加会试。

4 〔三场〕指参加会试的三场考试。会试分三场，每场三日。中式者称贡士，第一名称会元。

5 〔殿试翰林〕明清两朝科举会试后，由皇帝亲自主持最高一级考试叫殿试。殿试结果：第一甲三人，称状元、榜眼、探花，赐进士及第。状元授翰林院修撰，榜眼、探花授翰林院编修。

6 〔长班〕又称“长随”，即官员随身的差役。

7 〔缨帽〕清代的官帽，帽顶披红缨。

8 〔昔人为鬼揶揄〕指晋人罗友，事载《世说新语·任诞》刘孝标注引《晋阳秋》。详见卷一《叶生》“揶揄”注。

9 〔白足提篮〕科举考试场规有严格的规定，其目的即防止考生考场作弊。清顺治年间起，乡试对考生就有搜身的规定。清康熙年间，又规定，考生入场“皆穿拆缝衣服，单层鞋袜，止带篮筐、小凳、食物、笔砚等项”。考生入场时，要敞开衣襟，并脱鞋解袜，手提篮筐，赤足而入，以便搜检。

10 〔唱名〕即士子入考场时点名。乡试入考场前，先期告知士子点名入场的分路与次序，士子集合到齐后由差役持点名牌带领导入。

11 〔号舍〕即“号子”。科举考场中生员答卷和食宿之所。人各一小间，每间有编号。清代考场称贡院，贡院里面，从“龙门”到“至公堂”，甬道的东西两侧为东西文场，文场各有南向成排、形如长巷的号房，其顺序按《千字文》“天地玄黄，宇宙洪荒……”排列，通称号舍。每间号房约高六尺，深四尺，宽三尺，无门。东西两面砖墙离地一二尺之间，砌成上下两层砖隔，上有两块可以移动的木板，白天将木板分开，作桌凳，供考试用。因号舍无门，故望去其士子伸头露足“似秋末之冷蜂”。晚间，将上层板移下并起，可供睡眠用。

12 〔惝恍（tǎnghuǎng 倘幌）〕神志恍惚，茫然迷惘。《楚辞·屈原〈远游〉》：“步徙倚而遥思兮，怊惝怳而乖怀。”

13 〔望报〕盼望报录人。报，指录取的喜报。

14 〔飞骑（jì 季）〕报马。

15 〔司衡无目〕谓考官瞎眼。司衡，旧称主持考试为衡文，故称试官为司衡。

16 〔案头物〕笔墨纸砚与书籍等物。即考试八股用具之类。

17 〔浊流〕相对清流而言。旧时对德行高洁之士称之为“清流”。浊流，谓混浊之流。唐末李振因屡举进士不第，而恨唐公卿。后事朱全忠。天佑二年（905），全忠聚宰相裴枢等朝士三十余人于白马驿，一夕尽杀之。振谓全忠曰：“此辈自言清流，可投之河，使永为浊流。”见《新唐书·裴枢传》。此谓将“案头物”投之“浊流”之中，意摒弃八股文，绝意功名。

18 〔面向石壁〕即佛家语之“面壁”。即谓面向石壁静坐修行。详见《自叙》“面壁人”注。

19 〔“且夫”、“尝谓”之文〕即指八股文。且夫、尝谓都是八股文中常用文词。

20 〔技又渐痒〕研习八股文技艺的心情又慢慢升起，准备再参加科考。技痒，谓长于某技艺之人，一遇时机，就想表现自己。

21 〔抱〕指孵卵，俗谓“抱窝”。

22 〔当局者〕谓身当其事者，此指落榜者。《新唐书·元行冲传》：“当局称迷，傍观必审。”

23 〔旁观者〕局外人。

24 〔方寸〕亦称“方寸之地”，指心。

25 〔床头人〕指妻子。

26 〔词林诸公〕谓翰林院诸公。词林，为翰林院别称。

27 〔荐师〕科举制度，乡会试皆由房官分房阅卷，房官将本房优秀试卷加批荐与主管官，称荐卷。中式的举人、贡士称荐举本人试卷的房官为“房师”或“荐师”，自称门生。

岳神

扬州提同知[1]，夜梦岳神[2]召之，词色[3]愤怒。仰见一人侍神侧，少为缓颊。醒而恶之。早诣岳庙，默作祈禳。既出，见药肆一人，绝肖所见。问之，知为医生。及归，暴病。特遣人聘之。既至，出方为剂，暮服之，中夜而卒。或言：阎罗王与东岳天子，日遣侍者男女十万八千众，分布天下作巫医，名“勾魂使者[4]”。用药者不可不察也！

校注

1 〔同知〕明清于府、州置同知之职，为知府、知州的辅佐官。详见卷三《钱卜巫》注。

2 〔岳神〕即泰山之神“东岳天齐仁圣大帝”。下文之“东岳天子”亦指此。详见卷一《席方平》“东岳”注。

3 〔词色〕说话时的神态语气。苏轼《留侯论》：“当淮阴破齐，而欲自王，高祖发怒，见于词色。”

4 〔勾魂使者〕亦称“勾死鬼”。迷信传说中勾摄人的灵魂的鬼。

折　狱

邑之西崖庄[1]，有贾某被人杀于途；隔夜，其妻亦自经死。贾弟鸣于官。时浙江费公祎祉[2]令淄，亲诣验之。见布袱裹银五钱余，尚在腰中，知非为财也者。拘两村邻保[3]审质一过，殊少端绪，并未搒掠，释散归农；但命约地[4]细察，十日一关白而已。逾半年，事渐懈。贾弟怨公仁柔，上堂屡聒。公怒曰："汝既不能指名，欲我以桎梏加良民耶！"呵逐而出。贾弟无所伸诉，愤葬兄嫂。

一日，以逋赋[5]故，逮数人至。内一人周成，惧责，上言钱粮[6]措办已足，即于腰中出银袱，禀公验视。公验已，便问："汝家何里？"答云："某村。"又问："去西崖几里？"答云："五六里。""去年被杀贾某，系汝何亲[7]？"答云："不识某人。"公勃然曰："汝杀之，尚云不识耶！"周力辨，不听；严梏之，果伏其罪。

先是，贾妻王氏，将诣姻家，惭无钗饰，聒夫使假于邻。夫不肯；妻自假之，颇甚珍重。归途，卸而裹诸袱。

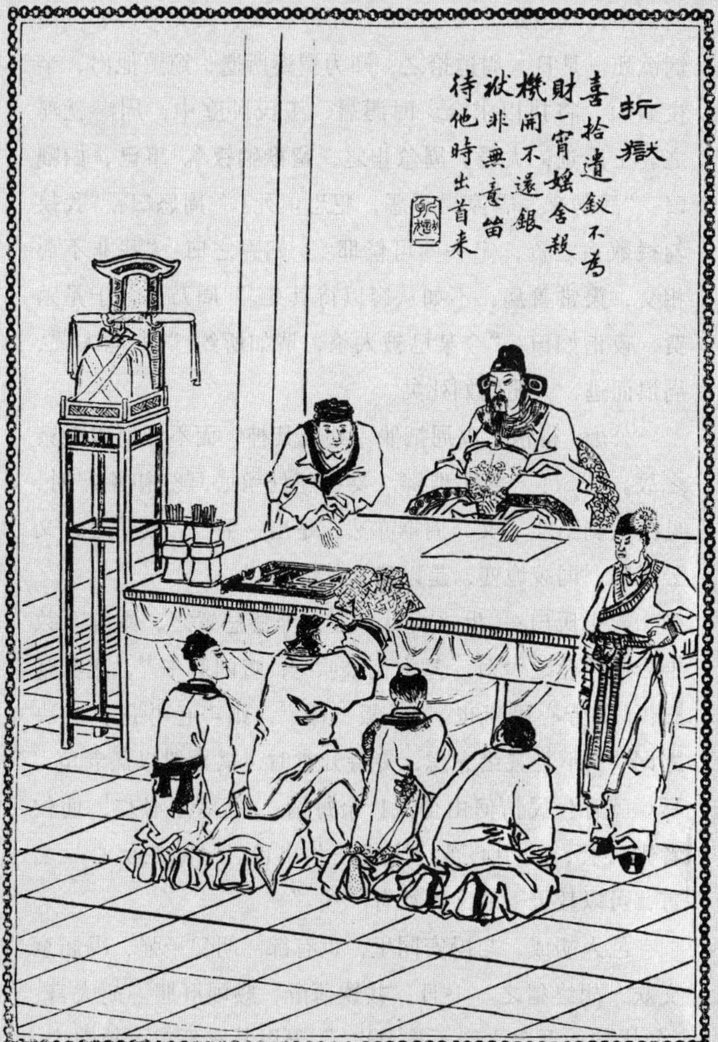
折獄
喜拾遺釵不為
財一宵婬舍殺
機開不還銀
狱非無意留
待他時出首来

内袖中；既至家，探之已亡。不敢告夫，又无力偿邻，懊恼欲死。是日，周适拾之，知为贾妻所遗，窥贾他出，半夜逾垣，将执以求合。时溽暑，王氏卧庭中，周潜就淫之。王氏觉，大号。周急止之，留袱纳钗[8]。事已，妇嘱曰："后勿来，吾家男子恶，犯恐俱死！"周怒曰："我挟勾栏数宿之资，宁一度可偿耶？"妇慰之曰："我非不愿相交，渠常善病，不如从容以待其死。"周乃去，于是杀贾，夜诣妇曰："今某已被人杀，请如所约。"妇闻大哭，周惧而逃，天明则妇死矣。

公廉[9]得情，以周抵罪。共服其神，而不知所以能察之故。公曰："事无难辨，要在随处留心耳。初验尸时，见银袱刺卐[10]字文，周袱亦然，是出一手也。及诘之，又云无旧，词貌诡变，是以确知其情也。"

异史氏曰："世之折狱[11]者，非悠悠置之，则缧系数十人而狼藉之[12]耳。堂上肉鼓吹[13]，喧阗旁午[14]，遂嚬蹙曰：'我劳心民事也。'云板三敲[15]，则声色并进，难决之词[16]，不复置诸念虑；专待升堂时，祸桑树以烹老龟[17]耳。呜呼！民情何由得哉！余每谓：'智者不必仁，而仁者则必智；盖用心苦，则机关[18]出也。''随在留心'之言，可以教天下之宰民社者[19]矣。"

邑人胡成，与冯安同里，世有郤。胡父子强，冯屈意交欢，胡终猜之。一日，共饮薄醉，颇顷肝胆。胡大言："勿忧贫，百金之产不难致也。"冯以其家不丰，故嗤之。

胡正色曰："实相告：昨途遇大商[20]，载厚装来，我颠越[21]于南山智井中焉。"冯又笑之。时胡有妹夫郑伦，托为说合田产，寄数百金于胡家，遂尽出以炫冯。冯信之。既散，阴以状报邑。公拘胡对勘，胡言其实，问郑及产主皆不讹。乃共验诸智井。一役缒下，则果有无首之尸在焉。胡大骇，莫可置辨，但称冤苦。公怒，击喙[22]数十，曰："确有证据，尚叫屈耶！"以死囚具[23]禁制之。尸戒勿出，惟晓示诸村，使尸主投状。

逾日，有妇人抱状，自言为亡者妻，言："夫何甲，揭数百金作贸易，被胡杀死。"公曰："井有死人，恐未必即是汝夫。"妇执言甚坚。公乃命出尸于井，视之，果不妄。妇不敢近，却立[24]而号。公曰："真犯已得，但骸躯未全。汝暂归，待得死者首，即招报[25]令其抵偿。"遂自狱中唤胡出，呵曰："明日不将头至，当械折股[26]！"押去终日而返，诘之，但有号泣。乃以梏具置前作刑势，却又不刑，曰："想汝当夜扛尸忙迫，不知坠落何处，奈何不细寻之？"胡哀祈容急觅。公乃问妇："子女几何？"答曰："无。"问："甲有何戚属？""但有堂叔一人。"慨然曰："少年丧夫，伶仃如此，其何以为生矣！"妇乃哭，叩求怜悯。公曰："杀人之罪已定，但得全尸，此案即消；消案后，速醮可也。汝少妇，勿复出入公门。"妇感泣，叩头而下。公即票示[27]里人，代觅其首。

经宿，即有同村王五，报称已获。问验既明，赏以千钱。唤甲叔至：曰："大案已成；然人命重大，非积岁不能成结，侄既无出，少妇亦难存活，早令适人。此后亦无他务，但有上台检驳[28]，止须汝应声[29]耳。"甲叔不肯，飞两签[30]下；再辨，又一签下。甲叔惧，应之而出。妇闻，诣谢公恩。公极意慰谕之。又谕："有买妇者，当堂关白。"

既下，即有投婚状者，盖即报人头之王五也。公唤妇上，曰："杀人真犯，汝知之乎？"答以胡成。公曰："非也。汝与王五乃真犯耳。"二人大骇，力辩冤诬。公曰："我久知其情，所以迟迟而发者，恐有万一之屈耳。尸未出井，何以确信为汝夫？盖先知其死矣。且甲死犹衣败絮，数百金何所自来？"又谓王五曰："头之所在，汝何知之熟也！所以如此其急者，意在速合耳。"两人惊颜如土，不能强置一词。并械之，果吐其实。盖王五与妇人私已久，谋杀其夫，而适值胡成之戏也。乃释胡。冯以诬告，重笞，徒三年。事既结，并未妄刑一人。

异史氏曰："我夫子[31]有仁爱名，即此一事，亦以见仁人之用心苦矣。方宰淄时，松才弱冠[32]，过蒙器许[33]，而驽钝[34]不才，竟以不舞之鹤为羊公辱[35]。是我夫子生平有不哲[36]之一事，则某实贻之[37]也。悲夫！"

折獄二
隕身枯井孰知
冤天使胡成
作讞言令尹有
才能折獄一時
遠近喜平反

校注

1　〔西崖庄〕位于淄川县正东，在“孤山里”与“创宿庄”间。见《淄川县志》卷二下“乡村”条。

2　〔费公祎祉〕费祎祉，字支峤，浙江鄞县人，进士，顺治十五年（1658）任山东淄川县令，以挂误去。见《淄川县志·秩官志》。

3　〔邻保〕此指邻居。旧时五家为邻，十家为保。《周礼·地官·遂人》：“五家为邻，五邻为里。”又《周礼·地官·大司徒》：“令五家为比，使之相保。”

4　〔约地〕即乡约和地保，均为乡间小吏。

5　〔逋赋〕指拖欠赋税。逋，欠。

6　〔钱粮〕指田赋所征钱和粮。唐代对田赋实行钱与粮并征之法，清代对田赋税款，粮食也可折钱交纳。

7　〔亲〕据二十四卷本，原抄本作“物”。

8　〔留袱纳钗〕即自己留下包银两的包袱，将钗饰给了王氏。纳，指交给。

9　〔廉〕考察。

10　〔卐（wàn《翻译名义集》音万）〕古印度宗教的吉祥标记。像火焰上升。梵文音室利靺蹉。佛教中以“卐”为佛陀“三十二相”之一。唐代武则天时，定其读音“万”。其他各种版本，皆为“万”字。

11　〔折狱〕指断案。折，判断。狱，讼案。详见卷三《胭脂》注。

12　〔“缧（léi 雷）系”句〕缧系，拘系囚禁。详见卷四《伍秋月》“缧绁”注。狼藉之，把他们折磨、蹂躏得不成样子。狼藉，折磨。

13　〔肉鼓吹〕比喻拷打犯人的音响。《外史梼杌》：“五代蜀李匡远凶暴苛刻，一日不行刑，则惨然不乐。闻笞挞之声，曰：‘此吾一部肉鼓吹。’”语见《类说》。

14　〔喧阗（tián 田）旁午〕喧闹号叫声纷繁错杂。喧阗，哄闹声。王维《同比部杨员外十五夜游》诗："香车宝马共喧阗，个里多情侠少年。"旁午，交错，纷繁。《汉书·霍光传》颜师古注："一纵一横为旁午，犹言交横也。"

15 〔云板三敲〕云板，古乐器。为一长形扁铁片，两端有云形图案，也称"点"。旧时官署和富贵人家以敲击云板为报事的信号。此处指击云板退堂。

16 〔难决之词〕谓难断的官司。词，讼词。

17 〔祸桑树以烹老龟〕谓乱断公案，祸及无辜。南朝宋刘敬叔《异苑》："吴孙权时，永康有人入山，遇一大龟，即束之以归，缆舟于大桑树。宵中，树呼龟曰：'劳乎无绪，奚事尔耶？'龟曰：'我被拘系，方见烹臛，虽然，尽南山之樵，不能溃我。'树曰：'诸葛元逊博识，必致相苦，令求如我之徒，计从安得？'龟曰：'子明无多言，祸将及尔。'树寂而止。既至建业，权命煮之，焚柴万车，龟犹如故。诸葛恪曰：'燃以老桑树乃熟。'献者乃说龟树共言。权使人伐桑树煮之，龟乃立烂。"（转引自《水经注·渐江水》）。此以桑树与老龟喻诉讼两方。

18 〔机关〕机所以发，关所以闭。喻计谋。黄庭坚《牧童》诗："多少长安名利客，机关用尽不如君。"此指弄清案件的办法。

19 〔宰民社者〕指管理民事的地方官。民社，指人民和社稷。

20 〔大商〕据二十四卷本，原抄本作"大高"。

21 〔颠越〕投到。详见卷五《潞令》注。

22 〔击喙（huì 会）〕此指打嘴巴。

23 〔死囚具〕对死囚犯人使用的刑具。

24 〔却立〕退步而立。《史记·廉颇蔺相如列传》："王授璧，相如因持璧却立，倚柱，怒发上冲冠。"

25 〔招报〕公开判决。招，举，揭示其罪。报，判决。

26 〔械折（shé 蛇）股〕用夹棍夹断你的腿。械，此指夹棍之类的刑具。

27 〔票示〕旧时官府所用令牌称票。此指持官牌传令。

28 〔上台检驳〕谓上司检驳回。

29 〔应声〕指讼案未结，有事请来公堂质对。

30 〔飞两签〕签，亦称“飞签”。指官吏在公堂审案时，借以施刑与拘捕人的凭证。

31 〔我夫子〕此指淄川县令费祎祉。夫子，旧时对老师的专称。

32 〔松才弱冠〕松，蒲松龄的自称。弱冠，古时男子二十成人，行冠礼；体未壮，故称弱。后沿称二十岁左右的男子为弱冠。《文选·左思〈咏史〉》：“弱冠弄柔翰，卓荦观群书。”

33 〔器许〕以才能相称许。《白孔六帖》：“韦绶弟缥有精识，为士林器许，兄弟皆名重当时。”

34 〔驽钝〕才能低下。《文选·诸葛亮〈出师表〉》：“当奖率三军，北定中原，庶竭驽钝，攘除奸凶，兴复汉室，迁于旧都。”

35 〔竟以不舞之鹤为公羊辱〕谓自己无能，辜负贤者对自己的厚望。《世说新语·排调》：“刘遵祖（爰之）少为殷中军（浩）所知，称之于庾公（亮），庾公甚忻然，便取为佐。既见，坐之独榻上与语。刘尔日殊不称，庾小失望，遂名之为‘羊公鹤’。昔羊叔子（祜）有鹤善舞，尝向客称之，客试使驱来，氃氋而不肯舞，故称比之。”

36 〔不哲〕不明智。哲，明智。《尚书·皋陶谟》：“知人则哲。”

37 〔贻之〕留给的。

富　翁

富翁某，商贾多贷其资。一日出，有少年从马后，问之，亦假本[1]者。翁诺之。少年既至，适几上有钱数十，少年无事以手叠钱，高下堆垒之。翁谢去，竟不与资。或问故，曰："此人必善博[2]，非端人[3]也。所熟之技，不觉形于手足矣。"访之果然。

校注

1　〔假本〕借本钱。
2　〔善博〕谓善于赌博。
3　〔端人〕正派的人。

抽 肠

莱阳[1]民某昼卧，见一男子与妇人握手入。妇黄肿，腰粗欲仰，意象愁苦[2]。男子促之曰："来，来！"某意其苟合者，因假睡以窥所为。既入，似不见榻上有人。又促曰："速之！"妇便自坦胸怀，露其腹，腹大如鼓。男子出屠刀一口，用力刺入，从心下直剖至脐，蚩蚩[3]有声。某大惧，不敢喘息。而妇人攒眉忍受，未尝少呻。男子口衔刀，入手于腹，捉肠挂肘际；且挂且抽，顷刻满臂。乃以刀断之，举置几上，还复抽之。几既满，悬椅上；椅又满，乃肘数十盘，如渔人举网状，望某首边一掷。觉一阵热腥，面目喉膈覆压无缝。某不能复忍，以手推肠，大号起奔。肠堕榻前，两足被萦[4]，冥然而倒。家人趋视，但见身绕猪脏；既入审顾，则初无所有。众各自谓目眩，未尝骇异，及其述所见，始共奇之。而室中并无痕迹，惟数日血腥不散。

校注

1　〔莱阳〕县名。明清属山东登州府。即今之山东省莱阳市。
2　〔意象愁苦〕意态很痛苦。
3　〔蚩蚩〕亦作"嗤嗤"。象声词。
4　〔縶〕绊倒。

红毛毡

红毛国[1]，旧许与中国相贸易。边帅见其众，不听登岸。红毛人固请："但赐一毡地足矣。"帅思一毡所容无几，许之。其人置毡岸上，仅容二人；拉之，容四五人；且拉且登，顷刻毡大亩许，已数百人矣。短刃并发，出于不意，被掠数里而去。

校注

1 〔红毛国〕指现之荷兰国。明万历中，荷兰海商借船舰与中国往来，后强求与中国通商，遭中国地方政府官员的驱逐，不与贸易。惟台湾被荷兰人以武力强行占据，始终不去。清顺治间，荷兰要求与清政府建交，康熙二年（1663）荷兰派使入朝。其后，清政府实行海禁。二十二年，荷兰人借帮助清政府剿灭郑成功父子有功，而要求开禁通商贸易，清廷许之。由此开始通商贸易。此则当以事之传闻所记录。

云萝公主

安大业，卢龙人。生而能言，母饮以犬血，始止。既长，韶秀[1]，顾影无俦[2]；又慧能读。世家争婚之。母梦曰："儿当尚主[3]。"信之。至十五六，迄无验，亦渐自悔。

一日，安独坐，忽闻异香，俄一美婢奔入，曰："公主至。"即以长毡贴地，自门外直至榻前。方骇疑间，一女郎扶婢肩入；服色容光，映照四堵。婢即以绣垫设榻上，扶女郎坐。安仓皇不知所为，鞠躬便问："何处神仙，劳降玉趾？"女郎微笑，以袍袖掩口。婢曰："此圣后府中云萝公主也。圣后属意郎君，欲以公主下嫁，故使自来相宅[4]。"安惊喜，不知置词；女亦俯首，相对寂然。安故好棋，楸枰[5]尝置座侧。一婢以红巾拂尘，移诸案上，曰："主日耽此，不知与粉侯[6]孰胜？"安移坐近案，主笑从之。甫三十余着，婢竟乱之，曰："驸马[7]负矣！"敛子入盒，曰："驸马当是俗间高手，主仅能让六子。"乃以六黑子实局中[8]，主亦从之。主坐次，辄使婢伏座下，以背受足；左足踏地，则更一婢右伏。又两小鬟夹侍之；每值安凝思时，辄曲一肘伏肩上。局阑未结[9]，小鬟笑云："驸马负一子。"婢进曰："主惰，宜且退。"女乃倾身与婢耳语。婢出，少顷而还，以千金置榻上，告生曰："适主言居宅湫隘[10]，烦以此少致修饰，落成相会也。"一婢曰："此月犯天刑[11]，不宜建造；月后吉。"女起，生遮止，闭门。婢出一物，状类皮排[12]，就地鼓之；云气突出，俄顷四合，冥不见物，索之已杳。母知之，疑以为妖。而生神驰梦想，不能复舍。急于落成，无暇禁忌；刻日敦迫[13]，廊舍一新。

先是，有滦州[14]生袁大用，侨寓邻坊，投刺于门；生素寡交，托他出，又窥其亡而报之。后月余，门外适相值，二十许少年也。宫绢[15]单衣，丝带乌履，意甚都雅。略与顷谈，颇甚温谨。说[16]之，揖而入。请与对弈，互有赢亏，已而设酒留连，谈笑大欢。明日，邀生至其寓所，珍肴杂进，相待殷渥[17]。有小僮十二三许，拍板清歌[18]，又跳掷[19]作剧。生大醉，不能行，便令负之。生以其纤弱，恐不胜。袁强之。僮绰有余力，荷送而归。生奇之。次日，犒以金，再辞乃受。由此交情款密[20]，三数日辄一过从。袁为人简默[21]，而慷慨好施。市有负债鬻女者，解囊代赎，无吝色。生以此益重之。过数日，诣生作别，赠象箸、楠珠[22]等十余事，白金五百，用助兴作[23]。生反金受物，报以束帛。后月余，乐亭[24]有仕宦而归者，橐资充牣。盗夜入，执主人，烧铁钳灼，劫掠一空。家人识袁，行牒[25]追捕。邻院屠氏，与生家积不相能[26]，因其土木大兴，阴怀疑忌。适有小仆窃象箸，卖诸其家，知袁所赠，因报大尹[27]。尹以兵绕舍，值生主仆他出，执母而去。母衰迈受惊，仅存气息，二三日不复饮食。尹释之。生闻母耗，急奔而归，则母病已笃，越宿遂卒。收殓甫毕，为捕役执去。尹见其少年温文，窃疑诬枉，故恐喝之。生实述其交往之由。尹问："何以暴富？"生曰："母有藏镪，因欲亲迎，故治昏室[28]耳。"尹信之，具牒解郡。邻人知其无事，以重金赂监者，使杀诸途。路经深山，被曳近削壁，将推堕之。计逼情危，时方急难，忽一虎自丛莽中出，啮二役皆死，衔生去。至一处，重楼叠阁，虎入，置之。见云萝扶婢出，凄然慰吊："妾欲留君，但母丧未卜窀穸[29]。可怀牒去，到郡自投，保无恙也。"因取生胸前带，连结十余扣，嘱云："见官时，拈此结而解之，可以弭祸[30]。"生如其教，诣郡自投。太守喜其诚信，又稽牒知其冤，销名令归。

至中途，遇袁，下骑执手，备言情况。袁愤然作色，默不一语。生曰："以君风采，何自污也？"袁曰："某所杀皆不义之人，所取皆非义之财。不然，即遗于路者，不拾也。君教我固自佳，然如君家邻，岂可留在人间耶！"言已，超乘而去。生归，殡母已，柴门谢客[31]。忽一夜，盗入邻家，父子十余口，尽行杀戮，止留一婢。席卷资物，与僮分携之。临去，执灯谓婢："汝认之，杀人者我也，与人无涉。”并不启关，飞檐越壁而去。明日，告官。疑生知情，又捉生去。邑宰词色甚厉。生上堂握带，且辩且解。宰不能诘，又释之。既归，益自韬晦[32]，读书不出，一跛妪执炊而已。服既阕[33]，日扫阶庭，以待好音。

一日异香满院。登阁视之，内外陈设焕然矣。悄揭画帘，则公主凝妆坐，急拜之。女挽手曰：“君不信数，遂使土木[34]为灾，又以苫块之戚[35]，迟我三年琴瑟：是急之而反以得缓，天下事大抵然也。”生将出资治具。女曰：“勿复须。”婢探椟，有肴羹熟如新出于鼎[36]，酒亦芳冽。酌移时，日已投暮，足下所踏婢，渐都亡去。女四肢娇惰，足股屈伸，似无所着。生狎抱之。女曰：“君暂释手。今有两道，请君择之。”生揽项问故，曰：“若为棋酒之交，可得三十年聚首；若作床第之欢，可六年谐合耳。君焉取？”生曰：“六年后再商之。”女乃默然，遂相燕好。女曰：“妾固知君不免俗道[37]，此亦数也。”因使生蓄婢媪，别居南院，炊爨纺织，以作生计。北院中并无烟火，惟棋枰、酒具而已。户常阖，生推之则自开，他人不得入也。然南院人作事勤惰，女辄知之，每使生往谴责，无不具服。女无繁言，无哂笑，与有所谈，但俯首微哂。每骈肩[38]坐，喜斜倚人。生举而加诸膝，轻如抱婴。生曰：“卿轻若此，可作掌上舞[39]。”曰：“此何难！但婢子之为，所不屑耳。飞燕原九姊侍儿，屡以轻佻获罪，怒谪尘间，又不守女子之贞[40]；今已幽之。”阁上以锦荐[41]

布满，冬未尝寒，夏未尝热。女严冬皆着轻縠[42]；生为制鲜衣，强使着之。逾时解去，曰：“尘浊之物，几于压骨成劳[43]！”一日抱诸膝上，忽觉沉倍曩昔，异之。笑指腹曰：“此中有俗种矣。”过数日，颦黛不食，曰：“近病恶阻[44]，颇思烟火之味[45]。”生乃为具甘旨。从此饮食遂不异于常人。一日曰：“妾质单弱，不任生产。婢子樊英颇健，可使代之。”乃脱衷服[46]衣英，闭诸室。少顷，闻儿啼。启扉视之，男也。喜曰：“此儿福相，大器也！”因名大器。绷纳生怀，俾付乳媪，养诸南院。女自免身[47]，腰细如初，不食烟火矣。忽辞生，欲暂归宁。问返期，答以“三日”。鼓皮排如前状，遂不见。至期不来。积年余，音信全渺，亦已绝望。生键户下帏[48]，遂领乡荐[49]。终不肯娶；每独宿北院，沐其余芳。一夜，辗转在榻，忽见灯火射窗，门亦自辟，群婢拥公主入。生喜，起问爽约[50]之罪。女曰：“妾未愆期[51]，天上二日半耳。”生得意自诩，告以秋捷，意主必喜。女愀然曰：“乌用是傥来者[52]为！无足荣辱，止折人寿数耳。三日不见，入俗幛[53]又深一层矣。”生由是不复进取。过数月，又欲归宁。生殊凄恋。女曰：“此去定早还，无烦穿望。且人生合离，皆有定数，撙节[54]之则长，恣纵之则短也。”既去，月余即返。从此一年半载辄一行，往往数月始还，生习为常，亦不之怪。又生一子。女举之曰：“豺狼也！”立命弃之。生不忍而止，名曰可弃。甫周岁，急为卜婚。诸媒接踵，问其甲子[55]，皆谓不合。曰："吾欲为狼子治一深圈，竟不可得，当令倾败六七年，亦数也。"嘱生曰："记取四年后，侯氏生女，左胁有小赘疣，乃此儿妇。当婚之，勿较其门第也。"即令书而志之。后又归宁，竟不复返。

生每以所嘱告亲友。果有侯氏女，生有赘疣。侯贱而行恶，众咸不齿，生竟媒定焉。大器十七岁及第，娶云氏，夫妻皆孝友。父钟爱之。可弃渐长，不喜读，辄偷与无赖博赌，恒盗物偿戏债[56]。父怒，挞之，卒不改。相戒提防，不使有所得。遂夜出，小为穿窬[57]。为主所觉，缚送邑宰。宰审其姓氏，以名刺送之归。父兄共絷之，楚掠惨棘，几于绝气。兄代哀免，始释之。父忿恚得疾，食锐减。乃为二子立析产书，楼阁沃田，尽归大器。可弃怨怒，夜持刀入室，将杀兄，误中嫂。先是，主有遗裤，绝轻软，云拾作寝衣。可弃斫之，火星四射，大惧奔去。父知，病益剧，数月寻卒。可弃闻父死，始归。兄善视之，而可弃益肆。年余，所分田产略尽，赴郡讼兄。官审知其人，斥逐之。兄弟之好遂绝。又逾年，可弃二十有三，侯女十五矣。兄忆母言，欲急为完婚。召至家，除佳宅与居；迎妇入门，以父遗良田，悉登籍[58]交之，曰："数顷薄产，为若蒙死[59]守之，今悉相付。吾弟无行，寸草与之，皆弃也。此后成败，在于新妇：能令改行，无忧冻馁；不然，兄亦不能填无底壑[60]也。"侯虽小家女，然固慧丽，可弃雅畏爱之，所言无敢违。每出，限以晷刻[61]；过期，则诟厉不与饮食。可弃以此少敛。年余，生一子。妇曰："我以后无求于人矣。膏腴数顷，母子何患不温饱？无夫焉，亦可也。"会可弃盗粟出赌，妇知之，弯弓于门以拒之。大惧，避去。窥妇入，逡巡亦入。妇操刀起。可弃反奔，妇逐斫之，断幅伤臀，血沾袜履。忿极，往诉兄，兄不礼焉，冤惭而去。过宿复至，跪嫂哀泣，乞求先容于妇，妇决绝不纳。可弃怒，将往杀妇，兄不语。可弃忿起，操戈直出。嫂愕然，欲止之。兄目禁之。俟其去，乃曰："彼固作此态，实不敢归也。"使人觇之，已入家门。兄始色动，将奔赴之，而可弃已坌息入。盖可弃入家，妇方弄儿，望见之，掷儿床上，觅得厨刀；可弃惧，曳戈反走，妇逐出门外始返。兄已得其情，故诘之。可弃不言，惟向隅泣，目尽肿。兄怜之，亲率之去，妇乃纳之。俟兄出，罚使长跪，要以重誓，而后以瓦盆赐之食。自此改行为善。妇持筹握算[62]，日致丰盈，可弃仰成[63]而已。后年七旬，子孙满前，妇犹时捋白须，使膝行焉。

异史氏曰："悍妻妒妇，遭之者如疽附于骨[64]，死而后已，岂不毒哉！然砒、附[65]，天下之至毒也，苟得其用，瞑眩大瘳[66]，非参、苓[67]所能及矣。而非仙人洞见脏腑[68]，又乌敢以毒药贻子孙哉！"

章丘[69]李孝廉善迁，少倜傥不羁，丝竹词曲之属皆精之。两兄皆登甲榜[70]，而孝廉益佻脱。娶夫人谢，稍稍禁制之。遂亡去，三年不返，遍觅不得。后得之临清[71]勾栏中。家人入，见其南向坐，少姬十数左右侍，盖皆学音艺而拜门墙者也。临行，积衣累笥，悉诸姬所贻。既归，夫人闭置一室，投书满案。以长绳絷榻足，引其端自棂内出，贯以巨铃，系诸厨下。凡有所需，则蹑绳；绳动铃响，则应之。夫人躬设典肆[72]，垂帘纳物而估其直；左持筹，右握管；老仆供奔走而已。由此居积致富。每耻不及诸姒[73]贵。锢闭三年，而孝廉捷。喜曰："三卵两成[74]，吾以汝为毈[75]矣，今亦尔耶！"

耿进士崧生，亦章丘人。夫人每以绩火[76]佐读：绩者不辍，读者不敢息也。或朋旧相诣，辄窃听之：论文则瀹茗作黍[77]；若恣谐谑，则恶声逐客矣。每试得平等[78]，不敢入室门；超等，始笑逆之。设帐得金，悉内献，丝毫不敢隐匿。故东主[79]馈遗，恒面较锱铢。人或非笑之，而不知其销算良难也。后为妇翁延教内弟。是年游泮，翁谢仪十金。耿受盒返金。夫人知之曰："彼虽至亲[80]，然舌耕[81]谓何也？"追之返而受之。耿不敢争，而心终歉焉，思暗偿之。于是每岁馆金，皆短其数以报夫人。积二年余，得若干数。忽梦一人告之曰："明日登高，金数即满。"次日，试一临眺，果拾遗金，恰符缺数，遂偿岳。后成进士，夫人犹呵谴之。耿曰："今一行作吏[82]，何得复尔？"夫人曰："谚云：'水长则船亦高。'即为宰相，宁便大[83]耶？"

校注

1 〔韶秀〕美好秀丽。

2 〔无俦〕无人能与之相比。俦，匹配。

3 〔尚主〕谓娶公主为妻。《史记·绛侯周勃世家》："公主者，孝文帝女也，勃太子胜之尚之。"集解："尚，奉也。不敢言娶。"

4 〔相（xiàng 象）宅〕以观察地形地物判定住屋吉凶的一种方术。《尚书·召诰》："成王在丰，欲宅洛邑，使召公先相宅。"注："相所居而卜之。"

5 〔楸枰〕棋盘多用楸木制成，故称。温庭筠《观棋》诗："闲对楸枰倾一壶，黄华坪上几成卢。"

6 〔粉侯〕驸马的别称。三国魏何晏面如傅粉，尚魏公主，赐爵为列侯，后因谓驸马为粉侯。

7 〔驸马〕是"驸马都尉"的简称。汉武帝时设此职。《汉书·百官公卿表上》："奉车都尉掌御乘舆车，驸马都尉掌驸马，皆武帝初置。"三国魏何晏始以公主丈夫拜驸马都尉，后代皇帝女婿照例如此称号，简称驸马，因以指皇帝的女婿。清代称"额驸"。

8 〔实局中〕指将棋子放在棋盘上。实，放置。局，棋盘。

9 〔局阑未结〕谓棋局终而尚未结算胜负。局，棋局。

10 〔湫（jiǎo 皎）隘〕指居室低湿狭小。

11 〔天刑〕又称"天条"。即天罚。此为星相家择日所用的迷信术语。

12 〔皮排〕一种皮制的鼓风皮囊。古时冶铁时用以鼓风。

13 〔刻日敦迫〕规定日期，敦促催迫。

14 〔滦州〕明清散州，属河北永平府，今河北省滦县。

15 〔宫娟〕宫中所用之丝绢。

16 〔说（yuè 月）〕作"悦"，喜悦，高兴。《诗经·召南·草虫》："亦既见之，亦既觏止，我心则说。"

17 〔殷渥（wò 沃）〕谓殷勤备至。渥，浓郁。

18 〔清歌〕戏曲中一种演唱形式。不化装，可动作，无道白，只唱曲；音乐简单，常用弦索、笙笛、鼓板等。《初刻拍案惊奇》卷十五：“清唱的，时供新调。”

19 〔跳掷〕同“跳踯”。跳跃。宋邵博《邵氏闻见后录》二十二：“每见小儿跳踯戏剧，不可呵止，俟其抵触墙壁自退耳。”

20 〔款密〕恳挚，亲密。《三国志·蜀志·许靖传》：“昔在会稽，得所贻书，辞旨款密，久要不忘。”

21 〔简默〕沉默寡言。

22 〔象箸、楠珠〕象箸，象牙制成的筷子。《史记·宋微子世家》：“纣始为象箸，箕子叹曰：‘彼为象箸，必为玉杯。’”楠珠，伽南香木制作的串珠，念经文以之记数，故又称“念珠”。

23 〔兴作〕修建宅第。

24 〔乐亭〕县名。在河北省东部乐亭县。

25 〔行牒〕官府发出的行移公文。

26 〔积不相能〕即一向不和睦。不相能，不睦。详见卷四《梅女》注。

27 〔大尹〕对县令的尊称。元代称县官为县尹，故后沿袭称之。

28 〔昏室〕昏，同“婚”。新婚之所。

29 〔窀穸（zhūnxī 谆西）〕墓地，墓穴。

30 〔弭（mǐ 米）祸〕消除灾祸。弭，止，息。

31 〔柴门谢客〕柴门，犹杜门，闭门。谢客，谢绝宾客。《后汉书·杨震传》：“夜遣使者策收震太尉印绶，于是柴门绝宾客。”

32 〔韬晦〕收敛锋芒，隐藏行述。《旧唐书·宣宗纪》：“历太和、会昌朝，愈事韬晦，群居游处，未尝有言。”

33 〔服既阕〕即“服阕”。古时，人死后，其亲属按亲疏远近，尊卑长幼着不同丧服，为他服期限不一的丧期。此称“五服”。旧制，父死后服丧三年，期满脱去丧服，称为“服阕”。阕，事毕。

34 〔土木〕谓兴建宅舍。

35 〔苫（shān 山）块之戚〕谓丧失父母之悲。苫块，为“寝苫枕块”的缩语。详见卷四《胡四娘》注。

36 〔鼎〕古代炊器。

37 〔俗道〕庸俗之人所作为。

38 〔骈肩〕并肩。骈，并列。

39 〔掌上舞〕相传汉成帝的皇后赵飞燕体态轻盈，能作掌上舞。后用指女子体态轻盈。详见卷五《绛妃》“掌上留裙”注。

40 〔不守女子之贞〕赵飞燕入宫先为婕妤，后立为皇后。据《赵飞燕外传》载：赵飞燕与宫奴赤凤私通。故谓“不守女子之贞”。

41 〔锦荐〕以锦缘饰的席子。亦泛指华美的垫席。南朝梁徐悱《赠内》诗：“网虫生锦荐，游尘掩玉床。”

42 〔轻縠（hú 胡）〕有皱纹轻而薄的纱。《文选·曹植〈七启〉》：“耀神景于中沚，被轻縠之纤罗。”

43 〔劳〕痨。

44 〔恶阻〕亦称“妊娠恶阻”。即不思饮食，妇女怀孕两个月左右，出现的妊娠反应。

45 〔烟火之味〕指人间饮食。烟火，指熟食。道家修炼，以绝粒却谷为成仙之道。故称熟食为“烟火”。《南唐书·孙鲂传》：“（李建勋）以鲂诗诰之，（沈）彬曰：‘此非有风雅制度，但得人间烟火气多尔。’”

46 〔衷服〕即“衷里衣”，亦省称“衷衣”。贴身内衣。明夏完淳《送别》诗：“佩君衷里衣，明我长相忆。”

47 〔免身〕妇女分娩。免，通“娩”。《史记·赵世家》：“居无何而朔妇免身生男。”

48 〔键户下帏〕谓闭门苦攻。键户，闩门。下帏，室内放下帷帐。

49 〔领乡荐〕乡试中举。下文“秋捷”同意。

50 〔爽约〕失约。李商隐《为张周封上杨相公启》：“郭伋还州，尚不欺于童子；文侯校猎，宁爽约于虞人。”

51 〔愆（qiān 千）期〕误期，失期。《诗经·卫风·氓》：“匪我愆期，子无良媒。”

52 〔傥（tǎng 倘）来者〕无意得来之物。详见卷六《王桂庵》

“傥来物”注。

53 〔俗幛〕佛教语。指妨害修身养性的世俗贪欲。幛，同“障”。

54 〔撙节〕节省、约束。《新唐书·柳公绰传》：“遭岁恶，撙节用度，辍宴饮，衣食与士卒钧。”

55 〔甲子〕即生辰八字。

56 〔戏债〕赌博之债。戏，指博戏。

57 〔穿窬〕指偷窃。详见卷六《于中丞》注。

58 〔登籍〕谓造册登记。

59 〔蒙死〕冒着生命危险。《汉书·宣帝纪》：“虽有祸患，犹蒙死而存之。”

60 〔无底壑〕犹无底洞。详见卷一《王兰》注。

61 〔晷（guǐ 鬼）刻〕犹言时刻。晷，日影。《梁书·贺琛传》：“每见高祖，与语常移晷刻。”

62 〔持筹握算〕筹和算都是古时计数工具。《文选·枚乘〈七发〉》：“孔老览观，孟子持筹而算之。”

63 〔仰成〕仰首以待成功，比喻坐享其成。《尚书·毕命》：“嘉绩多于先王，予小子垂拱仰成。”

64 〔疽附于骨〕即“附骨疽”。疽附于骨上，言其病入膏肓。详见卷五《江城》“附骨疽”注。

65 〔砒、附〕即中药中砒霜、附子，皆有毒。

66 〔瞑（miàn 面）眩大瘳（chōu 抽）〕意为病入膏肓，必用猛烈之药使其愦闷昏乱，才能彻底治愈疾病。瞑眩，头晕目眩。《尚书·说命上》：“若药弗瞑眩，厥疾弗瘳。”疏：“冥眩者，令人愦闷之意也。”瘳，病愈。

67 〔参、苓〕即人参、茯苓，此均为滋补药。

68 〔洞见脏腑〕言其医术之高。春秋时名医扁鹊，师事长桑君。长桑君以药与之。扁鹊饮其药三十日，能隔垣视人，以此视病，尽见五脏症结。见《史记·扁鹊仓公列传》。后因称明察隐微，曰洞见脏腑。

69 〔章丘〕县名。今山东省章丘市。

70 〔甲榜〕明清称会试为甲榜，亦称甲科，中式者为进士；乡试为乙榜，亦称乙科，中式者为举人。

71 〔临清〕州名。今山东省临清市。

72 〔典肆〕即当铺，又称质库。

73 〔姒（sì 四）〕妯娌间对年岁大者的称呼。

74 〔三卵两成〕谓李氏兄弟三人有两人登进士第。

75 〔毈（duàn 段）〕谓鸟卵孵不出。《淮南子·原道》：“兽胎不殰，鸟卵不毈。”高诱注：“胎不成兽曰殰，卵不成鸟曰毈。”

76 〔绩火〕绩麻纺线的灯。

77 〔瀹（yuè 跃）茗作黍〕煮茶做饭。瀹茗，煮茶。

78 〔平等〕清代规定，生员入学，参加岁试和科试，其考试成绩分为六等，并按等进行奖惩。其六等：文理平通者为一等，文理亦通者为二等，文理略通者为三等，文理有疵者为四等，文理荒谬者为五等，文理不通者为六等。六等黜陟法。平等，成绩居中，不赏不罚。

79 〔东主〕指聘请塾师的主人家。

80 〔至亲〕谓最亲近的人。

81 〔舌耕〕旧时塾师设馆授徒，恃口说谋生，谓之舌耕。王嘉《拾遗记》：“（贾逵）门徒来学，不远万里，或襁负子孙，舍于门侧，皆口授经文，赠献者积粟盈仓，或云：逵非力耕所得，诵经口倦，世所谓舌耕也。”

82 〔一行作吏〕一经为官。详见卷六《新郑讼》注。

83 〔便大〕妄自尊大。

药 僧

济宁某，偶于野寺外，见一游僧[1]，向阳扪虱[2]；杖挂葫芦，似卖药者。因戏曰："和尚亦卖房中丹[3]否？"僧曰："有。弱者可强，微者可巨，立刻见效，不俟经宿。"某喜，求之。僧解衲[4]角，出药一丸，如黍大，令吞之。约半炊时，下部暴长；逾刻自扪，增于旧者三之一。心犹未满，窥僧起遗[5]，窃解衲，拈二三丸并吞之。俄觉肤若裂，筋若抽，项缩腰橐[6]，而阴长不已。大惧，无术。僧返，见其状，惊曰："子必窃吾药矣！"急与一丸，始觉休止。解衣自视，则几与两股鼎足而三矣。缩颈蹒跚而归，父母皆不能识。从此为废物，日卧街上，多见之者。

校注

1 〔游僧〕指四方游食之僧。

藥僧
房中丹藥亦奇
哉步履蹣跚轉
可哀我有狂言
供一噱不如
且作寺人來
藥僧

2 〔扪虱〕摸虱子。

3 〔房中丹〕即房中药。

4 〔衲〕僧衣百纳。又称百衲衣。

5 〔遗〕谓上厕所。

6 〔项缩腰橐（tuó 驼）〕橐，通“驼”。意谓腰背弯曲。

牛同人

（上缺）牛过父室[1]，则翁卧床上未醒，以此知为狐。怒曰："狐可忍也，胡败我伦[2]！关圣号为'伏魔'[3]，今何在，而任此类横行！"因作表上玉帝[4]，内微诉关帝之不职。久之，忽闻空中喊嘶声，则关帝也。怒叱曰："书生何得无礼！我岂专掌为汝家驱狐耶？若禀诉不行，咎怨何辞矣。"即令杖牛二十，股肉几脱。少间，有黑面将军[5]缚一狐至，牵之而去，其怪遂绝。

后三年，济南游击[6]女为狐所惑，百术不能遣。狐语女曰："我生平所畏，惟牛同人[7]而已。"游击亦不知牛何里，无可物色。适提学案临，牛赴试，在省偶被营兵迕辱[8]，忿诉游击之门。游击一闻其名，不胜惊喜，伛偻甚恭。立捉兵至，捆责尽法。已，乃实告以情。牛不得已，为之呈告关帝。俄顷，见金甲神降于其家，狐方在室，颜猝变，现形如犬，绕屋嚎窜。旋出，自投阶下。神言："前帝不忍诛，今再犯，不赦矣！"絷系马颈而去。

校注

1 〔牛过父室〕该句以前文残缺。此文为《异史本聊斋志异》佚文，据作者手稿本补录。其顺序亦据手稿本。

2 〔胡败我伦〕为什么败坏我家的伦常。伦，伦常。此为封建社会的伦理道理的规范。《孟子·滕文公上》："父子有亲，君臣有义，夫妇有别，长幼有序，朋友有信。"

3 〔关圣号为"伏魔"〕明万历四十二年（1614）敕封三国蜀大将军关羽为"三界伏魔大帝"。

4 〔玉帝〕即玉皇。为"昊天金阙至尊玉皇大帝"的省称。南朝梁陶弘景《真灵位业图》："玉帝居玉清三元宫第一中位。"

5 〔黑面将军〕当指关羽的部将周仓。

6 〔游击〕清代武官名，职位次于参将。详见卷二《夜叉国》注。

7 〔牛同人〕名同人，字应乾，岁贡生，山东省章丘县（今属济南市）人。其人嗜学勤读，以训诲后学为乐。凡所读"四书"、"五经"皆手自注解。能汇诸家之要。详见乾隆十二年《重修章丘县志》。

8 〔迕（wǔ 午）辱〕凌辱。

神　女

米生者，闽[1]人，传者忘其名字、郡邑。偶入郡，醉过市廛，闻高门中箫鼓如雷。问之居人，云是开寿筵者，然门庭亦殊清寂。听之笙歌繁响，醉中雅爱乐之，并不问其何家，即街头市祝仪，投晚生刺[2]焉。或见其衣冠朴陋，便问："君系此翁何亲？"答言："无之。"或言："此流寓者侨居于此，不审何官，甚贵倨[3]也。既非亲属，将何求？"生闻而悔之，而刺已入矣。无何，两少年出逆客，华裳炫目，丰采都雅，揖生入。见一叟南向坐，东西列数筵，客六七人，皆似贵胄；见生至，尽起为礼，叟亦杖而起[4]。生久立，待与周旋，而叟殊不离席。两少年致词曰："家君衰迈，起拜良艰，予兄弟代谢高贤之见枉[5]也。"生逊谢而罢。遂增一筵于上，与叟接席。未几，女乐作于下。座后设琉璃屏，以幛内眷。鼓吹大作，座客不复可以倾谈。筵将终，两少年起，各以巨杯劝客，杯可容三斗；生有难色，然见客受，亦受。顷刻四顾，主客尽釂[6]，生不得已，亦强尽之。少年复斟。生觉惫甚，起而告退。

少年强挽其裾。生大醉遏地[7]，但觉有人以冷水洒面，恍然若寤。起视，宾客尽散，惟一少年捉臂送之，遂别而归。后再过其门，则已迁去矣。

自郡归，偶适市，一人自肆中出，招之饮。视之不识；姑从之入，则座上先有里人鲍庄在焉。问其人，乃诸姓，市中磨镜者[8]也。问："何相识？"曰："前日上寿者，君识之否？"生言："不识。"诸言："予出入其门最稔。翁，傅姓，但不知其何籍、何官。先生上寿时，我方在墀下，故识之也。"日暮，饮散。鲍庄夜死于途。鲍父不识诸，执名讼生。检得鲍庄体有重伤，生以谋杀论死，备历械梏；以诸未获，罪无申证[9]，颂系[10]之。年余，直指巡方[11]，廉知其冤，出之。家中田产荡尽，而衣巾革褫[12]，冀其可以辨复[13]，于是携囊入郡。日将暮，步履颇殆，休于路侧。遥见小车来，二青衣夹随之。既过，忽命停舆。车中不知何言，俄一青衣问生："君非米姓乎？"生惊起，诺之。问："何贫窭[14]若此？"生告以故。又问："安之？"又告之。青衣去，向车中语；俄复返，请生至车前。车中以纤手搴帘，微睨之，乃绝代佳人也。谓生曰："君不幸得无妄之祸[15]，闻之太息。今日学使署，非白手可以出入者，途中无可解赠。"乃于髻上摘珠花一朵。授生曰："此物可鬻百金，请缄藏之。"生下拜，欲问官阀，车行甚疾，其去已远，不解何人。执花悬想，上缀明珠，非凡物也。珍藏而行。至郡投状，上下勒索甚苦；出花展视，不忍置去[16]，遂归。归而无家，依于兄嫂。幸兄贤，为之经纪，贫不废读。

过岁，赴郡应童子试[17]，误入深山。会清明节，游人甚众。有数女骑来，内一女郎，即曩年车中人也。见生停骖[18]，问其所往。生具以对。女惊曰："君衣顶[19]尚未复耶？"生惨然于衣下出珠花，曰："不忍弃此，故犹童子[20]也。"女郎晕红上颊，既嘱坐待路隅。款段而去。久之，一婢驰马来，以裹物授生，曰："娘子言：今日学使之门如市；赠白金二百，为进取之资。"生辞曰："娘子惠我多矣！自分掇芹[21]非难，重金所不敢受。但告以姓名，绘一小像，焚香供之，足矣。"婢不顾，委地下而去。生由此用度颇充，然终不屑夤缘[22]。后入邑庠第一。以金授兄；兄善居积，三年旧业尽复。适闽中巡抚为生祖门人，优恤甚厚，兄弟称巨家矣。然生素清鲠，虽属大僚通家，而未尝有所干谒[23]。

一日，有客裘马至门，都无识者。出视，则傅公子也。揖而入，各道间阔。治具相款，客辞以冗，然亦不竟言去。已而肴酒既陈，公子起而请间；相将入内，拜伏于地。生惊问何事。怆然曰："家君适罹大祸，欲有求于抚台[24]，非兄不可。"生辞曰："渠虽世谊，而以私干人，生平所不为也。"公子伏地哀泣。生厉色曰："小生与公子，一饮之知交耳，何遂以丧节强人！"公子大惭，起而别去。越日，方独坐，有青衣人入，视之，即山中赠金者。生方惊起，青衣曰："君忘珠花否？"生曰："唯唯，不敢忘。"

神女
襆陌衣冠骾介身車中
慰贈亦前因爲卿夙夜
蒙霜露不惜珠
苓持與人

曰："昨公子，即娘子胞兄也。"生闻之，窃喜，伪曰："此难相信。若得娘子亲见一言，则油鼎可蹈耳；不然，不敢奉命。"青衣出，驰马而去。更尽复返，扣扉入曰："娘子来矣。"言未已，女郎惨然入，向壁而哭，不作一语。生拜曰："小生非卿，无以有今日。但有驱策，敢不惟命！"女曰："受人求者常骄人，求人者常畏人。中夜奔波，生平何解此苦，只以畏人故耳，亦复何言！"生慰之曰："小生所以不遽诺者，恐过此一见为难耳。使卿夙夜蒙露，吾知罪矣！"因挽其袪[25]，隐抑搔之。女怒曰："子诚敝人[26]也！不念畴昔之义，而欲乘人之厄。予过矣！予过矣！"忿然而出，登车欲去。生追出谢过，长跪而要遮之。青衣亦为缓颊。女意稍解，就车中谓生曰："实告君：妾非人，乃神女也。家君为南岳都理司[27]，偶失礼于地官[28]，将达帝庭；非本地都人官印信，不可解也。君如不忘旧义，以黄纸一幅，为妾求之。"言已，车发遂去。

生归，悚惧不已。乃假驱祟，言于巡抚。巡抚谓其事近巫蛊[30]，不许。生以厚金赂其心腹，诺之，而未得其便也。既归，青衣候门，生具告之，默然遂去，意似怨其不忠。生追送之曰："归告娘子：如事不谐，我以身命殉之！"既归，终夜辗转，不知计之所出。适院署[31]有宠姬购珠，生乃以珠花献之。姬大悦，窃印为之钤之。怀归，青衣适至。笑曰："幸不辱命。然数年来贫贱乞食所不忍鬻者，今还为主人弃之矣！"因告以情。且曰："黄金抛置，我都不惜。寄语娘子：珠花须要偿也。”逾数日，傅公子登堂申谢，纳黄金百两。生作色曰：“所以然者，为令妹之惠我无私耳；不然，即万金岂足以易名节哉！”再强之，声色益厉。公子惭而去，曰：“此事殊未了！”翼日，青衣奉女郎命，进明珠百颗，曰：“此足以偿珠花耶？”生曰：“重花者，非贵珠也。设当日赠我万镒[32]之宝，直须卖作富家翁耳；什袭[33]而甘贫贱，何为乎？娘子神人，小生何敢他望，幸得报洪恩于万一，死无憾矣！”青衣置珠案间，生朝拜而后却之。

越数日，公子又至。生命治肴酒。公子使从人入厨下，自行烹调，相对纵饮，欢若一家。有客馈苦糯[34]，公子饮而美之，引尽百盏，面颊微赪[35]，乃谓生曰：“君贞介士[36]，愚兄弟不能早知君，有愧裙钗[37]多矣。家君感大德，无以相报，欲以妹子附为婚姻，恐以幽明[38]见嫌也。”生喜惧非常，不知所对。公子辞而出，曰：“明夜七月初九，新月钩辰[39]，天孙[40]有少女下嫁，吉期也，可备青庐[41]。”

次夕，果送女郎至，一切无异常人。三日后，女自兄嫂以及婢仆，皆有馈赏。又最贤，事嫂如姑。数年不育，劝纳副室[42]，生不肯。适兄贾于江淮，为买少姬而归。姬，顾姓，小字博士，貌亦清婉，夫妇皆喜。见髻上插珠花，甚似当年故物；摘视，果然。异而诘之，答云：“昔有巡抚爱妾死，其婢盗出鬻于市，先人廉其值，买而归。妾爱之。先人无子，生妾一人，故所求无不得。后父死家落，妾寄养于顾媪之家。顾，妾姨行，见珠，屡欲售去，妾投井觅死，故至今犹存也。”夫妇叹曰：“十年之物，复归故主，岂非数哉。”女另出珠花一朵，曰：“此物久无偶矣！”因并赐之，亲为簪于髻上。姬退，问女郎家世甚悉，家人皆讳言之。阴语生曰：“妾视娘子，非人间人也；其眉目间有神气。昨簪花时得近视，其美丽出于肌里，非若凡人以黑白位置中见长耳。”生笑之。姬曰：“君勿言，妾将试之。如其神，但有所须，无人处焚香以求，彼当自知。”女郎绣袜精工，博士爱之，而未敢言，乃即闺中焚香祝之。女早起，忽检箧中，出袜，遣婢赠博士。生见而笑。女问故，以实告。女曰：“黠哉婢乎！”因其慧，益怜爱之；然博士益恭，昧爽时，必熏沐[43]以朝。后博士一举两男，两人分字[44]之。生年八十，女貌犹如处子。生抱病，女鸠匠为材，令宽大倍于寻常。既死，女不哭；男女他适，女已入材中死矣。因并葬之。至今传为“大材冢”云。

异史氏曰：“女则神矣，博士而能知之，是遵何术欤？乃知人之慧，固有灵于神者矣！”

校注

1 〔闽〕福建省之简称。

2 〔晚生刺〕自称晚辈的名帖。刺，帖子。

3 〔贵倨〕自恃地位尊贵，态度倨傲。《史记·酷吏列传·郅都》："丞相条侯至贵倨也，而都揖丞相。"

4 〔杖而起〕谓扶杖而起。

5 〔枉〕枉驾，惠顾。

6 〔尽酹（jiào 叫）〕干杯。

7 〔遏（dàng 荡）地〕跌倒在地。《汉书·王式传》："式耻之，阳醉遏地。"注："遏，失据而倒也。"

8 〔磨镜者〕即磨镜的人。古人用铜制之镜，镜久其面发黯，故需常磨洗之。

9 〔申证〕明证。

10 〔颂（róng 容）系〕拘禁而不加刑具。颂，宽容。《汉书·刑法志三》："年八十以上，八岁以下，及孕者未乳，师，侏儒，当鞠系者，颂系之。"

11 〔直指巡方〕直指，汉代官名。汉代朝廷特派官员绣衣，持节发兵，有权诛杀不法官吏，称"直指使者"。详见卷一《娇娜》注。巡方，亦称"巡方御史"。明代派监察御史巡按各省，按藩服大臣府州县官。详见卷一《王兰》注。

12 〔衣巾革褫（chǐ 耻）〕褫夺衣顶，意为革除功名。科举时代有功名的人其衣顶都有严格的规定，犯罪后褫去巾服，革除功名。

13 〔辨复〕谓被革除功名的生员，经辨明为无罪，恢复其功名，谓"辨复"。详见卷三《书痴》注。

14 〔贫窭（jù 具）〕贫穷。

15 〔无妄之祸〕意外的灾难。王充《论衡·明雩》："灾变大致有二：有政治之灾，有无妄之变。德酆政得，灾犹至者，无妄也；德衰政失，变应乘者，政治也。"

16 〔置去〕此指卖掉。置，放弃。

17 〔应童子试〕参加童子科考试。童子试，科举制度中的低级考试。童生应试合格者始为生员。

18 〔停骖（cān 餐）〕停车。骖，本指一车三马中的边马。此指三匹马驾的车。

19 〔衣顶〕明代规定生员穿襕衫，戴方巾。清代以帽顶区分品级，生员、监生帽顶用银，此言“衣顶”，指生员的资格。

20 〔童子〕明清科举，读书人进学称生员，进学之前，无论年龄老幼，皆称童生。此称童子，即童生。

21 〔掇（duō 哆）芹〕即考取秀才。详见卷三《狐谐》注。

22 〔夤（yín 银）缘〕凭藉关系，攀附钻营。详见卷一《珠儿》注。

23 〔干谒〕对人有所求而请见，即请托。杜甫《自京赴奉先县咏怀五百字》：“以兹误生理，独耻事干谒。”

24 〔抚台〕即巡抚的尊称。详见卷四《阎罗薨》注。台，为对别人的敬称。

25 〔袪（qū 区）〕袖口。

26 〔敝人〕德薄、心术不正之人。《后汉书·卓茂传》：“汝为敝人矣，凡人所以贵于禽兽者，以有仁爱知相敬事也。今邻里长老尚致馈送，此乃人道所以相亲，况吏与民乎？”

27 〔南岳都理司〕道教神名。南岳，指五岳之一衡山，为道教尊奉之五岳之神之岳神，名司天王。都理司，总管刑鞫诉讼的官。

28 〔地官〕为道教所信奉的神。道教认为世间的天、地、水有三官所管辖。天官赐福，地官赦罪，水官解厄。

29 〔本地都人官印信〕指中央直属的地方最高行政长官。这里指巡抚。都，总领。印信，官印。

30 〔巫蛊（gǔ 古）〕古代迷信，谓巫师使用邪术加祸于人。《汉书·江充传》：“充见上年老，恐晏驾后为太子所诛，因是为奸，奏言上疾祟在巫蛊。”

31 〔院署〕即巡抚衙门。院，抚院。

32 〔万镒（yì 义）〕价值万金。《孟子·梁惠王下》：“今有璞玉于此，虽万镒，必使玉人雕琢之。”赵岐注：“二十两为镒。”

33 〔什袭〕层层包裹，珍贵藏之。

34 〔苦糯〕同“苦醁”。一种米酒。

35 〔赪（chēng 撑）〕红色。

36 〔贞介士〕忠贞耿介的读书人。

37 〔裙钗〕本指妇女著裙插钗。此指神女。

38 〔幽明〕谓阴阳两界。此指人神隔绝。

39 〔新月钩辰〕本指一种天文现象。《汉书·天文志》："星居于卯地，或辰星钩月，主年丰国泰。"比喻吉期。

40 〔天孙〕星名，即织女星。

41 〔青庐〕用青布搭成的棚，古时在其中举行婚礼。详见卷二《莲香》注。

42 〔副室〕封建社会中嫡妻称为正室，妾称为副室。

43 〔熏沐〕熏，以香料涂身。沐，濯发。语本韩愈《答吕医山人书》"方将坐足下三浴而三熏之。"此指装扮齐整，以示恭敬。

44 〔字〕养活。

牛飞

邑人某，购一牛，颇健。夜梦牛生两翼飞去，以为不祥，疑有丧失[1]。牵市中，损价[2]售之。以巾裹金，缠臂上。归至半途，见有鹰食残兔，近之，甚驯。遂以巾头絷鹰股，臂之[3]。鹰屡摆扑，把捉稍懈，带巾腾去。某每谓定数不可逃，而不知不疑梦，不贪拾遗[4]，走者[5]何遽能飞哉！

校注

1 〔丧失〕丢失或者死亡。
2 〔损价〕减价。
3 〔臂之〕即用手臂架鹰。
4 〔不贪拾遗〕不拾取别人丢失的东西。
5 〔走者〕指牛。

素　秋

俞慎，字谨庵，顺天旧家子[1]。赴试入都，舍于郊郭。时见对户一少年，美如冠玉[2]。心好之，渐近与语，风雅尤绝。大悦，捉臂邀至寓所，便相款宴。审其姓氏，自言："金陵人，姓俞，名士忱，字恂九。"公子闻与同姓，益加亲洽，因订为昆仲[3]。少年遂以名减字为忱。明日，过其家，书舍光洁；然门庭踧落[4]，更无厮仆。引公子入内，呼妹出拜。年十三四已来，肌肤滢澈，粉玉无其白也。少顷，托茗献客，似家中亦无婢妪。公子异之，数语遂出。由是，友爱如胞。恂九无日不来，或留共宿，则以弱妹无伴为词。公子曰："吾弟流寓千里，曾无应门之僮，兄妹纤弱，何以为生矣？计不如从我去，有斗舍可供栖止。如何？"恂九喜，约以闱后。

试毕，恂九邀公子去，曰："中秋月明如昼，妹子素秋，具有蔬酒，勿违其意。"竟挽入内。素秋出，略道温凉，便入复室[5]，下帘治具。少间，自出行炙[6]。公子起曰："妹子奔波，情何以忍！"素秋笑入。顷之，搴帘出，则一青衣婢捧壶，又一媪托柈进烹鱼。公子讶曰："此辈何来？不早从事，而烦妹子？"恂九微笑曰："妹子又弄怪矣！"但闻帘内吃吃作笑声，公子不解其故。既而宴终，婢媪撤器。公子适嗽，误堕婢衣。婢随唾而倒，碎碗流炙。视婢，则帛剪小人，仅四寸许。恂九大笑。素秋出，拾之而去。俄而，婢复出，奔走如故。公子大异之。恂九曰："此不过妹子幼时卜紫姑之小技[7]耳！"公子因问："弟妹都已长成，何未婚姻？"答云："先人即世[8]，去留尚无定所，故此迟迟。"遂与商定行期，鬻宅携妹，与公子俱西。既归，除舍舍之，又遣一婢为之服役。公子妻，韩侍郎之犹女[9]也，尤怜爱素秋，饮食共之。公子与恂九亦然。而恂九又最慧，目下十行，试作一艺[10]，老宿[11]不能及之。公子劝赴童子试。恂九曰："姑为此业者，聊与君分苦耳。自审福薄，不堪仕进；且一入此途，遂不能不戚戚[12]于得失，故不为也。"居三年，公子又下第。恂九大为扼腕，奋然曰："榜上一名，何遂艰难若此！我初不欲为成败所惑，故宁寂寂耳。今见大哥不能自发舒，不觉中热，十九岁老童，当效驹驰也。"公子喜，试期送入场，邑、郡、道皆第一[13]。益与公子下帷攻苦。逾年，科试，并为郡、邑冠军。恂九名大噪，远近争婚之，恂九悉却去。公子力劝之，乃以场后为解。

无何，试毕，倾慕者争录其文，相与传诵；恂九亦自觉第二人不屑居也。榜既放，兄弟皆黜。时方对酌，公子尚强作噱[14]。恂九失色，酒盏倾堕，身仆案下。扶置榻上，病已困殆。急呼妹至，张目谓公子曰：“吾两人情虽如胞，实非同族。弟自分已登鬼箓[15]，衔恩无可相报。素秋已长成，既蒙嫂氏抚爱，媵之可也。”公子作色曰：“是真吾弟之乱命[16]也。其将谓我人头畜鸣[17]者耶？”恂九泣下。公子即以重金为购良材。恂九命舁至，力疾而入；嘱妹曰：“我殁后即合棺，无令一人开视。”公子尚欲有言，而目已瞑矣。公子哀伤，如丧手足；然窃疑其嘱异，俟素秋他出，启而视之，则棺中袍服如脱；揭之，有蠹鱼[18]径尺，僵卧其中。骇异间，素秋促入，惨然曰：“兄弟何所隔阂！所以然者，非避兄也；但恐传布飞扬[19]，妾亦不能久居耳。”公子曰：“礼缘情制[20]；情之所在，异族何殊焉！妹宁不知我心乎？即中馈当无漏言，请无虑。”遂速卜吉期，厚葬之。初，公子欲以素秋论婚于世家，恂九不欲；既殁，公子以商素秋，素秋不应。公子曰：“妹年已二十矣，长而不嫁，人其谓我何？”对曰：“若然，但惟兄命。然自顾无福相，不愿入侯门，寒士而可。”公子曰：“诺。”不数日，冰媒相属[21]，卒无所可。先是，公子之妻弟韩荃来吊，得窥素秋，心爱悦之，欲购作小妻[22]；谋之姊，姊急戒勿言，恐公子知。韩去，终不能释；托媒风示公子，许为买乡场关节[23]。公子闻之，大怒，诟骂，将致意者批逐出门。自此，交往遂绝。适有故尚书之孙某甲，将娶而妇忽卒，亦遣冰来。某甲第[24]云连，公子之所素识，然欲一见其人。因与媒约，使甲躬谒[25]。及期，垂帘于内，令素秋自相之。甲至，裘马驺从，炫耀闾里。又视其人，秀雅如处子。公子大悦，见者咸赞美之，而素秋殊不乐。公子不听，竟许之；盛备奁妆，计费不赀。素秋固止之，但讨一老大婢，供给使而已。公子亦不之听，卒厚赠焉。

既嫁，琴瑟甚敦。然兄嫂常系念之，每月辄一归宁。来时，奁中珠绣，必携数事，付嫂收贮。嫂未知其意，亦姑从之。甲少孤，止有寡母，溺爱过于寻常；日近匪人，渐诱淫赌，家传书画鼎彝[26]，皆以鬻偿戏债。而韩荃与有瓜葛，因招饮而窃探之，愿以两妾及五百金易素秋。甲初不肯；韩固求之，甲意似摇，恐公子不甘。韩曰："彼与我至戚，此又非其支系[27]；若事已成，则彼亦无如我何。万一有他，我身任之。有家君在，何畏一俞谨庵哉！"遂盛装两姬出行酒，且曰："果如所约，此即君家人矣。"甲惑之，约期而去。至日，虑韩诈谖[28]，夜候于途，果有舆来。启帘验照不虚，乃导去；姑置斋中。韩仆以五百金交兑俱明。甲奔入，伪告素秋，言公子暴病相呼。素秋未遑理妆，草草遂出。舆既发，夜迷不知何处；逴行[29]良远，殊不可到。忽有二巨烛来，众窃喜其可以问途。无何，至前，则巨蟒两目如灯。众大骇，人马俱窜，委舆路侧。将曙复集，则空舆存焉。意必葬于蛇腹，归告主人，垂首丧气而已。

数日后，公子遣人诣妹，始知为恶人赚去。初不疑其婿之伪也，陪娶婢归，细诘情迹，微窥其变；忿甚，遍诉郡邑。某甲惧，求救于韩。韩以金妾两亡，正复懊丧，斥绝不为力。甲[30]呆憨，无所复计；各处勾牒至，但以贿嘱免行。月余，金珠服饰，典货一空。公子于宪府[31]究理甚急，邑官皆奉严令。甲知不可复匿，始出；至公堂，实情尽吐。蒙宪票拘韩对质。韩惧，以情告父。父时休致[32]，怒其所为不法，执付隶。既见诸官府，言及遇蟒之变，悉谓其词枝[33]。家人搒掠殆遍，甲亦屡被敲楚。幸母日鬻田产，上下营救，刑轻得不死，而韩仆已瘐毙矣。韩久困囹圄，愿助甲赂公子千金，哀求罢讼。公子不许。甲母又请益以二姬，但求姑存疑案，以待寻访；妻又承叔母命，朝夕解免，公子乃许之。甲家綦贫，货宅办金，而急切不能得售。因先送姬来，乞其延缓。

逾数日，公子夜坐斋头，素秋偕一媪蓦然忽入。公子骇问："妹固无恙耶？"笑曰："蟒变，乃妹之小数耳。当夜窜入一秀才家，依于其母。彼自言识兄，今在门外，请入之。"公子倒屣[34]而出。烛之，非他，乃周生，宛平[35]之名士也。素以声气[36]相善。把臂入斋，款洽臻至。倾谈既久，始知颠末[37]。初，素秋昧爽款生门，母纳入；诘之，知为公子妹，便将驰报，素秋止之。因与母居，慧能解意，母悦之。以子无归，窃属意素秋；微言之，素秋以未奉兄命为辞。生亦以公子交契[38]，故不肯作无媒之合，但频频侦听。知讼事已有关说[39]，素秋乃告母欲归。母遣生率一媪送之，即嘱媪媒焉。公子以素秋居生家久，窃有心而未言也；及闻媪言，大喜，即与生面订为好。先是，素秋夜归，将使公子得金，而后宣之。公子不可，曰："向愤无所泄，故索金以败之耳。今复见妹，万金何能易哉！"即遣人告诸两家，顿罢之。又念生家故不甚丰，道赊远，亲迎殊艰，因移生母来，居以恂九旧第。生亦备币帛鼓乐[40]，婚嫁成礼。一日嫂戏素秋："今得新婿，曩年枕席之爱犹忆之否？"素秋微笑，顾婢曰："忆之否？"嫂不解，研问之。盖三年床笫，皆以婢代。每夕，以笔画其两眉，驱之去，即对烛而坐，婿亦不之辨也。益奇之，求其术，但笑不言。

次年大比[41]，生将与公子偕往，素秋以为不必。公子强挽之而去。是科，公子荐于乡；生落第归，隐有退志。逾年，母卒，遂不复言进取矣。一日，素秋告嫂曰："向问我术，固未肯以此骇物听[42]也。今远别，行有日矣，请秘授之，亦可以避兵燹。"惊而问之。答云："三年后，此处当无人烟。妾荏弱，不堪惊恐，将蹈海滨而隐。大哥富贵中人，不可以偕，故言别也。"乃以术悉授嫂。数日，又告公子，留之不得，至于泣下。问"往何所"，即亦不言。鸡鸣早起，携一白须奴，控双卫而去。公子阴使人尾送之。至胶莱之界[43]，尘雾障天。既晴，已迷所往。三年后，闯寇犯顺[44]，村舍为墟。韩夫人剪帛置门外，寇至，见云绕韦驮[45]，高丈余，遂骇走，以是得无恙焉。后村中有贾客至海上，遇一叟似老奴，而髭发尽黑，猝不敢认。叟停足而笑曰："我家公子尚健耶？借口寄语，秋姑亦甚安乐。"问其居何里。曰："远矣，远矣！"匆匆遂去。公子闻之，使人于所在遍访之，竟无踪迹。

异史氏曰："管城子无食肉相[46]，其来旧矣。初念甚明，而乃持之不坚，宁知糊眼主司[47]，固衡命不衡文耶！一击不中[48]，冥然遂死，蠹鱼之痴，一何可怜！伤哉雄飞，不如雌伏[49]。"

校注

1 〔顺天旧家子〕顺天，即顺天府。旧家子，即世家的子弟。
2 〔冠玉〕本指装于帽子上的玉。比喻美男子。
3 〔昆仲〕兄弟。
4 〔踧（cù 促）落〕冷落。
5 〔复室〕内室。
6 〔自出行炙〕指向宴席上端菜。炙，原指烧烤的肉，引申为菜肴。《世说新语·德行》："顾荣在洛阳，尝应人请，觉行炙人有欲炙之色。"
7 〔卜紫姑之小技〕指占卜。紫姑，民间传说中的神名，详见卷四《花姑子》注。此指剪帛为人的幻术。
8 〔即世〕去世，死。《左传·成公十三年》："穆襄即世，康灵即位。"

9 〔犹女〕侄女。

10 〔艺〕此指制艺，即八股文。

11 〔老宿〕即宿儒。指年老而有名望的人。《三国志·魏志·曹爽传》注引《魏略》："于时曹爽辅政，以（桓）范乡里老宿，于九卿中特敬之。"此处指有造诣的老手。

12 〔戚戚〕心动貌。《孟子·梁惠王上》："夫子言之，于我心有戚戚焉。"

13 〔邑、郡、道皆第一〕邑、郡、道试，亦称县、府、道试。是科举时代童试的三层考试。道试，又称院试。道，历史上的行政区划名称。清代在省与州、府之间设道。府试的士子被录取后，再参加道试。清代道试由学政主持，因学政称提学院，故由学政主持的考试，亦称院试；又以旧制称提学道，故亦沿称道试。

14 〔强作噱（jué 决）〕谓作笑。噱，谈笑，大笑。

15 〔登鬼箓〕谓入鬼籍。鬼箓，死者名册。李商隐《有感》："鬼箓分朝部，军烽照上都。"

16 〔乱命〕人将死神志昏愦时的遗言。详见卷一《偷桃》"结草"注引。

17 〔人头畜鸣〕原指人愚蠢如畜。《史记·秦始皇本纪》附班固文："(胡亥）诛斯去疾，任用赵高，痛哉言乎！人头畜鸣。"后指品质极端恶劣的人。

18 〔蠹鱼〕又名"书鱼"。蛀蚀书籍衣物的小虫。

19 〔传布飞扬〕宣传播扬。

20 〔礼缘情制〕礼法依人情而定。

21 〔冰媒相属〕谓说媒的人接连不断。冰媒，也称冰人。详见卷五《菱角》注。

22 〔小妻〕妾。《汉书·枚乘传》："乘在梁时，娶皋母为小妻。"

23 〔买乡场关节〕用钱买通乡试的关节。乡场，即乡试。关节，即行贿说情。

24 〔甲第〕豪门贵族的宅第。《史记·孝武本纪》："其以二千户封地士将军栾大为乐通侯，赐列侯甲第，僮千人。"集解：

"有甲乙第次，故曰第。"

25 〔躬谒〕亲自来会见。

26 〔鼎彝〕三代青铜器。鼎，炊器。彝，祭器。此指珍贵的古玩。

27 〔支系〕谓同宗之族的分支。

28 〔诈谖（xuān 宣）〕欺诈。谖，欺骗。

29 〔遑行〕远行。详见卷一《成仙》注。

30 〔甲〕据手稿本，原抄本作"果"。

31 〔宪府〕御史台。《旧唐书·杨收传》："俄而假自浙西观察判官入为监察御史，收亦自四川入为监察。兄弟并居宪府，特为新例。"

32 〔休致〕官吏年老退职。详见卷二《罗刹海市》注。

33 〔词枝〕言语支吾。《周易·系辞》："将叛者其辞惭，中心疑者其辞枝。"词，通"辞"。疏："枝，谓树枝也，中心于事疑惑，则其心不定，其辞分散若间枝也。"

34 〔倒屣（xǐ 喜）〕穿倒了鞋子。屣，鞋子。详见卷一《续黄粱》注。

35 〔宛平〕旧县名。明清时为顺天府治，解放后撤销，并入北京市。

36 〔声气〕《周易·乾》："同声相应，同气相求。"后以声气指朋友间意气相投合。

37 〔颠末〕谓事情的原委。

38 〔交契〕感情相投合。杜甫《徒步归行赠李特进》诗："人生交契无老少，论交何必先同调。"

39 〔关说〕通关节，说人情。《史记·佞幸列传序》："此两人（指籍孺、闳孺）非有才能，徒以婉佞贵幸，与上卧起，公卿皆因关说。"索隐："关，通也，谓公卿因之而通其词说。"

40 〔币帛鼓乐〕谓准备结婚的礼品及迎亲所用的吹打乐队。

41 〔大比〕谓乡试之年。详见卷六《张鸿渐》注。

42 〔物听〕公众的听闻。

43 〔胶莱之界〕谓胶州与莱州边界。

44 〔闯寇犯顺〕指李自成农民义军进攻到顺天府。闯寇，李自成称为“李闯王”；寇，是对农民义军的蔑称。

45 〔韦驮〕佛教的守护神。其像戎装，执金刚杵，立于天王殿弥勒佛之后，正对释迦牟尼佛，位居四天王三十二神将之首。

46 〔管城子无食肉相〕谓读书的人无做官的福相。管城子，毛笔的别称，此以喻读书之人。韩愈《毛颖传》：“遂猎，围毛氏之族，拔其毫，载颖而归……秦始皇使（蒙）恬赐之汤沐而封诸管城，号曰管城子。”黄庭坚《戏呈孔毅父》诗：“管城子无食肉相，孔方兄有绝交书。”古称服官的人为肉食者。《左传·庄公十年》：“肉食者鄙，未能远谋。”

47 〔糊眼主司〕对文章无鉴赏能力的主考官。糊眼，蒙住了眼睛。宋欧阳修《知贡举》诗：“清夜梦中糊眼处，朱衣暗里点头时。”主司，主考官。

48 〔一击不中〕《史记·留侯世家》载：汉张良曾使力士操铁椎，击秦始皇于博浪沙，但未击中而失败。此喻恂九乡试未中。

49 〔伤哉雄飞，不如雌伏〕意谓可悲伤呵，男儿奋发而失败，倒不如女子居家还安逸。雄飞，奋发猛进。“雄伏”，详见卷五《颜氏》注。

刁姓

里有刁姓者，家无生产[1]，每出卖许负之术[2]，实无术也。而数月一归，则金帛盈橐。共异之。会里人有客于外者，遥见高门内一人冠华阳巾[3]，言语啁嘶，众妇丛绕之。近视，则刁。因从旁微窥之。少间，有问者曰："吾等众人有一夫人在，能辨之乎？"盖有一贵人妇微服[4]其中，将以验其术也。里人代为之窘。刁从容望空横指曰："此何难辨？试观贵人顶上，自有云气环绕。"众妇不觉集视一人，觇其云气。刁乃指其人曰："此真贵人！"众惊服，群以为神。里人归述其诈慧[5]。然后知虽小道[6]，亦必有过人之才；不然，亦无能欺耳目、赚金钱，无本而殖[7]哉！

校注

1 〔家无生产〕谓不事生产。

2 〔许负之术〕即相术。《史记·绛侯周勃世家》："条侯亚夫自未侯为河内守时，许负相之，曰：'君后三岁而侯。侯八岁为将相，持国秉，贵重矣，于人臣无两，其后九岁而君饿死。'"索隐引应劭曰："负，河内温人，老妪也。"又引《楚汉春秋》："高祖封负为鸣雌亭侯。"后因称相人术为许负之术。

3 〔华阳巾〕道士所著之平顶冠。宋王禹偁《黄冈竹楼记》："被鹤氅衣，戴华阳巾。"

4 〔微服〕穿着隐蔽身份的服饰。《孟子·万章上》："孔子不悦于鲁卫，遭宋桓司马，将要而杀之，微服而过宋。"

5 〔诈慧〕指专弄欺诈的小聪明。

6 〔小道〕即小道之术，此对儒学大道而言。《论语·子张》："虽小道，必有可观者焉。"朱熹集注："小道，如农圃医卜之属。"

7 〔无本而殖〕即做无本而增值的买卖。

刘夫人

廉生者，彰德人。少笃学[1]；然早孤，家綦贫。一日他出，暮归失途。入一村，有媪来谓曰："廉公子何之？夜得毋深乎？"生方皇惧，更不暇问其谁何，便求假榻[2]。媪引去，入一大第。有双鬟笼灯，导一妇人出，年四十余，举止大家[3]。媪迎白："廉公子至。"生趋拜。妇喜曰："公子秀发[4]，何但作富家翁[5]乎！"即设筵，妇侧坐，劝釂甚殷，而自己举杯未尝饮，举箸亦未尝食。生惶惑，屡审阀阅。笑曰："再尽三爵告君知。"生如命已。妇曰："亡夫刘氏，客江右[6]，遭变遽殒。未亡人独居荒僻，日就零落。虽有两孙，非鸱鸮即驽骀[7]耳。公子虽异姓，亦三生骨肉[8]也；且至性纯笃，故遂腼然相见。无他烦，薄藏数金，欲倩公子持泛江湖[9]，分其赢余[10]，亦胜案头萤枯死[11]也。"生辞以少年书痴，恐负重托。妇曰："读书之计，先于谋生。公子聪明，何之不可？"遣婢运资出，交兑八百余两。生皇恐固辞。妇曰："妾亦知公子未惯懋迁[12]，但试为之，当无不利。"生虑重金非一人可任，谋合商侣。妇云："勿须。但觅一朴悫谙练[13]之仆，为公子服役足矣。"遂轮纤指一卜之，曰："伍姓者吉。"命仆马囊金送生出，曰："腊尽涤盏[14]，候洗宝装[15]矣。"又顾仆曰："此马调良[16]，可以乘御，即赠公子，勿须将回。"生归，夜才四鼓，仆系马自去。

明日，多方觅役，果得伍姓，因厚价招之。伍老于行旅，又为人戆拙不苟[17]，资财悉倚付之。往涉荆襄，岁杪始得归，计利三倍。生以得伍力多，于常格外，另有馈赏，谋同飞洒[18]，不令主知。甫抵家，妇已遣人将迎，遂与俱去。见堂上华筵已设；妇出，备极慰劳。生纳资讫，即呈簿籍；妇置不顾。少顷即席，歌舞鞺鞳[19]，伍亦赐筵外舍，尽醉方归，因生无家室，留守新岁。次日，又求稽盘[20]。妇笑曰："后无须尔，妾会计久矣。"乃出册示生，登志甚悉，并给仆者，亦载其上。生愕然曰："夫人真神人也！"过数日，馆谷[21]丰盛，待若子侄。一日，堂上设席，一东面，一南面；堂下一筵西向。谓生曰："明日财星临照[22]，宜可远行。令为主价粗设祖帐[23]，以壮行色[24]。"少间，伍亦呼至，赐坐堂下。一时鼓钲鸣聒。女优进呈曲目，生命唱"陶朱[25]"。妇笑曰："此先兆也，当得西施作内助[26]矣。"宴罢，仍以全金付生，曰："此行不可以岁月计，非获巨万勿归也。妾与公子，所凭者在福命，所信者在腹心。勿劳计算，远方之盈绌[27]，妾自知之。"生唯唯而退。往客淮上[28]，进身为鹾贾[29]，逾年，利又数倍。然生嗜读，操筹不忘书卷，所与游皆文士；所获既盈，隐思止足，渐谢任[30]于伍。

桃源[31]薛生与最善；适过访之，薛一门俱适别业，昏暮无所复之，阍人延生入，扫榻作炊。细诘主人起居，盖是时方讹传朝廷欲选良家女，犒边庭，民间骚动。闻有少年无妇者，不通媒妁，竟以女送诸其家，至有一夕而得两妇者[32]。薛亦新昏于大姓，犹恐舆马喧动，为大令所闻，故暂迁于乡。生既留，初更向尽，方将拂榻就寝，忽闻数人排闼[33]入。阍人不知何语，但闻一人云："官人既不在家，秉烛者何人？"阍人答："是廉公子，远客也。"俄而问者已入，袍帽光洁，略一举手，即诘邦族[34]。生告之。喜曰："吾同乡也。岳家谁氏？"答云："无之。"益喜。趋出，急招一少年同入，敬与为礼。卒然曰："实告公子：某慕姓。今夕此来，将送舍妹于薛官人，至此方知无益。进退维谷之际，适逢公子，宁非数乎！"生以未悉其人，故踌躇不敢应。慕竟不听其致词，急呼送女者。少间，二媪扶女郎入，坐生榻上。睨之，年十五六，佳妙无双。生喜，始整巾向慕展谢；又嘱阍人行沽，略尽款洽。慕言："先世彰德人；母祖亦世家，今陵夷矣。闻外祖遗有两孙，不知家况何似。"生问："伊谁？"曰："外祖刘，字晖若，闻在郡北三十里。"生曰："仆郡城东南人，去北里颇远；年又最少，无多交知。郡中此姓最繁，止知郡北[35]有刘荆卿，亦文学士，未审是否，然贫矣。"慕曰：

"某祖墓尚在彰郡，每欲扶两榇归葬故里，以资斧未办，姑犹迟迟。今妹子从去，归计益决矣。"生闻之，锐然自任。二慕俱喜。酒数行，辞去。生却仆移灯，琴瑟之爱，不可胜言。次日，薛已知之，趋入城，除别院馆生。生诣淮，交盘[36]已，留伍居肆[37]；装资返桃源，同二慕启岳父母骸骨，两家细小，载与俱归。入门安置已，囊金诣主。前仆已候于途。从去，妇逆见，色喜曰："陶朱公载得西子来矣！前日为客，今日吾甥婿也。"置酒迎尘[38]，倍益亲爱。生服其先知，因问："夫人与岳母远近？"妇云："勿问，久自知之。"乃堆金案上，瓜分为五；自取其二，曰："吾无用处，聊贻长孙。"生以过多，辞不受。凄然曰："吾家零落，宅中乔木，被人伐作薪；孙子去此颇远，门户萧条，烦公子一营办之。"生诺，而金止受其半。妇强内之。送生出，挥涕而返。生疑怪问，回视第宅，则为墟墓[39]。始悟妇即妻之外祖母也。

既归，赎墓田一顷，封植伟丽[40]。刘有二孙，长即荆卿；次玉卿，饮博无赖，皆贫。兄弟诣生申谢，生悉厚赠之。由此往来最稔。生颇道其经商之由，玉卿窃意冢中多金，夜合博徒数辈，发墓搜之，剖棺露胔[41]，竟无少获，失望而散。生知墓被发，以告荆卿。诣生同验之，入圹，见案上累累，前所分金具在。荆卿欲与生共取之。生曰："夫人原留此以待兄也。"荆卿乃囊运而归，告诸邑宰，访缉甚严。后一人卖坟中玉簪，获之，究讯其党，始知玉卿为首。宰将治以极刑；荆卿代哀，仅得赎死。墓内外两家并力营缮，较前益坚美。由此廉、刘皆富，惟玉卿如故。生及荆卿常河润[42]之，而终不足供其博赌。一夜，盗入生家，执索金资。生所藏金，皆以千五百为个，发示之。盗取其二，止有鬼马在厩，用以运之而去。使生送诸野，乃释之。村众望盗火未远，噪逐之；贼惊遁。共至其处，则金委路侧，马已倒为灰烬。始知马亦鬼也。是夜止失金钏一枚而已。

先是，盗执生妻，悦其美，将淫之。一盗带面具，力呵止之，声似玉卿。盗释生妻，但脱腕钏而去。生以是疑玉卿，然心窃德之。后盗以钏质赌[43]，为捕役所获，诘其党，果有玉卿。宰怒，备极五毒[44]。兄与生谋，欲以重贿脱之，谋未成而玉卿已死。生犹时恤其妻子。生后登贤书[45]，数世皆素封焉。呜呼！“贪”字之点画形象，甚近乎“贫”。如玉卿者，可以鉴矣！

校注

1　〔笃学〕勤学而不倦。
2　〔假榻〕犹言借宿。
3　〔大家〕谓大家风范。
4　〔秀发〕喻指人神采焕发，才华出众。《文心雕龙·时序》：

“今圣历方兴，文思光被，海岳降神，才英秀发。”

5 〔富家翁〕犹言财主。《史记·留侯世家》：“沛公入秦宫，宫室帷帐狗马重宝妇女以千数，意欲留居之。樊哙谏沛公出舍。”集解引徐广曰：“一本樊哙谏曰：‘沛公欲有天下耶？将欲为富家翁耶？’”

6 〔江右〕谓长江下游西部地区。后称江西省为江右。

7 〔非鸱鸮即驽骀〕鸱鸮，亦作“鸱枭”。鸟名，俗称猫头鹰。民间传谓鸱鸮为不祥之鸟，又言鸱鸮不孝，幼鸮羽翼长城，啄母睛飞去。常以之喻恶人。《诗经·豳风·鸱鸮》：“鸱鸮鸱鸮，既取我子，无毁我室。”驽、骀，皆为劣等马，此喻庸才。

8 〔三生骨肉〕三生，即“三世”。佛家有前生、今生、来生，过去世、现在世、未来世之说。后泛指祖孙三代的骨肉之亲。此处暗指廉生。

9 〔泛江湖〕经商。范蠡既雪会稽之耻，乃乘扁舟，浮于江湖，变名易姓，十九年中，三致千金。见《史记·货殖列传》。

10 〔羸余〕多余，剩余。羸，据青柯亭本，原抄本作“嬴余”。

11 〔案头萤枯死〕谓案头的“读书萤”光尽自灭。喻勤奋读书的书生，终生不能发迹。杜甫《题郑虔》诗：“穷巷悄然车马绝，案头枯死读书萤。”杜诗“读书萤”一典，是晋车胤家贫囊萤读书的故事，见《晋书·车胤传》。

12 〔懋（mào 帽）迁〕经商。

13 〔朴悫（què 却）谙练〕诚实谨慎，熟悉商务。朴悫，诚实谨慎。《孔子家语·王言》：“士信民敦而俗朴，男悫而女贞。”王肃曰：“朴悫，愿貌。”谙练，熟悉，老练。《晋书·刁协传》：“协久在中朝，谙练旧事。”

14 〔腊尽涤盏〕腊尽，即腊月底，亦指年底。涤盏，即洗涤酒餐具。谓年底设筵。

15 〔候洗宝装〕谓等候接风洗尘；指行人初至，设宴相迎。宝装，行装。

16 〔调（tiáo 迢）良〕温顺驯良。

17 〔戆（zhuàng 壮）拙不苟〕刚直守本分，办事认真。

18 〔飞洒〕谓将破格赐予别人的钱，摊于其费用项目之下。

19 〔鞺鞈（tāngtà 汤榻）〕钟鼓声。

20 〔稽盘〕稽点盘查；清理账目，盘点财物。

21 〔馆谷〕指款待客人的食宿。详见卷一《丁前溪》注。

22 〔财星临照〕旧谓天官是主财的星宿。此星照临，财运就兴旺。财星，又名财宝星。

23 〔主价（jiè 介）粗设祖帐〕主价，谓店主与伙计。价，旧称被派遣传递信息或供役使的人。《宋史·曹彬传》："一日，与主帅暨宾从环坐于野，会邻道守将走价驰书来诣。"祖帐，为出行者饯别的筵席。详见卷一《聂小倩》注。

24 〔行色〕出行的神态。《庄子·盗跖》："今者阙然数日不见，车马有行色，得微往见跖耶？"

25 〔陶朱〕即"陶朱富"戏目。该戏是演范蠡三致千金的故事。陶朱，即春秋时期越国大夫陶朱公范蠡。《史记·货殖列传》："范蠡既雪会稽之耻，乃乘扁舟，浮于江湖，变姓易名，适齐为鸱夷子皮，之陶为朱公。朱公以为陶天下之中，诸侯四通，货物所交易也。乃治产积居，与时逐而不责于人。……十九年之中三致千金……后年衰而听子孙，子孙修业而息之，遂至巨万。"明传奇梁辰鱼《浣纱记》与汪道昆《五湖游》等，皆敷演有关范蠡的故事，此或其中的某一折。

26 〔西施作内助〕西施，春秋越国美女。详见卷三《吕无病》注。越国灭吴后，西施归范蠡，与之同泛五湖而去。（见《吴越春秋》、《越绝书》、《吴地记》等）内助，妻子。

27 〔盈绌（chù 处）〕盈余和亏损。《吕氏春秋·执一》："故凡能全国完身者，其唯知长短赢绌之化邪？"赢，通"盈"。

28 〔淮上〕指淮河沿岸。当时淮河为盐运水道。

29 〔鹾（cuó 嵯）贾〕盐商。

30 〔谢任〕卸任，本为官吏解除职务。此指将责任推卸给他人。谢，推却。

31 〔桃源〕县名，在今湖南省北部。按：廉生客淮上，不可能有桃源之友，两地相距数千里，更不能随意过访。淮上即明清的淮安府，今江苏清江市，其西北有桃园，今属睢宁县，距淮上约百余里，疑指此地，而误园为“源”。

32 〔“盖是时”，“至有一夕而得两妇者”句〕其具体事不详。疑为蒲氏此处用“小说家言”。但蒲氏《元配刘孺人行实》中说：“顺治乙未间，讹传将选良家子充掖庭，人情汹动，刘公初不信，而意不敢坚，亦从众送谐婿家。”顺治乙未间，当为顺治十二年（1655），此为“充掖庭”，而未言“犒边庭”。

33 〔排闼〕推门。闼，门。

34 〔邦族〕谓籍贯、族姓。详见卷二《红玉》注。

35 〔郡北〕当指彰德府城之北。〔彰德府〕治所在今河南省安阳市。

36 〔交盘〕交割清点。

37 〔居肆〕留守店中，主持店务。

38 〔迎尘〕谓迎客洗尘。

39 〔墟墓〕坟墓，墓地。《礼记·檀弓下》：“墟墓之间，未施哀于民而民哀。”

40 〔封植伟丽〕添土于坟，于墓地植树。封植，犹言“封树”。伟丽，壮美。《后汉书·杨璇传》：“兄乔为尚书，客仪伟丽。”

41 〔胔（zì自）〕腐肉。此指腐尸。《礼记·月令》：“孟春之月……掩骼埋胔。”注：“骨枯为骼，肉腐曰胔。”

42 〔河润〕施惠于人。《庄子·列御寇》：“河润九里，泽及三族。”

43 〔质赌〕典押作赌本。质，以财物抵押。

44 〔五毒〕谓古代的五种酷刑。指“械、镣、棍、拶、夹棍”五刑（见《明史·刑法志》）。详见卷四《冤狱》注。

45 〔登贤书〕指乡试中式。《周礼·地官·乡大夫》：“乡老及乡大夫群吏献贤能之书于王。”贤能之书，谓举荐贤人的名册。后因称乡试中式为登贤书。

仇大娘

仇仲，晋人也，忘其郡邑。值大乱，为寇俘去。二子福、禄俱幼；继室[1]邵氏，抚双孤[2]，遗业幸能温饱。而岁屡祲[3]，豪强者复凌藉之，遂至食息[4]不保。仲叔尚廉利其嫁，屡劝驾[5]，而邵氏矢志不摇。廉阴券[6]于大姓，欲强夺之；关说已成，而他人不之知也。里人魏名，夙[7]狡狯，与仲家积不相能，事事思中伤之。因邵寡，伪造浮言以相败辱。大姓闻之，恶其不德而止。久之，廉之阴谋与外之飞语[8]，邵渐闻之，冤结胸怀，朝夕陨涕，四体渐以不仁，委身床榻。

福甫十六岁，因缝纫无人，遂急为毕姻。妇，姜秀才屺瞻之女，颇称贤能，百事赖以经纪。由此用渐裕，仍使禄从师读。魏忌嫉之。而阳与善，频招福饮，福倚为腹心交。魏乘间告曰："尊堂病废，不能理家人生产；弟坐食，一无所操作。贤夫妇何为作牛马哉！且弟买妇，将大耗金钱。为君计，不如早析，则贫在弟而富在君也。"福归，谋诸妇；妇咄之。奈魏日以微言相渐渍[9]，福惑焉，直以己意告母。母怒，诟骂之。福益恚，辄视金粟为他人之物者也而委弃之。魏乘机诱与博赌，仓粟渐空，妇知而未敢言。既至粮绝，母骇问，始以实告。母愤怒，而无如何，遂析之。幸姜女贤，旦夕为母执炊，奉事一如平日。福既析，益无顾忌，大肆淫赌。数月间，田屋悉偿戏债，而母与妻皆不及知。福资既罄，无所为计，因券妻贷资，而苦无受者。

邑人赵阎罗，原漏网之巨盗，武断一乡[10]，固不畏福言之食[11]也，慨然假资。福持去，数日复空。意踟蹰，将背券盟。赵横目相加。福大惧，赚妻付之。魏闻窃喜，急奔告姜，实将倾败仇也。姜怒，讼兴。福惧甚，亡去。姜女至赵家，始知为婿所卖，大哭，但欲觅死。赵初慰谕之，不听；既而威逼之，益骂；大怒，鞭挞之，终不肯服。因拔笄自刺其喉，急救，已透食管，血溢出。赵急以帛束其项，犹冀从容而挫折[12]焉。明日，拘牒已至，赵行行[13]不置意。官验女伤重，命笞之，隶相顾无敢用刑。官久闻其横暴，至此益信，大怒，唤家人出，立毙之。姜遂舁女归。自姜之讼也，邵氏始知福不肖[14]状，一号几绝，冥然大渐[15]。

禄时年十五，茕茕无以自主。先是，仲有前室女大娘，嫁于远郡，性刚猛，每归宁，馈赠不满其志，辄迕父母，往往以愤去，仲以是怒恶之；又因道远，遂数载不一存问。邵氏垂危，魏欲招之来而启其争。适有贸贩者，与大娘同里，便托寄语大娘，且歆[16]以家之可图。数日，大娘果与少子至。入门，见幼弟侍病母，景象惨澹，不觉恻然。因问弟福，禄备告之。大娘闻之，忿气塞吭，曰："家无成人，遂任人蹂躏至此！吾家田产，诸贼何得赚去！"因入厨下，爇火炊糜，先供母，而后呼弟及子啖之。啖已，忿出，诣邑投状，讼诸博徒。众惧，敛金赂大娘。大娘受其金，而仍讼之。官令拘甲、乙等，各加杖责，田产殊置不问。大娘愤不已，率子赴郡。郡守最恶博者。大娘力陈孤苦，及诸恶局骗之状，情词慷慨。守为之动，判令邑宰追田给主；仍惩仇福，以儆不肖。既归，邑宰奉令敲比[17]，于是故产尽反。大娘时已久寡，乃遣少子归，且嘱从兄务业，勿得复来。大娘由此止母家，养母教弟，内外有条。母大慰，病渐瘥，家务悉委大娘。里中豪强，少见陵暴，辄握刃登门，侃侃[18]争论，罔不屈服，居年余，田产日增。时市药饵珍肴，馈遗姜女。又见禄渐长成，频嘱媒为之谋姻。魏告人曰："仇家产业，悉属大娘，恐将来不可复返矣。"人咸信之，故无肯与论婚者。

有范公子子文，家中名园，为晋第一。园中名花夹路，直通内室。或不知而误入之，值公子私宴，怒执为盗，杖几死。会清明，禄自塾中归，魏引与遨游，遂至园所。魏故与园丁有旧，放令入，周历亭榭[19]。俄至一处，溪水汹涌，有画桥[20]朱栏，通一漆门；遥望门内，繁花如锦，盖即公子内斋也。魏绐[21]之曰："君请先入，我适欲私[22]焉。”禄信之，寻桥入户，至一院落，闻女子笑声，方停步间，一婢出，窥见之，旋踵即返。禄始骇奔。无何，公子出，叱家人绾索[23]逐之。禄大窘，自投溪中。公子反怒为笑，命诸仆引出。见其容裳都雅，便令易其衣履，曳入一亭，诘其姓氏。蔼容温语，意甚亲昵。俄趋入内；旋出，笑握禄手，过桥，渐达曩所。禄不解其意，逡巡不敢入。公子强曳入之，见花篱内隐隐有美人窥伺。既坐，则群婢行酒。禄辞曰：“童子无知，误践闺闼，得蒙赦宥，已出非望。但求释令早归，受恩匪浅。”公子不听。俄顷，肴炙纷纭。禄又起，辞以醉饱。公子捺坐，笑曰：“仆有一乐拍[24]名，若能对之，即放君行。”禄唯唯请教。公子云：“拍名‘浑不似’。”禄默思良久，对曰：“银成‘没奈何’[25]。”公子大笑曰：“真石崇[26]也！”禄殊不解。盖公子有女名蕙娘，美而知书，日择良偶。夜梦一人告之曰：“石崇，汝婿也。”问：“何在？”曰：“明日落水矣。”早告父母，共以为异。禄适符梦兆，故邀入内舍，使夫人女婢共觇之也。公子闻对而喜，乃曰：“拍名乃小女所拟，屡思而无其偶，今得属对[27]，亦有天缘。仆欲以息女[28]奉箕帚；寒舍不乏第宅，更无烦亲迎耳。”禄惶然逊谢，且以母病不能入赘为辞。公子姑令归谋，遂遣圉人负湿衣，送之以马。既归告母，母惊为不祥。于是始知魏氏险；然因凶得吉，亦置不仇，但戒子远绝而已。逾数日，公子又使人致意母，母终不敢应。大娘应之，即倩双媒纳采焉。

未几，禄赘入[29]公子家。年余游泮，才名籍甚[30]。妻弟长成，敬少弛；禄怒，携妇而归。母已杖而能行。频岁赖大娘经纪，第宅颇完好。新妇既归，仆从如云，宛然有大家风焉。

魏既见绝，嫉妒益深，恨无瑕之可蹈[31]，乃引旗下逃人诬禄寄资[32]。国初立法最严[33]，禄依令徙口外[34]。范公子上下贿托，仅以蕙娘免行；田产尽没入官。幸大娘执析产书，锐身告理，新增良沃如干顷，悉挂福名，母女始得安居。禄自分不返，遂书离婚字付岳家，伶仃自去。行数日，至都北，饭于旅肆。有丐子怔营[35]户外，貌绝类兄，近致讯诘，果兄。禄因自述，兄弟悲惨。禄解复衣，分数金，嘱令归。福泣受而别。禄至关外，寄将军[36]帐下为奴。因禄文弱，俾主文籍[37]，与诸仆同栖止。仆辈研问家世，禄悉告之。内一人惊曰："是吾儿也！"盖仇仲初为寇家牧马，后寇投诚，卖仲旗下，时从主屯关外。向禄缅述，始知真为父子，抱首悲哀，一室为之酸辛。已而愤曰："何物逃东[38]，遂诈吾儿！"因泣告将军，将军即命禄摄书记[39]；函致亲王，付仲诣都。仲伺车驾[40]出，先投冤状。亲王为之婉转，遂得昭雪，命地方官赎业归仇。仲返，父子各喜。禄细问家口，为赎身计，乃知仲入旗下，两易配而无所出，时方鳏也。禄遂治任返。

初，福别弟归家，匍匐自投。大娘奉母坐堂上，操杖问之："汝愿受扑责，便可姑留；不然，汝田产既尽，亦无汝啖饭之所，请仍去。”福涕泣伏地，愿受笞。大娘投杖曰：“卖妇之人，亦不足惩。但宿案[41]未消，再犯首官[42]可耳。”即使人往告姜。姜女骂曰：“我是仇氏何人，而相告耶！”大娘频述告福而揶揄之，福惭愧不敢出气。居半年，大娘虽给奉周备，而役同厮养。福操作无怨词，托以金钱辄不苟。大娘察其无他，乃白母，求姜女复归。母意其不可复挽。大娘曰：“不然。渠如肯事二主，楚毒[43]岂肯自罹？要不能不有此忿耳。”率弟躬往负荆[44]。岳父母诮让良切。大娘叱使长跪，然后请见姜女。请之再四，坚避不出；大娘搜捉以出。女乃指福唾骂，福惭汗无以自容。姜母始曳令起。大娘请问归期，女曰：“向受姊惠綦多，今承尊命，岂复敢有异言？但恐不能保其不再卖也！且恩义已绝，更何颜与黑心无赖子共生活哉？请别营一室，妾往奉事老母，较胜披削[45]足矣。”大娘代白其悔，为翌日之约而别。次朝，以乘舆取归，母逆于门而跪拜之。女伏地大哭。大娘劝止，置酒为欢，命福坐案侧，乃执爵而言曰：“我苦争者，非自利也。今弟悔过，贞妇复还，请以簿籍交纳；我以一身来，仍以一身去耳。”夫妇皆兴席[46]改容，罗拜哀泣，大娘乃止。居无何，昭雪之命下，不数日，田宅悉还故主。魏大骇，不知其故，恨无术可以复施。适西邻有回禄[47]之变，魏托救焚而往，暗以编菅[48]爇禄第，风又暴作，延烧几尽；止余福居两三屋，举家依聚其中。未几，禄至，相见悲喜。

初，范公子得离书，持商蕙娘。蕙娘痛哭，碎而投诸地。父从其志，不复强。禄归，闻其未嫁，喜入岳所。公子知其灾，欲留之；禄不可，遂辞而退。大娘幸有藏金，出葺败堵。福负锸营筑，掘见窖镪，夜与弟共发之，石池盈丈，满中皆不动尊[49]也。由是鸠工大作，楼舍群起，壮丽拟于世胄。禄感将军义，备千金往赎父。福请行，因遣健仆辅之以去。禄乃迎蕙娘归。未几，父兄同归，一门欢腾。大娘自居母家，禁子省视，恐人议其私也。父既归，坚辞欲去。兄弟不忍。父乃析产而三之：子得二，女得一也。大娘固辞。兄弟皆泣曰："吾等非姊，乌有今日！"大娘乃安之。遣人招子，移家共居焉。或问大娘："异母兄弟，何遂关切如此？"大娘曰："知有母而不知有父者，惟禽兽如此耳，岂以人而效之？"福禄闻之皆流涕，使工人治其第，皆与己等。

魏自计十余年，祸之而益以福之，深自愧悔。又仰其富，思交欢之，因以贺仲阶进[50]，备物而往。福欲却之；仲不忍拂，受鸡酒焉。鸡以布缕缚足，逸入灶；灶火燃布，往栖积薪，僮婢见之而未顾也。俄而薪焚灾舍，一家惶骇。幸手指众多，一时扑灭，而厨中百物俱空矣。兄弟皆谓其物不祥。后值父寿，魏复馈牵羊[51]。却之不得，系羊庭树。夜有僮被仆殴，忿趋树下，解羊索自经死。兄弟叹曰："其福之不如其祸之也！"自是魏虽殷勤，竟不敢受其寸缕，宁厚酬之而已。后魏老，贫而作丐，每周以布粟而德报之。

异史氏曰："噫嘻！造物之殊不由人也！益仇之而益福之，彼机诈者无谓甚矣。顾受其爱敬，而反以得祸，不更奇哉？此可知盗泉[52]之水，一掬亦污也。"

校注

1 〔继室〕即续娶之妻。

2 〔孤〕无父之子曰"孤"。

3 〔岁屡祲（jìn 近）〕农业收成屡年遭灾。祲，古时谓阴阳之气相侵，所形成的赤黑色的云气，此为不祥之气。《左传·昭公十五年》："吾见赤黑之祲，非祭祥也，丧氛也。"此指荒年。

4 〔食息〕指人之生活、生存。《庄子·应帝王》："人皆有七窍，以视听食息。"

5 〔劝驾〕此指敦促。详见卷一《姊妹易嫁》注。

6 〔阴券〕暗地立下卖身契约。券，动词，立卖。

7 〔夙〕平素，平昔。《后汉书·刘虞传》："远近豪俊，夙僭奢者，莫不改操而归心焉。"

8 〔飞语〕即"流言飞语"。恶意诽谤的流言。《史记·魏其武安侯列传》："乃有蜚语为恶言闻上，故（魏其）以十二月晦论弃市渭城。"集解引张晏曰："蜚语，伪作飞扬诽谤之语。"蜚，同"飞"。

9 〔微言相渐渍〕微言，秘密进言，犹暗中怂恿。《史记·魏其武安侯列传》："武安侯乃微言太后风上。"渐渍，浸润，感染。王充《论衡·率性》："教导以学，渐渍以德。"

10 〔武断一乡〕即横行乡里。《史记·平准书》："当此之时，网疏而民富，役则骄溢，或至兼并豪党之徒，以武断于乡曲。"索隐："谓乡曲豪富无官位，而以威势主断曲直，故曰武断也。"

11 〔言之食〕即"食言"。谓言而无信。

12 〔挫折〕谓挫折其意志。

13 〔行行（hángháng）〕淄川方言，玩艺的意思。

14 〔不肖〕谓不孝。详见卷三《胭脂》注。

15 〔大渐〕病危。《尚书·顾命》："疾大渐，惟几。"

16 〔歆（xīn 欣）〕引诱使之动心。《国语·楚语上》："楚师可料也，在中军王族而已。若易中下，楚必歆之。"注："歆，犹贪也。示之弱，以诱楚也。"

17 〔敲比〕旧时官府对百姓或差役限期完成某项任务，倘逾期未能完成，即加笞责，称为"比较"，亦称"敲比"。

18 〔侃侃〕形容态度强硬，从容而谈。《论语·乡党》："朝，与下大夫言，侃侃如也。"朱熹集注："侃侃，刚直貌。"

19 〔周历亭榭〕游历遍园林中亭榭。榭，高台上的屋子。

20 〔画桥〕饰有彩绘的桥。宋秦观《纳凉》诗："携杖来追柳外凉，画桥南畔倚胡床。"

21 〔绐（dài 待）〕欺骗。

22 〔私〕小便。

23 〔绾（wǎn 宛）索〕拿着绳子。绾，旋绕打结。此指盘结。详见卷一《画壁》注。

24 〔拍〕即文中所言之"乐拍"，本指乐曲，如东汉蔡琰之《胡笳十八拍》。此指乐器。浑不似，乐器名，弹拨弦乐器，似琵琶而狭小，四弦，直柄曲首，通常二尺七寸许。共鸣箱下部蒙以蛇皮。也称火不思、虎拨思、和必思，皆音转之异。俞琰《席上腐谈》上："王昭君琵琶坏，胡人重造，而其形小，昭君笑曰：'浑不似。'"殆出于附会，不足信。

25 〔银成"没奈何"〕宋洪迈《夷坚志》戊四："俗云张循王（俊）在日，家多银，每以千两熔一球，目为没奈何。"言银块特大，盗贼无法偷窃也。故曰“没奈何”。

26 〔石崇〕字季伦，西晋渤海南皮人。初为修武令，累迁至侍中。永熙元年（290），出为荆州刺史，以劫掠客商，致富不赀。其家有水碓三十余区，僮八百人。财产丰积，宫室壮丽，后房数百，皆曳罗绮，珥金翠。丝竹尽当时之选，庖膳穷水陆之珍。后为赵王司马伦所杀。见《晋书》本传。

27 〔属对〕谓诗文中上下两句连缀成对仗。详见卷二《狐联》注。

28 〔息女〕谓所生之女。详见卷二《胡氏》注。

29 〔赘人〕男婚于女家称“入赘”。

30 〔籍甚〕谓声名广播。《汉书·陆贾传》：“贾以此游汉廷公卿间，名声籍甚。”

31 〔无瑕之可蹈〕没有找到破绽，无机可乘。瑕，指缺点，毛病。蹈，践踏。

32 〔引旗下逃人诬禄寄资〕谓引诱旗下逃人诬陷说仇禄窝藏旗下逃人的资财。旗下逃人，从清太祖努尔哈赤起，就制定了追捕逃人的禁令，后来不断修改补充。入关以后，顺治十一年（1654）颁行《逃人法》。惩处之重，空前未有；株连之广，史所罕见。所谓逃人，是满洲贵族在对明王朝战争中，俘虏和掠夺的汉族人丁，逼令充当满洲贵族的“包衣”（奴隶）。“包衣”为奴隶主耕种、放牧、狩猎、采参，侍奉家主，从征厮杀，家主对“包衣”可以买卖、赠送甚至处死。广大“包衣”忍受不了这种牛马不如的奴隶生活，不断逃亡，即所谓“逃人”。“逃人犯”严厉惩处窝主，规定平民隐匿逃人者正法，家产入官。即使现任官吏也要流徙和籍没家产。据《清世祖实录》卷十五载：“逃人及窝逃之人，两邻、十家长、百家长，俱照逃人定例治罪。”又规定告者可以得到奖励，因此有的奸民借“窝逃”一事，对良民进行讹诈。其后，满族生产关系和阶级结构逐步发生变化，封建的租佃关系代替了农奴制的经营方式，清政府自康熙以后逐步修改“逃人法”，减轻了对逃人和窝主的惩治。

33 〔国初立法最严〕此指清朝入关之初的顺治年间，制订颁行的《逃人法》。见《清世祖实录》卷十五。

34 〔禄依令徙口外〕谓仇禄依据法令（即《逃人法》）流放口外充军。口外，长城关隘多以口为名，如喜峰口、杀虎口等，故旧称长城以外为口外。

35 〔怔营〕惶恐不安的样子。《三国志·魏志·管宁传》："怔营悚息，悼心失图。"

36 〔将军〕清代八旗兵驻防各地的军事长官。如盛京将军、杭州将军。

37 〔文籍〕文簿账册。宋王安石《本朝百年无事札子》："聚天下财物，虽有文籍，委之府史，非有能力以钩考，而断盗者辄发。"

38 〔逃东〕即在逃的东人。清初满族入关之后，因其世居东北，故自称"东人"，以别于关内之汉人。《清史稿·李裀传·论〈逃人法〉疏》："皇上为中国主，其视天下皆为一家，必别为之名曰'东人'，又曰'旧人'，已歧而二之矣。"清初汉人亦沿称满人为"东人"，犹之以后称"旗人"。俚曲《翻魇殃》八："勾了一个东人来，瞅着二相公在家里，溜到书房里去。"

39 〔书记〕指旧时官府主管文书的人员。

40 〔车驾〕本指皇帝所乘车，亦代称皇帝。此指亲王。详见卷一《成仙》注。

41 〔宿案〕旧案。

42 〔首官〕告发官府。首，陈述罪状。

43 〔楚毒〕指酷刑。此指姜氏女自刺其喉事。《后汉书·蔡邕传》："臣一入牢狱，当为楚毒所迫，趣以饮章，辞情何缘复闻？"

44 〔躬往负荆〕谓亲自登门请罪。负荆，即"负荆请罪"。详见卷五《放蝶》注。

45 〔披削〕"披缁削发"的缩语。言出家为僧尼。佛教戒规，出家为僧尼者，须披僧衣，剃去长发。

46 〔兴席〕指离开席位，站起。

47 〔回禄〕指发生火灾。详见卷二《白于玉》注。

48 〔编菅（jiān 坚）〕草编织物。

49 〔不动尊〕指钱。意为藏钱不用，如佛之安坐不动。宋陶縠《清异录·人事》："郎君家库里许多青铜，教做不动尊，可惜烂了。"此处指银锭。

50 〔阶进〕进见的理由。

51 〔馈牵羊〕谓送羊祝寿，又喻臣服之意。《左传·宣公十二年》："郑伯肉袒牵羊以逆。"注："肉袒牵羊，示服为臣仆。"

52 〔盗泉〕古泉名，故址在今山东泗水东北。《尸子》："孔子过于盗泉，渴矣而不饮，恶其名也。"

太 医

万历间，孙评事[1]少孤，母十九岁，守柏舟之节[2]。孙举进士，而母已死。尝语人曰："我必博诰命[3]以光泉壤，始不负萱堂[4]苦节。"忽得暴病，綦笃。素与太医[5]善，使人招之；使者出门，而疾益剧。张目曰："生不能扬名显亲，何以见老母地下乎！"遂卒，目不瞑。

无何，太医至，闻哭声，即入临吊。见其状，异之。家人告以故，太医曰："欲得诰赠，即亦不难。今皇后旦晚临盆矣，但活十余日，诰命可得。"立命取艾[6]，灸尸一十八处。炷将尽，床上已呻；急灌以药，居然复生。嘱曰："切记勿食熊虎肉。"共志之；然以此物不常有，颇不关意。既而三日平复，仍从朝贺[7]。过六七日，果生太子，召赐群臣宴。中使[8]出异品，遍赐文武，白片朱丝，甘美无比。孙啖之，不知何物。次日，访诸同僚，曰："熊膰[9]也。"大惊失色；即刻而病，至家遂卒。

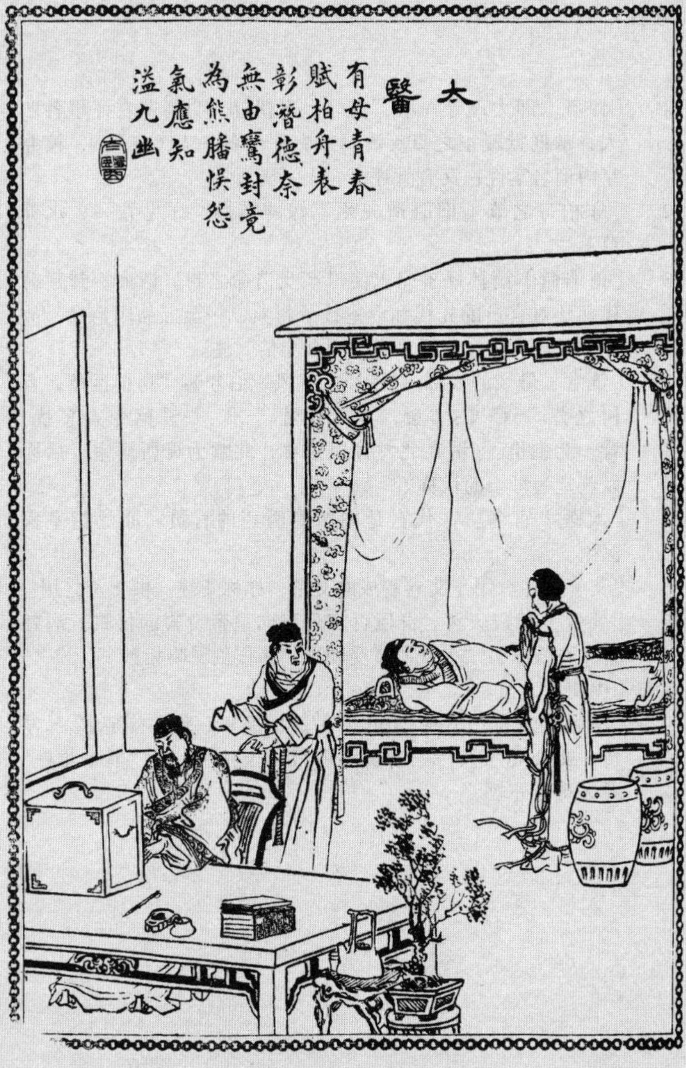
太醫
有母青春
賦柏舟表
彰潛德奈
無由鸞封竟
為熊膳悞怨
氣應知
溢九幽

校注

1 〔评事〕即大理寺评事，官名。隋朝置，明制左右评事各四人，掌刑狱驳正之事。清制左右评事各一人（汉员），核办京内刑名案件；又有堂评事一人（满员）。

2 〔守柏舟之节〕旧时谓夫死不嫁的节操。详见卷一《水莽草》注。

3 〔博诰命〕谓孙评事立志使母亲受诰命之封。诰命，封建时代朝廷对官员的先代和妻室授予封典，一至五品用诰命，故亦称封典为诰命。详见卷一《聂小倩》注。

4 〔萱堂〕母亲的代称。《诗经·卫风·伯兮》："焉得谖草，言树之背。"释文："谖，本又作萱。"传："谖草令人忘忧。背，北堂也。"谓在北堂种以萱草，北堂为母所居室，后因以萱堂为母亲的代称。

5 〔太医〕官名。古代宫廷中掌管医药的官员。亦泛指皇家医生。

6 〔艾〕艾炷。用于艾卷制成的艾条，亦称艾炷。供艾灸之用。

7 〔朝贺〕朝觐庆贺。群臣百官列班向皇帝贺喜的仪式。唐韩愈《石鼓歌》："大开明堂受朝贺，诸侯剑珮鸣相磨。"

8 〔中使〕太监。

9 〔熊膰〕当为"熊蹯（fān 番）"。即熊掌。蹯，兽足掌。《左传·文公元年》："王清食熊蹯而死。"杜预注："熊掌难熟，冀久将有外救。"

五通

南有五通[1]，犹北之有狐也。然北方狐祟，尚百计驱遣之，至于江浙五通，民家有美妇，辄被淫占，父母兄弟，皆莫敢息，为害尤烈。有赵弘者，吴之典商[2]也，妻阎氏，颇风格[3]。一夜，有丈夫岸然自外入，按剑四顾，婢媪尽奔。阎欲出，丈夫横阻之，曰："勿相畏，我五通神四郎也。我爱汝，不为汝祸。"因抱腰如举婴儿，置床上，裙带自脱，遂狎之，而伟岸甚不可堪，迷惘中呻楚欲绝，四郎亦怜惜，不尽其器。既而下床，曰："我五日当复来。"乃去。弘于门外设典肆，是夜婢奔告之，弘知其五通，不敢问。质明视妻，惫不起，心甚羞之，戒家人勿播。妇三四日始就平复，而惧其复至。婢媪不敢宿内室，悉避外舍，惟妇对烛含愁以伺之。无何，四郎偕两人入，皆少年蕴藉。有僮列肴酒，与妇共饮。妇羞缩低头，强之饮亦不饮，心惕惕然[4]，恐更番为淫，则命合尽矣。三人互相劝酬，或呼大兄，或呼三弟，饮至中夜，上座二客并起，曰："今日四郎以美人见招，会当邀二郎、五郎醵酒[5]为贺。”遂辞而去。四郎挽妇入帏，妇哀免，四郎强合之，血液流离，昏不知人，四郎始去。妇奄卧床榻，不胜羞愤，思欲自尽，而投缳则带自绝，屡试皆然，苦不得死。幸四郎不常至，约妇痊可始一来。积两三月，一家俱不聊生。

有会稽万生者，赵之表弟，刚猛善射。一日过赵，时已暮，赵以客舍为家人所集，遂导客宿内院。万久不寐，闻庭中有人行声，伏窗窥之，见一男子入妇室，疑之，捉刀而潜视之，见男子与阎氏并肩坐，肴陈几上矣。忿火中腾，奔而入，男子惊起，急觅剑，刀已中颅，颅裂而踣。视之，则一小马，大如驴，愕问妇，妇具道之，且曰：“诸神将至，为之奈何！”万摇手，禁勿声，灭烛取弓矢，伏暗中。未几，有四五人自空飞堕，万急发一矢，首者殪[6]。三人吼怒，拔剑搜射者，万握刃依扉后，寂不动，一人入，剁颈亦殪。仍倚扉后，久之无声，乃出，叩关告赵，赵大惊，共烛之，一马两豕死室中。举家相庆，犹恐二物复仇，留万于家，炰豕[7]烹马而供之，味美，异于常馐。万生之名，由是大噪。居月余，其怪竟绝，乃辞欲去，有木商某苦要[8]之。

先是，木有女未嫁，忽五通昼降，是二十余美丈夫，言将聘作妇，委金百两，约吉期而去。计期已迫，合家惶惧，闻万生名，坚请过诸其家，恐万有难词，隐其情不以告。盛筵既罢，妆女出拜客，年十六七，是好女子。万错

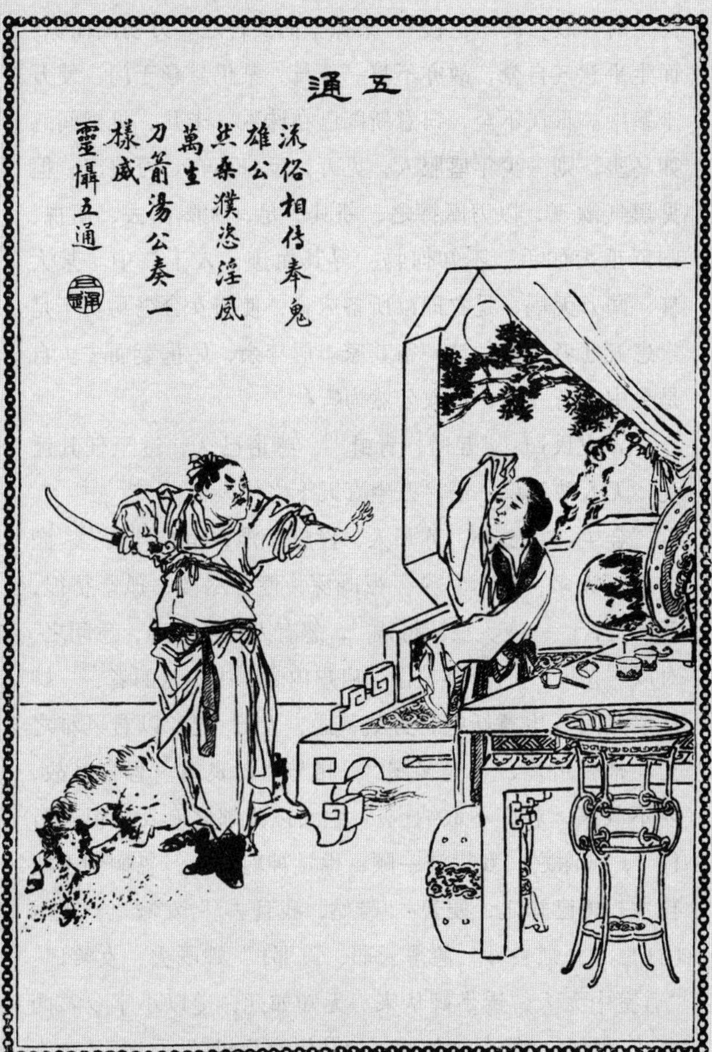
五通
流俗相傳奉鬼
雄公
然桑濮恣淫風
萬生
刀箭湯公奏一
樣威
靈懾五通

愕不解其故，离席伛偻[9]，某捺坐而实告之。万初闻而惊，而生平意气自豪，故亦不辞。至日，某仍悬彩于门，使万坐室中。日昃不至，窃意新郎已在诛数，未几，见檐间忽如鸟堕，则一少年盛服人，见万，反身而奔。万追出，但见黑气欲飞，以刀跃挥之，断其一足，大嗥而去，俯视，则巨爪大如手，不知何物，寻其血迹，入于江中。某大喜，闻万无耦，是夕即以所备床寝，使与女合卺焉。于是素患五通者，皆拜请一宿其家。居年余，始携妻而去。自是吴中止有一通，不敢公然为害矣。

异史氏曰："五通、青蛙[10]，惑俗已久，遂至任其淫乱，无人敢私议一语。万生真天下之快人也！"[11]

金生，字王孙，苏州人，设帐于淮，馆缙绅园[12]。园中屋宇无多，花木丛杂。夜既深，僮仆尽散，孤影彷徨，意绪良苦。一夜，三漏将残[13]，忽有人以指弹扉，急问之，对以"乞火[14]"，音类馆僮。启户内之，则二八丽者，一婢从诸其后。生意妖魅，穷诘甚悉，女曰："妾以君风雅之士，枯寂可怜，不畏多露[15]，相与遣此良宵。恐言其故，妾不敢来，君亦不敢纳也。"生又以为邻之奔女，惧丧行检[16]，敬谢之。女横波一顾，生觉神魂都迷，忽颠倒不能自主。婢已知之，便云："霞姑，我且去。"女颔之，既而呵曰："去则去耳，甚得云耶、霞耶！"婢既去，女笑曰："适室中无人，遂借婢从来。无知如此，遂以小字令君闻矣。"生曰："卿深细如此，故仆惧有祸机。"女曰："久当自知，保不败君行止[17]，勿忧也。”上榻缓其装束，见臂上腕钏，以条金贯火齐[18]，衔明珠二粒，烛既灭，光照一室。生益骇，终莫测其所自至。事甫毕，婢来叩窗。女起，以钏照径，入丛树而去。自此无夕不至。生于去时，遥尾之，女似已觉，遽蔽其光，树浓茂，昏不见掌而返。

一日，生诣河北[19]，笠带断绝，风吹欲落，辄于马上以手自按。至河，坐扁舟上，飘风堕笠，随波竟去，意颇自失[20]。既渡，见大风飘笠，团转空际，渐落，以手承之，则带已续矣。异之，归斋向女缅述，女不言，但微笑之。生疑女所为，曰：“卿果神人，当相明告，以祛烦惑。”女曰：“岑寂之中，得此痴情人为君破闷，妾自谓不恶。纵令妾能为此，亦相爱耳。苦致诘难，欲相绝耶？”生不敢复言。

先是，生养甥女，既嫁，为五通所惑，心忧之而未以告人，缘与女狎昵既久，肺膈[21]无不倾吐，女曰：“此等物事，家君能驱除之。顾何敢以情人之私告诸严君[22]？”生苦哀求计，女沉思曰：“此亦易除，但须亲往。若辈皆我家奴隶，若令一指得着肌肤，则此耻西江不能濯也。”生哀求不已，女曰：“当即图之。”次夕至，告曰：“妾为君遣婢南下矣。婢子弱，恐不能便诛却耳。”次夜方寝，婢来叩户，生急内入，女问：“如何？”答云：“力不能擒，已宫[23]之矣。”笑问其状，曰：“初以为郎家也，既到，始知其非。比至婿家，灯火已张，入见娘子坐灯下，隐几若寐，我敛魂覆瓿中[24]。少时，物至，入室急退，曰：‘何得寓生人！’审视无他，乃复入。我阳若迷，彼启衾入，又惊曰：‘何得有兵气！’本不欲以秽物污指，奈恐缓而生变，遂急捉而阉之。物惊嗥，遁去。乃起启瓿，娘子若醒，而婢子行矣。”生喜谢之，女与俱去。后半月余，女不复至，亦已绝望。

岁暮，解馆欲归，女复至，生喜逆之，曰：“卿久见弃，念必有获罪处，幸不终绝耶？”女曰：“终岁之好，分手未有一言，终属缺事[25]。闻君卷帐[26]，故窃来一告别耳。”生请偕归，女叹曰：“难言之矣！今将别，情不忍昧：妾实金龙大王[27]之女，缘与君有夙分，故有相就。不合遣婢江南[28]，致江湖流传，言妾为君阉割五通。家君闻之，以为大辱，忿欲赐死，幸婢以身自任，怒乃稍解，杖婢以百数。妾一跬步，必使保母[29]从之。投隙[30]一至，不能尽此衷曲，奈何！”言已，欲别，生挽之而泣。女曰：“君勿尔，后三十年可复相聚。”生曰：“仆年三十矣，又三十年，皤然一老，何颜复见？”女曰：“不然，龙宫无白叟也。且人生寿夭，不在容貌，如徒求驻颜[31]，固亦大易。”乃书一方[32]于卷头而去。

生旋里，甥女始言其异，云：“当晚若梦，觉一人捉予塞盎中，既醒，则血殷床褥，而怪绝矣。”生曰：“我曩祷河伯[33]耳。”群疑始解。后生六十余，貌犹类三十许人。一日渡河，遥见上流浮莲叶大如席，一丽人坐其上，近视，则神女也，跃从之，人随荷叶俱小，渐之如钱而灭。此事与赵弘一则，俱明季[34]事，不知孰前孰后。若在万生用武之后，则吴下仅遗半通，宜其不足为害也。

校注

1 〔五通〕即“五通神”。旧时民间所供奉的邪神。传说为兄弟五人。其别名甚多，有“五通”、“五圣”、“五显灵公”、“五郎神”、“五猖”。唐宋时即有之。宋郭彖《睽车志》卷五：“郡人素传有五通神，依后土祠为祟。”旧题唐柳宗元《龙城录·龙城无鬼邪之怪》：“柳州旧有鬼，名五通。”明清两代吴中多祀之。蒋良骐《东华录》十三：“康熙二十五年江宁巡抚汤斌上疏言：‘苏州府城西上方山，有五通淫祠，几数百年，远近之人，奔走如鹜。牲牢酒醴之享，歌舞笙簧之声，无时间歇。凡少年妇女，有寒热症者，巫觋辄曰五通将取为妇。病者神魂失据，往往羸瘵而死。每岁常数十家，视河伯娶妇为更甚。臣遂收妖像木偶，付之烈炬，土偶投之深渊。檄行有司，类此者尽撤毁之，其材备修学宫葺城垣之用。……请赐特旨严禁，勒石山巅，庶可永绝根株。’”

2 〔吴之典商〕吴，指江苏省吴县，今之江苏省苏州市。典商，即开设当铺的商人。

3 〔颇风格〕即其人很有姿色。风格，风度、风韵。

4 〔惕惕然〕忧愁恐惧的样子。详见卷二《连城》注。

5 〔醵酒〕凑钱饮酒。详见卷一《狐嫁女》注。

6 〔殪（yì亦）〕死。

7 〔炰（páo炮）豕〕此指烤猪肉。炰，同“炮”，指把带毛的肉用泥裹住在火上烧烤。《诗经·鲁颂·闷宫》:“毛炰胾羹,笾豆大房。”《毛传》:“毛炰豚也。”

8 〔要〕通“邀”。此为挽留。

9 〔离席伛偻〕谓起来鞠躬,以示恭敬。

10 〔青蛙〕即“青蛙神”。详见卷三《青蛙神》注。

11 〔“异史氏曰”段〕此段据手稿本加,原抄本缺。《五通》一文,手稿本、铸雪斋抄本、二十四卷本分为两篇:即《五通》包括两个故事,《又》为:“金生,字王孙,苏州人。”

12 〔馆缙绅园〕谓寓居于缙绅的花园。馆,此指宿于。缙绅,指宦官。详见卷一《三生》注。

13 〔三漏将残〕谓三更将尽。

14 〔乞火〕求取火种。《淮南子·览冥训》:“是故乞火不若取燧,寄汲不若凿井。”

15 〔多露〕《诗经·召南·行露》:“厌浥行露。岂不夙夜?谓行多露。”后因称男女私会为“多露之嫌”。

16 〔行检〕操行。检,约束。《三国志·魏志·曹仁传》:“仁少时不修行检。”

17 〔行止〕品行。王实甫《西厢记》二之三:“到夫人那里,怕坏了他的行止。”

18 〔火齐〕宝珠名。详见卷五《八大王》注。

19 〔河北〕此指淮河以北地域。

20 〔自失〕如有所失。《庄子·秋水》:“于是坎井之蛙闻之,适适然惊,规规然自失也。”

21 〔肺膈〕犹说“肺腑”,指心里话。

22 〔“顾何敢”句〕顾,但,但是。严君,父亲。

23 〔宫〕古代五刑之一。《尚书·吕刑》:“宫辟疑赦。”传:“宫,淫刑也,男子割势,妇人幽闭。”割势,割掉男性生殖器。

24 〔覆瓿(bù步)中〕扣于罐中。瓿,古代容器,即今之小瓮。

25 〔缺事〕谓不满意的遗憾之事。

26 〔卷帐〕谓收拾好行装,准备出发。

27 〔金龙大王〕即金龙四大王。据清沈嘉辙等《南宋杂事诗注》:“谢公绪，宋理宗谢后侄也。三宫北行，公投安溪死。明太祖吕梁之捷，神显灵，遂封金龙四大王，立庙黄河之上。”（见丁传靖《宋人轶事汇编》三）

28 〔江南〕即江南省。详见卷一《新郎》注。

29 〔保母〕古代宫廷管教子女的女妾。《礼记·内则》:“异为孺子室于宫中，择于诸母与可者，必求其宽裕、慈惠、温良、恭敬、慎而寡言者，使为子师。其次为慈母，其次为保母，皆居子室。”与今之保育员亦称保姆，不尽相同。

31 〔驻颜〕使容颜不老。葛洪《神仙传·刘根》:“次乃草木诸药，能治百病，补虚驻颜，断谷益气。”

32 〔书一方〕写上一种驻颜不老的药方。

33 〔河伯〕河神。

34 〔明季〕谓明朝末年。

农妇

邑西磁窑坞[1]，有农人妇，勇健如男子，辄为乡中排难解纷。与夫异县而居，夫家高苑[2]，距淄百余里，偶一来，信宿[3]便去。妇自赴颜山[4]，贩陶器为业，有赢余，则施丐者。一夕与邻妇语，忽起曰："小腹微痛，想孽障[5]欲离身也。"遂去。天明往探之，则见其肩荷酿酒巨瓮二，方将入门。随至其室，则有婴儿绷卧，骇问之，盖娩后已负重百里矣。故与北庵尼善，订为姊妹。后闻尼有秽行[6]，忿然操杖，将往挞楚，众苦劝而止。一日，遇尼于途，遽批[7]之，问："何罪？"亦不答。拳石交施，至不能号，乃释而去。

异史氏曰："世言女中丈夫，犹自知非丈夫也，妇并忘其为巾帼[8]矣。其豪爽自快，与古剑仙[9]何以少殊，毋亦其夫亦磨镜者流[10]耶？"

農婦
憐貧不惜施羣匄嫉惡還
知撻比邱正氣居然畀巾
幗即論勇健已無儔

校注

1 〔邑西磁窑坞〕磁窑坞，在淄川城西南约三华里，明清时制陶业很兴旺。早期是集市的规模，1930 年改磁窑坞为磁村，现为乡镇所在地。坞，为四面高中间凹下的地方。

2 〔高苑〕旧县名。在山东省淄博市西北，明清属青州府。1948 年撤销，与青城县及滨县、邹平部分地区合并为高青县。

3 〔信宿〕再宿。

4 〔颜山〕镇名，亦名颜镇、颜神镇，以颜文姜祠而得名。原属益都县，清雍正十三年（1735）设博山县，县治即设于此。今为山东省淄博市博山区。

5 〔孽障〕即“业障”。佛家语，詈词。指责他人他物为恶果、祸患的根源。清李渔《比目鱼·肥遁》：“要急抛离这乌纱业障。”此指腹中胎儿。

6 〔秽行〕指不正当的男女关系。

7 〔批〕打嘴巴。

8 〔巾帼〕古代妇女的头巾和发饰。《新唐书·东夷传·高丽》：“庶人衣褐，戴弁。女子首巾帼。”后因以为妇女的代称。

9 〔剑仙〕指技艺高超的剑客。

10 〔磨镜者流〕古时以铜为镜，须常加磨治使之明亮，因有以磨镜为业者。聂隐娘者，唐贞元中魏博大将聂锋之女也。方十岁，随一尼，学剑术。五年，尼为开脑后藏匕首，用即抽之，白日刺人于都市，人莫能见。后送还。忽值磨镜少年及门，女曰：“此人可为我夫。”父不敢不从，遂嫁之。其夫但能淬镜，余无他能。魏帅与陈许节度使刘昌裔不协，使隐娘贼其首。隐娘知魏帅不及刘，遂留许。后魏帅使精精儿来杀隐娘及刘，为隐娘所毙。又使妙手空空儿继至，亦赖隐娘救护得免。后刘入觐，隐娘不愿从，但乞一虚给与其夫，后不知所之。见唐裴铏《传奇·聂隐娘》。

湘裙

晏仲，陕西延安[1]人，与兄伯同居，友爱敦笃[2]。伯三十而卒，无嗣，妻亦继亡。仲痛悼之，每思生二子，则以一子为兄后，甫举一男，而仲妻又死。仲恐继室不恤其子，将购一妾。邻村有货婢者，仲往相之，略不称意，情绪无聊，被友人留酌，醺醉而归。途中遇故窗友[3]梁生，握手殷殷，邀过其家。醉中忘其已死，从之而去，入其门，并非旧第，疑而问之，答云："新移此耳。"入而谋酒，则家酿已竭[4]，嘱仲坐待，挈瓶往沽。

仲出立门外以俟之，见一妇人控驴而过，有童子随之，年可八九岁，面目神色，绝类其兄，心恻然动，急委缀[5]之，便问："童子何姓？"答曰："姓晏。"仲益惊，又问："汝父何名？"答言："不知。"言次，已至其门，妇人下驴入。仲执童子曰："汝父在家否？"童诺而入。顷之，一媪出窥，真其嫂也，讶叔何来，仲大悲，随之而入。见庐落亦复整顾，因问："兄何在？"曰："责负[6]未归。"问："跨驴者何人？"曰："此汝兄妾甘氏，生两男矣。长阿大，赴市未返，汝所见者阿小。”坐久，酒渐解，始悟所见皆鬼，以兄弟情切，即亦不惧。嫂温酒治具。仲急欲见兄，促阿小觅之，良久，哭而归曰：“李家负欠不还，反与父闹。”仲闻之，与阿小奔而去，见有两人方捽兄地上。仲怒，奋拳直入，当者尽踣，急救兄起，敌已俱奔。追捉一人，捶楚无算，始起，执兄手，顿足哀泣，兄亦泣。既归，举家慰问，乃具酒食，兄弟相庆。居无何，一少年入，年约十六七，伯呼阿大，令拜叔，仲挽之，哭向兄曰：“大哥地下有两男子，而坟墓不扫，弟又子少而鳏，奈何？”伯亦凄恻。嫂谓伯曰：“遣阿小从叔去，亦得。”阿小闻之，依叔肘下，眷恋不去。仲抚之，倍益酸辛，问：“汝乐从否？”答云：“乐从。”仲念鬼虽非人，慰情亦胜无也，因为解颜。伯曰：“从去，但勿娇惯，宜啖以血肉，驱向日中曝之，午过乃已。六七岁儿，历春及夏，骨肉更生，可以娶妻育子，但恐不寿耳。”

言间，有少女在门外窥听，意致温婉。仲疑为兄女，便以问兄，兄曰：“此名湘裙，吾妾妹也。孤而无归，寄养十年矣。”问：“已字否？”伯云：“尚未。近有媒议东村田家。”女在窗外小语曰：“我不嫁田家牧牛子。”仲颇有动于中，而未便明言。既而伯起，设榻于斋，止弟宿。仲雅不欲留，而意恋湘裙，将设法以窥兄意，遂别兄就榻。时方初春，气候犹寒，斋中夙无烟火，森然起粟。对烛冷坐，思得小饮，俄而阿小推扉入，以杯羹斗酒置案上，仲喜极，问："谁之为？"答云："湘姨。"酒将尽，又以灰覆盆火，掷床下。仲问："爷娘寝乎？"曰："睡已久矣。""汝寝何所？"曰："与湘姨共榻耳。"阿小俟叔眠，乃掩门去。仲念湘裙惠[7]而解意，益爱慕之，又以其能抚阿小，欲得之心益坚，辗转床头，终夜不寝。早起，告兄曰："弟孑然无偶，烦大哥留意焉。"伯曰："吾家非一瓢一担[8]者，物色当自有人。地下即有佳丽，恐于弟无所利益。"仲曰："古人亦有鬼妻，何害？"伯似会意，便言："湘裙亦佳。但以巨针刺人迎[9]，血出不止者，乃可为生人妻，何得草草。"仲曰："得湘裙抚阿小，亦得。"伯但摇首。仲求之不已，嫂曰："试捉湘裙强刺验之，不可乃已。"遂握针出门外，遇湘裙，急捉其腕，则血痕犹湿，盖闻伯言时，早自试之矣。嫂释手而笑，反告伯曰："渠作有意乔才[10]久矣，尚为之代虑耶？"妾闻之怒，趋近湘裙，以指刺眶而骂曰："淫婢不羞！欲从阿叔奔去耶？我定不如其愿！"湘裙愧愤，哭欲觅死，举家腾沸[11]。仲乃大惭，别兄嫂，率阿小而出，兄曰："弟姑去，阿小勿使复来，恐损其生气也。"仲诺之。既归，伪增其年，托言兄卖婢之遗腹子。众以其貌酷类，亦信为伯遗体[12]。仲教之读，辄遣抱一卷就日中诵之，初以为苦，久而渐安。六月中，几案灼人，而儿戏且读，殊无少怨。

儿甚慧，日尽半卷，夜与叔抵足，恒背诵之，仲甚慰。又以不忘湘裙，故不复作“燕楼[13]”想矣。

一日，双媒来为阿小议姻，中馈[14]无人，心甚躁急。忽甘嫂自外入曰：“阿叔勿怪，吾送湘裙至矣。缘婢子不识羞，我故挫辱之。叔如此表表[15]，而不相从，更欲从何人者？”见湘裙立其后，心甚欢悦，肃嫂坐，具述有客在堂，乃趋出。少间复入，则甘氏已去。湘裙卸妆入厨下，刀砧盈耳[16]矣。俄而肴蔌[17]罗列，烹饪得宜。客去，仲入，见湘裙凝妆坐室中，遂与交拜成礼。至晚，女仍欲与阿小共宿，仲曰：“我欲以阳气温之，不可离也。”因置女别室，惟晚间杯酒一往欢会而已。湘裙抚前子如己出，仲益贤之。

一夕，夫妻款洽，仲戏问：“阴世有佳人否？”女思良久，答言：“未见。惟邻女葳灵仙，群以为美，顾貌亦犹人，要善修饰耳。与妾往还最久，心中窃鄙其荡也。如欲见之，顷刻可致，但此等人，未可招惹。”仲急欲一见。女把笔似欲作书，既而掷管曰：“不可，不可！”强之再四，乃曰：“勿为所惑。”仲诺之。遂裂纸作数画若符，于门外焚之。少时，帘动钩鸣，吃吃[18]作笑声，女起曳入，高髻云翘，殆类画图，扶坐床头，酌酒相叙间阔。初见仲，犹以红袖掩口，不甚纵谈，数盏后，嬉狎无忌，渐伸一足压仲衣。仲心迷乱，不知魂之所舍[19]，目前惟碍湘裙，湘裙又故防之，顷刻不离于侧。葳灵仙忽起，搴帘而出，湘裙从之，仲亦从之。葳灵仙握仲，趋入他室。湘裙甚恨，而无可如何，愤愤归室，听其所为而已。既而仲入，湘裙责之曰："不听我言，后恐却之不得耳。"仲疑其妒，不乐而散。次夕，葳灵仙不召自来。湘裙甚厌见之，傲不为礼，仙竟与仲相将而去。如此数夕。女望其来，则诟辱之，而亦不能却也。月余，仲病不起，始大悔，唤湘裙与共寝处，冀可避之，昼夜防稍懈，则人鬼已在阳台[20]。湘裙操杖逐之，鬼忿与争，湘裙荏弱，手足皆为所伤。仲寝以沉困，湘裙泣曰："吾何以见吾姊乎！"又数日，仲冥然遂死，初见二隶执牒入，不觉从去，至途患无资斧，邀隶便道过兄所。兄见之，惊骇失色，问："弟近何作？"仲曰："无他，但有鬼病耳。"实告之。兄曰："是矣。"乃出白金一裹，谓隶曰："姑笑纳之，吾弟罪不应死，请释归，我使豚儿[21]从去，或无不谐。"便唤阿大陪隶饮，反身入家，便告以故。乃令甘氏隔壁唤葳灵仙。俄至，见仲欲遁，伯揪返骂曰："淫婢！生为荡妇，死为贱鬼，不齿群众[22]久矣，又祟吾弟耶！"立批之，云鬟蓬飞，妖容顿减。久之，一妪来，伏地哀恳，伯又责妪纵女宣淫，呵詈移时，始令与女俱去。

伯乃送仲出，飘忽间已抵家门，直抵卧室，豁然若寤，始知适间之已死也。伯责湘裙曰："我与若姊，谓汝贤能，故使从吾弟，反欲促吾弟死耶！设非名分之嫌[23]，便当挞楚！”湘裙惭惧啜泣，望伯伏谢。伯顾阿小喜曰："儿居然生人矣！”湘裙欲出作黍，伯辞曰："弟事未办，我不遑暇。”阿小年十三，渐知恋父，见父出，零涕从之，父曰："从叔最乐，我行复来耳。”转身遂逝，自此不复通闻问矣。后阿小娶妇，生一子，亦年三十而卒，仲扶其孤，如侄生时。仲年八十，其子二十余矣，乃析之。湘裙无所出，一日，谓仲曰："我先驱狐狸于地下[24]可乎？”盛妆上床而殁。仲亦不哀，半年亦殁。

异史氏曰："天下之友爱如仲，几人哉！宜其不死而益之以年也。阳绝阴嗣[25]，此皆不忍死兄之诚心所格[26]，在人无此理，在天宁有此数乎？地下生子，愿承前业者，想亦不少，恐承绝产[27]之贤兄贤弟，不肯收恤耳！”

校注

1 〔陕西延安〕清代府名，治所在今陕西延安市。
2 〔敦笃〕敦厚笃实。《左传·成公十三年》："君子勤礼，小人尽力。勤礼莫如致敬，尽力莫如敦笃。"
3 〔故窗友〕即已故的同窗学友。
4 〔家酿已竭〕自家酿造的酒已喝光。竭，尽。
5 〔委缀〕即尾随。
6 〔责负〕讨债。责，为“债”之本字，索取。负，负债。
7 〔惠〕通“慧”，聪明。

8 〔一瓢一担〕指家中极贫困，缺吃少穿。

9 〔人迎〕中医学谓人体切脉部位，在左手寸部。《灵枢·终始》："持其脉口人迎。"明马蔚注："右手寸部曰脉口，左手寸部曰人迎。"

10 〔乔才〕有无赖、恶棍等意。词曲话本中多用之。关汉卿《窦娥冤》四："便万剐了乔才，还道报冤仇不畅怀。"此处是不顾羞耻之意。

11 〔腾沸〕此指混乱的意思。

12 〔遗体〕身为父母所生，故谓己身为父母之遗体。《礼记·祭义》："身也者，父母之遗体也。"与今言尸体为遗体有别。

13 〔燕楼〕即燕子楼。在江苏省徐州市。据唐代诗人白居易《燕子楼诗序》："徐州故尚书（张建封）有爱妓曰盼盼，善歌舞，雅多风态。……尚书既没，归葬东洛，而彭城有张氏旧第，第中有小楼名燕子，盼盼念旧爱而不嫁，居是楼十余年，幽独块然，于是尚在。"此处指纳妾。

14 〔中馈〕指妻子。

15 〔表表〕品行卓越。详见卷五《细柳》注。

16 〔刀砧盈耳〕谓切菜与剁肉的声音充耳。砧，菜板。

17 〔肴胾（zì字）〕此指菜肴。《礼记·曲礼上》："凡进食之礼，左肴右胾。"释文："熟肉有骨曰肴。胾，大脔。"

18 〔吃吃〕笑声。详见卷一《婴宁》注。

19 〔魂之所舍〕谓魂魄归于的地方。

20 〔阳台〕谓男女欢会的地方。详见卷二《公孙九娘》注。

21 〔豚（tún饨）儿〕对人谦称自己不才的儿子为豚儿。详见卷一《青凤》注。

22 〔不齿群众〕被群众看不起。

23 〔名分（fèn份）之嫌〕即在一定的社会道德规范中，自己所为不当有所超越自己的身份、地位。《庄子·天下》："《周易》以道阴阳，《春秋》以道名分。"

24 〔先驱狐狸于地下〕此谓先死之委婉说法。驱狐狸，狐狸在荒山野坡，多栖荒坟之中，驱者谓将狐狸从坟中驱赶走。

《左传·襄公十四年》:“赐我南鄙之田，狐狸所居，豺狼所嗥，我诸戎除翦其荆棘，驱其狐狸豺狼，以为先君不侵不叛之臣，至于今不贰。”

25 〔阳绝阴嗣〕谓在阳间绝后而在阴间得嗣。

26 〔所格〕所致。格，致。

27 〔绝产〕谓绝嗣之人的产业。

何　仙

长山王瑞亭[1]，能以乩卜[2]。乩神自称何仙，为纯阳[3]弟子，或谓是吕祖所跨鹤云。每降，辄与人论文作诗。李太史质君[4]师事之，丹黄课艺[5]，理绪明切，太史揣摩成[6]，赖何仙力居多焉，因之文学士多皈依[7]之。然为人决疑难事，多凭理，不甚言休咎。辛未岁[8]，朱文宗[9]案临济南，试后，诸友请决等第[10]。何仙索试艺[11]，悉月旦[12]之。座中有与乐陵[13]李忭相善者，李固好学深思之士，众属望[14]之，因出其文，代为之请，乩注云："一等[15]。"少间，又书云："适评李生，据文为断。然此生运数大晦，应犯夏楚[16]。异哉！文与数适不相符，岂文宗不论文耶？诸公少待，试一往探之。"少顷，又书曰："我适至提学署中，见文宗公事旁午[17]，所焦虑者殊不在文也。一切置付幕客，客六七人，粟生、例监[18]，都在其中，前生全无根气，大半饿鬼道中游魂，乞食于四方者也。曾在黑暗狱中八百年，损其目之精气，如人久在洞中，乍出则天地异色，无正明也。中有一二为人身所化者，阅卷公曹[19]，恐不能适相值[20]耳。”众问挽回之术，书云：“其术至实，人所共晓，何必问？”众会其意，以告李。李惧，以文质孙太史子未[21]，且诉以兆。太史赞其文，因解其惑。李以太史海内宗匠[22]，心益壮，乩语不复置怀，后案发[23]，竟居四等。太史大骇，取其文复阅之，殊无疵摘[24]。评云：“石门公祖[25]，素有文名，必不悠谬[26]至此。是必幕中醉汉，不识句读[27]者所为。”于是众益服何仙之神，共焚香祝谢之。乩书曰：“李生勿以暂时之屈，遂怀惭怍。当多写试卷，益暴之，明岁可得优等。”李如其教。久之，署中颇闻，悬牌特慰之。次岁果列前矛，其灵应有如此。

异史氏曰：“幕中多此辈客，无怪京都丑妇巷中，至夕无闲床也。呜呼[28]！”

校注

1 〔王瑞亭〕《长山县志》未载其人，待考。

2 〔乩（jī 基）卜〕即扶乩卜问。旧时术士用两人扶丁字木架，下有沙盘，伪言仙佛鬼神降临，移动木架，画沙作字，预言人事祸福，称为扶乩，亦称扶箕，俗称扶鸾。

3 〔纯阳〕吕纯阳，即吕洞宾，唐末道士。详见卷二《刘海石》“吕仙”注。

4 〔李太史质君〕李质君，名斯义，字质君，号静庵。“天资颖异，慎密谦和”。康熙二十年辛酉（1681）乡试第二名，康熙二十七年戊辰（1688）进士第五名，选授庶常，擢御史，历迁通政参议提督四译馆，太常寺少卿、大理寺卿，官至福建巡抚。著作有《孝悌编》、《初学便读》、《李氏家乘》行于世。详见嘉庆《长山县志·人物志》。

5 〔丹黄课艺〕谓评改制艺文。丹黄，古人评点书籍，用朱笔书写，用雌黄涂抹其错。详见卷五《宦娘》注。课艺，即制艺，指八股文。

6 〔揣摩成〕此指成进士，入翰林。揣摩亦作“揣摹”。揣度对方，以相比合。战国时游说术，即揣度国君心思，使游说投合其本旨。《战国策·秦策一》：“（苏秦）乃夜发书，陈箧数十，得太公《阴符》之谋，伏而诵之，简练以为揣摩。”

7 〔皈（guī 归）依〕犹信仰归顺。详见卷四《伍秋月》注。

8 〔辛未岁〕指康熙三十年（1691）。

9 〔朱文宗〕指朱雯，字复思，一字裔三，浙江石门人。康熙三年甲辰（1664）进士，康熙三十年辛未（1691）任山东提学道。文宗，学使的别称。

10 〔等第〕此指生员岁、科考后的等级次第。科考清初仍沿明制，顺治九年（1652）题准岁考生员六等黜陟法，四等以下有罚或黜革。

11 〔试艺〕指考试时的八股文。

12 〔月旦〕品评。详见卷二《阿宝》注。

13 〔乐陵〕县名。治所在今山东省乐陵县。

14 〔属望〕注目，向往。《后汉书·李固传》：“天下喁喁，属望风致。”

15 〔一等〕指六等黜陟法之第一等，为文理平通者。

16 〔夏（jiǎ 甲）楚〕皆木名，为古之刑具。详见卷二《张诚》注。

17 〔旁午〕交错，纷繁。《汉书·霍光传》：“受玺以来二十七日，使者旁午。”颜师古注：“一纵一横为旁午，犹言交横也。”

18 〔粟生、例监〕粟生，廪生的别称。因廪生可从儒学领到廪米，故称。详见卷一《考城隍》注。例监，明清时向政府捐纳财物以取得监生资格者称为例监。详见卷三《邵临淄》注。

19 〔阅卷公曹〕此指阅卷的幕客。公曹，指封建衙门中的差吏。元秦简夫《东堂老》第一折："那里面又没官僚，又没王条，又没公曹，又没囚牢。"

20 〔相值〕犹相遇。南朝梁江淹《知己赋》："始于北府相值，倾盖无已。"

21 〔孙太史子未〕孙子未，名勷，字子未，号莪山，又号诚斋，德州人。康熙二十年（1681）乡试解元，康熙二十四年（1685）进士，改庶吉士，授检讨。官至通政司参议。著有《鹤侣斋集》。生平详见《山东通志·人物志·孙继传附》。

22 〔宗匠〕学问技艺为世人所景仰的人。犹今言大师。《隋书·何妥传附包恺》："于时《汉书》学者以萧包二人为宗匠。"萧，萧该。

23 〔案发〕指公布考试名次。

24 〔疵摘〕毛病。

25 〔石门公祖〕此称山东学使朱雯。朱雯，浙江石门人。旧时对有地位的人称其乡贯，表示尊敬。明清时地方士绅对知府以上官员尊称公祖。王士禛《池北偶谈》二六："今乡官称州县官曰父母，抚按司道府官曰公祖，沿明世之旧也。"

26 〔悠谬〕同"谬悠"。荒谬昏庸。《庄子·天下》："谬悠之说，荒唐之言。"

27 〔句读（dòu 逗）〕句与逗，指古文中的休止与停顿之处，即今之标点的初阶。

28 〔呜呼〕据手稿本，原抄本无。

葛巾

常大用，洛[1]人，癖好牡丹，闻曹州牡丹甲齐、鲁[2]，心向往之。适以他事如曹，因假缙绅之园居焉。而时方二月，牡丹未华[3]，惟徘徊园中，自注句萌[4]，以望其拆[5]。作怀牡丹诗百绝[6]。未几，花渐含苞，而资斧将匮[7]，寻典春衣，流连忘反。一日，凌晨趋花所，则一女郎及老妪在焉，疑是贵家宅眷，亦遂遄[8]返。暮而往，又见之，从容避去。微窥之，宫妆艳绝。眩迷之中，忽转一想：此必仙人，世上岂有此女子乎！急返身而搜之，骤过假山，适与妪遇。女郎方坐石上，相顾失惊，妪以身障女，叱曰："狂生何为！"生长跪曰："娘子必是仙人！"妪咄之曰："如此妄言，自当絷送令尹[9]！"生大惧。女郎微笑曰："去之！"过山而去。生返，复不能徙步，意女郎归告父兄，必有诟辱之来。偃卧空斋，自悔孟浪，窃幸女郎无怒容，或当不复置念。悔惧交集，终夜而病。日已向辰[10]，喜无问罪之师[11]，心渐宁帖，而回忆声容，转惧为想。如是三日，憔悴欲死。

秉烛夜分，仆已熟眠，妪入，持瓯而进曰："吾家葛巾娘子，手合鸩汤[12]，其速饮！"生闻而骇，既而曰："仆与娘子，夙无怨嫌，何至赐死？既为娘子手调，与其相思而病，不如仰药[13]而死！"遂引而尽之，妪笑，接瓯而去。生觉药气香冷，似非毒者。俄觉肺鬲宽舒，头颅清爽，酣然睡去。既醒，红日满窗。试起，病若失，心益信其为仙。无可夤缘，但于无人时，仿佛其立处、坐处，虔拜而默祷之。一日，行去，忽于深树内，觌面[14]遇女郎，幸无他人，大喜，投地[15]。女郎近曳之，忽闻异香竟体，即以手握玉腕而起，指肤软腻，使人骨节欲酥。正欲有言，老妪忽至。女令隐身石后，南指曰："夜以花梯度墙，四面红窗者，即妾居也。"匆匆遂去。生怅然，魂魄飞散，莫能知其所往。至夜，移梯登南垣，则垣下已有梯在，喜而下，果有红窗，室中闻敲棋[16]声，伫立不敢复前，姑逾垣归。少间，再过之，子声犹繁，渐近窥之，则女郎与一素衣美人相对着[17]，老妪亦在座，一婢侍焉。又返。凡三往复，三漏已催[18]。生伏梯上，闻妪出云："梯也，谁置此？"呼婢共移去之。生登垣，欲下无阶，恨悒而返。次日复往，梯先设矣。幸寂无人，入，则女郎兀坐，若有思者，见生惊起，斜立含羞。生揖曰："自谓福薄，恐于天人无分，亦有今夕耶！"遂狎抱之，纤腰盈掬，吹气如兰，撑拒曰："何遽尔！"生曰："好事多磨，迟为鬼妒。"言未及已，遥闻人语，女急曰："玉版[19]妹子来矣！君可

葛巾
蘭氣已是降雲車，何必僊源更泛槎。省識秋風團扇冷，不應留子只留花。

姑伏床下。”生从之。无何，一女子入，笑曰：“败军之将[20]，尚可复言战否？业已烹茗，敢邀为长夜之欢。”女郎辞以困惰，玉版固请之，女郎坚坐不行。玉版曰：“如此恋恋，岂藏有男子在室耶？”强拉之出门而去。

生膝行而出，恨绝，遂搜枕簟[21]，冀一得其遗物，而室内并无香奁，只床头有水精如意[22]，上结紫巾，芳洁可爱，怀之，越垣归。自理衿袖，体香犹凝，倾慕益切，然因伏床之恐，遂有怀刑[23]之惧，筹思不敢复往，但珍藏如意，以冀其寻。隔夕，女郎果至，笑曰：“妾向以君为君子也，而不知寇盗也。”生曰：“良有之。所以偶不君子者，第望其如意耳。”乃揽体入怀，代解裙结，玉肌乍露，热香四流，偎抱之间，觉鼻息汗熏，无气不馥，因曰：“仆固意卿为仙人，今益知不妄。幸蒙垂盼，缘在三生。但恐杜兰香之下嫁[24]，终成离恨耳。”女笑曰：“君虑亦过。妾不过离魂之倩女[25]，偶为情动耳。此事宜要慎秘，恐是非之口捏造黑白，君不能生翼，妾不能乘风，则祸离更惨于好别矣。”生然之，而终疑为仙，固诘姓氏，女曰：“既以妾为仙，仙人何必以姓名传。”问：“妪何人？”曰：“此桑姥。妾少时受其露覆，故不与婢辈等。”遂起，欲去，曰：“妾处耳目多，不可久羁，蹈隙当复来。”临别，索如意，曰：“此非妾物，乃玉版所遗。”问：“玉版为谁？”曰：“妾叔妹也。”付钩乃去。去后，衾枕皆染异香。由此三两夜辄一至。生惑之，不复思归，而囊橐既空，欲货马，女知之，曰："君以妾故，泻囊质衣，情所不忍。又去代步，千余里将何以归？妾有私蓄，聊可助装。"生辞曰："卿情好，抚臆誓肌[26]，不足论报，而又贪鄙，以耗卿财，何以为人矣！"女固强之，曰："姑假君。"遂捉生臂，至一桑树下，指一石，曰："转之！"生从之。又拔头上簪，刺土数十下，又曰："爬之。"生又从之。则瓮口已见。女探入，出白镪近五十余两，生把臂止之，不听，又出数十铤，生强反其半而后掩之。一夕，谓生曰："近日微有浮言，势不可长，此不可不预谋也。"生惊曰："且为奈何！小生素迂谨，今为卿故，如寡妇之失守[27]，不复能自主矣。一惟卿命，刀锯斧钺，亦所不惶顾耳！"女谋偕亡，命生先归，约会于洛。生治任旋里，拟先归而后逆之，比至，则女郎车适已至门。登堂朝家人，四邻惊贺，而并不知其窃而逃也。生窃自危，女殊坦然，谓生曰："无论千里外非逻察所及，即或知之，妾世家女，卓王孙当无如长卿何[28]也。"

生弟大器，年十七，女顾之曰："是有慧根[29]，前程尤胜于君。"完婚有期，妻忽夭殒。女曰："妾妹玉版，君固尝窥见之，貌颇不恶，年亦相若，作夫妇可称佳偶。"生闻之而笑，戏请作伐，女曰："必欲致之，即亦非难。"喜问："何术？"曰："妹与妾最相善。两马驾轻车，费一妪之往返耳。"生惧前情俱发，不敢从其谋，女固言："不害。"即命车，遣桑媪去。数日，至曹，将近里门，媪下车，使御者止而候于途，乘夜入里。良久，偕女子来，登车遂发，昏暮即宿车中，五更复行。女郎计其时日，使大器盛服而逆之五十里许，乃相遇，御轮而归[30]，鼓吹花烛，起拜成礼。由此兄弟皆得美妇，而家又日以富。

一日，有大寇数十骑，突入第，生知有变，举家登楼，寇入，围楼，生俯问："有仇否？"答云："无仇。但有两事相求：一则闻两夫人世间所无，请赐一见；一则五十八人，各乞金五百。"聚薪楼下，为纵火计以胁之。生允其索金之请，寇不满志，欲焚楼，家人大恐。女欲与玉版下楼，止之不听，炫妆而下，阶未尽者三级，谓寇曰："我姊妹皆仙媛[31]，暂时一履尘世，何畏寇盗！欲赐汝万金，恐汝不敢受也。"寇众一齐仰拜，喏声"不敢"。姊妹欲退，一寇曰："此诈也！"女闻之，反身伫立，曰："意欲何作，便早图之，尚未晚也。"诸寇相顾，默无一言，姊妹从容上楼而去。寇仰望无迹，哄然始散。

后二年，姊妹各举一子，始渐自言："魏姓，母封曹国夫人[32]。"生疑曹无魏姓世家，又且大姓失女，何得置不问？未敢穷诘，而心窃怪之，遂托故复诣曹，入境谘访，世族并无魏姓。于是仍假馆旧主人，忽见壁上有赠曹国夫人诗，颇涉骇异，因诘主人，主人笑，即请往观曹夫人。至则牡丹一本，高与檐等。问所由名，则以其花为曹第一，故同人戏封之。问其"何种"，曰："葛巾紫[33]也。"心益骇，遂疑女为花妖。既归，不敢质言，但述赠夫人诗以觇之。女蹙然变色，遽出呼玉版抱儿至，谓生曰："三年前，感君见思，遂呈身相报，今见猜疑，何可复聚！"因与玉版皆举儿遥掷之，儿堕地并没，生方惊顾，则二女俱渺矣，悔恨不已。后数日，堕儿处生牡丹二株，一夜径尺，当年而花，一紫一白，朵大如盘，较寻常之葛巾、玉版瓣尤繁碎。数年，茂荫成丛，移分他所，更变异种，莫能识其名。自此牡丹之盛，洛下无双焉。

异史氏曰："怀之专一，鬼神可通，偏反者[34]亦不可谓无情也。少府寂寞，以花当夫人[35]，况真能解语[36]，何必力穷其原[37]哉？惜常生之未达也！"

校注

1 〔洛〕洛阳的简称。

2 〔曹州牡丹甲齐、鲁〕曹州，州、府名。明改曹州为曹县，清雍正年间升为府，府治在今山东省菏泽市。甲齐、鲁，谓齐鲁数第一。齐、鲁，为春秋时期的齐国与鲁国，因其都在山东省内，后多以齐鲁指代山东地区。

3 〔未华〕没有开花。

4 〔句（gōu 勾）萌〕即勾萌，指草木的幼芽。弯曲者谓"勾"，直者谓"萌"。

5 〔拆〕花苞开放。张继《远别离》诗："莲叶团团杏花拆，长江鲤鱼鳍鬣赤。"

6 〔百绝〕谓咏牡丹的百首绝句。绝，即绝句，为诗体的一种，每首共四句，又分五言绝句与七言绝句。

7 〔资斧将匮〕资斧，旅费、盘缠。详见卷一《王六郎》注。匮，缺乏。

8 〔遄（chuán 船）〕快，迅速。《诗经·邶风·泉水》：“遄臻于卫，不瑕有害。”

9 〔令尹〕此指县令。详见卷一《促织》注。

10 〔向辰〕天色将明。同“向晨”。《三国志·魏志·管辂传》注引《辂别传》：“天时大热，移床在庭前树下，乃至鸡向晨，然后出。”

11 〔问罪之师〕古代两国交战，一方面宣布对方的罪状，一方面派出军队加以讨伐。杜牧《和野人殷潜之题筹笔驿》：“慷慨匡时略，从容问罪师。”此指追究有罪者。

12 〔鸩汤〕此指毒药。详见卷五《小谢》“鸩”注。

13 〔仰药〕即仰头把药喝下。《汉书·息夫躬传》：“小夫懦臣之徒，愦耗不知所为，其有犬马之决者，仰药而伏刃。”此谓服毒自杀。

14 〔觌（dí 敌）面〕见面。觌，见，相见。

15 〔投地〕即伏于地，为拜见之大礼。

16 〔敲棋〕下围棋时，每下一着必斟酌推敲而走定，故曰敲棋。宋赵师秀《约客》：“有约不来过夜半，闲敲棋子落灯花。”

17 〔对着（zhāo 招）〕对弈。着，下棋时下一子或走一步叫“一着”。

18 〔三漏已催〕三漏，即三更时分。催，时间催人。

19 〔玉版〕牡丹花品种之一。欧阳修《洛阳牡丹记·花释名》：“玉版白者，单叶白花，叶细长如拍板，其色如玉而深檀心。”

20 〔败军之将〕战败的将领。《史记·淮阴侯列传》：“臣闻败军之将，不可以言勇。”

21 〔簟（diàn 店）〕竹席。

22 〔水精如意〕器物名。柄端作手指形，用以搔痒，可如人意，因以得名。古时如意柄端作心字形，以铜、铁、骨、角、木、石等制成，长三尺许，用以指画之用。近世如意，长不过一二尺，一端作芝形或云形，玩赏用。此处“水精如意”，即指此类。

23 〔怀刑〕怕受到刑法的制裁。详见卷三《霍女》注。

24 〔但恐杜兰香之下嫁〕杜兰香，女仙名。晋干宝《搜神记》一：“汉时有杜兰香者，自称南康人氏。以建业四年春，数诣张传。传年十七。望见其车在门外，婢通言：‘阿母所生，遣授配君，可不敬从。’传先改名硕，硕呼女前视，可十六七，说事邈然久远……至其年八月旦，复来，言：‘本为君作妻，情无旷远。以年命未合，其小乖。太岁东方卯，当还求君。’”此意为恐怕葛巾下嫁，时不能长。

25 〔离魂倩女〕亦称“倩女离魂”。指钟情的少女。详见卷一《叶生》注。

26 〔抚臆誓肌〕感恩图报之意。语出《南史·谢朓传》：“抚臆论报，早誓肌骨。”抚臆，抚胸。誓肌，誓死。

27 〔失守〕谓丧失节操。

28 〔卓王孙当无如长卿何〕谓世家女私奔，其世家也不敢张扬，怕为难男方。卓王孙，汉临邛富人。司马相如归临邛，家贫无以自业。卓王孙有女文君新寡，好音，相如以琴心挑之，文君夜亡奔相如，相如乃与驰归成都。相如家贫徒四壁立，乃与俱之临邛，买一酒舍酤酒，而令文君当垆。相如身自着犊鼻裈，与保庸杂作，涤器于市中。卓王孙闻而耻之，为杜门不出。昆弟诸公更谓王孙曰：“今文君已失身于司马长卿，长卿故倦游，虽贫，其人材足依也。”卓王孙不得已，分予文君僮百人，钱百万及其嫁时衣被财物。文君乃与相如归成都，买田宅，为富人。见《史记·司马相如列传》。司马相如，字长卿。

29 〔慧根〕佛家语。谓通达事理，成就功德的根性。唐刘禹锡《送宗密上人》：“宿昔修来得慧根，多闻第一却忘言。”此处活用，谓资质聪慧。

30 〔御轮而归〕即古婚礼中的亲迎之礼。《礼记·昏义》：亲迎之日，婿至女家，亲御新妇车。“（婿）御轮三周，先俟于门外。妇至，婿揖如以人，共牢而食，合卺而酳。”《诗经·郑风·有女同车》：“有女同车，颜如舜英。”郑笺：“女始乘车，婿轮三周，御者代婿。”

31 〔仙媛〕仙女。媛，美女。

32 〔魏姓，母封曹国夫人〕指牡丹葛巾出于魏相家。欧阳修《洛阳牡丹记》：“魏家花者，千叶肉红，出于魏相（仁溥）家。”母亲被封为曹国夫人。国夫人，唐制，诸王之母或妻，文武官一品及国公之母或妻，封国夫人。

33 〔葛巾紫〕牡丹优等品种名。陆游《天彭牡丹谱·花释名》：“葛巾紫，花圆正而富丽，如世人所戴葛巾状。”

34 〔偏反者〕指花。《论语·子罕》引逸诗：“唐棣之华，偏其反而。岂不可思？室是远而。”朱熹集注：“偏反，谓花摇动也。”这里借所思念的花，暗指葛巾。

35 〔少府寂寞，以花当夫人〕白居易《戏题新栽蔷薇》诗：“少府无妻春寂寞，花开将尔当夫人。”唐时县尉称少府，白居易时官盩厔尉。

36 〔解语〕即“解语花”。唐明皇曾把杨贵妃比作解语花。详见卷一《婴宁》注。此指葛巾娘子善解人意。

37 〔穷其原〕追究其来源。宋张载《与赵大观书》：“窃尝病孔孟既没，诸儒嚣然不知反约穷源，勇于苟作。”原，通“源”。

贾奉雉

贾奉雉，平凉[1]人，才名冠一时，而试辄不售[2]。一日，途中遇一秀才，自言郎姓，风格洒然，谈言微中[3]，因邀俱归，出课艺就正[4]。郎读罢，不甚称许，曰："足下文，小试[5]取第一则有余，闱场[6]取榜尾则不足。"贾曰："奈何？"郎曰："天下事，仰而跂之[7]则难，俯而就之[8]甚易，此何须鄙人言哉！"遂指一二人、一二篇以为标准，大率贾所鄙弃而不屑道者。闻之，笑曰："学者立言，贵乎不朽[9]，即味列八珍，当使天下不以为泰耳[10]。如此猎取功名[11]，虽登台阁[12]，犹为贱也。"郎曰："不然。文章虽美，贱则弗传[13]。君将抱卷以终也则已，不然，帘内诸官[14]，皆以此等物事进身[15]，恐不能因阅君文，另换一副眼睛肺肠[16]也。"贾终默然。郎起笑曰："少年盛气哉！"遂别而去。是秋入闱复落，邑邑[17]不得志，颇思郎言，遂取前所指示者强读之，未至终篇，昏昏欲睡，心惶惑无以自主。

又三年，闱场将近，郎忽至，相见甚欢，因出所拟七题，使贾作之。越日，索文而阅，不以为奇，又令复作，作已，又訾之。贾戏于落卷中，集其阘冗泛滥[18]、不可告人之句，连缀成文，俟其来而示之，郎喜曰："得之矣！"因使熟记，坚嘱勿忘。贾笑曰："实相告：此言不由中，转瞬即去，便受夏楚，不能复忆之也。"郎坐案头，强令自诵一过，因使袒背，以笔写符而去，曰："只此已足，可以束阁[19]群书矣。"验其符，濯之不下，深入肌理。至场中，七题[20]无一遗者，回思诸作，茫不记忆，惟戏缀之文，历历在心，然把笔终以为羞，欲少窜[21]易，而颠倒苦思，竟不能复更一字，日已西坠，直录而出。郎候之已久，问："何暮也？"贾以实告，即求拭符，视之，已漫灭矣。再忆场中文，遂如隔世，大奇之，因问："何不自谋？"笑曰："某惟不作此等想，故能不读此等文也。"遂约明日过诸其寓，贾诺之。郎既去，贾取文稿自阅之，大非本怀，怏怏不自得，不复访郎，嗒丧而归。未几，榜发，竟中经魁[22]。又阅旧稿，一读一汗，读竟，重衣[23]尽湿，自言曰："此文一出，何以见天下士乎！"方惭怍间，郎忽至，曰："求中既中矣，何其闷也？"曰："仆适自念，以金盆玉碗贮狗矢[24]，真无颜出见同人，行将遁迹山丘，与世长绝矣。"郎曰："此亦太高，但恐不能耳。果能之，仆引见一人，长生可得，并千载之名，亦不足恋，况傥来[25]之富贵乎！"贾悦，留与共宿，曰："容某思之。"天明，谓郎曰："吾志决矣！"不告妻子，飘然遂去。

渐入深山，至一洞府，其中别有天地。叟坐堂上，郎使参之，呼以师，叟曰："来何早也？"郎曰："此人道念[26]已坚，望加收齿[27]。"叟曰："汝既来，须将此身并置度外，始得。"贾唯唯听命。郎送至一院，安其寝处，又投以饵，始去。房亦精洁，但户无扉，窗无棂，内惟一几一榻。贾解屦[28]登榻，月明穿射矣，觉微饥，取饵啖之，甘而易饱。窃意郎当复至，坐久寂然，杳无声响，但觉清香满室，脏腑空明，脉络皆可指数[29]。忽闻有声甚厉，似猫抓痒，自牖睨之，则虎蹲檐下。乍见，甚惊，因忆师言，即复收神凝坐。虎似知有其人，寻入近榻，气咻咻，遍嗅足股。少顷，闻庭中嗥动，如鸡受缚，虎即趋出。又坐少时，一美人入，兰麝扑人，悄然登榻，附耳小言曰："我来矣。"一言之间，口脂散馥，贾瞑然不少动。又低声曰："睡乎？"声音颇类其妻，心微动，又念曰："此皆师相试之幻术也。"瞑如故。美人笑曰："鼠子动矣！"初，夫妻与婢同室，狎亵惟恐婢闻，私约一谜曰："鼠子动，则相欢好。"忽闻是语，不觉大动，开目凝视，真其妻也，问："何能来？"答云："郎生恐君岑寂思归，遣一妪导我来。"言次，因贾出门不相告语，偎傍之际，颇有怨怼。贾慰藉良久，始得嬉笑为欢。既毕，夜已向晨，闻叟谯呵[30]声，渐近庭院，妻急起，无地自匿，遂越短墙而去。

俄顷，郎从叟入。叟对贾杖郎，便令逐客，郎亦引贾自短墙出，曰："仆望君奢，不免躁进[31]，不图情缘未断，累受扑责。从此暂别，相见行有日也。”指示归途，拱手遂别。贾俯视故村，故在目中，意妻弱步，必滞途间。疾趋里余，已至家门，但见房垣零落，旧景全非，村中老幼，竟无一相识者，心始骇异。忽念刘、阮返自天台[32]，情景真似。不敢入门，于对户憩坐。良久，有老翁曳杖出，贾揖之，问：“贾某家何所？”翁指其第曰：“此即是也。得无欲闻奇事耶？仆悉知之。相传此公闻捷即遁，遁时，其子才七八岁。后至十四五岁[33]，母忽大睡不醒。子在时，寒暑为之易衣，迨殁，两孙穷踧[34]，房舍拆毁，惟以木架苫覆蔽之。月前，夫人忽醒，屈指百余年矣。远近闻其异，皆来访视，近日稍稀矣。”贾豁然顿悟，曰：“翁不知贾奉雉即某是也。”翁大骇，走报其家。时长孙已死，次孙祥，至五十余矣。以贾年少，疑有诈伪。少间，夫人出，始识之，双涕霪霪[35]，呼与俱去。苦无屋宇，暂入孙舍。大小男妇，奔入盈侧，皆其曾、玄[36]，率陋劣少文。长孙妇吴氏，沽酒具藜藿，又使少子杲及妇与己共室，除舍舍祖翁姑。贾入舍，烟埃儿溺，杂气熏人。居数日，懊惋殊不可耐。两孙家分供餐饮，调饪尤乖。里中以贾新归，日日招饮，而夫人恒不得一饱。吴氏故士人女，颇娴闺训，承顺不衰。祥家给奉渐疏，或嘑尔与之[37]。贾怒，携夫人去，设帐东里，每谓夫人曰：“吾甚悔此一返，而已无及矣。不得已，复理旧业，若心无愧耻，富贵不难致也。”居年余，吴氏犹时馈赠，而祥父子绝迹矣。是岁，试入邑庠[38]，邑令重其文，厚赠之，由此家稍裕。祥稍稍来近就之，贾唤入，计囊所耗费，出金偿之，斥绝令去。遂买新第，移吴氏共居之。吴二子，长者留守旧业，次杲颇慧，使与门人辈共笔砚。贾自山中归，心思益明澈，无何，连捷[39]登进士第。又数年，以侍御出巡两浙[40]，声名赫奕[41]，歌舞楼台，一时称盛。

贾为人鲠峭[42]，不避权贵，朝中大僚，思中伤之。贾屡疏恬退[43]，未蒙俞旨[44]，未几而祸作矣。先是，祥六子皆无赖，贾虽摈斥不齿[45]，然皆窃余势以作威福，横占田宅，乡人共患之。有某乙娶新妇，祥次子篡娶为妾。乙故狙诈，乡人敛金助讼，以此闻于都。于是当道者交章攻贾。贾殊无以自剖，被收经年。祥及次子皆瘐死。贾奉旨充辽阳军[46]。时杲入泮已久，为人颇仁厚，有贤声。夫人生一子，年十六，遂以属杲，夫妻携一仆一媪而去。贾曰："十余年之富贵，曾不如一梦之久。今始知荣华之场，皆地狱境界，悔比刘晨、阮肇多造一重孽案[47]耳。"数日抵海岸，遥见巨舟来，鼓乐殷作[48]，虞候[49]皆如天神。既近，舟中一人出，笑请侍御过舟少憩。贾见惊喜，踊身而过，押隶不敢禁。夫人急欲相从，而相去已遥，遂愤投海中，漂泊数步，见一人垂练于水，引救而去。隶命篙师[50]荡舟，且追且号，但闻鼓声如雷，与轰涛相间，瞬间遂杳。仆识其人，盖郎生也。

异史氏曰："世传陈大士[51]在闱中，书艺既成，吟诵数四，叹曰：‘亦复谁人识得！’遂弃去更作，以故闱墨不及诸稿[52]。贾生羞而遁去，此盖有仙骨焉。乃再返人世，遂以口腹[53]自贬，贫贱之中人[54]甚矣哉！”

校注

1〔平凉〕明清府名。治所在今甘肃省平凉县。
2 〔试辄不售〕谓每次考试皆不中。
3 〔谈言微中（zhòng 众）〕谓言词委婉而切中事理。《史记·滑稽列传序》：“谈言微中，亦可以解纷。”
4〔课艺就正〕课艺，指制艺的习作文。就正，请教。
5 〔小试〕清代科举制度将童生参加的县、府和学政的亲试称“小试”，或称“小考”、“小场”。此为岁试与科试。
6 〔闱场〕又称“围场”，也称“大场”。此指乡试会试。闱，考场。乡试称“秋闱”，会试称“春闱”。
7 〔仰而跂（qì 气）之〕谓仰头踮脚去攀高。跂，踮起脚跟。《诗经·卫风·河广》：“谁谓宋远，跂予望之。”
8 〔俯而就之〕谓降格以求。《礼记·檀弓上》：“子思曰：先王之制礼也，过之者，俯而就之；不至焉者，跂而及之。”上两句化而用此典实。
9 〔学者立言，贵乎不朽〕谓学者一生所著书立说，贵在能传世而不朽。《左传·襄公二十四年》：“太上有立德，其次有立功，其次有立言，虽久不废，此谓之不朽。”疏：“立言，谓言得其要，理足可传。”
10 〔味列八珍，当使天下不以为泰耳〕此承上二句，谓既然有传世之立言的不朽，那么他享受优厚的待遇，也并不过分。

八珍，指古时八种烹饪法。详见卷二《天宫》注。泰，奢侈、过分。

11 〔猎取功名〕求取功名。猎取，求取，宋王安石《上田正言书》之一："窥执事意，岂若今所谓举方正者猎取名位而已哉？"

12 〔台阁〕尚书。详见卷二《翩翩》注。

13 〔贱则弗传〕谓当世重官位，假若政治地位低下，文章写得再好也不传世。贱，地位低下。《论语·子罕》："吾少也贱，故多能鄙事。"

14 〔帘内诸官〕指批阅考卷的试官。

15 〔物事进身〕谓以这种陋劣的文章考取功名。物事，东西，指粗劣的八股文章。进身，升官。

16 〔肺肠〕喻心思。《诗经·大雅·桑柔》："自有肺肠，俾民卒狂。"笺："自有肺肠，行其心中之所欲，乃使民尽迷惑如狂。"

17 〔邑邑〕忧闷不乐。详见卷二《巧娘》注。

18 〔阘（tà 踏）冗泛滥〕指文章芜杂冗长而空洞浮泛。阘冗，犹阘茸，繁杂。泛滥，原指水漫溢横流。此处喻文章空洞浮泛，不着边际。

19 〔束阁〕"束之高阁"的缩语。言弃之不用。《世说新语·豪爽》："庾稚恭（翼）既常有中原之志。"注引《汉晋春秋》："是时杜乂殷浩诸人，盛名冠世，翼未之贵也，常曰：'此辈宜束之高阁，俟天下清定，然后议其所任耳。'"陆游《醉歌》："读书三万卷，仕宦皆束阁。"乃用典之所本。

20 〔七题〕指第一场试时文七篇。按规定，乡试头场以每年八月初九日考试。试题七篇："四书"三题，"五经"每经四题，士子认习某经，即作本经四题，故合成"七艺"，亦称"七题"。

21 〔窜〕删改。韩愈《答张彻》诗："渍墨窜旧史，磨丹注前经。"

22 〔经魁〕明清科举分五经取士，每科乡试，于五经中各取其第一名，称“经魁”或“经元”。

23 〔重衣〕谓几层衣服。

24 〔以金盆玉碗贮狗矢〕谓名不符其实。《新五代史·孙晟传》：“（晟）与冯延巳并为（李）昪相，晟轻延巳为人，常曰：‘金碗玉杯贮狗屎，可乎？’”屎，同“矢”。

25 〔傥来〕无意而得来的。《庄子·缮性》：“物之傥来，寄也。”

26 〔道念〕谓修道的意念。

27 〔收齿〕收容，录用，此指收为弟子。齿，收录。《北史·李谔传》：“学必典谟，交不苟合，则摈落私门，不加收齿。”

28 〔屦（jù 具）〕草鞋、麻鞋。

29 〔指数（shǔ 暑）〕指点数明。

30 〔谯呵〕大声呵斥。谯，同“诮”，责问。

31 〔躁进〕急于进取。李商隐《祭张书记文》：“良时不来，躁进为耻。”

32 〔刘、阮返自天台〕汉明帝时，剡县人刘晨阮肇入天台山取谷皮，迷不得返，粮食乏尽，饥馁殆死。见芜青叶从山腹流出，复有一杯，有胡麻糁饭，知去人径不远。逆流二三里，溪边有二女子，姿质妙绝。因邀至家，其家铜瓦屋，南壁及东壁下各有一大床，皆施绛罗帐，帐角悬铃，金银交错。食胡麻饭、山羊脯、牛肉，甚甘美。食毕行酒，有一群女来，各持三五桃子，笑而言：“贺汝婿来。”至暮，令各就一帐宿，女往就之。停半年，求归甚苦。遂呼前来女子三四十人，集合奏乐，共送刘阮，指示还路。既出，亲旧零落，无复相识。问讯得七世孙，传闻上世入山，迷不得归。至晋太元八年，忽复去，不知何所。见南朝宋刘义庆《幽明录》。

33 〔后至十四五岁〕据手稿本，原抄本无。

34 〔追殁，两孙穷蹙〕据手稿本，原抄本为“追后穷蹙”。

35 〔霪（yín 银）霪〕同“淫淫”。此形容泪流不断。

36 〔曾、玄〕指曾孙、玄孙。曹植《大魏篇》：“皇嗣繁且炽，孙子列曾玄。”

37 〔嘑尔与之〕呼喝着送给饮食，指对长者极为不敬。嘑尔，呼喝。《孟子·告子上》："嘑尔而与之，行道之人弗受。"

38 〔试入邑庠〕谓考入县学。

39 〔连捷〕谓乡试、会试接连考中。

40 〔以侍御出巡两浙〕谓以御史之衔巡视两浙。两浙，即浙江省。宋时置两浙路，包括今浙江全境及长江以南今江苏省的一部分。

41 〔赫奕〕光显盛大貌。《文选·何晏〈景福殿赋〉》："赫奕章灼，若日月之丽天也。"

42 〔鲠峭〕同"峭鲠"。严正刚直。《新唐书·韩休传》："休峭鲠，时政所得失，言之未尝不尽。"

43 〔恬退〕性情淡泊，不务进取。《世说新语·文学》："羊孚作《雪赞》。"注引《中兴书》："（桓）胤少有清操，以恬退见称。"后称辞官归田为恬退。

44 〔俞旨〕指皇帝允许的旨意。

45 〔摈斥不齿〕意为断绝关系，不视为孙辈行。摈斥，弃绝。

46 〔充辽阳军〕谓充军辽阳。辽阳，今辽宁省辽阳市。详见卷二《田七郎》注。

47 〔孽案〕谓孽造的公案。即又来人间的经历。孽，佛家语。

48 〔殷作〕大作。殷，盛大。

49 〔虞候〕宋代官僚雇用的侍从。此指船上的侍从。

50 〔篙师〕船夫。

51 〔陈大士〕名际泰，临川（今江西抚州）人。以时文名天下。崇祯间举进士，年已六十八，授行人卒。《明史》有传。

52 〔闱墨不及诸稿〕谓在科场所做文章，不如平日的习作文。

53 〔口腹〕饮食。《孟子·告子上》："饮食之人，无有失也，则口腹岂适为尺寸之肤哉！"

54 〔中（zhòng种）人〕伤害人。中，伤害。

公孙夏

保定有国学生[1]某，将入都纳资[2]，谋得县尹。方趣装而病，月余不起。忽有僮入白：“客至。”某亦自忘其疾，趋出逆客。客华服类贵者，三揖入舍，叩所自来，客曰：“仆，公孙夏，十一皇子座客[3]也。闻治装将图县秩[4]，既有是志，太守不更佳耶？”某逊谢，但言：“资薄，不敢有奢愿。”客请效力，俾出半资，约于任所取盈[5]。某喜求策，客曰：“督抚皆某昆季[6]之交，暂得五千缗，其事济矣。目前真定[7]缺员，便可急图。”某讶其本省[8]，客笑曰：“君迂矣！但有孔方[9]在，何问吴越、桑梓[10]耶？”某终踌躇，疑其不经，客曰：“无须疑惑。实相告：此冥中城隍缺也。君寿尽，已注死籍[11]。乘此营办，尚可以致冥贵。”即起告别，曰：“君且自谋，三日当复会。”遂出门跨马去。某忽开眸，与妻子永诀，命出藏镪，市楮锭万提[12]，郡中是物为空。堆积庭中，杂刍灵鬼马[13]，日夜焚之，灰高如山。

三日，客果至。某出资交兑，客即导至部署[14]，见贵官坐殿上，某便伏拜。贵官略审姓名，便勉以“清廉谨慎”等语。乃取凭文[15]，唤至案前与之。某稽首出署，自念监生卑贱，非车服炫耀，不足震慑曹属[16]。于是益市舆马，又遣鬼役以彩舆迓其美妾。区画方已，真定卤簿[17]已至。途中里余，一道相属，意得甚。忽前导者钲息旗靡[18]，惊疑间，见骑者尽下，悉伏道周，人小径尺，马大如狸。车前者骇曰：“关帝[19]至矣！”某惧，下车亦伏。遥见帝君从四五骑，缓辔而至，须多绕颊，不似世所模肖者，而神采威猛，目长几近耳际。马上问：“此何官？”从者答：“真定守。”帝君曰：“区区一郡，何直得如此张皇[20]！”某闻之，洒然毛悚，身暴缩，自顾如六七岁儿。帝君命起，使随马迹行。道旁有殿宇，帝君入，南向坐，命以笔札授某，俾自书乡贯姓名。某书已，呈进，帝君视之，怒曰：“字讹误不成形象！此市侩耳，何足以任民社[21]？”又命稽其德籍。傍一人跪奏，不知何词，帝君厉声曰：“干进[22]罪小，卖爵罪重！”旋见金甲神绾锁去。遂有二人捉某，褫去冠服，笞五十，臀肉几脱，逐出门外。四顾车马尽空，痛不能步，偃息草间，细认其处，离家尚不甚远。幸身轻如叶，一昼夜始抵家，豁若梦醒，床上呻吟。家人集问，但言股痛。盖瞑然若死者已七日矣，至是始寤。便问：“阿怜何不来？”盖妾小字也。先是，阿怜方坐谈，忽曰：“彼为真定太守，差役来接我矣。”乃入室严妆，妆竟而卒，才隔夜耳。家人述其异，某悔恨爬胸，命停尸勿葬，冀其复还。数日杳然，乃葬之。某病渐瘳，但股创大剧，半年始起，每曰："官资尽耗，而横被冥刑，此尚可忍，但爱妾不知舁向何所，清夜所难堪耳。"

异史氏曰："嗟乎！市侩固不足南面[23]哉！冥中既有线索[24]，恐夫子马迹所不及到，作威福者，正不胜诛耳。吾乡郭华野[25]先生传有一事，与此颇类，亦人中之神也。先生以清鲠[26]受主知，再起总制荆楚[27]。行李萧然，惟四五人从之，衣履皆敝陋。途中人竟不知为贵官也。适有新令赴任，道与相值，驼车[28]二十余乘，前驱数十骑，驺从以百计。先生亦不知其何官，时先之，时后之，时以数骑杂其伍。彼前马者怒其扰，辄呵却之，先生亦不顾瞻。亡何，至一巨镇，两俱休止。乃使人潜访之，则一国学生，加纳赴任湖南者也。乃遣一价召之使来。令闻呼，骇疑，反诘官阀，始知为先生，悚惧无以为地，冠带匍匐前。先生问：'汝即某县县尹？'答曰：'然。'先生曰：'蕞尔[29]一邑，何能养如许驺从？履任[30]，则一方涂炭[31]矣！不可使殃民社，可即旋归，勿前矣。'令叩首曰：'下官尚有文凭。'先生即令取凭，审验已，曰：'此亦细事，代若缴之可耳。'令伏拜而出。归途不知何以为情，而先生行矣。世有未莅任而已受考成[32]者，实所创闻。先生奇人，故信其有此快事耳。"

校注

1 〔保定有国学生〕保定，明清府名。治所在今河北省保定市。国学生，明清设国子监，为全国最高学府，在国子监肄业的生员称国学生，亦称太学生，又称监生。清顺治七年（1650）裁南京国子监，只留北京国子监，称国学。

2 〔入都纳资〕都，京都，当时即指北京。纳资，即“捐纳”，指捐资纳粟换取官职、官衔。此制起于秦汉，称纳粟。清代纳资捐官定有“捐例”，分暂行事例与现行常例两种。据《清史稿·选举志》载：“捐例不外拯荒、河工、军需三者，曰暂行事例，期满或事竣即停。而现行事例则否……太抵贡监、衔封、加级、纪录无关铨政者，属现行事例。”但据清陈康祺《郎潜纪闻》卷二载：“然开例三载，所入仅二百万有余，捐纳知县五百余人。”

3 〔座客〕谓座上客。

4 〔县秩〕知县的官职。秩，官秩、品位。

5 〔于任所取盈〕谓到任以后将定金交足。取盈，取足定数。

6 〔昆季〕兄弟。详见卷二《刘海石》注。

7 〔真定〕旧府名。府治在今河北省正定县。雍正元年（1723）改名正定。

8 〔某讶其本省〕此官任职在本省，某感到惊讶。清朝任职采取回避政策，即不能在本省任官职。保定与真定清代同属直隶省。

9 〔孔方〕钱的别名。《汉书·食货志下》：“钱圜函方。”注引孟康曰：“外圆而内孔方也。”后因称钱为孔方。晋鲁褒《钱神论》：“亲之如兄，字曰孔方。”

10 〔何问吴越、桑梓〕哪里管他在外地本地。吴越，指远方外地。桑梓，指家乡，这里指本省。

11 〔注死籍〕名字已写在死人的名册。

12 〔市楮锭万提〕买纸钱万提。楮锭，楮钱，纸锭。旧时祭祀时焚化的纸钱。提，串。

13 〔刍灵鬼马〕皆为用草扎成的假人假马。此为古代殉葬用品。详见卷二《莲香》注。

14 〔部署〕指中央六部的部级衙门。当为户部。此为阴司官署。

15 〔凭文〕旧时官员凭以到职的证件。

16 〔曹属〕此指府衙官属。

17 〔卤簿〕帝王、官员出行时的仪仗队。详见卷一《陆判》注。

18 〔钲（zhēng 峥）息旗靡〕谓锣声停，旗不张。钲，一种古代乐器。形似钟而狭长，击之发声，用铜制成。行军时用以士众之节。

19 〔关帝〕即世称之关羽。详见卷一《考城隍》“关壮缪”注。

20 〔张皇〕犹张狂。柳宗元《三良》诗：“霸基弊不振，晋楚更张皇。”

21 〔任民社〕指担任地方官。

22 〔干进〕营谋官职地位。《楚辞·屈原〈离骚〉》：“既干进而入兮，又何芳之能祗。”

23 〔南面〕指做官。详见卷一《偷桃》“南面者”注。

24 〔线索〕此指关节。

25 〔郭华野〕1638–1715。名琇，字瑞卿，号华野，山东即墨人。康熙九年（1670）进士，授江南吴江知县，任职七年，颇著政绩，任江南道御史。康熙二十八年（1689）擢左都御史，上疏参劾大学士明珠、余国柱等贪污受贿、结党营私，受权贵击，解职回乡。康熙三十八年（1699）又起用为湖广总督，任职数年，于康熙四十二年（1703）终被排挤罢官。康熙五十四年（1715）卒。

26 〔清鲠〕清正刚直。《新唐书·赵宗儒传》：“父骅，字云卿，少嗜学，履尚清鲠。”

27 〔再起总制荆楚〕再起，再次起用。指康熙三十八年（1699）授湖广总督。荆楚，泛指湖南湖北地区，明清时称为“湖广”。

28 〔驼车〕运行李的车。驼，通“驮”。

29 〔蕞（zuì 最）尔〕小貌。《左传·昭公七年》：“郑虽无腆、抑谚曰蕞尔国，而三世执其政柄。”

30 〔履任〕旧称官员到职视事。

31 〔涂炭〕烂泥和炭火。比喻灾难、困苦。《尚书·仲虺之诰》：“有夏昏德，民坠涂炭。”

32 〔考成〕考核官吏的治绩。《周礼·地官·小司徒》：“岁终，则考其属官之治成而诛赏。”

题《异史》卷后

姑妄言之妄听之，豆棚瓜架雨如丝。料应厌作人间语，爱听秋坟鬼唱诗。（秋坟鬼唱鲍家诗，李长吉句也。）

新城　王士禛　阮亭

（禛字原缺末笔——校注者）

冥搜镇日一编中，多少幽魂晓梦通。五夜燃犀探秘箓，十年纵博借神丛。董狐岂独人伦鉴，干宝真传造化功。常笑阮家无鬼论，愁云飒飒起悲风。

卢家冥会自依稀，金碗千年有是非。莫向酉阳称杂俎，还从禹穴问灵威。临风木叶山魈下，研露空庭独鹤飞。君自闲人堪说鬼，季龙鸥鸟自相依。

搦管萧萧冷月斜，漆灯射影走金蛇。嫏嬛洞里传千载，嵩岳云中迸九华。但使后庭歌玉树，无劳前席问长沙。庄周漫说徐无鬼，惠子书成已满车。

淄川　张笃庆　历友

冥搜研北隐墙东，腹笥言泉试不穷。秋树根旁一披读，灯昏风急雨濛濛。

香茅结就新亭小，睡觉桐阴一欠伸。君试妄言余妄听，不妨狐窟号诗人。

捃摭成编载一车，诙谐玩世意何如？山精野鬼纷纷是，不见先生志异书。

济南　朱缃　橡村

余读《异史》终，不禁推案起立，浩然而叹曰："嗟呼！文人之不可穷有如是夫！聊斋少负艳才，牢落名场无所遇，胸填气结，不得已为是书。今读其寓意之言，十固八九，何其悲以深也。向使聊斋早脱鞲去，奋笔石渠、天禄间，为一代史局大作手，岂暇作此郁郁语，托街谭巷议，以自写其胸中磊块诙奇哉！文士失职而志不平，无亦当世者之责也。后有读者，苟具心眼，当与余同慨矣。"

胶州　高凤翰　西园

附录一

据《得月簃丛书》拾遗三则

蛰蛇

予邑郭生，设帐于东山之和庄。童蒙五六人，皆初入馆者也。书室之南为厕所，乃一牛栏，靠山石壁，壁上多杂草蓁莽。童子入厕，多历时刻而后返，郭责之，则曰：“予在厕中腾云。”郭疑之。童子入厕，从旁睨之，见其起空中二三尺，倏起倏堕，移时不动。郭进而细审，见壁缝中一蛇，昂首大于盆，吸气而上，遂遍告庄人共视之。以炬火焚壁，蛇死壁裂。蛇不甚长，而粗则如巨桶。盖蛰于内而不能出，已历多年者也。

龙

博邑有乡民王茂才，早赴田，田畔拾一小儿，四五岁，貌丰美而言笑巧妙，归家子之，灵通非常。至四五年后，有一僧至其家，儿见之，惊避无踪。僧告乡民曰：“此儿乃华山池中五百小龙之一，窃逃于此。”遂出一钵，注水其中，宛一小白蛇游衍于内，袖钵而去。

爱才

仕宦中有妹养宫中而字贵人者，有将官某代作启，中警句云："令弟从长，奕世近龙光，貂珥曾参于画室；舍妹夫人，十年陪凤辇，霓裳遂灿于朝霞。寒砧之杵可掬，不捣夜月之霜；御沟之水可托，无劳云英之咏。"当事者奇其才，遂以文阶换武阶，后至通政使。

附录二

序·跋·题辞

余　序

乙酉三月，山左赵公奉命守睦州，余假馆于郡斋。太守公出淄川蒲柳泉先生《聊斋志异》，请余审定而付之梓。严陵环郡皆崇山，郡斋又多古木奇石。时当秋飙怒号，景物晻霭，狐鼠昼跳，枭獍夜嗥，把卷坐斗室中，青灯睒睒，已不待展读，而阴森之气，逼人毛发。呜呼！同在光天化日之中，而胡乃沉冥抑塞，托志幽遐，至于此极！余盖卒读之而悄然有以悲先生之志矣。按县志称先生少负异才，以气节自矜，落落不偶，卒困于经生以终。平生奇气，无所宣泄，悉寄之于书。故所载多涉俶诡荒忽不经之事，至于惊世骇俗，而卒不顾。嗟夫！世固有服声被色，俨然人类，叩其所藏，有鬼蜮之不足比，而豺虎之难与方者。下堂见虿，出门触蜂，纷纷沓沓，莫可穷诘。惜无禹鼎铸其情状，镯镂决其阴霾，不得已而涉想于杳冥荒怪之域，以为异类有情，或者尚堪晤对；鬼谋虽远，庶其警彼贪淫。呜呼！先生之志荒，而先生之心苦矣！昔者三闾被放，彷徨山泽，经历陵庙，呵壁问天，神灵怪物，琦玮儒佹，以泄愤懑，抒写愁思。释民悯众生之颠倒，借因果为筏喻，刀山剑树，牛鬼蛇神，罔非说法，开觉有情。然则，是书之恍惚幻妄，光怪陆离，皆其微旨所存，殆以三闾侘傺之思，寓化人解脱之意欤？使第以媲美《齐谐》，希踪《述异》相诧孅，此井蠡之见，固大盭于作者：亦岂太守公传刻之深心哉！夫易筮载鬼，传纪降神，妖祥灾异，炳于经籍。天地至大，无所不有；小儒视不越几席之外，履不出里巷之中，非以情揣，即以理格，是谂谂者又甚于井蠡之见也。太守公曰："子之说，可以传先生矣。"遂书以为序。

乾隆三十年，岁次乙酉十一月，仁和余集撰。

弁言

丙寅冬，吾友周子季和自济南解馆归，以手录淄川蒲留仙先生《聊斋志异》二册相贻，深以卷帙繁多不能全抄之憾。予读而喜之。每藏之行笥中，欲访其全，数年不可得。丁丑春，携至都门，为王子闰轩攫去。后予宦闽中，晤郑荔芗先生令嗣。因忆先生昔年曾宦吾乡，性喜储书，或有藏本，果丐得之。命侍史录正副二本，披阅之下，似与季和本稍异。后三年，再至都门，闰轩出原抄本细加校对，又从吴君颖思假抄本勘定，各有异同，始知荔芗当年得于其家者，实原稿也。癸未官武林，友人鲍以文屡怂恿予付梓，因循未果。后借抄者众，藏本不能偏应，遂勉成以公同好。他日见闰轩，出以相赠，其欣赏为何如！独恨吾季和已赴九原，不获与之商榷定论已。此书之成，出赀勷事者，鲍子以文；校雠更正者，则余君蓉裳、郁君佩先暨予弟皋亭也。

乾隆丙戌端阳前二日，莱阳后学赵起杲书于睦州官舍。

孔继涵《聊斋志异》序

洪迈《夷坚志》四百二十卷，今其书不完，每恨无以尽发俶傥诡异之观。阅《聊斋志异》，洋洋洒洒，数十万言，并非篡有前人略为回易者比，人于反常、反物之事，则从而异之。今条比事栉，累累沓沓，如渔涸泽之鱼头，然则异而不异矣！胡仍名以异？是可异也。史之传独行者，自范砖始，别立名目，以别于列传者，以其异也。砖之传独行，皆忠孝节廉，人心同有之事，胡以异之？盖砖之灭弃伦理、悖逆君父，诚不足数，宜其以独行之为异，而别出之也。独不解后之作史者仍之，凡孝友、忠义、廉退者之胥为目别类列而异之也。甚至儒林、道学之胥为目别类列而异之也。吁，是则大可异矣！今《志异》所载，皆罕所闻见，而谓人能不异之乎？然寓言十九，即其寓而通之，又皆人之所不异也。不异于寓言之所寓，而独异于所寓之言，是则人之好异也。苟穷好异之心，而倒行逆施之，吾不知其异更当何如也。后之读《志异》者，骇其异而悦之，夫可知；忌其寓而怒之、愤之，未可知；或通其寓言之异，而慨叹流连、歌泣从之，亦未可知。亦视人之异其所异，而不异其所不异而已矣。至于不因《志异》异，而因读《志异》者而异，而谓不异者，能若是乎！序《志异》。

小芝山樵序

余弱冠后，饥躯浪迹，如泛梗漾萍，飘飘半海内矣，凡目之异所见、耳之异所闻者，靡不笔之简端，积为若干卷。虽郑蛇、齐怪、鲁鬼、秦妖一时点窜未工，然携之行笥敝簏，或长夏天气，或旅馆萧条之际，未始不借以消其遣、破其愁也。惟不知谁何窃之去，至片纸只字无一存者。余又不复有别稿，隐隐约约犹屡欲补缀成之。

客岁春三月，驱车出长安，滞迹珠溪书斋，静寂作孤坐之枯僧。加以连宵风雨，一灯荧然，卅年心事和雨偕来，此中况味，殆不可以告人。斋之西北隅，多曲径，折入十余步，竹树阴翳中，峙三楹，颜曰：聚珍阁，彝鼎图书，无美不具。闲步是间，翻得蒲氏《聊斋》一部，伏而读之，觉穷形奸顽，洞澈鬼域，心莹镜鉴，眼通墙壁。与夫古奥幽折、光怪屈奇之处，奚翅辟易千人，以视子云客嘲，孟坚宾戏，干将出匣，其犀利为何如哉！且举余向所未曾闻、未及见而亟欲闻见者，嘈嘈然，杂杂然，骇目游心，如相告语。又余平日所尝欲言而未能言、未敢言者，率不啻探予怀以出之。用是补缀之意，恧然其不敢萌，而转幸窃之者之善为我遁也。因于草檄衔杯之余，不揣固陋，择其精之尤精、雅之尤雅者，选付剞劂，以公同好。第未识青眼碧眼者，能不斥为盲人道黑白否耶？

时乾隆甲寅岁夏四月浴佛后三日，小芝山樵序于珠溪之廿砚山房。

读《聊斋》杂说

柳泉《志异》一书，风行天下，万口传诵，而袁简斋议其繁衍，纪晓岚称为才子之笔，而非著述之体。皆訾言也。先生此书，议论纯正，笔端变化，一生精力所聚，有意作文，非徒纪事。予尝评阅数过，每多有会心别解，不作泛泛语。自谓能抓着作者痛痒处。二十三年居沈黎，宗弟正伸寄一部，请加墨。时风雪满天，地炉火冷，童子重为燃煤煨酒，拂案挑灯，至得意处便疾书数行。尝见近人有《柳涯外编》，叙先生易箦时，有“红尘再到是金乡”之句，柳涯遂谓聊斋后身，青林黑塞间倘别有其人乎？吾将遇之。

千古文字之妙，无过《左传》，最喜叙怪异事。予尝以之作小说看。此书予即以当《左传》看，得其解者方可与之读千古奇书。予又以此一副眼孔读《昭明文选》。

是书遍天下无人不爱好之，然领会各有深浅。往日有一人闻予评文，索之再三，不肯出以相示。后索之不已，三日见还，无一领会语。噫！作者难，评者亦不易。惟建南黄观察见而称之。

署清令阳湖张安溪曰：《聊斋》一书，善读之令人胆壮，不善读之令人入魔。予谓泥其事则魔，领其气则壮，识其文章之妙，窥其用意之微，得其性情之正，服其议论之公，此变化气质、淘成心术第一书也。多言鬼狐，款款多情；间及孝悌，俱见血性，较之《水浒》、《西厢》，体大思精，文奇义正，为当世不易见之笔墨，深足宝贵。

博陵李金枝宫李氏《柳涯外编》叙曰：予少师蒲柳泉先生，柳泉殁，泊然无所向。一日游济南，自趵突敬步至康庄泉，见柳下一少年，执笔欲有所题。进揖之，曰："徐氏，住泺干。"予因问曰："省垣以济南名，而城北有清河，无济水，或谓趵突泉即济水，而泉在城南，不在城北，泺镇滨大清河，乃名泺口，何也？"少年答曰："大清河即济水旧址也。济三伏三见，至趵突出地，折而北，其由响闸北流入口处，独名泺，折而东，合东平、平阴诸山之水，汇为大清河耳。"予心佩其博。次日，次泺干，将以老友任子健为先容而访之。任应之曰："此徐奇童也，年十六七，其父徐敬轩先生，寓金家庄，时年四十三，无子，祈梦小峨眉山。至一境，垂柳映清泉，一老儒至，手执蒲叶，仿佛闻声曰：'此汝子也。'醒不甚解。次年举一子，周岁，有冒雨而来者，问庄名，曰：'金家庄。'子方周岁，宴客请抱出见之，曰：'是矣，吾师也。吾师蒲柳泉，积学而殁，在去年此日，有句云：红尘再到是金乡。

遍访金乡县不可得，不图今日遇之。’翁问：‘尔师之貌若何？是否？’客问何由知。曰：‘小峨眉梦也。梦执蒲，其姓也。柳近泉，其号也。吾梦解矣。’客叹息而去。徐名崑，字后山，号柳涯，别号啸山，平阳人，皆本夙因云。”乾隆五十六年辛亥，博陵弟子李金枝宫李氏题于枣林书屋，时年八十有二。

平生喜读《史》、《汉》，消闷则惟《聊斋》。每饭后、酒后、梦后，雨天、晴天、花天，或好友谈后，或远游初归，辄随手又笔数行，皆独具会心，不作公家言。

《聊斋》非独文笔之佳，独有千古，第一议论醇正，准理酌情，毫无可驳。如名儒讲学，如老僧谈禅，如乡曲长者读诵劝世文，观之实有益于身心，警戒愚顽。至说到忠孝节义，令人雪涕，令人猛省，更为有关世教之书。

吾闲中偶然设想，柳泉一老贡士耳，同时王侯卿相，湮没不知姓名者不知凡几，聊斋独以此一书传，海澨山陬，雅俗共赏。即聊斋其他诗古文词，亦不似此流传之远。当时王公幸挂一二于卷中以传者，盖亦有之。赵瓯北诗云：“公卿视寒士，卑卑不足算。岂知钟漏尽，气焰随烟散。翻借寒士力，姓名见豪翰。”谅哉！

此书多叙山左右及淄川县事，纪见闻也。时亦及于他省。时代则详近世，略及明代。先生意在作文，镜花水月，虽不必泥于实事，然时代人物，不尽凿空。一时名辈如王渔洋、高念东、唐梦赉、张历友，皆其亲邻世交。毕刺史、李希梅，著作俱在。聊斋家世交游，亦隐约可见。独柳泉别种诗文，不可得闻，予于雨村诗话中见古作一首，实非凡笔。

词令之妙，首推《左》、《国》，其中灵婉轻快，不著一语呆笨。《聊斋》吐属，锦心绣口，佳处难尽言，如《邵女》篇媒媪之言，《司文郎》篇宋生之言，其他所在多有，不能一一详也。

往予评《聊斋》，有五大例：一论文，二论事，三考据，四旁证，五游戏。皆其平日读书有得之言，浅人或不尽解。至其随手记注，平常率笔，无关紧要，盖亦有之，然已十得八九矣。李卓吾、冯犹龙、金人瑞评《三国演义》及《水浒》、《西厢》诸小说、院本，乃不足道。友人万枣峰曰："此徐退山批五经、《史记》、《汉书》手笔也。"

作文人要眼明手快，批书人亦要眼明手快。天外飞来，只是眼前拾得。坡诗云："作诗火速追亡逋，清景一失渺难摹。"钝根者毫无别见，只顺文演说，如周静轩读史诗，人云亦云，令观者欲呕。远村此批，即昔钟退谷先生坐秦淮水榭，作《史怀》一书，皆从书缝中看出也。

金人瑞批《水浒》、《西厢》，灵心妙舌，开后人无限眼界，无限文心。故虽小说、院本，至今不废。惟议论多不醇正，董阆石先生深訾之。是书虽系小说体例，出入诸史，不特具有别眼，方能着语，亦须具有正大胸襟，理明义熟，方识得作者头脑处。故纪文达推为才子之笔，莫逮万一。而赵清曜称为有功名教，无忝著述也。

是书传后，效颦者纷如牛毛，真不自分量矣。无聊斋本领，而但说鬼说狐，侈陈怪异，笔墨既无可观，命意不解所谓。臃肿拳曲，徒多铺陈；道理晦涩，义无足称。不转瞬而弃如敝屣，厌同屎橛，并覆瓿之役，俗人亦不屑用之，比似聊斋，岂不相悬万万哉！是之谓自寻苦恼。予谓当代小说家言，定以此书为第一，而其他比之，自桧以下。

文有设身处地法。昔赵松雪好画马，晚更入妙，每欲构思，便于密室解衣踞地，先学为马，然后命笔。一日管夫人来，见赵宛然马也。又苏诗题画雁云："野雁见人时，未起意先改。君从何处看，得此无人态？"此文家运思入微之妙，即所谓设身处地法也。《聊斋》处处以此会之。

读《聊斋》，不作文章看，但作故事看，便是呆汉。惟读过《左》、《国》、《史》、《汉》，深明体裁作法者，方知其妙。或曰：何不径读《左》、《国》、《史》、《汉》？不知举《左》、《国》、《史》、《汉》而以小说体出之，使人易晓也。

贪游名山者，须耐仄路；贪食熊膰者，须耐慢火；贪看月华者，须耐深夜；贪见美人者，须耐梳头。看书亦有宜耐之时。

《聊斋》之妙，同于化工赋物，人各面目，每篇各具局面，排场不一，意境翻新，令读者每至一篇，另长一番精神。如福地洞天，别开世界；如太池未央，万户千门；如武陵桃源，自辟村落。不似他手，黄茅白苇，令人一览而尽。

文有消纳法，于复笔、简笔、捷笔处见之。

昔人谓：莫易于说鬼，莫难于说虎。鬼无伦次，虎有性情也。说鬼到说不来处，可以意为补接；若说虎到说不来处，大段著力不得。予谓不然。说鬼亦要有伦次，说鬼亦要得性情。谚语有之：说谎亦须说得圆。此即性情伦次之谓也。试观《聊斋》说鬼狐，即以人事之伦次、百物之性情说之。说得极圆，不出情理之外；说来极巧，恰在人人意愿之中。虽其间亦有意为补接、凭空捏造处，亦有大段吃力处，然却喜其不甚露痕迹牵强之形，故所以能令人人首肯也。

或疑聊斋那有许多闲工夫，捏造许多闲话。予曰：以文不以事也。从古书可传信者，六经而外，莫如《左传》、《史记》。乃左氏以晋庄姬为成公之女，《史记》以庄姬为成公之妹。晋灵公使人贼赵宣子，左氏谓触槐而死者钼麑，公羊以为壮士刎颈而死。传闻异词，以何为信？且钼麑槐下之言，谁人闻之？左氏从何知之？文人好奇，说鬼说怪，廿三史中指不胜屈，何独于《聊斋》而疑之。取其文可也。

俗手作文，如小儿舞鲍老，只有一副面具。文有妙于骇紧者，妙于整丽者；又有变骇紧为疏奇，化整丽为历落，现出各样笔法。《左》、《史》之文，无所不有，《聊斋》仿佛遇之。

作文有前暗后明之法，先不说出，至后方露，此与伏笔相似不同。左氏多此种，《聊斋》亦往往用之。

此书即史家列传体也，以班、马之笔，降格而通其例于小说。可惜《聊斋》不当一代之制作，若以其才修一代之史，如辽、金、元、明诸家，握管编排，必驾乎其上。以故此书一出，雅俗共赏，即名宿巨公，号称博雅者，亦不敢轻之。盖虽海市蜃楼，而描写刻画，似幻似真，实一一如乎人人意中所欲出。诸法俱备，无妙不臻。写景则如在目前，叙事则节次分明，铺排安放，变化不测。字法句法，典雅古峭，而议论纯正，实不谬于圣贤一代杰作也。

沈确士曰："文章一道，通于兵法。"金兀术善用突阵法，如拐子马之类。韩昌黎习用之。大江之滨，有怪物焉，周公、伯乐等篇皆是也。盖凭空突然说出一句，读者并不解其用意安在，及至下文，层层疏说明白，遂令题意雪亮。再玩篇首，始知落墨甚远，刻题甚近，初若于题无关，细味乃知俱从题之精髓抉摘比并出来，此即文家之突阵法也。聊斋用笔跳脱超妙，往往于中一二突接之处，仿佛遇之，惟会心人能格外领取也。

《水经注》形容水之清澈，曰："分沙漏石。"又曰：

“渊无潜甲。”又曰：“鱼若悬空。”又曰：“石子如樗蒲。”皆极造语之妙。《聊斋》中间用字法，不过一二字，偶露句中，遂已绝妙，形容惟妙惟肖，仿佛《水经注》造语。读者随所见有会，不能一一指数也。

小说，宋不如唐，唐不如汉。《飞燕外传》云：“以辅属体，无所不靡。”《丽娟传》云：“玉肤柔软，吹气胜兰，不欲以衣缨拂之，恐乱体痕也。”故读古书不多，不知《聊斋》之妙。

昔钟退谷先生坐秦淮水榭，作《史怀》一书，皆从书缝中及字句之外寻出。间来议论名隽，语言超妙，不袭人牙慧一语。予批《聊斋》，自信独具冷眼。倘遇竟陵，定要把臂入林。

友人曰：渔洋评太略，远村评太详。渔洋是批经史杂家体，远村似批文章小说体。言各有当，无取雷同。然《聊斋》得远村批评一番，另长一番精神，又添一般局面。

纪晓岚曰：“聊斋盛行一时，然才子之笔，非著书者之笔也。虞初以下，干宝以上，古书多佚，其可见者，如刘敬叔《异苑》、陶潜《续搜神记》，小说类也；《飞燕外传》、《会真记》，传记类也；《太平广记》，事以类聚，故可并收。今一书而兼二体，所未解也。小说既述见闻，即属叙事，不比戏场关目，随意装点。令玄之传，得之樊嬺，故猥琐具详；元稹之记，出于自述，故约略梗概。杨升庵伪撰秘辛，尚知此意。升庵多见古书故也，今嬿昵之词，媟狎之态，细微曲折，摹绘如生，使出自言，似无此理；使出作者代言，则从何而见闻，又所未解也。留仙之才，予诚莫逮万一，惟此二事，则夏虫不免疑冰。刘舍人云：'滔滔前世，既洗予闻；渺渺来修，谅尘彼观。'心知其意，倘有人乎？”远村曰：聊斋以传记体叙小说之事，仿《史》、《汉》遗法，一书兼二体，弊实有之，然非此精神不出，所以通人爱之，俗人亦爱之，竟传矣，虽有乖体例可也。纪公《阅微草堂》四种，颇无二者之病，然文字力量精神，别是一种，其生趣不逮矣。

文之参错，莫如《左传》。冯天闲专以整齐论《左》。人第知参错是古，不知参差中不寓整齐，则气不团结，而少片段。能以巨眼看出左氏无处非整齐，于古观其深矣。左氏无论长篇短篇，其中必有转捩处。左氏篇篇变，句句变，字字变。上三条，读《聊斋》者亦以此意参之，消息甚微，非深于古者不解。

《聊斋》短篇，文字不似大篇出色，然其叙事简净，用笔明雅，譬诸游山者，才过一山，又问一山，当此之时，不无借径于小桥曲岸，浅水平沙，然而前山未远，魂魄方收，后山又来，耳目又费。虽不大为着意，然正不致遂败人意。又况其一桥，一岸，一水，一沙，并非一望荒屯绝徼之比。晚凉新浴，豆花棚下，摇蕉尾，说曲折，兴复不浅也。

赵清曜谓：先生书成，就正于渔洋，渔洋欲以百千市其稿，先生不与，因加评骘而还之。予思渔洋一代伟人，文章总持，主骚坛者数十年，天下翕然宗之，何必与聊斋争之。且此书评语亦只循常，未甚搔着痛痒处，《聊斋》固不以渔洋重也。或谓渔洋跋，含蓄有味，不必多见，而见地自高，似未可推倒。予终不以为然。后人拈笔，何敢遂轻前人。渔洋实有不足聊斋处，故以率笔应酬之，原非见地不高。公是公非，何能为古人讳。

予读《李义山集》，集前有一条云："诗人刻露天地间山川、草木、人物、百怪，几于毫不留余矣。故少达多穷，以其凿破混茫，发泄太尽，犯造物之忌也。"《聊斋》虽小说，描写尽致，实犯此忌。故文名传世，遇合蹇涩，以贡士终。壬戌在京师，与会理州严鹤堂尔谌同馆。严曰："闻聊斋犯雷劫。"予大怒曰："此口孽也！聊斋圣贤路上人，观其议论平允，心术纯正，即以程、朱语录比对观之，亦未见其有异也。慧业文人如聊斋者，殁后不向圣贤位中去，定向仙佛位中来也，可以妄语污蔑也哉！"

先秦之文，段落浑于无形。唐、宋八家，第一段落要紧。盖段落分，而篇法作意出矣。予于《聊斋》，钩清段落，明如指掌。

近来说部，往往好以词胜，搬衍丽藻，以表风华，涂绘古事，以炫博雅。《聊斋》于粗服乱头中，略入一二古句，略装一二古字，如《史记》诸传中偶引古谚时语，及秦、汉以前故书。斑剥陆离，苍翠欲滴，弥见大方，无一点小家子强作贫儿卖富丑态，所以可贵。

不会看书人，将古人书混看过去，不知古人书中有得意处，有不得意处；有转笔处，有难转笔处；趁水生波处；翻空出奇处；不得不补处；不得不省处；顺添在后处；倒插在前处。无数方法，无数筋节，当以正法眼观之，不得第以事视，而不寻文章妙处。此书诸法皆有。

《聊斋》说鬼说狐，层见叠出，各极变化。如初春食河豚，不信复有深秋蟹螯之乐。及至持螯引白，然后又疑梅圣俞“不数鱼虾”之语徒虚语也。

读法四则

一、是书当以读《左传》之法读之。《左传》阔大，《聊斋》工细。其叙事变化，无法不备；其刻划尽致，无妙不臻。工细亦阔大也。

一、是书当以读《庄子》之法读之。《庄子》惝恍，《聊斋》绵密。虽说鬼说狐，如华严楼阁，弹指即现；如未央宫阙，实地造成。绵密实惝恍也。

一、是书当以读《史记》之法读之。《史记》气盛，《聊斋》气幽。从夜火篝灯入，从白日青天出。排山倒海，一笔数行；福地洞天，别开世界。亦幽亦盛。

一、是书当以读程、朱语录之法读之。语录理精，

《聊斋》情当。凡事境奇怪，实情致周匝，合乎人意中所欲出，与先正不背在情理中也。

时嘉庆二十三年戊寅岁小阳月下浣，涪陵冯镇峦远村氏识于清溪学署之红椒山房。

何 序

昔人谓老杜诗无一字无来历，而注杜者累月经年亦搜括靡遗。及读老杜诗，诗有云：“读书破万卷，下笔如有神。”此殆自道其诗。夫使胸中无万卷书，安得能无一字无来历？使读万卷书而未尝破，又安能融会贯通如自己出，下笔有神哉？

近世评小说家者，谓其叙事《列国》难于《三国》，又谓《列国》、《三国》尚有古人陈迹可寻，至《水浒》一书则更难于《列国》、《三国》，以其从“宋江等三十六人横行河朔”一句，演出三十六人天罡，配以七十二地煞，合成一百单八人，各为写其性情形状已属大难，且又调奸、醉酒、打虎、杀人、放火、行窃、赠金等事层层犯复，因难见巧，施耐庵殆神于技者乎！夫耐庵生于宋，立于元，不求见用于世，故假《水浒》一传，以抒其抱负，宣其阅历。若著《聊斋》者生逢盛世，以彼其才其学其识而不获一第，无怪其嘲试官谓并盲于鼻也。《聊斋》胎息《史》、《汉》，浸淫晋魏六朝，下及唐宋，无不薰其香而摘其艳。其运笔可谓古峭矣，序事可谓简洁矣，铸语可谓典赡矣。其志异也，大而雷龙湖海，细而虫鸟花卉，无不镜其原而点缀之，曲绘之。且言狐鬼，言仙佛，言贪淫，言盗邪，言豪侠节烈，重见叠出，愈出愈奇，此其才又岂在耐庵之下哉！至其每篇后“异史氏曰”一段，则直与太史公列传神与古会，登其堂而入其室。渔洋老人虽间有搔着痛痒处，尚不能与之并驾齐驱，后之批《聊斋》者，亦可毋庸邻女效颦，般门弄斧矣！且近之读《聊斋》者，无非囫囵吞枣，涉猎数遍，以资谈柄，其于章法、句法、字法，规模何代之文，出于何书，见于何典，则茫夫未之知也，即读焉如未读也，有执以相问难者，十不得其一二焉，良以读书未破万卷，故无从索解人耳。其自欺者则曰：吾不求甚解，毋怪今之能读书者少而著述愈不古若也。

吾家地山老人幼而好学，老而不倦。其于经史子集既能强记，多求解说，乃以通才而不达于命。奔走风尘，作客依人，于公务余暇取《聊斋》而注释之。其字句见何经、见何史、见何子、见何诗文集，必溯其源而求其实，绝无恍惚依稀附会牵诬之弊。久之粲然成帙，亦与注杜者之详晰无殊，使向之读《聊斋》而不得其解者，今则涣然冰释，真可谓煞费苦心，嘉惠枵腹矣。余于此有说焉，且有感焉。

我国家二百年来，人文之盛亦云极矣。而二百年中，可传之书有三,一代作者皆出于北人而南人未之逮也。一为孔东亭之《桃花扇》,一为王阮亭之《精华录》,一为蒲留仙之《聊斋志异》。然《桃花扇》前则有《琵琶记》,近则有蒋心余之各种曲与之相衡。阮亭之诗,今虽无与之并肩者,而唐之温、李诸公实其渊源。若《聊斋》一志,虽《博物》、《虞初》、《夷坚》、《癸辛》、《独异》诸志,皆不足与同年共语,不惟近世所无,则古人尚且不及。然而吾南土人将何以与北人较长角短,争鸣其盛哉!窃谓注书尚有二,陆放翁步武老杜者也,如"官绿帝青"之句,颇费搜考。小仓山房四六多引用未见书,甚难注释。应增修书亦有二,大清《广舆记》苗疆山川道里风土人情,皆有益于文章政事者也。先生其有意乎?请为注之、释之、增之、修之。

道光丁酉菊月朔一日,何氏不才子彤文谨序于星垣之旅次。

但 序

忆髫龄时，自塾归，得《聊斋志异》读之，不忍释手。先大夫责之曰："童子知识未定，即好鬼狐怪诞之说耶？"时父执某公在坐，询余曷好是书。余应之曰："不知其他，惟喜某篇某处典奥若《尚书》，名贵若《周礼》，精峭若《檀弓》，叙次渊古若《左传》、《国语》、《国策》，为文之法，得此益悟耳。"先大夫闻之，转怒为笑。此景如在目前，屈指四十余年矣。岁己卯，入词垣，先后典楚、浙试，皇华小憩，取是书随笔加点，载以臆说，置行箧中。为友人王菱堂、钱辰田两侍读，许信臣、朱桐轩两学使见而许之，谓不独揭其根柢，于人心风化，实有裨益。嘱咐剞劂而未果。兹奉命莅任江南，张桐厢观察、金瀛仙主政、叶素庵孝廉诸友，复怂恿刊布，以公同好。余亦忘其固陋，未知有当于聊斋之意与否。书成，爰记其颠末如此。时道光二十二年夏五月，广顺云湖但明伦识于两淮运署之题襟馆。

喻　序

《聊斋》评本，前有王渔洋、何体正两家，及云湖但氏新评出，披隙导窍，当头棒喝，读者无不俯首皈依，几于家有其书矣。然窃观聊斋笔墨渊古，寄托遥深，其毫颠神妙，实有取不尽而恢弥广者。仁见仁，智见智，随其识趣，笔力所至，引而伸之，应不乏奇观层出，传作者苦心，开读者了悟，在慧业文人、锦绣才子，固乐为领异标新于无穷已。吾合冯远村先生手评是书，建南黄观察见而称之，谋付梓未果。先生一官沈黎，寒毡终老，没后仅刻《晴云山房诗文集》、《红椒山房笔记》，其他著述今皆散佚无存，惟是书脍炙人口，传抄尚多副本。同治八年，州人士取篇首杂说数十则及片云诗话刊行，而全集仍待梓也。予于亲串中偶得一部阅之，既爱其随处指点，或一二字揭出文字精神，或数十言发明作者宗旨，不作公家言、模棱语，自出手眼，别具会心，洵可与但氏新评并行不悖。因照但氏本增入，缩为十二卷，笺题《聊斋志异冯但合评》。工既竣，而为之略叙梗概云。时光绪十七年仲春月下浣，合阳喻焜湘荪氏叙于补拙书屋之竹深处。

陈　序

诸小说正编既出，必有续作随其后，虽不能媲美前人，亦袭貌而窃其似；而蒲聊斋之《志异》独无。非不欲续也，亦以空前绝后之作，使唐人见之，自当把臂入林，后来作者，宜其搁笔耳。兹幸获其遗稿数十首，事新语新，几于一字一珠，而又有可以感人心、示劝戒之意。反复披玩，真觉蒲先生须眉若生。时方夏日，对此清风飒然，令人忆蜀宫人纳凉词，所谓“冰肌玉骨凉无汗，水殿风来暗香满”也。维时雪亭段君，踊跃付梓，快人快事，其有古人不见我之思乎？抑念两美必合，《聊斋》之后复有《聊斋》，此亦天地间不可无之佳话，以视他书之赘而续之者何如也？诸友好批阅之余，间述所闻，附记于后；仆亦登记数则。非敢几《聊斋》万一，抑以事有不可没者，爰率尔为之，以详其颠末云尔。道光阏逢涒滩闰七月上浣，清源陈廷机序。

刘　序

将欲区文章之善否，不必以理法绳也，但取而读之；读未终篇，已厌其词之长，必弗善矣；读既终篇，犹嫌其词之短，必甚善矣；至于全卷读竟，心怅然如有失，深恨作书者之不再作、刻书者之不再刻，则善之善者也。《聊斋》正篇行世已久，其于小说，殆浸浸乎登唐人之堂而嚌其胾，使观者终日啸歌，如置玉壶风露中，虽浮甘瓜于清泉，沉朱李于寒水，不是快也。然仆读之而憾其少，则以为人心无厌之求，固不得遂，亦置之无可奈何而已。今乃得其遗稿若干首，奇情异采，矫然若生，而无是公乌有先生又于于然来矣。黎阳段君雪亭，毅然以付梓自任，斯岂独聊斋之知己，抑亦众读聊斋者所郁郁于中，而今甫得一伸者也。故乐为编次而序之。

高津刘瀛珍书。

胡 序

留仙公生擅仙才，锦在心而不竭；异史氏文参史笔，绣出口而遂多。当其倒醁醽而散墨，倚花木以挥毫，陋志怪于三齐，追新闻于南楚，豆棚瓜架，雨夕风晨，固已邀鉴赏于渔洋，不啻策衙官于屈、宋。矧夫梦羽衣于赤壁，又见坡公；讯修竹于东桥，重来杜老。昌黎毛颖，既磨墨而晨抄；子厚梓人，复削青而夜刻。剩山残水，著屐问箬村之酒；散仙逸鬼，呈形侑顾渚之茶，譬春蚕之作茧，见物斯成；似秋雁之衔芦，闻声即至。斯其雅趣诙奇，能启文心于齑臼；岂第清词俶诡，堪发妙想于子虚？听彼散亡，不惟叹幽光之晦；任其湮没，更恐招灵鬼之啼。幸有黎阳骚客，德水逸人，发思古之情，寓表微之意，用镂梨枣，并贮牙签。真觉千秋郢社，精神不间琴樽；十载黄州，咳唾无遗珠玉。人皆莞尔，仆亦欣然。嘉其豪兴，聊为酬以片词；玩此风华，更请藏之什袭。

姑孰者岛胡泉序。

段　序

留仙《志异》一书，脍炙人口久矣。余自髫龄迄今，身之所径，无论名会之区，即僻陬十室，靡不家置一册。盖其学深笔健，情挚识卓，寓赏罚于嬉笑，百诵不厌。先乎此、后乎此之类书，无虑汗牛充栋，竟无能望其肩背者，是笔墨骨格，未许轻造也。顾才大如彼，知寻常传文，不能以一介寒儒表行寰宇，踌躇至再，末可如何，而假干宝《搜神》，聊志一生心血，欲以奇异之说，冀人之一览，其情亦足悲矣。是书流传既久，而俗坊吝于铅椠，将其短类半删去之；渐久而失愈多，殊堪恨恨。然好事者尚可广搜远绍，符其原额。己巳春，于甘陵贾氏家获睹雍正年间旧抄，是来自济南朱氏，而朱氏得自淄川者。内多数十则，平素坊本所无。余不禁狂喜。遂假录之，两朝夕而毕。后复核对各本皆阙，殆当时初付剞劂，即亡之矣。好事之家，得其一鳞片甲，不啻天球，余何忍听其湮没，而不公诸海内乎？然欲付梨枣而啬于资，素愿莫偿，恒深歉怅。兹于道光癸未，与德州刘仙舫雨夜促膝言及之；仙舫毅然醵金，余遂得于甲申秋录而付梓，俾遗珠得还合浦，不但为当时好事者之一快，即于风清月朗时，以杯酒酹告清曜先生之灵，九原有知，应亦大畅其未偿之愿也矣。

道光四年，岁次甲申仲秋，黎阳雪亭段鞋书于清源。

青本刻《聊斋志异》纪事

荷郫先生丞杭时，尝出《聊斋志异》一书相示，且将进梓人焉，予颇怂恿之。及擢守严陵，政通人和，始从事于梨枣。清俸不足，典质以继之，然竟不克赟成而卒。先生弟皋亭属予竟其业。比竣厥工，距道山之游七阅月矣。览先生自序，方以周君季和不及见为恨，讵意墨渖未干，风流顿尽，予之痛先生，复有甚于先生之痛季和也。悲夫！

先生性恬澹，而独淫于书，故与予交尤莫逆。严陵距杭三百里，借书之伻尝不绝于道。《志异》之刻，余君蓉裳在幕中商榷为多。比蓉裳计偕北上，偶一字之疑，亦走函俾予参定焉。今手书满箧，触目凄然，辄有山阳夜笛之感。

初先生之梓是书也，与蓉裳悉心酌定，厘卷十二，予第任雠校之役而已。今年正月，晤先生于吴山之片石居，酒阑闲话，顾谓予曰："兹刻甲乙去留，颇惬私意，然半豹得窥，全牛未睹，其如未厌嗜奇者之心何！取四卷重加审定，续而成之，是在吾子矣。”予唯唯。后五月，十二卷始蒇事，而先生遽卒。未竟之绪，予竭蹶踵其后，一言之出，若有定数。嘻，异矣！

严郡试院，去郡衙半里许，非试事，则鱼钥尘封，重门蛛罥而已。五月十有八日，将试童子，先期遣隶扫除。时晓色初分，重扃乍启，瞥见一绯衣人，高冠峨峨，端拱庭除。隶咸惊仆，人亦随灭。至日，命题，键试，先生饮食言笑如常时。迨受卷未终，竟以暴卒。卒之前一日，遍谒郡僚，备尽觇缕，如话别者。然库有公帑千金，悉命移贮县库，经画从容，若有先告，何其异也！但不知绯衣何神耳。

五月朔日，皋亭先生梦至一所，经历堂奥，皆非夙游，奄然竟逝。魂已离舍，木立尸前，心复自知其死。顾亦无所系恋。独惜剞劂之工未竟，悲从中来，一恸而醒。明日以告先生，先生方握管撰序，闻之默然良久，若不能无动于中者。后先生凶问至署，皋亭奔赴，抚尸恸哭，俯仰之顷，悉符梦境。

先生既卒于试院，举家惶遽无措。侍姬陈氏，哀哭尽礼，遂投缳死。家人惊救，已无及矣。后先生灵榇归里，以阻于道远，遂卜葬澄清门外。嗟乎，冉冉贞魂，偕从泉下，垒垒遗冢，寂寞江滨，可哀也已！然而苦心劲节，已足与云山江水俱长。表扬芳烈，吾党之责也。因附记于此。

乾隆丙戌十一月望前三日，得闲居士鲍廷博以文识。

青本刻《聊斋志异》例言

一、先生是书，盖仿干宝《搜神》、任昉《述异》之例而作。其事则鬼狐仙怪，其文则庄、列、马、班，而其义则窃取《春秋》微显志晦之旨、笔削予夺之权。可谓有功名教，无忝著述。以意逆志，乃不谬于作者，是所望于知人论世之君子。

一、是编初稿名《鬼狐传》。后先生入棘闱，狐鬼群集，挥之不去。以意揣之，盖耻禹鼎之曲传，惧轩辕之毕照也。归乃增益他条，名之曰《志异》。有名《聊斋杂志》者，乃张此亭臆改，且多删汰，非原书矣。兹刻一仍其旧。

一、先生毕殚精力，始成是书。初就正于渔洋，渔洋欲以百千市其稿。先生坚不与，因加评骘而还之。今刻以问世，并附渔洋评语。先生有知，可无仲翔没世之恨矣。

一、是编向无刊本，诸家传抄，各有点窜。其间字斟句酌，词旨简严者有之；然求其浩汗疏宕，有一种粗服乱头之致，往往不逮原本。兹刻悉仍原稿，庶几独得庐山之真。

一、编中所述鬼狐最夥，层见叠出，变化不穷。水佩风裳，翦裁入妙；冰花雪蕊，结撰维新。缘其才大于海，笔妙如环。

一、编中所载事迹，有不尽无征者，如《姊妹易嫁》、《金和尚》诸篇是已。然传闻异辞，难成信史。渔洋谈异，多所采摭，亦相径庭。至《大力将军》一则，亦与《觚剩·雪遘》差别。因并录之，以见大略。

一、是书传抄既屡，别风淮雨，触处都有，今悉加校正。其中文理不顺者，间为更定一二字。至其编次前后，各本不同，兹刻只就多寡酌分卷帙，实无从考其原目也。

一、原本凡十六卷，初但选其尤雅者厘为十二卷；刊既竣，再阅其余，复爱莫能舍，遂续刻之，卷目一如其旧云。

一、卷中有单章只句，意味平浅者删之，计四十八条；从张本补入者凡二条。佳句已尽入锦囊，明珠宝无遗铁网矣。

一、闻之张君西圃云：济南朱氏家藏志异数十卷，行将访求。倘嗜奇之士，尚有别本，幸不吝见遗，当续刻之，以成艺林快事。

莱阳赵起杲清曜谨识。

《聊斋志异遗稿》例言

一、是书本雍正抄本，则未刻之前，已贵洛阳纸价矣。的系原物，断非后人剽窃。

一、所记之事，国朝居多，间及明季，其间未见叙明何代者，有一二字未敢抬写，又未敢接写，不得已以鄙意易而隐之。若《鸮鸟》一则，系康熙年事，圣天子不可不出格。《白莲教》一则，明言徐鸿儒，则大兵不可不空格。意刊书之时，去此未远，不便刻入，因成割爱欤。

一、此本系余依星岩手抄校正无讹，第去原本已三抄矣。鲁鱼亥豕，应不能免。苟有更得真本寄示更正，则幸甚。

一、所见《聊斋》刊本不一，有截其序者，有去其题词、例言、小传者，有删其短篇者，有分门别类，比之《情史》者，苟非自作聪明，即欲省其铅椠，致令庐山面目，渐失其真。余荟萃各本核对，并无复见重出。倘另有善本续刊者，或为已刊，亦祈见示，以便削除。

一、原刻十六卷，分沈浸秾郁等字；兹本虽条则不多，亦遵其例，分上窥姚姒四卷。

一、张榆村《墓表》，得之雅雨《山左诗抄》。然文义不备，意其节录，未得全稿。其诗文若干集，亦未知刊否？如片纸仅存，会当求而梓之，以永其传。

黎阳段雪亭识。

跋　一

余家旧有蒲聊斋先生《志异》抄本，亦不知其何从得。后为人借去传看，竟失所在。每一念及，辄作数日恶，然亦付之阿閦佛国而已。一日，偶语张仲明世兄。仲明与蒲俱淄人，亲串朋好，稔相浃，遂许为乞原本借抄，当不吝。岁壬寅冬，仲明自淄携稿来，累累巨册，视向所失去数当倍。披之耳目益扩。乃出资觅佣书者亟录之，前后凡十阅月更一岁首，始告竣。中间雠校编次，晷穷晷继，挥汗握冰，不少释。此情虽痴，不大劳顿耶！书成记此，聊存颠末，并志向来苦辛。倘好事家有欲攫吾米袖石而不得者，可无怪我书悭矣。

雍正癸卯秋七月望后二日，殿春亭主人识。

跋　二

《志异》十六卷，先大父柳泉先生著也。先大父讳松龄，字留仙，别号柳泉。聊斋，其斋名也。幼有轶才，学识渊颖；而简潜落穆，超然远俗。虽名宿宗工，乐交倾赏。然数奇，终身不遇，以穷诸生授举子业，潦倒于荒山僻隘之乡。间为诗赋歌行，不愧于古作者；撰古文辞，亦往往标新领异，不剿袭先民：皆各数百篇藏于家。而于耳目所睹记，里巷所流传，同人之籍录，又随笔撰次而为此书。其事多涉于神怪；其体仿历代志传；其论赞或触时感事，而以劝以惩；其文往往刻镂物情，曲尽世态，冥会幽探，思入风云；其义足以动天地、泣鬼神，俾畸人滞魄，山魈野魅，各出其情状而无所遁隐。此《山经》、《博物》之遗，《远游》、《天问》之意，非第如干宝《搜神》已也。初亦藏于家，无力梓行。近乃人竞传写，远迩借求矣。昔昌黎文起八代，必待欧阳而后传；文长雄踞一时，必待袁中郎而后著。自今而后，焉知无欧阳、中郎其人者出，将必契赏锓梓，流布于世，不但如今已也。则且跂予望之矣！

大清乾隆五年，岁次庚申春日，孙立德谨识。

跋 三

昔阮瞻作《无鬼论》，而鬼即来；干宝撰《搜神记》，而神如在。故司纠奉命，乌府之柏台遂空；而浮提称王，寇公之茜桃欲葬。玄机云涌，冢中王弼重来；妙论风生，穴处雄狐却走。山精水怪，不妨以假为真；牛鬼蛇神，未必将无作有。彼狗孝顺、猿代役，亦属物理之常；即顶书山、手画花，无非立法之妙。总之：见怪不怪，我正即能辟邪；怕鬼有鬼，疑心适以杀子。惜世无文帝，贾生之前席全虚；且骑少青骡，曼卿之蓉城乏主。然则鹢飞星陨，知我者其惟春秋乎？只此鲁连、曹丘，得斯人可与言诗矣。

乾隆辛未秋九月中浣，练塘老渔识。

舒跋（二则）

《聊斋志异》大半假狐鬼以讽喻世俗。嬉笑怒骂，尽成文章，读之可发人深醒。第其笔意高古，字句典雅，固非纨袴子所能解，亦非村学究所能读，盖非具一代才不能著《聊斋》，非读破万卷书亦不能注《聊斋》也。然则注《聊斋》者可谓《聊斋》之功臣，而序注《聊斋》者实亦注《聊斋》者之知己矣。注之难，序之正，不易。注者序者或许余为能读《聊斋志异》者。

溆浦舒其锳鸾桥氏敬跋。

或又问于余曰：曹雪芹《红楼梦》，此南方人一大手笔，不可与《聊斋》并传？余应之曰：《红楼梦》不过刻画骄奢淫逸，虽无穷生新，然多用北方俗语，非能如《聊斋》之引用经史子集，字字有来历也。是以芰亭先生序中弗道及之。

道光丁酉菊节前六日，其锳又跋。

题　辞

庭梧叶老秋声干，庭花月黑秋阴寒。聊斋一卷破岑寂，灯光变绿秋窗前。搜神洞冥常惯见，胡为对此生辛酸？呜呼！今〔校〕青本无今字。乃知先生生抱奇才不见用，雕空镂影摧心肝。不堪悲愤向人说，呵壁自问灵均天。不然卢家冢内黄金碗，邻舍桑根白玉环，亦复何与君家事，长篇短札劳千言？忆昔见君正寥落，丰颐虽好多愁颜。弹指响终二十载，亦与异物成周旋。不知相逢九地下，新鬼旧鬼谁烦冤？须臾月堕风生树，一杯酹君如有悟。投枕灭烛与君别，黑塞青林君何处？

胶州高凤翰西园题

续　题

蒲公生不遇，老作山泽癯。仰面看屋梁，有毫莫从驱。白日无以遣，聊记腹所储。唾余宁肯拾，百家非我徒。山精洎木客，社鬼兼城狐。怪奇互呈态，癯癯以趺趺。用意固有在，岂独辞荣荂？随事寓劝赏，因端严谴诛。君看十万言，实与良史俱。时复发光诡，谁为悬通都？籍甚严陵守，同为鲁国儒。遗编藏箧衍，宝若英琼瑜。今者省清俸，不顾愁妻孥。校雠身独任，雕镌工急呼。行行警昏俗，字字醒狂夫，于世殊有补，孰能并捶炉？寄语守经人：莫视作谬诬。

钱塘王承祖逖先题

虚堂雨深萤焰涩，床下喑喑蛩对泣。冰凝桃笙七尺秋，玉楼粟向幽衾粒。寒釭豆点青晶荧，吊影颓形只素屏。蝴蝶漏沉忽飘去，一编坐对宵冥冥。薜衣萝带蒲夫子，地下干旌董狐起。秃管冥搜仰屋时，跳梁啸梁入良史。古来美人生髑髅，神血未干双泪流。王母独怜茂陵客，髓枯心欲空烦忧。白毫阿紫先邱首，夜载天灵礼北斗。一颗媚珠明月光，鲁男当之丧其守。不若寻常清昼逢，狰狞睒眙怀惺忪。君姑妄言臣妄听，遮莫类异情偏钟。万本翼飞令贵纸，南山梨枣心甘死。太守前身玉局翁，幽香燕寝相料理。幽忆怨断平生心，日斜西海光沉沉。争得贾胡一寸石，死前掷置千黄金！

钱塘魏之琇玉横题

蒲君淄川一诸生，郡邑志乘传其名。假非诵读万卷破，安有述作千人惊？聊斋志异若干卷，鬼狐仙怪纷幽明。跳梁载车已诞幻，海楼山市尤支撑。谛观命意略不苟，直与子史相争衡！中藏惩劝挽浇薄，外示诙诡欺纵横。浸淫秾郁出变态，雕镂藻缋穷奇情。周详父子及夫妇，觍缕兄弟而友生。间征地狱入贪戾，时启天堂登廉贞。令升、元亮合再世，翰林协律应同鸣。迩来说郛颇充栋，积尘饱蠹供讥评：或缘选辞苦陈腐，或缘结体非详精。就中事有共见者，笔力悬绝难并程。金钟大镛一以振，瓦釜牛铎胥潜声。久藏箧衍异莫炫，何啻神物埋丰城？严陵太守为绣梓，纸价倏忽高吴荆。乾坤百年遇俊赏，海宇一日公奇擎。人生著书恨非好，讵见瓿甄堙都京。

杭郡沈烺斅曾题

君不见：神禹铸鼎表夏德，能使神奸民不惑？又不见：汉皇前席问鬼神，贾生夜半宣室陈？牛鬼蛇神莫须有，竖儒硁硁一经守。书生忽坐鹅笼中，奇文诧见聊斋翁。我探仇池窥禹穴，齐谐洞冥肆披阅。司空见惯滋不悦，尘羹杂陈土饭设。聊斋胸次何超超，葫芦不屑依样描。混沌戏凿虚空雕，陆离光怪骚复萧。我有块磊无酒浇，一编三复意也消，可短夏日长秋宵。高堂锦张粉黛列，琥珀光寒银烛爇。掀髯请为宾客述，主人鼓掌客击节。空阶露凉蟋蟀咽，星河影沉玉漏绝。翦灯试与儿女说，老妻掩耳儿咋舌。吁嗟乎！人间天上两渺茫，胡为笔荒墨又唐？我欲簪珥置玉堂，驺虞麒麟威凤凰。大书金石相辉煌，穷愁著书剧可伤。聊假寓言列、老、庄，姑置高论周、程、张。嬉笑怒骂成文章，丰城夜夜牛斗光。欧阳不作亡中郎欧阳、中郎，本柳泉后人跋语，百年何人为表彰？玉函金匮名山藏。荷邨先生事搜讨，剩喜天留有遗稿。荆州每苦放翁借，书肆曾逢伯长恼。请倾敝箧质书画，亟进良工命梨枣。银钩铁画极雕镂，锦缥牙签恣奇藻。传抄何假十手给，快睹争先一囊倒。尘封论衡网汲冢，奴命董狐仆干宝。风檐展读愁易尽，鸡林访求恨不早。呜呼！谁似严陵太守贤，奇书不惜万人传。莫惊纸价无端贵，曾费渔洋十万钱！

天都鲍廷博以文题

丙戌之冬，《志异》刻成，距荷邨殁又五匝月矣。以文索余赋诗殿诸君之后；余不解诗，其何能作？虽然，题《聊斋》可不作，而悲荷郫不容已也。盖余去年在郡斋时，与先生审订是书，丹铅错列，参互考订，斟酌去留，厘成一集。今刻前十二卷皆其手定，后四卷则附存之者也。每读至思径断绝，妙想天开，辄如寥天孤鹤，俯视人世逼仄，不可一日居，深以未能摆脱世网、栖神太虚为憾。且相约他日向平事了，散发沧洲，相逢海上，共作神仙中语。夜深人静，举酒相劳。余虽不解饮，亦引满一卮。何图然约在耳，而先生遽赴道山，集亦匏系无用。俯仰今昔，第有腹痛。先是：公以例言属余，会予计偕未报；及公卒之前十日，自制序文，复草例言数则，若不及待余之归也者。陈生载周，董剞劂之役者也，十日前亦先公殁。呜呼！何其奇也！未竟之绪，以文续而成之，今且竣矣，海内之士，争先睹以为快；独予中心怅触，不能无废书之叹。异日公尝戏谓予曰："此役告成，为生平第一快事。将饰以牙签，封以玉匣，百年之后，殉吾地下。倘幽窻有知，亦足以破岑寂。"岂意斯言，竟成语谶！尚当与以文遵富春，涉桐江，支筇挟册，登严陵之台，招先生羁魂焚而告之。吾见南山之巅，白云溶溶，凝而不流，如来照鉴，其必先生也哉！其必先生也哉！集不才，聊赋短章，以当楚些云尔。

不得奇人得异书，百家持较定何如？分明裂月撑霆手，肯让文园赋子虚。

瑶想琼思十万言，残编剩有粉蟫痕。百年落落逢知己，一笑虞翻地下魂。

分将鹤料佐雕镌，要使奇书万古传。应是惊天逢帝怒，巫阳特遣下瑶天。

重泉若有列仙居，抵掌应知乐有余。世外益多幽绝语，却愁何处续虞初！

鸡林珍重比琅玕，挥麈能翻舌底澜。几度灯前重展卷，凄风冷雨助悲叹！

严陵云树总苍茫，江水无言送夕阳。冉冉羁魂招不得，空留遗册哭中郎！

仁和余集蓉裳题

埋头学执化人祛，荦落文园赋子虚。忽地籁从天际发，搜襟快读帐中书。

干宝当年鬼董狐，巢居穴处总模糊。而今重把温犀照，牛鬼蛇神果有无？

一生遭尽揶揄笑，伸手还生五色烟。但学青牛真秘诀，不须更问野狐禅。

眼界从教大地宽，嫏嬛洞里见青天。贾生前席还应接，翻尽人间括异编。

乾隆辛未九秋练塘渔人题

庄语难谐世，拂残编，搜神博物，谈仙说鬼。一盏客灯秋夜雨，风戛窗棂破纸，仿佛听枫根环佩。石上三生来噩梦，尽丝缠一缕春蚕死。勘破者，唯君耳。　　寓言十九逢场戏，喜开函，淋漓载笔，吾家良史。鬼唱狐鸣兼虱赋，不止槐安穴蚁。真面目谁非谁是？我欲乘风天外去，看鸡虫得失原如此。须记取，蒙庄子调寄贺新凉。

平原董元度寄庐氏题

留仙传久矣，怎又把断雨零云，从头说起？触目琳琅，沉吟却不似苏豪柳腻。忆当年，抨弹红紫随时戏，也无心轩翥文林地。因此上，有遗志。　　神仙富贵都虚耳，藉星星妖狐厉鬼，犹存忠义。暗惜年华如逝水，何苦劳劳不已？喜仙子兰心蕙质，风流一洗寒酸气。清酒一壶歌一曲，味诗书此外无他嗜。刊聊斋，有深意。

笔墨久抛荒，懒劳神雕虫小技，鼓舌掀簧。灵心慧质，醒时世，不亚演法干将。快平生，穷通得失，悲欢笑骂假荒唐。奇快处，都是好文章。知音者，细参详。　　编摩赏悟让刘郎，识透了聊斋心事，千古雄谈。征诛揖让火中光，顷刻风流云散。昨夜殇魂喋新血，今朝狐媚理罗裳。迷楼几个逃迷路？此中味，须得自亲尝。遣速续，恐遗忘调寄貂裘换酒。

姑孰者岛胡泉

噫嘻！从古石室名山寿万年，非有知己无与传。往日英雄逝水流，忽焉没矣留残编。风雨闭门非一日，胸中郁结赖此宣。胡为割爱者，竟欲删其全？设非雅人赏其后，不几此纸成云烟？独弦落落谁能知？何异伯牙待钟期。罗其失，拾其遗，如获异珍手自披。续勒功岂清曜下？绝妙文章从此垂。君诚旷世心相感，不增前人后人一切凋残零落悲。我意清曜亦应感且佩，请为代谢一章诗。

越山燮堂袁宇泰

阅尽刊书人，始知著书艰。前人呕心血，后人随手删。聊斋有遗稿，读之再三叹。先生昔不遇，半世蹇且连。名心老愈淡，奇怪时钻研。作镜照魑魅，铸鼎穷神奸。反覆拾遗记，凌躐搜神篇。譬若山海经，能否删其全？窃笑古人书，隐怪皆能传。中不寓讽刺，意短情不宣。览者既终卷，浑不知针砭。譬如读时策，累牍无笔严。先生本史才，其笔真如椽。不获大著作，假以蒙庄谈。志异付梓时，去公将百年。我意赵清曜，亦只窥一斑。果为删后稿，其见何戋戋？删此卌八则，岂为无刀泉？乃使后之人，恨璧无时完。幸有好事者，原本藏玉函。得之如异珍，惩劝皆昭然。倘非赵删余，足附清曜篇。清曜亦一快，蔚然成大观。如为删后本，人言拾唾残。我欲慰聊斋，谓此殊不然。人如唾珠玉，不拾心何安？且恐既删后，抱憾归九泉。清曜如有知，喜余盖其愆。月昏灯焰绿，鬼啸风声酸。先生有遗稿，妖邪暗生欢。君又剞劂之，鬼其攫而看。雌雄剑已合，合浦珠已还。魍魉无遁形，天地无尘烟。此事君不任，何以慰神仙?

戈阳冯喜赓虞堂

校注后记

该校注本，是依据由我校释，由安徽文艺出版社1991年出版，新发现的《聊斋志异》“异史”抄本为底本（初版名为《异史校释》），参校现存于辽宁省图书馆的作者半部手稿本及山东省博物馆所藏的康熙年间第711号与第703号抄本（简称“康熙抄本”），与铸雪斋抄本、二十四卷抄本、青柯亭本。

《聊斋志异》“异史”抄本，是一个发现时间最晚、抄写时间较早（大约在康熙、雍正年间）、收录篇目最齐全（共约485篇）的一个本子，是目前《聊斋志异》注释中最佳选本之一。校注中，“异史”抄本中所存在的一般的词语的错讹，因已有《异史校释》出版，故在该校注本中一般不再重复。对于“异史”抄本中，《狐妓》、《周顺亭》、《心头小人》的篇名，据通行本改为《鸦头》、《孝子》、《张贡士》。对于“异史”本所缺之《牛同人》、《人妖》、《丐仙》、《蛰蛇》、《龙》、《爱才》六篇，则《牛同人》据作者手稿本排在卷六《女神》之前，《人妖》据青柯亭本排在卷三《韦公子》之前，《丐仙》据二十四卷本排在卷一《劳山道士》之前；《蜇蛇》、《龙》、《爱才》收入附录中。至于作者半部手稿中所多出的《海大鱼》篇，因它是卷三《于子游》篇的原始资料稿，故将其附于《于子游》之后，以资参考。

在校注过程中，多采用地方史料。例如，历来被诸注家所阙如的人物毕怡庵、牛同人、李笃之、叶向高、缪昌期、彭修翼、蓝章、张迎芳等，都据地方史料将其注明。

该书校注过程中，得到学界先师及同仁的帮助与支持，在此表示衷心的谢意。

盛　伟

2000 年 9 月 22 日于蒲松龄研究所

图书在版编目（CIP）数据

聊斋志异校注 ：插图袖珍本 /（清）蒲松龄著 ；盛伟校注. -- 上海 ：上海古籍出版社，2025. 5（2025. 5 重印）
-- ISBN 978-7-5732-1504-8

Ⅰ. I242.1

中国国家版本馆CIP数据核字第2025F2V838号

聊斋志异校注（插图袖珍本）

（清）蒲松龄　著

盛　伟　校注

上海古籍出版社出版发行

（上海市闵行区号景路159弄1-5号A座5F　邮政编码201101）

（1）网址：www. guji. com. cn

（2）E-mail：guji1@guji. com. cn

（3）易文网网址：www. ewen. co

浙江新华数码印务有限公司印刷

开本787×1092　1/32　印张71.125　插页6　字数1,309,000

2025年5月第1版　2025年5月第2次印刷

印数：2,001—5,100

ISBN 978-7-5732-1504-8

I·3896　定价：198.00元